『海上花列伝』語彙例釈

宮田一郎 編著

汲古書院

はしがき

　『海上花列伝』を初めて目にしたのは、40歳になったころで、なんとか読みこなそうと取り組むようになってからでも、もうかれこれ40年をこえる。この間、恩師故坂本一郎先生、故太田辰夫先生や、在外研究のとき師事した許宝華先生、師の高弟銭乃栄、石汝傑両氏を始めとするいろいろな方にご教授をいただいた。どうにか読めるようになったのは、ひとえにこれらの師、友人・知己のおかげである。

　わたくしが持つようになった知識が、これから『海上花列伝』を読み始める方や、呉語研究を志す方に、いささかなりともお役に立つならばと、80歳をこえてから思いたち、ぼつぼつまとめ始め、90歳になってようやく脱稿した。しかし、出版するとなると、なかなか大変で、いくたびかあきらめかけたが、落合理子さんらが、それくらいでへばるなと、声援してくださり、「それなら、わたくしに任せない」と、畏敬する後生、大東文化大学瀬戸口律子教授が出版刊行に関するすべてを取り仕切ってくださることになり、門下の板垣友子さん、鈴木万里子さん、上野振宇さん、高橋美由希さんらの皆さんがPC入力や諸作業を分担して、教授を補佐され、ようやく実現を見るに至った。まことに有難い極み・感謝の言葉に窮する。

　中国学関係の名著を数々出版してこられた汲古書院がお引き受けくださったが、わたくしにとっては此の上もない光栄で、瀬戸口教授と相い諮り、同社へ橋渡ししてくださった東北大学花登正広名誉教授、汲古書院前社長石坂叡志氏、現社長三井久人氏、同社編集部大江英夫氏のご支援・ご協力に、衷心御礼申し上げる次第である。

　なお、恥ずかしながら、読み返すたびに力足らずが痛感され、多少ふみ込んで解読したところなどが気にかかる。何とぞご叱正を賜わりたい。

宮田一郎
2016年1月

目　次

はしがき ……………………………………………… i
凡　例 ………………………………………………… v

『海上花列伝』語彙例釈 …………………………… 1

語彙索引 …………………………………………… 1115
例　言 ……………………………………………… 1117

参考文献一覧 ……………………………………… 1283

あとがき ………………………………… 瀬戸口律子　1285

凡　　例

1. この書は『海上花列伝』の対話文に用いられている語の解説を試みたものである。版本は『海上花列伝』（中国小説史料叢書、1982、人民文学出版社、北京）によっているが、必要に応じて『古本小説集成』（上海古籍出版社）に収める 1894 年石印本初刊本影印（本文中で石印本と略称）、台北天一出版社の上海亞東図書館排印本の影印（本文中で亞東本と略称）を参照した。対話文中あきらかに「官話」を話しているものは対象から外しているが、「蘇白」の中の文語、文語的成分は、収めている。

2. 語意および語の用法についての説明は、理解の糸口を与える程度のもので、他の文学作品における用例を多く挙げて、そこから理解を深め、広げてゆくのに資するようにした。「蘇白」における用例をなるべく多くし、「官話」における用例も、同時代のもののほか、さかのぼって、明清文学作品全体に及ぶようにつとめた。一部に民初にわたるものもある。

　　なお、『海上花列伝』は上海を舞台としており、その「蘇白」は当時の上海のある階層や社交の場で話されていたものであり、上海語の指示詞なども混入している。なんらかの参考になるかと思い、同時代の上海語テキストに見られる用例も加えた。

3. 見出し語の排列順
　　「語彙索引」（1117 ページ）の例言を参照。

4. 品詞の略称
　〈名〉名詞　　〈动〉動詞　　〈趋〉方向動詞　　〈形〉形容詞　　〈数〉数詞
　〈量〉量詞　　〈代〉代詞　　〈副〉副詞　　〈介〉介詞　　〈连〉連詞（接続詞）
　〈助〉助詞　　〈叹〉嘆詞（感動詞）
　　接頭語・接尾語は〈缀〉で示してある。

凡　例

5. 記号
    ¶　見出し語の「蘇白」における文例。
    ¶　見出し語の「官話」における文例。なお、「蘇白」の語が、一部の文字表記を変えて、「官話」で用いられており、同じ意味・用法であるものも、この記号によっている（例えば、"勿比"／"不比"、"同仔"／"同着"など）。ただし、見出し語の省略記号は用いていない。
    →　補注における参考文例。
    ⇨　他の見出し語の参照。
    〜　文中における見出し語の省略。
    ‖　前各項にかかわる補足説明。

6. 引例作品の略称と版本
    ※冒頭の字は、本文中に用いる作品名略称。（ ）内は使用した版本の出版年次、出版社名など。なお、他の作品と合本されている場合は、その書名を示した。
    海　海上花列伝（中国小説史料叢書、1982、人民文学出版社、北京）
    禅　禅真逸史（中国古典小説研究史料叢書、1990、上海古籍出版社、上海）
    初　初刻伯案驚奇（1957、古典文学出版社、上海）
    二　二刻伯案驚奇（1983、上海古籍出版社、上海）
    醒上・醒下　二刻醒生恒言（1990、北京大学出版社、北京）
        （同書は上函・下函に分かれており、それぞれ醒上・醒下とした）
    目　二十年目睹之怪現状（1959、人民文学出版社、北京）
    負　負曝閑談（1958、商務印書館、香港）
    鼓　鼓掌絶塵（中国話本体系、1989、江蘇古籍出版社）
    維　官場維新記（1957、古典文学出版社、上海）
    官　官場現形記（1957、人民文学出版社、北京）
    繁初・繁Ⅱ・繁后　海上繁華夢（中国近代小説体系、1988、江西人民出版社、南昌）
        （同書は初集・二集・後集に分かれており、それぞれ、繁初・繁Ⅱ・繁后とした）

凡　例

鴻　海天鴻雪記（中国近代小説体系、中国現在記・海天鴻雪記・活地獄、1989、江西人民出版社、南昌）
何　何典（中国小説史料叢書、1981、人民文学出版社、北京）
紅　紅楼夢（1982、中国芸術研究院紅楼夢研究所校注、人民文学出版社、北京）
滬　滬江風月伝（1998、江蘇広陵古籍刻印社影印、揚州）
上　滬語便商一名上海語（1912、上海）
　　（同書は御幡雅文著、日清貿易研究所（東亞同文書院の前身）の上海語テキストを重訂したもの）
活　活地獄（中国近代小説体系、中国現在記・海天鴻雪記・活地獄、1989、江西人民出版社、南昌）
警　警世通言（1957、作家出版社、北京）
九　九尾亀（中国近代小説体系、1991、百花洲文芸出版社、南昌）
九续　九尾亀続集（中国近代小説体系、1993、百花洲文芸出版社、南昌）
狐　九尾狐（中国近代小説体系、1991、百花洲文芸出版社、南昌）
描　描金鳳（1989、中州古籍出版社、鄭州）
孽　孽海花（増訂本）（1979、上海古籍出版社、上海）
人　人間地獄（上海灘与上海人叢書、1991、上海古籍出版社、上海）
儒　儒林外史（1957、人民文学出版社、北京）
三　三笑（1987、岳麓社、長沙）
笑　三笑新編（1999、上海古籍出版社、上海）
殺　殺狗記（古代戯曲叢書、1992、上海古籍出版社、上海）
商　商界現形記（上海灘与上海人叢書、1991、上海古籍出版社、上海）
十　十尾亀（1993、遼沈書社、瀋陽）
市　市声（中国古典小説名著百部、蜃楼志・市声、1995、華夏出版社、北京）
水　水滸全伝（1954、人民文学出版社、北京）
苏　蘇州歌謡諺語（1989、中国民間文芸出版社、北京）
梼　檮杌萃編（1989、百花文芸出版社、天津）
文　文明小史（中国古典小説名著百部、1995、華夏出版社、北京）

凡　例

呉　　呉歌・呉歌小史（1999、江蘇古籍出版社、南京）

西　　西遊記（1954、作家出版社、北京）

歇　　歇浦潮（1998、湖南文芸出版社、長沙）

新　　新上海（十大古典社会譴責小説叢書、1997、上海古籍出版社、上海）

型　　型世言（1993、中華書局、北京）

醒　　醒世恒言（1956、人民文学出版社、北京）

喩　　喩世明言（1961、中華書局、香港）

引例のあと、上掲の略称でその出典を示すとともに、使用版本のどの回の何頁、何行（『滬江風月伝』では編―頁―行、『呉歌・呉歌小史』では頁―歌番号、『滬語通商』では、章―頁―行、章が散語と問答の2章に分かれるので、章の上に散・問の字を加えてある）かを数字で示してある。例えば、(海1-3-5)は、『海上花列伝』第1回3頁5行、(沪2-4-6)は『滬江風月伝』第2編4頁6行、(上散3-8-10)は『滬語便商散語』第3章8頁10行に見出し語があることを示す。

［付記］

日本語文以外では、漢字は全て中国現行の簡化字体によっている。ただし『海上花列伝』については、一部を除き、使用した版本のままとした。

『海上花列伝』語彙例釈

a　語彙例釈

A

a

【阿】

<副>①動詞述語文または形容詞述語文の述語に用いられて、現在または将来のことについて尋ねる。おおむね"吗"の疑問に相当する。¶老伯〜是善卿先生？（海1-5-3）¶〜就是四家头？（海3-17-6）¶俚请我，我勿去，俚〜有啥法子？（海8-59-2）¶〜吃啥点心？（海11-89-20）¶秀宝要啥个戒指，〜是耐去买拨俚？（海13-100-5）¶令堂〜好？（海1-3-24）¶耐倒自家摸摸良心，〜有介事？（九10-78-3）¶耐自家想想，说出该号闲话来，〜对倪得住？（九10-78-26）¶〜是秋燕先生？（鸿1-195-24）¶大少爷〜来浪？（鸿3-203-11）¶耐明朝〜可以请俚？（鸿2-200-10）¶耐〜是俚叫格。（沪1-22-7）¶今夜头〜转来该塔？（沪1-29-8）¶子文〜来海？（沪1-72-7）¶老爷转来者，侬〜要揩面否？（上问23-43-1）¶〜是侬新买拉个伊盒信纸呢甚？（上问23-43-8）¶侬〜是溯伊有事体？（上问31-56-6）¶你〜要吃点我这里还有呢。（栫12-191-22）¶昨天的珠花二太太看了〜中意？（栫13-206-17）

②動補構造の単語・連語の場合などでは、過去のことについて尋ね、"阿曾"に相当する。¶二少爷〜听见？（海6-43-17）¶〜看见罗老爷（海15-117-23）¶方鼎夫〜看见？（鸿6-232-24）¶倷〜看见前头个个标致后生，头上带仔花花燥燥个巾，身上着子个颜色衣裳？（笑4-35-5）同书には次の用例がある。→偶然想起，说到有一个人，为贪才貌，情愿卖身。勿得知倷阿曾看见？（笑13-186-8）〕¶〜吃歇夜饭？（沪1-84-6）¶耐〜碰到俚？（沪1-100-10）¶大人耐格本签诗〜带得来？（官8-12-6）

③"阿"を伴う連語は動詞の賓語としてはめ込まれる。¶我去喊翠凤来，看看花头〜中意。（海7-56-9）¶我要去望望俚〜好来哚。（海11-88-6）¶说末就说说罢哉，勿晓得俚哚〜肯。（海62-530-20）¶耐放俚去愁，看俚〜好意思走出去。（九1-9-7）

（注）"阿"の疑問文は"吗"の構成する諾否疑問文に相当する。→华生道："〜再吃杯酒？"顺全摇头。（鸿4-211-21）　→小村文秀宝道："庄大少爷〜来里？"秀宝点点头。（海2-15-18）　しかし、③に見るようにその構成する連語が賓語としてはめ込まれる点で、"吗"の構成する連語と異なる点もある。なお、"阿"は正反疑問文にも用いられる。　→耐两家头自家算计，〜嫁人勿嫁人？（海52-442-8）→耐勿相信我闲话，耐就试试看，看俚那价功架，〜巴结勿巴结。（海7-53-2）　この場合、疑問は正反構造によって示されるから、"阿"は強調の語気のみを表す。また、有無を尋ねる文では、

語彙例釈　a

文中に疑問詞があっても、その疑問文は必ずしも不定を表すわけではない。→俚请我,我勿去，俚阿有啥法子？（海 8-59-2）→到底～有几花现银子？（海 14-113-8）→城外城里～有几化拆梢觉？（吴 105-92）

　　"阿"のこれらの用法は、近世語で多用される副詞"可"の用法にほぼ当たる。→大爷,怎么样？可对劲？（官 24-394-17）→这里住的可是娃瞿的？（官 40-673-4）→这话可真？（官 50-851-4）→可查过东西？抢去了多少？（官 50-852-15）→辕门口的酒酿是著名的,可要尝尝？（新 14-65-6）→这次广东生意可好？（新 23-105-7）→这里是什么所在？可就是长三堂子？（十 3-17-16）→你所听我说的可错不错？（官 10-145-16）→可是这里不是？怎么不对呀？（官 40-673-13）→你们的月钱不够花了,想出这个法子来拗了我去, 好和我要钱, 可是这个主意？（红 45-616-4）→你听雨越发紧了, 快去罢, 可有人跟着没有？（红 45-628-20）→小孩子, 你是谁人之子, 可晓得娃甚么？（二 5-106-12）→这位可是杨管家么？（二 4-91-10）"阿曾"と"可曾"もこの関係にある。⇨阿曾

【阿】
〈綴〉①兄弟・姉妹の長幼順や幼名などの前に加えて呼ぶ。親しい間で用いられる。¶我说送～大去学生意,也要五六块羊钱咪。（海 3-19-11）¶忽又见一个老婆子,也从里面跑到门前,高点叫"～巧",又招手儿说："勒去哉。"（海 2-14-14）¶～金姐,客人！（鸿 6-224-17）
（注）《商界现行记》に次のような記述がある。
这周子言排行第三,一般要好朋友叫他三兄,三弟,也有顶知己的直叫他老三,阿三哩。（商 1-2-9）なお、姓につけていうこともある。→只见他轻移莲步,慢拢湘裙,直走到贡春树的面前,故意嗔道："阿贡,耐勿要勤浪瞎三话四,啥格滚出来勿滚出来,……"（九 89-63-5）
②親族の呼称に付けても用いられる。⇨阿伯、阿哥、阿姐、阿舅、阿嫂、阿叔、阿侄。

【阿伯】
〈名〉父の兄。父の世代の父より年長の男性に対する呼称としても用いる。¶我爷娘刚刚死仔三个月,～就出我个花样,一百块钱卖拨人家做丫头。（海 52-439-13）¶哈哈哈,如今勿叫老钱,要叫丈人～哉！（描 3-27-9）

【阿曾】
〈副〉動詞述語文または形容詞述語文の述語に用いられて、過去にその動作・状況が発

生したかどうかを尋ねる。¶令堂阿好？～一淘来？（海1-3-24）¶～唱？（海3-23-5）¶我～去做屠明珠，耐啥就吃醋嘎？（海18-146-15）¶姐夫～晓得？（海43-363-21）¶难人～齐嘎？（海47-397-8）¶去愁，～听见呀。（九104-725-13）¶倪勤浪耐面浪，～有面推板？（九129-868-25）¶倪～敲过歇耐啥格竹杠？（九7-51-11）¶唔笃少爷～出来？（鸿4-212-24）¶～吃饭勒？（鸿4-213-12）¶奶奶～看过歇格？（狐8-57-5）¶～说完介？（三4-37-7）¶你朵主人昨夜头～居来？（三8-94-3）¶太太～同来？是啥格船来格？（官8-111-13）¶（到底）（终久）～（寻着个）（碰头个）（看见个）（上问22-41-3）"鞠"とも作る。¶耐今朝鞠到陈大人塔去？（鸿16-285-18）¶人鞠看见？（鸿16-286-1）¶你可曾问过这人是那些里来的？（官10-144-19）¶你在上海许久，堂子里可曾玩过？（新31-141-30）¶你们众位可曾听见没有？（官46-784-8）¶有翁的大著必不少，可曾发刊过么？（新29-133-10）¶前日那幅美人画，可曾收拾在那里？（鼓22-266-9）¶（生）多承厚情！（浮、丑）好说。大哥可曾拜了？（生）还不曾。（杀23-96-6）

【阿哥】
<名>①兄。¶洪善卿知己末勿知己，我～搭俚也老朋友哉。（海19-154-17）¶我说耐同倪一淘到上海，我去寻～，耐末夷场浪白相相，阿是蛮好？（海29-239-9）¶唔笃兄弟俫落调皮得来，耐做仔～末，也勿晓得管管俚。（鸿5-215-8）¶到仔明朝，敷管俚好点勿好点。请俚笃～来送仔俚转去，就完结哉。（狐16-119-13）¶兄弟见～理当唱啥个吓！（描26-236-14）¶难末，倪又勿懂哉。倪格娘有格过房儿子，算倪的～从前也勒一爿洋行里做买办格。（官8-112-12）¶倪嫂嫂听仔心里一迳弗舒齐，要我劝劝～（沪1-18-5）¶～做官一场，土仪也不值得寄些与我，反来要我的。（醒下6-145-16）¶程宰思量道："吾且到哥哥房中去看一看。莫非夜来事件，他有些听得么？"走到间壁，叫声："～！"程宰正在床上起床，看了程宰，大惊道："……。"（二37-685-7） また同世代の男性に対する敬称としても用いる。¶瑞生～倒蛮写意个人，一点点脾气也无拨；听见倪叫无姆，……倒好像是你无姆个倪子。（海29-243-22）¶种种是倪勿好，叨光耐搭倪包荒点。好～！（海5-36-10）¶只怕这只戒指不是大阿姐去，是高升栈的四～借去的罢！（九32-242-17）¶我的好三～！亲三～！作成兄弟掏一票罢。（商5-35-21）¶韩回春陪着笑脸道："好～，委实何等富贵？便实与小兄弟说，可行可止，自有权受，何故欲言又忍，藏头露尾的？"（禅4-47-11）¶马绥道："我们捉破了他，赚些油水何如？"牛小春道："正要来见～，求带挈"（初31-579-15）¶金满取出五两银子，送与刘云道：

語彙例釈　a

"些小薄礼，先送〜买菓吃，待事成了，再找五两。"（警 15-203-7）¶张远道："〜，借你手我看看脉息。"阮三一时失于计较，便将左手抬起，与张远察脉。（喻 4-83-15）¶鲁提辖道："〜，你莫不是史家村甚么九纹龙史太郎？"史进拜道："小人便是"（水 3-46-9）②妓女同士で敬称として用いる。¶忽听得张蕙贞在客堂里靠着楼窗口叫道："雪香阿哥，上来哩。"王莲生往下一望，果然是吴雪香，……吴雪香已自上楼，也叫声"蕙贞〜"。张蕙贞请他房间里坐。（海 5-40-6）¶翠凤〜，该搭来哩。（海 22-179-1）

(注)この呼称について、張愛玲注釈：海上花は「也由于对年纪的敏感，妓女彼此不称呼"姐姐"，特别客气的时候代以半开玩笑性质的"哥哥"」と注釈している。

【阿姐】

〈名〉姉。"阿哥"と同じく、血縁関係がなくても用いる。¶〜是才嫁仔人了，好哉。（海 3-20-16）¶〜啥实概嗄，唱一支末哉嗄。（海 28-35-12）¶大小姐耐记记看，像煞昨日仔大〜来借仔两只戒指，勿知阿就是二少格一只？（九 32-242-13）¶〜到好个，去仔勿过来哉，俚乃个客人到倪床浪来困，倪自家个客人到坐勤浪小房间里，阿要诧异！（鸿 6-225-7）¶採莲〜斗梳妆，好似红莲搭个白莲争。（喻 12-180-6）"阿姊"とも作る。¶杨老勿应该说格，阿姊俚夠动气，譬如俚放仔一个屁末哉。（狐 3-15-5）¶文仙阿姊跟着仔耐，总算是俚格福气。（九 103-717-5）¶倪格阿姊来浪苏州辰光一迳搭俚末蛮要好格。（沪 1-10-1）¶金玉楼的阿姊是叫金如红呢。（新 35-161-27）¶那时夏雅丽已经十六岁了，见阿姊惨死，又见鲜黎亚博，苏菲亚都遭惨杀，痛不欲生。（孽 16-129-26）¶若得阿姊为我方便，得脱此门路，是一段大阴德事。（喻 17-253-12）

【阿舅】

〈名〉妻の兄弟。¶难教阿哥公馆里夠来，停两日做〜坍台煞个。（海 38-320-16）¶他儿子小王，我又替他买了一个部里书办名字，五年考满，便选一个典史杂职。你若不弃嫌，便把你令郎招给他做个女婿。将来这做官的便是你令郎的〜了。（儒 25-306-12）¶一日，这女婿上城来望丈人，〜。（醒下 2-104-19）¶俗语道："未看老婆，先看〜。"小弟尚未有室，吾兄与小弟做个撮合山？（二 17-347-10）¶伯伯，你的乐〜透风与我们了。一就去劫牢，一就去行李不迟。（水 49-814-15）

(注)胡竹安编：水浒词典に「吴语中绍兴、平阳、上海都称妻子的兄弟为"阿舅"」とある。なお"母舅"の意味でも用いられている。→小时，我送雷都头那人出来时，你便叫我做阿舅，我便认你做外甥。（水 14-202-5）

【阿嫂】

a　語彙例釈

〈名〉兄嫁。　¶小个辰光无拨仔爷娘，故末真真是苦恼子！阿哥～陆里靠得住，场面蛮要好，心里来哚转念头。(海 52-439-10)　¶勿局个！麵面孔个小娘仵，我去认俚～！(海 62-529-5)　¶～今朝朝浪故格哉，叫耐赶紧转去。(鸿 13-271-3)　¶原来阮家弟兄三个，只有阮小二有老小。阮小五、阮小七，都不曾婚娶。四个人都在阮小二家后面水亭上坐定。阮小七宰了鸡，叫～同讨的小猴子，在厨下安排。(水 15-216-3)

（注）友人の妻に対する呼称としても用いられる。　→华安，东楼、西楼去勿得个。(笑 10-152-13)　→我众兄弟各人敬～一杯酒。(醒 36-762-10)　→前日你每～有病，教我去求签，那道士说："大象不妨，禄马不到。"(杀 14-61-5)　→～休怪！莫要笑话！阿哥，明日再得相会。(水 7-114-9)

【阿叔】

〈名〉父の弟。　¶为俚～生仔杨梅疮，到上海来看，俚一淘来。(海 37-312-6)　¶慰卿失惊道："哦……夏生到北京哉！那哼倪一点野嘢晓得。"月缘道："说是俚格～叫俚去格，野弗晓得啥事体。"慰卿沈吟了一回笑道："倪听说阿要嫁夏生哉。啥弗跟仔俚去？"(沪 4-97-11)　¶宇澄有一位～也偶尔到庄艳芬那里走动的，便去有意无意的访问。(人 36-413-7)　¶～莫要性急。放着弟兄两人在此，怎敢白赖～的房子住？就是没钱典房子，租也租两间出去住了，把房子让～。(儒 16-200-2)　¶差人听了这些口供，径道朱玉家来。见朱玉是小官儿，好生拿捏道："～奸占侄儿媳妇，这是有关名分的。……。"(型 25-346-9)

（注）作品によっては、"小叔子"(夫の弟)の意でも用いられている。　→什介说得起来，～偷阿嫂是勿碍个。(笑 10-153-4)（"况嫂叔通奸从古有"を受けて言っている）。　→发话道："你既是聪明伶俐，恰不道长嫂为母。我当初嫁武大时，曾不听得说有甚么～，那里走得来。……"(水 24-365-10)（"武松"を指している）。また、父の世代の若い男性を呼称する。　→忽然想起门子王文英，他在衙门有年，甚有见识，何不寻他计较。一径走出县来，恰好县门口就遇着王文英道："金～，忙忙的那里去？"金满道："好兄弟，正来寻你说活。"(警 15-202-17)　夫の世代の若い男性の呼称にも用いられる。　→孙二娘大笑道："我说出来，～却不要嗔怪。"孙二娘大笑道："我说出来，～"(孙二 31-483-2)

【阿呀】

〈叹〉あれ。あっ。"哎哟"に同じ。　¶～！说说闲话倒忘记载，李老爷吃啥点心？(海 16-128-17)　¶说时迟那时快，只叫得一声："～！"但见舟着顺流下水，去若飞电，若现

語彙例釈　a

若隠，瞬息之间，不知几里。（醒32-681-2）¶洪太尉吃了一惊，叫声："～！"，扑地望后便到。（水1-5-3）"阿也"とも作る。¶阿也！不消如此，你二人是何师傅使来的人，就是自家人一般。（初31-577-3）¶公子叫声："阿也！"失色而走。（二22-459-2）¶阿也！甚么道理，教师父坏钞！（水45-732-11）

【阿要】

〈副〉疑問の形で程度の甚だしいことを強調する。¶俚哚叫来哚长三书寓，耐去叫幺二，～坍台！（海2-10-23）¶原是'双'啥'双'啥，～讨人厌！（海3-20-22）¶两个小干仵并仔一堆末，成日个哭哭笑笑，也勿晓得为啥，～笑话。（海22-181-19）¶耐～好意思格！花家里明朝去末哉，倪搭小场化，委屈耐点阿好？（九1-9-5）¶阿唷！耐放得定点哩，吓得来格付神气，～难为情！（九6-46-22）¶我想耐刚做江秋燕个辰光，眼睛一霎夷是几个月下来哉，辰光～快！（鸿7-232-9）¶阿唷唷，说得～窝心！常恐倪吨不实梗天官赐哩。（沪1-8-6）

【阿要】

副詞"阿"＋助動詞"要"。⇨阿。¶听见说杭州黎篆鸿来里，～去问声俚看？（海1-6-11）¶耐吃仔饭～捕面嘎？（海6-44-3）¶稀饭炖好勒浪哉，～吃？（鸿4-212-7）¶～吃夜饭哉，就倪搭便饭，去叫仔两样菜阿好？（九1-9-9）¶奴倒想着仔一只笑话勒里哉，讲拨寝笃听听？（狐13-93-7）¶耐～去看看俚？（沪3-58-3）

【阿哟】

〈叹〉"哎哟"に同じ。¶～，张先生啘。倪只道仔耐勿来个哉，还算耐有良心哚。（海2-12-5）

【阿唷坏】

〈叹〉痛いときに発する声。¶雪香伸手将仲英臂膀摔了一把，道："耐末讨气哉哩！"仲英叫声"～"，惹得哄堂大笑。（海47-403-4）¶书玉更加不好意思，红着脸狠狠的把手在厚卿大腿上拧了两把，得厚卿叫声"～！"直立起来。（九7-52-2）

【阿唷喟】

〈叹〉"阿唷坏"に同じ。¶诸十全伸手去实夫腿上摔了一把，实夫叫声"～"。（海21-167-23）

【阿有价事】

副詞"阿"＋有＋价事。⇨价事。そんな事があるか。¶俚说耐当脱仔俚皮袄，～嘎？（海3-19-9）¶余庆哥一径来里埋冤我，好像我看勿起俚，耐说～？（海56-474-19）¶

a 語彙例釈

听说俚第歇辰光夷讨仔一个姨太太哉，～？（沪1-10-5）"价事"は"介事"とも作る。¶耐一径搭倪说唔笃太太凶煞，勿许耐讨小老姆，到底阿有介事？（九184-1191-16）¶两家头格武工据说好得呒淘成笃，勿知阿有介事？（狐5-30-19）¶奴听见说广东顶富，到底阿有介事介？（狐17-132-16）

【阿有啥】
副詞"阿"＋有＋啥①形容詞述語、動詞述語の前にあって、そのことを否定する。共通語の"有什么"（《現代漢語八百詞》増訂本P.484参照）、"怎么"、"怎么会"などに当たる。反語。¶照应倪妹子，～勿好。（海1-6-24）¶张大少爷，倪娘姨咪说差句把闲话，～要紧嘎？耐是赵大少爷朋友末，倪也望耐照应照应，～撺掇赵大少来扳倪个差头？（海2-6-11）¶吃酒末～勿好意思说嘎？赵大少爷爷请耐咪两位用酒，说一声末是哉。（海3-7-3）¶双珠道："耐为啥打俚嘎。"阿德保笑道："三先生～勿晓得。"（海3-19-9）¶善卿道："名字叫周双玉，阿好？"双珠道："～好听个嘎？原是'双'啥'双'啥，阿要讨人厌！"（海3-20-22）¶问金凤道："耐阿懂嘎？"金凤道："葡萄架碗，～勿懂。"（海7-53-14）¶耐咪是啥人嘎！～勿问情由就打起人来哉嘎！（海9-68-22）¶阿姐，啥实概嘎，我搭倪～客气哩？（海11-89-22）¶笑问漱芳道："耐阿肯放俚去应酬歇？"漱芳不好意思，笑答道："大少爷倒说得诧异。故是正经事体，总要去个，倪～勿放俚去嘎？"（海18-145-15）¶帮贴末，～勿要个嘎！耐替我衣裳、头面、家生舒齐好仔，随便耐去帮帖几花末哉！（海45-378-11）¶～罗老爷肯帮仔，耐倒勿许罗老爷帮？阿是罗老爷个洋钱耐定归要一干子拿得去？（海45-379-11）¶起先年纪轻，勿曾懂事体，单喜欢标致面孔个小伙子，听仔俚咪海外闲话上个当；故歇要拣个老老实实个客人，～差嘎？（海60-509-17）¶陆老爷费仔心，搭倪干事体，倪～勿答应格。不过该桩事体实梗完结，才为仔耐陆老爷哩，勿然是倪定归要搭格只乌龟拼一拼勒（鸿12-260-11）¶媒人～揑上门格？倪搭俚现在也勿做啥亲，还用勿着啥媒人。（官10-142-4）¶深甫笑道："漱琴先生，耐格两支昆曲，长远弗请教哉。今朝阿可以唱支来听听呃。"漱琴笑道："倪是唱得弗好格。耐朱老要听末，倪～弗可以格。"（沪1-24-10）¶停停等俚出仔场，看俚台头望上格辰光，倷暗暗教对俚做格手势，或者笑格一笑，俚如果勿看见末拉到，一看见倷，～勿认得格？（狐47-404-22）"阿有倽"とも作る。¶倪末阿有倽勿放心格，本来耐章大少格相好，阿关得倪倽事，倪是勿好来管耐格啘。（九2-19-6）

語彙例釈　a

②前項と同形であるが、反語ではなく、疑問を表す。"阿是……"に当たるが、語気はやわらかい。 ¶耐末就说是勿去，俚哚阿要到耐公馆里来请耐嘎？俚要问耐，～得罪仔耐了动气，耐搭俚说啥？阿好意思说倪教耐勿去嘎。（海 8-59-1）¶玉甫连问："～勿适意？"漱芳也不答，却说道："…………。"（海 18-141-3）¶尹痴鸳忙问："～勿适意？" 素芬道："怎晓得俚，好像无啥。"（海 45-382-3）

（注）下例と比べると、語気の違いが明らかである。→云甫问漱芳："阿是勿适意？"漱芳说："是呀。"（海 18-145-6）

③"有"が述語の中心語で「啥+名詞」がその賓語の関係になっている。"阿"の疑問文で、疑問または反語を表す。"啥"の用法については、"啥③"を参照。なお、賓語の後に意味的なかかわりのある動詞連語が続く複雑述語にもなる。 ¶俚真真用脱仔倒罢哉，耐看俚～用场嘎？（海 3-19-15）¶老鸨～好人嘎！（海 6-47-22）¶成日成夜来哚老相好塔，～工夫到倪搭来嘎。（海 7-51-2）¶推扳点客人勿去说哉，就算客人末蛮好，俚说是无长性，只好拉倒，教我～法子嘎？（海 7-52-8）¶倪坍仔台末，耐沈小红～好处？（海 12-94-22）¶淑人道："故末为啥？"双玉斜瞅一番，道："耐勿去问俚，～好闲话！"（海 46-390-19）¶俚个人末～淘成，两个月勿曾到，一千洋钱完结哉唲。（海 58-499-2）¶唔笃两家头想想看，～好点法子介？（狐 47-404-8）"阿有倽"とも作る。¶该搭闲话，不过倪搭质翁背后头说说，倘然做勿转，倪总要照数付格，阿有倽叫质翁赔帐格道理！（鸿 12-263-26）

④前項と同じ疑問または反語を表す疑問文で、"啥"が"有"の賓語、その後に"啥"に意味的にかかわる動詞が続いているもの。 ¶阿金道："俚拿我皮祆去当脱仔了，还要打我。"说着又哭了。双珠道："～说嘎，耐自家见乖点，也吃勿着眼前亏哉唲。"（海 3-19-5）¶人是～说嘎，就不过应酬推扳点，耐喜欢人家人末倒也无啥。（海 16-126-4）

（注）"阿有啥"を含む文を便宜上まとめて記述したが、その文法構造はそれぞれ異なり、それによって文意は異なる。"阿有啥"を含む文には、下例のようなものもある。

宝玉披衣坐起，问道："阿有啥辰光哉介？"阿金道："约摸有四点钟哉，天亮还有歇歇勒。……。"（狐 56-476-13）

前記の③の用法の一種であって、"有"は存在ではなく、ある数に到達していることを表す用法のものである。

なお、副詞"阿"がなくても、同じ文意になる。→俫是该千动万格人，就甩脱仔一千八百末，有啥要紧介？（狐 15-104-19）→俫阿是拨别人欺瞒仔呢，还是奴有啥得罪仔俫呢啥？（狐 17-130-15）→秋姑在前，解元在后。朝子柴房去哉。看看走相介，柔枝弱柳，有啥勿开心。（三 13-150-16）→倪格哥哥可以做官，倪格儿子俚格阿侄，有啥勿好做格？（官 8-112-18）

また、動詞"有"がなくても、同じ文意になることもある。⇨啥⑨

【阿侄】

〈名〉兄弟の息子。¶张蕙贞末吃个生鸦片烟，原是倪几个朋友去劝好仔，拿个～末赶出，算完结该桩事体。（海 57-484-1）¶吭不俫人，就是俚格～伯荪搭仔我，还有俚纱栈里两个朋友。（鸿 2-197-5）¶倪格阿哥可以做官，倪格儿子是俚个～，有啥勿好做格？（官 8-112-18）

【嘎】

〈助〉①文末に用いられて、疑問・反語の語気を強める。¶教我那价去见我娘舅～？（海 1-3-15）¶张大少爷阿有相好～？（海 1-7-22）¶陆里搭～？（海 2-10-22）¶拨来洪老爷看仔，阿要笑煞～。（海 4-28-20）¶张善卿举杯向蕙贞道："先生恭喜耐。"蕙贞羞着的抿嘴笑道："啥～！"（海 6-47-4）¶倷落勿坐歇去～？（鸿 3-206-23）¶阿是～？（鸿 1-194-5）¶该搭阿是六号～？（九 42-308-20）¶倪是勿好格，就不过为仔天热，衣裳着得清爽点，有啥格好～。（九 42-304-19）¶倒是我只有俚俫一个，故歇就嫁脱仔叫我靠啥人过日脚～？（狐 5-34-9）¶耐作啥～？（沪 2-17-2）
②文末に用いられて、詠嘆の語気を添える。¶生意勿好末能概苦～。（海 17-133-18）¶就是像俚乃铲头倌人，替老鸨做仔生意再要拨老鸨打，我总勿懂俚乃为啥实概贱～。（海 32-264-9）¶倪并勿是要抢俚格汇票～，为仔俚做出格副极形，有心叫俚难过难过。（九 6-50-7）

【啊】

〈助〉文末に用いられて、感嘆の語気を表す。¶耐好～，骗我阿是？（海 1-11-13）¶阿金伏倒在地，挣不起来，还气呼呼地嚷道："耐打我～！"（海 3-18-21）

ai

【哎哟】

〈叹〉驚き、苦痛などを覚えた時に発する。¶～，杨家姆快点来哩！（海 2-16-1）

【哎哟哟】

語彙例釋　ai

〈叹〉"哎哟"に同じ。¶接着"～"喊个不住。（海 2-16-2）

【挨得着】

"挨着"の可能形。共通語の"轮得到"に当たる。資格のあることをも例える。¶我就姘仔戏子末，阿～耐来管？（海 27-222-15）¶还仔耐格洋钱末，才完结仔啘，阿～耐来瞎噪咦哄哩，倽格样式！（九 38-279-22）¶倪格日仔一看见耐，就晓得耐是老牌子，标致搭仔年轻格相好，勿知几化来浪，洛里会～倪呀！（九 149-989-18）¶故歇呒拨啥人来管我，阿～倽笃格班乌居来管，倽笃勿要来浪做梦，老实说，我高兴末做做生意，一个勿高兴，我生意勿做哉，看倽笃阿有啥法子想！（九续 35-268-8）¶说到这里，眼色往红雪仙馆一瞥道："一品夫人在这里呢！""那里～我！"（人 27-286-19）

【挨勿着】

"挨着"の不可能形。資格の無いことをも例える。¶耐要拣个有铜钱点，像倪是～个格。（海 18-148-6）¶我搭耐无姆讲闲话，～耐来说！（海 31-257-4）¶倪吊膀子末，勿关耐格事体，～耐来瞎三话四。（九 160-1055-9）¶唔笃大人一塌刮仔几十万银子格家当，也勿算倽格大家私，再说起功名来，一个候补知府，加二挨俚勿着，倪搭格客人，比乎唔笃大人再要阔点，想讨倪转去格多热来浪。（九 47-342-16）"挨弗着"ともに作る。¶耐格星带挡饭钱，本来要付清快哉，不过钱乌龟搭耐付该格洋钱，还挨弗着勒。故歇俚闯仔祸，打坏几化物事，应该赔几化洋钱，还做点啥场面？（鸿 11-256-17）¶红雪仙馆道："当不起，要折煞我了，四少爷真正的一品夫人端端正正坐在公馆里呢！你也挨不着，我也轮不到（人 27-286-21）"

【挨一挨二】

一二を争う。¶金凤阿有啥说嘎，定归是～个时髦倽人。（海 49-417-24）¶上海～个红倽人，故歇弄得实概样式！（海 54-462-13）

【挨着】

〈动〉①……の番が回ってくる。……の順に当たる。共通語の"轮到"に当たる。¶我末～第三。（海 21-166-21）¶本事末～俚顶大，独是运道勿好。（海 21-166-24）¶故歇～杨老爷令哉。（狐 7-49-20）¶今朝夜头勿要避拢，～侬会钞者。（上散 10-61-8）②……の番になる。……のことになる。人と比べて不満を表すとき。¶耐搭别人末去买仔，～我末就勿该应买哉？（海 24-195-17）¶耐叫袁三宝三块洋钱一个局，连浪叫仔几花。～倪末，就算省哉！（海 25-206-5）¶别人搭俚吊膀子，倒还勿要去说俚，独独～耐要搭俚吊膀子末，倪定规勿许，看耐阿有啥法子！（九 161-1057-19）

ai－an　語彙例釈

【噯气】
〈动〉げっぷをする。¶脾胃伤则形容羸瘦,四肢无力,咳嗽痰饮,吞酸～,饮食少进,寒热往来,此之谓痨瘵。（海36-305-4）

【碍】
〈动〉主に疑問や否定で用いられ、"勿～"は「かまわない」、"～啥"は「それくらい何だ」の意味。¶香香面孔末～啥？（海6-48-21）¶我有道理,勿～个。（海32-265-15）¶什价说得起来,阿叔偷阿嫂,是勿～个？（三10-120-29）¶勿～格,勿～格,横势搭俫一淘来格,就算别人看见,总当是人家烧香,有啥要紧嘎？（狐56-481-5）¶你咪主人当真勿居来,自我先生代子野勿～活。（三17-206-29）¶原来只怕林冲～紫进的面皮,不肯使出本事来。（水9-141-2）

【碍事】
〈形〉疑問や否定で用いられて、"勿～"は"不严重"（たいしたことはない）。¶还好,就肋里伤仔点,勿～。（海9-70-22）¶又把耳朵边捎着看看,道："却也还有个虚惊,不大～,此后运气一年好似一年哩。"（儒16-201-21）

an

【安逸】
〈形〉気持ちがのびのびとしている。¶我再要请先生哉,吃药哉,吵得一家人才勿～。（海20-161-15）¶辰光老早勒,耐再困歇罢,才है倪勿好,叫耐到该搭来,吵得耐勿～。（鸿11-255-15）¶自我辛辛苦苦唱,你末安安逸逸吃,还勒里嫌憎道好勒!（三5-63-19）¶我老两口子只望靠着你吃碗～饭罢了。（栲22-350-19）¶自从白食鬼搬来了,我们就没有～日子过着过。（十35-261-18）¶少爷,你道～日子容易过的么？你眼前的～,都是老子劳苦去换得来的呢。（新27-125-13）¶末后议和,又赔掉了二百万兆的银子,弄得中国民穷国弱,他却安安逸逸享受荣华富贵。（新4-19-2）¶刚睡下,便叫倒茶,一时又叫捶腿,如是一夜七八次,总不使其～稳卧片时。（红80-1154-11）¶公子,我想在家穿了自在,吃了自在,何等～,那里晓得行路的这样苦楚。（鼓7-90-10）¶况且吃了这几年～茶饭,定害菴中,心中过意不去。（警11-146-1）

【安葬】
〈动〉埋葬する。¶阴阳先生看个。初九午时入殓,未时出殡,初十申时～。（海42-357-11）¶现在只求任大人想法子派个人,跟着我把我们老爷,太太的灵柩送回杭州～,那我就死

語彙例釈　an－ao

也瞑目！（榜 24-384-15）¶两尸同卧在一榻之上，等天明时辰到了，下了棺同去～。（二 6-124-6）

【安置】

〈动〉就寝する。あいさつ用語として用いられる。¶王老爷～罢。（海 4-29-18）¶随后大阿金、阿招齐来收拾，吹灯掩门，叫声"～"，而退。（海 20-163-8）¶加二明朝要去烧香，亦要起早起格，格落我劝㑚甩开点念头，马上就～罢。（狐 60－513-3）¶陈大少，大房间里去～罢。（商 3-20-14）¶宝玉一面唤阿珠等搀扶朝芬上床，一面命娘姨在对房打扫床帐，好让祖梅、选仁～。（狐 19-150-14）¶落后和尚送出周进的饭来，一碟老菜叶，一壶热水。周进也吃了。叫了～，各自歇宿。（儒 2-29-20）¶相公门行路辛苦。请蚤～些何如？（鼓 19-223-16）¶秦小官人，～罢。（醒 3-54-13）¶押司～。今日多欢。明日慢慢地起（水 21-312-7）

【按】

〈动〉考えをめぐらす。¶细～题目四个字，扣得也紧极。（海 60-515-21）¶你倒此书从何而来，说起根由虽近荒唐，细～则深有趣味。（红 1-1-8）

【暗底下】

〈副〉ひそかに。かげで。¶耐覅去说穿俚，～拿个王老爷挤，故末凶哉。（海 56-477-23）¶其实～骂骂俚。俚倽一点听勿出，认道奴搭俚要好。（狐 13-92-11）¶刚刚贺老～告诉我，今夜清酒，面子浪末是姓袁格，轧实是开丝栈小老班姓黄格做出钱施主。（狐 53-455-15）¶这几天龙珠身上，明的虽没有，～早已五六百用去了。（官 13-191-17）"暗地下"とも作る。¶艳芬暗地下却打听宇澄得病之由，更觉得伯仁由我而死，愈加痛惜。（人 36-412-11）

ao

【拗空】

〈动〉①根も葉もないことを言いふらす。ありもしない事をでっちあげる。¶该个末，倪无姆个姘头喲。就是俚勿声勿响，调皮得来，坎坎还来浪起个花头。我个人去上俚个当，～哉哩！（海 49-420-23）¶俚哝两家头才是～，覅说五少爷定仔亲，就勿定末，阿能够讨双玉去做大老母！（海 57-487-11）

②名ばかりで実をともなわない。¶俚说故歇上海赛过～，夷场浪倌人一个也无拨，幸亏俚到仔上海，难末要撑点场面拨俚咶看！（海 56-478-20）¶～算客人，连搭仔做诗才勿懂，也好哉！（海 59-505-13）

ao－ba　語彙例釈

【拗杀】
〈动〉たたきころす。¶要是我个讨人像实概样式,定归一记~仔拉倒!(海32-263-8)

B

ba

【八马】
〈名〉"豁拳"で唱える数の名。¶一时袖舞钏鸣,打摇花颤,听不清"五魁""~",看不出是"对手""平拳"。(海15-18-17)¶大家"五魁"、"八马",乱了一阵。(鸿7-229-13)¶尔梅与少牧尚是初次见面,却不得情,只得勉勉强强五魁~乱喊。(繁后17-925-4)¶一会唱停,文卿又按着各位敬拳,那些姑娘也参错着分敬。三个五个、~对手的乱喊。(梼1-13-5)

(注)"豁拳"では、双方が同時に1から10までの任意の数を唱えながら、指で0(にぎりこぶしで表す)から5までの数を作って前方に突き出し、唱えた数が両方の指で示した数の和になった方が勝ちとなる。例えば、"八马!"と口で唱えながら、手を開いて5の数を作って突き出し、相手が3を出した場合、合わせた数が8になるので、こちらの勝ちとなる。

【巴结】
〈形〉身を入れている。¶只要俚~点,也象仔俚咾姊妹三家头末,好哉。(海3-20-14)¶耐看,俚头一个先到,阿要~?(海6-46-9)¶些少客人面浪推扳仔点末,俚笃就要咕噜哉,说倪做生意勿肯~。(九37-273-5)¶到底俠勿比得格辰光自家挂牌子,应该要~点,故歇是两样格哉,高兴末陪陪俚笃,勿高兴末让俚乞希,自有小先生勒浪承值。(狐60-513-6)¶你父亲就是你一个儿子,既然叫你读了书,自然望你~上进,将来也同你赵家大哥哥一样,挣个举人回来。(官1-4-8)¶我自从出来做官,也总算~的了,衙门牌期没有一回不到。(官44-739-16)¶莫可文自从做了王太尊书启之后,办事十分~。(目99-810-1)¶或是教他们几句为人的道理,或是勉励他们~向学,将来学成之后,可以报效朝廷,总不过是这几句话。(文43-252-8)¶阿聪进了学堂,读书非凡之~,学堂里先生非凡喜欢他,每逢考试分数总是他最优。(十14-98-11)¶那女客人用钱,比了男客更为撒泼,所以佣人门待到女客,也比男客来得~。(新32-145-27)¶贾政又问道,:"我听见说你们家的哥儿不是也叫宝玉么?"包勇道:"是。"贾政道:"他还肯向上~么?"(红93-1320-7)

語彙例釈　ba

〈动〉とりいる。¶耐张大爷有恩相好来哚，倪是～勿上啘，只好徐大爷来照应点倪啘。（海 5-36-12）¶自家生活豁脱仔勿做，单去～个姚奶奶。（海 23-189-19）¶二少爷洛里会看中倪介！就是要～末，也～勿上啘！（九 149-989-15）¶你们这些烂婊子，只知道～大人，把我们不放在眼里！（官 12-181-18）¶瞿太太是有心～宝小姐的，如今借此为由，被他搭上了手，便尔趋前跟后，做出千奇百怪的样子来奉承宝小姐。（官 38-652-5）

【巴勿得】

〈动〉切望する。¶双宝心里是也～要好，就吃亏仔老实点，做勿来生意。（海 3-20-3）¶我也～早点好仔末，让俚也快活点，陆里晓得一径病到仔故歇还勿好。（海 20-161-10）¶大人耐明朝末夠再忘记仔，倪格先生末说着仔该样物事，～马上拿到手里。（鸿 7-228-8）¶依仔倪心浪，越快越好，～明朝就跟耐转去。（九 66-482-11）¶皆为听见仔傺来，晓得傺是上海顶红格硬牌子，格落一口应承，～搭傺认得，结结交傺。（狐 18-135-8）¶钦差巴不得事情有了挽回，登时应允，限五天之内禀复。（官 19-300-4）¶瞿耐庵也巴不得讨他。（官 39-667-9）¶少牧越发拿定他心中憎着尔梅，巴不得他立时便走，微笑回说："去了一点钟来可好？"（繁后 19-944-16）¶宝玉巴不得黛玉出去散散闷，解了悲痛，便道："……。"（红 67-951-15）¶次日巴不得天明，绝侵早起来，着行童悄悄到赵尼姑家里去。（禅 6-76-14）¶这些家人巴不得主人有了这个口风，就好生事，做趁主人的钱。（醒下 2-103-16）¶弟兄两个，皆各流泪。惟有杨氏巴不得他三口出门，甚是得意。（初 33-620-11）¶朱景先见说话有来因，巴不得得知一个详细，即差家人请那邹巡简来。（二 32-618-9）¶当夜，武松巴不得天明。（水 29-450-2）

【拔舌地狱】

〈名〉人の舌を抜く地獄。¶阎罗王殿浪个～刚刚收作好，就等个痴鸳先生去末，要请俚尝尝滋味哉！（海 51-432-11）¶我不是迷信了那因果报应的话，说甚么谈人闺阃，要下～。（目 4-25-12）

（注）『二十年目睹之怪现状』は上掲例に次のように注釈を施している。拔舌地狱　佛家的迷信说法：凡是生前欢喜毁谤别人的人，死后就要堕入拔舌地狱，被鬼使把舌头拔出来，用铁钉钉起，以示惩戒。

【把】

〈介〉受動文に用いられて、動作主体を示す。共通語の介詞"被"に当たる。¶耐只嘴阿是放屁，说来哚闲话阿有一句作到。～我倒记好来里，耐再勿来末，索性搭耐上一上，试试末哉！（海 2-11-17）

ba 語彙例釈

（注）この"把"は"拨"に当てたものと見られる。"拨"は動詞として用いられるほか、介詞としても用いられる。→徐大爷个魂灵也拨俚叫仔去哉。（海 5-36-14）→我养来哚倪子,要像仔俚哚堂子里白相仔末,拨我打杀哉哩。（海 6-43-17）张爱玲注释：海上花はこの箇所を「你只嘴可是放屁？说过的话可有一句做到？倒给我记得清清楚楚在这儿。……」と、海南出版社：海上花列传（附译文）は「你这嘴可是放屁？说过的话,可有一句做到？我倒记得清清楚楚在这里。……」と訳している。なお、明清文学作品の中には、動詞および介詞の"给"に"把"を当てているものが多く、この"把"の用法は呉語の"拨"に一致する。"把"のこれらの用法については"拨"のところで用例を挙げている。

〈量〉①車の台数を数える。¶雪香便叫"喊～钢丝车"。（海6-44-2）¶倪要做两～车哚。（海 8-62-10）¶身上只有一块英洋,七八个角子,便坐～车子来到宝善街怡园烟馆,老主顾巧生堂里开了个灯。（商 6-43-3）

（注）呉語作品では"部"と表記しているのが多い。→猛听的蹄声"得得",一部象皮轮马车如飞驶过。（鸿 5-218-19）→只得换了两部东洋车,叫他拉到了一品香。（官 7-104-10）

②ひとつかみの量。¶榻床浪一缸生鸦片烟,俚拿起来吃仔两～。（海6-48-4）¶见我去了,林姑娘就抓了两～给我,也不知多少（红 26-360-15）

③手と関係のある動作を数える。¶多揩两～手巾,故末是正经。（海 26-217-21）¶王老爷,揩～面。（海 33-276-5）¶羊统领只揩了一～脸,立刻要走。（官 31-511-3）¶众姊妹弟兄皆你悄悄的扯我一下,我暗暗的又捏你一～,都含笑倒要听是何笑话。（红 75-1076-15）

〈助〉約数を示す。¶啥人要吃耐台～啥酒嗄！（海 4-29-7）¶倪马车一个月难得坐转～。（海8-62-21）¶王老爷坐仔几日天,用脱仔几花？阿有千～嗄？（海 10-82-20）¶个～客人,倪勿做末勿做哉唝,要耐去瞎巴结俚格俉？（九 38-279-13）¶该搭倪不过新近叫仔个～局,勿好算偺数。（鸿 3-204-9）¶故歇时候要添台～酒,有俉吃叫处介？（狐 13-91-3）¶一年到头总规有万～洋钿格进帐。（沪 2-8-12）¶倘能蒙老哥吹嘘,大人栽培,赏派个～差使,免得妻儿老小挨饿,便是老哥莫大之恩（官 3-36-7）¶至于绅士们,更要敷衍得好,来托件～事体,必得要答应的。（梼 5-68-13）¶龙员外概不计利,几万石米,不消个～月,尽行卖完,也不知救活了若干人性命。（醒下 6-142-6）¶想来我们在这里住了年～,并不曾置得一毫产业。（鼓 8-98-12）¶文若虚接了银钱,

語彙例釈　ba

手中掂掂看，约有两～重。（初 1-8-7）¶一时动了不良之心，未免说句～俏绰趣的话。（二 15-302-4）¶你在我家做媳妇年～，几曾见我走东家，串西家？（型 3-41-7）¶他便央你做得件～衣裳，你便自归来吃些点心，不值得搅恼他。（水 24-375-3）

【把脉】

〈动〉脉をとる。¶随便耐稀奇古怪个病，俚～，就有数哉。（海 21-169-12）¶别人告诉俚病情，俚连搭讪才勿搭理，把过仔脉，一声也勿问，别人勿晓得格，还赞俚有本事。指头底下，已经明白格哉。（狐 35-299-2）

（注）『近代漢語大詞典』は次のような釈義を示している。

把脉——中医诊病的一种方法。用中间三指按病人的手腕寸口，调正自己的呼吸，以病人脉搏跳动的频率来诊察病情。

【把势】

〈名〉芸妓稼業。花柳界。¶周双玉无啥；～里要名气响末好。（海 3-20-23）¶上海～里，客人骗倌人，倌人骗客人，大家觍面孔。（海 36-298-15）¶就是阿金姐也老～了，怎地做出这等不在行的举动来。（商 3-16-7）

【把势饭】

芸妓稼業・花柳界で生計を立てることを"吃～"という。¶李漱芳个人末勿该应吃～。（海 37-307-16）¶耐看上海把势里陆里个老鸨是好人，俚要是好人，陆里会吃～！（海 49-418-16）¶倪勿做生意末，～也吃仔两年哉，勿壳张今朝耐吃醉仔格酒，来瞎起倪格花头，阿要诧异！（九 34-252-6）¶像我真是一步也动不得，吃了这碗～。由不得自己做主，任人家呼来唤去。（歇 22-286-19）¶房间里有个娘姨名宝珠姐，年纪约有四十岁了，是个从小吃起～的。（繁Ⅱ11-463-9）

【把握】

〈名〉見込み。成功の可能性。¶眼前个把月总归勿要紧，大约过仔秋分，故末有点～，可以望全愈哉。（海 36-305-23）

【罢】

〈形〉まあそれでもよい。¶勿听末就～。（海 13-105-4）¶倪是随便俚末哉，来也～勿来也～。（海 15-118-6）¶故也～哉。（海 1-4-17）¶俚真真用脱仔倒～哉。（海 3-19-15）¶耐索性勿答应倒也～哉，板起仔只面孔一声勿响，实梗架音，阿是有心坍坍倪格台？（九 6-45-10）¶我也老了，累不起了，只好坐在店里帮你照顾，你只当寻个老伙计～了。（儒 21-257-22）

〈动〉やめる。¶耐勿去,俚哚就～哉?俚定归要拉耐去,耐阿有啥法子?(海8-59-3)¶俚吃仔亏转去,俚哚娘姨,大姐,相帮哚陆里一个肯～嘎?(海 9-71-3)¶耐一径骗下来,骗到仔故歇,耐还要来骗我!耐定归要拿我性命来骗得去仔了～哚。(海11-83-8)

【罢哉】

〈助〉文末にあってそれだけのことであるという語気を添える。¶我就晓得耐是不过说说～。(海8-58-7)¶耐也只好说说～。(海18-142-18)¶二奶奶再问耐阿要做下去,耐说故歇无拨对意个倌人,做做～。(海57-485-5)¶不过出脱仔两块洋钱～,怕啥嘎!(鸿1-192-17)¶据奴看起来,一定到别场化去,顺便到间搭走走～!(狐1-5-12)¶二小姐格两年生意勿局,一径亏空下来格呀,不过二小姐勿肯搭耐说～。(九167-1095-19)

〈动〉もうだめだと、失望・観念したときに発する。¶故末真真～!(海47-397-4)¶常恐三公子勿来个哉哩,难末真真～!(海61-523-24)¶长随把这个话回复了牛玉圃,牛玉圃才省悟道:"罢了!我上了这小畜生的当了!"(儒23-280-10)¶妻子见说枢里空了,大哭起来道:"罢了!罢了!一生辛苦,多没用了!"(二36-662-3)

【罢】

〈助〉文末にあって、請求、提案などの語気を添える。¶人末一年大一年哉,来哚屋里做啥哩?还是出来做做生意～。(海 1-4-6)¶倪勿到张园哉,一直转去～。(九 6-45-5)¶个末倪坐车子去～,走得去有好一段笃。(鸿1-193-20)耐勿要煞死个吃酒哉,到倪搭去坐歇～。(九1-10-17)¶辰光勿早勒海哉,俫今夜住勒里仔～。(狐3-15-24)¶明朝下半日准到,耐等好仔～。(沪1-93-6)¶我们家去吃饭~。(新22-98-9)¶不曾办得早饭,办不及了,怎么处?把昼斋早些～。(初 6-111-10)¶去取铁鎚来打开了～。(水49-807-10)

bai

【白】

〈副〉むだに。空しく。いたずらに。ただで。¶俚哚也自家谄头,拨来沈小红～打仔一顿。(海11-88-3)¶耐个闲话是～说脱个晼,啥人来听耐嘎!(海13-105-3)¶真真～带俫出来格(狐13-93-25)¶说同乐路格十三旦蛮好格,格落奴去看格呀,勿壳张俚瞳上台,害奴～去仔一埭。(狐46-401-1)¶岂不～送了性命?(何9-91-8)¶合同打好再由你退,我们行里只好替你们～忙,生意也不要做了。(官 9-133-9)¶你今天怎么忽的到上海来?可是～玩玩,还是另有什么贵干?(十11-75-12)¶他们在这里～

語彙例釈　bai

听～吃，已经便宜了，还让他们点呢？（红22-302-15）¶～送与他，太便宜他了。（禅22-111-3）¶只是～吃他们的，心里不安。（二26-518-1）¶从不曾见恁般主顾！～住了许多时店房，到还要诈钱撒泼，也不像斯文体面。（警6-69-13）¶酒家又不～吃你的，管俺怎地！（水4-71-12）

【白相】

〈动〉遊ぶ。¶耐要～末，还是到老老实实场花去，倒无啥。（海2-10-21）¶可惜淑人勿像耐会～。（海32-266-2）¶堂子里～格事体，倪搭耐故歇自然总有把握。（鸿15-283-2）¶倪今朝吃仔饭，阿到静安寺，申园，味莼园去～咾？（狐9-64-11）¶老实说，上海滩浪要出来～，顾勿得偺铜钱。（九15-116-5）¶依倪末蛮便当格：拍拍俚格马屁，请俚看看戏，吃吃大菜，坐坐马车，～～张园。（负17-80-12）¶我俚明朝要出去～，侬替我捏两个饭团，顶好弄眼咸菜（捏）(包)拉里向（上散5-22-3）¶到底子翁的艳福好；我们～了多年，面子上要好，都是假的。（官10-141-17）¶也有人说女嫖客在堂子里头～，不光是碰和、吃酒、打茶会、叫堂唱竟也有住夜的。（新32-145-28）¶现在却有一种翻新花样的～所在。（十11-76-2）¶我不是和你说明白了，去～两天吗？（人40-477-14）

【白相场花】

遊興をするところ。¶堂子里总归是～，大家走走，无啥要紧。（海56-474-20）"白相地方"ともいう。¶堂子里向虽是白相地方，野要点人品。（沪1-48-4）

【白相物事】

楽しみの対象として収蔵している物。共通語の"玩意儿"。¶再有我家常著个衣裳，同零零碎碎～，帐末勿曾开，才来里官箱里，无姆空仔点查末哉。（海49-416-15）

【白相相】

"白相"の重ね型。"白相白相"よりもよく用いられている。¶蕙贞阿哥，倪搭来～哩。（海5-41-10）¶到仔埭上海～，该应用脱两钱。（海15-120-6）¶小麻雀时常叉格，才是两个邻居走过来大家～，弄到捉瞎，实头想勿出（鸿12-262-14）¶格倒勿怪傺要气闷，还是出来～，散散心格好。（狐9-59-2）¶我是说说～呀。（狐22-173-25）¶搭倪一淘～，过一日末算一日。（沪2-65-9）¶今朝是礼拜日，我俚一道去～好否？（上散4-12-8）¶我说的话包你句句实在，此地也没有外人生客，我何必要造你的谣言？大家说说～，也无啥要紧。（人25-266-23）

【百十】

〈数〉100 くらい。 ¶上海滩浪通共三班毛儿戏，才叫得来哉，有～个人咪哩。（海 16-125-22）¶推板点，～洋钱也是一副头面；倘然要好个，再要全绿，常恐要千把哚。（海 32-270-11）¶请过仔几化有名气格本地郎中，吃过仔～贴药，一点效验才呒不。（狐 35-300-7）¶家里头老太太，奶奶，那一天，那一时不念上你～遍？（新 27-125-9）¶打开看时，里面有～来块洋钱，想来这是自家零用，不在店帐内的。（目 2-7-7）¶我从前夜里在大冈山领了～个壮健些的番女，一同下来。（孽 33-324-19）¶虽贾政当日起身时选了～篇命他读的，不过偶因见其中或一二股内，或承起之中，有作的或精致，或流荡，或游戏，或悲感，稍能动性者，偶一读之（红 73-1032-10）¶见一个人家们首，撑起一个小小布篷，挨挨挤挤，拥了～余人。（鼓 2-339-16）¶比及天明，已在潞河，离家有～里了。（二 38-704-6）¶两日赌得没兴，与你告借～贯钱去翻本。（喻 21-302-16）¶宰了一羫大羊，杀了～个鸡鹅，准备下酒食筵宴。（水 2-33-6）

【百叶】
牛・羊など反芻（はんすう）類動物の胃。食品名にも用いる。 ¶只买得六件～回来，分做三小碗，搬进房内。（海 30-247-15）

【摆】
〈动〉①⇒摆庄。 ¶我先～十杯。（海 3-23-8）
②置く。 ¶那老娘端了一副鸦片烟盘，问蕙贞："～陆里嗄？"蕙贞道："生来～来哚床浪仔椀，阿要～到地浪去。"（海 4-28-18）¶樱桃只只～拉梗篮里。（吴 292-45）¶只见仰俙的家人从里面捧出两枝鸦片烟枪，一盏烟灯，一大缸大土清膏，～在榻上，把烟灯点了起来。（维 2-11-1）¶标下今年活到毛六十岁的人了，以后这个脸往那里～？（官 31-523-24）¶前儿那两篓～在议事厅上，好好的原封没动。（红 61-862-3）¶一径奔到李清铺里，只见～着灵柩，众门生一片都带着白，好些人在那里弔问。（醒 38-834-7）
③⇒摆酒。 ¶耐要请我吃酒末，也～一台起来。（海 3-24-22）

【摆架子】
偉ぶる。威張る。 ¶噢啈，倒说得体面哚！耐算说拨来啥人听嘎，阿是来里王老爷面浪～？（海 9-73-9）¶该应用格辰光自然挣脱两钿，无俟要紧，勿该应用格辰光，耐也勿必摆格倷格架子，难下转勿要实梗。（九 100-699-22）¶勿要来浪～，耐格号闲话，有啥人来相信耐呀？（九续 29-220-8）¶陶子尧很～。这刘瞻光估量他一定是山东抚台的红人，所以才派他这赚钱差使；一心便想拍他的马屁，口口声声称他陶大人。（官 7-103-13）¶你想这种体面人的枪花，掉得大不大？这会子还要摆他的臭架子，叫我们跟他家里去取

語彙例釈　bai

洋钱。（新 47-216-3）¶及至他中了进士做了官，就摆足了这做官的架子，上房里连个雄苍蝇都飞不进来。（梼 14-225-1）

【摆酒】

〈动〉酒宴を張る。　¶我故歇去，就来里棋盘街浪望仔一望，望到俚房间里来哚～，豁拳，唱曲子，闹热得势。（海 14-107-6）　¶格号客人勒俚房间里向～碰和，勿要说替俚绷倻格场面，连搭仔俚格抬才拨俚坍完哉。（九 15-120-14）　¶一点也勿差，就是俚呀！酒末摆过仔一台，和倒碰仔三场哉。（狐 59-504-25）¶潘保正替他约齐了分子，择个日子贺学，又借在庵里～。（儒 17-208-19）¶过了一日，至初三日，乃是薛蟠生日，家里～唱戏，来请贾府诸人。（红 29-417-2）

【摆台面】

"摆酒"に同じ。¶我说末，耐先教月琴先生打发个娘姨转去，摆起台面来。（海 4-25-2）¶耐是长客呀，宣卷勿～，阿要坍台？（海 25-202-10）　¶少停～，起手巾。仇五科便让陶子尧首座。（官 8-109-15）¶当下摆开台面，伯宣诸请人写了催花条子。（歇 21-271-19）

（注）葛元煦：沪游杂记卷二"青楼二十六则"に「台面，请客叫局，全席谓之"摆台面"，房中半席，谓之"吃便饭"，粤妓称为"消夜"」とある。

【摆庄】

拳を打つ親になる。¶善卿坎坎来，也让俚摆个庄，等蔼人转来仔一淘过去。（海 4-25-3）¶我来摆五杯庄！（海 28－235-18）

（注）吴越改写：海上花列伝普通語本に「豁拳赌酒，"挑战"的人叫"摆庄"，在自己面前萩满几杯酒，声明摆几杯的庄；"应战"的人叫"打庄"，与庄家豁拳，输家喝，喝完预定的杯数算一庄结束」と注釈している。

【拜】

〈动〉①拜礼する。　¶齐韵叟随身便服，指李漱芳灵案前恭恭敬敬朝上作了个揖，小赞在旁伏待拈香奠酒，再作一揖，乃退下两步，令苏冠香代～。冠香承命，～了四拜。其余诸位自然照样行事。次为高亚白，是姚文君代～的。文君～过平身，重复跪下再～四拜。亚白悄问其故，文君道："先是代个呀，倪自家也该应～～俚。"（海 47-396-5）¶宝玉进去，也不～洛神之像，却只管赏鉴。（红 43-599-15）¶到了祖坟，不免～了两拜。（醒 38-832-3）¶崔生看见了灵座，～将下去。（二 23-468-6）¶十娘才下床，尚未梳洗，随身旧衣，就～了妈妈两拜。（警 32-490-17）

bai　語彙例釈

（注）上掲例中の数詞の後の"拜"は、"拜"の動作の回数を表す量詞。→刘姥姥在地下已是拜了数拜，问姑奶奶的安。（红6-102-1）
②一定の儀式を行って義姉妹など、特定の関係を結ぶ。¶倪三个索性～姊妹阿好？（海62-440-19）¶我说勿～一样好照应，～个啥嘎？要～末今朝就～（海52-441-12）¶今朝倪囡鱼～干娘，终要买一对全通蜡烛，铺仔红毡单，拜格四拜，难末成文晼，勿然，像啥格样式介？（狐21-163-22）¶日子长了，再和他～弟兄，这一来根深蒂固，便可靠他一世了。（歇21-273-27）¶他二人气味相投，又为同在一省做官，于是两人就换了帖，～了把兄弟。（官37-625-3）¶三人在殿上焚香歃血，～为兄弟。（禅14-219-9）

【拜读】
〈动〉拜読する。¶我要紧～～。（海47-400-18）¶你的著作我是～过的，真如大海长江，波澜万里，若令当世竖儒见了，一定要拆舌不下者三日（九69-504-14）¶索性在我们这里坐一坐，且等莲苏将诗写出来，～大作以后再走不迟。（人40-472-1）

【拜盒】
〈名〉⇨拜匣。¶耐转去到我床背后开第三只官箱，看里面有只～拿得来。（海7-54-4）

【拜堂】
〈动〉旧時の婚礼の儀式の一つで、新郎新婦がともに天地を拜することを指す。また天地を拜した後、しゅうとしゅうとめに拜礼することを指す。¶～也拜过哉，故歇来浪吃酒，闹热得来。（海34-286-12）¶俚咪用勿着媒人，自家勿声勿响，就房间里点仔大蜡烛拜个堂。我倒吃着个喜酒。（海53-449-15）¶着末完结，连堂才瘽拜，阿要坍台煞介（狐5-28-20）¶老爷道："我和你已经做了夫妻，为甚还行这个礼？"丫头道："一天没有～，一天还是奴才；等拜过了堂，才算夫妻呢。……"（目103-849-20）¶照南边规矩拜了堂，一样坐床撒帐，可不是算娶了亲了么？（红96-1354-19）¶不肯～就罢，却是定要做亲的。（醒下2-105-3）¶到了县中，恰好凑着吉日良时，两对小夫妻，如花如锦，～合巹。（醒1-15-6）¶白娘子取出银两，央夫人办备喜筵，二人～结亲。（警28-430-6）

【拜托】
〈动〉用件などを頼む。敬語。¶我为此要～耐匡大爷，劝劝四老爷勥去听别人个闲话。（海27-224-13）¶我有多花闲话来里，～耐去说拨罗老爷听。（海59-502-6）¶如果有末，还要～唔笃两位费心，不过奴真真对勿住晼。（狐18-137-1）¶奴还有一件事体，要～倷勒。（狐46-398-13）¶格末就（～)(托)侬连我个羊角车一道叫好之末(是者)(是

語彙例釈　bai

拉者)。（上问 11-22-2）¶既然如此,就～费心了。（官 39-663-2）¶有时拿出几块洋钱,～洋务局里的厨子,烧几斤牛肉,烘几斤面包,专诚请他吃饭。（维 4-28-14）¶今天这一桩事只能～在你身上,我也没有别的说话,只与你叩一个头。（繁后 20-959-24)

【拜望】
〈动〉訪問する。敬語。¶我第一埭去阿要用个帖子～？（海 47-401-16）¶倷阿晓得倪是来～唔笃主人家格呀？（狐 33-282-13）¶伍大人格搭,倷阿要几时去～介？（狐 45-389-19）¶介末俉拿子我大爷个名柬到鼓楼前王兵部朶府上～王大爷。（笑 29-394-7）¶他二人从前在那里又同过事,交情自与别人不同,所以特地进城～他,同他商酌一个借刀杀人的办法。（官 17-261-15）¶咱们这一进京,原该先～亲友。（红 4-66-3）¶携带小兄到绣房中～妹子一～,何如？（二 3-60-7）¶宋江亲自到萧壮士寓所,特地～,却是一个空寓。（水 108-1631-12）

【拜匣】
〈名〉文箱のたぐいのもの。¶坎坎拿得来个～,倒是要紧物事。（海 8-59-18）¶一只是我个呀,赎身文书末就放来哚～里。（海 58-498-23）¶亏得奴格首饰～倪阿二才晓得格,已经替奴拿格哉,不过零零碎碎格末勿知要失脱几化得来。（狐 26-211-7）¶说着,又拿钥匙开了书橱,在橱内取出一个小～,在～里面,翻出了三张字纸,拿火要烧。（目 15-108-22）¶后来老头子又嫌现的累坠,于是又一概换了票子,床头上有个～,一齐锁在里面。（官 46-789-13）¶早辰一个敝相知要做些前程,拿了两～金珠首饰,向小弟当中,要押银三百两凑用。（醒下 5-134-11）¶杜子虚令阿巧开～,拿一封银子,交与保儿整办东道。（禅 3-192-6）¶今既得他这把纨扇,就如见面一般。你可收去,用白绫一方,好好包固,封锁在～里。（鼓 3-40-2）¶～中有他文牒。（型 28-399-20）¶当下开了～,称出束修银伍钱,做个封筒,封了。放在匣内,教书僮拿了,随着信步走到王媒婆家里来。（初 10-174-3）¶此病惟有前门棋盘街定神丹一服立效。恰好～中带得在此。（二 3-58-5）¶这日俊卿出去忘锁了～,子中偷揭开来一看,多是些文翰柬帖。（二 17-356-7）

（注）『二十年目睹之怪现状』は上掲例について、「拜匣——也称拜盒,一种放置柬帖、札封和零件之类的长方形小盒子」と、また『初刻拍案驚奇』『二刻拍案驚奇』はそれぞれ「置柬帖的小匣,吴俗一般用来送红白礼的」「旧日吴地置柬帖或送礼份的小长方形木匣」と注を加えている。

【拜心】

〈动〉心と心を結ぶ。 ¶倪拜姊妹，不过拜个心。摆酒送礼多花空场面，才用勿着。（海 52-441-14）

ban

【扳】

〈动〉①力を込めて引っ張る。 ¶俚哚同客人串通仔，拿我来寻开心，一个客人拉住仔个手，一个客人～牢仔个脚，俚哚两家头来剥我裤子。（海 23-184-12） ¶是个娘姨采仔一朵荷花，看见个嚮，随手就～，刚刚～着蛮蛮大个金鲤鱼，难末大家来浪看。（海 38-323-15） ¶看看介，一个乡下人，带子草帽，勒里～嚮。（笑 4-63-9） ¶滴珠叹了一口气，缩做一团，被吴太郎甜言媚语，轻轻款款，～将过来，腾的跨上去。（初 2-39-6） ¶林冲赶到跟前，把后生肩胛只一～过来，喝道："调戏良人妻子，当得何罪！"（水 7-113-13） ¶李逵正走之时，只见背后一人赶上来，～住肩臂喝道：你这厮如何却抢虏别人财物？（水 38-602-9）なお、比喩的にも用いる。→因为俚心浪向已经存仔耐是外行人格一个念头来浪，要～转来倒费煞气力哚。（沪 1-78-11） →昨天某乡绅的如夫人已经上了灵床，被我一剂药～回来；某太尊的老太太要不是请了我去，怕的要丁艰，现在无碍了。（栂 21-332-21）

②引きちぎる。 ¶我恨得来，自家两只耳朵～脱俚末好！（海 26-214-17）

（注） 『水滸詞典』は①の用法について「山东烟台话，把从后面扒着膀子或肩膀拉人叫做"扳"」との注記を施している（P.15）が、『漢語方言大詞典』は「〈动〉挽；向下向里拉」とし、山东烟台、四川のほか上海・蘇州などでも用いられるとし、《海上花列传》の用例のほか、長叙事吳歌の《五姑娘》"一把～牢阿天哥哥者勒拉身上格汗衫"の例を挙げている。 （P.2560）。

【扳差头】

あら探しをする。難癖をつける。 ¶我来里说鲜花末，耐该应也帮我说句把，古末算得耐要好；耐倒来扳我个差头，阿要诧异！（海 22-180-18） ¶耐倒再要想～哉！陆里一句闲话我说得嘎？（海 25-202-9） ¶耐阿是算扳倪格差头介，倪会仔生意经，故歇也好夠吃该碗断命饭哉啘！（鸿 11-256-22） ¶勿要扳倪格差头，倪情愿吃子一杯罚酒末哉。（九 1-5-25） ¶一点点事体才要～，做着仔个宗客人是野好格哉。（沪 1-17-6） ¶怎样？她就扳着这不叫老爷的差头打你吗？（人 46-588-12） "扳错头""扳叉头"とも作る。 ¶金和甫也渐渐晓得他们的意思，含怒在心，只是宝珠姐等人当面十分巴结，扳不着他的错头。（九 19-144-7） ¶我们决不是扳错头的人。（人 4-30-1） ¶二房

語彙例釈　ban

东听他她扳这句话丫头,心想这是我的不好,筱山并没说这句话,我帮他倒反害了他,因劝红珏道:"他委实可怜得很,你就瞧我份上,赏他一面罢。"(歇81-1126-14)

【班】

〈量〉①劇団などの一座を数える。¶朱老爷叫仔～毛儿戏,黎大人也去叫一～,教倪大少爷也叫一～,上海滩浪通共三～毛儿戏,才叫得来哉,有白十格人咪哩。(海16-125-20)¶这日拌宿之夕,里面两～小戏并耍百戏的与亲朋堂客伴宿。(红14-195-4)
②グループを作っている人を数える。¶癞头鼋昨日咿来,搭俚说仔倒蛮相信,就是一～流氓,七张八嘴有点闲话。(海45-381-12)¶水土末勿哪哼服,而且牵记上海格～客人,格落要紧煞转哉。(狐20-156-26)¶常有一～坏人,诱人为非作歹,故而万万去不得。(歇20-256-6)¶这～人决是绿林豪客。(禅11-154-5)¶这一～都不是个良善之辈。(警11-134-15)¶晓得有这一～小人,料想好言不入,再不开口了。(二22-449-10)

【搬】

〈动〉①引っ越す。¶双宝～仔下头去。(海3-20-2)¶我有一头生意来浪,就是十六铺朝南大生行里,我明朝就要～得去。(海14-107-13)¶侬晓得伊～到(阿里)(甚须)(场化)去者?(上问30-55-9)¶寻至新马路,意欲先拿笑侬,那知乃是一所空屋,大门上贴着一张簇新的召租,分明已经～开去了。原差吃了一惊,动问四邻几时～的,可知～到那里?(繁后16-911-4)¶与其住在这里担惊受怕,还不如～到一个安稳所在暂避为妙。(歇18-227-8)¶快不要声张!太太知道,又叫你～了家去养息。家去虽好,到底冷些,不如在这里。(红51-716-19)¶"此处不留人,自有留人处",叹口气,收了卦铺,～在别处去了。(警13-171-10)¶不劳分付,拙夫已寻屋在城,只在旦晚～去。(喻3-69-13)¶我如今在那里安不得身,只得～来这里赁房居住。(水24-355-9)

②運ぶ。物の位置を動かす。¶等俚哚～末哉,要耐去瞎巴结!(海55-465-4)¶亏得奴格只首饰小官箱新近～到仔箱子里,勿然,亦奴要尴尬哉。(狐32-272-17)¶此时他的家人见大家坐久了,就把烟具～了出来。(维2-11-2)¶只见栈伙领着些～行李的人望官房里来。(梼13-218-3)¶林姑娘的行李东西可～进来了?(红3-42-14)¶即令人替崔生～将行李来,收拾门侧一个小书房,与他住下了。(二23-468-11)

【板面孔】

仏頂面をする。怒る。¶倷要～个！（海5-36-6）¶俚哚大爷脾气，要好辰光末好像好煞，推扳仔一点点要～个哩。（海38-320-7）¶是耐叫俚勿能下台哉，也夠怪俚～。（鸿14-276-8）¶耐索性勿答应倒也罢哉，板起仔面孔一声勿响，实梗架音，阿是有心坍坍倷格台？（九6-45-10）¶耐只嘴再要瞎说，倷要～格。（九续30-227-20）¶新嫂板着面孔，一声不响，陶子尧也不好意思，同他说话。（官10-151-16）¶制台听了，面孔一板道："你这人真好糊涂！……"（官55-955-12）¶顿时板其面孔道："像你这样做主人的倒真是少有，主人没影子，累得客人住在这里足足等了三个钟头。……"（人17-152-13）"扳面孔"とも作る。¶倘然弄得扳面孔鸭屎臭勒了断，也吮趣得势。（鸿15-282-25）¶啥格勿快活，勿声勿响，皱起仔格眉头，扳起仔格面孔，奴看倷格神气，像煞啥场化受仔气来格哊。（狐15-104-12）¶为啥？阿是扳仔面孔哉？（沪2-92-3）

【办】
〈动〉①用事などを処理する。¶我有点小事体，托耐去～～。（海8-61-1）¶我～点的事比你多点（人23-244-8）¶贾琏生恐有变，又命人去和王子腾说，将番役仵作人等叫了几名来，帮着～丧事。（红44-614-13）
②調達する。¶王老爷原来里，衣裳头面原教王老爷～得来，债未教王老爷去还清仔，阿是才舒齐哉哊？（海10-81-2）¶耐替我～副头面？（海16-129-4）¶昨日他家太太说，小姐出阁，要～点子珠货，叫我拿些去瞧瞧。（新51-237-12）¶就是那件东西不得好木头，暂且慢慢的～罢。（红11-164-11）
③処罰する。¶拨县里捉得去，～俚拐逃，揪二百藤条，收仔长监。（海27-225-8）¶俚哚勿睹仔，倪大人也勿是定归要～俚哚。（海56-473-15）¶阁下来得正好，请～一～他们，以警将来。（目71-571-9）¶这人不可任他逍遥法网之外，一定要拿来～了。（维5-31-12）¶倘然捉破了，我就重重的～他一～，一则可以把输去的钱掏回，二则也为地方除去一害。（新28-130-21）¶王夫人想了一想，说："这也倒是。快办了这一件，再～咱们的那些妖精。"（红77-1099-15）

【办生活】
お仕置きをする。処罰する。¶故歇就饶仔耐末哉，晚歇耐再要强末，办耐个生活。（海25-207-19）¶耐阿敢勿答应呀，勿答应末，晏歇点办格生活。（九57-415-18）¶耐格生活，倷昨日仔夜里向已经吃着格哉，今朝再要办倪格生活，是倪吃勿消格哩。（九57-415-20）
（注）たたくなどの仕置きをされることを"吃生活"という。⇨吃生活。

語彙例釈　ban

【半】
〈数〉半。¶一日天就吃～碗光景稀饭，吃下去也才变仔痰。（海36-304-20）¶作酸笋鸡皮汤，宝玉痛喝了两碗，吃了～碗碧粳粥。（红8-129-17）¶你说甚么闲话？饶你三个？我～个也不饶！（水37-585-8）

【半日】
半日。半日ほどもの長時間。¶王老爷～勿用烟哉啘，阿瘾嘎？（海9-72-4）¶等仔～哉，阿觉着气闷？（海20-158-20）¶俫格法子，说仔～，仍旧齼细细教说出来，叫奴哪哼安心呢？（狐11-75-23）¶请了安，又问好，劳叨～，方才走开。（红8-122-2）¶寻了～，并无有人曾见。（水2-21-11）¶啐！说了～，对木头说了。这是我每说谎。（杀6-19-11）

【半夜三更】
深夜。¶昨日夜头风末来得价大，～勿着衣裳起来，再要开出门去，阿冷嘎？（海18-142-15）¶辰光勿早勒海哉，～登勒窗口头，要受寒格哩！（狐35-297-20）¶～来格啥人？（笑11-171-14）¶～，又没处请医诊治，夫妻两个干着急。绕着床转了一夜。（歇8-97-24）¶你若忘了时，日后～打酒买油的，我不给你老人家门开，也不答应你，随你干叫去。（红61-852-5）¶叵耐这畜生，将灯笼打灭，～，揽大娘子府上。（禅1-66-10）¶～，没人疼热，就想起秦小官人的好处来。（醒3-59-2）¶～，擅离夫主，私扣小叔之门，是何道理？（杀31-128-6）¶～，莫去敲门打户，激恼村坊。（水37-582-17）

【扮】
〈动〉扮装する。¶耐脚也齼去缠哉，索性～个满洲人，倒无啥。（海8-65-3）¶我不要他。戴上那个，成个画儿上画的和戏上～的渔婆了。（红45-628-8）¶劳烦你去走一遭。可～做贫婆，潜入域中。（水69-1172-8）

【拌】
〈动〉①ごてごて言う。¶我做生意，喜欢爽爽气气，一点点小交易齼去多～哉。（海48-411-10）¶秀林先进房问候，无非几句老套儿，又问中请那一个，宝玉道："郎中末齼去请，害里笃格嘴倒～干格哉。"秀林不明白这句话是说那个的。（狐35-300-25）¶那滴珠是个好人家儿女，心里尽爱清闲，只因公婆凶悍，不要说逐日做烧火煮饭熬锅打水的事，只是油盐酱醋，他也～得头疼了。（初2-34-2）

②共通語の"搞""弄"の意。¶难末～明白哉,耐说上海客人才是熟人,我倒一吓。(海 59-505-14)

bang

【帮】

〈动〉助ける。加勢する。 ¶耐未算～耐哚老爷,勿叫沈小红叫啥人嗄?(海 5-35-3) ¶耐来～啥人嗄,阿要面孔!(海 9-69-11)¶你怎么～阿毛,倒不来～我?(人 23-237-3) ¶你两个在这里～着两个师傅替我拣佛豆儿,你们也积积寿。(红 71-1012-3) ¶有甚么难处! 我～你便了。(水 25-399-13)

【帮手】

〈名〉手助けしてくれる人。加勢してくれる人。 ¶耐算教两个朋友来做～,帮仔耐说闲话,阿要气煞人!(海 10-82-14)¶手下底一百多人,连搭衙门里差役,堂子里倌人,才是俚～。(海 61-521-4) ¶此时龙华夺当家牢和尚正苦少个～,见他伶俐聪明,讨人欢喜,遂写一封信给金山寺里的老和尚,留这善哉和尚在龙华寺里执事。(官 38-648-18) ¶主意打定,立刻就想坐了轿子去拜几个有权势的乡绅,探探他们口气,好借他们做个～。(官 57-996-17) ¶三餐茶饭,四季衣衫,都要我一人分派,天天烦得不得了,又没人替我做个～。(歇 21-266-1)¶不如叫起小三,做个～,令小三执了灯,自拿一条戒尺,同进客房里。(禅 22-363-13) ¶徐能慌忙寻那一班不做好事的～,赵三等都齐了,只有翁范二人不到。(警 11-135-14)

【帮贴】

〈动〉経済的に援助する。 ¶我说耐未推扳点,我未～点,大家凑拢来,成功仔,总算事一桩好事体。(海 44-375-3)¶罗老爷肯～点,故是再好也勿有。(海 44-376-20)¶无奈他这一干兄弟又是个蠢货,虽也有些知觉,只是尚未入港。所以金桂时常回去,也～他些银钱。(红 103-1437-20) ¶如今不免出处托钵,一来也～庵中,二来往仪真一路去,顺便打听孩儿消息。(警 11-146-2)

【榜样】

〈名〉手本。基準となる事例。¶耐去看好俚,让俚哚数面孔个客人、倌人看看～。(海 36-298-17)¶等到事情完结之后,我要重重的办他一办,做个～!(官 23-372-7)¶职官奸占有夫之女因而致死是个甚么罪名?这不是有～在块!(梼 23-363-18)¶正要找几件利害事与有体面的人开例作法子,镇压众人作～呢。何苦你们先来碰在这钉子上。

語彙例释　bang－bao

（红55-778-11）¶且听一段巧姻缘的佳话做～。（醒上12-80-3）¶世人看了如此～，难道男子又该负得女子的？（二11-242-6）

bao

【包】

〈动〉①請け合う。¶耐要做倪翠凤末，耐定归要单做倪翠凤一个嗻，～耐十二分巴结，无拨一点点推扳。（海7-52-24）¶我来荐一个，～耐出色。（海9-74-15）¶容易容易，奶奶放心末哉，～倷弄得成功格。（狐9-61-22）¶～勒我身浪，月山呒不勿上来格，阿要搭倷赌一个东道看，我若输仔，倷罚仔我，我还去拉俚得来。（狐32-268-23）¶[刁]太太要打个吓。[丑]有我勒里，～你勿打。（三16-196-20）¶拿大小老婆分开在两下里往，～你平安无事。（官40-687-22）¶你是不会开发的，我替你开发便了，～你不吃亏。（市20-283-7）¶这些颜色，咱们淘澄飞跌着，又顽了，又使了，～你一辈子都够使了。（红42-588-18）¶你若攘解了，～你一日好一日来。（鼓26-317-14）¶这一节事在我身上，～你完成。（禅2-102-14）¶你只要实说，～你一些罪没有，且得还乡见父母了。（二25-510-8）¶哥哥且走到我下处，～还你小衙内。（水51-846-16）②請け負う。一手に引き受ける。¶耐搭我一年三节生意～仔下来，我就做耐一干仔，蛮好。（海9-73-16）¶三月初三是黎篆鸿生日，朱蔼人分个传单，～仔大观园一日戏酒。（海18-145-8）¶谁知那么个园子，除他们带的花、吃的笋菜鱼虾之外，一年还有人～了去，年终足有二百两银子剩。（红56-784-16）

〈量〉包んだものを数える。¶耐一～房契阿晓得险个嗄？（海60-511-12¶前一礼拜，倪几转看匡二爷背仔一大～物事出去，倪勿好去问俚。（海60-513-2）¶这两～每～里头五十两，共是一百两，是太太给的。（红42-578-14）¶顾大嫂置酒相待已了，将出一～金银，付与乐和。（水49-811-14）

【包场】

〈动〉保证する。¶啥个事体，我～末哉，耐放心。（海54-456-13）¶[丑]先生，阿～得来？[付]勿番淘，来年春末夏初，你嗻主人当真勿居来，自我先生代子野勿碍活。（三17-206-27）¶看上去不至于落空。至于一定要若干，我却不敢～。（官17-276-2）¶到这时候再不把丁忧报出去，倘或出了什么岔子，我们是不～的。（官40-684-10）¶况且你的身子已经嫁我,这些局账自然要我～,你又何必要替我节省呢？（九38-278-11）

【包打听】

bao　語彙例釈

〔名〕探偵。¶我搭耐说仔罢,倪搭用好～来里,阿有啥勿晓得。(海 14-109-23) ¶我想托耐去报仔巡捕房,教～查出陆里一把车子,拿俚个人关我店里去,勿许俚出来,耐说阿好?(海 29-237-9)¶耐阿晓得大金月兰吃仔官司,拨～捉得去哉,新衙门问仔一堂,故歇移到县里。(九 63-457-7) ¶俆想巡押房里格～,会审公堂里格差人,阿才是吃素格佬!(狐 33-276-3) ¶倘若找不到,只要我到上海道里一托,立刻一封信托洋场上的官交代了～,是没有找不到的。(官 11-155-23)

(注)『市声』に「包探,又称包打听,是过去上海公共租界巡捕房所雇用的便衣侦探」と注釈している(P.293)。

【包房间】

芸妓が自前で"妓院"を営む。⇨搭伙计。¶倪是～,三十块洋钱一月哚。(海 4-28-14) ¶我末出来～,倒空仔三百洋钱债(海 60-509-7) ¶～格菜,才是实梗样式。倪搭是自家格厨房,明朝阿好请耐到倪搭吃顿便饭?(九续 11-82-5) ¶这节遂在西安坊包了一个房间,取名叶小红,悬牌应局。(繁后 18-929-26) ¶这娘姨又弄了几百块钱,开销清楚,调到东平安,包了格房间。(梼 13-215-3)

(注)吴越改写:海上花列伝普通话本に「包房间,搭伙计——两种妓女与鸨母的合作关系。包房间,是自负盈亏,除房钱外,一切开销自理;搭伙计,是不出本钱,只出身子,跟鸨母是"折账"的关系」と注釈している(P.34)。薛理勇著:上海妓女史は「长三堂子主要分"住家"和"大场户"两种。"住家",即"自家"的意思,也就是妓女以独立资本开设的妓院,妓院中一般配备乌师(琴师)、娘姨、外场、跟班等人员,有的妓女还有自己的帐房,负责妓院的经济账目,这类妓院的档次较高,这里的妓女也并非靠白天和夜间出局一次收洋三元能够维持下去的;"大场户"则由妓院业主开设,妓女向业主租货开业,一般一幢楼内可设有接客专用的多个房间。如《海上花列传》所举例的:张惠贞原来是么二妓女,因为被"大场户"大脚姚家看中,准备为她调头做张三妓女。张惠贞的相好王莲生请洪善卿到张惠贞处商量.洪善卿见张惠贞和蔼可亲,就同意帮忙,问她:"是包房间还是做伙计?"张惠贞说:"倪是包房间,三十块钱一月哚",善卿说:"单是王老爷一干仔末,一节(即一个节气,约十五天)做下来也差不多五六百元局钱哚,阿怕啥开销勿出。"张惠贞单接王莲生半个月的收入约五六百元,每月向大场户主大脚姚家支付三十元大洋的租金。从这一事实可见,妓女与大场户业主只有租赁关系而无任何依附关系」とある(P.176～177)。

【包荒】

語彙例釈　bao

〈动〉とがめない。大目に見る。¶种种是倪勿好,叨光耐搭倪～点。好阿哥!（海5-36-9）¶洪老爷,耐看王老爷面浪搭倪～点个哩。（海12-92-20）¶倪有啥闲话勿到家格场化,请王大少～点。（九133-894-19）¶倪是勿好个,有唔笃几位大少～点。（鸿9-243-10）¶我说格笑话,唔笃夢嫌粗俗介,要～点格嚧。（狐58-499-4）¶俚耐末有点小囡脾气,二大人～点末哉。（沪1-67-4）¶老朋友哉啘!～点,林大少来,朱大少阿是一淘来浪陆搭用酒。（商7-56-19）¶她向来唱得是如此,今天还是格外巴结呢,大少～点吧。（人8-70-24）¶这是只好求二爷～些。（孽19-163-20）

【包瞒】

〈动〉かばう。¶倘忙碰着格好客人,看俚命苦,肯搭俚～仔该桩事体,要救到七八条性命咪。（海16-128-2）¶小红说仔耐几花邱话,耐勿说俚倒罢哉,再要替俚～。（海24-193-9）¶唐解元是假个,比方真个介,刚刚个张《习合图》,二娘娘搭俚～哉吓。（三16-187-7）¶你干的事,自己虽然瞒着生甫,房间里的娘姨、大姐怎能够一个个替你～？（繁Ⅱ11-462-5）

【包厢】

〈名〉升席。旧芝居小屋で専用に仕切った観覧席、多く２階の中央または両側に設けられている。¶俚是包来浪一间～,就不过倪几个人,耐勿去,戏钱也省勿来。（海29-244-19）¶戏馆里格～,亏得说是扬老爷,难末案目商量,让出仔一间。（狐5-30-23）¶～里看戏的人少些,又有风扇,我们只要去包他一间厢就是了。（九160-1051-7）¶冬天开锣,楼上下卖价八角。～只有近戏台六间,其余都不隔的,名叫'靠包',价钱减半。（新19-85-18）¶今儿不能预留～,你们吃完夜饭就去罢。（歇3-28-21）¶我已叫人定了天仙的两间～。（梼12-199-8）¶马太太因在一枝香打德律风定好一间间～,所以坐得是舒齐。（十22-164-22）

【剥】

〈动〉はぐ。¶客人也忒啥无淘或!人家一个大姐,耐～脱俚裤子,阿是勿作兴个。（海23-184-17）¶当下差役就如狼似虎,把姓徐的拖下,一个揪头,一个揪脚,～掉他裤子一瞧,谁料是个女子。你道奇怪不奇怪？（新21-93-20）¶必须拿他来示威,用点严刑,这案情方可一鞠而服。就吩咐把他身上衣服～去,抬架子过来。（梼16-260-21）¶将这贱婢尽～了他的衣裳,锁在后面的空房内。（鼓24-295-10）¶想他必是～衣贼,～我衣服走了。（禅5-366-2）¶有钱还我便罢,若无钱还我,就～下衣服来。（杀10-36-4）¶所以既～了他的衣服,就割下头来,藏到家里。把衣服烧了,头埋在园中。（二28-558-14）

¶众人把武松推抢入去，～了衣裳，夺了戒刀，包裹，揪过来绑在大柳树上，教取一束藤来，细细的打那厮。（水32-497-1）

【饱】

〈形〉腹いっぱいである。 ¶空心汤团吃～来里，吃勿落哉。（海25-208-7） ¶十五大早，赵温起来，洗过脸，吃了肚皮。（官2-14-14） ¶身边只有两贯钱，买些酒食吃～了，跳下西湖，且做个饱鬼。（警6-70-4）

【宝贝】

〈名〉宝物。 ¶倪看仔无啥好。就不过黎大人末，倒了抚牢仔当俚～。（海15-119-10） ¶我当一实梗藏起来格呀，哪哼会出气着潮嘎！（狐35-301-18） ¶咋，有一桩～勒里。（三8-86-5） ¶勿瞒倷朵说，我是个身浪有一件～来朵。（描3-25-3） ¶宽大人是做过副都统的，见自己女儿如此开通，便把他一般看待。（维9-64-9） ¶你这病非药可医。我有个～与你，你天天看时，此命可保矣。（红12-171-12） ¶果然是件～，拿到嘴边，自有一种异香扑鼻。（鼓17-216-7） ¶徐宁先祖留下一件～，世上无对，乃是镇家之宝。（水56-938-11） ¶试敲一下，其声冷然。晓得是件～，将来佩带身边。（二39-718-5）

【保险】

〈名〉保险。 ¶耐有～来咪，怕啥嘎？（海11-85-16） ¶怎么叫做～？这～里头，怎么又有水、火、兵、寿的分？（新15-67-6） ¶这时候前期的～已经限满，后期的～又因价钱没有讲定，还来出单。（梼17-268-7）

〈动〉保险をかける。 ¶耐保仔险末阿有啥勿放心哩？（海11-86-17） ¶寿险譬如一个人保了一千银子的险，以十年为期，十年里头死掉了，他就赔你一千两银子。（新15-67-16） ¶这～的事是一天说不得的，不要惜这点小费罢；再不然就保个半年三个月，到那时再看光景也好。（梼17-268-9）

【保险单】

〈名〉保险证書。 ¶耐拿～自家带来咪身边，洋钱末放铁箱子里，还有啥帐目、契劵、照票多花末，理齐仔一搭，交代一个人好哉。（海11-86-3）

【保险灯】

〈名〉ガラスの火屋(ほや)が付いている石油ランプ。 ¶～点好仔末，耐拿得来。（海35－293-20） ¶于是走回寓所，邀湘藻到房里，旋亮了～。（新51-235-31） ¶嫌挂的不亮，又叫人特地点了一支洋烛（官32-539-5） ¶又将～灭暗了些，一手在台上拿支水烟袋，一手点了个火，走至床沿坐下，吸了几筒水烟。（繁Ⅱ6-402-18）

語彙例釈　bao

【保险行】
〈名〉保険会社。¶～里勿曾来,耐自家倒先发极哉,赛过勿曾保险哂。(海11-86-17)¶譬如你一所房屋,房屋里有几许东西,估计值几许钱,你就向～保几许银子的险,每年出点子保险费。(新15-67-8)¶因为近来保险长了价,比前期的差了好些,他定要照原价,那家～不肯答应。(梼17-268-4)

【保重】
〈动〉健康に注意する(他人に対して言う)。¶倪去哉。耐倒要～点,夔气出啥病来。(海12-95-6)¶令弟气色有点涩渧,耐倒要劝劝俚～点哩。(海44-370-16)¶二少,耐阿是就要动身哉?故歇路浪勿太平,耐一路要～点格哩。(九续72-561-2)¶你们此去须要～身子。(歇7-87-21)¶亲家不必这样着急,昨天吃了一场苦头,元气大伤,～身体要紧。(人17-160-3)¶虽如此说,姐姐还要～身体,少操些心才是。(红64-911-17)¶林澹然手持念珠,对众道一声:"大众～,老僧告辞了。"(禅8-658-5)¶玉娘向张万户拜了两拜,起来对着丈夫道声～,含着眼泪,同两个家人去了。(醒19-387-9)¶又分付武松道:"兄弟休忘愚兄之言。少戒酒性,～,～!"武行者自投西去了。(水32-501-3)

【报】
〈动〉届け出る。¶我想托耐去～仔巡捕房,教包大听查出陆里一把车子,拿俚个人关我店里去,勿许俚出来,耐说阿好?(海29-237-9)¶报官是～～罢哉。真真要捉牢仔贼,追俚个赃,难说哩。(海60-513-20)¶如今你们一共只剩了八九个庄子,今年倒有两处～了旱涝,你们又打擂台,真真是又教别过年了。(红53-742-3)

【报官】
〈动〉役所に届け出る。¶阿要～?(海60-513-20)¶阿是耐去报个官?(海61-521-9)¶既是做贼来偷,你夜晚间不分皂白,怪你不得!只是事体重大,免不得～。(初13-242-13)

【抱歉】
〈形〉申し訳ない。¶勿曾过来奉候,～之至。(海1-5-4)¶曾命袁伯珍在场白帮忙几个月,每一念及,颇为～。(维13-90-3)¶我到了这几天,为送小儿进学堂,忙到不可收拾,所以未来奉拜,～得很。(梼11-173-5)¶昨天为一个朋友约到吴淞去,回来晚了,因此不能赴约,十分～。(人47-594-11)

bei

bei　語彙例釈

【杯】

〈名〉茶・酒などの量をグラス単位で数えるのにも用いられる。¶我来每位敬一～。（海 4-27-4）¶请耐吃～酒。（海 5-40-13）¶就便多吃一～酒，醉了睡觉去，还有谁笑话咱们不成。（红 40-557-7）¶今日徐大哥娶了新嫂，是个大喜，我等一人庆一～（警 11-138-15）

【背】

〈动〉背負う。¶倪几转看匡二爷～仔一大包物事出去，倪勿好去问俚。（海 60-513-2）¶相公既然要紧，待我们伙计上去～起水纤来，就快了。（何 1-7-24）¶士隐便说一声"走罢！"将道士肩上褡裢抢了过来～着，竟不回家，同了疯道士飘飘而去。（红 1-19-3）¶菩萨遂将锦襴袈裟，作一个包裹，令他～了。（西 8-81-17）

【北头】

〈名〉北部。上海の租界を指す。¶耐坐一歇，等我干出点小事体，搭耐一淘～去。（海 1-4-18）¶他上楼去好一会，才取出一'张'同和庄'的银票来，上载九八规元四百两，又给了几张银行钞票，我收着了钱，马上回～来，到后马路如意里同和庄上去对票，那知就大大吃了一惊。（新 13-60-5）

〈注〉郑祖安：上海地名小志に「清政府被追同意将法租界的东南方延至十六铺。于是小东门外的'十六铺桥'，便成了租、华两界的分界线。租界仔西方殖民主义者的经营下，迅速地形成了新的商业集市，面貌日益繁华。因租界位于上海的北部，华界位于其南，于是在上海就出现了"南、北市"之称，十六铺以北各国租界统称'北市'，十六铺以南地方曰'南市'」とある(P.18)。"北头"は"北市"のこと。"南市"を"南头"ともいう。→马上坐车子赶到南头，见公馆条子依旧贴着，推进门去，客堂里并没一个人。（新 14-61-6）

【背后】

〈名〉①背後。後ろ。¶我想勿到耐就来里我～，倒一吓。（海 14-109-9）¶该搭来里菊花山～，生来看勿见。（海 58-491-18）¶自我是住立朵虎丘山～，介勒你面孔好象见过个。（三 9-107-18）¶刚至泥城桥，忽闻～有人喊我表字。（新 29-132-22）¶回头一看，又见剑佩森严的两个警察立在她～。（人 19-181-19）¶平儿方欲笑答，只听山石～哈哈的笑道："好个没脸的丫头，亏你不怕牙碜。"（红 46-636-8）¶只听见～有人叫道："苗二哥，那里去来，这等忙忙的走？"（禅 4-45-5）¶原来高赞的妈妈金氏，最爱其女。闻得媒人引颜小官人到来，也伏在遮堂～张看。（醒 7-139-4）

語彙例釈　bei－ben

②陰で。¶单是～骂倪两声倒也罢哉，倘忙台面浪碰着仔，俚末倒數面孔，搭倪相骂，倪阿要难为情？（海 24-193-21）¶只要俚笃认仔差，耐也就实梗罢，拨俚笃～骂两声也犯弗着。（鸿 6-226-5）¶～编派的那些话真叫人不堪入耳。（梼 22-344-21）¶况且我是正出，他是庶出，饶这样还有人～谈论，还禁得辖治他了。（红 20-282-22）

【倍】

〈量〉倍。¶进来个身价一百块洋钱，就加仔十～不过一千琬。（海 44-374-10）¶工钱虽然比了内地略为大一点子，房租、吃用一切开消，也要大到好几～呢。（新 48-222-2）¶谁知我今儿进这园里一瞧，竟比那画儿还强十～。（红 40-546-4）¶进圃选择，果有一瓜，比常瓜大数～。（二 28-547-2）

【被头】

〈名〉①掛け布団。¶须要多盖～，让俚出汗。（海 42-355-1）¶韵秋叫阿土生把～折叠好了，靠在双珠背后，自己轻轻走下。（新 50-231-5）¶～褥子无处安放，只送了一件一口钟，又一条洋毯，以为夜间御寒之用。（官 43-723-23）¶走至床前，伸手把～抖开，叫守愚上床先睡。（繁Ⅱ6-402-15）¶那末你将行李打开，将～褥子一件一件从这栅门里送进来便了。（人 37-428-10）　なお、"被窝儿"（もぐって寝るように筒状に折りたたんだ掛け布団）の意味でも用いられる。¶晏歇点到仔～里向也好说格哦。（九 52-382-10）¶再要说弗完未，等歇倪两家头～里向去讲张末哉。（沪 2-54-1）¶这种～里的事情，那里拿得出凭据？要凭据总要等他生下来。（十 37-274-10）¶这是～里做的事。（初 31-580-8）¶他若要摆布着我，我便不起来，这～里岂是躲得过的？（二 37-683-2）

ben

【奔】

〈动〉馳ける。¶陆里晓得格冒失鬼，～得来跌我意一交。（海 1-3-10）¶陆里晓得短命众生单会～，团团转个～得～得去。（海 46-393-8）¶听见耐来浪喊倪，倪头也勶梳，要紧～得来看耐，倷勿因歇起来介？（九 37-276-2）¶菩萨罚俚～仔三日三夜，真真苦恼，连脚筋才～断笃。（狐 54-463-11）¶合哼，秃好老小娘件～过来哉，吾里去看嘘。（三 4-35-18）¶那些人见已经撞下了泼天大祸，口里叫一声不好，就舍了袁伯珍，争门夺路的～出房间，直至大门之外，一哄而散。（维 9-62-10）¶我慌了手脚～得去一瞧，果然不错。问管门人时，说昨天搬去的。（新 48-222-16）¶疑是火起，幸得没有脱衣服，忙忙地开门出去，见"踢他，踢他"好多个人，向前弄～去。（新 51-235-25）

ben　語彙例釈

¶那老妈就一头追，一头喊捉贼，～出去了。（孽 26-238-27）¶才进门口，恰巧里面～出一个人，正碰在俊人身上。（歇 10-127-13）¶步军头领见马军先到赢了，一发都～将入去。（水 86-1418-1）

【本】

〈量〉戯曲を数える。¶倪是原要转去呀，巴勿得故歇就转去末最好；就为仔个秀英小姐再要白相两日，看两～戏，坐坐马车，买点零碎物事。（海 31-257-1）¶可巧大后天又是太太的生日，家人们大众齐了分子叫了一～戏，备了两台酒，替老爷、太太热闹两天。（官 3-41-4）¶点了一～戏，是梁灏八十岁中状元的故事。（儒 2-22-4）¶神前拈了戏，头一～《白蛇记》。（红 29-411-3）

【本底子】

〈副〉もともと。¶耐今年也四十多岁哉，倪子因仵才勿曾有，身体～娇寡，再吃仔两筒烟，有仔个人来浪陪陪耐，也好一生一世快快活活过日脚。（海 34-285-13）¶白相相～勿要紧，我也一径教耐去白相。（海 41-345-3）¶倪人末做仔倌人，～也是好人家格囝仵，倪娘拿倪卖出来，吃仔格堂子饭。（九 75-542-18）¶倪格房饭钱搭仔菜帐，～勿要紧，不过今年格事体勿比旧年搭前年，倪自家开销才开销勿转。（九 163-1070-16）¶～倪搭双台来浪呀。（商 1-8-25）¶～倪野弗认得俚格。（沪 1-10-1）¶～勿论阿里一国个说话总勿是一年两年向就学得好个。（上散 4-13-8）¶我们姓韦的，～是广东人，七世祖勤敏公做浙江抚台，搬此举家搬到浙江来。（新 25-113-17）¶阿根道："好虽然好，可惜你的相好，我不便放肆如何。"雨生道："你又迂了，这碼什么，他们～卖的，有了钱，大家可以进去，又不是我的妻子。"（十 3-19-7）"本底仔" とも作る。¶本地仔倪勿认得俚，有转把台面浪碰着仔难末认得起格。（九 42-309-2）

(注)形容詞(属性詞)としての用法もある。→如今东家赏赐下来的美人，伙计怎敢委屈了这位美人，因此把名分翻过来，～的正室降革下去侧室，就把这位美人推升上去作为正室呀。（商 4-29-11）

【本家】

〈名〉"妓院" の女将。¶难末～说仔闲话了，诸三姐赶得去打俚呀。（海 37-310-1）¶陆里来一淘小把戏，得罪我朋友，喊～上来问声俚看！（海 48-413-5）¶总归倪要仔俚笃格带挡勿好，耐看俚格样式，标得来，阿像俉格娘姨，赛过比仔～再利害。（九 38-280-9）¶老五是自家身体，做弗做耐，俚自家可以做主。漱琴是讨人身体，耐铜钿用得多哉，发起脾气来，俚笃～娘自然要逼俚迁就哉唲。俚做末做仔耐，心里向总规弗

語彙例釈　ben

舒齐。（沪1-77-12）¶做不到几时，手里又着实多了几文；再回上海，弄了几个讨人，自己做～了，一帆风顺，生意兴旺异常。（新49-227-30）¶今夜有了两台，真是睡里梦里没有想到。不过吃酒是～的好处，我们房间里人一点儿占不得光。（繁初10-100-16）
(注)张爱玲注释：海上花は"故是～规矩啘，耐去喊末哉"（海11-89-1）の"本家"のところで「鸨母、或自主的妓女的家属、帮她管事的」と注釈している。爱珍と巧珍の関係が"鸨母"と"妓女"の関係でないことを述べているものであろう。

【本来】
〈副〉本来。もともと。¶像庄荔甫～算勿得啥朋友。（海13-101-2）¶耐转去谢谢大人，停两日二少爷～要到府面谢。（海43-361-16）¶况且大先生姓胡，倪末也姓胡，～是一家人。（狐21-163-15）¶耐勿肯听倪格闲话末，随便耐去那哼，～勿关得倪倷事，倪阿好来管耐？（九65-476-8）¶收条～是有的。（官9-131-19）¶当家～是奶奶熟手，我也不必一定要得当家，才肯住回去的。（歇21-267-18）¶你～头呆脑的，再添上这个，越发弄成个呆子了。（红48-667-19）

【本钱】
〈名〉元手。元金。¶倘然生意勿好，豁脱子～，再要白费心，故也无发子个事体。（海44-374-5）¶无姆先起头是娘姨呀，就拿个带挡洋钱买仔倪几个讨人，陆里有几花～嘎！（海44-375-19）¶我皆为自家～大仔点落，勿好意思讨实足价钱。（狐51-436-19）¶有的说妓女是做没～生意的，算不得什么商务。（维9-59-7）¶我身边只有一块洋钱，你且拿去作为～，两做生意。（新15-66-15）¶薛姨妈听了虽是欢喜，但又恐他在外生事，花了～倒是末事，因此不命他去。（红48-658-16）¶在扬州过江来，带些～要进京城小铺中去。（初24-448-2）¶程宰弟兄两人因是做折了～，怕归来受人笑话，羞惭惨沮，无面目见江东父老，不思量还乡去了。（二37-681-3）¶一个做小经纪的，～只有三两，却要把十两银子去嫖那名妓，可不是个春梦！（醒3-47-1）¶～都是宋江哥哥的。（水67-1139-17）

【本色】
〈名〉飾らない、ありのままの姿・ふるまい。¶看见仔韵叟，大家作个揖，切勿要装出点斯斯文文个腔调来。做生意末，生意～好哉。（海47-401-19）¶前任制台喜欢他，说他是书生～，因此并不留难，马上就叫藩台挂牌，饰赴新任。（官54-929-10）¶我们庄家人，不过是现成的～，众位别笑。（红40-561-8）

【本事】

〈名〉腕前。能力。¶倪是也勿去说俚哚，只要王老爷一径搭沈小红要好落去，故未算是耐沈小红～大哉，（海12-95-5）¶我有个朋友，内外科才会，真真好～，随便耐稀奇古怪个病，俚一把脉，就有数哉。（海21-169-12）¶耐有～末拉牢仔客人，勿要放俚出来。（九104-726-9）¶马永贞格～，奴亦勩看见歇，哪哼晓得拿得起拿勿起嗄？（狐28-229-2）¶有一亏空人家末，定规有～还人家格债，怕啥嗄？（沪4-38-9）¶这人很有～，赛如戏台上的黄天霸一样。（官47-795-14）¶他却有～拿了十六张，就连坐在他后面观局的人也看他不穿的。（目83-672-4）¶我们做官的虽然没甚～，然而君父大义，却是很知道的。（文37-197-9）¶这凤姑娘今年大还不过二十岁罢了，就这等有～，当这样的家，可是难得的。（红6-99-6）¶个个都有些～，不是开得一路好棍，便是打得一路好拳。（鼓12-148-9）¶苗二哥须放出那飞檐走壁的～来（禅4-49-11）¶我别无～，止是少小随着父亲，步历江湖，那些船上风水，当艄拿舵之事，尽晓得些。（初22-422-7）¶娘子只是放出日前的～来，赢他方好。（二2-31-16）¶只是他手下有两个苍头，叫做张龙、赵虎，大有～，没人对付得他。（喻21-303-9）¶程宰兄弟因是平日是惯做商的，熟于帐目出入，盘算本利。这些～，是商贾家最用得着的。（二37-681-5）¶杨雄方才脱得身，把出～来施展动，一对拳头，擅梭相似。（水44-719-16）

【本堂】

〈名〉"本堂局"に同じ。¶～就是秀林末勿曾叫过。（海48-413-10）¶倪对过房间个宁波先生蛮好个，阿去叫俚个～？（鸿9-242-15）¶胡士诚今天不叫黛玉～，另叫一个局，写了沈月春。（狐2-31-3）¶李金莲听说是个文绉绉的什么诗妓，少牧晓得了，狠喜欢他，却也没有见过，今夜想去叫个～。（繁Ⅱ13-433-13）（酒宴は花也香のところであり、李金蓮はそこの抱え芸妓）。¶众人入席，幼安替他们写票叫局。写至又端面前，阿招姐道："方大少自然～，不必再外头去叫。"（繁后31-1089-6）

【本堂局】

〈名〉外から呼ぶのではなく、飲んでいる家の抱えの芸妓を席にはべらすのを"叫～"といい、その芸妓を"～"という。¶俚是塞过～，走过来就是，比勿得俚哚。（海6-46-10）¶阿要叫～？（海28-230-14）¶停歇歇陈大少末叫耐格～。（商2-11-8）¶还有素芬的妹子林翠芬，是汤啸庵叫的本堂局，也帮着张罗。（海4-25-8）¶譬如我们三、四个人近来，吃两块洋钱消夜，这菜乃是四个盆子，五、六个汤炒；三块钱，却有中碗鱼翅吃了，价钱很是便宜。只是也要叫～的不好。（繁Ⅱ20-572-6）

【笨】

語彙例釈　ben－beng

〈形〉愚かである。¶故是阿姐也多心哉。我人末～，闲话个好邱听勿出仔也好煞哉。（海17-135-1）¶倷啥能格～佬？（狐16-122-11）¶如果学起来，～格至少一年半年，聪明点格末，也要三个月工夫笃。（狐51-435-8）¶你这人怎么竟这样的～，连这点子法子都不会想，我教给你。（新50-231-31）¶做个宁绍台道、浙江运司这样美缺的人，连个陛见费用，到任盘川都没有，你想可笑不可笑？我也总算官场最～的人了。（梼23-368-6）¶惟有我是第一个要去，又懒又～，性子又不好，又没用。（红62-881-2）

【笨手笨脚】
諸動作が不器用である。¶耐到该搭来，苦煞个哩！才是～，无啥人来搭耐装烟。（海24-195-11）¶等冠香来筛拨耐吃，倷～陆里会筛茶。（海51-436-4）¶我不过看见他用的都是男底下人，～，伏伺得不称心，所以留他在这里住下。（目86-696-9）

beng

【绷场面】
顔がつぶれないように表面をつくろう。¶倷搭请朋友，只好拣几个知己点末请得来绷绷场面，比勿得别人家有面孔。（海12-92-7）¶我为仔第一转，绷绷俚场面，就罗个搭借仔十块洋钱拨俚。（海22-176-18）¶随常日脚，从齁叫唔做花头个，今朝日脚浪尴尬仔，阿要搭倷绷绷场面来介！（鸿9-241-5）¶格号客人勒倷房间里向摆酒碰和，勿要说替倷绷俉格场面，连搭仔倷格抬才拨俚坍完哉。（九15-120-14）¶像倷是总算老牌子哉。晏有几户老客人绷绷场面。（沪4-5-11）¶陆明远又请些朋友，多叫些局，绷绷场面。（负19-88-8）¶后天是她干娘生日，院中雇了一斑宣卷，要我做个花头，绷绷场面。（歇12-157-2）¶前天是院子里吃司菜的日子，阿珍要找个客人，绷这场面，谁知张三不到，李四不来，足足跑了一天，跑得腿多酸了，意没个人答应，心中恼恨万分。（繁Ⅱ2-363-6）¶你不必担犹，你有杭州一帮的客人来绷起场面来，还有什么害怕？（人30-328-19）¶上海妓院遇了烧路头的日子，便要客人去吃酒，叫做'绷场面'。（目77-623-5）

【迸断】
〈动〉裂けちぎれる。¶再听见说，吃仔生鸦片烟要～，断仔肚肠死哚，阿要难过。（海37-309-15）¶那武大当时哎了两声，喘息了一回，肠胃～，呜呼哀哉，身体动不得了。（水25-399-10）

【髱】

〈名〉かめ。つぼ。酒などの量をかめを単位にして数えるのにも用いられる。¶耐要吃酒末，晚歇散仔点耐一干子去吃一～末哉，故歇定归要代个。（海36-300-16）¶啫啫啫，故一～是金子。（描26-232-4）

(注)叶祥芩编：苏州方言词典に「与缸的区别在口的大小上，大口为缸，小口为甏」とある（P.174）。

bi

【逼】

〈动〉追い詰める。¶屋里再有爷娘搭兄弟，一家门要吃要用，教俚再有啥法子？四面～上去，阿是要～杀俚性命哉。（海34-281-4）¶倪活勒世浪也吭拨俉格好处，拨别人家～杀快。（九11-83-4）¶宝小姐立即跑到内签押房～着湍制台委罢耐庵一个好缺。（官39-663-24）¶有些人来告钱太爷受了人家的状子，又出票子拿了，～得人家吃了鸦片烟。（官45-771-24）¶我娘将来晓得，当真寻到这里，你算嫁与我了，倘要～了你一同回去，你便怎样？（繁后25-1016-4）¶他哥哥这一夜竟忍心把这么一个美貌的姨太太～着吞烟而死。（梼20-319-10）¶他外头好，里头弱。又搭着他老子～着他念书，生生的把个孩子～出病来了。（红29-408-9）¶万一～得他紧，做出些没下稍勾当，悔之何及！（醒9-185-4）¶且待三叔回来，定有个真信。如今～得我好苦！（警5-59-15）

【鼻头管】

〈名〉鼻の穴。¶二少爷阿听见？幸亏有两个～，勿然要气煞哚！（海6-43-18）¶耐听俚个闲话，幸亏生两个～，勿然要气煞哉！（海26-218-1）¶头上出仔弯弯角，～里穿麻绳。（吴415-25）¶两道火烧眉毛上打着几个捉狗结，一个线香鼻头，～里打个桩子。（何1-11-3）¶老师说，我是从勿叫过一声老爷，当着姆妈的面～里哼半声。（人46-588-5）

(注)"鼻头"是"鼻子"的こと。"鼻头儿"ではない。"鼻头管"は"鼻子管"ともいう。→听罗之后，不禁鼻子管里哼哼冷笑了两声。（官6-77-6）

【比】

〈介〉①……より（比べて）。¶～耐小几岁？（海1-4-8）¶自家烧，倒～厨子好。（海8-63-6）¶我有法子，～来里乡下再要省点。（海30-247-9）¶故歇俚既经甩脱俫，俫落得回到上海，写意写意，如果要个把人陪陪，也容易得势，包勒倪身浪，还俫～俚胜几倍阿好？（狐48-413-24）¶俫打听起来，倘使～别人家价钱大末，俫下转勿要（相信）（照顾）我。（上散8-46-4）¶赵温虽然是乡下人，也晓得典吏～知县小（官2-22-4）

語彙例釈　bi

¶我～去年瘦了许多。（市19-276-28）¶凭他怎样，你老拔根寒毛～我们腰还粗呢！（红6-105-8）¶军士数千，驾舟围逼寨，～前番更是浩大。（禅26-427-1）¶赵县君也不推辞，盛装出到前厅，～平日更齐整了。（二14-285-8）¶那火～前番更是炽焰。（水108-1626-8）

②……と（比べて）。¶绿头蛮好，～我一对差仿勿多，十六块洋钱，一点勿贵。（海23-190-13）¶～先起头两样仔点哉。（海36-302-15）¶叫啥格同乐戏园，唱工还哝啥。倒是行头末勿哪哼格，～上海两样点笃。（狐46-400-23）¶再看到别人家格情状，真正～从前大弗同哉。（沪4-6-1）¶如今的妓女，却比那庚子以前大大的不同了。（九153-1011-15）¶你是如今发了福，～从前大不相同。（市19-276-27）¶这东西～别的不同。（红73-1098-7）¶那张子才～昔年欠粮、拿在船上去时，要截头，要加赠，靠在将军柱上吃苦时节，大不相同了。（醒下4-128-1）¶翻书书底，寻出一卷树来，甚是齐整，～诸书不同。（禅21-336-14）¶我闻京师景致，～别处不同，何不闲看一遭。（喻26-397-3）¶此番老身去，他说的话～前番不同，也是软软的了。（二2-42-9）¶我的受用～你不同。（杀人14-61-11）¶你今日为求官借贷，～先前浪费不同。（警31-479-6）

(注)"比"のこの用法は"与"に同じ。"比众不同"と"与众不同"の並用にもうかがわれる。 →见那间房子收拾的比众不同。（新30-137-11）→觉得他脸上的气色是异常光彩，运气自然与众不同，无怪他独荷重青了。（目98-807-3）

〈动〉①比する。比べる。¶莲生向张惠贞道："比仔耐头浪一对好多花哉。"张惠贞道："故是自然，我一对阿好～嘎。"（海22-180-4）¶高亚白念毕，猝然向尹痴鸳道："～张船山如何？"痴鸳道："耐阿要面孔，倒真真～起张船山来哉！"（海33-274-2）¶侬勿相信，朝后侬拿来（～～看）（评评看）就有数者。（上散4-15-6）¶晴雯先拿了一根～一～，笑道："这虽不很象，若补上，也不很显。"（红52-735-7）

②比べものになる。多く否定文で用いられる。⇨勿此。¶冠香是外头人，就算我同俚要好，终勿～耐自家人。（海51-436-8）¶这药房生意不～别样生意，除了告白费之外，竟没有什么开销的。（新17-76-24）¶宝钗道："这样说，我也是和你一样。"黛玉道："你如何～我？你又有母亲，又有哥哥，这里又有买卖地土，家里又仍旧有房有地。……。"（红45-625-8）¶如今不～当初，忙不得哩！（警4-42-11）¶俺家的酒，虽是村酒，却～老酒的滋味。（水23-343-11）

【比方】

〈連〉仮に。たとえば。 ¶耐只怪我动气；耐也替我想想看，～耐做仔我，阿要动气？（海 11-84-19）¶～有十个讨人，九个勿会做生意，单有一个生意蛮好，价末一径下来几花本钱生来才要俚一干子做出来个哉喨。（海 47-374-7）¶自我大爷到桃花坞唐太爷朵去。～唐大爷来介，说我大爷叫子酒船，停立朵斟酌桥西边看首，勿必担搁，竟去山塘浪末是哉。（三 8-93-24）¶～蒋大人今朝拨倪一百洋钿，倪也勿是格勿要，不过倪故歇呒啥用场末，拨倪做啥？放来浪蒋大人搭一样格喨！（九续 56-434-20）¶亏勿尽唔俚个阿妈勿同俚出来，～看中仔，偷子去哉，自我做子乌龟哉吓。（笑 4-36-8） ¶～这一天公事回的多，或者上头问话多，那就不能不眈搁时候了，那烟瘾不要发作么？（目 13-92-11）

【比勿得】

①…とは異なる。 ¶俚是赛过本堂局，走过来就是，～俚咪。（海 6-46-11）¶倪两家头困来里，本底子也勿要紧，故歇～先起头，有点间架哉。（海 52-438-17）¶陈大人来勿来，本来随俚格便，倪夷勿是靠俚开销格，～挂牌子格勒，堆板勿起。（鸿 16-288-3）¶耐方大人是有名格阔客，～啥别人。（九 37-274-2）¶故歇倪嫁拨仔耐，总算是人家人，～做倌人辰光，总归还是少出去格好。（九 76-552-12）¶倪两家头～别人，承耐格情看倪得起，倪也一径当耐自家人格。（九 167-1093-21）¶倪长三堂子里向格先生，比不得么二搭仔野鸡，总要碰几场和，吃几台酒到仔是实梗模样格辰光，再好讲到住夜浪去。（九 36-265-5） ¶我们汉口比不得省城，游勇会匪，所在皆是，动不动要闯祸的。（官 40-676-24）¶张夫人却正颜厉色的教训起来说："现在比不得老爷在的时节，可以由着你的性儿闹，你既要守节，就该循规蹈矩，岂可百天未满，整夜在外，成何体统！"（孽 30-287-5） ¶他又比不得是咱们家的家生子儿，他现是太太的陪房。（红 45-622-20）¶如今说一个妓家故事，虽比不得李亚仙梁夫人怎般大才，却也在千辛百苦中熬炼过来，助夫成名，有个小小结果，这也是千中选一。（警 31-472-9）

②比べものにならない。……には及ばない。 ¶倪搭请朋友，只好拣几个知己点末请得来绷绷场面，～别人家有面孔。（海 12-92-7）¶我是～俚，价末要有啥用场，汇划庄浪去，四五百洋钱拿仔就是。（海 14-108-12）¶你那里知道，虽然庶出一样，女儿却比不得男人，将来攀亲时，如今有一种轻狂人，先要打听姑娘是正出庶出，多有为庶出不要的。（红 55-779-14）¶这马虽然比不得五千两的请骢，也将就走得几步，只是一路上草科要当心些。（鼓 16-205-11）¶近世人请恶薄，父子兄弟到也平常，儿孙虽是疼痛，总比不得夫妇之情。（警 2-13-9）

語彙例釈　bi

【比仔】

〈介〉①介詞"比"①に同じ。¶～从前省得多哉。(海1-4-10) ¶我养起倪子来,～俚要体面点咪。(海6-43-14) ¶一夜天～一年还要长点哩!(海18-141-13) ¶勿要说耐格种官人,就是～耐再要利害点,倪也勿见得吓杀子人。(九10-80-22) ¶格格新人好,吃起酒菜来,一点勿客气,～陪客才吃得多。(狐6-41-24) ¶倪格事体末～素家里晏要伤心得来。(沪2-54-8) "比子"とも作る。¶该一节已经半节把哉,还勿曾留过一户客人来,耐陈大少自家去想想,阿是比子公馆里格奶奶还要干净点咪?(商1-9-13) ¶个个面孔比子旧冬采腊梅花个辰光更加骄傲哉。(笑33-451-15) "比之"とも作る。¶倒地比之先起头堆板大者。(上问43-78-7) ¶好地方,好地方,比之四马路他们那里收拾得好。(人8-65-1)

②介詞"比"②に同じ。¶年纪～屠明珠也差勿多哉哩。(海15-119-22) ¶俚个生意倪开堂子做倌人也差仿勿多。(海64-545-12) ¶倪故歇壮得来～从前瘦格身体大弗同哉哩。(沪1-10-4) ¶～平常夷有点点弗同。(沪3-97-8)

(注)"比仔"の"仔"は、"为仔"などの"仔"と同じく、この介詞が動詞からの派生であることを示す接尾語で(⇨仔)、明清文学作品などに見られる"比了""比着"はこの"比仔"である。→潘大少爷这样应酬我家先生,看来比了攀过相好的人还要好几分。(繁初18-198-21) →租界上捕务比了内地自然好些,但也不过面子上好看罢了。(新6-25-5) →我说句惹气话,比了你再要好点子呢。(十22-164-6) →有个学习西医的朋友告诉我,说纸烟是很毒的毒物,比了鸦片烟竟差不多呢。(新22-100-2) →若是男子风月场中略行着脚,此是寻常勾当,难道就比了女人失节一般?(二11-225-9) →你待我的好处,比着爷娘还要加上一百倍。(商1-6-19) →我就把这本书奉送,请先生设法代他传扬出去,比着世上那印送善书的功德还大呢。(目1-3-3) →要晓得台南海上,常有极利害的风暴,在四五月里起的,土人叫做台风。比着英法海峡上的雪风,还要凶恶。(孽33-316-15) →谁知这小厮深知滋味,比着大人家更是雄健。(初34-650-7) →姪女情愿自家赎身,一般身价,并不短少分毫。比着孤老卖身好。(醒3-65-12) →有日子碰着一个朋友,向我说起台基上的妇女别有一种风味,比着堂子里自不相同。(新10-16-3)

〈動〉"比"+助詞"仔"。①動詞"比"①に同じ。¶～长三书寓,不过场花小点,人是也差勿多。(海2-10-22) ¶～栈房里阿是要省多花咪。(海30-250-18) ¶我不过老仔点,～小伙子勿堆板哩。(海47-398-6) "比子"とも作る。¶比子三年前,天差地运哉。（三23-271-15）　¶又到后房里去换了一身扬妃色外国纱夹衣，湖色熟罗夹裤，走进房来，遂觉得容光照人，比了未梳洗的时候，又更不同。（繁初30-343-10）¶这武功比了京班里的戏子，却也不相上下。（繁Ⅱ25-634-19）¶旱路去的风景比着水路如何？（繁初9-90-8）¶虽不知文章为何物，然将读过的细味起来，那膏梁文绣比着令闻广誉，真是不啻百倍的了。（红115-1574-1）　¶若晓得他有宝在肚里，当初也带几只回来，卖些银子，比着如今闲空在家，也好做做盘缠。（鼓18-225-9）

②動詞"比"②に同じ。¶不过我来里想，故歇该个病勿～别样，俚再要勿肯吃药，二少爷，勿是我说俚，七八分要成功哉哩。（海20-160-9）

【笔迹】

〈名〉筆跡。¶票头末是罗子富个～，到底是啥人有事体哩。（海3-23-24）¶你既然～落在外头，总得想个法子收回来才好。（官11-163-11）¶把那电报底稿吊了去，该对～，自己亲信的几个官亲子侄，又都不是的。（目73-589-24）¶上一次我替你写那封信故意变了～，写起来很吃力哩。（人46-582-3）¶李翱大惊，看了一回，知是自家女儿的～。（醒下10-178-2）¶取而观之，原来是两句未完的诗稿，认得诗荊公～，题诗詠菊。（警3-27-9）¶话说平氏拆开家信，果是丈夫～。（喻1-28-5）¶认认～，宛然是前夫手迹。（二11-224-13）¶好却是好，只是没人会写蔡京～。（水39-629-12）

【笔墨】

〈名〉筆と墨で書いたもの。書画や詩文の作品。¶名家此种～，陆里肯落图章款识。（海47-400-8）¶我道："此联好果是好，但是过于骂世了。"一帆道："倒与你的～差不多。"（新40-186-11）¶黛玉探春听说，都道："你真胡闹！且别说那不成诗，便是成诗，我们的～也不该传到外头去。"（红48-667-11）

【笔砚】

〈名〉筆と硯。¶娘姨，拿～来。（海6-47-6）¶少牧遂唤小阿金拿～来，写了一出《黄鹤楼》。（繁Ⅱ23-607-10）¶周老爷退到中舱，取出～，独自坐在灯下拟稿。（官14-219-10）¶那道童一只手拿了～，一只手提了茶壶，连忙送来。（鼓1-13-2）¶解元借～，莫不是要题诗赋？（警6-70-16）¶随即取一幅纸来，借酒家～，备细写了一封回书，与刘唐收在包内。（水20-297-9）

【笔意】

〈名〉書画・詩文のもつ味わい。¶～蛮好，可惜不全。（海47-400-6）

【必】

語彙例釈　bi

〈副〉必ず。¶想来其中～有缘故,一面之词如何可信。(海64-547-7)¶你父亲今日又听见一个好大夫,业已打发人请去了,想必明日～来。(红10-150-9)

【必然】
〈形〉必ずや。¶大约其为人～绝顶聪明,加之以用心过渡,所以忧思烦恼,日积月累,脾胃于是大伤。(海36-305-2)¶亚白～另有见解。(海61-523-11)¶个歇辰光毋论事之真假,倘若声扬,两房媳妇～知觉,那其间追来始末,必生口舌,反多未便。(笑34-471-13)¶肝家血亏气滞者,～肋下疼胀,月信过期,心中发热。(红10-152-4)¶你既是我金陵人,～知我金陵事。(鼓37-438-7)¶这两个小官～知先生病的来历。(禅21-333-9)¶媳妇若晓得孩儿愿退,～也放下了。(醒9-186-15)¶郡王喜欢可常,～饶你。(警7-85-6)¶今是吾十三郎,～自会归来。不必忧虑。(二5-104-13)

【毕竟】
〈副〉結局。所詮。¶但是以理而论,～于题何涉。(海60-515-21)¶两个人揪了半天,～余荩臣可惜那件衣服,连连说道:"有话起来说,……不要这个样子。被别人看了要笑话的。"(官32-542-14)¶老太太这样疼宝玉,～要他有些实学,日后可以混得功名,才好不枉老太太疼他一场,也不至糟踏了人家的女儿。(红84-1205-14)¶侯景道:"既然大哥寓处不远,小弟～要到贵庄奉谒。"林澹然好推辞,答道:"尊驾枉顾蓬草生辉。"(禅19-279-4)¶我和你住在此处,虽然安稳,却是父母生身之恩,竟与他永绝了。～不是个收场。心里也觉过不去。(初23-438-10)

【闭】
〈动〉閉じる。¶坎坎～仔眼睛,倒说道耐来哉呀。(海18-142-7)¶耐要冤枉我姘戏子,我就冤枉死仔口眼也勿～个哩!(海34-284-20)¶只见太太坐在地下,一手摸着肚皮,一手托着腮,低着头,～着眼,皱着眉头。(官5-65-2)¶没奈何把眼睛～了,他们好似又在我的枕边,一齐动手扼我。(繁后25-1022-1)¶一席话说得赵姨娘～口无言,只得回房去了。(红60-845-5)¶李秀见了,照会一干人,闯入墙内,将墙门依旧～上(禅4-52-10)¶婆子～嘴。押司不是这般的人。(水21-318-17)

【臂膊】
〈名〉腕。かいな。¶王老爷～浪,大膀～,拨沈小红指甲掐得来才是个血。(海33-271-4)¶故歇～浪,搭仔腰里向,还勒里痛来呀!(狐3-14-18)¶看那些阴兵,一个个拳头大,～粗,强头倔脑的。(何5-57-23)¶说完,起三个指头用力在志和～上边摘了一下。(繁初23-258-1)¶人家总以为他这个样子一定要打人了;谁知并不打人,却叉着两只～,

44

握紧了两个拳头,坐在床沿上生气。(官 32-545-9)¶拳头上立得人起,〜上走得马过,不像你那狗淫妇,人硬货不硬,表壮里不壮,作成老公带了绿帽儿,羞也不羞!(醒 34-714-16)¶那〜忽长二三丈,直到赵昇身边,赵昇随臂而上。(喻 13-197-15)¶砲风正伤了董平左臂。回到寨里,就使枪不得,把夹板绑了〜。(水 115-1725-14)

bian

【边】

〈名〉時間詞または数詞・数量詞の後に用いられて、それに近い範囲であることを示す。¶前月初十〜进去,就是诸十全个客人──姓陈个──吃仔一台酒,绷绷俚场面。(海 37-309-21)¶奴还是正月初十〜搬进新屋格来呀。(狐 48-416-3)¶大分总要月半〜刻动身拉哩。(上问 11-21-6)¶旧年年底〜吃别人告了一状,新衙门里吃过官司。(商 1-9-20)¶天亮〜的叫卯凤,吹吹卯风一个人的身体顶好的。(人 39-466-9)¶说道守寡,小时好过,倒是四十〜难过。(型 4-54-17)¶也是行时来的人,只是年纪多了两年,将及三十岁〜了。(二 4-76-14)

【边镶滚缎子】

〈名〉衣服などの緣(ｽﾞ)どりレース。¶价末松江〜搭仔帖边,明朝一淘买好来浪。(海 61-524-22)

【匾额】

〈名〉扁額。¶再有几花零碎珠玉,不成篇幅,如楹联,〜,印章,器铭,灯谜,酒令之类,一概豁脱好像可惜。(海 40-337-12)¶老文,个个〜阿看见?(笑 43-545-15)¶上面悬着一个〜,四个大字,题道是"怡红快绿。"(红 26-363-8)¶前一夜,父亲梦见鼓乐旗彩,送一状元〜进门。(醒 28-577-3)¶向来亭上有一个〜,大书三字在上,相传是唐颜鲁公之笔,失去已久。(二 2-20-6)

【变】

〈动〉①変わる。¶好一会,方说道:"耐个心勿晓得那价生来咪,〜得来!"莲生道:"为啥说我变心?"(海 4-33-2)

②……に変わる。¶一日天就吃半碗光景稀饭,吃下去也才〜仔痰。(海 36-304-20)¶耐格人啥实梗呀?好好里问耐闲话,啥格一声勿响,阿是〜仔哑子哉?(九 186-1204-24)¶倪老哉,再歇几年,要〜老太婆了。(九续 36-278-12)¶可惜花轿进仔门,〜仔一场无结果。(狐 5-28-14)¶你在阴间保佑二爷来生也〜个女孩儿,和你们一处相伴,再不可又托生这须眉浊物了。(红 43-600-6)

語彙例釈　bian

③……に変える。　¶耐只拜匣勿要紧个，俚拿得去也无啥用场。阿敢去～洋钱，俚也无拨场花好～唣。（海 59-501-9）¶你倘是一件件置办起来，照现在市价，合从前市价，只怕拿着二万四千还买不来；若是如今要拿他～钱，可是就不值钱了。（官 50-858-7）

【变心】

〈动〉心変わりする。¶为啥说我～？（海 4-33-3）¶今儿你做了抚台就变了心。（栳 9-143-22）¶越是这样的人越容易～，要好越不能长久。（人 29-315-7）¶我要日久～，告诉人去的，天珠地灭！（红 47-654-12）

【便】

〈形〉都合がいい。便利である。¶耐要请我吃酒末，倒是吃我点心罢。耐末也～得势，勠去难为啥洋钱哉，阿是？（海 4-29-9）¶西公和赛过间壁，耐有啥闲话就可以来，俚哚也好来请耐，大家蛮～，阿对？（海 42-358-11）¶明朝倪来开船转罢，到底勒上海本地，勠说有啥三长两短，就是请郎中，看香头，替俚做长做短，也～多化笃。（狐 58-493-12）¶至于洋钱，～的很，待伙计出几张即期票，这便是同现洋钱一个样子的。（商 4-28-2）¶近日园中姊妹皆各在房中吃饭，炊爨饮食亦～。（红 53-738-1）

【便当】

〈形〉便利である。容易である。¶下头房间倒比楼浪要～多哚。（海 3-21-14）¶耐前门是勿像哉，我来搭耐开扇后门走走，～点阿好？（海 14-110-14）¶耐到倪搭来做啥？间搭堂里向勿～格呀？（九 164-1077-25）¶俺人赶耐？落大仔雨，勿～个。（鸿 10-250-25）¶辰光弗早哉，耐格马车夷弗勒浪。转去末常恐弗～。晏是窝心窝心曼倩阿姊末哉。（沪 4-21-8）¶倪拉东洋有坐庄个，要办甚货色，只要写封信去关照一声就是者，美～个。（上散 8-44-3）¶比起客栈里来。即是便宜又是～。（负 14-63-19）¶况且有了这个房间，就是外国人拜，也～许多。（官 6-82-15）¶就如吃东西用刀叉，他们是从小用惯的，不觉得怎么样；叫我们中国人用起来，未免总有点不～。（目 78-630-11）¶上海的日子好过，比杭州要～得多了。（人 1-4-20）¶那元帝老爷脚下的龟将军站起来道："你们不中用，我有主意，你们将红门折下来，到了夜里拿我的肚子垫住这门口，难道当不得一堵墙么？"众神将都说道："好，又不花钱又～结实。"（红 117-1601-5）¶你晓得我写字不大～，何苦难我！（二 16-327-16）¶母亲住在王家，终不稳便。不若就司狱司左近赁间房子居住，早晚照管父亲，却又～。（醒 20-417-5）¶在这奴才手里讨针线，好不爽利，索性将皮箱搬到院子里，自家～。（警 24-343-11）¶这里不好安歇，请都头去那壁房里安歇。搬茶搬饭却～。（水 28-440-14）

【便饭】

〈名〉日常の食事。宴席の食事でないこと。 ¶故歇～就来里凤仪水阁里吃哉。(海 28-324-1) ¶今天你们两位既然赏我兄弟的光,竟请不必客气。就在这里吃个～。不过没有菜,简慢些儿。(九 116-794-16)

【便夜饭】

〈名〉ふだんとっている夕食。¶～是倪也吃得起哉,就请勿到陈老爷唵。(海 11-90-21) ¶倪先生近来大勿快活,有仔点心事,格落今朝待慢倷大少哩,倷覅见气,登勒间搭用仔～勒去。(狐 23-184-10) ¶倪堂子里向格年夜饭,是耐自然吃过歇格,堂子里向新年初一格～,耐只怕齗吃歇过哩,耐阿要吃格一转试试?(九续 111-802-24) ¶如今一切事情舒齐了,我们群玉坊去吃～,高乐一回儿去罢。(商 4-31-18)

〈动〉ふだんの夕食をとる。人に食事をとってもらうときに用いる。¶大少爷覅去哩,该搭～哉呀。(海 27-226-22)

(注)前项の"便饭"も同じく動詞として用いられる。 →阿要吃夜饭哉,就倪搭便饭,去叫仔两样菜阿好?(九 1-9-10) →当下介山就留蓉甫～,这席菜是本厨房办的,虽只不多几样,烹调的却异常可口。(新 56-258-9) →知道杏农没有吃夜饭,便叫厨房里弄了两样菜,请他就栈里～。(目 69-553-11) →叫鸳鸯吩咐厨房里办一桌素菜来,请他在这里～。(红 109-1510-2) →你且在我家～。(醒 3-63-2)

【便衣】

〈名〉平服(礼服・官服に対して)。 ¶耐末～到园门口说明百仔,自有管家来接耐进去。(海 47-401-17) ¶世兄既然欠安,不好屈骂。等到清恙全愈,就请～过来谈谈。(官 26-427-23) ¶只见两个管家上来,把少爷的官衣脱去,除去大帽,只穿者一身～;又端过一张椅子,请少爷坐了。(官 53-914-17) ¶贾母高兴,又见今日无远亲,都是自己族中侄辈,只～常妆出来,堂上受礼。(红 71-1009-20)

biao

【标】

〈形〉得意满面である。偉ぶっている。 ¶耐看俚～得来。(海 17-137-7) ¶苏冠香倒～煞个,难末要吃苦哉。(海 26-210-8) ¶耐看俚格样式,～得来,阿像倷格娘姨,赛过比仔本家再要利害。(九 38-280-9) ¶他本是阔人,等到这笔昧心钱到手之后,越发闹起～劲来,无非在上海四马路狂嫖烂睹。(官 52-901-9) ¶春大少爷本是个胡涂虫,只晓得闹～闹阔。(负 25-115-24)

語彙例釈　biao

【标致】

〈形〉美しい。¶耐个家主公倒出色得野哚，年纪末轻，蛮蛮〜个面孔，就是一身衣裳也着得价清爽，真真是耐好福气。（海21-168-3）¶耐个囡仵末面孔生得〜点，做个小姐，俚也一样是人家囡仵呀，就不过面孔勿〜，做仔大姐。（海62-529-13）¶格部车子倒实在〜勒里。（狐15-111-16）¶倪格日仔一看见耐，就晓得耐是老牌子，〜搭仔年轻格相好，勿知几化来深。（九149-989-18）¶他的母亲刘娘娘，也生来细腰长颈，甚是〜。（何2-26-7）¶第一个文西山文老爷是旗人，年纪又轻，脸蛋儿又〜；穿两件衣裳，又干净又峭俏。（官12-179-18）¶摇身说'变'，竟变了一个最〜美貌的一位小姐。（红19-275-24）¶这个定是大奶奶了，真实生得〜，不知要多少财礼？（醒下2-103-22）¶一班共有十个人，演得戏，会得歌，会得舞，一个个风流俊丽，旖旎嫋嫋，〜异常哩！（鼓2-20-11）¶我便得这三百两雪花银子，娶一个〜浑家，买一所齐整房子。（禅10-141-15）¶昨晚有一〜官人与郎君同来，怎的不见，你却独白一人先去？（禅22-263-3）¶财采到不打紧，还有一事，好一个〜奶奶！（警11-136-12）¶侍郎与夫人看见人物〜，更加礼仪齐备，心下喜欢，另眼看待。（二15-316-10）¶那王庆好的是女色。见了这般〜的女子，把个魂灵都吊下来。（水101-1571-11）

【缥致】

〈形〉"标致"に同じ。¶人阿〜嘎？（海3-19-24）

【表】

〈名〉携帯用の小型の時計。"錶"字を簡化したもの。¶耐就搭我买仔一只洋铜铜臂连一只〜，也说是三十几块咪。（海22-180-23）¶我托侬拿地只〜去，交拨拉修钟个收作收作。（上问10-19-2）

【表记】

〈名〉記念として、または証拠として贈る品。¶故是送拨耐个〜，拿去坑好来浪。（海32-268-13）¶阿是掼脱仔小烂污送拨耐格〜，耐勿舒齐？倪赔耐末哉！（九续60-459-19）¶这个是你赠与我的〜，我只得拜领；但是方才说得二百块洋钱，明日一定要烦你措到，不可误事的。（维11-75-14）¶虽未成双，却也海誓山盟，私传〜，已有无限风情了。（红72-1018-12）¶先前他许供养你一家，有甚〜为证？（警7-86-8）¶莫非是你老相交送的〜？（喻1-18-4）¶他这等害病，还带着这个东西。况又不是男子之物，必定是妇人的〜，料得病根从此而起。（喻4-84-2）¶怕哥哥日后中了奸计，因此来寻哥哥，有〜教哥哥看。（水46-761-1）

【裱】

〈动〉表装する。 ¶客人送拨俚个诗才～来浪。(海 31-260-9) ¶唔笃格几化诗,奴想～一个小手卷,再请黄老做一篇传勒浪,勿知阿通格啘?(狐 25-204-10)

bie

【别场花】

〈名〉ほかの所。 ¶耐意思要我成日成夜陪仔耐坐来里,勿许到～去,阿是嘎?(海 6-42-14) ¶～是我也无拨,陆秀宝搭勿去仔,就不过该搭来走走。(海 14-110-18) "场花"は"场化"とも作る。 ¶倪还要到别场化去勒,晏歇点再会罢。(鸿 7-227-10) ¶有几户老客人,才到仔别场化去哉。(九 128-865-2) ¶除脱到别场化去躲避,呒不别格方法。(狐 10-67-25) ¶弗壳张俚倒夷跳到别场化去哉。(沪 3-13-12) ¶是,勿曾到别场化去。(上问 20-38-5)

【别脚】

〈形〉①粗末である。質が悪い。 ¶耐再要说张先生,～哉呀!倪搭还欠十几块洋钱,勿着杠。(海 37-313-11)。¶我转去吃夜饭格辰光,就有两个人坐勒客堂里。一个是奶奶格寄名哥哥,还有一个勿认得,身浪向才是～煞格。(鸿 12-261-22) ¶那些在四马路拉客人的野鸡妓女,都是些下等的 ～货。(九 171-1120-7) "憋脚""蹩脚"とも作る。¶坐着仔蹩脚格车子,颠末颠煞快,拨别人看见仔,阿要难为情煞介?(狐 15-107-19) ¶伊个是伊旧年卖(听)(剩)下来个两匹(邱)(勿好个)(蹩脚)驴子。(上问 31-58-1) ②うらぶれている。おちぶれている。 ¶大阿金太息道:"倪先末才真真叫自家勿好,怪勿得王老爷讨仔张蕙贞。上海挨一挨二个红倌人,故歇弄得实概样式!"阿珠冷笑道:"故歇倒勿曾算一～哩。"(海 54-462-15)¶二少耐格恩相好时髦得来,间搭宝华班里才是 ～倌人,洛里比俚得上?(九 150-997-6) ¶阿是说倪格号～人弗配做耐格姨太,阿对?(沪 4-23-9) "蹩脚"とも作る。⇨蹩脚。

【别开生面】

新機軸を出す。 ¶如此考据,可称～,只怕从来经学家也勿曾讲究歇哩。(海 45-383-7) ¶今日林妹妹这五首诗,亦可谓命意新奇,～了。(红 64-926-7)

【别人】

〈代〉人称代詞。自分またはある人以外の人を指す。 ¶耐想拿件湿布衫来～着仔,耐末脱体哉,阿是?(海 2-11-20) ¶倘忙我勿死,耐就再去讨～,我也勿来管耐哉。(海 18-142-21) ¶如果看得中格,马上就付仔定钱,省得拨～抢脱仔,倒有点可惜格。

語彙例释　　bie

（狐10-71-9）　¶格末搭唔笃脱仔，唔笃勿要告诉～嘘。（九续60-464-6）　¶定神一看，不是～，就是那新中举人赵温的爷爷赵老头儿。（官1-1-12）　¶我因想晴雯姐姐素日与～不同，待我们极好。（红78-1120-6）

【别人家】

〈代〉"别人"に同じ。　¶我搭请朋友，只好拣几个知己点末请得来绷绷场面，比勿得～有面孔。（海12-92-7）　¶生意勿好末也叫无法，～去眼热个啥！（海28-228-12）　¶～看仔倪末像煞蛮开心，倪心浪勿出格心事，赛过勒浪黄连树底下弹琴。（九23-174-10）　¶～格事体，要耐去管俚做啥？俚也是做生意，呒拨法仔。（九续56-434-6）　¶奴想覅做哉嘘，奴听见～说，四十岁勿做格多，还要闹俚作啥嘎！（狐52-442-17）　¶耐几时看见倪做仔～哉畹？阿要气酥！（沪1-8-8）　¶～勿晓得阿是前也修来格！（官36-621-7）　¶但是这本书，我们虽然知道，他却从来不肯给人看。这也难怪他，都是他一番辛苦集成的，怎么能够轻易叫～看了学乖呢？（文17-90-8）　¶这样只好让～去做了，我们再谈罢。（新58-267-6）　¶害得～等煞，你倒惬意。既然别处有约，我那里也用不着你来，下回谢谢吧。（人15-135-17）　¶子兴笑道："说着～的闲话，正好下酒，既多吃几杯何妨。"（红2-34-11）

【别样】

〈形〉属性词。ほかの。その他の。　¶故歇无啥～闲话，耐等歇稍微好仔点，快点转去罢。（海17-138-24）　¶故歇该个病勿比仔～，俚再勿肯吃药，二少爷，勿是我说俚，七八分要成功哉哩！（海20-160-9）　¶～是呒啥，就是昨夜头发仔个寒热，今朝觉着心口头一块塞牢仔，手脚末酸软得非凡。（鸿5-216-11）　¶我故歇也勿想～，只要有人肯包我，我就住仔小房子，一个月几十块洋钱开销开销才是哉。（鸿13-267-18）　¶倪也无啥～事体，就是格只烟筒，耐今朝好去拿得来哉畹？（九45-329-19）　¶今朝我来溯依勿为甚～。（上散8-52-6）　¶其实奴要讨回家生，并呒啥～意思。（狐49-468-15）　¶我也转勿出甚～念头来。（上散9-53-4）　¶那串熟鬼平日念书虽是质纯，～事情却都玲珑剔透，倒有三分鬼画策的。（何6-62-22）　¶我不知道这里面还有～葛藤，幸得两位今夜来，不然，等买成了才晓得，那就受累了。（目32-243-19）　¶这药房不比～生意，除了告白费之外，竟没有什么开销的。（新17-76-24）　¶贾母等于早饭后过来，就在会芳园游顽，先茶后酒，不过皆是宁荣二府女眷家宴小集，并无～新文趣事可记。（红5-70-8）　¶～物件，小人尚未查点。（鼓7-85-7）　¶我实是手无一文，～本也不该对你说，却是为你做亲借的。（初13-240-12）　¶如今并没～花卉。（醒3-82-11）　¶这个事不比～的事，仓卒不得。(警 28-426-3) ¶～话戏得，这个话他怎肯认做戏言？（二 2-41-8）¶似此必然死在他手。若不去刼牢，～也救不得。(水 49-811-17)

【蹩脚】

〈形〉うらぶれている。おちぶれている。 ¶耐心里只道仔我是～俉人，陆里买得起四十块洋钱莲蓬，只好拿洋钿钏臂当仔金钏臂带带个哉，阿是？（海 22-180-24）¶倷阿记得前头倪到北京去，倪勒轮船浪碰着俚格辰光，看俚～得野笃，阿壳张故歇回仔上海，就实梗时髦起来哉，也是俚格运气。（狐 53-455-3） ¶你穷爷前几年也是吃洋行饭的，比你这会子还要阔些儿呢。都因""嫖"赌"两字，耽误了，弄得蹩了脚，靠着二十四根肋骨拖车子度日。（新 12-52-8） ¶但那班先前与他们结为朋友的流氓，见他们～时称兄道弟，得意时目中无人，未免心中生气。（歇 18-235-1）

<h3 style="text-align:center">bin</h3>

【鬓脚】

〈名〉鬓(びん)。¶耐看～也散哉。（海 6-48-21）¶耐拿～来刷刷哩。（海 10-75-3）¶挽着盘香髻儿不甚好看，须得梳个坠马式的髻儿，托着大些的～才有样。(歇 3-27-1)"鬓角"とも作る。 ¶那日谁知我失了脚掉下去，几乎没淹死，好容易救了上来，到底被那木钉把头碰破了。如今这鬓角上那指头顶大一块窝儿就是那残破了。（红 38-518-4）

<h3 style="text-align:center">bing</h3>

【冰冷】

〈形〉氷のように冷たい。¶耐也坐来里～个石头浪，干己个哩！(海 46-390-17) 陶子尧不等看完,两只手已经气得～，眼睛直勾勾的,坐在那里一声也不言语。(官 9-123-3) ¶子纯略述了一遍，兰云仙馆才知道不容易交保，心里不觉～了半截。(人 37-426-4) ¶一面又见晴雯两腮如胭脂一般，用手摸了一摸，也觉～。（红 51-715-18）

【冰清水冷】

〈形〉ひっそりとしている。 ¶下头杨媛媛末碰和吃酒，闹猛得来；倪楼浪～，阿要坍台。（海 59-507-9）¶及至断了七，诸事停当，弄得家里～。（何 4-42-9）¶只有自己的房间里头～的，不但没有人来碰和吃酒，连打茶围的客人都没有一个跑进来。（九 162-1065-6）¶他彩轿到朱宅门前，只见～，一点子不像喜事人家神气。(新 35-162-21) ¶走到大马路，只见两旁店铺，关得～。（新 41-186-20）

【禀单】

〈名〉旧时、役所に情况などを书いて提出する文书。¶故歇再要收俚长蓝，一张 ～

語彙例釈　bing

好哉。（海 37-312-12）　¶他～上并不说是妍头，说了妍头，那里还告得准？他只说魏赞营在账房里亏空了五六万银子，恳请关提追究。（新 9-41-1）　¶温贵听了，无法可施，然而这口气终不能难消，后来决计告状，就请人做了张～，在新衙门里递了进去。（新 29-131-9）　¶明天我可替你写信告去，或在公堂动张～，一定要捉到姓周的那一班人始已，捉不到断了干休。（繁后 16-910-3）　¶只候我们朋友凑好了款子交还了原告，原告自然进～销案，那时候自然可以了局。（人 38-436-24）

【并】

〈副〉否定詞の前に用いて語気を強める。ある見方に反していることを述べるのに用いられる。　¶兄弟初到，～勿是行医，因子刚兄弟传说尊命，辱承不弃，不敢固辞。（海 36-304-4）　¶这庄内住的只有赵、方二姓，～无他族。（官 1-1-2）　¶宝玉笑着走近床来，道："妹妹身上可大好了？"林黛玉只顾拭泪，～不答应。（红 30-420-5）　¶你又赶了来餐茶吃，这里～没你的。（红 41-569-1）　¶本山虽有蛇虎，～不伤人。（水 1-7-5）

【并堆】

〈動〉一緒になる。　¶两家头并仔堆末，弄勿好哉。（海 17-132-16）　¶两个小干仵并仔一堆末，成日个哭哭笑笑，也勿晓得个啥，阿要笑话。（海 22-181-18）

【病】

〈名〉病気。　¶赛过拨一只邪狗来咬一口，也无啥要紧；耐要气出点～来，倒犯勿着。（海 9-71-15）　¶单是发几个寒热，故也无啥要紧，俚个～勿像是寒热呀。（海 20-160-2）　¶我自家生个～，自家阿有啥勿觉着。（海 20-161-24）　¶介勒劝……劝你勿要想，想成功子～，无……无医个。（三 33-364-12）　¶吃了下去，不变不动，两个月下来，那～仍是那么淹淹缠缠的。（梼 14-231-15）　¶只因我那种～又发了，所以这两天没出屋子。（红 7-107-14）　¶这汉端的似有～的。（水 37-590-12）

〈動〉病む。気になる。　¶俚～仔末喜欢哭，喜欢说闲话，故歇勿哭勿说哉，阿是病势中变？（海 36-305-17）　¶漱芳～仔一个多月，上上下下害仔几花人！（海 42-353-16）衙门里今夜该班是张老爷，因张老爷～了，有知会来请老爷补一班。（红 93-1323-6）　¶染了牢瘟，～将起来。家属央人保领，方得放出，已～得八九分了。（二 16-324-11）

【病倒】

〈動〉病気で床につく。　¶故歇漱芳末～仔，二少爷再要生仔病，难末那价呢？（海 42-353-21）　¶先来拜见薛姨妈，又遇见薛蝌，方知薛幡不惯风霜，不服水土，一进京时便在家，请医调治。（红 66-943-11）　¶前日又～了十几天，叫大夫瞧，说是女儿痨。（红

bing－bo　語彙例释

78-1115-4）

【病根】

〈名〉持病。¶故末就是耐个～喱。（海 35-295-12）¶姑娘到底有什么～儿，也该趁早儿请个大夫来，好生开个方子，认真吃几剂，一势儿除了根儿才是。（红 7-107-15）¶被小弟再三盘问，张将军方肯说出～。（水 98-1545-8）

【病势】

〈名〉病势。病状。¶俚病仔末喜欢哭，喜欢说闲话，故歇勿哭勿说哉，阿是～中变？（海 36-305-18）¶先把～大概说了几句，又叫人把方子取出来，请他过目，问他怎么样，可用得用勿得。（官 47-804-5）¶女巫知道这孩子～是不起了的了，遂心生一计，谎称："……"。（新 54-247-3）¶次日～益觉沉重，虽然吃了几块午时茶，无奈这药是不出钱的，故毫无效验。（歇 5-61-4）¶宝玉近因晴雯～甚重，诸务无心，王夫人再四遣他去睡，他也便先了。（红 76-1085-2）¶～日加沉重。（禅 36-585-3）¶李代染了一个心痛之疾，屡药不效，却因与卢储恩爱最好，灯前月下，自处无聊，～日增无减。（醒下 10-179-13）¶先叙了儿子～如何的利害，次叙着朱亲家夫妇如何的抱怨。（醒 9-183－7）¶自此一惊，～渐重。（初 32-611-12）¶我～如此，永别只在早晚。（警 2-16-13）¶翠翠闻知此信，心如刀刺。只得对将军说了，要到书房中来看看哥哥的病症。将军看见～已凶，不好阻他，当下依充。（二 6-134-11）

【病源】

〈名〉病因。¶耐做个祭文里说起仔～，有多花曲曲折折，啥个事体？（海 47-399-15）¶郎中来格哉，阿要就俚上楼罢，倷去陪陪俚，告诉俚点～末好喱？（狐 16-117-23）¶他的治病并不切脉，并不开方。人家告诉了他～，他就随随便便给点子东西与你，或是滔一匙清水，或是抓一撮香灰，或是拨一根青草。（十 10-65-13）¶先生听了道："妙啊！这就是～了。以前若能够以养心调经之药服之，何至于此。……"。（红 10-153-9）¶贵恙若说是心病，这～医人那里参得透？（禅 6-72-7）　"病原"とも作る。¶那院子走进店来，见了店主婆，先把小姐的病原，再将老夫人相接的话儿，从头说了一遍。（鼓 26-312-8）

bo

【拨】

〈动〉①与える。¶等俚会做仔生意末，双珠就～仔耐罢。（海 3-20-21）¶耐个人末，～两记耳光耐吃吃末好！（海 14-110-15）¶晓得哉，晚歇我定归～耐个好阿姐末哉。（海

語彙例釈　bo

18-144-8）¶教俚去寻，寻得来就 ～两块洋钱俚也无啥。(海 29-238-19)¶耐勿要勒浪勿相信，倪～点末事耐看看！(九 113-744-6)¶倪几时～俚哚当上呀？(九续 61-471-7)¶倘然人勿勒浪，票头麨～俚笃，拿到公阳里林群玉搭问一声。(鸿 4-210-17)¶打坏格物事，一总再～俚三百块钱，耐看那哼？(鸿 11-258-9)¶耐阿有姨太太？耐格姨太太一个月～俚几化洋钱用？(官 8-116-10)¶自然吓，爵主有赏赐～我俚个。(描 37-332－12)¶另外～伊一百钱饭钱末（就是者）（是拉者）(上问 32-59-7)

②……させる。¶阿是要做出来～倪看看？(海 4-26-15)¶麨～俚吃哉，吃醉仔末再搭倪瞎噪。(海 8-63-24)¶我唱两只～二奶奶听。(海 57-484-7)¶耐吩咐仔，总也弗见得～倪吃亏，倪阿啥有弗依格。(鸿 11-256-25)¶汇票是倽个样式介，～倪看看哩！(九 6-46-14)¶有朱老来海，弗至于～耐吃区，放心末哉。(沪 1-61-2)¶侬认真点做，生活做来好，我有数拉个，勿会～侬吃亏个。(上散 5-23-4)¶也好，不过总要拈样子先～伊看一看末好。(上问 37-68-10)

〈介〉①授与・伝達を受ける対象を示す。¶倪是人也无啥好，陆里有好物事～倪买。(海 24-195-22)

②動詞の後に用いられて、授与・伝達を受ける対象を示す。その対象の後にそのものの行う動作を表す動詞が続く場合、"拨"は前項②の使役の意を兼ねる。以下の④の場合も同じ。¶隔两日耐真个蒋月琴搭勿去仔，想着要来照应我，再送～我正好。(海 8-58-11)¶秀宝要啥个戒指，阿是耐去买～俚？(海 13-100-6)¶阿是耐勿肯嫁～俚？(海 19-153-7)¶耐啥辰光交代～倪，故歇到该搭来寻耐家主公？(海 23-187-16)¶外头人才说是做着仔好主意，搭倪吃醋，说倪多花邱话，说～四老爷听。(海 27-224-9)¶除仔身体，一块布，一根钱，才是耐办～我个物事。(海 34-285-2)¶漱芳过房～我，算是我个囡件，再有啥人说啥闲话？(海 47-399-19)¶松江外婆做衣裳，做～啥人著，做～囡囡著。(吴 268-35)¶方大少，阿肯买～倪介？(九 6-44-25)¶格个条子是四少爷交～倪格。(沪 1-33-1)¶倪定好仔房间，为啥要仰～人家？(沪 3-102-12)¶侬去交～伊个二爷罢。(上问 1-2-5)

③「動詞＋賓語」の後に用いられて、その物・事の授与・伝達を受ける対象を示す。¶晚歇再勿好末，要耐赔还个好阿姐～倪。(海 18-144-7)¶俚不过要借洋钱，就少微借点～俚，也有限煞个。(海 22-177-2)¶娘舅阿好借块洋钱～我去趁航船？(海 24-199-13)¶谢谢耐，借仔几化洋钿～倪，总算耐格我帮仔一个忙，忽然是今年年底下，倪直头一塌糊涂哉。(九 93-658-23)¶香得来！阿肯倒点～倪介？(鸿 3-205-6)

④受動文に用いられて、動作を加える主体を示す。¶徐大爷个魂灵也〜俚叫仔去哉。（海 5-36-14）¶〜俚咪来看见仔，算啥？（海 8-60-16）¶〜耐说得烦煞哉，我覅听！（海 18-144-14）¶橱里陆里有牌，〜琪官借得去，一径勿曾还啘。（海 53-447-6）¶戒指是勿错，倪探子俚一只勒浪，也勿知〜倪放到仔陆里去哉，现在一时无寻处。（九 8-63-19）¶倪活勒世浪也吃拨俙格好处，〜别人家逼朵块。（九 11-83-4）¶只要俚笃认仔差，耐也就实梗罢，〜俚笃背后笃两声也犯弗着。（鸿 6-226-5）¶倪个车子刚刚过泥城桥，〜一匹断命溜缰马，直撞撞过来，倪个车子几乎撞翻。（负 19-88-13）¶如果看得中格，马上就付仔定钱，省得〜别人抢脱仔，倒有点可惜格。（狐 10-75-9）¶是格能无规无矩，〜别人家看之，（勿像样）（惹笑）（算甚样子）。（上散 5-25-5）

⑤動詞の後に用いられて、受動を表す文語の介詞"于"（篮球友谊赛，主队败于客队）、口語の介詞"给"（北京队输给上海队）に当る。¶俚打个牌凶煞咪，就是个琪官同俚差勿多，倪总归要输〜俚。（海 53-446-18）

‖以上各项の"拨"は"本"とも作る。¶等我来唱本你听。（三 5-55-12）¶一句话先要说本你听。（三 9-105-15）¶太太是过目个哉，介勒叫你拿点银子布匹出去赏本俚，好打发俚下楼去。（三 9-109-26）¶勿相信末拿两百两银子本俉看看。（描 7-63-18）¶叫娄朝奉刻刻当心勿要本里私下作弊，若还查出啥个作弊，立刻雄鸡头候教个。（描 10-90-15）¶让我送一个混号本俉朵阿嫂，你道如何？（描 33-294-26）

（注）下揭用例における"把"は、上述各用法の"拨"を表記したものである。

〈动〉①"拨"〈动〉① →晓得那小三儿是赛紫云的跟兔，就叫案目叫这小三儿来，把了他几角钱，叫他叫赛紫云在楼梯口等他，有话说。（梼 12-210-24）→那时要依我嫁了你，就是光景寒俭点，倒也一生受用，那里会受这种罪。总怪我爹娘嫌你家道低微，要把什么读书做官的呢，弄的今儿同卖了女儿一样。（梼 14-225-21）→虞家小厮又悄悄的从后门口叫了一个卖草的，把他四个钱，叫他从大门口转了进来。（儒 47-542-12）→夏虎只要他心肯，也不与他论量，又把串头上三千来文一发把他。（鼓 13-164-4）→而今寻一个媒婆，也不要他一釐银子，白白的把了人家去罢。（鼓 25-300-5）→先夫留下银子，我好意把你，我也不知怎的来的？（警 28-429-13）→我明日把些银子，你先去赁个间房子却又说话。（警 28-438-9）→既是个秀才官人，你把他饭吃了，算在我的帐上，我还你罢。（二 11-227-6）→既要我饶，方才说的玉环、三锭钞，都拿来把我了，才饶了你。（杀 14-62-10）

②"拨"〈动〉② →况他又心慈，见那些穷亲戚，自己吃不成，也要把人吃；穿不成的，

語彙例釈　bo

也要把人穿。（儒 5-72-7）　→这青骢行走如飞，人赶不及，不必着人跟随。你一路去，只要寻些草料把他吃。（鼓 11-143-1）　→陈亥道："莫非又被骗去的？"江顺道："这是小弟怜他一路上行走不便，特地把他骑去的。"（鼓 16-206-14）

〈介〉①"拨"〈介〉①　→从此后我活一日是你给我一日，我的病好之后，把你立个长生牌位，我天天焚香礼拜，保佑你一生福寿双全。（红 72-1018-9）

②"拨"〈介〉②　→我女儿不可一味执拗，白白地把个诰命夫人让把他人做了。（维 15-104-11）　→我明儿等肚子里这个儿子养出来，把他的胎毛团儿同这个字包在一块儿，等他大了交把他，说："……。"（梼 22-135-15）→我也要另搬，这房子已转租把苏州新来的一位先生。（梼 24-382-17）

③"拨"〈介〉③　→见了这班新翰林，又那样崇敬起来，转弯托人去认识他，送钱把他用，请他吃，请他喝，没法同他换帖。（目 24-175-20）　→面子上只得劝老爷不要生气，却丢了颜色把老鸨，招呼到后面窝盘他，叫他不要生气，仍旧做下去。（官 44-738-18）→要谢天谢他，这一场大事总算过去了，开年红蛋总要多送几篮把我吃。（人 40-489-5）

④"拨"〈介〉④　→将陈亥地书囊肿衣袱，逐件件都收拾起来，做了一箱，不把一个人知觉，赚出门来，一道烟飞奔去了。（鼓 15-189-1）　→非我忍心抛撇，就要起身，只是把你叔叔得知，他又去弄一个圈套出来，反为不美。（鼓 28-345-2）

【拨来】

〈动〉动词"拨"①②に同じ。¶出局衣裳，无姆阿曾～耐？（海 10-75-2）¶三公子要拿总管个囥件～阿哥，阿要体面，啥个等勿得，搭个臭大姐做夫妻。（海 62-529-10）"拨勒""拨拉"とも作る。¶耐到底有俉物事拨勒倪看？（鸿 6-222-19）¶赚仔铜钿拨拉爹爹用。（吴 273-47）¶衙门里个使费末拨勒罗个是好？（描 26-230-27）¶地格绸拨拉侬，要几时末可以做（成功）（好者）？（上问 26-49-3）

〈介〉①介词"拨"②に同じ。¶耐算说～啥人听嘎，阿是来里王老爷面浪摆架子？（海 9-73-19）¶难下转麴去叫俚哉，落得让～黎大人仔罢。（海 15-119-10）¶俚无法子做个生意，就做仔玉甫一个人，要嫁～玉甫。（海 37-307-17）¶格末昨日仔一篇帐拿得来，等倪交～帐房先生，叫俚搭耐算算。（九 167-1094-14）　"拨勒"とも作る。¶就是我身浪个件老羊皮紧身，还是一个皮货客人送拨勒我个。（描 4-37-16）¶格落搬场格前头，拿奴房里格家生暂时租拨勒别人个。（狐 48-414-22）¶奴格物事，仍旧要带仔勒走，麴说奴是卷逃，学唔笃好朋友笃屋里格样，所以告诉拨勒俫听听。（狐 10-69-16）¶四少要倪那哼末，倪那哼。倪格一生赛过交拨勒四少哉。（沪 2-116-7）¶卖拨勒人家，或

者是押帐，有仔管头，自家做勿动主，才叫做讨人身体格。(官8-111-7)
②介詞"拨"④に同じ。¶耐末算说白相，～阿德保听见仔要吵煞哉。(海3-19-19)¶耐一个姑娘家，勿曾出歇门，倒上海～拐再拐得去仔末，那价呢？(海29-238-23)¶老大是～金凤迷昏仔咾，随便啥闲话才听弗进去哉。(沪1-18-3)¶～阿姊实梗一说末，倪倒弗好意思起来哉。(沪2-5-10) "拨勒""拨拉"とも作る。¶再勿转去，拨勒老爷晓得仔，查问起来，叫我哪哼回答介？(狐10-66-14)¶倪是说句笑话哩。拨勒唔笃实梗一来，倒弄得倪难为情起来哉哩。(沪1-43-9)¶一骆驼到河心半当中，正拨拉阿姆来看见。(吴288-31)

‖ "本来""本勒""把来"とも作る。¶贤侄，这二千四百两银子一张田契来俚，悟且拿去，有啥知心朋友末，搭里商量商量，押一二三四百两银子，倍末拿子一百多来末，本来做阿叔个还个另碎帐目也是好个。(描2-13-3)¶"阿，爹爹既是这等说，女儿敢不遵命。" "也不怕悟勿遵。强一强，配本来汪先做亲。"(描7-66-26)¶才是二朝奉勿好，只管快燥点，本来悟催昏哉！(描7-80-21)¶罗里晓得老秋介缠甲哉，道子重阳日做团子，本勒大老官吃子，以讹转讹，连搭二娘娘才要调皮哉。(三13-149-6)¶你拿介五吊铜钱，称介五两纹银，交代本勒船浪朋友，担子下船去末是哉。(三8-87-2)¶今夜老秋要出来个吓，比方本勒俚看见子末，罗里肯来介，倒勿如打发俚早点困觉罢。(三20-125-5)¶啊吓勿好哉，一个银包把来剪绺个剪子去哉！(描41-367-24)

【拨信】
〈动〉用件などを伝える。¶下楼仔末拨个信。(海38-318-7)¶耐先去拨仔个信，再要赌末，生来去捉。(海56-473-16)¶耐归日子一勒我好，下日一早我就动身个。(鸿4-211-5)¶洛里晓得，当夜就发寒热，人倒还清爽，直到昨日朝浪，忽然糊涂哉，嘴里说胡话，害奴吓煞快，马上去请陈曲江来看，说是出天花，所以～倷大少，勿知阿碍格啘？(狐16-120-11)

【玻璃杯】
〈名〉グラス。¶～蛮好，拿得来。(海28-235-16)¶他却把大～教他倒，见那待者只替他倒了浅浅半杯，不由的心中冒火。(歇12-160-8)¶麦南见是金买办的兄弟，起身拉了拉手，满满的斟了一大～汇司该递与子富。(繁后16-908-24)

【玻璃窗】
〈名〉ガラス窓。¶一阵一阵风吹来咾～浪，乒乒乓乓，像有人来咾碰。(海18-141-18)¶如玉闻言回转头，向～上一看，果已天色微明。(繁初29-325-26)¶果见黄医生背着

語彙例釈　bo‐bu

手，站在～前闲眺。(歇9-110-24)

【玻璃罩】

〈名〉火屋(ほや)。¶早晨揩只烟灯，跌碎仔～，俚哝无哞说，要我赔个。(海23-183-4)

【驳】

〈動〉反論する。¶～得有理！(海 39-327-19)　¶陶子尧就～道："咱的闺女才叫小姐，堂子里只有姑娘，怎么又跑出小姐来了？"(官8-111-2)　¶你听听罢，二奶奶的事，他还要～两件，才压的众人口声呢。(红55-778-15)

【博爱】

〈動〉広く平等に愛する。¶亚白先生可谓～矣。(海31-259-23)

【薄】

〈形〉わずかである。¶病也勿像是寒热，先是胃口～极，饮食渐渐下来，有日把一点勿吃，身浪皮肉也瘦到个无淘成。(海36-304-15) ¶从此一天一天的减，到半月后，肠胃日～一日，果然粥都不能吃了。(红89-1279-3)

bu

【补】

〈動〉補う。¶一拜匣个公私文书，再要～完全，不特费用浩繁，且恐纠缠棘手。(海59-505-1)　¶谁知此石自经锻炼之后，灵性已通，因见众石俱得～天，独自己无材不堪入选，遂自怨自叹，日夜悲号惭愧。(红1-2-4)

【补偿】

〈動〉うめあわせをする。¶要末该世里碰着仔，再～耐。(海 20-162-4)　¶今朝呒啥吃，真真待慢倷大人嗻，而且齐头碰着太太勿舒齐，只好下埭～倷格哉。(狐146-402-5) ¶费心转败陶子翁，随便～他们点。(官11-165-24)

【补凑】

〈動〉よせ集めて不足を補う。¶生意里借转点，碰着有啥进益，～～末还脱哉。(海14-108-15)

【补足】

〈動〉補足する。¶我八岁无拨仔爷娘，进该搭个门口就勿曾带孝；故歇出去，要 ～俚三年。(海49-421-12)

(注)父母が死んだ場合，子女は3年の喪に服することになっていた。

【捕面】

〈动〉顔を洗う。¶耐吃仔饭阿要～嘎？（海 6-44-3）¶二少爷捕仔面困罢，今朝辛苦仔一日哉。（海 43-365-3）¶～吃饭望情哥，娘问嬡旺看啥？（吴 288-30）¶格末侬拿热水（倒）（挩）拉（面盘）（面汤盘）里，我好（净面）（～）。（上问 19-37-2）"蒲面"とも作る。¶先去烧面水与大爷蒲面。（描 5-45-2）¶个星火工僧人盛子水，请俚蒲面，揩去子飞尘垃圾，下正子方巾，拢上子鞋跟。（笑 4-59-6）

【不过】
〈副〉……にすぎない。……だけである。¶～三个人，用个娘姨。（海 1-4-9）¶耐第歇去也～等来咮，做啥呢？（海 4-25-4）¶一年上海～来两埭。（海 7-52-5）¶我就晓得耐是～说说罢哉。（海 8-58-7）¶倪要耐买两只戒指末，一塌刮仔，～七百两银子，也勿算俙格希奇事体。（九 6-45-9）¶故歇倪一塌刮孜～问耐借得五百洋钿，耐就是实梗格瞎三话四，假痴假呆。（九 130-876-7）¶我又勿是要赚甚铜钱，又勿是要卖甚名气，～为之拨大众有益处个意思。（上问 50-91-10）¶而且外国人格身浪羊骚气得吭淘成笃，后来轧熟仔，倒也～实梗味道，也闻惯哉。（狐 22-173-6）¶弗哩，倪～说白相一句。啥气得来实格能样式？（沪 1-8-1）¶有什么经济！～上宪格外垂爱，有心调剂我罢咧。（官 11-168-23）¶总共～四五张书，就此埋头用起功来，一念念了好几天，居然可以背诵得出。（官 53-911-23）¶叙起年庚，除李纨年纪最长，他十二个人皆～十五六七岁。（红 49-675-8）¶小生看本城军马～千余，难以敌众。（禅 27-446-1）¶焦家～市井之人，门户低微，岂堪受朝廷诰，作终身伉俪哉？（二 11-237-15）¶小可林冲，只是个麓卤匹夫，～只会些枪棒而已。（水 24-289-1）"比过"とも作る。¶倪故歇来打圆场，也比过叫陈耀卿还脱仔耐格垫帐末完结。（鸿 17-291-14）

〈连〉ただ。しかし。¶物事倪倒勿要啥哉，～帐浪一对嵌名字戒指要八钱重咮。（海 12-94-19）¶好是无啥好，～清清爽爽，倒像是个娘姨。（海 15-119-23）¶故歇耐讨蕙贞先生是蛮好。～沈小红搭耐搭就实概勿去仔，终好像勿局哩。（海 34-280-18）¶倪格房饭钱搭仔菜帐，本底子勿要紧，～今年格事体勿比旧年搭仔前年，倪自家开销都开销勿转。（九 163-1070-16）¶格号事体，外势也多煞，～总归个也有意思就容易哉，一面头官司难打点笃。（鸿 17-293-22）¶张大少格相法对是蛮对，～说俚像奴一样末，已经勿局格哉，还说远勿及奴，哪能好称得后起之秀介？（狐 21-168-19）¶地格合同里向倒无甚妥当个场化，～彼此既然打之合同，地格里向总还要加一条，注一笔得朝后多句说话。（上散 9-54-4）¶我看还是汇丰、正金这两家银行稳当，～总只五厘利。（桦 11-173-9 ）¶去年冬里我瞧见过几次，委实是讨人欢喜，～她有一样不好，见了客人总

語彙例釈　bu

是不大开口,走到台面上来淡淡的微笑而已。(人 31-334-6) "必过"とも作る。¶老人家精神是再好也勿有,必过看见近来时势勿对,一径也想告病。(鴻 8-235-23) また"不个"とも作る。¶格倒有加事个,不个地隙勿比往年者。(上问 37-68-5)

【不愧】
〈副〉……に恥じない。¶洵～为绝世绝奇文矣。(海 51-431-7) ¶敏翁高论,兄弟佩服的很,真～为报界人材。(新 1-3-23) ¶你姐姐固是绝代佳人,小生也～今时才子。(二 9-182-5)

【不料】
〈副〉意外にも。¶～亚白多情人,竟如此落落寡合!(海 33-272-24) ¶～这个风声传了出去,果然营务处手下的一班营官一天公分;支应局的一班委员一天公分;都是一本戏、两台酒,一齐拿了手本,前来送礼。(官 3-41-10) ¶宝玉只顾如此一想,～早把些邪魔招入膏肓了。(红 5-75-15) ¶高秀才闻此消息,径来收他骸骨,～被地方拿了,五城奏闻。(型 1-9-17) ¶～其年瘟疫转盛。仁宗天子闻知,龙体不安。(水 1-2-6)

【不免】
〈副〉……を免れない。¶大凡读书人通病,往往为坎坷之故,就～牢骚,为牢骚之故,就～放诞。(海 51-432-16) ¶过了两天,～忘其其所以,渐渐摆出舅老爷款来。(官 2-20-2) ¶今又正值中秋,～对月有怀,因而口占五言一律云:……。(红 1-12-13) ¶遂将此事彰扬开出,～吹在童贯耳朵里。(水 101-1573-7)

【不弃】
〈動〉見捨てない。あいさつ語で常用される。¶因子刚兄传说尊命,辱承～,不敢固辞。(海 36-304-4) ¶倘荷～,京寓甚近,学生当得供奉,得以朝夕聆教。(红 103-1444-7) ¶感谢娘子～,只是片时欢娱,晚间愿赐通宵之乐。(初 18-333-9) ¶若得哥哥～,肯带携兄弟时,愿随鞭镫。(水 54-902-4)

【不特】
〈連〉……のみならず。¶～费用浩繁,且恐纠缠棘手。(海 59-505-1) ¶兄弟倘若随随便便,不法顶真,～自己对不起自己,并且辜负上头的一番美意。(官 44-746-17)

【不妥】
〈形〉妥当でない。¶故是明明白白拆耐个梢。若使经官动府,倒也～。(海 59-504-23) ¶所见不差,我们今日且看看去,只管题了,若妥当便用;～时,然后将雨村请来,令他再拟。(红 17·18-224-16) ¶方才众人编新,你又说不如述古;如今我们述古,你又说

粗陋～。你且说你的来我听。(红 17·18-228-2)

【布】

〈名〉布($^{nuno}_{の}$)。¶除仔身体，一块～，一根线，才是耐办拨我个物事。(海 34-285-2) ¶说着，便叫小丫头子："拿了擦地的～来擦地！"(红 52-734-4) ¶门前买～的，与伙计讨了银钱，自往别处去买。(醒 20-412-11)

【步】

〈名〉步。¶耐看玉甫近日来神气常有点呆致致，拨来俚咪圈牢仔，一～也走勿开个哉。(海 7-57-3)

【部】

〈量〉書籍などの一そろいになっているものを数える。¶旧年韵叟刻仔一～诗文，叫《一笠园同人全集》。(海 40-337-11) ¶一～《四书》，我小想过哉，无拨第五个字。(海 41-349-14) ¶案上只有一个土定瓶中供着数枝菊花，并两～书，茶奁茶杯而已。(红 40-555-9)

【簿子】

〈名〉帳簿。¶俚请仔耐末，交代园门口，～浪就添仔耐陈小云个名字。(海 47-401-17) ¶别的虽然没有凭据，然而银子存在银行里是有～可查的。(官 33-554-5) ¶那管总的家人将近来支用～呈上。(红 106-1473-24) ¶老身在东厅里～上写了一个为头得名姓，要我拉请三五十位女眷同去赴会。(禅 6-86-4)

C

cai

【猜】

〈动〉推測する。¶耐覅来骗我，我也～着个哉。(海 20-160-23) ¶题目～勿出，故末诗好哉。(海 40-337-23) ¶就是说句闲话，再有啥人～得着耐个心？(海 34-285-16) ¶倽擲对奴说歇，奴亦勿是仙人，落里～得出呢？(狐 32-267-6) ¶少一个人夜头陪陪大先生哉嚯，格句～得阿准？(狐 44-380-6) ¶莲荪忙问宛亭："藕舲打电报找我来有什么要事？" 宛亭道："为的银行里的事。" 莲荪道："果然被啸秋～着了，……。"(人 34-378-6) ¶周端家的听了，便已～着几分来意。(红 6-98-7) ¶我～着小姐嗟呀的心事了！(禅 32-510-11) ¶西门庆道："倒敢是花胁膊陆小已的妻子？" 王婆大笑道："不是。若是他的时，又是好一对儿。大官人再～一～。"西门庆道："干娘，我其实～不着。"

語彙例釈　cai

（水 24-367-15）
【才】
〈副〉①すべて。みな。¶俚哚～看慣仔大場面哉，耐拿三四十块钱去用拨俚，也勿来俚眼睛里。（海 2-10-18）¶晚歇吓坏仔俚，～是倪个干己。（海 7-56-14）¶我有个朋友，内外科～会，真真好本事。（海 21-169-11）¶耐随便啥～弌要紧，就像衣裳，勿该应做个披风，做仔狐皮襦末，阿是蛮好？（海 62-531-15）¶况且到仔花天酒地，大家～叫，耐一干仔向隅，也觉着呒趣得势。（鸿 6-223-1）¶倪堂子里向格人末，～是勿好格，唔笃客人用脱仔洋钱也勿犯着。（九 7-51-9）¶自从做仔耐周二老爷，差勿多格客人～弗应酬哉。（沪 1-8-5）¶上海格规矩～叫小姐，也有称先生格。（官 8-111-4）　"随"とも作る。¶郭大少，今朝随是奴勿好，夹忙头里，有人来叫堂差，奴勩回头脱仔，弗壳张连转仔几个局，弄到故歇辰光转来，真真待慢仔大少。（狐 13-88-16）
②……さえも。……でさえ。介詞"连""连搭（子）"とともに用いられることが多い。¶阿是耐勿啥得三块洋钱，连水烟～麭吃哉？（海 15-117-11）¶忽然，总说是耐迷昏哉，连搭仔正经事体～勿管。（海 19-156-5）¶连堂～勩拜，可要坍台煞介？（狐 5-28-20）¶阿唷！恩得来！一歇歇～舍勿脱个哉。（九 5-40-6）¶大家晓得仔，格是勿要说倷生意哉，连搭仔局帐一钱～收勿着，去便宜俚笃排客人，也勿犯着唲。（九 38-278-6）"随"とも作る。¶静安寺格搭，新造一座大花园，叫啥格"愚园"，连申园随归并进去，格落场化也大，景致也好，据说后日开园。（狐 15-107-15）¶真真写得出色，连奴勿懂格随中意得野笃。（狐 25-201-22）
③"只要"に呼応して、文末に用いられる"是哉"の前にあって、語気を強める。"只要"が表に出ていないこともある。¶只要俚勿动气末～是哉。（海 11-84-6）¶难也麭去说俚哉，以后耐麭去仔末～是哉。（海 14-107-12）¶倪该搭有啥完结勿完结，只要钱老爷勿动气～是哉。（鸿 11-256-11）¶只要有人肯包我，我就住仔小房子，一个月有几十块洋钱开销开销～是哉。（鸿 13-267-1）⇨是哉。
（注）"俙"を用いている作品もある。　→他嘴头子又来得，左话左转，右话右转，翻蛆搭舌头的，俙是他说话分。（何 5-57-9）（俙是他说话分──刘注："犹京语言"都是他说话份儿。俙，全也）。『漢語方言大詞典』は"俙一〈副〉全；都。吴语。上海。人～到齐勒。"とし、続けて、上掲の『何典』の用例を挙げている。なお、『呉歌甲集』は、同書に収めている呉歌の"大小生意才弗做，登拉外势敲竹槓"の"才"について、「"尽"之音变」としている（《吴歌·吴歌小史》P.106）。ちなみに明清文学作品でも、

"尽"は副詞"全""都"の意味で用いられている。 →众人尽来安慰，劝住了他；心中转痛，呜呜咽咽的啼哭。（警15-216-5） →看见花枝满地浪籍，众人正在行凶，邻里尽吃一惊，上前劝住。（醒4-85-12）

【才情】
〈名〉才気。文才。 ¶倪两家头总要替俚寻一个对景点末好，忽然未免辜负仔俚个～哉唲。（海31-261-3）¶今日有心要叫王乡绅考考他儿子老三的～。（官1-8-17）¶二世兄天分高，～远，不似我们读腐了书的。（红17·18-227-2）

【财气】
〈名〉金運。 ¶耐个～到哉！（海48-410-10）

【裁缝】
〈名〉仕立て屋。 ¶老老头是～张司务。（海21-173-6）¶我叫侬寻个～司务，寻来拉末？（上问26-48-2）¶局里有一个～，叫做冯涤生。（目30-226-16）¶无双因他衣衫陈旧，吩咐～给他做了许多华服。（歇15-197-4）¶不但能干织补匠人，就连～绣匠并作女工的问了，都不认得这是什么，都不敢揽。（红52-734-18）¶却是那东村内的赵皮鞋，南城里的陈泥水，西街上的张木匠，北桥头的李～，各带了几个徒弟，约有四五十人，都打着江南乡语，一个个磨拳擦掌，齐集在宾馆门前。（鼓37-443-16）¶又叫～与武松彻里彻外做秋衣。（水30-461-5）

【裁缝帐】
〈名〉仕立て代。 ¶故歇就为仔拨俚～，凑勿齐哉。（海21-173-6）¶耐晓得今朝要付～，为啥拨姘头借得去。（海21-176-16）

【采】
〈动〉摘む。 ¶是个娘姨～仔一朵荷花，看见个罨，随手就扳，刚刚扳着蛮蛮大个金鲤鱼，难末大家浪看。（海38-323-15）¶摇船阿哥火要～朵鲜花去？（吴410-19）¶平儿～了一枝芍药，大家约二十来人传花为令，热闹了一回。（红63-901-5）

【菜】
〈名〉料理。¶是昨日台面浪个～。（海18-63-8）¶李老爷吃啥？我去叫～。（海21-168-14）¶间接格馆子，勒作孽哉，吥不一样～好吃格！（狐33-281-19）¶外国人请贵重客，都是主人自己把～一分一分的分好，然后叫细息端到客人面前。（官7-95-21）¶贾珍也另外吩咐每日送上等～到抱厦内，单与凤姐。（红14-188-19）

【菜水】

語彙例釈　cai‐cha

〈名〉料理。¶耐吃倪家烧来哚〜，阿好？（海 8-63-6）

can

【参互】
〈动〉内容が互いにからみあう。¶赵、张两传末〜成文。（海 53-450-12）
【惨淡经营】
苦心惨憺(さん)あれこれ考案する。¶忒啥个〜，就勿像耐做个诗，俚哚也勿相信哉。（海 59-506-11）¶等官出了题目之后，他却偷了空，〜，作了一篇文字，暗暗使人传递与那肆业生。（目 73-588-19）

cang

【藏】
〈动〉隠れる。¶箱子里阿是〜个人来浪做？（海 40-336-8）¶凤姐道："你〜起来，等我见他，若是小事罢了，若是大事，我自有话回他。"贾琏便躲入内套间去。（红 72-1025-12）¶老儿贪了这锭银子，慌忙检过了，指一个去处，教他〜了。（警 15-217-2）

cha

【插】
〈动〉挿す(かんざしなどを)。¶粉也勿曾拍，着仔一件月白竹布衫，头浪一点点勿〜啥。（海 15-119-22）¶一语未完，凤姐便拉刘姥姥来，笑道："让我打扮你。"说着，将一盘子花横三竖四的〜了一头。（红 40-545-16）¶自从当日〜了钗，离不得下财纳礼，奠雁传书。（警 14-190-12）¶女子出纤手来取钗，〜在头上了。（二 23-469-15）

【茶】
〈名〉①茶(飲み物)。¶阿要用口〜？（海 2-13-6）¶我说句闲话就去，勦泡〜哉。（海 18-145-7）¶侬火速替我泡〜来。（上问 23-43-3）¶胡理也不吃烟，不吃〜，取了信一直去找钱典史。（官 3-34-9）¶林黛玉亲自用小茶盘棒了一盖碗〜来奉与贾母。王夫人道："我们不吃〜，姑娘不用倒了。"（红 40-546-21）¶何涛走去县对门一个茶坊里坐下吃〜相等。（水 18-259-6）
②茶叶。¶上海丝〜是大生意。（海 59-505-18）¶为之地歇外国个〜出得多，做法又好，格咯中国〜个销路就狭者。（上问 43-78-8）

【茶房】
〈名〉旅館・船・芝居小屋などで雑用をしている人。¶鹤汀急得只喊"〜"。（海 60-512-7）¶扛下仔船，船浪格〜多拨俚点酒钱，叫俚放得好点，勿要碰伤坏仔。（狐 20-154-19）¶

连忙叫～替太太泡茶,打洗脸水;又问吃过饭没有。(官 10-49-22) ¶睛轩开出路菜,是半只板鸭,一方南腿,叫 ～切好送来。(市 36-355-12)

【茶馆】
〈名〉客に茶を飲ませる店。湯茶のほかに"瓜子儿"や点心類も出し,一種の社交場になっていて,話し合いの場にも利用された。¶我末自家良心天地,到 ～里教众人去断末哉。(海 44-374-13) ¶请客末才勿来浪,四马路烟间、～通通去看也无拨,无处去请哉呴。(海 48-412-23) ¶同治初年,有人在这里德仁里一带,起造三层楼房子,开设'一洞天'～。(新 21-95-5) ¶他见此法有些意思,遂从此每夜里或是～,或是街上,必兜几户生客回家。(繁后 4-760-8) ¶当下扯到～里,叫牛浦斟了杯茶坐下。(儒 22-266-5)

【茶会】
〈名〉旧時、商工業の同業者が所定の「茶館」でもっていた集まり。この席で情報の交換や同業組合活動についての話し合いなどが行われていた。¶买是客人去买得来个,来里城隍庙～浪。(海 22-179-13) ¶"……老三!这电报～上知道没有?"周三笑道:"这是我的私家电报,肯给同行中晓得吗?"(商 5-35-9) ¶伯廉既然花上得意,资本充足了,就想做别的营生,得空到～打听煤油行情。(市 3-200-6) ¶谁知这茶肆,乃是个珠宝～,进去吃茶的人多是些卖珠宝的。(繁后 39-1189-6)

【茶炉子】
〈名〉湯沸かし専用の小さいこんろ。¶陆里再有开水,啥辰光哉嘎,～隐仔长远哉。(海 52-438-24)

【茶钱】
〈名〉お茶代。¶～有钱,俚咪会过哉。(海 54-462-17) ¶两人喝了会子茶,雨生会过～,一同下楼。(十 3-15-15) ¶于是给过～,下楼回去。(目 79-637-19) ¶当下付了～,出门来,彼此散了。(儒 26-316-10) ¶少顷,吃了茶,还了～出门,那汉又远远相随。比及到家,那汉还站在门首,依依不去。(警 12-160-2)

【茶碗】
〈名〉⇨加茶碗。

【查】
〈动〉調べる。¶再有我家常著个衣裳,同零零碎碎白相物事,帐末勿曾开,才来里官箱里,无姆空仔点～末哉。(海 49-416-16) ¶耐一班人管个啥公事,倪山家园一堆阿曾去～～嘎?(海 56-473-3) ¶倷末到下底去,喊相帮笃起来,四面～～看,到底格个贼

語彙例釈　　cha

从落里搭进来格？（狐32-272-12）¶我们到底抢掉多少东西，也要回去～～看，～明白了，案总要报的，强盗总要替咱们办的。（官50-852-24）¶急得贾琏～是谁请了姓胡的来，一时～了出来，便打了半死。（红69-982-18）¶此不是个寻常之盗，必要～他出来。（二39-731-13）

【诧异】

〈形／动〉いぶかしい。いぶかる。¶大少爷倒说得～。（海18-145-15）¶耐该应也帮我说句把，故末算得耐要好；耐倒来扳我个差头，阿要～！（海22-180-19）¶胡二格脚色，实头～得势，俚搭金寓实梗要好，那哼夷去做仔花宝林哉！（鸿14-274-9）¶耐格两声闲话倒～笃哑，倪俙辰光搭陈文仙吃醋？（九44-319-8）¶个个真～哉。说道勿识字个，那间又要做诗哉？（笑24-346-1）¶上面横印着曾式诗三个字，底下又有颂笙两个小字，不觉心下有些～。（维2-11-12）¶我听了，越发觉得～。（目13-91-24）¶房间里人听了，个个～，劝他这是终身大事，岂可如此造次。（繁Ⅱ28-677-15）¶众人看了～，问他怎的。（官7-97-7）¶文锦大为～，暗想方才我走时戏已完了，怎么她又这般说呢？（歇8-101-21）¶众人听了，都～道："这句何其太韵？"（红28-397-3）¶此梦甚是～！（初16-281-2）¶难道女人中有此妙手？这也～！（二17-374-4）¶儿子昨夜见一件～的事！（警19-269-15）　"差异"とも作る。¶总是今日这一日，怎么便有这许多差异的事？莫非州里见我不在，就把我家房子,白白地占做衙门？（醒38-820-8）　また、"咤异"とも作る。¶玄宗怪他说得咤异，故意问道："朕如今即要往彼看灯，去得否？"（初7-128-6）

【差】

〈形〉間違っている。共通語の"错"。¶我说个阿～？（海25-202-12）¶齐府浪通共一百多人哚，就是余庆哥一干子管来浪，一经勿曾有歇一点点～事体。（海56-474-7）¶倪娘姨哚说～句把闲话，阿有啥要紧嘎？（海2-16-12）¶耐自家勿好，转～仔念头。（海10-79-24）¶俙甏看～人头，只管对倪呆看，阿要拨两记耳光俙吃吃啫！（狐9-60-9）¶俙要个勿是十斤呢甚？——勿～，是十斤。（上问6-12-1）¶你试想想，我这番话～了没有？（新49-228-14）¶钦差的话那有不是的道理？但学生等也不是那样人，钦差看～了。（文37-197-13）¶老表兄这话～了，没听见古语说事在人为吗？（人7-60-27）¶老林，你～了！我们现在和满清政府，有什么关系呢，他们早把我们和死狗一般的丢了！（孽33-318-14）¶这话老祖宗说～了。（红52-722-11）¶妙相寺虽然邻近，日常间未有往来，何故有礼相送？二位莫非～了？（禅6-79-14）¶你聪明人猜的不～。（禅8-123-9）¶是小子不才，一时干～了事。(初18-335-5)¶所喜者深山隐僻，就做～了些事，没人传说。(警2-17-12)¶这等，是老人家听～了。(二3-60-11)¶大哥一发说～了。(杀23-96-2)¶～了！我敬你是个义士，特地请将你来一处饮酒，如自家一般，何故却要迴避？(水30-461-15)

【差处】
<名>落ち度。共通语の"错处"。⇨差。¶一则自家先有狎妓～。二则抄不出赃证，何以坐实其罪？(海59-504-23)¶奴搭俫轧仔一年光景，究竟呒不十二分～，倷啥能格薄情，拿奴甩脱介？(狐10-70-7)¶要去末去末哉，倪呒啥～，怕啥呀？(九续151-1078-26)

【差仿勿多】
<形>"差勿多"に同じ。¶要是～客人，故末宁可拣个有铜钱点总好点。(海18-148-5)¶俚个生意，比仔倪开堂子做倌人也～。(海64-545-13)¶所讲的话，也没有什么深奥议论，同昨天女学生演说的差仿不多，于是心中大为失望。(文20-105-15)¶两边合拢起来，数目亦差仿不多。(官37-638-18)¶真个同那《官场现形记》上所说的三荷包的令兄差仿不多。(梼9-135-7)

【差勿多】
<形>あまり违わない。¶比仔长三书寓，不过场花小点，人是也～。(海2-10-23)¶周双福，周双玉，阿是听仔～。(海3-21-2)¶耐看仔场面浪个人，好像阔天阔地，其实搭倪也～。(海14-108-9)¶面孔搭大爷～个。(三19-227-30)¶实梗说起来，搭倪做堂子生意，也～勒海哕。(狐23-182-19)¶中国个银号搭之汇票庄～，搭银行是一样个生意，到底做品两样。(上问47-86-7)¶我想报馆的重要，与京里的都察院差不多；主笔的责任，也与御史差不多。(新1-3-24)¶虽然是个丫头，素日在我跟前，比我的女儿也差不多。(红32-451-3)¶况且年纪～：魏撰之年十九岁，长闻俊卿两岁，杜子中与闻俊卿同年，又是闻俊卿月生大些。三人就象一家弟兄一般，极是过得好。(二17-345-12)¶众将看他两个本事，都是半斤八两的，打扮也差不多。(水107-1618-15)
<副>ほぼ。ほとんど。¶倌人开宝是俚哚堂子里口谈哕，陆里有真个嘎，～要三四转五六转哚。(海14-110-11)¶俚屋里末几花姨太太，外头末堂子里倌人，还有人家人，一塌括仔算起来，～几百咾！(海14-113-8)¶故歇辰光～天亮快哉。(九132-886-1)¶便问琴寓："昨夜看戏，啥辰光回来？"琴寓会说："～一点钟哉。……"(沪1-66-2)¶有了一万或八千，我想万把银子的老债，差不多可以了结的了，又何必另外斡旋呢？(目

語彙例釈　cha‐chai

8-57-25)¶你瞧报纸上电车撞倒人，抬送医院诊治，或是伤重毕命，差不多每日都有的。(新6-26-19)¶商家吃这一闪，差不多失了万金东西，家事自此消乏了。(二20-408-9)

chai

【拆】

<动>①取りぶんを分ける。¶大月底，看俚哚～下脚洋钱，三四块，五六块，阿要开心。(海23-184-3)¶麵说是王老爷，连搭两户老客人也才勿来，生客生来无拨，节浪下脚通共～着仔四块洋钱。(海 54-460-20)¶不过赢格洋钿停歇要～点份头拨奴格哩。(狐2-9-17)¶陆里晓得格两个娘姨掮仔带挡，格末叫讨气，～仔利钱勿算，另外还要搭倪讲啥个拆头。(九37-277-3)¶倪一个做娘姨格人，一个月～仔十几块洋钱格账，自家再要买件衣裳着着，故末啥地方有铜钿哩？(沪3-87-4)¶虽然每天跟着小龙，遇着札局也曾几次扮过搭客，～些份头，不过是十元八元，怎够使用？(繁后5-774-14)¶老爷这个缺一共是一万四千几百块钱，连着盘费就算他一万五。家人这里头有三千，三五十五，应该怎么个～法？老爷他是做官的人，大才大量，谅来不会刻苦我们家人的。(官5-74-15)¶把所有小租、挖费通通～作四六两分，账房里只得着四分，其余六分悉被房东拿了去。(新7-31-21)¶并且铺子里赚了钱，还有花红～着，店东店宾自然没一个会不富足。(新8-37-13)¶倘然月仙有甚生意上门，安清也要～几个钱。(繁Ⅱ6-405-1)¶生意好些，～半份下脚给你，也好零用零用，你道如何？(歇91-1260-4)¶女儿们又撺掇他，说是有分东西，何不～了些来？愚溪兑是不想家去住了，道是有理。(二26-518-8)

②一時借りる(人や物を)。¶吉林参末，就娘舅店里去～仔点哉哯。(海64-546-4)

【拆开】

動詞"拆"(引き離す)＋補語"开"。¶俚哚两家头才是好本事，拆勿开个哉。(海26-213-21)¶到仔半夜把，格格男爬到仔格格女身边去困哉，落里晓得，困到明朝，两家头连牢仔，拆勿开格哉。(狐54-463-23)¶[小生]奴与他以漆投胶常缱绻。[付]嘎，竟拆勿开个哉。(三24-279-12)¶现在他既一定要同我～，我又何必定要妍他！(鸿19-307-17)¶我有句话回太太，我也并不是～姐姐们，各人有各人的心。(红118-1605-18)¶里边刘妈妈与刘璞听得外面嚷喧，出来看时，却是裴九老与刘公厮打，急向前～。(醒8-171-12)¶此宝形虽两颗，气实相连。彼此相逐，才是活物，可以长久。若～两处，用不多时，就枯槁无用。所以分不得的。(二36-664-13)¶你两人如此相恋，下官何忍～？(喻1-34-3)

【拆冷台】

chai　語彙例釈

水をさすようなことをして興をそぐ。　¶要拆仔俚冷台，故是跳得来好白相煞哉！（海 14-113-5）

【拆梢】

<动>ゆする。　¶不过倪勿好意思搭耐说，搭耐说仔倒好象倪来拆耐李老爷梢。（海 16-127-17）¶翠凤赎身不过一千洋钱，故歇倒要借一万，故是明明白白拆个梢。（海 59-504-22）¶耐末总是实梗无淘成，倪拨耐吓煞快，认仔是个流氓要拆伲格梢哉。（九 38-283-6）¶大家都是面子上的人，不要拆人家的梢。（官 11-165-15）¶像这样的事情，到了公堂上，只怕没有断定别人的罪名，先把你们几个问个挟嫌生事，聚众～呢！（九 123-835-3）¶～噢，原来你们串合了特来～我的。（十 25-183-2）¶你们想拆我的梢，晚着呢！（新 2-7-28）"拆梢"とも作る。　¶随便依拨末者，勿会（丫叉）（丫里丫叉）（拆梢）个。（上散 3-7-10）

<名>ならず者。　¶啥个掮客？耐末就叫～。（海 41-346-11）¶黄二姐倒是个大～！（海 60-511-15）

（注）租界中无业游民群聚不逞，遇事生风，俗谓之"拆梢"，亦谓之"流氓"。音如芒（淞南梦影录卷一）（沪游杂记·淞南梦影录·沪游梦影，上海古籍出版社，1989 P.101）

【差】

<动>差し遣わす。さし向ける。　¶我是倪老爷～得来请洪老爷到张惠贞搭去。（海 33-279-4）¶倘然有啥事体末，耐～个人到西公和答应我，我来帮帮俚。（海 42-354-18）¶你今朝听得大少格声音，格落倪先生～我来看格呀。（狐 20-156-15）¶我昨日夜头转来，要～侬送信去，侬那能勿拉屋里？（上问 40-73-3）¶快去快来，恐防有事～你。（繁Ⅱ21-585-17）¶天香～小阿金到栈内请他明夜吃年夜饭。（繁Ⅱ23-613-10）¶那原告律师自己不来，却～了一位翻译来向张子纯讨债，声色俱厉。（人 38-440-12）¶因发签～公人立刻将凶犯族中人拿来拷问，令他们实供藏在何处。（红 4-57-18）¶我是汴京韦太师那里～来的。（鼓 10-238-10）¶林爷看了，即～一个少年将军姓薛的，暗受密计，已引众好汉诈投太守麾下去了。（禅 27-436-5）¶女儿不从缢死，奸夫现获在家。只来～人押小妇人到家，便可扭来，登堂究问。（二 35-655-8）

【差使】

<名>臨時に委嘱される公務。広く職務の意味でも用いられる。　¶俚是山东人，江苏候补知县，有～来里上海。（海 3-24-2）¶耐来里上海当～，家眷末也勿曾带，公馆里就是一个二爷，笨手笨脚，样色样勿周到。（海 34-285-5）¶说说是海外得来，像煞勒浪官场

語彙例釈　chai－chan

里向当～格。(沪3-35-3) ¶是有～去呢甚? (上问1-21-7) ¶这卖国奴就在季中堂前讨差, 讨着了个采办军火的～。(新4-17-18) ¶卑职有个表叔, 在山东当洋务～。(新56-258-31) ¶前院忽然赏识起来, 就派他这个～。(官9-136-7) ¶我看你们做楼上招待员的, 真是好～, 又有得看, 又不费力。(歇3-29-10) ¶说已经把他的名字附入别样保案, 将同知虚衔保做归部铨选的实职, 留在湖北当差, 日内就可以委个～了。(维3-20-6) ¶本来我要瞧瞧他去, 给他带了去的, 又想主子们不在家, 各处严紧, 我又没有甚么～, 有要没紧跑些什么。(红60-850-20) ¶承恩相呼唤,有何～?(喻6-108-12) ¶却才拖了些包裹,提了短棒出去了。小人只道奉着～, 又不敢问他。(水3-52-16) ¶这个～, 又好似天王堂。那里收草料时, 有些常例钱钞。(水10-152-11) "差事"とも作る。¶我这回去, 不过是尽人事以听天命罢了, 说不定有～没～。……好歹我一个人去, 有了～, 仍旧接了你们去; 谋不着差事, 我总要回来打算的。(目94-765-4) ¶有了好差事就派别人, 象这等黑更半夜送人的事, 就派我。(红7-118-16) ¶嫂子原也不得在老太太, 太太跟前当些体统差事, 成年家只在三门外头混, 怪不得不知我们里头的规矩。(红52-733-23)

【差役】
〈名〉役所で雑務に従事する下級職員。¶手下底一百多人,连搭衙门里～, 堂子里佣人, 才是俚帮手。(海61-521-3) ¶衙门虽小, 上下也有三五个管家, 还有书办, ～, 都要我一个人去治伏他们。(官2-21-13) ¶当下～就如狼似虎, 把姓徐的拖下, 一个揪头, 一个揿脚, 剥掉他裤子一瞧, 谁料是个女子。(新21-93-20)

【柴米油盐】
薪・米・油・塩。日常生活に最低必要な物。¶到仔乡下, 屋里向大半年个～一点点无拨, 故末搭啥人去商量嘎? (海31-257-20)

chan

【搀】
〈动〉手などで人を支える。¶快点～先生房间里去罢。(海10-79-17) ¶阿要我来～耐? (海25-209-2) ¶阿珠姐, 俫～仔大先生勒走, 比仔我稳点笃。(狐45-390-2) ¶叶勉湖又叫老妈子～着八姨太太到各人面前敬了茶。(梼9-136-22) ¶黛玉方进入房时, 只见两个人～着一位鬓发如银的老母迎上来。(红3-39-7) ¶你这两个撮鸟, 快～兄弟都跟洒家来! (水9-135-6) "掺"とも作る。¶两个上下肩掺着, 便从后门扶归楼上去。(水25-396-9)

【缠】

chan　語彙例釈

<动>しつこくからむ。うるさくつきまとう。 ¶勿是包瞞呀，耐末〜煞哉！小红有仔爷娘兄弟，再要坐坐马车，阿是用场比仔倪大点。(海 24-193-10) ¶去罢，去罢，覅来里瞎〜哉，(海 48-413-7) ¶故歇我勿去仔，俚夷要来〜哉，我勿去理俚，看俚那哼！(鸿 10-247-16) ¶谢青云早把一叠钞票，望蒋正甫衣袋一赛道："倪故歇勿要买啥衣裳，等倪要买格辰光，耐再拨倪阿好？"蒋正甫不解其意，还说："这几个钱算不得什么，你只管拿去，何必客气。"谢青云佯嗔道："耐勿要〜哩！"(九续 56-433-13) ¶意思想横在床上打个盹就起身，不料参将〜不清爽，一定要见他。他身无奈，只得起来相陪。(官 14-212-2) ¶黛玉被宝玉〜不过，只得起来道："你的意思不叫我安生，我就离了你。"说着往外就走。(红 17·18-241-16) ¶有一个泼皮子弟，深知他行径。佯为不晓，故意来〜。(二 14-275-11) ¶我今后自和翠叶纺绩度日，我也不要你养活，你也莫〜我。(警 31-477-8) ¶我只心在张三身上，兀谁奈烦相伴这厮！若不把他灌的醉了，他必来〜我。(水 21-309-17)

【缠差】

<动>誤解する。間違える。 ¶我请耐吃大菜，下头帐房里〜仔，写仔个局票。(海 57-482-5) "缠错"とも作る。 ¶倪先生一径搭倪说，客人里向只有陈老末是个好人。耐勿要缠错。(九 101-705-14) ¶见如海进来，便冷冷的向他披着嘴一笑道："你好孝顺。大清早起，便到母亲房中问安去了。"如海道："谁说母亲房中，我方才在姊姊那里呢。"薛氏笑道："原来在姊姊那里，我缠错了。……。"(歇 2-14-23) ¶虽然这般说，但据我看来，一定是你缠错的，凡事终要想想前后。(歇 24-316-1) ¶那一件就是没血的野鸡，那一件就是前煎过汤的来路鲍鱼，请君休缠错。(商 11-80-21) ¶潘莲世缠错了意思，顿时动手动脚起来，连吃了五六个馒头。(新 58-268-13)

(注) "缠"は下例のようにも用いられる。 →耐个人末勿晓得〜到仔洛里去哉！月芳阿姊一径搭倪蛮要好格，啥人去搭俚吃醋呀！(九 158-1039-3) →格末(作兴)(作如)伊伊日子(听缠者)(听差者)。(上问 5-10-7)

【缠脚】

<动>足を巻いてしばる(てん足にするため)。 ¶耐脚也覅去缠哉，索性扮个满洲人，倒无啥。(海 8-65-3) ¶我为仔耐苦恼，一径当耐亲生囡件，梳头〜，出理到故歇，陆里一桩事体我得罪仔耐。(海 45-378-18)

【谄头】

語彙例釈　chan‐chang

〈名〉"铲头"に同じ。¶俚喋也自家～，拨来沈小红白打仔一顿。(海 11-88-2) ¶耐末也算得是～哉！一样一杯酒，钱老爷教俚代，耐看俚吃得阿要快。(海 22-175-8)

【铲头】

〈名〉意気地なし。ふがいない人。罵語。¶耐就拿仔戒指去，秀宝只当耐是～，阿会要好嘎！(海 13-100-24) ¶情愿去做～客人，上海滩浪也单耐一个。(海 18-146-21) ¶我既不姘阿有，总得姘一个比阿有还强一点的，才显得我老五不是～。(鸿 19-307-19) "孱头"とも作る。¶这强盗好大胆，他放了人，抢了东西，还敢称名道姓的吓唬我！我今夜拿不住他算孱头！(孽 19-167-2)

chang

【长】

〈形〉①長い(時間などが)。¶耐阿晓得困勿着了，坐来浪，一夜天比仔年还要～点哩！(海 18-141-3) ¶凤姐向宝玉笑道："你林妹妹可在咱们家住～了。"(红 14-193-18) ②背が高い。¶阿是徐大爷比仔张大爷～三寸咪？(海 5-36-11) ¶"故个朋友说道，来朵外势等悟。""吓，他叫什么名字？""无姓无名，蛮～蛮大能介一个朋友，二爷阿是认得个？"(描 27-245-3) ¶秋谷只道是陈文仙来了，正要叫他，却一眼看去，似乎比陈文仙～些，缩住了口没有叫出来。(九 71-514-25) ¶不～不短身材，四十左右年纪，脸上戴一副玳瑁镶边的墨晶眼镜。(繁初 3-23-6) ¶却是～而且胖的外国人，凸肚挺胸，手里还拿着条洋伞相似的棒。(新 56-260-20) ¶那个姓曹的山东老生得又～又大，耀耀照照个金刚似的一等。(十 29-212-14) ¶陈大连忙瞧看是，却是～～的身裁，胖胖的脸儿，打谅她年事大约有二十左右。(商 2-11-3) ¶上海的人没有一个不喜欢白相的，为什么你彭先生与人各别，难道你的身体～，肚皮里的心脏五脏也与普通的人不同吗？(人 46-573-23) ¶贾琏走进来又嚷，王夫人等回过头来，见一个～大的和尚，唬了一跳，躲避不及。(红 115-1579-5) ¶里面又走出十四五个汉子，一个个身～臂大，面貌狰狞。(醒 30-630-5)

【……长……短】

人の機嫌を取るさまを表す。¶倪勿曾喊俚，俚倒先去泡仔一碗茶，再要搭俚装水烟，姚奶奶长，姚奶奶短。(海 23-189-18) ¶罗里晓得有铜钱个辰光大爷长大爷短，要风有风要雨就雨，故歇弄得来是空心大爷哉！(描 26-235-25) ¶向伯和老伯伯长，老伯伯短，你一杯我一杯的劝酒。(歇 10-130-26) ¶先姐姐长姐姐短哄着我替你梳头洗脸，作这个弄那个，如今大了，就拿出小姐的款来。(红 32-442-10)

chang 語彙例釈

【长】
<副>いつも。常に。"常"に同じ。 ¶可惜我勿是～住来里,住来里仔同耐讲讲闲话,倒无啥。(海52-440-15) ¶只要耐二爷～到倪搭坐坐,赏赏倪格光好哉,只怕倪搭小地方,请耐格二少爷勿着哕。(九63-457-3) ¶章秋谷虽然也～到宝华班去走去,却比以前不便了好些。(九 151-1002-1) ¶你们也别闷死在这里,～和林妹妹一处去顽笑着才好。(红 9-134-17) ¶王氏问道:"～到这里来的吗?"院主道:"偶然来来,也不～到。"(初27-503-14) ¶怎生不认得,我们～在你家吃饼。(二 15-306-8)

【长客】
<名>常連。"常客"を表記したもの。 ¶耐是～呀,宣卷勿摆台面,阿要坍台?(海25-202-9)

【长三】
<名>一流の芸妓。また、一流の茶屋を指す。 ¶故歇是勿是野鸡哉,也算仔～哉!(海10-82-19) ¶总算～浪格跟局阿姐,衣裳才着勿连牵,不是坍勿起该盘格台哕。而且先生格面子野带坏哉。(商2-14-2)
(注)《上海俗語圖説》(1935,上海社会出版社)(2004年に上海大学出版社から複製出版されている)に次のような説明がある。

从前的妓女,最高等的是书寓,必须能唱整套的曲子,还要带着说白,才可以挂书寓的牌子,卖嘴不卖身,不能住夜的。长三次于书寓一等,牌子上只能写某某人寓,不能写书寓的,这却可以叫局,可以住夜,叫一个局是三块钱,住一夜也是三块钱。叫局的谓之堂局,住夜的谓之住局。因为叫局住夜,都是三块钱,所以起了他一个名目,叫作长三。这是四十年前的规矩,到了后来,书寓同长三差不多合而为一,没有长三、书寓的分别,所以就用长三代表这些高等妓女。

第 15 回の"耐啥也叫两个局哚。难为耐哉哕,要六块洋钱哚哩,荒荒唐唐!"(海15-115-17)は、二人"长三"を呼ぶから"六块钱"というわけである。なお、次項"长三书寓"の注を参照。

【长三书寓】
<名>"长三"の雅称。 ¶俚哚叫～,耐去叫幺二,阿要坍台!(海 2-10-10) ¶勿是我做人家,要白相末陆里勿好白相,做啥～呢?(海 15-120-9) ¶俚哚是～里惯常哚个,勁做出啥话靶戏来!(海 16-123-18) ¶阿要同仔耐几花～里才去跑一埭?(海 34-287-8) ¶～里的妓女,上海多叫先生,难道你还没有知道?(繁初30-341-17)

語彙例釈　　chang

(注)薛理勇著：上海妓女史に次のような記述がある。
清代光绪年间出现的「书寓」是从传统的「私寓」妓院中蜕变过来的,其是指以弹唱为主要手段的妓女,并赢得了人们的尊重。顾名思义,「书寓」个人以高雅,有情趣和上档次的印象,因而,许多原弹唱水准不高的次一档妓女——「长三」,争相仿效,也将自己的寓所改称「书寓」。那些自命娇贵的长三妓女知道,仅依靠陪客"姆战豪饮"是吸引不了客人的,于是争相掌握弹词技巧来抬高自己的身价。……由于大批长三妓女改换门庭,效仿「书寓」妓女的服务方式,将自己的寓所改名「书寓」,鱼目混珠。这样一来人们已难以分班「书寓」妓女与长三妓女的区别。约到清末,「书寓」已成为长三妓女寓所的专用名词,而原来意义上的「书寓」已名存实亡了。

【长衫】
〈名〉男性用の着用する長いひとえの中国服。北方では"大褂儿"という。¶耐为啥～也勿着嘎？(海24-299-10)¶耐要停两日末,～放来浪,拿仔十块钱来拿。(海37-313-24)¶耐着仔～,要紧到倽场化去？(九44-319-15)¶映芝实在是穷,把一件破旧熟罗～当了,才开销了五天房饭钱。(目69-553-3)¶其时是四月天气,因为气节早,已经很热,拿出来的衣服是春纱～,单纱马褂。(官32-531-13)¶席散,大家同到百花里,一同上楼,宽了～。(栲12-189-7)¶船尾上那人,长眉大耳,阔脸重颐,穿一件黄不黄、黑不黑细布～。(禅22-368-3)

【长条子】
背の高い人。⇨条子③。¶我记得旧年夏天,看见耐搭个～客人夜头来咪明园。(海8-62-14)

【长性】
〈名〉辛抱強さ。こらえ性。¶俚做仔一户客人,要客人有～,可以一直做下去,故末俚搭客人要好咪。(海7-51-7)¶客人笃总归呒～格多,想着仔实头惹气。(鸿14-274-14)¶他那种人有甚～,吃过你两服药不见効,他自然就不清你了。(目86-695-17)¶你就是没～不好。(歇210-253-9)¶先生倘然有～,不要说这两记武当拳,就是修仙成佛也能够巴的成功。倘然没有～,那怕比这个再容易点子的事,着棋斗牌也不会精通呢。(十7-48-5)"长心""常性"とも作る。¶倪又勿比格排呒拨长心格佾人,嫁仔人再要出来做生意。(九23-175-11)¶那知他没有常性,不及两载,就辞别汤公远去。(狐27-218-9)

【长远】

〈形〉時間が長い。久しい。¶倷哚是牌局，要末来哚替碰和，忽然陆里有实概～嘎。(海 7-54-8)¶俚个病终究勿～，吃仔两贴药还勿要紧哩。(海 20-160-14)¶二少爷该搭勿大来个呀，故歇～勿来哉。(海 23-187-11)¶至于腰膝，痛仔～哉。(海 36-305-2)¶～勿见哉，倽落瘦得来？(鸿 2-199-13)¶倷末跟仔奴～哉，奴格脾气，倷也摸得着格哉。(狐 9-61-16)¶格格主意不过一时之计，终勿能～格啘。(狐 11-75-11)¶该格周三少爷我的刮儿得仔～哉。(沪 1-9-12)¶工夫等之～者，要加铜钱个。(上散 3-8-9)¶～勿见者！(上问 47-85-3)¶看来这把椅子又要叫我坐不～了！(官 9-136-11) 说了许多～惦记的话头，把袁伯珍说得来意荡神迷。(维 9-61-11)¶陶某人办机器的事情也～了。(官 9-136-2)¶唉，～没看见银角子了。(人 39-468-12)¶你在这里～了，不怕没八人轿你坐。(红 19-272-8)¶第二个、第三个女儿多着人来相接。高愚溪以次而到。女儿们只怨怅来得迟，住得不～。(二 26-517-14)¶既城中已有石秀、时迁在里面，如何耽阁的～。(水 84-1391-4) "常远"とも作る。¶个个阿胡子，常远无得吃局到嘴哉。(三 3-17-19)¶梅翁老伯，常远不见了。(官 43-729-12)

【场】

〈量〉動作の回数を数える。¶今朝反仔一～，耐倒要搭倪先生还债哉，阿象是耐动气仔了说个闲话？(海 11-84-3)¶耐末也白认得仔我一～，先起头说个几花闲话，勥去提起哉。(海 20-162-3)¶看见仔秦桧长舌妇，板要对俚撒一～尿，摸俚两把奶奶，打俚几记耳光格，勿然末。勿色头格。(狐 56-479-26)¶前儿我们还议论到这里，再不能依头顺尾，必有两～气生。(红 55-777-21)¶小妇人知道了，骂了一～，女儿当夜缢死。(二 35-657-5)¶柴进痛哭了一～。(水 52-859-9)

【尝】

〈动〉味わう。¶耐～～看，总算倪无姆一点意思。(海 38-321-3)¶侬勿相信，侬自家(吃眼看)(～～看)(上散 5-20-9)¶这就是我姑太太的肉，请各位～～。(官 59-1031-6)¶杨九如便举筷夹了块熏鱼，在鼻际闻一闻，咬一口～～道："不觉得什么呢。"(歇 4-41-23)¶张素雯叫程藕舲～一～，程藕舲随手取了一只，对桃子瞧了一瞧，不敢望嘴里送。(人 39-464-24)¶什么丸药这么好闻？好姐姐，给我一丸 ～～。(红 8-126-10)¶向老翁道："勿嫌村鄙，略～些少则个。"老翁看着桌上摆的二物，就是水缸内浸的那一只小狗、一个小孩子。(二 18-371-2)

【常】

語彙例釈　chang

〈副〉いつも。 ¶耐看玉甫近日来神气～有点呆致致, 拨来俚哚圈牢仔, 一步也走勿开个哉。(海7-57-3)¶到今年开春勿局哉, 一径邱邱好好, 赛过～来浪生病。(海36-304-14)¶奴搭巧林姐勿～往来格, 所以连搭俚嫁格日脚, 才勩晓得。(狐4-22-3)¶我们～背地里说你娶着这位姨奶奶, 真是好福气。(歇24-316-3)¶～听人说, 金陵极大, 怎么只十二个女子? (红4-76-13)

【常恐】

〈动〉心配する。気がかりである。 ¶篆鸿末～惊动官场, 勿肯来。(海18-145-9)¶耐一歇极得来, ～倪要耐拿出四十块洋钱来, 连忙说十块。(海22-180-21)¶为仔耐几日勿去, ～耐有倽格勿舒齐, 所以倪看看耐呀! (九45-329-17)¶倪因为就是故歇再叫一个, 毕竟平平常常到也无倽, ～对劲仔后首来仍旧弄得一场吪结果, 到勿如故歇勿叫个好。(鸿6-223-7)¶受尊公老师三番知遇, 得掇科目, ～身先溝壑, 大德不报。(警18-255-16)¶趁着月色, 不顾途路崎岖, 负命而逃, ～后面有人追赶。(醒30-650-5) "常匡""常悺""长恐"とも作る。 ¶越发困勿着哉, 常匡阴干子老秋, 勒哚摇手哉。(三7-74-3)¶急急忙忙昇入内, 刚刚到子里边介, 欲行又止暗俳佪。啥缘故介? 常匡超耳光, 末免肯当野是论勿定活。(三8-86-3)¶居来介, 打算要告诉大娘娘, 常悺大娘娘道子喷蛆了勿信。(三18-215-17)¶越发睏勿着哉, 常悺阴干子老秋, 勒朵摇手哉。(笑6-96-4)¶送到二少公馆里向去, 长恐俉笃姨太太心浪勿舒齐, 就来浪间搭送仔罢。(九100-698-5)¶听见耐到仔上海, 长恐耐住来浪公司里勿舒齐, 赶紧叫耐到自家屋里向来住。(九130-876-4)

〈副〉おそらく。たいてい。 ¶爷娘兄弟来里小房子里, 陆里几花开销? ～俚自家个用场式大仔点。(海24-192-13)¶倘然要好个, 再要全绿, ～要千把哚哩。(海32-270-11)¶谢谢耐, 送倪实梗几几化化物事, ～要几千洋钿笃嚜! (九174-1132-17)¶阿唷唷, 说得阿要窝心! ～倪吭不实梗天官赐呢。(沪1-8-6)("天官赐"は"天官赐福"から来たしゃれ。"福"を表す)。 "长恐"とも作る。 ¶难到公阳里去哉畹, 顺全长恐来浪哉。(鸿1-196-16)¶倪出局去转来, 长恐要天亮哉哩, 耐定心点困歇。(九37-275-16)

【场花】

〈名〉ところ。 ¶耐要白相末, 还是到老老实实～去, 倒无啥。(海2-10-21)¶该搭是啥个～嘎? (海5-37-19)¶我看起来, 上海～要寻点生意也难得势哚。(海12-98-16)¶啥～介? (三5-49-21) "场化"とも作る。 ¶耐笃来浪倽场化认得个? (鸿1-194-18)¶个也觅怪耐, 但是上海场化一个局也勿叫, 也是做勿到个事体。(鸿6-111-16)¶倪有啥得罪耐格场化末，耐包荒点，勿要捉倪格过意。(九 136-909-12)¶连申园随归并进去，格落场化也大，景致也好。(狐 15-107-15)¶耐勒浪啥场化吃酒哩，嗿得实梗醉法。(沪 1-97-5)¶饭店拉(撒场化)(啥须)？(上散 7-39-10)¶为之做个辰光工夫倗促，难免有勿到家个场化，地歇还要改正拉哩。(上问 50-90-6)¶这蟹壳里仙人既是一团好意，也该说明个场化，却如何弗出麸皮弗出面的，叫我朝踏露水夜踏霜，东奔西走去瞎寻。(何 8-80-13)("弗出麸皮弗出面"是"不露面的在暗中指使"的意)。¶我要打听的究竟王熙凤老七怎样会走出来，怎么一走又仍旧到三马路老场化？(人 26-273-26)

【场面】
〈名〉①社交などの場(め)。¶俚哚才看惯仔大～哉，耐拿三四十洋钱去用拨俚，也勿来俚眼睛里。(海 2-10-18)¶俚哚勿来，让俚哚勿来末哉，我一干仔来搭耐撑～。(海 10-80-10)¶倪搭请朋友，只好拣几个知己点末请得绷绷～，比勿得别人家有面孔。(海 12-92-7)¶该搭个～，生来全夜哚踠，我转去要困哉。(海 51-433-12)¶倪昨日去吃喜酒，看俚哚格～倒蛮好，可惜花轿进仔门，变仔一场无结果。(狐 5-28-14)¶倪挂牌末，勿好算啥大事体，承俚肯摆四台酒，装装倪格～，倪已经快活煞哉。(狐 19-145-26)¶陆明远又请那些朋友，多叶些局，绷绷～。(负 19-88-8)¶闹的～越阔，借钱也越是容易，借钱越是容易，闹的越是起劲。(新 8-35-22)¶又算定到了那天，有几个客来，屈着指头，算来算去，连外国人都可以设法请几个来撑持～，炫耀邻里。(目 79-639-22)
②メンツ。格式。体裁。¶张惠贞哚末坍仔台哉，王老爷原到该搭来。耐沈小红～也可以过得去哉。(海 10-80-15)¶碰着个玉甫定归要是大老母，难末玉甫个叔伯、哥嫂、姨夫、娘舅几花亲眷才勿许，说是讨倌人做大老母，～下勿来。(海 37-308-2)¶阿哥阿嫂陆里靠得住，～蛮要好，心里来哚转念头。(海 52-439-10)¶格是耐金大少自家格～踠，老实说，上海滩要出来白相，顾勿得偺铜钱。(九 15-116-4)¶我也顾不得～不～，把这奸夫、淫妇一定送到捕房去，出出这口毒气。(新 12-54-13)

【场面浪】
"场面"+方位詞"浪"。¶耐看仔～几个人，好像阔天阔地，其实搭倪也差不多，不过名气响仔点。(海 14-108-8)¶至于把他送到巡捕房去，也不过一时快意罢了，究竟彼此于场面上都有关碍，这事我看还是私和的好。(新 12-54-12)

【场子】
〈名〉活動などの行われる場。¶麴去做讨厌人，噪散俚哚～。(海 52-445-5)¶我正要算算命今儿该输多少呢，我还想赢呢! 你瞧瞧，～没上，左右都埋伏下了。(红 47-647-7)

語彙例釈　chang－chao

【唱】

〈动〉歌う。¶倪勿～哉，耐～罢。(海6-46-19)¶阿要听曲子？我～两只拨二奶奶听。(海57-484-7)¶乱烘烘你方～罢我登场，反认他乡是故乡。甚荒唐，到头来都是为他人作嫁衣裳！(红1-18-11)

【唱戏】

〈动〉中国伝統歌劇の歌曲を歌い演じる。¶我喊耐来勿是～，教耐看看烟花，看完仔去困末哉。(海39-332-19)¶那里还有第二个杨月楼？就是丹桂里～的呢。(新20-90-26)¶我是江西人，七岁上就卖在挡子班里学～。(官32-544-15)¶过了一日，至初三日，乃是薛蟠生日，家里摆酒～，来请贾府诸人。(红29-417-2)

chao

【抄】

〈动〉①他人の文章・語句などをそのまま使う。¶耐末单会～别人个文章，再有'乐轿乐''乐宴乐'阿要一淘～得去？(海41-350-5)¶故是金圣叹《西厢》个批语，俚就～仔来哉。(海51-432-7)

②搜す。¶一则自家先有狎妓差处。二则～不出脏证，何以坐实其罪？(海59-504-23)¶从新在包厢里一间间～去，两面包厢通～完，却不见黄四少影子，连自己差来的小大姐阿铃也不看见。(鸿9-244-22)¶凡丫头所有的东西我都知道，都在我这里间收着，一针一线他们也没的收藏，要搜所以只来搜我。你们不依，只管去回太太，只说我违背了太太，该怎么处治，我去自领。你们别忙，自然连你们～的日子有呢！(红74-1055-18)

【吵】

〈动〉①わめく。騒ぎ立てる。¶忽然大门口一阵嚷骂之声，蜂拥至客堂里，劈劈打起架来。善卿失惊道："做啥？"双珠道："咿是阿金哚哉哩，成日成夜～勿清爽，阿德保也勿好。"(海3-18-18)¶耐覅去多说多话。耐末算说自相，拨来阿德保听见仔要～煞哉。(海3-19-19)¶耐说哩，三日来哚陆里？做个啥人？耐说出来，我勿搭耐～末哉。(海4-31-13)¶旧年生仔病下来，头一个先是无姆急得来要死，耐末也无拨一日舒舒齐齐。我再要请先生哉，吃药哉，～得一家人才勿安逸。(海20-161-15)¶华生笑道："唔笃也少有出见个，老相好哉，阿有倽个～勿清爽。"老四道："倪是勿搭俚～哦，俚要搭倪～，倪阿有倽法子。"(鸿4-209-13)¶倪还要坐歇去勒，耐回报俚转过来，哽哽喤喤，～勿清爽。(九5-40-4)¶宝玉忙要赶过来，宝钗忙一把拉住道："你别和你妈妈～才是，他老糊涂了,倒要让他一步才是。"(红 20-278-8)¶积作的个儿子,在我家那间壁招亲,日日同丈人吵窝子,~的邻家都不得安身。(儒 54-611-19)

②ふざける。いたずらをする。 ¶杨家姆从间壁房里跑过来,着实说:"赵大少爷覅~哩!"朴斋只得放手。秀宝起来,掠掠鬓脚,杨家姆向枕边拾起一支银丝蝴蝶替他戴上,又道:"赵大少爷阿要会~,倪秀宝小姐是清倌人哩。"(海 2-16-3)¶一个把林素芬的妹子林翠芬拦腰抱住,要去亲嘴,口里喃喃说道:"倪个小宝宝,香香面孔。"林翠芬急得掩着脸弯下身去,爬在汤啸庵背后,极声喊道:"覅~哩!"(海 6-48-19)¶俊卿笑着把老五一推,推到子明身边笑道:"我搭俉笃做个介绍,阿好?"老五给他一推,立足不住,正好跌在子明怀里,不觉极声道:"作啥呀?周老末~得来!"(沪 1-83-8)

che

【车钱】
〈名〉车代。¶阿是无拨~来里?(海 17-139-13)¶~大也有限个,还是车行里个车好。(上问 42-76-7)¶主仆二人下车,付过~,问了房间,走了进去。(官 7-104-12)¶师徒五人,都在门外下车,付过~,姚老夫子在前,世兄弟四个在后,进得学堂。(文 18-97-6)¶黄包车在盆汤弄口转弯,不多路已到金宝门首,伯和下车,抢着替他们给了~。(歇 11-136-14)¶快点差人去叫,来回的~我出了吧。(人 15-140-10)

【车子】
〈名〉车。¶我约小村来咾兆贵里,倪坐~去罢。(海 13-102-22)¶我想托耐去报仔巡捕房,教包打听查出陆里一把~,拿俚个人关我店里去,勿许俚出来,耐说阿好?(海 29-237-10)¶叫耐个~先转去,耐停歇坐仔我个~去,阿好?(鸿 2-200-25)¶一淘去也无俉,就不过倪去总要带个娘姨,一部一坐勿落畹。(九 38-282-3)¶辛老,耐坐仔倪格~先去阿好?(九 185-1198-8)¶坐着仔蹩脚格~,颠末颠煞快,拨别人看见仔,阿要难为情煞介。(狐 15-107-19)¶伊个都是左老爷个,侬明朝叫部~替伊送之去罢。(上问 35-65-5)¶怎么这样的蛮横无理,白坐了~不给钱,还要打人,还要办他到巡捕房去?(新 5-23-28)¶去看侣笙,谁知他也不曾摆摊,只得叫了~回来。(目 38-296-4)¶只听凤丫头的嘴,倒象倒了核桃~的,只听他的帐也清楚,理也公道。(红 36-489-5)¶庄绍光从水路过了黄河,雇了一辆车,晓行夜宿,一路来到山东地方。过兖州四十里,地名叫做辛家驿,住了~吃茶。(儒 34-403-21)¶慌得那推车的人丢了~,跑回旧路。(二 36-675-3)¶当时黄信与柳高,都上了马,监押着两辆囚车,并带三五十军士,一百寨兵,簇拥着~,取路奔青州府来。(水 33-523-12)

語彙例釋　chen

chen

【辰光】

〈名〉①時。時点としての時間。¶第歇〜,倽人才困来哚床浪,去做啥?(海 2-14-21)¶倘忙有用着个〜,耐也好来拿个碗。(海 8-60-6)¶到该个〜,耐要想着仔我沈小红,我就连忙去投仔人身来伏待耐,也来勿及个哉!(海 34-285-17)¶大先生阿要困罢!〜勿早勒海哉,半夜三更登勒窗口头,要受寒格哩!(狐 35-297-20)¶昨夜头勒浪轮船个〜,已经有点头痛哉。(鸿 5-216-16)¶倪人末还是从前个人,勿见得换仔一只面孔,想起归格〜真真作孽。(九 16-124-8)¶倪格阿姊来浪苏州〜,一迳搭俚末蛮好格。(沪 1-10-20)¶侬昨日夜头甚〜散子?(上散 10-61-8)¶零碎换铜钱个〜也勿销帖水个呢甚?(上问 47-85-9)¶娘姨开门一看,便道:"哎唷,我算算〜应该到了,饭菜烧好了半日。"一面说,一面往屋里喊了一声,道:"回来了,阿宝姐快下来拿物事。"(人 1-4-2)
②時間。量としての時間。¶我一干仔打通一副五关,烧仔七八个烟泡,几花〜哚,再听听,玻璃窗浪原来哚响呀。(海 26-214-16)¶我带劝带吓,说仔几化〜,难末算领盆哉。(鸿 11-258-8)¶耐倒直头时髦哚。叫仔几化〜,人家才散脱格哉,耐倒坎坎才来。阿忒嫌时髦点。(沪 1-22-10)¶侬等一歇,我还要转去哩。——要等几化〜?(上散 3-11-7)"晨光"とも作る。¶说便这样说,只是太许大了,一歇晨光还弗起。(何 1-14-9)¶青春年少一生一世有几多晨光,过起来快得很,譬如汽车兜风一会儿兜完了。(人 39-469-2)

【沉博】

〈形〉奥深くて広い。¶亚白个序文末,生峭古奥,〜奇丽,勿必说哉。(海 53-450-11)

【称心】

〈形〉心にかなう。気に入る。¶我还要想自己家做,到底〜点。(海 11-89-17)¶耐心里要有啥事体,我也猜得着,总称耐个心,就是说说笑笑,大家总蛮对景。(海 34-285-8)¶拿仔自家身体去换别人家铜钿,洛里会几化〜?(九 163-1073-26)¶阿金倸转仔乡下,几时嫁格?嫁得阿一介?(狐 20-159-23)¶顶好马上就去。马上就看,方始称奴格心得来。(狐 36-308-8)¶要他们〜可就难了。(文 5-24-12)¶我二人耐着性子忍受着他,算得再好没有的了,他却满肚子终不〜。(繁后 4-761-26)¶又说:"苏官之名不好,竟改了男名才别致。"因又改作"雄奴。"芳官十分〜。(红 63-899-3)¶若得如此,亡魂俱〜快意了。(初 25-476-2)¶今日天使相会,真乃〜满意。(水 32-504-2)"逞心"とも作る。

chen－cheng　語彙例釈

¶每爿店提他个一千八百,并拢来不是有到一二万银子么?住在外边,也好乐上几年了。随你要吃要着要嫖,都可以逞心如意。你道如何?(新 45-206-20)

【趁】

〈动〉乗る。便船・馬車などに他の乗客とともに乗ることを指す。¶娘舅阿好借块钱拨我去～航船?(海 24-199-14)¶第四埭我去,来浪里向勿出来,就帐房里拿四百个铜钱拨我,说教我～仔航船转去罢。(海 30-253-15)¶格末倪明朝到龙华去仔,～格部马车,转来到虹口去看罢。(狐 36-307-25)¶打地头去,是～船快呢,车子快?(上问 46-84-1)¶借了数百元现洋,作为盘费,又请这朋友替他汇款接济,然后搭火车先到天津,再～轮船到上海来。(歇 21-274-11)¶带了几个相熟的朋友,～只上水船,由贵溪、弋阳一路,到了广信。(维 6-43-7)¶要～船快来。(水 65-1112-1)¶难道昔年～船到镇江告状,绑入水中的人就不认得了。(醒 20-445-14)

【趁早】

〈副〉早いうちに。¶要秀宝来搭耐要好勿会个哉,耐～死仔一条心。(海 13-100-23)¶故歇～豁开仔史三公子,巴结点做生意,故末年底下还点借点,三四千也勿要紧。(海 62-527-15)¶这事须得～向前任算了回来,倘若被他走了,这钱问谁去找呢。(官 44-748-1)¶好嫂子,你～儿打了这妄想,要等我去说情儿,等到明年也不中用的。(红 73-1039-12)¶快～下山坡去。(鼓 17-211-2)¶酒匀了,天晚了,～上船去。(初 1-14-8)¶镜子虽不得见,这一套富贵,也够我下半世了。不如～取了他去,省得有人来。(二 36-676-1)

cheng

【称】

〈动〉……と称する。……と呼ぶ。¶妙啊,故末可～'一箭贯双雕'!(海 40-339-24)¶如此考据,可～别开生面,只怕从来经学家也勿曾讲究歇哩。(海 45-383-7)¶现今王公藩镇都～他为"神仙",所以不敢轻慢。(红 29-407-11)

【撑】

〈动〉買い入れる(比較的高価なものを)。¶俚哚姊妹三家头,才有点怪脾气,随便啥衣裳哉,头面哉,才要自家～得起来,别人个物事,就拨来俚俚也勿要。(海 10-76-5)¶衣裳、头面才是我一个物事,我来里该搭,我个物事随便啥人勿许动。(海 48-405-8)¶他当了几年的老营务,别的都不知道,只知道了他～了好几百万的家财。(孽 22-199-6)"创"とも作る。¶晓得耐有铜钱勿在乎此,省仔洋钱下来搭倪多创点物事末哉,瞎用脱

語彙例釈　cheng

俚做倽？(九 37-277-18) ¶因他是初次为官，所有铺垫摆设，样样都是创起来。(官 6-80-24) ¶这一节方伯生阔的了不得，在如红身上连创首饰衣服，差不多用到二千元左右。(新 35-161-28) ¶春泉道："自家创一部马车要多少钱？"静斋道："车子不过二三百块洋钱，倒是马价钱大。……"(十 1-4-18)

【撑场面】
①場(ば)を持ちこたえる。格式を張りとおす。 ¶倪先生也有好几户客人哚，为啥要耐王老爷一干仔来〜哩？(海 10-81-14) ¶贾大少爷因为他是翰林，要借他〜，便道："运翁是最好没有，我们一见如故，今天一定赏光的。"(官 24-395-4) ¶不能不赶紧办些印书的材料，撑起一个空场面。(负 19-88-26) ¶不要吝惜小费，只管天天的大菜、马车、戏园、妓馆，场面撑得极阔，大话说到塌天，自然有人拿了现银来入股了。(维 6-41-9) ¶和局也容易，我招呼几位朋友，替你撑这个场面便了。(市 3-201-10)
②活躍の場を切り開く。 ¶俚说故歇到仔上海，难末要撑点场面拨俚咪看！(海 56-478-21) ¶少牧道："'冬至大如年'，本是一句吴谚，不信他们竟会从此着想，拿人家双分下脚，也算得挖空心思。但不知近年以来，花丛中可还有别的新例？"鸣岐道："怎么没有？从前院子里要客人吃酒，除了烧路头、宣卷、打醮之外，只有端午、中秋、立夏、七月七、九月九等几个节日，必定要撑个场面，如今却连清明、七月半、夏至、十月朝，都有了。"(繁后 32-1108-22)

【成功】
〈动〉ほぼ共通語の"成"に当る。①成就する。 ¶我搭耐做主末，就是耐福气。耐答应仔一声，我一说就〜哉啘。(海 19-153-9) ¶耐要拿自家本事教拨俚末，今世勿一个哉！(海 37-309-20) ¶黄二姐因问子富道："翠凤要赎身哉呀，阿曾搭罗老爷说？"子富道："说末说起歇，好像勿〜。"(海 44-373-21) ¶我说耐末推扳点，我末帮贴点，大家溱拢来，〜仔，总算是一桩好事体。(海 44-375-3) ¶双珠辗转一想，却又迟回道："说末说说罢哉，勿见得一哩。"善卿道："定归〜，俚哚勿止乎此。"(海 63-542-24) ¶看你们各位小姐、奶奶正在年轻的当口，要走就走，要跑就跑，要白相就白相，真是赛过活神仙。像我这样，今生今世也不〜了。(人 39-467-16) ¶做妓女的听得客人要娶，那一个不说愿嫁，究竟也要子细打听打听，莫像巫楚云上一节你要娶他，后来没有〜，反落了一场话柄。(繁Ⅱ3-368-2)
②結末がつく。 ¶故歇该个病勿比仔别样，俚再要勿肯吃药，二少爷，勿是我说俚，七八分要〜哉哩！(海 20-160-10)

cheng 語彙例釈

③……になる。 ¶但是脾胃弱点还勿至于～痨瘵。(海36-305-1)
④動詞の補語となり、成就することを表す。 ¶为啥几花先生小姐才要做大老母！起先有个李漱芳，要做大老母做到仔死；故歇一个赵二宝，也做勿～：做到倪搭个大老母，挨着第三个哉。(海62-533-24) ¶寿生道："我屋里出来，到抛球场去仔一埭，碰着仔两个朋友，拉我一淘去买物事，物事末齁买～，辰光倒耽搁好老大一歇。"进卿坐起来问道："买俉物事买勿～？"(鸿9-240-8) ¶奶奶放心末哉，包倍弄得～格。(狐9-61-22) ¶格把如意算盘打勿～格哉。(狐33-275-26) ¶地格绸拨拉侬，要几时末可以做(～)(好)者？(上问36-49-4) ¶后首说来说去，好容易讲～了。(官6-85-16) ¶幸亏肚才还好，提起笔来就写，登时写～一封信。(官23-379-14) ¶嫌他胡子不好看，却替他把左边的一半分为三绺，辫～一条辫子。(官29-477-9) ¶儿子出去之后，文章上面倒也学得有限，只外国文倒学～了，合西洋人讲得来话。(文39-210-2) ¶但是你不回来，这祠堂总修不～，祖宗也不安，就是你我做子孙的也不安呀。(目18-132-2) ¶都缘经手的人扣用太大，所以说不～。(维13-93-6) ¶天下那有吊～了膀子下了水，连个姓名籍贯都没有晓得的。(十27-200-13) ¶这鞋子是预备送太太的寿礼，今儿要把他做～，明天拜寿带进去的。(梼14-222-8) ¶一天洋房就可以造～了吗？(人33-370-26)
⑤動詞の補語となり、……になることを表す。¶耐啥勿曾晓得，俚个相好是打～个呀？先起头倒不过实概，打一转末好一转，故歇是打勿开个哉。(海36-301-1) ¶到明朝兵士得着信，就此大闹起来，几几乎激～兵变。(新48-221-6)
〈形〉よろしい。"行""可以""成"などに当り、否定で用いられる。話し手の了承を示すのにも用いられる（"答应""罢休"の意に近い）。¶耐教我来白相相，我一埭勿曾去，耐倒就要转去哉，勿～。(海29-241-20) ¶我个心勿晓得那价生来，随便啥事体，想着仔头，一径想下去，就困勿着，自家要豁开点也勿～。(海35-295-11) ¶我末一径牵记煞耐，耐倒发仔财了想勿着我，倪勿～个。(海37-313-10) ¶漱芳个病是总归勿～哉哩！(海42-353-11) ¶陶云甫乃想起酒令来，倡议道："龙池先生个'四书酒令'，倪再行行看。"尹痴鸳摇手道："勿～，一部《四书》我通通想过，再要凑俚廿四句，勿全个哉。……。"(海45-382-19) ¶耐要讨周双玉，容易得势，倘然讨俚做正夫人，勿～个哩。(海54-456-5) ¶故歇会做仔生意，俚倒忘记脱哉！我末定归勿～，赎身勿赎身，总是我个因件，阿怕俚逃走到外国去！(海58-499-10) ¶倪多末勿～，四十块洋钱个东，还作得起。(九15-116-8) ¶归格辰光，倪搭耐说格闲话，耐阿记得！故歇是实梗搭倪格浆，倪定规勿～。(九71-517-8) ¶倪要嫁人格闲话，说仔长长远远到仔故歇，大家才

語彙例釈　cheng

晓得格哉。耐末说出来格闲话勿算数,倪倒坍台勿落。格是定规勿～格!(九续16-118-20)¶倪嫂嫂一看,倒说'老五未还可以做人家人,别人是弗～格哩。'(沪1-18-2)¶我拿地格带转去,到中上再替侬送新鲜个肉来,(好勿好)(好否)？——(勿局)(勿好)(勿～),(晏点)(晏歇)老爷拉要等拉吃个。(上问6-12-10)¶想要不出去见他,他已经坐在那里等候,不见是不～的。(官53-909-7)¶卢大又磕头道:"大老爷的恩典!小的一个当厨子的,那里有许多罚呢？"梅飏仁道:"不罚不～!……。"(官54-933-22)¶人先要紧,到底伤势重不重？弄部马车,送到医院里医治,晚一刻是不～的。(十32-241-11)

【成见】

〈形〉すでにできあがっている見方。¶大约耐肚皮里先有仔'语不惊人死不休'一个～。(海60-515-11)¶大抵每出了一个缺,看应该是那一个轮到,这个论到的人,才具如何,品行如何,藩台都有个～的。(目46-363-8)¶岂知宝玉触处机来,竟能把偷看册上诗句俱牢牢记住了,只是不说出来,心中早有一个～在那里了。(红116-1589-6)

【成亲】

〈动〉結婚する。¶十一月二十就来里扬州～,要等满仔月转来咪。(海62-530-1)¶这假泰山果有势力,～不到三月,便把他补实游击。(官38-645-2)¶谁料章得兴舍不得几个钱聘金,陡于前夜行了个迅雷不及掩耳的计策,点了大香大烛,把白凤仙与次子阿二两个草草～,我也没有知道。(新45-208-20)¶彼时金桂已暗和宝蟾说明,今夜令薛蟠和宝蟾在香菱房中去～,令香菱过来陪自己先睡。(红80-1154-4)¶贼人若允,即送小女～；如其不然,宁死而不辱!(禅35-570-10)¶你看这个行礼的,眼见得今夜～了。(初5-88-3)¶这亲又不要费半分财礼,我自择日与足下～罢。(型1-17-8)¶多谢撮合大恩。只不知及时可以～？早得一日也好。(二3-64-12)¶你又不曾和他妹子～,便又思量阿舅丈人!(水50-829-12)

【成人】

〈动〉育って大人になる。¶刚刚有仔两个月,怎晓得～～,就要道喜,也忒要紧啘。(海47-402-21)¶如今宝玉年纪小,你疼他,他将来长大～,为官做宰的,也未必想着你是他母亲了。(红33-458-15)¶若你伏侍公公归天后,你已～,千万将公公骸骨归家,葬于祖坟上,尽我之心。(禅20-318-13)¶刚刚只有一个小儿,唤名杨琦,今方弱冠,尚未～。(鼓31-376-6)¶谁知前妻李氏所生孩儿杨世道,后妻檗氏所生孩儿檗世德,长大～,中同年进士,又同选在绍兴一郡为官。(喻18-268-12)¶看看长大～,身长七尺有余,美容貌,有智勇。(警23-329-10)

cheng　語彙例釈

【成日成夜】
昼も夜も。日夜。¶咿是阿金哚哉哩。～吵勿清爽。(海 3-18-18)¶耐意思要我～陪仔耐坐来里，勿许到别场花去，阿是嘎？(海 6-42-14)¶搭烂屙阿三两个在六马路仁寿里租了所小房子，～混在一起，生意也不巴结做了，夜里是常常不归号。(新 21-96-18)¶胡贵精得过且过，～躲在筱蓉棠院子里，亨那温柔滋味。(十 37-278-19)"镇日镇夜"とも作る。许行云放出平生本领吃住了他，这几时镇日镇夜的住在行云那边，别的相好地方不许他去。(繁后 22-978-11)

【成日个】
一日じゅう。¶两个小干仵并仔一堆末，～哭哭笑笑，也勿晓得为啥，阿要笑话。(海 22-181-18)"成日价""成日家""镇日价"とも作る。¶怪不的吾友陆云翔别的事不肯做，成日价埋头伏案撰著小说。(新 13-58-29)¶上海最多的滑头小王八，专靠着一张脸蛋、几件衣披，成日家打扮得不雌不雄、不男不女，夹紧了司空，扭扭控控的钓蚌珠。(商 10-74-8)¶当下就有报房里人，三五成羣，住在他家，镇日价大鱼大肉的供给，就是鸦片烟也是赵家的。(官 1-5-14)¶你们成日家跟他上学，他到底念了些什么书！(红 9-135-14) また、"成日的"と作るものもある。¶成日的足不出户，准要闷出病来。(歇 20-253-22)

【成双到老】
夫婦となり共に白髪になるまで暮らす。¶耐廿七岁讨一个转去，～，要几十年咪。(海 18-143-3)

【成文】
〈动〉文章にする。¶赵、张两传末参互～。(海 53-450-12)

【呈教】
〈动〉献呈して教を請う。自分の作品などを人に贈るときに用いる。¶难年伯要我献丑，也无法子，缓日～末哉。(海 53-451-7)

【承乏】
〈动〉とりあえずその職務を引き受ける。¶我是添香棒砚有耐痴鸳～个哉，蓬壶钓叟只好教俚去倒夜壶。(海 33-275-3)

【承情】
〈动〉恩情にあずかる。謝意を表すあいさつ語。¶莲生拱手笑道："～，～！"(海 12-94-14)¶高高兴兴的道："这个钱不是你向我讨的，是我情愿送给你的，有那一个来说你！"青云

語彙例釈　cheng

道:"承耐格情,自家情愿拨我,别人家洛里晓得?倪定规勿要格,耐要送拨倪,等倪拿格点债还脱仔,耐再送拨倪末哉!"(九续 57-439-2)¶倪雖然搭耐少碰头,耐格事体是倪晓得格。承耐格情看得倪起,倪到要劝劝耐做生意末稍微谨慎点好。(沪3-13-6)¶承他的情,甚么规矩,甚么仪注,那是头一席,那是第二席,那是主位,先上甚么酒,一五一十,统通告诉了他。(官7-94-13)¶啸秋笑道:"当心辣痛了舌头。"何莲荪笑道:"～关照,我吃了这许多年的青椒夹烧饼也没辣痛舌头。"(人 30-323-17)

【城】

〈名〉町(城壁に囲まれているもの)。¶我来里～里。(海 4-30-12)¶我同耐一淘去、稍微应酬歇,我要进一哉。(海47-402-3)¶想来想去,～里头没有这位阔亲戚可求得的;只有坟邻王乡绅,春秋二季下乡扫墓,曾经见过几面。(官 1-5-22)¶明日我要在～里跑半天,就是为仲眉的事,下午出～,你也下午回来就是了。(目 15-109-6)¶私下打发梳头娘姨进了几次城,嘱咐美士耐心等候机会。(歇 20-251-3)　当晚季苇萧因在～里承恩寺作寓,看天黑,赶进～去了。(儒30-351-2)¶十七老爷把这件事托了我,我把一个南京～走了大半个。(儒30-352-1)¶我们～中各处走遍了。……,我要～外野旷去处走走,散心耍子一回,何如?(二 8-167-7)

【城隍老爷】

"城隍"は"城"を鎮護する神。"老爷"は神に対する尊称。¶难去搭俚打三日醮,求求～,阿好?(海36-302-18)¶自己弄得没有法子想,总是去求～帮忙。(官 46-788-13)(注)"城隍"の用例。　→老太太还做梦,说是老太爷也做了那一县的城隍了。(官46-788-16)→贾母在轿内因看见有守门大师并千里眼、顺风耳、当方土地、本境城隍各位泥胎圣像,便命住轿。(红 29-405-6)

"老爷"の用例。　→雷公老爷也有眼睛,怎不打这作孽的!(红60-846-23)

【城隍庙】

〈名〉"城隍"を祭った廟(びょう)。¶买是客人去买得来个,来里～茶会浪。(海22-179-13)¶耐阿晓得～里大头上木,阎罗王殿个拔舌地狱刚刚收作好。(海 51-432-11)¶洗过澡,换过新衣服,吃的是净菜,住在～里,城隍老爷就托梦给他。(官 46-788-13)¶我说是甚样两个三头六臂扳不倒的大汉,兀的是～中一双小鬼!(禅 21-348-11)¶这李判官出外拜客,打从衡州府～前经过。(醒下 8-160-11)¶今分宁县～正门常闭,居民祭祀者亦少。(警40-612-17)¶他又无老小,只止本身,只在～间壁观音庵里歇。(水 39-618-5)

【城头】

〈名〉城壁。¶阿是坐仔马车打～浪跳进去个嘎？(海 4-30-19)

【盛】
〈动〉盛る(饭などを)。よそう。¶耐搭我～一口口干饭好哉。(海 14-114-15)¶快点搭我～一碗来哩。(海 20-159-19)¶"你们吃饭,我还空着肚子呢。"娘姨闻言,忙替他～饭。(歇 9-106-16)¶等到吃饭的时候,他爷爷一定又要从锅里另外～出一碗饭。两样菜给贺根吃。(官 2-19-10)¶先给我做一碗汤,～半碗梗米饭来。(红 62-879-15)¶做得饭熟,两个都～去了,卢俊义并不敢讨吃。两个自吃了一回,剩下些残汤冷饭,与卢俊义吃了。(水 62-1053-5)

chi

【吃】
〈动〉①食べる。¶有辰光教耐～点心,耐麵～,今朝倒一仔多花。(海 11-90-14)¶让俚去～夜饭,～仔饭末出局去。(海 19-156-7)¶耐等歇再看,先点菜来～。(鸿 6-222-16)¶倪归搭吭拨老虎勒浪,勿会一脱仔俚格。(九 6-50-12)¶一早就往里赶咧,那里还有～饭的工夫咧。(红 6-104-8)¶再要饭～么？(水 5-83-13)

②飲む。¶蕙贞阿哥麵筛哉,俚～仔酒看无清头个。(海 5-4-8)¶阿要～茶？蛮蛮热个。(海 26-212-22)¶俚笃～酒去哉。(鸿 2-198-6)¶耐勿要煞死个～酒哉。(九 1-10-17)¶督办便道："请～汤。"那女子又掩着口,笑了一会道:我门湖北汤是喝的,不是吃的！(目 51-401-14)¶周端家的命雇的小丫头倒上茶来～着。(红 6-98-2)¶晚上要～酒,给我两碗酒～就是了。(红 62-880-7)¶那两个和尚,正在厅中～茶。(警 5-53-10)¶秦重每常不～酒,今日见了这女娘,心下又欢喜,又气闷,将担子放下,走进酒馆,拣个小座头坐下。(醒 3-46-4)¶小人怎敢教人啼哭打搅官人～酒。(水 3-48-1)

③吸う。¶倪鸦片烟有来浪,耐～末哉。(海 27-222-12)¶耐也该应吃力哉呀,～筒水烟,请坐歇哩。(海 49-416-17)¶胡理也不～烟,不吃茶,取了信一直去找钱典史。(官 3-34-9)

【吃白相】
たわむれに吸う。⇨白相。¶吃烟人才是～吃上了瘾,终究麵去吃俚好。(海 60-508-12)

【吃醋】
〈动〉やきもちを焼く(多く男女間で)。¶耐去做啥人也勿关倪事；耐定规要瞒仔倪了去做,倒好像倪～,勿许耐去,阿要气煞人！(海 4-30-24)¶对过张蕙贞末,咿勿是我相好,为啥耐要吃起醋来哉哩？(海 6-42-12)¶啥格～勿～呀！倪是勿懂格,耐到说拨倪听听看。(九 151-998-5)¶耐勿去仔,好像倪搭俚～。(鸿 3-203-13)¶格件事体拨

語彙例釋　chi

勒月山晓得仔,吃起醋来末那处嘎?(狐 11-75-7)¶程日贤也是吃花酒认得的朋友,就是我要讨金寓,也不怕他～的。(维 4-24-10)¶他防我象防贼的,只许他同男人说话,不许我和女人说话;我和女人略近些,他就疑惑,他不论小叔子侄儿,大的小的,说说笑笑,就不怕我～了。(红 21-298-1)¶安人高见妙策,只是小尼也沾沾手,恐怕安人～。(初 34-650-12)

【吃得落】

"吃勿落"的反義語。⇨吃勿落。¶阿～?～末吃仔口罢。(海 18-144-18)¶奴故歇胃口大好,饭也～,谅来勿碍事格哉。(狐 36-305-10)

【吃得消】

〈动〉耐えられる。"吃勿消"の反義語。⇨吃勿消。¶只要耐晚歇勿拿得来末,我拿银簪来烂耐只嘴,看前阿～!(海 13-105-10)¶难下转当心点,闯仔穷祸下来。耐做娘姨阿～?(海 38-317-5)¶俚格人才是随便啥事体才～格哩。必过俚格脾气亢弗过,搭格号胡调脚色是同事弗来格。(沪 4-71-3)¶而且又有虚开期票诈欺谎骗的行为,说不定还要照刑事控告,你怎么～?(人 38-440-16)

【吃耳光】

びんたを食らう。⇨耳光。¶拨来沈小红晓得仔,吃俚两记耳光哉哩。(海 4-29-3)¶耐个人啊,拨两记耳光耐吃吃末好!(海 14-110-15)¶只管对倪呆看,阿要拨两记耳光倷吃吃啥!(狐 9-60-9)

【吃饭】

〈动〉…で暮らしを立てる。¶李漱芳个人末勿发该应吃把势饭。(海 37-307-16)¶俚要是好人,陆里会吃把势饭!(海 49-418-16)¶倪人末吃仔该碗堂子饭,几千洋钿倒也勿放来心浪。(九续 56-434-14)¶这些左邻右舍,见了眼热不过,也不顾开店容易守店难,大家想吃起生意饭来。(何 1-9-23)¶我想还是吃堂子饭。(歇 91-1260-3)¶两个女先生也笑个不住,连我都说:"奶奶好刚口。奶奶要一说书,真连我们～的地方也没了。"(红 54-759-22)

【吃官司】

罪を犯し法の制裁を受けて入獄する。¶拨新衙门来捉得去,倒说是俚拐逃,吃仔一年多官司,旧年年底坎坎放出来。(海 21-167-1)¶等到紫云轩吃仔生鸦片,难末格个本家,怕吃人命官司,心浪向急伤哉,样式样才答应。(九续 35-268-2)¶查出之后。罚起来交关利害,还要～,甚人还敢去假冒否?(上问 37-68-6)¶我不合替人家做了个媒人，这会子要～了。(新 45-208-11)¶若你不知趣，还想去惹她的话，她可要告诉老爷，重重办你吃几年官司，教你须要小心着。(歧 51-692-8)¶我若果得他的金钏，便～也是甘心。(禅 8-114-3)¶那些被赚之人，客中怕～，只得忍气吞声，明受火囤，如此也不止一个了。(初 16-286-5)¶闻得妻小吃了官司，急忙回来见腾大尹。(喻 36-548-10)¶前日从湖南潭州捉将回来，送在临安府～。(警 8-98-14)¶俺只指望痛打这厮一顿，不想三拳真个打死了他。洒家须～，又没人送饭。不如及早撒开。(水 3-52-2) "吃官事"とも作る。¶你却走了去，叫我吃官事！(警 28-429-16)
(注) 胡竹安《水浒词典》に「（方）吴语。把坐牢叫做"吃官司"」とある。

【吃花酒】
'妓院'で飲食をしたり、料亭で芸妓をはべらせて飲食をする。¶请耐～，倒勿是要紧事体。(海 4-27-2)¶勿来里，尚任里～去哉。(海 49-414-3)¶次云人末自然吮啥。必过式会闹哉。日逐～、打牌，弗晓得啥地方来格精神哩。(沪 2-64-7)¶王梦梅晓得了这条门路，变转辗托人先请三荷包吃了两桌花酒。(官 5-70-8)¶说要打茶围，果然就有人请你～了。(目 32-244-7)¶这时候聊潘尚在堂子里～呢。(新 17-75-3)

【吃酱油】
"吃醋"をもじったもの。¶耐也吃起'酱油'来哉。(海 6-47-8)¶倩倩红了脸，碎了一口道："顾少末夷是歪嘴吹喇叭格一团邪气，阿是你搭素秋吃醋哩？倪末罗搭有实梗格资嘎！"少卿大笑，道："闲话末越说越奇怪哉，吃醋要资格末，吃酱油要程度哩。"(沪 4-85-8)

【吃酒】
<动>酒もりをする。¶秀宝搭我说，要吃台酒。(海 2-16-7)¶倒是黎大人～个场花，阿是叫蒋月琴，倒还老实点。(海 15-119-20)¶像你子翁不叫局，不～，自然是方正极了。然而现在要在世路上行事，照此样子，未免就要吃亏。(官 7-106-13)¶芳官道："你们～不理我，教我闷了半日，可不来睡觉罢了。"(红 62-879-10)¶那日却好姐夫李募事在家。饮馔俱已完备，来请姐夫和姐姐～。李募事却见许宣请他，到吃了一惊。(警 28-425-13)¶入见曹太公相待着打虎的壮士，在厅上～。(水 43-701-6)

【吃局】
<动>酒もりをする。¶价末倪也～去。(海 3-21-23)¶今夜头请黎篆翁～，就借屠明珠搭摆摆台面，俚房间也宽势点。(海 15-120-23)¶今夜是八月半，介勒八位娘娘端正仔酒水了，请大爷进去～，勿是困局吓。(三 1-3-20)¶"吃酒呢勿吃酒？""吃杯酒

語彙例釈　chi

何妨。""介末～哉！"（描 9-79-17）¶金泉道："你不便去，我就喊他来也好，只是你拿什么来谢我呢？"福生道："停会子三元馆～如何？"（人 39-288-28）

【吃苦】
<动>苦しい目にあう。¶耐要是勿肯听人闲话，我先搭耐说一声，耐自家～，到底无啥好处。（海 10-77-2）¶再拨来姘头骗仔去，耐要～个哩！（海 49-416-24）¶眼门前～，勥会说俚，将来结局，还勿晓得哪哼勒海勒，实头想想可怕。（狐 56-482-11）¶虽然吃了多少苦，也还不算冤枉。（官 1-10-9）¶哥哥在监也不大～，请太太放心。（红 86-1232-4）¶你自愿为婢，只怕吃不得这样苦哩。（醒 19-392-1）¶不成我和你受用快乐，到教家中老父～！（水 42-673-9）

【吃亏】
<动>①損をする。ばかを見る。¶耐自家见乖点，也吃勿着眼前亏哉唲。（海 3-19-6）¶为啥勿带个娘姨出来？有仔个娘姨来里，就吃仔亏也好点。（海 9-70-23）¶故歇生来要吃点亏，耐要会梳仔个头末好哉。（海 23-184-6）¶我是吃煞仔倪亲生娘个亏！（海 34-283-2）¶姚文君～勿～，等俚歇末哉。（海 44-376-9）¶真真拿只拜匣一把火烧光仔，难罗老爷吃个亏常恐要几万喋哩。（海 59-504-18）¶车钱都话好拉末？——伊拉话，老爷坐起来看，还会拨伊拉～呢甚。（上问 42-77-6）¶此法虽妙，然而他们喝酒的能兼吃菜，我们吃菜的，不能带喝酒，未免仍有些～。（歇 4-42-16）¶你既这样用心，何不在外头大事上做工夫，老爷也欢喜了，也不能吃这样亏。（红 34-462-14）¶若是有利于人的，他便自己～，也肯为人效力，生平如此。（醒下 4-123-1）¶虽然董四哥吃了些亏，也得了个好消息。（喻 39-609-9）¶庄上望见，恐怕两个～，且教祝虎守把住庄门，小郎君祝彪骑一匹劣马，便一条长枪，自引五百余人马，从庄后杀将出来，一齐混战。（水 48-799-6）"吃区"とも作る。¶有朱老来海，弗至于拨耐吃区，放心末哉。（沪 1-61-2）②…に不利益をこうむる。¶双宝心里是也巴勿得要好，就吃亏仔老实点，做勿来生意。（海 3-20-3）¶又见周瑞等媳妇在旁边称扬凤姐素日许多善政，只是～心太痴了，惹人怨。（红 68-964-13）¶若论心中的邱壑经纬，颇步熙凤之后尘。只～了一件，从小时父亲去世的早，又是无同胞弟兄，寡母独守此女，娇养溺爱，不啻珍宝，……竟酿成个盗跖的性气。（红 79-1147-14）

【吃力】
<形>①骨が折れる。¶《长生殿》其余角色派得蛮匀，就是个正生，《迎像》《哭像》两出～点。（海 45-382-11）¶前回八千个生意，赚俚二百，～煞；故歇蛮写意，八百生

意,倒有四百好赚。(海 48-410-9)¶到底倪冷仔年半把场,一时头浪要拉拢几化客人来,也有点～格,奈勥看得忒容易嘸。(狐 50-429-13)¶兄弟的学问,自己知道有限的很,叫兄弟写封巴寻常通问信札,也十分～呢。(新 41-189-10)¶那白氏歌一曲,声气已是断续,好生～!(醒 25-513-9)

②疲れる。 ¶耐也应该～哉呀,吃筒水烟,请坐歇哩。(海 49-416-17)¶横势奴～煞勒里,养息养息勒明朝去罢。(狐 33-281-13)¶有天晚上,独自一个出来,走了一回,觉得有点～。(官 22-363-16)¶这绪太太粉汗淫淫,觉得有点～,就团在里床坐着歇息。(梼 10-147-24)¶幸亏我们现在全是粗手大脚的人,走起路来还不觉得十分～。(人 4-27-9)

【吃没】

<动>他人の財貨を取り込む。 ¶到底原是耐个物事。阿怕倪～仔了?(海 8-60-7)¶他们一年之中,～那无名氏的钱不少呢。(目 15-107-20)¶兄弟心上恨不过,所以虽然有钱,也要叫他难过两天再给他,并没有～他的意思。(官 6-78-13)¶好得他交代阿珍的时候,并没有第二个人看见,～他甚是容易,料他一个乡愚,断断干不出甚事来。(繁后 25-1024-10)

【吃生活】

殴打を食らう。 ¶明朝去末,端正拨生活耐吃。(海 60-508-14)¶耐阿是夷要讨生活吃哉?(鸿 14-274-3)¶耐格烂污佬子,阿敢再凶?今朝勿拨点生活耐吃吃末,呒拨日脚格哉!(九 21-159-13)¶侬要吃点生活呢甚?——(勿怕个)(勿碍个)(打末者)(来末者),侬试试看。——拨点生活侬吃吃。(上散 3-10-9)¶耐豪燥点去罢,晏歇点吃起生活来,是勿关倪事格嘸。(九 151-998-9)¶爷,我下次不敢了,请饶饶我罢。我是个鸦片鬼,吃不起生活的。(新 58-271-1)¶你真个敢这样,我就给一顿生活你吃。(十 3-18-11)¶这一句话说了第二天,姆妈晓得了,给生活我吃了。(人 46-588-11)

【吃尿】

<动>糞を食べる。 ¶人要有仔良心是狗也勿吃仔屎哉!(海 2-12-6)¶一个多月做仔一块羊钱生意,阿是教耐无姆去～?(海 37-310-5)

(注)犬は糞を食べるとされており、犬が糞を食べなくなることはありえないことを比喩にしている。

【吃碗茶】

語彙例釈　chi－chong

お茶を飲む。"碗"は量詞。　¶月底耐勿拿来末，我自家到耐鼎丰里来请耐去～。(海 37-314-5) ¶今朝空拉否，～好否？(上散 10-63-8)¶像你们今儿在这里坐坐谈谈，喝碗茶，就叫打茶围了。(歇 74-1015-4)

(注)なお、前掲例(海 37-314-5)の"吃茶"は"吃讲茶"(もめごとのある場合、双方が"茶馆"に行き、居合わせる人たちに是非を評定してもらう)である。

【吃勿落】
共通語の"吃不下"。⇨落。　¶勿晓得为啥，厌酸得来，～。(海 4-32-9)　¶原是耐勿好碗，俚唉～哉末，耐去教俚唉吃。(海 6-47-4) ¶倪刚刚起来勒，～来里。(负 18-85-21) ¶倪酒实在～哉！(鸿 7-232-13)

【吃勿消】
<动>やりきれない。耐えられない。　¶施个再要去攀相好，推扳点倌人也吃俚勿消。(海 26-213-22) ¶耐末说说笑笑玩倷希奇，阿晓得倪～？(九 34-257-7) ¶勿要勒浪海外哉，故歇末说得煞有介事，晏歇距起踏板来～格，阿晓得？(九 100-698-14) "吃弗消""吃勿销"とも作る。　¶晏歇点杜二少爷吃起醋来，耐要吃弗消格哩。(沪 1-23-10) ¶侬是日斑呢，夜斑？一连上做两斑。一两斑(吃勿销)(降勿落)。(上散 4-12-3)

【吃闲话】
<动>悪口を言われる。そしられる。　¶倒是沈小红搭耐就要去一埭哚，倒还要去吃两声闲话哉哩。(海 9-72-21) ¶俚吃仔耐几花闲话，一声也响勿出，耐也气得过个哉。(海 27-220-16)

【吃着】
<名>衣食。日常の生活に欠かせないものを例える。　¶倪开个把势，买得来讨人才不过七八岁，养到仔十六岁末做生意，～费用到麨去说俚，样式样才要教拨俚末俚好会。(海 44-374-3)¶倘能补得一缺，也好做下半世的～。(官 42-715-8)¶闻听人说，上海地方空手人的头等饭碗乃是翻戏，只要入了他们伙伴，一生可以～无忧。(繁后 5-769-8)

chong

【冲茶】
<动>茶を入れる(茶葉に熱湯を注いで)。　¶楼浪下头几花客人来浪，喊俚～，勿晓得到仔陆里去哉，客人个茶碗也勿曾加。(海 23-189-16)

【冲场】

〈名〉見かけ。外見。¶真真要运道末到哉，人末～也无啥，难末生意刚刚好点起来。(海 44-374-6)

【冲喜】
〈动〉病いが重篤なとき、おめでたい行事などをして、災いを福に転じること。¶前两日漱芳样式勿好末，我想搭俚冲冲喜，二少爷总望俚好，勿许做。(海 42-354-13)¶这病看光景恐怕不妙么，最好替他预备一点子冲喜，好了自然最好，万一有什么也不至于手忙脚乱。(十 16-111-23)¶我昨日叫赖升媳妇出去叫人给宝玉算算命，这先生算得好灵，说要娶了金命的人帮扶他，必要冲冲喜才好，不然只怕保不住。(红 96-1353-9)
(注)呉越改写：海上花列伝普通話本は「这里秀姐的冲喜，指的是定做棺材」と注記している(同書365頁)。
"棺材"を作ったり、"寿衣"を作ることは不吉なことではなく、生前に作っておく習慣があった。

【充塞】
〈动〉みちふさぐ。いっぱいになっている。¶我看耐《秽史》倒勿觉著啥绮语，好像一种抑塞磊落之邪气，～于字里行间，所以有此一说。(海 53-446-10)¶彼残忍乖僻之气，不能荡溢于光天化日之中，遂凝结～于深沟大壑之内。(红 2-30-5)

【宠招】
〈动〉特に心にかけて招待する。人の招待に対する敬語。¶家叔有点病，此次是到沪就医。感承～，心领代谢。(海 54-459-9)

chou

【绸缎店】
〈名〉絹織物を扱う商店。¶～，洋货店，家生店，才有熟人来浪，到年底付清好哉。(海 55-469-10)¶故歇～个帐一点也勿曾还。(海 64-545-20)¶这时仲和的～倒下帐来，亏空几万银子，连门都封钉了，他早把家眷搬回，自己逃走了，不知去向。(市 12-247-30)

【筹】
〈名〉竹・木・象牙などで作った札。くじなどに用いる。¶通共六桌廿四位客，刚刚廿四根～。(海 44-369-9)¶继之就叫底下人回去取了来，原来是一个小小的象牙筒，里面插着几十枝象牙～。继之接过来递给苟才道："请大人先掣。"苟才也不推辞，接在手里，摇了两摇，掣了一枝道："我看该敬到谁去喝？"说罢，仔细一看到："呀，不好！不好！继翁，你这是作弄我，不算数！不算数！"继之忙在他手里拿过那根～来一

語彙例釈　chou‒chu

看，我也在旁边看了一眼，原来上面刻着"二吾又不足"一句，下面刻着一行小字道："掣此～者，自饮三杯。"继之道："好个二吾犹不足！自然该吃三杯了。这副酒～，只有这一句最传神，大人不可不赏三杯。"（目12-87-9）

【筹码】

<名>賭博で通貨のかわりに用いるもの。¶先拿洋钱去买得来～，有～末总有洋钱来咾，阿有啥算勿出？（海14-113-18）¶主人一面搬出点心请众用，一面检点～，要他们把帐算一算清。黄三溜子道："忙什么！那王八羔子不来，我们今天就不赌了吗？～各人带在身上，上院下来赌过再算。"（官21-340-19）¶时敏道："……。不过我有一句话预先说明，大家都碰现洋，不用～。"灿光道："～现洋岂非一样？我们这几个人输了钱，难道赖么？"（繁后4-764-4）

【臭】

<形>厭悪・軽蔑の気持ちを表す。¶三公子要拿总管个囝件拨来阿哥，阿要体面，啥个等勿得，搭个～大姐做夫妻。（海62-529-10）¶你想这种体面人的枪花，掉得大不大？这会子还要摆他的～架子，叫我们跟他家里去取洋钱。他的家怎知是在上海不在上海？（新47-216-3）¶你是那里远方来的～小厮，也乱叫起他来。仔细你的～肉，打不拦你的。（红56-795-17）¶从早上到此刻，一顿饭也不给人吃，偏生有这些～排场！（儒6-80-13）

chu

【出】

<动>①出る（内から外へ）。¶我有几花公事咾，陆里能够勿～门口。（海8-59-8）¶兄弟现在是被议人员，日里不便～门。（官3-42-22）¶～了垂花门，早有众小厮们拉过一辆翠幄青䌷车，夫人携了黛玉，坐在上面。（红3-43-6）¶宋江遂随童子～的帐房。（水88-1445-5）

②出す（ある所から外へ）。¶要末碰起和来，我赢仔我也～一半。（海25-205-11）¶罗个～仔身价，耐替我衣裳、头面、家生办舒仔仔好哉。（海32-264-16）¶不过～脱仔两块洋钱罢哉，怕啥嘎！（鸿1-192-17）¶这就算点戏的钱，我既～了这新鲜主意，自然要多～些钱。（九2-12-2）¶那几家也都愿送小费，一家肯～十五块，一家肯～二十块。（新7-31-33）¶我一～这主意，老太太必喜欢的。（红57-814-8）¶他们是那里的钱，不该叫他们～才是。（红63-886-8）¶大哥是山东货郎来庙上赶趁？怕敢～房钱不起。（水74-1242-10）

chu　語彙例釈

③出現する。¶我道仔山家园～仔个强盗,倒一吓。(海56-473-8) ¶勿希奇,太阳原～勒东天。(鸿14-274-4)
④発生する。　¶大人六十多岁年纪哉,倘忙～仔事体下来,像倪上勿上下勿下,算啥等样人嘎?(海52-442-11) ¶勿想等歇点路浪转去受点风寒,～起毛病来,倪倒耽当勿起。(九65-476-3) ¶倪听信仔贺老格说法,只怕盐钵头～蛆格。(狐55-473-6) ¶怎么我的运气不好,到了任家～乱子!(官16-255-6) ¶罢,罢,酒冷了；老祖宗喝一口润润嗓子再辩谎。这一回就叫作《辩谎记》,就～在本朝本地本年本月本日本时。(红54-759-17)
⑤出る(汗などが)。¶为仔漱芳有点勿适意,坎坎少微～仔点汗,因来哚,我教俚勥起来哉,让俚来代仔个局罢。(海7-55-19) ¶头浪～仔几化格汗。(九6-47-6)
⑥世に広がる。¶我为仔卫霞仙个杀坯末,搭俚噪仔好几转,～仔几花坏名气,啥人晓得我冤枉。(海57-484-11)
〈趋〉①動作にともなって、人・物が内・ある所から外に出る。¶张蕙贞末吃个生鸦片烟,原是倪几个朋友去劝好仔,拿个阿侄末赶～,算完结桩事体。(海57-487-1) ¶二三千洋钱拿勿～仔末,真头拨耐钝光格哉。(九38-290-2) ¶栈房钱欠仔勿少哉,故歇付勿～来里。(鸿8-236-5) ¶但是满肚子里的额痰,越发涌了上来,要吐吐不～,要说说不～,急的两千乱抓,嘴唇边吐出些白沫来。(官1-5-5) ¶等到吃饭的时候,他爷爷一定又要从锅里另外盛一～碗饭,两样菜给贺根吃。(官2-19-10) ¶酒至数杯,那人去袖子里取～十两金子,放在桌上。(水8-127-12)
②動作の完成を表す。また、動作によって何かが明らかになったり、作り出されることを表す。¶等我干～点小事体,搭耐一淘北头去。(海1-4-18) ¶价末晚歇六点钟再来,我要去干～点小事体。(海3-17-12) ¶我看～二少爷真真像是我亲人一样,故歇漱芳末病倒仔,二少爷再要生仔病,难末那价呢?(海42-353-20) ¶故歇就说是豁勿开,耐也该应讲讲笑笑,做～点快活面孔,总算几花人面浪领个情。(海47-392-2) ¶啥叫啥夜行船,连奴格格名堂才勿懂,哪能会唱介,一定是崔老做勿～,硬凑勒海格。(狐25-204-26) ¶阿金道:"我猜着仔,勥赖介?"宝玉道:"奴本要告诉唔笃商量格件事体,唃故歇能够猜得～,奴还赖俚作啥呢?"(狐44-379-19)("唃故歇"是"难故歇"に同じ)。¶小麻雀时常叉格,才是两个邻居走过来大家白相相,弄到捉赌,实头想勿～。(鸿12-262-14) ¶格号客人,倪做仔俚也勿见得绷得～俙格场面。(九21-161-18) ¶又共同斟酌出几人来。俱是他四人素昔冷眼取中的,用笔圈～。(红56-789-5) ¶汉家

語彙例釈　chu

自有制度，此时不好说得。做～便见。(二 27-538-4)¶我学生便是。那里是甚么新升游击？只为不舍得爱妾，做～这一场把戏。(二 27-542-10)
③動作にともなって発生することを表す。　¶实概一汽末，就气～个病。(海 37-308-4)¶今日才来，就惹～你家哥儿的狂病，倘或摔坏了那玉；岂不是因我之过！(红 3-54-4)

【出】
<量>伝奇(明・清時代の長編戯曲)の一くぎりや(元曲の"折"にあたる)、劇・芝居の幕、または本数を数える。　¶老老头高兴得来，点仔十几～戏。(海 20-158-22)¶倪屋里有堂戏来浪，我去做脱仔一～就来。(海 44-370-22)¶打定主意，叫了案目过来，叫出开丹桂的老板郝尔铭走到座前。秋谷向来认得，便同他商议，要点了一～《鸳鸯楼》，叫陈云仙扮武松，到那舞刀的一场，让秋谷自己登台试演，一场舞过，仍叫陈云仙上场。(九 2-11-16)¶这个人的履历，非但是新闻，简直可以按着他编一部小说，或者编一～戏来。(目 28-210-26)¶话说众人看演《荆钗记》，宝玉和姐妹一处坐着。林黛玉因看到《男祭》这一～上，便和宝钗说道："这王十朋也不通的很，……。"(红 44-604-2)¶且贾珍等也慕他的名，酒盖住了脸，就求他串了两～戏。(红 47-651-4)¶我心里想做一个胜会，择一个日子，捡一个极大的地方，把这一首几十班做旦脚的都叫了来，一个人做一～戏。(儒 30-358-12)

【出殡】
<动>出棺する。　¶初九午时入殓，未时～，初十申时安葬。(海 42-357-11)¶赶紧派人替他办他后事，忙着入殓～；把他灵柩权寄在庙里，随后再扶回原籍。(官 59-1034-1)¶外国兵是备着打仗用的。中国兵是备着～用的。(新 9-41-25)¶到了太太出了殡，看那册封的懿旨还未下来，也颇想上本奏请。(栲 15-245-19)¶次日早，便进城来料理～之事。(红 14-194-10)¶只三日便～，去城外烧化。(水 26-406-8)

【出花样】
人を欺こうと策をめぐらす。　¶我爷娘刚刚死仔三个月，阿伯就出我个花样，一百块洋钱卖拨人家做丫头。(海 52-439-13)¶该桩事体，我看一定是格两个借洋钱格老朋友出个花样。(鸿 12-262-5)¶谁知回到通州，他那位老太太，又出了花样了，不住在家里，躲向亲戚家里去了。(目 69-551-21)¶你去同王道台说，叫他不要来逼你；他再来逼你，叫他腥防些，我要出他的花样。(官 9-133-11)¶这几位红顶花翎的阔人，幸亏在上海，倘在内地，是不免又有破靴党出他花样了。(新 42-193-20)¶现在有老爷在，谁也不敢碰一碰我。万一除掉了老爷，慢说以后的日脚没处去捞钱，就是我已经捞着的别的人看

了眼红,到那时候还要～呢。(人 40-487-5)

【出局】
〈动〉芸妓が客から呼ばれてお座敷に出向く。¶阿姐阿是～去哉?(海 6-49-18)¶～衣裳,无姆阿曾拨来耐?(海 10-75-1)¶才是耐勿好啘,叫倪出方大少个局,故歇弄得讨气煞!(鸿 3-204-26)¶就是出去应局,也要到客人面前招呼一下,打个转身,那有一声儿不响就去～个理!(九 92-652-2)¶此时四马路上,正是笙歌匝地,锣鼓喧天,妓女～个轿子,往来如织。(文 19-99-18)¶决定与小大姐先到天仙。你出完了这两个局,不必回来,竟到天仙里去,我在那边等你。(繁初 15-159-17)
〈名〉客に呼ばれてお座敷に出る芸妓。¶倪坎坎倒忘记脱哉,勿曾去叫两个出局来白相,倒无啥。(海 30-251-12)¶众人即喊干稀饭,吴雪香忙先行,其余～也纷纷各散。(海 28-232-19)

【出来】
〈动〉①出て来る(内・ある場所から外へ)。¶耐昨日保合楼～,到仔陆里去?(海 3-18-10)¶刚刚乡下上来,头一家做生意就勿高兴～,～仔耐想做啥?再有啥人家要耐?(海 23-184-8)¶高福道:"大少爷搬仔到八仙桥去哉。"华生道:"该两日阿来?"高福道:"故歇讨仔姨奶奶,实头勿大～。"(鸿 3-208-13)¶现在杨四勿勒上海,据说回家乡去哉,勿得知几时～。(狐 11-97-23)¶众人方住了笑,听见这话又笑起来。贾母笑的眼泪～,琥珀在后捶着。(红 40-551-7)¶当时王教头来到庄前,敲门多时,只见一个庄客～。(水 2-22-8)
②発生する。¶陆里晓得今年正月里碰着一桩事体～,故歇原要俚做生意。(海 16-127-9)¶老太太事～,一应都是全了的,不过零星杂项,便费也满破三五千两。(红 55-780-6)
〈趋〉①動作にともなって、人・物が内から外に出て来る。¶双宝一根末让俚用仔,我再拿一根～拨来双宝。(海 10-76-22)¶耐再要哭,我肚肠要拨来耐哭～哉。(海 11-83-6)¶勿吓末,为啥人家才搬～哉嘎?(海 11-88-8)¶屠明珠那筒烟正吸在嘴里,几乎呛～,连忙喷了,笑道:"……。"(海 15-117-15)¶刚刚做仔两个月,拨新衙门来捉得去,倒说是俚拐逃,吃仔一年多官司,旧年年底坎坎放～。(海 21-167-2)¶苏冠香阿是宁波人家逃走～个小老母?(海 26-210-2)¶拿一鸡缸杯酒一淘呷下去,停仔歇再挖俚出来,难末算会吃哉。(海 50-426-22)¶一个外国包打听,几个中国包打听,拉仔奶奶搭仔几个碰和客人,勒里向走～。(鸿 12-261-26)¶俚实梗一个大老班,也弗好意思弗拿出洋钱来。(鸿 11-256-19)¶俚耐说倪勿是真心,倪格心只有自家晓得,勿好

語彙例釈　　chu

挖仔～拨俚看看。(九 72-521-2)　¶俤替奴开仔铁箱,先拿五十块洋钿～,俤去送拨俚仔,只说倪先生孝敬俤买酒吃格,看俚哪哼说法,倪再定罢。(狐 29-238-19)¶后来又听见先生说什么做了官就有钱赚,他就哇的一声,一大口的粘痰呕了～。(官 1-4-19)¶便有一个人在被窝里钻～,两个人又叽叽咕咕着问答了几句,都是听不懂的。(目 2-11-26)¶明儿就找出几匹来,拿银红的替他糊窗子。(红 40-548-10)¶叫庄客取一笼衣裳～,叫林冲彻里至外都换了。(水 11-163-6)¶吴用去松林里取出药来,抖在瓢里,只做赶来饶他酒吃。(水 16-236-6)

②"出"と"来"の間に場所語の入っているものが動詞に続く構造では、その動作によってその所から(方位詞"外"の付いている場所語では、その所に)出て来る。　¶麴钻到题目里向去做,倒要跳出题目外来,自家做自身个诗。(海 61-519-23)¶东老正要细问,吴太守走出席来,觑着巨觥来劝东老,只得住了话头。(二 7-151-3)¶两个教头在月明地下交手,使了四五合棒,只见林冲托地跳出圈子外来,叫一声少歇。(水 9-41-10)

③動作の完成を表す。また、動作の完成にともなって、何かが明らかになってきたり、作り出されていることを兼ね表す。　¶张蕙贞名字也勿曾见过歇,耐到陆里去寻～个嘎?(海 5-34-8)¶耐再要说出啥来,两记耳光!(海 5-36-17)¶耐自家有几花大,倒养出实概大个倪子来哉。(海 6-43-14)¶耐就搭二少爷养个倪子出来,故末好哉。(海 6-43-15)¶我眼睛里望～,无啥亲生勿亲生,才是我囝件。(海 10-76-13)¶故歇新行～,堂子里相帮用勿着个哉!(海 17-132-5)¶倘然耐做～,有一字不典,一句不雅,要罚耐十台开厅咮哩!(海 47-400-13)¶看见仔韵叟,大家作个揖,切勿要装出斯斯文文个腔调来。(海 47-401-19)¶倪人末做仔倌人,本底子也是好人家圍件,倪娘拿倪卖～,吃仔格喰堂子饭,也叫无说法。(九 75-542-19)¶顾大少,俤看俚实梗苦脑子,连感激格闲话才说仔～,就让俚慢作点罢。(狐 25-203-26)¶新小说社记者接到了死里逃生的手书及九死一生的笔记,展开看了一遍,不忍埋没了俚,就将他逐期刊布～。(目 2-5-2)¶梅雪轩竟会干出这种事来,真是想都想不到的。(十 23-166-17)¶若说是请人呢,不犯先忙着把个炉摆～。(红 64-910-11)¶我也知道了,你别哄我。如今你和宝玉好,把我不答理,我也看～了。(红 25-346-4)¶只见隔不多几日,夫人生出病来。(二 23-464-3)¶你这个贼配军,见我如何不下拜,却来唱喏?你这厮可知在东京做出事来,见我还是大刺刺的。(水 9-143-9)

④動作にともなって発生することを表す。　¶俚说生意做勿好,倒勿如死仔歇作,阿

98

chu　語彙例釈

有啥好日脚等〜！(海16-128-10) ¶耐自家勿好，同俚去坐马车，才是马车浪坐一个事体。(海34-280-11) ¶我起先也勿相信，不过双玉勿比得别人，看俚样式倒勿像是瞎说。倘忙弄出点事体来，终究无啥趣势。(海54-456-12) ¶如此长天，我不在家，正恐你们寂寞，吃了饭睡觉睡出病来，大家寻件事顽笑消遣甚好。(红64-908-18) ¶老太太、太太不在家，这些大娘们，嗳，那一个是安分的，每日不是打架，就拌嘴，连赌博偷盗的事情，都闹〜了两三件了。(红64-911-14)

【出理】
〈动〉化粧し、着飾る。 ¶我为仔耐苦恼，一径当耐亲生囡件，梳头缠脚，〜到故歇，陆里一桩事体我得罪耐。(海45-378-18) ¶我想耐翠凤小个辰光，梳头缠脚才是我，〜耐到故歇，总当耐是亲生囡件。(海59-502-12)

【出门】
〈动〉①外出する。 ¶有二爷出来挡驾，说："〜哉。"(海5-39-1) ¶该个病该应〜去散散心。(海41-346-17) ¶兄弟现在是被议人员，日里不便〜，等到明儿晚上，再亲自上院叩谢。(官3-42-22) ¶自此以后，唐二乱子就躲在家里生气，一连十几天没有〜。(官36-615-19) ¶我自胡家出来，终日坐在家里，什么地方也不去。今天来报馆里寻你还是第一次〜呢！(人29-319-14) ¶林黛玉见宝玉出了一天门，就觉的闷闷的，没个可说话的人。(红25-347-17)
②家を離れて遠方に出かける。 ¶耐一个姑娘家，勿曾出歇门，到上海拨来拐子再拐得去仔末，那价呢？(海29-238-23) ¶[付]倒失敬子你哉。勿得知你朵大爷几时〜个？[丑]还是今年八月里边〜个勒。[付]阿有啥信息？[丑]有子信来，勿话课哉吓！(三17-206-6) ¶话说赵温自从正月〜到今，不差仝将三月。(官3-31-1) ¶我想你已经出过一回门，今年又长了一岁了，好歹你亲自到南京走一遭，取了存折，支了利钱寄回来。(目2-9-12) ¶眼前我还要〜去走走，外头逛个三年五载再回来。(红47-652-12)

【出名】
〈形〉名が知られている ¶耐再要欺瞒我，〜个好酒量，说勿会吃。(海50-426-20) ¶周少和夷场浪〜个大流氓，堂子里陆里一家勿认得俚！(海61-521-15) ¶小红的娘，带着两个女儿，就租了那所房子，自开门户。这是当时〜的叫做'小花园'。(目90-735-9) ¶你是〜的石灰布袋，与阿素姐没有交情，我相信么？(繁后18-934-17) ¶你是头一个出了名的至善至贤的人，他两个又是你陶冶教育的，焉得还有孟浪该罚之处！(红77-1104-11) ¶一个叫得洒墨判官周丙，一个叫得白日鬼王瘪子，还有几个不〜提草鞋的

99

語彙例釈　chu

小伙，共是十来个。(二10-210-2)
【出气】
〈动〉うっぷんを晴らす。¶俚乃输仔东道，来里肉痛，无啥说仔末，骂两声出出气，阿对？(海51-432-14)¶你叫他拿三千银子来，我就替他出这口气。(红15-206-10)¶比如那扇子原是扇的，你要撕着玩也可以使得，只是不可生气时拿他～。(红31-434-18)¶也罢，等我和你去，把那厮连玉华王子都擒来替你～！(西89-1016-10)
【出去】
〈动〉出て行く(内から外へ)。¶勿多歇朱蔼人来同仔俚一淘～哉。(海3-21-22)¶我前日仔教阿金大到耐公馆里来看耐，说轿子末来哚，人是～哉。(海4-30-17)¶刚刚我到俚栈里，俚～哉，停歇我去搭耐寻得来。(鸿4-210-10)¶耐勿许倪～末，我定规要去，看耐有本事那哼！(九24-183-15)¶老爷阿勒屋里？如果勿曾～，倷去请俚得来，说奴有闲话搭俚说佬。(狐9-61-9)¶偏生贺根从天不亮～，一直到晚不曾回来。赵温急的跳脚。(官2-27-4)¶李氏便令素云接了钥匙，又令婆子～把二门上的小厮叫几个来。(红40-544-16)

〈趋〉①動作にともなって、人・物が内から外へ出て行く。¶俚哚嫁～辰光，拣中意点末拿仔去，剩下来也有几箱子。(海1-76-7)¶耐再有面孔来见我，搭我滚～！(海34-282-6)¶赶俚～，看见仔讨气！(海37-310-11)¶耐勿理倪格闲话，要想走～，倪自然只好动手哉啘。(九11-82-6)¶勠说倷故歇饭后来，就是天亮快来末。奴也勿见得讨厌倷，拿倷赶～格啘！(狐14-96-5)¶自己勉强喝了六杯，尚有六杯并在一只鸡缸杯内，递与行云，要他代喝。谁知行云接也不接，尔梅这一手伸了～，竟然伸不回来，脸上如何过得下去。(繁后17-925-11)¶话说王夫人听见邢夫人来了，连忙迎了～。(红47-645-1)¶既这么着，就撵出他去，等太太来了，再回定夺。(红62-878-8)¶我嫁你已多年了，女儿又小，你赶我～，叫我那里去好？(二6-123-3)¶却不见郑李二人到来，急着家僮到二人下处去请，下处人回言走～了。(二8-175-12)
②"出"と"去"の間に場所語の入っているものが動詞に続く構造では、その動作によってその所から出て行く。¶阿有啥要紧事体，要连夜赶出城去？(海18-141-7)¶我连忙爬起来，衣裳也勿着，开出门去，问俚哚："二少爷啥？"(海18-142-11)("啥"を石印本、亜東本はともに"哩"とする)
【出色】
〈形〉素晴らしい。優れている。¶我来荐一个，包耐～。(海9-74-15)¶耐个家主

chu 語彙例釋

公倒～得野哚，年纪末轻，蛮蛮标致个面孔。(海 21-168-2) ¶耐晚歇去，看见君玉个书房，故末收作得～!(海 31-260-8) ¶好!直头～。(九 42-305-18) ¶～!今朝出去，定归夷有人吊耐膀子哉!(鸿 4-217-9) ¶今夜老丹桂里向，有出～格新戏勒海。(狐 8-57-2) ¶先生真正～得来。(沪 1-14-6) ¶虽然不及小戈什说的好，然而总要算～的了。(官 30-507-2) ¶谁知这尤三姐天生脾气不堪，仗着自己风流标致，偏要打扮的～，另式作出许多万人不及的淫情浪态来。(红 65-931-20) ¶我说大娘子手段甚高，针指～。(禅 7-89-2) ¶门前开张典铺，又置买田庄数处，家僮数十房，～管事者千人。(警 22-319-12) ¶学得一身～的好武艺，惯使两口镔铁剑。(水 94-1513-10) ¶至于大宋妇人，～的更多。(醒 11-217-11)

【出身】

〈名〉出身。¶从娘姨～，做到老鸨，该过七八个讨人。(海 6-47-23) ¶俚说俚是好人家～，今年到仔堂子，也不过做仔一节清倌人。(海 54-456-2) ¶奴～末贱，进仔唔笃格门，也是俘用花轿迎娶格，勿比啥格轧姘夫。(狐 10-69-13) ¶这会子上海的妓女，竟有一大半都是好人家～呢。(新 17-75-15) ¶那被革的警兵，本来也是光蛋～。(维 9-61-3) ¶这孙家乃是大同府人氏，祖上系军官～，乃当日宁荣府中之门生，算来亦系世交。(红 79-1143-10) ¶若有钱的不去做官，难道世上为官的，都是些穷人～么?(醒上 10-69-28) ¶那王甲是个富家～。(初 11-195-11) ¶那梁尚宾一来是个小家～，不曾见恁般富贵样子。(喻 2-43-14)

【初】

〈缀〉旧暦で月の1日から10日までを"初一、初二、……初十"のようにいう。¶三月～三是黎篆鸿生日。(海 18-145-8) ¶为仔这两日路头酒多勿过：～七末周双珠搭，～八末黄翠凤搭，才是路头酒。(海 28-229-24) ¶四月～九放榜，～八写榜。从几天头里，他就没有好生睡觉。(官 2-26-21) ¶明日乃三月～二日，就起社，便改"海棠社"为"桃花社"。(红 70-991-17) ¶如今四月～八是西方佛祖释迦如来的寿诞。(禅 6-81-1) ¶京师有个风俗，每遇～一、十五、二十五，谓之庙市。(二 3-50-8) ¶今日是～十了，自那日～一出门，到晚不见回来，只道在轩辕翁庵里。(二 24-494-15) ¶那日是二月～八日，干支是戊午。(水 96-1523-2)

〈副〉初めて。¶兄弟～到上海，并不是行医。(海 36-304-3) ¶陶子尧是～到上海，由山东临来的时候，姊夫曾叮嘱过他。(官 9-104-18) ¶这时候司法衙门～立，地方上事情，往往被警局侵越权限，拦去自由判决。(歇 5-60-21) ¶我是～造尊府的，本也不晓得什

語彙例釈　chu

么。(红 10-151-7)¶学士～到庵中，原说姓权。(二 3-67-1)¶鲁智深一者～做和尚，二来旧性未改，睁起双眼骂道："……"。(水 4-67-12)

【初次】

〔名〕初回。初めて。　¶舍甥～到上海，全仗大力照应照应。(海 1-5-6)¶上海不是好地方，你又是～奉差，千万不可荒唐！(官 7-104-19)¶不罚不成功！现在姑念你～，我老爷格外加恩典给你，你拿出三十块钱给马二重修柜台，就此完案。(官 54-933-22)¶暗想今儿与她～相识，便与我五十块钱，将来日子长了，怕不整千整万的送给我么，真是我吴美士的好运来了。(歇 15-196-20)¶他不是上海来的，向来也不吃堂子饭儿，此节尚是～，故你不认得他。(繁后 1-724-4)¶要在～行经的日期就用药治起来，不但断无今日之患，而且此时已全愈了。(红 10-153-1)¶薛大王领兵交锋，不分胜负。(禅 17-261-12)¶刚刚此地，～相招，怎生就说讨债的事？(二 24-486-9)¶今日与钱兄～相识，且只赌这锭银子。(喻 21-301-13)

【除非】

〔连〕……して初めて……。唯一の条件であることを強調する。　¶故歇耐去说仔我姘戏子，再有啥人来搭我伸冤，～到仔阎罗王殿刚刚明白哚。(海 34-284-24)¶还有啥勿成功，～我死仔，故末勿成功。(海 55-466-15)¶倪要怕仔耐勿来是，要末～耐变仔只露天里格屎坑。(九续 150-1072-6)¶他自己对我说了，我才可以乘机劝他。(歇 9-115-15)¶他死了，或是终身不嫁男人，我就伏了他！(红 46-641-20)那有家计买这般首饰，～将我身子去卖。(禅 7-98-15)¶若要先生病症好，～问他两个，便知端的！(禅 21-333-10)¶～去问李参军他自家，或者晓得甚么来冲撞他。(初 30-562-9)¶他有斩妖符剑，～请他来施设，退了这邪鬼，方保无恙。(警 30-465-6)

【除脱仔】

〔介〕……を除いて。　¶～无姆，就是俚。(海 20-162-6)¶～我就不过几户老客人叫仔二三十个局。(海 24-192-9)¶故歇～耐，倪总无啥第二格人，赛过就是耐格人啘。(九 66-478-4)¶奴～看戏，也吭不啥格正经啘。(狐 10-68-17)¶倪～唔笃先生，罗搭再有啥恩相好哩。(沪 2-96-7)"除脱之"とも作る。¶尊翁除脱之学话，还读甚文书否？(上问 9-17-8)

(注)"除脱"としても用いられ，清末口语小说に见える"除掉"は"除脱"に由来する。→除脱到别场化去躲避，呒不别格方法。(狐 10-67-250)→除脱耐四少，再有啥人来体恤倪？(沪 2-111-7)→四边一看，除掉包光之外，王占梅、熊梦渭、方亚松那些人

一个个不知去向。(负21-101-22)→除掉二千多费用,净余七千左右。(新23-105-8)→除掉照例应得的工食,老爷都一概拿出来给你们。(官5-73-8)

【除仔】

〈介〉……を除いて。 ¶〜王老爷,阿有啥人说俚好嗄。(海12-95-2)¶倪个客人就是二少爷末姓姚,〜二少爷无拨哉唭。(海56-480-20)¶〜无姆也无拨第二个亲人,〜做生意也无拨第二样念头。(海63-535-14)"除子"とも作る。¶除子阿嫂,啥场化去借介?(笑23-325-5)¶这时袁伯珍虽然过了道班,场面较前阔绰,然除了两个家丁之外,仍旧介然一身,无妻无室,只得拣个客栈权时住了,候差便委了下来,再做道理。(维13-90-12)¶宝玉诧异道:"除了我们大观园,更又有这一个园子?"(红56-795-8)¶除了兄弟,此处何人来到?(二3-59-4)

【厨子】

〈名〉コック。 ¶自家烧,倒比〜好。(海8-63-6)¶看见〜才勿勒浪,格落我差相帮笃去喊,就勒下底等仔歇。(狐26-211-19)¶主人见他喜欢吃肉,便叫〜再添一碗出来,他又独力报效了。(新16-70-10)¶问人家借〜,人家就不吃饭了吗?(官6-82-20)¶谁知老太爷动身的头天晚上,公馆里〜做菜,掉了个火在柴堆上,就此烧了起来,自上灯时候烧起,一直烧到第二天大天白亮,足足烧了两条街。(官37-627-24)¶师爷如果说菜不好,他立刻叫了〜来骂,有时还用马棒来打。(梼15-240-23)¶不想荣园府内有一个极不成器破烂酒头〜,名唤多官,人见他懦弱无能,都唤他作"多浑虫"。(红21-295-10)

【橱】

〈名〉収納用の家具。 ¶〜里陆里有牌,拨琪官借得去,一径勿曾还唭。(海53-447-6)¶俫替奴检点检点〜里格物事。阿少落里格样?(狐32-272-11)"厨"とも作る。¶进入门来,只见有十数个大厨,皆用封条封着。(红5-76-8)¶只见那边厨上封条上大书七字云:"金陵十二钗正册"。(红5-76-10)

【处】

〈名〉箇所。ところ。 ¶难是生来一概拜托老兄,其中倘有可以减省之处,悉凭老兄大才斟酌末哉。(海64-544-16)¶这才是凤丫头知礼〜。(红71-1012-15)¶今以此生为汝夫,汝心中没有不足〜了么?(二7-158-4)¶众人只是嫌他,都去柴进面前告诉他许多不是〜。(水23-341-12)

chuan

【穿】

語彙例釈　chuan

〈动〉動詞"看,说,想"などの補語となって、深層を貫き、見抜いている、言いあてていることなどを表す。¶气哐怪勿得耐气,想～仔也无啥要紧。(海 12-94-24)¶赵先生,也要算耐有主意咪,倒拨来耐看～哉。(海 14-110-10)¶拨来耐哚说～仔末,倒勿好意思再吃一筒哉喱!(海 15-117-21)¶故歇拨倷提～仔,实头一点勿差,是奴糊涂,上仔俚格当,还要想俚做啥?(狐 32-267-26)¶就是查了出来,顾了总爷的面子不去说～就是了。(官 15-239-8)¶我们和外国人办交涉,总是有败无胜的,自从中日一役之后,越发被外人看～了!(目 84-683-13)¶所说知人知面不知心,像凤姑小燕,竟会得抬轿子,不说～那里想得着?(十 31-233-14)¶嗳呀!这个人倒真正看得～想得到。(人 40-485-16)

【传单】

〈名〉案内状。¶三月初三是黎篆鸿生日,朱蔼人分个～,包仔大观园一日戏酒。(海 18-145-8)¶忽地想出个主意来,道:"这事还是请同乡人帮个忙罢。"遂遍发～,大开广肇公司议事。(新 20-91-3)¶我与你一同出面,写好六付请帖,于前两天分送各处,仿佛一样,把那原委叙明,谅他们断没有不来的。(狐 24-191-17)¶我想这事总须开会。我们就发～开会,议他一议吧!(市 33-342-28)¶外边一个小厮送将一个～来。(儒 18-224-13)

【传说】

〈动〉伝言する。¶因子刚兄～尊命,辱承不弃,不敢固辞。(海 36-305-4)¶看见道童太清走进来,就拦住道:"有何事到此?"太清道:"要见大娘子。"达生道:"有话我替你～。"(初 17-306-3)

【传闻】

〈动〉人づてに聞く。¶昨日～有个先生,我想去请得来看。(海 35-297-5)

【船】

〈名〉舟。船。¶盘费有来里,耐去叫只～,故歇就去。(海 31-257-17)¶耐阿要去捉鱼嗄?耐末,我戮翻耐个～,请耐豁个浴。(海 39-328-11)¶胡华若吩咐立刻开～。船家回道:"现在夜里不好走,就是开了～,也走不上多少路。……"(官 12-178-12)¶远远望见池中一群人在那里撑舡,贾母道:"他们既预备下～,咱们就坐。"(红 40-549-5)¶前面又是大江拦截住,断头路了,却又没一只～接应。(水 40-648-4)

【串通】

〈动〉結託する。¶俚哚同客人～仔,拿我来寻开心。(海 23-184-11)¶此时冒家上下都是～好的，当把他一领领到小姐房中，众人一哄而出。(官 31-509-10)¶原来是策六定下暗计，～灿光，好骗楚云拿出钱来，以待他两手空空赶紧走路，楚云那里得知。(繁后 1-719-1)¶后来有人告诉我，才晓得相面的与那胖子反讲话的都是同党，故意～了做这生意的。(新 58-270-11)¶鸳鸯听了，便红了脸，说道："怪道你们～一气来算计我！等着我和你主子闹去就是了。"(红 46-635-19)¶陈定心中好不感激巢大郎！怎知他却暗里～地方，已自出首武进县了。(二 20-403-2)¶分明是皮氏～王婆，和赵监生合计毒死男子。(警 24-371-17) "串同"とも作る。¶我被洪月娥骗去了六千洋钱，如今躲得人影也不见一个，反串同了一个什么流氓，说是洪月娥的本夫，翻过来吃住了我，要我还他的人。(九 78-567-25)¶元来这圈套，多是一班门客，串同了百姓们，又是贾赵二人先定了去向，约会得停当。(二 22-448-15)

【钏臂】
〈名〉腕輪。¶～末啥希奇，蒋月琴哚勿晓得送仔几花哉！(海 8-58-8)¶一对～末就几百洋钱也勿希奇哦。(海 32-270-12)¶勿壳张俚是滑头戏，九个月工夫，拿倪格珠花搭仔金～才当脱，难末倪吭拨啥念头转哉。(九续 110-798-2)¶兰芬家新嫂嫂手上金刚钻戒指也有了，金～也有了。(官 8-120-3)

chuang

【疮】
〈名〉吹き出物。"杨梅疮"(梅毒による吹き出物)など。¶倪搭末不过十全搭仔我，清清爽爽两家头，啥人生个～嘎？(海 58-496-17)¶见那和尚是怎的模样：鼻如悬胆两眉长，目似明星蓄宝光，破衲芒鞋无住迹，腌臢更有满头～。(红 25-356-17)

【窗课】
〈名〉私塾で学生が習作する詩や作文。¶勿是，尹老爷出个～诗题。(海 60-514-18)¶我书桌子抽屉里有一本薄薄儿竹纸本子，上面写着"～"两字的就是，快拿来。(红 84-1206-12)¶此乃小儿王雱～，相烦点定。(醒 11-220-8)

【窗帘】
〈名〉窓のカーテン。¶连～才卷起来，直卷到面孔上。(海 18-142-1)¶这并非痧子，大约是风痧，且把～下了，莫教吹风。(歇 9-107-10)

【床】
〈名〉ベッド。¶耐就～浪坐歇，倪说说闲话倒无啥。(海 18-143-17)¶让俚该搭～浪困罢，该只～三个人困也蛮适意哉。(海 20-163-5)¶这姚姨娘因想起一件东西，跑到

語彙例釈　chuang－chui

老爷房里去取，却看见这玉抱小姐坐在～沿上系鞋带子，老爷却睡在～上。(栂22-345-1)¶点火来看，一齐喊一声道："不好了！"元来王爵已被杀死在～上了。(二21-427-7)

【闯穷祸】

大きな事件・事故を引き起こす。¶倘忙喊仔十几个人，赶到沈小红搭去打还俚一顿，闯出点穷祸来，原是耐王老爷该晦气。(海9-71-4)¶倪娘姨咪到底无啥干已，就闯仔点穷祸，也勿关倪事。(海10-83-4)¶倪勿来格，难下转勿要实梗，闯仔穷祸，无啥人来替耐，阿晓得？(九48-353-17)¶俚闯仔穷祸，自家勿好意思来，托我来问声耐，那哼好完结哉？(鸿11-256-8)¶难伊闯出是格能个穷祸来，请问侬该应那能话头末者。(上散9-59-9)

chui

【吹】

〈动〉①吹く（笛などを）。¶我替耐～笛。(海37-307-4)¶我来～，耐唱罢。(海37-307-7)¶张宝琴最近，先来了，顾媚芗夹央他～笛子，唱了一支《天谈云间》。(栂11-173-18)¶贾珍有了几分酒，益发高兴，便命取了一竿紫竹箫来，命佩风～箫。(红75-1074-5)¶将到船边，只见大汉也下山来，口里一声胡哨。左近一只船中～起号头答应，船里跳起一二十彪形大汉来。(二27-535-14)

②吹く（風が）。¶落得个雨来加二大哉，一时一阵风～来哚玻璃窗浪，乒乒乓乓，像有人来咪碰。(海18-141-18)¶勿知今朝～仔啥格风，～唔笃两位贵人到间搭贱地浪来格！(狐1-5-7)¶今朝甚个风～侬来个？(上问44-80-1)¶夜静天寒，窗户又是破碎的，一阵阵的凉风～了进来，实在有些熬不住了。(官43-724-20)¶你又禁不得风～，怎么又站在那风口里？(红28-402-5)¶怪道人说热身子不可被风～，这一冷果然利害。(红51-715-10)¶间别久矣！今日甚风～得此？且请到大寨里来与众头领相见了。(水39-629-2)

【吹风】

〈动〉風に当る。¶耐坎坎一点点无啥，阿是轿子里吹仔风？(海19-155-17)¶想必是马车浪吹仔点风。(海35-293-6)¶故歇辰光勿早哉呀，耐再要出去，吹仔风，受仔寒末，那哼呢？(九续154-1094-6)¶头上没了帽子，不但不能再来，且也不能出去，一～就要头疼。(繁后19-945-2)¶因为有点子感冒不能～，所以不来了。(十22-158-27)¶大约是风痧，且把窗帘下了，莫教～。(歇9-107-10)

【吹嘘】

〈动〉吹聴する(他人の優れた点を)。 ¶有啥生意,搭我～～。(海 14-108-18)¶倘能蒙老哥～,大人栽培,赏派个把差使,免得妻儿老捱饿,便是老哥莫大之恩。(官 3-36-7)¶因他有起复的信便进京来,恰好外甥女儿要上来探亲,林姑老爷便托他照应上来的,还有一封荐书,托我～～。(红 92-1312-17)

chuo

【戳】

〈动〉①突き刺す。¶只要耐晚歇勿拿得来,我拿根银簪来～烂耐只嘴,看耐阿吃得消!(海 13-105-9)¶"……。今儿有他无我,我就去死!"说着爬下床,趿着鞋子就跑到书桌上,拿那裁纸小刀子望喉咙里就～。全似庄赶紧跑过夺将下来。(栳 22-345-21)¶我也不生杨梅疮,永生永世不来请教你打六〇六。我想起来一只针～进肉里去,吓也要吓煞了。(人 45-555-18)¶顺手头上拔下一个金耳挖,照准她背背上乱～,鲜血直冒。(孽 15-123-5)¶这会子回避还恐回避不及,倒拿草棍儿～老虎的鼻子眼儿去了!(红 46-631-12)¶李逵在窝内看得仔细,把刀朝母大虫尾底下,尽平生气力,舍命一～,正中那母大虫粪门。(水 43-699-7)

②突く。つつく。 ¶就脚浪一双也勿好哕,走起来只望仔前头～去,看勿留心要跌煞哝。(海 11-895-15)¶耐去末,我～翻耐个船,请耐豁个浴,耐阿相信?(海 39-328-10)¶伯和好生着急,一连咳嗽了几声,那妇人仍不回头,伯和无奈,伸出两个指头,想在那妇人背后～一下子。(歇 23-292-22)¶晴雯用手指～在芳官额上,说道:"你就是个狐媚子,什么空儿跑了去吃饭,两个人怎么就约下子,也不告诉我们一声儿。"(红 62-880-21)¶不期竹篠中钻出两个人来,各拿一把钢叉。张俭、张韬措手不及,被两个拿叉～翻,直捉下山来。(水 115-1728-13)

ci

【此】

〈代〉これ。 ¶～乃疲癆之症。(海 36-304-22) ¶名家～种笔墨,陆里肯落图章款识。(海 47-400-8) ¶定归成功,俚哚勿在乎～。(海 63-453-1)¶照～样子下去,不过闲居在省,一无事事,我何如趁～挡口,赶回蕲州,就骗人家说是公事已完。(官 44-753-18)¶雨村见他回了头,便自为这女子心中有意于他,便狂喜不尽,自为～女子必是个巨眼英雄,风尘中之知己也。(红 1-12-7)¶～即冷子兴所云之史氏太君,贾赦贾政之母也。(红 3-39-11)¶元宵夜只看号火起时,却来先夺东门。～是你两个功劳。(水 66-1122-6)¶若是高俅在内,必然阻住,况～贼辈,累辱朝廷,罪恶滔天。(水 75-1254-1)

語彙例釈　ci－cong

【此次】
〈名〉今回。 ¶家叔有点病，～是到沪就医。(海 54-459-9) ¶除去～开销，大约还有万金之谱。(目 2-7-18)

【此地】
〈名〉ここ。 ¶价末我到该首去哉，～奉托三位。(海 18-148-19) ¶几时到～格？一向渴慕之至。(鸿 8-236-24) ¶出诊格行情，更加放屁，终要十块念头块洋钱笃，远要加倍，早要加倍，晏亦要加倍，比仔～格郎中，一边请一埭，一边好请十埭得来。(狐 35-299-13) ¶你表嫂既然来了，我立刻就派人打轿子接到～一块儿住。(官 10-149-11) ¶我初到～，并不曾认得一个人，这是那一个呢？(目 3-15-9) ¶他本系～人，革后家居。(红 3-36-2) ¶～虽好，也不是安身之处。(水 22-329-14) ¶大官人既到～，也该认一认这个人，不可错过。(二 8-169-4)

【次序】
〈名〉順序。 ¶就拿七幅来分出个～，照叙事体做法，点缀点缀，竟算俚是全璧。(海 47-400-10) ¶"到底分个～，让我写出来。"说着，便令众人拈阄为序。(红 50-686-1) ¶仰观天上，见空中数行寒雁，不依～，高低乱飞，都有惊鸣之意。(水 110-1649-9)

【伺候】
〈动〉仕える（人のそばにあってその用をする）。 ¶俚哚去仔末，我来～耐。(海 12-95-18) ¶人末就派仔两个知客去～，阿要用赞礼？(海 46-393-16) ¶二等三等里向格倌人，再要比耐好点得来，倪故歇吮啥闲话搭耐说，耐去～倍笃格恩相好去末哉。(九续 152-1080-15) ¶人家是～过老太爷、老太太的！有功之臣，自然老爷要另眼看待！(官 36-617-5) ¶光阴似箭，不觉在李大人那里～了三四个年头。(目 99-817-22) ¶一面说，一面平儿～凤姐另洗了面，更衣往贾母处去～晚饭。(红 72-1026-13) ¶须臾，便有礼部衙门人来～，伏侍去到鸿胪寺报了名。(二 15-318-4)
(注)"伺候"(si-)は「待つ」。→暂在庄前～，待我禀过之后进见。(禅 36-589-3) →小子先往舟中～，玉峯可快来。(警 22-309-14) →来到武大门前，只见那几个火家在门首～。(水 25-401-9)

【赐批】
〈动〉ご高評を賜る。敬語。 ¶既蒙谬赏。就请～如何？(海 51-431-16)

cong

【聪明】

〈形〉賢い。¶人阿～嘎？(海 12-96-8)¶大约其为人必然绝顶～。(海 36-305-2)¶如果学起来，笨格至少一年半年，～点格末，也要三个月工夫笃。(狐 51-435-8)¶又亏得赵温质地～，自己又操演了一夜，顶到天明，居然把一应礼节，牢记在心。(官 2-18-9)¶为人颇为～，性格既甚谦和，品貌亦极清秀。(歇 14-181-11)祝朝奉并三子虽是～，却见他又有老小，并许多行李车仗人马，又是栾廷玉教师的兄弟，那里有疑心。(水 50-825-6)¶南陔年纪虽小，心里煞是～，便晓得是个歹人，被他闹里来拐了。(二 5-105-8)

【聪明人】
聪明な人。¶王老爷耐是～，阿有啥勿明白嘎！(海 11-84-1)¶我说耐也是个～，难道想勿穿？(海 42-354-9)¶～做子兀突事，热心人招揽是非多。(三 17-208-5)¶你素来是个～，怎的忽然想不透了。(歇 21-266-15)¶凤姐儿是个～，见他这个光景，如何不猜透八九分呢。(红 11-161-5)怎么柳相公那样一个年轻的～，一时糊涂，就跟着道士去了呢。(红 67-958-4)¶你～猜的不差。(禅 8-123-9)¶吾弟是个～，怎么说话这等糊涂！(警 1-8-17)俺不要你财赋衣服，只要你两个～的心肝做下酒！(水 39-631-12)

【从】
〈介〉……から。¶我来仔倒说我无良心，～明朝起勿来哉。(海 2-12-7)¶张蕙贞搭勿到十日天，～头浪起到脚浪，陆里一样物事勿搭俚办起来？(海 10-81-5)¶我～养仔俚养到仔十八岁，一径勿晓得教俚做生意。(海 16-127-7)¶看见仔耐，倒像见仔亲人格样子，就～归个日子起心浪向末时刻刻有耐格人勒浪。(沪 4-73-4)¶东翁，有话好讲，这～那里说起？(官 1-3-20)他说我这是～胎里带来的一股热毒，幸而先天壮，还不相干。(红 7-108-4)¶那妇人只得把偷和尚的事，～做道场夜里说起，直至往来，一一都说了。(水 46-763-15)¶别将袁忠，押了一担金帛，～丹阳来到。(二 21-417-9)

【从此】
〈副〉これから。それから。¶我等俚死仔，后底事体舒齐好仔，难末到屋里，～勿出大门末哉。(海 42-354-7)¶那成都路的公馆～取消。(歇 9-116-26)¶你～可都改了罢！(红 34-464-4)¶若是师父不肯去时，宋公明必被高廉捉了，山寨大义，～休矣。(水 53-882-2)

【从此以后】
これから後。¶～一点点勿敢得罪耐末哉。(海 6-48-6)¶～，甏来寻着我，坍我台，耐总算无拨我该个兄弟！(海 31-257-22)¶～，不许你再去陪她，我自有道理。(歇

16-206-12)¶～我是太太的人了,我要走连你也不必告诉,只回了太太就走。(红 36-492-19)

【从来】

〈副〉これまで。 ¶我屋里家主婆～勿曾说歇啥,耐倒要管起我来哉!(海 6-43-6)¶只怕～经学家也勿曾讲究歇哩。(海 45-383-7)¶这万必开是～没见先生发过这样大的气,今儿明晓得是他儿子的不是,冲撞了他,惹出来的祸。(官 1-5-3)¶你是素日知道我的,～不信什么是阴司地狱报应的,凭是什么事,我说要行就行。(红 15-206-8)¶山僧～不信邪祟。今闻老丈所言,世间亦有此辈妖魅乎?(禅 13-203-14)¶～尼姑庵也有个规矩,但凡客官到来,都是老尼迎接答话。(醒 15-280-12)¶至于程某,是个有身家的人,贪淫的事,或者有之,～也不曾见他做甚么凶恶歹事过来。(二 28-554-15)

【从前】

〈名〉以前。 ¶比仔～省得多哉。(海 1-4-10) ¶～我搭耐说个闲话,阿是耐忘记脱哉?(海 4-31-11)¶～是焦躁,故歇是昏倦,才是心经毛病。(海 36-305-19)¶咱～常说,城里乡绅老爷们的眼力,是再不错的。(官 1-2-19)¶你也是个有见识,很有学问的人,～在那上海演说两次,也很有道理。(梼 10-156-17)¶前日夜里姑娘和我说了,叫我告诉你:将～小时顽的东西,有他送你的,叫你都打点出来还他。(红 57-801-12)¶那高俅把～历事文书都看了,大怒道:"……。"(水 12-178-16)

【从小】

〈副〉幼少のころより。 ¶倪～来里堂子里做生意,倒勿曾听见歇像罗老爷个客人。(海 15-118-3) ¶《四书》末～也读烂个哉。(海 45-383-6) ¶～穷仔点,拨爷娘卖仔出来,突勒火坑里做仔格种生意。(狐 56-482-10)¶问其所以,两人都说是表兄弟,～在一块的,到如今已十多年不见面。(梼 17-275-5)¶他～儿见的世面倒多,跟他父母四山五岳都走遍了。(红 50-701-23)¶"……。你的生日,可记得么?"阿丑道:"我～没了爷娘,那里知道?"(禅 20-318-11)¶有个同胞兄弟,唤做孙荣,～是卑人抚养成人,今经一十八岁,未曾婚匹。(杀 2-4-7)¶家事殷富,止生得他一个,甚是娇养溺爱。～不教他出外边来的,只在家中读些点名的书。(二 22-442-4) ¶～走熟广东做客买卖。(喻 1-1-10)¶琼英～聪明,百伶百俐。(水 98-1537-11)

cou

【凑】

〈动〉①よせ集める。 ¶故歇就为仔拨俚裁缝帐,～勿齐哉。(海 21-173-19) ¶一部

《四书》我通通想过，再要～俚廿四句，勿全个哉。(海45-382-20) ¶一定是崔老板做勿出，硬～勒海格。(狐25-204-26) ¶后来几个东家会议，先～了三千银子归还太尊，请把挡手保出，以便清理。(官47-801-7) ¶天汉州桥下众人，为是杨志除了街上害人之物，都敛些盘缠，～些银两，来与他送饭。(水12-181-16)

②寄せる(近くに)。 ¶斃钻到题目里向去做，倒要逃出题目外头来，自家去做自家个诗，同题目对勿对也斃去管俚，让题目～到我诗浪来，故末好哉。(海61-519-24) ¶格末俫拿耳朵～过来，奴来告诉仔俫罢。(狐44-380-10) ¶"哎呀！你手心里似乎有些干热，头上怎么样，也发热吗？"说着啸秋将自己的头～过去紧贴着碧妈的额角，悉心静气的试了一会。(人40-477-16) ¶宝玉便把脸～在他脖项上，闻那香油气，不住用手摩挲，其白腻不在袭人之下。(红24-329-16) ‖"辏"とも作る。 ¶朱仝自辏些钱物把与阎婆，教不要去州里告状。(水22-331-3) ¶那人便把船略拢来，辏在岸边。(水38-607-2)

【凑拢来】
動詞"凑"②+補語"拢来"。⇨拢来。近づく(ある点へ)。折れ合う。 ¶我说耐末推扳点，我末帮贴点，大家～，成功仔，总算是一桩好事体。(海44-375-3)
(注) "凑"①+"拢来"の用法もある。 →张顺道："那个船里有金色鲤鱼？"只见这个应道："我船上来。"那个应道："我船里有。"一霎时却辏拢十数尾金色鲤鱼来。(水38-609-15)

なお、前揭例(海44-375-3)の"大家"は"双方"の意味で、吳越《海上花列传普通話本》はこの箇所を"我说你么退让点儿，我末帮贴点儿，两头凑一凑，办成功了，总算是一桩好事情。"としている。

【凑巧】
〈形〉うまい具合である。 ¶耐想今朝一日天就有客人，阿是客人等好来哚？无拨实概～哓。(海14-107-9) ¶今朝末先请请俚，难得～，大家相好才来里，刚刚八个人一桌。(海44-370-20) ¶～极哉，推扳一步，就碰勿着。(鸿7-227-2) ¶他早不来，晚不来，偏偏今儿有事，他偏偏来了，真正不～！(官10-149-17) ¶如今你来得～，正好前去劝他，你的话他十句里九句听的，比不得我十句里只听五句。(繁II5-392-25) ¶这秋桐便和贾琏有旧，从未来过一次。今日天缘～，竟赏了他，真是一对烈火干柴，如胶投漆，燕尔新婚。(红69-980-3) ¶老兄来得正好，小弟今日正要来造府相恳一句说话，来得～，小弟这事准准有十分财喜哩。(醒下5-134-9) ¶正要见大哥商议，不期～相遇，却喜利市。(禅4-45-11) ¶今日偏不～，前去正是凤凰岭，极其险峻，内多虎狼。(禅

語彙例釈　cou-cui

26-421-10)　¶贾涉见了哥哥，心下想道："此来十分～。"（喻 22-331-16)　¶有这等不～的事！说不得一两句说话，一伙狂朋踢进园门来，拉去看月。（二 9-192-5)　¶也是缘法～，那双筯正落在妇人脚边。（水 24-379-10)　"辏巧"とも作る。¶却不是一来天罡合当出世，二来宋朝必顕忠良，三来辏巧遇着洪信，岂不是天数！（水 1-9-3)

cu

【粗点心】
粗末な"点心"。人に勧めるときのへりくだった言い方。¶陈老爷，耐倒说得倪来难为情煞哉，～阿算啥敬意嘎。（海 11-90-17)　¶不必客气，～随意用些罢。（歇 13-168-9)

cuan

【撺掇】
〈动〉そばから誘いかけ勧める。¶耐是赵大少爷朋友末，倪也望耐照应照应，阿有啥～赵大少爷来扳倪个差头？（海 2-16-12)　¶倷想奴冷冰冰坐勒浪，阿要气闷煞介？难末倪格阿金～奴出来看戏格呀。（狐 9-59-1)　¶袁伯珍因为在上海看见洋兵的操法，很是整齐，便～了李统领，教他去回制台，请一律改用洋操。（维 4-27-11)　¶李卿、超群也帮着士规，竭力的～。（新 32-147-26)　¶几个舅爷都一力～他成功，将来多少总得沾光几文。（官 52-902-24)　¶策六被肖岑一番～，又因本有此心，顿时决定了个争财不争气的念头。（繁后 6-781-23)　¶封肃喜的屁滚尿流，巴不得去奉承，便在女儿前一力～成了，乘夜只用一乘小桥，便把娇杏送进去了。（红 2-22-5)　¶后事仗你～，果成得来，便与你四六分分财礼罢。（醒下 1-94-25)　¶那许叔清在旁再三～，勉强吟了一首。（鼓 2-18-2)　¶见洪大寿是有想头的人家，况福生被打而死，不为无因，就来～陈福生的妻子，教他告状执命。（二 31-596-12)　¶如得朝廷诏安，你便要可～鲁智深、杨志投降了。（水 32-500-15)

cui

【催】
〈动〉催促する。¶小阿宝，耐去～～罢，教俚快点就转来。（海 7-54-9)　¶马车浪～仔几埭哉，我恨得来。（海 11-90-18)　¶倪一径～俚笃早点走，俚笃定规勿肯，勿晓得来浪等啥。（九续 68-532-7)　¶马老爷先把他署缺的话说了，～他赶紧回省谢委。（官 40-678-15)　¶老五见她呆想，便～她安睡。（歇 10-124-8)　¶尔梅便～楚云回去，自己起身也要走了。（繁后 18-935-17)　¶一时众姊妹来齐，宝玉只嚷饿了，连连～饭。（红 49-682-6)　¶挨到午牌时分，被老婆～他出去赎膏药。（水 102-1574-10)

【催客】
〈动〉客に早く来るよう促す。¶先到东兴里李漱芳搭，～搭叫局一淘来海。(海7-55-6)

【催请】
〈动〉招待客に来るよう促す。¶～条子刚刚去，倒才来哉。(海50-429-7) ¶外国人向来是说几点钟便是几点钟，是不要～的。(官7-96-2) ¶二人用过早膳，锦衣又差荣升～，说船在老闸桥戴生昌码头。二人点头答应，各自换过一套衣服，幼安在前，少牧在后，出了旁门。(繁初9-88-18) ¶九小姐在元号里等了好久，刚刚还打电话到三小姐那里～呢！(人25-265-23)

【催生婆婆】
〈名〉安産をつかさどる女神。¶倪先生恭喜来浪，斋个～。(海47-402-16)

cun

【存】
〈动〉"豁拳"の途中で芸妓が退席する場合に、客が負けて飲むのに備えて、あらかじめ酒を何杯か代わって飲んでおくこと。¶倪去哉，阿要～两杯？(海4-26-8)

【存没】
〈名〉生存と死去。"没"は"殁"。¶各人立一段小传，详载年貌籍贯，父母～。(海53-450-1)

【寸】
〈量〉寸。長さの単位。¶阿是徐大爷比仔张大爷长三～哚？(海5-36-11) ¶晴雯从幔中单伸出手去。那大夫见这只手上有两根指甲，足有三～长，尚有金凤花染的通红的痕迹。(红51-717-14) ¶韩生到神厨边，揭开帐幔来看，灰尖堆来有～多厚。(二30-589-10)

cuo

【错过】
〈动〉逃がす（格好の相手やチャンスなどを）。¶耐看实概一个小伙子，嫁仔俚阿有啥勿好？耐勿肯，～个哩。(海19-153-8) ¶谁知头天戏园子里送到一张传单，说有上海新到名角某人某路过此地，挽留客串三天，一过三天，就要到汉口去的，劝人不可～这机会。(官50-850-9) ¶四先生那里，还求你合他说通，这机会不好～。(市6-215-10) ¶有一个俊俏女子，对你颇有意思，你休得～了这一块送上口来的肥肉。(歧10-119-21) ¶现成主子不做去，～这个机会，后悔就迟了。(红46-634-22) ¶好机会如何～！(禅4-49-6) ¶若此间别去，万一后会不偶。岂不当面～了？(初18-326-13) ¶舍甥也有几分姿容。

語彙例釈　cuo‐da

況且粗通文墨，实是一对佳耦，足下不可～。（二 17-354-2）　¶这回～，后次难逢。（水 21-307-12）"挫过"とも作る。　¶既有这样一个好机会，切不可挫过。（鼓 2-28-6）¶这场好买卖不可挫过。（警 11-136-9）¶郎君休得疑虑，挫过了佳期。（二 23-470-6）¶此机会不可挫过。（水 96-1527-7）

D

da

【搭】

〈动〉①組み立てる（小屋や足場などを）。¶倪就搭张秀英看仔一埭，自家～好仔看台，爬来咑墙头浪，太阳照下来，热得介要死！（海 55-466-22）¶菊花山倒先～好，就不过～个凉棚哉。（海 58-491-14）¶至二十一日，就贾母内院中～了家常小巧的戏台，定了一班新出小戏，昆戈两腔皆有。（红 22-301-21）

②交わりを結ぶ。　¶耐就上海场花～两个朋友，也刻刻要留心。（海 13-101-2）¶倘给院中人知道，还疑心我在外面～进来的野男子，传入父亲耳内，非同小可。（歇 10-120-10）¶那水柔娟另外～了一个姘头搬到法马路去住。（梼 17-277-19）

〈介〉①動作を共にする相手を示す。　¶耐坐一歇，等我干出点小事体，～耐一淘北头去。（海 1-4-18）¶还是翠凤做清倌人辰光，～老鸨相骂，拨老鸨打仔一顿。（海 6-48-2）¶妹妹是一干子来格？还是～洛里格位大少来格介？（狐 4-22-2）¶倪老爷昨日接着仔京里个电报，今日头就要动身，说～金柏年金大人一淘去，故歇只怕到金大人搭去哉。（鸿 3-208-10）¶倪今朝礼拜日到间搭来坐歇，勿壳帐俚耐来齣起倪格花头，倪是从来齣～别人吵过歇，二少，耐替倪评评格个理性看。（九 21-160-6）¶耐阿是～周二少一淘打同春坊过来格？（沪 1-12-6）

②動作・作用がかかわる相手を示す。　¶耐再勿来末，索性～耐上一上，试试看末哉！（海 2-11-17）¶耐过来，我～耐说。（海 2-15-23）¶耐有啥要紧事体～我商量？（海 4-26-24）¶麫拨俚吃哉，吃醉仔末再～倪瞎噪。（海 8-63-24）¶俚～黄翠凤来哚要好辰光，倪去请俚也请勿到，倒好像是搭俚打岔，倪索性勿去请。（海 15-118-7）¶耐放心勿～俚借末哉。（海 21-172-20）¶俚勿～耐要好，再～啥人要好？（海 24-193-16）¶耐～俚想好仔三四年，也应该摸着点俚脾气个哉，稍微有点勿快活，耐哝得过就哝哝罢。（海 24-193-18）¶事体我～俚笃商量过哉。（鸿 17-291-4）¶倪啥辰光～辰文仙吃醋？（九 44-319-8）¶该位就是倪～耐常常说起格陈大少碗。（商 2-11-4）

114

da　語彙例釈

③動作・作用の向かう相手を示す。 ¶无姆勿曾来，说～娘舅请安。(海 1-4-1) ¶后来老鸨对俚跪仔，～俚磕头，说："从此以后一点点勿敢得罪耐末哉。"(海 6-48-6)
④動作による受益者を示す。¶况且陆秀宝是清倌人，耐阿有几百洋钱来～俚开宝？(海 2-10-20) ¶耐陆里请得着嘎。要我～耐自家去寻咪。(海 3-17-8) ¶耐还～俚瞒啥，我也晓得点来里。(海 3-19-20) ¶黎大人来咪来哉，教俚咪多叫两个局，俚四个局末也～俚去叫。(海 15-115-10) ¶俚故歇客人末也赛过无拨，就不过耐一个人去～俚绷绷场面（海 24-193-15) ¶故歇耐去说仔我妍戏子，再有啥人来～我伸冤，除非到仔阎罗王殿浪刚刚明白咪。(海 34-284-24) ¶我说俚病好仔，要紧～俚定亲。(海 41-346-15) ¶俚要江西做官去，倪老朋友生来～俚饯钱行。(海 56-476-21) ¶耐到底阿～俚垫多化铜钱？(鸿 17-291-11) ¶耐方大人肯来～俚开销，倪阿有俉勿要格道理。(九 37-277-5) ¶合哼，个个名字改得道地朵。勿得知罗个～你改勒里个？(三 32-356-27)
⑤介詞連語"搭我（倪）"を動詞の前に加えた命令文では，(a) 相手の好意あるはからいを求めるものと(＝为我。替我)、(b) 話し手の強い意志を示すものとの二とおりになる。(a) ¶耐碰着仔陈小云，～我问声看，黎篆鸿搭物事阿曾拿得去。(海 3-17-14) ¶洪老爷先～倪起个名字，等俚会做仔生意末，双珠就拨仔耐罢。(海 3-20-20) ¶奴是昏脱格哉，侬～奴想想主意看哩。(狐 11-75-7) ¶月芳也附着秋谷耳朵低声说道："耐阿好勿要去哉！耐去仔，叫倪那哼呀？谢谢耐，～倪想法子。(九 156-1031-4)(b) ¶耐原～我到对过去哩！耐去坐来咪末哉，啥人要耐来嘎！(海 6-42-6) ¶看啥嘎？～我坐来浪！(海 59-471-9) ¶就算倪上仔别人家格当末，也勿关耐俉事。耐～倪滚出去！勿要勒浪吵勿清爽。(九 104-723-8)
⑥動作の方向を表す。 ¶子富道："俚下勿落台哉啘？"翠凤道："俚末只好～我看看哉哩。"(海 8-62-23)

〈连〉…と…。 ¶四盏灯～一只榻床，说是勿多歇送得去。(海 5-34-10) ¶双珠个头面末，也勿算少，单说衣裳，是陆里及得来阿大～阿二嘎，比仔双珠要多几花咪。(海 10-76-6) ¶俚也勿请啥人，单是我～家叔两家头。(海 14-113-5) ¶我～俉一个爷娘养个，也骂勿得个。(描 11-103-4) ¶故歇是要紧保全陈大人～汤老爷格名气。(鸿 17-291-9) ¶好得格桌酒，奴本要请请胡大少～各位，就是胡大人破费，奴今夜也勿要格。(狐 21-262-23) ¶耐二少爷～俚笃格交情，俚陆里会晓得？(九 43-317-6) ¶倪格身子～性命才是四少爷成全格。(沪 1-43-6) ¶吃饭个家生勿拉地格一只箱子里，灯～面盆倒拉地只箱子里。(上问 8-16-2) ¶口中唱着吴歌云："採莲阿姐斗梳妆，好似红莲～个白

115

語彙例釈　da

莲争。红莲自道颜色好，白莲自道粉花香。……。"（喻 12-180-6）

〈助〉人を指す名詞・代詞の後に用いて、その人の居る所を表す。¶庄荔甫只怕来哚陆秀林〜，倪也到秀宝〜去打茶会，阿好？（海 2-10-14）¶耐闲仔点，原到楼浪来阿姐〜多坐歇，说说闲话也无啥。（海 3-21-15）¶不过倪翠凤看仔好像罗老爷有老相好来哚，倪〜是垫空个意思。（海 7-52-14）¶故歇伯苏翻台到兆富里金秀珠〜，两个纱栈里朋友转去哉。（鸿 2-197-6）¶我刚刚到贵相知〜看耐个呀！（鸿 2-200-16）¶华生等一等，到倪〜去。（鸿 2-200-26）¶耐倒好意思跳糟，跳到仔洪笑梅〜去，倪〜人影子也勿见。（九 10-78-1）¶三少晏歇到倪〜去，倪有闲话搭耐讲张。（沪 1-22-8）¶过天陶大人还要到你〜去请客哩。（官 8-110-7）

（注）清末文学作品で"和"で動作の受益者を示している例があるが、介詞"搭"④に充てたものであろう。　→今天我是吃的双台，因为天热，人多了十分拥挤，只请了九个客人。连我自己只有十个人。你若是不去，小屏一定也是不去的了。八个人吃个双台，似乎面子上不甚好看，只得委屈你一次，和我绷个场面的了。（九 159-1046-19）　→却又恐怕带着一双空手去要赛金花和他说情，赛金花未必就肯答应。（九 104-1133-10）

【搭浆】

〈動〉①その場逃れのいい加減なことを言う。¶善卿因问朴斋道："秀宝要啥个戒指，阿是耐去买拨哩？"朴斋道："就是庄荔甫去〜仔一句闲话。"（海 13-100-6）¶仲英笑道："覅说哉，我去买末哉。"雪香道："耐是来里〜嗯，我明朝就要个哩。"仲英道："我今朝夜头去买，阿好？（海 22-181-6）¶耐覅来浪搭个浆，晚歇弄出点事体来，大家无趣相！（海 56-473-8）¶刚刚郭大少叫倪翻台，倪教勿好勿答应俚，恐怕俚性子暴躁，要发脾气出来，弄得碰台拍凳，倪阿是难为情格，勿像倷大末，一点脾气才呒不，样样懂道理煞格。所以奴答应格辰光，嘴里末勿好关照倷，眼睛对看仔一看，谅必倷也看见格晚，奴原是搭搭俚格浆，勿是啥真格呀。"（狐 13-91-2）¶岂知天天遇着进卿，进卿不是说前头没有工夫，就说保家没有找到，接连〜了几天，不觉四月已经尽了。（鸿 13-270-8）¶陶大人的银子明天好汇到了，这次是不会搭你浆的了。（官 10-151-18）②いい加減にあしらう。お茶をにごす。¶我说："耐勿做末，就嫁拨我好哉。"俚嘴里末也说是"蛮好"，一径〜下去。（海 24-194-2）¶嗣母早就看中一头亲事来浪，倒是我搭个浆，勿曾去说。（海 55-465-22）¶归个辰光，倪搭耐说格闲话，耐阿记得？故歇是实梗搭倪格浆，倪定规勿成功。（九 71-517-8）¶陶大人吃酒，菜是要好的，交代本家大阿姐，不要〜！（官 8-115-2）

да　語彙例釈

【搭姘头】
仲間を組む。 ¶耐要钱行末,同葛仲英搭仔个姘头,索性订期廿七,就来里该搭,阿是蛮好? (海53-451-10)
(注)"搭姘头"は"轧姘头"に同じ。→那水柔娟另外搭了一个姘头,前两节做了几时打底娘姨,现在同着拼头搬到法马路去住,同他母女久已不通闻问。(梼17-227-19)
前掲例(海53-451-100)では"搭伙儿"の意味で、使っている。しゃれて言っているもの。

【搭仔】
〈介〉…と。介詞"搭"①に同じ。¶价末倒倪花园里来哩,～文君做淘伴,阿是蛮好? (海51-433-5) ¶"还来就菊花"末～"寒梅著花末"差伤勿多。(海61-517-12) ¶俚耐刚刚～两个朋友来个。(鸿 2-202-13) ¶耐放仔好好里格客人勿做,去～格排唱戏格戏子吊膀仔。(九163-1073-20)
〈連〉…と…。連詞"搭"に同じ。¶《迎像》～《哭像》连下去一淘唱,故末真生活。(海 45-382-9) ¶翠凤～罗老爷赛过是一个人,罗老爷个拜匣赛过是翠凤个拜匣。(海59-502-20) ¶倪长三堂子里向格先生,比不得二～野鸡,总要碰几场和,吃几台酒。(九36-265-5) ¶点心～稀饭,我去搬进来哉哩。(狐16-115-14) ¶苏老～朱大少、颜大少落里去哉? (鸿2-198-5)¶俚顶擅长格是古风～五言诗,词末野弗差。(沪3-65-3)
‖ "搭子""搭之"とも作る。 ¶同勒坐立朵外房,停介歇搭子秋月丫头一淘困子末是哉。(三26-303-7) ¶勿得知个个撒尿搭子着衣裳阿会? (三 10-119-6) ¶是依一家头去个呢甚? ——还搭之两个朋友一道去个。(上问 20-38-1) ¶中国个银号搭之汇票庄差勿多搭银行是一样个生意,到底做品两样。(上问47-86-7)

【答应】
〈动〉①应答する。 ¶"阿听见?"双玉说:"听见哉。"周兰道:"价末耐也～声哩,啥一声勿响嘎?"(海 10-76-1) ¶[生]里面有人么?娘娘可在里面么? [介]勿～活,流水奔得过去张张介,却是门儿虚掩,因而无人～,不觉心头暗喜,且奔进去。(三33-365-11)¶王乡绅坐定,尚未开谈,先喊了一声"来"!只见一个戴红缨帽子的二爷,～了一声"者"!(官 1-8-21) ¶只得先问一声:"这里可是瞿老爷的新公馆?"爱珠望望他,并不～,婴太太只得又问。(官40-674-10) ¶抚台道:"你先去见臬台再说。"保太尊～:"是。"退了出来,就到臬台衙门禀见。(梼10-158-24) ¶邢夫人～了一声"是"字,遂带了黛玉与王夫人作辞。(红3-43-5) ¶叫了几声赵妈妈,并没人～。(禅7-90-7)

語彙例釈　da

¶左右一伙人暴雷也似〜了一声"喏"！（初30-562-3）¶汪氏扶他上床，次日昏迷不醒，叫唤也不〜。（喻31-461-6）¶只见大汉也下山来，口里一声胡哨。左近一只船中吹起号头〜，船里跳起一二十彪形大汉来。（二27-535-14）¶迎儿问道："是谁？"那人也不〜，便除下头巾，露出光戏来。（水45-741-14）

②承諾する。¶朴斋只是笑，却向烟榻下首与小村对面歪着，轻轻说道："秀宝搭我说：要吃台酒。"小村道："耐阿吃嗄？"朴斋道："我〜俚哉。"（海2-16-7）¶俚搭我倒十二分要好，我说俚啥，俚总〜我，倒比仔无姆说个灵。（海17-133-8）¶等到紫云轩吃仔生鸦片，难末格个本家，怕吃人命官司，心浪向急伤哉，样式样才〜，勿然洛里有实梗容易？（九续35-268-2）¶晓得俫是上海顶红格硬牌子，格落一口应承，巴勿得搭耐认得，结交结交俫，晏歇点还要打轿子过来，请俫老人家下船去白相。我已经代俫〜格哉。（狐18-135-10）¶如今正议筹添股本，也是没法之事，我何如就此〜了他。（文44-237-26）¶干爹！这件事我已经〜了人家、你不〜我，我还有什么脸出去？（官39-664-5）¶打听得这两位姑娘说亲的虽多，他的娘却还没有〜。（梼6-87-18）¶宝玉听了，也要跟了逛去。凤姐只得〜，立等着换衣服。（红7-114-6）

④声をかける。知らせる。¶玉甫也不大明白，倘然有啥事体末，耐差个人到西公和〜我，我来帮帮俚。（海42-354-19）¶我先上去，晚歇俚再要请耐见末，我教阿虎〜耐。（海55-465-1）

（注）④については、『漢語方言大詞典』が海上花列伝第55回の上掲例をあげ、「关照，招呼」としている。

【打】

〈量〉ダース。¶要想到该搭来张张耐，碰着仔耐大姐，难末勿曾来，就交代俚一〜香槟酒带转去，阿曾收到？（海53-448-7）¶筱岑倒呆了一呆，想着还有一〜勃兰地在里头，只得签了字。（商7-54-23）

【沓】

〈动〉①投げる。ほうる。¶〜来哚黄浦里末也听见仔点响声，俚是一点点响声也无拨咦。（海3-18-21）

②落とす。なくす。脱げる。¶门前一路头发末才〜光了哉。（海15-119-13）¶珠凤挣出一句道："〜脱哉呀！"黄二姐一手拎起来，狠狠地再挞一下，道："〜脱仔耐个魂灵哉哩！"（海44-374-20）¶手中拿根竹签，在那里撩苔剔藓，拨石掏泥。翠芬问道："〜脱仔啥物事嗄？"（海46-388-5）

da　語彙例釈

【打】

〈動〉①たたいて壊す。¶赖公子袖子一挥,喝声"～"!(海 64-549-23)¶倍笃实梗形容勿出格要好,夠怪钱乌龟要吃醋～房间,叫我也要动气格。(鸿 11-256-5)¶耐格号行为算啥嘎。～仔房间要赔铜钿格哩。(沪 3-45-9)¶慧如再要赶去～那梳妆台时,早有粗做娘姨极声叫唤起来。(沪 3-45-4)¶江老正在家里做活,只见如狼似虎一起捕人～将进来,喝道:"拿海贼!"把店中家火一得粉碎。(二 15-303-13)

(注)"打房间"について、『二十年目睹之怪現状』に次のような記述がある。「我问甚么叫做"打房间"。德泉道:"到妓馆里,把妓女的房里东西打毁了,叫打房间。"」(目 28-209-26)

②殴る。ぶつ。¶阿金伏倒在地,挣不起来,还气呼呼地嚷道:"耐～我啊!"阿德保也不则声,屈一只腿压在他背上,提起拳来,擂鼓似的从肩膀直敲到尻股。(海 3-18-21)¶俚要是再勿好末,耐告诉我,我来～俚。(海 19-153-4)¶你胆敢行凶～人,这还了得!(官 54-932-11)¶赵姨娘气的便上来～了两个耳刮子。(红 60-843-14)¶你这两个奴才,不劝家主学好,专骗哄他游走好闲,伤人性命,还说与你无干?着实～这厮!(禅 32-507-13)¶胡阿虎道:"我又不曾～杀了人,何须如此?"王生闻得此话,一发怒从心上起,恶向胆边生。连忙教家僮扯将下去,一气～了五十多板,方才住手。(初 11-202-5)¶倒把陈祈～了二十个竹篦,问了不合图赖人罪名,量决脊杖。(二 16-329-2)

③する(ゲームなどを)。¶子富笑道:"我先来～个通关。"乃伸拳从珠蔼人挨顺豁起,内外无甚输赢,豁至陶玉甫,偏是玉甫输的。(海 7-55-22)¶人是倒蛮聪明,俚看见我～五关,看仔两埭,俚也会～哉。(海 12-96-9)¶他们～起麻雀来,至少五百块一底起码。(官 29-473-16)¶别的又有几家在当地下大桌上～公番。里面又一起斯文些的,抹骨牌～天九(红 75-1071-7)

④作る(器物などを)。¶先起头俚哚说要一对戒指,我勿答应。荔甫去骗俚哚,说:"戒指末现成无拨,隔两日再去～末哉。"俚为此故歇就要去～戒指。(海 13-100-8)¶上面小小两三间房舍,一明两暗,里面都是合着地步～就的床几椅案。(红 17·18-228-13)¶何不趁此气数未尽之时,寻个了身达命之处,对付些钱财,～了一只大舡,聚集几人水手,江海内寻个净辨处安身,以终天年,岂不美哉!(水 114-1706-8)

〈介〉……より。……から。¶耐要去末～几首走。(海 2-10-24)¶阿是坐仔马车～城头浪跳进去个嘎?(海 4-30-18)¶侬晓得得伊是～阿里来个?——我问歇伊个。伊话伊是～外国转来。(上问 44-80-10)¶原来是车夫半夜里起来解手,正～窗下走过,听

119

語彙例釈　da

见里面高谈闲论，所以才说这两句。（官 2-23-11）¶有位侄少爷，说是～外洋回来的。（梼 12-192-6）¶你这个傻丫头，唬我这么一跳好的。你这会子～那里来？（红 24-329-4）¶咱们～这角门走罢，省得到了老爷的书房门口又下来。（红 52-731-13）¶明日，孟沂有意～那边经过。只见美人与丫鬟仍立在门首。（二 17-339-8）¶这里是五路总头，是～那条路去好？（警 8-95-3）

【打茶会】
客同士が"妓院"に赴き、芸妓とともに茶を飲みながら歓談する。芸者遊びの一種。¶我只道耐同朋友～去，教娘娘姨等仔一歇咣，耐末倒转去哉。（海 3-18-12）¶到故歇一个多月，说有一个客人装一挡干湿，打三堏茶会。（海 37-309-23）¶昨夜头勒浪轮船浪个辰光，已经有点头痛哉，个落后首来鸣冈要搭我去～，我勿高兴，就转来个。（鸿 5-216-17）"打茶围"とも作る。¶华生慢点去哩，我还要搭耐到江秋燕搭去打茶围来。（鸿 2-201-4）¶我们去打个茶围好不好？（官 24-397-16）¶志和见逢辰已醉得不像样儿，若使伊坐东洋车回去，很不放心，因与治之说知，三个人一部马车，同到媚香家去打个茶围，略座片时，等逢辰醒一醒酒，然后回去。（繁初 8-76-20）
（注）『歇浦潮』に次の記述がある。「百城说："打茶围又是什么意思呢？"三姑娘道："这也不过是名目，像你们今儿在这里坐坐谈谈，喝碗茶，就叫打茶围了。"（P. 1015）

【打岔】
〈动〉かき乱す。じゃまをする。¶俚搭黄翠凤来哚要好辰光，倪去请俚也请勿到，倒好像是搭俚～，倪索性勿去请。（海 15-118-8）¶耐看一样洪老爷做个周双珠，比仔耐再要长远点，陆里有一句～闲话？（海 25-202-19）¶我吃着饭，不准你们来～，原说的是中国人。至于外国人，无论什么时候，就是半夜里我睡了觉，亦得喊醒了我，我决计不怪你们的。（官 53-921-6）

【打耳光】
平手で頬（ほお）を打つ。⇨耳光。¶拨来沈小红晓得仔，吃俚两记耳光哉哩！（海 4-29-3）¶动啥气，打两记耳光哉哩，动气！（海 4-31-24）

【打发】
〈动〉派遣する。¶耐先教月琴先生～个娘姨转去，摆起台面来。（海 4-25-2）¶方才珠姐到倪搭，晓得俫胡先生来，真真难得格，格落～我来请，有屈俫到倪船浪去白相。（狐 18-138-2）¶知道美士小房子租在盆汤弄桥德安里第二百六十四号门牌，便～两名认识倪姨奶奶的伙计，前去轮流守候。（歇 17-211-3）¶查着"电报新编"一门，一个一个的码子写了出来，～二爷送去。(官 4-49-20) ¶向道台又～一个管家，拿着一百两银子，送到鲍家。(儒 26-313-5) ¶你父亲今日又听见一个好大夫，业已～人请去了。(红 10-150-9) ¶家中叔叔枢密相公，见了金榜，即便～差人，到京来相接。(二 11-235-8) ¶此时徐爷心中已自了然，分过道："此事只可你我二人知道，明早～你回家，取了钗子罗衫，星夜到南京衙门来见我。"(警 11-148-8)

【打稿子】
考える。思いをめぐらす。 ¶故歇我是打好仔稿子做个事体。(海 48-406-6)
（注）"打稿""打藁"はこれに当る。 →还了酒钱，挑了担子，一路走，一路的肚中打稿道："世间有这样美貌的女子，落于娼家，岂不可惜！"(醒 3-46-11) →谁知桂迁自见了施小官人之后，却也腹中打藁。要厚赠他母子回去。(警 25-386-10)

【打醮】
〈动〉祭壇を設け、道士が依頼者の厄払いや難逃れなどを祈祷する。 ¶难去搭俚打三日醮，求求城隍老爷，阿好？(海 36-302-17) ¶一时，凤姐儿来了，因说起初一日在清虚观～的事来，遂约着宝钗、宝玉、黛玉等看戏去。(红 29-403-6)

【打轿】
〈动〉駕籠(かご)を支度する。駕籠を出す。 ¶朱蔼人乘轿至屠明珠家，吩咐轿班："～回去接五少爷来。"(海 19-149-1) ¶瞿太太无奈，遂命："～！你们都跟着我到汉口去！"(官 39-671-5) ¶这桑参将被夫人三言两语说动了情，只得～上府，至接宾馆，候太守相见礼毕。(禅 25-404-11) ¶顾金事大怒道："原来如此！"便叫～，亲到县中，与知县诉知此事。(喻 2-52-8)

【打轿子】
"打轿"に同じ。¶耐管家～来里。(海 4-32-12) ¶耐轿子阿教俚打转去？(海 8-61-10) ¶你表嫂既然来了，我立刻就派人～接到此地一块儿住。(官 10-149-10) ¶是了，替我～。(官 39-670-1) ¶回到家，恰好李升打着轿子出来去接继之。(目 43-338-13) ¶吴氏老太太也觉得可怜，第二天就叫～把谢小姐同喜姨太太一起接了过来。(梼 8-117-8)

【打开】
〈动〉切り離す。 ¶先起头倒不过实概，打一转末好一转，故歇是打勿开个哉。(海 36-301-2)

【打磕铳】
うとうとと居眠りをする。¶单剩仔大阿金坐来咾～。(海 18-141-17) ¶小桂林坐在榻

語彙例釈　da

床旁边～，老二喊醒了。(鸿10-246-8)¶齐巧制台晚饭过后，丢掉饭碗，正在那里～。（文13-69-20）¶听说统领大人正在船上～，所以敢把他船上的"招牌主"叫了来。(官12-183-6)

【打瞌铳】

"打磕铳"に同じ。¶阿是来浪～？（海44-375-9）¶立朵书房里～。（三18-214-10）¶子思寻思半晌不语，珠凤乘间掩在靠壁高椅上～。(海44-374-17)　"打瞌充""打瞌印""打克充"とも作る。¶汪先生末看，小郎末打瞌充。(描9-83-8)¶祝童介，看官，书房吃子元宵酒，勒打瞌印。（三24-281-20）¶服侍书房的那个小三儿坐在房门槛上打瞌印，东倒西歪的。(栲1-14-14)¶只见当中生意静消消。两个朝奉椅中打克充。（描3-25-24）

【打圹】

〈动〉死者を葬る穴を掘る。⇨圹。¶坟末来浪徐家汇，明朝就叫水作下去～。（海42-357-12）

【打牌】

〈动〉マージャンなどをする。¶俚打个牌凶煞哚。(海53-446-17)¶凶个人可惜打差仔个牌。(海53-447-1)

【打杀】

〈动〉たたき殺す。¶我养来哚倪子，要像仔俚哚堂子里来白相仔末，拨我～哉哩。（海6-43-17）¶诸三姐个无用人，有气力打俚末～仔好哉唩！(海37-310-8)¶你女儿已经被他们～了！(何9-90-10)¶～的是个什么人？(官57-994-20)¶又来胡说！秀秀被我～了，埋在后花园，你须也看见，如何又在那里？(警8-100-3)¶我又不曾～了人，何须如此？(初11-202-5)¶大哥若是～了人，也是我每弟兄两个替你偿命。(杀3-9-15)

【打探】

〈动〉動静を探る。¶去东兴里～二少爷阿曾困。(海42-354-23)¶那几个婆子虽吃酒鬥牌，却不住作出来～，见宝玉来了，也都跟上了。(红54-756-14)¶崔宁密使人～行在本府中事。(警8-95-8)

【打听】

〈动〉聞き出す。¶双珠先生有个广东客人，勿晓得俚细底，耐阿曾搭俚～过？（海4-25-16）¶下转～我来里啥场花吃酒，俚也实概奔得来哉。阿要难为情。(海27-220-20)¶奶奶倷放大胆末哉，一来我～歇格，现在扬四勿辣上海，据说回家乡去哉，勿得知几时来,一年半年也呒啥稀奇。(狐11-77-22)¶地转我拉东洋办来个伊个物事,侬去替我～～伊拉要勿要。(上散2-5-10)¶我看起来勿是问路个,神气是～甚人个。(上问30-55-4)¶仔细一～,都说赵相公考中了举人了。(官1-2-4)¶倘然要办,马上就订合同,不信时请到别家去～。(新56-261-3)¶晰子～得此人有十余万家资,单生一子,年方十五,与如玉同庚,现在北洋公学读书,生得一表人材,而且资质聪敏。(歇4-46-13)¶有一个女人,姘着个做新戏的,我要你～小房子借在那里？(歇16-210-10)¶你们这些东西,连外国武官的住处,都不～～明白,就来回我吗？(文45-241-9)¶将来攀亲时,如今有一种轻狂人,先要～姑娘是正出庶出,多有为庶出不要的。(红55-779-15)¶且分付众人密密四散藏顿,不可被人识破。自却离了饭店,沿河～消息。(禅26-430-13)¶未见官时,辨悟先去府中细细～劫盗与行脚僧名字,来踪去迹,与本寺没一毫影响,也没个仇人在内。(二1-11-14)¶且在敝治宽住一两个月,待下官差人四处～令兄消息,回府未迟。(警11-143-14)¶不知甚么人挑拔我丈夫和我做冤家,～出来,和他理会！(警28-444-9)¶母子商议已定,～了放告日期,梅氏起个黑早,领着十四岁的儿子,带了轴儿,来到悬中叫喊。(喻10-157-6)¶你且在我家歇一夜。明日～得没事,便可出去。(水47-787-16)

【打通关】
誰かが親になって、順繰りに全員と拳を打つ。¶我先来打个通关。(海7-55-22)¶此刻大菜俱已上齐,所点的戏也做过五六出,众人又打了一个通关,然后各各用饭,起身散席,已是一下钟了。(狐7-45-4)¶继之掣了一根是"将以为暴",下注是"打通关"三个字。继之道:"我最讨厌豁拳,他偏要我豁拳,真是岂有此理！"荀才道:"令上是这样,不怕你不遵令！继之只得打了个通关。(目12-88-3)

(注) 吴越:海上花列伝普通話本は前掲例(海7-55-22)について次のように注釈している。「打通关—酒席上豁拳的一种方式:由出头打通关的人做庄顺次跟本桌上的人每人豁若干拳,输家喝酒,顺次豁完,就叫做打了一个通关。也有不算豁拳次数,只要庄家输一拳,就换下家接着豁,直到结束。本文所写,是后一种。(P.62)」

【打头】
〈动〉いちばん初めになる。¶《四书》浪句子"酒"字～阿有嘎？(海39-327-18)

【打五关】
パイを使って一人でするゲームの一種。¶俚看见我～,看仔两埭,俚也会打哉。(海12-96-9)¶杨家姆下头去困哉,我一干仔打通一副五关,烧仔七八个烟泡。(海26-214-15)

語彙例釈　da

¶走到三姨太房中,见三姨太正在～,低着头,一双尖尖玉手,拿着骨牌,一张一张的在那里添加。(新 36-165-23)

【打野鸡】
街娼を相手に買春する。¶张蕙贞搭倒勿是朋友,俚乃自家去打个野鸡。(海 10-82-18) ¶耐既然一径勿曾打歇过野鸡,今朝为啥～? (九续 14-103-6) ¶姚老夫子见儿子没有同那人去～,方才把气平下。(文 17-93-14) ¶恰好这几天李福在外面～,身上弄了些毒疮,行走不便。(目 100-822-25)

【打庄】
拳を打って酒を飲み合うとき、相手の挑戦に応ずること。⇨摆庄。¶耐要先去末,先打两杯庄。(海 3-24-5) ¶啥人庄,倪来打。(海 6-48-18)

【打桩】
〈动〉予定する。準備する。¶倘忙三公子勿来,耐自家去算,银楼、绸缎店、洋货店,三四千洋钱哚,耐拿啥物事去还嘎? 勿是我多说多话,耐早点要～好仔末好,覅到个辰光坍台。(海 61-524-11)
(注) 明清文学作品に見られる"打账""打帐"である。→黑漆大头鬼便自称杜唐天王,青胖大头鬼号为百步大王,据住了柱死城,谋反叛逆,打胀先去攻鬼门关。(何 9-95-22) →你打帐做甚生意? (醒 35-746-11)

【打庄票】
"庄票"を振り出す。⇨庄票。¶我明朝就去打一张～来搭耐还债,耐说阿好? (海 11-83-19)

【大】
〈形〉①大きい。¶我看价钱开得忒～仔点。(海 4-25-13) ¶耐自家有几花～,倒养出实概～个倪子来哉。(海 6-43-13) ¶耐胆倒～哚,放生仔俚转来哉! (海 38-317-3) ¶小卿故歇已经嫁仔人,听见说小干仵养得蛮～勒浪哉。(鸿 7-232-11) ¶倷是家当～格人,勿说勒浪做生意,年年多仔几几化化,就是坐勒屋里坐吃仔一百年,也无啥要紧。(狐 10-70-9) ¶这庄叫小不小,叫～不～,也有二三十户人家。(官 1-1-2) ¶好不害臊! 人家比你～四五岁呢,就替你作儿子了? (红 24-330-13) ¶我这弊寺有个～菜园在酸枣门外岳庙间壁,你可去那里住持管领。(水 6-103-14)

②兄弟姉妹の長幼順のいちばん上。¶单说衣裳,是陆里及得来阿～搭阿二嘎。(海 10-76-6) ¶俚末就是倪七姊妹个～阿姐。(海 21-166-14) ¶划一,～阿姐昨日仔拿仔

両只戒指去。(九32-242-14) ¶～内兄現襲一等将軍,名赦,字恩候；二内兄名政,字存周,現任工部員外郎。(紅3-37-4)

〈副〉大いに。たいへん。 ¶日積月累,脾胃于是～伤。(海36-305-3) ¶老年人体气～亏,须用二钱吉林参。(海64-545-15) ¶奴想唔笃既然弟兄,为啥声音～两样格呢？(狐14-97-21) ¶倪讲倷近来～勿好,登勒外势去轧姘头,租小房子,到底倷阿有介事佬？(狐53-452-4) ¶到第二天,钱典史那里等到天黑,太阳还～高的,他穿了花衣补服跑了去。(官3-36-21) ¶倪二听了～怒,"要不是令舅,我便骂不出好话来,真真气死我倪二。……"(紅24-334-15) ¶智深望见,～吼了一声,却似嘴边起个霹雳。(水4-67-16)

【大半年】

〈名〉半年以上もの間。 ¶到仔乡下,屋里向～个柴米油盐一点点无拨,故末搭啥人去商量嘎？(海31-257-19) ¶这～下来,贾端甫虽然强自矜持,也就难排遣。(栂15-241-24)

【大膀】

〈名〉太もも。 ¶王老爷臂脯浪,～浪拨沈小红指甲掐得来才是个血。(海33-271-5)

【大才】

〈名〉すぐれた才能。すぐれた才能・識見をそなえている人。 ¶其中倘有可以减省之处,悉凭老兄～斟酌末哉。(海64-544-16) ¶老爷是做官的人,～大量,谅来不会刻苦我们做家人的。(官5-74-15) ¶先生～,又是尊府"白眉",今日幸会,一切要求指教。(儒29-345-4) ¶伯牙讨这个差使,一来,是个～,不辱君命,二来,就便省视乡里,一举两得。(警1-1-10)

【大菜】

〈名〉西洋料理。 ¶大少爷搭四老爷来哚吃～。(海13-103-17) ¶中饭吃～,夜饭满汉全席。(海18-146-4) ¶有人请俚吃～去哉！(鸿1-193-8) ¶明日五六下钟,请奶奶到金隆番菜馆吃～,我们黄老板在这边恭候。(狐9-62-13) ¶连吃～的刀叉杯盘,桌子上的摆式,还有做～的厨子,亦问他借用几天。(官6-82-18) ¶你没用饭么,我们到大马路汇中去吃～。(歇8-99-9)

(注) 薛理勇：上海俗語切口に「"大菜"是上海人早期对西菜的称呼。」とある。(P.112)

【大菜馆】

〈名〉西洋料理店。 ¶耐去末倘忙晚歇～里噪反仔,像啥样式嘎？ (海56-481-8) ¶这位师爷常常到我们～里来替人家了事,多多少少都要。等我来替你问他。(官50-858-12) ¶妹妹说得原是不差,不过此时太夜深了,～都已收市,这里的大菜,又很不中吃。(歇

語彙例釈　da

10-122-21）

【大凡】

〈副〉およそ。¶～读书人通病，往往为坎坷之故，就不免牢骚。（海 51-432-15）¶老文，你勿晓得个，～事情总要奏巧，有所说个。头醋不酽二醋薄。（三 39-420-15）¶～别人做不到的是，他无有做不到的。（目 99-817-8）¶～像我们做典史的，全靠着做生日，办喜喜，弄两个钱。（官 2-23-1）¶～妇人在家从父，出嫁从夫，夫死从子。（歇 19-244-15）¶～那王公卿相人家的子弟，只一生长下来，暗里便有许多促侠鬼跟着他。（红 25-348-9）¶～人生在世，四座迷城决难打破，但说那极易惑人的，乃是女色。（醒上 12-79-8）

【大哥】

〈名〉長兄。¶～放心！漱芳有勿多两日哉，我等俚死仔，后底事体舒齐好仔，难末到屋里，从此勿出大门末哉。别样个闲话，～覅去听。（海 42-354-6）¶你们兄弟好几房人，都靠着我老～一个替你门一房房的成亲，还要一个个的捐官。老三，不是我做～的说句不中听的话；这点事情也是为的大家，你做兄弟的就是替我出点力也不为过。（官 5-61-8）¶（净、丑跪介）～饶了我每罢！（末）既要我饶，方才说的玉杯、三锭钞，都拿来把我了，才饶了你。（杀 14-62-10）

【大会】

〈名〉大会。¶就昨日倪～，龙池先生想出个《四书》酒令也无啥。（海 44-309-7）¶啥个～嘎！说末说日里赏桂花，夜头赏月，正经白相原不过叫局吃酒。（海 47-401-12）

【大家】

〈代〉人称代詞。①みんな。話し手・聞き手の双方を含む場合、どちらか一方または双方とも含まない場合がある。¶～勿许代，我自家吃。（海 4-26-5）¶耐叫饶仔也罢哉，勿然我要问声俚看，～是朋友，阿是徐大爷比仔张大爷长三寸咾？（海 5-36-20）¶我想倪故歇来里堂子里，～不过做个倌人，再歇两年，才要嫁人去哉。（海 17-134-22）¶冈冈扳着蛮蛮大个金鲤鱼，难末～来看看。（海 38-323-16）¶总归做仔个女人，～才有点说勿出个为难场花，外头人陆里晓得，单有自家心理明白。（海 52-440-12）¶覅哉，落雨湿地滴搭，奔出去也呒啥趣道，勿如倪～讲讲，酒勒浪该搭吃夜饭罢。（鸿 18-298-23）¶唔笃～覅走哉，到奴庵里去坐坐，也是难得格。（狐 56-481-2）¶内中有几个天分高强的，就把笔做了"开讲"。把这几个东家喜欢的了不得，到了九月重阳，～商议着，明年还请这个先生。（官 1-1-12）¶他们本底子卖的，有了钱，大家可以进去，又不是我的妻子。(十 3-19-7)¶到晚间,众人都在贾母前,定昏之余,～娘儿姊妹等说笑时,贾母因问宝钗爱听何戏,爱吃何物等语。(红 22-301-16)¶先使童猛棹一只打鱼快船,前去探路。小喽啰并军健,都伏在舱里。～庄客水手,撑驾船只,当夜密地望无为军来。(水 41-657-14)

②双方。両者。¶善卿道:"舍甥初次到上海,全仗大力照应照应。"小村道:"小侄也勿懂啥事体,一淘上来末自然～照应照应点。(海 1-5-7)¶怎晓得俚哚。一句闲话勿对末就打,打个辰光～不让,打过仔咿要好哉。(海 36-301-3)¶我说耐末拔扳点,我末帮贴点,～凑拢来,成功仔,总算是一桩好事体。(海 44-375-3)¶无姆好,我也体面点;勿好,～坍台。(海 49-417-14)¶刘大少勿要动气,倪先生末也是一时之火,耐末老相好哉,总要包涵俚点,～好好里商量末哉。(九 11-82-17)¶奴搭倷足有毛十年勿碰头,格落～有点面熟陌生哉。(狐 56-480-20)¶倷笃两家头～推扳点末好哉,啥事体实梗认真呀。(九续 34-263-21)¶歇个两日我来咯(我伲)(大家)再商量罢。(上问 14-27-9)¶你有了这样的姿容,何苦要做着这般生意,何不留心物色,拣一个合意的客人嫁了他去。就是年纪比你略大些,或者家中并不十分富足,只要～中意,不妨成就姻缘。(九 29-218-17)¶只要老哥早给他一天钱,早叫他滚蛋一天,～耳根清楚,不结了吗。(官 6-78-18)¶故此二人闷坐一回,～一句话也不说。(繁Ⅱ18-545-16)¶你如若做一百两银票,你拿五十两银子来给我,我便拿木印出来一张。总而言之,做的银子～一半。(商 12-88-9)¶张阿三那边,以后你我两人～走走,不必避忌。(十 3-19-11)¶婆子又进来与羽娘说了,～笑将起来。(醒上 12-85-23)¶这也是今日天缘凑巧,来得恰好,就在这芳草坡上,～去其衣,解其裤耍一个快活去。(鼓 24-289-9)¶幼谦喜不自禁,踏了梯子,一步一步走上去,到得墙头上,只见山茶花树上有个黑影。吃了一惊,却是蕙英,在此等候,咳嗽一声,～心照了。(初 29-541-16)¶李彪是公差人,能说能话,张善那里说得他过? 嚷道:"我只为赶贼,走起来不见别贼,只撞着的是你。一同叫到房里,才见王秀才杀死,怎赖得我?"两个人彼此相疑,～混争。(二 21-427-14)¶若是倪善继存心忠厚,兄弟和睦,肯将家私平等分析,这千两黄金,弟兄～该五百两,怎到得腾大尹之手? (喻 10-162-16)

【大姐】
〈名〉未婚の若い女中。¶为俚一干仔,倒害仔几花娘姨、跑来跑去忙煞,再有人来哚勿放心。(海 7-56-13)¶开堂子个老班讨个～做家主婆,也无啥勿局。(海 62-529-6)¶奴是地陌生疏,虽则带仔四个用人,内中认得间搭格,只有一个～阿珠到过此地两转。

語彙例釈　da

（狐 18-136-24）¶又看见袁宝珠的～，穿着一件点子花白洋纱的衫子，底下白点子花洋纱的裤子。（负 16-74-10）¶见楼门口，早有一个十八九岁的～，笑迷迷的候着。（新 32-144-21）¶那妇人又吩咐那肥大些的～道："阿宝，你替阿媛弄盆面汤水来。"（人 1-4-27）

（注）人民文学出版社本の"郭孝婆是大姐"（海 21-166-20）の"大姐"は普通話の"大姐"の用法で、光緒石印本では"大阿姐"としている。校訂ミスであろう。
《海上花列伝》第8回で、子富が金凤に"耐脚也覅去缠哉，索性扮个满州人，倒无啥。"と言うのに対し、金凤が"故是好煞哉，只好拨来人家做大姐哉。"と答えているのは、"大姐"は劳働する身であるので、てん足しないからである。《新上海》に次のような記述がある。→又穿上一双妃色糸袜，洋灰缎子红皮底圆头鞋子，好在是大姐出身，天然的一双妙足，向着衣镜里一瞧时，宛然是个女学生了。（新 36-166-20）

【大老母】
〈名〉正妻。本妻。¶为仔～搭俚勿对，俚家主公放俚出来，教俚再嫁人。（海 26-210-3）¶做仔倌人也无啥要紧喥，为啥勿许做～？（海 47-400-2）¶好好交格人家，倽人肯讨格倌人转去做～？（九 48-349-15）¶他又深知道彩云虽则一生宠擅专房，心上时常不足，只为没有做着～；仿佛做官的捐班出身，那怕做到督抚，还要去羡慕正途的穷翰林一样。（孽 30-283-9）

【大力】
〈名〉絶大な力。相手に折入って懇願する気持ちを表す。¶舍甥初次到上海来，全仗～照应。（海 1-5-6）¶有你老哥胸脯，兄弟还有甚么不放心的。你决别多心，以后全仗～！（官 3-38-24）

【大媒人】
〈名〉正式の媒酌人。¶故歇覅耐谢；我搭耐做仔个～末，耐一淘谢我末哉。（海 19-153-5）¶我做个～，原嫁仔五少爷，耐说阿好？（海 63-542-5）¶耐格个～，倒做得呒啥，总算月芳阿姊格运气。（九 157-1036-17）

【大门】
〈名〉表門。正門。¶我等俚死仔，后底事体舒齐好仔，难末到屋里，从此勿出～末哉。（海 42-354-7）¶倪住勒浪上海格辰光，看见几化人家格太太小姐，日日勒浪坐马车游张园，做仔人家人，勿相信～才出勿得格哉。（九 24-181-23）¶格是顶好哉，倒是倪～浪还少几个字，区大人俫阿肯搭倪写佬？（狐 46-398-8）¶王乡绅也应允了。方才大家送出～，上车而去。(官1-12-4) ¶走到了三元宫，进了～，却是一条甬道，两面空场。（目34-259-9）¶若要拣好日子，将来连～都不能出了。(歇17-211-19) ¶来至荣府～石狮子前，只见簇簇轿马，刘姥姥便不敢进去。(红6-96-19)

【大门檻】
〈名〉表門の敷居。¶耐生意海外得来，故是成日成夜，出来进去，忙煞哉碗，～阿要踏坏嘎。(海59-505-16)

【大名】
〈名〉高名。他人の名に対する敬語。¶为仔俚喜欢做诗，新闻纸浪时常看见俚～。(海31-259-9) ¶奴问俚尊姓～，倒说也姓郭，名字叫啥格乂臣，勿知阿是唔笃自家族里碗？(狐14-97-17) ¶某等久慕四少爷～，今日得识荆州，真乃三生有幸。(歇21-271-9) ¶先生～，如雷灌耳。(儒28-333-20) ¶久闻足下～，果然才貌双绝。(禅35-574-1) ¶久闻令爱玉堂春～，特来相访。(警24-341-13) ¶愿闻好汉～。(水27-429-8)

【大曲】
〈名〉長篇の叙事歌曲。¶亚白哥喜欢听～，唱仔只～罢。(海37-307-3) ¶俚～会末会两只，《迎像》勿曾教碗。(海45-382-7) ¶少顷，书台上挂出十块大粉牌来，每一块写十出戏文，～、小曲、梆子调、天津调、扬州调、东乡调的曲名多有。(繁初24-268-24)
（注）《梼杌萃编》に「小曲」に関連して次の記述がある。
　王梦笙道："晓得两位姨太太音律都是高明的，小曲琵琶，不敢亵渎，只求两位姨太太一位吹一位唱，替换着同唱一套昆曲，不知肯赏脸不肯？"说着又作了两个揖。这两位姨太太拗他不过，只得笑应了，商量着同唱一套《折柳》。(梼9-137-4)
"大曲"とは、上例中に出てくる昆曲のなかの一段もののたぐいを指すものと思われる。《海上花列传》第37回に出てくる《南浦》も昆曲「琵琶記」の中の一段である。

【大人】
〈名〉長上・目上・高位の人に対する敬称。¶听说齐～来里上海。(海26-210-9) ¶～喊末，阿有啥勿去个嘎。(海39-331-23) ¶场化小，～勿厌弃，请过来。(官8-110-9) ¶大先生偌叫差哉，俚故歇加捐仔啥格候补道，要叫俚～格哉，哪哼还是叫老爷勒介？(狐45-389-9) ¶那洋人本无家眷，原是无可不可的，搬了进来。因为他姓喀，抚台称他喀先生；合衙门都称他喀师爷；官场来往，还称他为喀老爷，喀～；有些不晓得他的姓，都尊之为"洋～"。(官58-1011-8) ¶那姨太太已掀开门帘走了进来，望着汪文案叫了一声："汪～"。(梼9-142-18) ¶不知令亲～现居何职？只怕晚生草率，不敢骤然入都干

語彙例釈　　da

渎。(红 3-37-2) ¶府尊～，若像我每做官，便死去也撇不下这顶纱帽。(鼓 40-476-10)

【大少爺】
〈名〉若旦那。¶那娘姨杨家姆见了，道："噢，洪～，房里请坐。"(海 1-5-24) ¶秀宝道："张～，倪娘姨哚说差句把闲话，阿有啥要紧嗄？耐是赵～朋友末，倪也望耐照应照应，阿有掸掇赵～来扳倪个差头？，耐做～也犯勿着唲。"(海 2-16-10) ¶才要写第二张，忽听得楼下外场喊："吴～朋友来。"(海 13-103-6)

(注) 上掲例はいずれも"么二"の従業員たちが客を呼んでいるもので、張愛玲注釈：海上花は「二等妓院客人不分老少一律称大少爺」と注釈している。(同書 P. 32)

上掲例の示すように、洪善卿も"么二"である聚秀堂は"大少爺"と呼ばれているが、長三書寓では"老爷"と呼ばれている。→善卿坐上，拉至四马路西套芳里停下，随意给了些钱，便向弄口咙小红书寓进去，在天井里喊"阿珠"。一个娘姨从楼窗口探出头来，见了道："洪老爷，上来哩。"(海 3-18-1)

【大生意】
〈名〉①芸妓が客をとり、夜を共にすること。 ¶俚做下～来，也有五年光景哉。(海 7-52-4) ¶双玉也好做～哉，就让俚来点仔大蜡烛罢。(海 32-269-22) ¶十六岁做～，念岁赎个身，今年廿二岁，故歇想讨我个人，也有好几个勒浪。(鸿 10-251-22) ¶况且我们小先生年纪尚小，今年虽说是十五岁了，其实十四岁还没有足数，怎能够做～儿？(繁初 24-265-8)

(注) 吴越；海上花列伝普通話本は次のように注解している。「大生意——妓院里指清倌人梳拢后留客人过夜，以别于出局、打茶围这些"小生意"。」(P. 58)
②大きな商売。¶上海丝茶是～。过仔垃圾桥，几花湖丝栈，才是做丝生意个好客人，耐熟仔末晓得哉。(海 59-505-18)

【大太太】
〈名〉正妻。妾をもつ人の正室。¶勠说是姨太太，就做～末，也蛮好唲。(海 8-65-8) ¶照俫实梗说法，蔡大少还算勿得薄情，只怕俫做仔俚，有仔格位～，连搭格点点外排场才吭不来哩！(狐 5-29-14)

【大喜】
〈动〉他人が婚約することを祝って言う。¶朱五少爷～呀，耐啥勿曾晓得？ (海 54-460-10) ¶袭人斟了茶来与史湘云吃，一面笑道："大姑娘，听见前儿你～了。"史湘云红了脸，吃茶不答。(红 32-442-5)

da　語彙例釈

【大先生】
〈名〉①長三書寓で一本になっている芸妓に対する呼称。⇨小先生。¶阿珠收拾粗毕,自己咕噜道:"人末小干件,脾气倒勿小。"双玉道:"耐也勿着落,'先生'末'先生',啥个'小先生'嘎!"阿珠道:"叫俚小先生也无啥晼。"双珠道:"起先是无啥,故歇添仔个'～'哉呀"(海 49-391-4) ¶两人仍坐了马车到三路公阳里,走进黄艳卿寓,见房门上门帘放下,仲声立定,外场喊:"阿金姐,客人!"只见阿金从房里出来,叫声"二老爷",遂说道:"到小先生房里去坐哩。"仲声同华生走进对面珠卿房内,珠卿招呼过了,阿金道:"～堂唱去哉,对勿住!"(鸿 6-224-19) ¶只要他答应替你破身,堂堂皇皇的点过了大蜡烛,以后便是～了。(繁Ⅱ11-463-16) ¶后来又把老表兄何孝先素来有交情的一个～,——名字叫甄宝玉的——转了过去。(官 35-593-19)¶朱素琴也在旁边招呼着,恰好站在全似庄的面前,全似庄拉着他的手问他:"今年十几岁,是～小先生?"(梼 12-191-15)
②長三書寓で一本になっている芸妓で、その書寓におけるいちばん年長の者を指す用法もある。¶倒有点象～个名字,周双福、周双玉,阿是听仔差勿多？(海 3-21-11)(双福を指す)¶耐倘然学得到双珠阿姐末,～、二先生几花衣裳头面、随便耐中意陆里一样,只管拿得去末哉。(海 10-76-14)¶晚餐未毕,只听得楼下外场喊道:"～出局。"翠凤高声问:"陆里搭?"(海 21-173-10)(抱え 3 人の中で翠凤が姉芸者、珠凤が妹芸者、金凤は半玉)。

【大小老婆】
"大老婆"と"小老婆"。妻妾。¶碰着仔好客人,俚屋里～倒有好几个来浪,就嫁得去,总也勿称心个哉。(海 18-148-1)

【大兴土木】
大規模に土木工事を行う。多く家を建てることを指す。¶耐阿晓得城隍庙里～,阎罗王殿浪个拔舌地狱刚刚收作好。(海 51-432-11) ¶宪宗皇帝看见外寇渐平,天下无事,乃修龙德殿,浚龙首池,起承晖殿,～。(喻 9-136-1)

【大言不惭】
広言してはばからない。¶俚敢于～,终有本事来浪,管俚难勿难。(海 47-432-11) ¶如此,你念我写。不好了,我捶你那肉。谁许他～了!(红 78-1126-11) ¶今日圣驾未临时,犹俨然上坐谭兵,～,病狂丧心。(水 101-1567-8)

【大爷】

語彙例釈　da-dai

〈名〉一定の財力や地位のある男性。¶俚哚～脾气，要好辰光末好像好煞，推扳仔一点点要扳面孔个哩。(海 38-320-6) ¶耐是个～，豁脱点勿要紧，才偷仔耐个物事，勿然末，我物事末啥勿要嗄？(海 60-513-4) ¶托他把钱漕、稿案、杂务、签押、书禀、用印，几位有名目的～统通请到。(官 45-761-19) ¶正说着，有人来回说："头隆街的～来了，老爷叫二爷出去会。"宝玉听了，便知是贾雨村来了，心中好不自在。(红 32-444-16)

〈名〉年輩の男性に対する敬称。¶咦，长～，二小姐来里牵记耐呀。(海 16-126-9) ¶我为此要拜托匡～，劝劝四老爷覅去听别人个闲话。(海 27-24-13) ¶管总的张～差人送了两箱东西来，说这是爷各自买的，不在货帐里面。(红 67-948-22)

【大约】

〈副〉たぶん。おそらく。¶～其为人必然绝顶聪明。(海 36-305-2) ¶明朝十三是李漱芳首七，～就是为此，所以定归要去一埭。(海 45-381-17) ¶今天二十九，是个小尽，～讨帐的来了。(负 2-10-1) ¶～月底月初，王老先生一定要下来上坟的。(官 1-3-4) ¶～总是国势软弱之故。(新 13-56-12) ¶那妇人～便是他的姨太太了。(歇 3-31-9) ¶薛姨妈度其意思，～是要与宝玉求配。(红 50-701-20)

【大月】

〈名〉太陰暦で30日ある月。¶～底，看俚哚拆下脚洋钱，三四块、五六块，阿要开心。(海 23-184-3)

(注) 太陰暦では、平年12ヵ月、"大月"は30日、"小月"は29日、一年は354日または355日となる。どの月が"大月""小月"かは、年によって変わる→张先生今天已是二十八了，这个月是小月，过了明天这个月就完了。(人 38-445-8)

【汏】

〈动〉洗う。¶下半日～衣裳，几几花花衣裳就交拨我一干仔。(海 23-183-14)

dai

【呆】

〈动〉ぼうぜんとなる。¶我说是罗老爷个拜盒，难末刚刚晓得仔，～脱哉，一声闲话响勿出。(海 59-501-17) ¶须臾咖啡已毕，西崽送上签字纸，一看四十二元七角五分。筱岑倒～了一～，想着还有一打勃兰地在里头，只得签了字。(商 7-54-23) ¶雨村遂起身往窗外一看，原来是一个丫鬟，生得仪容不俗，眉目清明，虽无十分姿色，却亦有动人之处。雨村不觉看的～了。(红 1-11-18) ¶任櫆叫的喉咙破了，众人方才放手。点灯来看，看见了任櫆，各人都～了 (喻 38-578-16) ¶许宣方才～了，半响不则声。许宣

道:"原来如此,……。"(警 28-433-4) ¶王庆听了这句话,便~了一~。(水 102-1577-2)

【呆大】

〈名〉愚か者。 ¶耐个~末少有出见个,随便啥闲话,总归瞎答应。(海 51-435-8)¶[付]~,阿是你勿认得?[丑]勿晓得活。[付]个个末,就是桃花坞里个唐老爷哉那。(三 4-26-25)"呆徒"とも作る。¶要我奔的慌慌的做甚吗?我须不是呆徒嘎。(商 7-55-24)

【呆致致】

〈形〉呆然としているさま。 ¶耐看玉甫今日来神气常有点~,拨来俚哚圈牢仔,一步也走勿开个哉。(海 7-57-3)

【代】

〈动〉①代わる(他の人のすることを)。 ¶大家勿许~,我自家吃。(歇 4-26-6)¶先是~个呀,倪自家也该应拜拜俚。(海 47-396-5)¶㑚~奴说哉啘,啥板要奴催格佬!(狐 58-499-3)¶明朝勿能到者,我托位朋友~一~罢。(上散 10-63-6)¶兄弟有个少女,今年十八岁,叫他去拜在抚帅膝下做个女儿,~了小姐,岂不是好?(目 84-677-13)¶那末还是请隔壁的小阿囡~一~吧!(人 40-481-1) ¶既是妈妈~我上了姓氏,何必押字?(禅 7-89-5)

②他の動詞・動詞連語の前に用いて、代わってその動作をすることを表す。 ¶俚哚是牌局,一去仔末就要我~碰和。(海 22-174-3) ¶前转庄个搭朋友~请,勿是俚吃酒。(海 25-202-2)¶耐替我~吃仔罢。(海 38-321-1)¶说起个周双玉,先起头就是阿哥~叫几个局,后来也是阿哥同得去吃仔台酒,双玉就问我阿要讨俚。(海 54-456-1) ¶先生勒浪谦吉里洪公馆里向~碰和,格格客人格末叫气数,碰仔八圈倒说再碰八圈,定规要倪先生搭俚~碰。(九 93-659-21)¶听见说道大爷、二爷做文章勿出、华安末~做、师爷看勿出,送本勒相爷看。(三 15-173-2)¶这银子竟有人替我~还了。(官 48-817-15)¶磕头道台抢着~做主人,让人喝酒。(官 34-581-2)¶锦衣要叫婷婷与房间娘姨~饮,尔梅不许,自己勉强喝了六杯,尚有六杯并在一只鸡缸杯内,递与行运,要他~喝。(繁后 17-925-8)¶我来替你~写了罢,你只在契尾之上签个花字可好?(繁后 24-1006-12)¶应酬了几句,就问我尊姓大名,朋友替我~说了。(新 10-46-23)¶贾母规矩是鸳鸯~洗牌,因和薛姨妈说笑,不见鸳鸯动手,贾母道:牌你怎么恼了,连牌也不替我洗。"(红 47-648-5)

【代酒】

語彙例釈　dai

〈動〉他人が飲むべき酒を代わって飲む。¶怪勿得耐要豁拳，有几花人搭耐～哚。（海4-26-5）¶教大阿金也跟得去代代酒。（海20-157-16）¶你们怕我叫局～，现在大家不许相好～，自搐自吃，谁～就罚谁，代一杯罚一杯，可好不好？（十20-144-21）

【代局】

〈動〉指名された芸妓に代わって宴席に赴き、席にはべる。⇨叫局。出局。¶让俚来代仔个局罢。（海7-55-20）¶倘忙有辰光生意忙勿过，教双玉代代局也无啥。（海63-536-22）

【帯】

〈動〉①携帯する。¶耐拿保险单自家～来哚身边。（海11-86-3）¶等到买得来，原勿好，要我去调，拿跌碎个玻璃罩一淘～得去，照样子买一只。（海23-183-6）¶耐该埭到上海，～仔几花物事来，无拨一点用场，我要耐一样好物事，耐定归勿送拨我。（海53-451-2）¶赶奴出去，奴格物事，仍旧要～仔勒走，覅说奴是卷逃。（狐10-69-15）¶问谢青云道:谢你这个烟是那里买的?"青云道:云是香港去～得来格呀，倪是勿会吃，勿晓得俚好勿好"（九续57-441-22）¶倪阿姊出来照光，躺～啥铜钿出来嘿。（九续66-513-13）¶门生这趟～来的不多，大约只够老爷一年用的（官47-805-3）¶暗中看不出门牌号码，幸得身边～有洋火，因划一根照见是二百六十四号。（歇16-203-1）¶黛玉又～了许多书籍来，忙着打扫卧室，安插器具，又将些纸笔等物分送宝钗、迎春、宝玉等人。（红16-221-17）¶誓书在我家里，不曾～得来。（水52-859-10）¶梅氏起个黑早，领着十四岁的儿子，～了轴儿，来到县中叫喊。（喻10-157-6）¶当下莫大姐自同一伙女伴，～了纸马、酒盒，抬着轿，飘飘逸逸的出门去了。（二38-701-2）
②帯びる。内に含む。¶'菊花'两个字，稍微～著点好哉。（海61-517-16）¶李姑太太见他笑容中，～着一股恶气,面色发青,两眼凶光外露,不觉毛骨悚然。（歇24-317-2）¶他此时又～了七八分醉，又走乏了，便一屁股坐在床上。（红41-573-17）¶果然大郎走出去，思量了一回，竟到书房中，～着怒容问满生道:怒秀才，你家中可曾有妻未?（二11-231-15）¶城外游玩了一遭～五七分酒，佯醉假颠，迳来到柴皇城宅前。（水52-859-14）
③率いる。¶为啥勿～个娘姨出来?（海9-70-23）¶耐来里上海当差使，家眷末也勿曾～，公馆里就是一个二爷。（海34-285-6）¶我前日仔碰着蔡大少，交代我～仔相好一淘去，皆为要闹热点落。（狐4-22-6）¶马路也差不多不认识了，所以～了一个大姐一同出来的。（人29-319-15）¶他便～了两个小丫头到一石后，也不怎么样。（红78-1119-20）¶爹爹，孩儿想得试期且促，既～了家眷同行，一路上未免有些耽延。拣日不如撞日，便

把行李收拾起来，就是明日起身也好。（鼓 8-98-17）¶四娘与一个不知姓名的奸夫说通了，～了这三岁儿子，一同逃去。（二 38-696-6）¶我自在上面一个僻处等你。不要～闲人上来。（水 46-761-17）

【带】
〈动〉"戴"に同じ。⇨戴。¶只好拿洋铜钏臂来当仔金钏臂～～个哉,阿是?（海 22-181-1）

【带挡】
〈名〉妓楼に雇用されている者が芸妓に貸し付けているお金。¶耐孙囡阿存～?（海 26-210-6）¶耐是小姐，倪是娘姨，生来做勿做随耐个便!店帐～才清爽仔，勿关倪事!（海 64-548-18）¶耐到下头去喊金姐上来，算房饭钱～。(鸿 11-254-9）¶娘姨笃格～，一千几百块，各处格店帐末，二千多点，一塌刮仔勿到五千洋钱。（九 10-79-6）¶区得有两个娘姨相帮，搭倪捐仔三千洋钱～，难末总算就过去。陆里晓得格两个娘姨捐仔～，格末叫讨气，拆仔利钱勿算，另外还要搭我讲俉格拆头。（九 37-273-2）

（注）動詞としても用いられる。→这些债，都是向那些龟奴、鳖爪、大姐、娘咦等处借来的、每月总是二三分利息。龟奴等辈借了债给他，就跟着伺候他。其名叫做"带挡"。这种风气，就同官场一般，越是背得债多的，越是红人，那些带挡的，就如官场的带肚子师爷一般。（目 106-880-23）

【带局】
〈动〉宴席に呼んだ芸妓をつれて、他の宴席などに赴くこと。¶台面是要散快哉，说请洪老爷～过去，等来哚。（海 3-24-6）¶阿要教阿海先去摆起台面来，一淘～过去?（海 28-234-8）¶章大少，阿要～去罢，省得来叫哉（九 1-9-13）¶统领那天生气，并不是为着我摆酒生气，为的是我带了龙珠的局，割了他的靴腰子，所以生气。（官 13-193-20）

【带累】
〈动〉累を及ぼす。¶耐末喜欢拨人骂两声，为啥要～我?（海 53-451-19）¶奴若硬要住勒里，一来末～俉格名气，二来末要害俉受气。（狐 10-69-11）¶斯时慕颜见宝玉礼数中节，言语卑谦，更是十分欢喜。睐齐了两眼，笑嘻嘻的说道:嘻唔一客气，～我吃勿落酒咯，我格性情，是最欢喜真爽格拉。"宝玉方把酒干，又执壶奉敬慕颜。(狐 34-287-13）¶偷人家的钱，～别人!不等上堂老爷打你，我先要了你的命!（官 13-201-9）¶标下就来回过太太，请太太管管这些姨太太，少教他们出去，弄的声名怪不好听的。太太说:不没有工夫管他们。"如今好了，连太太的声名也被他们～上了!（官 49-840-19）¶便

語彙例釈　dai

得罪了他,就有本事承任,不犯~別人!(红20-280-1)¶大哥,这却使不得,须~我。(禅13-196-4)¶自被你盗了官库银子,~我吃了多少苦,有屈无伸。(警28-429-5)¶你们可快快寻个所在搬去,不要~我(喻3-69-12)¶上下!替我提一提杀人贼则个!不时,须要~你们。(水21-319-9)

【帯孝】

〈动〉喪服を着る。¶我八岁无拨仔爷娘,进该搭格门口就勿曾~;故歇出去,要补足俚三年。(海49-421-13)¶原来这婆娘自从药死了武大,那里肯~。每日只是浓桩艳抹,和西门庆做一处取乐。(水26-408-3)"戴孝"とも作る。¶宗江见了兄弟不戴孝,心中十分大怒。(水35-556-12)

【待】

〈动〉①遇する。¶罗老爷做末做仔半个月,~倪翠凤也总算无啥。(海7-52-13)¶耐王老爷~倪先生要好勿要好,也勿在乎此。(海11-84-11)¶阿金倈想想看,俚倈~我,实梗格薄情,真真害仔奴一世,将来勿知哪哼嘎。(狐9-61-13)¶难俚勿来仔,生来勿好搭倪吵哉,倪是算算也勸~差俚。(鸿4-202-15)¶我因想晴雯姐姐素日与别人不同,~我们极好。(红78-1120-6)¶说起晁、宋二头领招贤纳士,结识天下四方豪杰,~人接物、一团和气,仗义疏财,许多好处。(水44-717-9)

②待つ。¶客人为仔俚眼睛高,勿敢去做,赛过留以~亚白先生品题。(海31-260-3)¶宝玉~湘云动手,便代将"湘"字抹了,改了一个"霞"字。(红38-522-12)¶有话便说!~一~谁鸟奈烦!(水58-978-2)¶各人回去硬挺着头颈过日子、以~时来、不要先坠了志气。(警17-235-9)

【怠慢】

〈动〉①粗略に応对する。¶今朝转仔五六个局哚。李大少爷、真真~耐哚哩。(海13-106-20)¶阿是倪~仔耐,耐一埭也勿来?(海59-506-24)¶那号房一接名片,晓得是大人亲戚,不敢~,立刻通报。(官42-716-5)¶叫别的师傅陪陪他,不要~了人家。我这里陪徐大人,没工夫招呼他,就说我不在家就是了。(官52-904-3)¶太太不必固执,医院中并不~你老人家呢。(歇7-87-21)¶好生管待林大师,不可~。(禅3-39-8)¶只是一件,还要母亲分付,蚤晚茶饭上务要周旋,不可~了他。(鼓27-323-8)¶妈妈说那里话?姑娘是何等之人,小尼敢~他。(初34-639-8)¶好歹要在他身上图成这事,不可~了他。(二14-281-13)¶当初我们做财主时节,也有人来求我来,却不曾恁般~人!(警25-387-5)

②応対が行き届かない。謙遜した言い方。¶洪老爷到该搭来，总～点，就不过听两句发松闲话，倒也无啥。（海25-203-5）¶要末还是耐到倪搭去哝哝罢，不过～点。（海52-438-18）¶～得很！（负2-10-9）‖"待慢"とも作る。¶阿是倪待慢仔俫大人，格落后日就要动身去哉介？(狐39-336-18)¶一眼无没小菜，待慢之至。（上散10-61-10）¶我们因他是个报馆主笔，不敢待慢他们。（歇7-80-2）¶这位娘姐是府上甚么人，千万不要待慢了他！（目80-649-7）¶我的姐姐，咱们从小儿耳鬓厮磨，你不曾拿我当外人待，我也不敢待慢了你。（红72-1018-7）¶待慢，对勿住，扶梯浪走好，各位请明朝来嗄。（狐3-15-20）¶俫勿嫌倪待慢末，住勒里仔，马夫末好叫俚转去格哞。（狐3-16-2）

【埭】

〈量〉①動作の回数を数える。¶头一～到上海，陆里晓得白相个多花经络。(海1-10-17)¶价末费神耐替我跑一～，阿好？(海3-17-9)¶昨夜有个娘姨来寻仔耐好几～哞。（海14-112-4）¶倪昨日到城里去仔～，出来已经勿早哉（鸿7-227-3）¶请仔耐十几～，耐定规勿来。（九3-25-7）¶倪听仔急煞快，寻仔俚好几～，寻俚勿着。（负18-84-7）¶说末实梗说，究竟俫差阿金去看一～格好。（狐50-430-3）"代"とも作る。¶我当日因怀雉儿时，曾许下杭州上天竺香愿，经今七年，不是没工夫，便是没钱，今年私已趱下得两匹布，五七百铜钱，不若去一代，也完了心愿。（型10-146-2）
②ひと並びに連なっているものを数える。¶一只嘴张开仔，面孔浪皮才牵仔拢去，好象镶仔一～水浪边。（海15-119-15）¶该面一～才是書箱。（海31-260-8）

【戴】

〈动〉着用する(頭・顔・首・胸・腕などに)。¶俚是衣裳头面多得来多勿过哉，为此着末也勿着，戴末也勿戴。（海15-120-1）¶小丫头忙捧过头笠来，宝玉便把头略低一低，命他～上。（红8-130-1）"带"とも作る。¶身上带着银红撒花半旧大袄，仍旧～着项圈、宝玉、寄名锁、护身符等物。（红3-50-3）

dan

【担干己】

責任を負う。⇨干己。¶故末二爷哉，刚刚好仔点，再要去，倪个干己担勿起。(海43-367-6)

【单】

〈副〉単に。ただ。¶～剩我一干仔，无啥人来讨得去，要耐养到老死咪。（海3-20-17）¶～是王老爷一干仔末，一节做下来也差勿多五六百局钱咪。（海4-28-15）¶连搭娘姨、

語彙例釈　dan

大姐哎才勿晓得耐心里个事体,～有我末稍微摸着仔点。(海7-52-2)¶耐要做倪翠凤末,耐定归要～做倪翠凤一个哚,包耐十二分巴结,无拨一点点推扳。(海7-52-23)¶倷是有人陪伴,勿比奴冷清清,～怨自家格苦命,故歇看几本戏,也教吪法。(狐9-63-15)¶格种人实头是格众生脾气,自家屋里向格人勿去管管,～要到外头瞎捎。(鸿11-255-2)¶俚笃少奶奶是～晓得倪格呀。(沪1-20-9)¶我另外提开算,～尽你三大人罢。(官4-59-21)¶方才钱守愚赞叹的几块又肥又新鲜的鸡肉,已不知所往,～剩些颈项碎骨。(歇4-43-20)¶还是～送我一人的,还是别的姑娘们都有呢?(红7-113-1)¶却被阎神屈屈勾将去,～剩得老夫。(初35-662-12)¶命水师拨大船二只,一正一副。正船～坐晋国来使,副船安顿仆从行李。(警1-2-3)¶俺哥哥以忠义为主,誓不扰害善良,～杀滥官酷吏,倚强凌弱之人。(水86-1416-12)

【单衫】

〈名〉ひとえの衣服。¶耐生来无啥要紧,熟罗～才有来浪,去去末哉;我好像个叫化子,坍台煞个。(海29-242-13)¶衣服多当来吃了,～百结,乞食通途。可昔日怜荣华,一旦付之春梦!(初22-411-3)

【耽搁】

〈动〉①逗留する。¶客栈里～仔两日,缺仔几百房饭钱,铺盖衣裳才拨俚哚押来浪。(海24-199-11)¶伯思道:思去仔阿要几时上来?"华生道:生去仔总要～两日。"(鸿3-206-9)¶难末吪哪哼,只好～勒亲眷格搭,也是开堂子格,我就登勒浪帮忙。(狐20-160-12)¶伊拉此地还要～两日哩否?(上问44-81-12)¶那军机大人只还了半个仕,让他坐下。只问得两句:让你几时来的?"三荷包回过;又问:问几时走?"三荷包回;荷～三四天就走。"说完了两句话,那军机大人来端茶送客,自己踱了进去。三荷包无奈,只好退了下来,回到寓所。(官6-80-1)¶你自今日起且不要回去,到我家里去～。(新45-206-17)¶他现今～在城内什么地方?我又不曾知道。(歇18-226-14)¶任天然坐火车到了天津,～了两天,坐了安平轮船回沪。(梼24-378-14)¶贾母吩咐:母好生派妥当人跟去,到那里尽一尽同窗之情就回来,不许多～了。"(红16-221-12)

②迟延する。¶耐去仔,我一干子来里,勿出门口,勿见客人,等耐来仔末,我好放心。耐麴为啥事体多～仔哩。(海55-466-3)¶今年雪大,外头都是四五尺深的雪,前日忽然一暖一化,路上竟难走的很,～了几日。(红53-741-13)

③ふいにする(機を失したりして)。¶等到双宝转来仔,再到双玉去末,晚哉。转到第四个局,台面也散仔,客人也去哉。双宝转来,告诉仔无姆,生来同双宝勿对,就说

dan　語彙例释

是双玉～仔了，要无姆去骂俚两声。（海 24-198-18） ¶我屋里出来，到抛球场去仔一埭，碰着仔两个朋友，拉我一淘去买物事，物事末勥买成功，辰光倒～好老大一歇。（鸿 9-240-9） ¶尤氏笑道:氏我今日不回去了，定要和祖宗吃一夜。"贾母笑道:母使不得，使不得。你们小夫妻家，今夜不要团圆团圆，如何为我～了。"（红 76-1082-9）　‖ "耽阁""担阁""担搁"とも作る。 ¶小弟进栈之时曾问茶房，据说第五号房内有扬州客人，一个姓郑，一个姓游，已住有十数天了，闻说尚要耽阁几时。（繁初 3-23-25）¶张大秀才道:大这等，为何未来?难道不想进京，还留在彼处?"兴哥道:哥多分是取债不来，担阁在彼。……。"（二 4-83-16） ¶众人道:人看这位老兄，是个厚德君子，料必不要你报。不若请到酒肆中吃三杯，见你的意罢了。"那后生道:后说得是。"便来邀施复同去。施复道:来不消得，不消得，我家中有事，莫要担阁我工夫。"（醒 18-362-6）¶自从当日起，日逐去侍候，担阁了两个来月，不曾得见令公。（喻 15-226-1） ¶八戒笑道:戒哥啊，这等干，只是忒费事，担阁了时辰了。"（西 49-569-5）¶我已料着你神行的日期，专等你回报。切不可沿途耽阁，有误事情。（水 39-625-17） ¶李逵道:逵我有个师父在前面酒店里等我买枣糕去，吃了便行，担阁不得。只可如今便行。（水 54-902-7）

【胆】

〈名〉肝の玉。度胸。 ¶耐～倒大得野喤!（海 9-67-13） ¶耐～倒大咪，放生仔俚转来哉!（海 38-317-3） ¶张华原无～无心告贾家的。（红 69-976-8） ¶得贵摇手道:贵做不得，做不得，我也没有这样～!（警 35-537-14）

【胆小】

〈形〉肝っ玉が小さい。 ¶赵先生，耐忒啥～哉。（海 14-110-24） ¶只有周老爷忽然～起来，说:来恐怕统领晓得说话。"（官 13-193-17） ¶贾母最～的，听了这个话，忙起身扶了人出至廊上来瞧，只见东南上火光犹亮。（红 39-540-14）

【但是】

〈连〉しかし。 ¶其原由于先天不足，气血两亏，脾胃生来娇弱之故。～脾胃弱点还勿至于成功痨瘵。（海 36-305-1） ¶筱庵老弟真要尸谏，虽是件不巧之事，～他一家老小靠托谁呢!（官 58-1016-3） ¶看见秦氏的光影，虽未甚添病，～那脸上身上的肉全瘦干了。（红 11-163-24） ¶客官不知。～来寻山寨头领，必然是社火中人，故旧交友，岂敢有失祗应。（水 58-970-8）

【淡淡】

語彙例釈　dan‐dang

〈形〉さらりとしている。あっさりしている。¶要晓得两个题目只消〜著笔，点缀些田家之乐，羁客之思。（海60-515-22）¶少年听了并不慌忙，〜的答道：答我同女学生干你甚事？要你们来根究我！你们在上海也须认识我，这女学生又不是你的亲姊、亲妹，就算我拐带了，也用不着你来查问！……。（新2-7-25）

dang

【当】

〈動〉担当する。……になる。任ずる。¶耐来里上海〜差使，家眷末也勿曾带，公馆里就是一个二爷，笨手笨脚，样色样勿周到。（海34-285-5）¶却说张华之祖，原〜皇粮庄头，后来死去。至张华父亲时仍充此役。（红64-924-13）¶哥哥自出外去〜官，不管家事。（水44-724-9）

【当家】

〈動〉家を切り盛りする。¶再三四年等耐兄弟做仔亲，让俚哝〜，耐搭无姆到我屋里向去。（海18-142-23）¶无姆样色样才无啥，做生意蛮巴结，当个家蛮明白，就是来里姘头面浪吃个亏。（海49-417-14）¶因此想把你接了去，同住在一起，我赚了钱，便交给你替我〜。（目98-803-12）¶这凤姑娘今年大不过二十岁罢了，就这等有本事，当这样的家，可是难得的。（红6-99-6）¶这个人见今取在家里。若得他会〜时，自册正了他多时。（水24-378-16）

（注）寺院などを切り回すことにも用いる。→起初是师父〜，后来死仔勒奴做格。（狐56-481-24）→众嬷嬷生恐他睡着了，便请〜的老王道士来陪他说话儿。（红80-1158-19）

【当面】

〈副〉じかに。面と向かって。¶耐就勿去打也无啥，耐晚歇来搭倪无姆〜去说一声。（海13-106-2）¶拨个卫霞仙杀坯〜骂我一顿，还有俚铲头东西再要搭杀坯去点仔副香烛，说我得罪仔俚哉！（海57-483-16）¶俫〜末勿借拨俚，只推托自家有病，亦勠搭俚一淘困，冷疏疏叫俫转去，俚俫板要火冒，但当时见俫在病，勿见得马上发作。（狐11-75-26）¶他再三的送来，只得收下。原是预备你来家，再〜还他的。（目41-317-17）¶一则是到差，一则要把制台分付的说话，和他〜商量。（维3-21-6）¶却说贾泉司听了相士〜骂他的话，愤愤而归。（官23-366-1）¶外头屋里桌子上汝窑盘子架儿底下放着一卷银子，那是一百六十两，给绣匠的工价，等张村家的来时，〜称给他瞧了，再给他拿去。（红27-377-4）¶过一日嫂子闲了，在老太太、太太跟前，听听我们当着面儿

dang　語彙例釈

叫他就知道了。（红 52-733-22）　¶恰好江南张王送了他一坛小菜，～打开看，都是些瓜子金。（儒4-60-1）

【当心】
〈动〉気をつける。注意する。　¶倪无姆个心思重得野哚，耐到要～点。（海22-176-1）¶耐倒硬仔心肠，拿自家称心个人冤枉杀仔，难下去耐再要有啥勿舒齐，啥人来替耐～？（海34-285-16）¶耐下转～点，倪堂子里向才是坏人，耐勿要上仔伲格当。（九26-196-10）¶病后～点格好，阿要过脱一日再去看罢？（狐36-308-2）　¶老四，勿要实梗，～张二少格衣裳！（九续60-459-2）¶他的条陈抚台自然格外～去看。（目94-769-12）¶他心上一急，一个不～。一只马蹄袖又翻倒了一杯香槟酒。（官 7-96-15）　¶异乡做客，最要紧的乃是衣裳多穿，吃食留意，件件都要自己～，切不可像在家时那般任意。（歇20-255-7）¶这小二在家里小心谨慎，烧香扫地，件件～。（警33-504-11）

【当中】
〈名〉…の中。中間。　¶七律～四句，我做勿来，耐替我代做仔罢。（海59-506-6）　¶伯父又指着讣帖～一句问我道：句你父亲四十五岁，自然应该作'享寿四十五岁'，为其你却写做'春秋四十五岁'呢？（目 2-7-26）　¶那山坡下两颗桂花开的又好，河里的水又碧青，坐在河～亭子上岂不敞亮，看着水眼也清亮。（红38-517-6）

【挡】
〈量〉①1 セットになっているものを数える 。¶耐去喊仔～干湿末哉。（海 11-88-10）¶到故歇一个多月，说有一个客人装一～干湿，打三埭茶会。（海 37-309-23）
②人を数える。貶義。　¶从娘姨出身，做到老鸨，过过七八个讨人，也算得是夷场浪一～脚色笃。（海 6-47-24）¶就像耐杨媛媛，也是～角色哦，夷场浪倒是有点名气哚。（海 15-120-13）¶我还有桩事体问，耐格～码子倽辰光来？（鸿12-260-14）　¶格两～码子来借洋钱，就是想敲竹杠。（鸿12-262-9）¶照耐说起来，一点勿错，一定就是格～码子。（九35-261-3）　¶勿壳张里笃格～码子，才来浪说倪格邱话，故歇索性说倪要逃走哉。（九68-491-9）

【当】
〈动〉①…と見なす。…とする。　¶我说耐只～无啥事体，酒末只管去吃，吃仔酒末就台面浪约好两个朋友，散下来一淘到小红搭去，阿是蛮好？（海 9-74-3）¶倪看仔无啥好，就不过黎大人末，到抚牢仔～俚宝贝。（海 15-119-20）¶随便啥闲话，搭耐说仔只～耳边风！（海 18-141-5）¶我想耐翠凤小个辰光，梳头缠脚才是我，出理耐到故歇，

語彙例釈　dang

总～耐是亲生因件,耐倒实梗无良心!(海59-502-12)¶倪野叫吭说话妈妈虎虎格做仔几年末,弗壳张该格断命生意倒一迳蛮好,难末拨倪本家娘～仔宝贝看待。(沪2-112-8)¶我平日和你说的,全～耳旁风,怎么他说了你就依,比圣旨还快些!(红8-128-5)¶黛玉笑道:玉你说你是丫头,我只拿你～嫂子待。(红31-433-9)¶这两个人好生悭吝。见放着有许多金银,却不送与俺,直等他去打劫得别人的送与洒家。这个不是把官路当人情,只苦别人。(水5-89-13)

②…と思う。¶耐就拿仔戒指去,秀宝只～耐是铲头,阿会要好嘎!(海13-100-24)¶老包大声道:包耐～我啥人嘎!请我吃镶边酒,要我垫殳三个空!我覅吃。"(海60-510-16)¶倪～仔是啥人,想勿到就是耐。(九71-513-16)¶刘姥姥见平儿遍身绫罗,插金带银,花容玉貌的,便～是凤姐儿了。(红6-100-8)

【当】

〈动〉質に入れる。¶俚拿我皮袄去～脱仔了,还要打我。(海3-19-5)¶倪几转看匡二爷背仔一大包物事出去,倪勿好去问俚,陆里晓得俚偷得去～嘎。(海60-513-3)¶个个船浪伙计,你拿中指头什介一伸,阿要～十两银子介?(三8-86-24)¶九个姊妹,大家借五百洋钿拨俚,再有五百洋钿,是紫云轩拿仔衣裳首饰,去～仔一千一百洋钿,难末还仔本家一千。(九续35-267-19)¶亏空铜钿末拿倪格首饰～脱点,再去借格二三千末就哝过去哉。(沪3-22-9)¶柜上朝奉打开来一看,只肯～四百铜钱。(官11-158-23)¶～了多少钱?我借给你去赎出来罢。(目85-686-3)¶昨儿我把两个金项圈～了三百银子,你还做梦呢。(红69-986-8)¶衣服多～来吃了,单衫百结,乞食通途。可昔日怜荣华,一旦付之春梦!(初22-411-2)¶何不将此件到城中,寻个识古董人家,～他些米粮,且度一岁。(二1-4-12)¶早间一人拿此被来～。我们看见此锦不是这里出的,有些疑心,不肯～钱与他。(二39-727-14)¶那三个好汉笑道:三莫说你是上司一个都监,便是赵官家驾过,也要三千贯买路钱。若是没有,且把公事人～在这里,待你去钱来赎。"(水34-530-7)

【当票】

〈名〉質札。¶洋钱同～才豁来哚地浪,勿晓得阿多少。(海64-551-16)¶老朝奉,个个～还勿曾有个勒。(三8-87-3)¶邹太爷藏好～,用手巾包好钱,一走走到稻香村。(官11-158-24)¶宝钗忙一把接了,看时,就是岫烟才说的～,忙折了起来。(红57-814-13)¶终究是相府门中手段,做事不少。'当真出来写了一张～:「当米五十石。」付与辨悟道:「人情当的,不要看容易了。」(二1-6-5)

【当水】
〈名〉ペテン。⇨上当水

dao

【倒】
〈动〉倒れる。動詞の結果補語にも用いられる。¶来浪夏天五六月里，好像稍微好点，价末皮肤里原有点发热，就不过勿曾困〜。（海 36-304-17）¶故歇漱芳病〜仔，三少爷再要生仔病，难末那价呢?（海 42-353-21）¶前日又病〜了十几天，叫大夫瞧，说是女儿痨，所以我就赶着叫他下去了。（红 78-1115-4）¶懒龙恐怕人起难脱，急取了那个包，随将老妪要处一拨，扑的跌〜在地，望外便走。（二 39-721-1）¶说罢，魏公跌〜在地下。众人扶起，唤醒，问他时，魏公并不晓得菩萨附体一事。（警 27-418-16）

【倒满】
〈形〉"倒霉"に同じ。¶今朝屠明珠真真倒仔满哉!（海 15-119-17）

【倒霉】
〈动〉不運な回り合わせになる。ばかな目にあう。¶勿是；就拨来〜个《天水关》闹得来头脑子要涨煞快。（海 19-155-17）¶天浪个雨呢求得下求勿下!若还求得下来，杀子天下个大胜会哉吓!求勿下来，钱笃笃就要〜，不来俚朵坐牢子末，难免欺君之罪。（描 30-265-9）¶唉！这叫做运气一坏什么〜的事一齐来了，有什么说头！（人 38-439-25）"倒楣"とも作る。¶这是兄弟运气不好，偏偏碰着了这倒楣的事情。（官 23-377-8）¶连这种人都要转起念头来，我们可就〜了。（新 10-451-1）

【倒霉人】
ついていない人。¶耐个〜末少有出见个!（海 26-213-13）¶倪一淘人就挨著俚运气最好，我同耐两家头才是〜。（海 37-312-2）¶耐倒还想着倪实梗格〜，到间搭来走走。（九 162-1066-7）"倒楣人"とも作る。¶慕蠡呢，怪不得，他是共惯了李伯正这种大人物，做许多维新的买卖，看不起我们这班倒楣人，也是分所当然。（市 11-244-25）

【倒运】
〈形〉不運である。運が悪い。¶做仔个奶奶，再有啥勿开心？自家走上门来，讨倪驾两声，阿要〜!（海 23-189-10）¶我末该〜，刚刚住个对过房间，拨俚咲两家头噪煞。（海 53-447-9）¶〜起来是有形个，个末叫得鸭屎臭!（鸿 9-244-4）¶老二心上一块石头虽然放下，嘴里"〜勿失头"的话却说个不了。（鸿 9-244-15）¶有了这种亲眷，可就要〜

語彙例釈　dao

了。（新 45-207-14）¶我的妻妾，还有什么乱子闹出来，才～呢。（新 45-210-4）¶余家兄弟两个越发呆串了皮了，做出这样～的事！（儒 45-527-12）

【到】

〈动〉①至る(ある所・時・状態からある所・時・状態に)。　¶舍甥初次～上海，全仗大力照应照应。（海 1-5-6）¶耐说转去两三个月哕，直～仔故歇坎坎来！（海 2-11-4）¶～仔初三日脚浪，大观园里也勿必去哉，屠明珠搭定归要～个。（海 18-145-11）¶我洋货店里买仔一只末，嫌道勿好，再要去买，换一家洋货店，说要买好个。（海 23-183-4）¶耐个财气～哉！（海 48-410-10）¶倪要等客人～齐仔末交卷咪，耐麰来里性急。（海 50-429-13）¶癞头鼋呷～仔上海哉呀。（海 61-520-6）¶顺全道：全华生兄，今朝～个哕？"华生道：生正是。"（鸿 1-193-26）¶唔笃公馆里～仔十二点钟。总归要吃饭哉，勿像堂子里头两点钟刚刚起来。（鸿 4-213-13）¶端午节末要～快哉。（鸿 13-266-15）¶奴是地陌生疏，虽则带仔四个用人，内中认得间搭格，只有一个大姐阿珠～过此地两转。（狐 18-136-24）¶说起来是也无舍希奇，一塌刮仔勿～一百洋钱格事体。（九 62-451-23）¶问龙吟：龙～过上海几次？认识的多不多，向来做甚生意的？"龙吟道：吟曾在杭州学过缎庄生意，失业已久，上海此回是第三回了，认识的人却不甚多。"（新 23-105-31）¶～了次日，龙吟独自一个坐车子～女总会。因时光尚早，只有孙公馆太太、李公馆小姐、钱公馆少奶奶几个人在。（新 38-177-11）¶怎么一个管门人竟有～七八十元一月的进款、那真可骇之至了。（新 7-31-28）¶～了宁府、进了车门、～了东边小角门前下了车、进去见了贾珍之妻龙氏。（红 10-146-22）¶我听见了，我方～那边安慰他一下子，又劝解了他兄弟一会子。（红 10-147-17）¶按名查点，各项人数都已～齐，只有迎送客人的一人未～。（红 14-190-17）¶从头看去，越看越爱看，不一顿工夫，将十六出俱已看完，自觉词藻警人，余香满口。（红 23-325-17）¶大王～了，快摆香案。（警 21-300-7）¶王进挑着担儿，就牵了马，随庄客～里面打麦场，歇下担儿，把马拴在柳树上。（水 2-22-12）¶李吉也却待回身，史进早～，手起一朴刀，把李吉斩做两段。（水 3-44-8）¶贤弟如何～这里？（水 3-47-1）

②ある場所に向かう。動詞"去""来"と共に用いられ、その動作が完結している場合"到"の後に助詞"仔"が用いられていることがある。　¶我叫赵朴斋，要～咸瓜街浪去。（海 1-3-10）¶有个米行里朋友，叫张小村，他～上海来寻生意。（海 1-4-16）¶倪无拨洋钱用，勿晓得洋钱才～仔陆里去哉。（海 22-176-4）¶啸庵为仔朱淑人亲事，～仔杭州去哉。（海 42-356-7）¶～仔陆里去？请也请勿着耐。（海 54-458-14）¶耐停

dao　語彙例釈

歇听拨事体,～公阳里林家里来末哉。(鸿1-195-2)¶耐到归首去罢,覅来里啰苏!(鸿2-198-7)¶又见祖梅、选仁也在此间、便笑嘻嘻的问道:见两位大少倒诚心勒里,比倪先来。停歇阿〜倪搭去介?"祖梅道:梅要的要的,我与胡先生一同到你船上罢。"(狐18-137-24)¶格个刘大少,做仔倪一个多点月哉,自从俚～仔倪搭来,倪倒当俚好客人格,从来勿叫俚打倷格首饰,做倷格衣裳。(九12-91-12)¶倷格倪搭耐讲章,耐一声勿响,耳朵～仔洛里去哉?(九34-256-15)¶故歇耐沈大人说付过野六千洋钱,倪轧实觉看见,再加仔故歇月娥格人,勿知～仔陆里去哉,赛过死人无对证格事体,倪也勿曾看见倷格六千洋钱,连搭仔月娥～仔伊场他去,倪也勿晓得。(九78-565-1)¶明天老哥们又要伺候大人～东洋去,目下就要分手。(官11-159-10)¶母亲说都～了南京去,这也是避地之一法。(目18-128-24)¶不信时,停会子～城里去逛逛,就知道了。(新14-62-26)¶我们那个～了上海去,四年工夫一个钱都不寄回来。(十10-68-31)¶福生的魂灵儿～了那里去了?(十12-83-9)¶宝玉便问道:玉周姐姐,你作什么～那边去了。"(红7-113-4)¶我方才～了太爷那里去请安,兼请太爷来家来受一受一家子的礼。(红10-149-13)¶此事只可你我二人知道,明早打你回家,取了钗子罗衫,星夜～南京衙门来见我。(警11-148-8)¶关得门户寂悄悄的,我们只道～那里亲眷家去,不晓得备细。(二38-697-3)(注)"到"的同義語である"上"にも"仔"が付く。→唔朵主人一定勿勒朵本城,包场得来个,介勒祝大爷上仔杭州去哉。(笑32-435-4)

〈趨〉①動詞の補語となり、動作が実現して、その結果が出来(dekǐ)することを表す。¶耐只嘴阿是放屁,说来咪闲话,阿有一句做～?(海2-11-17)¶倘忙碰着个好客人,看俚命苦,肯搭俚包瞒仔该桩事体,要救～七八条性命哞。(海16-128-2)¶李漱芳俚个亲生娘、兄弟、妹子,连搭仔陶玉甫,才蛮要好,无拨一样勿称心,为啥生～实概个病?(海37-307-15)¶昨日舒齐仔,要想到该搭来张张耐,碰着仔耐大姐,难末勿曾来,就交代俚一打香槟酒带转去,阿曾收～?(海53-448-7)¶着～仔该号衣裳,倒要点福气个哩!(海61-525-7)¶华生劝道:生耐覅实该哩,耐勿去仔,好像倪搭俚吃醋。况且俚个种客人,人家请也请俚勿～,唔笃送上门来倒覅做!"(鸿3-203-14)¶只要拿洋钱去浇来浪,吃拨做勿～个事体格。(鸿3-204-12)¶倪从前嫁仔格人,看看像煞蛮好,陆里想得～故歇再要出来做生意,倪吃格嫁人格苦,吃得足里足格哉。(九37-276-14)¶上海的倌人只爱银钱,只要有了银钱,没有办不～的事体。(九64-464-6)¶当下就进去告诉女眷,说是接～上海信,有要紧事体,明日就要动身,叫他们料理行李。(鸿

語彙例釈　dao

17-294-9) ¶与泻米之声相杂,来往船上多不知觉。那家子在里面睡的,一发梦想不~了。(二39-729-3)
②人や物がその動作によって達する所、向う所を示す。¶阿是耐要搬~下头去哉?(海3-21-13) ¶生来摆来咪床浪哉晼,阿是摆~地浪去。(海4-28-17) ¶善卿道:卿送~陆里嗄"莲生道:生就送~大脚姚家去,来咪楼浪西面房间里。"(海4-28-24) ¶我末进个聚宝门,寻~史三公子府浪,门口七八个管家才勿认得。(海62-529-21) ¶阿四道:四吴淞放仔小火轮来哉,李老大刚刚来说,船放来浪铁马路桥。"华生看了信道:生耐去对李老大说,叫俚明朝早晨六点钟生火,放~十六铺吴淞码头等末哉。"(鸿3-206-1) ¶戒指是勿错,倪探子俚一只勒浪,也勿知拨俚放~仔里去哉,现在一时无寻处,俚一定要我还末,倪只好赔还仔俚一只末哉。(九8-63-19) ¶倪晓得自家格命苦,所以落~堂子里向做仔倌人。(九71-518-10) ¶一时巡捕来了,不由分晓,拉~了巡捕房里去,关了一夜。(目28-210-14) ¶这罗四虎本也不是个好人,长毛没有平时,四处八方避难的人都住~上海来,罗四虎就在工部局里捐了张执照,在西棋盘街金隆里一带开设赌场。(新19-84-29) ¶但是今天拜了一天的客,才回~家,此时精神实在不能支持,就是去~府上也不能看脉(红10-1510-14) ¶因此忙的凤姐茶饭也没功夫吃得,坐卧不能清净。刚到了宁府,荣府的人又跟~宁府;既回~荣府,宁府的人又找~荣府。(红14-194-19) ¶次日开门,将家书分付承差,送~仪真五坝街上太爷亲拆。(警11-147-12) ¶郁盛就去雇了一乘轿,把莫大姐竟抬~魏妈妈家里。(二38-707-7)
③動作がどの時点まで続くかを示す。¶耐要来里上海寻生意,倒是难哩。就等~一年半载,也说勿定寻得着寻勿着。(海14-108-1) ¶昨夜赌~仔啥辰光?(海16-129-18) ¶老老头高兴来得,点仔十几出戏,差勿多要唱~天亮咪。(海20-158-22) ¶二小姐再要上仔俚个当,一径等来浪,等~年底下,真真坍仔台歇作!(海62-527-11) ¶要讨倪转去格客人勿止一格,倪要无拨真心待俚末,老早嫁仔人哉,陆里等得~放歇。(九72-521-7) ¶那林黛玉倚着床栏杆,两手抱着膝,眼睛含着泪,好似木雕泥塑的一般,直坐~二更多天方才睡了。(红27-373-12) ¶却说庄客王四一觉直睡~二更,方醒觉来,看见月光微微照在身上。王四吃了一惊,跳将起来。(水2-32-13)
④動作が達する段階を示す。¶就是翠凤个老鸨,从娘姨出身,做~老鸨,该过七八个讨人,也算得是夷场浪一挡脚色晼。(海6-47-23) ¶我从养~仔十八岁,一径勿舍得教俚做生意。(海16-127-7) ¶那时候留学生廷试尚没有举行,留学生也极少,朝廷把留学生瞧的极重,所以他就得法的,不过三四年,已爬~外务左丞的位子。(新17-78-12)

⑤動作の及ぶ事柄を示す。¶俚有辰光搭我说说闲话，说～仔做生意末，就哭。俚说生意做勿好，倒勿如死仔歇作，阿有啥好日脚等出来！(海16-128-9) ¶耐个一千洋钱末算啥？要是开消个局帐，故末倪谢谢耐。耐说要来讨我个末，再拨倪啥个洋钱嘎？说～仔零碎物事，倪穷末穷，还有两块洋钱来里，也夠耐费心个哉。(海55-467-23) ¶倪长三堂子里向格先生，比不得么二搭仔野鸡，总要碰几场和，吃几台酒，到仔是实梗模样格辰光，再好讲～住夜浪去，耐实梗性急，是勿会成功格。(九36-265-6) ¶黛玉听邱八说～这句话儿，心上好生欢喜，方才停住了哭。(九23-174-9)
⑥状態の達している程度を示す。結果・程度補語を導く構造助詞"得"の働きに近い。¶故歇来里我面浪动个气，倒也为是搭我要好了，耐气～实概样式。(海34-284-18) ¶格班议员末就是归帮广东客人格对头。故歇格帮来归帮去，将来归帮来仔末，格帮夷要去哉。格末打进出，好白相～野咮。(沪3-36-4) ¶你快快住了哭，和我说个明白。你可知你哭～这个样儿，叫我心上好生难过，替又替你不得，倘若哭坏了怎么好呢？(九23-174-7) ¶好生奇怪，倒象在那里见过一般，何等眼熟～如此！(红3-49-11)
なお、"得个"と同じく、"到个"も用いられる。⇨得个。¶饮食渐渐减下来，有日把一点勿吃，身浪皮肉也瘦～个无淘成。(海36-304-15) ¶王老爷待～个沈小红再要好也无拨。(海41-344-22)

【到】
〈副〉副詞"倒"に同じ。"倒"⑤の用法。¶我～猜着耐个意思来里。(海4-31-7)
〈注〉周定一主編：红楼梦语言词典に「在红楼梦抄本中，"到"字经常用作"倒"(dào)，倒不胜举，并非讹字，而是旧戏曲小说中习惯。」とある (P.170)。なお、"到"のこの用法の例は"倒"の項にある。

【到底】
〈副〉①一体。疑問の気持ちを強く表す。¶票头末是罗子富个笔迹，～是啥人有事体哩。(海3-24-1) ¶～为啥事体？倘忙我能够帮帮俚也勿晓得，耐实说看哩。(海16-127-14) ¶你～姓啥名啥？(三9-107-15) ¶耐～是到洛里搭去格，老老实实搭倪说！(九续30-227-11) ¶～有什么好处？(官1-4-10) ¶见张子纯去远了，心想：号里帐房先生还在客堂里坐着，我不如问他一个明白，～子纯吃官司为了何事。(人37-421-1) ¶姑娘～有什么病根儿，也该趁早儿请个大夫来，好生开个方子，认真吃几剂，一势儿除了根才是。(红7-107-15) ¶前儿那玫瑰露姐姐吃了不曾，他～可好些？(红60-847-7) ¶那反叛的～如何？(二37-689-9) "倒底"とも作る。¶少奶奶说了半天，倒底谁做了甚么

語彙例釈　dao

来啊？（目95-777-19）¶这张票子，倒底应该怎样写法呢？（目104-862-21）¶倒底倷啥地方得罪仔耐？（沪2-95-10）
②何といっても。事の本質を強調する。¶倘忙有用着个辰光，耐也好来拿个碗，～原是耐个物事。（海8-60-6）¶倷娘姨哚～无啥干己，就闯仔点穷祸，也勿关倷事。（海10-82-4）¶耐格闲话，～勿对。耐到仔张园，呒拨灯看末，为啥勿就转来介？（九续30-227-10）¶好个叶太太，～是诗礼人家出身，知道规矩礼法。（目91-742-10）¶～是你们有年纪的人经历的多。我这大姐儿时常肯病，也不知是个什么原故。（红42-577-7）¶～是姐姐，要是我。再不饶人的。（红42-589-16）¶～夫妇之间，与他人不同。（警22-323-9）¶王生～是个书生，没甚见识。（初21-201-4）"倒底"とも作る。¶轿车末忒闷，亨斯美末自家弗会拉缰绳，倒底皮篷车最好。（狐15-107-25）
③最後まで。¶就像淘王甫，要讨个李潄芳做垫房，～勿曾个。（海54-456-6）¶万望老爷垂悯，传与躲三灾之法，～不敢忘恩。（西2-17-11）

【到家】
〈形〉十分に高いレベル・程度にまで達することを表す。¶就教俚做桩小事体，俚乃要四面八方通通想～，是勿要紧个，难末再做。（海52-442-2）¶卜大人耐是勿比别人，倷搭格老客人哉呐！俚笃有啥勿～格场化，得罪仔耐卜大人，阿好看倷面浪，勿要动气。（九175-1142-9）¶你说是说得太过，我还以为未曾说得～呢。（目79-637-12）

【到期】
〈动〉期日になる。¶故歇我来搭俚付清仔，到仔期我去收，勿关耐事，阿好？（海48-411-10）¶谁知原告律师的第二次应收的款子又～了。（人38-440-5）

【倒】
〈动〉①位置が逆になる。¶不过"画眉"两个字，平仄～仔转来，要罪耐两杯酒。（海33-274-5）
②傾けて中の物をあける。¶扫地，揩台子，～痰盂罐头，陆里一样勿做。（海23-183-14）¶蓬壶钓叟只好教俚去～夜壶。（海23-275-4）¶宝玉见没丫头们，只得自己下来，拿了碗向茶壶去～茶。（红24-340-21）

【倒】
〈副〉①一般的常識に反していることや他の人の考え方と異なることを表す。なお、"到"とも作る（以下の項も同じ）。¶耐放来哚'水饺子'勿吃，～要吃'馒头'。（海1-8-14）¶去罢，去罢！看仔耐～惹气。（海4-33-4）¶耐个人忒啥个心不足，故

dao　語彙例釈

歇夥说无法子，倘然有法子教拨耐，赚着仔三四百洋钱，耐～再要嫌道少哉唲！（海 58-498-13）¶后来亲眷笃荐一个孟河郎中来，名字末我勿记得，勿知姓马呢姓费，看仔三埭，吃仔十几帖药，就渐渐能好格哉。实梗看起来，本事比间搭格大唲？俫～说俚勿好，批塌得一钱勿值？（狐 35-300-10）¶你二奶奶的生日，老太太都这等高兴，两府众人都来凑热闹，他～走了。（红 43-597-10）¶你们都和他有首尾，却放他自在。知县相公教你们拥扒他，你到做人请！（水 51-841-15）

②そうとは思いもかけていなかったことを表す。¶看时，正是徐茂荣。张寿，来安齐说道:时倪～来惊动仔耐哉唲，阿要对勿住嘎！"娘姨在后面也呵呵笑道:道我只道徐大爷去个哉，～来哚床浪。"（海 5-35-18）¶子富道:富耐看俚昨日老晚来，坐仔一歇歇～去哉，啥人高兴去叫俚嘎。"汤啸庵道:啸耐夥怪俚，倘忙是转局。"（海 6-45-20）¶娘舅个闲话也说得稀奇，妹妹一淘坐来浪，～说道拨人骗仔去哉！骗到陆里去嘎？（海 31-258-9）¶上仔客人个当，一千多局帐漂下来，难末堂子也歇哉，爷娘也死哉，我末出来包房间，～空仔三百洋钱债。（海 60-509-7）¶不过倪吃仔把势饭，要做生意个唲，阿敢去得罪个大流氓？就看俚咪做花样末，倪也只好勿响。故歇癞头鼋～说倪搭周少和通同作弊，阿有该号事体！（海 61-521-19）¶大先生去仔半个月，格格贼～前日捉牢格哉！（狐 34-292-4）¶今朝搭俚说明白仔，耐豪爽点自家去转点念头，勿要到仔归格辰光，大家面子浪过勿去，～说倪坍仔耐格台！（九 163-1071-24）¶我说他们不用人费心，自己就会好的。老祖宗不信，一定叫我去说合。我及至到那里要说合，谁知两个人～在一起对赔不是了。（红 30-421-20）¶我和你结交了，你的爹娘即如我的爹娘，我的父母就如你的父母，怎么～说起异姓两字来？（杀 23-96-3）

③複文の前の文にあって、そうと一応認めたうえ、しかし…と、後の文で補足したり修正したりする。後の文が表に出ていないことがある。¶林翠芬急得掩着脸弯下身去，爬在汤啸庵背后，极声喊道:翠夥吵哩。"林素芬笑道:素俚哭～勿哭个。"又说翠芬道:说香面孔末碍啥，耐看鬓脚也散哉。"（海 6-48-20）¶槟榔～有，就只是我的槟榔从来不给人吃。（红 64-921-15）¶好到好，只是奶奶在那里，恐不稳便。（醒 10-202-5）

④複文の後の文にあって、前の文と逆接の関係につなぐ。前の文が表に出ていないことがある。副詞"却"に当る。¶我只道俫同朋友打茶会去，教娘姨哚等仔一歇哚，耐末～转去哉。（海 3-18-12）¶会钱末也是俚赚得来洋钱去合个会，耐～勿许俚用。（海 3-19-14）¶大阿金太息道:阿倪大先生末真真叫自家勿好，怪勿得王老爷讨仔张蕙贞。上海挨一挨二个红倌人，故歇弄得实概样式！"阿珠冷笑道:珠故歇～勿曾算别脚哉哩。"

語彙例釈　dao

（海 54-462-14）¶耐个无良心杀千刀个强盗坏!耐说一淘死,故歇耐～勿肯死哉!"（海 63-540-11）¶看格格贼格样式,身体末生得琐小,胆子～蛮大格。（狐 34-29-15）¶政公既有玉儿之后,其妾又生一个,～不知其好歹。（红 2-33-19）
⑤肯定あるいは否定の語気をやわらげる。取り去ると、断定的になって、強い語気になる。　¶我记得西棋盘街聚秀堂里有个倌人,叫陆秀宝,～无啥。（海 1-5-15）¶清倌人只许吃酒勿许吵,～凶得野唑!（海 2-16-10）¶俚真真用脱仔～罢哉,耐看俚阿有啥用场嗄?（海 3-19-15）¶乃问道:问啥人搭耐梳个头?"雪香道:"小妹姐啘,俚是梳勿好个哉。"蕙贞道:"蛮好,～有样式。"（海 5-40-20）¶我死仔～是俚先要吃苦。（海 20-162-8）¶俚用个韵～勿容易押,一歇～做勿出。（海 59-506-14）¶照大少实梗说法,格～怪倷勿得。（狐 20-156-11）¶今日珍大嫂子来,请我明日过去逛逛,明日～没有什么事情。（红 7-113-22）¶我～不好随去得。既有列位同行,必然不差。把儿子交付与列位了。（二 10-213-5）¶只是我今日生而无用,到不如死了干净,省得连累你终身。（警 31-479-14）

【倒是】
〈副〉①命令文にあって、そうしたほうがいいと勧める。¶蕙贞道:贞价末谢耐啥哩?"善卿道:卿耐要请我吃酒末～请我吃点心罢。耐末也便得势,勤去难为啥洋钱哉,阿是?"（海 4-29-9）¶倪是一家人,也勿好搭俚说,就说末也无行用。～请个朋友来劝劝俚,俚倒听句把。（海 63-541-17）¶林黛玉道:黛你～去罢,这里有老虎,看吃了你!"说着又裁。（红 28-392-15）
②複文の後の文にあって、軽い逆説を表す。副詞"只是"に当る。¶故歇耐为一时之气豁脱仔我,我是就不过死末哉,～替耐勿放心。（海 34-285-12）
〈連〉文頭にあって、前に述べていることと対立する内容のものを展開する。連詞"只是""不过"に近い。¶陆里晓得倪翠凤心理搭罗老爷倒蛮好,～耐罗老爷勿是定归要去做俚,俚末也勿好来瞎巴结耐哉啘。（海 7-51-12）¶耐张蕙贞搭无啥要紧,就明朝去也正好;～沈小红搭耐就要去一埭唻,倒还要去吃两声闲话哉哩。（海 9-72-21）¶倪朋友哚说起,倒才说耐好,耐做下去,生意正要好咹。～沈小红外头名气自家做坏哉,就不过王老爷末原搭俚蛮好,除仔王老爷,阿有啥人说俚好嗄。（海 12-95-1）¶嗣母早就看中一头亲事来浪,～我搭个浆,勿曾去说。（海 55-465-22）¶扬老爷要讨倪囡鱼,也是倪囡鱼个福气。～我只有俚倷一个,故歇就嫁脱仔叫我靠啥人过日脚嗄?（狐 5-34-8）¶格落奴一径牵记倷老人家,要想到间搭来,～路隔得远,勿能如奴格意。（狐

dao　語彙例釋

33-283-12）¶宝钗见了，别的都不理论，～薛幡的小像，拿着细细看了一遍，又看看他哥哥，不禁笑起来了。（红67-949-16）

【倒贴】
〈動〉貢がれる立場の者が逆に貢ぐ。¶要是倷做仔客人，就算是屠明珠～末，老实说，勿高兴。（海15-119-20）¶像俚笃格号饭桶，就是～我七块洋钿，也勿高兴叫俚格局嗰。（九续3-19-17）¶从前戏子搭倌人轧姘头，才要倌人格～。（沪1-48-11）¶利钱折子又抵不了罚款，怎么会被底下人骗去，不要是～了底下人罢？（官51-868-9）¶有人～，自然比以前阔绰得多了。（歇16-206-10）¶就是人家～我几个钱，也是人家的请愿，你有本领，你尽管弄去，老爷决不来管你帐。（新58-270-23）¶戏子结识妓女，妓女必然～，那有戏子充作嫖客之理？（狐50-428-2）¶耕心道：心……。金哥弟，我在这种地方吊膀子，并不光是贪色，也无非在经济上边误点子贴补。"金哥道：哥上海风气行～的么？……。"（十11-78-3）

【倒脱鞋】
いかさまばくちを仕掛ける。先に相手を少し勝たせて喜ばせておき、後にいんちきをしてごっそりかせぐ。¶为仔前回癞头鼋同李鹤汀、乔老四三家头去睹，拨个搭流氓合仔一淘赌棍～，三家头输脱仔十几万咪。（海61-520-22）¶凭你章秘谷这样的高明，免不得着了道儿，险些上了第二次～的恶当。（九54-395-25）¶暗中却用～一法，将他绣入我们的范围，那时要他死要他活，都可由我们发付。（歇89-1232-21）¶阿呀！少爷，你着了～的道儿也！（新28-129-28）

(注) 囲碁用語の"倒脱靴势"と関連があろう。→只见妙玉低着头问惜春道：见你这个'琦角儿'不要么？"惜春道：春怎么不要。你那里头都是死子儿，我怕什么"妙玉道：玉且别说满话，试试看。"惜春道：春我便打了起来，看你怎么样。"妙玉却微微笑着，把边上子一接，却搭转一吃，把惜春的一个角儿都打起来了，笑着说道：玉这叫做'倒脱靴势'"。（红87-1250-20）（倒脱靴势：甲方已将乙方棋子围死，乙方设法不仅将被围棋子接引进来而成活棋，同时反而围住甲方。——红楼梦研究所注）

【倒也】
副詞"倒"（"到"とも作る)の各用法に婉曲な表現にする副詞"也"を添えたもの。¶近来上海滩浪，～勿做啥生意哩。（海1-4-4）¶就是张小村，吴松桥算是自家场花人，好像靠得住哉，到仔上海～难说。（海13-101-3）¶故歇勿晓得为啥，俚凶末勿凶哉，我～看勿起俚。（海34-283-15）¶耐格号人，是～勿晓得格。（九续30-228-5）¶

語彙例釈　dao

而且外国人格身浪羊骚气得吭淘成笃，后来轧熟仔，～不过实梗味道，也闻惯哉。（狐22-173-6）¶黑总管那里～不必说他了；但是华中堂同老师两下里同是一样的军机，他偏两样看待，真正是岂有此理！（官27-439-24）¶这开客栈的神通～不少，不知用了什么手脚，竟被他把这官司一竟迁延下来。（新15-69-5）¶我瞧～是好处呢。（新19-84-14）¶一直过去不转弯，大家全到黄浦江里沐个浴到也很好。（人39-458-18）¶看着小道是八十多岁的人，托老太太的福～健壮。（红29-409-20）¶老太太不如挪进暖阁里地炕上～罢了。（红54-760-18）¶这赫连勃兀家拥万金，不识一字；他～立意要娶个美妇人为妻。（醒下2-103-7）¶这种守净～是聪明伶俐的。（禅5-63-5）¶老身磨了半截舌头，依～依得，只要娘子也依他一件事。（二2-33-3）¶小弟前在陈留拾得一个搭膊，到也相像，把来与尊兄认看。（警5-56-6）¶若是娘子肯依，～不费本钱。（二2-33-4）¶林冲初吃棒时，～无事。次后两三日间，天道盛热，棒疮却发（水8-128-12）"倒野"とも作る。¶格位史大少倒好白相格，人倒野老实笃。（狐31-258-4）¶我倒野弗相信，耐一干仔倒底有几化精神哚。（沪2-53-9）

【盗汗】

〈动〉寝汗をかく。¶难是岂止脾胃，心肾所伤实多。厌烦～，略见一斑。（海36-305-5）

【道】

〈动〉…と思う。¶张大爷、来大爷来哉，我～是啥人。（海5-35-14）¶我只～是双宝，倒勿是。（海9-74-18）¶我倒～是耐家主公。（海64-547-19）¶奴～是啥人，原来是月春妹子。（狐56-480-18）¶你～这人是谁？（官16-249-22）¶他二人也是吃惊不小，只～捉拐子、逃婢的来了，所以一见了仲彭，就连忙双双跪下，叩头如捣蒜一般。（目28-212-16）¶好贼秃！你们做的好事，还～我不晓得么？（新51-234-5）¶那男子听说，只～真是甘蔗丞相的儿子，吓得心惊胆战，赸出脚望外逃了去。（何6-67-22）¶我～是谁，原来是你。（人46-570-11）¶贾珍、贾琏、薛蟠等只顾猜枚行令，百般作乐，也不理论，纵一时不见他在座，只～在里边去了，故也不问。（红19-262-8）¶这黎赛玉夫妻二人，那知赵婆奸计，只～是他好意，甚是感激。（禅6-83-8）¶又见一个汉子赶将下来，心中到有些疑虑，只～是趁船的。（警11-136-5）¶但不闻得一些人声，又不见卢楠相迎，未免疑惑。也还～是园中径路错杂，或者从别道往外迎我，故此相左。（醒29-609-4）¶我～像你，原来果然是你，却是因何在此？（初12-219-5）¶人皆～是不信佛之报。（初35-664-2）

【道理】

dao　語彙例釋

〈名〉①事理。物事の道理・きまり。¶耐哚人一点点无拔啥~！（海9-73-12）¶我说漱芳也是懂一个人，要是正经事体也拉牢仔勿许去，阿算得啥要好嘎？（海18-145-16）¶俫格说法，像煞蛮公平，其实内堂中格~，勦明白勒海来。（狐35-300-13）¶俚耐洋钱末勿借，拿倪骂仔一泡勿算，还要动手打倪，推仔倪一交筋斗。章大少，耐想想看，世界路浪，阿有格号~？（九12-92-3）¶阿毛道："毛……。不过有一件事依我的意思，三少每月贴她一笔钱，万万不能说是你三少拿出来的。"莲荪道："荪这是什么~？"（人32-351-12）¶谁同你拉拉扯扯的。一天大似一天的，还这么涎皮赖脸的，连个~也不知道。（红30-421-8）¶何尝他知道那世宦读书家的~！（红54-759-10）¶天下无白劳人的~。（禅22-368-6）¶只是看见娘子称呼词色之间，甚觉轻倨，不像个婆媳妇~。及见娘子待客周全，才能出众，又不像个不近~的，故此好言相问一声。（初3-56-7）②事にあたる考え・方法。¶耐住来咪客栈里，开销也省勿来，一日日咪下去，终究勿是~。（海12-98-18）¶我有~，勿碍个。（海32-265-15）¶我教耐白相，我有我个~。（海41-345-21）¶黛玉道：玉格格主意不过一时之计，终勿能长远咂。"阿金道：金起初末实梗，原勿是长远格呀，奴还有一个~勒海来，俫瞀心急，听我说哩。……。"（狐11-75-12）¶母亲放心，孩儿自有~。（目18-131-5）¶我有个~的，横竖外国人只要实利，不要虚名的，我就把实利给了外国人，虚名儿依旧留在中国，人家自然不好说我了。（新18-79-11）¶从此以后，不许你再去陪她，我自有~。（歇16-206-13）¶我有~。如今也不用这些桌子，只用两三张并起来，大家坐在一处挤着，又亲香，又暖和。（红54-761-2）¶到别处去权住几时，慢慢再想个~便了。（鼓6-80-9）¶不必叮嘱，老身自有~。（禅8-112-5）¶如今盘费一空，文凭又失，此身无所着落，倘有安身之处，再作~。（警11-142-11）¶我自有~。如此如此，这般这般。（醒3-62-7）[贴]迎春有个~，不怕那婆子不肯。[旦]你有甚~？（杀25-107-11）¶你且莫忙，我自有~。（喻1-32-4）¶众军汉道：军恭人，可怜见我们，只对相公说，我们打夺得恭人回来，权救我众人这顿打。那妇人道：人我自有~说便了。"（水32-506-13）③理由。子细。¶我看起来还有~。耐想今朝一日天就有客人，阿是客人等好来咪？无拨实概凑巧咂。（海14-107-8）¶亚白笑道："白勿看末勿看哉哩，为啥嘎？"文君瞋目大声道："大勿成功，耐要说得出~就勿看末哉！"（海36-299-3）¶你们山坳海沿子上的人，那里知道这~。娘娘难道把皇上的库给了我们不成！（红53-742-14）

【道里】

語彙例釈　dao‐de

道（"县"の上の行政区分）の役所。¶麫说啥县里，～，连搭仔外国人见仔个癞头鼋也怕个末，耐陆里去告嘎？（海 64-551-2）¶一天里头和酒，总有到两三个应酬，～，县里还要三不时去走走。（新 33-150-29）¶我且问你，你们的王福可是常常到～去的？（官 50-861-21）

【道喜】
〈动〉"喜事"のお祝いを述べる。¶刚刚有仔两个月，怎晓得俚成人勿成人，就要～，也忒要紧哦。（海 47-402-21）¶耐为啥勿到朱五少爷搭去～嘎？（海 54-460-10）¶佩兰抢着说道："兰耐啥勿搭二少～介。"小宝略顿一顿，方才笑道："宝阿是二少讨仔新姨太太哉?倪勿晓得哦"（九续 34-262-18）¶各位大人都对他作揖～。（官 3-40-7）¶啊哟，已经十一点钟了。时候不早，我要回去，明天再来和你们～罢。（孽 32-307-26）¶后来还是夏太监出来～，说咱们家大小姐晋封为凤藻宫尚书，加封贤德妃。（红 16-210-12）

【道仔】
〈动〉…と思う。¶我只～耐勿来个哉，还算耐有良心哚。（海 2-12-5）¶我～秀宝下头去哉，连忙说："宝扬家姆，耐快点去看喔。"（海 26-214-12）¶我～耐是好人，难也学坏哉。倒上仔耐个当！"（海 26-217-17）¶二小姐肚皮里～史三公子还要来个哉，定归要问个信。（海 62-527-8）¶我～耐勿来格哉，今朝倷格好风吹仔耐转来，耐倒直头有良心格。（九 62-454-26）¶二小姐格心浪，总～俚搭耐潘大人，轧实是真心要好，勿是啥格假情假义。（九 167-1096-15）　"道子"とも作る。¶[丑]阿吓!勿好哉。一个要紧人奔子来哉。［介］大老官听见要紧人，道子秋姐姐奔子去哉。（笑 7-98-12）¶先生。俉阿是道子我哭得认真了，立里说鬼话？（笑 17-256-7）

de

【得】
〈动〉性行為をする。¶我大末勿大，也可以～，个哉！耐阿要试试看？（海 36-301-6）
（注）この用例は次のように訳されている。→我大么不算太大，可也够个儿了。你是不是要试试看？（吴越；海上花列伝普通話本）　→我大嘿不大，也可以用得了！你可要试试看？（張愛玲註釈；海上花）（海南出版社本も同じ）
ここは卑猥な冗談を言い合っているところであること、"得"と字音が近似する"笃"にその意味のあることを参考にして、一応の訳語を示しておくが、なお再考を待ちたい。"笃"のこの意味・用法については、『明清呉語詞典』156 頁の記述を参照。

【得】

de 語彙例釈

〈動〉助動詞。他の動詞・動詞連語などの前に用いて、それがかなうことを表す。 ¶倘能〜无思元虑,调摄得宜,比仔吃药再要灵。（海 36-305-19）¶如蒙发一点慈心,携带弟子〜入红尘,在富贵场中,温柔乡里受享几年,自当永佩洪恩,万却不忘也。（红 1-2-13）¶闻名久矣!不想〜会义士!（水 34-537-1） ¶若是能勾〜回乡去时,便是重生父母,再长爷娘。（水 3-49-5）

【得未曾有】

いまだかつてなく、いま始めてである。 ¶如此烟火,〜!（海 40-335-10）¶俚用个典做,倒也人人肚皮里才有来浪,就不过如此用法,〜。（海 51-431-9）

【得宜】

〈形〉ほどよい。当を得る。 ¶倘然能得无思无虑,调摄〜,比仔吃药再要灵。（海 36-305-20）¶共药一百二十味,君臣相标,宾客〜,温凉兼用,贵贱殊方。（红 80-1159-10）

【得罪】

〈動〉機嫌をそこねる。失礼する。 ¶倪要是说差仔,〜仔赵大少爷,赵大少爷自家也蛮会说咪,阿要啥撺掇嗄?（海 2-16-14）¶朱蔼人匆匆归席,连说:席失陪,〜。"（海 4-26-23）¶俚是个奶奶,倪阿好去〜俚?（海 27-220-17）¶为仔吃醉仔落〜耐哉。（鸿 4-210-4）¶茶倒麴吃,不过倪刚刚〜仔倷,倷麴肚里见气介!（狐 49-425-10） ¶我又不曾〜你,要你着什么闲气。（歇 12-146-23）¶小弟是穷昏了,所以说出来的话,自己还不觉得,已经〜了人。（官 11-157-23）¶倘〜了他时,他又弄点讥刺的诗词去登报。（目 49-390-3）¶昨儿因为这里的人〜了那府里的大嫂子,我怕大嫂子多心,所以尽让他发放,并不为〜了我。（红 71-1010-20）¶日前〜了大娘,又且简慢了,休要见怪!（初 6-116-4）¶是老夫忘事,〜〜。（二 4-80-8）¶保正休怪。早知是令甥,不致如此,甚是〜。（水 14-203-10）

【得】

〈助〉①動詞と結果補語・方向補語との間に挿入されて、可能を表す。"的"と表記されていることもある（以下の各項も同じ）。 ¶耐末陆里看〜见,说起来还是大先生个哉。（海 10-76-3）¶耐倘然学〜到双珠阿姐末,大先生、二先生几花衣裳头面,随便耐中意陆里一样,只管拿得去末哉。（海 10-76-14）¶我说个闲话、耐咪陆里听〜进?（海 15-120-12） ¶阿吃〜落?吃〜落末吃仔口罢。（海 18-144-18） ¶倪陆里及〜来耐个专门介。（鸿 8-233-16）¶我搭俚说该格数目耐看那哼?说〜成功勿回音耐哉,倘然说勿成功,我打发人到庄浪关照。（鸿 12-262-25）¶倪是勿好格哉,陆里说〜着时髦

155

語彙例釈　de

僧人，章大少来浪寻倪格开心哉。（九42-309-13）¶奴亦勿是仙人，落里猜～出呢？（狐32-267-6）¶不然，那一百多斤的东西，怎么拿～动呢？（官1-7-3）¶他管～到的地方，我都管～到。（官2-22-6）¶若不是仗着人家，咱们家里还有力量请的起先生？（红10-145-11）¶说～成时，把你二十两这纸借契，先奉还了。媒礼花红在外。（醒7-133-16）
②程度・状態・結果などを表す補語を導入する。¶比仔从前省～多哉。（海1-4-11）¶清僧人只许吃酒勿许吵，倒凶～野哚！（海2-16-10）¶人人怕家主婆，总勿像耐怕～实概样式，真真也少有出见个。（海21-171-3）¶拨我反仔一泡，俚倒吓～勿响哉。（海22-176-16）¶耐酒末勿请我吃，嘴浪说～野好听。（鸿3-206-17）¶两家头格武工据说好～吭淘成笃。（狐5-30-18）¶倷啥落格两日勿来介，害奴牵记～吭哩哼。（狐15-104-8）¶勿瞒耐说，要讨倪转去格人多～势来浪。（九9-72-24）¶阿唷唷，先生啥窝心～实梗样式哩？（沪1-25-3）¶老三是个上不得台盘的人，任凭他老子说～如何天花乱坠，他总是不肯去。（官1-11-21）¶我的奶奶！怎么几日不见，就瘦的这么着了！（红11-158-15）¶一面看那丫头，虽不标致，倒还白净，些微亦有动人之处，羞的脸红耳赤，低首无言。（红19-263-4）¶且待三叔回来，定有个真信。如今逼～我好苦！（警5-59-15）¶大雪下的正紧，林冲和差拨两个，在路上又没买酒吃处，早来到草料场外。（水10-153-2）
③動詞と方向動詞（"来、去"が多い）との間に用いられる。¶陆里晓得个冒失鬼，奔～来跌我一交。（海1-3-11）¶耐碰着仔陈小云，搭我问声看，黎篆鸿搭物事阿曾拿～去。（海3-17-15）¶前日仔收～来会钱到仔陆里去仔哩？（海3-19-10）¶四盏灯搭一只榻床，说是勿多歇送～去。（海5-34-11）¶倪开仔堂子做生意，走～进来，总是客人，阿管俚是啥人个家主公！（海23-187-18）¶阿怕我逃走～去！（海46-390-9）¶俚勿曾来请耐，耐倒先跑～出来，阿要难为情。（海55-464-17）¶物事倪先带～去，洋钱明朝送来。（九6-45-1）¶倪为仔翱看见过歇汇票，问俚要～来看看，说仔一句笑话。（九6-50-5）¶个末倪坐车子去罢，走～去有好一段路笃。（鸿1-193-20）¶实头出色！耐倽场化去寻～来个！（鸿2-199-23）¶耐看好仔，就租～来末拉倒哉。（沪2-39-10）¶阿媛末，真正小囡脾气，一歇歇工夫夷跑～罗搭去。（沪2-66-3）¶你道奇不奇呢！这还是我传闻～来的。（目68-543-16）¶一顶帽子，也不知从那里古董摊上拾～来的。（官6-82-1）¶沈全忙问："干娘，银子拿～来否？"赵婆道："在这里了。"（禅8-115-6）¶想了一会，想～起来，拍掌道："你原来在此！"（禅38-616-9）¶法明走～出去，只见行童慌慌张张的道："徐相公在轩子里了。"（型29-408-4）¶誓书在我家里，不曾

带~来。（水 52-859-10）¶徐宁急待回身，项上早中了一箭。带着箭飞马走时，六将背后赶来，路上还逢着这关胜，救~回来，血晕倒了。（水 114-1714-9）

【得个】

〈助〉程度・状態などを示す補語を導入する"得"②と同じ働き。¶大阿金去仔，我一干仔就榻床浪坐歇，落~雨来加二大哉。（海 18-141-18）¶做倅人也只做~时髦，来咪时髦个辰光，自有多花客人去烘起来。（海 18-147-15）¶倷你故个朋友今朝到得间根也算福分大~势哉！（描 21-190-7）¶有些漂帐的客人，到了这个时候都躲~无影无踪，累得那班娘姨大姐寻得一个发昏。（九 99-697-10）¶那边马嘶，这边马也嘶起来，又掩他的口不住，急~没法，喜是那边鞑子也不知道。（型 17-234-17）¶王臣又气~发昏。（醒 6-127-10）¶将及黄昏，那婆娘等~不耐烦，黑暗里走入孝堂，听左边厢声息。（警 2-18-5）"得格"とも作る。¶况且现在间搭生意来得格兴旺，耐甩脱仔勒到格搭去末，阿可惜嗄？（狐 44-380-22）

（注）助詞"得"＋量詞"个"の用例もあり、"个"の後に固有名詞が続く。処置式介詞"把"の後の"个"と同じく、指示詞の働きも兼ねて、強意表現。→这一笑，笑得格陈文仙摸头不着，疑诧异常。（九 64-466-17）→看他未成婚时，便如此忍耐不得，急于取妾，以致害得个张福娘上不得，下不得，岂不是个喉急的？（二 32-615-10）

【得极】

助詞"得"②＋"极"。程度が最高であることを示す。¶倷两家头赛过做俚咪和事老，倒也好笑~哉！（海 12-97-9）¶最妙者，'鞭刺鸡锥'搭仔'马牝勾礼'多花龌龊物事，竟然雅致~。（海 51-431-11）¶地位令郎读甚个书者，相貌好~，将来一定可以，（发达）（大发）（有出息）个。（上散 7-41-9）¶地位朋友来者（好~）（好极者），我还要替伊碰碰面。（上问 24-45-9）

【得来】

〈助〉①形容詞述語文の末尾に用いられて、感嘆の語気を表し、程度を強調する。¶啥勿怕！耐问声王老爷看，凶~！（海 4-29-5）¶我要紧呀，先生极~。（海 7-54-21）¶耐个头勿好啘，啥毛~。（海 10-75-13）¶耐为啥面孔红~，阿是吃仔酒嗄？（海 35-292-13）¶吃俚顿把大菜，倷个大不了事，耐个人倷拘~！（鸿 1-193-19）¶长运勿见哉，倷落瘦~？（鸿 2-199-13）¶奴末真真叫戆~，倷勿是蔡大少，奴亦勿是金巧林，辩俚作倷？（狐 5-29-21）¶二等三等里向格倅人，再要比耐好点~。（九续 152-1030-15）¶恩~，一歇歇才离勿开格哉！（官 8-118-21）¶先生真正出色~。（沪 1-14-6）¶倷做慰卿格晨

語彙例釈　de

辰光比耐再要早一年～。(沪3-5-11)¶卖人的事,要等有人要买才好讲得,那里性急～。(目33-251-24)¶要啸秋道:"三小姐忙～。"菊香道:"二少不要提起,这碗饭真也吃得怨煞。每天晚上东奔西跑,计算起来着实有好几里路。……"(人4-27-6)"得勒"とも作る。　¶阿唷,希奇得勒!明朝西天要出太阳哉。(鸿14-274-2)¶阿呀!大先生,俫格寒热烫得勒!(狐35-298-12)

②動詞述語文の末尾に用いられて,感嘆の語気を表す。¶耐个心勿晓得那价生来咪,变～!(海4-33-2)¶耐是会说～,吃杯酒也要多花闲话咪!(海22-175-10)¶我末笑～,俚咪教我带转去,我说勿管就走。(海59-501-18)¶我还有别样事体,要四点多种舒齐～,耐勒浪张园等我,晏歇一淘转来。(鸿10-248-4)¶好脚色出场才勒后头～。(狐9-58-10)¶停歇出去,勿知哪哼轧法～。(狐9-66-4)¶只得等到开春,各家调头格辰光,难末好想法～。(狐20-159-1)¶格个断命堂差夫,厌烦～,倪头脑子也痛格哉。(九5-40-24)¶倪格先生末该节刚刚出来,一点点关子才勿懂～。(商2-11-7)¶耐阿曾看见倪绰过烂污～?(沪1-11-4)¶倪末苦煞勒浪。今年过年末晏要三千洋钿～。(沪3-12-7)¶四少搭朱老是鹯来歇该搭。今年是第一转～。(沪4-5-3)¶方才唤你不应,我们吓～,现在可好点子没有?(十2-12-29)"得勒"とも作る。　¶像故歇实梗今朝一百里,明朝七十里,至少要走三四日得勒。(狐54-461-7)

③程度・状況などを表す補語を導入する構造助詞"得"に同じ。感嘆・強調の語気がともなう。　¶我吓得来拖牢仔阿姐,说:"倪转去罢!晚歇打起倪来末,那价哩?"(海9-72-8)¶耐咪鬼戏装～阿像嘎,只好骗骗小千仵!(海12-96-21)¶俚是衣裳头面多～多勿过哉,为此着末也勿着,戴末也勿戴。(海15-119-24)¶间壁人家刚刚来咪摆酒,豁拳,唱曲子,闹～头脑子也痛哉!(海18-142-3)¶耐看俚,三日天气～饭也吃勿落。(海48-405-3)¶个歇辰光自戕身,死～勿明勿白,野合勿着活。(三28-317-17)¶面孔末涨得通红,头浪向汗末出仔几化,极～要死要活。(九6-50-6)¶依仔倪看起来,是样样好式好,格末叫好～呒淘成。(狐89-632-12)¶阿唷阿唷,格是倪吓～魂灵才吓脱格哉!(九161-1058-1)¶倪不过说白相一句,啥气～实格能样式?(沪1-9-1)¶唔笃才是小囡脾气,一点点小毛病末就说～呒淘成,阿要挫霉头!(沪2-1-3)¶那寡老嘴里的口香香,合着脸上的脂粉香,头上的香油香,身上的香水香,香～沁入肺腑。(新4-16-21)¶我们大少姐为了你,想念～肉都瘦掉十多斤了,你倒有良心呢!(新31-143-20)¶拆开一看,犹如青天起个霹雳,吓～手足无措。(维1-3-10)¶身段也很苗条,还有那裙下双钩,大约不过两寸多长,生～十分可爱。(维3-23-4)¶玉抱小姐还是满床滚

着哭，滚～钗横鬓乱，衣皱鞋松。（梼 22-345-15）¶你走了以后，大少姐哭～气也透不转。（人 22-220-6）¶连满堂伏侍的人，都慌～没头没脑，不敢说一句话，只冷眼瞧他两个光景。（初 30-562-1）

なお、"得来"で導かれる補語が人称代詞で始まり、その人がどういう状態に置かれているか説明する文では、"得"のすぐ後に人称代詞、その後に"来"が用いられることが多い。¶倒吓得倷来要死！（海 10-79-17）¶耐倒说得倷来难为情煞哉。（海 11-90-16）¶耐摸摸看，倷格心跳得来掏掏，吓得倷来要死。（九 148-980-19）¶倷末倒当仔耐是真心闲话，勿壳张隔仔两三日，原去住来浪俚搭，气得倷来要死不活。（九续 150-1073-5）"得来"を分けない例もある。¶逼得来倷急杀快。（九 12-91-23）

【得哩】

〈助〉文末に用いられる"得勒"に同じ。¶我搭耐说仔罢，照实概样式，好好交要打转～！（海 32-263-18）¶耐要晓得该个典故，再要读两年书～。（海 33-274-16）

deng

【灯】

〈名〉ランプ。¶四盏～搭一只榻床，说是勿多歇送得去。（海 5-34-10）

【灯笼】

〈名〉ちょうちん。¶耐拿个～去张张俚哩。晚歇无拔仔自来火，教俚一干子阿好走嗄！（海 46-391-23）¶扎扮停当出来上轿，仍旧是红伞顶马，～火把而去。（官 4-48-2）¶一面说罢，一面将挂在楼梯边的一张～拿过来，划一根火柴，点好了～里的残烛，送给丈夫手中。（人 19-187-5）¶黛玉笑道："这个天点～？"宝玉道："不相干，是明瓦的，不怕雨。"（红 45-628-21）¶那个提～的庄客慌忙叫道："不得无礼！这位是大官人的亲戚客官。"（水 22-334-12）

【灯片】

〈名〉ランタン。不详、待考。¶我请耐来，要买两样物事，一只大理石红木榻床，一堂湘妃翎毛～。（海 4-28-24）

【等】

〈动〉①待つ。¶耐第歇去也不过～来咪，做啥呢？（海 4-25-4）¶我来里马车浪～耐末哉。（海 6-44-7）¶少大人～耐半日哉，快点来哩。（海 44-371-10）¶二小姐再要上仔俚个当，一径～来浪，～到年底下，真真坍仔台歇作！（海 62-527-11）¶此时钱典史恭而且敬，一个人坐在那里，静悄悄的足足～了半个钟头才听见靴子响。（官 3-37-19）

語彙例釋　deng

¶三劫后，我在北邙山～你，会齐了同往太虚幻境销号。（红1-10-16）¶林冲～得不耐烦,把桌子敲着说:"你这店主人好欺客! 见我是个犯人,便不来采着。……"（水9-137-8）②……させる。兼语文的"让""叫""使"に当る。¶勿是呀, 耐也～我说完仔了哩。（海2-11-21）¶搭倷说啥嘎!倷要叫啥人，～倷去叫末哉啘。（海4-32-22）¶我也无拨啥主意哉，只好～倷去做生意。（海16-128-3）¶就来仔末，～倷哚亭子间里吃, 耐搭我坐来浪, 勥耐让末哉。（海21-171-22）¶癞头鼋个闲话，再有啥人相信倷，～倷去说末哉。（海61-521-21）¶相公勿要叹气哉，～我来唱介一支唐诗本勒你听听, 就开心哉吓。（三6-64-18）¶地浪攟坏格物事，唔笃勥收捉，～倷笃晏歇来看看。（鸿11-255-6）¶耐既然勿相信倷末，～倪罚格咒拨勥耐听听, 省得耐吓杀仔人。（九23-176-14）¶倪欠别人家格铜钿末，～倪自家去想法子。（九168-1098-13）¶一面骂，一面把炒菜的杓子往地下一摜，说:"咱老子不做啦，～他送罢!"（官1-7-21）¶不妥当, 怕掉出来。～家人们替老爷拿着罢。（官21-341-7）¶洋人开公司，～他来开;洋人来讨账, 随他来讨。总之, 在我手里, 决计不肯为了这些小事同他失和的。（官53-918-1）¶说他红, 他究竟红些麽么?你告诉告诉我，～我也好巴结巴结他。（目103-846-17）¶我们一台酒, 本来何必正房?～他们双台、双双台的去闹是了。（繁Ⅱ24-625-23）¶我是不怕鬼的，～我打他一下。（红76-1091-15）¶且紧紧伴着, 莫要～他走了。（鼓31-381-1）¶便不均分, 也受我几两谢礼，～在下心安。（警5-56-8）¶底下小厮又赶起来上楼, 寡妇连忙开了自己房，～他溜走。（型6-89-19）¶你放了手，～我去就是了。我进去拿了索子来。（杀28-119-3）¶素梅叫道:"龙香, 不要去"凤生道:"小姐，～他回去安顿着家中的好。"（二9-189-4）¶别无疑端, 就不得他打死，～他坐坐监, 也就性急不得出来, 省得许多碍眼。（初17-310-12）

〈连〉……してから。……したら。¶耐坐一歇，～我干出点小事体, 搭耐一淘北头去。（海1-4-18）¶善卿坎坎来, 也让倷摆个庄，～蔼人转来仔一淘过去。（海4-25-3）¶～倪翠凤转来仔了去。（海7-50-5）¶嫁妆末～我来仔再办。（海55-467-20）¶～我去告诉子相爷了, 再讲张。（三9-105-10）¶～弄着仔讨人勒再说。（狐51-435-6）¶格末～我倪停当之动身个日脚，（替侬划罢）（关照侬罢）。（上问11-21-9）¶～他老人家送过客,过了瘾, 再上去不迟。（官3-37-6）¶既这么着, 老太太、太太且请回房，～是时候再来也不迟。（红17·18-244-11）¶～姑娘们回房, 我再行礼去罢。（红62-868-4）¶～我打倒了, 你们却来。（水29-452-9）

【等到】

deng　語彙例釈

〈連〉……してから。……になってから。¶～娘姨哚劝开仔,榻床浪一缸生鸦片烟,俚拿起来吃仔两把。(海6-48-3)¶～年纪大仔点,生意一清仔末,也好哉。(海18-147-23)¶～我转来仔,晓得来里吴淞。(海27-220-13)¶～紫云轩吃仔生鸦片,难末格个本家,怕吃人命官司,心浪向急伤哉,样式样才答应。(九续35-268-1)¶～敲过四点钟,打发阿铃到黄四少向来到的茶馆烟间守着,竟是影响全无。(鸿 10-246-16)¶～上灯之后,钱典史在戴升屋里吃过了夜饭,然后戴升拿着手本进去替他回话,又出来领他到大厅西面一间小花厅里坐下。(官 3-37-17)¶～热炒上齐,推说有事,就匆匆地去了。(新25-115-31)¶～太太平服了再瞧势头去要时,知他的病等得等不得。(红77-1104-21)¶～五更天色未明,王进叫起李牌,分过道:"你与我将这些银两去岳庙里,和张牌买个三牲煮熟,在那里等候,我买些纸烛随后就来。(水2-21-6)

【等俚歇】

好きにさせておく。¶我说俚勿起来末～,抵拚俚勿做生意末哉。(海17-133-11)¶故歇俚个病,我也晓得勿要紧,～末哉,心浪终好像勿局。(海35-295-15)¶难我说过仔勿说哉,俚要去吃苦,～。(海49-418-8)

(注)《九尾狐》では"让俚吃希""让俚乞希"、《九尾龟》では"让俚去歇"とする。→只怕郎中才勿识货格,吃差仔药,倒要勿局。格落让俚吃希,像耐实梗,一样会好格。(狐30-246-16)→高兴末陪陪俚笃,勿高兴末让俚吃希,自有小先生勒浪承值。(狐60-513-6)→昨日仔格个客人,吃醉仔酒,坐勒浪铺间房间里,一动才勿肯动,倪也只好让俚去歇。(九 133-892-20)また《綴白裘》に"由俚歇,观音菩萨是画也罢,弗画也罢。"(綴白裘第九集卷一・鲛绡記寫狀30-5)とある。

　これらの用例からして、"等俚歇"は"让他走""由他去"と解しておくのが妥当であろう。ちなみに、張愛珍:海上花は各例とも"让她(他)去"と訳しており、呉越:海上花列伝普通話本は訳しあぐねている。

【等歇】

"等一歇"に同じ。¶赵家梅道:"中饭还有歇哩哩。"子富道:"～正好。"(海8-62-6)¶方大人,金大人才来个,苏老爷～就到该搭来。(鸿3-204-16)¶仲声问:"倷物事?"华生道:"倪～再看,先点菜来吃。"(鸿 6-222-16)¶勿必哉,再～要轧格,今朝末出是武戏,锣鼓末闹格,勿见得出来哉。倪还是趁早走罢。(狐17-125-17)¶倪格闲话,一时也说俚勿完,～倪倒大菜间去搭耐说罢。(九22-164-15)

語彙例釈　deng‐di

（注）時点を示す場合、"晏歇"と同じ用法になり、"晏歇"が"晏歇点"として用いられるように、"等歇点"として用いられる。→等歇点定規要请过去格嘘！（九185-1196-10）

【等一歇】

しばらく待つ。また、しばらく時間をおくの意味、しばらくしてから。¶黎篆鸿昨夜接着个电报, 说有要紧事体, 今朝转去哉, 阿哥教我～一淘去送送。（海20-164-15）¶倪妹子就要来格, 耐～嘘。（九续16-116-15）

di

【低倒】

〈动〉垂れる（頭を）。¶我来哚间壁郭孝婆搭, 看见耐～仔头只管走, 我晓得耐到倪搭来。（海14-109-7）¶连搭菊花山也～仔个头, 好像有点勿起劲。（海61-520-11）¶老秋介正立朵刺绣,～了个头。（三33-365-16）

【笛】

〈名〉ふえ。¶我替耐吹～。（海37-307-4）¶酷好要枪舞剑, 赌博吃酒, 以致眠花卧柳, 吹～弹筝, 无所不为。（红47-651-7）

【抵拚】

〈动〉心積もりをする（特に最悪の事態に）。¶我说俚勿起来末等俚歇,～俚勿做生意末哉。（海17-133-12）

（注）『漢語方言大詞典』は「〈动〉拚着, 舍弃不顾。上海松江。江苏苏州。」として、上掲例を挙げている。『吴方言詞典』は、「同"抵配"。苏剧《窦公送子》："若是一定勿收, 我老佬抵拚两根老骨头会不得家乡, 要搭吤笃拼一拼个哉。"」とする（"抵配"の釈義は"准备；豁出去"）。"抵配"は『沪語便商』にも用例がある。→格末请教尊驾抵配摆几化本钱下去（上散9-53-8）

【抵桩】

〈动〉心積もりをする。……するつもりである。¶故歇让耐去开心, 晚歇碰和末～多输点。（海22-127-14）¶史三公子～勿来, 就见仔面也无行用。（海62-527-5）¶耐故歇～那哼？（海10-247-22）¶耐说明年～自家做哩, 阿真格哩？（沪1-50-7）¶去买上一包, 吃了再呼点鸦片烟, 提起了精神,～熬个全夜。（商14-105-11）¶我在上海既无家眷, 又没～娶你, 行李之外要甚别的东西？（繁后1-714-6）¶介山老大不高兴, 原～借着守制大题目, 躲在故乡与巧宝多叙几宵, 不意横风吹断, 好梦难成。（十16-110-31）¶有甚法儿,

～赔洋钱歇生意是了。（新34-156-24）　"抵庄""底庄""底桩"とも作る。¶哈哈哈，我也抵庄发财个（描10-91-12）¶你底庄带多少银子？（新28-127-9）¶这事不打官司，终不能了，抵桩丢掉一票银子。（新51-235-11）

【底】
末（年または月や季節の）。¶就不过前月～，朱老爷替俚乃叫仔一个局，倪搭来也勿曾来歇。（海19-152-23）¶拨新衙门来捉拿去，倒说是俚拐逃，吃仔一年多官司，旧年年～坎坎放出来。（海21-167-2）¶到了年～，倒是那刑名仗着此事出了把力，写封信问王梦梅借五百银子过年，王梦梅应酬了他二百两，才把这事过去。（官6-79-9）¶二爷带了林姑娘同送林姑老爷灵到苏州，大约赶年～就回来。（红14-193-14）¶犯官自从主恩钦点学政，任满后查看赈恤，于上年冬～回家。（红107-1476-5）

【底稿】
〈名〉草稿。¶亚白致痴鸳道："耐去问俚，有～来浪。（海44-369-10）¶说罢，仍把～递在余荩臣手里。（官32-540-14）¶明知自己万万不是他们的对手，因此把一夜工夫预备下的说话～，都埋没在肚内，一句也不敢出口，只得唯唯诺诺，由他们调度。（歇6-69-21）

【底下人】
〈名〉召使。¶耐轿子也勿坐，～也勿跟，一干仔来里街浪跑，做啥？（海17-139-9）¶放来里无啥人吃呀，耐拿得去拨俚哚～，阿对？（海38-321-6）¶佴是格能几化（～）（用人）那能呢？（上问18-35-3）¶当下换过衣服，又问贾家借了一个管家，因他自己带去的～都是外行之故。（负8-34-19）¶弥轩便写了两张泰顺官舱船票，叫～押了行李上泰顺船。（目06-881-17）¶像你一个～都治不服，那还了得！（官2-21-14）¶你休再说上头人～了，患难之中，还分得什么上下。（歇86-1102-22）¶有时老爷伯伯还留我吃饭，同着老爷伯伯，少爷哥哥一桌同吃，他家用着的～一般也见我叫少爷。（十14-98-31）¶这是我们～的银子，凑了先送过来。（红43-595-11）

【地】
〈名〉床（ゆか）。¶再有三间房间，扫～，揩台子，倒痰盂罐头，陆里一样勿做。（海23-183-14）

【地板】
〈名〉床（ゆか）。床板。¶醒转来听听，客堂里真个有轿子，钉鞋脚～浪声音，有好几个人来浪。（海18-142-10）¶船老板不相信，亲自到耳舱里看了一遍，又掀开～找了一会，统通没有，连称奇怪。（官13-197-23）

【地步】

語彙例释　di

〈名〉構成。配置。¶妙在用得恰好,～又贴切,又显豁。(海51-431-9)¶原先盖这园子,就有一张细致图样,虽是匠人描的,那～方向是不错的。(红42-587-8)

【弟兄】

〈名〉兄弟。¶陶家～说上坟去,也勿来哉。(海16-130-24)¶倪末两家～搭李实夫叔侄,六个人作东,请于老德来陪客。(海18-146-3)¶改名叫华安,苏州人,十七岁哉。爹娘叔伯～无得个。(三9-105-22)¶老三,还有你二哥、四弟,连你～三个,那一个不是在我手里长大的?还要同我算帐?(官5-62-6)¶原来贾琏贾珍素日亲密,又是～,本无可避忌之人,自来是不等通报的。(红64-921-4)¶～之间,何出此语。(禅8-120-8)¶先朝浙江临安府临安县,有～二人,姓周,其兄名尚质,弟名尚文。(醒上4-24-19)¶三人就象一家～一般,极是过得好。(二17-345-13)¶～三人:一个是通天大圣,一个是弥天大圣,一个是齐天大圣。(喻20-287-12)¶看水底下这人,却是阮小七。岸上提锄头的那汉,便是阮小二。～两个,看着何梼骂道:"⋯⋯⋯⋯⋯"(水19-275-12)

【弟子】

〈名〉弟子。¶耐麨瞎说!文君玉是我女～,客客气气,耐去糟塌俚,岂有此理!(海59-507-4)

【第】

〈缀〉第。数词・数量词的前に付ける。¶耐转去到我床背后开～三只官箱,看里面有只拜盒拿来。(海7-54-3)¶刚刚做生意,～一户客人就碰着西老爷,也总算是倪运气。(海27-224-5)¶又问:"你姊妹几个?"蕙香道:"四个。"宝玉道:"你～几?"蕙香道:"～四。"(红21-291-13)¶丫嬛斟酒,先递了相公,次劝了夫人,～三便劝武松饮酒。(水30-462-15)

【第】

〈代〉これ。この。上海語。¶～位是庄荔甫先生。(海1-6-4)¶～号物事,消场倒难哩。(海1-6-10)¶故歇再要弄出～号花头来,倪弗来格。(沪2-99-9)¶难末漱琴听仔～号闲话加二要伤心起来哉。(沪4-29-2)"地"とも作る。¶地两日个小菜,直头一眼滋味全勿有。(上散5-20-7)¶地只大碗,底图忒厚,要薄点个。(上散6-29-6)¶吃饭个家生勿拉地格一只箱子里,灯搭面盆倒拉地只箱子里。(上问9-16-2)

【第搭】

〈代〉ここ。上海語。¶朴斋见房里没人,更低声问小村道:"～阿是幺二嗄?"(海2-11-6)"地头"とも作る。¶我虽然刻到地头,勿大晓得地头格规矩,但是我关照侬,侬登拉地头总要当心点。(上散5-23-1)

【第二句闲话】
共通語の"二话"。二の句。文句・苦情・不满。¶洪老爷,耐末夠假痴假呆哉!五少爷请耐来劝劝我,我无拔～,我故歇末定归要跟牢仔俚一淘死!俚到陆里我跟到陆里,定归一淘死仔末完结。无拔～!(海63-542-1)¶总规倪既然嫁仔耐,就是耐格人,耐到洛里,倪跟到洛里,吪拨啥～。(九186-1207-9)

【第歇】
〈代〉いま。現在。上海語。¶等蔼人转来仔一淘过去,俚哚也舒齐哉,阿是嗄?耐～去也不过等来哚,做啥呢?(海4-25-3)¶耐～倒要瞒我哉,故末为啥呢?(海4-31-6)¶～是样样式式才比从前繁华。(沪4-5-10)¶难末归格辰光耐答应十日归还格哩。耐倒算算看,～差弗多一个月哉哩。(沪4-37-8)"地隙""地歇"とも作る。¶我地隙要到讲书堂送信去。(上问1-3-2)¶我地歇是拉一个银行里做伙计。(上问47-85-3)

【第歇辰光】
いまごろ。"第歇"に同じ。¶～,倷人才困来哚床浪,去做啥?(海2-14-21)¶听说俚～夷讨仔一个姨太哉,阿有价事?(沪1-10-5)¶阿是～请客呢?(沪2-50-5)"地歇辰光"とも作る。¶(地歇辰光)(地格当口里)贴正是茶叶行中上生意个辰光。(上散4-15-1)

dian

【颠】
〈动〉(車などが)上下に揺れる。¶马车跑起来～得势,夠去哉。(海7-57-3)¶坐着仔整脚格车子,～末一煞快,拨别人看见仔,阿要为难煞介?(狐15-107-19)¶奴前头登勒船浪,拨勒船～杀快,呕得头昏眼暗,还敢去看海格来?(狐33-279-8)¶丽香道:"谢谢你,早吃过了。"宛亭道:"就算吃过,车子上这一～肚皮也要～空了,再吃点什么吗?丽香摇头不要。(人35-397-18)¶无奈宝玉一心记着晴雯,答应完了话时,便说骑马～了,骨头疼。(红78-1119-3)

【典】
気品がある。¶倘然耐做出来,有一字不～,一句不雅,要罚耐十台开厅哚哩!(海47-400-11)

語彙例釈　dian

（"典雅"を修辞的に分けて用いたもの。"有一字一句不典雅"ということ。）

【典故】

〈名〉典故．詩文中に引用される古代の故事・語句の類．¶'燕燕归来杳'，阿用啥～？（海33-274-10）¶该个是'诸葛菜'，借用个～陆里猜得著．（海40-338-11）¶我这会子总想不起什么～出处来．（红17・18-253-11）

【点】

〈動〉①注文する．指定する(出す料理や上演される演目などを)．¶耐～菜末，阿要先～两样来吃夜饭？（海18-147-10）¶老老头高兴得来，～仔十几出戏，差勿多要到天亮咾．（海20-158-22）¶耐～菜嚏．（九续16-116-16）¶要末耐～俚一出．（鸿1-195-19）¶只见班中那个老戏头，把戏单送来，请活鬼～戏．活鬼道："我是真外行，～不来的，随你们拣好看的做便了．（何2-22-13）¶南安太妃谦让了一回，～了一出吉庆戏文，然后又谦让了一回，北静王妃也～了一出．（红71-1003-4）

②点灯する．点火する．¶保险灯～好仔末，耐拿得来．（海35-293-19）¶我说末定归勿听，帮煞个堂子里，拨个卫霞仙杀坏当面骂我一顿，还有俚铲头东西再要搭杀坏去～仔副香烛，说我得罪仔俚哉！（海57-483-17）¶有两个婆子答应："有人，外面拿着伞～着灯笼呢．"（红45-628-21）¶不多时，只见行者先来～烛烧香．（水45-734-9）

③空腹しのぎにちょっと食べる．¶爱珍问小云："阿吃啥点心？"小云忙拦说："倪勿多歇吃饭，勷客气．"爱珍道："稍微～～．"（海11-89-21）¶吃是倒吃勿落，～～也无啥．（海14-114-13）¶耐说坎吃饭呀，阿要先买点点心来～～．（海21-170-24）

〈量〉①少量を示す．数詞は"一"に限られ，省略されることが多い．多く動詞の後に用いられる．¶也无啥事干，要想寻～生意来做做．（海1-4-4）¶耐还搭俚瞒啥，我也晓得～来里．（海3-19-20）¶倪去弄～点心来吃，阿好？（海4-32-4）¶价末多少吃～．（海4-32-10）¶汤老爷末也晓得～俚哉．（海7-51-7）¶价末今朝阿曾拨～俚？（海22-176-17）¶对勿住，我还有～事体，要去转一转．（鸿1-194-26）¶辰光勿早哉呀，起来吃仔～落困哩．（鸿4-212-11）¶大人，俸停歇要拆～拨奴格碗．（狐19-148-15）¶开年让倪囡鱼跟傺大先生学习学习，懂～经络．（狐21-163-13）¶多要了开不出口；如果些微润色～，我旁边人就替他硬做主，还可以使得．（官4-59-22）¶你既惹出事来，少不得下～气儿，磕个头就完事了．（红9-144-14）¶刚才我叫雪雁告诉厨房里给姑娘作了一碗火肉白菜汤，加了一～儿虾米儿，配了～青笋紫菜．（红87-1246-14）

②程度や増減する量を示す。数詞は"一"に限られ、多く省かれる。また、形容詞の後に用いられて、命令文を作る。¶一淘上来自然大家照应～。（海 1-5-7）¶攀仔相好末,搭赵大少爷一淘走走,阿是闹热～？（海 1-8-1）¶我看价钱开得忒大仔～。（海 4-25-13）¶耐晚歇来末,当心～！（海 5-41-17）¶晚歇请耐早～。（海 5-41-23）¶再有第二个阿姐,叫黄二姐,算顶好～,该仔几个讨人,自家开个堂子,生意倒蛮好。（海 21-166-22）¶皮篷车浪吊膀子容易～。（鸿 5-215-13）¶推扳～末哉,倷个起劲得来。（鸿 7-229-11）¶倷也去困罢,明朝倷晏～起来末哉。（狐 10-67-10）¶马车末还要好～,号衣末还要新鲜～。（狐 15-110-17）¶查了出来,无论是谁,一定重办。你们大家小心～！（官 5-73-11）

【点】

〈量〉一日の時刻を示す。¶到仔十二～钟末就要开饭哉。（海 2-15-11）¶明朝无拨空,廿六两～钟,我同耐一淘去末哉。（海 54-461-3）¶唔笃公馆里到仔十二～钟,总归要吃饭哉,勿像堂子里头两～钟刚刚起来。（鸿 4-213-13）¶故歇已经七～半钟哉,阿要倪先走罢？（狐 9-65-3）¶摸出表来一看,已是三～三刻。（官 8-113-24）

【点大蜡烛】

①大きなろうそくに火をともして、お祈りをする。¶轻轻探问："为啥～？"小姐妹悄诉道："倪先生恭喜来浪,斋个催生婆婆。"（海 47-402-15）¶耐阿晓得,昨日夜头素兰先生勿是碰和末,做个啥？韵叟道："勿曾问俚。"冠香道："我倒问过哉,也来浪房间里点付对大蜡烛拜一堂呀。"韵廋不胜错愕。孙素兰遂将三人结拜姊妹之事,缕述分明。（海 53-449-15）

②芸妓が初めて体をゆだねて客をとる。また、その時の儀式を指していう。¶双玉也好做大生意哉,就让俚来点仔大蜡烛罢。（海 32-269-23）¶每天做了一打花头,又悄悄把乡下事业押了一千块钱,付于老七一半,果然替爱春点起大蜡烛来。（沪 3-79-4）

（注）吴越：海上花列传普通话本はつぎのように注を施している。→点大蜡烛——指清倌人梳拢开包。因为清倌人第一次留客人过夜,仪式相当隆重,要像新娘子出嫁一样,点起龙凤大蜡烛来拜过天地,然后送进洞房。同时大摆酒席,宴请亲友贺客。气派大的,或者姑娘身价高的,除了要付给老鸨很大一笔钱之外,还要给倌人买几副金银头面,做几箱四季衣服等等。点过大蜡烛以后,就可以公开留客人过夜,也就是前文所谓的"可以做大生意了"。

【点将】

語彙例釈　dian

〈動〉"豁拳"の方法の一つ。人を名指して拳を打ち、負けた者が酒を飲む。¶文君来, 倪两家头~。(海 39-328-23)

【点心】

〈名〉"包子""饺子""饼""面"のたぐいの軽い食べ物。¶倪去弄点~来吃, 阿好?(海 4-32-4)¶二宝见桌上摆着烧卖馒头之类, 遂道:"耐也吃点倪~哩。"(海 38-321-1)¶侬要甚个~?——我就要外国馒头搭之牛奶油。(上问 19-37-4)¶停回尚要吃酒, 此时吃甚大菜?倘是肚子饿了, 何妨到四如春吃些~。(繁后 19-945-13)¶只见智善来叫智能去摆茶碟子, 一时来请他两个去吃茶果~。(红 15-205-4)¶走入方丈里开食厨, 寻~果子吃, 不见一些。(禅 21-336-10)¶众人见新郎标致, 一个个暗暗称羡。献茶后, 吃了茶果~, 然后定席安位。(醒 7-142-7)¶我们且押这厮去晁保正庄上, 讨些~吃了, 却解去县里取问。(水 14-200-5)

(注) 第4回の"耐要请我吃酒末, 倒是请我吃点心罢"(海 4-29-9)の"点心"は第1回の"耐放来哚'水饺子'勿吃, 到要吃'馒头'"(海)の"水饺子""馒头"と同じく、隠語。下例も隠語にひっかけて会話している。→黄家姆同阿秀取笑道:"夏老果然送了你的马甲, 你可把什么送他?"阿金代答道:"他马甲里面有两个馒头, 可请夏老吃顿~。"阿秀假意不依, 伸手过去拧他。(繁后 33-1122-14)→管通甫问他:"傅大人请你吃了点外洋的甚么新鲜物事?"袁宝仙道:"你阿要吃点?我这里还有呢。"管通甫道:"谢谢罢, 要么请我吃点~。"袁宝仙道:"~你去问亚仙阿姊要罢。"亚仙道:"你扯上我做甚么?"袁宝仙道:"难道你的~管大人没有吃过?"管通甫道:"我们做了多少年, 可是规规矩矩的, 不像你同傅大人, 一见面就抟成一块儿了。"(梼 12-191-23)

【点缀】

〈動〉点綴(てんつい)する。¶题个跋末不如做篇记。就拿七幅来分出个次序, 照叙事体做法, ~~, 竟算俚是全璧, 阿是比仔题跋好?(海 47-400-10)¶要晓得两个题目只消淡淡著笔, ~些田家之乐, 羁客之思, 就是合作, 勿必去刻意求工, 倒豁脱仔正意。(海 60-515-22)¶又有各色旧窑小瓶中都~着"岁寒三友""玉堂富贵"等鲜花草。(红 53-749-19)

【电报】

〈名〉電報。¶黎篆鸿昨夜接着个~, 说有要紧事体, 今朝转去哉, 阿哥教我等一歇一淘去送送。(海 20-164-15)¶啥人去拨个信, 比仔~再要快?(海 64-552-5)¶黄道台晓得这～是两江督幕里他一个亲戚姓王号仲荃的得了风声,知会他的。(官 3-42-7) ¶倘使真是赵业之女,赶紧打个～,好叫乌氏出来使他母女相会。(繁后 36-1154-7)

【店】
〈名〉店。店铺。¶勿然就搬到耐咾娘舅～里去,倒也省仔点房饭钱。(海 14-107-15) ¶陈小云或者晚间回～,也写一张请请何妨?(海 48-410-18) ¶这还是当年先父带来,原系义忠亲王老千岁要的,因他坏了事,就不曾拿去。现在还封在～内。(红 13-178-7)

【店帐】
〈名〉未払いになっている代金・料金。¶倪就为仔三四千～来里发极。(海 62-527-13) ¶故歇～欠仔三四千,勿做生意末,陆里有洋钱去还拨人家?(海 62-532-22) ¶本家的房饭钱,菜钱,外面的～,到了年底下催逼起来,只把一个沈二宝逼得个上无无路,入地无门,没有一些主意。(九 162-1064-22) ¶五百银子换了六百几十块钱,还还局帐,还还～,……,不到十天,五百雪花银早花得干干净净。(官 34-572-18) ¶外边有些局帐、～,这两天内一定多要开销干净。(繁Ⅱ2-361-9) ¶裘南峰算还～,一齐出门趱路。(禅 22-360-11)

【垫房】
〈名〉後添い。後妻。¶就像陶玉甫,要讨个李漱芳做～,到底勿曾讨。(海 54-456-6) ¶夏老真个没娶～。若然有人嫁他,真是这人的福分。(繁后 23-991-6) 多く"填房"とする。¶这个填房太太是去年娶的,如今才有了喜。(官 5-64-22) ¶王氏道:"何不向你爷说,明日我若死了,就把你扶正做个～?"赵氏忙叫爷进来,把奶奶的话说了。(儒 5-68-20)

【垫空】
〈动〉空いたポストなどを埋める。¶罗老爷做末做仔半个月,待倪翠凤也总算无啥,不过倪翠凤看仔好像罗老爷有老相好来咾,倪搭是～个意思。(海 7-52-14) ¶耐当我啥人嘎?请我镶边酒,要我垫朵三个空!我覅吃(海 60-510-16) "填空"ともする。⇨填空

diao

【刁】
〈形〉ずる賢い。悪らつである。¶耐末也～得来,怪勿得耐阿哥要说。(海 20-159-2) ¶耐末～得来,做个人爽爽气气,覅实概。(海 29-244-14) ¶真真恨的我只保佑明儿你得一个利害婆婆,再得几个千～万恶的大姑子小姑子,试试你那会子还这么～不～了。(红 42-586-1) ¶独是这里的人很～,尸亲见证都不依,连哥哥请的那个朋友也帮着他们。(红

語彙例釈　diao

86-1232-5)¶方妈妈道：“起初告状时节, 是死的。爷爷准得状回去, 不想又活。”具官道：“有这样胡说！原说吴下妇人～, 多是一派虚情。人不曾死, 就告人命。好打！”（二35-656-16)

【雕】

〈名〉ワシ。　¶妙啊, 故末可称'一箭贯双～'！（海40-339-24)

（注）"一箭貫双雕"は「一矢で2羽のワシを射止める」こと。高亞白が二つのミスを言い当てていることを述べている。なお、上掲例に続くくだりのざれ言は、"雕"を"屌"に当てているものである。この部分については、太田辰夫先生訳の『海上花列伝』（平凡社）を参照（P.331 注8・注9）

【吊】

〈动〉弔う。¶倪七个人明朝一淘去～～俚, 公祭一坛, 倒是一段风流佳话。（海45-381-18)

【调】

〈动〉①取り替える。　¶等到买得来, 原勿好, 要我去～。（海 23-183-6)¶耐看, 钏臂倒无啥, 就是押发稍微推扳点, 倘然耐勿要末, 再拿去～。（海33-272-1)¶金少大人, 里向有客人勒浪, 只好先请客堂间里坐歇, 等客人去仔再～阿好？（九 19-144-15)　"掉"とも作る。　¶这里三百块的整钞票我此刻要有零碎用场, 伯祥哥你身边可有零碎票, 我和你掉一掉？（人43-527-11)

②"调头"のこと。¶善卿道："～来哚陆里？"蕙贞说："是东合兴里大脚姚家, 来哚吴雪香哚对门。"（海4-28-12)¶后来相帮哚说, 明朝有个张蕙贞～到对过来, 阿是嗄？（海5-34-6)

【调头】

〈动〉抱えでない、自前の芸妓が住み替えをする。¶善卿见张蕙贞满面和气, 蔼然可亲, 约摸是幺二住家, 问他："阿是要～？"（海4-28-12)¶故歇我就教带得去个赵家姆同下头一个相帮, 先去借仔二千, 付清仔身价, 稍微买点要紧物事, ～过去再说。（海48-406-19)¶二少, 耐格贵相知, 今年才调仔头哉, 一个来浪久安里, 一个勒浪迎春坊, 看见仔倪一径勒浪问耐呀。（九95-671-18)¶倪何姆有个结拜姊妹, 也是开堂子格, 前节搬到三马路, 就勒倪原底子间壁, 故歇因为生意勿哪哼, 格落八月半前, 亦要～到四马路西尚仁里去哉。（狐50-429-23)¶我们没有～的时光, 住在精勒坊, 那温老已在走动的了。（新24-110-8)　"掉头"とも作る。　¶小红现住在久安里, 是新近掉头过来的。（狐37-321-3)

diao – die　語彙例釈

（注）呉越：海上花列伝普通話本に「调头——"自混"的妓女改换搭伙的地方」とある。

die

【跌】

〈动〉①つまずく。ころぶ。¶走起来只往仔前头戳去, 看勿留心要～煞哚。（海 11-89-15）¶我着个平底鞋再要～哩。（海 38-323-18）¶青云道："～杀仔要耐抵命格嗻!"秋谷抚掌道："好在还没有～死, ～倒是你们的常事, 不算什么。"青云把嘴一撅道："耐撞仔别人家一交跟斗, 再要闲话里向搭小铜钿。"（九续 58-450-3）¶行云匆匆上轿, 富罗扳住轿杠不许抬动。两个相帮发极, 尽力往前一冲。富罗酒后力弱, 拉他不住, 两手一松, 那身子往前一磕, 但闻"拍挞"一声, ～下地去。（繁后 17-918-15）¶有天万寿, 跟了抚台拜牌, 磕头起来, 一个不留心, 人家踏住了他的衣角, 害得他～了一个筋斗; 谁知这一～, 竟其～得中了风了, 当时就嘴眼歪斜, 口吐白沫。（官 37-626-13）¶薛幡先还要挣挫起来, 又被湘莲用脚尖点了两点, 仍旧～倒。（红 47-654-17）¶张委又多了几杯酒, 把脚不住, 翻筋斗～倒。（醒 4-85-6）

②落ちる。落とす。¶那人站不稳, 倒栽葱一交从墙头～出外面, 连两张瓦豁琅琅卸落到地。周双玉慌张出房, 悄地告诉周双珠道："弄堂里～杀个人来浪!"（海 28-231-20）¶上海个场花, 赛过是陷阱, ～下去个人勿少哩!（海 39-325-11）¶偏生晴雯上来换衣服, 不防又把扇子失了手～在地下, 将股子～折。（红 31-431-1）¶呼延灼正踏着陷坑, 人马都～将下坑去了。（水 58-974-5）

③こぶしで軽くたたく(背中などを)。¶漱芳喘定放手, 又叹口气道："我腰里酸得来。"王甫道："阿要我来～～?"（海 20-164-1）

【跌笃】

〈拟〉チクタク。時計の振り子が立てる音。¶台子浪一只自鸣钟, ～～, 倪甏去听俚, 俚定归钻来里耳朵管里。（海 18-142-4）

【跌交】

〈动〉つまずいて倒れる。すてんと転げる。¶陆里晓得个冒失鬼, 奔得来跌我一交。（海 1-3-11）¶不想他闪在纸魍魉肚里, 被文荆卿踢了几脚, 熬疼不过, 便跌了一交, 脱身出来飞走。（鼓 28-344-2）"跌跤"とも作る。¶你们快些来, 老爷跌了跤, 快来帮我扶一扶!（孽 21-181-22）¶他只顾上头和人说话, 不防底下果踩滑了, 咕咚一跤跌倒。（红 40-546-16）

語彙例釈　die – ding

【叠床架屋】
屋上屋を架す。¶不过说来说去就是'还来就菊花'一句闲话, 勿但犯仔～个毛病, 也做勿出好诗哉唬。（海61-519-19）

【叠塔】
〈动〉一段また一段と積み重ねて塔のような形にする。¶拈席间一物, 用《四书》句～阿好?（海39-326-2）¶前回耐个《四书》～倒无啥, 再想想看,《四书》浪阿有啥酒令?（海41-348-20）

ding

【丁倒】
〈副〉予期・予想に反することを示す。¶勿曾拨俚～骂两声, 总算耐运气!（海23-189-11）"顶倒"とも作る。¶故歇俚耐顶倒说倪是俚格小老姆, 还说倪拐仔俚格物事逃走, 大老爷问俚, 阿有逃走格凭据?（九63-459-10）

【钉鞋】
〈名〉雨靴の一種。靴底が木製で、すべらないように釘が打ってある。¶醒过来听听, 客堂里真个有轿子,～脚地板浪声音, 有好几个人来浪。（海18-142-9）¶那厨役雇的是个乡下小使, 他毂了一双～, 捧着六碗粉汤, 站在丹墀里尖着眼睛看戏。（儒10-136-6）
（注）『儒林外史』は上掲例に対し"钉鞋——一种雨鞋, 鞋底钉有伞形的钉钉防滑"と、注を施している。なお、明清文学作品には"钉靴"の用例もある。→脚底下踢哩搭拉, 不是草鞋便是赤脚, 有的袜子变成灰色, 有的还穿一双钉鞋。（官55-958-13）→只见姐夫家当直王安, 拿着钉鞋雨伞来接不着, 却好归来。（警28-423-13）

【顶】
〈副〉最も。¶再有第二个阿姐, 叫黄二姐, 算～好点, 该仔几个讨人, 自家开个堂子, 生意到蛮好。（海21-166-21）¶本事末挨着俚～大, 独是道道勿好。（海21-166-24）¶叫耐吃鸦片烟末,～有心相哉。（鸿5-216-23）¶耐格人末～坏, 我勿来格!（九续61-470-16）¶大少肯替倪招揽主顾, 格是～好哉唬。（狐20-157-12）¶间搭场化, 吭是吭啥, 不过忒清静点, 到仔冬里, 更加勿时露哉,～好搬一个场, 难末挂牌, 大先生, 倷想阿对佬?（狐50-429-6）¶俗语叫'财不露白', 格倒～～要紧, 终要想点法子末好运转去唬。（狐20-154-11）¶谁知这黄詹事却向来是俭朴惯的, 端出来四碗菜, 一样是霉干菜炖豆腐, 绍兴人～喜欢吃的。（文30-161-16）¶家里有要紧事, 要请个假回去一趟,～多两三个月就来的。（目3-19-19）¶医生的手～～干净了, 看一个病人就要用药水肥皂洗一次手。

ding　語彙例釈

(人 45-555-3) ¶那个穿的～～破烂的人, 大家都朝他恭喜, 说:"老哥不久一定要要差得缺的了!"(官 30-318-23) ¶除掉内阁大学士之外, 京城的官就要算他～大。(官 59-1027-10) ¶再要～细绢笋四个, 粗绢笋四个。(红 42-588-18)

【顶戴】

〈名〉清朝の官吏の礼帽の上に付けられている宝玉。 ¶跌下来个是大流氓, 先起头三品～, 轿子扛出扛进海外哚。(海 28-233-16) ¶我看个访单浪, 头脑末二品～, 海外得来! (海 61-521-3) ¶桂花带了土老儿到京城里去, 居然同他捐了一个二品～的道台, 还捐了一支花翎, 办了引见, 指省江苏。(目 3-19-22) ¶本来是一个光身汉, 现在已经弄到卅万家资、二品～, 娇妻美婢, 大厦高屋。(梼 12-165-10)

(注)　『二十年目睹之怪现状』は前揭例に関连して、次のような注を施している。

　　顶戴, 是官员礼帽上的顶子, 依品质、颜色的不同, 以区别官位的大少, 不得滥用。二品顶戴是起花红珊瑚顶子。

【订期】

〈动〉期日を定める。 ¶耐要钱行末, 同葛仲英搭仔个姘头, 索性～廿七, 就来里该搭, 阿是蛮好?(海 53-451-10)

【定】

〈动〉①約束して定める。 ¶三公子上海回来就～仔个亲事, 故歇三公子到仔扬州哉, 小王末也跟仔去。(海 62-529-23) ¶宝玉听了, 又惊问:"谁～了亲, ～了谁?"紫鹃笑道:"年里我听见老太太说, 要～下琴姑娘呢。不然那么疼他?"(红 57-805-24) ¶这官人正是祝朝奉第三子, 唤做祝彪。～着西村扈家庄一文青为妻。(水 47-787-14) ②動詞の補語となり、動作内容が確定・決定することを表す。 ¶我朋友约末约～哉, 约来浪初九。(海 28-229-23) ¶俚说先到屋里同俚嗣母商量, 再要说～了一个, 难末两个一淘讨得去。(海 38-320-12) ¶本家地界浪一百块带挡是要紧格, 娘姨笃掮格, 先还点俚笃, 等到嫁～仔还清, 我搭俚笃说歇, 俚笃到也相信我格。(鸿 13-267-3) ¶如果后日格套家生可以搬得来末, 该应几化租钱, 几化搬费, 倷替奴讲～仔末哉。(狐 46-397-14) ¶少牧大喜, 专等营之到来, 央他与如玉谈～, 满意当夜先付定洋, 过了中秋, 选日过门。(繁Ⅱ2-365-21) ¶他兄妹二人把学堂章程拟好, 学堂房图画成, 学生也选～了。(梼 13-216-1) ¶"此刻倘说不会做, 这生意白白被人家夺去, 很是犯不着, 且胡乱答应下来再讲。"想～主意, 就把两副补服, 两件衣裳接下来。(新 44-202-15) ¶以后我的洋钱交给你藏起来, 我有用处, 与你商量～了, 应该用多少, 听你分派, 再不敢浪费的

173

語彙例釈　ding

了。(市 2-196-5)¶当下就商～了行期,各自回去料理行装,说～在上海会齐。(孽 4-24-18)¶原是凤姐和鸳鸯商议～了,单拿一双老年四楞象牙镶金的筷子与刘姥姥。(红 40-550-12)¶齐元师与二位将军暂退,待吾等商议～了再报。(禅 35-571-15)¶商量～了,到了次日,胖哥带了簪子望马员外解库中来。(初 36-688-7)

③動詞の補語となり、動作後の状態が固定することを表す。¶高亚白个脾气,我原说勿对个,一歇歇坐勿～,教俚也无处去应酬。(海 32-263-7)¶走过一家门口,听见里面一叠连声叫送客,呀的一声开了大门。我不觉立～了脚,抬头往门里一看。(目 4-29-20)¶正在这么想着,继之忽地回到公馆里来。方才坐～,忽报有客拜会。(目 5-37-9)¶大家坐～,贾母先笑道:"咱们先吃两杯,今日也行一个令才有意思。(红 40-557-3)¶一日先师醉了,将我搂～亲嘴,干起后庭花来。(禅 13-190-3)¶力士自总中军,差银铁二椎兵,将四门团团围～。(醒上 1-4-6)¶赵员外再请鲁提辖上楼坐～。(水 4-61-6)¶林冲看见四面高山,三关雄壮,团团围～中间里镜面也似一片平地,可方三五百丈。(水 11-168-7)¶一个将漏尘斩鬼法刀擎,一个把水火棍手中提～。(水 76-1272-6)

【定次】

〈動〉順番を決める。¶我就出个'鱼'字,拈阄～,末家接令。(海 39-326-5)

【定規】

〈副〉ぜひとも。どうしても。意志を表す。¶耐去做啥人也勿关倪事;耐～要瞒仔倪了去做,倒好像倪吃醋,勿许耐去,阿要气煞人!(海 4-30-23)¶耐要到陆里去,我说勢去末,～勿许耐去哉。耐阿听我?(海 6-43-4)¶我说过蒋月琴搭～勿去哉。耐勿相信末,我明朝就教朋友去搭我开销局帐,阿好?(海 8-58-13)¶耐勿去末,倪～早点转来。(九 37-275-11)¶耐歇歇点跑出去搭别人讲起来,只说薛金莲过年勿落,要问借洋钿,格是倪～勿成功格哩。(九 94-667-11)¶真正面皮厚得来。区俚再要吹牛皮,～罚俚两杯。(沪 2-105-12)¶若是～要拿我保在里头,情愿剪掉了辫子做和尚或者索性吃三钱生鸦片烟怨命的。(商 3-18-16)¶谁知这位太爷一根针也不肯放松,～不答应,逼着跟班的找前任去讨盖子。(官 44-747-9)

【定归】

〈副〉①"定规"に同じ。¶陆里晓得倪翠凤心理搭罗老爷倒原蛮要好,倒是耐罗老爷勿是～要去做俚,俚末也勿好来瞎巴结耐哉晼。(海 7-51-12)¶吕老爷,勿然是代末哉,故歇拨俚说仔了,～勿代。(海 22-175-13)¶难转去末就请媒人去说亲,说定仔,我再到上海接耐转去,一淘拜堂。不过一个月光景,十月里我～到个哉。耐放心。(海 55-465-24)

174

¶耐前日子俉落夜饭～勿肯吃,要转去嗄?（鸿 2-201-1） ¶耐末总归实梗做好汉,叫耐代代,～夒, 常常吃得稀醉, 阿要伤身体。（鸿 4-213-23）¶今朝是耐二少爷来, 勿好勿答应, 勿然是随便俉人来要, 倪～勿拨俚格。（九 9-73-10） ¶这个人是有名的唐二乱子, 这等差使派了这样人去当也好了!我～不答应, 你快别闹了!（官 37-635-7）

②きっと。……にちがいない。推測を表す。¶我去劝俚, 俚～去。（海 17-133-22）¶～是野鸡; 要是人家人, 再要拨俚骂两声哩。（海 26-216-11） ¶阴阳先生看好日脚来浪, 说是廿一末～转来个哉。（海 43-364-20）¶我看方伯荪个意思, 着实要做俚, 该两日～吃酒碰和, 闹忙煞来浪哉!（鸿 3-207-12） "定规"とも作る。¶实梗说起来, 定规是耐格恩相好哉唲。（九 150-995-23） ¶倪晓得耐日仔勿到倪搭来, ～有个道理来浪里向。（九 150-996-14） ¶倪要弗拨俚讨小呢, 格末人家定规说倪气量小。（沪 1-18-6）

〈动〉决まる。决める。¶倪无姆哩好哉呀, 赎身也～哉。（海 47-403-12） ¶仲声道: "耐阿去?"阿银道: "倪为仔实梗要问仔大少落～呀!"（鸿 3-203-10） "定规"とも作る。¶伊地转来是打算列拉京里当差呢?——地隙还勿曾定规拉哩。（上问 18-35-2）¶起先是制军虽然有了保举荙翁的意思, 一直没有定规。（官 32-538-4）

【定亲】
〈动〉婚約する。¶我说俚病好仔, 要紧搭俚～。（海 41-346-15）¶朱五少爷定仔亲哉唲。（海 62-534-3） ¶本来当日～的地方不好, 跑到那'黄鹤一去不复返'的去处定个亲, 此刻闹得新娘变了黄鹤了, 为之奈阿!（目 84-676-14） ¶他～是十五岁上定的。（十 13-87-25） ¶你如今也大了, 连亲也定下了, 过二三年再娶了亲, 你眼里还有谁了?（红 57-805-22）

dong

【东家】
〈名〉主人。雇い主。¶俚倒勿是为耐, 常恐～晓得仔说俚。（海 56-474-22） ¶勿报官也勿局, 倘忙外头再有点穷祸, 问耐～要个人, 倒多仔句闲话。（海 60-513-22） ¶他一个做朋友的人, 此番跟了～出门, 不过赚上十两八两银子的薪水, 那里来的钱能供他嫖呢。（官 12-181-10） ¶赏赐了伙计这位美人, 伙计就叫贱妾过来待候这位美人。（商 4-29-7） ¶翻译先生就把写信通知～的一节, 告诉了两个人, 于是便有人学样起来。（目 106-878-15） ¶伙计在店里做生意, 总要店赚钱, 自己饭碗才能够长久; 倘不顾～血本, 只图自己受用, 大家串通了, 营私舞弊, 一阵的偷着、吃着、藏着, 弄的～支持不住, 把店盘给了别人, 做伙计的究也没甚么好处。（新 55-255-5） ¶目今你贵～林公之夫人,

語彙例釈　dong

即荣府中赦，政二公之胞妹，在家时名唤贾敏。(红2-33-8)

【东首】
〈名〉東の方。東側。¶东棋盘街～，远勿多哩。巡捕看来哚，走勿过哉。(海11-85-12) ¶进门以后二人一径登楼，上了楼只听见～一间大屋子内有欢笑之声。(人43-522-17) ¶金升拿铺盖铺在～屋里炕上。(孽19-164-3) ¶闭目养神，坐了一会，只听得～后门边，犬哞哞吠响。(禅5-55-1) ¶妙观让小道人是客，坐了～，用着白棋。(二2-35-1) ¶～小路撞出一彪兵来。(水96-1526-3)

【东西】
〈名〉奴(ヤツ)。嫌悪感をもって人を言う。¶该号杀胚，再去认得俚做啥？耐看俚末实概年纪，眼睛才瞎个哉，俚本事大得野哚，真真勿是个～！(海27-225-6) ¶翠凤伸两指著实指定金花，咬牙道："耐个谄头～！(海37-309-17) ¶赵姨娘啐道："谁叫你上高台盘去了？下流没脸的～！(红20-283-20)

【东……西……】
あちこち。¶看耐到仔房间里，东张张，西张张，我末来里好笑，要笑出来哉呀！(海14-109-8) ¶我说俚定归是舍勿得上海，拉仔个东洋车，东望望，西望望，开心得来！(海29-241-16) ¶又端甚是得意，这几日所以东去吃酒，西去碰和，甚是阔绰。(繁后31-1088-1) ¶马路上有几个出店模样的人，挟着一大叠拜年帖，东投一张，西投一张，都塞在人家纸袋里头。(新40-186-22) ¶刘姥姥只听见咯当咯裔的响声，大有似乎打箩柜筛面的一般，不免东瞧西望的。(红6-100-14) ¶夏虎走进殿来，点起香烛，便向石佛面前，深深拜了几拜。起身，东看一会，西看一会，并不见有一些儿破绽。(鼓14-177-11) ¶因那年避乱南奔，被官兵冲散了女儿瑶琴，夫妻两口，凄凄惶惶，东逃西窜，胡乱地过了几年。(醒3-58-5)

【东洋车】
〈名〉人力车。¶价末也坐把～去哩。(海17-139-12) ¶耐店里有拉～个亲眷，阿要坍台嘎。(海29-237-11) ¶侬替我去（喊）(叫)部～来。(上散3-11-6) ¶走到街上不认得路，只得喊了两部～，叫他拉到一品香。(官7-104-10) ¶且说沈一帆走出弄门，跑上～，向车夫说了声"后马路姚震昌"，那车夫便两脚如飞，向后马路跑来。(新30-136-17)
（注）人力车は日本から入った。日本を"东洋"ということから、名付けられたもの。なお、上海ではその後、"黄包车"と称するようになった。

【冬】

dong 語彙例釋

〈名〉冬。¶去年～里就該应请个先生来,吃两贴药末好哩。(海20-160-5)¶依小弟看来,今年一～是不相干的。总是过了春分,就可望全愈了。(红10-153-24)¶小弟没事不到省下。除非～底要买过年物事,是必要到你们那里走走,专意来拜大哥、三哥的宅上便是。(二4-90-13)

【懂】

〈动〉理解する。わかる。¶小侄也勿～啥事体,一淘上来末自然大家照应点。(海1-5-7)¶我说漱芳也是～道理个人。(海18-145-16)¶好邱也勿曾～末,阿有啥气嘎。(海46-387-9)¶倪冈刚出来格辰光,勿～啥格应酬,生意末吃拔,节浪向总归极煞快。(九16-124-3)¶阮凌华也笑道:"耐格个人,倒区耐说得出格,啥个对洛勿对,倪是勿～格。"浣花阁道:"耐勿～末,去问问阵老爷嘘,陈老爷蛮～来浪,阵老爷阿对?"(九续16-115-20)¶剪了这一半截罗衫是什么原故?你们大家笑了,我还有些不～。"(人32-356-13)¶这句话我可不～。(新57-266-3)¶这些话我就不～了。什么'奶奶''爷爷'的一大堆。(红27-378-15)¶老门公故意道:"你说的是甚么说话,我一些不～。"(喻40-628-12)

【懂事】

〈形〉物分かりがよい。分別がつく。¶耐啥一点勿～!(海20-162-20)¶五少爷是勿好,勿该应定个亲。不过耐也年纪轻勿～,客人个闲话才是瞎说。(海63-540-15)¶你老哥也太不～了。(目93-757-16)¶这一次章伯祥到了励家一敲门,居然有一个略为～点的姑娘来开门。(人43-531-22)¶你们忒不～了,难道老爷也是摆开手的不成!(红95-1347-4)

【动】

〈动〉①動く。行動する。¶双玉伸手去拭,周兰忙阻止道:"耐勿～哩。"遂用手巾在头颈里略掩一掩,叫双玉转过脸来,仔细端详一回,说:"好哉。"(海10-75-17)¶俚个人生来是贱坯。俚见仔打末也怕个,价末耐巴结点个哩;碰着俚哉唑,说一声～一～。(海32-263-16)¶贾政此时气的目瞪口歪,一面送那长史官,一面回头命宝玉"不许～!回来有话问你!"(红33-454-18)¶晴雯只在熏笼上围坐。麝月笑道:"你今儿别装小姐了,我劝你也～一～儿。"晴雯道:"等你们都去尽了,我再～不迟。有你们一日,我且受用一日。"(红51-713-17)

②動かす。手をふれる。¶洋钱末放铁箱子里,还有啥帐目、契券、照票多花末,理齐仔一搭,交代一个人好哉。物事勤去～。(海11-86-4)¶就不过黎篆鸿拣仔几样。再有

語彙例釈　dong

几花才勿曾～。阿有啥主顾，耐也搭俚问声看。(海25-201-14)¶衣裳、头面才是我撑个物事。我来里该搭，我个物事，随便啥人勿许～。(海48-405-9)¶这里茗烟先一把揪住金荣，问道："我们奍屁股不奍屁股，管你毡耙相干，横竖没奍你爹去罢了！你是好小子，出来～一～你茗大爷！"(红9-141-14)

③動詞の補語となり動作によって移動・変動することを表す。中に"得""不"を用いて動作の実現の可能・不可能を表す。¶我做末做仔个佴人，要拿洋钱来买我倒买勿～哩。覅说啥耐一对钏臂哉，就摆好仔十对钏臂，也勿来里我眼睛里。(海8-59-23)¶就怕翻本翻勿转，庄浪风头转仔点，俚哚问勿打哉，赢勿～俚，无法仔！(海14-113-20)¶耐勿要管俚先生、小姐。卖拨勒人家，或者是押帐，有仔管头，自家做勿～主，才叫做讨人身体格。耐朵做官人，自家做勿动主，阿是一样格？(官8-111-7)¶晴雯便冷不防欠身一把将他的手抓住，向枕边取了一文青，向他手上乱戳，口内骂道："要这爪子作什么？拈不得针，拿不～线，只会偷嘴吃。……。"(红52-732-14)¶庄客们那里提得～。智深接过来手里，一似撚灯草一般使起来。(水5-86-8)

【动气】

〈动〉怒る。腹を立てる。¶耐覅～，我搭耐说。(海2-11-18)¶王老爷为啥几日勿来，阿是～哉？(海4-31-23)¶阿唷，先生覅～，我搭耐唱啘！(鸿4-214-6)¶倪是勿会动俙气格，陈老末也勿要扳倪个差头。(九5-40-13)¶倪也覅说俙格呀，先生勿要～哩。(九34-257-8)¶如果菜有格来，格是咣啥，倘然咣不末，俙大少覅一介。(狐13-89-2)¶老爷勿要～，我下转决勿敢者。(上问41-74-5)¶你为什么又动起气来了？(歇21-265-22)¶幸亏隔壁船上听见响动，赶出来一看，才晓得统领～。(官12-184-11)¶他已经动了气，拿起腿来朝着标下就是两脚。(官31-525-3)¶老夫子别～，我是说着玩儿的。(文57-305-26)¶宝玉听了这话，见他脸上气色非往日可比，便笑道："怎么动了真气？"(红21-290-12)¶探春便叹气说："这是什么大事，姨娘也太肯～了！……。"(红60-844-17)¶但是他专好在这些小事上～的，待我唤他起来，说几句尽情话罢。(鼓15-189-8)¶此间不容借走，我们移船下去些，别寻好上岸处罢了。何必～？(二39-728-10)

【动身】

〈动〉出立する。出発する。¶前月底，有个客人～，付下来一百洋钱局帐。(海22-176-23)¶旧年春里，要想到广东来望俙，亦恐怕俙勿勒广东，格落覅敢～格。(狐46-399-22)¶今朝一早～，到仔号里吃中饭。(鸿1-192-10)¶"大爷啥日脚～？""明日起程，为此特来拜别。""啊吓吓,介末要饯行大爷哉!"(描 13-121-22)¶伊是几时动个身?(上问 35-64-4)¶老兄不妨在这里多盘桓几天。倘若要紧～,一切我已交代过帐房了。(官 43-733-2)¶薛举先拜天地诸佛,复身拜了林澹然,苗知硕等,急急收拾,与朱俭～。(禅 27-434-9)¶既然算计得停当,事不宜迟,快打点～便是。(二 17-350-11)¶总管且吃早饭～,送下山去。(水 34-537-16)

【动手动脚】

異性に手を触れるなどしてふざける。¶耐晓得吓末,再要～!(海 19-154-11)¶绥之笑道:"你就当我小宝宝,我叫阿姆可好?"嘴里说着,一只手早已伸到宝玉胸前,宝玉连忙把身子一让,用手推开,假作怒容道:"勿哩,奴勿倷叫啥阿姆,～,拨别人看见仔,像啥样式,阿要难为情嗄?"(狐 14-96-18)¶见野鸡涂脂抹粉,打扮得异常妖艳,只道是人家的小姐,同子章是什么亲眷呢。却见子章同那女子～,很是轻薄,心里头未免有点子不然。(新 45—207-10)¶潘莲世搓错了意思,顿时一起来,连吃了五六个馒头。(新 58-268-13)¶二姐低了头,只含笑不理。贾琏又不敢造次～。(红 64-921-13)¶李师师看了,十分大喜。把尖尖玉手,便摸他身上。燕青慌忙穿了衣裳,李师师再与燕青把盏,又把言语来调他。燕青恐怕他～,难以廻避。(水 81-1338-8)

dou

【都】

〈副〉"一"+量詞…都+勿"で、語気を強める。¶噢唷!有仔个家主公了,稀奇得来!问一声～勿许问。(海 21-167-23)

(注)《海上花列伝》では、"都"のこの用法は(蘇白による対話中の)、この 1 例のみであるが、『沪語便商』ではこの用例が多数あり、"全"("才"を表記したもの)と並用され、同じ意味であるとされている。→伊个几匹驴子连一只好个(全)(也)(都)勿有。(上问 31-57-7)

【兜圈子】

ぐるりと回る。¶耐啥一干子跑到该搭来嗄?我末倒来里花园里寻耐,兜仔好几个圈子,赛过捉盲盲。(海 52-444-21)¶君牧忙问道:"耐半日勒浪俉场化?"湘兰道:"搭俚笃去兜仔一泡圈子呀。"(鸿 19-303-4)¶车夫乐得赚他几个,拉着兜了个圈子方才拉到。(官 7-104-11)¶在一个三层洋楼上喝了一碗茶,后来又在街上兜了个圈子。(文 17-93-11)¶谁知她说到恳切处,抽抽咽咽的哭起来了,弄得劝又不是,不劝又不是,在那饭桌前兜了个圈子,只得说道:"算了,……。"(市 2-196-3)

語彙例釈　dou‐du

【斗】

〈动〉闘う。¶今朝就是俚一只来里～，勠难为俚，明朝看罢。（海46-390-14）¶俺且和你～三百合却说姓名。（水6-98-17）

du

【毒气】

〈名〉毒気（どく）。¶说四老爷该个疮，就是倪搭过拨俚～。倪搭末不过十全搭仔我，清清爽爽两家头，啥人生个疮嘎？（海58-496-17）¶情风慌忙脱开了彭蒿洲的手道："我也没有～，阿要触霉头。"（人45-555-16）¶今日服了毒酒，不意中，正合了以毒攻毒这句医书，皮肤内迸出了许多恶血，～漏尽，连癞疮渐渐好了。（醒9-194-11）

【独幅】

〈形〉偏屈である。¶该个小干作生活倒无啥，就不过～点。（海23-186-4）

【独是】

〈副〉ただ…だけ。もっぱら…だけ。¶单有耐末～多花说勿出描勿出神妖鬼怪！（海25-202-20）¶一淘吃酒末，生来一淘翻台，～耐勿去勿好个。（海25-206-3）¶碰着仔要紧事体，～我一于子发极，再有啥人替我商量商量。（海52-439-23）¶～耐末，说两声闲话才有点希奇古怪。（九续69-540-1）¶倷爽爽快快说出来哩，勠～加盐加酱末好碗。（狐18-135-4）¶打量天下～你一个人爱姐姐妹妹呢。若是都象你，就连我也不能陪你了。（红100-1408-24）¶其间有一小姬，年最少，～他输得最多。（二8-173-11）
〈连〉ただし。しかし。¶说起倪大阿姐来，再讨气也无拨。本事末挨着俚顶大，～运道勿好。（海21-166-24）¶陈老爷倒也罢哉，～格个浣花阁末，真正加二讨气！（九续16-120-13）¶哥哥在监也不大吃苦，请太太放心。～这里的人很刁，尸亲见证都不依，连哥哥请的那个朋友也帮着他们。（红86-1232-5）

【读】

〈动〉読む。閲読する。¶《四书》末，从小也～烂个哉，如此考据，可称别开生面，只怕从来经学家也勿曾讲究歇哩。（海45-383-7）¶那一个不是从小～着路先生的制艺，到后来才有这们大的经济！（官1-9-24）¶你且把他五言律～一百首，细心揣摩透熟了，然后再～一二百首老杜的七言律，次再李青莲的七言绝句～一二百首。（红48-664-12）¶高公～毕，叹道："我一时思之不熟。……。"（醒1-14-13）

【读书人】

〈名〉知識人。¶大凡～通病，往往为坎坷之故，就不免牢骚。（海51-432-15）¶各处縉绅士族，还是流离奔避；然科名是～的第二生命，一听见了开考的消息，不管多壘四郊，总想及锋一试。(孽3-14-17) ¶贾爷今日五鼓已进京去了，也曾留下话与和尚转达老爷，说'～不在黄道黑道，总以事理为要，不及面辞了。(红1-15-10) ¶宋时衢州有一人，姓郑，是个～。(二11-223-7) ¶小弟寻思，只想他是～，须念同姓之亲，因此写了刘丈。(水33-519-16)

【赌】
〈动〉賭博(とぅ)をする。¶我劝耐少～～末哉。难为仔洋钱，还要糟塌身体。(海14-113-16) ¶其实倪搭是耐自家高兴～仔两场，闲人说起来，倒好像倪挑仔几花头钱哉。(海14-114-4) ¶倽笃～铜钱勿～铜钱，生来勿关倪事，倪也勿好来管倽格事体。(九62-451-12) ¶我晓得侬是出去～去者。(上问40-73-6) ¶那代儒素日教训最严，不许贾瑞多走一步，生怕他在外吃酒～钱，有误学业。(红12-167-20) ¶我也知道你们忙。如今天又凉，夜又长，越发该会个夜局，痛～两场了。(红45-629-14) ¶我一向劝你莫～，不听好言，致有今日，此事怎了！(禅8-114-2) ¶于是信步走去，只见那人家门前，有几个仆从在那里～钱。(醒下5-133-27) ¶平昔间也喜～钱吃酒，三瓦两舍走动。(醒3-59-5) ¶今日与钱兄初次相识，且只～这锭银子。(喻21-301-14)

【赌场】
〈名〉賭場(ば)。¶倪堂子里勿是开啥～，也朆挑啥头钱咘。(海14-114-5) ¶山东园个～末，陆里一日无拨嘎。(海56-473-7) ¶倪做仔几年生意，自家是一径省吃省用，赚下来格铜钿，才拨耐送勒～浪去。(沪3-87-2) ¶我们便衣就可上街，甚么烟馆里，窑子里，～上，各处都去得。(官2-22-18) ¶同江湾买马票差不多，老实对你说，是一处新组织的大规模的～。(人43-521-6) ¶明日早起，倪老二又往～中去了。(红104-1449-22) ¶赚诱我家公子饮酒嫖耍，次后引入～。(禅25-402-8) ¶那戚汉老是钱塘县第一个开～的。(醒21-301-1)

【赌棍】
〈名〉ばくち打ち。¶乔老四搭我说，癞头鼋该埭来要办几个～。(海61-520-21) ¶分明你吃了大亏，那班～真是可恶。(繁后16-909-20) ¶他还不止做贼呢，在外头做～，做骗子，做拐子，无所不为，结交了好些江湖上无赖。(目4-26-15)

【赌客】
〈名〉ばくち場の常連。¶几花～才是老爷们。(海56-473-12) ¶那戚汉老是钱塘县第一个开赌场的。家中养下几个娼妓，招引～。(喻21-301-2) ¶这人叫做白日鼠白胜。

語彙例釈　du−duan

他是个〜。(水 18-258-3)

【肚肠】

〈名〉はらわた。腹。 ¶我末就依仔耐，叨光耐麳哭哉，阿好？耐再要哭，我〜要拨来耐哭出来哉。(海 11-83-6) ¶吃仔生鸦片烟，要迸断仔〜死咪，阿要难过。(海 37-309-16) ¶耐再要哭末，倪格〜才要拨耐哭断哉哩。(沪 2-115-6) ¶倘再忍住，我的〜可要胀裂了。(目 35-267-16) ¶挤得我身子几乎扁，笑得我〜几乎断。(新 51-235-29) ¶我瞧你还是吃点饭点点饥，或则呷两杯酒暖一暖〜。(人 22-222-18) ¶两个轿夫上去看时，原来却是老鸦夺那〜吃，以此聒噪。(水 46-766-2)

【肚皮】

〈名〉腹。共通語の"肚子"に同じ。¶我〜也饿煞来里，就故歇吃仔罢。(海 21-170-22) ¶俚咪两家头，一样个脾气，闲话末一声无拨，〜里蛮乖来浪。(海 32-266-10) ¶有仔点勿快活，闷来浪〜里，也无处去说咣。(海 52-439-24) ¶勿要饿仔〜，叫俚笃去叫仔一碗鸡丝面来阿好？(九 37-276-5) ¶勿然我既勿是仙人，亦勿是倷〜里格蛔虫，哪哼能够一猜就着介？(狐 30-248-12) ¶〜里向饿得置身无地，倍道啊要哭勿要哭？(描 41-365-28) ¶实梗说起来耐阿是倪〜里向格蛔虫？(九续 9-65-10) ¶侬（饿呢勿饿）（〜饿否）？(上问 23-43-3) ¶横竖嘎饭多煞勒浪。唔笃弗嫌比待慢，总弗见得拨唔笃饿仔〜咾去。(沪 2-98-9) ¶从早晨到如今，饿着〜走了三十多里路，为的那一项！(官 1-7-16) ¶他一〜的字墨，写不来么？(繁后 2-736-25) ¶伯集〜里有了这些见解，自然与众不同，便怫然以维新自命了。(文 30-161-3) ¶如果有热茶，请你给一杯，呷一点暖暖〜。(人 19-188-23) ¶如今世人一〜势利念头。(初 10-171-4) ¶他生在元末，也就不肯出来做官，夫耕妇织，度这岁月。却读得一〜好书，便韬略星卜，无所不晓。(型 14-196-6) ¶那一〜气正没出处，婆惜却叫第二声时，宋江左手早按住那婆娘，右手却早刀落。(水 21-317-12)

duan

【端正】

〈动〉①物事をその方向に進める、またその方法に進むことを表す。助動詞"要"の用法に近い。¶吃仔饭末，就〜行事哉。(海 43-361-4) ¶华老爷搭耐浪得非凡，嫁得去末，〜享福好哉，阿有啥看勿见？(海 52-440-8) ¶文君玉来浪喊哉哩，耐当心点！明朝去末，〜拨生活耐吃。(海 60-508-14) ¶"阿伯老丈人，君子一言，勿要言而无信。""女婿大官人，快马一鞭，只要〜做亲。"(描 3-27-13) ¶渭臣晓得是王寓说的那个钱

duan　語彙例釈

端甫作怪了，不由的怒从心起，正要～发作，王寓已经一骨碌从榻上爬下，靸着鞋皮，撞开了蝶蝴门，赶进大房间。（鸿 11-253-5）¶他再要响，～丢掉几个钱，请外国讼师同他打官司，不见会输给他的。（新50-232-3）

②準備する。手配する。¶媒人才到齐，求允行盘才～好，阿好教阿哥再去回报俚？（海54-455-13）¶"陈伯伯，～啥物事拨勒大爷吃？""还没有～。"（描 6-50-16）¶今夜是八月半，介勒八位娘娘～子酒水了，请大爷进去吃局。（三 1-3-19）¶大爷，个个祝大爷搭子文大爷一淘来哉。勒朵书房里边，要请大爷出去。介勒参汤、蒲面水～勒里哉。（三48-504-6）¶依打算～点甚个小菜？（上问 15-29-3）¶净面水带来拉者，肥皂手巾都替侬～好拉者。（上问 23-43-2）¶一日，因活鬼的散生日，雌鬼便～几样小小菜，沽了一壶淡水白酒，要替老公庆阳寿。（何 1-6-6）¶金玉堂告了个便出局去了。等到回来，龙吟等已经八圈完华，房里人忙着～稀饭了。（新24-110-23）¶艳情阁站起身要走，静斋又道："我停回子要替费大少接风，你回去把房间～着。"（十2-10-14）¶如果吃咸的，醮鱼、火腿、肉、咸鸭蛋、生拌黄瓜已经～好四个盘子了。（人42-516-23）¶张郎～了春盛担子，先同浑家到坟上去。（初38-703-15）¶坐话甚？酒盒多～在那里了。且到寒家呼卢浮白，吃到天明。（二 9-190-14）¶过了几时，陈祈～起赎田的价银，径到了毛烈处取赎。（二 16-327-10）　"端整"とも作る。¶倪便夜饭也端整好勒浪哉。（狐31-259-4）¶怕啥嘎？百式事体只要铜钿端整末舒齐哉喴（沪 1-51-3）¶秦凤梧看过收好，吩咐厨房里端整晚饭，留王明耀、大边小酌。（文54-289-11）¶主意定了，便端整行李，打算到上海趁了轮船到天津，由天津坐火车进京。（负 4-20-16）¶阿金姐，亭子间里空吗？给我端整一付烟盘。（商 2-12-27）¶少牧与他取笑道："拜师是要赘见钱的，你端整下多少赘见，我就收你做个门生。"（繁初 16-175-8）

【短】

〈动〉足りない。欠ける。¶就年底一节末，要～三四百洋钱哚，真真急煞来里。（海58-498-5）¶命里该应得钱，一个也不会～；命里该应不得钱，一个也不会多。（负 2-10-16）¶到任之后，又想代第三的二子捐道员了；只是还～三千银子，要去偷呢。（目 26-195-8）¶你这一节～开消么？做你的客人不是二少爷一个，可曾向别的客人想个法儿？（繁初27-299-3）¶我却不多几月就回，万一年下媚芗这里～了点用度，请你替我接济接济。（栂 18-283-18）¶内中一个道："今日这席上～两个好朋友。"众人齐问是谁。（红67-951-24）¶常时～了这个，少了那个，那不是我们供给？谁又要去？不过大家将就些罢了。（红73-1039-22）¶那杜十娘与李公子真情相好，见他手头愈～，心头愈热。（警

語彙例釈　duan

32-487-2）

【短命】

〈名〉短命である。罵語に用いられる。　¶陆秀宝恨得没法，只轻轻的骂："～！"（海13-105-17）　¶漱芳切齿骂道："～众生，敲杀俚！（海20-158-4）　¶丫头们忙推他，恨的骂："～鬼儿，你一般有老婆丫头，只和我们闹。……"。（红63-905-1）　¶老妈妈，不要理这失时的～，我自与你讲讲儿。（禅6-85-6）　¶二位姐姐赶至二门首拦住说："～的！你待住那里去？"（警24-356-15）　¶妇人骂道："～的！教我思量得你成病，因何不来看我，负心的贼！"（喻38-573-3）　"断命"も同じように用いられる。　¶格格断命杀千刀，格付架形，赛过是格长毛，人也杀得脱格！（九19-147-22）　¶格格断命客人姓卢，故歇来浪倪床浪，醉得一塌糊涂。（九续154-1093-19）

（注）"短命""断命"とも罵語として人以外に対しても用いられている。　→老三不是我批评你，你也真算得会巴结做生意了。一个两个短命堂唱有啥稀奇，放放生也无啥要紧。（人25-266-3）　→莲荪笑道："这时候正是有事。"秋波道："有啥个断命事体！"（人30-324-9）　→倪格碗断命饭也勿要吃哉。早舒齐一日，早定心一日。（官10-141-12）

【段】

〈量〉筋として一つのまとまりをなしている文章や話など。　¶耐去拿《聊斋志异》，查出《莲香》一～来看好哉。（海33-274-19）　¶倪七个人明朝一淘去吊吊俚，公祭一坛，倒是一～风流佳话。（海45-381-18）　¶说来真真希奇，也算得于今二十世纪堂子界上的一～风流佳话哩。（商3-23-8）　¶是怎么一～笑话，我倒没有知道。（新58-268-2）　¶倒有一～新书，是残唐五代的故事。（红54-758-2）　¶为何自家引这一～故事，将大比小？（水41-653-6）

【断】

〈动〉判断する。判定する。　¶比方耐做仔官，倪来告状，耐也要听明白仔，难末该应打该应罚，耐好～哉。（海34-282-11）　¶我末自家良心天地，到茶馆里教众人去～末哉。（海44-374-13）　¶雨村～了此案，急忙作书信二封，与贾政并京营节度使王子腾，不过说"令甥之事已完，不必过虑"等语。（红4-63-16）　¶你使官府的人便拿我去做贼～。（水21-316-5）

【缎子】

〈名〉緞子(どん)。　¶价末松江边镶滚～搭仔贴边，明朝一淘买来浪。（海61-524-23）　¶叫他们送～的。城里一把，四乡四把，至少也得五把。（官18-279-10）　¶回头见鸳鸯

duan-dui　語彙例釈

穿着水红绫子袄儿，青～背心，束着白绉绸汗巾儿。(红 24-329-15)　"段子"とも作る。¶前面两个小牢子，一个驮着许多礼物花红，一个捧着若干～采赠之物。(水 44-718-11)

dui

【对】

〈动〉対(?)句をなす。対句にする。¶'朝将视朝'，可以～'王之不王'。(海 41-350-3)¶行起来最有白相。我自家末想勿着，想着仔多花句子才勿～；耐末也有多花勿～个句子来浪；大家说仔出来，陆里晓得耐个句子耐末勿～，我倒～哉，我个句子，耐也～哉。(海 44-370-11)¶俚～勿出，亚白就说："我替耐～仔罢，'茂才高弟'阿是蛮好个绝对？"(海 53-451-23)¶[刁]爹爹，妮子那间做诗，搭对才会成哉。[外]尔既夸张，我有一对，尔就～来。"三阳从地起"。[刁]爹爹，妮子～勒里哉："五狗自天来"。[外]这是什么讲解？[刁]爹爹说道三只羊，妮子～五只狗哉吓。[夕]胡说！咳……(三 15-176-25)¶王老先生饭后无事，走到书房，可巧有一班学生在那里～对儿哩。王老先生一时高兴便说我也出一个你们～～。(官 1-2-22)

〈形〉①そのとおりである。合っている。正しい。¶该个一对莲蓬也无啥好，麴买哉，阿～？(海 24-195-21)¶耐白相仔原要瞒我，故倒勿～哉哯。(海 41-345-22)¶小庭道："耐猜猜看，我来倽事体？"王寓道："来寻四少格？"小庭摇头道："勿～，……。"(鸿 11-256-4)¶格种新戏倪终要去见识见识格哯，省得坐勒屋里昏闷哉，奶奶倷道阿～？(狐 8-57-8)

②ふつうの状態である。好ましい状況である。ふつう否定で用いられる。¶前两年，三节开消，差勿多二千光景，今年加二勿～哉，还债买物事同局帐，一节勿曾到，用拨俚二千多。(海 24-194-8)¶老人家精神是再好也勿有，必过看见近来时势勿～，一径也想告病。(鸿 8-235-22)¶昨日仔俚屋里向汇子洋钱来哉，倪为仔勧看见过歇汇票，问俚要得来看看，说仔一句笑话，俚加二勿～哉，面孔末涨得通红，头浪向汗末出仔几化，极得来要死要活。(九 6-50-5)¶傅抚院一听声音不～，立刻缩住了脚。再一细听，姨太太已经放声大哭起来，说什么："老不死的！面子上假正经，倒会在外头骗人家的女人，还养了杂种的儿子！……"(官 22-352-22)

③気が合っている。うまが合う。¶我说要搭客人脾气～末好。脾气～仔，就穷点，只要有口饭吃吃好哉。(海 18-148-4)¶双玉转来，告诉仔无姆；生来同双宝勿～，就说是双宝耽搁仔了，要无姆去骂俚两声。(海 24-198-18)¶唔笃嫁人难，倪讨人也勿容易。我说总要脾气～末第一，勿然末弄到后首来鸭屎臭。(鸿 10-251-24)¶故歇姊妹淘里搭

185

語彙例釈　dui

我勿～格多，还是该格怨气。（鸿 18-300-1）　¶要搭格个客人要好，格末拿仔俚洋钿，心浪向蛮快活，倘忙倪搭格个客人勿～，就是俚摆好仔一千一万洋钿来浪，也买倪勿动豌。（九续 56-434-17）　¶从此那位老太太，因为和媳妇不～，便连儿子也厌恶来了，逢着人便数说他儿子不孝。（目 69-550-3）　¶尔梅看上行云，也去叫他，尔兰知道并不着恼，弟兄两个同做一人，彼此各不回避，尔兰脾气较好，自然行云～些。（繁后 17-923-20）　¶现在族长齐巧同我哥哥不～，同我却我很～，我成了婚，族长一定肯帮我忙。（十 17-118-25）　¶他同我一不～，他那夫人自然的乘虚而入，横派我不是，竖派我不好。（人 29-315-23）

④気に入る。意にかなう。　¶四老爷是规矩人，勿欢喜多花空场面。像倪该搭老老实实，清清爽爽，四老爷倒蛮～。（海 27-224-7）　¶难道上海几花倌人，耐一个也看勿～？耐心里要那价一个人？（海 31-259-12）¶子刚道："诸金花，我看也无啥好，俚陆里～嘎？"亚自道："耐闲话先说差哉。我～勿～倒勿在乎好勿好。"（海 31-261-6）　¶阿珠倒冷笑道："耐勦反哩！倪是娘姨呀，勿～末好歇生意个豌。（海 41-343-3）

〈量〉对(ᵖᵃ)になっているものを数える。　¶勦说啥耐一～钏臂哉，就摆好仔十～钏臂，也勿来里我眼睛里。（海 8-59-23）　¶真真是一～玉人。（海 19-151-21）　¶该个一～莲蓬也无啥好，勦买哉，阿对？（海 24-195-21）　¶凤姐出至厅前，上了车，前面打了一～明角灯，大书"荣国府"三个大字，款款来至宁府。（红 14-190-5）　¶人掛甲，只露着一～眼睛。（水 55-922-3）

〈介〉…に向かって。　¶后来老鸨～俚跪仔，搭俚磕头，说："从此以后，一点点勿敢得罪耐末哉。"(海 6-48-6）¶雨村又恐他～人说出当日贫贱时的事来，因此心中大不乐业，后来到底寻了个不是，远远的充发了他才罢。（红 4-64-1）　¶戴宗却把宋江吟反诗的事，一一～晁盖等众人说了。（水 39-629-4）

【对得住】

〈动〉申し訳が立つ。顔向けできる。　¶耐沈小红自家想想看,阿～王老爷？（海 12-95-4）　¶我无拨一点点好处拨俚，倒害俚要急杀快，耐说我陆里～俚。（海 20-161-22）　¶耐自家想想，说出该号闲话来，阿对倪得住？（九 10-78-26）　¶耐说耐一干仔来浪北京，身体一径勿好，再要实梗动气，叫倪阿要发极格嗄？气坏仔身体，倪阿对耐得住？连搭仔俉笃屋里向太太，倪也～豌！（九续 154-1093-4）　¶我替他检了一个做官的女婿，又是年轻，又是有钱，亦总算～他的了。（官 38-642-18）

【对过】

〈名〉向かい。 ¶就是～房间。双宝未搬仔下头去。（海 3-20-2） ¶明朝有个张蕙贞调到～来，阿是嗄？（海 5-34-6） ¶倪～去罢。（海 8-60-17）¶倪～房间个宁波先生蛮好个，阿去叫俚个本堂？（鸿 9-242-15）¶倪到～亭子间里向去风凉点。（九 149-986-13）¶大先生俫来前哩，～第四个包厢里向，月舫小姐搭仔黄芷泉、顾芸帆几化人一淘才来格哉呀！（狐 28-228-19） ¶你看对面房间里的火光呢，不是羊油灯都息了？床前梳妆台的长颈油盏点着了，明明是睡了，～也有住夜客人呢。（商 3-20-7） ¶正要回来，只见～一所高大洋房里走出两个巡捕，押着一群人。（新 6-27-23） ¶那戏园已在建筑，就在泥城桥外跑马厅～。（新 55-252-11） ¶我们后门～新搬来的一个人家，就是母女两个，听说都不怎么正经。（官 30-506-19） ¶凤姐直待伏侍探春睡下，方带着人往～暖香坞来。（红 74-1057-10） ¶店～有座茶坊。（喻 11-166-4）

【对景】

〈形〉①気が合う。気に入る。 ¶要是客人摸着仔俚脾气，～仔，俚个一点点假情假义也出色哚。（海 6-47-17） ¶无拨～个佣人，随便叫叫。（海 31-259-24）¶三老爷倒喜欢耐妹子，说耐妹子像是人家人。倘然～仔，真是耐个运气。（海 38-318-9）¶总归是倪自家格命苦，吓倸说头，一径碰勿着～格客人。（九 150-994-3） ¶直到仔故歇，刚刚碰着仔格耐末，样式才～。说格闲话，赛过就是倪肚皮里向挖出来格。（九 152-1005-16）¶倪一经搭耐蛮要好，是为仔两家头脾气～，闲话说得来，勿是啥为耐格铜钿。（九续 57-438-22）¶耐故歇堂子里阿有个把～格勒？（鸿 15-282-22） "对劲"とも作る。 ¶倪为仔一生一世格事体，勿肯瞎来来，拣来拣去，总无拨对劲格客人，倪格做格个断命生意，也叫吓说法。（九 9-72-25） ¶倪搭耐阿是一径蛮要好，大家格心思也蛮对劲。（九 163-1070-26） ¶格个女人我实头对劲格，人是头一转看见勒，像煞我心里眼睛里本来有实该一个女人格，恐怕搭俚前世有点道理笃。（鸿 15-283-11） ¶耐故歇青莲阁来浪，阿对劲咋？（商 1-9-27） ¶先把目录查了半天，看有甚么对劲的，抄上几条，省得费心。（官 7-98-18）¶大爷，怎么样？可～？（官 24-294-17）¶我便指引文琴与他相见。彼此谈得对劲，文琴便扯天扯地的大谈起来。（目 76-610-14）

②状況が符合する。 ¶该首诗搭个题目末好像～个哉。（海 61-519-18） ¶现在说少爷得的是夹色伤寒，那可色色～。（梼 21-335-4）

【对门】

〈名〉向かい（"大门"が向かいあっている）。向かいの家。¶善卿道："调来哚陆里？"蕙贞说："是东合兴里大脚姚家，来哚吴雪香哚～。"（海 4-28-13） ¶来安，去～看看葛

語彙例釈　dui

二少爺阿来哚，来哚末说请过来。"（海5-39-14）¶我～就是东棋盘街啘。（海11-85-9）¶米田共想想介，再想勿到问路格场化～就是典当。（三 8-85-28）¶这一段没得裁缝，太太应该知道的。就只～周大娘会做裁缝，替人家做的衣服好着呢。（市18-275-5）¶他娘子便叫女孩儿："银姐，往～王奶奶家去问，有钱借二三十个，明儿就送过来。（红24-333-21）¶王婆既见夫人恁地说，即时便来孝义店铺屋里寻郭太郎，寻不见。押铺道："在～酒店里吃酒。"（喻15-223-10）¶且说周将仕正在～茶坊内闲坐，只见家人报道："金珠等物都有了，在库阁头空箱子内。"（警28-433-14）

【对面】

〈副〉向い合って。¶我有日子到俚搭去，有心要看看俚哚，陆里晓得俚哚两家头～坐好仔，呆望来哚，也勿说啥一句闲话。（海7-56-24）¶当下只有他同余荩臣两个人～吃。（官32-537-11）¶二人～躺下，王九让老三先烧。（负2-7-2）¶只见袭人和一人二人对面都歪在地炕上，那一头有两三个老嬷嬷打盹。（红54-755-11）¶坐定，茶汤已过，太尉夫人屏出左右，～论心。（醒13-350-2）¶来日宋江梯己聊备小酌，～论心一会，勿请推却。（水62-1045-12）

【对手】

〈名〉"豁拳"の用語。あいこ。¶这里也要豁，那里也要豁；一时袖舞钏鸣，灯摇花颤，听不清是"五魁"、"八马"，看不出是"～"、"平拳"。（海15-118-17）¶当时临到罗子富摆庄，"五魁"、"～"之声隆隆然如春霆震耳，才把吴雪香莲蓬议论剪断不提。（海22-180-11）¶既唤大姐等添酒上来，筛了三大杯，就与芝云五魁～的豁拳，直豁到芷泉为止，大家吃得有七八分酒意。（狐25-206-24）

【对头】

〈名〉敵(かたき)。¶王老爷是再要好也无拨，就勿晓得沈小红搭倪前世有啥多花冤家～。（海12-94-22）¶老文，你搭吉里大和尚是今世～，还是前世冤家介？（三40-429-6）¶刚刚格个本家陆阿肃，搭仔紫云轩勿对，冤家碰着仔～，紫云轩落仔帐房，俚再要格外去糟塌俚两声。（九续35-267-13）¶这夜叉婆不知同我那一世的～！（官10-151-22）¶老天爷不长眼睛，为什么只管同我们几个人做～！（官50-855-17）¶这华萧氏的～是个大有势力的人，别位都老爷都不敢动他，只有老爷是向来不避权贵的，所以告到台下。这里有分敬意，说是如果攀倒了这～，还要报恩的。（梼16-259-16）¶哥哥的这样行为，不是儿子，竟是个冤家对头。（红100-1402-13）¶你二位也知林冲和大尉是～。今奉着太尉钧旨，教将这十两盘子送与二位。望你两个领诺。不必远去，只就前面僻静去处，

把林冲结果了，就彼处讨纸回状回来便了。(水8-127-16)

【对勿住】
申し訳ない。顔向けできない。あいさつ語としても用いられる。 ¶倪倒来惊动仔耐哉咘，阿要～嘎！(海5-35-19) ¶故是倪明白白正经事体，无拨啥～人个场花。(海52-443-12) ¶～, 我还有点事体, 要去转一转。唔笃来浪俉场化, 我停歇来。(鸿1-194-26) ¶大先生堂唱去哉, ～!(鸿6-224-20) ¶今朝～刘大少, 到倪搭来, 托耐刘大少带声信拨俚。(九6-50-9) ¶杨四一一拱手相送。黛玉也说了几声"待慢，～，扶梯浪走好。各位请明朝来嘎。"(狐3-15-20) ¶耐一干仔来浪北京，身体一径勿好，再要实梗动气，叫倪阿要发极格嘎？气坏仔身体，倪阿对耐住得？连搭仔俉笃屋里向太太，倪也～咘！(九续154-1093-5) ¶兄弟即使有点不好，难道能够瞒过府宪？不要说对不住府宪，连你老夫子也对不住。(官6-78-15)

【对意】
〈形〉気が合う。気に入る。¶二奶奶再问耐阿要做下去, 耐说故歇无拨～个佲人, 做做罢哉。(海57-485-5) ¶连发见那间官房高华轩爽，收拾得很是洁净，知道主人必定～，向账房道："很好！就这一间罢。"(新55-253-16) ¶大凡做妓女的, 那一个不想嫁人？十个里却有九个难嫁。第一为的没有～客人, 第二为的是客人虽然, 又怕拿不出钱。(繁后23-991-21)

【对症发药】
病状に応じて投薬する。また、状況に応じてそれに即した手段を講ずることをたとえる。¶别人以绮语相戒，才是隔靴搔痒; 耐末～, 赛过心肝五脏一塌括仔拨耐说仔出来。(海53-446-8) ¶大老官看看老秋个宗动气，眉眼更加道地。那哼说法介？倒勿如～罢。(三13-149-15) ¶女人家肚痛得那么利害，怕不是生产，这正是～呢。(目25-184-6)

【对子】
〈名〉对聯。¶耐赵二宝搭倒还有副～做拨俚, 我末连～才无拨, 阿是欺人太甚？(海53-451-5) ¶这几个字写得很好，我欲求他写一副～不知可能求得到？(新7-29-19) ¶他的书法极好，他在京里的时候，～也都写过。(官19-310-23) ¶一面说, 一面又看见柱上挂的黑漆嵌蚌的～, 命人念. 湘云念道："芙蓉影破归兰桨, 菱藕香深写竹桥。"(红38-517-17) ¶又见那二门上有一联～, 写着"静隐深山俗虑, 幽居仙洞乐天真。"(西17-196-3)

【对仔】

語彙例釈　dui－dun

〔介〕…に対し。介詞"对"に同じ。"仔"は介詞"比仔""为仔"などの"仔"に同じ。¶阿哥～我笑，倒勿曾说啥。（海 20-159-3）¶倪故歇想起来，耐来浪～倪瞎说一泡，俉格哄拨洋钿，咦是俉格今年来勿及。区得倪勿是格号只认得铜钿，勿认得人格人，答应仔耐哄俉闲话说，勿然是，耐故歇搭倪跳得来好白相煞哉！（九 129-868-22）¶故歇上海滩浪个倌人，大家才是只认得铜钿，勿认得人，～客人，洛里有啥良心。（九 167-1096-26）¶巧林姐气得面孔转色，含仔一包眼泪，～唔倪几化人，半句闲话才说勿出，带累倪旁倪亦光气。（狐 5-29-2）¶俫看下底格格人，立仔勿知啥辰光哉，一径～倪看，只怕有点痴格。（狐 49-424-2）¶弗壳张归格黛玉再要嫌比俚小气，～人末，总说倪瞎仔眼睛咾嫁仔一个穷鬼。（沪 3-95-5）¶只见他坐下来，对着潘明寒暄几句，嘴里就叫一声"来！"房门外一个二爷，答应了个"是"。（负 4-17-20）¶又只见他夫妇两人都从袖子里取出证书来，放在案上，对着大众先宣了誓词，然后再证书上彼此签了一个字。（维 11-79-1）¶奇了，他对了企渊气焰盛的了不得，对了同学怎么倒又肯胁肩谄笑。（十 21-152-20）¶有人说道："他弟兄两个且是和气，做人忠厚，这也是皇天不负善心人哩！"就对着差人道："你若要见他时，须要到温台走一遭。"（醒上 4-28-10）¶拈起狼牙箭，对着长竿射去。（禅 16-242-2）¶忽见一个后生，象个远方来的，走到面前，对着陆氏叩了一头。（二 11-224-12）¶只见那边窗里一个女子，掩着半窗，对着闻俊不转眼的看。（二 17-351-6）

dun

【敦厚】

〔形〕重厚である。¶大约耐肚皮里先有仔'语不惊人死不休'一个成见，所以与'温柔～'之旨离开得远仔点（海 60-515-11）

【炖】

〔动〕とろ火で長時間煮込む。¶我有一碗五香鸽子来浪，教俚哚～口稀饭，耐晚歇吃。（海 19-156-19）¶稀饭～好勒浪哉，阿要吃？（鸿 4-212-7）¶楚云又唤阿娥姐把自己～的莲心挂元取来，盛做两碗，与少牧一同吃过，洗了个脸。（繁初 13-137-15）¶鸭子却是任天然昨天想吃，隔夜用神仙炉子～的，火候甚好。（梼 12-197-11）¶到药店里买点薄荷露来～一～吃吃，退热解烦消暑开胃再好也没有了。（人 40-479-25）¶你们快牵了他去，～了脯子吃酒。（红 37-501-7）

【燉】

"炖"の異体字。¶无姆～稀饭来浪，耐阿要吃？（海 20-159-7）¶倪是自家～个火腿

粥, 耐阿要吃？（海28-230-4）

【钝】

〈动〉嘲弄する。こけにする。ひやかす。¶翠凤道："耐有道理末，耐说哩。啥勿响哉嗄？"子富笑道："阿有啥说嗄，拨耐～光哉哩。"翠凤也笑道："耐自家说得勿好，倒说我～光"（海9-73-20）¶接着秋燕堂唱回来，匆匆脱去出局衣裳，问双人尊姓。双人说了，把秋燕打量一回，说道："先生出色哕！"秋燕道："倪是勿好格，耐麵～。"（鸿3-204-19）¶金寓笑道："晓得耐四少大好老啘."滑臣道："麵耐～，上海滩浪，倷人勿晓得耐金寓先生是刮刮叫格头等名角。"当下两人嘲谑了一会，滑臣起身告辞。（鸿15-279-7）¶"二少，倪去哉，晏点有功夫末，请到倪搭去坐歇，不过倪搭小地方，怠慢格，勿得知耐二少肯赏光勿肯赏光？"说着，又对着秋谷飞了一个眼风。秋谷听了，便也打着苏白回答道："阿啨，先生勿要客气，倷人勿晓得范彩霞先生是上海滩浪天字第一号格红倌人。"范彩霞不等他说完，把眼一瞟道："好哉好哉，勿要～哉。"（九 97-684-1）¶阿素不待把话说完，抢上一步，起手在逢辰头上轻轻的打了一下，道："我说你会得讲话，那是赞你的能干，怎么会反～起人来？你再要住下说去，我不依了。"（繁初27-307-13）¶宛亭笑道："你的下半世还愁没有好日脚吗？像你这样漂亮的面孔就是修来的，一年半截碰到一户好客人将你讨了转出，怕不是俗语的一品夫人吗？"老九道："四少爷不要～我们这种人，还配做一品夫人吗？今生不想了。就是我要想做一品夫人，也没这一品老爷肯来讨我。"（人27-286-14）¶秋波道："车子坏了你还高兴呢！"莲荪笑道："这个地方前不巴村后不巴店，四无人烟，走也走不回去，只有耐着心肠。退一步想，待他修好了再说，着急也是枉然。"秋波笑着对车夫道："那么你索性慢慢地修，修到开年再开转来，大家可以多在这里等一年。"阿毛在车上也噗哧一声笑了起来道："三少倒也让你～足了。"（人34-373-1）¶不说别的，就是适间红珏骂他～他的话，可算得尖刻极点了，他非但不动怒，反虚心下气的劝她，这种好脾气的男人，若被我们嫁着了，再也不肯同他拆开的。（歇94-1307-22）

【顿】

〈量〉とがめたり打ったりする回数。¶要打末双玉也该应打一～（海17-133-17）¶我说末定归勿听，帮煞个堂子里，拨个卫霞仙杀坯当面骂我一～，还有俚铲头东西再要搭杀坯去点仔副香烛，说我得罪仔俚哉！（海57-483-16）¶格格贼倒前日捉牢格哉！公堂浪审仔一转，打仔一～屁股。（狐34-292-5）¶也不顾顾自己的脸面，竟叫那些家人贴着我的身躯，掰着我的腮颊，打了我这么一～嘴巴。（梼22-346-15）¶金家媳妇自是

語彙例釈　dun‑duo

喜欢，兴兴头头找鸳鸯，只望一说必妥，不想被鸳鸯抢白一～，又被袭人平儿说了几句。（红 46-640-10）¶我如今唤他出来，打他一～，出了我这口气罢了。（杀 6-21-4）¶林冲本待要痛打那厮一～，太尉面上须不好看。（水 7-114-5）

duo

【多】

〈形〉①多い。¶汤啸庵道："念坏哊哊罢。"王莲生道："俚～个局，至少三十杯，我先打。"（海 6-46-17）¶为仔该两日路头酒～勿过：初七末周双珠搭，初八末黄翠凤搭，才是路头酒。（海 28-229-24）¶倪好客人～煞来浪。（海 37-312-18）¶上海浮头浮脑空心大爷～得势，做生意划一难煞。（海 60-509-8）¶故歇个铜洋钱，实头～勿过，吃下来仔，自家也齆晓得，用个辰光就授仔出去哉。（鸿 9-243-24）¶客人笃总归呒长性格～，想着仔实头惹气。（鸿 14-274-14）¶我说格好白相，就是格塔场化呀，江里格花船教～得来。（狐 17-132-15）¶这个电报字太～，若是送到电报局里去单单加一的译费就得好几角。（官 4-49-17）¶按荣府中一宅人合算起来，人口虽不～，从上至下也有三四百丁，虽事不～，一天也有一二十件。（红 6-94-1）¶其余土产货物，尺头礼仪之类甚～。（二 26-526-2）¶在先弊寺十分好个去处，田庄又广，僧众极～。（水 6-96-16）

②より多く。余計に。動詞を修飾する。¶宽宽马褂，～坐歇。（海 7-50-8）¶我再要俚自家看中仔一户客人，搭我～做点生意，故是难杀咪哩。（海 7-52-6）¶受仔寒气，倒是发泄点个好，须要～盖被头，让俚出汗。（海 42-355-1）¶耐勿为啥事体～耽搁仔哩。（海 55-466-3）¶眉翁先生，今朝为仔客少，对勿住，耐要～叫几个局来！（鸿 2-199-5）¶做到格种事体，一末要胆大，二末～费几百洋钱。（狐 11-75-22）¶有啥要紧嗄？倷下埭～唱几只末哉！（狐 24-196-10）¶信上还说："带场子前途已经看过，不肯～出价钱；等到卖去之后，即将款项汇来。"（官 3-34-19）¶好在老爷是糊里糊涂的，今儿晚上让他再～坐一次。（官 3-44-12）¶你女婿前因多吃了两杯酒，和人分争，不知怎的被人放了一把邪火，说他来历不明，告到衙门里，要递解还乡。（红 7-112-8）¶～与他们罢，论甚么多少？（二 22-448-4）¶王婆出来道："大官人吃个梅汤？"西门庆道："最好。～加些酸。"（水 24-368-7）

③補語に用いられて、差の程度の大きいことを表す。¶比仔从前省得～哉。（海 1-4-11）¶昨日头是远看，个歇辰光是近看，行情差得～朵。（三 7-81-20）

〈动〉ある幅を一定量超えることを表す。¶像四老爷，就年势间里～下来用用末也用勿完哓。（海 15-120-7）¶先起头翠凤来里做讨人，生意闹猛得野咪；为仔倪搭开消大，

一径无拨～洋钱。(海 59-502-7) ¶倘忙外头再有点穷祸,问耐东家要个人,倒～仔句闲话。(海60-513-22)¶倪故歇勿挂牌子,洛里有啥生意?就是碰和,也勿是日日有格。将将就就做一个开销,要～铜钿,是吭拨格嚏。(九续 29-219-8) ¶凤姐道:"可少什么没有?" 平儿道: "我也怕丢下一两件,细细的查了查,也不少。"凤姐道: "不少就好,只是别～出来罢?"平儿笑道: "不丢万幸,谁还添出来呢?"(红21-296-24) ¶王惠疑心,问道:"二官人许多银两,如何只有得这些?"王爵道:"恐怕路上不好走,～的我自有妙法藏过,到家便有。所以只剩得这些在外边。"(二 21-423-3) ¶再饮过数杯酒,不觉沉醉,力不胜酒。便唤酒保计算了,取些银子算还,～的都赏了酒保。(水 39-620-3)

【多花】

〈数〉①多い。述語の中心語となる。 ¶水果也勷去买;俚哚～来浪。(海 38-320-16) ¶倪堂子里向格客人多多花花,像耐金大少一样格客人也多煞来浪。(九 36-269-21) ②多くの。限定語となる。¶正要来寻耐,有～物事,耐看看阿有啥人作成?(海 1-6-7) ¶俚乃～脾气,倪也摸着点个哉。(海 15-118-7) ¶耐勿晓得有～勿便嚏。(海 50-428-7) "多化"とも作る (以下各項とも)。 ¶十月里向来朵南京收缎子,撞着一个红毛国里向个朋友,里要到北京进贡,罗里晓得失落仔多化珍珠宝贝。(描 3-25-6) ¶方大人,对勿住耐,等仔倪多化辰光。(九 36-268-3) ¶就算嫁仔一格好好里格人家,也不过一个小老母,总归有多化勿称心格地方。(九 48-349-16) ¶耐该埭去仔像煞吭没几日嚏,该搭到有仔多化事体哉。(鸿 4-211-6) ¶俚故搭歇格蒋耀生蒋自闲一帮人拼夥起来,逐日勒浪胡调。耐看将来有多化事体搅出来哩。(沪 2-43-6) ¶那能地格能(几化日脚)(多化日脚)伊还勿曾办拉哩。(上问 22-41-9)

③たくさん。賓語になる。¶有辰光教耐吃点心,耐勷吃。今朝倒吃仔～。(海 11-90-15) ¶我已经买仔多化拉者。(上问 27-50-3)

④補語に用いられて、差の程度の大きいことを表す。 ¶下头房间倒比仔楼浪要便当～哚。(海 3-21-14) ¶来仔也勿讨厌,去仔也想勿着,随耐个便,阿是要写意～哚?(海 7-57-10) ¶故歇好仔～哉。(海 35-292-2)

〈代〉そんなに。否定文または疑問文に用いられる。¶我动啥气嘎?耐也无啥得罪我口,耐勷去～瞎小心。(海 12-92-21)¶啥～要紧嘎,等耐无姆来一淘去!(海 12-96-16)

〈副〉どんなにか。いかに。¶我看见仔耐勿快活末,心里就说勿出个～难过。(海 28-229-12) ¶一到仔外头,也勿管是啥场花,碰着个啥人。俚就说我～勿好:说我末凶,要管俚;说我勿许俚出来。(海 57-483-6)

語彙例釈　duo

〈助〉などなど。正に挙げたものを総括する"等等"に当る。¶耐拿保险单自家带来咪身边，洋钱末放铁箱子里，还有啥帐目、契券、照票〜末，理齐仔一搭，交代一个人好哉。（海 11-86-4）¶姘戏子〜到底少个，故也覅去说俚哉。（海 18-147-21）（1個しか挙げていないが、上文の"稍微生意好仔点，难末姘戏子，做恩客才上哉"を承けて、いろいろあることを示しているもの）¶鸡鱼牛羊〜众生，才有来浪，倪再说个'雕'字阿好？（海 40-339-24）

〈量〉"（一）些"に当る。動詞の後に用いられる。¶耐末只管看戏去，瞎应酬〜啥。（海 19-151-4）¶覅响！瞎说个〜啥！（海 23-187-15）¶价末点心点好哉，想个〜啥。（海 35-295-22）¶接着阿巧从对面房里过来喊道："先生吃饭！"漱芳道："倪覅吃"阿巧道："稍些吃口阿好？"漱芳大声道："唔笃去吃末哉呀，来瞎缠〜倽介！"（鸿 4-213-20）¶耐倽性急得来，拆姘头有仔洋钱总好过去哉呌，耐急多化倽呢！（鸿 10-248-2）

【多情人】
多情多感な人。¶不料亚白〜，竟如此落落寡合！（海 33-272-24）

【多少】
〈副〉なにがしか。幾らか。¶小红攒眉道："勿晓得为啥，厌酸得来，吃勿落。"莲生道："价末〜吃点。"（海 4-32-9）¶耐也〜吃一口，阿好？耐勿吃，耐无姆先要急杀哉。（海 19-156-9）¶快叫个人牙子来，〜卖几两银子，拔去肉中刺，眼中钉，大家过太平日子。（红 80-1155-22）

【多说多话】
余計なことを言う。¶耐坐来里，覅〜。（海 2-11-11）¶难覅去搭无姆〜，无姆个人，依仔俚倒勿好。（海 44-376-2）¶故也勿要紧，明朝让双宝去，省得耐〜！（海 63-537-2）¶倪也有老太太格呃，格末俚笃总归〜，格洛我故歇情愿一干仔勒俚上海，才勿搬俚笃上来。（鸿 15-282-21）¶耐格人末，直头少有出见格，别人末只有帮帮倪格腔，耐倒来弄倪格嘴舌，阿要讨气，故覅倪搭耐说明白仔，勿要去〜，阿晓得？（九 39-289-9）¶老六末夷是实梗〜，啥格念头弗念头哩。（沪 1-14-10）

【多心】
〈动〉気を回す。邪推する。¶陆里晓得倪翠凤就〜哉哩，说："罗老爷原搭老相好要好末，阿肯搭倪要好嘎？"（海 7-52-19）¶我不过问问罢哉，耐啥〜得来。（海 12-94-12）¶故是耐自家来里〜，再有啥人来说耐？（海 20-161-19）¶耐末野忒嫌〜哉。一塌刮仔几千块洋钿格事体，倪野犯弗着告诉别人，人家那哼会晓得哩？（沪 3-27-11）¶这是

194

兄弟泛论的话，观察不要～。（目 101-832-13）¶有你老哥拍胸脯，兄弟还有甚么不放心的。你快别～，以后全仗大力！（官 3-38-23）¶直斋，你又～了。你我至好朋友，说话那有许多避忌？（文 31-166-11）¶林妹妹是个～的人。别人分明知道，不肯说出来，也皆因怕他恼。（红 22-304-17）¶好姐姐，别～，咱们从小儿都是亲姊妹一般，不过无人处偶然取个笑儿。（红 46-637-1）

【朵】

〈量〉花を数える。¶是个娘姨采仔一～荷花，看见个罾，随手就扳，刚刚扳着蛮蛮大个金鲤鱼，难末大家来浪看。（海 38-323-15）¶又有大衿钮扣上插着一～鲜花。（官 7-104-15）¶里面盛着各色的折枝菊花。贾母便拣了一～大红的簪于鬓上。（红 40-545-13）¶乃取红帛花一～，悄悄递与贾涉，教他把与胡氏为暗记。这个计策，就在这～花上，后来便见。（喻 22-330-5）¶观察头这～翠花何意？（水 72-1215-8）

【挼】

〈动〉横になる。¶王阿二靠在小村身傍，烧起烟来，见朴斋独自坐着，便说："榻床浪来～～哩。"朴斋巴不得一声，随向烟榻下手躺下。（海 3-12-11）¶倪到榻床浪去～～，我搭耐说句闲话。（海 28-229-9）

（注）『漢語方言大詞典』は「躺。吴语。江苏苏州。」とし『漢語大詞典』は「方言。谓躺下歇息而又不入睡」とし、両者とも上掲例（海 3-12-11）を挙げている。

【哚】

〈助〉(1) 文末に用いられて、強調したり、詠嘆を表したりする。

a) 数量を表す語を含む動詞述語文で、数量を強調する。¶怪勿得耐要豁拳，有几花人搭耐代酒～。（海 4-26-5）¶倪先生也有好几户客人～，为啥要耐王老爷一干仔来撑场面哩？（海 10-81-13）¶就省点也要一百开外～，耐也犯勿这哇。（海 2-10-20）¶该搭栈房里，四个人房饭钱要八百铜钱一日～，开消忒大，早点转去个好。（海 30-247-9）¶今朝转仔五六个局～。（海 13-106-20）¶倪四家头来里捉赢家，我一连输十拳～。（海 24-175-4）

b) 形容詞述語文で、状態を強調する。¶耐到乖杀～！（海 2-11-20）¶一户末来里上海，还有两户，一年上海不过来两埭，清爽是清爽得野～。（海 7-52-5）¶阿唷，利害～！（海 8-59-21）¶王老爷末说糊涂，心里也蛮明白～。（海 12-95-3）¶看看别家格倌人面孔生得怕煞，生意到好得野～，碰和吃酒闹忙来。（九 16-124-5）¶唔笃格先生凶得来，拿倪横伊勿好坚伊勿好，到直头利害～！（九 20-149-17）¶格末打进打出，好白相到野～。

語彙例釈　duo

（沪 3-36-4）　¶说是搭爱春开宝格客人，讲开来名头大到邪气～。（沪 3-77-2）
c）助動詞"会"の動詞述語文で、能力を強調する。¶耐相好末勿攀，说倒会说得野～！（海 1-8-17）　¶罗老爷，耐倒也会说笑话～！（海 7-53-4）
d）助動詞"要"の動詞述語文で、可能性・必要性などを強調する。¶幸亏有两个鼻头管，勿然要气煞～！（海 6-43-18）　¶耐啥要紧得来！就有人家来，也要过仔该节～，故歇陆里寻。（海 23-186-10）　¶转去搭无啥说，我要初五转来～。（海 38-319-12）　¶倘势耐五少爷叫来，起码要坐到一个钟头～。（沪 3-17-2）
e）数量詞述語文で、数量の多少を強調する。¶善卿低头一想，道："阿是要买个讨人？"双珠点头道："说好哉呀，五百块洋钱～。"（海 3-19-24）　¶齐府浪通共一百多人～，就是余庆哥一干子管来浪，一径勿曾有歇一点点差事体。（海 56-474-6）
f）文中の副詞"还"などと呼応して、詠嘆などの感情の色あいをつける。¶倪只道仔耐勿来个哉，还算耐有良心～。（海 2-12-5）‖"笃""朵"とも作る。¶金银首饰卷仔勿少去笃。（狐 10-67-20）　¶俚说间搭房钱每月要四十块钱笃。（狐 10-71-19）　¶船浪男男女女，足有三四十个，赛过猪罗实梗，困仔一船笃。（狐 54-463-19）　¶个末倪坐车子去罢，走得去有好一段路笃。（鸿 1-193-60）　¶双人道："外势才说有三十开外笃。"伯恩怔了一怔，仲愚忙说道："连开销创物事是要实梗笃。"（鸿 9-243-1）　¶今朝我叫帐房先生查查堂簿，耐名下倒有十一台菜笃。（鸿 13-266-16）　¶俚笃姨太太凶得野笃。（九 100-198-11）　¶倪刚刚碰着宋伯恩，听俚说得诧异得野笃！（鸿 3-205-11）　¶有一个乡下财主，吝啬得吭淘成笃。（狐 13-93-13）　¶我故敬自家格事体，勿能想搭，想起宋实头要忧煞人笃！（鸿 18-299-23）　¶倍格倪要搭耐说句闲话，耐倒说，倪问耐讨帐，勿肯放耐格两声闲话，倒要搭耐弄弄明白笃！（九 129-870-20）　¶格种恶人，闷罗王收仔俚去，世界浪要安静得多笃。（狐 30-245-2）　¶该种香水五块洋钱一瓶笃，阿是无啥？（鸿 3-205-4）　¶昨日头是远看，个歇辰光是近看，行情差得多朵，（三 7-81-20）　¶个个阿胡子介，看个星排场倒杀胜得多朵（三 24-291-27）

（注）"哚"のこれらの用法には、"来哚""来浪"などに通ずるものがある。明清文学作品で、形容詞述語文などの末尾にも"在这里""在那里"を用いている例があるが、これらの"在这里""在那里"は"来哚"や"哚"に通じる。→多少有钱有势的客人，娶了个偠人，不肯回去，住在上海的多得狠在那里，那里能一个个都像你这般贤德。（九 81-587-2）→我姓陈的并不是有钱，钱狠多在这里。（九 106-702-24）

〈助〉(2) 動詞あるいは動詞連語の後に用い、動作完成後の状態が存在・持続してい

duo　語彙例釋

ることを表す。助詞"来哚"などの用法に同じ。¶一时，来安回来禀说："房间里才舒齐～哉。四盏灯搭一只榻床，说是勿多歇送得去，榻床末排好，灯末也挂起来哉。"（海5-34-10）¶怪勿得耐两家头才吃醉～哉。（海 6-49-1）¶俚哚是长三书寓里惯常～个，夠做出啥话靶戏来！（海16-123-18）　"朵"とも作る。¶老秋为仔太太谆谆嘱咐，检发已完，方才上岸，手里边拿仔一只棕线结成功朵个花篮中藏一物。（三7-81-10）¶为子虚火重子了，看过～个条才看勿出哉吓。（三8-90-28）¶都是那肩挑步担把零星卖，啥个吃局介？荸荠，乌菱，甘蔗，隔年卖剩朵个星黄橄榄。（三39-419-6）

【哚】

〈缀〉①複数の人称代詞を構成する。¶耐夠去哩，让俚哚去末哉。（海 1-7-14）¶只要俚巴结点，也象仔俚哚姊妹三家头末，好哉。（海3-20-14）¶耐哚走开点哩！我要死末关耐哚啥事嗄？（海10-78-19）¶拨来耐哚说穿仔来，倒勿好意思再吃一筒哉哎！（海15-117-20）　"笃""朵"とも作る（以下各項も同じ）。¶耐笃一淘出，一淘进，俚格住处，耐有啥勿晓得格。（官 9-123-10）¶耐笃总是实梗瞎三话四，阿要无淘成，倪是要板面孔格。（九1-5-6）¶倪堂子里向格人末，才是勿好格，唔笃客人用脱仔洋钱也勿犯着。（九7-50-9）¶俚笃娘来浪底下请耐大少爷格示，阿要叫俚上来？（商 4-33-7）¶小宝接着说道："苏老搭仔朱大少、颜大少落里去哉？"眉初道："俚笃吃酒去哉。"（鸿2-198-6）¶耐朵做官人，自家做勿动主，阿是一样格？（官8-111-8）¶倨朵夫妻两家头，百年偕老。（描7-66-19）¶罗里晓得外势十几个朋友打进来哉！列公倨道里朵是罗个？才是汪先生个乡邻。（描8-73-15）¶你朵做亲仔几年哉？（三4-25-3）¶然而俚朵还有一个小干件勒朵哉。（三4-35-6）

（注）第一人称の複数は"倪""伲""我伲""我里"などが用いられる。

②人を示す名詞の後に用いて複数を表す。¶张大少爷，倪娘姨～说差句把闲话，阿有啥要紧嗄？（海 2-16-11）¶倘忙一日夕看见仔要娘姨、相帮～四面八方去寻得来，寻勿着仔吵煞哉。（海7-56-22）¶藩三道："勿是倪客人，是客人～个朋友呀。"夏余庆道："客人～个朋友末，啥勿是客人嗄？"（海55-470-21）¶老太太～勤到歇上海来哉，看见仔格种，自然勿开心也开心哉。（负 17-80-14）¶明朝子倘忙有户把打茶会格客人来末，倪定规回报俚笃房间勿空，只消瞎说一声归搭去借借房间末，客人～自然走哉。（商3-20-21）¶娘姨笃格带挡，一千几百块，各处格店帐末，二千多点，一榻刮仔勿到五千洋钱。（九10-79-6）¶倪堂子里向格规矩，换好轿子第一转出去，相帮笃才要问倪讨赏格。（九15-115-12）¶倨落大人先生笃个脾气才是实梗个。（鸿7-230-14）¶唅，叔叔、

語彙例釈　duo

伯伯朵,太太分付,小船浪唱山歌,勿关吾里事个吓,介勒勿许骂人。(三 5-60-16)¶只因汪家里人多手多,才是拳大臂粗,小人朵勿敢阻挡,悉听里朵抢子去哉!(描 11-99-22)¶奴收干囡鱼是一件小事体,顺便请大少笃吃一杯酒,表表奴格敬意,哪哼好受两位大少爷格厚礼介?(狐 21-169-9)¶学堂里格学生子笃读起外国书来,起码总要一年。(狐 22-174-15)

③人名の後に用い、その者とその一類の者たちを指す。¶忽然大门口一阵嚷骂之声,蜂拥至客堂里,劈劈拍拍打起架来。善卿失惊道:"做啥?"双珠道:"咿是阿金～哉哩,成日成夜吵勿清爽,阿德保也勿好。"(海 3-18-18)¶周双玉无啥;把势里要名气响末好。叫仔周双玉,上海滩浪随便啥人,看见牌子就晓得是周双珠～个妹子哉哕,终比仔新鲜名字好点咪。(海 3-20-24)また、その人が生活を営んでいる所や生計を立てている所などを指す。¶善卿道:"调来咪陆里?"蕙贞说:"是东合兴里大脚姚家,来咪吴雪香～对门。(海 4-28-13)¶沈小红～娘姨坎坎来说,沈小红要到公馆里来。(海 9-72-18)¶赎身末赎仔出去,我个亲人单有耐无姆,随便到陆里,总是黄二姐～出来个件。(海 49-417-13)¶说时,只见请客的回报说:"再有两位请勿着,卫霞仙～说:'姚二少爷长远勿来哉。'周双珠～说:'王老爷江西去仔,洪老爷勿大来。'"(海 60-510-22)¶今朝方鼎夫来浪东合兴李双宝笃吃酒,吓不俙人,就是俚格阿荪伯荪搭仔我,还有俚纱栈里两个朋友。(鸿 2-197-4)¶太太,后门首许豆腐朵许大姐,在勒里要见太太。(三 23-270-14)¶倪走仔十几家,只有赵老笃、钱老笃,总算结清格,孙大少笃、李三少笃、收着仔一半;归搭周老笃、何大少笃、郑二少笃、王三少笃,才说推头勿勒屋里,明朝自家来呀;单剩两家小户头,来勿及去格哉。(狐 34-293-12)

【咪来】

〈助〉"得来"に同じ。程度の高いことを示す。¶厚皮～,啥人来理耐嘎。(海 11-84-21)

【咪哩】

語気助詞"咪"(1)＋語気助詞"哩"。¶我再要俚自家看中仔一户客人,搭我多做点生意,故是难杀～。(海 7-52-3)¶难为耐哉哕,要六块洋钱～,荒荒唐唐!(海 15-115-18)¶上海滩浪通共三班毛儿戏,才叫得来哉,有百十个人～。(海 16-125-22)¶有一字不典,一句不雅,要罚耐十台开厅～!(海 47-400-14)"朵嘘""笃哩"とも作る。¶合晤,自我个只脚咿勒里鸡眼痛哉,只怕明朝头要落雨朵嘘?(三 9-107-13)¶只怕无得华太师开缘簿,难成功朵嘘。(三 39-416-5)¶又问陆兰芬道:"你究竟有多少亏空,可有一万么?"兰芬道:"一万末勿到,也差勿多笃哩。"(九 37-277-3)

【哚唲】
助詞"哚"(1)＋語気助詞"唲"。¶倒要紧～，耐想陆里去？(海 4-32-17)¶耐倒调皮～！(海 13-99-14)¶生意倒闹猛～！(海 55-471-8)¶跟人生来最好，不过耐当心点，再要上仔个当，一生一世吃苦～。(海 60-509-13)¶故歇双宝末来。生意末无拔，房间里用场倒同倪一样～。(海 63-537-8)　"笃唲"とも作る。¶倷笃俉格事体来浪好笑，倒闹忙笃唲。(九 42-308-6)¶阿唷！倒会帮笃唲。(九 43-317-14)¶喔唷，耐格闲话倒来得希奇笃唲！(九 133-894-6)

【哚呀】
助詞"哚"(1)＋語気助詞"呀"。¶倪勿比仔新街门里巡捕，有多花难为个场花～。(海 56-473-18)

E

e

【阿弥陀佛】
〈名〉感じ入ったときなどに、「南無阿弥陀仏」と唱えることを指す。¶诸三姐念声"～"道："难好仔罢，耐生来浪，倪心里一径急煞！"(海 58-496-4)¶～，天老爷到底有眼睛格，善有善报，恶有恶报，格种恶人，阎罗王收仔俚去，世界浪要安静得多笃。(狐 30-244-19)

【饿】
〈形〉ひもじい。¶我肚皮也～煞来里，就故歇吃仔罢。(海 21-170-23)¶倘忙四老爷听仔俚哚，倪搭勿来仔，倪是无拔第二户客人唲，娘囡仵阿是～煞？(海 39-325-8)¶横竖要～杀末，阿伯啥难为情嗄？(海 59-504-8)¶奴肚里也～煞来里，让奴吃过仔饭勒，好讲得动得来。(狐 36-312-23)¶这一点点东西，算不得个意思，不过预备老哥们船上～的时候点点饥罢了。(官 11-159-12)¶夜长，觉的有些～了。(红 54-767-1)¶李万腹中，～极了，看见间壁有个点心店儿，不免脱下布衫，抵挡几文钱的火烧来吃。(喻 40-630-2)¶如今爷爷杀了小人，家中老母必是～杀。(水 43-694-9)

en

【恩】
〈形〉仲むつまじい。特に芸妓と客との仲を指す。¶耐做仔沈小红末，我一径说无啥趣势，耐勿相信，搭俚～煞。(海 34-281-11)¶阿唷！～得来，一歇歇才舍勿脱个哉。

語彙例釈　en－er

（九5-40-6）¶～得来，一歇歇才离勿开格哉！（官8-118-21）¶偏偏该个李家里搭俚～得来吮淘成。（沪2-11-1）¶听见说兆富里的钱宝玲，把白湘吟同伴的什么蓝肖岑当做好人，～到万分。（繁Ⅱ23-615-13）¶邱八听了，那里晓得黛玉存着一个要借他洗浴的念头，只认是黛玉同他～到极处，所以不肯叫他浪费银钱。（九25-173-9）

【恩客】

〈名〉色(ゞ)。（芸妓などの）。¶生意清仔末，随便倍客人巴结得非凡咉；稍微生意好仔点，难末姘戏子做～才上个哉，到后来弄得无结果。（海18-149-20）¶耐有～来浪，我来做讨厌人，勿高兴。（海25-203-1）¶俚笃又要说倪夹忙头里向做起～来哉，真真叫哑子吃黄连，有苦无处说。（九37-273-7）¶陈麻子勿是倪格油瓶，亦勿是倪格～。（九续140-1016-10）¶俚耐故歇夷做蒋金凤搭格老五哉。老五是有～格哩。（沪1-100-6）¶俊人问她后房间是什么客人，讲了半天情话，大约是你那个小白脸的～罢。（歇7-79-4）¶如今竟其公然替～说人情求差使！我又不是三岁小孩子，被你们弄着玩！（官32-545-1）¶怕的是被抚蓄娘与娘姨、大姐们知道了，说我有了～，这是堂子里最犯忌的。（繁初13-135-16）

【恩相好】

芸妓と客とが深い仲になっていること。また客とその関係にある芸妓。¶晓得耐咉是～，台面浪也推扳点末哉。阿要做出来拨倪看看？（海4-26-14）¶耐张大爷有～来咉，倪是巴结勿上啘，只好徐大爷来照应点倪啘。（海5-36-12）¶区得俉笃两家头是～，一歇歇工夫，阿好推扳仔点。（九续16-117-13）¶倪除脱仔唔笃先生，罗搭再有啥～哩？（沪2-96-7）¶外间的人，传说月卿和采卿是～。（目49-384-23）¶我的～，只有一个五凤班的月芳，和我是狠要好的，那里还有第二个～？（九150-995-25）¶顿时千思万想，被他想出一个人来，乃是从前蓝肖岑做的～钱宝玲，被肖岑漂得不亦乐乎，上海站不住脚，现在苏州阊门外棋盘街为娼。（繁后1-723-10）¶不要一味的讲知心话，做出要好情形来给我们瞧，连豁拳也忘掉，你们～，到房间里去恩也来得及呢。（十3-15-27）

er

【耳】

〈助〉……だけである。……にすぎない。口語の"而已""罢了"に当る。¶此所谓，'箭在弦外，不得不发～。'（海40-340-4）¶祖母溺爱孙者也古今所有常事～，不是什么罕事，故皆不介意。（红56-794-18）¶先生息怒。前言特地戏～。（水61-1025-8）

【耳边风】

〈名〉どこ吹く風と聞き流すことをたとえる。¶随便啥闲话,搭耐说仔耐只当~!(海18-141-5) ¶我平日并不是不教训他,他总拿我的话当做~!(目95-777-12) ¶偏有卢楠比他人不同,知县一连请了五六次,只当做~,全然不睬,只推自来不入公门。(醒29-598-7) ¶常言'宰相腹中撑得过船'。从来人言不足恤;言吾善者,不足为喜;道吾恶者不足为怒。只当~过去便了,切莫揽事。(警4-42-1)

【耳朵】

〈名〉耳。¶教俚去喊个剃头司务拿~来作清爽。(海14-110-5) ¶几化辰光咪,再听听,玻璃窗浪原来咪响呀。我恨得来,自家两只~要扳脱俚末好!(海26-214-17) ¶奴有一句闲话勒里。告诉拨勒倷听,倷凑~过来哩。(狐13-90-20) ¶我有工夫会他吗!我说过今天不见客,你们没有~吗?(官18-293-18) ¶晴雯听了,赶着笑打,说道:"偏你这~尖,听得真。"(红63-896-13) ¶何涛先折了许多人马,独自一个逃得性命回来。已被割了两个~,自回家将息,至今不能痊。(水20-294-12)

【耳朵管】

〈名〉"耳朵"に同じ。聴覚を強調するときに用いられる。¶台子浪一只自鸣钟,跌笃跌笃,我麭去听俚,俚定归钻来里~里。(海18-142-5) ¶倷阿晓得奴格脾气,随便啥格白相正经,~里听见勿得,心里高兴勿得,一听听见仔,一高高兴仔,顶好马上就去,马上就看,方始称奴格心得来,勿然像煞心里一径牵牢格,奴故歇说明朝去看。(狐36-308-7)

【耳光】

〈名〉びんた。¶拨来沈小红晓得仔,吃俚两记~哉哩!(海4-29-3) ¶耐再要说出啥来末,两记~!(海5-36-17) ¶耐个人啊,拨两记~耐吃吃末好!(海14-110-15) ¶倷格格人倒少格,呒不啥一径立勒浪仔,朝仔倪楼窗勒看格,阿是讨~吃佬?(狐49-424-19)¶倘然本勒个星二爷们看见子,勿但超~吃苦头,加添个只官船还要赔勒介。(三5-63-13) ¶倪为仔搭耐要好咾,搭老三做仔个恶人。耐到要拨~倪吃,世界路浪野呒不实梗道理格哦。(沪2-52-7) ¶说着,就抡起拳头来,对准了袁伯珍的面孔,打了一个~,随手又把袁伯珍辫子揪住,用力一掼。(维9-62-3) ¶不料弄里突然奔出一个男子,把妇人'赤挞,赤挞',就是两记~。(新51-236-26) ¶这种人也不必去问他,打了他~再说。(新54-250-5) ¶说毕就是一记~打去,阿招没有防备,竟被他打了一下。(繁Ⅱ3-377-3)

(注)"耳光子"も用いられる。→白秀英大怒,抢向前,只一拳,把那婆婆打个跟跄。

語彙例釈　er‐fa

那婆婆却待挣扎，白秀英再赶入去，老大耳光子只顾打。（水 51-842-9）→平氏大怒，把他骂了一顿，连打几个耳光子，连主人家也数落了几句。（喻 1-29-4）

【二】

〈数〉二。基数および序数。¶单说衣裳，是陆里及得来阿大搭阿～嗄。（海 10-76-6）¶大先生，～先生几花衣裳头面，随便耐中意陆里一样，只管拿得去末哉。（海 10-76-14）¶龙如意一家，连～三十个老爷们，才捉得去哉，房子也封脱。（海 28-232-22）　¶巡捕嫌少，讲来讲去，又加了有～百钱，方才去回。（官 2-18-14）　¶这是你大舅母；这是你～舅母。（红 3-39-12）　¶后头那～三十个破落户，惊的目瞪痴呆，都待要走。（水 7-110-11）　¶未见～位较量，怎便是输了？（水 9-141-11）　¶唐～，你不要打夺人去。要你偿命也！（水 21-319-5）

【二品顶戴】

"二品"の官位を示す礼帽の宝飾。"品"は官位の等級のこと。清朝では官位は"九品"に分かれ、"二品"は"总督、巡抚、侍郎"クラスの大官の等級。⇨顶戴。　¶我个访单浪，头脑末～，海外得来！（海 61-521-3）　¶就如这位屠桂山，本来是一个光身汉，现在已经弄到卅万家资，～，娇亲美婢，大厦高屋，大家如何不羡慕呢。（梼 12-185-10）

【二爷】

〈名〉官員の従者に対する敬称。¶来～搭轿班才跑得去看去哉。（海 11-85-7）¶耐来里上海当差便，家眷末也勿曾带，公馆里就是一个～，笨手笨脚，样色样勿周到。（海 34-285-6）　¶高老爷勿拉屋里，刻刻出去者。一格末地封信交拨甚人呢？一侬去交拨伊个～罢。（上问 1-2-5）¶前回跟着王乡绅下乡，王孝廉给他两个铜钱买烧饼吃的那个～，正在廊檐底下，提着一把溺壶走来；一见他来连忙站住。（官 2-15-21）　¶其时同来的还有一个是本在公馆厨房里做打杂的，现在亦升作～了。（官 39-670-19）　¶只见他坐下来，对着潘明寒暄几句，嘴里就叫一声"来"，房门外一个～，答应了个"是"。（负 4-17-20）　¶一个老头儿，在荷花池边瞧那自行船，不知怎样，一失足跌了下去，三五个～竭力拖救，拉住他的手拼命往上拖，拖起来泥水淋漓，活像一只落坑鸡，拖得那老头儿手骨痛得折断似的，大骂跟班道："我没有溺死，倒被你们拖死了，混账混账。"一个跟班连忙垂着两手应道是是，那副情形不由人笑煞。（十 31-234-29）

F

fa

fa　語彙例釈

【发】
〈动〉①発送する（書状などを）。¶局票坎坎～下去。（海 5-37-3）¶下头去说一声,局票慢点～,晚歇吃哉。（海 21-170-20）
②開ける。¶随叫小阿宝"耐绞仔手巾,搭王老爷来装筒烟。"莲生道:"我自家装末哉。"翠凤道:"倷有～好个来里,阿好?"随叫小阿宝去喊金凤来拿。（海 9-72-6）

【发财】
〈动〉①財をきずく。金持ちになる。¶二少爷一径生意勿好,该着仔实概一个家主婆,难末要～哉!（海 23-188-22）¶我末一径牵记煞耐,耐倒发仔财了想勿着我,倷勿成功个。（海 37-313-10）¶耐该埭来何曾～?（海 60-511-10）¶世界浪才像倷大人实梗,俚笃才要～哉。（狐 39-336-8）¶大老官想想介,且作成俚发仔财勒介。（三 9-102-9）¶个宗忙法末发仔几化财哉?（描 4-38-16）¶这样说起来,贵东在中国可以算得首富了。不知他怎样发的财?（新 7-32-9）¶他在江湖上也很发了些财,弟兄们有什么缓急,几千几百的他都肯帮助。（栲 20-321-5）¶大约我吴美士命中应该～了。（歇 20-258-17）¶有你这个哥,你要做官～都容易。（红 47-653-5）
②財運に恵まれるようにとのあいさつ語として用いられる。¶出色哉! 恭喜! ～,～!（海 3-20-13）¶少和照数发给筹码,连说"～,～!"（海 58-493-7）¶那人见了一帆,兜头就是一揖,口里连说:"恭喜,恭喜! ～,～!"（新 41-188-3）

【发痴】
〈动〉頭がおかしくなる。気が変になる。¶俚今朝来里～哉。（海 6-43-18）¶陆里晓得俚哚两家头对面坐好仔,呆望来哚,也勿说啥一句闲话。问俚哚阿是来里～,俚哚自家也说勿出啘。（海 7-57-1）¶要噪末陆里勿好噪,为啥要大菜馆里去? 阿是耐二奶奶～哉。（海 56-481-10）¶倩倩笑道:"耐作啥哩? 阿是勒浪～呢啥? 夏生左边是月缘,代答道:"俚末向来有个个痴痴格哩。………。"（沪 2-56-4）¶谁料周小良听了这话,顷刻就发起痴来,定要堂里赔还他的孩子,说他家里人并没有来领过。（新 33-151-7）¶胡镜孙不好说再说下去,只得退了出来。一场没趣,愈加气闷。回到店里,茶也不喝,饭也不吃,如同发了痴的一般。（官 21-347-15）

【发寒热】
热が出る。¶单是发几个寒热,故也无啥要紧,俚个病勿像是寒热呀。（海 20-160-2）¶前日夜头客人碰和。一夜勿曾困。发仔个寒热。（海 24-198-1）¶耐啥勿说个嘎? 来里～呀!（海 35-292-15）¶别样是吪啥,就是昨夜头发仔个寒热,今朝觉着心口头一块塞牢

語彙例釈　fa

仔,手脚末酸软得非凡。(鸿 5-216-11) ¶发仔几个寒热,嘴里说胡话,人才弗认得,格落请俆先生来看看呀。(狐 16-118-12) ¶为子个两日发子寒热了,勿番淘个。(三 44-462-9) ¶那里是什么小产,前天也是发了几个寒热,因为近来天时不好,恐他犯的乃时喉症,要过人的,才送到小房子去静养。(繁Ⅱ20-573-1) ¶当下太夫诊了秋谷的脉,知道是〜,便叫他在榻床上睡下,取了一条夹纱被,和他盖在身上。(九 169-1104-18)

【发极】

〈动〉いらだつ。やきもきする。¶耐保仔险末阿有啥勿放心哩?保险行里勿曾来,耐自家倒先〜哉,赛过勿曾保险哾。(海 11-86-19) ¶我生仔病,倒是俚第一个先〜,有辰光耐勿来浪,就是俚末陪陪我。(海 35-295-13) ¶等翠凤〜仔,自家奔得来寻我,难末好说闲话哉。(海 59-503-18) ¶先生勿要〜哉,刘大少来格哉,有啥闲话末同俚商量商量。(九 10-77-21) ¶番大人来末,让俚来哉哾,俚姨勿是啥今朝头一转来格生客,要耐来浪发啥格极呀!(九 168-1102-17) ¶大先生,俍看俚面孔绯红,涨得像血攻猪头,猢狲屁股实梗,实头搂勿起格,勒浪大〜哉。(狐 53-452-9) ¶耐想耐一干仔来浪北京,身体一径勿好,再要实梗动气,叫倪阿要〜格嘎?气坏仔身体,倪阿对耐得住?(九续 154-1093-4) ¶那臭花娘恨穷〜,便把他一记反抄耳光。(何 7-73-16) ¶少安见他有些〜,伸手扯住了他的右手道:"你莫〜,跟我到那一边去,我与你说。"(繁初 23-250-5) ¶越客道:"似此行去,如何赶得明日到!"心焦背热,与船上人〜嚷乱。(初 5-94-1) ¶李三〜道:"我那见甚么娘子?那日草地上只见得这个孩子在那里哭,我抱了回家。今既是押司的,我认了晦气还你罢了。怎的还要赖我甚么娘子?"(二 38-697-13)

【发刻】

〈动〉製版に回す(著作の原稿を)。¶故歇选仔一半,勿曾〜。(海 40-337-14)

【发脾气】

かんしゃくを起こす。¶俚来里罗老爷面浪,倒勿曾发过歇一点点脾气哩。(海 7-51-6) ¶老爷在外书房〜哩,连阿福哥都打了嘴巴赶出去了。(孽 23-212-12)

【发票】

〈名〉領収書。送り状。¶莲生着急,将出珠宝店〜送至小红面前,道:"耐看哩,〜来里哾。"(海 33-272-7) ¶他只要弄个玄虚,叫收货的人不把〜送到帐房里,帐房又从何发起;纵使〜已经到了帐房,他帐房也是通的,有奈他何呢。(目 63-499-5) ¶沈二宝正拿着几篇店铺的〜,请帐房先生进来和他代算。(九 164-1076-26) ¶帐房即请宝玉下楼,过了一过目,方将〜的帐算了一算,或付或欠,各店无不应允而退。(狐 61-522-18)

fa　語彙例釈

¶伙计一面收钱写～，一面答应着重新切实的揩拭。后来问："送到哪里？"（人32-336-22）

【发热】

〈动〉発熱する(病気などで)。　¶来浪夏天五六月里，好像稍微好点，价末皮肤里原有点～，就不过勿曾困到。（海36-304-17）¶方才渐渐的住了喘，回过面色来，向秋谷瞪了一眼，道："谢谢耐格好作成，倪今朝头里向正有点～，困也困哉，勿壳张耐来起花样，阿要诧异。"（九3-24-26）¶昨夜四点多钟时候，与少卿一同睡在床上，早已睡熟的了，不知怎的身上边一阵寒冷，忽从梦中惊醒，顿时发起热来。（繁后25-1021-16）¶大姐儿因为找我去，太太递了糕给他，谁知风地里吃了，就发起热来。（红42-576-13）

【发松】

〈形〉こっけいである。おかしい。　¶洪老爷到该搭来，总觉慢点，就不过听两句～闲话，倒也无啥。（海25-203-6）¶杨老说说末，就要说各种～闲话来哉。（狐3-18-6）¶他讲完了，众人一个个笑得眼泪、鼻涕都出来。大家都说："真难为俚讲得～。"（沪2-109-4）¶傅姨太太哪里知道兰云仙馆的来意，还是老二长，老二短地的讲昨天在夏令配克看一出滑稽影戏怎样怎样～，连说带笑讲给兰云仙馆听。（人37-422-6）

【发泄】

〈动〉外に出して散らす。　¶受仔寒气，倒是～点个好，须要多盖被头，让俚出汗。（海42-354-24）¶巧玲气的手足冰凉，意欲走过来斗口，被小大姐劝住，无可～。（狐32-270-20）¶正是满肚皮的不愿意，不知道要向那里～方好。（官10-151-5）¶有些人到了临死的时候，把生平做过的那些亏心短行、不肯告人的事情往往自家倾吐罄尽，那并不是甚么鬼使神差，正是他阴分已绝，阳气外溢，自然而然的～出来。（栲20-324-8）¶至次日又可巧遇见饯花之期，正是一腔无明正未～，又勾起伤春愁思。（红28-385-2）¶他每日受的克剥气多了，今日一总～出来。（水105-1602-3）

【罚】

〈动〉罚する。罚として科する。　¶鹤汀也来浪，一淘拉得去，到新衙门里，～仔五十块钱。（海28-233-14）¶耐讨我便宜末，我要～耐。（海33-273-6）¶亚白好酒量，～俚吃酒无啥要紧。（海33-273-7）¶菩萨～俚奔仔三日三夜，真真苦恼，连脚筋才奔断笃。（狐54-463-11）¶龙大人要倪吃一杯酒，倪阿好勿吃。不过龙大人要～倪，倪吃啥得罪龙大人格场化哦。（九续38-293-22）¶阿珍道："你自己怎样～法？"少露带笑道："～我一个月不到你小房子去。"（繁初21-229-22）¶我不办他们，只～他们出几个钱，难道还不该应？（官47-803-1）¶贾政已知是荔枝，便故意乱猜别的，～了许多东西；

語彙例釈　fa

然后方猜着,也得了贾母的东西。(红 22-312-20)¶输一着,～银一钱罢了。(禅 2-390-2)¶竹林道;"如此却好。只是小僧心上过意不去。明日归来,～做一个东道请罪罢。(二13-262-8)

【法】

〈名〉動詞に複合して名詞を作るが、疑問代詞"那价"("那哼")などや指示代詞"实概"("实梗")などと組み合わさると(中間に"(一)个"を介していることもある)、動詞として機能するようになる。¶耐如何做～,阿好先说拨我听听？(海 47-401-23)¶好个,今朝就拜。那价个拜～嗄？(海 52-441-14)¶鼎天答道:"……,请耐写起来。"鸣冈答应,喊阿宝拿笔砚票头,提笔伸纸问道;"那哼写～？"(鸿 7-228-19)¶故歇洋钱末哦拨,借也无借处,叫我那哼弄～？(九 47-347-15)¶格个辰光耐搭倪那哼说～,故歇为仔一句无拨对证格闲话,弄得实梗样式,倪也勿来说耐,耐自家问自家格良心好哉。(九 68-491-18)¶耐有啥闲话末说末哉,倪跑出去,让唔笃随便那哼说～。(九 157-1038-1)¶难末格家人家问俚那哼医～,俚拿仔格个结生格滑头摇看几摇,倒说:"哦不实梗容易咪。……"。(沪 2-106-10)¶前日子去个,昨日早晨头转来个。一那能去～个？(上问 25-46-8)¶到底怎样办～？请大人的示。(目 88-713-2)¶这张票子,倒底应该怎样写～呢？(目 104-862-21)¶你说我这事当该怎样办～？(市 8-225-21)¶如今输得两手空空,叫我怎生设～？(九 58-425-16)¶就是有什么说不尽的话儿,等会儿到了床上,凭着你们去怎样讲～就是了。(九 100-700-5)¶梅伯道:"火险的弊,怎么作～呢？"雨香道:"那不过防火就是了。譬如有一千银子的东西,他保上了二三千银子的险,烧掉了不是就有二三千银子进益么？……"。(新 15-68-4)¶柳老爷,你要搜很好,但是我们有一句话,须先讲明；被你搜查了,自然是听办；搜不着,怎么一个说～？"(新 51-234-9)¶明儿怎样一个赌法？(繁后 15-889-19)¶王一帖又忙道:"贴妒的膏药倒没经过,倒有一种汤药或者可医,只是慢些儿,不能立竿见影的效验。"宝玉道:"什么汤药？怎么吃～？"(红 80-1160-11)¶若一概如此做～,也勿大相宜。(海 60-515-13)¶照仔个题目末,空空洞洞,不过实概做～,为啥做下来总是笼统闲话,就换仔个题目,好像也可以用得着。(海 61-517-3)¶听倷实梗说～,倷怕唔笃大太太格格哉唍。(狐 34-288-11)¶我的阿妈,日日夜夜故宗哭法,必要哭杀我呢啥？(描 33-293-18)¶不过俚格排人,总是实梗说～,耐阿好去吃仔一台,绷绷倪场面？(九 57-416-18)¶心头那一股酸气,直升到脑门里头来,再也按捺不住,不顾好歹,也跳起身来,历声骂道:"耐是啥人介,倪认也勿认得耐,吃醋来也勿是实梗吃～格唍。……

206

fa　語彙例釈

（九 160-1055-7）¶德泉叫子安点洋钱给他，他又嫌重，换了钞票才去，临走对德泉道："今日晚间请你吃酒，去么？"德泉道："那里？"小云道："不是沈月卿，便是黄银宝。"说着，一径去了。德泉道："你看，卖了钱，又这样化～。"（目 29-220-15）¶这件事不该这样办～。（官 41-692-15）¶今日把活大哥这等打～，便是个下马威，使活大哥怕他打，不敢不送银子与他的意思。（何 2-25-19）¶不过事到如今，不得不这般做～，叫做尽我们的人事罢了。（九 53-390-26）¶你既然这般说～，我自然要绷你的场面。（九 57-416-19）¶这种事情，上海最多。不光是相面先生、施药郎中、滑头药房，那一家不这样做～！（新 58-270-12）¶邵氏回说自己不会这般梳～，薛氏便道："我替你梳。"（歇 3-27-2）¶小姐，你要是这样做～，你就把我担待的钱还了我，让你去自由罢。（梼 13-214-23）

（注）"法"は形容詞、心理活動を表す動詞などにも用いられ、上述のような連語を組み立てる。この場合、"那介""实梗"などの疑問代詞・指示代詞は、動作の方式ではなく、状態の程度を指す。→奶奶，倷阿要去罢，还有一出送客戏，是无啥好看格哉，停歇出去，勿知那哼轧～得来。（狐 9-60-4）→吓，既然勿是新官人到任末，啥洛故宗闹热法介？（描 27-244-13）→奴格心里，轧实单为仔俚呀，俚搭奴格情义，实梗深～，别人才比勿上格。（狐 44-381-1）→怪道俚勿回上海来，实梗红～勒海。（狐 45-391-16）→到底十三旦哪哼格好～佬？（狐 46-401-1）→耐四少末原待倪实梗好～。（沪 2-114-6）→耐肯实梗委曲，故歇野弗至于实梗苦～哉哩。（沪 4-63-11）伊既然是格能忙～，为啥咯也勿来关照我倪？（上问 22-42-3）→那骗子算到张百万女儿的一个八字，便大惊道："在这里了！这真是一位大贵人！"张百万问怎么贵～。（目 80-648-26）→哎哟，你手为何这般冷～？（人 22-222-17）→倷搭俚是咾啥仇寇，啥落亦实梗恨～介？（狐 30-245-3）→伍大人常常住勒奴搭格，鹡听见俚怕歇大太太咾，啥落故歇实梗怕～介？（狐 47-403-4）→怕啥嘎，十杯白兰地常恐弗至于那哼醉～。（沪 1-49-11）→但是他行的这样快～，不知有伤人的事情么？（新 6-26-17）

【法正】

〈动〉詩文などの批評を乞うときに用いる語。¶如此雅集，不可无诗，聊赋俚言，即求～。（海 31-260-18）

【法子】

〈名〉方法。てだて。¶俚勿肯吃药哦，骗俚也勿吃，吓俚也勿吃，老鸨阿有啥～呢。（海 6-48-5）¶年纪轻轻说啥死嘎，事体末慢慢交商量，总有～好想。（海 16-128-11）

語彙例釈　fa-fan

¶我高兴末做做生意，一个勿高兴，我生意勿做哉，看俉笃阿有啥～想？（九续35-268-10）¶耐赶紧想想别样～看。（鸿13-270-15）¶他叫我续的就是'制艺引全'，是引人入门的～。（官1-10-6）¶我又没有收税的亲戚，作官的朋友，有什么～可想的？（红6-95-10）

fan

【番】

〈量〉かなりの心情・労力を費やしているものに用いる。数詞は"一"のみ。¶倒可惜个菊花山，龙池先生一～心思哚，故歇一径闲煞来浪。（海60-513-16）¶方必开听了先生教他儿子的一～话，心上一时欢喜，喉咙里的痰也就活动了许多。（官1-4-17）¶宝玉又听宝钗这～话，一半是堂皇正大，一半是去已疑心，更觉比先畅快了。（红34-463-1）

【翻】

〈动〉①上下・内外・前後・表裏などの向きを変える。¶漱芳道："我要～转去。"玉甫乃侧转身，让漱芳翻身向内。（海20-164-1）¶耐去末，我戳～耐个船，请豁个浴。（海39-328-10）¶心中到底不足，又～过正面来，只见凤姐还招手叫他，他又进去（红12-172-5）¶黄河里遭风一～了船，回乡不得（水35-549-8）

②"翻台"を指す。¶故歇罗子富～到仔蒋月琴搭去哉，耐阿高兴一淘去？（海4-28-7）

③"翻本"を指す。¶索性再赌一场，～得转末一仔，～勿转就气输仔罢哉。（海14-113-22）¶今日薛蟠又输了一张，正没好气，幸而掷第二张完了，算来除～过来倒反赢了，心中只是兴头起来。（红75-1071-11）

【翻本】

〈动〉賭博で負けを取り返す。¶吃花酒无啥趣势，倒勿如龙如搭去翻翻本看。（海14-113-2）¶耐要想～，我贼俚哚人赢末倒拿仔进去哉，输仔勿见得再拿出来拨来耐哉哩。（海14-113-16）¶大家要接碰四圈，小兴也想～，就再入局，谁知越输越多，结下帐来，共输到二百八十三块钱。（市11-243-24）¶输了不要紧，且等下场～。（新25-110-26）¶这几天你输的太利害了，真个总要翻一翻本才好。（新25-110-28）¶我输了几个钱，也不～儿了，睡去了。（红111-1531-5）¶今日手里无钱，却睹得不爽利。还去寻顾三郎，借几贯钞，明日来～。（喻21-302-12）¶况且又有一落场便输了的，总有几掷赢骰，不勾～，怎好住得？（二8-163-2）

【翻台】

〈动〉遊興の客が二次会をする。¶我说桂生搭来浪宣卷末，耐也应该吃台酒哉；耐索性～过去吃酒，吃到实概模样，难末说再碰场和，就容易哉。（海25-205-5）¶俚哚要～，

我勿高兴去。(海25-206-2)¶故歇大少要～，挑倪做生意，倪是巴也勿能。(狐13-88-19)
¶秋谷又约众人～到媛媛家去，众人一齐就应允。(九57-418-1) ¶慕蠡却怪可怜她的，一时气不过，就叫～，到吴玉仙家，倒去叫史湘云的局。(市 6-215-24) ¶其时已有上灯时分。在席的人多半因有～，催着快摆。(官8-115-10) ¶文七爷晓得赵不了还要～，便催着上饭。(官12-182-17) ¶当下袁宝珠唱完了小曲，和钱胡子肉麻了一阵，要钱胡子～过去吃酒。钱胡子道："轮船局里的柳大人和余大人，约我在三马路薛飞琼家里吃酒，还有要紧事情而谈。今天没有空，明天来吧。(负14-67-2)

(注) 吴越：海上花列伝普通話本は"翻台"を"翻台面"と訳し、つぎのように解说している。

某人在甲妓女家摆酒，或大家意有未尽，或另有别种原因，由另一个做东在本堂或到他的相好妓女家去接着再开一席大家继续喝，叫做"翻台面"。(P.30) ちなみに『明清吴语词典』は"嫖客从一妓院转到另一妓院去饮酒或做局"とし、また『近代汉语大词典』も"嫖客在妓院中设宴请客，久转至别的妓院摆延，上海叫"翻台面"也叫"转台面"，省称"翻台"とする。なお『市声』は前揭例(市6-215-24)に"嫖客在一个妓院，吃了一半，又到另一个妓院去，叫做翻台"と注释している。

【烦】

〈形〉うるさい。わずらわしい。¶浣芳听得津津有味，漱芳却憎道："拨耐说得～煞哉，我覅听！"(海18-144-14) ¶奴亦覅请啥孟河郎中，有本事也罢，无本事也罢，徒然讲仔半日，害奴心里～煞快。(狐35-300-20) ¶倪为仔怕～勒，勿高兴挂牌子做生意。(鸿16-288-2) ¶贾母先一二日还高兴过来瞧瞧，后来～了，也不过目，只说："叫凤丫头收了，改日闷了再瞧。"(红71-1002-8)

【烦恼】

〈形〉悩む。心配する。 ¶加之以用心过度，所以忧思～，日积月累，脾胃于是大伤。(海 36-305-2) ¶妈也不必生气，妹妹也不用～，从今以后我再不同他们一处吃酒闲逛如何？(红35-475-13) ¶不知家中如何，恐父亲～，先发付兄弟宋清归去。(水32-498-3)

【烦躁】

〈形〉いらいらする。¶有时心里～，嘴里就要气喘；有时昏昏沉沉，问俚一声勿响。(海36-304-19) ¶一来心上～，二来天气毕竟热，跑得他头上出汗，夹纱袍子，夹纱马褂穿不住了。(官32-531-21) ¶幸喜遇见了海疆的官员，闻得镇海统制钦召回京，

語彙例釈　fan

想来探春一定回家,略略解些烦心。只打听不出起程的日期,心里又～。(红118-1607-23)"烦燥"とも作る。¶待贫道略施小术,先除了众人烦燥,军马凉爽,自然强健。(水105-1604-8)

【反】

〈动〉①騒ぎ立てる。わめきたてる。¶今朝～仔一场,耐倒要搭倪先生还债哉,阿象是耐动气仔了说个闲话?(海11-84-3)¶到底骗骗末也骗仔过去,勿然转去要～杀哉!(海12-96-23)¶我是耐个讨人呀,赎勿赎末随耐个便。一难我勿赎哉,晚歇～得来拨间壁人家听见仔,倒拨俚哚笑话!(海45-379-6)¶昨日耐去仔,俚一干子来哚房间里～仔一泡。(海48-405-3)¶俚来叫倪格局,倪为仔转局过去晏仔点点,俚就此扳倪格差头,搭倪～仔一泡,倪搭勿来哉。(九12-91-15)¶秋谷道:"自此以后,你就叫我老二何如?"王佩兰把嘴一披,道:"倪阿有格好福气?拨陈文仙晓得仔是～得来好白相煞哉。"(九43-917-12)¶耐闲话夷吭不听清爽,倒搭我～仔一泡。我说倪吭不天官赐,劀说耐做仔别人哩。(沪1-8-9)¶三府道:"他前日为甚么出去?"赵栽道:"是大前日,有个人他丈夫讨小在钱塘门外,～了两日,赶去的。余外小的不知。"(型26-362-13)②ののしる。しかりつける。¶难末无姆拿双宝来～仔一泡,再要我去劝劝双玉,教俚起来。(海17-133-3)¶"…………。耐晓得今朝要付裁缝帐,为啥拨妍头借得去?"拨我～仔一泡,俚倒吓得勿响哉。(海22-176-16)¶大老爷,耐前日子走仔,倪先生转来,拿我～得来!(鸿2-202-4)

(注)上项の"反"は"疲"にあてたものである。『漢語方言大詞典』は次のように記している。

疲②〈动〉责骂;喝斥;骂人不止。㊀江淮方言。安徽合肥。……㊁吴语。江苏吴县。汪东《吴语》:"今吴县谓何骂人为～"。…………。(同书P.4151)

【犯】

〈动〉犯す(罪や過ちなどを)。¶汤王～仔啥个罪孽,放来浪多花众生里向?(海40-339-22)¶不过说来说去就是'还来就菊花'一句闲话,勿但～仔叠床架屋个毛病,也做勿出好诗哉唬。(海61-519-19)

【犯勿着】

〈动〉"犯着"の否定。……までもない。……に値しない。……するに及ばない。引き合わない。¶耐阿有几百洋钱搭俚开宝?就省点也要一百开外咾,耐也～唬。(海2-10-21)¶耐是赵大少爷朋友末,倪也望耐照应照应,阿有啥揎掇赵大爷少来扳倪个差头?耐做大

fan　語彙例釈

爷少也～哂。(海 2-16-13）¶倪自家想，～气煞耐沉小红咑手里。(海 12-95-7）¶四五年做下来，总有万把洋钱哉，一点点局帐也～少俚，耐去拨仔俚，让俚去开消仔，节浪也好过去。(海 34-281-16）¶大少爷若搭俚破口，倒当奴搭倷有啥交关，拨俚到处外势去讲张倪两家头格邱话，倪是～哂。(狐 13-92-15）¶横势只有五百两，倷也勿在乎此，牡牛身浪拔根毛，～惹别人讲张哂。(狐 15-105-16）¶为仔该点事体要动气，也～哂。(鸿 16-288-4）¶我也晓得勒里，不过也～去说穿俚笃。(鸿 19-207-6）¶倪化仔铜钿，晏要拍俚格马屁看俚格面孔，阿有点～哂？(沪 1-78-3）"犯弗着"とも作る。¶只要俚笃认仔差，耐也就实梗罢，拨俚笃背后骂两声也犯弗着。(鸿 6-226-5）¶陈耀翁既然真格是一位观察公，有差使勒里上海，也犯弗着白叨光堂子里人。(鸿 17-291-7）¶耐有心做倪末，做末哉。倪野犯弗着再来扳耐格差头。(沪 2-50-4）¶如此一来，岂不是送断了他的前程；况且我也犯不着再结来生的冤仇了。(目 74-592-15）¶他同我调牌，我也犯不着拿好良心待他。(官 35-601-13）¶拿什么维新党的差使可以趁空让给别人罢，自己犯不着揽在身上。(官 40-679-3）¶象你这样儿身分，再落烟花，实在有一点犯不着了。(孽 30-288-11）¶他骂的人自有他骂的，我们犯不着多心。(红 46-639-1）¶姨奶奶犯不着来骂我，我又不是姨奶奶家买的。"梅香拜巴子一都是奴几"呢！(红 60-843-12）

(注）"勿犯着"（犯不着）ともする。→倪堂子里向格人末，才是勿好格，唔笃客人用脱仔洋钱也勿犯着。(九 7-51-9）→就是花小舫得罪仔客人末，耐也勿犯着来做格个冤家哂。(狐 35-258-3）→七娘娘，听你个星说话，稀松百懈，勿犯着个种动气。(三 19-229-2）→华安，我辈有家小，你是独头人，你勿犯着面孔喧红格。(三 35-382-13）→就是老兄也不犯着困此得罪福中堂。(官 36-610-7）→我不过放心不了这些中国的官府，我要不是怕他们朝令夕更，我一个人号召起来，这点事有甚么不成？不过我不犯着去做。(栳 17-272-18）→愿意不愿意，你也好说，不犯着牵三挂四的。(红 46-638-14）

【犯着】

〈动〉引き合う。割に合う。……するに値する。……する必要がある。疑問文に用いられる。¶耐末豁脱仔洋钱，再去上俚哚当水，啥一嘎？(海 14-110-12）¶耐想俚家主公屋里也算过得去，夫妻也蛮好，忽然啥～吃到仔该哂把势饭哩？(海 16-128-4）¶耐为仔格点小事体，倒卖脱仔自家格牌子，倪搭想想起来俙～嘎？(九 45-330-26）¶区得耐运气还好，劼拨俚笃打着，倘忙一格勿当心，拨俚笃打仔一枪，耐阿～撂脱仔自家格性命，去拼格排杀千刀格强资坯。(九 71-515-24）¶紫云轩也自家勿好，蛮好格生

211

意，啥～去做格班滑头码子。(九续35-267-11) ¶倷想阿～请俚，拿自家格性命拨俚弄白相相格嗄？(狐35-299-14) ¶即使勿要专甚利，也总算是一片心思做拉个，甚～拨别人去印呢？(上问37-68-9) ¶你要钱用，尽管告诉我，自然有地方给你，何～为了一个钱跌断一条腿呢！(官39-659-6) ¶倘或同上头闹翻了，莫说参官，就是撤任。在省里闲空起来，这里何～呢！(官54-930-24) ¶我便是好好儿的中国人，怎～学他们的文明礼款写'吕'字，我'吕'字不高兴写的。(商7-52-21)

【饭】

〈名〉ご飯。食事。¶阿曾用～嗄？(海2-15-9) ¶脾气对仔，就穷点，只要用口～吃吃好哉。(海18-148-5) ¶今夜格饭，只好馆子里叫仔罢。(狐11-73-16) ¶后见赵温果然托他，他喜的了不得，今天请听戏，明天请吃～。(官3-31-12) ¶你怎么昏了，盛这个～来给你奶奶。(红75-1068-17) ¶我和你明日～罢去寺里。(水45-736-7)

fang

【方法】

〈名〉手だて。¶夜头困勿著，困着末出冷汗。俚自家觉着勿局，再要哭。勿晓得阿有啥方法？(海36-304-21) ¶除脱到别场化去躲避，呒不别格～。(狐10-67-25) ¶谁知四儿是个聪敏乖巧不过的丫头，见宝玉用他，他变尽～笼络宝玉。(红21-291-19)

【方子】

〈名〉处方せん。¶近来医生也难，吃下去～才勿对碗。(海35-292-3) ¶请先生开好～，吃仔三四贴(石印本、亜東本も"贴")，好点末停哉。(海36-305-11) ¶格张～，样样才是清凉药。(狐30-247-18) ¶说罢，定了脉案，开了个～，却是人参养荣汤的加减。(目85-689-22) ¶于是开了一张～，无非是白术、子芩、川连、黑山栀之类。(官5-67-2) ¶只好拣那最走时的先生开的～与他吃了几帖。(栲14-231-12) ¶姑娘到底有什么病根儿，也该趁早儿请个大夫来，好生开个～，认真吃几剂，一势儿除了根才是。(红7-107-15)

【房】

〈名〉部屋。¶噢，洪大少爷，～里请坐。(海1-5-24) ¶双宝无拨银水烟筒末，我～里拿得去拨来俚；就是俚出局衣裳，我也着过歇个哉。(海17-132-18) ¶咱们东北角上梨香院一所十来间～，白空闲着，打扫了，请姨太太和姐儿哥儿住了甚好。(红4-67-3) ¶敲开店门，去～里取出行李，拴束做一担儿挑了，计算还了房钱，出离店肆，投东便走。(水56-942-3)

fang　語彙例釈

〈量〉妻妾や嫁を数える。¶倘然我自家想讨三～家小,故末常恐做勿到。(海 55-465-20) ¶他若能把几～姨奶奶搬在一起, 或者还可有些管束。(歇 19-247-6) ¶现在阳间的官,那一个不有着两三～太太, 阴阳事同一体, 你难道敢禁止城隍老爷的行为么？(新 54-248-10) ¶虽有几～姬妾, 奈他命中无子, 亦无可如何之事。(红 2-24-2) ¶一家子养了十个儿子, 娶了十～媳妇。(红 54-764-11) ¶员外何不取～娘子, 生得一男一女, 也不绝了香火。(警 16-223-4) ¶前妻留下一个儿子, 一～媳妇。且是孝顺。(初 20-363-4)

【房饭钱】
〈名〉部屋代と食事代。¶勿然就搬到耐咾娘舅店里去, 倒也省仔点～。(海 14-107-16) ¶仁济医馆出来, 客栈里耽搁仔两日, 缺仔几百～, 铺盖衣裳才拨俚咾押来浪。(海 24-199-12) ¶该搭栈房里个～, 前日仔约俚笃礼拜六, 明朝是礼拜三, 剩得勿多两日哉。(鸿 8-234-19) ¶料伊家胸襟没有容人量, 见财起意, 倒勒里打算要一哉。(三 22-262-11) ¶次日早起, 就结算了～, 收拾行李上船, 解维开行, 向上海进发。(目 38-295-22) ¶这天是十五了。本家萧和贵连差帐房上楼, 向楚云催了几次～、菜钱, 说节上等着开消。(繁后 20-952-7) ¶我看你们楼下, 还有一间空着, 方才同老二说过, 想把那间收拾收拾, 糊一糊花纸, 作为向你转租的, 我自去买一房外国家伙, 雇一个下人使唤, 吃你家的饭, 该给多少～, 任你说一声。(歇 22-284-26) "房饭钿"とも作る。¶勿要说起, 房饭钿搭仔菜钿, 才欠得一塌糊涂, 外势格帐收煞得勿下, 格两日倪也呒啥念头转, 只好弄到陆里是陆里格哉。(九 93-657-3)

【房间】
〈名〉部屋。¶赵大少爷, ～里去。(海 1-7-12) ¶～铺来咾陆里呢？(海 3-20-1) ¶再有三间～, 扫地, 揩台子, 倒痰盂罐头, 陆里一样勿做。(海 23-183-13) ¶倪搭仔耐两家头勿比别人, 再有俉格客气？就是占仔倪一间～, 也勿算俉格事体。(九 75-546-11) ¶为啥要住齷里齷齪格客栈？依倪说来, 杨老爷也夠走勒, 倪先生对面～里搭张干铺, 阿是清清脱脱也呒啥碗。(市 4-204-1) ¶勒浪第几号～里介？(狐 9-64-20) ¶～末野交关清爽。(沪 1-51-5) ¶叫了一辆马车往谦益栈里去, 拣了两个～, 安排行李, 暂时安歇。(目 21-148-9) ¶到了第三天上, 已抵上海码头。就在洋泾浜长发栈里拣一个～住了。(维 3-21-12)

【房门】
〈名〉部屋のドア。家や部屋の入り口。¶晦气, ～也关个哉！(海 26-214-13) ¶倪无姆为仔该声闲话, 索性关仔～, 喊郭孝婆相帮, 揿牢仔榻床浪, 一径打到天亮。(海

37-309-7）¶倪格搭～一径关勒浪，所以大少勿看见。(狐 20-156-14）¶三荷包走进～，只见～屋子里的人都站起来招呼他。(官 5-69-3) ¶茶房送上一个～钥匙，交代："若然出去，须要下锁，将此交与帐房。……。"（繁初 2-13-10) ¶锺守净起来，关上～，红着脸，将赵婆纳在交椅上，双膝跪下。(禅 6-73-10) ¶柳氏听了丈夫言语，真个去敲那女儿的～，低声下气的叫道："……。"（醒 9-185-5）

【房契】

〈名〉家屋権利証。¶一万倒勿曾多哩，前日天汤老爷拿得来～阿是也有一万㖸？(海 59-504-1) ¶耐一包～阿晓得险个哩？（海 60-511-13）

【房钱】

〈名〉家賃。部屋代。宿賃。¶端生阿哥个房子，～就勿要哉，倪自家烧来吃，一日不过二百个铜钱，比仔栈房里阿是要省多花㖸。(海 30-250-17) ¶早晨付仔～哉，陆里再有嘎！（海 64-545-17) ¶俚说间搭～每月要四十块洋钱笃。(狐 10-71-19) ¶地点是蛮好，必过～贵点，要六百五十两银子一月㖸。(沪 2-39-6) ¶这人还是昨天搬进来的呢。租着楼上一间厢房，～还没有付，只收得他两块洋钱定洋呢。(新 14-61-9) ¶横竖空房间多着，住住何妨。我们自家人，难道还要算你的～不成？(歇 17-89-6) ¶善卿复狠狠的啐了一口，向身边取出小洋钱赎还长衫，再给一夜～，令小客栈暂留一宿，喝叫朴斋；"明朝到我行里来！"（海 24-199-23) ¶我原知道刘先生是来历，论理不该催讨～。只因敝栈连年赔本，实在支持不住，……。(市 14-257-16) ¶次日鸡鸣，三人起来梳洗，算还～。(禅 17-262-7) ¶喜喜欢欢，算还了～，饭钱。(二 1-13-15) ¶某等游客，欲暂宿尊居一宵，～依例奉纳。(警 4-44-14) ¶原来被哥哥赶出来，无处栖身，借我店中投宿，只是我这里先要～的呢！(杀 8-33-1) ¶敲开店门，去房里取出行李，拴束做一担儿挑了，计算还了～，出离店肆，投东便走。(水 56-942-4)

【房子】

〈名〉家(建物としての)。¶推扳点～才要压坏哉。(海 16-125-22) ¶清和坊有两幢空来浪，无拨人租。(海 30-250-16) ¶(伊处)(伊所)～头先是要卖，地隙又勿卖者。(上问 16-30-9) ¶你们一进城，看见那一片新～，就是他的住宅。(官 2-17-2) ¶灿光现到常州，住在东门里面，要卖的那所～，也是他说起的。(繁后 1-718-15) ¶薛幡睡在炕上痛骂柳湘莲，又命小厮们去拆他的～，打死他，和他打官司。(红 47-657-4) ¶若怎生买得这一所～，墙上开了个方便门儿，就通得黎赛玉家，任意可以往来，朝欢暮乐，有何阻碍！(禅 8-106-14)

（注）"房子"は"房間"の意味でも用いられ、その場合は量詞が異なる。→主梦笙托江志游在斜桥寻了两间外国～，甚为幽雅。(桦 11-171-6)→独有凤姐嫌不方便，因而早遣人来和馒头庵的姑子净虚说了，腾出两间～来作下处。(红 15-203-12)→不若就司狱司左近赁间～居住。(醒 20-417-4)

【访单】
〈名〉指名手配書。¶我看个～浪，头脑末二品顶戴，海外得来！（海 61-521-2）¶一日正在家欢呼饮酒间，只见平江路捕盗官带者一哨官兵，将宅居围住，拿出监察御史发下的～来。（初 27-509-10）¶幸我看见，偷得～在此。兄弟快些藏躲，恐怕不久要来缉捕，我须救你不得。（喻 21-306-12）

【放】
〈动〉①放す。束縛・制限などを解いて自由にさせる。¶耐自家也勿小心睆，～俚去罢。（海 1-3-12）¶倒说是俚拐逃，吃仔一年多官司，旧年年底坎坎～出来。（海 21-167-2）¶明明马二爷要～徐大爷逃走吓！（描 24-210-21）¶他们既然捉他，为什么又～他逃去呢？（歇 4-37-6）¶兄弟那里，总要查过他没有弊病，才能～他滚蛋。（官 6-79-1）¶如今要～你，我就担着不是。（红 12-169-16）¶今日这狗贼～我回来，限定十日内变产完纳给主。（禅 25-411-10）¶忍晦气～他去罢。（警 6-72-3）¶你们都和他有首尾，却～他自在。知县相公教你们捆扒他，你到做人情！（水 51-841-14）
②点火して光などを放つようにする。¶先生去看哩，～烟火哉。（海 39-332-11）¶东府珍大爷来请过去看戏，～花灯。（红 19-261-11）¶袭人又抓果子与茗烟，又把些钱与他买花炮～。（红 19-265-20）¶当时朱仝肩背着小衙内，绕寺看了一遭，却来水陆堂放生池边看～河灯。（水 51-845-13）
③置く（ある場所に）。¶耐拿保险单自家带来哚身边，洋钱末～铁箱子里。（海 11-86-3）¶拨俚带子一副头面转来，夜头～来哚枕头边，到明朝起来辰光说是无拨哉呀。（海 16-127-21）¶耐要停两日末，长衫～来浪，拿仔十块洋钱来拿。（海 37-313-24）¶你为甚不～～好！～在马口铁筒里，猫儿那里会弄的湿！（新 22-99-25）¶两位姨太太的行李～在那里？（桦 23-370-3）¶半夜中，霍启因要小解，便将英莲～在一家门槛上坐着。（红 1-16-1）¶见绿槐树下，～着一条桌子，铺着些盘馔。（水 6-96-12）
④入れる（中に何かを）。¶淑人低头一嗅，嗅着一股烧酒辣气，慌问：「酒里～个啥物事嗄？」（海 63-539-16）

【放诞】

語彙例釈 fang

〈形〉①行動が放逸で世俗に縛られていない。 ¶不过我想俚哚做仔倌人,'幽娴贞静'四个字用勿着个哉;或者像王夫人之林下风,卓文君之风流～,庶几近之。(海31-259-14) ¶近日贾政年迈,名利大灰,然起初天性也是个诗酒～之人,因在子侄辈中,少不得规以正路。(红78-1125-2)

②行動が放縦(ほうしょう)で、常規を逸している。 ¶大凡读书人通病,往往为坎坷之故,就不免牢骚,为牢骚之故,就不免～。(海51-432-16) ¶黛玉纳罕道:"这些人个个皆敛声屏气,恭肃严整如此,这来者系谁,这样～无礼?"(红3-40-20)

【放屁】

〈动〉でたらめを言う。罵語。 ¶耐只嘴阿是～,说来哚闲话阿有一句做到。(海2-11-16) ¶说闲话勿是～。(海8-58-17) ¶啥个闲话嘎,～也勿实概放个啘!(海59-503-3) ¶奴勿好,奴勿好,阿珠无青头,听奴讲仔,俚也～说出来哉,若说是奴教俚说格末,真真天勒浪冤枉杀奴哉。(狐58-499-23) ¶耐格号人总归才是枪花,说出来格闲话真头是～。倪上耐格当。(九续150-1072-24) ¶次云啐了一口道:"放耐格屁!觌瞎说!"(沪2-91-11) ¶难末加二格～哉。倪啥地方得罪唔笃先生哩?"(沪2-95-6) ¶放你娘屁,有甚明白!(禅10-146-9) ¶岂有这样～的事!打死人命就白白地走了,再拿不来的!(红4-57-17) ¶黄胜就骂起来道:"～!那有这话!"(警17-237-1) ¶～!我如今就要,不然剥下衣服来!(杀10-36-12) ¶武行者心中要吃,那里听他分说。一片声喝道:"～,～!"(水32-495-2)

【放生】

〈动〉①生き物を逃してやる。 ¶无行用个哉,放仔俚生罢。(海46-388-20) ¶难要～仔俚,装该只哉。(海46-289-2) ¶"今儿我那里的香脂油蒙了心!费一二两银子买他来,原说解闷,就没有想到这上头。罢,罢,放了生,免免你的灾病。"说着,果然将雀儿放了。一顿把将笼子拆了。(红36-495-7)

②ほったらかす。うちすてておく。すっぽかす。 ¶耐胆倒大哚,～仔俚转来哉!(海38-317-3) ¶勿壳张耐当时未来浪答应,骗得倪欢喜煞,到仔故歇原是放仔倪个生,还要说倪敲耐格竹杠,耐倒真头好意思格。(九45-330-13) ¶我等之侬半半日日,勿来,到认之侬要放我生者。(上散4-15-9) ¶书场上再是一刻多钟也就要散个尽绝,不但小桃依旧未到,连这娘姨也没有来,竟然放了生甫的生。(繁初24-270-2) ¶老三不是我批评你,你也真算得会巴结做生意了。一个两个短命堂唱有啥稀奇,放放生也无啥要紧。(人25-266-3)

【放手】

〈动〉手を放す。手放す。 ¶雪香道："耐～哩，我吃末哉。"仲英那里肯放，把一杯酒送到雪香嘴边，道："要耐吃仔了放咪。"（海5-40-13）¶玉甫见云甫出廊下，乘间要溜，秀姐如何敢放。玉甫央及道："让我去看看末哉！我无啥呀，耐～哩。"（海43-367-5）¶瞿耐庵听了，顿口无言。还是跟去的管家会说话，朝姓徐的千赔不是，万赔不是，才把老爷～。（官40-676-4）¶说着，先拿史湘云的麒麟瞧。湘云要他拣的瞧，翠缕只管不～，说道："是件宝贝，姑娘瞧不得。……。"（红31-440-1）¶誓毕，亦挽小姐，请其盟誓。小姐道："君～，妾自立誓便了。"（禅33-530-13）

【放心】

〈动〉安心する。心配を解く。 ¶耐～，我也勿拨俚多吃末哉。（海5-41-9）¶为俚一干仔，倒害仔几花娘姨、大姐跑来跑去忙煞，再有人来咾勿～。（海7-56-14）¶格是哝介事格，耐只管～末哉。（九续14-105-2）¶奶奶侪尽管～，不过有格场化，心急勿出格哩。（狐11-76-13）¶伊个侬～末者，地个事体有法律拉个。（上问37-68-1）¶如此，我才～得下。（官58-1010-11）¶你只愁奶奶知道这里的事，其实她和木头人一般，决不会晓得，你～便了。（歇16-209-22）¶我是场面上人，话说出了口，那里再缩得回，你～是了。（新49-227-14）¶最好请个医生同去，大家可在～些儿。（繁Ⅱ17-535-21）¶你～，出外头我自己都会调停的。（红9-134-16）¶杜应元见侄儿说得有理，放下了心，安坐不动。（禅25-401-7）¶灿若灯下一看，正是前日相逢之人，不宽大喜过望，方才放下了心，拜了天地，吃了喜酒。（初16-285-8）¶虽然如此，只是子幼妻娇，～不下。（喻18-257-10）¶兄长～！遮莫做下十恶大罪。既到敝庄，但不用忧心。（水22-333-16）

fei

【飞燕】

〈名〉飛んでいるつばめ。 ¶上头一句像～，下头一句勿对哉哋。（海40-338-7）

【非】

〈动〉…でない。 ¶～也。从前是焦躁，故歇是昏倦，才是心经毛病。（海36-305-19）¶如今紫鹃之戏语亦是常情，宝玉之病亦～罕事，因不疑到别事去。（红57-805-3）¶争奈王伦心胸狭隘，嫉贤妒能，推故不纳，因此火併了这厮。～林冲要图此位。（水20-288-5）

【非凡】

〈形〉並々でない。 ¶生意清仔末，随便啥客人才巴结得～咪；稍微生意好仔点，难末姘戏子、做恩客才上个哉。（海18-147-19）¶华老爷搭耐好得～，嫁得去末，端正享福

語彙例釈　fei

好哉，阿有啥看得勿见？（海 52-440-8）¶别样是呒啥，就是昨夜头发仔个寒热，今朝觉着心口头一块塞牢仔，手脚末酸软得～。（鸿 5-216-12）¶花老四搭耐要好得～咾呀，等歇点俚来仔，倪再要搭耐说闲话，俚阿要吃醋呀？（九续 57-443-17）¶我先到县里，上海县大老爷，待阿拉～客气，开直了正门，自家出来接我。（新 39-180-1）¶且说赵老头儿，自从孙子中举，得意～。（官 1-5-13）¶黄三溜子只顾推他的，一连又吃过七八条，弄得他～得意。（官 21-338-17）¶四马路一带的马车行，车子～的考究，马也～的精良。（十 1-4-10）¶阿聪进了学堂，读书～之巴结，学堂里先生～喜欢他。（十 14-98-10）¶此二人～，决不是歹人，便到他家里去，不怕他怎么样了我。（禅 22-368-10）¶娶妻王氏，姿色～，颇称对当。（初 16-279-13）¶此二字笔势～，有怎样高手在此，何待小生操笔？（二 2-21-16）¶这个师父端的～，使的好器械！（水 7-112-16）

【翡翠】

〈名〉ひすい。¶～个物事难讲咪，少微好一点就难得看见哉。（海 22-179-15）¶～物事，我搭耐一淘去买个好。（海 32-270-10）¶一面说，一面碧月早捧过一个大荷叶式的～盘子来，里面盛着各色的折枝菊花。（红 40-545-12）

【费神】

〈动〉ひとに請託するときや面倒をかけたときに謝意を表するあいさつ語として用いられる。¶价末～耐替我跑一埭，阿好？（海 3-17-8）¶耐今夜头先到俚搭去一埭，问声俚看，还要啥物事，就添来咾帐浪末哉，勿忘记哩，～，～！（海 12-94-8）¶黎篆鸿一见，即问如何。朱蔼人道："说好哉，总共八千洋钱。"黎篆鸿拱手说："～。"（海 21-165-8）¶倘若待到腿伤好后再去，岂不太迟了，所以千万还要费你的神，替我在萨珠弄附近打听打听，可有相当房子。（歇 8-92-20）¶那是再好没有的了，就～替我回一声罢。（新 25-113-7）¶仲芬道："想要费你神，编一册教科书"。（新 53-243-4）

【费事】

〈动〉手数をかける。手間をかける。¶屠明珠迎至楼梯边，挽了黎篆鸿的手，趱进客堂。篆鸿即嗔道："忒～哉，做啥嘎？"（海 19-150-5）¶若是送到电报局里去，单单加一的译费就得好几角，不如我们费点事，翻好了送去。（官 4-49-18）¶湘云洗了面，翠缕便拿残水要泼，宝玉道："站着，我趁势洗了就完了，省得又过去～。"说着便走过来，弯腰洗了两把（红 21-289-5）

〈形〉手間がかかる。厄介である。¶有倒还有，就不过行俚～点。（海 44-370-10）¶这么一做，他小叔就是答应，也很～呢。（新 20-90-21）¶你这双眼睛，医起来很～，

fei　語彙例釈

总要半个月，才能够医好。（新 50-230-13）¶那人又问："这烟是酒吃的，是干吃的？"栈主妇说："我曾问过，是茶吃的。"那人道："茶吃不妨。最怕的是用高粱酒吃，救起来那才～。"（繁Ⅱ30-699-8）¶他日这姓李的，果然照他说的这么办起来，虽然不怕他强横到底，但是不免一番口舌，岂不～？（目 20-141-2）

【费心】
〈动〉気を使う。神経を費やす。 ¶我说耐也忒～哉！耐来里屋里末，要奶奶快活，说倪个邱话；"到仔该搭来，例说是奶奶勿好，该应拨倪说两声。像耐实概～末，阿觉着苦恼嘎？"（海 27-220-24）¶倘然生意勿好，豁脱子本钱，再要白～，故也无法子个事体。（海 44-374-5）¶倪穷末穷，还有两块洋钱来里，也要耐～个哉（海 55-467-24）¶我们冷不冷，要你费什么心，你们这种蹩脚新戏，有何好看，快给我滚吧。（歇 12-150-25）¶你只管睡你的去。我替你收拾妥当了就放在这里，明儿一早打发小厮们雇辆车装上，不用你费一点心的。（红 42-579-9）¶多谢干娘～，无恩可报。（神 7-96-2）¶小可主意已定，不要你老人家～。（醒 3-50-11）

（注）"费心"は前項"费神"の意味でも用いられている。→费耐心搭我走一埭，要一刀两段个。（鸿 10-247-24）→渭臣连忙站起，深深的对小庭作了个揖，说："费心，费心！"（鸿 10-248-9）→如果有末，还要拜托唔笃两位费心，不过奴真真于勿住啘。（狐 18-137-1）→俚倷上来仔末，要费倷格心，关照声奴格哩。（狐 21-165-13）→格末我替侬（办办看末者）（办末者）（办起看末者）。——费侬心者。（上问 16-31-10）→这倒费他的心。但不知生得怎样？（目 88-718-21）→亲自棒了，又拿了一个手版，走到总办的家人跟前道："费心费心！代我拿上去，孝敬老太太，说是卑职卜子修孝敬老太太的，久长富贵。……"（目 100-825-17）→胡巡捕也半推半就的坐了。说不到两三句话，便说："卑职要上去瞧瞧看，客人去了，好进去回。"黄道台又说了一声"费心"。（官 4-48-9）→费心先生把日用杂字教他罢。我也不承望他入学中举，只要他认得几样蔬菜名目，能够写写伙食帐就是了。（新 43-197-30）→袭人赶着送出院外，说："姑娘倒费心了，改日宝二爷好了，亲自来谢。"（红 34-463-5）→费你的心去打听打听，仁昌典方六房里外后日可请的有成老爹。（儒 47-541-9）

【费心血】
心血をそそぐ。 ¶罗老爷，耐说要费几花心血咾？（海 44-374-4）

【费用】
〈名〉経費。費用。 ¶倪开个把势，买得来讨人才不过七八岁，养到仔十六岁末做生意，

語彙例釈　fei–fen

吃着～倒麭去说俚,样式样才要教拨俚末俚好会。(海44-374-3)　¶一拜匣个公私文书,再要补完全,不特～浩繁,且恐纠缠棘手。(海59-505-1)　¶这笔～,一天共需几何?(官46-782-2)　¶他那女婿史五桂也照例引了见,～不足,自然是贾端甫在那范星圃的一万银子里头拨与他用。(梼23-367-12)　¶他们家嫌～大,竟不用那些针线上的人,差不多的东西多是他们娘儿们动手。(红32-449-2)　¶如是提辖肯时,一应～,都是赵某备办。(水4-62-8)

fen

【分】

〈动〉①分配する。配る。　¶三月初三是黎篆鸿生日,朱蔼人～个传单,包仔大观园一日戏酒。(海18-145-8)　¶陆里晓得,倪无姆倒真个要～点物事拨我。俚道仔我末定归要俚几花咪。(海48-405-14)　¶幸亏有两个小流氓～勿着洋钱,难末闹穿仔下来。(海61-520-23)　¶我们三个各～一件事。(红37-502-9)　¶虽然碰不见衣裳,或者太太看见我勤谨,一个月也把太太的公费里～出二两银子来给我,也定不得。(红37-509-19)　②分割する。幾つかに分ける。　¶就拿七幅来～出个次序,照叙事体做法,点缀点缀,竟算俚是全壁,阿是比仔题跋好?(海47-400-10)　¶我是自家马车一干仔来个,唔笃是三家头一马车,难转去好～～匀哉。(鸿5-218-13)　¶这二十个～作两班,一班十个,每日在里头单管人客来往倒茶,别的事不用他们管。(红14-187-9)

【吩咐】

〈动〉言いつける。申しつける。　¶我就请耐罗老爷～一声,该应几花,我总依耐罗老爷。(海44-376-21)　¶今朝倪大人～下来,说山家园个赌场闹猛得势,成日成夜赌得去,摇一场摊有三四万输赢咪,索性勿像仔样子哉!(海56-473-4)　¶只要傧奶奶～,我终呒不勿做格。(狐9-61-19)　¶连忙请了进来,～泡茶,拿水烟袋,又叫把烟灯点上。(官3-33-20)　"分咐""分付"とも作る。　¶秦氏分咐小丫鬟们,好生在廊檐下看着猫儿狗儿打架。(红5-72-6)　¶勿过知大爷可还要买啥,请大爷分付。(三8-88-23)　¶这又何消大人分付,我们那有不劝之理?(新4-18-7)　¶希光拜谢了,又唤儿子来,分付他几句。(醒下11-189-2)　¶看了半晌,依旧到庙里坐下,分付各村里老、保正、百姓人等,都要打点幢幡香烛,笙箫鼓乐,迎林老师到县中去。(禅3-37-8)　¶忙忙里也未看着题词,也不查着款字,交与书僮,分付且挂在内书房中。(初27-504-13)　¶遂分付秦重道:"我家每日要油用,你肯挑来时,与你做个主顾。"(醒3-45-10)　¶且唤吴忠出来,分付他安排筵席便了。(杀2-5-15)　¶使君到了自家船中,叫心腹家僮分付船上:要两船相并帮着，官舱相对，可以照管。(二 7-148-11) ¶你可今晚先去，分付庙祝，教他来日早开些庙门，等我老烧炷头香。(水 2-21-3)

【坟】
〈名〉墳。土を高く盛った墓場。¶陶家弟兄说上～去，也勿来哉。(海 16-130-24) ¶～未来浪徐家汇。(海 42-357-11) ¶若有心欺负你，明儿我掉在池子里，教个癞头鼋吞了去，变个大忘八，等你明儿做了'一品夫人'，病老归西的时候，我往你～上替你驮一辈子的碑去。(红 23-326-6) ¶此乃李将军所葬刘生与翠翠兄妹两人之～。(二 6-137-6)

【粉】
〈名〉おしろい。¶～也勿曾拍，着仔一件月白竹布衫，头浪一点点勿插啥，年纪比仔屠明珠也差勿多哉哩。(海 15-119-21) ¶只见好几个丫头在那里扫地，都擦胭抹～，簪花插柳的，独不见昨儿那一个。(红 25-344-10)

feng

【风】
〈名〉風。¶耐坎坎一点点无啥，阿是轿子里吹仔～？(海 19-155-17) ¶耐也多着点，黄浦滩～大。(海 20-164-20) ¶我看你们这些人都只吃这一点儿就完了。亏你们也不饿。怪只道～儿都吹的倒。(红 40-552-10) ¶仰面看时，～刮起那面杏黄旗来，上面绣着：'替天行道'四字。(水 61-1032-13)

【风范】
〈名〉風格。¶携了赵二宝的手，上上下下，打量一遍，转向高亚白、尹痴鸳点点头道："果然是好人家～！"(海 38-322-12)

【风寒】
〈名〉冷たい風と寒気。⇨受风寒。¶受仔点～，发几个寒热，倒也勿要紧。(海 36-304-13) ¶为子个两日南风大了，感冒子点点～，还立朵吃药勒，介子失迎得势。(三 18-217-29) ¶见双珠睡在床上，问起大姐，才知感冒了些～。(新 49-228-9) ¶林妹妹是内症，先天生的弱，所以禁不住一点～，不过吃两剂煎药就好了，散了～，还是吃丸药的好。(红 28-387-24) ¶昨日去烧香，感了些～，今日还没起来梳洗。(二 3-57-5) ¶小人于路感冒～时症，至今未曾痊可。(水 37-590-11)

【风流】
〈形〉世俗を超脱している。酒脱である。¶或者像王夫人之林下风，卓文君之～放诞，庶几近之。(海 31-259-14) ¶你是个～富贵的公子，那是人人见了爱的。我同你约定：

語彙例釋　feng

花酒许你去吃，只许人请你，不许你请人；要复东只许馆子里，不许在堂子里；每天十点半钟总得回来。(梼 11-172-7) ¶那宝玉素日就曾听得父兄亲友人等说闲话时，赞水溶是个贤王，且生得才貌双全，～潇洒，每不以官俗国体所缚。(红 14-197-16)

【风流佳话】
世俗を超えた美談。¶倪七个人明朝一淘去吊吊俚，公祭一坛，倒是一段～。(海 45-381-19) ¶说来真真希希，也算得于今二十世纪堂子界上的一段～。(商 3-23-8) ¶小道人道："小娘子身畔无金，何不即以身躯出注？如小娘子得胜，就拿了小子的黄金去，若小子胜了，赢小娘子做个妻房。可中也不中？"诸王见说，具各拍手跌足，大笑起来道："妙，妙，妙！咱们做个保亲，正是～。"(二 2-39-16)

【风气】
〈名〉風潮。気風。¶故歇上海个诗，～坏哉。(海 31-260-11) ¶晏有几户老客人，故歇～野推板，拿格局账七折八扣咾付拨耐，故末俚金字招牌哉哩。(沪 3-25-8) ¶然而且今的～也太坏了，一个十四五岁的女子，竟跟着人逃走。(歇 9-110-9) ¶但是从此以后，浙江官场～为之大变。(官 20-318-19) ¶汉口～，本与上海不同。(新 37-170-8) ¶我也不知道怎么隔了这一年半多些，这堂子里的～骤然变到如此，逛堂子的客人心理也骤然变到如此。(人 40-478-5)

【风头】
〈名〉つき。かけごとなどでの勝負運。¶就怕翻本翻勿转，庄浪～转仔点，俚哚倒勿打哉，赢勿动俚，无法仔！(海 14-113-19) ¶士规走上来道："锦翁，我替你代两副罢。你且去休息休息，用筒烟再来。"锦回道："很好，你与我转转～。"(新 37-170-28) ¶若是～不顺，他却又甚是调皮，输掉的身边带的一千银子，他就回转身来，尘土不沾，拍腿就走，也不作翻本的念头。(九 22-166-8) ¶此人向来好赌，听说他在奉天的时节，一夜输过三万多两银子。昨夜这点小数，怎在他的心上？今夜动起手来必然甚泼，我瞧他～不好，说不定比昨夜还要多输几倍。(繁后 15-892-24)

【封】
〈动〉封印する。¶尤如意一家，连二三十个老爷们，才捉得去哉，房子也～脱。(海 28-232-22) ¶进入门来，只见有十数个大厨，皆用封条～着。(红 5-76-9)
〈量〉封書を数える。¶要有仔啥生意，我写～信来喊耐好哉(海 12-98-19) ¶我末寄仔～信下去，喊俚哚爷娘上来，耐拿俚个人交代俚哚娘爷好哉，(海 62-528-17) ¶另外又烦王孝廉写一～四六信。(官 1-6-9) ¶打发一～书去，求云老爷和那守备说一声，不怕

那守备不依。(红15-205-18) ¶次日，写了一～书呈，使个干人，送高俅去那小王都太尉处。(水2-17-5)

【凤冠霞帔】
鳳冠と霞帔(ᵖⁱ)。 ¶所用衣裳，开好一篇帐来里。俚咮要用～末如何？(海42-357-8) ¶择了吉日迎娶，一般的鼓乐彩舆，～，花烛拜堂，成了好事。(目58-457-13) ¶我也是好人家女儿出身，虽然现堕烟花，出门时不能不～，红裙披风，清音彩轿。(繁初28-322-3) ¶那宽小姐却不穿什么～，穿的是一身全白的西装。(维11-78-13) ¶陈大自作主张，不舍得以秋云小老婆视之，一样的～，红灯花轿，鼓吹清音，迎归府第。(商3-21-22) ¶后面又画着一盆茂兰，旁有一位～的美人。(红5-80-10) ¶日后兰哥还有大出息，大嫂子还要带凤冠穿霞帔呢。(红119-1620-20) ¶是个女命，必有～之荣。(鼓21-317-2)

(注)『二十年目睹之怪現状』の上掲例に、つぎのような註釈がなされている。「凤冠，一种上绣凤行，珠花点翠，并有珠挂流苏的帽子；霞帔，一种上绣云霞，花鸟的背心。从前本是贵妇的服装；平民举行婚礼，新娘也都穿这种服装，以示荣耀。」(P.461)

【奉候】
〈动〉おうかがいする。敬語。"候"は"问候"の意味。 ¶勿曾过来～，抱歉之至。(海1-5-4) ¶几次到公馆～，贤昆玉一位觌碰见，今朝幸会之至。(鸿8-233-8)

(注)"等候"の敬語としても用いられる。→牛铺攀留不住，说道："晚生即刻就来船上奉送。"董孝廉到："这倒也不敢劳了，只怕弟一出去，船就要开，不得一。"(儒22-265-1) →静真道："若得如此，佩德不浅。今晚～小坐，万祈勿外。"说罢，即起身别。回至西院，准备酒肴伺候。(醒15-284-8)

【奉陪】
〈动〉おともする。お相手をつとめる。敬語。 ¶应得～。(海3-17-5) ¶我谢谢哉哩，晚歇教舍侄来～。(海15-121-1) ¶倪大家～一杯，算是受罚末哉。(海40-340-9) ¶倪勿～哉，晏歇请唔笃稚玉搭早点罢。(鸿7-227-18) ¶那一定～是了。但不知你请的是谁？(新25-115-5) ¶劈口便问："今儿晚上奉请条子接到了没有？"瞿耐庵忙称："一定过来～。"(官39-667-24) ¶屠桂山说："我还有应酬，不能～。"有几位也辞了。(梼12-200-5) ¶莲荪道："恕我不～，因今天上课太吃力了，要早点回去休息。"宛亭晓得他不喜牌局，便也不强拉他，莲荪独自去了。(人17-151-26) ¶赛玉道："你且请先睡，待我洗澡即来～。"(禅7-100-14) ¶刚坐下，只见两个小童又出来劝酒，道："朝议多多致意尊客，夜深体倦，不敢～，求尊客发兴多饮一杯。"（二 8-175-1）¶拙夫不在，没个主人做主，诚恐有慢贵客，奴家只得冒耻～。（二 14-286-1）

【奉屈】

〈动〉まげてご来駕をいただく。敬語。"屈驾""枉驾"の意。¶席散将行，姚季纯拱手向王莲生及在席众人道："明朝～一叙，并请诸位光陪。"（海 56-476-12）¶格落～两位到此地，承蒙大少爷勿嫌待慢，肯到奴搭来，奴真真感激得极。（狐 18-136-15）¶我今晚六点钟在大庆楼请一个客，和哥有空么？我想～你陪一陪。（新 25-115-5）¶贾篾金道："兄弟在一家春设个便酌，务恳雅翁赏个光。"随向春泉咸贵道："～二位作陪。"（十 38-282-1）¶我道："⋯⋯。但是怎能够同着进去？这个顽意儿，却没有干过。"继之道："这个只好要～的了，那天只能扮作家人模样混进去。"（目 42-325-8）

【奉托】

〈动〉お頼みする(用件を)。敬語。"拜托"に同じ。¶价末我到该首去哉，此地～三位。（海 18-148-19）¶兄弟～的事，琴翁究竟肯办不肯办？（新 57-265-29）¶贾端甫写了一封信与郅幼稽，又写了一封信与范星圃，拿到全似庄房里，当面～道："范廉访也是兄弟的换贴至好，这信也费心带交。"（梼 16-252-9）¶贾端甫道："费心，就写信去，如果得了复信，赶紧寄个信到杭州，免得兄弟挂念，～，～！"王梦笙连连答应。（梼 16-254-15）¶我正在有～老亲翁的事。（红 114-1566-14）

【奉邀】

〈动〉お招きする。¶正要来～。今夜头请黎篆翁吃局，就借屠明珠搭摆摆台面，俚房间也宽势点。原是倪五家头。借重光陪，千乞勿却。（海 15-120-23）¶今日～诸位先生小坐，准清桥有一个姓钱的朋友，我约他来陪诸位顽顽。（儒 34-396-21）

fiao

【覅】

"勿要"の合音。下項①②では"要"は助動詞、③では"要"は動詞。

①⋯するな。⋯しなくてよい。¶耐～去哩，让俚咑去末哉。（海 1-7-14）¶阿唷，～哩！（海 2-16-1）¶耐末也便得势，～去难为啥洋钱哉，阿是？（海 4-29-9）¶倪勿多歇吃饭，～客气（海 11-89-21）¶耐～搭我瞎说！（海 27-200-8）¶倪先生间搭勿好住，为啥要住醒醒龌龊格客栈？依倪说末，杨老爷也～走勒，倪先生对面房间里搭张干铺，阿是清清脱脱也呒啥嗵。（市 4-204-1）¶耐～忙哩。（鸿 2-198-4）¶耐拿依格房饭钱带档结结好，钱老爷叫侬～做生意哉，耐搭俚去算罢！（鸿 11-254-15）¶房间里向客人，

阿是～招呼哉呢啥？（沪1-70-12）

②…したくない。…しようとは思わない。¶至第三口,小村说:"～吃哉。"(海 2-12-14) ¶阿珠道:"先生坐马车去哉。楼浪来坐歇哩。"善卿已自转身出门,随口答道:"～哉。"（海3-18-4）¶今夜头倒～拨来听看轻仔,好像是倪看中仔耐钏臂。（海8-60-1）¶耐家主婆骂两声,倒也～去说俚;耐末再要帮仔耐家主婆说倪个邱话,倪才晓得个哉。（海27-220-8）¶老三呆了一呆,道:"汤圆是有勒浪喨,必过故歇末忙煞快,弗晓得阿有工夫烧喨。"慧如也有些讨厌起来便说:"故末～吃哉。饿仔一歇末拉倒哉。"（沪3-42-9）
（注）「…したい」と意志を表す助動詞"要"の否定を、共通语では"不要"を用いないが、吴语では"勿要"とし、禁止を表す"勿要"と同形となる。

③…するよう求めない。¶耐勿情愿搭我还末,我也～耐还哉!（海11-83-12）¶价末耐意思总归～我帮贴,阿对？（海45-378-10）

【覅面孔】
耻知らずである。ずうずうしい。¶耐啥一点点勿客气哉嘎？倒亏耐～。（海 11-90-8）¶耐自家去照照镜子看,像啥个样子,～个小娘件！（海31-257-4）¶上海把势里,客人骗倌人,倌人骗客人,大家～。（海36-298-16）¶该格邵万生老蟹末野戏～。（沪2-53-1）

【覅说】
〈连〉…は言うまでもなく。¶～啥长三书寓,就是么二浪耐也覅去个好。（海2-10-17）¶俚闹起脾气来,～啥勿肯巴结,索性理也勿来理耐喨。（海 7-51-10）¶～无姆勿能够去,就去仔,教无姆陆里去寻嘎？（海 29-238-17）¶～是倪无姆,耐看上海把势里陆里个老鸨是好人！（海49-418-15）¶就像陶玉甫,要讨个李漱芳做垫房,到底勿曾讨,～是耐哉（海54-456-6）¶故歇上海滩浪,～堂子里向,就是戏园子里要实梗格唱工野弗多哩。（沪1-66-9）¶像格号人末,倪是直头做野覅去做俚,～讨格哉。（沪4-17-12）¶别说嫂子你,就是赖奶奶林大娘,也得担待我们三分。（红 52-733-14） "勿要说"も用いられる。¶勿要说当十两,就当子念两,还是便宜个勒。（三 8-88-11）¶为了此事,他心上正自烦恼,昨天今天,连客也没会,不要说没有机会,就是有机会,也碰不进去。（目 87-709-4）¶不要说吸香烟,吸鸦片烟也多着呢。（新 5-23-21）¶我这一种心病,比诸病不同,不要说吃药无效,便是众医生诊脉时,先不对症了,故此难疗。（禅6-72-5）¶不要讲爷爷是我们大恩人,便是萍水相逢落难的人,兀自都有扶持他的心肠,今日爷爷恁般大事,谁敢走透消息！（禅9-136-1）¶假加张廉生是个克己之人,不要说平分家事,就是把这一宗五百两东西让与小兄弟了。（二 4-74-3）¶若非遇此恩人,不要说你不得出

語彙例釋　fiao-fu

来，我母子两人已作黄泉之鬼了。(二 15-301-8)

fu

【夫妻】

〈名〉夫婦。¶旧年嫁仔个家主公，是个虹口银楼里小开，家里还算过得去，～也蛮好。(海 16-127-8)¶拨我猜着，俚哚两家头说好来浪，要做～个哉。(海 62-529-3)¶既然是～末，啥洛叫哥哥妹子介？(描 40-354-11)¶买介一只酒船，讨介一个绝美个家小做做～，做做生意，看来那光景？(三 32-356-10)¶又上楼把妻子劝住，说此番娶楚云回来，为着他有几个钱，并不是爱他这人。我们将来～仍旧是好～儿，莫要与他寻闹，且看日后便知。(繁后 1-716-14)¶老爷虽然应当管教儿子，也要看～分上。(红 33-457-8)¶如今既作了～，我终身靠你，岂敢瞒藏一字。(红 65-929-17)¶我正要和张三两个做～，单单只多你这厮。(水 21-315-6)

【夫人】

〈名〉夫人。¶前日仔姚季纯～到卫霞仙搭去相骂，阿晓得？(海 25-204-2)¶倘然耐屋里个，勿许耐讨，耐就讨我做小老母，我也就哝哝末哉。(海 55-466-3)¶此时听见他的凶信，立刻先打了一个电报，足足有好几百字，去慰唁他的～、儿子。(官 54-925-15)¶又半载，雨村嫡妻忽染疾下世，雨村便将他扶侧作正室～了。(红 2-22-12)¶～也有一担礼物，另送与府中宝眷，也要你领。(水 16-228-4)

【伏】

〈动〉伏せる。うつ伏せになる。¶去哩。～牢仔身浪，阿热嘎？(海 35-291-22)¶一日，炎夏永昼，士隐于书房闲坐，至手倦抛书，～几少憩，不觉朦胧睡去。(红 1-7-13)¶只见卖卦却搬一个热面，放在合坐老人面前。那老人也不谦让，拿起面来便吃。那分面却热，老人低着头，～桌儿吃。(水 53-878-13)

【伏侍】

〈动〉世话をする。面倒をみる。¶到该个辰光，耐要想着仔我沈小红，我就连忙去投仔人身来～耐，也来勿及个哉！(海 34-285-18)¶漱芳生仔病末，玉甫竟衣不解带个～漱芳，连浪几夜天勿曾因(海 42-351-7)¶奴若再勿多住两日勒里，～～俫钱老，别人要说奴勿受抬举哉。(狐 34-285-4)¶先生，个个是吾里爹爹新买勒朵个僮儿叫华安，叫俚来～先生个。(三 10-121-16)¶旁边一个贴身～的婆子道："何尝不是这样呢。……"(红 10-152-8)¶养娘，我只教你～小姐，谁要你汲水？且放着水桶，另叫人来担罢。(醒 1-6-7)¶他千依百顺，替他收拾零碎，料理事务，真像个掌家的媳妇～公公一般。

226

（初27-501-8）¶韩侍郎带领家眷上任，舟过扬州，夫人有病，要娶个偏房，就便～夫人，停舟在关下。（二15-316-2）¶嘱付得力管家，一路小心～夫人回去。（警3-31-11）¶有福之人人～，无福之人～人。（喻18-256-9）¶周通见报了，点起众多小喽啰，只留一两个～鲁智深饮酒。（水5-89-10） "伏事""服侍""服事"とも作る。¶买两个丫头伏事倷好？（描26-233-3）¶却才来的，是本寺长老。他见你，心中喜爱。你今等夜静，我送你去伏事长老。（喻30-448-7）¶先生，个个是唔俚爹爹新买勒朵格僮儿，叫华安，叫俚来服侍先生个（笑10-153-12）¶好好服侍，倘然违拗了，我要中处你们的。（負20-95-5）¶若爷爷不打，情愿服事锺老爷。（禅5-57-4）¶你既是我父亲，在此做官快活，如何将我流落，伏事别人？（禅20-317-7）¶官人在京，却又无人服侍。（醒6-120-15）¶服事你乃是我分内之事，何言劳顿二字？你休过意不去。（繁后7-800-1）¶若不弃嫌，奴家情愿服事你主人。（警2-17-17）¶若要小厮，贫道着两个来服事，再讨大些的女子，在里面用。（初31-576-2）

【浮头浮脑】
軽薄でこすっからい。¶上海～空心大爷多得势，做生意划一难煞。（海60-509-8）

【福气】
〈名〉幸せ。¶我自家晓得命里无～。（海18-142-19）¶倪陆里有该号～。（海19-153-8）¶着到仔该号衣裳，倒要点～个哩！（海61-525-7）¶耐格～实头真好，屋里向几个女人，那哼会得勿吵格，到底何有俉格讲究？（鸿15-282-16）¶耐八少说格闲话，随便那哼倪总吓俉勿肯格，只怕倪吓拨格号～。（九23-172-22）¶个个人，罗里有几种～介。（三9-105-24）¶这是令爱的大～，天差地遣教我进去做个解神星，怎敢当这般称谢～！（何7-74-20）¶我没么大的～。（目84-678-5）¶这就是东翁～大，天也顺着你，不敢逆一点儿呢。（新31-141-9）¶老太太素日不大同我说话的，有些不入他老人家的眼的。那日竟叫人拿几百钱给我，说我可怜见的，生的单柔。这可是再想不到的～。（红37-508-13）〈形〉幸運である。¶年纪末轻，蛮蛮标致个面孔，就是一身衣裳也着得价清爽，真真是耐好～。（海21-168-4）¶巧林姐嫁拨勒俆大少，阿要～，大少格情分叫重得来，氎怪别人才眼热格。（狐5-30-9）¶你好好的十万家私，自己又是五品衔知县的前程，像你这样～，上海滩上也数一数二的了！（市19-279-5）¶这多是我家楚云先生不好，不知他为甚做起潘少安来，不然嫁了你二少爷，岂不～！（繁Ⅱ2-361-17）¶任天然道："三男二女，这是第二个。"媚苓的娘道："真好～！"（梼11-171-3）

【抚】

語彙例釈　fu

〈動〉"捂"（覆う）にあてたもの。「かばう」「大事にまもる」の意。比喩的用法。『明清呉語詞典』を参照。¶倪看仔无啥好。就不过黎大人末，倒～牢仔当俚宝贝（海15-119-9）
（注）ちなみに上揭例を張愛玲註釈：海上花は"就不过黎大人嘿，倒抚牢了当她宝贝"とし、海南出版社本は"只有黎大人认真地把她当宝贝"、呉越：海上花列伝普通話本は"不过黎大人倒棒着她当宝贝儿"としている。

【府】
〈名〉相手の人の家を称する。敬語。お宅。¶姚奶奶故歇请回～，有啥闲话末，教季莼兄来说好哉。(海23-188-23)¶耐转去谢谢大人。停两日二少爷本来要到～面谢。(海43-361-16)¶待服满后，亲带小犬到～叩谢。(红13-180-6)

【府浪】
〈名〉共通語の"府上"。¶耐个家主公末，该应到耐～去寻哕。(海23-187-16)¶我末进个聚宝门，寻到史三公子～，门口七八个管家才勿认得。(海62-529-21)¶阿姐唔笃～姓啥？公馆勒啥场化？(狐36-310-10)¶什介说得起来，阿就是唐伯虎大爷～个唐大叔？(三17-206-4)¶哎，我俚才到大老爷～去。(描42-372-8)¶钱老伯府上，应该过去请安？(官2-17-19)¶府上真是藏书家，有这样的希世奇珍，不要说几万两银子，就是几百万、几千万，也办不到呢。(新7-29-12)¶再则他府上每天朝夕宾客不断。(人34-379-17)¶因闻得府上人口不利，故特来医治。(红25-357-2)¶叵耐这畜生，将灯笼打灰，半夜三更，搅大娘子府上。(禅5-66-10)¶正欲到府上，一来奉拜公子，二来要问一问夏兄的下落。(鼓15-192-9)¶提控不得工夫来，多多拜上阿爹，这几时有慢了小娘子，今特送还府上。(二15-310-15)¶既是府上没消息，不是覆舟，定时遭寇了。(警11-143-11)
（注）相手の家族を指すのにも用いられる。→耐府浪齣才来哕？(鸿15-282-15)→四少，府浪好哩？少奶奶好哩？(沪1-93-2)

【父母】
〈名〉父母。¶各人立一段小传，详载年貌籍贯，～存没，啥人相好末就是啥人做。(海53-450-1)

【付】
〈動〉支払う。¶耐晓得今朝要～裁缝帐，为啥拨姘头借得去？(海22-176-14)¶早晨～仔房钱哉，陆里再有嘎！(海64-545-17)¶耐格帐一塌刮仔二百七十几块洋钿，～仔二百八十洋钿好哉。(九129-868-1)¶如果看得中格，马上就～仔定钱，省得拨别人抢脱仔，倒有点可惜格。(狐 10-71-9) ¶要末耐该两个月房饭钱，让倪去搭栈房里说一声，停脱两日倪去～末哉。(鸿 8-236-14) ¶我老爷那里欠你这许多工钱？我有数的，也不过还该你三个月没有～，如今倒赖我说是有十三个半月没～，真正岂有此理！(官 44-737-16) ¶你先～我三千洋钱，我就同你医治。(新 50-230-15) ¶倘然卖主允了，须要先～几百块钱定洋，必得预备才好。(繁后 1-719-19) ¶当下～了茶钱，出门来，彼此散了。(儒 26-316-10)

【复发】
〈动〉再発する。 ¶故歇个病，也勿是为仔坐马车，本底子要～哉。(海 36-304-24) ¶大娘娘倒呆子一呆。想想介，旧病～哉，倒不如回绝子罢。(笑 2-8-14) ¶我一瞧他推门进来，以为是他旧病～了，谁知不然。(人 46-571-14) ¶知宝玉旧病～，也不讲明，只得满屋里点起安息香来，定住他的神魂，扶他睡下。(红 97-1376-19)

【副】
〈量〉セット・組になっているものなどを数える。 ¶钏臂末啥稀奇，蒋月琴哚勿晓得送仔几花哉！就是倪也有两～来里，才放来哚用勿着，要得来做啥？(海 8-58-9) ¶一个新出来人家人，生来勿比得俚哚，要撑起一～头面来，耐说阿容易？(海 16-128-8) ¶该～牌，阿是该应打六筒？(海 26-211-20) ¶该～烟盘还是我十四岁辰光搭倪娘装个烟，一径放来浪勿曾用，故歇倒用着哉。(海 34-284-10) ¶就买仔～香烛，等到夜头，倪三个人清清爽爽，磕几个头末好哉啘。(海 52-441-15) ¶再有五千，搭俚办～嫁妆，让俚嫁仔人末好哉。(海 64-544-7) ¶我们木店里有一～板，叫作什么檣木，出在潢海铁网山上，作了棺材，万年不坏。(红 13-178-5) ¶梁中书叫取两锭白银，两～表里来赏赐二人。(水 13-193-2) ¶扶吴学究上了岸，入酒店里来。都到水阁拣一～红油卓凳。(水 15-214-13) "付"とも作る。 ¶三个人入到里面，一付柏木桌凳座头上，两个公人倚了棍棒，解下那缠袋，上下肩坐了。(水 27-427-4)

【赋】
〈动〉詩などを作る。 ¶如此雅集，不可无诗；聊～俚言，即求法正。(海 31-260-18) ¶前所题之联虽佳，如今再各～五言律一首，使我当面试过，方不负我自幼教授之苦心。(红 17·18-250-20)

G

ga

語彙例釈　ga－gai

【轧姘头】
情人関係を結ぶ。¶耐自家算算看, 几花年纪哉! 再要去～, 阿要面孔!（海 21-172-12）¶耐阿认得俚? 就是康家里格姨太太。勒浪外势～, 轧得一塌糊涂, 底子也是倌人出身。（九 115-788-8）¶倪挂仔牌子规规矩矩做生意, 搭戏子～, 吭啥希奇。耐是嫁仔人格人家人, 宣家里格姨太太呀, 再有面孔出来～?（九 160-1055-19）¶老爷～不～, 干你甚事, 又不轧了你的老婆, 要你这样的着急!（新 58-270-22）¶试问你自己轧着几个姘头, 肯告诉人么?（歇 16-201-9）¶我同他又不是明媒正娶的花烛夫妻, 上海～、拆姘头的事体很多, 万一他心上另外有了人, 同我拆开。（梼 23-365-23）¶你连吊膀子都不懂, 也会跑到上海来? 吊膀子就是～别名。（十 11-77-13）

（注）"轧"は「交際する」「交友関係を結ぶ」こと。→上海的这些倌人, ……; 有嫁了人仍旧野心不改, 轧马夫、姘戏子的; ……。（梼 18-285-2）→希贤近来轧几个朋友, 倒都是官场中人物。（十 37-277-24）→这种人同她轧了姊妹, 一定和那班有事有人, 无事无人的姊妹们不同。（歇 80-1104-22）→阿金道:"只要奶奶勿嫌合住, 让我搭俚说, 包俚月里就搬进去阿好?" 宝玉道:"能够实梗也吭啥, 两家轧得和格, 就一淘住下去, 如果开年调头, 俚笃要搬格, 奴就一干子租仔。……。"（狐 20-160-24）

gai

【该】

〈代〉この。その。共通語の"这"に当り、近い位置にあるものを指したり、すでに述べたことに関係するものを指すのに用いられる。¶夷场浪常有～号事体。（海 18-148-3）¶让俚该搭床浪困罢, ～只床三个人困也蛮适意哉。（海 20-163-5）¶～两日应酬阿忙?（海 27-226-6）¶耐自家想想, 说出～号闲话来, 阿对倪得住?（九 10-78-25）¶倪过仔～节, 下节定归勿做生意格哉。（九 40-297-9）¶～位就是倪搭耐常常说起格陈大少咘。（商 2-11-4）¶要末耐～两个月房饭钱, 让倪去搭栈房里说一声, 停脱两日倪去付末哉。（鸿 8-236-13）¶秦大人耐要说～戒指勿值实梗星铜钱, 秦大人耐劙动气, 耐还勿懂勒海勒。（文 55-295-9）"格"とも作る。¶格几个铜钿, 豪燥点拔仔俚笃, 省得俚笃一径来浪板面孔。（九 131-830-16）¶倪妹子生意格年把总算吭啥, 格一节做着仔个姓潘格客人, 搭倪妹子蛮要好。一节勿曾到, 洋钿用仔四五千。（九 162-1066-17）¶台下喝彩的声音, 犹如众犬狂吠一般, 阿金笑道:"啥落格种喝彩格人, 才实梗穷凶恶极格佬。（狐 9-59-8）¶请格位阿姊到倪搭坐歇。（沪 1-92-11）

〈动〉（助動詞）きっと…であろう。経験などからの推測を表す。¶倘忙喊仔十几个人,

赶到沈小红搭去打还俚一顿，闯出点穷祸来，原是耐王老爷～晦气。(海 9-71-4) ¶我末～倒运，刚刚住个对过房间，拨俚哚两家头噪煞。(海 53-447-9) ¶我的性情，你～知道了；我的出身，你～明白了；当初讨我时候，就没有指望我什么三从四德七贞九烈，这会儿做出点儿不如你意的事情，也没什么稀罕。(孽 21-182-23) ¶赵姨奶奶一伙的人见是这屋里的东西，又～使黑心弄坏了才罢。(红 37-509-13) ¶算来檗氏所生之子，今年也～二十二岁了，不知他母子存亡下落。(喻 18-267-11)

〈动〉所有する。¶从娘姨出身，做到老鸨，～过七八个讨人，也算得是夷场浪一挡脚色哇。(海 6-47-23) ¶就算耐屋里向～好几花家当来里，也无用哇。(海 14-108-10) ¶拿双宝来要打要骂，倒好像里俚～来哚个讨人！(海 17-133-6) ¶二少爷一径生意勿好，～着仔实概一个家主婆，难末要发财哉！(海 23-188-21) ¶倷是～千动万格人，就甩脱仔一千八百末，有啥要紧介？(狐 15-104-19) ¶格个李老板末，从前是～过几万家当格哩。(沪 2-8-10) ¶我地歇还勿曾（买）(～)酱油瓶，暂且拿伊只洋瓶来当酱油瓶用。(上散 6-30-5) ¶有几家～钱的，也就不惜工本，公开一个学堂。(官 1-1-7) ¶他那里还～得起公馆，租了人家半间楼面，一夫一妻，暂时顿身。(官 11-158-2) ¶～了这般的老婆，切不一味心满意足了，成日家棒住了不放。(商 4-30-14) ¶那时际外间议论又是一番，说祁某人端的是个阔老，玩过大世面的，～了赛桂芳这么的小老婆尚且一个不如心马就干掉了。(商 10-77-10) ¶我不比李伯正的银子～得多。(市 12-250-6) ¶若是倪善继存心忠厚，兄弟和睦，肯将家私平等分析，这千两黄金，弟兄大家～五百两，怎到的滕大尹之手？(喻 10-162-16) ¶如今大户田连阡陌，小民无立锥之地，有田者不耕，欲耕者无田；宣以官品大小，限其田数。某等官户止～田若干，其民户止～田若干。(喻 22-339-11) ¶那师父步步有难，处处～灾。你趁早儿告诵我，免打！(西 31-350-3)

【该搭】

〈代〉ここ。こちら。共通語の"这里"。¶～是啥个场花嘎？耐哚倒也会白相咮！(海 5-37-19) ¶原是花烟间。为仔听有客人来咮，借～场花来坐歇，阿懂哉？(海 5-37-22) ¶价末坐～来，说说闲话也近便点。(海 15-117-4) ¶～凤大，耐到床浪去困歇啀。(鸿 6-224-26) ¶倪～出去，说到归首去阿好？(鸿 7-227-17) ¶"～阿是六号嘎？"文仙道："～是五号，六号来浪隔壁。"(九 42-308-20) ¶倪曾听见耐说歇～有倷老太太呀。(负 17-80-6) "间搭"とも作る。¶对勿住，倪间搭格规矩，一帮里客人勿做两个格。(九 1-5-24) ¶奴前日仔听见下底相帮笃勒浪讲，论新近间搭来仔一个走江湖格人，名字叫啥格马永贞，狠得哾淘成笃。(狐 26-217-7) また"故搭"とも作る。¶(白)"咳，

語彙例釈　gai

这个所在怎么叫徐惠兰在此耽搁起来吓！""哈哈朋友，俉你勿要看轻子故搭场化吓"（描21-190-6）

（注）指示代名詞の後に用いて、場所を示す"搭"の用法は、明代文学作品にも見える。→员外问妈妈道："俺老两口儿百年之后，在那里埋葬便好？"妈妈指着高冈儿上说道："这答树木长的似伞儿一般，在这所在埋葬也好。"员外叹口气道："此处没我和你的分。"（初38-704-9）

【该个】

〈代〉この。その。"该"に同じ。「"该"＋"个"（量詞）」であるが、"该"と同じようにも用いられる。¶～客人倒无啥，搭双宝也蛮要好，就是双宝总有点勿着勿落。（海17-137-15）¶～三年里向就算我冤屈仔耐也该应哇。（海18-143-3）¶我故歇别样事体才勿想，就是～一桩事体要求耐。（海20-162-9）¶耐道是啥人？～末就是俚家主公呀，一淘同得去烧香转来。（海21-167-11）¶～一对莲蓬也无啥好，勍买哉。（海24-195-21）¶到～辰光，耐要想着仔我沈小红，我就连忙去投奔人身来伏侍耐，也来勿个哉！（海34-285-17）¶～两句无啥好。（海40-337-22）¶伯苏讨仔江秋燕哉，～也是好事体，秋燕嫁拨仔俚到也亨福哉。（鸿3-207-20）¶～小芙蓉，相貌末哒啥，人品是直头烂污得野哚。（沪2-10-11）

"该格""格个""故个"とも作る。¶质斋拿五个指一伸，说道："我搭俚说该格数目，耐看那哼？……。"（鸿12-262-25）¶耐该格差使倒勿容易当哇，难耐那哼回复俚价？（鸿17-293-21）¶深甫笑道："就是该日子来浪新清和陆家搭耐猜谜，该个周三哉哇。"翡云笑道："嘎，阿是该格周三少爷？倪的刮认得仔长运哉。……。"（沪1-9-11）¶格个断命堂差末，厌烦得来，倪头脑子也痛煞哉。（九5-40-24）¶次云末要办報报馆哩。俚末一定是为仔格个金蔼人哉哇。（沪1-80-2）¶阿伯老大人，故个酒只怕吃不惯。（描7-60-21）

【该面】

〈代〉こちら。共通語の"这边"。¶～一埭才是书箱，一面四块挂屏，客人送拨俚个诗才裱来浪。（海31-260-8）"格面""间面"とも作る。¶倪应酬格面个客人，归面格客人咦来浪勿高兴；应酬仔归面格客人，格面格客人咦来浪说闲话。（九133-894-22）¶先生，勿好哉，里对面火着呀，烧得格末叫旺，只怕烧到仔间面，倪格物事才勿好搬格哩，阿要毫燥点倪搬罢！（狐26-209-8）

【该世】

〈名〉あの世。来世。¶耐末也白认得仔我一场：先起头说个儿花闲话，勒去提起哉；要求～里碰着仔，再补偿耐。(海20-162-3)

【该首】
〈代〉あちら。共通語の"那边"。¶价末我到～去哉，此地奉托三位。(海18-148-19) ¶我庆云里出局转来，同杨家姆两家头来里讲讲闲话，听见秀宝房间里～玻璃窗浪啥物事来浪碰。(海26-214-11) ¶倪索性到蜿蜒岭浪去，坐来哚天心亭里，一个花园通通才看见。～赏月末最好哉。(海52-437-5) "归首"とも作る。¶就是艳卿也忔可恶，算来转仔转，坐也勿坐，就到归首去哉，明朝倪到勿答应来。(鸿6-225-19) ¶耐同仔令兄晏歇点到凌漱芳搭等我，我去拜仔一个客也到～，请耐令兄去吃大菜。(鸿8-237-4)

【该应】
〈动〉(助動詞)"应该"に同じ。①……すべきである。……であるべきである。¶倪无姆也勿公道，要打末双玉也～打一顿。(海17-133-17) ¶耐做老阿哥末，勒假痴假呆，～搭俚哚团圆拢来，故末是正经。(海19-151-22) ¶倪本底子勿～到该搭正房间里来，倒冤枉煞个保险灯！(海50-425-3) ¶请耐去问方少爷，～那价样式(海57-487-9) ¶故歇上海个赌也忔啥个勿像样，～要办办哉。(海61-521-1) ¶我说耐也勿～忘记。(海63-539-11) ¶那班娘姨、大姐的趋奉殷勤，更不消说。邱八因他们连日辛苦，另外给了一百块钱，黛玉执意不许，叫娘姨仍旧退还，自己却向丘八说道："倪出仔工钱用仔俚笃，生来～服侍格，要赏侪格洋钱！……。"(九23-173-17) ¶只有张飚老二，爽爽快快的说："醉红楼勿要面孔，钩仔花云阁格客人小余。倪搭花云阁是姊妹淘里，生来要打抱勿平。茶碗是倪飞过去格，～要罚末，请倽笃罚末哉。"(九续151-1079-9) ¶四少搭朱老是勒来歇该格，今早是第一得得来。阿是～倪做个小东道？(沪4-5-3) ¶伊话咾是殿板，～(总是好个者)（总勿邱甚者）。(上问12-23-3) ¶命里～得钱，一个也不会短；命里～不得钱，一个也不会多。(负2-10-16) ¶时豪人便鼓噪起来，说黄子文不～发这张七索。(负14-68-10) ¶又有人说："毛病是没有，一定了有了鬼了，很～买些冥锭来烧烧；不然，为麽不出别的一点，单出这天、地、人、和四个一点呢？"(官21-339-24) ¶事事我常劝你，总别听那些俗语，想那俗事，只管安富尊荣才是。比不得我们没这清福，～浊闹的。(红71-1014-4) ¶商妾颇认得字义，见了府牒，不敢不信。却是自家没有主意，不知～怎的。(二20-406-14)
②当然に……する。……するのも当然である。¶到埭上海白相相，～用脱两钱。(海15-120-6) ¶耐今年廿四岁；再歇三年，也不过廿七岁。耐廿七岁讨一个转去，成双到

語彙例釈　gai - gan

老，要几十年保。该个三年里向，就算我冤屈仔耐也～畹。(海 18-143-4)¶耐搭俚相好仔三四年，也～摸着点俚脾气个哉，稍微有点勿快活，耐哝得过就哝哝罢。(海 24-193-18)¶耐来里屋里末，要奶奶快活，说倪个邱话；到仔该搭来，例说是奶奶勿好，～拨倪说两声。(海 27-221-1)¶王老爷做仔官末，～快活点，再有啥气嘎？(海 57-486-18)

【改】

〈动〉改める。変える。変わる。¶少微高仔点，也无啥。俚是梳惯仔，～勿转哉。(海 5-40-22)¶张船山两首诗，拨俚意思做完个哉，我～仔填词罢。(海 33-273-17)¶胡宝玉就是林黛玉～格名字，～仔好几年哉。(狐 36-311-1)¶啊吓，是介说得起来，我叫阿寿，也要～名字哉。(描 33-296-9)¶倪是秦寓呀，故歇～仔徐寓格哉。(九续 59-453-3)¶其模样虽然出脱得齐整好些，然大概相貌，自是不～，熟人易认。(红 4-61-12)¶今来又得了这一百两银子，亦知是屈陷武松。却把这文案都～得轻了。(水 30-465-15)

【改笔】

〈动〉文章に手を入れる。¶我说耐原等尹老爷来请教俚，俚～比我好。(海 60-515-4)¶上一句似单做了'而不愠'三个字的题目，下一句又犯了下文君子的分界。必如～才合题位呢。(红 84-1207-13)

【盖】

〈动〉覆う。かぶせる。¶须要多～被头，让俚出汗。(海 42-355-1)¶阿要拿条绒单来～～？(海 51-434-16)¶士规替他～上了棉被，放下了帐子，才下去办公事。(新 31-138-29)¶黛玉也倒下。用手帕子～上脸。(红 19-274-22)¶却把七窍淤血痕迹拭净。便把衣裳～屍上。(水 25-399-14)

gan

【干饭】

〈名〉ふつうに炊いたご飯（"稀饭"に対し）。¶耐搭我盛一口口～好哉。(海 14-114-15)

【干己】

〈动〉おのが身にかかわる。¶耐也坐来里冰冷个石头浪，～个哩！勿比得翠芬勿要紧。(海 46-390-17)¶俚乃个人做一桩事体末，定归有九十九桩勿成功咾，有点～个事体，俚乃生来勿肯做。(海 52-441-24)¶他们做秀才的人，亟应谨守臥碑，安分守己；现在事不～，胆敢硬来出头。(官 15-232-23)¶这种不～的事，瞧他则甚？(新 40-183-22)¶囥耐黄文炳那厮，事不干他己，却在知府面前胡言乱道。(水 41-665-17)"干系"とも作る。¶小子到有一条拙计，只是做将来，连他性命却有些干系。(鼓 28-342-1)¶

你看那些小胆的，恐怕干系前程，远远先退去了。(鼓 32-389-8)

〈名〉負うべき責任。 ¶晚歇吓坏仔俚，才是倪个～。(海 7-56-4) ¶倪娘姨咪到底无啥～，就闯仔点穷祸，也勿关倪事。(海 10-82-4) ¶故末二少爷哉，刚刚好仔点，再要去，倪个～担勿起。(海 43-367-6) ¶当初若不是贤弟担那血海般～，救得我等七个人性命上山，如何有今日之众？(水 41-665-9) "干纪"とも作る。 ¶师爷下次要出去，请把门房锁了，不然，丢了东西是小的们的干纪。(目 11-80-11) ¶万一有点小事出了，这个干纪谁担戴得起来！(目 51-403-24) ¶尤辰本不肯担这干纪，只为不敢得罪于颜俊，勉强应承。(醒 7-137-10) ¶据我所见，不如把女儿嫁与陈家，一来失得我们好请，二来遂了女儿之意，也省了我们干纪。(醒 9-189-15) ¶这门上是我的干纪，出入都是我通禀，你却说这等鬼话！(喻 40-628-13) ¶金满已脱了干纪，只有失盗事未结。(警 15-211-16) "干系"とも作る。 ¶他的意思以为着此一笔，这事便不与他相干，无非欲脱自己的干系。(官 43-718-15) ¶万一不能敷衍，惟有请旨办理，也没有什么脱不了的干系。(维 7-51-10) ¶这样一来，两边免伤了和气，都感你的情，你又脱去了干系。(新 45-209-4) ¶即使熟悉，恐怕这种吃官司事体他们也未必肯保担这干系。(人 37-425-1) ¶大家头宗要脱干系，二宗听见重赏，不顾命的混找了一遍，甚至于茅厕里都找到。(红 94-1334-5) ¶咱们商量了写封书给琏二叔，便卸了我们的干系了。(红 117-1603-24) ¶有本钱的人不肯担这样干系，干这样没要紧的事。(二 1-4-3) ¶府县自然为我斯文一脉，料不有亏。只是是这疯子手里的状，不先停当得他，万一拗别起来，依着理断个平分，可不去了我一半家事？这是老大的干系。(二 4-73-12) ¶先生这事必要做出来，这是我们做主人的干系。(二 17-343-6) ¶这个匣子装着银子五百两在里头，你也脱不得干系。(二 21-423-11) ¶事事着拐骗良家子女，是你地方邻里的干系，不要走了人。(二 38-697-16) ¶依公公等候一日不打紧，那两个杀人的凶身，乘机走脱了，这干系却是谁当？(喻 40-632-13)

【干净】

〈形〉きれいである。 ¶潘三道："耐只嘴也要揩揩末好。"匡二道："倪是蛮～来里。要末耐面孔醒龌仔，连只嘴也龌龊哉。"(海 26-217-22) ¶倪搭算得清爽个哉，俚哚倒说倪勿～。(海 27-224-10)¶倪格手是蛮～格,要末刚刚摸仔耐格头洛勿～。(九续 55-428-1) ¶托他去到档子班船上，叫他们明天晚上到馆子里叫几样菜，说是要请州里帐房师老爷吃饭；交代馆子里，菜要弄好些；再叫船上收拾收拾～。(官 45-759-23) ¶嘴角上全是酒，擦擦～吧。(人 20-202-26) ¶夜宵小吃，虽没大菜好，却收拾得十分～，请妹妹将就用

語彙例釈　gan

些。(歇 10-122-22)　¶你看这里的水～,只一流出去,有人家的地方脏的臭的混倒,仍旧把花遭塌了。(红 23-325-7)　¶一面烧起香汤,将他身子揩抹～,取出一套新衣,穿着停当。(醒 15-288-4)　¶就是小人的船,新修整得好,又坚固又～。(警 11-135-11)　¶约行过了三二百里,已是已牌时分,不见一个～酒店。(水 39-627-3)

【干囡件】
〈名〉義理の娘。共通語の"干女儿"。¶倘然浣芳要我带转去,算仔我～,我搭俚拨仔人家嫁出去。(海 54-458-23)　"干囡鱼"とも作る。¶索性拿格件事体张扬张扬,让别人晓得晓得,说奴收仔一个干囡鱼哉。(狐 21-164-1)

【干湿】
〈名〉妓院で客に出す"瓜子儿"と"水果"。皿に盛って出す。¶耐去喊仔挡～末哉。(海 11-88-10)¶到故歇一个多月,说有一个客人装一挡～,打三堺茶会。(海 37-309-23)
〈注〉『二十年目睹之怪現状』につぎの記述が見える。「我正在听得高兴,忽然听见"装干湿"三个字,又是不懂。继之道:"化一块洋钱去坐坐,妓家拿出一碟子水果,一碟子瓜子来敬客,这就叫做装干湿」(P.18)

【甘苦】
〈代〉甘さと苦い味。体験して知る事の意味・味わい。¶我有个诗题来里,耐去做做看。做得合式仔末,就晓得其中～哉。(海 60-516-3)

【赶】
〈動〉①急行する(目指す所に向かって)。¶倘忙喊仔十几个人,～到沈小红搭去打还俚一顿,闯出点穷祸来,原是耐王老爷该晦气(海 9-71-3)¶阿有啥要紧事体,要连夜～出城去?(海 18-141-7)¶难末本家说仔闲话了,诸三姐～得去打俚呀。(海 37-310-1)¶宝玉见他生气,便知不妥,忙～过来,早剪破了。(红 17・18-240-23)¶我如今不知便罢,既是天教我知了,正是度日如年,烧眉之急。我马也不要,从人也不带一个,连夜～回家。(水 35-552-17)

②追いはらう。¶～俚出去,看见仔讨气!(海 37-310-11)¶张蕙贞末吃个生鸦片烟,原是倪几个朋友去劝好仔,拿个阿侄末～出,算完结该桩事体。(海 57-487-1)　¶小二啊,替我～俚出去!(描 42-372-17)¶区得耐刚刚跑来,拿俚～仔出去,勿然是直头一塌糊涂哉!(九 19-147-24)¶阿是来浪讨厌倪,～倪转去。(九 73-529-7)¶一面说,一面自己走到外头叫底下人～他出去。(官 39-662-9)¶咱们要去,我头几天打发人去把那些道士都～出去,把楼打扫干净,挂起帘子来,一个闲人不许放进庙去,才是好呢。(红

236

gan　語彙例釈

29-403-9）¶欲不应允,夫人明明～我起身,怎生延捱得？（禅33-536-4）

【赶紧】

〈副〉急いで。早く。 ¶赵家姆道：'中饭还有歇哩哩。"子富道："等歇正好。"翠凤道："教俚咾～点。（海 8-62-6）¶岂知去仔见仔督办,谈得勿合机,难末倪老人家～就转来个。（鸿 6-224-8）¶看见太阳落山哉,格落～转格,勿然,倪还要去兜兜勒。（狐 57-437-10）¶那个吞烟的,～拿点药水给他吃,或者有救。（官45-773-8）¶你到外头去,叫他们～到外头去打听,今天可有天津船开。（目91-740-19）¶这宗银子,须要～设法弥补好。（维 15-102-5）¶事不宣迟,两位就～去料理。（梼9-740-14）

【敢】

〈动〉(助動詞) あえて…する。¶小村笑道："我来仔倒说我无良心,从明朝起勿来哉。"王阿二也笑道："耐阿～嘎！"（海2-12-8）¶从此以后,一点勿～得罪耐末哉。（海6-48-6）¶耐阿～勿去拿！（海 13-100-1）¶耐阿～走嘎！（九续 29-219-23）¶卑职这事是仰体大人意思做的,所以～还他一个价。（官 17-271-20）¶专为此事,同乡当中特地开了一回会馆,尹子崇却吓得没～到场。（官 53-908-12）¶我那里～提'三妹妹'三个字,我就回说是前儿我生日,是舅母给的。（红 27-381-9）¶天呀,谁～在太岁头上动土？（禅 21-342-9）¶前面是甚么稍公,～在当港行事！船里货物,见者有分。（水 37-585-17）

【敢于】

〈动〉あえてする。 ¶俚～大言不惭,终有本事来浪,管俚难勿难。（海 47-436-17 ）¶你乃～深夜诱我至此！将欲何为？（初 23-436-1）

(注)"于"は動詞の接尾語。２音節にするのに用いられる。→这汗后失于调养,非同小可。（红 53-737-5）

【感承】

〈动〉かたじけなくも…にあずかる。 ¶家叔有点病,此次是到沪就医。～宠招,心领代谢。（海 54-459-7）¶兄弟～哥哥把做亲骨肉一般看待,有句话敢说么？（水 45-743-2）¶小弟自从离了蓟州,多得恩人的恩惠,来到这里。～此间一个大官人见爱,收录小弟在家中做个主管。（水 47-777-12）

【干出】

動詞"干"＋補語"出"。"出"は動作にともない、事が成就することを表す。¶耐坐一歇,等我～点小事体,搭耐一淘北头去。（海 1-4-18）¶价末晚歇六点钟再来,我要去～点小事体。（海 3-17-12）¶万一瞒了妹子在着外边～无法无天的事,害了自身还要

237

語彙例釈　gan－gang

害我。(描 34-305-4)¶上流社会的人～了下流社会的事，只配用野蛮手段対付。(人 44-539-11)¶我儿，是你爹妈不是了，一时失于计较，～这事。(警 22-321-3)

(注)"出"は補語"出来"に当る。→梅雪軒竟会干出这种事来，莫是想都想不到的。(十 23-166-16)

gang

【扛】

〈动〉担ぐ(2人または数人で)。¶跌下来个是大流氓。先起头三品顶戴，轿子～出扛进海外哚。(海 28-233-16)¶横竖俚困得搭死人一样，俉笃勿要管俚肯勿肯，～仔俚出去末，拉倒哉唲。(九续 155-1095-8)¶有啥难拿介？只要多叫几个脚夫，～下仔船，船浪格茶房多拨俚点酒钱，叫俚放得好点，勿要碰伤坏仔，一到上海，用两部塌车，车到仔格搭，并勿万难。(狐 20-154-19)¶客人棺材～到啥场化去？(描 14-126-3)¶拿我地隙困拉个一张铁床～之过去末是拉者。(上问 13-25-10)¶我们死了人，干你甚事，要你来买棺材！你买的棺材，请你～回去，自家用用罢。(新 50-232-16)¶说着，已到招商局码头。只见～货物的小工，结对成群，～着东西。"嗳唷！嗳唷！"横冲直撞而来。(新 13-59-20)¶眼看着火光逼至，一点东西拿不得他，只由家里人把他连床连人～了出去。(繁Ⅱ27-662-8)¶这一天公司里砍了一株很大的樟木，去了枝叶，用二三十个工人，～回厂中。(维 6-44-6)¶小闲正来问张伯义的下落，却好见那两人被缚在那里，忙忙去报与丁得贵，一齐～了到府，不打就招。(醒下 1-100-13)¶五十三封零一小包，是桑衙来寿、进顺两个苍头～到你家，何须胡扯！(禅 25-409-14)¶才要合眼，只见三四个黄衣力士，～四五十斤一块石板，压在裴道身上。(警 27-417-4)

【刚刚】

〈名〉さきほど。話している時よりさほど遠くない時点を指す。¶我碰着仔前世里冤家！～反仔一泡，故歇咿来浪说我啥。(海 32-269-9)¶"翠姑娘外势这个后生啥时光来的？""方才来个。""勿象～来个，面孔上昨日来个。到底啥亲眷？"(描 5-45-28)¶怪勿得～倪听声音熟煞，想勿到就是耐，早晓得仔一淘过来叙叙。(鸿 3-206-15)¶耐阿是说我面色勿好看啊？格是～搭倪老太太拌仔两句嘴舌落。(负 17-80-5)¶奴难过趋勒里，～末冷煞快，故歇末身浪向热得阢［淘］成。(狐 35-298-15)

〈副〉①…したばかり。話しているときより少し前に発生していることを表す。¶我为仔～吃好饭，要坐一歇再来。啥人说勿来呢？(海 6-42-17)¶～乡下上来，头一家做生意就勿高兴出来，出来仔耐想做啥，再有啥人家要耐？(海 23-184-7)¶松桥也勿好，

gang　語彙例釈

巡捕房里关仔几日天，～放出来。(海 37-312-4) ¶耐阿是来浪要俚哭？～哭好仔勿多歇，耐再要去惹俚。(海 43-364-1) ¶倪～吃过夜饭，吃勿落来里，章大少请慢慢交用末哉。(九 42-309-26) ¶先走到笪玄洞相好家里，问"笪老爷来了没有？"窑子里人回称："笪老爷～起身，在屋里床上吃大烟哩。(官 39-667-22) ¶见小马夫阿小正在马路上溜马，问道："老爷回来了么？"阿小道："才回来。今日梅公馆里请客，～散席呢。(十 18-128-27)
②複文に用いられて、二つの動作・事態が相接して発生することを表す。¶洪老爷，耐寻朋友倒会寻哚。王老爷～到该搭来，也拨耐寻着哉！(海 24-196-10) ¶～有仔两个月，怎晓得俚成人勿成人，就要道喜，也忒要紧哋。(海 47-402-21) ¶故个天地真正变兆，～住得啊要落阵风雨哉！(描 5-40-20) ¶～走到电报局门口，只见一乘红轿围的蓝呢中轿，在局门口憩下，轿子里走出一个人来。(目 44-348-26) ¶周老退了下来，～出得头门，觉得有人在他肩上拍了一下。(负 2-6-16) ¶有何乐处！～上床，谁期平地风波，那人突然肚中作痛，面青唇紫，十分危迫。小弟服事，慌了一夜，不得着枕，直至天明方才平复。(禅 7-96-8) ¶～到半夜子时光景，只听得窗外有人言语，仔细听时，有人念道："今年食苦菜，明年产状元。"(醒下 4-126-1) ¶～发了文书，刷卷御史徐继祖来拜。(警 11-149-10)
③ちょうど。ちょうどよく。ちょうどその時。¶我说王老爷要来快哉，倒～来哉。(海 10-78-12) ¶到仔床浪哩，陆里困得着嘎！间壁人家～来哚摆酒、豁拳、唱曲子，闹得来头脑子也痛哉！(海 18-142-3) ¶今夜头～勿巧，碰着俚咾姓施个亲眷，倪进去泡好茶末，书钱就拨来施个会仔去。(海 29-242-9) ¶今朝末我先请请俚，难得凑巧，大家相好才来里，～八个人一桌。(海 44-370-20) ¶巧珍一见，问道："耐陆里去认得个齐大人？"小云道："就昨日～认得。"(海 48-407-18) ¶我～明朝要请客，耐倒来哉。(海 61-520-7) ¶张大少，旧年到奴格搭，～奴到广东去哉，真真勿巧，失迎仔大少哩。(狐 21-167-16) ¶倪从前格熟客叫倪去替碰和，坐来浪厌烦煞，～今朝吪拔转局，只好替俚一直格碰下去。(九 36-269-26) ¶倪阿媛末今年十六岁，～是开宝年纪哉哋。(沪 2-62-6) ¶亏得舅老爷～在这里。(目 107-887-4) ¶～那天下了两点雨，王老先生出的上联就是'下雨'两个字。(官 1-2-22) ¶如今～十八岁。自古道：'男大须婚，女大须嫁。'虽则是我干女儿，因我自己并未生养，所以我待他却同我自己所生的无二。(官 38-641-13) ¶也是～凑巧，每人出分金三钱三分三厘三毫，共成一两之数，不可偏多偏少了。(醒下 1-92-19) ¶发起来时，坛中满满的，都是光银子，把一坛银子，上秤称时，算来该是六十二斤半，～一千两足数。(喻 10-162-6) ¶一厘不多，一厘不少，～一十六两之数，上秤便是一斤。(醒

語彙例釈　gang-gao

3-48-12)
④やっと(ある時点で)。話し手はそのことをおそいと感じている。¶杨家姆去仔转来,倒说道:'晦气,房门也关个哉!'我说:'阿进去看嘎?'杨家姆说:'看俚做啥?碰坏仔教俚赔。'难末我～想着。(海26-214-15)¶俚咻还勿曾觉著拿差个呀,倒快活煞。我说是罗老爷个拜盒,难末～晓得仔,呆脱哉,一声闲话响勿出。(海59-501-17)¶唔笃公馆里到仔十二点钟,总归要吃饭哉,勿像堂子里头两点钟～起来。(鸿4-213-14)
⑤…して初めて…。複文に用いられて、ある条件があって初めて成立することを表す。¶故歇耐去说仔我姘戏子,再有啥人来搭我伸冤?除非到仔阎罗王殿浪～明白哚。(海34-284-24)¶我故歇赎身出去,衣裳、头面、家生,有仔三千末,～好做生意。(海45-378-5)
⑥わずかに。数量の少ないことを表す。¶瑞生阿哥个娘末就是我过房娘。我过房个辰光～三岁。(海30-247-24)¶上海把势里,客人骗倌人,倌人骗客人,大家麴面孔。～有两个要好仔点,偏偏勿争气,生病哉。(海36-298-16)¶张秀道:"老员外既有这些高寿,曾经几位贤郎?"杨员外摇头道:"不要说起。～只有一个小儿,唤名杨琦,今方弱冠,尚未成人。(鼓31-376-6)¶搭船上路,直至杭州。问那表叔,～十日之前,已病故了。(警17-238-12)¶作起神行法,次日已到昭德城中。往返东京,～四日。(水97-1535-2)

【刚巧】

〈副〉ちょうどその時うまい具合に。折よく。¶张大爷,二小姐来里牵记耐呀,说耐为啥勿来,教我来张张。耐倒～来里。(海16-126-10)¶幸亏栈房里到一品香不远,便即一人走出栈来,踱到一品香,才上扶梯,～遇着魏嗣侥。(官10-151-8)¶伍仲良向宛亭道:"～在家。"(人35-396-8)

【缸】

〈名〉かめ(口が広く、底が小さくて、深めに作られている)。量詞として借用される。¶等到娘姨咻劝开仔,榻床浪一～生鸦片烟,俚拿起来吃仔两把。(海6-48-3)¶鸦片烟有一～来浪。(海37-309-14)¶每罐多少,每～多少,我上头都号了字,谁敢少咱们的。(官47-805-18)¶秋桐近见贾琏请医治药,打人骂狗,为尤二姐十分尽心,他心中早浸了一～醋在内了。(红69-983-8)¶随唤火工道人,将笊篱笊起沟内残饭,向清水河中涤去污泥,摊于篩内,日色晒干,用磁～收贮。且看几时满得一～,不勾三四个月,其～已满,两年之内,共积得六大～有余。(警17-234-10)

gao

gao 語彙例釋

【高】
〈形〉高い。¶雪香道:"耐看～得来,阿要难看。"蕙贞道:"少微～仔点,也无啥。"(海5-40-21)¶两个人若站在一起,只怕那个还～些呢。(红5-71-7)¶到得庄前看时,已把吊桥～～地拽起了。庄门里不见一点火。(水47-788-10)

【高弟】
〈名〉高弟。¶耐覅看轻仔俚,俚个衔头叫'赞礼佳儿','茂才～'。(海53-451-19)

【高兴】
〈形〉愉快である。¶越说耐倒越～哉!(海8-64-13)¶老老头～得来,点仔十几出戏。(海20-158-21)¶我～末做做生意,一个勿～,我生意勿做哉,看俉笃阿有啥法子想。(九续35-268-9)¶又端听了此言,心下甚是～,当场答应下去。(繁后31-1088-23)¶王老先生一时～,便说我也出一个你们对对。(官1-2-22)¶贾政朝罢,见贾母～,况在节间,晚上也来承欢取乐。(红22-311-16)

〈动〉喜んで…する。…したい。¶故歇罗子富翻到仔蒋月琴搭去哉,耐阿～一淘去?(海4-28-8)¶要耐去瞎巴结!讨人厌个客人,倪为高兴做。(海64-548-16)¶今夜头夷说好个去碰和,耐阿～?(鸿10-248-14)¶据我意见,倷要搭俚断格,倷现在覅借拨俚,俚就勿～来哉。(狐11-75-15)¶就是那些～说话爱轧朋友的住客,也同他拉拢。(商14-103-12)¶有～要看的,都随我来!(初24-457-6)

【稿子】
〈名〉腹づもり。腹案。¶故歇我是打好仔～做个事体,有几户客人,勿来里上海才勿算,来里上海个客人就不过两户,单是两户客人照应照应我,就勿要紧个哉。(海48-406-6)¶若不出来,大家乐得丢开手。若犯出来,他心里已有～,自有头绪,就冤屈不着平人了。(红62-869-20)

【告】
〈动〉告発する。訴える。¶耐就～到新衙门里,堂子里奸情事体也无啥希奇哕!(海23-188-7)¶阿是～个癞头鼋?覅说啥县里、道里,连搭仔外国人见仔个癞头鼋也怕个末,耐陆里去～嘎?(海64-551-1)¶鲍二媳妇吊死了,他娘家的亲戚要～呢。(红44-614-4)¶(外)～什么事?(净、丑)～人命事。(外)左右,取状词上来!(杀35-141-9)¶当下转上押司张文远来。看了,见说阎婆～宋江杀了他女儿,……。(水22-326-12)

【告诉】
〈动〉告げる。知らせる。¶耐再到祥春里去～俚咪。(海5-34-12)¶姐夫,我有一句

閑话，耐麪麪去～别人，阿好？(海 43-364-18) ¶我～仔傸罢，俫心里向格事体，是自家梦里说出来格。(狐 30-248-11) ¶说末搭唔笃说仔，唔笃勿要～别人嘘。(九续 60-464-6) ¶介勒正立里打算～大娘娘。(三 18-212-12) ¶当下王孝廉见王乡绅眼睛不睬赵温，瞧他坐在那里没得意思，就把这话～他一遍。(官 2-17-17) ¶同居薛湘藻问我那里来，我～他在朋友家闲谈，听得火种敲七下，特地赶回来。(新 49-224-8) ¶你别怕，我是不～人的。(红 19-263-6) ¶夏方在众人面前，把从前至后的事情，一一～。(喻 13-169-10) ¶宋金将入赘船上，及得病之由，备细～了一遍。(警 22-317-15) ¶而今且未可说，且等兄长再将养几时，待贵体完完备备，那时方敢～。(水 28-443-5)

【告状】
〈动〉告訴する。訴える。 ¶王老爷，比方耐做仔官，倪来～，耐也要听明白仔，难末该应打、该应罚，耐好断啘。(海 34-282-10) ¶小人只为封印时节，勿敢费老爷那个天心，原抵庄开子印来～个。(描 11-97-8) ¶凭据在我这里，我找大律师去告他一状便了！(市 7-224-25) ¶温贵听了，无泫可施，然而这口气终不能消，后来决计～，就请人做了张禀单，在新衙门里递了进去。(新 29-131-8) ¶小人告了一年的状，竟无人作主。望大老爷拘拿凶犯，剪恶除凶，以救孤寡，死者感戴天恩不尽！(红 4-57-15) ¶别了刁元聘出来，叫他自去察院衙门～行事。(醒上 12-87-9) ¶我如今不要往仪真，径到南都御史衙门～，或者伸冤之日。(警 1-149-2) ¶大尹道："你庶母梅氏，有状告你，说你逐母逐弟，占产占房。此事真么？"(喻 10-158-13) ¶人命大如天。若不肯与老身做主时，只得去州里～。(水 22-328-11)

ge

【哥】
〈名〉ほぼ同年配の男性に対する呼称。尊敬、親しみを表す。 ¶朴斋低声叫："小村～。(海 2-12-20) ¶茂荣方才满面堆笑，连连打恭，道："我再勿靠帐余庆～来里。"(海 55-471-14) ¶宝玉在马上笑道："周～，钱～，咱们打这角门走罢，省得到了老爷的书房门口又下来。"(红 52-731-13)

【哥嫂】
〈名〉兄と兄嫁。 ¶碰著个玉甫定归要算是大老母，难末玉甫个叔伯、～、姨夫、娘舅几花亲眷才勿许，说是讨佢人做大老母，场面下勿来。(海 37-308-1) ¶又吩咐快叫怡红院的晴雯姑娘的～来，在这里等着领出他妹妹去。(红 77-1101-21) ¶那厮一日见了奴家，便不肯去了。住了三两个月，把奴家爹娘～都害了性命，却把奴家强骗在此坟庵里

住。(水 32-492-10)

【鸽子】

〈名〉ハト。¶我有一碗五香～来浪，教俚哚炖口稀饭，耐晚歇吃。(海 19-156-19) ¶凤姐儿偏拣了一碗～蛋放在刘姥姥桌上。(红 40-550-17)

【搁】

〈动〉置く。¶万一勿成功下来，我个面孔～到陆里去！(海 55-466-15)
(注)"我个面孔搁到陆里去"は"我的脸往哪儿放""我的面子没有地方放"ということで、「面目が立たない」の意。

【搁脚】

〈动〉足を組む。¶梳好仔头末，无事体哉，横来哚榻床浪，搁起仔脚吃鸦片烟；有客人来，搭客人讲讲笑话，蛮写意。(海 23-184-1)
(注)"搁脚"は"跷脚"のこと。《海上花列传》でも、地の文では"跷脚"としている。→跨进门口，始见门房内有三五个体面门公跷起脚说闲话。(海 48-408-8)
なお、呉語では"腿"も"脚"とし、"跷脚"は"跷腿"、一方の足を立てて、一方の足の上に置く(足を組む)ことである。上例は足を組んで椅子に座っている、くつろいだ状態を指している。"搁腿"の用例もある。→窗口有张帐桌，桌旁坐着一个四十多岁年纪的人，搁起了一只大腿，左手拿着一只饭碗，右手擎着一双毛竹筷儿，钳了一大筷韭菜百叶在那里吃饭。(繁初 30-337-8)

【阁下】

〈名〉相手に対する敬称。¶今朝末专诚请～同贵相好做个乞巧会。(海 38-322-6) ¶～台甫，可就是'锦帆'两个字？(新 31-142-19) ¶～有位令弟，听说笔下极好，所以特为过来奉拜。(栲 10-150-16)

【格外】

〈副〉とりわけ。¶大人真真～周到，其实何必呢？(海 43-361-14) ¶个星扬州朋友～要好，纵情诗酒，各处邀游。(三 8-93-4) ¶倪屋里向仔耐实梗格大少爷，是～外得来吃拔淘成格哉。(九续 13-98-17) ¶无论甚么事，总要～小心；无论甚么人，千万不可得罪。(栲 5-68-2) ¶有他在此，我更不能不～自重，免得失了尊长身份。(歇 10-129-7) ¶大人在营务处，是标下的顶门上司，总得求大人～照应。(官 21-341-19) ¶此事落在别人身上，哼哼，至少也得要他三十只洋！如今只要你十块，真是～克己的了。(官 45-768-22)

語彙例釋　ge

【隔】

〈动〉①隔たる(空間が)。¶还～出一条五马路哚。(海 11-85-9) ¶～着二三十里，往那里带去，见的日子有呢。(红 5-71-9) ¶他与邱家只～得三四十个间壁居住，也晓得杨氏平日有些不三不四的毛病。(醒 34-714-13) ¶小的与他～得一块打稻场，实不听得一毫动静。(型 33-470-23) ¶话说这清风山离青州不远，只～得百里来路。(水 33-513-4) ②隔たる(時間が)。¶就是耐先起头吃酒日脚浪晼，说有十几只哚，～仔一日就无拨哉，耐骗啥人嗄？(海 13-99-11) ¶格套事体，～得勿长远来，倒底勿会忘记脱格。(狐 54-459-16) ¶伊勿拉屋里，侬～日再来一汤(好否)(可以否)(局否)(可以勿可以)？(上问 14-27-10) ¶～了两天，仰侪从外面回来，对袁伯珍说道："……。"(维 3-17-10) ¶一时金文翔来了，小幺儿们直带入二门里去，～了五六顿饭的工夫才出来去了。(红 46-641-8) ¶这舒开先与康汝平～得不上二三年，如何就不相认得？(鼓 8-105-2) ¶～了数日，忽见赵婆来到，赛玉迎进轩子里坐下，叫长儿厨下烧茶。(禅 7-98-1) ¶一晚夜半，丫鬟睡醒，听得床上唧唧哝哝，床棱嘎嘎的响。～了一回，又听得气喘吁吁。心中怪异。(醒 28-591-12)

【隔壁】

〈名〉隣室。隣家。¶俚叫诸十全，就来里倪～。(海 16-123-8) ¶该搭是五号，六号来浪～。(九 42-308-21) ¶俚末勒浪搭俚开厅，俚格爷末倒勒浪～怡红楼里向做菜。耐想阿要笑话！(沪 2-9-7) ¶～房里住了一个潮州人。(目 60-476-14) ¶帐房就在～。(官 43-733-14) ¶贾芸见倪二不撒谎，心下越发欢喜，收了银子，来至家门，先到～将倪二的信捎了与他娘子知道，方回家来。(红 24-336-2) ¶那坐的所在，与～人家窗口相对，只隔得一个小天井。(二 17-351-5)

【隔两日】

動詞"隔"②+数量词"两日"。二、三日後。二、三日して。¶～等耐快活仔点，我再搭耐说个明白末哉。(海 4-31-16) ¶戒指末现成无拨，～再去打末哉。(海 13-100-8) ¶随便耐骂俚打俚，俚～忘记脱仔，原实概。(海 21-173-1) ¶故歇末说得实梗好，只怕隔脱仔两日厌烦起来，倪搭请也请耐勿到。(九 23-171-8) ¶你～再来一次罢。(歇 4-40-5)

【隔靴搔痒】

隔靴搔痒(かっかそうよう)。¶别人以绮语相戒，才是～，耐末对症发药，赛过心肝五脏一塌括仔拨耐说仔出来。(海 53-446-8)

【个】

ge 語彙例釋

〈量〉①人・物などの個体を数える。¶善卿道："屋里还有啥人？"朴斋道："不过三～人，用个娘姨。"(海1-4-9)¶明朝有～张蕙贞调到对过来，阿是嘎？(海5-34-6)¶俚命里总还勿该应就死，赛过一～救星来救仔俚。(海16-128-16)¶耐也一径冤屈煞哉。难末拣着～大场花，要适意点咪。(海18-146-14)¶我是一～小铜钱也勿曾看见。(海23-184-4)¶棺材末有现成个来浪，一～婺源板，也无啥；一～价钱大点，故末是楠木。用陆里一～？(海42-357-6)¶我有～诗题来里，耐去做做看。(海60-516-2)¶该搭着实有两～出色先生，有几～唱小喉咙个。(鸿1-193-2)¶倒是我只有俚倽一～，故歇就嫁脱仔叫我靠啥人过日脚嘎？(狐5-34-9)¶故歇勿比以前哉，一～月当中，有廿日天勿勒奴房里。(狐9-58-19)¶各位朵大家当心当心探花村浪出子一～偷鸡贼哉。(描31-278-8) "格"とも作る。¶只有耐末一格铜钱才勿肯用。(九10-81-1)¶倪格娘有格过房儿子，算倪的阿哥，从前也勒一爿洋行里做买办格。(官8-112-12)

②人称代詞・固有名詞の後でそれと同格関係にある「"个"＋名詞」では、指示の働きをしている。¶秀宝没法，咬牙恨道："耐～人啊！"(海2-15-22)¶沈小红～人，搭倪双玉倒差勿多。(海17-136-23)¶耐欺瞒耐家主公。勿关倪事；要欺瞒仔倪个客人，耐当心点！二少爷末怕耐，倪是勿认得耐～奶奶呖！(海23-188-2)¶我搭耐说仔罢，我～亲生爷俚还勿认得哩，再要来认得耐～朋友！(海30-253-8)¶上海～场花，赛过个陷阱，跌下去个人勿少哩！(海39-325-11)¶无姆～人，依仔俚倒勿好(海44-376-2)¶耐同仔娘大马路去做啥？耐～好倪子，耐只猪猡！(海57-488-18)¶我说耐～人忒啥痴心，我劝耐勿如野就点罢。(鸿6-223-11)¶汪先～入娘贼隆兴当一定开勿成。(描8-70-5)¶伊～脚色买物事尖钻来邪气。(上散9-55-9) "格"とも作る。¶陆老爷格人顶公道，应该那哼，陆老爷吩咐仔，总是照应该搭大小姐格。(鸿11-256-26)¶耐格人阿要无趣，说说笑话末，就说勿连牵哉，可煞作怪。(九6-47-12)¶俫格人，啥洛能格恶佬。(狐2-8-23)

（注）前掲例"耐只猎猡"（海57-488-18）の量詞"只"も"个"と同じ用法である。→耐缠仔俫人介，是钱端甫只乌龟呀，吃醉仔酒，总归来吵勿清爽！(鸿10-251-12) 許宝華・湯珍珠主編《上海市区方言志》に次のような記述がある(P.407)。

当数词为"一"的数量词前边有人称代词或名词修饰时，"一"常省去不用。

32) 伊双鞋子落脱最希奇勒。老奶奶议论幼小的孙女

33) 我只脚痛煞勒。

这一类句子中的量词也兼有表指示的作用：伊双鞋子＝她那双鞋子，我只脚＝我这只脚。

245

語彙例釈　ge

③処置式介詞"拿"および受動文で加動者を導く介詞"拨"などの賓語である人名および特定の人を指す名詞との間の"个"は指示の働きをしており、賓語の指すものを際立たせ、強い表現にする。物を指す名詞の場合も同じ。省いても、文意は変わらない。¶还是李漱芳来浪辰光，说过歇句闲话，说俚死仔末教玉甫讨俚妹子。故歇李秀姐拿～浣芳交代拨玉甫，说等俚大仔点收房。(海 54-458-20) ¶王老爷做仔张蕙贞末，最好哉哌；耐麨去说穿俚，暗底下拿～王老爷挤，故末凶哉。(海 56-477-23) ¶既然二少爷来里耐搭，我就拿～二少爷交代拨耐 (海 57-484-17) ¶四五年省下来几块洋钱，拨～烂料去撩完哉 (海 31-257-15) ¶家叔陆里肯吃花酒！前回是拨～黎篆鸿拉牢仔，叫仔几个局。(海 60-511-7) ¶把～李双林说得毛骨悚然，通身是汗，感激秋谷的心念直透心脾。(九 29-219-19) ¶一到上海，各洋行的军装买办得着了这个风声，就像苍蝇簇狗尿般，你也来煞奉，我也来讨好，把～卖国奴几乎棒到天上去。(新 4-17-19) ¶现在少爷已经死了，你追究起来也是无益，再把～小姐逼死，又何苦呢？(梼 21-335-6) ¶这几句话，把～如玉只气得手足如冰。(繁Ⅱ26-655-18) ¶他们统通齐打一躬，才把～钦差阅兵大臣送出辕门。(官 6-87-24) ¶昨儿九姨太同大姨太斗了嘴回来，就把～大姨太恨得什么似的。(官 36-619-4) ¶谁知宝玉解手去了才来，忙上前问："张爷爷好？"张道士忙抱住问了好，又向贾母笑道："哥儿越发发福了。"贾母道："他外头好，里头弱。又搭着他老子逼着他念书，生生的把～孩子逼出病来了。"(红 29-408-9) ¶四人终是小孩子心性，只顾他们情分上的义愤，便不顾别的，一齐跑入怡红院中。豆官先便一头，几乎不曾将赵姨娘撞了一跌。那三个也便拥上来，放声大哭，手撕头撞，把～赵姨娘裹住。(红 60-844-8) ¶又拐了这王丑儿许多银子，吃了一日酒食，好似饿虎咽羊羔，饥鹰餐蚱蜢，那里在他心上，把～王丑儿弄做猢狲傀儡一般(醒上 2-14-6) ¶说着张秀，……来到村中，沽了一罐酒，回到半路，扑的滑倒，把～酒罐打得粉碎，眼睁睁的看着地下，泪如雨滴，叫苦连声。(鼓 31-375-11) ¶过了六七年，把～家产费的罄尽。(水 101-1571-4) ¶那王庆好的是女色。见了这般标致的女子，把～魂灵都吊下来。(水 101-1571-11) ¶老婆已被牛丈人接到家中去了。把～门儿锁着。(水 102-1578-24)
(注)"个"以外の量詞にもこの用法がある。→说不到三四句，王阿二忽跳起来，沉下脸道："耐倒乖杀哚！耐想拿件湿布衫拨来别人着仔，耐末脱体哉，阿是？"(海 2-11-20) →大先生，耐死也无行用哌。耐末就算死哉，俚哚也拚仔死末，真真拿只拜匣一把火烧光仔，难罗老爷吃个亏常恐要几万哚哩。(海 59-504-18) →路又狭窄，地又潮滑，走出一身汗来，把件簇新的湖色香云纱长衫出得透湿。(繁初 19-200-16)

④「動詞＋"个"＋賓語」で語調をやわらげる働きをする。¶洪老爷先搭倪起～名字，等俚会做仔生意末，双珠就拨仔耐罢。(海 3-20-20)¶蔼人摆～庄，倪来豁拳哉。(海 7-57-18)¶陆里有啥寒热？才为仔无姆忒欢喜仔了，俚装～病。(海 24-198-13)¶姐夫去说哩，教俚哚开～门来浪哩！(海 43-367-19)¶俚打～牌凶煞咪，就是～琪官同俚差勿多。倪总归要输拨俚。(海 53-446-17)¶耐个一千洋钱末算啥？要是开消～局帐，故末倪谢谢耐。(海 55-467-22)¶让亚白自家去批，看俚批～啥。(海 61-523-8)¶善卿道："五千末拨俚赎身；再有五千，搭俚办副嫁妆，让俚嫁仔人末好哉。"淑人问："嫁～啥人？"(海 64-544-8)¶唔笃搭～倷个轮船？(鸿 3-208-13)¶听～倷个声音呢，原勿象我里二相公，到底侉是罗个？(描 32-282-28)¶姑娘们天天山珍海味的也吃腻了，这个吃～野意儿，也算是我们的穷心。(红 39-526-13)¶相公既苦孤单，老身替你做～媒罢。(二 3-62-11)¶二哥几时也到省下来走走，我们也好做～东道，尽～薄意，回敬一回敬。(二 4-90-12)

⑤賓語を数えることで、その動作の回数を表す。¶单是发几～寒热，故也无啥要紧。(海 20-160-2)¶十二点钟喊俚哚起来吃中饭，就搭先生梳一～头；梳好仔头末，无事体哉。(海 23-184-1)¶俚小干仵，发～把寒热无啥要紧。(海 35-295-8)¶我去惚一～浴罢！(描 3-24-21)

⑥存在を表す"是"の構文で、存在する事物を指す賓語の前に用いて、語調を強める。¶王老爷臂膊浪、大膀浪，拨沈小红指甲掐得来才是～血。(海 33-271-5)¶看戏个人故末多到个无拨数目咪，连搭墙外头树丫被浪才是～人。(海 55-466-21)

⑦動詞と補語の間に用いられる。¶隔两日等耐快活仔点，我再搭耐说～明白末哉。(海 4-31-16)¶耐有本事末跑到外势来，倪大家说～明白，勿敢出来末，是只众生。(九 21-159-5)¶所有往来的中国人都是广东人，所以他倒说了一口广东话，把他自己的辽东话，倒反忘记～干净了。(目 55-435-13)¶封氏闻得此信，哭～死去活来。(红 1-19-5)¶问起原故，赵姨娘便气的瞪着眼粗了筋，一五一十说～不清。(红 60-844-16)¶这都是妇人一片胡言，不要理他。俺们再去找寻，先要见个明白(禅 14-209-4)¶众军都没入水底来拿，被杜伏威拨出腰刀，排头见砍将过来，几乎杀～尽绝。(禅 26-428-1)¶且问～明白。(初 33-625-4)¶一时性起，望牛二额根上搠～着，扑地倒下。(水 12-181-2)¶高廉军马神兵，被宋江、林冲杀～尽绝(水 54-905-16)

〈助〉①限定語を作る。¶上海滩浪随便啥人，看见牌子就晓得是周双珠哚～妹子哉啘。(海 3-20-24)¶我搭耐也三四年哉，我～脾气，耐阿有啥勿晓得？(海 4-31-3)¶说出来～

語彙例釈　ge

闲话阿有点陶成，面孔才勿要哉！（海 6-43-8）¶阿象是耐动气仔了说～闲话？（海 11-84-4）¶想来就是姓施～客人。（海 14-10-7）¶龙池先生想出～(四书)酒令也无啥。（海 44-369-8）¶耐也坐来里冰冷～石头浪，于己个哩！（海 46-390-17）¶一拜匣～公私文书，再要补完全，不特费用浩繁，且恐纠缠棘手。（海 59-504-24）¶叫耐～车子先回去，耐停歇坐仔我～车子去，阿好？（鸿 2-200-25）¶昨夜头勒浪轮船浪～辰光，已经有点头痛哉。（鸿 5-216-16）¶倍～亲眷是罗～？（描 27-240-15）¶我是为之朋友～事体咯忙。（上问 7-13-8）¶在先弊寺十分好～去处，田庄又广，僧众极多。（水 6-96-16）¶你个叔叔在这里，且来厮见。（水 24-356-13）¶上舍多年～远亲，不相见，怕忘了。（初 21-397-8）"格"とも作る。¶方大少，耐是有名气格大客人㖺。（九 6-45-9）¶二来倷改仔名字，麨用老底子格招牌，就算俚倷晓得，亦朆坍俚格台，哪哼好怪倷介？（狐 11-77-24）¶倪格儿子为啥做勿得官格？（官 8-112-9）¶倒看费出耐有实梗大格力气哩。（沪 2-48-11）

②「動詞＋人＋"个"＋賓語」の間の人を指す名詞または代詞の後に用いられて、その人が動作の対象であることを表す。¶阿有啥撺掇赵大少来扳倪～差头？（海 2-16-12）¶耐倒来讨我～便宜哉！（海 5-36-18）¶来仔也勿讨厌，去仔也想勿着，随耐～便，阿是要写意多花咪？（海 7-57-10）¶耐要送物事，送仔我钏臂，我不过见个情；耐就去拿仔一块砖头来送拨我，我倒也见耐～情。（海 8-60-13）¶麨说起，就说末也是白说，倒去坍俚家主公～台。（海 16-127-11）¶耐请客末勿到该搭来，也去拍屠明珠～马尼，阿要讨气。（海 18-146-10）¶耐末说好，俚只道仔耐调皮，寻俚～开心，阿对？（海 21-168-11）¶高老爷叫姚文君～局。（海 35-287-19）¶我爷娘刚刚死仔三个月，阿伯就出我～花样，一百块洋钱卖拨人家做丫头。（海 52-439-13）¶故歇倒要借一万，故是明明白白拆耐～梢。（海 59-504-22）¶陈老末也勿要扳倪～差头。（九 5-45-14）¶才是耐勿好㖺，叫倪出方大少～局，故歇弄得讨气煞！（鸿 3-204-26）"格"とも作る。¶耐搭我拿该个断命房间打完仔，我服耐格盆。（鸿 11-253-17）¶倪自然总有道理勒，好敲耐格竹扛㖺。（九 10-81-3）¶耐到兆贵里去本来勿关倪事，倪好心叫耐豪燥点去，耐倒勿见倪格情，耐格人阿有良心？（九 17-135-4）¶耐前日仔末，叫倪土地奶奶寻倪格开心，故歇倪也要叫耐金刚老爷哉！（九 26-195-11）¶倪拔耐吓煞快，认仔是个流氓要拆倪格梢哉。（九 38-283-6）¶勿壳张耐当时未来浪答应，骗得倪欢喜煞，到仔故歇原是放仔倪格生，还要说倪敲耐格竹杠。（九 45-330-13）

③共通語の文法でいう"的"字連語を組み立てる。¶阿是蒻人写～嗄？（海 3-23-24）¶

ge　語彙例釈

倪有发好～来里。(海 9-72-6)¶教人做来哚鞋子总无拨自家做～好。(海 11-89-12)¶俚虽然勿是我亲生妹子，一径搭我蛮要好，赛过是亲生～一样。(海 20-162-8)¶嫁～末嫁哉，死～末死哉，单剩倪三家头来浪。(海 21-166-19)¶老姘头覅去说俚哉，就故歇姘～也好几个来浪。(海 21-173-4)¶阿是卖珠宝～拿得来看？(海 24-195-14)¶我说～阿差？(海 25-202-12)¶再有一套狐皮～，阿要做起来？(海 61-524-21)¶阿二并勿是做阿哥～怕倌吓，爷娘面上拿去末哉！(描 27-239-18)¶是个做甚～？——是个生意～。(上问 7-13-1)　"格"とも作る。¶陈大人来勿来，本来随俚格便，倪夷勿是靠俚开销格。比勿得挂牌子格勒。(鸿 16-188-3)¶今夜请酒，面子浪末是姓袁格，轧实是开丝栈小老板姓黄格出钱施主，皆为第一转到黛玉格搭佬。(狐 53-455-15)¶赛春故歇是时髦得来，耐做阿姊格也弗去说俚两声。(沪 1-67-3)

④動詞または動詞連語・主述連語の後に用い、その後に"好"または"勿好"などを加えて、そうすることが好ましい、好ましくないなどと話者が判断していることを表す。¶覅说啥长三书寓，就是么二浪，耐也覅去～好。(海 2-10-18)¶两日勿曾转去，四老爷好像有点勿放心，转去～好。(海 14-114-22)¶耐勿晓得，要吃酒倒是么二浪吃～好。(海 25-205-7)¶四个人房饭钱要八百铜钱一日咾，开消忒大，早点转去～好。(海 30-247-9)¶就像松桥个杀坯末，耐终覅去认得俚～好。(海 30-253-6)¶翡翠物事，我搭耐一淘去买～好。(海 32-270-10)¶耐倒覅去劝俚，单是哭还勿要紧，让俚哭出点～好。(海 42-357-23)¶我个命末生来是苦命，才说我无拨帮手～勿好，碰着仔要紧事体，独是我一于子发极，再有啥人替我商量商量。(海 52-439-22)¶总归是无拨生意～勿好，用完仔洋钱无法子。(海 59-504-7)¶故末倒是我教耐看仔《随园诗话》～勿好。(海 61-519-21)¶常恐对劲仔后首来仍旧弄得一场呒结果，到勿如故歇勿叫～好。(鸿 6-223-8)¶话是格能话，还是先小人后君子～好。(上散 9-54-7)　"格"とも作る。¶我看还是汤老爷另外托人去寻俚笃格好。(鸿 16-289-11)¶故歇倪想起来，勿到天津去末，也吃勿着格个大吓头，阿是总是吃仔格碗堂子饭格勿好。(九 31-234-26)¶故歇倪想起来随便那哼，总归还是嫁仔人格好。(九 23-175-6)¶倪格号人身活勒世浪无啥趣势，还是死格好。(九 24-185-6)

⑤姓の後に用い、その人を指す。…さん。¶阿有啥无拨嘎，庄～倒勿是龙瑞里去拿得来？(海 13-99-10)¶周～搭张～来过歇哉，说到华众会去走一趟。(海 13-103-3)¶依仔俚心里，倒勿是要借罗～洋钱，要我来请耐向耐借，再要多借点，故末称心哉。(海 22-176-18)¶倪老底子客人是姓夏个，夏～末同徐～一淘来，徐～同耐一淘来。(海

語彙例釈　ge

27-222-1) ¶杨～阿来浪？（鸿 9-240-2）"格"とも作る。 ¶张格勿死末，倪也勿会出来，所以倪格衣裳才勿是素格，头浪也勿扎红头绳，赛过搭俚穿孝，总算是倪心浪勿忘记俚格意思。（九 36-271-2）¶耐快去。该格胡格碰完仔和末，倪有法子赶俚走。（沪 1-61-3）
⑥文中の動詞と賓語との間に用いられて、すでになされたその動作の主語・賓語やその時間・場所・方法などを強調する。 ¶啥人搭耐梳～头？（海 5-40-19）¶耐啥辰光去做～黄翠凤？（海 6-47-13）¶俚乃自家去打～野鸡。（海 10-82-18）¶俚哚一径勿出来，就到仔今年了坎坎做～生意。（海 16-126-4）¶倪先起头勿是做生意～呀，为仔今年一桩事体勿过去，难末做起～生意。（海 27-224-5）¶癞头鼋自家跑得来，哷勿是我做～媒人！耐去得罪仔俚吃～亏，倒说我勿好！（海 64-551-4）¶十六岁做大生意念岁赎～身，今年廿二岁。（鸿 10-251-22）"格"とも作る。¶华生听了，又怔了一怔，虽说道："唔笃搭个倷个轮船？"高福道："新裕，倪去定格大菜间。"（鸿 3-208-14）
⑦文末に用いられて、すでに動作がなされていることを表す。 ¶几花洋钱买～？（海 22-179-8）¶耐到无姆搭去～？（海 23-185-4）¶俚哚拿得去～末，让俚哚自家拿得来。（海 59-501-19）¶耐笃来浪俉场化认得～？（鸿 1-194-18）¶吓，我啥辰光来～？（描 5-41-9）"格"とも作る。¶几时到此地格？一向渴慕之至。（鸿 8-236-24）¶咦，陈老几时来格？（九 92-655-22）
⑧状況語を作る。 ¶倪听见仔叫局，总忙煞～来；有辰光转局忙勿过末，阿是要晚点哚？（海 6-46-12）¶我看见仔耐勿快活末，心里就说勿出～多花难过。（海 28-229-12）¶勿然，一径关来哚书房里，好像蛮规矩，放出来仔来勿及～去白相，难末倒坏哉！（海 32-266-6）¶我认得仔耐四五年，一径勿曾看见耐实概～动气。（海 34-284-17）¶漱芳生仔病末，玉甫竟衣不解带～伏侍漱芳，连浪几夜天勿曾困，故歇也来浪发寒热。（海 42-351-7）¶陆里晓得短命众生单会奔，团团转～奔得来、奔得去。（海 46-393-9）"格"とも作る。¶皆为奴勒上海听见钱老爷名声，呒不一个人勿赞格，那哼格宽洪大量，哪哼格待人和气，格落奴一径牵记倷老人家。（狐 33-283-10）¶加二奴头一埭出门，听见仔海里浪头声音，奴心里向别突突突格跳，像煞比别人愈加胆小点笃。（狐 33-279-10）¶倪搭耐讲格闲话，总归一句才勿肯听格，倪末来浪替耐发极，耐末倒杀死格糟塌自家身体，阿要讨气。（九 65-475-24）¶倪从前格熟客叫倪去替碰和，坐勒浪厌烦煞，刚刚今朝吭拔转局，只好替俚一直格碰下去。（九 36-268-1）¶格是林黛玉自家勿好，觑看得清客人，妈妈虎虎格跟别人就走，自然弄勿好哉呚。（九 26-196-1）¶倷笃实概形容勿出咯要好，勠怪钱乌龟要吃醋打房间，叫我也要动气格。（鸿 11-256-5）

⑨文末に用いられて、肯定の語気を強める。¶俚哚栈房里才实概～。(海 2-15-10)¶你要板面孔～！(海 5-36-6)¶俚哭倒勿哭～。(海 6-48-20)¶好～,倪要坐两把车哚。(海 8-62-10)¶正说着，只听得楼下阿德保喊道："双玉先生出局。"楼上巧囡在对过房里接应道："来～。"(海 17-133-10)¶朱淑人着了急,慌取手巾要来揩拭。周双玉掩口笑道："勿要紧～。"(海 17-136-1)¶那人道："倪是宝善街悦来栈里。有个赵朴斋，阿是耐亲眷？"善卿说："是～。"(海 17-138-5)¶俚不过要借洋钱，就少微借点拨俚，也有限煞～。(海 22-177-2)¶先生有转局末，早点去罢，晚仔勿局～。(海 22-178-10)¶新闻纸浪有方蓬壶一班人,倪勿配～。(海 33-275-1)¶耐明朝再要忘记仔，倪定归勿依～。(鸿 7-228-10)¶我对俉说,故宗告条一百张也无行用～。(描 27-240-19)¶倪进去罢,怕煞～,看俉介。(九 39-286-2)¶白糖完快者，去买一斤来添添。路上勿要耽搁辰光，火速就来,等拉吽～。(上散 5-24-2)¶走来也勿快勿慢,倒(美准～)(美对～)。(上问 11-20-3)"格"とも作る。¶刚刚我对陈大人说,事体总归要去弄好格,勿然大家才犯勿着。(鸿 16-289-7)¶倪归搭呒拔啥格老虎勒浪,勿会吃脱仔俚格。(九 6-50-12)¶青云笑道："耐倒催得我实梗凶。难末耐晏歇阿来哩？"少卿笑道："来格，来格，一定来格。"(沪 1-24-2)
∥各項とも普通話の助詞"的"(状況語を作るものは"地")に相当するものである。用例省略。

〈代〉これ。この。また、文中に述べている事柄に関係していることやものなどを指す。¶我叫赵朴斋，要到咸瓜街浪去；陆里晓得～冒失鬼，奔得来跌我一交。(海 1-3-10)¶人家相好要好点，也多煞咽，就勿曾见歇俚哚～要好,说勿出描勿出哚！(海 7-56-20)¶再有～阿巧，加二讨气！前日仔宣卷，楼浪下头几花客人来浪，喊俚冲茶，勿晓得到仔陆里去哉,客人个茶碗也勿曾加；今朝二少爷家主婆来仔,耐勿曾看见俚巴结得来！(海 23-189-15)¶玉甫央及道："让我去看看末哉！我无啥呀，耐放手哩。"秀姐没口子劝道："故末二少爷哉，刚刚好仔点，再要去，倪～干己担勿起。"(海 43-367-6)¶说起～周双玉，先起头就是阿哥代叫几个局，后来也是阿哥同得去吃仔台酒，双玉就问我阿要讨俚。(海 54-456-1)¶耐～一千洋钱末算啥？要是开消个帐，故末倪谢谢耐。耐说就要来讨我个末，再拨倪啥个洋钱嘎？(海 55-467-22)¶翠凤见子富着急，欲令赵家姆去催。子富止住，把高升唤至当面，令向黄二姐索取拜盒，并道："耐闲话夒去多说，就说我有事体，要用着～拜盒,快点拿得来带转去。"(海 59-501-24)¶我寂寞点勿要紧，倒可惜～菊花山，龙池先生一番心思咪,故歇一径闲煞来浪。(海 60-513-16)¶阿是告～癞头鼋？夒说啥县里、道里，连搭仔外国人见仔～癞头鼋也怕个末，耐陆里去告嘎？(海 64-551-1)

語彙例釈　ge

¶华生叹口气道:"倪难勿叫局哉!"仲声点头道:"～也覅怪耐,但是上海场化一个局也勿叫,也是做勿到个事体。……"(鸿6-222-25)¶～种人个皮倷能个厚!(鸿10-251-10)¶就算我说子～句说话,也无得啥格凭据?算不得数个。(描6-53-2)¶唉,可惜～宗好山歌,白听仔还勒里嫌憎道好勒。(三5-55-17)¶～儿郎吃我家饭,穿我家衣,闲时搓些绳,打些索,也有用处,不可空坐!(警22-323-12)¶皮匠欢天喜地道:"若有百来两银子,在下定作东,请老先生。"钱公布道:"～用对分。"(型27-371-12)¶若不去请一人来,柴大官人性命也是难救。(水52-866-16)　"格"とも作る。¶谢谢耐替倪拉开仔格张书玉,总算倪勴勷坍台。(九26-194-15)¶格出叫《定军山》,倷也跟仔我看过歇格哉哦。(狐9-58-6)¶曼情见了子明,不觉一呆道:"格位末阿是二大人哩?长远弗见哉哦。"(沪1-15-7)¶耐看,格付对子就是四少奶奶格格手笔哩。(沪2-18-1)

【个嘎】
助詞"个"＋助詞"嘎"。¶洪老爷,耐啥见仔沈小红也怕～?(海4-29-4)¶阿是坐仔马车打城头浪跳进去～?(海4-30-19)

【个哩】
〈助〉文末に用いられる共通語の語気助詞"呢"に当る"哩"に同じ。ただし、語気は強い。¶朴斋勿曾转去。我坎四马路还看见俚～。(海25-204-13)¶我做个爷,穷末穷,还有碗把苦饭吃吃～。(海30-253-11)　"哩"を"勒"とも作る。¶[丑]介末阿曾贴端正个勒?[净]端正勒里个哉。(三21-246-5)¶[小生]我看你每天.日里如醉如痴,不瞅不睬,这是什么意思呢?[付]连猪我自家还勿曾有着扛个勒。(三22-261-1)¶当真有啥个男扮女装,女装男扮,非但勿曾看见,况且勿曾听见个勒。(三23-266-8)¶嘎嘎,新来晚到,介勒还不曾熟练个勒。(三42-443-2)　"格勒"とも作る。¶胡二本来是出名格石灰布袋哦,金寓搭是长远勿去哉。前日仔夜头台面浪碰着金寓,俚还问起我格勒。(鸿14-274-12)¶我看耐总应该转去一埭,故歇也不过一点钟,今朝动身,还来得及格勒。(鸿16-285-11)

(注)"个哉"と同じように、助詞"个"で終わる文の末尾に"哩"を加えたと分析されるものもある。→天津孙小坡观察请倪到俚搭去,关书聘金还是正月里寄得来个勒。(鸿8-234-4)→勿是倪说句老话,俚是我看俚大起来格勒。(鸿15-284-14)

【个哩】
助詞"个"＋助詞"哩"。¶耐到蒋月琴搭去仔一埭,我要拿出耐拜匣里物事来,一把火烧光～。(海8-59-21)¶耐晚歇要来～。(海13-100-18)¶夷场浪睹是睹勿得～。(海

15-119-2)¶倘忙夜头出局去,再着仔冷,勿局～。(海 62-532-21)¶唱得实头有情致～！(鸿 2-200-1) "格哩"とも作る。¶耐格事体,我总应该帮忙格,不过格个脚色胃口蛮大格哩。(鸿 12-262-22)¶大少,耐歇两日要来照应照应小姐哩。(鸿 14-273-22)¶真真待慢仔大少,大少笃末勿见怪,奴心里实在依勿过格哩。(狐 13-88-19)¶格落过脱两日,奴想要打一坛火醮,带道谢谢各位大少笃,唔笃要来赏光格哩。(狐 26-211-11)

【个睨】

助詞"个"＋助詞"睨"。¶耐看我马褂浪烂泥,要俚赔～！(海 1-3-11)¶倪再去叫个王阿二来,倒有白相～。(海 3-22-13)¶耐开消仔,原好去～。(海 8-58-14)¶耐就要死末,也勿实概～。(海 10-78-20)¶俚教汤老爷来开消,汤老爷搭倪说～。(海 15-118-5)¶耐今朝来～？(鸿 2-200-19)¶唔笃三位一淘出来～？(鸿 3-204-5)¶该个好像是做髦儿戏～。(鸿 7-231-16)¶自然是俚叫～。(鸿 7-231-21) "格睨"とも作る。¶就是有倷闲话末,晏歇点到仔被头里向也好说格睨。(九 52-382-10)¶该种瘟生,实头少有出见格。四少也认得俚格睨,大家碰头仔,阿要难为情。(鸿 11-254-26)¶耐该闲话试客气哉,才为仔我勒吵格睨。还要带累耐受气,倪意勿过煞勒里。(鸿 11-255-16)¶阿银轻轻说道:"二小姐吞瘄利害煞勒浪,倪急得吭淘成,故歇二小姐说请大少去请搭徐三少看格先生来看看。"又春道:"刚刚蛮好格睨！"(鸿 20-312-11)¶倒底是蔡大少薄情呢？还是大夫人勿许实梗介？杨老,耐终有点晓得格睨。(狐 5-29-4)¶格格主意不过一时之计,终勿能长远格睨。(狐 11-75-11)

【个呀】

助詞"个"＋助詞"呀"。¶洪老爷要告诉俚哚屋里～。(海 32-268-15)¶姐夫陪仔我,搭阿姐讲点闲话,倒蛮开心～。(海 35-297-2)¶勿碍～！勲拨俚哚晓得末哉。(海 43-364-14)¶倘忙生意好仔点,我也勿忘记耐～。(海 58-498-10)¶仲声兄,我刚刚贵相知搭看耐～！(鸿 2-200-16) "格呀"とも作る。¶妩姆末赛过倪亲生娘睨,本底子该应受倪格礼格呀。(九 165-1083-10)

【个哉】

助詞"个"＋助詞"哉"。"哉"は肯定の語気を強める。¶因见雪香梳的头盘旋伏贴,乃问道:"啥人搭耐梳个头？"雪香道:"小妹姐睨,俚是梳勿好～。"(海 5-40-20)¶我搭耐老实说仔罢,要秀宝来搭耐要好勿会～,耐趁早死仔一条心。(海 13-100-23)¶堂倌又叫住叮嘱道:"难末文静点,俚哚是长三书寓里惯常哚个,勲做出啥话靶戏来！"娘姨笑道:"晓得～,阿用得着耐来说？"(海 16-124-1)¶就是俚出局衣裳,我也着过歇～。

語彙例釈　ge

(海17-132-18)¶俚哚自家算是有本事,会争气,倒像是一生一世做倌人,勿嫁人～。(海17-137-2)¶故歇有仔耐,故是再好也勿有。难再要去做一户蓴生客人,定归勿做～。(海24-194-1)¶耐说来说去末总归勿转去～,我也无啥大家当来照应外甥,随便做啥,勿关我事。(海21-257-21)¶耐啥认得俚～?(海31-259-8)¶二小姐肚皮里道仔史三公子还要来～,定归要问个信。(海62-527-8)¶双玉个脾气,五少爷也明白～。俚陆里肯听人个闲话。(海63-541-15)¶二朝奉勿要气,气也无行用～!(描11-103-22)¶俚勒是新鲜海货,我辈是隔年臭鲞,勿及时～。(三19-227-24)¶二老官,你个星说话要算说得去～,然而自家祝大爷介勿信。(三22-266-3)¶仲生口气是勿见得成功～。(鸿8-234-18)¶故歇想涛我个人,也有好几个勒浪,看看才靠勿住,看光景只好勿嫁人～。(鸿10-251-23)"格哉"とも作る。¶耐放心转去罢,该格事体托仔我,勿要紧格哉。(鸿14-277-18)¶王寅看见钱端甫退了火,就赶过去问道:"钱老爷,耐倽事体勿动手介?耐搭我拿该个断命房间打完仔,我服耐格盆,倪格种断命饭本来也吃绝格哉,费耐钱老格心,搭倪想想法子罢!(鸿11-253-18)¶像耐金大少格牌子末,至少赏格四十洋钱,再多末也可以勿必格哉。(九15-115-18)¶有格空心大老官,阿要气数,赛过骗子拐子,就骂声俚漂匪,也勿罪过格哉。(狐34-294-18)¶倪先生是再要规矩弗有格哉。(沪1-8-4)¶侄少爷请坐。今日觉着好点了。难得你惦记着来看看我。我这病,只怕难得好的了。(目16-117-1)¶你们随我罢,我宁可死也不破戒的了!(官46-777-8)¶罗四虎必定发财的了。(新19-85-7)¶药房的告白,都是专请文人撰述的,我也知道的了。(新46-214-7)¶以为学堂里的束修,已经付足,可以不消再付的了,及至听了孔监督的话,不觉吃了一惊。(文18-97-25)¶又问:"营之如何不见?"少安回说:"来是来过的了,不知道他为甚事儿,今日与素娟生气,争了几句,出门而去。……。"(繁初18-198-13)¶既有这个所在,况又老师指引,家尊自然允诺的了。(鼓1-9-3)¶素梅道:"戒指在那里拿出来的?"龙香道:"紧紧的勒在指头上,可见他不忘姐姐的了。(二9-300-1)

〈助〉共通語の助詞"了₁"に当る"哉"に同じ。ただし、語気は强い。¶倪只道仔耐勿来～,还算耐有良心哚。(海2-12-5)¶我只道徐大爷去～,倒来哚床浪。(海5-35-19)¶耐看玉甫近日来神气常有点呆致致,拨俚哚圈牢仔,一步也走勿开～。(海7-57-3)¶倪搭说勿做末也做仔四五年哚,俚乃多花脾气,倪也摸着点～。(海15-118-7)¶故歇也新行出来,堂子里相帮用勿着～!(海17-132-5)¶漱芳道:"耐甏来骗我,我也猜着～。"玉甫笑道:"耐猜着仔末,再要问我。"(海20-160-23)¶陈老爷也来～,才来里该首船浪。(海43-366-7)¶昨日听说三公子到仔上海～,阿有价事?(海61-523-16)¶大相公

254

ge‐gen　語彙例釈

勿要着急,强盗被小男打退～。(描31-280-4)¶［介］他不让,我不依,忽听户外叩双扇。[付] 阿呀! 勿好～。勿要就是讨海青个朋友吓。罗个敲门？(三17-203-8)¶[丁]个末大爷,再靠点点酒水,等我再唱哉吓。[付] 多谢七娘娘,勿必～,吾里困罢。(三19-230-17)¶[付]个个名東阿曾端正,行李阿曾拥好？[丑]端正勒里～。(三19-231-12)¶耐末当仔真,俚笃说过仔,早已忘记～。(鴻7-230-13)¶别场化哩,已经才借过～。(鴻8-234-22) "格哉"とも作る。¶我昨日夜头到归首去,前途已经困格哉,我定归请俚起来,难未搭俚说好格,耐故歇票子䭴舒齐勒？(鴻12-263-21)¶阿嫂今朝浪故格哉,叫耐赶紧转去。(鴻13-271-3)¶先生勿要发极哉,刘大少来格哉,有俉闲话末同俚商量商量。(九10-77-22)¶王安阁插口问道:"你们先生起来没有？"那娘姨道:"起来格哉,勒浪有点事体。对勿住马大少,请坐歇。"(九133-893-5)¶金大人七点钟就起来,老早转去格哉。(九149-988-4)¶老五慢慢的走到丙生身边,问:"丙生阿吃歇夜饭？"丙生回说:"吃歇格哉。"(沪1-84-6)¶倪末今年六十岁格哉。(沪4-5-8) ¶岂知这人见素娟与人说话,早已一溜烟跑掉的了。(繁初17-187-2) ¶却说春花含羞自缢而死。过了好一会,李宗仁才在外厢走到房中,忽见了这件打秋千的物事,吃了一惊,慌忙解放下来,早已气绝的了。(二18-380-15)
(注)副詞"太""最"に呼応する"了₂"の用法のものもある。→真正倪格位老表弟格花样式多格哉。(沪1-25-6)→次卿格胆子末野式小格哉。(沪4-13-11)→真正故歇上海滩浪格新闻野式嫌多格哉。(沪4-55-1)→扁人道:"这谢寓还合式吗？"楚公道:"最合式的了。不过……。"(商16-116-8)

【各】
〈代〉各。¶长大爷晚歇要来个哩,～位一淘请过来。(海16-126-12)¶～人立一段小传,详载年貌籍贯,父母存没,啥人相好末就是啥人做。(海53-449-24)¶如今～庙月例银子是谁管着?(红7-111-4)

【各人各样】
めいめいそれぞれ。¶园里三四个倌人常有来浪,～开消。(海48-407-11)

gen

【根】
〈量〉糸や細長い棒状のものを数える。¶搀了双玉,往前便走,却忽然想起银水烟筒来。巧囡道:"就三先生搭拿仔～罢。(海10-76-21)¶除仔身体,一块布,一～线,才是耐办拨我个物事。(海34-285-2)¶通共六桌廿四位客,刚刚廿四根筹。(海44-369-9)

語彙例釈　gen

¶又忙着叫木匠做好六～旗杆。(官 1-5-20)¶说着,回头向头上拔下一～簪子来,向那丫头嘴上乱戳。(红 44-606-19)¶问小二哥讨了四～竹竿,每一～缚起一面旗来。(水 61-1029-15)

【根脚】

〈名〉基礎。根源。物事の生ずる初めの部分。¶倘然浣芳有福气,养个把倪子,终究是漱芳～浪起个头,也好有人想着俚。(海 54-459-2)

【跟】

〈动〉①後につき従う。¶我来哚间壁郭孝婆搭,看见耐低倒仔头只管走,我就晓得耐到倪搭来,～来耐背后。(海 14-109-7)¶倪～得去看看。(海 26-215-20)¶孩子拉住问道:"耐阿是姓赵?"朴斋连应:"是个。"孩子道:"～我来。"(海 38-317-23)¶耐也～仔俚哚跑,覅面孔!(海 51-434-5)¶宝玉看了,不觉喜的拍手笑道:"……。"一面说,一面就走,翠墨～在后面。(红 37-499-8)¶纪老三没处躲闪,只得～了两个公人到按察司里来。(二 4-92-7)¶众头领撇了车辆担仗,一行人尽～了黑大汉,直杀出城来。(水 40-647-6)

②供(とも)としてつき従う。(30-424-20)¶随便到陆里,教娘姨～好仔,一淘去末原一淘来。(海 7-56-21)¶耐轿子也勿坐,底下人也勿～,一干仔末里街浪跑,做啥?(海 17-139-9)¶是我是～之大人到河工上去查看工程去个。(上问 24-45-1)¶我～了太太十来年,这会子撵出去,我还见人不见人呢!(红 30-424-20)

③連れ添う。¶随便啥客人,替我还清仔债末就～仔俚去。(海 60-509-12)¶陆里有老老实实个客人去～俚?(海 60-509-18)¶倪既然～仔耐,总规要苦末大家一淘苦,要甜末大家一淘甜,呒啥过得惯过勿惯。(九 186-1207-15)¶到此地位,不由不顺从,不要愁烦;今夜若肯从顺,还你终身富贵,强似～那穷官。(警 1-138-8)¶还有一件,你便要从良,也须拣个好主儿。这些臭嘴臭脸的,难道就～他不成?(醒 3-41-6)

【跟局】

〈动〉お座敷に呼ばれて行く芸妓のともをする。¶阿是来里～。(海 6-49-12)¶啥人～?(海 20-157-15)¶耐阿有点清头嘎!～跟到仔陆里去哉?(海 25-209-6)¶总算长三浪格～阿姐,衣裳才着勿连牵,个是坍勿起该盘格台咙。(商 2-14-2)¶后首有人荐了一局,～的是个大姐,名字叫迷齐眼小脚阿毛。(官 36-621-2)¶走到院里,适遇玉堂堂唱末回,阿昭姐～去了,都不在房里。(新 25-116-3)¶忽觉背后有人在他肩头拍了一下,寿伯回头认得是自己相好妓女乐行云的～大姐阿林宝。(歇 10-129-10)¶那小清倌

人后面，站着一个~娘姨，年约二十左右，瓜子脸儿又白又嫩。(繁初 3-29-10)

geng

【羹饭】

〈名〉先祖や死者に供える食事。¶俚要想着我阿姐个好处，也拨我一口~吃吃，让我做仔鬼也好有个着落。(海 20-162-11) ¶后来到亏了杭州城里几位乡宦老爷，情愿捐出私囊，请了几位高僧，在那里云栖寺里，做了七日七夜水陆道场，把那些纸钱~，一路直送到六和塔下。(鼓 38-452-13) ¶何如苟全性命，不绝你家宗嗣，也时常把一碗~祭祖宗、父母，使铁氏有后，岂不是好？(型 1-7-15) ¶那时就别了王氏之灵，嘱咐李主管照管~香火，同了黄、何、方、乐四友登程。(初 16-282-13) ¶吴红莲一身重孝，手提~，出清波门。(喻 29-429-8) ¶王婆买了棺材，又买些香烛纸钱之类，归与那妇人做~，点起一对随身灯。(水 25-400-6)

【更加】

〈副〉よりいっそう。更に。¶耐说个~勿对！(海 34-287-9) ¶老秋听子个种双关句子，~动气哉。(三 12-140-7) ¶洋钿要紧，身体~要紧，大先生倷看穿仔点罢。(狐 60-513-16) ¶我可以叫伊（拿）（送）（带）来。——（越加）（~）好哉。(上问 5-11-3) ¶盖道云是个武家伙，~容易哄骗，亦当他是真好人。(官 48-822-8) ¶这位小姐真是天生的解人，那增二少爷~欢畅。(梼 4-55-20) ¶宝玉又是天生成惯能作小服低，赔身下气，情性体贴，话语绵缠，因此二人~亲厚。(红 9-137-15) ¶王丑儿听了，~怒发，忍耐不住的道："我如今想你众人，却也都是一伙，……。"(醒上 2-13-22) ¶自此二人~精进，每日操练武艺。(禅 21-340-9) ¶秋公见要取酒来赏，~烦恼。(醒 4-83-16) ¶看他年貌，比昔时已长大，~标致了好些。那官人急忙施礼相揖。(二 29-563-6)

gong

【工夫】

〈名〉①時間。¶才是客人去送拨俚咾个晼。就像今夜头一歇歇~末，也百把洋钱哉。(海 15-120-3) ¶俚一节~，单是局帐要做千把咾。(海 44-374-13) ¶如果学起来，笨格至少一年半年，聪明点格末，也要三个月~笃。(狐 51-435-9) ¶这园子盖才盖了一年，如今要画自然得二年~呢。(红 42-584-13)

②暇（ひま）。¶耐有~末晚歇来一埭。(海 4-30-3) ¶节浪无~，我十七做好仔，十八到老旗昌交卷。(海 47-400-19) ¶今夜没有~，明天我来瞧他。(繁后 18-932-6) ¶敝行洋东，又不是巡捕房的包打听，那有~替老兄查案。(新 57-264-20) ¶他问了我好几遍，

語彙例釈　gong

可有看见他的帕子。我有那么大～管这些事！(红 26-365-1) ¶你说与他，保正今日在庄上请人吃酒，没～相见。(水 15-220-1)

‖"功夫"とも作る。¶以老七的这般年纪，这般风流，万把洋钱，不销一两月的功夫准可以捞出来。(人 26-280-6) ¶倪陆里有功夫到常州去？(九 47-341-14)

【工钱】

〈名〉手間賃。賃金。¶随便啥场花，就无拨～也无啥！(海 23-190-7) ¶既然实梗，㑚就登勒俚仔，做做粗事体也无啥，奴照例出还㑚～。(狐 51-437-19) ¶我老爷那里欠你这许多～？(官 44-737-15) ¶～都算清楚了，还另外给了他们一个月～，叫他们悄悄的搬了铺盖。(目 108-896-26) ¶请吾兄来，非为别事，只因工人来告吾兄扣了他们的～，应该两下质证；谁曲谁真。(市 11-246-2) ¶他一百廿多块洋钱账，～只有四十几块，八十块都是代料呢。(新 48-221-29) ¶什么价不价，赏他们几两～就是了。(红 13-178-11) ¶七郎没奈何，只得依从，从此只在往来船只上，替他执艄度日。去了几时，也就觅了几贯～回到店家来。(初 22-422-10)

【公道】

〈形〉公平である。公正である。¶倪无姆也勿～，要打末双玉也该应打一顿。(海 17-133-16) ¶陆老爷格人顶～，应该那哼，陆老爷吩咐仔，总是照应该搭大少姐格。(鸿 11-257-1) ¶退与不退，自然等到打完官司再讲。但是兄弟还有一句～话：我们出来做官，所为何事？(官 9-151-2) ¶你明天先去和局里总办商量商量，再到上海去打听，那家洋行价钱～，打个电报过来。(维 3-21-3) ¶那焦大又忤贾珍不在家，即在家亦不好怎样他，更可以任意洒落洒落。因趁着酒兴，先骂大总管赖二，说他不～，欺软怕硬。(红 7-118-16) ¶胡乱卖几文钱，小厮们买嘴吃，只凭你说罢了。只是要～些。(醒 13-259-1) ¶这价钱也是～了。(警 22-311-5)

【公馆】

〈名〉邸宅。上海などの地で称した。¶赵大少爷～来哚陆里嘎？(海 1-7-20) ¶我前日仔教阿金大到耐～里来看耐，说轿子未来哚，人是出去哉。(海 4-30-17) ¶东合兴赛过是王老爷个～。(海 24-196-15) ¶㑚眼乌珠啥勿生格呢？倪末姓胡，住勒三马路浪，勿是啥格～，亦勿是少奶奶，姨太太，倪叫俚大先生格，难末㑚阿明白格来介？(狐 36-310-15) ¶他那里还该得起～，租了人家半间楼面，一夫一妻，暂时顿身。(官 11-158-3) ¶王梦笙问道："老哥哥的～有了没有？"章池客道："没有，现同小妾暂在栈房里住着。"(梼 8-114-16) ¶自己不免灰了这做官的念头，便带着如夫人乘轮来沪，

在白克路租了一所高大洋房，作为～。(歇 8-101-5)

【公贺】
〈动〉一同みなで祝う。¶倪大家该应～一杯。(海 19-152-7) ¶恭喜，恭喜！且借酒～三杯。(海 47-402-18) ¶大家～了两杯。(梼 17-281-16)

【公祭】
〈动〉みなで霊を祭る。¶倪七个人明朝一淘去吊吊俚，～一坛，倒是一段风流佳话。(海 45-381-18) ¶尚秋道："八瀛尚书没有招你吗？今天是大家～何邵公哟！"莘如愕然道："何绍公是谁呀？八瀛从没提这人。喔，我晓得了，大家知道我跟他没有交情，所以～没有我的分儿！"(孽 11-84-9)

【公局】
〈名〉共同で設ける招宴。¶篆鸿末常恐惊动官场，勿肯来，难末藹人另合一个～，来哚屠明珠搭。(海 18-145-9) ¶勿是我请客，倪六个人～。(海 18-146-11) ¶费太太道："还是我一个子做主人，还是～？"二姨太接口道："～罢。"费大小姐道："～好虽好，只是主人太多点子。"费二小姐道："我们轮做主人也好。"(十 23-171-12) ¶黎宛亭便问那妇人谁替老四做寿，那妇人道："今天主人家可多了，约莫有十二个人，本来他们要一天一天的排开了轮流做主人的，老四嫌讨厌，总算归并了一日，成了一个。……。"(人 35-389-6)

【公评】
〈动〉みなで合議して判定する。¶我十七做好仔，十八到老旗昌交卷。该应罚，勿该应罚，大家～。(海 47-400-20) ¶今日～：《咏菊》第一，《问菊》第二，《菊梦》第三，题目新，诗也新，立意更新，……。(红 38-529-4)

【公事】
〈名〉公の用事。相手の用務に対する敬称としても用いられる。¶我有几花～哚，陆里能够勿出门口。(海 8-59-8) ¶无啥～末，该搭来坐歇末哉。(海 27-224-167) ¶请四位大人大家才照应点倪，有啥应酬末，来叫叫，吭拨～末，请过来坐歇，讲章讲章，阿是蛮好？(九续 58-447-8) ¶伊地转来是有点甚个～？(上问 24-46-1) ¶卑职们纵然处处留心，恐怕出了一点岔子，耽误大人的～。(官 11-168-6) ¶礼拜日外国人是不办～的。(官 33-556-6) ¶袁伯珍见他改完了，要留他吃夜饭。曾颂笙说："我还有～。"就匆匆走了。(维 3-17-7) ¶自己五更入朝，～一毕，便换了素服，坐大轿鸣锣张伞而来，至棚前落轿。(红 14-197-3) ¶成老爹道："我在这里还耽搁几天，才得下去。"虞华轩道：老

語彙例釈　gong

爹甚么～？"成老爹道："明日要到王父母那里领先姊母举节孝的牌坊银子，顺便交钱粮；后日是老彭老二的小令爱整十岁，要到那里去拜寿，外后日是方六房里请我吃中饭，要扰过他，才得下去。"（儒40-540-22）

【公私】

〈名〉公私。公事と私事。¶一拜匣个～文书，再要补完全，不特费用浩繁，且恐纠缠棘手。（海59-504-24）　¶三则～冗杂，且素性潇洒，不以俗务为要，每公暇之时，不过看书着棋而已。（红4-67-22）

【公议】

〈动〉みなで評議する。¶名之曰'海上群芳谱'，～以为如何？（海53-450-2）¶再者咱们只过去见了老太太，太太和众族人，大家～了，我既不贤良，又不容丈夫娶亲买妾，只给我一纸休书，我即刻就走。（红68-969-11）

【功架】

〈名〉役者のしぐさ(旧劇)。芸妓などの接客のふるまい、しぐさにも用いる。¶耐勿相信我闲话，耐就试试看，看俚那价～，阿巴结勿巴结。（海7-53-2）¶幺二浪倌人自有多花幺二浪～。（海13-106-4）¶倪做客人总不过实梗样式，呒拔啥格别样花头，勿像别人有多花迷人格～。（九46-335-19）¶天津人格～，才是另有一工格；所以洛格排天津人，看仔倪，像煞总归勿对；倪来浪间搭生意也清煞。（九149-990-4）

(注)『九尾亀』につぎのような記述がある。

余太守不懂这个"功架"是什么东西，便拉着秋谷要问。秋谷道："这个'功架'的两个字儿，也没有什么一定的道理在里头。据我心上想起来，这个功就是功夫的功，这个架就是架子的架；好像那骑马的人和拉弓的人，一定要摆着个四平八稳的架子，方才是个惯家。但是这个架子，也不是个个人都可以学得来的，一定要好好的用些功夫上去，方才摆得出这个架子来，这就是'功架'两个字的命意了。"（P. 990）

また、次のようにも記述している。

且说余太守不懂什么做'功架'，秋谷便和他讲道："这个'功架'就是北边人的身段。上海地方最讲究的就是这个'功架'；当倌人的，只要功架是好的，就是面貌生得将就些儿，还不要紧；若是没有功架，那就老老实实没有一个人来请教的了。"（P. 992）

【恭候】

〈动〉お待ち申し上げる。敬語。¶鹤汀道："故歇无趣得势，让我早点去完结仔，难末移樽就教如何？"亚白笑说："～。"（海60-514-1）¶笑翁有兴往观，弟弟当得奉陪，

260

停刻在广福里潘小莲处～可好？（繁后 13-874-22）¶穆先生的注码下了吗？我～台光呢！（人 43-526-6）¶既如此，就请便罢，咱两个就在这里～。（目 76-611-12）

【恭喜】
〈动〉①お祝いする。あいさつ語としても用いる。¶～，～！发财，发财！（海 3-20-13）¶先生，～耐。（海 6-46-3）¶我只道仔耐哚说我有仔啥生意了～我。（海 14-109-19）¶月芳阿姊，～耐，实梗格喜事，要请倪吃喜酒格噢！（九 157-1036-18）¶～老兄！记得那年上，兄弟曾经说过的！一到了候补道地位，不论什么内政、外交、农、工、商、矿，一概差使，都可以胜任。（维 15-107-4）¶那人见了一帆，兜头就是一揖，口里连说："～，～！发财，发财！"（新 41-188-3）¶那三个人下了马，把马拴在茅草棚上，一片声叫道："快请范老爷出来，～高中了！"（儒 3-40-7）¶雨村兄，～了！特来报个喜信的。（红 2-34-14）¶～贤婿，今日衣锦荣旋。（鼓 30-362-7）¶崔大夫～了，你却在这里住？（警 8-99-12）②怀妊したことを指す。¶洪善卿趁小妹姐装水烟时，轻轻探问："为啥点大蜡烛？"小妹姐悄诉道："倪先生～来浪，斋个催生婆婆。"（海 47-402-16）

gou

【狗】
〈名〉イヌ。¶呸，人要有仔良心是～也勿吃仔屎哉！（海 2-12-6）¶～嘴里阿会生出象牙来！（海 22-177-11）¶想定主意，就牵仔一只～，一径出门，走勿到一里多路，果然肚里胀痛，登勒草地浪撒仔一大堆屎，叫格只～吃干净仔，难末再走。（狐 13-93-18）¶只见凤姐手持一把明晃晃钢刀砍进园来，见鸡杀鸡，见～杀～，见人就要杀人。（红 25-354-11）¶到城南土沙之中堀出屍首，委实是～，不是人。（杀 35-144-15）¶武行者大醉，正要寻事。恨那只～赶着他只管吠，便将左手鞘里掣出一口戒刀来，大踏步赶。（水 32-496-4）

【够】
〈动〉足りる。¶我说一千洋钱还勿～哩。（海 32-270-12）¶耐故歇做生意来～开消仔，无姆要发财哉！（海 49-419-5）¶当初我嫁你的时候，并不想什么大富大贵，只图有碗饱饭吃也～了。（官 44-739-12）¶门生这趟带来的不多，大约只～老师一年用的。（官 47-805-3）¶好在家里还有几十亩田，料来～你一世吃着。（市 14-258-23）¶虽然小官箱里尚有二十多块从前用剩下的余钱，只恐途中不～。（繁后 1-714-21）¶不独中国为然，就是秦西的人，要想娶妻，必先估量着赚的财产～不～供应这妻子挥霍，然后才敢议婚（梼 16-265-13）¶你们看着你家什么石崇邓通。把我王家的地缝子扫一扫，就～

語彙例釈　gou - gu

你们过一辈子呢。(红72-1022-20) ¶祖上有些田地、房租，～他支用。(醒上12-80-18) ¶央人变卖产业家伙，不～还他，又借贷了一半，尽数当官赔纳。(禅4-47-2)

gu

【姑娘家】

〈名〉娘。"家"は接尾語、人を身分・性別・老若などによって分けた場合に、その部類に属する人であることを示す。¶二宝，耐倒说得好。耐一个～，勿曾出歇门，到上海拨来拐子再拐得去仔末，那价呢？(海29-328-23) ¶你们太闹的不象了。他是个～，不肯发威动怒，这是他尊重，你们就藐视欺负他。(红55-777-10)

（注）"家"の用例としては次のようなものがある。→做妇人家的，嫁了一个丈夫，死活是他家人了。(醒下2-105-17) →何必愁烦，男子汉家，好没注意！(禅8-123-13)

【辜负】

〈动〉無にする。背く(人の好意・信頼などに)。¶倪两家头总要替俚寻一个对景点末好；勿然末未免～仔俚个才情哉喔。(海31-261-3) ¶可惜亚白一生侠骨柔肠，未免～点。(海34-287-10) ¶兄弟倘若随随便便，不去顶真，不特自己对不起自己，并且～上头的一番美意。(官44-746-18) ¶无奈我并非杨花水性之流，只可～他一片深情，然而似他这种多情男子，在浊世中也实在少见，(歇17-91-1) ¶晚生即刻就找了他来，开导开导他，叫他不要～了太尊的美意。(官6-78-3) ¶万一将来有点不能尽如范臬司之意的地方，岂不转～了大人的这番裁培？(梼10-162-13) ¶只是我怪臊的，收了又不好，不收又～了姑娘的心。(红42-579-3) ¶从此以后将分的银两，各寻生理，图一个长进，莫～林老爷一片好心。(禅5-60-3) ¶不但叔父这一段好情不好～，只那尊严性子，也不好冲撞他。(二11-237-7)

【古奥】

〈形〉古めかしく奥深くて、簡単にはわからない(詩文などが)。¶亚白个序文末，生峭～，沉博奇丽，勿必说哉。(海53-450-11)

【古怪】

〈形〉奇異である。異様である。¶随便耐稀奇～个病，俚一把脉，就有数哉。(海21-169-12) ¶独是耐末，说两声闲话才有点希奇～。(九续69-540-1) ¶却是个个都有别号的，而且不问自报，古离～的别号，听了也觉得好笑。(目35-266-22) ¶此刻侍生要出去发落一件希奇～的案件，就在二堂上问话。(目95-781-17) ¶老爷好～！问了小和尚的话，却拿一个大和尚打起来，此刻打的要死快了！(目96-785-1) ¶不过少爷素有一种～脾气，你越教他做，他越不肯做。你越不教他做，他越要做。(歇 19-243-23) ¶我这个方子比别的不同。那个药名儿也～，一时也说不清。(红 28-388-16) ¶如此～的事，你们众人可曾见过么？(醒上 7-47-9) ¶好～，世间面庞相似者虽多，那里有这样生得一般。(鼓 2-27-10) ¶～，锺老爷未尝破戒，为何口里喷出酒气来？(禅 7-102-11) ¶这主人是个波斯国里人姓个～姓，是玛瑙的'玛'字，叫名玛宝哈。(初 1-13-9) ¶～！这声音却似窦家兄弟两个。几时回来的？恰恰到此。(二 9-189-16) ¶今年这一颗，大得～，自来不曾见这样。(二 28-547-10) ¶只见那个先生，身长八尺，道貌堂堂，威风凛凛，生得～。(水 15-220-8)

【骨头】

〈名〉骨。¶耐看俚身浪瘦得来单剩仔～哉！(海 20-160-4) ¶后来找到厨房里，才见老三伸着油晃晃的两只手，在那里啃～。(官 1-11-18) ¶这位倪老爷的脾气，也十分古怪。平时死要场面，一见小老婆，又～酥了。(歇 19-247-2) ¶又生平最喜啃～，每日务要杀鸡鸭，将肉赏人吃，只单以油炸焦～下酒。(红 80-1157-17) ¶小人头是父母皮肉包着些～。(水 9-136-14)

【固辞】

〈动〉固辞する。¶兄弟初到上海，并勿是行医。因子刚兄传说尊命，辱承不弃，不敢～。阿好先去诊一诊脉，难末再闲谈，如何？(海 36-304-4) ¶既蒙明公高谊，仆不敢～。(喻 8-127-8)

【故】

〈代〉これ。それ。この。その。¶～也罢哉。(海 1-4-17) ¶雪香道："倪坐仔马车一淘去，阿好？"仲英道："～倒无啥。"(海 6-44-1) ¶那娘姨先怔了一怔，方笑说："陈老爷夠客气哉。"小云道："～是本家规矩哦，耐去喊末哉。"(海 11-89-1) ¶～吓末，吓得我要死！(海 18-142-2) ¶我陆里有～号福气！(海 18-143-1) ¶长福问是何行业，娘姨道："～倒勿晓得俚做啥生意。"(海 26-217-3) ¶～是送拨耐个表记，拿去坑好来浪。(海 32-268-13) ¶我教耐白相，我有我个道理。耐白相仔原要瞒我，～倒勿对哉哦。(海 41-345-22) ¶～是幸亏尹老爷，稍微有仔点一知半解。(海 60-515-1) ¶～位是我里二朝奉。(描 9-81-17) ¶～就叫色不迷人自迷哉哦。(沪 3-2-2) "格"とも作る。¶俫说奴勿配住勒间搭，格是否明明赶奴出去哦。(狐 10-69-10) ¶格是倪自家买件送拨耐格，请耐赏赏倪格光。(九 18-138-25) ¶湘兰笑道："倪搭也有还几日勿来哉，格落来问耐汤老爷哦。"质斋道："耐搭勿到，倒诧异得势！"湘兰道："格是也呒倷诧异，……"

語彙例釈　gu

(鴻 16-286-19)　¶格号事体，外势也多煞，不过总要归个他有意思就容易哉，一面头官司难打点笃。(鴻 17-293-22)

【故末】
代詞"故"＋助詞"末"。"末"は息の軽い休みを示し、主語になっている"故"をきわ立たせている。①"故"は前文に述べていることを指す。¶耐一直下来，东去叫个局，西去叫个局，我阿曾说歇啥一句闲话嗄？耐第歇倒要瞒我哉，～为啥呢？(海 4-31-15) ¶～也是上海滩浪一桩笑话：为仔黄翠凤勿许俚来，俚勿敢来哉。(海 15-118-2) ¶我听仔娘个闲话，勿曾搭耐商量，～是我勿好。(海 34-284-19) ¶琪官道："倪搭是齷齪煞个哩。"冠香接道："～也夠客气哉。"(海 39-331-19) ¶～是俚勿好，讲得起劲仔，忘记仔玉甫。(海 47-399-24) ¶黄二姐蹙额摇头道："……。就实概哝下去总勿齐头。我来搭耐商量，阿有啥法子？"翠凤道："～无姆自家主意，我勿好说。……。"(海 56-477-12) ¶故歇朱五少爷定仔亲，～就是无姆个生意到哉。(海 63-535-15) ¶素秋嫣然道："倪末野拔耐迷昏勒浪。～野叫色不迷人，人自迷咹。"(沪 3-2-3) ¶素秋笑道："～有啥烦难。倪看起来是容易杀咹。"(沪 3-2-5) ¶老老实实搭耐说一声，～才是耐四少格面子咹。(沪 2-20-1)

②話題になっていることを受けて、文の主語がまさに……であるとの判断を示す。¶耐说财气，陈小云～财气到哉！(海 48-410-12) ¶小个辰光无拨仔爷娘，～真真是苦恼子！(海 52-439-10) ¶琪官点头道："……，总归做仔个女人，大家才有点说勿出个为难场花，外头人陆里晓得？单有自家心里明白。想来耐华老爷好末好，终勿能够十二分称心阿对？"素兰抵掌道："耐个闲话～蛮对。……。"(海 52-440-15) ¶倪个余庆哥，～真真大本事！齐府浪通共一百多人咹，就是余庆哥一干子管来浪，一径勿曾有歇一点点差事体。(海 56-474-5) ¶翠凤又说起沈小红，道："沈小红～是无用人，王老爷做仔张蕙贞末，最好哉咹；耐夠去说穿俚，暗底下拿个王老爷挤，故末凶哉。"(海 56-477-22)

〈连〉前文を受けて、その仮定・条件・状況の帰結としてある結果になることを表す。共通語の"那、那么""这、这么"に当る。¶耐就搭二少爷养个倪子出来，～好哉。(海 6-43-15) ¶俚做仔一户客人，要客人有长性，可以一直做下去，～俚是客人要好咹。(海 7-51-8) ¶耐个主意勿差，耐搭我还清仔债末，该搭勿来哉，阿是？～好去做张蕙贞哉，阿是？(海 11-83-11) ¶只要王老爷一径搭沈小红要好落去，～算是耐沈小红本事大哉。(海 12-95-5) ¶要是差仿勿多客人，～宁可拣个有铜钱点总好点。(海 18-148-5) ¶要是掮洋钱个，～有点间架哉。(海 26-210-7) ¶钱子刚道："故歇为仔勿曾好，要请耐

高老爷看。"姚文君转向高亚白道:"～耐定归要去看好俚个。……。"(海36-298-14)¶晚歇拨陌生人摇仔去,～陆里去寻陧?(海43-363-23)¶再有啥勿成功。除非我死仔,～勿成功。(海55-466-15)¶张蕙贞也忒啥个勿挣气,拔沈小红晓得仔,～快活得来,要笑煞哚。(海57-487-2)¶格号人将来做起人家人来,～出色哚。(沪3-40-12)¶老三呆了一呆道:"汤圆是有勒浪哌。必过故歇末忙煞快,弗晓得阿有功夫烧哌。"慧奴也有些讨厌起来便说:"～夠吃哉。饿仔一歇末拉倒哉。"(沪3-42-9)"格末""个末"とも作る。¶阿仙,格末倪先转去哉,耐同仔章大少要就来格嘘。(九1-4-4)¶格末停歇就来叫倪,让倪好早点来介。(狐1-6-4)¶个末倪坐车子去罢,走得去有好一段路笃。(鸿1-193-19)¶既然是格能,好极者。～就托侬,费心替我介绍罢。(上问49-88-4)

【故末叫】
前項の代詞"故"+助詞"末"に動詞"叫"が続いているもの。"那真是…"の意。まったく。実に。⇨叫。⇨叫末②。¶周少和道:"到底阿有几花现银子?"李鹤汀道:"啥人去搭佢算嘎,连搭俚自家也有点模糊哉。要做起生意来,～热昏搭仔邪,几千万做去看,阿有啥陶成!(海14-113-10)¶耐勿晓得俚脾气。看佢个人末,好像蛮好说闲话;勿好起来,～讨气。有一转俚来,碰着倪房间里有客人,请俚对过房里坐一歇。俚响也勿响就走。(海25-202-23)¶倪格客人本来都是规规矩矩格。弗壳该个节浪倒拔断命格广东客人欠仔三百几十块,十月里向转去末,信也呒处写。～冤枉得来。(沪3-35-2)"格末叫""格末教"とも作る。¶倪因仵活浪格辰光,客人笃来来去去,格末叫忙。(九48-348-4)¶倪娘拿倪卖出去,吃仔格碗堂子饭,也叫无说法,再加仔倪格抚蓄娘,格末叫利害,勿知吃尽仔几花苦头。(九75-543-1)¶故歇世界浪事体,格末叫稀奇。倪倒勿壳张耐卜大人会有实梗格一来,阿要诧异。(九175-1143-3)¶宝玉假作懊恼道:"格末叫勿巧得来,啥格销为宴仔点已经呒不格哉介。(狐13-91-15)¶先生,勿好哉,里对面火着呀,烧得格末叫旺,只怕烧到仔佢面,倪物事才勿好搬格哩。(狐26-209-8)¶说起倪格事体,格末叫呒淘成得来。(沪1-93-4)¶耐要问起该个李家里格事体,格末叫做孽得来。(沪2-8-5)¶不过格只面孔,奴细细教认佢一认,格末教恶心得来。(狐53-455-19)

【故是】
代詞"故"+動詞"是"。¶我再要俚自家看中仔一户客人,搭我多做点生意,～难杀哚。(海7-52-6)¶子富听到这里,不等说完,接嘴道:"～容易得势,就摆起来吃一台末哉哌。(海7-52-20)¶～阿姐也多心哉。我人末笨,闲话个好邱听勿出仔也好煞哉!(海17-135-1)¶耐要讨我做大老母,～我做梦也想勿到实概个好处。(海55-465-17)"格

語彙例釈　gu

是""个是"とも作る。¶德雷道:"既然没有, 我叫伍大人写去, 明天就送来, 可好吗?"宝玉道:"格是顶好哉, 倒是倪大门浪还少几个字, 区大人俫阿肯搭倪写佫?"(狐 46-398-8) ¶老五笑道:"格是耐为仔俚做仔个戏子咾发脾气哉, 阿对?"(沪 1-48-9) ¶伯飏道:"俚笃才算我好酒量, 勿许代末那哼?"漱芳道:"个是要耐自家钻进去个, 别人总勿见得捉牢仔耐落灌个。"(鸿 4-213-24)

(注) 上揭各例における"是"は、肯定を表したり("的確""実在"の意味を表している)、その事実を強調したりする用法であるが、二つのものが同一であることや、後者の種類などを説明している用法の"是"である"故(格)是"もある。⇨故。

〈連〉前に述べていることを受けて、その結果に入るときに用いられる。共通語の"那、那么"に当る。¶要拆仔俚冷台, ~跳得来好白相煞哉! (海 14-113-5) ¶耐能够戒脱仔勿赌, ~再好也勿有。(海14-113-23) ¶倘然做仔学台主考, 要俚做文章, ~'乌龟'、'猪卢'才要骂出来个哉! (海 33-273-12) ¶罗老爷肯帮贴点, ~再好也勿有。(海 44-376-20) ¶吃两台酒, 碰两场和, ~倪要巴结煞哉。(海 59-507-15) "格是"とも作る。¶就交代黛玉道:"我想着有两件事, 必须要回去, 大约明天不能到这里来, 你也不必等我。"黛玉道:"格是后日俫一定要来格哩。"(狐 5-32-5) ¶倘忙耐要见气起来, 格是倪下转连搭仔口才勿敢开格哉。(九 164-1075-4) ¶湘兰忙问:"谁有毛病?"君牧告诉了他, 湘兰道:"格是耐要转去哉喕。(鸿 16-285-9) ¶看过老太太格毛病, 俚就此说道:"毛病是凶得野哚。区得请到仔倪咾, 格是甏耽啥心事哉。(沪 2-116-7)

(注) 連詞"故末""故是"は同じ働きをしている。この"末""是"は仮定関係などの複文の前文末尾に用いられる助詞"末""是"が接尾語化しているものである。⇨末, 是。

"故末 / 故是"と同じ関係にあるものに、"勿然末… / 勿然是…"がある。⇨勿然。

【故事】

〈代〉物語。¶大约是画个小说~。(海 40-341-7) ¶《明末遗恨》这出戏, 听说就是明末亡国~, 不过凄凉一点子, 情节倒也还好。(新 53-245-6) ¶贾母问:"《白蛇记》是什么~?"贾珍道:"是汉高祖斩蛇方起首的~。第二本是《满床笏》。(红 29-411-3) ¶到这清风镇上看灯时, 只见家家门前, 搭起灯棚, 悬掛花灯, 不计其数。灯上画着许多~。(水 33-516-12)

【故歇】

〈代〉いま。現在。¶耐说转去两三个月喕, 直到仔~坎坎来! 阿是两三个月嘎, 只怕有两三年哉。(海 2-11-4) ¶先起头倪老外婆搭我梳个头,倒无啥。～教娘姨梳哉,耐看阿好?(海 5-40-23) ¶我～随便说啥闲话,耐总勿相信,说是我骗耐。(海 11-83-7) ¶～耐阿想赎身?(海 22-177-5) ¶耐～阿有事体?(鸿 1-192-11) ¶～想起来,顶好耐马上搭倪还清仔债,拿倪讨仔转去。(九 66-482-10) ¶奴刚刚出来格辰光,倪阿姆还蛮好勒浪,～勿知哪哼,一歇歇心痛起来,病得滚来滚去,所以打发人来叫奴转去。(狐 8-51-4) ¶俚～壮得来比仔从前瘦瘦格身体大弗同哉哩。(沪 1-10-4) "该歇""个歇""个息"などとも作る。¶说白相末野有个道理格啘。耐该歇闲话末就叫吭道理。(沪 1-88-8) ¶个歇辰光,八位娘娘换子桃花面孔哉,那了介?(三 2-4-22) ¶原来是你,那时你还是个大姐姐,个息变了大娘娘,自然认不得了。(梼 11-169-19)
なお、前掲例"个歇辰光"(沪 1-88-8)のように"辰光"と組み合わせても用いられる。¶豪燥起来!故歇辰光还勒浪说困话!(鸿 8-235-5) ¶倪是昨日仔夜里向发仔一个大昏,直到今朝故歇辰光还勿曾转来格勒。(九 7-51-15) ¶格歇辰光耐好去哉呀,勿想等歇点路浪转去受仔风寒,出起毛病来,倪倒耽当勿起。(九 65-476-2)
《海上花列伝》では"第歇辰光"の用例もある。⇨第歇。

【顾】
〈动〉気にかける。かまける。¶耐麴单～仔自家哭,样式样才勿管。(海 47-398-20) ¶无姆,耐也～勿得我个哉。(海 62-532-21) ¶当时也就～不得别的了,只好亲自过来,一手把兄弟拉起,却用两只手去拉他太太。谁知拉死拉不起。(官 5-64-24) ¶一交五更,宝玉也～不的梳洗,忙穿衣出来,将王济仁叫来,亲自确问。(红 31-429-13) ¶那妇人一点情动,那里～的防备人看见。便自去支持众僧。(水 45-735-9)

gua

【瓜葛】
〈名〉かかわりあい。引っかかり。親戚関係・社会関係などを指す。¶豁脱仔洋钱,以后无拨～,故也无啥。不过一万末,好像忒大仔点。(海 64-544-14) ¶各位司、道大人都念他同制台有点～,大家都不与他计较,不过恨在心里。(官 42-708-19) ¶你道这一家姓甚名谁,又与荣府有甚～?(红 6-94-6)

【呱呱啼】
〈名〉雄鶏(おんどり)。¶耐哚台子下头倒养一只～来里,我明朝也要借一借咪!(海 13-105-15)

【挂】
〈动〉掛ける。つるす。¶榻床末排好,灯末也～起来哉。(海 5-34-11) ¶再有一块羊

語彙例釈　gua‐guai

脂玉珮，俚一径～来哚钮子浪，故末让俚带仔去。(海 42-358-6)　¶倪故歇勿～牌子，洛里有啥生意？(九续 29-219-7)　¶大家进了新房，一看收拾得十分齐整，壁上～着一副泥金对联。(梼 9-136-12)　¶宝玉一回头，却是林黛玉来了，肩上担着花锄，锄上～着花囊，手内拿着花帚。(红 23-325-5)　¶正面～一幅名人山水，侧边～着四轴行书草字。(神 7-89-12)　¶门首～着一条斑竹帘儿的，就是王二姐家里。(鼓 33-401-7)　¶张胜看时，原来屋梁上～着一个包，取将下来。(警 16-227-4)

【挂屏】

〈名〉縦長の額(がく)に書画をはめこんだもの。¶该面一堥才是书箱，一面四块～，客人送拨俚个诗才裱来浪。(海 31-260-8)

guai

【乖】

〈形〉賢い。貶義を含むことがある。¶耐倒～杀哚！耐想拿件湿布衫拨来别人着仔，耐末脱体哉，阿是？(海 2-11-20)　¶有啥多花鬼头鬼脑，人家比仔耐要～点哚！(海 13-99-4)　¶看时，认得是隔壁房间的雪玲珑，只好讪讪的说道："你还是这般顽皮。差不多要生孩子了，看你做了娘还顽皮不顽皮！"雪玲珑答应一声道："哦，倪格～倪子，勿要搭吭姆磕头哉。"(九续 150-1073-21)　¶你不办老爷，还算你是～的，哼，哼！(新 59-272-5)　¶你果然倒～。连我的包袱都打开了，还说没翻。明日敢说我护着丫头们，不许你们翻了。(红 74-1056-3)　¶双荷对着孩子道："这几位伯伯，帮你去讨生身父母的家业，你只依着做去便了。"那儿子也是个～的，说道："既是我生身的父亲，那家业我应得有的。只是我娃子家，教我怎的去讨才是？"(二 10-212-13)　¶天下只有你～！你说这痴话！这个如何何瞒得过做公的。(水 31-483-1)

【拐】

〈动〉かどわかす。さらう。¶耐一个姑娘家，勿曾出歇门，到上海拨来拐子再～得去仔末，那价呢？(海 29-238-23)　¶～过两个幼女，都已卖掉，银子都已花去。(新 21-94-2)　¶那家人把我老子、哥哥积赚的几个钱连我一个小兄弟一齐～走了。(梼 17-280-2)　¶原来就是他！闻得养至五岁就被人～去，却如今才来卖呢？(红 4-61-8)　¶原是个专一设骗的拐子，坑害人家儿女。～我时，瞒着我家，只费得两个烧饼，麻了我嘴，说不出，就领来了。(神 19-310-8)　¶郁盛辩道："卖他在娼家，是小人不是，甘认其罪。至于逃去，是他自跟了小人走的，非干小人～他。(二 38-710-9)

【拐逃】

〈动〉かどわかして逃走する。誘拐する。¶就前年宁波人家一个千金小姐，俚会得去骗出来来浪夷场浪做生意。拨县里捉得去，办俚～，揪二百藤条，收仔长监(海 27-225-8)¶前年我经手一桩官司，就办个郭孝婆～哝。(海 37-312-11)¶本来要带你一淘去看看周府里个排场，常框周二爷鬼疑心，阿是～呢那光景？（三 19-231-6)¶僮朵，阿看见平台浪个个坐勒里个小娘件，就是前日子府里边勿见个红梅丫头，那间倒勒里哉。捉俚居去，问俚罗个～出来个。(三 25-296-10)

【拐子】
〈名〉人さらい。¶到上海拨来～再拐得去仔末，那价呢？（海 29-238-23)¶这一种～单管偷拐五六岁的儿女，养在一个僻静之处，到十一二岁，度其容貌，带他乡转卖。(红 4-61-9)¶有个把有见识的道："定是一伙大～，你们着了他道儿，把媳妇骗的去了。"父子三人见说，忙忙若丧家之狗，跟跟跄跄，跑回家去，分头去寻，那里有个去向？（初 16-279-5)

【怪】
〈形〉おかしい。変である。¶俚咊姊妹三家头，才有点～脾气。随便啥衣裳哉，头面哉，才要自家撑得起来；别人个物事，就拨来俚，俚也勿要。(海 10-76-4)
〈动〉とがめる。責める。¶耐覅～俚，倘忙是转局。(海 6-45-20)¶耐只～我动气，耐也替我想想看，比方耐做仔我，阿要动气？（海 11-84-19)¶阿姐为好了搭我说，我倒～仔阿姐，阿有啥实概个嘎？（海 17-135-2)¶耐覅～我多说多话，我是替无姆算计。(海 49-417-11)¶这倒不能～他们的，就使卑职到了外国读书，这会子官话也未见得是会呢。(新 55-255-27)¶你怎么不～自家娘姨们大意，反～起别人来了？（歇 7-87-14)¶我不过是奉太太的命来，妹妹别错～我。(红 74-1055-13)¶妖王大笑陪礼道："娘娘～得是！～得是！宝贝在此，今日就当付你收之。"(西 70-804-10)

【怪勿得】
〈副〉道理で。…するのも無理はない。¶～耐要豁拳，有几花人搭耐代酒咊。(海 4-26-5)¶耐末也习得来，～耐阿哥要说。(海 20-159-2)¶倪先生末真真叫自家勿好，～王老爷讨仔张蕙贞。(海 54-462-13)¶～刚刚倪声音熟煞，想勿到就是耐。(鸿 3-206-15)¶太太，个个华安本来勿好，～太太搭子二娘娘动气，到底新来晚到，勿曾晓得相府里边规矩。(三 15-181-26) "怪勿道""怪弗得"とも作る。¶怪勿道俚勿回上海来，实梗红法勒海。(狐 45-391-16)¶怪弗得耐二大人生气。等倪豪燥点收捉好仔，再装拨二大人吃末哉。(沪 1-16-8)¶怪不得走上大门冷清清，见了他老人家面色很不对，又发了

語彙例釈　guai-guan

半天牢骚，原来就是这个讲究。(官24-388-12)　¶怪不道呢，我在老二酉打听姻伯的住处，他们只回说不知道。(目73-584-8)　¶杨四道："怪不道有些臭，你在那里放屁！"(狐3-15-5)　¶怪不得他们拿姐姐比杨妃，原来也体丰怯热。(红30-422-9)

〈动〉とがめられない。¶也~耐，头一埭到上海，陆里晓得白相个多花经络(海2-10-6)　¶怪是也~俚。(海16-127-6)　¶仲鱼叹道："怪他们不得，总是我们国家太弱了不好。"(市28-316-14)　¶这也怪不得秦子瞻，一个人为情所累，便没有方法解脱了。(人44-544-12)　¶这厮不来见我，正好放心行事，今番怪我不得！(禅25-402-2)　¶你若邪心不息，俺即今撒开双手，不管闲事，怪不得我有始无终了。(警21-303-3)

【怪勿着】

〈动〉…のせいにすることができない。共通語の"怪不着""怪不上"に当る。¶倪娘姨㖸到底无啥干己，就闯仔点穷祸，也勿关倪事。倪先说仔末，王老爷也~倪。(海10-82-5)

guan

【关】

〈动〉①閉める(ドア・門などを)。　¶房门也~个哉！(海26-214-13)　¶后底门~好来浪。(海35-296-3)　¶倪无姆为仔该声闲话，索性~仔房门，喊郭孝婆相帮，揿牢仔榻床浪，一径打到天亮(海37-309-7)　¶倪格搭房门一径~勒浪，所以大小勭看见。(狐20-156-14)　¶桂花立刻叫人把门外的招牌除去了，把大门~上。(目3-19-14)　¶天也晚了，仔细~了城。我们慢慢的进城再谈，未为不可。(红2-34-13)　¶押司出去不多日，娘子即抱着小哥不知那里去了。~得门户寂悄悄的。(二38-697-3)　¶倒提了禅杖，再往方文后来。见那脚门却早~了。(水6-97-10)

②閉じ込める。監禁する。　¶二少爷㖸，耐几日天~来哚'巡捕房'里，今朝倒放耐出来哉？(海27-220-2)　¶拿俚个人~我店里去，勿许俚出来，耐说阿好？(海29-237-10)　¶巡捕房里~仔几日天，刚刚放出来。(海37-312-3)　¶到前日夜快，包打听格伙计到间搭来关照，说格格贼拨倪勒虹口捉着格，皆为俚形迹可疑，细细教一拍一问，落里晓得就是间搭格件事体，马上~到俚捕房里去。(狐34-292-12)　¶恰好第二天是礼拜，第三天接着又是中国皇帝的万寿，会审公堂照例停审，可怜他白白地在巡捕房里面~了几天。(目10-73-23)　¶你们家把好好的人弄了来，~在这牢坑里学这个劳什子还不算，你这会子又弄个雀儿来，也偏生干这个。(红36-495-3)　¶倘若天幸捉着时，将来悄悄的~在家里。(水33-520-11)

③かかわる。…と関係がある。⇨关事。¶耐去做勿做~倪啥事体，耐也甮来搭我说。

（海 18-147-6）¶宝玉笑道："～俫啥佬？放心勒勿放心介，俫格说话，拨别人听见仔，要笑煞格。（狐 17-124-18）¶耐去吃末哉哦，关倪俫事体介！（鸿 4-214-6）¶不过起头个把月忙点，～着洋文的事，我一个人来就是了。（目 55-436-4）¶你们中国的兵勇，一到有起事来，不是半途溃散，便是临阵脱逃，那是不～我教习的事。（维 4-29-10）

【关帝庙】
〈名〉関帝廟。関羽を祭る廟。¶倪乡下有只～，到仔九月里末做戏，看戏个人故末多到个无拨数目咾，连搭墙外头树丫被浪才是个人。（海 55-466-20）

【关事】
〈动〉関係する。かかわる。否定または疑問で用いられる。¶耐去做啥人也勿关倪事。（海 4-30-23）¶耐要说啥闲话搭我说好哉，勿关俚啥事，耐去打俚做啥？（海 9-69-9）¶耐哚走开点哩！我要说末关哚啥事嘎？（海 10-78-19）¶本来耐章大少爷相好，阿关得倪俫事，倪是勿好来管耐格哦。（九 2-19-7）¶耐到兆贵里去本来勿关倪事，倪好心叫豪燥点去，耐倒勿见倪格情，耐格人阿有良心？（九 17-135-3）¶有场面也罢，勿拜堂也罢，关得啥事？（狐 5-29-22）¶唐大爷是出门常远哉吓，阿关得大爷啥事介？（三 19-225-20）¶咦，弗关倪事，倪弗说哉。（沪 1-19-1）¶这个不关我们的事。（目 11-77-2）¶你快说，何道赛儿躲在那里？直直说，不关你事。（初 31-581-13）¶鲍雷一把抱住道："小冤家，那介慌。"花芳道："是怕饭迟了。"鲍雷道："贼精，迟了饭，关你事？一定有甚，要对我说。"（型 33-465-15）"管事"とも作る。¶生意好弗好，是弗管倪事，倪是蛮欢喜四少来格。（沪 1-44-9）¶本来唔笃格事体阿管倪啥事？（沪 1-101-11）¶宝玉见他不理，只得还陪笑说道："你也出去逛逛再裁不迟。"林黛玉总不理。宝玉便问丫头们："这是谁叫裁的？"林黛玉见问丫头们，便说道："凭他谁叫我裁，也不管二爷的事！"（红 28-392-18）

【观象台】
〈名〉天文・気象などを観測する所、またその建物。¶俚哚说同皇帝屋里～一个样式，就不过小点。（海 52-437-9）

【官场】
〈名〉官界。官辺すじ。¶篆鸿末常恐惊动～，勿肯来。（海 18-145-9）¶尊驾读京报到美有益处，又可以学文理，又可以晓得～中事体。（上问 9-17-10）¶希贤近来轧几个朋友，倒都是～中人物。（十 37-277-24）¶大凡～中人，别的都不打紧，惟有吃醋心最重。（歇 20-251-9）¶～里的事业，你也总算经过来的了，那里有一见面就委你差使的？

語彙例釋　guan

（官 3-38-13）¶尚守廉呢是本省臬台升的，瑞恒呢是江宁藩台升的，范星圃是做过江西首县的，江西～皆晓得他们的底细。(梼 10-149-22）¶次早到了苏州，有一班～亲友，前来祭吊。(孽 31-292-8）¶这会子被人家告我们，我又是个没脚蟹，连～中都知道我利害吃醋，如今指名提我，要休我。（红 68-968-16）

【官司】
〈名〉訴訟。訴訟事件。¶前年我经手一桩～就办个郭孝婆拐逃哩。（海 37-312-10）¶若打～个辰光，众位阿肯说介一句公话？（描 8-70-2）¶是替甚人打之官司者呢？（上问 4-8-3）¶今儿就是太太、姑奶奶饶你，我也不饶你！活活的抽死你，我和你到阎王爷那里打～去！（目 104-857-15）¶合同一张是假的，原是预备打～的。（官 11-163-10）¶那时王夫人已知薛蟠～一事，亏贾雨村维持了结，才放了心。（红 4-66-15）¶如今幸得贱体还健，且暂借与你救急，一来出去避这～，二来随便做些生理，出一出景，且在外边躲避半年三个月，打听得～散了，你再回来完娶未迟。（禅 8-114-10）¶他又有钱有势，反告了一纸状子，你便用吃他一场～。又没人作主，干结果了你。（水 25-394-13）

【官箱】
〈名〉貴重品類を収納する箱。¶耐转去到我床背后开第三只～，看里面有只拜盒拿得来。（海 7-54-3）¶再有我家常著个衣裳，同零零碎碎白相物事，帐末勿曾开，才来里～里，无姆空仔点查末哉。（海 49-416-16）¶在下只得走上扶梯，将近他房门跟手，见他背心朝外坐着，台上摆一只珠红漆的小～，开在那里，只管低头观看。（狐 25-199-25）¶阿金却向橱中检点，衣服一件都不少，只少下层一只白皮～。（狐 32-272-14）¶亏得奴格只首饰小～新近搬到仔箱子里，勿然，亦奴要尴尬哉。（狐 32-272-17）¶虽然小～里尚有二十多块从前用剩下的余钱，只恐途中不够，又在手上除下两只金戒指儿，令策六到银楼里去换了三十块钱。（繁后 1-714-21）¶说着就到房里，在～内把贾端甫交的那张遗属取了出来。（梼 24-384-8）

【倌人】
〈名〉上海で"堂子"の"妓女"を称した。¶我记得西棋盘街聚秀堂里有个～，叫陆秀宝，倒无啥。（海 1-5-14）¶我做末做仔个～，要拿洋钱来买我倒买勿动哩。（海 8-59-22）¶俚做惯仔～，到人家去规矩勿来，勿肯嫁。（海 24-194-5）¶俚笃讨个把～也无啥希奇，伯荪不过是头一个来。（鸿 3-207-22）¶好好交格人家，倽人肯讨格～转去做大老母？（九 48-349-19）¶上海地方，把妓女叫做～，天津却把妓女叫作姑娘。（九 142-948-10）¶上海堂子里的～。最是刁钻不过。（新 8-34-21）

272

guan　語彙例釈

【棺材】
〈名〉棺。ひつぎ。 ¶～末有现成个来浪,一个婆源板,也无啥;一个价钱大点,故末是楠木。(海 42-357-5) ¶幸亏我晓得仔,告诉仔娘舅,拿买～个洋钱还拨仔阿伯,难末出来做生意。(海 52-439-14) ¶只好几化人拼凑仔铜钱出来,定做仔一口大～,拿格两个人殓脱格。(狐 54-464-2) ¶前头抬的～不满三尺长,后头送的孝子倒是昂昂七尺的,路上的人没有不称奇道怪的。(目 86-693-9) ¶上次南京信来,金彩已经得了痰迷心窍,那边连～银子都赏了,不知如今是死是活,便是活着,人事不知,叫来也无用。(红 46-641-3) ¶事完了,只要你替我买具～,明日领尸。(初 17-314-9) ¶今早连话也说不出了,早晚待死。客人若可怜他时,买一口薄薄～,焚化了他,便是做好事。(警 22-310-15) ¶我去阵三郎家买一具～与你,仵作行人入殓时,我自分付他来。(水 21-318-11)

【馆子】
〈名〉料理屋。酒食を提供する店。 ¶王老爷,耐自家要吃末去叫。倪先生～里菜也覅吃,让俚晚歇吃口稀饭罢。(海 28-229-2) ¶倪阿是到～浪去吃,叫个局罢?(海 32-265-23) ¶今夜格饭,只好～里叫仔罢。(狐 11-73-16) ¶黄三溜子不晓得,一定要拉他上～吃饭,饭后又要逛西湖。(官 19-311-23)

【管】
〈动〉①主管する。 ¶堂子里托仔帐房先生、耐兄弟一淘～～,耐说阿好?(海 36-303-20) ¶耐一班人～个啥公事,倪山家园一堆阿曾去查查嘎? (海 56-473-2) ¶我们这里都是各占一样儿:我们男的只～春秋两季地租子, 闲时只带着小爷们出门子就完了。(红 6-98-12) ¶假如师兄你～了一年菜园好,便升你做个搭头。(水 6-104-6)
②する。"做""干"の意味。 ¶勿然,总说是耐迷昏哉,连搭仔正经事体才勿～。(海 19-156-5) ¶这一种拐子单一偷拐五六岁的儿女,养在一个僻静之处,到十一二岁, 度其容貌, 带至他乡转卖。(红 4-61-9)
③気にかける。問題にする。かまう。 ¶成日成夜吵勿清爽,也勿～啥客人来咾勿来咾。(海 3-19-4) ¶倒是王莲生说道:"耐请过去罢,贵相好有点勿舒齐哉。"仲英道:"耐瞎说!～俚舒齐勿舒齐。(海 5-41-21) ¶客人个洋钱末,耐～俚陆里来个嘎。(海 22-176-3) ¶倪阿敢糟塌仔拜匣里个要紧物事,难为罗老爷。耐罗老爷索性勿～,勿怕翠凤勿赎得去。(海 59-503-17) ¶我道:"这首诗不见得好。"继之道:你且不要～他好不好,你猜是题甚么的?"(目 9-64-7) ¶你有甚忌讳的,一时高兴了,你就不～有人无人了。(红

語彙例釈　　　guan

77-1104-6)¶实告诉你,可不是我的。你别～是谁的,横竖我领情就是了。(红32-444-1)　④口出しする。干涉する。　¶我屋里家主婆从来勿曾说歇啥,耐倒要～起我来哉!(海6-43-6)　¶翠凤是讨人嫌,老鸨倒放俚闹脾气,勿去～～俚?(海6-47-19)　¶倘忙我勿死,耐就再去讨别人,我也勿来～耐哉。(海18-142-21)　¶我就姘仔戏子末,阿挨得着耐来～我?(海27-222-16)　¶老太太说了,叫宝姑娘别～紧了琴姑娘。他还小呢,让他爱怎么样就怎么样。(红49-676-17)

【管家】
〈名〉執事。¶耐～打轿子来里。(海4-32-12)¶罗老爷～阿来里?教俚上来。(海7-53-21)¶寻到史三公子府浪,门口七八个～才勿认得。(海62-529-21)　¶刚刚耐～来喊倪,倪因为栈里有点事体,耽搁仔一歇。(鸿7-228-15)　¶奴本则要差人送到府浪,因恐怕勿便落,只好烦唔笃～带转去格哉。(狐58-500-14)　¶噢,原来耐就是方大人搭格～。(九47-341-8)　¶到单公馆门口,见门房里栏凳上坐着三四个～,见了客人,一齐站起身来。(新26-118-23)　¶现在这贺二爷既然是府上的～,不必同他客气,事情都要叫他经经手,等他弄熟之后,好跟世兄起身。(官2-19-12)　¶有两个时辰工夫, 忽见赖大等三四个～喘吁吁跑进仪门报喜。(红16-210-7)¶只听得背后有人高叫:"张官人慢行且住,我小人有话相禀"。张善相立住了脚看时,却是段府管大门的孟老儿,向前问道:"老～,有甚话说?"(禅33-536-12)　¶这里跟随～权忠拿出冠带,对学士道:"料想瞒不过了,不如老实行事罢。"(二3-66-10)

【管帐】
〈动〉かかわる。口出しする。ふつう否定で用いられる。　¶耐去搭俚哚说,事体末有王老爷来里,教俚哚勠～。(海9-71-9)　¶故歇我教人去寻得来,以后再有啥事体,我勿～。(29-240-22)　¶勿要倍多～,大朝奉阿曾困?(描8-74-4)　¶既然如此,你做你的瘟生,我也不来管你帐。(繁初24-266-9)　"管账"とも作る。　¶无奈本县的县主,一切都不管账,只顾纵容手下的差役,向治晚勒索陋规。(维5-36-4)　¶你若娶她之后,休怪我外间也要去弄一个男的消遣消遣,彼此谁也不管谁的账。今天一言为定。(歇93-1287-26)　¶我不管账,你自己去问他讨取。(十17-124-12)

【掼】
〈动〉力を込めて投げる。投げ捨てる。　¶难末双玉勿舒齐哉,到仔房里,乒乒乓乓～家生。(海24-198-20)　¶地浪～坏格物事,唔笃勠去收捡,等俚笃晏歇来看看。(鸿11-255-6)　¶倪末拔俚气昏哉,一理也勿去理俚。难末俚发脾气,～茶碗,吵得一塌糊涂。(九续 56-435-8) ¶随手又把袁伯珍辫子揪住,用力一～。袁伯珍早被他～在地板上。(维 9-62-3) ¶他拿起我付给他的洋钱,在柜上～了两～,是一块哑板。(目 55-432-7) ¶一面骂,一面把炒菜的杓子往地下一～,说:"咱老子不做啦,等他送罢!(官 1-7-21) ¶阿毛笑道:"我这又长又大的人,加上这只有胖又黄的面孔,～在马路上也没人要,你犯不着和我吃醋。(人 23-237-4) ¶一头说,一头走到门前,把那象棋子乱撒在街上,棋盘也一做几片。(醒 9-182-11) ¶行童大叫一声,把经箱'扑'的～在地上了。(二 13-266-11) ¶武松左手提了人头,右手拔出尖刀,挑开帘子,钻将入来,把那妇人头望西门庆脸上～将来。(水 26-417-9)

【惯】

〈动〉慣れる。習慣になる。 ¶俚哚才看～仔大场面哉,耐拿三四十洋钱去用拨俚,也勿来俚眼睛里。(海 2-10-18)¶俚做～仔佣人,到人家去规矩勿来,勿肯嫁。(海 24-194-5) ¶譬如倪说～苏州闲话格,硬要倪说北边闲话,勤说舌头弯勿转,倒弄得难听煞哉。(狐 21-168-1) ¶个个是东亭镇浪华太师朶太太,勒朵杭州天竺烧香转来,到了虎丘,烧子回香就开船回去。个个是吾里年年看～子了,瞒吾俚勿过个。(三 5-50-2) ¶这两年在船上当差舒服～了,把骑马的本事忘掉了。(官 55-958-24) ¶那两个还以为他们是向来在书寓里走～的,不常到这么二堂子走动,不知他们却别有感慨。(梼 24-388-9) ¶黎宛亭、程藕龄是来～了的老主顾,西恩异常欢迎,早安排了几张藤椅一张小圆桌伺候。(人 35-396-2) ¶阿聪在城里住～了,渐渐晓得花钱的法子,不时回家向老子娘要钱花用。(十 14-98-24) ¶紫鹃道:"在这里吃～了,明年家去,那里有这闲钱吃这个。"(红 57-801-1) ¶可成是散漫～了的人,银子到手,思量经营那一桩好,往城中东占西卜。(警 31-476-17) ¶正为在家自在～了,怕后日随老爷出征,受不得辛苦。(醒 19-388-7)

【惯常】

〈形〉慣れてそれがふつうになっている。 ¶俚哚～仔,自家做出来也勿觉着哉。(海 13-106-4)¶难末文静点,俚哚是长三书寓里～哚个,勤做出啥话靶戏来!(海 16-123-18) ¶"啊,老法师多多辛苦了。""些须小事～来里个,勿算辛苦个。"(描 30-270-12) ¶比方对面坐立朵介,拿个只脚伸得过去踢介两踢,笑介一笑,～立朵个吓。(三 2-4-17) ¶你们前回搬家,为甚不知照我一声,我们一起住的～了,热刺刺走开,心里头很有点子难过呢。(新 46-211-15)

guang

【光】

語彙例釈　guang

〈形〉動詞の結果補語となって、動作にともなってなにも残らないこと、徹底してその動作がなされることを表す。　¶耐到蒋月琴搭去仔一埭，我要拿出耐拜匣里物事来，一把火烧～个哩。（海 8-59-21）　¶翠凤道："耐有道理末，耐说哩。啥勿响哉嘎？"子富笑道："阿有啥说嘎，拨耐钝～哉哩。"（海 9-73-20）　¶倘忙耐洋钱末用～哉，原无拨啥生意，耐转去阿好交代？（海 12-98-14）　¶门前一路头发末才沓～个哉；嘴里牙齿也剩勿多几个；连面孔才咽仔进去哉。（海 15-119-13）　¶这些穷候补的，捱上十几年，一个红点子没有见，家里当～卖～。（官 11-156-15）　¶划一，你那种药直头灵，吃了便不痛了。我还没吃完，被老五、老九讨～了。她们也和我一样的毛病，痛起来痛得死脱快，吃了你的药便好了。（人 45-555-27）　¶咱们也算是会吃酒了，那一坛子酒，怎么就吃～了。（红 63-895-24）

【光景】

〈名〉①数量詞の後に用いられ、ほぼそれくらいの数量であることを表す。　¶我就做仔半个月～。（海 6-47-14）　¶耐上仔当哉，陆里有四十块洋钱嘎！　买起来不过十块～。（海 22-179-22）　¶前两年三节开消，差勿多二千光景。（海 24-194-8）　¶一日天就吃半碗～稀饭，吃下去也才变仔痰。（海 36-304-20）　¶做仔金凤有两年～哉（沪 3-18-3）　¶正金银行勿是开之大年者？——开之有十年～者。（上问 47-85-5）　¶小孩子看上去有七八岁～，倒生的肥头大耳。（官 23-354-24）　¶算了算，通台的人只有彭太尊顶输，大约有五万～。（官 21-377-7）　¶他是个四川人，十年头里，在上海开了一家土栈，通了两家钱庄，每家不过通融二三千银子～。（目 7-49-4）　¶雨村正值偶感风寒，病在旅店，将一月～方渐愈。（红 2-24-7）　¶谁知自从在此住了不上一月的～，贾宅族中凡有的子侄，俱已认熟了一半。（红 4-67-17）　¶虽隔了七八年，如今十二三岁的～，其模样虽然出脱的齐整好些，然大概相貌，自是不改。熟人易认。（红 4-61-11）　¶我此行，各省取士回来，也得一年～，方得回来，夫人在家，可善自消遣。（醒下 10-179-3）　¶渡溪盘岭，也须十余日～。（禅 26-420-7）　¶又过了一年～，真个浓霜只打无根草，祸来只拣福轻人。那三岁的女儿，出起极重的痘子来。求神问卜，请医调治，百无一灵。（初 11-201-7）　¶目今尚有四五十日～。（水 80-1320-8）

②様子。見た所から察せられる状態。　¶胡竹山道："勿多歇朱蔼人来同仔俚一淘出去哉，看～是吃局。（海 3-21-22）　¶耐末一泡子吵去，看～，阿有点清头嘎！（海 5-35-24）　¶起初说要还清仔债末嫁哉；故歇还仔债，再说是爷娘勿许去。看俚～，总归勿肯嫁人，也勿晓得俚终究是啥意思。（海 24-194-4）　¶故歇想讨我个人，也有好几个勒浪，看看

才靠勿住，看～只好勿嫁人个哉。(鸿 10-251-23) ¶一边坐着个大姐模样的女子，瞧～不过二十来岁。(新 21-96-15) ¶大相公，我从前挨着，只望病好，而今看这～，病是不得了了，你要送我回家去！(儒 32-382-15)

③状況。動静。¶我看下来，越是搭相好要好，越是做勿长。倒是不过实概末，一年一年，也做去看～。(海 7-57-17) ¶莲生道："去一埭末做啥嘎？"善卿道："故末就是替耐算计，常恐有啥事体。耐去仔，俚哚要一放心哚，耐末也好看看俚哚～。……。"(海 34-281-5) ¶小云从容问仲英道："倌人叫到仔一笠园，几日天住来浪，算几花局嘎？"仲英道："看～起，园里三四个倌人常有来浪，各人各样开消。再有倌人自家身体，喜欢白相，同客人约好仔，索性花园里歇夏，故也只好写意点。"(海 48-407-11) ¶洪氏着实惶惧，眼望二宝候其主意。二宝道："等俚爷娘来，看～。(海 62-527-17) ¶进卿摇头道："实该行情无处去买个。"寿生道："耐看～罢，稍些大点就大点哉啘。"(鸿 9-240-16) ¶士隐知投人不着，心中未免悔恨，再兼上年惊唬，急忿怨痛，已有积伤，暮年之人，贫病交攻，竟渐渐的露出那下世的～来。(红 1-17-6) ¶女子心下着忙，叫老妈打听家里母亲～，指望重到家来与母亲相会。(初 12-218-1)

〈副〉おそらく。あの様子では。¶俚～勿见得出局哉哩。(海 15-116-7) ¶那刑名师爷～是对大师说明白了。前日上院时，单单传了他进去，叫他好好的出去料理。(目 7-51-11) ¶他～知道我同藩台还说得话来，所以特地来拜会我，无非是要求我对藩台去代他求情。(目 7-51-14) ¶今天他有事，～下半天才来，你好好的叫叫天儿伺候着，别走开，回来找不到。(负 25-116-18)

【光临】
〈动〉他人の来訪・出席を敬って言う。¶价末中秋日务必屈驾～。(海 47-401-5) ¶窗外又走进一个人，姚啸秋见了，先高兴起来欢呼道："我听说你不能来，你竟能～，真是难得。"(人 32-355-8) ¶明天早上，我们在西山碧云寺有一个聚会，请两位务要～。(孽 35-353-25) ¶因夫人小姐～，各位施主人家，贫僧都预先回了。明日更无别人，千万早降。(喻 4-88-10) ¶久闻晁天王大名，如雷灌耳。今日且喜～草寨。(水 19-278-4)

【光陪】
〈动〉他人の陪席を敬って言う。¶今夜头请黎篆翁吃局，就借屠明珠搭摆摆台面，俚房间也宽势点。原是倪五家头。借重～，千乞勿却。(海 15-120-24) ¶明朝奉屈一叙，并请诸位～。(海 56-476-13) ¶别位大人先生，就是发帖子请他～，来虽来，不过同点卯应名一般，一来就走，而且还有拿架子不来的。(官 34-579-14)

語彙例釈　guang‐gui

【光身体】
身一つ。自分の体以外に何もないこと。¶耐看吴松桥，阿是个～？（海14-108-11）¶就算让俫出去，弄剩一个～，一点物事弗许拿，哪哼出去过日脚介？（狐10-68-3）¶兰云仙馆道："依你的话叫我自家承认这笔债，我如今一个～，哪里可以还得出，还不是一句空话。"阿金姐一笑道："女人就是～值铜钱，男人～便不值钱了。"（人37-432-26）

gui

【归帐路头】
"归帐"は暮や端午・中秋の節句前に、仕入れ・売り上げ・貸借関係の精算を行うこと。"路头"は財富をつかさどる神。上記の季節になると、この神を迎える酒宴が催され、これを"归帐路头"と言った。⇨路头酒，烧路头。¶实夫觉着，想些闲话来搭讪，即问鹤汀道："该两日应酬阿忙？"鹤汀道："该两日还算好，难下去～，家家有点台面哉。（海27-226-7）¶李鹤汀至东合兴里张蕙贞家赴宴，系王莲生请的，正为烧～。（海28-228-2）¶再隔不多几天，你院子里～的日子就要到了，那时我就替你吃两台酒。（繁后17-924-7）¶等到我院子里烧～你来吃酒，至少尚有半个多月。（繁后17-924-8）

【规矩】
〈形〉几帳面できちんとしている。きまじめである。¶俚做惯仔倌人，到人家去～勿来，勿肯嫁。（海24-194-6）¶阿海、银大在傍齐声道："陈老爷一径规规矩矩，今朝快活得来！"善卿点头道："我也一径勿曾看见俚实概会噪。"（海25-203-11）¶勿然，一径关来哚书房里，好像蛮～，放出来仔来勿及个去白相，难末倒坏哉。（海32-266-5）¶有几个安分守己的，还是规规矩矩，同前头一样。（官49-837-20）¶五老爷我晓得他这几年很～，连朋友的应酬也不常到。（人17-154-21）¶我们总是规规矩矩的写什么姓的，只有莲荪喜欢写什么数目字，大概这就是他和秋波密码了。（人28-302-14）

〈名〉きまり。習わし。心得。¶耐去问声看，上海夷场浪阿有该号～？（海23-187-23）¶上海滩浪倌人身价，三千也有，一千也有，无拨一定个～。（海44-375-3）¶俚哚是先生，先生个～，单唱曲子，勿豁拳。（海50-427-17）¶跑啥嘎，小干仵无～！（海51-434-1）¶个个是年年个旧～，太太阿肯难为出家人个铜钱介，早吩咐随从送香金销福愿。（笑4-54-10）¶无奈他们都是乡下人，不懂得这样的～，也有先作揖，后磕头的，也有磕起头来，再作一个揖的。（官1-8-2）¶知道凤姐素日的～，每到天热，午间要歇一个时辰的，进去不便，遂进角门，来到王夫人上房内。（红30-423-20）¶我们家的～又大，寡妇奶奶们不管事，只宜清净守节。（红65-935-24）¶如今女儿长大成人了，做媳妇的～，件件都会。(醒下 7-153-13) ¶习惯了学堂中～，见了吕玉，朝上深深唱个喏。吕玉心下便觉得欢喜。(警 5-56-17) ¶从来尼姑庵也有个～，但凡客官到来，都是老尼迎接答话。(醒 15-280-12)

【规矩人】
まじめできちんとしている人。¶四老爷是～，勿欢喜多花空场面。(海 27-224-6) ¶上海浮头浮脑空心大爷多得势，做生意划一难煞。倒是倪一班人，几十年老上海，叫叫局，打打茶会，生意末勿大，倒勿曾坍歇台。堂子里才说倪是～，蛮要好。(海 60-509-10) ¶倪花烟间里向出身格人末，阿要啥格面孔？自然马夫戏子姘得一塌糊涂哉喂，耐格实梗一个～，阿好搭倪说话？(九 21-159-1) ¶蒋大人是～，阿肯住来浪倪搭格？(九续 56-434-24) ¶倪阿姊是上海滩浪有名格～，用勿着唔笃多化瞎疑心。(沪 1-34-10) ¶你还当她～么？老实告诉你，她外间路道粗得很，我亲眼目睹有好几个了。(歇 82-1138-7)

【瑰奇】
〈形〉珍奇である。¶做是做得蛮好，又～，又新颖，十二分气力，也可谓用尽个哉。(海 60-515-16)

【鬼】
〈名〉①あの世の人。¶俚要想着我阿姐个好处，也拨我一口羹饭吃吃，让我做仔～也好有个着落，故末我一生一世事体也总算是完全个哉。(海 20-162-12) ¶张全接口道："……。大约总是这丫头狐媚勾引的，我只打死这贼丫头再说！"说着又去打。那郝氏却跑了过来拦着道："女儿是我养的，要他死带他到家里去死。在这里死了，算我张家的人，还是他贾家的～？"(梼 22-356-2) ¶我生是你的人，死是你的～，如今既作了夫妻，我终身靠你，岂敢瞒藏一字。(红 65-929-16)

②一部の動詞の前に用いられて、心にもないことをべたべた言ったりすることを表す。¶还有朋友来咪拍马屁，～讨好，连忙搭俚好好仔家生送得去铺房间。(海 10-81-6) ¶君牧道："耐阿姨出格主意，阿有啥勿好格。"湘兰道："覅耐～拍马屁，歇两日覅骂仔倪也好煞哉。(鸿 18-298-20)

【鬼头鬼脑】
こそこそ人目をはばかっているさま。¶朴斋使个眼色，叫他莫说;被秀宝啐了一口道："有啥多～，人家比仔耐要乖点哚！"(海 13-99-3) ¶正说之间，见值书房的家人钱寿走至身旁，凑着耳朵说了几句话，慕颜道："唔啥格～拉！唔奔到厨房下去，交代其多备几样嘎饭，说我等吃东。"(狐 34-286-3)（慕颜是宁波人。"其"是"俚"、"嘎饭"是

語彙例釈　gui

"下饭"、"东"は"来里""来浪") ¶客人看中仔佺人要讨，佺人看中仔客人要嫁，格是堂堂皇皇格事体，用勿着啥格遮瞒。独有俚笃两家头，～，瞒仔别人家做事体，阿要讨气！（九续 16-119-13）¶成老爹睡了一夜，半夜里又吐，吐了又屙屎。不等天亮，就叫书房里的一个小小厮来扫屎，就悄悄向那小小厮说，叫把管租的管家叫了两个进来。又～，不知说了些甚么，便叫请出大爷来。（儒 46-538-13）

【鬼戏】

〈名〉人をだますために仕組んだ細工のこと。芝居。¶耐哚～装得来阿像嘎，只好骗骗小干忤！（海 12-96-21）¶后来钦差那面见朝廷先有旨意，亦道是蒋某人自己先行出奏，却不晓得全是刁迈彭一个人串的～。（官 48-825-10）¶暗想由你们去做～，现在时候不早，我明儿还有堂期，非睡一下子不可。（歇 93-1294-19）

【柜台】

〈名〉商店のカウンター。売り場。¶陆里晓得该个客人，倒是俚老相好，来里洋货店里～浪做生意。（海 37-309-24）

【贵】

〈形〉値が高い。¶说是廿六块洋钱咪，阿～嘎？（海 17-137-5）¶买是客人去买得来个，来里城隍庙茶会浪。俚哚才说勿～，珠宝店里陆里肯嘎！（海 22-179-14）¶叫俚去喊轮船，讲定仔行情，稍为～点到勿要紧，切勿可以耽误。（狐 59-502-1）¶如今的鸦片烟端的忒～了。（商 1-5-7）¶王梦笙托江志游在斜桥寻了两间外国房子，甚为幽雅，不过房租～点。（栲 11-171-7）¶今年纸札香料短少，明年必是～的。(红 48-658-6）"巨"とも作る。¶珠子呢没啥好，买呢也没甚不可，但价钱似乎太巨，让点就算数。（栲 16-254-23）

〈缀〉相手方に関する語の上につけて、相手への敬意を表す。¶阿是～相好？（海 5-39-17）¶好几日勿看见～相知，阿好一淘去望望俚？（海 32-265-13）¶老兄两只手也要去揩揩哉哩。（海 46-390-23）¶格个生病格阿是耐格～相知哩？（沪 2-2-5）¶伊日子～相好翻脱醋瓶，侬记得否？（上散 10-66-4）¶朋友说的话不及～相知说的灵。（官 32-546-10）¶顺便瞻仰瞻仰～相好。（目 85-685-26）¶你上了～邻居当了，可知～邻居就没我那般诚实。（新 46-212-8）¶倒没有什么新闻，倒是老先生你～同宗家，出了一件小小的异事。（红 2-26-4）¶后堂有许多～相知在那里，请去认一认！（警 11-150-9）¶娘子休笑话。怎生比得～宅上。（水 45-737-16）

【贵干】

〈名〉ご用件。敬語。¶鹤汀道："明朝无拨空，停两日再说。"亚白问："有何～？"鹤汀乃略述匡二卷逃一节，亚白不胜骇愕。(海60-513-18)¶故歇区老爷进京，阿有啥～介？(狐45-383-23)¶阿哟哟，娄朝奉，啥～？(描8-70-28)¶勿得知今朝大嫂鱼轩亲降，光顾寒门，啥个～哉？(三18-218-1)¶这趟出京有什么～？(官52-293-24)¶一时冒昧之极，尚希恕罪。但不知今日光降，有甚～？(新26-118-28)¶那爬牙齿娘姨又上来装二排烟，锦回摇头道："不必，有～尽管请便。"(新32-148-2)¶这回到上海有何～？(梼12-182-7)¶彼此又叙了一回客套，松三先问永贞来申可有～。(狐27-221-15)¶因问庄绍光进京～。庄绍光道了姓名，并赴召进京的缘故。(儒34-404-16)¶敢问官人上姓，仙乡何处，到京～？(醒上4-26-11)¶吾师高姓大名？仙乡何处？今欲进京～？(禅3-37-1)¶足下贵处那里？有甚～到我小庄？(鼓12-149-5)¶二位客官往洪同县有甚～？(警24-370-13)

【贵恙】
〈名〉ご病気。敬語。¶陶云甫就问朱淑人："～好哉？"(海41-348-9)¶仲声疾忙过去握着华生的手，在床沿坐下问："俉～？故歇阿好点？(鸿5-216-10)¶小生闻小姐～，如患在身，不避斧钺，敬候起居。(禅33-527-8)¶见说孺人有些～，正要来看，恰好小哥来唤我，故此就来了。(二3-62-15)

【桂花】
〈名〉モクセイ。¶说未说日里赏～，夜头赏月，正经白相原不过叫局吃酒。(海47-401-12)¶啥里晓得～台边有财香来朵？(描26-232-27)¶他家本姓夏，非常的富贵。其余田地不用说，单有几十顷地独种～。(红79-1145-9)

【跪】
〈动〉ひざまずく(片ひざまたは両ひざで)。¶后来老鸨对俚～仔，搭俚磕头，说："从此以后，一点点勿敢得罪耐末哉。"(海6-48-6)¶只怕耐自家～惯仔了，说得出。(海9-67-16)¶格几化～勒笃格铁人，阿就是秦桧长舌妇格套人介？(狐56-479-24)¶耐真心赌咒末，要装仔香烛，～来浪地浪响，磕仔头，再罚咒，看耐阿敢再去！(九续150-1073-7)¶本家发着了急，进房～在地上求饶。(繁后17-920-5)¶将军、巡抚以下，都统、臬司以上，凡够得着请圣安的，一齐～定。(官18-287-21)¶金钏儿听说，忙～下哭道："我再不敢了。……。"(红30-424-19)¶刘太公慌忙亲捧台盏，斟下一杯好酒，～在地下。(水5-84-15) "距"とも作る。¶勿要勒浪海外哉，故歇末说得像煞有介事，晏歇点距起踏板来吃勿消格，阿晓得？(九100-698-14)¶妩姆末赛过倪亲生

語彙例釋　gui-guo

娘啘，本底子该应受倪格格礼格呀。今朝妩姆勿答应，是倪一径距来里勿起来格哉！（九165-1083-11）

gun

【滚】

〈动〉立ち去る。貶義。¶耐再有面孔来见我，搭我～出去！（海34-282-6）¶小红怒极，嚷道："要～末就～，啥个稀奇煞仔！"（海41-343-4）¶莫动了我的性子，立即叫你～出门去。（繁后1-716-9）¶你叫我～，我本当就～，无如你两人似一块吸铁石般的，把我吸住了，教我如何～得开呢！（歇12-150-26）¶胡说！我这里断不兴说神说鬼，我从来不信这些个话。快～出去罢。（红88-1267-9）¶糊涂狗攮的，还不给爷和赖大爷磕头呢。快快的～罢，还等窝心脚呢！（红96-1351-15）

guo

【果然】

〈副〉果たせるかな。いかにも。なるほど。予想していたとおり。¶齐韵叟带笑近前，携了赵二宝的手，上上下下打量一遍，转向高亚白、尹痴鸳点点头道："～是好人家风范！"（海38-322-12）¶天然见题目是"修竹"，恍然大悟道："懂哉，懂哉！～做得好！"（海40-338-4）¶我闻得二宝是孝女，～勿差，想来故歇伏侍俚娘，离勿开。（海64-548-22）¶这个风声一出，那些愿意受戒的善男信女，～不远千里而来。（官38-650-14）¶这消遣法～很好，瞧书又是我最喜欢的。但是现在的新小说定价很贵。（新9-40-3）¶这勿克斯等到军装一律换齐，方才天天传这些兵勇到操场里去，教他的口号，和步伐止齐一切。教了七八个礼拜，～军容分外整齐，与从前大不相同了。（维4-29-8）¶范臬台又吩咐搜下身。就有两个上来，绰着这孝廉夫人的腰，扯着手，一个扯下这孝廉夫人的裤子，伸手在裤裆里乱摸了一阵，也没有甚么，只好把手伸在裤脚管里去摸，～在左首裤脚管里搜出一个布包，呈到公案上。范臬台亲自打开一看，～是那本册子。（梼10-155-19）¶宝玉笑劝道："看冻着，不是顽的。"晴雯只摆手，随后出了房门。只见月光如水，忽然一阵微风，只觉侵肌透骨，不禁毛骨森然。心下自思道："怪道人说热身子不可被风吹，这一冷～利害。（红51-715-10）¶古人云，画虎画皮难画骨，知人知面不知心。～不差。我到好意怜悯他贫苦，与他几件衣服换了，又留在此歇宿一夜，怎知恩将仇报，反把我三百两生钱尽皆拿去。（鼓32-383-9）¶向来闻你与我有亲，今细查，～是我姨堂枝派。（禅12-168-14）¶闲中问道："听小师父口言，不是这里本处人。还是自幼出家的？还是有过丈夫，半路出家的？"王氏听说罢，泪如雨下道："禀夫人：小尼～不是此间，是

282

guo　語彙例釈

真州人。……。"（初 27-507-4）¶二人来到县前，问二仙山时，有人指道："离县投东，只有五里便是。"两个又离了县治，投东而行。～行不到五里，早望见那座仙山，委实秀丽。（水 53-879-13）

【过】
〈动〉①過ぎる（時間が）。越す（時期やある場所を）。過ごす（時を）。¶耐是勿差，一瞌困下去，困到仔天亮末，一夜天就～哉。（海 18-141-12）¶故歇寄来里该搭，～仔节到幺二浪去哉。（海 31-261-15）¶有仔个人来浪陪陪耐，也好一生一世快快活活～日脚。（海 34-285-14）¶上海丝茶是大生意。～仔垃圾桥，几花湖丝栈，才是做丝生意个好客人（海 59-505-18）¶俫搭俚说说明白，奴打算～一礼拜要进屋格。（狐 20-160-26）¶格落～脱两日，奴想要打一坛火醮，带道谢谢各位大少笃，唔笃要来赏光格哩。（狐 26-211-10）¶不过俫大先生勿比别人，就难为情问别人去借，拿点物事出来末，亦～得起十几个节。（狐 33-276-8）¶转眼间已～新年，赵温一家门便忙着料理上京会试的事情。（官 2-18-21）¶依小弟看来，今年一冬是不相干的。总是～了春分，就可望全愈了。（红 10-154-1）¶～得五七日，就大郎死了。（水 26-412-11）¶一日，想起来，相辞，要上延安府去。史进那里肯放，说道："师父兄在此间～了。小弟奉养你母子二人，以终天年，多少是好。"（水 2-25-16）

②うつる（病気などが）。うつす（病気などを他人に）。¶耐个病～拨仔阿姐，耐倒好哉。（海 35-296-23）¶随便陆里小烟间才是醒醒醍醍个场花，想来四老爷去吃烟末，倒勿知勿觉困下去，就～仔个毒气。（海 58-496-8）¶俚俫出天花，一来末容易～人，二来末勿知阿发得出？倒弄得奴吃勿仔主意，湿手捏仔干面勒里哉，俫替奴想想看哩。（狐 16-119-9）¶这个病非但传染，并且传种的要到了第三代，才看不出来，然而骨子里还是存着病根。这一种人，便要设法～人了。（目 60-477-22）¶奴玉因病中伏侍着他，～了一身毒气，自己的杨梅疮忽又复发，卧床不起。（繁后 4-757-6）¶老嬷嬷们已经说过，不叫他在这屋里，怕～了病气。（红 52-730-1）¶瘟病～人，我们尚且不去看他，秀才你休息。（喻 16-239-7）

〈趨〉動詞の補語となり、"勿""得"を間に挿んで可能・不可能を表す。①動作にともなってある所から他へ移動することの可能・不可能を表す。共通語ではふつう"～过去"となる。¶巡捕看来哎，走勿～哉。（海 11-85-12）
②動作をしおおせることの可能・不可能を表す。共通語ではふつう"～过去"となる。¶只要倪先生面浪交代得～，耐就再去做个张蕙贞，也无啥要紧。（海 11-84-9）¶耐搭

語彙例釈　guo

俚相好仔三四年，也该应摸着点俚脾气个哉，稍微有点勿快活，耐哝得～就哝哝罢。(海 24-193-19) ¶大娘娘是才女吓，罗里瞒得～介。(三 18-215-19) ¶他一早就钻在戏房里，戴着胡子，尽着在那里使枪耍棒。班子里人为的是少爷，也不敢多讲。后来倒是一个唱小丑的看不～，说了一句。(官 4-54-7) ¶脏证分明，却如何赖得～？(醒 33-701-12) ③相手を打ち負かせることの可能・不可能を表す。¶张先生就是要打耐末，耐也打得～俚呢，怕俚啥嘎？(海 14-111-4) ¶二来俚俫格名气大，脚力亦大，如若斗俚勿～，倒要弄得坍台格，格落暗气吞声，肯拿银子买安静哩。(狐 29-238-25) ¶再要赌口齿，十个会说话的男人也说他不～。(红 6-99-9) ¶李彪是公差人，能说能话，张善那里说得他～？(二 21-427-23) ¶这小猴子打那虔婆不～，一头骂，一头哭，一头走，一头街上拾梨儿，指着那王婆茶坊里哭道：" ⋯⋯ "。(水 29-382-1) ¶本待要打李逵，却又敌他不～。(水 43-697-47)

〈助〉①動作の終了を表す。¶我说～蒋月琴搭定规勿去哉。耐勿相信末，我明朝就教朋友去搭我开消局帐，阿好？(海 8-58-12) ¶点心覅去买，我刚刚吃～。(海 27-226-11) ¶倪刚刚吃～夜饭，吃勿落来里，韦大少慢慢交用末哉。(九 42-309-26) ¶顺全道："耐阿曾到倪栈里去？"阿四道："去～哉。苏先生勿勒浪，难末我到该搭来，一歇头浪认勿出陆个门口哉。"(鸿 4-212-26) ¶耐末当仔真，俚笃说～仔，早已忘记个哉。(鸿 7-230-13) ¶请老爷的示，还是吃～夜饭上院，还是此刻去？(官 3-43-21) ¶这日来到一品香，见～主人之后，又照着众人作了一个揖。(官 7-104-22) ¶这里贾珍同一家子的弟兄子侄吃～了晚饭，方大家散了。(红 11-163-7) ¶薛蟠已拜见～贾政，贾哉。琏又引着拜见了贾赦，贾珍等。(红 4-66-22) ¶老嬷嬷们已经说～，不叫他在这里，怕过了病气。如今他们见咱们挤在一处，又该唠叨了。(红 52-730-1) ¶不必性急，且待明日相见～了，再作道理。(二 3-57-10) ¶娘子，且收拾～东西，吃一杯儿酒。(水 24-377-16) ¶刘高饮～酒，黄新又斟第二杯酒来。(水 33-522-15)

②動作がかつて為されたことのあることを示す。¶我一径勿曾看见～烟火，倒先要看看俚啥样式。(海 39-329-15) ¶耐令叔划一有点本事咪！上海也算是老白相，倒勿曾用～几花洋钱，单有赚点来拿转去。(海 60-511-8) ¶别场化且慢讲，奴单问倷广东格珠江，倷阿曾去白相～介？(狐 17-132-14) ¶奴是地陌生疏，虽则带仔四个用人，内中认得间搭格，只有一个大姐阿珠到～此地两转，(狐 18-136-24) ¶介末百晓，自从我出母胎，从勿曾到～山塘浪个。阿使得拿个星排场指点指点，停介歇请你吃局，那光景？(三 4-23-6) ¶新嫂嫂说："耐笃一淘出，一淘进，俚格住处，耐有啥勿晓得格。"陶子尧道：

"我同他是台面上认得的,其实没有到～他家。(官 9-123-12) ¶二十年前,他们看承你们还好,如今自然是你们拉硬屎,不肯去亲近他,故疏远起来。想当初我和女儿还去～一遭。(红 6-95-16)

【过得去】

〈动〉一定の基準を通り抜けることができるの意。まあまあ我慢できる。どうにか暮らせる。そこそこの程度である。 ¶张蕙贞哚末坍仔台哉,王老爷原到该搭来,耐沈小红场面也可以～哉。(海 10-80-15) ¶旧年嫁仔个家主公,是个虹口银楼里小开,家里还算～,夫妻也蛮好。(海 16-127-8) ¶他笔下还～。(官 7-100-22) ¶我那时四处托人做媒,说只要品貌、性格～,出身高低可不论。(新 34-154-10) ¶几两银子薪水,虽未见得丰盛,却也还～。(目 69-549-7) ¶三小子在旁边听了,连忙叫了剃头的来,和他打了一根油松辫子。张大爷端详一会道:"很～了。"(目 99-816-26) ¶这人的相貌,倒还～,但不知行情何如?(维 11-73-10) ¶这两件上,我冷眼看去,原来他在女孩子们前不管怎样都过的去,只不大合外人的式。(红 66-939-7)

【过度】

〈形〉度を超している。 ¶大约其为人必然绝顶聪明,加之以用心～,所以忧思烦恼,日积月累,脾胃于是大伤。(海 36-305-2) ¶姑娘这病,原是素日忧虑～,伤了血气。(红 67-950-17)

【过房】

〈动〉血縁関係のない者が義理の親子関係を結ぶ。¶瑞生阿哥个娘末就是我～娘。我～个辰光,刚刚三岁(海 30-247-23) ¶容易得势,漱芳～拨我,算是我个囡仵,再有啥人说啥闲话?(海 47-399-19) ¶几个没志气的,还要拍姓白的马屁,同他认～亲,两个～给姓白的孩子,便仗着姓白的势力,反倒欺侮自己同胞,好似自己身子不适姓黄生的。(十 35-263-17) ¶两边闲说,各道了姓名,这老子姓金名贤。高秀才道:"且喜小人也姓金,叫做金宁,这兄弟叫做金安。你老人家年纪高大?既没了令郎,也～一个伏侍你老景才是。"(型 1-8-15) ¶原来高佚新发跡,不曾有亲儿,无人帮助。因此～这高阿叔高三郎儿子在房内为子。本是叔伯弟兄,却与他做干儿子。(水 7-113-14)

(注)"过房"は同族の中から同世代の子女を養子・養女としてもらい受けたり、そのような養子・養女に出すことであるが、後には広く他人の子女を養子・養女とすることになった。→张员外看见你家小官人,十二分得意,有心要把他做个过房儿子,通家往来。未知二位意下何如?(初 33-621-4)(張員外が劉天瑞夫婦に申し入れているの

語彙例釈　guo

であるが、張家と劉家は同族でもなく、婚戚の関係でもない。）《海上花列伝》では、さらに広く、名目上の親子関係を結ぶこと、すなわち"认干亲"の意味で用いられている。旧社会では後ろ楯を得るため、名目上の義理の親子関係を結ぶことがよく行われていたようで、『呉方言詞典』に、"已满台银鼎花篮为荣的坤角，势必忙于拜'过房娘''过房爷'，势必慢慢离开戏剧正道，而走入人生歧路"（《光明日报》1950.7.24)、"马樟花到上海后，感到要站住脚，就必须找靠山，因此她认了好几个'过房娘'"（《文汇报》1980.11.27）の用例が見える。

【过房娘】

〈名〉義理の母。⇨过房。¶瑞生阿哥个娘末就是我～。(海30-247-23)

【过来】

〈动〉話し手（または叙述の対象）のいるところへ来る。¶勿曾～奉候，抱歉之至。(海1-5-4)¶耐～，我搭耐说哩。(海2-15-23)¶宝玉正要说话时，只听那边老婆子叫道："二丫头，快～！"(红15-202-8)¶随即催趱战舡车，过长安坝来。(水114-1712-9)

〈趨〉動詞の補語となり、話し手または話している相手のところに向かって、その動作が為されることを表す。¶俚是赛过本堂局，走～就是，比勿得俚咑。(海6-46-10)¶耐咑两家头勢客气哩，坐～说说闲话，让倪末也听听。(海19-151-24)¶浣芳转叫"姐夫"，说道："我要翻～一淘困。(海35-296-4)¶恰好今夜头亚白教我东合兴吃酒，我去搭俚当面说仔，就差人送信～，阿好？(海36-298-5)¶个个华安官，你奔～，朝子冬香阿姐勒唱喏介。(三9-106-16)¶赵温一见，认得他是族长，赶忙走～叫了一声"大公公"。(官1-6-22)¶这早晚就跑～作什么？(红21-288-19)

【过令】

〈动〉"酒令"では、一人を"令官"に決め、その出題によって順に遊技を行うが、その出題にパスし、次の者に引き継ぐことを"过令"という。パスしない場合、罰杯を以て代えることができる。¶大家齐声互赞，各饮门前杯～。末家挨着陶云甫，云甫说个"鸡"字。(海39-326-14)¶说勿出末，吃一鸡缸杯～。啥人说得出，接下去。(海39-326-23)¶高亚白且不接令，自己筛满一献酒，慢慢吃着。尹痴鸳道："阿是要吃仔酒了～哉？"高亚白道："耐倒稀奇咑，酒也勿许我吃哉！耐要说末就说仔。"(海39-327-7)

【过去】

〈动〉①話し手（または叙述の対象）のいるところから他をめざして行く。¶正值那轿班回来，说道："台面是要散快哉，说请洪老爷带局～，等来咑。(海3-24-6)¶善卿

坎坎来,也让俚摆个庄,等蔫人转来仔一淘～。(海4-25-6) ¶来至荣府大门石狮子前,只见簇簇轿马,刘姥姥便不敢～。(红6-96-20)
②暮らして行く。多く否定型"勿过去"で用いられる。"勿过去"は経済的に苦しくて、やって行けないの意。共通語の"过不去"に当る。 ¶耐先要自家有主意,夠隔两日用完仔洋钱,勿～,拨来耐咾娘舅说,阿是无啥意思?(海14-108-2) ¶俚说故歇开消末大,洋钱无拨下来,勿～,好像要搭我借。(海22-175-25) ¶我是单做耐一个,耐就勿曾讨我转去,赛过是耐个人,才靠耐来里～。(海34-285-10)
③落着する。"了事"の意。 ¶后来老鸨对俚跪仔,搭俚磕头,说:"从此以后,一点点勿敢得罪耐末哉。"难末算吐仔出来～。(海6-48-7) ¶是你说的也罢,不是你说的也罢,事情也～了,不必较证,倒把小事儿弄他了。(红34-470-19)
〈趋〉動詞の補語になって、話し手のいるところから他に向かって、その動作が為されることを表す。¶我翻～陪俚罢。(海35-296-7) ¶对弗住,倪坐～。(沪3-75-2) ¶士隐意欲也跟了～,方举步时,忽听一声霹雳,有若山崩地陷。(红1-10-1)

【过歇】
〈助〉①動作がかつて為されたことのあることを示す。¶张蕙贞名字也勿曾见～。(海5-34-7) ¶俚来里罗老爷面浪,倒勿曾发～一点点脾气哩。(海7-51-6) ¶齐韵叟同～台面,倒勿大相熟。(海26-215-4) ¶我看见大观园戏单,几出戏才看～,无啥好看。(海29-244-19) ¶俚也叫仔耐好几个局哉,阿曾搭耐说～?(海57-483-7) ¶倪搭耐一径客客气气,从来勿说～笑话格。(九5-40-7) ¶我单记着看末一出,叫啥格《翠屏山》。奶奶阿曾看～格?(狐8-57-5)¶格两位大少姓啥?奴从前像煞勿会～唲。(狐31-257-7) ¶倩倩奴次云笑道:"耐阿认得俚?"次云摇头道:"倒勿见～。"(沪2-13-5)
②動作が終了していることを示す。 ¶保险局里来看～,说勿要紧,放心末哉。(海11-86-2)¶倪早晨搭仔家兄商量～,近来家严长远吥拔寄下来哉,庄浪向还欠仔俚笃点,一径勒浪催,勿便再去开口,实在效力勿周,抱歉得势。(鸿8-236-2) ¶故歇耐沈大人说付～六千洋钱,倪轧实勿看见。(九78-564-26)
‖ "歇过"ともする。¶侬买来拉个牛肉称歇过否,几化重有数否?——(称歇过者)(称过拉个)。(上散5-24-4) ¶地只表是几时揩歇油个?——自从到只我手里还勿曾揩歇过哩。(上问10-19-5)

【过歇个哉】
①助詞"过歇"①+助詞"个"+助詞"哉"。¶就是俚出局衣裳,我也着～。(海17-132-18)

語彙例釈　guo – hai

"个哉"は"格哉"とも作る 。¶阿金在房问道："奶奶，格出啥格戏介？"黛玉道："格出叫《定军山》，倷也跟仔我看过歇格哉啘。"（狐9-58-6）
②助詞"过歇"②＋助詞"个哉"。¶无姆打～，耐就哝哝罢，管俚做啥？（海44-375-12）¶我也搭俚说～，俚说做完仔狐皮个停工。（海62-528-12）

【过歇哉】

助詞"过歇"②＋助詞"哉"。¶周个搭张个来～，说到华众会去走一埭。（海13-103-3）¶倪是才吃过歇哉，耐请罢（海21-170-8）¶我想～，'粟'字之外，再有'羊'字'汤'字好说，'连''鸡''鱼''酒''肉'，通共七个字。（海40-338-15）

【过哉】

助詞"过"①＋助詞"哉"。¶张蕙贞搭去说～。（海 5-38-20）¶倪也是好去哉，点心也吃～。（海11-90-19）¶素芬遂喊娘姨拿饭来，并令叫妹子翠芬来同吃。娘姨回说："翠芬吃～。（海18-148-11）¶拜堂也拜～，故歇来浪吃酒，闹热得来。（海34-286-12）¶耐起先就做过个媒人哉，故歇挨耐勿着。（海 53-449-1）¶昨日仔讲明白仔三点钟同倪去坐马车，故歇三点钟敲～！（九102-714-9）

【过哉啘】

"过哉"＋助詞"啘"。¶耐酒也吃～，啥勿曾吃饭嘎？（海28-228-17）

【过仔】

助詞"过"①＋助詞"仔"。¶秀宝笑问："阿曾用饭嘎？"小村道："吃～歇哉。（海2-15-9）¶反～一泡哉啘，为啥再打起来嘎？（海17-133-20）¶一句闲话勿对末就打，打个辰光大家勿让，打～咿要好哉。（海 36-301-3）¶耐吃～饭末，到屋里去一埭，回来再到乔公馆问俚阿有啥闲话。（海52-443-5）¶今朝看～戏，阿到倪搭去呀？（九147-975-1）

H

hai

【咳】

〈叹〉ため息をつくときになどに発する。¶秀宝登时跳起身，两脚在楼板上着实一跺，只挣出一字道："～！"（海25-208-10）¶～！ 我个物事收作好仔长远哉，等到故歇。（海49-415-1）¶薛姨妈站起来问道："今日林姑娘也有喜事么？"贾母笑道："是他的生日。"薛姨妈道："～，我倒忘了。"（红85-1226-19）

【还】

hai　語彙例釈

〈副〉①なお。やはり。動作や状況が変わらないことなどを表す。¶我教娘姨到栈房里看仔耐几埭，说是勿曾来，我～信勿过。(海2-11-15)¶耐～搭俚瞒啥，我也晓得点来里。(海3-19-20)¶我倒～要去叫俚个局哉！(海6-47-6)¶再困歇哩，十点钟～勿曾到哩。(海8-62-1)¶中饭～有歇哩哩。(海8-62-5)¶善卿为啥～勿来？(海12-92-10)¶勿知那哼格杀千刀，勿小心滑仔一交，连奴也跌出来。故歇臂膀浪，搭仔腰里向，～勒里痛来呀。(狐3-14-19)¶倪来仔半日，见仔老爷，～勌见太太勒啘。(狐33-283-21)¶奴今年十四岁哉，曲子学过仔两个月，会仔七八只，故歇倪先生～勒浪教奴勒呀。(狐51-436-2)¶我末为仔李仲声约我来浪公阳里黄艳卿笃，我故歇刚去看俚，落里晓得俚～勿曾来。(鸿2-197-8)¶伯飏道：“耐那哼晓得我来里该搭？”双人道：“我先到耐公馆里，门上说唔笃三位一淘出来个，勿然～寻勿着来！”(鸿3-204-6)¶绥夫正在愤恨，豁地下床怒喊道：“豪燥起来！故歇辰光～勒浪说困话！”张富闻喊惊醒，穿衣下床，揉了揉眼，道：“老爷倷起来哉？”(鸿8-235-5)¶如今王府虽升了边任，只怕这二姑太太～认得咱们。你何不去走动走动，或者他念旧，有些好处，也未可知。(红6-95-19)¶这会子又被姨太太看见了，送这几枝花儿与姑娘奶奶们。这会子～没送清楚呢。(红7-112-6)¶张大秀才心里晓得是了，问道：“一去不来，敢是竟自长行了？”兴哥道：“那里是！衣囊行李～留在我家里，转来取了才起身的。”(二4-83-14)¶兄弟酒～未醒，且坐一坐说话。(水32-497-17)

②さらに。そのうえまだ。程度の高いことや数量・範囲がさらに広がることを表す。¶耐～有个令妹，也好几年勿见哉，比耐小几岁？(海1-4-7)¶俚拿我皮袄斗当脱仔了，～要打我。(海3-19-5)¶耐阿晓得困勿着了，坐来浪，一夜天比仔一年～要长点哩！(海18-141-13)¶俫去对马夫说，念几里听说要跑马哉，到仔格日叫俚早点来，马车末～要好点，号衣末～要新鲜点。(狐15-110-17)¶格只箱子里有一百多现洋钿、三百多钞票，～有两只金锭，念几个金四开，十几只小银锭，总共值一千多点。(狐32-272-15)¶阿呀，奴老早搭俚说格哉啘，～要问奴作啥呢？(狐40-345-16)¶对勿住，我～有点事体，要去转一转。唔笃来浪啥场化，我停歇来。(鸿1-194-26)¶伯荪道：“华生慢点去哩，我～要耐到江秋燕搭去打茶围来。”华生道：“对勿住，我实在人来勿得，明朝奉陪罢。(鸿2-201-3)¶就是金二少这个名气比二少的老太爷名气～要大呢。(人22-229-22)¶姑娘快休如此，将来只怕比这个更奇怪的笑话儿～有呢！(红3-54-7)¶'瘦死的骆驼比马大'，凭他怎样，你老拔根寒毛比我们的腰～粗呢！(红6-105-8)¶诸王殿下多在面上作证，大家认做保亲，～要甚文书约契？(二2-43-8)¶鬓髯如漆，雪白一口好牙

語彙例釈　hai

齒,比少年的～好看些。(初7-124-14) ¶～有甚么法度害我?(水28-439-13)
③まあまあ。思いえがく水準・限界・時期などに十分には達していないことを表す。¶倪只道仔耐勿来个哉,～算耐有良心哚。(海2-12-5) ¶～是翠凤做清倌人辰光,搭老鸨相骂,拨老鸨打仔一顿。(海6-48-1) ¶王莲生忙问如何,赵家姆道:"～好,就肋里伤仔点,勿碍事。"(海9-70-21) ¶有是有两处堂差格,要紧～勿要紧,好得有倪妹子勒浪代。(狐24-189-4) ¶景致～算呒啥,可惜地段推板仔点,格落白相格人勿多。(狐39-338-15) ¶耐陆老爷是出名格有才情的明白人,钱老爷托耐到该搭来。耐就请过来,总算～看倪得起。(鸿11-256-25) ¶他岳丈名唤封肃,本贯大如州人氏,虽是务农,家中都～殷实。(红1-16-18) ¶这人算来～是老爷的大恩人呢!他就是葫芦庙旁住的甄老爷的小姐,名唤英莲的。(红4-61-6) ¶我只说是怎么样金碧辉煌的,元来是这等悔气色脸。倒不如外边这包,～花碌碌好看。(二1-5-15)
‖"晏"と作る作品もある。¶该号把人家嘲骂格生意～要做俚作啥?(沪1-85-4) ¶倪想起来,倪格事体末比仔素家里晏要伤心得来。(沪2-54-8) ¶朱老啥长远弗来哉。里向坐哩。马车浪晏有啥人哩?(沪1-30-2) ¶故歇是倪年纪末轻,相貌晏看得过去,格咾耐四少爷晏看得起倪。(沪2-21-7)

【还是】
〈副〉やはり。あれこれ較べ考えたうえでの結論であることを示す。¶人末一年大一年哉,来哚屋里做啥哩?～出来做做生意罢。(海1-4-6) ¶耐要白相末,～到老老实实场花去,倒无啥。(海2-10-21) ¶要末～耐到倪搭去哚哚罢,不过怠慢点。(海52-438-18)

【还有】
それから。それに。接続詞的に,すぐ前に述べたことに追加して言うのに用いられる。¶洋钱末放铁箱子里,～啥帐目、契券、照票多花末,理齐仔一搭,交代一个人好哉。(海11-86-3) ¶我说末定归勿听,帮煞个堂里,拨个卫霞仙杀坏当面骂我一顿,～俚铲头东西再要搭杀坏去点仔副香烛,说我得罪仔俚哉!(海57-483-16)

【海外】
〈形〉羽振りがいい。鼻息が荒い。豪勢である。¶耐不过多仔几个局,一歇～得来,拿双宝来要打要骂,倒好像是俚该来哚个讨人!(海17-133-5) ¶跌下来个是大流氓。先起头三品顶戴,轿子扛出扛进,～哚。(海28-233-11) ¶耐生意～得来,故是成日成夜,出来进去,忙煞哉喥,大门槛阿要踏坏嘎。(海59-505-15) ¶俚自家说起来是～得来,啥格荣德洋行、协顺祥银号、宝昌钱庄,才是俚笃一干仔开格。(九138-920-10) ¶

290

俚日日来浪倪房间里，写格嗰红字，说是大人老爷，才是俚写出去嗰，阿要～！（市 23-295-11）¶醉红楼咬紧牙关，恨恨的道："耐只烂污货，勿要来浪开心，明朝勿拨点颜色拨耐看看，耐也勿认得俚是啥人！"花云阁一面走，一面说道："倪有啥勿认得耐，东洋车夫格头头，～得来。"（九续 150-1072-10）¶瑟公道："笑话了，周碧桃又不是我什么人，如何拌的住？我的脾气，不要说周碧桃，就是家里头太太姨太太，也不能管我一步半步，我要走，留也留不住；我要不走，赶也赶不掉。"阿招插口道："哎唷，～得来，前天我到公馆里来，亲见四少向姨太太在做矮人呢。"（十 32-239-2）¶他再来逼你，叫他提防些，我要出他的花样。上海地方还轮不着他～哩。（官 9-133-12）

〈动〉大口をたたく。¶起先年纪轻，勿曾懂事体，单喜欢标致面孔个小伙子，听仔俚哚～闲话上个当；故歇要拣个老老实实个客人，阿有啥差嗄？（海 60-509-16）¶大先生放心末哉，勿是我搭金姐一吹牛皮，有倪格两个做手，有倷大先生实梗格主脑，要拉点客人总容易格，愁俚作啥介？（狐 50-429-10）¶勿要勒浪～哉，故歇末说得像煞有介事，晏歇点距起踏板来吃勿消格，阿晓得？（九 100-698-14）¶勿是倪～，金钢钻戒指勒倪手里出进咘不一百只，也有八十只哉。（文 55-295-8）

【害】

〈动〉そこなう。人に精神的・肉体的な苦痛や物質面の損害などを与えたりすること。¶王老爷，耐勿来仔末，倪先生气得来，～倪一塌一塌来请耐。（海 4-32-1）¶为俚一干仔，倒～仔几花娘姨、大姐跑来跑去忙煞，再有人来咛勿放心。（海 7-56-13）¶我做仔沈小红，也勿去打俚哚，自家末打得吃力煞，打坏个头面，原要王老爷去搭俚赔。倒～仔王老爷，阿有啥趣势（海 9-73-5）¶总是我说得勿好，～仔耐勿快活。（海 28-229-20）¶奴来仔末，～唔笃忙煞快，备仔轿子来请奴，实在对勿住哩。（狐 18-138-3）¶黄老板，倷倒好笃，格两日啥格能忙，倪格搭来才勿来，～别人家末望煞快，倷啥能格肚肠硬嗄？（狐 32-269-8）¶耐末再要开心，倒～仔人家末讨气。阿要气酥！（沪 2-51-1）¶这一夜，～得他们又急又气又恨，一夜没睡。（目 107-883-12）¶唉，昨天的看戏哪里是看戏，分明是如坐针毡，这全是你彭先生～我的。（人 46-578-9）¶我来了你家，干错了什么不是，你这等～我？（红 68-968-17）¶谁知倒说成了，如今～得我受苦不浅。（醒下 7-155-1）¶～了你一家，仍救俺不得，彼此受累，有何益哉？（禅 10-144-5）¶虽是他冤业，却是我昨日不合举荐出来，～了他也！（初 30-564-1）

han

【寒气】

語彙例釈　han

〈名〉冷気。風邪などを引き起こすことになるものを指す。¶受仔～,倒是发泄点个好,须要多盖被头,让俚出汗。(海42-354-24)¶因前日侍宴回宫,偶沾～,勾起旧病。(红95-1343-15)

【寒热】

〈名〉熱。平熱を超える、病的原因によるもの。¶玉甫忙问:"阿有～?"阿招道:"～倒无拨啥～。(海17-140-2)¶前日夜头,客人碰和,一夜勿曾困,发仔个～。(海24-198-24)¶头浪有～勒浪碗。(狐30-246-9)¶到了明天,章秋谷的～又来了,比上一回却觉得重了些儿。(九169-1105-3)¶现在你可曾请郎中看过?药吃过没有?～如何?大约不碍事罢?(歇83-1146-22)¶昨夜先生有点子～。(十25-185-24)¶看看麒儿日重一日,几致不救,幼安伤感异常,自己也发了一个～,隐隐喉间作痛,饮食不进。(繁后7-797-17)¶醉后不谨,染成一疾,～大作,忙喊医官进衙诊脉。(禅12-180-4)

〈動〉熱が出る。熱がある。¶病也勿像是～。先是胃口薄极,饮食渐渐减下来,有日把一点勿吃。(海36-304-14)¶无姆常恐～哩。(海62-533-7)

【喊】

〈動〉①呼ぶ。呼びよせる。¶悄向黄翠凤道:"耐无姆来哚～耐。(海7-56-10)¶子富复叫住,问:"高升阿曾来?"赵家姆道:"来仔歇哉。我去～得来。"(海8-62-8)¶刚刚耐管家来～倪,倪因为栈里有点事体,耽搁仔一歇。(鸿7-228-15)¶听见耐来浪～倪,倪头也勤梳,要紧奔得来看耐。(九37-76-1)¶我有一个阿叔勒浪,亦登堂子里做相帮格,就勒间搭相近同安里向,让我去～俚得来。(狐11-73-15)¶四少,五阿姊～耐哩。(沪2-44-12)¶侬去拾烧饭司爷～来。(上问39-71-4)¶及至小的们走出大门去～警兵,谁知一个也～不着。(维9-63-3)

②叫ぶ。大声で声をかける。¶看见耐轿子里出来,倒理也勿理我,一径望外头跑,我连忙～末,自家倒～醒哉。(海18-142-9)¶姐夫啥起来嗄嗄?耐倒～也勿～我一声就起来哉。(海20-164-19)¶勤～哉,先生听见个哉。(海22-178-14)¶约摸有四点钟哉,天亮还有歇歇勒,贺老阿要～醒俚介?(狐56-476-14)¶你不要动手动脚的,我～起来,你不得了。(桮14-221-21)¶司棋你不快出来,吓着我,我就～起来当贼拿了。(红71-1015-5)

③…に…させる。…に…するよう言いつける。¶我去～秀宝来。(海1-7-3)¶耐去～俚哚到尚仁里林素芬搭台面浪看看,阿曾散。(海3-23-21)¶耐同仔素兰先生到大观楼浪去,看看房间里阿缺啥物事,～俚哚舒齐好仔。(海51-434-10)¶倪先生刚刚起来,

292

han－hao 語彙例釋

勒浪梳头,阿要去～俚来？（九37-275-24）¶倷去～俚上来阿好？（鸿17-293-25）¶俫末到下底去,～相帮笃起来,四面查查看,到底格个贼从落里搭进来格？（狐32-272-13）¶我（叫）（～）侬叫拉个车,侬叫末？（上问32-58-9）¶果见离城百步,有一爿破败的小茶馆,他便走进去,拣了个座头,～茶博士泡了一壶茶,想在那里老等。（孽3-20-21）

【汗】
〈名〉汗。¶坎坎少微出仔点～。（海7-155-19）¶须要多盖被头,让俚出～。（海42-355-1）¶晴雯服了药,至晚间又服二和,夜间虽有些～,还未见效,仍是发烧,头疼鼻塞声重。（红52-724-19）

hang

【行】
〈名〉店。"洋行""米行"などの"行"。¶明朝到我行里来！（海24-199-24）

【航船】
〈名〉都市と"乡""镇"間を運航する木造船。¶娘舅阿好借块洋钱拨我去趁～？（海24-199-4）¶第四埭我去,来浪里向勿出来,就帐房里拿四百个铜钱拨我,说教我趁仔～转去罢。（海30-253-15）¶自己特地费了二十四文～钱,,赶到城里,找他小舅子。（负1-4-22）¶延秀听说有便船,便立住脚,与文秀说道："若是便船,到强如在～上挨挤。"（醒20-423-3）¶看了出行的日子,已得朋友们资助了些盘缠,安顿了母亲,雇了只～,带了家僮阿四,携了书囊前往。（初34-642-5）

hao

【好】
〈形〉①よい（品質・状態・都合など）。¶朴兄说要到堂子里见识见识,阿～？（海1-5-13）¶故末蛮～。（海4-11-15）¶隔两日,耐真个蒋月琴搭勿去仔,想着要来照应倪,再送拨我正～。（海8-58-11）¶耐末拿洋钱算～物事,倪倒无啥要紧。（海8-59-14）¶倪搭用～包打听来里,阿有啥勿晓得。（海14-109-23）¶说起来,总是俚自家运气勿～。（海16-127-20）¶我看几个时髦倌人,也无啥～结果。（海18-147-22）¶倪该搭出去,就到归首去阿～？（鸿7-227-17）¶中国人个事体,总归议论多而成功少,说得蛮～哉,到后首来仍旧弄得勿成功。（鸿7-230-8）¶嫁人呢自然是～事体,不过也勿容易。（鸿18-299-17）¶唔笃格先生凶得来,拿倪横伊勿～竖伊勿～,倒直头利害咪。（九20-149-16）¶耐格眼睛总算还～,倒还认得倪勒。（九22-164-20）¶四少,府浪都～哩？少奶奶～哩？（沪1-93-2）¶因为我记性不～,先生就把这篇文章裁了下来,用浆子糊在桌上,

語彙例釈　hao

叫我低着头念（官1-10-6）¶正〜，我这里正配丸药呢。叫他们多配一料就是了。（红3-40-16）¶刘姥姥忙迎上来问道："〜呀，周嫂子！"周瑞家的认了半日，方笑道："刘姥姥，你〜呀！你说说，能几年了，我就忘了。请家里来坐罢。"（红6-97-19）¶把那丑陋的，都赏了军士，只捡〜的，又带了若干，进到衙中。（醒下2-107-8）¶若得他来这里，十分是〜。（水32-504-8）

②人に頼みごとをするときなど、その人の呼称の前に付けて呼びかけ、機嫌を取る。¶种种是倪勿好，叨光耐搭倪包荒点，〜阿哥！（海5-36-10）¶〜妹妹，决不要说这话，我还要谢你呢，怎么倒反谢起我来？（九续105-766-9）¶〜阿哥！你肯借给我十块钱，我拿去将就过了这个年，忘不了你的好处！（市2-195-5）¶〜大人，先在三宝房里略为坐坐，已叫人催双铃去了。（梼2-32-19）¶〜姊姊，你教给我罢。我是个粗人，那里知道对付不对付，横竖我的就是你的，我争回了，你也得着福的。（新50-231-29）¶明天吃虽是一样，不过今天见得场面些儿。〜大少爷，你替我家先生争争脸罢！（繁23-251-16）¶宝贝，你只管去，有我呢，他不敢委曲了你。（红23-319-19）¶〜嫂子，赏我一点空儿。你是最疼我的，怎么今儿为平儿就不疼我？（红45-618-15）¶〜姐姐，再坐一坐，兄弟还有事相求。（红72-1021-11）¶韩回春陪着笑脸道："〜阿哥，委是何等富贵？便实与小弟说。可行可止，自有权变，何故欲言又忍，藏头露尾的！"（禅4-47-11）¶〜哥哥，带挈我带挈。（二8-172-7）¶凤生作个揖道："〜姐姐，如此帮衬，万代恩德。（二9-186-4）¶〜姐姐，不要叫！邻舍听得，不是耍处。（水21-316-7）

③仲がいい。親しい。¶来大爷末算得是〜朋友哉。（海5-36-15）¶倒是沈小红外头名气自家做坏哉，就不过王老爷末原搭俚蛮〜，除仔王老爷，阿有啥人说俚好嘎。（海12-95-2）¶旧年嫁仔个家主公，是个虹口银楼里小开，家里还算过得去，夫妻也蛮〜，阿是总算好个哉了？（海16-127-8）¶耐两家头才喜欢生病，真真是〜姊妹。（海35-212-19）¶唔笃是〜朋友，自然帮俚个，阿对？（鸿4-210-2）¶今日这席上短两个〜朋友。（红67-951-24）

④酒が相当の量飲めることを表す。¶亚白〜酒量，罚俚吃酒，无啥要紧。（海33-273-7）¶张秀英酒量阿〜？（海40-340-8）¶俚笃才算我〜酒量，勿许代末那哼？（鸿4-213-24）

⑤よろしい。同意・承諾を表す。¶善卿道："双玉也好做大生意哉，就让俚来点仔大蜡烛罢。"双珠道："〜个，耐做媒人哉哙。"（海32-269-23）¶宗江连忙扶住道："少叙三杯如何？"薛永道："〜，正要拜识尊颜，小人无门得遇兄长。"（水37-580-6）

⑥ある案を示したあと、"〜哉"として、そうしたらよいと、話し手の考えを伝える。

hao　語彙例釈

¶三先生去说说哩,让俚去仔末~哉。(海 17-133-21) ¶耐来里时髦辰光,拣个靠得住点客人,嫁仔末~哉哩(海 18-147-23)¶媒人耐去做,我末帮帮耐~哉。(海 32-269-24) ¶再有五千,搭俚办副嫁妆,让俚嫁仔人末~哉。(海 64-544-7) ¶倪总想生意好点多点洋钱下来,拿俚笃格带档还托付末~哉。(九 37-273-9)

⑦反語で用いられる。とんでもない。えらいことである。¶耐~啊,骗我阿是?耐说转去两三个月哝,直到仔故歇坎坎来!(海 2-11-13)¶幸亏倪赵大少爷是明白人,要听仔朋友咪闲话,也~煞哉。(海 2-16-16) ¶耐胆倒大得野咪! 拨来沈小红晓得仔末,也~哉。(海 9-67-13)¶等到年纪大仔点,生意一清仔末,也~哉。(海 18-147-24) ¶难末~哉!三个局还勿曾去,老旗昌唧来叫哉。(海 44-372-21) ¶刘大少,耐倒~格!倪就是有倦格推扳耐格地方,耐心浪勿舒齐末,也好朝倪说格哝,耐倒好意思跳槽,跳到仔洪笑梅搭去,倪搭人影子勿见,还要瞎三话四。(九 10-78-1) ¶阿姐倒~个,去仔勿过来哉,俚乃个客人到倪床浪来困,倪自家个客人到坐勒浪小房间里,阿要诧异!(鸿 6-225-7)¶耐倒~格,倒直头~良心咪。耐几时看见倪做仔别人家哉哝?阿要气酥!(沪 1-8-7) ¶你~,你~!我同你新衙门去讲话。你仔细着就是了。(新 50-232-30) ¶凤姐儿一见,便说:"~小子啊!你和你爷办的~事啊! 你只实说罢!"(红 67-958-4)

⑧(動詞の前に用いられて)…しよい。…するのがたやすい。¶近来上海滩浪,倒也勿~做啥生意哩。(海 1-4-5)¶等翠凤发极仔,自家奔得来寻我,难末~说闲话哉。(海 59-503-18) ¶你是知道的, 咱们家所有的这些管家奶奶们, 那一位是~缠的?(红 16-212-11)¶他母亲姓白,是个京师人,当初徐家老爷在京中选官娶了来家的。且是直性子,~相与。(二 3-55-5)

⑨結果補語に用い、動作が完成している、きちんとした状態になっていることを表す。命令文にも用いられ、ちゃんと…することを表す(多く、命令の語気を示す助詞"仔"をともなう)。¶耐只嘴阿是放屁,说来闲话阿有一句做到?把我倒记~来里,耐再勿来末,索性搭耐上一上,试试看末哉!(海 2-11-17) ¶善卿低头一想,道:"阿是要买个讨人?"双珠点头道:"说~哉呀,五百块洋钱咪。"(海 3-19-23) ¶子富叫的两个倌人,一个是老相好蒋月琴,便令娘姨转去:"看俚咪台面摆~末再来。"(海 4-25-5) ¶善卿接了,忙说:"覅客气,耐请用饭哩。"蕙贞笑道:"倪吃~哉呀。(海 4-28-10) ¶耐咪慢慢交用,倪搭先生梳头去,梳~仔头再来。(海 5-39-24) ¶陆里拿得来嘎?原搭俚放~仔,晚歇弄坏仔末再要拨俚说哉。(海 7-53-17) ¶我有日子到俚搭去,有心要看看俚咪,陆里晓得俚咪两家头对面坐~仔,呆望来咪,也勿说啥一句闲话。(海 7-56-24)

語彙例釈　hao

¶吃仔酒末就台面浪约～两个朋友，散下来一淘到小红搭去，阿是蛮好？（海9-74-4）¶有辰光客人碰和，一夜天勿困；到天亮碰～仔，俚哚末去困哉，我末收捉房间。（海23-183-16）¶耐记～仔，夠忘记。（海24-194-24）¶故是送拨耐个表记，拿去坑好来浪。（海32-268-13）¶我困仔末，姐夫坐末浪看～仔我。（海35-293-10）¶价末倪着～仔衣裳，一淘去。（海46-392-24）¶勿是我多说多话，耐早点要打桩～仔末好，夠到个辰光坍台。（海61-524-11）¶我去末哉，原搭我困～仔。（海62-531-6）¶稀饭炖～勒浪哉，阿要吃？（鸿4-212-7）¶仲声道："让倪该筒烟吃～仔哩。"印生道："晏歇再吃末哉。"（鸿7-232-14）¶老二讪讪的敷衍了几句"走～仔""明朝来"的客套。（鸿9-244-2）¶耐拿一个房饭钱带档结结～，钱老叫侬夠作生意哉，耐搭俚去算罢！（鸿11-254-15）¶耐记～仔，明朝十二点钟就喊我起来。（鸿19-313-14）¶格两日倪阿姊本来勿出格呀，难末刚刚困～，书场浪来叫哉，说耐二少点子戏下来哉，耐二少爷面子是勿能去格啘。（九3-24-20）¶倪炖～仔开水来浪，倪去冲碗杏仁露来。（九6-43-7）¶赛金花气到极处，那里还管他什么侍郎不侍郎，高声答道："倪等～来里，耐有啥本事末来末哉！"（九176-1145-13）¶对勿住，扶梯浪走～。各位请明朝来嘎。（狐3-15-20）¶大先生傸听～仔，第一味是犀黄，第二味是大黄。（狐30-247-14）¶明朝下半日准到，耐等～仔罢。（沪1-93-6）¶老弟，你记～我一句话，以愚兄所见，我们中国大局，将来有得反覆哩！（文1-2-11）¶你先睡在床上，我下去关照娘姨，叫他照管～门儿，马上就来。（新12-53-10）¶当下我在房门外面看着，只见他那屋里罗列着许多书，也有包～的，也有未曾包～的，还有不曾装订～的，便知道是个贩书客人。（目21-153-5）¶慧卿在房里一面答应，一面说："祥大人走～啊！待慢啊！明天请过来啊！"（目85-691-1）¶遂问："这就是三万银子的收条么？"介山道："是的，请大人收～了，休要遗失。"（新57-263-30）¶公坊一壁说，一壁写～了三个小简，叫松儿交给长班分头去送。（孽5-30-2）¶一头说，一头就在里衣袋里，掏出一只陆离光采的小手箱来，放在桌上，就推到彩云身边道："原物奉还，请收～吧。（孽15-126-16）¶袭人伸手从他项上摘下那通灵玉来，用自己的手帕包～，塞在褥下，次日带时便冰不着脖子。（红8-132-9）¶凤生将书封～，一同玉蟾蜍交付龙香。（二9-186-2）

〈副〉なんとまあ。程度の高さに感嘆していることを表す。　¶有几个乡下女客，徘徊瞻眺，啧啧欣羡，都说："～福气"（海43-360-10）¶耐办得事体～舒齐！我一点点勿曾晓得，害陈老爷末等仔半日。（海48-409-16）¶阿约～冷吓！吓，勿要管里，仰我去汏一个浴罢！（描3-24-20）¶看见少牧回来，也是汗流浃背的，连呼："～热！"（繁初

hao　語彙例釋

19-208-19）¶一来一去，不到两个钟头，阿珍等见了，多说他来得～快。(繁初25-276-20) ¶还有如今现在江南的甄家，嗳哟哟，～势派！独他家接驾四次。（红16-217-14） ¶父亲，我是你大儿子桂高，被万俟总管家打死，～苦呵！（警25-394-1） ¶你这店主人～欺客！见我是个犯人，便不来采着。我须不白吃你的。是甚道理？（水9-137-8）

〈动〉……することができる。助動詞"可以""能"の用法に当る。 ¶倽人有仔脾气，阿～做啥生意嘎！（海6-47-16） ¶故倒勿～屈留耐哉咘。（海7-56-17） ¶耐开消仔，原～去个咘。（海8-58-16）¶耐要拿几样要紧物事来放来里，故末～算凭据。（海8-59-12） ¶俚来哚吃大菜末，倪也～吃饭哉。（海13-103-20） ¶输仔阿～勿拨嘎。（海14-108-6） ¶故是自然。我一对阿～比嘎。（海22-180-4）¶样样才要教拨俚末俚～会。（海44-374-4） ¶天来浪落雨，耐阿～夠进城哉？（海47-403-7）¶老叔阿～同去坐歇？（鸿7-227-18） ¶兄弟那哼～管阿哥介！（鸿9-242-15）¶方大少，耐银子末汇得来哉，倪戒指铜钱～去还脱仔哉咘。（九6-46-17）¶倲夢性急哩，让奴通好仔头，舒齐停当，难末～困咘。（狐3-16-8）¶倪既然搭耐要好末，弗能弗搭耐想到，想到仔夷弗～弗搭耐说一声哩。（沪1-104-7） ¶我倪地隙（～）（可以）去否？（上问21-40-10）¶我听说现在的官拿钱都～买得来的，你这个官从前化过几个钱？（官32-535-20） ¶洋人来，是有外国公事的，怎么～叫他在外头老等？糊涂混帐！还不快请进来！(官53-919-19) ¶我想把阿宝给你做老婆，你做了我的女婿，那时我们来往，他就不～管我们了。(新20-89-30) ¶我问："人品果真可靠么？"宗妈道："保在我身上，不信，你～自己去瞧的。"（新34-154-15） ¶就是你有甚心事时，随你有天样大的，我也～替你排解，说甚不耐烦。（醒上9-62-5） ¶东老道："此话甚长，不是今日立谈可尽。况且还要费好些周折，改日当与守公细说罢了。"太守也有些疑心，不～再问。酒罢各散。（二7-152-9）

【好白相】

〈形〉①面白い。共通語の"好玩儿"。¶要俚哚三礼拜六点钟末，～咘。（海6-45-22） ¶有辰光倪搭客人合好仔三四个朋友一淘来，才是朋友，才是客人，俚哚也算闹热点～。（海14-111-2） ¶～点酒令，才行过歇，无拨哉咘。（海39-325-17） ¶等俚来仔，倘然俚笃真格捎起来，倪搭耐看看俚笃，倒也蛮～格咘。（鸿17-294-1） ¶打野鸡末有啥格～，耐也要去试试，故歇阿是试仔滋味出来哉。（九续38-280-17） ¶唔笃格搭场化，阿～格介？（狐14-97-26） ¶阿珠听宝玉口气，分明羡慕咸水妹，想尝外国的异味，便凑趣道："我阿要几时叫两个咸水妹来，讲讲当中格经络，格末叫～得来。"（狐22-173-23） ¶格是有趣煞哉。俚格地方倒～哩。（沪2-63-5）

297

語彙例釈　hao

②かわいい。¶该个小干件做倌人，真作孽！客人看俚～，才喜欢俚，叫俚个局，生意倒忙煞。(海 35-293-22)
③補語に用いられて、程度の高いことを表す。¶要拆仔俚冷台，故是跳得来～煞哉！(海 14-113-5) ¶倪何有格好福气？拨阵文仙晓得仔是反得来～煞哉。(九 43-317-12)

【好场花】
よいところ。芸妓が身請けされるさきを指している。¶珠凤生来无用场，倘忙有人要末，倒让俚～去罢。(海 49-417-23) ¶南货店里姓倪个客人，搭双宝蛮要好，倪去请俚来，问声俚，要讨末教俚讨仔去。双宝有仔～，倪身价也勿吃亏。(海 63-537-18)

【好处】
〈名〉利点。得(とく)。¶耐要是勿肯听人闲话，我先搭耐说一声，耐自家吃苦，到底无啥～。(海 10-77-3) ¶倪坍仔台末，耐沈小红阿有啥～？(海 12-94-23) ¶我想我从小到故歇，无姆一径稀奇杀仔，随便要啥，俚总依我；我无拨一点点～拨俚，倒害俚要急杀快。(海 20-161-22) ¶倘不顾东家血本，只图自己受用，大家串通了，营私舞弊，一阵的偷着、吃着、藏着，弄的东家支持不住，把店盘给了别人，做伙计的究也没甚么～。(新 55-255-7) ¶中了举人有甚么～呢？(官 1-4-9) ¶卖了女儿还要得点身价，可怜他其实还赔了多少钱，这做官的女婿也没一点儿～到他两人身上。(梼 14-255-23) ¶你怎么知道他在那世里受罪不安生?怎么见得不中用了?你愿他死了，有什么～？(红 25-356-2) ¶若是我有些～，加利赎你回来。若是照前这般不顺溜，只索罢了！(醒 33-695-4)
②よさ。いい点。¶隔两日，俚要想想着我阿姐个～，也拨我一口羹饭吃吃，让我做仔鬼也好有个着落。(海 20-162-11) ¶就算我千勿好万勿好，四五年做下来，总有一点点～。耐想着我～末，就望耐照应点我爷娘，我末交代俚咾拿我放来浪善堂里。(海 34-285-23) ¶我想仔半日，要做一联好诗，竟想勿出如何做法，可知该首诗自有～。(海 61-522-21) ¶是从前的人态度俱是守着十分谦和，乡谊又非常之重，决不肯向外人称赞自家同乡的～，免却祖护同乡的嫌疑。(人 30-329-12) ¶莺儿笑道："你还不知道我们姑娘有几样世人都没有的～呢，模样儿还在其次。"(红 35-484-11)

【好过】
〈形〉気分がいい。気持ちがよい。¶无姆，耐吃罢。我想着仔就勿～，陆里吃得落。(海 19-156-20) ¶倪是生来无啥快活！耐心里难过末，到～个场花去。(海 28-229-12) ¶继之夫人有点不～，我姊姊强他去睡了。(目 24-172-4)

【好好交】

〈副〉しっかり。ちゃんと。十分に。"交"は接尾語。¶耐就勿依俚,也勠搭俚强,～搭俚说。(海24-194-23)¶我搭耐说仔罢,照实概样式,～要打两转得哩!(海32-263-17)¶耐末～招呼招呼俚,勠一迳哭哭啼啼弄仔俚添毛病来。(沪2-3-10) ¶～说闲话末,耐夷要动光火哉。老五末夷弗是倪格相好,耐格吃醋阿可是忒嫌吤道理？（沪3-41-3）¶那末你～说。(人44-546-14)

（注）"好好交"は形容詞としても用いられる。「ちゃんとしている」「きちんとしている」。→唔笃去想哩,好好交格人家,倽人肯讨倽人转去做大老母？（九48-349-14）"好好叫"とも作る。→倪格小妹是的括好好叫格哩。夷勿会掉枪花夷弗会瞎胡调,真格实实在在格哩。(沪1-44-12)

【好话】
〈名〉甘い言葉。ほめそやした言葉。¶倪倒勿是要洪老爷搭倪说～,也勿是怕洪老爷说倪啥邱话（海12-92-24）¶那戈什哈,他不是说继之的坏话,难道他倒说继之的～不成？那有这个道理！(目60-471-1) ¶一面请得利吃了一次洋餐,求他见了制台大人时,顺便提起自己,并替自己说几句～。显得利满口答应。(维13-89-14) ¶是从前的人态度俱是守着十分谦和,乡谊有非常之重,决不肯向外人称赞自家同乡的好处,免却袒护同乡的嫌疑,因此说同乡的～便成为处事之大忌。(人30-329-13) ¶你这里人多口杂,说～的人少,说歹话的人多。(红57-812-19)

【好几】
〈数〉数の多いことを示す。¶耐还有个令妹,也～年勿见哉。(海1-4-7) ¶我也～日勿曾碰着。(海3-18-3)¶俚咪请仔耐～埭咪（海4-28-7）¶只得勉强叫了一声"二少",并问是及时到的? 少牧带笑答道:"到了～天了。"(繁后18-932-22) ¶自从姓赖的接了手,我们的铁路已经放长了～百里。(官58-1007-5)¶贾母向众人道:"这么大年纪了,还这么健朗。 比我大～岁呢。(红39-538-17) ¶小的～次到大王店里吃酒要子,又来赌钱,大王却忘了？(禅14-220-3) ¶教授怒罪,～时不曾相见。(水15-213-11)

【好几花】
副詞"好"＋形容詞"几花"。多くの。共通語の"好多"。¶就算耐屋里向该～家当来里,也无用啘。(海14-108-10)

【好酒量】
酒豪。⇨好〈形〉④

【好看】

語彙例釈　hao

〈形〉美しい。見て楽しい。¶雪香在马车上褪下时辰表的手镯来给小妹姐看,仲英道:"也不过是〜生活,到底无啥趣势。(海 6-45-3) ¶啥〜,原不过是烟火末哉!(海 39-329-13) ¶还有一出送客戏,是呒啥〜格哉。(狐 9-160-3) ¶只见那王仁楞了好半天,脸上红一阵,白一阵,面色很不〜。(官 1-4-23) ¶抚台犯的是外症,面目浮肿,很不〜。(官 44-753-5) ¶怪道这么〜,原来是孔雀毛织的。(红 49-676-5) ¶身上衣服旧了不〜,我打扮你去。(警 28-432-6) ¶鬓髯如漆,雪白一口好牙齿,比少年的还〜些。(初 7-124-14)

【好客人】
いい客。¶过仔垃圾桥,几花湖丝栈,才是做丝生意个〜,耐熟仔末晓得哉。(海 59-505-19) ¶赖三公子有名个癞头鼋,倒真真是〜,勿比仔史三末就不过空场面。(海 64-546-20)

【好良心】
"好"は反語で、良心のかけらもないと、非難・嘲笑している。¶耐个人,〜耐自家去想想看!耐七岁无拨仔爷娘,落个堂子。我为仔耐苦恼,一径当耐亲生囡件,梳头缠脚,出理到故歇,陆里一桩事体我得罪仔耐,耐杀死个同我做冤家? 耐〜!(海 45-378-16)

【好男勿吃分家饭, 好女勿着嫁时衣】
気概のある人間は分家時や嫁入り時に親からもらった財産・衣装で暮らすようなことはしないということわざ。¶有句闲话说:'〜。'赛过就是耐。(海 48-406-2) ¶小姐道:"好男不吃分家饭,好女不穿嫁时衣"依孩儿的意思,总是自挣的功名好,靠着祖、父,只算做不成器!"(儒 11-140-21)

【好婆】
〈名〉老女に対する敬称。¶刚跐过景星银楼,忽然,劈面来了一个年轻娘姨,拉住杨家姆,叫声"〜",说:"慢点哩。"(海 25-208-22)
(注)"好婆"の本来の意味は「祖母」。→倪小格辰光勒浪屋里向,倪好婆搭倪排格八字才说倪养弗大格哩。(沪 2-1-4)

【好邱】
〈名〉よしあし。¶我人末笨,闲话个〜听勿出仔也好煞哉!(海 17-135-1) ¶〜也勿曾懂末,阿有啥气嘎。(海 46-387-8) ¶炭个〜那能(样子)(光景)? (上问 27-50-7)

【好人】
〈名〉善い人。¶耐哚才勿是〜。(海 4-29-10) ¶老鸨阿有啥〜嘎!(海 6-47-21) ¶起先倪才说王老爷是个〜,故歇倒也会打仔小老母哉,阿要稀奇!(海 54-462-9) ¶奴

300

当俫～，哪哼格待俫，俫倒故歇夢奴奴哉，姘仔巧玲格只歪货，还要勒奴面前说鬼话。(狐 32-270-2) ¶俚说上海地方，无拔啥格熟客，只有章二少是格～，总要托俚说句好话。(九 63-457-19) ¶照耐实梗说起来，倪堂子里向一塌刮仔才是坏人，吭拔一格啘。(九续 64-500-16) ¶此时一众差官都当他是～，见他同太太讲话，并不生他的疑心。(官 49-836-16) ¶怪不得人人说戏子没一个好缠的。凭你甚么～，入了这一行，都弄坏了。(红 58-824-5) ¶锺守净趁林澹然不在时，几次到他房里搜检，并无踪迹，锺守净才心里信林澹然是个～。(禅 5-60-12)

【好人家】

〈名〉堅気の家。ふつうの善良な家柄。¶果然是～风范！(海 38-322-12) ¶俚说俚是～出身，今年到仔堂子，也不过做仔一节清倌人。(海 54-456-2) ¶倪人末做仔倌人，本底子也是～格圈仵。(九 75-542-18) ¶可怜你也是个～子弟，乍落难，没有仔细叫化厂里头规矩。(新 28-126-7) ¶爱珠在枕头上诉说他本是～女儿，父母因为没有钱用，所以才拿他卖到窑子里来。(官 39-666-16) ¶我也是～女儿出身，虽然先堕烟花，出门时不能不凤冠霞佩，红裙披风，清音彩轿。(繁 28-322-2) ¶他们也是～的女儿,因无能卖了做这事,装丑弄鬼的几年.如今有这机会,不如给他们几两银子盘费，各自去罢。(红 58-819-1) ¶我是～儿女，就是有些不是，何得如此作贱说我！(初 2-32-8) ¶我本～儿女，祖、父俱曾做官。(二 7-151-14) ¶在先胖妇人也是～出来的，因为丈夫无用，阖闾不得，已干这般勾当。(喻 3-66-11)

【好日脚】

〈名〉よい暮らし。幸せな日々。¶我听仔快活煞，张开仔两只眼睛单望俚一干仔，望俚搭我还清仔债末，我也有仔～哉，陆里晓得俚一直来里骗我！(海 10-80-20) ¶俚说生意做勿好，倒勿如死仔歇作，阿有啥～等出来！(海 16-128-10) ¶倪晓得自家格命苦，所以落到堂子里向做仔倌人，勿想嫁俉格大人老爷，过俉格～，勿壳张碰着格客人，又是实梗样子。(九 71-518-11)

【好日子】

〈名〉吉日。¶我说仔一点勿要，故末倪无姆再要快活也无拨，教我赎身末赎末哉，一千身价就一千末哉，替我看仔个～，十六写纸，十七调头，样式样才说好。(海 48-405-16) ¶今朝是他娶亲～，却不道闹出这般大笑话来。(新 51-236-1) ¶我家小爷原说第三日方是～，再接入门。(红 4-57-11) ¶拣个～，元椿打扮做马快手的模样，与赛儿相别，说："我去便回。"(初 31-572-5)

語彙例釈　hao

【好事】
〈名〉人のため・世のためになる善いこと。¶耐原照应点俚，劝劝耐无姆看过点，赛过做～。(海 3-20-5) ¶无姆，耐也做点～末哉！黄二姐个人勿比仔耐，双宝去做俚讨人，苦煞个哩！(海 63-537-15) ¶只得求求妩姆，赛过做～，搭倪随便洛里去借几百洋钿，拿格房饭帐菜钿付清仔，就是五分八扣也说勿得格哉。(九 163-1072-9) ¶既然二老班与他相识，不是我今天多口，倘他没有家属在申，何不做个～，给他一口棺木，并把他葬到静安寺花家上去？(繁 39-1193-22) ¶快放舢板，我的老爷解手失足跌了下去，快点救噱！人命要紧，求求你们，做做～罢！(栲 23-365-12) ¶提起我们奶奶来，心里歹毒，口里尖快。我们二爷也算是个好的，那里见得他。倒是跟前的平姑娘为人很好，虽然和奶奶一气，他倒背着奶奶常作些个～。(红 65-934-6)

【好手】
〈名〉腕利き。名人。名手。¶耐碰和阿是～？(海 53-446-16) ¶这人做官倒着实有点才干，的的确确是位理财～。(官 2-17-13) ¶他二人的能耐也不小，将来办起交涉来一定是个～。(官 56-962-17) ¶～中间施～，红心里面夺红心。(水 55-920-3)

【好听】
〈形〉①聞いて感じがいい。聞いて心地よい。¶善卿道："名字叫周双玉，阿好？"双珠道："阿有啥～点个嘎？原是'双'啥'双'啥，阿要讨人厌？(海 3-20-22) ¶欲眠不得，眼睁睁地等到秀英、二宝听书回来，重复下床出房，问："唱得阿～？"(海 29-242-8) ¶又论不定他把我骂他的话竟来哭诉了统领，所以刚才统领的声气不大～。(官 13-188-1) ¶凤姐儿道："这个名儿也～。只是我这么大了，纱罗也见过几百样，从没听见过这个名色。(红 40-548-1)

②人をうれしがらせる(言うことが)。¶耐要得罪仔王老爷，倪就搭耐说句把～闲话，也无用喏。(海 12-92-23) ¶李子霄打着苏白笑道："阿哨，书玉先生实梗格红倌人搭倪来打辫子，格是勿敢当格哞，"书玉听了，对着那个娘姨道："耐听听看，说得阿要～。"(九 72-526-3) ¶金子多与夏尔梅比较，怎能比较得来？与其得罪了姓金的从此不来，还是姓夏的且自由他，要去听凭自去的妙。不过说话里必须讲得～些儿，便他痴心不死。(繁后 19-943-23) ¶哥哥果然要经历，正是好的了。只是他在家时说着～，到了外头旧病复犯，越发难拘束他了。(红 48-659-13)

③世間の聞こえがいい。¶勿是我做人家。要白相末陆里好白相，做啥长三书寓呢？阿是长三书寓名气～点，真真是铲头客人。(海 15-120-9) ¶且说凤姐在家，外面待尤二

姐自不必说得，只是心中又怀别意。无人处只和尤二姐说："妹妹的声名很不～，连老太太，太太们都知道了，说妹妹在家做女孩儿就不干净，又和姐夫有些首尾，……。"（红69-979-1）¶你若打得上这个主儿，不但名声～，也勾你一世受用。（警24-342-2）¶恰好其时主人有女淫奔于外，又有疑韩生所遇之女即是主人家的。弄得人言四起，韩生声名颇不～。（二30-584-15）

【好物事】

いい物。¶覅响哩！耐要看～末，该首去。（海46-488-7）¶有样～来里，拨耐看。（海47-400-5）¶我有一样～，请耐吃仔罢。（海63-539-11）

【好闲话】

よい話。まともな話。¶痴鸳向双玉道："耐也坐来里冰冷个石头浪，于己个哩！勿比得翠芬勿要紧。"淑人道："故末为啥？"双歪斜瞅一眼，道："耐覅去问俚，阿有啥～！"（海46-390-19）¶翠凤道："我要去问声俚阿是要我个命！"子富连忙横身拦劝道："耐慢点哩！耐去无啥～，我去罢，看俚阿好意思说啥！就依俚末，也不过借几百洋钱末哉。（海59-503-7）

【好像】

〈副〉……のようである。……みたいである。¶耐去做啥人也勿关倪事。耐定规要瞒仔倪了去做，倒～是倪吃醋，勿许耐去，阿要气煞人！（海4-30-23）¶为仔阿姐去买起点心来请倪，倪少吃仔～对勿住，阿是？"（海11-90-15）¶说到仔俚末真真要气煞人！俚勿怪自家无淘成，倒～我多说多话。（海57-483-5）¶哈哈，自我是住立朵虎丘山背后，介勒你面孔～见过个。（三9-107-18）¶倒也不是每天来。不过来的时候，总在你出门之后，～预先约着似的。（新46-211-10）¶华商跑马会在什么地方？上次我到申，～还没有这个名目。（繁后10-827-5）¶心内～失落掉一件东西似的，面色登时改变起来。（官2-25-5）¶这件东西～我看见谁家的孩子也带着这么一个的。（红29-411-12）¶富翁此时～雪狮子向火，不觉软瘫了半边。（初18-328-9）

〈动〉似ている。まるで……のようである。¶耐生来无啥要紧，熟罗单衫才有来浪，去去末哉；我～个叫化子，坍台煞个。（海29-242-14）

【好笑】

〈动〉おかしくて笑う。共通語の"发笑"。¶王老爷，耐酒倒要去吃咪，耐勿去吃酒，倒拨沈小红咪～。（海9-74-3）¶看耐到仔房间里，东张张，西张张，我末来里～，要笑出来哉呀！（海14-109-8）¶饶鸿生用羹匙调着喝完了，把羹匙仍旧放在杯内，许多

語彙例釈　hao

外国人対他~。(文 51-274-20) ¶周老爷也随着大众将他一味的恭维，肚里却着实~。(官 11-169-3) ¶前头抬的棺材不满三尺长，后头送的孝子倒是昂昂七尺的，路上的人没有不称奇道怪的。及至问出情由，又都~起来。(目 86-693-10) ¶你们只管~什么！还不动手快碰，天要亮了。(繁 21-228-2) ¶子通见甫举动太瘟，望着他只顾~，生甫并不觉得。(繁 24-269-24) ¶晴雯也不想宝玉此时回来，乍一见，不觉~，遂笑说道："芳官竟是个狐狸精变的，……。"(红 64-908-11) ¶张青道："二哥为何大咲？"武松道："我照了自也好咲。我也做得个行者。大哥便于我剪了头发。"(水 31-483-14)("咲"は"笑"に通用する)

〈形〉笑わせる。おかしい。¶最~有一转拍小照去，说是眼睛光也拨俚哚拍仔去哉；难末日朝天亮快勿曾起来，就搭俚饧眼睛，说饧仔半个月坎坎好。(海 7-57-5) ¶倪两家头赛过做（人民文学出版社は"赛做过"とするが、石印本により訂正）俚哚和事老，倒也~得极哉！(海 12-97-9) ¶我来里楼浪，刚刚听见，咿气末咿~。(海 48-405-7) ¶陆老，俉事体实梗~？(鸿 11-256-3) ¶最~的是，这种医生到得没人请教的时候，那挂号簿上却偏偏姓张姓李的每天写得狠是像样，又天天的坐着飞轿在街上抬来抬去，装作匆忙样儿。(繁 18-194-20) ¶此时咱娘舅听了他这番说话，又好气，又~。(官 50-865-11) ¶你想这么一件天大的公事，只值得二十块钱，~不~？（十 34-255-24) ¶你要是个男人，出去打一个报不平人。你又充什么荆轲聂政，真真~。(红 57-815-13) ¶太公笑道："先生这样病重，你两个可也睡得安稳？怎地救得他，方是师生之情。"薛奉道："~！我年幼小，但晓得读书，那里会医病？"(禅 21-333-15) ¶你到问我要文夫，难道我们藏过了他？说得~！(喻 40-632-1) ¶这个客官道我酒里有甚么蒙汗药。你道~么？(水 16-234-4)

【好意思】

〈动〉平気である。きまり悪くない。¶阿~说倪教耐麭去嘎。(海 8-59-1) ¶耐倒~打起倪来哉，耐阿算得是人嘎！(海 9-70-4) ¶拨来耐哚说穿仔末，倒勿~再吃一筒哉哕！(海 15-117-21) ¶不过倪勿~搭耐说，搭耐说仔倒好像是倪来拆耐李老爷梢。(海 16-127-17) ¶二少，我看耐阿~介？算倪故歇是仰扳耐二少勿上哉！看格两位朋友面浪，阿要拨点面子倪勒！(鸿 14-275-19) ¶耐倒好意思格，阿是算坍倪格台介？（九续 56-433-9) ¶到了舍亲门口，他不~递片子进来，就那么下了车进来了。(目 27-203-3) ¶这算得那一回的事，又要你老破费。况且你老光景又不大好，怎么~收你的呢？(官 11-159-14) ¶帐房师爷因为他时常进来拍马屁，彼此极熟，不~驳他。(官 45-755-17)

¶隔了两天，那周氏太太也有些觉得，但一个是爱女，一个是情夫，怎么～认真？（栀14-228-4）¶你的活计叫谁做，谁～不做呢。（红32-443-18）

【号】

〈量〉ある基準で分類して数える。 ¶第～物事，消场倒难哩。（海 1-6-10）¶夷场浪常有该～事体。（海18-148-3）¶倪陆里有该～福气。（海19-153-8）¶黎大人，耐该～闲话阿有啥问倪个嘎？（海19-153-11）¶上海夷场浪阿有该～规矩？（海23-187-23）¶该～杀胚，再去认得俚做啥。（海27-225-4）¶倪乡下陆里有该～房子嘎，大少爷，故末真真难为耐。（海30-251-5）¶该～娘舅，就勿认得俚也无啥要紧。（海31-258-12）¶着到仔该～衣裳，倒要点福气个哩！（海61-52-7）¶像四少爷耐格～人，故歇是少有格哩。（沪1-103-8）¶漱琴本来是多愁多病格人，所以要生格～毛病。（沪2-3-9）

【浩繁】

〈形〉非常に多い。¶一拜匣个公私文书，再要补完全，不特费用～，且恐纠缠棘手。（海59-505-1）¶上海滩上花天酒地的一节一节要应酬起来，自然用度～，张子纯亏空日巨。（人37-416-10）

he

【合】

〈动〉組む。仲間になる。¶阿要我搭耐～仔点？（海13-104-15）¶有辰光倪搭客人～好仔三四个朋友一淘来。（海14-111-1）¶篆鸿末常恐惊动官场，勿肯来，难末荡人另～一个公局。（海18-1451-9）¶陈小云乃问洪善卿："我搭耐～碰阿好？"善卿道："我勿会碰末，～啥嘎？要末耐搭荔甫～仔罢。（海26-210-16）¶俚哚想来想去无法子，倒怪仔倪阿哥，说拨倪小村阿哥～得去，用完仔洋钱，无面孔见人，故歇倒要倪同得去寻倪小村阿哥。（海29-239-13）¶据说那柏义到汉口姘了一个档子班的女的，～了一个班子，在汉口一带唱戏。（栀23-366-24）¶到松江买了百来个布，独自写了一只满风梢的船，身边又带了几百两籴米豆的银子，～了一个伙计，择日起行。（初8-141-11）

【合唱】

〈动〉いっしょに歌う。¶我听见梨花院落里，瑶官同翠芬两家头～一套《迎像》，倒唱得无啥。（海45-382-7）

【合会】

〈动〉講を組む。講の仲間になる。¶会钱末也是俚赚得来洋钱去合个会，耐倒勿许俚用。（海3-19-13）¶想自我华升承相爷恩典，赏介一个家小，单单缺少财爻，～、借债，

語彙例釈　he

才能夫妇同淘。(三45-476-29)¶双珠格外矜全,特地请了洪善卿、乔老四等几户熟客,告知此事,拟合一会帮贴双宝。(海63-538-3)

【合传体】

〈名〉合伝(がつでん)体。数人の生涯を一つの伝記にしたかたち。¶琪、瑶、素、翠末是～,赵、张两传末参互成文,李浣芳传中以李漱芳作柱。(海53-450-12)

【合式】

〈形〉即している(求めているものに)。ふさわしい。¶我有个诗题来里,耐去做做看。做得～仔末,就晓得其中甘苦哉。(海60-516-2)　¶雨村正值偶感风寒,病在旅店,将一月光景方渐愈。一因身体劳倦,二因盘费不继,也正欲寻个～之处,暂且歇下。(红2-24-8)

【合作】

〈形〉詩文書画の作法にかなっている。¶要晓得两个题目只消淡淡著笔,点缀些田家之乐,羁客之思,就是～,勿必去刻意求工,倒豁脱仔正意。(海60-515-23)

【合卺杯】

〈名〉夫婦の固めの杯。¶韵叟是个风流广大大教主,前两日为仔亚白、文君两家头,请俚吃～,今朝末专诚阁下同贵相好做个乞巧会。(海29-322-6)¶一对男女,如玉琢金装,美不可说。交拜已毕,千恩万谢的,携手入于洞房。吃了～,正欲上床解衣就寝。忽然……。(警2-19-10)

(注)古代の婚礼では、ひょうたんを二つに割ってひしゃくにしたもの、すなわち"卺"に新郎・新婦はそれぞれの酒をつぎ、飲み終わると一つに合わせるという習わしがあった。これを"合卺"と称し、このことから"合卺"で"成婚"を指すようになった。

→到了县中,恰好凑着吉日良时,两对小夫妻,如花如锦,拜堂合卺。(醒1-15-6)

【何】

〈代〉何。どんな。¶是～道理?(海47-399-18)¶有～见教?(海60-510-15)¶但是以理而论,毕竟于题～涉。(海60-515-22)¶宝玉此时与宝钗就近,只闻一阵阵凉森森甜丝丝的幽香,竟不知系～香气,遂问:"姐姐熏的是什么香?我竟从未闻见过这味儿。(红8-126-6)¶有～大事,直得如此?(二15-308-10)¶徽商道:"既然如此,与小儿子～干?"妇人道:"没爹没娘,少不得一死,不如同死了干净。"(二15-301-3)

【何必】

〈副〉なにも…することはないではないか。¶耐也～去懂俚?(海31-259-16)¶大

he　語彙例釈

人真真格外周到，其实～呢？（海 43-361-14）¶冠香一年半载末转去哉啘，耐也～去吃个醋？（海 51-436-9）¶这个顽固的民贼，你～去问他！(维 4-27-1)¶格达与鸟里阿苏二人大怒，要同生甫到小桃家去问他为甚不来，生甫不肯，只说往后我不去叫他就是了，～与他寻事。(繁初 24-270-3)¶又一惊天动地的打电报给南京政府呢。(歇 4-38-21)¶～这时候来抢我的衣食饭碗呢。(官 4-56-21)¶一万几千银子，有你老表弟声光，那里借不出，～一定要家里汇了来？（官 35-594-12）¶且随我去游玩奇景，～在此打这闷葫芦？（红 5-81-6）¶小可的事，～致谢。且请坐吃茶。(禅 6-78-7)¶今朝中有许多官僚，都是饱学之儒，～问及草莽，臣不敢奉诏，恐得罪子朝贵。（警 9-107-15）¶公自认看，～我说！（初 38-696-9）¶三位头领既然准来赴席，～回书。(水 2-33-2)

【何妨】
〈副〉…していいではないか。¶陈小云或者晚间回店，也写一张请请～？(海 48-410-18)¶你～略坐坐儿，碰和时候还早，我还有句话要问你。(繁初 27-303-6)¶既然说是住在前门里头，你～去找找，有了这条门路，也省得东奔西波。(官 24-399-12)¶床上只吊着青纱帐幔，衾褥也十分朴素。贾母叹道："这孩子太老实了。你没有陈设，～和你姨娘要些。我也不理论，也没想到，你们的东西自然在家里没带了来（红 40-655-11）¶通家之谊，久住～。(警 2-17-9)¶乡里间的师父，既要上杭时，便下船来做伴同去～。(初 34-642-15)¶待说开了，畅饮～？（水 33-522-9）

【何苦】
〈副〉……することもないではないか。¶倪为仔白相了，倒去做罪过事体末。～呢？(海 34-281-7)¶～又要你们化钱？（官 3-41-5）¶暗想午时茶一物，乃是夏季药店中备着送人的，～化钱去买。(歇 4-49-18)¶今见他依旧柔声下气的有意答话，～闹甚脾气。(繁 27-303-8)¶～自寻烦恼。都是颦儿引的你，我和他算帐去。(红 48-667-18)¶这二人分明是武将规模，～逼他读书，且由他罢。(禅 21-336-1)¶这花虽是微微物，但一年间不知废多少功夫，才开得这几朵。不争折损了，深可惜。况折去不过二三日就谢了，～作这样罪过！(醒 4-85-1)

【何以】
〈副〉どのようにして。何によって。¶一则自家先有狎妓差处。二则抄不出赃证，～坐实其罪？（海 59-504-23）¶琪官接了，笑道："无功受禄，～克当！也罢，我这里得了一件奇物，今日早起方系上，还是簇新的，聊可表我一点亲热之意。"(红 28-398-16)¶感激那相公，帮救了我的性命，又得与你重逢，余下的银子，还好做些生意度日。只是

語彙例釈　he－hen

我们～为报？（醒下 4-125-10）

【和事老】

〈名〉調停役。¶倪两家头赛过做（人民文学出版社は"赛做过"とする。石印本により訂正）俚哚和事老，倒也好笑得极哉！（海 12-97-9）¶因此我特来拜烦你老兄做个～，与文锦相商，朋友究竟是朋友。（歇 9-115-7）¶两人纷争不已。后来有个～走来相劝，叫两个人各领了一个，韵秋还不肯答应。（新 49-227-21）¶就待我去见三府公，讲一讲明，与你们做个～罢。（鼓 37-446-3）

【河】

〈名〉川。¶俚要甩我～里去呀，教俚甩哩！（海 39-328-17）¶我才在～那边看着林姑娘在这里蹲着弄水儿的。（红 27-376-4）

【荷花】

〈名〉ハスの花。¶是个娘姨采仔一朵～，看见个罾，随手就扳，刚刚扳着蛮蛮大个金鲤鱼。（海 38-323-15）¶翠缕道："这～怎么还不开？"史湘云道："时候没到。"（红 31-438-4）

【和】

〈动〉和する(他人の詩歌に)。¶耐该应～俚两首送拨俚，我替耐改。（海 59-506-5）¶原来都是～的菊花诗；前面写着"恭求太老夫子中堂训正"，下面注着"小门生甄学忠、甄学孝谨呈"字样。（官 59-1023-18）¶且别给他诗看，先说与他韵。他后来，先罚他～了诗：若好，便请入社，若不好，还要罚他一个东道再说。（红 37-511-7）¶小姐可写在锦笺儿上，待张郎来时，索落他也～两首。（禅 36-584-1）

hen

【狠】

〈形〉むごい。無慈悲である。¶耐看末哉，一个人做仔老鸨，俚个心定归～得野哚！（海 44-375-18）¶你们太也～了。你们这会子别说一千两的当头，就是现银子要三五千，只怕也难不倒。我不和你们借就罢了。这会子烦你说一句话，还要个利钱，真真了不得。（红 72-1022-14）

【恨】

〈动〉恨む。嫌う。¶马车浪催仔几埭哉，我～得来！（海 11-90-18）¶双宝一只嘴无拨啥清头，说去看光景，我见仔俚也～煞个哉。（海 17-134-18）¶我格外公，就拨俚吃杀呀，我末～俚。（狐 35-299-18）¶耐格人啥实梗呀，七缠八夹，我～得来！（九续

308

29-219-21）¶从来不曾打过丫头们一下，今忽见金钏儿行此无耻之事，此乃平生最～者，故气忿不过，打了一下，骂了几句。(红30-424-23) ¶这日娘贼～杀酒家，分付寺里长老不许俺挂搭。又差人来捉酒家。(水17-244-12)

heng

【横】

〈动〉横になる。横たわる。¶梳好仔头末，无事体哉，～来咪榻床浪，搁起仔脚吃鸦片烟。(海23-184-1)¶倪搭四少勿困哉，就来该搭榻床讲讲闲话，～～哉。(鸿10-251-16)¶既是密司脱恩多吃仔几杯酒，让俚～一～勒再走罢，横势间搭勿要紧格呀。(狐22-179-8)¶随手在皮包内抽出一本破书，～在床上，细细的看。(负16-74-21) ¶锦回大喜，就走到红木炕上～了下去。那三姨太绝软的身儿，～在对面，相离只有尺许。(新36-167-6)¶却困抱着死活人上高下堑跑了一回路，也觉有些吃力，便～在床上困着了。(何10-105-18) ¶少霞碰了一夜的和，又讲了一早晨说话，在烟炕上～了下去，精神疲到万分，且又烟瘾发作起来。(繁初21-235-22) ¶贾大人倘等得心焦了，可以在沙发上～一～，省得坐着吃力。(人6-52-17)

【横竖】

〈副〉どのみち。いずれにせよ。強い肯定を表す。¶我说耐夠去哉，我去罢。我～勿要紧，随便俚啥法子来末哉，阿好拿我杀脱仔头？(海56-481-6) ¶～要饿杀末，阿怕啥难为情嘎？(海59-504-8) ¶～伯荪托我请几位客，倪一淘去哉喴。(鸿2-197-9) ¶我弗去哉，晏歇点～总会碰着个。(鸿6-226-9) ¶阿好委屈点耐，请耐到后房去坐歇，～耐是倪搭格老客人哉，总呒啥勿好商量格。(九132-889-7)¶这也是无妄之灾，～吃苦的，也不止你一个人。(新13-57-26) ¶～是暂时抵押，将来可以拿钱赎回来的。(官50-854-19) ¶～我们这位老爷，无论得了甚么缺，出去做官总是一个糊涂官。(官40-674-21) ¶人活百岁，～要死，这一口气不在，听不见看不见就罢了。(红36-492-24)¶莫哭！莫哭！一哭就挫了锐气。～想只在此山，我们寻寻去来。(西20-231-2) "横势"とも作る。¶横势还有念几日天，划策起来，作兴来得及也未可知格。(狐33-276-11) ¶阿大，倍个无良心个，横势要死个哉，拼仔倍罢。(描26-236-27) ¶倪野弗晓得啥地方得罪仔俚咾实梗看倪弗起。横势倪性命野差弗多完结哉，该号事体倒野勿放勒心浪向。(沪2-68-12)

【横】

〈形〉烈(はげ)しい。¶念下来好像石破天惊，云垂海立，～极，险极，幻极。(海60-515-20)

語彙例釈　hong

hong

【烘】

〈动〉群がる。 ¶做倌人也只做得个时髦。来哚时髦个辰光,自有多花客人去～起来。(海18-147-15) 多く"哄"と作る。 ¶也只好随后追来,追不上几步,却看见垃圾桥河下,哄了许多人在那里立着。(市24-298-26) ¶闲常不会这样盛的,今天就为打擂台大家都没有见过,所以哄拢了这许多人。(十22-159-17) ¶吴尔辉躲过,大叫道:"地方救人！光棍图赖婚姻打人。"王秀才也叫道:"光棍强占良人妻子,欧辱斯文。"哄了一屋的人,也不知那个说的是。(型26-362-10)

【烘托渲染】

引き立たせる。際立たせる。文芸創作の表現手法を指す。"洪托""渲染"とも画像を引き立たせる中国画の画法。 ¶耐就照俚个样式再去做,总要从'还来就'三个虚字着想,四面～,摹取其中神理。(海61-517-15)

(注)"烘染"と一語化して用いている例もある。→探春又道:"到底要算蘅芜君沉着,'秋无迹','梦有知',把个忆字竟烘染出来了。"(红38-529-13)

また、"烘托""渲染"それぞれ別個でも用いられる。→作文之法,当于上下四旁求之。比方一个天字,要做文章介,总要拿个"风云、雷雨、日月、星辰"得来烘托个。(三14-158-24)→古代诗人形容大雪纷飞,说是'战罢玉龙三百万,败鳞残甲满天飞。'……这都一下子就把平凡的事物渲染得瑰奇起来了。(秦牧:艺海指贝·艺术力量和文笔趣)(『漢語大詞典』による)。

【红】

〈形〉赤い。 ¶耐为啥面孔～得来,阿是吃仔酒嗄?(海35-292-13) ¶楚云不提防少牧勘透痴情,讲出这一番话来,直入兜头浇了一桶冷水,从头顶冷至足心,那有说话答他?面孔却～了又白,白了又～,只觉得无地可容。(繁后2-734-5)

【红倌人】

人気のある芸妓。売れっ子芸者。 ¶上海挨一挨二个～,故歇弄得实概样式！(海54-462-14) ¶耐覅看轻仔俚,起先也是～。(海60-510-21) ¶上海滩浪,像倪阿囡格号～,一蹋刮仔弗到十几个。(沪3-76-8) ¶譬如一个极红的～,我叫了他一个局,就去摆酒,却叫车夫做代表,请来的客,也都是下流社会人,这样一扰,那家堂子,岂不就被我扰掉了么?(新58-269-14)

【红木】

310

〈名〉マホガニー。¶我请耐来，要买两样物事：一只大理石～榻床，一堂湘妃竹翎毛灯片。(海 4-28-23) ¶倪格套～家生比仔勒上海格更好。(狐 20-154-17) ¶台凳等件，全是～。(歇 10-130-17) ¶入到内进，只见一律都是～家伙，摆设的都是夏鼎商彝。(目 95-781-5) ¶炕床上一只天然几，供着瓶炉三事，两边八把椅子，四个～茶几。(负 28-131-14)

hou

【喉咙】

〈名〉喉(⁰ₑ)。¶请耐吃一杯湿湿～。(海 3-24-17) ¶我～勿好。我来吹，耐唱罢。(海 37-307-7) ¶冠香因问琪官："阿是耐勿适意？"琪官道："勿要紧个，就是～唱勿出。(海 39-331-22) ¶快早点奔到宅门浪放大子个～高声大叫，只道汪先强抢狐孀，有性个做兄弟个来朵帮衬，包俉个场官司满赢上去。(描 9-84-21) ¶一歇功夫，说是～里末腥气得来，常恐要发老毛病哉哩。一句闲话坎坎说完仔末，真格吐起来哉。才是鲜鲜红格鲜血。(沪 1-107-7) ¶此时张太太早哭得头发散乱，哑着～，把这事的始末根由诉了一遍。(官 49-834-8) ¶锦回等刚刚跨到客堂，不提防一个相帮提了～怪喊一声，锦回唬得忙缩住脚，士规已在楼梯下等着。(新 32-144-16) ¶发了极，直着～叫了几声，始有个家人叫钱升的，远远接应着，跑了过来。(负 20-92-7) ¶贾珍下了马，和贾蓉放声大哭，从大门外便跪爬进来，至棺前稽颡泣血，直哭到天亮～都哑了方住。(红 63-904-3) ¶这样酒，怎地下得～去？(神 23-377-13) ¶任珪叫得～破了，众人方才放手。(喻 38-578-16)

【后底】

〈名〉①方位词。後ろ。¶有个人来里～门外头。(海 35-296-2) ¶阿到～去坐歇？(海 36-302-10) ¶耐想该搭大观楼，前头～几花房子，就剩我搭个大姐来里，阴气煞个，怕得来，困也生来困勿着。(海 52-438-12) ¶耐末要紧看仔前头哉，陆里晓得倪～也来里看耐。(海 53-453-19) ¶百家湾里第三家，前头一棵高梁树，～一个木香棚。(吴 427-57) ¶那人伸手来揪瑟公，瑟公忙把手一档，嘴里说："有话好好的讲，动手动脚像什么？"站在～的一人道："同他讲点子什么？上哉哪。"(十 32-240-21)

②时间词。後(⁰ₑ)。¶我等俚死仔，～事体舒齐好仔，难末到屋里，从此勿出大门末哉。(海 42-354-7) ¶说到～事体，大家看勿见，怎晓得有结果无结果(海 57-440-5) ¶现在希贤也在艰难当口，你就通融一下子，～补报你的日子长呢。(十 7-43-5)

【后来】

語彙例釈　hou

〈名〉時間詞。過去のある時点の後。¶～老鸨对俚跪仔，搭俚磕头，说："从此以后，一点点勿敢得罪耐末哉。"(海6-48-5) ¶前日夜头我搭俚讲讲闲话，俚说故歇开消末大，洋钱无拨下来，勿过去，好像要搭我借；～一泡仔讲别样事体，俚也就勿曾说起。(海22-175-23) ¶～俚进京去，约奴一年后再见，勿是俚来，定是奴去，奴皆为呒不空工夫，格落耽搁下来格。(狐44-381-1) ¶～他们打麻雀的名声出来了，连着上头制台都知道。(官29-473-16) ¶～我自伏侍了爷，就与姑娘无涉了。(红80-1151-18) ¶～被锺守净凌辱不过，只得逃走还俗。(禅38-616-12) ¶楚王上岸去了，～又怎么？(杀17-72-6) ¶～家事忽然好了，尽改前非，折节读书。(初30-559-6) ¶～哲宗天子因拜南郊，感得风调雨顺，放宽恩大赦天下。(水2-16-9)

【后门】

〈名〉肛门を指す。¶耐前门是勿像哉，我来搭耐开扇～走走，便当点阿好？(海14-110-14) ¶大老官想想介，自我看中子老秋个前门，王俊呢，俚看中子我个～哉。不如暂且允承，再作计较。(三8-92-15) ¶朱世远终是男子汉，有些智量，早已把女儿放下，抱在身上，将膝盖紧紧地抵住～，缓缓的解开颈上的死结，用手去摩。(醒9-188-15)

【后日】

〈名〉明後日。¶～请耐吃酒。耐看见子富哚，先搭我说一声，明朝送条子去。(海4-29-12) ¶～观音生日，我请前路勒浪圆通庵吃斋，金珠也勒海。(鸿17-295-7) ¶静安寺格搭，新造一座大花园，叫啥格'愚园'，连申园随归并进去，格落场化也大，景致也好，据说～开园。(狐15-107-16) ¶耐～转去末，明朝阿有功夫到倪搭去坐歇？(九续12-85-2) ¶明日大初一，过了明日，你～再去看一看他去。(红11-163-19)（蒙古王府本、乾隆鈔本百二十回本などは"看一看他"を"看看他"とする）。¶我～送公公骸骨回岐阳去。(禅22-356-9) ¶当晚，回复了西门庆的话，约定～准来。(水24-374-12)

【厚皮】

〈形〉あつかましい。¶耐啥实概～嘎。(海8-64-6) ¶～咏来，啥人来理耐嘎。(海11-84-21) ¶耐看俚，越说俚越是个～！(海49-418-8) ¶倷落～得来！(鸿4-214-8) ¶倷笃看看俚阿要～，一塌刮仔才做得出格。(九148-984-12) ¶～得来，才做得出。阿要气酥！(沪2-53-4)

【候补】

〈动〉清代の官吏任用制度で，官吏の資格をもつ者が登録して、任用を待機することをいう。¶俚是山东人，江苏～知县，有差使来里上海。(海3-24-2) ¶唔笃常州有一

个姓方格客人，说俚是安徽格～知府，耐阿认得俚格？（九 35-260-12）¶有一位家伯，他在南京～，可以打个电报请他来一趟。（目 2-6-15）¶有个缺在这里，还怕鱼儿不上钩。况且省里的～知府多得狠哩。（官 4-58-9）¶周老三跟王九才知道他是～的武官，今儿上辕门考月课，打靶子回来的。（负 2-7-11）¶那格达说是个～道台，乌里阿苏说是蒙古的武职大员。（繁初 22-236-15）¶细问原由，方知贾雨村亦进京陛见，皆由王子腾累上保本，此来后补京缺。（红 16-211-10）（庚辰本も"后补"とするが、戚孽生序钞本などは"候补"とする）。

（注）『二十年目睹之怪現状』は、前掲例に対し、次のように注釈している。

候补——清朝官位只是一个虚名，要补实缺，必须经过候选和候补两个阶段：先到吏部投供（有如报到），开明履历，并呈送保结，证明并无虚伪、假冒等情，经验看属实，准予登记，叫做"候选"。吏部汇列呈请分类的官员名单，根据他们的职、资格、班次，每月抽签一次，抽中的分发到某一部或某一省，听候委用，叫做"候补"。

hu

【忽然】

〈副〉突然。急に。¶俚末为啥～想到《四书》、《五经》浪去？《四书》、《五经》末为啥竟有蛮好句子拨俚用得去？（海 51-431-13）¶奴勿认得俚笃，～到俚船浪去，阿要难为情煞介？（狐 18-135-10）¶到了姓赵的爷爷手里，居然请了先生，教他儿子攻书，到他孙子，～得中一名黉门秀士。（官 1-1-4）¶这丫头今儿不疯了?怎么去了几日，～变了一个人。（红 57-807-20）¶约莫走半里远近，～斜插里一阵兵，直冲出来。（醒 19-381-8）¶话说当日林冲正闲走间，～背后人叫。回头看时，却认得是酒生儿李小二。（水 10-149-4）

【晗】

〈名〉"睡觉"の"觉"に当る。"睡一觉"（一眠りする）を"困一晗"、"一觉醒来"（一眠りして目をさます）を"一晗醒来"のようにいう。¶耐是勿差，一～困下去，困到仔天亮末，一夜天就过哉。（海 18-141-11）¶雯青一～醒来，已是"鸡声茅店，人迹板桥"的时候，侧耳一听，只有四壁虫声唧唧，间壁房里，静悄悄地。（孽 19-167-13）"忽"とも作る。¶哈哈哈，只要吃完子末归去，归去末横倒一忽。（描 2-15-15）

【晗头】

〈名〉眠りに入って目がさめるまでの間。¶我因勿着哉呀，七点多钟就起来哉。耐正来哚～里。（海 8-62-3）¶薛氏还在～上，自睡梦中惊醒，听四面碎玻璃声响，不知道

語彙例釈　hu

房子坍得怎生模样了。（歇88-1217-14）

【和】

〈动〉上がる（マージャンなどで牌がそろって）。「上がりの点数」の名詞にもなる（下掲例で漢字で示しているもの）。¶蛮好牌，～勿出哦。（海13-106-11）¶陈小云急说："～哉！"摊出牌来，核算三倍，计八十和。（海26-211-19）¶黄老，俫去用烟，包俫～出大牌末哉。（狐60-510-19）¶陆大人格牌倒勿曾打差，不过刚刚碰得巧，拨别人家～仔去。（九续56-431-12）¶后来这牌竟是阿珍～的，共是七十二和。接下去就是阿珍做庄，一连～了五副，得了风头。（繁初21-228-14）¶后来这牌是品纯～的，共是七十八和。接下去品纯做庄，一连～了四副。（新37-170-23）

【和张】

〈名〉上がりになる牌。上がり札。¶三家筹码交清，庄荔甫复道："该副牌，阿是该应打六筒？耐看，一四七筒，二五八筒，要几花～哚。（海26-211-21）

【狐皮】

〈名〉キツネの毛皮。¶再有一套～个，阿要做起来？（海61-524-21）¶一件～披风，说是今朝做好；耐去搭张司务说，回报俚明朝勿做哉。（海62-531-13）¶你那件～袍子不是在我的衣橱里，你一直还没拿去么？（人14-123-15）

【湖丝】

〈名〉浙江省湖州産の生糸。色が白く、しなやかで、良質とされる。¶过仔垃圾桥，几花～栈，才是做丝生意个好客人（海59-505-19）

【湖色】

〈名〉淡い緑の色。¶一手挽过浣芳来梳，随口问其向日梳头何人。浣芳道："原底子末阿姐，故歇是随便啥人。前日早晨，要换个～绒绳，无姆也梳仔一转。"（海43-365-21）¶我看那人时，身上穿的是～熟罗长衫，铁线纱夹马褂；生得圆圆的一团白面。（目2-9-26）¶脚下边脱去蝴蝶头～绉纱拖鞋，换了一双元色缎鞋子，一步一笑的出门而去。（繁初19-207-7）

【糊涂】

〈形〉わけがわからない。愚かである。ぼけている。¶王老爷说末说～，心里也蛮明白哚。（海12-95-3）¶耐覅来浪～，冠香是外头人，就算我同俚要好，终勿比耐自家人。（海51-436-7）¶当夜就发寒热，人倒还清爽，直到昨日朝浪，忽然～哉，嘴里说胡话，害奴吓煞快。（狐16-120-9）¶我真老得～哉。（狐21-163-21）¶瞿太太自知打错，连

忙出门上轿,骂手下人～,不问明白就乱敲门。(官 40-673-15) ¶兄弟晓得耐庵兄的脾气,糊里～,不是可以讨得小的人,所以力劝不可。(官 40-676-21) ¶妈可是气的～了,倘或叫人听见,岂不笑话。(红 80-1156-16) "兀突""胡突""鹘突"などとも作る。¶嗯,聪明人做子兀突事,热心人招揽是非多。(三 17-208-5) ¶连小人心里也胡突,两下可多疑,两下多有辨,说不得是那一个。(二 21-429-14) ¶富家子有些鹘突,问道:"我们与你素不相识,你见了我们,只管看了又看,是甚么缘故？"(二 33-636-7)

【户】
〈量〉常連の客を数える。¶俚做仔一～客人,要客人有长性,可以一直做下去,故末俚搭客人要好哚。(海 7-51-7) ¶王老爷先起头做倪先生辰光,还有好几～老客人哚。(海 10-80-7) ¶另外尚有几～客人,也有点二十出、包两张桌子的,也有点十出、包一张桌子的。(繁初 24-262-25)

hua

【花】
〈名〉綿花。¶昨日老翟说起,今年新～有点意思,我想去买点来浪。(海 58-495-9)

【花瓶】
〈名〉花びん。¶物事总算无啥,价钱也可以哉,单是一件五尺高景泰窑～就三千洋钱哚。(海 21-165-10) ¶一个手捧～,一个手拿拂帚。拿～的,瓶内满贮清水。(官 29-481-10) ¶榻下并不摆席面,只有一张高几,却设着璎珞～香炉等物。(红 53-750-6)

【花头】
〈名〉①図柄。デザイン。¶我去喊翠凤来,看看～阿中意。(海 7-56-9) ¶他姨太太道:"就是外国缎子。颜色漂亮不漂亮？～新鲜不新鲜？"(负 6-26-8) ¶从前的风气,无论一靴一帽,以及穿的衣服～、颜色,大家都要比赛谁比谁的时样。(官 20-318-22) ¶一包金银钗子,也有～的,也有连二连三的,也有素的,都是沿路上觅得的。(喻 36-537-13)

②新しい事。変わった事。¶陶云甫见玉甫神色不定,乃道:"咿有啥～哉,阿是？"(海 19-155-2) ¶如果有啥末,奴象煞对勿住俚格,总算带俚出去仔,弄出格套～来格呀。(狐 59-504-5) ¶现在重复出马,连～都没有,这个台可坍得大了。所以我也曾转过这个念头,左右打不定主意,就为此故。你可有什么计较,替我想一个么？(歇 80-1102-12)

③趣向。工夫。あの手この手。¶故歇个清倌人,比仔浑倌人～再要大。(海 32-269-20) ¶耐不过要我床浪来,啥个几花～,阿要讨气！(海 35-295-3) ¶别人看见仔也讨厌；俚

語彙例釈　hua

陪仔我，再要想出点～，要我快活。(海 35-295-14) ¶双玉倒勿靠帐俚，～大得野哚。(海 57-487-11) ¶徐园像煞有得勿长远来，景致还算吭啥，可惜地段推板仔点，格落自相格人勿多，加二进园要两角洋钿，若勿弄点～，哪哼别人想着去嘎？(狐 39-338-16) ¶耐末夷要弄出点花样来。旧年勒浪北京格辰光，拨耐捉弄得来差弗多拿倪三十年前格心血才搬仔出来。倪记起来末，晏要头痛。故歇再要弄出第号～来，倪弗来格。(沪 2-99-9)

【花烟间】

〈名〉下等の遊女屋。また、そこの遊女。¶小村忙告诉他说："～。"(海 2-11-10) ¶我看起来叫'三勿像'：野鸡勿像野鸡，台基勿像台基，～勿像～。"(海 5-37-21) ¶倪～里向出身格人家，阿要啥格面孔？(九 21-158-26) ¶野鸡之下，更有一种～。那野鸡接客，日以十数，～则以数十计。(新 5-22-29)

(注) 上海市文史館編『旧上海的烟赌娼』(百家出版社、1998、上海)に次のような記述がある。

在前清同治末年，上海南北两市，鸦片盛行，烟间林立。有一种烟间，雇佣了女子为烟客装烟，以广招徕，名叫"女子烟间"。费银一二角，随客所欲。当时本地绅士，曾经联名请求查禁。至光绪末年，厉行烟禁，此辈女子装烟的，遂为流氓老鸨所罗致，迁至租界上北山西路一带，立下门户，秘密买淫，沿用旧名为"花烟间"。(同书 P.163)

【花言巧语】

甘い言葉。¶耐夥来浪～寻我个开心！(海 45-379-19) ¶喏，听子里个放屁说话，～骗我穷爷，啥个官家公子？(描 21-186-6) ¶譬如我做了他，他对着我便～，说的怎样怎样，背地里却又接别的客人了。(新 8-34-22) ¶你那～别哄我。我也原不如你林妹妹。(红 22-305-3) ¶这夏方也是聪明一世，懵懂一时，被他赚到箍芦圈里，听他～，便也意乱心迷。(鼓 13-167-8) ¶上皇无奈，终被奸臣谗佞所惑，片口张舌，～，缓里取事，无不纳受。(水 120-1809-17)

【花样】

〈名〉①"花头"②に同じ。¶夏玉庆抢道："俚末屋里向有仔点～来浪哉，阿晓得？"华忠愕然道："啥～嘎？"(海55-470-3) ¶故歇是堂子里向连水烟筒才吭拨哉，三跑台，前门牌还嫌比弗好，要啥加立克使馆牌得来。再有啥白兰地呀，鸦片烟呀，罗里一样弗是顶贵格末事？四少，耐是蛮明白来浪，格个十年工夫里阿变出几化～来哩。(沪1-47-1) ②"花头"③に同じ。¶我想着个～来里，要一个字有四个音。用《四书》句子做引证，像个"行"字。(海41-348-22) ¶周少和是夷场浪出名个大流氓，堂子里陆里一家勿

316

认得俚！前回大少爷同俚一淘碰和，倪也晓得俚生来总有点～。(海61-521-17) ¶耐末夷要弄出点～来。旧年勒浪北京格辰光，拨耐捉弄得来差弗多倪三十年前格心血才搬仔出来，倪记起来末，晏要头痛。(沪2-99-7) ¶原来有这许多～，怪不道书场里的生意甚好。(繁24-263-12) ¶这个人的～也真多，倘使常在上海，不知还要闹多少新闻呢。(目29-215-12)

【花园】
〈名〉花園。庭園。 ¶初七末山家园齐大人请俚。俚要同我一淘去，倒俚～里白相两日再说。(海38-320-5) ¶再有㑚人自家身体，喜欢白相，同客人约好仔，索性～歇夏，故也只好写意点。(海48-407-13) ¶那～虽不及大观园，却也十分齐整宽阔，泉石林木，楼阁亭轩，也有好几处惊人骇目的。(红47-650-21) ¶星月之下，远远见一座～，四围梅花石砌的高墙，墙边一带柳树。(禅32-508-12)

【华众会】
四馬路（福州路）にあった"茶館"の名称。¶前埭倪余庆哥来里上海末，就做个三小姐，倪一淘人才到该搭来寻俚，一日天跑几埭，赛过是～，拔三小姐末骂得来要死。(海55-472-4)

(注) 吴承联著『旧上海花館酒楼』(華東師範大学出版社、1989年、上海) に詳しい紹介がある (同書P.28～29)。

【豁】
〈动〉"豁拳（划拳）"の"豁"。¶罗子富道："～仔一淘吃。"接连～了五拳，竟输了五拳。(海4-26-3) ¶罗子富道："就算是我捏忙，快点～仔拳了去。"朱蔼人道："只剩仔一拳，也夠～哉。我来每一位敬一杯。"(海4-27-4) ¶少停若教你～拳，你要不可听他，他们人多，你只一个人，便是～个平手，他们一一人一杯，你却要六杯呢。(歇11-141-8) "搳""划"とも作る。¶尔梅与少牧尚是初次见面，却不得情，只得勉勉强强的五魁八马乱喊，搳了二杯抢三，乃是少牧输的。(繁后17-925-4) ¶那边龙氏和鸳鸯隔着席也"七""八"乱划起来。(红62-873-1)

【豁拳】
〈动〉拳を打つ。宴席で座興をそえるための遊び。双方同時に1から10までの任意の数を唱えながら、指で1から5までの数を作って突き出し（0はにぎりこぶしで表す）、唱えた数が双方の指で示した数の和になった方が勝ちとなる。例えば、"五魁"と唱えながら、親指を折って4の数を示し、相手が指で1を示したとすると、合計が5であるか

語彙例釈　hua

ら、勝ちとなり、負けた相手は罰杯を飲む。¶怪勿得耐要～，有几花人搭耐代酒哚。（海4-26-5）¶玉蓮生见他没兴，便说："倪来豁两拳。"（海5-40-4）¶他们早已议讨，要灌醉你，少停若教你～，你便不可听他。（歇11-141-7）¶锦回此时也无心～，左顾右盼，觉叫来的局，个个都是散花天女。（新32-146-20）¶侧着耳朵一听，恍惚老远的有～的声音。（官12-183-23）"搳拳""划拳"とも作る。¶二先生、华生兄，请过来搳拳!（鸿7-232-13）¶搳拳忔吭不道理，倪末猜拳罢。（沪4-89-11）¶我因拳风不好，要请你代搳两记拳呢。（新32-147-9）¶尔梅搳好了拳，又欲与行云说话。（繁后17-925-4）¶少停局到，唱曲子，搳拳，手忙脚乱，烟雾腾天。（官8-115-12）¶湘云等不得，早和宝玉"三""五"乱叫，划起拳来。（红62-872-17）

【画】

〈动〉かく（絵を）。¶痴鸳略一过目，随放桌上，道："～得勿好。"（海40-341-3）¶格格难看末，十八个画师～勿出，说出来才肉麻煞。（狐20-160-2）¶把他感激的那副情形，真真～也～不出。（官45-758-22）¶你瞧我这个小孙女儿他就会～。等明儿叫他～一张如何？（红40-546-7）

【划一】

〈叹〉突然思い出したり、触発されて気付いたりしたときに発する。¶仲英道："对勿住，倒难为耐老太太讨气。"小妹姐道："～，倪廿三也宣卷呀，耐也来吃酒哉哕。"（海25-202-3）¶潘三眼梢一瞟，答道："耐末为仔长远勿见，再要教倪骂两声，阿对？"徐茂荣拍掌道："～！蛮准！"（海55-472-2）¶兰芬拍手道："～，耐格闲话一点勿错，勿瞒耐说，要讨倪转去格人多得势来浪，倪为仔一生一世格事体，勿肯瞎来来，拣来拣去，总无拨子劲格客人。……。"（九9-27-23）¶～，大阿姐昨日仔拿仔两只戒指去，倪格记性实头坏得哚拨仔淘成哉。（九32-242-14）¶赛金花听了，又抬起眼睛来看了秋谷一眼，忽然面上一红道："～耐是章二少哕！……。"（九172-1122-10）¶仲声问华生道："耐叫倷人!"华生道："倪也勿叫。"仲生怔了一怔道："～，耐近来勒浪叫倷人？"（鸿6-222-24）¶阿金在旁问道："奶奶，格出啥格戏介？"黛玉道："格出叫《定君山》，俫也跟仔我看过歇来哉哕。"阿金道："～我看过歇格哉，我记性叫邱得来。"（狐9-58-7）¶阿金也接嘴道："倪来仔半日，见仔老爷，还勒勒太太勒哕，老爷俫领倪进去呢!"宝玉道："～～。奴哪哼会忘记脱格嗄？"（狐33-283-21）¶伯芬未及回答，宪太太又道："～（划一，吴谚有此语。惟惴其语意，当非此二字。近人著《海上花列传》，作此二字，故从之）今早奴进城格辰光，倒说有两三起拦舆喊冤格呀！"（目91-746-26）¶～，我要问你，你也不是和尚，为什么大家叫你和尚？（人20-199-23）¶你们这帮里怎么大家全有混号？什么粥桶呢，和尚呢，现在又有什么小姐呢。～，你有什么混号？（人23-237-25）

〈副〉確かに。全く。¶故歇听耐说华老爷，倒～为难。（海52-442-7）¶二少爷个人倒～无淘成得野咾，原要耐二奶奶管管俚末好哩。（海57-483-22）¶上海浮头浮脑空心大爷多得势，做生意～难煞。（海60-509-8）¶故歇格客人～来得讨气，做起倽人来，东边做一个，西边再做一个，呒拨一定格地方。（九43-318-13）

【话靶戏】
〈名〉話の種。物笑いの種。¶俚哚是长三书寓里惯常哚个，夠做出啥～来！（海16-123-18）¶耐要自家有淘成，五十多岁个年纪，原像仔先起头实概样式，做出点～拨小干仵笑话，我倒替耐难为情。（海49-417-17）"话把戏""话巴戏""活把戏"とも作る。¶耐末瞎高兴一泡，俚笃到弄出点啥话把戏来，难末鸭屎臭。（沪2-35-12）¶两家头带晓那哼一来就实梗妈妈虎虎，弄出啥话巴戏来。（沪2-11-7）¶即如兄弟在上海，也住了十多年了，家里头也有一妻三妾，却没有闹过话巴戏过。（新33-152-16）¶这种活把戏，我劝你一下次留心点少做做。（人44-538-24）

【话头】
〈名〉話。言葉。事(ｺﾄ)。¶耐做仔沈小红末，我一径说无啥趣势，耐勿相信，搭俚恩煞。故歇耐动仔气，倒说我帮俚哚哉，故末真真无啥～！（海34-281-12）¶耐末替我做篇四六序文，就说个拜姊妹～。（海53-449-24）¶唔格～，我有点勿相信呢！我呒没出过门，那能名气会辣辣响咭？（狐34-285-19）¶赵温拆开看时，前半篇无非新年吉祥～。（官2-18-23）¶后面附了八条章程，把日本新名词填了又填，砌了又砌，都是那些文明野蛮开通闭塞的～。（负16-74-18）¶一席话正说得高兴，不提防又走过来一只野鸡，大家看出了神，不知不觉打断。（文19-102-8）¶满口里都是维新的～，一面孔都是维新的气概。（维1-1-11）¶那老子信了婆子的言语，带水带浆的羞辱毁骂了儿子几次，那儿子是个孝心的人，听了这些～，没个来历，直摆布得夫妻两口终日合嘴合舌，甚不相安。（初20-364-7）

huai

【坏】
〈形〉①悪い。好ましくない。¶故歇上海个诗，风气～哉。（海31-260-12）¶耐格人顶～，倪勿来格！（九续61-470-16）¶近来趋势的人多，所以生意不～。（梼13-215-5）

語彙例釈　huai－huan

¶凡是那些纨袴气习者，莫不喜与他来往，今日会酒，明日观花，甚至娶赌嫖娼，渐渐无所不至，引诱的薛蟠比当日更～了十倍。(红4-67-20)
②動詞の補語に用いられ、その動作によってこわれたり、悪くなったりするなど好ましくない状態になることを表す。¶原搭俚放好仔，晚歇弄～仔末再要拨俚说哉。(海7-53-18)¶晚歇吓～仔俚，才是倪个干己。(海7-56-14)¶所有碰～家生，照例赔补。(海9-71-21)¶倒是沈小红外头名气自家做～哉。(海12-95-1)¶跌下来个倒勿曾死，就不过跌～仔一只脚。(海28-232-23)¶我作践～了身子，我死，与你何干！(红20-285-5)¶若管紧了他，倘或再有个好歹，或是老太太气～了，那时上下不安，岂不倒坏了，所以就纵～了他。(红34-466-14)

【坏名气】
恶评。¶我为仔卫霞仙个杀坏末，搭俚噪仔好几转，出仔几花～，啥人晓得我冤枉。(海57-484-11)

【坏坯子】
〈名〉坏人。恶党。¶陆里晓得个娘舅是个～，我生意好仔点，骗我五百块洋钱去，人也勿来哉！(海52-439-16)¶孩儿看这人一定是个～，明明有三十多岁年纪，还要瞒作二十多岁，明明已经娶过妻房，还要谎称未娶。(维11-76-10)

huan

【欢喜】
〈动〉好む。好く。¶耐是勿比得双宝,生意末好,无姆也～耐,耐就看过点。(海17-134-19)¶才为仔无姆忒～仔了，俚装个病。(海24-198-12)¶四老爷是规矩人，勿～多花空场面。(海27-224-6)¶小郎阿，快介点拿介酒来，端正端正，钱老相～吃酒个。(描7-60-17)¶外国大菜，倪弗大～吃格。(鸿15-280-4)¶外国人～格种样式，勿～倪格打扮格。(狐22-173-11)¶倪夷弗是格排年轻格小干件，～仔耐末，阿会做别人？(沪3-27-1)¶所以徐大军机很～他，有些事情都同他商量，叫他经手。(官28-465-10)¶因他自小有个脾气，最～吃鸦片烟，十二岁就上了瘾，一天要吃八九钱。(官35-593-4)¶他生平就是～吃酒，画两笔画也过得去。就是一个毛病，第一～嫖，又是～说大话。(目37-284-10)¶田雁门是讲究新学的人，不～与僧道来往。(负22-103-12)¶贾母听了便说："人太生娇俏了，可知心就嫉妒。风丫头倒好意待他，他倒这样争锋吃醋的。可是个贱骨头。"因此渐次便不大～。(红69-980-19)¶其中有个王三老，寿有六旬之外，少年时也自～象棋，下得颇高。(醒9-179-10) ¶阿哥，孙大哥第一～的是你，还是你先进去。(杀34-137-6) ¶因此，无一个不～宋江。(水37-590-9)

【还】

〈动〉①借りたもの・金銭などを返済・返却する。付けの勘定や代金の支払いなどにも用いられる。また、動詞の結果補語にもなり、動作にともなって元の持ち主に返されることを表す。¶耐少来哚几花债末，我来搭耐～末哉。(海10-80-19) ¶秀英小姐搭借个三十块钱也要～拨俚个啘。(海31-257-19) ¶故歇绸缎店个帐一点也勿曾～。(海64-545-21) ¶耐䰰来里肉痛，我赔～末哉。(海50-425-6) ¶戒指是勿错，倪探子俚一只勒浪，也勿知拨倪放到仔陆里去哉，现在一时无寻处，俚一定要倪～末，倪只好赔～仔俚一只末哉。(九8-63-20) ¶倘使送到倪喊头去，隔日发之霉，我要退一个。可以退～拨俄否？(上散7-38-5) ¶你借的钱不便～我，缓几日有甚要紧。(繁25-277-16) ¶我也不要甚么大身价，只要任大人把我二千洋钱～～帐。(梼13-205-24) ¶照这样说来，我只好还是拿身体来～你的钱了。(人37-433-2) ¶你有了好的系裤子，把我那条～我罢。(红28-399-8) ¶肚中饥了，三个就同到酒店里，大鱼大肉，吃了半日的酒，到～了一两多银子酒钱，一同回到张伯父家里。(醒下1-92-4) ¶澹然吃酒已完，正立起身取禅杖包裹，要～酒钱出门，二人道："且莫～钱。……。"(禅9-134-4) ¶秀才，你却少了我房钱不～，每日吃得大醉，却有钱买酒吃！(警6-68-11) ¶得贵老实，将四十两银子，双手递与支助，说道："只有这些，你可将血孩～我罢。"(警35-540-7) ¶既是个秀才官人，你把他饭吃了，算在我的帐上，我～你罢。(二11-227-6) ¶就是没赚钱，这银子也千稳万当的，他定然交～晚生，那时把来办花不迟。(市5-209-23) ¶当下吕仰正同陈海秋取出一叠钞票，点了数目，双手交与秋谷。秋谷不肯就接道："这几个钱儿什么要紧，难道还一定要现钱交易么？"仍旧要送～他们，叫他们不妨以后碰和再算。(九30-226-9) ¶她上次来上海逛了一趟，临走的时喉向我这里借了一笔钱，说是道了苏州寄～我。(人46-583-11) ¶宁荣两府复了官，赏～钞的家产，如今府里又要起来了。(红119-1632-2) ¶若是小店内失所了，应该小店查～。(二21-423-12) ¶巡检到店门前下马，与王吉入店买酒吃了，算～酒饭钱，再上马而去。(喻20-290-13)

②し返しをする(相手から受けた好意・打撃などに対し)。動詞の補語になり、その動作によって相手に返礼・反撃することなどを表す。¶倘喊仔十几个人，赶到沈小红去打～俚一顿，闹出点穷祸来，原是耐王老爷该晦气。(海9-71-3) ¶二宝道："倪先说

語彙例釈　huan

好仔，书钱我来会；倘然耐客气末，我索性勿去哉。"秀英一想，含糊笑道："故也无啥，明朝夜头我请～耐末哉。"（海29-241-24）

③"还价"のこと。¶蕙贞将翡翠双莲蓬与王莲生看，问："十六块洋钱阿贵？"洪善卿只估十块。莲生道："～俚十块，多到十二块夠添哉。"（海23-190-20）¶侬个伊位朋友～拉个价钱实在勿好卖。——伊～拉个几化？——是伊～六十两银子。（上问14-27-1）¶如玉问他要多少租价，吕寓说至少要十四块钱一月，四季捐每季外加，灶间、自来水公用。如玉～他十块，捐钱在内，吕寓不允，说来说去说定十二块钱一月。（繁后4-758-11）

【还债】

〈动〉借金を返す。¶望俚搭我还清仔债末，我也有仔好日脚哉，陆里晓得俚一直来里骗我！（海10-80-20）¶俚瞎说呀，还仔债末要嫁人哉。（海56-475-15）¶耐要拨洋钿倪～，倪心浪真正意勿过。（九续57-438-18）¶那哼好意思要耐替倪～！（沪3-27-8）¶女人欠了债迟早一点还有～的日脚，好点歹点总有～的法子。男人欠了债空架子往下一坍，你杀他无肉，刮他无血，讨债的人只好望他叹口气，奈何他不得。（人37-432-23）

【缓日】

〈副〉日をおいて。後日。¶难年伯要我献丑，也无法子，～呈教末哉。（海53-451-7）¶譬如一百几十块，付了他一百块，那几十块对他说～送来。（繁29-324-19）¶今儿天气不好，愚园～去罢。（繁30-339-20）

（注）"缓"は「延期する」「おくらせる」の意の動詞。『海上繁華夢』に次のような用例がある。⇨屠大少爷这人，却要拜托着你，缓天陪着他来，不可失信。（繁23-250-19）⇨银子放在你处，与放在我处一样，缓天且等你把各店帐开消过了给我也好。（繁29-326-10）⇨你借的钱不便还我，缓几日有甚要紧。（繁25-277-16）

【幻】

〈形〉幻想的である。¶该两句再有啥说嘎，念下来好像石破天惊，云垂海立，横极险～，～极。（海60-515-21）

【换】

〈动〉取り替える。¶过去～衣裳哉喷。（海9-74-22）¶我到洋货店里买仔一只末，嫌道勿好，再要去买，～一家洋货店，说要买好个。（海23-183-5）¶前日早晨，要～个湖色绒绳，无姆也梳仔一转。（海43-365-21）¶夠说啥衣裳、头面，就是头浪个绒绳、脚浪个鞋带，我通身一塌括仔～下来交代仔无姆，难末出该搭个门口。（海48-405-12）¶就是身浪格身衣裳，也蛮清爽，勿～也无啥要紧。（九续34-261-20）¶你怎么这样的落拓，新年里都不～件衣服！（新40-186-14）¶我在这里～衣裳呀！（人46-585-4）¶偏生晴雯上来～衣服，不防又把扇子失了手跌在地下，将股子跌折。（红31-430-20）¶黎赛玉见丈夫应允，随即梳头插花戴簪，～了衣服，叫长儿执些香烛，步行到这寺里来游玩。（禅5-62-9）¶石秀已把猪赶在圈里，却去房中～了脚手，收拾了包裹行李，细细写了一本清帐，从后面入来。（水44-724-11）

huang

【荒唐】
〈形〉ばかげている。でたらめである。¶难为耐哉唲，要六块洋钱咪哩，荒荒唐唐！（海15-115-18）¶上海的善堂董事，怎么这样～？人家的孩子，可以马马虎虎调换的？（新33-152-23）¶千万不可～，把银子白白用掉。（官3-31-7）¶你们两位也太～，万寿朝贺的大典怎么都误了呢？（梼10-146-3）¶列位看官，你道此书从何而来，说起根由虽近～，细按则深有趣味。（红1-1-18）

【皇帝】
〈名〉皇帝。¶俚哚说同～屋里观象台一个样式，就不过小点。（海52-437-8）¶'～不差饿兵'，怎么叫他们饿着肚皮打仗呢？（官31-517-9）¶也不过是拿着～家的银子往～上使罢了！谁家有那些钱买这个虚热闹去？（红16-217-19）¶中大人领旨，急到入直房内，抱了南陔，先对他说："圣旨宣召，如今要见驾哩。你不要惊怕。"南陔见说见驾，晓得是见～了。（二5-106-10）

【皇后】
〈名〉皇后。¶俚算我末，说是一品夫人个命。俚还说可惜推扳仔一点点，勿然要做到～哚。（海55-467-5）¶又对近侍夸称道："如此奇异儿子，不可不令宫闱中人不见一见。"传旨急宣钦圣～见驾。（二5-107-6）

【黄梅】
〈名〉"黄梅天"に同じ。¶今年阿是二月里就交仔～哉，为啥多花人嘴里向才酸得来？（海12-93-16）

【黄梅天】
〈名〉梅雨。梅雨の季節。¶到仔～倒好哉，为仔青梅子比黄梅子酸得野哚。（海12-93-17）

【黄梅子】
〈名〉熟して黄色くなったウメ。¶到仔黄梅天倒好哉，为仔青梅子比～酸得野哚。（海12-93-18）

語彙例釈　huang－hui

【黄浦灘】
〈名〉金陵路(金陵東路)から北の外白渡橋に至る、黄浦江の西側沿いの河岸で、"外灘"といわれている所。 ¶耐也多着点，～风大。(海20-164-20) ¶昨天我碰着一位俄国商人，他托我找块地，要在～上。(市15-262-19) ¶沿一从白大桥起，至法兰西租界十六铺北止，由工部局打样，西人竖了无数灯杆。(繁Ⅱ5-395-14) ¶两个人同上了马车，一直往～而来。未曾上车的时候，车来就问："到那里去？"藩台说："汇丰银行。"(官33-556-2)

【惶恐】
〈形〉名目だけである。見かけだけである。 ¶倪末阿算得是先生嘎？比仔野鸡也勿如哉，～哉哩，叫先生！(海24-195-24) ¶像倪实梗格别脚倌人，洛里好比别人？再要说起啥格恩相好勿恩相好，是真正～嚄！(九157-1037-15) ¶倘然拨别人听见仔，勿但要说侬鄙吝，而且要笑侬面皮厚。好意思要倪格押头，～要好仔长远。(狐15-105-11) ¶劳有义道："就是不正，捏不着把柄，拿他怎样？只好白瞧罢了。"赖啸吟笑道："你～吃了这许多年数衙门饭，连这点子计策都想不出么？……"(十34-256-10) "枉空""枉恐"とも作る。¶勿要说哉，耐勿要提起倪两家头格交情，倒也罢哉！说起交情勿交情格句闲话，真正叫枉空哩！(九131-877-21) ¶说起仔老相好格句闲话，格末真正叫枉空！(九176-1145-9) ¶俫枉恐是做买办格，其实真真是个大滑头。(狐23-182-16)

hui

【回】
〈动〉①帰る。戻る。 ¶姚奶奶故歇请～府，有啥闲话末，教季莼兄来说好哉。(海23-188-23) ¶陈小云或者晚间～房，也写一张请请何妨？(海48-410-18) ¶吃过酒，我就送你～府。(新45-206-21) ¶赵温无奈，只得依旧坐车～寓。(官2-25-21) ¶请先生～府罢。(官39-661-18) ¶二人将门锁上，一同送殡去未～。宝玉走来扑了个空。(红78-1121-16) ¶我如今只得再～少华山，去投奔朱武等三人入了伙，且过几时，却再理会。(水6-101-6) ②申し上げる(目上の人に)。 ¶耐办得事情好舒齐，我一点点勿曾晓得，害陈老爷，末等仔半日！晚歇我去～大人。(海48-409-17) ¶那老家人～也不替他～一声，让他一个人在门房里坐了老大一会子。(官2-25-17) ¶贾母见他穿着六品服色，便知御医了，也便含笑问："供奉好？"因问贾珍："这位供奉贵姓？"贾珍等忙～"姓王"。(红42-580-5)

【回报】
〈动〉①回答する。報告する。 ¶俚～仔我无拨，倒立起来就走。(海37-313-22) ¶先起头耐一埭一埭教俚去看王老爷，故歇看见仔王老爷～耐，也勿曾差腕！(海41-342-17) ¶

就碰着仔史三公子，问俚，俚人末勿来，嘴里阿肯说勿来，不过～耐一句难要来哉。(海62-527-10) ¶格个张书玉，实头勿要面皮，几转叫娘姨到倪搭来，要请贡大少过去。倪～仔俚勿勒浪，俚就一直闯到仔格房间里来，刚刚拨俚撞着，拨倪翻转面孔来说仔一泡。(九17-132-10) ¶吾里苏州个唐解元野是数一数二个主客，那了～勿出子介？(三4-32-17) ¶猛听得外场喊道："嗄阿和姐，请孙老！"卫姐即喊道："拿进来！"眉初接着看时，果然是方伯荪请到兆富里金秀珠那里去的，旁写："客务必赏光。"又加了几个圈。卫姐道："那哼～俚？"(鸿2-198-12) ¶活鬼已经吓昏，那里～得出？就说三言两语，也是牛头弗对马嘴的。(何2-25-13)

②断。拒绝する。¶俚自家跑得来寻耐，定归要做戏吃酒，倪阿好～俚？(海44-371-6) ¶麴说耐阿哥听见仔要动气，耐就自家想，媒人才到齐，求允行盘才端正仔，阿好教阿哥再去～俚？(海54-455-13) ¶格辰光一排做倪格客人，丁要倪同仔俚笃一淘坐马车，倪心浪勿高兴，～仔俚两转，说倪从来朆塔仔客人一淘坐歇马车，格挡码子勿肯相信。(九77-558-3) ¶为此咾倪有点弗大情愿。～是朆～俚，野朆答应。(泸1-79-12)

【回来】

〈动〉帰って来る。戻って来る。¶三公子上海～就定仔个亲事，故歇三公子到仔扬州哉，小王来也跟仔去。(海62-529-23) ¶日中时分，王冕正从母亲坟上拜扫～，只见十几骑竟投他村里来。(儒1-13-8) ¶老太太叫我呢，有话等我～罢。(红28～391～23) ¶且离了那林子里，僻净处睡了一回，从后山走回家来。(水43-695-12)

【回头】

〈动〉①"回报"①に同じ。¶只见一个人提着大观园灯笼，高擎一张票头，趋上阶沿，喊声"请客"。朴斋忙去接进，逐字念出，太太，少爷，两位小姐总写在内，底下出名仅一"施"字。二宝道："难末那价～俚哩？"(海29-244-11) ¶今朝辰光宴仔点哉。我去叫菜，俚笃～说："哦不，啥落勿早点来喊？倷阿晓得今朝是大饭堂，喜生人家多呀？"(狐13-91-11) ¶若是别一个还好，偏偏这个昨天才许了人家，而且是现银交易。初意以为详院挂牌，其权仍旧在我；不料护院也看中是这个缺，叫我怎么～人家呢。(官4-56-18) ¶然前日要娶亲时，原说过了娶妻遣还的话，今日父亲又如此说，丈人又立等～，若不遣亲，便成亲不得。(二32-613-16)

②"回报"②に同じ。¶倘然俚向我借，我到也勿好～俚。(海22-176-21) ¶善卿移坐下手，问莲生道："沈小红搭，耐今年用脱仔勿少哉呀，再要办翡翠头面拨俚？"。莲生蹙额不语。善卿道："我说耐就～仔俚也无啥。"(海32-270-18) ¶耐心浪勿高兴末，倷勿

語彙例釈　hui

爽爽快快～仔俚,要俚去上格种恶当,俚耐上仔耐格当,耐也无俉好处啘?(九 34-256-20)¶让伊做做看,做来好末算数,做来勿好末,再～伊。(上散 5-23-10)¶我今天忙了一天,那里还有工夫管这些小事情。但是鲁总爷的面子,又不好～他,且收下押起来再讲。(官 15-235-13)¶约的今天签字,买主忽然打发人来,～不要了。很好的一桩交易,就此打散,实在令人可惜。(歇 87-1206-1)¶若等他下了轿,接了进来,又多一番事了。不如决绝～了的是。(二 15-311-16)

【回心】

〈动〉思いなおして今までの考えや態度を改める。¶我搭耐实概说,耐原无拨～,我再要说也无啥说个哉。(海 34-285-21)¶如何阿三叫他请小牧去见老太太劝他～的话,从头至尾,好似背书一般背了一偏。(繁初 27-302-2)¶追想当年宝玉相待的情分,有时怄他,他便恼了,也有一种令人～的好处,那温存体贴是不用说了。(红 119-1628-4)¶费柴费火,还是小事,只是才说得儿子～,清净了这几日,老娘心里好不喜欢。(醒 5-101-13)

【回信】

〈名〉返事。返信。¶黎篆鸿垯,我教陈小云拿仔去哉,勿曾有～。(海 1-6-12)¶颐得利忽然差人来邀袁伯珍过去会晤,说上海银行里的～已经来了。(维 14-95-14)¶故此数日陶子尧反觉逍遥自在,专候仇五科行里～的。(官 10-140-11)¶那凤姐儿已是得了云说的～,俱已妥协。(红 16-209-6)

【汇划庄】

〈名〉いまの銀行業務を行っていた私営の商店。¶我是比勿得俚,价末要有啥用场,～浪去,四五百洋钱也拿仔就是。(海 14-108-12)¶锦回道:"做什么生意好呢?"士规道:"最好是做～。"便就把～生意怎样的好做,利息怎样的浓厚,赚钱怎样的稳当,天花乱坠说了一泡。(新 35-160-25)

【会】

〈動〉できる。通暁する。なお、動詞の結果補語にも用いられる。¶我有个朋友,内外科才～,真真好本事。(海 21-169-12)¶《迎像》倪勿～个啘。(海 45-384-24)¶俚就听俚哚教,听～仔好几只哚。(海 45-382-9)

〈动〉助動詞。①……することができる(学習・訓練などを経て)。¶善卿把水烟筒送过来,小村一手接着,一手让去床上吸鸦片烟。善卿说:"勿～吃。"(海 1-5-9)¶我倪子养到仔实概大,咿～吃花酒,咿～打茶会,我也蛮体面哚,倒说我勿齣个面孔。(海 6-43-9)

¶倪不过实概样式，要好不～好，要邱也勿～邱。(海 7-57-13)¶[合]慢……慢点，你阿……阿～吃饭？[生]这是～的。[刁]个个就勿饿杀个哉。勿得知个个撒尿塔子着衣裳阿～？[生]也～的。[刁]介末养得大了。[合]个……个是人……人都一个活。(三 10-119-4)¶格种人想必外国话是才～说格哤。(狐 22-173-8)¶伊勿会话中国(白)(说话)。(上间 33-60-8) ¶阿金见他别的并不在行，那洋烟却飕飕飕的很是～呼，因又再装一筒与他吸了。(繁后 25-1023-20)¶你们那里～弄这个，站开了，我纺与你瞧。(红 15-202-5)¶我年幼小，但晓得读书，那里～医病？(禅 21-333-15) ¶你～打双陆么？(警 24-359-10) ¶你原来～踢气球。你唤做甚么？(水 2-18-16)

②……するのがうまい。……に長じている。¶耐相好末勿攀，倒一说得野哚！(海 1-8-17)¶该塔是啥个场花嘎？耐哚倒也～白相哚！(海 5-37-19)¶罗老爷，耐倒也～说笑话哚！(海 7-53-4)¶方大少，倪是勿～说闲话，耐要包涵点格嘘。(九续 62-477-14)¶倪阿姆怪奴勿～应酬，勿～拍马屁，埋怨仔奴一场。(狐 21-163-1) ¶我们乡下人从来不～撒谎。(目 3-19-13)¶又恨不得把银子钱省下来堆成山，好叫老太太、太太说他～过日子。(红 65-934-11)

③……する可能性がある。するはずである。¶耐也巴结点，有啥老相好新相好，罗老爷阿～待差仔倪嘎？(海 7-52-15)¶要秀宝来塔耐要好勿～个哉，耐趁早死仔一条心。耐就拿仔戒指去，秀宝只当耐是铲头，阿～要好嘎！(海 13-100-23) ¶听仔无姆，吃点鸦片烟寻寻开心，陆里～生病嘎。(海 20-161-6) ¶该个病阿～好嘎？(海 36-305-21)¶我说三公子个人陆里～差，故歇阿是来请倪哉。(海 64-552-2)¶倪归塔吼吭啥格老虎勒浪，勿～吃脱仔俚格，叫俚自家只顾来拿末哉。(九 6-50-12)¶是俚格包车夫，塔倪说格呀，勿然，倪洛里～晓得。(九续 35-267-1)¶奴塔侬两家头做格事体，物见得～忘记脱勒海。(狐 15-105-6)¶格落钱老格名气大，连上海才有人晓得格。勿然来，倪哪哼～到间搭来介？(狐 34-285-7) ¶人家只晓得是你抵押到我名下，那洋人决计不～来找你的了。(官 51-879-8)¶毕韵花道："梦翁尽管放心，这事绝不～上报的。"王梦笙道："这种事正是游戏报上的好料子，怎么不～上呢？"(梼 13-210-10) ¶晴云道："我劝不成功，她也不是为我哭的。谁逼她哭的谁去劝。"莲苏道："那么要去请隔壁的客人过来了，不是他灌酒，她也不～醉，不醉怎么～哭？"(人 32-347-15) ¶到了贾母跟前，凤姐笑道："我说他们不用人费心，自己就～好的……。"(红 30-421-19)

【会】

〈动〉支払う（飲食代・理髪料金・入浴料金などを）。多くの同行者の分も含めて支払

語彙例釈　hui

うのに用いられる。　¶倪先说好仔,书钱我来～。(海 29-241-23)　¶茶钱有哉,俚哝～过哉。(海 54-462-17)　¶今朝夜头勿要避拔,挨着侬～钞着。(上散 10-61-8)　¶三个狼餐虎咽吃了一阵,～过茶钱,起身问道:"这是有座五脏庙在那里?"(何 1-10-14)　¶又见那瘦子点了几点头,摸钱～了茶账,先下去了。(新 21-96-10)　¶孙老六说:"咱们喝过了茶,三哥,你上去把那马试试。"陈三道"好。"一时～了茶钱,陈三攀鞍上去。(负 10-44-22)　¶说罢,彼此又吃了一回,～了账,出得店门,趁天色未黑,倪老爹回家去了。(儒 25-300-11)　¶二人又吃了一回起身～钞而别。(警 15-203-5)　"惠"とも作る。　¶章大人的帐,羊大人已经代惠了。(官 29-484-23)　¶只要官比他小的,见了他面,无论在张园里,或者戏馆里,番菜馆里,尊他一声,"大人",他马上就替人家惠茶东、惠戏价、惠酒帐。(官 33-564-19)　¶雨香道:"我们回去罢。"于是惠了茶钞,一同下楼。(新 9-242-23)　¶再坐一会,已是十点钟时候,遂惠了茶帐回去。(目 28-209-18)　¶周大文豪见他摸出钞票,肯替自己惠钞,便没口子的说道:"黄兄,你代我解了这场围,赛过重父母,再世爹娘了!"(负 18-84-19)

【会得】

〈动〉助動詞。その現象の出来(しゅつたい)についての話者の驚きを表す。副詞"意然"の語気に近い。　¶就前年宁波人家一个千金小姐,俚～去骗出来浪夷场浪做生意。(海 27-225-7)　¶老钱真正是个酒鬼,正经事体末～忘记哉。(描 8-71-2)　¶伊是几时动个身?——伊话伊前日子早晨头动个身。——是格能个长(天)(日脚)伊那能～走之三日个?(上间 35-64-5)　¶家人再想不到这么一位坐怀不乱的老爷～如此,大约总是这丫头狐媚勾引的,我只打死这贱丫头再说!(梼 22-355-23)

【会钱】

〈名〉たのもし講などの掛け金。　¶三先生耐间声俚看,前日仔收得来～到仔陆里去哉哩?(海 3-19-10)

【讳病忌医】

病気を隠して治療を嫌う。　¶俚再有～个脾气最勿好。(海 36-305-10)

【晦气】

〈形〉不運である。ばかを見る。　¶倘忙喊仔十几个人,赶到沉小红塔去打还俚一顿,闯出点穷祸来,原是耐生老爷该～。(海 9-71-4)　¶～,房门也关个哉!(海 26-214-14)　¶故末陆里来个～。(海 37-310-13)　¶个种事情,总归铜钱～,只好再交落点,叫个倍人去塔俚说开仔完结哉。(鸿 10-247-17)　¶这是那里的～!事情不曾办成,倒弄了窝子的是非口舌！(目35-262-12) ¶闹来闹去，终是位分越小的越～，这点机关难道我还不懂。(官18-295-16) ¶只可怜那妇人无端吃着两禅记耳光，又白讨一顿臭骂，又丢掉了东西，这才是～呢！(新51-237-3) ¶大家老着面皮，不肯出钱，后来仍是办事人～。(歇14-175-18) ¶我今儿是那里来的～，偏都碰着你姊妹们的气头儿上了。(红75-1066-11) ¶裘南峰低头忍气，嗟叹道："我老裘恁般～，难道真实着鬼？"(禅22-365-15) ¶我自家～，儿子生了这恶疾，眼见得不能痊可，却教人家把花枝般女儿伴这癞子做夫妻，真是罪过。(醒9-182-15) ¶这节夜，那一家不夫妇团圆，偏我～，在这里替他们守库！(警15-212-5) ¶～！来的迟了。(初1-9-2) ¶那日草地上只见得这个孩子在那里哭，我抱了回家。今既是押司的，我认了～还你罢了。(二38-697-14)

hun

【昏】

〈形〉①ぼうっとしている(頭が)。¶耐阿是年纪老仔，～脱哉！(海31-256-22) ¶只有一个龙钟老僧在那里煮粥。雨村见了，便不在意。及至问他两句话，那老僧既聋且～，齿落舌钝，所答非所问。(红2-25-10)

②動詞の結果補語にも用いられる。動作にともない、頭がぼうっとなっていることを表す。¶倒拨俚哚好笑，说我困～哉。(海18-142-13) ¶耐阿哥是气～仔来浪笑。(海20-159-3) ¶钱先生，穷～哉呢啥？(描7-63-14) ¶奴真吓～勒里哉，奴出生出世，朆吃馄饨格种吓头。(狐26-210-26) ¶我只认做是前几天放在这里的旧鞋，真是我老～了。(繁初29-328-8) ¶"倪去罢，耐立来浪勿动，阿是看～哉。"秋谷冷冷的道："我的头脑子倒没有看～，只觉得有些酸沉沉的。"(九续34-262-1) ¶我是年轻不知事的人，一听见有人告诉了，把我吓～了，不知方才怎样得罪了嫂子。(红68-970-24)

【昏昏沉沉】

〈形〉ぼうっとしているさま(頭・意識が)。"昏沉"の重ね形。¶有时心里烦躁，嘴里就要气喘，有时昏昏沉沉，问俚一声勿响。(海36-304-19) ¶至掌灯时分，宝玉只喝了两口汤，便昏昏沉沉的睡去。(红34-464-13)

【昏倦】

〈形〉物憂げにぼうっとしているさま。¶从前是焦躁，故歇是～，才是心经毛病。倘然能得无思无虑，调摄得宜，比仔吃药再要灵。(海36-305-19)

【浑倌人】

〈名〉泊り客をとる芸妓。"清倌人"に対していう。¶故歇个清倌人比此～花头再要大。

語彙例釈　hun－huo

（海 32-269-20）

【魂灵】

〈名〉魂(たましい)。¶耐听哩,徐大爷叫得阿要开心!徐大爷个～也拨俚叫仔去哉。(海 5-36-13)¶倪就是死仔,倪格～也要寻着耐格。(九 40-296-17)　¶制台大人岂不知李统领是个银样镴枪头,只好摆个空架子,若要他真个统兵出战,便要把～吓掉的?（维 14-99-1）¶龙妙的是一双桃花眼儿,笑一笑水汪汪的,真个把人家～儿都勾了过去。(新 36-164-10)¶他此时～出窍,脸色改变,早已呆在那里。(官 55-945-15)　¶他却一霎时心猿难系,意马难拴,～儿俱吊在那几个女子身上。(鼓 2-21-1)　¶小员外虽然依允,却似勾去了～一般。(警 30-462-5)　¶见了这般标致的女子,把个～都吊下来。(水 101-1571-12)

【混赖】

〈动〉言い逃れる。白を切る。¶二则抄不出赃证,何以坐实其罪?三则防其烧毁灭迹,一味～。(海 59-504-24)　¶僧人明知事已露出,～不过,只得认道:"委实杀了妇人是的。"(二 28-556-13)　¶我们众人多听得的,怎么～得?（二 29-568-11)

huo

【豁】

〈动〉投げ捨てる。振り捨てる。共通語の"甩"。¶洋钱同当票才～来哚地浪,无晓得阿少。(海 64-551-16)　¶阿珠见光景不好,也顾不得小红,赶紧来拉莲生,被莲生一～,洒脱袖子,竟下楼梯。(海 10-79-3)　"搠"とも作る。⇨豁脱。

（注）「お金を惜しげもなく使う」の意味でも用いられる。→又想到四老爷～了许多洋钱在杨媛媛身上,反不若潘三的多情。(海 27-223-4)

【豁出豁进】

"忽出忽进"（出たり入ったりする）に同じ。"豁""忽"は近音。¶耐看吴松桥,阿是个光身体?俚稍微有点名气末,二三千洋钱手里～,无啥要紧。(海 14-108-12)

【豁开】

動詞"豁"＋方向動詞"开"（補語）。①きっぱり捨てる。手を引く。¶拨俚"寒梅着花末"一首诗束缚住哉,耐麭去泥煞个哩。难索性要～仔俚个诗,再去做。(海 61-519-22)¶故歇趁早～仔史三公子,巴结点做生意,故末年底下还点借点,三四千也勿要紧。(海 62-527-15)

②思いを絶つ。思い切る。¶我自家想,我也无啥豁勿开,就不过一个无姆苦恼点。(海 20-162-4)　¶我个心勿晓得那价生来浪,随便啥事体,想着仔个头,一径想下去,就

困勿着，自家要～点也勿成功。（海 35-295-11）

【豁脱】
動詞"豁"＋"脱"（補語）。①ぱっと使ってしまう(お金を)。⇨豁の（注）¶倪无姆为仔双宝，也～仔几花洋钱哉。（海 3-20-4）¶价末客人哚定归要去做时髦倌人，情愿～仔洋钱去拍俚马屁。（海 18-147-18）¶莲蓬用末用勿着，我为仔气勿过，定归要买俚一对，多～耐十六块洋钱。（海 24-195-20）¶耐梅大人是欢喜倪咾～格几千样钿，呒啥希奇。别人说起来，好像倪过年弗来咾掉出点枪花来敲耐梅大人格竹梗。（沪 3-27-8）¶地隙一攸作，就要（豁）（撧）（掇）脱多化铜钱。（上问 29-54-6）"搚脱"とも作る。¶就是花酒也少吃两台格好，搚脱两个铜钿呒啥希奇，自家格精神要紧。（九 179-1167-13）②捨ててしまう。なくしてしまう。¶倘然生意勿好，～仔本钱，再要白费心，故也无法子个事体。（海 44-374-5）¶俚倒有点意思！耐是个大爷，～点勿要紧，才偷仔耐个物事，忽然末，我物事为啥勿要嘎？（海 60-513-4）¶双宝进来个身价就算耐才～仔，也不过三百洋钱。（海 63-537-6）
③手を切る。手を引く。¶骗到今日之下，索性～仔，去包仔个张蕙贞哩！（海 10-80-21）¶自家生活～仔勿做，单去巴结个姚奶奶。（海 23-189-19）¶故歇耐为一时之气～仔我，我是就不过死末哉，倒是替耐勿放心。（海 34-285-12）"搚脱"とも作る。¶耐实梗说起来，是耐来浪搚脱仔倪，再讨别人哉唦。（九 40-296-12）¶倪要看耐勿起来，也勿要～仔几几化化客人，独作耐一干仔哉唦。（九 168-1098-19）

【豁浴】
〈动〉入浴する。¶耐阿要去提鱼嘎？耐去末，我戳翻耐个船，请耐豁个浴。（海 39-328-10）"氽浴"とも作る。¶刚刚氽个浴，忘记来浴堂里哉！（描 3-26-16）また、"化浴"とも作る。¶一个礼拜里向化两个热水浴，别个日脚都净冷水浴。（上散 5-25-2）

【活】
〈动〉生存する。生きる。¶我碰着仔前世里冤家！刚刚反仔一泡，故歇咿来浪说我啥，我是定归～勿落个哉！（海 32-269-10）¶不过耐要豁脱我个人，耐替我想想看，再要～来浪啥？（海 34-285-4）¶难俚末勿好，倪好个人原要过日脚，阿有啥为仔俚说勒～哉？无拨该个道理唦。（海 42-353-13）¶老太婆叹气道："啥个福气，～在世界上受罪罢了。……。"（人 39-467-22）¶此时宝玉正坐着纳闷，想袭人之母不知是死是～。（红 51-714-2）¶世人都说太伶俐聪明，怕～不长。（红 52-722-12）¶我自去讨两尾～鱼来与哥哥吃。（水 38-604-17）

語彙例釈　huo-ji

【火冒】
〈动〉腹が立つ。¶价末耐'挨得着''挨勿着'瞎说，真真～得来。（海25-202-13）¶我煞死要俚斗，俚末煞死个奔，耐说阿要～？（海46-393-9）¶碰着倪有辰光心浪呒啥勿高兴，只好看铜钿银子面浪，应酬应酬俚；再碰着心浪光火格辰光，拨俚实梗能绕牢子叽哩咕噜，耐想阿要～勿要～？（九续132-959-13）¶马老爷倷请坐仔，用勿着～格，听我说哩。（狐29-239-6）¶步青躲在楼上，只叫娘姨回债。要债的破口大骂。步青忍不住～，也不敢发作。（市16-267-26）¶鲁斋一～，纬帽上的翎子又旋了前面来，把眼珠儿都遮住了。（新44-203-11）¶老五看见阿有专扳差头，不禁也有点～，打算发作，又恐怕弄僵。（鸿19-306-11）¶我要～了，你怎么越说越不像样了。（人45-555-22）

【伙计】
〈名〉①店员。¶当下私问："新弟到上海去做啥？"秀英说："是翟先生教得去做～。"（海29-239-7）¶周老爷是何等富贵的人，那里会少我们的钱。只是我店里一样用着～，饭食，工钱，一天都罢不得。（新48-223-4）
②抱えの芸妓。¶包房间呢？做～？（海4-28-14）¶耐阿好替我想想法子，阿是进个把～？阿是拿楼浪房间租拨人家？（海58-498-8）
（注）吴越：海上花列伝普通話本に次のように注釈している。
　　包房间，是自负盈亏，除房钱外，一切开销自理；搭伙计，是不出本钱，只出身子，跟鸨母是"拆帐"的关系。（同书P.34）

【或】
〈连〉「～……～……」の型で、「あるいは……、またあるいは……」と列挙する。¶其余～记言，～叙事，～以议论出之，真真五花八门，无美不备。（海53-450-13）¶历来野史，～讪谤君相，～贬人妻女，奸淫凶恶，不可胜数。（红1-5-3）

【或者】
〈副〉あるいは……かもしれない。¶～像王夫人之林下风，卓文君之风流放诞，庶几近之。（海31-259-14）¶陈小云～晚间回店，也写一张请请何妨？（海48-410-18）¶将来这孩子倒～有点出息。（官1-3-2）¶既有这个人，媳妇的病～就能好了。（红10-154-7）¶日后～亦有用得着处。（水90-1473-11）

J

ji

ji 語彙例釈

【机器】
〈名〉機器。¶来里志正堂前头高台浪，有几花～，就是个看亮月同看星个家生。（海 52-437-7）¶要办～，就要找到洋行。（官 7-106-20）¶奇了，怎么开办费没有着落，房子、～倒先租下了，人倒先用定了？（新 29-133-30）

【鸡缸杯】
〈名〉酒盃の名品の一種。¶说勿出来，吃一～过令。（海 39-326-23）¶拿一～酒一淘呷下去，停仔歇再挖俚出来，难末算会吃哉。（海 50-426-22）¶说罢，便叫阿仙取出一只～来，斟了一杯热酒，立起身来，将杯照着小松，竟自吃干了。（九 1-5-26）¶夏尔梅一连输了四拳，三四十二杯酒，有些吃不下了。锦衣要叫婷婷与房间娘姨代饮，尔梅不许，自己勉强喝了六杯，尚有六杯并在一只～内，递与行云，要他代喝。（繁后 17-925-9）¶桌上却摆着十几个康熙五采的～，几把紫砂的龚春名壶。（孽 10-80-16）

【羁客之思】
旅人の思い。¶要晓得两个题目只消淡淡著笔，点缀些田家之乐，～。（海 60-515-12）

【及】
〈动〉及ぶ。言い及ぶ。¶苏冠香传中虽不～诸姊而诸姊自见。（海 53-450-13）

【及得来】
動詞"及"（及ぶ，肩を並べる）に可能補語"～得来"が加わったもの。比肩できる。共通語の"比得上"。¶单说衣裳，是陆里～阿大搭阿二嘎。（海 10-76-6）¶大先生，俫格气量真大，吃人～俫格。（狐 34-294-14）¶大先生格见识，倪落里想得到，～嘎？（狐 44-385-15）¶况且他那些工人，都是学堂里学出来的，自然高明得极，我们那里～？（市 1-190-19）¶虹口马戏场隔壁，前年到过一班东洋戏，那拆梯子、走钢丝许多绝技，虽然中国竿妓也有这套工夫，却那里能及得他来？（繁二 25-635-1）

【吉林参】
〈名〉吉林産のチョウセンニンジン。¶老年人体气大亏，须用二钱～。（海 64-545-15）

【极】
〈动〉"急"に同じ。¶黄二姐说："跑啥？"小阿宝道："我要紧呀，先生～得来。"（海 7-54-21）¶耐夠～哩，包耐勿要紧。（海 11-86-11）¶面孔末涨得通红，头浪向汗末出仔几化，～得来要死要活。（九 6-50-6）¶倪刚刚出来格辰光，勿懂啥格应酬，生意末吃拨，节浪向总归～煞快。（九 16-124-4）¶可怜那一些老翰林，手是生了，眼是花了，得了这个消息，个个～得屁滚尿流。（孽 5-31-9）¶王丑儿～了，不敢做声，抖做一堆，

333

語彙例釈　ji

道："罢了，罢了。这是我自家不是，不该埋怨你们。我做东道，陪你们的话罢。"（醒上2-14-1）¶甘毳～了，沸反叫："饶命，"道："以后我再不敢来了，若来跌折孤拐！"（型15-217-19）¶他又恋着王小三。十分逼的小三～了，他是个酒色迷了的人，一时他寻个自尽，倘或尚书老爷差人来接，那时把泥做也不干。左思右想，无计可施。（警24-346-1）

【极】

〈副〉きわめて。①状況語として用いられる。¶钱子刚说起，有个高亚白行未勿行，医道～好。（海35-292-6）¶"一则望望钱先生，二来替俉翠姑娘做媒人。""～好，里向去请坐。"（描5-45-13）¶这女儿两个字，～尊贵、～清净的，比那阿弥陀佛、元始天尊的两个宝号还尊荣无对的呢！（红2-31-14）¶妈妈所见～是！（醒20-403-12）¶山内毒虫猛兽～多，恐伤害了你性命。（水1-6-15）"及"とも作る。¶能使两把板斧，及会拳棒。（水38-599-16）

②補語として用いられる。¶蔼人见了，赞说："好～！"（海19-149-12）¶病也勿像是寒热，先是胃口薄～，饮食渐渐减下来，有日把一点勿吃。（海36-304-15）¶鹤汀连说："是～。"（海60-513-23）¶地桩事体巧～，地歇倒有一位朋友。（上问48-87-7）¶这话是～。（新10-45-18）¶太尊的话是～。（官6-78-2）¶这回天翁来，恰好兄弟又刚刚出来，真算巧～。（栲11-172-21）¶果然好～！（红76-1092-11）

③助詞"得"の後に補語として用いられる。¶最妙者，'鞭刺鸡锥'搭仔'马牝沟札'多花醒龊物事，竟然雅致得～。（海51-431-11）¶承蒙大少笃勿嫌待慢，肯到奴搭来，奴真真感激得～。（狐18-136-16）¶地位令郎读甚个书者？相貌好得～，将来一定可以（发达）（大发）（有出息个）。（上散7-41-9）"及"とも作る。¶心中想到故个朋友面熟得及。（描21-187-2）

【极哉】

副詞"极"（補語）＋助詞"哉"。①形容詞などの後に直接用いられる。¶善翁也来里，巧～，里向坐。（海2-10-6）¶妙～，一淘去！（海21-169-23）¶及至看了，却即拍案叫绝道："好～！"（海40-338-9）¶哈哈哈，故也妙～。（描31-276-17）¶可恶～！（鸿6-225-17）¶深甫一叠连声说："好～。"（沪1-13-1）"极者"とも作る。¶既然是格能，好极者。（上问49-88-4）

②助詞"得"の後に用いられる。¶倪两家头赛过做俚哚和事老，倒也好笑得～！（海12-97-9）¶坎坎个就是郭孝婆，我倒勿认得，失敬得～！（海37-312-10）

【即】

〈副〉①この際に。この機会に。¶如此雅集,不可无诗,聊赋俚言,即求法正。(海 31-260-18)
②とりもなおさず。すなわち。¶所谓相题行事者,～此是也。(海 60-515-24) ¶原来这梨香院～当日荣公暮年养病之所。(红 4-67-9)

【急】

〈动〉①いらいらする。いらだつ。やきもきする。¶耐也多少吃一口,阿好。耐勿吃,耐无姆先要～杀哉。(海 19-156-9) ¶耐倘然老实说仔,俚心里一～,再要～出啥病来,倒加二勿好哉。二少爷,耐末也覅～,就～杀也无么用。(海 20-160-12) ¶倪末～煞来浪,俚倒坐马车,看戏,蛮开心!(海 54-460-20) ¶耐俉事体～得来!(鸿 2-200-4) ¶耐俉性急得来,拆姘头有仔洋钱总好过去哉唲,耐～多化俉呢!(鸿 10-248-2) ¶那张家～了,只得着人上京寻门路,赌气偏要退定礼。(红 15-205-16)
②いらいらさせる。¶耐定规要瞒仔倪了去做,倒好像是倪吃醋,勿许耐去,阿要～煞人! (海 4-30-24)

【急急】

〈形〉非常に急ぐさま。¶故也何必如此～。(海 60-513-23) ¶卑职何敢故违禁令,自外生成?因此～要去找一套旧的穿了来见大人。(官 20-319-22) ¶这会子～的当作一件正经事去回,岂不叫太太犯疑?(红 31-432-17) ¶～取了银子和骨殖藏在身边,便出来迎接道:"……。"(水 26-410-4)

【棘手】

〈形〉やっかいだ。手をやく。¶一拜匣个公私文书,再要补完全,不特费用浩繁,且恐纠缠～。(海 59-505-1) ¶秋谷听了,皱着眉头想了一会,想着这件事儿十分～。(九 53-389-16) ¶只要这位教士到场,任你事情如何～,亦无不迎刃而解的。(官 54-925-9)

【籍贯】

〈名〉本籍。¶各人立一段小传,详载年貌～,父母存没,啥人相好就是啥人做。(海 53-450-1) ¶次问他年岁～,听他说的是七分苏白,三分有些无锡口音,觉得也甚入耳。(繁后 36-1151-13) ¶见第七名贾宝玉是金陵～,第一百三十名又是金陵贾兰,皇上传旨询问,两个姓贾的是金陵人氏,是否贾妃一族。(红 119-1630-6) ¶姚乙道:"在下是徽州府休宁县苏田姚某,父某人,母某人。"恰像那个查他的脚色三代～,都报将来。(初 2-42-13)

【几】

語彙例釈　ji

〈数〉幾つ。幾つか。疑問にも不定にも用いられる。¶耐今年十～岁？（海 1-4-7）¶王老爷做仔～日天，用脱仔几花？（海 10-82-19）¶另外再有～样物事，耐就照仔帐浪去办。（海 12-94-6）¶耐搭末来仔～埭，西公和一径勿曾来歇呀。（海 39-331-9）¶今朝为仔客少，对勿住，耐要多叫一个人来！（鸿 2-199-5）¶勒浪第～号房间里介？（狐 9-64-20）¶你到过令伯公馆～次了？（目 4-27-4）¶你走了～日？（红 53-741-11）¶故于前日一病时，净饿了～三日，又谨慎服药调治，如今劳碌了些，又加倍培养了～日，便渐渐的好了。（红 53-737-14）¶瑞虹有心问那妇人道："你～岁了？"那妇人道："二十九岁了。"（醒 36-776-16）¶你这～个老和尚没道理！（水 6-95-16）

【几花】

〈代〉①どれくらい。数量を尋ねるが、不定にも用いる。共通語の"多少"。¶阿金有～姘头嗄？（海 3-19-18）¶蒋月琴咯勿晓得送仔～哉！（海 8-58-9）¶耐少来咾～债末，我来搭耐还末哉。（海 10-80-18）¶耐咾三家头叫仔～局嗄？（海 15-115-16）¶耐自家算算看，～年纪哉！（海 21-172-11）¶倪终究无啥～主意，就不过闲话里帮句把末哉。（海 33-278-19）¶俚末说一千，耐要俚～嗄？（海 44-374-12）"几化"とも作る。以下各項も同じ。¶我且问倍，一共欠倍几化？（描 7-64-8）¶王先生若讲行贿容易得势，要介几化银子够哉？（描 9-82-18）¶个只花梨床有几化开阔进深介？（三 28-312-5）¶到底几化洋钱讨个介？（鸿 4-211-15）¶耐栈房钱阿欠仔几化？（鸿 8-236-9）¶俫去问问俚看，间搭房钱阿要几化介？（狐 10-71-17）¶一准实梗末哉。难末要几化铜钿哩？（沪 1-51-7）¶倪搭耐是几化年数哉？俚要好杀末，总规是新做起格哩。（沪 2-49-11）¶陶大人，耐做官一个月有几化进账？耐阿有姨太太？耐格姨太太一个月拨俚几化洋钱用？（官 8-116-9）¶十七（加）（加上）十八是几化？（上散 1-2-3）¶要等～辰光？（上散 3-11-7）

②一部の形容詞の前に用いられて、どれくらいの程度であるか尋ねる。共通語の"多"。¶阿要瞎说！耐自家有～大，倒养出实概大个倪子来哉。（海 6-43-13）¶耐看俚帽子浪一粒包头珠有～大，要五百块洋钱咾！（海 15-120-1）¶侬买来拉个牛肉称歇过否？几化重？有数否？（上散 5-24-4）

〈形〉多い。共通語の"许多""不少"。¶倪无姆为仔双宝，也豁脱仔～洋钱哉。（海 3-20-4）¶怪勿得耐要豁拳，有～人搭耐代酒咾。（海 4-26-5）¶单说衣裳，是陆里及得来阿大搭阿二嗄，比仔双珠要多～咾。（海 10-76-7）¶就是沈小红个兄弟同娘姨到公馆里来哭哭笑笑，磕仔～头，说请老爷过去一埭。（海 33-278-12）¶我带劝带吓，说仔几化辰光，难末算领盆哉。(鸿 11-258-8) ¶说仔一句笑话，俚加二勿对哉，面孔末涨得通红，头浪向汗末出仔几化，极得来要死要活。(九 6-50-6) ¶倷借拨俚末呒啥，如若勿借，马上就搭倷断绝，我看见仔几化哉。(狐 11-75-17) ¶奴格几化家生，过仔故歇端午节，阿可以就拿转来介？(狐 49-418-7) ¶蒋正甫道："给你今天的局钱。"谢青云笑迷迷的道："用勿着实梗几化啘！"(九续 56-433-8) ¶作兴是野作兴格。必过唔笃有几化弗便当，阿对？(沪 1-8-2) ¶那能地格能（几化日子）（多化日脚）伊还勿曾办拉哩？(上问 22-41-9)

【几几花花】

形容詞"几花"の重ね形。¶还有～，连搭双宝也勿曾看见歇，勲说啥耐哉。(海 10-76-9) ¶下半日汏衣裳，～衣裳就交拨我一干仔，一日到夜总归无拨空。(海 23-183-14) ¶罗老爷是再要好也无拨，生意浪末照应仔倪～，就是小个场花也幸亏罗老爷十块廿块借拨我用。(海 59-502-17)"几几化化"とも作る。¶耐要拉客人末，四马路浪几几化化格人勒浪，耐做仔野鸡，随便去拉格两格好啘。(九 21-158-21) ¶倷是家当大格人，勿说勒浪做生意，年年多仔几几化化，就是登勒屋里坐仔一百年，无啥要紧。(狐 10-70-9) ¶故末谢谢耐，阿好搭梅大人说一声，请俚过来一埭？倪有几几化化格闲话搭俚讲张。(沪 3-15-6)

【几时】

〈代〉いつ。¶～做起？(海 19-152-22) ¶咦，少大人来哉！少大人～到个嘎？(海 64-546-7) ¶耐该搭～做起格？(鸿 14-274-22) ¶唔笃大人阿要～出来？倒到牵记煞来里。(九 47-341-11) ¶现在杨四勿勒上海，据说回家乡去哉，勿得知～出来。(狐 11-77-23) ¶耐～看见倪做仔别人家哉啘？阿要气酥！(沪 1-8-7) ¶地票货色大约～要，侬拨点定钱下来，我倪可以端正。(上散 7-37-6) ¶大人～回来的？(官 3-37-2) ¶据你这般说起来，要～才得回家？(维 12-84-5) ¶吕寓问～进宅，如玉说明后天就要搬来，当下付了两块钱定租。(繁后 4-758-12) ¶阿哟，伯和叔么，你～到的？(歇 10-127-19) ¶～我闭了这眼，断了这口气，凭着这两个冤家闹上天去，我眼不见心不烦，也就罢了。(红 29-417-13) ¶但不知～可以递状？(禅 24-398-14) ¶～到陈家的？(警 5-57-1) ¶大夫到建康探亲去了。两个月还未回来，正不知～到家。(二 14-281-5) ¶官人～回家？(初 2-34-14) ¶～见了他的浑家？(水 7-117-16)

（注）"几时"は不定も表し（前掲例の红 29-417-13)、また、時点のほか、時量にも用いられる(＝多少時候)。→耐搭俚认得仔～哉？(鸿 15-284-12) →人家夫妻相骂，暂

語彙例釈　ji

时走开~，也是有的，总没会就此合不拢的。（新49-228-12）→那人却盘问小莲，到了苏州已~了，同院共有几个姊妹，可有从上海下来的人。（繁后2-728-20）→一年三百六十日，风刀霜剑严相逼，明媚鲜妍能~，一朝飘泊难寻觅。（红27-383-3）→如今贵恙有~了？（禅6-71-8）→元来你在家养着奸夫！我去得~，你就是这等羞辱门户！（二14-292-12）

【几首】

〈代〉あちら。¶耐要去末打~走。（海2-11-1）¶倪䜣呀，梨花院落蛮蛮适意。今朝夜头说好来浪，原到~去。（海52-443-19）"归首"とも作る。¶我到归首去等唔笃罢。（鸿2-197-11）¶倪该搭出去，就到归首去阿好？（鸿7-227-17）

【挤】

〈动〉とっちめる。いびる。¶王老爷做仔张慧贞末，最好哉啘；耐䜣去说穿俚，暗底下拿个王老爷挤，故末凶哉。（海56-477-24）¶可恨彩云不但不应，他还~玉钏儿，说他偷了去了。（红61-859-15）

【记】

〈名〉記（き）。文章の一種。陶潜の《桃花源記》などがそれ。¶题个跋末勿如做篇~。（海47-400-9）¶耐说做该篇记，我替耐想想，一个字也做勿出。（海47-401-22）

【记】

〈量〉打ったりする回数などを数える。共通語の"下"。¶拨来沈小红晓得仔，吃俚两~耳光哉哩！（海4-29-3）¶故歇䜣说二少爷勿曾来，就来仔，耐阿敢笃俚一声，打俚一~！（海23-187-24）¶我再搭耐豁十~。（海31-260-23）¶要是我个讨人像实概样式，定归一~拗杀仔拉倒！（海32-263-8）¶倷䜣看错仔人头，只管仔倪呆看，阿要拨两~耳光侪吃吃喏！（狐9-60-9）¶俚坐仔倪格轿子，倒来问起倪来，说相帮笃约摸要赏俚几化洋钱，拨倪敲仔一~小小里格竹杠，相帮笃倒弄仔四十洋钱。（九15-119-19）¶说得好末就罢，说得勿好末打俉两~耳光。（描27-239-2）¶那臭花娘恨穷发极，便把他一~反抄耳光。（何7-73-17）¶于是周三叩了两三~门。里面一个中年妇人出来开了。（商5-39-7）¶说毕就是一~耳光打去，阿招没有防备，竟被他打了一下，绯红的五个指印。（繁II3-377-3）¶触的丫头发了火，骂他几声，打他几~，他就骨头轻的要不的，伸伸舌头扮扮鬼脸，千奇百怪没一样做不出。（十19-138-22）

【记】

〈动〉思い起こす。共通語では"想"。¶子富忽然~起一件事来。（海8-62-13）¶大

338

ji 語彙例釋

小姐耐～～看，像煞昨日仔大阿姐来借仔两只戒指，勿知阿就是二少格一只？（九32-242-12）¶素秋，倪～起来好像有三年弗见哉喕。（沪1-93-1）¶我～起来了：还是去年十二月初七，一个甚么人家出殡，执事当中，我看见有你，骑了一匹马，押着队伍，好不威武！（官21-341-20）¶到得弄中，正在一～起是第几家门口，恰好有个相帮，手中拿着正常公务灯笼，在各家门口照看妓女的牌子叫局。（繁初14-152-17）¶阁下很是面熟，～不起在那里会过。（新26-118-25）¶小阿囡猛然～起道："咦！三少，你那日也不在房内，怎么你也晓得？"（人34-376-15）¶心里顿时一起这旅馆里，很多日本的浪人寄寓。（孽29-272-6）¶呆想半日，～起这条街叫做黑心街，街西有条弄，弄内有个当铺，乃是他一个至亲，姓詹，名知炎，最是有钱的，在此开当。（醒下5-133-23）¶偻㑩接了鞋子，见身畔无人，轻轻问道："李季文一向好么？"李秀～得起，道："在下与兄阔别许久，何期今日得见？"（禅14-217-8）¶娄总兵把他仔细认了几眼，虽若有些厮认，一时间却～不起。（鼓20-248-11）¶大家欢哄饮啖，却不隄防小娥是有心的，急把众人名字，一个个～将出来，写在纸上，藏好了。（初19-351-11）¶李公佐想了一回，方才依稀～起，却一～不全，又问起是何十二字？（初19-356-13）¶小子因为奉劝世人惜字纸，偶然～起一件事来。（二1-3-1）¶一向蹉跎忘了。昨夜晚正～起来，又不曾烧得，却被这阎婆缠将我去。因此忘在这贱人家里床头栏干子上。（水21-314-9）

【記得】

〈动〉觉えている。¶我～西盘街聚秀堂里有个倌人，叫陆秀宝，倒无啥。（海1-5-14）¶陈老爷阿～陆里一日送来个帖子？（海48-409-8）¶好像有廿几句咾，我也记勿得几花。（海45-383-2）¶后来亲眷笃荐一个孟河郎中来，名字末我勿记得。（狐35-300-8）¶耐四少爷是贵人多忘事，那哼会～倪格号人喕。（沪2-71-6）¶我倪伊个朋友金玉言，侬～否？——我倒忘记者，是阿里一位？（上问44-80-2）¶～那年初到上海时光，住在一家栈房里，隔壁房间有三个山东人，是父子称呼。（新50-230-3）¶～那一年，我才十七岁，才学着开笔做文章，从的是史步通史先生。（官1-10-2）¶如果一定要找他访问个实在，你只要进了前门，沿城脚去问，有几个转弯，我听人家说过，如今也记不得了。（官24-400-19）¶你不～今年八月里，算命的还说我今年流年腊月大利？（官44-740-8）¶袁伯珍问有什么男朋友与他亲密。女仆道："我一时记不得许多，只有一个姓郭，浑名叫角先生的，最和他要好。"（维12-83-3）¶老弟是几时纳的？～你放差出京那时还没有，大约是在上海讨的了？（梼8-114-10）¶鸳鸯因问："又有什么说的？"贾琏未语先笑道："因一件事，我竟忘了，只怕姐姐还记得。……。"（红72-1020-13）

語彙例釈　ji

¶老爷，你可～十年前失机的杜悦么？（禅 2-22-14）¶你三十年前死去三日的事，可～么？（醒下 10-181-17）¶昔日虎丘水月观音殿与先君相会之事，想老叔也还～？（警 25-386-1）¶好个小官人！前日是我们送你来的，你在此做了财主，就不～我们了。（二 10-217-2）¶昨日到郁家之事，犹如梦里，多不十分～。（二 38-703-13）¶醉后狂言，忘记了，谁人～？（水 39-623-4）¶酒醒时，全然不～昨日在浔阳楼上题诗一节。（水 39-620-4）

【记好】
動詞"记"＋形容詞"好"（補語）。ちゃんと覚えている。⇨好。¶耐只嘴阿是放屁，说来咪闲话，阿有一句做到。把我倒～来里。（海 2-11-17）¶黄二姐忽又叫住道："耐慢点，我搭耐说哩。"说着，急赶出去，到楼梯边和小阿宝咬耳朵叮嘱几句，道："～仔。"（海 7-54-11）¶阿姐说个闲话，我才～来里。（海 32-263-12）¶随吩咐阿银道："耐～仔，明朝十二点钟就喊我起来。"（鸿 19-303-14）

【纪言】
言った言葉を記す。¶其余或～，或叙事，或以议论出之，真真五花八门，无美不备。（海 53-450-13）

【既】
〈連〉……であるからには。¶～蒙谬赏，就请赐批如何？（海 51-431-16）¶他～欢喜奉承，人家也就乐得前来奉承他。（官 38-645-17）¶我不听见便罢，～听见，少不得替你们分解分解。（红 73-1041-17）¶～拜你做岳母，就是你的女婿，便有半子之分。（鼓 28-337-7）¶大官人～到此地，也该认一认这个人，不可错过。（二 8-169-4）¶殿下～用此人，就留在宫中伏侍殿下。（水 2-19-7）

【既然】
〈連〉……であるからには。¶胃口～浅薄，常恐吃药也难哩。（海 36-305-9）¶～二少爷来里耐搭，我就拿个二少爷交代拨耐。（海 57-450-13）¶倷～勿是瞎说，格张丹方叫啥格名堂嗄？（狐 30-247-3）¶～住立哚苏州，吾里是同乡哉吓。（三 9-106-14）¶耐～一径勿曾打歇过野鸡，今朝为啥要打野鸡？（九续 14-103-6）¶～叫你读了书，自然望你巴结上进，将来也同你赵家大哥哥一样，挣个举人回来。（官 1-4-7）¶～这话是实，我自然有个道理。（梼 9-142-13）¶～定要起诗社，咱们都是诗翁了，先把这些姐妹叔嫂的字样改了才不俗。（红 37-501-1）¶～太师公分付，敢不遵命，就到西厅去罢。（鼓 18-229-3）¶林澹然坚辞不受，杜悦亦不

ji 語彙例釈

敢强,道:"～不收薄礼,小人相送一程。"(禅2-25-15) ¶～二哥不从,也不要与他说了,只消兄弟一人便与你完成其事。(警11-136-16) ¶～如此,我这里房子有三等,上等的一两一月,中等的五钱一月,下等的三钱一月,随你要那一等。(杀8-33-4) ¶好汉～认得酒家,便还了俺行李,更强似请吃酒。(水12-177-11)

【祭】
〈动〉弔う。¶今朝几花人跑得来做啥?说末说～个李漱芳,终究是为仔耐。(海47-398-23) ¶这王十朋也不通的很,不管在那里～一～罢了,必定跑到江边子上来作什么!(红44-604-3) ¶话说宝玉～完了晴雯,只听花影中有人声,倒唬了一跳。(红79-1141-1)

【祭礼】
〈名〉霊前にお供えするもの。¶一切～同应用个物事,才舒齐,送得去一歇哉。(海46-393-15) ¶可巧这日正是首七第四日,早有大明宫掌宫内相戴权,先备了～遣人来,次后坐了大轿,打伞鸣锣,亲来上祭。(红13-179-4)

【祭文】
〈名〉祭文(さいもん)。¶耐做个～里说起仔病源,有多花曲曲折折,啥个事体?(海47-399-15) ¶他常常写四六信写惯的,便抽空做了一篇～,偷着到岸上空地方望空拜奠了一番。(官14-207-22) ¶你气死了,我便撰了～,把酒奠你,如何?(新29-132-7) ¶好新奇的～!可与曹娥碑并传了。(红79-1141-3)

【寄】
〈动〉①郵便で送る。もともとは「人に托して送る」(《紅樓夢》《水滸》などの用例)。¶我做俚㕶大姐,一块洋钱一月,正月里做下来勿满三块洋钱,早就～到仔乡下去哉。(海23-183-8) ¶我末～仔封信下去,喊俚㕶爷娘上来,耐拿俚个人交代俚㕶爷娘(人民文学出版社は"娘爷"とする。石印本により訂正)好哉。(海62-528-4) ¶皆为格样药,别人家格勿灵,板要胡庆余堂,从杭州～下来格。(狐35-301-8) ¶初到上海只～过一封家信,一混两个月,一块钱也没～过。(官10-143-22) ¶以后每年总～两回银子给我,每次三百两,一年六百两。(官51-884-7) ¶至次日,早有雨村遣人送了两封银子、四匹锦缎,答谢甄家娘子;又～一封密书与封肃,转托问甄家娘子要那娇杏作二房。(红2-22-4) ¶你自和兄弟宋清在路小心。若到了彼处,那里使个得托的人,～封信来。(水22-331-16)

②預ける。¶我保险单～来咪朋友搭啘。(海11-86-5) ¶诸三姐亲生囡仵叫诸十全,做着姓李个客人,借仔三百洋钱买个诸金花,故歇～来里该搭,过仔节到幺二浪去哉。(海

語彙例釈　ji – jia

31-261-15）¶目今天气炎热，实不得相待，遂自行主持，命天文生择了日期入殓，寿木已系早年备下～在此庙的，甚是便宜。（红 63-902-12）

【寂寞】

〈形〉寂しい。　¶史天然举眼四顾，华铁眉、高亚白俱有相好陪伴，惟尹痴鸳只做清倌人林翠雯，因笑道："痴鸳先生忒～哉啘。"（海 40-336-3）　¶耐一干子阿～嗄？（海 60-513-15）¶等到统领一醒，叫他们来知会，姊妹两个分一个过去伺候大人，免得大人～。（官 12-183-8）　¶勉翁不可得新忘旧，撇得七姨太太太～了。（梼 9-136-24）　¶如此长天，我不在家，正恐你们～，吃了饭睡觉睡出病来，大家寻件事顽笑消遣甚好。（红 64-908-18）　¶谁想今日被高俅这贼坑陷了我这一场，文了面，直断送到这里。闪得我有家难奔，有国难投，受此～！（水 11-166-2）

jia

【加倍】

〈动〉ある倍数にする。"加一倍"の"一"は省かれることがある。　¶进来个身价一百块洋钱，就加仔十倍不过一千啘。（海 44-374-10）　¶母亲啊，孩儿即刻要往河南。监牢看看徐公子，四十两花银要～还。（描 22-197-8）　¶一礼拜没有，～罚他！前头打的是八两三钱七分重，加一倍，要十六两七钱四了。（官 29-477-5）¶他说上海戏园子规矩，洋人看戏～。（官 58-1021-10）　¶若今日不领他的情，怕他臊了，倒恐生事。不如借了他的，改日～还他也倒罢了。（红 24-335-4）¶支翁遍求公子亲戚往说方便，公子索要～，度施家没有银子。（警 25-390-4）

〈副〉なおいっそう。ますます。　¶耐有洪老爷来里啘。耐嫁仔洪老爷，比双福要～好哚。（海 3-20-18）　¶湘云道："你吃了我们的酒，你要取不来，～罚你。"宝玉忙吃一杯，冒雪而去。（红 50-694-6）　¶程万里感张万户之德，一切干办公事，～用心，甚得其欢。（醒 19-383-9）なお、"加一倍"ともする。　¶薛蟠没了主意，惟自怨而已，好容易十天半月之后，才渐渐的哄转过金桂的心来，自此加一倍小心，不免气概又矮了半截下来。（红 79-1148-21）

【加茶碗】

客にお茶を出す。　¶前日仔宣卷，楼浪下头几花客人来浪，喊俚冲茶，勿晓得到仔陆里去哉，客人个茶碗也勿曾加。（海 23-189-16）¶阿翠把后房门关上，含笑前迎，叫声"刘大少"，姨娘忙着点起洋灯、洋烟，再去～。（十 17-123-7）

【加二】

〈副〉さらに。一段と。 ¶落得个雨来～大哉。(海 18-141-18) ¶耐倘然老实说仔，俚心里一急，再要急出啥病来，倒～勿好哉。(海 20-160-13) ¶再有个阿巧，～讨气！(海 23-189-15) ¶无姆夥哩，耐故歇打仔双宝，晚歇拨双宝～骂两声。(海 63-536-17) ¶就算有一两注，才是希小格，～旧勒醒蜺，孰说俫勿中意，我亦看勿上眼。(狐 20-156-25) ¶说仔一句笑话，俚～勿对哉，面孔末涨得通红，头浪向汗末出仔几花，极得来要死要活。(九 6-50-5) ¶君牧道："嫁人呢自然是好事体，不过也勿容易。"又春道："像俚实梗，～难点笃。"(鸿 18-299-18) ¶故歇政界浪向格事体是～勿对哉。(沪 1-103-3) ¶自家不识字硬充内行，弄穿棚了～坍台。(人 6-49-24) ¶大小姐已经急煞，恨煞，碰着你大少要有心疑心她，大小姐有冤无处伸，心里～的难过。(人 22-220-2)

【加之以】
"加以"、"加上"に同じ。動詞連語の前に用いられる。 ¶大约其为人必然绝顶聪明，～用心过度，所以忧思烦恼，日积月累，脾胃于是大伤。(海 36-305-2)

【加重】
〈动〉重くなる。程度が深まる。 ¶无姆病仔好几日，昨日～仔点，时常牵记娘舅。(海 64-545-7) ¶因闻得上夜之事，又兼晴雯之病亦因那日～，细问晴雯，又不说是为何。(红 77-1101-1)

【佳话】
〈名〉佳話。 ¶'人尽愿为夫子妾，天教多结再生缘'，也算是一段～。(海 33-273-4) ¶我说淑芳命薄情深，可怜亦可敬，倪七个人明朝一淘去吊吊俚，公祭一坛，倒是一段风流～。(海 45-381-19) ¶入席之后，曹大错就把增朗之、杨燕卿两人的一番～像演说的一样说与众人。(梼 17-281-3)

【家】
〈量〉商店などを数える。 ¶我到洋货店里买仔一只末，嫌道勿好，再要去买，换一～洋货店，说要买好个。(海 23-183-5) ¶三个来到市稍尽头，见了几～打火小客店。(水 37-580-14)

【家常】
〈名〉家庭の日常生活。 ¶再有我～着个衣裳，同零零碎碎白相物事，帐末勿曾开，才来里官箱里。(海 49-416-15) ¶倘若～要梳这种头，有事出去，不知要梳怎样的头了。(歇 3-28-1) ¶这一宗东西～不大作，今儿宝兄弟提起来了，单做给他吃，老太太、姑妈、太太都不吃，似乎不大好。(红 35-477-10)

語彙例釈　　jia

【家当】

〈名〉家の資産。¶就算耐屋里向该好几花～来里，也无用唩。（海14-108-10）¶耐说来说去末总归勿转去个哉，我也无啥大～来照应外甥，随便做啥，勿关我事。（海31-257-21）¶俉笃大人一塌刮仔几十万银子格～，也勿算俉格大家私，再说起功命来，一个候补知府，加二挨俚勿着。（九47-342-15）¶㑚是～大格人，勿说勒浪做生意，年年多好几几化化，就是登勒屋里坐吃仔一百年，也无啥要紧。（狐10-70-9）¶格个李老板末，从前是该过几万～格哩。（沪2-8-11）¶倘若还要摆他的臭架子，叫他把我名下应该分的～，立刻算还了给我，我立刻滚蛋。（官5-68-21）¶少爷又好又有～，真是福气。（人4-29-21）¶况且你出门这许多年，一些没替家里添点财产，如今反要卖脱老～，你的家乡亲友谈起来谁赞你一声好。（人38-448-19）¶若论这个小姐模样儿，聪明智慧，根基～，倒也配的过。（红29-408-20）¶日往月来，也积有千金～，夫妻二人快活过日。（醒上8-54-17）¶皮氏心爱赵昂，但是开口，无有不从，恨不得连～都津贴了他。（警24-366-3）¶有一伙有～囤米的财主，贪那贵价，从家里厫中发出米去。（二1-3-14）¶二房好一分～！不过留得这一个黄毛小厮。若断送了他，这～怕不是我一个的？（二4-78-12）¶若还不肯出来，放一把鸟火，把你～都烧做白地。（水53-881-1）"家荡"とも作る。¶这李云不曾娶老小，亦无家荡。（水44-712-2）

【家眷】

〈名〉家族。妻子。¶耐来里上海当差使，～末也勿曾带，公馆里就是一个二爷，笨手笨脚，样色样勿周到。（海34-285-5）¶就是转去仔，耐又无拨～来浪上海，一塌刮仔几个当差，倽人肯搭耐当心，好好里服侍耐，倪想起来，还是勿要转去格好，来浪倪搭住仔几日，养好仔病再说。（九75-546-2）¶王梦梅辞过上司，别过同寅，带领～，与所有的幕友、家丁，一直上任而去。（官5-72-1）¶那时我的～也在这里。（目69-549-19）¶我问他："～么么？"少年道："他只有一个子，并没～的，这人还是昨天搬进来的呢，……。"（新14-61-8）¶同屋子住的几员官长和我非常投契，大半全是没～的。（人41-496-19）¶头起身两日前，就偶然遇见这丫头，意欲买了就进京的，谁知闹出这事来。既打了冯公子，夺了丫头，他便没事人一般，只管带了～走他的路。（红4-61-3）¶张善相令缪一麟、王骐、常泰、黄松带领军马同林师爷先行，次后～起程。（禅36-594-6）¶～庄客，都来拜见宋江。（水119-1800-1）

【家生】

〈名〉①家具。家财道具。¶所有碰坏～，照例赔补。（海9-71-21）¶还有朋友咾拍马屁，鬼讨好，连忙搭俚买好仔～送得去铺房间。（海 10-81-7） ¶牛皮桂宝道："～是耐自家格啘？"老五道："才是格辰光买格呀，故歇生意浪一只外国床也是我格，难要去搬得来哉。"（鸿 19-308-12） ¶衣裳头面，搭仔房间里～，样式才要拿仔洋钱去办。（九 37-272-19）¶倪格红木～比仔勒上海格更好，甩脱俚末可惜，带俚去末难拿，到底哪亨呢？（狐 20-154-17） ¶又央人向宁波嫁妆店内租了一房宁波～，托人寻了一个熟手娘姨，一个大姐，拣个好日搬将进去。（繁后 4-758-20）¶格点点～才是倪广东买来格。连仔归面房间里向一起来海，差弗多要五百洋钿哚。（沪 2-4-11） ¶伊个房间里向摆点甚个～呢？（上问 13-25-7）
②用具。 ¶梳头～搭衣裳，教我故歇就拿得去。（海 38-317-2） ¶有几化机器，就是个看亮月同看星个～。（海 52-437-9） ¶吃饭个～是拉阿里一只箱子里？（上问 8-15-8）¶还亏得丁师爷交游道广，仍旧找到他那个借外国～的朋友。（官 7-94-12） ¶随即安排酒饭，管待二人，与了一千贯赏钱。二人收了，作别回家，便造房屋，买衣具～。（喻 26-396-13）¶却才鱼汤～甚是整齐，鱼却醢了不中吃。（水 38-604-15） "傢生"とも作る。¶拿起签子看看，又把烟斗子端详了一回，猛的将枪一丢，把脸孔扳了起来道："唔笃看哩，格宗傢生，教人家那亨吃哩？唔笃做生意野忒嫌写意哉啘。"（沪 1-16-5）
（注）胡竹安：水浒词典の上例の注に「吴语（如苏州、上海、嘉兴）把各种日常用具如碗盏、工具如剃头用具等通称为"家生"」とある（同书 P. 210）。

【家生店】
〈名〉家具店。¶绸缎店、洋货店、～，才有熟人来浪，到年底付清好哉。（海 55-469-10）¶区大人俫阿晓得间搭阿有～，阿像上海实梗，可以租赁格佬？（狐 46-397-8）"傢生店"とも作る。 ¶初九一早，相帮到傢生店里租了一房间红木傢生，一客堂楼宁波台椅。（繁初 15-162-5）

【家叔】
〈名〉父方の叔父（他人に对して言うとき）。 ¶俚也勿请啥人，单是我搭四～两家头。（海 14-113-5）¶～有点病，此次是到沪就医。（海 54-459-9）¶我们～原是一个钱不要的。这二万银子，不过赏赏他的那些徒弟们。（官 25-415-21） ¶～如今要娶陆小宝做妾，鸨母讨价五万银子，～急切筹不出这注款子来。（市 20-283-28）

【家头】
〈量〉人数を数える。ただし、数人程度まで。¶阿就是四～？（海 3-17-6）¶只要俚巴结点，也象仔俚哚姊妹三～末，好哉。（海 3-20-14） ¶原是倪五～。借重光陪，千乞

語彙例釈　jia

勿却。(海15-120-24)¶前年倪无姆喊俚到屋里算倪几~，俚算我末，说是一品夫人个命。(海55-467-4)¶倪一帮里客人勿做两~个！(鸿3-203-11)¶方大人搭仔倪先生两~才勨起来，二少房里去坐哩。(九41-299-25)¶倍朵夫妻两~，百年偕老。(描7-66-19)¶一个叫黄月山，是做武老生格，一个叫黑儿，是做武旦格，两~格武工据说好得吪淘成笃。(狐5-30-18)¶连之家嫂家姐舍妹一道算起来有八~。(上散7-41-7)¶恭喜，恭喜！你们两~的事情，怎么好没有媒人？(官10-142-2)

【家小】

〈名〉妻。¶耐放心，倘然我自家想讨三房~，故末常恐做勿到；故歇是我嗣母个主意，再要讨两房，啥人好说声闲话？(海55-465-20)¶旧年加二勿对哉，啥格阿哥讨~，兄弟做生意，七七八八，去脱仔三千外势。(九167-1095-25)¶将来相爷总要赏一房~本勒你个吓。(三15-181-15)¶故歇我里~叫我到河南去打听打听，咳，故也叫前世事哉！(描26-231-1)¶原来傅抚院请的帐房就是他的表兄，这表太太便是表兄的~。(官22-354-12)不曾带~，有心要择一美妾。一路看了多少女子，并不中意。(喻1-26-11)¶我若南京再娶~，五黄六月害病死了我。(警24-352-10)

【家信】

〈名〉家からの手紙や家への手紙。¶接着个~，月底要转去一埭。(海53-451-8)¶初到上海只寄过一封~，一混两三个月，一块钱也没有寄过。(官10-143-22)¶接到~，太太在蕲州生产，不得不亲自回去。(官44-753-24)¶他屡次接到~，说他令兄病重，一定要辞馆回去省亲。(目98-808-26)¶又有胞兄王仁连家眷回南，一面写~禀叩父母并带往之物；又有迎春染病，每日请医服药，看医生启帖、病源、药案等事，亦难尽述。(红14-194-16)

【家主公】

〈名〉亭主。夫。¶赵家姆搭俚~也来哚有趣，阿有啥工夫来看倪。(海8-63-15)¶旧年嫁仔个~，是个虹口银楼里小开，家里还算过得去，夫妻也蛮好。(海16-127-8)¶二少爷末是我~，耐勿二少爷来迷得好！(海23-187-5)¶耐勿许倪吊俚格膀子末，阿是耐格~呀？耐有本事末，管牢仔俚，勿要放出来吊膀子。(九161-1058-2)¶俚格~就是品香园格老板哩，所以俚自家会做点小菜。(沪2-7-11)

【家主婆】

〈名〉女房。妻。¶我屋里~从来勿曾说歇啥，耐倒要管起我来哉！(海6-43-6)¶见相好也怕仔末，见仔~那价呢？(海9-67-15)¶人人怕~，总勿像耐怕得实概样式，

jia　語彙例釈

真真也少有出见个。(海 21-171-3)　¶倪说末，开堂子个老班讨个大姐做～，也无啥勿局。(海 62-529-6)　¶耐亦勿是俚格～，阿好管牢仔俚介，做出格付极形来，阿要跟跄?（九 21-158-16）　¶鬼主冰生，生意全然勿济。～常常生气，小干仵哭哭啼啼，蛮妻劣子无药可医。穷到个个田地，看来阿要动气。(三 17-201-1)　¶唔，～，啥见教？我且问倷，啥里晓得桂花台边有财香来朵？（描 26-232-26）　¶李老板末管管炉头，俚～末管管账桌。(沪 2-8-12)　¶薇琴道："好了，好了，你当着这许多朋友的面，自然说得嘴硬。内里头不知怎样怕老娘呢!"姚啸秋笑道："怎么又牵涉到老太太身上去呢?"黎宛亭道："这倒不是，杭州人叫的老娘就是上海人所谓～。这句话，正是薇琴的道地杭州话呢。"(人 13-118-16)　¶我是河南开封富家，你到我家里，就做我～，享用富贵了。快随我走!（二 25-508-14）

(注)《二刻拍案驚奇》は上掲例(二 25-508-14)に、"家主婆：吴俗称妻做'家主婆'"と注釈している。

【假】

〔形〕いつわりである。¶倪搭算得老实个哉，俚哚说倪是～个；倪搭算得清爽个哉，俚哚倒说倪勿干净。(海 27-224-9)　¶问文君："耐真个出局去?"文君道："出局末阿有啥个～个嘎。"(海 44-373-2)　¶秋谷摇头笑道："据我看来，一定还没有走，不过生意是不做的了。"秦寓道："耐勿要瞎说，倪看见俚走格，阿有啥～格呀!"（九续 60-463-15）¶你知道什么，'是真名士自风流'，你们都是～清高，最可厌的。(红 49-684-3)　¶那妇人掩着泪眼，只不应，杨雄连问了几声，那妇人掩着脸～哭。(水 45-744-12)

【假痴假呆】

そらとぼける。さも知らないふりをする。¶耐做老阿哥末，覅～，该应搭俚哚团圆拢来，故末是正经。(海 19-151-22)　¶洪老爷，耐末覅～哉!五少爷请耐来劝劝我，我无拨第二句闲话，我故歇末定归要跟牢仔俚一淘死!(海 63-542-1)　¶勿要来浪～哉，搭我去坐来浪。(九 44-320-9)　¶倷覅～，阿是倷常到倪格搭，连我阿金姐才勿认得格哉，我劝倷勿必装格多化，倪先生勒里，等倷过去说两句闲话。(狐 32-269-15)　¶四少爷末夷是勒浪～，倪先生格心思，耐有啥弗晓得哦。(沪 2-95-3)　¶你自己做的事，难道还不明白，值得～的问我什么。(歇 93-1292-6)　¶这会子还倒～，装作不知道。(新 46-212-1)　¶你不要～的坐在这里，快去与姓白的商量回话，我们没甚工夫等候!(繁初 12-121-20)

【假情假义】

見せかけの情愛。¶要是客人摸着仔俚脾气，对景仔，俚个一点点～也出色哚。(海

語彙例釈　jia

6-47-17）

【价】

〈代〉こんなに。程度を強調する。¶做啥嘎，吓我〜一跳！（海 5-34-15）¶再起来听听雨末，落得〜高兴。（海 18-142-6）¶年纪末轻，蛮蛮标致个面孔，就是一身衣裳也着得〜清爽，真真是耐好福气。（海 21-168-3）

（注）"介"とも作り、《蘇州歌謠諺語》（中国民間文芸出版社，1989 年）につぎの歌を収め、"介"に注を加えている。

　　汪精卫来大清乡，刀削竹头象倒墙，常熟一直到江阴，一道离笆长又长，一道离笆长又长，百姓就介遭灾殃。

　　介：吴方言，"这样"的意思。

また、《吴下方言考》巻八に"介音杭去声"の項に"吴中谓称如此为介"とある。

【价末】

〈连〉代詞"价"＋助詞"末"が 1 語化したもの。① では、"末"は息の一時の休みに用いられるもので、"价"の指す状況を受けての結果や意見などを以下に述べる。共通語の"那么"。¶〜到陆里去喱？（海 2-10-16）¶〜李老爷就来喱，倪来里大兴里等耐。（海 16-123-15）¶〜耐十月里要来个喱。（海 55-466-1）¶〜故歇二少爷阿曾起来嘎？（海 57-482-17）¶〜耐明朝阿走介？（九 40-296-1）"介末""格末""个末"とも作る。¶介末倪坐车子去罢，走得去有好一段笃。（鸿 1-193-19）¶介末明朝会，我明朝一早来看耐。（鸿 2-201-1）¶介末个个第三介？（三 10-120-16）¶"大爷听我说下去，还有好说话来哚。""如此快讲。""介末大爷勿要抖，听小男说捏。"（描 1-5-21）¶格末倪先转去哉，耐同仔章大少要就来格嚯。（九 1-4-4）¶格末停歇就来叫倪，让倪好早点来介。（狐 1-6-4）

②それでも。でも。"价"の指す状況からは予期されない事態を以下に述べる。共通語の連語"不过"。¶我是比勿得俚，〜要有啥用场，汇划庄浪去，四五百洋钱也拿仔就是。（海 14-108-12）¶来浪夏天五六月里，好像稍微好点，〜皮肤里原有点发热，就不过勿曾困倒。（海 36-304-16）"格末"'介末'とも作る。¶阿金姐又道："耐故歇做青莲阁来浪，阿对劲呠？"陈大蓦然道："没有做青莲阁呀。"阿金姐道："格末刚刚格请客票浪写来浪格广福里青莲阁？耐咦要瞒倪啥嘎？"（商 1-10-1）¶依弄坏子俚大餐间一只玻璃杯，俚倒弗答应，个末俚弄坏子倪公使夫人，倒弗翻淘。（孽 18-150-17）

【价事】

⇨阿有价事。⇨无价事。

【价钱】

〈名〉值段。価格。¶我看～开得忒大仔点。(海 4-25-12)¶物事总算无啥，～也可以哉。(海 21-165-10)¶唔笃要拣好格末送得来，奴～倒勿算格，大点也无啥。(狐 51-435-18)¶个个是老主客，勿要讲～个。(三 46-487-8)¶～讲过没有？(官 3-39-19)¶并且各家的买办，更是靠不住，帮着外国人揽生意，极下等的货物，都开着极上等的～。(新 55-254-15)¶那个人叫做什么潘三保，有一所房子卖与斜对过当铺里。这房子加了几倍～，潘三保还要加，当铺里那里还肯。(红 81-1169-15)¶这～也是公道了。(警 22-311-5)

【嫁】

〈动〉嫁ぐ。¶阿姐是才～仔人了，好哉。(海 3-20-16)¶俚哚～出去辰光，拣中意点末拿仔去，剩下来也有几箱子。(海 10-76-7)¶耐勿做末，就～拨我好哉。(海 24-194-2)¶俚再要说冤枉末，索性去～拨仔戏子好哉哰！(海 34-282-14)¶倪要～人，像耐方大人一样格勿～末，再要去～啥人？(九 37-276-21)¶他女儿～了珠宝捐客。(歇 16-209-6)¶奇怪，奇怪，怎么这些人只一～了汉子，染了男人的气味，就这样混帐起来，比男人更可杀了！(红 77-1101-14)¶前世不修，自～了他三四十年，不曾讨得个出头的日子。天呵，我好命苦！(鼓 34-413-4)¶大小姐～了张翰林，十分贵显，甚是得所，只我一人未聘。(禅 36-582-12)¶我要～你。(醒 3-61-13)¶先祖挈家到此，将姐姐～与孙提辖为妻。我自在此州里勾当，做小牢子。(水 49-809-11)

【嫁妆】

〈名〉嫁入り道具。¶～末等我来仔再办。(海 55-467-20)¶再有五千，搭俚办副～，让俚嫁仔人末好哉。(海 64-544-7)¶待我回京时多送她几百块钱，给她办～将来嫁一个好好男子，你道如何？(歇 22-289-5)¶如今十七岁，各样的～都齐备了，明年就出嫁。(红 19-268-7)¶我家住在专诸巷内天库前，有名开玉器铺的王家。要做一副～。木料俟多，只要做得坚固，精巧。完了～，还要做些桌椅书橱等类。(醒 20-401-4)"嫁装"とも作る。¶此时湍制台因为自己没有女儿，竟把大丫头当作自己亲生的一样看待，也拨三千银子给九姨太，叫九姨太替他办嫁装。(官 38-643-10)¶徽商认做自己女儿，不争财物，反赔嫁装。(二 15-316-8)

jian

【尖】

〈名〉とがった先。¶造塔末要塔～个呀！'肉虽多'，'鱼跃于渊'，'鸡鸣狗吠相闻'，

語彙例釋　jian

才是有～个塔。耐说个酒,《四书》浪句子'酒'字打头阿有嗄?"(海 39-327-16) ¶一遇作文时节,铺着纸,研着墨,蘸着笔～,飕飕声,簌簌声,直挥到底,好像猛雨般洒满一纸。(醒 22-467-8)

〈形〉先がとがって鋭い。手きびしいことをたとえる。 ¶亚白先生一只嘴实在～极,比仔文君个箭射得准。(海 40-339-23) ¶真真这林姐儿,说出一句话来,比刀子还～。(红 8-129-5) ¶他那些妈妈丫头,那一个是省事的,那一个是嘴里不～的?(红 57-810-12)

【奸情】

〈名〉姦通沙汰。¶耐就告到新衙门里,堂子里～事体也无啥希奇腕!(海 23-188-8) ¶什介说得起来介,我辈个种清客,勿犯～个哉活。(三 4-34-27) ¶况且大年初五,就要问案,也要取个吉利,怎么就叫我问这～案呢?(官 23-368-15) ¶甚么阿舅常常来楼上坐,必有～之事。(喻 38-583-15) ¶我和你又无实迹凭据,随他说长说短,官府不过道是拦词抵辩,决不反为了儿子究问娘～的。(初 17-310-16)

【间】

〈量〉部屋など仕切られたものを数える。¶早晨一起来末,三只烟灯,八只水烟筒,才要我来收捉。再有三～房间,扫地,揩台子,倒痰盂罐头,陆里一样勿做。(海 23-183-13) ¶俚是包来浪一～包厢,就不过倪几个人,耐不去,戏钱也省勿来。(海 29-244-19) ¶这里打扫了两～庄房,好请他多住几天。(官 1-6-11) ¶已于宁荣街后二里远近小花枝巷内买定一所房子,共二十余～。(红 64-924-10) ¶收拾一～空房,教叔叔安歇。(水 44-723-11)

【间架】

〈形〉具合が悪い。困る。¶我倒～来里,也只好勿去。(海 12-93-11) ¶要是搭洋钱个,故末有点～哉;像倪阿有啥要紧,阿怕新衙门里要捉倪个人。(海 26-210-7) ¶倪朋友淘里,～辰光也作兴通融通融,耐做仔个娘舅倒勿管帐,该号娘舅勿认得俚也无啥要紧。(海 31-258-11) ¶故歇去说,常恐说～仔倒勿好,过仔节再看。(海 32-264-15) ¶倪两家头困来里,本底子也勿要紧,故歇比勿便先起头,有点～哉。(海 52-438-17) ¶李漱芳刚刚完结末,李浣芳来哉,咡有点～事体。(海 54-458-16) ¶耐方大人故歇要讨倪转去,刚刚正是～格辰光,多花几千洋钱,耐方大人自然是呒倽希奇,不过倪自家像煞有点意勿过。(九 37-276-26) ¶耐勥急哩,耐身体夷弗结实,急出点毛病来,～哉腕。(沪 1-84-11) ¶耐末好好交招呼招呼俚,夥一迳哭哭啼啼,弄仔俚添出毛病来,格末～。

阿晓得？（沪 2-3-11）　"尴忔"とも作る。¶个歇辰光文徵明作了尴尬人哉。说子真个介，大老官面浪过勿去，假个介，阿胡子面上下勿来。（三 42-446-9）¶故歇奴去寻俚，一定搭奴要好，勿会忘恩负义，弄得奴尴尴忔忔格，所以奴放心托胆，敢闯到京里去走一埭嘞。（狐 44-381-4）¶吃仔格碗断命饭，碰着点尴尬事体末，真真叫吭说法。（九续 56-436-5）¶恰好钱宝玲因闻房间里人说起，楚云今日来了个尴尬客人，呕了一肚子气，不知是谁，上楼探问。（繁后 2-735-8）¶倘若日子长了，我们寡不敌众，一旦被那一面得了手去，再要挽回，便有些儿尴尬了。（歇 3-31-26）¶尴尬人难免尴尬事，鸳鸯女誓绝鸳鸯偶。（红 46 回题目）¶翠翠但闻得有人议亲，便关了房门，只是啼哭，连粥饭多不肯吃了。父母初时不在心上，后来见每次如此，心中晓得有些尴尬。（二 6-125-15）

【间架头】

〈形〉"间架"に同じ。¶双珠嘱付："晚歇来。"善卿道："晚歇淑人来，我～倒是勿来个好。"（海 32-270-4）¶俚哚教我劝劝王老爷，倪是朋友，倒有点～。（海 34-280-3）¶浣芳～，玉甫只好自家拜。（海 47-396-10）¶衣裳头面，搭仔房间里家生，样式才要拿仔洋钱去办，格末～哉喕，亏得有两个娘姨相帮，搭倪掮仔三千洋钱带挡，难末总算将就过去。（九 37-273-1）　"尴尬头"とも作る。¶不过格个辰光端午节要到快哉，倪末探脱仔牌子，预备嫁人勿做生意，故歇再要挂仔牌子，做起生意来，格末真正尴尬头。（九 192-1247-22）¶倪格房饭钱搭仔菜帐，本底子不要紧，不过今年格事体勿比旧年搭仔前年，倪自家开销才开销勿转，尴尬头来里。实梗洛今年格房饭钿菜帐才要付清。（九 163-1070-17）

【肩】

〈量〉"轿子"(か_)を数える。¶坎坎闭仔眼睛，倒说道耐来哉呀，一～轿子抬到仔客堂里。（海 19-142-7）¶奔到千人石浪张张介，四～小轿勿见哉，阿是下子船呢？（三 4-44-5）

【煎】

〈动〉煎(せん)じる。¶娘姨、大姐做生活忙杀来浪，再要搭我～药。（海 20-161-16）¶俚下去交代撮仔药，第一服～拨俚吃罢。（狐 60-514-12）¶等到～好了药，仍旧阿招微微的扶起病人，由老娘姨徐徐灌下。（繁后 25-1023-8）¶只得到全似庄里要了点大参，叫人～好，吃下去接一接气。（梼 20-326-7）¶一时杂使的老婆子～了二和药来。（红 20-280-11）¶营内自有众人～药伏侍。（水 39-618-1）

【拣】

〈动〉选ぶ。¶俚哚嫁出去辰光，～中意点末拿仔去，剩下来也有几箱子。（海 10-76-7）

語彙例釈　jian

¶倪搭请朋友,只好～几个知己点末请得来绷绷场面,比勿得别人家有面孔。(海12-92-7) ¶此事已经说妥,请俉～一个好日,搬进去末哉。(狐20-161-10) ¶倪倒要劝劝耐,做生意末稍微谨慎点好。就是客人末,野要～仔靠得住点格人做,故末弗会吃亏。(沪3-13-8) ¶即使要再嫁,也该～个梁上君子。(何4-47-21) ¶我那里左右要请朋友,你就可以～一个合式的事情,代我办办。(目4-27-19) ¶到了第三天上,已抵上海码头。就在洋泾浜长发栈里～一个房间住了。(维3-21-12) ¶～这个,～那个,～了三千多洋钱货物,叫我们跟到栈房去取洋钱。(新50-237-20) ¶此番虽非搬家,然而在外已久,也须～个好日子进宅。(歇17-211-15) ¶这又不知是那里的帐,只～软的排揎。昨儿又不知是那个姑娘得罪了,上在他帐上。(红20-279-22) ¶众人一一洁净之地,坐做一处,等候雾收再行。(禅26-421-11) ¶走进酒馆,～个小座头坐下。(醒3-46-4) ¶何不往此间妓馆一游,～个得意的宿他两晚,遣遣客兴。(二4-75-11) ¶我和你两个,明日早起些,只～小路里过去。(水36-565-15) "检"とも作る。 ¶倷检出来拉末？——我看勿出是阿里一匹好。(上问31-57-3)

【减】

〈动〉减る。减少する。 ¶先是胃口薄极,饮食渐渐～下来,有日把一点勿吃,身浪皮肉也瘦到个无淘成。(海36-304-15) ¶我为的是妈近来神思比先大～,而且夜间晚上没有得靠的人,通共只我一个。(红78-1118-2)

【减省】

〈动〉省く。减らす。 ¶衣裳、头面开好一篇帐来里,煞死要～末三千。(海48-406-16) ¶其中倘有可以～之处,悉凭老兄大才斟酌末哉。(海64-544-16) ¶本来要唱戏个,为子大人立朵京里边,～个哉。(三30-342-18)

【见】

〈动〉①见る。目にする。 ¶张惠贞名字也勿曾～过歇,耐到陆里去寻出来个嘎？(海5-34-7) ¶人家相好要好点,也多煞啘,就勿曾～俚哚个要好,说勿出描勿出呀！(海7-56-20) ¶宝玉～繁华热闹到如此不堪的田地,只略坐了一些,便走开各处闲耍。(红19-262-4) ¶这几日我～张三瘦了,我也正要买些东西和他将息。(水21-315-4) ¶官人今日～一文也无,提甚三五两银子。正是教俺望梅止渴,画饼充饥。(水51-840-17) ②见る。連動式の第一動詞で賓語は恐怖感をいだかせるもの。 ¶洪老爷,耐啥～仔沈小红也怕个嘎？(海4-29-4) ¶～相好也怕仔末,～仔家主婆那价呢？(海9-67-15) ¶俚个人生来是贱坯。俚～仔打末也怕个,价末耐巴结点个哩。(海32-263-16) ¶我能行

352

jian　語彙例釈

天心正法，此必是鬼，～我害怕，故不敢则声。（警36-546-10）
③会う。顔を合わせる。 ¶教我那价去～我娘舅嘎？（海1-3-15）¶耐还有个令妹，也好几年勿～哉。（海1-4-8）¶俚哚想来想去无法子，倒怪仔倪阿哥，说拨倪阿哥合得去用完仔洋钱，无面孔～人。（海29-239-13）¶教耐无啥出来～～。（海38-319-21）¶今儿老师不～客。（官2-25-16）¶那一位是衔宝而诞者？几次要～一～，都为杂冗所阻，想今日是来的，何不请来一会。（红14-197-13）¶那女儿也要去～母亲，就一同到诸暨村来，母女两个相～了，又抱头大哭道："只说此生再不得相会了，谁道还有今日？"（初12-226-5）

【见得】
〈动〉……であるとわかる。……と見られる。……と認められる。 ¶早点去末早点来，耐阿哥看见仔阿～耐好。（海19-156-4）¶你怎么知道他在那世里受罪不安生？怎么～不中用了？你愿他死了，有什么好处？（红25-356-1）

【见乖】
〈动〉利口に立ちまわる。 ¶耐自家～点，也吃勿着眼前亏哉啘。（海3-19-6）¶耐末自家要～，阿晓得？再去竖起仔个面孔，拨俚哚笑。（海46-387-12）¶孙太太还算～，就此退庄，已输掉四千一百六十元。（新40-183-2）

【见好】
〈动〉好意に感じ入る。恩に感じる。 ¶耐就摆仔十个双台，屠明珠也无啥希奇；搭耐要好末倒勿～，情愿去做铲头客人，上海滩浪也单有耐一个。（海18-146-20）¶耐故歇就说是买拨我，隔两日终是俚哚个物事。俚哚一点点勿～，倒好象耐洋钱多煞来浪，害俚哚眼热煞。（海22-176-9）¶新嫂嫂一边，魏翩仞还不时要去卖情，说："陶大人没有钱用，山东不汇下来，都是我借给他。"好叫新嫂嫂～。（官9-129-20）¶幸天赐藏金，何不于他乡私下置些产业，慢慢地脱身去，自做个财主。那时报他之德，彼此～。（警25-382-1）

【见教】
〈动〉教えていただく。多く用向きなどを尋ねるときのあいさつ語に用いられる。 ¶有何～？（海60-510-15）¶唅，家主婆，啥～？（描26-232-26）¶尊驾到敝寓来，有何～？（新60-279-8）¶足下有何～？（禅22-361-14）¶老丈还肯～一局么？（禅24-389-15）¶大郎有何～？（醒9-183-7）¶贾兄有何～？（初15-260-10）¶那萧让出到外面，见了戴宗，却不认得。便问道："太保何处？有甚～？"（水39-630-10）

語彙例釈　　jian

【见解】

〈名〉見解。¶亚白必然另有～。(海 61-523-10) ¶奶奶～极是，这都是我粗心之过。(歇 19-244-22) ¶无奈我们这位内兄，他却另有一个～。(官 2-17-7) ¶你们不要吵，且听他说。老成人的～一定是不同的。(官 43-732-14) ¶弟闻得世兄也诋尽流俗，性情中另有一番～。(红 115-1574-4)

【见谅】

〈形〉たかが知れている。¶来里做倌人辰光，就算耐有本事，会争气，也～得势。(海 17-134-24)

(注)『漢語方言大詞典』に拠る。同詞典も本例を挙げるのみ。

【见面】

〈动〉会う。顔を合わせる。¶南京去做啥嘎？就去末也定归见勿着史三公子个面啘。史三公子抵桩勿来，就见仔面也无行用。(海 62-527-4) ¶勿然，逼杀俚也吭不，倒弄得下埭勿好～，倪格帐仍旧落空，还落一个凶名声勒外头，阿是勿犯着介！(狐 34-293-3) ¶所有朝中大老的小照，那翻译都预先弄了出来给洋人看熟；所以刚才一～，他就认得是徐大军机，并无丝毫疑意。(官 53-907-9) ¶姊姊，我们有一年多没～了。(市 19-276-26) ¶一则与倪老爷个体面有关，二则姨奶奶素来认得我，见了面岂不难以为情。(歇 16-210-14) ¶你叫他同我商量呀！他是个素不相识的人，你父亲没了，又没有见着面，说着一句半句话儿，知道他靠得住不呢。(目 2-7-3) ¶宝玉因得罪了林黛玉，二人总未～，心中正自后悔，无精打采的。(红 29-417-3) ¶我并不曾见公公面，如何认得？(禅 20-318-8) ¶自称是一清道人，不为钱米而来。只要求见保正一面。(水 15-220-2)

【见情】

〈动〉好意や温情に感じ入る。¶耐要送物事，送仔我钏臂，我不过见个情；耐就去拿仔一块砖头来送拨我，我倒也见耐个情。(海 8-60-12) ¶耐到兆贵里去本来勿关倪事，倪好心叫耐豪燥点去，耐倒勿见倪个情，耐惊人阿有良心？(九 17-135-4) ¶耐就是多拨点俚笃，俚笃也勿见得见耐格情，推扳点再要说耐瘟生。(九 100-699-20) ¶耐去告诉俚做啥？耐告诉仔俚，俚阿会见耐格情呀？(九续 64-501-13) ¶浩三接帐在手细看，原来比往时多开了二十文一天。浩三笑道："有限的事，我也不值得合你计较。只是以后遇着贫苦的客人，少挖苦几句，我也～的了！(市 14-257-20) ¶如此一来，黄二麻子把情分一齐卖在众人身上，众人自然见他的情。(官 59-1032-16) ¶怎么你倒不见他的情，反倒说他忤逆？(十 16-109-31) ¶某处造一所教堂，你马上答应他，就没有什么不是了。外国人也非常～，你上峰也称你会办事。(新 56-259-11) ¶费老爷的心向他说说，帮我几两银子，我少不得见老爷的情。(儒 47-542-9)

【见识】
〈动〉じかに見たりして見聞を広める。¶朴兄说要到堂子里～～，阿好？(海 1-5-12) ¶我末要～～贵相好同张秀英个房间，大家去噪俚呔一日天。(海 45-381-20) ¶格种新戏倪要去～～格喍。(狐 8-57-8) ¶前日闻得活大哥曾到五脏庙去求子，因此得了令郎，不知那里学来这个妙法？却是怎样求法的，乞指示一二，也让我们～～。(何 1-14-2) ¶幼安听说愚园是个花园，也想～～，因此多就允了。(繁初 7-70-7) ¶我们的宗旨也不过～～而已，原不想混在里面赌去。(人 43-521-13) ¶协理昨儿说的最欢喜年纪大些的婊子，兄弟想起一个来了，只是貌不十分美，协理可要去～～？(商 16-115-5) ¶一面又伸手从宝玉项上将通灵玉摘了下来，向他姊妹们笑道："你们～～，时常说起来都当希罕，恨不能一见，今儿可尽力瞧。……。"(红 19-265-14)

【见证】
〈名〉証人。¶台面浪才是～！(海 47-400-14) ¶就使要去，也须与如玉同去，到底是姓周的打我，还是我打了姓周的，他是一个～。(繁后 5-776-15) ¶现在买嘱尸亲～，又做了一张呈子。(红 86-1232-11) ¶这事少不得要经官，有烦两位做一做～。(二 38-705-2)

【件】
〈量〉衣類を数える。¶耐想拿件湿布衫拨来别人着仔,耐末脱体哉,阿是？(海 2-11-20) ¶实概～衣裳，我好像勿曾看见歇。(海 10-76-2) ¶身穿一～蓝羽缎棉袍，外加青缎马褂，脚下还登着一双粉底乌靴。(官 2-19-2) ¶这两～袄儿和两条裙子，还有四块包头，一包绒线，可是我送姥姥的。(红 42-578-16) ¶小人两个是上泰安州刻石镌文的，又没一分财赋，止有几～衣服。(水 39-631-11)

(注)"拿件湿布衫拨来别人着仔"(海 2-11-20)の"件"は処置式介詞"把"の後の"个"と同じく、その後に続く名詞を指示する働きを兼ね、きわ立たせている。⇨个。

【间壁】
〈名〉隣り。隣家。隣室。¶～郭孝婆也来看耐，倒说道勿来个哉。(海 2-11-15) ¶我来哚～郭孝婆搭，看见耐低倒仔头只管走，我就晓得耐到倪搭来，跟来耐背后。(海 14-109-6) ¶～人家刚刚来哚摆酒，豁拳，唱曲子，闹得来头脑子也痛哉！(海 18-142-3) ¶西公和赛过～，耐有啥闲话就可以来。(海 42-358-10) ¶我～住的徐都老爷，就是这位藩台大人的同乡。(官 3-32-11) ¶这话乃是贵相知闻妙香说起。因行云借的房屋就在

語彙例釈　　　jian

妙香～，故而甚是清楚。(繁后30-1085-5) ¶就在群仙背后平安里味闲别墅的～租了间房子，贴了个条子。(梼13-214-19) ¶阿狗由他的奶妈将他带到～裁缝店白相去了。(人17-166-9) ¶阿福指着道："～有空房，我们到那里坐吧。"说罢，就掖了彩云径进那紧邻的一间精室。(孽12-93-25) ¶贾母指出房子一所居住，就在惜春所住的～。(红106-1470-21) ¶孙自连在房中，听得～房里，老两口儿打骂一会，抱怨一会，又搬弄了一会，却又欢欢喜喜的低声说了一会。(醒下6-146-5) ¶动问苗二哥，适才说妙相寺这一套富贵，小弟在～房里听了多时，尽知其事，但不知果是实么？(禅4-49-1) ¶主家～是一座酒肆，店主唤做熊敬溪。(初20-364-16) ¶张权正要寻觅大房，不想左～一个大布店，情愿连店连房出脱与人，却不是一事两便。张权贪他现成，忍贵顶了这店，开张起来。(醒20-407-8) ¶老汉姓焦，就在此酒店～居住。(二11-227-9) ¶各去家里取了个人器械，来我～城隍庙里取齐。(水39-622-17) "夹壁""隔壁"とも作る。¶困场立朵书房夹壁，记明白子。(三10-117-12) ¶账房就在隔壁。(官43-733-14) ¶这士隐正痴想，忽见隔壁葫芦庙内寄居的一个穷儒——姓贾名化，字表时飞，别号雨村者走了出来。(红1-11-3) ¶隔壁有个卖花杨老妈，久惯做媒，在张罗两家多走动。(初29-536-10)

【饯行】

〈动〉送別の宴を張る。¶故歇搭耐～哉，再客气仔勿着杠在，耐阿肯送点拨我？(海53-451-3) ¶小王末，是倪阿哥请俚到酒馆里钱钱行。(海55-467-10) ¶"明日起程，为此特来拜别。""啊吓吓，介末要～大爷哉！"(描13-121-23) ¶我想就拉地两日趁老兄(空个辰光)(便个时候)拉company下端正点便小菜，替老兄～。(上散10-63-2) ¶就有一班天天见面的朋友，在一个花园里，替他～。饯完了行，又到各相好处打了一转。(负7-33-4) ¶等到禀辞的前两天，唐二乱子在寓处备了酒席替他～。(官36-324-15) ¶特与他设席～，就在余玉堂院里摆了个双台。(新24-111-14) ¶他有一个朋友明天要天津去，天亮开船，故要摆一台酒替他～，要你把大房间让还他，不知你心中可愿?(繁后22-988-2) ¶如海遂打点礼物并～之事，雨村一一领了。(红3-37-10) ¶祭毕，便与叔父作别起身。文安员外执意强留不得，只得整备酒席，于十里长亭之外，殷勤～。(鼓29-359-4)

【荐】

〈动〉推薦する。紹介する。¶我来～一个，包耐出色。(海9-74-15) ¶贵相好搭有个叫诸金花，朋友～拨我，一点无啥好啘。(海34-287-11) ¶公阳里周双珠要添娘姨，王老爷阿好～～我？(海41-343-23) ¶俚乃是我外甥囡，俚哚爷娘托拨我，教我～～俚

356

jian　語彙例釈

生意。(海 62-528-10) ¶俚是格辰光耐～拨我格，故歇只好费耐格心，搭我去说说好，外势随便啥人面浪谢谢耐媵说起。(鸿 14-277-9) ¶倪是倪妹子～拨耐格呀。(九续 68-533-7) ¶后来亲眷笃～一个孟河郎中来，名字末我记得，勿知姓马呢姓费，看仔三埭，吃仔十几帖药，就渐渐能看好哉。(狐 35-300-7) ¶子樵野叫吭说法，临走辰光～仔张小村拨倪接牢。(沪 4-58-7) ¶等有甚机会我替侬～末哉。(上问 18-35-8) ¶鲁总爷没有相好，文七爷就把周老爷叫的招弟的一个姊姊，名字叫翠林的～给他。(官 13-195-17) ¶要是总办辞你，也不怕，我～你到茶栈里去。(市 5-212-7) ¶有一回，一个当道～一个人给他，他收了，派这个人管理收捐帐目。每月给他二十两的薪水。(目 60-474-12) ¶管通甫又问："傅大人叫那个？"傅又新道："随你们～吧。"管通甫～了个花翠珍，沈叔谦～了个左芸台，屠桂山～了个瑶月阁，他都叫了。(梼 12-188-2) ¶你有什么好人，像秋波这样的～一个给我好不好？(人 22-226-8) ¶去岁我在金陵，也曾有人～我到甄府处馆。(红 2-31-9)

【贱】

〈形〉ろくでなし、いくじなしなどと人を罵るのに用いる。¶就是像俚乃铲头倌人，替老鸨做仔生意再要拨老鸨打，我总勿懂俚乃为啥实概～嗄。(海 32-264-9)

【贱坯】

〈名〉げす。ろくでなし。罵語。¶俚个人生来是～，俚见仔打末也怕个，价末耐巴结点个哩。(海 32-263-15)

【渐渐】

〈副〉だんだん。次第に。¶先是胃口薄极，饮食～减下来，有日把一点勿吃，身浪皮肉也瘦到个无淘成。(海 36-304-15) ¶后来做得久了，～的红将起来，如今已名声大噪，不想再到别处去了。(繁后 2-736-14) ¶因为山东东半省地方已经～为外国人势力圈所有，不时有交涉事件。(官 7-93-1) ¶今日会酒，明日观花，甚至聚睹嫖娼，～无所不至，引诱的薛幡比当日更坏了十倍。(红 4-67-19) ¶张大郎病体～全愈，容颜复旧，饮食起居如故。(禅 14-211-12) ¶林冲踏着雪只顾走。看看天色冷得紧切，～晚了。(水 11-165-3)

【箭】

〈名〉矢。¶亚白先生一只嘴实在尖极，比仔文君个～射得准。(海 40-339-23) ¶那白鹿失惊，跳起来，冲开人，径往山下奔走。真个是疾同鹰隼，快似流星。高澄喝众军士放～。(禅 1-7-7)

語彙例釈　jian‑jiang

【箭在弦上，不得不发】
矢はつるにつがえられており、もう射らないわけにはゆかない。成り行きからして、もう変えられないことを例える。　¶此所谓'～'耳。(海40-340-3)

jiang

【讲】
〈动〉①話す。言う。¶黎篆鸿看得厌烦，因向朱淑人道："倪来～～闲话。"遂挈着手，仍进书房，朱蔼人也跟进去。(海19-151-3)　¶有客人来，搭客人～～笑话，蛮写意。(海23-184-2)　¶俚来浪说啥？～拨我听哩。(海59-506-3)　¶格末谢谢耐，送仔倪实梗几几化化格洋钿，不过倪有句闲话要搭耐～明白仔，格个洋钿是耐自家情愿送拨倪格，倪是从来勿问耐借过歇倷洋钿。(狐94-667-9)　¶顺全笑道："俚乃为仔江秋燕个事体忙得来，赛过'包打听'。前两日转来仔，总归搭我～该桩事体。"华生道："俚乃那哼～介？"(鸿4-211-9)　¶说得勿差，啥场化去拷点酒来吃吃再～。(描29-259-1)　¶倪有一声闲话，今朝先要搭耐～明白仔。(九续57-440-16)　¶兄弟从通籍到如今，不瞒老哥～，顶戴换过多次，一顶帽子，却足足戴了三十多年。(官19-307-11)　¶回头见大姐站在身后，悄悄道："你去叫先生出来，我要同他～一句话。"(新32-147-6)　¶玉抱小姐听见这话，说："你～甚？"姚姨娘道："我～你怎么在老爷床上下来，连鞋子都没有穿，做些么事体？"(栲22-345-3)　¶有话改一天再～吧。(人4-34-10)　¶知道杨、陆两人，都不大会～上海白，就把英语来对答。(孽34-329-21)　¶因自那日鸳鸯发誓决绝之后，他总不和宝玉～话。(红52-730-19)　¶你怎见得就是你的银子，这银子可会～话么？(醒下8-163-6)　¶大官儿～这等落地狱的话，虚空过往神明，鉴察着你哩！(禅6-83-15)　¶两人唧唧哝哝，～了一夜的话。(初29-542-8)　¶下得堤头不几步，正遇着陈大郎。路上不好～话，随到个僻静巷里。(喻1-17-7)

②事の是非をはっきりさせる。"讲理"の意。¶耐去得罪仔俚吃个亏，倒说我勿好！明朝茶馆里去～，我勿好末我来赔。(海64-551-5)　¶我只和你在老太太、太太跟前去～了。把你奶了这么大，到如今吃不着奶了，把我丢在一旁，逞着丫头们要我的强。(红20-279-6)

【讲讲说说】
世間話をする。おしゃべりをする。¶一样打茶会，客人喜欢到俚哚去，同得去个朋友～，也闹热点。(海24-196-19)　¶本底仔倪也勿认得俚，有转把台面浪碰着仔难末认得起格，头俚搭倪～，倒蛮要好。(九42-309-3)　¶格两日心浪气闷得来无淘成，耐来仔～，觉

着开心点。(九续 36-280-20)

【讲讲笑笑】
しゃべったり笑ったりして打ち興じる。共通語の"说说笑笑"。¶故歇就说是豁勿开, 耐也应该～, 做出点快活面孔, 总算几花人面浪领个情。(海 47-399-1)

【讲究】
〈动〉論評する。論議する。あれこれ言う。¶翡翠个物事难～咪, 少微好一点就难得看见哉。(海 22-179-16)¶耐实概大～, 上海勿行个, 我先勿懂耐闲话。(海 31-259-15)¶《四书》末, 从小也读烂个哉, 如此考据, 可称别开生面, 只怕从来经学家也勿曾～歇哩。(海 45-383-7)¶倷自家想罢, 香也龆烧格勒, 先～去白相, 阿是勿诚心介? (狐 54-463-9)¶相爷介, 秃喜欢做诗, 介勒带子华平, 拿子诗稿搭子眼镜, 要来搭先生两家头～～"登高"诗。(三 12-141-28)¶说着, 一齐都往潇湘馆来。只见黛玉正拿着诗和他～。众人因问黛玉作的如何。(红 48-668-21) ¶不但紫鹃和雪雁在私下里～, 就是众人也都知道黛玉的病也病得奇怪, 好也好得奇怪, 三三两两, 唧唧哝哝议论着。(红 90-1283-13)

〈名〉わけ。いわく。仔細。¶耐同俚阿有啥～, 定归要借拨俚, 阿是真个洋钱式多仔了? (海 22-177-3)¶有仔家生, 连搭仔太阳才好看哉, 看仔末, 再有几花～。(海 52-437-8)¶不过倪做起生意来, 生意随便那哼好法, 总归开销勿落, 格当中勿知啥格～? 二少替倪想想主意看。(九 27-202-13) ¶倪是才勿懂格, 洛里晓得格当中有实梗格几式～, 要末耐只好明朝来仔罢, 勿得知耐阿放心勿放心末? (九 77-561-7) ¶所以说顶好是勤嫖。要嫖末, 总有格许多～。(沪 1-78-4) ¶怪不得走上大门冷清清, 见了他老人家面色很不对, 又发了半天牢骚, 原来就是这个～。(官 24-388-14) ¶龙吟道:"这位老管家, 怎么反教训起谱兄来?"温贵道:"此其中有个～。我因在老人家面上, 不能不优待几分。"(新 27-125-17) ¶他到底是嫂子的名分, 那里就有别的～呢。(红 90-1289-17)

【强】
〈动〉強情を張る。盾突く。¶张寿向来安道:"倪勿去哉哩。"徐茂荣从背后一推, 说道:"耐勿去, 耐～～看!"(海 5-37-8)¶耐阿哥是蛮好, 耐勤去搭俚～, 就听点俚闲话末哉。(海 19-155-12)¶俚要搭耐说啥闲话, 勿要紧个末依仔俚一半; 耐就勿依俚, 也勤搭俚～, 好好交搭俚说。(海 24-194-23)¶三岁连姻描金凤为聘罗个勿知, 罗个勿晓, 汪先个入娘贼阿敢～一～。(描 8-69-25)¶好笑尔梅若大年纪的一个人, 妻子在日, 管他不住, 偏偏遇了行云, 竟是服服贴贴的, 不敢略～一～。(繁后 22-983-22)¶宝玉

語彙例釈　jiang–jiao

拉了秦钟出来道："你可还和我～？"秦钟笑道："好人，你只别嚷的众人知道，你要怎样我都依你。"（紅 15-207-8）¶好汉，你和他～了，少间苦也！他如今去和管营相公说了，必然害你性命。（水 28-438-9）

（注）胡竹安編『水滸詞典』は上掲例（水 48-438-9）に対し、次のように注を加えている。

強──【方】吳语"勿要搭我强"意思是"不要跟我顶撞"。（同書 P. 219）

〈形〉意地っ張りである。気がきつい。¶双玉个性子～得野唩，到仔该搭来就算计要赎身，一径搭我说，再要讨仔个人末，俚定归要吃生鸦片烟哞。（海 54-456-8）

【酱油】

〈名〉醤油。ここでは"醋"と言うのを避けて言っている。¶耐也吃起'～'来哉。（海 6-47-8）¶云兰听了，把头一扭道："啥格吃酱油勿吃醋呀！倪是勿懂格，耐到说拨倪听听看。"秋谷笑道："你这个样儿，不是吃醋，难道是吃～不成？"云兰走过来，把秋谷背上打了一下，道："倪是勿会吃啥～格，倒是当心别人家来浪吃醋，耐豪燥点去罢，晏歇点吃起生活来，是勿关俚事格嘘。"（九 151-998-8）¶倩倩红了脸，啐了一口道："顾少末夷是歪嘴吹喇叭格，一团邪气。阿是倪搭素秋吃醋哩？倪末罗搭有实梗资格嘎？"少卿大笑道："闲话末越说越奇怪哉。吃醋要资格末，吃～要程度哉哩！"众人听了鼓掌大笑。（沪 4-85-8）

jiao

【交】

〈动〉①渡す。¶下半日汏衣裳，几几花花衣裳就～拨我一干仔，一日到夜总归无拨空。（海 23-183-15）¶长福说明送信之事，匡二道："耐一拨我好哉。"长福出信授与匡二。（海 26-215-13）¶等到明朝，让我到俚屋里，带仔二百块洋钱，比俚讨价多点，～拨仔俚。（狐 11-76-3）¶一名秀才值得甚么，听说他们院考的时候，竟有～了白卷，拿银票夹在卷里，希冀学台取进他的呢。（目 61-484-18）¶如果在此面交最好，否则～一位管通甫司马转寄。（梼 16-251-20）¶我只好～给秋波了。（人 32-351-24）¶你把这个～给俞禄，叫他拿过那边去等我。（紅 64-922-16）

②……の季節や時間などになる。¶今年阿是二月里就～仔黄梅哉，为啥多花人嘴里向才酸得来？（海 12-93-16）¶直至时～半夜，方见他朦胧合眼，有些似睡非睡的样儿。（繁后 37-1167-21）¶先生说得怕的很，什么～了秋就有性命之忧。（十 13-88-15）¶明天～立冬节，今天是个四离四绝的日子。（官 13-193-3）¶但是他这令弟才～十三岁，

这是个未脱茧的僵蚕，怎能够救他姐姐的这种渴吻？（梅 14-233-20）¶至次日乃是四月二十六日，原来这日未时～芒种节。（红 27-373-14）¶次日夜间，正入定静坐，听得东北角上喊声又起，直一夜半方息。（禅 38-614-1）¶时值～秋天气，西风吹起，白露为霜。独处空房，感叹伤悲，终夕不寐。（二 6-133-1）

【交代】

〈动〉①引き渡す。 ¶还有啥帐目、契券、照票多花末，理齐仔一搭，～一个人好哉。（海 11-86-4）¶耐个家主公末，该应到耐府浪去寻晼。耐啥辰光～拨俚，故歇到该搭来寻耐家主公？（海 23-187-16）¶瑞生并无别语，将一卷洋钱付与朴斋道："耐拿转去～无姆，覅拨张秀英看见。（海 35-289-10）¶昨日舒齐仔，要想到该搭来张张耐，碰着仔耐大姐，难末勿曾来，就～俚一打香槟酒带转去，阿曾收到？（海 53-448-7）¶阿胡子介，接子信物，拿个庚帖一本勒总管，唤他送进，不用求卜，算天婚做个哉。（三 30-338-10）¶到之黄昏头，拿店里向个帐～清爽之，吃点夜饭，替两个朋友白话话，算过之一日者。（上散 4-14-7）¶刘藩司陛见进京，路过武昌，就把从前湍制台同他换的那副帖子找了出来，拿了红封套套好，等到上衙门的时候，～了巡捕官，说是缴还宪帖。巡捕官拿了进去。（官 37-625-10）¶老师叫你起的那个稿子，今儿早上还催过两遍，你～上去没有？（官 48-823-15）¶黄子文摸出一张五十块的钞票来，找出二十多块洋钱，塞在身上，觉得沉甸甸的，便用手巾包了，～如玉带去的娘姨小阿金。（负 18-86-10）¶那名利栈接客的，早上来招呼道："请老哥伺候坐老爷车先行罢，一切行李都～我是了。"（十 1-1-24）"交待"とも作る。 ¶立刻派差协保，把魏赞营连夜捉拿进城，交待了上海公差。公差带着魏赞营，星夜赶回上海销差。（新 9-41-5）

②詳しく説明する（関係ある人に）。¶只要倪先生面浪～得过，耐就再去做个张蕙贞也无啥要紧。（海 11-84-9 ¶倘忙耐洋钱末用光哉，原无拨生意，耐轧去阿好～？（海 12-98-14）¶俚家主公屋里还有爷娘来哚，转去末拿啥来～俚？（海 16-127-24）¶我说耐写封信去～俚咪娘，随便俚咪末哉，勿关耐事。（海 29-237-12）¶家中尚有少甫大哥，将来他晓得了，怎样～？（繁初 11-111-17）¶继之又道："你住在甚么客栈，对公馆里的人说过么？"我说："也说过的；并且住在第几号房，也～明白。"（目 4-27-6）¶你说了半天只说了一个月以前的事，今天这半截长衫的原因并没～。（人 32-356-26）

③言いつける。言いふくめる。 ¶耐想着我好处末，就望耐照应点我爷娘，我末～俚哚拿我放来浪善堂里。（海 34-285-24）¶我～耐，做生意末巴结点，耐勿听我闲话，打到实概样式！（海 37-308-24）¶园门口～好个哉，就勿曾送条子。（海 48-409-18）¶阿金，

語彙例釋　jiao

倷去～相帮来摆席罢,不过大菜叫俚上得慢点末哉。(狐 31-261-26)　¶格是广东特味,是倪昨日～俚预备起来格。(沪 2-8-8)　¶唔笃是难得来格。倪已经～俚笃烧仔一点小菜。(沪 3-12-10)　¶老爷晏点要吃点甚,早点～伊拉去烧。(上问 28-52-5)　¶便起身叫管家到南街上招呼王二瞎子,托他去到档子班船上,叫他们明天晚上到馆子里叫几样菜,说是要请州里帐房师老爷吃饭;～馆子里,菜要弄好些;再叫船上收拾收拾干净。(官 45-759-23)　¶说着,便袖着那杯,递与贾母房中小丫头拿着,说:"明日刘姥姥家去,给他带去罢。"～明白,贾母已经出来要回去。(红 41-571-10)

【交关】

〈形〉共通語の"多""很多"に当る。¶耐倒是请教高大少爷做两首出来,替耐扬扬名,比俚㗒好～㗒。(海 21-260-13)　¶是呀,便当～拉。(上问 38-69-8)

(注)"交关"は限定語としても用いられる。→做仔弗到一月末,野照应仔倪交关生意。(沪 3-13-11) また状況語としても用いられる(=很,非常)。→格排钱庄家信息交关灵通。(沪 1-85-7) →老老头交关欢喜白相。(鸿 10-248-26)

【交卷】

〈动〉試験の答案を提出することであるが,詩作などを提出することにも用いられる。¶节浪无工夫,我十七做好仔,十八到老旗昌～。(海 47-400-19)　¶倪要等客人到齐仔末～㗒,耐勿来里性急。(海 50-429-13)　¶你们两个人鬼鬼崇崇的说什么话?快些交了卷再吃烟罢。(狐 25-205-26)¶我们要看诗了,若看完了还不～是必罚的。(红 37-504-15)

【交情】

〈名〉よしみ。交情。交誼。¶俚㗒有～,生来要好点。(海 46-387-5)　¶倪阿好去跟仔别人叫耐倽格老二,倪也无拨格号～啘。(九 43-317-2)　¶耐搭谢爱卿有～格呀?(九续 62-479-8)¶来的是藩台夫人及两房姨太太、两位少太太、一位小姐,这是他们向有～的,所以都到了。(目 44-343-2)　¶他两人的～很厚,在席面上咕咕哝哝,谈个不了,还咬了半天耳朵,不晓得里头是些甚事情。(官 3-32-13)　¶原来尔年兄与她很有～。(歇 17-218-23)¶望公子俯念昔日～,恩宥往时渐过,再展仁恩,曲全残喘。(鼓 14-182-1)¶兄长不看他早间席上,王伦与兄长说话,到有～。(水 19-278-17)

【交易】

〈动〉商いをする。取り引きする。¶阿可以托相熟个去问声俚,阿要～点。(海 26-215-5)¶我们铺子里常和参行～。(红 77-1098-16)

〈名〉商い。取り引き。¶我做生意,喜欢爽爽气气,一点点小～勿去多拌哉。(海 48-411-9)

jiao　語彙例釈

¶谁有银子谁做，却是公平～，丝毫没有偏枯。(官 4-56-5)　¶此人生性梗直，～公道，故此客人来多投他，买卖做得去。(二 4-88-2)

【浇】
〈动〉液体をそそぐ。比喩的にも用いられる。　¶价末先让我吃一惊，～～诗肚子。(海 33-273-13)　¶昨儿二爷说了，今儿不用～花，过一日～一回罢。(红 27-377-15)　¶那个拨水的小喽啰，便把双手泼起水来，～那宋江心窝里。(水 32-503-7)

【娇寡】
〈形〉ひ弱である（体が）。　¶耐末身体～点，耐自家要当心个哩。(海 31-256-6)　¶耐今年也四十多哉，倪子因作才勿曾有，身体本底子～。(海 34-285-13)

【娇弱】
〈形〉弱弱しい。纖弱である。　¶其原由于先天不足，气血两亏，脾胃生来～之故。(海 36-305-1)　¶兄弟却略知一二，乃是用极猛烈的消毒药水，先替病人洗澡，又将杀菌药水给病人吃，病人身体强壮的，或者果能菌去病除，若使身体～些的，不瞒你说，微菌尚未毒杀，人已先被他毒死了。(歇 9-108-14)

【教】
〈动〉教える。　¶耐要～～俚个哩，俚坎坎出来，勿曾做歇生意末陆里会嘎。(海 32-263-9)　¶耐要拿自家本事～拨俚末，今世勿成功个哉！(海 37-309-20)　¶倪乡下巷浪有一个教书先生，专门说白字。一日有个朋友来看俚，刚正俚勒浪～学生识字，"犬"字末读"大"字，"狗"字末读"句"字，朋友勿敢当面笑俚，忍仔半日。(狐 58-499-7)　¶好姊姊，你～给我罢。我是个粗人，那里知道对付不对付，横竖我的就是你的，我争回了，你也享得着福的。(新 50-231-29)　¶我问："仲翁又不开书铺子，要编教科书来做什么？"仲芬道："我想编来～～自己店里学生意的。……"(新 53-243-5)　¶我～你老人家一个法子；你ром带了外孙子板儿，先去找陪房周瑞，若见了他，就有些意思了。(红 6-96-9)　¶史进看了，却认的他，原来是～史进开手的师父，叫做打虎将李忠。(水 3-46-17)

【教乖】
〈动〉よいことを教える。　¶养耐大仔点，连讨便宜也会哉！啥人教耐个乖嘎？(海 36-301-7)　¶吃醋耐勿晓得？我教个乖拨耐，耐故歇末就是叫吃醋。(海 51-436-11)　¶地下婆子们都笑道："这可是一件奇货，这个乖可不是白教人的。(红 57-814-12)

【教会】
〈动〉教えて会得させる。　¶耐拿个《秽史外编》一淘去～仔俚，勷说有内心，连外心

語彙例釈　jiao

也有哉。(海 53-446-5)　¶罗刹女愈加快活，便～他使软尖刀并许多拿人法则，臭花娘也心领神会。(何 10-105-4)　¶本来为的是要人才，才教学生；～了，就应该用他；用了他，就应该给他钱。(目 30-223-11)　¶头一天晚上，教他怎样磕头，怎样回话，赛如春秋二季，"明伦堂"上演礼一般，好容易把他～。(官 2-18-8)　¶小龙先把麻雀里抽心、挖角、砌夹四、捞浮尸、仙鹤吃食等种种过门～了他。(繁后 5-773-15)　¶宋金将老僧所传金刚经却病延年之事，说了一遍。宜春亦起信心，要丈夫～了，夫妻同诵，到老不衰。(警 22-325-14)

【焦躁】

〈形〉いらいらする。やきもきする。　¶非也。从前是～，故歇是昏倦，才是心经毛病。(海 36-305-19)　¶无奈抚台病着，一时不能举行；公事不完，又不敢擅离省城一步。各位太爷异常～。(官 44-753-12)　¶王夫人～道："用不着偏有，但用着了，再找不着。……"。(红 77-1097-5)　¶且说施复正没处买桑叶，十分～，忽见邻家传说洞庭山余下桑叶甚多，合了十来家过湖去买。(醒 18-363-13)　¶洒家不省那两句话，～起来。(水 99-1553-9)　"焦燥""噍燥"とも作る。　¶各官员都是有事的，不觉都焦燥起来，于是打发人放舢舨登岸，跑里局里去。(目 30-224-7)　¶我儿只是焦燥，且开开怀吃两盏儿睡。(水 21-310-1)　¶萧让和金大坚噍燥，倚仗着人胸中本事，便挺着棍棒，迳奔王矮虎。(水 39-631-12)

【绞手巾】

手ぬぐいをしぼる。"起手巾"(客におしぼりを出す)の意でも用いられる。　¶耐绞仔手巾，搭王老爷来装筒烟。(海 9-72-5)　¶我末～、装水烟忙煞。(海 23-184-2)　¶接着娘姨请宽马褂，倒茶，拿水烟袋，～。(官 8-108-16)

【角】

〈量〉貨幣単位。"元"の 10 分の 1。　¶等到买得来，原勿好，要我去调，拿跌碎个玻璃罩一淘带得去，照样子买一只。洋货店里说要两～洋钱哚，调末也勿肯调。(海 23-183-7)　¶牛皮桂宝吃过夜饭，先是三块五～洋钱拉了一户生主客，到张园愚园兜了一个圈子，回来已有十一点钟了。(鸿 20-309-8)

【角子】

〈名〉角(かど)。曲がり角。　¶朴斋道："倪～浪去吃碗茶罢。"吴小大说"好"，跟随朴斋至石路口松风阁楼上，泡一碗"淡湘莲"。(海 30-252-24)

【脚】

jiao　語彙例釈

〈名〉①足。足首から下を指す。 ¶耐～也覅去缠哉,索性扮个满洲人,倒无啥。(海 8-65-3)¶张蕙贞搭勿到十日天,从头浪起到～浪,陆里一样勿搭俚办起来?(海 10-81-6)¶贾芸进入院内把～一跺,说道:"猴头们淘气,我来了。"(红 24-338-6)¶林教头,你也洗了～好睡。(水 8-129-5)
②脚(ぁ)全体を指す。"腿"の意。¶问:"为啥无行用哉嚛?"双玉道:"沓脱仔～哉呀。"(海 46-388-21)¶我们的车子抛锚不能动了,正在那里修理,还不知道修得好修不好,回去恐怕直要用得着两只～了。(人 34-375-17)
③"脚""腿"を特定せずに指す。¶一个客人拉住仔个手,一个客人扳牢仔个～,俚哚两家头来剥我裤子。(海 23-184-12)¶今日敝友有事,我因闲步至此,且歇歇～,不期这样巧遇!(红 2-25-20)
④步みを指す。¶耐两只～倒燥来咦哰,一直走到仔城里。阿是坐仔马车打城头浪跳进去个嘎。(海 4-30-18)¶宝玉在亭外听见这话,便煞住～往里细听。(红 27-375-1)¶李逵看看走到红日平西,肚里又饥又渴,越不能勾住～,惊得一身臭汗,气喘做一团。(水 53-876-5)

【脚趾头】
〈名〉足の指。¶珠凤比仔耐再要乖点,覅说啥打两记,缠缠脚末～就沓脱仔三只!(海 32-264-3)¶无如他的人实在长得短,站在钦差身后,垫着～想看前面的热闹,总被钦差的身子挡住,总是看不见。(官 56-969-22)¶有内相、看守,等闲人～儿也不敢踅到门前。(水 101-1571-14)

【叫】
〈动〉①呼ぶ(人を)。呼び出す。¶俚哚～来哰长三书寓,耐去～幺二,阿要坍台!(海 2-10-12)¶倪再去～个王阿二来,倒有白相个哰。(海 3-22-12)¶黄二姐向子富道:"耐管家等来里,阿有啥说哰?"子富道:"～俚来。"高升在外听唤,忙掀帘进门候示。(海 7-54-2)¶从前相好年纪大哉,～得来做啥?(海 15-116-3)¶勿是呀,俚个书读得来忒啥通透哉,无拨对景个倌人,随便～～。(海 31-260-1)¶耐去相信俚,今朝俚又新做仔两个,故歇才～来浪。(鸿 2-199-16)¶亲家那时候把你家的孩子一齐～了来,等王老先生考考他们。(官 1-3-5)¶忽见周瑞家的笑嘻嘻走过来,招手儿～他。(红 6-101-6)
②呼ぶ(車などを)。とる(料理を外から)。¶李老爷吃啥?我去～菜。(海 21-168-14)¶倪夜饭也勿曾吃,去～两样菜,一淘吃哉。(海 28-228-17)¶教栈里相帮去～只船,

語彙例釈　jiao

明朝转去。(海29-241-18) ¶盘费有来里，耐去～只船，故歇就去。(海31-257-16) ¶叫小大姐开了衣橱，又取出一件外罩衣服穿上，恶狠狠唤小大姐去～顶轿子，立刻要行。(繁后30-1082-24)

③……と呼ぶ。……と称する。¶我～赵朴斋。(海1-3-10) ¶耐个小姐名字～啥？(海26-216-7) ¶野鸡末，～俚小姐也无啥唲。(海26-216-12) ¶倪倒勿懂啥个～吃醋，耐说说看！(海45-385-17) ¶来个辰光俚个爷一淘同得来，俚自家也一"爷"。后来我问俚，啥个爷嗄，是俚慢娘个姘头！(海52-439-19) ¶该位先生～江秋燕，来笃燕庆里，唱口实头出色。(鸿1-195-16) ¶格格扮黄忠格脚色，～李兴斋，做功一点勿好。(狐9-58-9) ¶俚是我妹子，～阿琴，今年十四岁哉。(九续13-95-10) ¶船名～甚？(上问36-66-1) ¶我的名字～国柱。(官51-884-23) ¶从此后我只～你师父，再不～姐姐了。(红17・18-254-2) ¶因他长大白净，人都见他一身好肉体，起他一个绰号，～他做玉幡竿孟康。(水44-716-11)

〈动〉動詞・形容詞などの前にあって、述べていることを強く肯定する。"是"におきかえることができ、"的确""实在"の意味がある。⇨故末叫，真真叫。¶为啥说勿出嗄？倪是做生意，～无法唲。耐搭我一年三节生意做包仔下来，我就做耐一干仔，蛮好。(海9-73-15) ¶王老爷也～瞎说！(海10-81-8) ¶黎大人是勿要紧，倪末～冤枉煞哉，两家头难为廿几块。(海15-120-4) ¶耐末就～无淘成！(海19-151-18) ¶划一我看过歇格哉，我记性～邱得来。(狐9-58-7) ¶亏得奴勒上海格辰光，听见郭大少讲歇，说起俤两位大少，人末～好得来，随便啥格事体，总热心得野笃，格落奉屈两位到此地。(狐18-136-15) ¶倪格做格个断命生意，也～哄说法。(九9-72-26) ¶牛大少末是倪格客人，耐要搭俚说闲话末，到俚府上去请末哉！故歇勒浪归搭末，就～勿成功！(九104-725-23) ¶耐格人末，就～讨气！(九157-1037-3) ¶既到此间，也～无法，只索耐几天罢。(文27-146-18) ¶我们骤然之间经此一拆，真～"哑嘴吃黄连，说不出的苦"。(新7-31-22) ¶律师只要有钱，那管你乌龟、贼强盗！新衙门是没有权利阻止人家，也～无法奈何。(新29-131-17) ¶不瞒云翁说，兄弟的办报也～出于不得已呢。(新29-133-23) ¶大小姐，你～没有晓得，现在个阿根讲究得来，他的打扮，在上海男人里头派起来，怕要算他第一呢。(十31-231-31) ¶我～没有同心的人，倘有同心的人，就做一局抬轿子，报报仇也未始不可。(十31-233-15) 贾大人道："玉师那一次车子是开得极慢极慢，无怪其行如牛了。"程二少爷道："这真～作孽。"(人14-127-1) "教"とも作る。¶俤是有人陪伴，勿比奴冷清清，单怨自家格苦命，故歇看几本戏，也教吭

366

法。(狐9-63-16) ¶俫动气做啥?刚刚郭大少叫倪翻台,倪教勿好勿勿答应俚,恐怕俚性子暴躁,要发脾气出来,弄得碰台拍凳,倪阿是难为情格。(狐13-90-24) ¶我说格好白相,就是格搭场化呀,江里格花船教多得来。(狐17-132-15) ¶不过格只面孔,奴细细教认俚一认,格末教恶心得来。(狐53-455-19) ¶谢谢耐,勿要去搭俚笃说,倪也教无说法呀!(九续59-455-12)

(注)"是"としている例。→俫念诗拨奴听,真真是对牛弹琴,一点也勿懂。(狐54-459-4) →东家发起狠心来,生生的被他拆了一大半去。这真是'杀人不怕血腥臭'呢。(新7-31-20)

【叫花子】

〈名〉乞食(こじき)。¶我好像个～,坍台煞个。(海29-242-14) ¶我要转去,做～讨饭也转去仔,我要用耐四百个铜钱!(海30-253-16) ¶～倒有两个家小。(三45-476-18) ¶你是真笨还是假笨,这个何尝是他老子,不知他在那里弄来一个死～罢了。(目12-85-5) ¶大大小小官员,每日混得好两百人出进,不是拖一爿,就是挂一块,赛如一群～似的。(官20-318-21) ¶你我这种没家产可抵,没儿女可卖的人,还不肯戒鸦片烟,准得有讨饭做～的日子。(歇85-1173-5) ¶上海繁盛地方,怎么～这样的多? (新16-72-23) ¶又叫几个家人,各处叫了几个叫化的进来,将这些银子都赏与那些～去了。(醒下5-138-24) ¶呀!那里来这个～,在这坟上啼苦!(杀22-93-1)

【叫局】

〈动〉芸妓を酒席などに呼んではべらせる。¶耐一直下来,东去叫个局,西去叫个局,我阿曾说歇啥一句闲话嘎? (海4-31-5) ¶倪听见仔～,总忙煞个来。(海6-46-12) ¶我勿晓得耐名字叫啥,晓得仔名字,旧年就要来叫耐局哉。(海8-62-15)¶我勿碰和末,叫啥局哩? (海13-104-14) ¶黎大人来哚来哉,教耐哚多叫两个局,俚四个局末也搭俚去叫。(海15-115-9) ¶高老爷叫姚文君个局。(海34-287-19) ¶眉翁先生,今朝为仔客少,对勿住,耐要多叫几个局来!(鸿2-199-5) ¶倪刚刚堂差转来。老旗昌又来～,阿要出气!(九37-275-14) ¶然而也不过在应酬当中,有时叫她的局,偶一为之而已。(歇10-130-3) ¶自己拿定主意,到了上海,不～,不吃花酒,免得上当。(官7-104-21) ¶陆明远又请那些朋友,多叫些局,绷绷场面。(负19-88-8) ¶那个是他的相好? 我不过碰过两场和,叫过几个局罢了。(维4-24-5) ¶叫的局陆续都到,王生代我叫的那沈月英也到了。(目33-248-7) ¶我们今朝须各人多叫几个局,热闹一点子。(新32-146-9)

【叫饶】

〈动〉許しを請う。¶耐～仔也罢哉,勿然我要问声俚看,大家是朋友,阿是徐大爷比

語彙例釈　jiao

仔张大爷长三寸哚？（海 5-36-10）¶我们何妨睹酒对吃呢。一样大的杯子，取两个来，一人一杯对吃，看谁先～，便是输了。（目 33-248-16）¶如玉听了，伸手去拧，肖岑～，如玉在他背上打了一下。（繁后 5-771-7）¶赵姨娘双膝跪在地下，说一回，哭一回，有时爬在地下～，说："打杀我了！红胡子的老爷，我再不敢了。"（红 113-1549-3）

【轿班】

〈名〉駕籠かきを職務とする使用人。¶来二爷搭～才跑得去看去哉。（海 11-85-7）¶漱芳个娘教玉甫困，玉甫定归勿肯，难末漱芳个娘差仔～来请我去劝劝玉甫。（海 42-351-9）¶就是二少爷个～送得来票头。（海 56-481-1）¶奇怪着呢！就是他小姐逃走的那一天，同时逃走了一个～。（目 9-66-14）¶吃完之后，陶子尧便叫管家同了～抬着轿子去接太太。（官 10-149-15）¶这回看见胡先生的～来拿帽子，故意和他作耍，开口道："那天我看你们先生匆忙得很，不要是忘记在别人家里去了吧。我们这儿可是没有。"（负 21-98-20）¶原来彩云本是安徽人，乃父是在苏州做～的。（孽 8-64-5）

【轿车】

〈名〉馬にひかせた駕籠形の二輪車。¶玉甫道："生来一淘去，喊仔两把钢丝～罢。"漱芳道："耐坐仔～，再要拨阿哥笑；耐坐皮篷末哉。"（海 35-291-7）¶侬真真糊塗，连～全勿晓得呢甚？我替侬话，……（中略）……。搭轿子能个，四面都有玻璃窗，两边都有门可以开个，伊个就是我刻方话个～。（上问 41-75-2）

【轿子】

〈名〉駕籠。輿。¶我前日仔教阿金大到耐公馆里来看耐，说～未来哚，人是出去哉。（海 4-30-17）¶耐～阿教俚哚打转去？（海 8-61-10）¶耐～也勿坐，底下人也勿跟，一干仔来里街头跑，做啥？（海 17-139-9）¶碰着双宝台面浪要转个局，教相帮先拿～抬双玉去出局，再去抬双宝。（海 24-198-16）¶～做不来，坐了甚么上院呢？真正这些王八蛋！我不说，你们再不去催的。（官 3-37-13）¶这范臬台上了轿，在～里目不转睛的看着这孝廉夫人。（梼 10-155-8）¶且说黛玉自那日弃舟登岸时，便有荣国府打发了～并拉行李的车辆久候了。（红 3-38-4）¶小喽啰抬过七乘山轿，七个人都上～，一迳投南山水寨里来。（水 19-281-4）

【教】

〈动〉……に……させる。¶～我那价去见我娘舅嘎？（海 1-3-15）¶黎篆鸿搭，我～陈小云拿仔去哉，勿曾有回信。（海 1-6-12）¶我只道耐同朋友打茶会去，～娘姨哚等仔一歇哚，耐末倒转去哉。（海 3-18-12）¶只听得黄二姐向楼窗口问："罗老爷管家阿来里？～俚上来。"（海 7-53-21）¶我也搭俚说仔几转哚，俚定规勿肯吃药，～我也无法子。（海 20-160-6）¶耐阿哥～倷坐马车，～仔几转哉，倪就去一埭。（海 35-291-5）¶倪老爷亲自～你来的么？（歇 17-214-1）¶所以兄弟特地想出一条计来，拿这人杀在贵衙署旁边，好～他们同党瞧着或者有些怕惧。（官 53-920-22）¶我倒不知道你们是谁，别～我替你们害臊了！（红 31-431-18）¶军士把枪将秦明妻子首级挑起在枪上，～秦明看。（水 34-538-13） "叫" とも作る。¶故歇辰光板归勿勒屋里格，叫我去请，到洛里去寻介？（狐 9-61-10）¶啥人叫耐瞎三话四格呀。（九续 55-427-24）¶来这里没好的你吃，别把这点子东西嗐的存在心里，倒叫我不安。只管放心吃，都有我呢。（红 8-129-8）

【教得去】

行かせる。"教我去""教他去"の賓語を省いた"教去"に助詞"得"を挿入したもの。¶倪马车一个月难得坐转把，今朝为是耐第一转～，我答应仔哉，耐叨说起闲话来哉。我勿去哉，耐请罢。（海 8-62-21）¶当下私问："新弟到上海去做啥？"秀英说："是翟先生～做伙计。"（海 29-239-7）

（注）張愛玲注釈：海上花および呉越：海上花列伝普通話本はそれぞれ次のように翻訳している。

今天为了是你第一趟教去，我答应了你，你倒发话了。（張）

今天你第一个叫我去，我答应了你，你倒说去不中听的话来了。（呉）

是翟先生教去伙计。（張）

是开当铺的翟先生叫他去当伙计。（呉）

jie

【接】

〈动〉①続ける。¶说勿住末，吃一鸡缸杯过令。啥人说得出，～下去。（海 39-326-23）¶前日夜头《四书》酒令阿曾～下去？（海 44-369-6）

②受け取る。¶黎篆鸿昨夜～着个电报，说有要紧事体，今朝转去哉，阿哥教我等一歇一淘去送送。（海 20-164-15）¶～着个家信，月底要转去一埭。（海 53-451-8）¶倪老爷昨日～着仔京里个电报，今日头就要动身，说搭金柏年金大人一淘去。（鸿 3-208-9）¶旧年十二月里倪～着秀林一封信，说要搬到普庆里去。（狐 48-414-20）¶到了上海～着电报，才晓得还要到东洋去一趟。（官 9-128-16）¶我昨天还～到山西抚台衙门里的信。（官 35-594-17）¶伯廉娘子～着这个信，有了偌一注洋钱，真是喜从天降。（市 9-231-27）¶士隐～了看时，原来是块鲜明美玉，上面字迹分明，镌着"通灵宝玉"，后

語彙例釈　jie

面还有几行小字。(红1-9-15) ¶刘唐苦苦相央宋江收受,宋江那里肯～。(水20-297-9) ③出迎える。迎える。　¶朱蔼人乘轿至屠明珠家,吩咐轿班:"打轿回去～五少爷来。"(海19-149-1) ¶阿是～先生转去,先生来哚楼浪,耐就该搭等一歇末哉。(海22-178-8) ¶耐末便衣到园门口说明白仔,自有管家来～耐進去。(海47-401-18)　¶我们不知系何'贵客',忙的～了出来!(红5-81-13)

【接连】
〈副〉次々と。続けざまに。　¶前日夜头双玉起初无拨局,刚刚我搭双宝出局去末,～有四张票头来叫双玉。(海24-198-14) ¶我～吃四杯介,相貌要吃醉格咭,况且我是主人,唔是客人,客人勿吃酒,独敬我主人,吭没格样道理咯。(狐34-286-14) ¶被他猛一下打得耳鸣眼热,禁不得劈拍劈拍～又是两下,只打得珠花散落一地。(目44-345-5) ¶同马二评理,马二不服,揄起拳头,～又是三拳,现在腰里膀子上都受了重伤。(官54-931-12)　¶就象去年冬天,～下了几天雪,地下压了三四尺深。(红39-540-5)

【接令】
〈动〉"酒令"(宴席で興を添えるためのゲーム。同座している中の一人を選らんで"令官"とし、その人の出題・指令によって順に定められた游戯を行う)で、"令官"を引き継ぐ。　¶史天然先饮一觥令酒,道:"我就出个'鱼'字,拈阄定次,末家～。"(海39-326-6)

【接煞】
〈动〉たましいを迎える。"煞"は、死者のたましい。死後8～9日にその人のたましいが一度家に戻ってくるので、死者を出した家では、その日に僧侶・道士を招き、酒食をそなえて、法要を営むこと。江南地方の風習。¶耐是单为仔李漱芳～,要去一埭晼,明朝接过仔就来罢。(海54-457-22)

(注)吴越：海上花列伝普通話本に、接煞——旧俗：丧家在人死若干日内,请僧道做法事为死者招魂还家,称为"接煞"と注釈している。

【节】
〈名〉節季、節句。かつて中国の商店・妓院などでは、一年を3期間に分け、"端阳节""中秋节""年节"を区切りに仕入れ・売り上げ・貸借関係の総勘定の清算を行っていた。　¶到仔～浪,通共叫几个局,该应付几花洋钱,局帐清爽仔,俚阿好说耐啥邱话?(海22-176-23) ¶前两年三～开消差勿多二千光景,今年加二勿对哉,还帐买物事同局帐,一～勿曾到,用拨俚二千多。(海24-194-7) ¶阿姐也实概说,陆里晓得该～个

370

jie　語彙例釈

帐比仔前～倒少仔点。(海 49-419-9) ¶刚刚格两～格生意勿好,差勿多单做一个开销,格末叫无说法。(九 37-273-9) ¶奴所愁格末,皆为～浪到快,只怕开销勿够落呀。(狐 33-276-6) ¶现在租好仔小房子,搭俚住格一头两～,合式末嫁拨俚,勿好末大家勿好说啥。(官 10-142-12) ¶偏偏时运不济,那生意一～清似一～,愈做愈是不好。(繁后 19-948-25) ¶他在六马路同春里做生意呢。这一～包一个清倌人出局,他自己在房间里应酬,听说下～要自己挂牌了。(新 10-45-4)

【结】
〈动〉結ぶ(ある関係を)。¶耐说仔俚,俚勿好来怪耐,倒说是倪教耐个闲话,倪末～仔俚几无冤家。(海 24-193-21) ¶不上一年,便被上司寻了空隙,作成一本,参他"生情狡猾,擅篡礼仪,且沽清正之名,而暗～虎狼之属,致使地方多事,民命不堪"等语。(红 2-23-3)

【结拜】
〈动〉一定の儀式を行うなどして義兄弟・義姉妹の関係を結ぶ。¶为仔要好了,～个姊妹,一淘做生意,一淘白相,来里上海也总算有点名气个哉。(海 21-166-13) ¶今朝末来弗及格哉,明朝早晨让我去叫倪格～姊妹来,先帮两三日忙。(狐 11-73-10) ¶我有个～姊妹,名唤珠姐。(繁后 1-735-23) ¶不想柳二弟从那边来了,方把贱人赶散,夺回货物,还救了我们的性命。我谢他又不受,所以我们～了生死弟兄,如今一路进京。(红 66-941-15) ¶我有一个～的哥哥,并南来北往的好汉,若来寻我,由我留他饮食宿卧。(喻 15-220-13) ¶论年齿,张青却长武松五年,因此武松～张青为兄。(水 28-435-9) ¶当时李逵认汤隆为弟。汤隆道:"我又无家人伴当,同哥哥去市镇上吃三杯淡酒,表～之意。"(水 54-902-6)

【结果】
〈名〉"有～"はよい晩年・終焉を迎えること。¶我看几个时髦倌人也无啥好～,耐来里时髦辰光,拣个靠得住点客人嫁仔末好哉咾。(海 18-147-22) ¶说到后底事体,大家看勿见,怎晓得有～无～。(海 52-440-5) ¶你们自为都有了～了,将来都是做姨娘的。(红 46-636-21) ¶他姐姐伏侍了我一场,没个好～,剩下他妹妹跟着我,吃个双分子也不为过逾了。(红 36-488-5) ¶及至见过的客,他就评论道:"某人是好,某人是歹,某人该兴头,某人该落泊,某人有～,某人没散场。"(二 33-629-10) ¶他为父报仇,因而犯罪,陷身于贼。蒙先锋收录他,指望日后有个～,不意他中道而死。(水 110-1648-13) ¶主人差矣!小乙此去,正有～。只恐主人此去,定无～。(水 119-1792-7)

語彙例釈　jie

【姐夫】

〈名〉姉の夫。"妓院"で、客に対する親しみをこめた呼称として用いられる。　¶子富略一松手，翠凤趁势狠命一推，几乎把子富打跌。金凤拍手笑道："～做啥搭我磕个头？"（海 8-63-18　¶浣芳连叫："阿姐，～来哉。"（海 19-155-9）　¶里边那个黑胖虔婆出来迎接。看见陈木南人物体面，慌忙说道："请～到里边坐。"（儒 53-601-5）　¶王定听见摆酒，一发着忙，连声催促三叔回去。老鸨去个眼色与丫头："请这大哥到房里吃酒。"翠香、翠红道："～请进房里，我和你吃钟喜酒。"（警 24-342-11）

【解】

〈动〉解く。解除する。　¶我替耐～个冤结，多则一万，少则七八千，耐阿情愿？（海 63-542-17）　¶趁着紧溜之中，他出头一料理，众人就把往日咱们的恨暂可～了。（红 55-781-4）

【戒】

〈动〉断つ（酒・阿片・賭博などを）。　¶耐能够～脱仔勿赌，故是再好也勿有。（海 14-113-23）¶虽然能够抵得烟瘾，然而吃下去，受累无穷，一世～不脱的。（官 20-330-7）¶随便什么事总是慢慢的来，一口气要～了那是不行的。那么你由多吸而少吸，由少吸而不吸那便不难了。（人 44-549-4）

【戒指】

〈名〉指輪。　¶先起头俚咊说要一对～，我勿答应。（海 13-100-5）　¶故歇名字～也老样式哉。（海 22-179-4）　¶那回你叫我同抚台说那赣南道的缺，答应我的金刚～，到今儿还没有给我呢。（梼 9-141-6）¶你倒不如把前儿送来的那种绛纹石的～儿带两个给他。（红 31-437-2）¶你把他前日所与我的～拿去与他看，他方信是实了。（二 9-199-8）"戒子"とも作る。　¶你这戒子的钻石倒很好，是不是丽德洋行办的？（新 12-52-15）　¶周家伯伯，我们希贤一只钻石戒子可是输给了你？可是在你处？（十 7-42-5）

【借】

〈动〉①借りる。　¶耐咊台子下头倒养一只呱呱啼来里，我明朝也要～一～咊！（海 13-105-15）　¶今夜头请黎篆翁吃局，就～屠明珠搭摆摆台面，俚房间也宽势点。（海 15-120-23）　¶俚要向耐～洋钱末，耐定归勿借拨俚。（海 22-176-7）　¶先去～仔二千，付清仔身价，微微买点要紧物事，调头过去再说。（海 48-406-18）　¶昨日仔跑出去～二千洋钿，洋钿～勿着，倒惹仔一肚皮气。（九续 57-439-10）　¶～了人家，应得如数还人。（繁Ⅱ22-598-7）¶小兴想出一法子，顶了天新的名，在几处庄上，～着一万八千银子，把来做露水。(市 11-244-3) ¶一时饭毕,又漱过了口,心里想和他兄弟~个一百五十两。一想第一回见面,到底有些不好意思。(负 28-130-8) ¶我父亲打发我来求婶子,说上回老舅太太给婶子的那架玻璃炕屏,明日请一个要紧的客,~了略摆一摆就送过来。(红 6-103-10)

②貸す。¶俚要向耐借洋钱末,耐定归嘸~拨俚。(海 22-176-7) ¶娘舅阿好~块洋钱拨我去趁航船?(海 24-199-13) ¶就依俚末,也不过~几百洋钱末哉。(海 59-503-8) ¶无借处唖,倷人肯~拨倪呀!(九 38-280-23) ¶自从姓赖的接了手,我们的铁路已经放长了好几百里;还肯把潍县城外一块地方~给我们做操场。(官 58-1007-5) ¶婶子若不~,又说我不会说话了,又挨一顿好打呢。婶子只当可怜侄儿罢。(红 6-103-12) ¶富家子道:"若果蒙先生神法救得,当奉钱百万相报。"抽马笑道:"何用许多?但只原~我二万足矣。"(二 33-635-7) ¶你有银子,~些与俺。洒家明日便送还你。(水 3-49-8)

【借光】
〈动〉人に何かしてもらおうとするときに話しかけるあいさつ語。¶~耐绷绷场面。(海 15-116-19)

【借酒】
招かれた客が宴会で祝杯の音頭をとるときなどに用いる語。¶恭喜,恭喜!且~共贺三杯。(海 47-402-17)

【借用】
〈动〉借用する。¶个典故陆里猜得着?(海 40-338-11) ¶有些外府州,县来省禀到,晓得中丞这个脾气,不敢穿着新衣禀见,只得赶买旧的;无奈估衣铺通通走遍,旧货无存,甚至捏着两三倍的钱还没处去买一件。有些同寅当中有交情的,只得互相~。(官 20-319-7)

【借重】
〈动〉お力をお借りする。相手に力になってもらおうとするときに言う。¶~光陪,千乞勿却。(海 15-120-24) ¶只有诸位是老军务,目前就要~诸位跟我帮个忙才好。(官 49-836-12) ¶我编一部《新上海》小说,~你们两位,做全书的总线,贯串全书人物。(新 60-278-22) ¶若可以领我见一见更好,若不能,便~嫂子转致意罢了。(红 6-98-6) ¶老夫幕府正缺书记一员,意欲申奏取旨,~仁兄为礼部员外,权充西川节度府记室参军,庶得朝夕领教(醒 25-505-3)

【借转】

語彙例釈　jie - jin

〈动〉一時借用してやりくりする。¶朴斋道："庄浪去拿仔未，原要还个豌。"小村道："故末也要自家算计哉哩。生意里～点，碰着法有啥进益，补凑补凑末还脱哉。"（海14-108-15）

jin

【今年】
〈名〉今年。¶耐～十几岁？（海1-4-7）¶陆里晓得～正月里碰着一桩事体出来，故歇原要俚做生意（海16-127-9）¶黄道台还有一少爷，～只得十三岁，是姨太太养的。（官4-54-2）¶老亲家，你～多大年纪了？（红39-538-15）¶～叫谁人去好？（水13-194-7）

【今生今世】
この一生。生きている間。¶我是～定归要跟耐个哉，随便耐讨几个大老母，小老母，耐总勥豁脱我。（海55-466-6）¶妩姆再勿肯照应倪点，是～总归吭拨出头日脚格哉！（九163-1072-17）¶倪当仔～看勿见耐格哉，勿壳张故歇来浪上海倒看见仔耐。（九续68-532-2）¶我～不回家的了！（目47-369-19）¶但是依我的心思这碗堂子饭～也不能再吃了，可怜呀！（人29-318-17）¶说什么行聘，～，已用不着这两个字了，更要用什么捞什子的洋镜（歇15-185-19）¶二爷之名也要紧，倒是谈论奴家，奴亦不怨。所以～奴之名节全在姐姐身上。（红68-963-14）

【今世】
〈名〉この世。現世。¶耐要拿自家本事教拨俚末，～勿成功个哉！（海37-309-20）¶玉甫前世里总欠俚哚几花债，～来浪还。（海42-351-12）¶老文，俉搭这里大和尚是～对头，还是前世个冤家介？（笑40-534-14）¶我的儿，不料为娘～还有与你相见的日子！（新50-229-7）¶姚景恒是狠有钱的，却不道年轻性傲，好像～里享用不完，所以不上数年，也弄到这个地步（繁23-617-5）¶我与他前世无冤，～无仇。（鼓14-179-16）¶我和你只是前世未曾种得福根，～里却有许多磨折（禅6-82-13）¶恩主如常觑老汉，又蒙与终身寿具，老子～报答不得押司，后世做驴做马报答官人。（水21-314-4）

【今夜】
〈名〉今夜。¶耐去替我谢声罢，～陈小云请我，比仔一笠园近点。（海41-342-7）¶～是当头顺嘘（三19-225-10）¶务必～里请他来一趟！（官39-659-12）¶～中秋。俗谓'团圆之节'。（红1-13-8）¶我已知道了。～晚间，你可以来看，如有香桌儿在外，你可便报与他则个。（水45-741-7）

jin　語彙例释

【今夜头】
〈名〉今夜。¶耐要送拨我，随便陆里一日送末哉。～倒麨拨来耐看轻仔，好像是倪看中仔耐钏臂。（海 8-60-1）¶昨日夜头我搭阿金大两家头陪倪先生坐来哚帐床浪，坐仔一夜天勿曾困，～倪要困去哉。（海 10-82-3）¶耐～先到俚搭去一埭，问声俚看，还要啥物事，就添来哚帐浪末哉，麨忘记哩。（海 12-94-7）¶～常恐是烧路头，勿是末宣卷。（海 25-202-2）¶俚～要请客。（鸿 2-202-8）¶～阿是顺风？（三 19-224-9）¶～阿转来该搭？（沪 1-29-9）¶耐有仔心思末，昨夜头野弗会到素家里去哉，～野弗会到邵万生去哉。（沪 2-52-11）

【今朝】
〈名〉きょう。¶我～看见耐条子，我想，东合兴无拨啥张蕙贞唲。后来相帮哚说，明朝有个张蕙贞调到对过来，阿是嘎？（海 5-34-5）¶俚～来里发痴哉。（海 6-43-18）¶我～夜头去买，阿好？（海 22-181-7）¶二少爷捕仔面困罢，～辛苦仔一日哉。（海 43-365-3）¶勿晓得耐～为俉，像煞百勿高兴。（鸿 1-194-12）¶说起倪格事体来，真真作孽，倪～到仔上海，赛过是重投格人身。（九 22-165-5）¶～是重阳登高日脚。（狐 40-349-17）¶朱老阿吃口雅片烟？～倪老板娘娘新煎仔格货色，马路浪是买弗出格哉。（沪 2-12-11）¶～是礼拜日，我倪一道去白相相，好否？（上散 4-12-8）¶博翁晓得你～要来，所以约子平一准后天给他回音，叫他亲家折子千万不要出去。（官 28-466-20）¶～却不能怪他们。他们头起是留着房间，等你不来，才被人家占去的。（新 25-112-11）¶～我们好运气，正在三缺一，却好過着了一位财神。（市 1-192-19）¶这明明是我终日求神，～才得报应了（醒下 8-167-9）¶岂意～干下这等犯法事来。如何是好？（禅 8-119-5）¶整衣拂履，望空谢道：'惭愧！～脱得这一场大难！'（醒 38-814-15）¶不知作了什么罪业？～如此果报得没下梢。（初 35-662-8）¶～是良辰吉日，贤妹与王英结为夫妇。（水 51-838-1）"今早""今蚤"とも作る。¶四少，倪两家头长运弗吃酒哉。今早搭耐吃格十杯勃兰地啊好？（沪 1-49-7）¶陈大少末明早搭倪吃双双台，今早末周三少格台面。（商 2-11-7）¶今早我定要摆布他，师父再三相劝，我心下向是忿他不过。（禅 24-396-12）¶今蚤邻右送茱萸酒至，方知是重阳，忽记贤弟之约，此心如醉。（喻 16-242-6）

【金】
〈名〉金。黄金。¶耐心里只道仔我是整脚倌人，陆里买得起四十块洋钱蓬蓬，只好拿洋铜钏臂来当仔～钏臂带带个哉，阿是？（海 22-181-12）¶倪来阿配嘎，～个还勿曾全哩，要翡翠个做啥？（海 32-270-14）¶兰芬家新嫂嫂手上金钢站戒指也有了，～钏臂

語彙例釈　　jin

也有了，倒着实在那里报效。(官8-120-3) ¶那廊下～架上站的绿毛红嘴是鹦哥儿，我是认得的。(红41-566-16) ¶从人背了诏书，～盒子盛了御香，带了数十人，上了铺马，一行部从，离了东京。(水1-2-13)

【金口】

〈名〉①お言葉。他人の言に対する敬語。¶谢谢耐～。只要俚巴结点，也象仔俚咲姊妹三家头末，好哉。(海3-20-14) ¶雨香道："是了，你能够明白到这一层就好了。阿虎，你这人将来一定得发。这会子可用不着羡慕那位四转湾的令亲了。"阿虎道："只要依得王先生～，就好了"(新13-58-23) ¶得以共枕同衾，极尽人间之乐。小生今日，就死也瞑目了。何况～分付，小生敢不记心？(二29-567-9)

②お口。他人の口に対する敬称。¶周双玉周双玉只是微笑，被篆鸿逼不过，始笑道："无啥说哑、说啥嘎？"众人哄哄然道："开仔～哉"(海19-152-6)

(注)"金口"は特に天子について用いられた。→开金口，运玉音，道："今有番国书，无人晓，特宣卿至，为朕分忧。"(警9-108-5)

【金鲤鱼】

〈名〉绯鲤。¶看见个䰾，随手就扳，刚刚扳着蛮蛮大个～，难末大家来浪看。(海38-323-16)

【紧】

〈形〉ゆるみ・あき・すきがないさま。¶瞒倒瞒得～咪，连朋友咪寻仔好几埭也寻勿着。(海4-30-20) ¶还是翠凤做清倌人辰光，搭老鸨相骂，拨老鸨打仔一顿。打个辰光，俚咬～点牙齿，一声勿响。(海6-48-2) ¶细按题目四个字，扣得也～极。(海60-515-21) ¶我说这些人是个无底洞，多给他多要，少给他少要。不是我拦得～，岂不又白填掉一万。(官35-602-8) ¶那王住儿媳妇～跟在后，口内百般央求。(红74-1045-11) ¶那雪正下得～。(水10-153-14)

【尽】

〈动〉……し尽くす。¶做是做得蛮好，又瑰奇又新颖、十二分气力也可谓用～个哉。(海60-515-16) ¶有人同他屈指算过，足足七年没有差事了。你想如何不吃～当光，穷的不得了！(目14-100-10)

【进】

〈动〉①中に入る。¶我同耐一淘去，稍微应酬歇，我要～城哉。(海47-402-3) ¶七娘娘，自我大爷上岸～城哉嗻。(三16-193-30) ¶尔往里边领取钥匙～园，在凤竹轩中

jin　語彙例釈

打扫，以待他们到来。(三16-193-30)¶那日～了石头城，从他老宅门前经过(红2-26-14)¶～得城中，早是黄昏时候。(水31-474-10)
②中へ入れる（人を）。¶耐阿好替我想想法子，阿是～个把伙计？阿是拿楼浪房间租拨人家？（海58-498-8）
〈动〉方向動詞。動詞の補語となって、その動作にともなって人あるいは物が中に入ることを表す。¶双宝有啥闲话听勿～，耐来告诉我好哉，夠去塔无姆说。(海17-134-20)¶晚歇我同耐一淘去，看俚说啥；倘然有半句闲话听勿～末，倪就走。(海34-281-19)

【进境】

〈名〉進境。¶近来阿有～？(海53-446-4)¶少爷的文章～，真是了不得!(目98-806-14)¶有时宝玉房中有客，又跟着宝玉应酬，所以～甚速，后来得列花榜之末。(狐21-164-11)
〈动〉進歩する。向上する。¶高老爷看下来，倘然还可以～点个末，阿好借"有教无类"之说，就正一二？（海60-515-2）

【进来】

〈动〉中へ入って来る。¶～罢，饶仔耐罢。(海5-36-24)¶价末～哩。(海11-88-20)¶秋姐姐，快早点开门，太太勒娘娘立朵～哉。（三 16-188-16）¶正说着，只见厨子挑了碗盏家伙～。（官1-7-15）¶见周端家的～，惜春便问他何事。(红7-110-20)¶娘娘有请星主～。(水42-678-9)

【进去】

〈动〉中へ入ってゆく。¶耐生意海外得来，故是成日成夜，出来～，忙煞哉哦，大门槛阿要踏坏嘎。(海59-505-15)¶八位娘娘才勒朵内厅浪哉，介勒请大爷～。(三1-3-17)¶贾蓉转身复～，回了贾珍尤氏的话，方出来叫了来升来，吩咐他预备两日的筵席的话。（红10-150-19）¶我正要捉个鬼儿耍耍，～，～,！(禅21-349-9)
〈动〉方向動詞。動作にともなって人または物が中に入ってゆくことを表す。¶阿是坐仔马车打城头浪跳～个嘎？（海 4-30-19）¶耐要想翻本，我想俚咪人赢末倒拿仔～哉，输仔勿见得再拿出来拨来耐哉哩。(海 14-113-17)¶介末等我弃子～张张。(三18-213-19)¶想把大门关闭，不放二人入内。二人已经追到，休想关得住们，被他闯将～，上了楼梯，闹得院子里人人躲避，个个惊惶。(繁后17-919-22)¶要中一个举，是不容易呢，进去考的时候，祖宗三代都跟了～，站在尤门老等，帮着你抗考篮。(官1-7-2)¶喜的王夫人忙带了女媳人等，接出大厅，将薛姨妈等接了～。(红4-66-19)

【进益】

語彙例釈　jin

〈名〉收入。¶生意里借转点,碰着法有啥～,补凑补凑末还脱哉。(海 14-108-15) ¶此外灯油费,每家每月出洋两角,统是他收的,五百家人家,就有一千角一月了。逢节再有节费,他一个月的灯油,至多费了一二十块钱罢了,那岂不要有七八十元一月的～呢。(新 7-32-5) ¶我这东西,原是给你那些闲着无事的无～的小叔叔兄弟们的。(红 53-743-12) ¶这城中极兴的客店,多是他家的房子了,何止有十来处,～甚广。(二 17-352-2)

【近】

〈形〉近い。¶齐府管家手持两张名片,请陶尹二位带局回园。陶云甫向痴鸳道:'耐去替我谢声罢,今夜陈小云请我,比仔一笠园～点。'(海 41-342-8)

【近便】

〈形〉近くて便利である。¶价末坐该搭来,说说闲话也～点。(海 15-117-4) ¶原来聘哥就住在慎余里内,真是～得狠(繁 24-629-1) ¶所以要借在萨珠弄附近,一则你往来～,二则那边的左邻右舍,都已混熟了。(歇 8-93-3) ¶贾端甫恐开这几重门惊动人,晓得厨房里口有一块小小的空地,是堆灰的,比毛厕～些,拿了手纸就到那里出恭。(梼 1-15-6) ¶这妙相寺里船灯,人人说好。我这里止隔一两重墙,甚是～,近处的若男若女,兀自来看耍,怎的不去看看来？(禅 5-62-7)

【近来】

〈名〉近ごろ。¶～上海滩浪,倒也勿好做啥生意哩。(海 1-4-4) ¶～个医生也难,吃下去方子才勿对哙。(海 35-292-3) ¶倪讲倷～大勿好,登勒外势去轧姘头,租小房子,到底倷阿有介事佬？(狐 53-452-4) ¶～着实呒啥,日日有两台酒,有两桌和格,而且新添仔两个户头。(狐 59-504-18) ¶～我看见倷做事体无心无想,伊个总是夜里赌铜钱勿困个缘故。(上问 40-73-8) ¶你～曾见过姓吴的么？(歇 16-206-7) ¶他见姊夫上院回来,屡屡谈及抚宪大人～买讲求商务,凡有上来的条陈,都是自己过目。(官 7-98-10) ¶就是进巾侍盥、煮茗薰香,～也都是这小姐伺候的居多。(梼 22-344-16) ¶二爷～气大的很,行动就给脸子瞧。(红 31-431-3) ¶你～有一妖怪缠你,其害非轻！我与你二道灵符,救你性命。(警 28-431-2) ¶～山上有两个大王扎了寨栅,聚集着五七百人,打家劫舍。(水 5-83-5)

【近日来】

〈名〉"近日" ＋方位詞 "来"。"近来"に同じ。¶耐看玉甫～神气常有点呆致致,拨来俚咪圈牢仔,一步也走勿开哉。(海 7-57-2)

jin-jing　語彙例釈

【禁忌】
〈名〉禁止・忌避されること。¶故歇病好仔，要紧调补，吃得落末最好哉，无啥～。（海41-348-5）¶然因是倾城士女通宵出游，没些～。其间就有私期密约，鼠窃狗偷，弄出许多话柄来。（二5-101-6）

jing

【经官动府】
役所に訴える。"打官司"のこと。¶若使～，倒也不妥。一则自家先有狎妓差处。二则抄不出赃证，何以坐实其罪？（海59-504-22）¶如今他的兄弟被人打死，怎肯干休？少弗得要～，恐怕缠在八斗槽里，尽皆着急。（何2-23-19）¶况且姓汪的取那一半，也有些名分，何必大家～，弄得两败俱伤。（歇6-72-1）¶大家都说～，究属脸面攸关，能够和平了解最好。（新20-91-4）¶这桩事情倒有点子难办，～呢张扬开去未免名声不雅。（十23-169-20）¶你若告诉了我，这会子平安不了？怎得～，闹到这步田地，你这会子还怨他们。（红68-969-24）¶这厮怎般恃强！若与他～，虽是理上说我不过，未必处得畅快。（初15-269-14）¶自家骨肉虽是一时有些不是处，不可便～，伤了和气！失了体面！（初16-276-10）
《水浒》では"经官动词"とする。"词"は"讼词"。¶今日这哥哥失手伤了女儿些个，终不成经官动词，连累官人。（水39-616-11）

【经络】
〈名〉こつ。要領、極意。¶也怪勿得耐，头一埭到上海，陆里晓得白相个多花～。（海2-10-17）¶开年让倪囡鱼跟俫大先生学习学习，懂点～。（狐21-163-13）¶形容鬼也不懂打官司～，茫茫无定的，只得请六事鬼来与他斟酌。（何2-25-17）¶原来求差事有着许多～。（官30-494-6）¶有品行的，不过谈天说地，没品行的，三个一群，四个一簇的，讲嫖赌吃着的～。（负12-56-3）¶倘然撞着个巴略知～的人，就要为难呢。（新38-173-22）¶洋行呢也有两家熟的，但是这里头～不大了了，不如去找找管通甫罢。（栲12-183-1）"筋络"とも作る。¶地格里向个筋络，彼此总该应可以明白，也可以赚两钱个。（上散9-52-9）。¶秋谷呵呵笑道："你们不要我去，也就罢了，何必做出许多生意筋络来。"（九1-9-8）

【经手】
〈动〉取り扱う。手がける。¶前年我～一桩官司就办个郭孝婆拐逃豌。（海37-312-10）¶毕生为仔方伯荪讨仔汇秋燕，像煞搭倪有点勿舒齐，其实伯荪搭秋燕也是缘分，倪不过

語彙例釈　jing

经经手罢哉。(鸿 9-242-25)　¶杨家亲娘，太太勒里叫你奔到大娘娘楼浪去，问个星绣作生活，阿是你～勒里个？(三 9-106-11)　¶好得前头搭俚割断格辰光，俤送俚二百洋钿，客客气气，并勃搭俚面红赤颈，我是原～，才晓得勒里。(狐 30-248-17)　¶东洋货色（随便甚）（勿论阿里一样）我伲都可以（办）（～办）。(上散 8-44-7)　¶现在这贺二爷既然是府上的管家，不必同他客气，事情都要叫他经经手。(官 2-19-13)　¶银子我三十多万呢（商 7-55-21)　¶师太，现在老爷的钱，都是你～着，这一票聘金，共是五百洋钱，你今天有便，就付给我吧。(新 54-248-14)　¶原来上年全似庄～买的军火，交到军械所之后，当时没有发用，这回尚抚台练了一镇新军，把这枪配发那营里。(棒 23-359-4)　¶老世翁若要安顿家事，除非传那些管事的来。派一个心腹的人各处去清查清查，该去的去，该留的留，有了亏空着在～的身上赔补，这就有了数儿了。(红 114-1564-19)　¶原来当先官卖之事。是李牙婆～。(醒 1-10-7)
(注)取り扱った人が"手"の限定語となる用法もある。……の手を経る。→若讲大小事体，经子五相公个事呢，神火变子鬼火哉！(描 10-91-14)→一经仔俚笃格手，即使倪领点转来，非但勿囫囵，只怕七打八，剩得呒不几化哉！(狐 33-276-3)→天下疑难的事经我手，不怕他不成。(禅 6-73-6)

【经学家】
〈名〉儒家の経典を研究する学者。¶《四书》末，从小也读烂个哉，如此考据，可称别开生面，只怕从来～也勿曾讲究歇哩。(海 45-523-6)

【经意】
〈動〉気を配る。注意する。¶好在运实于虚，看去如不～；其实八十字坚如长城，虽欲易一字而不可得。(海 61-523-6)

【惊动】
〈動〉騒がす。驚かす。迷惑をかける。¶倪倒来～仔耐哉啘，阿要对勿住嘎！(海 5-35-18)　¶篆鸿末常恐～官场，勿肯来，难末蔼人另和一个公局，来哚屠明珠搭。(海 18-145-9)　¶娘舅寻得来最好，以后请娘舅放心，阿好再来～娘舅嘎。(海 29-240-23)　¶好是蛮好，倒是奴搭客人一淘来格，只怕一俤格宝庵，有点勿便格嗻。(狐 56-481-4)　¶况且他那几个人的议论，也不会～到官府。(文 26-138-13)　¶这两日知道大人心上不舒服，不敢～，所以太太生日，送的戏也没有唱。(官 4-51-19)　¶这倒是顶为难的一桩事情！现在牵涉洋商，又～了领事，恐怕要酿成交涉重案咧！(官 40-678-7)　¶这夜如海因有朋友请他吃花酒，散席时已交一点多钟，恐回家敲门～多人，便打算不回家去，宿在行仁医院。

jing　語彙例釈

（歇 15-197-14）¶他到底是做官的人。万一～官府，恐怕要吃他的亏。（梼 23-363-6）¶正值黛玉才歇午觉，宝玉不敢～。（红 57-798-9）¶当下～左邻右舍，家家起来探望，见杜应元夫妻二人，俱已身死，无不垂泪嗟叹。（禅 25-412）¶我分付在前，不许～官府，只自家雇赁便了。（警 4-42-9）¶我们且不要～夫人，先到家禀知了相公，差人及早缉捕为是。（二 5-104-2）¶不想～知府，有劳都监下临草寨。（水 33-522-6）

【梗】
〈形〉頑固である。強情である。　¶耐个人啥～得来！耐该搭勿高兴做，去末哉喥。（海 23-190-1）¶小红个人不过性子～点，耐说明白仔，俚也无啥。（海 24-194-23）
（注）『漢語方言大辞典』は"①〈形〉犟，生硬。吴语。上海松江：脾气～来，……。②〈形〉很少粘性的。吴语。上海：米蛮～。"としている。

【精神】
〈名〉元気。¶前日天，坐马车到明园去仔一埭，昨日就困倒，～气力一点无拨。（海 36-304-18）¶如果大先生身体照旧，～也蛮好，倪再商量去也来得个喥。（狐 36-308-13）¶唉。勿得勒朵啥场化做仔一篇风月文章，用功辛苦，到勒里养～哉。（三 8-94-6）¶亏婶子好大～，竟料理的周周全全；要是差一点儿的，早累的不知怎么样呢。（红 24-336-20）

【景泰窑】
景泰窑(ﾖｳ)。"景泰蓝"を指すものであろう。¶单是一件五尺高～花瓶就三千洋钱咊。（海 21-165-10）

【净】
〈動〉洗う。きれいにする。¶我为仔看见耐面孔浪有一点点齷齪来浪，来里笑。耐晚歇捕面末，记好仔，拿洋肥皂～脱俚。（海 26-217-9）¶天明他唤茶房打脸水，～罢面，丢给他两角小洋，摇摇摆摆的出房而去。（歇 91-1258-25）¶于是，尤氏的母亲并邢夫人，王夫人，凤姐儿都吃毕饭，漱了口，～了手，才说要往园子里去。（红 11-157-20）

【竟】
〈副〉なんと。そのことが思いのほかであることを表す。¶不料亚白多情人，～如此落落寡合！（海 33-272-24）¶漱芳生仔病末，玉甫～衣不解带个伏侍漱芳，连浪几夜天勿曾因，故歇也来浪发寒热。（海 42-351-7）¶我想仔半日，要做一联好诗，～想勿出如何做法。（海 61-522-21）¶他～实行割股么，倒也难得的很。（新 41-190-16）¶内中有个天分高强的，～把笔做了"开讲"。（官 1-1-11）¶众人都怕经了水，又怕冒了风，

語彙例釈　jing

都说活不得了，谁知～好了。(红38-518-6)

【竟然】

〈名〉なんと。"竟"に同じ。¶'鞭刺鸡锥'搭仔'马牝沟札'多花龌龊物事；～雅致得极。(海51-431-11)¶况且桂芳在北京女子的数中却是项不容易打发的人哩！我才靠了一点秘诀，～把这个怪妖精收服的伏伏贴贴。(商10-72-20)¶他老子有一个小老婆，很有几分姿色。他见老子衰颓无力，～代父宣劳起来。那个幼弟，也是他生的。(新41-190-11)

【敬】

〈动〉敬意を表して差し上げる（飲食物などを）。¶我来每位～一杯。(海4-27-4)¶耐再要像客人来～我，我勿吃哉。(海11-90-6)¶耐要教我吃酒末，该应～我一杯。我～耐个酒原拿拨我吃，阿是耐勿识敬。(海50-426-16)¶宝玉道："随便哪哼，奴～倷格十全十美，倷总要吃格哉。"慕颜只得依允，一连饮了十杯。(狐34-287-17)¶众位若肯齐心帮助末再～三杯。(描8-70-6)¶我先来～一杯。(上散10-64-10)¶一桌子五个人吃饭，他每人～了一片，说："这就是我们姑太太的肉，请诸位尝尝。"～了一片，第二片他可不～了。(官59-1031-5)¶我们不多不少，每人～一个成双杯，不知列位意下如何？(歇11-142-1)¶叶勉湖又叫老妈子搀着八姨太太，到各人面前～了茶。(梼9-136-22)¶蒿洲道："我倒忘了，还没～你的香烟。"说罢取了一枝纸烟递给情凤。(人42-554-22)¶吃着酒，又命宝玉："也～你姐姐一杯。"(红54-760-9)¶小可～一杯酒，有一句话儿请教，请吃过这杯，然后敢言。(禅22-361-11)

【敬意】

〈名〉敬意。敬意を表す贈り物。¶陈老爷，耐倒说得倪来难为情煞哉！粗点心阿算啥～嘎。(海11-90-17)¶奴收干囝鱼是一件小事体，顺便请大少笃吃一杯酒，表表奴格～，哪哼好受两位大少格厚礼介？(狐21-169-9)¶这里有分～，说是如果攀倒了这对头，还要报恩的。(梼16-259-18)

【静办】

〈形〉静かである。安らかである。¶耐阿是要吓杀人，～点罢。(海43-367-7)¶今日起早些，既二钟未来，我要寻个～处打个盹。(喻21-304-15)"净办"とも作る。¶不曾有一个月～，常教我受苦。(水24-355-8)

【镜子】

〈名〉镜。¶拿面～来教俚自家去照照看，阿相像嘎！(海15-119-16)¶耐自家去照照～

看，像啥个样子，麵面孔个小娘件。(海 31-257-4) ¶作兴耐昨日仔到仔相好搭去住夜，辛苦仔点，所以今朝起来得晏哉，耐自家照照～看哩。(九 72-525-20) ¶瞿太太是何等样人，眼睛比～还亮，早看出这跟班说的是假话。(官 39-669-24) ¶邵氏也用两面～，照了又照，笑道："……"。(歇 3-27-26) ¶收拾停当，照了照～，戴上七姨太太的耳环，望着七姨太太说道："我就要上台，你就来看罢。"(梼 8-127-24) ¶我看见你文具儿里头有三两面～，你把那面小菱花的给我留下罢。(红 57-806-24) ¶飒然惊觉，乃是南柯一梦。王甲逐句记得明白，一一对妻子说。明知天意，也不去寻～了。(二 36-676-10)

jiu

【纠缠】
〈动〉ごたごたを起こす。もつれる。¶一拜匣个公私文书，再要补完全，不特费用浩繁，且恐～棘手。(海 59-505-1) ¶大嫂倘因一时缺乏，朋友原有通财之义，虽家兄奉使外洋，弟亦应得尽力；惟以抵出之款犹复任意～，心存影射，弟虽愚昧，亦断不敢奉拿。(官 51-882-2) ¶我正因为这上头十分的担忧，就是今天她兴了问罪之师而来，我也只得强作笑容对付，不敢和她扳面孔，所以在诊所里～了半天。(人 46-579-17)

【揪】
〈动〉むちでたたく。共通語の"抽"。¶拨县里捉得去办，办理拐逃，～二百藤条，收仔长监。(海 27-225-8)
(注)"就"を"抽"(抜き取る)に当てている例もある。→行者道："老孙不要。你可把他都捻就了筋，单摆在那四十里路上两旁，教那些人不纵鹰犬，拿回城去，算了汝等之功。(西 38-435-16)

【九九归原】
結局のところ。とどのつまり。"九九归一"ともいう。¶虽然沈小红性命也无啥要紧，～，终究是为仔耐，也算一桩罪过事体。(海 34-281-5)

【久仰】
〈动〉かねがね存じ上げている。初対面のあいさつ語として用いられる。¶又转身向张小村道："第位是庄荔甫先生。"小村说声"～"。(海 1-6-5) ¶温贵代答道："这位老伯与我们是老世交，就是李仲芬先生。开着锦云绸缎号的。"龙吟连说："～，～！"(新 26-120-6) ¶妙极了，我们～你是个钉梢名手，今儿你肖出马，十成中有九成可以拿得稳的了。(歇 16-201-25) ¶后见胡华若在旁极力的恭维，说了些"～大才，这回的事一定要借重"的话。(官 12-176-18) ¶廉访的清名那是～的，处脂膏而不润，这是最难得

語彙例釋　jiu

的事（梼 23-368-6）¶～芳名，无由亲炙，今日见面，真是谪仙一流的人物。（红 115-1572-21）¶小弟～盛名，如雷贯斗，幸得今日萍水相逢，接谈半晌，大快生平。（鼓 11-138-15）

【酒】

〈名〉酒。¶阿是多吃仔～哉？榻床浪去瞾瞾。（海 7-50-13）¶淑人低头一嗅，嗅着一股烧～辣气，慌问："～里放个啥物事嗄？"（海 66-539-15）¶阿再吃杯～？（鸿 4-211-21）¶倪炖好仔开水来浪，倪去冲碗杏仁露来，耐解解～阿好？（九 6-43-8）¶他一定要还敬，戽了～还不算，又深深作了一个揖，又朝着众人作了一个揖，说了声"有僭"，然后坐下吃～。（官 8-109-21）¶大家喝着～说闲话儿。（红 67-951-24）¶却得宋江每日带挈他一处饮～相陪，武松的前病都不发了。（水 23-341-13）

【酒馆】

〈名〉料理屋。¶小王末，是倪阿哥请俚到～里饯饯行。（海 55-467-9）¶自我大爷八月十六日，同你朵个主人一淘到子山塘浪～里边吃酒，灌醉子我大爷，倒溜脱哉。（三 17-210-23）¶明天更须请几个衙门里素识的人在～饮酒。（繁后 24-1010-2）¶各家茶坊～所谈的也无非是费府历史。（十 20-185-16）¶我一天总有六七十个堂唱，堂唱总是堂子里和～里，大菜间里。（人 44-547-1）¶呀，完了！我昨天究在那一家定的菜，这～的招牌叫什么，开在那一处，统统没有知道，这会子向那里去找？（新 44-204-25）

【酒量】

〈名〉酒量。飲める酒の量。¶亚白好～，罚俚吃酒无啥要紧。（海 33-273-7）¶张秀英～阿好？（海 40-340-8）¶俚笃才算我好～，勿许代末那哼？（鸿 4-213-24）¶～深浅不同，安能强人赌赛。（新 27-123-4）¶因他～很好，足足喝得下四五斤绍兴酒。（歇 4-45-5）¶贾端甫～本不过好，到这光景竟有八九分的酒意（梼 2-28-22）¶他的～本来不大，已经些微有点醉意。（官 11-168-19）¶梅心泉～很豪，如何会醉得这地步。（十 26-191-4）¶这寡老～倒很好，连喝了三杯勃兰地。（十 28-207-24）¶四人当中赵栖梧的～最好。（人 20-196-27）¶小弟～有限，一瓶足矣。（鼓 2-23-17）¶元来娄公子～也是不甚好的。（鼓 18-226-3）¶臣不胜～，望乞娘娘免赐。（水 42-679-8）¶其余跟来人数，连日自是朱武、乐和管待，依例饮馔，～高低，并皆厚赠金银财帛。（水 82-1353-7）

【酒令】

〈名〉酒席で興を助けるため行うゲーム。一人を"令官"に選び、その指令出題に従って、順番にゲームを行い、負けた者が罰杯を飲む。¶于是齐韵叟请史天然行个～。

天然道："好白相点～，才行过歇，无拨哉唲。"（海 39-325-17）¶天然翻下去，都是选的～，五花八门，各体咸备。大略览毕，问道："昨日个～阿要选嘎？"（海 40-338-15）¶就昨日倪大会，龙池先生想出个《四书》～也无啥。（海 44-369-7）¶席间多是至好，传杯弄盏之余，少甫行了一个猜灯谜的～，消了许多的酒。（繁Ⅱ23-607-2）¶今日这会，专为男女两状元合卺，我倒想个新鲜～，好多吃两杯喜酒。（孽 8-59-18）¶老太太自然有好～，我们如何会呢？安心要我们醉了。（红 40-557-4）

【旧】
〈形〉古い。¶买两样～物事。（海 21-165-9）¶有些外府州、县来省禀到，晓得中丞这个脾气，不敢穿着新衣禀见，只得赶买～的。（官 20-319-6）¶因问："这帕子是谁送他的？必是上好的，叫他留着送别人去罢，我这会子不用这个。"晴雯笑道："不是新的，就是家常～的。"（红 34-469-5）¶你要去，身上衣服～了不好看，我打扮你去。（警 28-432-6）

【旧年】
〈名〉去年。¶我记得～夏天，看见耐搭个长条子客人夜头来哚明园。我勿晓得耐名字叫啥；晓得仔名字，～就要来叫耐局哉。（海 8-62-13）¶～嫁仔个家主公，是个虹口银楼里小开，家里还算过得去，夫妻也蛮好，阿是总算好个哉了？陆里晓得今年正月里碰着一桩事体出来，故歇原要俚做生意。（海 16-127-7）¶［丑］请问祝兄，几时到敝地个？［付］还是～三十夜末个勒。（三 29-323-13）¶倪格房饭钱搭仔菜帐，本底子不要紧，不过今年格事体，勿比～搭仔前年，倪自家开销才开销勿转。（九 163-1070-16）¶俚勦说明白唲，阿就是蔡谦良～八月半讨格金巧林介？（狐 10-67-18）¶俚住来浪上海，倪搭直头难得来转把，故歇飞燕楼做得恩煞，～一节工夫，吃仔三十几台酒。（九续 35-266-22）¶～勒浪北京格辰光，拨耐捉弄得来差弗多拿三十年前格心血才搬仔出来，倪记起末来，晏要头痛。（沪 2-99-7）¶今年搭之～生意好点，前年大前年两年里向生意怪邱。（上散 4-12-10）¶自从～夏天里姘了这烂屙阿三，就是价昏起来了。（新 21-96-17）¶～好一年的工夫，做了个香袋儿；今年半年，还没见拿针线呢。（红 32-444-14）¶遂将～相遇，今日题诗，救活的事，说了一遍。那父母听了，口口道是天缘。（醒下 10-177-11）¶～相传点绣女，金声恐怕真有此事，就将女儿改适韩生。（初 10-181-3）¶我无别事，便为你～所当之经。（二 1-7-2）¶因～范节级有公干到西京，见在下独自一身，没人照顾，特接在下到此。（水 104-1596-3）

【救】

語彙例釋　jiu

〈动〉救う。¶难末说勿如让俚出来做做生意看，倘忙碰着个好客人，看俚命苦，肯搭俚包瞒仔该桩事体，要～到七八条性命哚！（海16-128-2）¶突然有一个后生钻进房里，便扑翻身向楼板上彭彭彭磕响头，口中只喊"王老爷～～！王老爷～～！"（海33-277-8）¶阿姐阿好～～我？（海37-308-20）¶'～人一命，胜造七级浮屠'。老伯做的是好事，如果有钱垫，自然早解去一天可以把人早～活一天。（官64-574-10）¶是她不好，这一次千万求你～她一～。（人19-189-21）¶正哭着，只见那跛足道人从外跑来，喊道："谁毁'风月鉴'，吾来～也！"（红12-172-15）¶若是～活了人，银子是有的。（红115-1579-9）¶文先生果然好个仙方，活活～了女孩儿一条性命。（鼓26-320-3）¶快来～我！（禅17-270-15）¶不要忙，我是来～你的。（警11-139-7）¶哥哥～我一～！（水5-86-15）

【救命】

〈动〉命を救う。¶越发劈劈拍拍响得像撒豆一般，张蕙贞一片声喊"～"。（海54-461-17）¶王熙凤见他来，早已缩做一团，狂喊～。（人22-228-8）¶请王老爷开开恩，救救我女儿的命吧。（人28-305-3）¶且说薛姨妈闻知湘莲已说定了尤三姐为妻，心中甚喜，正是高高兴兴要打算替他买房子，治家伙，择吉迎娶，以报他～之恩。（红67-947-6）

【救星】

〈名〉救いの神。¶俚出来头一户客人就碰着仔耐李老爷，俚命里总还勿该应就死，赛过一个～来救仔俚。（海16-128-16）¶这个沈二宝以前上了姘戏子的这般恶当，几乎落在帐房里头，跌么么二上去。幸亏想着了个潘侯爷，居然被他钩上了手，做了他一个大大的～，一节不到，差不多用了八九千块钱在他身上。（九168-1101-13）¶王大嫂喊道："秋菊，你的～恩人到了，跑甚么！"（目34-256-25）¶恰巧贾大人的～来了，下面一阵铃响喊王熙凤出堂唱。王熙凤趁势下台道："我出堂唱去了，转来再问问你，贾大人，你不要溜走了，我是不答应的。"（人29-306-21）¶头里宝玉的病是和尚治好的；这会子和尚来，或者有～。（红115-1578-22）¶此刻无计可施，幸得～又到。（禅7-98-9）¶这是天可怜我孩儿，～到了。（醒下6-146-2）

【就】

〈副〉①すぐに。すぐ。¶～去哉喔。（海1-5-15）¶～要来快哉。（海3-19-24）¶耐明朝～搭我买得来最好（海4-28-24）¶"耐明朝啥辰光到东合兴去？"蕙贞道："倪一早～过去哉。"（海4-30-1）¶价末李老爷～来哩，倪来里大兴里等耐。（海16-123-15）¶该个病死末勿见得～死，要俚好倒也难个哉。（海20-162-1）¶～年底一节末，要短三四百洋钱哚，真真急煞来里。（海58-498-5）¶鸣冈道："～到公阳里去呢，那哼？"眉初到："像煞脱早，耐笃日里来浪倽场化听书？"（鸿 1-195-5）¶君牧道："明朝礼拜，耐阿好早点到张园？"湘兰道："让我关照俚笃，叫俚笃明朝早点喊我末哉。"随吩咐阿银道："耐记好仔，明朝十二点钟～喊我起来。"（鸿 19-303-14）¶黛玉道："唔笃啥能性急介，辰光还早勒海来呀，再请坐歇勒去哩。" 杨四摇摇头，黛玉又道："格末停歇～来叫倪，让倪好早点来介。"（狐 1-6-4）¶叫格马车～要来快哉。（狐 5-30-22）¶大约先住客栈，登歇几日，难末舒舒齐齐，再寻一个寓。横势奴勿～回上海勒呀。（狐 45-389-3）¶照奴心浪，马上～要搬场。（狐 46-396-5）¶大先生，倷阿～要做生日佬？（狐 48-414-25）¶倪吃仔格碗把势饭，碰碰～要嫁起人来，也吓拨几化客人来浪嫁啘。倷笃格大人阿，勿是倪勒浪说俚，直头是格伉大，一句闲话～要倷格真。耐想倪堂子里说出来格应酬闲话，阿好作准？（九 47-342-5）¶故歇勿要说哉，一塌刮子才是倪勿好；今朝请耐到倪搭吃酒，总算倪得罪仔耐，赔耐格礼。故歇～请过去末哉。（九 101-707-11）¶先生说请陈老勿要性急，俚～要转来快哉。（九 93-659-23）¶到了次日一早，那姓刘的出来算还房钱，说即日要带了家眷，奔丧回籍，当夜～要下船，向我们要还那几件东西。（目 5-36-9）¶一定是这个人了。好在他两三天之内，～要走的，也不必追究了。（目 14-97-2）¶我已经把你的事情，一切重托了老黄，打算明后日～要动身了。（维 3-19-14）¶黄大人早出门了。他们管家说是～要回来的，所以叫小的们等了半天。（负 4-18-23-）¶一时西崽进来，回说"请客一概说～来，只厚生庄王老爷说谢谢。（十 1-5-19）¶雪雁便命两个婆子："先将瓜果送去交与紫鹃姐姐。他要问我，你就说我做什么呢，～来。（红 64-910-5）¶既是这等小弟先到闻宅去道意，兄可随后～来。（二 17-361-8）¶快走！快走！大难～到，略迟脱不去了！（二 37-691-13）

（注）前揭例（海 58-498-5）を、吴越：海上花列伝普通話本は"单是年底这一节，就短三四百块洋钱呢！真急死我了。"と訳しているが、海南出版社：海上花列伝（附訳文）は"眼看要到年底了，还差三四百块钱呢，真正把我急死了！"とする。

②とっくにもう。早い時点で既に ¶我勿晓得耐名字叫啥；晓得仔名字，旧年～要来叫耐局哉。（海 8-62-15）¶我做俚咑大姐，一块洋钱一月，正月里做下来勿满三块洋钱，早～寄到仔乡下去哉。（海 23-183-8）¶娘舅起先～靠勿住，托人去寻也无么用，还是我同无姆一淘去。（海 29-238-21）¶又问道："唔用格大姐，叫啥名字咭？"宝玉未及回答，阿珠即上前答道："我叫阿珠呀，俚倷末叫阿金，登勒先生搭长远哉，我是刚进去来，前头～勒间搭帮人家，格落晓得老爷府浪格。"（狐 34-283-19）¶奴小格辰光，亦听见倪阿妈讲歇细底，前头养过两个男，大格老早～死，第二格勒浦东乡下。（狐 36-312-7）¶

語彙例釈　jiu

耐归日仔拨信勒我仔，下日一早我～动身个。(鸿4-211-5)　¶我同你从小儿～在一起的，不要客气，我也不许你客气。(目 3-16-14)　¶嘴里是这么说，我心里早～打定了主意。(目 18-129-1)　¶我说如何？头一遭～高高取了，这事很不容易的事。(负 1-3-9)　¶心泉自小聪明，十二岁上～考中秀才，肚子里文才很是来得。(十 7-46-11)　¶头胎生得公子名唤贾珠，十四岁进学，不到二十岁～娶了妻生了子，一病死了。(红 2-28-7)　¶周瑞家的因问智能儿："你是什么时候来的?你师父那秃歪剌往那里去了?"智能儿道："我们一早～来了。我师父见了太太，就往于老爷府内去了，叫我在这里等他呢。(红 7-111-1)　¶于是凤姐儿就紧走了两步，拉住秦氏的手，说道："我的奶奶！怎么几日不见，～瘦的这么着了！"(红 11-158-15)　¶金员外哭了儿子一场，方才收泪。到房中与阿妈商议说话；见梁上这件打秋千的东西，唬得半死，登时～得病上床，不勾七日，也死了。(警5-54-10)　¶地方上向有一个远处来的游僧，每夜敲梆高叫，求人布施，已一个多月了。自从那夜李家妇人被杀之后，～不听得他的声响了。(二28-555-9)

③早くから察しがついていることを表す("晓得""知道"の前に用いられて)。¶洪善卿且不豁拳，却反问朱蔼人道："耐有啥要紧事体搭我商量?"朱蔼人茫然不知，说："我无啥事体哗。"罗子富不禁笑道："请耐吃花酒，倒勿是要紧事体?"洪善卿也笑道："我～晓得耐来哚捏忙。"(海 4-27-2)　¶姊姊坐下，我便把昨日两次见伯父说的话，告诉了他。姊姊道："我～早知道的，幸而没有去做讨厌人。……。"(目 24-173-21)　¶周瑞家的道："各位都有了，这两枝是姑娘的了。"黛玉冷笑道："我～知道，别人不挑剩下的也不给我。"(红7-113-3)　¶袭人听了，点头叹道："我～知道又干这些事！也不该拿着我的东西给那起混帐人去。也难为你，心里没个算计儿。"(红28-399-10)

④…するとすぐに。二つの事柄が間をおかずに継起することを表す。¶俚哚栈房里才实概个。到仔十二点钟末，～要开饭哉。(海 2-15-11)　¶叫仔周双玉，上海滩浪随便啥人，看见牌子～晓得是周双珠哚个妹子哉。(海 3-20-24)　¶难下转耐来哚陆里，我教耐来，耐听见仔～要跑得来哚。(海 6-43-3)　¶耐坐来浪，我去一歇歇～转来个。(海 22-174-10)　¶瑞生呵呵笑道："耐来里说自家。我就不过一个陆秀宝，故末起初是清倌人，我一做仔～勿清哉。"(海 25-206-8)　¶我看行信～想来个，后首末又如何忘记，如何匆匆动身，所以今朝一到，赶紧～到该搭来个，难耐看仔我面浪，两家头原旧要好仔罢，夐像煞有价事哉！(鸿 4-210-5)　¶绥夫跳起来道："刚刚坐下来～要走，实梗时髦，倪定归勿成功。"说着，走过来一把拉住仲声，仲声只得重复坐下。(鸿 8-233-19)　¶来是来过歇一埭，勿知访啥格勿快活，坐仔一歇歇～去格，连奴留才勿住呀。(狐 23-187-3)

388

jiu 語彙例釈

¶外头搭里向,要推扳两三个月天气笃,格落倪两家头看仔一歇,~要紧煞进来哉呀!(狐33-279-14)¶勿得知俉格道理,看见仔俚笃格付架形,~觉着心浪勿舒齐。(九73-528-15)¶格个李大人勿知那哼,吃仔几杯酒~醉得实梗样子,故歇头浪煞有点发热。(九74-541-7)¶他来了~罗唣的了不得。虽是你们骨肉至亲,我却不敢与他共事。(目2-6-16)¶坐了一会,看着大家都是无精打采的,我~辞了出来。(目15-104-7)¶制台大人见了帖子,~立刻传见。(维7-49-2)¶你别嚷,一到明儿,~有钱了。(负3-11-18)¶阿根一面坐下一面问:"你等了几时了?"雨生道:"也到得不多会子。"堂倌过来问:"可还要泡一碗?"阿根道:"不必泡了,我们坐坐~要走的。"(十3-15-14)¶方才你一说这宝玉,我~猜着了八九亦是这一派人物。(红2-31-4)¶今儿才来,~惹出你家哥儿的狂病,倘或摔坏了那玉,岂不是因我之过!(红3-54-4)¶略病一病儿~这么想那么想的,这不是自己倒给自己添病么?(红11-159-11)¶田氏一见楚王孙人才标致,~动了怜爱之心。(警2-17-7)¶念了这句诗,~瞑然欲睡。(警9-112-14)¶张三翁赶上一把拉住道:"是你的令岳,为何见了~走?(二22-459-3)¶我一到彼,~出首便是。(二38-709-5)

⑤ほかでもなく。まさしく。肯定の語気を強める。 ¶善卿道:"房间铺来哚陆里呢?"双珠道:"~是对过房间。双宝未搬仔下去。(海3-20-2)¶昨日夜头保合楼厅浪阿看见个胖子?~是俚。(海3-24-3)¶阿有啥无拨嘎,庄个倒勿是龙瑞里去拿得来?~是耐先起头吃酒日脚浪啘,说有十几个咪,隔仔一日就无拨哉,耐骗啥人嘎?(海13-99-10)¶莲生道:"去一埭末做啥嘎?"善卿道:"故末~是替耐算计,……。"(海34-281-14)¶痴鸳道:"阿是耐个生意到哉,我末赛过做仔捐客。"韵叟道:"啥个捐客?耐末~叫拆梢。"大家哄然大笑。(海41-346-11)¶阿金道:"我来告诉,~是抛球场蔡家里格姨奶奶,前日仔夜里向,带仔一个大姐来逃走脱哉呀!"黛玉道:"倷剷说明白啘,阿~是蔡谦良旧年八月半讨格金巧林介?"阿金道:"正是正是!蛮对蛮对!……。"(狐10-67-16)¶秋谷指着对面道:"我看见了他甚是面熟,好像我从前在天津做过的陆畹香。"龙蟾珠不等秋谷说完,急叉口道:"俚耐~是陆畹香呀,到仔上海勿多两日勒。"(九30-222-9)¶大小姐耐记记看,像煞昨日仔大阿姐来借仔两只戒指,勿知阿~是二少格一只?(九32-242-13)¶故歇除脱仔耐,倪总无拨啥第二格人,赛过~是耐格人啘。(九66-478-4)¶湘兰道:"陈大人䜣晓得勒?"质斋道:"~是俚看见仔报勒,写信关照我格。"(鸿1-288-26)¶我也有点认得他,同过两回席。一向只知是一位同乡,却不知道~是令伯。(目3-16-6)¶我说:"到底是几时动身的呢?"他说道:"~是少爷来的那天动身的。"

語彙例釈　jiu

（目 4-28-6）¶至于閫以外之事，就有男子主政，用不着女子说话了。这～叫'内言不出于閫'。（目 21-149-24）¶这个～叫做天赋人权，不是父母、丈夫所得而干预的。（维 11-73-4）¶我已与我的父亲言明，下月三十八，～是阳历的元旦，我们即于是日结婚罢了。（维 11-78-3）¶租界上道途平坦，～是不等到坏就修的缘故。（新 19-83-18）¶今已二十来往了。亲上作亲，娶的～是政老爹夫人王氏之内侄女，今已娶了二年。（红 2-34-2）¶适才崖上听琴的，～是你么？（警 1-4-1）¶今日是个黄道吉日，特着老身来作伐行礼。这个盒儿里的，～是他下的聘财。（二 2-41-5）

⑥すぐそこ。その地点がほんの近くであることを表す。¶我故歇去，～来里棋盘街浪望仔一望，望到俚房间里来咪摆酒、豁拳、唱曲子、闹热得势。（海 14-107-6）¶我想勿到耐～来里我背后，倒一吓。（海 14-109-9）¶俚叫诸十全，～来里倪隔壁。（海 16-123-8）¶耐要饯行末，同葛仲英搭仔姘头，索性订期廿七，～来里该搭，阿是蛮好？（海 53-421-10）¶我有一个阿叔勒浪，亦登堂子里做相帮格，～勒间搭相近同安里向，让我就去喊俚得来。（狐 11-73-15）¶奴故歇～住间搭落段，叫啥格宁安客栈。（狐 33-284-3）¶他得着了这个电报，便以查店为名，带了几万银子，坐了火轮船来到上海，～住在那爿茶栈里。（负 15-71-16）¶如今从南带至北，现在～埋在梨花树底下呢。（红 7-109-5）¶凤姐忙问道："如今房子在那里？"兴儿道："～在府后头。"（红 67-959-6）¶老汉姓焦，～在酒店隔壁居住。（二 11-229-9）

⑦主語の指すものが述語に述べる条件を十分に満たしていることを表す。¶天然取书在手，翻出二段，看是"白战"的酒令。天然道："'白战'两个字，名目～好。（海 40-337-16）¶听说在上海做过什么露天通事的，他说的～好。（新 55-256-1）

⑧主語の指すものの動作が賓語の指すものに限定してなされる（それ以外でない）ことを表す。¶史天然先喝声"批得好！"朱蔼人道："故是金圣叹《西厢》个批语，俚～去抄仔来哉。"（海 51-432-7）¶韵叟阅竟放下，问道："请个啥人哩？"蔼人道："～请仔云甫。"（海 53-448-23）¶耐末替我做篇四六序文，～说个拜姊妹话头。（海 53-449-23）¶前日天看仔个人家人，倒无啥。我想～买仔俚罢。不过新出来，勿会做生意。就年底一节末，要短三四百洋钱咪，真真急煞来里。（海 58-498-4）¶老爷，我们～借了这家栈房罢，他这名儿很好。名利，名利，出门一定有名有利。（十 1-1-22）

⑨ただ……だけ。⇨就是〈副〉③ ¶王莲生忙问如何，赵家姆道："还好，～肋里伤仔点，勿碍事。"（海 9-70-22）¶第四埭我去，来浪里向勿出来，～帐房里拿四百个铜钱拨我，说教我趁仔航船转去罢。（海 30-253-14）

390

⑩"～不过""～实概""～为仔"では、「ほかでもなく」と、他は考えられないことを表して、強調する。⇨就不过。⇨就实概。⇨就为仔。
⑪たった……だけ。数量の少ないことを強調する。また、多いことを強調する（海21-165-10）および（红21-289-7）。¶～说仔一句,也勿曾说啥。(海8-62-17)¶张先生～搭耐来仔一埭,以后勿曾来歇。(海14-109-21)¶我勿是要耐再去做俚,耐～去一埭好哉。(海34-281-13)¶耐一家门代酒个人多煞来浪,倪～是林翠芬一于子,忒吃亏唲。(海36-299-20)¶一日天～吃半碗光景稀饭,吃下去也才变仔痰。(海36-304-20)¶耐要办嫁妆末,推扳点哉哩。故歇～剩仔四百块洋钱唲。(海55-46-5)¶物事总算无啥,价钱也可以哉,单是一件五尺高景泰窑花瓶～三千洋钱哚。(海21-165-10)¶一对钏臂末～四百洋钱也勿稀奇唲。(海32-270-13)¶到了鼎升栈,谁知金慕暾一早出门去了,～剩一个家人在房门口打盹。(负15-70-7)¶那年秋里黄河决口,急待赈捐,到处遍设了局子,只要七成上兑。他可～花了五千银子,给汪占魁捐了个大八成知县。(负27-128-13)¶紫鹃递过香皂去,宝玉道："这盆里的～不少,不用搓了。"(红21-289-7)
⑫前文または上文を受け、その情況の下での結論など関連することを述べる。¶洪善卿也笑道："我就晓得是耐来哚捏忙。"罗子富道："～算是我捏忙,快点豁仔拳了去。"(海4-27-3)¶素芬道："耐要做屠明珠去做末哉唲,我也勿曾拉牢仔耐。"蔼人笑道："我～勿说哉,随便耐去说啥罢。"(海18-146-17)¶双玉转来,告诉仔无姆;生来同双宝勿对,～说是双宝耽搁仔了,要无姆去骂俚两声。(海24-198-18)¶耐叫喜三宝三块洋钱一个局,连浪叫仔几花? 挨着俚末,～算省哉!(海25-206-5)¶耐阿哥做个事体,我生来要寻着耐。耐同得去,寻着仔小村阿哥,～勿关耐事。(海29-239-17)¶亚白笑道："勿看末勿看哉哩,为啥嘎? "文君瞋目大声道："勿成功! 耐要说得出道理～勿看末哉!"(海36-299-3)¶倘然耐屋里个夫人勿许耐讨,耐就讨我做小老母,我也～哝哝末哉。(海55-466-4)¶起先我说寻小王,俚哚理也勿理。我～说是齐大人差得来,要见三公子,难末请我到门房里,……。(海62-529-22)¶像五月里个生意,空一千也勿要紧,做到仔年底下末,～可以还清爽哉。(海62-531-13)¶不多一会,漱芳出来,拿起抿子,刷了刷鬓脚,说道："二老爷,阿是公馆里出来? 倽落勿到相好搭去?"仲声笑道："耐阿是讨厌我,我～去末哉!"(鸿5-215-7)¶今夜雨落天留客,我看俫勿嫌待慢,～住仔一夜勒走罢。(狐14-102-8)¶俫末总实梗格,奴搭俫说说白相相,冤枉仔耐一点点,俫～要发恨性哉,拿奴恨得吭淘成,像煞肉才咬得脱,马上就走,俫要脱嫌做得出唲。"(狐31-258-26)¶俫既然搭俚有交关,俫～去仔一埭,马上就来末哉。(狐32-269-25)

語彙例釋　jiu

¶人家人末也是人，倪堂子里向末也是人，阿是吃仔堂子饭～勿好做人家人格哉？（九 39-288-19）¶贡大少勿嫌怠慢末，～勒浪倪搭用仔便饭罢。（九 114-782-11）¶故歇倪帐浪一塌刮仔算起来，差勿多二千多点；除脱仔两格勿勒浪上海格客人，倒去脱仔四百多；再有一千六百洋钿，收着仔一格八折帐～算好哉！（九 128-865-6）¶你要嫁我，我～发个咒不娶别人。（目 3-19-12）¶这守备因为那把总得罪了他，他～在营官面说了他一大套坏话，营官信了一面之词，就把那把总的差事撤了。（目 10-73-3）¶倘是要用钱时，你～拿这封信到我家里去。（目 17-122-9）¶只要替他还了这亏空，他～是你的人了。（维 4-24-3）¶迟了，迟了！你要早问我，我～把稀稀罕儿给你看看，现在可不成了！（负 23-109-4）¶从前有个新学朋友告诉我，美国的绅商一年不游两回巴黎，～算不着富豪。（十 2-8-23）¶其余钞票、银洋、首饰等类，好带呢，带在身边，不好带呢～放好在铁箱里头。（十 5-33-19）¶有了钱～顾头不顾尾，没了钱～瞎生气，成个什么男子汉大丈夫呢！（红 6-95-4）¶我这里陪客呢，晚上再来回。若有很要紧的，你～带进来现办。（红 6-102-17）¶他因仗着宝玉和他好，他～目中无人。他既是这样，～该行些正经事，人也没的说。（红 10-145-4）¶若稍迟几日，～讨绝单了。（二 1-12-3）¶他二人也有时破些钱钞，请沈将仕到平康里中好姊妹家里摆个还席。吃得高兴，～在姊妹人家宿了。（二 8-167-4）¶只要十哥设法得我进去，取乐得一回，～双手送掉这些东西，我愿毕矣。（二 8-172-9）¶好个小官人！前日是我们送你来的。你在此做了财主，～不记得我们了？（二 10-217-2）

〈连〉①たとえ……であっても（……しても）。よしんば。仮定と譲歩を表す。連詞"就是"①に同じ。¶～省也要一百开外哚。（海 2-10-20）¶为啥勿带个娘姨出来?有仔个娘姨来里，～吃亏也好点。（海 9-70-23）¶耐～要死末，也勿实概个唲。故歇王老爷来仔，也好等王老爷说起来，说勿好，耐再去死末哉唲。（海 10-78-20）¶耐～去做仔十个张蕙贞，倪先生也无啥唲。（海 10-80-1）¶～脚浪一双也勿好唲。（海 11-89-14）¶～屋里带出来几块洋钱，用拨堂子里也用勿着啥好。（海 12-98-13）¶倘忙我勿死，耐～再去讨别人，我也勿来管耐哉。（海 18-142-20）¶我～姘仔戏子末，阿挨得着耐来管我？（海 27-222-15）¶故歇～送到仔船浪，一点无拨事体，做啥嘎？（海 43-362-21）¶进来个身价一百块洋钱，～加仔十倍不过一千唲。（海 44-374-7）¶耐故歇勿说阿哥好，倒说道勷去定啥亲；勷说耐阿哥听见仔要动气，耐～自家想，媒人才到齐，求允行盘才端正好，阿好教阿哥再去回报俚？"（海 54-455-12）¶～去末也定归见勿着史三公子个面唲）。（海 62-527-4）¶开年让倪囡鱼跟徐大先生学习学习，懂点经络。大先生能够提拔得俚倷出道，我总感激弗尽格。况且大先生姓胡，倪末也姓胡，本来是一家人，～叫声'亲娘'也吭啥，勥说啥格干娘哉。（狐 21-163-15）¶格号客人，～勿应酬俚笃，也无啥希奇。（九续 13-93-20）¶利钱重点子也不要紧。～出到一倍利息，我都肯呢。（新 16-73-23）¶我已是上五十岁的人了，此刻我～去销病假，也要等坐补原缺；再混几年，上了六十岁，一个人就有了暮气了，如何还能办事！（目 22-162-7）¶从今后，倒也要学学他们，享受花丛中艳福了。～去掉点子银子，也不要紧。（十 1-3-2）¶我同贵上是至交，～白当当差也不在乎。只是二百块钱，监里开销怎么开销得来？这数目总要好好增加起来。（十 8-55-8）¶他不回来，我不出去，我～饿死在家里头，他也不知道。（十 10-70-26）¶小的～去也没中用。少爷，还是别想法儿罢。（新 29-131-6）¶你～另眼照看他们些，别人也不敢呲牙儿的。（红 16-214-17）¶惟恐你不知琴理。若讲得有理，～不做官，亦非大事，何况行路之迟速乎！（警 1-4-4）¶老身七十八岁了，～说错了句言语，料想郎君不怪。（警 11-144-13）¶～不还得银子，还我那两件金东西也好。（二 4-75-3）¶人便是这个人了，不知杀人是他不是他，～是他了，没个凭据，也不好拿得他，只可智取。（二 28-556-4）¶我到官司，只是拼着命，～打死我也不招。（水 56-946-5）¶～要一滴水也没有喝处，那讨酒食来。（水 109-1644-2）

②……だって。……でも。連詞"就是"②に同じ。極端な事例を挙げる。¶王老爷倒蛮好，才是朋友咾搭俚出个主意。王老爷末去听仔俚。～张蕙贞搭，勿是朋友同得去，陆里认得嘎？（海 10-82-16）¶这会子，不要说别地方，～这里四马路一带靠西一段里，房里空关的竟然比户皆是。（新 7-30-17）¶不要说十年前，～五年前，也还开着大字号呢。（新 15-66-19）

〈介〉前文を受けて、ほかでもなく……と、動作のなされる地点・時間を指定する。¶耐咮要是勿嫌龌龊末，～该搭坐歇吃筒烟，阿好？（海 5-38-1）¶双珠象没有理会，猝然问道："台面散仔一歇哉唲，耐来咮陆里嘎？"善卿道："～张蕙贞搭去仔一埭。"（海 12-95-16）¶阿金去仔，我一干仔～榻床浪坐歇，落得个雨来加二大哉。（海 18-141-18）¶我为仔第一转，绷绷俚场面，～罗个搭借仔十块洋钱拨俚。（海 22-176-18）¶实夫笑问为何。堂倌道："～前年宁波人家一个千金小姐，俚会得诓骗出来来浪夷场浪做生意。拨县里捉得去，办俚拐逃，揪二百藤条，收仔长监；勿晓得啥人去说仔个情，故歇倒放俚出来哉。"（海 27-225-6）¶子富嚷道："馆子浪倪麨吃，该搭好。"不由分说，径令巧囡去喊："～故歇摆起来。"（海 32-265-24）¶王阿二见是朴斋，眉花眼笑，扭捏而前，亲亲热热的叫声"阿哥"，道："房裏去哩。"朴斋道："～该搭罢。"（海 37-313-7）¶齐

語彙例釈　jiu

韵叟诧异道："阿是耐带仔霞仙一淘来？"葛仲英道："勿是，～园门口碰着个霞仙。"（海53-449-8）¶等三公子起身，问道："耐看我阿像个人家人？"三公子道："倒蛮清爽。"二宝道："～今朝起，我一径实概样式。"（海55-467-15）¶难方老爷原像前回照应点俚罢。耐一样去做个文君王，～倪搭走走，啥勿好？（海59-507-14）¶鹤汀道："价末耐也该应请请倪哉哩。"亚白道："好个，～明朝请耐。"（海60-513-17）¶小云拟往茶楼一谈，善卿道："～双珠搭去坐歇末哉。"（海62-533-16）¶宝琴问道："阿要吃夜饭哉，～倪搭便饭，去叫仔两样菜阿好？"（九1-9-9）¶仰正拍手道："我正有这个意思，不想你和我竟有同志。我们明天就去，何如？"春树道："我们～明天去也好。"（九188-1216-17）¶我看～这里很好。不必定调正房间。（新32-145-31）¶春泉道："在什么地方呢？"咸贵道："回春坊沈彩林院中好么？"春泉道："～贵相好那里么？很好，很好。"（十5-31-28）¶静斋道："很好，我们外边去吃饭罢。"春泉道："～店里吃了也一样。"（十6-38-19）¶～这夜，被我一阵甜言蜜语哄得伏伏贴贴。后来小房子也是他去租的，一切开销也是他的，连我的零用费、衣着都是他一个儿供给我。（十11-78-20）¶老夫妻见女儿捉去，～当下寻死觅活，至今不知下落，只怎地关着门在这里。（警8-98-15）¶柴进置酒相待，～当日送行。（水52-856-9）

（注）吴语作品における"～该搭"は"～在这里"で、この"～"は地点が近いことを示すというより、"这里"を指定している働きが強い。→今天晚上，你～在这里住了，明日等下水船到了，～在这里叫个划子划了去，岂不便当？（目17-120-16）→本县就叫你们各人算自己的命，你们自己的八字生辰，总都记得，可～在这里推算推算，还有几天应死？（十13-93-22）→鲍二家的笑说："你三人～在这里罢，茶也现成了，我可去了。"说着，带门出去。（红65-929-2）

【就不过】

①ただ……だけ。副詞"不过"を強めたもの。"只不过""只是""仅仅是"の意。¶来安更不答话，同张寿出了样春里，商量"到陆里去白相"。张寿道："～兰芳里哉。"来安说："忒远。"（海5-35-6）¶别场花是我也无拨，陆秀宝搭勿去仔，～该搭来走走。（海14-110-19）¶俚自家倒无啥用场，～三日两头去坐坐马车。（海24-192-14）¶～黎篆鸿拣仔几样。再有几花，才勿曾动。（海25-201-13）¶我也无啥别样闲话，～要耐快活点。（海28-229-10）¶故歇耐为一时之气，豁脱仔我，我是～死末哉，倒是替耐勿放心。（海34-285-12）¶今朝我来浪看，～一两日天哉。（海41-348-12）¶故也无啥，总归玉甫～豁脱两块洋钱。（海42-357-9）¶事体真难，一家书场浪～个把好点。（鸿1-196-13）

¶倪是勿好格，～为仔天热，衣裳着得清爽点，有啥格好嘎？（九 42-305-18）¶有甚信否？——～一两封信。请俫看。（上问 35-64-2）¶梅伯道："不知外快怎么赚的？"魏赞营道："～小租，开门费两项罢了。开门费有限的很，每幢房子不过两块四块，……。"（新 7-30-26）¶他约你六点钟，决不会到六点一刻。这个人～这点子划一，人家都信服他。（新 27-122-1）"就必过"とも作る。¶次云笑道："嘎，中秋节到哉。唔笃夷要忙起来哉。阿对？"醉琴笑道："倪是呒啥忙法。倪阿姊格帐头是呒讨处格哉，就必过倪几个堂差洋钿，有限势势格哩。（沪 1-44-3）

②だが。しかし。連詞"不过"を強めたもの。"只不过""只是""但是"の意。¶倒是沈小红外头名气自家做坏哉，～王老爷末原搭俚蛮好，除仔王老爷，阿有啥人说俚好嘎？"（海 12-95-2）¶倪看仔无啥好。～黎大人末，倒抚牢仔当俚宝贝。（海 15-119-9）¶人是阿有啥说嘎？～应酬推扳点。耐喜欢人家人末，倒也无啥。（海 16-126-4）¶该个小干件，生活倒无啥，～独幅点。（海 23-186-4）¶来浪夏天五六月里，好像稍微好点，价末皮肤里原有点发热，～勿曾自倒。（海 36-304-17）¶耐要哭末，随便啥辰光到该搭来哭末哉，倒也无啥；～夜头勠住来浪，耐向我到西公去。（海 42-358-9）¶有倒还有，～行俚费事点。（海 44-370-10）¶俚用个典故，倒也人人肚皮里才有来浪，～如此用法，得末曾有。（海 51-431-8）¶稍微有点意思；～常恐勿成功，再要拨人家笑话。（海 63-543-4）¶耐心浪格事体，倪蛮明白来浪。～有一件，倪为仔格件事体，心浪向也转仔几化念头哉。（九 37-272-15）¶一淘去也无俙，～倪去末总要带个娘姨，一部车子坐勿落唦。（九 38-282-2）¶这是我的族侄，名叫勤生，做事体也还巴结，～吃亏在太忠厚点子，往往要上人家的当。（新 31-155）"就必过"とも作る。¶唔笃老板娘倒蛮忠厚，待唔笃先生野好，就必过一口口烟瘾末坑杀仔哉唦。（沪 1-13-1）

（注）"就只"も同義語の一つである。→一面又问茗烟："还有谁跟来？"茗烟笑道："别人都不知，就只有我们两个。"（红 19-264-11）→既说是世宦书香大家小姐都知礼读书，连夫人都知书识礼，便是告老还家，自然这样大家人口不少，奶母丫鬟伏侍小姐的人也不少，怎么这些书上，凡有这样的事，就只小姐和紧跟的一个丫鬟？（红 54-759-4）——以上は副詞の用法。→再要赌口齿，十个会说话的男人也说她不过。回来你见了就信了。就只一件，待下人未免太严了些。（红 6-99-10）→这后廊檐下的梧桐也好了，就只细些。（红 40-554-1）——以上は連詞の用法。

【就此】

〈副〉ここで。これで。¶准于十八老旗昌取齐，在席七位～面订恕邀。（海 47-400-21）

語彙例釋　jiu

¶俚荐拨仔倪，吃仔一台酒，叫仔十几个局，倒说～野鸡缩仔头，连人面才勿见哉呀！（负 18-84-5）¶我～拜了先生吧。（何 8-83-9）¶好在我们就要会的，两位也不必再上船送，～告别罢。（栳 18-284-2）¶既然所值无多，何如～罢手，不要索赔呢？（维 8-54-14）¶亏你想得周到，我们～去吧。（歇 19-239-2）¶我们～去吧，太迟了一家春要打烊了。（人 29-313-26）¶好在票子已挂了失，你并未丝毫损失，他却白跑了两趟，～算了吧。（人 44-537-12）¶小侄～告辞回去，与家尊商议。（鼓 5-62-3）¶俺主意已定，何必多言。～分路，不须啼哭。（禅 2-28-13）¶今日正是个黄道吉日，～去罢。（二 9-194-7）¶若私下随着郎君去了，淫奔之名又羞耻难当。今～别去，必致梦寐焦劳，相思无已。（二 29-563-1）¶哥哥不弃武二时，～受武二四拜，拜为义兄。（水 23-342-8）

【就近】
〔副〕附近で（遠くに行くことなく）。¶齐韵叟就请耐明朝到俚园里白相两日，我想可以～诊脉，倒蛮好。（海 41-346-18）¶我打算～到一家春去请她吃饭。（人 29-313-19）

【就实概】
このように。このような。形容詞"实概"を強めたもの。共連語の"就这样"。¶价末倪到高台浪去罢。倪也用勿着俚家生，～看看末哉。（海 52-437-10）¶心想买个讨人，常恐勿好末，像诸金花样式。～哎下去总勿齐头。我来搭耐商量，阿有啥法子？（海 56-477-11）"就实梗"とも作る。¶单罚俚笃两碗酒，原弗要紧，只要俚笃认仔差，耐也～罢，拨俚笃背后骂两声也犯弗着。（鸿 6-226-5）¶中国不是亡了，便是强起来；不强起来，便亡了；断不会有神没气的，就这样永远存在那里的。（目 22-162-12）¶可怜袁伯珍此番到上海，花酒没有吃一枱，马车没有坐一转，只呕了一肚皮的闷气，就么走了。（维 13-86-7）¶春泉一想，马静斋不过做了一个火腿栈掌柜，却就这般开心，成日成夜窝在堂子里，我枉有着六七十万家私，那里有他么么享福。（十 1-2-31）¶你与希贤是朋友呢，欠了你几个钱，你就这样的不相信，定要他押头，你这位伯伯也就太小心了。（十 7-42-13）¶我同你好好讲话，就这么的含血喷人，拆梢不拆梢你放开眼珠子瞧瞧，我们这两人可像是拆梢的人么？（十 25-183-4）¶常听见我们太爷们也这样说，岂有不信的. 只纳罕他家怎么就这么富贵呢？（红 16-217-18）¶这有什么难的。明儿就这样行，也叫他们借咱们的光儿。（红 22-302-7）

【就是】
副詞　"就"⑩＋動詞"是"。それで全部であることを示す。¶洪善卿沉吟道："阿～四家头？"朴斋道："四家头忒少。"（海 3-17-6）¶耐来里上海当差使，家眷末勿曾带，

公馆里～一个二爷，笨手笨脚，样色样勿周到。(海 34-285-6) ¶须臾，罗子富、王莲生、洪善卿三位熟识朋友陆续咸集。葛仲英道："蔼人、啸庵才勿来，～倪六个人，请坐罢。"(海 49-402-12) ¶秋燕嫣然一笑，随看了台面上问华生道："耐叫几个嘎？"华生道："我～耐，还有一个是朋友替我代格。"(鸿 2-199-19)

〈副〉①単独で用いられて、同意を表す。 ¶子富忽然想起，道："有来里哉，砍砍拿得来个拜匣，倒是要紧的物事。"翠凤道："～，拜匣蛮好，耐放来里仔阿放心？我先搭耐说一声，耐到蒋月琴搭去仔一埭，我要拿出耐匣里物事来，一把火烧光个哩。(海 8-59-19) ②ただ……と。前文に述べる情況の例外や不本意な一面などを示す。 ¶要是客人摸着仔俚脾气，对景仔，俚个一点点假情假义也出色哚。～坎坎做起要闹脾气勿好。(海 6-47-18) ¶无姆样色样才无啥，做生意蛮巴结，当个家蛮明白。～来里姘头面浪吃个亏。(海 49-417-15) ¶仲声疾忙过去握着华生的手，在床沿坐下问："倷贵恙？故歇阿好点？"华生道："别样是呒俉，～昨夜头发仔个寒热，今朝觉得心口头一块塞牢仔，手脚末酸软得非凡。"(鸿 5-216-11) ¶四边一瞧，裱糊的倒也十分干净，～地上脏一点，桌上铺满了一层灰。(负 7-33-17)

③ただ……だけが。"就"〈副〉⑨の用法に同じ。主述述語の前に用いられ、主語の指すものだけと範囲を限定する。 ¶该个客人倒无啥，搭双宝也蛮要好，～双宝总有点勿着勿落。(海 17-137-15) ¶莲生道："买仔两样。"当下揭开纸盒，取翡翠钏臂、押发，排列桌上，说道："耐看，钏臂倒无啥，～押发稍微推扳点，倘然勿要末，再拿去调。"(海 33-271-18) ¶外头朋友就算耐知己末，总有勿明白个场花，～我一个人晓得耐脾气。(海 34-285-7) ¶今年做捐客才勿好，～耐末做仔点外折生意，倒无啥。(海 48-410-11) ¶倪个客人～二少爷末姓姚，除仔二少爷无拨哚。(海 56-480-20) ¶我看～宋小庄朊拨俉大人先生个脾气，该号人故歇也少个哉。(鸿 7-230-14)

〈連〉①たとえ……でも。もし……だとしても。仮定と譲歩を表す。 ¶我～要去做啥人末，搭耐说明白仔再做末哉，瞒耐做啥？(海 4-31-3) ¶耐睬两家头阿要面孔，～要偷局末，也好等倪客人散仔，舒舒齐齐上去末哉哦,啥一歇歇也等勿得嘎。(海 22-177-9) ¶耐一歇极得来，常恐倪要耐拿出四十块洋钱来，连忙说十块。～十块末，阿是耐搭我去买得来嘎？(海 22-181-3) ¶～四十块末也勿关我事。(海 22-181-3) ¶照翠凤个样式，我有点气勿过，心想～三千末倒也勿拨俚赎得去。(海 44-376-19) ¶俉是家当大格人，勿说勤浪做生意，年年多仔几几化化，～登勤屋里坐吃仔一百年，也无啥要紧。(孤 10-70-10) ¶～俉恨倪先生，亦应该看我面浪，到倪格搭来哦。说啥格别寻主顾介！(孤

語彙例釈　jiu

30-250-3）¶耐要撐脱仔倪，叫倪再做生意末，倪～死仔，倪格魂靈也要寻着耐格。（九 40-296-17）¶倪是老太婆哉，～心浪想要巴結耐二少末，也巴結勿上格哉。（九 149-987-10）¶你先寄過五十兩回來，那五千銀子，～五厘周息，也有二百五十兩呀。（目 18-129-3）¶世伯这话，可是先没有告訴过我，要是告诉过我，我～少卖点钱，也要成全了世伯这个言能践行的美名。（目 20-144-26）¶～大众食不下咽，他也不管。只顾他有得扣便了。（维 14-95-10）¶别说报官，～出奏也沒用的。（负 9-39-1）¶不要说女人見了欢喜，～男人見了也舍他不得。（官 12-179-19）¶看見他姐姐身上不大爽快，就有事也不当告诉他，别说是这么一点小事，～你受了一万分的委曲，也不该向他说才是。（红 10-147-8）¶～你有甚心事时，随你有天样大的，我也好替你排解，说甚不耐烦。（醒上 9-62-4）¶杀夫之仇未报，孩儿又不知生死？～那时有人收留，也不知落在谁手，住居何乡？（警 11-145-17）¶若是一个不伏气，到了官时，衙门中没一个肯不要賺錢的。不要说后边输了，～赢得来，算一算費用过的财物，已自合不来了。（二 10-206-16）¶至于那本身受害，即时作鬼取命的，～年初一起说到年晚除夕，也说不尽许多。（初 30-558-16）

② ……でも。……でさえ。ある事に加えてさらに他の事物までふみ込んだり、極端な事例を示したりする。　¶䜣说啥长三书寓，～幺二浪耐也勒去个好。（海 2-10-18）¶双玉无拨銀水烟筒末，我房里拿得去拨来俚；～俚出局衣裳，我也着过歇个哉。（海 17-132-18）¶耐个家主公倒出色得野哚，年纪末轻，蛮蛮标致个面孔，～一身衣裳也着得价清爽，真真是耐好福气。（海 21-168-3）¶耐心里要有啥事体，我也猜得着，总称耐个心，～说说笑笑，大家总蛮对景。（海 34-285-8）¶䜣说啥衣裳、头面，～头浪个绒绳，脚浪个鞋袜，我通身一塌括仔换来交代仔无姆，难末出该搭个门口。（海 48-405-11）¶耐说阿要快？～我也勿可帐实概个容易。（海 48-405-17）¶～倪拜姊妹，也勒去搭冠香说。（海 52-443-9）¶间枞探花村浪周围一带地方，才是太太平来，论百年从来无得贼来个，勿要说青天白日，～夜里向开子大门困洛，也勿番淘个。（描 31-277-11）¶倪也晓得耐格脾气，勿要说是一百洋钱，～一千一万，耐也勿放勒心浪。（九 23-173-18）¶～四马路浪格野鸡末，也勿糙至于实梗样式㖸！（九 104-726-15）¶～身浪格身衣裳，也蛮清爽，勿换也无啥要紧。（九续 34-261-19）¶幸亏得倪顶多一两个礼拜就要转去格，勿然䜣说啥别样，～俚笃格种小菜，腥气得无淘成，吃仔要败胃格。（狐 33-281-17）¶～地方上的风气，也比从前开通得多了，什么英文学堂、矿务公司、罪犯习艺所，样样都有人在那里提倡。（维 6-42-8）¶住在他家，鎮日价大鱼大肉的供给，～鸦片烟也是赵

家的。(官1-5-14) ¶别说你这样儿的，～你爹、你爷爷，也不敢和焦大爷挺腰子！(红7-119-3) ¶不然，宋兵赶上，～一万个乔道清也杀了。(水96-1528-5)

〈助〉……するだけのことだ。平叙文の文末に用いられる。¶俚是赛过本堂局，走过来～，比勿得俚哚。(海6-46-10) ¶千把银子，要一时头浪凑出来，自然勿容易点篤，到底勿是一二百两，移仔～。(狐32-266-15)

【就算】
〈连〉連詞"就是"①に同じ。¶推板点客人覅去说哉，～客人末蛮好，俚说是无长性，只好拉到，教我阿有啥法子嗄？(海7-52-7) ¶要象仔双宝样子，～是我亲生囡件，我也勿高兴拨俚㖧。(海10-76-16) ¶～耐屋里向该好几花家当来里，也无用㖧。(海14-108-10)¶要是倷做客人，～是屠明珠倒贴末，老实说，勿高兴。(海15-119-19) ¶～我想勿着，不过昨日一夜天，今朝阿是想着仔来哉。(海18-141-10) ¶～我同俚要好，终勿比耐自家人。(海51-436-8) ¶二来倷改好名字，覅用老底子格招牌，～俚倷晓得，亦嘞㘉俚格台，哪哼好怪倷介？(狐11-77-24)¶黄佬倷覅心急，格只钟是勿准勒海呀，～晏仔点末，有啥要紧介？(狐26-217-4) ¶～嫁仔一格好好里格人家，也不过一个小老婆，总归有多化勿称心格地方，阿是也吃倍趣势。(九48-349-15)¶随俚笃去说末哉！倪是不怕格。～倪做仔耐格恩客末，也勿关俚笃倷事㖧！(九102-714-14) ¶～我说子个句说话，也无得啥个凭据？算不得数个。(描6-53-2) ¶～我不好，然而千日不好，也总有日把好的。请你还记记我的好处。(新49-228-12) ¶女婿闯了祸，通要找起我丈母来，我也不胜其烦了，～曹云生是我的女婿，一人做事一个当，干我丈母屁事。(十25-182-24) ¶象你这样儿身份，再落烟花，实在有一点犯不着了。而且金家～许你出来，不见得许你做生意。(孽30-288-11) ¶～你是个没出息的，终老在这里，难道他姊妹们都不出门的？(红71-1014-8)

(注) 副詞"就"+動詞"算"に分析されるものがある。→新喻是个小县，没有什么大人的，况兼他出了一个部曹，所以他这绅士，在地方上恨是赫赫有名；除了知县大老爷，就算他最有势力。(维1-2-10)

【就为仔】
副詞"就"⑩+介詞"为仔"。"就"は「ほかでもなく」と、"为仔"を強めている。¶倪勿然搭客人一淘坐马车也无啥要紧，～正月里有个广东客人要去坐马车，我勿高兴搭俚坐，我说：'倷要坐两把车㖧。'(海8-62-16) ¶耐无姆～耐病。(海20-161-23) ¶俚乃个人倒勿是有啥个勿称心，同俚样色样蛮对景，～一样勿好。(海54-441-23) ¶

倪～三四千店帐来里发极。（海62-527-13）¶宋小翁～呒拨大人先生脾气,个落官也勿做,要转来哉。昨日我接俚个信,说出月初头浪出京,端午前总可以到哉。（鸿7-230-15）¶一帆道："说起明朝亡国,我倒想着一回故事了。那时候有个陈圆圆,不是绝色美人么?"我道："吴三桂投降本朝,就为了这陈圆圆。陈圆圆也是吾国历史上一个重要人物。"（新53-245-9）

【就像】
副詞"就"＋動詞"像"。"像"は「…のごとき」、例として挙げる用法。"就"は「ほかでもなく」と強めており、手近かなものを取り上げるのに用いられる。¶～像耐杨媛媛,也是档角色啘,夷场浪倒是有点名气哚。（海15-120-12）¶～松桥个杀坯末,耐终勿去认得俚个好。（海30-253-6）

【就医】
〈动〉医者にかかる。¶家叔有点病,此次是到沪～。（海54-459-9）

【就正】
〈动〉叱正を請う。人に言論や文章の誤りを正してもらうときの謙遜語。¶高老爷看下来,倘然还可以进境点个末,阿好借'有教无类'之说,～一二?（海60-515-3）

ju

【局】
〈形〉よい。多く否定で用いられる。⇨勿局。¶善卿正色说莲生道："故歇耐讨蕙贞先生蛮好。不过沈小红搭耐就实概勿去仔,终好像勿～嗐。"莲生焦躁道："耐管俚～勿～!"（海34-281-1）¶个句说话倒～个。（三9-107-20）¶小姐末困子去还勿觉着,个个二老官咿勤里打歪谱哉,道子小姐勿说末,只怕合被野是～个噱。（三28-312-12）¶（白）"我个娘勿要作难哉。""勿～!""～个!""当真勿～!""当真勿～呢啥?""当真勿～!""介末外势去困罢。"（描6-56-25）

【局】
〈名〉局。役所などの組織機構の一種。¶还有倪～里两位同事。（海6-45-15）¶但就二百两一月而论,已经比我们～里总办的薪水多了一倍。（官8-116-8）

【局】
〈名〉①遊興の客が酒席に呼んだ芸妓。¶俚多个～,至少三十杯。（海6-46-17）¶～还勿曾齐,我阿好意思先走?（海19-155-19）¶耐个～觉来啘。（鸿8-233-18）¶我还有个～没有到。（负14-67-10）¶此时他俩的～都早已回去了的。（文48-257-24）¶一会儿～来了，小兴见这个倌人，两道浓眉，竟像两把扫帚；一张阔嘴，就如一个血盆，很不如意。(市10-239-14)¶席间各人又把自己的相好叫了来。这天不比往日，凡有来的～，大约只坐一坐就告假走了。(官29-483-3)¶叫的～陆续都到。玉生代我叫的那沈月英也到了。(目33-248-7)¶丽香，今天所见的～那一个最好？（人39-456-25）②芸妓にお座敷がかかること、またその席を指す。¶前日夜头双玉起初无拨～，刚刚我搭双玉出局去末，接连有四张票头来叫双宝。(海24-198-14)¶转到第四个～，台面也散哉，客人也去哉。(海24-198-17)¶三公子请俚公馆里歇夏，包俚十个～一日。(海38-317-1)¶三个～还勿曾去，老旗昌咿来叫哉。(海44-372-22)¶倌人叫到仔一笠园，几日天住来浪，算几花～嗄？(海48-407-11)¶耐来浪个辰光，一径蛮闹猛，故歇勿对哉，连搭仔金凤个～也少仔点。(海56-477-10)

【局票】
〈名〉酒席に芸妓を指名して呼ぶ書状。¶～坎坎发下去。(海5-37-3)¶早点舒齐好仔，～一到末就来。(海48-407-22)¶我请耐吃大菜，下头帐房里绷差仔，写仔个～。(海57-482-5)¶请耐大笔挥一挥～。(鸿7-231-13)¶劳航芥当下笑而不答，忙着开菜单，写～，又同白趋贤把要翻台请酒的意思说明。(文48-257-7)¶一会儿大家入座，开了菜单，管通甫拿着笔写～。(梼11-169-1)¶忙碌了一会，～写完，台面已排妥，寿伯便请众人入席。(歇11-141-2)

【局钱】
〈名〉芸妓をあげて遊ぶ代金。揚代。¶单是王老爷一干仔末，一节做下来也差勿多五六百～咾。(海4-28-16)¶史三漂～，笑话哉咘！(海64-547-6)¶耐拿倪搭格菜钱、～来开销仔再说，我今朝搭耐说完格哉，明朝勿拿得来，耐试试看！(鸿14-276-3)¶再有该号麵面孔格滑头码子，拿倪酒钱～才漂得一蹋糊涂。(沪3-25-9)¶便是前个月里过节，王慕善短欠这花媛媛十二台酒钱，九十六个～，节边正因转运不灵，没有送去。(官34-569-5)¶少牧在身畔取出四块洋钱，放在台上两块，这是昨夜在天香园叫的～。(繁后2-734-16)

【局头】
〈名〉宴会。¶俚哚还有啥～，搭仲英，小云一淘去哉。(海10-77-24)¶伯祥又请宛亭、藕舲代邀客人，宛亭道："这时许多朋友总有～出去了，也无从邀起。"(人45-552-2)¶连荪这样急法，另外有什么好～吗？（人47-605-9）

【局帐】

語彙例釈　ju

〈名〉揚代のつけ。¶耐勿相信末，我明朝就教朋友去搭我开消〜，阿好？（海 8-58-13）¶堂子里做个把倌人，只要〜清爽仔末是我。（海 10-81-9）¶四五年做下来，总有万把洋钱哉，一点点〜也犯勿着少俚，耐去拨仔俚，让俚去开消仔，节浪也好过去。（海 34-281-16）¶故歇让俚篤看看，一千九百块详细阿买仅得动。倪情愿丢脱仔〜勿要，定规要挣一口气篤。（九续 159-1120-19）¶俚就拿仔三千身价拨我，也不过一年个〜洋钱。（海 44-374-15）¶〜末已经开销哉，该搭是五十块，费耐力搭我走一埭，要一刀两断个。（鸿 10-247-23）¶诸位实在考究，只要到这几家堂子里查查他们得的酒帐，〜便知道了。（梼 13-209-24）¶旬日之间，和酒、〜，不过一百多元。（官 8-117-14）"局账"とも作る。¶晏有几户老客人末，故歇风气推扳，拿格局账七折八扣咾付拨耐。（沪 3-25-8）¶少牧忽听得巫楚云的声音，在隔壁一间房里头唱曲，想起楚云那边局账尚还没有开消，明日既要动身，今夜必须送去。（繁初 12-130-1）

【菊花】
〈名〉菊の花。¶耐住来里，晚歇叫周双玉来，一淘白相两日，等赏过仔〜转去。（海 58-491-12）¶请众位同年、同门吃酒赏〜。（官 59-1022-9）¶天气正凉爽，满园的〜又盛开，请老祖宗过来散散闷，看看众儿孙热闹热闹。（红 11-155-15）

【菊花山】
〈名〉菊の鉢を積み上げて山のようにしたもの。¶〜倒先搭好，就不过搭个凉棚哉。（海 58-491-14）¶我说姚景恒有甚事情，原来是到双富堂去赏〜。（繁Ⅱ12-481-20）
（淘）『上海俗语图说』の「 18 么二」の項に次のような記述がある。

　么二堂子里的菊花山，是在青楼中占据一种历史价值的东西，所以长三堂子用不着大院子，幺二堂子，却必须有一个大院子的。平时这大院子上盖着棚，一到菊花季节里，就用几百盆菊花，高高低低的叠起来，叠成了一座菊花山，又用蓝色或绿色的纸，糊出许多山石，和菊花相掩映，倒也很有意思。在这菊花时期之内，幺二堂子里的生意，格外来得发达，大家都要去看看菊花山，再赏识赏识这班人家。平常客人吃酒，都在妓女的房间里，到得菊花山堆了起来，大家都在菊花山下摆酒请客，而且一班阔客，素来不肯幺二堂子里吃酒，以为是一件很不好意思的事。一到了菊花山，在菊花山下摆酒，非但不算坍台，而且风头出足，有时还要先期预定，才可以挨次补缺。

【句】
〈量〉言葉や文を数える。¶倪娘姨咪说差〜把话，阿有啥要紧嘎？（海 2-16-11）¶耐末总无拨一〜好闲话说出来！（海 4-26-16）¶耐过来，我搭耐说〜闲话。（海 5-40-9）

402

ju－jue　語彙例釈

¶再有～笑话告诉耐。(海55-467-2) ¶奴格～闲话，阿通呢勿通？(狐38-330-14) ¶耐到洛里，倪跟到洛里，呒拨啥第二～闲话。(九 186-1207-9) ¶这时候方必开一～话也说不出来，拿手指指自家的心，又拿手指指他儿子老三，又双手照着王仁拱了一拱。(官1-3-20) ¶这两～话，文虽浅近，其意则深。(红2-25-6) ¶那老儿抢下楼去，直至那骑马的官人身边，说了几～言语。(水4-61-2)

【句子】
〈名〉文。¶该个签末是中平，～倒说得蛮好，就是上上签也不过实概。(海21-168-23) ¶《四书》浪～，我也想好来里。(海40-338-16)

juan

【捐浅】
〈名〉税金。¶阿姐去仔，就剩我一干子做个生意，房钱、～几花开消，忙熬我也无拨几台酒，几个局，无姆发极起来，故末要死哉！(海49-419-3) ¶大概说当妓女的，每月所获缠头，多者百余金，少者数十金，就是每人捐出二三两银子，也不算什么；况且出了这宗～，便有警察保护他，免得青皮光蛋时常索诈，在妓女一边，也是有益无损的。(维8-58-2)

【圈】
〈动〉人を引き止めて自由にさせない。¶耐看玉甫近日来神气常有点呆致致，拨来俚哚～牢仔，一步也走勿开个哉。(海7-57-3) ¶还是俚小个辰光，城隍庙里去烧香，拨叫化子～住仔，吓仔一吓。(海36-302-17) ¶车夫道："主人为了何事，我也没有明白。此刻他本要自己来的，被小妹姐与房间里娘姨大姐～住身子，不许出来，才写了这张字条，叫我前来。"子通更惊讶道："老鸨娘姨如何～起客来？此中事有蹊跷，必须面问生甫，方能明白。"(繁Ⅱ 10-456-8) ¶我只恨我天天～在家里，一点儿做不得主，行动就有人知道，不是这个拦就是那个劝的，能说不能行。(红47-652-4)

【卷】
〈动〉ものを巻き上げる(風などが)。¶一阵一阵风吹来咪玻璃窗浪，乓乓乓乓，像有人来咪碰。连窗帘才～起来，直～到面孔浪，故一吓末，吓得我来要死。(海18-142-1) ¶白玉堂前春解舞，东风～得均匀。(红70-997-4)

jue

【决裂】
〈动〉决裂する（関係・談判などが）。¶为牢骚之故，就不免放诞，为放诞之故，就不

語彙例釋　jue

免溃败～，无所不为。(海 51-432-16) ¶幸亏他欢喜黄白物，尚可解救，否则将事～，请不到他，非但无颜回复宝玉，连我的扣头都甩掉了。(狐 62-530-12) ¶这一来，堂里的学生，个个都忿然不服，屡次欲与他为难，只为碍着袁总办脸上，不好十分～。(维 14-95-11) ¶两下里到底是多年主仆，彼此很有点交情，不犯着因此～。(栲 23-363-3) ¶我只得日坐愁城，典衣质物，于支持家计之外，还要硬挺着付六、七两舍弟的利钱，暂顾目前，不致～。(人 17-158-24) ¶王俊自知此事～，到不得官，苦央族长处息：任凭要银多少，总不计论；处得停妥，族长分外酬谢，自不必说。(二 31-599-16)

【角色】

〈名〉①人物。人（タイプから見た）。　¶就像耐杨媛媛，也是档～哇，夷场浪倒是有点名气。(海 15-120-13) ¶少牧在稠人广众之中，不提防有妇人与他兜搭，况且到了上海，从未见过这样的人，是破题儿第一遭，有些不好意思起来。只当不曾听见，回转脸儿向窗外瞧。谁知这雏妓又认少牧是个嫩～儿。(繁初 4-37-8) ¶阿宝皱皱眉头道："这真是难了，大一半你们全认识的，新～真寻不出。你们来的时候又不凑巧，格外为难了。"(人 15-140-19)

②役。役柄。またある役柄を演ずる者。　¶《长生殿》其余～派得蛮匀，就是个正生，《迎像》《哭像》两出吃力点。(海 45-382-10) ¶咱们班子里一个老生，一个花脸，一个小生，一个衫子，都是刮刮叫，超等第一名的～。(官 4-53-8) ¶一帆道："他唱的是什么～？"葛氏道："是小丑～，像《荡湖船》《小上坟》等，都是他的拿手好戏。……"。(新 42-194-26) ¶这女孩子面生，不是个侍儿，倒像是那十二个学戏的女孩子之内的，却辨不出他是生旦净丑那一个～来。(红 30-425-13) "脚色"とも作る。¶用手一指，又道："奶奶倷看着黄盔甲格脚色，叫啥格名字介？"黛玉道："格格扮黄忠格脚色，叫李兴斋，做功一点勿好。好～出场才勒后头得来。(狐 9-58-8)

【觉着】

〈动〉①…と感じる。…と思う。　¶等仔半日哉，阿～气闷？(海 20-158-18) ¶夜头困勿着，困着仔末出冷汗。俚自家～勿局，再要哭。(海 36-304-21) ¶二宝道："无姆常恐塞热哩。"洪氏道："我也～有点热。"(海 62-533-7) ¶别样是无啥，就是昨夜头发仔点寒热，今朝～心口头一块塞牢仔，手脚末酸软得非凡。(鸿 5-216-11) ¶况且到仔花天酒地，大家才叫，耐一干仔向隅，也～吙趣得势。(鸿 6-223-1) ¶慕颜答应，又问航海可有风波，宝玉道："一点也吙不，倪坐勒大轮船浪，平平稳稳，实头勿～啥，倷放胆大点末哉。"(狐 34-290-11) ¶格两日心浪气闷得来吙淘成，耐来仔讲讲说说，～

404

开心点。(九续36-280-20) ¶吊来忒高之,下身～勿适意。(上散6-34-7) ¶瞧着别人的局都到了,自己的不来,未免～没趣。(官8-109-24) ¶自从老前辈这两天不出来,一应公事,～很不顺手。(官12-171-7) ¶我本来留你,一来有点不好意思,二来我那晚就～有点弗适意。(桮11-180-12) ¶龙吟的朋友个个都蔼然可亲,生平自交友以来,像这种良友真是第一遭儿碰着。(新25-114-4) ¶秋波道:"咦!阿毛你为什么不下来?"阿毛道:"我为是～坐着适意,草地里有露水,踏湿了鞋子啥犯着。"(人34-373-2) ¶妹妹若～身子不爽快,倒要自己勉强扎挣出来各处走走逛逛,散散心,比在屋里闷坐着到底好些。(红67-953-7)

②気付く。 ¶有辰光得罪仔客人,客人动仔气,倪自家倒勿曾～。(海12-92-16) ¶幺二浪倌人自有多花幺二浪功架。俚哚惯常仔,自家做出来也勿曾～哉。(海13-106-5) ¶我自家生个病自家阿有啥勿～。(海20-161-24) ¶倪勿曾喊俚,俚倒先去泡仔一碗茶,再要搭俚装水烟,姚奶奶长,姚奶奶短。自家生活豁脱仔勿做,单去巴结仔姚奶奶。陆里晓得姚奶奶觉也勿曾～,拍马尾拍到仔马脚浪去哉。(海23-189-19) ¶我阿曾搭耐说,沈小红就为仔坐马车用场大点? 耐勿～喔。(海34-280-12) ¶小干仵勿懂啥事体,上仔俚哚当还勿曾～。(海52-439-12) ¶个勒只管低头急急走,心无二用吓,奔过子自家门首,还勿曾～个勒里。(三18-212-8) ¶阿金姐放来浪枕头边格一套册子,拨倪偷得来格,俚还勿曾～来,倪也勿曾看来。(商3-17-4) ¶于何时被人剪去,一点子没有～,真乃是奇闻奇事。(新28-127-22) ¶荀才道:"可惜这东西,我这两天吃的腻了。"继之听了,颜色一变,把筷子往桌子上一搁。荀才不曾～;我虽～了,因为继之此时,尚没有把对龙光说的话告诉我,所以也莫名其妙。(目101-831-10) ¶趁半夜三更,男人熟睡之际,将这包珍珠,和那珠宝掮客半生积蓄下的一千多现洋钞票,席卷一空,开后门逃走,及至那男的～,四路找寻,已是无影无踪的了。(歇16-209-11)

【觉著】
〈动〉"觉着"①、②に同じ。 ¶耐自家～陆里勿舒齐? (海36-301-23) ¶故末笑话,俚哚还勿曾～拿差个呀,倒快适煞。(海59-501-16)

【绝顶】
〈副〉極めて。この上なく。 ¶大约其为人必然～聪明,加之以用心过渡,所以忧思烦恼,日积月累,脾胃于是大伤。(海36-305-2) ¶你是个～聪明的人,不可聪明反误,我就放得心了。(繁初7-67-21) ¶他又是聪明～的人,官场款式,无一不知,把头尾些须改了几个字,又添上两行。(官7-99-3) ¶黛玉本是个～聪明人,又在南边学过几时,

語彙例釈　jue－kai

虽是手生，到底一理就熟。（红87-1249-5）

【绝对】

〈名〉絶妙の対(?)。¶我替耐对仔罢，'茂才高弟'阿是蛮好个～？（海53-451-24）

【绝世】

〈动〉世にまたとない。¶亚白请客小启耐阿看见？啥个～奇文，请倪一淘去赏鉴。（海50-423-13）¶竟以'妩媚'下加'将军'二字，反更觉妩媚风流，真～奇文也。（红78-1123-3）¶有弟曹植，字子建，聪明～。（醒2-20-2）

【脚色】

〈名〉"角色"の①に同じ。¶耐阿晓得有个叫黄二姐，就是翠凤个老鸨，从娘姨出身，该过七八个讨人，也算得是夷场浪一挡～ 哎。（海 6-47-24）¶王寓格～，缠是勿大好缠格，先起头俚定归要勿做生意，说要搬到耐庄浪住，我带劝带吓，说仔几化辰光，难未算领盆哉。（鸿11-258-6）¶原来陆兰芳自张园见了方幼恽，听到刘厚卿说他是个常州首富，便认定了他是个初出茅庐的～，有心要去笼络了他，敲他大注的银钱。（九6-44-3）¶惋春老四是一个什么～？（人 31-333-10）¶伊个～买物事尖钻来邪气，侬替伊交易，要当心点。（上散9-55-9）

jun

【君子】

〈名〉君子。¶耐阿好收敛点，～须防其渐也。（海51-432-17）¶"俗语说的好，叫做是'君子动口，小人动手'，怎么你二位连这两句话都不晓得吗？"（官44-750-22）¶古人有云：'大丈夫相时而动'，又曰：'趋吉避凶者为～'。（红4-62-20）¶宋江是个～诚实的人，如何肯造次杀人？（水22-326-11）

K

kai

【开】

〈动〉①開ける(閉じているものを)。開く。¶耐～门哇。（海5-35-11）¶～仔金口哉！（海19-152-6）¶华生道"老四～门哇！"随听得楼梯上咯咯咯咯有人走下来，须臾，那门呀然～了。（鸿4-209-6）¶橱门为啥～直来里，啥人～格呀？（九164-1079-3）¶倷替我～仔铁钿箱，先拿五十块洋钿出来，倷去送拨俚仔，只说倪先生孝敬倷买酒吃格。（狐29-238-18）¶说着，便～了皮包，拿了一张五百块的汇丰票纸给他。（沪1-98-6）

kai　語彙例釈

¶一面说,一面叫姨太太同了小姐立刻去～箱子,找出三个蓝呢帐子,交给戴生拿了出去。(官3-44-8)
②切り開く。切って割る。　¶俚乃喜欢糟蛋,耐去～仔个糟蛋罢。(海14-114-16)
③開く（店などを）。　¶耐个朋友倒～仔堂子哉。(海4-30-15)　¶翠凤个人调皮勿过!倪～个把势,买得来讨人才不过七八岁,养到仔十六岁末做生意,吃着费用倒夠去说俚,样式样子要教拨俚末俚好会。(海44-374-2)　¶复问秀林往何处观剧,秀林道:"眼下新～一只戏馆,叫啥格留春花园,就勒五马路满庭芳格搭,脚色倒还呒啥,倪阿就到格搭去看佫?"(狐49-419-22)　¶俚搭末晏有一个广东娘姨,从前～歇菜馆格。(沪2-35-6)
¶表字叫仲芬,在昼锦里～着一家绸缎号。(新1-1-21)　¶原来卜世仁现～香料铺,方才从铺子里来,忽见贾芸进来,彼此见过了,因问他这早晚什么事跑了来。(红24-332-13)
¶原来这白秀英却和那新任知县,旧在东京,两个来往。今日特地在郓城县～拘栏。(水51-841-7)
④指定する（値段を）。　¶我看价钱～得忒大仔点。(海4-25-12)　¶因为晓得大人办清公事,～的都是实价,再没有折扣可打。(新57-261-2)　¶胡统领道:"你到底同他讲多少?"周老爷道:"他～的盘子太大了,过少不好出口,卑职还了他三万。"(官17-271-10)

〈趨〉動詞の結果補語となり、動作にともなって、離れたり、分かれたり、間隔が開くことを表す。　¶耐咪夠走～,要走末,等我转来仔去。(海5-34-13)　¶等到娘姨咪劝～仔,榻床浪一缸生鸦片烟,俚拿起来吃仔两把。(海6-48-3)　¶快点叫两个堂倌来拉～仔哩,要打出人命来哉呀!(海9-69-22)　¶一只嘴张～仔,面孔浪皮才牵仔拢去,好象鑲仔一埭水浪边。(海15-119-15)　¶耐单有一个无姥离勿～,再三四年等耐兄弟做仔亲,让俚咪当家,耐搭无姆到我屋里向去。(海18-142-23)　¶倷格人倒少有格,还勿搭我滚～点来!(狐9-60-8)　¶格格男爬到仔格格女身边去困困,落里晓得,困到明朝,两家头连牢仔,折勿～格哉,当时死末勿死,阿要难为情熬。(狐54-463-23)　¶耐走～点,耐再有面孔来搭我说闲话!(九续150-1071-10)　¶倪搭倩两家头去北成都路,晏点再来看耐,耐咪夠跑～哩!(沪2-4-1)宝玉禁不住大叫:"了不得!"一脚踹进门去,将那两个唬～了,抖衣而颤。(红19-262-18)　¶倒是宝兄弟屋里虽然人多,也就靠着你一个照看他,也实在的离不～。(红67-956-14)　¶两个只把空拳来水中厮打。一递一拳,正在深水里,又在拖上浅水里来。正解拆不～,岸上一彪军马赶到。(水79-1305-15)

【开宝】

語彙例釈　kai

〈動〉芸妓の水揚げをする。¶況且陆秀宝是清倌人,耐阿有几百洋钱来搭俚～?（海2-10-20）¶倪搭勿比得堂子里,耐就去开仔十个宝也关倪啥事,阿怕倪二小姐搭俚哚吃醋?（海14-109-16）¶耐阿想去搭俚～呀?（九续60-460-2）¶倪阿媛末今年十六岁,刚刚是～年纪哉呗。（沪2-62-6）¶格两年工夫弗晓得几几化格客人要搭俚～末,总规出弗起铜钿咾弗成功。（沪3-76-10）

【开春】

〈動〉春になる。旧暦正月もしくは立春のころを指す。¶到今年～勿局哉,一径邱邱好好,赛过常来浪生病。（海36-304-13）¶只得等到～,各家调头格辰光,难末好想法得来。（狐20-158-26）

【开赌】

〈動〉開帳する。賭博の座を開く。¶～个人,耐也明白来浪。几花赌客才是老爷们,倪衙门里也才来浪赌呗。（海56-473-12）¶原来管厨房柳家媳妇之妹,也因放头～得了不是。（红74-1045-2）

【开饭】

〈動〉食事をだす。食事にする。¶俚哚栈房里才实概个,到仔十二点钟末就要～哉。（海2-15-11）¶谈到上灯以后,三人不见回来,栈使问:"阿要～?"朴斋去问洪氏。洪氏叫先开两客。（海30-249-11）¶这时已是一点钟了,娘姨请示'中饭开勒啥地方?'夫人道:"倪居去罢。作兴归面有事体。"（沪2-36-1）¶幼安见天已黑了,便唤茶房～。（繁后27-1050-21）¶这时候朋友家里将要～了,我就是坐了东洋车赶回去,也来不及了。这便如何是好呢?（负14-65-25）¶书局里的工匠又闹着要算薪资,厨房里有两天不～了。（负20-91-10）¶等到～的时候,他拿了出来。（官59-1031-4）¶娘姨四顾无人,开门进来,向美士笑了一笑,又对无双道外边已在～了。（歇15-196-18）¶且说梅伯、雨香回到房里,见已在开中饭了。（新29-131-11）

【开口】

〈動〉①口を開く。ものを言うこと。¶哑子末勿是哑子,不过勿～。（海19-152-3）¶随问钓伯道:"耐做仔几辰光哉?"钓伯又支支吾吾说不出口。宝林推他说道:"问耐规规矩矩闲话,啥落勿～介?"（鸿12-264-22）¶倪是不过望耐生意好点,大家有点好处,实格洛劝劝耐。等耐心浪明白点,倘忙耐要见气起来,格是倪下转连搭仔口勿敢开格哉。（九164-1075-4）¶谁晓得上头只不～,一等等了一刻多工夫,大家都看楞了,上头还是不响。（官6-90-1）¶那先生把他八字排起来,～便说你是个贼。（目

26-194-24）¶太尊先～道："小儿久被化雨，费心得很，……。"（目 98-807-7）¶到了公案面前，也只得跪下，却不等范臬台～，先仰着头说道："范承吉，你也是个中国的名下士，黄农尧舜之子孙，怎么这样不顾廉耻！……。"（梼 10-156-7）¶王夫人等都笑道："一定如此。快些说来。"鸳鸯未～，刘姥姥便下了席，摆手道："别这样捉弄人家，我家去了。"（红 40-557-17）¶县主还未～，那几个令史在傍边，你一嘴，我一句道："自己管库没了银子，不去赔补，到对老爷说，难道老爷赔不成？"（警 15-205-15）¶这件事易则至易，难则至难，娘子恕老身不知进退的罪，方好～。（二 2-33-5）¶张三翁见不是头，晓得有些一班小人，料想好言不入，再不～了。（二 22-449-10）¶这个事须凭爹妈做主。我女儿家怎开得口？（初 29-537-12）
②頼み込む。¶我第一转～，耐就一点情面才无拨，故末气得来要死。（海 59-502-13）¶近来家严长远无拨寄下来哉，庄浪向还欠仔俚笃点，一径勒浪催，勿好再去～，实在效力勿周，抱歉得势。（鸿 8-236-4）¶张宝琴虽是讨人身体，却同达怡轩甚好，无论他讨娘如何逼着他同这怡轩要东要西，他总不肯～。（梼 16-256-3）¶支助指望得贵引进，得贵怕主母嗔怪，不敢～。（警 35-539-2）

【开列】

〈动〉書き並べる。書き出す。¶序文之后，～同盟姓名，各人立一段小转。（海 53-449-24）¶一切动用家伙攒钉登记，以及荣国赐第，俱一一～，其房地契纸，家人文书，亦俱封裹。（红 105-1462-2）

【开爽】

〈形〉晴れやかである（心が）。¶倘然二爷心里勿～末，请到倪园里去白相相。（海 43-361-15）¶蒋生又惊又喜，谨藏了三束草，走归店中来。叫店家烧了一锅水，悄地放下一束草，煎成药汤。是夜将来自洗一番，虽然神气～，精力徒健。（二 29-572-5）

【开水】

〈名〉沸騰した湯。¶～勿要哉，耐去困罢。（海 26-212-13）¶陆里再有～，啥辰光哉嘎，茶炉子隐仔长远哉。（海 52-438-23）¶倷停歇等茶房送～进来，问俚一声，吪不勿晓得格？（狐 33-279-26）¶倪炖好仔～来浪，倪去冲碗杏仁露来，耐解解酒阿好？（九 6-43-7）¶等到将饭摆上，仍是～泡的干饭。（官 17-265-17）¶姑娘吃药去罢，～又冷了。（红 35-473-12）

【开厅】

"妓院"の大広間で宴を張る。¶痴鸳道："耐请我老旗昌～，我做拨耐看。"亚白道：

語彙例釈　kai

"我末就请仔耐～。倘然耐做出来，有一字不典，一句不雅，要罚耐十台～喽哩！"（海47-400-12）¶邓子通道："锦翁到老旗昌去，可是～？温生甫他几次对我说起，想去瞧瞧，可要请他同往？"锦衣道："～是要预先定的，当日只怕厅房没空。好得现在老旗昌共有四家人家，我们这么样罢：大家到了那边，那一家厅上没酒，就在那一家～，不见得四家一齐有酒。温生翁既然有兴，不知现在那里，可能请他到来同行？"（繁Ⅱ19-567-26）

【开外】

〈名〉方位詞。その数以上であることを表す。¶耐阿有几百洋钱来搭俚开宝！就省点也要一百～喽。（海2-10-20）¶外势格零碎帐，倒也一千～笃，连仔收下来点局帐，刚刚正好。（九续35-267-20）¶外势才说有三千～笃。（鸿9-243-1）¶他点翰林的那年，已经四十～，五十多岁上截取出来。（官56-980-17）¶我也是五十岁～才纳妾的。（目104-859-14）¶他年纪有三十～。（歇5-58-25）¶年纪虽已三十～，眉梢眼角，尚含无限风情。（新38-177-13）

【开消】

〈动〉支払う(費用を)。¶单是王老爷一干仔末，一节做下来也差勿多五六百局钱哚，阿怕啥～勿出。（海4-28-16）¶耐勿相信末，我明朝就教朋友去搭我～局帐，阿好？（海8-58-13）¶耐故歇一个多月无拨几花生意，难要巴结点。做着仔癞头鼋，故末年底下也好～。（海64-546-15）"开销"とも作る。¶局帐末已经开销哉。（鸿10-247-24）¶倪格房饭钱搭仔菜帐，本底子勿要紧，不过今年格事体勿比旧年搭仔前年，倪自家开销勿转。（九163-1070-17）¶倒是耐格节帐，那哼弄法？节浪向勿开销，坍台格嘘。（九续155-1097-23）¶这回师节到了扬州，述农查了老例，去开销一切。谁知那戈什哈嫌钱少，退了回来。（目59-469-22）¶赵温的爸爸开销他三个铜钱的脚钱，他在那里嫌少，争着要添。（官1-11-1）¶一面命从人拿六个铜元去开销车资，一面问寿伯什么时候来的？（歇11-138-5）¶任天然开销廿四块下脚，至于小货之类应酬了多少，那就不得而知。（梼11-181-6）¶贾琏又命林之孝将那二百银子入在流年帐上，分别添补开销过去。（红44-614-15）

〈名〉出費。¶人淘少，～总也有限。（海1-4-10）¶耐住来哚客栈里，～也省勿来，一日日哚下去，终究勿是道理。（海12-98-17）¶俚～大，爷娘兄弟有好几个人来浪，才靠俚一干仔做生意。（海24-192-13）¶就不过一个局，搭仔下脚，无拨几花～，放心末哉。（海60-508-9）¶工钱虽然比了内地略为大点子，房租、吃用一切～，也要大到好几倍呢。(新 48-222-1)　"开销"とも作る。¶所以奴格意思,要想租一注房子住住,即使客人笃夥岸浪摆酒,奴就借俚笃船一用,日夜格开销才是奴出,以外再贴还点俚。(狐 18-135-21)　¶想了一想道:"耐到底节浪向要几化开销呀?"小吴道:"节上开销,至少总要七百块钱,再少不去的了。"(九续 155-1098-1)　¶一个月也可省却四五十块开销。(歇 21-267-12)　¶祥记平日生意去掉一切开销,每年好多几许银子?(十3-13-29)　¶然而州县官应酬上司,与及衙门里的一切开销,都有个老例,有一本老帐薄的。(目 59-469-19)

【开心】

〈形〉楽しい。心地よい。¶耐听哩,徐大爷叫得阿要～!徐大爷个魂灵也拨俚叫仔去哉。(海 5-36-13)¶故歇让耐去～,晚歇碰和末抵桩多输点。(海 22-177-14)¶我说俚定归是舍勿得上海,拉仔个东洋车,东望望,西望望,～得来!(海 29-241-16)¶老唐,看你满面孔勿～,吃局索性吃局,困局索性困局,那了烦难介,勿摟得介。(三 3-17-22)¶耐歇两日弄两个人,也撑一个门口,生意让俚笃去做,耐自家随随便便,欢喜白相就白相,像钱明珠实硬,也蛮～哉。(鸿 18-299-11)¶格个客人要是搭倪勿对劲么,等俚去多用脱两个铜钿,心浪像煞～点,碰着仔搭倪对劲格客人,像煞俚多用仔一个铜钿,倪心浪总归有点勿舒齐。(九 168-1100-14)¶礼拜六是顶～个日脚,为之第二日礼拜,无甚事体,比之礼拜日倒好。(上散 4-12-9)¶再说陶子尧自从接到电报,打发管家去找魏翮仭去后,独自一个坐在栈房,甚是～。(官 10-146-8)¶你在外边～,把家忘掉了,家里头老太太、奶奶,那一天、那一时不念上你百十遍?(新 27-125-8)¶闲来坐坐,说说话儿,我倒～。(红 67-956-21)

【开帐】

〈动〉明細書に書き上げる。¶所用衣裳开好一篇帐来里。(海 42-357-7)¶再有我家常著个衣裳,同零零碎碎白相物事,帐末可曾开,才来里官箱来里,无姆空仔点查查末哉。(海 49-416-16)¶五科接着忙问:"生意怎么样?～没有?"魏翮仭递给他看。五科看完之后,说了声:"就是这个吗?"又笑了笑道:"这篇糊里糊涂的帐怎么好带到外国去?而且一件机器另外总有些零碎件头,都要一笔笔的开上。(官 9-119-15)

【揩】

〈动〉拭く。ぬぐう。¶耐去茶馆里拿手巾来～～哩。(海 1-3-16)¶早晨～只烟灯,跌碎仔玻璃罩,俚哚无姆说,要我赔个。(海 23-183-3)¶耐只嘴也要～～末好。(海 26-217-22)¶王老爷,～把面。(海 33-276-5)¶让钱老～仔面勒用点心罢。(鸿 11-254-20)

語彙例釈　kai－kan

¶照奴格意思末，实头拿俫格帐毒嘴，用张屎纸～一～末好。(狐 26-212-5) ¶大老官连忙放手，拿衣襟得来～眼泪。(三 16-186-17) ¶我伊日子看见俫拈～油泥物事个抹布就替我～台子。(上问 14-72-3) ¶老三伸了一个懒腰，打了一个呵欠，把眼睛～～，一声儿不言语。(负 2-6-21) ¶说到这里，即在身傍掏出一块酱油色的白手帕来～眼泪。(歇 6-70-3) ¶羊统领只～了一把脸，立刻要走。(官 31-511-3) ¶欺他是乡下人，不给他打帚，要他脱身上的破棉袄来～，乡下人急了，只是哀求。(目 38-293-6) ¶姚啸秋却坐在薇琴的对面，忙将眼镜子除下来用手帕～了一～重复戴上。(人 6-46-12) ¶姑娘们拿出汗巾子来～，他又夺过去擦夹肢窝。(儒 42-485-16) ¶乃寻个事故，将胡氏毒打一顿，剥去衣衫，贬他在使奴婢队里，一般烧茶煮饭，扫地～台，铺床叠被。(喻 22-329-14)

kan

【看】
〈动〉見張る。見守る。¶巡捕～来哚，走勿过哉。(海 11-85-12) ¶耐有本事，耐拿家主公～牢仔，为啥放俚到堂子里来白相？(海 23-187-21) ¶姐夫坐该搭来，阿好？我困仔末，姐夫坐来浪～好仔我。(海 35-293-10) ¶回过头，叫阿玉道："耐搭倪～好仔俚，勿要放俚出去。"陆海秋哈哈的笑道："好得很，索性把我当起犯人来了。"(九 93-659-12) ¶～好了东西，到了码头要留心些。(桥 11-165-14) ¶好生派妥当人夜里～香火，不是大意得的。(红 53-747-7) ¶杨雄道："泰山～家，我和大嫂烧香了便回。"潘公道："多烧香，早去早回。"(水 46-762-2)

【坎】
〈副〉……したばかり。共通語の"刚"。¶我～做俚辰光，俚搭我说："做倌人也难得势，就不过无拨好客人；故歇有仔耐，故是再好也勿有。难末要去做一户蓴生客人，定归勿做个哉。"(海 24-193-23) ¶四老爷～到辰光，怕得来，面孔浪才是个哉！(海 58-496-9)

【坎坎】
〈副〉①……したばかり。共通語の"刚"。¶善卿～来，也让俚摆个庄，等蔼人转来仔一淘过去。(海 9-25-2) ¶陆里就散，局票～发去。(海 5-37-3)
②やっと。ようやく。共通語の副詞"才"。¶耐说转去两三个月踠，直到仔故歇～来！阿是两三个月嘎，只怕有两三年哉。(海 2-11-14) ¶最好笑有一转拍小照去，说是眼睛光也拨俚哚拍仔去哉；难末日朝天亮快勿曾起来，就搭俚眼睛，说恬仔半个月～好。(海 7-57-7) ¶为仔倪阿姐昨日夜头吓得要死，跑到倪搭来哭，天亮仔～转去，我要去

望望俚阿好来哚。(海11-88-6)¶今朝九点钟～散,我是一径勿曾困歇。(海16-129-19)¶你竟忒荒唐了,尊大人去世～五日,就把松盛胡同雅仙班里唱花旦的谢如意娶到家里了。(商4-25-12)"堪堪"とも作る。¶福生道:"汪少爷年纪看上去不过二十来岁呢。"石嫂子道:"今年堪堪二十一岁。"(十39-289-20)

〈名〉先ほど。今し方。共通語の"刚才"。¶俚叫李浣芳,算是漱芳小妹子。为仔漱芳有点勿适意,～少微出仔点汗,困来哚,我教俚勥起来哉,让俚来代仔个局罢。(海7-55-19)¶沈小红哚娘姨～来说,沈小红要到公馆里来。(海9-72-18)¶姐夫～搭阿姐说个啥?(海35-296-10)¶～个就是郭孝婆,我倒勿认得,失敬得极哉!(海37-312-9)

【坎坷】

〈形〉不遇である。地面がでこぼこして平らかでないことを指すことから、人生が平坦でなく、不幸せであることをたとえる。¶大凡读书人通病,往往为～之故,就不免牢骚。(海51-432-15)¶厮配得才貌仙郎,博得个地久天长,准折得幼年时～形状。(红5-86-8)

【看】

〈动〉①见る(目で)。¶陆里晓得个冒失鬼,奔得来跌我一交。耐～我马褂浪烂泥,要俚赔个哕!(海1-3-15)¶庄荔甫向洪善卿道:"正要来寻耐,有多花物事,耐～～阿有啥人作成?"即去身边摸出个折子,授与善卿。(海7-56-8)¶我去喊翠凤来,～～花头阿中意。(海7-56-8)¶有辰光我教玉甫去～戏,漱芳说:"戏场里锣鼓闹得势,覅去哉。"(海7-57-4)¶耐去骗末哉!耐～来哚,我明朝死来哚张蕙贞搭去。"(海11-83-15)¶只要耐晚歇勿拿得来未,我拿银簪来戳烂耐只嘴,～耐阿吃得消!(海13-105-9)¶华生道:"阿有请客票头?拿得来～～就晓得哉!"栈便听说,忙到帐房间帐桌铁签上一看,道:"来里。"随手取下,交与华生。(鸿1-193-9)¶格部车子倒实在标致勒里,可惜车里坐格人迎面还～勿出哕。(狐15-111-17)¶汇票是倷格样式介,拨倪～～哩!(九6-46-14)¶耐格眼睛到仔陆俚去哉?耐自家～哩。(九115-786-26)¶方必开吓了一跳,定神一～,不是别人,就是那新中举人赵温的爷爷赵老头儿。(官1-2-12)¶士隐命家人霍启抱了英莲去～社火花灯。(红1-15-15)¶是甚希罕东西,金银宝贝做的,值此价钱?我虽曾听见老爷与宾客们常说。真是千闻不如一见。师父且与我～～再商量。(二1-5-13)¶出来见了高俅,～罢来书,知道高俅原来是帮闲浮浪的人。(水2-17-3)②访ねる。会う。¶我教娘姨到栈房里～仔耐几埭,说是勿曾来,我还信勿过,间壁郭孝婆也来～耐,倒说道勿来个哉。(海2-11-15)¶我前日仔教阿金大到耐公馆里来～耐,

語彙例釈　kan

说轿子未来哚,人是出去哉。(海4-30-17)¶到宝善街新泰客栈,问:"孙眉初阿来里?"栈使道:"刚刚出去。"帐房先生认得鸣网,招呼道:"阿是～眉初?有人请倷吃大菜去哉!"(鸿1-193-8)¶阿姨阿是转去哉?明朝我来～耐。(鸿15-281-19)¶倷来～倪主人,阿有啥事体佬?(狐17-128-1)¶到了次日,便去～了几家亲眷,那些亲眷又回看他,整整忙了两日。(负20-95-8)¶我们也有个园子,园子里头也有果子,你明日也尝尝,带些家去,你也算～亲戚一趟。(红39-539-10)

③诊。¶故歇为仔勿曾好,要请耐高老爷～。(海36-298-14)¶文君再要去上俚当!像李漱芳个人,俚晓得仔,蛮高兴～来浪。(海36-299-5)¶跟了阿金上楼,先在中间坐定,问道:"是谁生病?可有寒热的吗?"阿金信口答道:"是倪先生格亲眷,住勒间搭,发仔几个寒热,嘴里说胡话,人才弗认得,格落请倷先生来～呀。"(狐16-118-13)¶耐到底身浪向倷格勿舒齐,阿要请格郎中先生来～～?(九75-545-10)¶马大少生病未,豪燥请郎中先生～呀?(九135-903-19)¶上年九月,他犯了伤寒病,请城里南街上张先生来家替他～。(官23-370-10)¶凭你什么名医仙药,从不见一点儿效。后来还亏了一个秃头和尚,说专治无名之症,因请他～了。(红7-108-4)¶等候老都管一病已了出来,两个邀老都管僻净处说道:"若要衙内病好,只除教太尉得知,害了林冲性命,方能勾得他老婆,和衙内在一处,这病便得好。……。"(水7-117-12)

④情况を見て判断する。　¶故歇陆里肯去,晚歇完结仔事体～。(海43-361-3)¶进卿摇头道:"实该行情无处去买个。"寿生道:"耐～光景罢,稍些大点就大点哉啘。……。"(鸿9-240-16)¶据我～起来,倒是索性呒不格好,省得惹别人笑。(狐5-28-20)¶他的病并不是份寒症,据我～来,一定是出天花。(狐16-118-22)¶大哥,你另外委别人罢,这件事～上去不会成功。(官5-61-3)

⑤……と思う。¶我～价钱开得式大仔点。(海4-25-12)¶耐～如何,阿是勥去叫俚好?(海6-47-3)¶我～俚搭湘兰要好,湘兰总晓得俚格细底,耐啥勿去问声湘兰呢?(鸿15-283-18)¶阿金笑道:"格未我猜哉嘿,我～大先生格心事,别样才呒啥,眼睛门前,单差少一个。"说到这里,停住了嘴,只管嘻嘻的笑。(狐44-380-1)¶倪～耐昨日仔直头有点浑淘淘哉!(九106-736-19)¶老哥,你～怎么样?(官11-163-24)

⑥……によって決まる。　¶耐闲话是勿差,价末也要～人码。(海32-266-7)¶伊个要～甚个生意,也要看人头起。(上散8-49-5)¶谋事在人,成事在天。咱们谋计了,～菩萨的保佑,有些机会,也未可知。(红6-95-13)¶人病到这个地位,非一朝一夕的症候,吃了这药也要～医缘了。(红10-153-24)

kan　語彙例釈

〈助〉……して見る。¶听见说杭州黎篆鸿来里，阿要去问声俚～？（海1-6-11）¶耐再勿来末，索性搭耐上一上，试试～末哉！（海2-11-18）¶耐自家去想想～，耐一直下来，东去叫个局，西去叫个局，我阿曾说歇啥一句闲话嗄？（海4-31-5）　¶吃花酒无啥趋势，倒勿如龙如意搭去翻翻本～。（海14-113-2）¶晏歇问声伯荪～。（鸿3-204-23）¶托耐再写一张票头到清和坊金寓，请请宋伯恩弟兄两家头～。（鸿9-204-7）　¶二少，耐替倪评评格个理性～。（九21-160-7）　¶倷去问俚～，间搭房钱阿要几化介？（狐10-71-17）　¶覅瞎称赞，耐倒看看～哩。（沪3-58-7）¶让我可以替侬到别场化去打听打听伊～。（上问31-56-7）¶卑职要上去瞧瞧～，客人去了，好进去回。（官4-48-8）¶请出手来诊诊脉～。（负20-96-13）¶你试试给我听了～。（维8-55-2）¶你几位猜猜～，这位委员老爷怎么个办法？（目50-395-3）¶我明天且同华韵花商量商量～。（栋13-209-5）¶这病尚有三分治得，吃了我的药～，若是夜里睡的着觉，那时又添了二分拿手了。（红10-153-3）¶我叫他拿了一个扇套子试试～好不好。（红32-444-8）¶暗把读过的词咒，又背一背～，恰也一字不忘。（禅21-337-4）¶辨悟拿了灯，拽了住持的手，走到壁间，指着那一幅字纸道："师父可认认～。"（二1-14-11）　¶运使道："你还到他衙中问问～。"（二17-342-8）　¶这里想是叔叔窑里，你去叫一声～。（杀31-128-1）　¶正闷坐间，只见一个先生，手里执着一个招儿，上面写着'如神见'。俞良想是个算命先生，且算一命～。（警6-69-1）¶看着武松道："客人要打多少酒？"武松道："打两角酒，先把些来尝～。（水29-453-8）¶今见兄长行步非常，因此唤一声～。不想果是仁兄。（水44-714-14）

【看过】
〈动〉見過ごす。見逃す。大目に見る。¶耐原照应点俚，劝劝耐无姆～点，赛过做好事。（海3-20-5）¶耐是勿比得双宝，生意末好，无姆也欢喜耐，耐就～点。（海17-134-19）¶这原是我不是，你们都是我自己人，就求你们～点子罢。（十34-256-30）

【看见】
〈动〉目に入る。見かける。¶我勿曾～，想来比双宝缥致点咪。（海3-20-1）¶倘忙一日勿～仔，要娘姨、相帮咪四面八方去寻得来，寻勿着仔吵熬哉）。（海7-56-22）¶拨俚咪来～仔，算啥？（海8-60-16）¶我有三四日勿～哉。（海15-117-24）¶翡翠个物事难讲究咪，少微好一点就难得～哉。（海22-179-16）¶该搭来里菊花山背后，生来看勿见。（海58-492-1）¶湘兰道："人嚟～？"阿有道："勠～。听俚笃二爷说，该两日勿大出来。"（鸿16-286-1）¶湘兰道："该两日阿～陈大人？"质斋道："有好几

語彙例釈　kan

日勿～哉。耐搭総到格畹？"（鴻16-286-17）¶倪格搭房間一径関勒浪，所以大少勧～。（狐20-156-15）¶倪只当仔今生今世，看勿見耐格哉，勿売張故歇来浪上海倒～仔耐。（九続68-532-2）¶郷里人眼浅，～中了秀才，竟是非同不可，合庄的人，都把他推載起来；性方的便漸漸的不敵了。（官1-1-5）¶当日老爺小時候挨你爺爺的打，誰没～的。（紅45-621-2）¶原来黒旋風李逵在門縫裏都～，听得喝打柴進，便拽開房門，大吼一声，直搶到馬邊。（水52-860-4）

【看面浪】

……に免ずる。……の顔を立てる。"面浪"は「体面」「面子」。⇨面浪②¶我替耐阿姐磕个頭，看我面浪，覅動气。（海25-207-4）¶我末得罪仔耐，耐看瑞生阿哥面浪，就冤屈点阿好？（海30-248-13）¶好哉，好哉，看我老老頭面浪，饒仔俚末哉。（海39-328-16）¶難耐看仔我面浪，両家頭原旧要好仔罷，覅像煞有介事哉！（鴻4-210-7）¶就是倷恨倪先生，亦応該看我面浪，到倪格搭来畹，説啥格別尋主顧介！（狐30-250-3）¶章大少看陳老面浪包涵倪点，勿要扳倪格差頭。（九33-250-7）¶看我必貴面浪罷。（描1-5-9）¶看五阿姊面浪饒仔耐末哉。（滬1-50-2）¶不免看同胞姊妹面上，到来睃睃他。（何5-53-4）¶地方官看他表弟面上，有些事情都让他，不同他計較。（官17-270-10）¶瞧老七面上，姓王的也不好響什么了。（人25-264-19）¶老二是我多年的小姊妹，張子純也是你的朋友，他如今吃官司有急難，你不瞧朋友面上也要瞧我姊妹面上。（人37-423-9）¶求看二姐姐面上，饒他這次罷。（紅73-1035-16）¶哥哥，千万看師父面上，饒了我罷！（西31-349-11）¶果是婢子不是了！只求看小姐面上，不要計較。（醒1-9-2）¶你看做娘的面上，胡乱留他一晩。（醒3-54-1）¶看你姐夫面上，与你一个庄子，你自去耕地布種。（警24-357-13）¶員外，你不看兄弟面上，也須看爹娘面上，如何就把他逐了？（殺23-97-18）¶你可看做爺的面上，替他娶房媳婦，分他小屋一所，良田五六十畝，勿令飢寒足矣。（喻10-150-5）¶看他母舅面上，放了他。（水14-206-6）

【看……起】

人や事柄・情況などの要因によって決まることを表す。¶其実倪翠鳳脾气末有点，也看客人起，俚来裏羅老爺面浪，倒勿曾発過歇一点点脾气哩。（海7-51-6）¶看光景起，園裏三四个倌人常有来浪，各人各様開消。（海48-407-11）¶伊个要看甚个生意，也要看人頭起，（也有）（或者）（付現銀子个）（現銭交易个），也有（做）（賖）帳个，到月付个，到節付个，小月底結帳个，……（略）……。（上散8-49-5）¶你取笑也要看地方起的，我今天初次在此請客，你便如此胡言乱語，倘被他真个板起面孔来，你我豈不大家没趣？

kan　語彙例釈

（九 1-5-17）
【看轻】
〈动〉軽視する。軽んずる。¶耐要送拨我，随便陆里一日送末哉。今夜头倒麭拨来耐〜仔，好像是倪看中仔耐钏臂。（海 8-60-1）¶耐麭〜仔俚，俚个衔头叫'赞礼佳儿'，'茂才高第'。（海 53-451-18）¶[丑]相公，你〜子个件蓑衣哉。（三 7-72-30）¶看小说的，切莫要把这班假维新的人〜了！（维 16-110-5）¶众位大人，不要〜了这一缸粪，全亏它，才能栽出些花树来。（市 18-269-27）¶赵世兄，你不要〜了这典史，比别的官都难做。（官 2-22-11）¶直到如今，凶手没拿着，怪不得要被王小么〜。（新 22-101-29）

【看台】
〈名〉高い所から見るための踏み台。¶倪就搭张秀英看仔一埭，自家搭好仔〜，爬来哚墙头浪，太阳照下来，热得价要死！（海 55-466-22）

【看勿对】
〈动〉気に入らない。¶难道上海几花倌人，耐一个也〜？（海 31-259-12）

【看勿过】
〈动〉黙って見過ごせない。共通語の"看不过去"。¶小妹姐也笑了，急问："阿曾剥嘎？"阿巧哭道："啥勿曾剥！倒是先生〜，拉我起来。无姆晓得仔，倒说我小干仵哭哭笑笑，讨人厌。"（海 23-184-15）¶我为仔一说说耐，难下去我也勿好说个哉。（海 49-417-15）¶紫云轩拿仔本家一千洋钿，生意勿肯好好里做，难末本家〜，要说哉洛。（九续 35-268-7）¶上灯后，王大人想吃独桌，把老爷关在园里，不去理他。幸亏他的家人看不过，才去请老爷的。（市 18-273-21）¶班子里人为的是少爷，也不敢多嘴。后来倒是一个唱小丑的看不过，说了一句。（官 4-54-7）¶每日只命人瑞了菜饭到他房中去吃，那茶饭都系不堪之物。平儿看不过，自拿了钱出来弄菜与他吃。（红 69-979-11）¶一日，春儿失手把麟儿打了一下，吃了一惊，羽娘即将春儿毒打，血流满地。赵生又看不过，稍稍劝解说："此女罪虽该打，奈着你受此气力，莫不气坏身子。"（醒上 12-81-9）¶若老若幼，饿死无数。官府看不过，开发义仓，赈济百姓。（醒 20-400-5）

【看勿起】
〈动〉侮る。見下げる。¶就象朱老爷末，阿是〜倪勿来哉唽！（海 12-92-8）¶耐幸亏勿是讨人，勿然俚也〜耐哉。（海 17-133-7）¶勒上海还勿要紧，现在勒里京里，格格名誉倒坏勿得格，麭说伍大人见仔，要〜奴，哪哼再有面孔挂牌子、做生意嘎？（狐 47-404-17）¶俚哚末做俚哚格野鸡，倪末做倪格生意，倪也吭啥看俚笃勿起唽。（九续

語彙例釈　　kan－kang

14-104-6）¶我眼里就看不起那样的主子奶奶！（红9-143-16）

【看下来】

見たところ……。¶我～，越是搭相好要好，越是做勿长。（海 7-57-15）¶高老爷～，倘然还可以进境点个末，阿好'有教无类'之说，就正一二？（海 60-515-2）¶倪～有数目个哉，南京去做啥嘎？（海 62-527-3）

【看中】

〈动〉気に入る（観察した結果）。¶我再要俚自家～仔一户客人，搭我多做点生意，故是难杀咾哩。（海 7-52-6）¶耐倒～仔我三块洋钱哉，阿是？（海 15-117-10）¶我就有仔铜钱，脾气勿对，耐也看勿中咾。（海 18－148-8）¶嗣母早就～一头亲事来浪。（海 55-465-21）¶方大少～仔耐哉！（鸿 3-203-9）¶阿是耐～仔俚哉，等倪来替耐做媒人阿好？（九 42-308-26）¶奶奶阿要去覆看一看？如果看中格，马上就付仔定钱，省得拨别人抢脱仔，倒有点可惜格。（狐 10-71-8）¶爵主夫人个福气大，眼力也好，府里向多化人来一个勿中意，单单～子爵主人。（描 37-332-5）¶个个秋香，是阿埋身边的人，吾里大爷、二爷～勒里个，介勒你看勿得个。（三 10-119-20）¶内中便有一个知县～一个缺，一心想要，便走了藩台兄弟的门路，情愿报效八千银子。（官 4-56-9）¶你若～了这先生，小弟可以做个摄合山，教他做你的姨太太。（维 4-24-2）¶我已经～了两个丫头，一个与宝玉，一个给环儿。（红 72-1028-22）¶有一个考官，另～了一卷，要把唐卿做第二。（初 32-604-10）¶还不曾开口，那老姆姆知趣，先来问道："可～了谁？"（警 26-405-5）

【看重】

〈动〉重视する。重んじる。¶耐要晓得做仔我，耐麩～来咾洋钱浪。（海 8-60-9）¶少霞听他口齿甚硬，没点虚心，明明是～了子通的钱。（繁初 24-271-26）¶先前不肯替他上来回的巡捕，这番见钦差如此把他～，也和在里头，帮着下轿帘、扶轿杠，弄得这老头儿心神不定。（官 19-304-5）¶自此张国柱有了芜湖道认他为张军门之子，而且异常～，自然别人更无话说了。（官 51-887-13）¶如今因～我，才叫我照管家务，还没有做一件好事，姨娘倒先来作践我。倘或太太知道了，怕我为难不叫我管，那才正经没脸，连姨娘也真没脸！（红 55-773-13）

kang

【伉大】

〈名〉愚か者。¶耐个～末，再要自家吃哩！（海 28-231-1）¶倍笃格大人阿，勿是倪勒浪说俚，直头是格～，一句闲话就要当倪格真。耐想倪堂子里说出来格应酬闲话，阿好作准？（九47-342-6）"戅大""憨大"とも作る。¶你这个人，真正戅大！（官8-120-5）¶嗄，我倒规定要做做戅大哩。（商2-12-13）¶程藕舲道："龙华有桃子卖吗？"张素雯用手拧了程藕舲一把道："憨头，龙华不是一路有桃树，春天的时候不是大家去看桃花吗？既有桃花怎么会不结桃子？"（人39-463-6）

kao

【考据】
〈动〉考证する。¶《四书》末，从小也读烂个哉，如此～，可称别开生面，只怕从来经学家也勿曾讲究过哩。（海45-383-7）你们真变了～迷了，连敲门砖的八股，都要详征博引起来。（孽3-16-17）

【靠】
〈动〉頼る。依存する。¶倌人末勿是～一个客人，客人也勿是做一个倌人。（海10-81-10）¶俚会做生意末，最好哉；勿然，单～耐一于仔去做生意，阿是总辛苦点？（海17-137-8）¶杨老爷要讨倪囡鱼，也是倪囡鱼格福气。倒是我只有俚俫一个，故歇就嫁脱仔叫我～啥人过日脚嘎？（狐5-34-9）¶因丈夫生性凶暴，不得已带了孩子，在亲戚家暂避，～着女工度日。（新46-212-24）¶横坚我们这位侄在家道小康，也不～什么职务来维持生活，尽可以陪着艳芬消磨岁月。（人36-411-21）¶这刘姥姥乃是个积年的老寡妇，膝下又无儿女，只～两亩薄田度日。（红6-94-16）这会子你倘或有个好歹，丢下我，叫我～那一个！（红33-459-7）小人姓石名勇，原是大名府人氏。日常只～放赌为生。（水35-551-14）

【靠得住】
〈形〉信用できる。頼りになる。¶就是张小村、吴松桥算是自家场花人，好像～哉，到仔上海倒也难说。（海13-101-3）¶耐末里时髦辰光，拣～点客人嫁仔末好哉咂。（海18-147-22）¶二少耐去想想看，故歇格客人，阿～靠勿住？（九续35-266-23）¶钓伯道："我有朋友说有倷格道契地皮，要做押款。"伯飏道："只要～格，总可以做，耐碰着头勒再说罢。"（鸿13-269-24）¶我听见江西九南铁路指日就要造成，将来利息很大，而且稳稳当当～的。（梼23-366-8）¶陌生的客人和不上等的客人，老实话我是挡驾不招待的，只靠几户～的客人走走，哪里有许多可以介绍呢？（人16-144-6）

【靠勿住】
〈形〉信用出来ない。頼りにならない。¶要是无拨啥大小老婆末，客人～，拿耐衣裳、

語彙例釈　kao－ke

头面才当光仔，再出来做倌人。(海 18-148-2)　¶娘舅起先就～，托人去寻，也无么用；还是我同无姆一淘去。(海 29-238-21)　¶故歇想讨我个人，也有好几个勒浪，看看才～，看光景只好勿嫁人个哉。(鸿 10-251-23)　¶阿晓得眼下格时世，～格人实在多，嘴里说得蛮蛮好，心里其实约约乎，况且格套戏子，愈加～。(狐 44-381-6)　¶故歇世界路浪格人，才～。(九续 35-266-20)　¶上海格客人，总归～。就像贡大少末，故歇看看好像吭俉，慢慢里也勿知到底那哼。(九 106-734-25)

ke

【磕】

〈动〉ぶつかる。ぶちあてる。　¶堂倌又送上银水烟筒，说："～在楼下阶台上，瘪了。(海 9-71-19)　¶面前有个石香炉。李逵用手去掇，原来却是和座子凿成的。李逵拔了一回，那里把得动。一时性起来，连那座子掇出面前磕一～，拔那香炉～将下来。(水 43-698-13)　¶见树林中两个野狐打滚嗥叫，我赶上前要去拿他，不想绊上一交，狐又走了，反在地上～损眼睛。(醒 6-116-10)

【磕头】

〈动〉ひざまずき、両手をついて、頭を地面に近づける、または地面につける。旧礼法で、敬意を表したり、謝罪するときなどに行う。　¶后来老鸨对俚跪仔，搭桀～，说：'从此以后，一点点勿敢得罪耐末哉。'(海 6-48-6)　¶我替耐阿姐磕个头，看我面浪，勥动气。(海 25-207-3)　¶倪拜姊妹，不过拜个心。摆酒送礼多花空场面，才用勿著，就买仔副香烛，等到夜头，倪三个人清清爽爽，磕几个头末好哉。(海 52-441-16)　¶啥人要耐～呀？倪吭拔格号福气，耐去搭别人磕罢，倪是勿敢当格。(九续 29-220-25)　¶黄升上楼见了太太，就跪在地下～，说是替太太叩喜。(官 40-674-15)　¶只见那少年看见他进来，连忙除了眼镜跪下～。(梼 12-193-2)　¶聚赌者通共二十多人，都带来见贾母，跪在院内磕响头求饶。(红 73-1035-7)　¶保正就走去掇张椅桌，做个灵位，写一神主牌，放在桌上，～而哭。(初 23-438-2)　¶众人知道是乔俊附体，替他～告饶。(警 33-514-1)　¶卢俊义大喜，取银两米谷，赈济穷民。村农～感激，千恩万谢去了。(水 108-1624-11)

【咳嗽】

〈动〉咳をする。　¶昨日一夜天咿勿曾困。困好仔再要起来，起来一埭末～一埭，直到天亮仔坎坎困着。(海 17-140-2)　¶倪两家头困来浪外头房间里，天亮仔还听见耐～。(海 31-256-5)　¶公使又问："怎么样？"王爷～了一声，四位大人亦都～了一声。(官

58-1005-9)¶待秀珍出来，便紧紧追随，在后面～了一声。(歇10-120-3) ¶服侍的人昕夜不离，咳声嗽，翻个身都有人过来看看。(梼 20-325-24)¶彩云正要说话，勿听贵儿在外间～一声。(孽31-298-18) ¶姨妈究竟没甚大病，不过还是～腰疼，年年是如此的。(红78-1117-6) ¶苗龙摸到寺前，～一声，李秀、韩回春俱会意上前，和苗龙轻轻商议道："………。"(禅4-52-3)¶张荩一见，身子就酥了半边，便立住脚，不肯转身。假意～一声。(醒16-310-2)

【可称】
〈动〉…と言うことができる。 ¶妙啊，故末～'一箭贯双雕'！(海40-339-24) ¶如此考据，～别开生面，只怕从来经学家也勿曾讲究歇哩。(海45-383-7)

【可敬】
〈动〉尊敬に値する。 ¶我说漱芳命薄情深，可怜亦～，倪七个人明朝一淘去吊吊俚，公祭一坛，倒是一段风流佳话。(海45-381-18)¶听得这位小姐是望门守贞的，现在又有这番孝心，真是～！(梼23-361-21) ¶在你二姐心里到了这步田地还不肯丢掉了张子纯，也是你的一番真情真意，着实令人～。(人38-434-13)¶这样乡村地面，夜深时分，还有人苦攻读书，实为～！(儒16-204-13)

【可怜】
〈形〉哀れである。 ¶漱芳个病也～，耐一径住来浪伏待伏待，故也无啥，不过总要有点淘成末好。(海 42-352-12) ¶这也是做妓女的下场，想起来真是～可怕的很。(繁Ⅱ23-615-16) ¶说起来，我们老爷真真～，好容易刨了一顶绿大呢的轿子，没有坐满五回，现在又坐不成了。(官 3-44-9) ¶像你这样消息不灵，～包打听站在面前，你还要不知不觉的投上去呢。(歇 16-203-17) ¶谁知他来了，避猫鼠似的站了半日，怪～的。(红56-786-19) ¶可惜豪侠之士，死于非命，～，～！(禅17-262-11) ¶～金生、翠翠二人，生前不能成双，亏得诡认兄妹，死后倒得做一处了。(二6-135-9)¶那汉喝声："下手！"三四十人一发上。～武松醉了，挣扎不得。(水32-496-16)

【可人】
〈形〉わが意を得ている。 ¶尹痴鸳冷笑道："耐咿来浪骗人哉！耐是用个蒲松龄'此似曾相识燕归来'一句呀，阿怕倪勿晓得。"亚白鼓掌道："痴鸳～！"(海33-274-13)

【可谓】
〈动〉……と言うことができる。 ¶亚白先生～博爱矣。(海31-259-23) ¶做是做得蛮好，又瑰奇，又新颖，十二分气力也～用尽个哉。(海60-515-16) ¶此话正与我在苏州

語彙例釈　ke

动身的时候一般用意，真～所见略同。(繁后 9-820-21) ¶自然认得，而且很莫逆呢，花如是～是其所哉。(歇 17-218-18) ¶刁兄此举虽非正道，也～大快人心了。(新 5-20-2) ¶上海地方真～，没一个人不是官，洋行买办、钱铺老板不必说了，就是舆台、皂隶、优伶、娼家，有了几个臭铜钱，也总弄个四五品的职衔，逢年逢节，翎顶辉煌，招摇过市。(新 41-191-5)

【可惜】

〈形〉惜しい。¶～故歇无啥人来打茶会!(海 23-188-6) ¶韵叟失声了一叹，连称"～，～!起先搭我商量，我倒有个道理。"(海 47-399-18) ¶俚还说～推板仔一点点，勿然要做到皇后哚。(海 55-467-4) ¶格部车子倒实在标致勒里，～车里坐格人迎面还看勿出哦。(狐 15-111-16) ¶倷大家私，没个血统相传，着实有些～。(歇 3-26-7) ¶台上铺了蓝丝绒台毯，台毯～旧点，四边穗子全有些寥落不齐。(人 15-139-18) ¶我听见他要进京，我很喜欢，正想替他筹画筹画，那晓得他竟故了，真是～!(梼 23-373-5) ¶只～他命薄，没托生在太太肚里。(红 55-779-12) ¶～毫侠之士，死于非命，可怜，可怜!(禅 17-262-10) ¶～不曾晓得丹青!若晓得时，描也描他一个出来。(二 29-566-2) ¶望扈家庄赶去，正撞见一丈青的哥哥，解那祝彪出来。被我一斧砍了。只～走了扈成那厮。(水 50-829-9)

【可信】

〈形〉信じられる。¶想来其中必有缘故，一面之词如何～。(海 64-547-7)

【可以】

〈动〉助動詞。……できる。……してもよい。¶俚做仔一户客人，要客人有长性，～一直做不去，故末俚搭客人要好哚。(海 7-51-8) ¶忽然也勿敢有屈，好像人忒少。阿～赏光?(海 15-121-2) ¶大约过仔秋分，故末有点把握，～望全愈哉。(海 36-305-23) ¶耐明朝～就来。(海 54-457-24) ¶就换仔个题目，好像也～用得着。(海 61-517-4) ¶故歇呒啥别样，一面多请几个郎中来傍傍，一面倪再做长做短，外修里补，作兴～挽回格勒。(狐 60-515-22) ¶观察早点设法，总还～挽回。(官 3-42-10) ¶虽不敢说强似前代书中所有之人，但事迹原委，亦～消愁破闷;也有几首歪诗熟话，～喷饭供酒。(红 1-5-11) ¶倪不遇酒饭店。吃此数粒，～耐饥。(禅 26-420-15) ¶此处黄泥冈远，何处～容身?(水 16-226-7)

【可遇而不可求】

めぐり会うものであって、求めるべきものでない。¶耐说个更加勿对!故是'～'个事体。(海 34-287-9)

422

ke　語彙例釈

【可知】
〈动〉…と知ることができる。　¶我想仔半日，要做一联好诗，竟想勿出如何做法，～该首诗自有好处。（海 61-522-21）

【渴慕】
〈动〉切に思慕する。　¶洪善卿重复拱手致敬道："一向～，幸会，幸会。"（海 3-24-16）

【刻】
〈动〉彫る。版木を彫って印刷出版する。　¶旧年韵叟～仔一部诗文，叫《一笠园同人全集》。（海 40-337-11）　¶莫过你把我从前注的《阴骘文》给我令人好好的写出来～了，比叫我无故受众人的头还强百倍呢。（红 10-150-1）

【刻刻】
〈副〉いつも。常に。　¶耐就上海场花搭两个朋友，也～要留心。（海 13-101-2）　¶叫娄朝奉～当心勿要本里私下作弊，若还查出啥人作弊，立刻雄鸡头候教个。（描 10-90-14）　¶可见上海地方人心欺诈，是要～留心的。（官 8-114-9）　¶我和二叔在下处，是一处吃一处睡。进了场，相离也不远，～在一处的。（红 119-1627-10）　¶大恩未报，～于怀。衔环结草，生死不负。（醒 19-390-14）

【刻意求工】
技巧をこらす。　¶勿必去～，倒豁脱仔正意。（海 60-515-23）　¶不能够专利，做这意的人，必定恐怕要折本，必定刻意的求工，想争胜了别人，把生意仍旧挣回来。（新 19-84-16）

【客气】
〈形〉礼儀正しい。謙虚である。遠慮深い。¶噢唷！～得来！耐算无铜钱，耐来里骗啥人嘎？（海 18-148-7）　¶该号～闲话，耐故歇用勿着！（海 45-378-7）　¶故歇客客气气算啥嘎？（海 48-407-20）　¶俚倷一定来格，好得前头搭俚割断格辰光，俀送俚二百洋钿，客客气气，并勿搭俚面红赤颈，我是原经手，才晓得勒里。（狐 30-248-17）　¶章二少故歇末客客气气，停歇歇到仔床浪就勿～哉，阿怕倪勿晓得。（九 52-382-13）　¶大家都是相知，作甚是格能～来西！（上散 10-62-2）¶这肉店老板好～。（歇 14-172-3）¶他在外面就是叫两个局也是和我们客客气气，从不发脾气，很顾怜我们。（人 40-485-19）¶又等了一会子，黛玉经才写完，站起来道："简慢了。"宝玉笑道："妹妹还是这么～。"（红 89-1274-11）
〈动〉謙遜する。遠慮する。気をつかう。　¶第一道菜照例上的是鱼翅，赵朴斋待要奉

語彙例釈　ke

敬,大家拦说:"麬～,随意好。(海 3-22-24)¶麬～,耐请用饭哩。(海 4-28-9)¶巧珍道:"耐啥一点点勿～哉嘎?倒亏耐麬面孔。"小云笑道:"耐阿姐赛过是我阿姐,阿是无啥～?(海 11-90-7)¶倪先说好仔,书钱我来会;倘然耐～末,我索性勿去哉。(海 29-241-23)¶耐勿吃,无啥人来搭耐～,晚歇饿来浪。(海 39-325-8)¶双人再三请止步。伯飏笑道:"耐麬瞎～,我勿是送耐。"双人笑着和钓伯出了大门,辞过伯飏弟兄,喊两部东洋车,一直到四马路升平楼。(鸿 8-137-6)¶况且刚刚奴陪贺老去上坟,带一桌小菜勒里,妹子倷麬～哉。(狐 56-482-2)¶耐勿要搭我～,今朝托倪妹子格福,借花献佛,请看仔耐格位陈老爷,总算倪格面子。(九续 16-117-5)¶把一只手轻轻的在他肩上搭道:"请坐请坐,你只管办你的公事,不要～。"范彩霞回头一笑,两颊生红,对着秋谷笑道:"倪无啥事体呀,耐二少是难得请来格客人,今朝赏倪格光,到倪间搭小地方来坐歇,总要～～格啘,二少爷阿好?"(九 98-688-9)¶因为他是别省的官,而且又有世谊,便不同他～。(官 29-469-18)¶那位是不是二老爷?既已出来,不必～,就是便衣进来见见罢。(棒 10-150-24)

【客人】

〈名〉①客(商店や妓楼などの)。¶只见两个外场同娘姨在客堂里一桌碰和,一个忙丢下牌去楼梯边喊一声"～上来"。(海 2-15-4)¶双珠先生有个广东～,勿晓得俚细底,耐阿曾搭俚打听歇?(海 4-25-15)¶耐做个倌人末,几花～做仔去,倒勿许～再去做一个倌人,故末啥道理哩?(海 9-73-13)¶好是蛮好,倒是奴搭～一淘来格,只怕惊动倷格宝庵,有点勿便格嚎。(狐 56-481-4)¶外场喊:"阿金姐,～!"只见阿金从房里出来,叫声"二老爷",随说道:"到小先生房里去坐哩。"(鸿 6-224-17)¶上海堂子里的倌人,最是刁钻不过。譬如我做了他,他对着我便花言巧语,说的怎样怎样,背地里却又去接别的～了。(新 8-34-22)¶倌人肯和～吃醋,正是善意的表示。(人 15-136-16)¶地方人说:"客店内晚间杀死了一个～。这两个人互相疑推,多带来听爷究问。"(二 21-428-2)¶武行者酒又发作,恨不得一拳打碎了那桌子,大叫道:"主人家!你来!你这厮好欺负～!岂我不还你钱?"(水 32-494-16)

②客(ホストとの関系の)。¶齐韵叟见了众人,四顾一数,向尹痴鸳道:"～齐哉啘,耐个奇文哩?"(海 50-430-12)¶我是住在这里的人,自然算是主人。譬如我到观盛里去,自然你是主人,我是～。(九续 34-261-11)

【客堂】

〈名〉客間。応接間。¶坎坎闭仔眼睛,例说道耐来哉呀,一肩轿子抬到仔～里。(海

18-142-7）¶我房间里一房红木器具，～里一堂红木桌椅，厢房里一厢房外国台凳，怎说不多？（繁后 1-713-24）¶周老爷把和尚让在帐房～里坐，自己先进去回王道台。（官 11-154-2）¶原来佛照楼客栈，除了客房之外，另外设了两座～，以为寓客会客之用。（目 69-548-5）¶佛殿旁边转过曲廊，却是三间精致～，上面一字儿摆下七个筵席，下边列着一个陪桌，共有八席，十分齐整。（醒 22-470-15）

【客栈】
〈名〉旅馆。¶耐一干仔住来哚～里，无拨照应哛。（海 1-4-15）¶仁济医馆出来，～里耽搁仔两日。缺仔几百房饭钱，铺盖衣裳才拨俚哚押来浪。（海 24-199-11）¶宁波场化，倷阿曾到过？阿晓得大〒勒浪洛里搭搭格介？（狐 33-279-20）¶倪先生间搭勿好住，为啥要住龌里龌龊格～？（市 4-204-1）¶不然，到了南京要住～，继之一定不肯的，未免要住到他公馆里去。（目 21-148-19）¶在～里耗着怪没意思的，到洪彩云那儿去大伙儿可以乐乐。（人 47-607-6）

ken

【肯】
〈动〉①助動詞。すすんで……する。快く……する。¶俚勿～吃药哛，骗俚也勿吃，吓俚也勿吃。老鸨阿有啥法子呢？（海 6-48-5）¶俚吃仔亏转去，俚哚娘姨、大姐、相帮哚陆里一个～罢嘎？（海 9-71-3）¶李老爷，耐倘然～帮帮俚，倒也赛过做好事。（海 16-127-16）¶耐个无良心杀千刀个强盗坯！耐说一淘死，故歇耐倒勿～死哉！（海 63-540-12）¶只怕耐下转勿～赏倪杯光哉。（九续 16-117-7）¶事情隔了二十多年，中人已经死了，那里去找中人？横竖有纸笔为凭，被告～认帐就是了。（官 40-685-23）¶他本是个聪敏过顶的人，见问宝玉可好些，他便不～以实话对，只说："我不大到宝玉房里去，又不常和宝玉在一处，好歹我不能知道，只问袭人麝月两个。"（红 74-1052-8）¶量酒的都惊得呆了，那里～近前。（水 26-410-9）

②同意する。承知する。¶漱芳个娘教玉甫去困，玉甫定归勿～，难末漱芳个娘差仔轿班来请我去劝劝玉甫。（海 42-351-9）¶有辰光该应要用个场花，我搭耐说仔，耐倒也勿是爽爽气气个拿出来；故歇勿该应耐用末，一千也～哉！（海 45-379-24）¶倪要～仔末，老早～格哉，为啥要等到故歇呀？（九续 63-481-22）¶不然，到了南京要住客栈，继之一定不～的，未免要住到他公馆里去。（目 21-148-20）¶燕顺见宋江坚意要救这妇人，因此不顾王矮虎～与不～，燕顺喝令轿夫抬了去。（水 32-505-17）

keng

語彙例釈　keng‐kong

【坑】
〈動〉しまう。隠す。¶故是送拔耐个表记，拿去～好来浪。（海32-268-13）¶刘打鬼还只道他有甚私房～在那里，要逼他说出来，那日正在床前絮絮叨叨的盘问。（何5-54-11）

kong

【空场面】
うわべだけの見栄え。¶四老爷是规矩人，勿欢喜多花～。（海27-224-6）¶摆酒送礼多花～，才用勿著。（海52-441-15）¶赖三公子有名个癞头鼋，倒真真是好客人，勿比仔史三末就不过～。（海64-546-13）

【空空洞洞】
〈形〉"空洞"の重ね形。内容がない。¶～，陆里有啥题目嗄。（海40-338-3）¶照仔个题目末，～，不过实概做法。为啥做下来总是笼统闲话，就换仔个题目，好像也可以用得着。（海61-517-3）

【空心】
〈形〉金も力もそうないくせに、大物ぶる人を形容する。¶上海浮头浮脑～大爷多得势，做生意划一难煞。（海60-509-3）¶陪仔俚笃白相，等到节浪讨帐，还实梗疲赊卡欠，有格有钿勿速落，有格～大老官，阿要气数，赛过骗子拐子，就骂声俚漂匪，也勿罪过哉。（狐34-294-17）¶有～大老官在此，他惯买马别人骑，就是我骑的马，也是他买的。（何10-107-5）¶昨天的事情，怎么会无缘无故的就知道他是个～滑头？（九140-933-17）¶倪俊人又是个～老官，名气虽好，银子却没得盈余。（歇100-1386-13）¶现在楼上大闹，大约是仍旧拿不出钱的缘故。我们想，大少爷～到这个样儿。岂不令人好笑！（繁Ⅱ13-490-18）

【空心汤团】
〈名〉"馅儿"の入っていない"汤团"。実行する気のない空(^{から})約束をたとえる。¶我想癞头鼋怕人势头。文君勿做也无啥，勿该应拿'～'拨俚吃。（海44-376-6）¶"故歇耐翻转来倒说倪拔～耐吃，倪怕耐淘坏仔自家身体，所以勿肯……"张书玉说了半句，那半句却咽住了，没有说出来。（九75-543-21）¶啥人说格呀？几几时拔啥格～俚吃呀？（九续133-965-21）¶倒不如随机应变，送介一个～本俚吃子罢。（三16-187-8）¶谢谢耐格好心。漱琴是呒啥那哼，倪末到吃坏仔耐格～，等仔耐半日，耐到说弗出来哉。（沪2-22-8）¶前次这样得罪着他，今日如何又来叫我？既然他自愿寻些苦吃，何不给他个～，索性显些手段他看，怕他不整千整百的花几个钱？（繁后20-962-25）¶喔唷，

再说这一句话，不要再是～嘘。(人45-556-9)

【孔雀】

〈名〉クジャク。¶请倪无姆吃点心，一淘同得去看～，倒好像是倪无姆个倪子。(海29-243-24) ¶采办鸟雀的，自仙鹤，～以及鹿，兔，鸡，鹅等类，悉已买全，交于园中各处像景饲养。(红17·18-243-12)

【恐】

〈副〉おそらく。¶一拜匣个公私文书，再要补完全，不特费用浩繁，且～纠缠棘手。(海59-505-1) ¶此物～非常人可享者，殆以上等杉木也就是了。(红13-173-13)

【空】

〈形〉欠損する。あなをあける。赤字を出す。借金をかかえる。¶四五省下来几块洋钱，拨个烂料去撩完哉；故歇倪出来再用～仔点，连盘费也勿着杠啘。(海31-257-16) ¶倘然我赎身出去，先～仔五六千个债，倒说勿定生意好勿好，我就要挣气也挣勿来。(海48-406-5) ¶上仔客人个当，一千多局帐漂下来，难末堂子也歇哉，爷娘也死哉，我末出来包房间，倒～仔三百洋钱债。(海60-509-7) ¶殳三搭～仔五千，前日天刚刚付清。(海60-511-11) ¶～人家几个钱呢，兄弟也并不在心上。(新8-35-25)

〈形〉①空(°)いている(部屋、場所などが)。¶耐阿想吃啥？教俚咪去做，灶下～来浪。(海19-156-18) ¶为仔今朝宣卷，倪早点吃好仔，晚歇再有客人来吃酒末，房间～来里哉，阿对？(海21-170-18) ¶清和坊有两幢房子～来浪，无拨人租。(海30-250-16) ¶卜大人耐来得勿巧，几间房间才勿～来浪，只好请俉笃几位晏歇再来格哉。(九175-1141-9) ¶格个酒鬼客人，想啥法子拿俚搬来哚～房间里向去，好让耐舒舒齐齐到房间里去困一歇，耐说阿好？(九续154-1094-10) ¶勿得知间搭阿有啥好格～房子，谅必大少爷终有点晓得。(狐18-136-26) ¶过了五天，不见介山到来，坐马车到珊家园人和里一瞧，只剩一所～房子，贴着簇新的召租，那里有甚假人真人。(新57-264-5) ¶闲看一回之后，见靠湖心的一张桌子恰好～着，唤堂倌略把台凳拂拭，坐将下去，泡了碗茶。(繁后39-1189-26) ¶我家后门头是一条断路小巷，又有一间～房在后面。(水44-724-1)

②空いている(時間が)。ひまである。¶秀宝始喃喃说道："耐要去吃酒哩呀。晚歇吃仔酒早点来，阿好？"瑞生道："故歇也～来里，为啥定归要晚歇嘎？(海25-207-15) ¶再有我家常著个衣裳，同零零碎碎白相物事，帐末勿曾开，才来里官箱里，无姆～仔点查末哉。(海49-416-16) ¶耐～末，来说句闲话。(海50-423-6)

語彙例釈　kong‑kou

〈名〉ひま。手が空(￪)いている時。¶一日到夜总归无拔～。(海 23-183-15) ¶明朝无拨～，停两日再说。(海 60-513-18) ¶我随便阿里一日都可以。只要依甚辰光有～，我倪就去。(上问 7-14-9) ¶前两天管通甫说起，才知道子翁前月底才接事，连日要想来，实在没～。(栲 11-172-23) ¶忙的没个～儿，就没来请奶奶的安。(红 15-204-10)

【空闲】

〈名〉ひま。¶要末我有～辰光同耐谈谈，倒也未始无益。(海 60-515-4) ¶一天里头，差不多除了抽几筒乌烟，吃几顿饭之外，竟没有什么～呢。(新 33-150-30) ¶新年里没事，尽管请过来谈谈。一开市，你就要不得～了。(新 51-235-22) ¶养娘常叫出外边杂差杂使，不容他一刻～。(醒 1-6-1)

kou

【口】

〈量〉口の動作の回数や、口の動作に関連するものを数える。¶阿要用～茶？(海 2-13-6) ¶耐也来吃仔～罢。(海 8-63-8) ¶赛过拨一只邪狗来咬仔一～，也无啥要紧。(海 9-71-14) ¶就穷点，只要有～饭吃吃好哉。(海 18-148-5) ¶阿吃～稀饭？(海 33-277-21) ¶我要问耐，耐阿肯替我挣～气？(海 33-278-6) ¶宝玉只喝了两～汤，便昏昏沉沉的睡去。(红 34-464-13) ¶虽如此说，只是这～气如何忍得！(红 52-724-17) ¶老身叫化得这一～儿饭，特要与他充饥。(水 69-1173-3)

(注) 上掲例(海33-278-6，红52-724-17)のように、名詞"气"も量詞"口"で数えられる。数詞はふつう"一"が用いられるだけで、多く省かれる。多くの辞典が"争气"の見出しの中の例文に"争口气"の用例をあげているのがそれである。この"争口气"は本書"争气"の項の用例(红45-618-8)の"争口气"と同義である。

【口谈】

〈名〉口ぐせ。常套語。¶耐抑晓得，倍人开宝是俚哚堂子里～哦，陆里有真个嗄，差勿多要三四转五六转哚。(海 14-110-10)

【口眼勿闭】

死んでも口・眼が閉じない。安らかに死ぬことができないこと。¶耐要冤枉我姘戏子，我就冤枉死仔口眼也勿闭个哩！(海 34-284-20) ¶倪要像仔钱明珠，死仔口眼才勿闭格。(鸿 18-299-12) ¶若不依我，就死了也是口眼弗闭的。(何 5-54-16) ¶倘若此番见不着你，死了口眼也不闭的呢。(歇 81-1126-9)

【扣】

〈动〉差し引く(天引きする)。¶罗老爷一节个局帐有一千多咾，勿消三年，就局帐浪～清仔好哉。(海59-504-4) ¶你倘若有要紧的事用钱使时，我那里还有几两银子，你先拿来使，明儿我～下你的就是了。(红39-536-3)

ku

【哭】
〈动〉泣く(涙を流し、時に声をあげて)。¶勠去惹俚咾～哩。(海6-48-20) ¶我末就依仔耐，叨光耐勠～哉，阿好？(海11-83-5) ¶耐瞎说个啥嗄！耐故歇末该应快快活活，办点零碎物事，舒齐舒齐。耐倒再要～，真真勿着落！(海55-466-10) ¶你不要～，有话好说。(繁初28-319-16) ¶两人到了一处，拉着手又是～。管通甫道："他乡遇故知，最有趣的事体，不必～了。"(梼17-275-11) ¶李嬷嬷只说了一声"可了不得了"，"呀"的一声便搂着放声大～起来。(红57-802-3) ¶你做甚么来～？(水25-398-9)

【哭哭笑笑】
泣いたり笑ったり大騒ぎする。¶两个小干仵并仔一堆末，成日个～，也勿晓得为啥，阿要笑话。(海22-181-18) ¶就是沈小红个兄弟同娘姨到公馆里来～，磕仔几花头，说请老爷过去一埭。(海33-278-12)

(注) 吴越： 海上花列伝普通話本は上掲例(海33-278-12)の"哭哭笑笑"を"哭哭啼啼"に言いなおしている。

【苦】
〈形〉①にがい。¶鸦片烟有一缸来浪，碰着仔一点点就～煞个，陆里吃得落嗄！(海37-309-15) ¶所以他们庄家老实人，外明不知里暗的事。黄柏木作磬槌子，——外头体面里头～。(红53-742-21)
②苦しい。つらい。¶倘忙碰着个好客人，看俚命～，肯搭俚包瞒仔该桩事体，要救到七八条性命咾。(海16-128-2) ¶倪无啥也勿公道，要末双玉也该应打一顿。双玉稍微生意好仔点，就稀奇煞仔，生意勿好末能概～嗄。(海17-133-18) ¶黄二姐个人勿比仔耐，双宝去做俚讨人，～煞个哩！(海63-537-16) ¶昨日仔格把茶壶，区得歪仔一点，勿然是枯芦头才拨耐丢开格哉。故歇想起来，女人能格～呀！(九续155-1096-17) ¶隆儿寿儿关了门，回头见喜儿直挺挺的仰卧在炕上，二人便推他说："好兄弟，起来好生睡，只顾你一个人，我们就～了。"(红65-929-5)

【苦处】
〈名〉苦しい境地。苦しみ。¶耐勿晓得我个～，我拨乡下自家场花人说仔几几花花邱话，

語彙例釈　ku

故歇说是耐要讨我去做大老母，俚哚才勿相信，来浪笑，万一勿成功下来，我个面孔搁到陆里去？（海 55-466-13）¶行云想到做佾人这种～，止不住流下泪来。（繁后 17-922-17）¶有时想到自己的～，不由自言自语的说道："这碗饭真正不是人吃的！……"。（官 13-186-15）¶但她在那里，也并不是天天扮菩萨享福的，各人有各人的事，一家不晓得一家的～罢咧。（歇 21-266-19）¶况且二姐姐是个最懦弱的人，向来不会和人拌嘴，偏偏儿的遇见这样没人心的东西，竟一点儿不知道女人的～。（红 81-1163-10）¶你这样一个聪明女孩儿，难道连我这点子～都看不出来么？（红 113-1557-5）¶进了家门，把这些～告诉太太一遍，又被太太臭骂了一顿。（儒 28-334-4）¶他男子汉只说得男子汉的话，不知我们做女人的～哩。（禅 6-85-7）

（注）"苦楚"は心や体に受ける苦痛を指す。→耐有啥事体才勒浪倪身浪向，总归弗拨耐吃一点苦楚。（沪 4-57-3）→不是我贾逢辰今天多口，这种人正应该吃些苦楚，儆戒儆戒他后半世儿！（繁Ⅱ13-491-13）→我想人到了大的时候，为什么要嫁？嫁出去受人家这般苦楚！（红 81-1164-21）→这两日酒客稀少，违了他钱限，怕他来时受他羞耻。子父们想起这苦楚来，无处告诉，因此啼哭。（水 3-48-15）

【苦饭】

〈名〉"吃～"で、苦労しながら何とか生計をたてることを指す。¶我做个爷，穷末穷，还有碗把～吃吃个哩。（海 30-253-11）

【苦功】

〈名〉骨身を削る厳しい修練。¶痴鸳就来里绮语浪用个～，拨俚钻出仔头来。（海 53-446-11）¶谁料他等到那一首读熟，这一首又忘记了，只得回转来再读，读来读去，读去读来，萤窗雪案，下了十载的～，总算进步快速，竟被他读了半部《三字经》。（新 43-197-22）¶这样乡村地面，夜深时分，还有人～读书，实为可敬！（儒 16-204-13）

（注）"苦工夫"ともいう。→这几年未曾温得半篇片语，虽闲时也曾遍阅，不过一时之兴，随看随忘，未下苦工夫，如何记得。（红 73-1032-8）

【苦命】

〈名〉不幸な運命。¶我个命生来是～。（海 52-439-22）¶傢是有人陪伴，勿比奴冷清清，单怨自家格～，故歇看几本戏，也教呒法。（狐 9-63-16）¶像我这种从小～的人老来还有什么好福气？（人 39-469-25）¶禁不住解下汗巾看，由臀至胫，或青或紫，或整或破，竟无一点好处，不觉失声大哭起来，"～的儿吓！"。（红 33-457-16）

【苦恼】

ku 　語彙例釈

〈形〉①悩み深く苦しい。 ¶无姆说未说～，终究有个兄弟来里，耐再照应点俚，还算无啥，我就死仔也蛮放心。(海20-162-5) ¶耐来里屋里末，要奶奶快活，说倪个邱话；到仔该搭来，例说是奶奶勿好，该应拨倪说两声。像耐实概费心末，阿觉着～嘎？(海27-221-2) ¶咳，想起倪头里生病格辰光来，格号日脚，真真～嘘。(九续36-279-16) ¶有许多吃过了人家饭的人说起来，还说堂子里的这碗饭虽然～煞，有些地方还不～，只觉得惬意。(人26-274-12) ¶晴雯因见宝玉读书～，劳费一夜神思，明日也未必妥当，心下正要替宝玉想出一个主意来脱此难。(红73-1033-16)
②哀れである。かわいそうである。 ¶俚也～，生仔病就是我一干仔替俚当心点。(海35-295-20) ¶我为仔耐～，一径当耐亲生因件，梳头缠脚，出理到故歇，陆里一桩事体我得罪仔耐，耐杀死个同我做冤家？(海45-378-17) ¶子富道："俚做老鸨～。拨耐埋冤煞，一声也勿敢响。"翠凤道："耐说哉哩，七姊妹沟里阿有啥好人！倪要做差仔点，拨俚打起来要死。"(海49-418-9) ¶有尝时推个三二百钱，连吃饭借寓也勿匀，～来。(上散3-9-4) ¶他两个见那婆娘说得～，又说话小心，便道："如此，且在我们家里坐一坐，等他来便了。(初16-276-8) ¶可惜这五个人死得～，没个亲人得知。(二4-85-12) "苦脑"とも作る。 ¶倪昨日去吃喜酒，看俚笃格场面倒蛮好，可惜花轿进仔门，变仔一场无结果。拿巧林姐搀到里向厅浪，磕过仔头，送进仔房，就完结哉。倷想阿要气数，啥落做小能格苦脑嘎。(狐5-28-16)

【苦恼子】
〈形〉可哀想である。不幸せである。 ¶双宝～，碰着仔前世个冤家。(海24-198-22) ¶小个辰光拔仔爷娘，故末真真是～！(海52-439-10) ¶当下不但挑钱讲的便宜，还要把些零碎物件自己提了，向那轻的担子上加。挑夫急了，弄得直跳，口口声声的～。(文27-142-9) ¶活死人～，真是吃他一碗，凭他使唤，敢怒不敢言。(何6-61-16) "苦脑子"とも作る。 ¶顾大少，耐看俚实梗苦脑子，连感激格闲话才说仔出来，就让俚慢仔点罢。(狐25-203-26)
〈注〉名詞としても用いられる。可哀想な人。薄幸の人。→我兄弟念你老兄是个苦恼子，特地再三替你同随某人商量，把节礼分给你一半，你俩也就不用再闹了。(官45-758-18)

【裤子】
〈名〉ズボン。 ¶一个客人拉住仔个手，一个客人扳牢仔个脚，俚哚两家头来剥我～。(海23-184-13) ¶一只手把妇人抱住，连香两个面孔，一只手就去扯他的～。妇人道：

語彙例釈　ku－kuai

"慢慢交噱，人家着个卫生～吓。"（新 12-53-19）¶无奈他赌运不佳，输的当光卖绝，只剩得一条～，一件长衫没有进当。（官 15-235-21）¶绰着这孝廉夫人的腰，扯着手，一个扯下这孝廉夫人的～，伸手在裤裆里乱摸了一阵。（梼 10-155-17）¶至次日天明，方才醒了，只见宝玉笑道："夜里失了盗也不晓得，你瞧瞧～上。"（红 28-399-14）¶里面匾扎起～，上面围着一条间道棋子布手巾。（水 15-214-4）

kuai

【块】

〈量〉①塊状のものや一定の広がりをもつ布・板状のものを数える。¶阳台浪晾来哚一～手帕子搭我拿得来。（海 3-21-3）¶耐就去拿仔一～砖头来送拨我，我倒也见耐个情。（海 8-60-12）¶该面一垯才是书箱，一面四～挂屏，客人送拨俚个诗才裱来浪。（海 31-260-8）¶又忙着做好一一～，要想求位翰林老先生题"孝廉第"三个字。（官 1-5-21）¶抬头忽见山上有镜面白石一～，正是迎面留题处。（红 17・18-226-9）¶十数个军士一齐上船来揭那艎板，却似一一～木板做就的，莫想揭动分毫。（水 106-1613-8）②通貨の"元"の単位。¶我说送阿大去学生意，也要五六～洋钱哚，教俚拿会钱来，俚拿勿出哉呀；难末拿仔件皮袄去当四～半洋钱。（海 3-19-11）¶故也无啥要紧，中意末走走，勿中意末豁脱～洋钱好哉。（海 16-123-10）¶连俚笃代付脱个帐，大约四十～光景。（鸿 8-236-10）¶一共总只剩得七百几十两银子，还有二百多～钱的钞票。（官 9-127-1）

【快】

〈形〉①速い。すみやかである。¶哎哟，杨家姆～点来哩！（海 2-16-2）¶～点哩。（海 6-44-11）¶耐就来叫末哉。倷吃仔饭捕面，～煞个。（海 17-134-12）¶倷～点调头，去追阿康格马车哩！（鸿 20-311-1）¶青春年少一生也有几多晨光，过起来～得很，譬如汽车兜风一会儿兜完了。（人 39-469-2）¶我平日和你说的，全当耳旁风，怎么他说了你就依，比圣旨还～些！（红 8-128-5）¶小子先往舟中伺候，玉峯可～来。（警 22-309-14）②「(要)……快哉」は共通语の「快(要)……了」。¶善卿道："人阿缥致嘎？"双珠道："就要来～哉。（海 3-19-24）¶台面是要散～哉，说请洪老爷带局过去，等来哚。（海 3-24-6）¶去仔一歇哉，要转来～哉。（海 6-49-19）¶再等歇，完结～哉。（海 13-102-17）¶俚哚该应来～哉，我下头去等来浪。（海 49-418-5）¶耐喜欢做媒人末，俚哚倪子要养～哉，耐为啥勿替俚哚做？（海 53-449-10）¶倪主仆两家头住仔有两个月～哉。（鸿 8-236-11）¶倪人末勒浪替俚笃碰和，心浪末勒浪牵记仔耐，晓得耐故歇辰光一定要来～

432

kuai　語彙例釋

哉。(九36-268-2) ¶叫格马车就要来～哉。(狐5-30-22) ¶倪妹子是明朝就要走格,倪也就要动身～哉。(九续62-477-8) ¶个歇辰光天亮～哉。(三7-75-24) ¶二朝奉末五日勿曾吃饭,要饿杀～哉!(描41-366-21) ¶请耐陈大少照应照应,故歇来浪出堂唱,就要居～哉,耐陈大少一定中意格。(商 1-9-14) ¶俚是差弗多要老～哉。耐认得俚格辰光末,俚是小囡鱼,故歇夷有五六年哉哎。(沪 2-13-8) ¶是伊老老早早去拉者,地隙要转来～者。(上散2-6-4) ¶白糖完～者,去买一斤来添添。(上散5-24-1) ¶功名也要丢～了,他还要来踉他的红顶子!(目7-48-16) ¶这一把年纪,死期也要到～了,才闹出个朝不谋夕的景况来。(目65-514-20) ¶他那位小姐早已嫁给了个姓花的,外孙都差不多要生～了。(新46-212-18) ¶看看吃尽当光,要沿门求乞～了。(文58-310-25) ¶那时已经天黑～了,两人踱出上海县衙门,出了城。(负 5-22-21) ¶瞧天时,好像也要亮～了。(十 9-61-15) ¶买来的十来斤番芋,差不多又要完～了。(十 10-68-1) ¶童子看这陈抟,从早晨烧火到晚～了,也并不曾添着一根柴儿,只见锅里菜也熟了,饭也好了,汤也有了,茶叶泡了。(醒上9-59-26) ¶陈秀才风花雪月了七八年,将家私弄得干净～了。(初 15-263-15) ¶这里金员外晓得外甥归来～了,定了成婚吉日,先到冯家下那袍段钗镯请期的大礼。(二 9-196-6) ¶门上人道:"我们本官,最怕乡里来缠。门上不敢禀得,怕惹他恼燥。等他出来,你自走过来觌面见他,须与吾们无干。他只这个时节出来～了。"(二 24-485-15) ¶直寻到一间房里,单单一个老尼在床将死～了。(醒15-297-4) ¶三万银子到手～了,怎么怎样没福,到熟睡了去,弄到这时候!(醒37-789-9)

【快活】

〈形〉愉快である。楽しい。¶第歇耐来咪气头浪,搭耐也无处去说,隔两日等耐～仔点,我再搭耐说个明白末哉。(海 4-31-16) ¶倪无姆上耐当水,听仔耐闲话,～得来。(海8-58-7) ¶我听仔～煞,张开仔两只眼睛单望俚一干仔,望俚搭我还清仔债末,我也有仔好日脚哉。(海 10-80-19) ¶耐多吃点,无姆阿要～。(海20-159-11) ¶有仔个人来浪陪陪耐,也好一生一世快快活活过日脚。(海 34-285-14) ¶耐也该应讲讲笑笑,做出点～面孔,总算几花人面浪领个情。(海47-399-2) ¶倷今朝到奴搭来,啥格勿～?(狐 15-104-12) ¶倪先生常常牵记煞倷呀,故歇看见仔倷,心里～得咉哪哼。(狐45-387-18) ¶那面色很不～。(官 8-111-11) ¶不说停发五年利,倒说先发五年利;不说息以股票抵,倒说股票以当息。使心粗气浮的人一见,就～的了不得。(新60-277-3) ¶我不是心中不～,实在是见了这老太婆想到自家身上,觉着做人无趣。(人39-468-27) ¶娶一个标致浑家,买一所齐整房子,置几十亩好田地花园,讨几个丫鬟小使,终日风流,

語彙例釈　kuai-kuan

一生～，岂不乐哉？（禅10-142-1）　¶且与你除了这枷，～吃两碗酒。（水27-427-6）

kuan

【宽】
〈动〉脱ぐ（くつろぐため衣類を）。¶～～马褂，多坐歇。（海7-50-8）¶请～仔马褂坐歇，对勿住，阿姊就要转格。（九3-24-16）¶自己与小丫头阿翠掌着灯台，扶了丈夫，一步步同进房来，伏伺着～了鞋袜、外衣、上床安置。（繁初1-4-21）¶接着娘姨请～马褂，倒茶，拿水烟袋，绞手巾。（官8-108-15）¶席散大家同到百花里，一同上楼，～了长衫。（梼12-189-7）¶女客人里头有献勤儿的，早道："姊姊，不要骂了，叫姊夫～下来，我来替他缝了罢。"于是鲁斋夫妻把褂子脱下，这女客人动手缝了好一会，才缝毕了。（新44-204-1）¶天气暴暑，闻人生请他～了上身单衣。（初34-643-4）

【宽势】
〈形〉広々としている（部屋などが）。¶今夜头请黎篆翁吃局，就借屠明珠搭摆摆台面，俚房间也～点。（海15-120-24）¶小张，～点子房间有么？（十22-162-15）"宽舒"とも作る。¶只因这楼面大了，开间又深，故把后夹厢拦了一间后房，这前房还宽舒得狠。（繁Ⅱ9-435-23）¶连连荪啸秋宾主只有六人，席间很觉宽舒。（人31-341-5）

【宽衣】
〈动〉くつろぐために衣類を脱ぐ。人に上着などを脱いでくつろぐよう勧めるのに多く用いられる。⇨宽。¶黎大人宽宽衣哩。（海19-150-8）¶小王让朴斋卧房里坐，并道："故歇勿曾下楼,宽宽衣吃筒烟,正好。"（海38-318-6）¶当下都劝他俩～。（官45-765-16）¶王熙凤见伯和穿着大袖马褂，便道："倪老爷可要～？"伯和道："使得。"一面宽下马褂，王熙凤亲自折好，开了衣厨，放入里面。（歇11-140-3）¶侣笙便告辞母亲，同到书房里来。我忙让～。（目41-323-2）¶包容帅就请他来按摩。他拿手先隔着衣服推了一会，说："这恐不行，要请大人宽了衣。"包容帅就依他脱了衣服。（梼10-147-14）¶是夜二鼓人定，多浑虫醉昏在炕，贾琏便溜了来相会。进门一见其态，早已魄飞魂散，也不用情谈款叙，便～动作起来。（红21-295-22）¶众人听了，都说："依你。"于是先不上坐，且忙着卸妆～。（红63-888-22）

【宽坐】
〈动〉くつろいで座す。人にくつろいで楽にしているよう勧めるのに多く用いられる。¶那先生听了，忙说："失敬，暂请～。"喊个打杂的令其关照总知客。（海48-408-17）¶请李大少爷大观楼～。（海60-513-12）¶如今且请～，待我到灶下把饭弄熟，再和柳大

哥谈心。(負 2-10-6) ¶我还要到药房里去呢。你们请～一会子,我要先走一步了。(新 18-80-1) ¶众人尽欢散席时,已是亥正了。大家～了一会,便要到新房里看新人。周太史只得陪着到新房里去。(目 70-563-19) ¶既如此,你两位且在这里宽坐一坐,我到外面去去就来。(目 76-611-16) ¶许大少请～一会。(歇 6-76-20) ¶老都管～,甚是有慢。(禅 8-110-13) ¶妈妈宽坐一坐,等雨住了回去。(初 16-276-10) ¶况如此天气,也须得杯酒儿敌寒。秀才～,老汉家中叫小厮送来。(二 11-227-11) ¶你老人家再～一时,我将这一半价钱付你去。(喻 1-14-4)

【款识】
〈名〉書画などの落款。¶名家此种笔墨,陆里肯落图章～。(海 47-400-8)

kuang

【狂奴故态】
〈动〉言いたい放題を言ういつもの癖。《後漢書・嚴光伝》に出ている、東漢の隠士厳光の言ったことを、旧友の司徒候霸が光武帝に伝えたとき、厳光と同学の光武帝が「狂奴故態也!」と言ったという故事に基づく(武漢出版社『漢語成語辞海』)。¶亚白道:"我是添香捧砚有耐痴鸳承乏个哉,蓬壶钓史只好教俚去倒夜壶。"华铁眉笑道:"～!倪吃酒罢。"(海 33-275-4)

【圹】
〈名〉墓穴。¶坟末来浪徐家汇,明朝就叫水作下去打～,倒也要紧哉。(海 42-357-12) ¶尔乃西风古寺,淹滞青燐,落日荒丘,零星白骨。楸榆飒飒,蓬艾萧萧。隔雾～以啼猿,绕烟塍而泣鬼。(红 78-1134-9)

【况且】
〈连〉まして。そのうえ。¶～陆秀宝是清倌人,耐阿有几百洋钱来搭俚开宝?(海 2-10-19) ¶奴除脱仔看戏,也吪不啥格正经啘。～奴格看戏末,皆为俫勿来陪伴奴佬,奴所以借俚消消闲罢哉,俫阿有还勿许奴格勒?(狐 10-68-18) ¶吉里出仔关,到东亭还远勒,～咿是逆风逆水,阿是停船呢那光景?(三 16-66-13) ¶有个缺在这里,还怕鱼儿不上钩。～省里的候补知府多得狠哩。(官 4-58-9) ¶我喜欢他这样,～他又不是那不知高低的孩子。(红 38-518-16) ¶你众人虽拼命欲来救应,这一二百人做得甚事?～又无大将统领,怎生厮杀?(禅 26-431-13) ¶但罗氏小娘子,自幼在我家与小官人同窗,～是同日生的,或者为有这些缘分,不弃嫌肯成就也未见得。(初 29-536-12) ¶娘子只是放出日前的本事来,赢他方好。怎么折了志气,反去求他?～见赌着利物哩,他

語彙例釈　kuang-kun

如何肯让？（二 2-31-16）¶李家兄弟生性不好，回乡去必然有失。若是教人和他去，亦是不好。～他性如烈火，到路上必有冲撞。（水 42-684-7）

kui

【亏】

〈动〉①かける。不足する。¶其原由于先天不足，气血两～，脾胃生来娇弱之故。（海 36-305-1）¶老年人体气大～，须用二钱吉林参。（海 64-545-15）¶妹妹，我一生品行既～，今日之报既系当然，何必又生杀戮之冤。（红 69-981-9）

②幸いにも。……のおかげを被る。よくぞ……。逆説的に、よくも……と、あてこすりやそしりの気持ちを表すのにも用いられる。¶罗老爷，耐倒也会说笑话咪！四五年老相好，说勿去就勿去哉，也～耐说仔出来。（海 7-53-5）¶耐做个倌人末，几花客人做仔去，倒勿许客人再去做一个倌人，故末啥道理哩？也～耐㾮有面孔，说得出（海 9-73-14）¶耐啥一点点勿客气哉嘎？倒～耐覅面孔。（海 11-90-8）¶话好拉个说话那能可以（更改）（勿算数），到今朝日上，话地套说话，～侬话得出，我勿晓得个，总归照帐拨铜钱。（上散 9-56-10）¶～你还借给他钱，这是分明放的来生债！（市 2-195-20）¶～你还这等消遥自在的！你女儿已经被他们打杀了！（何 9-90-9）¶～你是个男子，这点子见识都没有。（新 20-90-4）¶～你说得出，你方才不是首先赞成的么？（歇 17-220-1）¶这样的人，～你认作同门，还要去拜谢他呢！（官 17-263-15）¶还不起来，～你好意思！（梼 8-123-5）¶～你还是爷，输了一二百钱就这样！（红 20-284-10）¶王婆掩着嘴道："～你读书人讲这样村话。"（鼓 6-78-4）¶臭歪货！～你不羞脸，说出这话来。（禅 32-509-6）"区"とも作る。¶格号浪形，勿知区俚那哼做出来格！看仔阿要勿色头。（九 147-978-13）¶四五年格老相好末那哼呀？区俚说得出实梗格闲话。（九 161-1057-12）¶耐格个人，倒区耐说得出格，啥个对洛勿对，倪是勿懂格。（九续 16-115-19）¶格种闲话，区耐问得出格。耐末问得出，倪倒说勿出哩。（九续 156-1102-12）¶阿唷唷，区耐做仔个男人家说得出格号闲话来，阿要坍台。（沪 2-20-3）

【溃败】

〈动〉壊滅する。¶大凡读书人通病，往往为坎坷之故，就不免牢骚；为牢骚之故，就不免放诞；为放诞之故，就不免～决裂，无所不为。（海 51-432-16）

kun

【坤宅】

〈名〉新妇側。¶俚说嫁妆等俚来再办，我想嫁妆该应俚～办得去末不对哦。（海 55-469-3）

436

¶～说大盘不必行了，因他们人手少，忙不起，彼此省事一点子。(新35-162-10)

【困】

〈动〉①眠る。寝る。 ¶第歇辰光，倽人才～来哚床浪，去做啥？（海 2-14-21） ¶俚叫李浣芳，算是漱芳小妹子。为仔浣芳有点勿适意，坎坎少微出仔点汗，～来哚，我教俚覅起来哉，让俚来代仔个局罢。（海 7-55-19）¶无姆教俚哚～去哉。（海8-61-15） ¶我昨日一夜天勿曾～，今朝要早点～觉哉。（海 15-119-1）¶耐是勿差，一晱～下去，～到仔天亮末，一夜天就过哉。（海 18-141-11）¶刘大少，倽勿～歇起来介？（九 6-48-24）¶辰光勿早哉，起来吃仔点落～哩。（鸿 4-212-11）¶奶奶～罢，三点钟也敲过格哉。（狐10-67-7） ¶老六……便躺了下去，把手招着深甫道："朱老来哩。"深甫笑道："耐一干仔～来浪，要倷来作啥哩？阿怕难为情相。"一句话说得众人都笑起来。（沪 1-13-5） ¶拿我地隙～拉一张铁床扛之过去末是拉者。（上问 13-25-10） ¶出场之后，足足～了两日两夜，方才～醒。（官 2-26-9） ¶拿烟抹之一嘴唇，把烟盒往地下一手；趁势咕咚一声，～在地板上，喊道："我那里要吃烟！我是要寻死！我死了好等你们享福！"（官30-503-6） ¶满章京也有五个字的口号。叫做吃、着、～、躺、戤。吃是吃饭，着是着衣，～是～在床，躺是躺在椅子上，戤是戤在墙头上。（负 26-123-20）¶连忙拉他起来，叫他～在榻上养病，又拿一条绒毯给他盖了。（文 8-44-1）

②異性と寝る。 ¶俚也一样是人家囡件呀，就不过面孔勿标致，做仔大姐。做小姐个末开宝要几花，落镶要几花，俚大姐也一样个啘。拨耐倪子～仔几个月，故歇说五十块洋钱，阿是来里拗空？（海 62-529-15）¶别样吥啥，倒是陪外国人一淘～，我覅怕煞佬。（狐22-173-18）

【困倒】

〈动〉寝込む。病気で床につく。 ¶来浪夏天五六月里，好像稍微好点，价末皮肤里原有点发热，就不过勿曾～。俚自家为仔好点末，忒啥个写意哉，前日天坐马车到明园去仔一埭，昨日就～，精神气力一点无拨。（海 36-304-17）

【困昏】

〈动〉寝ぼける。 ¶相帮哚说：'陆里有啥二少爷嘎'我说：'价末轿子陆里来个嘎？'俚哚说：'是浣芳出局转来个轿子。'倒拨俚哚好笑，说我～哉。（海 18-142-13） ¶奴真是～勒里哉，还当是刚刚做梦来呀，阿要笑煞。（狐 17-127-8）

【困觉】

〈动〉眠る。寝る。 ¶早点去吃仔，早点转去～哉。（海 14-114-19）¶我昨日一夜天勿

語彙例釈　kun - kuo

曾困,今朝要早点～哉。(海 15-119-1) ¶今夜老秋要出来个吓,比方本勒俚看见子末,罗里肯来介,倒勿如打发俚早点～罢。(三 10-125-5) ¶倪要～去哉,俉笃两家头也早点困罢。(九 148-985-4) ¶早点～罢。明早夥爬弗起来哩。(沪 1-90-7) ¶说笑了一回,大家收拾～。(何 3-34-12) ¶天也不早了,钱老伯也好～了。(官 2-21-7)

(注)"困觉"も"困"②の意味で用いられる。→陪仔外国人～,阿有点怕介？(狐 22-173-4)

【困醒】

〈动〉十分に寝て眠りから覚める。¶昨日闹仔一夜天,今朝勿曾～,懒朴得势。(海 14-113-14) ¶玉甫始得睡著一聪,却为房外外场往来走动,即复惊醒。漱芳劝玉甫："多困歇。"玉甫只推说："～哉。"(海 36-303-14) ¶李大人阿曾～？(九 74-541-3) ¶李双珠笑道:"倪九点钟来格呀,看仔耐好困勿过,倪坐来浪一响才勿敢响,故歇阿曾～呀？"秋谷道:"此刻自然是睡醒的了,只是对你不起,叫你一个人在这里坐了半天。"(九续 98-728-12) ¶陶子尧说得高兴,不隄防魏翩仂在榻上一觉～,并不知道他说得甚么,只听得甚么"泊隆通","泊隆通",也就依着他说"泊隆通","泊隆通"。陶子尧见他睡醒,疑心方才的话都已被他听见,面上一红,不好意思再说下去。(官 8-113-16)

【困着】

〈动〉寝付く。寝入る。¶困好仔再要起来,起来一埭末咳嗽一埭,直到天亮仔坎坎～。(海 17-140-2) ¶到仔床浪哩,陆里困得着嗄,间壁人家刚刚来咚摆酒,豁拳,唱曲子,闹得来头脑子也痛哉！(海 18-142-3) ¶玉甫道:"价末耐夥困哩。"漱芳道:"我勿～末哉,耐放心。"(海 18-144-15) ¶姐夫,耐夥～,等我～仔末,耐困。(海 20-164-8) ¶夥响哉,阿姐为仔耐困勿着,耐再要噪。(海 35-296-11) ¶阿曾～歇嗄？(海 62-532-11) ¶小姐介,心无所事,～个哉。(三 28-310-22) ¶忽听见珠卿问阿满道:"二老爷阿曾～？"阿满道:"像煞～勒浪。"(鸿 6-225-6) ¶倪困勿着末,总是耐勿好。(九 149-987-4) ¶倪是早已想走格哉,必过耐末～来海。难末碰和碰出仔神,倒忘记脱哉。(沪 1-71-6) ¶却因抱着活死人上高下堑跑了一回路,也觉有些吃力,便横在床上～了。(何 10-105-19)

kuo

【阔天阔地】

たいへん羽振りがいい。¶耐看仔场面浪几个人,好像～,其实搭倪也差勿多,不过名气响仔点。(海 14-108-8) ¶因此制军十分隆重他,每月送他五十两银子的束修。他就在广东～起来。(目 71-570-1)

L

la

la　語彙例釈

【拉】

〈动〉引っ張る（人や物を）。¶倪陆里有啥广东客人嘎，耐搭倪～个广东客人来做做啘。（海 4-25-17）¶耐倒说得写意哚，耐勿去，俚哚就罢哉。俚定归要～耐去，耐阿有啥法子？（海 8-59-3）¶拨巡捕来～得去仔末好哉！（海 22-181-14）¶耐店里有～东洋车个亲眷，阿要坍台嘎。（海 29-237-11）¶吭拨公事末，请过来坐坐，讲章讲章，阿是蛮好？倪也勿是啥～客人，晓得位大少才有恩相好来浪。（九续 58-447-9）¶出了垂花门，早有众小厮们～过一辆翠幄青䌷车，邢夫人携了黛玉，坐在上面。（红 3-43-6）¶只见两个人走来，拿铁锁把他套住，～了就走。（红 12-172-7）

【拉倒】

〈动〉とりやめる。打ち切る。それまでとする。共通語の"作罢"、"算了"。¶推扳点客人勥去说哉，就算客人末蛮好，俚说是无长性，只好～，教我阿有啥法子嘎？（海 7-52-8）¶要是我个讨人像实概样式，定归一记拗杀仔～！（海 32-263-8）¶我说无啥好。吃酒叫局，自家先要豁脱洋钱，倘忙无啥事体做，只好～。倒是耐个生意稳当。（海 48-410-14）¶那时那只小调也唱完了，眉初道："难末～，吭拨听哉。"（鸿 1-195-22）¶对寿生道："倪走罢，该两块洋钱耐袋仔起来，明朝还拨仔双人～哉啘。"（鸿 9-243-26）¶二少格闲话蛮准，大家只当吭拨格件事体末，～哉啘。（九 105-728-22）¶早点去仔俚上来，搭俚算清仔帐末～哉呀，为啥耐唲要叫俚慢慢交？（九 187-1209-2）¶相信末请仔俚，勿相信末～。（狐 35-300-18）¶格末耐也勿必客气哉，讨仔俚转去末～哉啘。（九续 34-258-16）¶倪从来对待格排俉人总规是可怜俚笃苦命，弗大肯拨俚笃格差头。哝得过去末哝哝～哉。（沪 1-101-6）¶格末又何必哩。耐看好仔就租得来末～哉啘。（沪 2-39-10）¶倪白相场化多来西，犯弗着搭人家争面子。照倪意思，晏是到别场化去末～。（沪 3-104-12）¶倘若有壮个鸭，格末就买，无没壮个～者。（上问 15-29-10）¶你们这件事闹翻了，他们穷了，又是终年的闹饥荒，连我养老的几吊棺材本，只怕从此～了，这才是'城门失火，殃及池鱼'呢！（目 89-724-2）¶三件依得，我就嫁，有一个不字儿拉个倒。（孽 16-136-17）

【拉开】

〈动〉引き離す。¶快点叫两个堂倌来～仔哩，要打出人命来哉呀！（海 9-69-22）

【拉牢】

語彙例釈　la-lai

〈动〉引きとどめる。つかまえて離さない。"牢"は補語。⇨牢。¶我说漱芳也是懂道理个人,要是正经事体也～仔勿许去,阿算得啥要好嘎?(海 18-145-17)¶耐去末哉唲,啥人～耐嘎?(海 24-197-5)¶家叔陆里肯吃花酒!前回是拨个黎篆鸿～仔,叫仔几个局。(海 60-511-7)¶等到俚格戏完,倷自管自坐轿转去,让倪两家头登勒戏馆外势,等俚出来,倪就～仔俚,请俚到倪房里去。(狐 47-404-26)

lai

【来】

〈动〉①来る。¶令堂阿好?阿曾一淘～?(海 1-3-24)¶倪只道仔勿～个哉,还算耐有良心咪。(海 2-12-5)¶楼上接应了,不见动静。来安又说:"拿只洋灯下来哩。"楼上连说:"～哉。"(海 4-27-21)¶倪先生～望望耐呀。(海 11-88-19)¶子富问:"耐无姆呢?"小阿宝说:"来浪～哉。"(海 59-503-12)¶耐有好几日勿～哉。(鸿 2-198-2)¶方大少～哉,说请刘大少快燥点起来,有闲话说勒。(九 6-49-3)¶叫格马车就要～快哉。(狐 5-30-22)¶我看你老还是回去罢,明日不用来了。(官 2-25-19)¶忽见那厢～了一僧一道,且行且谈。(红 1-7-14)¶你从那里～?认得我么?(水 1-6-11)②他の動詞の前に用いて、その動作に取り組むことを示す。¶我～引导。(海 1-7-13)¶拨俚吃仔点末哉,我～筛。(海 8-64-4)¶倪～挖花,大少爷阿高兴?(海 16-130-5)¶俚勿高兴做生活末,倪～做末哉。(海 23-185-16)¶君牧也就起身,对湘兰道:"倪要歇日会哉哩。"又春道:"我～送耐上船。"(鸿 16-285-14)¶湘兰问道:"该张是啥格报介?"质斋道:"生来是《花丛日报》唲,别格报馆里阿～管该种闲事介!"(鸿 16-288-15)¶倷也勿～问奴,奴也勿～问倷,倷走倷格阳关路,奴走奴格独木桥。(狐 9-63-14)¶耐方大人肯一搭倪开销,倪阿有倽勿要格道理,不过倪搭耐想起来,耐也勿犯着实梗破费唲。(九 37-277-5)¶做生意勿做生意,生来勿关倪娘姨倽事,倪阿好～管耐?(九 38-279-12)¶就是俉笃老太太凶点,倪只要规规矩矩,无拨倽格好处,勿见得老太太有心～寻倪格事。(九 76-553-2)¶有件事体要～搭耐商量,勿知耐阿答应勿答应?(九 132-889-4)¶我摸出两块银圆,给了账房,敏士还嚷:"不要收,不要收,我～惠,我～惠。"(新 1-4-29)¶离异书我可不能写,你要去,我也不留你,尽管请便是了。你出了我的门,不论做什么,我决不～干涉你。(新 49-227-9)¶我又没有收税的亲戚,作官的朋友,有什么法子可想的?便也,也只怕他们未必～理我们呢!(红 6-95-11)¶紫鹃度其意,乃劝道:"若论前日之事,竟是姑娘太浮躁了些。别人不知宝玉那脾气,难道咱们也不知道的。为那玉也不是闹了一遭两遭了。"黛玉啐道:"你倒～替人派我的不是。

lai　語彙例釈

我怎么浮躁了？"（红30-419-4）
③動詞・動詞連語・介詞連語と動詞・動詞連語との間に用いられ、二つの動作間の方式・目的などの諸関係を示す。なお動詞と動詞を結ぶ場合、第2動詞は多く"吃"。¶耐去茶馆里拿手巾〜揩揩哩。（海 1-3-16）¶耐是赵大少爷朋友末，倪也望耐照应照应，阿有啥撺掇赵大少爷〜扳倪个差头？（海 2-16-12）¶我搭耐留心来里，要有仔啥生意，我写封信〜喊耐好哉。（海 12-98-19）¶瑞生阿哥个房子，房钱就勿要哉，倪自家烧〜吃，一日不过二百个铜钱。（海30-250-18）¶耐故歇做生意〜够开销仔，无姆要发财哉！（海49-419-5）¶我搭阿姐两家头，做个生意〜孝敬耐无姆，无姆也勿曾说过倪一句邱话。（海 63-536-9）¶我也不过为之我倪两国个人彼此可以用地个来学话，格咯都逐句逐句翻译出来。（上问 50-91-2）¶罗刹女见弄他不翻，忙解下臭脚带来，把他扎手缚脚，周身綳住，抱回亭中，将他骨髓慢慢的呼〜吃。（何 10-105-15）¶叫兄弟拿什么〜还他孩子？这东西不比别货，又是没有价值的。（新 33-151-18）¶子中将出前日景小姐的诗笺来道："老丈试看此纸，不是令甥写与闻舍人的么？因为闻舍人无意来娶了，故把与学生做执照，〜为敝友求令甥。即此是闻舍人的回信了。"（二 17-362-14）
（注）"把"構文（呉語では"拿"）に用いられる"来"もこの用法の一種であるが、語気を強めるだけになっている。→智深提着禅杖道："你这两个如何把寺来废了？"（水6-96-15）　→耐拿倪搭格菜钱、局钱来开销仔再说，我今朝搭耐说完格哉，明朝勿拿得来，耐试试看！（鸿 14-276-3）　→二少爷末是我家主公，耐拿二少爷来迷得好！（海23-187-5）

〈趨〉①動詞の補語となり、その動作にともなって話し手の方や話題にしているところに人や物が向かうことを表す。動詞と"来"の間に"得"、"仔"が介在していることが多い。¶把烟盘乱搠，只嚷道："拿烟〜！"王阿二忙上前陪笑道："娘姨来哚拿〜哉。徐大爷覅动气。"（海14-111-19）¶耐末去上小仵个当，倒真真去买得〜哉！（海23-185-24）¶姚文君、张秀英阿要去叫得〜陪陪双玉？（海41-347-24）¶我说耐末推扳点，我末帮贴点，大家凑拢〜，成功仔，总算是一桩好事体。（海 44-375-3）¶故歇齐大人要办，容易得势，我就立刻喊齐仔人一塌括仔去捉得〜，阿好？（海 56-473-14）¶就是二少爷个轿班送得〜票头。（海 56-481-1）¶等翠凤一万洋钱拿仔〜，我就拿拜匣送还拨罗老爷。（海59-502-23）¶倷阿晓得，老爷阿勒屋里？如果勿曾出去，倷去请得〜，说奴有闲话搭俚说佬。（狐9-61-9）¶先交宝玉收了，然后慢慢的细说道："……。横势有几家勿送得〜，倪还要跑一埭，终归罢勿成格。"宝玉道："随便送〜勿送〜，唔笃勿必

語彙例釈　lai

再去讨哉。……"（狐 34-293-16）¶前日仔宋小庄得着仔点风声，难末就打电报～，叫倪老人家去。（鸿 6-224-7）¶去拿壶酒～罢。（鸿 9-243-21）¶听见耐来浪喊倪，倪头也鹘梳，要紧奔得～看耐，倽勿困歇起来介？（九 37-276-2）¶盅筷我那边有，叫他给我搬～是了。（新 1-4-2）¶等到他父亲因做生意搬了上海～，他愈加交上了好运。（新 16-73-5）¶平儿便到这边来，一见了周端家的便问："你老人家又跑了～作什么？"（红 7-111-17）¶抬头忽见他女儿打扮着才从他婆家来。周端家的忙问："你这会跑～作什么？"（红 7-111-22）¶说犹未了，只觉那里又一阵风，吹得毒气直冲将来。（水 1-5-11）②動詞の後に「……得＋来」「……勿＋来」として用いられ、その動作の可能不可能を表す。¶双宝心里是也巴勿得要好，就吃仔亏老实点，做勿～生意。（海 3-20-3）¶单说衣裳，是陆里及得～阿大搭阿二嗄。比仔双珠要多几花哚。（海 10-76-6）¶俚做惯仔倌人，到人家去规矩勿～，勿肯嫁。（海 24-194-6）¶倘然我赎身出去，先空仔五六千个债，倒说勿定生意好勿好，我就要挣气也挣勿～。（海 48-406-6）¶七律当中四句，我做勿～，耐替我代做仔罢。（海 59-506-7）¶倪陆里及得～耐个专门介。（鸿 8-233-16）¶做起客人来，倪自家一点点作勿～主。（九 37-273-4）¶倪从小头里吃仔格碗堂子饭，身体散淡惯哉，再要去做格人家人，像煞受勿～俚笃格规矩。（九 48-349-20）¶我倷骑勿～来，只得坐羊角车去末好。（上问 12-22-1）¶少到八十两银子卖勿～。（上问 14-27-8）¶虽然吴伯衡答应照管，那里照管得～！（目 20-142-2）¶此番到了上海，会过了几个洋人，说得～一句也斯，又看了几部新书，连什么男女交合新论，都领教过了，就越发开通起来。（维 3-22-2）¶有了厨子，菜还做得～（官 7-94-1）¶仲芬在上海有了些阅历，知道这班报馆主笔专门吃白食的。撞着了，这竹杠就免不～了。（新 3-11-30）¶贵友的话，真确之又确，可惜我动不～笔，不然他早撰著小说了。（新 13-59-2）¶这是真事，我又说不～谎的。（新 59-275-1）¶若说一二百，小的还可以挪借；这五六百，小的一时那里办得～。（红 64-918-15）¶众人更加伤感，明知此事掩饰不～，只得要商议定了话，回来好同贾母诸人。（红 94-1335-13）¶老和尚见他出语不俗，便问道："你看这诗，讲的～么？"（儒 21-252-1）¶还有那无数的奢费，如何措办得～？（醒上 12-82-23）¶想当初一事也做不～。（醒下 5-136-28）¶这梢子一时回复不～。（鼓 2-20-5）¶有一件事与你商量，若做得～，就扶持你做些生意。（鼓 28-341-7）¶贫穷的口也糊不～，那得银子布施做会，就代代贫穷。（禅 6-84-10）¶却这个毛病象是天生成的一般，再改不～的。（二 10-204-5）¶这些人也竭办奉承，公子也加意报答，还自歉然道："赏劳轻微，谢他们厚情不～。"（二 22-448-13）

442

lai　語彙例釈

③ "想〜""看〜"などの挿入語を作る。 ¶我是勿曾看见，想〜比双宝缥致点咪。(海3-20-1)¶想〜就是姓施个客人。(海14-107-7)¶看〜要勒朵年辰里死个哉。(描7-60-28)¶大先生，俫放心点末哉，谅〜勿碍得格。(狐60-512-24)¶此公家计看〜真不小呢。(新26-119-1)　¶常日倒不觉人少，今日看〜，还是咱们的人也甚少，算不得甚么。(红75-1076-6)　¶想〜那玉是一件罕物，岂能人人有的。(红3-52-1)　¶连小弟也不晓得他为甚么，想〜无非为家里的事。(二17-355-12)　¶也不是个高尚其志的人，看〜只是个配军。(水39-620-16)

〈助〉動詞の後に付いて、補語を導く。構造助詞の"得"に相当する働きをする。 ¶耐麯为仔我来里，倒白相〜勿舒齐；耐去末哉咽。(海15-118-24)¶倍你故个老伯伯面熟〜势，一时到想勿起哉！(描5-48-7)¶勿差，侬话〜美对。(上问9-17-9)¶跑〜火速点！(上散3-8-4)¶地只小菜糖（摆）(安)〜忒多者，吃起来（甜）（钓恶个）（甜荠荠个）勿好吃。(上散 5-21-3)　¶活鬼虽说是个财主，前日造庙时已将现银子用〜七打八。(何 2-27-19)　¶那西捕听了这番言语，觉得还说〜有理。(繁Ⅱ4-383-11)　"勒""了"とも作る。 ¶家当是本来拨务格用勒麦勿多哉。打仔实梗一场官司夷化仔有万把银子。(沪2-12-5)¶你们来了正好，阿昭姐要叉小麻雀，正缺人呢。(新26-119-21)〔梅伯来的正好，快陪我喝一杯。(新29-132-5)〕

（注）許宝華 湯珍珠 ：上海市区方言志に次の諸例を挙げている（同書P.465)。
依烫来蛮好，下趟还要请依烫。
辩条裤子做来忒长，要改短眼。
我做来勿好，请依原谅。
我看来老清爽，侬看来清爽哦？
拎勿清，花头经透来勿得了。
侬自家吃来一塌糊涂，讲我吃来一塌糊涂。

〈介〉共通語の"在"。 ¶俚咪才看惯仔大场面哉，耐拿三四十洋钱去用拨俚，也勿〜俚眼睛里。(海2-10-19)¶我来咖间壁郭孝婆搭，看见耐低倒仔只管走，我就晓得耐到倪搭来，跟〜耐背后。(海14-109-7)¶刚刚凑浴，忘记〜浴堂里哉！(描3-26-17)¶嗳，啥物事放〜大门外势？(描4-38-8)¶倪人末吃仔该碗堂子饭，几千洋钿倒也勿放〜心浪。(九续56-434-15)¶再加仔耐勿肯住〜倪搭，定规要想转去，叫倪陆里放心得落？(九75-546-17)¶放心放心，包〜我身浪末哉。(商2-12-2)¶耐躺〜该搭，怪道堂唱居来子，影野勿见。(商2-13-15)¶虽然有点堂子相，住〜屋里向自然慢慢交变得过来

443

語彙例釈　lai

格。(沪1-18-4) "勒"とも作る。¶十三旦住勒啥场化？(狐17-127-25) ¶俫落坐勒该搭介，里向坐哩！(鸿8-237-23) ¶勿要说是一百洋钱，就是一千一万，耐也勿放勒心浪。(九23-173-19) ¶杨老，俫覅动气，拿奴格种闲话放勒心浪仔介。(狐5-29-23) ¶格种新戏倪终要去见识见识格唲，省得坐勒屋里昏闷哉。(狐8-57-8) ¶倪住勒北成部路广仁坊三百十二号。(沪1-93-4) ¶李格先死勒监牢里向，俚爷末野急得一命归阴。(沪2-12-4) ¶故宗大雪，啥了勿勒屋里坐坐，要奔得出来做啥？(描3-23-3) ¶倪末一径是老老实实格人，勿会勒客人身浪敲俚格竹杠。(九37-273-6)

(注)"来""勒"は動詞"在"としても用いられる。→五六个人走将进来问道：邢文义来罗里，快燥的奔得出来。(描19-173-16) →二爷悟笃大爷朵勒舍场化？(描23-208-20) →老爷阿勒屋里？(狐9-61-9) →我搭俚笃原是常常勒一淘格。(鸿17-294-26)

また、上述の動詞"在"、介詞"在"、副詞"(正)在"の"来"は"拉"ともする。→令尊令堂都拉否？——托福，都拉。(上散7-41-5) →饭店拉(撒场化)(啥须)？(上散7-39-10) →侬还记得我拉东洋替侬话个说话否？(上散2-5-6) →我地歇是拉一个银行里做伙计。(上问47-85-2) →烧饭司务，老爷拉喊侬。(上问39-71-4)また、上述の動詞"在"、介詞"在"、副詞"(正)在"の"来"は"拉"ともする。→令尊令堂都拉否？——托福，都拉。(上散7-41-5) →饭店拉(撒场化)(啥须)？(上散7-39-10) →侬还记得我拉东洋替侬话个说话否？(上散2-5-6) →我地歇是拉一个银行里做伙计。(上问47-85-2) →烧饭司务，老爷拉喊侬。(上问39-71-4)

【来得】

〈副〉とりわけ。非常に。程度を表す。¶昨日夜头风末～价大，半夜三更勿着衣裳起来，再要开出门去，阿冷嘎？(海18-142-15) ¶哈哈哈，这句说话到～客气哉，我与你不是外头人，怪只怪你平日不上门，你是今朝到此难得，见见你容颜我放心。(描1-8-24) ¶故歇俚生意～格好，落里舍得到别处去嘎？(狐36-308-5) ¶况且现在间搭生意～格兴旺，俫甩脱仔勒到格搭去末，阿可惜嘎？(狐44-380-22) ¶今朝来仔一个过路客人，格末叫～讨气，一定要勒倪塔借一夜干铺。(九37-274-20) ¶耐方大人肯讨得倪转去，再要好也无拨，不过倪格两年生意勿好，亏空加二～大哉，倪想再做两节下去，倘忙生意好点，还脱仔格亏空，故末再说到嫁人，阿是就容易哉。(九37-276-17) ¶贵是顶贵，不过总比别格炭(好)(～好)。(上问27-51-2) ¶这四个字，人家四六信里常常用的，又是成句，总比'一品当朝'四个字～文雅。(官45-771-14) ¶那女客人用钱，比了男

444

lai　語彙例釋

客更加撒泼，所以佴人们待到女客，也比男客～巴结。（新32-145-27）¶原来醉芳楼打听着费太太很是有钱，并且在家里头威权无上，晓得这户女客做着了定比男客～生色。（十23-171-6）¶究竟费大姐姐做人～爽气。（十32-236-23）¶我见强人势头～凶恶，即忙越墙而走，藏在树丛里。（禅37-598-2）

【来哚】

〈動〉いる。ある。共通語の"在""在那儿"。⇨来浪。来里。¶杨家姆站在一旁，问洪善卿道："赵大少爷公馆～陆里嗄？"善卿道："俚搭张大少爷一淘～悦来栈。"（海1-7-20）¶成日成夜吵勿清爽，也勿管啥客人～勿～。（海3-19-4）¶我前日仔教阿金大到耐公馆里来看耐，说轿子末～，人是出去哉。（海4-30-17）¶我困勿着哉呀，七点多钟就起来哉。耐正～聪头里。（海8-62-3）。¶荔甫来请我，说耐也～。（海12-93-6）¶小村搭吴松桥两家头勿晓得做啥，日逐一淘～。（海12-97-24） "来朵"とも作る。¶"二朝奉阿来朵？""二朝奉来里势，倴是直出直进惯得多个，自己进去，自己进去。"（描3-25-28）¶道子你勒朵周二老官府浪，罗里晓得勿来朵，倒作成子二老官做子一件大正经。一宿姻缘把好事图。（三44-451-18） また"来笃""来多""立哚""勒朵""勒笃"とも作る。¶该位先生叫江秋燕，来笃燕庆里，唱口实头出色。（鸿1-195-16）¶贵相知实头出色，来笃倴场化，耐明朝可可以请俋？（鸿2-200-10）¶阿晓得钱笃笤正来多倒运个辰光，勿要搂哉！描6-50-14）¶〔丫〕立朵罗里？〔丑〕立朵书房里。（三18-213-15）¶那间末是个哉！钱老相阿勒朵屋里？（描6-52-11）¶大爷阿勒朵？（三1-3-15）¶格位申大人格公馆，勒笃啥场化介？（狐37-316-16）¶黄渭臣格新公馆勒笃陆里？（鸿14-276-18）

〈助〉「有＋賓語」の後にあって、その状態の存续を表す。"有"の類義語、反義語の場合もこれに同じ。⇨来浪，来里。¶耐张大爷有恩相好～，倪是巴结勿上哂。(海5-36-12)¶为仔俚有客人～，借该搭场花来坐歇。（海5-37-22） ¶耐有保险～，怕啥嗄？（海11-85-16）¶倪勿做啥哂，耐问我做啥嗄，阿是倪下头有啥人～？（海12-94-11）¶俚家主公屋里还有爷娘～，转来末拿啥来交代哩？（海16-127-24） "来朵""立朵""勒朵"などとも作る 。¶倴末有几化相好来朵？（描7-65-15）¶身边只得五十两银子立朵吓。（三24-280-15）¶今朝头倒有一个新闻勒朵。（三15-172-28）

〈介〉……で。……に。共通語の "在"。⇨来浪，来里。¶沓～黄浦里末也听见仔点响声，俚是一点点响声也无拨哂。（海3-19-15）¶耐看阿险嗄！撞～太阳里末，那价呢？（海10-79-14）¶我保险单寄～朋友搭哂。（海11-86-5）¶价末昨日夜头是啥人住～陆

語彙例釈　　lai

秀宝搭，耐阿晓得？（海14-109-24）¶耐㗻先去等～弄堂口末哉，一淘去末算啥嘎。（海16-123-15）　¶昨日夜头赵先生～新街浪同人相打，打开仔个头，满身才是血。（海17-138-5）　¶昨日耐去仔，俚一干子～房间里反仔一泡。（海48-405-3）　"来朵""来笃""立朵""勒朵""勒㗻"などとも作る。　¶十一月里向来朵南京收银子，撞着一个红毛国里向个朋友，里要到北京进贡。（描3-25-5）¶故歇辰光大爷来朵鬼门关浪吃薄粥哉！（描6-50-3）¶大爷冻杀来朵关王庙里了！我却不知。（描6-50-1）¶二老爷也勿晓得倷事体嚇，因来笃床浪勿起来哉，算倷个一出！（鸿6-225-9）¶看来要勒朵年辰里死个哉。（描9-60-28）¶既然住立朵苏州，还有两个派赖人阿认得？（三5-52-11）¶倪先生末叫小桃红，住勒㗻尚仁里。（负18-84-2）

〈副〉……している。動作の進行やある時点・期間における状態を表す。共通語の"在"、"正在"。⇨来浪、来里。　¶我就晓得是耐～捏忙。（海3-27-3）¶老爷～吃酒，勿见得来哉哩。（海5-35-1）¶耐无姆～喊耐。（海7-56-9）¶赵家姆搭俚家主公也～有趣，阿有啥工夫来看倪。（海8-63-16）¶啥人来说耐嘎，耐自家～多心。（海14-114-6）　"来朵""立朵""勒朵""勒笃"などとも作る。　¶钱先生既然热末，啥了来朵发抖介。（描3-25-12）¶二朝奉来朵迎娶吓。（描8-70-28）¶大姑娘，那了立朵哭介？（三24-293-3）¶俚勒小娘仵面浪做工夫，勒朵图侥幸吓。（三24-279-30）¶耐说末实梗说，到仔归个辰光，就是勒笃说说笑笑，心里总归勿起劲，勿如到叫个把来分心，耐说阿对？（鸿6-223-3）

文末の助詞"哉"と共起する。　¶耐勠去听俚，俚～寻耐开心哉哩！（海1-8-16）¶耐也勿是要瞒我，耐是有心～要跳槽哉，阿是？（海4-31-8）¶～来哉。（海11-88-20）¶娘姨～拿来哉。（海14-111-20）¶俚名气倒响得野㗻，手里也有两万洋钱，推扳点客人还～拍俚马屁哉。（海15-119-19）¶耐～热昏哉。（海26-214-5）¶倷呀～搂哉。（描4-38-17）¶快早点开门，太太勒娘娘立朵进来哉。（三16-188-16）

〈助〉①形容詞や状態動詞の後に付いて、状態の持続を表す。時に誇張の語気を含む。⇨来浪。来里。　¶耐两只脚倒燥～嗳。（海4-30-18）¶忒歪哉。说末说歪头，真真歪～仔，阿像啥头嘎！（海5-41-1）¶耐搭我还清仔债末，该搭勿来哉，阿是？故末好去做张蕙贞哉，阿是？耐倒乖～！（海11-83-12）¶为仔倪阿姐昨日夜头吓得要死，跑到倪搭来哭，天亮仔坎坎转去，我要去望望俚阿～。（海11-88-6）　"来朵"とも作る。　¶晓得来朵哉！（描8-70-24）

②動作動詞の後に付いて、動作完成後の後に残る状態の持続を表す。述語になるほか、

lai　語彙例釈

限定語にもなる（海 2-11-16，海 6-43-12 など）。⇨来浪。来里。¶有个米行里朋友，叫张小村，也到上海里寻生意，一淘住～。（海 1-4-16）¶耐放'水饺子'勿吃，倒要吃'馒头'。（海 1-8-14）¶俚哚叫～长三书寓，耐去叫幺二，阿要坍台！（海 2-10-12）¶耐只嘴阿可是放屁，说～闲话阿有一句做到。（海 2-11-16）¶阳台浪睓～一块手帕子搭我拿得来。（海 3-21-3）¶耐第歇去也不过等～，做啥呢？（海 4-25-4）¶耐个心勿晓得那价生～，变得来！（海 4-33-2）¶耐看我养～倪子阿好？（海 6-43-12）¶陆里晓得俚哚两家头对面坐好仔，呆望～，也勿说啥一句闲话。（海 7-56-24）¶就是倪也有两副来里，才放～用勿着。（海 8-58-10）¶耐吃倪自家烧～菜水，阿好？（海 8-63-5）¶巡捕看～，走勿过哉。（海 11-85-12）¶四老爷叫～个老客人，名字叫啥？（海 15-119-7）¶拿双玉来要打要骂，倒好像是俚该～个讨人！（海 17-133-6）　"来朵""立朵""勒朵""勒笃"などとも作る。¶比方对面坐立朵介，拿个只脚伸得过去踢介两踢，笑介一笑，惯常立朵个吓。（三 2-4-16）¶倘然勿是唐大爷写立朵个介，罗个罨到当十两介。（三 8-87-11）¶立朵外房坐勒朵。（三 26-305-11）¶格几化跪勒笃格铁人，阿就是秦桧长舌妇格套人介？（狐 56-479-24）

③命令文に用いられ、その状態を持続するよう要求する。⇨来浪。来里。¶耐原搭我到对过去哩！耐去坐～末哉，啥人要耐来嘎？（海 6-42-6）¶朱老爷耐看～，看俚做黄翠凤阿做到四五年。（海 15-118-9）　"来朵"とも作る。¶哈哈哈，我是说搂话。女婿大爷坐来朵。（描 7-65-12）

【来海】
〈动〉ある。いる。共通語の"在""在内"。⇨来哚。来浪。来里。¶汤啸庵遂写一张催客条子，连局票一起交代赵家姆道："先到东兴里李漱芳搭，催客搭叫局一淘～。"（海 7-55-6）¶篆鸿末常恐惊动官场，勿肯来。难末蔼人另合一个公局，来哚朋珠搭。勿多几个人，倪两家头也～。（海 18-145-10）¶俊卿悄问："子文阿～？"（沪 1-72-7）¶格点点像生才是倪广东买来格。连仔归面房间里向一起～，差勿多要五百洋钿哚。（沪 2-4-12）¶客人～，晏弗拿香烟去？（沪 2-64-2）　"勒海"とも作る。¶耐要包我，耐一塌刮仔搭我调三百洋钱，连耐格局帐才勒海。（鸿 13-267-6）¶统统才勒海，终要二三千笃。（狐 33-284-9）¶俚有男人格，现在搭俚男人了断，连一应使费才勒海，一共要耐一千二百块洋钱。（官 36-621-16）

（注）　"来海"も上記以外の諸用法がある。→漱琴有毛病来海（沪 1-71-5）→倪转局有七八起来海哉。（沪 2-45-11）→俚末野有为难格地方来海。（沪 2-58-11）→大

語彙例釈　lai

凡客人同先生笃落个相好,定规注定来浪格,前世里就有缘分来海格。(商 2-11-11) →格个反面文章就来海说倪弗正经哉嗾。(沪 1-8-11) →俚笃四少搭仔金少两家头来海走围棋哩。(沪 1-33-3) →我晓得耐心浪向来海感激我。(沪 1-51-10) ¶耐是来海生病哩。(沪 1-62-8) ¶格个楼浪向才空来海。地方是蛮好,房间末野交关清爽。(沪 1-51-5) →耐格闲话倒稀奇来海。(沪 2-40-12) →倪是早已想走格哉。必过耐末困着来海,难末碰和碰出仔神,倒忘记脱哉。(沪 1-71-7) →奴格要想走,也叫呒设法嘘,皆为俚故歇格病,实头勿轻勒海。(狐 58-493-23) →辰光勿早勒海哉,半夜三更等勒窗口头,要受寒格哩!(狐 35-297-20)

【来浪】

〈动〉ある。いる。共通語の"在""在那儿"。⇨来哚。来里。¶阿是黎大人一干仔～?(海 19-153-23) ¶就为仔昨夜公阳里,鹤汀也～,一淘拉得去,到新衙门里,罚仔五十块洋钱,新衙门里出来就下船。(海 28-233-14) ¶我连浪去三埭,账房里说勿～,倒也罢哉;第四埭我去,～里向勿出来,就账房里拿四百个铜钱拨我,说教我趁仔航船转去罢。(海 30-253-14) ¶我说大家闲话对景乎,倒勿是定归要一堆,就勿～一堆,心里也好像快活点。(海 52-440-18) ¶赎身文书～我手里,看俚再有啥法子!(海 59-500-3) ¶伯芬吃了一惊道:"～啥场化?"宪太太道:"就～路浪向哈。"(目 91-747-2) ¶随问道:"阿看见苏鸣冈?"一个少年道:"只怕～栈里,耐阿是要看俚?"(鸿 1-192-7) ¶我还有点事体,要去转一转。唔笃～倽场化,我停歇就来。(鸿 1-195-1) ¶华生等一等,到倪搭去。伯飏横竖～!(鸿 2-200-26) ¶倪格阿姊～苏州辰光一迳搭俚末蛮要好格。(沪 1-10-1) "勒浪"とも作る。¶格个人勒浪仔,自然月山勿便再去,趁格格当口,格落肯到间搭来哩。(狐 32-267-19) ¶唔笃请先走罢,倪马车还勒浪归首来。(鸿 5-218-16) ¶昨夜头勒浪轮船浪个辰光,已经有点头痛哉。(鸿 5-216-16)

〈助〉①「"有"+宾语」の後にあって、その状態の存続を表す。"有"の反义语・類义语の場合も同じ。⇨来哚。来里。¶双宝也有客人～。(海 17-137-15) ¶要说耐外头再有啥人～,故也冤枉仔耐哉。(海 18-141-8) ¶俚屋里大小老婆倒有好几个～,就嫁得去,总也勿称心个哉。(海 18-148-1) ¶我有一碗五香鸽子～,教咪炖口稀饭,耐晚歇吃。(海 19-156-19) ¶难故歇个七姊妹,勿比得先起头,嫁个末嫁哉,死个末死哉,单剩倪三家头～。(海 21-166-20) ¶阿有洋钱～?(海 21-172-14) ¶耐心里除仔我也无拨第二个称心个人～。(海 34-285-11) ¶俚末屋里向有仔点花样～哉,阿晓得?(海 55-470-3) ¶倘然俚有客气朋友～,阿要难为情?(鸿 1-193-18) ¶若使真格呒拨洋钱

lai　語彙例釈

末,耐该号花缎困身子做俚做啥嘎? 阿是勿要洋钱格,还是陆里个瘟生搭捎得来格,我野晓得耐咦有路头〜哉。(商 2-13-25)¶故歇吼拨工夫〜,倪停歇歇落空仔细仔能格搭耐说末哉。(商 8-62-16)　¶常恐有五个姨太太〜哉。(沪 1-10-6)賓語が前置されていることもある。¶倪鸦片烟也有〜。(海 27-222-12)　¶纸烟也有〜唲。(海 27-226-43)¶耐生来无啥要紧,熟罗单衫才有〜,去去末哉,我好像个叫化子,坍台煞个。(海 29-242-13)また、文脈で聞き手に了解されるので、省かれている例もある。¶吴雪香插嘴道:"耐也有〜,让我看阿好。"张蕙贞道:"我一对是一点勿好个,难得要去买一对。"说着,也拔下一只,授与吴雪香。(海 22-180-4)¶耐有〜,蛮好,连搭仔二千身价,耐去拿五千洋钱来!(海 45-378-5)¶金大少身浪吼拨洋钱末,倪有〜,倪替耐垫仔一垫罢。(九 15-115-20)"勒浪"とも作る。¶样式事体,有倪勒浪,决勿会亏待耐个。(官 8-116-20)¶倪归搭吼拨啥格老虎勒浪,勿会吃脱仔俚格,叫俚自家只顾来拿末哉。(九 6-50-11)¶对勿住! 金少大人,里向有客人勒浪,只好先请客堂间里坐歇,客人去仔再调阿好? (九 19-144-14)

②「動作動詞+賓語」の後にあって動作の結果の存続や、賓語の指すものの存在などを表す。⇨来里。¶俚乃勿肯叫,勿是个吃醋,总寻着仔头寸〜哉,想叫别人,阿晓得? (海 21-171-9)¶弄堂里跌杀个人〜!(海 28-291-21)　¶二宝抢说道:"倪新用一个小大姐〜,耐看阿好?"说着,高声叫:"阿巧。"(海 31-254-12)¶阴阳先生看好日脚〜,说是廿一末定归转来个哉。(海 43-364-20)　¶姐夫去说哩,教俚哚开个门〜哩!(海 43-367-19)¶倪炖好仔开水〜。(九 6-43-7)

(注)"来哚"にもこの用法の例がある。→且慢,救性命要紧,关王庙里冻倒一个人来朵,倘然冻死子,倕笃地方有干系个。(描 2-19-16)

〈介〉①……で。……に。共通語の"在"。⇨来哚。来里。¶人是勿认得,〜花雨楼看见仔几转哉。(海 21-166-13)　¶巡捕守〜门口,外头勿许去呀。(海 28-232-3)¶〜夏天五六月里,好像稍微好点,价末皮肤里原有点发热,就勿过勿曾困倒。(海 36-304-16)¶汤王犯仔啥个罪孽,放〜多花众生里向? (海 40-339-22)¶马车停〜南昌锦里。(海 47-397-18)¶耐笃〜倕场化认得个? (鸿 1-194-17)¶倪〜别人面浪倒才是客客气气格,独有〜耐面浪末,就是推扳点也吼啥希奇。耐阿记得跪〜地浪叫总统宪太太格辰光,倪对仔耐是那哼样式,阿是忘记脱哉? (九 176-1144-7)¶吴淞放仔小火轮来接哉,李老大刚刚来说,船放〜铁马路桥。(鸿 3-206-3)¶野勿是啥格稀奇物事,阿金姐放〜枕头边格一套册子,拨倪偷得来格,俚还勿曾觉着来。(商 3-17-3)　"勒浪"とも作る。

語彙例釈　lai

¶貢大少勿嫌怠慢末，就勒浪倪搭用仔便饭罢。（九114-782-11）¶俚乃个客人到倪床浪来困，倪自家个客人到坐勒浪小房间里，阿要诧异！（鸿6-225-8）

② ……より。……から。共通語の"从"。ちなみに近世語では"在"が"从"の意味で用いられる。　¶阿是～卫霞仙搭出来？（海31-254-15）¶倪叫老二，刚刚～上海来，今朝七点钟到格搭格。（九148-983-21）¶锦儿道："正在五岳楼下来，撞见个诈奸不及的，把娘子拦住了不肯放。"（水7-113-8）¶老儿又在篭中取出旧包的纸儿来包了，放在篭中，双手递与翰林。（二3-51-7）

〈副〉……している。動作の進行やある時点・期間における状態を表す。共通語の"在""在那儿"。⇨来哚。来里。¶耐阿哥是气昏仔了～笑。（海20-159-4）¶快点魦哩！房外头有人～看！（海26-213-8）¶我庆云里出局转来，同杨家姆两家头来里讲讲闲话，听见秀宝房里该首玻璃窗浪啥物事～碰。（海26-214-12）¶耐家主婆～骂我呀，阿对？（海27-220-6）¶耐魦～无清头，吃上仔瘾也好哉。（海29-242-18）¶陶云甫见李漱芳黄瘦脸儿，病容如故，问道："阿是原～勿适意？"（海35-292-1）¶到今年开春勿局哉，一径邱邱好好，赛过常～生病。（海36-304-14）¶耐魦～糊塗，冠香是外头人，就算我同俚要好，终勿比耐自家人。（海51-436-7）¶倪是勿好格，耐勿要～瞎三话四。（九148-983-17）¶倪有包打听～打听个。（鸿1-194-2）¶有十二点钟哉，～落雨呀。（鸿4-212-19）¶倪是勒避啥生人。唔笃～瞎疑心末哉。（沪1-34-9）"勒浪"とも作る。¶阿唷！急得来，故歇口里向还勒浪跳，阿要作孽。（九6-47-2）¶就算倪上仔别人家格当末，也勿关得耐倷事。耐搭倪滚出去！勿要勒浪吵勿清爽。（九104-723-8）¶一日有个朋友来看俚，刚正俚勒浪教学生识字。（狐58-499-7）¶我刚刚看仔耐个信到勿懂唲，想耐昨夜头去送方鼎夫，勒浪蛮好个唲，那哼就有起毛病来哉？（鸿5-216-15）¶前埭老爷屋里做生日，叫倪格堂差，屋里向几几化化红顶子，才勒浪拜生日，阿要颐焕！（官8-112-16）¶先生，唔笃勒浪作啥哩？（沪1-34-8）

文末の助詞"哉"と共起する。¶耐又～骗人哉！（海33-274-12）¶子富问："耐无姆哩？"小阿宝说："～来哉。"（海59-503-12）¶价末耐～敲我哉，勿是为翠凤！（海59-504-2）¶文君玉～喊哉哩，耐当心点！（海60-508-14）¶俚做仔半节把格生意，倒说五六十户客人一个野转俚勿动个念头，阿要笑话嘎？俚竟勿是～吃该碗饭哉，竟是修子清节堂哉。（商2-11-13）¶诧异道："秋云呢？"那些做手道："～来哉，～来哉。"（商2-15-10）¶勒浪吊耐膀子哉？（鸿5-219-5）¶我人夷勒浪勿舒齐哉。（鸿5-219-20）

〈助〉①形容詞などの後に付いて、状態の持続を表す。時に誇張の語気を含む。⇨来

lai　語彙例釈

哚。来里。¶耐阿想吃啥？教俚哚去做，灶下空～。（海19-156-18）¶二少爷，耐是蛮明白～。（海20-160-17）¶算算俚姘头，倒无数目哩！老姘头覅去说俚哉。就故歇姘个也好几个～。（海21-173-4）¶我倒勿是瞎说，耐面孔浪齷齪勿少。（海26-217-20）¶俚哚两家头一样个脾气，闲话末一声无拨，肚皮里蛮乖～。（海32-266-10）¶俚晓得仔，蛮高兴看～。（海36-299-5）¶水果也覅去买，俚哚多花～。（海38-320-16）¶倪先生恭喜～，斋个催生婆婆。（海47-402-16）¶我寂寞点勿要紧，倒可惜个菊花山，龙池先生一番心思哚，故歇一径闲煞～。（海60-513-16）¶姘姆总算照应自家格囝件。倪受仔姘姆格好处，心浪也明白～。（九163-1072-14）¶阿四宝真真昏杀～哉！（商1-9-25）¶让俚去罢，俚耐人是勿大好～。（鸿2-201-6）¶既然要走末，即刻就走。碰和地方多煞～。（沪1-71-8）　"勒浪"とも作る。¶小柳故歇已经嫁仔人，听见说小干仵养得蛮大～哉。（鸿7-232-11）¶真呀乎格人，倪也看勿入眼，只好一年一年僵勒浪哉啘。（鸿18-299-22）¶俚倷格脾气，倷也蛮晓得勒浪，勿但手头吝啬，而且夹七夹八，小气得呒淘成。（狐13-92-4）¶倪先生说待慢倷格，本则要备酒请倷老爷，皆为身体勿好，坐勿动勒浪，格落叫我拿一点点薄敬，送拨老爷自家吃杯酒罢。（狐29-239-8）

②動作動詞の後に付いて、動作完成後に残る状態の持続を表す。述語のほか、限定語になる。（海21-172-24，海43-364-21）¶耐阿晓得困勿着了，坐～，一夜天比仔一年还要长点哩！（海18-141-12）¶有～洋钱，拨来姘头借去，自家要用着哉，再搭我讨。（海21-172-24）¶客栈里耽搁仔两日，缺仔几百房饭钱，铺盖衣裳才拨俚哚押～。（海24-199-12）¶俚是包～一间包厢，就不过倪几个人，耐勿去，戏钱也省勿来。（海29-244-12）¶后底门关好～，耐做梦呀。（海35-296-3）¶三老爷困着～，二小姐再要说句闲话。（海38-319-9）¶账房先生是老实人，说～闲话一点点无拨差！（海43-364-21）¶玉甫乃欲叫菜，云甫道："叫～哉。"（海42-365-14）¶阿是大人也勿曾觉着，倪是一径跟～。（海53-453-18）¶有女婿陪～，我勿去。（海62-531-2）¶耐去相信俚，今朝俚又新做仔两个，故歇才叫～。（鸿2-199-16）¶耐说勿许倪吊末，老实勿客气，倪定规吊定格哉，耐有啥格法子末来末哉，倪等好～！（九161-1058-5）¶格格困身子格料作末，绸缎庄浪向赊～格。（商2-14-1）¶先生，通商厨房叫格菜送来～哉。添格四只荤盆野摆好～哉。马上候格花彫野炖热～哉。（商8-62-8）　"勒浪"とも作る。¶稀饭炖好勒浪哉，阿要吃？（鸿4-212-7）¶故歇个官，是实在呒做头格。就是倪实梗，举人中末勒浪哉，阿有俉用场嘎！（鸿8-235-24）¶倪先生勒里屋里，不过身体有点勿舒齐，故歇困勒浪。（狐29-235-19）¶倪格搭房门一径关勒浪，所以大少爷勿曾看见。

語彙例釋　lai

（狐20-156-14）

③命令文に用いられて、その状態を持続するよう要求する。⇨来哚。来里。¶秀宝也拉着朴斋袖子，说：“坐～。”（海2-15-20）¶啥人说嘎？搭我坐～。（海6-43-23）¶耐要停两日末，长衫放～，拿仔十块洋钱来拿。（海37-313-24）¶朴斋鞠躬鹄立，待命良久，忽一个军官回过头来喝道：“外头去等～！”（海38-317-16）¶故是做～末哉，就好仔也勿要紧。（海42-354-14）¶倪勿要，耐搭我好好里坐～。（九93-659-11）

④連動式の述語で、第1動詞の後に用いられて、第2動詞の指す動作の方式·態様などを表す。¶我困仔末，姐夫坐～看好仔我。（海35-293-10）¶故歇罗老爷等～要哉，原教俚拿得来。（海59-501-12）¶双宝生意末一点无拨，拿倪两家头孝敬无姆个洋钱，买仔饭拨俚吃，买仔衣裳拨俚着，俚坐～无啥做。（海63-536-11）"勒浪"とも作る。¶大人赏仔唔笃几化，谢才勿过来谢，足瞪瞪立勒浪作啥介？（狐39-336-1）

【来里】

〈动〉いる。ある。共通語の"在""在这里"。⇨来哚。来浪。¶一见洪善卿，嚷道："善翁也～，巧极哉，里向坐。"（海2-10-6）¶小村问秀宝道："庄大少爷阿～？"秀宝点点头。（海2-15-18）¶俚是山东人，江苏候补知县，有差使～上海。（海3-24-2）¶王老爷，我末到耐公馆里请耐，耐倒先～哉。（海4-31-22）¶娘姨赶着叫郭孝婆，问："烟盘来哚里？"郭孝婆道："原～床浪哕。"（海5-37-13）¶覅说啥耐一对钏臂哉，就摆好仔十对钏臂也勿～我眼睛里。（海8-59-24）¶俚叫诸十全，就～倪隔壁。（海16-123-4）¶我～呀，覅吓哩。（海20-163-20）¶浣芳道："阿姐困来哚陆里嘎？"玉甫道："哪，～该搭。"（海20-164-6）¶耐看哩，发票～哕。（海33-272-8）¶该搭～菊花山背后，生来看勿见。（海58-491-18）¶先生，姜汤～。（描2-19-28）¶我的女婿大官人阿～？（描7-60-12）¶耐那哼晓得我～该搭？（鸿3-204-5）¶俚笃相好倽也～？（鸿5-217-24）"来哩""来俚""立里""勒里""勒俚"とも作る。¶吾里大娘娘来哩，请你朵主人算账，快早点开正门。（三18-217-7）¶这一千四百两银子，一张回暄来俚，倍且拿去。（描2-13-2）¶〈丑〉门浪阿有人朵？〈杭〉合啱，是老童，可你家大爷来立？（三20-231-21）¶你朵主人阿立里？（三3-16-6）¶个个大老爷介，翻来覆去总凄凄，打算勒朵江阴歇夜，想勿到原立里丹阳。（三3-13-10）¶黛玉姐，啥落今朝一干子勒里介？（狐9-58-16）¶陈耀翁既然真格是一位观察公，有差使勒里上海，也犯勿着白叨光堂子里人。（鸿17-291-7）¶倪也有老太太格哕，格末俚笃总归多说多话，格落我故歇情愿一干仔勒俚上海，才勿搬俚笃上来。（鸿15-282-21）

lai 語彙例釈

〈助〉①「"有"+賓語」の後にあって、その状態の存続を表す。"有"の類義語・反義語の場合もこれに同じ。⇨来哚。来浪。¶耐有洪老爷～哦。(海3-20-18)¶就是倪也有两副～，才放来哚用勿着，要得来做啥？(海8-58-9)¶就算耐屋里向该好几花家当～，也无用哦。(海14-108-10)¶善卿问："阿是无拨车钱～？"玉甫复含笑点头。善卿向马褂袋里捞出一把铜钱递与玉甫。(海17-139-13)¶我说楼浪有女客～，俚勿上来，就要去哉。(海21-167-12)¶事体总算完结煞，请耐二少爷先转去，该搭有倪～。(海43-367-23)¶黄二姐跟至床背后，帮翠凤撑起皮盖箱，怪问道："罗老爷个拜匣有两只～哉？"(海58-498-22)¶小子有状子～，求老爷龙目。(描10-88-3) "勒里"とも作る。¶有马车勒里，唔笃阿去？(鸿5-217-1)¶介了有一个名帖勒里，相烦转禀。(三20-231-24)

なお、賓語が前置されていたり、言わなくても聞き手にそれと了解される場合は、直接に"有"などの後に付く。¶烟末该搭有～哦。(海21-170-7)¶盘费有～，耐去叫只船，故歇就去。(海31-257-16)¶有～哉，坎坎拿得来个拜匣，倒是要紧物事。(海8-57-18)¶故歇我无拨～哦，停两日有仔末拿得来，阿好？(海37-313-22)¶史天然、华铁眉沉吟并道："要批倒难批哩。"葛仲英矍然道："我有～。"(海51-421-1)¶钱笃笤一想，那末坏哉，说罗个好呢？有～哉！(描10-88-13)¶故歇实在一个铜钿才吭拨～。(九163-1071-10)¶有勒里哉，等我大爷写得出来，再念本勒你听。(三24-282-24)

②「動作動詞+賓語」の後にあって、動作の結果の存続や、賓語の指すものの存在を表す。⇨来浪。¶我到猜着耐个意思～。(海4-31-8)¶管家打轿子～。(海4-32-12)¶耐哚台子下头倒养一只呱呱啼～，我明朝也要借一借哚！(海13-105-15)¶倪搭用好包打听～，阿有啥勿晓得。(海14-109-23)¶我替耐寻着仔一桩天字第一号个生意～，耐阿要谢谢我？(海41-346-7)¶所用衣裳开好一篇帐～。(海42-357-8) "勒里""立里"とも作る。¶倷说仔格两句闲话，我倒想着仔一只笑话勒里哉，阿要讲拨笃听听？(狐13-93-7)¶俚倷出天花，一来末容易过人，二来末勿知阿发得出？倒弄得奴无不仔主意，湿手捏仔干面勒里哉，倷替奴想想看哩。(狐16-119-10)¶秋姐姐，今朝头相爷新买一个僮儿勒里，叫华安。(三9-109-25)¶自我托邻七阿爹借好一只大锭勒里个。(三21-245-20)¶个野笑杀，造屋请子箍桶匠立里哉。(三3-16-21)¶咋，正立朵关子浪吓，撞着仔一个乖人立里哉。(三5-60-1)

〈介〉……で。……に。共通語の"在"に当る。⇨来哚。来浪。¶我～马车浪等耐末

語彙例釈　　lai

哉。(海6-44-6)¶倪～罗老爷面浪,倒勿曾发过一点点脾气哩。¶汤老爷,勿瞒耐说,王老爷～该搭做仔两年半,买来哚几花物事才来里眼睛前头。(海10-81-4)¶耐轿子也勿坐,底下人也勿跟,一干仔～街浪跑,做啥?(海17-139-9)¶台子浪一只自鸣钟,跌笃跌笃,我颩去听俚,俚定归钻～耳朵管里。(海18-142-5)¶可惜我勿做倌人,我做仔倌人,定归要亚白生仔相思病,死～上海。(海33-273-2)¶耐也坐～冰冷个石头浪,干己个哩!(海46-390-17)¶我个人赛过押～上海哉呀!(海62-532-23)¶倪过仔该节,下节定归勿做生意格哉,勿做生意末,住～上海做啥?(九40-297-10)¶姆姆刚刚搭倪讲格闲话,倪一句一句才记～心浪向。(九164-1075-12)"勒里"とも作る。¶勿是我勒里老师面浪拉天,自信才华却不同。(三21-256-10)¶无偌事体末,勒里该搭吃夜饭。(鸿4-210-12)¶个也覅怪耐,但是勒里上海场化一个局也勿叫,也是做勿到个事体。(鸿6-222-26)

〈副〉……している。動作の進行やある時点・期間における状態を表す。共通語の"正""正在"に当る。⇨来哚。来浪。¶一干仔～做啥?(海3-21-11)¶陆里晓得俚一直～骗我!(海10-80-21)¶长大爷,二小姐～牵记耐呀,说耐为啥勿来,教我来张。(海16-126-9)¶我勿晓得阿姐～勿适意哦。(海19-155-22)¶故是耐自家～多心,再有啥人来说耐?(海20-161-17)¶我庆云里出局转来,同杨家姆两家头～讲讲闲话,听见秀宝房间里该首玻璃窗浪啥物事来浪碰。(海26-214-11)¶阿是耐姘仔戏子哉,～讨厌我?(海27-222-14)¶耐啥勿说个嘎?～发寒热呀!(海35-292-15)¶先起头翠凤～做讨人,生意闹猛得野哚。(海59-502-7)¶汪先入娘贼,平常日间做人派赖,要俚宽当点,罚咒不肯,正～没处出气,入娘贼今朝倒运,我里去打俚个淫妇种。(描8-73-17)"立里""来俚""勒里"とも作る。¶相公,你立里叹气,只怕你朵个家小,个歇辰光立朵骂哉嘘;个个测死个,那了勿居来!(三7-72-24)¶介勒正立里打算告诉大娘娘,搂介一场是非搭俚白相相,看来那光景?(三18-212-11)¶罗个来俚搭我搂介?(三17-207-10)¶个两个小娘件勒里做啥?(三4-23-30)¶坐稳,坐稳!勿番淘个,叫船碰船,勿要勒里东张西望。(三5-51-3)¶故歇臂膊浪,搭仔腰里向,还勒里痛来呀。(狐3-14-19)¶三位阿姊放心去困末哉,有奴勒里伏侍,勿要紧格,等俚醒一醒,难末搀俚过去罢。(狐34-289-13)¶倒是有六七家节盘,唔笃板要去送格,带道请俚笃过来吃酒,说奴勒里牵记佬。(狐34-293-19)

文末の助詞"哉"と共起する。¶俚今朝～发痴哉。(海6-43-18)¶勿必请,～来哉。(海19-149-18)¶俚乃搭黎大人～吃醋哉,勿肯叫耐。(海21-171-7)¶俚哚勿局个,我～陪耐哉喵。(海55-465-9)¶耐到先～独乐乐哉!(鸿7-229-3)¶先生勒里说话靶哉,做仔一个人,总有饭吃个活。(三17-204-5)¶料伊家胸襟没有容人量,见财起意,倒勒里打算要房饭钱哉。(三22-262-11)

〈助〉①形容詞や狀態動詞、同類語などの後に付いて、狀態の持續を表す。時に誇張の語気を含む。⇨来哚。来浪。¶耐还搭俚瞒啥,我也晓得点～。(海3-19-20)¶耐哚说啥,我也懂～哉。(海10-78-4)¶老仔面皮得无啥气,蛮快活～。(海12-95-8)¶天还早～,双玉出局也勿曾转来,啥要紧嘎?(海17-136-15)¶我自家蛮要吃～,吃勿落末那价呢?(海20-159-12)¶为仔今朝宣卷,倪早点吃好仔,晚歇再有客人来吃酒末,房间空～哉,阿对?(海21-170-18)¶倪是蛮干净～。(海26-217-23)¶亚白个脾气,我蛮明白～。(海33-273-1)¶早～,再困歇哉呀。(海38-316-8)¶就年底一节末,要短三四百洋钱朵,真真急煞～。(海58-498-5)¶做我个客人多煞～,就比仔朱五少爷再要好点也勿稀奇。(海63-536-2)¶"那么新年新岁发利发市,钱先生自在行朋友,谅来勿要说得个。""晓得～个。"(描10-92-12)¶"这就无对证了。还有何说?""庚帖活卜卜～。老爷,描金凤呈验。"(描11-97-28)¶实在勿瞒耐说,栈房钱欠仔勿少哉,故歇付勿出～,还有点别样要紧用场,搭仔到天津个川资,算算非此数不可。(鸿8-236-5)¶倪刚刚吃过夜饭,吃勿落～,章大少请慢慢交用末哉。(九42-309-26)"勒里"とも作る。¶我也晓得勒里,不过也犯勿着去说穿俚笃。(鸿19-307-6)¶耐该格闲话忒客气哉,才为仔我勒吵格喵,还要带累耐受气,倪意勿过煞勒里。(鸿11-255-16)¶格部车子倒实在标致勒里,可惜车里坐格人迎面还看勿出喵。(狐15-111-16)¶买虽吭买处,格两样药味,我记得清清爽爽勒里。(狐30-247-10)

②動作動詞の後に付いて、動作完成後に殘る狀態の持續を表す。¶耐只嘴阿是放屁,说来哚闲话阿有一句做到。把我倒记好～,耐再勿来末,索性搭上一上,试试看末哉!(海2-11-17)¶耐意思要我成日成夜陪仔耐坐～,勿许到别场花去,阿是嘎?(海6-42-14)¶耐要拿几样要紧个事来放～,故末好算凭据。(海8-59-11)¶我为仔坐～,倘忙耐有啥闲话勿好搭洪老爷说:我走开点末,让耐哚去说哉喵。(海12-94-12)¶我勿去哉!空心汤团吃饱～,吃勿落哉。(海25-208-7)¶我等～,困仔末啥人来开门嘎?(海30-246-17)¶倪住～也勿是耐个房子,也勿曾用啥耐个洋钱,为啥我要来巴结耐?(海35-289-14)¶姐夫许仔耐困～,耐倒噪勿清爽。(海35-296-4)¶《四书》浪句子,我也想好～。(海40-338-18)¶耐明早搭倪吃酒,阿要今夜头就住～?(商12-12-4)¶阿吓,勿好哉!王大爷杀～哉!(描18-160-3)¶啊吓吓,吃醉～哉!(描23-207-11)¶

語彙例釈　lai

唔唔，想着～哉。（三21-243-26）
③命令文に用いられて、その状態を持続するよう要求する。¶耐坐～，勿多说多话。（海2-11-11）¶将票头放在桌上，说："请洪老爷。"阿德保也不去看票头，只说道："勿来里，放一末哉。"（海17-132-4）¶我要商量句闲话，耐两家头困一勿转去，阿好？（海52-438-11）¶耐住～，晚歇叫周双玉来，一淘白相两日，等赏过仔菊花转去。（海58-491-12）

（注）持続態を表す助詞の"来哚，来浪，来里，来海"はいずれも存在を表す同形の動詞が虚詞化したもので、"来哚""来浪"は遠指、"来里"は近指、"来海"にはその心理的空間的時間的観念がない。

清末文学作品の多くに、虚詞化の程度は一様でないものの、助詞化した"在这里""在那里"などの用例が見られるが、呉語を反映したものであろう。→法子是有一个在这里。（九96-678-15）→这件事情，有个绝好的法儿在这里。（九97-685-11）→我姓陈的并不是没有钱，钱狠多在这里。（九100-702-24）→如今走内线的人倒弄了一个在这里了。（九109-751-8）→那里是谣言，我还带着金星精给你的信在这里。（九113-777-11）→房里头又只有你一个人在这里，算什么样儿！（九125-849-9）→宝华班里头，我有一个相熟的在那里。（九150-995-21）→多少有钱有势的客人，娶了一个倌人，不肯回去，住在上海的多得狠在那里。（九81-587-2）→我有我的道理在里头。（九98-690-26）→仔仔细细的打量那班来的女客，觉得虽然一个个粉艳脂香，描眉画鬓，却都是些平常材料，没有什么出色的在里头。（九121-823-9）　"在此""在"とする例もある。　→法儿却有一个在此，但不知你肯做不肯？（新20-89-27）→只有虹口单公馆单大人有张回条在此。（新25-113-31）→法子是替耐想了一个在此。（九59-429-25）→这会子正房刚刚又有客人在了，少停韦大少来了，费两位大少的神，劝他包涵一点子。（新25-112-6）→你南阳里又没什么朋友在，为甚这样的着急？（新99-224-11）

これらの用法は清初および明代の文学作品にも見られる。→打甚么要紧，银子有在这里。（醒上12-85-17）→他有了这银子在，一发把那拐诱王羽娘做了一件心上要紧的正事。（醒上12-83-25）→这里面共有六十多两银子在内，你拿去完了官，有余剩的将去寻些生意，不可寻此短路（醒下4-124-28）→这女人宿缘有在，梦中那四句话，正合着这个人。（禅6-74-15）→我有主意在此了。（禅8-119-13）→有我在此，怕他怎地。（禅13-196-1）→阿呀！方才我家无有，正好有油担子在这里，何不与他买些？（醒3-45-7）→右一间是花魁娘子卧室，锁着在那里。（醒3-52-12）→铺设已定，见店中

456

有见亚就的木牌在那里,他就与店主人说,要借来写个招牌。(二2-28-9) →世间自有这些人在那里,官司岂是容易打的? (二10-207-5) →却见门开在那里,想道:"桂娘一定在里头……。"(二 9-58-8) →此病惟有前门棋盘街定神丹一服立効。恰好拜匣中带得在此。(二3-58-5) →有尊夫人在此,正好与舍甥面会一会。(二17-363-6) →只见墙边沙锅里煮着一只狗在那里。(水4-71-7)→林冲道:"天王堂内,我也有在那里。"(水10-153-7) →智深道:"洒家的银子有在这里。"(水4-71-9) →只恨各家都有老小在彼。(水39-632-4)

【来哩】

〈助〉"来里"に同じ。 ¶我啊,我倒勿高兴搭耐说~。(海9-73-6)

(注) この例は、状態動詞の構成する連語に付いているものである。石印本が"来裡"としているものを、人民文学出版社は"来里"と表記しているが、この例だけ"来哩"としている。"来里"を"来哩""来俚"と表記する作品は他にもある。 →啥人要唔堂客家里来哩插嘴插舌,咯叫雌鸡报晓,弗是好兆。[白雪遗音4卷] →(付)罗个来俚搭我搂介? (丑)你朵个穷爷拿个,自我勿还个哉。[三笑17回](《明清吴语词典》所收より引用)。

【……来……去】

動作が繰り返されることを表す。¶为仔俚一干仔,倒害仔几花娘姨,大姐跑来跑去忙煞,再有人来咪勿放心。(海7-56-13) ¶俚哚想来想去无法子,倒怪仔倪阿哥,说拨倪小村阿哥合得仔用完仔洋钱,无面孔见人。(海29-239-12) ¶耐说来说去末总归勿转去个哉。(海31-257-21) ¶看来看去,不是年纪太大,便是家有正妻,嫁过去一定不能如意。(官38-640-11) ¶想来想去,颇觉为难。(维12-83-9) ¶谁料他等到那一首读熟,这一首又忘记了,只得回转来再读,读来读去,读去读来,萤窗雪案,下了十载的苦功,总算进步快速,竟被他读了小半部《三字经》。(新 43-197-22) ¶只见那女孩子还在那里画呢,画来画去,还是个"蔷"字。(红30-426-4) ¶用极好的秋梨一个,二钱冰糖,一钱陈皮,水三碗,梨熟为度,每日清早吃这么一个梨,吃来吃去就好了。(红80-1160-13)¶列位说来说去,总不如小僧今日所遇施主,真是个善心喜舍,量大福大的了。(二1-7-9)

【来勿及】

〈动〉①追いつかない。間に合わない。¶正要来请耐。我一干仔~哉,屠明珠搭耐去办仔罢。(海 18-146-1) ¶到该个辰光,耐要想着仔我沈小红,我就连忙去投仔人身来伏侍耐,也~个哉!(海 34-285-18) ¶天然听了,笑道:"耐阿是昨日夜头困勿着,一

語彙例釈 lai‑lan

径来浪想？"痴鸳道："我是无啥困勿着，耐末常恐～困。"（海 40‑339‑5）¶今朝打票子～哉，长长短短，耐质翁捐一捐，明朝送过去。（鸿 12‑262‑23）"来弗及""来勿极"とも作る。¶今朝末来弗及格哉，明朝早晨让我去叫倪格结拜姊妹来，先帮两三日忙。（狐 11‑73‑9）¶大老官想想介，贫者病也，个歇辰光生病人搭鬼商量，来勿极个哉。（三 14‑169‑3）¶制台一心修道还来不及，那里有工夫管这闲事，便也不去追问。（官 31‑511‑8）¶大师万金之体，为国自爱，倘照这样忙法子，就是天天喝参汤，精神也来不及；总得找个人能够替代替代才好。（官 58‑1010‑8）¶黎宛亭笑道："事起仓猝，来不及预告了。"莲荪忙问："有什么急事？"（人 27‑288‑15）
②状況語になって、そのことに汲々（きゅうきゅう）とすることを表す。¶从小看惯仔，倒也无啥要紧；勿然一径关来哚书房里，好像蛮规矩，放出来仔～个白相相，难末倒坏哉。（海 32‑266‑6）

【赖头鼋】
〈名〉"癞头鼋"に同じ。¶鹤汀四顾，问："～为啥勿来？"受三道："转去哉呀。刚刚来里说，～去仔末，少仔个人摇庄哉。"（海 58‑493‑11）

【癞头鼋】
〈名〉オオスッポンの俗称。頭部にいぼが多いことから名付けたもの。醜男のニックネームに用いられる。¶赖三公子有名个～，倒真真是好客人，勿比仔史三未就不过空场面。（海 64‑546‑13）¶阿是告个～？勷说啥县里、道里、连搭仔外国人见仔个～也怕个末，耐陆里去告嗄？（海 64‑551‑1）

lan

【懒朴】
〈形〉だるい。けだるい。¶昨日闹仔一夜天，今朝勿曾困醒，～得势。（海 14‑113‑14）

【烂】
〈形〉①補語に用いられ、動作によってぼろぼろ、ぐちゃぐちゃな状態になることを表す。¶只要耐晚歇勿拿得来末，我拿银簪来戳～耐只嘴，看耐阿吃得消！（海 13‑105‑9）¶叫两个二门上的小厮来，拿绳子鞭子，把那眼睛里没主子的小蹄子打～了！（红 44‑606‑5）¶要这爪子作什么？拈不得针，拿不动线，只会偷嘴吃。眼皮子又浅，爪子又轻，打嘴现世的，不如戳～了！（红 52‑732‑15）
②補語に用いられ、動作によって習熟、熟知した状態になることを表す。¶《四书》末，从小也读～个哉，如此考据，可称别开生面。（海 45‑383‑7）¶老先生的元作，敝

省的人都揣摩～了。(儒49-563-19)

【烂料】
〈名〉ろくでなし。 ¶四五年省下来几块洋钱，拨个～去撩完哉，故歇倪出来再用空仔点，连盘费也勿着杠啘。(海31-257-15)

【烂泥】
〈名〉泥。 ¶耐看我马褂浪～，要俚赔个啘！(海1-3-11) ¶风又紧，火又猛，众官兵只得钻去，都奔～里立地。(水19-276-12) "滥泥"とも作る。 ¶巴得你归来，都又滥泥也似醉了，又不敢说。(水45-745-3)
(注) 胡竹安编著《水浒词典》に"〈方〉吴语称带较多水份的泥土叫'烂泥'或'烂污泥'"と注记している。

lang

【浪】
〈名〉方位词。共通语の"上"。①上部・表面を示す。人体の部分を指す一部の名詞の後では、位置を示す意味が薄れている。 ¶陆里晓得个冒失鬼，奔得来跌我一交。耐看我马褂～烂泥，要俚赔个啘！(海1-3-10) ¶见朴斋独自坐着，便道："榻床～孵孵哩。"(海2-12-11) ¶生来摆来眯床～哉啘，阿要摆到地～去。(海4-28-18) ¶方大少，刚刚阿是吓煞哉，头～出仔几化格汗，倒拿倪别生能一跳，现在阿好仔点哉？(九6-47-6) ¶就是身～格身衣裳，也蛮清爽，勿换也无啥要紧。(九续34-261-19) ¶故歇臂膊～，搭仔腰里向，还勒里痛来呀。(狐3-14-18) ¶包勒我身～，月山吭不勿上来格。(狐32-268-23) ¶倪出城到二马路浪，格搭墙头～有报纸贴好勒浪。(狐36-307-20) ¶傍提醒仔奴，奴记得俚格名字，叫啥格德雷，搭奴勿哪哼要好格，格落隔仔几年，勿放勒心～哉。(狐44-385-1) ¶德雷道："既然没有，我叫伍大人写去，明天就送过来，可好吗？"宝玉道："格是顶好哉，倒是倪大门～还少几个字，区大人倸阿肯搭倪写佬？"德雷道："容易容易。可是写'姑苏胡寓'四个字吗？"(狐46-398-8) ¶干娘勒奴面～，终要有屈住格两礼拜，让奴继囡鱼尽尽孝心啘。(狐49-419-13) ¶搭藘人两家头寻开心吃仔好几杯白兰地咪，当夜就说身～有点发烧。(沪1-107-5) ¶格个小照～末有字勒浪啘。(沪2-66-9)

②存在するあたりを示す。 ¶我叫赵朴斋，要到咸瓜街～去。(海1-3-10) ¶近来上海滩～，倒也勿好做啥生意哩。(海1-4-4) ¶倪出城到二马路～，格搭墙头浪有招纸贴好勒浪。(狐36-307-20) ¶朱老阿吃口雅片烟？今朝倪老板娘新煎仔格货色，马路～是买

語彙例釈　lang

弗出格哉。（沪1-12-12）
③範囲を示す。方位詞"里"の意味であることもある。場所語・時間語化する働きになっていて、範囲を示す意味の薄いものもある。¶吴松桥道："吃仔两台哉。先起头吃一台，耐也来哚台面～哛。"（海13-103-14）¶耐看仔场面～几个人，好像阔天阔地，其实搭倪也差勿多，不过名气响仔点。（海14-108-8）¶淑人着急，立起身来阻挡道："倪阿是到馆子～去吃，叫个局罢？"子富嚷道："馆子～倪觌吃，该搭好。"（海32-265-23）¶刚刚碰着仔节～，几花开消才勿着扛；屋里再有爷娘搭兄弟，一家门要吃要用，教俚再有啥法子？（海34-281-3）¶我搭俚商量阿好借十块洋钱拨我，烟银～算末哉？俚回报仔我无拨，倒立起来就走。（海37-313-21）¶故歇就送到仔船～，一点无拨身体，做啥嗄？（海43-362-21）¶齐府～通共一百多人哚，就是余庆哥一干子管来浪，一径勿曾有一点点差身体。（海56-474-6）¶新闻纸～说啥嗄？（海59-595-7）¶皮篷车～吊膀子容易点。（鸿5-215-13）¶随常日脚，从蓟叫唔做花头个，今朝日脚～尴尬仔。阿要搭倪绷绷场面来介！（鸿9-241-4）¶耐是大少爷啘，出出进进像煞有价事，到仔节～菜钱，局钱一塌刮仔勿客气！（鸿14-276-1）¶倪格种人活勒世～，真真叫作孽哩。（九23-175-16）¶奴所愁格末，皆为节～到快，只怕开销勿够落呀。（狐33-276-6）¶俫那哼吃得进嗄？阿要夜里到馆子～叫仔几样罢？（狐33-281-18）¶俫终要当面盘驳清爽格，皆为世界～坏人多，作兴有假冒格哩。（狐36-312-10）¶奴格要想走，也叫呒设法嘘，皆为俚故歇格病，实头勿轻勒海，加二勒里船～，带累奴一发担心事哉。（狐58-493-24）¶格日子台面～碰到个，倒记弗起来哉。（沪1-10-4）¶马车～晏有啥人哩？（沪1-30-2）¶故歇市面～倒说要抵制日货哉。（沪1-84-9）¶格号世界～活勒浪末野呒啥趣势。（沪2-1-6）¶新年上总有一番俗套，照例吃过点心，次云便坐车出去。（沪3-67-10）
　（注）"浪""里"が同じように用いられている例。→今夜格饭，只好馆子里叫仔罢。（狐11-73-16）
④分野・方面を示す。¶痴鸳文章就来里绮语～用个苦功，拨俚钻出仔头来。（海53-446-11）
⑤機構を示す。¶昨日夜头幺二～去吃酒，阿是俚？（海13-103-13）¶牛皮桂宝道："家生是自家格啘。"老五道："才是格辰光买格呀，故歇生意～只外国床也是我格，难要去搬得来格。"（鸿19-308-13）¶到了生意浪，却见相帮等在课堂内谈论老二的事情。（沪2-68-1）¶秋波总不许她常到生意上来瞧她，可是她背着秋波依旧常来。（人32-349-26）¶我有一个姊妹，也在她生意上帮忙，只拆一份下脚，洋钱有到一百多块呢。（歇

460

lang-lao　語彙例釈

80-1101-21)
⑥名詞の後について場所を示す用法から派生して、そこで勤務する人を指す。¶園門～交代好个哉，就勿曾送条子。(海 48-409-18)　¶黛玉道："好是蛮好，不过倷忘记仔一样哉，倪烧饭格灶～是少勿得格喊。"(狐 11-73-13)　¶不一时到了范公馆。门上认得他们，不用通报，二人迳投次云正室。(沪 4-26-8)

lao

【牢】
〈形〉①動詞の補語に用い、動作によって停止・不動・固定の状態になることを表す。¶耐看玉甫近日来神气常有点呆致致，拨来俚哚哚圈～仔，一步也走勿开个哉。(海 7-57-3) ¶我吓得来拖～仔阿姐，说："倪转去罢！晚歇打起倪来末，那价哩？"(海 9-72-8)　¶我说漱芳也是懂道理个人，要是正经事体也拉～仔勿许去，阿算得啥要好嘎？(海 18-145-17)　¶一个客人拉住仔个手，一个客人扳～仔个脚，俚哚两家头来剥我裤子。(海 23-184-12)　¶倪无姆为仔该声闲话，索性关仔房门，喊郭孝婆相帮，撅～个榻床浪，一径打到天亮。(海 37-309-7)　¶个是要耐自家钻进去个，别人总勿见得捉～仔耐落灌个。(鸿 4-213-25)　¶要想走哉，俚倒拉～仔问我，说："倷来看倪主人，阿有啥事体佬？"(狐 17-127-26)　¶覅说格格贼捉俚勿～，就算捉～仔，偷去格洋钿哪哼会原封勿动，一点才朆散脱嘎？(狐 33-276-1)　¶倌人末勿止做一个客，有本事末，伴～仔客人勿要放俚出去。(九 21-158-12)　¶耐亦勿是俚格家主婆，阿好管～俚介，做出格付极形来，阿要跟跄？(九 21-158-16)　¶拿个二朝奉一把拖～，火星直冒，耳光野就超。(三 19-228-8)　¶一个人要是拨来女人迷～仔是，随便啥事体吃淘成格哉。(沪 1-18-10)　¶少奶奶自然管俚弗～。耐是有本领格咽，耐要管～仔俚，俚阿敢强哩？(沪 1-21-10)　¶韦龙吟果然聪明，不到一两个钟头，全都记～，品纯大熹，再教他各种秘诀。(新 23-106-23)　¶这时候惊动了楼上的屠五太太，走到楼梯边，一叠连声地叫："奶妈，可是官官跌坏了吗？"那奶妈回答道："太太，官官没有跌，是老爷捉～他签字，他害怕吓哭了。"(人 18-168-4)　¶这位小姐发起了小姐脾气，恐怕连三少也管她不～呢！(人 30-326-9)　¶晴雯先将里子拆开，用茶杯口大的一个竹弓钉～在背面。(红 52-735-9)　¶大郎，你却吃得酒下！有场天来大喜事来投奔你，划地坐得～里！(喻 15-223-11)　¶王进自去备了马，牵出后槽，将料袋驼搭上，把索子拴缚～，牵在后门外，扶娘上了马。(水 2-21-8)　¶却说那潘金莲过门之后，武大是个懦弱依本分的人，被这一班人不时间在门前叫道："好一块羊肉，倒落在狗口里。"因此武大在清河县住不～，搬来这阳谷县紫后街贷房居住。

語彙例釈　lao

（水 24-356-7）

②動詞の補語に用い、動作がその対象にきっちり密着して、それないことを表す。¶倪看仔无啥好。就不过黎大人末，倒抚～仔当俚宝贝。（海 15-119-9）¶耐自家勿晓得保重，我就日日来里看～仔耐也无么用啘。（海 18-142-17）¶李浣芳站在玉甫身旁，紧紧依靠，寸步不离。玉甫教他："下头去白相歇。"浣芳徘徊不肯。漱芳乃道："去哩。伏～仔身浪，阿热嗄？"（海 35-291-22）¶我故歇末归要跟～仔俚一淘死！俚到陆里我跟到俚陆里，定归一淘死仔末完结。（海 63-542-2）¶倽事体定要瞒～仔倪，勿搭倪说？（九 106-736-26）

【牢骚】

〈动〉ぶつぶつ不平を言う。¶大凡读书人通病，往往为坎坷之故，就不免～，为～之故，就不免放诞。（海 51-432-16）

【痨瘵】

〈名〉肺結核。¶此乃～之症。（海 36-304-22）¶但是脾胃弱点还勿至于成功～。（海 36-305-1）¶福僧也没有一点苦楚，带着母丧，只在花街柳陌，逐日混账。淘虚了身子，害了～之病。（初 35-662-3）¶自此即蓄发娶妻，不上三年，～而死。（醒 39-840-9）

【老】

〈形〉老いている。¶阿是嫌我～，勿情愿？（海 16-126-24）¶耐阿是年纪～仔，昏脱哉？（海 31-256-22）¶我不过～仔点，比仔小伙子勿推扳哩。（海 47-398-6）¶倪～哉，再歇几年，要变老太婆哉。（九续 26-278-12）¶我～了，都不中用了，眼也花，耳也聋，记性也没了。（红 39-538-21）¶这～的是本处土居人户，都知这里路径豀山。（水 117-1753-5）

〈副〉たいへん。程度を表す。¶耐看俚昨日～晚来，坐仔一歇歇倒去哉，啥人高兴去叫俚嘎。（海 6-45-19）¶碰着仔两个朋友，拉我一淘去买物事，物事末勚买成功，辰光倒犹搁好～大一歇。（鸿 9-240-9）¶辰光～早勒，耐再困歇罢。（鸿 11-255-14）¶倪是～早就晓得格哉，张园里向也看见歇俚几转。（九 26-195-18）¶侬阿曾生好火末？——～早生好拉者。（上问 19-36-4）¶总之小峰、月峰姊妹两个是极有道理最重情义的人，我～早知道。（商 10-73-21）¶少奶奶自觉得神思昏昏，～早就睡下了。（目 89-725-4）¶瞧着大人轿子～远的来了，一齐跪在田里。（官 6-84-8）¶你每天候我出门后，坐着东洋车到我家里来。那车上布帘必定下着的，这就是～大证据，还想赖到那里去？（新 46-212-5）¶今儿你既～远的来了，又是头一次见我张口，怎好叫你空回去呢。（红

6-105-2）¶有什么不了的事？～早的完了。(红 33-450-10) ¶庄绍光悄悄叫了一乘小轿，带了一个小厮，脚子挑了一担行李，从后门～早就出汉西门去了。(儒 34-403-19) ¶我牧童为着你，险些儿害了一场～大的相思病。(鼓 24-289-8) ¶～大一个汉子，没处寻饭吃，靠着女人过日，如今连衣服都要在老娘身上出豁，说出来可不羞么？(醒 30-628-10) ¶若兄弟十年不来，其间万一有些好歹，这纸文书便是个～大的证见。(初 33-620-2) ¶你到临时，只做去送丧。张人眼错，拿了两块骨头，和这十两银子收着，便是个～大证见。(水 36-406-5)

【老阿哥】
経験を積んだお兄さん。 ¶耐个～倒无啥，可惜淑人勿像耐会白相。(海 32-266-1)

【老白相】
〈名〉遊び慣れて、その道（特に花柳界）に通じている人。 ¶耐也算是～哚，故歇叫个局就无拨哉。(海 15-116-1) ¶耐令叔划一有点本事咻！上海也算是～，倒勿曾用过几花洋钱你也是个～了，难道还不知道堂子里头的情形？这个时候，那些倌人正在那里做他的好梦，那里就会起来？(九 133-892-1) ¶二少，你算得是～，我的耳朵里听人叫你二少，也听得长远哉。(人 3-25-21)

【老班】
〈名〉"妓院"や商店などの店主。 ¶开堂子个～讨个大姐做家主婆，也无啥勿局。(酒 62-529-6) ¶俚实梗一个大～，也弗好意思弗拿出洋钱来，倪搭俚经经手，大家过仔过门完结哉唲。(鸿 11-256-18) "老办"とも作り、多く"老板"と作る。 ¶正在出神之际，忽然家人报说票号里的多老办来了，芬臣便出去会他。(目 88-719-1) ¶阿就是俚说格潮州人，开丝栈格小老板，姓黄格佬？(狐 59-504-24) ¶俚格家主公就是品香园格老板哩。所以俚自家也会做点小菜。(沪 2-7-12) ¶这票号里的老板很同他来往。(官 9-130-13) ¶后来克良好运来了，遇着了个洋货号老板陈子英，把他收留进去。(新 28-126-18) ¶我看你的品貌，很能克得个钱庄老板。(繁后 5-772-26)

【老鸨】
〈名〉"妓院"の女主人。¶耐阿晓得有个叫黄二姐，就是翠凤个～，从娘姨出身，做到～，该过七八个讨人，也算得是夷场浪一档脚色哚。(海 8-47-23) ¶论起来，俚哚做～该仔倪讨人，要倪做生意来吃饭个呀；倪生意勿做，俚哚阿要饿煞？(海 32-264-5) ¶今宝玉与我一见如故，并无贪得之心，足见以深情待我。可惜年纪大些，已经退为房老，既不惹牌，又不出局，分明是个～了。(狐 60-511-15)

語彙例釈　lao

¶养过孩子之后，一直想守着老爷；～不肯，一定要他做生意。顶到大前年才赎的身。(官22-355-11) ¶那位三少奶奶，年纪也大了，买了七八个女儿，在山塘灯船上当～，口口声声还说我是某家的少奶奶，军机大臣某人，是我的大伯爷。(目89-722-23) ¶我闻得做～的，专要钱钞，就是个乞儿，有了银子，他也就肯接了，何况我做生意的，青青白白之人。若有了银子，怕他不接！(醒3-46-15) ¶众女子得了，就去纳在鞁婆处。鞁婆又嫌多道少，打那讨得少的。这个鞁婆就是中华～儿一般。(二7-144-4) ¶那金哥就报与～知道，～慌忙出来迎接，请进待茶。(警24-341-7) ¶当日就唤～过来，将钱八十千付作身价，替月仙除了乐籍。(喻12-182-3)

【老伯】
〈名〉おじさま。父の友人や友人の父およびその世代の親族などに対する敬称。¶～阿是善卿先生？(海1-5-3) ¶小侄这书书局所出的书，有诸位～、诸位宪台提倡，不愁没有销路。(官33-567-4) ¶申～去世的前头几年，记得那时候我只有十三岁。有天到申府上替申～请安，申～拉着我的手，说道："……"。(官34-575-14) ¶他们旗人是讲究交情礼节的，龙光一听见说父亲的同门相好，便改称～。(目106-875-14) ¶～如何今日才来？我父亲那日不想你！直到临回首的时候，还念着～不曾得见一面，又恨不曾得见～的全书。(儒48-556-20) ¶～大人请便。侄儿正欲领世兄们的教呢。(红115-1572-14) ¶原来是～。小侄多获罪了。敢是～贵恙可全愈了？(鼓6-74-10)

【老底子】
〈名〉時間詞。以前。当初。もともと。¶倪～客人是姓夏个，夏个末同徐个一淘来，徐个同耐一淘来。(海27-222-1) ¶二来俫改仔名字，勤用～格招牌，就算俚俫晓得，亦勷坍俚格台，哪哼好怪俫介？(狐11-77-24) ¶如今既是我要交大运了，少不得要改个样子。～那几处玩惯的门户，屏而不用。(商6-42-9)

【老客人】
〈名〉古くからの客。なじみの客。¶王老爷先起头做倪先生辰光，还有好几户～哚。(海10-80-8) ¶荔甫是秀林～，生来帮俚哚唲。(海13-100-9) ¶四五年个～，再要瞎三话四，倒好像坎坎做起。(海25-202-16) ¶方老爷，耐是倪格～哉，也要叫格嘘！(九续59-456-12) ¶你终算是～了，怎么近又叫起我来？小红的娘阿素知道此事，心上边与我很不过去，受过他好几次冷言冷语，说小红初出来的时节，托我照应他的，怎么反去夺了他的客人。(繁后18-933-25) ¶问："里头有客人么？"大姐道："正是一个～，要在这里请客呢。"(新32-145-2)

lao　語彙例釈

【老老头】
〈名〉老人。¶晚歇四老太爷动仔气，吃起醋来，我～打勿过俚哚！（海 15-117-8）¶～高兴得来，点仔十几出戏，差勿多要唱到天亮哚。（海 20-158-21）¶小房间里有个～，阿是俚姘头？"（海 21-173-5）¶有五十几岁哉。～交关欢喜白相。（鸿 10-248-25）¶阿是归个～？（沪 3-8-3）

【老年人】
老人。¶窦小山先生到了，诊过赵洪氏脉息，说道："～体气大亏，须用二钱吉林参。"（海 64-545-14）¶只怕～怕坐轮船，叫了一只民船，随带一个仆妇、一个下人动身。（繁Ⅱ22-599-8）¶～也有许多～有趣开心的地方呢，何必这般不快活？（人 39-469-23）

【老朋友】
〈名〉古くからの友人。¶洪善卿知己末勿知己，我阿哥搭俚也～哉。（海 19-154-18）¶俚要江西做官去，倪～生来搭俚钱钱行。（海 57-476-21）¶子章，你我～，我也不作客，最好先弄点子酒来润润喉，喝了酒再吃饭好么？（新 45-206-3）¶老七，我和你是～了，还有什么不相信吗？（人 26-278-15）

【老婆】
〈名〉妻。"大～"是正妻，"小～"是妾。¶碰着仔好客人，俚屋里大小～倒有好几个来浪，就嫁得去，总也勿称心个哉。（海 18-148-1）¶桂花道：'你有～没有？'土老儿叹道：'～是有一个的，可惜我的命硬，前两年把他克死；又没有一男半女，真是可怜！'（目 3-18-24）¶我想把阿宝给你做～，你做了我的女婿，那时我们来往，他就不好管我们了。（新 20-89-30）¶二爷就开了箱子，拿了两块银子，还有两根簪子，两匹缎子，叫我悄悄的送与鲍二的～去，叫他进来。（红 44-606-24）¶一不做，二不休，有心是这等，再寻个主顾把嫂子卖了，还有讨～的本钱。（警 5-60-12）¶而今更有一段话，又只因一句戏言，致得两边错认，得了一个～。（初 12-219-11）¶记得有个京师人，靠着～吃饭的。其妻涂脂抹粉，惯卖风情，挑逗那富家郎君。（二 14-275-9）¶常言道："做买卖不着，只一时；讨～不着，是一世。"（喻 1-3-11）

【老枪】
〈名〉アヘン吸引用の多年使い込んだきせる。¶王莲生烧成一口鸦片烟吸取，不料烟枪不通，斗门咽住。双珠先见，即道："对过去吃罢，有只～来浪。"（海 24-198-3）

【老上海】
〈名〉多年上海に居住するなどして、上海の事情に通じている人。¶倒是倪一班人，

語彙例釈　lao

几十年～，叫叫局，打打茶会，生意末勿大，倒勿曾坍过台。（海60-509-9）

【老实】

〈名〉まじめである。正直である。純朴である。¶双宝心里是也巴勿得要好，就吃亏仔～点，做勿来生意。（海3-20-3）¶王老爷难也有点勿～哉！陆里去想得来好主意，说来哄城里。（海4-30-19）¶我～搭罗老爷说仔罢，俚做仔大生意下来，也有五年光景哉，通共做仔三户客人。（海7-52-3）¶倒是黎大人吃酒个场花，阿是叫蒋月琴，倒还～点。粉也勿曾拍，着仔一件月白竹布衫，头浪一点点勿插啥。（海15-119-21）¶四老爷是规矩人，勿欢喜多花空场面，像倪该搭老老实实，清清爽爽，四老爷倒蛮对。（海27-224-7）¶起先年纪轻，勿曾懂事体，单喜欢标致面孔个小伙子，听仔俚哚海外闲话上个当；故歇要拣个老老实实个客人，阿有啥差嘎？"（海60-509-17）¶耐到底是到洛里搭去格，老老实实搭倪说！（九续30-227-11）¶叫奴末勿实梗格，要出去末，老老实实，对俚当面说明白仔，勿怕俚关杀仔奴喱。（狐10-67-26）¶我（确实）（～）替依话罢，伊个几匹驴子连一只好个（全）（也）（都）勿有。（上问31-57-6）¶～说罢：这种条子递上一百张，当时面子帐收了下来，转背谁还认得你。（官11-160-17）¶他是乡屯里的人，～，那里搁得住你打趣他。（红39-539-13）¶苏知县是个～的人，何曾晓得恁样规矩，闻说不要他船钱，已自匀了，还想甚么坐舱钱。（警11-134-7）¶小官人几番调戏，好不～！（醒3-43-3）¶你这人倒～，我不难为你。权发监中，待提到了正犯就放。（二4-92-14）¶媒妈妈看见杨八老本钱丰富，且是志诚～，待人一团和气，十分欢喜，意欲将寡女招赘，以靠终身。（喻18-258-4）

【老实人】

〈名〉まじめな人。誠実な人。¶瑞生阿哥～，堂子里勿曾去白相歇，阿好叫嘎！（海30-251-13）¶帐房先生是～，说来浪闲话一点点无拨差！（海43-364-21）¶只有倪末～，倒去上仔陈老爷格当。（九续16-120-1）¶金慕瞰是个～，便一一告诉他道："兄弟出洋的时候，家里带了十年的学费，共是六千块洋钱。……"（负15-69-22）¶这人是～，叫他面交，他一定要见过面才肯把信交代出来。（官10-144-23）¶宝玉道："太太屋里的彩霞，是个～。"探春道："可不是，外头老实，心里有数儿。……"（红39-534-14）¶得贵一来是个～，不晓得坠胎是什么药；二来自得支助指教，以为恩人，凡是直言无隐。（警35-539-4）

【老死】

〈动〉老いて死ぬ。¶阿姐是才嫁仔人了，好哉。单剩我一干仔，无啥人来讨得去，要耐养到～哚。(海 3-26-17) ¶直到后来隔仔十几年，倪娘回到屋里，难末说起勒上海，养过一个囡鱼，故歇卖拨勒堂子里，取名叫林黛玉，我得着一笔身价，终算～盘缠有格哉。(狐 36-311-13) ¶肚里气气闷闷，不觉成了臌病；晓得自己～快了，恐怕活死人将来没个结果，只得央六事鬼寄信教形容鬼来。(何 5-52-23)

【老太婆】

〈名〉年とった婦人。おばあさん。¶耐赎仔身要升高哉呀，我一径望耐升高仔末照应点我～，难故歇末来里照应哉！(海 45-379-2) ¶倪老哉，再歇几年，要变～哉。(九续 36-278-12) ¶这个～来趁船，没有船钱。他说到上海来寻他的儿子，寻着他儿子，就可以照付的了。(目 17-123-17) ¶为什么不收个年轻的，倒收个～？真正叫人不明白。(官 38-655-11) ¶张素雯起先见这～有些害怕，如今听她说的话委宛动听，又加起了一片敬老怜贫的心思，便问那～道："～，你几岁了？"(人 39-467-16)

【老太太】

〈名〉年とった婦人に対する敬称。¶对勿住，倒难为耐～讨气。(海 22-181-19) ¶我们～如此仁德，你还怕见他的面，你这人还可以造就吗！(官 23-374-3) ¶鲍二夫妇见了如一盆火，赶着尤老一口一声唤老娘，又或是～；赶着三娘唤三姨，或是姨娘。(红 65-926-4) ¶我记得你家～该在这年把正七十岁，想是过来定戏的？(儒 25-301-18)

【老堂】

〈名〉相手の母に対する敬称。"令堂"に同じ。¶倘忙耐洋钱末用光哉，原无拨啥生意，耐转去阿好交代？连搭我也对勿住耐哚～哉啘。(海 12-98-15)

【老外婆】

おばあさん(母方)。共通語の"姥姥"。¶先起头倪～搭我梳个头，倒无啥；故歇教娘姨梳哉，耐看阿好？(海 5-40-23)

【老相好】

〈名〉古くからのなじみ客・芸妓。¶王老爷，耐也～哉，耐就说仔要去做啥人也无啥啘，阿怕倪先生勿许耐嘎？(海 4-30-21) ¶罗老爷有仔～，只怕倪巴结勿上，倒落仔蒋月琴哚笑眼里。(海 7-51-17) ¶唔笃也少有出见个，～哉，阿有啥个吵勿清爽。(鸿 4-209-12) ¶倪先生末也是一时之火，耐是～哉，总要包涵俚点，大家好好里商量末哉。(九 11-82-17) ¶耐是昨日仔转来格，转来仔为啥勿来？阿是先要去看看唔笃～，倪搭是想勿要来格哉哩？(九 63-456-15) ¶四少爷，耐格～末夷要出来哉。(沪 1-44-6) ¶二大人耐想，倪一个做生意人阿有啥回报客人格道理哩。麷说耐二大人是～哉，要是叫

語彙例釈　lao

堂差客人野呒不实梗规矩格哩。(沪1-62-7)¶我知道了,一定是到钓鱼巷找你的～去？(文54-289-27)¶他俩本是～。(官32-541-20)¶那倒不是,因为今天在张园碰着一个～,不好意思不叫叫,他你也是熟人,就是西荟芳的武林林。(梼12-187-21)¶阳伯仔细一听,原来就是他的～这里有名的姐儿小玉的口音。(孽22-195-4)

【老兄】

〈名〉貴兄。男同士の友人に対する敬称。¶～两只贵手也要去揩揩哉哩。(海46-390-23)¶难是生来一概拜托～,其中倘有可以减省之处,悉凭～大才斟酌末哉。(海64-544-16)¶胡知县立起身来,一直把袁伯珍送出花厅,口里说道："请～从速把积谷款子,预备起来,毋须再筹别项款子了。"(维1-4-8)¶哦,原来这勿克斯是～的旧交。(维8-54-1)¶～何日到此？弟竟不知。今日偶遇,真奇缘也。(红2-25-16)

【老样式】

古くさい型。旧式。¶故歇名字戒指也～哉。(海22-179-4)

【老爷】

〈名〉だんな。だんな様。上司、雇い主、顧客など目上の男性に対する敬称。¶那双宝见是善卿,忙起身陪笑,叫一声"洪～",低头不语。(海3-21-12)¶耐末算帮耐哚～,勿叫沈小红叫啥人嘎？(海5-35-3)¶各位～才说是就来,就是朱～陪杭州黎篆鸿黎大人来哚,说谢谢哉。(海12-91-15)¶外面接帖家人上来回道："城守营大～来了。"(维1-4-7)

¶陶大晓一听叫人家～,叫我大少,心上有点不高兴。(官8-110-5)¶督军署的黄大人,消防局的诸局长,程营长,还有吕～,冯～,警察上的杨二～,其余几个我记不清楚。(人35-389-7)¶湘莲道："还要说软些才饶你。"薛蟠哼哼着道："好兄弟。"湘莲便又一拳。薛蟠"嗳哟"了一声道："好哥哥。"湘莲又连两拳。薛蟠忙"嗳哟"叫道："好～,饶了我这没眼睛的瞎子罢！从今以后我敬你怕你了。"(红47-655-8)¶当下杜悦问道："你家～好么？"(禅2-22-9)¶苏胜回头,徐能陪个笑脸问道："是那里去的～,莫非要换船么？"苏胜道："家～是新科进士,选了兰溪县知县,如今去到任,因船发了漏,权时上岸,若就有个好船换得,省得又落主人家。"(警11-135-8)

【老爷们】

〈名〉だんな方。お偉方。¶尤如意一家,连二三十个～,才捉得去哉,房子也封脱。(海28-232-22)¶几花赌客才是～,倪衙门里也才来浪赌咹,倪跑进去,阿敢说啥闲话？(海56-473-12)¶督军署的黄大人,消防局的诸局长,程营长,还有吕老爷,冯老爷,

警察上的杨二老爷,其余几个我记不清楚,大概全是常来的几位～。(人35-389-9)
(注)"们"のこの用法は他にもある。→有几位先生们,看上去场面阔来西,缴用总大拉个,勿晓得有几化成本,一年赚几化。(上散8-50-6)。いずれも数量詞の修飾を受けており、また、他に類例があまり見られない。

【老仔面皮】
ずうずうしく。厚かましく。¶倪自家想,犯勿着气煞耐沈小红咾手里,老仔面皮倒无啥气,蛮快活来里。(海12-95-8)¶大家老仔格面皮,歪仔格良心,耐骗我,我骗耐,骗得一塌糊涂。(九续15-120-20)¶宝玉虽一一叫应,然回想当年,却有些不好意思,只得老着面皮在旁侑酒。(狐23-186-24)¶没奈何,老着面皮,到几户老客人家中说明此事,求他们帮点儿忙。(繁初15-161-23)¶韵秋老着面皮,坐在床沿上,问长问短。双珠面向里床,只是不理。(新49-228-9)¶他自仗口头来得,老着一张面皮,到处演说,博得几声拍手。(歇4-42-27)¶你倘然不嫌我时,我就老着面皮,指拨你一二。(十7-48-3)¶唐卿便老着面皮谢女子声道:"昨日感卿包容,不然小生面目难施了。"女子笑道:"胆大的人,元来恁地虚怯么?"(初32-602-15)

lei

【羸瘦】
〈形〉瘦せて弱弱しい。¶脾胃伤则形容～,四肢无力,咳嗽痰饮,吞酸嗳气,饮食少进,寒热往来。(海36-305-3)¶今夏加以气怒伤感,内外折挫不堪,竟酿成干血之症,日渐～作烧,饮食懒进,请医诊视服药亦不效验。(红80-1157-3)

【肋】
〈名〉あばら。¶还好,这～里伤仔点,勿碍事。(海9-70-22)

leng

【冷】
〈形〉寒い。冷たい。¶昨日夜头风末来得价大,半夜三更勿着衣裳起来,再要开出门去,阿～嗄?(海18-142-16)¶像前日夜头天亮辰光,耐再要转去,阿～嗄?(海31-256-7)¶如今天又～了,越想没个派头儿,只得带了你侄儿奔了你老来。(红6-104-3)

【冷汗】
〈名〉冷や汗。¶夜头困勿着,困着末出～。(海36-304-21)¶自己别了少牧,叫部东洋车飞也似的赶至家中,见梅氏果然倒卧床上,人事不知,喉中痰声微响,四肢～浸淫,竟有些九死一生的光景。(繁后19-946-18)¶这么一想,又吓得一身～,似乎耳朵旁边就有人说他是死了。(梼14-230-12) ¶凤姐闻听,吓了一身～,出了一回神,只得忙忙的穿衣,往王夫人处来。(红13-175-20) ¶诱到房中调戏他,正在妙处,被一个红脸头陀瞧破,闹将醒来,出了一身～,心中耿耿不乐。(禅6-74-7) ¶只听得外面说道:"你不开庙门,我却从庙门缝里钻入来!"两个听得恁地说,日里吃的酒,都变做～出来。(警14-193-7) ¶但见李参军面如土色,～淋漓,身体颤抖的坐不住,连手里的杯盘也只是战,几乎掉下地来。(初30-561-14) ¶行修听罢,毛骨耸然,惊出一身～。(二23-463-11) ¶和尚大怒,扯了吴山便走。到楼梯边,吴山叫起屈来,被和尚尽力一推,望楼梯下倒撞下来。撒然惊觉,一身～。开眼时,金奴还睡未醒,原来做一场梦。(喻3-75-2) ¶洪大尉听罢,浑身～,捉颤不住。(水2-15-7)

【冷静】

〈形〉孤独で寂しい。¶阿姐去仔,阿～嗄?(海49-419-1) ¶王熙凤嫂嫂道:"你问的是陆老爷吗?他年初五就到北京去了。"曼卿老六道:"那么你要～煞哉!"(人25-269-19) ¶难道做买卖的人,在外头一年半载不要耽搁?也不见得家里头的老婆～死了!怎的你偏是这般要紧?(繁初13-132-7) ¶这些时被筱山陪伴惯了,一旦没了他,顿觉～异常,不胜纳闷。(歇81-1121-5) ¶如此良宵,又兼夜深,我既寂寥,你亦～,难得这个机会,同在一个房中,也是一生缘分。(初23-435-12) ¶庵主有些瞧料,挑他道:"敢是为没有了老爹,～了些?"(初34-649-15) ¶你今夜陪伴嫂嫂在新房去睡,省得他怕～。"(醒8-162-11)

li

【离开】

〈动〉離れる。¶耐单有一个无姆离勿开,再三四年等耐兄弟做仔亲,让俚哚去当家,耐搭无姆到我屋里向去,故末真个日日看牢仔耐,耐末也称心哉。(海18-142-23) ¶大约耐肚皮里先有仔'语不惊人死不休'一个成见,所以与温柔敦厚之旨～得远仔点。(海60-515-11) ¶不如用个缓兵之计,让我先～上海,写个信去告诉他老子,慢慢的再作道理罢。(维12-86-4)

【礼拜】

〈名〉①週間。週。¶阿姐就不过去一埭,去仔两～,原到屋里来。(海43-364-19) ¶前一～,倪几转看匡二爷背仔一大包物事出去,倪勿好去问俚。(海60-513-2) ¶从来勿曾到过歇上海,故歇是第一转。来仔有一～哉。(狐36-307-17) ¶辛老有一～勿到倪搭来哉,耐看见仔俚,请俚到倪搭来。(九95-671-17) ¶伊到苏州去之一个～,还勿曾来。

（上散2-7-2）¶我与他是堂子里碰头的，认识得没有一～。（新29-132-27）¶教了七八个～，果然军容分外整齐，与从前大不相同了。（维4-29-8）¶恰恰不巧，下～我要回苏州去，再下一～要到杭州。（人46-574-9）¶再过上一～就要走的，另外还有事情到别处去。（官55-950-23）

②曜日。¶戏末～六夜头最好。今朝～三，再歇两日，同无姆一淘去看。（海30-247-1）¶该搭栈房里个房饭钱，前日仔约俚笃～六，明朝是～三,剩得勿多两日哉。（鸿8-234-19）¶明朝～日，唔笃夷吥拨啥事体，碍啥个！（鸿10-249-10）¶～日外国人是不办公事的，去了也是白去。（官33-556-5）¶天天在茶楼、酒肆、妓院、烟间、戏馆、书场走动，逢～六或～日往张园、愚园游玩，到得晚间无事，常来我处坐坐。（繁后5-771-2）¶兄弟一准初五坐～四的招商轮船回去。（栲13-217-12）

③日曜日。¶今朝～，无啥事体，轿子勿要哉。（海8-62-9）¶礼拜六是顶开心个日脚，为之第二日～，无甚事体。（上散4-12-9）¶今天～，银行是不开门的。（官33-556-3）¶又在一个花园里，设了一个演说坛，每逢～，总要到那演说坛里去演说。（负13-61-10）¶今天乃是～，我家少爷恐要回来，本想早些回去，你们何不送我到家，再回九江里去？（繁后3-749-24）

【里】

〈名〉方位词。①名詞・名詞連語などの後に付く。(1)場所を指す¶耐去茶馆～拿手巾来揩揩唲。（海1-3-16）¶屋～还有啥人？（海1-4-9）¶我记得两棋盘街聚秀堂～有个倌人，叫陆秀宝，倒无啥。（海1-5-14）¶我来里城～，为此个朋友做生意，去吃仔三日天酒。（海4-30-12）¶就屋～带出来几块洋钱，用拨堂子～也用勿得够好。（海12-98-13）¶耐几日天关来哚'巡捕房'～，今朝倒放俚出来哉？（海27-220-2）¶俚要甩我河～去呀，教俚甩哩！（海39-328-17）¶耐到倪堂子～来,是客人呀。（海56-483-10）¶大少,到房～去哩，该搭勿好坐个呀。（鸿8-238-1）¶我德安生屋里向勿知为啥事体，连女人才捉仔巡捕房～去哉。（鸿12-261-19）¶对勿住！金少大人，里向有客人勒浪，只好先请客堂间～坐歇，等客人去仔再调阿好？（九19-144-15）¶倘忙真格拨巡捕拉仔巡捕房～去，阿要坍台？（九48-353-11）¶这人生在江西省新喻县城～, 姓袁, 名谓贤，表字伯珍。（维1-2-5）¶今日因庙～还愿去了。尚未回来，晚间你看见便知了。（红3-46-16）¶眼见得这一纸在爪哇国～去了，只叫得苦。（二1-8-16）

(2)範囲を示す。……の中。¶为啥勒梳？耐自家去镜子～看，阿毛嘎？（海43-365-18）¶我告诉仔倷罢，倷心里向格事体，是自家梦～说出来格，勿然我既勿是仙人，亦勿是倷

語彙例釈 li

肚皮～格蛔虫，哪哼能够一猜就着介？（狐 30-248-12）¶你不信，你望镜子～瞧瞧，我给你修一修。（人 18-172-27）¶白铜面盆～还搁着一条雪白的毛巾。（负 4-18-11）¶象你这样的人能有几个呢，十个～也挑不出一个来。（红 12-166-8）¶小道人在袖～摸出包来，拣一块大些的银子与他做了定钱。（二 2-28-7）

(3)時間を示す。……の間。¶今年阿是二月～就交仔黄梅哉，为啥多花人嘴里向才酸得来？（海 12-93-16）¶陈大人生来是胡桃里咸肉，勿敲勿出来格。耐结交仔俚多化，想俚格大好处，我看耐该枪势～勿捞转俚点，也吭拨日脚格哉。（鸿 16-289-19）¶故歇是深秋天气哉。勿要半夜～转去受仔风寒，倪倒担勿落格个干系，耐格身体又亏，勿是约约乎格。（九 23-172-15）¶旧年十二月～，倪接着秀林一封信，说要搬到普庆里去。（狐 48-414-20）¶袁伯珍见数日之中，冤枉钱花了两千，并前头的婚费合算起来，却好把弥陀寺僧人送来的款子，用个罄尽，因此每日～短叹长吁，甚为不乐。（维 12-82-3）

(4)機構・組織を示す。¶有个米行～朋友，叫张小村，也到上海来寻生意，一淘住来哚。（海 1-4-16）¶俚哚栈房～才实概介，到仔十二点钟末就要开饭哉。勿晓倪堂子～，无拨啥数目，晚得来！（海 2-15-10）¶想倪阿有啥要紧，阿怕新衙门～要捉倪个人。（海 26-210-7）¶拨县～捉得去，办俚拐逃，揪二百藤条，收仔长监。（海 27-225-8）¶该搭栈房～个房饭钱，前日仔约俚笃礼拜六，明朝是礼拜三，剩得勿多两日哉。（鸿 8-234-19）¶俫想巡押房～格包打听，会审公堂～格差人，阿才是吃素格佬！（狐 33-276-2）¶伊拉总要先请衙门～查一查，等到查过之，实在有几化本钱，刻准伊拉做几化票子。（上问 47-86-4）¶过了两日，袁伯珍教县～备了夫马，亲到西乡。（维 5-37-1）¶方欲说话，忽有回事人来回："忠顺亲王府～有人来，要见老爷。"（红 33-453-1）¶他在皇帝御前也曾经过，可知道不怕面生，就象自家屋～一般，嘻笑自若。（二 25-115-2）

(5)ある組織体を指す語に付く場合、その組織内の人を示すこともある。¶为仔我有点要紧事体，到吴淞去仔三日天，屋～勿曾晓得，道行我来里该搭，来问一声。（海 27-220-12）¶几花赌客才是老爷们，倪衙门～也才来浪赌哕，倪跑进去，阿敢说啥闲话？（海 56-473-13）¶倪门口～啥人来浪赌？耐说说看。（海 56-474-10）¶二奶奶勿比仔倪堂子～。（海 57-483-10）¶数说真正人家人哉，就是堂子里人嫁仔人，做仔人家人，像煞也比堂子～好点笃。（鸿 15-283-5）¶耐报馆～既然认得格，老老实实赶紧去请俚笃来，搭我碰碰头，说开仔末完结。（鸿 16-289-15）¶俚俫勿勒浪做戏末，倒有点难寻格，既经勒同乐登台，倪只要问戏馆～就晓得哉。（狐 45-391-21）¶耐想倪堂子～说出来格应酬闲话，阿好做准？倪就是要嫁人，也吭拨实梗容易哕！（九 47-342-7）

472

(6) 人体の一部を指す語に付く場合、抽象的な用法になることがある。¶倪无姆是单养我一干仔，我有点勿适意仔，俚嘴～末勿说，心～是急杀来浪。(海20-161-10) ¶赎身文书来浪我手～，看俚再有啥法子！(海59-500-4) ¶格个女人我实头对劲格，人是头一转看见勒，想煞我心～眼睛～本来有实该一个女人格，恐怕搭俚前世有点道理笃。(鸿15-283-11) ¶算来这些人死在洋兵手～，还是个糊涂鬼，真是可怜可悯的。(维1-8-9) ¶妙观见说到对局，肚子～又怯将起来。(二 2-33-14) ¶我也有个人在肚～，正少个说合的，师父来得正好。(二3-62-13)

②一部の形容詞の後に付いて、方向・方面を示す。¶耐末说说正经就说到仔歪～去。(海52-440-11)

【里面】

〈名〉方位詞。中。内。¶耐转去到我床背后开第三只官箱，看～有只拜盒拿得来。(海7-54-3) ¶袁伯珍拆开看时，～还附了一封王爷与漕督大人的八行。(维12-83-5) ¶到了一条弄堂里，殷必佑抬头观看，许多密密层层的，都是金字招牌。殷必佑肚里疑心："这～不要是我们旧东家说过的那些票号吧？"(负12-56-22) ¶芳官拿了一个五寸来高的小玻璃瓶来，迎亮照看，～小半瓶胭脂一般的汁子，还道是宝玉吃的西洋葡萄酒。(红60-848-2) ¶为何半夜三更独行至此？必有大故。且请到～讲话。(禅9-134-5) ¶沈将仕扯了他手，竟到窗隙边来，指着～道："你看么！"(二 8-172-3) ¶随庄客到～打麦场上，歇下担儿，把马拴在柳树上。(水 2-22-12)

【里向】

〈名〉方位詞。内。中。¶善翁也来里，巧极哉，～坐。(海 2-10-7) ¶今年阿是二月里就交仔黄梅哉，为啥多花人嘴～才酸得来？(海12-93-17) ¶该个三年～就算我冤屈仔耐也应呃。(海18-143-3) ¶第四埭我去，来浪～勿出来。(海30-253-14) ¶阿姊拨俚哚关仔～去哉呀，难阿好出来嘎！(海43-367-17) ¶急得来，故歇心口～还勒浪跳，阿要作孽。(九6-47-2) ¶倪堂子～格人来，才是勿好格。(九7-51-8) ¶对勿住！金少大人，～有客人勒浪，只好先请客堂间里坐歇，等客人去仔再调阿好？(九19-144-14) ¶请～去坐嗄！(鸿8-237-21) ¶今夜头老丹桂～，有出出色色格新戏勒浪。(狐8-57-2) ¶俅心～格事体，是自家梦里说出来格，忽然我既勿是仙人，亦勿是俅肚皮里格蛔虫，那哼能够一猜就着介？(狐 30-248-11) ¶衙门～酒是多得势朵，悉听你吃末哉。(描29-261-11) ¶一礼拜～化两个热水浴。(上散5-25-2) ¶亭子间台子已摆好，请各位～去吧。(人 18-171-7)

語彙例釈　li

【俚】
〈代〉単数第3人称。①共通語の"他""她"。¶陆里晓得个冒失鬼，奔得来跌我一交。耐看我马褂浪烂泥，要～赔个哦！（海1-3-11）¶听见说杭州黎篆鸿末里，阿要去问声～看？（海1-6-11）¶～说耐当脱仔一皮袄，阿有价事嗄？（海3-19-9）¶赵家姆搭～家主公也来哚有趣，阿有啥工夫来看倪。（海8-62-15）¶今朝方鼎夫来浪东合兴李双宝笃吃酒，呒不俙人，就是～格阿侄伯荪搭仔我，还有一纱栈里个朋友。（鸿2-197-5）¶倪对过房间个宁波先生蛮好个，阿去叫～个本堂？（鸿9-242-15）¶为仔倪自家呒拨洋钱，问仔～一声，～就跷起仔格面孔，一理勿理，难末倪也有点光火哉，埋怨仔～两声。（九6-50-2）¶俚耐要打末让～去打末哉，倪索性拿格条性命交拨仔完结。（九11-83-3）"里"とも作る。¶啥场化弄一碗姜汤来拨里吃吃末好。（描2-19-12）
②共通語の"它"。¶翠凤才丢开手，拿起床上衣裳来看了看，皱眉道："我勿着～。"（海8-65-19）¶台子浪一只自鸣钟，跌笃跌笃，我勿去听～，～定归钻来里耳朵管里。（海18-142-5）¶姘戏子多花到底少个，故也勿去说～哉。（海18-147-21）¶我自家生个病，自家阿有啥勿觉着。该个病死末勿见得就死，要～好倒也难个哉。（海20-162-1）¶来勿来勿关耐事哦，耐问～做啥？（海27-221-24）¶沈小红故末是无用人，王老爷做仔张蕙贞末，最好哉哦；耐勿去说穿～，暗底下拿个王老爷挤，故末凶哉。（海56-477-23）¶钧伯道："故歇节浪一起阿要几化洋钱开消，好住小房子哉？"宝林瞅着钧伯，笑道："耐问～做啥？耐要包我，耐一塌刮仔搭我调三百洋钱，连耐格局帐才勒海。（鸿13-267-5）¶忽又想起花斐娥托买个末事，阿有啥场化去赊～赊再说。（鸿8-234-25）"里"とも作る。¶"大官人叫二个挑白担个扛子里出去。""呋，吓呸谁敢动手！若动一动就是移尸了，俺问你该当何罪？"（描14-126-5）
③何かを指しているわけではなく，ある種の感情を添えるだけにも用いられる。¶耐照相楼浪勿曾去，我说倪几个人拍～一张倒无啥。（海29-243-20）¶照实概样式再要拼廿四句，勿晓得《四书》浪阿有？（海44-370-8）¶前回八千个生意，赚～二百，吃力煞；故歇蛮写意，八百生意，倒有四百好赚。（海48-410-9）¶我八岁无拨仔爷娘，进该搭个门口就勿曾带孝；故歇出去，要补足～三年。（海49-421-12）¶倪月底一家门才要到南京去寻史三公子，让阿巧去寻生意罢。一块洋钱一月，倪拨到～年底末哉。（海62-528-2）¶眉初烧着烟，按着唱的板眼，出了一会神，对华生道："着实呒俙哩。"华生点头道："好。"眉初道："阿要点～一出。"（鸿1-195-14）¶格辰光倪恨勿得拿归格断命格面孔斩～十七八刀。（沪2-112-10）

li　語彙例釈

【俚哚】
〈代〉複数第三人称。共通語の"他们""她们"。¶耐夠去嗅，让～去末哉。(海1-7-14)
¶～栈房里才实概个，到仔十二点钟末就要开饭哉。(海 2-15-10) ¶只要俚巴结点，也象仔～姊妹三家头末，好哉。(海3-20-14) ¶耐再到祥春里去告诉～。(海5-34-12) ¶我说耐写封信去交代～娘，随便～末哉，勿关耐事。(海29-237-12) ¶为啥一班人才要帮～，勿许我去嗄？(海59-504-16)　"俚朵""俚笃""里朵""里笃"とも作る。¶叫俚朵写好子传单客目，各家分送。(三 21-249-26) ¶(白) 多谢俚朵个好意，(唱) 送首饰，送钗环，纱罗绸缎与杭罗。(描 4-37-11) ¶俚笃倣场化去哉？(鸿 4-214-12) ¶俚笃娘来浪底下请耐大少爷格示，阿要叫俚上来？(商 4-33-7) ¶只因汪家里人多手多，才是拳大臂粗，小人朵勿敢阻挡，悉听里朵抢子去哉！(描 11-99-22) ¶郎中末夠去请，害里笃格嘴倒拌干格哉。(狐35-300-25)

【俚乃】
〈代〉"俚"①に同じ。¶阿姐，耐啥实概嘎，我搭耐阿有啥客气哩？～要吃啥点心，我来说末哉，～也要夠吃啘。(海 11-89-22) ¶就不过前月底，朱老爷替～叫仔一个局，倪搭来也勿曾来歇。(海 19-152-23) ¶来里堂子里，有个把客人要搭俚哚哚，也无啥要紧啘，～嗥要勿快活个。(海 23-186-5) ¶～是我外甥囡，俚哚爷娘托我，教我荐荐俚生意。(海 62-528-14) ¶～陆里还肯来介，倪个事体耐是晓得个啘，倪也是随便俚末哉。(鸿 4-209-10) ¶阿姐到好个，去仔勿过来哉，～个客人到倪床浪来困，倪自家个客人到坐勒浪小房间里，阿要诧异！(鸿6-225-7)　"俚耐""俚倷""俚倲""俚勒"とも作る。¶让俚去罢，俚耐人是勿大好来浪。(鸿2-201-6) ¶倪叫俚自家来拿，俚自然要拨俚格，倷格人影子也勿见，急煞倪是倷格强盗，俚倒也有点脾气格，俚耐自家勿来末，倪直头抢定仔俚格哉。(九 8-63-15) ¶俚耐有铜钿，吃口烟末，啥要紧。(沪 1-13-2) ¶杨老爷要讨倪囡鱼，也是倪囡鱼格福气。倒是我只有俚倷一个，故歇就嫁脱仔叫我靠啥人过日脚嘎？(狐 5-34-9) ¶眼睛门前，只推托勒里生病，让我对俚去说，叫俚夠来，如果俚倷来望倷，倷困勒床浪仔，只说发肝气肚里痛末哉。(狐 11-75-9) ¶娟根说说末说到俚倷身浪去哉！先去烧面水与大爷蒲面。(描 5-45-1) ¶我末辛苦，俚勒末安逸，合勿着活。(三 19-229-11) ¶有福介，要算华安兄弟，他是生来福大有规模。老相爷是识宝太师，千金重赏，百亩成家，我搭你罗里及得俚勒介。(三 45-482-3)

【俚言】
〈名〉低俗な言葉。自作の詩文を謙遜していう。¶如此雅集，不可无诗；聊赋～，即

475

語彙例釋　li

求法正。(海 31-260-18)

【理】

〈动〉①整理する。かたづける。¶还有啥帐目、契券、照票多花末，～齐仔一搭，交代一个人好哉。(海 11-86-4) ¶箱子笼子一大堆还没～清，知道在那个里头呢！等过日收拾清了，找出来大家再看就是了。(红 52-728-3)

②取り合う。相手になる。¶俚闹起脾气来，勁说啥勿肯巴结，索性～也勿来～耐啘。(海 7-51-10) ¶厚皮哝来，啥人来～耐嘎。(海 11-84-22)　¶啥人去当心嘎？勿～仔末好哉。(海 46-391-5) ¶倪末拨俚气昏哉，一～也勿去～俚。难末俚发脾气，掼茶碗，吵得一塌糊涂。(九续 56-435-7) ¶老三斜溜了他们一眼，不～众人，仍旧说他的话。(官 7-105-15)　¶那人听了，～也不～，回身便去招呼别人。(歇 11-134-15) ¶薛家母女总不去～他。(红 80-1157-20) ¶邵氏大怒道："听那光棍放屁，不要～他！"(警 35-540-13)

【理应】

〈动〉助動詞。当然……すべきである。¶亚白道："准于十八老旗昌取齐，在席七位就此面订怒邀。"众人皆说："～奉陪。"(海 47-400-21) ¶～效劳，勿消大先生叮嘱得格。(狐 59-502-17) ¶〔小生〕老祝，我呢～同往才是。(三 31-343-7) ¶首饰作抵，～赎回，又断无揞住的道理。(官 51-867-12)　¶不该把这绝妙法儿，传授昕子，～自己弄个议员做做，每年也可多几百元进款。(歇 14-174-9) ¶现在要拆股，所有存货生财，～照股均摊，各取一半，谁要多拿，谁要少拿，可都不能。(新 49-227-24) ¶老伯母的大事，我们做子侄的～效劳。(儒 4-54-9)　¶契友远别，～相送。(禅 22-358-7)

【立】

〈动〉①立つ。¶我搭俚商量阿好借十块洋钱拨我，烟钱浪算末哉？俚回报仔我无拨倒～起来就走。(海 37-313-22) ¶格个捏旗格外国人，～勒马前头作啥介？(狐 15-111-3) ¶倪香也烧过哉，看亦吭啥看头，阿要转罢？勁～吃力仔介！(狐 36-307-10)　¶阿姊请坐哩，～来浪勿坐做啥。(九续 34-259-24) ¶乌额拉布坐定之后，方觉得脸上火辣辣的发疼；乃至～起走到穿衣镜跟前一看，才晓得被田小辫子挖伤了好几处。(官 31-523-2) ¶他老人家却安安坦坦，穿好了衣服，～在远处赏火。(新 15-68-19) ¶平儿屈一膝于炕沿之上，半身犹～于炕下，陪着凤姐儿吃了饭，伏侍漱盥。(红 53-781-20) ¶忽见一个无头之人，～在面前，不看见是爱妾了。袁盎大吃一惊，还道是自己眼花，～起身来，往后要走，只见那人一手提个人头，照着袁盎面上，打了一下。(醒上 7-45-21) ¶正月十三那日在东厅里，和一伙道友正讲佛法，只见一个女人，～在人丛后听讲。(禅 6-73-15)

¶既是贵人，如何更深时候，叫他在露天～着？（初3-55-14）¶那女子～起身来道："师父，怎的简便？"（二3-54-10）¶船上有三个人。一条大汉手里横着托叉，～在船头上。（水37-585-15）

②書きおこす。¶各人～一段小传，详载年貌籍贯，父母存没，啥人相好未就是啥人做。（海53-449-24）

【立刻】

〈副〉直ちに。すぐに。¶故歇齐大人要办，容易得势，我就～喊齐仔人一塌括仔去捉得来，阿好？（海56-473-14）¶今见袁伯珍这般关切，那有不来的理？所以接到袁伯珍的书信，便～动身了。（维14-95-4）¶是呀。你就～去找那个朋友，好歹叫他给一个回信。（官4-58-9）¶师爷如果说菜不好，他～叫了厨子来骂，有时还用马棒来打。（梼15-240-23）¶怎得这会子坐上船吃酒倒好。这要是我家里这样，我就～坐船了。（红76-1087-8）¶商卿听罢，大加称赏道："你从良之意决矣。此是好事，我当为你做主。"～取伎籍来，与他除了名字，判与从良。（二12-255-14）

【利害】

〈形〉激しい。ひどい。きつい。¶翠凤道："……。我先搭耐说一声，耐到蒋月琴搭去仔一埭，我要拿出耐拜匣里物事来，一把火烧光个哩。"子富吐舌摇头道："阿唷，～咪！"（海8-59-21）¶双玉也是～点，耐幸亏勿是讨人，勿然俚也要看勿起耐哉。（海17-133-6）¶格个贼倒～笃，倪一点点声音才觉听见唩，勿知啥辰光来格？（狐32-272-8）¶因为太太没有儿子，却拿他爱如珍宝，把这位少爷脾气惯的比谁还要～。（官4-54-4）¶自己又不是怎样病得～，请假请得太多了，反怕有人说话。（官58-1016-22）¶这才知道凤姐～。众人不敢偷闲，自此兢兢业业，执事保全。（红14-192-6）¶一阵邪气从七窍钻入腹中，肺气上壅，喷嚏不止，霎时间头晕眼胀，脚软手酥。杜伏威连声道："好～也！"（禅34-546-8）¶先叙了儿子病势如何的～，次叙着朱亲家夫妇如何的抱怨。（醒9-183-7）¶押司，那人好生～，更兼手脚了得。倘或有些言语高低，吃了他些羞辱，却道我不与你通知。（水37-591-3）

【粒】

〈量〉粒状の物を数える。¶我说仔半日，教俚吃点稀饭，刚刚呷仔一口汤，稀饭是一～也勿曾吃下去。（海36-302-2）¶俚几对珠花同珠嵌条，才勿对，单喜欢帽子浪一～大珠子，原拿得来做仔帽正未哉。（海42-358-5）¶请了许多中国医生医不好，后来还是吃了洋医生两～丸药吃好的。（官58-1017-8）¶引用建莲子七～去心红枣二枚。（红

語彙例釈　li

10-153-18）¶争奈我寺中僧众走散，并无一～斋粮。老僧等端的饿了三日。（水 6-95-7）

【哩】

〈助〉語気助詞。①事実肯定の語気を強める。誇張の語気を含み、"还""再"（＝还）"正"などに呼応する。　¶再困歇哩，十点钟还勿曾到～。（海 8-62-1）¶耐阿晓得困勿着了，坐来浪，一夜天比仔一年还要长点～！（海 18-141-13）¶朴斋勿曾转去，我坎坎四马路还看见俚个～。（海 25-204-13）¶我说一千洋钱还勿够～。（海 32-270-12）¶倪只道仔王老爷倪搭勿来个哉。倪先生勿曾急煞，还好～。（海 34-283-23）¶倪刚刚勿巧，出牌局，勿催仔再有歇～。（海 7-55-1）¶俚噪再有两个大姐～，来浪做啥？（海 23-183-17）¶定归是野鸡；要是人家人，再要拨俚笃两声～。（海 26-216-11）¶漱芳偏也听见，乃道："耐快点去罢，勠拨耐阿哥说。"玉甫道："正好～。"（海 19-156-3）¶李鹤汀托故兴辞。齐韵叟冷笑道："耐再要骗我，我晓得耐有要紧事体。故歇正好～。"（海 58-432-12）¶漱芳道："无啥。台面阿曾散？"玉甫道："勿曾～；老老头高兴得来，点仔十几出戏，差勿多要唱到天亮噪。"（海 20-158-21）¶单丽娟惊觉，问："做啥？"云甫道："晚哉呀。"丽娟道："早得势～。"云甫道："耐再困歇，我先起来。"（海 43-360-3）¶还早～！老爷总要晌午时才伸腰呢！（负 16-75-3）¶到这时候，那些中举的祖宗三代，又要到阴间里看榜，又要到玉皇大帝跟前谢恩，总要三四夜不能睡觉～。（官 1-7-8）¶只怕这早晚还未醒～。（禅 7-93-6）¶未要去，还有人～。（喻 35-518-7）¶万一梦魇起来，没人推醒，好不怕～！（醒 15-282-5）¶老便老，健还好，睡得迟，起的早，只怕后生家还赶我不上～。（醒 35-746-10）¶可怜是个异乡避难的人，只是南京又打破了，怕没找你亲戚处～！（型 1-8-7）¶还有快当的～。（水 93-1502-11）　"勒""来""落"とも作る。　¶辰光老早勒，耐再困歇罢。（鸿 11-255-14）¶耐格星带挡饭钱，本来要付清快钱，不过钱乌龟搭耐付该格洋钱，还挨弗着勒。（鸿 11-256-17）¶我局里还有事体勒，勿奉陪哉。（鸿 12-265-11）¶天光还早得势勒。（三 35-385-10）¶倪来仔半日，见仔老爷，还蓊见太太勒唲，老爷偢领倪进去哩！（狐 33-283-21）¶奴还有一件事体，要拜托倷勒。（狐 46-398-13）¶媛媛道："倪蓊听见耐说歇该搭有啥老太太呀。"子文道："还是今朝勒绍兴来格勒。"（负 17-80-7）¶兰芬虽已十六岁，还是小先生勒。样式事体，有倪勒浪，决勿会亏待耐的。（官 8-116-20）¶耐勿要像煞有价事，勒浪瞎三话四，方大少还是第一转叫勒。（九 5-40-8）¶倪吃饭还有一歇勒，方大少先请末哉。（九 7-52-11）¶格未谢谢耐，对俚说一声，叫俚明朝就来，倪还有闲话说勒。（九 8-64-1）¶俚耐就是

478

陆畹香呀，到仔上海勿多两日勒。（九30-222-10）¶倘然再要白相，我看下去花样定归还要多来！（鸿6-223-13）¶倪初到该搭，釂破歇例个来。（鸿9-242-10）¶唔笃啥能性急介，辰光还早勒海来呀，再请坐歇勒去喤。（狐1-6-3）¶故歇臂脯浪，搭仔腰里向，还勒里痛来呀。（狐3-14-19）¶奴还有一件事体勒来。（九18-134-15）¶当时我小来，才勿晓得。（九38-311-11）¶刚起头，倪教勿晓得落，勿然是，老早告诉仔客人笃格哉。（狐52-442-25）"里""俚"とも作る。¶你前日在门前正做生活里，蓦然倒地，便死去。（喻15-217-13）¶你三位还不知俚。我们不是他来时，性命只在咫石休了。（水18-262-15）¶客官，你要吃酒时，还有五六碗酒里，只怕你吃不得了。（水23-344-3）②疑問の語気を強める。¶阿是再要去吃酒～？（海25-206-1）¶不好，不好，黑魆魆不辨东西，锺和尚卧房不知在那厢～？（禅4-52-14）¶打翻了油便恁般打骂！你活活弄死了人，该问甚么罪～？（醒15-292-5）"勒""来""佬""咾""了"とも作る。¶阿曾吃饭勒？（鸿12-263-22）¶看格两面浪，阿要拨点面子倪勒？（鸿14-275-21）¶耐故歇堂子里阿有个把对景格勒？（鸿15-282-22）¶章大少，阿是刚刚起来勒？倪先生到书场浪去哉，请耐去点戏。（九1-7-22）¶问雪卿道："阿要去来介？"雪卿忙答应道："去哉。"（鸿5-218-6）¶耐故歇做个王寓倒呋啥，釂吃歇几台酒来？（鸿10-248-12）¶阿是有人欺瞒倷佬？（狐15-104-14）¶格张嘴啥能落能格毒佬？（狐26-212-2）¶钱老阿肯领奴到里向去白相佬？（狐34-288-8）¶倷问俚啥佬？（狐36-310-12）¶房间无借处末，勿走野只好走哉啘，阿对咾？（商3-20-20）"俚"とも作る。¶如今世上人，那个顶着房屋走俚。（水2-23-1）"了"については助詞"了"⑤を参照。

【哩哩】
助詞"哩"＋助詞"哩"。¶中饭还有歇～。（海8-62-5）

【哩呀】
助詞"哩"＋助詞"呀"。¶耐要去吃酒～。（海25-207-14）¶勿曾全～。（海45-385-1）

lian

【连】
〈副〉続けて。続けざまに。¶善卿道："陆秀宝搭，耐为啥连浪去吃酒？"朴斋嗫嚅半响，答道："是拨来庄荔甫哚说起来，好象难为情，倒应酬俚～吃仔一台。"（海12-98-2）¶凤姐还欲问时，只听二门上传事云板～叩四下，将凤姐惊醒。（红13-175-19）¶宋江这伙，～赢了几阵，已是志骄气满，必无准备。（水92-1490-10）
〈连〉……と……。共通語の連詞"和"に同じ。¶耐就搭我买仔一只洋铜钏臂～，一

語彙例釈 lian

只表,也说是三十几块咮。(海22-280-22) ¶小儿买来时,说道身钱～盘费共用了三两有余,又养了他两个多月,这也提不起了。任凭老爷见赐赐罢。(禅19-308-10)
〈介〉①…を含めて。¶"粟"字之外,再有"羊"字"汤"字好说,～"鸡""鱼""酒""肉",通共七个字。(海 40-338-16) ¶微臣在驿,接得东上大唐王御弟唐三藏,有三个徒弟,名唤孙悟空、猪悟能、沙悟净,～马五口,欲上西天拜佛取经。(西54-621-16) ②……さえも。副詞"才""也"が呼応する。¶阿是耐勿舍得三块洋钱,～水烟才觐吃哉?(海15-117-11) ¶～窗帘才卷起来,直卷到面孔浪。(海18-142-1) ¶四五年省下来几块洋钱,拨个烂料去撩完哉;故歇倪出来再用空仔点,～盘费也勿着杠碗。(海31-257-16) ¶养耐大仔点,～讨便宜也会哉!啥人教耐个乖嘎?(海36-301-7) ¶菩萨罚俚奔仔三日三夜,真是苦恼,～脚筋才奔断笃。(狐54-463-12) ¶俚有男人格,现在搭俚男人了断,～一应使费才勒海,一共要耐一千二百块洋钱。(官36-621-16) ¶伊个几匹驴子～一只好个(全)(也)(都)勿有。(上问31-57-7) ¶好个撒野东西!回来写信给你老爷,他荐的好人,～我都不放在眼里!(官 2-21-2) ¶他老人家怎么糊涂到这步地位!他保举维新党,人家就是疑心他,～他亦是个维新党。(官24-388-18) ¶前儿～袭人都打了,今儿又来寻我们的不是。(红 31-431-4) ¶真真是个呆子,～个当票子也不知道。(红 57-814-15) ¶我若替你图谋,～老身也要落阿鼻地狱。(禅6-74-9) ¶杀倒一口猪,烧利市纸,～翁鼻涕范剥皮都请将来,做庆贺筵席。(警 11-138-9) ¶荆公默然无语,～茶也没兴吃了。(警4-43-7) ¶那正要买肉的主顾,也不敢拢来。(水 3-51-2) ¶就手把赵能一斧,砍做两半,～胸膛都砍开了。(水 42-681-9)

【连搭】

〈介〉介詞"连"②に同じ。¶俚心理来咪要好,嘴里终勿肯说出来,～娘姨、大姐咮才勿晓得俚心里个事体,单有我末稍微摸看仔点。(海 7-52-1) ¶还有几几花花,～双宝也勿曾看见歇,觐说啥耐哉。(海10-76-9) ¶啥人去搭俚算嘎,～俚自家也有点模糊哉。(海14-113-9) ¶看戏个人故末多到个无拨数目咮,～墙外头树丫枝浪才是个人。(海55-466-21) ¶奴落里能够定心定相,学做啥格诗嘎?～记性才推板哉。(狐54-459-13) ¶不过倪登勒俚搭,随便哪哼,总归有点提心吊胆,～请郎中也勿便格,倒勿如今朝应酬白相仔一埭,明朝倪就开船转罢。(狐 58-493-9) ¶本勒俚偷着子味道哉那,东也偷西也偷,～一个个师姑才偷子居来哉。(三5-52-26) ¶前年捐仔知府,新近升仔道台,～顶子也红哉,就勒此地啥个局里当总办。(官8-112-13)

【连搭仔】

〈介〉①介詞"连"①に同じ。¶我倒勿懂，李漱芳俚个亲生娘、兄弟、妹子、～陶玉甫，才蛮要好，无拨一样勿称心，为啥生到实概个病？（海37-307-14）¶我故歇赎身出去，衣裳，头面，家生，有仔三千末，刚刚好做生意。耐有来浪，蛮好，～二千身价，耐才拿五千洋钱来！（海45-378-6）¶身价末一千；衣裳，头面开好一篇帐末里，煞死要减省末三千，三间房间铺铺，阿要千把？～零零碎碎几花用场，阿是五六千哚。（海48-406-17）¶最要紧是定亲，早点定末早点讨，故末～周双玉一淘可以讨转去，阿是蛮好？（海54-455-16）

②介詞"连"②に同じ。¶勿然，总说是耐迷昏哉，～正经事体才勿管。（海19-156-5）¶麨说啥张蕙贞，～朋友也说我邱话。（海34-284-13）¶实概大个人，～自家发寒热才勿晓得，再要坐马车！（海35-292-16）¶耐来浪个辰光，一径蛮闹猛，故歇勿对哉，～金凤个局也少仔点。（海56-477-10）¶勿要说替倪绷俙格场面，～倪格抬仔拨俚坍完格哉。（九15-120-14）¶倘忙一格勿当心，拨俚笃说仔出去，大家晓得仔，格是勿要说俙生意哉，～局帐一钱才收勿着。（九38-278-6）¶倪好好里格人，为仔俙格事体要逃走？格号闲话勿知俙人格杀千刀，瞎三搭四说出来格，～倪自家也勿懂。（九68-491-7）¶倪因件活来浪格辰光，客人笃来来去去，格末叫忙，故歇俚死仔是，格排勿要面孔格客人，勿要说俙帮倪格忙，～欠来浪格局帐，一塌刮仔漂脱，象耐二少实梗好人故歇陆里再有呀。（九48-348-6）"连搭子"とも作る。¶活死人乘势望他心口里一刀戳去，早已白刀进了红刀出，挖去一块心头肉，连搭子血都抠了出来，死在床上。（何10-106-2）

【连浪】
〈副〉続けざまに。¶陆秀宝搭，耐为啥～去吃酒？（海12-97-24）¶像桂生搭，耐应酬仔一台酒，～再碰场和，俚哚阿要巴结。（海25-205-9）¶我～去三埭，帐房里说勿来浪。（海30-253-13）¶玉甫竟衣不解带个伏侍漱芳，～几夜天勿曾困，故歇也来浪发寒热。（海42-351-7）¶耐自家想哩，～几日吃酒碰和，总要到俙格辰光，一格人洛里实梗几化精神，耐自家末拨清头，倪倒有点替耐放心勿落。（九65-475-11）"连上"とも作る。¶依是日斑呢夜斑？——连上做两班。（上散4-12-2）

【连忙】
〈副〉急いで。¶老鸨晓得仔，吓煞哉，～去请仔先生来。（海6-48-4）¶还有朋友哚拍马屁，鬼讨好，～搭俚买好仔家生送得去铺房间。（海10-81-7）¶到该个辰光，耐要想着仔我沈小红，我就～去投仔人身末伏侍耐，也来勿及个哉！（海34-285-18）¶倪先生得着上海一个电报，是先生格阿姆病重，急得一把眼泪，一把鼻涕，格落等勿及老爷

語彙例釈　lian

笃转格哉，～回到上海格呀。(狐 45-388-8)¶是为之接着之家信咯(阿堂)(家母)生之病者，格咯我(赶紧)(～)就转去者。(上问 17-32-7)¶此时方必开也随了大众在街上看热闹；得了这个信息，～一口气跑到赵家门前探望。(官 1-2-6)¶回头急看，就是贾敏士的令弟贾葛民，在下～招呼，口说："久违，久违。"(新 42-193-29)¶次日，等了一天，哪有杭觉的影儿，越发动疑，～带了收条，再到采声洋行，问："穆尼斯先生在这里么？"(市 29-321-12)¶袁伯珍听说，不好回答，～用别的说话支开。(维 4-24-7)¶等到惊醒，已见红日将升，～叫玉仙开了房门。(梼 9-138-24)¶想毕，拿起"风月鉴"来，向反面一照，只见一个骷髅立在里面，唬得贾瑞～掩了。(红 12-171-21)¶～修了一封书，封了三十两银子作盘缠，又取了俸银二十两奉与母亲，就要接母亲、兄弟、妻子一同到任上。(醒上 4-28-1)¶锺守净见他说话有些来历，～跪下求告道："……。"(禅 6-75-1)¶便望窗槛外要跳。诡得酒保～抱住。(警 6-72-2)¶王生当日见客人闷倒，吃了一大惊，把酒意都惊散了，～喝叫扶进厅来眠了，将茶汤灌将下去，不踊时甦醒转来。(初 11-198-13)¶只听得殿上大叫："李清！李清！"那李清～掩上北窗，走到阶下。(醒 38-817-6)¶听得任公叫，～浓添脂粉，插戴钗环，穿几件色服，三步当做两步，走下楼来。(喻 38-572-13)¶宋江慌忙下来迎接。孔亮见了，～下拜。(水 58-970-13)

【连牵】
〈形〉さまになっている。体を成している。ふつう否定で用いられ、"勿～"は"不像话""不像样""不对头"などの意。¶耐说说末说勿～哉。(海 18-148-9)¶耐格人阿要无趣，说说笑话末，就说勿～哉，可煞作怪。(九 6-47-12)¶老实说推板点格客人，倪也看俚勿上。再说起格排滑头码子格年轻客人，要讨倪转去格多煞来浪，格是加二勿～哉。(九 23-175-9)¶总算长三浪格跟局阿姐，衣裳才着勿～，个是坍勿起该盘check面台畹。而且先生格面子野带坏哉。(商 2-14-3)¶倪是弄弗～格。发行部分末托深甫和少卿畏轩三公担任，编辑部分请蔼人次卿二公担任。再有梅格二公帮忙。办起来弗坍台格哉。(沪 1-102-7)

【连下去】
続けて。共通語の"接着"。¶《迎像》搭仔《哭像》～一淘唱，故末真生活。(海 45-382-9)¶吃完仔酒，阿就～碰和勒？(鸿 12-264-24)

【连夜】
〈副〉その夜のうちに。¶阿有啥要紧事体，要～赶出城去？(海 18-141-6)¶奴心理说勿出格愁杀急杀，恨勿得～就转勒里。(狐 59-501-18)¶那教士见风势不对，便觑个

空儿逃出性命，～打从原路回到江西省城，去见抚台，把自己在黄村受辱的情形，一五一十，述了一遍。(维 1-3-3) ¶刚才接到舍下一个电报，第三个小妾，病在重危，催促兄弟一回去。(负 16-77-5) ¶刚才巡捕房捉着一个江南官犯，竟像捕什么强盗似的大动人员。听说～就要由火车解到南京去的。(新 48-220-29) ¶等不及次日小火轮开行，～托了栈里朋友，化了六块大洋，雇了一只脚划船去的。(文 19-99-8) ¶于是林四娘带领众人～出城，直杀至贼营里头。(红 78-1123-14) ¶四人扮作公差摸样，带了凶器，～赶去。(醒下 6-146-28) ¶蒙圣旨要拿问这厮，不知怎样知风，～逃窜。(禅 9-137-13) ¶小二谢别而回，老人～收拾行李往南京进发。(初 11-196-4) ¶知县登时签了解批，～解赴会城。(二 4-94-8) ¶你可～快去梁山泊内，告你师父宋公明，来救你叔、兄两个。(水 58-971-4)

【莲蓬】
〈名〉ハスの花托。ハスの実の形をしたものを指す。¶我一对～，随便啥物事总比勿过俚。(海 22-179-16) ¶耐有几对～来浪，也好哉，再去买得来做啥？(海 24-195-16)

【联】
〈名〉詩・文で対をなしている２つを"一联"という。また、特に"对联"を指す。¶我想仔半日，要做一～好诗，意想勿出如何做法，可知该首诗自有好处。(海 61-522-21) ¶因命："再题一～来。"宝玉便念道："宝鼎茶闲烟尚绿，幽窗棋罢指犹凉。"(红 17・18-229-13)

liang

【良心】
〈名〉良心。¶人要有仔～是狗也勿吃仔屎哉！(海 2-12-6) ¶耐年纪轻轻，生仔实概个～，无啥好个呃！(海 45-379-3) ¶到底倷格～落里去哉嘎？(狐 32-270-6) ¶普天之下，男人家没一个有～的。(歇 24-308-5) ¶这娘姨倒也还有～，在他身上发了些财，觉得过意不去，把他的娘接了回来。(桴 17-277-16) ¶你就是没～的。我好意瞒着他来问，你倒赌狠！(红 21-296-16) ¶为人要存一点～。(鼓 28-338-10)

【良心天地】
"天知，地知，自己良心知道"の意。うそいつわりがないことを誓うときに用いる。¶我末自家～，到茶馆里教众人去断末哉。(海 44-374-13)
（注）"天地良心"の用例もある。→法本：(表)老和尚想，作啥？我好意请倷吃饭，倷对我发脾气算啥。(白)相公，老僧哪一桩亏待你了呀'？张君瑞：这个……（表）天

語彙例釈　liang

地良心，倷待我算得好哉，我是有心事，但是又勿能告訴倷，否則倷要勿借房子給我格。對法聰看看，倷幫幫忙吧，我説話憋住嘚哩哉。（西廂四-213-25）→現今賺的銀子，不瞞你説，的確有十萬多塊。我得九成，你得一成，咱們天地良心，你已經一本十利，也沒什麽不上算。（市7-224-12）

【涼】

〈形〉低温である。体温などが下がっていることも表す。¶漱芳急問浣芳寒熱。玉甫代答道："好哉，天亮辰光就～哉。"（海35-296-15）¶探春過來，摸了摸黛玉的手已經～了，連目光也都散了。（紅98-1383-21）

【涼棚】

〈名〉柱を立て、その上にアンペラをかけた日よけ。行事などがある際に仮設される。¶菊花山倒先搭好，就不過搭個～哉。（海58-491-15）

【兩】

〈数〉①2。¶耐説轉去～三個月哓，直到仔故歇坎坎來！（海2-11-13）¶吃酒末阿有啥勿好意思説嘎？趙大少爺請耐哚～位用酒，説一聲末是哉。（海 3-17-4）¶老兄～只貴手也要去揩揩哉哩。（海 46-390-23）¶葛仲英傳言陶、朱～家弟有事謝謝勿來。（海61-520-16）¶倪一幫裏客人勿做～家頭个！（鴻3-203-11）¶差勿多有～記鐘快哉，今夜雨落天留客，我看倷勿嫌待慢，就住仔一夜勒走罷。（狐14-102-7）¶又忙着叫木匠做好六根旗杆：自家門前～根，墳上～根，祠堂～根。（官1-5-20）¶難爲你成全我娘兒～个聲名体面，眞眞我竟不知道你這樣好。（紅34-468-6）¶這～个人好生慳吝。見放着有許多金銀，却不送與俺。（水5-89-12）

②二つ三つ。概数。¶倷來豁～拳。（海5-40-4）¶到仔埭上海白相相，該應用脱～錢。（海15-120-7）¶耐點菜末，阿要先點～樣來吃夜飯？（海18-147-11）¶定歸是野雞，要是人家人，再要撥俚罵～聲哩。（海 26-216-11）¶羅老爺个拜匣末，就該搭放～日，同放來哚翠鳳搭一樣个呀。（海59-503-15）¶伯思道："去仔阿要幾時上來？"華生道："去仔總要耽擱～日。"（鴻3-206-9）¶俚篤呢也實在是可惡，然而耐也勿必過于那哼，倪明朝去説俚篤～聲末拉倒哉。（鴻6-225-20）¶倷格人倒少有格，還勿搭我滚開點來！倷麽看差仔人頭，只管對倪呆看，阿要撥～記耳光倷吃吃哚！（狐9-60-9）¶聽罷之後，不禁鼻子管裏哼哼冷笑了～聲。（官 6-77-7）¶論理，我們二爺也須得老爺教訓～頓。（紅34-466-8）¶我兒只是焦燥，且開懷吃～盞兒睡。押司也滿飲幾盃。（水21-310-1）

【兩頭】

liang　語彙例釋

〈名〉両方。¶麵做做倪翠凤，再去做做蒋月琴，做得～勿讨好。(海 7-53-1)　¶贾政又是工部，虽按照仪注办理，未免堂上又要周旋他些，同事又要请教他，所以～更忙，非比从前太后与周妃的丧事了。(红 95-1344-16)　¶～夹攻将来，四面截了去路。(水 54-906-16)

【兩樣】

〈形〉異なる。¶我也来里说，比先起头～仔点哉。(海 36-302-15)¶奴想唔笃既然弟兄，为啥声音大～格呢？(狐 14-97-21)¶俚㑚是男呀，停歇卸脱仔妆，凭㑚标致，总归有点～格喕。(狐 17-124-16)　¶倪是一样格，大家才是客人，有啥～呀？(九续 156-1102-10)　¶中國个银号搭之汇票庄差勿多搭银行是一样个生意，到底做品～。(上问 47-86-8)　¶一年三百六十天，天天如此。所以竟把他吃得又白又胖，竟与别的吃烟人～。(官 56-965-7)　¶他的脾气同我们～，同他谈天，不过东拉拉，西拉拉罢了。(目 11-76-13)　¶这种人与赖毛比较起来，有甚～？(新 16-74-13)　¶名式叫做茶礼，其实是同买丫头买小老婆的身价有什么～？(商 3-23-27)　¶'天下老鸹一般黑'，岂有～的？(红 57-814-23)¶止有年小的这个尼姑，虽不见男形，却与女人有些～。(初 34-636-9)¶今他把女儿谢我，我若贪了女色，是乘人危处，遂我欲心。与那海贼指扳，应捕抢掳，肚肠有何～？(二 15-309-13)

【亮】

〈形〉明るい。¶今朝夜头个亮月，比仔前日夜头再要～。(海 52-437-2)　¶嫌挂的保险灯不～，又叫人特地点了一支洋烛。(官 32-539-5)　¶黛玉听说，回手向书架上把个玻璃绣球灯拿了下来，命点一支小蜡来，递与宝玉道："这个又比那个～，正是雨里点的。"(红 45-629-2)

〈动〉明るくなる。¶再起来听听雨末，落得价高兴；望望天末，永远勿肯～个哉。(海 18-142-6)　¶大少爷去，天也～哉，阿要甲困。(海 30-252-6)　¶昨夜嘟嘟哝哝直闹到五更天才才睡下，没一顿饭的工夫天就～了。(红 48-668-13)

【亮月】

〈名〉月。¶今夜头个～，比仔前日夜头再要亮。(海 52-437-2)¶阿是～嘎？(海 52-445-1)¶～弯弯天上天，老菱弯弯水浮面。镰刀弯弯郎手里用，木梳弯弯姐房中。(吴 404)　¶小喽罗都掮了阿罗罗枪，随在后面，趁着一汪水好～，望杜死城进发。(何 9-94-12)

【晾】

〈动〉ほす(日光や風にさらして)。¶阳台浪～来哚一块手帕子搭我拿得来。(海 3-21-3)

語彙例釈　liang-liao

¶我要晒两件衣裳，侬去买两根～衣裳竹头来。（上散 6-33-6）　¶不要紧的，停一会你借四少的司梯克把鞋子高高地举起转几转，一定可以～干了。（人 34-376-10）　¶袭人气的转身进来，见麝月正在海棠下～手巾。（红 59-836-14）

liao

【聊】

〈副〉いささか。¶如此雅集，不可无诗，～赋俚言，即求法正。（海 31-260-18）　¶夫妻无子，故爱如珍宝，且又见他聪明清秀，便也欲使他读书识得几个字，不过假充养子之意，～解膝下荒凉之叹。（红 2-24-5）　¶只恨敝山小寨，是一洼之水，如何安得许多真龙。～备些小薄礼，万望笑留。烦投大寨歇马。小可使人亲到麾下纳降。（水 19-281-15）

【撩】

〈动〉湯水のように金を使う。「ほうる」「ほかす」の意味からの派生的用法。¶四五年省下来几块洋钱，拨个烂料去～完哉；故歇倪出来再用空仔点，连盘费也勿着杠哉。（海 31-257-15）

〈注〉「ほうる」「ほかす」の意味の用例。→翠凤只拣一张拾圆的抽出，其余仍夹在内，交还子富，然后将那拾圆钞票一～，～与黄二姐，大声道："再拿去贴拨俚咪！"（海 21-172-17）　→忽见他把香烟头向地下一～，开口道："……"。（新 24-109-1）　→那赤脸使者，将阿保提起来隔墙一～，阿保大叫一声，忽然惊觉，天已大晓。（禅 13-188-6）　→也不等俊臣从容，提着腰膀，扑通的～下水去。（初 27-501-3）　"撂"とも作る。→黄子文便将昨晚写的那份东西，送给他瞧。田雁门且不看，望床上摆的那副烟盘里一撂。（负 16-75-9）　→好，好，来把这个花扫起来，撂在那水里。我才撂了好些在那里呢。（红 23-325-6）

【了】

〈连〉両者を並列の関係にゆるく接続する。¶转啥局！俚末三礼拜～六点钟哉哩！（海 6-45-21）　"勒""咾""洛"とも作る。　¶格搭场化，空关格房子实头少，就算有一两注，才是希小格，加二旧勒齪龊，勠说倷勿中意，我亦看勿上眼。（狐 20-158-25）　¶我格论头，阿公平勒勿公平？倷到说一声看。（狐 35-300-12）　¶秋姐姐，快点儿开门，太太勒娘娘立朵进来哉。（三 16-188-16）　¶［老旦］吓，秋香，你口内含糊，看见了什么东西？［贴］是一只小兔儿。［介］那了勿说大老官介？来勿及个哉。况且太太勿听见勒勿看见，勿中用个吓。轻移莲步，来到亭前。（三 37-399-9）　¶房子咾店末才封脱仔，李格先死勒监牢里向，俚爷末野急得一命归阴。（沪 2-12-4）　¶耐格个人，倒区耐说得

486

liao 語彙例釋

出格,啥个对洛勿对,倪是勿懂格。(九续16-115-20) ¶许卖婆哭洛喊,陈荣哚二十几个人骂洛打,打得台桌粉碎交椅吓楔坍。(描8-73-14) ¶到说道如若本钱短少,一千五百自然拿去,打官司洛嫖小娘弄完子个本钱末,悟还要抵庄屋里向个物事,休想洛休想。(描41-364-23)"咯"とも作る。¶舯板咯驳船都拉码头上(停)(并)拉。(上散7-40-6) ¶倘使失之机会蹋下去,栈租咯庄息合上去加意吃亏者。(上散9-55-2)

〈助〉①前の動作の完成(または時間の變化)後に、または状態の持続下に次の動作がなされることを表すほか、前の動作の未完成のまま、次の動作がなされることも表す。¶就算是我捏忙,快点豁仔拳~去。(海4-27-3) ¶价末吃仔饭~去哩。(海4-29-24) ¶俚哚一径勿出来,就是到仔今年~坎做个生意。(海16-126-4) ¶姐夫未来浪吃夜饭,阿是陪仔耐~,教姐夫夜饭也勿吃?(海35-294-7) ¶难末本家说仔闲话~,诸三姐赶得去打俚呀。(海37-310-1) ¶拿得来嘘!女婿大爷来。吃子茶~,我搭悟说说闲话。(描14-124-12) ¶今夜是八月半,介勒八位娘娘端正子酒水~,请大爷进去吃局。(三1-3-19) ¶等我去告诉子相爷~,再讲张。(三9-105-10) ¶黄花闺女勿曾做亲~,见家公末拨勒别人晓得子何要批点?故一日做亲个辰光啊要谈论?只道是先奸后娶哉个。(描7-65-9) ¶又回头低声骂办差的,连水果都不削好~送上来,管家们不敢回嘴。(官7-97-8) ¶这个当儿,忽听得谢寓大声叫道:"不得了,输光哉!华大少快点自己来罢。"艮心道:"再抽两口~来,输完了再添本钱。"(商16-120-17) ¶且请坐,用几个点心~去。(禅6-82-4) ¶既然两位牌头至此,且请便席略坐一坐,吃三杯~去,何如?(二4-92-3) ¶皇甫殿直拽手脚,两步抢上,摔那厮回来,问道:"甚意思,看我一看~便走?"(喻35-516-6) ¶他两口儿厮闹了,如今不知睡了也未,你且去张一张~来。(警28-442-2) ¶武大恰好买炊饼~回来。见武松在门前坐地,叫士兵去厨下安排。(水24-364-5) ¶那妇人这几句话,分明教西门庆来打武大,夺路~走。(水25-396-4) ¶施恩道:"请吃罢酒~同去。"武松道:"且去了,回来吃未迟。"(水28-443-8) "勒""落""洛""咾(佬、老)""牢"とも作る。¶那时阿珠端了面汤水点心上来,插嘴道:"好哉,大小姐勿说哉,让钱老爷揩仔面勒用点心罢。"(鸿11-254-20) ¶让俚横一横勒再走罢。(狐22-179-8) ¶俚倷吃醉仔,直到天亮快勒醒格。(狐23-181-17) ¶倷勿见气,登勒间搭用仔便夜饭勒去。(狐23-184-10) ¶有倷闲话末,叫俚自家来搭我说好哉,勿关得耐倷事,倪总勿见得怕仔俚勒逃走。(九47-342-24) ¶[介] 讲到大老官介,自从连珠搭对之后,心灰意懒,体倦神疲,打算养养精神勒要居去哉。(三41-434-26) ¶辰光勿早哉呀,起来吃仔点落困哩。(鸿4-212-11) ¶快点烧饭拨我来吃子洛外势去。(描7-60-10)

語彙例釈　liao

¶讲闲话末那哼要避仔生人咾讲哩？（沪1-34-9）¶阿姊搭四少一淘吃仔饭咾去末蛮好哇。（沪2-13-12）¶小阎翢去，陪倪困一觉咾去末哉。（沪3-31-1）¶仰我做过子亲老，重谢倍末哉。（描8-71-17）¶"岳父那里来阿？""混堂里头汆子浴牢来个。"（描12-109-5）"咯"とも作る。¶倷勿要点之火咯困。（上散6-32-10）

②前の動作や状況が原因となって、ある結果になっていることを表す。¶第歇耐罗老爷末好像倪翠凤勿巴结～动气。（海7-51-11）¶后来搭王老爷要好仔末，有个把客人阿要动气勿来哉～，倪末去请哉哇，王老爷就搭倪先生说：'俚哚勿来，让俚哚勿来末哉，我一干仔来搭耐撑场面。'（海10-80-9）¶我只道仔耐哚说我有仔啥生意～恭喜我。（海14-109-19）¶我末一径牵记煞耐，耐倒发仔财～想勿着我，倪勿成功个。（海37-313-10）"勒""洛"などとも作る。¶二少，倪搭耐是勿大来格，阿是怪仔倪勒勿来介，今朝陆里一阵风拿耐格二少吹仔来哉？（九9-72-5）¶质斋道："该格事体，连我一淘上勒海，倒讨厌哇。"湘兰道："陈大人聊晓得勒？"质斋道："就是俚看见仔报勒，写信关照我格。"（鸿16-288-26）¶"是介说得起来当真今朝呢啥？""正是。""呸，出来记差哉！我道勿是今朝洛，一点也勿曾端正。"（描8-71-6）

③原因を表す"为仔""为"などの連語の後に用いられる。¶我为仔勿明白～问耐哇。（海11-84-1）¶耐为动气～说搭先生还债，耐想倪先生阿要耐还嗄？（海11-84-4）¶俚自家晓得保重点，也无拨该个病哉，才是为仔勿快活～起个头哇。（海20-160-18）¶有仔客人末，倪也勿教耐吃酒哉；为仔无拨～，来里说哇。（海25-202-6）¶故歇来里我面浪动个气，倒也为是搭我要好～，耐气到实梗样式。（海34-284-18）¶为子虚火重子～，看过朵个谕条才看勿出哉吓。（三8-90-28）"勒""落""洛"とも作る。¶耐该格闲话忒客气哉，才为仔我勒吵格哇，还要带累耐受气，倪意勿过煞勒里。（鸿11-255-16）¶倪为仔怕烦勒，勿高兴挂牌子做生意。（鸿16-288-2）¶小宝道："耐倽落勿去？"眉初道："我为仔要吃烟落到该搭来个。"（鸿2-198-7）¶勿是啥我吞吞吐吐，我皆为自家本钱大仔点落，勿好意思讨实足价钱。（狐51-436-19）¶为啥落实梗吃法？（狐58-498-15）¶耐高高兴兴要倪一淘去坐马车，倘忙为仔倪勿去洛，光火起来，阿是无倽趣势，叫倪心浪也过意勿落哇。（九77-558-14）¶两家头要好得来，难末金少为仔俚咾，学堂才请仔假咾弗去。（沪1-33-6）"咯"とも作る。¶侬忙点甚？——我是为之朋友个事体咯忙。（上问7-13-7）¶伊为甚咯是格能讲来西？（上问23-42-1）¶倷老爷为点甚咯转来个？——我倪老爷是为之病转来个。（上问18-34-6）

④目的を表す"为仔""为"などの連語の後に用いられる。¶阿姐为好～搭我说，我倒

怪仔阿姐，阿有啥实概个嘎？（海17-135-2）¶倪为仔白相～，倒去做罪过事体末，何苦呢？（海34-281-6）
⑤文末に用い、副詞"阿"などに呼応して、疑問の語気を強める。"哩"②に同じ。¶到底原是耐个事物，阿怕倪吃没仔～？（海8-60-7）¶旧年嫁仔个家主公，是个虹口银楼里小开，家里还算过得去，夫妻也蛮好，阿是总算好个哉～？（海16-127-9）¶耐同俚阿有啥讲究，定规要借拨俚，阿是真个洋钱忒多仔～？（海22-177-4）¶耐阿要再搭我强～？（海22-181-23）"勒""落""咾""佬"などと表記する例については、"哩"②を参照。

lin

【林下风】
〈名〉婦女の上品でしとやかな物腰。蘇軾の詩『題王逸少帖』に"谢家夫人淡丰容，萧然自有林下风"とある。"林下风气""林下风度""林下风致""林下风韵"などともいう。¶不过我想俚哚做仔倌人，'幽闲贞静'四个字用勿着个哉；或者像王夫人之～，卓文君之风流放诞，庶几近之。（海31-259-14）

【琳琅】
〈名〉美しい玉。優れた詩文や貴重な書籍などをたとえる。¶我为仔四壁～，无从着笔。难年伯要我献丑，也无法子，缓日呈教末哉。（海53-451-6）

ling

【灵】
〈形〉効き目がある。¶我说俚啥，俚总答应我，倒比仔无姆说个～。（海17-133-8）¶倘然能得无思无虑，调摄得宜，比仔吃药再要～。（海36-305-20）¶皆为格样药，别人家格勿～，板要胡庆余堂，从杭州寄下来格。（狐35-301-7）¶兄弟家乡那边有个乩台，灵验异常，凡求出来的方药，吃下去比仙丹还～。（十9-59-3）¶究竟这个丸药～是不～，也就不得而知，不过这静如小姐的病魔恶梦可从此也都好了。（梼14-234-15）¶这倒难猜，只怕膏药有些不～了。（红80-1159-18）¶裴道心里慌张，把平生的法术都使出来，一些也不～。（警27-416-16）

【零碎】
〈形〉こまごましている。¶巴勿得故歇就转去末最好；就为仔个秀英小姐再要白相两日，看两本戏，买点～物事。（海31-257-1）¶再有我家常著个衣裳，同零零碎碎白相物事，帐末勿曾开，才来里官箱里。（海49-486-15）¶倪到仔大街浪，先买仔～物事，

語彙例釈　ling

难末去吃仔一碗茶,再到饭店里吃饭,亦去买物事,带道白相仔半日。(狐 57-487-8) ¶皆为零零碎碎格事,一点点才懵买,转去拿啥物事送人嘎?(狐 57-485-13) ¶外势格～帐,倒也一千开外笃。(九续 35-267-20) ¶而且一件机器另外总有些～件头,都要一笔笔的开上。(官 8-119-18) ¶要拾便宜倒在～捐款上头:人家捐了一百、八十、十块、八块,谁还想什么好处。(官 34-580-9) ¶还有一床褥子不好带去,还有些～器用,都把与小檀越,你替我照应着,等我回来。(儒 21-259-5) ¶他的公费月例又使不着,十两八两～攒了放出去,只他这梯己利钱,一年不到,上千的银子呢。(红 39-535-18) ¶你把那张都监家里的酒器留下在这里,我换些～银两与你,去路上做盘缠,万无一失。(水 31-483-17)

〈名〉こまごました物。　¶我到亨达利去买点～。(海 6-43-24)

【零用】

〈动〉小口の用に使う。　¶俚一节工夫,单是局帐做千把咾,客人办个物事。拨俚个～洋钱才勿算。(海 44-374-14) ¶生意好些,拆半份下脚给你,也好～～,你道如何?(歇 91-1260-5) ¶再借了二十块钱,叫他往衣庄上买了一身纱衫衫裤,余下的兑些角子洋钱～。(繁后 3-748-19)　"另用"とも作る。　¶这里现有的银子,交贾赦三千两,你拿二千两去做你的盘费使用,留一千给太太另用。(红 107-1480-8)("零用"とする版本もある)

【零珠碎玉】

"零碎珠玉"を四字成語のようにしたもの。"珠玉"は人の詩文の美称。　¶旧年韵叟刻仔一部诗文,叫《一笠园同人全集》,再有几花～,不成篇幅,如楹联、印章、器铭、灯谜、酒令之类,一概豁脱好像可惜,难末教我再选一部,就叫"外集"。(海 40-337-12)

【领情】

〈动〉厚意を受ける。　¶故歇就说是豁勿开,耐也该应讲讲笑笑,做出点快活面孔,总算几花人面浪领个情。(海 47-399-2) ¶今朝书玉先生请客,是百年难遇格事体,倪阿好勿领耐格情。(九 71-514-19) ¶今朝随便哪哼,唔笃总要领奴格情格。(狐 56-482-5) ¶总算先严领兄弟的情,才咽气的。那时兄弟痛不欲生,就要想图个自尽,到阴间去服侍先严。(新 4-189-26) ¶若照外面看上去,实在清廉得很。其实有人孝敬他老人家,他的为人又极世故,一定必须要领人家情;不过你不去送他,他却不朝你开口。(官 6-82-2) ¶鸳鸯小蹄子越发坏了,我替你当差,倒不～,还抱怨我。(红 38-519-12) ¶妙玉正色道:"你这遭吃的茶是托他两个福,独你来了,我是不给你吃的。"宝玉笑道:"我深知道的，我也不领你的情，只谢他二人便是了。"（红41-570-10）　¶连忙向他二人深深唱了几个大喏，道："二位相公，小道袖里虽是勉强收下，心里却不过意。若早分付一声，便好整治一味儿，与二位饯别一饯别才是。"康汝平笑道："少不得日后还要来探望老师，那时再～罢。"（鼓5-66-6）

【另】

〈副〉别に。　¶篆鸿末常恐惊动官场，勿肯来，难末蔼人～合一个公局，来哚屠明珠搭。（海18-145-9）　¶亚白必然～有见解。（海61-523-10）　¶凡是外国人茶会，一位女客总得～请一位男客陪他。（官56-970-7）　¶我不能耽误着你，还是替他～寻别路。（繁后36-1152-13）　¶张子纯虽是高兴，但是添了一个小囡，又添了不少的开销。乳妈是要～雇，那是不必提了。（人37-418-27）　¶郑琴舫晓得他～有用意，也就随口应允。（梼12-189-19）　¶每一处添两个老嬷嬷，四个丫头，除各人奶娘亲随丫鬟不算外，～有专管收拾打扫的。（红23-321-22）　¶你回去罢。～教年纪小的出来战。（水78-1299-9）

【另外】

〈副〉别に。これ以外に。　¶所有碰坏家生，照例赔补。堂倌哚～再谢。（海9-71-21）　¶～再有几样物事，耐就照仔帐浪去办，办得来一淘送去，麴拨小红晓得。（海12-94-5）　¶今天你这台酒难道不能不吃的么？若因约下锦衣众人，不妨～改个地方，赶紧写请客票关照他们。（繁后19-942-13）　¶这方必因见儿子有了怎么大的能耐，便说自明年为始，～送先生四贯铜钱。（官1-1-16）　¶那水柔娟～搭了一个姘头。（梼17-277-19）　¶奶奶不知道，我们家的姑娘不算，～有两个姑娘，真是天上少有，地下无双。（红65-936-10）　¶当下便唤军中头目，领二百余名军役，各各～赏劳。（水93-1498-3）

【令翠】

〈名〉他の人の寵愛している芸妓に対する敬称。　¶华铁眉装做不知，搭讪道："痴鸳先生，～哩？"尹痴鸳带笑答道："勿曾到。"（海53-448-14）

【令弟】

〈名〉他の人の弟に対する敬称。　¶～相好李漱芳个病倒勿局哩。（海41-348-11）　¶说便去说，只不知～主意若何？（何4-47-14）　¶那两位～，是在那里找回来的？（目108-899-15）　¶忽听得人丛中有人高呼"云翔"，回头急看，就是贾敏士的～贾葛民。（新42-193-28）　¶阁下有位～，听说笔下极好。（梼10-150-16）　¶原来老兄是子翁的～！（官33-562-4）　¶～二哥可来么？（杀3-9-11）　¶后闻知～说，兄长在白虎山孔太公庄上，也特地要差人请兄长来此间住几时。（水33-514-12）

語彙例釈　ling－liu

【令妹】
〈名〉他の人の妹に対する敬称。¶耐还有个～，也好几年勿见哉，比耐小几岁？（海1-4-7）¶不但令兄的和酒局帐开销起来不少，就是～的戏园餐馆、绸缎首饰及替那两个新学朋友添置衣物的帐，也就不是容易了的。身边只剩了二百多元的光景。（梼13-213-23）¶嫂子的～就是我的妹子一样。（红68-971-10）¶尊舅这场官司，若非～再三哀恳，下官几乎得罪了。（喻1-33-13）¶须与你虘家无冤。只是～引人捉了我王矮虎，因此还礼，拿了～。（水50-823-10）

【令叔】
〈名〉他の人の叔父（父方）に対する敬称。¶～为啥勿来？（海54-459-8）¶～阿是转去哉？倪竟一面勿曾见过。（海60-511-4）¶不过～是在七月里过的，此刻已是十月了，你再赶早些去也来不及。（目107-885-2）¶一来他们～面子上不好看；二来家兄骗他这个九千多银子出来，原答应他保他无事，现在也不可失信于他。（官36-611-17）¶就是要去，等那边席散再到戏馆也还不迟。却不必同～说出缘故来。（梼12-200-9）¶～自缢身亡，令婶哭绝而死，你还安心不动？（禅25-412-13）

【令堂】
〈名〉ご母堂。他の人の母に対する敬称。¶～阿好？阿曾一淘来？（海1-3-24）¶令尊～都拉否？（上散7-41-5）¶～老太太今年多少高寿？（繁后24-1012-12）¶老贤甥！我自从你～去世，承你老人家看得起我；如今又到你手里，并不拿我娘舅当作外人，一切事情都还相信我。（官59-1033-8）¶五爻上又有一层官鬼，我看～太夫人的病是不轻的。（红102-1427-4）¶向日已闻先生所言，～在北方无人侍奉。今既如此说时，难以阻当。只是不忍分别。（水42-683-8）¶令尊～待小生如骨肉，小生怎敢胡行，有污娘子清心！（初23-435-8）

liu

【留】
〈动〉①引き止めて帰さない。芸妓の場合、泊まり客をとる意。¶倪双玉山家园转来，一径勿肯～客人。（海57-487-7）¶耐末总是实梗，倪咦勿是小干件，那哼会～啥客人？（九续154-1093-10）¶我娘虽叫我吃了这碗饭，却～客不～客总随我的便，从没有勉强我。（梼11-180-4）
②とっておく。残しておく。¶客人为仔俚眼睛高，勿敢去做，赛过～以待亚白先生个品题。（海31-260-3）¶宝玉想上次袭人喜吃此物，便命～与袭人了。（红19-261-13）¶

宝玉笑道："你就家去才好呢，我还替你～着好东西呢。"袭人悄笑道："悄悄的，叫他们听着什么意思。"（红 19-265-12）

【留心】
〈动〉気を付ける。心に留める。¶我搭耐～来里，要有仔啥生意，我写封信来喊耐好哉。（海 12-98-19）¶就是要睏末，耐自家也～点，像实概几万输下去，耐末倒也无啥要紧，别人听见仔阿要发极嘎？（海 14-113-24）¶见鹤汀睡得津津有味，并不叫唤，但吩咐匡二："～伺候，我到花雨楼去。"（海 15-120-19）¶总要吃到么样，自家有主意，留点心，也好点笃。（鸿 4-213-26）¶陈浩然得信，即命老仆～门户，自己急忙到了何家。（歇 4-38-9）¶看好了东西，到了码头要～些。（梼 11-165-14）¶这小小年纪，难得他这等～呢。（目 2-8-6）¶清臣道："可有面生男子同去么？"众邻居都回："那倒没有～。"（新 46-211-4）¶幸亏他素来细心，下驴之后，便～观看。（官 2-15-6）¶况且这帖子既然被我拾着一张，看来总不止一张，外面一定还有，你们姑且留起心来。（官 49-839-22）¶外面旺儿预备下赏封，赏了本村主人。庄妇等来叩赏。凤姐并不在意，宝玉却～看时，内中并无二丫头。（红 15-202-14）¶多蒙娘子，秋波示意，小道敢不～。（初 17-296-12）

【流氓】
〈名〉ならず者。やくざ。¶跌下来个是大～，先起头三品顶戴，轿子扛出扛进海外哚。（海 28-236-16）¶我常恐拨癞头鼋个～看见，要紧仔点。（海 47-398-12）¶阿哥个人末生就是～坯！海 62-529-9）¶俚笃格排～坯，一径是实梗格呒啥事体，㑚笃坐末哉。（九 171-1115-12）¶本司只问你既是唱戏为生，平日就该安分，为什么拆梢打扮，遇事生风，学那～的行径？（九 52-380-5）¶你们是那里来的～，借端白昼抢劫，还当了得。（歇 3-35-17）¶听说这些包探、巡捕，也有从前做过～的呢。（新 6-25-14）

long

【聋髦】
〈名〉耳の聴こえない人。¶耐哚包打听阿是个～？教俚去喊个剃头司爷拿耳朵来作作清爽，再去做包打听末哉。（海 14-110-4）¶今朝俚笃屋里向请仔张～来看过，说是㑚嫌迟哉，生怕救弗及哩。（沪 2-68-3）"聋膨"とも作る。¶这个医生姓庄，外号叫做庄一帖，因为他两耳重听，大家又叫他庄聋膨。（九 134-899-17）

【拢】
〈动〉近づく。合わさる。寄り集まる。動詞の補語に用いられ、動作によって離れて

語彙例釈　long

いるものが合わさる、寄り集まることなどを表す。¶故歇我去看俚，一句勿曾说啥，问问俚，闭〜仔一只嘴，好像要哭，眼泪倒也无拨。（海 36-302-14）¶门口旁边扫〜一大堆西瓜子壳及鸡鱼肉等骨头。（海 31-255-12）¶两边合〜起来，数目亦差仿不多。（官 37-638-18）¶依旧把鞍辔拴了停当，带在门首，便把大门关〜，锁得好好的。（鼓 12-148-4）¶陈秀才忍耐不住，一骨碌扒将起来，请〜了众原中，写了一纸卖契：'将某处庄，卖到某处银六百两。'（初 15-266-15）¶昔日王文成阳明先生，他征江西桃源贼，问贼首："如何聚得人〜？"（型 14-195-7）

【拢来】

動詞"拢"＋方向動詞"来"。⇨拢。¶耐做老阿哥末，勠假痴假呆，该应搭俚哚团圆〜，故末是正经。（海 19-151-22）¶到底倪冷仔年半把场，一时头浪要拉拢几化客人来，也有点吃力格，奈勠看得忾容易嘘。（狐 50-429-13）¶只把一个背后的范彩霞喜欢得笑得吱吱格格的，一张樱桃小口再也合不〜。（九 99-693-13）¶至于叉麻雀，四个人坐〜，能得个个赢么？不能得个个赢，那必有输的了。（新 8-37-1）¶锡叔，侄儿办这头亲事，一总计算〜，也有到三百多块洋钱呢，那知刚做得一个月夫妻，就此分手了。（新 34-154-20）¶并将〜一算，就有英洋八百余元之多。（繁初 28-316-1）¶光是普通学问，这里五年、那里五年，拼合〜已经要十多年了。（十 14-97-15）¶若能央一个媒人，把他们一对鳏夫寡妇，厮并〜，倒是一件好事。（歇 1-6-24）¶身子本十分困倦，此时歪在榻上，拿着一支钢签，才烧得半个烟泡，两只眼皮，不知如何合了〜，右手向下一沉，手中那支签头上的烟泡，恰搁在烟灯上，一霎时火已燃着。（歇 24-309-11）¶众道士围将〜，问起其缘故。（禅 13-197-9）¶众僧见住持被缚，大家走将〜。（二 1-11-4）¶团聚〜，各出所获之物，如簪钗、金宝、珠玉、貂鼠暖耳、狐尾护颈之类，无所不有。（二 5-108-14）¶我看后日是个好日，接些房族亲眷〜，做了亲罢。（型 25-344-2）¶喜得个杨妈妈双脚乱跳，口扯开了，收不〜。（初 34-653-14）¶忽然芦苇开处，船舱里钻出两个人来，咳嗽一声。顾三郎也咳嗽相应。那边两个人，即便撑船，顾三郎同婆留下了船舱。（喻 21-303-4）¶县前有几个做公的，走将〜看时，认得是宋江，便劝道："婆子闭嘴，押司不是这般的人。有事只消得好说。"（水 21-318-17）

【拢去】

動詞"拢"＋方向動詞"去"。⇨拢。¶俚搭黎大人来哚说闲话，笑起来阿要难看！一只嘴张开仔，面孔浪才牵了〜，好象镶仔一埭水浪边。（海 15-119-15）¶遥见大船上灯光未灭，众人摇船〜，发声喊，都跳上船头。（喻 21-304-1）¶正是：'一言既出，驷马难追．'此时便把舌头剪了下来，嘴唇缝了～，也没一毫用处。（二 18-380-7） ¶林冲卖个破绽，放一丈青两口刀砍入来，林冲把蛇矛逼住，两口刀逼斜了，赶～，轻舒猿臂，欵扭狼腰，把一丈青只一拽，活挟过马来。（水 48-800-2）

【笼统】
〈形〉あいまいである。¶为啥做下来总是～闲话，就换仔个题目，好像也可以用得着。（海 61-517-4）

【弄】
〈名〉"弄堂"に同じ。¶是前～尤如意搭捉赌，勿要紧个。（海 28-231-14） ¶瞿大爷新公馆在洋街西头第二条弄堂，进～右手转弯，第三个大门便是。（官 40-672-14）

【弄堂】
〈名〉路地。横丁。¶耐哚先去等来哚～口末哉，一淘去末算啥嘎。（海 16-123-15） ¶～里跌杀个人来浪！（海 28-231-20） ¶次日将行李搬去，只见有人来领他，一领领到一处～里，是五开间的一处房屋，楼房甚是轩爽。（市 6-218-7） ¶话说陶子尧跟了众人走进西荟芳，只见这～里面，熙来攘往，毂击肩摩，那出进的轿子，更觉络绎不绝。（官 8-108-1）¶按着马大老爷所说的地方，走进～，数到第三个大门，敲门进去。（官 40-673-3） ¶因为时光已晚，只大马路、抛球场、四马路兜了一个圈子，就到清和坊艳情阁那里。跨进～，听着歌管参差，曲声刮耳。（十 2-11-8） ¶后被他寻到一条～，叫杨树弄，门口有块"潘小莲书寓"，又一块"上海回苏钱宝玲书寓"的牌子。（繁后 1-723-18）

lou

【楼浪】
〈名〉階上。¶就来哚宏寿书坊里～，阿要去看看？（海 1-6-13） ¶～跌下来跌坏个。（海 37-311-24） ¶我听见声音像煞是耐，～去哩。（鸿 4-209-8） ¶勒出去，勒浪～，请倷也去坐罢。（狐 20-159-15） ¶倷笃几位阿是来吃烟？间搭地方醒醒煞格，阿要到～去罢？（九 170-1113-23） ¶正闹着，瞿太太已到楼上搜寻了一回；一看样子不对，急忙下楼，问同来的练勇道："可是这里不是？怎么不对呀？"（官 40-673-12）

【楼梯】
〈名〉階段。¶先生有转局末，早点去罢，晚仔勿局个。耐到～下头去喊一声哩。（海 22-178-10） ¶上了～，就看见单凤城在～门口恭恭敬敬的垂手站着。（梼 12-190-18） ¶自从富罗与一个会讲中国话的洋人上楼，他悄悄的溜下～，出房门逃走去了。（繁后 17-919-26） ¶凤姐儿听了，款步提衣上了楼，见尤氏已在～口等着呢。（红 11-162-1）

語彙例釈 lou-lu

【楼下】

〈名〉階下。 ¶堂倌又送上银水烟筒,说:"磕在～阶台上,瘪了。"(海9-71-19) ¶小莲在房梳头,楚云甫经起身,～相帮的喊声"客人上来",听得有人在楼梯口问:"潘小莲的房间是那一间?"(繁后2-729-11)

lu

【噜苏】

〈形〉くどくどしい。くだくだしい。 ¶忒～哉!(海41-350-7) ¶子富大惊失色,急问:"新闻纸浪说啥嘎?"君玉道:"说是客人个朋友,名字叫个啥?……～得野咪!"(海59-505-8) ¶俫亦勿是瞎子,片子浪有好姓名勒浪喲!倪末从上海下来,俫毫燥去通报罢,勒只管问勿清爽,噜里噜苏哉。(狐33-282-18) ¶怎么这样的小派,收着就是了。何必多～。(十26-191-27) "啰苏""罗苏""噜嗦"などとも作る。 ¶俚报浪实梗上,虽然怕是勿怕俚,不过只管啰啰苏苏上起来,也讨厌得势。(鸿16-289-4) ¶娼根,勿要勒里罗罗苏苏,快点奔进去告诉小姐。(三26-301-29) ¶不要罗苏,快拿请客票、局票来写。(商2-12-20) ¶你莫噜索,快点走。(人21-213-26) ¶不过倘若被秋波听见了,又要和我多一番的噜嗦。(人40-475-12) ¶法师召请亡魂与我相会,要秘密寂静,你们只在房里,不可出来啰苏!(初17-299-2)

【陆里】

〈代〉疑问代词。 ①どこ。どちら。共通語の"哪里"。¶寓来哚～?(海1-3-24) ¶～去哩?(海1-5-13) ¶摆～嘎?(海4-28-18) ¶～来几花洋钱去拨俚?(海14-108-7) ¶我赎身末赎仔出去,我个亲人单耐无姆,随便到～,总是黄三姐哚出来个困件。(海49-417-13) ¶俚到～我跟俚到～。(海63-542-2)(石印本·人民文学社とも"俚到陆里我跟到俚陆里"とする。亜東図書館本により訂正)。 ¶帐房先生认得鸣网,招呼道:"阿是看眉初?有人请俚吃大菜去哉!"鸣网道:"阿晓得来浪～?"(鸿1-193-9) ¶耐到～去?(鸿2-200-23) ¶房饭钿搭仔菜钿,才欠得一塌糊涂,外势格帐收煞收勿下,格两日倪也呒佲念头转,只好弄到～是～格唲。(九93-657-5) "洛里""落里"とも作る。 ¶倷格倪搭耐讲章,耐一声勿响,耳朵到仔洛里去哉?(九34-256-16) ¶故歇辰光板归勿勒屋里格,叫我去请,到洛里去寻介?(狐9-61-11) ¶苏老搭仔朱大少、颜大少落里去哉?(鸿2-198-5) ¶耐落里去?(鸿4-212-1)

②どの、いずれの。共通語の"哪"。¶～一位嘎?(海1-7-2) ¶耐说～一句闲话我勿听耐?(海6-42-16) ¶耐要送送我,随便～一日送末哉。(海8-60-1) ¶耐看上海把势

里～个老鸨是好人！(海 49-418-16) ¶来里乡下勿比仔上海，随便～小烟间才是齷齷齪齪个场花，想来四老爷去吃烟末，倒勿知勿觉困下去，就过仔个毒气。(海 58-496-7) ¶今朝～一阵风拿耐格二少吹仔来哉？(九 9-72-6) ¶格位章二少爷，来浪上海滩浪，真真是多年格老牌子哉，稍微有点名气格倌人，～一个勿认得俚？(九 71-514-5) ¶马戏场浪格人耐看～个顶好？(鸿 15-284-5) "洛里" とも作る。 ¶八少，耐是格明白人，洛里一样事体瞒耐得过，耐阿好体贴倪点，叫倪转去少吃两个钝杠。(九 22-169-5) ¶洛里一位大少姓章？(九 42-309-8)

③どうして……であろうか。反語文に用いられる。共通語の"哪里"。 ¶我叫赵朴斋，要到咸瓜街浪去，～晓得个冒失鬼，奔得来跌我一交。(海 1-3-10) ¶俚来咪义大洋行里，耐～请得着嗄。(海 3-17-7) ¶俚～有啥广东客人嗄，耐倒搭我拉个广东客人来做做哕。(海 4-25-17) ¶～就散，局票坎坎发下去。(海 5-37-3) ¶我有几花公事咪，～能够勿出门口。(海 8-59-8) ¶我一径来里听无啥讲闲话，～困嗄。(海 45-375-11) ¶等冠香来筛拨耐吃，倪笨手笨脚～会筛茶。(海 51-436-4) ¶我～有工夫！(鸿 9-240-5) ¶倪是勿好格，～赶得上范彩霞，耐勿要钝哩！(九 23-171-5) ¶俚住来浪陆搭，倪～晓得呀？(九续 60-463-22) "罗里" "洛里" "落里" とも作る。 ¶阿翠，倍个丫头，是罗里晓得做爷个打算个。(描 7-62-14) ¶妹子，个票辰光看灯个越发多得势哉，你小娘仵罗里挤得过去介？(三 24-292-17) ¶个个是天大事情，罗里有啥忘记介。(三 33-374-27) ¶俚耐是要到陈文仙搭去格，你格号小地方阿肯赏光，洛里好委屈俚介。(九 17-134-23) ¶奴亦勿是仙人，洛里猜得着介？(狐 5-33-19) ¶我末为仔李仲声约我来浪公阳里黄艳卿笃，我故歇刚去看俚，落里晓得俚还勿曾来，我写仔张票头来浪就走。(鸿 2-197-8)

【陆里搭】

〈代〉疑問代詞。どこ。どちら。"陆里"①に同じ。 ¶晚餐未毕，只听得楼下外场喊道："大先生出局。"翠凤高声问："～？"外场说："后马路。"(海 21-173-10) ¶相帮移进一盏壁灯，才见二宝直挺挺躺着不动。朴斋慌问："打坏仔～？"(海 64-550-19) ¶坐勒浪～？(鸿 8-234-11) ¶像煞有点面熟蕃生，肚皮里向想来想去，总归想勿出是～看见歇格。(九 103-716-10) "陆俚搭" "落里搭" "落俚搭" とも作る。 ¶还要叫倪还俚二千洋钱，叫我陆俚搭去变格二千洋钱出来？(九 67-489-8) ¶像耐实梗能大少爷，要借几百洋钿才哓借处，叫倪再到洛里搭去借？(九 130-877-14) ¶耐格人倒好格，一干仔跑到仔洛里搭去，为啥一声勿响嗄？(九续 30-227-7) ¶让我走下去看看，勿知落里

語彙例釈　lu

搭格娘姨喊。（狐20-159-9）¶史大少格公馆，勒浪落俚搭介？（狐31-257-25）

【陆俚】
〈代〉疑問代詞。"陆里"に同じ。¶故歇店帐欠仔三四千，勿做生意末，～有洋钱去还拨人家？（海62-532-22）¶耐个眼睛到仔～去哉！耐自家看哩。（九115-786-25）¶倪末～有格号福气？（九72-525-24）

【路】
〈名〉①道のり。¶一点点～，倪走得去好。（海47-397-19）¶神京～远，非赖卖字撰文即能到者。（红1-14-12）¶又走了十里多～，却过三岔路口。（禅22-358-14）¶行不到二里多～，戴宗说道："我们昨日不曾使神行法。今日须要赶程途……"（水53-875-13）②進むべき道。¶除仔死，无拨一条～好走。（海34-285-4）
〈量〉共通語の量詞"排""行"。¶门前一～头发才沓光个哉，嘴里牙齿也剩勿多几个，连面孔才咽仔进去哉。（海15-119-13）

【路菜】
〈名〉旅立つ親しい人に道中で食べるようにと贈る食品。¶～阿曾挑来？（海55-468-8）¶看看天晚，船上开出晚饭，晴轩合知化一桌吃，晴轩开出～，是半只板鸭，一方南腿，叫茶房切好送来。知化也打开了一瓶外国酒。（市36-355-12）¶众人送与船中，又有妙香，纤纤也来亲自送行，并送了几色～。（繁后34-1126-24）¶无双柔肠欲裂，暗暗伤心，忙教娘姨在泰丰公司，买了十多块钱～，送与美士，又千叮万嘱，教他路上寒暖不常，善自保重。（歇20-261-18）¶幼安向账房中取了廿块洋钱，交与谢义，叫他买些土仪，预备到上海时送送亲友；又顺便购些火腿酱菜等物，以为～。（繁初1-9-18）

【路道】
〈名〉手づる。コネ。¶俚要寻点生意，耐阿有啥～？（海14-112-20）¶有个寿头模子，要买一只钻石戒指，一只金打簧表，你可有些～？（文55-294-1）

【路头酒】
〈名〉"财神爷"（富をもたらす神）を祭る酒宴。¶为仔该两日～多勿过；初七末周双珠搭，初八末黄翠凤塔，才是～。（海28-229-24）¶况且烧路头的那天，算我生意甚清，不见得吃双台的客人除了你便一个多找不出来。我想这顿～吃与不吃，由你便了。（繁后17-924-11）
（注）《沪游杂记》卷2の"青楼二十六则"の中に次の記述がみえる。
　烧路头，路头者，五路财神也。妓家遇祖师诞日及年节喜庆事，或打唱，或宣卷，曰

烧路头，是日促客摆酒为路头酒。

lü

【绿】
〈形〉緑色である。¶倘然要好个，再要全～，常恐要千把哚哩。(海 32-270-11)

【绿头】
〈名〉翡翠の純度。¶张蕙贞见黄翠凤头上插着一对翡翠双莲蓬，也要索观。黄翠凤拔下一只授与张蕙贞，蕙贞道："～倒无啥。"(海 22-179-6)

luan

【乱梦颠倒】
次々と変な夢を見る。¶停两日再有腰膝冷痛，心常怵悸，～，几花毛病才要到哉。(海 36-305-6)¶常言道：日有所思，夜有所梦。我这两天庆寿，应酬众客，忙碌异常，累得身子疲乏，心神不灵，故此～，幻出这般景象，那里好作得准？(狐 53-450-23)¶我儿，昨夜宿于何处？教我一夜不睡，～。(警 30-464-8)

lüe

【略】
〈副〉いささか。すこし。¶难是岂止脾胃，心肾所伤实多。厌烦盗汗，～见一斑。(海 36-305-5)¶我不困，只～歇歇儿，你且别处去闹会子再来。(红 19-273-1)¶说时迟，那时快，武松却用手～按一按，托地已跳在桌子上。把些盏儿碟儿都踢下来。(水 26-417-11)

lun

【论】
〈动〉ある面を取り上げて、述べる。¶～起来，俚哚做老鸨该仔讨人，要倪做生意来吃饭个呀；倪生意勿会做，俚哚阿要饿煞？(海 32-264-5)¶若～举业一道，似高过宝玉，若～杂学，则远不能及。(红 78-1124-15)

luo

【锣鼓】
〈名〉どらや太鼓。¶戏场里～闹得势，勥去哉。(海 7-57-4)¶俟尔神鬼乱出，忽又妖魔毕露，甚至于扬幡过会，号佛行香，～喊叫之声远闻巷外。(红 19-262-2)

【落】
〈动〉①降る（雨や雪などが）。⇨落雨。¶我一干仔就榻床浪坐歇，～得雨来加二大

語彙例釈　luo

哉，一阵一阵风吹来咑玻璃窗浪，乒乒乓乓，像有人来咑碰。(海48-141-18) ¶忽一阵凉风过了，唰唰的～下一阵雨来。(红30-426-11) ¶陈大郎道："小可欲邀老丈酒楼小叙一杯。"那人是个远来的，况兼～雪天气，又饥又寒，听见说了，喜逐颜开。(初8-145-13) ¶～了两日雪，今日方晴。(喻30-446-10)

②落ちる(ある境遇などに)。 ¶罗老爷有仔老相好，只怕倪巴结勿上，倒～仔蒋月琴咑笑眼里。(海7-51-17) ¶耐七岁无拨仔爷娘，～个堂子，我为仔耐苦恼，一径当耐亲生囡件，梳头缠脚，出理到故歇。(海45-378-17) ¶生恐是小戈什误听人言，以致～了他们的圈套。(官31-509-17) ¶虽然你是老太太房里的人，此刻不敢把你怎么样，将来难道你跟老太太一辈子不成？也要出去的。那时～了他的手，倒不好了。(红46-437-6) ¶我若替你图谋，连老身也要～阿鼻地狱。(禅6-74-9) ¶那边大房做官的，虎视眈眈。须要小心抵对他，不可～他圈套之内。(二4-78-10)

③"落款"(書畫に筆者が自筆で署名、雅号の印を押す)の"落"。¶名家此种笔墨，陆里肯～图章款识。(海47-400-8) ¶昨儿我看人家一张春宫，画的着实好。上面还有许多的字，也没细看，只看～的款，是"庚黄"画的。(红26-368-21)

〈趨〉①動詞の補語に用いられて、動作によって低いところへ下がる、落下することを表す。¶勿晓得为啥，厌酸得来，吃勿～。(海4-32-9) ¶俚下勿～台哉啘？(海8-62-22) ¶奴故歇胃口大好，饭也吃得～，谅来勿碍格哉。(狐36-305-11) ¶倪刚刚起来勒，吃勿～来里。(负18-85-21) ¶再加仔耐勿肯住来倪搭，定规要想转去，叫俚陆里放心得～？(九75-546-18) ¶倪要嫁人格闲话，说仔长长远远到仔故歇，大家才晓得格哉。耐末说出来格闲话勿算数，倪倒坍台勿～。格是定规勿成功格！(九续16-118-20) ¶倪嚜吃哉。肚子里向听饱仔五阿姊格闲话勒里，那哼吃得～哩。(沪2-55-3) ¶南面伊间小房间里向(摆得～摆勿～)(摆得～否)？(上散43-25-3) ¶若叫一声，割～你头！(禅26-422-12)

②動詞の補語に用いられ、動作が将来に続くことを表す。共通語の"下去"。¶生活勿做，生来要说；做仔生活，再要说！随便啥事体，总是我勿好！无姆说哝两日，哝勿～哉啘！(海23-190-6) ¶我碰着仔前世冤家！刚刚反仔一泡，故歇咿来浪说我啥，我是定归活勿～个哉！(海32-269-10)

【落得】

〈动〉喜んで……する。これ幸いと……する。"乐得"のこと。¶镶边酒末～扰扰俚哉啘。(海2-10-11) ¶四老爷，难下转勶去叫俚哉，～让拨来黎大人仔罢。(海15-119-10)

¶俚请倪末,倪～去。(海29-242-13)¶蛮好,倪明朝就去看戏,横势呒啥事体勒里做,～去白相相,散散心,作兴碰巧,齐头俚勒浪做戏,也未可知格。(狐45-391-26)¶故歇俚既经甩脱倷,倷～回到上海,写意写意。(狐48-413-23)¶那住持的印月和尚,因有头钱到手,也～由他们去大赌特赌。(歇5-52-21)¶看来俗话说得好,叫做"急事慢行,不可性燥",～满口答应,放他自去,自己仍往金粟香处住宿。(繁初24-270-19)¶我不应承,他两个夜里演习时,也自要做出来,我～做人情,骗些银子。(初31-577-10)¶这伙三党之亲,……(略)……,今日大块银子送来,正是"闲时不烧香,急来抱佛脚",各各暗笑,～受了买东西吃。(喻10-159-7)¶走向前,看着郭太郎道:"夫人教传语,恐怕太郎不信,先教老媳妇把这条二十五两金带来定太郎,却问太郎讨回定。"郭太郎肚里道:"我又没一文,你自要来说,是与不是,我且～拿了这条金带,却又理会。"(喻15-225-1)¶他要讨苦吃,等他自去,你～自在。(型3-40-15)¶朱仝那人和宋江最好,他怎地颠倒要拿宋太公?这话一定是反说。他若再提起,我～做人情。(水22-330-6)

【落落寡合】
人にうち解けようとせず、しっくりゆかない。¶不料亚白多情人,竟如此～!(海33-272-24)

(注)孤高で人になじもうとしない性格を"落落"という。→那梅大先生却落落的很,同春泉、静斋并不十分周旋,除说了"请坐"两字外,并无别语敷衍。(十7-43-28)

【落去】
〈趋〉動詞・形容詞の補語となり、その動作・状態が将来に継続することを表す。共通語の"下去"。¶只要王老爷一径搭沈小红要好～,故末算是耐沈小红本事大哉。(海12-95-5)

(注)"落来"は"下来"。→倪搭格开销,是耐晓得格,一节不过一千洋钿。帐浪收落来,刚刚正好。(九128-865-8)

【落镶】
〈动〉"妓院"に泊まる。¶做小姐个末开宝要几花,～要几花,俚大姐也一样个啘。(海62-529-14) "落厢"とも作る。¶如今我今天想要在这里落厢,究竟是怎样的一个规矩?(九151-1002-17)

【落雨】
雨が降る。¶为仔天～,我晓得耐要来,教俚等仔歇,再勿去是要相骂哉。(海17-136-16)¶天来浪～,耐阿好氍进城哉?(海47-403-7)¶有十二点钟哉,来浪～。(鸿4-212-19)

語彙例釈　luo‐ma

¶朱大少，天浪勒海～哉，倷哪哼好转去介？（狐 14-102-4）¶倪阿要转罢，勒海落小雨哉，停歇落大仔要尴尬格嘘。（狐 58-500-4）¶四月里来起个求到目下末，无得一点点雨落下来吓。（描 29-259-14）¶个个天公今朝头怪气朵，只怕咿要～朵嘘。（三 29-322-22）¶地两日伊月天一眼作勿准，一歇～一歇出日头，一歇起风一歇雷响。（上散 7-40-8）¶春天天气，容易天变。一霎时太阳阴阴，便潇潇的落起雨来。（负 4-18-17）¶伏中阴晴不定，片云可以致雨，忽一阵凉风过了，唰唰的落下一阵雨来。（红 30-426-11）

M

ma

【马车】

〈名〉馬車。¶倪坐好～一淘去，阿好？（海 6-44-1）¶～来浪哉。（海 35-292-21）¶～阿曾套好？（海 46-393-20）¶格格马戏，勒虹口百名汇路，倪去看末，板要坐～末好得来。（狐 36-307-24）¶两人就坐了一部～，到了管通甫那里，都是熟人，自然请见。（栲 11-167-1）¶姓潘的嫁得勿么？他是一部垃圾～，怎比得二少有情？（繁Ⅱ2-361-20）

【马褂】

〈名〉男性が"長袍"（あわせの長い中国服）の上に着用する腰までの短い上着で、前ボタン式、胸の前で合わせるようになっている。もと满州族が騎馬のさい着用したもの。¶陆里晓得个冒失鬼，奔得来跌我一交，耐看我～浪烂泥，要俚赔个晼！（海 1-3-11）¶阿要着～？（海 8-63-22）¶其时是四月天气，因为气节早，已经很热，拿出来的衣服是春纱长衫，单纱～。（官 32-531-14）¶王熙凤见伯和穿着大袖～，便道："倪老爷可要宽衣？"（歇 11-140-3）¶小兴分外节省，自己添做件把青布大衫，黑布～。（市 8-227-20）¶其实今天天气很热，～可以不穿。（人 47-607-15）

【骂】

〈动〉ののしる。¶拿双宝来要打要～，倒好像是俚该来哚个讨人！（海 17-133-5）¶故歇嬷说二少爷勿曾来，就来仔，耐阿敢～俚一声，打俚一记！耐欺瞒耐家主公，勿关倪事，要欺瞒仔倪个客人，耐当心点！（海 23-187-24）¶定归是野鸡；要是人家人，再要拨俚～两声哩。（海 26-216-11）¶我要俚做首诗，就～我'囚犯'；倘然做仔学台主考，要俚做文章，故是'乌龟''猪卢'才要～出来个哉！（海 33-273-11）¶大先生，巧玲勒浪～倪哉。（狐 32-270-24）¶当仔和尚勿～贼秃，倪吃仔该碗堂子饭，耐来浪说堂子里向格人，勿～倪也是～倪晼！（九续 61-470-6）¶师爷如果说菜不好，他立刻叫厨子来～，有时还用马棒来打。（梼 15-240-23）¶听那醉汉一道："臊你娘的！瞎了眼睛，碰起我来了。"贾芸忙要躲身，早被那醉汉一把抓住，对面一看，不是别人，却是紧邻倪二。（红 24-334-3）¶林冲拿住王伦，～了一顿，去心窝里只一刀，胳察地搠倒在亭上。（水 19-282-17）

mai

【买】

〈动〉買う。¶阿是要～个讨人？（海 3-19-23）¶我要～物事。（海 6-43-24）¶我做末做个佣人，要拿洋钱来～我倒，勿动哩。（海 8-59-23）¶格格小娘鱼倒还呒啥，倷阿是勒苏州～得来格介？（狐 51-436-4）¶一回那个～矿的洋人又来了，后头跟着一个通事。（官 52-897-17）¶这也是前生冤孽，可巧遇见这拐子卖丫头，他便一眼看上了这丫头，立意～来作妾，立誓再不交结男子，也不再娶第二个了。（红 4-60-14）¶叫道人去城中～了几般果子，沽了两三担酒，杀翻一口猪。（水 7-112-6）

【卖】

〈动〉売る。¶十六扇屏风末，～拨仔齐韵叟，做到八百块洋钱，一块也勿少。（海 48-411-7）¶罗子富搭一万哚，等～脱仔油再还。（海 60-511-12）¶俚轧实是荡口人，旧年冬里，俚格舅母带上来～拨我格，故歇因为我年纪老哉，管顾勿到，格落我想转卖脱俚呀。（狐 51-436-6）¶后来说来说去，全省的矿一概～掉，总共二百万银子，先付二成四十万。（官 52-900-10）¶他是被拐子打怕了的，万不敢说，只说拐子系他亲爹，因无钱偿债，故～他。（红 4-61-16）¶武大还了酒钱，挑了一担儿，自去～了一遭归去。（水 25-395-3）

【卖主】

〈名〉売り主。¶我末除脱仔四十，耐个四十晚歇拨耐。正价该应七百廿块，耐去交代仔～就来。（海 48-411-14）¶价钱很公道，估了估足值四百多块钱，～只讨二百两银银子。（官 16-244-1）¶这拐子便又悄悄的卖与薛家，被我们知道了，去找拿～，夺取丫头。（红 4-57-12）

man

【襔】

〈名〉すそまである長い上衣。"袍子"のこと。¶就像做衣裳，勿该应做个披风，做仔狐皮～末，阿是蛮好？（海 62-531-16）¶只道主人邀请之客，抢步出房觇视，见那人已到楼上，身穿着水灰布的夹～，外罩无青缎对胸大袖马褂，足上薄底靴子。（狐 37-322-14）

語彙例釈　man

（注）《漢語大詞典》《漢語方言大詞典》は"䜑"としている。

【埋怨】
〈动〉恨みごとを言う。不平を言う。¶倘然我故歇放罗老爷走仔，晚歇俚转来就要～我哉哴。(海 7-52-3) ¶无姆末再要说娘舅好！娘舅单会～倪两声，说到仔洋钱就勿管账，去哉。(海 31-258-7) ¶俚做老鸨苦恼，拨耐～煞，一声也勿敢响。(海 49-418-9) ¶倪阿姆怪奴勿会应酬，勿会拍马屁，～仔奴一场。(狐 21-163-2) ¶侬勿要(怪)(～)我，地格是我伲当手个叫我拿来个。(上问 6-12-7) ¶及至听到后一半，被他哥～了这一大篇，不觉老羞成怒。(官 5-61-17) ¶老人家已经挨到写字台边坐下，唠唠叨叨～个不了。(负 17-79-14) ¶众人见他这般有趣，越发喜欢，都～昨日怎么忘了他，遂忙告诉他韵。(红 37-511-71) ¶龙员外苦痛起来，哭哭啼啼前情说了一遍，便要～孙自连几句，思量大大发作一场。又见他夫妻都病得恹恹待毙，只得住了口。(醒下 6-145-5) ¶两个互相～泄露了机关，因此厮打。(禅 21-335-3) ¶我听你适才说那几句，甚有几分道理，倒把你错～了。(鼓 23-277-13) ¶愚民不知上官不谙，只～道："如此禁闭，米只不多！如此抑价，米只不贱！"(二 1-4-4) ¶不要～了，拿这三锭钞出来，你也拿了一锭，我也拿了一锭，将这一锭来买酒吃了回去。(杀 14-62-3) ¶众人都～燕顺道："你如何不留他一留？"(水 35-553-7)

【蛮】
〈副〉とても。たいへん。状況後として用いられ、ほぼ共通語の副詞"很"に当る。¶倪要是说差佗，得罪仔赵大少爷，赵大少爷自家也～会说唻，阿要啥撺掇嘎？(海 2-16-15) ¶三先生也～明白唻。(海 3-19-14) ¶故末～好。(海 4-31-15) ¶我倪子养到仔实概大，咿会吃酒，咿会打茶会，我也一体面唻。(海 6-43-9) ¶像李漱芳个人，俚晓得仔，～高兴看来浪。(海 36-299-5) ¶伯荪个脾气一向实梗，要那哼是那哼，其实人是～直爽个。(鸿 3-207-13) ¶别人家看仔倪末像煞～开心，倪心浪说勿出格心事，赛过勒浪黄连树底下弹琴。(九 23-174-11) ¶倷日日～快活格,啥落今朝实梗样式介？(狐 17-130-12) ¶唔笃老板娘人倒～忠厚，待唔笃先生野东，就必过一口烟瘾末坑杀仔哉哴。(沪 1-13-1) ¶慰卿人是的确咊啥，道德野～高格，就是做人忒忠厚点，格号时世是吃亏杀格哩。(沪 3-5-9) ¶～好，就请管大人做了媒人罢。(栲 11-171-23) ¶二少不愿意说，别人倒～欢喜听的。(人 4-28-3) ¶～好，～好，只要姚大少肯出力，再好没有了。(人 13-120-6) "美"とも作る。¶侬话来美对。(上问 1-3-5)

【蛮蛮】

man　語彙例釈

〈副〉たいへん。"蛮"よりも程度が高い。¶年纪末轻，～标致个面孔，就是一身衣裳也着得价清爽，真真是耐好福气。(海21-168-3)¶阿要吃茶？～热个。(海26-212-22)¶今夜头～好个戏。无姆勿去看。(海30-246-18)¶看见个曙，随手就扳，刚刚扳着～大个金鲤鱼，难末大家来浪看。(海38-323-16)¶梨花院落～适意。(海52-443-19)¶不过大先生俚终有点一相情愿勒海，阿晓得眼下格时世，靠勿住格人实在多，嘴里说得好，心里其实约约乎，况且格套戏子，愈加靠勿住。(狐44-381-7)¶慰卿人是～好格，性情末搭耐野差弗多。(沪3-5-7)¶心思夷好，人夷忠厚，脾气夷是～和平格。(沪3-40-12)

【馒头】

〈名〉隠語で「乳房」を指す。¶耐放来哚'水饺子'勿吃，倒要吃'～'。(海1-8-15)¶小银珠向他啐了一口，说道："你才同文卿姊妹两个人在房里不晓得吃些么么，只怕～、水饺子都饱了才跑过来。"文卿道："你们说话，要牵上我，你看你拿～把二少爷吃，连小襟钮扣子都散了，还要说人。"小银珠低头一看果然不错，羞得把脸一红，走开去钮好。(梼1-11-24)¶潘莲世缠错了意思，顿时动手动脚闹起来，连吃了五六个～。(新58-268-13)¶黄家姆同阿秀取笑道："夏老果然送了你的马甲，你可把什么送他？"阿金代答道："他马甲里边有两个～，可请夏老吃顿点心。"阿秀假意不依，伸手过去拧他。(繁后33-1122-13)

(注)《新上海》の上掲例の後に次のような記述がある。

　雨香笑道："一翁，怎地您老实，连一句上海土话都不懂？吃馒头就是摸乳的别名儿。潘莲世摸过五六把胸乳，还想拖住了香面孔。"

【瞒】

〈动〉欺く。だます。¶耐还搭俚～啥，我也晓得点来里。(海3-19-20)¶～倒～得紧哚，连朋友哚寻仔好几埭也寻勿着。(海4-30-20)¶耐就去做仔十个张蕙贞，倪先生也无啥哚，为仔耐～倪先生末倒勿好哉。(海10-80-1)¶倪小姐生意，～勿过倪方老爷。(海59-507-7)¶勿～俚金姐说，加点虚头要讨一千，起码盘子，至少七百块洋钿，再少要蚀本格哉。(狐51-436-20)¶倪亦勿做啥格恩客，勿欠啥格债，啥犯着要～别人呀！(九续16-115-11)¶我又没有说不准他讨小。如今～着他做这样的事情，你们想想看，叫我心上怎么不气呢！(官40-674-24)¶这里头的情形哪里～得过一点半点，这爿栈倘是你做了倒很好。(十3-14-2)¶你也是吃公事饭的，一应事情～不过你。(十34-253-26)¶不～老爷说，不但这凶犯躲的方向我知道，一并这拐卖之人我也知道，死鬼买主也深知道。(红4-60-9)¶蕙姿想得妹子是个聪明的主儿，如何～得他过，就把心事对他明说。

語彙例釈　man

（鼓6-71-6）¶我看你走路慌張，面皮青色，必有甚么事，故这般晚了赶出城，你莫~他。(禅8-116-5）¶这厮~了他阿舅，直赶到这里问我取。你道这厮大胆么？（水14-206-7）

【満】
〈动〉満ちる。¶我做俚㕭大姐，一块洋钱一月，正月里做下来勿~三块洋钱。（海23-183-8）¶想必是缘分~哉。（海34-283-16）¶此人名唤孙绍祖，生得相貌魁梧，体格健壮，弓马娴熟，应酬权变，年纪未~三十。（红79-1143-12）

〈形〉満ちている。動詞の補語に用いられる。¶谢谢耐，搭我筛~仔阿好？（海8-64-6）¶难道八个字拼勿~？（海40-339-20）

【満汉全席】
満州族の料理がとりいれてある中華テーブル料理。¶中饭吃大菜，夜饭~。（海18-146-4）

【満身】
〈名〉全身。¶昨日夜头赵先生来㕭新街浪同人相打，打开仔个头，~才是血，巡捕看见仔，送到仁济医馆里去。（海17-138-6）¶走到沁芳闸桥边桃花底下一块石上坐着，展开《会真记》，从头细玩，正看到"落红成阵"，只见一阵风过，把树头上桃花吹下一大半来，落的~满书满地皆是。（红23-324-19）¶无移时，只见武行者同了李逵，杀得血污，入寨来见宋江。（水98-1544-8）

【満月】
〈动〉満1か月になる。¶故歇三公子到仔扬州哉，小王末也跟仔去。十一月二十就来里扬州成亲，要等满仔月转来㕭。（海62-530-1）¶衙里摆了三天喜酒，无一个人不吃到。~之后，小王又要进京去选官。鲍文卿备酒替小亲家饯行。（儒26-309-1）

【慢点】
形容詞"慢"＋量詞"点"。①ちょっと待ってと相手の動作を制止する。¶仲英听了，便说道："我先去。"起身要走。雪香忙叫道："~哩，等我一淘去。"（海6-44-6）¶小阿宝答应，正要下楼，黄二姐忽又叫住道："耐~，我搭耐说哩。"（海7-54-10）¶华生正和鸣冈密谈，听见伯荪要走，即说道："~哩，倪一淘走哉呀"（鸿3-206-19）
②ちょっと待ってからその動作をするよう命令する。¶周双玉也要兴辞，适为黎篆鸿听见，遂道："耐~去，我要搭耐说句闲话。"（海19-152-7）¶~困哩，我有事体来里。（海63-539-4）¶仲声同啸秋谈完了事务，招呼华生，也向大众告辞了同走。伯荪道：华生~去哩，我还要搭耐到江秋燕搭去打茶围来。（鸿2-201-3）

man－mang　語彙例釈

【慢慢交】
形容詞"慢"の重ね形＋接尾語"交"。①前項"慢点"①に同じ。¶戏场一时哄散，纷纷看的人恐后争先，挤塞门口，施瑞生道："倷～末哉。"（海30-246-14）¶方子衡听了，只得硬着心肠要走。兰芬把脚儿在地下一踩道："～哩，倷还有闲话来哩。"（九41-304-9）¶深甫便叫再碰一场。玉如忙道："深甫叔，～哩。我弗来。等次卿哥来仔咾碰末哉。"（沪1-19-4）　"慢慢叫"とも作る。¶金汉良正要再说下去，金小宝坐在后面冷笑一声，止住汉良的话头道："金大少，耐倒慢慢叫，闲话说清爽仔，倷倽辰光做耐格恩客，耐倒搭倷说说看？"（九36-269-17）
②ゆっくりとその動作をすすめることを表す。¶耐哚～用，倷搭先生梳头去，梳好仔头再来。（海5-39-23）¶年纪轻轻说啥死嘎，事体末～商量，总有法子好想。（海16-128-11）¶倷刚刚吃过夜饭，吃勿落来里，章大少请～用末哉。（九42-309-24）¶糊里糊涂的做一厢情愿的天长地久计划，弄的后来你万一有些不舒徐，我格外的对你不起。与其那时候的对你不起，良心上喊一声哎呀悔恨已迟，还是这时候格外的慎重为是，～来。（人42-515-19）　"慢慢叫"とも作る。¶如玉梳好了头，过来掛了一杯酒，说："耐慢慢叫用，倷到后头换衣裳去。"（负18-85-20）
③だんだんとそうする、そうなることを表す。¶金花忙答道："阿姐说个闲话，我才记好来里。要～学起来个呀，阿对嘎？"（海32-263-13）¶金凤呢人也呒啥。虽然有点堂子相，住来屋里向自然～变得过来格，怕啥哩。（沪1-18-4）　"慢慢教"とも作る。¶朝后生意望上去做来大点者末，慢慢教再拿倻地头个货色送到倷喊头去卖。（上散9-53-6）

【慢慢仔】
"慢慢交"③に同じ。¶倷翠凤末也晓得耐罗老爷心里是要做俚，难末俚～也巴结起来哚。（海7-51-21）

【慢娘】
〈名〉继母。"晚娘"に同じ。¶后来我问问俚，啥个爷嘎，是俚～个姘头！（海52-439-20)

【慢性】
〈形〉遅い（動き進むのが）。¶勿吃药也无啥，不过好起来～点，吃两贴药末早点好。（海20-161-18）¶无拨啥勿会好个病，不过病仔长运，好末也～点。（海16-305-22）

mang

【忙】
〈形〉忙しい。¶为俚一干仔，倒害仔几花娘姨、大姐跑来跑去～煞，再有人来哚勿放

語彙例釋 mang－mao

心。(海 7-56-14)¶娘姨、大姐做生活还～杀来浪,再要搭我煎药。(海 20-161-15)¶该两日应酬唎～? (海 27-226-6)¶明朝一日天常恐～勿过。(海 49-415-1)
〈动〉せっせと用事をする。¶倪听见仔叫局,总忙煞个来,有辰光转局～勿过来,阿是要晚点咪? (海 6-46-13)¶晚间,湘云更衣时,便命翠缕把衣包打开收拾,都包了起来。翠缕道:"～什么,等去的日子再包不迟。"(红 22-304-14)

【忙煞个】
形容詞"忙"＋補語"煞"＋助詞"个"。大急ぎで。⇨煞,⇨个。¶倪听见仔叫局,总～来,有辰光转局忙勿过来,阿是要晚点咪? (海 6-46-12)¶坎坎晓得是罗老爷个拜匣,我就～要送得来。(海 59-502-19)

【忙杀个】
"忙煞个"に同じ。¶听见仔挖花,就～跑得来,怪勿得耐去输脱仔两三万原起劲杀! (海 16-130-9)

mao

【毛】
〈形〉頭髮が乱れているさま。¶慢点哩。耐个头勿好晼,啥～得来。(海 10-75-13)¶丽娟向浣芳道:"耐个头也～得来,阿要梳?我替耐梳梳罢。"浣芳含羞不要。云甫道:"为啥覅梳?耐自家去镜子里看,阿～嘎?"(海 43-365-17)¶耐看耐格辫子,倴格～得来。(九 46-334-6)¶耐个辫子～哉,搭耐打好仔辫子去。(九 102-712-20)¶困仔头要～格呀。(九续 29-221-6)¶自己向鏡子里照一照道:"哎呀,睡了两天,头发～得这样了。"啸秋道:"还好。"碧妈的娘趁势道:"可要叫娘姨来替你梳一梳?"(人 40-480-5)

【毛病】
〈名〉①きず。欠点。¶十六扇屏风末,卖拨仔齐韵叟,做到八百块洋钱,一块也不少。不过俚咪常恐有点小～,先付六百,再有二百,约半个月期。(海 48-411-8)¶该首诗搭个题目末好像对景个哉,不过说来说去就是'还来就菊花'一句闲话,勿但犯仔叠床架屋个～,也做勿出好诗哉晼。(海 61-519-19)¶兆熊格气骨是勿差个。必过肚里向少点学问,忒嫌草包点末,就是俚格毛病。(沪 1-17-9)¶还是这个～儿,多早晚才改。(红 21-289-8)¶但老吴有些～,最贪财物。(禅 25-405-9)¶只是有件～,爱少贱老,不肯一视同仁。(警 18-251-1)¶宋江道:"原来王英兄弟要贪女色,不是好汉的勾当。"燕顺道:"这个兄弟诸般都肯向前,只是有这些～。"(水 32-504-16)
②病気。¶南头一个朋友搭我说起,实夫为仔做人家也有仔点小～。(海 28-233-24)¶

停两日再有腰漆冷痛，心常松悸，乱梦颠倒，几花～才要到哉。(海36-305-6)¶想耐昨夜头去送方鼎，勒浪蛮好个豌，那哼就有起～来哉？(鸿5-216-15) ¶君牧格～，亏得我荐仔格先生拨俚，吃仔两贴药，难好点哉。(鸿 20-311-24) ¶格歇辰光耐好去哉呀，勿想等歇点路浪转去受仔风寒，出起～来，倪倒耽当勿起。(九 65-476-3) ¶漱琴向来有咳血格～，有好几年朆发哉。(沪1-107-3) ¶(是生之甚个病者)(是有之甚个～者)？(上问 18-34-8) ¶陶子尧一向是有晕船的～，一上船就躺下不能动了。(官7-103-8) ¶老师～要紧，多化几两银子值得什么！(官 47-805-1) ¶叶题红家不要他了，再想到别的妓院寻些事做，因杨梅疮是院子里最忌的～，那个要他？(繁后 4-757-10) ¶即使讨了我，我也没有福气走进他家的大墙门。恐怕右脚先进去，左脚便要麻木，得半身不遂的～。(人 13-118-8) ¶文卿，你肚子疼的～可好了么？(梼 1-8-8) ¶你若不爱看这些书，不如还到园里逛逛，也省得闷出～来。(红81-1166-4)

【毛手毛脚】

粗忽である。がさつである。 ¶倪是～，勿比得屠明珠会装哩！(海 18-146-24)

(注)"毛手毛脚"はまた、女性に対して粗野な振る舞いをすることも指す。 →耐朆晓得陆麻子格讨人厌，面孔勿好倒勿要去说俚，再要瞎三话四，～。(九续 132-959-6) →官商两途的嫖客，大约寿头码子居多。一到了堂子里头，就把那倌人钉住，跟前跟后，一步不离，一双色眼，贼忒嘻嘻，～的就如饿鬼一般。(九26-200-10)

【毛儿戏】

女性だけで演じられ、所作なしの"唱"をもっぱらとする"折子戏"(全幕を通して演じるのではなく、その中の"一折"[一段]のみ独立して演じる劇)。また、その一座。¶朱老爷叫仔一班～，黎大人也去叫一班，教倪大少爷也叫一班。上海滩浪通共三班～，才叫得来哉，有百十个人咔哩。(海 16-125-20) ¶三班～末，日里十一点钟一班，夜头两班，五点钟做起。(海 18-146-4) "髦儿戏"とも作る。¶宝玉到底是做髦儿戏个脚色，唱口究属一样。(鸿7-232-8) ¶据我看起来，还是做髦儿戏，他的人数也少，戏台也小，这天井里面，尚将就得过，究属比说书、戏法热闹得多。(狐4-23-12) ¶此时日子更近了，陆续有人送礼来，一切都是伯明代他支应；又预备叫一班髦儿戏来，当日演唱。(目 79-640-17) ¶守愚昨夜在群仙看了髦儿戏，今天正在客堂中，指手划脚的讲给他妻女听。(歇 13-165-26) ¶那戏台上，每逢夏日，演的是髦儿戏，很有几个有名女伶。(繁初 7-70-1) ¶与阿和、阿冶常来往的朋友，差不多有二十多人，一人出两块洋钱，也有四五十块左右，可以做髦儿戏了。(繁Ⅱ7-417-8)

語彙例釈　mao－mei

【茂才】
〈名〉"秀才"（明清時代に科挙の第一段階の試験に合格して、府・州・県の学校に学ぶものを称した。"秀才"は次の段階の"乡试"を受ける資格を持ち、これに合格すると、"举人"になる。）の別称。¶耐覅看轻仔俚，俚个衔头叫"赞礼佳儿"，"～高弟"。（海53-451-18）

【冒失鬼】
〈名〉そこつ者。あわて者。¶陆里晓得个～，奔得来跌我一交。（海1-3-10）¶～，俚朵进子明伦堂，我搭你罗里去看看？（三21-253-8）¶旁边几个丫头交头接耳说道："既然是夫妻末，啥洛叫哥哥妹子介。""啐，倷个～，比方人家养媳妇养女婿，才是故宗称呼，做子亲末换口哉。"（描40-354-11）¶阿美几乎被他撞倒。阿美被他这无辜的一撞不觉撞上火来，正想开口骂他。定睛看时原来撞他的人正是个熟人，冲口叫道："二少爷，我还当是哪里来的～，原来是你。"（人1-7-16）

【帽正】
〈名〉帽子の正面に飾りとしてつける真珠や玉(ぎょく)。¶俚几对珠花同珠嵌条，才勿对，单喜欢帽子浪一粒大珠子，原拿得来做仔～末哉。（海42-358-5）¶钮扣上扎朵花球，喷香触鼻，帽子上钉个～，宝光照人。（繁Ⅱ11-462-17）

【帽子】
〈名〉帽子。¶耐看俚帽子浪一粒包头珠有几花大，要五百块洋钱哚！（海15-120-1）¶只见有一群人，头上戴着红缨～，正忙着在那里贴报条呢。（官1-2-7）¶兴儿见说出这件事来，越发着了慌，连忙把～抓下来在砖地上咕咚咕咚碰的头山晌。（红67-958-15）¶怪哉，怪哉。我们的～多在那里去了？（二39-730-2）

mei

【媒人】
〈名〉仲人。¶赵大少爷，耐来做个～罢。（海1-8-3）¶我最喜欢做～，耐倒勿请我。（海53-448-24）¶～阿有啥掗上门格？倪搭俚现在也勿做啥亲，还用勿着啥～。（官10-142-4）¶我先给你作个揖，如能替我把～作成功了，改日我还有一个好东西谢你呢。（歇14-180-14）¶这～我来做，但是要好好的谢媒呢！（梼24-381-2）¶素日看上了柳家的五儿标致，和父母说了，欲娶他为妻。也曾央中保～再四求告。（红60-850-1）¶待老夫与足下做个～，娶了一房孺人，然后夫妻同往也未为迟。（初27-510-10）¶方待教～到孙家去说，恰好裴九老也教～来说，要娶慧娘。（醒8-154-11）

510

mei－men　語彙例釋

【每】
〈代〉每…。各…。¶我来～位敬一杯。(海 4-27-4) ¶不管装什么的，你都～样打几个罢。(红 35-483-7) ¶～夜有客商来歇宿，须要问他那里来，何处去，姓甚名谁，做甚买卖。(水 18-257-8)

【妹妹】
〈名〉妹。¶娘舅个闲话也说得稀奇，～一淘坐来浪，倒说道拨来人骗仔去哉！(海 31-258-9) ¶后来我们一船的人都跪着向我求情，又叫我～凤珠陪了他两天，才算消了气。(官 14-220-11) ¶奶奶的两位妹子都来了。还有一位姑娘，说是薛大姑娘的～，还有一个爷，说是薛大爷的兄弟。(红 49-672-1)

【妹子】
〈名〉妹。¶秀林小姐，我替耐秀宝～做个媒人阿好？(海 1-6-22) ¶叫仔周双玉，上海滩浪随便啥人，看见牌子就晓得是周双珠个～哉，终比仔新鲜名字要好点哚。(海 3-20-24) ¶耐来浪～搭倒蛮好，耐～生意阿好呀？(九 162-1066-16) ¶有是有两处堂差格，要紧还勿要紧，好得有倪～勒浪代。(狐 24-189-4) ¶～，阿是耐要高升嫁陈老爷哉？倪要好姊妹，耐信才勿拨倪一声，是勿作兴哩。(九续 16-115-9) ¶～，勢哩。几年弗看见，啥洛脾气实梗大哉哩。(沪 2-20-4) ¶家里还有一个～，今年十七岁了，还没对亲。(商 4-29-15) ¶没有事便到上房找～谈天。(官 59-1029-9) ¶只因那宝玉闻得傅试有个～，名唤傅秋芳，也是个琼闺秀玉，常闻人传说才貌俱全，虽自未亲睹，然遐思遥爱之心十分诚敬。(红 33-481-23) ¶李经知道来拦阻时，赵氏道："～要嫁人，你怎管得一世！"(型 4-55-2) ¶姚乙看见果然是～，连呼他小名数声，那娼妇只是微微笑着，却不答应。(初 2-41-15) ¶爹爹，凭我们这样人家，～怎般容貌，怕没有门当户对人家做亲，却与这木匠的儿子为妻？岂不玷辱门风，被人耻笑！(醒 20-406-13) ¶他有个～，嫁与下路人，住在前门。(二 3-52-7) ¶拜罢，花荣又叫～出来，拜了哥哥。(水 33-514-13)

men

【闷】
〈动〉内にしまい込む(不愉快なことなどを)。¶有仔点勿快活，～来浪肚皮里，也无处去说哝。(海 52-439-23) ¶雪舫此时却不来了，终日～着一肚子气，没处好告诉，没人好商量。(目 71-566-17) ¶要想同人说说，又无一人可谈，只好～在肚里。(梼 14-231-19) ¶待要劝宝玉不哭罢，一则又恐宝玉有什么委曲～在心里，二则又恐薄了林黛玉。(红

語彙例釈　men－meng

29-416-4）

【门口】

〈名〉①户口。門(ﾓﾝ)口。¶我说，耐要好末，要耐到倪搭来住两个月，耐勿许一干仔出～。（海 8-59-7）¶俚有事体，送倪到～，坐仔东洋车去哉。（海 30-249-18）¶我八岁无拨仔爷娘，进该搭个～就勿曾带孝。（海 49-421-11）¶大巧住的房子浅窄，～是沿街的。（市 1-192-10）¶到了～，黎宛亭站住了。（人 17-15-2）¶我荐了客给你，特为带他来认认～，下次他安自己来。（目 48-381-26）¶旺儿请了安，在外间～垂手侍立。（红 67-957-10）¶且说刘妈妈赶到新房～，见门闭着，只道玉郎还在里面。（醒 8-168-16）②門番。¶一点点小交易，做得吃力煞，讲仔几日天，跑仔好几埭，俚哚账房～再要几花开消。（海 48-412-4）¶究竟他办事精细，未曾禀见黄大人，先托人介绍，认得了黄大人的～，同他～，一个叫戴升的先要起来；拜把子，送东西，如兄如弟，叫的应天响。（官 3-35-24）¶到了第二天，叫大侄子就是当轿班的到田雁门家中去取。谁知田雁门的～作起刁来。（负 20-98-13）

【门浪】

〈名〉"门口"②に同じ。¶园～交代好个哉。（海 48-409-18）¶原来这蒋福同广信府的一个稿案门上，又是同乡，又是亲家，两人又极其要好。（官 6-77-11）¶那天在家里坐着，门上传进一张知单来，是用活版印的。（负 22-102-26）¶你去分付～，如今这穷鬼来时不要招接他。（警 25-386-17）

【门前】

〈名〉ひたい。"门"は"脑门儿"を指す。¶～一路头发末才沓光个哉，嘴里牙齿也剩勿多几个，连面孔才咽仔进去哉。（海 15-119-13）

meng

【蒙】

〈动〉受ける。蒙る。いただく。¶既～谬赏，就请赐批如何？（海 51-431-16）¶倘～老哥吹嘘，大人栽培，赏派个把差使，免得妻儿老小捱饿，便是老哥莫大之恩。（官 3-36-6）¶芳官自前日～太太的恩典赏了出去，他就疯了似的，茶也不吃，饭也不用，勾引上藕蕊官，三个人寻死觅活，只要剪了头发做尼姑去。（红 77-1112-14）¶多～妈妈厚情。待小子去备些薄意，央个媒人来说。（二 35-653-2）¶今～仁兄不弃到此，只恨无甚罕物管待。（水 33-514-12）

【盟主】

〈名〉誓いを立てた仲間の中心となる者。盟主。¶拜姊妹倒无啥，为啥单是三个人拜嗄？要拜末一淘拜，我来做个〜。(海53-449-18)

【猛扪】
〈形〉横暴である。理不尽である¶我实概搭耐说，耐倒原是〜闲话。(海28-229-14)¶我也勿是定归要俚三千。翠凤自家先说个多花〜闲话，我阿好说啥？(海44-375-5)"望门""忙闷"とも作る。¶宋大少，勿是倪来里说望门闲话，倪堂子里向名气要紧，耐宋大少阿好去照应仔别人罢。(九62-451-17)¶格件事体，说起来紫云轩也有点忙闷，本家末也勿好。(九续35-268-6)

mi

【迷】
〈動〉迷わす。¶二少爷末是我家主公，耐拿二少爷〜得好！(海23-187-5)¶自从碰到你，这心不知怎样的被你〜住了，没有住的时候，总想留你住下，才了一件心事；及至住了之后，其实也并不是天天要想同你怎么，但是不同你亲热亲热，就觉得浑身不是的。(梼16-257-22)¶柯、姚两人见他们两人那唧唧哝哝的样子，也自一旁微笑，晓得宛亭给老九〜上了。(人27-289-25)¶长官你那里知道那物的妙用。只因他如今被声色货利所〜，故不灵验了。(红25-357-7)¶银钱失去也罢，叫我怎么做人？一生好汉名头到今日弄坏，真是张天师吃鬼〜了，可恨！可恨！(初3-60-2)

【迷昏】
〈動〉①(色香に)迷ってほうける。¶早点去末早点来，耐阿哥看见仔阿见得耐好。勿然，总说是耐〜哉，连搭仔正经事体才勿管。(海19-156-4)¶上海总之不是好地方，一到就〜了。听说太太姨太太为他不回去，都要赶出来呢。(十17-122-26)
②(色香で)迷わして夢中にさせる。¶拨个文君玉〜哉呀，陆里想得着该搭来。(海59-507-3)¶拨别人家〜仔，陆里还记得到倪搭来。(九106-736-19)¶老大是拨来金凤〜仔咾随便啥闲话才听弗进去哉。(沪1-18-2)

【米行】
〈名〉米屋。¶有个〜里朋友，叫张小村，也到上海来寻生意，一淘住来哚。(海1-4-13)

mian

【面】
〈名〉顔。¶王老爷，揩把〜。(海33-276-5)¶那时阿珠端了面汤水点心上来，插嘴道："好哉，大小姐勢说哉，让钱老揩仔〜勒用点心罢。"(鸿11-254-20)¶回去时候已

語彙例釈　　mian

是十二点钟以后。我急急揩了～，换了衣裳到碧艳间里，谁知她已睡了。（人 4-29-15）¶奴愿作妹子，每日伏侍姐姐梳头洗～。（红 68-963-24）

〈名〉側。物の一方の面。¶该～一埭才是书箱，一～四块挂屏，客人送拨俚个诗才裱来浪。（海 31-260-8）¶从褡裢中取出一面镜子来——两～皆可照人。（红 12-171-13）

〈量〉鏡を数える。¶拿～镜子来教俚自家去照照看，阿相像嗄！（海 15-119-16）¶天然几上一个古鼎、一个瓶、一～镜子。（官 2-16-7）¶我看见你文具里头有三两～镜子，你把那～小菱花的给我留下罢。（红 57-806-24）¶武松讨～镜子照了，也自哈哈大笑起来。（水 31-483-13）

【面订】

〈动〉じかに約束する。¶准于十八老旗昌取齐，在席七位就此～恕邀。（海 47-400-21）

【面孔】

〈名〉顔。共通語の"脸"。①顔。¶倪个小宝宝，香香～。（海 6-48-18）¶年纪末轻，蛮蛮标致个～，就是一身衣裳也着得价清爽，真真是耐好福气。（海 21-168-3）¶墨漆黑格～，白洋洋格眼睛，再要红仔格眼圈，塌仔格鼻头，一只嘴巴末，一径堵仔起来，一～格大麻子，赛过牵牵连连格蚕豆瓣。（九续 133-965-12）¶暗想自己年纪尚轻，～也甚白净，当初所以骗得楚云，难道今日不能再骗别个？（繁后 11-845-3）¶袁伯珍受了勿克斯这番讥诮，不觉整个的～涨得通红。（维 4-28-12）¶为头一个瘦刮刮～，满脸的烟容，穿的衣服也不很新。（新 43-197-4）¶内中却有一官，仰着～，看视屋角，不去保他。（水 100-1566-7）

②体面。面目。¶说出来个闲话阿有点陶成，～才勿要哉！（海 6-43-8）¶耐做个倌人末，几花客人做仔去，倒勿许客人再去做一个倌人，故末啥道理伲？也亏耐啋有～，说得出。（海 9-73-14）¶王老爷一请仔倒就来，还算倪有～，勿曾坍台。（海 24-195-7）¶倪再有倽～来浪上海滩浪见人？（九 40-296-15）¶半夜里向再要跑出去打野鸡、开房间末，勿要～！（九续 150-1070-13）¶我既穷了，左右没有～在长安，还要这宅子怎么？（醒 37-795-12）¶公子道："有甚么～见他？"张三翁道："自家丈人，有甚么见不得？"（二 22-459-3）

③表情。¶倪要板～介！（海 5-36-6）¶耐也应该讲讲笑笑，做出点快活～，总算几花人面浪领个情。（海 47-399-2）¶此际夫人动了疑。看看俚介，伊齐子～有点邪气活。（三 23-267-24）¶耐索性勿答应倒也罢哉，板起仔只一声勿响，实梗架音，阿是有心坍坍倪格台？（九 6-45-11）¶从前事情总是别人挑拨仔咾，四少爷搭倪翻仔～弗来哉。（沪

514

1-30-9)

【面浪】

名詞"面"＋方位詞"浪"。①面前。 ¶俚来里罗老爷～，倒勿曾发过歇一点点脾气哩。（海7-51-6）¶亏你倒立朵真人～说假话，伏腊个！（三5-56-19）¶那了秋姐～勿说起介？（三46-488-17）¶我〔儿〕，爷娘手里从小儿惯了你性儿，别人面上须使不得。（水21-309-10）

②体面上。面目。 ¶只要倪先生～交代得过，耐就再去做个张蕙贞也无啥要紧。（海11-84-9）¶不过俚笃说起来，倒说耐方大少买一对戒指才勿得，勿要说倪方勿落格个台，就是耐方大少～末，也无倷好看哚。（九6-45-23）¶横势租起房子来，也要耽搁两日勒海勒，就算碰巧就有，干娘勒奴～，终要有屈住格两礼拜，让奴继囡鱼尽尽孝心噉。（狐49-419-13）¶袁伯珍为自己面上，甚不好看，便把他一一斥革了。（维9-60-7）¶吴妈妈，什么要紧，连我们几个面上都不好看。而今依我们说，这头小媒便让与吴妈妈做了，两家的媒钱，听一股与张妈妈罢了。（鼓25-304-12）¶有令婚面上，一坐何妨。（初29-552-4）¶你们为我面上，须要周全一分。（二 15-304-8）¶不是你这个老人面上有恩，把你这个村坊尽数洗荡了，不留一家。（水50-830-2）

【面色】

〈名〉顔の色。血色や表情なども指す。¶我看～勿好哩,耐倒要保重点哚。（海35-292-2）¶华生兄，身体吭倷唅？～野勿好看哩！（鸿1-194-11）¶怪不得走上大门冷清清，见了他老人家～很不对。（官24-388-13）¶幼安最是心细，见守愚的～不对，暗嘱少甫、少牧须要留神。（繁Ⅱ30-693-17）¶只是那伤口总不合，～灰白，口味不开。（梼20-325-17）¶从他的～推测上去，晓得所谈的话，必定与他大有利益也。（十36-268-7）¶揭起衾单一看，只见这尤二姐～如生，比活着还美貌。（红69-985-7）¶衙内近日～清减，心中少乐，必然有件不悦之事。（水7-114-14）

【面谢】

〈动〉じかに会ってお礼を言う。 ¶耐转去谢谢大人，停两日二少爷要到府～。（海43-361-16）¶果然见两个道人挑柴送米来了。赵婆接了，欢天喜地，陪道人吃茶罢，送出门道："拜上住持爷，承蕙柴米，午后～。"（禅6-78-3）

miao

【描】

〈动〉①なぞってかく（手本を）。 ¶旧年～好一双鞋样要做，停仔半个月，原拿得去教

人做仔。(海 11-89-11) ¶只见一个未留头的小丫头子走进来，手里拿着些花样子并两张纸，说道："这是两个样子，叫你～出来呢。"(红 26-361-22)
②描く。描写する。¶人家相好要好点，也多煞啘，就勿曾见歇俚咪个要好，说勿出～勿出哚！(海 7-56-21)

【描画】

〈动〉"描"②に同じ。¶自有多花～勿出一副功架，也勿是个客气。(海 53-448-10) ¶两个人形容俊俏，都难～。(红 28-393-24)

【妙】

〈形〉①よい。すてきである。すばらしい。¶刚经过尚仁里口，恰遇一班熟识朋友从东趱来，系是罗子富、王莲生、朱蔼人及姚季莼四位，李实夫不及招呼，早被姚季莼一把拉住，说："～极哉，一淘去！"(海 21-169-23) ¶亚白先生一只嘴实在尖极，比仔文君个箭射得准。尹痴鸳鼓掌道："～啊，故末可称'一箭双雕'！"(海 40-339-23) ¶华铁眉道："～在用得恰好地步，又贴切，又显豁。正如右军写《兰亭》，无不如志。"朱蔼人道："最～者，'鞭刺鸡锥'搭仔'马牝沟札'多花醒醒物事，竟然雅致得极。"(海 50-431-9) ¶我看躲一辈子也是没用，倘若出去，又恐不～。(歇 20-251-15) ¶你白听了这几年的戏，那里知道这出戏的好处，排场又好，词藻更～。(红 22-303-4) ¶杜荨称赞道："～得紧，～得紧。若非老师匠心九转，焉得珠玉琳琅？"(鼓 1-7-4) ¶和尚听了这话，大喜道："～哉！你只顾如此行，我里自有个头陀胡道人，我自分付他来策望便了。"(水 45-740-5)

mie

【灭迹】

〈动〉痕跡を消す。¶一则自家先有狎妓之差处。二则抄勿出赃证，何以坐实其罪？三则防其烧毁～，一味混赖。(海 59-504-24)

ming

【名】

〈动〉名付ける。¶～之曰'海上群芳谱'，公议以为如何？(海 53-450-2) ¶只因现今大小姐是正月初一日所生，故～元春，余者方从了'春'字。(红 3-33-6)

【名家】

〈名〉その道に名声のある人。¶～此种笔墨，陆里肯落图章款识。(海 47-400-8) ¶耐是唱戏格～，刚刚倪格青衣那哼哩？阿配得上潘月樵哩？(沪 2-71-7) ¶凡这屏上所

绣之花卉，皆仿的是唐、宋、元、明各～的折枝花卉。（红53-749-5）

【名目】
〈名〉名称。¶'白战'两个字，～就好。（海40-337-16）

【名气】
〈名〉評判，名声。¶把势里～响末好。（海3-20-23）¶倒是沈小红外头～自家做坏哉，就不过王老爷末原搭俚蛮好，除仔王老爷，阿有啥人说俚好嘎。（海12-95-1）¶来里上海场花，只要～做得响末就好。（海 14-108-8）¶来里上海也总算有点～个哉。（海21-166-16）¶奴若硬要住勒里，一来末带累倷格～；二来末要害倷受气，三来末奴有啥格面孔对别人介？（狐10-69-11）¶我在上海差不多二十年了，虽然没甚大～，却也没有庸医杀人的名声，我何苦叫他栽我一下？（目 101-829-3）¶那是要坏～的，这种竹杠我劝你还是不敲的好。（官17-264-21）¶我不做，耽误我的卖买，坏我的～，还得赔我若干钱，方能过去。（官58-1009-20）¶上海都是空场面，就是几个阔天阔地的商界、道台、洋行买办也并没有什么真实家计，无非靠着虚名东首撵来西首去，倘然没有～就真真家里有着几十万家计也不济事呢。（十 28-210-17）¶多说他品貌既好，曲子又精，应酬更是周到，苏州可算得一个头等名妓，那～竟渐渐的红将起来，客人一日多似一日。（繁后2-728-2）

【名士】
〈名〉名士。¶原来也是个江南大～！幸会，幸会！（海31-259-19）¶唐某人呢，本来是个大～。做～的人不免就把银钱看轻些，任你是甚么好缺也都不在他心上。（官31-513-24）¶你们别笑他，近来余中堂很肯拉拢～哩！前日山东大～汪莲孙，上了个请重修四库全书的折子，他也答应代递了，不是奇事吗？（孽 13-109-5）¶小王虽不才，却多蒙海上众～凡至都者，未有不另垂青目，是以寒第高人颇聚。（红 15-200-4）¶那廪生学业尽通，考试每列高等，一时称为～。颇与郡县官长往来。（二4-72-14）

【名字】
〈名〉名前。¶俚～叫王阿二。（海2-11-11）¶我勿晓得耐～叫啥，晓得仔，旧年就要来叫耐局哉。（海8-62-14）¶尹痴鸳忙问："～叫啥？来哚陆里？"赵二宝接嘴道："叫张秀英，同覃丽娟一淘来浪西公和。"（海 39-325-13）¶现在逃走的这管家叫什么～，请这边开出来。（官50-856-21）¶又问贾静如道："你叫甚么～？"贾静如只得回道："叫静如。"（梼23-370-5）¶我的～本来是两个字，叫作金莺。（红35-484-6）¶天下都传闻他～。四方之人远来投他的，无有不纳。（醒下5-139-10）¶你这厮辱莫老爷～！（水

語彙例释 ming

43-694-2)

【明白】

〈动〉分かる。理解する。¶三先生也蛮～哚。(海 3-19-14)¶王老爷说末说糊涂，心里也蛮～哚。(海 12-95-3)¶外头人陆里晓得，单有自家心里～。(海 52-440-13)¶哦，原来就是拱宸桥，你们用别名我自然不～了。(人 35-395-17)¶贾政知意，将眼一看众小厮，小厮们～，都往两边后面退去。(红 33-455-8)

〈形〉明らかである。¶我就是要去做啥人末，搭耐说～仔再做末哉啘，瞒耐做啥？(海 4-31-4)¶比方耐做仔官，倪来告状，耐也要听～仔，难末该应打该应罚，耐好断啘。(海 34-282-10)¶故是倪明明白白正经事体，无拨啥对勿住人个场花。(海 52-443-11)¶翠凤赎身不过一千洋钱，故歇倒要借一万，故是明明白白拆耐个梢。(海 59-504-22)¶你们这些东西，连外国武官的住处，都不打听打听～，就来回我吗？(文 45-241-9)¶那日中丞说得明明白白，是委你老先生去的；怎的同周某人谈的半天就变了卦。(官 11-169-24)¶莲苏道："多少呢？"阿毛道："我这可不甚清楚了，一定要问～了她再来告诉你。"(人 32-351-10)¶如今咱们两个一同去见官，分证～。(红 68-968-19)¶此时透入月光，照得～。(禅 21-349-10)¶心下思量道："不知邻家有这等美貌女子！不晓得他姓甚名谁，怎生打听一个～便好！"(二 9-181-4)¶就叫刘知寨一同去州里折辩～，休要枉害人性命。(水 33-523-11)¶虽是自家人马。也要看个～。(水 91-1485-2)

【明白人】

〈名〉事情に通じている人。よく物が分かっている人。¶幸亏倪赵大少爷是～，是要听仔朋友㑚闲话,也好煞哉。(海 2-16-16)¶大少是～,终肯原谅奴格片心格。(狐 13-91-4)¶耐是格～，洛里一样事体瞒耐得过，耐阿好体贴倪点，叫倪转去少吃两句钝杠。(九 22-169-4)¶耐陆老爷是出名格有才情格～，钱老爷托耐到该搭来，耐就请过来，总算还看倪得起。(鸿 11-258-24)¶耐是～，唔笃先生格号架形阿看得过去？(沪 1-101-12)¶少翁是～，自然不怪。(繁初 15-163-20)¶你也是个～，你家奶奶今日不得已而再落风尘，你也不能怪她呀！(人 38-445-13)¶姑娘是个～，岂不闻俗语说："万两黄金容易得，知心一个也难求。"(红 57-807-18)

【明朝】

〈名〉①明日。¶耐～啥辰光到东合兴去？(海 4-30-1)¶～是一笠园中秋大会，闹热得野哚。(海 48-407-20)¶介末～会，我～一早来看耐。(鸿 2-201-1)¶俫也去困罢，～俫晏点起来末哉。(狐 10-67-10)¶不过倪今朝轧实有点事体，呒拨工夫，阿好～去仔

518

罢？（九135-904-11）¶地隙无没工夫，～再来。（上散2-4-1）¶二阿姐，你是好了，～就有人称你奶奶哉。少爷又好又有家当，真是福气。像我不晓得怎样收梢结果呢。（人4-29-21）¶今朝那管～事！（初38-702-2）¶王七三官人，我且归去，你～却送我丈夫归来则个。（警14-193-9）¶～到公厅上，你也说不曾有过金子。（水21-317-5） "明早"とも作る。¶倪晏歇要领仔屋里人去看夜戏，只怕要明早会哉。（鸿7-230-26）¶耐要去末耐就去罢，明早要来格哩。（九续36-280-19）¶陈大少末明早搭倪吃双双台，今早末周三少格台面。（商2-11-7）¶难末明早可以敲点小竹杠哉。（沪1-73-2）¶明早那赛春风二人来讨回复,可办酒在此等他。(醒下7-153-27)¶明早送还尊宠。(禅24-391-12)
②翌日。¶为仔正月里俚到娘舅家去吃喜酒，俚家主公末要场面，拨俚带仔一副头面转来，夜头放来哚枕头边，到～起来辰光说是无拨哉呀。（海16-127-21）¶难末双玉勿舒齐哉，到仔房里，乒乒乓乓掼张生。再碰着客人来碰和，一夜勿曾困，到～说是勿适意。（海24-198-21）¶到仔半夜把，格格男哫爬到仔格格女身边去困哉，落里晓得，困到～，两家头连牢仔，拆勿开格哉。（狐54-463-12）¶喷水的喷水，拆屋的拆屋，不多一会，就把火救灭了。到～爬开火场一瞧，却烧煞了五个寓客。（新15-68-31）¶少牧欲走不能，遂在院中住下，直到～午刻，方才起身，给了两张十块洋钱汇丰钞票的住夜下脚，娘姨们谢过收了。（繁7-65-24）¶到～，小的陪沈六到他那里，他又照样嘱托一番，他应许了十块酬谢费，先付一半，小的和沈六各收了五块洋钱。（十13-94-14）¶到～，兴哥领了一伙人，赶到薛婆家里，打得他雪片相似，只饶他拆了房子。（喻1-26-6）
（注）"明早"は"明天早上"の意にも用いられる。→薛举道："药草却在城外，怎地一时取得？"杜伏威道："趁今晚赶出城，明早取了药草，登时奔进城来，尚不为迟。"（禅20-328-12）

【明朝会】
名詞"明朝"＋動詞"会"。共通語の"明天见"。¶诸三姐叫他坐也不坐，站了一会，说声："～"，自去了。（海16-125-3）

【命】
〈名〉運命。運。¶倘忙碰着个好客人，看俚～苦，肯搭俚包瞒仔该桩事体，要救到七八条性命哚。（海16-128-2）¶我自家晓得～里无福气。我也勿想啥别样，再要耐陪我三年，耐依仔我，到仔三年我就死末我也蛮快活哉。（海18-142-19）¶我个～末生来是苦～。（海52-439-22）¶前年倪无姆喊俚到屋里算倪几头夯，俚算我末，说是一品夫人个～。（海55-467-4）¶倷夢管稳瓶打碎我勿打碎，奴终决勿懊悔格，去仔好，是奴格～，

語彙例釈 ming–mo

去仔勿好，亦是奴格～，有啥要紧嘎？（狐44-381-11）¶上有老，下有小，三餐茶饭，四季衣衫，都要我一人分派，天天烦得不得了，又没人替我做个帮手，因此在这里怨～。（歇21-266-1）¶～中注定有儿子，早晚总会养的。（官39-664-16）¶我不信我的～这么不好！（红80-1161-12）¶万事不由人计较，一生都是～安排。（杀8-32-7）

【命薄】

〈形〉運に恵まれていない。¶我说漱芳～情深，可怜亦可敬。（海45-381-17）¶心里不胜羡慕，然而也不敢怨恨挡手，惟有自叹～而已。（新31-141-23）¶好个三姑娘！我说他不错，只可惜他～，没托生在太太肚里。（红55-779-12）¶独阿保睡不着，暗恨至此，不能消受。（禅13-198-2）¶婢子蒙大娘抬举，非小感激。但生来～，为夫所弃，誓不再适。（醒19-391-16）¶只得吞声忍气，自恨～。（二36-669-10）¶只是小人～，不曾招得一个好的。（水24-378-9）

miu

【谬赏】

〈动〉過分不相応にほめる。謙遜語。¶既蒙～，就请赐批如何？（海51-431-16）

mo

【摸】

〈动〉①手で触れる。¶今朝我～～二少爷头浪好像有点寒热，大少爷倒要劝劝俚末好。（海42-353-18）¶倷还是转去～～唔笃格少奶奶，格末呒啥要紧格。（孤14-96-20）¶蒋正甫道："你的手不知～的什么，醒醒醍醍的，打人一下，钝了我的色头，我是不答应你的！"花四宝似笑不笑的道："倪格手是蛮干净格，要末刚刚～仔耐格头洛勿干净，耐阿是吃着仔一记五分头，嫌比勿够，阿要再吃两记？"（九续55-428-2）¶刚刚他对我说，一个黄昏替病人打了十三针的六百〇六，他想他～了十三个有杨梅疮的人身体，他这双手还算干净吗？（人45-554-26）¶宝玉便伸手向他身上～了一～，说："穿这样单薄，还在风口里坐着，看天风馋，时气又不好，你再病了，越发难了。"（红57-798-13）②さぐる（調べ推し量る）。¶要是客人～着仔俚脾气，对景仔，俚个一点点假情假义也出色咾。（海6-47-17）¶连搭娘姨、大姐咾才勿晓得俚心里个事体，单有我末稍微～着仔点。（海7-52-2）¶耐搭俚相好仔三四年，也该应～着点俚脾气个哉。（海24-193-18）¶倷难道倪先生格脾气还勚～着格来？（狐30-250-3）¶这些书差一干人退了下来，面面相觑，却想不出本官何以有此一番举动，真正～不出头脑。（官5-73-14）¶后来洋人～着了他的脾气，凡百事情总要同他言语一声，他允也罢，不允也罢，洋人自己去干他自

mo 語彙例釈

己的。(官 58-1009-14) ¶这县官又吓又急，也～不着头脑，又不敢拦，又不敢求，眼望着这位臬台把一个至爱的同胞手足拿去。(梼 10-151-6) ¶你劝我也罢了，才刚又没见你劝我，一进来你不理我，赌气睡了。我还～不着是为什么。(红 21-291-1)
③マージャンで"壁牌"(牌をかきまぜてから、4人がそれぞれ各自の前に立てて並べたもの)から牌を取ってくる。¶前日天个牌,我勿曾打错,～勿起真生活。(海 53-447-2) ¶蒋正甫心荡神摇，不由得手忙脚乱起来，自己一张牌刚刚发出去，又要伸手去～牌。谢青云说道："勿要耐～牌呀。耐啥瞎～瞎～呀？"(九续 55-929-13)

【摹取】

〈动〉見做う。¶耐就照俚个样式再去做，总要从'还来就'三个虚字着想，四面烘托渲染，～其中神理，'菊花'两个字，稍微带著点就好哉。(海 61-517-15)

【模糊】

〈形〉はっきりしない。もうろうとしている。¶啥人去搭俚算嘎,连搭俚自家也有点～哉。(海 14-113-10) ¶不但精神～，言语謇涩，而且骨瘦如柴，遍体火烧；到得后来，竟我痰涌上来，喘声如锯。(官 49-829-4)

【磨墨】

〈动〉墨をする。¶教俚磨磨墨，还算好。(海 33-275-3) ¶快早点～，自我大爷要写对哉。(三 21-239-26) ¶贵宝晓得他要写字，忙着来替他～。(官 32-539-6) ¶想罢，磨浓了墨，执笔在手，忽然想起这公文程式，素未见过。(歇 15-186-19) ¶柯莲苏见秋波不～了，也笑着对她道："那末就算我说的不好，请你磨一磨吧！"(人 46-582-18) ¶小道人道："不妨，不妨。"就取出文房四宝来，磨得墨浓，蘸得笔饱，挥出一张牌来，竖在店门口。(二 2-28-12) ¶杨国忠见卷子上有李白名字，也不看文字，乱笔涂抹道："这样书生，只好与我～。"高力士道："～也不中，只好与我着袜脱靴。"(警 9-106-15)

【末】

〈助〉①主語(賓語などの文の成分になっている主述連語における主語を含む)や提前されている賓語のほか、文頭にあるが話題ではない文の成分などの後の息のとぎれのところに用いられて、聞き手の注意を促したり、他との対比を示したり、えん曲な言いまわしにしたり、語気をやわらげたりなどする。¶人～一年大一年哉，来咪屋里做啥哩？(海 1-4-5) ¶耐相好～勿攀,说倒会说得野哎！(海 1-8-17) ¶耐想拿件湿布衫拨来别人着仔，耐～脱体哉，阿是？(海 2-11-21) ¶夜头～就住来咪朋友搭哉哦。(海 4-30-14) ¶俚是衣裳头面多得来多勿过哉，为此着～也勿着，戴～也勿戴。(海 15-119-24)

語彙例釋　mo

¶勿是呀，昨日转来～晚哉。（海 18-141-5）¶我道仔看啥个好物事，倒走得脚～痛哉。（海 38-323-17）¶一到仔外头，也勿管是啥场花，碰着个啥人，俚就说我多花勿好，说我～凶，要管俚，说我勿许俚出来。（海 57-483-6）¶张蕙贞～吃个生鸦片烟，原是倪几个朋友去劝好仔，拿个阿侄～赶出，算完结该桩事体。（海 57-486-24）¶故个断命堂差～，厌烦得来。倪头脑子也痛格哉。（九 5-40-24）¶一来～带累俫格名气，二来～要俫受气，三来～奴有啥格面孔对别人介？（狐 10-19-11）¶朱大少勿勒屋里，老早出来格哉，字条～留勒浪，来勿来～勿晓得。（狐 14-99-7）¶勿要勒浪海外哉，故歇～说得像煞有介事，晏歇点距起踏板吃勿消格，阿晓得？（九 100-698-14）¶倪～将来总要嫁拨俚格。耐想俚格人，房子～勿看，铜钱也吭不，耐看俚格人阿靠得住靠勿住？（官 10-142-20）¶物事～放来啥场化，原拿来放勒朵甏里向子末哉！（描 26-232-16）¶小人情急子叫喊地方人，乡邻勿服，同到汪家里去讨人～有个。（描 11-97-20）¶大娘娘，个个～，团儿罗里敢介。（三 8-94-22）¶徐景华～野忒嫌多事，要俚瞎巴结作啥哩？（沪 2-43-5）¶格个倒野弗见得，必过倩倩格脾气～蛮好。（沪 2-5-5）
②仮定・条件・譲歩・因果・継起・逆接などの諸関係になっている複文または緊縮文の前段に用いられ，息のとぎれの入ることを示すとともに、それぞれの語気を表す。¶小侄也勿懂事体，一淘上来～自然大家照应点。（海 1-5-7）¶张大少爷无拨相好～，也攀一个哉唲。（海 1-7-23）¶耐要白相～，还是到老老实实场花去，倒无啥。（海 2-10-21）¶耐有工夫～晚歇来一埭。（海 4-30-3）¶耐咪要是勿嫌龌龊～，就该搭坐歇吃筒烟，阿好？（海 5-38-1）¶原是耐勿好唲，俚咪吃勿落哉～，耐去教俚咪吃。（海 6-47-4）¶从娘姨出身，做到老鸨，该过七八个讨人，也算得是夷场浪一挡脚色唲；就碰着仔翠凤～，俚也碰转弯哉。（海 6-47-24）¶就来仔～，等俚咪亭子间里吃，耐搭我坐来浪，勠耐让末哉。（海 21-171-22）¶前日夜头双玉起初无拨局，刚刚我搭双宝出局去～，接连有四张票头来叫双玉。（海 24-198-14）¶今朝我也勿说哉，有心要拿俚个赎身文书难难俚，拿着仔俚赎身文书～，喊俚转来，原搭我做生意。（海 59-502-14）¶空一千也勿要紧，做到仔年底下～就可以还清爽哉。（海 62-531-13）¶晓得哉。我停歇看，无啥事体～就来。（鸿 4-213-3）¶耐要戒指～，自家来拿。（九 6-48-11）¶故歇大少要翻台，挑奴做生意，倪是巴也勿能，可惜辰光宴仔点，让奴差人叫叫看，如果菜有格来，格是无啥，倘然吭不～。俫大少勠动气介。（狐 13-89-2）¶勿得知二朝奉阿来朵屋里？仰我奔得进去，倘然来朵～，骗俚口酒来吃吃也是好个。（描 3-25-23）¶只要我钱笃笃发子财～，还要请倌朵吃酒看戏文来。（描 7-67-21）¶啊吓！老爷让小人说完子了，该打～打末哉！

mo　語彙例釈

（描 11-98-24）¶翡云把嘴儿一披，啐了一口道："唔笃说说～，夷是格星丑话，阿要鸭屎臭？"(沪 1-8-3)¶耐笃弗晓得～，覅瞎批评!(沪 2-105-8)¶耐金大少有心照应～，劝耐妈虎一点。弗欢喜照应～，随便耐末哉。倪夷弗是马路浪格野鸡，弗好拖牢仔耐咾弗拨耐去。(沪 3-47-7) ¶既然耐笃有意思～，倪只好送格三四百洋钿。花头末一准两打，末事末唔笃自家买，阿好？（沪 3-78-12)

③逆接関係の複文の前段の文が「x_1末x_2」型（x は動詞または形容詞、x_2はx_1と同一またはx_1を含む連語）になっているものの中で、息のとぎれが入ることを示すとともに、「x_1末x_2」で「虽然x_2」の意味を表す。 ¶说～说歪头，真真歪来咪仔，阿像啥头嘎！(海5-40-24)¶我做～做仔个倌人，要拿洋钱来买我倒买勿动哩。(海8-59-22) ¶王老爷说～说糊涂，心里也蛮明白咪。(海12-95-3）¶洪善知己～勿知己，我阿哥搭俚也老朋友哉。(海 19-154-17)¶小红个人，凶～凶煞，搭倷是总算无啥。(海24-193-14)¶莲蓬用～用勿着，我为仔气勿过,定归要买俚一对,多豁脱耐十六块洋钱。(海 24-195-19)¶我做个爷，穷～穷，还有碗把苦饭吃吃个哩。（海 30-253-11）¶倪穷～穷，过年格开销还开销得转勒里。（九 94-666-8) ¶我搭俚晓～大家晓得格，不过觊叫应歇。（鸿 11-255-1)

④"是哉""好"が述語となり、適切・妥当などの判定を表す文の主述連語主語や動詞連語の後に用い、息のとぎれが入ることを示すとともに、"是哉"が続く場合は、共通語の副詞"就"に，"好"が続く場合は、共通語の副詞"才"に近い働きをする。 ¶吃酒末阿有啥勿好意思说嘎？赵大少爷请耐哚两位用酒，说一声～是哉。(海 3-17-4) ¶小干仵闹脾气，无啥要紧，耐勿做仔～是哉。(海 6-47-5) ¶老鸨随便啥事体先要去问俚，俚说那价是那价，还要三不时去拍拍马屁～好。(海6-47-21) ¶耐个人啊，拨两记耳光耐吃吃～好！(海 14-110-15) ¶堂倌就弯着腰，问华生写倈戏。华生道："随耐写一出～是哉。"(鸿 1-195-26)¶比方侬缺长少短，只管朝杨家亲娘说～是哉。(三9-107-21)¶郭大少格病末蛮重，像煞着仔邪实梗，终要请个有名气格郎中～好。(狐16-116-26) ¶倪搭耐金大少野弗是一日两日格情分哉,耐金大少再有啥弗晓得倪苦趣？只有比人家体谅点～好。(沪3-47-5)

⑤ある状況を想定して、その際の処置を尋ねる文で、状況を示す連語の後に用いられ、息のとぎれが入ることを示すとともに、その状況への注意を促す。②項の仮定を表すものに通じる。 ¶耐看阿险嘎！撞来咪太阳里～，那价呢？（海 10-79-4）¶今朝俚哚两家头无拨几花局来叫～那价？（海 19-150-13）¶倘忙俚定归要楼浪来～，那价呢？

語彙例釈　mo

（海 21-167-14）¶耐一个姑娘家，勿曾出歇门，到上海拨来拐子再拐得去仔〜，那价呢？（海 29-238-23）¶倪格几化铜钿银子，若带现格去，路浪恐怕勿小心，露仔眼〜那处？（狐 20-154-10）¶比方勿要〜那呢？（三 4-34-15）¶比方典当里勿当〜那处？（三 8-85-8）

⑥並列されている成分の中間で、息のとぎれの入るところに用いられる。¶说说〜笑笑，阿要美好？勿说仔气闷煞哉。（海 25-202-17）

【末家】

〈名〉順番が最後の人（"酒令"で）。¶我就出个'鱼'字，按阄定次，〜接令。（海 39-326-5）¶难末真个难起来哉。勿晓得啥人是〜。（海 39-327-1）

【末句】

〈名〉最後の句。¶《百字令》〜，平仄可通融点。（海 33-274-8）

【末哉】

〈名〉文末に用いられ、共通語の"就是了""好了""罢"などの語気を表す。①平叙文で主語が第一人称の場合。¶阿是耐教我攀相好？我就攀仔耐〜咘，阿好？（海 1-7-24）¶小村只是冷笑，慢慢说道："……。耐要白相末，还是到老老实实场花去，倒无啥。"朴斋道："陆里搭嘎？"小村道："耐要去，我同耐去〜。比仔长三书寓，不过场花小点，人是也差勿多。"（海 2-10-22）¶朴斋又央善卿代请两位。庄荔甫道："去请仔陈小云罢。"洪善卿道："晚歇我随便碰着啥人，就搭俚一淘来〜。"（海 3-17-12）¶大哥放心！漱芳有勿多两日哉。我等俚死仔，后底事体舒齐好仔，难末到屋里，从此勿出大门〜。（海 42-354-7）¶倪月底一家门才要到南京寻寻史三公子，让阿巧去寻生意罢。一块洋钱一月，倪拨到年底〜。（海 60-528-2）¶勿要扳倪格差头，倪情愿吃仔一杯罚酒〜。（九 1-5-25）¶俚一定要倪还末，倪只好赔还好俚一只〜。（九 8-63-20）¶晓得哉，歇一歇搭耐一淘去〜。（鸿 10-247-26）¶蛮好，蛮好，诸事才托侪〜。（狐 17-128-9）¶勿要闹。仰我做过仔亲老，重谢倍〜。（描 8-71-17）¶倪总勿会忘记耐格。谢谢耐，后补耐〜！（官 8-113-7）¶可以，可以。歇脱几日，倪送得来〜。（沪 3-11-7）"末者"とも作る。¶侬跑来快点，加侬两钱末者。（上散 3-9-1）

②平叙文で主語が第二人称・第三人称の場合。¶耐覅去搭俚说，我晓得俚个脾气，晚歇总归去〜。（海 30-248-6）¶倪一径来里说，先生小姐要嫁人，容易得势，陆里一个好末就嫁拨仔陆里一个，自家去拣〜。故歇听耐说毕老爷，倒划一难。（海 52-442-6）¶文君欸地起立，嚷道："耐说勿曾打差，拿牌来大家看。"说著，转问痴鸳："耐副牌哩？"

mo　語彙例釈

痴鸳慌忙拦道："好哉，覅看哉，耐总无拨差～。"（海 53-447-4）
③命令文の場合。¶孙素兰一到，即问袁三宝："阿曾唱？" 袁三宝的娘姨会意，回说："耐咪先唱～。"（海 3-23-6）¶老娘姨便先笑嘻嘻进来，向实夫问了尊姓，随说："一淘去哉啘。"实夫听说，便不自在。堂倌先已觉著，说道："耐咪先去等来咪弄堂口～，一淘去末算啥嘎。"（海 16-123-15）¶我喊耐来勿是唱戏，教耐看看烟火，看完仔去困～。（海 39-332-20）¶再有我家常著个衣裳，同零零碎碎白相物事，帐末勿曾开，才来里官箱里，无姆空仔点差～。（海 49-416-16）¶蔼人复道："难是生来一概拜托老兄，其中倘有可以减省之处，悉凭老兄大才斟酌～。"善卿恧颜受命而行。（海 64-544-16）¶阿吓！老爷让小人说完子了，该打末打～！（描 11-98-24）¶有啥要紧嘎？倷下埭多唱几只～！（狐 24-196-10）¶故歇俆大先生看得中末，身价随便～，我决勿争论格。（狐 51-436-12）¶俆停歇吭拨事体，到公阳里林家里来～。（鸿 1-195-2）¶耐进去问凌漱芳房间李老爷，倘然伯飏勿勒浪，耐等一歇～，我也就来个。（鸿 8-237-17）¶倪吃饭还有一歇勒，方大少先请～。（九 7-52-12）¶刘大少勿要动气，倪先生末也是一时之火。耐是老相好哉，总要包涵俚点，大家好好里商量～。（九 11-83-1）¶耐勿要坐勒倪搭，坐勒格面去～啘。（九 95-670-16）¶阿姐，请坐歇去～。（沪 1-93-7）¶倪末请勿到好厨子，吭不啥事好请耐，难末老姊妹淘里，阿姊覅嫌比待慢～。（沪 2-14-4）"末者"とも作る。¶格末浓拿地两只洋授出去拨拉伊叫伊去（～）（罢）。（上问 35-65-1）
④"让""等"（"让"の用法）"随（便）"（"任凭"の用法）などの兼语文の場合。¶庄荔甫道："我来引导"正要先走，被陆秀林一把拉住袖口，说道："耐覅去哩，让俚笃去～。"（海 1-7-14）¶无姆随便啥总依俚，我勿管理生意好勿好，看勿过定归要送个，让俚去怪～。（海 24-199-3）¶玉甫见云甫出立廊下，乘间要溜，秀姐如何敢放。玉甫央及道："让我去看看～，我无啥呀，耐放手哩。"（海 43-367-5）¶我说耐覅去哉，我去罢。我横竖勿要紧，随便俚啥法子来～，阿好拿我杀脱仔头？（海 56-481-6）¶癞头鼋个闲话，再有啥人相信俚，等俚去说～。（海 61-521-21）¶耐末样式样依仔个二小姐，二小姐有点勿着落个哩。故歇一塌括仔还有几块洋钱，再要做衣裳！该号衣裳，等俚嫁仔人做～啘，啥个要紧嘎？（海 62-528-11）¶阿珠，巧囝也帮着千万百计的劝双玉吃药水。双玉不禁哼的笑道："劝啥嘎？放来浪等我自家吃～啘！俚勿死，我倒犯勿着死拨俚看。定归要俚死仔末我再死！"（海 63-541-7）¶难倪去哉，倪到勿做倍讨厌人，等唔笃去随便那哼～。（九 2-19-13）¶俚耐要打末让俚去打～，倪索性拿格条性命交拨仔俚完结。（九 11-83-3）¶勿要实梗哩，等倪自家慢慢里吃～。（九 30-227-17）¶范彩

語彙例釈　mo

霞委实不好意思,只得说道:"随便耐去说倽～!"(九 102-712-16)　¶随俚笃去说～!倪是勿怕格。就算倪做仔耐格恩客末,也勿关俚笃倽事喊!(九 102-714-14)　¶吾是勿去,仰我叫一小郎送侬去～!(描 8-74-27)　¶齐云忙笑留道:"阿姊请坐歇去～,啥要紧嘎?"次云忙道:"仰俚去～,仰俚去～!"(沪 1-93-5)

⑤名詞述語文・"是"構文の場合。¶王莲生忙岔开说:"倪末豁拳,子富先摆五十杯。"子富道:"就五十杯～,啥稀奇!"(海 6-46-16)　¶亚白吃完,大声道:"就是'酒'～!"齐韵叟呵呵笑道:"来浪吃酒,为啥'酒'字才想勿着。"(海 39-327-9)　¶倪大家奉陪一杯,算是受罚～。(海 40-340-6)　¶"为什么不娶钱氏反抢了许卖婆去呢?""只为翠姐逃出后门躲避,汪先生道:'就是许卖婆～!'抢子就走。"(描 11-99-20)　¶就是格搭～,横势倪至多住一礼拜,马上要搬场格。(狐 45-390-12)

⑥"不过……末哉""就("只"の用法)……末哉"型の場合。¶我倒勿是瞎说,耐面孔浪齷齪勿少来浪,不过看勿出～。(海 26-217-21)　¶朴斋惶急,改口道:"我去,我去,我不过说说。"二宝才回嗔敛怒。(海 37-312-20)　¶苏冠香指点道:"说是广东教人来做个呀,勿晓得阿好看。尹痴鸳道:"啥好看,原不过烟火～!"(海 39-329-14)　¶价末倪到高台浪去罢。倪也用勿着俚家生,就实概看看～。(海 52-437-10)　¶我也新做起。本底子朋友来狼叫,故歇朋友荐拨我,我就叫叫～。(海 56-476-16)　¶耐撂脱仔倪,倪是不过死仔～,也无倽希奇,只要耐自家摸摸良心阿对倪得起?(九 40-297-3)　¶倪是一径勤待差歇耐,耐别地方去做仔相好,倪搭勿来末,只要凭耐格良心～。(九 46-335-17)

【陌生】

〈形〉見知らぬ。不案内である。¶上海夷场浪,～场花,陆里能够去哩?(海 29-238-16)　¶昨日夜里,奴堂差到中和园(是天津酒馆,今已闭歇。)去,有一个～客人,转奴格局,也是广东口音。(狐 14-97-15)　¶譬如出堂差末,也要到一场化去格喊。(狐 18-135-12)　¶耐就是肚里痛,要去解手末,为啥勿叫个人进来嘎?陌陌生生格客人,咦勿是啥一径来格熟客,洛里好实梗勿当心?(九 165-1081-7)　¶楼上见了二人忙笑到:"阿唷,～客人来哉。"(沪 4-54-7)　¶即使遗漏一二,好在不是～所在,将来仍可向汝海要回,何须再拖日子。(歇 17-212-2)　¶李氏、管氏～地方碰着了这样要好的人,那有不快活之理。(新 45-209-21)　¶我这样真心真意招赵大少,他看见了一位～客人来,他便疑心我。(人 22-220-7)

【陌生人】

〔名〕見知らぬ人。¶晚歇拨~摇仔去,故末陆里去寻哩?(海43-363-22) ¶陆里晓得~耐也说是熟人。(海59-505-16) ¶只巴望有个熟人走过问他借个五六十铜钱坐坐东洋车,向马路上望来望去,偏偏走过的都是~。(十 24-179-2) ¶人孰无情,明天要分手,以后无论什么地方见了面便不能招呼,如同~一般,又同隔世人一样。(人4-30-25) "蓦生人"とも作る。那先生的学生子,连我只得四个,何来你这蓦生人?(何 8-81-21) ¶可怜裴兰孙是个娇滴滴的闺中处子,见了一个蓦生人,也要面红耳热的,不想今日出头露面,思念父亲临死言词,不觉寸肠俱裂。(初 20-376-4) ¶白胜的事,可教蓦生人去那里使钱,买上嘱下,松宽他便好脱身。(水 20-294-6)

【蓦生】
〔形〕"陌生"に同じ。¶故歇有仔耐,故是再好也勿有。难再要去做一户~客人,定归勿做个哉。(海 24-194-1) ¶刚刚倪碰着仔耐,像煞有点面熟~,肚皮里向想来想去,总归想勿出是陆里搭看见歇格。(九 103-716-10) ¶元来那马的性格,极要欺生,你若是个熟人,凭你骑过东,骑过西,依头顺脑。若是个~的骑,凭你要过东,他偏望西,你要上南,他偏落北,把你弄得七颠八倒。(鼓11-142-11) ¶我与你夫妻之情,倒信不过,一个铁~的人,倒并不疑心。(初 33-624-15) ¶及至近前,却是个~标致妇人,吃了惊,问道:"是谁?"(喻 2-58-14)

N

na

【拿】
〔动〕①取る(手で、手に)。持つ。¶勿然末,耐去~个凭据来拨我。我~仔耐凭据,也勿怕耐到蒋月琴搭去哉。(海 8-59-9) ¶麴说啥耐一对钏臂哉,就摆好仔十对钏臂也勿来里我眼睛里。耐个钏臂,耐原~得去。(海8-59-24) ¶阿有啥无啥嘎?庄个倒勿是龙瑞里去~得来?(海13-99-10) ¶我有洋钱末,昨日我~仔来哉。(海 13-99-13) ¶耐要停两日末,长衫放来浪,~仔十块洋钱来拿。(海 37-313-24) ¶阿有请客票头?~得来看看就晓得哉!(鸿 1-193-9) ¶把桌上写好的几张请客票子交与阿四道:"耐~得去送一送,停歇耐到燕庆里江秋燕搭回音末哉。"(鸿2-201-19) ¶耐送到抛球场隆盛丝栈里去。倘然人勿勒浪,票头麴俚笃,~到公阳里林群玉搭问一声。(鸿 4-210-17) ¶钓伯一把拉住道:"耐麴走哩,就勒里该搭陪陪倪,倪吓熬个。"阿和道:"勿去呀,倪去~只水烟筒耐吃烟呀。"(鸿 8-238-9) ¶奴格几化家生,过仔故歇端午节,阿可以就~转

語彙例釈　na

来？（狐49-418-8）¶划一,大阿姐昨日仔～仔两只戒指去,倪格记性实头坏得无拨仔淘成哉。(九32-242-14)¶去年子他回家去,妻子问他要洋钱,他对妻子道:"洋钱都在箱子里头,你自己～罢。"(新14-64-13)¶梅伯起身,学生意正在扫地,见了,忙丢下扫帚,～脸水来请梅伯洗脸。(新19-83-4)¶无奈小狗子两只手～不了许多。(官44-736-19)¶回到家里见凤姐正在吃稀饭,觉着肚子里也有点子饿了,忙叫娘姨盛一碗来,坐也不及,～了筷子立着就吃。(十28-208-8)¶凤姐看见,笑而不睬,只命平儿把昨儿那包银子～来,再～一吊钱来,都送到刘姥姥的跟前。(红6-105-9)¶忽见经桌上堆着几部经卷,杜伏威逐本～起来看过,翻到书底,寻出一卷书来。(禅21-336-13)¶二人拴了包裹,～了器械,还了酒钱。(水6-101-8)¶叫声:"师哥～茶来。"只见两个侍者,捧出茶来。(水45-737-13)

②取る(自分の物にする)。入手する。¶倘忙有用场格辰光,耐也好来～个碗。(海8-60-6)¶耐要停两日末,长衫放来浪,拿仔十块洋钱来～。(海37-313-24)¶今朝我也勿说哉,有心要～俚个赎身书难难俚,～着仔俚赎身文书末,喊俚转来,原搭我做生意。(海59-502-14)¶大人耐明朝末勥再忘记仔,倪格先生说着仔该样物事,巴勿得马上～到手里。(鸿7-228-8)¶凭俫哪哼冤枉末哉。不过俫冤枉奴,倷阿曾～着啥格凭据格？倷阿曾看见奴姅人介？(狐10-68-26)¶叫俚尽管放心,倪归搭吭拨老虎勒浪,勿会吃脱仔俚格,叫俚自家只顾来～末哉。(九6-50-12)¶是伊拉拈货色送到上海来呢,还是差人到伊头去～货色？(上问46-84-4)¶那厮拣这样、选那样,杭缎咧、线缎咧,漳缎咧、线春咧,湖绉咧,足足剪了五百多块钱的东西,叫我跟他去～钱。(新13-59-30)¶阿根义不容辞,急到详记见春泉如数～着三百块钱,重到慈云庵交给梦县。(十35-258-17)

〈介〉①……を用いて。……で。　¶耐去茶馆里～手巾来揩揩哩。(海1-3-16)¶耐～啥物事来谢我哩。(海4-29-6)¶我做末做仔个倌人,要～洋钱来买我倒买勿动哩。(海8-59-22)¶只要耐晚歇勿拿得来,我～银簪来戳烂耐只嘴,看耐阿吃得消！(海13-105-9)¶教相帮先～轿子抬双玉去出局,再去抬双宝。(海24-198-16)¶耐晚歇捕面末,记好仔,～洋肥皂净脱俚。(海26-217-9)¶我爷娘刚刚死仔三个月,阿伯就出仔我个花样,一百块洋钱来拨人家做丫头。幸亏我晓得仔,告诉仔娘舅,～买棺材个洋钱还拨仔阿伯,难末出来做生意。(海52-439-14)¶我要～看文章法子批俚该首诗。(海61-523-3)¶我看格日,耐约仔又春也来,让俚笃先碰起头来,我末也好～闲话搂搂前路。(鸿17-295-9)¶他～什么钱来取赎呢？(新49-225-25)¶这时候方必开一句话也说不出来,～手指指自家的心,又～手指指他儿子老三,又双手照着王仁拱了一拱。(官1-3-20)¶殷必佑

na 語彙例釈

再～眼睛去看陈铁血,见他也在那里颠头播脑。(负 13-59-1) ¶骑跨在我身上,劈劈啪啪就是一顿生活,打得来段段乌青,还～引线针在我两腿上乱戳了三五十针。(十 4-22-16) ¶贾瑞犹不时～眼睛觑着凤姐儿。(红 11-163-6) ¶把秦明搭将起来,剥了浑身战袄、衣甲、头盔、军器,～条绳索绑了。(水 34-536-7)

②動作の対象を示す。共通語で後の動詞が"当、没办法、怎么样、开心、开玩笑"などの場合の"拿"の用法。¶耐末～洋钱算好物事,俚倒无啥要紧。(海 8-59-13) ¶俚哚同客人串通仔,～我来寻开心。(海 23-184-12) ¶故歇有人～俚开心,叫俚分开洋行个跑街。(鸿 4-211-18) ¶倷亦要瞎三话四,～奴得来寻开心哉。(狐 3-18-9) ¶俚倷如果勿上来,倷～俚那哼介? (狐 32-268-23) ¶耐既然实梗格念头,为啥俚问耐格辰光,一口答应,阿是～倷来浪弄白相,寻倷格开心? (九 71-518-2) ¶王少爷吃双台,俚也要吃双台,真正叫～俚哝那哼! (九 138-924-5) ¶既然二万不够,何不当时就同我说明,却到今天～我们开心? (官 35-603-14) ¶只要他衣服穿得阔绰一点子,坐着马车下乡,乡下人能有几多胆量? 随便走上来问,他只要说我们是道台委下来的,查勘查勘田亩,乡下人又～他怎样? (新 49-225-16) ¶我住自己的屋,吃自己的饭,你们～我怎样? (十 8-52-15) ¶他那位夫人偏又十分悍泼,稍有点子不如意,就～箴金来出气。(十 44-295-18) ¶人家才～你当个正经人,把心里的烦难告诉你听,你反～我取笑儿。(红 45-625-14)

③共通語の介詞"把"。¶耐想～件湿布衫拨来别人着仔,耐末脱体哉,阿是? (海 2-11-20) ¶耐～鬏脚来别刷哩。(海 10-75-3) ¶耐一径骗下来,骗到仔故歇,耐倒还要骗我! 耐定归要～我性命来骗得去仔了罢哚。(海 11-83-8) ¶耐～保险单自家带来哚身边,洋钱末放铁箱子里。(海 11-86-2) ¶教俚去喊个剃头司务～耳朵来作作清爽,再去做包打听末哉。(海 14-110-5) ¶难末无姆～双宝来反仔一泡,再要我去劝劝双玉,教俚起来。(海 17-133-2) ¶依仔我,耐等我一死仔末,耐～浣芳就讨仔转去,赛过是讨仔我。(海 20-162-10) ¶耐倒硬仔心肠,～自家称心个人冤枉杀仔,难下去耐再要啥勿舒齐,啥人来替耐当心? (海 34-285-15) ¶耐想着我好处末,就望耐照应点我爷娘,我末交代俚哚～我放来浪善堂里。(海 34-285-24) ¶王老爷做仔张蕙贞末,最好哉啘,耐覅去说穿俚,暗底下一个王老爷挤,故末凶哉。(海 56-477-23) ¶阿嫂今朝朝浪故格哉,叫耐赶紧转去。故歇我替耐～物事才收捉好哉,耐今夜头就动身罢。(鸿 12-271-4) ¶耐末转去～陈大人格垫帐开出来,我晏歇去对俚说仔,叫俚明朝划银子还耐。(鸿 17-291-17) ¶唔笃阿是一淘来格? 倷格勿声勿响,倒～倪吓仔一跳。(九 9-72-12) ¶耐末是先生,

529

語彙例釈　na

倪末是娘姨，客人做勿做生来勿关倪事，只要耐～格三千洋钱带挡还拨仔倪，格末随便那哼随耐格便。（九 38-279-17）¶顶好耐马上搭倪还清仔债，～倪讨仔转去。（九 66-482-10）¶倪人做仔佾人，本底子也是好人家團仵，倪娘～倪卖出来，吃仔格碗堂子饭。（九 75-542-19）¶今朝勿知吹啥格风，～柳老吹到仔间搭哉？（狐 5-33-16）¶俫～伊封信送到陈家里去者否？（上问 2-4-1）¶（俫替我～衣裳拿出来）（俫～我个衣裳拿之出来）。（上问 19-36-7）¶如果倪要举动末，顺便邀一邀客人，请一请酒，索性～格件事体张扬张扬，让别人晓得晓得，说奴收仔一个干囡鱼哉，等客人笃来贺仪，奴就当面托俚笃照应照应。（狐 21-163-26）¶奴搭倷说说白相相，冤枉倷一点点，倷就要发恨性哉，～奴恨得吭淘成，像熬肉才咬得脱，马上就走，倷要脱嫌做得出喨。（狐 31-258-26）¶老秋介正勒朵动气头浪，听见太太到来，流水～眼泪揩干子，假作笑容，连忙抬身向外。（三 34-379-19）¶淘大人，耐阿好～倪格兰芬讨仔去罢？（官 8-113-3）¶勿壳张格格大炮，倒～魏老吓醒。（官 8-113-20）¶当下抚院～他着实抬举，并说：“老兄的章程，竟有一大半可以行得。………。”（官 7-101-4）¶官媒还不死心，又～他二人细细的一搜，兰仙手上还有一付镀金银镯子，也被他探了下来。（官 13-202-7）¶企渊老婆就～阿亚房间，改作临时裁判所，阿亚睡的那床暂时充为公座，把一干人立刻提审。（十 19-139-23）¶李逵～殷天锡提起来，拳头脚尖一发上。柴进那里劝得住。（水 52-860-6）

【哪】

〈叹〉他人の注意を引こうとするときや、応答・感嘆・反感などを示すときに発する。¶珠凤坐在靠壁高椅上冷看，也格声要笑。子富指道：“～，还有一位大太太，快活得来，自家来哚笑。”（海 8-65-13）¶王阿二努起嘴来道：“～！是只狗哉哩！”（海 14-109-2）¶浣芳道："阿姐困来哚陆里嘎？"玉甫道："～，来里核搭。"（海 20-164-6）¶巧囡只望窗外乱指，道："～，～！"（海 28-231-9）¶回头指着阿巧道：～，是俚个家主公呀。"（海 64-437-20）¶唐老爷道："好是好极，如何拆法呢？"姓关的就把我一指道："～，我就借他一用，我的妙计就在他身上行。"（十 18-127-12）¶正要听他下文，次芳忽望着窗外一手指着道："～，～，那岸上轿子里，不是坐着个新科花榜状元大郎桥巷的傅彩云走过吗？"（孽 7-57-10）¶忽见雯青手指着墙上挂的一幅德将毛奇的画像道："～，～，～，你们看一个雄赳赳的外国人，头顶铜兜，身挂勋章，他多管是来抢我彩云的呀！"（孽 24-215-17）

〈助〉文末に用いられて、語気を強める。¶秀宝道："噢啈！闲话倒说得蛮像，夠晚歇讨气。瑞生道："价末故歇先试试看～！"（海 25-207-22）

530

na　語彙例釈

【那价】
〈代〉疑問代詞。共通語の"怎么""怎样"に当る。¶耐个心勿晓得～生来咪,变得来!（海 4-33-2）¶老鸨随便啥事体先要去问俚,俚说～是～,还要三不时去拍拍俚马屁末好。（海 6-47-20）¶耐勿相信我闲话,耐就试试看,看俚～功架,阿巴结勿巴结。（海 7-53-2）¶价末耐说要我～哩?（海 8-59-5）¶见相好也怕仔末,见仔家主婆～呢?（海 9-67-15）¶为啥勿想转去嘎!难教我～转去哩?（海 31-257-14）¶难道上海几花倌人,耐一个也看勿对?耐心里要～一个人?（海 31-259-12）¶好个,今朝就拜。～个拜法哩?（海 52-441-13）¶房间里～哉嘎?（海 64-550-20）¶宰执公个著作,～做法?（三 38-408-3）"那介"とも作る。¶相思两好介便容易成,那介郎有心来姐没心。（型 38-528-19）"那哼""哪哼"とするものが多い。¶长远勿看见顺全哉,俚耐故歇兴致那哼?（鸿 1-193-13）¶伯苏个脾气一向实梗,要那哼是那哼。其实人是蛮直爽个。（鸿 3-207-13）¶那哼写法?（鸿 7-228-18）¶耐故歇心浪那哼?（九 6-43-4）¶今朝定规要俚拨倪一句闲话,随俚去拿倪那哼末哉。（九 12-92-4）¶倪看格个客人瘟得利害,诧异起来哉,所以问问耐阿认得格个人,倒底是那哼一个路道?（九 35-261-9）¶唔唔,好咪,当真回文。个个尊管那哼读法?（三 38-408-6）¶那哼今朝格天实梗热?（沪 1-15-10）¶咳,耐那哼实梗呒记性格哩?（沪 1-63-2）¶奴刚刚出来格辰光,倪阿姆还蛮好勒浪,故歇勿知哪哼,一歇歇心痛起来,痛得滚来滚去,所以打发人来叫奴转去。（狐 8-51-4）¶随便哪哼,奴敬俫格十全十美,俫总要吃格哉。（狐 34-287-17）¶划一划一,奴哪哼会忘记脱格唔?（狐 35-296-24）¶唱工还呒啥,倒是行头末勿哪哼格,比上海两样点笃。（狐 46-400-23）¶到底十三旦哪哼格好法佬?（狐 46-401-1）なお、"那根""那了""那勒""那能""哪能"とも作る。¶故句闲话末,钱先生伍道那根?（描 7-64-8）¶两尺脚打得稀烂,坐也坐勿得,立也立勿直,那根走路呢?（描 11-103-26）¶咿,华安!你立朵做啥,那了勿拿吃局来?（三 13-155-5）¶奇怪哉,那了无得介。（三 24-279-7）¶想着子个句说话,人野出子神哉,不觉悠悠身站起,奔子几步,站立朵哉。那了介?气昏哉吓。（三 29-325-8）¶问俚那勒要卖身,他说道只为着,家贫富,受凄凉,薪桂米珠年又荒。（三 11-132-26）¶唔格话头,我有点勿相信呢!我吓没出过门,那能名气辣辣响咭?（狐 34-285-19）¶又因继愚是宁波人,问道:"奴听见说宁波城里,又一位叫钱慕颜,阿是唔笃自家族里佬?"继愚道:"是我格近房伯伯拉,其上海吓没到过,唔那能会晓得?"（狐 35-296-21）¶题红馆满口嚷热,把外衣脱去了一件。次卿忙道:"麹冻!外势跑进来,算点要热啘。倪坐勒该搭,倒弗觉得那能哩。"（沪 4-36-12）

また、"那啥""那舍"も用いられる。 ¶拍子倒杀野朵,那啥见子吾里大爷、二爷,勿叩头了,倒勒拱手,直脚天翻地覆哉!(三10-118-16)¶介末那啥困法介?(三24-286-9)¶那舍无福介? (三24-289-16)

【那价样式】
〈代〉"怎样""怎么样"に当る。¶请耐去问五少爷,该应～。(海57-487-9) "哪哼样式""那哼样式"とも作る。¶奴问俫格格贼名字叫啥介?俫阿曾看见俚?哪哼样式一个贼? (狐34-292-8)¶耐阿记得跪来浪地浪叫总统宪太太格辰光,倪对仔耐是那哼样式,阿是忘记脱哉? (九176-1144-9)

nai

【乃】
〈副〉(……は)すなわち(……である)。¶此～痨瘵之症。(海36-304-22)¶我～女流之辈,一些事儿不懂。(官50-847-24) ¶当日这贾妃未入官时,自幼亦系贾母教养。后来添了宝玉,贾妃～长姊,宝玉为弱弟。(红17·18-246-9) ¶臣～将门之子,自幼颇习武艺。(禅3-41-6)¶后山足下～高明之士,何必如此介意。(醒11-73-21) ¶此～万岁爷爷得子之兆,奴婢等不胜喜欢。(二5-106-6)

【奶奶】
〈名〉社会的地位のある人の夫人に対する呼称。¶二少爷该搭勿大来个呀,故歇长远勿来哉。真真难得转把叫个局,酒也勿曾吃歇。姚～麸去听别人个闲话。(海23-187-9)¶正经说,俚是个～,倪阿好去得罪俚? (海27-220-17) ¶耐怕痛末,该应做官人家去做～,小姐个呀,阿好做倍人。(海37-309-11) ¶勿是问俚有铜钿吭拨铜钿,是问俚屋里向,到底有几个～呀? (九续36-277-18) ¶我转去吃夜饭格辰光,就有两个人坐勒客堂里,一个是～格寄名阿哥。(鸿12-261-21) ¶该一节已经半节把哉,还勿曾留过一户客人来,耐陈大少自家去想罢,阿是比子公馆里格～还要干净点哞? (商1-9-13) ¶那捕快还拉着老板～同着一块儿去。老板～吓的索索抖,不敢去。(官13-201-19) ¶极好的呢! 坐在寺里,任你如花似玉的小姐～拜他,问他,眼梢也不抬。(型28-395-1) ¶萧韶说:"～醉了,我们扶～进房里去罢。"萧韶拖住赛儿,众人齐来相帮,扶进房里床上去。(初31-595-9)

【耐】
〈代〉第二人称代名詞。共通語の"你""您"。¶～自家也勿小心喱。放俚去罢。(海1-3-12)¶～还有个令妹,也好几年勿见哉,比～小几岁? (海1-4-8) ¶～啥也叫两个局哚。难为～哉唲,要六块洋钱哚哩,荒荒唐唐!(海 15-115-17) ¶～阿是学～妹子?(海 29-244-18)¶故末就是一个病根唲。(海 35-295-11) ¶～故歇阿有事体? (鸿 1-192-11) ¶～阿要好意思格! 花家里明朝去末哉,倪搭小场化,委屈～点阿好? (九 1-9-5)¶倪总勿会忘记～格。谢谢～,后补～末哉! 官 8-113-7) ¶停歇歇拨～看末哉,老实对～说子罢,野勿是啥格稀奇物事。(商 3-17-2) "倷""唔""倴""倴你"などとも作る。 ¶杨老,倷夔瞒奴,只怕吭不实梗格好。(狐 1-5-10) ¶巧林姐嫁拨勒倷大少,阿要福气。(狐 5-30-9)¶随常日脚,从夔叫唔做花头个,今朝日脚浪尴尬仔,阿要搭倪绷绷场面来介! (鸿 9-241-4) ¶倴且坐子说说看,住啥场化? (描 2-20-5)¶翠哪,倴你阿见故宗大雪,阿晓得做爹个生意断绝,无得一个铜钱,罗里来个酒吃? (描 2-15-28) ¶唅! 朋友,倴你诈我钱先生,也算伏辣倴哉。(描 2-19-9)

【耐哚】

〈代〉第二人称代詞。共通語の"你们"。限定語になっているときは、ふつう単数を表す。 ¶～笑啥? (海 2-13-9)¶撞杀～娘起来,眼睛阿生来哚!(海 2-14-11) ¶吃酒末阿有啥勿好意思说嗄? 赵大少请～两位用酒,说一声不是哉。(海 3-17-4) ¶忽又听得楼下推门声响,一个小孩子声音问:"倪无姆哩?"客堂里外场答道:"～无姆转去哉唲。(海 12-95-23) ¶～两家头夔客气哩,坐过来说说闲话,让倪也听听。(海 19-151-24) "耐朵""耐笃""唔笃""倴笃""吾笃""倴朵""你朵" などとも作る。 ¶耐朵做官人,自家做勿动主,阿是一样格? (官 8-111-8) ¶耐笃一淘出,一淘进,俚格住处,耐有啥勿晓得格。(官 9-123-10) ¶耐笃来浪俙场化认得个? (鸿 1-194-17) ¶唔笃格洋钱,我勿管哉,耐笃问钱老爷去拿罢。(鸿 11-254-7) ¶唔笃啥能性急介,辰光还早勒海来呀,再请坐歇勒去哩。(狐 1-6-3) ¶倪堂子里向格人末,才是妩好格,唔笃客人用脱仔洋钱也勿犯着。(九 7-51-9) ¶阿有倷碰和勿碰九万格道理,唔笃大家听听看。(九 98-691-2) ¶倪是吭拨格号福气,倴笃听听看,说得阿要诧异! (九 100-699-8) ¶倴笃实梗形容勿出格要好,夔怪钱乌龟要吃醋打房间,叫我也要动气来。(鸿 11-256-5) ¶关王庙里冻倒一个人来朵,倘然冻死仔,倴笃地方浪有干系个。阿可以介倴朵屋里耽搁耽搁? (描 2-19-16) ¶秀林妹,倴朵故歇几日生意阿好介? (狐 21-162-18) ¶你朵做亲子几年哉? (三 4-25-3)¶你朵阿敢动手,只要你动一动手末,就该死哉! (描 1-5-3)

nan

【囡仵】

〈名〉むすめ。 ¶我眼睛里望出来,无啥亲生勿亲生,才是我～。(海 10-76-14) ¶耐

語彙例釈　nan

再要说瑞生阿哥！耐～拨俚骗得去哉，耐阿晓得？（海31-257-9）¶耐今年也四十多岁哉，倪子～才勿曾有。（海34-285-13）¶三公子要拿总管个～拨来阿哥，阿要体面，啥个等勿得，搭个臭大姐做夫妻。（海62-529-10）¶俚是人家格～，勿应该去转俚格念头。（鸿15-283-17）¶倪～活来浪格辰光，客人笃来来去去，格末叫忙。（九48-348-4）"囝仵""囝鱼""囝女"とも作る。¶倪人末做佾人，本底子也是好人家格囝仵。（九75-542-18）¶耐勿要来浪实梗瞎俏，俚是倪格囝仵，耐就是倪格女婿，阿有啥女婿搭丈母吊起膀子格？（九148-984-1）¶杨老爷要讨倪囝鱼，也是倪囝鱼格福气。（狐5-34-8）¶介落我带仔囝鱼来投奔侬，要想跟侬学习学习，弄口饭吃吃呀。（狐50-431-16）¶爷娘做亲洛囝鱼做媒人，阿有个故道理？（描12-107-24）¶该个辰光倪晏是小囝鱼得来。（沪1-10-2）¶有所说一家囝女勿吃两家茶吓。（描11-97-16）

【男人家】

〈名〉男性。¶耐～，同倪一淘到上海，算啥样式嘎？（海29-239-19）¶真正唔笃格号～呒不良心。（沪3-37-4）¶你们女娘家不出来做生意，那里晓得～难处？（十11-72-16）¶及至一丧了妻子，却又凭他续弦再娶，置妾买婢，做出若干的勾当，把死的丢在脑后，不提起，并没人道他薄幸负心，做一场说话。（二11-225-5）

（注）『二刻拍案驚奇』の第20回の"女浪家"の注に"吴语称男子做'男人家'，称女子做'女娘家'"とある。

【南货店】

〈名〉南方の物産を売る店。¶姓倪，大东门广亨～里个小开。（海17-137-17）¶～里姓倪个客人，搭双宝蛮要好。（海63-537-17）¶并且他未婚的丈夫是做～生意的，那～里的伙计至大不过赚了四五吊钱一月罢了。（新10-45-15）¶甚么洋货店里，～里，绸缎店里，——人家因为他是现任大老爷，而且又是江西盐道的三大人，谁不相信他——都肯拿东西赊给他，不要他的现钱。（官6-81-2）¶明天一早～开门辰光，二少叫茶房去买点赤砂糖来冲点汤给她吃，这到是要紧的。（人39-461-18）¶母亲也巴不得他成房立户，为他寻亲。寻了一个南濠开～钱望濠女儿，叫做掌珠，生得且是娇媚。（型3-35-8）¶走到归锦桥边～里，买了两包干果，与小厮拿着，来到灰桥市上铺里。（喻3-70-5）

【南头】

〈名〉"南市"を指す。⇨北头。¶～一个朋友搭我说起，实夫为仔做人家也有点小毛病。（海28-233-23）¶马上坐车子赶到～，见公馆条子仍旧贴着，推进门去，客堂里并没一个人。（新14-61-6）

nan　語彙例釈

【难】
〈形〉難しい。困難である。¶第号物事，消场倒～哩。(海1-6-11)¶我再要俚自家看中仔一户客人，搭我多做点生意，故是～杀哚哩。(海7-52-6)¶上海场花要寻点生意～得势哚。(海12-98-17)¶故歇我也说勿出如何做法。好像无啥～做，等我做好仔看罢。(海47-401-24)¶耐是年纪轻，勿曾晓得把势里生意划一～做，客人哚个闲话阿好听俚嘎！(海61-524-7)¶你如今要闹出了这个学房，再要找这么个地方，我告诉你说罢，比登天还～呢！(红10-145-16)¶为人是～作的；若太老实了没有个机变，公婆又嫌太老实了，家里人也不怕；若有些机变，未免又治一经损一经。(红71-1013-14)
〈动〉困らせる。¶今朝我也勿说哉，有心要拿俚个赎身文书～～俚。(海59-502-14)¶饶这么着，得一点空儿，还要～他一～，好几次没落了你们的口声。(红55-777-19)

【难】
〈名〉時間詞。共通語の"现在"。いま。このごろ。いまから。これから。¶王老爷～也有点勿老实哉！(海4-30-19)¶～也覅去说俚哉，以后耐覅去仔末才是哉。(海14-107-12)¶长福叫住，问："客人是啥人？"娘姨道："是虹口姓杨，七点钟来个，～要去哉。俚哚事体多，七八日来一埭，勿要紧个。"(海26-217-2)¶我道仔耐是好人，～也学坏哉。(海26-217-17)¶倪阿哥也勿是好人，～覅去理俚。(海29-243-13)¶～是岂止脾胃，心肾所伤实多。(海36-305-4)¶～去仔，几日天转来嘎？(海38-320-4)¶素芬道："为啥勿困嘎？"翠芬道："～要困哉。"素芬道："两点钟哉，来浪做啥？再勿困？"(海46-392-14)¶三老爷客气得来，～是一家人哉呀，无啥客气啘。(海55-468-2)¶王老爷，～酒少吃点，多吃仔酒，再吃个鸦片烟，身体勿受用，阿对？(海57-485-16)¶实夫乃将药方交与诸三姐，诸三姐因问："先生阿曾说啥？"实夫道："先生也不过说～好仔点哉，小心点。"(海58-496-4)¶我末为仔李仲声约我来浪公阳里黄艳卿笃，我故歇刚去看俚，落里晓得俚还勿曾来，我写仔张票头来浪就走。～碰着仔唔笃蛮好，横竖伯荪托我请几位客，倪一淘去哉啘。(鸿2-197-9)¶漱芳道："耐个酒实梗吃总归勿对，倪是本来也勿该应说耐个。"说着立起身，慢慢地走到床前。伯飏忙笑嘻嘻跟过来，道："～我勿吃末哉，耐个好闲话我总归听个。"(鸿4-214-4)¶仲声怔了一怔道："划一，耐近来勒浪叫俉人？"华生叹口气道："倪～勿叫局哉！"(鸿6-224-25)¶故歇倪探仔格块牌子下来，倪就是耐格人哉，～是随便俉人到倪搭来，倪也勿见格哉。(九23-177-14)¶方子衡道："既然如此，我一准去划了票子来可好？"兰芬道："～是生来只好问耐方大人借哉，不过耐方大人末，看仔几千洋钱无俉希奇，倪自家心浪意勿过煞来里。(九

語彙例釈　nan

38-281-5）¶云兰啐了秋谷一口道："耐说说末就是歪嘴吹喇叭，～勿搭耐说啥哉。（九 148-984-15）¶是呀，便当交关拉。勿然是生意人搭官场中人隔绝拉个。～可以通者。（上问 38-69-9）
〈連〉それでは。それで。連詞"那"の用法。¶山家园个赌场末，陆里一日无拨嘎，我道仔山家园出仔强盗，倒一吓，～明朝我去说一声，教俚哚氃赌仔末哉。（海 56-473-8）¶大先生，耐死也无行用哦。耐末就算死哉，俚哚也拚仔死末，真真拿只拜匣一把火烧光仔，～罗老爷吃个亏常恐要几万咪哩。（海 59-504-18）¶奶奶看见仔我，就叫我来寻老爷格，～我故歇来仔，屋里向就是娘姨搭大小姐两家头勒浪。老板故歇先转去呢，还是到巡捕房去看看奶奶？（鸿 12-262-1）¶恰巧云香的相帮走了进来，手中拿着几张局票来催云香去出堂差，秋谷趁势叫他去罢，云香只得略坐一坐，立起来道："～倪去哉，倪倒唔笃去随便那哼末哉。"（九 2-19-12）¶本底子我等伊票银子（下来）（来之），就还拉依个。阿里晓得到今朝也勿来。～，是格能，索脚请依再缓个三两日，决勿有第二句说话者。有一日拨依一日个折息末者。（上散 9-57-5）

【难道】
〈副〉まさか……ではあるまい。反語の語気を表す。¶～上海几花倌人，耐一个也看勿对？（海 31-259-11）¶亚白先生啥勿声勿响嘎，～痴鸳先生做得勿好？（海 51-432-10）¶～杨老师勿来陪倷格？（狐 9-58-18）¶倷～倪先生格脾气还觑摸着格来？（狐 30-250-2）¶～你一个朋友才是无得个？（描 2-13-6）¶真是奇怪。～几日天工夫一逯勒浪金家里？（沪 1-33-4）¶～我要少你的钱不成？（新 48-323-7）¶～他吃的不是鸦片烟？（官 36-618-16）¶我们丢了这许多东西，一定要想个法子弄回来才好，～白听他们拿去受用不成！（歇 4-37-18）¶老爷把二爷打了个动不得，～姑娘就没听见？（红 48-662-5）¶我老褒恁般晦气，～真实着鬼？（禅 22-365-15）¶自己管库没了银子，不去赔补，到对老爷说，～老爷赔不成？（警 15-205-16）¶～这银子是他偷了？（警 15-207-10）¶～抄了手，坐着饿死不成？（二 1-4-11）¶你女儿痘子，本是没救的了，～是我不接得郎中，断送了他？（初 11-202-8）"难信道"ともいう。¶间搭上海场化，顶顶闹猛，各处格人才有格，难信道除脱仔俚，一个才呒不好格，板要到京里去看俚。（狐 44-381-14）

【难得】
〈形〉①得难い。すばらしい。¶玉甫，漱芳才～，漱芳个娘倒也～。（海 42-351-10）¶我闻得二宝是孝女，果然勿差，想来故歇伏待俚琅，离勿开。～～！（海 64-548-22）¶该号客人野算～格哦。（沪 1-45-8）¶他竟实行割股么，倒也～的很。（新 41-190-16）¶

廉访的清名那是久仰的,处脂膏而不润,这是最～的事。(梼 23-368-7) ¶这两条口袋是你昨日装瓜菓子来的,如今这一个里头装了两斗御田粳米,熬粥是～的。(红 42-578-12) ¶元来小姐如此高才,～!～!（二 17-353-3）

②……することがめったにない。¶倪马车一个月～坐转把。(海 8-62-21) ¶陈老爷,～到倪搭来喩。(海 11-88-18) ¶上海～来一埭,生来多白相两日。(海 30-247-7) ¶今朝末我先请请俚,～凑巧,大家相好才来里,刚刚八个人一桌。(海 44-370-20) ¶故歇有罗老爷个拜匣来里末,定归要敲俚一敲哉!(海 59-503-24) ¶柳老是～来格,今朝勿知吹仔啥格风,拿柳老吹到仔间搭哉?(狐 5-33-16) ¶倷是～到我房里格嗢,奴一干子吪心想,只好去看看戏,消消闲,俺终勿能管奴勒淘。(狐 9-63-11) ¶别人家勿叫二少爷,叫耐老二,格是有道理格嗢,像倪该搭二少～赏赏倪格光,生来总要客气点,倪阿好去跟仔别人叫耐啥格老二,倪也无拨格号交情嗢。(九 43-317-1) ¶一朝生两朝熟,～老兄来照顾呢,决勿相欺,侬放心末者。(上散 7-36-32) ¶～钱老父台赏饭吃,请的又是州里的老夫子,自然应该穿件新衣服,恭敬些。(官 45-763-17) ¶我今儿～与你重会,你可不要嫌我老,我可要同你好好的聚几时。(梼 14-225-24) ¶寺虽近便,却也～来的。(禅 5-62-11) ¶阿弥陀佛!～有此善心的施主,使此经重还本寺!(二 1-7-4) ¶休如此说。～教头到此,岂可轻慢。(水 9-139-15)

【难故歇】

〈名〉"故歇"に同じ。¶阿是说仔七姊妹,李老爷就晓得哉,～个七姊妹,……(略)……,单剩倪三家头来浪。(海 21-166-19) ¶我想搭俚冲冲喜,二少爷总望俚好,勿许做。～要去做哉哩,再勿常恐来勿及。(海 42-354-13) ¶罗老爷阿对?～翠凤要赎身,俚倒搭我说,进来个身价一百块洋钱,就加仔十倍不过一千嗢。罗老爷,耐说阿好拿进来个身价来比?（海 44-374-9）¶我有点气勿过,心想就是三千末倒也勿拨俚赎得去;～说末说仔一泡哉,罗老爷肯帮贴点,故是再好也无有。(海 44-376-19) ¶又春道:"～那哼完结呢?"两个老娘姨抢者说道:"故歇是倪来捆俚到么二浪去格。"(鸿 14-273-18) ¶～阿好哉介?（九 113-773-19）¶耐是来海生病哩,倪那哼晓得哩?～阿好仔点点?（沪 1-62-8）¶说拨耐听,耐倒弗相信。～自家摸着哉哩。(沪 1-88-12)

【难过】

〈形〉つらい。苦しい。¶我看见仔耐勿快活末,心里就说勿出个多花～。(海 28-229-12) ¶再听见说,吃仔生鸦片烟要进断仔肚肠死咾。阿要～。(海 37-309-16) ¶即使有点～,看见仔二百洋鈿,自然完结,横势勿是搭倷真心要好呀。(狐 11-76-8) ¶嘴里末干燥,

語彙例釈　nan

吃茶末勿杀渴格,格末叫~得来。(狐30-246-13)¶倪心浪向格~,比起别人来加二要~点笃。(九续111-803-14)¶想到继之此时在里面叙天伦之乐,自己越发~。(目8-58-22)¶瞧见你在床上卧病,心里头~的了不得,恨不得立时替了你才好。(新49-228-15)¶想这范星圃的下场如此,心中也有些~。(栲20-328-4)¶今天已不成功,我也准备在这里过夜了。幸喜里面还好,究竟吃钱债官司和吃人命官司不同,还算得自由的。你莫真十分替我~,你还是早点转去。(人37-429-8)¶凤姐儿心中虽十分~,但恐怕病人见了众人这个样儿反添心酸,倒不是来开导劝解的意思了。(红11-159-7)

【难看】

〈形〉みっともない。みにくい。¶雪香道:"耐看高得来,阿要~。"蕙贞道:"少微高仔点,也无啥。……。"(海5-40-21)¶俚搭黎大人来哚闲话,笑起来阿要~!一只嘴张开仔,面孔浪皮才牵仔拢去,好象镶仔一埭水浪边。(海15-119-4)¶眼睛里看见格,才是格班大人、老爷、少爷笃,标致格、~格,勿知几化,由得我拣。(狐20-159-20)¶生仔一身广疮,弄得面孔浪结仔一个疤,眉毛半根才勿剩,愈加~熬哉。(狐53-455-25)¶耐是勒倽场化住仔夜出来唅?面孔浪~得来。(负17-80-2)

【难末】

〈连〉それで。これで。そこで。共通語の"于是""这下子""那么""那样一来"などの意味。¶教俚拿会钱来,俚拿勿出哉呀。~拿仔件皮袄去当四块半洋钱。(海3-19-12)¶倪翠凤末也晓得耐罗老爷心里是要做俚,~俚慢慢仔也巴结起来哚。(海7-51-20)¶先生有仔王老爷,倒蛮放心,请也勿请哉。一户一户客人才勿来哉,到故歇是无拨哉,就剩仔王老爷一干仔哉。(海10-80-11)¶倪勿然陆里晓得啥双台嗄,~学仔乖,倒摆起双台来哉。也算体面体面。(海12-92-2)¶~文静点,俚哚是长三书寓里惯常哚个,覅做出啥话靶戏来!(海16-123-18)¶倪先起头勿是做生意个呀,为仔今年一桩事勿过去,~做起个生意。(海27-224-5)¶漱芳有勿多两日哉,我等俚死仔,后底事体舒齐好仔,~到屋里,从此勿出大门末哉。(海42-354-7)¶~拌明白哉,耐说上海客人才是熟人,我倒一吓。(海59-505-14)¶倪到新秦栈去看眉初,看见仔票头,~来个。(鸿1-194-3)¶实梗还说勿好算数,定归要讨仔转去,~好算数哉!(鸿3-204-10)¶我该搭大豁边来里,该个房间里进来格先生,初六要进场格,耐房子也覅寻好,~叫我那哼呢?(鸿13-270-17)¶为仔倪自家吭拨洋钱,问仔俚一声,俚就跷起仔格面孔,一理勿理,~倪也有点光火哉,埋怨仔俚两声。(九9-50-3)¶方大人昨日来浪说,今朝要动身转去,~拨倪先生说仔一泡,方大人倒好格,听仔倪先生闲话,今朝勿转去哉。(九

41-300-2）¶奴听仔俚实梗说，～叫仔马车，一淘搭俚来格呀。（狐 4-22-7）¶包厢已经定好，马车要来快哉，请奶奶妆饰好仔，～好去唔。（狐 8-57-15）¶巧玲道："难道杨老爷勿来陪俫格？"黛玉道："覅去说俚，故歇勿比以前哉，一个月当中，有廿日子勿勒奴房里，俫想奴冰水坐勒浪，阿要气闷熬介？～倪格阿金撺掇奴出来看戏格呀。"（狐 9-59-1）¶一准实梗末哉。～要几化铜钿哩？（沪 1-51-7）¶次云笑指醉琴道："到俚搭去白相一转，～到青云搭去。"倩倩听了着力横了一个白眼。（沪 2-48-6）¶倪阿囡生意是勿推板，必过用度实在忒嫌大点，～自从做仔耐梅大人末别格客人才弗肯帮忙我。（沪 3-22-3）¶侬去搭伊话，我要到东门上道台衙门，转来再到洋务局，～转来，拨伊两块洋钱，另外再拨伊半块洋钱个酒钱，问伊肯勿肯。（上问 42-77-8）"乃末"とも作る。¶侬搭之出店司务拿伊间房里向个（零碎）（粒屑）物事先拿之出来，乃末都打扫干净之。（上问 13-25-1）

【难是】
〈连〉"难末"に同じ。¶倪先生晓得耐去做仔张蕙贞，说～王老爷倪搭勿来个哉，拨来张蕙贞哚拉仔去哉。（海 10-80-2）¶～生来一概拜托老兄，其中倘有可以减省之处，悉凭老兄大才斟酌末哉。（海 64-544-15）¶我原说缘分注定来浪格，阿有啥强格咾？先留耐陈大少住夜哉，～呒啥说头哉。（商 2-12-7）
（注）"难是""难末"の"～是""～末"は"勿然是""勿然末""故是""故末"の"～是""～末"と同じ関係である。

【难说】
〈动〉簡単に言えない。¶故生意真～！前回八千个生意，赚俚二百，吃力煞；故歇蛮写意，八百生意，倒有四百好赚。（海 48-410-9）¶朴斋道："故是勿见得，三公子勿像是该号人。"洪氏又叹道："也～哩。"（海 61-524-1）

【难为】
〈动〉①困らせる。苦しめる。¶罗子富笑道："要紧是勿要紧，～仔两个膝馒头末，就晚歇也无啥。"（海 21-179-16）¶李莼没奈何，低声央告道："谢谢耐，覅～我，哝哝罢！"（海 21-171-1）¶子刚道："俚倒一径搭耐蛮要好，故歇俚转差仔啥个念头，勿相信耐哉，阿对？"翠凤道："一点勿错。故歇是俚有心要～我。……"（海 22-176-12）¶对勿住，倒～耐老太太讨气。（海 22-181-19）¶罗老爷一径搭倪要好煞，倪阿敢糟塌仔拜匣里个要紧物事，～罗老爷。（海 59-503-17）¶奴亦覅请啥孟河郎中，有本事也罢，无本事也罢，徒然讲仔半日，害奴心里烦熬快，勿顾奴勒里头疼脑胀，独趁自家高兴，

語彙例釈　nan

充做内行，真真鬼相打～病人哉！（狐35-300-21）¶你们不要～病人，但等天光一亮，我马上去请师娘到来，大鱼大肉的供献你们，再给你们些些盘川到别地方去。（繁后26-1028-16）¶有几个找不着座位的人，都想挨进去，～那娘姨一一回脱，看她不着实费了些唇舌。（歇3-29-27）¶至于小民吃亏受累，只好暂时～他们几天，到后来我公司开了之后，还他们莫大的便宜。（目82-656-8）¶请你们老爷千万别～他们，这是无心失手，又没碰我什么。（孽30-282-9）¶贾妃甚喜，命'不可～了这女孩子，好生教习'额外赏了两匹官锻、两个荷包并金银锞子、食物之类。（红17·18-257-8）¶那婆子吓得魂飞天外，慌忙跪下叩头不住道："列位老爹，不要～我，准在今日，我还你那个高小园便是。"（醒上12-87-23）¶前日那养娘噙着眼泪在外街汲水，我已疑心，是必家中把他～了。（醒1—6-16）¶果要千金，也不打紧。只是我大孺人很专会作贱人，我虽不怕他，怕～这小娘子，有些不便，取回去不得。（初2-37-6）¶说甚么千金百金，多被这些酸子传闻误了，空费了许多心机！～这个和尚，坐了这几日监，岂不冤枉？（二1-13-5）¶你这人倒老实，我不～你。权发监中，待提到了正犯就放。（二4-92-14）

②面倒・迷惑をかける。手数をかける。感謝の意を伝えるあいさつ語。¶倒～仔耐㗥。明朝倪也摆个双台谢谢耐㗥末哉。（海10-82-8）¶随后施瑞生陪送起洪氏及张秀英、赵二姐进房，洪氏前后蚕遍，啧啧赞道："倪乡下陆里有该号房子嘎，大少爷，故末真真～耐。"瑞生极口谦逊。（海30-251-6）¶洪老爷～耐，耐去买翡翠头面，就侬俚一副买全仔。（海33-271-3）¶晰子见了惊说："这许多肉做什么？"掌刀的笑道："这肉一半是汪先生买的，一半是小店敬意。"晰子笑道："如此很～你们了。"忙摸两角洋钱，给那伙计。（歇14-172-1）¶我何曾又不想到这里。只是这几次有事就忘了。你今儿这一番话提醒了我。～你成全我娘儿两个声名体面，真真我竟不知道你这样好。（红34-468-6）¶昨夜～了你，这银两权奉为资本。莫对人说。（醒3-56-14）

③むだに使う。浪費する。¶耐要请我吃酒末，倒是请我吃点心罢。耐末也便得势，麭去～啥洋钱哉，阿是？（海4-29-9）¶我劝耐少睹睹末哉。～仔洋钱，还要糟塌身体。（海14-113-16）¶王少爷多～两块洋钱倒无啥要紧。（海33-271-7）¶铜钱银子介，～子二三千，工夫白费子两三年。（三6-65-28）¶你自家野想想介，工程浩大，差勿多点总要～十万银子朵嘿。（三40-429-28）¶只要老爷出去会他一面，给他一个下落，他就走的。而且不要老爷～钱，他出去做做生意，自己还可以过得。（官22-355-23）¶不过彼此～几吊银子，没有什么大不了事，便亦听其自然。（官33-554-2）¶只要～些儿小费，他们落得拿几个钱，怎来管甚闲事？（繁II12-473-13）¶停刻我就请道众到来，你

们别的不要～，只预备些烟茶便了。(繁后 26-1030-24) ¶每日常用的水，都要你担，不许缺乏。是火，都是你烧。若是～了柴，老娘却要计较。(醒 1-8-25)
④人に散財させる。¶耐啥也叫两个局哚。～耐哉哕，要六块洋钱哚哩，荒荒唐唐！(海 15-115-17) ¶麴～仔俚三块洋钱，害俚一夜困勿着。(海 15-117-12) ¶就有一班家人来与他庆松，哄他拿出些来买酒吃。公子不肯。众人又说："不好独～他一个。我们大家凑些，打个平火。"(二 22-458-4)
⑤よくも……した、よくも……との賞賛を表す。¶黄二姐从对过房里蜇来，听得"无姆"两字，问说甚话。翠凤为述金凤之言。黄二姐顺口赞道："好因作倒～俚想得到！"(海 49-419-13) ¶次云听了暗暗佩服他有见识，便点头道："格倒承耐格好心思，野～耐想得到。"(沪 2-18-7) ¶阿珍天良发现，想起他的好处，哭个不住，也是有的。～他还有些良心。(繁Ⅱ15-506-8) ¶先入薛姨妈室中来，正见薛姨妈打点针黹与丫鬟们呢。宝玉忙请了安，薛姨妈忙一把拉了他，抱入怀内，笑道："这们冷天，我的儿，～你想着来，快上炕来坐着吧。(红 8-122-16)

【难为情】
〈形〉きまりが悪い。はずかしい。¶耐阿怕～嘎？拨俚哚来看见仔，算啥？(海 8-60-16) ¶陈老爷，耐倒说得倪来～熬哉，粗点心阿算啥敬意嘎。(海 11-90-16) ¶单是背后骂倪两声倒也罢哉，倘忙台面浪碰着仔，俚末倒麴面孔，搭倪相骂，倪阿要～？(海 24-193-22) ¶故是正经喜事，无啥～。(海 47-402-19) ¶华生道："倘然俚有客气朋友来浪，阿要～？"鸣冈道："吃俚顿巴大菜，倯个大不了事，耐个人倯拘得来！(鸿 1-193-18) ¶四少也认得俚格啘，大家碰头仔，阿要～。(鸿 11-254-26) ¶勿要实梗哩，阿要～。(九 17-130-23) ¶倪先生搭耐一径蛮要好，不过面孔浪像熬有点～，说勿出留耐住夜格句闲话。(九 101-705-15) ¶张大人，耐啥实梗着底格介，～才勿怕格。(九续 39-297-2) ¶到仔今朝早晨，柳老赶到倪搭来，说起仔格节事体，定见要奴一淘来，奴说～熬格，徐停歇叫倪格局勒来，阿好呢勿好？柳老说勿要紧格，吭啥～。(狐 4-22-4) ¶想起昨夜的事情，自己也觉得脸上很～。(官 13-187-7) ¶那时心上便担然了许多，见了轿夫、跟班也不～了。(官 33-549-15) ¶媚芗的娘道："你同任大人睡了这多少时，还要不好意思？"说得媚芗更加～，走了开去。(梼 13-205-15) ¶那个外国人，我不要他到这里来，被人家看见，说我同外国人来往，说出去很～的。(文 47-265-21)

【难下去】
〈名〉"难下转"に同じ。¶该两日还算好，～归张路头，家家有点台面哉。(海 27-226-5)

語彙例釈　nan－nao

¶耐倒硬仔心肠,拿自家称心个人冤枉杀仔,～耐再要有啥勿舒齐,啥人来替耐当心?(海34-285-15)¶我为仔看勿过说说耐,～我也勿好说格哉。(海49-417-15)

【难下转】

〈名〉これから後。¶～耐来哚陆里,我教耐来,耐听见仔就要跑得来哚。(海6-43-3)¶四老爷,～覅去叫俚哉,落得让拨来黎大人仔罢。(海15-120-4)¶～当心点,闯仔穷祸下来,耐做娘姨阿吃得消?(海38-317-4)¶倒看耐勿出,做起事体来实梗格习枭法子,真真少有出见格,～倪也要当心点哉!(九34-256-22)¶谢谢耐,对勿住,总是倪自家勿好,得罪仔客人,～请耐二少照应点倪,陈老搭说句好话。(九36-266-8)¶耐倒实头会扳差头来里喙,～搭耐说闲话,要当心点哉。(九续62-476-18)¶耐弄弗出好事体来格,～阿要绰烂污哉。(沪2-93-7)

【楠木】

〈名〉クスノキ。¶棺材末有现成个来浪,一个婺源板,也无啥;一个价钱大点,故末是～。(海92-357-6)¶～倒是真～,行情也可以了,四百两银子呢。(十33-247-4)¶地下两溜十六张～交椅。(红3-45-1)

nao

【闹】

〈名〉騒々しい。¶戏场里锣鼓～得势,覅去哉。(海7-57-4)¶正～的天翻地覆,没个开交,只闻得隐隐的木鱼声响。(红25-356-9)

〈动〉騒ぐ。¶昨日～仔一夜天,今朝勿曾困醒,懒朴得势。(海14-113-13)

【闹穿】

〈动〉騒いだ結果表沙汰になる。¶幸亏有两个小流氓分勿着洋钱,难末～仔下来。(海61-520-23)

【闹酒】

〈动〉酒を飲んで騒ぐ。¶耐哚喜欢～,倪也有个子富来里,去闹末哉。(海12-93-14)

【闹猛】

〈形〉にぎわっている。にぎやかである。¶生意倒～哚喔!(海55-471-7)¶耐来浪个辰光,一径蛮～,故歇勿对哉。(海56-477-9)¶先起头翠凤来里做讨人,生意～得野哚。(海59-502-7)¶下头杨媛媛末碰和吃酒,～得来;倪楼浪冰清水冷,阿要坍白。(海59-507-9)¶看看别家格倌人面孔生得怕熬,生意倒好得哚,碰和吃酒～得来。(九16-124-5)¶格倒怪俫勿得,搭俚笃和勿落调格,格末倪阿要趁故歇～,早点溜出

542

去罢？（狐 40-351-20）¶囗搭上海场化，顶顶～，各处格人才有格。（狐 44-381-14）¶勿拘阿里一处，总归要～场化，落位点个店家房子，我要租个三四间门面。（上散 8-50-7）"闹忙"とも作る。¶我看方伯荪个意思，着实要做俚，该两日定归吃酒碰和，闹忙熬来浪哉！（鸿 3-207-12）¶俉笃倷格事体来浪好笑，倒闹忙笃哓。（九 42-308-5）¶陶大人说格闹忙熬，格底下说哩。（官 8-113-22）¶该搭又呒不生格，大家坐下来末，～点！（沪 2-55-9）

【闹脾气】

腹を立てる。すねたり、つむじを曲げたりするなどのくせが出る。¶小干件～，无啥要紧。耐勿做好末是哉哓。（海 6-47-5）¶俚就碰着仔无长性客人，难末要～哉。俚闹起脾气来，夥说啥勿肯巴结，索性理也勿来理耐哓。（海 7-51-9）

【闹热】

〈形〉にぎやかである。にぎわっている。¶攀仔相好末，搭赵大少爷一淘走走，阿是～点？（海 1-8-1）¶喊仔一班小堂名来也要～点咪。（海 12-93-16）¶我故歇去，就来里棋盘街浪望仔一望，望到俚房间里来咪摆酒，豁拳，唱曲子，～得势。（海 14-107-7）¶今夜头是～得来，朱老爷叫仔一班毛儿戏，黎大人也去叫一班，教倪大少爷也叫一班。（海 16-125-20）¶八月十六同子俚一淘到山塘浪一场化，竟勿见哉。（三 19-225-22）¶见了同事周老爷一班人，格外显得殷勤，称兄道弟，好不～。（官 12-172-10）¶在制台的意思不过问问北京现在～不～，有什么新鲜事情。（官 29-470-4）¶东家只怕倦了，我们谈得～。怕不舒服吗。（商 5-37-4）¶大约在座都是喜欢～的，自然要叫局了。（梼 5-74-5）¶一日正是贾政的生辰，宁荣二处人丁都齐集庆贺，～非常。（红 16-209-15）¶即时奔往～胡同，只拣可口的鱼肉荤肴，榛松细果，买了偌多，摆弄得齐齐整整。（二 38-701-12）¶只见街上～，人来人往。（警 28-439-2）¶入得城来，见这市井～，人烟辏集，车马骈驰。（水 3-53-12）

〈动〉愉快に騒ぐ。¶倪节浪末再要～～，啥要紧转去？（海 45-381-15）¶爽性拨倩倩漱琴野请得来，难末再邀少卿嫂嫂搭青云一淘去大家～一日，阿好？（沪 2-35-11）

ne

【呢】

〈助〉語気助詞。特指疑問文などの疑問文末に用いられる。¶耐末那价～？（海 2-11-24）¶房间铺来咪陆哩～？（海 3-20-2）¶耐第歇去也不过等来咪，做啥～？（海 4-25-4）¶倪为仔白相了，倒去做罪过事体末，何苦～？（海 34-281-7）¶大人真真格外周到，其

語彙例釈　ne－neng

实何必～？（海43-361-14）　¶洪善卿认得是王莲生的管家，名叫来安的，便问他："老爷～？"来安道："倪老爷哚祥春里，请洪老爷过去说句闲话。"（海4-27-14）　¶见了眉初立起身来，叫声"孙老"，随问道："孙老～？"眉初带笑带说道："要来快哉。"（鸿2-197-19）¶老五～？罗搭去哉？（沪1-76-3）¶除却这位王爷，还要拜什么人～？（维7-47-11）

nei

【内外科】

〈名〉"内科""外科"を合わせ称したもの。¶我有个朋友，～才会，真真好本事。（海21-169-11）　¶～用勿着，要用针灸科个。（三33-368-28）

【内心】

〈名〉心。思想。¶韵叟因问痴鸳道："近来阿有进境？"痴鸳道："还算无啥，有点～。"（海53-446-5）

neng

【能】

〈动〉助动詞。……できる（条件や能力があって）。¶倘然～得无思无虑，调摄得宜，比仔吃药再要灵。（海36-305-19）¶教士的行李，不是轻易可以议赔的，至少也须一万、八千银子，方～了事。现在凶手能够拿获与否，尚在未定，但赔款一节，却不～动用正项钱粮。（维1-3-14）　¶若论时尚之学，晚生也或可去充数沽名，只是目今行囊路费一概无措，神京路远，非赖卖字撰文即～到者。（红1-14-12）¶～使两把板斧，及会拳棒。（水38-599-15）

【能】

〈代〉こんなに。このような。¶啥～早嘎？（海2-15-10）¶唔笃啥～性急介，辰光还早勒海来呀，再请坐歇勒去哩。（狐1-6-3）¶大先生，倷记心啥～勿好，前几个月，巧玲屋里有一个姓李格武官，极有铜钿，一径住勒俚笃白相啘。（狐32-267-17）¶今朝唔笃～早，我到唔笃公馆里去，唔笃才出来个哉。（鸿5-215-15）¶客倈～少？（鸿9-242-21）

【能概】

〈代〉代詞"能"に同じ。共通語の"这样"。¶双玉稍微生意好仔点，就稀奇煞仔，生意勿好末～苦嘎。（海17-133-17）"能格""能介""能个"とも作る。¶倷想阿要气数，啥落做小能格苦脑嘎。（狐5-28-16）¶奴搭倷轧仔一年光景，究竟吭不十二分差处，伍啥能格薄情，拿奴甩脱介？（狐10-70-8）¶俚啥能格想勿出念头佬？（狐44-385-9）¶阿呀！看错仔眼睛哉，方大少倷能格早介。（九6-49-1）¶大少，耐啥能格早介？（负17-79-26）¶拍子！你勿晓得，做文章勿出，犹如吃粪之难，那了你看得能介容易介？（三14-157-15）¶钱先生啥了能介怕热？（描3-25-2）¶个种人个皮倷能个厚！（鸿10-251-10）¶啊唷，徐朝奉，啥洛晤你能个惹厌，吃仔鸡豆洛去子未是哉，故歇辰光奔得来做啥？（描8-73-27）

【能够】
〈动〉助动词。……できる。（能力または条件があって）。¶我有几花公事咪，陆里～勿出门口。（海8-59-8）¶耐～戒脱仔勿睏，故是再好也勿有。（海14-113-23）¶张蕙贞巴结末巴结煞，阿～像我？（海34-285-9）¶故歇衣裳、头面、家生，再有万把，我阿～带得去？（海44-375-21）¶耐十月里啥辰光来？有仔日脚末再写封信拨我，～早点最好。（海55-468-13）¶开年让倪囡鱼跟俚大先生学习学习，懂点经络。大先生～提拔得俚倷出道，我总感激弗尽格。（狐21-163-13）¶故歇倪做起生意来，板要唔笃奔脚步，一家一家去关照得来，勿知阿～照旧闹猛嘸。（狐50-429-9）¶这是你当初自愿受骗，不～怪他一人。（繁后2-730-24）¶那里～他说二千就是二千，全盘都依了他？（官5-61-5）¶倘照这样忙法子，就是天天喝参汤，精神也来不及；总得找个人～替代替代才好。（官58-1010-7）¶就是婶娘这样疼我，我就有十分孝顺的心，如今也不～了（红11-139-3）¶你～象他这苦心就好了，学什么有个不成的。（红48-668-18）¶你在这窑中受苦，几时～发达的日子？（杀18-79-6）¶妈妈道："早知你有这一日，为甚把你送在庵里去？"女儿道："若不送在庵中，也不～有这一日。"（初34-653-16）¶内有父母，要求谐鱼水之欢，终不～。（二29-562-9）¶我做猎户，几时～发跡。（水2-32-10）"能勾"とも作る。¶这妇人如花似玉，怎地能勾与他一句知心话儿，便死也甘心。（禅5-66-15）¶若不是大哥、三哥，这两滴酒几时能勾到他泉下？（二3-90-8）¶想来必定标致，可惜未能勾一见。（二14-280-4）¶我这等模样，几时能勾发跡？（警6-69-4）また"能个"とも作る。¶二位长官莫怪！钮将军军令严紧，少顷便来查看，我若留二位在此，都不能个干净。（水92-1494-7）

（注）上揭例（水92-1494-7）について、胡竹安《水浒词典》は、"'能个'，同'能够'。个，'够'的方音别字。……【方】吴语（如嘉兴话）'个''够'同音。"としている。

ni

【倪】

語彙例釈　ni

〈代〉第一人称代名詞。①共通語の"我们"。¶洪善卿觉小村意思要走，也立起来道："～一淘吃夜饭去。"(海 1-8-19)¶小村抬身起坐，又打个哈欠，向朴斋说："～去罢。"(海 2-13-11)¶俚哚栈房里才实概个，到仔十二点钟末就要开饭哉。勿象～堂子里，无拨啥数目，晚得来！(海 2-15-11)¶耐也吃点，～一淘吃。(海 4-32-5)¶好个，～要坐两把车哚。(海 8-62-10)¶我倒勿是帮双玉，我想～故歇来里堂子里，大家不过做个倌人，再歇两年，才要嫁人去哉。(海 17-134-22)¶蔼人、啸庵才勿来，就是～六个人。(海 47-402-12)¶华生道："长远勿听书哉，～去听书阿好？"鸣网道："只怕碰着熟人无趣。"(鸿 1-192-16)¶耐豪燥点，叫阿龙拉一部马车来，～两家头一淘去。(九 104-724-24)¶照我格说法，连好日才要拣得格，横势～一共五个人，说走就走。(狐 48-414-2)¶俚一迳搭～姊妹两家头去白相。(沪 1-10-3)¶四少，～两家头长远弗吃酒哉，今朝搭耐吃格十杯勃兰地，阿好？(沪 1-49-7)¶少卿笑道："～前几日还到过俚搭呀。"次云咤异道："唔笃到俚搭作啥？"(沪 1-47-12)

②"我"を指す。¶孙素兰唱毕，即替吴松桥代酒，代了两杯，又要存两杯，说："～要转局去，对勿住。"(海 3-23-10)¶～要等客人到齐仔末交卷哚，耐覅来里性急。(海 50-429-13)¶俚去个辰光拨～一千洋钱，倒是～搭俚说："耐就要来末，一淘开消也正好。"(海 64-547-3)¶双人说了，把秋燕打量了一回，说道："先生出色哑！"秋燕道："～是勿好格，耐覅钝。"(鸿 3-204-19)¶陆丽娟瞟了秋谷一眼道："啥格别脚勿别脚，只要～搭耐两家头……"(九 128-866-10)¶～叫老二，刚刚来浪上海来，今朝七点钟到格搭格。(九 148-983-21)¶～有仔三个月格喜哉，起起是男是女。(官 8-112-6)¶阿珠连忙把牌推过一边，上来解劝，把黄子文两只手拉住，嘴里说道："才是～勿好，唔笃覅动气。"(负 15-68-19)¶格个末事是耐做～格辰光，耐搭～一淘坐马车看见仔，～欢喜咾要耐买格。～一迳蛮欢喜俚。谢谢耐，耐带仔去送拨少奶奶做个纪念末哉。(沪 1-106-1)

【倪子】

〈名〉むすこ。¶耐哚～等仔一歇哉，快点转去罢。(海 12-96-18)¶听见倪叫无姆末俚也叫无姆，请倪无姆吃点心，一淘同得去看孔雀，倒好像是倪无姆个～。(海 29-243-24)¶耐今年也四十多岁哉，～囡仵才勿曾有。(海 34-285-13)¶倘然浣芳有福气，养个把～，终究是漱芳根脚浪起个头，也好有人想着俚。(海 54-459-2)¶哎，倪格乖～，勿要搭吭妈磕头哉。(九续 150-1073-21)　"妮子""伲子"とも作る。陋之有，小妮子末来海读蛇龙居之，民无所定。(沪 2-102-6)¶亲娘，相爷¶亲娘，相爷晓得你无妮子，介勒今朝头为你买一个团儿勒里。叫康宣，改名叫华安，苏州人，十七岁哉。(三9-105-21) ¶有日子兄弟两人勒浪书房里读书。该格乡下人走过门口，听见俚大～来海读君子居之，何晓得倍无妮子，介勒今朝头为倍买一个僮儿勒里。(笑9-134-6)

【泥】
〈动〉拘泥する。固執する。¶拨俚'寒梅着花未'一首诗束缚住哉，耐麴去～煞个哩。(海61-519-21)

nian

【拈】
〈动〉つまむ。つまんで選ぶ。¶～席间一物，用《四书》句叠搭，阿好？(海39-326-2)

【拈阄】
〈动〉くじを引く。¶我就出个'鱼'字，～定次，末家接令。(海39-326-5)¶依我说，也不必随一人出题限韵，竟是～公道。(红37-503-9)

【年伯】
〈名〉父と同年に科挙の試験に合格した人に対する敬称で、明代中葉以後は同年に科挙の試験に合格した者の父また伯父·叔父を称するのにも用いられ、後には広く父の世代の人に対しても用いるようになった。¶难～要我献丑，也无法子，缓日呈教末哉。(海53-451-7)¶小侄倒还有几部带在身边，～若要看时，待小侄明天送过来罢。(维2-12-12)¶二人和秦风梧的老子都有年谊，秦风梧只得站起来招呼老～。(文55-296-27)¶刚才是拜访周方伯。不瞒三位说，方伯是小弟的～，拉住了，一定叫吃了饭去。(负4-19-9)¶绅董里头有一位庐陵的王梦笙太史，与他同年换贴至好，见面就说："～的葬事未克亲临叩奠，抱歉之至。"(梼8-114-3)¶我们和他还有年谊呢！论起来还要叫他一声老～。可是到了一块吃花酒，老～倒也随便得很了。(人23-233-19)¶问店主人借缙绅看查。有两个相厚的～，一个是兵部尤侍郎，一个是左卿曹光禄。(警17-240-8)

【年底】
〈名〉年末。¶绸缎店、洋货店、家生店，才有熟人来浪，到～付清好哉。(海55-469-11)¶一块洋钱一月，倪拨到俚～末哉。(海62-528-2)¶所以我打算到～要想收场哉，开年让倪囡鱼跟倷大先生学习学习，懂点经络。(狐21-163-12)¶旧年～搭沈老三一淘去北京哉。(沪3-101-1)¶到了～，倒是那刑名仗着此事出了把力，写封信来问王梦梅借五百银子过年，王梦梅应酬了他二百两。(官6-79-8)¶二爷带了林姑娘同送林姑老爷灵到苏州，大约赶～就回来。(红14-193-14)

語彙例釋　nian

【年底下】

〈名〉"年底"に同じ。¶二小姐再要上仔俚个当,一径等来浪,等到～,真真坍仔台歇作!(海62-527-11)¶像五月里个生意,空一千也勿要紧,做到仔～末就可以还清爽哉。(海62-531-13)¶做着仔癞头黿,故末～也好开消。(海64-546-15)¶看看面子浪生意蛮好,像煞无啥;到仔节浪向,搭仔～划算起来,总归是格勿灵。(九130-874-14)¶本家的房饭钱、菜钱、外面的店帐,到了～催逼起来,只把一个沈二宝逼得个上天无路,入地无门。(九162-1064-22)¶其余姊妹们,听说～的局帐狠收不起,也有只收六七成的,也有只收五六成的。(繁Ⅱ23-614-15)¶现在～事情又多,若把戴牧放了出去,卑职们纵然处处留心,恐怕出了一点岔子,耽误大人的公事。(官11-168-4)¶上两回还有一千二百两银子没送来,等今年～,自然一齐都送过来。(红72-1025-19)

【年纪】

〈名〉年齢。¶从前相好～忒大哉,叫得来做啥?(海15-116-2)¶～轻轻说啥死嘎,事体末慢慢交商量,总有法子好想。(海16-128-11)¶耐要自家有淘成,五十多岁个～,原像仔先起头实概样式,做出点话靶戏拨小干仵笑,我倒替耐难为情。(海49-417-16)¶前头养过两个男,大格老早就死,第二格勒浦东乡下,虽则未勿见过,算上去～亦对格。(狐36-312-8)¶～大子末,自然无子颜色哉。(三19-224-26)¶耐为啥好笑?阿是嫌比倪～忒大哉,配耐弗上?(沪3-23-10)¶车夫是～大个呢,还是～轻个?(上问32-59-4)¶这举人姓王名仁,因为上了～,也就绝意进取,到得乡间,尽心教授。(官1-1-9)¶小小的～倒作下病根儿,也不是顽的。(红7-107-16)¶况你～小小的,那曾经历艰苦,又且单身独自,俺却放心不下。(禅22-356-5)¶你小小～,丈夫不在,却不在家里坐,却在外边乱闯!(型3-41-7)¶适才所言白老孺人,多少～了?(二3-55-13)¶此事老身前日原说过的,只是～还早,又不知你要从那一个?(醒3-62-11)¶如今我女儿～又小,正好相配官人,做个'两头大'。(喻18-258-6)¶～小时,曾应过武举,做到殿司制使官。(水12-177-6)

【年貌】

〈名〉年齢と容貌。¶各人立一段小传,详载～籍贯,父母存没,啥人相好末就是啥人做。(海53-449-24)¶妓女的～、籍贯,都要造具清册。(维9-59-8)¶况且王太史这般～,满面的晦气,一嘴的髭须,和姓陈的两边比较起来,一边就是那控鹤监的傅粉郎君,一边便是那终南山的虬髯进士。(九65-474-7)¶那茶房说,是包厢中的两个女人送的。美士盘问～,晓得是秀珍等二人。(歇15-193-2)¶众人见黛玉～虽小,其举止言谈不俗，身体面庞虽怯弱不胜，却有一段自然的风流态度。（红 3-40-7） ¶小可这里，有个妇女，也是贵乡人，～与兄正当，小可欲将他来奉兄仁箕帚，意下如何？）（初 8-150-13）

【年势间里】
〈名〉ふだん。日ごろ。 ¶要是无拨末叫无法子，像四老爷，就～多下来用用末也用勿完哦。（海 15-120-7）

【廿】
〈数〉二十。 ¶说是～六块钱咪，阿贵嘎？（海 17-137-5） ¶耐今年～四岁，再歇三年也不过～七岁。（海 18-143-2） ¶俚有仔洋钱，十块～块，才拨来姘头借得去。（海 22-176-13）¶倪～三也宣卷呀，耐也来吃酒哉唲。（海 25-202-3）¶通共六桌～四位客，刚刚～四根筹。（海 44-369-9） ¶十六岁做大生意，念岁赎个身，今年～二岁。（鸿 10-251-22）¶真真叫出色，年纪只有～一、二岁。（新 4-15-17）¶如今恰是亲耳听得"小玉"二字，他也不管甚么三七～一，一脚就踏过那只船上，舱门开的，一眼就看见了。（醒下 1-97-9） ¶过新年才～三岁。（二 14-282-3）

【念】
〈动〉読む(音を出して)。 ¶让我来～拨耐听。（海 21-168-21） ¶～出来，我来写。（海 33-273-16） ¶自取了笔砚纸墨出来，将方才的诗命他二人～着，遂从头写出来。（红 76-1093-16）

【念】
〈数〉"廿"に同じ。 ¶子富道："就五十杯末哉，啥稀奇！"汤啸庵道："～杯哦哦罢。"（海 6-46-17）¶十六岁做大生意，～岁赎个身，今年廿二岁。（鸿 10-251-22）¶倪十六岁出来做生意，故歇念三岁。（九 75-543-11）¶横势还有～几日天，划策起来，作兴来得及也未可知格。（狐 33-276-11）¶年纪至多不过～岁，身穿铁灰色花线缎薄棉袍。（歇 3-30-16）

【念头】
〈名〉考え。思い。⇨转念头。¶除仔做生意也无拨第二样～。（海 63-535-14）¶耐格～搭我一样。（鸿 15-283-20） ¶潘大人耐想俚有仔实梗一个～来里心浪向，自然勿肯搭耐说哉呀。（九 167-1096-20）¶节浪拿物事出去，一来末难为情，二来末勿舍得，所以奴勒里另想～。（狐 33-276-11）¶醺醺然已经半醉，不觉动了酒字底下的～。（维 9-61-5）¶料着少牧一心一意存下了个娶他的～，看来娶不成时，这银子休想借得分毫。（繁初

語彙例釈　nian－niang

29-323-2)　¶知道他已经存了分肥～，心上老大不顺。(官17-259-15)　¶瞧了后使人顿时生发起爱国的～来。(新59-274-30)　¶癞蛤蟆想天鹅肉吃，没人伦的混账东西，起个～，叫他不得好死！(红11-165-6)　¶张一索闻知这个消息，陡起不良之心，又发凶贪之状，一直把那改恶从善的～，又撇到东洋大海去了。(醒上8-54-23)　¶葬骸骨，认本宗，都是不忘本的～，甚好，甚好。(禅22-356-4)　¶如今世人一肚皮势利～。(初10-171-4)¶从第一着迷处，把这～放淡下来。渐渐六根清净，道念滋生，自有受用。(警2-13-11)　¶那婆娘见宋江抢刀在手，叫："黑三郎杀人也！"只这一声，提起宋江这个～来。(水21-317-12)

niang

【娘】

〈名〉母。お母さん。¶撞杀耐哚～起来，眼睛阿生来哚！(海2-14-11)¶我是耐亲生～唲，阿晓得？(海6-44-10)¶我说耐写封信去交代俚哚～，随便俚哚末哉，勿关耐事。(海29-237-12)　¶耐同仔～大马路去做啥？(海57-488-17)　¶我起初只晓得林黛玉，是倪～告诉我格。以后～死仔，亦听见别人说，胡宝玉就是林黛玉改格名字，改仔好几年哉。(狐36-310-26)　¶有一天新嫂嫂的～过生日，喊了一班人，在堂子里宣卷。(官8-117-18)　¶泛泛的交情我还常常的多方接济，何况秋波的事呢！但不知道秋波的～零零碎碎一共用了惋春老四多少钱？(人32-351-3)　¶接连得到他的～在京身故的信，他更加悲戚，因此一病不起。(梼19-310-8)　¶正好鸳鸯的～前儿也死了，我想他老子～都在南边，我也没叫他家去走走守孝，如今叫他两个一处作伴儿去。(红54-755-2)　¶"～休惊怪！女儿即是翠浮庵静观是也。"妈妈听了声音，再看面庞，才认得出。(初34-653-10)　¶此时妙珍没了～，便把祖母做～。(型4-55-16)　¶我的～由他在村里受苦，兀的不是气破了铁牛的肚子！(水42-684-10)

【娘舅】

〈名〉おじ(母方の)。母の兄弟。¶教我那价去见我～嘎？(海1-3-15)　¶最好末耐原转去，托朋友寻起生意来再说。勿然就搬到耐哚～店里去，倒也省仔点房饭钱。(海14-107-15)¶原想要转去，无拨铜钱。～阿好借块洋钱拨我去趁航船？(海24-199-13)¶～，谢谢耐，阿好搭俚买点香蕉、鲜藕来吃？(沪2-69-2)　¶那活死人已有七八岁，见了～经不认得。(何5-53-8)¶我们这个外甥，他去年到这爿洋行里做生意，是我～做的保人。(官11-165-13)¶他两个～，一个叫莫仁，一个叫莫信，都是市侩。(梼1-5-10)¶自别父亲，走入中国，寻着～总兵都统制傅恽，收在部下为书记。(禅11-165-10)　¶

550

去到～潘家，讨午饭吃了。(喻 3-67-13)¶一日乘着两杯酒红了脸，道："～，我有一事求着你，不知你肯为张主么？"柳长茂道："甥舅之间，有甚事不为你张主？（型 38-527-9）¶这是我～家姓。(二 9-198-14)¶你且住，只我便是晁保正。却要我救你，你只认我做～之亲。少刻，我送雷都头那人出来时，你便叫我做阿舅，我便认你做外甥。（水 14-202-5）

【娘因件】

〈名〉母と娘。⇨因件。¶倘忙四老爷听仔俚咉，倪搭勿来仔，倪是无拨第二户客人哝，～阿是要饿煞？（海 27-224-12）

【娘姨】

〈名〉既婚の女中。¶善卿道："屋里还有啥人？"朴斋道："不过三个人，用个～。"（海 1-4-10）¶我教～到栈房里看仔耐几埭，说是勿曾来。(海 2-11-15)¶沈小红搭～请老爷过去说句闲话（海 24-194-14）¶我问～格两个人来倽事体？～说是问奶奶借洋钱格。（鸿 12-261-22）¶倪格～阿三末是广东人，从前倒野做过老板娘娘，俚格家主公就是品香园格老板哩。（沪 2-7-11）¶一帮人才走到半扶梯，就有许多～、大姐来接应。（官 8-108-13）¶正在十分有兴，忽～传进话来说马太太府上有个～来，等在外房说要马太太出去讲一句话。（十 23-172-12）¶这～又弄了几百块钱，开销清楚，调到东平安，包了个房间。他现在在这～手里，就同讨人一般。（栳 13-215-2）¶我们坐下，一个～授了两只水烟袋来，我与朋友接了一只，刚吸得三四袋，就见走进一个五十多岁的婆子来。（新 11-46-18）

（注）『沪游杂记』卷二の青楼二十六则に"妓家女仆有夫者为娘姨，未嫁者为大姐"とある。

nie

【揑】

〈动〉握る。手に持つ。¶我个物事，幸亏我～牢仔，替无姆看好来浪，一径到故歇，勿曾骗得去。倘然来哚无姆手里，故歇也无拨个哉。（海 49-417-3）¶格个～旗格外国人，立勒马前头作啥介？（狐 15-111-2）¶拖着一双草凉鞋儿，～着一把三角细蒲扇，仰昂着脸，背叉着手摆进来（水 103-1583-3）

（注）上揭例（水 103-1583-3）の"揑"について胡竹安《水浒词典》は，"用手握物"とし，次のような注を加えている。

【方】今吴语常以"揑"代"拿"，如说"整日～本书"。

語彙例釈　nie

なお、《水滸》では"撚"を"捏"にあてている用例がある。　→杨林笑道："哥哥，你看我结果那呆鸟！"撚着笔管枪，抢将入去。（水 44-715-14）　→跨一匹黄马马，撚一条浑铁枪，高叫道："水洼草寇，怎敢用诡计骗我城池！"（水 92-1489-3）上掲《水滸詞典》は、"撚"を"捻"に改め。"握，捏"と釈義を加えている。（ちなみに同詞典は"捻 niam"とするが、『近代漢語大詞典』は"捻 nie"とし、"捏，握持"の釈義を施している）。

なお、"捏"には次のような派生義の用法もある。　→你想脱卸是脱卸不去的了，现在凭据捏在我手里。（新 46-212-2）　→我何曾说什么？你不过要捏我的错儿罢了。你倒说出来我听听。（红 42-582-17）

【捏忙】

〈动〉うそをつく。¶洪善卿也笑道："我就晓得耐来哚～。"罗子富道："就算是我～，快点豁仔拳了去。（海 4-27-3）

（注）張愛玲注釈：海上花は、"捏忙"を"无事忙"とし（海南出版社本もこれに従う）、吴越：海上花列传普通話本は"编瞎话骗人"としている。『漢語方言大詞典』は、"说谎。吴语。上海。"とし、『海上花列伝』の前掲例をあげ、"也作'捏罔'，上海松江"としている。

【哩】

〈助〉語気助詞。①命令文の文末に用いられる。¶耐去茶馆里拿毛巾来揩揩～。（海 1-3-16）¶耐覅去～，让俚哚末哉。（海 1-7-14）¶二小姐，来～。（海 2-11-8）¶价末为啥？耐说说看～。（海 16-127-1）¶洪老爷请坐～，对勿住。（海 24-197-14）¶慢点～。（海 25-208-22）¶耐覅忙～。（鸿 2-198-4）¶叫声"二老爷"，随说道："到小先生房里去坐～。（鸿 6-224-18）¶耐放俚去～，看俚阿好意走出去。（九 1-9-7）¶大少，宽宽马褂～。（九 5-37-24）¶汇票是倽个样子介，拨倪我看看～！（九 6-46-14）¶先生勿要实梗～，有闲话末，好好里替刘大少说，刘大少也无倽勿肯格呀！（九 11-82-15）¶唔笃啥能性急介，辰光还早勒海来呀，再请坐歇勒去～。（狐 1-6-4）¶阿二，倷替奴去拿出来～。（狐 25-201-8）¶先生发脾气哉。老二，快点讨饶～。（沪 1-8-9）¶请坐，请坐，覅客气～！（沪 1-47-6）"嘘""捏"とも作る。¶耐一干仔来浪看倽？让倪也来看看嘘！（九 60-440-23）¶到底倪冷仔年半把场，一时头浪要拉拢几化客人来，也有点吃力格，奈覅看得式容易嘘。（狐 50-429-13）¶介末大爷勿要抖，听小男说捏。（描 1-5-21）②疑問文の文末に用いられる。¶人末一年大一年哉，来哚屋里做啥～？（海 1-4-6）¶

552

陆里去～？（海1-5-13）¶前日仔收得来会钱到仔陆里去哉～？（海3-19-11）¶票头末是罗子富个笔迹，到底是啥人有事体～。（海3-24-1）¶耐啥要紧～？（海4-25-1）¶倪无姆～？（海12-95-23）¶价末耐为啥勿早说～？（海25-208-11）¶难末那价回头俚～？（海29-244-12）¶等到啥辰光～？（海50-429-14）¶好个，今朝就拜。那价个拜法～？（海52-441-14）¶就说是做生意末，三四千洋钱陆里一日还清爽～？（海62-533-2）¶早末，阿是弗作兴来～？（沪1-8-1）¶俚讨仔格星姨太作啥～？（沪1-10-7）¶啥叫老毛病～？（沪1-47-7）"嚜""捏"とも作る。¶故歇倪做起生意来，板要唔笃奔脚步，一家一家去关照得来，勿知阿能够照旧闹猛嚜？（狐50-429-9）¶"……独有一等穷人末原觉得费力个。""罗里一等捏？"（描1-6-20）

③平叙文の文末に用いられ、語気を強め、強調する。¶近来上海滩浪，倒也勿好做啥生意～。（海1-4-5）¶第号物事，消场倒难～。（海1-6-11）¶耐勷去听俚，俚来哚寻耐开心哉～！（海1-8-16）¶耐过来，我搭耐说～。（海2-15-23）¶倪秀宝小姐是清倌人～。（海2-16-5）¶李大少爷，真真怠慢耐哚～。（海13-106-20）¶如此可据，可称别开生面，只怕从来经学家也勿曾讲究歇～。（海45-383-8）¶耐要自家有淘成点好不好～！（海49-416-24）¶倪走哉～，停歇一淘请过来。（鸿1-196-10）¶格是后日倷一定要来格～。（狐5-32-5）¶格套戏子，有心搭倷要好，无非想两个铜钱～。（狐11-75-16）¶多谢仔倷大人，真真对勿住～。（狐18-142-3）¶奴说格外国话是滑头～，只怕拨俚笃听见仔，要笑煞格。（狐22-178-2）¶说起交情勿交情桥句闲话，真正叫枉空～！（九130-877-21）¶我说倪吭不天官赐，勷啥耐做仔别人～。（沪1-8-10）"嚜""捏"とも作る。¶倷明朝要来格嚜。（狐50-428-18）¶吭啥别格意思嚜。（狐50-429-17）¶个个是唐伯虎吥，要吃苦头个嚜。（三4-26-18）¶奶奶酒冷哉捏。（描1-6-16）¶老爷，我想故宗大雪有一等穷人是苦得极个捏。（描1-6-16）

④文中の息の休みの入るところに用いられる。¶气～怪勿得耐气，想穿仔也无啥要紧。（海12-94-23）

ning

【宁可】
〈副〉むしろ……する。いっそ……する。……した方がよい。¶要是差仿勿多客人，故末～拣个有铜钱点总好点。（海18-148-5）¶阿坐得起来？今夜头月色末蛮好。高兴坐坐末野好。倘势辛苦末，～勷起来。（沪4-70-4）¶一大意就要着人家的圈套，玩一月半月没事，～早些回来。（新31-140-15）¶～我们候他的好。（新56-260-18）¶这碗

語彙例釋　ning-nong

饭真正不是人吃的！～剃掉头发当姑子；不然，跳下河去寻个死，也不吃这碗饭了！（官 13-186-16）¶将来有事，只怕未必不连累咱们，～疏远着他好。（红 72-1026-18）¶若依不得我，一世不说这亲，～守孤孀度日。（警 13-173-17）¶我和你两个，明日早起些，只拣小路里过去。～多走几里不妨。（水 36-565-15）

niu

【钮子】

〈名〉ボタン。¶再有一块羊脂玉佩，俚一径挂来哚～浪，故末让俚带仔去，勿忘记。（海 42-358-6）¶宝玉见他不应，便伸手替他解衣，刚解开了～，被袭人将手推开，又自扣了。（红 21-293-15）

nong

【哝】

〈动〉がまんする（十分ではないが）。なんとか当座をしのぐ。¶念杯～～罢。（海 6-46-17）¶耐住来哚客栈里,开消也省勿来,一日日～下去,终究勿是道理。（海 12-98-18）¶俚不过要借洋钱，就少微借点拨俚，也有限煞个。再～两节，等耐赎仔身末好哉唲。（海 22-177-2）¶无姆说～两日，～勿落哉唲。（海 23-190-6）¶稍微有点勿快活，耐～得过就～～罢。（海 24-193-19）¶倘然耐屋里个夫人勿许讨，耐就讨我做小老母，我也就～～末哉。（海 55-466-4）¶前节方老爷来里照应，倒～仔过去，故歇耐也勿来哉，连浪几日天，出局才无拨。（海 59-507-7）¶故歇趁早豁开仔史三公子，巴结点做生意，故末年底下还点借点，三四千也勿要紧。再要～下去，来勿及哉哩！（海 62-527-16）¶章老爷来浪上海白相惯仔，天津地方格两个倌人，章老爷陆里看得上？只好将就点～～格哉。（九 145-963-21）¶生意也呒啥好，～～罢哉。（九 166-1090-11）¶格两年格生意，说末说勿好，到底还～得过去，勿会去欠啥格债。（九 167-1095-21）¶倪从来对待格排倌人，总规是可怜俚笃苦命，弗大肯扳俚笃格差头，～得过去末～～拉倒哉。（沪 1-101-6）¶令规是一句俗语，俚倒说仔两句，本来要罚格。难为俚说得自然，就～～末哉。（沪 2-109-9）¶呒姆末夷是呒清头。亏空铜钿末，拿倪格首饰当脱点，再去借格二三千末就～过去哉。（沪 3-22-9）¶仰倪再～仔一节咾定规跟耐转去，阿好？（沪 3-27-4）"浓"とも作る。¶兄弟也是个光身子，就靠着稍微有点子名气外头总算相信过的，二三千银子手里头常常攉出攉进，不过全靠自家算计，生意里借转点子碰着法有甚进益，补凑补凑就这么浓下去了。（十 28-210-21）

（注）このほか明清文学作品では"农""脓""侬"などの表記でも用いられている。

周志鋒:明清小説俗字俗語研究（中国社会科学出版社，2006 年，北京）を参照（同書 P. 101- P. 103）。

『紅楼夢』の"能着"の"能"もこれに当たることは、多くの研究者によって指摘されている。 →他两家的房舍极是便宜的，咱们先能着住下，再慢慢的着人去收拾，岂不消停些。(红 4-66-4) →这绢包儿里头是姑娘上日叫我作的活计，姑娘别嫌粗糙，能着用罢。(红 37-510-7) →要使什么，横竖有二姐姐的东西，能着些儿搭着就使了。(红 57-810-9) →那里为这点子小事去烦琐呢？他劝你能着用些。(红 68-966-2) →素云又将自己脂粉拿来，笑道："我们奶奶就少这个，奶奶不嫌腌臜，能着用些。"(红 75-1064-19)

【弄】
〈动〉具体的な動作を示す他の動詞に代えて用いられる。¶倪去～点点心来吃，阿好？（海 4-32-4)¶陆里拿得来嗄？原搭俚放好好，晚歇～坏仔末再要拨俚说哉。(海 7-53-18) ¶麴～醒醒仔衣裳。(海 13-103-23) ¶两家头并仔堆末，～勿好哉。(海 17-132-16) ¶勿晓得醒醒物事为啥～到面孔浪去，倒也稀奇哉！(海 26-217-11)¶倘忙～出点事体来，终究无啥趣势。(海 54-456-12) ¶耐今朝阿搭奴去看看佬，看定仔末，马上可以搬出去哉。勿然，～点啥事体出来，要脱身弗得格。(狐 10-71-4) ¶慢慢交，耐一错哉，俚搭倪要好，那哼勿要认倪介？（九续 132-963-8)¶倷格倪搭耐说句闲话，耐倒说，倪问耐讨账，勿肯放耐格两声闲话，倒要搭耐～～明白笃！(九 129-870-20) ¶心上想～小，只是怕太太，不敢出口。(官 39-664-13) ¶倘若贪心不足，把名气～坏了，反倒不好。(官 51-870-1) ¶也不是你文章做得不好，是你诗上～错了韵。(官 54-926-20)¶你们～什么社，必是要轮流作东道的。你们的月钱不够花了，想出这个法子来拗了我去，好和我要钱，可是这个主意？(红 45-616-13) ¶及至告到官司，又被那人～了些手脚，反问输了。(醒 4-82-1) ¶要酒吃还好去赊两壶，家里宰只鸡，～块豆腐，要钱那里去讨？（型 9-129-4)

【弄得】
動詞"弄"＋助詞"得"。ある好ましくない状態・羽目に陥ることを表す。¶衣裳未着完哉，头面未当脱哉，客人末一个也无拨哉，倒欠仔一身债；～我上勿上，落勿落，难末教我那价呃？(海 10-80-24) ¶稍微生意好仔点，难末姘戏子、做思客才上个哉，到后来～一场无结果。(海 18-147-20) ¶上海挨一挨二个红倌人，故歇～实梗样式！(海 54-462-14) ¶只怕俚晓得仔格桩事体，吃起醋来，～动刀动枪，叫奴阿要吓杀介。(狐

語彙例釋　nong－nü

11-75-19)　¶拨勒杨家里听见仔，虽说末已经出来，总算坍仔俚格台，只怕拿倪驱逐，～住勿安稳，倒勿局格哉。(狐 11-76-7)　¶倪本来勿认得倷姓贡格客人，才是耐荐拨仔倪，～鸭屎臭。(九 21-161-17)　¶禁不住龙珠一再软求，统领～没法，便指引他叫他去求周老爷。(官 15-223-5)　¶庄大老爷奉他两位炕上一边一个坐下，茶房又奉上茶来。～他二人坐立不安，手足无措，不知如何是好。(官 15-228-9)　¶初时谈了两句，我还勉强懂得，到后来不但他不懂我的话，就是我也不懂他的话了，～我没了主意。(维 4-28-8)　¶这一句话阿宝说得太响了，贾、柯二人全听见。～黎宛亭不好回答，一面走下扶梯，一面口中含糊回答道："明天再说吧。"(人 17-151-13)　¶他那资财不独人家不晓得，他的细数就连他自己也～糊里糊涂，无从计算。(梼 17-268-20)　¶为这点子小事，～人坑家败业，也不算什么能为！(红 48-663-5)　¶羽娘只是少有不遂，便是怒骂，怒骂不了，便是啼哭，～吉顺吾昏头昏脑，亦只得勉强支吾，不敢出一声怨言。(醒上 12-82-24)　¶不务生理，～家业调零。(禅 6-75-15)　¶倘贪了小便宜，执迷不悟，不～功名没分了？(二 8-165-14)　¶到后来见徐和尚输情输意，便也用心笼络他，今日显出一件手段来，明日显出一件手段来，吹箫唱曲，吟诗鼓琴，把个徐和尚～又敬又爱，魂不着体。(型 7-101-11)　"弄到"とも作る。　¶倪故歇想起来，做仔格个断命生意，总归吭拨收梢，倪到早点肯坏坏良心末，也勿造至于弄到实梗样式，故歇倒是上勿上，落勿落。(九 23-174-20)

nü

【女】

〈形〉属性词。女性の。¶文君玉是我～弟子。(海 59-507-4)　¶不到三天，竟其买到五十多个～孩子。(官 35-591-20)　¶这～学生年又小，身体又极怯弱，工课不限多寡，故十分省力。(红 2-24-11)

【女客】

〈名〉女性の客。¶我说楼浪有～来里，俚勿上来，就要去哉。(海 21-167-12)　¶另外还有精室，专备接待～。(官 38-648-1)　¶众倌人见在席都是～，应酬得比众巴结，太太小姐叫得应天价响。(十 22-163-30)　¶客人是男客？是～？(人 24-248-3)

【女人】

〈名〉妇女。女性。¶总归做仔个～，大家才有点说勿出个为难场花，外头人陆里晓得，单有自家心里明白。(海 52-440-12)　¶太太毕竟是个～，没有气力，拗他不过。(官 11-158-19)　¶究竟你结识的～是谁？(歇 16-203-18)　¶他防我象防贼的，只许他同男

556

人说话,不许我和～说话。(红21-297-21)

【女婿】

〈名〉むすめむこ。¶当下阿虎来叫洪氏道:"俚哚难是亲家哉,耐也去陪陪哩。"洪氏道:"有～陪来浪,我勿去。"(海62-531-2)¶我想把阿宝给你做老婆,你做了～,那时我们来往,他就不好管我们了。(新20-89-30)¶丈母～女儿活着是亲戚,女儿没了就是路人,现在我的女儿已经死掉,云生已经续娶可就不是我的～了。(十24-176-18)¶卖了女儿还要得点身价,可怜他其实还赔了多少钱,这做官的～也没一点儿好处到他两人身上。(梼14-225-23)¶今者～接来养活,岂不愿意,遂一心一计,帮趁着女儿～过活起来。(红6-94-17)¶既拜你做岳母,就是你的～。(鼓28-337-7)¶陈朝奉留住,另设个大席面,管待新亲家、新～,就当送行。(警5-57-12)¶我～得你做个兄弟相帮,也不枉了。(水44-722-13)

O

o

【噢】

〈叹〉ああ。そうと気付いたとき。了解したときなどに発する。¶～,洪大少爷,房里请坐。(海1-5-24)¶漱芳又在床上叫声"无姆",道;"耐去哩。"秀姐应道:"～,我去哉。"(海36-302-9)¶淑人始而惊讶,继而惶惑,终则大悟大喜,不觉说一声道:"～!"(海41-347-9)

【噢唷】

〈叹〉まあ。意外さに驚いたときなどに発する。¶～,倒说得体面哚!(海9-73-8)¶～!客气得来!(海18-148-7)¶～!有仔个家主公了,稀奇得来,问一声都勿许问。(海21-167-22)¶～!闲话倒说得蛮像,夠晚歇讨气。(海25-207-21)

P

pa

【爬】

〈动〉①起き上がる(寝ている状態から)。¶醒转来,客堂里真个有轿子,钉鞋脚地板浪声音,有好几个人来浪。我连忙～起来,衣裳也勿着,开出门去。(海18-142-10)¶小泉道:"敢是你不要我来么?"阿翠道:"不是呀,方才叫你多睡会子,定管不肯,巴

語彙例釈　pa

巴的～起来，现在却又来了。跑来跑去，你脚胫倒着实好！"（十20-146-9）
②上がる（物につかまって）。¶无娒来看哩，浣芳还来浪叫阿姐，要～到床浪去拉起来！（海42-356-3）¶我生怕别人贴坏了，我亲自～高上梯的贴上，这会子还冻的手僵冷的呢。（红8-130-22）
③もたれかかる。はりつく。共通語の"趴"。¶～来哚墙头浪，太阳照下来，热得价要死！（海55-466-22）¶黄翠凤的妹子金凤见留不住罗子富，汤啸庵两位，即去～在楼窗口，高声叫："无娒，罗老爷去哉！"（海7-50-2）¶趆进房间，只见李漱芳拥被而卧，单有妹子李浣芳～在床口相陪。（海19-155-7）¶我想着必定是有人偷柴草来了。我～着窗户眼儿一瞧，却不是我们村庄上的人。（红39-540-7）

【怕】
〈动〉恐れる。怖い。¶洪老爷，耐啥见仔沈小红也～个嘎？（海4-29-4）¶就算我～仔耐末哉，阿好？（海5-36-18）¶人人～家主婆，总勿像耐～得实概样式，真真也少有出见个。（海21-171-3）¶姐夫夓走得去哩，我一干仵～煞个。（海35-293-13）¶四老爷坎到辰光，～得来，面孔浪才是个哉！（海58-496-9）¶陪仔外国人困觉阿有点～介？（狐22-173-4）¶有的缴上六七成,地方官～他们，一直奈何他们不得。（官47-797-15）¶但是他平素～老婆～得非常利害，从不敢吃一碗茶，瞧一出戏。（新43-197-10）¶梦翁如此～如夫人，倒看不出。（栲11-172-14）¶姚啸秋听到这里，伸了一伸舌头道："可怕，可怕。"程藕舲道："～什么？"（人30-331-11）¶我这外边没个人，我怪～的，一夜睡不着。（红51-714-7）¶只见这店小二初时强说不～鬼，不～贼，心下实有几分害怕。（禅22-363-12）

【怕面重】
〈动〉恥ずかしがる。きまり悪がる。共通語の"怕羞"。¶熟仔点倒～哉。（海43-365-19）¶说债主因～，故把全权托他，叫他拿了洋钱回去。旁人那里疑心，子富更是睡在鼓里。（繁后24-1006-24）

【怕人势势】
〈形〉こわい。恐ろしい。¶耐放心，我晚歇勿来末哉，夓说得来～。（海13-105-10）¶我说癞头鼋～，文君勿做也无啥，勿该应拿'空心汤团'拨俚吃。（海44-376-5）¶阿要～，区得倪夠碰着俚，要叫倪碰着仔格号酒鬼格外国人，是魂也吓脱格哉！（九158-1042-17）¶我们拿了人家的脑袋去换保举，～的，这保举还是不得的好。（官40-678-3）

【怕肉痒】
〈动〉ひどくくすぐったがる。 ¶诸十全听了，欻地连身直扑上去。将实夫揿倒在烟榻上，两手向肋下乱搔乱戳，实夫笑得涎流气噎，没个开支。……诸三姐扶起实夫，笑道："李老爷，耐也是～个？倒搭俚家主公差勿多。"（海21-168-7）

pai

【拍】
〈动〉撮影する。撮る。 ¶最好笑有一转～小照去，说是眼睛光也拨俚咪～仔去哉。（海7-57-6） ¶耐照相楼浪勿曾去，我说倪几个人拍俚一张倒无啥。（海29-243-20） ¶先往东首耀华照相馆门前停下，宝玉等三人进去，合～了一个小照，是八寸头的，又各～了一个五寸头的。（狐28-228-3） ¶阿珍道："～几寸的？"少霞道："～张小照壳子里一寸的，再一张六寸的，最好我与你两个人再合～一张八寸的。"（繁初22-238-19） ¶这种盛会倒不可多得，可惜没有快镜，如果～下来，到是一张好照片呢。（人14-129-10）

【拍粉】
おしろいをつける。 ¶粉也勿曾拍，着仔一件月白竹布衫，头浪一点点勿插啥。（海15-119-21）

【拍马屁】
おべっかを使う。 ¶老鸨随便啥事体先要去问俚，俚说那价是那价，还要三不时去拍拍俚马屁末好。（海6-47-21） ¶耐末去拍屠明珠个马屁，屠明珠阿来搭耐要好嘎。（海18-146-18）¶倪看耐格两日面孔浪瘦仔几几化化，～末也勿是实梗拍法格哉! 拿仔自家格身体去拍别人格马屁，耐格人阿有俉淘成! （九150-996-26） ¶倪阿姆怪勿会应酬，勿会～，埋怨仔奴一场。（狐21-163-1）¶倪仙仔铜钿，晏要拍俚格马屁，看俚格面孔。阿有点犯勿着啘。（沪1-78-3） ¶你只知拍少爷马屁，与他连党，难道少爷是主子，我便不是主子？（歇19-241-18） ¶三荷包是一向在衙门里管帐房的，虽说是他舅舅，他叔叔，平时不免总有仰仗他的地方，所以见面之后，少不得还要～。（官5-67-24） ¶及至钦差启节，又排队恭送，倒把那钦差大人的马屁拍上了。（维10-66-2）

【排】
〈动〉据える。配置する。 ¶榻床末～好，灯末也挂起来哉。（海5-34-11）

【牌】
〈名〉パイ（マージャンなどの）。 ¶要是～勿好，输起来，就二三百洋钱也无啥希奇哩。（海14-108-5）¶耐说勿曾打差，拿～来大家看。（海53-447-3） ¶奇怪得很，怎么雅

語彙例釈　pai

翁手里的～，咸翁竟像看见的一般，张张发下来不曾有空过。（十 5-31-5）¶贾母便命将骰子～一并烧毁，所有的钱入官分散与众人。（红 73-1035-10）

【牌九】
〈名〉32枚のパイを使って4人でする賭博。¶碰和就输煞也勿要紧，只要～庄浪四五条统吃下来末，好哉。（海 14-113-1）¶阿是推～？（官 8-111-23）¶湘吟道："推～谁做庄呢？"（繁初 10-102-16）¶叉麻雀原不过是消遣消遣，就有输赢，究也有限。今年在汉口，～里光是一条牌，就输到七千多银子。（十 5-31-21）

（注）打天九——天九是有三十二张的一种赌具，通称牌九。牌上幺点和四点为红色，二、三、五、六为黑或蓝色。每张牌都由二个数组成。如两个六组成的叫天牌（天牌的颜色例外，由红蓝两色交错组成），二个"幺"的叫地牌，二个"四"叫人牌，幺三组成和牌。所有牌都是一对，只有幺二和二四、幺四和二三是单张。赌时要有两张牌配合才能出色。如幺二和二四组成的牌色叫"至尊"，天牌与九点（即四五或三六）合，名为"天子九"，除"至尊"外，数它大。故习惯上称这种牌戏为打天九，也叫推牌九。《红楼梦》第七五回："里间又有一起斯文些的，抹骨牌，～"《九命奇冤》第五回："王妈妈有空吗？叫了李婆婆、张嫂嫂来～。"（许少峰：近代汉语大词典）

【牌局】
〈名〉マージャンの席。芸妓がマージャンの席に呼ばれてはべることを"出牌局"という。¶催去哉。俚哚是～，要末来哚替碰和，勿然陆里有实概长远嘎。（海 7-54-8）¶倪刚刚勿巧出～，勿催仔再有歇哩。（海 7-55-1）¶宛亭晓得他不喜欢～，便也不强拉他。（人 17-151-27）

【牌子】
〈名〉表札。看板。¶叫仔周双玉，上海滩浪随便啥人，看见～就晓得是周双珠朵个妹子哉唲，终比仔新鲜名字好点哚。（海 3-20-24）¶倪底细末勿晓得，巧林格身价，听说是三千块洋钱，外加除～喜封等项总共五百多块，亦算无啥格哉。（狐 3-18-15）¶倪做仔生意，挂仔～，客人来来去去，只好随俚个便，倪阿好叫俚勿来格？（九 21-158-14）¶俚故歇勿挂～，洛里有啥生意？（九续 29-219-7）¶不要叫那马夫知道了我的门口才好，不然，叫他看见了吴公馆的～，还当是官场里暗地访查他们的踪迹。（目 16-116-5）¶到得弄中，正在记不起是第几家门口，恰好有个相帮，手中拿着正堂公务灯笼，在各家门口照看妓女的～叫局。（繁初 14-152-18）¶映玉再划一根，复看号码不错，又见门上还钉着一块朱红漆的～，是吴公馆三字。（歇 16-203-3）

pai　語彙例釈

【派】
〈动〉①割り振る。　¶《长生殿》其余角色～得蛮匀，就是个正生，《迎像》《哭像》两出吃力点。(海 45-382-10)¶兄弟的意思：想求嫂子赏荐几个，等兄弟～他们去点差事，帮帮兄弟。(官 49-837-2)¶有了好差事就～别人，象这等黑更半夜送人的事就～我。(红 7-118-16)¶像这荀老爹，田地广，粮食又多，叫他多出些，你们各家照分子～，这事就舞起来了。(儒 2-20-17)¶各家去～取，按着支系～去，也有几分的，也有上钱的，络续零星讨将来。(初 14-250-13)
②差し向ける。　¶人未就～仔两个知客去伺候，阿要用赞礼？(海 46-393-16)¶下姑苏聘请教习，采买女孩子，置办乐器行头等等，大爷～了侄儿，带领着来管家两个儿子，还有单聘仁、卜固修两个清客相公，一同前往。(红 16-218-14)

【攀相好】
男女が深い仲になる。特に客が芸妓・遊女となじみの関係になることを指す。¶张大爷无拨相好末，也攀一个哉喔。(海 1-7-23)　我说俚哚两家头才是好本事，拆勿开个哉。施个再要去～，推扳点倌人也吃俚勿消。(海 26-213-21)¶俚有洋钱倒去乞二浪～，我明朝去问声俚看。(海 37-313-14)¶耐方大人是有名格阔客，比勿得啥别人。倘忙就是实梗随随便便攀仔相好，勿要说倪先生坍勿落格个台，拨俚笃说起来，就是耐方大人面浪也无啥趣势喔。(九 37-274-2)¶故歇倒说格套好看闲话，要搭奴～，勥说奴呒福气，就是有福气末，奴自家想想，老鸦搭凤凰轧淘，也有点配勿上喔。(狐 25-199-2)¶勿知陆里去攀得来格相好，实梗格狼狈怪气！(九续 14-102-26)¶顶坏是该搭蒋耀生。先末搭仔榴红阁笃老四～，老四末野算坏极格哉，倒拨格耀生迷牢仔，要嫁拨俚做姨太太哉。(沪 2-43-9)¶二少为啥许多时不到我家坐坐，莫非另外攀了别的相好，把我家先生忘了吗？(歇 10-129-11)¶倘然彼此有意，男女就此攀个相好，也没有不可的。(新 37-169-8)¶这几天怎么不见你出来？到张阿三处问问，也说有近十天不到了，敢是又攀了新相好么？(十 4-24-12)
(注)"攀"は、友人・姻戚上得意などの関系を結ぶことを指す。→刑部尚书个公子，那枳搭倪钱笃笞～亲家？勿番淘个。(描 6-51-5)→伊个买主（凶是凶来西）（精是精来勿过头），但是(主客是大主客)(主客是靠得住个)，卖拉伊～～主客罢。(上散 9-55-5)
"扳"とも作る。→若扳得各房头做个主顾，只消走钱塘门这一路，那一担油尽勾出脱了。(醒 3-47-15)→若是平常经纪人家，没前程的，金老大又不肯扳他了。因此高低不就，把女儿直捱到一十八岁，尚未许人。(喻 27-408-2)

語彙例釈　pai－pao

【盘】
〈名〉贈り物を容れる器。また贈り物を指す。特に婚約時に女性の家に贈る結納を指していることもある。 ⇨送盘，行盘。¶我末要转去一埭，再等我一个月，～里衣裳头面，我到屋里办得来。(海 55-467-19) ¶我想末，先去借得来办舒齐仔，等俚拿仔～里个银两来末，再去还。(海 55-469-7) ¶那年办喜事，我们～里是四季衣服都全的；他那边陪嫁过来的，完全不完全，我可没留神。就算他不完全罢，有了我们～里的，也就够穿了。(目 95-777-19)

【盘费】
〈名〉旅費。¶四五年省下来几块洋钱，拨个烂料去撩完哉；故歇倪出来再用空仔点，连～也勿着杠啘。(海 31-257-16) ¶要想立刻动身，又苦身无～。(繁二 22-599-17) ¶老爷这个缺一共是一万四千几百块钱，连着～就算他一万五。(官 5-74-14) ¶兵凶战危，我实在不敢在这里伺候军门了。求军门借给我五万银子～。(目 83-673-25) ¶且喜正当大比，只宜作速入都，春闱一战，方不负兄之所学也。其～余事，弟自代为处置，亦不枉兄之谬识矣！(红 1-15-2) ¶却说这张素卿在林友仁那里，教了两年，又值科举不中，积得有七八十两银子，进场一番并～，去了二十余两，剩得六十多两银子回家。(醒下 4-125-14) ¶这银子住持爷带去，路途正要～，小人决不敢受。(禅 9-131-8) ¶满生思量走路，身边并无～。(二 11-228-9) ¶孙荣怎敢？只求哥哥略与些～便了。(杀 6-24-10) ¶妾与君不能无情，当赠君～，作急回家！(初 18-338-13) ¶你去时，我与你十两～。(警 24-344-6)

pang

【胖子】
〈名〉太っている人。¶昨日夜头保合楼厅浪阿看见个～，就是俚。(海 3-24-3) ¶后面一个看上去倒是有饭吃的，黑苍苍面孔，短胖胖身材，长袍阔袖，很是气概。那黑～一见一帆，就道："怎么一帆先生，也在这里？"(新 43-197-6) ¶非但吃酒叫局的事从来没有，并且连文老爷是个～、瘦子，高个、矮个，全然不知，全然不晓。(官 13-186-4) ¶小孩子家慢慢的教导他，可是人家说的，'～也不是一口儿吃的'。(红 84-1204-5) ¶那穿宝蓝直裰的是个～，来到树下，尊那穿元色的一个胡子坐在上面，那一个瘦子坐在对席；他想是主人了，坐在下面把酒来斟。(儒 1-3-16)

pao

【跑】

pao 語彙例釋

〈动〉①步く(ある場所に向かって)。 ¶耐轿子也勿坐，底下人也勿跟，一干仔来里街浪~，做啥？（海17-139-9）¶倪勿去哉哩。几花人~得去，算啥嘎？（海32-265-14）¶耐故歇做仔俚丈母哉呀，俚勿曾未请耐，耐到先~得出去，阿要难为情。（海55-464-17）¶几花赌客才是老爷们，倪衙门里也才来浪赌唲，倪~进去，阿敢说啥闲话？（海56-473-13）¶双珠喝问："啥人？"外面不见答应。双珠复喝道："~得来！"（海57-486-9）¶越发无明业火按捺不住，霍地立起身向外便走，口中说道："倪也无啥闲话替耐说，耐有本事末~到外势来，倪大家说个明白，勿敢出来末，是只众生。"（九21-159-5）¶阿呀，章二少贵人勿踏贱地，那哼~到仔倪搭小地方来哉？勿要踏错仔门堂子哩！（九106-736-10）¶唔笃啥场化~来格？啥实梗能早哩？（沪1-8-1）¶侬~进来，我替侬话句说话（上散2-6-7）¶南穆温点了点头，便把呼人铃一按，"唧铃铃，唧铃铃"，就见~进一个西崽来。（新57-262-20）¶走堂把手指着道："你们跨出大门，一直往前~去，碰鼻头转弯，到了市梢头，就看得见了。"两个依言走去，到了庙前，只见两扇庙门半开半掩，阁着一条夹漆缝。（何1-10-16）¶俊人丢了一块钱，也不等他付找头来，拖了如海便走。如海着急道："慢慢的~呢。"（歇2-21-5）¶在这三天之中未解决以前，你马路上少~，生意上也不要去。（人26-278-7）

②走る。駆ける。¶难下转耐来咪陆里，我教耐来。耐听见仔就要~得来咪。（海6-43-3）¶马车~起来颠得势。（海7-57-5）¶高亚白就说道："耐怕热末，坎坎啥要紧实概~？"文君道："陆里~嘎！我常恐拨癞头鼋个流氓看见，要紧仔点。"（海47-398-11）¶一把拉住了余国栋的胸前衣服，喝一声："慢慢交走！耐想~到陆里去？耐自家想想，阿对得起五阿姊？"余国栋正跑着，被他劈胸一把，就吃了一惊。（九续152-1080-4）¶贾瑞瞅他背着脸，一溜烟抱着肩~了出来，幸而天气尚早，人都未起，从后门一径~回家去。（红12-167-17）¶那马正待~时，被那小喽啰拽起绊马索，早把刘高的马掀翻，倒撞下来。（水34-530-12）

③用事で駆け回る。足を運ぶ。¶价末费神耐~一埭，阿好？（海3-17-8）¶原去搭个翠凤商量，借几百洋钱用用，陆里晓得个翠凤定归勿借，~仔好几埭，俚倒定归回报我无拨。（海59-502-10）¶治弟为了这件事，今天替他们~了一天。（官45-764-9）¶今儿偏偏的来了个刘姥姥，我自己多事，为他~了半日；这会子又被姨太太看见了，送这几枝花儿与姑娘奶奶们。（红7-112-5）

④逃げる。¶蓦然抬头见了主人，猛吃大惊，跌跌爬爬，一哄四散。独有一个凝立不动，一手扶定一株桂树，一手垂下去湾腰提鞋，嘴里又咕噜道："~啥嘎，小干仵无规矩！"

語彙例釈　pao‐pei

(海51-433-24) ¶一时登记交牌。秦钟笑道："你们两府都是这牌，倘或别人私弄一个，支了银子～了，怎样？"（红14-192-22）¶宋江是个快性的人，乞那婆子缠不过，便道："你放了手，我去便了。"阎婆道："押司不要～了去，老人家赶不上。"（水21-307-14）

【跑马】

〈動〉馬を走らせる。また"賽馬"を指す。¶我来个辰光，大家来浪看～，才勿觉着，耐两家头啥辰光跟得来？（海53-453-17）¶秀林忽然问道："干娘，啥落格格戏台要用圆格佬？"宝玉道："倷想哩，方格末哪哼好～嘎？"（狐37-317-2）¶西人今年～，难得天气畅晴，今天已是第四天了，饭后我们可要到华商跑马会去看个热闹。（繁后10-827-2）¶每逢外国人～这几天，你姊妹两个，都打扮得鲜花一般，坐着四轮马车，跑马厅兜圈子兜完，便到张园泡茶。（歇82-1133-11）

【泡】

〈動〉⇨泡茶。¶堂倌添上一只花钟，问："阿要～一碗？"（海55-470-5）

【泡茶】

〈動〉お茶を入れる。¶我说句闲话就去，覅～哉。（海18-145-7）¶倪勿曾喊俚，俚倒先去泡仔一碗茶，再要搭俚装水烟，姚奶奶长，姚奶奶短。（海23-189-18）¶耐去泡仔点茶来。（鸿5-219-26）¶奴𠷂听见倷喊一唉，哪哼已经泡勒里哉介？（狐40-350-3）¶侬火速替我～来。（上问23-43-3）¶说是从前未投着主人的时候，天天早起，到茶馆里去泡一碗茶，坐过半天。（目6-43-16）¶连忙请了进来，吩咐～，拿水烟袋，又叫把烟灯点上。（官3-33-20）¶妙玉自向风炉上扇滚了水，另泡一壶茶。（红41-568-13）¶丫鬟泡了一壶浓茶，送进房里。（醒3-54-13）

pei

【呸】

〈叹〉ふん。軽べつ 不満などの気持ちを示すときに発する。¶～，人要有了良心是狗也勿吃仔屎哉！（海2-12-6）¶～！我去嫁俚无良心个杀坯！（海63-542-6）¶凤姐听到这里，使劲啐道："～，没脸的忘八蛋！他是那一门子的姨奶奶！"（红67-958-22）¶宋江道："忘了在你脚后小阑干上。这里又没人来，只是你收得。"婆惜道："～！你不见鬼来！"（水21-315-16）

【陪】

〈動〉付き添う。お相伴する。お相手をつとめる。¶耐意思要我成日成夜～仔耐坐来里，勿许到别场花去，阿是？（海6-42-14）¶为啥单是耐罗老爷末要我来～～耐嘎？

（海7-52-11）¶俚哚难是亲家哉，耐也去～～哩。(海62-531-1)¶一杯末耐吃，我也～耐一杯。(海63-539-14)¶奴当时瞤拨勒俫，俫格两日就此勿来，今夜还～俚看戏，奴若勿见，俫终要赖格来，现在亲眼目睹，俫哪哼说法？（狐32-270-4）¶倪妹子勿来，倪替倪妹子～～耐阿好？（九续16-117-15）¶老二既做生意，势不能天天～我。(歇21-273-4) ¶难道大菜馆不能叫局？正好把花好好叫来，我们也叫几个来～你，岂不甚是有兴，一人回栈怎的？（繁后24-1005-4）¶因此一事，就勾出多少风流冤家来，～他们去了结此案。(红1-8-12) ¶周姐姐，好生让着些儿，我不能～了。(红6-104-11)

【陪客】
〈动〉客のお相伴をする。客の接待をする。 ¶倪末两家弟兄搭李实夫叔侄，六个人作东，请于老德来～。（海18-146-3）¶说完，随手把札子收回，放在皮包之内，交代跟人先拿回去，自己仍旧在这里～。(官52-891-23) ¶我这里～呢，晚上再来回。若有很要紧的，你就带进来现办。(红6-102-16)

【赔】
〈动〉弁償する。償う。 ¶陆里晓得个冒失鬼，奔得来跌我一交，耐看我马褂浪烂泥，要俚～个畹！(海1-3-11) ¶打坏个头面，原要王老爷去搭俚～。(海9-73-4)¶明朝茶馆里去讲，我勿好末我来～。(海64-551-5) ¶阿是掼脱仔小烂污送拨耐格表记，耐勿舒齐？倪～耐末哉!(九续60-459-18) ¶你太太打坏了我的东西，要你～我!(官40-676-1) ¶立时三刻，领事打德津风来，不但要～东西，还要办人。(官40-676-11) ¶周大少爷又向她赔不是，连说:"阿美，你莫动气，我明天照样买一打～你。"(人19-181-11) ¶宝玉听说，方想起那条汗巾子原是袭人的，不该给人才是，心里后悔，口里说不出来，只得笑道："我～你一条吧。"(红28-399-9) ¶也罢，你莫说是一百两，我情愿～你二百两，省得到官又费一番唇舌，大家私和了罢。(鼓31-380-7) "陪"とも作る。¶戴宗与他陪话道:"丈丈，休和他一般见识！小可陪丈丈一分面。"(水53-879-1)

【赔补】
〈动〉補償する。 ¶所有碰坏家生，照例～。(海9-71-21) ¶谁知雨村那没天理的听见了，便设了个法子，讹他拖欠了官银，拿他到衙门里去，说所欠官银，变卖家产～。(红48-663-2) ¶如今我有个主意；我竟走到二奶奶房里将此事回了他，或他着人去要，或他省事拿几吊钱来替他～。如何？（红73-1038-19）

【赔还】
〈动〉弁償する。¶晚歇再勿好末，要耐～个好阿姐拨倪。(海18-144-7) ¶耐觐来里肉

語彙例釈　pei

痛，我～耐末哉。(海 50-425-5)　¶[付] 勿得知旧年十二月廿四，你朵尊夫人大毀勒里个星东东西西，你阿肯～？个个是自家帐勒里个嘘。[生] 自当照帐～，厘毫不少。(三 44-454-11)　¶你的书，被我毀了。买了多少钱，我照价～就是。(目 60-476-22)　¶出两个钱算不得什么，便自认晦气，问他们毀了件什么衣服，等我看好了～他们。(官 50-863-7)　¶下半天已经陪她买了些物件，失去的别针我也～了她一只。(人 40-473-16)

【赔洋钱】
金がかかる。損をする。　¶诸三姐个无用人，有气力打俚末打杀仔好哉呒！摆来浪再要～。(海 37-310-9)

【佩服】
〈动〉敬服する。　¶我今朝真真～仔耐哉。(海 8-60-15)　¶耐昨日劝我个闲话，～之至。(海 53-446-7)　¶随凤占亦连称"久仰"。又道："恰恰听见诸公高论，甚是～！"(官 43-732-3)　¶劳老先生的话实在是通论，兄弟～得很。(官 54-940-2)　¶美士听说，暗暗～无双虑得周到。(歇 20-256-4)　¶这位的见识高妙的，很～～。(十 30-221-9)　¶前日承见赐《诗说》，极其～。(儒 34-400-5)

【配】
〈动〉①……する資格がある。ふさわしい。　¶倪该搭是小场花，请大人到该搭来，生来勿～。(海 18-146-14)　¶倪末阿～嘎，金个还勿曾全哩，要翡翠个做啥？(海 32-270-14)　¶新闻纸浪有方蓬壶一班人。倪勿～个。(海 33-275-1)　¶耐实梗一个章二少，倪阿～搭耐做啥格恩相好，也亵渎仔耐章二少格身分哉呒！(九 157-1037-16)　¶倷说奴勿～住勒间搭，格是佢明明赶奴出去呒。(狐 10-69-10)　¶难道我们倒跟不上你了？你也拿镜子照照。～递茶递水不～！(红 24-342-5)　¶这一件衣裳也只～他穿，别人穿了，实在不～。(红 49-676-15)

②釣り合う。似合う。　¶做诗第一要相题行事，像昨日'眼花落井'题目，恰好～耐个手笔。(海 60-515-12)　¶你瞧瞧，人物儿、门第～不上，根基～不上，家私～不上？那一点还玷辱了谁呢？(红 25-353-10)

【配】
〈动〉賭博で親が負けて金を支払う。　¶嫒嫒道："昨日去输仔几花嘎？"鹤汀道："昨日还算好，连～仔两条就停哉，价末也输千把咪。"(海 14-113-15)　¶故末啥要紧嘎，故歇借得来～出去。明朝还拨俚好哉。(海 58-494-8)　¶龙吟把周小燕的注目点了点，见是八十元，照例是一～三，～出二百四十元。(十 29-219-3)　¶说话时品纯又开出宝来，龙吟拿着筷子一数，刚刚十个铜钱巧巧是个白虎，品纯摇了摇头，把钱～出重新再做，费太太赢着了钱，顿时鼓起兴来。(十29-219-12)
(注)『漢語方言大詞典』は"配〈动〉庄家输了赔给钱。吴语。"とする。なお、張愛玲注釈《海上花》は、《海上花列伝》の上掲2例でともに"赔"と訳している。

peng

【朋友】
〈名〉①友人。交際のある人の汎(はん)称。¶杨家姆，庄大少爷～来。(海1-5-22) ¶耐是赵大少爷～末，倪也望耐照应照应。(海2-16-11) ¶大家是～，阿是徐大爷比仔张大爷长三寸咾？(海5-36-11) ¶俚咾教我劝劝王老爷，倪是～，倒有点闹架头。(海34-280-3) ¶是伊替依是～咾甚？──是我倪两家头是知交～。(上问20-34-2) ¶吃着外国饭，靠着洋行牌子，轧两个～，都是长褂党，穿两件衣裳，出统换统。光鲜得公子哥儿似的，吊吊膀子，骗骗铜钱。(十20-146-19) ¶恨爹娘者，恨他遗下许多亲眷～，来时未免费茶费水。(警5-31-8)
②商店などの従業員。¶有个米行里～。叫张小村，也到上海来寻生意，一淘住来哚。(海1-4-16) ¶尊家是拉地头当手？──勿是，是我拉地头做(伙计)(～)。(上散7-35-10) ¶等不及次日小火轮开行，连夜托了栈里～，化了六块大洋，雇了一只脚划船去的。(文19-99-8) ¶他一个做～的人，此番跟了东家出门，不过赚上十两八两银子的薪水，那里来的钱能供他嫖呢。(官12-181-10)

【碰】
〈动〉①ぶつける。ぶつかる。¶所有～坏家生，照例赔补。(海9-71-21) ¶同杨家姆两家头来里讲讲闲话，听见秀宝房间里该首玻璃浪窗浪啥物事来浪～。(海26-214-12) ¶他正在信息不好的时候，你何苦自己～在刀上？(官28-464-6) ¶才进门口，恰好里面奔出一人，正～在俊人身上。(歇10-127-14) ¶街上人挤车～，马轿纷纷，苦有个闪失，也是顽得的！(红19-264-13)
②たたく(手で)。¶啥人来哚～门嘎？(海5-35-10) ¶一阵一阵风吹来哚玻璃窗浪，乒乒乓乓，像有人来哚～。(海18-142-1) ¶难末我走过去～门，里向开出来，我认得是月山用人，我就假做式问俚："唔笃主人阿勒屋里？"(狐17-127-22) ¶那哼一～耐格门，耐就晓得是老五呀。(九续184-1285-18)
③思いがけず出会う。出くわす。¶晚歇我随便～着啥人，就搭俚一淘来末哉。(海3-17-11) ¶耐～着仔陈小云，搭我问声看，黎篆鸿搭物事阿曾拿得去。(海3-17-14) ¶

語彙例釈 peng

从娘娘姨出身,做到老鸨,该过七八个讨人,也算得是夷场浪一挡脚色哦,就~着仔翠凤末,俚也~转弯哉。(海6-47-24) ¶陆里晓得今年正月里~一桩事体出来。故歇原要俚做生意。(海16-127-9) ¶老四跟着问道:"耐觑~着顺全?"华生进房坐定,说道:"俚阿是一直觑来歇?"(鸿4-209-9) ¶今朝奴吭啥做,格落出来白相相。偏巧~着唔笃,真真有缘。(狐56-481-2) ¶我独独到马路上闲逛,不期然竟~着了周老五。(新48-222-24) ¶回杭州去吗?我们真是巧极了。今天车上熟人很少,我坐着正闷,难得~着,好极,好极,我们可以畅谈了。(人19-179-1) ¶这正~了我的机会,我正愁没个膀臂。(红55-780-9)

④会う(人と)。顔を会わせる。"碰头"の意。¶二宝复叮道:"耐到仔南京末,定归要~着仔史三公子,当面问俚为啥无拨信,难末啥辰光到上海。覅忘记!"(海62-526-16) ¶凑巧极哉,推扳一步,就~勿着。倪昨日搭颜毕生寻仔好几搭场化,觑~着耐。(鸿7-227-2)

⑤"碰和"を指す。¶杨媛媛接上去,也只~了一圈,叫道:"也勿好,耐自家来~罢。"鹤汀道:"耐~下去末哉。"(海13-106-10) ¶我替大人输脱仔多花哉,五少爷来~歇罢。(海58-491-3) ¶倪~是不过十块底二四哩。(鸿10-248-14) ¶奴~仔格两付,倒犯仔众怒哉,还是倷黄老自家~罢。(狐60-510-24) ¶先生勒浪谦虚吉里洪公馆里向代碰和,格格客人格末叫气数,~仔八圈倒说再~八圈,定规要倪先生搭俚代~,倪先生恐怕陈老勒浪等仔心焦,叫倪赶转来搭陈老说一声。(九93-659-21)

⑥目算なしにやってみる。当ってみる。¶我想无拨啥法子,过一日末一日,~去看光景。(海52-440-6) ¶小的亦是听见外面如此说,所以会找到这里来:不过是来~~看,并不敢说定老爷一定在这里。(官40-677-13) ¶踌躇了一会,想起女子入庙烧香,一定要拜观音菩萨的,何妨去~他一~。(目13-95-3) ¶我国这种国事犯,政府非常秘密,我那里虽有熟人,看你分上去~一~吧!(孽16-129-9) ¶你又是个男人,又这样个嘴脸,自然去不得;我们姑娘年轻媳妇子,也难卖头卖脚的,倒还是舍着我这付老脸去~一~,果然有些好处,大家都有益。(红7-96-14)

⑦触れる。さわる。¶鸦片烟有一缸来浪,~着仔一点点就苦煞个,陆里吃得落嘎!(海37-309-14) ¶总是倪做个格断命生意勿好,随便啥人才好出倪格花头,换仔倪是好好俚格人家人,俚阿敢~倪一~?(九19-147-26)

【碰对对和】

マージャン用語。トイトイ。二人さし向かいで内緒ごとをすることを比喩する。¶耐就榻床浪去坐歇,俚要搭耐碰'对对和'。(海13-104-22) ¶秋谷故意立起身来像个要

走的样子，佩兰嗔道："耐阿是咦要走哉？"秋谷低声笑着学他的话道："勿去末无啥事体哕，倪两家头来～阿好？"佩兰呸的啐了秋谷一口，羞得别头去，面上发起烧来。（九44-320-6）¶翡云笑道："俚说啥几化钟头得来，阿有啥碰和末野来海讲钟头个哩？"俊卿笑道："俚本底子搭耐～哩。"翡云瞅了他一眼，却不说话。（沪1-65-8）

【碰关】
〈副〉たかだか。せいぜい。¶'嫁时衣'还是亲生爷娘拨来咑因仵个物事，因仵好末也甏着，我倒去要老鸦个物事！就要得来，～千把洋钱，啥犯着嘎？（海48-406-11）

【碰和】
〈动〉マージャンをする。¶俚咑是牌局，要末来咑替～，忽然陆里有实概长远嘎。（海7-54-8）¶吃仔酒，晚歇勿好～，倒是吃饭罢。（海13-104-2）¶耐咑四家头阿曾碰歇和？（海13-104-7）¶就是归日仔夜头搭耐去吃仔一台，后首来碰仔一场和，今夜头夷说好个去～。（鸿10-248-13）¶仲大人阿要吃过仔夜饭再～罢，倪预备仔两顿来浪。（九续58-444-8）¶今朝是重阳日，作兴有个把客人，闹得来摆酒～格，倪是早点转转好。（狐40-352-4）¶人太少，吃酒似乎寂寞，还是～吧。（负14-67-6）¶路上又碰着一个朋友，拉他到一家住家人家碰了一场和。（官11-163-4）¶我不过碰过两场和、叫过几个局罢了。（维4-24-5）¶治之听楼上边骨声响，问管门的尚有那几个人在此～。（繁20-223-17）
（注）"碰和""叉麻将""打牌"いずれも同義で用いられる。→直到傍晚时候客已来齐，约有三十余位，将前楼后楼的房间全行坐满。有的聚着碰和，有的坐着叉麻将，有的立着打牌。有的横着吃烟。（狐21-170-12）

【碰头】
〈动〉会う。¶我有点小事体，托耐去办办。明朝～仔再搭耐说。（海8-61-1）¶耐就等来浪东合兴，王老爷完结仔事体转去末，～哉唲。（海24-196-14）¶倪晏倽倽场化～？（鸿9-239-16）¶四少爷也认得俚格唲，大家～仔，阿要难为情。（鸿11-254-26）¶耐碰仔头勒再说罢。（鸿13-269-24）¶真格倪搭二少有两三年勿～哉！（九续66-512-15）¶我搭宝玉，虽勿是同一个爷，到也是一个娘养出来格，总算称得嫡亲兄妹，不过勚碰歇头。（狐36-311-15）¶奴搭俕足有毛十年勚～，格落大家有点面熟陌生哉。（狐56-480-26）¶侬～甚人？——我～之陈家里管事个者。（上问2-4-2）¶伊话咯今朝倘使～勿着侬，一两日伊再来。（上问12-23-10）¶格末侬勿曾～过伊个姓黄个。（上问31-56-4）¶他二人竟其没有一天不～两三次。（官18-291-15）¶同抚台碰过头没有？（官52-897-21）

語彙例釈　peng－pi

¶我与他是堂子里～的，认识得没有一个礼拜。（新29-132-26）

【碰着法】

たまたまある結果になることを表す。¶故末也要自家算計哉哩。生意里借转点，～有啥进益，补凑补凑末还脱哉。（海14-108-15）¶不过全靠自家算计，生意里借转点子，～有甚进益，补凑补凑就这么浓下去了。（十28-210-20）"碰着发"とも作る。¶张君瑞：（表）看看和尚身体蛮好，哪哼忽然发病。（白）新病呢旧疾！法聪：病是老毛病，勿大发，难得发格，碰得勿得法就要发，就叫碰着发。（厢1-33-1）¶倷～甚人？——我之陈家里管事个者。（上问2-4-2）¶伊话咯今朝倘使～勿看倷，一两日伊再来。（上问12-23-10）¶各末倷勿曾～过伊个姓貢个。（上问31-56-4）¶他二人竟其没有一天不～两三次。（官18-291-15）¶同抚台碰头没有？（官52-897-21）¶我与他堂子里～的，认识得没有一个礼拜。（新29-132-26）

（注）吳連生等編《吳方言詞典》は、"碰着发" の見出しで、前掲例（海14-108-15）を挙げて、"同'蹩着发'" とし、"蹩着发" の見出しでは、下記のように説明している（同書488頁）。

没准头；碰巧做成。评弹《江南春潮》：'他修机器是没有一定的，所以厂里工人都与他提一个绰号，叫他'蹩着发'老师傅。'

また、葉祥苓編《蘇州方言詞典》は、"碰着法" の見出しに、下記のように説明している。

不是一定的，而是偶然的：吃饭匣～葛，高兴末吃三碗，勿高兴末只吃半碗。

pi

【批】

〈动〉文章に意見や評語を書き入れる。¶尹痴鸳道："既蒙谬赏，就请赐～如何？"史天然、华铁眉沉吟并道："要～倒难一哩。"（海51-431-16）¶华铁眉笑道："我要拿文章法子～俚该首诗。"提笔写道："题中不遗漏一义；题外不拦入一意，传神正在阿堵中。"（海61-523-3）

【批搨】

〈动〉けちを付ける。非難する。¶耐末晓得啥嘎！自家勿识货，再要～，十块光景耐去买哉哩！（海22-179-23）"批榻"とも作る。¶实梗看起来，本事比间搭格大啘？俫倒说俚勿好，批榻得一钱勿值？我着实有点勿服辣笃。（狐35-300-10）

【批语】

〈名〉他人の文章に対する評語。¶故是金圣叹《西厢》个～。(海 51-432-7) ¶众人见乩仙～与拐子相符, 余者自然也都不虚了。(红 4-63-7)

【坯】

〈名〉奴(め)。接尾語のように用い、人を罵る。¶阿哥个人末生就是流氓～！(海 62-529-9) ¶耐个无良心杀千刀个强盗～！(海 63-540-11) "胚"とも作る。¶那妇人哭骂'贼胚、强盗胚', 众人只道他们夫妻相骂, 谁肯前来多事。(新 51-236-29) ¶司爱生是暴厉性子, 自然大怒, 立刻叫回夏姑娘, 大骂无耻婢, 惹祸胚, 就叫关在一间空房内, 永远不许出来。(孽 16-130-27)

【披风】

〈名〉中国風のマント。¶耐随便啥才弌要紧, 就像做衣裳, 勿该应做个～, 做仔狐皮褊末, 阿是蛮好？(海 62-531-13) ¶叫甚么少奶奶嫌式子老了, 又在那里做甚么实地纱～了。你说他们阔不阔！(目 95-777-22) ¶身穿天青锻灰鼠～, 玄锻百摺裙, 头上所载珠兜上的珍珠, 足有黄豆般大。(歇 3-25-23) ¶我虽不想挂朝珠、穿补褂, 那～、红裙我可要的, 也是你的体面。(梼 22-348-9) ¶分明今儿冷的这样, 你怎么倒反把青肷～脱了呢？(红 20-286-4)

【皮袄】

〈名〉毛皮の裏地をつけた服。¶俚拿我～去当脱仔了, 还要打我。(海 3-19-4) ¶叫平儿取了一件大红洋绉的小袄儿。一件松花色绫子一斗儿的小～, 一条宝蓝盘锦镶花锦裙, 一件佛青银鼠褂子, 包好叫人送去。(红 90-1285-24)

【皮肤】

〈名〉皮膚。¶来浪夏天五六月里, 好像好点, 价末～里原有点发热, 就不过勿曾困倒。(海 36-304-16) ¶虽然不施脂粉, ～倒也雪雪白。(官 22-358-13) ¶阿招被阿珍一记打昏, 手中那个纸煤打下地去, 巧巧跌在脚上。他向来赤脚惯了, 烫着～痛不可当, 一连叫了几声'阿唷'。(繁后 25-1014-12) ¶外使数贴之药, 内用长托之剂, 三日之间, 渐渐～红白, 饮食渐进。(水 98-1546-5)

【皮篷】

〈名〉"皮篷车""皮篷马车"の略。ほろ馬車。¶耐坐仔轿车, 再要拨耐阿哥笑, 耐坐～末哉。(海 35-291-8)

【皮肉】

〈名〉皮膚とそれにおおわれている肉。肉体。¶饮食渐渐减下来, 有日把一点勿吃,

語彙例释　pi

身浪～也瘦到个无淘成。(海 36-304-15) ¶那矮鬼的枪炮真利害,凭你多大本领,～总挡不住子弹。(孽 33-318-5)

【皮箱】

〈名〉革製のトランク。¶栈单来里小～里,要末耐自家去拿,我勿好拨耐。(海 58-497-9) ¶～上面粘着一条蓝字大红印的大封条。(孽 41-495-2) ¶是一～藏着,五十三封零一小包,是桑衙来寿、进顺两个苍头扛到你家,何须胡扯!(禅 25-409-13) ¶王定没奈何,只得来到下处,开了～,取出五十两元宝四个,并尺头碎银。(警 24-342-16) ¶当下美娘收拾了房中自己的梳台拜匣,～铺盖之类。(醒 3-66-14)

【脾气】

〈名〉①気質。気性。性格。¶我搭耐也三四年哉,我个～,耐阿有啥勿晓得?(海 4-31-3) ¶耐看俚～,原是个小干仵,倒要想养倪子哉。(海 6-44-8) ¶俚哚姊妹三家头,才有点怪～,随便啥衣裳哉。头面哉,才要自家撑得起来,别人个物事,就拨来俚俚也勿要。(海 10-76-4) ¶是呀,俚再有讳病忌医个～最勿好。(海 36-305-10) ¶上头的～诸位是不知道,兄弟是他的属员,那有不知道的。(新 4-18-19) ¶岂知这位太太性情吝啬,只有进,没有出,却与大夫同一～。(官 5-75-7) ¶我与他他交情久了,深知他赌钱的～,停回你可放大了胆,与他见个高下。(繁后 15-893-6) ¶到了女学堂门前,第一个遇见的便是他族叔澹然,光裕素同他～不对,兼之胸中有气,只略略同他点了点头,昂然直入。(歇 14-177-5) ¶你以后做了官,从前那些～全要痛改。(梼 5-67-12) ¶这个简断爽利,合了我的～。(红 62-871-16)

②短気。かっとなりやすい性質。¶倪翠凤～是勿大好,也怪勿得耐罗老爷要动气。其实倪翠凤～未有点,也看客人起,俚来里罗老爷面浪,倒勿曾发歇一点点～哩。(海 7-51-5) ¶俚搭客人要好仔,陆里有啥～嘎?俚就碰着仔无长性客人,难末要闹～哉。(海 7-51-9) ¶瑞生阿哥倒蛮写意个人,一点点～也无拨。(海 29-243-23) ¶人末小干仵,～倒勿小。(海 46-391-1) ¶签稿由他发～,一声儿不言语。(文 33-176-12) ¶后来乌大人的脸色渐渐的紫里发青,青里变白。他是旗下人,又是有点～的。(官 31-521-11)

③一風変わった性格。¶怪勿得耐无姆也说耐有点～哚。(海 8-62-24) ¶亚白个人有点～,说勿定来勿来。(海 36-298-3)

【脾胃】

〈名〉脾臟と胃。脾臟は胃の消化を助けるという旧説から併称される。¶其原于先天不足,气血两亏,～生来娇弱之故。(海 36-305-1) ¶行者道:"呆子不吃了?"八戒道:

"不知怎么，～一时弱了。"(西99-1121-1)

【屁股】

〈名〉尻。¶张寿随口答道："勠说啥面孔哉！耐就板起～来，倪……"说道"倪"字，却顿住嘴，重又上前去潘三耳朵边说了两句。(海5-36-6) ¶公堂浪审仔一转，打仔一顿～，官问俚脏窝藏勒落里，贼说用脱仔一大半。(狐34-292-5) ¶打我三十记～勿要紧个，我是寒天吃冷水，点点在心头。(描27-240-26) ¶当下都让这中举的赵温走在头里，～后头才是他爷爷，他爸爸，他叔子，他兄弟，跟了一大串。(官1-6-18) ¶太太打我虽也用着帽刷柄，或是门门，然而脑壳上倒也一下没有受着过，至多打几下～是了。(新43-200-2) ¶方才明明的撞见他两个在后院子里亲嘴摸～。(红9-140-8)

pian

【偏偏】

〈副〉あいにく。よりによって。¶刚刚有两个要好仔点，～勿争气，生病哉。(海36-298-16) ¶你是向来留心古学的，一定可以有些把握，可惜你又～生起病来！(九169-1108-16) ¶因为记性不好，先生就把这篇文章裁了下来，用浆子糊在桌上，叫我低着头念，～念死念不熟。(官1-10-7) ¶本来老中堂也太糊涂了！甚么人保不得，～保举个维新党，怎么不要坏官呢！(官24-388-15) ¶刁邦之一手扳住铜栏，就想跳将上去，～下车的人很多，只得等他一个个走完，才得跳上。(新10-44-1) ¶～碰着个不懂窍的藩台，一定要求大师赏个脸。后首说来说去，抚台一定不答应，藩台没法，只得请他委员恭代。(文43-231-30) ¶也没甚事，只是～的又出来了一件远差。出了月就起身，得半月工夫才来。(红66-939-19)

【篇】

〈量〉文章や勘定書きなどを数える。¶荔甫要问耐，一～帐阿曾拿到黎篆鸿搭去？(海4-25-11) ¶题个跋末勿如做～记。(海47-400-9) ¶耐末替我做～四六序文，就说个拜姊妹话头。(海53-440-23) ¶本欲作一～《灯月赋》、《省亲饭》，以志今日之事，但又恐入了别书的俗套。(红17·18-245-19) ¶只见小厮手里拿着个禀帖并一～帐目，回说："黑山村的乌庄头来了。"(红53-740-9) ¶作这两～诗词，端的是何人题下在此？(水39-621-4)

【便宜】

〈形〉价格が安い。¶耐要买翡翠物事，教洪老爷到城隍庙茶会浪去买，～点。(海25-191-2) ¶神气买来一定～。——听见话咾，买来怪～。(上问5-8-9) ¶侬买拉个比

語彙例釈　pian

我买来～否？（上问 27-50-6）¶与幼安在四马路马车行中叫了一部木轮的皮篷马车，这车价甚是～，连酒钱只花了两块洋钱。（繁初 8-79-16）¶你倘若不要上海道，再次一肩的缺，价钱自然会～些。（官 25-419-20）¶一帖药至少六七块钱起码；若是～了，太太一定要闹着说："～无好货，这药是吃了不中用的。"（官 49-829-7）¶房租也还～。（梼 11-164-10）¶并不曾往那里嬉耍，只是数日前将五百两银子，买得两样～物件，拿出与兄估一估，不知识得否？（鼓 11-140-3）

〈动〉①得をする。甘い汁を吸う。¶仲英蓦至雪香面前，低声笑道："耐阿听见，教俚㕸当笑话。一点无拨啥事体，瞎噪仔一泡，故末算啥哩？"雪香不禁嗤的笑道："耐阿要再搭我强了？"仲英道："好哉，耐～个哉。"（海 22-181-23）¶勿要说当十两，就当子念两，还是～个勒。（三 8-88-12）¶今日原是我特带着你们取笑，咱们只管咱们的，别理他们。我巴巴的唱戏摆酒，为他们不成？他们在这里白听白吃，已经～了，还让他们点呢！（红 22-302-15）"便益"とも作る。¶他怕人命缠累，必然周给后事，供养得你每终身，便是便益了。（二 31-596-8）

②得をさせる。甘い汁を吸わせる、穏便に済ませるの意にもなる。¶一万洋钱买耐一条性命，～耐！（海 64-544-4）¶顾大少罚俫一台酒，还是～俫格来。（狐 26-212-4）¶刁迈彭在外洋得了这个消息，心上虽是快活；然而还有一句说话道："他那所房屋极好，我很中意，现在不晓得～了谁了！"（官 51-882-15）¶况且本家那边我已说明的了，赔他一百五十块钱，一百三十块是房里的东西，二十块是台面上碗盏，少牧这边说二百块，暗中下五十块钱。如玉虽说给他三百，我想给一百已是～他了，再多下二百块钱，我二人落得拿他，你想是也不是？（繁Ⅱ5-392-20）¶又过了半年，苏氏索性嫁给了胡雅士作为第三房姨太太，汪宗汉的家资什物，尽作为苏氏嫁妆，只～了胡雅士一个儿，人财两得，名利双收。（十 40-294-5）¶我的愚见，金公使渎犯了姑娘，自然不能太～他。（孽 10-76-14）¶学生发标劲，损失了一个厨头，却～了一群狗，藉此饱餐一顿。（人 14-129-23）¶既这样，我有两个在行妥当人，你就带他们去办，这个～了你呢。（红 16-219-9）¶必定是外头去掉下来，不妨被人拣了去，倒～他。（红 21-289-19）¶白送与他，太～他了。（禅 8-110-3）"便易"とも作る。¶不料这件事倒便易他了。（官 16-255-22）¶依我的意思，单叫人去上控还是便易他，最好弄个人从里头参出来，给他一个迅雷不及掩耳。（官 17-274-21）

〈名〉甘い汁。いいめ。⇨讨便宜。

【骗】

pian－piao　語彙例釈

〈動〉①だます。¶耐只好去～～小干仵！（海 4-31-13）¶俚勿肯吃药咾，～俚也勿吃，吓俚也勿吃，老鸨阿有啥法子呢。（海 6-48-5）¶耐一径～下来，～到仔故歇，耐倒还要来～我！（海 11-83-7）¶耐无姆要～耐吃口稀饭，真真是勿容易。（海 20-159-10）¶你莫要闹，我告诉你：房里的虽然是我正室，只因向来夫妇不和，我已当他死掉的了，所以与你说没有正妻，并非～你。（繁后 1-716-3）¶这个话虽是有的；道台要罚他们的钱，一个人也不过罚他们几千，并没有这许多。你们不要被人家～了去！（官 50-856-7）¶我的老公不是好惹的，你却要～我。倘若他得知，却不饶你。（水 43-739-4）
②だまし取る。¶耐定归要拿我性命来～得去仔了罢咪。（海 11-83-8）¶陆里晓得个娘舅也是个坏坯子，我生意好仔点，～我五百块洋钱去，人也勿来哉！（海 52-439-16）¶据奴猜上去，实头是格瘟生笃，铜钿、银子勿在乎，滥使滥用，要～点俚倒容易格，不过倪终有限，至多一千八百末哉。（狐 59-505-9）¶故歇倪要拿仔耐格洋钿，拨别人家说起来，像煞倪搭耐要好，是～耐格铜钿。（九续 57-438-23）¶昨晚已和程日贤串通，要想来～袁伯珍的钱，替他填亏空。（维 4-24-11）¶就是嫖客，痴迷者固多，诓骗者也不少，固有自己弄到推东洋车的，也有～了倌人、鸨妇体己的私囊满载而去的。（梼 18-285-7）¶若被他～去，我是一个钱没有的，看你明日怎么过节。（红 73-1037-12）¶我想你沙村里有个夏方，向在我这里相与，自前年～了我一匹青骢马去，卖了二千两银子，竟搬到别州外府，就做了天大人家在那里了。（鼓 14-181-15）¶公子被光棍赚赌，委实～了几多银两？从实讲来。（禅 25-408-3）

piao

【漂】

〈動〉ふいになる（貸付金などが）。踏み倒す（借金などを）。¶上仔客人个当，一千多局帐～下来，难末堂子也歇哉，爷娘也死哉，我末出来包房间，倒空仔三百洋钱债。（海 60-509-6）¶史三～局钱，笑话哉咘！（海 64-547-6）¶来格自会来，勿来格存心～帐，或者实头拿勿出，唔笃讨也吓买用格，倒是气量大仔点罢。（狐 34-294-12）¶格排勿要面孔格客人，勿要说啥帮倪格忙，连搭仔欠来浪格局账，一塌刮仔～脱，象耐二少实梗好人故歇陆里再有呀。（九 48-348-6）¶再有格种断命格主笔，到堂子里向来吃酒，连菜钱也～脱，叫两个堂唱，是赛过奉旨～帐格。耐像阿讨气不讨气？（九续 92-691-20）¶俚只要勿～仔倪格帐，已经算俚好格哉。（九 93-657-9）¶再弗然末，拿格酒钱和钱才～脱仔，担担身子一走，害得倌人本家吓路走。（沪 1-45-11）¶～帐呢，从前野有点，必过吙不故歇实概能多。（沪 1-46-2）¶花媛媛的母亲平时因见这位王大少来往的很有几

語彙例釈　piao‐pin

个大人老爷,谅非安心～帐的人,一时掉头不转,也是有的。(官34-569-7)　¶差人细打听,才知这姓夏的在长三上～了无数局帐,四马路不能走了,到棋盘街上来的。(繁Ⅱ13-490-8)　¶老四你是做官的人,好老老面皮,～掉人家的,我们堂子里倒不好意思呢。我们在上海滩上,究竟还要做做人的。(十37-275-29)

【票头】
〈名〉書状。特に"妓院"で用いる招待状や芸妓を呼ぶ文書を指す。　¶送～来是啥辰光?(海3-23-18)　¶等俚哚请客～来仔了去,正好嗾。(海14-114-19)　¶价末等罗老爷～来仔,我带得去罢。(海22-178-2)　¶刚刚我搭双宝出局去末,接连有四张～来叫双玉。(海24-198-14)　¶托耐再写一张～到清和坊弟寓,请请宋伯恩弟两家头看。(鸿9-242-6)　¶正想同儿子、学生前往石路天仙戏园,看《铁公鸡》新戏,忽然接到胡中立在万年春发来请客～,请他前去吃大菜。(文18-93-26)　¶魏翩仍见他无精打采,就撺掇他叫局。陶子尧一来也想借此遣闷,二来又可与新嫂嫂叙旧,连忙写～去叫。(官10-151-15)

pin

【拼】
〈動〉組む。寄せ合わせる。　¶罗子富拍案道:"我来摆五杯庄!"众人见这大杯,不敢出手,陈小云向葛仲英商量道:"俩两家头～一杯,阿好?"(海28-235-19)　¶难道八个字～勿满?(海40-339-20)　¶照实概样式再要～俚廿四句,勿晓得《四书》浪阿有?(海44-370-8)　¶我回家去,倒要～几位财东,开个商务学堂才是。(市1-190-21)　¶那么就开了一千,我们两人～～吧,省得我再开了。(人43-523-12)　¶洋钱只有五十块,钞票～～可好?(十34-350-9)

【拼命】
〈動〉死ぬ覚悟でする。　¶前转明园俚要同耐～,倒勿是为别样,常恐耐做仔我,俚搭勿去哉。(海24-193-16)　¶花嫒嫒的娘本来要同他～的,禁不起他花言巧语,下气柔声,一味的软缠。(官34-569-17)　¶我的前程生生的被你们这班混帐王八蛋送掉了!我是要同你们～的!(文33-176-11)　¶进来了,恐怕他当真拚起命来,手无寸铁,有些不妙。(繁Ⅱ17-541-24)　¶小人就要揪住这个小杂种～。(红86-1234-2)　¶小人两个～,救得贞公子逃脱,在此得见将军一面,实是万死一生。(禅17-261-15)　¶我到官司,只是拚着命,就打死我也不招。(水56-946-5)

【拼死】

pin　語彙例釈

〈動〉必死になる。 ¶讨死也无行用哦。耐末就算死哉，俚哚也拚仔死末，真真拿只拜匣一把火烧光仔，难罗老爷吃个亏常恐要几万咪哩。(海59-504-17)

【姘】

〈動〉不倫の男女関係を結ぶ。 ¶稍微生意好仔点，难末～戏子、做恩客才上个线，到后来弄得一场无结果。(海18-147-20)¶老姘头覅去说俚哉，就故歇～个也好几个来浪。(海21-173-4)¶倪花烟间里向出身格人末，阿要啥面孔？自然马夫戏子一得一塌糊涂哉哦。(九21-159-1)¶禀告是告诉奴格，不过奈嘲说出俚～格啥人，格落奴啥相信呀。况且俚夜夜到奴间搭，奴哪哼疑得到俚还～别人嘎？(狐32-267-2)¶老二个种贱货，我勒里身浪铜钱也用得勿少，俚倒去租小房子，～马夫。(鸿10-247-16)¶后来有人查考他，说他～了一个县役(按：姘，古文嬪字，吴侬俗谚读若姘。不谋而合，无礼之娶，均谓之姘)，这个县役因辑捕有功，曾经奖过五品功牌的。(目79-636-19)¶后来说这大姐～上了马夫，吃了醋，连马夫带大姐一起擈了。(栲13-207-10)¶初时生意不甚大佳，后来～了一个安庆流氓，住在荟香里内，改作住家野鸡，专做仙人跳的事儿。(繁初4-39-7)

【姘对】

〈動〉つがいにする。 ¶再要捉俚一条，姘仔对末好哉。(海36-324-9)¶我末昨日夜头倒辛辛苦苦捉着仔一只，搭俚姘个对。(海49-393-7)

【姘头】

〈名〉私通・同棲関係にある男女。また、その一方を指す。 ¶阿金有几花～嘎？(海3-19-18)¶耐自家算算看，几花年纪哉！再要去轧～，阿要面孔！(海21-172-12)¶来今辰光俚个爷一淘来。俚自家也叫俚'爷'。后来我问俚，啥个爷嘎，是俚慢娘个～！(海52-439-20)¶耐傡性急得来，拆～有仔洋钱总好过去哉哦，耐急多化傡呢！(鸿10-248-1)¶耐格个人实头少有出见格，搭别人吊吊膀子，还勿要去管俚，傡格戏子格～，耐也吊起膀子来哉！(九115-786-22)¶罗里晓得小芙蓉从前有个～，是一个啥旅长格少爷。(沪2-11-4)¶后来还是新嫂嫂差了一个小大姐，在六马路他的～大姐老三小房子里找着的，一同同到同庆里。(官9-132-20)¶我的老～房间端翁也应该赏鉴赏鉴。(栲1-13-15)¶又转念一想，九花娘不是和唐督是老～吗？(人19-187-15)

【品】

〈名〉官位の等級。⇨二品顶戴。 ¶跌下来个是大流氓，先起头三～顶戴，轿子扛出扛进海外咪。(海28-233-16)¶俚算个末，说是一～夫人个命。(海55-467-4)¶我看个访単浪，头脑末二～顶戴，海外得来！（海 61-521-3）¶桂花带了土老儿到京城里去，居然同他捐了一个二～顶戴的道台，还捐了一枝花翎，办了引见，指省江苏。（目 3-19-22）¶贾母见他穿着六～服色，便知御医了。（红 42-580-3）

【品题】

〈动〉人物・作品などを論評・評定する。¶客人为仔俚眼睛高，勿敢去做，赛过留以待亚白先生个～。（海 31-260-4）¶蓉甫平日最喜欢骨董字画，遂一一～起来。（新 56-257-16）¶这位总督自命是一代名臣，不在曾、胡、左、李之下，同他闲谈起来，要他～～，他却替他上了"无赖"两个字的徽号。（栂 11-175-15）¶既是假语村言，但无鲁鱼亥豕以及背谬矛盾之处，乐得与二三同志，酒余饭饱，雨夕灯窗之下，同消寂寞，又不必大人先生～传世。（红 120-1647-16）¶临晚归家，途间一一～，某家第一，某家第二。（初 32-605-9）

ping

【乒乒乓乓】

〈拟声〉物が連続して打ち当る音。¶一阵一阵风吹来哚玻璃窗浪，～，像有人来哚碰。（海 18-142-1）¶难末双玉勿舒齐哉，到仔房里，～掼家生。（海 24-198-20）¶其时带来的人都是些粗卤之辈，不问青红皂白，一阵～，把这家楼底下的东西打了个净光。（目 40-673-10）¶刚说到这里，只听见楼下一阵～的敲门声音，高喊着倒马桶呀！莲荪被这一声怪叫不免吃了一惊。（人 32-352-15）¶只见新竖起三间堂屋，高大宽敞，木材巨壮，众匠人一个个～，耳边惟闻斧锯之声，比平常愈加用刀。（醒 18-374-7）

【平底鞋】

〈名〉平底の靴。"高底鞋"（足を小さく格好よく見せるために靴底を厚くしてある女性用の靴）に対していう。¶我着个～，再要跌哩。（海 38-323-17）

【平拳】

〈名〉待考。¶一对袖舞钏鸣，灯摇花颤，听不清是"五魁""八马"，看不出是"对手""～"。（海 15-118-17）

【平仄】

〈名〉平仄(ひょうそく)。¶耐自家算好，我也勿管；不过"画眉"两个字，～倒仔转来，要罚耐两杯酒。（海 33-274-5）¶那回扶乩的两个人，一个是做买卖出身，只懂得三一三十一的打算盘，那里会作诗；一个是秀才，却是八股朋友，作起八韵诗来，连～都闹不明白的。（目 37-182-4）¶平声讨仄声，虚的对实的，实的对虚的，若是果有了奇句，连～

ping　語彙例釈

虚实不对都使得的。(红48-664-1)

【凭】

〈动〉……するままに任せる。¶其中倘有可以减省之处,悉～老兄大才斟酌未哉。(海64-544-16)¶奴是坐得正,立得正,那怕搭和尚道士合板凳,也无啥要紧格,亦叫做贞金勿怕火,～倷哪哼冤枉末哉。(狐10-68-25)¶这里上海是新小说的出产地,不论哪一种小说,无不俱全,侦探咧,写情咧,社会咧,滑稽咧,～你拣选是了。(新9-40-2)¶既如此,只～你教人替了,我自还你工钱。(警33-504-6)¶你要砍黑爷爷,～你拿去砍上几百刀!若是黑爷爷皱眉,就不算好汉!(水95-1520-1)

【凭据】

〈名〉証拠。¶忽然末,耐去拿个～来拨我。(海8-59-9)¶好像是玉壶山人手迹,不过寻勿出俚～。(海47-400-8)¶说俚是唐解元,有啥个～介?(三40-428-17)¶不过倷冤枉奴,倷阿曾拿着啥格～格?倷阿曾看见奴姘人介?(狐10-63-26)¶俫话咯是七十两银子买个,有甚个～呢?(上问14-27-5)¶赵温一面出了～,约了日期;一面写信家去,叫家里再寄银子出来好还他。(官3-31-16)¶人家请了上海县官医来,评论他的医方,指出他药不对症的～,便要去告他。(目86-693-6)¶这会子不知怎样被公司查着了～,在新衙门告了一状,他急了才来寻我。(新34-158-9)¶众人顿时翻箱倒篋的大搜特搜,虽然不曾搜出宗社党的踪迹,却搜出两箱宗社党的～来。(歇3-35-13)¶那时候事情妥了,又无～,你还理我呢?(红25-351-12)¶你聘金家女儿,有何～?(初10-183-11)¶金事道:"有何～?"廉使道:"还你个～。"即将纪老三放将出来,道:"这可是你家么?他所供口词的确,还有何言?"(二4-94-12)

【屏风】

〈名〉びょうぶ。ついたて。¶十六扇～末,卖拨仔齐韵叟,做到八百块洋钱,一块也勿少。(海48-411-7)¶尤氏等闪过～,小厮们才领轿夫,请自轿出门。(红53-747-8)¶门口放一架铁力木嵌太湖石的～,正面挂一幅名人山水,侧边挂着四轴行书草字。(禅7-89-11)¶自那日请陆仲含时,他在～后蹴来蹴去看他,见他丰神秀爽,言语温雅,暗想:……。(型11-158-16)¶却待再问,只见～后走出一个女孩儿来,叫声万福。(警19-270-17)

【瓶】

〈名〉びん。瓶子(〻)。量詞に借用される。¶是俚咪端生阿哥定归要买,买仔三～;俚自家拿一～,一～送仔阿姐,一～说送拨我。(海29-243-17)¶秀夫吃得醉醺的,受

語彙例釈　ping‐pu

愚也有了几分酒意,说是在虹口看了马戏,吃了几～外国酒,寻到此地。(繁Ⅱ25-633-7) ¶果然凤姐儿送了两小～上用新茶来。(红 24-329-7) ¶这一～酒,那里就得尽兴,还把这几～酒一饮而尽方妙。(鼓 2-23-16) ¶夜来一个人独自吃了一～酒,醉后疏狂,写在这里。(水 39-621-5)

pu

【铺房间】
芸妓が一本立ちして部屋をもち、内装して営業を始める。¶房间铺来哚陆里呢? (海 3-20-1) ¶还有朋友哚拍马屁,鬼讨好,连忙搭俚买好仔家生送得去～。(海 10-81-7) ¶身价末一千;衣裳、头面开好一篇帐来里,煞死要减省末三千;三间房间铺铺,阿要千把? (海 48-406-16) ¶好在薛金莲有的是钱,便在福致里租了一处三楼三底的房子,铺起房间,拣了一个日子,烧路头进场,邀了那一班做野鸡时候的老客人来吃了几台酒,倒也十分热闹。(九 91-647-11) ¶本来你地方做得太觉多了,以后总得减去几个才是。譬如花小红与我住在一个院中,起初不晓得～的那夜第一台酒是你吃的,你终算是老客人了,怎么近又叫起我来? 小红的娘阿素姐知道此事,心上边与我很不过去。(繁后 18-933-25) ¶彩云道:"此外就是租房子、～、雇用大姐相帮,这些不相干的小事,我自己来张罗,不敢再烦两位了。"(孽 32-307-19)

【铺盖】
〔名〕布団(掛けぶとんと敷きぶとんを合わせて)。 ¶客栈里耽搁仔两日,缺仔几百房饭钱,～衣裳才拨俚哚押来浪。(海 24-199-12) ¶奴皆为少带仔～洛,将就搭俚一淘困格,忽然,奴一干子困末哪哼介。(狐 56-476-20) ¶客人无没～,是勿能留住个。(上问 25-47-7) ¶述农借给我两分～,二十两银子,我便坐了原车,仍旧先回汶水桥。(目 108-896-9) ¶俊人回头果见一个长随打扮的,挑着两个～,一摇一晃的走来。(歇 10-127-10) ¶袭人只得还依旧年之例,遂仍将自己～搬来设于床外。(红 77-1111-6) ¶二位相公,我们开客店的,虽有几床～,只好答应来往客商,恐怕不中相公们意的。(鼓 7-89-9) ¶当下美娘收拾了房中自己的梳台拜匣,皮箱～之类。(醒 3-66-14)

【葡萄架】
ブドウ棚。『金瓶梅』第27回の金蓮と西門慶のブドウ棚の下での情事を指す。¶～哠,阿有啥勿懂。(海 7-53-14)

Q

qi　語彙例釋

qi

【七律】
〈名〉七言律詩。¶～当中四句，我做勿来，耐替我代做仔罢。(海 59-506-6)¶适才拜读女公子题为基隆的两首～，实在是门生知己，选婿一事，分该尽力。(孽 14-116-3)

【七张八嘴】
多くの人が口々にいろいろと言う。¶耐无姆说，癞头鼋昨日咈来，搭俚说仔倒蛮相信，就是一班流氓，～有点闲话，我说也勿要紧。(海 45-381-12)¶有格末说笑俚，有格末埋怨俚，有格末可怜俚，有格末说菩萨真真灵验，勒浪责罚俚，有格末说大家求求菩萨，阿好宽怨俚，～，闹到仔夜。(狐 54-463-26)¶众医生在那里～，有说用参的，有说用桂的。(目 86-697-2)¶大家坐在沈二宝房间里头，～的催逼，只把个沈二宝逼得束手无策，苦笑皆难。(九 165-1081-24)¶也有说他平日过于荒唐了，以至到这步田地的；也有说他如此没出息，连我们面上也少威光的。～，纷纷议论。(负 20-91-20)¶正在那里～，东扯西拽，惊动了房内的高知县，开私宅出来，问甚缘由。(警 11-143-7)¶等父亲回时，～，都说廷秀偷东西在外斗赌。他见众人说话相同，自然肯信生疑。(醒 20-417-11)("生"——当是"不"字之误。原注)

【欺】
〈动〉ばかにする。侮る。¶耐赵二宝搭倒还有副对子做俚，我末连对子才无拨，阿是～人太甚？(海 53-451-6)¶知道的说小孩子们淘气；不知道的，人家就说仗着财势～人，连主子名声也不好。(红 45-620-23)

【欺瞒】
〈动〉"欺"に同じ。"欺负"の意。¶耐一干仔来末，阿怕倪～仔耐嘎？耐算教两个朋友来做帮手，帮仔耐说闲话，阿要气煞人！(海 10-82-13)¶耐哚来里～我老老头，阿怕罪过嘎？(海 15-117-14)¶耐～耐家主公，勿关倪事，要～仔倪个客人，耐当心点！(海 23-187-24)¶阿是有人～俫唲，格落格种样式？(狐 15-104-14)¶俫阿是拨别人～仔呢？还是奴有啥得罪仔俫呢啥？(狐 17-130-14)¶阿呀，晤笃两家头～倪一干仔，倪勿搭耐说哉。(九续 16-116-3)¶幸亏形容鬼却是真心实意，凡是拉紧里半爿的不许～他，因此还不曾吃足苦头。(何 5-55-12)

【齐】
〈形〉そろっている。¶耐到对过姚家去看看，楼浪房间里物事阿曾～。(海 5-34-4)¶还有啥帐目、契券、照票多花末，理～仔一搭，交代一个人好哉。(海 11-86-4)¶倪有

語彙例釋　qi

仔洋錢，倘忙用脫仔湊勿～哉，放來哚李老爺搭末一樣個啘。（海 16-129-5）¶耐叫仔兩個局，勿曾吃歇酒，今朝朋友～來里，我替耐喊個台面下去，請請俚咪。（海 32-265-20）¶客人～哉啘。（海 50-430-12）¶各位大爺朵阿曾到～？（三 21-251-9）¶定辨拉个物事，日脚到拉者，難，還勿曾～拉哩。（上散 9-58-10）¶当下主客到～，一共也有十來位。（官 29-482-24）¶你这个饭桶：定的菜，怎么这会子还不送来？客人差不多～了，快给我催去。（新 44-204-19）¶幼安道："客人到～没有？"守愚："多到～了。"（繁Ⅱ 26-650-11）¶肖岑道："我们在那里会～？"燦光道："五点钟在大观楼会～，走过去最是近便。"（繁后 6-782-2）¶伯怡见客到～，就叫后面摆起两桌席来。（孽 20-175-10）¶这屋里我正想各色都～了，只就少药香，如今恰好全了。（红 51-720-6）¶一时众姊妹来～，宝玉只嚷饿了，连连催饭。（红 49-682-6）

【齐头】

〈形〉妥当である。適当である。¶就实梗哚下去总勿～，我来搭耐商量，阿有啥法子？（海 56-477-11）

【其】

〈代〉①人称代名詞。口語の"他（她）"。¶大约～为人必然绝顶聪明，加之以用心过度，所以忧思烦恼，日积月累，脾胃于是大伤。（海 36-305-2）¶一则自家先有狎妓差处。二则抄不出脏证，何以坐实～罪？三则防～烧毁灭迹，一味混赖。（海 59-504-24）¶当日有他父亲在日，酷爱此女，令～读书识字，较之乃兄竟高过十倍。（红 4-64-15）¶袭人正记挂着他去见贾政，不知是祸是福，只见宝玉醉醺醺的回来，问～原故，宝玉一一向他说了。（红 26-370-14）

②指示代詞。口語の"那个""那样"。¶～原由于先天不足，气血两亏，脾胃生来娇弱之故。（海 36-304-24）¶以绮语相戒，此～人可谓不知痴鸳，也不知绮语。（海 53-446-12）¶至于那些谋挖这个差使的，无非为克扣军饷起见，～积弊更与绿营相等。（官 12-174-4）¶凤姐笑道："好丫头，真是有～主必有～仆。"（红 74-1057-7）¶所以这海棠亦应～人欲亡，故先就死了半边。（红 77-1105-20）

【其实】

〈副〉実際には。其の実。¶倪翠凤脾气是勿大好，也怪勿得耐罗老爷要动气。～倪翠凤脾气末有点，也看客人起，俚来里罗老爷面浪，倒勿曾发出歇一点点脾气哩。（海 7-51-5）¶耐看仔场面浪几个人，好像阔天阔地，～搭倪也差勿多，不过名气响仔点。（海 14-108-9）¶大人真真格外周到，～何必呢？（海 43-361-14）¶阿晓得眼下格时世，靠勿住格客人实在多，嘴里说得蛮蛮好，心里～约约乎。(狐44-381-7) ¶秋燕、鸣冈、伯思，齐问道："为仔啥事体要转去？"华生道："～也呒啥要紧事体。"(鸿3-206-7) ¶吃大烟呢，～也无害于事。现在做官的人那一个不抽大烟。(官11-157-4) ¶每天这顿晚饭是从不在家吃的，托名在外面应酬，～是天天在秦淮河里鬼混。(官31-509-6) ¶现在办外交的人，每每说外交困难，～都缘自己先有了错误，礼数儿不周到，外国人恼了，才同你过不去。(新56-258-29) ¶汤二小姐自称是汤作彝的女儿，～女儿这几句话是冒牌的，实在汤作彝的侄女一些不假。(人16-142-10) ¶口中少勿得称赞，只说难猜，故意寻思，～一见就猜着了。(红22-310-16)

(注) "实在"が副詞"的确"の用法のほか、上掲（人16-142-10）例で"其实"の用法をもつように、"其实"も"实在"（＝的确）の意味で用いられる。 →林生道："这是笑里藏刀，言清行浊的人，我其实今日放他不过！"(水19-282-5) →遇见许行云院内相帮，说行云今夜其实受了一场大惊，阿彩更是吃吓不起。(繁后17-9190—25)

【其余】
〈代〉指示代詞。それ以外。¶《长生殿》～角色派得蛮匀，就是个正生，《迎像》《哭像》两出吃力点。(海45-382-14) ¶～或纪言，或叙事，或以议论出之，真真五花八门，无美不备。(海53-450-13) ¶顶多的一百铜钱，～二十、三十也有，再少却亦没有了。(官1-8-5) ¶～的客人，大半也因为摸不着头脑无从插嘴，只好让他们主客相持。(人7-54-21) ¶我们在座的朋友当中只有黎宛亭是急性子，～总还好。(人33-361-23) ¶椅之两边，也有一对高几，几上茗碗瓶花俱备。～陈设，自不必细说。(红3-45-12) ¶二弟说话太懦。看彼先锋，不过如此。～将士可知。总有雄兵百万，吾何惧哉！(禅16-253-14) ¶陆氏下了轿子，留一半人在门口把住，～的担着锄头铁锹，随陆氏进去。(醒15-293-1) ¶只把宋江封为先锋使，又不曾实授官职，～都是白身人。(水84-1393-16)

【其中】
〈名〉方位詞。その中。その間。¶我有个诗题来里，耐去做做看。做得合式仔末，就晓得～甘苦哉。(海60-516-3) ¶～倘有可以减省之处，悉凭老兄大才斟酌末哉。(海64-544-16) ¶幼安随口问道："里房的客人姓甚？"阿招答道："姓袁。"妙香向阿招看了一言，少牧猜透～就里，戏说："只怕此人姓方。并不姓袁。"(繁后30-1086-5) ¶他是曾经发达过的人，晓得～奥妙。(官1-3-13) ¶只因昔年他丈夫周端争买田地一事，～多得狗儿之力，今见刘姥姥如此而来，心中难却其意。(红6-98-8) ¶本人作的诗词，写的笔迹，不是有风症的人，～有诈。好歹只顾拿来。(水39-624-4)

語彙例釋　qi

【奇丽】
〈形〉珍奇華麗である。¶亚白个序文末,生峭古奥,沉博～,勿必说哉。(海 53-450-11)

【奇文】
〈名〉珍しい文章。¶亚白请客小启耐阿看见？啥不绝世～，请倪一淘去赏鉴。(海 50-423-13)¶倪末勿是约好辰光，为仔痴鸳先生绝世～，要紧请教。快点拿得来，我要急煞哉！(海 50-429-12)

【乞巧会】
〈名〉七夕の集い。"乞巧"は七夕の夜、女性が織女星を祭って手芸・裁縫が上手になるよう祈った風習のこと。¶前两日为仔亚白、文君两家头，请俚哚吃合卺杯，今朝末专诚请阁下同贵相好做个～。(海 38-322-7)

【岂敢】
〈动〉恐れ入ります。敬意などを示されたときに返すあいさつ語。¶洪善卿道："贵姓是张？"张小村道："正是。老伯阿是善卿先生？"善卿道："～，～。"(海 1-5-3) ¶[付]大官人,什介说得起来,阿就是个唐伯虎大爷府个唐大叔？[丑]～,正是。(三 17-206-5)¶贾大人在旁笑道："玉手加衣，芝翁的艳福不浅。我看比陈桥兵变黄袍加身还要荣幸。"邹芝诰道："～，～。……。"(人 14-124-11) ¶俊人笑道："我说错了，你家的菜是好的。"解珮仙馆道："～。"(歇 17-219-16) ¶见贾琏远路归来，少不得拨冗接待，房内无外人，便笑道："……小的听见昨日的头起马来报，说今日大驾归府，略预备了一杯水酒掸尘，不知赐光谬领否？"贾琏笑道："～～，多承多承。"(红 16-212-3)

【岂有此理】
そんな道理があろうか。もってのほかだ。¶勿是我来里瞎说，耐哚个娘舅真真～！(海 31-258-10)¶耐覅瞎说！文君玉是我女弟子，客客气气，耐去糟塌俚，～！(海 59-507-4) ¶脏了你洗的衣服也是有的，又不是来偷了你的东西，怎么就破口骂人，真是～！(繁初 16-170-14) ¶如今一碗茶要一把叶子，照这样子，只怕喝茶就要喝穷了人家。真正～！(官 19-307-1)¶万卷先生这句话,太～了,怎把我们都当作你家豚儿呢？(歇 14-172-13) ¶我现在别的都不气，所气的是我们中国稍些不如从前强盛，无论是猫是狗，一个个都爬上来欺负我们，真正～！(文 5-24-6) ¶众客道："李太白'凤凰台'之作，全套'黄鹤楼'，只要套得妙。如今细评起来，方才这一联，竟比'书成蕉叶'犹觉幽娴活泼。视'书成'之句，竟似套此而来。"贾成笑道："～！"(红 17·18-236-8) ¶孙自连道："古云：自作自受。他人自苦，我家自乐，两不相干。小婿却喜得遇此荒年，当中生得些利息。"员外道:"～!"(醒下6-142-1)¶刘有才道:"玉峯莫非有吝惜之心么?若污坏时,一个就赔两个。"宋敦道:"～!……。"(警22-309-10) ¶还了他的,却不依旧让他们行事去?～!你自走你的路,不要管我。(二39-735-2)

【岂止】

〈副〉"不止"に同じ。¶难是～脾胃,心肾所伤实多。(海36-305-4)"岂只"とも作る。¶岂只吃酒赌钱,在外头无所不为。我们看他是奶奶的人,也只见一半不见一半罢了。(红72-1027-17)

【起】

〈动〉……から始まる。ふつう起点を指す名詞の前に"从""打"などの介詞が用いられる。¶我来仔倒说我无良心,从明朝～勿来哉。(海2-12-7)¶张蕙贞搭勿到十日天,从头浪～到脚浪,陆里一样勿搭俚办起来?(海10-81-6)¶等三公子起身,问道:"耐看我阿像个人家人?"三公子道:"倒蛮清爽。"二宝道:"就今朝～,我一径实概样式。"(海55-467-15) ¶倪从今夜头～,句句才听耐四少格闲话。四少要倪那哼末,倪那哼。(沪2-116-5)¶打那日～,就在栈中写了两天的信,一直没有到同庆里去。(官8-122-1)¶原从那闸～流至那洞口,从东北山坳里引到那村庄里,又开一道岔口,引到西南上,共总流到这里。(红17·18-239-17) ¶议定于七月二十八日～至八月初五日止荣宁两处齐开筵宴。(红71-1001-8)

〈趋〉動詞の補語となる。①その動作がある起点から始まることを表す。ふつう起点を表す介詞連語と組み合わせて用いられる。¶三班毛儿戏末,日里十一点钟一班,夜头两班,五点钟做～。(海18-146-5)¶先从别人箱子搜～,皆无别物。(红74-1058-17)¶那妇人只得把偷和尚的事,从做道场夜里说～,直至往来,一一都说了。(水46-763-15)¶等船里都坐满了,却教兄弟张顺,也扮做单身客人,背着一个大包,也来趁船。我把船摇到半江里,歇了橹,抛了钉,插一把板刀,却讨船钱。本合五百足钱一个人,我便定要他三贯,却先问兄弟讨～,教他假意不肯还我。我便把他来起手。一手揪住他头,一手提定腰胯,扑咚地撺下江里。排头儿定要三贯,一个个都惊得呆了,把出来不迭。(水37-587-12)

②動作がある時点で起こっていることを表す。¶洪善卿道:"祥春里啥人家嗄?"来安道:"叫张蕙贞。倪老爷也坎坎做～,有勿多日。"(海4-27-16) ¶黎篆鸿转问朱淑人:"及时做～?"朱淑人茫然不解,周双珠代答道:"就不过前月底,朱老爷替俚乃叫仔一个局,倪搭来也勿曾来歇。"(海19-152-22) ¶我也新做～。(海56-476-15)

語彙例釈　qi

③動作がある人・事物に及ぶことを表す。動詞は"说、问、提"などの一部に限られる。¶倪无姆阿曾搭耐说～歇啥?（海 3-19-22）¶说～黎篆鸿,倒想着哉。（海 4-25-11）¶勢说～，就说末也是白说，倒去坍俚家主公个台。（海 16-127-11）¶耐末也白认得仔我一场，先起头说个几花闲话，勢去提～哉。（海 20-162-3）¶二奶奶问～仔我，耐总说是无啥好，陆里好比卫霞山。（海 57-485-5）¶勿要说～，耐野同过台面格，格格歪头阿魏搭子阿四宝,有子牵丝末缠勿清爽哉。（商 1-9-17）¶因问子文:"次云要办报馆,招倪入股。耐看阿好?""子文道:"倒瞥听见说～歇。报馆生意弗见得好啘。"（沪 1-79-11）¶席间又谈～干儿子干娘的事，无非说说笑笑。（目 23-168-12）¶你今天和他谈天,有说～他儿子的事么?（目 65-516-1）¶入到店里，问～这里的地名,才知道是老米店。（目 69-553-26）¶大人千万不要提～这件事。（目 87-708-26）¶说～根由虽近荒唐，细按则深有趣味。（红 1-1-18）¶问～根由,至亲三口，抱头而哭。（醒 3-67-4）
④動作にともなってある状態が生起し，持続することを表す。¶梳好仔头末，横咪楊末浪，搁～仔脚吃鸦片烟。（海 23-184-1）¶耐说勿是来相骂,俚一进来就竖～仔个面孔，唤喤唤喤，下头噪到楼浪,勿是相骂是啥嘎?（海 27-220-15）¶啥个路数介?都是那肩挑步担把零星卖,啥个吃局介?荸荠、乌菱、甘蔗，隔年卖剩咪个星黄橄榄,促～子髭须，老尽子面皮，倒勒里百叫之乎把主顾扳。（三 39-419-7）¶打扮得非常浓艳，头上梳着极浓极厚的前刘海，笤～了二三寸,覆在额间。（狐 28-230-24）
⑤"動詞+得+起""動詞+勿+起"で，負担能力の有無を表す。¶便夜饭是倪也吃得～哉，就请勿到陈老爷啘。（海 11-90-22）¶那外国大夫岂是我们请得～的?（官 39-658-4）¶外国大夫价钱大，无论如何，我们是请不～的。（官 39-659-10）¶他弄坏了我的招牌，问他可赔得～赔不～。（官 50-864-5）¶咱们家里还有力量请的～先生?（红 10-145-11）¶还要作诗，你就拜我作师。我虽不通,大略也还教得～你。（红 48-663-18）¶侄儿不才,家里也还奉养得伯伯一口～,怎说这话?（二 26-521-2）

【起病】

〈動〉発病する。¶旧年九月里～辰光就用仔'补中益气汤'，一点无啥要紧。（海 36-304-22）¶俚～到故歇，毛十日天，一帖药才勿吃歇,勿知阿是耽误坏格?（狐 60-509-9）¶看啥介?个个病还是重阳日起个勒，未免撞着子个个秃好老,野是论勿定个活。（三 13-148-12）¶阿金道:"阿珍的病也是前天晚上起的，你怎把东西交代于他，况且又没旁人瞧见?"少愚道:"交代的时候尚还没有～，虽没旁人瞧见，我亲见他锁在箱子里头第一只铁抽屉内。"（繁后 26-1037-5）

qi　語彙例釈

【起初】
〈名〉最初。当初。 ¶耐～要搭倪先生说明白仔，耐就去做仔十个张蕙贞，倪先生也无啥哩。(海10-79-24) ¶～是清倌人，耐去做仔末就勿清哉哩。(海25-206-6) ¶～倪才来浪望俚好起来，故歇看俚样式，勿像会好，故也无法子。(海42-353-11) ¶～呢，怒容满面，个歇辰光介，含笑微微。(三32-354-8) ¶俚笃～到间搭，并勿晓得傔生病，后来听倪一说，进房来看傔，带累俚笃才急煞快，问倪郎中请啥人。(狐36-304-19) ¶那能板数要等伊？——因为地件事体～（当初）是伊经手办拉个。(上问3-6-9) ¶～还恐怕雌鬼要话长说短，遮遮掩掩得瞒着他。(何5-51-14) ¶后来的子孙，一代不如一代，～是卖田，后来是卖房户，卖桌椅东西，卖衣服首饰，闹的家人仆妇也用不起了。(目31-319-19) ¶～时候，人家道是外国人品行，总靠得住的。(新58-267-22) ¶他～还不肯，被我一激才把他激上了马。(歇9-115-21) ¶～陶子尧不肯，后来又是魏翩仞劝驾，两人一路同去，陶子尧方才允了。(官8-110-13) ¶近日贾政年迈，名利大灰，然～天性也是个诗酒放诞之人，因在子侄辈中，少不得规以正路。(红78-1125-2) ¶～大兄弟说来的，我还有些不信，方才小兄弟说起唐太宗之故事，我才信了。(杀6-21-3) ¶吴氏～见打死了道士，心下也道是："自己不得活了。"(初17-316-5) ¶～先捉得一个时迁，次后拿得一个细作杨林，又捉得一个黄信。(水50-826-16)

【起花头】
変な手を使う。策を弄(ろう)する。¶我晓得耐要起我花头，怪勿得堂子里才叫耐"囚犯"。(海33-273-10) ¶就是俚勿声勿响，调皮得来，坎坎还来浪起花头。我个人去上俚个当，拗空哉哩！(海49-420-22) ¶耐末也覅起啥个花头哉，耐自家洋钱自家去输，勿关我事。(海58-497-6) ¶倪今朝礼拜日到间搭来坐歇，勿壳张俚耐来起格花头，倪是从来勿搭别人吵过歇。二少，耐替倪评评格个理性看。(九21-160-6) ¶倪勿做生意末，把势饭也吃仔两年哉，勿壳张今朝耐吃醉仔格酒，来瞎起倪格花头，阿要诧异！(九34-252-7)

【起花样】
"起花头"に同じ。 ¶二宝覅，耐末再要～。端生阿哥老实人，堂子里勿曾去白相歇，阿好叫嘎！(海30-251-13) ¶向秋谷瞪了一眼，道："谢谢耐格好作成，倪今朝头里向正有点发热，困也困哉，勿壳张耐来～，阿要诧异。"(九3-25-1)

【起劲】
〈形〉力がこもる。気が乗る。張り切る。熱中する。¶听见仔挖花，就忙杀个跑得来，

587

語彙例釈　qi

怪勿得耐去输脱仔两三万原～杀！(海 16-130-10) ¶俚末看见阿姐勿适意仔也勿～哉，阿晓得？(海 18-144-4) ¶故末是倪勿好，讲得～仔，忘记仔玉甫。(海 47-399-24) ¶价末让冠香一淘到梨花院落来，讲讲闲话有淘伴，～点。(海 52-443-21) ¶难末耐个生意到哉，～得来，连搭仔做媒人也夠做哉。(海 53-449-22) ¶齐大人去仔就推扳得野咾！连搭菊花山也低倒仔个头，好像有点勿～。(海 61-520-11) ¶耐说末实梗说，到仔归个辰光，就是勒笃说说笑笑，心里总归勿～，勿知到叫个把来分分心。(鸿 6-223-3) ¶我倒有点怕，心里总觉着一点劲也起勿起。(鸿 7-232-6) ¶我就托俚笃去关照，拨仔俚两张俤格片子，代请仔一声，俚笃蛮～，马上差相帮笃去请哉。(狐 18-135-7) ¶耐替别人家赶事体，倒～煞。(九 62-454-22) ¶别人家格事体，阿关得耐偖事，嘞嘞喤喤，吵勿清爽，用勿着耐实梗格～咽。(九 92-653-4) ¶我此刻不过一时～，拿来套在手指上，你如不放心，停会子走时戴去就是了。(新 12-53-4) ¶论理自应得给点子生活他们吃，懲戒懲戒他下回。不然，他们竹杠敲来还要～点子。(新 59-272-20) ¶应酬了太太，却是大把银子抓给他们用。所以他们趋奉太太竟其比趋奉老爷还要来得～。(官 38-648-12)

【起来】
〈动〉①起きる。立ち上がる。¶再～听听雨末，落得价高兴；望望天末，永远勿肯亮个哉。(海 18-142-5) ¶趁势往地下一躺，说了声："老爷，你尽管打！你打死我，我也不～了！"(官 44-735-4) ¶宝玉见王夫人～，早一溜烟回去了。(红 30-424-16) ¶贾母便说："珍哥儿带着你兄弟们去罢，我也睡了。"贾珍忙答应，又都进来。贾母便说道："快去罢！不用进来，才坐好了，又都～。你快歇着，明日还有大事呢。"(红 54-761-12) ②起床する。¶子富道："耐～仔啥辰光哉？"翠凤笑道："我困勿着哉呀，七点钟就～哉。耐正来哝瞪头里。"(海 8-62-2) ¶今朝一日天来咾床浪勿～，说是勿适意。(海 17-133-2) ¶玉甫方着好衣裳下床，浣芳也醒了，嚷道："姐夫啥～哉嘎？耐倒喊也勿喊我一声就～。"说着，已爬下床来。(海 20-164-18) ¶统领有个毛病，清晨～，一定要出一个早恭的。(官 13-187-11) ¶次日天未明，刘姥姥便～梳洗了。又将板儿教训了几句。(红 6-96-17) ¶昨日和我上床同睡，天明～，不见了他，不知那里去了。(禅 21-338-4) ¶过了一夜，次日清早～，也无心想看书史。忙忙梳洗了，即望园东墙边来。(二 9-181-5) ¶小人～上草，只见籬笆推翻，被人将相公的马偷将去了。(水 57-958-8)

〈趋〉動詞・形容詞の補語となる。①動作にともなって下から上に向かうことを表す。¶榻床浪一缸生鸦片烟，俚拿～吃仔两把。(海 6-48-4) ¶我连忙爬～，衣裳也勿着，开出门去。(海 18-142-10) ¶倒是先生看勿过，拉我～。(海 23-184-15) ¶他听了这话，

qi　語彙例釋

立刻站了～,一直跑到花厅上去。(目22-157-4)¶富罗酒后力弱,拉他不住,两手一松,那身子往前一磕,但闻"拍挞"一声,跌下地去,街上众人齐齐的发一声笑,贾维新急忙搀他～。已跌得满身灰土。(繁后17-918-16)¶那小道士也不顾拾烛剪,爬～往外还要跑。(红29-405-12)¶贾珍命人拉他～,笑说:"你还硬朗。"(红53-741-7)¶鸳鸯又揭起裙子来。(红69-975-14)¶忽见经桌上堆着几部经卷,杜伏威逐本拿～看过,翻到书底,寻出一卷书来,甚是齐整比诸书不同。(禅21-336-13)¶呼延灼听得,连忙跳将～,提了双鞭,走去屋后,问道:"你如何叫屈?"(水57-958-7)

②動作・状態が開始し継続することを表す。¶我屋里家主婆从来勿曾说歇啥,耐倒要管起我来哉!(海6-43-6)¶倪翠凤末也晓得耐老爷心里是要做俚,难末俚慢慢仔也巴结～哚。(海7-51-21)¶耐哚是啥人嘎!阿有啥勿问情由就打起人来哉嘎!(海9-68-23)¶真真要运道末到哉,人末冲场也无啥,难末生意刚刚好点～。(海44-374-7)¶双玉反～,耐也无啥好处!(海54-460-5)¶故歇倪要拿仔耐格洋钿,拨别人家说～,像煞倪搭耐要好,是骗耐格铜钿,耐想倪阿肯。(九续57-438－23)¶众人又复畅饮～,酣呼醉舞了好一会,方才散坐(目19-136-10)¶楚云大笑,众人也忍不住笑将～。(繁后18-935-8)¶合庄的人,都把他推戴～,姓方的渐渐的不敌了。(官1-1-6)¶急疼之时,只叫'姐姐''妹妹'字样,或可解疼也未可知,因叫了一声,便果觉不疼了,遂得了秘法;每疼痛之极,便连叫姐妹～了。(红2-32-11)¶香菱拿了诗,回至蘅芜苑中,诸事不顾,只向灯下一首一首的读～。(红48-665-9)¶因是寒气逼人,程宰不能成寐。翻来覆去,不觉思念家乡～。(二37-681-9)¶一觉直睡到三更方醒。只听得屋后酒保在那里叫屈～。(水57-958-7)

③動作の完結や動作がその目的を達することを表す。¶耐先教月琴先生打发个娘姨转去,摆起台面来。(海4-25-2)¶榻床末排好,灯末也挂～哉。(海5-34-11)¶耐就要死末,也勿实概个哕;故歇王老爷来仔,也好等王老爷说～,说勿好耐再去死末哉哕。(海10-78-21)¶张蕙贞搭勿到十日天,从头浪去到脚浪,陆里一样勿搭俚办～?(海10-81-6)¶为仔阿姐去买起点心来请倪,倪少吃仔好像对勿住,阿是?(海11-90-15)¶最好末耐原转去,托朋友寻起生意来再说。(海14-107-15)¶到了下午,果然同了两个人估看,说是照样新盖造～。只要一千二百银子,地价约莫值到三百两,共是一千五百两。(目20-142-12)¶贾蓉忍不得,便骂了他两句,便人捆～,"等明日酒醒了,问他还寻死不寻死了!"(红7-118-21)

④ある視点から観察・考察したり、推測することを表す。¶我看～,勒说啥长三书寓,

語彙例釈 qi

就是幺二浪耐也勥去个好。(海2-10-17) ¶说～是利害哚,还是翠风做清倌人辰光,搭老鸨相骂,拨老鸨打仔一顿。(海6-48-1) ¶耐上仔当哉,陆里有四十块洋钱嘎! 买～不过十块光景。(海22-179-22) ¶论～,俚哚做老鸨该仔倪讨人,要倪做生意来吃饭个呀。(海32-264-5) ¶论起情义来,何在多此一拜。(目23-168-20) ¶若论～,寒族人丁却不少,自东汉贾复以来,支派繁盛,各省皆有。(红2-26-7) ¶如今听起大奶奶这个来,定不得还是喜呢。(红10-148-3) ¶这又同才刚学里的八两一样,重重叠叠,事虽小,钱有限,看～也不妥当。(红56-783-8)

⑤ある事態の出来(しゅったい)を表す。 ¶撞杀耐哚娘～,眼睛阿生来哚!(海2-14-11) ¶耐故歇末说勿去哉,耐要去～,我阿好勿许耐去?(海8-58-15) ¶阿姐一干仔来里船浪,倪末倒才转来哉,连搭仔桂福也跑仔～。(海43-363-22) ¶就是归格姓郑格广东人,来浪倪搭,也是五六年格老客人,故歇夹忙头里倒说要讨倪～哉。(九96-674-12) ¶心中暗想: 幸而我今天显了一显才情,他们就登时瞧得起我～。(九45-326-14) ¶更兼程小姐的肚子一天大似一天～,那里遮掩得住?(九53-387-22) ¶王太史寻思了一会,却又舍他不得～。(九67-490-2) ¶大腊月里往来的信正多,为甚忽然要搬家～?(目74-596-23) ¶奇了,打灯谜怎么会打成知己～?(新47-216-31) ¶景桓自从在第一楼开灯遇见了夏时行,不时混在一处,就每天打茶围、吃花酒～,做了两个相好。(繁Ⅱ3-373-5) ¶不过小桃年纪还小,不是我今天责备于他,怎么就有倒贴钱的恩客～,反把着实花几个钱的客人一心要做弄着他?(繁Ⅱ11-466-7) ¶幼安等闻言笑道: "怎么吃番菜把嘴凹划碎～?"(繁Ⅱ23-611-5) ¶譬如郑大少、游大少两户,金翠香等也多是老客人了,这节忽然开消不出～。翠香等岂不受累?(繁Ⅱ23-616-14) ¶陪我吃顿饭有什么要紧的,就这样的不好意思～?(官32-547-13) ¶我看这对府上很合算,既避了变卖祖产的坏名声,又白得了很好很好的新宅子,又与本宅主人拉了个交情,以后你与人家有什交涉事情～,人家知道你与本宅主人相好,也惧怕你三分呢。(十8-52-12) ¶二姨太道: "瞧这模样儿,体态儿,莫非是堂子里头人物么,那副腔派何等的轻荡。"马太太道: "人家确确是公馆中太太小姐,怎么说是堂子里人物～。"(十22-160-4) ¶这邢大舅便酒勾往事,醉露真情～,乃怕案对贾珍叹道: "………。"(红75-1072-7) ¶那金桂见丈夫旗蠹渐倒,婆婆良善,也渐渐的持戈试马～。(红79-1148-22) ¶好笑邬匪卿不懊悔自家要娶妻子,坏人名节,不念自家该受此报,反恨那程汾桥的言语～。(醒下7-155-4)

【起名字】

名まえをつける。 ¶洪老爷先搭倪起个名字，等俚会做仔生意末，双珠就拨仔耐罢。（海 3-20-20）¶耐搭俚起个名字哩。（海 46-390-5） ¶他夫人怀着他这女儿的时候梦见人送了他一张琴，上头有文君二字，后来就生了这位小姐。谢达夫说文君却没有甚么好，就替他起了个名字叫琴。（梼 8-115-12）¶而且背前背后乱说那些混话，凡读书上进的人，你就起个名字叫做'禄蠹'。（红 19-271-16）

【起手巾】
客におしぼりを出す。 ¶催客的已回来，说："尚仁里请客说，请先坐罢。"王莲生便叫"～"。娘姨答应，随将局票带下去。（海 6-45-24） ¶洪善卿因对过周双玉房里台面摆得极早，即说："倪也～罢。"王莲生问："再有啥人？"善卿道："李鹤汀勿来，就不过罗子富哉。"当下入席，留出一位。（海 28-230-12） ¶冶之分付阿小妹叫相帮进房摆好台面，起过手巾，各人入席。（繁初 5-47-4）¶介山见客齐了，便叫娘姨喊～。一时外场绞手巾，众人接来揩过。介山要过笔砚，替众人开写局票。（十 5-29-7） ¶龙吟又敷衍了几句，一时～入席。（新 26-120-8）

【起头】
〈动〉始める。始まる。 ¶黎篆鸿又埋冤朱蔼人费事，道："才是耐起个头哴。"（海 19-150-19） ¶俚自家晓得保重点，也无拨该个病哉，才为仔勿快活了起个头哴。（海 20-160-18）¶漱芳个病还是旧年九月里起个头。（海 36-304-13） ¶倘然浣芳有福气，养个把倪子，终究是漱芳根脚浪起个头，也好有人想着俚。（海 54-459-3） ¶事体那哼～格？（鸿 12-261-20）今成亲三日，恩爱方才～，岂有反劝我还乡之理？（醒 19-384-5）¶吴氏道："再过八日，就是亡夫百日之期，意要设建七日道场，须得明日～，恰好至期为满，得法师侵早下降便好。"（初 17-295-1）

【起先】
〈名〉初め。最初。 ¶娘舅～就靠勿住。（海 29-238-21） ¶～我教耐打听，耐勿肯。（海 34-280-9） ¶勠说啥养勿大，人家再有勿好个倪子，～养个辰光，快活煞，大仔点倒讨气。（海 47-402-24） ¶～要嫁拨仔王老爷，故歇就勿要紧哉。（海 56-477-2） ¶少牧道："争的是那一间包厢？"幼安摇头道："茶房～领他在三包里头。因他不要，口口声声的要坐花楼，茶房偏偏不领他坐，故在那里争闹。"（繁后 28-1053-13） ¶这个毛病，～人家还不知道。（目 60-474-11） ¶太太～因他一夜不回，好容易回来，正在那里哭骂；后来见他被人家诓诈，毕竟夫妻无隔夜之仇，肷膊曲了往里弯，到了此时也就不同他吵闹了。（官 11-163-13） ¶～区奉仁还同他客气，不肯上炕来睡。（官 43-724-19） ¶那几家

語彙例釈　qi

也都愿送小费，一家肯出十五块，一家肯出二十块，一家肯出二十五块，那～一家知道了，竟大发狠，肯出到五十块，我们就把房子租给他了。(新7-31-3) ¶说着时，那～招呼的女子也走过来了。(十30-225-23) ¶这费婆子原是邢夫人的陪房，～也曾兴过时。(红71-1008-19) ¶徐氏也哭道："～我怎么说了，如何又生此短见？"(醒20-432-3) ¶～兀是两骑马绞做一团厮杀，次后各运神通。(水95-1521-3)

【起先头】
〈名〉"起先"に同じ。 ¶价末～闲话阿是说差哉？(海49-418-3)

【绮语】
〈名〉綺(き)語。飾り立てた言葉。 ¶耐昨日劝我个闲话，佩服之至。别人以～相戒，才是隔靴搔痒，耐末对症发药，赛过心肝五脏一塌括仔拨耐说仔出来。(海53-446-8)

【气】
〈名〉気。 ¶好像一种抑塞磊落之～，充塞于字里行间。(海53-446-10) ¶今当运隆祚永之期，太平无为之世，清明灵秀之～所秉者，上至朝廷，下及草野，比比皆是。(红2-30-2)

〈动〉①怒る。憤る。 ¶王老爷，耐勿来仔末，倪先生～得来，害倪一埭一埭来请耐。(海4-32-1) ¶幸亏有两个鼻头管，勿然要～煞哚!(海6-43-18) ¶耐～末夠～，原快快活活转去，赛过拨一只邪狗来咬仔一口，也无啥要紧；耐要～出点病来，倒犯勿着。(海9-71-14) ¶耐阿哥是～昏仔了来浪笑。(海20-159-3) ¶耐啥实概嘎？～坏仔身体末，啥犯着哩。(海33-278-4) ¶难末为仔张蕙贞勿好，再去做个沈小红。做末来浪做，心里末来浪～。(海57-486-21) ¶大先生困罢，～煞也呒买用格哉。(狐48-413-11) ¶心中又～又苦，又是懊悔，～的是十三旦太无情义，苦的是自己现住在北京，毫无靠傍。(狐48-412-25) ¶阿吓，什介说得出来，～死个哉活。(三18-212-16) ¶那个老头子～昏了，连说："反了！反了！……。"(官4-673-10) ¶倘或大师～坏了，那还不得！(官58-1014-1) ¶金荣～黄了脸，说："反了！奴才小子都敢如此，我只和你主子说。"(红9-141-15) ¶陈亥见了娄公子，一把扯住，一时～得紧，连个话也讲不出来。(鼓15-189-14) ¶～得目瞪口呆，手足俱冷。(禅35-569-13) ¶过善听说，～得手足俱战，恨不得此时那不肖子就立在眼前，一棒敲死，方泄其忿。(醒17-334-7)

②怒らせる。立腹させる。 ¶教俚拿会钱来，俚拿勿出哉呀，难末拿仔件皮袄去当四块半洋钱。想想阿要～煞人！(海3-19-13) ¶耐再要去说俚，真真要～杀俚个哉！(海46-387-8) ¶正说之间庄家又开了，原来又是一个三。不提打中了的人得意，也不提庄

592

家赔钱的忙碌，只～坏了那位师长，一张黄而且黑的脸这时候差不多要变得发青了。(人43-524-17) ¶他偏在这里这样，分明是～我没娘的人，故意来刺我的眼。(红57-812-14) ¶半月光景，忽又装起病来，只说心疼难忍，四肢不能转动。请医疗治不效，众人都说是香菱～的。(红80-1154-15) ¶你这几日在那里玩耍？～坏了爹爹！还不跪着告罪？(醒17-334-9)

【气喘】
〈动〉ぜいぜいとあえぐ。息をきらす。¶有时心里烦躁，嘴里就要～。(海36-304-19) ¶那知下一天早上，不打紧吃了第二服仙方，午后就发作起来。～如牛，口中只是乱哼。(狐60-514-22) ¶无奈头晕眼黑，～神虚，补不上三五针，伏在枕上歇一会。(红52-735-12) ¶又行不到三五十步，掇着肩～。(水1-5-2)

【气得过】
"气勿过""气不过"の可能型。腹の虫がおさまる。¶俚吃仔耐几花闲话，一声也响不出，耐也～个哉。(海27-220-16)

【气力】
〈名〉力。¶前日天坐马车到明园去仔一埭，昨日就困道，精神～一点无拨。(海36-304-18) ¶诸三姐个无用人，有～打俚末打杀仔好哉唲！(海37-310-8) ¶做是做得蛮好，又瑰奇，又新颖，十二分～也可谓用尽个哉。(海60-515-16) ¶倘吃烟的只管吃烟，要睡的亦只管去睡，大家养些精神，积些～，到了明晓，我们还好闹酒呢。(狐25-207-14) ¶你们拖车子的，以～换几个钱，何等辛苦。(新12-52-11) ¶他嫂子是女人，又有了三个月的身孕，本是没有～的，被他叔子一头撞来，刚撞在肚皮上。(官5-64-18) ¶心想趁着人还清楚，把以后的事体布置布置，无奈～总提不上，叫一声人，说一句话，总要喘上半天。(梼30-326-6) ¶湘莲走上来瞧瞧，知道他是个笨家，不惯捱打，只使了三分～，向他脸上拍了几下，登时便开了果子铺。(红97-654-15) ¶众僧用尽～，都疲倦了，道："住手罢，寻他则甚？"锺守净那里肯歇，大喝道："胡讲！务要掘见禅丈，方才罢手。"(禅15-224-14) ¶酒家一分酒只有一分本事，十分酒便有十分的～。(水5-86-11)

【气闷】
〈形〉気がめいる(孤独で、または退屈で)。¶玉甫径至漱芳床前，问漱芳道：等仔半日哉，阿觉着～？(海20-158-20) ¶说说末笑笑，阿是蛮好？勿说仔～煞哉。(海25-202-17) ¶一个月当中，有廿日天勿勒奴房里，俫想奴冷冰冰坐勒浪，阿要～煞介？难末倪格阿金揎掇奴出来看戏格呀。(狐9-59-1) ¶格两日心浪～得来吃淘成，耐来仔

語彙例釈　qi

讲讲说说，觉着开心点。(九续36-280-20)　¶寓里坐着，～不过，出来散散步，可巧上楼见浩三先生直望前走。(市31-328-18)　¶长沙来信，说老太爷长沙住的～，要到武昌来走走。(官37-627-22)　¶正说着，宝钗走来道："史大妹妹等你呢。"说着，便推宝玉走了。这里黛玉越发～，只向窗前流泪。(红20-285-11)

【气色】

〈名〉顔の色や表情。¶令弟～有点涩滞，耐倒要劝劝俚保重点哩。(海44-370-15)　¶一霎回到公馆，他老人家的～便不像前头的呆滞了。(官4-49-14)　¶五老爷已经大好了，人很清楚，话也能说。不过声音略为低些，脸上～铁青，不大好看。(人17-155-7)　¶一向没到府里请安，老太太～越发好了。(红29-408-2)　¶尤氏正迎了出来，见凤姐～不善，忙笑说："什么事情这等忙？"(红68-968-10)

【气输】

〈动〉しかたがない。思い切る。¶索性再睹一场，翻得转末翻仔，翻勿转就～仔罢哉。(海14-113-22)

(注)"气输"は"气数"を表記したものであろう。《漢語方言大詞典》は、"气数"について、呉語における用法として、下記3項をあげている。

①不像话；可恨。②倒霉。③无用；无办法。

また、上掲例を呉越:海上花列伝普通話本は"干脆再赌一场。翻得回来就翻，翻不回来就认输算了。"、張愛玲:海上花は"索性再赌一场，翻得过来嚜翻了，翻不过来就看开点算了罢。"(海南出版社:海上花列伝(附訳文は張愛玲訳を踏襲している))。

【气头浪】

怒りの真っ最中。¶第歇耐来哚～，搭耐也无处去说；隔两日等耐快活仔点，我再搭耐说个明白末哉。(海4-31-15)　¶王老爷肚皮里蛮明白来浪，故歇为仔～说说罢哉呀，阿是真真说俚姘戏子。(海34-284-5)　¶难耐故歇讨仔饶，俚定归也呒倷哉，局帐格闲话，俚勒～，有意坍耐格台。(鸿14-277-13)　¶老爷一时气头上说的话是不好作准的。(官44-738-20)　¶他这话是一时气头上的话，见了绅士，不知不觉说了出来。(文9-47-21)　¶姓朱的现在在气头上，所以寻着你。(新45-209-1)　¶也因正在气头上，未曾想话之轻重。(红34-471-24)　¶我今儿是那里来的晦气，偏都碰着在你姊妹们的气头儿上了。(红75-1066-11)　¶这事是他理直，不好曲拗得，又恐怕张幼谦出去，被他两家气头上蛮打坏了，只得准了辛家诉状，把张幼谦权且收监。(初29-548-2)

(注)"～头上"は形容詞・形容詞連語の後にも用いられて、ある状態のさなかである

594

ことを表す。 →又凡是做官的人，如在运气头上，一帆风顺的时候，就是出点小岔子，说无事也就无事；倘或正在高兴头上，有人打他一下闷棍，无论大小事件，他吃了这个瘟子，心思登时不灵，手足也就登时无措了。（官 54-930-13） →况如玉正在不高兴头上，英雄入毂，尚非其时。（歇 57-774-15）

【气勿过】
こらえて許すことができない。腹の虫がおさまらない。¶蓬蓬用末用勿着，我为仔～，定归要买俚一对，多豁脱耐十六块洋钱。（海 24-195-19） ¶照翠凤个样子，我有点～，心想就是三千末倒也勿拨俚赎得去。（海 44-376-19） ¶我搭阿姐两家头，做个生意来孝敬耐无姆，无姆也勿曾说过倪一句邱话。我就～双宝。（海 63-536-9） ¶是奴糊涂，上仔俚格当，还要想俚做啥？不过奴格心里，实在有点气俚笃勿过，勿是啥奴量小，要去寻着俚。（狐 32-268-1） ¶有些小意见的，还说他一个人得了如许钱财，别人一点光没有沾着，他要一个人安稳享用，有点气他不过，便亦撺掇了大众出来同他说话。（官 53-908-11） ¶我正气他不过，和翁给我翻一翻梢。（新 28-128-29） ¶报官呢，恐怕骗子捉不到，闹的上司知道了，自己反要吃赔帐。不报呢，白丢掉二万银子，心里头总有点气不过。（新 55-252-18） ¶但是想到昨晚的情形，心下实在气不过，待要张扬又不便张扬，待要报复，又无从报复。（维 9-64-2） ¶有好东西也来要，有好人也要，剩了这么个毛丫头，见我待他好了，你们自然气不过，弄开了他，好摆弄我！（红 46-642-24） ¶杜亮有个远族兄弟杜明，就住在萧家左边，因见他常打得这样模样，心下到气不过。（醒 35-740-3） ¶你哥哥这等发跡，你这等贫苦，倒教我每替你气不过。（杀 18-79-7）

【气血】
〈名〉体内の気と血。中国伝統医学の用語。¶其原由于先天不足，～两亏，脾胃生来娇弱之故。（海 36-305-1） ¶谁知凤姐禀赋～不足，兼年幼不知保养，平生争强斗智，心力更亏，故虽系小月，竟着实亏虚下来，一月之后，复添了下红之症。（红 55-769-10）

【契券】
〈名〉契約書や証券など。¶还有啥帐目，～，照票多花末，理齐仔一搭，交代一个人好哉。（海 11-86-3）

【器铭】
〈名〉铭文。¶再有几花零珠碎玉，不成篇幅，如楹联，匾额，印章，～，灯谜，酒令之类。（海 40-337-12）

qia

語彙例釈　qia‑qian

【掐】
〈動〉つねる。¶耐勿曾看见，王老爷臂膊浪，大膀浪，拨沈小红指甲～的来才是个血。（海33‑271‑5）¶一时李嬷嬷来了，看了半日，问他几句话也无回答，用手向他脉门摸了摸，嘴唇人中上边着力／～了两下，～的指印如许来深，竟也不觉疼。（红57‑802‑1）"搯"とも作る。¶道他是鬼，又衣裳有缘，地下有影；道是梦里，自家搯着又疼。（警30‑463‑14）

【掐子】
〈名〉待考。石印本は"搯子"とする。¶难一筒和下来，多三副～，廿二和加三倍，要一百七十六和咪，耐去算哩。（海22‑211‑23）

【恰好】
〈形〉ちょうどよい（時間・空間・数量・内容などの諸条件が）。¶对勿住，刚刚勿～。耐咏要是勿嫌龌龊末，就该搭坐歇吃筒烟，阿好？（海5‑38‑1）¶～今夜头亚白教我东合兴吃酒，我去搭俚当而说仔，就差人送信过来，阿好？（海36‑298‑4）¶妙在用得～地步，又贴切，又显豁。（海51‑431‑9）¶像昨日'眼花落开'题目，～配耐个手笔。（海60‑515‑12）¶刁迈彭尚未回答，～首县又来禀报此事。（官51‑868‑2）¶这屋里我正想各色都齐了，就只少药香，如今～全了。（红51‑720‑6）¶我今日正要送过去，嫂子来的～，快带了他去。（红74‑1060‑16）¶这陈一是少年游手之人，因匪卿出去了，他就生心嫖赌起来，嫖赌得半年，～把匪卿这些私蓄，尽数花费了。（醒下7‑154‑11）¶至天明，～有一只小船来到，说是苏州去的。（警26‑402‑13）¶望着影中只一箭，不端不正，～把那碗红灯射将下来。（水48‑794‑3）¶方才出得城门，高太尉军马～赶到。（水72‑1223‑10）

qian

【千金小姐】
良家の子女。令嬢。¶就前年甯波人家一个～，俚会得去骗出来来浪夷场浪做生意。（海27‑225‑7）¶你是个～，我是个乡下人，我应该尊敬你。（栳23‑371‑5）¶宝钗冷笑道："好个～！好个不出闺门的女孩儿！满嘴说的是什么？你只实说便罢。"（红42‑582‑15）¶这李乡绅膝下无儿，只有一位～。（红54‑758‑13）¶当时有个笑话，打趣那新甲科，不论门第，贪着那乡里土财主有些臭钱，甘把一个如花似玉的～，嫁与那村牛为妻。（醒下2‑104‑18）¶君家状元及第，身居翰林，况有～为妻，罗绮千箱，仆从数百，可称富贵无不如意，（鼓10‑125‑5）

【千乞】

ぜひとも……するようお願いする。¶借重光陪。～勿却。(海 15-120-24)

【千……万……】
数えきれないほど多いさま。¶就算我千勿好万勿好，四五年做下来，总有一点点好处。(海 34-285-22) ¶俚笃说倪好，倪也是千谢万谢；说倪弗好，倪也是千谢万谢。(九续 92-691-13) ¶立刻爬在地下，磕了八个头；磕起来少说作了十来个揖，千"费心"，万"费心"说个不了。(官 45-758-23) ¶阳伯故意皱皱眉，手指着郭掌柜道"不巧极了！老郭来千不来，万不来。单拣人家要紧的时候，你可来了！"(孽 22-195-9) ¶满拟今天和他取乐一天，填补一月以来的苦境，千不巧，万不巧，碰上王府的堂会，害我白等了一天。(孽 30-286-16) ¶幸而薛姨妈千哄万哄的，只容他吃了几杯，就忙收过了。(红 8-129-16) ¶只因宋江千不合，万不合，带这张三来他家里吃酒，以此看上了他。(水 21-306-16)

【牵】
〈动〉引きつる。"抽动""抽搐"の意。¶俚搭黎大人来咪说话，笑起来阿要难看！一只嘴张开仔，面孔浪皮皮才～仔拢去，好像镶仔一堆水浪边。(海 15-119-15)

【牵记】
〈动〉気にかける。案ずる。¶长大爷，二小姐来里～耐呀，说耐为啥勿来，教我来张张。耐倒刚刚勿来里。(海 16-126-9) ¶王老爷勿来末，耐一～煞；来仔倒勿响哉。(海 34-284-8) ¶无姆病仔好几日，昨日加重仔点，时常～娘舅。娘舅阿好去一堆，同无姆说说闲话？(海 64-545-7) ¶贵人勿踏贱地，倪搭长远勿来哉哩，阿姊～得来。(九 3-24-16) ¶倪人末勒浪替俚笃碰和，心浪末勒浪～仔耐，晓得耐故歇辰光一定要来快哉。(九 36-268-1) ¶勿要～仔倪，误仔耐格事体，倪事体舒齐好仔，马上就到常州，耐放心转去末哉。(九 41-303-4) ¶承蒙徕大少～，勿忘记奴，仍旧到奴间搭来，奴也面孔浪飞仔金唲。(狐 12-80-12) ¶俚笃少奶奶总弗见得问耐讨人唲。勷耐自家勒浪～俚。(沪 1-20-11) ¶俊人也觉自己言重，忙说解珮仙馆那里，果然多时未做花头，难为她倒还～我，隔天便去吃酒碰和何如？(歇 16-208-18) ¶以后你第一保重身体，第二好好做正经事，第三省俭不要浪费，第四暂时不要～我。(人 38-448-27)

【签】
〈名〉おみくじ。¶该个～末是中平，句子倒说得蛮好，就是上上～也不过实概。(海 21-168-23)
(注)《近代漢語大詞典》は，次のように説明している。

語彙例釋　qian

寺庙中用以向神求问吉凶的竹片，上写语句或"上上""下下"以及诗句等，贮之筒中，求问者抽出或摇出一枝，根据上面的内容来推详以附会人事。

【前】

〈名〉方位詞。①前(時間が)。¶～几日我心里要想来，为仔张先生，倘忙碰着仔，好像有点难为情。(海 14-110-19) ¶～两年三节开销差勿多二千光景。(海 24-194-7) ¶～一礼拜，倪几转看匡二爷背仔一大包物事出去，倪勿好去问俚。(海 60-513-2) ¶俚乃为仔江秋燕个事体忙得来，赛过"包打听"。～两日夜里转来仔，总归搭我讲该桩事体。(鸿 4-211-9) ¶等到禀辞的～两天，唐二乱子在寓处备了酒席替他钱行。(官 36-624-14) ¶至起身之日已近，～两天便说起身，却先往二姐这边来往两夜，从这里再悄悄长行。(红 66-941-3) ⇨前埭，前回，前节，前转。

②前(位置が)。¶是前弄尤如意搭捉赌，勿要紧个。(海 28-231-14) ¶自己用两面镜子照了一回，又走到着衣镜～，左右端详了好一回。(九 165-1084-3) ¶及至天亮时，就有王夫人房里小丫头立等叫开～角门传王夫人的话。(红 77-1111-21) ⇨前门。

【前埭】

〈名〉前回。この前。"上回""前些日子""以前"の意。¶～倪余庆哥来里上海末，就做个三小姐，倪一淘人才到该搭来寻俚。(海 55-472-3) ¶该埭比仔～再要多输点。(海 60-472-3) ¶～老爷屋里做生日，叫倪格堂差，屋里向几几化化红顶子，才勒浪拜生日，阿要显焕！(官 8-112-15)

【前回】

〈名〉"前埭"に同じ。¶～耐个《四书》叠搭倒无啥，再想想看，《四书》浪阿有啥酒令？(海 41-348-20) ¶～八千个生意，赚俚二百，吃力煞；故歇蛮写意，八百生意，倒有四百好赚。(海 48-410-9) ¶～大少爷同俚一淘碰和，倪也晓得俚生来总有点花样。(海 61-521-16) ¶这邱八～在席上见了黛玉已是留情。(九 22-168-18) ¶～跟着王乡绅下乡，王孝廉给他两个铜钱买烧饼吃的那个二爷，正在廊檐底下，提着一把溺壶走进来。(官 2-15-20) ¶忽然家人来说说："继之接了电报。"我连忙和述农同到签押房来，问是甚事。原来～那江宁藩台升了安徽抚台，未曾交卸之前数天，就把继之请补了江都县，此时部复回来议准了，所以藩署书吏，打个电报来通知。(目 46-359-17) ¶鼎臣道："这可不知道了。不过～有人请我吃馆子，说是罗家出来了一个厨子，投到大观楼去，做得好鱼翅。……。"(目 46-361-24)

【前节】

〈名〉この前の節季。¶我看见俚～堂簿,除脱仔我就不过几户老客人叫仔二三十个局。(海24-192-9)¶方老爷就～壶中天叫仔局下来末,勿曾来歇。(海59-507-1) ¶～方来爷家里照应,倒哝仔过去,故歇耐也勿来哉,连浪几日天,出局才无拨。(海59-507-7)

【前门】

〈名〉表門。性的隱語として用いられる。¶耐～是勿像哉,我来搭耐开扇后门就走走,便过点阿好?(海 14-110-14)¶大老官想想介,自我看中子老秋个～,王俊呢,俚看中子我个后门哉。不如暂且允承,再做计较。(三8-92-14)

【前年】

〈名〉一昨年。¶～还寻着一头生意,刚刚做仔两个月,拨新衙门来捉得去,倒说是俚拐逃,吃仔一年多官司,旧年年底坎坎放出来。(海21-166-24) ¶～我经手一桩官司就办个郭孝婆拐逃喕。(海37-312-10) ¶二少,耐～来浪上海格辰光说来浪江北呀,故歇阿是姚大人也到该搭来哉?(九续131-955-26)¶勿得知大人高升,还是旧年呢?～介?(狐46-399-24) ¶这位舅太爷姓于,～死了老伴,无依无靠,便到京找他老妹丈,吃碗闲饭。(官59-1025-1) 可惜这孩子没福,～他父亲就没了。(红50-701-22)

【前日】

〈名〉一昨日。¶～夜头我搭俚讲讲闲话,俚说故歇开消末大,洋钱无拨下来,勿过去,好像要搭我借。(海22-175-22)¶今朝夜头个亮月,比仔～夜头再要亮。(海52-437-2)¶～是并起并坐,今日是"大人、卑职",未免叫不出口,难以为情。(官34-585-16) ¶你婆婆才打发人封了这个给我瞧,说是～从傻大姐手里得的,把我气了个死。(红74-1049-16)

【前日天】

〈名〉"前日""前日仔"に同じ。¶～坐马车到明园去仔一埭,昨日就困倒,精神气力一点无拨。(海36-304-17) ¶～,我听见梨花院落里,瑶官同翠凤两家头合唱一套《迎像》,倒唱得无啥。(海45-382-6) ¶殳三搭空仔五千,～刚刚付清。(海60-511-11)

【前日子】

〈名〉"前日""前日天"に同じ。¶～银水烟筒阿是忘记脱哉?(海 54-460-5)¶大老爷,耐～走仔,倪先生转来,拿我反得来!(鸿2-202-3) ¶今朝头是甲申日,～立春末交过个哉。(三17-204-28)¶是几时去个?——～去个,昨日早晨头转来个。(上问25-46-7)¶～宋家伯伯瞧不过,借给了二百个青钱。(十10-69-12)

【前日仔】

語彙例釈　qian

〈名〉"前日子"に同じ。¶三先生耐问声俚看，~收得来会钱到仔陆里去哉哩？（海3-19-10）¶我~教阿金大到耐公馆里来看耐，说轿子未来咪，人是出去哉。（海4-30-17）¶姚季纯夫人到卫霞仙搭去相骂，阿晓得？（海25-204-2）¶~宋小庄得着仔点风声，难末就打电报来，叫倪老人家去。（鸿6-224-6）¶倪~到亨达利去买仔两只戒指。（九6-50-1）¶奴~听见下底相帮笃勒浪讲，说新近间搭来仔一个走江湖格人。（狐26-217-6）

【前世】

〈名〉前世(ぜんせ)。¶王老爷是再要好也无拨，就勿晓得沈小红搭倪~有啥多花冤家对头。（海12-94-22）¶双宝苦恼子，碰着仔一个冤家。（海24-198-22）¶玉甫~里总欠仔俚咪几花债，今世来浪还。（海42-351-11）¶倪妹子嫁着仔耐实梗一个人，真正是~里修得来格福气。（九续16-117-21）¶老文，你搭吉里大和尚是今世对头，还是~个冤家介？（三40-429-6）¶大凡客人同先生笃落仔相好，定规注定来浪格，~里就有缘分来海格。（商2-11-11）¶别人家勿晓得阿是~修来格！（官36-621-7）¶朱老末真正是倪~格恩人。（沪4-18-9）¶随你前辈老先生见了，无不十人九赞，甘拜下风，岂不是天聪天明，~带来的。（何5-55-17）¶那里跟得上这个分儿。却是除了老太太，别的也服侍不来，不晓得~什么缘分儿。（红88-1258-10）¶我与他~无怨，今世无仇，做甚么冤家，虽是他哄骗十方，与我毫无干碍，不如将计就计，释放了他。（鼓14-179-16）¶全亏得婶娘重托，出来为商，刚出来得三次，恰是~欠下大王的，三次都撞着大王夺了去，叫我何面目见婶娘？（初8-143-10）

【前头】

〈名〉方位词。前。前方。¶王老爷来里该搭做仔两年半，买来咪几花物事才来里眼睛~。（海10-81-5）¶就脚浪一双也勿好睑，走起来只望仔~戳去，看勿留心要跌煞咪。（海11-89-15）¶来里志正堂~高台浪，有几花机器，就是个看亮月同看星个家生。（海52-437-6）¶只要拿~格长头发梳点下来，用剪刀一剪，小木梳一梳，刨花水刷一刷光，就卷仔起来，搭俚笃一样哉睑。（狐22-173-15）¶贺根是早在大门~等好的了，一见报子来到，也跟了进来。（官2-27-11）¶黛玉三步两步转过床后，出后院而去。凤姐从~已进来了。（红34-464-11）¶正来到那山嘴边~，寨兵指道："林子里有人窥望。"（水34-529-6）

【前月】

〈名〉先月。共通语的"上个月"。¶就不过~底，朱老爷替俚乃叫仔一个局，倪搭来也勿曾来歇。（海19-152-23）¶~初十边进去，就是诸十全个客人——姓陈个——吃仔一台酒，绷绷俚场面。（海 37-309-21）¶～月山问倷要借二百块洋钱，奶奶是应酬俚格，故歇亦开口要借一百，倷还龃答应俚格来。（狐 11-75-13）¶他～在这园中遗失了一幅美人图。（鼓 23-281-12）

【前转】
〈名〉"前埭"に同じ。¶～耐去镶仔一对钏臂，俚搭我说："钱老爷一径无拨生意，倒勿晓得陆里来个多花洋钱？"（海 22-176-1）¶就是～为仔银水烟筒，双玉教客人去买仔一只，难末无姆拿大阿姐、二阿姐个几只银水烟筒才拨仔双玉，双宝末一只也无拨。（海 24-197-21）¶袁爷是～在上海就做起的，大家晓得脾气，自然是要好的。（棒 13-212-16）

【钱】
〈量〉重さの単位。旧制では 1 "钱" は 1 "斤" の 160 分の 1。¶物事倪倒勿要啥哉，不过帐浪一对嵌名戒指要八～重咪。（海 12-94-20）¶老年人体气大亏，须用二～吉林参。（海 64-545-15）

【掮】
〈动〉用立てる。立て替える。¶庄荔甫道："耐孙囡阿有带挡？"杨家梅道："原说呀。要是～个，故末有点间架哉；像倪阿有啥要紧，阿怕新衙门里要捉倪个人。"（海 26-210-7）¶衣裳头面，搭仔房间里家生，样式才要拿仔洋钱去办，格末间架头哉唲，区得有两个娘姨相帮，搭倪～仔三千洋钱带挡，难末总算将就过去。（九 37-273-2）¶今朝打票子来勿及哉，长长短短，耐质翁～一～，明朝就送过去。（鸿 12-262-241）¶我故歇一起也不过四百洋钱债，本家地界浪一百块带挡是要紧格，娘姨笃～格，先还点俚笃，等到嫁定仔还清，我搭俚笃说歇，俚笃到也相信我格。（鸿 13-267-3）¶更托宝玲找个～洋钱的，～些洋钱，就在此间混他几时。混得手头有了些钱再作区处，岂不是个救急法儿？（繁后 2-727-11）¶什么～洋钱的娘姨，有熟客的做手，我全一概不认识，赤手空拳，两眼漆黑，如何能做得生意？（人 13-119-23）¶双珠领了女孩子，出了韵秋的门，就趁轮船到天津，寻着了一个小姊妹（沪谚"小姊妹"即是女友），～了点子洋钱，置办些衣饰，再做起生意来。（新 48-227-28）

【掮客】
〈名〉ブローカー。¶我末赛过做仔～。（海 41-346-11）¶今年做～才勿好，就是耐末做仔点外拆生意，倒无啥。（海 48-410-10）¶因此宝玉思得一计，与一卖珠宝～黄阿六借了珠花一对，计值千元光景，等到那天子青来了，宝玉先向他愁了一回穷，然后取出珠花一对，与子青说道："……。"(狐 14-102-20) ¶上海的这些露天～真正不少，钱到了他们手里，再要他挖出来可是烦难。(官 9-123-13) ¶我道："方才来的是谁？"子安道："是个～（经手买卖者之称，沪语也）。"(目 85-684-20) ¶天天引的那卖机器的～，卖铅字的捐客，来了一批，又是一批。(负 17-77-24) ¶我们号里忽地来了个米～兜销白米。(新 14-61-17) ¶那南京人却是珠宝～，是个光身男子。(歇 9-109-18)

【浅薄】
〈形〉少ない。乏しい。¶胃口既然～，常恐吃药也难哩。(海 36-305-9) ¶妇人家听见讨小，气量～的人居多。(繁Ⅱ30-692-19)

【欠】
〈动〉債務を負う。借りがある。¶客人末一个也无拨哉，倒～仔一身债。(海 10-80-24) ¶耐再要说张先生，别脚哉呀！倪搭还～十几块洋钱，勿着杠。(海 37-313-12) ¶故歇店帐～仔三四千，勿做生意末，陆俚有洋钱去还拨人家？(海 62-532-22) ¶小人毛大官，咦叫百勿还，～子人家的帐目永远勿还个！(描 11-99-10) ¶耐栈房阿～仔几化？(鸿 8-236-9) ¶俚又麻雀～仔别人三十几块洋钱，拨别人家逼得吭那哼，我当仔一只金镶藤镯借拨俚去还格。(鸿 19-306-24) ¶本家格搭～二千多笃呀。(九续 35-267-23) ¶倪上海～来浪格债，故歇端五节浪，俚笃来讨哉，倪一时头里吭拨洋钿，叫俚笃等两日，倒说勿肯呀。(九续 57-438-7) ¶却又为着沈二宝是自己身体，又不～什么债，不好说他什么，只好由他。(九 161-1061-23) ¶汪大少，为啥勿来？只不过～倪两百块洋钱，勿犯着勿来哓！(市 16-266-22) ¶行云要你三千多块洋钱，并没身价在内，多是～人家的债项。(繁后 23-993-9) ¶我老爷那里～你这许多工钱？(官 44-737-15) ¶谁知雨村那没天理的听见了，便设了个法子，讹他拖欠了官银，拿他到衙门里去，说所～官银，变卖家产赔补，……。(红 48-663-2) ¶既是不关亲，你岂不闻得："杀人偿命，～债还钱。"(初 33-628-14)

【嵌】
〈动〉はめ込む。象眼する。¶物事倪倒勿要啥哉，不过帐浪一对～名字戒指要八钱重哚。(海 12-94-20) ¶一色皆是紫檀透雕，～着大红纱绣花卉并草字诗词的璎珞。(红 53-749-2)

qiang

【腔调】
〈名〉口調やしぐさ。多く嫌悪感を含む。¶看见仔韵叟，大家作个揖，切勿要装出点

斯斯文文个～来。(海47-401-19) ¶看俚个～,就勿像是好人!(海64-551-3) ¶什么蹄子们,一个个黑日白夜挺尸不够,偶然一次睡迟了些,就装出这～来了。(红73-1033-2) ¶两个人的～儿都够使了。别打谅谁是傻子。(红80-1152-16)

【强】

〈形〉①強い(気性・身体など)。¶双玉个性子～得野哚,到仔该搭来就算计要赎身,一径搭我说,再要讨仔个人末,俚定归要吃生鸦片烟哚。(海54-456-8) ¶像倪是老老实实,也无拨几户客人。做着仔二少爷,心里单望个二少爷生意末好,身体末～,故末一径好做下去。(海57-484-15)

②優れている。勝っている。¶比仔说勿出总～点。(海41-349-21) ¶一年赚上几千银子,可比在我这里当哨官～得多哩。(官32-530-1) ¶姿态既十分艳丽,心性又十分聪明,全似庄看看觉得比姚姨太太～,就把这家务夺了过来,交与这位小姐管理。(梼22-344-4) ¶果然你是个明白人,比贾蓉两个～远了。(红12-166-16) ¶人人都说,你才那些诗比世人的都～。(红17·18-240-11) ¶你若是如此,便～似送我金帛。(水50-824-6)

【强盗】

〈名〉強盗。¶我道仔山家园出仔个～,倒一吓。(海56-473-8) ¶耐个无良心杀千刀个～坯!(海63-540-11) ¶二少,耐今朝碰着仔～哉唲。(九续38-289-14) ¶格排杀千刀格～坯,也勿知俉格路道,倪拨俚吓得来人野吓杀快。(九89-635-20) ¶你这人,人人都叫你"菩萨",我看你比～还利害。(官4-59-1) ¶韵秋道:"我是有遗嘱的,……(中略)……。我只要把遗嘱上所写的东西,照名份拿了就是,我也没工夫同你这种人斗甚闲气。"说着,就要想走上楼。阿土生急了,拦住道:"你想做～抢东西么?我有巡捕先生在此。巡捕先生,你看这～胚!"(新50-232-26) ¶谁知前日到了平安州界,遇一伙～,已将东西劫去。(红66-941-13)

【强奸】

〈动〉強姦する。¶我教客人捉牢仔耐～一泡,耐转去阿有面孔!耐就告到新衙门里,堂子里奸情事体也无啥希奇哦!(海23-188-7) ¶把人家的人也杀了,东西也抢了,女人也～了,房子也烧完了,所以他们赶来告状。(官14-217-9) ¶无奈宝蟾素日最是说嘴要强的,今遇见了香菱,便恨无地缝儿可入,忙推开薛蟠,一径跑了,口内还恨怨不迭,说他～力逼等语。(红80-1153-16) ¶干得好事!你～主母,罪该凌迟,难道叫句恩人就罢了?(警35-539-16)

語彙例釋　qiang－qiao

【墙头】
〈名〉堞。¶倪就搭张秀英看仔一埭,自家搭好仔看台,爬来哚～浪,太阳照下来,热得价要死!(海55-466-22)¶俫勿留神落呀,倪出城到二马路浪,个搭一浪有招纸贴好勒浪,勿然末奴落里会晓得呢?(狐36-307-20)¶一天,伯廉正合工头议论那堵～不好,那个窗子不好,指手划脚的要叫他改造,可巧伯正同着一位东洋人坐了马车来此看厂。(市12-247-13)

【抢】
<动>夺う。¶问问耐家主公末也无啥唳,阿有啥人来～得去仔了发极。(海21-167-21)¶如果看得中格,马上就付仔定钱,省得拨别人～脱仔,倒有点可惜格。(狐10-71-9)¶难末紫云轩～仔一匣鸦片烟,望仔嘴里就倒,区得～得快,救得快,勿然是紫云轩格条命,老早勿会杠格哉。(九续35-267-14)¶富罗见来得人多,心上迷迷糊糊的醉得更是不堪,在台上～了方才放下的那根木棒,走至房门口将身一立,大有逢人便打之势。(繁后16-916-5)¶八姨便问:"可查过东西?～去了多少?"十四姨道:"那里查过!大约检好的都没有了!真正晦气!……"(官50-852-15)¶然后又命小戏子打了一回"莲花落",撒了满台钱,命那孩子们满台～钱取乐。(红54-766-21)¶众小喽啰一发向前,拿了刘高,～了囚车,打开车辆。(水34-530-13)

qiao

【敲】
<动>①たたく。打つ。打ち鳴らす。¶短命众生,～杀俚!(海20-158-4)¶俫说倪有私弊夹帐,格是连大先生才有份格哉唳。大先生,俫还勠拿俚～两记勒。(狐53-451-25)¶耐倒好格,昨日仔讲明白仔三点钟同倪去坐马车,故歇三点钟～过哉!(九102-714-9)¶每夜八点钟～过,便命家中上下人等,一例熄火安歇,以省油烛。(歇4-45-25)¶到了次日,四点余钟光景,忽然有人～门甚急。(负6-27-7)¶到了第二天绝早,也不及洗脸吃点心,急急奔到大太太住的公馆里～门。(官30-502-23)¶十五夜间,少牧候到十二点钟～过,如玉的堂唱少了,带着张家妹,三个人一部马车,同往广肇山庄而去。(繁初20-219-12)¶情凤轻轻地～了彭蒿洲一下。(人45-556-6)¶一时只听见自鸣钟～了四下,刚刚补完。(红52-735-17)¶宝玉忙把藕官拉住,用拄杖～开那婆子的手。(红58-822-21)¶这两个连夜去～门,钱知利心虚,不敢出来开门。(醒下1-100-5)¶魏太监便把胸前～了几下,仰天叫了几声"崔儿"。(鼓36-434-2)¶深夜之间,为何有人～锣?(禅32-508-13)¶听得～门,心疑卜良了事回来,忙呼小尼,不见答应,便自家

604

爬起来开门。(初6-117-10) ¶从实说来,饶你性命!若半句虚了,登时～死。(醒16-327-10) ¶当时王教头来到庄前,～门多时,只见一个庄客出来。(水2-22-8) ¶海阇黎和潘公女儿有染,每夜来往。教我只看后门头有香桌儿为号,唤他入钹。五更里却教我～木鱼叫佛,唤他出钹。(水45-746-7)

②ゆする。たかる。 ¶耐要想～我一干仔哉!(海 9-73-16) ¶难得故歇有罗老爷个拜匣来里末,定归要～俚一一哉!(海59-504-1) ¶侬一只跌断格翡翠押发去拿出来,说也是掼坏格,定归要～俚一一勒。(鸿 11-255-9) ¶耐说恐怕有人说耐敲陈大人竹杠,我老实对耐说仔罢,陈大人生来是胡桃里格肉,勿～勿出来格。(鸿16-289-18) ¶殷老,倷覅去听俚,俚末想～倷格东道,倪是专诚望望倷,皆为倷勿到上海来落呀。(狐 57-490-12) ¶人家请他吃酒,爱珠少不得也要～他吃酒,朋友们也要他复东道。(官 39-666-4) ¶这一台酒,因中秋那夜尔梅在许行云处吃了双台,被阿珍知道,等他去打茶围时叫黄家姆～出来的。(繁后 21-974-8) ¶跑了两日,颖如只是不倒牙,王尼见张家夫妇着急,也狠命就～紧。～到五十两银子,四十亩田,卖契又写在一个徜院名下,约定十月取赎。(型 28-396-23)

【巧】
<形>好都合である。よい具合である。¶善翁也来里,～极哉,里向坐。(海2-10-6) ¶今夜头刚刚勿～,碰着俚哚姓施个亲眷,倪进去泡好茶末,书钱就拨来施个会仔去,买仔多花点心水果请倪吃,耐说阿要难为情?(海29-242-9) ¶医生须请西南方,必定见效。宝玉述了一遍。阿金道:"今朝倪请格陈曲江,刚正是西南方,终算～格。"(狐16-117-14) ¶格末叫～得来,一打听就着,半点心才覅费得,脚步亦省仔几化笃。(狐18-135-2) ¶我正在这里劝解,恰好二爷来的很～,替我们劝劝。(红67-951-2)

qie

【且】
<副>しばらく。ひとまず。"姑且""暂且"の意。¶～慢!亚白好酒量,罚俚吃酒无啥要紧。(海 33-273-7) ¶一过端午节,就好去搬转来格,只剩得几日工夫,干娘倷～耐性点,横势租起房子来,也要耽搁两日勒海勒,就算碰巧就有,干娘勒奴面浪,终要有屈住格两礼拜,让奴继囝鱼尽尽孝心晼。(狐 49-419-11) ¶旁边阿珠插嘴道:"大先生要取堂名,我倒瞎想看几个勒里。勿知阿好用格?"宝玉道:"倷～说拨奴听听看。"(狐51-438-18) ¶没有法子想,可巧有了此事。心下一想,不如～拿他来应应急。(官3-33-9) ¶好妹妹,你又来了。自古道'说话不说不明',你～说了出来,动身不动身我们好慢慢

再讲。(繁初 13-134-20) ¶孙桐耕道:"我因为你肯帮忙,我高兴极了,所以和藕舲他们说了。"诸馥斋忽地鼻子里哼了一声道:"～慢高兴。……。"(人 24-255-23) ¶锦翁～坐坐罢。(新 35-160-9) ¶鲍鲁斋正要投河自尽,不期遇见了郭子章,听得说有法解救他急难,又邀他去吃饭,才觉着肚头饥饿,一想:"寻死～慢慢,～吃饱了再说。"(新 45-206-2) ¶你～别忙,待我写个信到上海银行里去,问一问看,再给你回音。(维 14-94-10) ¶你～坐着,让我把高丽商务总办方安堂的一封要紧信写了再说。(孽 23-208-8) ¶凤姐一把拉住,笑道:"你～站住,听我说话。若是别的事我不管,若是为小和尚们的事,好歹依我这么着。"(红 23-318-3) ¶小可的事,何必致谢,～请坐吃茶。(禅 6-78-7) ¶～不要埋怨,和你去问他老婆,或者晓得他的路数,再来抓寻便了。(喻 40-631-8) ¶那寨兵人等都慌了手脚,只待要走。黄信喝道:"～住!都与我摆开。"(水 34-529-9) ¶李逵拽开脚步,浑如驾云的一般,飞也似去了,戴宗笑道:"～着他忍一日饿。"(水 53-875-16) ¶几遍待要住脚,两条腿那里收拾得住。这脚却似有人在下面推的相似,脚不点地,只管得走去了,看见酒肉饭店,又不能勾入去买吃。李逵只得叫:"爷爷～住一住。"(水 53-876-2)

【且】

〈连〉しかも。その上に。"而且""并且"の意。¶一拜匣个公私文书,再要补完全,不特费用浩繁,～恐纠缠棘手。(海 59-505-1) ¶姓张名友士,学问最渊博的,更兼医理极深,～能断人的生死。(红 10-149-7)

【切】

〈副〉決して。¶～勿要装出点斯斯文文个腔调来。(海 47-401-19) ¶凡各洋行的买办,大人～不可理他。(新 55-254-22) ¶贾妃亦嘱"只以国事为重,暇时保养,～勿纪念"等语。(红 17·18-249-4) ¶小衕内且下来,坐在这里,我去买糖来与你吃。～不要走动。(水 31-845-15)

【切帖】

〈形〉適切である(表現が)。¶耐看俚'寒梅著花未'一首诗,阿是做得蛮～?(海 61-517-14)

qin

【亲】

〈形〉属性詞。実の(血がつながる)。¶俚哚一家,就是苏冠香搭齐大人讨得去个苏萃香是～姊妹,再有几个才是讨人。(海 26-210-11) ¶醉琴末倪自然记得,我当是俚格～妹

子哩。(沪2-46-2)¶傅博万原先有个～哥哥,可惜长到十六岁上死了。(官56-964-15)¶人家见他走得如此勤,便疑心他纵然不是～兄妹,亦总是嫡堂兄妹了。(官59-1030-3)¶我又没个～兄弟～姊妹。——虽然有两个,你难道不知道是和我隔母的?(红28-386-20)¶小弟一母所生的～弟兄两个,长的便是小弟,我有个兄弟,却又了得。(水37-587-6)

【亲眷】
〈名〉婚姻関係による親類。¶倪是宝善街悦来栈里。有个赵朴斋,阿是耐～?(海17-138-5)¶今夜头刚刚勿巧,碰着俚咪姓施个～。(海29-242-10)¶俚咪～,耐陆里晓得嘎。瑞生阿哥个娘末就是我过房娘。(海30-247-22)¶是倪先生格～,住勒间搭,发仔几个寒热,嘴里说胡话,人才弗认得,格落请俫先生来看看呀。(狐16-118-12)¶闲话少说,还有介正经事体,到弄得我无心无想哉。就是我俚女婿徐大爷,好好能河南去望～,那里晓得望出一场官司来了。(描26-230-23)¶噢噢,什介说得起来,当真是华府里个～哉,介勒打扮得野气概朵。(三5-50-16)¶生怕少爷要用人,俚荐仔个～来替俚几日,晏点会来格。(沪3-4-8)¶住拉阿里?住拉城外头一个～人家。(上问11-21-1)¶又加瞿耐庵自以为是制台的～,腰把子是硬的。(官40-689-4)¶到了次日,便去看了几家～,那些～又来回看他,整整忙了两日。(负20-95-8)¶鲁斋这地方是有生以来从没到过的,见野鸡涂脂抹粉,打扮的异常妖艳,只道是人家的小姐,同子音是什么～呢。(新45-207-9)¶她并非陈家～,乃是邻舍家的一个媳妇。(歇1-12-26)¶黛玉见了,先是欢喜,次后想起众人皆有,独自己孤单,无个～,不免又去垂泪。(红49-672-17)¶方六一快活得了不得,请了若干～、朋友、邻舍。(醒下11-189-10)¶狱卒、禁子等得了张太公贿赂,就如～一般看待。(禅32-508-5)¶王生上岸,往一个～人家借得几钱银子做盘费,到了家中。(初8-141-4)¶却说河南卫辉府有一个姓柳的官人,补了常州府太守,择日上任。家中～设酒送行。(二1-9-10)¶平日攀这许多好亲好眷,今日见我沦落,便不礼我,怎么受我恩的也做这般模样?要结那～何用?(醒37-787-4)¶那边客店牙行,都与罗家世代相识,如自己～一般。(喻1-2-6)¶他的～相识,我都知道,不曾见有这个外甥。(水14-206-8)

【亲人】
〈名〉親子・兄弟姉妹や配偶者など。身内。¶我看出个二少爷真真像是我～一样,故歇漱芳末病倒仔,二少爷再要生仔病,难末那价呢?(海42-353-21)¶我赎身末赎仔出去,我个～单有耐无姆,随便到陆里,总是黄二姐咪出来个图件。(海49-417-12)¶我做仔无姆个讨人,单替无姆做生意。除仔无姆也无拔个第二个～。(海63-535-14)¶这件案

語彙例釈　qin

子早已结好的了，他又不是死的婊子什么～，要他来翻甚么案！（官15-239-15）¶而且这教士样样事情很肯帮他忙，真正比自己～还要来的关切。（官50-863-21）¶薛姨妈道："也怨不得他伤心，可怜没父母，到底没个～。"又摩娑黛玉笑道："好孩子别哭。你见我疼你姐姐你伤心了。你不知我心里更疼你呢。你姐姐虽没了父亲，到底有我，有亲哥哥，这就比你强了。……"（红57-812-16）

【亲生】
<形>属性詞。自分が生んだ。自分を生んだ。"亲"と同じように用いられているものが1例ある（海20-162-7）。¶我眼睛里望出来，无啥～勿～，才是我囡件。（海10-76-13）¶俚虽然勿是我～妹子，一径搭我蛮要好，赛过是～个一样。（海20-162-7）¶我搭耐说仔罢，我个～爷俚还勿认得哩，再要来认得耐个朋友！（海30-253-8）¶我是吃煞仔倪～娘个亏！（海34-283-2）¶耐七岁无拨仔爷娘，落仔堂子，我为仔耐苦恼，一径当耐～囡件，梳头缠脚，出理到故歇，陆里一桩事体我得罪仔耐，耐杀死个同我做冤家？（海45-378-17）¶"嫁时衣"还是～爷娘拨来咾囡件个物事，囡件好末也勮着，我倒去要老鸨个物事！（海48-406-9）¶太太～妮子尚且看勿出，何况丫头朵介。（三23-272-4）¶倪待妓姆一径勿曾错歇，赛过自家格～娘，妓姆待倪也赛过自家格～囝件。（九163-1072-13）¶玉如笑道："耐格呒姆，阿是～娘哩？"榴红阁回说："蛮准，是～格哩。"（沪2-62-1）¶兰仙又不是～女儿，是买来做媳妇的。（官13-201-7）¶问乌氏："这个女子可是～？唤甚名字？几时走失？（繁后36-1157-7）¶房东见他这等相待，便说是～儿子，也不过这样了。老婆子道："我们没有儿子的人，干儿子和～的一般。……"（目59-466-14）¶须知官宦人家，看那小老婆的娘，不过和老妈子一样，和那鸦头、老妈子同食同睡。我嫁了过去，便那般锦衣玉食，却看着～的娘这般作践，我心里实在过不去。（目65-520-24）¶那干女儿的～爷娘，也有帮着女儿，一同吃醋的。（新54-249-14）¶就是前几年大家闹得翻沸应天的卖国贼，卖国贼，就是卖国贼的～女儿呢。（新4-16-28）¶如今太爷也没了，只有老奶奶带着一个～的姑娘过活。（红79-1145-12）¶只得又将一个女儿，有十七八岁了，也卖与人家做妾，倒卖得五六十两。（醒8-165-27）¶是你～儿子，怎舍得结果他？（初17-304-7）¶女儿是～，怎么倒不如他亲？（初38-707-9）¶我心里也要见见～父亲的影像，哭他一场，拜他一拜。（二10-213-4）¶瑶琴是我～之女，不幸到你门户人家，须是软款的教训，他自然从顺，不要性急。（醒3-35-14）

【亲事】
<名>縁談。結婚話。¶啸庵为仔淑人～，到仔杭州去哉。（海42-356-7）¶嗣母早就看

中一头～来浪，倒是我搭个浆，勿曾去说。(海 55-465-21)
¶三公子上海回来就定仔个～，故歇三公子到仔扬州哉。(海 62-529-24) ¶许四娘问道："故头～真正有趣，啥叫做子无主意？"(描 21-186-8) ¶如此说来，正是绝好一头～。(官 38-641-17) ¶相当的人家，都不肯和他对亲，才定了这头～，谁知这位姑娘有一个隐疾，是害狐臭的。(目 104-859-14) ¶现在若替他把这头～说成，那时他同贾桌台做了翁婿，他引见的事体，贾桌台能不帮忙不成？(梼 21-340-17) ¶姨太太竟做媒保成这门～是千妥万妥的。(红 57-814-8) ¶李翱出来相见，可就开口问道："足下曾有～么？"卢生答道："贫士尚未有室。"(醒下 10-178-6) ¶逊某三人帐中上坐，大排筵款待，酒席间，谈及令爱～。(禅 35-569-7) ¶亲翁若见却，就是不允这头～了。(警 5-57-15) ¶既然舍人已有了～，老身去回复了小娘子，省得他牵肠挂肚空想坏了。(二 17-353-5) ¶我回家中，教你爹娘寻一头绝好～与你罢。(型 38-527-21)

【揿】
〈动〉押さえる。¶倪无姆为仔该声闲话，索性关仔房门，喊郭孝婆相帮，～牢仔榻床浪，一径打到天亮。(海 37-309-7) ¶衙役们如狼似虎一般，早拿他～在地下了。(文 7-35-28) ¶外国兵船上，无论那里都装的是炮，只要拿手指头往桌子上一～，就轰的一声，立刻把人打死。(官 55-944-15) ¶还有个教会学堂，学生犯了过失，也～在地下，一五一十打屁股的。(新 21-93-17) ¶就叫旁边做工的上来把他拉下去，一个～头，一个～脚，一个拿着竹片子，像那官府衙门打板子的一样，在那两条嫩腿上打了一二百下才放起来。(梼 23-371-10) ¶我们装着电铃的呢，客人上来，相帮们只要把电铃一～，就晓得了。(十 5-32-5) ¶杜开先便把他拦腰一把抱住，竟～倒在床棚上，将一只手就去替他解下裈来。(鼓 6-78-7) ¶忽然一阵旋风，搅到经边一掀，急得辨悟忙将两手～住，早把一叶吹到船头上，那时辨悟只好按着，不能脱手去取，忙叫人快快收着。(二 1-8-8)

qing

【青梅子】
〈名〉青梅。¶到仔黄梅天倒好哉，为仔～比黄梅子酸得野咾。(海 12-93-18)

【轻】
〈形〉若い（年齢が）。¶年纪末～，蛮蛮标致个面孔，就是一身衣裳也着得价清爽。(海 21-168-3) ¶耐年纪～～，生仔实概个良心，无啥好个哩！(海 45-379-2) ¶起先年纪～，勿曾懂事体，单喜欢标致面孔小伙子，听仔俚咾海外闲话上个当。(海 60-509-18) ¶大小姐，耐有倽格闲话末好好里搭俚说末哉，年纪～～，倽格就要寻死路。(九 24-145-4)

語彙例釈　qing

¶车夫是年纪大个呢，还是年纪～个？（上问 32-59-5）¶况且我年纪～，头等不压众，怨不得不放我在眼里。（红 16-212-14）

【轻重】

〈名〉ころあい（言行の）。¶洪老爷，耐覅动气。倪个闲话无拨啥～，说去看光景，有辰光得罪仔客人，客人动仔气，倪自家倒勿曾觉着。（海 12-92-15）¶好姐姐，饶了我罢！颦儿年纪小，只知说，不知道～，作姐姐的教导我。（红 42-589-13）

【清】

〈形〉①少ない（商いの額などが）。不況である。¶生意～仔末，随便啥客人巴结得非凡哚，稍微生意好仔点，难末姘戏子、做恩客才上个哉。（海 18-147-19）¶耐去送拨俚罢，俚生意～杀来浪。（九续 13-98-1）¶生意勿好呀，今年勿知那哼格，客人～得来。（九续 39-299-25）¶虽然生意比平常的时候～些，却一样也还有人来碰和吃酒。（九 162-1065-5）¶这几天中秋近了，生意～得不像样儿，你不替小先生碰和，那个来碰？（繁初 24-264-23）¶偏偏时运不济,生意一节～似一节,愈做愈是不好。（繁后 19-948-25）②きれいさっぱりして、少しも残っていない。多く"还""付"などの動詞の結果補語に用いられる。¶我听仔快活煞，张开仔两只眼睛单望俚一干仔，望俚搭我还～仔债末，我也有仔好日脚哉。（海 10-80-20）¶先去借仔二千，付～仔身价，稍微买点要紧物事，调头过去再说。（海 48-406-18）¶罗老爷一节个局帐有一千多哚，勿消三年，就局帐浪扣～仔好哉。（海 59-504-5）

（注）芸妓でまだ泊まり客を取っていないものを"清倌人"という。⇨清倌人。次例のように"清"をこの意味の述語に用いるのは、清純な乙女でないことをかけて、しゃれて言っているもの。→起初是清倌人，耐去做仔末就勿清哉啘。（海 25-206-6）

【清倌人】

〈名〉まだ生娘のままの芸妓。¶况且陆秀宝是～，耐阿有几百洋钱来搭俚开宝？（海 2-10-20）¶起初是～，耐去做仔末就勿清哉啘。（海 25-206-6）¶故歇个～比仔浑倌人花头再要大。（海 32-269-20）¶俚说俚是好人家出身，今年到仔堂子,也不过做仔一节～。（海 54-456-3）¶身旁叫着一个小～，年纪只好十一、二岁。（繁初 3-29-9）¶做官的人得了钱，自己还要说是清官，同我们吃了这碗饭，一定要说～，岂不是一样的吗？（官 14-221-8）¶干妈妈跟前也送了一百块。比到那上海堂子里替红～点大蜡烛的规矩也差不多了。（梼 4-60-14）

【清爽】

qing　語彙例釈

〈形〉①きれいである。清潔である。きちんとしている。　¶耐个家主公倒出色得野哚，年纪末轻，蛮蛮标致个面孔。就是一身衣裳也着得价～，真真是耐好福气。(海21-168-3) ¶倪搭算得老实个哉，俚哚说倪是假个；倪搭算得～个哉，俚哚倒倪勿干净。(海27-224-10) ¶倪搭末不过十个搭仔我，清清爽爽两家头，啥人生个疮嘎？(海58-496-18)　¶鹤汀着了急，口呆目瞪，不知所为；更将别只箱子开来看时，也是如此，一物不存。鹤汀急得只喊"茶房"。茶房也慌了，请账房先生上来。那先生一看，蹙頞道："我栈里清清爽爽，陆里来个贼嘎！"(海60-512-14)　¶就是身浪格身衣裳也蛮～，勿换也无啥要紧。(九续34-261-20)　¶厨房间收作来一点，火烛当心。(上散5-21-9) ¶替我在萨珠弄附近打听打听，可有相当屋子，地方不在乎大，只要～些儿，房钱三四块之谱。(歇8-93-1) ¶我们这个龌龊地方，凳子台子是不～的，难怪程大少坐总不肯坐一坐。(人25-261-15) ¶转过二层厅后，一个旁门进去，却是三间倒坐的河厅，收拾的倒也～。(儒42-491-4) ②はっきりしている。明瞭である。　¶韵叟踱进内舱，据坐胡床，盘问瑶官："看见个啥人？"瑶官不答，眼望琪官。韵叟即转问琪官，琪官道："倪也勿曾看～。"(海53-453-14) ¶我也勿晓得～，我转去吃夜饭格辰光，就有两个人坐勒客堂里，一个是奶奶格寄名阿哥，还有一个勿认得。(鸿12-261-20) ¶倷人记得～介，帐是才上好勒浪。(鸿17-291-11) ¶倪阿再等一等勒走，作兴俚卸妆下台来末，倪也好看看～哄。(狐17-125-17) ¶我细细教认～仔，要想走哉，俚倒拉牢仔问我，说："倷来看倪主人，阿有啥事体佮？"(狐17-127-26) ¶格两样药味，我记得清清爽爽勒里。(狐30-247-9) ¶呵呀！耐倒分得～笃咘。唔笃两家头末，是自家人，独有倪一干子末是客人，阿对？(九续34-261-8) ¶耐闲话倒要说～仔，啥格穷鬼弗穷鬼，倪才弗懂咘。(沪1-63-7) ¶伊话略是八套是十套，我有一眼（记勿～者）（勿大～者）。(上问12-23-5)　¶两个人辞别出去，找到仇五科，交代～，取转那一分合同。(官8-121-2) ¶足足有一百五十多个，一时也记不～。(官18-289-5) ¶走进门来，虽是夜里，还看得～，仿佛是座四合厅的房子。(官24-395-13) ¶账房先生顺着眼光一眼看见了阿美立在妇人身后，便歪头去看了一个～，忽然诧道："咦，你是几时来的？"(人1-6-8) ¶莲荪对秋波道："远得很呢！我们要瞧得～索性扒到顶上一层的塔尖上去。"秋波大喜道："每次火起，我在三马路晒台上瞧，总瞧不清楚，今天可以看得明白了。"(人33-365-26) ¶上前叩头礼毕，走到张果面前打个稽首，言词～，礼貌周备。(初7-124-16) ③はっきりしている(意識・知覚などが)。　¶次早睡醒，正拟问信，恰好玉甫的轿班来报说："二少爷蛮好来浪，先生也～仔点。"云甫心上略宽。(海42-355-5) ¶洛里晓得，

語彙例釈　qing

当夜就发寒热，人倒还～，直到昨日朝浪，忽然糊涂哉，嘴里说胡话，害奴吓煞快。(狐16-120-9) ¶那神气看上去也还～，大家略略放了点心。(棒20-316-24) ¶忙取姜汤灌醒，扶他上床，虽然心下～，却满身麻木，动掸不得。(喻10-150-3)

④静かである。煩わしくない。うるさくない。　¶咿是阿金㗑哉哩，成日成夜吵勿～，阿德保也勿好。(海 3-18-18) ¶翠凤盛气嗔道："啥要紧嗄，哾喤哾喤噪勿～！"(海22-178-17) ¶俚做大生意下来，也有五年光景哉，通共就做仔三户客人，一户末来里上海，还有两户，一年上海不过来两埭，～是～得野㗑。(海 7-52-5) ¶为俚一干仔，倒害仔几化娘姨、大姐跑来跑去忙煞，再有人来㗑勿放心，晚歇吓坏仔俚，才是倪个干己。让俚去仔倒～点。(海 7-56-15) ¶"今朝一干仔来，清清爽爽倒无啥。"又低声道："耐要来末一干仔来好哉，倍事体同仔几花朋友闹得一塌糊涂，倪要说两声闲话才是无拨空，格末叫讨气。"(九 43-318-3) ¶是钱端甫只乌龟呀，吃醉仔酒，总归来吵勿～！(鸿10-251-12) ¶这回来在上海，不知道怎么被他打听着，天天来缠不～。(官 11-161-8) ¶早上甚好，路上人也～，免得有人触目，我二千五百块钱预备着，你明儿可一定要请他们过来，不可失约的。(歇87-1202-5)

（注）上揭の"吵勿清爽"(海3-18-18)における"清爽"を"清楚""明白"の意とするものもあるが、張愛玲注釈：海上花は、次のように訳している。

　　成天成夜吵个没完。(海3-18-18)

　　什嘛！闹得没结没完！(海5-35-23)

　　哾喤哾喤个没完！(海22-178-17)

吳越改写：海上花列伝普通話本は次のように訳している。

　　白天黑夜地吵个没完没了。(海3-18-18)

　　干吗呀！能这么闹么？(海5-35-23)

　　哇啦哇啦地叫得个难听。(海22-178-17)

⑤すっきりしている(飾りけや余計なものがなくて)。　¶粉也勿曾拍，着仔一件月白布衫，头浪一点点勿插啥，年纪比仔屠明珠也差勿多哉哩。好是无啥好，不过清清爽爽，倒像是个娘姨。(海 15-119-23) ¶摆酒送礼多花空场面，不用勿著，就买仔副香烛，等到夜头，倪三个人清清爽爽，磕几个头末好哉哾。(海 52-441-15) ¶不敷脂粉，不戴钗钏，并换一身净素衣裳，等三公子起身，问道："耐看我阿像个人家人？"三公子道："倒蛮～。"(海 55-467-15) ¶不施脂粉，不衫不履的样儿，打扮得甚是雅素。秋谷见了，喝一声："好！直头出色。"龙蟾珠微笑说道："倪是勿好格，就不过为仔天热，衣裳着得～

点，有啥格好嗄。"（九42-305-19）
⑥すがすがしい。すっきりして心地よい。 ¶倘然无姆喜欢双宝，也容易得势，让双宝原到楼浪去；我末说拨幺二堂子里做伙计。无拨个人说我，骂我，我心里～点，也好巴结点做生意，孝敬耐无姆。（海63-536-19）¶我见了女儿，就便～，见了男子，便觉浊臭逼人。（红2-29-1）¶娄太爷吃了药，睡了一觉，醒了。过会觉的～些。（儒31-367-22）
⑦きれいさっぱりしている。何一つ残らないさま。¶耐哚包打听阿是个聋甏？教俚去喊个剃头司务拿耳朵来作作～，再去做包打听末哉。（海14-110-5）¶像五月里个生意，空一千也勿要紧，做到仔年底下末就可以还～哉。（海62-531-13）¶伊票银子地两日还勿便当拉哩，总要歇个三日一定付～，一手交钱一手交货。（上散7-37-8）¶这事交割～之后，二人又谈了些别的天，直到打过十二点钟，用过稀饭方散。楚涛无意中得了二千块大利息，喜欢得一夜不曾睡觉。（文55-296-8）

〈动〉①知悉している。 ¶洪善卿道："阿晓得第号物事陆里个嘎？"陈小云道："说是广东人家，细底也勿～。"（海4-25-14）¶茂荣大骇道："山家园阿有啥事体？"余庆冷笑道："我也勿～！今朝倪大人吩咐下来，说山家园个睹场闹猛得势，成日成夜睹得去，摇一场摊有三四万输赢咪，索性勿像仔样子哉！问耐阿晓得？"（海56-473-4）¶高亚白问何事，仲英道："倒也勿曾～。"（海61-520-16）¶我晓得先起头是一个做官个房子，后首来倒（勿曾晓得）（勿曾～）卖拨甚人者。（上问16-31-5）
②清算する。¶堂子里做个把倌人，只要局帐～仔末是哉。（海10-81-9）¶耐是小姐，倪是娘姨，生来做勿做随耐个便！店帐带挡才～仔，勿关倪事！（海64-548-19）
（注）《近代漢語大詞典》が、"吴语：结清、了结"として、一项を立てている。

【清头】

〈名〉"有～""无～"の組み合わせで常用される。"有～"は"懂事""有分寸""明白事理"，"无～"は"糊涂""没有分寸""不知轻重"などの意味。¶耐末一泡子吵去看光景，阿有点～嘎。（海5-36-1）¶耐末小干仵无～哉哩，阿有啥说起我来哉嘎。（海6-44-9）¶双宝一只嘴无拨啥～，说去看光景，我见仔俚也恨煞个嘎。（海17-134-18）¶老姘头夠去说俚哉，就故歇姘个也好几个来浪。耐看俚年纪末大，阿有啥一点点～嘎。（海21-173-4）¶耐夠来浪无～，吃上仔瘾也好哉。（海29-242-18）¶耐阿要无～，难勿搭耐说哉。（海55-466-16）¶耐末总是实梗，吭拨仔格～，俚笃来浪吊膀子，关耐倽事？（九48-353-9）¶耐个杜少爷末睐要说说吭～哉，啥介金银坎来做袍子穿穿介。（商16-119-15）¶这只戒子是我们小姊妹淘里的，寄存在我处，我们希贤没～才拿出来赌掉

語彙例釈　qing

的。（十 7-42-9）　¶阴间真个无私，一些也瞒不得。大不似阳世间官府，没～，没天理的。（二 16-332-7）　¶谁人家没个内外？怎吃了酒没些～，赶到人家厨房中，灶砧多打碎了！（二 21-420-3）　"青头"とも作る。　¶奴勿好，奴勿好，阿珠呒青头，听奴讲仔，俚也放屁说出来哉，若说是奴教俚说格末，真真天勒浪冤枉杀奴哉。（狐 58-499-22）

【情面】

〈名〉情実。相手のメンツ。　¶我第一转开口，耐就一点～才无拨，故末气得来要死。（海 59-502-13）　¶道台究竟是办惯洋务的，敬我一枝上好的雪茄烟，但是我吸着，终觉没甚味道，不过碍着道台～，不能不胡乱应酬一下子。（新 39-180-6）　¶我自然会意，便和那伙计磋商了一会价钱。总算说之至再，减去了五十两银子。伙计说："这算十二分的～，贪图下回生意呢。"（人 31-336-20）　¶那婆子本是愚顽之辈，兼之年近昏眊，惟利是命，一概～不管。（红 59-834-16）

【情深】

〈形〉多情多感。　¶我说漱芳命薄～，可怜亦可敬。（海 45-381-17）

【情由】

〈名〉ことのいきさつ。　¶耐哚是啥人嘎！阿有啥勿问～就打起人来哉嘎！（海 9-68-22）　¶见阿彩扑嗤冷笑，分明是瞧不上他，顿时酒性发作，火往上冲，不问一伸起那巨灵般的手掌，劈面就是一掌。（繁后 16-915-21）　¶当下急急开灯，先呼了十几口烟，方慢慢地问起～。（官 28-455-15）　¶雨香就适才所见～，说了一遍。（新 29-131-13）　¶三敲六问，审出了～。（新 45-208-2）　¶皇上甚是悯恤，命有司将贾赦犯罪～查案呈奏。（红 119-1630-11）　¶后来死的～，其实不知。（警 35-544-15）　¶知府叫拘本寺首僧，鞫问缘故，俱不知～。（水 46-759-12）

【情愿】

〈动〉心から願う。喜んで……する。　¶耐阿～？（海 8-65-9）　¶耐勿～搭我还末，我也夠耐还哉。（海 11-83-12）　¶耐就摆仔十个双台，屠明珠也无啥希奇；搭耐要好末倒勿见好，～去做铲头客人，上海滩浪也单有耐一个。（海 18-146-20）　¶我为仔自家差仔点，对勿住耐，随便耐去办我，我蛮～。（海 34-282-23）　¶只要见情，我死也～个。（描 10-93-10）　¶胡大少，俫叫奴说仔笑话，～吃一大杯酒，还勿曾吃格来，阿是忘记脱哉介？（狐 13-94-16）　¶我叫侬去，为甚咯勿去？有甚（勿～）（勿服刺）个事体？（上散 2-5-8）　¶倘是我们的东西呢，休说让点子价目，就是白白报效国家，我们也很～。（新 4-18-3）　¶若是一百二百已够，不必到外面寻人，手头现有，～借给他用，照例三分起息，另外拆些分头。(繁2-727-17) ¶你放了我，我～拜你为师。(何8-83-7) ¶这个乌龟，自己～拿绿帽子往脑袋上碴，我一向倒是白耽惊怕的了。(目56-441-17) ¶大人若不将他撤去，职道～辞差。(官24-384-13) ¶容我入社，扫地焚香我也～。(红37-511-10) ¶如今妾身无可投奔，就～从了好汉罢。(醒下3-115-5) ¶若爷爷不打，～服事钟老爷。(禅5-57-4) ¶若不弃嫌，奴家～服事你主人。(警2-17-17) ¶儿不曾强要他的，是他～与我的。(警24-357-13) ¶小妇人～自过日子，不～有儿子了。(初17-314-2) ¶倘有用着之处，～効力。(二11-228-12) ¶廷秀听得说出这话，连忙道："既然不是顺路，～随列位到京。"(醒20-426-9)

(注) 汪平等著：学说苏州话に"苏州很少用'愿意'这个词"とある。(P. 118)。
<副>むしろ……の方がよい。 ¶四块洋钱，生来无拨啥好物事买哉。耐再要买，～价钱大点。价钱大仔物事总好哉哕。(海22-180-8)

【请】

<动>①お願いする。頼む。 ¶恰值轿班请的陈小云到了，云甫招呼迎见。小云先道："啸庵为仔朱淑人亲事，到仔杭州去哉。耐～俚啥事体？"云甫乃说出拜托丧事帮忙之意，小云应诺。(海42-356-7) ¶此事已经说妥，～俸拣一个好日，搬进去末哉。(狐20-161-10) ¶马永贞格本事，奴亦嚟看见歇，哪哼晓得拿得起拿勿起嗯？奴～俸嚟问哉，还是俸自家看罢。(狐28-229-3) ¶嘴里向末说得蛮好，轧实肚皮里向一肚皮才是格枪花，格号样式倪是生来勿会格，只好～悟笃各位大少包涵点倪格哉。(九65-472-23) ¶章秋谷附耳和他说道："你不要说他浪形，等回儿我们两个人也去串一下子，给众人看看，何如？"云兰打了秋谷一下道："倪是勿懂格，～耐一干仔去串罢。"(九 147-978-16) ¶如今到了上海，你还是仍住在原处呢？还是暂住客栈，另寻房屋？～你说明了，我好同华东兄来看你呢。(狐 20-157-21) ¶贾珍道："先生何必过谦。就～先生进去看看儿妇，仰仗高明，以释下怀。"(红10-151-3) ¶老尼便趁机说道："我正有一事，要到府里求太太，先请奶奶一个示下。"(红 15-205-7) ¶吴用便道："愿～兄长约束，共听号令。"(水70-1189-7)

②招く。呼ぶ。招待する。 ¶吃酒末阿有勿好意思说嘎？赵大少爷～耐哚两位用酒，说一声末是哉。(海 3-17-4) ¶朴斋道："四家头忒少。"随问张小村道："耐晓得吴松轿来哚陆里？"小村道："俚来哚义大洋行里，耐陆里～得着嗄，要我搭耐自家去寻哚。"(海3-17-7) ¶朴斋又央洪善卿代～两位。庄荔甫道："去～仔陈小云罢。"洪善卿道："晚歇我随便碰着啥人，就搭俚一淘来末哉。"(海 3-17-10) ¶善卿笑道："耐哚吃也吃完哉，

語彙例釋　qing

还～我来吃啥酒！耐要～我吃酒末，也摆一台起来。"（海3-24-22）¶我～耐来，要买两样物事。（海4-28-23）¶大阿金复来说道："二少爷，无姆～耐过去说句闲话。"玉甫不解何事，令浣芳陪伴漱芳，也出后房门，蹓过后面李秀姐房里。（海20-159-23）¶二少爷，耐也劝劝俚，该应～个先生来，吃两帖药末好哩。（海20-160-4）¶耐生仔啥个病，要～先生？（海21-169-10）¶齐府管家手持两张名片，请陶、尹二位带局回园。陶云甫向尹痴鸳道："耐去替我谢声罢，今夜陈小云～我，比仔一笠园近点。"（海41-342-7）¶华生劝道："耐勒实诚哩，耐勿去仔，好像倪搭俚吃醋。况且俚个种客人，人家～也一倪勿到，唔笃送上门来勒做！"说着即催秋燕更换衣裳。（鸿3-203-14）¶我还有桩事体要问，耐格挡码子晏歇倷辰光来？倪借花献佛，也要～～俚勒。（鸿12-260-15）¶郭大少格病末蛮重，像煞着仔邪实梗，终要～个把有名格郎中末好。（狐16-116-25）¶昨日夜头，倪先生困才蟨岂，一干子陪仔一夜，到仔今朝，难末喊倪起来，急得吃淘成，差倪到倷栈里～倷大少来，皆为想勿出主意落呀。（狐16-120-15）¶宝玉假作推辞道："阿呀呀，奴收干囡鱼是一件小事体，顺便～大少笃吃一杯酒，表表奴格敬意，哪哼好受两位大少格厚礼介？"（狐21-169-9）¶幸得士诚从旁插嘴道："宝玉既然这样，耐倒是老实的好，横竖没人瞧见，有何要紧呢？"宝玉又道："好得格桌酒，奴本要～～胡大少搭各位，就是胡大少破费，奴今夜也勿要格。"发贤于是将洋收回。（狐31-262-23）¶不过倪来浪间搭欠仔几几化化格债，故歇一塌括仔要还，倪吃拨洋钿来浪，格陆～仔耐陶大人来搭耐商量商量，勿得知耐阿肯搭倪想想法子？（九96-674-15）¶故歇勿要说哉，一塌刮子才是倪好好；今朝～耐到倪搭吃酒，总算倪得罪仔耐，赔耐格礼。（九101-707-10）¶祝小春冷笑道："倷人说勿关倪事介。牛大少末是倪格客人，耐要搭俚说闲话末，到俚府上去～末哉！故歇勒浪搭末，就叫勿成功！"（九104-725-23）¶贵人勿踏贱地，倪搭实梗格小地方，就等到仔开年，耐也勿见得肯来唲，耐是要到花婷婷搭去格，倪洛里～耐得到？（九166-1090-15）¶我父亲打发我来求婶子，说上回老舅太太给婶子的那架玻璃炕屏，明日～一个要紧的客，借了略摆一摆就送过来。（红6-103-10）¶今日珍大嫂子来，～我明日过去逛逛，明日倒没有什么事情。（红7-113-21）¶他既不～我们，单～你，可知是他诚心叫你散淡散淡，别辜负了他的心。（红7-114-1）¶好容易我望你姑妈说了，你姑妈千方百计的才向他们西府里的琏二奶跟前说了，你才得了这个念书的地方。若不是仗着人家，咱们家里还有力量～得起先生？（红10-145-11）¶宝玉方欲说话，只见有人进来回说"外头有人～"。（红28-392-19）¶我妈病了，等着我去～大夫。好姑娘，我讨半日假可使的？（红39-537-24）¶那人唤酒保问了底脚，"与

我去～将来。"酒保去了一盏茶时，只见～得薛霸到阁几里。(水 8-127-10)
③相手にしてもらう動作を示す動詞・動詞連語の前に用い、尊敬・丁寧の気持を表す。
¶噢，洪大少爷，房里～坐。(海 1-5-24) ¶幸亏杨家姆又跑来说："赵大少爷，房间里去。"陆秀宝道："一淘～过去哉哕。"大家听说，都立起来相让。(海1-7-12) ¶大姐小阿宝迎到楼上，笑说："罗老爷，耐有好几日勿～过来哉哕。"(海 6-49-15) ¶花雨楼堂倌也跟着来见实夫。实夫让他吃杯酒。堂倌道："倪吃哉，耐～用罢。"(海 18-125-1) ¶失敬，暂～宽坐。(海 48-408-17) ¶倪去哉哩，停歇一淘～过来。(鸿 1-196-10) ¶～坐歇！倪就要求来个。(鸿 3-203-19) ¶季芬兄，几时来个？～该搭来坐歇!(鸿 3-206-14) ¶华生进去，侍者赶忙招呼，说道："长远勿～过来哉！"(鸿 6-222-5) ¶辰光还早勒海来呀，再～坐歇勒去哩。(狐 1-6-4) ¶各位老爷笃～用茶哩。(狐 6-40-18) ¶执壶在手，先取一只茶杯，筛得满满，放在士诚面前，再与众人筛了一杯，又道："今朝各位大少如果勿嫌奴待慢，～用仔格杯勒用饭。"(狐 13-94-18) ¶对勿住，停歇就～过来。(九 5-41-4) ¶耐二少是难得～过来格客人，今朝赏倪格光，到倪间搭小地方来坐歇，总要客气客气格哕。(九 98-688-8) ¶章大少，谢谢耐，～到格面去坐。(九 139-926-8) ¶正是无聊之甚，兄来得正好，～入小斋一谈，彼此皆可消此永昼。(红 1-11-11) ¶哥哥只顾～自在吃两盃，我两个下山去取得财来，就与哥哥送行。(水 5-89-11) ¶见了董超，慌忙作揖道："端公～坐。"(水 8-127-8) ¶薛霸道："不敢动问大人高姓。"那人又道："少刻便知。且～饮酒。"(水 8-127-12) ¶柴进说："教头～里面少坐。"(水 9-139-16) ¶宋江道："奉养在家父宋太公歇处。兄长～自己去问慰便了。"(水 52-857-5)
(注)"请"③は、相手にその後の動詞・動詞連語の示す動作をとるよう希望するもので、儀礼的命令文に用いられるが、上揭例の(海 6-49-15)(鸿6-222-5)(九 98-688-5)の"请过来"は(九 5-41-4)のそれとは用法を異にする。以下も同一用例である。
→黄二姐道："价末为啥好几日勿请过来？"(海 7-51-1) →夜里阿请来，该搭着实有两个出名先生，有几个唱小喉咙个，唱工实头勿推扳。(鸿 1-193-2) →耐陆老爷是出名格有才情格明白人，钱老爷托耐到该搭来，耐就请过来，总算还看倪得起。(鸿 11-256-24) →大人好几天没请过来了，公事忙？(目 88-717-9) →雪印轩道："四少为甚好多天不请过来？敢是周碧桃拌住了，不许你来么？"(十 32-238-29) →倘是我们的东西呢，休说让点子价目，就是白白报効国家，我们也很情愿。……何况又是你大人请过来呢！无奈这火都是外国人的，外国人作点数目，叫我们也难设法。(新 4-18-5)
→见楼门口，早有一个十八九岁的大姐，笑迷迷的候着，见了士规，就说："曾老为甚多

語彙例釈　qing

时不请过来？"（新32-144-22）→早见木寡妇满面笑容的说道："阿呀！鲁先生，多时不见了，今日甚风吹到这里，两位嫂嫂为甚不一淘请过来！"（新46-211-13）→既是贵相知，为什么不请过来坐坐呢？（歇10-130-5）→舒石芝道："孩儿，这位小娘子，便是我的媳妇了，何不请过来一见？"杜开先道："爹爹，媳妇初相见，只怕到有些害羞，先行个常礼，明日再慢慢拜罢。"（鼓8-95-12）
いずれも命令文ではないが、相手の行う動作に敬意を表した表現であることで、命令文における用法に通じる。

ちなみに、張愛玲注釈：海上花は『海上花列伝』の前掲例を、"罗老爷，你有好几天没请过来了嘿"（海6-49-15）"那为什么好几天没请过来？"（海7-51-1）としており、海南出版社：海上花列伝(附訳文)はこれを踏襲、呉越改写：海上花列伝普通話本は、第6回を"罗少爷，您可有日子没过过来了"とするが、第7回は"那为什么好几天不请过来？"としている。

【请安】
〈动〉安否をおたずねする。ご機嫌をうかがう。¶无姆勿曾来，说搭娘舅～。（海1-4-1）¶二老官，我搭你说得高兴子了，令堂太太、令嫂大夫人，还勿曾～禀见勒。（三20-236-25）¶倪先生特为叫倪过来，请请八少格安，格点物事勿好算倷格礼。（九22-168-12）¶是我今朝来替老爷～，老爷好拉否？（上问18-34-3）¶门生应该常来给师母～。（目98-805-12）¶和尚，姑子还时常到公馆里～，见了面，拿两头一合，头一低，念一声"阿弥陀佛"然后再说声"请姑奶奶的安"，跟着下来，就尽性的拿"姑奶奶"奉承。（官38-647-12）¶所以卑职特地赶来，一者请大人的安，二者上一个条陈，凡各洋行的买办，大人不可理他。（新55-254-21）¶小门生的父亲吩咐替太老师～。（栖5-75-8）¶原是特来瞧瞧嫂子你，二则也请请姑太太的安。（红6-98-5）

【请教】
〈动〉教えを請う。教わる。¶耐倒是～高大少爷做两首出来，替耐扬扬名，比俚哚好交关哚。（海31-260-12）¶我倒要～～，耐来浪说啥？我索性一点勿懂哉唲！（海33-274-18）¶～该首诗做得如何？（海61-522-18）¶奴勦～妹子，故歇法名叫啥格？（狐56-481-21）¶我有样物事要～耐。（鸿6-222-15）¶所有新政仍旧委了本省司、道分头赶办，也不再去～喀先生了。（官58-1012-7）¶一帆的话，先得我心，我也要～～。（新60-278-26）¶无影无踪的平空讲出这般混话，倒说我自己心上明白，我今天定要～～你，究竟是什么话儿？（九176-1144-5）¶说到这里略停了一停，同莲荪道："贵姓还没有～。"莲荪道："姓柯。"（人29-311-23）¶子兴见他说得这样重大，忙～其端。（红2-29-5）¶小可敬一杯酒，有一句话儿～，请吃过这杯，然后敢言。（禅22-361-12）

【请客】

<动>客を宴会などに招く。¶卫霞仙搭啥人～？（海6-48-23）¶今朝～真真难煞，一个也请勿着！（海49-414-3）¶亚白～小启耐阿看见？（海50-423-12）¶顺全～，勿见得有倽别人，倷阿去？我想俚也勿见得勿请倷，就是晓得耐勿来里，我总有票头。（鸿1-193-16）¶俚今夜头要～。（鸿2-202-8）¶幼安道："牧弟是请过客了，我还没有做过东道，缓日自当相请，志翁与活翁决定来。"（繁7-70-12）¶倪老爷在三马路解珮仙馆处～，你在九点钟左右，带这两件衣服前去，须要如此如此，我自有妙用（歇17-217-6）¶贾母又道："这会子又把那个筷子拿了出来，又不～摆大筵席。都是凤丫头支使的，还不换了呢。"（红40-551-15）

<名>招待客。¶尚仁里～说，请先坐罢。（海6-45-23）¶尚仁里卫霞仙搭～勿来浪，杨媛媛搭末就来。（海25-203-24）¶杨家姆在傍帮着憨笑一阵，竟自作主张，喊下去道："～就来。"瑞生也不理会。（海25-208-4）¶王太史见辛修甫来了，连忙立起相迎，修甫进房，招呼了一会，见～已经到齐，有几个不认得的，免不得彼此请教姓名，敷衍一回。（九66-479-6）

【请客票头】

<名>招待状（酒宴に招くもの）。¶等俚哚～来仔了去，正好哇。（海14-114-18）¶蛮好一张～，阿是外国纸？（海31-260-19）¶阿有～？拿得来看看就晓得哉！（鸿1-193-9）¶当时写了～，叫相帮分头去发，就摆了一个双台面，黛玉坐在席间，竭力巴结。（九22-169-16）¶忽然接到胡中立在万年春发来～，请他前去吃大菜。（文18-93-26）¶正欲走麦家园，过宝善街，忽见雯青的家丁，拿着一张～，招呼道："薛大人请老爷即在一品香第八号大餐。"（孽2-11-9）

【亲家】

<名>子女の結婚によって生じる親戚関係。またその親戚。¶俚哚难是～哉，耐也去陪陪哩。（海62-531-1）¶刑部尚书个公子，那根搭倍钱笃笃攀～？勿番淘个。（描6-51-5）¶［付］～，～！［丑］个个声气，象杀子吾里～活。（三24-289-11）¶正在忙着，二爷回来了；可巧～老爷，～太太，也一齐进门。（目103-853-12）¶一会又说要拿女儿许给赵员外的儿子，同他做～。（官41-694-15）¶咱们儿女～，你怎么还有手本？以后万万不可再行这些官礼。（梼12-195-17）¶屠五老爷和贾大人是儿女干～，贾大人的女

語彙例釈　qing - qiu

儿拜给屠五太太做干女儿，彼此～总算叫得热闹。(人 17-154-24) ¶天下的事真是人想不到的，怎么想的到姨妈和大舅母又作一门～。(红 57-812-1) ¶陈朝奉留住，另设个大席面，管待新～、新女婿，就当送行。(警 5-57-12) ¶若兄弟十年不来，其间万一有些好歹，这纸文书便是个老大的证见。特请～到来，做个见人，与我每画个字儿。(初 33-620-2) ¶此时商家决不疑心到～身上。(二 20-409-3)

qiong

【穷】

〈形〉貧しい。¶我说要搭客人脾气对末好；脾气对仔，就～点，只要有口饭吃吃好哉。(海 18-148-4) ¶我做个爷，～末，还有碗把苦饭吃吃个哩。(海 30-253-11) ¶一样做一个人，倪格命啥能苦，从小～仔点，拨爷娘卖仔出来，突勒火坑里做仔格种生意，眼门前吃苦，勤去说俚，将来结局，还勿晓得哪哼勒海勒。(狐 56-482-10) ¶这羊麻也是～得没饭吃，所以这样恶狠狠地向人要钱。(人 41-493-2) ¶谁知就有一个不知死的冤家，混号儿世人叫他作石呆子，～的连饭也没的吃。(红 48-662-12)

【穷祸】

〈名〉大事(禁)。厄介な事件。¶勿报官也勿局。倘忙外头再有点～，问耐东家要个人，倒多仔句闲话。(海 60-513-22) ⇨闯穷祸

qiu

【邱】

〈形〉よくない。悪い。¶倪不过实概样式，要好勿会好，要～也勿会～。(海 7-57-13) ¶耐看出倪来啥～得来！阿是倪要想头耐洋钱嘎？耐末拿洋钱算好物事，倪倒无啥要紧。(海 8-59-13) ¶耐末再要去学俚咪，俚咪个人再要～也无拨。(海 26-217-24) ¶划一我看过歇格哉，我记性叫～得来。(狐 9-58-7) ¶今年搭之旧年生意好点，前年大前年两年里向生意怪～。(上散 4-13-1) ¶我个意思是打算到龙华去白相。——到龙华去白相倒勿～。(上问 7-14-7) "俅"とも作る。¶[丑]相公，好末索性好，俅末索性说俅，搂局是勿作兴个嘘。[生]果然唱的好。[丑]好立咪啥场化介？(笑 6-85-7) また、"周"とも作る。¶[丑]相公，好末索性好，周介索性说周，楼局是勿作个嘘。[生]果然唱的好。[丑]好立朵啥场化介？(三 6-65-10)

【邱话】

〈名〉悪口。¶倪倒勿是要洪老爷搭倪说好话，也勿是怕洪老爷说倪啥～。(海 12-93-1) ¶耐来里屋里末，要奶奶快活，说倪个～；到仔该搭来，倒说是奶奶勿好，该应拨倪说两

620

声：像耐实概费心末，阿觉得苦恼嘎？（海 27-220-24）¶我拨乡下自家场花人说仔几几花花～，故歇说是耐要讨我去做大老母，俚咪才勿相信，来浪笑，万一勿成功下来，我个面孔搁到陆里去！（海 35-466-13）¶故歇绸缎店个帐一点也勿曾还，倒先拿仔衣裳去当光仔，勿是我说句～，好像勿对。（海 64-545-21）¶大少倷若搭俚破口，倒当奴搭倷有啥交关，拨俚到外势去讲张倪两家头格～，倪是犯勿着晚。（狐 13-92-15）¶勿壳张俚勒浪外势，还要说伲格～，放伲格谣言，倒说俚勒浪伲搭白相仔勿到一个月，用脱仔伦万洋钿哉。（九 12-91-19）"丘话"とも作る。¶顶好耐马上搭倪还清仔债，拿倪讨仔转去，依仔倪心浪，越快越好，巴勿得明朝就跟耐转去，省得别人总归讲倪格丘话，说倪无拨真心。（九 66-482-12）

【邱邱好好】
よくなったかと思うとすぐ悪くなるの繰り返し。¶到今年开春勿局哉，一径～，赛过常来浪生病。（海 36-304-14）

【秋分】
<名>秋分。二十四節気の一つ。¶眼前个把月总归勿要紧，大约过仔～，故末有点把握，可以望全愈哉。（海 36-305-23）¶黛玉每岁春分～之后，必犯嗽疾。（红 45-623-11）

【囚犯】
<名>囚人。罵語として用いられている。¶亚白道："我晓得耐要起我花头，怪勿得堂子里才叫耐'～'。"痴鸳道："大家听听看，我要俚做首诗，就骂我'～'；倘然做仔学台主考，要俚做文章，故是'乌龟''猪卢'才要骂出来个哉！"（海 33-273-10）¶此刻没有事，其实应该放我们出去了，还当～一般，关在这里做甚么呢。此刻倒是应试的比我们逍遥了。（目 43-336-9）¶你这老糊涂虫，自己如花似玉的女儿，高不成，低不就，千拣万拣，这会儿倒要给一个四十来岁的～！（孽 14-116-14）¶此面貌与一个～俨然无二，只是多了一部胡须。（禅 12-168-7）

【囚犯码子】
<名>"囚犯"に同じ。"码子"は人を指していう"家伙"に当る。¶耐个人就叫"～"，最喜欢扳差头。（海 39-327-20）¶何如？我料定是这个～捣的鬼。（九续 41-315-16）

【求】
<动>求める（人や神仏に助力や加護などを）。¶我故歇别样事体才勿想，就是该个一桩事体要～耐。（海 20-162-9）¶我想着一桩事体，还是俚小个辰光，城隍庙里去烧香，拨叫化子圈住仔，吓仔一吓，难去搭俚打三日醮，～～～城隍老爷，阿好？（海 36-302-18）

語彙例釈　qiu – qu

¶有格末可怜俚,有格末说菩萨真真灵验,勒浪责罚俚,有格末说大家～～菩萨,阿好宽恕俚,七张八嘴,闹到仔夜,格格两家头才死脱,仍旧连勒一淘。(狐54-463-26) ¶现在只～任大人想法子派个人,跟着我把我们老爷、太太的灵柩送回杭州安葬。(梼24-384-14) ¶我还再四的～了你几遍,你答应的倒好,到如今还是燥屎。(红16-214-18) ¶薛姑妈有件事～老祖宗,只是不好启齿的。(红57-808-16)

【求工】
〈动〉技巧を凝らす。¶要晓得两个题目只消淡淡著笔,点缀些田家之乐,羁客之思,就是合作,勿必去刻意～,倒豁脱仔正意。(海60-515-23)

【求亲】
〈动〉縁談を申し込む(家から相手の家に)。¶俚哚两家头说好来浪,要做夫妻个哉,洋钱末倒也勿要,等俚爷娘来～好哉。(海62-529-3) ¶就把庚帖同～的帖子备好,范星圃写了一封信,并托他在正定城里外代贾端甫找所公馆,为办喜事之用,交邮政局发去。(梼19-311-20) ¶迎春虽尚未去,然连日也不见回来,且接连有媒人来～。(红78-1122-8)

【求允行盘】
結納の品。⇨行盘　¶媒人才到齐,～才端正好,阿好教阿哥再去回报俚?(海54-455-12)

qu

【曲曲折折】
形容詞"曲折"(事柄が複雑に入り組んでいる)の重ね型。¶耐做个祭文里说起仔病源,有多花～,啥个事体?(海47-399-16) ¶宛亭,不是我又要求驳你,这一番情形你怎么～知道的如此详细？(人38-449-21)

【屈驾】
〈动〉曲げておいでいただく。敬語。¶价末中秋日爷必～光临。(海47-401-5) ¶世兄既然欠安,不好～。等到清恙全愈,就请便衣过来谈谈。(官26-427-22)

【屈留】
〈动〉無理にお引きとめする。¶故倒勿好～耐哉啘。(海7-56-17) ¶王老爷耐要去,去末哉;倪是勿好来～耐。(海10-82-2) ¶这里介,野勿是问信个场化,早点居去罢,勿～你哉。(三17-211-30) ¶晓得耐大人要到相好塔去,勿好～耐,省得别人家背后要骂倪。(九续56-436-5) ¶我想喊一双台下去,就～品翁在此胡乱吃一顿罢。(新26-119-27)

【曲子】
〈名〉歌。歌曲。¶我故歇去,就来里棋盘街浪望仔一望,望到俚房间里来哚摆酒,豁拳,唱～，闹热得势。(海 14-107-6) ¶林翠芬道："啥人来浪唱？"苏冠香道："梨花院落里教～哉哩。"(海 39-330-3) ¶俚哚是先生，先生个规矩，单唱～，勿豁拳。(海 50-427-17) ¶阿要听～？我唱两只拨二奶奶听。(海 57-484-7) ¶奴今年十四岁哉，～学仔两个月，会仔七八只，故歇倪先生还勒浪教勒呀。(狐 51-436-1) ¶少停局到，唱～，搳拳，手忙脚乱，烟雾腾天。(官 8-115-12) ¶后来媚香等各自唱了一支～。(繁初 7-72-23) ¶他喉咙是生成的，～学得不少，稍须理一理便可出场。(梼 17-277-12) ¶宝玉却只管拿着那签，口内颠来倒去念"任是无情也动人"，听了这～，眼看着芳官不语。(红 63-892-3) ¶杜子虚侧首思量了半晌道："有一句在此，但是～，可用得么？"媚春道："酒后将就准了。"(禅 13-194-12)

【取齐】
<动>集合する。¶亚白道"准于十八老旗昌～，在席七位就此面订恳邀。"(海 47-400-20) ¶这丫头应了便出去，到二门外鹿顶内，乃是管事的女人议事～所。(红 71-1005-1) ¶教汪世雄即时往炭山冶坊等处，凡壮丁都要～听令。(喻 39-599-12) ¶我明日和你约在巷口～，你便少做些炊饼出来。(水 26-412-6) ¶各去家里取了各人器械，来我间壁城隍庙里～。(水 39-622-17)

【去】
<动>①行く。¶我叫赵朴斋，要到咸瓜街～。(海 1-3-10) ¶耐～茶馆里拿毛巾来揩揩哩。(海 1-3-16) ¶耐坐一歇，等我干出点小事体，搭耐一淘北头～。(海 1-4-18) ¶我只道耐同朋友打茶会～，教娘姨哚等仔一歇哚，耐末倒转去哉。(海 3-18-11)¶陆里～？(海 50-424-14) ¶我到归首～等唔笃罢。(鸿 2-197-11) ¶阿唷，孙老！里向～哩，倪堂唱～，对勿住！(鸿 2-197-16) ¶苏老搭仔朱大少、颜大少陆里～哉？(鸿 2-198-5) ¶耐到陆里～？(鸿 2-200-23) ¶寿生问双人道："李大先生陆里～哉？"双人道："俚吃酒～哉。"(鸿 9-242-2) ¶今天他下乡收租～了。(官 1-17-20) ¶这一天我又～打听了，失望回来，在路上一面走，一面盘算着。(目 3-15-5) ¶多早晚上任～？(红 45-619-22) ¶这家人搬在那里～了，你可晓得？(二 3-52-5) ¶林冲道："恩相，他两个已投堂里～了。"(水 7-120-1)

②動詞連語の前に用いて、その動作をすることを表す。¶耐勿～听俚，俚来哚寻耐开心哉哩！(海 1-8-16) ¶耐看俚昨日老晚来，坐仔一歇歇倒去哉，啥人高兴～叫俚嘎。(海 6-45-20)¶像罗老爷个客人到倪搭来也勿少喔，走出走进，让俚哚去，我阿曾～应酬歇？(海 7-52-10)¶我去哉，难两家头～说我末哉！(海 45-385-24) ¶冠香一年半载末转去

語彙例釈　qu

哉哎，耐也何必～吃个醋？（海 51-436-9）¶附着少牧耳朵说道："你不要听他们的话再叫局了。今日是你自己的台面，我又没做堂唱出去，你搳拳倘然输了，我尽可代你喝酒。何苦再叫别人？"少牧听他这几句话说得很是有理，况且也没做过第二个人，自然不～叫了。（繁初 5-51-18）¶你要爱他，不值什么，我～拿平儿换了他来如何？（红16-213-6）

③動詞連語（または介詞連語）と動詞（または動詞連語）との間に用いられて前者が後者の方法・手段などであることを表す。¶耐自家去算，银楼、绸缎店、洋货店，三四千洋钱哚，耐拿啥物事～还嘎？（海 61-524-11）¶那红玉只装着和坠儿说话，也把眼～一溜贾芸；四目恰相对时，红玉不觉脸红了。（红26-363-1）

④"随""让""由"などの構文に用いられて、そのままにさせておくことを表す。¶耐麩去哩，让俚哚～末哉。（海 1-7-14）¶烟迷呀，随俚～罢。（海 2-12-21）¶像罗老爷个客人到倪搭来也勿少咾，走出走进，让俚哚～，我阿曾去应酬歇？（海 7-52-10）¶昨日仔格个客人，吃醉仔酒，坐勒浪格间房间里，一动才勿肯动，倪也只好让俚～歇。（九 133-892-20）¶楚云听了，正中下怀，并不阻挡，由他自去。（繁初 17-179-5）¶这是鸨母打讨人呢，随他们～是了。（十 4-20-13）¶如今事已如此，说他无益，由他～罢。（孽 33-323-24）¶袭人知宝玉心内是不安稳的，待要不叫他伏侍，他又必不依；二则定要惊动别人，不如由他～罢；因此只在榻上由宝玉去伏侍。（红 31-429-12）¶我那里管他们，由他们～吧。（红 45-619-23）¶不如顺水推船，等他～了罢。（二 11-224-7）

⑤立ち去る（いまいる所を）。¶耐麩～哩，让俚哚去末哉。（海 1-7-14）¶还有啥闲话末说，倪要～哉。（海 4-29-11）¶倪要转局去，先～哉。（海 13-105-21）¶转到第四局，台面也散哉，客人也～哉。（海 24-198-18）¶我～哉，难两家头去说末哉！（海 45-385-24）¶耐看俚，三日天气得来饭也吃勿落，昨日耐～仔，俚一干仔来哚房间里反仔一泡。（海 48-405-3）¶我～仔再有啥人来说耐嘎！（海 49-417-6）¶为啥耐忙煞个要～，阿是想着仔文君玉？（海 60-508-12）¶俚一个辰光拨倪一千洋钱，倒是倪搭俚说："耐就要末，一淘开消也正好。"（海 64-547-3）¶［丑］多谢先生，自我～哉。［付］阿呀呀勿要费心个，吃子茶勒～介。（三 17-207-3）¶慢～，夜里请过来。（鸿 1-193-4）¶阿金在客堂里看见，忙说道："二老爷倻落～哉嘎？"遂喊："大先生，客人～哉！"艳卿赶紧从房里走出，拉住仲生道："麩～哩！"（鸿 6-225-14）¶秋谷故意立起身来像个要走的样子，佩兰嗔道："耐阿是要～哉？"（九 44-320-5）¶胡大少，对勿住，奴要～哉。明朝请到倪搭来，奴勒浪望俫格。（狐 23-188-7）¶张飏别过头去，冷笑道："倪搭耐呒啥

624

过勿去啘。五阿姊搭耐要好也勿关倷啥事。倷要～哉。"就立起来要走。(九续 152-1082-16)¶这当儿，陈大在烟榻上迷迷的睡着，筱岑见机道："东家只怕倦了，我们谈得闹热，怕不舒服吗，我们～罢。"（商 5-37-4）¶伯衡又亲到船上来送行，拿出一封信，托带给继之，谈了一会～了。(目 20-144-3) ¶你这厮要死在这里不是，为什么还不～？（新 48-220-6）¶各位大少爷慢～，明儿来坐。(繁初 12-124-13) ¶那小丫头道："……。老爷越发拍桌的动怒，立刻要送坊办，还是金升伯伯求下来，这会儿卷铺盖～了。"张夫人听了，情知是那事儿发作了，倒淡淡的道："走了就完了，嚷什么的！"(孽 23-212-23)¶我们这里坐坐，把你的好茶拿来，我们吃一杯就～了。(红 41-568-2)¶乃至客人～了，叫人请他来一处吃早饭，只见房中笼箱大开，连服侍的丫鬟拾翠也不见。(初 12-224-9) <趋>"看"と複合して、文中の挿入語となり、観測や推測を表す。¶好在运实于虚，看～如不经意；其实八十字坚如长城，虽欲易一字而不可得。(海 61-523-6)

【去出】

<动>"去"（行く）に同じ。¶耐要去末先～一埭，故歇无啥事体，晚歇早点来。(海 19-155-4)（注）『漢語方言大詞典』に"去且"<动>去。"且"是后缀。吴语。上海宝山。清乾隆十五年《宝山县志》："'且'音若嗟，语尾缀字。如：'来'曰'来且'，'去'曰'～'。"とある（P. 1144）。"出""且"は近音。なお、亜東出版社《海上花》は"先去出一埭"を"先去走一埭"と換えている（石印本は"去出"）。張愛玲注釈：海上花は"先去一趟"とし（海南出版社：海上花列伝附訳文はこの訳を踏襲）、吴越改写 : 海上花列伝普通話本は"赶紧去走一趟"とする。

【趣势】

<名>面白味。興趣。意味。¶也不过是好看生活，到底呒啥～。(海 6-45-3) ¶我做仔沈小红，也勿去打俚咦，自家末打唔吃力煞，打坏个头面，原要王老爷去搭俚赔。倒害仔王老爷，阿有啥～？(海 9-73-5) ¶倘忙弄出点事体来，终究无啥～。(海 54-456-13)¶倷格号人身活勒世浪无啥～，还是死仔好，耐勿要来多管哩。(九 24-185-6)¶推扳点格人家，倷又勿肯嫁俚。就算嫁仔一格好好里格人家，也不过一个小老母，总归有多化勿称心格地方，阿是也呒倷～。(九 48-349-17) ¶升官发财有啥～哩？(沪 2-65-7)¶地号能个货色独怕行过之，过之时勿当令，销起来无甚～。(上散 9-54-9)

quan

【圈】

<量>ひと回りする回数を数える。¶四～庄碰满哉，再有四～。(海 22-175-15)

語彙例釈　quan

【圈子】
⇨兜圈子。

【全】
〈形〉①そろっている。完備している。¶倪末阿配嘎，金个还勿曾～哩，要翡翠个做啥？（海32-270-14）¶一部《四书》我通通想过，再要凑俚廿四句，勿～个哉。(海45-382-20)¶洪老爷难为耐，耐去买翡翠头面，就依俚一副买～仔。（海33-271-3）¶这屋里我正想各色都齐了，就只少药香，如今恰好～了。（红51-720-6）
②全部の。¶该搭个场面，生来～夜天哚晼，我转去要困哉。（海51-433-12）
〈副〉すべて。すっかり。¶舍甥初次到上海，～仗大力照应照应。（海1-5-6）¶倘然要好个，再要～绿，常恐要千把哚哩。（海32-270-11）¶要我们的兵去打外国，断断乎不可给他吃得～饱，只好叫他吃个半饱。（官31-517-15）¶据二爷说，原是不能再有的，～是湘妃、棕竹、麋鹿、玉竹的，皆是古人写画真迹。（红48-662-15）¶此间要去梁山泊，虽只数里，却是水路，～无旱路。（水11-165-15）

【全璧】
〈名〉完璧（かんぺき）。¶就拿七幅来分出个次序，照叙事体做法，点缀点缀，竟算俚是～。（海47-400-10）

【全愈】
〈动〉平癒する。"痊愈"を表記したもの。¶眼前个把月总归勿要紧，大约过仔秋分，故末有点把握，可以望～哉。（海36-305-23）¶难末耐贵恙也～哉晼？（鸿6-202-14）¶地隙令堂太太～者？———是托福，我到之屋里勿多几日就好者。（上问17-32-8）¶自从老前辈这两天不出来，一应公事，觉着很不顺手；总望老前辈～之后，早点出门才好。（官12-171-8）¶他本没大病，大概今日已～，可以出来了。（人34-379-16）¶要在初次行经的日期就用药治起来，不但断无今日之患，而且此时已～了。（红10-153-2）¶张大郎病体渐渐～，容颜复旧，饮食起居如故。（禅14-211-12）¶敢是老伯贵恙可～了么？（鼓6-74-10）¶医生切脉道："只好延捱日子，不能～了。"（喻10-150-4）¶宋江却在荆调摄五六日，病已～。（水108-1632-3）

【劝】
〈动〉いさめる。勧告する。¶耐原照应点俚，～～耐无姆看过点。赛过做好事。（海3-20-5）¶打个辰光，俚咬紧点牙齿，一声勿响，等到娘姨～开仔，榻床浪一缸生鸦片烟，俚拿起来吃仔两把。（海6-48-3）¶我～耐少赌赌末哉。（海14-113-16）¶耐去～

~俚，教俚夣哭哩。(海 16-128-12) ¶倷吃醉仔酒，哪哼好转去介，奴~倷夣客气哉，就住勤间搭仔罢。(狐 14-100-22) ¶幼安道："留恋果然不可，羞辱他却也不必。这是你当初自愿受骗，不能够怪他一人，天下事已过即了，何苦与这班人闹甚是非？"着实的~了一番而散。(繁后 2-730-25) ¶众人忙~："人已辞世，哭也无益，且商议如何料理要紧。"(红 13-177-4) ¶我且~开了这场闹，却再问他。(水 14-206-9)

que

【缺】

〈动〉欠く。不足する。¶仁济医馆出来，客栈里耽搁仔两日，~仔几百房饭钱，铺盖衣裳才拨俚哚押来浪。(海 24-199-11) ¶头面是勿少来浪，就~仔点衣裳。(海 42-358-4) ¶耐同仔素兰先生到大观楼浪去，看看房间里阿~啥物事，喊俚哚舒齐好仔。(海 51-434-10) ¶依我想来，如今盛时固不~祭祀供给，但将来败落之时，此二项有何出处？(红 13-175-6) ¶小子姓施名复，号润泽。今因~了桑叶，要往洞庭山去买。(醒 18-365-12) ¶谁知隔不多日，辽东疫疠盛作，二药各铺多卖~了，一时价钱腾贵起来。(二 37-687-16)

R

rang

【让】

〈动〉①讓る(物・主張・道などを)。¶就不过黎大人末，倒抚牢仔当俚宝贝。四老爷，难下转夣去叫俚哉，落得~拨来夣大人仔罢。(海 15-119-10) ¶啥人要耐~房间嗄？(海 21-170-18) ¶一句闲话勿对末就打，打个辰光大家勿~，打过仔咿要好哉。(海 36-301-3) ¶一面齐韵叟起身离座，请陈小云前行。小云如何敢僭，垂手倒退。尹痴鸳笑道："夣~哉，我来引导。"(海 47-397-15) ¶那姓金的占着房间，必不肯~。(繁后 19-944-11) ¶二房东被他吵不过，发了两句话，要他明天~房子，太太才不敢哭了。(官 11-158-21) ¶知县立即起身，~尹子崇前头，他自己在后头，陪着他一块儿上轿。(官 53-911-3) ¶一下马就有一件人命官司详至案下，乃是两家争买一婢，各不相~，以至殴伤人命。(红 4-57-8) ¶宝玉笑道："还是这么会说话，不~人。"(红 31-437-17) ¶日里人面前对局，我便~~他。晚间要他来被窝里对局，他须~~我。(二 2-32-11) ¶只见李逵道："哥哥若~别人做山寨之主，我便杀将起来。"武松道："哥哥只管~来~去，~得弟兄们心肠冷了！"(水 67-1136-8) ¶吴用劝道："且教卢员外东边耳房安歇，宾客相待。等日后有功，却再~位。"宋江方才欢喜。(水 67-1136-12)

語彙例釋　rang－rao

②……に……させる。¶耐甏去哩，〜俚哞去末哉。(海 1-7-14) ¶善卿坎坎来，也〜俚摆个座，等藹人转来仔一淘过去。(海 4-25-2) ¶〜藹人来豁仔一拳，收令罢。(海 4-26-21) ¶难下转俚要请倪去吃花酒，我勿去，〜大少爷一干仔去末哉。(海 15-120-5) ¶受仔寒气，倒是发泄点个好，须要多盖被头，〜俚出汗。(海 42-355-1) ¶勿晓得阿曾带出来，〜我寻寻看噱。(海 44-369-11) ¶俚耐要打末〜俚去打末哉。(九 11-83-3) ¶耐一干仔来浪俖？〜倪也来看看！(九 60-440-23) ¶昨日仔格个客人，吃醉仔酒，坐勒浪格间房间里，一动才勿肯动，倪也只好〜俚去歇。(九 133-892-20) ¶明朝早晨〜我去叫倪格结拜姊妹来，先帮两三日忙，再到荐头人家，喊两个粗做，一个男下底人，〜俚笃楼浪楼下，细细教收捉收捉。(狐 11-73-10) ¶倻地头可以〜我借住一夜否？(上散 7-39-4) ¶王仁道："这个容易。"随手拉过一条板凳，〜东家坐下。(官 1-3-24) ¶好了，还我东西便罢；不然，就〜我在你房里搜一搜！(目 2-11-1) ¶〜我拿了镜子再走。(红 12-172-7) ¶他还小呢，〜他爱怎么样就怎么样。要什么东西只管要去。(红 49-676-17)　"仰"とも作る。¶大老请坐介一歇，〜我去通报。(描 1-6-6)

rao

【饶】
〈动〉許す。¶进来罢，〜仔耐罢。(海 5-36-24) ¶耐去拿仔来就〜耐。(海 13-99-16) ¶要俚照张船山诗意再做两首，比张船山做得好就〜仔俚，勿好末再罚俚酒。(海 33-273-9) ¶遂招手喊小红道："小红阿姐过来哩，看我面浪，〜仔俚罢！"(鸿 10-250-8) ¶我也拈依无那能，地转〜之侬。(上问 41-74-6) ¶能照这样也就罢了，〜了地罢。(官 50-865-19) ¶爷，我下次不敢了，请〜〜我罢。(新 58-270-31) ¶如今打他也打了，气也出了，众位大少还看如玉面上，〜他些罢(繁Ⅱ4-383-21) ¶如若妹妹还有余怒，我给你行个举手礼，舒舒妹妹的气，请你〜了我罢。(歇 10-122-12) ¶好妹妹，〜我罢，再不敢了。(红 19-276-6) ¶好好献出宝来，〜你性命！(禅 5-53-4) ¶你们对那老贼说，好好把园送我，便〜了他。(醒 4-85-13) ¶到郡王面前，只供与可常和尚有奸。郡王喜欢可常，必然〜你。(警 7-85-6) ¶你如何可怜见，〜了我三个。(水 37-585-8)

【扰】
〈动〉接待を受ける。ごちそうになる。¶镶边酒未落得〜〜俚哉啘。(海 2-10-11) ¶原来苏州的规矩，要是有人到妓女家里请客，上半天就得过来，起码要〜他一顿中饭，一顿点心，这妓女家里，就得伺候他一天。(负 4-17-13) ¶阿招姐诺诺连声的对又端道："谢大少既是这样客气，方大少今夜就〜了他的，缓天你再请还于他也好。(繁后

31-1089-1）¶我自从那年在南京六八子家双铃房里～了端翁的酒,一直没有复东,这回正想可以了此心愿。(栲 16-253-2）¶因此大家议定,每日轮流作晚饭之主——每日来射,不便独～贾蓉一人之意。(红 75-1070-9）¶子春道:"又蒙老翁周全,无可为报。若不相弃,就此小饮三杯,奉酬何如?"老者微微笑道:"不消,改日～你罢。"(醒 37-794-5）

re

【惹】

〈动〉①人のある反応を引き起こす。¶夠去～俚咾哭哩。(海 6-48-20）¶据奴看起来,倒是索性呒不格好,省得～别人笑。(狐 5-29-1）¶就是～人家骂我恨我,我亦不怕。(官 59-1033-290）¶咦,咦! 你自己尽挺着尸,叫了你两三次,倒～你动起肝火来了。这时候又怨着我不叫你,你到底要怎样呢!（商 1-4-14）¶凡是开创的事做得不好,～人家批评笑话,再没有人肯出来研究改良的。(新 19-84-11）¶且慢,甫经开门做生意便讨小老婆,一定要～人议论。(人 37-418-1）¶奶奶的千秋,我～了奶奶生气,是我该死。（红 44-613-6）¶况兼年幼,怕～人笑话。故此一向未敢出门。(禅 6-83-3）¶你若不允之时,我就将三尺白罗,死于君前,表白我一片诚心,也强如昨日死于村郎之手,没名没目,～人笑话。(醒 3-62-2） ¶哥哥,我和你只管的些水军。倘或不相救应,枉～人耻笑。(水 64-1089-12）

②気に障るような言動で人を刺激する。 ¶耐阿是来浪要俚哭? 刚刚哭好仔勿多歇,耐再要～俚。(海 43-364-2）¶方才所说的这薛家,老爷如何～得他?（红 4-59-2）¶九头鸟今日又醉得不好了,不要去～他!（禅 31-505-14）¶只是方妈妈做人刁钻,心性凶暴,不是好～的人。(二 35-650-8）¶这三个为头,打家劫舍,华阴县里不敢捉他,出三千贯赏钱召人拿他,谁敢上去～。(水 2-27-4）

【惹气】

〈动〉腹を立てる。かんしゃくを惹き起こす。¶去罢,去罢! 看好耐倒～。(海 4-33-4）¶耐听俚,阿要惹人气!（海 14-109-14）¶倪是生来勿会说闲话,说出来就惹人气。(海 24-196-18）¶快点来哩,～仔相好倒逃走哉!（海 39-328-21）¶个个野奉公差遣真无奈,干干纪纪～子二娘娘,还有啥个张罗戒。(三 15-181-4）¶倪听仔该号闲话～,难末说仔俚两声,俚立起身就走,说难末总归勿来个哉,去仔直到今朝勿来歇。(鸿 4-209-18）¶章大少,耐勿晓得倪格事体,倪说拨耐听仔,随便啥人也要心浪～格。（九 12-91-11）¶昨日仔跑出去借二千洋钿,洋钿借勿着,倒惹仔一肚皮格气。(九续 57-439-11） ¶快别动! 那是说了给袭人留着的,回来又～了。(红 19-266-17）¶进入里边,坐在房中一

語彙例釈　re－ren

个墙角里，两个眉头蹙做一堆，骨嘟了嘴，口也不开。浑家徐氏看见恁般模样，连问几声不答应。急走倒外边来，问员外方才与谁〜。(醒20-403-1)　¶一日，巢氏偶染一病。大凡人病中性子，易得〜。又且其夫有妾，〜发易生疑忌，动不动怄气。(二20-402-2)　¶又不是我父母匹配的妻室。他若无心恋我，我没来由〜做甚么。我不上门便了。(水21-307-4)

【热】

〈形〉熱い。暑い。¶今朝天〜呀。(海18-143-10)　¶阿要吃茶？蛮蛮〜个。(海26-212-22)　¶爬来哚墙头浪，太阳照下来，〜得价要死！(海55-466-23)　¶原来方才出来慌忙，不曾带得扇子，袭人怕他〜，忙拿了扇子赶来送与他。(红32-447-19)　¶敝地唤做火焰山。无春无秋，四季皆〜。(西59-676-17)

〈名〉熱(病気による)。¶二宝道："无姆常恐寒热哩。"洪氏道："我也觉着有点〜。(海62-533-7)

【热昏】

〈动〉頭がおかしくなる。ぼうっとする。¶耐来哚〜哉，阿是？(海26-214-5)　¶说得云香又觉好笑，又觉好气，把手狠狠在秋谷身上一堆，道："阿要〜，啥人来理耐嘎？"(九3-25-17)　¶实梗说起来，倪直头敲仔耐格竹杠哉喔，阿要〜。(九7-51-13)　¶阿要〜，倪昨夜头去看俚练本事，傺也一淘勒浪喴，俆阿曾看见奴去约俚嘎？(狐29-237-1)　¶老五嗐了一声道："耐格闲话赛过勒浪〜。倪做仔几年生意，自家是一迳省吃省用，赚下来格铜钿才拨耐送勒赌场浪去，屋里向小干末，衣裳野呒不穿。(沪3-87-1)

【热昏搭仔邪】

常理・常識からひどくかけ離れているさま。¶要做起生意来，故末叫〜，几千万做去看，阿有啥陶成！(海14-113-10)

ren

【人】

〈名〉①人。¶〜末一年大一年哉，来哚屋里做啥哩。(海1-4-5)　¶善卿道："屋里还有啥人？"朴斋道：不过三个〜，用个娘姨。(海1-4-9)　¶吼拨对景个〜做，阿要吼趣。(鸿1-194-13)　¶巧林姐气得面孔转色，含仔一包眼泪，对仔唔倪几化〜，半句闲话才说勿出。(狐5-29-2)　¶只见有一群〜，头上戴着红缨帽子，正忙着在那里贴报条呢。(官1-2-6)　¶你们这起〜不是好〜，不知怎么死！(红25-358-15)　¶本虽有蛇虎，并不伤〜。(水1-7-5)

②他人。ほかの人。¶双玉个脾气，五少爷也明白个哉，俚陆里肯听～个闲话。（海 63-541-15）¶笑问又春道："耐筹得阿心焦？"又春也笑道："筹～末阿有啥勿心焦格。"（鸿 18-298-16）¶他自己烫了手，倒问～疼不疼，这可不是个呆子？（红 35-482-19）¶张教头道："既然如此行时，权且由你写下。我只不把女儿嫁～便了。（水 8-126-1）
③人柄。¶我～末笨，闲话个好邱听勿出仔也好煞哉！（海 17-135-1）¶买个讨人也难煞，就算～好末，生意陆里说得定？（海 56-477-13）¶像老五格号人，堂子里向是直头少有出见格哩。心思夷好，～夷忠厚，脾气夷是蛮蛮和平格。（沪 3-40-11）

【人家】
〈名〉①家。人家。¶来安道："倪老爷来哚祥春里，请洪老爷过去说句闲话。"洪善卿道："祥春里啥～嘎？"（海 4-27-15）¶间壁～刚刚来哚摆酒，豁拳，唱曲子，闹得来头脑子也痛哉！（海 18-142-3）¶刚刚乡下上来，头一家做生意都勿高兴出来，出来仔耐想做啥，再有啥～要耐？（海 23-184-8）¶无姆阿去搭我寻～？（海 23-186-9）¶这庄叫小不小，叫大不大，也有二三十户～。（官 1-1-3）¶岸上又没有人，只有几棵树，远远的几家～作晚饭，那个烟竟是碧青，连云直上。（红 48-666-10）¶这药只有我一个相识～最效，我替你赎去。（警 35-539-7）¶不知是那个天不盖，地不载，该剐的贼，装作我去打了城子，坏了百姓～房屋，杀害良民。（水 34-539-2）
②壁気の家。¶俚做惯仔倍人，到～去规矩勿来，勿肯嫁。（海 24-194-5）¶俚也一样～囡件呀，就不过面孔勿标致，做仔大姐。（海 62-529-13）¶论理呢，俚是～格囡件，勿应该去转俚格念头。（鸿 15-283-17）¶幸得旁人告诉了他，说这不是～的妇女，是海上顶红的名妓胡宝玉。（狐 30-251-11）
③ひと。広く当人以外を指す。¶因向他笑道："耐脚也勠去缠哉，索性扮个满洲人，倒无啥。"金凤道："故是好煞哉，只好拨来～做大姐哉。"（海 8-65-4）¶有啥多花鬼头鬼脑，～比仔阿要乖哚！（海 12-99-3）¶～骗骗小干件，说勠拨拐子拐得去，阿是真真有啥拐子嘎。（海 29-238-24）¶阿是进个把伙计，阿是拿楼浪房间租拨～？（海 58-498-8）¶况且俚个种客人，～请也请俚勿到，唔笃送上门来倒勠做！（鸿 3-203-14）¶我轧仔下去，歇两日说起来，总是倪串通夺报馆里格人，敲陈大人格竹杠。（鸿 16-289-11）¶李贵等一面掸衣服，一面说道："哥儿听见了不曾？可先要揭我们的皮呢！～的奴才跟主子赚些好体面，我们这等奴才白陪着挨打受骂的。从此后也可怜些才好。"宝玉笑道："好哥哥，你别委曲，我明儿请你。"（红 9-136-5）

【人家人】

語彙例釈　ren

〈名〉ふつうの家庭婦人。芸妓・遊女など客商売ではない、一般の女性、しろうと。¶俚屋里末几花姨太太，外头末堂子里倌人，还有～，一撮括仔算起来，差勿多几百唻！（海 14-113-8）¶次日，二宝起个绝早，在中间梳洗，不敷脂粉，不戴钗钏，并挨一身净素衣裳，等三公子起身，问道："耐看我阿像个～？"（海 55-467-14）¶麰说真正～哉，就是堂子里人嫁仔人，做仔～，像煞也比仔堂子里好点笃。（鸿 15-283-4）¶总是倪做仔格段命生意勿好，随便啥人才好出倪格花头。换仔倪是好好俚格～，俚阿敢碰倪一碰？（九 19-147-26）¶倍笃大家看看，浣花阁格号人，阿好做～？（九续 16-120-4）¶难末格日子俚笃金凤一帮人到倪屋里，倪嫂嫂一看倒说老五末还可以做～，别人是弗成功格哩。（沪 1-18-2）¶怪勿得耐太太说老五末好做～，像倪那哼配哩，只好做做倌人末哉。（沪 3-41-2）¶我是好好的～，你不要弄错了。（九 111-765-25）¶少霞初进仁寿里的门口，早早看上阿金，虽是年纪比阿珍长些，那风情却与阿珍不相上下，况且一个是朵闲花，一个狠像个～的样儿，觉得别有风韵。（繁初 24-271-10）¶这姨太太是～还是堂子里的？（梼 17-279-3）¶现在上海滩上时势一年不如一年，做～也有做～的难处，就是我们还在生意上混的人也一天难似一天。（人 38-435-16）¶上海地方玩耍的所在虽多，只都是挂着招牌卖的，～私做，却还不甚发达。（十 16-115-22）

【人吗】

〈名〉人柄。人品。¶耐闲话是勿差，价末也要看～。（海 32-266-7）

【人命】

〈名〉人命。¶快点叫两个堂倌来拉开仔哩，要打出～来哉呀！（海 9-69-23）¶二老官，难得你。本来自我要杀身图报，常恠你个场～官司吃勿住了，还勿曾报答你个哉。（三 20-236-10）¶等到紫云轩吃仔生鸦片，难末格格本家，怕吃～官司，心浪向急伤哉。（九续 35-268-2）¶快放舢板，我的老爷解手失足跌了下去，快点救嚇！～要紧，求求你们，做做好事罢！（梼 23-365-12）¶探春等却都晓得是议论金陵城中所居的薛家姨母之子姨表兄薛蟠，倚财仗势，打死～，现在应天府案下审理。（红 3-54-17）¶将此一场天大～官司，化作雪消春水。（禅 32-508-6）¶不知他在那里住，忍悔气放他去罢。不时，做出～来，明日怎地分说？（警 6-72-3）¶原说吴下妇人刁，多是一派虚情。人不曾死，就告～。好打！（二 35-657-1）

【人人】

〈名〉誰も彼も。¶俚用个典故，倒也～肚皮里才有来浪，救不过如此用法，得末曾有。（海 51-431-8）¶想来那玉是一件罕物，岂能～有的。（红 3-52-2）

ren　語彙例釈

【人身】
〈名〉現世の人間。仏教の輪廻転生思想にもとづく用語。¶到該个辰光, 耐要想着仔我沈小紅, 我就連忙去投仔～来伏侍耐, 也来勿及个哉!(海34-285-18) ¶除了別人説什么金什么玉, 我心里要有这个想头, 天诛地灭, 万世不得～!(红28-401-5) ¶我晓得你是个守志的女子, 不肯跟他们胡做。却是～难得, 快不要起这样念头。(二35-645-10)

【人淘】
〈名〉同じ所に居る人びと。特に同じ家庭に居る人たち。¶～少, 开销总也有限。(海1-4-10)

(注) 陸澹安《小説詞語匯釈》は"人淘——即'人头'。'淘'是'头'的转音。(吴语)"とし,《海上花列伝》の上掲例を挙げているが,('人头'が項目として立てられていない),'人头'の明清文学作品などにおける主なる用例は次のとおりである。→伊个要看甚个生意, 也要看～起。(上散8-49-5) →不要说外面～熟, 就是里头的甚么跟班、门上跑上房的, 还有抱有小少爷的奶妈子, 统通都认得。(官12-72-17) →幸亏他上海～熟, 找到一个熟识的媒婆, 统通交代了他, 贩了出去, 大大的卖了一笔钱。(官35-591-24) →这件事情, 兄弟也有点不便, 不如去找王插厅、周老师, 他二人地方上～还熟些。(文11-57-25) →原来周太太姑嫂三个初学会书时, 上海地方～还不很熟悉。(十30-220-23) →究竟你宦游了这许多年, 官场的～熟, 消息灵, 自然头头是道。(人7-58-5) →只恐爹爹的生意移到那里,～上不晓得, 恐一时有些迟钝。(鼓8-98-15) 上掲例はいずれも"指跟人的关系"(《現代漢語詞典》)である。
→便问:"你同文大老爷说出偷的～没有?"捕快道:"小的没有禀过大老爷, 所以没把～说给文大老爷知道。"(官16-247-7) →余荩臣被他闹急了, 便道:"你先把～说给我, 等我好替你对付着看。"(官32-543-4) →你们且出去, 一面打听打听, 到底怎么样; 一面访访那个写匿名帖子的倒底是谁, 查得～, 我也好办。(官49-839-20) →相公呀, 我格小名也勿叫和尚, 你看看清～噢, 我是啥人?(西厢4-144-20) 上掲例は'人'(任意不特定でなく, 特定されている)を指す。

ただ,'人头'は'人数'の意味でも用いられ("今朝个黄金瓜按～分"一褚半農《上海西南方言詞典》),《海上花列伝》の'人淘'と通ずるところがあり, 許少峰《近代漢語大詞典》は'人淘'に'吴语: 人群, 人数'としている。

上掲《近代漢語大詞典》は,'人淘''人头'の2項を立て,'人头'は'指人'とし,《老残游記》第19回の"有什么事, 他人头儿也很熟, 分付了。就好办的了。"の用

語彙例釈　ren

例を挙げているが、《漢語方言大詞典》は"人淘""人头"の２項目を立て、"人淘"は"①家庭人口。吴语。江苏苏州。……。②人群。吴语。上海松江。……。"、"人头"は"①人。吴语。江苏苏州。……。②人们。吴语。上海松江。……。③……。④……。"とし、《上海西南方言詞典》は'人淘'は"①家中的人口。……。②人群。……。"、'人头'は"①人，与关系有关。……。②人数。……。"としているなど、いずれも"人淘""人头"を同じと見ていないものの、三者三様である。

【认】

〈动〉①とくと見る（見定めがつくまで）。¶倪再要去～～秀英个房间哉呀。（海47-398-13）¶阿金姐，倷格眼光也勿推扳，倷细细教～～看嘘（狐49-424-6）¶王夫人出来交与周瑞家拿去令小厮送与医生家去，又命将那几包不能辩得的药也带了去，命医生～了，各包记号了来。（红77-1098-4）¶等我～他一～。（水36-570-17）

②関係を結ぶ（義姉妹や師弟などの）。¶二宝跳起来道："勿局个! 麵面孔个小娘件，我去～俚阿嫂。"洪氏呆脸相视，不好作主。阿虎道："倪说末，开堂子个老班讨个大姐做家主婆，也无啥勿局。（海62-529-5）¶潘少安不是冤家，难道你还要～他做亲家不成？（繁Ⅱ4-380-6）¶果然王夫人已～了宝琴作干女儿，贾母欢喜非常，连圆中也不命住，晚上跟着贾母一处安寝。（红49-674-9）

【认得】

〈动〉見知っている。見知る。¶耐倒帮仔别人来打倪先生了，连搭倪先生也勿～哉!（海9-69-13）¶耐末也白―仔我一场,起先头说个几花闲话,麵去提起哉。（海20-162-2）¶我上海勿～，要同仔俚一淘去。（海29-162-18）¶耐笃来浪倷场化～个？（鸿1-194-18）¶倪本来勿～倷姓贡格客人，才是耐荐拨仔倪。（九21-161-17）¶街道末有点～，客栈倒勿晓得笃。（狐33-279-21）¶倩倩对次云笑道："耐阿～俚？"次云摇头道："倒勦勿见过歇。"（沪2-13-4）¶侬―伊末？――有点～。我倒（想勿着者）（勿大清爽者）。（上散2-5-4）¶你道这黄子文如何～他们的呢？（负14-63-15）¶王孝廉是熟门熟路，管门的一向～，立时请进，并不阻挡。（官2-15-5）¶黄三溜子不～字，还不晓得信上说些甚么。（官19-312-11）¶他说他～老爷有靠十年光景，从前老许过他甚么，他所以找了来的。（官22-352-1）¶云闲陆氏支派蔓延满天下，就使真是同族，我也不会～。（新47-216-19）¶我～这风筝。这是大老爷那院里娇红姑娘放的，拿下来给他送过去罢。（红70-997-18）¶我也是临安县人，一向在下乡五都居住，因此你不～我。（醒上4-26-12）¶足下是谁？那里相会？为何～林某？（禅14-214-4）¶他岂不～你是做经纪的秦小官如何肯接你？（醒3-50-14）¶问僧儿："～这人家么？" 僧儿道："～, 那里是皇甫殿直家里。……。（喻35-515-9）¶好汉既然～酒家，便还了俺行李，更强似请吃酒。（水12-177-12）

ri

【日】
〈量〉日数を数える。¶隔两～等耐快活仔点，我再搭耐说个明白末哉。（海4-31-16）¶王老爷为啥几～勿来，阿是动气哉？（海4-31-23）¶仁济医馆出来，客栈里耽搁仔两～，缺仔几百房饭钱。（海24-199-11）¶倪末来里过一～是一～，耐个后底事体，有点数目来浪。（海52-440-7）¶包俫两三～就舒齐阿好？（狐20-154-16）¶该两～心里是勿大舒畅。（鸿1-194-14）¶俚耐就是陆畹香呀，到仔上海勿多两～勒。（九30-222-10）¶王乡绅有信下来，赵世兄如若上省填亲供，可便道来城，在舍下盘桓几～。（官2-15-3）¶想来这几～他不知哭的怎样呢。（红14-193-18）¶今年人又齐全，料着又没事，咱们大家好生乐一～。（红43-591-14）¶鲁达自此之后，在这赵员外庄上住了五七～。（水4-61-16）

【日积月累】
月日を重ねるにつれて積もる。¶大约其为人必然绝顶聪明，加之用心过渡，所以忧思烦恼～，脾胃于是大伤。（海36-305-3）

【日脚】
〈名〉日。日にち。日取り。暮らし。¶我听仔快活煞，張开仔两只眼睛单望俚一干仔，望俚搭我还清仔债末，我也有仔好～哉，陆里晓得俚一直来里骗我！（海10-80-20）¶就是耐先起头吃酒～浪晚，说有十几只咪，隔仔一日就无拨哉。耐骗啥人嗄？（海13-99-11）¶到仔初三～浪，大观园里也勿必去哉，屠明珠搭定归要到个。（海18-145-11）¶有仔个人来浪陪陪耐，也好一生一世快快活活过～。（海34-285-14）¶王老爷讨仔張蕙贞哉，就是今朝～浪讨得去。（海34-286-11）¶阴阳先生看好～来狼，说是廿一末定规转来个哉。（海43-364-20）¶耐十月里啥辰光来？有仔～末再写封信拨我。（海55-468-12）¶我看耐该抢势里勿捞转俚点，也吪拨～格哉。（鸿16-289-19）¶耐格烂污俵子，阿敢再凶？今朝勿拨点生活耐吃吃末，吪拨～格哉！（九21-159-13）¶耐阿晓得今朝是啥格～哉？今朝已经廿六，再要停脱格一两日，已经小年夜哉！（九163-1071-12）¶奴搭巧林姐勿常往来格，所以连搭俚嫁格～，才勿晓得。（狐4-22-3）¶倒是我只有俚俫一个，故歇就嫁脱仔叫我靠啥人过～嗄。（狐5-34-9）¶倪阿要就去罢，今朝是重阳登高～，

635

語彙例釈　ri

比往常要早点格。(狐40-349-7)¶既然立拉相府里边,终有撞着～个吓!(三9-110-30)¶明朝送盘吉日,正月初三做亲个好～。(描3-27-20)¶礼拜六是顶开心个～。(上散4-12-9)¶他娘甚喜欢,便端正一肩行李,拣个入学～,来到鬼谷先生家住下。(何8-83-14)¶大家全靠舞弊度～,一切舞弊的把柄,凡是局中人没一个捏不着,没一个不知道。(人7-61-19)¶他就是出来应酬吃花酒,也是喝饱了稀饭方才出来。老实一句话,金二少全靠吃稀饭过～,饭是一径不吃的。(人22-229-17)¶大哥休怪!正是要紧的～,先说得明白最好。(水74-1242-12)

【日里】

〈名〉昼间。¶三班毛儿戏末,～十一点钟一班,夜头两班。五点钟做起。(海18-146-4)¶耐总是～看见仔外国人了。吓哉。(海20-163-23)¶说末说～赏桂花,夜头赏月,正经白相原不过叫局吃酒。(海47-401-12)¶像煞脱早,耐笃～来浪倚场化听书?(鸿1-195-6)¶我～听鸣冈说,俚乃也要去送俚个。(鸿4-212-2)¶我～酒量是有限咯,因为吃仔乌烟格人,夜里格精神才健呢。(狐34-287-15)¶一个客人送拨奴格,奴当俚是花椒袋,客人说勿对格,里向是茱萸勒海。(狐40-352-25)¶～面对面,夜里嘴对嘴,看来阿得情?(三25-299-26)¶倍个毡养个,～困,夜里困,困得我一爿隆兴典当才本倍困完哉!(描26-236-1)¶厨房间里烧火,勿论夜里～总要当心。(上问39-72-5)¶兄弟现在是被议人员,～不便出门。等到明儿晚上,再亲自上院叩谢。(官3-42-22)¶这句话,只怕大哥说错了。我今天～看见送客的时候,莫说穿的是崭新衣服,底下人也四五个,那里至于吃尽当光。(目6-43-8)¶一进了堂,便把堂里例支的款项,样样劲扣,甚至～的菜蔬,晚间的油火,都丝毫不许妄费。(维14-95-9)¶一吃完夜饭,即便进房睡了。睡到中间,忽然想着～继元的话。(孽26-238-12)¶无奈～贾母王夫人及薛姨妈等轮流相伴,夜间宝钗独去安寝,贾母又派人服侍,只得安心静养。(红98-1382-23)¶我～兀自见押司着了皂衫,袖着文字归来,老媳妇和押司相叫来。(警13-173-4)¶～在店中看管,夜间挑灯而读。(醒10-208-14)¶元来孟河往东去,就是大海,～也有强盗,惟有空船走得。(初8-142-1)¶～人面前对局,我便让让他。晚间要他来被窝里对局,他须让让我。(二2-32-11)¶若不～赶过去,谁敢五更半夜去。(水16-229-16)

【日里向】

〈名〉"日里"に同じ。¶～人多,耐夜头一点钟再来,倪等来里。(海14-111-23)¶～困勿着,难要困哉,大哥放心。(海42-354-11)

【日日】

ri 語彙例釋

〈名〉每日。¶耐自家勿曉得保重，我就～来里看牢仔耐也无么用哊。（海 18-142-16）¶耐个人真好啊！～望耐来，耐为啥勿来嗄？（海 19-153-1）¶另外做仔格洪笑梅，～替俚碰和吃酒，做衣裳，打首飾，倪也勿去管俚，只当无介事。（九 12-91-16）¶倪故歇勿挂牌子，洛里有啥生意？就是碰和，也勿事一有格。（九续 29-219-7）¶倷～来蛮快活格，啥落今朝实梗样式介？（狐 17-130-12）¶多谢兄弟，靠了倷杂房里个福气，一连半个月～赢，夜夜赢，赢得来置身无地个成！（描 33-294-24）¶頂要紧是目前格笔定货格款子。日本人～来催，约个日子才做弗到。（沪 1-85-6）¶倒也忙的很，～没得空儿呢。（新 17-76-10）¶看见这白小官比那貌似莲花的六郎还要爱些，～叫他进去伺候。（梼 14-224-7）¶像我这般老不死，～自家不出来便讨不着饭吃，真是苦恼煞。（人 39-467-24）¶我国严词驳斥了几回，日本就～遣兵调将，势将与我国决裂。（孽 24-219-10）¶弟兄们～一处，要存这个心倒生分了。（红 30-422-5）¶～如此用度，除非家中有金银高北斗，才能像意。不然，也有尽时。（初 18-325-6）

【日天】

〈量〉日を数える。¶我要问耐，耐三～来哚陆里？（海 4-30-11）¶王老爷做仔几～，用脱仔几花？（海 10-82-19）¶双玉来仔几～，阿曾搭耐哚歇几声闲话？（海 12-96-6）¶今朝一～困来哚床浪勿起来，说是勿适意。（海 17-133-2）¶价末再白相一～阿好？（海 29-241-20）¶我前几～就要来望望阿姐，一径走勿动。（海 37-308-19）¶耐到好格，几～勿到倪搭去，倪牢记得来。（九 45-329-13）¶倪到香港去，不过住几～呀。（九续 64-503-15）¶覅去说俚，故歇勿比以前哉，一个月当中，有廿日天勿勒奴房里。（狐 9-58-19）¶大人路浪辛苦哉！走仔几～？太太阿曾同来？（官 8-111-13）¶耐阿晓得四少到仔罗搭哉？俚笃屋里向勤浪哚搭寻俚，说是好几～弗居立哉哩。（沪 1-20-5）¶当夜天就说身浪有点发烧，难末俚格脾气夷弗好，为仔怕热末拨格被头豁脱仔哆困，昨日一～就起身弗来。（沪 1-107-6）¶一～好来去否？（上问 46-83-8）¶两～生意都不能做，向那个去偿命？（新 14-63-14）¶两～没出堂唱了，堂唱全是请隔壁的小阿囡代的。（人 40-476-3）

【日朝】

〈名〉"日遂"に同じ。¶最好笑有一转拍小照去，说是眼睛光也拨俚哚拍仔去哉，难～天亮快勿曾起来，就搭俚楔眼睛，说楔仔半个月坎坎好。（海 7-47-6）

【日遂】

〈名〉每日。¶小村搭武松桥两家头勿晓得做啥，～淘来哚。（海 12-97-24）¶～搭马

語彙例釈　ri-rong

格两家头坐汽车，吃大菜，住栈房，闹得乌烟瘴气。(沪2-11-8)¶～地格小菜吃来厌完者，总要换换（花样）(新鲜）末好。(上散5-22-7)¶～呼朋引类，大嫖大赌，不消两年，将海大家私尽行消败，龙家田地房屋，一概变卖光了。(醒下6-142-27)¶雇这厮在店做酒，不想～偷盗，又찾酒做坏了。(禅14-148-8)¶因此小的每有了心，～将宫中旧事问他，他日日衍说得心下习熟了，故大胆冒名自陈，贪享这几时富贵，道是永无对证的了。(初2-30-14)¶其妻高氏，掌管～出进钱钞一应事务，不在话下。(警33-501-6)¶钱兴～做些小经纪供给家主，每每不敷，一饥两饱。(醒7-131-12)¶给了一本帐簿，教王庆将～买的，都登记在簿上。(水103-1585-8)

【日子】
〈名〉日。¶我有～到俚搭去，有心要看看俚哚，陆里晓得俚哚两家头对面坐好仔，呆望来哚，也勿说啥一句闲话。(海7-56-23)¶格～吃过仔中饭，要到别场化去，恐怕走到半路浪，勒登坑来介，漏落脱仔格堆屎末，阿要可惜呢？倒勿带仔一只狗去罢。(狐13-93-15)¶今日是我个喜庆～，各色各样才要说说好话个啊！(描8-70-13)¶少甫问他几时回苏，他一时那里肯走，回说尚要游玩几天。幼安恐～多了，受愚不甚打紧，少牧又要惹草拈花，脱不得身，屡次劝少甫先去。(繁Ⅱ5-395-8)¶彼此以后相聚的～正长，将来叨教的地方甚多。(官44-746-20)¶这薛公子原是早已择定～上京去的。(红4-61-1)¶这才是十月里头场雪，往后下雪的～多呢。(红50-27-1)¶今日是我死的～了。(醒下2-107-27)¶阿弥陀佛，～这等过的快。(禅17-264-5)¶自今以后，不知何时再有相会的～？(鼓2-27-1)¶拣个～，装了箱儿，到了北京。(初1-5-6)

rong

【绒单】
〈名〉ブランケット。毛布。¶阿要拿条～盖盖？(海51-434-16)
（注）地の文では"绒毯"を用いている。→媛媛知他欠困，并不声唤，亲自取一条绒毯替他悄地盖上。(海14-114-11)

【绒绳】
〈名〉ヒツジやウサギやラクダの毛などで作ったひも。髪を束ねたりするのに用いる。¶前日早晨，要换个湖色～，无姆也梳仔一转。(海43-365-21)¶勒说啥衣裳、头面，就是头浪个～，脚浪个鞋带，我通身一塌括仔换下来交代仔无姆，难末出该搭门个口。(海48-405-11)¶乃取妆台对镜，手持并州剪刀，解散青丝，剪下一缕，用五彩～结之，手自封记，托奴婢传语，送到御前。(警19-262-8)

【容易】
〈名〉たやすい。¶故是～得势，就摆起来吃一台末哉唴。（海7-52-20）¶耐无姆要骗耐吃口稀饭，真真是勿～。（海20-159-11）¶就是我也勿可帐实概个～。（海48-405-18）¶俚用个韵倒勿～押，一歇倒做勿出。（海59-506-14）¶等到紫云轩吃仔生鸦片，难末格个本家，怕吃人命官司，心浪向急伤哉，样色样才答应，忽然洛里有实梗～？（九续35-268-3）¶好是蛮好，终勿十二分稳当，而且拨别人～晓得，倒勿如多打点金叶子，放勒箱子铺盖里。（狐20-154-13）¶哪哼会吭不呢？算算蛮高格塔，就是有本身格人，也勿～上去偷唴！（狐36-309-15）¶盖道运是个武家伙，更加～哄骗。（官48-822-8）¶自己巴结到这个官，也很不～。（官54-930-23）¶客人尚还不错，不过脾气大些，伏伺他不很～。（繁后18-937-11）¶有你这个哥，你要做官发财都～。（红47-653-5）¶东道是～的，一二十两银子，却在那处使费？（禅24-400-4）¶你放心，这个～。我明日把些银子，你先去赁了间房子却又说话。（警28-438-9）¶好个祝家庄，尽是盘陀路。～入得来，只是出不去。（水47-786-11）

rou

【肉痛】
〈动〉惜しくてならない（手放すことが）。¶耐麯来里～，我赔还耐末哉。（海50-425-5）¶俚乃输仔东道，来里～，无啥说仔末，骂两声出出气，阿好？（海51-432-18）¶贾大少爷看看银子存的不多，如今又要去掉五千两，不免～。（官27-445-15）¶后来他父亲～这钱，又倚闾望切，想寄信叫他回来。（文42-225-26）¶他因赵家女主人脾气太坏，深恐日后卖主晓得，要～小孩子，所以预先做这一个套头，以免日后口舌，这便是三姑六婆的本领。（歇91-1260-27）¶如今为一顶帽子要牺牲到一笔毛三千两银子的利钱，那是何苦！真正有些～。（人24-252-1）¶那钮成一则还钱～，二则怪他调戏老婆，乘着几杯酒兴，反撒赖起来。（醒29-612-6）

ru

【如】
〈动〉……のようである。¶正～右军初写《兰亭》，无不如志。（海51-431-10）¶胡大人看过，登时吓得面孔～白纸一般。（官9-135-19）¶丰年好大雪，珍珠～土金～铁。（红4-60-1）¶今日蒙恩相抬举，～拨云见日一般。（水12-183-3）

【如此】
〈代〉指示代詞。このようである。このような。このように。¶不料亚白多情人，竟

語彙例釈　ru

~落落寡合！（海33-272-24）¶俚教耐去,耐就去去也无啥,只要~~。（海34-283-14）¶俚用个典故,倒也人人肚皮里才有来浪,就不过~用法,得来曾有。（海51-431-9）¶别的不讲,单是方才这句话,不是你老人家一番阅历,也不能说得~亲切有味。（官1-10-12）¶他如果~,几时他死在我的手里,他才知道我的手段！（红11-161-16）¶原来~。（鼓9-113-11）¶只消~~,何难之有。（警15-203-4）¶你目下虽~说,怕日后挣得好时,又要寻良家正配,可不枉了我一片心机。（警31-476-8）¶~过了数年,那年是戊寅年秋间了。边方地土,天气早寒。（二37-681-8）¶师父~高强,必是个教头。（水2-24-15）

【如何】

〈代〉疑問代詞。どのようであるか。どうして。どのように。¶耐看~,阿是覅去叫俚好？（海6-47-3）¶阿好先去诊一诊脉,难末再闲谈。~？（海36-304-5）¶耐自家说,该首诗做得~？（海61-517-3）¶想来其中必有缘故,一面之词~可信。（海64-547-7）¶任凭他老子说得~天花乱坠,他总是不肯去。（官1-11-21）¶诸公以为~？（官58-1007-13）¶他们几个人只是守着默许的秘诀,无论~也不做声。（官58-10-3）¶真是前有追兵,后无去路,~是好？（歇23-295-11）¶如今再痛加裁并,谁去谁留,~下手？（人28-298-19）¶人已辞世,哭也无益,且商议~料理要紧。（红13-177-4）¶此时贾珍恨不能代秦氏之死,这话~肯听。（红13-178-14）¶一向相处,尚不知子瞻学问真正~？（警3-33-14）¶那反叛的到底~？（二37-689-9）¶我放陈达还你~？（水2-30-16）¶花荣便道："　不与兄长开了枷？"宋江道："贤弟,是甚么话！此是国家法度,~敢擅动？"（水36-566-13）

【如志】

〈动〉意のままになる。¶正如右军初写《兰亭》,无不~。（海51-431-10）

【辱承】

〈动〉かたじけなくも……していただく。謙讓語。¶兄弟初到上海,并勿是行医；因子刚兄传说遵命,~不弃,不敢固辞。（海36-304-4）

【入殓】

〈动〉納棺する。¶初九午时~,未时出殡,初十申时安葬。（海42-357-11）¶由家眷到各处去募化棺木,草草~。（繁II27-662-10）¶赶紧派人替他办后事,忙着~出殡；把他灵柩寄在庙里。（官59-1034-1）¶趁此时死者还未~,事不宜迟,快快情节妇出来,行了吉礼,然后成服。（歇6-71-1）¶天气正热,不敢久停,拣了酉时~。（梼21-329-9）

640

¶目今天气炎热，实不得相待，遂自行主持，命天文生择了日期～。(红63-902-12)　¶～已毕，停柩侧首敞厅里，尽皆挂孝。(禅22-355-7)　¶山下张家主翁～，特请去做佛事。事在今夜，多年檀越人家，怎好不去得？(二13-262-5)

ruo

【若】

〈连〉もし……ならば。　¶～一概如此做法，也勿大相宜。(海60-515-13)　¶讲到子笃笤呢，又无儿，又无得才，一嘴浪腮胡，年纪五十开外，原无得啥个好处吓。(描4-37-26)　¶他的钱，也就用的不少了，～不从此时下手，更待何时。(官8-117-22)　¶～照这样想来，岂不是索性大家收了场子，退了房屋，同往天津混他几时的好？(繁后2-737-8)　¶这种事体在这专制国里算是悖逆，～按之天地公理，要算极平顺的呢！(梼10-156-16)　¶我这里陪客呢，晚上再来回。～有很要紧的，你就带进来现办。(红6-102-17)　¶～不落于娼家，我卖油的怎生得见！(醒3-46-11)　¶～依小人一件事，便敢送去。(水16-227-16)

【若使】

〈连〉もし……ならば。　¶故是明明白白折耐个梢。～经官动府，倒也不妥。(海59-504-22)　¶耐说说末终是吭拨洋钱、吭拨洋钱，～真格吭拨洋钱末，耐该号花缎困身子做俚做啥嘎？(商2-13-23)　¶～此事果真，拼着把插戴衣服一齐不要，讲定房价买了下来，策六好到无锡贸易，将来不至吃尽当光，一无结果；若是内中又有圈套，必有些马脚露出，决计不去听他。(繁后1-718-18)　¶～姐姐是个男人，这一家上下若许人，又如何裁治他们。(红73-1043-7)　¶小婿得有近日，皆赖丈人提携。～当日困穷旅店，没人救济，早已填了丘壑，怎能勾此身荣贵？(二11-233-7)　"若是"とも作る。　¶以后若是王妈他家里缺什么钱用，你告诉我，都由我这里给他。(官48-813-11)　¶若是老太太归西去了。他横竖还有三年的孝呢，没个娘才死了他先纳小老婆的！(红46-637-7)　¶我虽垂暮，你却尚是中年。若是天不绝我刘门，难道你不能生育？若是命中核绝。纵使姬妾盈前，也是无干。(初20-371-14)　¶我常时见过婆娘看些曲本，颇识几字。若是被他拏了，倒是利害。(水21-314-10)

【弱】

〈形〉虚弱である(体質が)。　¶但是脾胃～点还勿至于成功痨瘵。(海36-305-1)　¶你林姐姐～，吃了不消化，不然他也爱吃。(红49-683-18)

S

語彙例釈　sa – sai

sa

【撒酒风】

醉っぱらって常軌を逸したふるまいをする。¶只有徐茂一人，已吃得烂醉，即于门前倾盆大吐，随后踉跄进房。潘三作怒声道："陆里去导开心，吃仔酒到该搭来～！"（海27-222-10）¶前天吃醉了酒，在你荐的人那里～，叫你下不去！真正对你不住！（官25-406-5）¶一来他脾气不好，动不动要乱～，二来他自从认得了贾维新，学了许多坏处，吃酒只花下脚，节上边没有酒钱，局帐更是不必说了，一齐多写入漂字号里。（繁后32-1104-14）¶乘着酒兴，敲台打凳，弄假成真起来。孙婆见他～，不敢惹他。关了门，自进去了。（警6-69-16）"杀酒疯""煞酒风"とも作る。¶（唱）怪他吃得醉淘淘，回到家中杀酒风。（描2-16-15）¶大爷吃醉子，立朵外房煞酒疯哉。（笑11-170-3）

sai

【赛过】

〈形〉……のようである。……みたいなものである。¶耐原照应照应俚，劝劝耐无姆看过点。～做好事。（海3-20-5）¶俚是一本堂局，走过来就是。（海6-46-10）¶耐气末勼气，原快快活活转去，～拨一只邪狗来咬仔一口，也无啥要紧。（海9-71-14）¶耐阿姐～是我阿姐，阿是无啥客气？（海11-99-8）¶俚虽然勿是我亲生妹子。一径搭我蛮要好，～是亲生个一样。（海20-162-7）¶俚乃为仔江秋燕个事体忙得来，～"包打听"。（鸿4-211-8）¶格格断命杀手刀，格付架形，～是格长毛，人也杀得脱格！（九19-147-22）¶两爿面颊骨浪，搭仔几化胭脂，红得吭淘成，～佛门前纸马实梗。（狐53-455-20）¶屋里向住弗落咾夷放俚出来做生意，难末仍就来来往往～姘头实梗样式。（沪2-58-5）¶却说黄子文正在为难时候，得了田雁门的一个电报，回复他没有钱了，黄子文～顶门上打了一个焦雷。（负20-91-7）¶看你们各位小姐、奶奶在年轻的当口，要走就走，要跑就跑，要白相就白相，真是～活神仙。像我这样今生今世也不成功了。（人39-467-15）你看好月色呵，明而且清，真～玉池。（禅8-121-15）¶那张嘴头子，又巧于应变，～刀一般快，凭你什么事，高来高就，低来低对，死的也说得活起来，活的也说得死了去。（醒30-628-6）¶大凡僧家的东西，～吕太后的筵宴，不是轻易吃得的！（醒39-841-3）¶模样虽是嫋婷，志气～男子。（二17-345-3）¶京娘深深下拜道："今日方见恩人心事，～柳下惠鲁男子。愚妹是女流之辈，坐井观天，望乞恩人怨罪则个！"（警21-303-4）¶疏财仗义，人间今见孟尝君。济困扶倾，～当时孙武子。（水22-333-5）

san

san　語彙例釈

【三不时】
〈副〉しょっちゅう。いつも。 ¶老鸨随便啥事体先要去问俚，俚说那价是那价，还要～去拍拍俚马屁末好。(海6-47-21) ¶各公还勿曾晓得主东家个苦处勒，为爱唐解元笔墨无双，多方勉致，～请酒送礼，从未得其片纸只字。(三8-88-10) ¶牵钻鬼不想自己原是个钝货，反倒妒忌他起来，千万百计的暗损他，～在娘面前添枝换叶装点他短处。(何5-55-6) ¶一天里头和酒，总有到两三个应酬，道里、县里还～去走走。(新33-150-29)

【三礼拜六点钟】
"吃醋"(嫉妬する)のこと。隠語。"醋"を"酉"(午後6時)と"昔"(廿一，すなわち3週間)に分解したもの。 ¶要俚哚～末，好白相哩。(海6-45-22) ¶看见楚云合阿巧怒匆匆的与人争闹，那边乃是如玉，估量着为了～事情，逢辰与阿素递个眼风，阿素会意，忙去劝住楚云，逢辰走进去上步一手拉着小大姐，来劝如玉。(繁初20-213-15)
（注）"廿一日酉时"も用いられている。 →其中必有廿一日酉时在内。(歇2-19-7)

【三日两头】
三日にあげず。 ¶俚自家倒无啥用场，就不过～去坐马车。(海24-192-14) ¶双玉为啥～勿适意？(海24-198-11) ¶雌鬼住在家中，弄得走了前头没了后面。叫呼弗答应的，愈觉冷静。倒还亏六事鬼～走过来应照应照。(何4-42-16) ¶这位县官尤其最好，～过来吃酒打牌；有了喜庆事体，都是他来陪客照料。(梼17-270-4) ¶此端一开，她差不多和三阴疟疾一般，～见，每隔一天总在下午我诊所里，病人快散的时候光临，光临以后尽是坐着闲谈。(人46-572-12) ¶还亏是我呢，要是别个，死皮赖脸～儿来缠着舅舅，要三升米二升豆子的，舅舅也就没有法呢。(红24-333-9)

【散】
〈动〉ばらばらになる。 ¶香香面孔末碍啥，耐看鬓脚也～哉。(海6-48-21) ¶宝玉道："横竖我不出门，又不带冠子勒子，不过打几根～辫子就完了。"说着，又千妹妹万妹妹的央告。湘云只得扶过他的头来，一一梳篦。(红21-289-12)

【散】
〈动〉散会する。 ¶耐去喊俚哚到尚仁里林素芬搭台面浪看看，阿曾～。(海3-23-21) ¶阿是～仔台面哉？(海5-37-2) ¶大少爷是要紧到尤如意搭去，酒也勿曾吃，～下来就去哉。(海16-125-24) ¶豹去做讨厌人，噪～俚哚场子。(海52-445-4) ¶不料另有一个洋人名唤富罗，与一个假外国人名字唤贾维新，喝醉了酒在席面上与西安坊许行云吵闹起来。麦南心上很不舒服，当晚不欢而～。(繁后19-941-16) ¶今午可巧家姊文请

語彙例釈　san－sha

客，请的是两司、首道、学堂里的总办王观察、营务处洪观察，一定要拉小弟作陪。一直吃到此时万才～席，所以来的迟了一步，累诸公久等！(官 7-102-13)　¶叫他在栈里等着，我～了席回来再说罢。(梼 12-192-11)　¶我真急煞了，去得过迟恐怕人要～了。(人 33-363-11)　¶贾珍等进去后，李贵才拉过马来，宝玉骑上，随了王夫人去了。这里贾珍同一家子的弟兄子侄吃过了晚饭，方大家～了。(红 11-163-8)　¶当晚各自～了。(水 6-104-9)

【散心】

〈动〉気晴らしをする。　¶该个病该应出去散散心。(海 41-346-17)　¶大少爷同得去散散心。蛮好。(海 42-356-13)　¶格倒勿怪倷要气闷，还是出来白相相散散心格好。(狐 9-59-2)　¶太太非但不管他们，倒反劝他们出去～。(官 49-838-1)　¶这天开会，浩然弄得一张入场券，给光裕去看，光裕也欲借此散散心，欢然愿往。(歇 14-177-3)　¶妹妹若觉着身子不爽快，倒要自己勉强扎挣着出来各处走走逛逛，散散心，比在屋里闷坐着到底好些。(红 67-953-8)　¶我要城外野旷去处走走，～耍子一回，何如？(二 8-167-8)　¶大凡好人家女眷，出外稀少，到得时节头边，看见春光明媚，巴不得寻个事由，来外边～耍子。(二 23-468-15)

sao

【扫】

〈动〉掃く。　¶～地，揩台子，倒痰盂罐头，陆里一样勿做。(海 23-183-13)　¶回看地上，业已满地是水，当差的拿扫帚～过，重新入席，开锣唱戏。(官 18-281-21)　¶宝玉来至芦雪庵，只见丫鬟婆子正在那里～雪开径。(红 49-681-14)

se

【涩滞】

〈形〉陰気で元気がない。　¶令弟气色有点～，耐倒要劝劝俚保重点哩。(海 44-370-16)

sha

【杀】

〈动〉①動詞の補語となり、その動作の結果、死に至ることを表す。　¶撞～耐㗎娘起来，眼睛阿生来㗎！(海 2-14-10)　¶我养来㗎倪子，要像仔俚㗎堂子里来白相仔末，拨我打～哉哩。(海 6-43-17)　¶短命众生，敲～俚！(海 20-158-4)　¶弄堂里跌～个人来浪！(海 28-231-20)　¶拿自家称心个人冤枉～仔，难下去耐再要有啥勿舒齐，啥人来替耐当心？(海 34-285-15)　¶无姆一说末，耐就帮仔我一千，阿好再说无拨？耐无拨末，

644

sha　語彙例釈

教我赎身出去阿是饿〜？（海 45-378-9）¶［合］你阿…………阿会吃饭？［生］这是会的。［习］个个就勿饿〜个哉。勿得知个个撒尿搭子着衣裳阿会？（三 10-119-6）¶大爷冻〜来哚关王庙里了！（描 6-50-1）¶师公已撞〜了，又不见袈裟，怎生是好？（西 16-187-17）¶走出去水淹死，在家中屋压〜，那个躲得过。（型 25-341-3）¶我看这贼配军，满脸都是饿文，一世也发跡，打不死，拷不〜的顽囚。（水 9-143-10）

②動詞(形容詞が賓語をともない、使役の意味を含むようになるものを含む)の補語となり、その程度がきわめて高いことを表す。¶到底骗末也骗仔过去，勿然转去要反〜哉！（海 12-96-23）¶难末拨洪老爷要笑〜哉！（海 25-202-16）¶耐阿是要吓〜人，静办点罢！（海 43-367-7）¶耐再要去俚俚，真真要气〜俚个哉！（海 46-387-8）¶若说是奴教俚说格末，真真天勒浪冤枉〜奴哉。（狐 58-499-24）¶个野笑〜哉，堂堂兵部，一点点规矩野无得，阴干我祝大爷，野勿算杀胜会活。（三 30-329-17）¶慰卿人是的确吭啥。道德野蛮高格，就是做人忒忠厚点。该号时世是吃亏〜格哩。（沪 3-5-10）¶他们一帮人气〜勒，只得去求教士。（官 51-867-9）¶花开易见落难寻，阶前闷〜葬花人。（红 27-383-4）¶若惹地变卦，真真害〜我也。（禅 6-74-12）¶不要说起，说将来气〜人！（禅 24-395-12）¶那一双翘尖尖小脚儿，更是爱〜人。（禅 6-74-1）¶凤生看罢，晓得是许下了佳期，喜欢得打跌，对龙香道：“亏〜了救命的贤妹，教我怎生报答也？”（二 9-188-1）¶若是县君不收，是着〜小生了，连小生黄柑也不敢领。（二 14-281-9）¶吴宣教欢喜不自胜，叫一声："好县君，快活〜我也。"（二 14-284-12）¶说犹未毕，只见乐和睁开双眼道：“岳翁休要言而无信！”挑起身来，便向喜母作揖称谢。喜小姐随后甦醒。两口儿精神如故，清水也不吐一口。喜〜了喜将仕，乐〜了乐大爷。（警 23-336-16）

③形容詞の後に用いられて、程度がきわめて高いことを表す。¶耐倒乖〜哚！（海 2-11-20）¶我再要去俚自家看中仔一户客人，搭我多做点生意，故是难〜哚哩。（海 7-52-6）¶俚哚也算闹热点好白相，耐看见仔客难为情〜哉！（海 14-111-3）¶听见仔挖花，就忙〜个跑得来，怪勿得耐去熟脱仔两三万原起劲〜！（海 16-130-19）¶耐勿吃，耐勿姆先要急〜哉。（海 19-156-9）¶个野好〜，既是知书识字，那了勿带俚出来？（三 38-405-5）¶敕封护国军师，皇帝伯伯十分隆宠，阿有罗个敢来欺我，阿，罗个敢来惹我？哈哈哈。故也快活〜哉！（描 31-274-2）¶我的爷爷，谁知道你染成这等贵恙？若早知道时，忙〜也偷一霎儿工夫来问安，这是老身多罪了。（禅 6-71-5）

【杀快】

"杀"＋"快"。"快死（了）"の意味の補語となって，程度がきわめて高いことを表

語彙例釈　sha

す。⇨杀。¶我无拨一点点好处拨俚,倒害俚要急～,耐说我陆里对得住俚。(海20-161-22) ¶倷是寻快活格人喽, 勿比倪落, 有时呒不铜钱, 就要愁～哉。(狐15-104-16) ¶奴前头登勒船浪, 拨勒船颠～, 呕得奴头昏眼暗, 还敢去看海格来? (狐33-279-8) ¶倪格新欠帐格店家, 才来问倪收帐, 逼得倪走头无路, 人也急～。(九10-78-5) ¶倪活勒世浪也吃拨倷格好处, 拨别人家逼～。(九11-83-5) ¶谢天谢地, 总算好哉, 几乎拿倪急～。(九75-548-13) ¶阿贡搭仔几化客人等得来大家格肚皮才要饿～。(九89-633-6)

【杀坯】

〈名〉死に損ない奴（ﾒ）。罵語。¶就像松桥个～末, 耐终勒去认得俚个好。(海30-253-6) ¶我说末定归勿听, 帮煞个堂子里, 拨个卫霞仙一当面骂我一顿, 还有俚铲头东西再要搭～去点仔副香烛, 说我得罪仔俚哉! (海57-483-16) ¶叫那～出来! 我同他说话! (官40-673-6)

［注］"坯"は罵語を作るのに用いられる。 →骂这老死坯打甚么紧? (禅21-341-9)

【杀胚】

〈名〉"杀坯"に同じ。¶诸三姐末也勿好, 该号～, 再去认得俚做啥。(海27-225-4) ¶那时还是讨人身子, 又说不出不接, 被这几个～弄得来头里混淘淘, 满肚皮做恶, 眼睛前都黑起来。(十4-22-11) ¶你这～, 你赖煞我洋钱不算, 还要坏我们婆媳两个名气。(十15-108-28) ¶况那阿根, 这种～, 吃几天官司, 并不在他心上。(歇95-1325-11)

【杀千刀】

〈名〉八つ裂きにしても飽き足りない奴（ﾒ）。罵語。女性がよく用いる。¶耐个无良心～个强盗坯! (海63-540-11) ¶勿知落里格～, 搬弄格种是非, 奴是坐得正, 立得正, 那怕搭和尚道士合板凳, 也呒啥要紧格, 亦叫做真金勿怕火, 凭倷哪哼冤枉末哉。(狐10-68-23) ¶格格断命～, 格付架形, 赛过是格长毛, 人也杀得脱格! (九19-147-22) ¶太太听见了, 也不顾有人没人, 赶出来说: "有银子交给我, 交不得那个～的, 他是要去贴相好的。"(官10-152-19) ¶一个大小姑娘便打着苏白, 喊骂"～, 拖牢洞"不绝。(新42-193-24) ¶骂到热闹头上, 老太太也插上了嘴, 骂到快时, 却又说的是苏州话, 只听得'老蔬菜(吴人詈老人之词)'、'～', 两句是懂的, 其余一概勿懂。(目74-596-9) ¶严氏道: "不把蓉仙做断, 那老～怎肯回去? 你既知蓉仙是个烟妓, 必知道他住处, 老实对我说了, 我好前去寻他。"(繁Ⅱ25-638-12)

【杀死】

〈副〉あくまでも。どうあっても。¶我为仔耐苦恼, 一径当耐亲生囡件, 梳头缠脚,

出理到放歇,陆里一样事体我得罪仔耐,耐～个同我做冤家? 耐好良心!(海45-378-15)
¶耐末倒～格糟塌自家身体,阿要讨气。(九65-475-24) ¶宝玉听了,好似打了个焦雷,登时扫去兴头,脸上转了颜色,便拉着贾母扭的好似扭股儿糖,～不敢去。(红23-319-18)

【杀头】
〈动〉首をはねる。 ¶我说耐夠去哉,我去罢。我横竖勿要紧,随便俚啥法子来末哉,阿好拿我杀脱仔头?(海56-481-6) ¶论不定～、充军,还要看我的运气碰!(官30-504-12)
¶万一闹穿了,非但出笔据的要凌迟,只怕代设法的人也不免要～呢!(目105-865-17)
¶要叫我像晴云那样老爷挂在嘴上,我情愿～也弗来,妈妈同我不对,大一半为了这声老爷。(人46-588-6)

【煞】
〈动〉①"杀"①に同じ。 ¶二少爷阿听见? 幸亏有两个鼻头管,忽然要气～唉! (海6-43-18)¶忽听得当中间板壁蓬咚蓬咚震天价响起来,阿金大在内极声喊说:"勿好哉,先生撞～哉呀!"(海10-79-4) ¶倘忙四老爷听仔俚咻。倪搭勿来仔,倪是无拨第二户客人喱,娘因仵阿是要饿?(海27-224-12) ¶幸亏你姊妹二人,骨头都是很轻的,不然这许多路岂不要把我压～吗? (歇82-1134-9)
②"杀"②に同じ。¶想想阿要气～人? (海3-19-13) ¶拨来洪老爷看仔,阿要笑～嘎。(海4-28-20)¶老鸨晓得仔,吓～哉,连忙去请仔先生来。(海6-48-4) ¶勿是包瞒呀,耐末也缠～哉! (海24-193-10) ¶我是吃～仔倪亲生娘个亏!(海34-283-2) ¶我说末定归勿听,帮～个堂子里。(海57-483-16)¶奴真真困昏勒里哉,还当是刚刚做梦来呀,阿要笑～。(狐17-127-8) ¶方大爷,刚刚阿是吓～哉,头浪出仔几化格汗,倒拿倪别生能一跳,现在阿好仔点哉? (九6-47-6)¶兰芬看得有些害怕起来,拉着方子衡的手,道:"倪进去罢,怕～个。看俚侪介。"两人挽着手正要进去,大风起于西北。(九39-286-2)
¶这个局子开了不到一年,我们吃～他苦了! (官50-862-14) ¶真真气～人!今天那贱人忽然嚷起肚子痛来,嚷了个神嚎鬼哭,我见他这样辛苦,便来请先生;………原来他的肚子痛不是病,赶我到了家时,他的私孩子已经下地了!(目25-184-13) ¶找着了阿毛,阿毛道:"等～我了。"(人33-368-3) ¶你想这一派的话真要气～人呢,真要冤枉～人了。(人46-579-11) ¶杨稳婆道:"哎呀,县老师太,好多个月不见面,想～我老太婆了。"(十34-255-12) ¶亏～那赵干娘用尽心机,今夜又得相逢,天随人愿。(禅8-117-8)
③"杀"③に同じ。 ¶辛亏倪赵大少爷是明白人,要听仔朋友咻闲话,也好～哉。(海

語彙例釋　　sha

2-16-16）¶倪听见仔叫局，总忙～个来。（海6-46-12）¶人家相好要好点，也多～啘。（海 7-56-20）¶沈小红倒看勿出，凶～哚。（海9-73-2）¶我做仔沈小红，也勿去打俚哚，自家末打得吃力～，打坏了头面，原要王老爷去搭俚赔。（海 9-73-4）¶我听仔快活～，張开仔两只眼睛单望俚一干仔，望俚搭我还清仔债末，我也有仔好日脚哉。（海10-80-19）¶陈老爷，耐倒说得倪来难为情～哉。（海 11-90-16）¶黎大人是勿要紧，倪末叫冤枉～哚，两家头难为廿几块。（海15-120-4）¶我齾着，热～来里！（海 18-143-11）¶拨耐说得烦～哉，我齾听！（海 18-144-14）¶我肚皮也饿～来里，就故歇吃仔罢。（海21-170-23）¶俚不过要借洋钱，就少微借点拨俚，也有限～个。（海 22-177-2）¶怪勿得刚刚倪听声音熟～，想勿到就是耐。（鸿 3-206-16）¶我转去吃夜饭格辰光，就有两个人坐勒客堂里，一个是奶奶格寄名阿哥，还有一个勿认得，身浪向才是别脚～格。（鸿 12-261-22）¶个也好～。既是知书识字，那了勿带俚出来？（笑 38-504-10）¶上海滩浪有铜钱格人末也多～，倪啥勿去寻别人，独独寻着耐刘大爷一干仔，耐自家想想。（九 10-78-24）¶阿呀！间搭是齷龊～格，章大少清外势坐罢。（九34-254-9）¶倪为仔耐陶大人比勿得别人，一径待俚要好～，赛过是倪自家人，告诉仔耐也无啥要紧。（九96-675-16）¶奴皆为住仔半年把，水土末勿哪哼服，而且牵记上海格班客人，格落要紧～转哉。（狐 20-156-26）¶倷搭奴毫燥点拿出来罢，阿晓得奴故歇肚里难过～勒里呀！（狐 35-301-21）¶陶大人说格闹忙～，格底下说哩。（官 8-113-22）¶倪格老相好多～来浪，真头弄弗清爽哉啘。（沪 1-44-6）¶并且他们都是经惯大场面的，你就在他们身上花掉三四十块钱，在你已是吃力～，他们眼睛里却溜都不曾溜一溜。（十 3-16-19）¶一个先生做一个客人呢，一个客人的财力究竟有限，那生意不是要清～了么？（人10-87-19）¶有许多吃过了人家饭的人说起来，还说堂子里的这碗饭虽然苦恼～，有些地方还不苦恼，只觉得惬意。（人 26-274-12）¶半打倒尴尬～，要么，还是一打爽快点。（人 33-361-2）¶他们早已去了。我伏在阳台上看一车一车，一起一起的全是往大世界去，我真急～了，去得过迟恐怕人要散了。（人 33-363-11）

④「動詞・形容詞＋煞②」の後に副詞"也"などで（または副詞なしで）語句が接続されると、「(不管)怎么……也……」の意味関係の文になる。¶碰和就输～也勿要紧，只要牌九庄浪四五条系统吃下来末，好哉啘。（海14-112-24）¶倷亦要长舌头哉，秀林问仔倷一声，惹仔倷一坑，讲～讲勿完格哉。（狐 35-301-20）¶清臣四处找寻，忙乱了好一会，那里有一点子影踪。李氏道："不见已经不见了，急～也没中用。"（新 45-209-23）¶張阿三却又当别论的。他是烟花间里的状元，总要贵一点子，然而贵～也有限。（十

3-19-15）"杀"とも作る。¶啐！真正青屁股猢狲，教杀勿会个。（三 10-115-16）¶他高杀也只是个开酒店的。(醒 14-268-15）¶[净上] 来了。若说吃酒，跳脚舞手。[末] 不说吃酒呢？ ［净］ 打杀也不走。（杀 3-8-5）¶杨家那厮，强杀只是我相公门下一个提辖。（水 16-230-1)

（注）胡竹安《水浒词典》は、"杀——副词。用在形容词后。表示极度。字又作"煞"。"とし、上掲例（水 16-230-1）などを挙げた後、"[方] 吴语有此说法，如"伊好杀（煞）不过是个半文盲"，意思是'他再好也不过是识几个字的。'。"としている。

【煞快】
"杀快"に同じ。¶勿是，就拨来倒霉个《天水关》，闹得来头脑子要涨～。(海 19-155-18）¶倪到仔间搭一格多月，人也几乎闷～，再要实梗样式下去，是实头要生病哉。（九 24-181-11）¶拨格断命格外国人打仔进来，吓末拨俚吓～，逃来逃去，吃仔几几化化格苦头。（九 31-234-24）¶坐着仔蹩脚格车子，颠末颠～，拨别人看见仔，阿要难为情煞介？（狐 15-107-19）¶俫啥弄到故歇辰光勒转介？害得奴等～，心焦得吭淘成。(狐 17-127-9）¶人家说是生意好末写意煞，俍为仔生意好末倒愁～。（沪 2-112-10）¶阿婉搓一搓倦眼道："哎呀！大少爷啥辰光来格，倪搭三小姐等～，厌气弗过，两家头才睡着哉"（人 10-81-5）¶兄弟今天被一个人缠～，缠的脑子都涨起来。（新 33-15-15）¶徐家少爷在东洋读过书的，到北京去考洋翰林，运道不好没有考中，钻来钻去，谋差使偏偏又谋不到手，吃尽当光穷得要饿～。（人 28-211-23）¶害得这几位小报馆主笔忙～。（十 25-18-15）

【煞死】
"杀死" に同じ。¶我～要俚斗，俚末～个奔，耐说阿要火冒？（海 46-393-8）¶衣裳，头面开好一篇帐来里，～要减省末三千。（海 48-406-16）¶耐勿要～个吃酒哉，到倪搭去坐歇罢。（九 1-10-16）¶倪拨格个断命客人，一径拉牢仔搭俚碰和，～格勿肯放，倪心浪向牵记仔耐，几乎急杀快，一直搭俚碰到仔天亮，刚刚完结，倪转来仔也吭拨几化辰光。（九 93-660-22）

【啥】
〈代〉疑问代詞。①疑問を表す。単独で用いられて「何」であるか、わかっていないこと、ものを指す。 ¶朴斋不懂，问小村道："耐说～？"（海 1-8-15）¶见他雪白的面孔，漆黑的眉毛，亮晶晶的眼睛，血滴滴的嘴唇，越看越爱，越爱越看。王阿二见他如此，答问："看～？"（海 2-13-2）¶善卿道："啥人要吃耐台把啥酒嘎！阿是我勿曾吃

語彙例釈　sha

歇，稀奇煞仔。"蕙貞道："价末谢耐～哩？"（海4-29-8）¶小红道："耐要吃～，说末哉。"（海4-32-5）¶四老爷叫来咑个老客人，名字叫～？（海15-119-7）¶玉甫道："无姆说耐勿好。"浣芳道："说我～勿好？"（海20-161-3）¶三公子见阿虎提进那筐，问："是～嘎？"（海38-321-11）¶浣芳犹哭个不止，一见玉甫，连身扑上，只喊说："姐夫勿好哉呀！"玉甫问："～勿好？"（海43-367-16）¶唔是从啥地方来格咭？姓～，叫～，要见我主人啥事情，唔说得清爽，我好禀明我主人呢！（狐33-282-14）¶"测死个，～叫两相情愿。""倷贪我爱末叫两相情愿。"（描26-233-27）¶［丑］酒末靠～？［生］竹叶清香沽一壶。［丑］～叫竹叶？［生］这是美酒的名堂。（三6-68-17）"倽"とも作る。¶华生道："阿晓得归个叫倽？"季芬道："像煞姓谢，名字勿晓得叫倽，耐看阿好？"（鸿5-219-6）

②疑問を表す。物・事・人を指す名詞の前にあって、事物の性状や人の職務などでまだ分かっていないものを指す。¶罗子富做～生意嘎。（海3-24-1）¶朱淑人道："我陆里敢动手动脚，我要问耐一句闲话。"周双玉问："是～闲话？"（海19-154-12）¶韵叟察貌揣情，十猜八九，却故意问道："故末耐～意思哩？"（海54-455-7）¶夏余庆抢说道"俚屋里向有仔点花样来浪哉，阿晓得？"华忠愕然道"～花样嘎？"（海55-470-3）¶唔用格大姐，叫～名字咭？（狐33-283-17）¶对是对格，不过倷搭宝玉～称呼？关点啥格亲？（狐36-311-3）¶～日脚搭里行礼，送礼介？（三24-286-11）¶今朝～贵干奔来舍下？（描5-45-12）¶耐末夷勒浪想～心思哉？（沪1-100-12）"倽"とも作る。

⇨啥场化，啥辰光，啥事体，啥物事，啥样式。

③不定を表す。平叙文（肯定文、否定文とも）や副詞"阿"の疑問文に用いられる。「なに」に対する「なにか」、否定文では「なにも」。¶双珠道："倪无姆阿曾搭耐说起歇～？"善卿低头一想，道："阿是要买个讨人？"（海3-19-22）¶耐再要说出～来末，两记耳光！（海5-36-17）¶莲生又慌得转身收拾，顾了这样却忘了那样，只得胡乱收拾完毕，再问小云道："耐搭我想想看，阿忘记～？"（海11-86-11）¶物事倒勿要～哉，不过帐浪一对嵌名字戒指要八钱重哚。（海12-94-19）¶着仔一件月白竹布衫，头浪一点点勿插～。（海15-119-22）¶阿哥对仔我笑，倒勿曾说～。（海20-159-3）¶耐去劝俚，也勥说～，单说是请个先生来，吃两贴药末好得快点。（海20-160-11）¶冈冈反仔一泡，故歇咿来浪说我～，我是定归活勿落个哉！（海32-269-10）"倽"とも作る。¶昏昏沉沉的一觉好睡，却被阿四进来叫醒，问："阿要吃倽？"华生连说："勥吃。耐去泡仔点茶来，拿门关上仔。"（鸿5-219-25）¶君牧道："耐嗰搭俚说倽？"湘兰道："俚

笃老个勒浪傍边，我那哼好瞎开口？"（鸿17-296-8）
④不明の事物を並べていうとき。なになに。¶阿有啥好听点个嗄？原是'双'～'双'～，阿要讨人厌！（海3-20-22）
⑤ ③の同じ用法。名詞（名詞用法相当の単語や名詞連語相当の連語を含む）の前に用いられる。"啥"を取り去っても、文意は変わらないが、直截的な表現になる。¶俚哚栈房里才实概个，到仔十二点钟末就要开饭哉。勿象倪堂子里，无拨～数目，晚得来！（海2-15-11）¶我说赵大少爷觋吵，也勿曾说差～闲话哩。（海2-16-14）¶成日成夜吵勿清爽，也勿管～客人来哚勿来哚。（海3-19-4）¶吴松桥只道朴斋要叫局，也拦道："耐自家吃酒，也觋叫～局哉。"（海3-22-14）¶倪陆里有～广东客人嘎，耐倒搭倪拉个广东客人来做做哉哦。（海4-25-17）¶单是王老爷一干仔末，一节做下来也差勿多五六百局钱哚，阿怕～开消勿出。（海4-28-16）¶耐一直下来，东去叫个局，西去叫个局，我阿曾说歇～一句闲话嘎？（海4-31-6）¶耐有月琴先生来里末，去做～翠凤哩？（海6-47-15）¶我要用着洋钱个辰光，就要仔耐一千八百，也算勿得～多。（海8-73-11）¶耐哚人一点点无拨～道理！（海9-73-12）¶还有几几花花，连搭宝也勿曾看见歇，觋说～耐哉。（海10-76-10）¶年纪轻轻说～死嘎，事体末慢慢交商量，总有法子好想。（海16-128-11）¶耐倘然老实说仔，俚心里一急，再要急出～病来，倒加二勿好哉。（海20-160-13）¶无拨～勿会好个病。不过病仔长远，好末也慢性点。（海36-305-21）¶故歇一塌括仔还有几块～洋钱，再要做衣裳！(海62-528-10)¶耐方大人是有名格阔客，比勿得～别人，倘忙就是实梗随随便便攀仔相好，勿要说倪先生㧉勿落格个台，拨俚笃说起来，就是耐方大人面浪也无啥趣势哦（九37-274-2）¶吓，一百银子，哈哈哈，容易个，容易个，故末我也无得～别样底庄，只有一个阿翠。待我去卖卖亲生女，抵庄官司再打一场。（描10-94-7）¶倪野弗管～老相好咾新相好，耐既然欢喜倪来，倪下节来叫耐格堂差末哉，阿好？（沪1-44-10）"倽"とも作る。¶顺全请客，勿见得有倽别人，倪阿去？我想俚也勿见得勿请倪。（鸿1-193-16）¶刚刚耐说吃仔饭要饿哉，阿要吃点倽点心？（鸿4-213-18）¶难倪去哉，倪倒勿做倽讨厌人，等唔笃随便去那哼末哉。（九2-19-13）¶故歇除脱仔耐，倪总无拨倽第二格人，赛过就是耐哚人哦。（九66-478-4）
⑥動詞の後に用いられて、不同意・不満や非難などの気持ちを伝える。¶人末一年大一年哉，来哚屋里做～哩？还是出来做做生意罢。（海1-4-6）¶耐末晓得啥！差勿多！（海3-21-2）（亜東本の標点符号に従う。張愛玲注釈：海上花は"你嘿晓得什么！「差不多！」"と訳している。）¶直等至两点钟相近，才见小阿宝喘吁吁的一径跑到房间里，

語彙例釈　sha

说："来哉，来哉！"黄二姐说："跑～？"（海 7-54-20）¶小红耐算～哩？有闲话说末哉，实概样子，耐小红也犯勿着哇。（海 10-79-10）¶慢点走末哉。耐有保险来哚，怕～嘎？（海 11-85-16）¶昨日转来末晚哉，屋里有亲眷来浪，难末阿哥说："阿有啥要紧事体，要连夜赶出城去？"我阿好说～哩？（海 18-141-7）¶耐瞎说个多花～，讨转去成双到老末就是耐哇。（海 18-143-4）¶洪氏还紧着要问阿巧。二宝道："问俚～嘎！"遂将前日之事径直说出。（海 62-528-22）¶香火接着问道："阿姐唔笃府浪姓啥？公馆勒啥场化？格位是唔笃少奶奶呢？还是姨太太介？"阿金道："倷问俚～佬？倪来烧香还愿，用倷勿着查三问四哇。"（狐 36-310-12）¶金大少耐格号闲话算～嘎，阿是说倪搭老五吃醋呢啥？（沪 3-41-7）"倽"とも作る。¶忙对王寓道："辰光勿早哉，耐转去罢。"王寓道："阿是耐赶我？"渭臣笑道："啥人赶耐？落大仔雨，勿便当个。"王寓道："碍～介？"（鸿 10-250-25）¶阿金笑着说道："大小姐勜说哉，钱老末也是一时之火，难俚故歇说总归拨还耐场面呀。"王寓道："瞎说多化倽！……。"（鸿 11-254-18）

⑦ ⑥と同じ用法で、③と⑤との関係に同じ。動詞が言外に示されていることもある。¶又道："王老爷为啥几日勿来，阿是动气哉？"莲生不答。小红嗔道："动～气嘎。打两记耳光哉哩，动气！"（海 4-31-24）¶罗子富大声道："我倒还要去叫俚个局哉！娘姨，拿笔砚来。"蒋月琴将子富袖子一扯，道："叫～局嘎？耐末……"只说半句，即又咽住。（海 6-47-7）¶沈小红末，算～凶嘎！（海 9-73-3）¶耐哚走开点哩！我要死末关耐哚事嘎？（海 10-78-19）¶俚乃搭黎大人吃～醋嘎嘎？俚耐勿肯叫，勿是个吃醋，……。（海 21-171-8）¶双珠望亭子间内，黑魆魆地并无灯烛，大怒道："～样式嘎，真真无拨仔淘成哉！"（海 28-232-9）¶耐一班人管个～公事，倪山家园一堆阿曾去查查嘎？（海 56-473-2）¶二宝道："阿要请个先生吃两贴药？"洪氏道："请～先生嘎！耐替我多盖点，出仔点汗末好哉。"（海 62-533-8）¶［外］这是文才末技，何足为奇，二位老前辈谬夸了。[付]～说话，个个是真才实学吓，来！（三 38-411-11）¶陪笑道："耐末夷勒浪想啥心思哉，阿对？啥洛一声弗响哩？"金凤冷笑道："耐说～闲话哩，啥格想心思哩。……。"（沪 1-100-12）

⑧他の人の言に"啥"を加えて述べ、同意していないことを表す。¶汤啸庵道："想来也是俚哚缘分。"云甫道："～缘分嘎，我说是冤牵！……。"（海 7-57-2）¶淑人推说"勿会"。姚季纯道："豁拳末～勿会嘎？"（海 17-135-20）¶翟掌柜攒眉道："……。姚奶奶到该搭来，季纯兄面浪好像勿好看相。"霞仙道："～勿好看相？出色得野哚！……。"（海 23-188-21）¶双珠道："俚勿是说耐哩。"双宝道："～勿是嘎！勿是末，为啥叫我走开

652

点?"(海32-269-11)¶黄二姐道:"生意勿局,比仔先起头悬进咃。"黄翠凤冷笑叉口道:"耐是有生意勿做咟,～勿局嘎!"(海58-497-23)¶"娼根,勿关唔事那。""～勿关我事!"(描6-53-20)¶翡云笑道:"倪格别号叫包打赢,从来嚩输歇铜钿格哩。"俊卿笑道:"约约乎,牛皮得来!"翡云笑道:"～牛皮呀,看倪格本领末哉。"(沪1-64-12)
⑨ある状況を指している形容詞などの語句の前にあって、その状況でないことを強調する。¶蕙贞道:"洪老爷,耐啥见仔沈小红也怕个嘎?"善卿道:"～勿怕!耐问声王老爷看,凶得来。"(海4-29-5)¶钏臂末～稀奇,蒋月琴哚勿晓得送仔几花哉!就是倪也有两副来里,才放来哚用勿着,要得来做啥?(海8-58-8)¶小妹姐也笑了,急问:"阿曾剥嘎?"阿巧哭道:"～勿曾剥!……。"(海23-184-15)¶姘勿姘～要紧嘎?颡说哉。(海34-284-6)¶小红还不甚信,再令阿金大去。阿金大回来,大声道:"～勿是嘎!拜堂也拜过哉,故歇来浪吃酒,闹热得来。我就问仔一声,勿曾进去。"(海34-286-12)¶王老爷说得好,'嫁时衣'还是亲生爷娘拨来哚囡件个物事,囡件好末也颡着,我倒要老鸨个物事!就要得来,碰关千把洋钱。～犯着嘎?(海48-406-11)¶难方老爷原像前回顾应点俚罢。耐一去去做个文君玉,就倪搭走走,～勿好?吃两台酒,碰两场和,故是倪要巴结煞哉。(海59-507-14)¶吓,原来二朝奉抢俉来个,介末从子二朝奉末～勿好?(描9-78-17)¶那晓得轿子到门钱笃笃忽然不见,众人各处遍寻并无踪迹,停了一回才见笃笃回来。陈荣说好了好了钱老相来了,惠兰问道:"岳父那里来阿?""混堂里头氽子浴牢来个。""钱先生既要氽浴也该说介声,带累我里魂在寻出了。""～要紧个。"(描12-109-6)¶格个漱琴格毛病是老病哩,～要紧嘎。唔笃两家头实梗伤心,阿要弗色头!(沪1-109-8)¶倪夷弗是格排年轻格小干件,欢喜仔耐末,阿会再做别人?倪屋里向夷呒不啥人吃醋,讨个姨太太～稀奇嘎!(沪3-27-2)

(注)《上海故事》(1987年第6期)に次の用例がある。
金凤走近录音机,掀开录音机上的绒布,看了看说:"用过的录音机,啥稀奇!"说完"啪"地盖上绒布,转身上楼去了。(凌耕:不肯公开的绝招P.53)

⑩任意の物・事を指す。"随便～""随便……～"の型の文で用いられ("随便"が省かれていることもある。),その指す範囲に例外のないことを表す。¶随便耐去说～,我勿相信咟。(海8-58-17)¶俚搭我倒十二分要好。我说他～,俚总答应我,倒仔无姆说个灵。(海17-133-8)¶我从小到故歇,无姆一径稀奇杀仔,随便要～,俚总依我。(海20-161-21)¶耐做五少爷是坎坎做起呀,告诉仔洪老爷末,随便～拜托拜托,倘然五少爷勿来,也好教洪老爷去请,阿是蛮好?(海32-268-18)¶玉甫道:"讲啥"浣芳道:

語彙例釈　　sha

"随便～讲讲末哉呀。"（海 35-295-2）　"倽"とも作る。¶耐说格闲话倪一塌刮仔勿懂，随便耐去说倽末哉。（九 42-307-26）

⑪任意の物・事・人を指す。⑩と同じ用法で、③と⑤との関係に同じ。¶我故歇随便说～闲话，耐总勿相信，说是我骗耐。（海 11-83-8）¶随便～闲话，搭耐说仔耐只当耳边风！（海 18-141-4）¶我横竖勿要紧，随便俚～法子来末哉，阿好拿我杀脱仔头？（海 56-481-6）"倽"とも作る。¶随便倽人才说说倪勠嫁人格哉，其实一个人到死勿嫁人，死仔别人说起来，总是格个人恶勿过，格落罚俚死勒堂子里，到仔阴间里去，真正连坐位也吭拨格，阿要作孽（鸿 18-299-14）

⑫驚きや不満・てれかくしなどのときに発する。¶张寿叫来安去吸，自己去撩开大床帐子，直爬上去。只听得床上扭做一团，又大声喊道："～嘎，吵勿清爽！"（海 5-35-23）¶洪善卿举杯向蕙贞道："先生恭喜耐。"蕙贞羞的抿嘴笑道："～嘎！"（海 6-46-4）¶杨家姆送进票头，果然是张小村的。秀宝文："阿是说就来？"瑞生道："耐勠我末，我生来去哉！"秀宝大声道："～嘎！耐个人末……"说到半句，即又咽住。（海 25-208-3）

⑬その後に複数の物を列挙し、この類のものが多くあることを表す。¶俚咮姊妹三家头，才有点怪脾气，随便～衣裳哉，头面哉，才要自家撑得起来，别人个物事，就拨来俚俚也勿要。（海 10-76-4）¶再有～白兰地呀，鸭片烟呀，罗里一样弗是顶贵格末事？（沪 1-46-12）¶耐四少爷是有铜钿格人，实梗咾格班穷鬼才跟住仔耐走。说说呢，夷是办～实业哉，赈灾哉，铜钿到仔俚手里，实业、赈灾才到俚荷包里去哉唲。（沪 1-103-4）

⑭話し手が不審に思っていることを伝える。¶秀宝夺过手说道："教耐做媒人，～勿响嘎？"朴斋仍不语。（海 1-8-4）¶秀宝笑问："阿曾用饭嘎？"小村道："吃过仔歇哉。"秀宝道："～能早嘎？"（海 2-15-10）¶善卿见天色晚将下来，也要走了。双珠道："耐～要紧哩？"善卿道："我要寻个朋友去。"（海 3-21-5）¶子富合掌拜道："谢谢耐，搭我筛满仔阿好？"翠凤不禁笑道："耐～实概厚皮嘎。"（海 8-64-6）¶周兰道："慢点哩。耐个头勿困好唲，～毛得来。"乃将手中揞着的豆蔻盒子放下，亲自动手替双玉弄头。（海 10-75-13）¶李实夫只吸得三口烟，尚未过瘾，乃问姚季纯道："耐吃酒末，晚歇吃也正好唲，～要紧嘎？"（海 21-170-15）¶就是偷局末，也好等倪客人散仔，舒舒齐齐去上末哉唲，～一歇歇也等勿得嘎。（海 22-177-10）¶来仔末，～就去嘎？请坐歇哩。（海 27-224-1）¶耐怕热末，坎坎～要紧实概跑？（海 47-398-11）¶朱五少爷大喜呀，耐～勿曾晓得？（海 54-460-11）¶客人咮个朋友，～勿是客人嘎？（海 55-470-21）¶杨四方才立起身来，懒懒的说道："既如此，我们走罢。"黛玉道："唔笃～能性急介，辰光还

sha　語彙例釈

早勒海来呀，再请坐歇勒走哩。"（狐 1-6-3）¶倷～弄到故歇辰光勒转介？害得奴等煞快，心焦得吭淘成。（狐17-127-9）¶单老，长运勿见哉，倷～倪搭一径勿来介？（狐37-315-6）¶倪不过说白相一句，～气得来实格样式？（沪1-9-1）¶倩倩忙笑道："作啥哩，阿姊～夷要客气哉？"素秋笑道："勿呀。倪是勿会客气格。常恐四少搭阿嫂嚡吃歇点心，教俚笃做点广东点心吃。拨来阿姊实梗一说末，倪倒弗好意思起来哉。"（沪2-5-9）"倽"とも作る。 ¶毕生道：倘然俚有客朋友来浪，阿要难为情？"鸣冈道：吃俚顿大菜，倽个大不了事，耐个人倽拘得来！（鸿 1-193-19）¶卫雪卿已卸过了行头，坐在那里，见了季芬嗔道："耐倽夷来哉！"（鸿5-217-26）¶杨先生说到湖州去哉呀，耐倽勿晓得介？（鸿13-270-19）¶耐说哩，倽一声勿响哉呀？（九45-330-1）¶媛媛道："大少，耐倽能格早介？"子文道："倽故歇辰光勿作兴打茶围格。"（负 17-79-26）‖上述各项の"啥"は、また"甚"とも作る。¶侬地两日列拉做点甚？（上问 25-46-5）¶倻勿听说话，我晏点问头脑侬姓甚，叫甚名头。（上散 8-52-3）¶敲二更者，城门要关者。──勿碍甚，那怕三更天四更天五更天总归好开个。（上散 4-15-9）¶侬要几钱一月？侬有甚保头否？（上散 5-23-6）¶买之是格能几化物事，阿里有甚一眼扎头勿有个？（上散 8-49-2）¶倻总要有眼规矩。是格能无规矩，拨别人家看之（勿像样）（惹笑）（算甚样式）！(上散 5-25-6）¶的确是七十两银子买拉个，你倘若勿相信，是我可以罚咒。──侬也勿要罚甚咒，总归地隙侬少到几化银子勾卖？（上问 14-27-7）¶上转卖拨侬个行情，我倪吃亏勿起，勿能照伊个行情算。──甚话头，话好拉个。说话那能可以（更改）（勿算数）。（上散9-56-9）¶侬登拉地头总要当心点巴巴结结做，随便甚事体，勿要话略我勿懂，倻可以弄花巧巧调枪花。（上散 5-23-2）ちなみに、明清文学作品では多く"甚"を"什么"に当てている。¶因何打发了只管叫姐妹做甚？莫不是求姐妹去说情讨饶？（红 2-32-8）¶刘姥姥心中想着："这是什么爱物儿？有甚用呢？"（红 6-100-16）¶钱知利走向前道："小闲兄，像麒麟可在家么？"小闲道："在，你有甚说话？"（醒下 1-94-7）¶兄长莫不有甚心事么？这几日我看你行坐不安的，却是为何？（醒下 7-150-28）¶有～喜事，要我们通报？（禅 3-35-4）¶老妈妈，许久不来寒舍耍耍，今日甚风吹得到此？（禅 6-81-10）¶哥哥初来舍下，书房中有甚不周到处，可对你妹子说，你妹子好来照料一二。（二 3-60-3）¶兀那和尚，你的声音好熟，你姓甚？（水 6-98-16）¶林冲，干你甚事，你来多管！（水 7-113-17）¶侬这店主人好欺客！见我是个犯人，便不来采着，我须不白吃你的，是甚道理？（水 9-137-9）

【啥场花】

語彙例釈　sha

代詞"啥"+名詞"场花"。¶长福道："耐说像～？"张寿道："我看起来叫'三勿像'；野鸡勿像野鸡，台基勿像台基，花烟间勿像花烟"（海5-37-20）¶叫到后马路～？（海22-174-2）¶我末～有洋钱嘎？（海22-176-15）¶哝勿落末，出来到～去？（海23-190-7）¶下转打听我来里～吃酒，俚也实概奔得来哉，阿要难为情。（海27-220-20）"啥场化"とも作る。¶十三旦住勒啥场化？（狐17-127-25）¶大爷爷，咦，那啥勿答应，啥场化去子介？（三1-3-13）¶啥场化弄一碗姜汤来拨里吃吃末好。（描2-19-12）¶这位贵相好叫啥格芳名？住勒啥场化？（负14-66-23）¶唔笃啥场化跑来格？啥实梗能早哩？（沪1-8-1）¶侬是啥场化个？（上问6-11-7）"倽场化""舍场化"とも作る。¶耐笃来浪倽场化认得个？（鸿1-194-17）¶耐着仔长衫，要紧到倽场化去？（九44-319-15）¶呔！×娘贼阿晓得，间根舍场化，竟是这样乱闯。（描1-4-23）また"撒场化"とも作る。¶饭店拉（撒场化）（啥须）？（上散7-39-10）

【啥辰光】

代詞"啥"+名詞"辰光"。①時刻を表す。¶送票头来是～？（海3-23-18）¶耐明朝～到东合兴去？（海4-30-1）¶耐～去做个黄翠凤？（海6-47-13）¶昨夜赌到仔～？（海16-129-18）¶陆里再有开水，～哉嘎，茶炉子隐仔长远哉。（海52-438-24）¶阿金～出去格介？（狐17-126-15）¶昨日～出来个介？（描5-41-17）¶耐～广东回来格哩？（沪1-93-3）"倽辰光"とも作る。¶倽辰光来个？（鸿10-251-9）¶耐格两声闲话倒诧异笃哓，倪倽辰光搭陈文仙吃醋？（九44-319-8）¶倪先生搭耐蛮要好，倽辰光搭耐阴阳怪气呀。（九100-701-23）"甚辰光"とも作る。¶要（甚辰光）（几时）转来？（上问3-6-5）

②時間量を表す。¶问轿班道："台面散仔～哉？"轿班道："勿多一歇。"（海5-38-10）¶耐起来仔～哉？（海8-62-1）¶倽看下底格格人，立仔勿知～哉，一径对仔倪看，只怕有点痴格。（狐49-424-2）"倽辰光"とも作る。¶方鼎翁，到仔倽辰光哉？（鸿7-229-25）

【啥等样】

〈代〉疑問代詞。どのような。¶大人六十多岁年纪哉，倘忙出仔事体下来，像倪上勿上下勿下，算～人嘎？（海52-442-12）¶钱老，倽要折煞奴哉！倪是～人？就坐勒半边位子里，已经有僭，承蒙倽钱老抬举格哉，还要回敬奴一杯酒，叫奴哪哼当得起嘎！（狐34-286-18）¶这阿丽只因不知他是甚样人家,甚等样人,故此不肯。（醒下2-104-28）¶却是甚等样皮匣子盛着？（水56-944-11）

sha 語彙例釋

【啥个】
〈代〉疑問代詞。①"啥"⑫に同じ。¶該搭是～场花嘎？耐咪倒也会白相哚！(海5-37-19) ¶子富道："翠凤～本事呢？"云甫道："说起来是利害哚，……。(海6-48-1) ¶秀宝要～戒指，阿是耐去买拨俚？(海13-100-5) ¶耐生仔～病，要请先生？(海21-169-10) ¶子富道："名字覅想哉，客人朋友末～事体？"君玉道："无啥事体，做仔两首诗送拨我，说是上来哚新闻纸浪。"(海59-505-9) ¶你到底～意思介？(三20-116-3) ¶素秋征征的似有所思。夫人问："耐想～心思？"(沪4-107-6) "啥格""俉个""俉格""舍格"などとも作る。¶勿知今朝吹仔啥格风，吹唔笃两位贵人到间搭贱地浪来格？(沪1-5-7) ¶奴忘记脱仔俚，到底是啥格病介。(狐16-114-12) ¶唔笃说仔半日，倪一句也听勿出，倒底啥格事体介？(九15-117-15) ¶阿唷，朱老唗。长远弗来哉唗，今朝啥格风吹得来格哩？(沪1-29-12) ¶唔笃搭个俉个轮船？(鸿3-208-13) ¶汇票是俉个样式介，拨俉看看哩！(九6-46-14) ¶耐末要紧到陈文仙搭去，阿怕倪勿晓得，今朝倪定规勿许耐去，看你有俉格法子？(九44-319-18) ¶舍格事体，实梗贼形怪气？(九44-319-18) また"甚个"とも作る。¶我托俚替我打听一样物事。——打听甚个物事？(上问21-39-6) ②"啥"⑤に同じ。¶耐末也覅起～花头哉，耐自家洋钱自家去输，勿关我事。(海58-497-6) ¶"大朝奉，阿可以行介一个方便，把一件旧衣服来我穿穿，保佑俉养个十七八个小朝奉。" "俉个俿养个，吃饱子末就勿冷哉，还要～衣裳？"(描42-370-6) ¶阿有～金珠首饰，铜钱银子介？(三24-279-5) "啥格""俉格"などとも作る。¶今朝阿有啥格好脚色勒海介？(狐16-122-7) ¶倪做客人总不过实梗样式，呒拨啥格别样花头，勿像别人有多花迷人格功架。(九46-335-18) ¶俚格事体，倪是直头弗连牵。弗晓得夷做着仔啥格新相好哉呢啥？(沪1-20-6) ¶倪就是有俉格推扳耐地方，耐心浪勿舒齐末，也好朝倪说格唗，耐倒好意思跳槽，跳到仔洪笑梅搭去。(九10-77-26) ¶唔笃末总是实梗瞎三话四，说出闲话来阿有俉格淘成？(九30-228-21)
③"啥"⑦に同じ。¶耐自家去照照镜子看，像～样子，覅面孔个小娘仵！(海31-257-4) ¶漱芳笑道："耐不过要我床浪来，～几花花头，阿要讨气！"说着，真的与玉甫并坐床沿。(海35-295-3) ¶教耐请个客人末，耐就勿肯去，单会吃饱仔饭了白相，再有～用场嘎！(海37-312-19) ¶俚小干仵末晓得～事体嘎。(海41-342-16) ¶～闲话嘎，放屁也勿实概放个啘！(海59-403-2) ¶"多谢俉个二朝奉，俉故个好情末我只领教领教，吃得我来无恩客报个哉。""老钱说～话！"(描3-26-23) "啥格""俉格""俉个"とも作る。¶承俚肯摆四台酒，装装倪格场面，倪已经快活煞哉，还要送啥格礼介？(狐

語彙例釈　　sha

19-145-26）¶奴亦勿是大客人，要添啥格菜嘎！（狐34-286-6）¶还仔耐格洋钱末，才完结哉哦，阿挨得着耐来瞎喫瞎喤喤，倽格样式！（九38-279-22）¶吃俚顿把大菜，倽个大不了事，耐个人倽拘得来！（鸿1-193-19）

④"啥"⑧に同じ。¶俚乃再要讨气！来个辰光俚个爷一淘同得来，俚自家也叫俚'爷'。后来我问问俚，～爷嘎，是俚慢娘个姘头！（海52-439-19）¶蓬壶道："故歇无拨空，明朝来。"外婆道："～明朝嘎！倪小姐牵记煞耐，请仔耐几埭，耐不去！"不由分说，把蓬壶拉进同庆里，抄到尚仁里赵桂林家。（海59-506-22）¶双珠叫声"双玉"，从中牌解道："五少爷是勿好，勿应该定个亲；不过耐也年纪轻，勿懂事，客人个闲话才是瞎说。就算故歇五少爷勿曾定亲，阿要讨耐去做大老母？"双玉不待说完，囔道："～大老母小老母！耐去问俚，啥人说个一淘死！"（海63-540-17）"倽个""倽格""啥格"などとも作る。¶伯思笑嘻嘻问金寓道："耐那哼？"金寓正色道："倽个那哼介？阿要诧异！"（鸿2-200-6）¶章秋谷到了这个时候，不知不觉的脱口叫一声"好！"月芳斜了秋谷一眼道："倽格好呀？……。"（九149-990-4）¶潘侯看得清楚，趁势和他说道："对不起。辛苦，辛苦！"沈二宝回头一笑道："啥格对勿起呀，……。"（九166-1089-16）¶子文满怀不悦，却又无可如何，便借着娘姨不来烧烟恼起来道："唔笃做生意阿有规矩哩？正经客人末弗招呼，嘻里哈赖，胡调得来。阿要呒情头！"娘姨老四冷笑道："阿是周老要烧烟呢啥？……啥人晓得耐故歇要吃哩？啥格胡调弗胡调，倪做生意是向来规规矩矩，弗作兴啥胡调格。"（沪1-81-3）

⑤"啥"⑨に同じ。¶阿珠倒冷笑道："耐麭反哩！倪是娘姨呀，勿对末好歇生意个哦。"小红怒极，囔道："要滚，～稀奇煞仔！"（海41-343-4）¶做我个客人多煞来里，就比仔朱五少爷再要好点也勿稀奇，阿怕我无拨人讨得去，～勿快活？（海63-536-3）"倽格""倽个"などとも作る。¶耐一塌刮子三千洋钱带挡，倽格希奇勿煞，还仔耐格洋钱末，才完结哉哦。（九38-279-21）¶华生见老四发急，嗤的一笑道："……；难耐看仔我面浪，两家头原旧要好仔罢，麭像煞有价事哉！"老四听了，含嗔带笑的道："倽个有多化讲究，个末俚倽落一径勿来介。"（鸿4-210-8）

⑥"啥"⑩に同じ。¶小红颤声说道："耐说我～～，我倒无啥；我为自家差仔点，对勿住耐，随便耐去办我，我蛮情愿。……？（海34-282-22）

⑦"啥"⑭に同じ。¶荔甫佯嗔道："我有要紧事体请耐来，～假痴假呆！"老包矍然起立，应声道："噢，啥事体？"怔怔的敛容待命（海48-411-4）¶阿珠道："张蕙贞～勿好？"善卿道："也不过勿好末哉，说俚做啥。"（海57-486-21）¶该号衣裳，等俚嫁仔

人做末哉啘，～要紧嘎？（海 62-528-11）¶阿哥个人末生就是流氓坯！三公子要拿总管个囥忖拨来阿哥，阿要体面，～等勿得，搭个臭大姐做夫妻。（海 62-529-10） "僸格""啥介""舍格"などとも作る。¶僸格要紧嘎，倪还要坐歇去勒。（九 5-40-3）¶大小姐，耐有僸格闲话末好好里搭俚说末哉，年纪轻轻，僸格就要寻死路。（九 24-185-5）¶耐看耐格辫子，僸格毛得来。（九 46-334-5）¶耐格人徐格总是实梗，归格辰光，倪搭耐说格闲话，耐阿记得？（九 71-517-7）¶耐格个人，僸格实梗假痴假呆介。（九 101-708-14）¶哙！朋友！啥介穷得这种光景。（描 2-20-4）¶倪搭耐一年勿见，耐舍格变得实梗样式哉呀？（九 173-1130-19）

【啥人】

代詞"啥"＋名詞"人"。①共通語の"谁"。¶正要来寻耐，有多花物事，耐看看阿有～作成？（海 1-6-8）¶晚歇我随便碰着～，就搭俚一淘来末哉。（海 3-17-11）¶～要吃耐台把啥酒嘎！（海 4-29-7）¶王莲生问："再有～？"善卿道："李鹤汀勿来，就不过罗子富哉。"（海 28-230-12）¶难末真个难起来哉！勿晓得～是末家。（海 39-327-1）¶张书玉见了秋谷，也不觉呆了一呆，停了一刻方开口道："倪当仔是～，想勿到就是耐。"（九 71-513-16）¶倒是我只有俚俺一个，故歇就嫁脱仔叫我靠～过日脚嘎？（狐 5-34-9）¶［付］你是～？［丑］僆儿是唐兴。（三 17-209-29）¶里边老三已经跑了出来，一把拖住道："朱老，啥长远弗来哉？里向坐哩。马车浪晏有～哩"走近一看，笑道："阿唷，杜二爷搭仔谢二少哩。啥一声弗响哩？"（沪 1-30-2） "僸人" とも作る。¶金寓道："耐故歇做僸人？"华生道："我长运叫局哉。"（鸿 2-199-14）¶张书玉见了秋谷，也不觉呆了一呆，停了一刻方开口道："倪当仔是～，想勿到就是耐。"（九 71-513-16）¶断命大菜～要吃，我此刻要吃桃子呢！（人 39-462-26）

②共通語の"什么人"。¶善卿道："屋里还有～？"朴斋道："不过三个人，用个娘姨。"（海 1-4-9）¶耐哚是～嘎！阿有啥勿问情由就打起人来哉嘎！（海 9-68-22）¶二少爷是耐～哩？（海 23-187-4）¶格末管啥事体，俚夷弗是耐格～。（沪 2-107-7） "僸人" とも作る。¶阿姐颟瞌说，倪夷勿是张老个僸人，那哼管个介！（鸿 10-250-10）¶倪要嫁人，像耐方大人一样格人勿嫁末，再要去嫁僸人？（九 37-276-22） ‖"甚人"とも作る。¶我是带信个。——是拨甚人个信？（上问 1-2-2）¶不怕甚人敢来拦阻。（禅 6-83-2）

【啥事体】

代詞"啥"＋名詞"事体"。①共通語の"什么事情、什么事"。¶阿有～？（海 4-32-13）

語彙例釋　sha

¶老鸨随便～先要去问俚,俚说那价是那价,还要三不时去拍俚马屁末好。(海6-47-20) ¶耐今朝无拨～末,我搭耐去坐马车,阿好？(海11-87-24) ¶无姆末啥勿敢说,我一径勿曾做差～,生来无姆勿说啥。(海22-174-7) ¶碰着仔～？(海25-209-9) ¶阿晓得吃醋是～！(海45-385-20) ¶耐再有～？(海49-414-17) ¶梳洗已毕,方向娘姨等问道:"阿金啥辰光出去格介？"娘姨道:"老早就出去格,故歇辰光还勿转,勿知～哓。"(狐17-126-17) ¶倷来看倪主人,阿有～佬？(狐17-128-1) ¶"老钱吓,我有一句话搭倷商议。""二朝奉,～？"(描3-27-2) "倷事体"とも作る。¶耐故歇阿有倷事体？(鸿4-210-11)

②共通語の"为什么"。¶小王末,是倪阿哥请俚到酒馆里饯饯行,耐～喊俚？(海55-467-10) ¶香火道:"……。要向倷听一个人勒来,也住勒唔笃近段格,名字叫胡宝玉,想必倷终认得格哓？"阿金道:"倷问俚～佬？"(狐36-310-19) ¶啥格要紧事体,托仔魏老,勿是一样格？～要一定自家去？(官8-118-20) "倷事体"とも作る。¶钱老爷,耐倷事体勿动手介？耐搭我拿该个断命房间打完仔,我服耐格盆,倪格种断命饭本来也吃绝格哉。(鸿11-253-17) ¶耐倷事体急得来！(鸿2-200-4) ¶王寓道:"陆老,倷事体实梗好笑？"小庭道:"耐猜猜看,我来倷事体？"王寓道:"来寻四少格？"(鸿11-256-3)

【啥物事】

代詞"啥"+名詞"物事"。①共通語の"什么东西"。¶耐拿～来谢我哩？(海4-29-6) ¶还要～,就添来咑帐浪末哉。(海12-94-7) ¶素芬见其袖口露出一物,好像算盘,问:"拿个～？"(海46-392-5) ¶耐同仔素兰先生到大观楼浪去,看看房间里阿缺～,喊俚咑舒齐好仔。(海51-434-10) ¶陈伯伯,端正～拨勒大爷吃？(描6-50-16) ¶看看看还有～？(描26-232-11) ¶[丑]来哉,来哉！手里边～介？[生]这是太太赏我的银帛。方才说过的吓,我如今赏你如何？(三10-112-15) ¶耐格个人,到底是～介。(九续30-227-22)

②共通語の"什么"。¶莲生笑道:"耐说末哉,我阿去告诉小红！"蕙贞大声道:"教我说～嘎。耐搭小红三四年老相好,再有啥勿晓得,倒来问倪。"(海24-193-7) ¶耐嗖嗖嗖喤喤吵～？(九168-1102-16) ¶佮笃杂格乱拌,到底来浪讲～？(九179-1167-5) ¶佮笃两家头说～？(九续11-81-13) "啥末事""倷末事"などとも作る。¶耐笑啥末事？(九续153-1086-24) ¶我勿相信,大先生决勿会格,我亦勦干啥差事体,讲我啥末事介？(狐53-452-4) ¶有点倷末事介,说下去哩。(九34-256-26)

660

sha‐shan　語彙例释

【啥样式】
代詞"啥"＋名詞"样式"。共通語の"什么样子"。¶双珠望亭子间内，黑魆魆地并无灯油，大怒道："～嘎！真真无拨仔淘成哉！"（海 28-232-9）¶耐男人家，同倪一淘到上海，算～嘎？（海 29-239-20）¶我一径勿曾看见过烟花，倒先要看看俚～。（海 39-239-15）¶耐去末倘忙晚歇大菜馆里噪反仔，像～嘎？（海 56-481-8）

【啥样子】
"啥样式"に同じ。¶云甫见王甫额角为床栏所磕，坟起一块，跺脚道："耐像～嘎！"（海 42-355-24）

shai

【筛】
〈动〉つぐ(酒や茶を)。¶说了，取酒壶来给葛仲英～酒，吴雪香插嘴道："蕙贞阿哥麨～哉，俚吃仔酒要无清头个，请王老爷用两杯罢。"（海 5-41-7）¶等冠香来一拨耐吃，倪笨手笨脚陆里会～茶。（海 51-436-4）¶我来～酒。（上散 10-64-6）¶稚农起身，招呼到当中一间中去，亲自～了一轮酒。（目 85-690-8）¶众人呵呵笑道："该罚，该罚！这句更不通，先还可恕。"说着便要～酒。（红 28-396-19）¶杜伏威～一碗酒，呷了一口。（禅 23-377-12）¶他夫妻对坐而饮，玉娘在旁～酒。（醒 19-392-2）¶那白娘子～一杯酒，递与许宣。（警 28-425-1）¶待我～酒。（杀 23-96-6）¶～了三盏在桌子上，说道："我儿不要使小孩儿的性，胡乱吃一盏酒。"（水 31-309-15）
（注）胡竹安编著『水浒词典』は、上揭『水浒全传』用例の"筛"について、次のように注释している。
　　［方］北部吴语（如苏州话，嘉兴话）称倒酒入酒杯里或碗里为"筛酒"。筛，读如"沙"。

shan

【扇】
〈量〉開き戸やびょうぶの枚数を数える。¶耐前门是勿像哉，我来搭耐开～后门走走，便当点阿好？（海 14-110-14）¶十六～屏风末，卖拨仔齐韵叟，做到八百块洋钱，一块也不少。（海 48-411-7）¶内中只有江南甄家一架大屏十二～。（红 71-1011-14）¶又将两～门立在墙边，先去吹灭了灯火。（水 31-475-15）

【善堂】
〈名〉慈善施設。¶耐想着我好处末，就望耐照应点我爷娘，我末交代俚哚拿我放来浪～里。（海 34-285-24）¶万太尊面子上说这笔钱是罚充善举，其实各～里并没有拨给分文。

語彙例釈　shan－shang

（官47-802-11）
（注）上海にかつて「仁済善堂」があり、困窮者に対する施粥・施薬・食糧貸与・棺桶供与などを行なっていた。張愛玲注釈：海上花は、"善堂"に"无力营葬，可以在善堂免费寄放棺木"の注を加えている。

shang

【伤】
〈动〉傷める（体などを）。¶还好，就肋里～仔点，勿碍事。（海9-70-22）¶二奶奶是有规矩人，常恐耐来里外头豁脱仔洋钱，再要～身体。（海57-483-2）¶病已成势，日无所养，反有所～，料定必不能好。（红69-984-9）¶只一戟刺中王英左腿，王英两脚蹬空，头盔倒卓，撞下马来。扈三娘看见～了丈夫，大骂："贼泼贱小淫妇儿，焉敢无礼！"（水98-1542-4）

【伤风】
〈动〉風邪を引く。¶我好像有点～，烫点倒无啥。（海31-256-3）¶只要穿得上身体不受凉，早穿几天狐皮也不要紧。别人家好心，你还当作恶意呢。你不相信，由你去冻坏了～，可不要再像上一次埋怨我。（人14-123-19）¶晴雯因方才一冷，如今又一暖，不觉打了两个喷嚏。宝玉叹道："如何？到底伤了风了。"（红51-716-11）¶偶然～，原不是十分大病。（醒8-157-4）

【商量】
〈动〉相談する。¶耐有啥要紧事体搭我～？（海4-27-1）¶事体末慢慢交～，总有法子好想。（海16-128-11）¶倘忙拨俚偷仔去末，也好替我～～。（海59-500-11）¶侬有甚望准拉个货色要办，可以替我（话）（商量），我倪可以经手办。（上散8-44—8）¶他爷爷又向亲家方必开～，要请王孝廉同到省城去一遭，随时可以请教。（官2-14-5）¶有了正经事就和他～，没了事幸亏他开开我的心。（红57-812-12）¶老身费了一夜神思，设下一条妙计，今日特来～。（禅6-78-12）¶奶奶有话好好～，怎就着恼！（醒30-641-10）¶正为对局的事，要与嬷嬷～。（二2-31-12）¶曾向姐夫～也不曾？（警28-426-2）¶旦又和他缠几时，却再～。（水21-310-4）

【赏】
〈动〉観賞する。¶说末说日里～桂花，夜头～月，正经白相原不过叫局吃酒。（海47-401-12）¶耐住来里，晚歇叫周双玉来，一淘白相两日，等～过仔菊花转去。（海58-491-12）¶个歇辰光～花饮酒，停介歇吾里还要分韵做介两首牡丹诗哉嘘。（三

38-406-23)¶倪末园也游过哉,高也登过哉,茶也吃过,花也～过哉,呒啥别格白相,倒勿如带早点转罢。(狐 40-352-2)　¶饮酒～菊是顶雅致的事情,怎么守球不请我老头子?(官 59-1022-9)¶自己吃了两筒水烟,携着媚芗同到月台,坐在外国睡椅上～月。(梼 16-256-13)¶这也是天留我们在这里～一刻好月亮、好江景。(人 34-372-16)¶前日姨娘还说要请老太太在园里～桂花吃螃蟹。(红 37-513-10)¶小姐特为银河明朗,夜气澄清,来此～月,为何不见欢容,反增嗟叹?(禅 32-510-9)　¶我与他～莲花,吟诗谈话则个。(喻 30-449-6)

【赏赐】
〈动/名〉賜わる。下賜する。賜り物。¶少大人个～,阿有啥勿要嘎。故歇说是赔还倪,故末倪勿要。(海 50-425-8)¶奴皆为是大人格～,格落勿敢叫俚笃辞,恐怕大人要动气格佬呀。(狐 39-336-9)¶这边姊妹诸人都收了东西,～来使,说见面再谢。(红 67-950-5)¶三个听了,个个赞叹,击节叹赏。每人身边取了一文钱～了。(醒下 1-92-2)¶一个匠头磕头求赏道:"土地神像塑完,今开光明,求太爷～。"(禅 38-616-9)¶三儿常上楼供过伏事,常得夫人～钱钞使用。(喻 24-370-5)

【赏光】
〈动〉おいでくださる。招きに応じるよう求めるときに用いられる。¶勿然也勿敢有屈,好像人忒少,阿可以～?(海 15-121-2)¶倪六点钟勒浪公阳里黄艳卿搭吃酒,老叔阿肯～?(鸿 7-227-11)¶奴想要打一坛火醮,带道谢谢各位大少笃,唔笃要来～格哩。(狐 26-211-11)¶王老勿要拉俚,俚耐是要到陈文仙搭去格,倪格号小地方阿肯～,洛里好委屈俚介。(九 17-134-22)　¶今朝托倪妹子格福,借花献佛,请着仔耐格位陈老爷,总算是倪格面子。只怕耐下转勿肯赏俚格光哉。(九续 16-117-7)¶上转请尊驾吃杯淡酒,为甚勿肯～?(上散 10-61-1)¶另外又烦王孝廉写了一封信,无非是仰慕他,记挂他,届期务必来他～的一派话。(官 1-6-10)　¶兄弟明天在九华楼备个晚饭,恳求众位大哥赏个光。(新 59-272-15)¶今日兄弟叫了大陈家的船,要想请雯青兄同诸位去热闹一天,不知肯～吗?(孽 7-56-15)

【赏鉴】
〈动〉鑑賞する。¶亚白请客小启耐阿看见?啥个绝世奇文,请倪一淘去～。(海 50-423-13)¶红豆词人送拨耐个诗,阿曾～过歇?(海 59-506-2)¶这样好风景,好地方,好月色,好时候,人生能得几回?乐得慢慢地～～。(人 33-370-13)¶原来姐姐那项圈上也有八个字,我也～～。(红 8-125-5)¶凡吴中贤士大夫,骚人墨客,曾

語彙例釈　shang

経～過者，皆有題跋在上，不消説的。（二1-3-9）¶妾虽不敏，颇解吟咏，今遇知音，不敢爱丑，当与郎君～文墨，唱和词章。（二17-340-3）

【上】

〈动〉①勝負を争う。¶耐再勿来末，索性搭耐～一～，试试看末哉。（海2-11-17）¶我勿怕个。——勿要嘴硬骨头酥，勿相信几时～～看。（上散10-66-6）

②ある行為をする。¶生意清仔末，随便啥客人巴结得非凡咴；稍微生意好仔点，难末姘戏子，做恩客才～个哉，到后来弄得一场无结果。（海18-147-20）¶耐咴两家头阿要面孔，就是要偷局末，也好等倪客人散仔，舒舒齐齐去～末哉畹，啥一歇歇也等勿得嘎。（海22-177-10）¶钱先生勿要着急，如若打官司的辰光我里大家～末哉。（描8-70-4）¶堂倌看三人狠有意思，忙过来道："该位先生叫江秋燕，来笃燕庆里，唱口实头出色。阿要写两出？"鸣冈对华生道："～哉畹。"（鸿1-195-17）

③登載する。載る。¶明朝拿得去～来咴新闻纸浪，倒无啥。（海35-274-22）¶常恐癞头鼋勿相信，去～个新闻纸。（海45-380-21）¶我前回替桂林～仔新闻纸，天下十八省个人，陆里一个勿看见？（海59-507-11）¶只看质斋款步进房，手里拿着一张报纸，对湘兰道："勿好哉，报浪～得一塌糊涂哉！"（鸿16-288-13）¶就是为仔今朝报浪～倪格事体，该格事体，要请教金老爷那哼晓得格？（鸿16-290-5）¶人人诧为奇事。便有些报馆访事的回去告诉了主笔，第二天报上～了出来。（官56-968-21）¶弄得第三日读卖报上，～了这条新闻，朋友们看见了，个个嘲笑。（负18-83-17）¶上海是有报馆的，不论大小事情，动不动就要～报，万一被报上登出来了，走到人前去，连你也没意思呢。（十5-27-5）

【上当】

〈动〉①ペテンにかかる。¶耐上仔当哉，陆里有四十块洋钱嘎！买起来不过十块光景。（海22-179-21）¶匡大爷末也去上俚个当，俚咴一只嘴阿算得是嘴嘎。（海26-217-12）¶文君再要去上俚当！（海36-299-4）¶我们自家人，你好意思给我当上？（官4-59-1）¶那～的男子，可是从此要到麻疯院去的了。（目60-477-23）¶你上了我的当了！（繁后11-841-9）¶我姓胡的却原不介意，不打紧，难免被亲友耻笑，说我玩笑了多年，末了还上了人家一个当，那时悔之晚矣。（人29-317-13）¶前夜亏我想得开，不然几乎又上了他的当。（红116-1591-2）

【上当水】

〈动〉"上当"に同じ。¶耐倒还要拨当水我上，我打听仔了再问耐。（海4-31-14）¶

shang　語彙例釈

倪无姆上耐当水,听仔耐闲话,快活得来。(海8-58-6)¶耐是上仔俚哞当水哉,阿是?(海12-98-3)¶耐以后末剺再去上荔甫个当水哉,阿晓得?(海13-100-11)¶倪本底子野弗高兴做格号生意,难末朋友淘里大家凑搭起来,倪一时高兴仔咾上仔该个当水。(沪1-85-2)

【上坟】
〈动〉墓参りをする。¶陶家弟兄说～去,也勿来哉。(海16-130-24)¶贺老,倷几时去～介?(狐55-469-24)¶那日～回来,太公觉得身体不大爽利。(儒17-209-15)¶到底给他上个坟烧张纸,也是姊妹一场。(红72-1023-4)¶时遇清明节令,夫妻两口,又带安住～。(初33-622-8)¶见当直在门前,问道:"官人因甚这几日不来坟上?"当直道:"官人娶了土星观刘金坛做了孺人,无工夫～。"(喻24-379-13)¶[见生介]哥哥拜揖。[生]二位贤弟何来～?[净]闻知哥哥～,兄弟不敢不来。(杀23-95-12)

【上海滩】
〈名〉上海を指す。¶近来～浪,倒也勿好做啥生意哩。(海1-4-4)¶叫仔周双玉,～浪随便啥人,看见牌子就晓得是周双珠哚个妹子哉唲,终比仔新鲜名字好点咊。(海3-20-23)¶阿有格号道理?真真是～浪少有出见格事体。(九17-132-14)¶胡老刀的偷丝,～上,那个不知道?(市1-192-6)¶～上的事情说不定的,尽有今年倒了人家银子,明年又重做出大事业来。(繁Ⅱ24-623-5)¶现在～上滑头滑脑的小伙子太多。我们这种旧衣冠的老脚色人家倒反要瞧得起呢。(人24-251-17)

(注)《上海故事》(1987年第2期)にも用例が見える。→张善琨也知道黄金荣是上海滩上吃得开的人物,只因平素毫无交往,不敢冒昧去见他。(姜星谷:银海巨头张善琨P.51)→这次演出轰动了上海滩,天天客满,共舞台赚了不少钱。(同上P.52)

【上来】
〈动〉①上がって来る(話し手のところへ)。上がって行く(呼びかけている相手のところへ)。¶一语未了,忽听得楼下喊道:"杨家姆,洪大少爷～。"(海2-16-17)¶忽听得张蕙贞在客堂里靠着楼窗口叫道:"雪香阿哥,～哩。"王莲生往下一望,果然是吴雪香。(海5-40-6)¶双珠听了,急靠楼窗口叫:"阿大,耐～哩。"那孩子飞跑上楼(海12-95-24)¶楼下外场蓦喊一声"客人～"。霞仙便道:"来得正好,请房里来。"(海23-188-9)¶秋燕刚走出房门,又听得楼下喊:"客人～!"(鸿3-204-2)¶阿金道:"格末倷走开仔,我去请俚～哉。"说罢,把笔砚端整在中间台上,方回身下楼面去。(狐16-117-26)¶凤姐才吃饭,见他们来了,便笑道:"好长腿子,快～罢。"(红14-192-13)

語彙例釈　shang

¶你是佛家弟子，如何噇得烂醉了上山来！（水4-67-10）
②やって来る。（"乡下""小城市"から"城市""大城市"へ）¶小倅也勿懂啥事体，一淘～末自然大家照应点。（海1-5-7）¶刚刚乡下～，头一家做生意就勿高兴出来，出来仔倷想做啥？再有啥人家要耐？（海23-184-7）¶伯思道："去仔阿要几时～？"华生道："去仔总要耽搁两日。"（鸿3-206-9）¶我前头转去，是也叫吭说法呀，格落登勒乡下勉强住仔五个月，要紧煞～格哉。（狐20-159-14）

【上来】

〈趨〉動詞の補語となり、その動作によって離れたところからやって来ることなどを表す。¶做好个奶奶，再有啥勿开心？自家走上门来，讨倷骂两声，阿要倒运！（海23-189-10）¶勒浪热小菜呀，即摸要搬～哉。（狐36-312-24）¶又回头低声骂办差的，连水果都不削好了送～。（官7-97-8）¶赵姨娘也不答话，走～便将粉照着芳官脸上撒来，指着芳官骂道："小淫妇！……。"（红60-843-4）

【上去】

〈趨〉動詞の補語となり、その動作によって離れたところへ近づいてゆくことなどを表す。¶屋里再有爷娘搭兄弟，一家门要吃用，教俚再有啥法子？四面逼～，阿是要逼杀俚性命哉。（海34-281-4）¶幸亏这位大爷也晓得他送东西一定是为说差使；然而他不先说，我不便迎～，被人家看轻，说我只认得东西。（官11-159-21）¶宝玉亦凑了～，从项上摘了下来，递在宝钗手内。（红8-123-12）

【上上】

〈形〉属性詞。上の上。最上の。¶该个签末是中平，句子倒说得蛮好，就是～签也不过实概。（海21-168-24）¶这是拿骨牌起课，一起出来，却是两个'～'，一个'中下'。（官8-112-1）¶老太太，太太还说你寡妇失业的，可怜，不够用，又有个小子，足的又添了十两，和老太，太太平等。又给你园子地，各人取租子，年终分年例，你又是一分儿。（红45-617-8）¶磕了头，举起签筒默默的将那见鬼之事并身体不安等故祝告了一回，才摇了三下，只听唰的一声，筒中擲出一支签来。于是叩头拾起一看，只见写着"第三十三签，～大吉。"（红1010-1422-12）

（注）上上——签语按吉凶程度分为上、中、下三等，每等在分三等，一共九等。上上签是最吉利的签。（周定一主編『红楼梦词典』P.1358）なお、前揭例（红45-617-8）については、"上上——最高的"と注釈している。

【上上下下】

666

shang　語彙例釈

名詞（方位詞）"上下"（世代や地位が上の人と下の人）の重ね型。ある範囲の人すべてを含むことを表す。¶漱芳病仔一个多月，～害仔几花人！（海42-353-17）¶伺候爹爹也有两三年，他老子娘也并不是不晓得，就差爹爹吩咐一声，开一开脸，平日间～谁不拿他当姨娘看待？（梼21-357-2）¶只是宦囊羞涩，那贾家～都是一双富贵眼睛，容易拿不出来，为儿子的终身大事，说不得东拼西凑的恭恭敬敬封了二十四两贽见礼，亲自带了秦钟，来代儒家拜见了。（红8-133-10）¶他又～都使了钱物。（水49-811-3）

【上头】

〈名〉方位詞。上の方。上(うえ)。¶～一句像飞燕，下头一句勿对哉啘。（海40-338-7）¶宝玉道："如此，底下一句转煞住，想亦可矣。"贾政冷笑道："你有多大本领？～说了一句打开门的散话,如今又要一句连转带煞,岂不心有余而力不足些。"(红78-1127-16)

【上勿伤，落勿落】

上がるに上がれず、下がるに下がれない。進みもならず退くこともできない困難な状態にあること。¶客人末一个也无拨哉，倒欠仔身债，弄得我～，难末叫我那价哩？（海10-81-1）¶先起头索性跟仔俚去，倒也无啥。故歇～，难末啥完结哩！（海61-524-3）¶故歇倒是～，要除脱仔牌子勿做生意末，倪坍勿起格个台，要做下去末，倪实在拖勿起格亏空。（九23-174-21）

【上勿上下勿下】

"上勿上落勿落"に同じ。¶大人六十多岁年纪哉，倘忙出仔事体下来，像倪～，算啥等样人嘎？难要想着仔嫁人末，晚哉！（海52-442-12）¶你这没中用东西，见哥哥就这么惧怕？既然这么着，就应得谨守规矩，为甚又来引诱人家，弄得我上不上下不下？（十17-118-12）

【上先生】

宴にはべっている芸妓が歌を歌い始める。¶陆秀林已换了出局衣裳过来，杨家姆报说："～哉，"秀林、秀宝也并没有唱大曲，只有两个鸟师坐在帘子外吹弹了一套。（海3-23-2）
（注）上先生　酒筵将半，唤司弦笛鼓板以左妓唱，谓之上先生。（『沪游杂记』卷二、青楼二十六则）。吴越：海上花列伝普通話本は次のように注釈している。
上先生　吃花酒时，一般妓女在第一道菜上过以后陆续入席，坐在各自叫局的客人旁边稍稍偏后，如果是'长三'先生，可以先弦唱后入座，也可以先入席后弦唱。如果是'幺二'，一般只陪酒不弹唱。妓女入席，称为'上先生'。妓女的名份是侑酒，不算客人，因此不同时吃喝，但各自的客人如果豁拳输了或者违犯酒令，妓女有交代喝罚酒

的'义爷'。另外，酒席结束之前，客人开始干稀饭了，也可以陪同一起用饭。所以每个妓女的面前，照例也放一副杯筷。

【上瘾】
〈动〉病みつきになる。中毒になる。¶莲生一手扳住蕙贞胸脯，说："耐也吃一筒哩。"蕙贞道："我覅吃，吃上仔瘾，阿好做生意嘎。"（海 24-192-5）¶吃烟人才是吃白相吃上个瘾，终究覅去吃俚好。（海 60-508-18）¶初～的时候每次不过三两口儿，后来天天在堂子里碰和，吃酒，熬夜多了，觉得吃力，今天多添一口，明天又添一口，不上两三个月就是五六钱了。（繁初 22-237-20）

shao

【烧】
〈动〉①焼く。もやす。¶耐到蒋月琴搭去仔一埭，我要拿出耐拜匣里物事来，一把火～光个哩。（海 8-59-21）¶你拿着终是祸患，不如我～了他完事了。（红 21-297-13）¶你与谁～纸钱？快不要在这里～。（红 58-822-6）¶便逃得性命时，～了大军草料场，也得个死罪。（水 10-155-13）

②煮炊きをする。¶黄二姐也来见子富，帮着让菜，说道："耐吃倪自家～来咪菜水，阿好？"子富道："自家～，倒比厨子好。"（海 8-63-5）¶瑞生阿哥个房子，房钱就勿要哉，倪自家～来吃，一日不过两百个铜钱，比仔栈房里阿是要省多花咪。（海 30-250-18）¶晓得耐客栈里向格菜勿好吃，倪自家～仔几样菜，一淘带得来。（九 18-139-3）¶不过俫忘记仔一样哉，倪～饭格灶浪是少勿得格唎。（狐 11-73-13）¶小菜勒浪～哉，酒末我带仔上来,请大少笃阿要先用罢？（狐 26-211-20）¶～饭个做甚去者？（上问 9-16-4）¶堂倌问菜，阿土生道："就炒豆腐罢，清爽一点子。"堂倌同厨子计议通了，～小菜时光，响喊道："～豆腐当心点子，醋不要放，……"（新 50-232-8）¶又把沙锅洗过，放米下去，～起饭来。不到一个时辰，饭也熟了。（负 11-49-14）¶门口贴好了报条，钉好了进士的匾额，雇一个男仆，一个女仆，一个～饭的，用度还是要请他丈人接济的（桰 3-40-20）¶她们～的菜，很不中吃。（歇 82-1130-6）

【烧毁】
〈动〉焼却する。¶三则防其～灭迹，一味混赖。（海 59-504-24）¶贾母便命将骰子牌一并～，所有的钱入官分散与众人。（红 73-1035-10）¶且说李忠、周通使人回桃花山，尽数收拾人马钱粮下山，放火～寨棚。（水 58-976-3）

【烧路头】

shao　語彙例釋

"财神"（財をもたらす神）を迎え入れる祭祀をする。¶今夜头常恐是～，勿是末宣卷。（海 25-202-5）¶为仔该两日路头酒多勿过，初七末周双珠搭，初八末黄翠凤搭，才是路头酒。俚哚说该搭勿～末，就初九吃仔罢。（海 28-230-1）¶大人真量大福大，挑挑唔俍，唔怕勿知哪哼烧透仔路头，接着倷格位大人格。（狐 39-336-10）¶唔笃今朝阿是～？（鸿 9-241-3）¶今天武林林那里～，我要去做主人。（梼 12-200-6）¶于是乎一班人做好做歹，要他点香烛赔礼，还要他～（吴下风俗，凡开罪于人者，具香烛至人家燃点，叩头伏罪，谓之点香烛。烧路头，祀财神也，亦袚除不祥之意。烧路头之典，妓院最盛。）。（目 77-623-1）¶谁知尚仁里花小兰家的阿素因这日院中烧开帐路头没人吃酒，并且小兰是上天乐书场的，书场上这夜又是打唱日期，必须寻个客人点几出戏，故到升平楼来。（繁初 4-38-10）¶等到我院子里烧归帐路头你来吃酒，至少尚有半个多月。（繁后 17-924-8）

（注）烧路头　　路头者，五路财神也。妓家遇祖师诞日及年节喜庆事，或打唱，或宣卷，曰烧路头；是日促客摆酒为路头酒。（『沪游雑記』卷二，青楼二十六则）。烧路头妓院中的敬神活动，早期定于五月初五的接财神日举行。届时，妓院邀请道士诵经，妓女则迎当年的喜神位焚烧甲马纸钱，目的在于'开市大吉'。清末，此举演变为妓院的商业活动，每逢节日就请道士前来诵经，并邀请客人到妓院碰和摆酒，以表示生意兴隆，一般在节前诵经讲作'归账路头'，节后诵经讲作'开账路头'。……（薛理勇著『上海妓女史』）

【烧香】
〈动〉寺院に参詣し、線香をあげる。¶十全末～去，要转来快哉。（海 21-166-9）¶还是俚小个辰光，城隍庙里去～，拨叫化子圈住仔，吓仔一吓。（海 36-302-17）¶个个是东亭镇浪华太师朵太太，勒朵杭州天竺～转来，到了虎丘个，烧子香就开船回去。（三 5-50-1）¶奴等倷挂号转来仔，想到虹庙里去～，搭俚许一个愿，作兴俚碰着外邪，也未可知格。（狐 16-117-3）¶正在那里念夹和金钢经，看见他们入来，晓得是～的，慌忙起身相迎。（何 1-11-6）¶三姨太又亲到各庙去～许愿。（新 37-171-9）¶等到六月里，那位蒯老太太照例是要带了合家人到普陀～的。（目 78-631-21）¶次日一早，梳洗穿带己毕，随了两个老嬤嬤坐车出西城门外天齐庙来～还愿。（红 80-1158-14）¶东首敞厅里是钟住持为主，接引女眷们念佛，西首厅里是林住持为主，接引男客～。（禅 6-86-4）¶庵主道："安人今日贵脚踏贱地，想是完了孝服才来～的。"（初 34-649-13）¶小人的妻子，去年在岳庙～。走到速报司前，那神道出现，与他一幅纸。（警 13-179-9）

語彙例釈　　shao

¶昨日去～，感了些风寒，今日还没起来梳洗。（二 3-57-5）

【烧烟泡】
"烟泡"（精製したアヘンをランプであぶって、キセルにつめてすぐ吸えるような小さい球に丸めたもの）を作る。¶我一干仔打通一副五关，烧仔七八个烟泡。（海 26-214-16）

【稍微】
〈副〉少し。わずか。¶连搭娘姨，大姐咪才勿晓得俚心里个事体，单有我末～摸着仔点。（海 7-52-2）¶俚～有点名气末，二三千洋钱手里豁出豁进，无啥要紧。（海 14-108-11）¶双玉～生意好仔点，就稀奇杀仔，生意勿好末能概苦嘎。（海 17-133-17）¶耐勿舒齐末，台面浪去～坐一歇，酒倒勿吃也无啥。（海 45-384-9）¶倪故歇总算～有点名气，堂差末一日几十个。（沪 3-25-2）¶因与王慕善～沾点亲戚，王慕善特地央他来陪客。（官 33-565-6）¶合同就～晚一二天也不要紧。（新 57-264-4）¶今天～有点感冒。（梼 15-241-7）"稍为"とも作る。¶叫俚稍为等歇，倪一舒齐就要走格，勤俚倒走开介。（狐 36-308-23）¶也有宁帮徽帮，稍为推板点。（上散 10-67-3）¶他办事办熟了，稍为有点把握。（官 10-138-7）¶内中有一个稍为读过两天书的。（目 97-792-1）¶他连纸张灯烛、茶叶水烟都不肯稍为浪费。（梼 17-268-1）

【少】
〈形〉少ない。¶人淘～，开消总也有限。（海 1-4-10）¶像罗老爷个客人到倪搭来也勿～啘。（海 7-52-10）¶三个音末，《四书》浪勿～。（海 41-349-8）¶实在勿瞒耐说，栈房钱欠仔勿～哉，故歇付勿出来里。（鸿 8-236-5）¶虽说是奋志要强，那工课宁可～些，一则贪多嚼不烂，二则身子也要保重。（红 9-134-11）

〈副〉ひかえめに。少なめに。命令文では制止、制限を表す。¶为仔阿姐去买起点心来请倪，倪～吃仔好像对勿住，阿是？（海 11-90-15）¶俚哚随便说啥闲话，耐～听点也好点。（海 13-101-5）¶王老爷，难酒～吃点，多吃仔酒，再吃个鸦片烟，身体勿受用，阿对？（海 57-485-16）¶～胡说！那是醉嘴里混吣，你是什么样的人，不说没听见，还倒细问！（红 7-119-19）¶在外好生小心伏侍，不要惹你二爷生气；时时劝他～吃酒，别勾引他认得混帐老婆。（红 14-194-3）¶我起来时～着了件衣裳，被冷风一吹，忽然头晕倒了。（警 14-19-2）

〈动〉①欠く。¶赖头鼋走仔末，～仔一个人摇庄哉。（海 58-493-12）¶他于新小说一道，欢喜得了不得，一天都～不来呢。他说新小说乃是人人～不来的东西，差不多与吃饭穿衣一般的紧要。（新 9-39-18）¶你替我们想想，现在差不多是功成业就了，算来算去只～一个儿子，你想他怎么不着急？（人 40-486-23）¶这屋里我正想各色都齐了，就只～药香，如今恰好全了。（红 51-720-6）

②借りている。¶耐～来哚几花债末，我来搭耐还未哉。（海 10-80-18）¶四五年做下来，总有万把洋钱哉，一点点局帐也犯勿着～俚，耐去拨仔俚，让俚去开消仔，节浪也好过去。（海 34-281-16）¶秀才，你却～了我房钱不还，每日吃得大醉，却有钱买酒吃！（警 6-68-11）¶他～你房钱？（水 3-50-3）

③まける(値段などを)。¶原是一百也让俚去末哉啘。阿好说翠凤赎身末几花咪，珠凤倒也～勿来？（海 44-375-1）¶曹可成要与春儿赎身，大妈索要五百两，分文不肯～。（警 31-473-17）

【少会】
〈动〉久しくお会いしていない。あいさつ用语。¶不料陈小云在内，不及回避，齐韵叟珠为诧异。陶云甫抢步上前，代通姓名，并述相垦帮办一事。韵叟方拱手说："少会"。（海 46-394-14）¶冯紫英笑道："好呀！也不出门了，在家里高乐罢。"宝玉薛蟠都笑道："一向～，老世伯身上康健？"（红 26-369-10）

【少微】
〈副〉"稍微"に同じ。¶～高仔点，也无啥。（海 5-40-21）¶坎坎～出仔点汗，困来哚。（海 7-55-19）¶俚不过要借洋钱，就～借点拨俚，也有限煞个。（海 22-177-1）

【少有出见】
珍しい。めったに见掛けない。¶人人怕家主婆，总勿像耐怕得实概样式，真真也～个。（海 21-171-4）¶耐个倒霉人末～个！（海 26-213-14）¶唔笃也～个，老相好哉，阿有俉个吵勿清爽。（鸿 4-209-12）¶阿有格号道理？真真是上海滩浪～格事体。（九 17-132-14）¶像老五格号人，堂子里向是直头～格喱。（沪 3-40-11）¶这人真～的。（梼 11-176-15）

【少大人】
"公子"(大家の子息)に对する尊称。¶～等仔耐半日哉，快点来哩。（海 45-371-10）¶素兰急改口道："～个赏赐，阿有啥勿要嘎。故歇说是赔还倪，故末倪勿要。"赖公子又喜而一笑。（海 50-425-7）¶李大人有个儿子，捐了个同知，从京里引见了回来，向李大人要了若干钱，要到河南到省去。这位～是有点放诞不羁的。（目 99-817-25）

【少爷】
〈名〉若い人や资产家などの子息に对する尊称。"排行"によって"大少爷""二少

語彙例釈　shao - she

爷"のように言う。¶杨家姆, 庄大～朋友来。(海 1-5-22) ¶勿搭耐说闲话! 二～哩? 喊俚出来! (海 23-187-1) ¶见了赵温, 请了一个安, 嘴里说了声"谢～赏饭吃", 又说"家主人请～的安。"(官 2-19-4) ¶任大人共有几位～小姐? (梼 11-171-2) ¶他必定嫌我老了, 大约他恋着～们, 多半是看上了宝玉, 只怕也有贾琏。(红 46-641-17)

she

【啥勿得】
〈动〉手離すにしのびない。別れるのがつらい。……に未練がある。惜しがる。¶耐个意思阿是为仔秀宝搭用脱仔两钱～, 想多用点拨俚来望俚来搭耐要好? (海 13-100-21) ¶我说俚定归是～上海, 拉仔个东洋车, 东望望, 西望望, 开心得来! (海 29-241-15) ¶我原教俚买个讨人, 俚～洋钱, 勿听我闲话, 故歇无拨仔生意, 倒问我阿有啥法子。(海 56-447-19) ¶勿然是倪也无倽希奇。不过俚笃说起来, 倒说耐方大少买一对戒指才～, 勿要说倪玥勿落格个台, 就是耐方大少面浪末, 也无倽好看晼, 方大少阿对? (九 6-45-22) ¶瞿老爷一听五百块钱, 不禁心上又毕拍一跳, 思量: "我那里弄这五百块洋钱呢!" 当时便楞住无语; 然而心上又实实舍他不得, 只说 "等明天商量起来再看", 也没有回绝他。(官 39-667-6) ¶用的家伙, 什么刀叉等类, 有些都是金子打的, 黄澄澄的着实可爱, 而且是很值钱。他看了这个, 又舍不得了, 每逢吃饭, 总要偷人家一两件小家伙。(官 54-927-22) ¶金秀英自然依依不舍, 就是房里众人, 因为他三天碰和, 两天吃酒的, 也都有些舍不得他走之意。(目 106-881-20) ¶伙计没法, 只得把书又取给他。看了半天, 只看目录, 还没看到里面选些什么, 觉他那神气很爱这部书, 却舍不得出银子。(文 34-182-11) ¶宝玉见说, 便拉他的手笑道: "我要去, 只是舍不得你。"(红 26-365-14) ¶我又爱吃, 又舍不得吃, 包些家去给他们做花样子去倒好。(红 41-567-8) ¶我的儿, 就是鬼, 我也舍不得放你了。(初 9-166-6) ¶孟沂的母亲心里舍不得他去, 又且寒官冷署, 盘费难处。(二 17-338-10) ¶我三个若舍不得性命相帮他时, 残酒为誓, 教我们都遭横事, 恶病临身, 死于非命。(水 15-218-3)

【舍甥】
〈名〉わたくしのおい(姉・妹の息子)。"舍"は自分より世代の下の親族を他人に対して指す場合に用いる。¶～初次到上海, 全仗大力照应照应。(海 1-5-6)

【舍侄】
〈名〉わたくしのおい(兄・弟の息子)。⇨舍甥 ¶我谢谢哉哩, 晚歇教～来奉陪。(海 15-121-1) ¶那人回头见了梅伯。就问: "此位不曾见过。" 仲芬道: "这是～梅伯, 新从

青浦来的。"（新21-93-8）¶先兄只生得一个～，目下又遭夭死，虽说是天有不测风云，人有旦夕祸福，也是寒门不幸所致。（歇6-69-6）¶昨天席上不是我的家人来回，说我的～来了，这是我的胞侄。我先兄只此一子，从小儿是我抚养他的。（梼12-196-12）

【射箭】
〈动〉矢を射る。¶亚白先生一只嘴实在尖极，比仔文君个箭射得准。（海40-339-23）¶几位老爷才来浪看～，就要来哉。（海45-381-6）¶睁开了眼睛，可是灯光又不饶人，好比小钢针一针一针地对我的眼球里～般的来刺。（人40-477-6）¶施大用得令，纵马到演武厅西首，带住马辔，换起袍袖，左手弯弓，右手搭箭，一眼觑得分明，对锦袍射一箭来。（禅16-241-14）

【涉】
〈动〉かかわる。¶'似曾相识燕归来'，欧阳修，晏殊诗词集中皆有之，与蒲松龄何～？（海33-274-15）¶细按题目四个字，扣得也紧极。但是以理而论，毕竟于题何～。（海60-515-22）

shen

【申时】
〈名〉申(さる)の刻。午後3時から5時までの間。¶初九午时入殓，未时出殡，初十～安葬。（海42-357-11）¶至未～方到，将灵柩停放在正堂之内。（红64-907-6）

【伸冤】
〈动〉ぬれぎぬを晴らす。¶故歇耐去说仔我姘戏子，再有啥人来搭我～，除非到仔阎罗王殿浪刚刚明白哚。（海34-284-24）¶倘忙有一日伸仔冤，晓得我沈小红勿是姘戏子，原要耐收我转去，耐记好仔。（海54-285-24）¶有些人告钱太爷受了人家的状子，又出票子拿人，逼得人家吃了鸦片烟。现在赶来求老爷替他～。（官45-772-1）¶她反而造出种种蜚语谣言，我更是有冤无处伸。（人46-575-1）¶具呈人某，呈为兄遭飞祸代～抑事。(红86-1232-14)¶可惜是个女身，又已做了出家人，一时无处～。(初27-504-6)¶前任漆知县，听信一面之词，将小人问成死罪。同甲不行举首，连累他们都有了罪名。小人无处～，在狱三载。（喻10-155-16）"申冤"とも作る。¶这位名士得了信，可怜悲痛欲绝，却是无处申冤。（梼19-303-3）

【身】
〈量〉衣服を数える。着(ちゃく)。¶耐个家主公倒出色得野哚，年纪末轻，蛮蛮标致个面孔，就是一～衣裳也着得介清爽，真真是耐好福气。（海21-168-3）¶就是身浪格～衣

語彙例釋　　shen

裳，也蛮清爽，勿换也无啥要紧。(九续34-261-19) ¶麝月是红绫抹胸，披着一～旧衣，在那里抓雄奴的肋肢。(红70-989-6) ¶众道士起来，备下香汤斋供，请太尉起来，香汤沐浴，换了一～新鲜布衣。(水1-4-6)

【身边】

〈名〉手もと。¶耐拿保险单自家带来哚～，洋钱末放铁箱子里。(海11-86-3) ¶大踱介，久知挂匙所在，看见大娘娘问安去了末，捉空头浪就拾勒朵身边。(三37-397-11) ¶这位门生齐巧～有两块洋钱。(官46-780-16) ¶你们这班车天，最是可恶。明明～有钱，也说找不出。(歇16-202-6) ¶黎宛亭～掏出一块洋钱交给阿宝道："给她们做车钱，赶紧叫滚吧。"(人16-148-22) ¶宝玉见了他，……，便自己向～荷包里带的香雪润津丹掏了出来，便向金钏儿口里一送。(红30-424-7) ¶三个听了，个个赞叹，击节叹赏。每人～取了一文钱赏赐了。(醒下1-92-2) ¶纵要逃窜，～缺少盘缠。(禅8-114-7) ¶徐用～取出十两银子，付与朱婆做盘缠。(警11-139-9) ¶我今日没有钱在～。(醒34-711-10) ¶各自收拾了百来两银子，放在～了，打扮做客人模样，一同到新都来。(二4-88-1) ¶过了一日，天色晴明。满生思量走路，～并无盘费。(二11-228-9)

【身价】

〈名〉身の代(しろ)。人身売買の代金。¶罗个出仔～，耐替我衣裳，头面，家生办舒齐仔好哉。(海32-264-16) ¶难故歇翠凤要赎身，俚倒搭我说，进来个一一百块洋钱，就加仔十倍不过一千啘。(海44-374-9) ¶伯苏讨江秋燕，到底几化～？(鸿9-242-26) ¶巧林格～，听说是三千块洋钱。(狐3-18-15) ¶新嫂嫂还一心要嫁他，说明做"两头大"。～不要，只要一副珍珠头面。(官8-121-11) ¶如果已经成交，我们还可以代你追回～。你倘是买了不交出来，你可小心点！(目32-243-12) ¶如今我们家来赎，正是该叫去的，只怕连～也不要，就开恩叫我去呢。(红19-269-3) ¶侄女情愿自家赎身，一般～，并不短少分毫。(醒3-65-12) ¶我不如寻个主儿卖了他。他模样尽好，倒也还值得百十两银子。我得他这些～，与他身边带来的许多东西，也尽够受用了。(二38-707-2) ¶柳耆卿是风流首领，听得此语，好生怜悯。当日就唤老鸨过来，将钱八十千付作～，替月仙除了乐籍。(喻12-182-3)

【身浪】

名詞"身"＋方位詞"浪"。共通語の"身上"、"身体上"。¶饭末一径吃勿落，耐看俚～瘦得来单剩仔骨头哉！(海20-163-3) ¶去哩，伏牢仔～，阿热嘎？(35-291-23) ¶饮食渐渐减下来，有日把一点勿吃，～皮肉也瘦到个无淘成。(海36-304-15) ¶就是～格

674

shen　語彙例釋

身衣裳，也蛮清爽，勿换也无啥要紧。（九续34-261-19）¶身上穿着缕金百蝶穿花大红洋缎窄褃袄。（红3-41-3）¶一向身上好？（红29-408-4）¶奶奶身上欠安，本该天天过来请安才是。但只怕奶奶身上不爽快，倒要静静儿的歇歇儿，我们来了，倒吵的奶奶烦。（红67-956-11）¶你要去，身上衣服旧了不好看，我打扮你去。（警28-432-4）

【身里向】
名詞"身"＋方位詞"里向"。体の調子を指す。¶昨日忙，～阿好？（海53-448-5）

【身体】
〈名〉身体。体。¶我劝耐少赌赌末哉。难为仔洋钱，还要糟塌～。（海14-113-16）¶大少爷，耐末～也娇寡点，耐自家要当心个哩。（海31-256-6）¶我～末是爷娘养来浪；除仔～，一块布，一根线，才是耐办拨我个物事。（海34-285-2）¶皆为俫～刚刚好点，格落我覅敢响起，勿知俫大先生哪哼晓得格啘？（狐36-307-18）¶耐末今朝辛苦仔大半夜，明朝再要起早上衙门，自家格～要紧，阿晓得？（九续58-10）¶太太急得没法，拼着自己～，奔向前去，使尽生平气力，想拉开他两个。（官5-64-10）¶那宝玉正恐黛玉饭后贪眠，一时存了食，或夜走了困，皆非保养～之法。（红20-278-3）¶这一会心中宽爽，～轻松，吃些茶汤也好。（禅36-585-10）¶果应你的言语，那丫头被周三那廝坏了～。（警20-276-12）¶俺好些时不曾拽拳使脚，觉道～都困倦了，洒家且使几路看。（水4-71-15）

【身向里】
〈名〉"身里向"に同じ。¶耐～有点勿舒齐末，原倒倪搭来，比仔栈房里也适意点哚。（海14-114-20）¶耐～刚刚好仔点，推扳勿起。（海62-532-20）

【深】
〈形〉深い（愛情などが）。¶我说漱芳命薄情～，可怜亦可敬。（海45-381-17）¶口虽不言，偶然眼睛一眇，就传出无限～情。（官36-618-6）¶自为红绡帐里，公子情～；始信黄土垄中，女儿命薄！（红78-1134-9）

【神气】
〈名〉表情。態度。¶耐看玉甫近日来～常有点呆致致，拨来俚哚圈牢仔，一步也走勿开个哉。（海7-57-2）¶耐勒浪马戏场浪格～，我也有点看出来哉。（鸿15-283-13）¶奴看俫格～，像煞啥场化受仔气来格啘。（狐15-104-13）¶人倒蛮清爽，闲话说得明白，～末弗大好看，难末俚自家说总规是格几日格人哉。（沪2-68-8）¶那时候，四庶母对我的面孔可不是平时对我五老爷长五老爷短的～。（人17-159-8）

675

語彙例釈　shen－sheng

【神理】

〈名〉文章などの論旨とその展開の筋道。¶耐就照俚个様式再去做,総要従'還来就'三个虚字着想,四面洪托渲染,摹取其中～,'菊花'両个字,稍微帯着点好哉。(海61-517-16)¶以后作文,総要把界限分清,把～想明白了再去動筆。(紅84-1208-18)

【神妖鬼怪】

妖怪や化けもの。奇怪でふつうでないさまを例える。¶倪倒搭俚有点難為情,也亏俚做得出多花～!(海15-119-16)¶単有耐末独是多花説勿出描勿出～!(海25-202-20)¶俚是倪搭格熟客呀,耐叫俚進来末哉,啥格実梗～,几几化化格七搭八搭个,真真気数得来!(九173-1129-15)

【甚】

〈形〉甚だしい。¶耐趙二宝搭倒還有副対子做撥俚,我末連対子才無撥,阿是欺人太～?(海53-451-6)¶賈環素日怕鳳姐比怕王夫人更～。(紅20-284-3)¶若不早行誅戮剿除,他日養成賊勢～于北辺強虜敵国。(水54-909-11)

sheng

【升高】

〈動〉身分が上がる。¶耐好良心!耐贖仔身要～哉呀,我一径望耐～仔末照応点我老太婆,難故歇末来里照応哉!(海45-379-1)

【生】

〈動〉①生える。育つ。備わる(体に目や鼻などが)。¶撞殺耐娘起来,眼睛阿～来咊!(海2-14-11)¶耐个心勿暁得那价～来咊,変得来!(海4-33-2)¶狗嘴里阿会～出象牙来!(海22-177-11)¶耐年紀軽軽,～仔大概个良心,無啥好个哩!(海45-379-2)¶耐个囡仵末面孔～得標致点,做个小姐。(海62-529-13)¶看格格賊格様式,身体末～得瑣小,胆子倒蛮大格。(狐34-292-14)¶～的又矮又胖,但是頭髪不多,只拖了一根極細極短的辮子。(官31-511-19)¶身段也很苗条,還有那裙下双鈎,大約不過両寸多長,～得米十分可愛。(維3-23-5)¶愿奴脅下～双翼,随花飛到天尽頭。(紅27-383-12)¶這个定是大奶奶了,真是～得標致,不知要多少財礼?(醒下1-103-22)¶忽有一少年秀士,～得面如傅粉,唇若涂朱,俊俏無双,風流第一。(警2-17-2)¶你兄弟媳婦本来老実,又～得多病多痛,上上下下那不是他操心?(紅47-645-13)¶宋江道:"你女児忒無礼,被我殺了。"婆子笑道:"却是甚話!便是押司～的眼凶,又酒性不好,専要殺人。押司,休取笑老身。"(水21-318-5)

sheng　語彙例釈

②発生する(できものや病気など)。⇨生病。　¶为俚阿叔～仔杨梅疮，到上海来看，俚一淘来。(海 37-312-6)　¶难好仔罢，耐～来浪，倪心里一径急煞！(海 58-496-5)　¶幸亏个先生吃仔几帖药，好仔点；勿然，四老爷再要～下去，我同十全一径来里伏侍，倘忙两家头才过仔，一淘～起来，难末真真要死哉！(海 58-496-13)

【生病】
〈动〉病気になる。　¶俚是一径实概脾气，生仔病末勿肯吃药，教我也无法子。(海 20-160-7)　¶耐生仔啥个病，要请先生？(海 21-169-10)　¶我旧年买下来格辰光，勿到三百块洋钿，后来为仔俚身浪，请先生教曲子，加二俚生一场病，倒甩脱仔几化洋钿笃。(狐 51-436-11)　¶再要实梗样式下去，是实头要～哉。(九 24-181-11)　¶咳，想起倪头里～格辰光来，格号日脚，真真苦恼嘘。(九续 36-279-16)　¶那回我是办帐房，生了病，有十来天没有起床。(目 12-83-17)　¶因为一抽上了鸦片烟，再戒不脱。(官 46-771-1)　¶那张进因在路上鞍马劳倦，却又受了些风寒，在饭店上生起病来。(醒 19-389-2)　¶兄弟若闲，便要～。(水 67-1139-3)

【生活】
〈名〉①仕事。作業。　¶娘姨、大姐做～还忙杀来浪，再要搭我煎药。(海 20-161-15)　¶俚咦个～，我做勿转呀！(海 23-183-12)　¶阿姐请我去，说有～来浪，谢谢耐两家头替我陪伴大人。(海 1-435-4)　¶倪勿做仔生意，～一点无拨，阿巧来里也无啥做，早点出去末也好早点寻生意,阿对？(海 62-528-4)　¶个个针线～学俚做啥？(三 22-265-27)　¶原来这小丫头也是金桂从小儿在家便唤的，因他自幼父母双亡，无人看管，便大家叫他作小舍儿，专作些粗笨的～的。(红 80-1153-6)　¶这个不敢说谎，～便做了这几日，任我们穿房入户，却从不曾见大官人的影儿。(醒 15-290-3)　¶你为煮粥煮饭，一日～只有半日做，况又没个洗衣补裳的，甚不便当，何不寻个门当户对的，也完终身一件事？(型 19-262-11)　¶我这酒排上去，只卖与寺内火工道人，直厅轿夫，老郎们做～的吃。(水 4-66-14)

②細工物。製品。　¶也不过是好看～，到底无啥趋势。(海 6-45-3)　¶杨家亲娘，太太勒里叫你奔到大娘娘楼浪去，问个星绣作～，阿是你经手勒里个？(三 9-106-10)　¶张权瞧见，便放下手中的～，上前招架道："员外要甚家火？里面请看。"(醒 20-400-16)　¶多谢县君送柑。客中无可奉答，小小～二定伏祈笑留。(二 14-281-7)　¶师父请坐。要打甚么～？(水 4-69-15)

③面倒な事。　¶故末～哉！明朝倪海上吟坛正日，陆里有工夫。(海 39-506-7)　¶今朝

語彙例釈　sheng

头个星排场, 是相爷个创格, 前无古人, 后无来者, 勿是勉强～吓。（三 44-461-19）④仕置き。罰。仕置きをすることを"办～"、罰として打たれることを"吃～"のようにいう。⇨吃生活。¶咳!故歇就饶仔耐末哉, 晚歇耐再要强末, 办耐个～。（海 25-207-19）¶你阿要瞎三话四哉, 倪要拨～耐吃格哩。（九 7-51-17）¶耐豪燥点搭倪请出去, 好去陪俚笃格姨太太! 晏歇点姨太太动起气来, 勿要害耐吃～!（九 107-742-1）¶这种人, 也有工夫同他讲话! 给他一顿～, 就完了!（新 58-270-30）¶他要再多讲, 我停一会告诉嫂嫂, 叫嫂嫂和他老太爷说一声, 请他吃～。（人 22-228-3）¶阿毛笑道: "这两句话让姆妈听见了, 又是一顿～。"秋波憨态可掬地道: "弗怕。"（人 23-238-18）

【生就】

〈形〉属性詞。生まれながらの。生まれつき。¶阿哥个人末～是流氓坯!（海 62-529-9）¶只得将就坐下, 便有两个女子上来招呼, 一般的都是一张黄面, 穿了一套拷绸衫裤。（目 32-243-1）¶珍珠看那女的一张鹅蛋脸儿, 眉目却还清秀, 可惜皮肤略黑, 鼻准上还带几点白麻。（歇 9-110-2）¶先生只怕还没透彻罢! 我国人是～的固定性, 最怕的是变动。只要是变, 任什么都要反对的。（孽 34-334-7）

【生客】

〈名〉一見(いちげん)の客。初対面の客。¶故歇索性勿对哉! 勠说是王老爷, 连搭仔两户老客人也才勿来, ～生来无拨。（海 54-460-19）¶格位章大少今朝第一转来, 耐是同仔陈老日日来格, 倪自然要先应酬仔～, 再挨着耐格熟客, 慢慢里来, 耐勿要性急哩。（九 33-249-23）¶俚咦勿是啥今朝头第一转来格～, 要耐来浪发啥格极呀!（九 168-1102-17）¶该搭夷吪不～, 大家坐下来末闹忙点。（沪 2-55-9）¶先生敬瓜子, 别人是认得的, 只有陶子尧是～, 随口问了一声"尊姓"。（官 8-108-16）¶姓韦的是个～。（新 24-109-16）¶有些～都悄悄逃去, 那全似庄, 任天然皆在逃席之列。（梼 9-136-8）

【生来】

〈副〉本来。当然。¶那老娘姨端了一幅鸦片烟盘, 问蕙贞: "摆陆里嘎?"蕙贞道: "～摆来哚床浪哉喤, 阿要摆到地浪去。"（海 4-28-18）¶我勿搭俚还债末, ～说我勿好; 我就搭俚还仔债, 俚原说我勿好。（海 11-84-13）¶荔甫是秀林老客人, ～帮俚哚喤。（海 13-100-9）¶管家来安即来禀说: "沈小红搭娘姨请老爷过去说句闲话。"蕙贞忙问甚事, 莲生道: "陆里有啥闲话, 两日勿去仔末, ～要来请哉喤。"（海 24-194-15）¶一淘吃酒末, 一淘翻台, 独是耐勿去勿好个。（海 25-206-2）¶殊凤～无用场, 倘忙有人家要末, 倒让俚好场花去罢。（海 49-417-22）¶倪～要去哉。（鸿 8-234-14）¶～是《花丛

678

sheng 語彙例釈

日報》哕,別格报馆里阿来管该种闲事介!(鸿 16-288-14) ¶陈大人～是胡桃里格肉,勿敲勿出来格。(鸿 16-289-17) ¶做生意勿做生意,～勿关倪娘姨偧事,倪阿好来管耐?(九 38-279-11) ¶～是耐错哕,倷格吃醋勿吃醋,瞎说瞎说。(九 94-666-24) ¶格件事体,～醉红楼勿好哕。(九续 152-1083-4) ¶～哕,倪堂子里向阿有啥好日子过格?花头哝不末急煞快,有仔花头末才要照应客人,推扳点再要吃俚格标劲。(沪 3-42-11) ¶王家表弟同小女人的男人～是不对的,咱们家里他并不常来,面长面短小女人还不认得,那里会与他通奸。(官 33-372-17)

【生峭】

〈形〉斬新である(文章が)。¶亚白个序文末,～古奥,沉博奇丽,勿必说哉。(海 53-450-11)

【生日】

〈名〉誕生日。¶三月初三是黎篆鸿～,朱蔼人分个传单,包仔大观园一日戏酒。(海 18-145-8) ¶阿妈四十岁～,随便哪哼,倪应该要搭阿姆做格哕。(狐 52-442-24) ¶一年之内,我一个～,我们贱内一个～,这两个～是刻板要做的。(官 2-22-21) ¶今天是他的～,所以叫他出来顽半天的。(栳 24-381-7) ¶二十一是薛妹妹的～,你到底怎么样呢?(红 22-300-2) ¶偶值一日,乃是这方六一的～,众邻佑都出了些银子治酒,与那六一庆寿。(醒下 11-184-5) ¶你的～,可记得么?(禅 20-318-11) ¶如今七月初七日是英烈龙王～,伏望官人到寺烧香,布施些香钱!(警 28-438-15)

【生天】

〈副〉"生来"に同じ。¶耐是长客呀,宣卷勿摆台面,阿要坍台?～耐绷绷场面,勿然为啥要做长客?(海 25-102-10) ¶徐茂荣～勿去哉呀,就去也无啥难为情。(海 26-215-15)

【生鸦片烟】

生のアヘン。¶等到娘姨咪劝开仔,榻床浪一缸～,俚拿起来吃仔两把。(海 6-48-3) ¶再要讨仔个人末,俚定归要吃～咪。(海 54-456-9) ¶昨夜不知怎的吞了一罐～,今儿有几家邻舍,都奇怪他一天不开门,还不料他觅死。(歇 16-209-13) ¶屠五老爷吞了～寻死了,这不是一件人命关天的大事吗?(人 17-153-24)

【生意】

〈名〉①商売。あきない。¶近来上海滩浪,倒也勿好做啥～哩。(海 1-4-5) ¶我说送阿大去学～,也要五六块洋钱咪。(海 3-19-11) ¶上海丝茶是大～,过仔垃圾桥,几花湖丝栈,才是做丝～个好客人。(海 59-505-18) ¶[付]管家,个家人做啥～个?[杭]他

語彙例釈　sheng

不做~,是教书的。(三 21-243-6) ¶只要~靠得住,你说好,我有什么不做的。钱是我的,谁还能管得住我。至于帐房所管不过是呆帐,有些大~他们是作不来主的。刁大人,你说的到底什么~? (官 50-848-10) ¶只见门前歇着些~担子,也有卖吃的,也有卖顽耍物件的。(红 6-97-11) ¶老汉没有儿子,带他出来走走,认了这起主顾人家,后来好接管老汉的~。(喻 28-420-3)

②仕事。勤め口。"寻生意"は職を探す、"歇生意"は解雇すること。¶我有一头~来哚,就是十六铺朝南大生米行里,我明朝就要搬得去。(海 14-107-13) ¶最好末耐原转去,托朋友寻起~来再说。(海 14-107-15) ¶幸亏外国人勿曾晓得,勿然~也歇个哉(海 37-312-5) ¶俚故歇来里寻~,阿有啥人家要大姐? 荐荐俚。(海 54-463-1) ¶阿根房间隔壁,住着一个苏州人倪雨生,是来上海寻~的。(十 3-14-25) ¶要荐个巴~是很容易的,只要店里有缺分空,向老爷说一声,没有不成功。(十 3-17-2) ¶你既然拖着少那里,少爷到那里,你岂有不知之理,若不实说,仔细歇你~。(歇 52-704-7)

③芸妓・遊女などの接客商売。¶双宝心里是也巴勿得要好,就吃亏仔老实点,做勿来~。(海 3-20-3) ¶我从养仔俚养到仔十八岁,一径勿舍得教俚做~。(海 18-127-7) ¶格两日~一点呒不,真真碧波生清,比仔前头愈加勿好哉。倪阿姆怪奴勿会应酬,勿会拍马屁,埋怨仔奴一场。奴要想学学末,亦呒人教奴,故歇看见大阿姊~实梗好,格落倪阿姆叫奴来,跟俫老人家学点本事,终要俫教教奴末好哩。(狐 21-162-19)

【声】

〈量〉発声の回数を数える。名量詞としても用いられる。¶听见说杭州黎篆鸿来,阿要去问~俚看? (海 1-6-11) ¶说一~末是哉。(海 3-17-4) ¶打个辰光,俚咬紧点牙齿,一~勿响。(海 6-48-3) ¶双玉来仔几日天,阿曾搭耐哚说歇几~闲话? (海 12-96-6) ¶还是耐去说俚两~,俚还听点。(海 17-132-11) ¶倪无姆为仔该~闲话,索性关仔房门,喊郭老婆相帮,揿牢仔榻床浪,一径打到天亮。(海 37-309-7) ¶耐去替我谢~罢。(海 41-342-7) ¶倪喊~俚看。(海 52-438-1) ¶二奶奶说俚总是为好,倪有辰光也劝~把二少爷。(海 57-483-10) ¶我说是罗老爷个拜盒,难末刚刚晓得仔,呆脱哉,一~闲话响勿出。(海 59-501-17) ¶冯大人,倪有一~闲话搭耐说。(九续 57-443-15) ¶唔笃格私房闲话,阿可以告诉~我介,啥落板要实梗鬼鬼崇崇格嘎? (狐 44-380-15) ¶格个是金大少格赏钱,耐去交拨俚笃,叫俚笃上来谢~。(九 15-115-26) ¶我叫人去问~看就有数者。(上散 5-24-7) ¶格末侬今朝夜头去(问~)(问问)伊。(上问 23-42-6) ¶不堤防肩膀上有人拍了他一下,叫了一~"亲家"。(官 1-2-12) ¶我们姑且到那边第

680

sheng 語彙例釈

三家去问～看。(官40-673-22)¶怎么也不说～就私自跑了,这还了得!(红43-601-13)¶罗真人喝～"住!",那片红云不动。(水53-885-8)

【声音】
〈名〉音。声。 ¶倪无姆也说仔几隶哉,问一声末说一句,一日到夜坐来哛,一点点～也无拨。(海12-96-8)¶醒转来听听,客堂里真个有轿子,钉鞋脚地板浪～,有好几个人来浪。(海18-142-10) ¶倪今朝听锝大少格～,格落倪先生差我来看格呀。(狐20-156-15)¶署院起先但听得～响,还不晓得是什么东西。(官21-342-12)¶忽然楼下门外一阵铃响接着一派外国话的～,顿时大家吓得面如土色。(人16-141-2)¶正说着,只听那边一阵笑声,却有贾琏的～。(红7-111-15)¶甚是奇怪,我听得像一个男子～。(禅33-527-2)¶古怪! 这～却似窦家兄弟两个。(二9-189-16)¶兀那和尚,你的～好熟。你姓甚? (水6-98-16)

【省】
〈动〉①節約する。切り詰める。 ¶耐阿有几百洋钱来搭俚开宝? 就～点也要一百开外哛。(海2-10-20)¶耐住来哛可栈里,开消也～勿来。(海12-98-17) ¶勿然就搬到耐哛娘舅店里去,倒也～仔点房饭钱。(海14-107-16) ¶四五年～下来几块洋钱,拨个烂料去撩完哉。(海31-257-15) ¶大先生,阿晓得倷是只算做替工呀? 正身一到,应该替工要让位哉。我劝倷覅去想俚,～仔点银子罢。(狐32-267-23) ¶他连纸张灯烛,茶叶水烟都不肯稍为浪费。厨房里是轻易不肯添菜,每月厂用笔前手管事的要～了许多。(桮17-268-2) ¶你这二年在那里念书,家里也～好大的嚼用呢。(红10-145-12)¶我这边都可,已没有什么外项大事,不过是一年的费用费些。我受些委曲就～些。(红53-742-8) ②省く。減らす。 ¶比仔从前～得哉。(海1-4-10)¶勿要紧个,我有法子,比来里乡下再要～点。(海30-247-10)¶关王庙前故对蜡烛～勿来个嘘。(描38-338-27)

【省得】
〈连〉……しないで済む。 ¶双宝冷笑道:"无姆,耐嘴里末说让双宝出去末哉,一径说到仔故歇,双宝原勿曾出去,倒勿是喜欢双宝?"周兰怒道:"故也勿要紧,明朝让双宝去,～耐多说多话!"(海63-537-2) ¶据奴看起来,倒是索性吃不格好,～惹别人笑。(狐5-29-1) ¶倷对我说仔轧实价钱,让我传言拨倪大先生,～倷吞吞吐吐哉,倷想阿好? (狐51-436-18) ¶晓得耐陆大人要到相好搭去,勿好耐,～别人家背后要骂倪。(九续56-436-5)¶地格里向总要多加一条,注一笔,～朝后多句说话。(上散9-54-5)¶天天躲在同庆里小陆兰芬家,～有人找他。(官10-140-8) ¶快把你那妖车推出来,给

語彙例釈　sheng-shi

我一把火烧掉了，～害人！（市31-332-17）¶那末就开了一千，我们两人拼拼吧，～我再开了。（人43-523-12）¶如今似翁既要回江西，顺便费心，很好，～我再去找那位管司马。（梼16-251-21）¶明儿穿什么衣裳？今儿晚上好打点齐备了，～明儿早起费手。（红52-725-15）¶即转身走出门外，随即将门关上，口里道："～闲杂人员来搅扰。"（禅7-90-4）¶你今夜陪伴嫂嫂在新房中去睡，～他怕冷静。（醒8-162-11）¶多当多赎，少当少赎。就是五十石也罢，～担子重了，他日回赎难措处。（二1-6-3）¶如此委曲最妙，～眼睁睁的我与他不好分别。（二22-454-4）¶你何不早通个大名，～着我做出歹事来，争些儿伤了仁兄？（水37-586-14）

【剩】
〈动〉残る。¶单～我一千仔，无啥人来讨得去，要耐养到老死哚。（海3-20-17）¶俚哚嫁出去辰光，拣中意点末拿仔去，～下来也有几箱子。（海10-80-12）¶浣芳哩出局去哉，阿招末搭无姆装烟，单～仔大阿金坐来浪打磕铳。（海18-141-16）¶前头黛玉到过歇广东，烂污得野笃，生仔一身广疮，弄得面孔浪结仔一个疤，眉毛半根才勿～。（狐53-455-25）¶爸爸不在的时候，共总～下也有十来万银子。（官5-62-8）¶号里只存着一万四千多银子，现在划出一万一千两，只～得三千多两。（官9-120-21）¶娲皇氏只用了三万六千五百块，只单单～了一块未用，便弃在此山青埂峰下。（红1-2-3）¶那秦钟早已魂魄离身，只～得一口悠悠余气在胸。（红16-222-1）¶众军见黄信回马时，已自发声喊，撇了囚车，都四散走了。只～得刘高，见头势不好，慌忙勒转马头，连打三鞭。（水34-530-12）¶小将蒙李将军不杀之恩，愿往东川招兄弟胡显来降。～下安德弧城，亦将不战而自降矣。（水110-1647-2）

shi

【失】
〈动〉失する。欠く。¶故是姚奶奶～觑酌的哉！（水23-182-19）¶黛玉一想，方想起来昨儿～于检点，那《牡丹亭》《西厢记》说了两句，不觉红了脸。（红42-582-19）

【失敬】
〈动〉礼を失する。あいさつ用語。¶坎坎个就是郭孝婆，我倒勿认得，～得极哉！（海37-312-10）¶那先生听了，忙说："～，暂请宽坐。"（海48-408-17）¶倒～子你哉。勿得知你朵大爷几时出门个？（三17-206-6）¶原来如此，～了。（官9-128-1）¶原来就是曾观察，～，～！（新27-121-12）¶原来是一位高士，～的很！（新29-133-1）¶一会儿，栈主人把帐开好，上楼来，道："刘先生，我们～了！……。"（市14-257-16）

682

¶我一向～了,你为秋波的事这样留心,这样照应她,真算是一个好人了。(人 32-350-21) ¶久已闻得有位牛布衣住在甘露庵,容易不肯会人,相交的都是贵官长者,～!～!(儒 21-253-18) ¶永清长老慌忙起身稽首道:"～!～!"(禅 2-25-2) ¶元来就是杜老爷的公子,～了。(鼓 1-10-4) ¶元来是两位公子,～,～。(鼓 19-233-8) ¶～,～。怪道模样恁地厮象!这等,是一家人了。(二 4-84-3)

【失陪】
〈动〉宴席・集会などでの中座を詫びるあいさつ用語。¶朱蔼人匆匆归席,连说:"～,得罪。"(海 4-26-23) ¶宝玉道:"辰光勿早勒海哉,席面浪格菜差勿多也上完哉,奴想亦要～唔笃哉。"话尚未毕,趋贤,武书一齐插嘴道:"宝玉先生,你等我们席散,然后走罢,你也是难得的。"(狐 38-330-20) ¶时候不早了,陶大人就在这里借了一夜干铺罢。我是要～了。(官 8-114-1) ¶贾大人道:"和卿候着我呢,不能久坐。可好先吃饭～了,绝好的船菜只好牺牲了。"于是程二少爷也吩咐小大姐先拿饭给贾大人吃。(人 18-175-16) ¶探春宝琴二人也起来了,笑道:"～,～。"尤氏笑道:"剩我一个人,大排桌的吃不惯。"(红 75-1068-10)

【失窃】
〈动〉盗難に遭う。¶耐～阿曾报官?(海 61-521-8)¶他们本是同寅,又是熟人,便把船上～的事告诉了他,随手又把一张失单递了过去。(官 13-198-21) ¶上海滩上铳手本多,堂子里～也是意中事。(人 25-263-26)

【师爷】
〈名〉"幕友"(明清時代、地方長官に私的に招へいされ、訴訟・税務・文書などを分掌していた補佐人員)の俗称。¶马～来浪哉。(海 39-330-14) ¶州,县虽是亲民之官,究竟体制要尊贵些,有些事情自己插不得身,下不得手;自己不便,不免就要仰仗～同着二爷。(官 2-17-9) ¶范桌台退了堂,也不进上房,就到刑名～那里。这刑名～正同他儿子吃饭,看见东家出来,就放了饭碗相迎。(梼 10-152-1)

【诗】
〈名〉詩。¶今朝新闻纸浪,勿晓得啥人有两首～,送拨我。(海 21-260-11) ¶听说吃仔酒末定归要做首～,阿有价事?(海 47-401-13)¶怪道古人～上说,'谁知盘中餐,粒粒皆辛苦',正为此也。(红 15-201-19)

【诗肚子】
"诗肠"をしゃれて口語化したもの。"诗肠"は詩の創作意欲をたとえる。¶价末先让

語彙例釈　shi

我吃一杯，浇浇～。（海33-273-13）
　（注）"诗肠"の用例。→小弟吟将出来，虽不成诗，也要带几分酒兴，诗肠自然陡发。若是不饮些酒，便心忙意乱，一字也诌不出来。（鼓2-23-14）

【诗题】
〈名〉詩の題目。¶我有个～来里，耐去做做看。（海60-516-2）

【诗文】
〈名〉詩文。詩歌と文章。¶旧年韵叟刻仔一部～，叫《一笠园同人全集》。（海40-337-11）¶痴鸳分说道："俚是赞礼个倪子，才叫他小赞。时常做点～请教我，亚白就同俚打岔，出个对子教俚对，说是'赞礼佳儿'。俚对勿出，亚白说：'我替耐对仔罢，"茂才高弟"阿是蛮好个绝对？'"（海53-451-22）

【诗意】
〈名〉詩意。¶我说酒末勿拨俚吃，要俚照张船山～再做两首，比张船山做得好就绕仔俚，勿好末再罚俚酒。（海33-273-8）

【湿】
〈動〉湿(し)す。湿らせる。¶请耐吃一杯～～喉咙，麹害仔耐渴慕得要死。（海3-24-17）

【湿布衫】
ぬれたシャツ。"布衫"はふつう"小褂"を指す。まとい付いて、逃れられない厄介なことを例える。¶耐想拿件～拨来别人着仔，耐末脱体哉，阿是？（海2-11-20）¶宝玉一听，倒也不差，准其这样办法，落得把～脱去，由他是死是活了。（狐16-119-16）¶我道："你上了沈师爷当了，他给木梢你捐呢。"一帆道："～被我套上了，要洒脱是不能的了。"（新45-208-27）¶这时，秦凤仪要推不能，却把一个～穿在身上，好生难过。（型20-273-11）

【十二分】
〈副〉副詞"十分"を強めたもの。状況語となり、動詞・形容詞を修飾する。¶耐要做倪翠凤末，耐定规要单做翠凤一个哚，包耐～巴结，无拨一点点推板。（海7-52-24）¶俚搭我倒～要好。（海17-133-7）¶好是蛮好，终勿～稳当。（狐20-154-13）¶他就是没有差使，也不至于～怨我了。（官11-156-22）¶制台衙门里亦跟宝小姐去过两次，九姨太亦请过他。虽不算十分亲热，在人家瞧着，已经～大面子了。（官39-663-11）¶这女子果是人物儿生得好，匪卿一时见了，就看得有十二分人才，～标致。（醒下7-150-20）
〈形〉状態詞。"有几分醉意""有几分道理""有几分人才"などの"几分"に当る用法。

十二分の。限定語となり名詞を修飾する。¶做是做得蛮好，又瑰奇，又新颖，～气力也可谓用尽个哉。（海60-515-16）¶奴搭俫轧仔一年光景，究竟呒不～差处，俫啥能格薄情，拿奴甩脱介？（狐10-70-7）¶我自然会意，便和那伙计磋商了一会价钱。总算说之至再，减去了五十两银子。伙计说："这算～的情面，贪图下回生意呢。"（人31-326-20）¶这女子果是人物儿生得好，匪卿一时见了，就看得有～人才。（醒下7-150-20）¶天下最好看的妇人，是月下、灯下、帘下，朦朦胧胧，十分的美人，有～。（型27-369-25）

【石灰布袋】
石灰を詰めた布袋。置いた所にその迹が残ることから、あちらこちらに転々と不行跡の迹を残している人をたとえる。¶施个脾气不好，赛过是～。故歇新做起，好像蛮要好，熟仔点就厌气勿来哉。（海26-213-19）¶又春看罢，对云卿道："胡二格脚色，实头诧异得势，俚搭金寓实梗要好，那哼夷去做仔花宝林哉！花宝林是苏州先生哦。"云卿道："胡二本来是出名格～咷，金寓搭是长运勿去哉。……。"（鸿14-274-11）¶耐勿要去做倷格～，阿晓得？（九147-975-1）¶耐格个人，真正是垃圾马车，～，阿有啥淘成格勒。耐转去仔，倪末倒来浪牵记耐，耐末来浪常熟开心得淘成。一塌刮仔才忘记脱格哉。阿是？（九续29-220-1）¶你是出名的～，与阿素姐没有交情，我相么？（繁后18-934-17）

【石破天惊】
"箜篌"（古代の楽器の名）の音が石をくだき驚天動地の勢いであること。詩文、言動、事件などが新奇人を驚かすことをいう。¶该两句再有啥说嘎，念下来好像～，云垂海立，横极，险极，幻极。（海60-515-20）¶这一来，就是～，云垂海立，也没有这样的惊奇。（九46-338-15）¶但彩云终究不是安分的人，第一她从来没有一个人独睡过，这回居然规规矩矩守了五十多天的孤寂，在她已是～的苦节了。（孽30-284-3）¶所谈西国政治艺术，天惊石破，推崇备至，私心窃以为过当！（孽18-155-20）

【石头】
〈名〉石。¶耐也来里冰冷个～浪，干已个哩！（海46-390-17）¶堤下全是大块～，很不平整，莲荪道："慢慢点，当心跌。"（人34-374-16）

【时常】
〈副〉常に。いつも。¶为仔俚喜欢做诗，新闻纸浪～看见俚大名。（海31-259-9）¶我勿像是翠凤个无良心，～来里牵记个罗老爷。（海59-502-19）¶大先生，俫～牵记

語彙例釈　　shi

格阿金姐来格呀！（狐 20-159-17）¶陶子尧却因为他是出家人，很不喜欢，～说他太太同着和尚并起并坐，成个怎么样子。（官 10-149-4）¶怨不得你哥哥～提你，说你很好。（红 11-161-6）¶提控衙门事多，～不在家里，匆匆过了一月有余。（二 15-310-9）¶他便是我～和你们说的那景阳冈上打虎的武松。（水 32-497-14）

【时髦】

〈形〉人気がある。受けがいい。売れっ子である。¶做倌人也只做得个～，来哚～个辰光，自有多花客人去烘起来。（海 18-147-15）¶要吃酒倒是幺二浪吃个好，长三书寓里倌人，～勿过，就摆个双台也不过实概。（海 25-205-8）¶金凤阿有啥说嘎，定归是挨一挨二个～倌人，就说勿～，抵桩也像仔我末哉啘。（海 49-417-24）¶刚刚坐下来就要走，实梗～，倪定归勿成功。（鸿 8-233-19）¶阿唷！章大少客气得势，倪是勿好格呀，陆里说得着～倌人，章大少来浪寻倪格开心哉。（九 41-309-13）¶二少耐格恩相好～得来，间搭宝毕班里才是别脚倌人，洛里比得上？（九 150-997-6）¶赛春故歇是～得来，耐做阿姊格也弗去说俚两声。（沪 1-67-2）¶倒底是～倌人，归格房间装潢得几化出色咪。（沪 3-10-2）¶即如目下爱谈维新的这些～朋友，满口里都是维新的话头，一面孔都是维新的气概。（维 1-1-10）¶听说上海很有几个～倌人到北京去发了财回来的。（歇 22-276-20）¶他是～郎中，肯同我们底下人攀谈吗！（歇 98-1356-13）¶阿素吃这堂子饭儿，莫是有些经络。不比别人，～了些就把客人不在眼里。（繁初 19-206-19）¶最～的自然是军界要人，其次是政界这官，再其次是遗老名士。（人 34-380-14）

（注）上揭例では"走红""吃香"の意で用いられており、英語のsmartにあてられた現代語におけるそれとは意味を異にする。

【识】

〈动〉①知る。¶耐说我利害，耐也～差仔人哉。我做末做仔个倌人，要拿洋钱来买我倒买勿动哩。（海 8-59-22）¶他老子只准他到文会上去，与一班文人结交，所以他在外头～了朋友，回去决不敢提起。（目 98-805-21）¶那智能儿自幼在荣府走动，无人不～，因常与宝玉秦钟顽笑。（红 15-204-19）¶那先生一头打庄客，一头口里说道："不～好人！"（水 15-220-12）

②理解する。¶耐要教我吃酒末，该应敬我一杯。我敬耐个酒原拿拨我吃，阿是耐勿～敬。（海 50-426-16）¶荣府中凤姐儿出不来，李纨又照顾姊妹，宝玉不～事体，只得将外头之事暂托了几个家中二等管事人。（红 63-902-14）

686

shi　語彙例釈

【识货】
〈形〉目が高い。物を見る目がある。¶耐末晓得啥嘎！自家勿～，再要批揭，十块光景耐去买哉哩！(海22-179-23) ¶奴格毛病，只怕郎中才勿～格，吃差仔药，倒要勿局。(狐30-246-16) ¶那卖琴的道："我此琴已卖了十年，无人～，你只过三日，有何不肯？但你既是个贪儒，这三日后，如何就有万金偿我？"(醒下 9-168-10) ¶今有一串上好滚圆雪白珠子，是一宦家侍妾，央我货卖几百贯钱钞。我想起大娘子是～的，故特来问一声。(禅6-81-13) ¶夏兄，还是你的眼睛～，替小弟估看，果值几多银子？(鼓11-140-10) ¶三巧儿道："好说，我正要与你老人家请个实价。"婆子道："娘子是～的，何消老身费嘴？"(喻1-13-4) ¶这腔热血，只要卖与～的！(水15-218-14)

【实】
〈副〉本当に。実に。¶难是岂止脾胃，心肾所伤～多。(海36-305-5) ¶也晓得堂翁这里事情多，不好为着这点小事时时来絮聒，为的～系被催不过，所以写过几封信。(官17-274-7) ¶蒙皇上隆恩，起复委用，～是重生再造，正当弹心竭力图报之时，岂可因私而废法？(红4-62-17) ¶偶然豪杰相聚，～是难得。(水23-340-8)

【实概】
〈代〉指示代詞。このような。そのような。¶俚哚栈房里才～个，到仔十二点钟末就要开饭哉。(海2-15-10) ¶勿晓得啥事体，～要紧。(海3-23-19) ¶王老爷，耐勿来仔末，倪先生气得来，害倪一埭一埭来请耐。难麨～，阿晓得！(海4-32-1) ¶俚说：'罗老爷有仔老相好，只怕倪巴结勿上，倒落仔蒋月琴哚笑眼里，'俚是～意思。(海7-51-17) ¶～件衣裳，我好象勿曾看见歇。(海10-76-2) ¶就是要睏末，耐自家也留心点，像～几万输下去，耐末倒也无啥要紧，别人听见仔阿要发极嘎？(海14-113-24) ¶来里做倌人辰光，就算耐有本事，会争气，也见谅得势。～一想，阿是推扳点好哉？(海17-134-24) ¶耐看俚末～年纪，眼睛才瞎个哉。(海27-225-5) ¶耐怕热末，坎坎啥要紧～跑？(海47-398-11) ¶就是我也勿可帐～个容易。(海48-405-18) ¶二奶奶再问耐阿要做下去，耐说故歇无拨对意个倌人，做做罢哉。照～两声闲话，二奶奶定归喜欢耐。(海57-485-5) ¶耐格人倷～介？(九37-272-13) ¶朱老末啥～呀。倪搭耐说正经闲话哩。啥咾夷来寻倪格开心哉！(沪1-20-12) "实该""实梗""实格""实介""什介""是介""是个""是价"などとも作る。¶耐麨实该哩，耐不去仔，好像倪搭俚吃醋。(鸿3-203-13) ¶格个女人我实头对劲格，人是头一转看见勒，像煞我心里眼睛里本来有实该一个女人格，恐怕搭俚前世有点道理笃。(鸿15-283-12) ¶耐倷落实梗，

語彙例釈　shi

朋友个相好剪起边来哉！（鸿 3-205-26）¶只要俚笃认仔差，耐也就实梗罢，拨俚笃背后骂两声也犯弗着。（鸿 6-226-5）¶耐末总归实梗撒烂屙个，人才要拨耐吓坏得来！（鸿 9-240-22）¶耐笃总是实梗瞎三话四，阿要无淘成，倪是要板面孔哉。（九 1-5-6）¶拿仔客人格排行当仔称呼，实梗格窝心，还说说无拨交情，说拨随便啥人听听看，阿肯相信？（九 43-317-7）¶谢谢耐，送倪实梗几几化化物事，常恐要几千钿笃嘘！（九 174-1132-16）¶故歇事体已经弄到仔实梗格样式，也勿必再去说俚。（九 192-1247-16）¶奴听仔俚实梗说，难末叫仔马车，一淘搭俚来格呀。（狐 4-22-7）¶阿唷唷，说得阿要窝心！常恐呒不实梗天官赐哩。（沪 1-8-6）¶那哼今朝格天气实梗热？（沪 1-15-10）¶像耐实格规矩人，洛里肯搭别人吊脖子？（九 178-1157-6）¶好阿姊，覅哩。啥人叫耐弄得实格香喷喷格！（沪 1-13-11）¶我在乡下，听是侬妹子实介得意，又晓得二哥也在这里帮忙，介落我带仔囡鱼来投奔侬。（狐 50-431-16）¶正什介末是哉。个个毕安官，你奔过来，朝子冬香姐姐勒唱喏介。（三 9-106-16）¶什介说得起来，吾里爹勿是买仔僮儿，直脚买仔穷爷勒里哉。（三 10-119-3）¶"倘或官府看出真假末那枳？""又不是日常见面的，如何认得出真假来吓！""是呵呵！是介末哉！"（描 24-211-12）¶是介说得起来悉听俚杀头那枳光景。（描 26-233-17）¶"罗个是介说。酒多末雨大，酒少末雨小，无得实末雨也无得。"（描 29-262-7）¶"啥说话。我呷勿是俉介爷叔，俉呷勿是我子孙。""阿吓！到要讨我便宜！""比方说是个说吓。"（描 3-27-1）¶自从旧年夏天里姘了这烂屙阿三，就是价昏起来了。（新 21-96-17）

【实概模样】
代詞"实概"＋名詞"模样"。これくらい。それくらい。¶翡翠个物事难讲究咪，少微好一点就难得看见哉。我一对莲蓬，随便啥物事总比勿过俚。四十块洋钱，是～呀。（海 22-179-17）¶耐索性翻台过去吃酒，吃到～，难末说再碰场和，就容易哉。（海 25-205-5）

【实概样式】
代詞"实概"＋名詞"样式"。共通語の"这样"。¶倪不过～，要好不会好，要邱也勿会邱。（海 7-57-13）¶郭孝婆是大姐，弄得～。（海 21-166-21）¶人人怕家主婆，总勿像怕得～，真真也少有出见个。（海 21-171-3）¶牌啥～嘎？（海 26-211-11）¶要是我个讨人像～，定归一记拗杀仔拉倒！（海 32-263-8）¶照～再要拼俚廿四句，勿晓得《四书》浪阿有？（海 44-370-8）¶我前回替桂林上仔新闻纸，天下十八省个人，陆里一个勿看见？才晓得上海有个赵桂林末，～比仔碰和吃酒难说咪。（海 59-507-12）¶倪七月里来里一笠园，也像故歇～，一淘坐来浪说个闲话，耐阿记得？（海 63-539-7）

688

"实梗样式""故个样式"とも作る。¶倪倒是早点肯坏良心末,也勿造至于弄到实梗样式,故歇倒是上勿上,落勿落。(九 23-174-20)¶格是勿会哉,耐俫急得实梗样式。(鸿 18-300-25)¶奴老早晓得俚要逃走格哉。不过实梗样式逃仔出去,弄得出头勿得,除脱到别场化去躲避,呒不别格方法。(狐 10-67-24)¶阿唷唷,先生啥窝心得实梗样式哩?(沪 1-25-3)¶素秋,该格阿是耐自家格手笔哩?几年弗见,进步到实梗样式哉。(沪 2-6-4)¶家主婆悟阿记得,汪先丢脱仔半爿隆兴当店末官司打得来故个样式,衙门里有个一班毡养有啥良心介。(描 26-233-14)

【实概样子】
"实梗样式"に同じ。¶小红耐算啥哩?有闲话说末哉,～,耐小红也犯勿着俒。(海 10-79-10)"实梗样子"とも作る。¶倪想起来才是刘大少格勿好,勿放倪格谣言末,倪也勿造至于实梗样子。(九 12-91-25)

【实在】
〈副〉ほんとうに。実に。¶亚白先生一只嘴～尖极,比仔文君个箭射得准。(海 40-339-23)¶大少爷末勿见怪,奴心里～依勿过格哩。(狐 13-88-18)¶阿晓得眼下格时世,靠勿住格人～多,嘴里说得蛮蛮好,心里其实约约乎。(狐 44-381-7)¶老前辈如有关照,～感激得很!(官 12-177-20)¶我一手头不够,你须贴补些儿。(繁后 1-719-16)¶前天管通甫说起,才知道子翁前月底才接事,连日要想来,～没空。(梼 11-172-23)¶先生～高明,如今恨相见之晚。(红 10-151-10)

【屎】
〈名〉粪。¶呸,人要有仔良心是狗也勿吃仔～哉!(海 2-12-6)¶一个多月做仔一块洋钱生活,阿是教耐无姆去吃～?(海 37-310-5)¶贾蓉只跪着磕头,说:"这事原不与父母相干,都是儿子一时吃了～,调唆叔叔作的。……。"(红 68-970-13)
(注)《苏州方言词典》(现代汉语大词典分卷)は"屎"の见出しに"人有良心,狗勿吃屎"の用例を挙げ、"这谚语反映旧时人心叵测"と注を加えている。

【世交】
〈名〉先代から交際のある人。また2代以上にわたる付き合い。¶就是葛仲英,李鹤汀末搭俚～,要末写张条子去托俚哚。(海 26-215-6)¶我末先勿好搭齐韵叟去说,癞头鼋同倪～,拨俚晓得仔末,也好像难为情。(海 50-428-7)¶倘然穿了官服去会他,设或他并不是中堂什么～故谊,岂不是我自己亵渎自己。(官 26-430-3)¶虽说我们～,他们势利不过,我不要请她。(市 18-274-3)¶这阿忠就是老王的儿了,与温贵总算是

語彙例釈　shi

両代～。（新 28-127-5）¶这柏义同他是扬州同乡，所以最为亲近，称呼他世叔。这～却也不晓得是那里来的。(梼 14-220-3)¶况且那张德辉又是个年高有德的,咱们和他～，我同他去，怎么得有舛错？（红 48-659-7）

【世界】
〈名〉天下(実権を握って、思うままにふるまえる)。¶故歇做清倌人，顺仔俚性子，隔两日才是俚～哉啘！(海 17-133-13)¶倪堂子里向加二才是铜钱格～。（九 15-116-5）¶你不知道，放他一个人出去，又是他的～了，甚么浪蹄子，臭婊子，弄个一大堆还不算数，还要叫他们充太太呢。（目 94-765-8）

【势】
構造助詞"得"の後に用いられて、程度の高いことを示す。共通語の"(得)很"。¶有限得～。单是王老爷一千仔末，一节做下来也差勿多五六百局钱咪，阿怕啥开消勿出。（海 4-28-15）¶耐末也便得～，勥去难为啥样钱哚，阿是？（海 4-29-9）¶故是容易得～，就摆起来吃一台末哉啘。（海 7-52-20）¶马车跑起来颠得～，勥走哉。（海 7-57-20）¶上海场花要寻点生意也难得～哚。（海 12-98-17）¶早得～哩。（海 43-360-3）¶鸣冈到实头起劲勒浪啘，该桩事体费心得～。（鸿 4-211-18）¶勿瞒耐说，要讨倪转去格人多得～来浪。（九 9-72-24）¶阿唷！章大少客气得～，倪是勿好格呀。（九 42-309-13）¶就是归搭是倪熟得～格，倪要来格。（商 1-10-12）¶路远得～哩。（沪 1-32-4）¶真正凑巧得～。（沪 2-22-5）¶讲到'先生'两个字，古人重得～个。（三 10-124-30）¶呀，故个朋友阿象有点呆个，别场化多得～朵，偏偏困来朵雪里向个。（描 2-19-5）¶俉你故个老伯伯面熟来～，一时到想勿起哉！（描 5-48-7）(この"来"は構造助詞"得"に当るもの）。¶向日杨亲娘说周亲娘标致，果然标致得～。（型 3-36-3）

【事干】
〈名〉"事体"に同じ。¶也无啥～，要想寻点生意做做。（海 1-4-4）¶老炳吓，论亲个～，我也就托仔倍哉！（描 6-57-5）¶介勒个种～，做阿佢个还勿敢应承个勒。（三 30-331-13）¶篾子一条也不动，缘何又回来得早？有甚～？（喻 26-393-13）¶你这秀才，有甚么～，在这门前探头探脑的？（二 6-129-6）¶小弟还有些别件～，且未要到家里。（二 11-235-10）¶近邻有尤生号尤滑稽，惯走京师，包揽～，出入贵人门下。（警 25-391-2）¶他自是军官，来我牢里有何～？休要开门。（水 49-815-13）

【事体】
〈名〉①事。事柄。¶小侄也勿懂啥～，一淘上来末自然大家照应点。（海 1-5-7）¶

shi 語彙例釋

老鸨随便啥～先要去问俚,俚说那价是那价,还要三不时去拍拍俚马屁末好。(海6-47-20) ¶堂子里奸情～也无啥希奇咴!(海23-188-8) ¶俚乃自家勿争气,做仔甚面孔个～,连搭我也无面孔,对勿住俚咪爷娘。(海62-528-15) ¶定亲个～也是俚阿哥做个主,倒勿去怪俚。(海63-542-4) ¶倪要打买两只戒指末,一塌刮仔,不过七百两银子,也勿算倽格希奇～,耐索性勿答应倒也罢哉。(九6-45-10) ¶仲声道:"耐碰和俉能欢喜?"鸣冈道:"该个～,仲翁耐叫勿会落,耐会仔也是欢喜个?"(鸿5-216-21) ¶堂子里白相格～,倪搭耐故歇自然总有把握,我格脾气故歇也变哉。(鸿15-283-2) ¶格件～拨勒月山晓得仔,吃起醋来末那处嘎?(狐11-75-6) ¶倪挂牌末,勿好算啥大～。(狐19-145-25) ¶是我托尊驾一件～。一甚?一是托侬打听一件房子个～。(上问16-30-5) ¶朱格脾气那哼实梗格哩,一点点～才要扳差头。(沪1-17-6) ¶你不要骂人,我可不是那种人。你若不放心时,我先谢了你,再商量～也使得。(目66-523-6) ¶要见总办罢,徒自取辱,要回花行呢,同事离心:况且这～原是自己的错。(市5-208-27) ¶不料这洋人乃是明白～的,执定不肯。(官52-899-3) ¶大家晓得他是得宠的姨太太,而且他做的～眼睛里看得也很多,那个敢来多嘴?(棒1-16-20) ¶宝玉不识～,只得将外头之事暂托了几个家中二等管事人。(红63-902-14) ¶众人都诧异道:"这是怎么说?"薛蟠便把湘莲前后～说了一遍。(红67-952-6) ¶你家有甚～?(醒上9-62-6) ¶前日所求～,曾有些良策么?(禅6-78-11) ¶我叫你去,不过权宜之计,如何却做出这般没天理～!(醒8-168-10) ¶须知前日是求你的时节,作不得难。今～已过,自然不同了。(二2-38-8) ¶烦你到汴京打听～如何?(警21-301-11)

②用事。用件。¶耐坐一歇,等我干出点小～,搭耐一淘北头去。(海1-4-18) ¶问朱老爷阿有啥～,无要紧末,说洪老爷谢谢勿来哉。(海3-23-22) ¶耐甚客气,要啥末说,我有～去。(海38-318-24) ¶耐闲话甚多说,就说我有～,要用着个拜盒,快点拿得来带转去。(海59-50-123) ¶说着问鸣冈道:"耐故歇阿有～?"鸣冈道:"呒啥～。"毕生道:"阿到四马路去?"(鸿1-192-11) ¶我局里还有～勒,勿奉陪哉,夜里碰罢。(鸿12-265-11) ¶俚徛前日仔到奴房里转一转就去,留才留勿住,推头有～,亦到外势去哉。(狐9-61-12) ¶俉来看倪主人,阿有啥～佬?(狐17-128-1) ¶礼拜六是顶开心个日脚。为之第二日礼拜,无甚～,比之礼拜日倒好。(上散4-12-10) ¶虽是皇商,一应经济世事,全然不知,不过赖祖父之旧分,户部挂虚名,支领银钱,其余～,自有伙计老家人等措办。(红4-64-11)

【试】

語彙例釈　　shi

〈動〉試みる。試す。¶耐再勿来末，索性搭耐上一上，～～看末哉！（海 1-11-18）¶耐勿相信我闲话，耐就～～看。（海 7-53-1）¶覅去管俚便勿便，下一付帖子～～看，让别人晓得晓得，多收点寿礼也是好格。（狐 52-443-9）¶且～～看嘸，来吓！（三 25-300-6）¶等我去～～赤链蛇个才情看，勿得知阿登答得来。（三 30-335-2）¶横竖没有十分出入，你既要提出条件，何妨～～看。（人 47-604-3）¶本来听见京里有种黑车，这大约就是了，好在今天无事，～他一～何妨呢。（桴 6-88-6）¶我因为没见过这个，所以～他一～。（红 15-202-4）¶你且去～一～，若他有情，或者真的；没情，这一定是鬼。（型 38-532-17）¶此人一定会些法术，我且～他一～。（水 95-1521-1）

【是】

〈動〉……である。¶第位～庄荔甫先生。（海 1-6-4）¶况且陆秀宝～清倌人，耐阿有几百样钱来搭俚开宝？（海 2-10-19）¶耐说好啊，骗我阿～？（海 2-11-13）¶我～原照旧哩。（海 2-11-24）¶送票头来～啥辰光？（海 3-23-18）¶就算～我捏忙，快点豁仔拳了去。（海 4-27-3）¶阿～来哚吃酒？（海 4-28-6）¶小妹姐晼，俚～梳勿好个哉。（海 5-40-20）¶说起来～利害哚。（海 6-48-1）¶故～无价事个，四老爷勿说我倒来说耐？（海 14-114-3）¶耐也～勿识货个末，看啥嘎？（海 22-179-24）¶勿～四七筒就～五八筒，大家当心点。（海 26-211-17）¶蔼人、啸庵才来，就～倪六个人，请坐罢。（海 47-402-12）¶看戏个人故末到个无数目咪，连墙外头树丫枝浪才一个人。（海 55-466-21）¶耐故歇～收心哉！（鸿 2-199-15）¶秋燕嫣然一笑，随看了台面上问毕生道：“耐叫几个嘎？”毕生道：“我就～耐，还有一个～朋友替我代格。（鸿 2-199-19）¶耐索性勿答应倒也罢哉，板起仔只面孔一声勿响，实梗架音，阿～有心坍坍倪格台？（九 6-45-11）¶倪想起来才～刘大少格勿好，勿放俚格谣言末，倪也勿造至于实梗样子。（九 12-91-25）¶有一个陌生客人，转奴格局，也～广东口音，赛过勒浪敲铜鼓，奴有半把听勿出笃。（狐 14-97-17）¶俫搭俚～咾啥仇寇，啥落亦实梗恨法介？（狐 30-245-3）

（注）"勿是，四老爷请得来个先生，就叫是窦小山，来浪楼浪。"（海 58-494-24）の"叫是"の"是"は、発話音の謝三姐にとって寶小山は初めて会う人であることを考えると、近世語作品における"甚""什"に当る用法で、"叫啥窦小山"であろう。ちなみに吳越：海上花列伝普通話本は"四老爷请来个先生，就是窦小山"とし、張愛玲注釈：海上花は"四老爷请了来的先生，就叫是窦小山"とそのまま"是"を用いている。ほとんど張愛玲本を踏襲している海南出版社本はこの箇所は張愛玲本によらず、"这是四老爷请来的医生名叫窦小山，是他的骄子，……。"としている。

shi　語彙例釈

【是】
〈形〉①主語または主題化している状況語（時間詞など）・前置賓語などの後に用いられて、主語を際立たせる。そこで息のとぎれが入る。¶比仔长三书寓，不过场花小点，人～也差勿多。(海 2-10-23) ¶多吃台把酒～也算勿少啥。(海 7-52-18) ¶故歇～勿是野鸡哉，也算仔长三哉！(海 10-82-18) ¶别场花～我也无拨，陆秀宝搭勿去仔，就不过该搭来走走。前几日我心里要想来，为仔张先生，倘忙碰着仔，好像有点难为情。难～张先生搬得去哉，也勿要紧哉。(海 14-110-18) ¶质斋道："耐到底阿搭俚垫几化铜钱？"湘兰道："倽人记得清爽介，帐～才上好勒浪。"(鸿 17-291-12) ¶珠姐，我前头转去～，也叫吪说法呀，格落登勒乡下勉强住仔五个月，要紧煞上来格哉。(狐 20-159-13) ¶耕心忙问："什么花样？"小泉道："这～我哪里知道？须要问问他自己的。"(十 17-119-22)
②重複されている動詞・形容詞の間（後のはその動詞・形容詞を含む連語）に用いられ、後者を強調する。¶吃～倒吃勿落，点点也无啥。(海 14-114-13) ¶赌～也勿曾赌过，就来咾堂子里碰仔几场和。(海 15-11-3) ¶怪～也怪勿得俚。(海 16-127-6) ¶要紧～勿要紧，不过俚也要自家保重点末好。(海 20-160-15) ¶王寓格脚色，缠～勿大好缠格，先起头俚定归要勿做生意，说要搬到耐庄浪去住，我带劝带吓，说仔几化辰光，难末算领盆哉。(鸿 11-258-6) ¶讲到官，现在吴县陈大老爷，真是个再世龙图清朝海瑞，清～清到一等，明～明到极点，他曾经审过一桩瞎子算命案，远近没有一处不知道。(十 13-87-6) ¶田有获是个有手段光棍，他为体面，断不认帐。只是你以后不要去落局，来～断不来说的。(型 29-406-9)
③語句の後に用い、以下の叙述がその状況の下であることを表す。¶人要有良心～狗也勿吃仔屎哉！(海 2-12-6) ¶勿然～老实说，像罗老爷个个客人到倪搭来也勿少喍，走出走进，让俚咾去，我阿曾去应酬歇？(海 7-52-9) ¶耐来里勿适意～夠去个好。(海 17-134-3) ¶阿德保催过哉；为仔天落雨，我晓得耐要来，教俚等仔歇，再勿去～要相骂哉。(海 17-136-17) ¶勿然～也无啥，难俚说仔夠我帮我贴，我倒间架哉。勿曾懂俚啥个意思。(海 44-376-22) ¶晏歇点要来格哩，绰仔倪格烂污～，倪勿来。(九 102-713-4) ¶倪要紧要借洋钿，一塌刮仔才是年底格开销，洛里等得到开年？等到仔开年～，倪也勿要借倽格洋钿哉！(九 130-877-13) ¶渭臣道："就是归日仔夜头搭耐去吃仔一台，后首来碰仔一场和，今夜头夷说好个去碰和，耐阿高兴？"小庭道："倪碰～不过十块底二四哩。"(鸿 10-248-14) ¶倪因作活浪格辰光，客人笃来来去去，格末叫忙，故歇俚死仔～，格排勿要面孔格客人，勿要说倽帮倪格忙，连搭仔欠来浪格局帐，一塌刮仔漂脱。(九

語彙例釈　　shi

48-348-5）¶耐章大少面浪哩，换仔别人来～，倪就老实勿客气哉！（九136-911-17）"时"とも作る。¶这几件东西，照我们看去，顶多不过值得三千银子，他却说要卖二万，倘卖了时，给我们一个九五回用。（目5-34-23）¶小侄倒还有几部带在身边，年伯若要看时，待小侄明天送过来罢。（维2-12-12）¶现在正缺一个轮船买办，清翁高兴做时，我替你关说是了。（新35-159-15）¶倘然锦翁要时，兄弟也可以帮忙。（新35-161-10）¶你倘然肯～，我就偿还你几个钱。（十37-274-39）¶你这病非药可医。我有个宝贝与你，你天天看时，此命可保矣。（红12-171-12）¶就是你有甚心事时，随你天样大的，我也好替你替解，说甚不耐烦（醒上9-62-4）¶或要时，倒也便宜。（禅6-81-14）¶若是没有人家时，我要娶他为妾，未知他肯否？（喻10-147-8）¶你若赢了是造化，若输了时，我借与你，下次还我就是。(醒34-711-14）¶若不去时，须累及我。（初14-257-2）¶你若和我好意，佛眼相看，若不好时，带累一城百姓受苦，都死于非命！（警28-443-12）¶恁地时，那厮们倒快活。（水15-217-3）¶若如此说时，我们一同去。（水46-765-16）¶你自寻便了。有时，自抬去。（水49-807-12）

（注）上掲例における"是""时"の基本的な機能はそこでの息のとぎれを示すことにあり。語気助詞"末"に通じる。上掲各例の"是"に"末"をあてている例がある。⇨末。

【是】

〈代〉指示代詞。これ。¶所谓相题行事者，即此～也。（海60-55-24）

【是价模样】

"实概模样"に同じ。¶双珠看是景星店号，知道是客人给他新买的了，乃问："要几花洋钱？"双玉道："说是廿六块洋钱咪，阿贵嘎？"双珠道："～，倒无啥。"（海17-137-6）

【是哉】

〈助〉共通語の語気助詞"就是了"。前に助詞"末"が用いられる。"末"の後、"是哉"の前に副詞"才"を加えていることがある。¶吃酒末阿有啥勿好意思说嘎？赵大少爷请耐哚两位用酒，说一声末～。（海3-17-4）¶小干仵闹脾气，无啥要紧。耐勿做仔末～唲。（海6-47-5）¶堂子里做个把倌人，只要局帐清爽仔末～。（海10-81-9）¶只要俚勿动气末才～，倒说我动气！（海11-84-6）¶倪不过是朋友，就得罪仔点，到底勿要紧，只要耐勿得罪王老爷末才～。（海12-92-23）¶善卿道："我替耐解个冤结，多则一万，少则七八千，耐阿情愿？"淑人说："愿个。"善卿道："价末才～。"（海63-542-18）¶堂倌就弯着腰，问毕生写倥戏，毕生道："随耐写一出来～唲。"（鸿1-195-26）¶［丑］

694

主客，酒菜勒里。[净] 放勒朵末～。（三 3-18-16）¶相府里边买进来个苏州人，不过我搭你两家头。个个叫好乡邻强如陌路人。比方你缺长少短，只管朝杨家亲娘说末～。（三 9-107-21）¶介末借一票当头末～！（描 2-16-24）¶倪末陆里敢生气，只要耐二少爷勿生仔气末～。（九 45-330-10） "是者"とも作る。¶我去替老爷话末是者。（上问 34-63-9）¶侬拨伊拉末是者。（上问 28-53-2）

【适意】
〈形〉快適である。心地よい。否定で病気を表していることがある。¶俚叫李浣芳，算是漱芳小妹子。为仔漱芳有点勿～，坎坎少微出仔点汗，困来哚。我教俚麨起来哉，让俚来代仔个局罢。（海 7-55-19）¶耐身向里有点勿舒齐末，原到倪到来，比仔栈房里也～点哚。（海 14-114-21）¶倪该搭是小场花，请大人到该搭来，生来勿配，耐也一径冤屈煞哉，难末拣着个大场花，要～点哚。（海 18-146-15）¶耐贵恙全愈哉？我末一直想到耐搭来，实在路远勿过，难末我自家勿～刚好，也勿大敢出来。（鸿 6-222-13）¶我今朝（勿～）（勿爽快）（勿受用），叫伊拉替我烧眼（粥）（稀饭）来。（上问 28-52-6）¶宝玉道："三位阿姊放心去困末哉，有奴勒里伏侍，勿要紧格，等俚醒一醒，难末搀俚过去罢。"三妾本不高兴伏侍，听宝玉受领，落得～，自然一哄散去了。（狐 34-289-15）¶一个大痴囡，出外上街买市；一个骚丫头，在家烧茶煮饭。真是无忧无虑，～不过的。（何 7-72-3）¶"……。三个人坐在车上不～么？"阿素道："自己姊妹，说甚客话，我们大家同去。"遂一手挽了楚云，一手挽着金家奶奶，登车住张家花园而去。（繁后 3-749-10）¶那天席散，我本想留你，一来有点不好意思，二来我那晚就觉着有点弗～。（梼 11-180-12）¶秋波道："咦！阿毛你为什么不下来？"阿毛道："我为是觉着坐着～，草地里有露水，踏湿了鞋子啥犯着。"（人 34-373-2）¶跑进去，～是极～，舒徐是极舒徐，你要什么就是什么，只是钱花的也异常利害。（十 11-77-1）

shou

【收】
〈动〉受け取る。受け入れる。¶三先生耐问声俚看，前日仔收得来会钱到仔陆里去哉哩？（海 3-19-10）¶故歇我来搭俚付清仔，到仔日期我去～，勿关耐事，阿好？（海 48-411-10）¶碰着仔耐大姐，难末勿曾来，就交代俚一打香槟酒带转去，阿曾～到？（海 53-448-7）¶沈二宝听了大惊，好似兜头泼了一飘冷水的一般，只得对着金姐说道："妶姆勿瞒耐说，倪帐浪一塌刮行～着仔一百几十洋钿，零零碎碎老早用完结格哉。格件事体末那哼弄法，总要耐妶姆帮帮倪忙格哉。"（九 163-1070-21）¶山矿在中国，本底废

語彙例釈　shou

着不动的，外国人来开采了，我们现现成成~几个钱倒不好？（新56-260-9）¶听说年底下的局帐狠~不起，也有只~六七成的，也有只~五六成的，若~到了一个八九成，已算再好没有的了。（繁Ⅱ23-614-16）¶贾瑞~了镜子，想道："这道士倒有意思，我何不照一照试试。"（红12-171-19）

【收房】

〈动〉召し使っている女性をめとって妾にする。¶故歇李秀姐拿个浣芳交代拨王甫，说等俚大仔点~。（海54-458-23）¶这碧莲是个大鸦头，已经十八岁了，陆观察最是宠爱他，已经和他鬼混得不少，就差没有光明正大的~。（目84-678-15）¶老爷道："不是这样说。我想把你收了房，做了我的人，你说好么？"鸦头听了这句话，却低头不语。（目103-849-6）¶那个玲儿虽尚未正名~，却已有了几个月身孕。（梼19-309-9）¶两个人绞得饴糖儿似的难舍难分，异常恩爱，私下相约，等待大奶奶一死，立刻把他~。（十19-138-30）

【收监】

〈动〉監獄に入れる（罪人を）。¶拨县里捉得去，办俚拐盗，揪二百藤条，收仔长监。（海27-225-8）¶故歇再要收俚长监，一张禀单好哉。（海37-312-12）¶小人叔侄两个，俱已~，要赔桑衙银两，何人措置？（禅25-411-5）

【收敛】

〈动〉放縦(ほうしょう)に流れぬよう自制する。¶耐阿好~点，君子须防其渐也。（海51-432-17）¶依兄弟愚见，还是请大嫂训斥他们一番，等他们以后~些就是了。（官49-842-4）¶有时宝玉顺性胡闹，多亏宝钗劝说，诸事略觉~些。（红99-1390-22）

【收令】

〈动〉"酒令"（酒席の興を助けるゲーム、負けた者が罰として酒を飲まされる）をおしまいにする。¶让蔼人来豁仔一拳，~罢。（海4-26-22）¶【付】自我行房末会个，行令是勿会个。【丑】介末罚酒哉那。【付】既然要罚，且收子令勒介。（三45-482-24）

【收拾】

〈动〉片づける。整理する。¶单剩仔大阿金坐来浪打磕铳。我教俚~好仔去困罢，大阿金去仔，我一干仔就榻床浪坐歇，落得个雨来加二大哉。（海18-141-17）¶耐覅去听俚，快点~好仔去罢。（海38-317-9）¶忙着~行李，打算后天长行，一直到省。（官3-34-12）¶从人还在船上~行李呢。（歇10-127-9）¶你们还不去~你们的东西，还等人来服侍你不成？（梼23-370-8）¶只见两鬓略松了些，忙开了李纨的妆奁，拿出抿子来，对镜抿子两抿，仍旧～好了，方出来。(红42-585-16) ¶赛玉叫长儿提浴盆上楼，倾了汤，发付长儿厨房～去了。(禅7-100-15) ¶当下王臣吃了早饭,算还房钱,～行李。(醒6-117-16) ¶算计已定，对夫人说知，～行李，辞别了马太守。(警3-31-8) ¶次日清早，王婆～房里干净了，买了些线索，安排了些茶水，在家里等候。(水24-374-12)

【收捉】

〈动〉①"收拾"に同じ。 ¶耐～仔下头去罢，覅多说多话哉。(海4-28-20) ¶俚哆嫁出去个辰光，拣中意点末拿仔去，剩下来也有也有几只箱子，我～仔起来，一直用勿着。(海10-76-8) ¶十六俚哚写纸，我末～物事交代无妨，无拨空，耐就月半吃仔台酒末哉。(海48-407-1) ¶教俚转去～行李，明朝早点来。(海55-467-10) ¶地浪掼坏格物事，唔笃覅去～，等俚笃晏歇来看看。(鸿11-255-6) ¶阿嫂今朝朝浪故格哉，叫耐赶紧转去。故歇我替耐拿物事才～好哉，耐今夜头就动身罢。(鸿13-271-4) ¶先帮两三日忙，再到荐头人家，喊两个粗做，一个男下底人，让俚笃楼上楼下，细细教～～，我末指派指派，奶奶倷以为哪哼佬？(狐11-73-12)

②修理する。 ¶王莲生见桌上一大堆零星首饰，知是打坏的，说道："我搭俚～末哉。"（海9-71-18）"收作"とも作る。 ¶我托侬拿地只表去交拨拉修钟个收作收作。(上问10-19-2)

【收作】

"收捉"①に同じ。 ¶倪末哪里有几花物事～噶！（海30-250-23）¶耐晚歇去，看见君玉个书房，故末～得出色！该面一埭才是书箱，一面四块挂屏，客人送拨俚个诗才裱来浪。(海31-260-8) ¶我个物事～好仔长远哉，等到故歇。(海49-415-1) ¶耐夜晓得城隍庙里大兴土木，阎罗王殿浪个把舌地狱刚刚～好，就等个痴鸳先生去末，要请俚尝尝滋味哉！(海51-432-12)

【手】

〈名〉手。 ¶一个客人拉住仔个～，一个客人扳牢仔个脚，俚哚两家头来剥我裤子。(海23-184-12) ¶赎身文书来浪我～里，看俚再有啥泫子！(海59-500-4) ¶还有一个人，～里拿着一个大喇叭，照着他呜呜的吹。(官2-26-4) ¶凤姐便一扬～，照脸一下，把那小孩子打了一个筋斗。(红29-405-10) ¶那三四个村汉看了，～颤脚麻，那里赶上前来。(水32-495-13)

【手笔】

〈名〉本人が作った文章や本人の手になる書画。 ¶做诗第一要相题行事，像昨日'眼

語彙例釋　shou

花落井'題目，恰好配耐个～。（海 60-515-12）¶原来是俚格～，格是自然要好哉喻。（沪 3-65-1）¶这一块碑又是温生甫的～，倒叫小桃留名后世。（繁后 39-1196-17）¶我们前三四年，久已在许多月份碑和美术画以及杂志封面上边瞻仰秦先生的～了。（人 45-567-14）¶难道这诗不是雯青～么？（孽 8-63-4）¶王臣接来拆开看时，却是母亲～。（醒 6-118-11）

【手迹】

〈名〉筆跡。¶好像是玉壶山人～，不过寻勿出俚凭据。（海 47-400-7）

【手巾】

〈名〉手ぬぐい。¶耐去茶馆里拿～来揩揩哩。（海 1-3-16）¶耐面孔浪齷齪勿少来浪，不过看勿出来哉。多揩两把～，故末是正经。（海 26-217-21）¶肥皂，～都替依端正好拉者。（上问 23-43-2）¶叫小大姐到灶屋里去打一盆脸水来，亲手绞了一块～，替如玉把脸抹过。（繁初 27-301-13）¶鄒太爷藏好当票，用～包好钱，一走走到稻香村。（官 11-158-24）¶还有些一把胡子的人，眼泪鼻涕从胡子上直挂下来，拿着灰色布的～在那里揩抹。（官 43-727-22）¶把他一家门男女大小三十二口，齐都捆上，口里头都塞上块～。（新 52-239-10）¶平儿见待书不在这里，便忙上来与探春挽袖卸镯，又接过一条大～来，将探春面前衣襟掩了。（红 55-775-6）¶側手放个衣架，搭着～，这边放着个洗手盆。（水 21-308-11）

【手帕子】

〈名〉ハンカチーフ。¶阳台浪晾来哚一块～搭我拿得来。（海 3-21-3）¶老包，～哩，阿曾带得来？（海 48-411-3）¶那副神形就要掉下泪来，慌忙又拿～去擦。（官 29-476-9）¶说着，便从怀里掏出～哭起来了。（官 39-664-6）¶这艳香在叶大人怀里哭个不住，七姨太太拿自己的～替他揩着。（梼 9-132-14）¶尤氏等用～握着嘴，笑的前仰后合。（红 54-766-6）

【手下底】

〈名〉配下。共通語の"手底下"。¶～一百多人，连搭衙门里差役，堂子里佣人，才是俚帮手。（海 61-521-3）

（注）"下底"は共通語の"底下"に当り、単独でも用いられる。→宝玉同阿金、阿珠还靠在栏干上观看，也见下面有一人走来踱去，不时呆呆的向上睁瞧，宝玉却不认识是桂芬，回头向阿金说到："倷看下底格格人，立仔勿知啥辰光哉，一径对仔倪看，只怕有点痴格。"（狐 49-424-1）また、他の単語と複合する。→等黛玉起身，荐头早把两

个粗做娘姨，一个男下底人一齐送至。(狐11-74-2)
【守】
〈动〉見張る。番をする。"守门"は、門番をする。¶倒勿是瞎说，巡捕～来浪门口，外头勿许去呀。(海28-232-3) ¶一时出了园门，就在～园门的小厮们的班房内坐了，开了药方。(红51-718-1)
【首】
〈量〉詩歌を数える 。¶今朝新闻纸浪，勿晓得啥人有两～诗送拨我。(海31-260-11)¶听说吃仔酒末定归要做～诗，阿有价事？(海47-401-13) ¶他这几～诗，～～多是本地风光，难为他描写得来。(繁后9-822-5) ¶也有几～歪诗熟话，可以喷饭供酒。(红1-5-11) ¶宋江和两个公人听了这～歌，都酥软了。(水37-585-1)
【首七】
〈名〉初七日。¶明朝十三是李漱芳～。(海45-381-17 ）¶过了～，打发儿媳将梅氏棺柩盘回常熟，自己仍在上海勾留。(繁后19-947-25)
(注) また、死後49日の最初の7日間を指す。→可巧这日正是～第四日，早有大明宫掌宫内相戴权，先备了祭礼遣人来，次后坐了大轿，打伞鸣锣，亲来上祭。(红13-179-3)
【首尾】
〈名〉首尾。物事の初めと終わり。¶再有个花样；举《四书》句子，要～同字而异音，像'朝将视朝'一句样式，故末《四书》浪好像勿少。(海41-350-1)
【受茶】
〈动〉結納を受け、婚約する。¶耐还有令妹，也好几年勿见哉，比耐小几岁？阿曾～？(海1-4-8) ¶(唱)翠姑娘生得面如花，十七岁青春未～。(描2-18-12) ¶此时还来得及呢，你又没受他家的茶，算不了他家的人。(歇14-183-6)
(注)『二刻拍案警奇』は"适间这位是表弟，还有一位表妹，与小侄同庚的，在么？"と尋ねられて、"你姑父在时，已许了人家。姻缘不偶，未过门就断了。而今还是个没吃茶的女儿。"と答えるくだり（二 3-57-4)の"没吃茶"について、"一名'受茶'，旧日指女子受聘"，因为聘妇多用茶。至于为什么用茶？据《天中记》云："凡种茶树必下子，移植则不生，故聘妇必以茶为礼。"据此可知，用来表示'一经受聘，不再受旁人家之聘'的意思。'没吃茶'，指至今'尚未受聘'，用现在通用语说："还没有订婚。"と注を加えている。
【受罚】

語彙例釈　shou

〈動〉罰を受ける。¶倪大家奉陪一杯，算是～末哉。(海40-340-7)¶酒令大如军令，不论尊卑，惟我是主，违了我的话，是要～的。(红40-557-16)

【受风寒】

寒い風にあたる。中国伝統医学で風邪ひきの症状になることをいう。¶漱芳个病还是旧年九月里起个头，受仔点风寒，发几个寒热，倒也勿要紧；到今年开春勿局哉。(海36-304-13)¶个是受仔点风寒落，吃帖把发散药就好哉。(鸿5-216-13)¶想必外头去受仔风寒洛，连搭心里末怕烦，嘴里末干燥，吃茶才勿杀渴格，格末叫难过得来。(狐30-246-12)¶故歇是深秋天气哉，勿要半夜里转去受仔风寒，倪倒担勿落格个干系。(九23-172-15)¶是那能之咯勿适意个？——是拉路上受之点风寒，到之屋里就伤起风来者。(上问34-63-1)¶因为路上受了一点风寒，在家里养病，所以还没有过来。(官17-262-3)¶早晨开门来，见阶上躺着一个人，仔细一认，却是祝大人，连忙扶起，送他回去，就此受了风寒，得病鸣呼了。(孽14-117-5)¶昔日染病之初，还是～起的。(禅6-72-7)¶那张进因在路上鞍马劳倦，却又受了些风寒，在饭店上生起病来。(醒19-389-2)"着风寒"ともする。¶话说王夫人因见贾母那日在大观园不过着了些风寒，不是什么大病，请医生吃了两剂药也就好了。(红43-591-1)

【受寒气】

"受风寒"に同じ。¶云甫更令较班去说：受仔寒气，倒是发泄点个好，须要多盖被头，让俚出汗。"(海42-354-24)

【受累】

〈動〉苦労する。疲れる。¶越是要好，越是～！玉甫前世里总欠仔俚哚几花债，今世来浪还。(海42-351-11)¶贾政忙斟了一杯，送与贾母。贾母笑道："既这样，快叫人取烧酒来，别叫你们～。"(红75-1077-5)

【受用】

〈形〉心地よい。楽しい。楽である。否定で、病気でつらいことを表したりする。¶王老爷，难酒少吃点，多吃仔酒，再吃个鸦片烟，身体勿～，阿对？(海57-485-16)¶我说要白相，还是豁脱点洋钱无啥要紧，像倪家叔故歇阿～嘎？(海60-511-10)¶到勿如勿出去，夜里向好勿～，故歇勿得知搭罗个相好介？(描46-407-28)¶我今朝（勿适意）(勿爽快)(勿～)，叫伊拉替我烧眼(粥)(稀饭)。(上问28-52-6)¶另外尚有一间大菜房间，冬天生着煤炉，夏天装着拉风，坐在里面好不～。(繁后5-770-1)¶方才你们送来野鸡崽子汤，我尝了一尝，倒有味儿，又吃了两块肉，心里很～。(红43-591-6)

700

¶那两个公人道:"都排,真个～!清早儿脸上好春色。……。"(水102-1577-3)

【瘦】
〈形〉やせている。 ¶从正月里到故歇,饭末一径吃勿落,耐看俚身浪～得来单剩仔骨头哉!(海20-160-3) ¶饭食渐渐减下来,有日把一点勿吃,身浪皮肉也～到个无陶成。(海36-304-15) ¶耐一径勿来,面孔浪像煞～仔点哉,身体浪阿好呀?(九150-996-12) ¶卢五的伙计一听这话,便有一个～长条子挺身而出,道:"既然如此,我陪二位一同前去。"(官28-454-6) ¶少牧始知如玉身子不好,今夜不来。又听尔梅说他～得一把骨头,暗思好端端一个如花似玉的女子,为甚憔悴到这般地步?(繁后18-932-8) ¶宝玉拉着他的手,只觉～如枯柴。(红77-1109-7) ¶这等肥胖,好做黄牛肉卖。那两个～蛮子,只好做水牛肉卖。(水27-428-17)

shu

【书坊】
〈名〉書籍を出版し販売する店。 ¶善卿道:"物事来哚陆里?"荔甫道:"就来哚宏寿～里楼浪,阿要去看看?"(海1-6-13) ¶想毕,便走到～内,把那古今小说并那飞燕、合德、武则天、杨贵妃的外传与那传奇角本买了许多来,引宝玉看。(红23-324-9)

【书房】
〈名〉書斎。 ¶倪就～里坐哉嗭。(海19-149-2) ¶黎篆鸿接茶在手,因问鲍二姐:"俚哚几花人呢?"鲍二姐道:"才来里～里讲闲话,阿要去请过来?"(海19-153-15) ¶勿然一径关来哚～里,好像蛮规矩,放出来仔来勿及个去白相,难末倒坏哉。(海32-266-5) ¶忽然一阵胡琴声音从厅侧～里发出来,接着便是倌人唱曲声,客人叫好声,搳拳声,说笑声,热闹得不堪言喻。(十3-15-21) ¶偏生这日贾政回家早些,正在～中与相公清客们闲谈。(红9-135-5) ¶可可地这女子走到父亲～,看见桌上一本文章,他就展开一看。(醒下10-177-21) ¶在～中看书,不知哥哥有何事呼唤,不免上堂廊见。(杀2-5-1)
(注)"书房"は読書したり、書きものをする部屋であるが、"妓院"でいう"书房"は書斎らしい部屋になっているものを指す。 → 左边一间,本是铺着腾客人的空房间,却点缀些琴棋书画,因此唤作书房。(海19-149-6)

【书钱】
〈名〉"书场"(寄席)の席料。 ¶吃过晚饭,秀英欲去听书。二宝道:"倪先说好仔,～我来会;倘然耐客气末,我索性勿去哉。"(海29-241-22)

【书箱】

語彙例釈　　shu

〈名〉本を納めている箱。¶該面一垛才是～，一面四块挂屏，客人送拨俚个诗才裱来浪。(海 31-260-8)

【书寓】
〈名〉"长三书寓"を指す。その妓院および同妓院の芸妓を指す。¶卫霞仙是～呀，俚哚会骗。像倪是老老实实，也无拨几户客人。(海 57-484-13)¶好在金莲的娘是亲生娘，薛金莲总算是自家身体，做了五六年野鸡，升了～，又做了两年，倒也和他挣了不少的钱。(九 95-673-10)

【叔伯】
〈名〉"叔父"と"伯父"。¶难末玉甫个～、哥嫂、姨夫、娘舅几花亲眷才勿许。(海 37-308-1)¶相爷晓得你无呢子，介勒今朝头为你买一个团儿勒里，叫康宣，改名叫毕安。苏州人，十七岁哉。爹娘～弟兄才无得个。(三 9-105-22)¶只是父亲～兄弟中，因孔子是亘古第一人说下的，不可忤慢，只得要听他这句话。(红 20-283-6)

【叔侄】
〈名〉"叔父"と"侄子"。¶倪末两家弟兄搭李实夫～，六个人作东，请于老德来陪客。(海 18-146-3)¶又特向秦钟悄悄说道："咱们俩个人一样的年纪，况又是同窗，以后不必论～，只论弟兄朋友就是了。"(红 9-137-7)¶小可～两个，俱已收监，要赔桑衙银两，何人措置？(禅 25-411-5)¶登云山离这里不远，你可连夜去请他～两个来商议。(水 49-812-4)

【梳】
〈动〉梳(と)かす。¶耐个头也毛得来，阿要～？(海 43-365-17)¶奴别样勿中意俚笃，就剩俚笃～格前刘海，奴倒蛮中意格。(狐 22-173-14)¶只要拿前头格长头发～点下来，用剪刀一剪，小木梳一～，刨花水刷一刷光，就卷仔起来，搭俚笃一样哉嚥。(狐 22-173-15)¶就是头发毛了，也不算什么，重～一～就是了。(九续 29-221-7)¶拿一把小小木梳，～了又～，足足有一顿饭时候，邵氏等得不耐烦，便道："你～得怎样了？"薛氏笑道："我想还是～条松三股辫子罢。"邵氏道："你方才不是说～坠马式髻儿的么？"(歧 3-27-14)¶宝玉笑道："好妹妹，你先时怎么替我～了呢？"湘云道："如今我忘了，怎么～呢？"宝玉道："横竖我不出门，又不带冠子勒子，不过打几根散辫子就完了。"(红 21-289-11)

【梳头】
〈动〉髪を梳(と)かす。髪を梳かして結う。¶倪搭先生～去，梳好仔头再来。(海 5-39-24)

¶就搭先生梳一个头,梳好仔头末,无事体哉。(海 23-184-1) ¶我为仔耐苦恼,一径当耐亲生囡件,~缠脚,出理到故歇,陆里一件事体我得罪仔耐。(海 45-378-17) ¶二小姐末勿转来哉,三公子请俚公馆里歇夏,包俚十个局一日。~家生搭衣裳,教我故歇拿得去。(海 38-317-2) ¶太太介,洗个面孔,梳子头,吃了茶点,整衣向外,米到内堂。(三 30-328-1) ¶辰光末还早,奴要重新梳起头来。(狐 33-281-18) ¶看见老伯母还只穿了一件单褂子,头也没梳,正在那里烧水煮饭,所以小侄也就出来了。(官 43-729-14) ¶我梳这种头,还是和尚拜丈母,第一遭呢。(歇 3-27-26) ¶我就听见他起来了,忙忙碌碌梳了头就找颦儿去。(红 48-668-14) ¶你妈若好了就罢;若不中用了,只管住下,打发人来回我,我再另打发人给你送铺盖去。可别使人家的铺盖和~的家伙。(红 51-713-2) ¶我要同你到亲眷家里去望望,你可~打扮了去。(醒下 2-104-4) ¶玉郎平昔孝顺,见母亲发怒,连忙道:"待孩儿去便了。只不会~,却怎么好?"(醒 8-160-3)

【梳正头】
髪を"正头"に結う。女子は髪を頭の頂きに束ね上げて結うことで、もう子供でないことを示した。このような髪型を"正头"という。¶再歇两年,金凤梳仔个正头,刚刚接下去,故末再好无拨。(海 49-417-22) ¶浣芳梳的两只丫角,比丽娟正头终究容易,赶着梳好,一同吃饭。(海 43-366-2)

【舒齐】
〈动〉きちんとする。めざす状態に整える。手ぬかりなく用意する。¶我说末,耐先教月琴先生打发个娘姨转去,摆起台面来。善卿坎坎来,也让摆个庄,等蔼人转来仔一淘过去,俚哚也~哉,阿是嘎?(海 4-25-3) ¶房间里才~哚哉。四盏灯搭一只榻床,说是勿多歇送得去,榻床末排好,灯末也挂起床哉。(海 5-34-10) ¶耐也吃饭罢,~仔末也好出局去哉。(海 17-134-10) ¶耐~仔末,转去罢。(海 17-136-14) ¶漱芳有勿多两日哉,我等俚死仔,后底事体~好仔,难末到屋里,从此勿出大门末哉。(海 42-354-7) ¶耐同仔索兰先生到大观楼浪去,看看房间里阿缺啥物事,喊俚哚~好仔。(海 51-434-10) ¶故歇勿搭耐说,等事体~仔,耐也明白哉。(海 63-542-20) ¶耐覅管,耐去~仔洋钱,我替耐办。(海 64-544-8) ¶耐实概格红倌人,阿怕拿丢勿出仔洋钱,就不过还有倪经手格店账好像勿少,耐倒记明白,一淘交代仔倪,等倪去还拨仔俚笃完结,明朝等耐~好仔倪来拿。(九 38-280-5) ¶我还有别样事体,要四点多钟~得来,耐勒浪张园等我。(鸿 10-248-4) ¶我昨日夜头到归首身,前途已经困格哉,我定归请俚起来,难末搭俚说好格,耐格歇票子齣~勒?(鸿 12-263-22) ¶宝玉道:"倒也勿差,准其倷替奴办末

語彙例釈　shu

哉,不过日脚勿能长远格啘。"阿珠道:"格是自然,包俜两三日就〜阿好?"(狐20-154-16) ¶倪格碗断命饭也勿要吃哉。早〜一日,早定心一日。(官10-141-12)　¶就必过故歇末倪格生意弗凑巧,铜钿为难点,难末总规要弄清爽格哩。清爽仔末,耐格事体野〜哉啘。(沪3-51-9)　¶只要一有了钱,诸事好办,明天我去看看房子,大约三五天内可以〜,那时搬进新居,再来请你过去。(九31-231-22)¶台面已〜了,我们要坐了。(商3-16-11)　¶如今一切事情都〜了,我们群玉坊去吃便夜饭,高乐一回儿去罢。(商11-31-18)　¶你们行李谅来多已〜,我却昨夜没有回去,一时间收拾起来,怎末得及?(繁Ⅱ10-448-24)　¶既如此,我明儿就着人打扫糊裱,但一两天还不能〜。(歇22-285-6)

〈形〉①心地よい。気楽である。共通語の"舒服"。¶耐身向里有点勿〜末,原到倪搭来,比仔栈房里适意点咪。(海14-114-20)　¶旧年生仔病下来,头一个先是无姆急得来要死,耐末也无拨一日舒舒齐齐。(海20-161-14)　¶今朝耐勿曾〜末,我就明朝来。(海25-208-13)　¶耐自家觉著陆里勿〜?(海36-301-23)　¶只见姚季纯正躺在榻上吸鸦片烟。桂生做势道:"耐倒〜咪啘,二奶奶要打耐哉!当心点,阿晓得?"(海57-484-22)　¶顺全看时,是毕生的车夫阿四。忙问道:"唔笃少爷阿曾出来?"阿四道:"人有点勿〜,困勒浪,叫我来请朱先生搭苏先生去谈谈。"(鸿4-212-24)　¶倪先生勒里屋里,不过身体有点勿〜,故歇困来浪。(狐29-235-18)　¶有几化堂差,奴才叫倪秀林去代哉,格落奴好舒舒齐齐坐勒里哩。(狐38-330-24)　¶蒋正甫忙道:"你身体怎么样?"青云低低的叹一口气道:"今朝有点勿〜,才是为仔断命格债啘。昨日仔跑出去借二千洋钿,洋钿借勿着,倒惹仔一肚皮格气。"(九续57-439-9)　¶勿然末勒浪倪搭,借仔一夜干铺罢,倪到后房去困,让耐一干仔舒舒齐齐阿好?(九23-172-14)　¶那妇人见了包打听,倒也并不慌忙,舒舒齐齐的说道:"你们来做什么?我因为肚子痛,借师父的床一下子,又没有犯过法。"(新54-250-29)　¶马太太因在一枝香打德律风定好一间包厢,所以坐得很是〜。(十22-164-22)　"舒徐"とも作る。¶耐末说得蛮舒徐,呒啥要紧,耐阿晓得今朝是啥格日脚哉?今朝已经廿六,再要停脱拾两日,已经小年夜哉!(九163-1071-11)　¶等到天一亮就上岸,倪先陪侬去上坟,难末舒舒徐徐白相俚一日天。(狐55-469-23)　¶无论碰着甚么事,那怕贼在城门口,火在脚跟头,他总要舒舒徐徐循例的行咨,循例的申报,像唱昆腔似的,按步就班,一点子生气都没有。(新17-78-6)　¶庄艳芬有一天见了小易,亲亲热热又松又脆地喊了一声"阿哥"。小易听了如领了一盏琼浆甘露遍体舒徐,把那不嫁的前仇忘了大半。(人35-386-19)　¶地方小,座位不舒徐。(人35-394-24)　¶跑过去适意是极适意,舒徐是舒徐,你要什么就是什么,只是钱花的也异常利害。(十

704

shu 語彙例釋

11-77-1)
②ととのっている。できあがっている。補語として用いられることが多く"～好""～妥"の意。ほぼ"停当"に当る。 ¶王老爷原来里，衣裳头面原教王老爷办得来，债末教王老爷去还清末，阿是才～哉唲？（海10-81-3）¶罗个出仔身价，耐替我衣裳、头面、家生办～仔好哉。（海32-264-17）¶耐办得事体好～，我一点点勿曾晓得，害陈老爷末等仔半日！（海48-409-16）¶吃～之末，已经日中心朝后者。（上散4-14-5）¶侬替伊拿事体都办～拉末？——还要相帮伊一日就～者。（上问7-14-4） ¶我一听见了你真是到这里来了，各种事体全办～，我替你十分的高兴。（人40-488-15）¶有些事用不着主子开口，她早已预备得舒舒齐齐，乐得个李氏笑口大开，终日欢天喜地。（歇21-263-7）
③うれしい。愉快である。共通語の"高興"。 ¶倒是王莲生说道："耐请过去罢，贵相好有点勿～哉。"仲英道："耐豁说，管俚～勿～。"（海5-41-20）¶难末双玉勿～哉，到仔房里乒乒乓乓摜家生。（海24-198-20）¶痴鸳要我吃酒，我勿吃，俚心里总归勿～，勿是为啥平厌。（海33-274-9）¶无姆索性勥管，有我来里，总归勿要紧。耐快活末我心里也～点，甏勿为仔我勿快活。（海62-533-4）¶毕生为仔方伯荪讨仔江秋燕，像煞搭倪有点勿～，其实伯荪搭秋燕也是缘分，倪不过替俚笃经经手罢哉。（鸿9-242-24）¶倪难得今朝一日，搭耐讲讲闲话，心浪倒蛮快活，刚刚俚笃又来叫俉格堂差，勿得知俉格道理，看见仔俚笃格付架形，就觉着心浪勿～。（九73-528-15）¶倪嫂嫂听仔心里一径弗～，要我劝劝阿哥。（沪1-18-5）"舒徐"とも作る。¶客人笃跑到倪堂子里向来，大家才是一门心思，看见倪搭再有第二个客人，心浪总归勿舒徐格。倪应酬格面格客人，归面格客人咦来浪勿高兴，应酬仔归面格客人，格面格客人咦来浪说闲话。（九133-894-22）

【输】
〈动〉負ける（勝負事で）。¶让俚少合仔点罢, 倘忙～得大仔好好像难为情。（海13-104-17）¶耐倒会～哚，我勿曾听见耐赢歇唲。（海14-112-24）¶我想俚哚人赢末倒赢仔进去哉，～仔勿见得再去来拨来耐哉哩。（海14-113-17）¶俚打个牌凶煞哚，就是个琪官同俚差勿多，倪总归要～俚。（海53-446-18）¶赢了钱，便大把的赏人；～了钱，无论上千上万，从不兴皱皱眉头，真要算得独一无二的好赌品了。（官21-333-8）¶初次见面让你老先生～这许多，未免觉着过意不去呢。（人18-174-4）¶倘然你～了，只好你拿定主意不赌，银子放在身边，人家好来抢你么？（新28-127-12）¶前儿我和宝二爷顽，他～了那些，也没着急。（红20-282-14）¶大相公被你这伙人引诱去赌，每每～了银两钱物，

語彙例釈　shu

老爷十分着恼。(禅8-116-8)　¶又连日赌钱～了，没处设法。(警5-59-4)　¶这文钱是要买椒的，倘或～与你了，把什么去买？(醒34-711-13)　¶你先我～，我先你～，大家各得一局。而今只看这一句，以定输赢。(二2-35-9)　¶哥哥正不知怎地，赌钱只是～，却不晦气！(水15-213-15)

【输东道】
かけごとで負け、勝った人におごることになる。　¶俚乃输仔东道，来里肉痛，无啥说仔末，骂两声出出气，阿对？(海51-432-13)　¶个个臭贼，那啥还勿曾出来，阿是困着子呢那光景？只要到子明朝头，个个东道要算你输个哉嘘。(三24-277-9)　¶你若认得出，我～；认不出，你～。(三22-266-11)　¶那天气已是掌灯时候，出来又看他们顽了一回牌。算帐时，却又是秦氏尤氏二人输了戏酒的东道，言定后日吃这东道。(红7-117-18)　¶如今同去，若是陆兄果不曾去，姜兄输一东道请陆兄；如果是旧相与，陆兄输一个东道请姜兄，如何？(型11-164-24)　¶我送不来，我～，请你众位；我送了来，你众位～，请我。(初9-158-11)　¶我今夜把此钱放在枕头底下。你若取得去，明日我～；若取不去，你请我吃东道。(二39-725-11)　¶今夜若能取得此壶去，我明日也输一个东道。(二39-726-7)

【输拳】
〈动〉"豁拳"で負ける。　¶倪输仔拳，酒也无人代，耐主人家倒寻开心去哉。(海22-177-13)

【输赢】
〈名〉賭けの金額。　¶耐哚碰和，一场～要几花嘎？(海14-108-4)　¶我说耐明朝要到尤如意搭去，算好仔几花～，索性再赌一场，翻得转末翻仔，翻勿转就气输仔罢哉。(海14-113-21)　¶倪碰和不过应酬倌人，无啥大～。(海25-204-20)　¶明天我们原班到清和坊夜明珠家去再聚一聚，今天的～，可以翻一翻本。初次见面让你老先生输这许多，未免觉着过意不去呢。(人18-174-4)　¶赌客来得如潮如海，成日成夜，整千累万的～。(孽28-261-20)　¶近来渐次放诞，竟干了赌局，甚至有头家局主，或三十吊五十吊三百吊的大～。(红73-1034-14)

【赎】
〈动〉請け出す（担保に入れたものや金で買われた人たちの身などを）。　¶我是耐个讨人呀，～勿～末随耐个便。(海45-379-6)　¶我末气勿过个翠凤，要借罗老爷个拜匣押来里，教翠凤拿一万洋钱来～得去。等翠凤一万洋钱拿仔来，我就拿拜匣送还拨罗老爷。(海59-502-22)　¶你有了钱，为甚不把当去的棉夹衣服～些出来？(繁II3-376-19)　¶

shu　語彙例釈

把收下来的房租渐渐将从前押给银行的房屋一注注～回来，不上三四年，都已～回。（新7-33-5）¶现在你们房客张先生将家具押在我们律师这里，言明两个礼拜来～，到期不～听凭搬去拍卖。（人38-442-9）¶我个儿听见我妈和哥哥商议，教我再耐烦一年，明年他们上来，就～我出去的呢。（红19-268-13）¶姐姐担不个是，暂且把老太太查不着的金银家伙偷着运出一想子来，暂押千数两银子支腾过去，不上半年的光景，银子来了，我就～了交还，断不能叫姐姐落不是。（红72-1021-19）¶便是赵官家驾过，也要三千贯买路钱。若是没有，且把公事人当在这里，待你取钱来～。（水34-530-7）

【赎身】

〈动〉身請けする。¶翠凤要～哉呀，阿曾搭老爷说？（海44-273-20）¶倌人自家～，客人帮贴末也多煞。（海45-379-9）¶我个物事随便啥人勿许动，我赎仔身阿好带得去？才要交代无姆个哝。（海48-405-9）¶才是流氓呀，倪～文书要俚咲到仔末好写哝。（海49-418-21）¶十六岁做大生意，念岁赎个身，今年廿二岁，故歇想讨我个人，也有好几个勒浪。（鸿10-251-22）¶前两年月卿向鸨母～时，采卿曾经帮了点忙，因此月卿心中十分感激。（目49-386-14）¶养狼孩子之后，一直想守着老爷；老鸨不肯，一定要他做生意，顶到大前年才赎的身。（官22-355-12）¶今日可巧有～之论，故先用骗词，以探其情，以压其气，然后下篦规。（红19-270-13）¶我只为从良一事，预先积趱些东西，寄顿在外。～之费，一毫不费你心力。（醒3-62-5）¶就是奴仆，见家主弄到恁般地位，～的～，逃走的逃走，去得半个不留。（醒37-786-8）¶曹可成要与春儿～，大妈索要五百两，分文不肯少。（警31-473-17）

【熟】

〈形〉①熟知している。親しい。¶施个脾气勿好，赛过是石灰布袋。故歇新做起，好像蛮要好，～仔点就厌气勿来哉。（海26-213-20）¶～仔点倒怕面重哉。（海43-365-19）¶倪看倪格戏罢，今夜～格人多，招呼勿得一招呼勒海。（狐28-228-22）¶哪个秦少耕？名字～得很。（十14-97-22）¶近因贾敬停灵在家，每日与二姐三姐相认已～，不禁动了重涎之意。（红64-917-18）

②事情によく通じている。¶过仔垃圾桥，几花湖丝栈，才是做丝生意个好客人，耐～仔末晓得哉。（海59-505-19）¶小弟多在江湖上行，此处无为军最～，我去探听一遭如何？（水41-655-8）

【熟罗】

〈名〉うす織の絹もの。¶耐生来无啥要紧，～单衫才有来浪，去去末哉，我好像个叫化

語彙例釈　shu

子,坍台煞个。(海29-242-13)¶五月天气,渐渐热了,他穿着半新旧的~长褂,外罩天青实地纱没有领头的对襟马褂。(负3-14-13)¶好容易捱到三点半钟,到这时候,~长衫也有些不合景了,只得仍旧换了春纱长衫,单纱马褂。(官32-532-3)¶莲荪,稚凤定眼看时,原来是赵栖梧。穿一件月白~长衫,秃着头,飘然入座,和大家招呼了一遍。(人32-355-9)

【熟人】

〈名〉知り合い。懇意な間柄の人。¶绸缎店,洋货店,家生店,才有~来浪,到年底付清好哉。(海55-469-11)¶耐说上海客人才是~,我倒一吓。(海59-505-15)¶只怕碰着~无趣。(鸿1-192-16)¶要想来投奔俚格,倒是我勿认得俚格面孔,俚勿认得我格形状,亦吪不~指引通信。(狐36-310-22)¶我这里没有~可叫。(官8-109-5)¶没有~,上海就没有人晓得你出身底细了。(新23-106-2)¶席散后剩的都是几个常聚的~。(梼9-136-9)¶地方自然上海最好,既有熟客,又有阿娥姐等许多~,生意自然做得出来。(繁后2-735-15)¶倪二听见是~的声音,将醉眼睁开看时,见是贾芸,忙把手松了。(红24-334-9)¶欲待声张,左右一看,并无一个认得的~。(二5-105-8)¶满生是个少年孟浪,不肯仔细的。只道寻着~,财物广有。不想托了个空,身边盘缠早已磬尽。(二11-226-6)

【束缚】

〈动〉束縛する。¶故末倒是我教耐看仔《随园诗话》个勿好,拨俚'寒梅着花末'一首诗~住哉,耐麭去泥煞个哩。(海61-519-21)

【树丫枝】

〈名〉木の枝。¶看戏个人故末多到个无拨数目哚,连搭墙外头~浪才是人。(海55-466-21)

(注)倪海曙《杂格咙咚》(三关书店,1981,北京)寓言诗〈苏州话〉につぎの用例がある。(P.50)→老鸦衔仔一块奶糕,立勒树桠枝浪;狐狸闻着仔香味,跑来拍俚马屁;……。

【竖面孔】

表情をこわばらす。ふくれっつらをする。¶耐说勿是来相骂,俚一进来就竖起仔个面孔,哽哽喤喤,下头噪到楼浪,勿是相骂是啥嘎?(海27-220-15)¶耐末自家要见乖,阿晓得?再去竖起仔个面孔,拨俚咪笑。(海46-387-13)¶如玉见他恶很很的竖着面孔,提着喉咙,没些情面,连忙在头钱内取出三块洋钱给还了他。(繁后5-767-9)

【恕邀】

〈動〉別に招待状を差し上げないがお許しくださいの意。あいさつ用語。¶亜白道:"准于十八老旗昌取齐,在席七位就此面订～。"(海47-400-21)

(注) 上掲例を呉越:海上花列伝普通話本は"在席诸位就此面订,恕不另邀了"と、海面出版社:海上花列伝(附訳文)は"在席七位就此面订,再不相邀"と訳している。

【庶几】

〈副〉ほぼ。だいたい。 ¶不过我想俚哚做仔倌人,'幽娴贞静'四个字用勿着个哉;或者像王夫人之林下风,卓文君之风流放诞,～近之。(海31-259-14) ¶这些没营生的妈妈们也宽欲了,园子里花木,也可以每年滋长蕃盛,你们也得了可使之物。这～不失大体。(红56-790-5)

shua

【刷】

〈動〉はけなどで塗る。 ¶耐拿鬓脚来～～哩。(海10-75-3) ¶只要拿前头格长头发梳点下来,用剪刀一剪,小木梳一梳,刨花水～一～光,就卷仔起来,搭俚哚一样哉喔。(狐22-173-16) ¶脸上边每逢洗面,必用香肥皂打了又打,发辫上每到出门,必用刨花水～了又～。(繁后11-845-9) ¶当时打扮已了,就大牢里把宋江,戴宗两个匾扎起,又将胶水～了头发,绾个鹅梨角儿。(水40-644-12)

shuai

【甩】

〈動〉ほうり投げる。 ¶俚要～我河里去呀! 教俚～哩! (海39-328-17) ¶妖怪晓得和尚利害,恐怕拨俚追着,就拿格件宝贝～勒黄浦河里仔勒逃走脱格。(狐36-313-5)

(注) 上掲例はいずれも動詞"摔"(投げる"扔""丢"の意)に当てられている。 →宝玉见他摔了帕子来。忙接住拭了泪,又挨近前些,伸手拉了林黛玉一只手。(红30-421-4)。《海上花列伝》は地の文でも"甩"を用いる。 →下得楼梯,未尽一级,猛可里有一幅洋布手巾从客堂屏门外甩进来,罩住阿珠头面。(海41-344-10) なお、《海上花列伝》は"摔"を"拧""捏"(指でつねる)の意味で用いている。 →诸十全伸手去实夫腿上摔了一把,实夫叫声"阿唷喂"。(海21-107-23) →朱蔼人说得半句发松闲话,婊子既笑且骂,扭过身子,把蔼人臂膊隔着两重衣衫轻轻摔上一把,摔的蔼人叫苦连天。连忙看时,并排三个指印,青中泛出紫色,好似熟透了牛奶葡萄一般。(海50-430-6) "摔"を"拧""捏"の意味で用いる例は《十尾龟》にも見える。 →不由得伸手过去捏她的手腕,张阿三夺过手,把阿根腿上尽力摔了一把,摔得阿根又酸又痛又爽快。(十

語彙例釈　shuai－shuang

3-18-21）

shuang

【双】
〈量〉両方で1組になっているものを数える。¶旧年描好一～鞋样要做,停仔半个月,原拿得去教人做仔。(海 11-89-11) ¶身穿一件蓝羽缎棉袍,外加青缎马褂,脚下还登着一～粉底鸟鞋。(官 2-19-3) ¶有一～棠木屐,才穿了来,脱在廊檐上了。(红 45-627-18) ¶穿一领茶褐绅衫,带一顶万字头巾,系一条白绢搭膊,下面穿一～油膀靴。(水 46-769-17)

【双台】
〈名〉テーブルを二つ合わせて、一テーブルとした宴席。"妓院"での大規模な招宴を指す。¶倒难为仔耐哚,明朝倪也摆个～谢谢耐咊末哉。(海 10-82-9) ¶倪勿然陆里晓得啥～嘎,难末学仔乖,倒摆起～来哉。也算体面体面。(海 12-92-1) ¶耐就摆仔十个～,屠明珠也无啥希奇。(海 18-146-20) ¶一个做月仙妹子姓屠,是汉口人,场面野阔笃,来仔三四埭,已经摆过仔两转～格哉。(狐 59-504-21) ¶伯荪即喊："摆起来!"相帮进来,把两只八仙桌并拢。眉初才晓得是～。(鸿 2-199-1) ¶当下仇五科竭力的想拉拢他,趁众人厮混的时候,已嘱咐他相好,赶紧回去备个～。(官 7-105-19) ¶后来又听他同走的朋友讲起,说王某人节后又做了百花底的周宝宝,两人十分要好,不到一月,已经吃过三个～,碰过八场和。(官 34-569-13) ¶任天然道："那有甚么不可,但有多少客？单台呢？"全似庄道："要请的客甚多,就是～罢。"任天然忙叫顾媚芗的娘来,叫他在九毕楼定两桌席。(棒 12-196-21) ¶今天晚上请吃个～可好？(繁初 14-145-13) ¶晚上果然到洪寓。杭觉请的客,却合赞臣不同,问起来都是官家子弟,摆酒又叫～。(市 27-313-8)

【爽快】
〈形〉さっぱりしている。単刀直入である。¶为啥勿说'狎客'哩？索性骂得～点哉咻。(海 53-452-5) ¶倷爽爽快快说下去哩,奴亦勿来怪倷格。(狐 11-77-16) ¶我想最好是搭伊拉商量,每月连车子连马拢总是几化租钱,用一个月拨一个月个铜钱,倒勿～略？（上问 42-77-3） ¶还是冒小姐～,连忙迈步走近门前,伸手将两扇门豁琅一声拉了开来,说了声"有话让你们当面讲。"(官 31-510-13) ¶瞿耐庵吱吱了半天,脸涨红了,还是说不清楚。幸亏爱珠自己爽爽快快的说了。(官 39-668-23) ¶我晓得必是厌恶着寿头的乡曲辨,滑头的油松辨,爽爽快快剪掉了,省得人家巧立名目,妄肆讥评。(新 28-127-24) ¶与其拿出钱来还要蚀本,何不爽爽快快,让外国人办了,好多着呢。(新

56-260-5）¶现在我也要求老兄体谅些，爽爽快快说两句中国话罢。(维 4-28-11）¶有什么事双方解决，岂不格外～，省得我们从中穿插之烦。(人 13-120-18)

【爽爽气气】
〈形〉"爽气"の重ね形。"爽气"は"爽快"に同じ。¶耐覅实概哩，有闲话就～说出来末哉。(海 16-127-18）¶耐末刁得来，做个人～，覅实概。(海 29-244-14）¶耐有洋钱开消，倪开消仔原到乡下去，勿转去个，索性～贴仔条子做生意。(海 35-290-3）¶有辰光该应耐要用个场花，我搭耐说仔，耐倒也勿是～个拿出来；故歇勿该应耐用末，一千也肯哉!(海 45-379-24）¶我做生意，喜欢～，一点点小交易覅去多拌哉。(海 48-411-9）¶费大小姐道："……。二四就二四，至多输掉近万块钱是了。"康小姐道："究竟费大姐姐做人来得爽气"（十 32-236-15)

shui

【水果】
〈名〉果物。¶～也覅去买，俚哚多花来浪。(海 38-320-16）¶后来吃到～，他见大众统通自家拿着刀子削那果子的皮，他也只好自己动手。(官 7-97-3）¶可有什么～？切点与她解酒。(人 31-344-12)

【水饺子】
〈名〉水ギョーザ。隠語として用いられる。¶耐放来哚'～'勿吃，倒要吃'馒头'。(海 1-8-14)

【水烟】
〈名〉"水烟筒"でのむのに用いるきざみタバコ。¶耐覅来豁巴结装～，晚歇四老太爷动仔气，吃起醋来，我老老头打不过俚哦！(海 15-117-8）¶阿是耐勿舍得三块洋钱，连～才覅吃哉？(海 15-117-11）¶从前格客人晏吃点～。(沪 1-46-10）¶还有一个小爷们，是常常替堂倌装～的。(官 45-765-9)

【水烟筒】
〈名〉水ぎせる。きざみタバコをつめて燃やす部分と、煙を吸う細長い管との間に、水を入れておく筒状のものがあり、この水の中をくぐった煙を吸う構造になっている。¶早晨一起来末，三只烟灯，八只～，才要我来收捉。(海 23-183-13）¶从前格客人晏吃点水烟，故歇是堂子里向连～才呒拨哉。(沪 1-46-10)

【水作】
〈名〉左官。共通語の"泥瓦匠"。¶坟末来浪徐家汇，明朝就叫～下去打圹。(海 42-357-12)

語彙例釈　shun－shuo

shun

【順】

〈动〉おとなしく従う。さからわない。　¶故歇做清倌人，～仔俚性子，隔两日才是俚世界哉哄！（海 17-133-12）　¶那贾芸口里只得～着他说，说了一会，见宝玉有些懒懒的了，便起身告辞。（红 26-364-15）

shuo

【说】

〈动〉①言う。話す。　¶无姆勿曾来，～搭娘舅请安。（海 1-4-1）　¶耐～转去两三个月哒，直到仔故歇坎坎来！（海 2-11-13）　¶耐自家去末，先搭俚哚～～明白。（海 9-71-5）　¶勿～起，就～末也是白～，倒去坍坍俚家主公个台。（海 16-127-11）　¶李老大刚刚来～，船放来浪铁马路桥。（鸿 3-206-3）　¶故歇奴有一句闲话要想搭～，总要倷答应奴，帮奴格忙格哩。（狐 9-61-8）　¶你别这么～，俗语～得好："嫁鸡随鸡，嫁狗随狗。"（官 8-113-4）　¶那家人去了回来～："和尚～，贾爷今日五鼓已进京去了，也曾留下话与和尚转达老爷，～'读书人不在黄道黑道，总以事理为要，不及面辞了。'。"（红 1-15-9）　¶智深把前面过的话，从头～了一遍。（水 6-99-7）

②しかる。小言を言う。　¶陆里拿得来嘎？原搭俚放好仔，晚歇弄坏仔末再要拨俚～哉。（海 7-53-18）　¶翠凤越发大怒道："阿是～仔耐了动气哉？"（海 8-65-11）　¶还是耐去俚两声，俚还听点。（海 17-132-11）　¶倪听仔该号闲话惹气，难末～俚两声，俚立起身就走，说难末总归勿来个哉，去仔直到今朝勿来歇。（鸿 4-209-18）　¶因镜台两边俱是妆奁等物，顺手拿起来赏玩，不觉又顺手拈了胭脂，意欲要往口边送，因又怕史湘云～。（红 21-289-22）

【说白相】

动词"说"＋动词"白相"　冗談を言う。冗談に言う。⇨白相。　¶耐说末～，倒有点意思。（海 7-57-15）　¶老包～呀，陆里走哩。（海 60-511-1）　¶子文见他动了真气，忙陪笑道："弗哩，倪不过～一句，啥气得来实格样式。"（沪 1-9-1）　¶慧如忙陪笑道："勿呀，倪搭耐～哩。"（沪 1-88-6）　¶我也不过和你带一半～的。你不要认了真。（人 38-435-15）

【说穿】

〈动〉すっぱ抜く。はっきり言う。　¶拨来耐哚～仔末，倒勿好意思再吃一筒哉哄！（海 15-117-21）　¶俚还教我勿哭，阿姐听见哭，常恐勿肯来。再教我勿去同别人说，～仔，倒勿许阿姐来哉。（海 43-364-22）　¶王老爷做仔张蕙贞末，最好哉哄；耐勿去～俚，暗

shuo　語彙例釋

底下拿个王老爷挤，故末凶哉。(海56-473-23)　¶我也晓得勤里，不过也犯勿着去～俚笃。(鸿19-307-6)　¶就是查了出来，顾了总爷的面子，不去～就是了。(官15-239-8)　¶这事遮遮掩掩，终不是个了局，不如～了；看他如何。(官44-749-17)　¶照这样～了，官场中办的事，那一件不是可笑的。(目60-472-19)　¶原来这种鸣谢证书，都是伪造的，你不～，我们那里会知道。(新17-76-18)　¶慕蠡一番理想，被浩三～了，不觉大喜。(市32-337-20)　¶你这话～了倒一些不错，但不晓得她是什么出身？怎会好好的流落到里面来呢！(人8-71-13)

【说道】

〈动〉…と言う。　¶四五年老相好，说勿去就勿去哉，也亏耐说仔出来。倒～容易得势，阿是来骗骗倪？(海7-53-5)　¶杨家姆去仔转来，倒～：「晦气，房门也关个哉！」(海26-214-13)　¶姚文君起立～：「倪屋里有堂戏来浪，我先去做脱仔一出就来。」(海44-370-21)　¶自家搭好仔看台，爬来哚墙头浪，太阳照下来，热得介要死！大家才～，好看得来。(海55-466-23)　¶到是沈宝林打着强苏白：「倪是勿好个，请唔笃几位大少包荒点！」(鸿9-243-10)　¶[桂]那哼说法？　[丑]说罗个同俚一淘去个，自我～同阿胡子一淘去个。(三8-94-11)　¶愣了好半天，才喘吁吁的～：「我也不要做这官了！……」(官5-63-14)　¶空空道人遂向石头～：「石兄，你这一段故事，据你自己说有些趣味，故编写在此，意欲问世传奇。……」(红1-4-9)　¶宋喜道：「他不是不肯，～原不曾有。」(二36-670-15)　¶学生来时，～先生今日有干，权放一日暇。(水14-207-12)　¶看着宋江便～：「小人何处不寻过，原来却在这里吃酒耍，好吃得安稳！」(水21-311-4)

【说到】

〈动〉……なら。ある事に特に言及することを表す。　¶耐说就要来讨我个末，再拨倪啥个洋钱嘎？　～仔零碎物事，倪穷末穷，还有两块洋钱来里，也勠耐费心个哉。(海55-467-24)

【说得定】

確言することができる。⇨说勿定　¶故也陆里～，倪出去也勿晓得，耐进来也勿晓得，耐说个'碰去看光景'。(海52-440-16)　¶故末无啥自家主意，我勿好说。买个讨人也难熬，就算人好末，主意陆里～？(海56-477-13)　¶官场中的事，千变万化，那里～呢。(目7-51-20)

【说定】

動詞"说"＋動詞"定"(補語)　話を決める。　¶难转去末就请媒人去说亲，～仔，我

語彙例釈　shuo

再到上海接耐转去，一淘拜堂。(海 55-465-23)¶你别着忙，少不得～日子就给你信的。(官 4-52-3)

【说亲】
〈动〉結婚の仲立ちをする。縁談を取り持つ。¶难转去末就请媒人去～。(海 55-465-22)¶难阿哥生来就讨仔阿巧末哉。俚爷娘故歇来里末，无娒教阿虎去～哉唉。(海 62-530-18)¶谁知宝玉一日心中不自在，回家来生气，嗔着张道士与他说了亲，口口声声说从今以后不再见张道士了。别人也并不知为什么原故。(红 29-413-3)¶过了数日，又来～。押司娘道："婆婆休只管来～。你若依得我三件事，便来说；若依不得我，一世不说这情，宁可守孤孀度日。"(警 13-173-16)¶终日缠着这些媒人，央他仇家去～。(初 24-452-5)¶欲待瞒着娘舅，央邻房相好客人季东池、韦梅轩去～，又怕事不肯成，他父母反防闲他，也不敢说。(型 38-528-1)

【说情】
〈动〉寛大に扱うよう口利きする。¶办俚拐逃，揪二百藤条，收仔长监；勿晓得啥人去说仔个情，故歇倒放俚出来哉。(海 27-225-9)¶却又恐怕带着一双空手去要赛金花和他～，赛金花未必就肯答应，便配了这几样首饰，卑词厚币的跑到赛金花那里，要托他在华德生面前说些好话。(九 174-1133-10)¶后来文七爷被玉仙缠不过，只好答应他，且等县里问过一堂再去～。(官 13-199-20)¶谁知他一味的打官话，要公事公办；一面就打迭通禀上台，一面把官船扣住。那学台只得去央及嘉定府去～。(目 80-648-2)¶不想那张护照是过期的，船要出口给关上查出 可怜将米悉数充公了。幸亏托人～，总算没追究罚办。(人 17-158-17)¶贾母道："以后再私自出门，不先告诉我们，一定叫你老子打你。"宝玉答应着。因又要打跟的小子们，众人又忙～。(红 43-601-20)¶官府要连你也杀了的，亏我央人～，免了你的一死，须要知恩报恩哩！(醒下 11-187-14)

【说是】
……ということである。以下に述べるのが他人から聞いたことであることを表す。¶我教娘姨到栈房里看仔耐几埭，～勿曾来，我还信勿过，间壁郭孝婆也来看耐，倒说道勿来个哉。(海 2-11-15)¶小云问子富道："耐阿曾请李鹤汀？"子富道："～转去哉呀，耐阿晓得俚为啥事体？"(海 28-233-12)¶慰卿失惊道："哦……戛生到北京去哉。那哼倪一点野勿晓得？"月缘道："～俚格阿叔叫俚去格，野弗晓得啥事体。(沪 4-97-11)

【说说笑笑】
"说笑"(話したり笑ったりして打ち興じる)の重ね形。¶耐心里要有啥事体，我也猜

714

得着，总称耐个心，就是～，大家总蛮对景。(海 34-285-8) ¶大家～，一路回到子由家里。(文 40-216-22) ¶后来和碧艳谈些别后情形，～，一总没说到正文。(人 29-320-22) ¶秀珍、掌珠姊妹，也当邵氏至亲骨肉一般，镇日价聚在一起，有时～，有时拿些女红请邵氏指教。(歇 3-24-4) ¶半日，贾妃方忍悲强笑，安慰贾母，王夫人道："当日既送我到那不得见人的去处，好容易今日回家娘儿们一会，不～，反倒哭起来。一会子我去了，又不知多早晚才来！"说到这句，不觉又哽咽起来。(红 17·18-247-17) ¶二人～的进去了。(禅 32-509-12) ¶两人做一路，～去了。(初 17-314-10)

【说勿定】
確言することができない。¶耐要来里上海寻生意，倒是难哩。就等到一年半载，也～寻得着寻勿着。(海 14-108-1) ¶我再去做别人，故末～；要说是屠明珠，就算俚搭我要好末，我也勿高兴去做俚。(海 18-147-5) ¶耐下转要寻王老爷末，到东合兴去寻好哉。东合兴勿来浪，倒～来里啥场花。(海 24-196-13) ¶区奉仁道："照这样子，可晓得他几时才见？"管家道："小的进来就问过号房：马上就见亦～，十天半个月亦～，就此忘记了不见也～。"(官 43-720-22) ¶我如今是就要出洋的了，～十年，八年方得回来。(官 51-876-22) ¶兰云仙馆大吃一惊道："他们不来保你，你今天夜里便不能出来了吗？"说罢眼圈陡地一红。张子纯道："那是～。"(人 37-420-19) ¶林冲道："不知几时回来？"庄客道："说不定，敢怕投东庄去歇，也不见得。许你不得。"(水 9-138-9)

si

【司务】
〈名〉ある種の技芸をもつ職人に対する敬称。¶教俚去喊个剃头～拿耳朵来作作清爽。(海 14-110-5) ¶老老头是裁缝张～。(海 21-173-6) ¶我是替烧饭～送羊肉来个。(上问 6-11-8) ¶这时候，外面走进一个裁缝～来，向雨香道："王先生，夜饭用过了没有？"雨香道："才用过。胡～，去年的账齐集么？"(新 48-221-13) ¶从来未曾听见过有修理这种机器的～。(人 40-483-21) ¶只见那裁缝走到天井里，双膝跪下，磕下头去，放声大哭。杜少卿大惊道："杨～！这是怎的？"(儒 31-372-19) "师务"とも作る。¶你说那乡邻是好人么？谁知不是别个，正是白湘吟拜的师务，著名赌棍花子龙。(繁Ⅱ 27-662-4)

【丝】
〈名〉生糸。¶上海～茶是大生意，过仔垃圾桥，几花湖丝栈，才是做～生意个好客人。(海 59-505-18) ¶恰巧有个做～茶生意的广东人，名唤梁友才的。(歇 4-46-12)

語彙例釈　si

【私窩子】
〈名〉私娼(しょう)。¶俚赛过〜，勥去喊俚。(海 56-474-15)

【斯斯文文】
〈形〉"斯文"(言動が上品である)の重ね形。¶看见仔韵叟，大家作个揖，切勿要装出点〜个腔调来。做生意末，生意本色好哉。(海 47-401-19)¶啥说话？看见个话，头戴方巾，身穿海青，厢鞋白袜，桃花眼睛，面孔粉嫩，〜，那啥咿勿见子介？(三 20-232-16)¶穿着天青外褂，装做〜的样子，陪在下面。(官 1-8-18)¶人家的孩子都是〜的惯了，乍见了你这破落户，还被人笑话死了呢。(红 7-114-22)

【死】
〈动〉死ぬ。¶为啥勿许我说闲话，阿是定归要我冤枉〜个？(海 34-282-24)¶徐仔〜，无拨一条路好走。我〜也勿怪耐，才是我娘勿好。(海 34-285-4)¶再有啥勿成功；除非我〜仔，故末勿成功。(海 55-466-15)¶格格男爬到仔格格女身边去困哉，落里晓得，困到明朝，两家头连牢仔，拆勿开格哉，当时〜末勿〜，阿要难为情煞。(狐 54-463-23)¶如他他老人家〜了，我晓得我们这些人更该没有活命了！(官 49-833-4)¶如今从梦中听见说秦氏〜了，连忙翻身爬起来，只觉心中似戳了一刀的不忍，哇的一声，直奔出一口血来。(红 13-176-5)¶我须不是自家走来的。况且人又不曾〜，不犯甚么事，要我到官何干？(二 35-656-7)¶众人都跟着武松，一同再上冈子来。看见那大虫做一堆儿〜在那里。(水 23-348-16)

【死心】
〈动〉あきらめる。断念する。¶倘忙耐要到蒋月琴搭去末，想着有物事来哚我手里，耐勿敢去哉，也好死仔耐一条心，耐想阿是？(海 8-59-17)¶我搭耐老实说仔罢，要秀宝来搭耐要好勿会个哉，耐趁早死仔一条心。(海 12-100-23)¶麻油拌青菜，各人心爱，奴随便哪哼，一定要寻着仔俚，难末奴心死得来。(狐 44-381-17)¶但借钱定要保人，这人我实找他不来，所以把这条心就死下了。(繁后 24-1004-1)¶这人若就此息肩，还算他的好收场，恐怕他还不〜，再想出头，将来还不知如何结局呢。(梼 16-262-20)¶我已经上了你的当，还要骗我媳妇么？他还是孩子家，这事如何肯干？快给我死了这条心罢。(十 14-101-5)¶他们两个都不愿意，我就和老太太说，叫老太太说把你已经许了宝玉了，大老爷也就死了心了。(红 46-636-18)

【死猪猡】
死んだブタ。罵語。¶耐只〜！晓得是耐阿哥替耐定个亲，我问耐为啥勿死？(海

716

63-540-20）

【四壁】
〈名〉屋内の四方の壁面。壁面に書画を掛けたり、美術品などを飾る。 ¶我为仔～琳琅，无从着笔。难年伯要我献丑，也无法子，缓日呈教末哉。(海 53-451-6）¶先由娘姨相帮把新屋里收拾收拾，又叫了一名裱糊匠，把房间的～糊好。(繁初 15-162-5）¶蓉甫见会客厅收拾得很是干净，～上满挂着洋片，陈饰的都是外国东西。(新 57-262-15）¶只见那厢房里面～全挂了许多五颜六色长长短短的楹联诗屏。(人 35-389-1）¶～都是名人字画十分幽净。(十 26-193-26）

【四处八方】
四方八方。¶俚家主公末要场面，拨俚带仔一副头面转来，夜头放来哚枕头边，到明朝起来辰光说是无拨哉呀。难末害仔几花人～去瞎寻一泡，陆里寻得着嘎。(海 16-127-22）¶长毛没有平时，～避难的人都住到上海来。(新 19-84-28）

【四六】
〈名〉四六駢儷(li)体。¶耐末替我做篇～序文，就说个拜姊妹话头。(海 53-449-23）¶他常常写～信写惯的，便抽空做了一篇祭文，偷着到岸上空地方望空拜奠了一番。(官 14-207-22）

【四面】
〈名〉周囲。四方。¶刚刚碰着仔节浪，几花开消才勿着扛；屋里再有爷娘搭兄弟，一家门要吃要用，教俚再有啥法子？～逼上去，阿是要逼杀俚性命哉。(海 34-281-4）¶耐就照俚个样式再去做，总要从"还来就"三个虚字着想，～烘托渲染，摹取其中神理，'菊花'两个字，稍微带著点好哉。(海 61-517-15）¶阿珠，侪末到下底去，喊相帮笃起来，～查查看，到底格个贼从落里搭进来格？(狐 32-272-12）¶刚才大人所说的进兵的地方，标下的船曾经摇过，厨子上去买菜，标下上去出恭，～儿瞧过一瞧，一点动静都没有。(官 14-210-16）¶～再一打听，见张子纯只忙着组织小房子并不问号里的事。(人 37-418-19）¶原来这亭子～俱是游廊曲桥，盖造在池中水上。(红 27-374-20）

【四面八方】
四方八方。あらゆる方面。¶倘忙一日勿看见仔，要娘姨，相帮哚～去寻得来，寻勿着仔吵煞哉。(海 7-56-22）¶就教俚做桩小事体，俚乃要～通通想到家，难末再做。(海 52-442-1）¶烟还可凝聚，人还看见，须得一阵大乱风吹的～都登时散了，这才好！(红 57-806-7）¶原来梁山泊自古～，茫茫荡荡，都是芦苇野水。(水 80-1323-11）

語彙例釈　si-song

【四肢】
〈名〉四肢。¶脾胃伤则形容羸瘦,～无力,咳嗽痰饮,吞酸嗳气,饮食少进。(海 36-305-3) ¶及至看见进来的这一个人,不觉魂飞天外,头晕眼花,～气力毫无,咕咚一声,就坐在一张凳子上。(官 16-250-12) ¶这里宝玉听了,便如孙大圣听见了紧箍咒一般,登时～五内一齐皆不自在起来。(红 73-1031-13) ¶钟守净、行童被绳索缚伤了～,浑身麻木,都睡在床上叫疼叫痛。(禅 5-58-10) ¶近前用手一摸,～冰冷,已气绝多时了。(二 11-241-10) ¶众人看时,～不举,两眼朦胧,七魄悠悠,三魂杳杳。(水 115-1735-16)

【嗣母】
〈名〉"継子"(実の息子のいない家に、その家の主の兄弟、父方の従兄弟や親戚の息子などが跡継ぎとして入った者)の義母。¶说这三公子承嗣三房,本生这房虽已娶妻,尚未得子,那两房兼祧～,商议各娶一妻,异居分爨,三公子恐娶未来未必皆贤,故此因循不决。洪氏低声急问道:"价末阿曾说要讨耐嘎?"二宝道:"俚说先到屋里同俚～商量,再要说定仔一个,难末两个一淘讨得去。教我生意覅做哉,等俚三个月,俚舒齐好仔再到上海。"(海 38-320-10)
(注) 上掲例中の"兼祧"は、男子一人が二つの家の跡を継ぐこと。→ 他家老大没有儿子,云岫也只有这一个庶出儿子,要算是～两房的了,所以从小就骄纵得非常。(目 65-516-5)

song

【送】
〈动〉①届ける(物やメッセージなどを)。¶～票头来是啥辰光?(海 3-23-18) ¶园门浪交代好个哉,就勿曾～条子。(海 48-409-18) ¶等翠凤一万洋钱拿仔来,我就拿拜匣～还拨罗老爷。(海 59-502-23) ¶耐手里个信～到陆搭去?(鸿 4-213-1) ¶我是替烧饭司务～羊肉来个。(上问 6-11-8) ¶奶奶的那利钱银子,迟不～来,早不～来,这会子二爷在家,他且～这个来了。(红 16-213-18) ¶张顺因见宋江爱鱼吃,又将得好金色大鲤鱼两尾～来,就谢宋江寄书之义。(水 39-617-14)
②赠る。¶耐要～拨我,随便陆里一日～末哉。(海 8-59-24) ¶我原勿要呀,是俚咊瑞生阿哥定归要买,买仔三瓶;俚自家拿一瓶,一瓶～仔阿姐,一瓶说～拨我。(海 29-243-17) ¶该应要～俚物事,阿怕我勿晓得。(海 38-320-17) ¶耐喜欢末,我～一对拨耐,拿转去白相相。(海 46-393-10) ¶本则要备酒请侬老爷,皆为身体勿好,坐勿动勒浪,格落叫我拿一点点薄敬,～拨老爷自家吃杯酒罢。(狐 29-239-9) ¶多谢仔侬钱老,勿讨厌

718

song 語彙例釋

倪，留倪住勒間搭，還肯～銀子拨奴过节，格种气量，真真天下少有，第一转碰着。(狐 34-285-3) ¶这方必开因见儿子有了怎么大的能耐，便说自明年为始，另外～先生四贯铜钱。(官 1-1-16) ¶又把裤腰带上常常挂着的，祖传下来的一块汉玉件头解了下来，～给了兰仙。(官 13-192-9) ¶纤纤也来亲自送行，并～了几色路菜。(繁后 34-1126-24) ¶我～妹妹一妙字，莫若"颦颦"二字极妙。(红 3-51-11) ¶昨日叫我拿出两套儿～你带去，或是～人，或是自己家里穿罢，别见笑。(红 42-581-10) ¶杜应元看毕，即办酒饭款待，～了些差使钱。(禅 25-407-14) ¶差拨到单身房里，～了十两银子与他。(水 37-590-7)

③送って行く。付き添ってある距離またはある所まで送る。¶我说～阿大去学生意，也要五六块洋钱咪。(海 3-19-11) ¶莲生着好马褂，挽着小红的手，笑道："耐～～我哩。"(海 4-32-23) ¶黎篆鸿昨夜接着个电报，说有要紧事体，今朝转去哉，阿哥教我等一歇一淘去～～。(海 20-164-16) ¶俚有事体，～倪到门口，坐仔东洋车去哉。(海 30-249-18) ¶今朝夜里方鼎夫动身到天津。我要去～俚。(鸿 4-212-2) ¶我们今日就要一别千古了。我怎好不～他一～呢！(官 58-1016-9) ¶我今日回去，你也不～我一程。(红 13-174-6) ¶贾珍十分款留不住，只得～出府门。(红 13-180-3) ¶张善相、薛举二人不忍相离，都道："再～一程不妨。"(禅 22-358-13) ¶我～兄弟一程。(水 23-342-2)

【送还】

〈动〉元のところへ届けて返却する。¶等翠凤一万洋钱拿仔来，我就拿拜匣～拨罗老爷。(海 59-502-23) ¶万一有人探知我们消息，马又要～，银子又要反璧，我们又没了体面。(鼓 12-151-6)

(注)"送还"は"送给"の意でも用いられる。→柴进携住林冲的手，再入后堂饮酒。叫将利物来送还教师。(水 9-142-8) "还"は"给"の意。→吃了些酒肉，收拾了行李，还了酒钱，出离了村店。(水 9-135-15)

【送礼】

〈动〉贈り物をする。¶送啥礼嘎。(海 38-318-16) ¶倪拜妹妹，不过拜个心。摆酒～多花空场面，才用勿著。(海 52-441-14) ¶倪挂牌末，勿好算啥大事体，承俚肯摆四台酒，装装倪格场面，倪已经快活煞哉，还要送啥格礼介？(狐 19-145-26) ¶托店里伙计替他拿纸包大些，说是～好看些。(官 11-159-3) ¶且说黄子文因为这两天将近中秋节了，堂子里担盘～，络绎不绝。人家是要躲掉她们，可以省花两块钱；他却在家里候着，以示阔绰。(负 17-79-1) ¶原来冯紫英家听见贾府在庙里打醮，连忙预备了猪羊香烛茶

語彙例釈　song‐su

银之类的东西～。（红 29-412-14）

【送盘】

〈动〉贈り物をする。¶我到仔兆富里，无姆要张张我，来末哉。倘然送副盘拨我，故末无姆夥动气，连搭仔下脚洋钱才无拨。（海 49-419-24）¶另外再买几样茶食匣头，皆为奴到仔嘉兴，要送一付盘拨勒殷老格勒佬。（狐 57-486-2）¶如何没有一个～来的？（负 17-79-4）

（注）"盘"は贈り物を盛る器、また贈り物を指す。"盘"はまた"聘礼"を指し、"送盘"も"行盘"と同じく"送聘礼"の意で用いられることもある。→二朝奉，恭喜，贺喜！明朝送盘吉日，正月初三做亲个好日脚。（描 3-27-20）

su

【俗】

〈形〉俗っぽい。"雅"（風雅である）の反義語。¶我说个俗人勿是呀，要会做仔诗末就勿～哉。（海 59-505-18）¶同靴团拜格名堂，就是黄老取格，故歇崔老嵌勒诗里，黄老亦说忒～哉，到底啥格讲究介？（狐 24-195-15）¶二老爷接着说道："这四个字似乎太～。"区奉仁听了似乎不愿意，道："这四个字，人家四六信里常常用的，又是成句，总比'一品当朝'四个字来得文雅。"（官 45-771-12）¶雨村遂起身往窗外一看，原来是一个丫鬟，在那里撷花，生得仪容不～，眉目清明，虽无十分姿色，却亦有动人之处。（红 1-11-17）¶正沉吟间，小童斟上酒来。他触景情生，就想到酒上，道："倘会饮酒，亦可免～。"（醒 29-599-14）¶次日到了无锡，见画舫摇进城里。解元道："到了这里，若不取惠山泉也就～了。"（警 26-402-2）

【俗气】

〈形〉俗っぽい。あかぬけしない。¶我刚刚搭耐说上海个俗人，就像仔罗老爷末也有点～。（海 59-505-13）¶单是个碰和吃酒，～得势。（海 59-507-10）¶一样可以着色，但是不着的妙，着了色不免有些～。（繁后 8-807-11）¶他嫌这些人～，每日坐在书房里做诗看书，又喜欢画几笔画。（儒 55-624-13）¶他们姊妹们也还学着收拾的好，只怕～，有好东西也摆坏了。（红 40-556-2）

【俗人】

〈名〉俗っぽい人。¶我刚刚搭耐说上海个～，就像仔罗老爷末也有点俗气。拗空算客人，连搭仔做诗也勿懂，也好哉！（海 59-505-13）¶他不怪自己贫贱是贪气懒做弄出来的，还自命清高，反说富贵的是～。（目 22-158-17）¶谁知他平生为人聪明，至死不变。

他因想着那起~不可说话，所以只闭眼养神，见我去了便睁开眼，拉我的手问：'宝玉那去了'。（红78-1120-10）

suan

【酸】
〈形〉①酸っぱい。¶今年阿是二月里就交仔黄梅哉，为啥多花人嘴里向才~得来？（海12-93-17）¶这时候程藕舲已将桃子吃了一半，张素雯忙问道："阿~？"程藕舲道："弗大~。"（人39-465-10）¶我们老祖宗只是嫌人肉~，若不嫌人肉~，早已把我还吃了呢。（红35-478-16）
②だるい（手足や腰などが）。¶我腰里~得来。（海20-163-24）¶我两点钟就到该搭，为仔太早，走得去看抛球，到看仔一点多钟，怪勿得有点脚~哉。（鸿7-230-5）¶王夫人恐贾母乏了，便欲让至上房内坐，贾母也觉腿~，便点头依允。（红35-479-8）

【算】
〈动〉①計算する。¶俚屋里末几花姨太太，外头末堂子里倌人，还有人家人，一搣括仔~起来，差勿多几百咪！（海14-113-8）¶倌人叫到仔一笠园，几日天住来浪，~几花局嘎？（海48-407-10）¶故歇双宝来里，生意末无拨，房间里用场倒同倪一样咪晼，几年~下来，阿是豁脱仔勿少哉？（海63-537-8）¶实在勿瞒耐说，栈房钱欠仔勿少哉，故歇付勿出来里，还有点别样要紧用场，搭仔到天津个川资，~~非此数勿可。（鸿8-236-6）¶房钱、伙食、零用，一塌刮仔~起来，要几化开销？（九131-880-8）¶你娘儿们，主子奴才共总没十个人，吃的穿的仍旧是官中的。一年通共~起来，也有四五百银子。（红45-617-9）
②加算する。数の中に入れる。¶我搭俚商量阿好借十块洋钱拨我，烟钱浪~末哉？俚回报仔我无拨，倒立起来就走。（海37-313-21）¶俚一节工夫，单是局帐要做千把咪，客人办个物事，拨俚个零用洋钱才勿~，俚就拿仔三千身价拨我，也不过一年个局帐洋钱。（海44-374-14）¶故歇我是打好仔稿子做个事体，有几户客人勿来里上海才勿~，来里上海个客人就不过两户，单是两户客人照应照应我，就勿要紧个哉。（海48-406-7）¶宝玉和林妹妹他两个一娶一嫁，可以使不着官中的钱，老太太自有梯已拿出来。二姑娘是大老爷那边的，也不~。剩了三四个，满破着每人花上一万银子。（红55-780-4）
③推測する。"算命""算卦"の意にも用いられる。¶转去是该转去，娘舅个闲话终究勿差，我~末倒难哩。（海31-258-6）¶前年倪无姆喊俚到屋里~倪几家头，俚~我末，说是一品夫人个命。（海56-467-3）¶凤姐笑道："我~着你们今儿该来支取，总不

語彙例釈　suan

見来，想是忘了。这会子到底来取，要忘了，自然是你们包出来，都便宜了我。"（红14-192-17）　¶二人又大笑道："好先生，～得准，～得准！"先生道："只嫌二十二岁交这运不好，官煞重重，为祸不小。……。"（警17-236-16）

④……の内に入る。……と認める・認められる。……と見なす。後に名詞・動詞・形容詞・主述連語が続いてこれらについての判断を表す。"是"を連用することもある。
¶倪只道仔耐勿来个哉，还～耐有良心哉。（海2-12-5）¶耐末～说白相，拨来阿德听见仔要吵煞哉。（海3-19-19）¶就～是我捏忙，快点豁仔拳了去。（海4-27-3）¶俚叫李浣芳，～是漱芳小妹子。（海7-55-18）¶写来咾凭据，阿有啥用场！耐要拿几样要紧物事来放来里，故末好～凭据。（海8-59-12）¶沈小红末，～啥凶嘎！（海9-73-9）¶故歇是勿是野鸡哉，也～仔长三哉！（海10-82-18）¶赵先生，也要～耐有主意咾，倒拨来耐看穿哉。（海14-110-9）¶昨日还～好，连配仔两条就停哉，价末也输千把咾。（海14-113-15）¶碰和是勿好～睹。（海15-119-4）¶阿珠冷笑道："故歇倒勿曾～别脚哉哩。"（海54-462-15）¶俚咾才～我好酒量，勿许我代末那哼？（鸿4-213-24）¶倪挂牌末，勿好～啥大事体，承俚肯摆四台酒，装装倪格场面，倪已经快活煞哉，还要送啥格礼介？（狐19-145-25）¶大师是朝廷柱石，他～什么东西！（官58-1013-24）¶这～甚么淫孽！（梼16-264-19）¶三少你还说她苦么，她并不能～苦。（人23-236-3）¶老七还～是小先生。（人25-262-23）¶难道我们堂子里的出身做小格就不～人了吗？（人26-273-4）¶虽然临终未见，如今且去灵前一拜，也～尽这五六年的情常。（红78-1121-8）¶小店在这集上，～是宽敞，相公们安心住几日就是。（二21-424-10）

⑤有効と認める。¶霞仙因代饮一杯，罗子富却嚷道："代个勿～！"（海28-230-23）¶昨日夜头勿～，今朝先生小姐才到齐仔，一淘再拜个姊妹，阿好？（海53-449-18）¶瑶官道："价末倪三个人拜个倒勿～？"（海53-450-19）

〈副〉どうやら。なんとかまあ。¶后来老鸨对俚跪仔，搭俚磕头，说：'从此以后一点点勿敢得罪耐末哉。'难末～吐仔出来过去。（海6-48-7）¶一径到两点半钟，眼睛～闭一闲。（海18-142-6）¶张蕙贞末吃个生鸦片烟，原是倪几个朋友去劝好仔，拿个阿侄末赶出，～完结该桩事体。（海57-487-1）

【算得】

〈动〉"算"④に同じ。¶来大爷末～是好朋友哉，说说闲话也要帮句把咾。（海5-36-15）¶要是正经事体也拉牢仔勿许去，阿～啥要好嘎？（海18-145-17）¶我来里说闲话末，耐该应也帮我说句把，故末～耐要好；耐倒来扳我个差头，阿要诧异！（海22-180-18）¶

干娘即使怕热，住勿惯勒间搭，奴也勿敢硬留，好得故歇还勿～热，格落奴实梗说嘘。（狐 49-419-15）¶日里唔笃去白相，剩我一干子看守俚，俚倒安静格，勿～十二分糊涂。（狐 59-501-5）¶虽不能与臭花娘并驾并驱，却也～数一数二的美人了。（何 8-84-16）¶从前这位抚台大人做济东道的时候，这丁自建屡次在他手里考过，～一个得意门生。（官 6-81-12）¶这几块洋钱竟一时头里拿不出来，还～老牌子、汇划大钱铺吗？（商 3-22-17）¶大老爷原是好养静的，已经修炼成了，也～是神仙了。（红 11-157-17）¶听见薛大妹妹今年十五岁，虽不是整生日，也～将笄之年。（红 22-300-10）¶虽比狄氏略差些儿，也～是上等姿色。（初 32-606-4）¶闻得有一个赵娟，色艺虽在严蕊之下，却也～是个上等的俫俫，台州数一数二的。（二 12-250-11）

【算计】

〈动〉考えを巡らす。¶耐麴猜仔倪要耐啥物事，倪也为耐～。（海 8-59-15）¶故末也要自家～哉哩。（海 14-108-14）¶双玉个性子强得野哚，到仔该搭来就～要赎身，一径搭我说，再要讨仔个人末，俚定归要吃生鸦片烟哚。（海 54-456-8）¶自然是这样。并不是我驳回，少不得替他～～。（红 16-219-3）¶王庆思想身边尚有一贯钱，且到那里买些酒食吃了，再～投那里去。（水 103-1589-14）

〈名〉考え。しっかりした考え。¶做个倌人，总归自家有点～，故末好挣口气。（海 48-406-4）¶你这～真个是再好没有。（繁后 25-1016-2）¶趁这里捞几个钱，～果然不差。但是不怕人家议论么？（新 18-79-8）¶袭人听了，点头叹道："我就知道又干这些事！也不亏拿着我的东西给那些混帐人去。也难为你，心里没个～儿。"（红 28-399-11）¶把他去当米，诚是～。但如此年时，那里撞得个人肯出这样闲钱，当这样冷货？（二 1-4-13）

【算命】

〈动〉人の運勢を占う。¶倪关帝庙间壁有个王瞎子，说是～准得野哚。（海 55-467-3）¶你不记得今年八月里，～的还说我今年流年腊月大利？（官 44-740-9）¶你若叫他～，他必定说你以后怎样怎样的好，眼前运气不佳，总要破点子小财。（新 58-269-30）¶大马路的胡柬广，卜课～，我们一竟说他是准的，那里晓得也是个大滑头。（十 18-126-9）¶我正要算算命今儿该输多少钱呢，我还想赢呢！（红 47-647-6）¶闻得枢密院东有个～的，开个铺面，谭人祸福，无不奇中。（初 38-695-4）¶正闷坐间，只见一个先生，手里执着一个招儿，上面写道："如神见"。俞良想是个～先生，且算一命看。（警 6-69-1）¶我今年算了几次命，都说我该发财。（醒 14-270-12）

語彙例釈　suan‐sui

【算啥】
話し手がそうすべきでないと考えていることを表す¶耐哚～嘎，阿要面孔！（海3-18-24）¶巧珍道："耐就一淘去望望倪阿姐，也无啥。"小云道："我去末～嘎？"（海11-88-10）¶陶云甫道："倪勿去哉哩。几花人跑得去，～嘎？"朱蔼人道："我有道理，勿碍个。"（海32-265-14）

【算省】
〈形〉つつましい。切り詰めている。¶耐叫袁三宝三块钱一个局，连浪叫仔几花。挨着倪末，就～哉！（海25-206-5）
（注）算省　〈形〉节省。吴语。上海。伊吃用邪气算省。（《漢語方言大詞典》P.6852）

【算勿得】
……の内に入らない。……と認められない。"～啥"は、"不足道"の意。¶多吃台把是也～啥。（海7-52-18）¶我要用着洋钱个辰光，就要仔耐一千八百，也～啥多。（海8-60-10）¶像庄荔本来～啥朋友。（海13-101-2）¶照俚实梗说法，蔡大少还～薄情，只怕俚做仔俚，有仔格位大太太，连搭点点外排场吰不来哩！（狐5-29-13）¶我叫你只出三万银子的宫门费，你嫌多；如今又贴上一万，倒说算不得什么。真正不晓得你们打的是什么算盘！（官35-600-18）¶论起资格来，虽然算不得十二分老，论不定制台高兴，或者多见几个，也未可知。（官44-741-1）¶是随便什么人都可以陪他睡的，就姸戏子也算不得甚么下贱。（栳13-208-14）¶究竟这也算不得什么，还是纺绩针黹是你我的本等。（红37-514-3）¶虽然精神长了一点儿，还算不得十分大好。（红67-950-10）
（注）"勿算得"も用いられている。→龙毕格塔末勿算得十分高，哪哼称俚是塔当中格王呢？（狐36-309-6）

sui

【虽】
〈连〉……ではあるが。¶苏浣芳传中以李漱芳作柱，芳冠香传中虽不及诸姊而诸姊自见。（海53-450-13）¶话～如此说，单是面孔上甚不好看。（官38-644-10）¶如今外面的架子～未甚倒，内囊却也尽上来了。（红2-27-4）¶你～年纪幼小，倒有养家孝顺之心。（水26-411-16）

【虽然】
〈连〉……であるけれども。¶俚～勿是我亲生妹子，一径搭我蛮要好，赛过是亲生个一样。（海20-162-7）¶～沈小红性命也无啥要紧，九九归原，终究是为仔耐，也算一

桩罪过事体。(海 34-281-5) ¶～小官箱里尚有二十多块从前用剩下的余钱，只恐途中不够，又在手上除下两只金戒指儿，令策六到银楼里去换了三十块钱。(繁后 1-714-20) ¶唉！～吃了多少苦，也还不算冤枉。(官 1-10-9) ¶我～挨了打，并不觉疼痛。(红 34-463-23) ¶～带着五七分酒，却装做十分醉的，前颠后偃，东倒西歪。(水 29-452-7)

【随】
〈动〉……するままに任せる。¶连叫两声，小村只摇手不答应。王阿二道："烟迷呀，～俚去罢。"朴斋不叫了。(海 2-12-21) ¶别人家冤枉倪，是横竖～俚去冤枉好哉，倪老实勿放来心浪。(九续 154-1092-22) ¶倪是横竖吼俉念头转，今朝定规要俚拨倪一句闲话，～俚去拿倪那哼末哉。(九 12-92-4) ¶～俚笃去说末哉！倪是勿怕格。(九 102-714-14) ¶你若忘了时，日后半夜三更打酒买油的，我不给你老人家开门，也不答应你，～你干叫去。(红 61-852-6)

【随便】
〈动〉その人の都合に任せる。¶来仔也勿讨厌，去仔也想勿着，随耐个便，阿是要写意多花哚？(海 7-57-17) ¶倪先生欠来咾几花债，早末也要耐王老爷还，晚末也要耐王老爷还，随耐王老爷个便好哉。(海 11-84-11) ¶倪是～俚末哉，来也罢勿来也罢。(海 15-118-6) ¶倪就勿说哉，～耐去说啥罢。(海 18-146-17) ¶倘然有仔吃酒个客人，耐吃勿吃就随耐便。(海 25-202-11) ¶双人道："个末就去吃一台也吼俉啘。"说着，涎皮嬉脸的对老二道："该个就叫好雨落勒荒田里。"老二撅着嘴道："也～唔笃罢。"(鸿 9-241-15) ¶碰和吃酒，随唔笃便，弗好肉屈格。(鸿 256-257-5) ¶故歇倪大先生看得中末，身价～末哉，我决勿争论格。(狐 51-436-12) ¶只算俉格孙囡鱼押拨奴格，奴拨俉一百五十块洋钿，俉愿勒勿愿，～俉末哉。(狐 51-437-20) ¶自从俚到仔倪搭末，倪倒当俚好客人格，从来勿叫俚打俉格首饰，做俉格衣裳，碰和吃酒也随俚个便，洋钱是加二觊见歇。(九 12-91-14) ¶倪听见说俚要勒浪张园里向等着仔倪，要坍坍倪格台，倪也勿见得怕仔俚勒勿张园去，～俚去那哼末哉！(九 19-148-11) ¶倪说耐高兴末照应照应，勿高兴末～耐末哉。(九续 56-435-14) ¶侬要几钱？—～侬拨末者。(上散 3-7-9) ¶诸事～你与营之去办，我明天只再拿五百块钱出来就是。(繁Ⅱ5-393-10) ¶陶大人心上不要不舒服，还是轧姘头的好；要轧就轧，要拆就拆，可以随你的便。(官 10-142-16) ¶我娘虽叫我吃了这碗饭，却留客不留客随我的便。从没有勉强我。(栲 11-180-4) ¶今日得了这句话，越发得了意，不但将亲戚朋友一概杜绝了，而且连家庭中晨昏定省亦发都随他的便了。(红 36-486-10)

語彙例釈　sui

〈連〉……にかかわらず。¶晩歇我～碰着啥人,就搭俚一淘来末哉。(海3-17-11) ¶叫仔周双玉,上海滩浪～啥人,看见牌子就晓得是周双珠哚个妹子哉哕。(海3-20-24) ¶老鸨～啥事体先要去问俚,俚说那价是那价,还要三不时去拍拍俚马屁末好。(海6-47-20) ¶～到陆里,教娘姨跟好仔,一淘去末原一淘来。(海7-56-21) ¶～耐去说啥,我勿相信哕。(海8-58-17) ¶先要耐自家有主意,俚哚～说啥闲话,耐少听点也好点。(海13-101-4) ¶我有个朋友,内外科全会,真真好本事,～耐希奇古怪个病,俚一把脉,就有数我。(海21-169-12) ¶～耐骂俚打俚,俚隔两日忘记脱仔,原实概。(海21-173-1) ¶耐勿晓得倪格事体,倪说拨耐听仔,～俉人也要心浪惹气格。(九12-91-11) ¶耐八少说格闲话,～那哼倪总吭俉勿肯格,只怕倪吭拨格号福气。(九23-172-21) ¶倪说～那哼,定规勿成功。(九续56-436-10) ¶人末叫好得来,～啥格事体,总热心得野笃。(狐18-136-15) ¶像倪故歇实梗,～俉人才说倪夠嫁人格哉。(鸿18-299-14) ¶耐范四先生格事体末,～到仔啥地方,总觉有人跟住仔咾,打听格哕。耐弗相信末,明早报纸浪专电里向有来海哉。(沪2-51-7) ¶我～阿里一日都可以。(上问7-14-8) ¶我家先生～什么事情,那一件肯瞒过着你?(繁初20-215-15) ¶倘若问起来,～英国也好,法国也好,还他个糊里糊塗,横竖没有查考的。(官7-99-2) ¶你自己拿把镜子照照你的脸,～给谁看,说你不吃烟,谁能相信。(官21-344-18) ¶我们吃堂子饭的,有甚么要紧,是～甚么人都可以陪他睡的。(梼13-208-14) ¶～怎么说,总是个小老婆,又不曾说起有甚么儿子做官,那诰封恭人、晋封夫人的衔牌,怎么用得出?(目79-636-6)

【随手】
〈副〉(あることをした後)すぐその手で。¶是个娘姨采仔一朵荷花,看见个罾,～就扳,刚刚扳着蛮蛮大个金鲤鱼,难末大家来浪看。(海38-323-15) ¶一进房亲自替他把夹纱马褂脱下挂在衣架上边,～装了五六筒水烟。(繁初24-267-17) ¶对准了袁伯珍的面孔,打了一个耳光,～又把袁伯珍辫子揪住,用力一拽。(维9-62-3) ¶吴信斋恭恭敬敬递了一枝加力克香烟过来,又～划了一根火柴,黎觉亭忙谦逊不迭。(人41-495-6) ¶我见你令弟媳的丫头篆儿稍稍的递于莺儿。莺儿便～夹在书里,只当我没看见。(红57-815-4)

【随意】
〈形〉随意である。自分の思うまま。¶夠客气,～好。(海3-23-1) ¶酒末～代代罢。(海6-49-3) ¶～吃点。(海58-495-22) ¶船浪还有一把旧纸扇勒里哉,要求俚～写介一笔。(三32-356-5) ¶办过正事之后,便～谈天。(目75-607-16) ¶山坡桂树底下铺

下两条花毡,命答应的婆子并小丫头等也都坐了,只管～吃喝,等使唤再来。(红38-521-4)

【岁】

〈量〉年齢を数える。¶耐今年十几～?（海1-4-7）¶我自从十二三～到仔上海,就吃仔格碗堂子饭,身浪着得好,嘴里吃得好,眼睛里看见格,才是格班大人、老爷、少爷等。(狐20-159-24)¶我十七～,才学着开笔做文章,从的是史步通史老先生。(官1-10-2)¶只见一个约有十七八～的村庄丫头跑了来乱嚷:"别动坏了!"(红15-202-2)¶后来父亲年老,他已将近二十～,蒋誉见他已历练老成,要叫他出去,到汉阳贩米。(型38-526-11)¶那杨氏年三十六～。(醒34-71-4)

【碎】

〈动〉砕ける。¶早晨揩只烟灯,跌～仔玻璃罩,俚哚无啥说,要我赔个。(海23-183-4)¶这不是铅粉,这事紫茉莉花种,研～了兑上香料制的。(红44-611-2)

sun

【孙囡】

〈名〉孫娘。¶耐～阿有带挡?(海26-210-5)¶大姐舀进面水,荔甫问杨家姆为何不见。大姐道:"俚～来叫得去哉。"(海26-214-24) "孙囡鱼"ともいう。¶只算倷格孙囡鱼押拨奴格,奴拨倷一百五十块洋钿,倷愿勒勿愿,随便倷末哉。(狐51-437-19)

suo

【所】

〈助〉構造助詞。動詞の前に用いて、名詞に相当する連語を作る。¶难是岂止脾胃,心肾～伤实多。(海36-305-5)¶这里尤二姐心下自思:"病已成势,日无～养,反有～伤,料定必不能好。……"(红69-984-9)¶我常听的军师～说,这江州有个神行太保戴宗,是他至爱相识。莫非正是此人。(水39-628-2)

【所谓】

〈形〉属性詞。いわゆる。¶此～'箭在弓上,不得不发'耳。(海40-340-3)¶～相题行事者,即此是也。(海60-515-23)¶贾琏见了平儿,越发顾不得了,～"妻不如妾,妾不如偷"。(红44-613-2)

【所以】

〈连〉だから。したがって。ゆえに。¶大约其为人必然绝顶聪明,加之以用心过度,～忧思烦恼,日积月累,脾胃于是大伤。(海36-305-2)¶令弟说:'去仔再来。'难未我倒想着哉,明朝十三李潄芳首七,大约就是为此,～定归要去一埭。(海45-381-17)¶

語彙例釈　　suo

倪为仔耐金大少是格体面人,～替耐装装场面。(九 15-116-6)　¶奴为仔呒心想落,～一干子来格呀。(狐 9-58-17)　¶花丛里面可以回首的,本来能有几人?～必须格外留心。(繁II22-604-2)　¶贾府风俗,年高伏侍过父母的家人,比年轻的主子还有体面,～尤氏凤姐儿等只管地下站着。(红 43-592-10)　¶他才思敏捷,人物风流,风流之中,又带些志诚真实,～盼奴与他相好。(初 25-468-8)　¶他与小妇人女儿有奸。小妇人知道了,骂了女儿一场,女儿当夜缢死。～小妇人哄他到家锁住了,特来告状。(二 35-657-5)　¶六片唤作六出。这雪本是阴气凝结,～六出应着阴数。(水 93-1498-13)

【所有】

〈形〉属性词。あらゆる。　¶～碰坏家生,照例赔补。(海 9-71-21)　¶王梦梅辞过上司,别过同寅,带领家眷,与～的幕友、家丁,一直上任而去。(官 5-71-1)　¶粤、闽、滇、浙～的洋船货物都是我们家的。(红 16-217-11)　¶～各家,赐粮米一石,以表人心。(水 50-830-4)

【索性】

〈副〉①いっそのこと。思い切って。いい結果になるかどうか分からないが、勇をふるって、ある行動を選択することを表す。　¶耐再勿来末,～搭耐上一上,试试看末哉!(海 2-11-7)　¶耐脚也覅去缠哉,～扮个满洲人,倒无啥。(海 8-65-3)　¶俚搭黄翠凤来嗾要好辰光,倪去请俚也请勿到,倒好像是搭俚打岔,倪～勿去请。(海 15-118-8)　¶耐～翻台过去吃酒,吃到实概模样,难末再碰场和,就容易哉。(海 25-205-5)　¶耐有洋钱开消,倪开消仔原到乡下去,勿转去个,～爽爽气气贴仔条子做生意。(海 35-290-3)　¶倪三个人～拜姊妹阿好?(海 52-440-19)　¶耐再有啥勿称心,～说出来,商量商量倒无啥。(海 54-455-15)　¶先歇起～跟仔俚去,倒也无啥。故歇上勿上落勿落,难末啥完结哩!(海 61-524-2)　¶无姆～覅管,有我来里,总归勿要紧。(海 62-533-3)　¶耐～勿答应倒也罢哉,扳起仔只面孔一声勿响,实梗架音,阿是有心坍坍倪格台?(九 6-45-10)　¶如果倪要举动末,顺便邀一邀客人,请一请酒,～拿格件事体张场张扬,让别人晓得晓得,说奴收仔一个干囡鱼哉,等客人笃来贺奴,奴就好当面托俚笃照应照应。(狐 21-163-26)　¶数十块钱有限,～费你的心,求卖主让掉了罢。(繁后 1-720-2)　¶大哥,你别这们说,你这们一说,咱们兄弟的帐,～大家算一算。(官 5-62-4)　¶不过既承博翁关照,事情料可挽回,～就托博翁照应到底。(官 27-444-18)　¶后来嫌餐馆台基都不稳便,～在九江里租了一上一下的小房子,用一个老娘姨看着。(梼 13-211-7)　¶宝玉因不见了林黛玉,便知他躲了别处去了,想了一想,～迟两日,等他的气消一消再去也

728

罢了。(红 27-382-8) ¶见狱门半开,大着胆～撞将出去,并无人见。(禅 14-217-14) ¶朱婆叹口气想道:"没处安身,～做个干净好人。"望着路旁有口义井,将一双旧鞋脱下,投井而死。(警 11-139-17) ¶一不做二不休,～与他个干净,绝了清油观的祸根罢。(警 21-299-16) ¶房德到"五百迋还不勾。"贝氏怒道:"～凑足一千何如?"(醒 30-641-7) ¶我何不与他们说过,～把身边所有,尽数与三家,等三家轮供养了我。(二 26-518-2) ¶你老人家回复家里一声。～在此过了一夏家去不好?(喻 1-16-9)

②全く。主語の指す者のある状態を示す否定文に用いられる。 ¶我倒要请教请教,耐来浪说啥? 我～一点勿懂哉哝!(海 33-274-18) ¶故歇～勿对哉! 夔说是王老爷,连搭两户客人也才勿来,生客生来无拨,节浪下脚通共拆着仔四块洋钱。(海 54-460-19) ¶他听了这事,今日～连早饭也没吃。我听见了,我方到他那边安慰他一会子,又劝解了他兄弟一会子。(红 10-147-17) ¶如今又听得孩儿中了状元,老大一喜,～连个口都开不得了。(鼓 9-109-4)

T

ta

【塔】

〈名〉塔。 ¶适～末要～尖个呀!'肉虽多','鱼跃于渊''鸡鸣狗吠相闻'才是有尖个塔。耐说个酒,《四书》浪句子'酒'字打头阿有嘎?(海 39-327-16) ¶阿珠指着说到:"㑚看格座～就勒眼前哉。"阿金也道:"龙华格～末勿算得十分高,哪哼称里是～当中格王呢?"(狐 36-309-6)

【榻床】

〈名〉幅が狭くて低いベッド。腰を掛けたり、ちょっと横になったりするのに用いる。 ¶～浪来䗝䗝哩。(海 2-12-11) ¶我请耐来,要买两样物事,一只大理石红木～,一堂湘妃竹翎毛灯片。(海 4-28-23) ¶耐就～浪去坐歇,俚要搭耐碰'对对和'。(海 13-104-22) ¶倪搭四少勿困哉,就来该搭～浪讲讲闲话,横横哉。(鸿 10-251-15) ¶格个断命客人姓卢,故歇来浪你床浪,醉得一塌糊涂。倪是靠来浪～浪格呀。(九续 154-1093-20) ¶魏翾仪先生～上吃大烟,后来也睡着了。(官 8-110-21) ¶家人已取了行李来,继之就叫在书房里设一张～,开了被褥。(目 3-17-2) ¶刘小泉向～躺下。才烧好一筒烟,忽听"嘭嘭嘭"敲门声响。(十 17-123-15)

【踏】

語彙例釈　ta－tai

<动>踏む。　¶耐生意海外得来，故是成日成夜，出来进去，忙煞哉唲，大门槛阿要～坏嘎。（海59-505-16）¶武行者～住那大汉，提起拳头来，只打实落处，打了二三十拳。（水32-495-14）

tai

【台】
<量>酒席の回数を数える。　¶秀宝搭我说，要吃～酒。（海2-16-7）¶耐要请我吃酒末，也摆一～起来。（海3-24-23）¶前月初十边进去，就是诸十个客人——姓陈个吃仔一～酒，绷绷俚场面。（海37-309-22）¶我明朝就在这里摆～酒，给士翁答席，如何？（新32-148-9）¶四五日之间，也碰了两场和，吃了两～酒。（九14-113-4）¶起初不晓得铺房间的那夜第一～酒是你吃的，你终算是老客人了。（繁后18-932-25）¶寿伯见伯和高兴，乘间说小侄今晚在他家请老叔吃一～酒何如？（歇10-130-9）¶江浩源虽然和我们吃过两～花酒，可是没有共过事。（人23-243-10）

【台基】
<名>密会のために部屋を貸すことを業としているところ。　¶我看起来叫"三勿像"，野鸡勿是野鸡，～勿是～，花烟间勿是花烟间。（海5-57-21）¶你说他挂着学堂招牌，做那～勾当，其实他那般的办法，连～都比不上呢。（新10-45-27）¶这官媒家里与～无异。（梼17-276-10）¶上海地方玩要所在真是多，不过起门类来，一种是出官的，一种是不出官的。出官的就是长三堂子，么二堂子，野鸡堂子，花烟间，大家都晓得的了。不出官的却有～，碰和台子，住家，小房子等几种。（十11-75-31）

【台面】
<名>テーブルを囲んでの酒席などの集まり。その集まりに在席している人を指すこともある。　¶耐去喊俚哚到尚仁里林素芬搭～浪看看，阿曾散。（海3-23-21）¶～是要散快哉，说请洪老爷带局过去，等来哚。（海3-24-6）¶是昨日～浪个菜。（海8-63-7）¶等俚哚散仔～末，台子浪一只自鸣钟，跌笃跌笃，我勥去听俚，俚定归钻来里耳朵管里。（海18-142-3）¶倪搭李纯兄也同过几转～，总算是朋友。（海23-188-19）¶周双珠敬过爪子，问王莲生："阿要叫本堂局？"蕙生道："俚有～来浪，勿叫哉。"（海28-230-14）¶亚白道："我末就请仔耐开厅。倘然耐做出来，有一字不典，一句不雅，要罚耐十台开厅哚哩！"痴鸳拍案大声道："一言为定，～才是见证！"（海47-400-14）¶倪九点种黄稚玉搭也有～，请耐搭仔令兄过来坐坐。（鸿7-207-12）¶前日仔夜头～浪碰着金寓，俚还问起我格勒。（鸿14-274-11）¶本底仔倪也勿认得俚，有转把～浪碰

730

着仔难末认得起格。(九 42-309-3) ¶格日子～浪碰到，倒记弗起来哉。俚故歇壮得来比仔从前瘦瘦格身体大弗同哉哩。(沪 1-10-4) ¶小弟的～子翁总得赏光，破一转戒的了。(官 8-109-5) ¶贾大爷到了～上，竭力地敷衍刘厚守、黑八哥两个，很露殷勤。(官 25-409-17) ¶娘，你同王大人说嘴，再一会～要散了。(桦 24-390-4) ¶春泉插问："哪个秦少耕？名字熟得很。"瑟公道："你也同过～的，怎么竟忘记了？"(十 14-97-7)

【台子】
〈名〉テーブル。 ¶耐哚～下头倒养一只呱呱啼来里，我明朝也要借一借哚！(海 13-105-14) ¶～浪一只自鸣钟，跌笃跌笃，我勷去听俚，俚定归钻来里耳朵管里。(海 18-142-4) ¶扫地，揩～，倒痰盂罐头，陆里一样勿做。(海 23-183-14) ¶阿珠俫且坐歇，等倪来仔勒去白相，勿然，倪吃茶格只～要拨别人僭脱格。(狐 40-350-8) ¶我伊日子看见侬拈揩油泥物事个抹布就替我揩～，伊还好哩。(上问 14-72-3) ¶原来是摇摊当中摆了一张长～，大家排列着坐着。(人 43-522-21) ¶日休道："昨夜夜间辛苦，好茶与一碗。"文姬恼恼的道："干我甚事！要茶～上有。"便闪了进去。(型 38-532-20)

【抬】
〈动〉共同して手で、または肩にのせて運ぶ。 ¶坎坎闭仔眼睛，倒说道耐来哉呀，一肩轿子～到仔客堂里。(海 18-142-9) ¶碰着双宝台面浪要转个局，教相帮先拿轿子～双玉去出局，再去双宝。(海 24-198-16) ¶半日鸦雀不闻之后，忽见二人～了一张炕桌来，放在这边炕上。(红 6-101-4) ¶那妇人如今～到那里？(水 32-504-14)

【太】
〈副〉あまりにも。……に過ぎる。 ¶局票写毕，陶云甫即请去入席。黎篆鸿说："～早。"(海 19-150-18) ¶耐赵二宝搭倒还有副对子做拨俚，我末连对子才无拨，阿是欺人～甚？(海 53-451-6) ¶～毕丽了！(官 6-86-17) ¶姑娘们吃了饭才来呢，你也～性急了。(红 49-682-1) ¶却见村姑说，足下在家烧炼丹药。老母只是推却。因此便李逵激出师父来。这个～莽了些，望气怒罪。(水 53-881-12)

【太太】
〈名〉奥樣。奥さん。他人の妻に対する呼称として、また人に対して自分の妻を称するのに用いる。 ¶金凤道："故是好煞，只好拨来人家做大姐哉。"子富道："拨来人家末，做奶奶，做～，阿有啥做大姐个嘎？"(海 8-65-5) ¶客人已散，即转身进右厢内室，见了钱子刚的正妻，免不得叫声"～"。(海 22-178-7) ¶倪来仔半日，见仔老爷，还勷见～勒唲，老爷倷领倪进去哩！(狐 33-283-21) ¶气坏仔身体，倪阿对耐得住？连搭仔倌

笃屋里向～，倪也对勿住哦！（九续 154-1093-4）¶升了福建抚台，不多几时便接着家中电报，知道～死了。（目 91-739-11）¶当下～也帮着劝解一番，黄道台方始无言。（官 4-52-19）¶我听说你～叫你出来讨个姨太太，我嫁你要不要？（梼 12-198-8）¶今日～带了姑娘进宫请安去了，故令女人们来请安，问候姑娘们。（红 56-792-14）

【太阳】
〈名〉①太陽。¶倪就搭张秀英看仔一埭，自家搭好仔看台，爬来咾墙头浪，～照下来，热得价要死！（海 55-466-22）¶带道白相仔半日，跟仔贺老进城出城，直到仔故歇，看见～落山哉，格落赶紧转格，忽然，倪还要去兜兜勒。（狐 57-487-10）¶怪道人都管着日头叫'～'呢，算命的管着月亮叫什么'太阴星'，就是这个理了。（红 31-438-22）②"太阳穴"（こめかみ）を指す。¶耐看阿险嘎！撞来咾～里末，那价呢？（海 10-79-14）¶宝玉笑问："如何？"晴雯笑道："果觉通快些，只是～还疼。"（红 52-725-7）¶就地下拾起一块砖来，望王公掷去，谁知数和合当然，这砖不歪不斜，正中王公～，一交跌倒，再不则声。（醒 34-729-4）¶又只一拳，～上正着，却似做了一团全堂水陆的道场，磬儿钹儿铙儿一齐响。（水 3-51-17）

tan

【坍台】
面目を失う。恥をさらす。¶俚咾叫来咾长三书寓，耐去叫幺二，阿要～！（海 2-10-13）¶张蕙贞咾末坍仔台哉。王老爷原到该搭来，耐沈小红场面也可以过得去哉。（海 10-80-14）¶耐再叫一个，也坍坍俚台，看俚阿有啥面孔！（海 15-116-11）¶难教阿哥公馆里勔来，停两日做仔阿舅～煞个。（海 38-320-16）¶我想嫁妆该应倪坤宅办得去末对哦。俚办来浪，常恐俚咾底下人多说多话，坍俚个台。（海 55-469-4）¶倒是倪一班人，几十年老上海，叫叫局，打打茶会，生意末勿大，倒勿曾坍歇台。（海 60-509-10）¶倪今朝一台酒也吃不，阿要～？（鸿 9-241-2）¶耐索性勿答应倒也罢哉，板起仔只面孔，一声勿响，实梗架音，阿是有心坍坍倪格台？（九 6-45-11）¶翮俚哥不是外人，说出来实在～得很！（官 10-143-18）¶想来想去，总得再去攛掇徐老夫子，或者叫了姓贾的来当面坍他个台。（官 27-441-12）"坍抬"とも作る。¶格号客人勒倪房间里向摆酒碰和，勿要说替倪绷倍格场面，连搭仔倪格抬才拨俚坍完格哉。（九 15-120-15）

【坛】
〈量〉"坛"（祭祀を行うために用いる壇）を設けてする儀式に用いる。¶我说漱芳命薄情深，可怜亦可敬，倪七个人明朝一淘去吊吊俚，公祭一～，倒是一段风流佳话。（海

45-381-18）¶我而今有个主意，在他包里取出五十金来，替他广请高僧，做一～佛事。（二 24-482-16）¶史进一面备棺椁盛殓，请僧修设好事，追斋理七，荐拔太公又请道士建立斋醮，超度生天。整做了十数～好事功果道场，选了吉日良时出丧安葬。（水 2-26-9）

【谈】
〈动〉語る。話す。 ¶请坐歇，～～。（海 21-170-6） ¶要末我有空闲辰光同耐～～，倒也未始无益。（海 60-515-4） ¶倪就困勒隔壁，阿高兴过来搭倪先生～～佬？（狐 20-156-13）¶改一天再和你～吧。（人 32-355-5）¶正是无聊之甚，兄来得正妙，请入小斋一～，彼此皆可消此永昼。（红 1-11-11）¶兄长枉自多～！卢某宁死实难从命！（水 68-1162-17）

【痰】
〈名〉痰。 ¶一日天就吃半碗光景稀饭饭，吃下去也才变～。（海 36-304-20） ¶刚到床前，只见袭人嗽了两声，吐出一口～来，"嗳呦"一声，睁开眼见了宝玉，倒唬了一跳道："作什么？"（红 30-428-11）

【痰饮】
〈名〉漢方の医学用語。一種の慢性胃炎で、胃に水液がたまる症状を指す。 ¶脾胃伤则形容赢瘦，四肢无力，咳嗽～，吞酸嗳气，饮食少进，寒热往来，此之谓痨瘵。（海 36-305-4）

【痰盂罐头】
〈名〉痰つぼ。 ¶扫地，揩台子，倒～，陆里一样勿做。（海 23-183-14）
（注）"痰盂"（痰を入れておく容器）に、"罐头"（呉語で、陶器製のつぼを指す）を加えたもの。これに類するものとしては"痰盂盒子"（痰つぼ、西南官話）がある。

tang

【汤】
〈名〉物を煮た煮出し汁。スープ。 ¶我说仔半日，教俚吃点稀饭，刚刚呷仔一口～，稀饭是一粒也勿曾吃下去。（海 36-202-2）¶小丫头便用小茶盘捧了一盖碗建莲红枣儿～来，宝玉喝了两口。（红 52-730-6）¶宋江因见了这两人，心中欢喜，吃了几杯，忽然心里想要鱼辣～吃。（水 38-603-17）

【汤团】
〈名〉もち米の粉で作った、中に餡を包んだだんご状の食品で、湯で煮て、煮汁とともに食べる。 ¶二宝道："倪点心吃哉。阿哥要吃啥，教俚哚去买。"朴斋说不出。秀英

語彙例釈　tang

道:"阿要也买仔两个～罢?"(海30-250-8) ¶其时新嫂嫂正坐在客堂窗下梳头,陶子尧坐在旁边坐着吃～。(官8-118-4) ¶当下就带孙小二做眼,飞马赶到北关门下。只见俞良立在那灶边,手里拿着一碗～正吃哩。(警6-75-10)

【堂】
<量>セットになっている道具類を数える。 ¶我请耐来,要买两样物事,一个大理石红木榻床,一～湘妃竹翎毛灯片。(海4-28-23)

【堂簿】
<名>"妓院"で芸妓にかかるお座敷を記録している帳簿。 ¶我看见前节～,除脱仔我就不过几户老客人叫仔二三十个局。(海24-192-9) ¶今朝我叫帐房先生查查～,耐名下倒有十一台菜笃,耐屋里向格铜钱,阿要几辰光好到勒?(鸿13-266-16) ¶看看～上的局帐和酒帐,止有一千不到。(九162-1065-1)

(注)堂簿——堂子里登录出局户头和次数的帐簿。(吴越:海上花列传普通话本 P.199注)

【堂倌】
<名>料理屋などで接客にあたる男性従業員。 ¶快点叫两个～来拉开仔喱,要打出人命来哉呀!(海9-69-22) ¶秋谷急叫～算好了帐,立起身来跟下扶梯,许宝琴还未上转,立在门口。(九1-4-1) ¶问他泡茶时,～还在那里揉眼睛,答道:"水还没有开呢。"(目28-209-2) "堂官"とも作る。¶他一个人正在那里默默的呆想,不提防堂官一声呼喊,说是打样,只见吃茶的人,男男女女一哄而教。(文10-102-28) ¶萧金铉首席,季恬逸对坐,诸葛天申主位,堂官上来问菜。(儒28-336-7)

【堂戏】
<名>"堂会"(祝い事があるとき、家に芸人を招いて催す演芸会)での演劇。 ¶倪屋里有～来浪;我先去做脱仔一出就来。(海44-370-22) ¶这桌席散,齐巧有后来的客,多开一席。他又抢着代东,吃过第二顿方才吃饱。抹过脸,又着实替主人张罗了一回;看了一回～。(官34-581-11) ¶艳香刚在人家唱～坐轿子回来,没有卸妆,就同着他师傅的小婆,媳妇,还有邻居家里一位姑娘,一齐走到街上看会。(梼9-130-3)

【堂子】
<名>"妓院"のこと。芸妓を置いて、客を遊興させるところ。 ¶朴兄说要到～里见识见识,阿好?(海1-5-12) ¶俚屋里末几花姨太太,外头末～倌人,还有人家人,一榻括子算起来,差勿多几百哚!(海14-113-7) ¶再有第二个阿姐,叫黄二姐,算顶

734

好点，该仔几个讨人，自家开个～，生意倒蛮好。（海 21-166-22）　¶耐七岁无拨仔爷娘，落个～，我为仔耐苦恼，一径当耐亲生囡件，梳头缠脚，出理致故歇。（海 45-378-17）¶我有一个阿叔勒浪，亦登～里做相帮格，就勒间搭相近同安里句。（狐 11-73-15）　¶倪～里向格人末，才是勿好格，唔笃客人用脱仔洋钱也勿犯着。（九 7-51-8）¶那女人名唤爱珠，本是汉口窝子里的人。……（中略）……。那爱珠又是～里出身，杨花水性。（官 43-723-14）¶这些最讲维新的大人先生，个个都把花酒当做便饭，～当做公馆。（维 3-22-4）　¶～里的生意，不瞒你二少说，必要丧尽廉耻，昧尽天良，心毒手辣的人，才能吃这饭儿。（繁Ⅱ23-614-25）¶有人劝他，将女儿卖在～里，也可得一二百块钱身价。（歇 84-1166-26）

【倘】
〈连〉もしも……なら。　¶其中～有可以减省之处，悉凭老兄大才斟酌末哉。（海 14-544-16）¶昨夜已蒙干娘收留，～今天不算，叫我把脸搁在那里去呢？（官 38-654-9）¶姑娘们也不认得他，～有不对眼的人看见了，又是一番口舌。（红 60-848-9）¶～蒙不嫌貌丑，愿备铺床叠被之数，使妾少尽报效之万一。（警 21-302-13）¶乔道清法术利害，～走不脱时，落得被人耻笑。（水 95-1516-3）

【倘忙】
〈连〉①もしも……なら。　¶～一日勿看见仔，要娘姨，相帮哚四面八方去寻得来，寻勿着仔吵煞哉。（海 7-56-22）　¶～我勿死，耐就再去讨别人，我也勿来管耐哉。（海 18-142-20）　¶～俚定归要楼浪来末，那价呢？（海 21-167-14）　¶耐看见俚，就叫仔声三老爷好哉，夠说啥闲话，～说差仔拨俚笑话。（海 55-465-1）　¶～真格拨巡捕拉仔巡捕房里去，阿要坍台？（九 48-353-10）¶难下转勿要去瞎吃瞎吃，～吃出仔点毛病，总是耐自家格身体吃亏。（九 75-542-3）　¶～到仔开年，靠仔呒姆格福气，生意浪多点洋钿，总归妓呒姆二八分帐末哉。（九 163-1072-11）　¶～倪搭俚个客人勿对，就是俚摆好仔一千一万洋钿来浪，也买勿动哚。（九续 56-434-16）¶～沈大少一时头里跑得来要该只戒子末，拿啥物事还俚嗄？（商 2-14-8）
②もし……でも。　¶不过拿耐物事来放来里，～耐要到蒋月琴搭去末，想着有物事来哚我手里，耐勿敢去哉，也好死仔耐一条心。（海 8-59-16）　¶该个是俚乃个物事，无姆看过仔我好带去，让俚乃自家也点仔一点，～停两日缺下来，勿关无姆事，阿对？（海 49-415-17）　¶～妓呒姆定规勿肯答应，倪也勿怪妓呒姆，总归才是倪自家勿好。（九 163-1072-15）

語彙例釈　tang-tao

<副>……かもしれない。¶耐騕怪俚，～是转局。(海 6-45-21) ¶我为仔坐来里，～耐有啥闲话勿好搭洪老爷说；我走开点末，让耐哚去说哉唲。(海 12-94-12) ¶到底为啥事体？耐说出来，～我能够帮帮俚也勿晓得。(海 16-127-15)

【倘然】

<连>①連詞"倘忙"①に同じ。¶～我故歇放罗老爷去仔，晚歇俚转来就要埋冤我哉唲。(海 7-52-2) ¶耐～勿忘记我，耐就听我一句话，依仔我。(海 20-162-9) ¶～俚向我借，我倒也勿好回头俚。(海 22-176-21) ¶～还可以进境点个末，阿好借'有教无类'之说，就正一二？(海 60-615-2) ¶～四少来，说我到娘搭去哉。(鸿 10-246-14) ¶～本勒个星二爷们看见仔，勿但超耳光吃苦头，加添个只官船还要赔勒介，自我奉陪你勿起个。(三 5-63-13) ¶～你心中情愿，就最好先到无锡一走，迟了恐怕自己耽误。(繁后 1-719-5) ¶～错了他一点规矩，另外有管他们的人，抗着又粗又长的板子，要在光郎头上敲的。(官 38-651-5) ¶你乃是萍踪浪迹，～淹滞不归，岂不误了人家。(红 66-942-6) ¶～他挣得好时，时朝月节，怕他不来孝顺你。(醒 3-66-6)
②連詞"倘忙"②に同じ。¶～沈小红要嫁拨我，我也讨勿起。(海 24-194-7)

（注）上掲例（海 24-194-7）を呉越：海上花列伝普通話は、次のように訳している。
即使她要嫁给我，我也娶她不起啦。しかし、"倘忙"の用例（海 8-59-16，海 49-415-17）は次のようにする。

　　如果你要到蒋月琴那里去，想到有东西在我手里，你就不敢去了，也好死掉你的那条心。
　　让他自己也点一点，要是过两天缺了什么，也跟你没有关系。

【烫】

<形>熱い(過度に)。¶酒忒～哉。(海 31-256-2) ¶阿呀！大先生，俫格寒热～得勒，实头受仔寒哉唲！(狐 35-298-18) ¶却有一碗火腿鲜笋汤，忙端了放在宝玉跟前。宝玉便就桌上喝了一口，说："好～！"（红 58-826-10）

tao

【叨光】

<动>「おかげをこうむる」の意。人にある計らいを頼むときのあいさつ用語。すみませんが、……。¶徐茂荣向张寿夫央告道："种种是倪勿好，～耐搭倪包荒点。"(海 5-36-9) ¶耐哚意思我也蛮明白来里。我末就依仔耐，～耐勿哭哉，阿好？(海 11-83-5)

（注）「おかげをこうむる」「恩恵にあずかる」の意の用例に次のようなものもある。

736

→别人吃报馆饭，搭人经手事体，总想叨点光，我是生平格种铜钱覅赚格。(鸿 17-201-15)
→今朝头介叨光仔华太太，趁现成哉吓。(三 6-64-3) →自然想头点子好处，但是我们正好利用这机会，与他们周旋周旋，就好白叨叨他们的光。(新 43-199-17) →不要说别项，那轿饭账一项，却~了好多十块钱了。(十 3-14-23) →若有女人在此，必能处处随意，我既不要她们的房饭钱，料想缝补衣服一事也可叨她们的光了。(歇 5-53-12)

【逃走】
〈动〉逃げる。逃亡する。 ¶苏冠香阿是宁波人家~出来个小老母？(海 26-210-2) ¶忽见娘姨阿珠探头一望，笑道"我说小先生也来里该搭，花园里才寻到个哉，快点去罢。"翠芬生气道："寻啥嘎？阿怕我~得去？"(海 46-390-9) ¶勿是奴说现成闲话，奴老早晓得俚要~格哉。不过实梗样式逃仔出去，弄得出头勿得，除脱到别场化去躲避，呒不别格方法。(狐 10-67-24) ¶禀相爷，个个毕安搭子秋香，昨夜头~子居去哉。(三 47-490-15) ¶马上叫人去找周小驴子；周小驴子~了，不在家。(官 45-773-24) ¶金氏弟兄知道花笑侬等俱已~，海阔天空的一时怎能缉得他？(繁后 16-911-17) ¶姓张的见不是事，想要~，众人围拢来，把他拿住，交到巡抽房。(十 17-125-13) ¶薛姨妈禁住小厮们，只说柳湘莲一时酒后放肆，如今酒醒，后悔不及，惧罪~了。(红 47-657-5) ¶因屡遭水旱所荒，租户都~了。(醒下 4-123-23) ¶住持爷，快往后门~，门前去不得了。(禅 13-190-1) ¶赴任到此，舟人盗劫财物，害了丈夫全家，自己留得性命，脱身~。(初 27-507-6) ¶珠婆因说了半日，也十分可怜郑夫人，情愿与他作伴~。(警 11-139-8) ¶众人便要来绑缚真人，真人曰："我自情愿，决不~，何用绑缚？"(喻 13-190-1)

【陶成】
〈名〉① "淘成"①に同じ。 ¶说出来个闲话阿有点~，面孔才勿要哉！(海 6-43-8) ¶要做起生意来，故末叫热昏搭仔邪，几千万做去看，阿有啥~！(海 14-113-11)
② "淘成"③に同じ。 ¶饮食渐渐减下来，有日把一点勿吃，身浪皮肉也瘦到个无~。(海 36-304-16)

【淘伴】
〈名〉仲間。連れ。 ¶价末到倪花园里来哩，搭仔文君做~，阿是蛮好？(海 51-433-5) ¶价末让冠香一淘到梨花院落来，讲讲闲话有~，起劲点。(海 52-443-20) ¶我何尝不愿意出去散散心，只是一个人没有~，二来自己又没包车马车。(歇 98-1259-9) "陶伴"とも作る。 ¶你既这等知文达礼，晓得敬重我，若肯住在这里，与我做个好陶伴，便饶你性命。(何 10-105-1)

語彙例釈　tao

【淘成】
〈名〉"无（无拨）""有"と組み合わさって、慣用的な表現になる。①ほぼ共通語の"規矩""分寸"などに当る。節度。然るべき度合い。¶因问朱蔼人道："耐搭我叫仔几花局嗄？"朱蔼人笑道："有限得势，十几个。"黎篆鸿攒眉道："耐末就叫无～！"(海19-151-19)　¶客人也忒啥无～！人家一个大姐，耐剥脱俚裤子，阿是勿作兴个。(海23-184-17)　¶双珠望亭子间内，黑魆魆地并无灯烛，大怒说："啥样式嘎，真真无拨仔～哉！"(海28-232-9)　¶漱芳个病也可怜，耐一径往来浪伏侍伏侍，故也无啥，不过总要有点～末好。(海42-352-13)　¶二奶奶是有规矩人，常恐耐来里外头豁脱仔洋钱，再要伤身体。耐自家夐去无～，二奶奶总也勿来说耐哉啘。(海57-483-2)　¶子富诧异道："黄二姐再要借洋钱？"翠凤道："俚个人末阿有啥～，两个月勿曾到，一千洋钱完结哉啘。"(海58-499-2)　¶耐笃总是实梗瞎三话四，阿要无～，倪是要板面孔格。(九1-5-6)　¶二少耐想上海滩浪格事体，阿有啥～？倪也不过是得过且过，混混哉罢。(九16-124-9)　¶耐末总是实梗无～，倪拨耐吓煞快，认仔是个流氓要拆倪格梢格。(九38-283-5)　¶个个是大老官个酒话吥，无啥～个，罗里晓得竟当仔真哉。(三2-11-18)　¶一个人要是拨来女人迷牢仔，是随便啥事体呒～格哉。(沪1-18-11)　¶小泉拍手道："稀奇不是？不是客人又不是自家人，是什么呢？噢，懂了，是你的姘头？"阿翠道："你说说又要没～了，这是客人的朋友。"(十17-123-12)
②自制心。見識。定見。見どころ。"主见""出息"に当る。¶今朝我交代仔无姆，无姆收作去，耐要自家有～点末好哩！再拨来姘妇骗仔去，耐要吃苦个哩！(海49-416-24)　¶该搭事体我完结哉，倒是无姆个无～，有点勿放心。我去仔再有啥人来说耐嘎！(海49-417-6)　¶耐要自家有～，五十多岁个年纪，原像仔先起头实概样式，做出点话靶戏拨小干仵笑话，我倒替耐难为情。(海49-417-16)
③限度。"无（拨）～"で補語となり、程度が最高であることを表す。¶王老爷怕个沈小红真真怕得无～个哉！(海33-217-4)　¶而且外国人格身浪羊骚气得无～笃。(狐22-173-5)　¶奴昨夜头末困勿着，面孔浪升火得无～。(狐30-246-11)　¶又春皱着眉，道："要好得无～格，那哼就会断呢？"穰生道："俚姘仔戏子，我还去做倽！"(鸿14-274-24)　¶耐觑搭仵捱空！俺人勿晓得唔笃要好得呒～格，勒倪面浪说倽个鬼话。(鸿19-307-1)
¶划一，大阿姐昨日仔拿仔两只戒指去，倪格记性实头坏得呒拨仔～哉。(九32-242-15)
¶阿呀，倪屋里向有仔耐实梗格大少爷，是格外海外得来呒拨～格哉。(九续13-98-18)
【淘里】

tao　語彙例釈

〈名〉ある関係にある人たちを指す名詞の後に用い、「……同士」と、その仲間であることを表す。　¶从前倪有七个人，才是姊妹～，为仔要好了，结拜个姊妹，一淘做生意，一淘白相，来里上海也总算有点名气个哉。(海 21-166-15)　¶倪朋友～，间架辰光也作兴通融通融，耐做仔个娘舅倒勿管帐，该号娘舅勿认得俚也无啥要紧。(海 31-258-11)　¶倪格辰光做生意，面子定归要占别人家格，故歇姊妹～搭我勿对格多，还是该格怨气。(鸿 18-299-26)　¶客人一末并并房间罢哉，阿有啥格件事体，也好并啥格房间格？(九 151-1002-23)　¶覅为仔一点点小事体大家翻面孔！翻面孔是吭啥要紧，拨勒朋友～说开去，总规鸭矢臭。(沪 3-48-7)　¶那些贫穷人家，贪图了几个钱，巴不得把女孩儿过继给和尚。那些干女儿～，也有为和尚待了那个好，那个歹，就此争风吃醋，拌嘴相笃的。(新 54-249-13)　¶被一位警察局的副委看见，说他不应扮着女子，夹在妇女～，有伤风化，申斥了几句。(梼 9-130-6)　¶人家亲眷～，照应照应多得很。(十 10-70-2)　¶九小姐弗要吓我，搭你搂白相的，大家要要好好的，姊妹～有啥说头呢！(人 25-267-19)　¶不瞒你说，我两手空空，正要寻姊妹～替我想一个救急之策呢！(人 37-432-9)　"陶里""堆里"とも作る。　¶若男女同行，反被人盘诘，担搁工夫，不如依旧男妆，只说是兄弟陶里，那里便有人来扳桩相脚？(何 10-106-11)　¶三少，也用不着你这样帮大少呀！究竟你们朋友堆里真要好，唯恐大少输脱东西呢。(人 39-462-20)　また"道里"とも作る。　¶倷个朋友道里有认得伊个否?(上问 16-31-7)

【讨】

〈動〉①求める。要求する。請求する。　¶有来浪洋钱，拨来姘头借得去，自家要用着哉，再搭我～。(海 21-173-1)　¶倪住来里也勿是耐个房子，也勿曾用啥耐个洋钱，为啥我要来巴结耐？就是三十块洋钱，阿是耐个嘎？耐倒有面孔向我～！(海 35-289-16)　¶倪大先生说格，倷～格价钱式大，顶多出足五百块洋钿。(狐 51-436-26)　¶倪上海欠来浪格债，故歇端午节浪，俚哚来～哉。(九续 57-438-7)　¶日里唔笃去白相，剩我一干子看守俚，倒句安静格，勿算得十二分糊涂，还问我一歇两转茶吃，嘴里喊口渴格勒。(狐 59-501-5)　¶且说陶子尧自从见过王道台，满心欢喜，以为现在我可把他搪塞住了，关了这道门，免他向我～钱，再想别的法子。(官 9-129-13)　¶他借了我一千洋钱，半年工夫，本钱利钱半丝一忽都没有收过他，现在我自己要用了，问他～～，倒回说没有借过，想图毛赖。(十 15-108-11)　¶我明日和太太～你，咱们在一处罢。(红 30-424-9)　¶早晚常来，得空下手，论不得日子。等我～得一件信物，便是你交运日子到了。(醒上 12-85-21)　¶荆公见屋旁有个坑厕，～一张手纸，走去登东。(警 4-44-5)　¶

語彙例釈　tao

満生阻住在飯店里,一连几日。店小二来～饭钱,还他不勾。连饭也不来了。(二 11-226-13) ¶酒至五巡,武松～付劝杯,叫土兵筛了一杯酒。(水 24-364-12)

②娶(る)(妻または妾を)。　¶阿姐是才嫁仔人了,好哉。单剩我一干仔,无啥人来～得去,要耐养到老死咪。(海 3-20-17) ¶倘忙我勿死,耐就再去～别人,我也勿来管耐哉。(海 18-142-21) ¶耐倘然勿忘记我,耐就听我一句闲话,依仔我,耐等我一死仔末,耐拿浣芳就～仔转去,赛过是～仔我。(海 20-162-10) ¶倘然沈小红要价拨我,我也～勿起。(海 24-194-7) ¶开堂子个老班一个大姐做家主婆,也无啥勿局。(海 62-529-6) ¶故歇想～我个人,也有好几个勒浪,看看才靠勿住,看光景只好勿嫁人个哉。(鸿 10-251-22) ¶恭喜耐,耐阿是～仔姨太太哉?(九续 34-257-18) ¶老钱吓,倍个令爱姑娘勿曾对亲,吾末要～来做两头大。(描 3-27-6) ¶听说俚第歇辰光夷～仔一个姨太哉,阿有价事?(沪 1-10-5) ¶像倪格兰芬只要耐八千洋钱。陶大人,耐阿好拿倪格兰芬～仔去罢?(官 8-113-3) ¶兄弟若真个要维新起来,不但这东西吃不成,便是姨太太也不好～的。(维 2-11-7) ¶你看太亲翁那么一把年纪,有了五个姨娘还不够,前一回连～个六姨;姊夫要～一个,就是那许多说话。(目 104-860-2) ¶薛氏又把阿福叫到楼上,问他少爷近来是不是～了小老婆,外间租着房子。(歇 19-241-13) ¶你儿子若要老婆,我就另～一个与他就是。(醒上 12-85-17) ¶偶有江西客人丧偶,要～一个娘子。(警 5-59-4) ¶他若要～人时,我情愿把婆惜与他。(水 21-305-16)

③招く(よくないことを)。人に……される。　¶做仔个奶奶,再有啥勿开心?自家走上门来,～俚笃两声,阿要倒运!(海 23-189-10) ¶众丫鬟素日厌恶他,都不答理。只有彩霞还和他合得来,倒了一倍茶来递与他。因见王夫人和人说话儿,他便悄悄向贾环说道:"你安些分罢,何苦～这个厌那个厌的。"(红 25-346-1) ¶什么诙谐,不过是贪嘴贱舌～人厌恶罢了。(红 25-353-8) ¶每到科举年分,第一个拦场告考的,就是他,～了多少人的厌贱。(警 18-250-14) ¶咱们只作准他,莫要奉承透了,～他做大起来。(喻 10-148-10)

【讨饭】

<动>物乞いをする。　¶我阿是等耐四百个铜钱用!我要转去,做叫化子～末也转去仔,我要用耐四百个铜钱!(海 30-253-16) ¶我也是个爽快人,说一句,是一句,无论穷到～,也决计不来累他。(官 22-359-13) ¶那珍大奶奶的妹子原来从小儿有人家的,姓张,叫什么张华,如今穷的待好～。(红 67-959-14)

【讨好】

〈动〉①人の機嫌を取る。人に気に入られるようにする。 ¶还有朋友哚拍马屁,鬼～,连忙搭俚买好仔家生送得去铺房间。(海10-81-7) ¶傛登勒奴面前～奴两声,到仔背后头,只怕老早忘记格哉。(狐16-115-6) ¶看见大船上本府、参将一个个离座替统领把盏,庄大老爷也想～,便约会了在桌的几个人,正待过船敬统领的酒。(官14-217-1) ¶只因到了湖北,心里存个是制台奏请简放的人,必得要处处讨制台的好,此外的人均可无须放在意中。(梼19-298-3) ¶因他素日仗着是王夫人的陪房,原有些体面,心性乖滑,专管各处献勤～,所以各处房里的主人都喜欢他。(红71-1006-11) ¶同僚官又在县主面上～,各备筵席款待。(醒30-639-16)
②よい結果を得る。多く否定に用いられる。 ¶麨做做倪翠凤,再去做做蒋月琴,做得两头勿～。(海7-53-1) ¶我皆与爱你,怜你,多嘴说了几句,不想缠到自己身上,弄得两面不～,真真该死该死,活得有些专了。(狐40-346-19) ¶若被无双把我说上几句坏话,俊人一定听他,那时我真弄成两头不～了。(歇16-206-22) ¶你就照样儿往纸上一画,是必不能～的。(红42-586-8)

【讨便宜】
①年長・目上・先輩ぶった口のききかたをして、悦に入る。 ¶刚说得一句,被徐茂荣大喝一声,剪住了道:"耐再要说出啥来末,两记耳光!"张寿道:"就算我怕仔耐末哉,阿好?"徐茂荣道:"耐倒来讨我个便宜哉!"(海5-36-18) ¶尹痴鸳道:"亚白个脾气,我蛮明白来里。可惜我勿做倅人,我做仔倅人,定归要亚白生仔相思病,死来里上海。"高亚白大笑道:"耐勿做倅人,我倒也来里想耐呀。"痴鸳自失笑道:"倒拨俚讨仔个便宜。"(海33-273-3) ¶"老钱不要说故星客话,吃我一生一世也不妨事个。""啥说话,我呷勿是佴介爷叔,佴呷勿是我子孙。""阿吓,到要讨我便宜。"(描3-27-1) ¶话说阿翠听了刘小泉的话,随把钏臂脱下,丢向耕心道:"好孩子,拿了去罢,你妈不过同你玩玩呢,你急的就要哭了。"耕心道:"你要做我妈,生出是不见会生的出,除是生进去还可以。"阿翠又走来捏他,耕心道:"只有你讨得我便宜,我就讨不得你?叫小泉哥评评,可有这道理?"(十18-126-4) ¶老夫年已望六尚无子嗣,今遇大恩,无可相报。不是老夫妻～,情愿认了足下,做个儿子,恩礼相待,少报万一。不知足下心下如何?(初21-402-5)
②女性をからかって悦に入る。 ¶汤啸庵也踅过来看了看,问金凤道:"耐阿懂嘎?"金凤道:"葡萄架唲,阿有啥勿懂。"小阿宝忙笑阻道:"耐麨搭俚说唲,俚要讨耐便宜呀。"(海7-53-15) ¶痴鸳顺口答道:"我大末勿大,也可以得个哉!耐阿要试试看?"文

語彙例釈　tao

君说声"噢唷",道:"养耐大仔点,连～也会哉! 啥人教耐个乖嘎?"(海36-301-7) ¶赵贤假作慌张,双手乱摇道:"我最怕的是你在枕头上告状,实在我当不起的,我即刻说就是了,求你饶了我罢。"说着,有意跪了下去,被小红一手搀住,一手在他头上连打了两下,笑说道:"倷格人,真真刁转弯格,假做式求奴,讨奴便宜。"(狐40-345-9) ¶杭州有一个秀才,年纪不多,也有些学问,只是轻薄,好挨光,～。(型26-352-5)

【讨气】

<形>腹立たしい。しゃくにさわる。 ¶耐去输仔两三万,来赢倪两三块洋钱,阿要～。(海16-130-19) ¶我也勿高兴去劝俚。我看仔双玉倒～。(海17-133-4) ¶昨日夜头天末也～得来,落勿停个雨。(海18-141-15) ¶我说句～闲话,比仔耐再要好点哩。(海19-150-6) ¶说起倪大阿姐来,再～也无拨,本事末挨着俚顶大,独是运道勿好。(海21-166-23) ¶仲英道:"对勿住,倒难为老太太～。"小妹姐道:"划一,我真个气煞来里。"(海22-181-19) ¶赶俚出去,看见仔～!(海37-310-11) ¶耐再要说,人家听仔耐闲话,也来浪～!(海47-403-3) ¶才是耐勿好啘,叫倪出方大少个局,故歇弄得～煞!(鸿3-204-26) ¶倪也勿是一定要俚那哼,为仔俚～勿过,倪有心要替俚拌拌嘴舌。(九12-96-7) ¶独有俚笃两家头,鬼头鬼脑,瞒仔别人家做事体,阿要～!(九续16-119-24)

【讨惹厌】

<动>人に嫌がられる。 ¶俚勿搭耐一淘去,耐去寻俚做啥? 阿要去～!(海2-10-15) ¶耐汤老爷总算一径看得起我格,夷是热心人,格落我勿怕～,来拜托耐汤老爷格。(鸿16-286-23) ¶耐说难勿搭倪格种人缠哉,倪倷事体等勒里～!(鸿19-308-1) ¶想乖儿本是聪明子,个个面孔野勿～个,目秀眉清洵足夸。(三9-106-4)

【讨人】

<名>"妓院"の経営者が身の代(しろ)金を払って買い入れ、抱えにしている芸妓。 ¶阿是要买个～?(海3-19-23) ¶从娘姨出身,做到老鸨,该出七八个～,也算得是夷场浪一挡脚色啘。(海6-47-23) ¶俚咾一家,就是苏冠香搭齐大人讨得去个苏萃香是亲姊妹,再有几个才是～。(海26-210-11) ¶我做仔无姆个～,单替无姆做生意。(海63-535-13) ¶等弄着仔～勒再说。(狐51-435-13) ¶故歇倪格身体赛过是个～。(九37-272-17) ¶耐要晓得老五是自家身体,做弗做耐,俚自家可以做主;漱琴是～身体,耐铜钿用得多哉,发起脾气来,俚笃本家娘自然要逼俚迁就哉啘。俚做末做仔耐,心里向总规弗舒齐。(沪1-77-11) ¶卖拨勒人家,或者是押帐,有仔管头,自家做勿动主,

742

才叫做～身体格。(官 8-111-7) ¶做不到几时，手里又着实多了几文，再回上海，弄了几个～，自己做本家了，一帆风顺，生意兴旺异常。(新 49-227-30) ¶阿素出去之后，自己买了一个～，取名花小兰，在尚仁里内。(繁初 3-30-2) ¶～也是出洋钱买来的，人命不人命，罪过不罪过且都丢开，活活弄死了他，这钱岂不是没处收回来了么？(人 4-21-3) ¶如果是自家身体，一切好办得多，如果是～身体，或者是押帐～，那就麻烦得很。(人 13-119-16)

【讨人气】
腹立たしい気分にさせられる。　¶啥人教耐勥说？耐说出来就～，倒说是笑话。(海 25-202-18)

【讨人厌】
嫌な気分にさせられる。　¶阿有啥好听点个嘎？原是"双"啥"双"啥，阿要～！(海 3-20-22) ¶无姆晓得仔，倒说我小干仵哭哭笑笑，～。(海 23-184-16) ¶～个客人倪勿高兴做。(海 64-648-16) ¶耐说现成闲话容易煞，耐嘚晓得陆麻子格～，面孔勿好倒勿要去说俚，再要瞎三话四，毛手毛脚。(九续 132-959-6) ¶我在这里，绝不交结绅士，就是同寅中我往来也少，固然没有人来通我的关节，我也不要关节；然而到了里面，我却不做甚么正颜厉色的君子去～，有人来寻么卷子只管叫他拿去。(目 42-326-15) ¶我素不认识他，他托了我的兄弟，要我带领见你，我一时情不可却，所以引了他来，谁知他这样的～呢？(狐 31-261-15) ¶我因他跟来跟去，太～了，禁绝下人们同他答话。(歇 24-316-19) ¶刚刚我不是说光身体的女人比男人值钱吗？但是光身体的女人到了一老比男人还要不值钱，到处～……。(人 38-434-21) ¶再不要提这些～的东西。(孽 5-29-24)

【讨厌】
<形>いけすかない。嫌気がさす。　¶来仔也勿～，去仔也想勿着，随耐个便，阿是要写意多花咪？(海 7-57-10) ¶痴鸳探微察隐，乘间要搀翠芬的手。翠芬夺手啐道："走开点哩，～得来！"(海 45-384-14) ¶俚笃也是从小学格。勿然末，外国人来白相才要带仔翻译通事，阿要～煞嘎。(狐 22-173-10) ¶在五姨也是一心只向承辉的，看见荀才的鬃鬃胡子，十分～。(目 104-861-9) ¶你们这样横求竖求缠绕不休，简直讨厌。(人 16-144-16) ¶有的说："好一个～的老货！"(红 19-266-13)

<动>嫌う。　¶阿是耐姘仔戏子哉，来里～我？(海 27-222-14) ¶耐阿是来浪～我？(海 44-373-7) ¶耐阿是～我，我就去末哉！(鸿 5-215-7) ¶勥说耐故歇饭后来，就是天

語彙例釈　tao‐teng

亮快来末，奴也勿见得～倷，拿倷赶出去格啘！（狐 14-96-5）　¶受卿道："倪等歇点到船浪来搭耐送行。"秋谷道："这个可以免了罢。"爱卿嗔道："倪勿要，定规要求格，阿是耐～倪？"（九续 64-498-10）　¶怎么在那船上同文老爷要好，一直不过来？想是～我老胡子不如文老爷长得标致？（官 12-185-8）

【讨厌人】

きらわれ者。　¶耐有恩客来浪，我来做～，勿高兴。（海 25-203-1）　¶勥去做～，噪散俚咻场子。（海 52-445-4）　¶阿唷！倪来做～哉！（鸿 4-214-13）　¶阿姆，倷勥做～哉，让俚去罢，勿然要害俚受埋怨，吃生活，倪倒对勿住俚格。（狐 60-512-5）　¶玉媛正要起来，被佩兰把帐子一揭，横了一眼，只气得个朱玉媛别过脸去，向着床里一动也不敢动。佩兰见了，不由得'嗤'的笑道："阿呀，勿好哉！倪做仔～哉，真真对勿住。"说着，又走过来向秋谷道："二少，恭喜耐，耐阿是讨仔姨太太哉？"（九续 34-257-18）　¶难倪去哉，倪倒勿做倷～，等唔笃去随便那哼末哉。（九 2-19-13）　¶我就早知道的，幸而没有去做～。伯娘要去，我娘也说要去呢，被我止住了；不然，都去了，还说我母子没处投奔，到他那里去讨饭吃呢。（目 24-173-22）　¶因此我心生一计，同我女儿做了一对～，在这里陪他们，轮流守了一夜，没让他们斗在一起。（歇 97-1345-6）　¶阿根道："时光不早了，我们走罢。"耕心道："正是，不必尽着做～。"（十 18-128-22）

【套】

〈动〉車に引き網やウマを取りつける。　¶马车阿曾～好？（海 46-393-20）

〈量〉組になっているものを数える。　¶再有一～狐皮子，阿要做起来？（海 61-524-21）¶又忙着替孙子做了一～及时应令的棉袍褂，预备开贺的那一天好穿了陪客。（官 1-6-1）¶只消弄几～洋装，和东洋服装到手，就可动身了。（歇 20-261-9）

teng

【藤高椅】

〈名〉籐(とう)椅子。⇨高椅。　¶我就该搭～浪困罢。（海 20-163-3）　¶到了早上起来，洗了个脸，头也末梳，足也末裹，呆呆的坐在床面一张藤交椅上盘算念头，顺手拿着一枝水烟袋儿吃烟。（繁初 16-170-2）

【藤条】

〈名〉藤(ふぢ)のつるで作った鞭(むち)。この鞭で打つ回数を数える量詞としても用いられる。　¶拨县里提得去，办俚拐逃，揪二百～，收仔长监。（海 27-225-8）　¶杨志大骂道："你们省得甚么！"拿了～要打。（水 16-230-9）

744

ti 語彙例釈

ti

【提】
〈动〉話に出す。提起する。 ¶耐末也白认得仔我一场，先起头说个几化闲话，覅去～起哉。(海 20-102-3) ¶一面请显得吃了一次洋餐，求他见了制台大人时，顺便～起自己，并替自己说几句好话。(维 13-89-14) ¶姓胡的事也不必多～，～了徒然难过。(人 29-318-9) ¶放着两个现成的诗家不知道，～那些死人做什么！(红 49-675-19) ¶连吾也不知所以然的缘故，使君但放心吃酒罢。再不必～起他了。(初 30-564-15)

【提亮】
〈动〉"提醒"に同じ。 ¶二小姐勿相信末，耐是俚亲生娘，要～俚个晼。(海 62-527-7)

【提线傀儡】
操(あやつ)り人形。 ¶大约是～之法。(海 40-336-10)

【提醒】
〈动〉そばから言って気付かせる。 ¶故倒划一，幸亏耐～仔我。(海 59-505-24) ¶阿珠道："就是倪勒广东，俚搭伍大人一淘格区老爷呀！倷啥忘记脱哉介？"宝玉道："嘎，实头是俚，倷～仔奴，奴记得俚格名字，叫啥格德雷，搭奴勿哪哼要好格，格落隔仔几年，奴勿放勒心浪哉。"(狐 44-384-26) ¶倷勿～奴，奴真真讲忘记哉。(狐 46-401-10) ¶尔梅被他～，回头向妆台上的酒瓶一看，见瓶中的酒少了好些，急得顿足不迭。(繁后 30-1080-17) ¶一句话～了陶子尧，立刻翻出信笺要写回信。(官 9-124-24) ¶这句话才把贾端甫～，连忙跑到床上一看，那只放外国银行存款折子，票据的白皮小拜匣已经不翼而飞。(梼 22-357-19) ¶那女孩子只当是个丫头，再不想是宝玉，因笑道："多谢姐姐～了我。难道姐姐在外头有什么遮雨的？"一句话～了宝玉，"嗳呀"了一声，才觉得浑身冰凉。(红 30-426-18) ¶西门庆在床底下听了妇人这几句言语，～他这个念头，便钻出来，说道："娘子，不是我没本事，一时间没这智量。"(水 25-396-5)

【题跋】
〈名〉題辞と跋文。 ¶再有仔个～就好哉。(海 47-400-9) ¶你快画罢，我连～都有了，起个名字，就叫作《携蝗大嚼图》。(红 42-585-8)
〈动〉跋文を書く。
¶题个跋末勿如做篇记。(海 47-400-9)

【题面】
〈名〉詩文の寓意を象徴する標題。 ¶通首就是'秋影'一句做个～，其余才好。(海

語彙例釈　　ti

61-523-6)
【題目】
<名>題目。テーマ。¶先要看仔俚诗，再猜俚是啥个〜。〜猜勿出，故末诗好哉。(海 40-337-23)¶耐该应和俚两首送拨俚，我替耐改。〜末就叫'答红豆词人即用原韵'九个字，阿是蛮好？(海 59-506-5)¶他看到这个〜，急忙查出原文来一看，洋洋洒洒，足有五千多字。(官 7-98-19)¶老爷回来了，找你呢，又得了好〜来了。快走，快走。(红 78-1122-14)

【体面】
<形>体裁がいい。顔が立つ。立派である。人に誇れる。¶我倪子养到仔实概大，咿会吃花酒，咿会打茶会，我也蛮体面咑，倒说我䲿面孔。(海 6-43-9)¶噢唷，倒说得〜咑！耐算说拨来啥人听嘎，阿是来里王老爷面浪摆架子？(海 9-73-9)¶蛮〜个二少爷，难看俚阿好出来做人！(海 23-189-7)¶故歇到上海来，勿是要想啥倪子个好处，为是我倪子发仔财末，我来张张俚，也算〜〜。(海 30-253-13)¶无姆好，我也一点；勿好，大家坍台。(海 49-417-13)¶三公子要拿总管个囝件拨来阿哥，阿要〜，啥个等勿得，搭个臭大姐做夫妻。(海 62-529-10)

¶我今日看见那个人穿得很〜的，难道在妓院里闹点小事，巡捕还去拿他么？(目 28-210-3)¶我打电报去同他商量，叫他无论在那里暂时替我挪匯七八千金，再拿我这里的几千凑起来，看来这件事可以做得体体面面，把老人家送回家去。(官 52-888-15)¶你人〜，做出的事不〜。(新 47-215-10)¶我这头也不知修了什么福，今儿这样〜起来。(红 40-545-17)

<名>体面。面目。¶双宝也是勿好，要争气争勿来，再要装〜。(海 17-132-15)¶认得点俉人，大姐末，阿算啥〜嘎。(海 31-255-8)¶他自己又老了，又不顾〜，一味吃酒，吃醉了，无人不骂。(红 7-118-8)¶万一有人探知我们消息，马又要送还，银子又要反璧，我们又没了〜。(鼓 12-151-6)¶纵或有之，亦须隐晦，不可播扬漏泄，坏了本寺〜。(禅 9-125-9)

【体气】
<名>"气血"(漢方医学で人の体の精気と血液の意)を指す。¶老年人〜大亏，须用二钱吉林参。(海 64-545-15)

【剃头司爷】
床屋さん。⇨司务。¶教俚去喊个〜拿耳朵来作作清爽。(海 14-110-5)¶现在须烦难

746

的,是这条辫子,只好同～商量,叫他替我编条假的。(文47-255-26) ¶下次分头,我来替你分。不要再叫江北～替你胡乱摆布几根头发,弄不好,连人也带得土头土脑了。(人18-173-2) ¶次日起身,打水擦脸,吃过早点,就叫～梳了一条辫。(十1-2-22)

【替】

<动>……に代わる。なお、連動式の第一動詞連語の場合、賓語が省かれることもある(海7-54-8,海13-103-17)。¶俚咪是牌局,要末来咪～碰和,勿然陆里有实概长运嘎。(海7-54-8) ¶阿要金凤来～耐豁两拳?(海8-58-3) ¶子富问他:"谢啥?"黄二姐笑道:"我先～俚咪谢谢,倒谢差哉。"(海8-63-11) ¶下头吃饭去,我来～耐。(海8-64-10) ¶大少爷搭四老爷来咪吃大菜,说阿有啥人末先～碰歇。(海13-103-17) ¶我～耐阿姐磕个头,看我面浪,麭动气。(海25-207-3) ¶难下转勿要实梗,闯仔穷祸,呒啥人来～耐,阿晓得?(九48-353-17) ¶看仔耐生病,～咿～耐勿落,咿无拨倽格法子好想,格个心浪,格末叫难过,陆里再有实梗高兴去做倽格生意。(九75-547-8) ¶明朝倷～奴去领罢,倷比别人熟悉点笃。(狐36-305-17) ¶不用谦辞,你来～我碰罢。(狐60-510-14) ¶老太太不用急,书虽～他不得,字却～得的。(红70-993-12) ¶传汝三卷天书,汝可～天行道为主,全忠仗义为臣,铺国安民,去邪归正。(水42-679-11)
<介>①……のために。動作の受益者を示す。¶秀林小姐,我～耐秀宝妹子做个媒人阿好?(海1-6-22) ¶价末费神～我跑一埭,阿好?(海3-17-8) ¶倪两家头总要～俚寻一个对景点末好,勿然未免辜负仔俚个才情哉啘。(海31-261-3) ¶我赌身勿赎末哉,再～无姆做十年生意。(海45-379-14) ¶耐麭怪我多说多话,我是～无姆算计。(海49-417-12) ¶耐～我多盖点,出仔点汗末好哉。(海62-533-8) ¶倪吮拨洋钱,耐～倪买子罢。(九6-44-23) ¶奴有一匣勒浪,还是奴前头好白相勒买格来,一径放勒抽屉里。阿二,倷～奴去拿出来哩。(狐25-201-8) ¶俽到书信馆去,～我拿伊封信带来。(上散2-6-5) ¶既然是格能,好极者。格末就托俽费心～我介绍罢。(上问48-88-5) ¶又忙着～孙子做了一套及时应令的棉袍褂,预备开贺的那一天好穿了陪客。(官1-6-1) ¶有些人来告钱太爷受了人家的状子,又出票子拿人,逼得人家吃了鸦片烟,现在赶来求老爷～他伸冤。(官45-772-1) ¶此时哭也无益,倒不如趁早到几个大檀越家里去,恳他～我们设法,或者还可以挽回,也未可知。(维10-70-6) ¶你就家去才好呢,我还～你留着好东西呢。(红19-265-12) ¶你可学做好人,务为世间奇男子、大丈夫,～祖宗父母争一口气,不可懒惰游佚,自甘不肖。(禅22-355-4) ¶那文姬作娇作痴,把手搭着他肩,并坐说些闲话。到酒兴浓时,两个就说去睡,你～我脱衣服,我～你脱衣服,

語彙例釈　ti－tian

熟客熟主，也没那些惧怯的光景。（型38-531-4）¶到我国朝初时，三途并用，多有名公大臣不由科甲出身，一般也～朝廷干功立业，青史标明不朽。（初29-531-7）¶梁皓八十二岁中了状元，也～天下有骨气肯读书的男子汉争气。（警18-249-13）¶闻得孟尝君有领狐白裘价值千金若将来送了我，我～他讨个人情，放他归去。（二39-713-5）
②……と。……に対し。動作のかかわる対象を示す。¶我自有道理，耐也何必～俚哚客气？（海46-394-17）¶耐末生来一淘转去，倘忙拨俚偷仔去末，也好～我商量商景。（海59-500-11）¶对勿住。晏歇俚笃来仔～我说声。（鸿5-219-21）¶有倽闲话末，好好里～刘大少说，刘大少爷无倽勿肯格呀！（九11-82-15）¶俚耐格闲话，搭耐章大少一样仔末，倪也勿要～俚反哉。（九12-94-3）¶轧实俚是姓杜呀，奴昨日忘记～俅说格。（狐61-522-8）¶伊个脚色买物事尖钻来邪气，侬～伊交易要当心点。（上散9-55-9）¶～夫人奶奶们道喜，姐儿发热是见喜了，并非别病。（红21-294-21）¶感恩不尽，夜间尽情陪你罢。况且还要～你商量个后计。（初6-113-16）¶我是～你说过了，方住在此的，如何又要我去伴那老厌物？（初26-489-7）¶我～你同到官面前，还你的明白。（二38-709-7）

【替身】
〈名〉身代わり。¶陆里晓得个李秀姐定归要拨来玉甫做小老母，俚说漱芳苦恼，到死勿曾嫁玉甫，故歇浣芳赛过做俚个～。（海54-459-2）¶小姐想想介，权者变也，俚勒立朵想我吓，那啥你情愿做～介。（三28-315-23）¶此刻没了法子，要找一个人做言小姐的～。（目84-678-23）

tian

【天】
〈名〉①天。空。¶大少爷去，～也亮哉，阿好再困。（海30-252-6）¶偏生贺根从～不亮出去，一直到晚不曾回来。（官2-27-4）¶昨夜嘟嘟哝哝直闹到五更天才睡下，没一顿的工夫～就亮了。（红48-668-13）
②天候。天気。空模様。¶昨日夜头～末也讨气得来，落勿停个雨。（海18-141-15）¶今朝～热呀。（海18-143-10）¶～来浪落雨，耐阿好麵进城哉？（海47-403-7）¶不想日未落时～就变了，淅淅沥沥下起雨来。（红45-626-4）
③（一日の中のある）時間。¶摆起来罢，～勿早哉。（海7-54-6）¶～还早来里，双玉出局也勿曾转来，啥要紧嘎？（海17-136-15）¶～也十二点钟哉，到我房里去困罢。（海20-163-2）¶贾瑞如得了命，三步两步从后们跑到家里，～已三更，只得叫门。（红

tian　語彙例釈

12-170-4）

【天打】
<动>雷に打たれる。¶耐哚来里欺瞒我老老头,阿怕罪过嘎？要～个哩！（海15-117-15）¶～者，决勿会买勿新鲜个小菜。（上问39-72-8）

【天井】
<名>中庭。屋敷の中の家屋と家屋、家屋と塀とで囲まれている空き地。 ¶价末喊俚进来呀,～里去做啥？（海46-392-1） ¶地格～里堆拉个炭,都是侬买拉个呢甚？（上问27-49-9） ¶一共两进房屋,每进四幢,～也甚宽敞。（繁后1-719-11） ¶忽见隔壁那家～内,站着一大堆人,有几个妇女却在远处交头接耳的议论。（歇9-109-10） ¶卜良将身闪入门内,门内数步,就是～。（初6-117-2） ¶那坐的所在与隔壁人家窗口相对,只隔得一个小～。（二17-351-5） ¶薛婆蓬着头,正在～里拣珠子,听得敲门,一头收起珠子,一头问道："是谁？"（喻1-8-3） ¶此时已是五月下旬,天气炎热,王庆掇条板凳,放在～中乘凉。（水101-1573-8）

（注）王古鲁注释《二刻拍案惊奇》は前掲例（二17-351-5）に対し、"天井：吴俗称室外院落做'天井',即北京所称的'院子'"と注釈を施している。

【天亮】
<动>夜が明ける。¶应该动气,应该动气！我做仔耐是一径动到～哚。（海11-84-21） ¶为仔倪阿姐昨日夜头吓得要死,跑到倪搭倪搭来哭,～仔坎坎转去,我要去望望俚阿好来哚。（海11-88-5） ¶俚哚老旗昌吃酒,生来要～哚,晚点也无啥。（海44-372-23） ¶倷勒困末,倷去坐到～,勿关得奴事,奴勿来陪倷格哩。（狐16-115-19）¶倪出局去转来,长恐要～哉哩。（九37-275-16）¶还没有～,他就唤醒了贺根,叫他琉璃厂去等信。（官2-26-22）¶阿珍这寒热是～时候起的。（繁后25-1018-19）¶昨天晚上柯莲荪,姚啸秋诸人在此谈久了,散的时候已将～。（人24-248-20）¶姆妈急煞了,她说时候要快～了,秋波怎么还不回来？（人47-592-8）¶一时～,宝钗醒了,听了一听,他安稳睡了,心下想："他翻腾了一夜,不知可作成了？这会子乏了,且别叫他。"（红48-670-1）

（注）"天亮"は連語として用いられる。→大少爷去,天也亮哉,阿好再困。（海30-252-6）→看看闹到天快亮了,黄胖姑见他实在无法,便到："两个月太远了,小店里耽搁搁不起。……"。（官27-448-15）→以下也没有什么可听,我们再不睡觉天要亮了。（人36-402-5）→这般热的天,只有天快亮的时候风凉一些,还不肯睡做什么呢？（人47-593-11） →昨夜嘟嘟哝哝直闹到五更天才睡下,没一顿饭的工夫天就亮了。（红48-668-13）

語彙例釈　tian

【天亮快】
動詞"天亮"＋形容詞"快"。未明を指す。⇨快。¶最好笑有一转拍小照去，说是眼睛光也拨俚哚拍仔去哉；难末日朝～勿曾起来，就搭俚话眼睛，说话仔半个月坎坎好。(海7-57-6)

【天下】
<名>天下。全国。¶我前回替桂材上仔新闻纸，～十八省个人，陆里一个勿看见？（海59-507-11）¶这两家便是～拳术家的宗主。（十 7-47-18）¶～山水多着呢，你那里知道这些不成。（红 19-275-5）¶梁皓八十二岁中了状元，也替～有骨气肯读书的男子汉争气。（警18-249-13）

【天字第一号】
一番。最高。最高。最重要。『千字文』が"天地玄黄"の句から始まり、この順で番号をかけていたことによる。¶我替耐寻着仔～个生意来里，耐阿要谢谢我？（海41-346-6）¶勿是我海外，我去叫马车，还俅～，哤不盖招格，俅放心末哉！（狐 15-107-21）¶倽人勿晓得范彩霞先生是上海滩浪～格红倌人。（九 97-683-26）¶那朱七是～的瘟生呀。（商 1-8-13）¶现在支应局兼营务处的候补府黄大人，是护院的～的红人。（官 3-35-15）¶少霞是媚春房间里～客人，差不多吃了五十台酒，叫了一百六七局。（繁II2-362-23）¶头一件精明的是打得一手好麻雀牌，大家同是十三张牌，他却有本事拿了十六张，就连坐在他后面观局的人，也看他不穿的。这是他～的本事！（目 83-672-5）¶晓得贵精是个江西红员，现奉着～优差，自然是万分巴结，格外殷勒。（十37-278-18）¶不想今日亲身降临，实是～的喜事，快叫浑家来拜了恩爷。（禅 9-134-11）¶有那梁山泊晁盖送与你的一百两金子，快把来与我，我便绕你这一场～官司，还你这招文袋里的款状。（水21-316-14）

【添】
<动>付け加える。付け加わる。¶问声俚看，还要啥物事，就～来哚帐浪末哉，勿忘记哩。（海12-94-8）¶无拨啥小菜碗，我去教俚哚～两样。（海14-114-14）¶倪故歇再要～个大姐，先生勿用末，该搭来罢。（海23-190-15）¶俚请仔耐末，交代园门口，薄子浪就～仔耐陈小云个名字。（海47-401-17）¶因为老头子要来，虽说不化钱，早已特特为为又～了一桌菜，拣老师爱吃的点了几样。（官 59-1022-15）¶这几日也没见～病，也不见其好。（红 11-163-15）¶妙相寺新～了一员副住持，叫做林澹然。（禅 4-48-5）

【田家之乐】

"田家乐"(田園に生きる者ならではの楽しみのこと。) ¶点缀些～，羁客之恩，就是合作，勿必去刻意求工。(海 60-515-22)

【填词】
〈动〉"词"を作る。定型に従って字を埋め込んで作る事から、"填词"という。¶张船山两手诗，拨俚意思做完个哉，我改仔～罢。(海 33-273-17) ¶咱们这几社总没有～。你明日何不起社～，改个样儿，岂不新鲜些。(红 70-994-13)

【填空】
〈动〉穴をうめる。空いたところをうめる。¶赖公子假意问："陆里去？"素兰说："房间里。"赖公子直挺挺坐在高椅上，大声道："房间里勿去哉，倪来做～！"(海 50-424-16) ¶倘若在京闹的声名大了，亦怕都老爷没有事情之时拿他～，总为不妙。(官 28-450-4) "垫空"とも作る。⇨垫空

【舔】
〈动〉"舔"(舌先でなめる)に充てられているもの。¶最好笑有一转拍小照去，说是眼睛光也拨俚咪拍仔去哉;难末日朝天亮快勿曾起来，就搭俚～眼睛，说～仔半个月坎坎好。(海 7-57-7) ¶四五人攒做一堆，将两件物事吃个罄尽。盆中溅着几点残汁，也把来～干净了。(二 18-371-7) ¶面山边有一只金毛哈巴狗儿，在那里长一舌，短一舌，～那面吃。(西 87-992-7)

tiao

【挑】
〈动〉①てんびん棒などで肩にかつぐ。¶路菜阿曾～来？(海 55-468-8) ¶后来唔笃转仔，胡话倒鹬说歇，独是格唔哩哩哩，赛过～仔一付重担实梗，吃力得透气勿转。(狐 59-501-8) ¶一时传人一担一担的～进蜡烛来，各处点灯。(红 17·18-244-13) ¶把花枪～了酒葫芦，怀内揣了牛肉，叫声相扰，便出篱笆门，依旧迎着朔风回来。(水 10-154-2) ¶这一向爬山过岭，身～着重担，老大难挨也!(西 23-256-10)
②肩を入れる。ひいきする。目をかける。¶倘然罗老爷勿肯帮，价末耐也好算是因件，该应搭老爷说，～～我；阿有啥罗老爷肯帮仔，耐倒勿许罗老爷帮？(海 45-379-11) ¶故末孵客气，耐要～～我，作成点生意好哉。(海 48-412-8) ¶耐动身仔我搭俚笃原是常常勒一淘格，耐真格要～我当该格好差使，倪也无啥做勿到，不过我搭俚笃娘一径要好，引俚笃因件做该号事体，像煞有点说勿过去。(鸿 17-294-20) ¶故歇大少要翻台，～倪做生意，倪是巴也勿能，可惜辰光宴仔点。让奴差人去叫叫看，如果菜有格来，格是

語彙例釋　tiao

吭啥,倘然吭不末,俫大少勤动气介。(狐 12-88-19) ¶个个是两位娘娘勒里～我先生吃饱饭吓。(三 14-161-5) ¶俚末一定是为仔格个金蔼人哉哏。蔼人空勒浪,吭不事体做,难末寻出啥报馆来,～～俚格号人办起报馆来,格是野好格哉。(沪 1-80-3) ¶这些事我都做得惯的;况且送礼是你申老伯～我赚钱,以后十个钱我亦只要四个钱罢了。(官 44-738-12) ¶我们朋友聚首的日子长哩,缓日可到楚云那边推一场,一则你好指望翻本,二则也好～～楚云。(繁初 11-110-20) ¶只要六老爷别的事上多～他姐儿们几回就是了。(儒 42-487-13)

【挑头】

〈动〉てら銭をはねる。¶跌下来个是大流氓,先起头三品顶戴,轿子扛出扛进海外哚。就苏州去吃仔一场官司下来,故歇也来浪开睹场,～～头。(海 28-233-17)

【挑头钱】

"挑头"に同じ。¶其实倪搭是耐自家高兴赌仔两场,闲人说起来,倒好像倪挑仔几花头钱哉。(海 14-114-5)

【条】

〈量〉①細長い形の物、生物や一部の衣料品および人の心や命などに用いられる。¶不过拿耐事体来放来里,倘忙耐要到蒋月琴搭去末,想着有物事来哚我手里,耐勿敢去哉,也好死仔耐一～心。(海 8-59-17) ¶莲生道:"我对门就是东棋盘街哚。"小红道:"还隔出一～五马路哚。"(海 11-85-9) ¶倘忙碰着个好客人,看俚命苦,肯搭俚包瞒仔该桩事体,要救到七八～性命哚。(海 16-128-2) ¶内盛着金鲤鱼,真有一尺多长。赵二宝也略瞟一眼。文君抢出指手划脚说道:"再要捉俚一～,姘仔对末好哉!"(海 38-324-9) ¶阿要拿～绒单来盖盖？(海 51-434-16) ¶故歇个人,洛里还有啥良心。救仔俚一～性命,俚也不过实梗,再有啥ă说头。(九续 29-220-12) ¶闻得父母退了前夫,他便一～麻绳悄悄的自缢了。(红 16-209-9) ¶宝玉想了一想,便伸手拿了两～手帕子与撂与晴雯,笑道:"也罢,就说我叫你送这个给他去了。"(红 34-468-18) ¶罢了,罢了,这一～性命,断送在这妇人口里。(禅 10-149-11) ¶想那厮去未远,我不如拿了～棒,赶上去,齐打翻了那厮们,却夺回那银子送还晁盖。(水 14-204-13) ¶再把实情对我说了,饶了这贱人一～性命。(水 46-763-13) ¶那人出来,头上一顶破头巾,身穿一领布背心,露着两臂,下面围着一～布手巾。(水 36-569-4) ¶有两～路,竟不知呼延灼何处去了。(水 79-1305-2)

②"牌九"で勝ち負けのつく回数を数える。¶碰和就输煞也勿要紧,只要牌九庄浪四

tiao 語彙例釈

五～统吃下来末,好哉啘。(海 14-113-1) ¶昨日还算好,连配仔两～就停哉,价末也输千把咪。(海 14-113-15) ¶初时几～,没甚进出。到第三～上,大家打的狠了,小纯是下角五千,品纯是下门一千,小纯说品纯不敢打狠,品纯发火,也打了五千。(新 28-128-30) ¶逢辰见众人坐定,把牌洗过,向阿秀要了两颗骰子,推出第一～牌来。(繁初 10-103-16) ¶推到结末一～,庄家一个通配,算一算,钱已不敷。(繁初 10-107-18) ¶又麻雀原不过是消遣消遣,就有输赢,究也有限。今年在汉口,牌九里光是一～牌,就输到七千多银子。(十 5-31-21)

【条子】
〈名〉略式の書状やメモなど。¶耐看见子富哚,先搭我说一声,明朝送～去。(海 4-29-13) ¶我今朝看见耐～,我想,东合兴无拨啥张蕙贞啘。(海 5-34-5) ¶园门浪交代好个哉,就勿曾送～。也为仔大人说,帖子夠补哉。(海 48-409-18) ¶啸秋忙迎上去道:"仲声兄,我刚刚到贵相知搭看耐个呀!"仲声道:"对勿住,耐个～我看见个。"(鸿 2-200-16) ¶耐阿是要叫我写～去喊顺全?(鸿 4-210-13) ¶倍笃大家才来浪等俚一干仔,请客～满天飞,请俚勿着,俚倒一干仔去打野鸡,阿要讨气?(九续 13-98-14) ¶今朝俚来浪瑞记,写～来请倪吃夜饭。(九续 154-1093-11) ¶忽然接到叶勉湖一个～。说是:"今日拟为艳香消除乐籍,列入金钗,务乞两君速临,商酌此一篇花样翻新的文字。亨淡如太尊亦在座,望即命驾,勿却为幸!"(梼 8-128-23)
②表札。¶俚自家搭我说,教我生意夠做哉,～末桿脱仔。我吃仔俚,客人叫局也勿去。(海 10-80-17) ¶耐有洋钱开消,倪开消仔原到乡下去,勿转去个,索性爽爽气气贴仔～做生意。随便耐个主意,来里该搭做啥?(海 35-290-3)

【调补】
〈动〉体に栄養を補給する。¶故歇病好仔,要紧～,吃得落末最好哉,无啥禁忌。(海 41-348-5)

【调皮】
〈形〉狡猾である。悪賢い。¶勿是我要说俚,翠凤个人～勿过!(海 44-374-2) ¶该个末,倪无姆个妍头啘。就是俚勿声勿响,～得来,坎坎还来浪起个花头。(海 49-420-22) ¶醉红楼一面骂着花云阁,一面瞟转秋波,问余国栋道:"今朝耐阿要去?"余国栋呆了一呆道:"我只好不去罢。"醉红楼哼了一声说:"耐倒～咪,阿是定规要耐同仔一淘去,勿去勿成功!耐阿敢勿去?"(九续 151-1075-16)"掉皮"とも作る。¶侬勿要掉皮,有数拉个。(上散 3-10-3)

語彙例釈　tiao

〈動〉ひやかす。おもしろ半分にからかう。¶耐去末哉，倪不过实梗样式，要好勿会好，要邱也勿会邱。（海 7-57-13）¶秀宝道："阿有啥吭拨嘎，庄个倒勿是龙瑞里去拿得来？就是耐起先头吃酒日脚浪唲，说有十几只咪，隔仔一日就无拨哉，耐骗啥人嘎？"朴斋道："耐要末，耐教庄个去拿末哉。"秀宝道："耐拿洋钱来。"朴斋道："我有洋钱末，昨日我拿仔来哉，为啥要庄个去拿？"秀宝沉下脸道："耐倒～㗅唲！"（海 13-99-14）¶实夫道："我说俚家主公好，勿曾说啥。"诸三姐道："耐末说好，俚只道仔耐～，寻俚个开心，阿对？"（海 21-168-10）¶善卿笑道："昨日夜头辛苦哉？"莲生含笑嗔道："耐再要～，起先我教耐打听，耐勿肯。"（海 34-280-8）¶[丑]慢点，慢点！合啃，自我个只脚哗勒里鸡眼通哉，只怕明朝头要落雨朵嘘！[付]想不到姐姐的金莲却是上知天文的。[丑]勿要～。自我还要问你勒，你到底姓啥名啥？立朵苏州啥场化？（三 9-107-15）¶沈仲思听了，回嗔作喜的道："……。老实说，你若把我当客人，我们便坐在一处同去，若要把我当作瘟生，你也不必客气，竟是我自己一个人去。"洪月娥听了着急起来，赶过去拉了他的手道："耐格闲话倒来得～笃唲，倪几时当耐瘟生，耐倒说拨倪听听看。"（九 77-557-23）¶云兰不等说毕，举起扇子，把秋谷头上拍的打了一下道：耐勿要来浪搭倪～！秋谷道："我规规矩矩的并不～。……"（九 148-982-13）　"调脾"とも作る。¶王小五子忽然想起昨夜的话来，连忙说道："余大人，我托你一桩事情，你可得答应我！"余荩道："好答应的我自然答应。"王小五子道："你别同我调脾。好答应也要你答应，不好答应也要你答应；你先答应了我才说。"（官 32-541-24）

（注）前掲例（海 7-57-13）の"调皮"について、罗竹风主编：汉语大词典は"耍小聪明；耍花招"とするのに対し、许少峰：近代汉语大词典は"吴语：刁难，作梗"とし、前掲例の（九 77-557-23）も用例に加えている。ちなみに、吴越：海上花列伝普通話本は前掲例（海 7-57-13）を"你就跟我使坏吧，反正我就这个德行，要好不会好，要坏不会坏。"と、海南出版社：海上花列伝（附訳文）は"你耍滑头好了，我就是这样，要好不会好，要坏也不会坏。"と訳している。

【调摄】

〈動〉養生する。¶倘然能得无思无虑，～得宜，比仔吃药再要灵。（海 36-305-20）¶宋江却在荆南～五六日，病已全愈。（水 108-1632-3）

【跳】

〈動〉①跳び越える。¶耐两只脚倒燥来㗅唲，一直走到仔城里。阿是坐仔马车打城头浪～进去个嘎？（海 4-30-19）¶贾瑞侧耳听着，半日不见人来，忽听咯噔一声，东边的门也倒关了。贾瑞急的也不敢则声,只得悄悄的出来,将门撼了撼,关的铁桶一般。此时要求出去亦不能够,南北皆是大房墙,要～亦无攀援。(红12-167-13) ¶流落在此,则一地里做些飞檐走壁,～篱骗马的勾当。(水46-765-9)

②拔け出る。 ¶覅钻到题目里向去做,倒要～出题目外头来,自家去做自家个诗,同题目对勿对覅去管俚,让题目凑到我诗浪来,故末好哉。(海61-519-23) ¶此乃玄机不可预泄者。到那时不要忘我二人,便可～出火坑矣。(红1-9-12)

③躍り上がる。気分の高揚を示す動作を指す。 ¶要拆仔俚冷台,故是～得来好白相煞哉!(海14-113-5) ¶福生听说,～起来道:"我也情愿入会,不晓得会里头肯容不肯容?" (十14-96-17)

④"跳槽"を指す。⇨跳槽。

【跳槽】

〈动〉客がなじみの芸妓から離れて他の芸妓とむつむようになる。 ¶我到猜着耐个意思来里,耐也勿是要瞒我,耐是有心来哚要～哉,阿是? 我倒要看耐跳跳看!(海4-31-8) ¶倪就是有倈个推扳耐地方,耐心浪勿舒齐末,也好朝倪说格哦,耐倒好意思～,跳到仔洪笑梅搭去,倪搭人影子也勿见,还要瞎三话四,说勒倪搭用脱仔几化洋钱哉。(九10-78-1) ¶真正朱老格人末,野奇怪勿过。搭老七做得蛮好格,一歇歇工夫倒说跳仔槽哉。倒底啥道理哩? (沪3-114-10) ¶碰着吃酒,他却总带招弟,一直不曾跳过槽。(官13-192-1) ¶今天真是巧事来了,夏尔梅与许行云呕气～,发了五张局票,竟把你两个从前的心上人多叫在内,你想巧也不巧? (繁后18-930-14) ¶七郎挥金如土,并无吝惜,才是行径如此,便有帮闲钻懒一班儿人出来,诱他去～。(初22-414-6) ¶春儿放心不下,悄地教人打听他,虽然不是～,依旧大吃大用。(警31-475-12) ¶亏得沈将仕壮年贪色,心性不常,略略得味,就要～,不迷恋着一个,也不能起发他大注钱财。(二8-167-6)

tie

【贴】

〈动〉①贴る。 ¶耐有洋钱开消,倪开消仔原到乡下去,勿转去个,索性爽爽气气～仔条子做生意。(海35-290-3) ¶倪出城到二马路浪有招纸～好勒浪,勿然末奴落里会晓得呢? (狐36-307-20) ¶麻子阿二说才去讨剃头账,见他公馆双门紧闭,门上～着簇新的招租。(新48-222-15) ¶你头里过那府里去,嘱咐～在这门斗上,这会子又这么问。我生怕别人～坏了,我亲自爬高上梯的～上,这会子还冻的手僵冷的呢。

語彙例釈　　tie

（紅8-130-21）¶一二百做公的，分头去缉。到处～了告示，说那两个模样，晓谕远近村房道店市镇人家，挨捕捉拿。（水62-1055-8）

②金銭を補助する。¶翠凤只拣一张拾圆的抽出，其余仍夹在内，交还子富，然后将那拾圆钞票一撩，撩与黄二姐，大声道："再拿去～拨俚哝！"（海21-172-18）¶价末耐去吃仔罢，我～耐两块下脚末哉。（海25-205-10）¶倪～俚五百洋钿拨俚还仔亏空转去，倪末背仔一身格债。（九续110-798-6）¶我呢（先起头）（本底子）七十两银子买个，我倪那能（好～铜钱卖呢）（可以折本卖呢）？（上问14-27-4）¶只恨财星不旺，没一个有钱的人可以每月～他一百八十块钱尽着受用，仍虑不敷挥霍。（繁后11-845-14）¶我也并不是跳槽。彩霞这一节在观盛里歇夏，我一个月～他二百块钱，不做生意。（九159-1046-26）¶那里本来是人家住着的，不知他怎么和人家商量，～了几个搬费，叫人家搬了去。（目23-165-19）¶还有一个是女校生，虽没钱～汉子，然而也不要破费汉子半个钱。（商14-103-27）¶快快的送将出来还我，多多～些盘费，喜喜欢欢打发老孙起身，还饶了你这个老妖的狗命！（西35-403-6）

〈量〉"帖"に充てて用いられている。⇨帖。¶耐也劝劝俚，该应请个先生来，吃两～药末好哩。（海20-160-4）¶请先生开好方子，吃仔三四～，好点末停哉。（海36-305-11）¶可怜这位师爷鸭子吃不成，倒吃了一～药，真是被他恭维苦了。（棒15-241-16）¶这～心疼药，太医叫你半夜里吃。吃了，倒头把一两床被发些汗。明日便起得来。（水25-398-12）

【贴切】

〈形〉適切である（表現が）。¶妙在用得恰好地步，又～，又显豁。（海51-431-9）¶到底新收的门生万太尊格外～些，因见他俩都碰了钉子，便搭讪着说道："上吐下泻的病，只要吃两口鸦片烟就好的。"（官47-804-15）¶众人笑说："再莫若'兰风蕙露'～了。"（红17・18-235-8）¶你看这起句"湖如莺脂夕阳低"，只消这一句，便将题目点出，以下就句句～，移不到别处宴会的题目上去了。（儒54-613-21）

【帖边】

〈名〉"贴边"に充てたもの。中国服の裏につける縁どりの布。¶价末松江边镶滚缎子搭仔～，明朝一淘买好来浪。（海61-524-23）

【帖】

〈量〉服。調合されたせんじ薬を数える。¶幸亏个先生吃仔几～药，好仔点。（海58-496-12）¶阿要请个先生吃两～药？（海62-533-8）¶后来好容易找到前头替他看的那个医生，吃了几～药，方才慢慢的回醒转来。（官37-628-13）¶只好拣那最走时的

先生开的方子与他吃了几～。(栋 14-231-13)

【帖子】

〈名〉"请帖"(宴会などの招待状)、"庚帖"(婚約のときに交換する、双方の生年月日などを記した書状)、"名帖"(初めて会うときに差し出す、姓名·原籍を記した書状)などの書状。 ¶我第一埭去阿要用个～拜望？(海 47-401-16) ¶园门浪交代好个哉，就勿曾送条子。也为仔大人说，～麨补哉。(海 48-409-9) ¶到了总督公馆，投进～，里头传出话来，说了一声"请"。(官 7-93-8) ¶金升拿着个～，上来回道："刚才薛大人自己来过，请大人后日到味莼园一聚，万勿推辞！临走留下一个～。"(孽 18-155-1) ¶今儿来的这么齐，倒象下～请了来的。(红 45-616-2) ¶次日黎明，扮做桑参将管家，投文队里进去，递了状词并～。(禅 2-402-4)

【铁箱子】

〈名〉金庫。 ¶耐拿保险单自家带来哚身边，洋钱末放～里。(海 11-86-3) "铁箱"ともいう。 ¶倷替奴开仔～，先拿五十块洋钿出来，倷去送拨俚仔，只说倪先生孝敬倷买酒吃格。(狐 29-238-18) ¶怎奈他老人家疑心着你，不知你近来用了多少银子，一定要看，并要查点～存的现银。(繁初 25-274-23) ¶你把～锁好了罢。(繁后 24-1005-24)

ting

【听】

〈动〉①耳で聞く。聴く。 ¶耐麨去～俚，俚来哚寻耐开心哉哩！(海 1-8-16) ¶耐～～俚闲话，阿要气煞人！(海 23-189-23) ¶姐夫～哩！故歇雨停仔点哉。(海 43-364-12) ¶阿要～曲子？我唱两只拨二奶奶～。(海 57-484-7) ¶外头人再有点勿明勿白冤枉倪个闲话，～着仔气煞人哚！(海 58-496-17) ¶那时那只小调也唱完了，眉初道："难末拉倒，吪拨～哉。"(鸿 1-195-22) ¶倪有啥格勿开心，耐倒说拨～～。(九续 16-116-2) ¶见了王乡绅替他问好的话，一句说不上来；连～了王乡绅的话，也不知如何回答。(官 2-16-19) ¶封肃～了，唬得目瞪痴呆，不知何祸事。(红 1-19-14) ¶宋江～了大惊！撇了短棒，迳入草堂上来。(水 35-556-12)

②聞いてその言を受け入れる。 ¶幸亏倪赵大少爷是明白人，要～仔朋友哚闲话，也好煞哉。(海 2-16-16) ¶还是耐去说俚两声，俚还～。(海 17-132-11) ¶阿姐末勿～无姆个闲话，～仔无姆，吃点鸦片烟寻寻开心，陆里会生病嘎。(海 20-161-5) ¶倘忙四老爷～仔俚哚，倪搭勿来仔，倪是无拨第二户客人唲，娘囡仔阿是要饿煞？(海 27-224-11) ¶贾琏一声儿不敢说，忙退了出来。平儿站在窗外悄悄的笑道："我说着你不～，到底碰

語彙例釋　ting

在网里了。"(红47-650-7)　¶小僧看施主檀越面,取酒相待,别无他意,只是敬礼。师兄休～那几个老畜生说。(水6-97-4)

【听见】

〈动〉聽こえる。耳に入る。¶～说杭州黎篆鸿来里,阿要去问声俚看?(海1-6-11)¶沓来哚黄浦末也～仔点响声,俚是一点点响声也无拨哕。(海3-19-15)¶双玉听着不言语。周兰问他:"阿～?"双玉说:"～哉。(海10-76-17)¶耐也好哉!一径勿曾～耐赢歇,再要搭俚哚去赌。(海16-129-20)¶我无拨一点点事体,到上海去做啥?人家～仔,只道倪去白相,阿是笑话?(海29-239-22)¶我～说耐来浪发寒热,阿有价事?(海42-352-14)(海16-129-20)(海29-239-22)¶大老官介,只当勿～,还立朵迎上来。(三4-43-10)¶奴前日仔～下底相帮笃勒浪讲,说新近间搭来仔一个走江湖格人,名字叫啥格马永贞,狠得吭淘成笃,勿知阿有介事哩?(狐26-217-7)¶阿呀,勿要说得实梗好听。拨别人家～仔,勿知要转啥格念头哉。(九续14-105-1)¶后来又～先生说什么做了官就有钱赚,他就哇的一声,一大口的粘痰呕了出来。(官1-4-18)¶凤姐和贾蓉等也遥遥的闻得,便都装作没～。(红7-119-17)¶当日苗龙正走到镇上,只～背后有人叫道:"苗二哥,那里去来,这等忙忙的走?"(禅4-45-5)¶房德正在困穷之乡,～说有好处,不胜之喜。(醒30-629-15)¶李成正在城上巡逻,～说了,飞马来到留守司前,教点军兵,分付闭上城门,守护本州。(水66-1127-4)

【听说】

〈动〉……と人が言うのを耳にする。聞くところによると。¶～齐大人来里上海。(海26-210-9)¶该号客人靠勿住,我～做仔袁三宝哉。(海39-331-10)¶～吃仔酒末定归要做首诗,阿有价事?(海47-401-13)¶大家饿了肚皮,亦正等的不耐烦。忽然～来了,赛如天上掉下来的一般,大家迎了出来。(官1-8-10)¶梵王渡外国人开的学校～很好,回来我们去问江志游看。(梼11-167-10)¶众人～六七月回京,都喜之不尽。(红70-992-12)¶二官人～有一匹好马在外,十分之喜,便同夏方走将出来。(鼓12-149-7)¶杨氏因等候长儿不来,一肚子恶气,正没出豁,～赢了他儿子的一文钱,便骂道:"……。"(醒34-714-1)

【听勿进】

聞き入れることができない。言っていることが気にさわること。共通語の"听不进去"。

¶双宝有啥闲话～,耐来告诉我好哉,勚去搭无姆说。(海17-134-20)¶晚歇我同耐一淘去,看俚说啥;倘然有半句闲话～末,倪就走。(海34-281-19)

ting　語彙例釈

【亭子間】
〈名〉上海の旧２階建ての家の中２階の小部屋で、家の後半部の階段の中間にある。狭くて、日も射さない。この階下は多く厨房などになっている。¶就来仔末，等俚哚～里吃，耐搭我坐来浪，夠耐让末哉。(海 21-171-22) ¶焦大少，对勿住，格间房间有客人来请客，谢谢耐，阿好请耐到～里向去坐歇？(九 138-920-16) ¶柔声下气地走到二少爷身边道："～台子已摆好，请各位里向去吧。"于是程二少便邀贾大人邹芝诘诸人往～碰和。(人 18-171-6) ¶听声音不像钱耕心。小泉知系别客，自然照例回避，从床背后推进后房门，避向～去了。(十 20-148-1)

【停】
〈动〉①やむ。停止する。¶昨日还算好，连配仔两条就～哉，价末也输千把哚。(海 14-113-15) ¶昨日夜头天末也讨气得来，落勿一个雨。(海 18-141-16) ¶我再要困歇，也无拨我困哉，一径到天亮，咳嗽勿曾～歇。(海 18-142-14) ¶正说着，忽听得唿喇喇一片风声，吹了好些落叶，打在窗纸上。～了一回儿，又透过一阵清香来。(红 87-1245-5) ②駐車する。¶马车～来浪南昼锦里，我去喊得来。(海 47-397-18) ¶出得门来，见有一部黄包车～着。(歇 11-134-7) ¶今日梅公馆里真热闹，女客人不知来了多少，包车、马车～了小半条子马路。(十 18-128-30)
③過ぎる（時間が）。⇨停歇。停一歇。¶旧年描好一双鞋样要做，～仔半个月，原拿得去教人做仔。(海 11-89-11) ¶请张大少爷先去，～仔歇就来。(海 25-206-12) ¶耐着来浪，～两日再说。(海 30-249-23) ¶自从我出母胎，从勿曾到过山塘浪介。阿使得拿个星排场指点指点，～介歇请你吃局，那光景？(三 4-23-7) ¶要末耐该两个月房饭钱，让倪去搭栈房里说一声，～脱两日倪去付末哉。(鸿 8-236-14) ¶～了一个多月，老大心里有点子疑惑起来；怎么"庆大"一竟用我们的银子，竟没半分解进来？(新 22-96-27) ¶王氏～了半日，走来问女儿道："你说嫁那邬客人可好么？"(醒下 7-153-5)

【停工】
〈动〉仕事を停止する。¶洪氏道："我也搭俚说过歇个哉，俚说做完仔狐皮个～。"阿虎太息而罢。(海 62-528-12)

【停歇】
動詞"停"③+量詞"歇"。あとで。しばらくして。¶赵家姆听见子富起身，伺候洗脸刷牙漱口，随问点心。子富说："勿想吃。"翠凤道："～吃饭罢。"(海 8-62-5) ¶请张大少爷先去，停仔歇就来。(海 25-206-12) ¶倪～去寻寻俚看。(鸿 1-192-25) ¶倷～

語彙例釈　ting‐tong

叫倪格局勒来,阿好呢勿好?（狐4-22-5）¶耐今朝扰子刘大少末,也应该复复俚个东,～阿要就翻到倪搭去,请仔一台罢。（九5-40-19）　"停歇歇"ともいう。¶还仔倪格洋钱末顶好哉唩,倪有仔三千洋钱,阿怕无拨仔生意?勿要耐故歇末说得蛮好,停歇歇要起洋钱来,原是无拨,格是定规勿成功格哩。（九38-279-25）¶停歇歇陈大少末叫耐格本堂局,只怕陈大少高兴起来就此连两场和野勿晓得个。（商2-11-8）¶一概免见,停会到校场再见。（官6-87-20）¶一面叫人拦住行刑的巡兵,说先放他起来,停会再打。（梼9-131-6）¶要喝酒停会子也不迟,为甚么这么的要紧?（十9-58-8）¶三马路文明大舞台今日开演了,停会子倒要去赏识赏识。（新19-84-3）¶这个停会子讲给你听,此间不便谈呢。（新5-21-15）¶阿呀!果然是二少,我的事情一言难尽,好在我就住在此地佛照楼,你停回到我栈里去细细的说罢。（九2-19-1）¶两位不要走,停回同到我那里看戏,今儿有我们家乡带来的熊掌、鹿筋呢。（梼8-126-16）¶支应局出了一个收支差使,上头一定要委别人,已经有了主了,是我硬替你老弟抗下来的,停刻见了面就有喜信的。（官3-37-1）¶夫人做主,我们掘开一壁进去看看。停会老公嗔怪,全要夫人担待。（二11-241-6）¶这秃驴这等可恶,停会着人捉来,打上一顿送官。（型28-395-4）

【停一歇】
動詞"停"③+数量詞"一歇"。"停歇"に同じ。¶～,杨家姆下头去困哉,我一干仔打通一副五关,烧仔七八个烟泡。（海26-214-15）¶叫相帮～去送末哉,俚笃才有应酬勒浪,要九点钟得来。（鸿7-228-22）¶（等）(停)一歇,手里向有事体拉哩。晏点我替侬弄好之末者。（上散4-16-1）¶大少不要去收拾碎磁片,当心割痛了,～叫茶房进来收拾吧。（人11-90-11）¶你别忙。停一会子我到隔壁,化上百把银子,找这徐都老爷写封信,替你疏通疏通,这不结了吗。（官3-32-20）¶他回来,你告诉他一下,我们停一回再来。（三21-241-17）¶足下且到里面去,只做旧时妆扮了,停一会我与他坐了,竟出来照旧送茶,看他认得出认不出。（初21-404-7）

tong

【通】
〈动〉"五关"のカルタ遊びで上がりになる。¶我一干仔打～一副五关,烧仔七八个烟泡。（海26-214-10）¶双珠的五关终斩他不～,随手丢下,走过这边打开首饰包看了,便开橱替善卿暂行度置。（海12-95-20）

【通】
名量詞などの前に用いられて、それで数えられているもの全体を指す。¶勤说啥衣裳、

头面，就是头浪个绒绳，脚浪个鞋带，我～身一塌括仔换下来交代仔无姆，难末出该搭个门口。（海48-405-11）¶～首就是'秋影'一句做个题面，其余才好。（海61-523-5）¶等我从公评来。～篇看来，各有各人的警句。（红38-529-4）¶～局的输赢也差勿多，单为着一只角儿死活末分，在那里打劫。（红92-1308-12）

【通病】
〈名〉通弊。¶大凡读书人～，往往坎坷之故，就不免牢骚，为牢骚之故，就不免放诞。（海51-432-15）¶只有些事情都老爷摸不着，所以参的不的当。至所参的乃是带营头的～，人人都有的。（官28-461-3）

【通共】
〈副〉全部で。¶俚做大生意下来，也有五年光景哉，～就做仔三户客人。（海7-52-4）¶上海滩浪～三班毛儿戏，才叫得来哉，有百十个人咪哩。（海16-125-21）¶节浪下脚～拆着仔四块洋钱。（海54-460-20）¶就是送礼的脚钱，我也是笔笔有帐，～不到一块钱。（官44-737-17）¶一年～算起来，也有四五百银子。（红45-617-9）¶两路救应，～有一百四五十个人，都在白龙庙里聚义。（水41-653-11）"统共"とも作る。¶为今之计，只有先去查一查账目，看他一共用了多少钱，统共译了著了多少书。（目106-878-19）¶凤姐一一的瞧了，统共只有男仆二十一人，女仆只有十九人。（红110-1516-3）

【通关】
〈名〉宴席で"豁拳"をするとき、在席の人すべてを相手に順繰りにすること。⇨打通关。¶子富笑道："我先来打个～。"乃伸拳从朱蔼人挨顺豁起。（海7-55-22）¶耐～勿好算啥，再要摆个庄末好。（海36-299-23）¶众人又打了一个～，然后各各用饭，起身散席，已是一下钟了。（狐7-45-4）¶通桌的陪花，从主人起，五啊六啊，每人豁了一个～。把拳豁完，便是玉仙抱着琵琶，唱了一支"先帝爷"。（官12-182-11）

【通融】
〈动〉①融通をきかす。¶《百字令》末句，平仄可以～点。（海33-274-8）¶伯芬道："那么就请夫人～点罢，何苦呢！"夫人道："你叫我和谁～？我代你当了多少年家，调和里外，体恤下情，那一样不～来！"（目91-741-15）¶到了这种世界，入了这种官场，他若不随和，不～，便叫他立脚不稳。（官12-174-2）¶你有什么话儿，只顾讲就是了。难道咱们这样的交情，还有什么～不来的事情不成？（九117-797-5）¶无奈这姑子，也是个老口，别样事情，都肯商量，只有"铜钱"两字，死也不肯～一点子。（新54-249-2）¶公司律是奏过皇上奉旨颁行的东西，如何～得，这个兄弟可不敢奉命，祥翁休怪。（十

語彙例釈　tong

21-151-12)　¶有个浙江司郎中徐公，甚是～，抑且好客。（初11-196-5）
②融通する。短期間金を貸借したり、債権の取り立てを猶予する。　¶倪朋友淘里，间架辰光也作兴～～，耐做仔个娘舅倒勿管账，该号娘舅就勿认得俚也无啥要紧。（海31-258-11）¶靠屋借钱是我们这里的常事，府上又不是拿不出钱人家，为什么不肯～一二？（九84-606-19）¶沈二宝的那些店帐本来端午、中秋两节都没有付清，那些店铺里头的人，心上已经在那里十分懊恼。如今到了年底，如何还肯～？不但不肯缓到明年，连一刻儿都不肯等候。（九165-1081-23）¶我家逆子，分毫不肯～，本钱实是难处，只得再寻些货物，准过今年利钱，容老夫徐图，望乞方便。（初13-241-4）

【通通】
〈副〉すべて。¶一部《四书》我～想过，再要凑俚廿四句，勿全个哉。（海45-382-19）¶请客末才勿来浪，四马路烟间，茶馆～去看也无拨，无处去请哉喨。（海48-412-23）¶海南春请客，说晓得哉。青莲阁请客，说就来。其余～勿来浪。（商1-8-8）¶还有武职，提、镇至千、把、外委，～都有。（官60-1046-6）¶全上海大小各日报，我们～瞧了，只要给他二个铜元就是了。（新17-77-3）　"通统""统通""统统"とも作る。¶且说这位宗师阅卷最速，到了次日，已经发出案来，兄弟三个通统没有名字，一齐跑回寓中，大骂瞎眼学台不置。（文14-74-21）¶一五一十，统通告诉了他。（官7-94-15）¶慕颜道："唔节浪开销要多少拉？"宝玉道："统统才勒海，终要二三千笃。"（狐33-284-9）¶古吉鲁轮船满船装的统统是洋油，经得起闹出乱子来的吗？（商5-35-7）

【通同】
〈动〉結託する。¶故歇癞头鼋倒说倪搭周少和～作弊，阿有该号事体?(海61-521-19）¶有人来告柳二媳妇和他妹子～开局，凡妹子所为，都是他作主。（红74-1046-5）¶你却如何～奸夫，杀死了亲夫，劫了钱，与人一同逃走，是何理说？（醒33-700-14）¶不想杨志和七个贼人～，假装做贩枣子客商。（水17-247-16）

【通透】
〈形〉すみずみまで通暁している。¶勿是呀，俚个书读得忒啥～哉，无拨对景个倌人，随便叫叫。（海31-259-24）¶公法、条约都是外国行出来的，外国人知道得比我们中国人，总～点子。（新57-259-23）¶何期中途遇了个大本钱的布商，谈论之间，知道吕玉买卖中～，拉他同往山西脱货，就带绒货转来发卖，于中有些用钱相谢。（警5-55-6）

【同】
〈介〉①……と。共に行动する人や、动作の相手となる人を示す。¶耐要去，我～耐

去末哉。（海 2-10-22）¶昨日夜头赵先生来哚新街浪～人相打，打开仔个头，满身才是血，巡捕看见仔，送到仁济医馆里去。（海 17-138-5）¶叫张秀英，～覃丽娟一淘来浪西公和。（海 39-325-14）¶要～我做冤家末做末哉，看俚阿有啥好处！（海 45-379-19）¶晓得勒里个，吃饱仔介，～你去末是哉。（三 3-19-3）¶刘大少来格哉，有倚闲话末～俚商量商量，料想刘大少也总要替耐想点法子格。（九 10-77-22）¶今年二月里向刚刚转到苏州，拨俚耐碰着仔一转，倒说看中仔倪哉，要包倪一节生意，叫倪～俚转去。（九 63-459-7）¶他下了轿，说有要紧话～老爷；小的回说，老爷没有出来，他说可以等一等。（目 8-55-7）¶现在我先要你写个凭据给我，等你没良心起来，就好～你讲话。（十 14-102-24）¶我原想你们两人是素不请人的，怎么今日～两个生客一块儿喝酒，只道是新从别地方到的亲友，你替他接风呢，原来仍旧不是你做东。（新 4-15-5）¶我就～他去，怕甚么！（儒 13-164-5）¶你这呆孩子，只晓得吃酒吃饭，要～女人睡觉。（儒 13-171-4）¶他防我象防贼的，只许他～男人说话，不许我和女人说话。（红 21-297-20）¶你今～我去罢。（醒上 4-26-13）¶我只～妈妈回去，不要这光头受用。（禅 19-309-1）¶明日～你去看他一看，如何模样的先生。（警 28-431-8）¶一盏茶罢，作别起身。～张善回到店中来。（二 21-425-8）¶是我家爷爷与昨日那雷公嘴汉子并一个长嘴大耳的和尚～火焰山土地等众厮杀哩！（西 61-700-7）¶你自慢些，我～太医前去。（水 65-1113-9）

②……と。比較の対象を示す。¶秀英酒量～耐差勿多，阿要去试试看？（海 40-340-9）¶俚哚说～皇帝屋里观象台一个样式，就不过小点。（海 52-437-8）¶罗老爷个拜匣末，就该搭放两日，～放来哚翠凤搭一样个呀。（海 59-503-15）¶我的吊膀子即～你们的吃白食一般，一天都少不来的。（新 4-15-7）¶将来望你们令郎，也～我这小孙子一样就好了。（官 1-3-6）¶他现在在这娘姨手里，就～讨人一般。（梼 13-215-3）¶这是怎么个原故？怎么林姑娘的倒不～我的一样，倒是宝姐姐的～我一样！别是你错了罢？（红 28-400-10）

〈连〉……と……。¶前两年三节开消差勿多二千光景；今年加二勿对哉，还债买物事～局帐，一节勿曾到，用拨俚二千多。（海 24-194-8）¶今朝末专诚请阁下同贵相好做个乞巧会。（海 39-322-7）¶我说末托小云去代办仔，我～耐两家头走开点。（海 42-356-10）¶一切祭礼～应用个物事，才舒齐，送得去一歇哉。（海 46-393-15）¶癞头鼋～倪世交，拨俚晓得仔末，也好像难为情。（海 50-428-7）¶苏冠香～琪官、瑶官三个人，我做末哉。（海 53-450-1）¶我～你呢，又不知是甚个缘法，很好的。（目 6-42-8）¶陶子尧定睛一看，不是别人，正是他的太太～他大舅子两个人。（官 10-149-19）¶现在若替他

語彙例釈　tong

把这头亲事说成，那时他～贾梟台做了翁婿，他引见的事体，贾梟台能不帮忙不成？（梼 21-340-18）¶林姑娘～二姑娘、三姑娘、四姑娘只单有扇子～数珠儿，别人都没了。（红 28-400-7）

【同】

〈动〉同伴する。同行する。行動を共にする。多く"去""来"と組み合わせて用いられ、間に助詞"得""了"が入る。¶王老爷倒蛮好，才是朋友㗒搭俚出个主意，王老爷末去听仔俚。就张蕙贞搭，勿是朋友～得去，陆里认得嘎？（海 10-82-17）¶该个末就是俚家主公呀，一淘～得去烧香转来。（海 21-167-11）¶上海拐子倒无拨个，不过要认得个人～得去末好。（海 29-239-2）¶来个辰光俚个爷一淘～得来，俚自家也叫俚"爷"。后来我问问俚，啥个爷嘎，是俚慢娘个姘头！（海 52-439-19）¶耐再要说，姓方格又勿是耐～得来格客人，随便俚去那哼，勿关耐事，要耐去瞎说格多花倄？（九 39-289-11）¶才坐定，电铃又响，却是朱深甫和何畏轩还有一个蔡自闲也～了来。（沪 1-57-9）¶两公子直至日暮方到，蘧公子也～了来。（儒 11-146-13）

【同盟】

〈名〉盟を結んだ仲間たち。¶序文之后，开列～姓名，各人立一段小传。（海 53-449-24）¶回忆海棠结社，序属清秋，对菊持螯，～欢洽。（红 87-1243-6）

【同事】

〈名〉同じ職場の者。¶还有倪局里两位～，说先到仔尚仁里卫霞仙搭去哉。（海 6-45-15）¶况且我又是受过栽培的人，比别人不同，应该领个头，邀集两下里的～、同寅，前来补祝。（官 4-51-21）

【同台面】

同じ宴席に居合わせる。¶倪搭季莼兄也同过几转台面，总算是朋友。（海 23-188-19）¶齐韵叟同过歇台面，倒勿大相熟。（海 26-215-4）¶你也～过台面的，怎么竟忘记了？（十 14-97-7）

【同仔】

〈介〉……とともに。介詞"同"に同じ。"仔"は"比仔""为仔"などの"仔"に同じ。¶善卿也不归座，问："小云阿来里？"胡竹山道："勿多歇朱蔼人来～俚也吃局去。"（海 3-21-22）¶我上海勿认得，要～俚一淘去。（海 29-239-18）¶耐该搭认得呀，～几花人来做啥？（海 32-268-2）¶俚㗒教我劝劝王老爷，倪是朋友，倒有点间架头。要末～王老爷到俚搭去，让俚㗒自家说，耐说阿对？（海 34-280-3）¶格位章大少是今朝第一

764

tong 語彙例釋

转来,耐是~陈老日日来格,倪自然要先应酬仔生客,再挨着耐格熟客,慢慢里来,耐勿要性急哩。(九33-249-22) ¶倪搭仔谢青云一淘来格呀,青云赌输仔二千多洋钿,难末到广东来,倪~俚来,看看该搭生意阿好做勿好做。(九续59-453-9) "同子"とも作る。¶讲到个个小唐介,他是风流情性太奢华,八月十六同子俚一淘到山塘浪闹热场化,竟勿见哉。(三19-225-22) ¶倍末同子二朝奉去见王相公,倍说大朝奉打发我俚来个,俚就晓得哉。(描8-75-1) ¶一帆应着,于是同了士规上楼。(新30-137-10) ¶到了金媛媛门口,跳下马来,急急的进去。不一刻,同了金媛媛出来,叫他坐上马车,自家依旧骑马相随。(九 58-421-5) ¶这回子同了那寡妇到这儿逛逛,好不有趣。(商14-104-20) ¶此番来沪,乃是送小儿到学堂读书,顺便同了三个小徒,来此盘桓几日。(文17-89-2)¶大众在弥陀寺等了一会,只见袁伯珍同了宽小姐双双来到。(维11-78-13) ¶一面说,一面叫姨太太同了小姐立刻去开箱子,找出三个蓝呢帐子,交给戴升拿了出去。(官3-44-7) ¶阿聪有了钱,手头就活动了,同了几个绅董的儿子叉麻雀、吃乌烟、轧姘头,闹到个不亦乐乎。(十14-99-23) ¶士隐便说一声:"走罢!"将道人肩上褡裢抢了过来背着,竟不回家,同了疯道人飘飘而去。(红 1-19-3) ¶因这女子同了梅香,到了湖中,上了岸。(醒下10-176-17) ¶巴到天明,就叫儿子姚乙同了妹子到县里来见官。(初 2-45-10) ¶次日闻人生同了静观竟到杨家来,先拿子婿的帖子,与丈母,又一内弟的帖与小舅。(初34-653-8) ¶我每可同了不肖子,亲到那地方去查一查踪迹看。(二17-343-13) ¶分付浑家照看门户,~了两个儿子,带了斧凿家火,进了闸门,来到天库前。(醒 20-402-4) ¶等到二更时分,贼将麋贱,果然同了二个偏将,领着万余军马,人披软战,马摘銮铃,偃旗息鼓,疾驱到南土冈门口来。(水 108-1633-9) ¶秋谷也觉兴尽,同着金媛媛回来,开发了马夫,把金媛媛送到楼上。(九58-421-15) ¶只有王协台戴着没有顶子的帽子,两只眼睛哭得红瞳瞳的,同着本州三荷包到洪大人跟前,托他求情。(官 6-90-24) ¶今晚二马路文明雅集有个文虎会,梅翁高兴时停会子同着雨翁请过来瞧瞧。(新 18-80-3) ¶一日,同着牵钻鬼两个要到学堂里去。(何 5-55-18) ¶这夜琢渠同着振武来家,先请他在书房中坐下,自己上楼唤他少奶奶下来,与四少爷相见。(歇 22-276-5) ¶两个差役同着四五个伙计一窝蜂拥进去。(十 13-93-6) ¶偶然一日,同着几个帮闲的到妓家去嫖。(醒上 2-11-21) ¶二生就讨过笔砚,写了息词,同着原告被告中证一干人进府里来。(初 10-182-7) ¶百禄大怒,遂叫学中一个门子,同着张家馆仆,到府中唤孟沂回来。(二 17-343-7) ¶方在疑思之际,只见门内又走出个中年的妈妈,同着一个垂发的丫头,倚门闲看。(醒 3-45-6)

語彙例釈　tong

〈連〉連詞"同"に同じ。¶葛仲英道:"等到啥辰光哩？"高亚白道:"难快哉，就是个陈小云～韵叟勿曾到。"（海 50-429-14）¶他又去约了那船上的王、黄、周三位；索性又把船上的统带，什么赵大人、鲁总爷，又约了两位；连自己同着赵不了，一共是七位，整整一桌。（官 13-193-16）¶一位太太同着十八位姨太一齐号咷痛哭，哭的震天价响。（官 49-831-21）

【铜钱】

〈名〉銅錢。"钱"（お金）の意味でも用いられる。¶要是差仿勿多客人，故未宁可拣个有～点总好点。（海 18-145-5）¶大月底，看俚哚拆下脚洋钱，三四块，五六块，阿要开心。我是一个小～也勿曾看见。（海 23-184-4）¶原想要转去，无拨～。娘舅阿好借块洋钱拨我去趁航船？（海 24-199-13）¶陆里有铺盖嘎，就不过一件长衫，脱下来押仔四百个～。（海 24-199-21）¶故歇借～实头非凡仔难，陆里去开口嘎。（鸿 8-236-8）¶格套戏子，有心搭倷要好，无非想两个～哩。（狐 11-75-16）¶奴也想拿点勒走，倒说急昏仔，别样才想勿着，单单想着仔一串康熙大白铜钿，皆为仔奴心爱格落，一径放勒床门前抽屉里格，奴勿管值～勿值～，拿着仔就跟俚笃下楼。（狐 26-211-5）¶我又勿是要赚～，又勿是要卖甚名气。（上问 50-91-9）¶但有一件毛病，乃先天带了来，一世也不会改的，是把～看的太重。（官 12-180-5）¶上海滩上的事体，只要有～，什么办不到？（人 33-370-27）¶每一张上搭着一条红毡，毡上放着选净一般大新出局的～，用大红彩绳串着。（红 53-751-5）¶路上不知怎地，～遗失了。（禅 8-118-3）¶身边银子也有，～也有，只没设法酒肴处。（二 22-446-15）¶只见茶博士，向前唱个喏，问道:"解元吃甚么茶？"俞良口中不道，心下思量:"我早饭也不曾吃，却来问我吃茶？身边～又无，吃了却捉甚么还他？"（警 6-68-16）¶李逵道:"我去买些来。"便去包内取了铜钱，迳投市镇上来，买了一包枣糕。（水 54-901-6）"铜钿"とも作る。¶勤说铜钿勿肯瞎用，就是一点点格小物事，才吭不糟蹋格。（狐 11-93-13）¶耐阿晓得故歇格班客人，用起铜钿来，才要称称斤两，格末叫来得精明，俚只要勿漂仔倪格帐，已经算俚好格哉，耐还要去问俚借俉格铜钿。（九 93-657-9）¶我听徐景华说，俚还欠老四铜钿来海。（沪 2-44-7）¶该号人有啥好事体做出来。俚故歇做格个老三。老三倒是有铜钿格，生怕将来野要上俚格当哩。（沪 2-44-9）

【统】

〈副〉すべて。みな。¶碰和就输煞也勿要紧，只要牌九庄浪四五条～吃下来末，好哉唲。（海 14-113-1）"通"とも作る。¶跑东跑西，三天工夫通只做四百大钱的生意，

766

鸦片烟都不够抽，拿什么来养家？（十13-91-18）¶他说的我通不懂，怎么不该罚？（红28-395-1）¶忽见家人报道："三官陪着太守，已是说话。"众人通不肯信。（醒20-443-4）¶宋江道："黄文炳有多少人口？有几房头？"侯健道："男子妇人通有四五十口。"（水41-656-5）

【筒】

〈量〉"烟枪"や"水烟筒"などにアヘンや刻みたばこをつめて1回に吸飲する量を数える。 ¶莲生央告道："倪去吃〜烟去哩。"小红仍拉着手，同至榻床前。（海4-31-18）¶耐哚要是勿嫌醒龌末，就该搭坐歇吃〜烟，阿好？（海5-38-1）¶耐绞仔手巾，搭王老爷来装〜烟。（海9-72-5）¶潘三道："倪鸦片烟也有来浪，耐吃末哉唦。"茂荣道："耐搭我装一〜哩。"（海27-222-13）¶胡统领又急急的横在铺上呼了二十四〜鸦片烟，把瘾过足，又传早点心。（官14-211-6）¶王大少请多用一〜烟罢。（歇6-76-23）¶刘小泉烟瘾本是有限，吸过两〜就让王阿根吸，自取一支水烟袋，坐在下首吸水烟。（十17-123-18）¶手里拿着根金水烟袋，只管一〜一〜的抽，樱桃口里喷出很浓郁的青烟，一双如水的眼光，只对着马路上东张西望。（孽14-118-16）

〈名〉"筒子"（"饼子"のこと。マージャン牌の種類の一つ、穴あき銭をかたどった図柄のもの）を指す。¶荔甫翻腾颠倒配搭多时，抽出一张六〜教陈小云打出去，被三家都猜着是〜子一色。张小村道："勿是四七〜就是五八〜，大家当心点。"（海26-211-17）

【筒头】

〈名〉量詞"筒"に接尾語"头"をつけたもの。"头"は量詞の後に用いられて1回の量の多少などを強調し、多く"大＋量詞＋头""小＋量詞＋头"として常用される。 ¶银大道："阿是要吃鸦片烟？我搭耐装。"小云道："只要一点点，小〜好哉。"（海11-87-22）

〈注〉"头"の用例には次のようなものがある。 自此法盛行之后，倒不像登门募捐劝用国货，只可做一回头主顾。因除了开学堂，别种名目可借的正多。只须做一次搬一次场，换了通信地方，又可打个抽丰。（歇86-1190-15） 遂将泥尽数堀开，把银子尽取了出来，倒有几千大锭子，又是许多碎块头成半锭的，满满一坛盛了，还有些零碎。（醒下6-146-4） 这些手下人也被道人和尚们大碗头劝着，一发不顾性命，吃得眼定口开，手疼脚软，做了一堆烊倒。（醒22-471-16）

【痛】

〈形〉痛い。 ¶间壁人家刚刚来哚摆酒，豁拳，唱曲子，闹得来头脑子也〜哉！（海18-142-4）¶故歇就有实概个毛病：困来浪时常要大惊大喊，醒转来说是做梦；至于腰膝，～仔长远哉。(海36-305-8) ¶奴末跌得蛮～，俤还要说格种闲话，阿要气数。(狐3-15-4) ¶王庆勾着老婆的肩胛，摇头咬牙的叫道："阿也！～的慌！"(水102-1574-5)

tou

【偷】

〈动〉盗む。¶阿怕俚～仔倪个家生？(海59-500-6) ¶倪几转看匡二爷背仔一大包物事出去，倪勿好去问俚。陆里晓得俚～得去当嘎。(海 60-513-3) ¶你老只会炕头儿上混说，难道叫我打劫～去不成？(红 6-95-8) ¶这是你串同了白日撞～了我帽子去了。(二39-730-5) ¶且说菜园左近，有二三十个赌博不成才破落户泼皮，泛常在园内偷盗菜蔬，靠着养身。因来～菜，看见廨宇门上新挂一道库司榜文。(水6-104-11)

【偷局】

〈动〉宴席に呼ばれた芸妓と客がひそかに情事をする。¶耐哚两家头阿要面孔，就是要～末，也好等倪客人散仔，舒舒齐齐去上床哉哕，啥一歇歇也等勿得嘎。(海22-177-9) ¶该个榴红阁年纪末小，人倒蛮老实格，相貌末野哫啥。听说俊卿想偷俚格局，看勿出该个小媛倒直头有主意咾，弗肖上当哩。(沪2-44-10) ¶若只与姓潘的私下往来，不时一～，将来日子多了，有甚风吹草动，我们房间里担不起重担。(繁Ⅱ11-463-18) ¶贾维新做小莲在先，偷过两三次局，现在让与富罗，面子上不叫他了，暗地却仍其要好。(繁后32-1105-12)

(注) 偷局——妓院规矩：妓女出局，只能陪酒唱曲，不能上床。借出局上床的，就叫做"偷局"。这在嫖界也是一种"不光彩"的行为。(吴越：海山花列传普通话本 P. 184)

【头】

〈名〉①頭。¶张蕙贞搭勿到十日天，从～浪起到脚浪，陆里一样勿搭俚办起来？(海10-81-5) ¶今朝我摸摸二少爷～浪好像有点寒热，大少爷倒要劝劝俚末好。(海42-353-18) ¶林黛玉将～一扭，说道："我不希罕。"(红29-412-8) ¶柴进穿一身整整齐齐的衣服，～上巾帻新鲜，脚下鞋袜干净。(水72-1214-6)

②頭髪。髪型。¶我看耐个～阿好。(海5-40-22) ¶～还蛮好来里，数梳哉。(海18-143-22) ¶耐个～也毛得来，阿要梳？我替耐梳梳罢。(海 48-365-17) ¶刚至院门前，只见王夫人的丫鬟名金钏儿者，和一个才留了～的小女孩儿站在阶坡上顽。(红7-107-4) ¶问店小二讨汤洗了面，梳光了～。(水74-1244-12)

③端(はし)。一端。発端。¶我个心勿晓得那价生来浪，随便啥事体，想着仔个头，一径想下去，就困勿着，自家要豁开点也勿成功。(海35-295-10) ¶痴鸳文章就来里绮语

tou　語彙例釈

浪用个苦功，教俚钻出仔～来。(海 53-446-11)

〈形〉数量詞の前に用いられて、最初であることを表す。 ¶也怪勿得耐，～一埭到上海，陆里晓得白相个多花经络。(海 2-10-17) ¶俚～一个先到，阿要巴结？(海 6-46-8) ¶俚出来～一户客人就碰着仔耐李爷，俚命里总还勿该应就死，赛过一个救星来救仔俚。(海 16-128-15) ¶实在真真好，我生仔眼乌珠，～一转看见格种标致面孔，比仔真格女才好。(狐 17-124-11) ¶～一转见面，寻老头子个开心，要动气格。(人 15-135-2) ¶(伊地转是～一转来)(伊是～一转来)。(上问 33-61-1) ¶龟奴道："不知在那一家？"那个人道："就是三马路走进去～一家。"(目 77-625-24) ¶那是～一席，那是第二席，那是主位，先上甚么酒，一五一十，统通告诉了他。(官 7-94-14) ¶他一～户主顾，尝这碗三鲜汤，只费得十个铜元呢。(新 51-236-8) ¶～一进大门门房，中间有个过厅。第二进两间做厅，一间做签押房；两边厢房一边做账房，一边也做了门房。第三进是上房。(栖 21-330-4) ¶～一转见面，应该客气点，一回生，两回熟了。(人 26-282-22) ¶今儿你既老远的来了，又是～一次见我张口，怎好叫你空回去呢。(红 6-105-2) ¶顾阿秀是～一名强盗，其余许多名字，逐名查去，不曾走了一个。(初 27-509-11) ¶虽然是个僧家，倒有好些不象出家人处。～一件是好利，但是风吹草动，有些个赚得钱的所在，他就钻的去了。(二 16-327-2) ¶～一起便是晁盖、宋江、花荣、戴宗、李逵；第二起便是刘唐、杜迁、石勇、薛永、侯健；第三起……。(水 41-662-11)

〈量〉勤めロ・縁談などに用いる。 ¶我有一～生意来哚，就是十六铺朝南大生米行里，我明朝就要搬得去。(海 14-107-13) ¶前年还寻着一～生意，刚刚做仔半个月，拨新衙门来捉得去，倒说是俚拐逃，吃仔一年多官司。(海 21-166-24) ¶嗣司早就看中一～亲事来浪，倒是我搭个浆，勿曾就说。(海 55-465-21) ¶今天我看见戴游击甚是中意，又兼老兄说他断弦之后，还未续娶；如此说来，正是绝好一～亲事。(官 38-641-17) ¶现在若替他把这～亲事说成，那时他同贾臬台做了翁婿，他引见的事体，贾臬台能不帮忙不成？(栖 21-340-17) ¶深恨父母在时，何不早定了这～婚姻。(红 82-1182-10) ¶亲翁若见却，就是不允这～亲事了。(警 5-57-15) ¶如今倒有一～亲事，不知你可情愿？(儒 21-255-3) ¶我当初在清风山时，许下你一～亲事，悬悬挂在心中，不曾完得此愿。(水 51-837-11)

〈动〉せしめる。"要想""想"と連用され、手に入れようとねらうことを表す。 ¶阿是倪要想～耐洋钱嘎？耐末拿洋钱算好物事，倪到无啥要紧。(海 8-59-13) ¶年近岁逼，骗子在想～过年东道了。(新 14-61-12) ¶鲁斋道："这些穷酸趋奉我们，究竟想～点子

語彙例釈　tou

什么？"王氏道："自然想～点子好处，但是我们正好利用这机会，与他们周旋周旋，就好白叨叨他们的光。"（新 43-199-16）　¶讲到天敏的脾气，本来很大，加以富家女眷，想～他的人极多，所以和他相识的妇女，对他都必恭必敬，深恐偶一拂他之意，惹他一去不来。（歇 52-705-1）

【头寸】

〈名〉いい人。"对象""主顾"を指していう。¶俚乃搭黎大人末吃啥醋嘎？俚乃勿肯叫，勿是个吃醋，总寻着仔～来浪哉，想叫别人，阿晓得？（海 21-171-9）¶有这些玩意儿，大家面子上客客气气，全不来睬她。初一十五打醮宣卷的照例花头，有时候还找不着～呢。（人 33-367-16）

【头发】

〈名〉頭髪。¶四老爷，耐看俚阿好嘎？门前一路～末才沓光哉，嘴里牙齿也剩勿多几个，连面孔才咽仔进去哉。（海 15-119-13）¶因他生了一场恶疮，骨瘦如柴，面貌大非昔比；并且～脱落，二十多岁的人已经四五十岁一般。（繁后 4-756-24）¶宁可剃掉～当姑子；不然，跳下河去寻个死，也不吃这碗饭了！（官 13-186-16）¶全似庄紧了一紧裤带，跳下床来，就抓了姚姨娘的～打了两个巴掌。（梼 22-345-8）¶过来，我替你把～拢一拢。（红 42-589-18）¶谁人使促掐，把我的～剪去了！（二 39-733-8）¶叔叔既要逃难，只除非把～剪了，做个行者，须遮得额上金印，又且得这本度牒做护身符。（水 31-483-6）

【头里】

名詞の後に組み合わさり、その状態であることを表す。¶子富道："耐起来仔啥辰光哉？"翠凤笑道："我困勿着哉呀，七点多钟起来哉。耐正来咪瞪～。"（海 8-62-3）

【头面】

〈名〉女性の髪飾（総称）。¶～带仔去哩。（海 9-71-17）¶衣裳末着完哉，～末当脱哉，客人末一个也无拨哉，倒欠仔一身债；弄得我上勿上，落勿落。（海 10-80-24）¶耐想呔拨洋钱，陆里好做倽生意？衣裳～，搭仔房间里家生，样式才要拿仔洋钱去办。（九 37-272-19）¶新嫂嫂还一心要嫁他，说明做'两头犬'，身价不要，只要一副珍珠～。（官 8-121-12）¶那一位太太奶奶的～衣服折变了不够过一辈子的。（红 72-1025-3）¶我睡了半晌，在这里整～，正要出来和你回衙去。（喻 4-90-3）¶兄弟，你与我拔了这贱人的～，剥了衣裳，我亲自伏侍他。（水 46-764-1）

（注）头面　　【方】吴语旧时把成套首饰叫做'头面'。新娘上装叫'上头面'。（胡竹

770

安:水滸詞典 P.425)

【头脑】

〈名〉首領。かしら。¶我看个访单浪,～末二品顶戴,海外得来!(海 61-521-2) ¶包厨的～见了如此情形,宛如自家财户遭了兵灾一般。(人 14-129-14)¶太爷不在这里,你老人家就是学里的～了,众人看着你行事。(红 9-143-4) ¶如此两位大～去说那些小附舟之事,你道敢不依么？（二 32-620-8）

【头脑子】

〈名〉頭。¶间壁人家刚刚来哚摆酒,豁拳,唱曲子,闹得来～也痛哉!(海 18-142-3)¶玉甫道:"耐坎坎一点点无啥,阿是轿子里吹仔风？"潄芳道:"勿是,就拨来倒霉个《天水关》,闹得来～要涨煞快。"(海 19-155-18) ¶格个断命堂差末,厌烦得来,倪～痛格哉!（九 5-40-24） ¶我的～倒没有看昏,只觉得有些酸沉沉的。(九续 34-262-2) ¶费太太道:"现在可大好了。"醉芳楼道:"就不过～还有点子昏沉沉。"(十 25-186-11) ¶那晓得吴绰的斧子又利害些,当头一劈,受了老大的亏苦,～虽不曾破,却失了项下这一颗明珠,再也上天不得。(警 40-615-8)

【头牌】

〈名〉初回の組を指す。下記の注を参照。¶陈老爷叫局末叫个啥人？倪去开好局票来浪,故末早点,～里就去叫。(海 48-409-14)

(注)头牌里就去叫　《红楼梦》中贾家每日菜单写在'水牌'上——可用水拭净的大板。此处齐府将召妓名单附地址写在水牌上,仆人去叫了一批之后,拭去再写一批人名,所以'头牌'较早。(张爱玲注釈:海上花 P.451 注 1) ちなみに、海南出版社:海上花列伝（附訳文）は"我去开好局票,记上头牌,好早些去叫"と、吴越:海上花列伝普通话本は"我去开好局票放着,这会儿还早,等会儿就去叫"としている。

【头钱】

〈名〉寺銭。¶故歇说闲话个人多,倒说勿定畹。其实倪搭是耐自家高兴赌仔两场,闲人说起来,倒好像倪挑仔几化～哉。(海 14-114-5) ¶今朝各位大人赏仔倪格光,已经是拨倪面子格哉,咦出仔我梗几花～,真正谢勿尽唔笃多位。(九续 58-447-4)¶请了这些实缺老爷们来家,吃过一顿饭,不是摇摊,就是牌九,纵然不能赢钱,弄他们两个～,贴补贴补候补之用也是好的。(官 21-333-5) ¶输帐可以耽搁些时,～是要现的,我这里赔垫不起。(市 10-237-12) ¶碰和很好,但问你句话,不知是多少～？老实说,这地方我从来没有碰过。(繁后 4-762-26) ¶一会子这寡老纠合我们叉麻雀,我当时还有

語彙例釈　tou - tu

甚定力来抵拒,自然谨遵台命,就在他房间里搬开桌子来叉麻雀,叉的是二十块底二四小麻雀,叉到八圈结帐,我只输了三十多块,那朋友输了二十多块,姓郜的只输得十几块,都是这寡老一家赢的,临末还要我们每个人拿出三块钱～来。(十28-205-4)

【头痛】

〈形〉頭痛がする。¶耐～末转去罢。(海20-158-24)¶昨夜头勒浪轮船浪个辰光,已经有点～哉。(鸿5-216-16)¶我到了报馆还兀自～,躺在卧榻上靠了一歇,这时候稍微好点了。(人31-337-2)

【投人身】

人間に生まれかわる。¶到该个辰光,耐要想着仔我沈小红,我就连忙投仔人身来伏侍耐,也来勿及个哉！(海34-285-18)¶说起倪格事体来,真真作孽,倪今朝到仔上海,赛过是重投格人身。(九22-165-5)¶走到人前,连自己爹娘都认不得,分明是脱皮换骨,再投了一个人身。(醒90-194-13)

tu

【突】

〈动〉落とす。落ちる。共通語の"掉""落"。¶不提防脚下踹着一面破镜子。这个急了,提起脚来狠命一挣挣过去;那个站不稳,也是一脚,把个寒暑表踹得粉碎。谅这等小买卖如何吃亏得起,自然两个大姐赔偿。两个大姐偏不服,道:"耐为啥～来哚地面浪嘎？"两下里争执一说,几几乎嚷闹起来。(海15-122-8)¶一样做一个人,倪格命啥能苦？从小穷仔点,拨爷娘卖仔出来,～勒火炕里做仔格种生意,眼门前吃苦,夐去说俚,将来结局,还勿晓得哪哼勒海勒。(狐56-482-11)"凸"とも作る。¶唐兴听见说道回肖,把一把扇子凸子地浪去哉,面孔野换子颜色哉。(三31-351-25)　また"脱"とも作る。¶你不曾走过冰凌,不晓得;凡是冰冻之上,必有凌眼;倘或躧着凌眼,脱将下去,若没横担之物,骨都的落水,就如一个大锅盖住,如何钻得上来！(西48-560-1)¶那客人～了银子,正在茅厕边抓寻不着,却是金孝自走来承认了,引他回去还他。(喻2-40-4)¶若回去庄上,说～了回书,大郎必然焦燥,定是赶我出去。(水2-32-16)¶拿起一根折木头,去那金刚腿上便打。欷欷的泥和颜色都～下来。(水4-72-5)

【突色】

〈动〉色が落ちる。⇨"突"¶常恐是头浪洋绒～仔了,阿对？(海26-217-14)

【图章】

〈名〉印鑑。¶名家此种笔墨,陆里肯落～款识。(海47-400-8)¶这时候,他还恐怕

772

累及烂屙阿三，只招着私造～，诓骗银子，烂屙阿三一节事却半字儿不提，所以烂屙阿三依旧得以逍遥事外。(新 21-97-1) ¶抚台见是会匪，又是枭台自己亲审的，不敢怠慢，就拿笔在那供折上当面批了'即正法'三个字，盖了～。(梼 10-153-23)

【徒然】
〈副〉いたずらに。ただ……だけ。¶倘然耐高兴做也做末哉，总无拨俚哚自家人做个好，～去献丑。(海 57-401-15) ¶～讲仔半日，害奴心里烦煞快。(狐 35-300-20)

【吐】
〈动〉吐き出す(意識して)。¶后来老鸨对俚跪仔，搭俚磕头，说："从此以后一点点勿敢得罪耐末哉。"难末算～仔出来过去。(海 6-48-7) ¶出局去到仔台面浪，客人看见倪吃酒一口一杯，才说是好酒量，陆里晓得转去原要～脱仔末舒齐。(海 50-426-24) ¶贾蓉又和二姨抢砂仁吃，尤二姐嚼了一嘴渣子，～了他一脸。(红 63-904-18) ¶只见树影里一个人探头探脑，望了一望，～了一口唾，闪入去了。(水 6-98-10)

tuan

【团团】
〈形〉くるくる回ったり、輪になっているさま。¶陆里晓得短命众生单会奔，～转个奔得来奔得去。(海 46-393-8) ¶忽望见口子边，～围着一群人。(孽 25-223-8) ¶上面居中贾母坐下，左垂首贾赦、贾珍、贾琏、贾蓉，右垂首贾政、宝玉、贾环、贾兰，～围坐。(红 75-1076-4) ¶只见张皮雀在拜毡上跳将起来，～一转，乱叫："十日十日，五日五日。"矫公和众道士见他风了，都走来围着看。(警 15-200-10) ¶王家人分一半救火，一半追赶上去，～围住。(醒 30-633-9) ¶林冲看见四面高山，三关雄壮，～围定中间里面镜面也似一片平地，可方三五百丈。(水 11-168-7)

【团圆】
〈动〉いっしょに集まる(離ればなれになっている夫婦や親子親族が)。¶耐做老阿哥末，夠假痴假呆，该应搭俚哚～拢来，故末是正经。(海 19-151-22) ¶及至今年你老爷来了，正该大家～取乐，又不便请他们娘儿们来说说笑笑。(红 76-1081-8) ¶你们小夫妻家，今夜不要～～，如何为我耽搁了。(红 76-1082-9) ¶崔县尉事查得十有七八了，不久当使他夫妻～。(初 27-508-3) ¶这节夜，那一家不夫妇～，偏我晦气，在这里替他们守库！(警 15-212-5) ¶孩儿，路上慢慢地去，无可怜见，早得回来，父子～，弟兄完聚。(水 36-565-6)

【团子】

〈名〉だんご。¶诸三姐忽想起道:"阿呀!说说闲话倒忘记哉,李老爷吃啥点心?我去买。"实夫道:"买两个～末哉。"(海 16-128-18)

tui

【忒】

〈副〉はなはだ。あまりにも。¶四家头～少。(海 3-17-6)¶我看价钱开得～大仔点。(海 4-25-13)¶从前相好年纪～大哉,叫得来做啥?(海 15-116-3)¶我说耐也～费心哉!(海 27-220-24)¶夔晚歇～起劲仔,倒弄得一场空。(海 55-465-19)¶辰光～早,倪是勿叫,耐一干仔叫罢。(鸿 6-222-22)¶耐该格闲话～客气哉,才力仔我勒吵格啘,还要带累耐受气,倪是勿过煞勒里。(鸿 11-255-15)¶倷说张大少～老实,奴要说倷～勿老实哉。(狐 21-168-24)¶真正倪格位老表弟格花样～多格哉。(沪 1-25-6)¶次云人末自然咴啥,必过一会闹哉。(沪 2-64-7)¶地只小菜糖(摆)(安)来～多者。(上散 5-21-4)¶价钱～大点,我买勿起。(上问 45-82-2)¶如今的鸦片烟端的～贵了。(商 1-5-7)¶你也～小看他了!(官 25-408-8)¶钱先生未免～性急了。(歇 4-41-19)¶这秦钟小崽子是贾门的亲戚,难道荣儿不是贾门的亲戚?人都别～势利了,况且都作的是什么有脸的好事!(红 10-146-9)¶我又不是两三岁的小孩子,你也～把人看得小气了。(红 67-951-8)¶官家作戏,～没道理!(初 7-134-5)¶我此番无夜不来,你又早睡晚起,觉得～胆大了些!(初 29-544-15)¶十分大有胜负,～难为人了。(二 8-164-5)¶大娘～精细了。(喻 1-13-6)¶今日刦了他财帛,占了他妻小,杀了他家人,又教他刀下身亡,也～罪过。(警 11-137-16)¶我每吃了他的,用了他的,反要偷他东西,～黑心!(杀 12-46-10)¶你女儿～无礼,被我杀了。(水 21-318-5)"秃""脱"とも作る。¶相府里边罾到人秃多,个些说话是毕平皮冈吓,老妈头竟当真哉。(三 9-106-2)¶小娘忏野秃多,听经个听经,烧香个烧香,求子个求子,说勿尽朵。(三 39-416-8)¶鸣冈道:"就到公阳里去呢,那哼?"眉初道:"像煞脱早,耐笃日里来浪倚场化听书?"(鸿 1-195-5)¶老弟,耐脱顶真哉,倘然俚耐定归再要搭耐要好,耐那哼?(鸿 14-275-2)

【忒煞】

〈副〉"忒啥"に同じ。¶老鸨也～好人哉。(海 6-47-2)¶次云～欺人。(沪 1-58-1)¶悔当初呀,～荒唐。(繁II27-671-22)¶若是老实说认不得字,吃秋云、阿金姐见了似乎面子上～下不过去。(商 5-35-3)¶你～女人腔了。(商 6-44-16)¶但是这件事你娘舅也～荒唐了。(官 50-866-18)¶你这句话未免说得～利害了。(歇 10-124-25)¶这老官真个～古怪,所以有这样事。(醒 4-85-16)¶你看他两个白白里打搅了他一餐,又拿了他的甚么东西？～欺心！(初 12-222-2)¶去年云南这五个被害，～乖张了。(二 4-85-11)"忒杀"とも作る。¶倪老爷三妻四妾，姨奶奶也忒杀多了，皇恩雨露，那能处处遍及。(歇 19-247-4)¶你也忒杀懵懂！(醒 30-643-1)¶哥哥忒杀欺负人！(水 17-250-6)¶入娘撮鸟，忒杀是欺负人！(水 75-1258-16)

【忒啥】

〈副〉"忒"に同じ。¶赵先生，耐～胆小哉。(海 14-110-24)¶客人也～无淘成。(海 23-184-17)¶俚哚瑞生阿哥末也～要好哉，教倪再多白相两日。(海 30-250-14)¶我说耐个人～痴心。(鸿 6-223-11)"忒甚"とも作る。¶杜公子，我恰才见你忒甚要紧，故说那句安慰的话儿。(鼓 6-77-11)

【忒啥个】

〈副〉"忒啥"に同じ。¶难末俚哚个瑞生阿哥末也～要好哉……。(海 31-257-7)¶俚自家为仔好点末，～写意哉，前日天坐马车到明园去仔一转，昨日就困倒，精神气力一点无拨。(海 36-304-17)¶张蕙贞也～勿挣气，拨沈小红晓得仔，故末快活得来要笑煞哚。(海 57-487-2)"忒煞格"とも作る。¶吃酒末，晏歇正好来咘，倷格要紧得来，阿嫌忒煞格早仔点。(九 39-288-3)

【推】

〈动〉押し付ける（責任や仕事を）。¶故歇～我一干子，停两日夠说我害付耐。(海 35-290-5)¶二爷骂着打着，叫我引了来，这会子～到我身上。(红 19-264-15)

【推扳】

〈形〉①劣っている。かんばしくない。¶罗老爷倒有长性哚，蒋月琴搭做四五年末，来里倪搭做起来阿会～嘎？(海 7-51-15)¶～点客人夠去说哉，就算客人末蛮好，俚说是无长性，只好拉倒，教我阿有啥法子嘎？(海 7-52-7)¶耐要做倪翠凤末，耐定归要单做倪翠凤一个哚，包耐十二分巴结，无拨一点点～。(海 7-52-24)¶随便啥物事，～一点点俚就不快活，耐想俚病陆里会好。(海 20-160-16)¶俚哚大爷脾气，要好辰光末好像好煞，～仔一点点要板面孔个哩。(海 38-320-7)¶翠凤教子富把文书点与黄二姐看，黄二姐笑拦道："晓得哉，耐个人陆里有～，夠看哉。"(海 49-415-15)¶该搭着实有两个出色先生，有几个唱小喉咙个，唱工实头勿～。(鸿 1-193-3)¶不过倪要嫁起人来，比仔别个倌人加二烦难，倪勒浪上海滩总算有点名气，老实说～点格客人，倪也看俚勿上。(九 23-175-8)¶耐说俚比侬～得远，到底啥格浪～哚，倪勿懂咘。(九续 61-473-7)¶该个张格人倒吭啥，手面野大，必过酒性～点。(沪 1-45-9)"推板""推班"とも作

語彙例釈　tui

る。¶俫格眼力弗推板;不过一句俫问得懟哉。(狐 17-124-15)　¶也有宁帮徽帮,稍为推板点。(上散 10-67-3)　¶现在办他的差使,能够华丽固然是好;倘或不能,依晚生愚见,不妨面子上推板点,骨子里头,老老实实的叫他见你个情。(官 6-82-5)　¶这些丹客,我传与你,你传与我,远近尽闻其名,左右是一伙的人,推班出色,每一个不思量骗他的。(初 18-324-15)

②十分ではないが、まあまあの程度である。"～点"で命令文を作り、まあまあのところでがまんしておく。まあまあの程度で収めておくように伝える。　¶晓得耐哚是恩相好,台面浪也～点末哉。(海 4-26-15)　¶我说耐末～点,我末帮贴点,大家凑拢来,成功仔,总算是一桩好事体。(海 44-375-3)　¶耐要办嫁妆末,～点哉哩。故歇就剩仔四百块洋钱晼。(海 55-469-4)　¶鸣冈看了也十分技痒,等南田擤好,赶即擅袖伸手道:"我也打十杯。"凌漱芳等伯飑向鸣冈擤毕,拉着伯飑袖子说道:"～点末哉,俫个起劲得来。"(鸿 7-229-11)　¶秋谷哈哈笑道:"不是客气,左不过是大家面子上的事情,不管什么,总得叫人面子过得去。"说到这里,走回一步,悄悄的说道:"你的面子上很够瞧的了,凡事将就些罢。"桂香不觉噗然一笑道:"耐格功架也摆足格哉,耐也～点罢。"(九续 110-796-17)　¶老弟兄,～点罢。咱们是一块土上的人,谁欺的了谁?(负 3-11-6)¶老三好哉,好哉,～点,弗要瞎三话四。(人 25-266-21)

【推板勿起】
適当にしておくことができない。いい加減では済まされない。⇨推板②。　¶双宝也是勿好,要争气争勿来,再要装体面;碰着个双玉哩,一点点～,两家头并仔堆末,弄勿好哉。(海 17-132-16)　¶耐身向里刚刚好仔点,～。倘忙夜头出局去,再着仔冷,勿局个哩。(海 62-532-20)　¶陈大人来勿来,本来随俚格便,倪夷勿是靠俚开销格,比勿得挂牌子格勒,～。(鸿 16-288-3)　¶故歇仍旧我去请俚,说两句好看闲话,包俫一请就来。俫现在勤放勒心浪,想坏仔身体,倒～格。(狐 30-248-19)　"推扳弗起"とも作る。¶格倒推扳弗起。该号闲话场面浪那哼可以说出来哩?(沪 2-56-8)

【推说】
〈动〉口实にする。かこつける。　¶我说耐故歇去,就告诉仔双玉,说阿哥要替我定亲。双玉有啥闲话,才～阿哥好哉。(海 54-456-18)　¶过了一会,玉生亲身来了,一定拉着要去。我～身子不好,不能去。(目 35-266-9)　¶伯丹要出来顽顽,无非是～那里文会,那里诗会,出来顽个半天,不到太阳下山,就急急得回去了。(目 98-802-20)　¶小玲听了这话,要央三姐同去回复,三姐～有病不肯。(繁后 20-958-12)　¶有时也到他妻子的寓处走走，只不过略谈几句，便起身出去，只～买卖的事情忙碌。(市 7-223-12) ¶仲芬周旋了几句，～还有别事，也就走开。(新 2-9-6) ¶袁伯珍听说，不好回答，连忙用别的说话支开，又吃了几样菜，到炕榻上抽了几口鸦片，便～有事，径回栈房。(维 4-24-7) ¶柳家的忽见一群人来了，内中有钱槐，便～不得闲，起身便走了。(红 60-850-7) ¶捱至夜半，～东厕净手，趱入书房内自缢而死。(禅 25-411-13) ¶原来这淫妇又勾搭上了别人，却假意～父母盘问，教我且不要来。明明断绝我了！(醒 16-320-16) ¶商量已定，到来春，～浙中访亲，私自置下田产，托人收放，每年去算帐一次。回时旧衣旧裳，不露出有钱的本相。(警 25-382-3) ¶崔生见他说话，心里暗道："庆娘真是有见识！果然怕玷辱门户，只～病在床上，遮掩着外人了。"(二 23-474-15) ¶天幸撞在我手里。我只～知县睡着，且教何观察在县对门茶坊里等我。(水 18-262-7)

tun

【吞酸】
〈动〉虫酸(むしず)で胸がむかむかする。 ¶四肢无力，咳嗽痰饮，～嗳气，饮食少进，寒热往来，此之谓痨瘵。(海 36-305-4)

tuo

【托】
〈动〉託する。委託する。依頼する。 ¶我～蔼人拿得去哉。(海 4-25-12) ¶我有点小事体，～耐去办办。(海 8-61-1) ¶最好末耐原转去，～朋友寻起生意来再说。(海 14-107-15) ¶我再要～耐桩事体。(海 26-215-3) ¶等耐病好仔点，城里去租好房子，耐同无姆搬得去，堂子里～仔帐房先生，耐兄弟一淘管管，耐说阿好？(海 36-303-19) ¶俚乃是我外甥囡，俚咪爷娘一拨我，教我荐荐俚生意。(海 62-528-14) ¶蛮好，蛮好，诸事才～俫末哉。(狐 17-128-9) ¶哝啥。就是格个姓王格客人，阿好～耐打听打听，到底阿靠得住？(九续 36-280-13) ¶我～依一桩事体。(上问 48-87-1) ¶我～你一件事，如若你替我办好了，重重谢你。(歇 16-210-7) ¶王梦笙～江志游在斜桥寻了两间外国房子，甚为幽雅。(栲 11-171-6) ¶有何心愿？你只管～我就是了。(红 13-174-9) ¶这店老官夫妻，年纪高大，每夜～店小二管理，二人先去睡了。(禅 22-364-7) ¶东庄里姑娘，与我最厚。我要把你寄在他庄上，在他那里分娩，～他一应照顾。生了儿女，就～他抚养着。(初 38-699-10)

【拖】
〈动〉引っぱる。 ¶我吓得来～牢仔阿姐，说："倷转去罢！晚歇打起倷来末，那价哩？"

語彙例釈　tuo

(海 9-72-8)¶有两个走得慢一点子,就被擒住,～到里头。(十 18-134-5)¶唬得企渊魂不附体,阿亚也浑身乱抖,～住企渊的手,低说:"如何是好,如何是好?"(十 19-139-7)¶众小厮见他太撒野了,只得上来几个,揪翻捆倒,～往马圈里去。(红 7-119-10)

【脱】

〈动〉①脱ぐ。¶王甫一手接那夹袄替浣芳披在身上,道:"耐故歇就着仔,晚歇热末再～末哉,阿好?"(海 18-143-14)¶陆里有铺盖嘎嘎,就不过一件长衫,～下来押仔四百个铜钱。(海 24-199-21)¶娘娘,二爷是衣裳野勿～,竟什介困着哉。(三 11-129-6)¶贾政听说,忙回去,急命宝玉～去孝服,领他前来。(红 14-197-14)¶只见那人～去衣裳,裸身赤体,两手捻诀,双眼直视月中,踏罡步斗,口中念念有词。(禅 21-349-13)¶一头说,一头便～衣裳自睡了。(喻 38-575-9)¶稍公扶张顺下船,走入舱里,把身上湿衣服都～下来。(水 65-1107-14)

②逃れる(難などから)。¶王老爷,闯出穷祸来耐也～勿了个哩,覅看仔象无要紧。(海 10-79-16)¶晴雯因见宝玉读书苦恼,劳费一夜神思,明日也未必妥当,心下正要替宝玉想出一个主意来～此难。(红 73-1033-17)¶到了除夜,知县把库逐一盘过,交付新库吏掌管。金满已～了干纪……。(警 15-211-16)¶急简点行李物件,止不见了匣子一个。王爵对店家道:"这个匣子,装着银子五百两在里头。你也～不得干系。"(二 21-423-11)

③動詞の補語となって、動作が完結することを表す。¶俚拿我皮袄去当～仔了,还要打我。(海 3-19-5)¶俚真用～仔了倒罢哉,耐看俚阿有啥用场嘎?(海 3-19-15)¶从前我搭耐说个闲话,阿是耐忘记～哉?(海 4-31-11)¶骗到我今日之下,索性豁～仔,去包仔个张蕙贞哩!(海 10-80-21)¶耐能够戒～仔勿赌,故是再好也勿有。(海 14-113-23)¶尤如意一家,连二三十个老爷们,才捉得去哉,房子也封～。(海 28-232-22)¶耐阿是年纪老仔了,昏～哉!(海 31-256-22)¶倪屋里有堂戏来浪,我先去做～仔一就来。(海 44-370-22)¶我替大人输～仔多花哉,五少爷来碰碰罢。(海 58-491-3)¶俚哚还勿曾觉著拿差个呀,倒快活煞;我说是罗老爷个拜盒,难末刚刚晓得仔,呆～哉,一声闲话响勿出。(海 59-501-17)¶骗我上仔岸,你介摇子我个只船,居去卖～仔,分文勿费,倒有铜钱,直脚吃子我米田共哉活。(三 8-85-3)¶要末耐该两个月房饭钱,让倪去搭栈房里说一声,停～两日倪去付末哉。(鸿 8-236-14)¶方大少,耐银子末汇得来哉,倪格戒指铜钱好去还～仔哉喴。(九 6-46-17)¶杨老爷要讨倪囡鱼,也是倪囡鱼格福气。倒是我尽有俚倷一个,故歇就嫁～仔叫我靠啥人过日脚嘎?(狐 5-34-9)¶耐

说来说去，总规忘记勿～小朱。(九续 132-962-3) ¶阿金姐："嗄，老太爷死～哉，恭喜耐陈大少爷，贺喜耐陈大少爷！"陈大笑道："你倒说得诧异得很，人家死～了爷娘，哪里有什么恭喜哩，贺喜哩！"(商 1-9-5) ¶地票存货，看（山势）（风头）好卖～伊者，卖～伊个好。(上散 9-55-1) ¶虽然也戒不～的。(官 20-330-7) ¶大凡买来试的，等试到烟药各半之后，才觉得越吃越贵了，看看那情形，又不象可以戒～的，便不用他的药了。(目 86-694-13) ¶我一个人卖～了四十六张戏票，难道连招待员也轮不着做吗？(歇 3-29-14)

【脱体】
〈动〉ぬけてかかわりを絶つ。¶耐想拿件湿布衫拨来别人着仔，耐末～哉，阿是？(海 2-11-21)

【妥当】
〈形〉堅実で信頼できる（人がらが）。¶价末托个～点人，教俚寻，寻得来就拨两块洋钱俚也无啥。(海 29-238-18) ¶即这样，我有两个在行～人，你就带他们去办，这个便宜了你呢。(红 16-219-8) ¶这一个老祝妈是个～的，况他老头子和他儿子代代都是管打扫竹子，如今竟把所有的竹子交与他。(红 56-788-2)

W

wa

【挖】
〈动〉外へ取り出す（指などを中に突っ込み、中の物を）。¶倪吃酒，学得来个呀。拿一鸡缸杯酒一淘呷下去，停仔歇再～俚出来，难末算吃哉。(海 50-426-22) ¶我勿相信！要末耐吃仔一鸡缸杯，～拨倪看。(海 50-427-1)
(注)"掏"が"挖"（掘る）の意味でも用いられるように"挖"も"掏"（取り出す）の意味で用いられる。→子文挖出錶来一看，说"三点钟了，我们找范老四去，有点小事体和他交涉。"(沪 1-6-1) →深甫笑道："奇了，我们不要弄错了门牌，那才是笑话哩。"挖出次云来条一看，又看了看门牌。(沪 1-35-6) →家人便问："你是来找谁的？"见他袖子里头挖出一张片子来，说："拜会你家主人。"(负 6-27-12) →钱一到他们手里，宛如肉投进了老虎嘴里，那里还会挖得出！(新 60-277-13) →当天定议，共总一千块钱。章豹臣自己挖腰包付给了他。(官 29-484-17) →一面想着，一面忙从身边挖出一只半旧的东洋皮夹子，将唐都督的一张片子珍重收好，藏在身边。(人 20-191-21)

語彙例釈　wa－wai

なお前掲例文（海50-426-22，海50-427-1）"素兰故意岔开道："挖啥嘎？耐少大人末，教人挖仔再要教人看。"と続き、頼公子は彼女の頓知(どんち)にすっかり上機嫌になるのだが、これについて張愛玲はつぎのように解説している。挖是性的代名詞之一，如与年長婦女交合称為'挖古井'。此処她是説他要她表演活春宫。（張愛玲注釈：海上花P.469注）

【挖花】
〈动〉カルタを用いてする賭博の一種。4人でする。¶倪来～，大少爷阿高兴？（海16-130-5）¶周公馆里的赌局原不只麻雀一项，牌九，挨摊，抓摊以及掷老洋，斗～种种名色无一不备，真是诸色俱全，任从客便。（十29-213-30）

wai

【歪】
〈形〉ゆがんでいる。傾いている。¶说着，转过头来给雪香看，雪香道："忒～哉。说末说歪头，真真～来哚仔，阿像啥头嘎？"（海5-40-24）¶倷笃总归是实梗瞎三话四，真正～嘴吹喇叭———股邪气。（九178-1160-25）¶那妇人接口道："这镜子玻璃凹凸不平，所以照出来不成模样。其实并没有甚古怪。"伯和伸手一摸说："咦，果然这镜子是～的，怪道照得人头昏脑眩。"（歇23-292-12）

【歪里】
形容詞"歪"＋方位詞"里"。"往好里说""朝斜里说"などの"里"に同じ。本題からそれた方面。ゆがんだ方面。¶耐末说说正经就说到仔～去！（海52-440-11）¶我自己连头搭脑，不过得他四千银子酬劳，比你的还少一千，这就是那回保险的真相，原没什么私弊夹账，你不可缠到～去。（歇70-969-13）¶那号房见他呆想，便说："我问你们住在什么地方呢？怎的说不出了。"车夫也觉自己转念头转到～去了，不觉哑然失笑，报明了地址，由号房登录帐簿。（歇97-1355-11）¶你这个人说说就要缠到～去，这种话也是太太们说的，亏你羞也不羞。（十25-186-3）

【歪头】
〈名〉くずし髪。¶说末说～，真歪来哚仔，阿像啥头嘎！（海5-40-24）

【外拆】
〈名〉正規の収入以外の収入。¶耐个财气到哉！今年做掮客才勿好，就是耐末做仔点～生意，倒无啥。（海48-430-11）

【外国】

〈名〉外国。¶故歇会做仔生意,俚倒忘记脱哉!我末定规勿成功,赎身勿赎身,总是我个囝仵,阿怕俚逃走到～去!(海 58-498-1)¶听说魏企渊暗里已经投诚～了,此番回国就是受着外国人的指使。(十 19-142-4)¶这叫做'女儿棠',乃是～之种。(红 17·18-238-4)

【外国货】
〈名〉外国製品。外国産の品物。¶倒是～,除仔上海无拨个哩。(海 38-321-11)

【外国人】
〈名〉外国人。¶两个～要拉我去呀!(海 20-103-22)¶格个捏旗格～立勒马前头作啥介?(狐 15-111-2)¶现在企渊甘愿充当汉奸,做～的鹰犬,真是一屁不值。(十 19-142-8)

【外国纸】
〈名〉外国製の紙。¶蛮好一张请客票头,阿是～?倒可惜!(海 31-260-19)

【外行】
〈名〉素人。¶善卿道:"物事来哚陆里?"荔甫道:"就来哚宏寿书坊里楼浪,阿要去看看?"善卿道:"我是～,看啥哩。"(海 1-6-14)¶耐末真真是～!(海 32-268-17)¶相公,你做仔～哉。(三 32-356-18)¶是我是(～)(外教)。(上散 7-38-4)¶钱典史欺他是～,便道:"一般大。他管得到的地方,我都管得到。……"(官 2-22-6)¶做书生意,我本是～。(目 106-878-17)¶人家是内行,深晓得其中利弊,我是～呢。(新 60-277-27)¶我虽是第一次大菜,却不可不装个内家模样,免得被人看出～来,暗中耻笑。(歇 13-161-13)

【外婆】
〈名〉外祖母。¶先起头倪老～搭我梳个头,倒无啥;故歇教我娘姨梳哉,耐看阿好?(海 5-40-23)¶蓬壶骇愕失揢,挤眼注视,依稀认得是赵桂林的娘姨,桂林叫做"～"的。蓬壶便也胡乱叫声"～"。(海 59-506-20)¶昨天我在干～屋里看见玻璃橱里摆着药瓶。(官 39-660-21)¶～有病,你每姊弟两人,可到崇明去伏侍几日。(初 8-146-13)¶只因父母双亡,他依着～家住。……(中略)……外公是此间富员外。(二 17-352-1)¶今日那雌儿往～家去了。(醒 13-259-13)

【外甥】
〈名〉姉または妹の息子。¶善卿道:"我～赵朴斋末,陆秀宝搭吃过一台酒,今夜头勿晓得阿是俚连吃一台。"(海 12-93-7)¶善卿着实叹口气道:"耐说来说去末总归勿转去个哉,我也无啥大家当来照应～,随便做啥,勿关我事。"(海 31-257-22)¶那活死

語彙例釈　wai

人已有七八岁，见了娘舅已经不认得。形容鬼见他生得眉清目秀，便道："多时不见～，已这等长成了，可惜一个好相貌，如何这般命硬的？"（何5-53-9）¶谁知这大汉后还跟着一个人。冒得官问是谁，那大汉回称是他～。（官30-488-22）¶有的说民政总长是我的母舅。有的说沪军都督是我的～。（歇5-53-5）¶贾政便使人来对王夫人说："姨太太已有了春秋，～年轻不知世路，在外住着恐有人生事。…………。"（红4-67-1）¶龙香道："闻说是金员外的～，元不姓金。可知道姓甚么？"媒婆道："是便是～，而今外边人只叫他金爷。他肉姓姓得有些异样的，不好记。我忘记了。"（二9-197-15）¶时值清明将近，安三老接～同去上坟，就便游西湖。（警23-331-2）¶少刻，我送雷都头那人出来时，你便叫我做阿舅，我便认你做～。（水14-202-5）

【外甥囡】

〈名〉姉または妹の娘。¶郭孝婆挨到张小村身旁，悄说道："俚末是我～，耐阿好照应照应？随便耐开消末哉。"（海37-311-4）¶俚乃是～，俚哚爷娘托拨我，教我荐荐俚生意。（海62-528-14）"外甥男鱼"とも作る（"男鱼"は"囡仵"）。¶倷外甥男鱼才好格，不过脚大点。（官36-621-13）

【外头】

〈名〉方位詞。①そと。外側。¶巡捕守来浪门口，～勿许去呀。（海28-232-3）¶倷两家头困来浪～房间里，天亮仔还听见耐咳嗽，耐一干仔末来浪做啥？（海31-256-4）¶有个人来里后底门～。（海35-296-2）¶～去等来浪！（海38-317-16）¶方才珠姐到倷搭，晓得倷胡先生来，真真难得格，格落打发我来请，有屈倷到倷船浪去白相。轿子现在停勒～。（狐18-138-3）¶晤笃到～去，阿比里向风凉点介？（狐33-279-11）¶他定睛一看，见是太亲翁，也不及登堂入室，便在大门口～，当街爬下，绷冬绷冬的磕了三个头。（官1-2-16）¶嗳呀！咱们只顾说话，看有人来悄悄在～听见。（红27-375-12）¶主人在村店里被他作贱，小乙伏在～壁子缝里都张得见。本要跳过来杀公人，却被店内人多，不敢下手。（水62-1054-11）

②よそ。外部。¶倒是沈小红～名气自家做坏哉，就不过王老爷末原搭俚蛮好，除仔王老爷，阿有啥人说俚好嘎。（海12-95-1）¶俚屋里末几花姨太太，～末堂子里倌人，还有人家人，一塌括仔算起来，差勿多几百哚！（海14-113-1）¶要说耐～再有啥人来浪，故也冤枉仔耐哉。（海18-141-8）¶～朋友就算耐知己末，总有勿明白个场花，就是我一个人晓得耐脾气。（海34-285-6）¶那几年老太太屋里的几位老姨奶奶，也有家里的也有～的这两个分别。家里的若死了人是赏多少，～的死了人是赏多少，你且说两个我

们听听。(红55-772-2)("家里的"は代々の奴僕の子女である"家生子"を、"外头的"はそれ以外の者を指す。)

【外头人】
〈名〉よその人。外部の人。¶四老爷倒蛮对。不过倪做仔四老爷,～才说是做着仔好生意,搭倪吃醋,说倪多花邱话,说拨四老爷听。(海27-224-8)¶～为仔耐搭我要好末,才来浪眼热;覅说啥张蕙贞,连搭仔朋友也说我邱话。(海34-284-22)¶耐去搭老爷说,覅拨一听见。(海45-380-22)¶耐覅来浪糊涂,冠香是～,就算我同俚要好,终勿此耐自家人。(海51-436-8)¶哈哈哈,这句说话到来得客气哉;我与你不是～,怪只怪你平日不上门,你是今朝到此真难得,见见你容颜我放心。(描1-8-24)¶我总不来管你,只是你受了～亏,可也不要来告诉我。(十15-105-14)¶就吹牛皮,总要～面前吹,这几个都是自己人,吹什么?就吹了也没味道。(十20-148-14)¶(丑)孙大哥、你、我,再有何人?(浄)你去猜一猜。(丑)家里人?～?(杀6-68-5)

【外心】
〈名〉二心(ふたごころ)。浮気心。¶韵叟因问痴鸳道:"近来阿有进境?"痴鸳道:"还算无啥,有点内心。"亚白说:"耐拿个《秽史外编》一淘去教会仔俚,覅说有内心,连～也有哉。"大家笑了。(海53-446-6)¶恐被外人谈论,不说我们皆玉貌花客不该配这般恶物,反说我们有～,不是好人家儿女出身。(醒下2-105-19)¶船家道:"是寻得个好媳妇。"真心相待,看看熟分,并不隄防他有～了。(初27-501-9)¶又或夫妇稍有衅隙,道这妇人当日曾与我私情,莫不今日又有～么?(型11-156-7)

wan

【丸药】
〈名〉丸薬。¶窦小山覅去说俚哉,几花～,教我陆里吃得落。(海35-292-5)¶请先生开好方子,吃仔三四贴,好点末停哉。有个～方子,索性勿曾吃。(海36-305-11)¶真格医得好奴格心病,俫随便要奴谢啥,奴吭不肯格。倒是侬说格～,药材店里阿有得买格介?(狐30-247-8)¶从此以后,果然立志戒烟,天天吃～,不敢间断。(官21-332-4)¶今日我已请了个外国医生看过,服了两粒,～业已好好的安睡,不似昨夜那般吵闹了。(歇9-106-10)¶我们听见姨太太这里有一种～,上棒疮的,姑娘快寻一丸子给我。(红48-663-9)¶搜检身上,裙带上系葫芦一枚,内藏～。(神21-350-8)

【完】
〈动〉①終わる。終える。他の動詞の補語ともなり、その動作の終了を表す。¶勿是呀,

語彙例釈　wan

耐也等我说~仔了哩。(海 2-11-21)¶耐哚酒啥勿吃哉,子富庄阿曾~嘎?(海 6-48-11)¶阿姐说生来去看,看~仔一淘转来,覅到别场花去。(海 29-244-24)¶我也搭俚说过歇个哉,俚说做~仔狐皮个停工。(海 62-528-12)¶覅去说俚,若然说说看,只怕两三日也讲勿~,倒勿如弗说格好。(狐 12-80-11)¶说~了两句话,那军机大人就端茶送客,自己蹽了进去。(官 6-80-2)¶这些事我都不管,你只把我的事~了我好歇着去,省得这些姑娘小姐闹我。(红 45-618-14)

②残りがなくなる。尽きる。他の動詞の補語ともなる。¶耐哚吃也吃~哉,还请我来吃啥酒!(海 3-24-22)¶像四老爷,就年势间里多下来用用末也用勿~啘。(海 15-120-8)¶俚哚想来想去吃法子,倒怪仔倪阿哥,说拨倪小村阿哥合得去用~仔洋钱,无面孔见人,故歇倒要倪同得去寻小村阿哥。(海 29-239-13)¶四五年省下来几块钱,拨个烂料去撩~哉;故歇倪出来再用空仔点,连盘费也勿着杠啘。(海 31-257-15)¶谢谢耐,一打陆里吃得~,分一半送拨仔人哉。(海 53-448-8)¶要我研了那些墨,早起高兴,只写了三个字,丢下笔就走了,哄的我们等了一日,快来与我写~这些墨才罢!(红 8-130-19)

【完结】

〈动〉①終わる。終える。けりがつく。けりをつける。¶耐坐歇,筹我~仔事体,一淘北头去。(海 13-102-14)¶昨日个酒令勿曾~啘。(海 40-339-19)¶倪~哉呀,请该首去坐罢。(海 47-396-17)¶张蕙贞末吃个生鸦片烟,原是倪几个朋友去劝好仔,拿个阿侄末赶出,算~该桩事体。(海 57-487-1)¶我故歇末定归要跟牢仔俚一淘死!俚到陆里我跟到俚陆里,定归一淘死仔末~。(海 63-542-3)¶开了一盏灯,躺了好一会,才见小庭到来。迎面拱了拱手,说道:"恭喜,~哉!夷添仔十块洋钱。"渭臣连忙站起,深深的对小庭作了个揖,说道:"费心,费心!"随检出了一张十块洋钱钞票,奉还小庭。(鸿 10-248-7)¶钱乌龟一清早到我屋里来格,俚闯仔穷祸,自家勿好意思来,托我来问声耐,那哼好~哉?(鸿 11-256-9)¶到底湘兰搭俚垫仔几化铜钱,叫俚还脱仔末~。(鸿 17-291-8)¶倪搭陈大人垫几个铜钱是小意思,等事体~再说末哉。(鸿 17-291-10)¶我昨日去吃喜酒,看俚笃场面倒蛮好,可惜花轿进仔门,变仔一场吭结果,拿巧林姐挜到里向厅浪,磕仔头,送进仔房,就~哉。俫想阿要气数,啥落做小能格苦恼嘎。(狐 5-28-15)¶夜头八点钟开场,到十一点半钟~,做得蛮长格。(狐 36-308-1)¶直吃到上了烧鸭,眉仙方才起身先走,却低低的向秋谷道:"倪再有两个堂差就~哉,阿晓得?"秋谷点头会意,也不开口。(九续 131-954-21)¶唱演《扈家庄》,唱有二点多钟之久,时候太长,不中上海人之意,《扈家庄》没有~,瞧的人早已散光。(新 19-86-21)¶那地保便把两家,都申饬了几句,叫和尚给张姑娘也做了件竹布衫,方才～。(新54-250-9) ¶你有这半天一夜的工夫,能够～,赶快去～了再来,～不了,明天再审。(官45-773-21) ¶忽然有个人推门进来,问道:"今天还没发稿么?"主笔道:"早～了。"那人道:"你还写什么?"(歇6-72-12) ¶只是等咱们的事情过去了,早些把你们的正经事～了,也了我一宗心事。(红90-1287-20) ¶你要去,就写了禀帖给二老爷送个信,说家下无人,你父亲不知怎样,快请二老爷将老太太的大事早早的～,快快回来。(红117-1597-3)
②残りがなくなる。尽きる。おしまいになる。¶俚个人末阿有啥淘成,两个月勿曾到,一千洋钱～哉哩。(海58-499-2) ¶倪帐浪一塌刮仔收着仔一百几十洋钿,零零碎碎老早用～格哉。(九163-1070-32) ¶又见上面坐着一位钱伯廉,心上暗道:"不好,我今儿～了!冤家路路窄,偏偏他在这里!"(市11-245-31)

〈名〉結末。けり。¶先起头索性跟仔俚去,倒也无啥。故歇上勿上落勿落,难末啥～哩!(海61-524-3) ¶辨五辨六格事体,弄到～,就为仔倪垫帐格几个铜钱,倪想想看哪哼对得住人!(鸿17-292-1) ¶近来更加难做,同行中勒里自灭,自我介讨子价钱,别人介情愿对折。介勒个星主客,回得来割割裂裂,一无～,介勒只好什介停停歇歇。(三5-47-20)

【完全】
〈形〉欠けるものがない。¶俚要想着我阿姐个好处,也拨我一口羹饭吃吃,让我做仔鬼也好有个着落,故末我一生一世事体也总算是～个哉。(海20-162-12) ¶一拜匣个公私文书,再要补～,不特费用浩繁,且恐纠缠棘手。(海59-505-1) ¶刚钯得土开,只见一颗人头,连泥带上,毂碌碌滚出来。众人发声喊道:"在这里了!"通判道:"这妇人的尸首,今日方得～。"(二28-557-11)

【晚】
〈形〉遅い(時間が)。¶俚咪栈房里才实概个,到仔十二点钟末就要开饭哉。勿象倪堂子里,无拨啥数目,～得来!(海2-15-11) ¶耐看俚昨日老～来,坐仔一歇歇倒去哉,啥人高兴去叫俚嘎。(海6-45-19) ¶倪先生欠来咪几花债,早末也要王老爷还,～末也要王老爷还,随耐王老爷个便好哉。(海11-84-10) ¶等到双宝转来仔,再到双玉搭去末,～哉。(海24-198-17) ¶倘然耐再有客人吃酒末,我就～一日,廿四吃也无啥。(海25-202-5) ¶先生实在高明,如今恨相见之～。(红10-151-11) ¶这也罢了,早也去,～也去,带了去早清静一日。(红52-733-3) 多くの吴语作品では,"晏"を用いる。¶辰光晏哉,明朝碰罢!(鸿10-249-9) ¶辰光～仔,耐那哼好出城呀?(九续63-491-8) ¶

語彙例釈　wan

倪为仔转局过去晏仔点点,俚就此扳倪格差头,搭倪反仔一泡,倪搭勿来哉。(九 12-91-15)¶我就此脱身转来,走到半路浪,吃力得呒淘成,亦碰着仔一个亲眷,托我去吃茶,我借此歇仔一歇,所以转得晏仔点哉。(狐 17-128-6)　¶秦小官人,老身还有句话。你下次若来讨信,不要早了。约莫申牌时分,有客没客,老身把个实信与你。倒是要晏些越好。(醒 3-52-2)　"宴"とも作る。¶故歇大少要翻台,挑倪做生意,倪是巴也勿能,可惜辰光宴仔点,让奴差人去叫叫看,如果菜有格来,格是呒啥,倘然呒末,俫大少觐动气介。(狐 13-89-1)

【晚间】

〈名〉晚。夜。¶陈小云或者～回店,也写一张请请何妨?（海 48-410-18）¶这日等到～,便把金寓叫到一家春番菜馆,试探他的口气。(维 4-24-10)　¶阁下的尊恙;似乎是～失睡受凉而起。(新 30-137-29)　¶蓬荪和啸秋接着请客票,约会好了～一齐赴约。(人 27-290-3)¶话说凤姐儿自贾琏送黛玉往扬州去后,心中实在无趣,每到～,不过和平儿说笑一回,就胡乱睡了。(红 13-174-2)　¶这几日,尤氏～也不回那府里去,白日间待客,～在园内李氏房中歇宿。(红 71-1004-11)¶昨日～是这和尚一人打死的。(禅 3-36-10)　¶姐姐病重,～要想伴,伏侍汤药,留客不得。(初 25-471-6)　¶日里人面前对局,我便让让他。～要他来被窝里对局,他须让让我。(二 2-32-11)　¶到了～,玉娘出来,见他虽然面带忧容,却没有一毫怨恨意思。(醒 19-385-12)　¶待我～进府禀过老爷,明日你来讨回话。(警 26-403-1)　¶见了老汉女儿,撒下二十两银子,一匹红锦为定礼,选着今夜好日,～来入赘老汉庄上。(水 6-83-7)　¶今夜～,必从旱路经过。(水 20-293-2)

【晚歇】

形容詞"晚"+量詞"歇"。のちほど。後刻。¶～一淘来。(海 1-8-23)　¶价末～六点钟再来,我要去干出点小事体。(海 3-17-12)　¶好一会,秀宝始喃喃说道:"耐要去吃仔酒早点来,阿好?"瑞生道:"故歇也空来里,为啥定归要～嗄?"(海 25-207-14)　¶先生～就来。(海 64-545-11)　¶～早点转来,覅等得倪光火。(沪 4-33-7)吴语作品の多くは"晏歇""宴歇"とする。¶耐晏歇再来一埭。(鸿 2-198-14)　¶晏歇一淘清过来。(九 5-37-7)　¶倪今朝来看戏,也算修勒浪格眼福。但勿知晏歇俚下仔台,卸仔妆,面孔阿要走板哦?(狐 17-124-14)　¶说着亲自替子文披上马褂,扣好钮子,说了声'晏歇来叫!'。(沪 1-11-8)　¶宝珠临去的时候,免不得说声'宴歇请过来'。(负 16-76-23)　¶情风说声'宴歇会'便要走了。(人 45-556-12)　¶二少,你晏歇阿来!(人

40-481-16）¶我拿地格带转去，到中上再替侬送新鲜个肉来（好勿好）（好否）？——（勿局）（勿好）（勿成功），（晏点）（晏歇）老爷拉要等拉吃个。（上问 6-12-10）"晏歇点"ともする。¶倪也无拨倽一定格主意，晏歇点耐阿好到倪搭来一埭，大家商量商量。（九 25-191-16）¶晏歇点哪哼送转去介？（狐 16-120-21）

【碗】
〈名〉碗。量詞に借用される。¶倪勿曾喊俚，俚倒先去泡仔一～茶，再要搭俚装水烟，姚奶奶长，姚奶奶短。（海 23-189-18）¶管俚咪啥事体，倪吃～茶去罢。（海 54-462-5）¶他爷爷一定又要从锅里另外盛出一～饭，两样菜给贺根吃。（官 2-19-10）¶作酸笋鸡皮汤，宝玉痛喝了两～，吃了半一碧粳粥。（红 8-129-17）¶再等女儿带过了残岁，除夜做～羹饭起了灵，除孝罢!（警 22-321-16）¶俺是五台山来的僧人，粥也胡乱请洒家吃半一。（水 6-95-7）

【唲】
〈助〉語気助詞。文末にあって、やわらかく言い切ったり、自信を持った推測、感慨を表したり、相手に念を押す、相手をきめつけるなどの感情的な色あいをつける。¶耐自家也勿小心～，放俚去罢。（海 1-3-12）¶耐一干仔住来咪客栈里，无拨照应～。（海 1-4-15）¶耐说转去两三个月～，直到仔故歇坎坎末!（海 2-11-14）¶为此勿懂～。（海 3-23-24）¶就是耐先起头吃酒日脚浪～，说有十几只咪，隔仔一日就无拨哉，耐骗啥人嗄？（海 13-99-11）¶晚歇四老太爷动仔气，吃起醋来，我老老头打勿过俚～!（海 15-117-8）¶像四老爷，就年势间里多下来用用末也用勿完～。（海 15-120-8）¶该个三年里向就算我冤屈仔耐也该应～。（海 18-143-4）¶俚阿敢上来! 就上来仔，有我来里，也勿要紧～。（海 21-167-16）¶黄二姐道："生意勿局，此仔先起头悬进咪。"黄翠凤冷笑又口道："耐是有生意勿做～，啥勿局嗄!"（海 58-497-23）¶才是耐勿好～，叫倪出方大少个局，故歇弄得讨气煞～!（鸿 3-204-26）¶耐想想看，该个是俚有心勒浪寻倪个事～，倪凶俚倽介!（鸿 4-210-1）¶仲声看了，对绶夫道："该个是耐大笔～？"绶夫点头说道："见笑得势。"（鸿 8-233-14）¶方大少，耐是有名气格大客人～。（九 6-45-9）¶格是耐金大少自家格场面～，老实说，上海滩浪要出来白相，顾勿得倽铜钱。（九 15-116-4）¶耐就是拨仔俚笃，俚笃也勿见得耐格情～!（九 129-868-2）¶卖脱仔自家格身体来赔，也勿够～!（九 163-1071-18）¶奴是粗蠢煞格，勿知伍大少阿肯照应倪～？（狐 18-141-23）¶划一划一，实梗说起来，明明是来敲竹杠～，倪哪哼回头俚介？（狐 29-237-3）¶奴觉听见倷喊泡茶～，哪哼已经泡来里哉介？（狐 40-350-3）

語彙例釈　wan－wang

【万一】
〈连〉もしかして。¶我拨乡下自家场花人说仔几几花花邱话，故歇说是耐要讨我去做大老母，俚哚才勿相信，来浪笑，～勿成功下来，我个面孔搁到陆里去！（海 55-466-14）¶明儿一你的亲戚本家推算起你把你收房的日子来，说是月分不对，是个野种，你在面前，你好出得出口；你不在面前，难道我好意思说是我先同你偷上有的？（梼 22-351-15）¶忧的是姓王的当时究竟出身价银子从自己手里将老七讨了去，如今不到一个月就出来，姓王的自然心有不甘。～再在三马路做生意，姓王的寻上门来，如何对付？（人 26-275-20）¶～输与他了，一则灭了本朝体面，二则失了日前名声，不是耍处。（二 2-31-14）

wang

【王八蛋】
〈名〉ばか野郎。骂语。¶赖公子怒其不办事，一顿"～"，喝退当差的，重新气愤愤地道："俚笃才勿来末，倪自家吃！"（海 50-426-4）¶真正这些～！我不说，你们再不去催的。（官 3-37-14）"忘八蛋"とも作る。¶陶子尧骂道："忘八蛋！放屁！你懂得什么！"（官 9-123-14）¶呸，没脸的忘八蛋！他是你那一门子的姨奶奶！（红 67-958-22）

【往来】
〈动〉くり返す。¶咳嗽痰饮，吞酸嗳气，饮食少进，寒热～，此之谓痨瘵。（海 36-305-4）

【往往】
〈副〉よく。しばしば。¶大凡读书人通病，～为坎坷之故，就不免牢骚，为牢骚之故，就不免放诞。（海 51-432-16）¶大凡那王公卿相人家的子第，只一生长下来，暗里便有许多促狭鬼跟着他，…………，所以～的那些大家子孙多有长不大的。（红 25-348-12）¶近来土人说，此岭有灵异。夜间石崖中～有红光照耀。（水 94-1506-12）

【忘记】
〈动〉忘れる。¶耐晚歇要转去末，先来一埭，夠～。（海 3-21-7）¶从前我搭耐说个闲话，阿是耐～脱哉？（海 4-31-11）¶阿呀！说说闲话倒～哉，李老爷吃啥点心？（海 16-128-18）¶耐倘然勿～我，耐就听我一句闲话，依仔我，耐等我一死仔末，耐拿浣芳讨仔转去，赛过是讨仔我。（海 20-162-9）¶故末是倪勿好，讲得起劲个，～仔玉甫。（海 47-399-24）¶好是蛮好，不过俫～仔一样哉，倪烧饭格灶浪是少勿得格哦。（狐 11-23-13）¶倪格闲话耐勿要～脱仔哩。（九 41-304-14）¶倪末倒来浪牵记俫，耐末来浪常熟开心得吭淘成，一塌刮仔才～脱格哉，阿是？（九续 29-220-3）¶四少格恩典，倪是死仔野弗～格。（沪 1-109-4）¶我（看）（想）起来，伊勿应该～。（上问 2-4-10）¶只怕是你母亲收到了用完了，～了罢。（目 2-9-6） ¶呸！自家做事，竟～掉了！（官 37-637-20） ¶你这人倒也有趣，连日子都会～的。今朝已是宣统二年正月初三了。（新 40-186-3） ¶菱姑娘，奶奶的手帕子～在屋里了。你去取来送上去岂不好？（红 80-1153-9） ¶丁得贵大喜，却是乐以忘忧，却与这小玉吃起酒来，～自己那边船上有四五百金货物，只管吃酒。（醒下 1-97-17）¶我的眼睛一看过，再不～，委实是他，没有差错。（初 11-207-14） ¶我而今且把他分付我的说话，一一写了出来，省得过会～了些。（二 13-266-16） ¶五日前侵晨到陈留县解下搭膊登东。偶然官府在街上过，心慌起身，却～了那搭膊。（警 5-55-17） ¶醉后狂言，～了，谁人记得！（水 39-623-4）

【望】

〈动〉①见。眺める。¶我眼睛里～出来，无啥亲生勿亲生，才是因件。（海 10-76-13） ¶我听仔快活煞，张开仔两只眼睛单～俚一干仔，望俚搭我还清仔债末，我也有仔好日脚哉，陆里晓得俚一直来里骗我！（海 10-80-19） ¶我说俚定归是舍勿得上海，拉仔个东洋车，东～～，西～～，开心得来！（海 29-241-16） ¶吃茶的人都走过去瞧看，顿时黑簇簇围了一团的人，雨香道："云翁，我们也去～～。"（新 58-270-14） ¶三姐喜出望外，连忙收了，挂在自己绣房床上，每日～着剑，自笑终身有靠。（红 66-943-5） ¶观看之间，只见树影里一个人探头探脑，～了一～，吐了一口唾，闪入去了。（水 6-98-10）
②訪問する。見舞う。¶为仔倪阿姐昨日夜头吓得要死，跑到倪搭来哭，天亮仔坎坎转去，我要去～～俚阿好来哚。（海 11-88-6） ¶好几日勿看见贵相知，阿好一淘去～～俚？（海 32-265-13） ¶如果俚俫来～俫，俫困勒床浪仔，只说发肝气肚里痛末哉。（狐 11-75-9） ¶俺要～个朋友，快点开子门待俺进去。（描 21-189-27） ¶倪野听说起，想去～～俚，夷是忙煞快，直头吃不工夫。（沪 3-92-12） ¶明朝后日我有眼事体，大后日日子上我来～侬。（上散 4-13-5） ¶既然如此，我想先到鼎升栈去～～钱老太太。（繁后 27-1045-22） ¶途中遇见敏士，问他们从何处出来，现欲何往？幼安回称在尔梅家中一病，现欲回栈。敏士问："尔梅病体如何？"幼安道："老年人受不得气，此病乃由气郁而成，……。"（繁后 30-1084-21） ¶嫂嫂，你一向身子可好？我记挂你什么似的，你怎的一想都不想起我，这几个月工夫，不到我家来～我一～呢？（歇 19-243-1） ¶因想起近日薛宝叙在家养病，未去亲侯，意欲去～他一～。（红 8-121-12） ¶今日我叫了一乘轿子在外等候，我要同你到亲眷家去～～，你可梳头打扮了去。（醒下 2-104-4） ¶"赵菩萨许久不见，今日方来～我？"赵蜜嘴蹙着眉头道："我的爷爷，谁知你染成这等贵恙？若早知道时，忙杀也偷一霎儿工夫来问安，这是老身多罪了。若果实知道不来～你呵，阿弥陀佛，我

語彙例釋　wang

顶门上就生个盘子大的发背。"(禅6-71-4)¶他出外作客六七年才回，昨日同我兄弟到他家去～一～。(鼓34-408-3)¶我只道与你去～亲戚，到今日不见回来。(警28-433-11)¶他便是我爹爹结义妹子养的儿子，我的爹娘记挂我，时常教他来～我。有甚么半丝麻线！(喻38-575-6)¶魏妈妈前日来～过了你，你今日也去还拜他一拜才是。(二38-707-6)¶我今日同这两个兄弟，信步铎上岭，来你这里买碗酒吃，就～你一～，近日你店里买卖如何？（水36-570-13）

③眺める(遠くから)。¶我故歇去，就来里棋盘街浪～仔一～，～到俚房间里来哚摆酒，豁拳，唱曲子，脑热得势。(海14-107-6)¶再起来听听雨末，落得价高兴；～～天末，永远勿肯亮个哉。(海18-142-6)¶宝玉听说，立于亭上，四顾一～，便机上心来，乃念道："绕堤柳借三篙翠，隔岸花分一脉香。"(红17·18-228-6)

④切に望む。心から期待する。¶耐是赵大少爷朋友末，倪也～耐照应照应，阿有啥撑掇赵大少爷扳倪个差头？(海2-16-12)¶耐个意思阿是为仔秀宝搭用脱仔两钱舍勿得，想多用点拨俚末～俚来搭耐要好？（海13-100-22）¶眼前个把月总归勿要紧，大约过仔秋分，故末有点把握，可以～全愈哉。(海36-305-23)¶起初倪才来浪～俚好起来，故歇看俚样式，勿像会好，故也是无法子。(海42-353-12)¶做着仔二少爷，心里单～个二少爷生意末好，身体末强，故末一径做下去。(海57-484-14)¶咦，可惜！我到～俚放到江苏来。(鸿7-230-19)¶耐勿要见气哩，倪是不过～耐生意好点，大家有点好处，实格洛劝劝耐。(九164-1075-3)¶我却肩不能挑担，手不能提篮，百无一能，教我去做甚么？～师父指引一条生路。(何6-66-19)¶王先生，～你瞧往日的情，借给两角小洋我罢，我还是第一回向你开口呢。(新15-66-8)¶小祖宗，谁敢～你请，只求听一句半句话就有了。(红9-136-7)¶只～你此去为官清正，爱军惜民，不负林太爷教育之恩。(禅36-592-13)¶这些东西，约莫有六十金了。家下贫寒，～你将就包容罢了。(初11-200-6)¶今清明节近，追修祖宗，～小乙官寺烧香，勿误。(警28-421-10)

〔介〕……に。……へ。……に向かって。¶看见耐轿子里出来，倒理也勿理我，一径外头跑，我连忙喊末，自家倒喊醒哉。(海18-142-8)¶四老爷～该首去做啥？(海26-215-18)¶朝后生意～上去，做来大点者末，慢慢教再拿佛地头个货色送到伲喊头去卖。(上散9-53-6)¶刁迈彭正要～下说时，恰巧管家头戴大帽子，拿了封信进来。(官48-812-20)¶沈自由还会算学，用笔划了几划，便摇头说道："这么要一百多块钱！"黄子文道："我还是～省俭一路算的。"(负14-65-14)¶达怡轩同任天然椅在楼梯口栏杆上闲眺。只见栈伙领着些搬行李的人～官房里去。(梼13-218-3)¶凤姐猛然见了，将身子～后一退，说道："这是瑞大爷不是？"（红 11-160-15） ¶康公子把酒瓶～船窗外一丢，……。（鼓 2-24-3） ¶折转身～内房里就走，见母亲白氏，细说前因。（禅 25-404-6） ¶女娘上了轿，轿夫抬起～旧路而去。（醒 3-46-1） ¶忽一日，正在厅前闲步，只见一班应捕拥拥将进来，带了麻绳铁索，不管三七二十一，～王生颈上便套。（初 11-202-14） ¶次日清早起来，也无心想观看书史。忙忙梳洗了，即～园东墙边来。（二 9-181-5） ¶将身～下一跳，跳在地上，道："好了！一直～丈人家来。（喻 38-581-12） ¶那蛇看了洪太尉一回，～山下一溜，却早不见了。（水 1-5-17）

【望仔】

〈介〉"望"に同じ。⇨仔。 ¶就脚浪一双也勿好踋，走起来只～前头戳去，看勿留心要跌煞咪。（海 11-89-15） ¶难末紫云轩抢仔一匣鸦片烟，～嘴里就倒，区得抢得快，救得快，勿然是紫云轩格条命，老早勿着杠格哉。（九续 35-267-14） ¶"丢得我好苦！我只是死了罢。"拨出一把小解手刀来，望着咽喉便刎。（喻 19-283-5） ¶左右看着房中，却别无躲处。一时慌促，没计奈何，只得县君说话，望着床底一钻，顾不得什么尖灰齷齪。（二 14-291-8） ¶夜宿晓行，望着青州地面来。（水 32-493-7）

wei

【为】

〈动〉……である。 ¶洵不愧～绝世奇文矣！（海 51-432-7） ¶贾妃乃长姊，宝玉～弱弟，贾妃之心上念母年将迈，始得此弟，是以怜爱宝玉，与诸弟待之不同。（红 17・18-246-9）

【为难】

〈形〉困る。思い余る。思い悩む。 ¶总归做仔个女人，大家才有点说忽出个～场花，外头人陆里晓得，单有自家心里明白。（海 52-440-12） ¶故歇听耐说华老爷，例划一～。（海 52-442-7） ¶要是耐故歇亏空仔点末，野老实搭倪说，呒不啥～格哩。（沪 1-51-8） ¶今天给我一个面子，不要使我～，真是感情不浅。（繁后 18-937-20） ¶将来放了外任，不是主考，就是学政，自然有那些手底下的官儿前来孝敬，自己用不着～。（官 2-22-15） ¶正在～的时候，忽然胡福上来报道："太太，正是这里。跟老爷出门的黄升报信来了。"（官 40-674-13） ¶三儿看了彩云半晌道："你现在打算怎么样，难道真的替老金守节吗？我想你不会那么傻吧。"彩云道："说的是，我正～哩！我是个孤拐儿，自己又没有见识，心口自商量，谁给我出主意呢？"（孽 30-288-3） ¶我又不会这工细楼台，又不会画人物，又不好驳回，正为这个～呢。（红 42-585-3） ¶有一件～的事，老爷托我，我不得主意。（红 46-631-4）

語彙例釈　wei

【为人】
〈名〉人となり。 ¶大约其～必然绝顶聪明，加之以用心过度，所以忧思烦恼，日积月累，脾胃于是大伤。(海 36-305-2) ¶他的～平时虽放荡不羁，然而看他前天那副忠义样子，决计不是说着玩玩的。(官 58-1016-18) ¶～内方外圆，足当得'道学风流'四字。(繁后 9-821-2)¶那曾士规～异常和气，又很识窍，与锦回谈无数语，不觉就亲热起来。(新 31-142-22)¶便是我的族兄，叫做光裕，今年二十七岁了，断弦待续，～颇为聪明，性格既甚谦和，品貌亦清秀。(歇 14-181-11)¶他这～行事，那个亲戚，那个一家的长辈不喜欢他？(红 10-147-5)¶这李岳～，性最贪狠，眼孔里着不得一些垃圾，假如有一件便宜的事，就千方百计决要算计着他。(鼓 25-298-6) ¶你～忠厚，我不害你，快快躲避。(禅 25-413-3) ¶县里有个朱外郎，～忠厚，与可成旧有相识。(警 31-480-8)

【为】
〈介〉①……のために。利益・恩恵にあずかる対象を示す。¶耐麴猜仔倪要耐啥物事，倪也～耐算计。(海 8-59-15) ¶嗳！今儿偏偏的来了个刘老老，我自己多事，～他跑了半日。(红 7-112-5) ¶仆～友尽心，固其分内，奈何累及明公乎。(喻 8-127-7)
②……のために。原因・目的を示す。¶～俚一干仔，倒害仔几花娘姨，大姐跑来跑去忙煞，再有人来咪勿放心。(海 7-56-13) ¶王老爷，我说耐要自家送得去得好。倒勿是～啥别样，俚吃仔亏转去。大姐、相帮咪陆里一个肯罢嘎？(海 9-71-2) ¶耐～动气了说搭倪先生还债，耐想倪先生阿要耐还债？(海 11-84-4) ¶娘姨、大姐做生活还忙杀来浪，再要搭我煎药，俚咪生来勿好来说我，说起来终究是～我一干仔。(海 20-161-16) ¶故歇耐～一时之气豁脱仔我，我是就不过死末哉，倒是替耐勿放心。(海 34-285-11) ¶我想双玉个意思，一半是为仔五少爷，一半还是～双宝。(海 63-542-13) ¶～这上头，也不知挨了多少打，罚了多少跪，到如今才挣得这两榜进士。(官 1-10-7)¶若～他这种行止，你多心多感，只怕你伤感不了呢。快别多心！(红 3-54-7) ¶正～对局之事，要与嬷嬷商量。(二 2-31-11)¶我把娘子十分错爱，我～你下了两年心路。今日难得娘子到此。这个机会，作成小僧则个！(水 45-739-3)

〈连〉複文に用いられて、原因を表す。¶娘舅心浪～俚勿好，坍仔台，恨煞个哉，阿肯去寻嘎。(海 29-238-20) ¶姑娘你别管我们的事，难道～姑娘在这里，不许我管孩子不成？(红 59-835-4) ¶他虽是个不通文墨的人，～见他与人结交，真有义气，是个好汉子，因此和他来往。(水 15-211-9) ¶～他酒性不好，多人惧他。(水 38-599-15)

792

wei 語彙例釈

【为此】
〈连〉それゆえに。だから。 ¶庄荔甫伸手要票头来看了，道："阿是蔼人写个嘎？"善卿道："～勿懂哊。票头末是罗子福个笔迹，到底是啥人有事体哩。(海 3-23-24) ¶丽娟道："耐去调皮末哉，倪不过实概样式，要好勿会好，要邱也勿会邱。"云甫道："～我去说耐好哊。耐自家转仔啥念头，倒说我调皮.（海 7-57-14） ¶先起头俚哚说要一对戒指，我勿答应，荔甫去骗俚哚，说'戒指末现成无波拨，隔两日再去打末哉。'俚～故歇就要去打戒指.(海 13-100-8) ¶子文道："倒勿曾听见说起歇。报馆生意弗见得好哊。"兆熊点头道："～咾倪有点弗大情愿。回报是瓛回报俚，野瓛答应。"（沪 1-79-12） ¶只因他第一夜，如此作乔，恁般推阻。～我故意要难他转来。(醒 19-392-9) ¶我实是手无一文，别样本也不该对你说，却是为你做亲借的。～只得与你那借些还他利钱则个。(初 13-240-13) ¶我又听得人说，白虎山地面，多有强人。又怕你一时被人撺掇，落草去了，做个不忠不孝的人。～急急寄书去，唤你归家。(水 35-556-17)

【为此】
介詞"为"＋代词"此"の介词連語。このため。 ¶令弟说：'去仔再来。'难末我倒想着哉，明朝十三日李漱芳首七，大约就是～，所以定归要去一埭。(海 45-381-17)
　（注）前項の"为此"もこの介詞連語であるが、一語に近くなっている。ちなみに、吳越：海上花列伝普通話本は"明天十三，是漱芳的头七，大概就是为这件事情，所以他一定要回去一趟"と、海南出版社：海上花列伝（和訳文）は"明天十三是李漱芳的头七，大约就为这件事，一定要回去一趟"と訳し、前項の用例"为此我说耐好哊"（海 7-57-14）をそれぞれ"所以我说你好嘛""所以我说你好么"としている。

【为好】
〈动〉人のためによかれと図る。 ¶阿姐～了搭我说，我倒怪仔阿姐，阿有啥实概个嘎?(海 17-135-2) ¶柳氏偎了半响，看见女儿的模样，又款款的说道："我几，做爹娘的都只是～，替你计较，你愿与不愿，直直的与我说，恁般自苦自知，教爹娘过意。女儿恨穷道："～，～！要那钗子也尚早！"(醒 9-185-12)

【为啥】
介詞"为"＋代词"啥"の介词連語。原因または目的を尋ねる。 ¶耐～要走哩？(海 2-10-11) ¶你～打俚嘎？(海 3-19-8) ¶故末～呢？(海 4-31-6) ¶勿晓得～，厌酸得来，吃勿落。(海 4-32-9) ¶对过张蕙贞末，咿勿是我相好，～耐要吃起醋来哉哩？(海 6-42-9) ¶小干忤勿懂啥事体，上仔俚哚当还勿曾觉看。倘然有个把爷娘来浪，我～到

793

語彙例釋　wei

该搭来！（海52-439-12）¶勿知大少几时到格广东？～奴格寓里倷一埭才勿来介？（狐20-157-1）¶范老爷啥也要走呀？倪先生间搭勿好住，～要住醒里醒龊格客栈？（市4-204-1）¶～勿到倪搭去呀？（九续11-83-10）"为俙"とも作る。¶勿晓得俚今朝为俙像煞百勿高兴？（鸿1-194-12）また"为甚"とも作る。¶格末侬为啥买是格能几化呢？（上问27-50-2）¶我道："继翁为甚用了这等人？"述农道："继翁何尝要用他，因为他弄了个情面荐来的，没奈何给他四吊钱一个月的干脩罢了。……。（目11-81-14）¶子翁为甚到这里来？（目108-896-14）¶为甚好笑？你且说来。（神24-387-10）¶你两个是那里人家？为甚啼哭？（水3-48-9）

【为啥事体】

介词"为"＋名词連語"啥事体"。"为啥"に同じ。¶到底～？耐说出来，倘忙我能够帮帮俚也勿晓得。（海16-127-14）¶又听得楼上张蕙贞直着喉咙，干号两声，其声着实惨戚。大阿金不禁吁了口气，问道："到底勿晓得～？"阿珠道："管俚咾啥事体，倪吃碗茶去罢。"（海54-462-4）¶春翁为甚么事这样的不自在？（十23-166-13）¶义士哥哥为何事配来此间？（水37-587-5）

【为是】

〈连〉連詞"为仔"に同じ。¶倪马车一个月难得坐转把，今朝～耐第一埭教的得去，我答应仔耐，耐倒说起闲话来哉。我勿去哉，耐请罢。（海8-62-21）¶～我说仔俚家主公末，便动气，搭我噪。（海21-168-8）¶故歇到上海来，勿要想啥倪子个好处，～我倪子发子财末，我来张张俚，也算体面体面。（海30-3253-12）¶阿毛在车上也噗哧一声笑了起来道："三少倒也让你钝足了。"秋波道："咦，阿毛你为什么不下来？"陶毛道："我～觉坐着施以，草地里有露水，踏湿了鞋子啥犯着。（人34-373-2）¶天汉州桥下众人，～杨志除了街上害人之物，都敛些盘缠，凑些银两，来与他送饭。（水12-181-16）¶小人虽然姓李，不是真的黑旋风。～爷爷江湖上有名目，提起好汉大名，神鬼也怕，因此小人盗学爷爷名目，胡乱在此剪径。（水43-694-3）

【为仔】

〈介〉①目的を表す。介词"为"②に同じ。¶你无姆～双宝，也豁脱仔几花洋钱哉。（海3-20-4）¶教倪搬得去，说是～省点个意思。（海30-250-17）¶倪～白相了，倒去做罪过事件末，何苦呢？（海34-281-6）¶今朝几花人跑得来做啥？说末说祭个李漱芳，终究是～耐。（海47-398-23）¶次云末要办啥报馆哩。俚末一定是～格个金蔼人哉唲。蔼人空勒浪，呒不事件，难末寻出啥报馆来挑挑俚。（沪1-80-2）¶二爷若单为了

794

这个不顾老太太，太太悬心，就是方才那受祭礼的阴魂也不安生。（红 43-600-18）¶施主适才许愿，实为着甚的一腔心事来？（禅 5-67-11）¶今日为了父亲，就是杀身，也说不得，何惜其他！（初 20-376-15）¶小姐道："师父，我要会那官人一面，不知可见得么？"尼姑道："那官人求神祷佛，一定也是为着小姐了。要见不难，只在四月初八这一日，管你相会。（喻 4-87-13）

②原因を示す。介詞"为"②に同じ。 ¶麴～我一句闲话，吃仔酒了，晚歇翠凤原不过实概，倒说我骗耐。（海 7-52-22）¶双玉进来到故歇，双宝打仔几转哉，才～双玉。（海 24-198-24）¶虽然沈小红性命也无啥要紧，九九归原，终究是～耐，也算一桩罪过事体。（海 34-281-6）¶我～娘子了听仔俚，说勿出个冤枉，耐倒再要冤枉我拼戏子。（海 34-283-4）¶王老爷肚皮里蛮明白来浪，故歇～气头浪说说罢哉呀，阿是真真说俚姘戏子。（海 34-284-5）¶浣芳道："为啥勿适意哉嗄？"玉甫道："就～耐哦，耐个病过拨仔阿姐，耐倒省好哉。"（海 35-296-23）¶故歇个病也勿是～坐马车，本底子要复发哉。（海 36-304-24）¶啸衍庵～朱淑人亲事，到仔杭州去哉。（海 42-356-7）¶耐啥一点无拨清头个嘎，白送拨俚一千洋钱～啥哩？（海 45-379-23）¶耐勿去，就是我未晓得耐～勿舒齐，俚哚定归说耐是吃醋，耐自家想想看。（海 45-384-10）¶倪就～三四千店帐来里发极。（海 62-527-13）¶耐快活末我心里也舒齐点，齣～我勿快活。（海 62-533-4）¶我想双玉个意思，一半末～五少爷，一半还是为双玉。（海 63-542-13）¶倪夷勿是靠俚开销格，比勿得挂牌子格勒，推板勿起，～该点事体要动气，也犯勿着哦。（鸿 16-288-4）¶归两日末就～漱琴格事体末忙得我饭野呒心思吃。（沪 1-43-3）"为子""为之"とも作。¶阿四宝就为子该格一件事体末气煞来浪。（商 2-14-11）¶我娘就为着这个生气。（官 22-351-19）¶为了这一点点的事，也不犯发这大的咒。（官 36-618-20）¶我本来为着西医女学堂的事，要到上海去走一趟的，趁此自己去向他门运动一番，或者用不到千金，也未可知。（维 12-81-6）¶我想薛妹妹此去，想必为着前时搜检众丫头的东西的原故。（红 78-1117-14）¶人常为着一念之差，遂误了终身行止。（醒上 12-79-9）¶前番被人骗了银子，如今又被人骗货物，都是为着这小娘儿，甚么要紧！（醒下 1-98-25）¶嫂嫂，今日侄女儿眉头不展，面带忧容，为着甚么事来？（鼓 29-349-8）¶小娘子为着甚么事卖身？又恁般愁容可掬？（初 20-376-10）¶问那家人道："宅上银两，为何却一色用竹筒铸的？是怎么说？"家人道："是我家廉访手自坯销，再不托人的。不知为着甚么缘故。"（二 20-409-11）

〈连〉連詞"为"に同じ。連詞"因为"に当たる。 ¶我来里城里，～个朋友做生日，

語彙例釈　wei

去吃仔三日天酒。(海 4-30-12)　¶原是花烟间。～俚有客人来哚，借该搭场花来坐歇。(海 5-37-22)　¶俚叫李浣芳，算是漱芳小妹子。漱芳有点勿适意，坎坎少微出仔点汗，困来哚，我教俚齁起来哉，让俚来代仔个局罢。(海 7-55-18)　¶问他："小红是啥意思？"阿珠笑道："王老爷蛮明白哚，倪末陆里晓得嗄。"莲生道："耐倒说得好，我～勿明白了问耐哇。"(海 11-84-1)　¶耐还要想坐马车！张蕙贞哚拨沈小红打得来，～来哚坐马车哇。"(海 11-88-2)　¶从前倪有七个人，才是姊妹淘里，～要好了，结拜个姊妹，一淘做生意，一淘白相，来里上海也总算有点名气个哉。(海 21-166-15)　¶有仔客人末，倪也勿教耐吃酒哉，～无拨了，来里说哇。(海 25-202-6)　¶外头人～耐搭我要好末，才来浪眼热；齁说啥张蕙贞，连搭仔朋友也说我邱话。(海 34-284-22)　¶我～阿哥勿挣气，无法子做个倌人。(海 55-465-15)　¶要托我到耐搭来说，～吃醉仔落得罪耐哉，叫耐齁动气。(鸿 4-210-4)　¶前路～娘发肝气病，要勒屋里陪伴，勿能出来，今朝一早来关照格，金珠～自家有点勿适意勒勿去。(鸿 17-296-5)　¶倪前日子到亨达利去买仔两只戒指，～倪自家呒拨洋钱，问仔俚一声，俚就跷起仔格面孔，一理勿理，难末倪有点光火哉，埋怨仔俚两声。(九 6-50-2)　¶奴～呒心想落，所以一干子来格呀。(狐 9-58-17)　¶原本两家合租，故歇一家～生意勿好，出码头到杭州去哉，单剩倪亲眷住勒里。(狐 20-160-18)　¶倪前天～有病末，末事勿敢吃。故歇倒想点水果来吃哩。(沪 2-69-1)　"为子""为之"とも作る。　¶大爷朵，请用酒菜下。为子常远勿来了，今朝头格外加工立里个。(三 3-17-16)　¶是我也是着急来西，就(为子)(因为)伊(一个人)(一家头)(一个子)勿转来，就勿能停当(定规)。(上问 3-7-4)　¶为着他是王公公荐的人，爷爷嘱咐过，也同他客气点，所以有些事情都让他些。(官 2-21-15)　¶还有些该钱的，～天气冷，毛头小了穿着不暖和，就出了大价钱，买了滩皮回来叫裁缝做，统计几天里头，杭州城里的羊皮卖掉了好几千件，价钱顿时飞涨。(官 20-325-3)　¶现在新抚台为着盐枭闹事，想要发兵剿捕，你我何不跟了去？(负 2-10-10)　¶漕督大人见袁伯珍本来是王爷面上的人，今天又为着自己一人报效了这许多银子，心上很抱不安，暗想自己已是五日京兆了，乐得卖个人情与袁伯珍。(维 13-88-2)

【未免】

〈副〉①どうしても……になってしまう。　¶倪两家头总要替俚寻一个对景点末好，勿然～辜负仔俚个才情哉哇。(海 31-261-3)　¶洋装少年这样的无赖，你在稠人广众地方替他付马车钱，认他做朋友，～削掉了自己脸面。我这猜，是不是？(新 47-216-16)　¶你那令姨表兄还是那样，再坐着～有事，不如我回避了倒好。(红 47-652-16)

②いささか……のようである。 ¶可惜亚白一生侠骨柔肠，～辜负点。（海34-287-10）¶这两种笔墨过于香艳，～有伤大雅。（新59-274-28）¶但是一个知府只值两吊银子，～太便宜了。（官4-57-18）¶他简直看你要卷逃了吗？ 这～岂有此理。（人29-317-16） ¶再要赌口齿，十个会说活的男人也说他不过。回来你见了就信了。就只一件，待下人～太严些个。（红6-99-10）

【未时】
〈名〉未(ひつじ)の刻。午後一時から三時。¶初九午时入殓，～出殡，初十申时安葬。（海42-357-11）¶至次日乃是四月二十六日，原来这日～交芒种节。（红27-373-14）

【未始】
〈副〉否定詞の前に用いて、二重否定にする。……でないことはない。¶要未我有空辰光同耐谈谈，倒也～无益。（海60-515-5）

【胃口】
〈名〉食欲。¶先是～薄极，饮食渐渐减下来，有日把一点勿吃，身浪皮肉也瘦瘦到个无淘成。（海36-304-14）¶～既然浅薄，常恐吃药也难哩。（海36-305-9）¶奴故歇～大好，饭也吃得落，谅来勿碍搿哉。（狐36-305-10）¶啸秋道："我随便，甜也好咸也好，不知道你的～怎样？" 碧嫣皱一皱眉头："醺鱼，火腿我一听见便头胀了，还是吃甜的来得清爽点。"（人42-516-25）¶内则调元补气，开～，养荣卫，宁神安志，去寒去暑，化食化痰。（红80-1159-11）

【谓】
〈动〉……という。¶此之～痨瘵。（海36-305-4）¶今夜中秋，俗～'团圆之节'。（红1-13-8）

【位】
〈量〉人を数える(敬意をこめて)。¶第～是庄荔甫先生。（海1-6-4） ¶陆里一～嗄？（海1-7-2）¶还有倪局里两～同事，说先到仔尚仁卫霞仙搭去哉。（海4-45-15）¶价末我到该首去哉，此地奉托三～。（海18-148-19） ¶勿到该到该搭寻勿着耐～四少爷啘。（鸿10-247-9）¶蔡大少还算勿得薄情，只怕倷做仔俚，有仔搿～大太太，连搭搿点点外排场才吭不来哩！（狐5-29-14） ¶地～令友姓甚？（上问48-87-9）¶公开一个学堂，又到城里请了一～举人老夫子，下乡来做他们的子弟读书。（官1-1-7）¶你们两～太荒唐，万寿朝贺的大典怎么都误了呢?（梼10-146-3）¶这～哥哥比我大一岁，小名就唤宝玉。（红3-47-4） ¶大汉，你不认的这～奢遮的押司？（水22-334-16）

語彙例釈 wen

wen

【温柔】

〈形〉優しい。柔和である。¶大约耐肚皮里先有仔'语不惊人死不休'一个成见,所以与~敦厚之旨离开得远仔点。(海 66-515-11) ¶一霎时局已到齐,真正时翠绕珠围,金迷纸醉,说不尽~景象,旖旎风光。(官 7-105-17) ¶贾母见秦钟形容标致,举止~,堪堪宝玉读书,心中十分欢喜。(红 8-132-14) ¶押司,你不合是个男子汉,只得装些~说些风话儿耍。(水 21-310-6)

【文静】

〈形〉しとやかである。上品で物静かである。¶难末~点,俚哚长三书寓里惯常哚个,齣做出啥话靶戏来!(海 16-123-18)

【文书】

〈名〉証文・契約書・公文書など。¶你赎身~要俚哚到仔末好写唲。(海 49-418-21) ¶一拜匣个公私~再要补完全,不特费用浩繁,且恐纠缠棘手。(海 59-504-24) ¶正在家里吃夜饭,忽然院上有人送来一角~,拆开一看,正是保准过班的行知。(官 3-39-15) ¶龙颜大怒,即批革职。该部~一到,本府官员无不喜悦。(红 2-23-5) ¶当时叫酒保寻个写~的人来,买了一张纸来。(水 8-126-2)

【文章】

〈名〉文章。¶耐末单会抄别人个~。(海 41-350-6) ¶痴鸳~就来里绮语浪用个苦功,拨俚钻出仔头来。(海 53-446-11) ¶潦倒不通世务,愚顽怕读~。(红 3-50-10)

【闻得】

〈动〉耳にする。耳に入る。¶我~二宝是孝女,果然勿差,想来故歇伏待俚娘,离勿开。(海 64-548-21) ¶他做了官,便都投奔他去做官亲。(目 7-47-9) ¶~这张报上,近来正闹着花界选举呢。(歇 7-80-12) ¶这一次~碧嫣重新出山,啸秋邀他,两人欣然命驾。(人 31-341-9) ¶凤姐和贾蓉等也遥遥的~,便都装作没听见。(红 7-119-17) ¶林黛玉今日~宝玉如此形景,未免又添些病症,多哭几场。(红 57-807-3) ¶~袁少伯有一小姐,年方及笄,也未议姻。(鼓 5-61-9) ¶这话儿小侄平素未曾~。(禅 13-189-8) ¶一向~僧家好本事,苦如方才老厌物,羞死人了。(初 26-487-1) ¶我~做老鸨的,专要钱钞。(醒 3-46-15) ¶前日~你两人比试,是妙观赢了。(二 2-39-6) ¶小生却不知,原来如今有强人。我那里并不曾~说。(水 15-216-12) ¶我也曾~史进大名。(水 58-977-6)

【稳当】

798

wen　語彙例釈

〈形〉堅実である。確実である。　¶我说无啥好。吃酒叫局,自家先要豁脱洋钱,倘忙无啥事体做,只好拉倒,倒是耐个生意~。(海 48-410-14)¶不过挌个讲和挌事体,倪有点弄勿明白,阿好请耐搭倪讲明白仔,难末倪再慢慢里搭俚说,像煞~点,耐说倪挌闲话阿对?(九 174-1136-9)¶宝玉道:"要末写张汇票,汇到仔上海罢。"阿珠道:"好是蛮好,终勿十二分~,而且拨别人容易晓得,倒勿如多打点金叶子,放勒箱子铺盖里,阿比汇~点介?"(狐 20-154-13)¶阿珍将手向床角边一只保险铁箱一指,道:"这里头不~么?贼偷断偷不去,火烧也烧不掉他。你乡间谅来没有。"(繁后 25-1017-13)¶我看你还是先去到省,等到历练几年,弄个送部引见,保举放任实缺做做,倒是顶~的一条路。(官 29-469-10)¶那当铺的营业,利息虽薄,~却是最~不过。(新 31-140-3)¶我看还是汇丰,正金这两家银行~,不过总只五分厘利。(椿 11-173-9)

【问】

〈动〉問う。尋ねる。　¶听见说杭州黎篆鸿来里,阿要去~声俚看?(海 1-6-11)¶~珠老爷阿有啥事体,无要紧末,说洪老爷谢谢勿来哉。(海 3-23-22)¶俚闯仔穷祸,自家勿好意思来,托我一声耐,那哼好完结哉?(鸿 11-256-9)¶我~娘姨格两个人来倷事体。(鸿 12-261-22)¶倪前日仔到亨达利去买仔两只戒指,为仔倪自家吃拨洋钱,~仔俚一声,俚就跷起仔挌面孔,一理无理,难末倪也有点光火哉。(九 6-50-2)¶说到这里,便有人~刚才那个穿短打的是个什么人。(文 16-85-5)¶只有当日小婿姓甄,今已出家一二年了,不知可是~他?(红 2-21-3)¶我也~他一~。(警 28-422-14)¶小人大胆,敢~官人高姓大名。(水 3-46-7)

〈介〉何かを要求する相手を示す。　¶勿报官也勿局,倘忙外头再有点穷祸,~耐东家要个人,倒多仔句闲话。(海 60-513-22)¶日里唔笃去白相,剩我一干子看守俚,俚倒安静挌,勿算得十二分糊涂,还~我讨饭两转茶吃,嘴里喊口渴挌勒。(狐 59-501-5)¶倒说耐自家末勿来,叫仔俚挌朋友来~倪要,倪拨俚要得光火起来哉,索性勿还拨俚。(九 9-73-8)¶亏㑚还要来~我借银子,快点去罢!(描 26-236-18)¶我们家里有几部古板书籍,老人家都当宝贝般收藏着,有人出着好几万银子~我们买,老人家终是不肯卖掉。(新 7-29-8)¶知县大老爷没了摆布,便把地保传到,打了一千板子,~他要人。(维 1-5-6)¶~人家借厨子,人家就不吃饭了吗?(官 6-82-20)¶总共失落多少东西,定要他赔多少银子。快算一算,开篇帐给我,我去~他讨,少我一个不成功。(文 5-26-26)¶我不管帐,你自己去~他讨取。(十 17-124-12)¶今天在法祖界碰见了周老五,我喜欢的了不得,忙走上去~他要钱。(新 48-222-27)¶又寄一封秘书与封萧,

語彙例釋　wen-wo

转托～甄家娘子要娇杏作二房。（红 2-22-4）¶谁要～你借银子？（醒下 12-197-13）¶你可～他取匙开了去寻。（禅 32-516-12）¶你既是～老儿买的，那老儿姓甚名谁。（喻 26-398-1）¶再来～我要人，教我如何对付？须当连累于我！（警 21-293-16）¶如今便去华阴县里，先～他借粮，看他如何。（水 2-27-17）

【问信】

〈动〉消息・状況などを尋ねる。¶俚勿相信个呀，定归要南京去一埭，问仔个信，故末相信哉。（海 62-527-6）¶二小姐肚皮里道仔史三公子还要来个哉，定归要问个信。耐想去问啥人嘎？（海 62-527-8）¶宝玉那里肯听，恨不得一时亮了就遣人去～。（红 77-111-20）¶他归你家十来日了，如何到来这里～？（初 2-39-16）¶李清道："老汉是～的，你若晓得些根由，到送几十文酒钱。"瞽者道："问甚么信？"（醒 38-823-9）¶家中霍氏虽知他是逃在外边，却不知是甚所在，要问个信，也没处问。（型 9-138-8）¶却有这里孔太公，屡次使人去庄上～。（水 32-498-5）

wo

【我】

〈代〉人称代詞。私。僕。¶～叫赵仆斋，要到汗咸瓜街浪去，陆里晓得个冒失鬼，奔得来跌一～一交。耐看～马褂浪烂泥，要俚赔个哴！（海 1-3-10）¶～搭耐也三四年哉，～个脾气，耐阿有啥勿晓得？（海 4-31-2）¶～说漱芳命薄情深，可怜亦可敬，倪七个人明朝一淘去吊吊俚。（海 45-381-17）¶顺全请客，勿见得有倽别人，倪阿去？～想俚也勿见得勿请倪，就是晓得耐勿来里，总有票头。（鸿 1-193-16）¶奶奶俉昏闷里做啥？闷坏仔身体勿好捱。停歇夜里，倪去看本戏罢！～听见说，今夜老丹挂里向，有出出色捱新戏勒海。（狐 8-57-2）¶咳！大爷俉你勿晓得，～个身浪热得势来咪。（描 3-23-26）"仵"とも作る。¶耐夥搭～挖空，夷勿是小贼落，怕包打听来拍牢！（鸿 9-240-23）¶哇唷，耐夥搭仵捱空！倽人勿晓得唔笃要好得吮淘成捱，勒倪面浪说倽捱鬼话。（鸿 19-307-1）

【龌龊】

〈形〉污い。¶耐哚要是勿嫌～末，就该搭坐歇吃筒烟，阿好？（海 5-38-1）¶耐请罢，夥弄～仔衣裳。（海 13-103-24）¶勿晓得～物事为啥弄到面孔浪去，倒也稀奇哉！（海 26-217-11）¶倪搭是煞个哩。（海 39-331-19）¶随便陆里小烟间才是龌龌龊龊个场花。（海 56-496-7）¶阿呀！间搭是～煞捱，章大少请外势坐罢。（九 34-254-9）¶倪就怕胡先生勿肯光降，嫌倪捱搭～，故歇请到徐先生，真真倪船浪有光辉捱。（狐 18-138-5）

800

¶女人格鞋子，就算是三寸金莲，总归龌龌龊龊，有啥挞好白相介！（狐25-200-16）¶厨房间里总要收作来葛葛离离，勿能拈用过个～水净吃饭家生。（上问39-72-2）¶你自己不小心，弄～了人家地方，莫说要你的破绵袄来揩，就要你舐干净，你也只得舐了。(目38-293-10)¶上头吩咐越日越好，观察万万不可拘泥。如嫌买的衣服～，做晚的倒有一身可以奉借。（官19-313-22）¶果真我伸过来请你剪，恐怕你还要嫌我指甲～呢。（人4-34-7）¶见有人粪，明知～，因饿极姑臭之，气息亦不恶。（警25-393-3）¶我儿，你枕头～了，我拿去与你拆洗。（醒9-191-9）

〈名〉污い物。¶我为仔看见耐面孔浪有一点点～来浪，来里笑。（海26-217-8）¶左右看着房中，却别无躲处。一时慌促，没讨奈何。只得县君说话，望着床底一钻，顾不得么尖灰～。（二4-291-8）

wu

【乌龟】

〈名〉カメ。罵語に用いる。妻を寝とられた男の意。¶大家听听看，我要俚做首诗，就骂我'囚犯'；倘然做仔学台主考，要俚做文章，故是'～''猪卢'才要骂出来个哉！（海33-273-12）¶耐缠仔倷人介，是钱瑕瑞甫只～呀，吃醉仔酒，总归来吵勿清摔爽！（鸿10-251-12）¶阿要气数，陈麻子格只死～，曲辫子也勿是实梗曲法挦晼。（九续131-957-9）¶这臭～！心思倒狠！把姊姊传给我的家产，生生的夺去。我就去同他拼命，放他夺了去，我也不姓叶！（新50-231-24）¶他便喝一声'～！'我便答应着'不敢！'，他又喝一声'王八！'我便又是一声'不敢！'。他又喝道'混帐！'我便答应着'该死！'。（商9-69-14）¶薇琴的父亲听人骂他老～，无名火忽高十丈，再也按捺不住，便掏出皮夹子请出那件法宝来了。法宝是什么？那不消说得，是唐都督的那张名片了。（人20-192-16）¶这都是王三那老～，一力撺掇，害了我女儿终身。（醒9-182-7）なお"妓院"の男性使用人を指すのにも用いられ、"乌居"とも作る。¶挌只老乌居，讨仔实梗一挌姨太太转去，真正叫作业。（九161-1058-20）

【屋里】

〈名〉①家。家庭。¶人末一年大一年哉，来哚～做啥哩？还是出来做做生意罢。（海1-4-6）¶我～家主婆从来勿曾说歇啥，耐倒要管起我来哉！（海6-43-6）¶俚～末几花姨太太，外头末堂子里倌人，还有人家人，一撮括仔算起来，差勿多几百哚！（海14-113-7）¶俚家主公～还有爷娘来哚，转去末拿啥来交代哩？（海16-127-24）¶倪为仔～有点事

語彙例釈　wu

体勿能动身，耽搁仔一个多月。（鸿 8-234-5）¶方大人～有仔病人，生来该应早点转去，阿有倽问起倪来哉，倪阿好叫俚勿要转去。（九 41-302-17）¶格种新戏倪终要去见识见识格哕，省得坐勒～昏闷哉，奶奶倷道阿对？（狐 8-57-8）¶宝玉被他猜着心思，脸上不觉红了一些，答道："倷覅瞎三话四，奴搭俚认也勿认得，哪哼好到俚～去介？"客人道："只怕你不肯去，如果到他家里，他不知怎样欢喜呢！"（狐 33-277-6）¶钱老相阿勒朵～？（描 6-52-11）¶格日子俚笃金凤一帮人到倪～，倪嫂嫂一看倒说，老五末还可以做人客人，别人是弗成功格哩。（沪 1-18-1）¶地隙令太太全愈者？——是托福我到之～勿多几日就好者。（上问 17-32-8）¶前埭老爷～做生日，叫倪格堂差，屋里向几几化化红顶子，才勒浪拜生日，阿要显焕！（官 8-112-15）¶再者这会子到了上海，为甚又绝迹不来？我们～又没有老虎。（十 37-276-5）¶隔了几日，商小姐在贾家来到自家～。（二 20-407-9）¶离了白雁池，取路归到州桥下，见自己～，一把锁锁着门，问邻舍家里："拙妻和粗婢那里去了？"（警 14-194-12）

② 家的者。特に妻を指す。¶为仔我有点要紧事体，到吴淞去仔三日天，～勿曾晓得，道仔我来里该搭，来问一声。（海 27-220-12）¶耐一径说个闲话，阿做得到？倘然耐故歇说得蛮高兴，耐转去仔，～倒勿许耐，阿是耐要间架哉嘎。（海 55-465-13）¶故歇倷冤枉奴，赶奴出去，奴物事，仍旧要带仔勒走，覅说奴是卷逃，学唔笃好朋友笃～格样，所以告诉拨勒倷听听。（狐 10-69-16）

【屋里向】

〈名〉"屋里"①に同じ。¶要是无拨仔名气，阿好做啥生意嘎？就算耐～该好几花家当来里，也无用啘。（海 14-108-10）¶再三四年等耐兄弟做仔亲，让俚咪去当家，耐搭无姆到我～去，故末真个日日看牢仔耐，耐末也称心哉。（海 18-142-24）¶格种人实头是格众生脾气，自家～格人勿去管管，单要到外头瞎捎。（鸿 11-255-2）¶昨日仔俚～汇子洋钱来哉。（九 6-50-4）¶勿壳张倪到仔俚耐～，住仔一节，洋钱无拨，倒说勿肯放倪出来。（九 63-459-8）¶勿是问俚有铜钿呒吃拨铜钿，是问俚～，到底有几个奶奶呀？（九续 36-277-18）¶小人有一个表妹许卖婆来朵小人～，汪先说到勿是钱翠姐就是许卖婆抢子去末哉！现有乡邻为证，小人再勿说谎个。(描 11-97-11)¶金凤呢，人也吓啥。虽然有点堂子相，住来～自然慢慢交变得过来格，怕啥哩。（沪 1-18-4）

【无】

〈动〉ない。¶我来仔倒说我～良心，从明朝起勿来哉。（海 2-12-7）¶俚搭客人要好仔，陆里有啥脾气嘎？俚酒碰着仔～长性客人，难末要闹脾气哉。（海 7-51-9）¶我自家晓得命里～福气。(海 18-142-19) ¶噢唷，客气得来！耐算～铜钱，耐来里骗啥人嗄？(海 18-148-7)¶倪输仔拳，酒也～人代，耐主人家倒寻开心去哉。(海 22-177-13)¶梳好仔头末，～事体哉，横来哚榻床浪，搁起仔脚吃鸦片烟。(海 23-184-1)¶节浪～工夫，我十七做好仔，十八到老旗昌交卷。(海 47-400-19)¶跑啥嗄，小干仵～规矩！(海 51-434-1)¶珠凤生来～用场，倘忙有人家要末，倒让俚好场花去罢。(海 48-417-22)¶年纪大仔末，自然～子颜色哉，介了那间～人发罨个哉吓。(三 19-224-26)¶自己说道～仔面孔末，自然勿居来哉吓。(三 30-338-21) ¶我个关王爷爷，钱笃笃末今朝～生意又～酒来吃，要求俉有灵有感，帮衬帮衬，趁介几个铜钱买碗酒来吃吃，感恩不尽。(描 2-17-12)¶瞧不出笑迷迷的储二少会说出这番～良心的话来。(人 26-277-18)¶今朝～工夫，明朝后日去也不要紧。(人 39-456-8) "呒"とも作る。 ¶大先生，倷格气量真大，呒人及得来倷格。(狐 34-294-14)

【无拨】

〈动〉①ない。所有・存在を否定する。¶张大爷～相好末，也攀一个哉哩。(海 1-7-23)¶勿象倪堂子里，～啥数目，晚得来！(海 2-15-11)¶沓来哚黄浦里末也听见仔点响声，俚是一点点响声也～哕。(海 3-19-16)¶耐末总～一句好闲话说出来！(海 4-26-16)¶我想，倷合兴～啥张蕙贞哕。(海 5-34-6)¶我说耐只当～啥事体，酒末只管去吃，吃仔酒末就台面浪约好两个朋友，散下来一淘到小红搭去，阿是蛮好？(海 9-74-3) ¶难末一户一户客人才勿来哉，到故歇是～哉，就剩仔王爷爷一干仔哉。(海 10-80-12) ¶王甫忙问："阿有寒热？" 阿招到："寒热倒～啥寒热。(海 17-140-3) ¶俚说故歇开消末大，洋钱～下来，勿过去，好像要搭我借。(海 22-175-22) ¶故歇一个多月～信，有点勿像哉哩。(海 61-524-9) "呒拨""呒不"とも作る。 ¶个是也觖怪俚。呒拨对景个人做，阿要呒趣。(鸿 1-194-13) ¶倪呒拨洋钱，耐替我买子罢。(九 6-44-23) ¶故歇是堂子里连水烟筒才呒拨哉。(泸 1-46-10) ¶今朝方鼎夫来浪东合兴李双宝笃吃酒，呒不啥人，就是俚格阿侄伯荪搭仔我，还有俚纱栈里两个朋友。(鸿 2-197-4) ¶我今朝呒不工夫。(鸿 9-240-26) ¶据奴看起来，倒是索性呒不格好，省得别人笑。(狐 5-29-1) ¶格两日生意一点呒不，真真碧波生清。(狐 21-162-19) ¶勿是倪海外，金钢钻戒指勒倪手里出进呒不一百只，也有八十只哉。(文 55-295-8)¶故野呒不法子想。(泸 4-85-1) ¶唔笃覅说风尘中呒不人才哩。(泸 4-95-19)

②なくす。失う。後に"仔""哉"をともなう。 ¶俚家主公末要场面，拨俚带仔副头面转来，夜头放来哚枕头边，到明朝起来辰光说是～哉呀。(海 16-127-22)¶俚～仔

語彙例釈　wu

阿姐也苦悩！（海 43-363-24）　¶耐七歳～仔爺娘，落個堂子，我为仔耐苦恼，一径当耐亲生囡件，梳头缠脚，出理故歇。（海 45-378-17）

③"再……（也）无拨"形の構文で、程度が最高であることを表す。　¶王老爷是再要好也～，就勿晓得沈小红搭倪前世有啥多花冤家对头。（海 12-94-21）　¶说起倪大阿姐来，再讨气也～，本事末挨着俚顶大，独是运到勿好。（海 21-166-23）　¶匡大爷，耐末再要去学俚咮，俚咮个人再要邱也～。（海 26-217-24）　¶我说仔一点勿要，故末倪无姆再要快话也～。（海 48-405-15）　¶耐方大人肯讨我转去，再要好也～。（九 37-276-16）　¶只要耐肯讨倪转去，是再好～格事体哦，阿有啥倪倒勿肯格道理？（九 77-560-3）　"呒不"とも作る。　¶对着子文道："耐是勒啥场化住仔夜出来唦？　面孔浪难看得来。"子文道："勿要瞎三话四，倪是再规矩呒不！"（负 17-80-3）

④比較文に用いられる。　¶教人做来咮鞋子总～自家做个好。（海 11-89-12）　¶耐想今朝一日天就有客人，阿是客人等好来咮？　～买概凑巧哦。（海 14-107-8）　"呒拨""呒不"とも作る。　¶耐啥一塌括仔才晓得格呀？倪做俉人格，也呒拨耐明白哦。（九続 11-78-16）　¶漂帐呢，从前野有点，必过呒不故歇实概能多。（沪 1-46-2）

⑤動作動詞を述語とする主述連語や動詞の前に用いられ，その実行・実現の条件・機会がない、不可能であることなどを表す。　¶耐一干住来咮客栈里，～照应哦。（海 1-4-15）　¶我再要困歇，也～我困哉，一径到天亮，咳嗽勿曾停歇。（海 18-142-13）　¶阿是吃勿落？　说耐末勿相信，好像～吃（海 35-294-13）　¶先是一个二少爷，亲苦仔一个多月，成日成夜陪仔俚，困也～困。（海 42-353-18）¶我同十全两家头成日成夜伏待四老爷～困。（海 58-496-12）¶阿哥替我定个亲，一句闲话～我说哦！（海 63-540-19）"呒拨""呒不"とも作る。　¶耐勿要当仔倪问耐借仔洋钿，呒拨还耐，耐借仔五百洋钿拨倪，来浪倪开年格帐浪扣末哉。（九 130-878-4）¶打仔实梗一场官司，夷化仔有万把银子。可怜剩脱仔格老板娘娘苦到饭野呒不吃勒浪。（沪 2-12-6）　¶耐去仔广东格几年，倪是常常勒浪牵记耐，总道格生也是呒不见面格哉。（沪 4-71-10）　¶俊卿人是实在聪明弗过，可惜从小呒不读书，少仔点学问。（沪 4-89-3）

（注）上海倒（海 1-4-15，海 18-142-13，海 35-294-13，海 42-353-18，海 58-496-12，海 63-540-19）を呉越：海上花列伝普通話本，海南出版社：海上花列伝(附訳本)は、それぞれ以下のように訳している。

［海 1-4-15］
　　　你一个人住在客店里，没人照应，我不大放心。（吴越本）

你一个人住在客栈里,有没有人照应?(海南本)

[海 18-142-13]
我想再睡会儿,也没法儿睡了?。(吴越本)
我想再睡一会,也不能睡了。(海南本)

[海 35-294-13]
是不是吃不下? 说你还不相信,好像不给你吃似的。(吴越本)
是不是吃不下? 说你还不相信,就像没有饭吃似的。(海南本)

[海 42-353-18]
整天整夜陪着他,谁也睡不成。(吴越本)
成日夜的陪着他,也捞不着睡着。(海南本)

[海 58-496-12]
我和十全两个没日没夜地伺候,睡也不睡。(吴越本)
我和十全两人整日整夜不合眼,服待四老爷。(海南本)

[海 63-540-19]
是哥哥替我定的亲,一句话也不让我说呀!(吴越本)
是哥哥替我定的亲,我没有说话的份呀!(海南本)

⑥形容詞・形容詞連語の前に用いられて、その可能性のないことを表す。 ¶耐要做倪翠凤末,耐定归要单做倪翠凤一个哚,包耐十二分巴结,～一点点推板。(海 7-52-24) ¶帐房先生是老实人,说来浪闲话一点点～差!(海 43-364-21) ¶好哉,麵看哉,耐总～差末哉。(海 53-447-4) "无不""吓不"とも作る。 ¶正勒朵动气头浪,罗里晓得小姐要好了,野勒里想,依子俚困勒朵,无不介勿妥当活。(三 27-310-4) ¶出尿狗,家家有,一家吓不静楸楸。(吴 322-45)

(注) ちなみにこの用法の"吓拨"を、吴越:海上花列传普通話本および海南出版社:海上花列传(附訳文)は、以下のように訳している。

[海 7-52-24]
您要做我们翠凤嘛,一定要单做她一个,包您十二分巴结,没一点儿不满意。(吴越本)
你要做我们翠凤么,你一定要单做我们翠凤一个的,包你十二分巴结,没有一点点差错的。

[海 43-364-24]
帐房先生是老实人,从来没有骗过我。(吴越本)

語彙例釈　wu

帐房先生是老实人，他有话在先，一定错不了。(海南本)
［海 53-447-4］
吴越本はこの段落を削除。
好了，不用看了，你反正是对的(海南本)

【无不】

〈副〉……でないことがない。二重否定。例外のないことを表す。¶妙在用得恰好地步，又贴切，又显豁。正如右军《兰亭》，～如志。(海 51-431-10)　¶我们都是自己人，荩翁爱怎么说就怎么样，兄弟～遵办。(官 32-538-15)

【无处】

後に動詞・動詞連語が連用される。「……するところがない」。「……するすべがない」「……できない」の意味で用いられることも多い。¶第歇耐来哚气头浪，搭耐也～去说，隔两日等耐快话仔点，我再搭耐说个明白末哉。(海 4-31-15)　¶倍人拼仔戏子，阿是～打听哉。(海 34-280-10)　¶睁开眼睛要喊个亲人，一歇也～去喊。(海 34-285-17)　¶浣芳复叫漱芳道："阿姐，阿要榻床浪来坐?"漱芳道："姐夫来浪末好哉啘。"浣芳道："姐夫坐勿定个呀，阿姐坐来浪，故末让姐夫～去。(海 35-293-15)　¶请客末才勿来浪，四马路烟间，茶馆通通去看也无波，～去请哉啘。(海 48-412-23)　¶倪笃又要倪夹忙头里向做起恩客来哉，真真叫哑子吃黄连，有苦～说。(九 37-273-8)　¶季轩呢，这时候也～寻他。(市 24-297-19)　¶这位名士得了信，可怜悲痛欲绝，却是～申冤。(梼 19-303-3)　¶我几番要开出了这厮，～下手。(禅 13-196-6)　¶谁想夜深里，家家闭户关门，～可宿。(醒 30-650-8)　¶我受那卫家狗奴的气，～出豁，他又不肯出屋还我，怎得个计较摆布他便好！(初 15-270-4)　¶回头不见了崔氏。乱军中～寻觅，只得前行。(警 12-159-3)　¶在城人家，为因里役，一时间～寻屋，央此间邻居范老来说，暂住两三日便去。正欲报知，恰好官人来。(喻 3-64-6)　"呒处"とも作る。¶报馆里规矩是有闻必录，事体实在有介事格，也呒处叫报浪弗上。(鸿 17-291-5)　¶房子里虽然轩敞，却是空空洞洞的，其中一无所有；不但睡觉的床没有，连着一张桌子、一张椅子也没有。舒军门走了进去之后，只好一个人在地下踱来踱去，连个坐处也没处寻。(官 28-452-2)　¶广东用的银元，是每经一个人的手，便打上一个硬印的，硬的打多了，便成了一块烂板，甚至碎成数片，除了广东、福建，没处行用的。(目 59-465-7)　¶兄弟这会子进款也少了，牌子也坍了，钱也没处借了，从前的行为现在追悔也迟了。(新 8-35-28)　¶我正因为这一桩事没打听，没处商量，好姊姊，你既然知道，快快告诉了我，好等我想个主意。(繁

后 33-1112-25）¶这令妹见了这封信，真是手足无措，要追也没处追了。(梼 13-214-14)
¶这做官的女婿也没一点儿好处到他两人身上。如今已有好几年不通信息，连死活都没处打听。(梼 14-225-24) ¶如今又没处寻他，不如同我到京，必有相助之处。(醒上 4-26-10)
¶比如俗家，他自有夫妻取乐，我道士们岂无室家之愿？没处泄火，嫖妓取乐，乃我等分内事，当官讲得的。(禅 13-189-7) ¶一个老婆，被小子棋盘上赢了来。今番须没处躲了。(二 2-40-8) ¶妈妈晓得李家囊无一钱，衣衫都典尽了，料他没处设法。(警 32-487-11) ¶你不去时，我没处寻饭养你。(喻 22-328-13)

【无……处】
"无处……"に同じ。¶我先起头就勿相信，史三公子陆里无讨处，讨个佣人做大老母。(海 62-533-22) ¶耐勿要实概性急，等倪到别处借借看，倘忙无借处，再搭耐说。(九 38-280-17) "朆……处" とも作る。¶该搭下半日接仔一封拨耐格电报，寻耐朆寻处，难末请我到该搭来拆格。(鸿 13-271-2) ¶故歇时候要添台把酒，有啥朆叫处介？(狐 13-91-3) ¶买虽朆买处，格两样药味，我记得清清爽爽勒里。(狐 30-247-9) ¶衙门里的厨子，要想买些鱼肉菜蔬，都没买处，只得上来回明，把些年下腌的鱼肉来做菜吃。(文 33-179-11) ¶那堂子里的娘姨、大姐没有知道我们结团体的事，都说：'这么晚了，客是没请处的了。'我说：'没请处，尽可以明日请。'那知发去票子后回来说：'请客齐到，少刻即来。'(新 8-35-8) ¶陶铁僧当初只道是除了万员外不要到我，别处也有经纪处，却不知吃这万员外都分过了行院，没讨饭吃处。(警 37-557-15) ¶万员外自备一千贯，过了几个月，没捉人处。州府赏钱，和万员外赏钱，共添做三千贯，明示榜文，要捉这贼，则是没捉处。(警 37-566-10) ¶这黑月间不知何人所杀，连地方人多没猜处。(二 28-555-2) ¶可怜是个异乡避难的人，只是南京又打破了，怕没找你亲戚哩埋！(型 1-8-7)
¶我听得人说，甚么财主沈秀吃人杀了，没寻头处。今出赏钱，说有人寻得头者，本家赏钱一千贯，本府又给赏五百贯。(喻 26-395-8)

【无从】
〈副〉……する手がかりがない。……するすべがない。¶我为仔四壁琳琅，～着笔。(海 53-451-6) ¶云山听了这一派炎炎大言，竟～回答，只得唯唯称是。(市 25-302-21) ¶陶子尧正愁着这封信～着笔，听了此言，连说："有理……。"(官 9-125-8) ¶只有一个龙钟老翁，是范星圃的叔辈，孤身一人，竟～替他立继。(梼 4-386-2) ¶究竟王芬洲是否实在到手二千三百块，那也～对证。(人 26-281-1) ¶那三姐却只是淡淡相对，只有二姐也十分有意。但只是眼目众多，～下手。(红 64-917-21)

語彙例釈　wu

【无法】
〈动〉方法がない。仕方がない。やむをえない。¶倪是做生意,叫～哇。耐搭我一年三节生意包仔下来,我就做耐一干仔,蛮好。(海 9-73-15) ¶喊耐一声倒喊差哉,生意勿好末也叫～,别人家去眼热个啥!(海 28-228-12) ¶个星说话,老秋野是～嚎。叫乖人勿吃眼前亏。(三 33-374-16) ¶魏翩仍听了～,于是叫他先付三百。(官 9-127-4) ¶静斋～,只得到太太跟前买言回复了。(十 25-185-4) "吭法"とも作る。¶双人道:"个钟撤烂屙朋友实头难个哉。仲声道:"人是到也蛮忠厚个,故歇也叫吭法。(鸿 8-127-2)

【无法子】
"无法"に同じ。¶到仔埭上海白相相,该应用脱两钱。要是无拨末叫～,像四老爷,就年势间里多下来用用末也勿完哇。(海 15-120-7) ¶俚家主公屋里还有爷娘来咻,转去末拿啥来交代哩? 真真～想哉。¶我也搭俚说仔几转咻,俚定归勿肯吃药,教我也～。(海 20-160-6) ¶亲生娘勿好,开仔个堂子,俚～做个生意,就做仔玉甫一个人,要嫁拨来玉甫。(海 37-307-16) ¶倘然生意勿好,豁脱子本钱,再要白费心,故也～个事体。(海 44-374-5) ¶[付] 个个娘姨,自我还是前日子来个勒。倰几时进城个? [丑] 亲娘,～本来自我也勿要看灯,为子～了介勒看灯个。[付] 苦恼,苦恼。一定又为子倰个个罨倒人勿搂得哉。(笑 24-352-1)(《三笑》では、この箇所は"为子无得事了"となっている。)

【无行用】
役に立たない。つかいみちがない。"行用"は"用处"(甲途)、多く"有""没"と連用される。なお"行用"は動詞としても用いられる。"无处"の項の用例(目 465-7)を参照。¶双玉再帐时,不禁笑道:"～个哉,放仔俚生罢。"翠凤慌的拦阻,问:"为啥～哉嘎?"双玉道:"沓脱仔脚哉呀。"(海 46-388-20) ¶故歇就好煞也～哇。起先沈小红转差仔个念头,起先要嫁拨仔王老爷,故歇就勿要紧哉。(海 56-477-1) ¶大先生,耐死也～哇。(海 59-504-17) ¶二朝奉勿要气,气也～个哉!(描 11-103-22) ¶～个毛贼,怕里做啥?(描 31-280-13)

【无价事】
そのようなことはない。"没这么回事„,⇨阿有介事。¶小红道:"我也勿晓得耐哇,耐自家去想想看,耐一直下来,东去叫个局,西去叫个局,我阿曾说歇啥一句闲话嘎? 耐第歇倒要瞒我哉,故末为嘎呢?"莲生道:"我是～,勿是要瞒耐。"(海 4-31-7) ¶事

体是～，骗骗个癞头鼋。常恐癞头鼋勿相信，去上个新闻纸。(海 45-380-20) ¶翠凤开言道："耐个人忒啥个心勿足，故歇敷说无法子，倘然有法子教拨耐，赚着仔三四百洋钱，耐倒再要赚道少哉哇！"黄二姐没口子分辩道："故是～个，有得赚末再好无拨个哉，再要赚道少，阿有该号人嘎？"(海 58-498-14) "吪介事""无介事"とも作る。 ¶格是吪介事格，耐只管放心末哉。(九续 14-105-2) ¶奴敷俫罚啥牙痛咒，有介事也罢，吪介事也罢，倷看辰光已经一两记钟，阿要吃仔半夜餐勒画罢?(狐 16-115-12) ¶耐说俚搭倪要好，倪说无介事，耐也勿相信，耐只管看来哴。(九续 153-1086-13) ¶跳槽过去，另外做仔格洪笑梅，日日替俚碰和吃酒，做衣裳，打首饰，倪也勿去管俚，只当无介事，不过少做一个客人，算得好说闲话格哉。(九 12-91-17)

【无可】

〈副〉……できない。……するすべがない。 ¶李鹤汀道："让亚白自家去批，看俚批个啥。"高亚白呆脸一想，道："倒也～批哉哩。(海 61-523-9) ¶各人叹了口气，～如何。(繁后 16-911-22) ¶只因离家已久，千般心绪，万种情怀，正在～排遣。(官 3-31-2) ¶一个人时运不济命途多舛起来，真是～抵抗，今日的张子纯，远非前年的张子纯。(人 37-415-6) ¶只到筵散花谢，虽有万种悲伤，～如何了。(红 31-430-18) ¶此莫大之恩，今生～报答。(鼓 16-204-3) ¶回至江边，～消遣，却去浔阳楼上避热闲翫，观看前人吟咏。(水 39-622-1)

【无力】

〈动〉力がない。 ¶脾胃伤则形容羸瘦，四肢～，咳嗽痰饮，吞酸嗳气，饮食少进，寒热往来。(海 36-305-3)

【无姆】

〈名〉母。お母さん。なお、血縁関係がなくても、敬称として用いられる。また"妓院"の女将をかかえ芸妓はこのように呼ぶ。 ¶～勿曾来，说搭娘舅请安。(海 1-4-1) ¶～，罗老爷去哉！(海 7-50-2) ¶耐～来哚喊耐。(海 7-56-9) ¶忽然一个小大姐推进大门，跑至房里，赶着小姐妹叫一声"～"，便将袖子掩口要哭。小妹姐认得外甥女，名叫阿巧，住在霞仙家的。(海 22-182-5) ¶瑞生阿哥倒蛮写意个人，一点点脾气也无拨，听见倪叫～末俚也叫～，请倪～吃点心，一淘同得去看孔雀，倒好像是倪～个倪子。(海 29-243-23) "妩姆""吪姆""吪姆"とも作る。 ¶倪屋里向有格妩姆来哴，倪想转去看看倪妩姆，叫里快活快活。(九 68-492-15) ¶刚刚倪吪姆打电话来，野说要耐去一埭。(泸 2-47-9) ¶就是归格姓郑格广东人，来浪倪搭，也是五六年格老客人，故歇夹忙头

語彙例釈　wu

里倒说要讨起倪起来哉，依仔倪自家心浪，老实说有点勿高兴，吃着倪格妩姆已经去答应仔俚哉，故歇也叫吭说法。（九96-674-13）

【无么用】
"无行用"に同じ。¶耐自家勿晓得呆重，我就日日来里看牢仔耐也～啘。（海18-142-17）¶耐末也夠急，就急杀也～。（海20-160-14）"吭买用"とも作る。¶总算亦来仔一户哉，来格自会来，勿来格存心漂张，或者实头拿勿出，唔笃讨也吭买用格，倒是气量大子点罢。（狐34-294-12）¶大先生傖夠心急，愁也吭买用格。（狐46-396-16）¶大先生傖夠急，急也吭啥买用格。（狐60-515-7）

【无面孔】
顔が立たない。面目がない。¶俚哚想来想去无法子，倒怪仔倪阿哥，说拨倪小村阿哥合得去用完仔洋钱，～见人，故歇倒要倪同得去寻倪小村阿哥。（海29-239-13）¶俚乃自家勿争气，做仔夠面孔个事体，连搭我也～，对勿住俚哚爷娘。（海12-528-15）¶自己说道无子面孔末，自然勿居来哉吓。（三30-338-21）

【无那哈】
どうしようもない。なすすべがない。また補語に用いられて、程度の高いことを表す。¶说说俚假痴假呆，随便耐骂俚打俚，俚隔两日忘记脱仔，原实概。我也同俚～个哉！（海21-173-2）¶翠凤道："问耐末，耐就说定归勿做，让俚哚打末哉啘。"金花攒眉道："故末阿姐哉，痛得来～哉呀！再要说勿做呀，说勿来哉呀。"（海37-309-10）"无那哼""吭那哼""吭哪哼"とも作る。¶耐俙陆勿早点来呀！刚刚格个断命客人跑得来勿多歇，赶咦赶俚勿说，真正拿俚无那哼，格末叫讨气得来！（九138-920-5）¶格个断命客人，煞死格坐来浪仔勿肯走！王大少吃双台，俚也要吃双台，真正叫拿俚吭那哼！（鸿4-211-15）¶傖啥落长远勿来介？害奴牵记得傖吭那哼，阿是为奴前头待慢仔傖佬？（狐31-257-5）¶傖啥落格两日勿来介，害奴牵记得吭哪哼，阿是嫌奴待慢仔呢啥？（狐15-104-8）

【无清头】
良否・善悪のわきまえがない（言行に）。無分別である。"没有分寸""不知好歹""糊涂"などの意。⇨清头　¶张蕙贞道："再用两杯哩。说了，取酒壶来给葛仲英筛酒。吴雪香插嘴道！"蕙贞阿哥夠筛哉，俚吃仔酒要～个，请王老爷用两杯罢。（海5-41-7）¶耐末小干件～哉哩，阿有啥说起我来哉嘎。（海6-44-9）¶搭耐说说末，就～哉。（海8-65-6）¶秀英道："倪再吃筒鸦片烟。"二宝道："耐夠来浪～，吃上仔瘾也好哉。"（海

29-242-18）¶三公子道："再有啥勿成功；除非我死仔，故末勿成功。"二宝火速抬身，一把握了三公子的嘴，道："耐阿要～，难勿搭耐说哉。"（海55-466-16）"呒清头""呒青头"とも作る。¶翡云一发不悦道："说耐呒不天官赐末，格个反面文章就来海说倪弗正经哉哦。耐阿个人末，格末真正叫做呒清头。"（沪1-8-11） ¶耐个杜大少末暌要说说呒清头哉，啥介金银坎来做袍子穿穿介。倪呒拨该号绰号介。（商16-119-15） ¶宝王扭转身子，连连谢罪道："奴勿好，奴勿好，阿珠呒青头，听奴讲仔，俚也放屁说出来哉，若说是奴教俚说格末，真真天勒浪冤枉杀奴哉。"（狐58-499-22）¶这只戒子是我们小姊妹淘里的，寄存在我处，我们希贤没清头才拿出来赌掉的。（十7-42-9）¶阴间真个无私，一些也瞒不得。大不似阳间官府，没清头，没天理的。（二16-332-6） ¶谁人家没个内外？怎吃了酒没些清头，赶到人家厨房中，灶砧多打碎了！（二11-420-2）（注）《二刻拍案警奇》の上揭例に王古鲁氏は「没些清头——吴语，现在说起来，是'呒不清头'，相当"豁闹""胡闹"之意」と注释している。"无清头"の反义语は"有清头"で、《二刻拍案警奇》にも用例がある。→王爵不则一日，到了山东。寻着兄弟王禄。看见病虽沈重，还未曾死。元来这些色病，固然到底不救，却又一时不死，最有清头的。（二21-422-4）これに对する王古鲁氏の注释は「有清头——吴语，一般指乖巧，此处作'头脑清楚'解」である。

【无趣】

〈形〉面白くない。つまらない。気分がよくない。 ¶尹痴鸳接说道："耐为啥勿同令弟到一笠园去白相两日，让俚散散心？"云甫道："倪本来明朝要去。几日天，连搭仔我也～得势。"（海44-370-18）¶耐闲话当心点个哩！啥个逃走佾人，倘然冠香来里，阿是要多心嘎。就是倪拜姊妹，也夔去搭冠香说。冠香晓得仔，定规要同倪一淘拜，～得势。（海52-443-10）¶鹤汀四顾，问："赖头鼋为啥勿来？"爻三道："转去哉呀。刚刚来里说，赖头鼋去仔末，少仔个人摇庄哉。"鹤汀也说："～！"（海58-493-13） ¶鹤汀连说："是极。"即起兴辞。亚白道："故也何必如此急急。"鹤汀道："故歇～得势，让我早点去完结仔，难末移樽就教如何？"（海60-513-24）¶耐格人阿要～，说说笑话末，就说勿连牵哉，可煞作怪。（九6-47-12）¶地双鞋子做来（勿登样）（无没样式），勿配脚，着拉脚上，怪～。（上散6-35-4） ¶你们一窝风的溜了去兜风也不通知我一声，我赶到这里，你们已先去了，我一人～得很。（人39-460-12）¶话说凤姐儿自贾琏送黛玉往扬州去后，心中实在～，每到晚间，不过和平儿说笑一回，就胡乱睡了。（红13-174-1）"呒趣"とも作る。¶但是勒里上海场化一个局也勿叫，也是做勿到个事体。况且到仔花天酒

語彙例釈　wu

地，大家才叫，耐一干仔向隅，也觉着呒趣得势。(鸿6-223-1) ¶酒过三巡，叫的局陆续都来，只有陶子西尧的局没有来。他虽初入花丛，瞧着别人的局都到了，自己的不来，未免觉着没趣。(官 8-109-24) ¶搴如听大家你一句我一句，暗暗挖苦他，倒弄得大大没趣。(孽11-88-13) ¶家里姐姐妹妹也没有，我又，我说没趣；如今来了这门一个神仙似的妹妹也没有，可知这不是个好东西。(红 3-52-7)

(注)「間がわるい」の意でも用いられる。 →贾大少爷见溜不掉，自己赶到黄胖姑铺子里想要同他商量，黄胖姑只是藏着不见面。店里别的伙计见了他也是淡淡的。贾大少爷在那里～，仍旧坐车回来，看守他的人也仍旧跟了回来。(官27-448-5) →华生道："长远勿听书哉，倪去听书阿好？"鸣冈道："只怕碰着憝人～。"(鸿1-192-16) →迎春正因他乳母获罪，自觉～，心中不自在。(红73-1037-3)次項の"无趣相"の"无趣"はこの用法である。

【无趣相】
〈形〉"无趣"＋接尾語"相"。⇨"无趣"の(注)。"相"は話者の感情を移入する働きをしている。　¶耐覅来浪搭个浆，晚歇弄出点事体来，大家～！(海56-473-9)

(注)"～相"の用例。→十三旦点头应允，也不多问，恐被旁人窃听，太不雅～。(狐47-407-7) →耐一干仔困来浪，要倪来作啥哩，阿怕难为情～！(沪1-13-5) →秋谷见了恐怕他们老羞成怒，大家不好看～，便用别的话儿岔了开去。(九 58-423-20) →少牧恐他说出扫兴话来，营之在旁不好听～，只得撒句谎道："现在上海从了一个名师，早夜苦读，因此未曾回苏。"(繁初19-204-21) →白天打牌九不雅～，天色早得很，不如摇四十摊，吃过饭再推牌九。(官 21-335-12) →"倘我斫了草回去，再若嫌好道歉，岂不又要受他们的糟蹋？何不就此起身，岂不干净～？"主意定了，便将斧头丢在草中，取路望三家村去了。(何 6-63-16) →到晚无事，因想起明日西湖上须要做诗，我若不会，不好看～，便在书店里拿了一本《诗法入门》，点起灯来看。(儒 18-225-2)→这话却行不得！但至亲间见官，也不雅～。(儒 22-266-5)→你年纪长成，与娘同房睡，有些不雅～。(初17-302-3) →只这一管笔重得可厌～。(二 22-450-15) →令正后边日子难过，尽有肯改嫁之意。只是在足下身边起身，甚不雅～。令岳欲待接着家去，在他们家里择配人家。(二 22-454-3) →身体莹然如玉，比前日更加嫩～。(二 29-574-15) →堂中见摆着个凶器，我却与娘子行吉礼，心中不忍，且不雅～。(警 2-18-12) →庶他日生得一男一女，犹有许嫁情由，还好看～。(喻 4-92-13) →东坡望见，触动了他灵机，道："有了！"欲待教他对了，诚恐小妹知觉，连累妹夫体面，不好看～。(醒11-226-8)

用例は"不好看相""不雅相"がもっとも多い。なお、(海56-493-9)の例文を呉越:海上花列伝普通話本は"弄出点儿什么事情来，大家脸上不好看。"とし、海南出版社：海上花列伝(附訳本)も"等到弄出事来，大家脸上都不好看！"として、張愛玲注釈:海上花の"等会弄出点事来，大家没意思！"によっていない。

【无啥】

動詞"无"＋代詞"啥"。①大したことでない。なんでもない。慣用語。"没什么""没关系""没事儿"などに当る。¶仲英知道不肯过来，觑他不堤防，伸过手去，拉住雪香的手腕，只一拖。雪香站不稳，一头跌在仲英怀里，着急道："算啥嘎！"仲英笑道："～，请耐吃杯酒。"（海5-40-13）¶王甫径至漱芳床前，问漱芳道："等仔半日哉，阿觉着气闷？"漱芳道："～。台面阿曾散？"（海20-158-21）

②あとに名詞・名詞連語が続き、"啥"はその限定語。取り立てていうほどの……はない。"无＋名詞"の表現を婉曲にしている場合もある。名詞が省略されることもある。¶洪善卿问及来意，朴斋道："也～事干，要想寻点生意来做做。"（海1-4-4）¶洪善卿且不豁拳，却反问朱蔼人道："耐有啥要紧事体搭我商量？"朱蔼人茫然不知，说："我～事体哦。"（海4-27-1）¶善卿呵呵一笑，站起来道："还有啥闲话末说，倪要去哉。"莲生道："～哉，后日请耐吃酒。耐看见子富咊，先搭我说一声，明朝送条子去。"（海4-29-12）¶雪香在马车上褪下时辰表的手镯来给小妹姐看，仲英道："也不过是好看生活，到底～趣势。"（海6-45-3）¶耐要来里上海寻生意，倒是难哩。就等到一年半截，也说勿定寻得着寻勿着。耐先要自家有主意，蓼隔两日用完仔洋钱，勿过去，拨来耐㗗娘舅说，阿是～意思？（海14-108-2）¶耐做仔沈小红末，我一径说～趣势，耐勿相信，搭俚恩煞。（海34-281-11）¶倘忙弄出点事体来，终究～趣势。（海54-456-13）¶耐只拜匣勿要紧个，俚拿得去也～用场。（海59-501-9）¶勿到天津去末，也吃勿着格个大吓头，阿是总是吃仔格碗堂子格好好，倪想来想去，直头～趣势。（九31-235-1）¶故歇倪只有两句说话，～别样花头。（九72-521-3）"无倽""吥倽"とも作る。¶老四道："耐故歇阿有倽事体？"华生道："无倽事体，那哼？"老四道："无倽事体末，勒里该搭吃夜饭。"（鸿4-210-11）¶秋燕、鸣网、伯思，齐问道："为仔事体要转去？"华生道："其实也吥倽要紧事体。"（鸿3-206-7）¶吥倽物事请倍笃，随便用点。（九114-782-22）¶先留耐陈大少住夜哉，难是吥啥说头哉。（商2-12-7）また、"无甚"とも作る。¶阁下地抢忙点甚？——也无甚大事体。（上问24-45-6）¶押司週年，无甚罕物相送。（水45-732-10）

語彙例釈　wu

（注）上揭例（海 6-45-3、海 34-281-11、海 54-456-13）の"无啥趣势"を吴越：海上花列伝普通話本はそれぞれ次のように訳している。

仲英笑着说："不过是样子货，中看不中用。"

你做了沈小红，我一直说没什么意思，你不相信，跟她那个好哇，简直拆都拆不开。

要是弄出点儿事体来，可就来不及了。

③あとに形容詞・形容詞連語や一部の動詞・動詞連語など、状態を表す語句などが続き、話し手にその意識がないことを表す。そう思っている向きへの不満、不可解の気持ちが含まれていることがある。¶小干仔闹脾气，～要紧。（海 6-47-5）¶耐末拿洋钱算好物事，倪倒～要紧。（海 8-59-14）¶我眼睛里望出来，～亲生勿亲生，才是我囡件。（海 10-76-13）¶故也～那价。王老爷原来里，衣裳头面原教王老爷办得来，债末教王老爷去还清仔，阿是才舒齐哉唦？（海 10-81-1）¶倪先生倒也～动气，单为仔王老爷唦。耐想倪先生阿有第二户客人？耐王老爷勿来仔，教倪先生那价呢？（海 11-84-7）¶我动啥气嗄？耐也无啥得罪我哩，耐勼去多花瞎小心。（海 12-92-21）¶故也～上当水。（海 12-98-4）¶要是牌勿好，输起来，就二三百洋钱也～希奇哩。（海 14-108-5）¶倪看仔～好。就不过黎大人末，倒抚牢仔当俚宝贝。（海 15-119-9）¶耐无梅就为仔耐病。耐病好仔，俚也好哉，耐也～对勿住。（海 20-161-23）¶倪去吃酒去，让俚哚捉末哉。～好看。（海 28-232-4）¶只见李浣芳已偕何招赳趄回来，笑问："阿是要转去哉？"玉甫道："刚刚来唦，再白相歇唦。"浣芳道："～白相，我勼。"（海 35-292-8）¶天然听了，笑道："耐阿是昨日夜头困勿着，一径来浪想？"痴鸳道："我是～困勿着，耐末常恐来勿及困。"（海 40-339-5）¶故歇我也说勿出如何做。好像～难做，等我做好仔看罢。（海 47-401-24）¶故是正经喜事，～难为情。（海 47-402-19）¶三老爷客气得来，难是一家人哉呀，～客气唦。（海 55-468-2）¶倪说末，开堂子个老班讨个大姐做家主婆，也～勿局。（海 62-529-7）¶无姆勼动气，我搭双宝才是无姆个讨人，～喜欢勿喜欢，就要出去末，等商量好仔再去，啥要紧嗄？（海 63-537-3）　"无倽""无舍""呒倽"" 呒啥"とも作る。¶勿然是倪也无倽希奇。不过俚笃说起来，倒说耐方大少买一对戒指才舍勿得，勿要说倪坍勿落格个台，就是耐方大少面浪末，也无倽好看唦，方大少阿对？（九 6-45-23）¶说起来是也无舍希奇。一塌刮仔勿到一百洋钱格事体。（九 62-451-22）¶倪既然跟仔耐，总规要苦末大家一淘苦，要甜末大家一淘甜，呒啥过得惯过勿惯。（九 186-1207-16）¶柳老赶到倪搭来，说起仔格节事体，定见要奴一淘来，奴

说难为情煞个,俚停歇叫倪格局勒来,阿好呢勿好? 柳老说勿要紧格,吼啥难为情,我前日仔碰着蔡大少,交代我带仔相好一淘去,皆为要闹热点落。(狐 4-22-6) ¶倪是呒啥忙格。(沪 1-44-3) ¶俚笃讨个把倌人也吼俙希奇,伯荪不过是头一个来。(鸿 3-207-22) ¶我看是也吼俙勿可以去,单是心浪闷,去散仔散就好哉啘。(鸿 5-217-3) ¶倘若放实缺到外边呢,自由自便,倒也无甚要紧;但是初到省总得赶早上几天衙门。(官 35-595-7) ¶江北岸却是瓜洲渡口,净荡荡地无甚险阻。(水 111-1666-4)

④よい。共通語の"不错""好""(还)可以"。¶我记得西棋盘街聚秀堂里有个倌人,叫陆秀宝,倒～。(海 1-5-15) ¶耐要白相末,还是老老实实场花去,倒～。(海 2-10-21) ¶罗老爷做末做仔半个月,待倪翠凤也总算～,不过倪翠凤看仔好像罗老爷有老相好来哚,倪搭是垫空个意思。(海 7-52-13) ¶说是请先生吃药,真真吃好仔也～,我该个病陆里吃得好嘎。(海 20-161-12) ¶黄翠凤拔下一只授与张蕙贞,蕙贞道:"绿头倒～。"(海 22-179-6) ¶耐照相楼勿曾去,我说倪几个人拍仔一张倒～。(海 29-243-21) ¶我好像有点伤风,烫点倒～。(海 31-256-3) ¶我听见梨花院落里,瑶官同翠芬两家头合唱一套《迎像》,倒唱得～。(海 45-382-7) ¶倪底细末勿晓得,巧林格身价,听说是三千块洋钱,外加除牌子喜封等项总共五百多块,亦算～格哉。(狐 3-18-16) "吼俙""无俙""吼啥"とも作る。¶顺全见华生没精打彩的,随问道:"华生兄,身体吼俙啥? 面色野勿好看哩!"(鸿 1-194-11) ¶该种香水五块洋钱一瓶笃,阿是吼俙? (鸿 3-205-4) ¶桂仙里花旦倒吼俙,倪看桂仙阿好? (九 27-203-13) ¶用一把彤翎扇轻轻的与他扇风,笑道:"今朝一干来,清清爽爽倒无俙。"又低声说道:"耐要来末一干仔来好哉,俙事体同仔几花朋友闹得一塌糊涂,倪要说两声闲话才无拨空,格末叫讨气。"(九 43-318-3) ¶耐格大媒人,倒做得吼啥,总算月芳阿姊格运气。(九 157-1036-17) ¶近来着实吼啥,日日有两台酒,有两桌和格,而且新添仔两个户头。(狐 59-504-18) ¶金凤呢,人也吼啥。虽然有点堂子相,往来屋里向自然慢慢交变得过来格,怕啥哩。(沪 1-18-3) また、"无甚"とも作る。¶前半年生意勿见得(那能)(好),后半年倒还(可以)(无甚)。(上问 11-21-2)

⑤差し支えない。かまわない(そうしても)。共通語の"无所谓""没关系""(也)可以"。¶耐闲仔点,原到楼浪来阿姐搭多坐歇,说说闲话也～。(海 3-21-16) ¶仲英道:"我到亨达利去买点零碎。"雪香道:"倪坐仔马车一淘去,阿好?"仲英道:"故倒～。"(海 6-44-1) ¶上海夷场浪来一埭,白相相,用脱两块洋钱也～。(海 12-98-11) ¶随意末哉。喜欢多叫就多叫点,叫一个也～。(海 19-150-14) ¶野鸡末,叫俚小姐也～啘。

語彙例釈　wu

(海 26-216-12)¶下转我再要勿来末，耐索性打我骂我，我倒～，总麼实概勿快活。(海 28-229-21)¶价末托个妥当点人，教俚去寻，寻得来就拨两块洋钱俚也～。(海 29-238-19)¶二宝道："倪先说好仔，书钱我来会，倘然耐客气末，我索性勿去哉。"秀英一想，含糊笑道："故也～，明朝夜夜我请还耐末哉。"(海 29-241-24)　"无俖"とも作る。¶方子衡忽然想起要坐马车，便向兰芬说知，要他同去。兰芬道："一淘去也无俖，就不过倪去末总要带个娘姨，一部车子坐勿落啘。"(九 38-282-2) また、"无甚"とも作る。¶我想明朝我（打发个人）（叫个人）去溯伊来，（好否）（局否）？——叫人去溯伊来也（无甚）（可以）。(上问 12-24-2)

⑥あとに動作動詞が続き、"啥"はその動詞の受事という関係になっている。¶齐韵叟道："难～说哉啘。"(海 50-430-21)¶双宝生意末一点无拨，拿倪两家头孝敬无姆个洋钱，买仔饭拨俚吃，买仔衣裳拨俚着，俚坐来浪～做，再要想出几花闲话说倪，笑倪，骂倪！(海 63-536-11)　"吭舍"とも作る。¶谢谢耐替我拉开仔格张书玉，总算倪麼坍台，倪也吭舍补报耐，只好屁股吃人参，后补格哉。(九 26-194-17)

【无涉】
〈动〉関係がない。¶总归玉甫就不过豁脱两块洋钱，娃李个事体与陶姓～。随便俚哝要用啥，让俚哝用末哉。(海 42-357-10)¶若只管丢了真情真事且去搜奇捡怪，一则失了咱们的闺阁面目，二则也与题目～了。(红 76-1094-3)¶只是平日有奸。逃去一事委实与小的～。(二 38-705-13)

【无数目】
数限りなく多い。¶算算俚奸头，倒～哩！(海 21-173-3)

【无拨数目】
①前項"无数目"に同じ。¶倪乡下有只关帝庙，到仔九月里末做戏，看戏个人故末多到个～哝，连搭墙外头树丫技浪才是个人。(海 55-466-20)
②決まりがない。¶俚栈房里才实概个，到仔十二点钟末就要开饭哉。勿像倪堂子里，无拨啥数目，晚得来！(海 2-15-11)

【无思无虑】
心をいためることがない。思い煩うことがない。¶倘然能得～，调摄得宜，比仔吃药再要灵。(海 36-305-20)

【无所不为】
やらないことがない。何でもする。¶为放诞之故，就不免溃败决裂，～。(海 51-432-17)

¶时知县倚着危素的势要，在这里酷虐小民，～。这样的人，我为甚么要相与他？（儒1-10-19）

【无须】
〈副〉……するを要しない。"不用"と同じ用法。¶小云道："我第一埭去阿要用个帖子拜望？"云甫摇手道："～。俚请仔耐末，交代园门口，簿子浪就添仔耐陈小云个名字。耐末便衣到园门脱明白仔，自有管家来接耐进去。……。"（海47-401-16）¶魏竹冈举箸相让，谦称"没有菜。"单太爷道："好说。彼此知己，只要家常便饭，本来～客气。"（官17-215-19）你这里的事，一齐包在我兄弟身上，其实你也～来得的。（官51-875-7）¶这怡奸是常来常去之人，张宝琴本可～相送，因为顾媚芗要送任天然，也就约同上轮船看看。（栂18-283-3）¶程藕舲道："我们可要递两张片子进去？"黎宛亭道："横竖有桐耘在里面有他介绍，可以～片子。（人47-606-14）"

【无要紧】
重要なことでない。¶问朱老爷阿有啥事体，～末，说洪老爷谢谢勿来哉。（海3-23-22）¶王老爷，闯出穷祸来耐也脱勿了个哩，覅看仔象～。（海10-79-16）¶如今我发狠把那些没要紧的都断了，如今要成人立事，学习着做买卖，又不准我了，叫我怎么样呢？（红48-659-4）¶我愚叔公思想，去年没些要紧，与你结了冤家，如今我见你夫妻二人过得恩爱，甚是难得，到教我仔细思量，展添惭愧。（鼓28-342-11）

【无益】
〈形〉無益である。¶要末我有空闲辰光同耐谈谈，倒也未始～。（海60-515-5）¶我打死你也～，只给你个利害罢。（红47-654-19）

【无用】
〈形〉役に立たない。¶耐要得罪仔王老爷，倪就搭耐说句把好听闲话，也～哚。（海12-92-24）¶就算耐屋里向该好几花家当来里，也～哚。（海14-108-10）¶我道个本天书浪是无价之宝，罗里晓得一点点也～个。（描30-268-4）¶真是一个～的杀才！这点子事也干不来。（红39-543-5）"呒用"とも作る。¶倷且慢点，老早去也呒用格，不如等做过三四出，难末倪去，使得俚好勿防备。（狐32-268-13）

【无用人】
役に立たない者。¶诸三姐个～，有气力打俚末打杀仔好哉呀！摆来浪再要赔洋钱！（海37-310-8）¶耐无姆是～，倒原要耐去管管俚末好。（海56-477-18）

【五花八门】

語彙例釈　wu

多種多様で変化に富むさま。¶其余或紀言，或叙事，或以議論出之，真真～，无美不備。（海 53-450-14）¶加以袁伯珍交遊甚广，耳目甚灵，那生財之道，真是～，出人意表。（維 14-97-9）¶那戏子一个个戴了貂裘，簪了雉羽，穿极新鲜的靠子，跑上場来，串了一个～。（儒 42-493-3）

【五魁】

"豁拳"で5を唱えるときの掛け声。"五魁"は"五経魁首"のこと。明代科挙の試では'五経'（易、尚書、詩、礼記、春秋左伝）のどれかを選択して受験させ、各経の成績上位5名をその経の"魁首"とし、俗に"五魁"と称した。"豁拳"では、数字そのものを唱えるほか、その数字を含む熟語が用いられていた。¶这里也要豁，那里也要豁，一时袖舞钏鸣，灯摇花颤，听不清是"～""八马"，看不出是"对手""平拳"。（海 15-118-17）¶大家"～""八马"，乱了一阵，喊干稀饭散席，已有一点余钟。（鴻 7-229-13）¶芸帆道："我们要豁通关了。"即唤大姐等添酒上来，筛了三大杯，就与芝云～对手的豁拳，直豁到芷泉为止。（狐 25-206-24）¶只得勉勉强强～八马乱喊，搐了二杯抢三，乃是少牧输的。（繁后 17-925-4）¶～八马，豁了半日，倒反是啸秋赢的。（人 6-50-13）¶伸手搐拳，～八马，一个个搐下去。（十 2-12-9）

（注）『紅楼夢』に数字そのものを唱えて拳を打つ例が見える。→湘云等不得，早和宝玉"三""五"乱叫，划起拳来。那边尤氏和鸳鸯隔着席也"七""八"乱叫划起来。（紅 62-872-17）

【五香】

〈名〉サンショウ・八角・ニッケイ・チョウジのつぼみ・ウイキョウの5種類の香辛料をミックスしたもので、これで肉などを煮たりする。¶我有一碗～鸽子来浪，教俚咪炖口稀饭，耐晚歇吃。（海 19-156-14）¶切成碎钉子，用鸡油炸了，再用鸡脯子肉并香菌、新笋、蘑菇、～腐干、各所干果子，俱切成钉子，用鸡汤煨干，将香油一收，外加糟油一拌，盛在瓷罐子里封严。（紅 41-564-21）

【五脏】

〈名〉五臟。漢方で、肺・心・脾（ひ）・肝・腎（じん）の五つの内臓をいう。¶別人以绮语相戒，才是隔靴搔痒，耐末对症发药，赛过心肝～一塌括仔拨耐说仔出来。（海 53-446-8）¶若热吃下去，发散的就快；若冷吃下去，就凝结在内，以～去暖他，岂不受害？（紅 8-127-19）

【午时】

〈名〉午（ｇｏ）の刻。午前11時から午後1時までの間。¶初九～入殓,未时出殡。(海42-357-11)

【勿】

〈副〉共通語の"不"。①動詞・形容詞および他の動詞などの前に用いられて、否定を表す。¶耐自家也～小心喔,放俚去罢。(海1-3-12)¶近来上海滩浪,倒也～好做啥生意哩。(海1-4-5)¶俚一搭耐一淘去,耐去寻俚做啥?(海2-10-15)¶成日成夜吵勿清爽,也～管啥客人来哚～来哚。(海3-19-4)¶～晓得啥事体,实概要紧。(海3-23-19)¶说是广东人家,细底也～清爽。(海4-25-14)¶耐哚才～是好人。(海4-29-10)¶我看起来叫'三～像';野鸡～像野鸡,台基～像台基,花烟间～像花烟间。(海5-37-21)¶俚～肯吃药喔,骗俚也～吃,吓俚也～吃。(海6-48-5)¶来仔一歇哉?倪刚刚～巧,出牌局,～催仔再有歇哩。(海7-55-1)¶势说啥耐一对钏臂哉,就摆好仔十对钏臂也～来里我眼睛里。(海8-59-24)¶我自家生个病,自家阿有啥～觉着。(海20-161-24)¶倪末阿有倷～放心格,本来耐章大少格相好,阿关得倷俙事,倪是～好来管耐格喔。(九2-19-6)¶倪要倪买两只戒指末,一塌刮仔,不过七百两银子,也～算俙格希奇事体,耐索性～答应倒也罢哉,板起仔只面孔一声～响,实梗架音,阿是有心坍坍倪格台?(九6-45-10)¶实梗一说,俚倷心里总明白格哉,即使有点难过,看见仔二百洋钿,自然完结,横势～是搭倷真心要好呀,奶奶倷想阿对呢～对?(狐11-76-9)¶唔笃嫁人难,倪讨人也～容易。(鸿10-251-24)¶王寓格脚色,缠是～大好缠格,说仔几化辰光,难末算领盆哉。(鸿11-258-6)¶初一月半地格两日(～作兴)(～行)到别人家去收帐个。(上散4-14-10)¶目下东洋来个海菜行情～邱。(上散4-15-3)"弗"とも作る。¶奶奶阿要去罢,辰光已经弗早,足足有毛两记钟哉。(狐10-66-13)¶艳卿个口碑,本来弗算那哼好,我说耐势去做仔俚末拉倒哉,去搭俚笃吵啥?别人听见仔弗晓得底细,倒说倪闹标劲。(鸿6-225-26)¶翡云却坐着不动,笑道:"唔笃啥场化跑来格,啥实梗能早哩?"子文笑道:"早末,阿是弗作兴来哩?"深甫笑道:"作兴是野作兴格,必过唔笃有几化弗便当,阿对?"翡云把嘴儿一披,啐了一口道:"唔笃说说末夷是格星丑话,阿要鸭迷臭!"娘姨老二搭嘴道:"朱老爷,弗是倪说吹牛皮格话,倪先生是再要规矩弗有格哉。自从做仔耐周二老爷差弗多格客人才弗应酬哉。"(沪1-8-1)

②単独でも用いられ、相手の言っていることを認めない、その意に従わないことなどを表す。¶翠凤只拣一张拾圆的抽出,其余仍夹在内,交还子富,然后将那拾圆钞票一撩,撩与黄二姐,大声道:"再拿去贴拨俚咪!"黄二姐羞得没处藏躲,收起钞票,伴笑

語彙例釋 wu

道："～个。"（海 21-172-19）¶二宝在旁听说得不着筋节，忙抢步上前，叉住道："娘舅～呀，倪无姆是……"刚说得半句，被善卿拍案叱道："…………。"（海 31-257-2）¶渭臣的车子早已来了，王寓留渭臣吃饭，渭臣道："～哉，"有人勒浪屋里等我，耐今朝张园是勿见得去哉唲。"（鸿 11-255-22）¶慧如忙陪笑道："～呀，倪搭耐说说白相哩。"（沪 1-88-7）

③「啥（个）～勿～」と、同じ語（動詞・形容詞に限らず、名詞も）の間に用いられ、云云(うんぬん)するほどのことでないという色合いをにじませる。¶長福貿貿然問老婆子道："耐个小姐名字叫啥？"那老婆子将两人上下打量，沉下脸答道："啥个小姐～小姐，夠来里瞎说！"说着自去。（海 26-216-8）¶大人，阿是耐无拨仔淘成哉？倪末晓得啥醋～醋！（海 51-436-11）¶一家子骨肉，说什么年轻不年轻的话。（红 11-161-10）¶什么夫妻不夫妻，并蒂不并蒂，你瞧瞧这裙子。（红 62-882-14）

④「勿是……就是……」の型で用いられ、そのいずれかであることを表す。¶～是四七筒就是五八筒，大家当心点。（海 26-211-17）¶面孔阿要点嘎？～是相打就是相骂。（海 53-447-9）

⑤動作・狀態が実現していないことを表す。副詞"不曾""没有"に当る。¶善卿问："王老爷阿来里？"阿珠道："勿曾来，有三四日～来哉。阿晓得来哚陆里？"（海 3-18-2）¶耐～忘记末，耐说哩，三日天来哚陆里？做个啥人？（海 4-31-12）¶倘忙一日～看见仔，要娘姨，相帮哚四面八方去寻得来，寻勿着仔吵煞哉。（海 7-56-22）¶王老爷半日～用烟哉唲，阿瘾嘎？（海 9-72-4）¶朴斋也笑道："我想勿到就来里我背后，倒一吓。"王阿二道："阿是耐～看见？眼睛大得来。"（海 14-109-10）¶我有三四日～看见哉。（海 15-117-24）¶俚哚一径～出来，就到仔今年了坎坎做个生意。（海 16-126-3）¶先起头耐～听见，故末叫讨气！（海 26-214-10）¶今朝耐为啥～来？（海 47-403-10）¶素兰辨识分明，大喜道："快点上来哩，倪～困哩。"琪官道："～困末，门才关哉唲。"（海 52-438-6）¶华生道："长远～听书哉，倪去听书何好？"鸣冈道："只怕碰着熟人无趣。"（鸿 1-192-16）¶鸣冈见他没趣，接着烧烟，说道："孙眉初勿晓得阿曾来？"华生道："长远～来哉。"（鸿 1-192-24）¶湘兰道："该两日阿看见陈大人？"质斋道："阿好几日～看见哉。耐搭总到格唲？"（鸿 16-286-17）¶倪先生一径牵记倷呀，倷末长远～来。（狐 23-184-8）¶奴小格辰光亦听见倪阿妈讲歇细底，前头养过两个男，大格老早就死，第二格勒浦东乡下，虽则末～见过，算上去年纪亦对格。倷故歇去搭俚说，叫俚明朝到奴屋里来末哉。（狐 36-312-8）¶辛老有一礼拜～到倪搭来哉，耐看见仔俚，请俚到倪

820

wu　語彙例釈

搭来。(九95-671-17) ¶耐好几日～来哉㖳,勒浪屋里向陪仔姨太太,两家头窝心得来,连大门才勿想出格哉！(九128-864-17) ¶二少,明人勿说暗话。耐勿要管倪看见～看见,只要问耐到底搭俚要好勿要好？(九续93-694-7) ¶大爷朵,请用酒菜吓。为子常远～来了今朝头格外加工立里个。(三3-17-16)¶我㑚有大年～看见者。(上问44-80-6)"弗"とも作る。耐格两支昆曲长远弗请教哉,今朝阿可以唱支来听听哩？(沪1-24-9) ¶素秋,倪记起来,好像有三年弗见哉㖳。(沪1-93-1) ¶野有几化漂亮客人,明明看见倪勒浪应酬别人末,俚倒装假弗看见。(沪3-46-6) ¶蔼人末为仔漱琴有毛病咾,一迳住勒该搭陪牢仔俚,屋里向末倒有半个多月弗转去哉。(沪4-55-3) ¶王老爷为甚多时不请过来,太太在楼上呢。(新10-46-10) ¶我想家里去转一转,半个多月不回去了。(新27-124-30) ¶几年不看见,你也长得这么高大了！(目8-58-5) ¶你昨夜被鬼遮了眼睛,他两个同你一齐出来,你不看见么？(目33-251-16) ¶伍小姐家,我有二十多天不去了。(九109-753-16) ¶大老爷有四天不到这里来了。(官39-670-7) ¶我有好多个礼拜不到张园了。(十2-9-4 ¶原来达卿在上海做生意,足有四年不回家了。(十10-67-28) ¶赵氏走进,王老太装着不看见,低着头,专烧他的饭。(十10-68-11) ¶我不听见便罢,既听见,少不得替你们分解分解。(红73-1041-17) ¶别人都不听见,只有这归空听得。(醒上7-47-22) ¶小管,许久不见。(禅24-395-9) ¶说罢,就不听见声响了,叫两声'刘兄','刘念嗣',并不答应了。(二13-265-5) ¶魏撰之细看时,八个字下边还有「萤娥记」三小字。想道："萤娥乃女人之号。难道女人中有此妙手？这也诧异！适才子中不看见这三个字。若见时,必然还要称奇了。"(二17-347-4)

⑥可能補語に用いられる。共通語の"不"。¶耐自家见乖点,也吃～着眼前亏哉哩。(海3-19-6) ¶单是王老爷一干仔末,一节做下来也差勿五六百局钱哚,阿怕啥开消～出。(海4-28-16) ¶勿晓得为啥,厌酸得来,吃～落。(海4-32-9) ¶小妹姐㖳,俚是梳～好个哉。(海5-40-20) ¶我看下来,越是搭相好要好,越是做～长。(海7-57-16) ¶便夜饭是倪也吃得起哉,就请～到陈老爷㖳。(海11-90-22) ¶耐单有一个无姆离～开,再三四年等耐兄弟做仔亲,让俚哚去当家,耐搭无姆到我屋里向去,故末真个日日看牢仔耐,耐末也称心哉。(海18-142-23) ¶我就有仔铜钱,脾气勿对。耐也看～中㖳。(海18-148-8) ¶我前几日天就要望望阿姐,一径走～动;今朝是定规要来哉。阿姐阿好救救我？(海37-308-19) ¶别别个闲话,大哥覅去听。熟芳也苦恼,生仔病无拨个称心点人伏侍俚,我为仔看～过,说说罢哉。(海42-354-9) ¶覅说啥养～大,人家再有勿好个倪子,起先养个辰光,快活煞,大仔点倒讨气。(海47-402-24) ¶说到后底事体,大

語彙例釈　wu

家看～见，怎晓得有结果无结果。(海 52-440-5) ¶况且俚个种客人，人家请也请俚～到,唔笃送上门来倒覅做!(鸿 3-203-14)¶凑巧极哉，推扳一步，就碰～着。(鸿 7-227-2)¶我倒有点怕，心里总觉着一点劲也起～起。(鸿 7-232-6) ¶覅说倷勿中意，我亦看～上眼。(狐 20-158-26) ¶故歇回到乡下，勿由自家做主，嫁拨勒一个极粗蠢仔种田汉，格格难看末，十八个画师也画～出。(狐 20-160-3) ¶倪末阿有啥勿愿意格？倪格碗断命饭也吃得勿要吃格哉，只怕耐八少看倪～中，勿肯要倪，倪也吭佮念头转啘。(九 23-175-26) ¶地格物事好是好，(难我看～出)(独是我勿识货)，格咯我宁使买之推扳点个罢。(上散 8-48-3) "弗"とも作る。 ¶众人笑道："好极哉。子明，格台酒是赖弗脱格哉。"子明一口答应明早摆双台，请在座几位早点赏光。(沪 1-83-11) ¶倪是弄弗连牵格。发行部分末托深甫和少卿畏轩三公担任，编辑部分请蔼人次卿二公担任。(沪 1-102-7)

【勿碍】

差し支えない。共通語の"没问题""没关系"の意味で用いられる。 ¶李鹤汀道："苏冠香倒标煞个，难末要吃苦哉。"杨家姆道："～个，听说齐大人来里上海。"(海 26-210-9) ¶我有道理，～个。(海 32-265-15) ¶浣芳忽道："姐夫听哩！故歇雨停仔点哉，倪到船浪去陪陪阿姐，晚歇原到该搭来，阿好？"玉甫不答，但摇摇头，浣芳道："～个呀，覅拨俚咪晓得末哉。"(海 43-364-14) ¶～，～，我猜上去，俚倷一定来格。(狐 30-248-15) ¶宝玉道："好是蛮好，倒是奴搭客人一淘来格，只怕惊动倷格宝庵，有点勿便格嘘。"月春道："～格，～格，横势搭侬一淘来格，就算别人看见，总当是人家烧香，有啥要紧嘎？"(狐 56-481-5) ¶你既然要当十两，只要你说船浪个个相公个衣巾面貌，说得对，准依你十两野～活。(三 8-86-28) ¶什介说得起来，阿叔偷阿嫂，是～个？(三 10-120-29) ¶范大少叫格局末，勿到也～格。(市 6-215-27) ¶我的手脚子粗笨，又喝了酒，仔细失牛打了这瓷杯。有木头的杯取个子来，我便失了手，掉了地下，也无碍。(红 41-563-4) ¶老鸹听说拜道："不知贵公子，失瞻休罪。"公子道："不碍，休要计较。久闻令爱玉堂春大名，特来相访。"(警 24-341-12)

【勿比】

〈动〉……とは違う。……の比ではない。 ¶耐覅来浪糊涂，冠香是外头人。就算我同俚要好，终～耐自家人。(海 51-436-8) ¶倷是有人陪伴，～奴冷清清，单怨自家格苦命，故歇看几本戏，也教吭法。(狐 9-63-15) ¶杭州场化格人，～上海搭苏州，专门要欺生格。(狐 57-485-17) ¶格个嫁人是一生一世格正经事体，勿是勒浪弄白相，倪又～

格排呒拨长心格倽人，嫁仔人再要出来做生意。（九 23-175-10） ¶出门格辰光，～勒浪屋里向，一塌刮仔格事体，耐自家当心点。（九 141-943-5） ¶格倒有加事个，不个地隙～往年着。（上问 37-68-5） "弗比"とも作る。¶就是弗灵末，老规矩总规来浪，弗比格排瞎唱一泡格滑头货色。（沪 1-66-6）¶总督得了电报，果然外国的官专以保商为重，不比中国官场是专门凌虐商人的。（官 9-133-21） ¶但只一件，姥姥有所不知，我们这里又不比五年前了。（红 6-98-15） ¶我这女儿不比寻常，只是你娶了来，恐要费气哩。（醒下 2-103-26）¶从此去，切要向上学好，勒谨听教训，不比在父母边撒娇。（禅 2-16-10） ¶二官人这里不比别处，怎么样孜孜较量，就减三五两罢。（鼓 12-150-15） ¶如今不比当初，忙不得哩！（警 4-42-11） ¶见了宣教，满面堆下笑来，全不比日前的庄严了。（二 14-290-5） ¶这两个武艺不比寻常，不是绿林中手段。（水 57-963-8）

【勿比得】

〈动〉"勿比"に同じ。 ¶倪搭～堂子里，耐就去开仔十个宝也勿关倪啥事，阿怕倪二小姐俚哚去吃醋？（海 14-109-16） ¶耐是～双宝，生意末好，无姆也欢喜耐，耐就看过点。（海 17-134-19） ¶倪是毛手毛脚，～屠明珠会装哩！（海 18-146-24） ¶难故歇个七姊妹，～先起头，嫁个末嫁哉，死个末死哉，单剩倪三家头来浪。（海 21-166-19） ¶耐也坐来里冰冷个石头浪，干已个哩！～翠芬勿要紧。（海 46-390-17）¶大先生做生日，勿拆蚀格，～别人做末，星星才要自家格，阿是落得闹闹介？（狐 52-442-21）

【勿比仔】

〈动〉"勿比"に同じ。 ¶故歇该个病～别样，俚再要勿肯吃药，二少爷，勿是我说俚，七八分要成功哉哩！（海 20-160-9） ¶倪～新衙门里巡捕，有多花为难个场花咪呀。（海 56-473-18）¶来里乡下～上海，随便陆里小烟间才是醒醒醒醒个场花，想来四老爷去吃烟末，倒勿知勿觉困下去，就过仔个毒气。（海 58-496-7） ¶赖三公子有名个癞头鼋，倒真真是好客人，～史三末就不过空场面。（海 64-546-13）

【勿必】

〈副〉……するに及ばない。修飾を受ける動詞・動詞連語が省かれていることもある。¶大观园里也～去哉，屠明珠搭定归要到个。（海 18-145-11） ¶李浣芳和准琵琶要唱，高亚白说："～哉。"（海 37-307-3） ¶兑管夏余庆趋前禀道："……。人末就派仔两个知客去伺候，阿要用赞礼？"齐韵叟沉吟道："赞礼～哉，喊小赞去一埭。"（海 46-393-17） ¶就是合作，～去刻意求工，倒豁脱仔正意。（海 60-515-23） ¶故歇事体已经弄到仔实梗格样式，也～再去说俚。（九 192-1247-16）¶倪心浪向格难过，比起别人来加二要难

語彙例釈　wu

过点笃,故歇也～说哉,耐有良心末,多照应照应倪妹子罢。(九续 111-803-14) ¶三块就三块,也～多话者,侬晏点拨伊末是拉者。(上问 42-78-1) "弗必"とも作る。¶弗必客气!(沪 2-38-4) ¶现在这贺二爷既然是府上的管家,不必同他客气,事情都要叫他经经手。(官 2-19-12) ¶倘一时老太太问,你们只说用的是老太太的,不必多说。(红 77-1098-13) ¶你们回去,多拜上袁爷、陆爷,好建功劳,尽忠报国,不必记念我了?(醒下 3-119-28) ¶魏公送裴道出门,嘱道:"晚上准望光降。"斐法师道:"不必说。"(警 27-416-11) ¶若是别个儿子失去,便当急急寻访。今是吾十三郎,必然自会归来。不必忧虑。(二 25-104-13) ¶正是鼎分三足,缺一不可。先生不必推却。(水 20-289-8)

【勿便】

〈形〉具合が悪い。"不方便""不合适"などの意。¶该个两样,耐一径挂来咪身浪,无拨仔～个踠,耐带得去。(海 49-419-17) ¶耐勿晓得有多花～咪。我末先勿好搭齐韵叟去说,癞头鼋同倪世交,拨俚晓得仔末,也好像难为情。(海 50-428-7) ¶铁眉乘势说出癞头鼋软厮缠情形,韵叟遽说道:"价末到倪花园里来啯,搭仔文君做淘伴,阿是蛮好?"素兰接说道"倪原要到大人个花园里,为仔俚乃说,常恐～。"韵叟转问铁眉道:"啥～嘎?耐也一淘来末哉踠。"(海 51-433-6) ¶不过陈大人笃公馆里,倪勥去歇,自家去请,像煞有点～,故歇想拜托耐汤老爷搭倪带信请请。(鸿 16-286-21) ¶奴挂牌勿挂牌,倒还勿要紧,不过等到开年,约摸有两三个月,一劲住勒栈房里,究竟有几化～笃,格末那处嘎?(狐 20-159-4) ¶好是蛮好,倒是奴搭客人一淘来格,只怕惊动傣格宝庵,有点～格嚛。(狐 56-481-4) ¶我想想这件事本来没有凭据,不便多说,只得回来告诉了母亲,把这事搁起。(目 2-9-9) ¶知道凤姐素日的规矩,每到天热,午间要歇一个时辰的,进去不便,遂进角门,来到王夫人上房内。(红 30-426-1) ¶那夫人不便就走,只得倒了一碗茶来,放在贾母跟前。(红 47-649-12) ¶众人问道:"张大哥,行囊还在那里?"张秀便道:"小弟因只身行路不便,并不带一些行李。"(鼓 33-396-16) ¶伯伯过年,正该在侄儿家里住的,祖宗影神也好拜拜。若在姊妹们家里,挂的是他家祖宗,伯伯也不便。(二 26-522-5) ¶正在追忆寻索,忽地望见红纱灯笼远远而来。想道:"必有贵家人到。"心下慌忙,一发寻不出原路来了。恐怕撞见不便,思量躲过。(二 34-641-7)

【勿曾】

〈副〉共通語の副詞"没有"に当る。¶善卿道:"耐还有个令妹,也好几年勿见哉,比耐小几岁?阿曾受茶?"朴斋说:"～。今年也十五岁哉。"(海 1-4-5) ¶耐也～吃饭,倪一淘吃哉踠。(海 5-39-20) ¶我屋里家主婆从来～说歇啥,耐倒要管起我来哉!(海 6-43-6)

824

¶単有玉甫～来,倪先坐罢。(海7-55-4)¶再困歇哩,十点钟还～到哩。(海8-62-1)¶适值娘姨大阿金在天井里浆洗衣裳,见了道:"二少爷倒来哉,阿看见桂福?"玉甫道:"～看见。"(海17-139-21)¶局还～齐,我阿好意思走?(海19-155-19)¶季莼道:"同过几转台面,稍微认得点,勿晓得故歇阿来里上海。"鹤汀道:"说未说来里,我是～碰着。"(海27-221-6)¶先起头耐一埭一埭教俚去看王老爷,故歇看见仔王老爷回报耐,也～错啘!(海41-342-18)¶我也无啥面孔再去搭翠凤借。难得故歇罗老爷个拜匣来里末,定归要敲俚一敲哉!一万倒～多哩,前日天汤老爷拿得来房契阿是也有一万咾?(海59-504-1)¶落里晓得俚还～来,我写仔张票头来浪就是。(鸿2-197-8)¶俚阿晓得,老爷阿勒屋里?如果～出去,俚去请俚得来,说奴有闲话搭俚说佬。(狐9-61-9)¶我看悟一面孔一吃饭个来,间柊便饭子了再讲。(描6-50-18)¶千当万当,从～听见拿个扇子当。(三 8-84-24)¶今天船到晚了,弄到这个时候才到家,晚饭也不曾吃。(目56-440-18)¶孙子年纪小,不曾出过门。(官1-12-2)¶因问从人道:"二号船可曾到?"船家答应道:"不曾。还离的远哩。"(儒10-127-7)¶那林黛玉本不曾哭,听见宝玉来。由不得伤了心,止不住滚下泪来。(红30-420-3)¶王夫人固然是个宽仁慈厚的人,从来不曾打过丫头们一下。(红30-424-22)¶况且人又不曾死,不犯甚么事,要我到官何干?(二35-656-7)¶我白白里骗了一个宦家闺女,又得了许多财帛,不曾露出马脚,万分侥幸。(喻2-46-8)¶问娘子道:"不曾被这厮点污了?"娘子道:"不曾。"(水7-116-12)(注)《海上花列伝》では用いられていないが、他の文学作品では"勿曾"の合音である"朆"も用いられている。 →秋燕接着,即问华生道:"耐阿碰着方大少?"华生道:"朆啘。"(鸿2-202-13) →湘兰道:"人朆看见?"阿有道:"朆看见。"(鸿16-286-1) →陈老,倪搭耐一径客客气气,从来朆说过歇笑话格。(九5-40-7) →俚格说法,像煞蛮公平,其实内堂中格道理,朆明白勒海来。(狐35-300-14) →漱琴向来有咳血格毛病,有好几年朆发哉。(沪1-107-3)

【勿曾有】
副詞"勿曾"+"有"。なお、共通語では"有"の反義と"有了……"の否定がともに"没有"と同形になるが、呉語では前者は"无拨"、後者は"勿曾有……"となる。 ¶黎篆鸿搭,我教陈小云拿仔去哉,～回信。(海1-6-12)¶蕙贞道:"我朆吃;吃上仔瘾,阿好做生意嘎。"莲生道:"陆里会上,小红一径吃,～瘾。"(海24-192-5)¶我赵二宝个名字倒～过歇,耐张秀英末有仔三四个哉!(海30-251-18)¶耐今年也四十多岁哉,倪子囡件才～。(海34-285-13)¶小弟还～家小,介勒独头人吓。(三4-28-7)¶侬就

語彙例釈 wu

是吃亏点也买拉末者。地票货色市面上还～歇个哩。(上散 8-46-7) ¶年纪轻轻吃点子苦是不要紧的,到后来总会苦尽甜来,我们年轻时光也是这样的,就是现在也不曾有什么福亨。(十 10-68-19) ¶这时上海从来不曾有过的事。(十 17-117-29) ¶董昌不知来历,一句也分辨不出,只说得一声:"并不曾有甚宝玩。"(醒下 11-186-22) ¶我和你同心合意,似漆如胶,并不曾有半点儿差池,你为何今日有不瞅不睬之意?(禅 13-205-1) ¶当初乡里契厚,开口就相借,从不曾有甚么文契。(二 24-487-5) ¶这里不曾有甚么白娘子。(警 28-427-12) ¶那妇人道:"你的酒肉饭钱都不曾有。"杨志道:"待俺回来还你。权赊咱一赊。"(水 17-241-11) ¶教师两年在庙上,不曾有对手。(水 74-1245-12)

【勿差】

〈形〉そのとおりである。間違いない。 ¶说也～。(海 1-4-6) ¶俚也说得～,俚说:"罗老爷有仔老相好,只怕倪巴结勿上,倒落仔蒋月琴咪笑眼里。"俚是实概意思。(海 7-51-16) ¶我闻得二宝是孝女,果然～,想来故歇伏侍俚娘,离勿开。(海 64-548-22) ¶倷格闲话是～,只怕俚晓得得仔格桩事体,吃起醋来,弄得动刀动枪,叫奴阿要吓杀介。(狐 11-75-18) ¶阿金格闲话是～,不过倪搭俚笃比起来,自然倪比俚高点。(狐 22-174-1) ¶～,格末(阁下个大才是那能)(尊驾有甚个好法子呢),指教指教看。我也有两声说话要话拉尊驾听听。(上散 9-53-2) ¶你莫客气,你也不差。上次谷四少要不是你替他代那三杯白兰地,他那天就不能出一枝香的大门了。(人 33-360-27) ¶贾珍忙笑道:"老内相所见不差。"(红 13-179-8) ¶此是善果好事,哥哥主见不差。(水 71-1193-12)

【勿大】

あまり……でない(しない)。 ¶翠凤脾气是～好。(好 6-47-15) ¶二少爷该搭～来个呀。(海 23-187-11) ¶齐韵叟同过歇台面,倒～相熟。(海 26-215-4) ¶玉甫也～明白。(海 42-354-18) ¶若一概如此做法,也～相宜。(海 60-515-13) ¶毕生道:"该两日阿来?"高福道:"故歇讨仔姨奶奶,实头～出来。(鸿 3-208-12)" ¶我虽然刻到地头～晓得地头个规矩,但是我关照侬,侬登拉地头总要当心点巴巴结做,随便甚事体,勿要话咯我勿懂。倻可以弄花巧调枪花,我晓得得之,回头生意。买物事勿要落个铜钱。侬认真点做,生活做来好,我有数拉个,勿会拨侬吃亏个。(上散 5-23-1) ¶我请问侬,上海走长江个轮船拢总有几化只数?——船头数目我也～仔细,我不过晓得有三公司。(上问 36-66-6) "弗大"とも作る。 ¶外国大菜,倪弗大欢喜吃格。(鸿 15-280-4) ¶这一宗东西家常不大作,今儿宝兄弟提起来了,单做给他吃,老太太、姑妈、太太都不吃,似乎不大好。(红 35-477-10)

wu　語彙例釈

【勿但】
〈連〉……だけでなく。　¶该首诗搭个题目末好像对景个哉，不过说来说去就是'还来就菊花'一句闲话，～犯仔叠床架屋个毛病，也做勿出好诗哉哦。（海61-519-19）¶俚俫格脾气，倷也蛮晓得勒浪，～手头吝啬，而且夹七夹八，小气得听淘成。（狐 13-92-4）¶倘然拨别人听见仔，～要说倷鄙吝，而且要笑倷面皮厚。（狐 15-105-10）¶倘然本勒个星二爷们看见子，～超耳光吃苦头，加添个只官船还要赔勒介。（三5-63-13）¶（勿）（非）但勿能勾赚两钱，还要折脱多化铜钱拉哩。（上问29-54-4）¶不但干没了他二人的钱文，并且得了好名声，岂不一举两得。（官 5-72-8）¶只是我怕太太疑心，不但我的话白说了，且连葬身之地都没了。（红34-466-24）¶今日得汝报捷，～陈瑾有颜，连我也放下许多忧闷。（水 97-1534-11）

【勿得】
〈助〉動詞・形容詞の後に用いられて、それが不可能であることや許されないことなどを表す。　¶蕙贞两脚乱蹬，只喊救命。看的也奇声发喊，说："打～哉！"（海15-119-2）¶夷场浪赌是赌～个哩。（海15-119-2）¶就是要偷局末，也好等倪客人散仔，舒舒齐齐去上末哉哦，啥一歇歇也等～嘎。（海22-177-10）¶淑人末无啥要紧。倘然喜欢白相个人，终究白相～。（海32-266-8）¶好像有廿几句咪，我也记～几花。（海45-383-2）¶无姆，耐也顾～我个哉。故歇店帐欠仔三四千，勿做生意末，陆俚有洋钱去还拨人家？（海62-532-21）¶阿金道："故歇奶奶出去，还是回到自家格搭去呢？还是另行租一处房子住介？"黛玉道："自家格搭断然去～格，奴想租格三楼三底房子，……。"（狐10-71-2）"弗得"とも作る。　¶奴想租格三楼三底房子，倷今朝阿搭奴去看看佬，看定仔末，马上可以搬出去哉。勿然，弄点啥事体出来，要脱身弗得格。（狐10-71-4）¶毕竟他是老公事，刘中丞少不得他，所以虽然不喜欢他，然而有些公事还得同他商量。（官12-172-6）¶等我化成一股轻烟，风一吹便散了的时候，你们也管不得我，我也顾不得你们了。（红19-271-7）¶这样的小厮，家中容他不得，还要换一个小心务实的回去园中使用。（鼓25-299-7）¶第一来惜不得钱财，二来顾不得面皮，三来论不得工夫。（禅 6-76-4）¶可见财物一事，至亲也信不得。（二 20-405-16）¶恰恨我女儿没缘，不快在床，出来相见不得。（水 72-1219-8）

【勿得了】
〈形〉事態が重大である。一大事である。　¶勿到一个月，输脱仔三万。倘然再输下去，鹤汀也～哉哩！（海28-233-20）

語彙例釈　wu

【勿多】

①"几"または"两"などの数量詞の前に用い、なにほどの数でないことを表す。¶倪老爷也坎坎做起，有～两日。(海 4-27-16) ¶俚哚嫁出去辰光，拣中意点末拿仔去，剩下来也有几箱子，我收捉仔起来，一直用勿着，还有啥人来着哩？就拨来双宝着过歇，也～几件。(海 10-76-9) ¶门前一路头发末才沓光个哉，嘴里牙齿也剩～几个。(海 15-119-13) ¶篆鸿末常恐惊动官场，勿肯来，难末蔼人另合一个公局，来保屠明珠搭，～几个人，倪两家头也来浪。(海 18-145-10) ¶阿姐就去一埭末哉，寻看仔末转来，也～几日天。(海 29-239-24) ¶俚个小干件，发个把寒热无啥要紧。耐也好～两日，当心点哩。(海 35-295-9) ¶大哥放心！漱芳有～两日哉，我等俚死仔，后底事体舒齐仔，难末到屋里，从此勿出大门末哉。(海 42-354-6) ¶为仔苏州生意勿好，难末到上海来，故歇到仔～两节，还是该节调到仔倪兆贵里来。(九 42-309-5) ¶秦美云笑道："倪来得～几日呀。"(九续 66-512-11) ¶地隙令堂太太全鱼瘾者？——是，托福我到之屋里～几日，就好者。(上问 17-32-9) ¶侬甚辰光买拉个？——也是(～两日)(新近)买拉个。(上问 27-50-4) ¶前几个月，就贴了一张招租的帖子，不多几天，就有人来租了，说是，要做公馆。(目 5-34-14) ¶好在他不多几天，一定就要回去，任凭他好花自谢，犯不着与这种人生气，不要恼出病来，身体吃亏不起。(繁初 17-186-5) ¶幸亏他做事勒敏，能讨洋东的好，不多几年，就把他拨升管事了。(新 7-32-17) ¶不多两天，就是任达的喜期。(梼 23-372-18) ¶这不多几时，你瞧瞧，园中光景，已经大变了。(红 81-1165-1) ¶只见不多几时，土真像个忍耐不住的模样，忽地叫一声："左右那里？"(初 30-562-2) ¶不多几日，已到了燕山地面。(二 2-25-14) ¶不顾大雪，撩衣大步赶将来。不多几步，赶上这大汉。(喻 15-218-5)

②数量詞"一歇"の前に用い、ごくわずかの時間であることを表す。¶问轿班道："台面散仔啥辰光哉？"轿班道："～一歇"。(海 5-38-11) ¶翠凤先问："无姆阿来里楼浪？外场回说："刚刚转去，～一歇。"(海 59-500-12) ¶小春听了，还没有开口，早见那男子恨恨的催着小春道："这里没有什么味儿，我们还是到弹子房去罢！"祝小春还不知道什么意思，随口答道："刚刚来得～一歇，等倪坐歇去末哉！"(九 103-717-12) ¶(等)(停)一歇，手里向有事体拉哩。晏点我替侬弄好之末者。——侬马上就替去收作好之，只要～一歇就好者。(上散 4-16-2) ¶不多一歇，刘瞻光同了两个朋友先到，跟手仇五科也来了。(官 8-115-9) ¶不多一会，周老爷接着他的信也来了。(官 11-163-17) ¶喷水的喷水，拆屋的拆屋，不多一会，就把火救灭了。(新 15-68-31) ¶静如小姐打他兄弟房里

出来不多一会，贾端甫已从全似庄那里回家，两人私下十分庆幸。(梼 21-331-7) ¶于是金荣忍气吞声，不多一时他自去睡了。(红 10-145-17) ¶不多一回，只见进来无数番役，各门把守。(红 105-1457-10) ¶果然不多一会，缪千户骑着马出来拜客。(二 24-485-16)（注）"没多……"ともする。 →没多几天，船抵了广州埠。(孽 34-334-22) →没多几时，手里又空。(二 22-454-16) →没多一会儿，见门上人进来禀道："外面有个贾坤，要求见老爷。"(鼓 24-248-9) →没多会儿，就有人传说，已经下了这道降调的上谕了。(孽 21-187-12)

【勿多歇】
"勿多一歇"に同じ（⇨勿多②）。¶～朱蔼人来同仔俚一淘出去哉，看光景是吃局。(海 3-21-21) ¶四盏灯搭一只塌床，说是～送得去。(海 5-34-11) ¶就～我去请俚，说同实夫一淘下船去哉。(海 28-223-7) ¶耐阿是来浪要俚哭？刚刚哭好仔～，耐再要去惹俚。(海 43-364-1) ¶当下湘兰喊着金寓问道："耐倽辰光来格？" 金寓道："～勒。"(鸿 20-310-18) ¶耐倽陆勿早点来呀！刚刚格个断命客人跑得来～，赶哩赶俚勿脱，真正拿俚无那哼，格末叫讨气得来！（九 138-920-5） "弗多歇"とも作る。¶榴红阁问大老二："今早颜五少阿来歇？"大老二回说："来过哉。刚刚去仔弗多歇。火车码头格堂差，贴正是俚叫格哦。"(沪 2-62-10)

【勿管】
<连>……にかかわりなく。¶无姆随便啥总依俚，我～俚生意好勿好，看勿过定归要说个，让俚去怪末哉。(海 24-199-2) ¶一到仔外头，也～是啥场花，碰着个啥人，俚就说我多花勿好，说我末凶，要管俚，说我勿许俚出来。(海 57-483-5) ¶有一个再提此事，即刻来回我，我不管是谁，拿拐棍子给他一顿。(红 44-613-13)

【勿过】
<助>形容词・心理活动を表す动词などの后に用い、程度の高いことを表す。¶耐说俚像个娘姨，俚是衣裳头面多得来多～哉，为此着末也勿着，戴末也勿戴。(海 15-119-24) ¶耐勿晓得，要吃酒倒是幺二浪吃个好，长三书寓里倌人，时髦～，就摆个双台也不过实概。(海 25-205-8) ¶勿是我要说俚，翠凤个人调皮～！(海 54-374-2) ¶我末一直想到耐搭来，实在路远～，难末我自家勿适意刚好，也勿大敢出来。(鸿 6-222-13) ¶萧老，耐好格，耐倒答应仔秦大人哉，耐阿晓得倪心里实头中意～，要想买哩呀。(文 55-295-15) ¶倪九点钟来格呀，看仔耐好困～，倪坐来浪一响才勿敢响，故歇阿曾困醒呀？（九续 98-728-12） "弗过"とも作る。¶子文笑道："曼倩直是玲珑弗过哩。"(沪 2-12-9) ¶

語彙例釈　wu

五官端正,七巧玲瓏,最妙不过是一点樱桃,时时含笑,两泓秋水,处处生情。(十2-7-10)
¶这些左邻右舍见了眼热不过,也不顾开店容易守店难,大家想吃起生意饭来。(何1-9-22)
¶这张全是个奸滑不过的人,这笔钱在他手里,万万弄不过来。(梼23-364-24)¶究竟也是个俗气不过的人。(儒10-128-10)¶谁知四儿是个聪敏乖巧不过的丫头,见宝玉用他,他变尽方法笼络宝玉。(红21-291-19)¶那月娥是个久惯接客乖巧不过的人,看此光景,晓得有些尴尬,只管盘问。(初2-43-2)¶陈定见他聒絮不过,回答他几句起来。(二20-402-5)¶高愚溪在家清坐了两日,寂寞不过,收拾了些东西,先到大女儿家住了几时。(二26-517-12)

【勿过】

助詞"勿"＋方向補語"过"。動詞の可能補語。①相手に及ばない、相手に勝てないことを表す。¶晚歇四老太爷动仔气,吃起醋来,我老老头打~俚哦。(海15-117-8)¶我一对莲蓬,随便啥物事总比~俚。(海22-179-17)¶算耐会说,倪说耐~,勿要耐说哉。(九续34-261-12)¶二来俚俫格名气大,脚力亦大,奴若斗俚~,倒要弄得坍台格,格落暗气吞声,肯拿银子买安静哩。(狐29-238-25)¶再要赌口齿,十个会说话的男人也说他不过。(红6-99-9)¶晋王助他宝贝,也敌他不过。(醒上10-69-3)¶这事元不曾做得,说他不过,理该还他。(二4-79-8)

②一部の動詞と結び、その動作を全うしえないことを表す。¶我教娘姨到栈房里看仔耐几埭,说是勿曾来,我还信~,间壁郭孝婆也来看耐,倒说道勿来个哉。(海2-11-15)¶倪小姐生意,瞒~耐方老爷。前节方老爷末里照应,倒哝仔过去,故歇耐也勿来哉,连浪几日天,出局才无拨。(海59-507-7)¶合唷,青天大爷,当真瞒你~个哉。(三8-88-30)¶那丫头本来伶俐,见躲不过了,越性跑了出来,笑道:"我正要告诉奶奶去呢,可巧奶奶来了。"(红44-607-5)¶这官儿却忍气不过,便唤几个乐户,来到王二门前,喊叫道:"要捉王二的狐老!"(鼓33-403-10)¶适才干娘所说,句句钻着我的心,如今瞒~了。(禅6-73-14)

③共通語の"……不过来""……不过去"を吳語では"……勿过"で表すことが多い。¶倪听见仔叫局,总忙煞个来;有辰光转局忙~末,阿是要晚点咯?(海6-46-13)(忙不过来)。¶正说时,来安也跑回来,在天井里叫"老爷",报说道:"东棋盘街东首,远勿多哩。巡捕看来咯,走~哉。"(海11-85-12)(走不过去)。¶小妹也笑了,急问:"阿曾剥嘎?"阿巧哭道:"啥勿曾剥!倒是先生看~,拉我起来。无姆晓得仔,倒说我小干仵哭哭笑笑,讨人厌。"(海23-184-15)(看不过去)。¶我为仔看~说说耐,难下去我

也勿好说个哉。(海 49-417-15)（看不过去）。¶倘忙有辰光生意忙～，教双宝代代局也无啥；勿然末，双宝早就出去哉唩。(海 63-536-22)（忙不过来）。

【勿过去】
<动>立ち行かない(経済的に苦しいことなどで)。¶俚说故歇开消末大，洋钱呒拨下来，～，好像要搭我借。(海 22-175-23)¶小红也～，俚开消大，爷娘兄弟有好几个人来浪，才靠俚一干仔做生意。(海 24-192-11) ¶倪先起头勿是做生意个呀，为仔今年一桩事体～，难末做起个生意。(海 27-224-5)

【勿好看相】
体裁が悪い。みっともない。"相"については"无趣相"の注を参照。¶姚奶奶到该搭来，李莼兄面浪好像～。(海 23-188-20) ¶少安因他病还未痊，况只得第一台酒，面子上不好看相，依旧往楚云院中住宿。(繁初 18-199-9)¶秋谷见了恐怕他们老羞成怒，大家不好看相，便用别的话儿岔了开去。(九 58-423-20) ¶这个人是娄府请来的上客，虽然冲撞了老爷，若是处了他，恐娄府知道了不好看相。(儒 12-155-3)¶这事只怕行不得，一时便哄过了，后来知道，你我都不好看相。(醒 7-136-13) ¶诚恐小妹知觉，连累妹夫体面，不好看相。(醒 11-225-8)¶你却不肯时，大尹知道，却不好看相。(喻 36-544-12)

【勿好意思】
①きまりが悪い。はずかしい。¶因即擎起牙筷，连说："请，请，请。"羞得淑人越发回过头去。朱蔼人道："耐越是去说俚，俚越～，索性等俚歇罢。"(海 32-266-19) ¶有是有的，不过只有一半。对不住你老，叫我怪不好意思的，拿不出手来。(官 3-34-3) ¶子英道："我身上这个样子，自己觉着不好意思。"静斋道："不要紧,店里又没什么外人。"(十 35-259-25) ¶鸳鸯见这般看他，自己倒不好意思起来，心里便觉诧异，因笑问道："太太，这会子不早不晚的，过来做什么？"(红 46-633-24)¶这村牛拿着一个橄榄入口乱嚼，便问阿舅道："这叫做甚么东西？"阿舅因众客面前，不好意思，轻轻说道："俗啊，俗。"(醒下 2-104-21)
②気恥ずかしくて……できない。気が引けて……できない。¶拨来耐咪说穿仔末，倒～再吃一筒哉唩！(海 15-117-21) ¶大人当仔倪客人，倪倒～住来里，要转去哉。(海 52-443-22) ¶今天幸亏撞在我手里。倘然张老爷在此，你可就要吃苦头了。说毕，就把烟盘家伙还了我。我见他这样用情，倒不好意思白领他，只得把泼剩的大半缸陈公膏送给了他。(十 34-255-4) ¶虽然如此说，我只一心留下你，不怕老太太不和你母亲说。

語彙例釈　wu

多多给你母亲些银子，他也不好意思接你了。(红 19-269-9)

【勿见】
会っていない。⇨勿⑤　¶耐还有个令妹，也好几年～哉。(海 1-4-8) ¶三小姐长远勿见，好象壮仔点哉。(海 55-471-23)　¶长远～哉，生意阿好？(海 58-497-22)　¶大格老早就死，第二格勒浦东乡下，虽则末～过，算上去年纪亦对格。(狐 36-312-8)　"弗见"とも作る。¶倪记起来好像有三年弗见哉碗。(沪 1-93-1)

（注）共通語でも時間量を表す語のあとで"不見"は"没見面"の意味で慣用されている。→一年不见，你长这么高了。(現代漢語八百詞)

【勿见得】
……とは思えない。……とは限らない。¶来安道："老爷来哚吃酒，～来哉哩。"(海 5-35-1)　¶耐哚鬼戏装得来阿像嘎，只好骗骗小干仵！要阿德保来上耐哚当水，～哩。(海 12-96-22)　¶我想俚哚人赢末倒拿仔进去哉，输仔～再拿出来拨来耐哉哩。(海 14-113-17)　¶匡二诧异道："四老爷望该首来做啥？"长福道："常恐是寻朋友。"匡二道："～。"(海 26-215-19)　¶说俚凶也～哩。(海 53-446-18)　¶洪氏长叹道："常恐三公子勿来个哩，难末真真罢哉！"朴斋道："故是～，三公子勿像是该号人。"(海 61-524-1)　¶顺全请客，～有偌別人，倪阿去？我想俚也～勿倪。(鸿 1-193-16)　¶別人总～捉牢仔耐落灌个。(鸿 4-213-23)　¶耐转去搭洪中堂说，请俚放心末哉。谢勿谢倪倒勿来浪心浪，只要唔笃大家看仔晓得倪吃把势饭格人，也勿是一点点用场才吃拨格饭桶。故歇別人家说起倪堂里向佾人，总说才勿是好人，阿是也～。(九 174-1136-23)　¶劦说俫故歇饭后来，就是天亮快来末，奴也～讨厌俫，拿俫赶出去格碗！(狐 14-96-5)　¶今年行里向生意好否？——前半年生意～(那能)(好)，后半年倒还(可以)(无甚)。(上问 11-21-2)　"不见得"とも作る。¶格末有啥弗好意思。俚笃少奶奶总弗见得问耐讨人碗。(沪 1-20-11)　¶看这光景，今年茧价，不见得再贵上去的了，莫如我们作主代销了吧。(市 5-211-4)　¶照此情形，山东不见得再有汇来，倘若用完，叫我指着什么呢？(官 9-127-1)　¶这事恐怕不见得办得到。(新 4-18-17)　¶这时候，就便尧舜做了君，伊周做了相，孔孟做了师，谆谆的劝化，也不见得有甚效验。(新 59-274-17)　¶若论姓杜的为人作事，平时甚是大方。今日虽然如是，往后不见得与你为难，住在苏州料然无事。(繁后 2-735-11)　¶莲荪笑道："我也没有什么可说的事。"翠冰老九道："那也不见得吧，你要嘴强，我就要说了。"(人 34-377-1)　¶春泉道："巡捕房里办理此案，十分认真，前晚和瑟公同台面的人，听说也派包打听一个个查问呢。"静斋道："那也不过白费一番也罢？不见得查得出什么。"（十33-246-18）¶冯紫英道："这种货本是难消的，除非要象尊府这种人家，还可消得，其余就难了。"贾政道："这也不见得。"（红92-1311-19）¶若是这等为廉，世上不顾母亲、弟兄、不顾君臣，上下，只去恋着妻子的奸道，多得紧哩。一个人既然没了人伦，件件都不见得好了。（醒上6-41-11）
(注) 上掲例はいずれも話し手の否定的憶測をえん曲に表しているが，"不见得"の賓語に当る語句を前置して"……也不见得"とし，肯定の憶測を表している例もある。→况且自古道："燕赵多佳人。"或者借此技艺，在王公贵人家里出入，图得一个好配头也不见得。（二2-25-14）→你欠了女儿身价钱，没处措办时，好言好语，告个消乏，或者可怜你的，一两贯钱助了你也不见得。（警7-85-12）→我同你去，或者他家留酒饭也不见得。（喻40-626-10）→县里大人十分欢喜，送孩儿回来。连罗氏女儿也免提了。孩儿痴心想着，不但可以免罪，或者还有些指望也不见得。（初29-550-10）

【勿局】

〈形〉よくない。共通語の"不好""不行""不成""不舒服"などに当る。¶先生有转局末，早点去罢，晚仔～个。（海22-178-10）¶二宝道："我说耐同倪一淘到上海，我去寻阿哥，耐末夷场浪白相相，阿是蛮好？"秀英心中也喜白相，只为人言可畏，踌躇道："～个哩。"（海29-239-10）¶故俚歇个病，我也晓得勿要紧，等俚歇末哉，心浪终好象～。（海35-295-15）¶耐自家倒覅来，俚看见仔阿哥，规规矩矩～个。（海41-346-14）¶令弟相好李漱芳个病倒～哩。（海41-348-11）¶翠凤头颈一扭道："等俚歇末哉，啥人去陪俚嘎。"子富道："～个哩。"翠凤道："啥～，阿怕俚偷仔倪个家生？"（海59-500-6）¶耐身向里刚刚好仔点，推扳勿起。倘忙夜头出局去，再着仔冷，～个哩。（海62-532-21）¶二小姐格两年生意～，一径亏空下来格呀，不过二小姐勿肯搭耐说罢哉。（九167-1095-18）¶奴格毛病，只怕郎中才勿识货格，吃差仔药，倒要～。（狐30-246-16）¶啥说话？倘然本勒二娘娘晓得子，要查究个吓！～个。（三10-113-8）¶嗳，有所说个，斋僧勿饱尤如活埋。若还无得酒吃末，～个哉！（描30-264-22）"弗局"とも作る。¶玉如笑着把头摇了几摇道："看去弗局格哩。……。"（沪1-17-11）¶一见面就实梗动手动脚一付极形，覅说老五格号红人，就是推扳点末野弗局格唲。（沪1-76-12）¶夫人长叹一声，先流下几粒珠泪，方才伸出一只枯手，拉了素秋一把，悄然说道："素秋，素秋，耐阿晓得，倪格身子是弗局哉哩。"（沪4-69-6）

【勿靠帐】

〈动〉"勿可帐"に同じ。¶我再～余庆哥来里。（海55-471-15）¶双玉倒～俚，花头

語彙例釈　wu

大得野咑。（海 57-487-15）　¶再～拿差仔，勿是个赎身文书，倒拿仔罗老爷个拜匣。（海 59-502-16）

【勿可帐】
副詞"勿"＋動詞"可帐"。"可帐"は共通語の"想（到）""料（到）"。思いもよらなかった。意外であった。⇨勿⑤　¶耐算瞒倪阿是，～倪倒才晓得个哉。（海 14-109-13）¶耐说阿要快？就是我也～实概个容易。（海 48-405-17）　"勿壳张"とも作る。¶倪末当俚是个户头客人，勿壳张格位方大少，着实有点踱头踱脑。（九 6-50-1）¶勿壳张俚勒浪外势，还要说倪格邱话，放倪格谣言。（九 12-91-18）¶倪只当仔今生今世，看勿见耐格哉，勿壳张故歇来浪上海倒看见仔耐。（九续 68-532-2）¶勿壳张今朝勒火车浪会碰着区老爷俫格，区老爷俫一向好？（狐 45-387-16）¶勿壳张格格大炮，倒拿魏老吓醒。（官 8-113-20）　"弗壳张"とも作る。¶我在老三身浪铜钿末化仔弗少，待俚末野蛮体谅格也。弗壳张俚耐倒会掉抢花哩。（沪 1-48-8）¶弗壳张你倒这么会说。（人 40-490-22）　また，"勿科帐"とも作る。¶地格实在勿科帐个。（上散 9-59-3）

（注）"壳帐"の用例。→真真是格好场花，阿壳张一个名妓格坟，也会留名千古，搭兵老爷一淘传格。（狐 56-478-13）　→韵秋再不曾壳张阿土生会走这一着棋的，自己理短，争不出什么。（新 50-232-17）　"壳账"とも作る。→催命鬼原弗想替兄弟伸冤理枉，只壳账赶来打个撒花开顶，杀杀胜会，再者诈些银钱用用。（何 2-24-3）

【勿来】
承知しない。引き下がらない。ほぼ"不答应""不罢休"に当る。¶雪香不依，坐在仲英膝盖上，挽着仲英的手，用力揣捏，口里咕噜道："倪～，耐要搭我说明白哚。"（海 6-43-2）¶朴斋只是笑，也不说拿，也不说不拿。秀宝别转头来勾住朴斋头颈，撅着嘴，咕噜道："倪～，耐去拿得来哩！"（海 13-99-17）¶浣芳接说道"昨日蛮好来里，才是姐夫勿好碗，倪～个！"说着便一头撞在玉甫怀里不依。（海 18-144-5）¶唔笃来浪说倷？阿倪是笑倪，倪～格。（九 42-311-5）¶说着，便滚在沈仲怀中，口内咕噜道："倪～格，耐下转阿要实梗？"沈仲思被他一阵胡闹，心上也有些浑淘淘起来，觉得自家好像真有些对他不起。（九 77-558-22）¶佩兰听了，又伸过手来，要拧秋谷的嘴，秋谷和身一闪，佩兰拧了个空，身体一歪，趁势直滚到仲英怀里，口内咕噜道："倪～格，耐到底阿搭倪说？"（九续 30-227-25）

【勿了】
動詞の補語となり、不可能を表す。¶王老爷，闯出穷祸来耐也脱～个哩，麹看仔象无

834

要紧。(海 10-79-16)
【勿耐烦】
これ以上がまんできない。¶耐是奶奶呀，阿是奶奶做得～仔了，也到倪该搭堂子里来寻寻开心？(海 23-188-5) ¶周三忙招呼道："筱翁只怕等的不耐烦哩。"筱岑忙放了那本书笑道："还好，还好。也来得不久。"(商 6-47-10) ¶后来钱典史被他三噪聒的实在不耐烦，便借着贺根来出气。(官 2-20-16) ¶张咸贵已等得不耐烦了，忙请巧宝等人入了座。(十 30-224-19) ¶士隐听了，知是疯话，也不去睬他。那僧还说："舍我罢，舍我罢！"士隐不耐烦，便抱女儿撤身要进去，那僧乃指着他大笑。(红 1-10-10) ¶只见东首树头上一个野鹤，不住的头向着他，只顾叫，也气得不耐烦，就持了一根三岔枪往上刺去，刺他不着，往东飞去了。(醒下 3-112-14) ¶那晚妈妈进去久了，我正等得不耐烦，忽见壁门里小钟钻将出来。(禅 7-98-7) ¶将及黄昏，那婆娘等得个不耐烦，黑暗里走入孝堂，听左边厢声息。(警 2-18-5) ¶高赞被这伙做媒的哄得不耐烦了，对那些媒人说："今后不须言三语四。若果有人才出众的，便与他同来见我。合得我意，一言两决，可不快当！"(醒 7-131-3) ¶沈一夫妻多气得不耐烦，重新唤了匠人，遂件置造过，反费了好些工食。(二 36-662-9)

(注) 胡竹安《水浒词典》は"不耐烦"の項に【方】吴语说"等勿耐烦，意为等得不能忍受"の注を施している。

【勿起】
動詞の補語となり、その動作をする力、その動作に耐える力のないことなどを表す。¶倘然沈小红要嫁拨我，我也讨～。(海 24-194-7) ¶代仔罢，代仔罢。晚歇两家头再要打起来，我是吓～个。(海 36-300-21) ¶故末二少爷哉，刚刚好仔点，再要去，倪个干己担～。(海 43-367-6) ¶宝玉道："奴想麵做哉嚊，奴听见别人家说；四十岁勿做格多，还要闹俚作啥嘎！"阿金道："勿实梗格，格套人家，才是呒铜钿做～格说法噱。……"(狐 52-442-18) ¶四十二两，价钱式大点，我买～。(上问 45-82-3) ¶依我们想鱼肉吃，只是吃不起。(红 39-539-7) ¶起初妇人自己盘缠，后来用得没有了，苦央主人家说："赊了吃时，只等家主回来算还。"主任辞不得，一日供他两番。而今多时了，也供不起了。(二 14-277-10)

【勿然】
〈连〉①そうでなければ……。その仮定の下での結論・結果をその後に述べる。¶耐叫饶仔也罢哉，～我要问声俚看，大家是朋友，阿是徐大爷比仔张大爷长三寸喥？(海

語彙例釈　wu

5-36-10）¶二少爷阿听见？幸亏有两个鼻头管，～要气煞哚！（海 6-43-18）¶倪～搭客人一淘坐马车也无啥要紧,就为仔正月里有个广东客人要去坐马车,我勿高兴搭俚坐,我说："倪要坐两把车哚。"（海 8-62-15）¶倪～陆里晓得啥双台嘎嘎。（海 12-92-1）¶故歇生来要吃点亏，耐要会梳仔头末好哉。～我搭俚说仔罢，刚刚乡下上来，头一家做生意就勿高兴出来,出来仔耐想做啥？再有啥人家要耐？（海 23-184-7）¶从小看惯仔，倒也无啥要紧；～一径关来哚书房里，好像蛮规矩，放出来仔来勿及去白相，难末倒坏哉。（海 32-266-5）¶～是也无啥，难俚说仔麼我帮贴，我倒间架哉。（海 44-376-22）¶俚倒有点意思！耐是个大爷，豁脱仔点勿要紧，才偷仔耐个物事，～末，我物事为啥勿要嘎嘎？（海 60-513-5）¶～也勿关倪事,倪就为仔三四千个店帐来里发极。倘然推扳点小姐，倪倒勿去搭俚拿仔几几花花哉。（海 62-527-12）¶伯飏道："耐那哼晓得我来里该搭？"双人道："我先到耐公馆里，门上说唔笃三位一淘出来个，～还寻勿着来！"（鸿 3-204-6）¶只要耐拿格三千洋钱带挡还拨仔倪，格末随便那哼随耐格便，～末倪也有两句闲话勒浪说说。（九 38-279-18）¶格落奴一径牵记俫老人家，要想到间搭来，倒是路隔得远，勿能如奴格意。而且间搭场化,出生出世勒到过歇,一点点才勿认得格,～是老早来拜望俫哉。（狐 33-283-13）¶最好俫拨我一个样子，（再勿是）（～末）俫打个图样来。（上散 8-44-10）¶还算有救星，～是加意受枉者。（上问 25-47-9）"弗然"とも作る。¶区得倪有主意，先看出仔俚格人品，齣做俚。弗然是故歇拨俚漂点帐目，野吃弗消格哉。（沪 4-51-6）¶可惜唔笃迟到一歇，弗然末正好看点话巴戏。（沪 4-54-8）¶黛玉冷笑道："我说呢，亏在那里绊住，不然早就飞了来了。"（红 20-284-22）¶只除是恁的般方好，不然直走到明年正月初一日，也不能住。（水 53-876-10）

②前項の用法と同じであるが、そうでなければこうと、そのいずれか一方であることに力点がある。¶翠凤道："我说，耐要好末，要耐到倪搭来住两个月，耐勿许一干仔出门口。……"子富道："我有几花公事哚，陆里能够勿出门口。"翠凤道："～末，耐去拿个凭据来拨我。……"（海 8-59-9）¶最好末耐原转去，托朋友寻起生意来再说。～就搬到耐哚娘舅店里去，倒也省仔点房饭钱。（海 14-107-15）¶昨日已好了些，今日如何虚微浮缩起来，敢是吃多了饮食？不然就是劳了神思。（红 53-737-5）

（注）"勿然末""勿然是"の"末""是"については、それぞれ見出し"末""是"のところで述べてある。

【勿如】

〈动〉……にこしたことはない。……したほうがよい。¶耐住哚客栈里，开消也省

836

勿来。一日日哝下去，终究勿是道理。耐白相末也算白相仔几日天哉，～转去罢。(海 12-98-18) ¶早晓得耐要去上俚哚当水末，倪倒～也说是清倌人，只怕比仔陆秀宝要像点哚。(海 14-113-2) ¶题个跋末～做篇记。(海 47-400-9) ¶我替无姆算计，～让双宝出去个好。(海 63-537-8) ¶倪想起来，～耐先转去仔，留一个当差格住来里俚搭，等倪舒齐好仔，同俚一淘到常州来，耐说阿对？（九 40-297-11) ¶艶去说俚，若然说说看，只怕两三日也讲勿完，倒～弗说格好。(狐 12-80-11) "弗如"とも作る。¶倪明年想做点金子生意。耐办报馆末倒弗如做格号生意活动点哩。(沪 1-80-5) ¶好在我给他这个缺的话，还没有向他说过。不如把这缺委了别人。(官 11-168-11) ¶何苦来，你摔砸那哑吧物件。有砸他的，不如来砸我。(红 29-415-7) ¶如今双手扑尘，一文也没，倘若发下牢中监禁，岂不活活饿死？不如寻个自尽罢了。(禅 8-114-5) ¶妹子经了许多风波，又有谁人聘他。不如招赘那汉子在门，两全齐美，省得傍人议论。(警 21-304-3) ¶蒲城县人户稀少，钱粮不多。不如只打华阴县。(水 2-28-1)

【勿入调】

〈形〉さまにならない。まともでない。けしからん。¶耐～末，我去教蒋月琴来也打耐一顿。(海 9-73-7) ¶赖公子只顾脚下，不提防头上，被挂的保险灯猛可里一撞，撞破一点油皮，尚不至于出血。赖公子抬头看了，嗔道："耐只一个保险灯，也要来欺瞒我！"(海 50-424-21) "弗入调"とも作る。¶金凤末野真弗入调，俚明明晓得次卿勒浪做咏春，是多年老客人哉，俚就此放一个信通知次卿。次卿心浪向野有点弗高兴起来哉，马上跳糟做仔久安里格题红馆。(沪 4-13-6) ¶第二天她自己办了菜，请我过去吃饭，这时候我遇见她那可嫌的叔父，只顾对人挤眉弄眼，很有些老不入调。(歇 77-1063-15)

【勿入味】

〈形〉理不尽である。¶俚说："耐勿搭客人坐也罢哉；只要我看见耐搭客人一淘坐仔马车末，我来问声耐看。"故末叫～哚。(海 8-62-19)

【勿舍得】

〈动〉手離すに忍びない。……するのに忍びない。¶阿是耐～三块洋钱，连水烟才麬吃哉？(海 15-117-11) ¶我从养仔俚养到仔十八岁，一径～教俚做生意。(海 16-127-7) ¶节浪拿物事出去，一来末难为情，二来末～，所以奴勒里另想念头。(狐 33-276-10) "弗舍得"とも作る。¶夫妻两家头省吃省用，一件布衣裳末才弗舍得着勒身浪。(沪 2-9-4) ¶这也是鹌鹑当中的健将，战无不胜，孙老刘杖着它赢得好些钱。曾经有人还过三百两银子，孙老六不舍得卖。(负 9-41-23) ¶那婆子听如此说，自不舍得出去，便又泪流满面，

語彙例釈 wu

央告袭人等说："好容易我进来了，况且我是寡妇，家里没人，……。"（红59-837-8）¶荤腥尽有，我又不是不舍得与他吃。（醒1-6-14）¶这饼子原是我家今早把与他吃的。他不舍得吃，将来恭敬两位小官人。（警5-54-6）¶金氏夫妻见安平无事，不舍得把女儿嫁与穷儒，渐渐的懊悔起来。（初10-179-1）¶祖上的好田好地，又不舍得卖掉了。（二16-326-12）¶买一罐酱值得甚的，便有口舌？奶奶只是见贵了，不舍得钱，故如此说。（喻19-275-7）¶不是为者五两银子不舍得送来，只想尊兄必是自来，故意延挨。（水38-598-12）

【勿声勿响】

うんともすんとも言わない。声一つ立てない。¶我看俚～，倒蛮有意思，做起生意来比仔双宝总好点。（海12-96-10）¶该个末，倪无姆个姘头啘。就是俚～，调皮得来，坎坎还来浪起个花头。（海49-420-22）¶亚白先生啥～嘎，难道痴鸳先生做得勿好？（海51-432-10）¶俚咾用勿着媒人，自家～，就房间里点仔对大蜡烛拜个堂。（海53-449-11）¶俫今朝到奴搭来，啥格勿高兴，～，皱起格眉头，扳起仔格面孔。（狐15-104-12）¶唔笃阿是一淘来格？倷格～，倒拿倪吓仔一跳。（九-72-12）¶秦寓道："耐真格要来格嘘！"秋谷点头，秦寓更追问一句道："真格阿来？耐勿要～，耐搭倪说嘘！"（九续62-476-13）

【勿相干】

〈形〉大したことでない。どうってこともない。"不要紧""没关系"の意。¶张新弟回栈来搬铺盖，因问赵二宝："阿要一淘去寻倪小村阿哥？"二宝摇手道："寻着耐阿哥也～啘，耐到咸瓜街浪永昌参店里，教倪娘舅该搭来一埭再说。"（海29-240-15）¶宝玉道："吓，就是俚！俫哪哼打听着格介？俚做格种事体，是蛮秘密格啘。"阿金道："秘密也～格，俗语两句说得好，说若要人不知，除非己莫为，凭俫秘密，终归是按仔耳朵吃栗子罢哉。"（狐32-267-9）¶这位督办，那时候还在上海游手好闲，无所事事，正好有工夫做那些不相干的闲事。（目78-631-19）¶有一位说是喜，有一位说是病，这位说是不相干，那位说怕冬至，总没有个准话儿。（红10-152-11）¶宝玉问："头上可热？"晴雯嗽了两声，说道："不相干，那里这么娇嫩起来了。"（红51-716-13）¶不知你家嫂子几时不见了？我好耽耽在家里，却来问我要人。就见官，我不相干。（二38-705-9）

【勿消】

〈动/副〉必要としない。¶耐末去听仔姘头个闲话，～四五年，骗仔耐洋钱，再骗耐物事，等耐无拨仔，让耐去吃苦。（海49-417-7）¶罗老爷一节个局帐有一千多咪，～

838

三年,就局帐浪扣清仔好哉。(海59-504-4)¶晓得来里个,～钱先生吩咐。(描10-92-27)¶理应效劳,～大先生叮嘱得格。(狐59-502-17) ¶老爷差官,同小人们到他家中,搜出尸首,就不消再问了。(醒下12-198-4) ¶就是姓魏的也是熟人,不消多虑。(官11-165-14)¶瞿太太道:"你辞得掉,顶好;倘若辞不掉,只好苦了我再到制台衙门里替你去走一趟。"瞿耐庵道:"容易得很。一辞就掉,不消太太费心。"(官40-679-7)¶轮船的买办,本是认识的,不消说异常的恭维话。(市1-188-9) ¶那下等社会的人,更是不消说了。(维1-2-13)¶迎春身上不耐烦,不吃饭;林黛玉自不消说,平素十顿饭只好吃五顿,众人也不着意了。(红35-479-18) ¶黎赛玉道:"且请坐,用几个点心了去。"赵婆道:"不消。"(禅6-82-4)¶这样看起来,世上人不消争名夺利,只消去做佛会便世世富贵了。(禅6-84-11) ¶不消说得,必是遇着歹人,转贩为娼了。(初2-41-11)¶多是我自家热心肠的不是,不消说了。(二11-231-8) ¶奶奶前去,好寻个安身之处。老身在此处途路还熟,不消挂念。(警11-139-15)¶不消多事,随分便好。(水4-60-9)(注)この種の用法における"消"は"需要"の合音とされる(胡竹安《水滸詞典》)

【勿要】

〈副〉……するな。……するに及ばない。禁止を表す。⇨覅。¶看见仔韵叟,大家作个揖,切～装出点斯斯文文个腔调来。(海47-401-19) ¶耐～放勒心浪,倪倒也勿在乎此格。(九15-116-8) ¶侬～跑出来,外处(风)(蓬尘)大来西。(上散2-6-7) ¶护院叫劝劝大人,不要把这事放在心上,过上两个月,冷一冷场,总要替大人想法子的。(官3-42-18)¶再不要提吃药。为这病请大夫吃药,也不知白花了多少银子钱呢。(红7-108-1)¶你不要说慌。(水1-6-15)

【勿要紧】

〈形〉差し支えない。かまわない。たいしたことでない。 ¶倪再豁五拳吃饭,总～啘。(海5-41-9)¶朱淑人不提防,猛吃一惊,略松了手,那一只银鸡缸杯便的溜溜落下来,坠在桌下,泼了周双珠淋淋漓漓一身的酒。朱淑人着了急,慌取手巾要来揩拭。周双珠掩口笑道:"～个。"(海17-136-1)¶无拨啥勿会好个病。不过病仔长远,好末也慢性点。眼前个把月总归～,大约过仔秋分,故末有点把握,可以望全愈哉。(海36-305-22) "覅紧""弗要紧"とも作る。¶有弗有,倪野弗去管俚。横势化脱点铜钿是覅紧格。(沪4-84-6)¶单罚俚笃两碗酒,原弗要紧,只要俚笃认仔差,耐也就实梗罢。(鸿6-226-4) ¶我瞧着那些字也不要紧,就是那《女孝经》也是容易念的。(红92-1303-11) ¶紫鹃姑娘这些闲话倒不要紧,只是他却说得,我可怎么回老太太呢。况且这话是告诉得二奶奶的

語彙例釈　wu

吗！(红 97-1373-9)

【勿有】

ない。⇨无拨。¶耐能够戒脱仔勿赌，故是再好也～。(海 14-113-24)¶耐个诗再好也～，我倒觉着耐试啥个更好哉。(海 60-515-10)　¶老人家精神是再好也～，必过看见近来时势勿对，一径也想告病。(鸿 8-235-22)¶难钱老爷搭倪收仔场子，再好～。(鸿 11-254-5)¶只要耐八少肯赏光，是再好～哉哚。(九 23-172-21)¶因时制宜，再好～。(上问 50-90-8)"弗有"とも作る。　¶倪先生是再要规矩弗有格哉。(沪 1-8-4)　¶格是再好弗有格哉。(沪 3-98-4)

(注)《海上花列伝》は上掲用例に限られているが、作品によってはほかの用例もある。→勤说荤腥吰不吃，连搭日日吃青菜豆腐，油水才勿有一点点格，熬得我嘴里清水出格哉。(狐 20-160-4)　→切勿要穷凶极恶，搭俚笃扳面孔，即使真真勿有，一时拿勿出，俚倷亦叫吰设法，扮勿转大老官落呀！(狐 34-292-26)　→勿有啥路道，格格困身子格料作末，绸缎庄浪赊来浪格，来浪生意浪末勿得勿绷格该点点面子，勿然末客人哚看仔象啥嘎。(商 2-13-27)　→格格歪头阿魏实头是流氓哉，倒说'洋钱勿有末戒子借一借'，一个勿留心拨俚脱子一只金戒指去哉。(商 2-14-5)　→地两日个小菜直头一眼滋味全勿有。(上散 5-20-8)　→买之是格能几化物事，阿里有甚一眼让头勿有个？(上散 8-49-2)　→铜个一定有，倒勿晓得金个呢勿有。(上问 11-20-5)　→倩倩又道："耐笃男人家是总归弗相信格。格号事体是直头蛮多格哩。"次云点头道："有弗有，倪野弗去管俚。横势化脱点铜钿是勤紧格。……"(沪 4-84-6)　"不有"も同じように用いられる。　→他不有出人的本领、越众的智谋，那里能够做这些勾当？(新 11-48-2)　→中国就不有我，也未必是兴的起。(新 18-79-6)→几个红倌人，那一个不有女相好？(新 32-145-26)→那捐客是只有用钱，不有薪水的，手面大，生意多，进款倒也不少的。(新 34-158-4)→天下那有白尽义务的人！我不有利益，替他画甚么屁的计策！(新 39-181-28)　→不有小聪明，不会作弊了。(新 47-217-10)　→袋里空落落，休说钞票，连废纸都不有一张(十 5-26-7)　→贼子坚辞不获，只得坐下吃了点子，道谢而去，从此便不有贼子再来。(十 9-61-29)　→快吗？不有本领，怎么能够这么的快？(十 36-265-19)→如此两假相逢，终有一真。其间琐琐碎碎，难保不有口角之争。(红 29-414-9)　→已有了号，还只管这样称呼，不如不有了。(红 37-502-10)

【勿在乎此】

そんなことは気にしていない。そんなことはどうでもよい。　¶倪先生欠来哚几花债，

840

早末也要耐王老爷还，晚末也要耐王老爷还，随耐王老爷个便好哉。耐王老爷待倪先生要好勿要好，也～。(海 11-84-11) ¶少顷谈毕，双珠辗转一想，却又迟回道："说末说说罢哉，勿见得成功哩。"善卿道："定归成功，俚哚～。"(海 63-542-24) ¶倪多末勿成功，四十块洋钱格东，还做得起。金大少，耐勿要放勒心浪，倪倒也～格。(九 15-116-9) ¶故歇俚耐勿高兴来末，倪也～，只要耐二少有心照应，绷绷倪格场面，勿要坍倪格台好哉。(九 21-161-20) ¶晓得耐有铜钿，～，倪勿要呀，倪要耐个铜钿末，老早要格哉，为啥要等到故歇呀？(九续 57-440-10) ¶横势只有五百两，倷也～，牯牛身浪拨根毛，犯勿着惹人讲张唬。(狐 15-105-15) ¶虽统领不在乎此，然细细想来，岂不做了洋盘大老官吗？(狐 39-335-8)

【勿知勿觉】
知らず知らず。¶随便陆里小烟间才是醒醒醒醒个场花，想来四老爷去吃烟末，倒～困下去，就过仔个毒气。(海 58-496-8) ¶生意一点点无拨，开消倒省勿来，一千洋钱个身价，～才用完，难末无法子哉唬。(海 59-502-9) ¶奴叫悟贞，登勒间搭，～，毛毛教有十年哉。(狐 56-481-22) ¶光阴似箭，日月如梭。吴图在家，不知不觉已是两年多了。(负 4-17-4) ¶两人讲到得意之际，不知不觉的多饮了几杯。(官 1-9-10) ¶这日夜间，正和平儿灯下拥炉倦绣，早命浓薰绣被，二人睡下，屈指算行程该到何处，不知不觉已交三鼓。(红 13-174-4)

【勿至于】
〈动〉……するまでには至らない。¶但是脾胃弱点还～成功搒瘵。(海 36-305-1) ¶伊(～)(勿造之于)(勿见得)摆拉颈骨后头否？(上问 2-4-9) "弗至于"とも作る。¶耐豪燥过去招呼招呼。俚笃有朱老来海，弗至于拨耐吃区，放心末哉。(沪 1-61-2) ¶他不呆，也不至于如此了。(目 41-320-14) ¶他就是没有差使，也不至于十二分怨我？(官 11-156-22) ¶我们浙江不至于有什么事情叫人说话。(官 18-286-17) ¶南京督军既然如此招待他，他所说的话似乎不致于是吹牛了。(人 47-596-19) ¶要来一群都来，要不来一个也不来；今儿他来了，明儿我再来，如此间错开了来着，岂不天天有人来了？也不至于太冷落，也不至于太热闹。姐姐如何反不解这意思？(红 8-126-17)

【勿着杠】
〈动〉あてがはずれる。だめになる。あてがつかない。めどが立たない。"落空""没着落"などの意。¶耐也上仔黎大人当水哉！水烟末吃仔，三块洋钱～哩。(海 15-117-20) ¶四五年省下来几块洋钱，拨个烂料去撩完哉；故歇倪出来再用空仔点，连盘费也～唬。

語彙例釈　wu

（海 31-257-16）¶刚刚碰着仔节浪，几花开消才～；屋里再有爷娘搭兄弟，一家门要吃要用，教俚再有啥法子？（海 34-281-3）¶故歇搭耐钱行哉，再客气仔～哉，耐阿肯送点拨我？（海 53-451-3）¶耐有客人吭客人，生来勿关倪事，不过倪刚刚来格辰光，讲明白生意浪有拆头格，故歇勿要说是拆头，连拆脚才～。（九 104-722-25）¶难末紫云轩抢仔一匣鸦片烟，望仔嘴里就倒，亏得抢得快，救得快，勿然是紫云轩格条命，老早～格哉。（九续 35-267-15）"勿着扛"とも作る。¶今年倪搭开销，刚刚再少一千洋钿；耐搭借仔五百，再有五百勿着扛。（九 130-874-17）¶伊旺！啊旺！别人家面衣两面黄，伊旺！啊旺！我倪的点心勿着扛。（苏 43-4）

【勿着落】

〈形〉わきまえを欠く。当を欠く。"没分寸""不得当"などの意。¶双玉道："耐也～，'先生'末'先生'，啥个'小先生'嘎！"阿珠道："叫俚小先生也无啥碗。"双玉道："起先是无啥，故歇添仔个'大先生'哉呀。"朱淑人接嘴说："故倒勿差，倪也要当心点咪。"（海 46-391-2）¶俚肚皮里还算明白，就不过有点～。看仔末十四岁，一点勿懂轻重，说得说勿得才要说说出来。（海 52-442-15）¶耐瞎说个啥嘎，耐故歇末该应快快活活，办点零碎物事，舒齐舒齐。耐倒再要哭，真真～！（海 55-466-11）¶耐末样式样依仔个二小姐，二小姐有点～格哩。（海 62-528-10）

【勿着勿落】

"勿着落"を強めた言い方。¶该个客人倒无啥，搭双宝也蛮要好，就是双宝总有点～。（海 17-137-16）¶难麴去～瞎噪！尹老爷原搭耐蛮好，耐也写意点，快快活活讲闲话末好哉。（海 46-387-4）¶二小姐，耐末也有点～。潘大人要看末，拨俚看看末哉碗，为啥要瞒仔潘大人呀？（九 167-1095-9）¶耐末说说就要瞎三话四，越说越好听哉！豪燥点去罢，勿要～格瞎说！（九 167-1097-7）¶匡老大也勿好，倪阿姊也有点～。独说倪阿姊一干仔勿好末，也勿公平。（九续 66-514-2）

【务必】

〈副〉必ず。ぜひ。¶价末中秋日～屈驾光临。（海 47-401-5）¶我们这五科哥极爱朋友。今天是专诚相请，酒已交代，子翁～要去的。（官 7-105-24）¶平儿，回去告诉你奶奶，我的话，把这一条～免了。（红 55-776-15）¶汝等诸官，各受重爵，～赤心报国，休得怠慢，以负朝廷任用。（水 114-1711-11）

【物事】

〈名〉もの。品物。¶正要来寻耐，有多花～，耐看看阿有啥人作成？（海 1-6-8）¶

我请耐来，要买两样；一只大理石红木榻床，一堂湘妃竹翎毛灯片。(海 4-28-23) ¶耐末拿洋钱算好〜，倪倒无啥要紧。(海8-59-14) ¶还债买〜同局帐，一节勿曾到，用拨俚二千多。(海24-194-8) ¶前一礼拜，倪几转看匡二爷背仔一大包〜出去，倪勿好去，倪勿好去问俚。(海60-513-2) ¶该星〜是倽人个？(鸿3-208-8) ¶〜倪先带得去，洋钱明朝送来。(九6-45-1) ¶据说有格〜，才是预先远出去的。(狐10-67-20) ¶阿吓吓，我是做卖婆个人，罗里有故宗好〜介。(描5-46-13) ¶伊买〜去转来拉末？(上散2-6-8) ¶又有一晚做梦，你带了许多〜，遇着强盗，把你劈了一刀，〜抢去，我哭醒了，好叫我心中难过。(文39-209-25) ¶傅大人请你吃了点外洋的甚么新鲜〜？(梼12-191-21) ¶一面说，一面往屋里喊了一声道："回来了，阿宝姐快下来拿〜。"(人1-4-3) ¶雨村欢喜，自不必说，乃封百金赠封肃，外谢甄家娘子许多〜。(红 2-22-7) ¶列位莫怕，要你列位来看件〜。(醒下 11-190-9) ¶迎儿，我与你一件〜。(警13-176-8) ¶我自到海外一番，不曾置得一件海外〜，今我带了此物去，也是一件希罕的东西，与人看看，省得空口说着，道是苏州人会调谎。(初 1-12-7) ¶那苏州府所属太湖洞庭山某寺中，有一件希奇的〜，乃是白香山手书《金刚经》。(二 1-9-12) ¶你替我将这件〜，寄与阮三郎，将带他来见我一见，万不妨事。(喻 4-83-2) ¶天教我和张三买〜吃。这几日张三瘦了，我也正要买些东西和他将息。(水 21-315-4) "末事"とも作る。¶耐勿要勒浪勿相信，倪拨点末事耐看看。(九113-774-6) ¶两爿面颊骨浪，搭仔几化胭脂，红得哎淘成，赛过佛门前纸马实梗，两条蛮阔格眉毛，倒说是假格，用墨画出来格呀，一根毛毛才哎不，勿知吃仔啥格好末事勒脱落格。(狐53-455-22) ¶的刮好末事哩。格宗末事，外势罗搭有买处哩。(沪1-14-1)

【误】
〈动〉支障を来たす(事がらに)。¶王老爷要紧去消差，耐麨瞎缠，〜俚公事。(海 28-228-6)

【误事】
〈动〉支障を来たす。事を誤る。¶旧年九月里起病辰光就用仔'补中益气汤'，一点无啥要紧。算是发寒热末，也〜点。(海36-304-23) ¶若说的不齐全，误了奶奶的事，凭奶奶责罚就是了。(红 27-376-23) ¶既有正事，何必忙忙又来，千万别为我〜。(红66-939-19)

【婺源板】
〈名〉婺源産の板材。婺源は県名、江西省の東北部にあり、浙江、安徽両省に接する。

語彙例釈　wu－xi

木材の産地として有名。¶棺材末有现成个来浪，一个～，也无啥；一个价钱大点，故末是楠木。（海42-357-6）¶打了这把打算盘，所以当时购办棺木，虽不是楠木杪枋，却也是上好的～，连夜定合起来的。（狐61-518-5）¶客人要看寿板，小店有真正婺源加料双靪的在里面。（警22-311-1）

X

xi

【西面】

〈名〉西の方。¶善卿道："送到陆里嘎？"莲生道："就送到大脚姚家去，来哚楼浪～房间里。"（海4-29-1）¶赵温坐的是东面一排第二张椅子，王孝廉坐的是～第二张椅子，王乡绅就在～第三张上坐了相陪。（官2-16-16）¶正楼曰"大观楼"，东面飞楼曰"缀锦阁"，～斜楼曰"含芳阁"。（红17·18-250-7）

【吸】

〈动〉吸う（たばこやアヘンなどを）。¶再～筒烟哩。（海56-475-9）¶道台的雪茄，随你怎样，总是店家的市品，阿拉那里～得惯！阿拉平日～的烟，都是外国人送给我的。（新39-180-8）¶尔梅着急道："照此说来，莫非奶奶吸过了烟？"小大姐道："烟灯没有点过，那得～烟？"（繁后30-1080-12）

【希奇】

〈形〉形容詞"稀奇"に同じ。下掲例は形容詞"稀奇"①。¶要是牌勿好，输起来，就二三百洋钱也无啥～哩。（海14-108-5）¶俚笃讨个把倌人也呒啥～，伯荪不过是头一个来。（鸿3-207-22）¶耐是有名气格大客人㖸，倪耐耐买两只戒指末，一塌刮仔，不过七百两银子，也勿算偆格～事体。（九6-45-10）¶入娘贼，年年杀两个吓啥个～？（描27-243-27）¶印把子甚么～，交了出去，乐得清净些。（目59-469-13）¶哥儿虽要行好，但这些东西虽说不甚～，到底也是几件器皿。若给了乞丐，一则与他们无益，二则反倒糟塌了这些东西。（红29-410-17）¶一边妄言，一边发怒，一边误认凑合成了这事，真是～！（初12-225-13）¶好教官人得知：我每撞着的事，比你的还～哩！（二13-265-16）¶只是个九宫八卦阵势，又无甚～。（水87-1428-5）

【悉】

〈副〉ことごとく。すべて。¶难是生来一概拜托老兄，其中倘有可以减省之处，～凭老兄大才斟酌的末哉。（海64-544-16）¶这个也～凭尊便，兄弟不便揎掇的。（九80-579-3）

¶这会子,自然一概要拜托妈妈,其中倘有可以减省之处,～凭妈妈大才斟酌的是了。(十35-258-8) ¶宝钗忙问因何又打他,探春～把昨夜怎的抄检,怎的打他,一一说了出来。(红75-1066-17)

【稀饭】
〈名〉かゆ。 ¶倪要吃～哉,耐坎坎来。(海8-60-20) ¶我有一碗五香鸽子来浪,教俚咲炖口～,耐晚歇吃。(海19-156-19) ¶～炖好勒浪哉,阿要吃?(鸿4-212-7) ¶用点饭呢？——弄眼粥来罢。(上散10-67-5) ¶我今朝(勿适意)(勿爽快)(勿受用),叫伊拉替我烧眼(粥)(～)来。(上问28-52-6) ¶第二天黑早,传说大人已经起身,厨房里把预备的～、烧饼早点心端了进去。(官6-87-19) ¶房间里娘姨搬上～,菜来,品纯等都说夜深不吃,立起身来,告辞而去。(新25-113-1) ¶贾母因问:"有～吃些罢了。"尤氏早捧过一碗来,说是红稻米粥。(红75-1068-5)

【稀奇】
〈形〉①珍奇である。珍しい。 ¶小妹姐也笑道:"阿要瞎说!耐自家有几花大,倒养起实概大个儿倪子来哉。"雪香道:"啥～嘎!我养起倪子来,比仔俚要体面点咪。"(海6-43-14) ¶钏臂末啥～,蒋月琴啥勿晓得送仔几花哉!(海8-58-9) ¶"耐个人倒～咲!"遂向翠凤深深作揖下去,道:"我今朝真真佩服仔耐哉。"(海8-60-14) ¶一对钏臂末就几百洋钱也勿～唲。(海32-270-13) ¶这吊脖子一道,看看是没甚～,学起来倒也颇非容易。(十12-79-24) ¶四块洋钱什么～!我昨天还输了四十多块哩!(官44-751-13) ¶再说你府上许大风险的钱庄还要开,组识一爿合法隐当的银行有什么～?你真有些多虑了。(人12-105-10)

②奇怪である。奇异である。 ¶娘舅个闲话也说得～,妹妹一淘坐来浪,倒说道拨来人骗仔去哉!骗到陆里去嘎?(海31-258-9) ¶起先倪才说王老爷是个好人,故歇倒也会打仔小老母哉,阿要～!(海54-462-10) ¶余庆鼻子里又哼了一声道:"为啥故歇几个人才有点阴阳怪气!"随手指着徐茂荣道:"坎坎俚一干仔跑得来,同娘姨说闲话,我去喊俚,俚倒想逃走哉,阿要～。"(海56-474-17) ¶故歇世界浪事体,格末叫～。倪倒勿壳张萝卜大人会有实梗格一来,阿要诧异。(九175-1142-3) ¶晏有～格事体。从前格排客人底子空虚弗空虚,面子浪向总规有点看得出,故歇是有铜钿客人倒要装出一副极相来,呒铜钿客人越要绷俚格臭排场。(沪1-46-2) ¶他在苏州做过生意,自然会讲苏州说话,这倒并不～。最奇是那个姓周的,去年夏天娶得起他,怎么今天要卖起他来?(繁后36-1153-20) ¶大众都瞧着奇怪,就是署院见了也以为～。(官20-319-16)

¶看这小子容颜古怪，相貌～，言语甚有经纬，决非落后之人。(禅 19-310-11) "希奇"とも作る。¶勿壳张俚今朝倒做起武小生来，阿要希奇。(狐 47-405-12) ¶看看口鼻时，已是没气的了。大家慌张起来，道："这死得希奇!"(二 18-371-8)

〈动〉珍重する。大切にする。 ¶噢唷，有仔个家主公了，～得问一声都勿许问。(海 21-167-22) "希奇"とも作る。 ¶阿有道："熟罗裤子啊做好勒？"老五道："昨日刚刚交代仔裁缝，今朝就做好，也吭拨实梗快啘。"阿有道："对耐说仔长远哉，耐是生来要做拨别人格，倪也勿希奇条把裤子，滚耐格蛋罢!"(鸿 19-306-10)

【稀奇古怪】
奇怪至極(ごく)である。 ¶我有个朋友，内外科才会，真真好本事，随便耐～个病，俚一把脉，就有数哉。(海 21-169-12) "希奇古怪"とも作る。 ¶至于南洋这边的宾船，那希奇古怪的笑话，也不知闲了多少。(目 78-627-6) ¶上海是世界上第一个好地方，一切希奇古怪东西都在上海出产。(十 1-1-1)¶如此事体，逢着便做。做来便希奇古怪，得利非常。记不得许多。四五年间，展转弄了五七万两。(二 37-689-3)

【稀奇煞仔】
形容詞"稀奇"＋補語"煞仔"。"煞仔"は程度がたいへん高いことを表す。¶善卿道："耐拿啥物事来谢我哩？"蕙贞道："请耐吃酒阿好？"善卿道："啥人要吃耐台把啥酒嗄！阿是我勿曾吃嗄，～。"(海 4-29-8) ¶阿珠倒冷笑道："耐勥反哩！倪是娘姨呀，勿对末好歇生意个啘。"小红怒极，嚷道："要滚末就滚，啥个～!"(海 41-343-4)
動詞"稀奇"＋"煞仔"。¶倪无姆也勿公道，要打末双玉该应打一顿。双玉稍微生意好仔点，就～，生意勿好末能概苦嗄。(海 17-133-17)
（注）《漢語方言大詞典》は"煞仔"を次のように説明している。煞仔〈副〉表示程度极高。吴语。江苏宜兴、常州、溧阳、金坛：菜汤咸～要死。

【稀奇杀仔】
動詞"稀奇"＋"煞仔"に同じ。 ¶我想我从小到故歇，无姆一径～，随便要啥，俚总依我。(海 20-161-21)

【膝馒头】
〈名〉ひざ。ひざがしら。 ¶要紧是勿要紧，难为仔两个～末，就晚歇也无啥。(海 21-170-16) ¶臭花娘双～跪在地下，祝告了一番。(何 7-73-7)

【席间】
〈名〉宴席の場。¶有末有一个来里。拈～一物，用《四书》句叠塔，阿好？(海 39-326-2)

xi 語彙例釋

¶～问得此信，一叠连声："恭喜，恭喜！且借酒公贺三杯。"（海47-402-17）

【喜】
〈名〉おめでたいこと。また、特に懐妊を指す。 ¶见了朴斋笑道："赵先生，恭喜耐哉啘。"朴斋愕然道："我有啥～嘎？"（海14-109-12）¶席间问得此信，一叠连声："恭喜，恭喜！"且借酒公贺三杯。仲英只是笑，雪香却嗔道："啥个～嘎，小妹姐末瞎说！"（海47-402-18）谁知过了两个月，九姨太肚子也瘪了，又说并不是～，药也不吃了，就把剩下来的半罐子益母膏丢在抽屉里，一直也没有人问信。（官36-619-1）¶有一位说是喜，有一位说是病，这位说不相干，那位说怕冬至，总没有个准话儿。（红10-152-11）

【喜欢】
〈动〉①好む。好きである。¶耐哚～闹酒，倪也有个子富来里，去闹末哉。（海12-93-14）¶俚乃喜欢糟蛋，耐去开仔个糟蛋罢。（海14-114-15） ¶耐末总～人家人，阿去坐歇白相相？（海16-123-9）¶耐该搭勿高兴做，去末哉啘，姚奶奶～耐拍马屁！（海23-190-2）¶客人看俚好白相，才～俚，叫俚个局，生意倒忙煞。（海35-293-22） ¶我屋里的人也多的很，姐姐～谁，只管叫了来，何必问我。（红28-391-20）¶我这里如何安着得他！不如做个人情，荐他去驸马王晋卿府里做个亲随。人都唤他做小王都太尉，便～这样的人。（水2-17-4）

②よく……する。 ¶耐两家头才～生病，真真是好姊妹。（海35-292-18） ¶俚病仔末～哭，～说闲话，故歇勿哭勿说哉，阿是病势中变？（海36-305-17） ¶～扯谎的人，多半是无品的。（目47-285-6）¶你总～瞎缠，哪个有功夫和你缠？（十17-123-14）

【喜酒】
〈名〉祝いの酒。 ¶为仔正月里俚到娘舅家里去吃～，俚家主公末要场面，拨俚带仔一副米面转来，夜头放来咾枕头边，到明朝起来辰光说是无拨哉呀。（海16-127-20）¶俚哚用勿着媒人，自家勿声勿响，就房间里点仔对大蜡烛拜个哉。我倒吃着个～。（海53-449-12）¶今朝头乡邻朵讨媳妇，请我吃～。（三24-290-7）¶看看日头西，人报王乡绅下来了。赵老头儿祖孙三代，早已等得心焦，吃～的人，都要等着王乡绅来到方才开席，大家饿了肚皮，亦正等的不耐烦。（官1-8-9）¶我们不管你讨不讨，但既然纳得妾，就应该请我们吃～了。（歇21-269-26）¶衙里摆了三天～，无一个人不吃到，满月之后，小王又要进京选官，鲍文卿备酒替小亲家钱行。（儒26-309-1）¶一则新婚，二则新娘子家眷团圆，三则父子重逢，四则秦小官归宗复姓；共是四重大喜。一连又吃了几日～。（醒3-68-13）¶孙子明日行聘，请爹娘与哥嫂一门同去吃～。（初16-278-3）¶

但得生下贵公子之时,吃杯～,日后照顾寒家照顾够了。(二 32-611-1) ¶侄女玉奴招婿,也该请我吃杯～。(喻 27-408-14)

【喜事】

〈名〉慶事。めでたいこと。¶席间误会其意,皆正色说道:"故是正经～,无啥难为情。"雪香咳了一声道:"勿是难为情。人家倪子养得蛮蛮大,再要坏脱个多煞;刚刚有仔两个月,怎晓得俚成人勿成人,就要道喜,也忒要紧呃。"(海 47-402-19) ¶快来,我细细的告诉你,可是天大的～。(红 46-638-6) ¶呈上回书并白银五百两,以为聘礼之用。大相公也不必回家,住在这里办这～。(儒 10-133-17)

【戏场】

〈名〉劇場。¶有辰光我教玉甫去看戏,漱芳说:"～里锣鼓闹得势,勠去哉。"(海 7-57-4)

【戏单】

〈名〉芝居のプログラム。¶我看见大观园～,几出戏才看过歇,无啥好看。(海 29-244-18) ¶宝玉等三人坐定,案目摆上四只点心盒子,派了一张～,自去招呼别的主顾了。(狐 28-228-11) ¶莫非你们没看第二天的～吗? (歇 16-206-1) ¶副末执着～上来点戏,才走到蘧公孙席前跪下。(儒 10-135-12) ¶凤姐儿立起身来答应了一声,方接过～,从头一看,点了一出《还魂》,一出《弹词》。(红 11-162-8)

【戏酒】

〈名〉観劇付きの宴会。宴を張り、その席で芝居を催すこと。 ¶三月初三是黎篆鸿生日,朱蔼人分个传单,包仔大观园一日～。(海 18-145-9) ¶那天气已是掌灯时候,出来又看他们顽了一回牌。算帐时,却又是秦氏尤氏二人输了～的东道,言定后日吃这东道。(红 7-117-18) ¶他们那里是想我。这又到了年下了,不是想我的东西,就是想我的～了。(红 53-739-15)

【戏钱】

〈名〉観劇料金。¶俚是包来浪一间包厢,就不过倪几个人,耐勿去,～也省勿来。(海 29-244-20) ¶这～不用说得总是我惠钞的。(十 28-207-26)

【戏子】

〈名〉役者。¶生意清仔末,随便啥客人才巴结得非凡咪;稍微生意好仔点,难末姘～,做恩客才上个哉,到后来弄得无结果。(海 18-147-20) ¶俚再要说冤枉末,索性去嫁拨仔～好哉唲!(海 34-282-14) ¶俚姘仔～,我还去做倽!(鸿 14-274-25) ¶格套～,有心搭傃要好,无非想两个铜钱哩。(狐 11-75-16) ¶一班女～迎了出来,一个个擦着粉,戴着花，妖妖娆娆的。（官 45-762-22）　¶当时候的～，听说都是很规矩的，不像目下的李春来，专以吊膀子过日子。（新 19-86-24）　¶这一支，保不定明儿还要落到～手里去呢！（孽 24-217-4）　¶这时下了两天雨才住，底下还不甚干，～穿着新靴，都从廊下板上大宽转走了上来。（儒 10-135-10）　¶他干娘羞愧变成恼，便骂他："不识抬举的东西！怪不得人人说～没一个好缠的。……。"（红 58-824-5）　¶那孙府～，原是有名的。一到京中，便有人叫去扮演。（醒 20-426-11）

【细】
〈形〉（状況語に用いられて）子細に。詳細に。　¶该两句再有说啥嗄，念下来好像石破天惊，云重海立，横极，险极；幻极，～按题目四个字，扣得也紧密。（海 60-515-21）　¶还有什么金叶子、金条、洋钱、元宝，虽没有逐件～点，亦大约晓得一个数目。（官 50-848-23）　¶宝玉心中疑惑，便站住～听，果然架下那边有人。（红 30-425-5）　¶柴进唤燕青，付耳低言："你与我如此如此。"燕青是个点头会意的人，不必～问。火急下楼，出得店门，恰好迎着个老成的班直官。（水 72-1215-1）

【细底】
〈名〉実情。内情。詳しい事情。　¶双珠先生有个广东客人，勿晓得俚～，耐阿曾搭俚打听歇？（海 4-25-14）　¶我看俚搭湘兰要好，湘兰总晓得俚格～。（鸿 15-283-19）　¶有介事格。奴小格辰光，亦听见倪阿妈讲歇～。（狐 36-312-7）　¶其余二位，银钱上面都被钱，余二人吃去了大半，本就愤愤不平，好容易有法下刀，还肯不直说，便一五一十把～都献出。（市 4-207-24）　¶当晚单传中军副将王占城到内衙签押房，细问这戴世昌的～，有无家眷在此。（官 38-641-4）　¶你们是亲眷来往了多番，怎么到不晓得～？却来问我们！（初 16-279-4）　¶伏在壁上打听。虽然晓得些风声，却不知其中～。（醒 8-170-14）

xia

【呷】
〈动〉飲む。　¶我说仔半日，教他吃点稀饭，刚刚～仔一口汤，稀饭是一粒也勿曾吃下去。（海 36-302-2）　¶倪吃酒，学得来个呀。拿一鸡缸杯酒一淘～下去，停仔歇再挖俚出来，难末算会吃哉。（海 50-426-22）　¶坐在凳上东张西望，再见和尚托着一碗枣儿汤，送到面前。雌鬼是吃惯的，接来～了几口，放在桌上。（何 4-44-7）　¶我一面听他说话，一面舀出酒来～了一口，觉得酒味极劣。（目 69-554-14）　¶又等制台吃了一袋烟，～了一口茶，等到回过脸的时候，他把手本捏在手中，不用说话，制台早已瞧见了，便问是谁来见，为的什么事情？（文13-70-2）¶葛民～了一口酒，慢慢说道："苏州著名淫伶小阿四，已被捉将官里去了，现在听说拟了个二十年监禁的罪呢。"（新42-194-16）¶屠老爷～了一口茶，擦了一把脸，总算缓过一口气，有几分人样。（人17-164-2）¶彼时宝玉迷迷惑惑，若有所失。众人忙端上挂圆汤来，～了两口，遂起身整衣。（红6-93-3）¶康公子把两只手捧起酒瓶，不上几口，～得瓶中罄尽。（鼓2-24-2）¶自先～了半杯，将剩酒奉与守净道："哥哥请此半杯，以表奴家敬意。"（禅7-100-9）¶咱们到酒店上，～碗烧刀子去。（初14-251-3）¶郁盛挨在身边同坐了，将着一杯酒，你～半口，我～半口。（二38-702-11）¶秦重洗了脸，因夜来曾脱帻，不用梳头，～了几口姜汤，便要告别。（醒3-56-11）¶拿起筋来，相劝戴宗、李逵吃，自也吃了些鱼，～了几口汤汁。（水38-604-3）

【瞎】

〈动〉失明する。失明させる。¶耐看俚末实概年纪，眼睛才～哉。（海27-225-5）¶倪搭末不过十全搭仔我，清清爽爽两家头，啥人生个疮嘎？要说十全生来浪，四老爷两只眼睛阿是～哉嘎？（海58-496-19）¶今见相离甚近，便要用热油烫～他的眼睛。（红25-346-19）

〈副〉やたらに。いたずらに。むやみに。¶陆里晓得倪翠凤心里搭罗老爷倒归原蛮要好，倒是罗老爷勿是定归要去做俚，俚末也勿好来～结耐哉呒。（海7-51-13）¶麵拨俚吃哉，吃醉仔末再搭倪～嗓。（海8-63-24）¶难末害仔几花人四处八方去～寻一泡，陆里寻得着嘎。（海19-127-22）¶耐个呆大末少有出见个，随便啥闲话，总归～答应。（海51-435-9）¶老三，耐勿要来浪～扳啥差头。（九续150-1070-8）¶大众～猜～论了一回，早望见红烟囱的元和船到了，在江心停轮。（目50-397-19）¶官名和表字都有照应的，不是～叫叫的。（商5-38-10）¶有了好差使派别人，象这等黑更半夜送人的事，就派我。没良心的王八羔子，～充管家！（红7-118-17）¶接过诗来，虽然不懂，假做看完了，～赞一回。（儒17-212-18）

【瞎缠】

〈动〉①思い違いをする。勘違いをする。¶耐勿懂末再要～，俚咪梨花院落闹热得势，我去做啥？（海52-443-23）¶耐末～哉哩。我说个俗人勿是呀，要会做仔诗末就勿俗哉。（海59-505-17）¶耐末～，倪说个匡二呀。（海61-521-11）¶蒋正甫急了，问他："究竟什么意思？敢是你瞧不起我，所以不要么？"青云道："耐勿要～，倪搭耐说仔罢。倪一径搭耐蛮要好，是为仔两家头脾气对景，闲话也说得来，勿是啥为耐格铜钿。……"

（九续 57-438-21）
②しつこくからむ。¶蕙贞只道莲生动气要走，拉住不放。洪善卿在旁笑道："王老爷要紧去消差，耐覅～，误俚公事。"（海 28-228-6）¶外场见机，含糊答应，暗暗努嘴，催清倌人快走。秀林笑而排道："去罢，去罢，覅来里～哉。倪吃酒个客人还勿曾齐，倒先要紧叫局。"（海 48-413-7）¶潘三道："勿是倪客人，是客人咑个朋友呀。"夏余庆道："客人咑个朋友末，啥勿是客人嗄？"随手指着毕忠，赵朴斋道："价末俚咑才勿是客人哉喔？"潘三道："耐末还要～，吃烟罢。"（海 55-470-23）¶接着阿巧从对面房里过来，喊道："先生吃饭！"漱芳道："倪覅吃。"阿巧道："稍些吃口阿好？"漱芳大声道："唔笃去吃末哉呀，来～多花俉介！"（鸿 4-213-20）¶随手指着耕心，阿根道："照你说时，他们都不好算客人了？"阿翠道："你总喜欢～，哪个有功夫和你缠？替我坐着吃烟罢。"（十 17-123-14）

【瞎三话四】
うそ八百を並べる。共通語の"胡说八道"。¶四五年个老客人，再要～，倒好像坎坎做起。（海 25-202-16）¶倷亦要～，拿奴得来寻开心哉。（狐 3-18-9）¶耐笃总是实梗～，阿要无淘成，倪是要板面孔格。（九 1-5-6）¶耐末夷要～哉。（沪 1-43-9）¶你两个到底是什么人？我又不认识你，谁是你的参谋长，你们休得～。（歇 48-650-14）"瞎三搪四"とも作る。¶倪好好里格人，为仔俉格事体要逃去？格号闲话勿知俉人格杀千刀，瞎三搪四说出来格，连搭仔倪自家也勿懂。（九 68-491-6）

【瞎说】
〈动〉でたらめを言う。¶善卿道："耐还搭俚瞒啥，我也晓得点来里。"双珠大声道："～哉哩！坐下来，我搭耐说句闲话。"（海 3-19-21）¶耐覅来搭我～！我也晓得点耐脾气。（海 18-141-8）¶无姆末再要～！人家骗拐小干仵，说覅拨拐子拐得去，阿是真真有啥拐子嗄。（海 29-238-24）¶倪故歇想起来，耐来浪对仔倪～一泡，俉格听拨洋钿，咦是俉格今年来勿及。（九 129-868-22）¶耐勿要～，俚是倪格房客呀，关得倪啥事介。（九续 13-98-5）¶你又要～了，什么恩客爱客，方才后房间里，乃是两个报馆主笔。（歇 7-79-5）¶不要～，那个是天下女人家人人都有的，又何必单单欢喜我的呢。（梼 12-198-5）¶你还要～，可是生活没有吃够？（十 17-124-2）¶别～，若不闹出这个乱儿，我还收着呢。（红 107-1481-1）

【瞎说瞎话】
"瞎三话四"に同じ。¶小红自家末再有啥个用场，耐覅到小红搭去～。（海 23-193-5）

語彙例釈　xia

¶陶观察平空被薛金莲教训了一场，并不生气，还是笑嘻嘻的对薛金莲说道："不要生气，不要生气，总算是我错了何如？"薛金莲听了，又瞪了他一眼道："生来是耐错哇，倷格吃醋勿吃醋，～。"（九94-666-25）

【瞎子】

〈名〉盲人。¶倪关帝庙间壁有个王～，说是算命准得野哚。（海55-467-3）¶他手下的这些人虽然不好，难道他平时是聋子、～、全无闻见，必要等到都老爷说了话，他才一个个的揪了出来？（官33-553-18）¶他素日又和宝玉鬼鬼祟祟的，只当人都是～，看不见。（红10-145-6）

【匣】

〈量〉方形の蓋つきの小箱の客量で数える。"匣""盒"は同音。¶耐去买两～纸烟罢。（海27-226-12）¶难末紫云轩抢仔一～鸦片烟，望仔嘴里就倒。（九续35-267-14）¶西崽出去，一霎时，拿进一小～雪茄烟，并外国笔、外国纸、墨水盂之类。（新57-262-21）¶王夫人一看时，只见扇子三把，扇坠三个，笔墨共六～，香珠三串，玉绦环三个。（红78-1118-22）

【侠骨柔肠】

硬骨で心優しい。¶可惜亚白一生～，未免辜负点。（海34-287-10）

【狎妓】

花柳の巷に遊ぶ。¶若使经官动府，倒也不妥。一则自家先有～差处。二则抄不出赃证，何以坐实其罪？（海59-504-23）

【狎客】

"妓院"で芸妓をあげて遊興する人。¶为啥勿说'～'哩？索性骂得爽快点哉哇。（海53-452-5）¶从此愈加结识胡生，时时引他到家里吃酒，连他妻子请将过来，叫狄氏陪着。外边广接名妓～，调笑戏谑。（初32-606-16）

【下半日】

〈名〉午後。¶～汏衣裳，几几花花衣裳就交拨我一干仔，一日到夜总归无拨空。（海23-183-14）¶该搭～接仔一封拨耐格电报，寻耐吮寻处，难末请我到该搭来拆格。（鸿13-271-2）¶昨日上半日伊替我话好拉个伊票生意，到之今朝个～又调之枪花者。（上散4-14-1）¶第二日一早，差小管家送片子到陈毓俊公馆里去辞行；～收拾收拾，即往浏河差次而去。（负7-32-16）¶明天是礼拜六，我们洋行里～就没有事。（狐22-177-17）

xia　語彙例釈

【下船】
船に乗る。　¶就勿多歇我去请俚，说同实夫一淘～去哉。（海 28-233-7）　¶且说宝玉到了船上，便问尔霭道："间搭～场化，叫倷格地名介？"尔霭用手一指，答道："你不见这座亭子吗？此间在涌金门外，那亭子叫'问水亭'，并没有别的地名呢。"（狐 55-470-13）　¶奔到千人石浪张张介，四肩小轿勿见哉，阿是下子船呢？还是抬子居去介？（三 4-44-5）　¶昨日小弟偶在西门河下，拜了楚中敝友，看见李小玉，正是昨日，往西门～去了。（醒下 1-96-12）　¶舣舟到岸，下了船径到大寨，参见二位大王。（禅 27-436-4）　¶懒龙青衣相随～，蹲坐舵楼。众道只道是船上人，船家又道是跟的侍者，各不相疑。（二 39-729-13）　¶直到西湖口，将美娘扠下了湖船，方才放手。美娘十二岁到王家，锦绣中养成，珍宝般供养，何曾受恁般凌贱。下了船，对着船头，掩面大哭。（醒 3-59-16）　¶两个来到泊岸边，枯桩上缆的小船，解了一只，便扶这吴用～坐了。（水 15-213-4）

　　（注）胡竹安：水滸詞典は、上掲例について、次のような注を施している。
　　［方］嘉兴话、温岭话都是'下船'指自岸上到船里，与普通话相反。

【下脚】
〈名〉チップ。特に"妓院"で宴を張ったり、泊まったりしたときなど、そこの従業員に与える祝儀。　¶大月底，看俚咾拆～洋钱，三四块，五六块，阿要开心。我是一个小铜钱也勿曾看见。（海 23-184-3）　¶价末耐去吃仔罢，我贴耐两块～末哉。（海 25-205-10）　¶就不过一个局，搭仔～，无拨几花开消，放心末哉。（海 60-508-9）　¶忽然看见老二从房外走将进来，手里拿着两块洋钱，一直走到寿生面前，说道："沈大少，耐个～洋钱，那哼有两块铜个介！"（鸿 9-243-18）　¶耐格帐一塌刮仔二百七十块洋钿，付仔二百八十洋钿好哉。房间里人末，有～拆格哦，拨俚笃做啥？（九 129-868-1）　¶小兴于那些～开销，不甚在行，只知道有这个规矩。一会儿酒散，小兴身边可巧有八块现洋，把来开了～。那娘姨不用说，错认大官人肯用钱，甚是欢喜。（市 10-239-20）　¶冶之见局多去了，给过～，开过轿饭帐，干稀饭也不吃，各人就此散席。（繁初 5-47-24）　¶那娘姨问道："请问这一块钱是算叫局的钱吗？"我说："不是，是～。"娘姨笑道："一块的～，我们吃了三十年的堂子饭没有收过。"我说："嫌少吗？～也不过是一种小账，上海滩上小账加一，十块钱的酒席我付一块钱也不算少了。"那娘姨道："堂子里和酒菜馆是不一样的。……"（人 24-253-26）　¶我有一个姊妹，也在她生意上帮忙，只拆一份～，洋钱有到一百多块呢。（歇 80-1101-22）

【下来】

853

語彙例釈　xia

〈动〉下りてくる（高い所から）。¶"二小姐，耐～哩。"恨得王阿二咬咬牙，悄地咒骂两句，只得丢了朴斋，往下飞奔。(海 15-116-11) ¶宝玉在马上笑道："周哥，钱哥，咱们打这角门走罢，省得到了老爷的书房门口又～。"(红 52-731-14)

〈趋〉①動作によって高い所から低い所へ、上位から下位に下がってくることを表す。¶坐～，我搭耐说句闲话。(海 3-19-21) ¶来安喊说："洪老爷来哩。"楼上接应了，不见动静，来安又说："拿只洋灯～哩。"楼上连说："来哉。"(海 4-27-21) ¶价末楼浪跌～个阿是鹤汀嘎？(海 28-233-15) ¶爬来咾墙头浪，太阳照～，热得价要死!(海 55-466-23) ¶今朝倪大人吩咐～，说山家园个赌场闹猛得势，成日成夜赌得去，摇一场摊有三四万输赢咪，索性勿像仔样子哉！(海 56-473-4) ¶闲话少说，请坐～用酒罢。(鸿 8-233-10) ¶进来家严长远呒拨寄～哉，庄浪向还欠仔俚咪点，一径勒浪催。(鸿 8-266-3) ¶吃喜酒的人，都要等着王乡绅来到方才开席，大家饿了肚皮，亦正等得不耐烦。忽然听说来了，赛如天上掉～的一般，大家迎了出来。(官 1-8-8) ¶心下正盘算，只听头顶上一声响，唰拉拉一净桶尿粪从上面直拨～，可巧浇了他一身一头。(红 12-170-1) ¶把那金刚脚上打了两下。只听得一声震天价响，那尊金刚从台基上倒撞～。(水 4-72-7)

②動作・状態が完成・出来(しゅったい)することを表す。¶单是王老爷一干仔末，一节做～也差勿多五六百局钱咪，阿怕啥开消勿出。(海 4-28-15) ¶耐故歇坎坎做起，耐也勿曾晓得倪翠凤个脾气，耐做一节～，耐就有数目哉。(海 7-51-19) ¶吃仔酒末台面浪好两个朋友，散～一淘到小红搭去，阿是蛮好？(海 9-74-4) ¶俚咪嫁出去辰光，拣中意点末拿去，剩～也有几箱子。(海 10-76-7) ¶旧年生仔病～，头一个先是无姆急得来要死，耐末也无拨一日舒舒齐齐。(海 20-161-13) ¶前日夜头我搭俚讲讲闲话，俚说故歇开消末大，洋钱无拨～，勿过去，好像要搭我借。(海 22-175-22) ¶前月底有个客人动身，付～一百洋钱局钱。(海 22-176-13) ¶先起头三品顶戴，轿子扛出扛进海外咪。就苏州去吃仔一场官司～，故歇也来浪开赌场，挑挑头。(海 28-233-17) ¶先是胃口薄极，饼食渐渐减～，有日把一点勿吃，身浪皮肉也瘦个十无淘成。(海 36-304-15) ¶难下转当心点，闯仔穷祸～，耐做娘姨阿吃得消？(海 38-317-5) ¶让俚乃自家也点仔一点，倘忙停两日缺～，勿关无姆事，阿对？(海 49-415-17) ¶故歇说是耐要讨仔去做大老母，俚咪才勿相信，来浪笑，万一勿成功～，我个面孔搁到陆里去！(海 55-466-14) ¶方老爷就前节壶中天叫仔局～末，勿曾来歇。(海 59-507-2) ¶该两句再有啥说嘎，念～好像石破天惊，云垂海立，横极，险极，幻极。(海 60-515-20) ¶幸亏有两个小流氓分勿着洋钱，难末闹穿仔～。(海 61-520-23) ¶今朝倪实在弄勿落哉，跑到刘大少搭来，想

854

问俚借点洋钱开销开销,等倪过仔节,收帐~,再还俚,也勿算敲俚格竹杠。(九12-91-16) ¶大约分到他名下,几十万总还有;然而照他这样闹,等他老子死~,分到他名下的家当,只怕也不够还债了。(目97-794-2) ¶姓贾的不但并没周济于他,反暗里头赚了他无数卖东西~的钱。(繁II23-616-7) ¶缦几天想邀齐亲族,索性与子多分产,分~还了人家,岂不比欠了百脚债干净些儿?(繁后 23-1000-8) ¶又恨不得把银子省~堆成山,好叫老太太、太太说他会过日子,殊不知苦了下人,他讨好儿。(红65-934-10)

③動作の結果。付着していたところから、その物が脱離落下することを表す。 ¶陆里有铺盖嘎,就不过一件长衫,脱~押仔四百个铜钱。(海24-199-21) ¶勿说啥衣裳、头面,就是头浪个绒绳,脚浪个鞋带,我通身一塌括仔换~交代仔无晦,难末出该搭个门口。(海48-405-12) ¶钱老爷到底那哼?倪格牌子叫相帮去探~哉哩,倪也巴勿能够勿做生意,难钱老爷搭倪收仔场子,再好勿有。(鸿11-254-4) ¶你还不拔~摔到他脸上呢,把你打扮的成了老妖精了。(红40-545-18) ¶智深把皂直裰褪膊~,把两只袖子缠在腰里,露出脊背上花绣来,搧着两个膀子上山来。(水4-67-4)

④その動作が過去からいまにまで続いてきていることを表す。 ¶俚做大生意~,也有五年光景哉,通共就做仔三户客人。(海7-52-4) ¶耐一径骗~,骗到仔故歇,耐倒还要来骗我!(海11-83-7) ¶就算我千勿好万勿好,四五年做~,总有一点点好处。(海34-285-22)

【下去】

〈趋〉①動作によって高い所から低い所へ、近くから遠くへ向かって行くことを表す。¶张寿忙进去问他:"阿是散仔台面哉?"长福道:"陆里就散,局票坎坎发~。"(海5-37-3) ¶姚季纯让众人上楼,到了房里,卫霞仙便见坐定,姚季纯即令大姐阿巧:"喊~,台面摆起来。"(海21-170-4) ¶我说仔半日,教俚吃点稀饭,刚刚呷仔一口汤,稀饭是一粒也勿曾吃~。(海36-302-3) ¶船浪才舒齐,明朝开~。耐末明朝吃仔中饭,坐马车到徐家汇好哉。(海43-363-12) ¶赖爷爷说,不用从京里带~,江南甄家还收着我们五万银子。(红16-219-5) ¶那日谁知我失了脚掉~,几乎没有淹死。(红38-518-3) ¶先把石碑放倒,一齐并力掘那石龟。半日方才掘得起,又掘~,约有三四尺深,见一片大青石板,可方丈围。(水1-9-9)

②動作が繼続してゆくことを表す。 ¶俚做仔一户客人,要客人有长性,可以一直做~,故末俚搭客人要好哚。(海7-51-8) ¶耐住来哚客栈里,开消也省勿来,一日日哝~,终究勿是道理。(海12-98-18) ¶杨媛媛接上去,也只碰了一圈,叫道:"也勿好,耐自

語彙例釈　xia

家来碰罢。"鹤汀道:"耐碰～末哉。"(海 13-106-10) ¶耐是勿差,一瞌困～,困到天亮末,一夜天就过哉。(海 18-141-12) ¶说勿出末,吃一鸡缸杯过令。啥人说得出,接～。(海 39-326-24)

【下台】

〈动〉引きさがる。引っ込みがつかない状態から逃れる。¶翠凤道:"我啊?我说:'倪马车一个月难得坐转把,今朝为是耐第一埭教得去,我答应仔耐,耐倒说起闲话来哉。我勿去哉,耐请罢。'"子富道:"俚下勿落台哉啘?"(海 8-62-22) ¶阿金姐也就此～道:"那么下月底,千万请二小姐替我帮个忙,不要再叫我空跑。"(人 38-437-23) ¶章伯祥明知他这一句话是～的话,不过借此为脱身之计,也不去和他计较。(人 44-539-15)

【下头】

〈名〉方位詞。①下。下の方。¶双宝末搬仔～去。(海 3-20-2) ¶～房间倒比仔楼浪要便当多花哚。(海 3-21-14) ¶我～去吃。我去喊金凤来陪陪耐哚。(海 8-63-9) ¶耐哚台子一倒养一只呱呱啼来里,我明朝也要借一借哚!(海 13-105-14) ¶天然蹙頞沉吟道:"上头一句像飞燕,～一句勿对哉啘。"(海 40-338-7) ¶二宝道:"我故歇好哉呀,无姆～去哩。"洪氏道:"我勿去。阿巧个爷娘来里～。"(海 62-530-16) ¶停歇车子到第一楼～等。(鸿 5-217-11)

②下働きの者。¶耐装烟䓕装哉,喊～起手巾罢,俚哚才要紧煞来浪。(海 28-235-4) ¶故歇我就教带得去个赵家姆同一个相帮,先去借仔二千,付清仔身价,稍微买点要紧物事,调头过去再说。(海 48-406-18)

【下转】

〈名〉次回。今後。⇨转。¶俚只道无啥人得罪俚,～打听我来里啥场花吃酒,俚也实概奔得来哉,阿要难为情。(海 27-220-20) ¶总是我说得勿好,害仔耐勿快活。难也罢哉,～再要勿好末,耐索性打我骂我,我倒无啥,总䓕实概勿快活。(海 28-229-20) ¶耐格一转末总算上仔倪格当哉,～叫耐学倪格乖,勿要再上仔别人家格当去。(九 24-183-19) ¶耐～当心点,倪堂子里向才是坏人,耐勿要上仔倪格当。(九 26-196-10) ¶[老旦]这小贱人如此可恶,取家法过来。[丑]阿听见个?要打哉。快燥点磕头,下遭勿敢哉。[刁]　～勿敢个哉。(笑 16-246-2)(《三笑》は"下遭"とする) ¶耐格称呼末直头弗敢当。原物奉璧,请耐收仔转去,～䓕实梗称呼哉。(沪 2-100-1) ¶问耐,～阿瞎说?(人 15-134-15)

【吓】

xia　語彙例釈

〈动〉①おどろく。びっくりする。怖がる。　¶潘三沉下脸来，白瞪着眼，直直的看了张寿半日。张寿把头颈一缩，道："阿唷，阿唷！我～得来！"（海 5-36-5）¶等到娘姨咪劝开仔，榻床浪一缸生鸦片烟，俚拿起来吃仔两把。老鸨晓得仔，～煞哉，连忙去请仔先生来。（海 6-48-4）¶金凤也脱换了衣裳，过来见莲生，先笑道："阿唷，王老爷，要～煞哚！我～得来拖牢仔阿姐，说：'倪转去罢！晚歇打起倪来末，那价呢？'王老爷阿～嗄？"（海 9-72-8）¶我来里吓，勥一哩。（海 20-163-20）¶代仔罢，代仔罢。晚歇两家头再要打起来，我是～勿起个。（海 36-300-21）¶还是俚小个辰光，城隍庙里去烧香，拨叫化子围住仔，～仔一一。（海 36-302-17）¶阿彩见个酒醉洋人，不能与他讲甚理性，只～得往外飞奔。（繁后 16-916-1）¶那位姘头～得有一个多月没有敢上萧姨太太的门。（梼 16-259-6）¶惊得苗龙面如土色，目瞪口呆。韩回春也～得发颤。（禅 4-48-10）"唬""諕"とも作る。¶众小厮听他说出这些没天日的话来，唬的魂飞魄散，也不顾别的了，便把他捆起来，用土和马粪满满的填了他一嘴。（红 7-119-14）¶洪太尉倒在树根底下，諕的三十六个牙齿，捉对儿厮打。（水 1-5-7）

②おどかす。びっくりさせる。こわがらせる。　¶俚勿肯吃药呃，骗俚也勿吃，～俚也勿吃，老鸨阿有啥法子呢。（海 6-48-5）¶晚歇～坏仔俚，才是倪个干己。让俚去仔倒清爽点。（海 7-56-14）¶不料一回身，王阿二捏手捏脚跟在后面，已到楼门口了。喜的朴斋故意弯腰一瞧，道："咦！耐阿是要来～我？"（海 14-109-6）¶故一一末，～得我来要死！（海 18-142-2）¶耐阿是要～杀人，静办点罢！（海 43-367-7）¶有的时候，人家小孩子哭闹，那父母只要～他说"贾大人来了！"，这小孩子就不敢哭。（梼 15-238-7）¶尤氏道："你可缓缓的说，别～着老太太。"凤姐儿道："我知道。"（红 11-164-13）¶这个狠贼！他怕我只管缠他，故虽把东西谢我，却又把刀来～我。（二 39-737-7）¶你这个鸟大汉，不替俺敲门，却拿着拳头～洒家！俺须不怕你！（水 4-72-4）¶张清又一石子，铮的打在盔上，～得杨志胆丧心寒，伏鞍归阵。（水 70-1184-8）¶戴宗便来喝道："铁牛如何～倒老母！"（水 53-881-7）

（注）"吓"の用法については、李临定：现代汉语疑难词词典（1999年，北京，商务印书馆）を参照。

【吓一跳】

びっくりさせる。びっくりする。意外なことで、飛び上がらんばかりになること。⇨吓。¶黑暗里闪过一个人影子，挽住来安臂膊。来安看是朱蔼人的管家，名叫张寿，乃嗔道："做啥嘎，吓我价一跳！"（海 5-34-15）¶陆里钻出了"辟"字来？吓得我也实

語彙例釈　xia–xian

概辟一跳！（海41-349-20）¶因他那学生背"三字经"背不出，屏东气得拍台打凳。这个当儿，倒把大利吓了一跳，几乎缩了出来。（市18-274-10）¶次早，慕政去找仲翔，说要用暗杀主意的话，仲翔听说，吓了一跳。（文37-200-25）¶宝玉忙出来问他："作什么？"茗烟道："秦相公不中用了！"宝玉听说，吓了一跳。（红16-221-8）¶忽然灵座上作响。婆娘吓了一跳。（警2-18-6）"唬一跳"とも作る。¶你只顾拿出盘子来，倒唬我一跳。我不说你是为送符，倒象是和我们化布施来了。（红29-409-11）

【夏天】

〈名〉夏。¶我记得旧年～，看见耐搭个长条子客人夜头来咪明园。（海8-62-13）¶来浪～五六月里，好像稍微好点。（海36-304-16）¶奴～最怕热，俚也晓得格，眼下还要紧，到仔伏里，间搭房子小，远勿如三马路格场化。（狐49-418-18）¶他有年～穿了衣帽出门拜客，竟其忘记穿衬衫。（官35-593-7）¶有一天，正是～的晚上，三儿出了门，彩云新浴初罢，晚妆已竟。独自觉得无聊，靠在阳台上乘凉闲眺。（孽31-294-2）¶我想今年～的雨水勤，恐怕他的坟站不住。（红47-651-20）

xian

【先】

〈副〉先に。¶耐哚～唱末哉。（海3-23-6）¶耐要～去末，～打两杯庄。（海3-24-5）¶耐阿要～吃仔口，再去吃酒？（海14-114-12）¶耐再困歇，我～起来。（海43-360-4）¶鼎夫道："倪勿奉陪哉，晏歇请唔笃稚玉搭早点罢。"说着即立起身道："倪～走哉。"遂别了仲声、华生，踱下楼来。（鸿7-227-19）¶小人吃不得了。～去歇了。客人自便宽饮几杯。（水46-767-16）

【先起头】

〈名〉当初。最初。初め。¶～倪老外婆搭我梳个头，倒无啥；故歇教娘姨梳哉，耐看阿好？（海5-40-22）¶王老爷～做倪先生辰光，还有好几户老客人哚。（海10-80-7）¶难故歇个七姊妹，勿比得～，嫁个末嫁哉，四格末死哉，单剩仔三家头来浪。（海21-166-19）¶俚小干仵末晓得啥个事体嘎，～耐一埭一埭教俚去看王老爷，故歇看见仔王老爷回报耐，也勿曾差喢！（海41-342-17）¶生意勿局，比仔～悬进哚。（海58-497-22）¶无啥，倪到仔三公子屋里，～事体夥去说起。（海64-552-3）¶～俚定归要勿做生意，说要搬到耐庄浪去住，我带劝带吓，说仔几化辰光，难末算领盆哉。（鸿12-258-7）¶倪～说个闲话，耐阿是勿记得哉？（九40-296-5）¶～（甚人）（哈人）荐侬来个？（上散5-23-6）¶我伲（～）（本底子）七十两银子买个，我伲那能（好贴铜钱卖呢）（可以折本钱卖呢）？

858

（上问 14-27-3）¶我晓得～是一个做官个房子，后首来倒（勿曾晓得）（勿曾清爽）卖拨甚人者。（上问 16-31-4）

【先生】

〈名〉①男性に対する敬称。¶寻见永昌参店招牌，踱进石库门，高声问："洪善卿～"。（海 1-3-20）¶老伯阿是善卿～？（海 1-5-3）¶第位是庄荔甫～。（海 1-6-4）¶亚白～啥勿声勿响嗄，难道痴鸳～做得好好？（海 51-432-10）¶眉翁～，今朝为仔客少，对勿住，耐要多叫几个局来！（鸿 2-199-4）¶茶房一看名片，说："原来你～就是程～，黎～写好一张条子留下来。"（人 11-93-2）¶黄包车夫还是不住地在后面喊："～！～！"追上前来。（人 24-250-22）

②医師に対する敬称。¶二少爷，耐也劝劝俚，该应请个～来，吃两贴药末好哩。（海 20-160-4）¶耐要请～，问我好哉。我有个朋友，内外科才会，真真好本事；随便耐啥希奇古怪个病，俚一把脉，就有数哉。（海 21-169-11）¶二小姐吞痧利害煞来浪，倪急得吭淘成，故歇二小姐说请大少去请搭徐三少看格～来看看。（鸿 20-312-11）¶耐夤心焦。倪搭耐请仔～来看病。（沪 1-109-2）¶这几个月里，只要稍微有点名气的医生，统通请到；一个方子，总得三四个～商量好了，方才煎服。（官 49-829-6）¶这位～擅用虎狼之剂，如今大人元气十分伤其八九，一时难保就愈。（红 69-982-16）¶其时青州自有了李清行医，差得那幼科～，都关了铺门，再没个敢出头的。（醒 38-828-13）

③会計などの業務に従事している人に対する敬称。¶要是无啥别样末，等耐病好仔点，城里去租好房子，耐同无姆搬得去，堂子里托仔账房～，耐兄弟一淘管管，耐说阿好？（海 36-303-20）¶昨日账房～搭我说，阿姐就不过去一埭，去仔两礼拜，原到屋里来。（海 43-366-19）¶今朝我叫账房～查查堂簿，耐名下倒有十一台菜笃。（鸿 13-266-15）¶弗壳张堂堂范公馆里向个账房～实梗鸭屎臭。（沪 3-117-1）¶我拿银票到庄上，账房～把票子相了一会，问我："你们什么宝号？"（新 14-61-1）¶开出门去一瞧，见是号里的账房～，账房～后面还紧紧地跟着两个面生可疑的人。（人 37-419-7）

④"长三书寓"の芸妓に対する呼称。¶善卿道："我也好几日勿曾碰着。～呢？"阿珠道："～坐马车去哉，楼浪来坐歇哩。"（海 3-18-3）¶耐先教月琴～打发个娘姨转去，摆起台面来。（海 4-25-2）¶耐哚慢慢交用，倪搭～梳头去，梳好仔头再来。（海 5-39-24）¶俚哚是～，～个规矩，单唱曲子，勿豁拳。（海 50-427-17）¶接着一个小大姐叫做阿巧的走了进来，拉住伯飏道："大老爷，耐前日子走仔，倪～转来，拿我反得来！"（鸿 2-202-4）¶倪长三堂子里向格～，比不得么二搭仔野鸡。（九 36-265-5）¶杨老爷也夒

語彙例釈　xian

走勒，倪～对面房间里搭张干铺。阿是清清脱脱也呒啥哓。（市 4-204-1）¶袁伯翁，你若看中了这～，小弟可以做个撮合山，教他做你的姨太太。（维 4-24-2）¶接着娘姨请宽马褂，倒茶，拿水烟袋，绞手巾。～敬瓜子。（官 8-108-16）

【先天不足】
うまれつきひ弱である。¶其原由于～，气血两亏，脾胃生来娇弱之故。（海 36-304-24）

【鲜】
〈形〉味がよい。おいしい。¶屠明珠那筒烟正吸在嘴里，几乎呛出来，连忙喷了，笑道："耐咳看黎大人哩，要哭出来哉！哪，就拨耐吃仔筒罢。"随把水烟筒嘴凑到黎篆鸿嘴边。黎篆鸿伸颈张口，一气吸尽，喝声采道："阿唷！～得来！"（海 15-117-18）

【闲】
〈形〉①暇である。¶耐～仔点，原到楼浪来阿姐搭多坐歇，说说闲话也无啥。（海 3-21-15）¶诸三姐也不留，只道："～仔未来白相。"（海 21-166-4）
②利用されずに遊ばせてある（設備などが）。¶我寂莫点勿要紧，倒可惜个菊花山，龙池先生一番心思哚，故歇一径～煞来浪。（海 60-513-16）

【闲话】
〈名〉①言葉。話。¶耐只嘴阿是放屁，说来哚～阿有一句做到。（海 2-11-16）¶张大少爷，倪姨姨哚说差句把～，阿有啥要紧嗄？（海 2-16-11）¶阿珠，耐听听俚一！（海 4-30-16）¶阿是耐有点勿相信我～？（海 7-51-23）¶耐要得罪仔王老爷，倪搭耐说句把好听～，也无用哕。（海 12-92-23）¶耐勡实概哩，有～爽爽气气说出来末哉。（海 16-127-18）¶双玉个脾气，五少爷也明白个哉，俚陆里肯听人个～。（海 63-541-15）¶耐该格～忒客气哉。（鸿 11-255-15）¶耐格人有点鬼头鬼脑，倪倒勿相信格～。（九 6-48-10）¶譬如倪说惯苏州～格，硬要俚说北边～，勡说舌头湾勿转，倒弄得难听煞哉。（狐 21-168-1）¶贾大人，外头有一个人寻你，说有～当面说。（人 6-50-24）¶看他挪拳裹袖，两眼睁得铜铃也似，一些笑颜也没有，一句～也不说，却像个怒气填胸，寻事发作的一般。（初 30-561-12）¶支助乘其酒兴，低低说道："得贵哥！我有句～问你。"得贵道："有甚话侭说。"（警 35-537-4）
②阴口。恶口。¶故歇说～个人多，倒说勿定哕。其实倪搭耐自家高兴赌仔两场，闲人说起来，倒好像倪挑仔几花头钱哉。（海 14-114-4）¶耐无姆说，癞头鼋昨日咇来，搭俚说仔倒蛮相信，就是一班流氓，七张八嘴有点～，我说也勿要紧。（海 45-381-13）¶故歇是我嗣母个主意，再要讨两房，啥人好说声～？（海 55-465-21）

860

xian　語彙例釈

【闲人】
〈名〉関係のない者。部外者。局外者。¶～说起来，倒好像倪挑仔几花头钱哉。(海 14-114-4) ¶就教俚做桩小事体，俚乃要四面八方通通想到家，是勿要紧个，难末再做，倘然有个把～说仔一声不好，就勿做哉。(海 52-442-2) ¶你可知道不知道，今儿小姐奶奶们都出来，一个～也到不了这里。(红 29-408-16) ¶若真个是宋公明，我便下拜。若是～，我却拜鸟！(水 38-600-4)

【闲谈】
〈动〉雑談する。¶阿好先去诊一诊脉，难末再～，如何？(海 36-304-5) ¶一日金桂无事，因和香菱～，问香菱家乡父母。(红 79-1149-4)

【衔头】
〈名〉肩書き。¶耐麽看轻仔俚，俚个～叫"赞礼佳儿"，"茂才高弟"。(海 53-451-18)

【嫌】
〈动〉嫌う。¶耐哚要是勿～龌龊末，就该搭坐歇吃筒烟，阿好？(海 5-38-1) ¶阿是我得罪仔耐了动气？阿是～我老，勿情愿？(海 16-126-24) ¶我麽俚呀，阿姐买好仔～俚短仔点，我着末倒蛮好，难末教我买。(海 30-249-21) ¶今朝各位大少如果勿～奴待慢，请用仔格杯勒用饭。(狐 13-94-18) ¶老爷道："你可是～我老了？"鸦头道："奴才怎敢～老爷？"(目 103-849-7) ¶敝洋东～中国纸不牢，身上一搓就要破的，请大人把三个字写在这张纸上。(官 52-906-6) ¶总怪我爹娘～你家道低微，要把什么读书做官的呢，弄的今儿同卖了女儿一样。(梼 14-225-21) ¶这是我吃剩的呀！华大人不～龌龊吗？(人 21-208-17) ¶可巧昨儿太太给我的丫头们做衣裳的二十两银子，我还没动呢，你若不～少，就暂且先拿了去罢。(红 6-105-4) ¶吾师不～小庄鄙陋，改为佛堂，在此修持，朝夕相处，胜似云游远方，奔驰辛苦。(禅 14-212-2) ¶倘蒙不～貌丑，愿备铺床叠被之数，使妾少尽报效之万一，不知恩人允否？(警 21-302-13) ¶庄客有些顾管不到处，他便要下拳打他们。因此满庄里庄客，没一个道他好。众人只是～他，都去柴进面前告诉他许多不是处。(水 23-341-12)

【嫌道】
〈动〉嫌う。不満である。¶我到洋货店里买仔一只末，～勿好，再要去买，换一家洋货店，说要买好个。(海 23-183-5) ¶耐个人忒啥个心勿足，故歇麽说无法子，倘然有法子教拨耐，赚着仔三四百洋钱，耐倒再要～少哉唲！(海 58-498-13) ¶你昨日～柴湿，快到山里去斫些黄金狗屎草归来，好烧饭吃。(何 6-62-15) ¶施复刚愁无处安放机床，

語彙例釈　xian

恰好间壁邻家住着两间小房,连年因蚕桑失利,～住居风水不好,急切要把来出脱,正凑了施复之便。(醒 18-370-11)

【显焕】

〈形〉輝かしい。豪儀である。¶故歇是勿是野鸡哉,也算仔长三哉!叫仔一班小堂名,～得来!(海 10-82-19) ¶前埭老爷屋里做生日,叫倪格堂差,屋里向几几化化红顶子,才勒浪拜生日,阿要～!(官 8-112-16)

【显豁】

〈形〉輝かしい。赫赫としている。¶妙在用得恰好地步,又贴切,又～。(海 51-431-10)

【险】

〈形〉①険しい。¶该两句再有啥说嗄,念下来好像石破天惊,云垂海立,横极,～极,幻极。(海 60-515-20)

②危ない。危うい。¶勿碍事末也～个哉。为啥勿带个娘姨出来?有仔个娘姨来里,吃亏也好点。(海 9-70-22) ¶耐看阿～嗄!撞来哚太阳里末。那价?(海 10-79-14) ¶那促织儿接连几跳,跳到一块山石之隙,被翠芬赶上一扑,扑入掌心,一把揣住,笑嘻嘻踅回来道:"来里哉,～个!"(海 46-388-18) ¶陈文仙就坐在秋谷左边,张书玉开口向陈文仙道:"刚刚耐阿晓得一格嘘!"(九 71-515-11) ¶旧年到仔年底～个哩。刚刚格个本家陆阿肃,搭仔紫云轩勾对,冤家碰着仔对头,紫云轩落仔账房,俚再要格外去糟蹋俚两声,难末紫云轩抢仔一匣鸦片烟,望仔嘴里就倒,区得抢得快,救得快,忽然是紫云轩格条命,老早勿着杠格哉。(九续 35-267-12) ¶这番一听"在教"二字,不觉心上毕拍一跳,忙从签筒里先把那只手收了回来,心上独自想道:"好～呀!几乎闹出点事情来!"(官 54-932-16) ¶今天真～,几乎闹出大笑话来。(梼 13-207-22) ¶医生回道:"病虽～,却顺,倒还不妨。预备桑虫猪尾要紧。"(红 21-295-1)

【见】

〈动〉現れる。¶苏冠香传中虽不及诸姊而诸姊自～。(海 53-450-13)

【县里】

県。"里"は方位詞、行政区画を表す"县""道"などに付いて、行政機構としての県・道を示す。¶拨～捉得去,办俚拐逃,揪二百藤条,收仔长监。(海 27-225-8) ¶勒说啥～、道里,连搭仔外国人见仔个癞头鼋也怕个末,耐陆里去告嗄?(海 64-551-1) ¶过了两日,袁伯珍教～备了夫马,亲到西乡。(维 5-37-1) ¶如今好了,道里、～一齐存了案,又禀了省里三大宪,将来没有不准的。(官 51-879-3) ¶一天里头和酒,总有

到两三个应酬,道里、～还要三不时去走走,一天里头,差不多除了抽几筒乌烟,吃几顿饭之外,竟没有什么空闲呢。(新 33-150-29)　¶不要慌,先差两位保正去～报知。(禅 3-35-15)

【现成】

〈形〉属性詞。すでにできあがっている。いつでも使えるようになっている。　¶戒指末～无拨,隔两日再去打末哉。(海 13-100-7)　¶棺材末有一个来浪。(海 42-357-5)　¶阿有～个东洋女人用个腰带料?(上散 7-38-1)¶那么马上就趁了我马车走,行不行呢?那一边什么都～的。(孽 31-300-11)　¶你可连一个跟的人也不用带,到了那里,伏侍的人都是～的。(红 47-653-12)　"见成"とも作る。　¶即忙教嫂子煖一壶酒,安排些见成鱼肉之类,与陆门子对酌。(警 15-213-7)　¶先吃了～点心。然后杀鸡宰鸭,煮豆摘桃的置酒管待。(水 102-1581-3)

【现银子】

〈名〉现金。現なま。　¶到底阿有几花～?(海 14-113-9)　¶要挂这张牌,至少叫他拿五千～。(官 4-57-24)¶取保这件事又要～,又要店家盖图章,很难很难。(人 38-436-4)¶况且如今这个货也短,你就拿～到我们这不三不四的铺子里来,也还没有这些,只好倒扁儿去。(红 24-332-20)

【限定】

〈动〉限定する。¶有个'敦'字,好像十三个音咪,～仔《四书》浪就难哉。(海 41-349-2)¶头二场幸喜没出岔子。到了第三场,他每策止～三百字,不知怎么一个不留心,多拽了一张,闹了一个曳白。(官 54-928-19)　¶休得要怨我兄弟两个。只是上司差遣,不由自己。你须精息着。明年今日,是你周年。我等已～日期,亦要早回话。(水 8-130-15)

【线】

〈名〉糸。¶我身体末是爷娘养来浪;除仔身体,一块布,一根～,才是耐办拨我个物事。(海 34-285-2)　¶这日,那甄家丫鬟在门前买～,忽听街上喝道之声,众人都说新太爷到任。(红 1-19-9)

【陷阱】

〈名〉　落とし穴。　¶上海个场花,赛过是～,跌下去个人勿少哩!(海 39-325-11)

【献丑】

〈动〉粗末なものを披露する。人に自分の芸や作品などを披露するときに謙遜して言う。　¶倘然耐高兴做也做末哉,总无拨俚咑自家人做个好,徒然去～。(海 47-401-15)

語彙例釋　xian－xiang

¶难年伯要我～，也无法子，缓日呈教末哉。(海53-451-7)

xiang

【乡下】

〈名〉田舍。農村。¶夷场浪赌是赌勿得个哩。耐要赌末，转去到～去赌。(海15-119-3) ¶一块洋钱一月，正月里做下来勿满三块洋钱，早就寄到仔～去哉。(海23-183-9) ¶耐勿晓得我个苦处，我拨～自家场花人说仔几几花花邱话。(海55-466-13)¶我前头转去，是也叫哤说法呀，格落登勒～勉强住仔五个月，要紧煞上来格哉。(狐20-159-13) ¶这就是门生治下一个～农民，叫做王冕。(儒1-6-19)

【相帮】

〈动〉手助けする。加勢する。¶倪无姆为仔该声闲话，索性关仔房门，喊郭孝婆～，揿牢仔榻床浪，一径打到天亮。(海37-309-7) ¶侬替伊拿事体都办舒齐拉末？——还要～伊一日就舒齐者。(上问7-14-5) ¶笃笃就去备买鱼肉菜蔬，许四娘～翠姐弄饭。(描5-47-8)¶凤姐身体未愈，虽不能时常在此，或遇开坛诵经亲友上祭之日，亦扎挣过来，～尤氏料理。(红64-907-12) ¶灌得赛儿烂醉，赛儿就倒在位上。萧韶说："奶奶醉了，我们扶奶奶进房里去罢。"萧韶拖住赛儿，众人齐来～，扶进房里床上去。(初31-595-10) ¶正要开船，岸上又有一个汉子跳下船来道："我也～你们去！"(警11-135-15) ¶却说景德镇卖酒王公家小二因～撇了尸首，指望王公些东西，过了两三日，却不见说起。(醒34-728-3) ¶吴学究又使石秀藏了尖刀，也来庙门下～武松行事。(水59-990-12)

〈名〉男の召使。特に"妓院"の男衆を指す。¶阿要教～哚去问声看？(海3-23-20) ¶故歇也新行出来，堂子里～用勿着个哉！(海17-132-5) ¶教栈里～去叫只船，明朝转去。(海29-241-18) ¶鸣冈一一写好，递与鼎夫看过，鼎夫交代阿宝道："叫～停一歇去送末哉，俚哚才有应酬勒浪，要九点钟到得来。"(鸿7-228-22) ¶格两个好角色，奴也听～笃说起，一个叫黄月山，是做武老生格，一个叫黑儿，是做武旦格，两家头格武工据说好得哤淘成笃。(狐5-30-17) ¶府上用的～乃是些雇工人，自然多是乡间贫户。堂子里的～，俗名叫做乌龟，多是无耻男人做的。内中带房间的，必定捐些洋钱，手里头也有狠宽转的。(繁Ⅱ1-350-25) ¶张大人请客，为甚不自己写条子，却叫了～来坐在这里(苏、沪一带，称妓院之龟奴曰～)？(目77-625-8)

【相打】

〈动〉なぐり合う。けんかする。¶昨日夜头赵先生来哚新街浪同人～，打开仔个头，满身才是血，巡捕看见仔，送到仁济医馆里去。(海17-138-6) ¶勿是～就是相骂。我

864

xiang　語彙例釈

末該倒运,刚刚住个对过房间,拨俚哚两家头噪煞。(海 53-447-9) ¶老张你干什么？这不是〜的事,有话我們好说！(繁Ⅱ6-406-21) ¶马路上的规矩,同人〜,两造都要同入捕房,岂不失了体面？(九 48-352-25) ¶两下〜起来。里边刘妈妈与刘璞听得外面嚷喧,出来看时,却是裴九老与刘公厮打,急向前拆开。(醒8-171-11)

【相好】

〈动〉男女特に芸妓と客が情人・なじみの関係であることを指す。¶耐搭俚〜仔三四年,也应应摸着点俚脾气个哉,稍微有点勿快活,耐哝得过就哝哝罢。(海 24-193-18) ¶月兰格脾气勿好,待耐总算勿差,千日格坏处末,也有一日格好处,耐总算看倪面浪,搭俚想想法子,也是倪笃两家头〜仔一场。(九63-457-15) ¶贾端甫一手握着金莲一手搂着香肩问道："你几时同毛升〜起的？"(梼1-19-9) ¶那杜十娘与李公子真情〜,见他手头愈短,心头愈热。(警32-487-2)

〈名〉①なじみの芸妓。またなじみの客を指す。¶张大少阿有〜嘎？(海 1-7-22) ¶张寿抹脸羞他道："耐算帮耐哝〜哉,阿是耐个〜嘎？哪,面孔！"(海5-36-1) ¶从前〜年纪忒大哉,叫得来做啥？(海 15-116-2) ¶善卿问："到陆里？"莲生道："到耐〜搭去。"(海 24-197-9) ¶耐有〜,也好叫个哓！(鸿 10-249-17) ¶只认做金湘娥也是秋谷做的〜,候他去了,方向秋谷道："耐格一倒多笃个哓？"(九45-332-5) ¶耐勿要勒浪假痴假呆！搭倪借得来！别人家倌人才有仔〜,送格一千搭仔八百洋钿拨倌人过年,也勿算倷希奇。(九 134-875-25) ¶俚格事体,倪是直头弄弗连牵,弗晓得夷做着仔啥格新〜哉呢啥？(沪 1-20-6) ¶一个倌人婷婷袅袅的走将进来,在他肩上一拍道："耐做倽介,实梗叫哩咕噜？"陈铁血吃了一惊,回头一看,原来是他的〜。(负 13-59-7) ¶当下各人的〜络续来到,也有唱的,也有不唱的。(官 7-105-12) ¶我接着道："贵管家说是在这里,所以特来拜望。"说着,又看了慧卿一眼道："顺便瞻仰瞻仰贵〜。"(目 85-685-26) ¶暗想瞧不出雪老三倒有这么一户漂亮〜,比他做的那几户钱庄小伙计要高明的多了,不免暗暗地起了艳美的意思。(人 26-282-26)

②芸妓と客とのなじみの関係。客が芸妓を選んで、なじみの関係を結ぶことを"攀相好"という。⇨攀相好。

【相戒】

〈动〉いましめる。忠告する。¶别人以绮语相戒,才是隔靴搔痒,耐末对症发药,赛过心肝五脏一塌括仔拨耐说仔出来。(海 53-446-8)

【相骂】

865

語彙例釈　xiang

〈动〉口論する。¶还是翠凤做清倌人辰光,搭老鸨〜,拨老鸨打仔一顿。(海6-48-2)¶再勿去是要〜哉。(海17-136-17)¶单是背后骂倪两声倒也罢哉,倘忙台面浪碰着仔,俚末倒瓤面孔,搭倪〜,倪阿要难为情?(海24-193-22)¶倪是向来弗会搭人家〜格。(沪3-9-10)¶有两句俗语:'宁可与苏州人〜,莫与宁波人白话。',宝玉倪快不要同他白话了。(狐35-296-23)¶潘大少不知为了何事,在月台上与隔壁客人〜。(繁Ⅱ18-543-19)¶人家夫妻〜,暂时走开几时,也是有的,总没会就此合不拢的。(新49-228-12)¶原来孙大娘最痛儿子,极是护短,又兼性暴,能言快语,是个揽事的女都头。若〜起来,一连骂十来日,也不口干,有名叫做绰板婆。(醒34-714-12)

【相熟】

〈动〉互いに知り合っている。¶齐韵叟同过歇台面,倒勿大〜。(海26-215-4)¶与他讲起上海事情十分熟悉,也像是上海下来的一般,疑心是楚云改名到苏,他与钱宝玲本来〜,故而住在一起。(繁后2-730-17)¶老安人且省愁烦,老身与孙大娘〜,时常进去的。(警25-388-1)

(注)単方向の動作の意味でも用いられている。→ 秦显的女人是谁?我不大〜。(红61-861-11)

【相思病】

〈名〉恋の病。¶可惜我勿做倌人,我做仔倌人,定归要亚白生仔〜,死来里上海。(海33-273-2)¶啊呀,我想起来了,必就是贾府园里的什么栊翠庵里的姑子。不是前年外头说他和他们家什么宝二爷有原故,后来不知怎么又害起〜来了,请大夫吃药的就是他。(红112-1539-13)¶可知道这秃驴词内都有赏"新荷"之句,他不是害什么心病,是害的〜!(警7-83-13)

【相像】

〈形〉似通っている。¶耐末说得王老爷来阿有点〜嘎!见相好也怕仔末,见仔家主婆那价呢?(海9-67-15)¶拿面镜子来教俚自家去照照看,阿〜嘎!(海15-119-17)¶大少爷看哩。四老爷面孔浪,倪十全阿有点〜?(海58-496-21)¶金哥听说,口中不语,心内自思:"王三到也与郑元和〜了,虽不打莲花落,也在孤老院讨饭吃。"(警24-349-6)

【相信】

〈动〉①信ずる。¶阿是耐有点勿〜我闲话?(海7-51-22)¶我故歇随便说啥闲话,耐总勿〜,说是我骗耐。(海11-83-9)¶真个四十块洋钱,勿是我骗耐哝,耐勿〜,去

xiang 語彙例釋

问小妹姐好哉。(海 22-180-20)¶耐无姆说,癞头鼋昨日哷来,搭俚说仔蛮～,就是一班流氓,七张八嘴有点闲话。(海 45-381-12)¶倪格两句闲话末才勒浪替耐想格法子。耐要～呢,蛮好,倘势弗～末,故是倪野呎不法子。(沪 3-48-12)¶的确是七十两银子买拉个。侬倘若勿～是我可以罚咒。(上问 14-27-6)¶你老今后可～咱的话了?(官 1-2-18)¶那种拣好日子的迷信说话,我最不～。(歇 17-211-18)¶那女郎被缠不过,轻轻的道:"我没有名字的。"宛亭道:"哪里会有没名字的道理,我不～。"(人 16-147-16)
② 好く。好む。¶子刚道:"俚倒一径搭耐蛮要好,故歇俚转差仔啥个念头,勿～耐哉,阿对?"翠凤道:"一点勿差。故歇是俚有心要难为我。……。"(海 22-176-11)¶中国生意人(～牵丝盘藤)(通行各滋吝牵)(～三上三落)勿肯(爽荡)(爽快)点,(我倪勿～是格能)(我倪是格能弄勿来)(上散 8-50-10)¶是打算列拉京里向寻人家呢,还是出门去呢啥?——是我倒(情愿)(～)出门去。(上问 18-35-7)
(注) 相信 〔动〕喜欢;爱好。吴语。上海。请客送礼我向来勿～。上海松江:自其～看电影。(漢語方言大詞典)

【相宜】
〔形〕よろしい。適合している。¶若一概如此做法,也勿大～。(海 60-515-13)¶上海水土寒,恐怕于贵体不甚～。(目 85-689-22)¶地方官办差太省俭了,固然不好;太华丽了也不～。(官 46-782-12)¶夜深了,吃得太多不大～。(人 10-83-5)¶那刘姥姥因喝了酒,他脾气不与黄酒～,且吃了许多油腻饮食,发渴多喝了几碗茶,不免通泻起来,蹲了半日方完。(红 41-572-9)

【相知】
〔名〕知り合い。"相好"(なじみの妓・客)の意にも用いられる。¶好几日勿看见贵～,阿好一淘去望望俚?(海 32-265-13)¶该搭贵～是新做个啘?(鸿 3-204-8)¶就问:"谁是小金媛媛?"翻仞告诉他:"就是五科的贵～,刚才一品香见过,来到这里又问过你尊姓,怎么就忘记了?"(官 8-109-14)¶说也不妨,宛翁何必这样怕贵～?(人 17-152-4)¶金荣贾瑞一干人,都是薛大叔的～,向日我又与薛大叔相好,倘或我一出头,他们告诉了老薛,我们岂不伤和气?(红 9-141-2)¶老夫有一敝～,见任吏部左侍郎。(鼓 18-227-13)¶我是你女儿的旧～张二相公,难道声音都听不出了?(鼓 31-379-4)¶大相公令我送些礼物与一个～,适才偷空和小厮们赌钱耍子,不觉天色暮了。(禅 8-116-4)¶时遇春天,崔待诏游春回来,入得钱塘门,在一个酒肆,与三四个～,方才吃得数杯,则听得街上闹吵吵。(警 8-93-13)¶老先生休得愁烦,后堂有许多贵～

語彙例釈　xiang

在那里，请去认一认！（警 11-150-9）

【香】

〈动〉接吻する。　¶一个把林素芬的妹子林翠芬拦腰抱住，要去亲嘴，口里喃喃说道："倪个小宝宝，～～面孔。"（海 6-48-18）　¶刁邦之乘势凑上去～了个面孔。（新 11-51-12）　¶士规见了雪嫩的粉颈儿，再也忍不住，凑上去～了一～。（新 36-165-25）　¶我早知是婊子，早～他一个面孔了。（新 45-207-15）　¶见梅雪轩星眼朦胧，口脂芬馥，不由的不魄荡魂飞，正想凑上去～他一个面孔，梅雪轩早被惊醒，问道："……？"（十 2-12-28）　¶趁杨太太走开时光，常与他不三不四的兜搭，心想捏捏他的手腕，香香他的面孔，乘便亲近亲近他。（十 14-100-30）

【香槟酒】

〈名〉シャンパン。　¶昨日舒齐仔，要想到该搭来张张耐，碰着仔耐大姐，难末勿曾来，就交代俚一打～带转去，阿曾收到？（海 53-448-7）　¶他心上一急，一个不当心，一只马蹄袖又翻倒了一杯～。（官 7-96-15）　"香宾酒"とも作る。　¶各道久仰坐定，侍者送上菜单，众人点讫；淑云更命开着大瓶香宾酒，且饮且谈。（孽 2-11-19）

【香烛】

〈名〉線香とろうそく。　¶倪拜姊妹，不过拜个心。摆酒送礼多花空场面，才用勿著，就买仔副～，等到夜头，倪三个人清清爽爽，磕几个头末好哉唲。（海 52-441-15）　¶我说末定归勿听，帮煞个堂子里，拨个卫霞仙杀坯当面骂我一顿，还有俚铲头东西再要搭杀坯去点仔副～，说我得罪俚哉！（海 57-483-17）　¶阿金置之不答，仍交代香火道："倷先去点～罢，让倪先生拜过仔佛，我好传格句闲话唲。"香火阿二唯唯答应，登时将～点好，请宝玉拜佛。（狐 36-311-22）　¶殿旁摆列无数摊子，卖的都是～纸马，看见众人进来，一个个上前兜卖。（繁初 9-91-5）　¶于是乎一班人做好做歹，要他点～赔礼，还要他烧路头（吴下风俗，几开罪于人者，具～至人家燃点，叩头伏罪，谓之点～。烧路头，祀财神也，亦被除不祥之意。烧路头之典，妓院最盛）。（目 77-623-1）　¶打坏的东西，一齐认赔，还叫人替他点一副～，赔礼了事。（官 40-678-17）

【箱子】

〈名〉衣類･銀貨その他用具などを収納しておく大きい箱。　¶俚哚嫁出去辰光，拣中意点拿仔去，剩下来也有几～，我收作仔起来，一至用勿着，还有啥人来着哩？（海 10-76-8）　¶我看耐要几花洋钱来放来哚～里做啥，阿是我面浪来做人家哉？（海 15-116-10）　¶～里阿是藏个人来浪做？（海 40-336-8）　¶格只～里有一百多现洋钿，三百多钞票，还有

868

xiang　語彙例釈

两只金锭,念几个金四开。(狐32-272-15)¶那两只～内,满满的装着宗社党所穿的衣服。(歇3-35-13)¶因在舱内开了一个～,取出几十个斗方子来递与匡超人,道:"这就是拙刻,正要请教。"(儒17-212-16)¶太太正和二奶奶、赵姨奶奶、周姨奶奶好些人翻～,找太太当日年轻的颜色衣裳,不知给那一个。(红37-508-15)¶其余的人,都去～里,取出弓弩来射的,也有取出石子来打的,也有取出标枪来标的。(水40-646-14)

【镶】
〈动〉象眼する。¶前转耐去～仔一对钏臂,俚搭我说:"钱老爷一径无拨生意,倒勿晓得陆里来格多花洋钱?"(海22-176-2)¶那刘姥姥入了坐,拿起箸来,沉甸甸的不伏手。原是凤姐和鸳鸯商议定了,单拿一双老年四楞象牙～金的筷子与刘姥姥。(红40-550-12)
(注) 上揭例 (海22-176-2) は、"给我量一尺布"(わたしに布を一尺ください)の"量布"と同じ用法で、"镶钏臂"は腕輪に象眼させて買い求める意。

【镶边】
〈动〉縁取る。¶笑起来阿要难看!一只嘴张开仔,面孔浪皮才牵仔拢去,好象镶仔一埭水浪边。(海15-119-15)¶不长不短的身材,四十左右年纪,脸上戴一副玳瑁～的墨晶眼镜。(繁初3-23-6)

【镶边酒】
〈名〉"陪客"として招待されて、ただ酒を飲むことを"吃～"という。¶耐为啥要走哩?～末落得扰扰俚哉晼。(海2-10-11)¶鹤汀道:"我没殳三吃酒,俚谢谢勿来。耐来得正好。"老包大声道:"耐当我啥人嘎?请我吃～,要我垫殳三个空!我覅吃。"(海60-510-16)¶万一有人将他请去吃了台～,打了次白茶围,明天报上,准得有长篇大论的誉扬。(歇6-75-8)¶贾端甫吃的是～,不但倌人照例敬拳之外不与友交谈,就是同席的客人也无暇与他说话。(梼1-13-8)

【详】
〈动〉文字・語句や夢などに暗示されていることを判ずる。¶诸十全乘间把签诗抢回,说:"覅耐～哉。"(海21-168-21)¶阿珠即插嘴道:"啥人做格梦介?阿金道:"大先生做格哉嘘,刚刚告诉我,叫我～～看,好格呢坏格,格落讲仔一歇笃。"(狐53-452-14)¶～他两句语意,是个"李"字,况且又称十八兄,想必未冠的那人,姓李,是个为头的了。(初3-62-11)¶楼上杨素梅听见吟诗,～那诗中之意,分明晓得是打动他的了。(二9-182-13)

869

語彙例釋　xiang

【详载】

〈动〉詳しく記載する。¶序文之后，开列同盟姓名，各人立一段小传，～年貌籍贯，父母存殁，啥人相好末就是啥人做。(海53-449-24)

【享福】

〈动〉幸せを享受する。安楽に暮らす。¶华老爷搭耐好得非凡，嫁得去末，端正～好哉，阿有啥看勿见？(海52-440-8)¶伯荪讨仔江秋燕哉，这个也是好事体，秋燕嫁拨仔俚到也～哉。(鸿3-207-21)¶好姊姊，你教给我罢。我是个粗人，那里知道对付不对付，横竖我的就是你的，我争回了，你也享得着福的。(新50-231-30)¶我们生来是受苦的人，老太太生来是～的。(红39-538-19)¶我一个钱饶不出，惊动这些人实在不安，不如大嫂子这一分我替他出了罢了。我到了那一日多吃些东西，就享了福了。(红43-593-4)

【响】

〈动〉①音がする。音を立てる。¶再听听，玻璃窗浪原来咪～呀。(海26-214-16)¶大姐道："下头来浪～呀。"说著，果然历历碌碌响声又作，乃班里女孩儿睡在楼下，起来便遗。(海52-441-1)¶一语未了，只听得屋内嘻嘟哗喇的乱～，不知是何物撒了一地。(红64-908-7)¶取路飞奔门外来，却似云推风卷，耳边只听得飕飕地～，足不沾地，那消三五个时辰，已到山寨关口。(禅14-217-15)

②言う。話す。¶教耐做媒人，啥勿～嗄？(海1-8-5)¶打个辰光，俚咬紧点牙齿，一声勿～，等到娘姨咪劝开仔，榻床浪一缸生鸦片烟，俚拿起来吃仔两把。(海6-48-3)¶觌～！瞎说个多花啥！(海23-187-14)¶有一转俚来，碰着倪房间里有客人，请俚对过房里坐一歇，俚～也勿～就走。(海25-202-24)¶阿敢去得罪个大流氓？就看俚咪做花样末，倪也只好勿～。(海61-521-18)¶是倪勿好，倷觌～哉。(狐35-300-26)¶奴听俚着末两句，倒只好搭俚赔勿是，难末算完结，勠～啥哉。(狐59-505-7)¶耐索性勿答应倒也罢哉，板起仔只面孔一声勿～，实梗架音，阿是有心坍坍倪格台？(九6-45-11)¶西卿听他说话奚落，也就不～。(文29-153-26)¶那男孩子只有四岁，哭着要饭吃，连喊："妈妈，我要饿死了，快拿饭我吃，快拿饭我吃。"赵氏哄他道："我的乖乖，不要～，饭已教阿姊在煮了。"(十10-68-4)¶韵秋来，你且不要同他～，依旧如没这件事一般，却悄悄到巡捕房报了，说柳韵秋无端前来夺家产，请几个巡捕来把他赶了去。(新50-232-1)¶我如果再犯不端事情，凭你斫掉我的头，我也不敢同你～一～。(十15-105-11)¶瞧老七面上，姓王的也不好～什么了。(人25-264-19)

870

xiang　語彙例釈

〈形〉鳴り響いている（名声が）。¶周双玉无啥；把势里要名气～末好。(海 3-20-23) ¶来里上海场花，只要名气做得～末就好。(海 14-108-8) ¶俚名气倒～得野哚，手里也有两万洋钱，推扳点客人还来哚拍俚马屁哉。(海 15-119-18)

【响声】
〈名〉物音。響き。¶沓来哚黄浦里末也听见仔点～，俚是一点点～也无拨哉。(海 3-19-16) ¶侍者听得～，赶来收拾，并不提起赔碗，又拧了两块面巾，替他擦干净了衣服和标本。(市 28-314-9) ¶把十六块洋钱拿出来，翻来复去的看了半天，又一块一块的在桌上钉了好几回，一听～不错。(官 45-759-4) ¶刘姥姥只听见咯当咯当的～，大有似乎打箩柜筛面的一般，不免东瞧西望的。(红 6-100-13) ¶好去处！如何有～振耳？(西 44-506-1)

【响响落落】
音がはっきりよく通るさま。¶有闲话末～搭俚说。(海 9-72-23)

【想】
〈动〉①考える（心を知的に使って）。¶王老爷难也有点勿老实哉！陆里去～得来好主意，说来哚城里。(海 4-30-20) ¶故歇教我去请洪老爷，我说耐同我一淘去，洪老爷～个法子，比仔倪说个灵。(海 33-278-20) ¶倪格种断命饭本来也吃绝格哉，费耐钱老爷格心，搭倪～～法子罢！(鸿 11-253-18) ¶俚俸出天花，一来末容易过人，二来末勿知阿发得出？倒弄得奴吭不仔主意，湿手捏仔干面勒里哉，倷替奴～～看哩。(狐 16-119-11) ¶～来～去，别无他法，且理熟了书预备明儿盘考。(红 73-1031-14) ¶晴雯因见宝玉读书苦恼，劳费一夜神思，明日也未必妥当，心下正要替宝玉～出一个主意来脱此难，正好忽然逢此一惊，即便生计。(红 73-1033-17)

②思う（感覚的、または結論として）。思い浮かべる。¶我说送阿大去学生意，也要五六块洋钱哚，教俚拿会钱来，俚拿勿出哉呀，难末拿仔件皮袄去当四块半洋钱。～～阿要气煞人！(海 3-19-13) ¶汤老爷，耐～哩，倘然俚搭罗老爷勿要好末，罗老爷陆里叫得到十几个局嘎？(海 7-51-23) ¶来仔也勿讨厌，去仔也～勿着，随耐个便，阿是要写意多花哚？(海 7-57-10) ¶倘然浣芳有福气，养个把倪子，终究是淑芳根脚浪起个头，也好有人～着俚。(海 54-459-3) ¶怪勿得刚刚听声音熟煞，～到就是耐。(鸿 3-206-16) ¶耐～～看，该个是俚有心勒浪寻倪个事唰，倪凶俚倷介！(鸿 4-209-19) ¶奴自家～～，老鸦搭凤凰轧淘，也有点配勿上唰。顾大少，倷麨相信俚，俚是勒浪瞎三话四呀！(狐 25-199-3) ¶区老爷，倷真真贵人多忘事，阿是倪子勿认得格哉？倪就是胡宝玉先生身边格，我叫阿珠，俚末叫阿金，倪说仔出来，谅必区老爷终～得着格勒？

語彙例釈　xiang

（狐 45-387-12）¶我～二爺不止用这个呢，只怕还要用别的。（红 43-598-17）¶我因～着太太事多，且连日不自在，所以没回。（红 73-1034-16）

③……したいと思う。……するつもりである。　¶耐～拿件湿布衫拨来别人着仔，耐末脱体哉，阿是？（海 2-11-20）¶倌人嫁人也难，要嫁个陆里一个勿～嫁个好客人？（海 18-147-24）¶故歇耐阿～赎身？（海 22-177-5）¶我～搭俚冲冲喜，二少爷总望俚好，勿许做。（海 42-354-13）¶栈房钱欠仔勿少哉，故歇付勿出来里，还有别样要紧用场，搭仔到天津个川资，算算非此数不可。个落～搭耐商量。（鸿 8-236-7）¶耐写罢，耐心里～吃啥介小菜末，写啥介。（商 8-59-5）¶我看仔信就～来个，后首来又如何忘记，如何勿匆匆动身，所以今朝一到，赶紧就到该搭来个。（鸿 4-210-5）¶我猜俚末，一定看见仔倪大先生，心里勿转好念头，～吊膀子嘿。倒是格种神气，真真是癞蛤蟆～吃天鹅肉哉。（狐 49-424-8）¶俫勢去听俚，俚末～敲俫格东道。（狐 57-490-12）¶因他父亲一心～作神仙，把官倒让他袭了。（红 2-27-13）¶若这话不真，倘是偷来的，你可就别～活了。（红 74-1058-3）

④いとしく思う。恋しく思う。¶耐就勿做倌人，我到也来里～耐呀。（海 33-273-3）¶俫格闲话，说得蛮对，奴真真聪明一世，懵懂一时，昏得才忘记脱格哉，故歇拨俫提穿仔，实头一点勿差，是奴糊涂，上仔俚格当，还要～俚做啥？（狐 32-267-26）¶先前还有人解劝，怕他思父母，～家乡，受了委屈，只得用话宽慰解劝。（红 27-373-8）¶袭人的哥哥花自芳进来说，他母亲病重了，～他女儿。他来求恩典，接袭人家去走走。（红 51-711-2）

【想必】

〈副〉恐らく。きっと。¶～是缘分满哉。（海 34-283-16）¶一时，惊动李秀姐，特令大阿金问是甚病。漱芳回说："～是马车浪吹仔点风。"（海 35-293-5）¶格种人～外国话是才会说格唲。（狐 22-173-8）¶等明朝买好仔物事，后日一准开船，大后日～就好到嘉兴哉。（狐 57-486-6）¶～外国人又出了甚么新法子？（官 20-330-9）¶这窃贼倒也风雅的很，～也是个懂文墨的。（新 29-133-14）¶这便是选举的真意，～列位早明白了。（歇 13-169-27）¶今天公祖来到敝县，～为着这桩事。（维 5-36-11）¶哦，是了，～是小孩子们使的木碗儿，不过诓我多喝两碗。（红 41-563-9）¶这金鼓之声，～是侯景军马来也。（禅 19-294-6）¶～贤弟博学多能，辨识番书，下官当于驾前保奏。（警 9-107-12）¶多福心下不乐，～为退亲之故。（醒 9-185-4）¶咦！～这和尚们怕那道士；不然啊，怎么这等着力拽扯？（西 44-506-11）¶虽然是刘知寨如此说了，～是闲人妄传，故是如

此。(水 33-522-15)

【想穿】

〈动〉見通す。悟る。"看透"の意に近い。¶我说耐也是个聪明人，难道想勿穿？（海 42-354-10）¶便连上等人也跟着他敬信了，就闹的请加封号，甚么王咧，帝咧，闹这种把戏，其实那古人的魂灵，已经不知散到那里去了。～了真是笑得死人！（目 61-482-4）¶我前回劝你，就这道台也不必去做，你还不听，这回你也～了！（梼 24-382-23）

【想来】

〈动〉考えるに。思うに。挿入語として用いられる。¶善卿道："人阿缥致嘎？"双珠道："就要来快哉。我是勿曾看见，～比仔双宝缥致点㖸。"（海 3-20-1）¶大家才有点说勿出个为难场花，外头人陆里晓得，单有自家心里明白。～耐华老爷好末好，终勿能够十二分称心，阿对？（海 52-440-13）¶我闻得二宝是孝女，果然勿差，～故歇伏侍俚娘，离勿开。（海 64-548-22）¶～那玉是一件罕物，岂能人人有的。（红 3-52-1）¶我听得大相国寺菜园廨宇里新来了个僧人，唤作鲁智深。～必是他。（水 9-136-6）

【想勿到】

思いも寄らない。¶我～耐就来里我背后，倒一吓。（海 14-109-9）¶耐要讨我做大老母，故是我做梦也～实概个好处。（海 55-465-17）¶怪勿得刚刚倪听声音熟煞，～就是耐。（鸿 3-206-16）¶想不到你也会客气起来。（人 16-145-26）¶亲家呀，我和你想不到今天还能见面。（人 17-156-11）¶听见说二奶奶叫，先唬了一跳，却也想不到是这件事发作了，连忙跟着旺儿进来。（红 67-958-1）

【想要】

〈动〉……しようと思う。¶原～转去，无拨铜钱。娘舅阿好借块洋钱拨我去趁航船？（海 24-199-13）¶这倒好了，我正～打官司呢！（红 44-614-5）¶这方六一自从见了那申屠氏之后，一心～谋他到手，不但不怪了那董生，反假意殷勤，时常送些异样礼物到董家来。（醒下 11-185-10）

【向】

〈介〉……に。動作の対象を示す。¶倪无姆阿曾～耐借洋钱？（海 22-175-21）¶俚有仔洋钱，十块廿块，才拨来姘头借得去；今朝要付裁缝帐，无拨哉，倒～我要洋钱。（海 22-176-14）¶我住来里也勿是耐个房子，也勿曾用啥耐个洋钱，为啥我要来巴结耐？就是三十块洋钱，阿是耐个嘎？耐倒有面孔～我讨？（海 35-289-16）

【相题行事】

語彙例釈　　xiang

題を相(^{る})て事を行う。¶做诗第一要～，像昨日"眼花落井"题目，恰好配耐个手笔。（海60-515-12）

【相】

〈綴〉⇨勿好看相，无趣相。

【象】

⇨"像"。¶勿～倪堂子里，无拨数目，晚得来！（海2-15-11）

【象是】

⇨像是。¶倒～人家人。（海16-123-8）

【象牙】

〈名〉象牙。¶狗嘴里阿会生出～来！（海12-177-11）¶遂把那只装烟的～匣子寻将出来，把洋烟倒在净桶里头。（繁后30-1079-23）¶晴雯拿了一个竹彫的签筒来，里面装着～花名签字，摇了一摇，放在当中。（红63-890-21）

【象仔】

⇨"像仔"。¶只要俚巴结点，也～俚喥姊妹三家头末，好哉。（海3-20-4）¶要～双宝样子，就算是我亲生囡件，我也勿高兴拨俚啘。（海10-76-15）

【像】

〈動〉①……に似る。……のようである。¶我看起来叫"三不～"；野鸡勿～野鸡，台基勿～台基，花烟间勿～花烟间。（海5-37-20）¶耐个老阿哥倒无啥，可惜淑人勿～耐会白相。（海32-266-2）¶姚文君个人倒有点～耐。（海44-376-5）¶耐看我阿～个人家人？（海55-467-14）¶倪七月里来里一笠园，也～实概样式，一淘坐来浪说个闲话，耐阿记得？（海63-539-7）¶耐歇两日弄两个人，也撑一个门口，生意让俚笃去做，耐自家随随便便，欢喜白相就白相，～钱明珠实梗，也蛮开心啘。（鸿18-299-11）¶区大人倷阿晓得间搭阿有家生店，阿～上海实梗，可以租赁格佬？（狐46-397-8）¶刚刚郭大少叫倪翻台，倪教勿好勿答应俚，恐怕俚性子暴躁，要发脾气出来，弄得碰台拍凳，倪阿是难为情格，勿～倷大少末，一点脾气才呒不，样样懂道理煞格。（狐13-90-26）《海上花列传》人民文学社本は"象"とも表記しているが，他の作品も版本によっては"象"としている（以下各项も同じ）。

¶勿象刚刚来个。（描5-45-28）¶言毕，只是长吁短叹无精打彩，不象往日高兴。（红67-952-18）

②……のごときは。言及したいものを例示するようにして挙げるのに用いる。¶倪是

874

xiang　語彙例釋

生来勿会说闲话,说出来就惹人气。～人家会说会笑,阿要巴结。(海 24-196-18)¶就～松桥个杀坯末,耐终勒去认得俚个好。(海 30-253-6)¶卫霞仙是书寓呀,俚哚会骗。～倪是老老实实,也无拨几户客人。做着仔二少爷,心里单望个二少爷生意末好,身体末强,故末一径好做下去。(海 57-484-13)¶耐随便啥才式要紧,就～做衣裳,勿应该做个披风,做仔狐皮襖末,阿是蛮好?(海 62-531-15)¶俫是家当大格人,勿说勒浪做生意,年年多仔几几化化,就是登拉屋里坐吃仔一百年,呒啥要紧。～奴故歇冤枉奴,赶仔奴出去,奴只有格点物事,勿知阿好坐吃格一年半年,就要精打光哉。(狐 10-70-10)¶有了好差事就派别人,象这等黑更半夜送人的事,就派我。没良心的王八羔子!(红 7-118-16)

〈形〉それらしい。さまになっている。"像样"に同じ。¶早晓得耐要去上俚哚当水末,倪倒勿如也说是清倌人,只怕比仔陆秀宝要一点咪。(海 14-110-13)¶噢唷!闲话说得蛮～,勒晚歇讨气。(海 25-207-21)¶故歇一个多月无拨信,有点勿～哉哩。(海 61-524-9)¶媛媛道:"耐拿面镜子自家照照看吧。阿～格来?"子文道:"耐阿是说我面色勿好看啊?格是刚刚搭倪老太太拌仔两句嘴舌落。"(负 17-80-5)

【像是】

〈动〉……のようである。¶俚个病勿～寒热呀。(海 20-160-2)¶三老爷倒喜欢耐妹子,说耐妹子～人家人。(海 38-318-9)¶我看出个二少年真真～我亲人一样,故歇漱芳末病倒仔,二少爷再要生仔病,难末那价呢?(海 42-353-20)¶且休打,待我看他一看。这人也～一个好汉。(水 32-497-10)

【像样】

〈形〉さまになっている。ちゃんとしている。¶故歇上海个赌也忒啥个勿～,该应要办办哉。(海 61-521-1)¶开了门,走进里边,客堂里摆饰得很是～,我就把东西交付了他。(新 13-50-2)¶你这样一来,这很～的煤矿公司,岂不就要铲掉在你手里,公司里许多办事人的饭碗,岂不生生被你打破,那些人的一家老小,岂不都要饿死么?(新 60-277-8)¶还是老三的叔叔听见不～,走了进来,拍了老三两下,又朝着先生作了几个揖,赔了许多话。(官 1-5-10)¶谁知他老变得不～了,娉了什么一个蓉仙,三分不像人七分不像鬼的,定要讨他回去。(繁 II 29-689-17)¶我也觉这两张～些,如此我便带了去,听她选择吧。(人 31-337-12)¶这个潘甲虽是人物,也有几分～,已自弃儒为商。(初 2-31-13)¶殷氏承当了供养公婆,初时也还～,渐渐半年三个月,要茶不茶,要饭不饭。(初 13-236-6)¶只你客边放正经些,主人家女儿切不可去打牙撩嘴,

語彙例釈　xiang－xiao

惹出口面，須不～。(型 38-527-20) ¶要待和他发作起来，又碍着家人仆妇们看着不象样，暂时忍了这口气不再理他。(目 95-778-13)
(注)《初刻拍案驚奇》上揭例(初 2-31-13)について、王古魯氏は次のような注を施している。
像样——吴语，近乎"够标准"之意。此句即指"面貌身材也有几分够标准的"，即"不难看"之意。

【像样子】
"像样"に同じ。¶今朝倪大人吩咐下来，说山家园个赌场闹猛得势，成日成夜赌得去，摇一场摊有三四万输赢哚，索性勿像仔样子哉！(海 56-473-6) ¶我们必定要替她绷绷场面，否则门前冷落，太不～了。(人 14-123-9) ¶上海地方，本来闹得太不～了，巡捕房里自应得严紧严紧。(十 32-242-18)

【像仔】
"像"＋動態助詞"仔"。動詞"像"の用法に同じ。①⇨　"像"①。¶我养来哚倪子，要～俚哚堂子里来白相仔末，拨我打杀哉哩。(海 6-43-16) ¶俚是本事好，生意会做，就吃上仔也勿要紧。倪要～俚也好哉。(海 24-192-7) ¶耐要自家有淘成，五十多岁个年纪，原一先起头实概样式，做出点话靶戏拨小干件笑话，我倒替你难为情。(海 49-417-16)

②⇨　"像"② ¶我刚刚搭耐说上海个俗人，就～罗老爷末也有点俗气。(海 59-505-13)
(注)"像煞"("好像"に当る)にも"子(仔)"を加えている例がある。→落了呀相好，倌人就放刁，煞死拿格竹杠敲。嗳唷伸手样样要，做衣裳，嗳唷还要兑珠宝。迷汤呀灌得实在好，像煞子一世勿开交，嗳唷情愿同到老，嫁子俫，嗳唷福气算奴高。(繁Ⅱ 27-669-4)

xiao

【消】
〈動〉取り消す。¶坎坎说个闲话～脱，赛过勿曾说，俚赎身勿赎身也勿关我事。(海 45-378-13) "销"とも作る。¶并说与账房儿里，把这一项钱粮档子～了。(红 94-1327-17)

【消差】
〈動〉公務出張し復命する。¶洪善卿在旁笑道："王老爷要紧去～，耐覅瞎缠，误俚公事。"(海 28-228-6) "销差"とも作る。¶此番机器办成，到了销差的时候，却好把

876

前头用去的五千两捞了转来，因此心下甚为得意。(维 3-22-10) ¶金委员无奈，只得又回到府衙门，见了柳知府，嚷着要拿滋事的重办，否则不能回省～。(文 3-16-11) ¶直到后来，才晓得胡委员到京后，并没有办过一回公事，终日在窑子里花天酒地，所有领到手的侦探费都已花销净尽，上司跟前交不出账，销不落差，异想天开，特造出这个假电来，以为搪塞之计。(十 33-246-30)

【消场】
〈名〉商品の販路。はけ口。¶第号物事，～倒难哩。(海 1-6-10) "销场"とも作る。¶这种类书，每人总得买一部。一十八省一齐销通，就有好几万部的销场。(官 56-983-7) ¶如今上海的藤椅，销场很大，而且都是好价钱。(市 2-194-24) ¶倪喊头有样（土货）（地头货），我看上去（捏得稳）（捉得定）有销场个。(上散 8-44-6)

【挦】
〈动〉はがす。めくる。はぎとる。¶俚自家搭我说，教我生意夠做哉，条子末～脱仔。我听仔俚，客人叫局也勿去。(海 10-80-17) "枭" "嚣"とも作る。¶然后叫老妈去看太太的舌苔。何藩台恐怕老妈靠不住，点了个火，枭开帐子，让张聋子亲自来看。(官 5-66-21) ¶忽然昏天黑地，起来一阵勃来风，吹得那阳沟河水涨三分，霎时间船横芦篰嚣起来。(何 3-32-16) ¶爷娘就把他象宝贝夜明珠一般看承，捧在手心里，还恐被屄骚风嚣了去。(何 6-61-6) また"撬"とも作る。¶送依巡捕房里去撬脱依照会。(上散 3-10-10)

【小】
〈形〉小さい。¶耐还有个令妹，也好几年勿见哉，比耐～几岁？(海 1-4-8) ¶耐坐一歇，等我干出点～事体，搭耐一淘北头去。(海 1-4-18) ¶比仔长三书寓，不过场花～点，人是也差勿多。(海 2-10-23) ¶～个辰光无拨仔爷娘，故末真真是苦恼子！(海 52-439-9) ¶随便陆里～烟间才是齷齪龌齪个场花。(海 58-496-7) ¶年纪勿～哉哢！(鸿 10-248-25) ¶格搭场化，空关格房子实头少，就算有一两注，才是希～格。(狐 20-158-25) ¶孙子年纪～，不曾出过门。(官 1-12-2) ¶～～的年纪倒作下了病根儿，也不是顽的。(红 7-107-16)

【小把戏】
〈名〉子ども。親しみをこめた言いかた。¶陆里来一淘～，得罪我朋友，喊本家上来问声俚看！俚开个把势，阿晓得规矩？(海 48-413-4) ¶仇五科便请众位写局票。魏翩仞抢着代笔，自己先写了一张陆桂芳。刘瞻光说："翩仞总是叫这个～。"(官 8-109-2)

語彙例釈　xiao

¶惜春老四不是还有几个亲生的～吗？（人22-227-19）

【小宝宝】

〈名〉幼児を親しんで言う語。¶倪个～，香香面孔。（海6-48-18）¶宝玉道："俫亦勿是～，想吃娘格奶奶佬，一夜天才困勿着，俫格套闲话，奴要相信点来呀。"绥之笑道："你就当我～，我叫你阿姆可好？"（狐14-96-14）

【小菜】

〈名〉おかずや酒のさかな。ひろく魚・肉・野菜などで作った料理を指す。¶无拨啥～喊，我去教俚哚添两样。（海14-114-14）¶就是俚笃格种～，腥气得吭淘成，吃仔要败胃格。（狐33-281-17）¶耐写罢，耐心里想吃啥介～末，写啥介。（商8-59-5）¶俚格家主公就是品香园格老板哩，所以俚自家野会做点～。（沪2-7-12）¶阿媛，来烧～哩。（沪2-63-12）¶一眼无没～，待慢之至。（上散10-61-10）¶薛氏又时常差人送长送短，有时可口～，有时应用的零物，差不多天天有人来往。（歇21-263-9）¶落后看见他在燕窝碗里拣了一个大虾元子送在嘴里，方才放心，因说道："却是得罪的紧。我这敝教，酒席没有什么吃得，只这几样～，权且用个便饭。……"（儒4-59-1）

（注）野菜の漬物類を指す用例もある。→二童忙取小菜，却是些酱瓜、酱茄、糟萝葡、醋豆角、醃窝荬、绰芥菜，共排了七八碟儿，与师徒们吃饭。（西25-283-9）→刘公举目看时，只见他把小菜下酒，那盘牛肉，全然不动。（醒10-200-15）→奶奶着你将这两瓮小菜送与闲云庵王师父去。（喻4-84-12）

【小大姐】

〈名〉まだ少女である女中。¶倪新用一个～来浪，耐看阿好？（海31-254-12）¶这天晚上，自从摆台面，一直到魏翩翩走，凡有来叫局的，新嫂嫂都叫～阿金跟了出去，自己却一直在屋里陪着陶子尧。（官8-116-18）¶忽见一个丽人缓缓的从后面转过来，腰细惊风，鬓低敛雾，宜主妖娆之态，凌华婀娜之姿，扶着一个十六七岁的～，走到辛修甫面前。（九159-1048-7）¶二房东道曹云生家用着一个～昨天才停出去，现在在本街里第三家蒋家里帮佣，你去问一声或者有点子晓得也未可知。（十24-177-27）"小大姊"とも作る。¶晏有一个小大姊，忙替他烧烟。（沪1-16-10）

【小房子】

〈名〉密会のために借りている秘密の家。¶爷娘兄弟来里～里，陆里有几花开消？（海24-192-13）¶难要歇哉呀！俚哚来浪租～，教我跟得去，一块洋钱一月，我定归勿去。（海54-460-23）¶倪讲俫近来大勿好，登勒外势去轧姘头，租～，到底俫阿有介事佬？

878

xiao　語彙例釈

(狐 53-452-5)　¶老二个种贱货，我勒里身浪铜钱也用得勿少，俚倒去租～，姘马夫。(鸿 10-247-15)　¶浣花阁软迷迷的笑道："俚说就来格呀，故歇为啥勿来，倪也勿晓得唲。阿要到俚～里向去等俚罢？"陈海秋诧异道："凌华还有～么？怎么他没有和我说起。"(九续 16-116-24)　¶因问榴红阁："耐阿姆呢？"榴红阁回说："居去哉。"玉如笑道："嘎，俚晏有～来海，阿是？"榴红阁道："勿呀，是倪自家格屋里向，勒浪新清和对过哩。"(沪 2-61-11)　¶当时上海第一科的花榜状元李巧林，榜眼张秀卿，探花沈月春，都天天到"丹桂"看戏，后来都与月楼姘成了。但是不便公然出入，乃另租一所房子为幽期密约之所，名叫"～"，是为上海～的开先。(新 20-88-12)　¶立刻写了一个票头，差相帮去请。堂子里请不着；后来还是新嫂嫂差了一个小大姐，在六马路他的姘头大姐老三～里找着的，一同同到同庆里。(官 9-132-20)　¶这里是我们的秘密～，谁都不知道的。(孽 30-289-11)

【小干仵】
〈名〉子ども。男の子を指していう。女の子は"小娘件"。⇨小娘件。¶耐只好去骗骗～！(海 4-30-13)　¶耐看俚脾气，原是个～，阿要想养倪子哉。(海 6-44-8)　¶两个～并仔一堆末，成日个哭哭笑笑，也勿晓得为啥，阿要笑话。(海 22-181-18)　¶人末～，脾气倒不小。(海 46-391-1)　¶小卿故歇已经嫁仔人，听见说～养得蛮大勒浪哉。(鸿 7-232-11)　¶耐格号闲话，只好去骗骗三岁～。(九 106-736-24)　¶然而俚朵还有一个～勒朵哉。(三 4-35-6)　"小干鱼""小官倍"などとも作る。¶弗壳张倪一起病末就想到身后格事体，夷牵记倪格兄弟姊妹搭仔一对小干鱼，好像交关弗放心个样子。故末啥道理嘎？(沪4-70-1)　¶鬼出陌生，生意全然勿济。家主婆常常生气，小官倍哭哭啼啼。(笑 17-250-4)(『三笑』では"鬼出冰生，生意全然勿济，家主婆常常生气，小干仵哭哭啼啼"とする)

【小伙子】
〈名〉若者(男性)。¶阿是耐勿肯嫁拨俚？耐看实概一个～，嫁仔俚阿有啥勿好？(海 19-153-7)　¶耐道仔我走勿动？我不过老仔点，比仔～勿推扳哩。(海 47-398-6)　¶起先年纪轻，勿曾懂事体，单喜欢标致面孔个～，听仔俚咾海外闲话上个当。(海 60-509-16)　¶从来堂子中人，只欢喜年轻～，其实年轻人气血未定，朝三暮四，今儿爱这个，明儿爱那个。(歇 21-272-11)　¶车门开处，跳下三个人，锦回认得一个五十多岁年纪，燕尾须儿的，就是经手杨锡侯，还有两个～，却不大认识。(新 31-141-6)　¶我前礼拜在苏州，瞧见一个二十多岁的～。(十 38-285-8)　¶原来这～名叫张华。(红 68-966-19)　¶外边

語彙例釈　xiao

一个拢头～，在那里问安人。(初34-650-16) ¶你怎么欺我瞎子，就要讨我的便宜。我也不是～，年纪倒比你长些，今年七十六岁了。(醒38-823-12) ¶两个～，也不用帮闲，我陪你，你陪我，各寻一个雏儿：一个童小五，一个顾阿都。接在下处，大家取乐。(二4-82-7)

【小姐】

〈名〉①良家のお嬢さん。また、未婚の女性に対する敬称。 ¶耐怕痛末，该应做官人家去做奶奶，～个呀，阿好做倌人。(海37-309-11) ¶个个二娘娘是相爷个媳妇，苏州冯大老爷个～哉那。(三10-113-3) ¶一面说，一面就叫姨太太同了～立刻去开箱子，找出三个蓝呢帐子，交给戴升拿了出去。(官3-44-7) ¶可惜时候晚了些，早一点来，有两个读过书的～和一个人家姨太太在这里白相。(人15-140-8) ¶任大人共有几位少爷～？(梼11-171-2) ¶如果是一个好好的女子，或是官宦人家的～少奶奶，就是犯了罪，恐怕他们也不敢这样折磨。(人19-184-15) ¶只因大～是正月初一日所生，故名元春，余者方从了"春"字。(红2-33-6) ¶他既是官宦～，自然骄贵些，就下个帖子请他何妨。(红17・18-243-3) ¶春香道："我倒忘了与～贺喜。"(禅36-584-1) ¶有一个吏部尚书，姓张名镐，有第二位～，名唤德容。(初5-89-14)

②"妓女"を称する。 ¶长福贸然问老婆道："耐个～名字叫啥？"那老婆子将两人上下打量，沉下脸答道："啥个～勿，勨来里瞎说！"(海26-216-7) ¶倪就为仔三四千店帐来里发极。倘然推扳点～，倪倒勿去搭俚拿仔几几花花哉。(海62-527-13) ¶耐个因件末面孔生得标致点，做个～；俚也一样是人家因件呀，就不过面孔勿标致，做仔大姐。做～个末开宝要几花，落镶要几花，俚大姐也一样个呃。拨耐倪子困仔几个月，故歇说五十块洋钱；阿是来里拗空？(海62-529-13) ¶倷亲眷格搭阿有几个～？住勒啥场化？(狐20-160-15)

③上海では"幺二"以下の"妓女"の呼称として用いた。 ¶秀林～，我替耐秀宝妹子做个媒人阿好？(海1-6-22) ¶赵大少爷阿要会吵，倪秀宝～是清倌人哩。(海2-16-5) ¶野鸡末，叫俚～也无啥呃。(海26-216-12) ¶娘姨手持局票，呈上季纯，嘻嘻笑道："说是二奶奶来里壶中天，叫倪一个局。就是二少爷个轿班送得来票头。"(海56-480-24) ¶陶子尧不懂怎么叫做"讨人身体"。新嫂嫂就告诉他，才说得一句"堂子里格小姐"，陶子尧就驳他道："咱的闺女才叫小姐，堂子里只有姑娘，怎么又跑出小姐来了？"新嫂嫂说："上海格规矩才叫～，也有称先生格。"(官8-111-2) ¶守愚却看中了花也红，花了一块洋钱到他房里去，装了一挡干湿，又闹些笑话出来，口口声声叫："也红先生。"也

红不答应他。守愚怪他冷淡，亏得少牧说知，么二里叫"～"不叫"先生"，守愚方才明白。（繁Ⅱ13-486-2）

【小开】

〈名〉店主の息子。¶旧年嫁仔个家主公，是个虹口银楼里～，家里还算过得去，夫妻也蛮好，阿是总算好个哉了？（海16-127-8）¶善卿问客人姓甚，双珠说是"姓倪，大东门广亨南货店里个～"。（海17-137-17）

【小老母】

〈名〉妾の俗称。¶苏冠香阿是宁波人家逃走出来个～？（海26-210-2）¶倘然玉甫讨去做～，漱芳倒无啥勿肯，碰著个玉甫定归要算是大老母，难末玉甫个叔伯、哥嫂、姨夫、娘舅几花亲眷才勿许。（海37-307-17）¶好好交格人家，俙人肯讨格倌人转去做大老母？推扳点格人家，倪又勿肯嫁俚，就算嫁仔一格好好里格人家，也不过一个～，总归有多化勿称心格地方。（九48-349-16）¶我们既做了～，早就失了体统，那么轮得到我们讲体统呢！（孽30-287-9）"小老姆""小老妈"とも作る。¶倪也叫无说法，只好等俚出门格辰光，自家走仔出来，故歇俚耐顶倒说倪是俚格小老姆，还说倪拐仔俚格物事逃走。（九63-459-10）¶倪是要搭耐轧姘头格，倪勿做倽制台格小老妈！（官36-621-11）

【小妹子】

〈名〉末の妹。¶俚叫李浣芳，算是漱芳～。（海7-55-18）¶夜来合上眼，只见他～手捧鸳鸯宝剑前来说："姐姐，你一生为人心痴意软，终吃了这亏。休信那妒妇花言巧语。……。"（红69-981-2）

【小娘仵】

〈名〉若い未婚の女性。"姑娘"の意。俗にまた"妓女"を指す。¶耐个～也少有出见个！（海25-207-23）¶我搭耐无姆讲闲话，挨勿着耐来说！耐自家去照照看，像啥个样子，覅面孔个～！（海31-257-4）¶勿局个！覅面孔个～，我去认俚阿嫂。（海62-529-5）¶个两个～勒里做啥？（三4-23-30）¶～直头吭道理，啥洛实梗格呢？（沪2-92-1）"小娘鱼""小娘伍"とも作る。¶大先生要做格件事体，只消倪到外势去放一个风，包俙格套小娘鱼，好格歹格，一个一个领得来拨俙看呀。（狐51-435-3）¶格格小娘鱼倒还吭啥，俙阿是勒苏州买得来格介？（狐51-436-4）¶个两个小娘伍勒里做倽？（笑4-32-1）

（注）"小娘仵"および前项"小干仵"の"仵"は，"小娘儿""小干儿"の"儿"の口语音にあてたもの。"鱼"および"午""仵""五""伍"の口语音は同音。

語彙例釈　xiao

【小启】
〈名〉寸書。短い手紙。¶亚白请客～耐阿看见？（海50-423-12）

【小说】
〈名〉小説。¶大约是画个～故事。（海 40-341-7）¶我素日因恨俗人不知原故，混供神混盖庙，这都是当日有钱的老公们和那些有钱的愚妇们听见有个神，就盖起庙来供着，也不知那神是何人，因听些野史～，便信真了。（红43-599-10）

【小堂名】
〈名〉慶事のある家に招かれて、興を添えるための演奏や歌唱を行う一座で、10歳から15歳くらいまでの少年を組織したもの。¶莲生乃命转轿到东合兴里，在轿中望见"张蕙贞寓"四个字，泥金黑漆，高揭门楣。及下轿进门，见天井里一班～，搭着一座小小唱台，金碧丹青，五光十色。（海5-39-3）¶倪今朝忘记脱仔，勿曾去喊～；喊仔一班～来也要闹热点哚。（海12-93-15）¶魏翩仞便道："啊唷，还要拜堂结亲哩！"陶子尧道："何尝不是如此。这句话已经说过三四个礼拜了。他说明要红裙披风全头面，还要花轿～。……。"（官10-141-21）¶大家立起身来，三脚两步奔出书房，走至厅前观看。见那顶轿子抬进门来，居然用的是花轿，一样旗锣伞扇，衔牌执事，和着一班鼓手～，吹吹打打一拥来至厅上。（狐4-23-25）
（注）前揭例（官10-141-21）に次のような注釈が加えられている。
小堂名——苏沪一带的清音乐班。通常用十岁到十五六岁的儿童八人，一律穿绣花衣服，吹打唢呐、笙、笛、云锣等乐器，为喜庆人家所雇用。这种乐班都以某堂为名，所以叫做堂名。

【小先生】
〈名〉まだ泊まり客をとったことのない"先生"。"大先生"に対していう。⇨先生。大先生。¶只见双珠的亲生娘周兰亲自搀着一个清倌人进门，巧囡前走，径上楼来。周兰直拉到善卿面前，问道："洪老爷，耐看看倪～阿好？"（海3-20-10）¶翠芬正待说出，忽见娘姨阿珠探头一望，笑道："我说～也来里该搭，花园里才寻到个哉，快点去罢。"（海46-390-7）¶钓翁，耐要叫大先生呢，还是叫～？（鸿9-242-11）¶兰芬虽已十六岁，还是～勒。样式事体，有倪勒浪，决勿会亏待耐的。（官 8-116-20）¶倪做慰卿格辰光比耐再要早一年得来。格辰光倪末是～。（沪3-5-11）¶全似庄拉着他的手问他："今年十几岁，是大先生～？"（梼12-191-15）

【小心】

〈形〉注意深い。十分に気を配っている。¶耐自家也勿～喕，放俚去罢。(海 1-3-12) ¶耐哚～点末哉。(海 10-79-20) ¶实夫乃将药方交与诸三姐，诸三姐因问："先生阿曾说啥？"实夫道："先生也不过说难好点哉，～点。"(海 58-496-4) ¶疟疾变仔伤寒格哉，格落勿好呀，加二朝轻夜重，倪勿能勿～防防嘘。(狐 59-501-12) ¶众人因见抚院动气，大家俱各～，不敢怠慢。(官 6-90-17) ¶你与张先生两个，小小心心护着行李，起岸时点一个清楚，上车、下车、卸车，再点两遍，休得失误了。(新 31-141-16) ¶其实老四也太～了，如果不放心她们夜深出局，叫你跟着就是了。(人 23-238-11) ¶你在此须要～，休惹人说不是，早出晚归，免我悬望。(儒 1-2-15) ¶别说他素日殷勤～，便是不殷勤～，也拼不得。(红 26-361-11) ¶大哥一路上须要～，渡水登山，百宜保重。(禅 22-359-1) ¶那人见大娘子如此～，又生得有几分颜色，便问道："你肯跟我做个压寨夫人么？"(醒 33-703-15) ¶两个公人怀着鬼胎，各自要保性命，只得～随顺着行。(水 9-136-3)

【小意思】
〈名〉①心ばかりの物。¶该个两样，耐一径挂来哚身浪，无拨仔勿便个喕，耐带得去。～，也勿好算啥物事。(海 49-419-17) ¶我们带来的点～，交代了没有？(官 1-8-21) ¶说罢，递过那两个小匣子道："这点点～，是孝敬二爷的，务乞笑纳。"(目 92-753-15) ②ちょっとしたこと。取るに足りないこと。¶王莲生乃向管账的拱手道谢，并说："所有碰坏家生，照例赔补。堂倌哚另外再谢。"管账的道："～，说啥赔嘎。"(海 9-71-22) ¶近来我因听见众人背前背后都夸你，我只说你不过是在宝玉身上留心，或是诸人跟前和气，这些～好，所以将你和老姨娘一体行事。(红 34-467-3)

【小寓】
〈名〉寓居。謙遜語。¶请起上坐，随问："令堂阿好？阿曾一淘来？寓来哚陆里？"朴斋道："～宝善街悦来客栈。无姆勿曾来，说搭娘舅请安。"(海 1-4-1)

【小照】
〈名〉小型の肖像写真。¶最好笑有一转拍～去，说是眼睛光也拨俚哚拍仔去哉；难末日朝天亮快勿曾起来，就搭俚饦眼睛，说饦仔半个月坎坎好。(海 7-57-6) ¶只见榴红阁挑来挑去，挑出一张惺惺倚栏看花的照片来，因笑道："阿姊格张～送拨勒倪末哉。"(沪 2-66-8) ¶壁上挂着一张六寸头的～，是同阿有两人合照的。(鸿 19-308-8) ¶先往东首耀华照相馆门前停下，宝玉等三人进去，合拍了一个～，是八寸头的，又各拍了一个五寸头的。(狐 28-228-3) ¶所有朝中大老的～，那翻译都预先弄了出来给洋人看熟。

語彙例釈　xiao

(官53-907-8)¶没有照片,要这~壳子怎的?(繁初22-238-17)¶姆妈一着忙,急叫晴云赶紧将墙壁上挂的那幅邹凤凰的~除下来。晴云忙着摄凳子要去除照片,那门外敲门的声音更急。(人46-590-5)¶无双又在抽屉内寻出自己一张~,交与娘姨说:"这张照他日前问我要,我没有给他。今儿你替我带去,……(中略)……。他的~,我这里有着,也不必拿他,……。"(歇20-255-9)¶忽见桌上安放的一个~儿不见了,倒换上了一个夏姑娘的~。(孽17-144-18)

(注)もともと"肖像"の意味で用いられており、写真が入って来てからは主として肖像写真の意味で用いられるようになっている。 →并不是不认得你,只为你一刻之间换了两身衣服,越觉娇媚动人,所以我留心打量一番,打算替你画个~。(九23-171-4) →太太快活,二娘娘好笑。那了介?勿是画观音,倒画子太太个小照勒里哉。(三15-184-25) →有一位任立凡,画的人物极好,并且能画小照。(目37-285-10) →衰草闲话映浅池,桃枝桃叶总分离。六朝梁栋多如许,小照空悬壁上题。(红51-708-6)

上揭例(海7-57-6)の"舐眼睛"の"舐"は石印本は、"舐仔半个月"と同じく"舐"としており、石印本によって改めた(人民文学社本は前者を"舐"としている)。"舐"は"舐"にあてたもの。

【小侄】

〈名〉叔父と同世代の人の前で自分を称する。謙遜語。¶善卿道:"舍甥初次到上海,全仗大力照应照应。"小村道:"~也勿懂啥事体,一淘上来未自然大家照应点。"(海1-5-6)¶至于这里的一切事情,都有~招呼,请舍世叔尽管宽心罢了。(官28-451-13)¶宝叔果然度~或可磨墨涤砚,何不速速的作成。(红7-117-12)¶恩人,你何不早言,~获罪多矣。(禅11-165-7) "小姪"とも作る。 ¶老年伯请宽坐,容小姪出堂,问这起数与老年伯看,释此不决之疑。(喻2-57-7) ¶老叔休要取笑小姪。(水35-556-6)

【小传】

〈名〉小伝。簡単な伝記。¶序文之后,开列同盟姓名,各人立一段~,详载年貌籍贯、父母存没,啥人相好未就是啥人做。(海53-449-24)

【晓得】

〈动〉知っている。知る。¶要到咸瓜街浪去,陆里~个冒失鬼,奔得来跌我一交。(海1-3-10)¶秀宝是清倌人哩,耐阿~?(海2-16-8)¶耐故歇坎坎做起,耐也勿曾~倪翠凤个脾气。(海7-51-19)¶拨来沈小红~仔末,也好哉。(海9-67-13)¶倘忙我能够帮帮俚也勿~,耐说说看哩。(海16-127-15)¶姐夫阿曾~?(海42-363-21)¶~哉,

884

耐个人陆里有推扳,覅看哉。(海49-415-15)¶耐那哼～我来里该搭?(鸿3-204-5)¶故歇个铜洋钱,实头多勿过,吃下来仔,自家也勚～,用个辰光就授仔出去哉。(鸿9-243-24)¶奴前头病重格几日,自家云里雾里,像煞是做梦实梗,一点才勿～啥,阿有个把客人来望奴介?(狐36-304-17)¶二少,耐勚～格当中格道理,倪告诉仔耐末就明白哉。(九15-120-10)¶倘然本勒二娘娘～仔,要查究个吓!(三10-113-8)¶侬听之地格价钱,好像是忒大。侬勿曾～伊个物事却是最好。(上问45-82-3)¶人家～咱俩是同年。(官18-296-23)¶怎么我来了几个月,一直不曾～呢。(官20-328-17)¶梅伯道:"这是什么?"雨香道:"我也没有～,走过去瞧瞧罢。"(新13-57-1)¶江西官场皆～他们的底细。(棒10-149-22)¶原来端翁已断弦一年多,兄弟没有～,少礼!少礼!(棒16-250-9)¶阿美还没～她姆妈兰阿奶替她改名字的这件事。(人2-13-23)¶我昨夜未知怎的醉得如此糊涂,一点儿没～,睡在你家里,占住了你的床,累你没处睡。(歇81-1115-22)¶这出《铁公鸡》,听说所编的都是长毛时候的事情,看过一遍,也可以～～当日的情形。(文16-83-20)¶我是初造尊府的,本也不～什么,但是我们冯大爷爷叫小弟过来看看,小弟所以不得不来。(红10-151-7)¶只不认得这人,又不～他名姓,怎杀得他?(醒上12-86-7)¶老朽根生土长在此,只知这独峰山,未曾～有洞天福地,如此仙境。(禅14-211-3)¶况且当时只说是姊姊,他心里并不曾～是妾身自己,也不是哄他了。(二17-358-11)¶你怎么～他是个马夫?(醒34-718-8)¶你不～,破人买卖衣饭,如杀父母妻子。(水21-311-13)

【孝敬】

〈动〉献ずる。差し上げる(目上の人に物やお金などを)¶我搭阿姐两家头,做个生意来～耐无姆,无姆也勿曾说过倪一句邱话。(海63-536-9)¶双宝生意末一点无拨,拿倪两家头～无姆个洋钱,买仔饭拨俚吃,买仔衣服拨俚着,俚坐来浪无啥做,再要想出几花闲话说倪,笑倪,骂倪!(海63-536-10)¶节盘末是相帮笃格～,勿关倪事格。(九18-138-24)¶先拿五十块洋钿出来,㑚去送拨俚仔,只说倪先生～㑚买酒吃格,看俚哪哼说法,倪再定罢。(狐29-238-19)¶这点点小意思,是～二爷的,务乞笑纳。(目92-753-15)¶将来放了外任,不是主考,就是学政,自然有那些手底下的官儿前来～。(官2-22-15)¶听说这位制台最是清廉不过,下属～他东西,他老人家非但不受,还要专折参奏呢。(新39-181-9)¶我小侄没有～老师和世叔,怎反受起老师的惠来?(儒48-552-16)¶他这四样礼可难得不难得?那鱼、猪不过贵而难得,这藕和瓜他怎么种出来的。我连忙先～了母亲,赶着给你们老太太、姨父、姨母送了些去。(红26-368-9)¶

語彙例釈　xiao

这晴雯当日系赖大家用银子买的，那时晴雯才得十岁，尚未留头。因常跟赖嬷嬷进来，贾母见他生得伶俐标致，十分喜爱。故此赖嬷嬷就～了贾母使唤。(红77-1107-9)

【孝女】
〈名〉親孝行なむすめ。¶我闻得二宝是～，果然勿差，想来故歇伏侍俚娘，离勿开。难得难得！(海64-548-22)

【孝婆】
〈名〉"好婆"に同じ。"孝"の口語音は"好"と同音。¶我还信勿过，间壁郭～也来看耐，倒说道勿来个哉。(海2-11-16)

【笑】
〈动〉①笑う(愉快な表情になったり、笑い声をあげたりする)。¶看见耐低倒仔头只管走，我就晓得耐到倪搭来，跟来耐背后。看耐到仔房间里，东张张，西望望，我末来里好笑，要～出来哉呀！(海14-109-8) ¶玉甫一道："阿哥对仔我～，倒勿曾说啥。"漱芳～道："耐阿哥是气昏仔了来浪～。"(海20-159-3) ¶洪善卿坐在一旁，只是呵呵的～。巧珍睃见道："难末拨洪老爷要～杀哉！四五个老客人，再要瞎三话四，倒好像坎坎做起。"小云道："说说末～～，阿是蛮好？勿说仔气闷煞哉。"(海25-202-16)¶只听那人嗤的一声，掌不住～了，二人听声方知是宝玉。(红15-207-5) ¶道童～了一声，也不回顾，又吹着铁笛，转过山玻去了。(水1-6-15)

②あざ笑う。冷笑する。¶耐坐仔轿车，再要拨耐阿哥～，耐坐皮篷末哉。(海35-291-8) ¶耐末自家要见乖，再去竖起仔个面孔，拨俚哚～。(海46-387-13) ¶故歇说是耐要讨我去做大老母，俚哚才勿相信，来浪～。(海55-466-14) ¶倷麼～奴，作兴将来大脚要时露格勒。(狐57-487-15) ¶人人都～我有些痴病，难道还有一个痴子不成？(红28-386-1) ¶尤二姐说过两次，他反先乱叫起来。尤二姐又怕人～他不安分，少不得忍着。(红68-966-7)

③笑わせる。おかしがらせる(笑い出すほど常識をはずれていて)。¶瑞生阿哥也拍来浪，故是～煞人哉！(海29-243-21)¶倪有辰光碰着仔，同俚讲讲闲话，故末～得来。俚说故歇上海赛过拗空，夷场浪倌人一个也无拨，幸亏俚到仔上海，难末要撑点场面拨俚哚看！(海56-478-19)

(注)上揭例(海29-243-21，海56-478-19)を海南出版社：海上花列伝(附訳文)は、次のように訳している。→我们可惜没上照相楼；要不我们几个人照一张相照倒也不错。二宝道："瑞生阿哥也和我们一起照，那可太叫人笑话了！"

→罗老爷,是不是很有趣?我们有时遇见了她,和她说说话,那可真笑死人了!

【笑话】

〈名〉笑い草。冗談。おかしい話。¶雪香听说也怔了,道:"耐倒也说～哉哙!倪搭张蕙贞吃啥醋嘎?(海 6-42-10)¶罗老爷,耐倒也会说～哚!四五年老相好,说勿去就勿去哉,也亏耐说仔出来。倒说道容易得势,阿是来骗骗倪?(海 7-53-4)¶故末也是上海滩浪一桩～,为仔黄翠凤勿许俚来,俚勿敢来哉。倪从小来里堂子里做生意,倒勿曾听见歇像罗老爷个客人。(海 15-118-2)¶耐阿听见,拨俚咪当～。一点无拨啥事体,瞎噪仔一泡,故末算啥哩?(海 22-181-21)¶像经子祥也是很能干的一个人,就不过喝了一口酒,这会子到江西去做官,就闹出许多～来。(新 48-219-7)¶是怎么一段～?我倒没有知道。(新 58-268-2)¶此时大众已晓得他今天上院跌出筹码之事,官场上传为～。(官 21-343-6)¶口内不言,心中暗想:你说得好老口的话,怎不想想自己也是个待字闺女,说什么择婿一层,不能不从速,居然侃侃而谈,毫无赧色,岂不是一桩～。(歇 14-181-7)¶你真说～了!我们的交情,还计较这些。(孽 35-353-9)¶姑娘,快休如此,将来只怕比这个更奇怪的～儿还有呢!(红 3-54-6)¶沈一夫妻多气得不耐烦,重新唤了匠人,遂件置造过,反费了好些工食。不指望横财,倒折了本。传闻开去,做了～。(二 36-662-10)

〈动〉"笑"③に同じ。¶两个小干件并仔一堆末,成日个哭哭笑笑,也勿晓得为啥,阿要～。(海 22-181-19)¶倪堂子里倒勿曾到耐府浪来请客人,耐倒先到倪堂子里来寻耐家主公,阿要～!(海 23-187-18)¶只回顾素兰道:"耐甏来里肉痛,我赔还耐末哉。"素兰微哂道:"～哉哩!生来倪个保险灯挂得勿好,要耐勿大人赔还。"(海 50-425-6)¶赖公子一听,直跳起来嚷道:"史三漂局钱,～哉哙!"(海 64-547-6)¶个把客人,倪勿做末勿做哉哙,要耐去瞎巴结俚格倽?倪做仔生意,倒挨着耐格娘姨来管起倪来哉,阿要～。(九 38-279-15)¶故歇格倌人真真～,耐看俚笃,当仔几几化化人做出实梗样式,阿要面孔?(九 38-282-23)¶奴也想拿点勒走,倒说急昏仔,别样才想勿着,单单想着仔一串康熙大白铜钿,皆为仔奴心爱格落,一径放勒床门前抽屉里格,奴勿管值铜钿勿值铜钿,拿着仔就跟俚笃下楼。倷想阿要～佬。(狐 26-211-5)¶苏宝宝和红云老三、芙蓉仙馆都谢了张飑,说:"刚刚罚脱格洋钿,明朝送得来。"张飑笑道:"格末真正～哉,格几块洋钿算啥,唔笃再要放来浪心浪,勿像要好姊妹哉。"(九续 152-1081-2)¶大家才说倪会做啥对子,今朝俚一付,明朝耐一付,大家才要来求倪做对,拨倪笑得来肚子野痛格哉。弗壳张耐四少野来瞎说一泡,阿要～。(沪 2-6-10)¶

耐都要搭倪客气起来哉，真正～。（沪3-63-10）¶四人拔腿飞奔，巡士跟着就追。追到转角上，奇巧不巧，撞翻了一副粪担，四个人都跌在粪里，滚了一身的臭粪，大家不肯罢休，扭到局去打臭官司呢。你想～不～？（新42-192-7）

〈动〉"笑"②に同じ。¶秀英道："我无拨一点点事体，到上海去做啥？人家听见仔，只道倪去白相，阿是～？"二宝道："耐末常恐人～，倪阿哥拉仔东洋车勿关耐事哉，阿对？"（海29-239-22）¶我是耐个讨人呀，赎勿赎来随耐个便。——难我勿赎哉，晚歇反得来拨间壁人家听见仔，倒拨俚咦～！（海45-379-7）¶我们那边也可以暂时住住，不嫌委屈我们就同塲也睡两夜了；没有住在客栈的道理，叫人家听见～，倒象是南京没有一个朋友似的。（目23-166-13）¶有话好说，这像什么样子？岂不被人家～！（官10-149-22）¶吃酒的客人尚还没有，最好顺便约定一台，免得冷清清的受人家～。（繁后20-953-7）¶单品翁、曾子翁，都是见惯大世面的，你也算是个上海富户，只带得几千洋钱,不怕他们～么！（新28-127-11）¶好兄弟，快别说这话，人家～你。（红20-282-17）¶叵耐这厮～我的棒法。（水2-24-1）

【笑眼】

〈名〉あざけりのまなざし。¶罗老爷有仔老相好，只怕倪巴结勿上，倒落仔蒋月琴咦～里。（海7-51-17）

【效劳】

〈动〉尽力する（人や集団のために）。¶蔼人大喜，乃说道："价末我到该省去哉，此地奉托三位。"陈小云、洪善卿、汤啸庵都说："应得～。"（海18-148-20）¶史天然、马龙池皆道："故是应得～。"（海53-450-7）¶理应～，勿消大先生叮嘱得格。（狐59-502-17）¶二朝奉，故此事体勿好～。（描9-82-14）¶你老哥的事情，就是我兄弟的事情。你没有这一点子，我兄弟还～得起。（官3-32-24）¶能够～，总可以帮忙的。（新43-200-4）¶这屋子一事，我准定给你们～便了。（歇8-93-16）¶这是带挈老身吃喜酒的事，当得～。（二22-40-12）¶哥夜来有事，小兄弟因闪了气，不曾～，足的牵挂了一夜。（杀34-137-10）¶只是师母不肯开口，若师母肯下气，学生当得～。（型13-184-16）¶今日既奉大官人分付，老身权且留下；若是不能～，依旧奉纳。（喻1-8-15）

xie

【歇】

〈动〉①過ぎる（ある時間が）。動詞"过"または"等"の用法。¶吴雪香立时催葛仲英回去。仲英道："～一歇哩。"雪香道："～啥嘎，倪勿要。"（海5-41-14）（"一歇"

xie 語彙例釈

は共通語の"一会儿"。歇〈量〉¶我想倪故歇来里堂子里,大家不过做个佣人,再～两年,才要嫁人去哉。(海17-134-23)¶今朝礼拜三,再～两日,同无姆一淘去看。(海30-247-1)¶价末～两日我一干仔来。(海 32-268-3)¶啥要紧看,再～一日天末才舒齐。(海58-492-1)¶晓得哉,～一歇搭耐去末哉。(鸿10-244-16)¶大少,耐～两日要来照应照应小姐格哩,俚原是该个名字,勒浪彩仙堂。(鸿14-273-21)¶唔笃大家覅心焦,稍微～脱两日,等前路笃老病好仔,我来请俚笃看戏。(鸿18-298-16)¶耐末夷是性急得来。耐有心照应倪末,～脱仔一两日野覅紧喲。(沪 2-50-7)¶覅去说俚,让奴～一歇告诉倷,倷就晓得哉。(狐48-415-25)¶烟囱俚￣个几日通一转?(上散6-31-3)¶(～两日)(隔日)我再来望依罢。(上问10-18-7)¶赵温一定要他去,贺根推头天还早,一定要～一会子再去;主仆两个拌起嘴来。(官2-26-24)¶笑吟吟向温贵道:"你坐一会儿,我去去就来",～了顿饭工夫,玉堂才回来道:"姓韦的是个生客,我原说广东绰老不见得就回上海来。"(新 24-109-16)¶～了两个月,只见差人回来,呈上孙自连空书一封。(醒下6-143-9)¶又～了半个更次,蕙娘兀自坐着。燦若只得夹及道:"娘子日来困倦,何不将息将息?只管独坐,是甚意思?"(初16-285-11)¶这周得那日走了这遭,日夜不安,一心想念。～不得两日,又去相会,正是情浓似火。(喻38-573-15)¶我便先还了你招文袋这封书,～三日却问你讨金子。(水21-317-4)

②止(゜)める(営業などを)。¶上仔客人个当,一千多局帐漂下来,难末堂子也～哉,爷娘也死哉,我末出来包房间,倒空仔三百块洋钱债。(海 60-509-7)¶谁教我命苦,你讨了我之后,～生意关店门、吃官司、封房子、死小官,现在弄得坐也无坐处,睡也无睡处,触霉头也触得一塌糊涂了。(人38-447-6)

③辞(゜)める(職などを)。¶大阿金道:"……。故歇索性勿对哉!覅说是王老爷,连搭两户老客人也才勿来,生客生来无拨,节浪下脚通共拆着仔四块洋钱。倪末急煞来浪,俚倒坐马车,看戏,蛮开心!"阿珠道:"小柳儿生意蛮好来浪,阿有啥勿开心?我替耐算计,～仔末好哉啘。"大阿金道:"难要～哉呀!俚哚来浪租小房子,教我跟得去,一块洋钱一月,我定归勿去。"(海 54-460-22)¶我托你不为别的,为的你常常荐人到抚台衙门里去,就是上回～掉的那个王妈,我看这人还伶俐,我想托你拿他荐到抚台衙门里去。(官 48-813-3)¶我的妈在他房里做梳头娘姨六块洋钱一个月,我做大姐两块洋钱一个月,娘儿两个工钱已经有二年另三个月不发了,我一竟要～出来,他定管不许我～,说你们一～出去欠着的工钱就不给你。(十28-211-17)

〈量〉ちょっとの間。¶再坐～哩。(海1-8-21)¶秀宝笑问:"阿曾用饭嘎?"小村道:

語彙例釈　xie

"吃过仔～哉。"(海 2-15-9) ¶张寿问:"到陆里去?"来安搀着他说"搭耐一淘去白相～。"(海 5-34-16) ¶黄二姐道:"宽宽马褂,多坐～。"(海 7-50-8) ¶阿是葛仲英请耐,我同耐一淘去,稍微应酬～,我要进城哉。(海 47-402-3) ¶耐勿要煞死个吃酒哉,到倪搭去坐～罢。(九 1-10-17) ¶耐该搭阿是来仔～哉?(鸿 4-211-2) ¶老爷去仔～哉,听说朋友请去吃早饭格。(狐 9-64-9) ¶看见厨子才勿勒浪,格落我差相帮笃去喊,就等仔～。(狐 26-211-20) ¶再坐～去哩。(负 17-80-25) ¶得罪先失陪者。——再请坐～末哉。(上散 10-67-6) ¶拉伊头吃之中饭,搭朋友白话之～,就朝屋里跑,六点钟到之渡口,到屋里已经有六点半钟者。(上问 46-83-9) ¶三只船撕并着,拌了一～,早到那个水阁酒店前。(水 15-214-7) ¶押司且睡～,等天明去,没来由起五更做甚么?(水 21-313-12)

〈助〉①動作が過去になされて終っていることを表す。 ¶双珠道:"倪无姆阿曾搭耐说起～啥?"(海 3-19-22) ¶双珠先生有个广东客人,勿晓得俚细底,耐阿曾搭俚打听～?(海 4-25-16) ¶故歇耐王老爷原勿曾搭倪先生还～一点点债。倒先去做仔张蕙贞哉。(海 10-81-19) ¶陈小云道:"善卿为啥还勿来?只怕先到别场花去应酬哉哩。"王莲生道:"勿是,我碰着～善卿,有一点小事体教俚去跑一埭,要来快哉。"(海 12-92-11) ¶问他:"阿是来浪卫霞仙搭出来?"阿巧道:"卫霞仙搭做～两个月,故歇来浪张蕙贞搭出来。耐陆里看见我,倒忘记脱哉哕。"(海 31-254-15) ¶金花去后,子刚方悄问翠凤道:"耐阿曾搭无姆说～?"翠凤道:"勿曾。故歇去说,常恐说间架仔倒勿好,过仔节再看。……。"(海 32-264-15) ¶黄二姐因问子富道:"翠凤要赎身哉呀,阿曾搭罗老爷说?"子富道:"说末说起～,好像勿成功。"(海 44-373-21) ¶老二喊醒了,问:"阿有倽人来～?"阿铃把嘴一怒,说道:"来～个呀!"老二道:"故歇陆里去哉?"阿铃道:"说先转哉。"(鸿 10-246-8) ¶事体我搭俚笃商量～哉,报馆里规矩是有闻必录,事体实在有介事格,也吰处叫报浪弗上。(鸿 17-291-4)

②動作がかつてなされたことのあることを表す。 ¶善卿道:"啥人要吃耐台把酒啥酒嘎!阿是我勿曾吃～。稀奇煞仔。"蕙贞道:"价末谢耐啥哩?"(海 4-29-8) ¶耐自家去想想看,耐一直下来,东去叫个局,西去叫个局,我阿曾说～啥一句闲话嘎?(海 4-31-6) ¶我屋里家主婆从来勿曾说～啥,耐倒要管起我来哉!(海 6-43-6) ¶耐倒会输哚,我勿曾听见耐赢～哕。(海 14-112-24) ¶大少,耐该搭阿是齺来～,倪小先生叫小桂林呀。(鸿 9-241-26) ¶亏得奴勒上海格辰光,听见郭大少讲～,说起俫两位大少,人末叫好得来,随便啥格事体,总热心得野笃。(狐 18-136-14) ¶虽勿是同一个爷,到也是一个

890

娘养出来格,总算称得嫡亲兄妹,不过觉碰～头。(狐 36-311-15) ¶倪先生格顶轿子,自家觉坐～格勒。(九 15-114-16) ¶倪格别号叫包打赢,从来觉输～铜钿格哩。(沪 1-64-11) ¶那能我勿曾看见(过)(～)侬?（上问 26-48-7)

【歇生意】

解雇する。¶幸亏外国人勿曾晓得,勿然生意也歇个哉。(海 37-312-5) ¶倪是娘姨呀,勿对末好～个哦。(海 41-343-3) ¶勤生道:"完了。我是出来收兑小洋的,怎样交账?"那朋友道:"如今怨也无益,悔已不及,大家总要想个法儿出来弥缝才好。"勤生道:"有甚法儿,抵桩赔洋钱～是了。"这朋友道:"我倒有一个法子,可使你洋钱不赔,生意不歇,依旧平平稳稳的过安逸日子。你心里怎样?"(新 34-156-24) ¶你想歇掉我的生意吗?摘脱我的权柄吗?(商 4-27-4)¶他母亲听说他歇了生意,脸上便呆了。(市 9-234-15) ¶你既然拖着少爷,少爷到那里,你岂有不知之理,若不实说,仔细歇你生意。(歇 52-704-7)

【歇夏】

〈动〉夏に暑気を避けて休業する。¶二小姐末勿转来哉。三公子请俚公馆里～,包俚十个局一日。(海 38-317-1) ¶再有侣人自家身体,喜欢白相,同客人约好仔,索性花园里～。(海 48-407-13) ¶刚刚倪格～辰光,俚包倪一节并销呀。过仔一节末,倪挂倪格牌子,俚做俚格事体,无拨啥格交关哦。(九续 66-514-19)¶彩霞这一节在观盛里～,我一个月贴他二百块钱,不做生意。(九 159-1046-26) ¶依着老七意思,还要缠住子瞻住在镇江焦山～,叫子瞻陪着,子瞻不肯。(人 44-543-25)

【歇作】

〈动〉万事終わる。けりがつく。共通語の文末に用いられる"算了""玩儿完"。¶俚说生意做勿好,倒勿如死仔～,阿有啥好日脚等出来!(海 16-128-10) ¶倘然翠凤再要搭我两个强,索性一把火烧光仔～,看俚阿对得住罗老爷!(海 59-504-9) ¶二小姐再要上仔俚个当,一径等来浪,等到年底下,真真坍仔台～!(海 62-527-11) ¶依我个主见末,譬如天火烧完仔,故末只好～个哉!(描 12-105-19) ¶介末相公,什介罢,倒不如你掀开子芦席,自家张张看,寻着子介,送过仔船,就～哉活。(三 5-55-20)

【邪狗】

〈名〉むやみに人にかみつく犬。¶耐气末勨气,原快快活活转去,赛过拨一只～来咬仔一口,也无啥要紧;耐要气出点病来,倒犯勿着。(海 9-71-14)

【鞋带】

〈名〉靴ひも。¶勨说啥衣裳,头面,就是头浪个绒绳,脚浪个～,我通身一塌括仔换

語彙例釈　xie

下来交代仔无姆,难末出该搭个门口。(海48-405-11)¶坐到床上,慢慢的解了～,褪了莲钩,拿那又尖又小又软的金莲在那抚台身上轻轻的踹来踹去。(梼10-147-21)

【鞋样】
〈名〉靴の型。¶旧年描好一双～要做,停仔半个月,原拿得去教人做仔。(海11-89-11)

【鞋子】
〈名〉共通語の"鞋"。¶教人做来哚～总无拨自家做个好。(海11-89-12)¶女人格～,就算是三寸金莲,总归齷齷齪齪,有啥格好白相介?(狐25-200-16)¶地双～做来(勿登样)(无没样式),勿配脚,着拉脚上怪无趣。(上散6-35-3)¶贾冲因为～小,走起路来,一扭一捏的,甚为好看。(目99-817-5)¶头上戴着顶换糖都不要的旧帽子,脚上香灰色的袜子,没了跟的～,"踢他,踢他"的走着。(新15-66-4)¶我讲你怎么在老爷床上下来,连～都没有穿,做些甚么事体?(梼22-345-4)¶放眼从钥匙孔内往里一瞧,只见房内那张铜床已是罗帏深掩,床前却双双的陈列着三只～。(人27-291-25)¶倭偘接了～,见身畔无人,轻轻问道:"李季文一向好么?"(禅14-217-7)¶为着秀才官人,～都走破了。方才问得一家,乃是县前许秀才的女儿,年纪十七岁。(初10-174-13)

【写】
〈动〉書く。¶庄荔甫伸手要票头来看了,道:"阿是蔿人～个嘎?"(海3-23-24)¶子富道:"故阿好～啥凭据嘎?"翠凤道:"～来哚凭据,阿有啥用场!耐要拿几样要紧物事来放来里,故末好算凭据。"(海8-59-10)¶我搭耐留心来里,要有仔啥生意,我～封信来喊耐好哉。(海12-98-19)¶'扪之有棱'一联,此情此景,真有难以言语形容者,亏俚～得出!(海51-431-13)¶堂倌看三个人狠有意思,忙过来道:"该位先生叫江秋燕,来笃燕庆里,唱口实头出色。阿要～两出?"(鸿1-195-17)¶门前粉白照墙一座,当中～着'鸿禧'两个大字。(官2-15-7)¶这可使不得,吃了冷酒,～字手打颭儿。(红8-127-16)¶如今哥哥去时,小弟寄一封书去。只是不识字,～不得。(水37-588-1)

【写意】
〈形〉①心地よい。こころよい。共通語の"舒适""惬意"の意。¶像倪做个相好,要好末勿要好,倒无啥。来仔也勿讨厌,去仔也想勿着,随耐个便。阿是要～多花哚?(海7-57-10)¶梳好仔头末,无事体哉,横来哚榻床浪,搁起仔脚吃鸦片烟:有客人来,搭客人讲讲笑笑,蛮～。(海23-184-2)¶尹老爷原搭耐蛮好,耐也～点。快快活活讲讲闲话末好哉。(海46-387-5)¶刚刚弄得弗好开交末,格位金大少倒写写意意转

892

来哉哩。俚末弗晓得是啥人勒浪相骂，跑得上来一看，看见仔少奶奶末，就此'阿唷'一声回身就跑。(沪 4-55-10) ¶忽见迎面来了个人，向来是做小马夫的，这天穿得满身罗绮，到烟馆中来寻人。策六晓得他新近吊上了百花里一个妓女的膀子，此妓很是有钱，那人遂有几般～。因动了个"嫖能倒贴，世间乐事无双"的念头。(繁后 11-845-1)
②気楽である。造作もない。"轻松"の意。 ¶小云道："耐阿姐来里绘春堂，远开仔几花咪，吓啥嘎？"巧珍道："耐倒说得～咪！勿吓末，为啥人家才搬出来哉嘎？"(海 11-88-7) ¶俚自家为仔好点末，忒啥个～哉，前日天坐马车到明园去仔一埭，昨日就困倒，精神气力一点无拨。(海 36-304-17) ¶来里上海个客人就不过两户，单是两户客人照应照应我，就勿要紧个哉。五六千个债也～得势，我也勿犯着要俚咪衣裳，头面。(海 48-406-8) ¶前回八千个生意，嫌俚二百，吃力煞；故歇蛮～，八百生意，倒有四百好嫌。(海 48-410-9) ¶莲壶又道："不过我替耐做倒要～点，忒啥个惨淡经营，就勿像耐做个诗，俚咪也勿相信哉。"(海 59-506-10) ¶别人家末奔煞快，耐倒勒里～。(鸿 9-240-20) ¶李氏道："不见已经不见了，急煞也没中用。"清臣道："你倒说得恁地～，我女儿已经受过人家聘了，将来要娶起来，拿什么来嫁给人家？"(新 45-209-23) ¶美士笑道："这真是再好也没有的事。我们二人，也有许多益处，但你何不爽爽快快，直接对我说，却弄这个去虚，令我怀疑了半天。"秀珍道："你说得好～的话，我同你认识之事，岂可给她知道。她若在我父亲跟前漏出一言半语，还当了得。"(歇 15-193-11) ¶他现在拖着这般大的亏空，外貌仍十分～，别人一点儿都看不出他的神色，其实暗下也未尝不心中着急呢。(歇 67-913-10) ¶心泉道："举不起时长兄体笑话，且待我举举看。"说毕。写写意意把石臼像掇凳般只一掇，说也奇怪，那只石臼一经心泉的手。宛如木头做的一般，一点子分量都没有（十 7-45-21） ¶聚卿兄，你也太～了，掉一掉票子可以凭空的掉进三千七百块，世界上没这么～的事呢。(人 44-538-15) ¶张夫人道："彩云，这贼既然藏在你床背后，你回去看看，走失什么没有？"彩云道声："啊呀，我真吓昏了！太太不提，我还在这里～呢。"(孽 26-239-8)
③むとんちゃくである。こだわらない。随意である。"随和""随便"の意。 ¶瑞生阿哥蛮～个人，一点点脾气也无拨。(海 29-243-22) ¶再有倌人自家身体，喜欢白相，同客人约好仔，索性花园里歇夏，故也只好～点。(海 48-407-13) ¶琪官道："倪拜姊妹，不过拜个心。摆酒送礼多花空场面，才用勿著，就买仔副香烛，等到夜头，倪三个人清清爽爽，磕几个头末好哉啘。"素兰道："蛮好，我也说～好。"(海 52-441-16) ¶拿起签子看了看，又把烟斗子端详了一回，猛的将枪一丢，把脸孔扳了起来，道："唔笃

看哩，格宗家生教人家那哼吃哩，唔笃做生意野忒嫌～哉哾。"（沪1-16-6）

【写纸】

〈动〉契約書を取りかわす。¶十六～，十七调头，样式样才说好。（海48-405-17）¶十六俚哢～，我未收捉物事交代无咘，无拨空。（海48-407-1）¶从前借我钱的时候，为着数目小，所以未曾要他～，也没有中人。（活9-381-13）

【谢】

〈动〉①お礼をする。¶善卿道："耐拿啥物事来～我哩？"蕙贞道："请耐吃酒阿好？"善卿道："啥人要吃耐台把啥酒嘎！阿是我勿曾吃歇，稀奇煞仔。"蕙贞道："价末～耐啥哩？"（海4-29-6）¶戴升适从上头回事下来，笑嘻嘻的朝着钱典史道："老弟，有件事情，你要怎样～我？说了再告诉你。"钱典史一听话内有因，心上一想，便道："老哥，你别拿人开心。谁不知道戴二太爷一向是一清如水，谁见你受人家的谢礼？这话也不像你说出来的。"（官3-93-3）¶回头问少牧道："你该怎样的～他才是？"少牧道："今天晚上请他吃个双台可好？"（繁初14-145-12）¶我先给你作个揖，如能替我把媒人作成功了，改日我还有一个好东西～你呢。（歇14-180-14）¶雨村欢喜，自不必说，乃封百金赠封肃，外～甄家娘子许多物事。（红2-22-7）¶你拿什么～我呢？难道白寻了我不成。（红27-375-4）¶出了钱不算，还要我来操心，你怎么～我？（红43-595-3）¶不想柳二弟从那边来了，方把贼人赶散，夺回货物，还救了我们的性命。我～他又不受，所以我们结拜了生死弟兄，如今一路进京。（红66-941-15）¶老身此计，果然百发百中。住持爷怎地～我？(禅7-96-2)¶雌儿睡在床上了，凭你受用去！不知怎么样～我？（初6-112-8）¶我们原说与他夺了人家，要～我们一千银子。（二10-215-16）¶他家不幸遭难。我为平日往来，出力救他。今他把女儿～我，我若贪了女色，是乘人危处，遂我欲心。（二15-309-12）¶程巧取五十贯钱，～了王酒酒。王酒酒得了钱，一迳走到高氏酒店门前。(警33-509-16)¶王婆，多生受你，待我明日着迎春送钱来～你。(杀25-110-14)

②礼を言う。¶子富道："慢点去。"遂取那一卷洋钱交与黄二姐，开消下脚等项。黄二姐接了道："～～耐。"子富问他："～啥？"黄二姐笑道："我先替俚咘谢谢，倒～差哉。"一路说笑，自去分派。（海8-63-11）¶巧珍道："倪也是好去哉，点心也吃过哉。"小云笑道："耐算搭阿姐客气，吃仔点心～也勿～，倒就要想去哉。也是个鄽面孔。"（海11-90-20）¶黎篆鸿复安慰双玉道："耐鄽动气，明朝我同俚一淘来末哉。俚要是再勿好末，耐告诉我，我来打俚。"周双珠转头笑道："～～耐。"黎篆鸿道："故歇鄽耐～，我搭耐做仔个大媒人末，耐一淘～我末哉。"（海19-153-5）¶将来黛玉末大吃牢，俚板

上黛玉格当，讨俚转去，弄得一塌糊涂，人财两空，赛过替俚忽仔一个浴，连～才弗～一声格勒。(狐59-505-11) ¶漱琴流泪道："～～四少。耐四少是倪格重生父母，四少格恩典，倪是死仔野弗忘记格。"(沪1-109-3) ¶麦南道："去了也罢，你们快抬先生回去。"相帮唯唯答应。行云好如得了恩赦，向麦南～了一声。跟着相帮向外。(繁后17-918-8) ③辞退する。断わる(他人の申し出などを)。 ¶齐府管家手持两张名片，请陶，尹二位带局回园。陶云甫向尹痴鸳道："耐去替我～声罢，今夜陈小云请我，比仔一笠园近点。"(海41-342-9) ¶家叔有点病，此次是到沪就医。感承宠招，心领代～。(海54-459-9)

【谢谢】
〈动〉①礼を言う(他人の好意などに)。⇨谢〈动〉② ¶善卿见那一种风韵可怜可爱，正色说道："出色哉！恭喜，恭喜！发财，发财！"周兰笑道："～耐金口。只要俚巴结点，也象仔俚咾姊妹三家头末，好哉。"(海3-20-14) ¶洪老爷，～耐，看老爷面浪照应点倪。(海4-29-5) ¶遂取那一卷洋钱交与黄二姐，开消下脚等项。黄二姐接了道："～耐。"(海8-63-10) ¶阿珠接着笑道："王老爷一请仔倒就来，还算倪有面孔，勿曾坍台。先生，耐要～我个哩。"(海24-195-8) ¶任大人肯这样相待，我们老爷在九泉之下也感激的。我这里先～。(梼24-384-21) ¶你们且慢慢细讲，我还要到衙门去～官府去。(二15-307-13) "谢一谢"も用いられる。 ¶待我到百花轩去，一来谢一谢杜公子和康公子，二来与他们闲讲片时，消遣病怀则个。(鼓6-74-2)

②断わる(他人の申し出などを)。⇨谢〈动〉③ ¶耐去喊俚咾到尚仁里林素芬搭台面浪看看，阿曾散。问朱老爷阿有啥事体，无要紧末，说洪老爷～勿来哉。(海3-23-22) ¶各位老爷才说是就来。就是朱老爷陪杭州黎篆鸿大人来咾，说～哉。(海12-91-16) ¶我～哉哩，晚歇教舍侄来奉陪。(海15-121-1) ¶子富道："厌气末就～麴去哉。"翠凤道："叫局阿好勿去？倪无姆要说个。"(海22-174-5) ¶仲声踌躇道："倪还要到别场化去勒，晏歇点再会罢。倪六点钟勒浪公阳里黄艳卿搭吃酒，老叔阿肯赏光？鼎夫道："～哉。倪九点钟黄稚玉搭也有台面，请耐搭仔令兄过来坐坐。"(鸿7-227-11) ¶我奉陪不起，你二位请罢，替我说声心领～。(目48-380-26) ¶钱胡子当下就约时豪人，又约了包占瀛包占瀛回说："有事～。"(负14-67-8) ¶超群问锦回："谢丽珠不叫了么？"锦回道："这种佫人真～！不知锡侯怎么特具只眼的赏识了，还特特荐给兄弟，兄弟直没这么好胃口。"(新33-152-2) ¶老哥赐饭，兄弟～了。(十20-143-29)

xin

【心】

語彙例釈　xin

〈名〉心。¶耐个~勿晓得那价生来咪,变得来!(海 4-33-2)¶故歇俚个病,我也晓得勿要紧,等俚歇末哉,~浪终好像勿局。(海 35-295-15)¶耐看末哉,一个人做仔老鸨,俚个~定归狠得野咪!(海 44-375-18)¶我身体末原来里上海,我肚皮里个~也跟仔耐一淘转去个哉。(海 55-468-10)¶像倪是老老实实,也无拨几户客人。做着仔二少爷,~里单望个二少爷生意末好,身体末强,故末一径好做下去。(海 57-484-14)¶算俙一屁弹着,不过奴~浪个人,俺阿猜着是啥人介?(狐 44-380-7)¶奴故歇~里要想到北京去,找寻十三旦,带道勒京城里做生意,俺想阿能够格?(狐 44-380-12)¶耐要拨洋钿倪还债,倪~浪真正意勿过。(九续 57-438-18)¶昨天我们见你二人为了四角钱翻脸,我~上甚是难过。(文 20-108-1)¶赵温~里明白,这些都是王乡绅自家的官衔。(官 2-15-18)¶就是上头派愚兄阅卷,愚兄亦怎好不去。不过收到这种门生,愚兄~上总觉不是。(官 58-1020-16)¶周瑞家的仗着主子的势利,把这些事也不放在~上,晚间只求凤姐儿便完了。(红 7-113-14)¶你那里知道我~里急!(红 21-294-10)¶听了这两句,不觉点头自叹,~下自思道:"原来戏上也有好文章。……"。(红 23-327-8)¶刘家翠翠小娘子,~里一定要嫁小官人,几番啼哭不食。(二 6-126-8)¶秋公听说,~下恍悟道:"怎般说,莫不这位小娘子是神仙下降?"(醒 4-87-9)

【心肝五脏】

心臓・肝臓などの五臓。¶耐昨日劝我个闲话,佩服之至。别人以绮语相戒,耐末对症发药,赛过~一塌括仔拨耐说仔出来。(海 53-446-8)¶一刀从心窝里直割到小肚子上,取出~,挂在松树上。(水 46-764-9)¶只见王庆右手掣刀,左手叉开五指,抢上前来。张世开把那~,都提在九霄云外,叫声道:"有贼!"(水 103-1588-3)

【心经】

〈名〉神経系统。¶从前是焦躁,故歇是昏倦,才是~毛病。(海 36-305-19)

【心领】

〈动〉お気持ちは有難くいただくが……と、人からの贈り物や招待などを辞するときのあいさつ用語。¶家叔有点病,此次是到沪就医。感承宠招,~代谢。(海 54-459-9)¶老兄刻到,我还勿曾替老兄接风,明朝就拉聚丰园,请老兄过去谈谈。——勿敢当,忒嫌费心者。我常庄到此地来个,下转再过来叨扰。地两日贴正有眼事体~之罢。(上散 10-62-9)¶~了罢,我今天实在不空。(官 11-162-14)¶忽然有人送来一张条子,德泉接来看了,转交与我,原来是赵小云请到黄银宝处吃花酒,请的是德泉,子安和我三个人。……子安道:"我奉陪不起。你二位请罢,替我说声~谢谢。"(目 48-380-26)¶

896

xin　語彙例釈

实不相瞒,今晚领事公馆里约兄弟吃饭,兄弟为点子贱事不能不去一趟,老哥厚意,兄弟～就是了。(十 20-144-2)

【心肾】
〈名〉心臓と腎臓。¶此之谓膀痨,难是岂止脾胃,～所伤实多。(海 36-305-5)

【心思】
〈名〉考え。思い。¶倪无姆个～重得野哚,耐倒要当心点。(海 22-176-1)¶我寂寞点勿要紧,倒可惜个菊花山,龙池先生一番～,故歇一径闲煞来浪。(海 60-513-16)¶倪倒并吭拨格号～,耐勿要缠错哩。(九 18-139-19)¶倪不过说白相一句,啥气得来实格能样式!难好哉,倪晓得耐格～哉。(沪 1-9-1)¶有这样的～,这样的才干,才是我国的外交官呢。(新 18-79-17)¶黄道台这番说话,说得袁伯珍五体投地,钦佩莫名,从此就把回家的～,抛在脑背后去了。(维 5-31-9)¶他却有个用意,也与当年贾瑞甫肯娶周似珍的～差仿不多。(梼 21-340-3)¶白食鬼是个著名的恶霸,～十分刁深,手段十分狠辣,从前几家旧家,像印姓,宗姓,洪姓,都败在他手里。(十 35-261-15)

【心勿足】
欲が深い。"贪心不足""心不知足"の意。¶耐个人式啥个～,故歇勤说无法子,倘然有法子教拨耐,赚着仔三四百洋钱,耐倒再要嫌道少哉唲!(海 58-498-12)

【心想】
〈动〉①心中思う。¶我有点气勿过,～就是三千末倒也勿拨俚赚得去;难故歇说末说仔一泡哉,罗老爷肯帮贴点,故是再好也勿有。(海 44-376-19)¶他得了这个机会,～府经总不过是个佐杂,怕的派不着好差使。(官 11-164-22)¶昨天我们见你二人为了四角钱翻了脸,我心上甚是难过,～大家都是好朋友,为了四角钱弄得彼此不理,叫朋友瞧着算那一回事呢?(文 20-108-1)¶冤家相遇,分外眼明。不但邪兴看了,～这个标致妇人,我在那里曾经见过。(活 15-413-1)¶少牧半夜三更进城去敲门打户,未免多不便,又兼吃了些酒,觉得懒于行走,～自己叫的柳纤纤是个雏妓,何妨借夜干铺,明天一早进城。(繁后 20-964-22)¶这时候嫂嫂～不帮老七的忙,老七决不能自由做生意,老七不能自由,与我仍旧丝毫无补,莫若这时候我借给老七一笔钱,让老七得着自由。(人 26-279-24)¶～这样要好的朋友自然万妥万当,再不会有失误的了,那里知道竟应了两句俗语,画虎画龙难画骨,知人知面不知心。(十 23-167-19)
②心中……しようと思う。¶～买个讨人,常恐勿好末,像诸金花样,就实概哚下去总勿齐头,我来搭耐商量,阿有啥法子?(海 56-477-10)¶朝西走去,见一家点心店,

897

語彙例釈　xin

叫作'四如春'的，门已开了。望进去晓得热腾腾的，～进去吃点子东西充充饥，听说这'四如春'点心，很有些儿名气呢。(新 19-83-10)　¶知他决不肯死心塌地，一计未成，将来一定另生他计，便与婆婆商量，～搬到他娘家居住，离开此地，免得惹是招非。(活 15-411-25)

【心心念念】

"一心一意"の意。心中一途に思っていること。¶痴鸳～来里张秀英身浪，晚歇定归去。(海 40-340-10)　¶故歇碰着仔耐，勿知俉格道理，～，放倷勿落，耐一日天勿来，像煞倪心浪掉脱仔俉格物事，横来竖去总归一格勿舒齐。(九 75-543-14)　¶幸亏宝玉被一个林黛玉缠锦住了，～只记挂着林黛玉，并不理论这事。(红 28-401-19)

【心血】

〈名〉心血。¶买得来讨人才不过七八岁，养到仔十六岁末做生意，吃着费用倒夠去说俚，样式样才要教拨俚末俚好会。罗老爷，耐说要费几花～哚？(海 44-374-4)　¶虽幸初时尚有其母严氏管束，不能够十分畅意，然到得不能管束的时候，自然整千整百的浪用起来，把守愚老夫妇半生～几乎一齐送掉。(繁后 2-730-2)　¶老七养得这般大，风头扳得这般足，嫂嫂也很费了一番～。(人 25-262-25)

【辛苦】

〈形/动〉骨が折れる。苦労する。¶俚会做生意末，最好哉;勿然，单靠耐一干仔去做生意，阿是总～点?(海 13-137-9)　¶漱芳病仔一个多月，上上下下害仔几花人！先是一个二少爷，～仔一个多月，成日成夜陪仔俚，困也无拨困。(海 42-353-17)　¶我末昨日夜头倒辛辛苦苦捉着仔一只，搭俚姘个对。(海 46-393-7)　¶耐末今朝～仔大半夜，明朝再要起早上衙门，自家格身体要紧。(九续 58-448-9)　¶史大少，倷夠客气哉，请收转仔罢，奴也晓得史大少格洋钿勿是容易得来格，辛辛苦苦要好几个月笃。(狐 31-262-18)　¶合唒，常远勿扛铜钱哉，倒～子。(三 8-88-17)　¶戴某人跟着兄弟～了这许多时候，这个缺就调剂了他罢。(官 11-167-12)　¶我也不要做这官了！大家落拓大家穷，我辛辛苦苦，为的那一项！(官 5-63-14)　¶他们辛辛苦苦括了六七万银子也不容易，如今叫他双手献上那自然是不能的。(人 35-387-11)　¶说不得咱们大家～这几日罢，事完了，你们家大爷自然赏你们。(红 14-188-7)　¶姐姐一年到头～伏侍老太太，我还没看你去，那里还敢劳动来看我们。(红 72-1020-8)　¶只恐兄长远路～，气未完，力未足。(水 29-448-4)　¶又有那一等小百姓们，一日假辛辛苦苦挣扎，早晨巴不到晚。(水 45-734-4)

898

xin　語彙例釈

【新】
〈副〉最近。新しく。 ¶故歇也～行出来,堂子里相帮用勿着个哉！（海 17-132-5） ¶阿是～来个？（海 23-190-14）¶倪～用一个小大姐来浪,耐看阿好？（海 31-254-12） ¶前日天看仔个人家人,倒无啥,我想就买仔俚罢,不过～出来,勿会做生意。（海 58-498-4） ¶这是敝友李梅伯,～从青浦出来的。（新 1-2-26） ¶一应执事陈设,皆系现赶着～做出来的,一色光艳夺目。（红 14-195-13）¶～宰得一头黄牛,花糕也似好肥肉。（水 15-214-16）

【新闻】
〈名〉ニュース。新しい、または珍しい出来事。¶偶见朴斋靠窗侧坐,手中擎着一张新闻纸,低头细看,瑞生问：" 阿有啥～？"（海 30-248-19）¶奶奶,我今朝早晨头,走到楼下底去,听得倪道伙里勒浪讲一件～,说是老爷转来讲格。（狐 10-67-14）¶太太,今朝头倒有一个～勒朵。（三 15-172-28） ¶虽然使馆里遂日亦有洋报送来,他也懒怠叫翻译去翻,所以这件事外头已当着～,他夫妇二人还是毫无闻见,依旧是我行我素。（官 56-968-23） ¶又隔了三四日,更有人说行云奸了马夫,住在跑马厅后面,并言夏尔梅被他气成一病,卧床不起,沸沸扬扬的,多把他当做～,讲个不住。（繁后 30-1084-15） ¶提起葵生,我又想起一件事来了。这件～,我本欲告诉你们的。（歇 12-148-4） ¶什么事？我差不多天天到艳芬那里去,并没听见她有什么～。（人 36-410-22）¶你也念起佛来,真是～！（红 57-798-11） ¶黑心街上地方人都说,取笑了神道,也有交运的日子,把来做个～。（醒下 5-139-7） ¶爹爹在朝,曾有甚么～否？（禅 2-17-10） ¶你想衙门人的口嘴,好不利害,知得本官是强盗出身,定然当做～,互相传说。（醒 30-643-13） ¶老者便教治酒相待,饮酒中间,大家说些江湖上的～,也有可信的,也有可疑的。（初 12-225-6） ¶不敢动问,京师近日有何～？（水 39-621-13）

【新闻纸】
〈名〉新闻。 ¶今朝～浪,勿晓得啥人有两首诗送拨我。（海 31-260-10）¶明朝拿得去上来哚～浪,倒无啥。（海 33-274-23）¶君玉道："罗老爷爷阿看见～？"子富大惊失色,急问："～浪说啥嗄？"（海 59-505-6）¶他伸手便从桌子上抓过一张～来,又在怀内掏出一支麻色的雪茄烟来。家人们赶着点上火来,他一面吸雪茄烟,一面看那～。（负 6-27-1） ¶幸亏从了这位姚老夫子,教导我们看看新书,看看～,已经增长不少的见识。（文 15-77-17） ¶袁伯珍正从习艺所回到公馆,看见案头上有天天看惯的上海～几张,便随手取了一张,展开观看。（维 11-79-11） ¶包大少,别话好顽,这话却不是顽的,不要传扬出去,说我嫁人,明天登在～,岂不是个话柄,你怎样对得住我？（繁后 23-994-10）

語彙例釈　xin

¶你不晓得我这个大胡子上过东洋～，天下闻名的。(官 29-477-15) ¶钱庄上的人吃一大惊，连忙到会审公堂去控告，又出了赏格，上了～告白，想去捉他。(目 7-49-17) ¶说起轮船，前天见张～，载着各处轮船进出口，那轮船的名字，多借用中国地名人名。(孽 2-7-6)

【新鲜】

〈名〉目新しい。珍しい。 ¶耐自家阿晓得厌气？说来说去两声闲话，大家才听过歇，再有啥一点说说倪听哩？(海 53-447-12) ¶秋谷自己也不禁笑道"我也不料这个宝贝，竟是个饭桶里的饭桶，有一无二的饭桶尖。"小宝更笑得花摇柳摆的道："啥叫饭桶里向格饭桶，啥叫饭桶尖？格号～闲话，倪实头从来勿听见过。"(九续 38-289-21) ¶我不过道叫塗说罢了，倘使他们局里的人说起来，只怕～笑话多着呢。(目 30-227-5) ¶这茶馆名儿题的倒～有趣。(新 21-95-4) ¶现在我造了一件～东西，只怕你们广东一省的人，都还没有吃过。(活 11-392-8) ¶现在我的朋友东亚病夫，嚣然自号着小说王，专门编译这种～小说。(孽 1-3-18) ¶又问："名字叫什么？"茗烟大笑道："若说出名字来话长，真真～奇文，竟是写不出来的。"(红 19-263-10)

【新衙门】

〈名〉上海の租界に設けられていた、租界内の訴訟案件を扱っていた役所。¶刚刚做仔两个月，拨～来捉得去，倒说是俚捉逃，吃仔一年多官司。(海 21-167-1) ¶耐就到～里，堂子里姘情事体也无啥希奇哕！(海 23-188-9) ¶倪勿比仔～里巡捕，有多花为难个场花咪呀。(海 56-473-18) ¶大先生, 我方才到～去，把东西领回来了。(狐 36-313-10) ¶耐阿晓得大金月兰吃仔官司，拨包打听捉得去哉，～问仔一堂，故歇移到县里，耐倽还勿晓介介？(九 63-457-7) ¶刚刚～里出仔传票来，交倪后日听审。(沪 3-85-11) ¶及至六月初一，～出了告示，照例禁止夜游。(繁初 20-216-17) ¶讼师答应立刻先替他写两封外国信；一封是给仇五科的洋东，说要退机器的话；一封是给～的。(官 9-127-13)

（注）上掲例（官 9-127-13）の"新衙门"について、次のような注が施されている。

新衙门——指当时上海的会审公廨，是帝国主义借治外法权名义以实行政治侵略的具体表现之一。会审公廨是公共租界里的审判机关，对中外互控的案件，由会审公廨的中国和英、美、法三国的会审官会同审理，实际上大权完全操在外国会审官手里，中国会审官不过备员画诺而已。为了和中国原有的官署有所区别，习惯称会审公廨为新衙门。

【新颖】

〈形〉斬新でユニークである。 ¶做是做得蛮好，又瑰奇，又～，十二分气力也可谓

900

用尽个哉。(海60-515-16)

【信】

〈动〉信用する。信じる。¶耐教我说啥哩？我说来里城里，耐勿~。(海4-31-14) ¶吾里主人搭阿胡子搂惯朵个，你个歇辰光告诉大娘姨，勿一个吓。(三 18-212-14) ¶你是个不做生意的人，怎的这般凑巧？一有生意，就是五十洋钱一月，谁来~你？（繁后1-718-5）¶我与一帆都不肯~，仲芬道："你瞧明日的报纸，这事总要登出来的。"（新53-246-1）¶毕叶听罢，面上大有怫然之色。雯青接着道："并非我不~先生，我想请先生再演一遍。"(孽9-72-18) ¶若不是我们亲眼看见，告诉谁谁也不~的。(红16-217-15)¶你若不~时，我将这条汗巾儿送你就是。（醒下1-95-19）¶我不~，我不~人死就罢了。(禅6-84-11) ¶孟沂口里应承，心里那里~他？(二17-343-1)

〈名〉①手紙。書状。¶我搭耐留心来里，要有仔啥生意，我写封~来喊耐好哉。(海12-98-19) ¶娘舅~浪为俚勿好，坍仔台，恨煞个哉，阿肯去寻哩。(海29-238-20) ¶日本兵官接到了这封~，还以为支那人来投战书呢。(目83-673-16) 无锡纱厂昨天又有~来，问你究竟去与不去。(繁后1-719-4)¶胡理未曾开口，徐都老爷已经把~取出，送到他面前。胡里将~从信壳里取出，看了一遍。(官3-33-21) ¶我短了什么，少不得写~来告诉你，且不要论到这里。(红16-220-1)

②知らせ。消息。¶小王令孩子去打听，道："下楼仔末拨个~。"(海38-318-8) ¶二少爷到仔夷场浪，覅放俚再去叫个佾人。倘然俚定归要叫，耐教娘姨拨个~我。(海57-484-18) ¶陆里晓得去仔人也勿来，~也无拨。(海64-547-5) ¶四月初九放榜，初八写榜。从几天头里，他就没有好生睡觉。到了初八黑早，还没有天亮，他就唤醒了贺根，叫他琉璃厂去等~。(官2-26-23) ¶方才好端端的，为什么打起来？你也不早来透个~儿！(红33-459-15)

【信勿过】

信用できない。信じられない。⇨勿过（助詞"勿"＋方向補語"过"）② ¶我教娘姨到栈房里看仔耐几埭，说是勿曾来，我还~，间壁郭考婆也来看耐倒说道勿来个哉。(海2-11-15) ¶现在上下这样的作为，若说是兴朝气象，恐怕三尺童子也信不过呢。(新18-79-8) ¶你这个话儿，我就有些信不过。(九116-792-23) ¶我总有点子信不过，你们男人家都是没良心的。(十15-102-22) ¶他这句话原是要人家相信，但是有几个有心计的人，反被这句话招的信不过起来了。(十33-246-11) ¶你我一言为定，只是我信不过柳兄。(红66-942-6) ¶却是信你不过，既要娘家去，我舍下甚近，你且去我家中坐

語彙例釈　xin-xing

了。等我去对你家说了，叫人来接你去，却不两边放心得下。(初 2-33-8)　¶你的甜话儿哄得我多年了！信不过。(醒 20-629-2)　¶到此地位，做妻子的还信我不过，莫说他人！(警 21-479-11)

xing

【星】

〈名〉星。¶来里志正堂前头高台浪，有几花机器，就是个看亮月同看～个家生。(海 52-437-7)

【刑罰】

〈名〉刑罰。しおき。¶王老爷臂膊浪，大膀浪，拨沈小红指甲掐得来才是个血，倘然翡翠头面勿买得去，勿晓得沈小红再有啥～要办俚哉！(海 33-271-6)

【行】

〈動〉①医を業とする。"行医""做医生"の意。¶钱子刚说起，有个高亚白～末勿～，医道极行。(海 35-292-6)　¶青州地方，但有个～小儿科的李清，他今年一百四十岁，昨日午时，无病而死。(醒 38-833-7)

②する。行う。¶好白相点酒令，才行过歇，无拨哉唲。(海 39-325-18)　¶龙池先生个'四声酒令'，倪再～～看。(海 45-382-19)　¶女子男装，还是同住间名妓胡宝玉头一个～起的呢。(新 21-94-12)　¶兄弟也是由江西州县才开缺的，将来引了见，到不到江西还在未定，凤翁不要如此称呼；况且在堂子里顽笑，更不必～这些官场规矩。(棒 12-190-24)　¶你这么大了，你那奶妈子～此事，你也不说说他。(红 73-1037-5)　¶小弟与足下相处数日了，何必从新又～此客礼？(禅 22-361-11)　¶我等弟兄们端的久闻大官人好处，因此～出这条计来，万望大官人情恕。(水 50-832-7)

③はやる。"流行"。¶故歇也新～出来，堂子里相帮用勿着个勒。(海 17-132-5)　¶耐实概大讲究，上海勿～个，我先勿懂耐闲话。(海 31-259-15)　¶本家同倌人吃亏不起，方才也学着上海堂子一般，～出碰和的名目，却每场和只要八块洋钱。(九 54-395-4)　¶公法，条约都是外国～出来的，外国人知道得比我们中国人，总通透点子，对着外国人讲公法，条约，真是班门弄斧了，可笑不可笑。(新 56-259-22)　¶近几年上海～出阔眉来，眉梢上越阔越时路。(十 27-201-30)　¶从～了票盐之后，却是倒了好几家盐商，盐法为之一变。(目 45-356-20)　"兴"とも作る。¶你不要愁；如今兴了这个规矩，以后就有了指望了。你等着罢。(官 44-740-20)　¶尚古风俗；凡交芒种节的这日，都要设摆各色礼物，祭饯花神，言芒种一过便是夏日了，众花皆卸，花神退位，须要饯行。然而

閨中更兴这件风俗，所以大观园中之人都早起来了。(红 27-373-17) ¶这城中极兴的客店，多是他家的房子，何止有十来处，进益甚广。(二 17-352-2)

【行李】
〈名〉旅行時に携行する荷物。¶二宝道："小王末，是倪阿哥请俚到酒馆里饯饯行。耐啥事体喊俚？"三公子道："无啥，教俚转去收捉～，明朝早点来。"(海 55-467-10) ¶到仔码头浪，俉搭奴叫三顶轿子，两付脚担，倪押仔行李一淘进城。(狐 33-279-19) ¶[付]个个名柬曾端正，～阿曾捆好？[丑]端正勒里个哉。[付]介末拿个～放勒朵轿背后。(三 19-231-11) ¶依个～都来拉者？(上问 8-15-3) ¶你与张先生两个，小小心心护着行李，起岸时先点一个清楚，上车，卸车，再点两遍，休得失误了。(新 31-141-16) ¶表老爷周大权，押着～也就来了。(官 10-150-23) ¶十四日是上好出行日期，大世兄即刻打点～，雇下骡子，十四一早就长行了。(红 48-660-3) ¶进城止有二十里，客官何不搬了～到小房宿歇了？(初 24-448-4) ¶当下王臣吃了早饭，算还房钱，收拾～，上马进城。(醒 6-117-16) ¶柴进喝叫伴当，收拾了宋押司～，在后堂西轩下歇处。(水 22-333-12)

【行盘】
〈动〉結納の品を花嫁になる人の家に納める。¶耐就自家想，媒人才到齐，求允～才端正好，阿好教阿哥再去回报俚？(海 54-455-12) ¶现有信物为凭，烦向王宦言明就里，以便择吉～，好待主人回来。(三 30-338-9) ¶"小郎。""二朝奉那棕？""你去看个好日期，～送盒。再还一个好日做亲哎。……。"(描 3-27-14) ¶韦小姐道："你快送一副茶礼过来，这事就没有翻悔了。"杨月楼大喜，诺诺连声而退，于是择了个吉日，行了小盘，总算文定过了。(新 20-90-14) ¶坤宅说大盘不必行了，因他们人手少，忙不起，彼此省事一点子。(新 35-162-10)

【行事】
〈动〉事を行う。処理する。¶吃仔饭末，就端正～哉。(海 43-361-4) ¶依（见事～）（见机～）（见事而行）末者。(上散 6-32-5) ¶我也体上天好生之德，不打你们，就照来书～罢。(目 83-673-18) ¶章程虽没有定，起初时自己起火，原也不肯赔偿的。所以那时要放火的人，也很有些儿周折，必得买通了乡邻才好～。(新 15-69-14) ¶合族人丁并家下诸人，都各遵旧制～，自不得紊乱。(红 13-178-20) ¶你不用问我，你只看老太太的眼色～就完了。(红 43-595-1) ¶何处妖邪，来此行这不法之事？(禅 21-350-2) ¶足下不必多疑，放心～。(禅 25-406-3) ¶小弟是书生之见，还求仁兄做主～。(二

語彙例釈　xing

17-355-8）

【行医】

〈动〉医者をする。医業を行う。¶兄弟初到上海，并不是～。（海 36-304-4）¶上海地方与他处不同。大凡～的人，不论指下如何，只要场面阔绰。（繁初 18-194-14）¶我有一个朋友叫倪子枚，是～的。（目 25-183-16）¶葡领禁止他在澳门～，并封闭了他开设的药店。（孽 34-330-26）¶他家祖上几十代～，广积阴德，家里也挣了许多田产。（儒 34-398-10）¶人家原不是混饭吃久惯～的人。因为冯紫英我们好，他好容易求了他来了。（红 10-154-6）¶况我老人家，从来药材行里，不曾着脚，怎便莽莽广广的要去～！（醒 38-825-7）

【形容】

〈名〉姿・顔かたち。¶脾胃伤则～羸瘦，四肢无力，咳嗽痰饮，碳酸嗳气，饮食少进，寒热往来，此之谓痨瘵。（海 36-305-3）¶贾母见秦钟～标致，举止温柔，堪陪宝玉读书，心中十分欢喜，便留茶留饭，又命人带去见王夫人等。（红 8-132-14）¶却才这个要出家的人，～丑恶，貌相凶顽，不可剃度他。（水 4-64-4）

【醒】

〈动〉目をさます。目がさめる。¶看见耐轿子出来，倒也勿理我，一径望外头跑，我连忙喊末，自家倒喊～哉。～转来听听，客堂里真个有轿子，钉鞋脚地板浪声音，有好几个人来浪。（海 18-142-9）¶漱芳劝王甫："多困歇。"王甫只推说："困～哉。"（海 36-303-14）¶士隐送雨村去后，回房一觉，直至红日三竿方～。（红 1-15-7）

【幸会】

〈动〉幸いにもお目にかかることできました。あいさつ用語。¶洪善卿重复拱手致敬道："一向渴慕，～，～。"（海 3-24-16）¶蓬壶问知亚白姓名，呵呵大笑，竖起一只大指道："原来也是个江南大名士！～，～！"（海 31-259-19）¶龙吟一跨进房，朝着温贵兜头一恭，道："～，～！"温贵还礼不迭，彼此通过姓名，说了无数渴慕久仰的话。（新 25-113-12）¶上了楼梯，达怡轩一见连忙招呼，那位贵官连忙除了眼镜，道："老同年怎么也在此？真是～！～！"（梼 13-218-10）¶今日弟～芝范，想欲领教一番超凡入圣的道理，从此可以净洗俗肠。（红 115-1574-4）¶失敬，失敬。小子～。奉陪乐地一游，吃个尽兴，作做主人之礼何如？（二 4-76-11）

【幸亏】

〈副〉幸いにも。¶～倪赵大少爷是明白人，要听仔朋友哚闲话，也好煞哉。（海 2-16-15）

¶～有两个鼻头管，勿然要气煞噪!（海 6-43-17）¶耐～勿是讨人，勿然俚也要看勿起耐哉。（海 17-133-6）¶我个物事，～我捏牢仔，替无姆看好来浪，一径到故歇，勿曾骗得去。（海 49-417-2）¶故倒划一，～耐提醒仔我。（海 59-505-24）¶～大人是明亮人，肯原谅奴格条心，换仔别人末，就要说奴吪不仁义，私自溜转去哉哦。（狐 46-400-5）¶～志和有个姑母嫁在通州，就在通州上岸暂住。（繁Ⅱ22-599-11）¶～太太仔细，便问"赍见拿进来没有？"说话间，客家人已把手本连二两头银子，一同交给丫环拿进来了。（官 2-25-1）¶老头子更是欢喜感激，说是～遇见了先生，不然，我们乡下人，那里懂得这些法门。（目 53-421-5）¶～他做事勤敏，能讨洋东的好，不多几年，就把他拨升管事了。（新 7-32-16）¶他母亲亦相继而故。她才十二岁，无人收留，～他的房东是在香港洋行做生意的，把他带去学徒。（梼 12-193-8）¶我～是孙子媳妇，若是孙子，我早要了，还等到这会子呢。（红 46-643-22）

〈動〉……のおかげをこうむる。¶我倒也～仔俚;勿然，几花老客人教我去应酬，要我个命哉。（海 35-294-1）¶～个先生吃仔几帖药，好仔点，勿然，四老爷再要生下去。（海 58-496-12）¶罗老爷是再要好也无拨，生意浪末照应仔倪几几花花，就是小个场花也～罗老爷十块甘块借拨我用。（海 59-502-18）¶故是～尹老爷，稍微有仔点一知半解。（海 60-515-1）

（注）上揭例（海 35-294-1 ほか）のように賓語をともなう点で"多亏"と軌を一にする。→这次多亏了你，要不我们连票也买不上。（《現代漢語八百詞》）。なお、"幸亏"が賓語をともなう用例は、現代の文学作品にも見られる。→大娘啊！你救出咱们的命。幸亏你啊！叫我怎么来报答你好啊！（《苦菜花》第 12 章）『漢語大詞典』による）。また"多亏"も"幸亏"と用法が交錯している（多亏他拉了我一把，要不就滑不去了/幸亏你提醒了我，不然我就忘了）（いずれも『現代漢語八百詞』があげている文例）。《海上花列伝》における"幸亏"は副詞"幸好"と動詞"多亏"の両用法をもっている。ちなみに、呉越：海上花列伝普通話本、海南出版社：海上花列伝（附訳文）は、動詞"幸亏"の用例を次のように訳している。

（海 35-294-1） 我倒也全亏了她，要不然，那么多客人要我去应酬，要我的命了。（吴越）

我倒也亏了她，不然，多少老客人叫我去应酬，真是要我的命了。（海南）（海 59-502-18）

罗老爷是再好也没有的了，不单生意上照应了我们许许多多，就是我有个小小不方便的时候，也多亏罗老爷十块二十块地借给我用。（吴越）

語彙例釈　xing

（海60-515-1）我是多亏了尹老爷,在做诗上稍微有了一些一知半解。(海南)
　　なお、(海58-496-12)を吳越の普通話本は"幸亏这个先生高明,吃了他几帖药,如今好点了。要不然,四老爷的病好不了,……。"と、海南出版社の(附訳文)本は"幸亏吃了这医生……"と訳しているが、原文の文意に即して訳すなら、"多亏了这医生,吃了几帖药,好了点;不然四老爷还要病下去,……。"となるところであろう。

【性急】
〈形〉せっかちである。¶倪要等客人到齐仔末交卷咾,耐覅来里～。(海50-429-13)¶先生末～得来,故歇夷用勿着来。(鸿7-228-6)¶倪长三堂子里向格先生,比不得么二搭仔野鸡,总要碰几场和,吃几台酒,到仔是实梗模样格辰光,再好讲到住夜浪去,耐实梗～,是勿成功格。(九36-265-6)¶俫覅～,奴肚里也饿煞勒里,让奴吃过仔饭勒,好讲动得来。(狐36-312-22)¶[小生]吓,老祝,那捐数只怕太少了。[付]老文,你～哉。阿晓得将来奉请加捐,更加来得冠冕哉吓。(三40-430-16)¶本县是个～的人,只要诸位说出人头,本县恨不得立时立刻办人。(官15-231-20)¶这人也太～了些。(人33-361-19)¶姑娘们吃了饭才来呢,你也太～了。(红49-682-1)¶大哥不要～。这一桩事不比寻常。(禅4-47-13)¶忒～了些!便等丹成了,多留他住几时,再图成此事,岂不两美?(初18-335-15)¶不必～,且待明日相见过了,再作道理。(二3-57-10)¶老刘,你的话虽是,但他忒～了些。(警15-203-16)
　　(注)"心急"を"性急"と表記する例がある。→天末暗哉,地浪末收之冻哉,钱笃笤穿仔故双半统皮靴,性急慌忙,滑一滑,跌一跤,滑一滑,跌一跤,跌倒家中已是东方发白了。(描5-42-19)→奴晓得勒里哉,今朝夜里一定是黛玉约俚去吃饭,格落心急慌忙,勿拖勒间搭多耽搁格哉。(狐60-512-5)

【性命】
〈名〉命(いのち)。生命。¶耐一径骗下来,骗到仔故歇,耐倒还要来骗我!耐定归要拿我～来骗去仔了罢咾。(海11-83-8)¶倘忙碰着个好客人,看俚命苦,肯讲俚包瞒仔该桩事体,要救到七八条～咾。(海16-128-2)¶屋里再有爷娘搭兄弟,一家门要吃费用,教俚再有啥法子?四面逼上去,阿是要逼杀俚～哉。(海34-281-5)¶倪好好里勒浪天津,拨格断命格外国人打仔进来,吓末拨俚吓煞快,逃来逃去,吃仔几几化化格苦头,总算逃仔一条～。(九31-234-25)¶俚格仇家是啥人?啥落能格刻毒,要弄杀俚格～呢?(狐30-244-14)¶谢谢四老爷格恩典。倪格身子搭～才是四少爷成全格。(沪1-43-6)¶倪故歇再有啥法子哩?倘势俚笃逼得倪紧,倪野抵桩送仔格条～拨俚拉倒哉啘。(沪

3-85-4）¶就是拼～去干，现在的事也是弄不好的。(官25-413-21) ¶老弟兄，全仗大力，只要保全我的～，就是感恩不浅了。(负3-13-24) ¶鸳鸯忙要回身，司棋拉住苦求，哭道："我们的～，都在姐姐身上，只求姐姐超生要紧！"(红71-1015-16) ¶快拿银来，饶你～。(醒上8-52-2) ¶昨晚偶在庙前遇着这孽畜，被贪僧数禅杖断送了～。(禅3-37-3) ¶既是妈妈，靠他度日，我饶他～不杀他，只痛打他一顿，教训他一番，使他改过性子便了。(初3-55-7) ¶这园是老汉的～，如何舍得卖？(醒4-84-8) ¶我出赏钱，快捞救。若救起一船人～，把二十两银子与你们。(警5-58-6) ¶不是嫌你。如今大名府做公的极多。倘或被人看破，枉送了你的～。(水61-1021-11)

【性子】
〈名〉气性。性分。¶故歇做清倌人，顺仔俚～，隔两日才是俚世界哉唔！(海17-133-12) ¶小红个人不过～粳点，耐说明白仔，俚也无啥。(海24-194-23) ¶双玉个～强得野咦。(海54-456-8) ¶冈刚郭大少叫倪翻台，倪教勿好勿答应俚，恐怕俚～暴躁，要发脾气出来，弄得碰台拍凳，倪阿是难为情格。(狐13-90-25) ¶慰卿，耐格～末野忒嫌急煞。(沪3-6-12) ¶老哥，你想兄弟是何等～躁的人，上了路，白天晚上那里歇一歇，三步路并做两步走，一口气赶到这里。(官23-380-23) ¶你这个人，～怎这样固执，我与你夫妻总是夫妻，我当时又没得罪你过。(新49-228-10) ¶谁的～急？我瞧三少的～一些不急呢！(人33-361-21) ¶他虽腼腆，却～左强，不大随和，此是有的。(红7-116-17) ¶我饶他性命不杀他，只痛打他一顿，教训他一番，使他改过～便了。(初3-555-7) ¶老汉的儿子，从小不务农业，只爱刺枪使棒。母亲说他不得，呕气死了。老汉只得随他～。(水2-25-6)

【姓】
〈动〉……を姓とする。¶我老底子客人是～夏个，夏个末同徐个一淘来，徐个同耐一淘来。大家差勿多，啥勿局嘎？(海27-222-1) ¶倪个客人就是二少爷末～姚，除仔二少爷无拨哉唔。(海56-480-20) ¶～胡底末多得势，勿但是倪一家唔。(狐49-425-1) ¶是伊～甚？(上问20-38-7) ¶一揖之后，忙问："黄姓！"那人说："～齐。"(官31-513-3) ¶你瞧着罢，再叫他们两个，我不～夏。(繁后18-935-6) ¶小双子，你真要嫁这～贾的么？(梼22-348-21) ¶那客人～什么？(人24-7) ¶凭他是谁，除了林妹妹，都不许～林的！(红57-803-22) ¶你却～甚？(水111-1668-11)

【姓名】
〈名〉姓名。¶序文之后，开列同盟～，各人立一段小传。(海53-449-24) ¶翻译替他

語彙例釈　xing‐xiong

述了～，那四五个音的名字，慕蠡那里记得清楚，只记得一个有胡子的外国人，一个没有胡子的外国人便了。(市 13-251-3)　¶刘瞻光也将他～报与众人，说："这位陶大人是山东抚院派来办机器的，……。"(官 7-105-3)　¶怎么前儿他见了，连～还不知道，就把汗巾子给他了？(红 34-471-18？)　¶俺且和你斗三百合却说～。(水 6-98-17)

xiong

【凶】

〈形〉ひどい。きつい。すごい。¶清倌人只许吃酒勿许吵，倒～得野哚！(海 2-16-10)　¶蕙贞道："洪老爷，耐啥见仔沈小红也怕个嘎？"善卿道："啥勿怕！耐问声王老爷看，～得来。"(海 4-29-5)　¶小红个人，～末～煞，搭耐是总算无啥。(海 24-193-14)　¶俚打个牌～煞哚，就是个琪官同俚差勿多，倪总归要输拨俚。(海 53-446-17)　¶一淘住是哝啥，不过格位大太太阿～呢勿～格介？(狐 40-346-7)　¶我本则眼睛蛮～，随便啥人，见过仔一面就认得格。(狐 49-424-5)　¶倪既然嫁拨仔耐，早晏点总要转去，阿有俉一直勿转去格道理？就是俉笃老太太～点，倪只要规规矩矩，无拨俉格坏处，勿见得老太太有心来寻倪格事。(九 76-553-1)　¶这女人本来是在窑子生的，因为老鸨～不过，所以兄弟起头，合了几个朋友，大家凑钱拿他赎了出来。(官 40-676-17)　¶瞧瞧天晚下来了，电灯都点上了，心想："妻子～的利害，闯了这样的坍天大祸，回去一定没有性命，倒不如寻个自尽，免了多少是非口舌。"(新 44-204-27)　¶我只当是小孩子家一时出去不惯也是有的，不过隔两日就好了。谁知越闹越～，打骂着也不怕。实在没法，所以来求太太。(红 77-1112-17)

【凶信】

〈名〉訃報。¶阿是李漱芳个～？(海 42-351-5)　¶～报到，他快活的随地翻了个筋斗。(新 17-75-3)　¶别了毕、瓦两人，赶归秘密会所，报告～。(孽 17-146-5)　¶正在着急异常之时，若是又将黛玉的～一回，恐贾母王夫人愁苦交加，急出病来。(红 98-1384-11)　¶再说王氏闻丈夫～，初时也疑惑。(警 5-58-17)　¶梅氏差丫鬟去报知～，夫妻两口方才跑来，也哭了几声"老爹爹"。(喻 10-151-13)　¶正要问哥哥为甚把这样～哄我，不想却有此异事！(醒 6-127-8)　¶今日听了这般～，不由我不伤心！(水 113-1692-9)

【兄弟】

〈名〉弟。¶再三四年等耐～做仔亲，让俚哚去当家，耐搭无姆到我屋里向去，故末真个日日看牢仔耐，耐末也称心点。(海 18-142-23)　¶从此以后，勿来寻着我，坍我台，耐总算无拨我该个～！(海 31-257-23)　¶俚再有个老客人末，叫金慧如，俚格～叫玉如

908

末野是倪阿因格客人。(沪 3-17-8) ¶原来这方必开，前头因为赵府上中了秀才，他已有心攀附，忙把自己第三个女孩子，托人做媒，许给赵温的～，所以这赵老头赶着他叫亲家。(官 1-2-15) ¶我因为这事是聚卿做的，我的票子又是错给聚卿的，不便拉住他的老弟说话。想不到他自己却坐在门外车上侯信，却转一个弯叫他～出场，这是出我意料之外。(人 44-537-10) ¶我又没个亲～亲妹妹。——虽然有两个，你难道不知道是和我隔母的？(红 28-386-20) ¶陈进回身，便低低对陈通说："～，你道是谁？元来是里面伏侍你嫂子的老丫鬟。敢是你嫂子知道了甚么消息，悄悄着他出来探听我们的了。"(鼓 34-409-9) ¶这倒不消，小生还有个～在那里等候。(二 4-84-4) ¶这孩子不知那里来的杂种，决不是咱爹嫡血，我断然不认他做～。(喻 10-149-2)

xu

【须要】

〈动〉……を必要とする。¶受仔寒气，倒是发泄点个好，～多盖被头，让俚出汗。(海 42-355-1) ¶想要前来奉承，一想自己是得过宠的，～自留身分；如果不去理他，或者此时什么回心转意，反恐因此冷了他的心。(官 38-642-7) ¶但是这一件事天知地知，你知我知，余外的人一概且慢说起，你～留心在意。(繁初 29-326-20) ¶见了这张照，便和见我自己本身一般，休得牵记分心，～读书力图上进。(歇 20-255-11) ¶若不然，～服从我们的压力，好好的挂了牌子，正正经经做生意才行。(栴 13-214-24) ¶虽说是，人生莫受老来贫，也～阴骘积儿孙。(红 5-88-10) ¶既然如此，姑苏却有多少路程，～几个日子，方才得到？(鼓 22-271-17) ¶大哥一路上～小心，渡水登山，百宜保重。(禅 22-359-1) ¶今却要到内室里去，须瞒不得许多人。就是悄着些，是必有几个知觉。露出事端，彼此不便。～商量。(二 14-289-7) ¶但凡好汉们入伙，～纳投名状。(水 11-169-17) ¶但凡人命之事，～尸、伤、病、物、踪五件事全，方可推问得。(水 26-413-8)

【须用】

〈动〉"须要"に同じ。¶老年人体气大亏，～二钱吉林参。(海 64-545-15) ¶明日是清明佳节，～登坟拜扫，以表追思之意。(杀 21-89-3) ¶在此不着边际，怎生奈何！我～自去走一遭。(水 19-275-1) ¶若要打青州，～大队军马方可打得。(水 58-969-5)

【虚字】

〈名〉虚字（实字に对する）。文法用语。¶耐就照俚个样式再去做，总要从"还来就"三个～着想，四面烘托渲染，摹取其中神理。(海 61-517-15)

【许】

語彙例釈　xu

〈动〉許す。¶清倌人只～吃酒不～吵，倒凶得野咾！（海2-16-10）¶会钱末也是俚赚得来洋钱去合个会，耐倒勿～俚用。（海3-19-14）¶耐转去仔，屋里倒勿～耐，阿是耐要间架哉嘎。（海55-465-13）¶我下头去。耐勿～去个哩，我有闲话搭耐说。（海56-475-3）¶一塌刮仔格物事，才上仔封皮，动也勿～倷动，说是要拍卖仔洋钱，替俚还债。（九47-347-13）¶[老旦]你去传话他们，不～啰唣，凭他们歌唱便了。[丑]噢，是哉。哈，叔叔，伯伯朵，太太分付，小船浪唱山歌，勿关吾里事个吓，介勒勿～骂人。（三5-60-17）¶可恨妻子一竟不～我喝，背地里偷喝了一口，还遭他骂个半死呢。（新45-206-4）¶我同你约定：花酒～你去吃，只～人请你，不～你请人；要复东只～在馆子里，不～在堂子里；每天十点半钟总得回来。（栲11-172-8）¶他防我象防贼的，只～他同男人说话，不～我和女人说话；我和女人略近些，他就疑惑。（红21-297-20）¶我们这行人，师父教的不论远近厚薄，只看一时有钱势就亲敬，便是活佛神仙，一时没了钱势了，也不～去理他。（红75-1071-23）¶走出去，不～再上门来！（杀6-22-12）

【序文】
〈名〉序文。¶亚白个～末，生峭古奥，沉博奇丽，勿必说哉。（海53-450-10）

【叙】
〈动〉語らう。話す。¶一淘～～哉咹。（海2-10-7）¶今朝人少，为啥勿请令叔来～～？（海60-511-6）¶怪勿得刚刚倷听声音熟煞，想勿到就是耐。早晓得仔一淘过来～～。（鸿3-206-16）¶我们别久了，须得痛痛快快的～几天才好。（负15-72-8）¶又当面约捕快吃饭，过天在那里～～。（官16-254-17）¶给我喊个双台下去，今日我要与和翁～～。（新25-113-26）¶我们一品香去～～罢。（十1-3-29）¶此人狠可交得，只是你二人没有会过面儿。好得近在咫尺，我立刻着李贵去请来～～何妨？（繁初2-15-22）¶斐氏看着女儿此时的样儿，也揣摩不透，当是女儿看中了加克，倒也喜欢，就借了更衣走出来。好让他们～～私情。（孽16-135-27）¶二人闲谈漫饮，～些别后之事。（红2-26-1）¶四人围坐在熏笼上～家常。紫鹃倒坐在暖阁里，临窗作针黹。（红52-725-22）¶晚生们承蒙厚情，老先生既要着人到太师公处问火睛牛胆，何不就请来同～一～？（鼓20-247-11）

【叙事】
〈动〉事柄を述べつづる。¶其余或纪言，或～，或以议论出之，真真五花八门。（海53-450-13）¶妙极，妙极！布置，～，词藻，无不尽美。（红78-1128-13）

【叙事体】

〈名〉叙事文の文体。¶就拿七幅来分出个次序,照～做法,点缀点缀,竟算俚是全璧。(海47-400-10)

xuan

【宣卷】
〈动〉"宝卷"を詠ずる。¶为仔今朝～,倪早点吃好仔,晚歇再有客人来吃酒末,房间里空来里哉,阿对？(海21-170-17) ¶今夜头常恐是烧路头,勿是末～。(海25-202-3) ¶桂生屋里也来浪～,教我去绷绷场面。(海25-205-1) ¶想自己待黄四少的情分,料也不至于有什么变故,但是今朝～不来吃酒,别处吃酒又不来叫局,却十分诧异。(鸿10-246-12) ¶那天院子里正在～,各房间吃酒碰和,甚是热闹。(繁后32-1103-12) ¶有一天新嫂嫂的娘过生日,喊了一班人,在堂子里～。(官8-117-18) ¶方才熙凤讲的,后天是她干娘生日,院中雇了一班～,要我做个花头,绷绷场面,你道如何？(歇12-157-2) ¶一日,他相好梁双玉院里～,他义不容辞地应酬了一台酒,日才过午,就死活拖我们去喝酒,那时介山、惠伯也在座中。(十9-58-5)

(注) 上揭例(官8-117-18)について同書は次のような注釈を加えている。

宣卷——卷,宝卷,是一种七字唱的书本,内容多系民间故事,苏沪一带习慣,人家做寿时,由亲友公请数人前来唱这种宝卷,一人敲小木鱼,一人敲磬,由敲木鱼的领头唱,众人接腔,叫做宣卷。往往要通宵达旦,以示庆祝热闹。(P.128)

なお、《蘇州歌謠諺語》は"它虽然是佛教的一种宣教形式,但内容并非全是迷信,也富浓厚的生活气息,特别是在形式上吸取了吴歌的长处,宣卷艺人多是民间歌手"とし、歌われる"宝卷"を採取している（同書P.175～P.176)。

【悬迣】
〈形〉掛け離れている。¶汤啸庵点点头,道："长远勿见哉,生意阿好？"黄二姐道："生意勿局,比仔先起头～哚。"(海58-497-22)

【选】
〈动〉選び集めて冊子にする。¶再有几花零珠碎玉,不成篇幅,如楹联、印章、器铭、灯谜、酒令之类,一概豁脱好像可惜,难末教我再～一部,就叫"外集"。(海40-337-13) ¶昨日个酒令阿要～嘎？(海40-338-15)

【渲染】
〈动〉主題を浮かび上らせる。中国画法の用語で、雰囲気を出すために淡い色で輪郭をぼかして画くことをいう。¶总要从"还来就"三个虚字着想,四面烘托～,摹取其

語彙例釈　xuan－xue

中神理。(海61-517-15)

xue

【学】

〈动〉まねる。¶匡大爷,耐末再要去～俚咪,俚咪个人再要邱也无拨。(海26-217-13)¶耐阿是～耐妹子？(海29-244-18)¶好兄弟,你是个尊贵人,女孩儿一样的人品,别～他们猴在马上。下来,咱们姐儿两个坐车,岂不好？(红15-201-2)

【学乖】

〈动〉利口さをまねる。見習って利口になる。¶倪勿然陆里晓得啥双台嗄,难末学仔乖,倒摆起双台来哉。(海12-92-2)¶耐问俚做啥嗄？俚乃是听俚咪来浪说吃醋,难末学仔个乖哉。阿晓得吃醋是啥事体！(海45-385-20)¶嫁人吭拨婚书是勿好算数格,耐格一转末总算上仔倪格当哉,下转叫耐学学倪格乖,勿要再上仔别人家格当去。(九24-183-19)¶吃一回亏,学一回乖。(新60-277-16)¶茶房扑嗤的一笑道:"你真胡涂！这先生是钥匙的别号。如今你学了乖去,回来又好充内行了。"(负20-93-15)¶倒是你说的是。花两个钱,叫他学些乖来也值了。(红48-659-22)

【学坏】

〈动〉悪いことを見習ってそれに染まる。¶我道仔耐是好人,难也～哉。(海26-217-18)¶正大如《水浒》、《三国》,尚不免有一两段淫秽的地方,所以老辈里不许子弟瞧小说,怕的是不曾学好,先～了。(新9-39-15)¶将来学得好的,就是个精明强干的精明人；要是～了,可就是一个尖酸刻薄的刻薄鬼。(目20-145-19)

【学会】

〈动〉習得する。¶少大人要豁拳,明朝我就去学,～仔再豁末哉。(海50-427-15)¶[生]……。吓,米田共,你那些吴歌在那里学来的呢？[丑]～仔常远哉。(三5-57-6)¶方必开自从儿子读了书,西瓜大的字,也跟着～了好几担搁在肚里。(官1-2-8)¶最好能通外国语言文字,晓得他所以富强的缘故,一切声、光、化、电的学问,轮船、枪炮的制造,一件件都要～他,那才算得个经济！(孽2-9-27)¶小尼姑、道姑也都～了念几卷经咒。(红17・18-243-13)

【学生意】

商売を習う。上海では商店などの丁稚になることを称した。¶我说送阿大～,也要五六块洋钱咪。(海3-19-11)¶到了十二三岁上,便托人荐到一家小钱庄去～。这年把里头,他的娘就死了。等他在钱庄上学满了三年,不过才十五六岁,庄上便荐他到一

家洋货店里做个小伙计。(目79-638-14)

【学台】
〈名〉各省の教育行政および科挙の業務を主管する官員。¶我要俚做首诗,就骂我"囚犯",倘然做仔～主考,要他做文章,故是"乌龟""猪卢"才要骂出来个哉!(海33-273-11)¶前年小考,以及今年考取遗才,～大人,虽说见过两面,一直是一个坐着点名,一个提篮接卷,却是没有交谈过。(官2-18-1)¶即如少爷今年中了举人,明年还要中进士,点翰林,将来一样也好放得～主考。(九80-577-16)

(注)上掲例(官2-18-1)について、同書は次の注釈を施している。

学台——就是学政,也称学道、学院,是主持一省学政和举业的官员,任期为三年。(P.29)

なお、《紅楼夢》には"学政"の用例がある。→昨儿巡抚吴大人来陛见,说起令尊翁前任学政时,秉公办事,凡属生童,俱心服之至。(红85-1218-18) 同書の注釈は次のとおりである。

学政——"提督学政"的简称。又称"督学使者"。清代朝廷派往各省主管生员考课升降的官员。(P.1218)

【学样】
〈动〉まねる。¶耐末总归自家做生活,覅去学俚咾个样。(海23-184-5)¶总是我们的中国人心不齐,一个做的好点,大家都要～,总得禀请上头准我们一家专利,不准别人再开才好。(文18-98-13)¶那翻译先生就把写信通知东家的一节,告诉了两个人,于是便有人～起来。(目106-878-16)

【血】
〈名〉血。¶昨日夜头赵先生来咾新街浪同人相打,打开仔头,满身才是～,巡捕看见仔,送到仁济医馆里去。(海17-138-6)¶如今从梦中听说秦氏死了,连忙翻身起来只觉心中似戳了一刀的不忍,哇的一声,直奔出一口～来。(红13-176-7)¶见他口里吐～,面皮蜡查也似黄了,便叫那妇人出来,舀碗水来,救得甦醒。(水25-396-8)

xun

【熏】
〈动〉においや気風などがしみ込む。¶讨气倒勿要紧,耐搭俚咾说说闲话,覅拨俚咾俗气～坏仔耐。(海59-505-23)

【寻】
〈动〉①訪ねる。¶正要来～耐,有多花物事,耐看看阿有啥人作成?(海1-6-7)¶

語彙例釈 xun

连朋友哚～仔好几埭也～勿着。（海 4-30-21）¶耐要～人末去问账房里，该搭栈房，陆里有啥人哩。（海 13-101-18）¶倪月底一家门才要到南京去～个史三公子。（海 62-528-1）¶起先我说～小王，俚哚理也勿理。（海 62-529-21）¶好极哉！我正要来～耐。（鸿 8-237-11）¶故歇辰光板归勿勤屋里格，叫我去请，到洛里去～介？（狐 9-61-11）¶章大少阿是来～马大少格？马大少勿知为仔俉格事体，前日仔搭倪反仔一泡，搬仔物事去，倒说就此勿来哉呀。（九 135-902-19）¶只有上海颇可安顿，而且还有自己相识的妓女媚月阁，现住那里，听说挂牌在迎春坊，不如先去～她，日后再作理处。（歇 21-274-8）¶那些老婆子趁他口风，就取笑他一句道："你坐在家中，怕没人来～你么？"（醒上 12-84-2）¶李立问道："客人要去梁山泊～谁？"孔亮答道："有个相识在山上，特来～他。"（水 58-970-5）

②搜寻。探寻。¶倘忙一日勿看见末，要娘姨相帮哚四面八方去～得来，～勿着仔吵燥哉。（海 7-56-22）¶耐～朋友倒会～哚，王老爷刚刚到该搭来，也拨耐～着哉！（海 24-196-9）¶我说小先生也来里该搭，花园里才～到哉，快点去罢。（海 46-390-8）¶我末进个聚宝门，～到史三公子府浪，门口七八个管家才勿认得。（海 62-529-21）¶就是俟恨倪先生，亦应该看我面浪，到倪格搭来唅，说啥格别～主顾介！（狐 30-254-4）¶[外]难道不去找寻的么？[丑]各场化～过个哉。～到后园门首，但是园门虚掩，介勒一定出后门去个。（三 47-490-21）¶格格要～一位靠托得起个人，又要会做生意个，大家商量做事体。（上问 48-87-6）¶少牧心想：这样大雨，怎能再走？最好须要～个所在，躲他一躲。（繁初 20-223-4）¶干那维新事业的人，恐怕一百个当中～不出一两个来。（维 1-2-1）¶我来～我们的姑娘的，找他总找不着。（红 24-329-4）¶前儿连袭人都打了，今儿又来～我们的不是。（红 31-431-4）¶那里有做媒的，多～几个来，我要讨几位娘子。（醒下 2-103-15）¶这里不是说话处，～个幽僻所在方好。（禅 4-45-13）¶二人迳入城来，探听这个箍桶的人。～了一日，不见消耗。（喻 26-399-5）¶去府库里～出一块透明的羊脂美玉来。（警 8-93-6）¶卢俊义看脚时，都是潦浆泡，点地不得。～那旧草鞋，又不见了。（水 62-1053-10）

【寻开心】

①人をからかっていい気になる。¶耐勢去听俚，俚来哚寻耐开心。（海 1-8-16）¶耐末说好，俚只道仔耐调皮，寻俚个开心，阿对？（海 21-168-10）¶俚哚同客人串通仔，拿我来～。（海 23-184-12）¶俉人寻耐开心介？（鸿 15-281-11）¶耐前日仔末，叫倪土地奶奶寻倪格开心，故歇倪也要叫耐金刚老爷哉！（九 26-195-11）¶俟亦要瞎三话四，

拿奴得来～哉。(狐 3-18-9) ¶人家规规矩矩装个烟拨耐吃,耐倒寻起倪开心来哉。阿要气酥。(沪 1-13-7) ¶倪搭耐说正经闲话哩,啥咾夷来寻倪格开心哉。(沪 1-21-1) ¶我可上你的老当,今天总要罚罚你。没的寻朋友开心,这样的寻法。(十 17-121-11) ¶先生,不必寻穷人开心,晓得我拿不出这许多的洋钱。(新 50-230-16) ¶程二少爷夹着问道:"你连说了好几个做做,到底怎样的做法呢?文做?武做?清做?荤做呢?"兰阿奶道:"二少爷又要～了,也不过就是那种做法罢了。打打牌,出出局,应酬应酬客人……。"(人 2-11-22)

②楽しむ。¶王莲生坐在梳妆台前,正摆着四个小碗吃便夜饭,旁边一个倌人陪他同吃,想来便是张蕙贞。善卿到了房里,即笑说道:"耐倒一干仔来里～。"(海 4-28-5) ¶阿姐末勿听无海个闲话,听仔无海,吃点鸦片烟寻寻开心,陆里会生病嘎。(海 20-161-6) ¶沈小红自家要～,姘个戏子,陆里肯嫁嘎。(海 56-477-3) ¶客人笃到倪堂子里向白相末,生来要出铜钿格,耐看见倌人勿出铜钿格呀!寻仔开心,再要勿出铜钿,上海滩浪也呒拨格号规矩哦!(九 133-895-11) ¶他又不晓得做人家世事,一味里粗心浮气。结交一班游手好闲的朋友,日日出去擎鹰放鹞的～。(何 8-82-9)

【寻生意】
職をさがす。就職口をさがす。¶也无啥事干,要想寻点生意来做做。(海 1-4-4) ¶俚故歇来里～,阿有啥人家要大姐?荐荐俚。(海 54-463-1) ¶倪月底一家门才要到南京去寻个史三公子,让阿巧去～罢。(海 62-528-1) ¶格末伲地隙是打算(～呢甚)(寻人家呢甚)?(上问 18-35-5) ¶家中车夫及梳头、粗做娘姨的工钱,也是楚云一一开发清楚,叫他们去另～。(繁后 1-714-20) ¶这里面共有六十多两银子在内,你拿去完了官,有余剩的将去寻些生意,不可寻此短路。(醒下 4-125-1)

【寻着】
さがしあてる。会える(訪ねた人に)。¶瞒倒瞒得紧咪,连朋友哚寻仔好几埭也寻勿着。(海 4-30-21) ¶耐要来里上海寻生意,倒是难哩。就等到一年半载,也说勿定寻得着寻勿着。(海 14-108-1) ¶阿是张先生～仔生意哉?(海 14-110-22) ¶前年仔还～一头生意,刚刚做仔两个月,拨新衙门捉得去,倒说是俚拐逃,吃仔一年多官司。(海 21-166-24) ¶我替耐～仔一桩天字第一号生意来里。(海 41-346-6) ¶耐要倪随便那哼,倪总无俉勿肯,耐要搿脱仔倪,叫倪再做生意末,倪就是死仔,倪格魂灵也要～耐格。(九 40-296-17) ¶黄渭臣看见老二,陡吃一惊,当下定一定神,对老二道:"耐来做俉?"老二道:"来寻耐哦!"渭臣道:"耐寻我俉事体,到该搭来?"老二道:"勿到该搭也寻勿着耐位四少爷

語彙例釈　xun－ya

唲。"（鴻10-247-9）

【巡捕】

〈名〉巡查。租界の警察官を"巡捕"と称した。 ¶昨日夜头赵先生来哚新街浪同人相打，打开仔头，满身才是血，～看见仔，送到仁济医馆里去。（海17-138-6） ¶倪勿比仔新衙门里～，有多花为难个场花哚呀。（海56-473-18）¶俚笃来浪吊膀子，关耐倽事？要耐去管俚笃格闲帐，结仔冤家还勿算数，倘忙真格拨～拉仔巡捕房里去，阿要坍台？（九48-353-11） ¶奴若斗俚勿过，倒要弄得坍台格，格落暗气吞声，肯拿银子买安静哩，勿然，奴老早喊两个～，押仔俚出去格哉。（狐29-238-26） ¶那把总没了差事，流离浪荡的没处投奔。后来到了上海，恰好巡捕房招～，他便去投充～，果然选上了。（目10-73-6）¶你跟来跟去，一定不是好人，快给我走开，否则我要唤～了。（歇14-121-2） ¶这时候～也到了，瞧热闹的人也围了五六层。～照例问了我几句话，我一一的回答了他。（人46-575-24）

（注）《二十年目睹之怪现状》的第七回中に见える"巡捕"の注釈に"清朝各省督抚等官署里设置文武巡捕，负责传宣和护卫。后文第十回里所指的'巡捕'，却是对租界警察的专称"とある。

【巡捕房】

〈名〉租界の中の警察署。⇨巡捕。¶我想托耐去报仔～，教包打听查出陆里一把车子，拿俚个人关我店里，勿许俚出来。（海29-237-9） ¶我德安里屋里向勿知为倽事体，连女人才捉仔～里去哉。（鴻12-261-18） ¶送侬～里去撬脱侬照会。（上散3-10-10） ¶一时巡捕来了，不由分晓，拉到了～里去，关了一夜。到明天解公堂。（目28-210-14）

【洵】

〈副〉まことに。全く。¶异口同声，皆道："～不愧为绝世奇文矣！"（海51-431-7）

Y

ya

【丫头】

〈名〉小間使い。侍女。¶我爷娘刚刚死仔三个月，阿伯就出我个花样，一百块钱卖拨人家做～。（海52-439-14）¶相爷倒新买一个僮儿，取名叫华安，搭～朵是同乡，面孔是乖巧个。（三9-107-28）¶像倪格号人，蔡大人阿要倪呀？送拨俚做～，俚也勿要倪！（九续56-436-1） ¶过了几日，他母亲忽又心活，将门户交代了一个小～，检点检点，带了个小小的包裹,趁着便船,过了江,到了钱塘门。(负 17-78-18) ¶他是小姐主子,我是奴才~,得罪了他,使不得!(红 22-305-6) ¶分付了~看家,锁房门,随着公人到府前,才晓得于潜客人被同伙首发,将官绢费用宿娼,拿他到官。(初 25-471-12)

【压坍】
〈动〉重圧で倒壊する。 ¶上海滩浪通共三班毛儿戏,才叫得来哉,有百十个人哚哩。推扳点房子才要~哉!(海 16-125-22)

【押】
〈动〉借金のかたにとる。抵当に入れる。 ¶客栈里耽搁仔两日,缺仔几百房饭钱,铺盖衣裳才拨俚哚~来浪。(海 24-199-12) ¶那掌柜的答道:"陆里有铺盖嘎,就不过一件长衫,脱下来~仔四百个铜钱。"(海 24-199-21) ¶故歇店帐欠仔三四千,勿做生意末,陆俚有洋钱去还人家?我个人赛过~来里上海哉呀!(海 62-532-23) ¶奴今年年底勿够开消,缺少仔几百块洋钿,要想搭耐借格五百两银子,格对珠花算仔当头,~拨勒俫,倷阿相信呢勿相信?(狐 14-102-24) ¶倪洋钿是吪拨,拿一付金钏臂~一~阿好?(九续 151-1079-16) ¶虽然马路上边尚有几家炒面店开着,争奈身无半文,不能进去。要想脱件马褂,寻个押店~几个钱,方可充饥。(繁后 27-1043-15) ¶我劝他暂时把房子~几个钱动身,他还不肯。(官 52-892-6) ¶你道他哥哥做什么?的的确确是个本省候补巡检,因为穷不过,把妹子~给窑子里,后来堂上断了他六十块钱才舒徐。(十 37-272-24) ¶暂且把老太太查不着的金银家伙偷着运出一箱子来,暂~千数两银子支腾过去。(红 72-1021-18) ¶早辰一个敝相知要做些前程,拿了两拜匣金珠首饰,向小弟当中,要~银三百两凑用。(醒下 5-134-12)

【押发】
〈名〉女性がまげを結うのに用いるかんざし。 ¶耐看,钏臂倒无啥,就是~稍微推扳点,倘然耐勿要末,再拿去调。(海 33-271-18) ¶对俚笃说洋镜抽屉里有一包散珠子,滚脱仔好几粒,依一只跌断格翡翠~去拿出来,说也是掼坏格,定归要敲俚一敲勒。(鸿 11-255-8) ¶他走到房门口,我回眼一望,头上紮的是白头绳,押的是银~,暗想他原来是穿着孝在这里。(目 48-381-17) ¶有一天我在玄妙观见她坐着轿进香,身穿天青缎灰鼠披凤,玄缎百摺裙,头上所戴朱兜上的珍珠,足有黄金般大,那一支金~,险些把她那个小小髻儿都坠落下来,真和戏文中所做的老院君打扮一般无二。(歇 3-25-24)"压发"とも作る。 ¶只见他把乌云般的黑发,用头绳儿一节一节的缠了,然后轻轻挽上,旋转身照着小镜,用一只白玉一般的纤手,整理了好一会,插上支压发,才把缠着的头

語彙例釈　　ya

绳逐节逐节轻轻地解去,再把牙柄小刷子蘸着爆花水,轻轻的刷,刷得竟没有一根乱发,乌油油夺目争光,才戴上帽儿。(新 11-51-16)

【押韵】

〈动〉韻をふむ。¶俚用个韵倒勿容易押,一歇歇做勿出,等我转去做两句出色个拨耐。(海 59-506-14)¶偏又是"十三元"了。这韵少,作排律只怕牵强不能～呢,少不得你先起一句罢了。(红 76-1087-24)

【鸦片烟】

〈名〉吸飲用のアヘン。¶～倪麬吃。(海 5-37-6)¶倪再吃筒～。(海 29-242-18)¶难末紫云轩抢仔一匣～,望仔嘴里就倒,区得抢得快,救得快,勿然是紫云轩格条命,老早勿着杠格哉。(九续 35-267-14)¶恰好那王文林没有出去,正在房里抽～过瘾。(商 1-3-9)¶因他自小有个脾气,最欢喜吃～,十二岁就上了瘾,一天要吃八九钱。(官 35-593-4)

【牙齿】

〈名〉歯。¶打个辰光,俚咬紧点～,一声勿响,等到娘姨劝开仔,榻床浪一缸生鸦片烟,俚拿起来吃仔两把。(海 6-48-3)¶门前一路头发末才沓光个哉,嘴里～也剩勿多几个,连面孔才咽仔进去哉。(海 15-119-13)¶咬紧子～恨毒之,说道:"我的阿妈,日日夜夜故宗哭法,必要哭杀我呢啥?"(描 33-293-17)¶自己急切说不出话来,便咬着～,向大众,只管摇头。(维 9-63-4)¶黄家姆只手里头拿了一支银簪,剔着～,绝不作声。(繁后 35-1137-25)¶把～咬咬紧,说道:"这是没有法子的事,为朋友只得如此!……。"(官 51-876-5)¶你张开嘴,我瞧瞧你的～舌头是什么作的。(红 56-786-7)¶家僮听了,惊得魂不附体,～相打,两脚都是软的,急即奔走。(禅 14-208-14)¶面貌虽是先前的,却是一头纯黑头发,鬓髯如漆,雪白一口好～,比少年的还好看些。(初 7-124-14)¶一霎时,落得头红面热,火气反望上攻,咬得～格格价响,大喊一声,扑得望地上倒了下来。(二 18-378-5)¶洪太尉倒在树根底下,唬的三十六个～,捉对儿厮打。(水 1-5-8)

【衙门】

〈名〉役所。¶几花赌客才是老爷们,倪～里也才来浪赌�,倪跑进去,阿敢说啥闲话?(海 56-473-13)¶手下底一百多人,连～里差役,堂子里倌人,才是俚帮手。(海 61-521-3)¶耐末今朝辛苦仔大半夜,明朝再要起早上～。(九续 58-448-10)¶我要到东门上道台～,转来再到洋务局,难末转来。(上问 42-77-7)¶回去一定拿片子送到～里,打这王八羔子几百板子，戒戒他二次才好！(官1-11-9) ¶晚生在光复以前南京制台～和江宁藩台～均有祖遗的三个书办缺，可以安坐而食。(人27-301-1) ¶姓白的这样没道理，为甚不到～里去告他一状？(十35-263-13) ¶谁知雨村那没天理的听见了，便设了个法子，讹他拖欠了官银，拿他到～里去，说所欠官银，变卖家产赔补。(红48-663-2) ¶张太公又央人在～里上下使钱，保正、排邻俱送了财物，黄氏处又托亲邻买和。(禅32-508-3) ¶你们且慢慢细讲，我还要到～去谢谢官府去。(二15-307-13) ¶我如今不要往仪真，径到南都御史～告状，或者有伸冤之日。(警11-149-2)

【哑子】
〈名〉口が利(き)けない人。おし。¶～末勿是～，不过勿开口。(海19-152-2) ¶耐格人啥实梗呀？好好里问耐闲话，啥格一声勿响，阿是变仔～哉？(九186-1204-24) ¶新嫂嫂拿眼睛对着魏翩仞一眇，说道："要耐多嘴！"魏翩仞道："是啊，我就不说话。"新嫂嫂道："倪又勿要耐做倷～。……"(官10-142-19) ¶若要外言不入，那就除非男子永远也不许他到内室，不然，到了内室，也硬要他装做～了。(目21-150-3) ¶那妇女中识廉耻的，好似～吃黄连，苦在心头，不敢告诉丈夫。(醒39-842-11) ¶你从明日为始，并不要说话，只做～一般。(水61-1022-2)

【雅】
〈形〉みやびやかである。¶倘然耐做出来，有一字不典，一句不～，要罚耐十台开厅哚哩！(海47-400-13) ¶一语未了，李纨也来了，进门笑道："～的紧！要起诗社，我自荐我掌坛。……"(红37-500-21)

【雅集】
〈名〉風雅を解する人の集い。¶如此～，不可无诗；聊赋俚言，即求法正。(海31-260-17) ¶赵雪斋道："吾辈今日～，不可无诗。"(儒18-226-17)

【雅致】
〈形〉風雅である。¶最妙者，"鞭刺鸡锥"搭仔"马牝沟札"多花龌龊物事，竟然～得极。(海51-431-11) ¶金珠故歇总算是人家人哉，人家人搭人家人出出进进，像煞～点笃。(鸿17-295-4) ¶饮酒赏菊是顶～的事情，怎么守球不请我老头子？(官59-1022-9) ¶音乐多了，反失～，只用吹笛的远远的吹起来就够了。(红76-1082-2)

【呀】
〈助〉語気助詞。助詞"啊"の語気に同じ。¶勿是～，耐也等我说完仔哩。(海2-11-21) ¶善卿接了，忙说："夠客气，耐请用饭哩。"蕙贞笑道："倪吃好哉～。"(海4-28-10) ¶

語彙例釈　ya-yan

长大爷，二小姐来里牵记耐〜，说耐为啥勿来，教我来张耐。（海 16-126-9）¶辰光勿早哉〜，起来吃仔点落困哩。（鸿 4-212-11）¶早点了结仔，倪搭耐到张园去〜。（鸿 10-248-3）¶差倪到倷栈里请倷大少来，皆为想勿出主意落〜。（狐 16-120-15）¶既是密司脱恩多吃仔几杯酒，让俚横一横勒再走罢，横势间搭勿要紧格〜。（狐 22-179-9）¶他前几天不错是出差去了，然而我好象听见说是回来了〜。（目 3-16-7）¶这么说，我的一个戒指，要去了你半年工钱〜！（目 3-18-18）¶是〜。你令伯母听说没了，不知是甚么病，怪可怜的。那么你去罢。（目 23-166-15）¶我已经减了个对成，你还要折半，好很〜！（目 29-221-7）¶贾政又向众人道："'杏花村'固佳，只是犯了正名，村名直待请名方可。"众客都道："是〜，如今虚的什么字样好？"（红 17・18-232-1）¶一语未了，只见他嫂子笑嘻嘻掀帘进来，道："好〜，你两个的话，我已都听见了。"（红 77-1109-18）¶当下二人云雨才罢，正欲各整衣襟，只见王婆推开房门入来，说道："你两个做得好事！"西门庆和那妇人都吃了一惊。那婆子便道："好〜，好〜！我请你来做衣裳，不曾叫你来偷汉子。……"。（水 24-380-4）

yan

【烟】

〈名〉①たばこ。¶那郭孝婆也颠头簸脑，摸索到房里，手里拿着根洋铜水烟筒，说："陆里一位用〜？"（海 5-37-18）
②アヘン。¶黄金凤在对过房间，赶紧过来叫声"姐夫"，即道："王老爷对过去用〜哩。"莲生道："就该搭吃一样个啘。"金凤道："对过有多花烟泡来浪。"（海 47-404-2）¶眉初道："俚笃吃酒去哉。"小宝道："耐倷落勿去？"眉初道："我为仔要吃〜落到该搭来个。"（鸿 2-198-7）¶姚文通又特地离位请教炕上吃〜的两位。（文 18-94-15）¶堂子里晓得他的脾气，早已替他预备下打好的〜二十来口，一齐都在烟杆子上，赛如排枪一样，一排排的都放在烟盘里。（官 32-537-5）

【烟灯】

〈名〉アヘン吸飲用の小さいランプ。¶早晨揩只〜，跌碎仔玻璃罩，俚哚无姆说，要我赔个。（海 23-183-4）¶有天落了店，吃完了饭，叫贺根替他把铺盖打开，点上〜。（官 2-20-9）¶〜没有点过，那得吸烟？（繁 30-1080-12）¶床正中摆着一只白铜烟盘，那盏广东高脚〜，燃火未熄，一杆翡翠镶的象牙枪，横放在旁边。（歇 22-281-5）

【烟灯罩】

〈名〉アヘン用ランプのほや。¶阿巧又问："〜阿要赔嘎？"小妹姐叫把跌碎的留下

yan 語彙例釈

"明朝我去买。"又叮嘱:"难末做生活当心点。"(海 23-184-23)

【烟火】

〈名〉花火。¶我一径勿曾看见过~,倒先要看看俚啥样式。(海 39-329-15)¶先生去看哩,放~哉。(海 39-332-11)¶贾蓉听了,忙出去带着小厮们就在院内安下屏架,将~设吊齐备。这~皆系各处进贡之物,虽不甚大,却极精巧,各色故事俱全,夹着各色花炮。(红 54-766-10) "焰火"とも作る。¶想寻少甫到张家花园看电光活动影戏,又想到徐家花园看焰火去。(繁Ⅱ25-633-17)¶听说不是有焰火吗?我们索性瞧了焰火再转去。(人 33-368-5)

【烟间】

〈名〉アヘンを吸わせる店。¶请客末才勿来浪,四马路~,茶馆通通去看也无拨,无法去请哉唲。(海 48-412-23)¶来里乡下勿比仔上海,随便陆里小~才是醒醒醍醍个场花。(海 58-496-7)¶这倚云轩原本是~,因~禁止了,才改为茶馆的。他们卖烟、卖茶,原不过是个名色,实际是野鸡堂子。(新 51-234-22)¶他也没有什么招牌字号,~,堂子这两种去处就是他办事的所在。如今~是没有了,他便另外创出一个局面来,就在新马路荣华里租了一所双开间一侧厢的石库门房屋。(商 1-2-14)

【烟迷】

〈动〉アヘンに酔って意識がもうろうとなる。¶见小村闭着眼,朦朦胧胧似睡非睡光景。朴斋低声叫:"小村哥。"连叫两声,小村只摇手不答应。王阿二道:"~呀,随俚去罢。"(海 2-12-21)¶周三也道:"我也去了。"陈大仍是糊糊涂涂的说:"对不住,对不住!明儿听信。"说罢又~哩。(商 5-37-7)¶有一天,这高师爷正在~的时候,增太尊去扯那阿眉,阿眉也便弓身相就。(梼 18-288-18)

【烟盘】

〈名〉アヘンを吸う用具を置く盆。¶娘姨赶着叫郭孝婆,问:"~来哚陆里?"郭孝婆道:"原来里床浪哩。"(海 5-37-13)¶该副~还是我十四岁辰光搭倪娘装个烟,一径放来浪勿曾用,故歇倒用着点。(海 34-284-10)¶阿珍把~略略推过,就坐在他的身旁与他喁喁私语。(繁初 24-267-19)¶堂子里晓得他的脾气的,早已替他预备下打好的烟二十来口,一齐都打在烟扦子上,赛如排枪一样,一排排的都放在~里。(官 32-537-6)¶命小丫头摆好~,倒身睡下,自装自吸。(歇 17-212-11)

【烟泡】

〈名〉"烟灯"であぶり、小さい球にまるめ、"烟枪"につめてすぐのめるようにした

語彙例釈 yan

もの。¶我一干仔打通一副五关,烧仔七八个～。(海 26-214-16)¶黄金凤在对过房间,赶紧过来叫声"姐夫",即道:"王老爷对过去用烟哩。"莲生道:"就该搭吃一样个豌。"金凤道:"对过有多花～来浪。"翠凤道:"～末,耐去拿得来好哉。"(海 47-404-3) ¶李姑太太因昨日晚间,未得安睡,白天又未打盹,身子本已十分困倦,此时歪在塌上,拿着一枝钢签,才烧得半个～,两只眼皮,不知如何合了拢来,右手向下一沉,手中那支签头上的～,恰搁在烟灯上,一霎时火已烧着。曹少奶奶见了,慌忙把李姑太太唤醒。李姑太太忙把签头上的火吹熄,再看～,已被烧焦,不能吸了。(歇 24-309-10)

【烟钱】
〈名〉アヘン吸飲の代金。¶我搭俚商量阿好借十块洋钱拨我,～浪算末哉?俚回报仔我无拨,倒立起来就走。(海 37-313-21)¶博如只得匆匆吸完了烟,叫堂倌来收灯,给过～。(目 105-865-24)

【阎罗王殿】
閻魔大王の御殿。¶故歇耐去说仔我妌戏子,再有啥人来搭我伸冤,除非到仔～浪刚刚明白哞。(海 34-284-24) ¶耐阿晓得城隍庙里大兴土木,～浪个拔舌地狱刚刚收作好,就等个痴鸳先生去末,要请俚尝尝滋味哉!(海 51-432-11) ¶当初有个人,死去阴司,看见～上门对一联,上写道:"万恶淫为首,百行孝为先。"(醒上 12-79-11)

【眼睛】
〈名〉目。眼。¶俚哚才看惯仔大场面哉,耐拿三四十洋钱去用拨俚,也勿来俚～里。(海 2-10-19)¶我听仔快活煞,张开仔两只～单望俚一干仔,望俚搭我还清子债末,我也有仔好日脚哉,陆里晓得俚一直来里骗我!(海 10-80-19)¶坎坎闭仔～,倒说道耐来哉呀,一肩轿子抬到仔客堂里。(海 18-142-7) ¶耐看俚末实概年纪,～才瞎个哉。(海 27-225-5)¶陈老爷故歇搭俚要好,阿会一径要好下去?倪张开仔两只～,看好来浪。(九续 16-120-5)¶他老子又恨儿子不长进,又是可惜衣服,急的～里冒火。(官 1-11-19) ¶此刻那两个冤鬼仍没有去,只要～一开,多在我的面前。没奈何把～闭了,他们好似又在我的枕边,一齐动手扼我。(繁后 25-1021-26) ¶我知道你也不把我们放在～里,叫人把他老子叫来!(红 44-609-3) ¶小弟只要把尖刀剜了自己的～!(水 32-503-16)

【眼睛高】
気位が高く、人を見下すようなところがある。¶子刚道:"啥人嘎?去叫得来看。"蓬壶道:"来浪兆富里,叫文君玉。客人为仔俚～,勿敢去做,赛过留以待亚白先生个品题。"

yan　語彙例釈

（海 31-260-3）

【眼睛光】
〈名〉眼光。見わける力。¶最好笑有一转拍小照去，说是～也拨俚㖸拍仔去哉；难末日朝天亮快勿曾起来，就搭俚饎眼睛，说话仔半个月坎坎好。（海 5-57-6）¶也算耐～勿推扳。（海 15-119-23）

【眼泪】
〈名〉涙。¶先起头俚生仔病，自家发极，说说闲话末就哭；故歇我去看俚，一句勿曾说啥，问问俚，闭拢仔一只嘴，好像要哭，～倒也无拨。（海 36-302-14）¶增朗之一面拿帕子替他揩着～，一面说道："那时候我那里舍得让你们走，听见这个信，我急得甚么似的。……"。（栲 17-278-14）¶凤姐缓缓走入会芳园中登仙阁灵前，一见了棺材，那～恰似断线之珠，滚将下来。（红 14-180-11）¶张社长见了宋江容颜不乐，～暗流。（水 35-556-3）

【眼前】
〈名〉目下。当面。¶～个把月总归勿要紧，大约过仔秋分，故末有点把握，可以望全愈哉。（海 36-305-22）¶这种人～很多呢。（新 16-74-9）¶～已是九月，大约月底月初，王老先生一定要下来上坟的。（官 1-3-4）¶～我还要出门去走走，外头逛个三年五载再回来。（红 47-652-12）¶世人只知～贵贱，那知去后的日长日短？（警 18-248-10）

【眼前亏】
〈名〉みすみす損をしたり、ひどい目にあったりすることを"吃～"という。¶阿有啥说嘎，耐自家见乖点，也吃勿着～哉唲。（海 3-19-6）¶耐就吃仔点～，倪朋友㖸说起，倒才说耐好。（海 12-94-24）

【眼热】
〈动〉うらやましく思う。¶耐故歇就说是买拨我，隔两日终是俚㖸个物事。俚㖸一点点勿见好，倒好象耐洋钱多煞来浪，害俚㖸一煞。耐勿买倒无啥。（海 22-176-9）¶俚㖸来浪拆下脚洋钱，耐也覅去～。（海 24-184-6）¶外头人为仔耐搭我要好末，才来浪～。（海 34-284-22）¶俚㖸有交情，生来要好点。耐是清倌人，阿好～嘎。（海 46-387-6）¶巧林姐嫁拨勒㑚大少，大少格情分叫重得来，覅怪别人才～格。（狐 5-30-9）¶这些左邻右舍，见了～不过，也不顾开店容易守店难，大家想吃起生意饭来。（何 1-9-22）¶前天我见她穿了件灰鼠皮背心，黑湖绉的面子，真是簇新的，叫人看得～，只怕值几十块钱哩！（市 1-192-3）¶姓方的瞧着～，有几家该钱的，也就不惜工本，公开一个学堂。

語彙例釈 yan－yang

（官1-1-6）¶其实他是～那富贵人的钱，又没法去分他几个过来，所以做出这个样子。（目22-158-18）¶怪道成日家羡慕人家女儿作了小老婆，一家子都仗着他横行霸道的，一家子都成了小老婆了！看的～了，也把我送在火炕里去。（红46-638-10）¶师兄不须～。倘不见外，自当同乐。（醒15-284-8）¶只有魏撰之有些～，心里道："一样的同窗朋友。偏是他两个成双。……。"（二17-361-15）

【厌烦】

〈动〉うんざりする。飽き飽きする。 ¶～盗汗，略见一斑。（海36-305-5）¶候补知县做了一阵子，又～了，又要过甚么班。（官5-62-15）¶这土老儿在家里住得～了，到上海去谋事。（目3-17-16）¶有时闷了，又盼个姊妹来说些闲话排遣；及至宝钗等来望候他，说不得三五句话又～了。（红45-623-15）¶罗童正行在路，打火造饭，哭哭啼啼不肯吃，连陈巡检也～了，如春孺人执性定要赶罗童回去。（喻20-287-6）

【厌气】

〈形〉うんざりである。飽き飽きである。 ¶俚哚是牌局，一去仔末就要我代碰和，我要无拨啥转局，一径碰下去不许走。有辰光两三点钟坐来浪，～得来。（海22-174-4）¶我来一埭听耐说一埭，我听仔也～煞哉。（海24-196-17）¶施个脾气勿好，赛过是石灰布袋。故歇新做起，好像蛮要好，熟仔点～勿来哉。（海26-213-20）¶阿婉搓一搓倦眼道："哎呀！大少啥辰光来格，倷搭三小姐等煞快，～弗过，两家头才睡着哉。"（人10-81-5）

【厌酸】

〈形〉胸やけがする（胃酸過多で）。 ¶须臾送来，莲生要小红同吃。小红攒眉道："勿晓得为啥，～得来，吃勿落。"（海4-32-9）

【咽】

〈动〉へこむ。くぼむ。 ¶嘴里牙齿也剩勿多几个，连面孔才～仔进去哉。（海15-119-14）
（注）《漢語方言大詞典》は、"凹陷。吴語。上海。"とし、上掲例を用例としてあげている。

yang

【扬名】

〈动〉名を揚げる。 ¶故歇上海个诗，风气坏哉。耐倒是请教高大少爷做两首出来，替耐扬扬名，比俚哚好交关哚。（海31-260-12）¶想是这位外国诗翁今天即席赋诗，定归把他今天碰见老大人一齐都做了进去，所以要把老大人的名字刻在他的诗稿当中，这倒是海外～的。（官52-906-15）¶这也是替你～的意思，你看见毕老爷就要替你上报了。

924

（栲 11-179-18）

【羊脂玉】

〈名〉白玉の一種。羊のあぶらの色をしている半透明の玉(ぎょく)。¶再有一块～珮，俚一径挂来咊钮子浪，故末让俚带仔去，数忘记。（海 42-358-6）¶媚芗取了一个～的双鱼与了他，说："这是当日任大人与我的，现在送了你罢。"（栲 24-391-9）¶取出～闹妆一个，递与俊卿道："以此奉令姊，权答此箭，作个信物。"（二 17-347-13）¶又有个纸糊长匣儿，内有～凤头簪一根。（喻 1-23-8）

【阳台】

〈名〉バルコニー。¶～浪嘹来哚一块手帕子搭我拿得来。（海 3-21-3）¶独自觉得无聊，靠在～上乘凉闲眺。（孽 31-294-4）"洋台"とも作る。¶陶子尧便把周老爷拉到外面洋台上，靠着栏杆，把底细统通告诉了他。（官 11-163-18）¶下面一棒锣声，那许多茶客都拥到洋台上来争着瞧看。（新 9-41-10）¶偶倚在洋台阑杆之上向街中一望，只见自己的车夫阿大手中拿了一张名片，跑得满头是汗的向北而去。（繁后 19-946-21）¶打定主意，急忙走出洋台，跳出栏杆，伸手攀树叉儿。（孽 17-140-3）

【杨梅疮】

〈名〉梅毒。¶为俚阿叔生仔～，到上海来看，俚一淘来。（海 37-312-7）¶叶题红家不要他了，再想到别的妓院寻些事做，因～是院子里最忌的毛病，那个要他？（繁后 4-757-10）¶刚刚他对我说，一个黄昏替病人打了十三针的六百〇六，他想他摸了十三个有～的人身体，他这双手还算干净吗？（人 45-554-26）

【洋灯】

〈名〉ランプ。¶来安又说："拿只～下来哩。"楼上连说："来哉。"（海 4-27-21）¶说罢，就在～底下把稿看了一遍。（官 37-634-9）¶上了楼，开了房间，点上一盏～。（负 13-61-19）¶不见得再有客人，分付小玲把～吹息，闷昏昏的闭门安睡。（繁后 20-955-6）¶据说镍是中国没有的，外国名字叫 Nickel，中国译化学书的时候，便译成一个"镍"字，所有小自鸣钟、～等件，都是镀上这东西的。（目 29-219-16）¶那一家没有外国货？夜里点的是火油，装的是～，～火油都是外国货。（十 12-81-1）¶只见靠床一张鸳鸯戏水的镜台上，摆着一盏二龙抢珠的～，罩着个碧玻璃的灯罩儿。（孽 23-210-13）

【洋肥皂】

〈名〉せっけん。¶耐晚歇捕面末，记好仔，拿～净脱俚。（海 26-217-9）

【洋行】

語彙例釈　yang

〈名〉外国人の経営する商社。後に外国の資本家が中国で開設している商社を称するようになった。¶俚来哚义大～里，耐陆里请得着嘎。(海 3-17-7) ¶大少笃如果要先走末。倪停歇用马车送俚回～末哉。(狐 22-179-10) ¶越过河南路，两旁开设的尽是～，几没有一家中国店铺，走到江西路口，见一家～门口，一乘马车停着，许多人围着。(新 12-55-4) ¶难道叫他们学成功了到～里去做刚伯杜么？（梼 7-102-17）¶你可知道这姓徐的客人是干什么的？还是～买办，还是钱庄老板？(人 21-215-11)

【洋货店】
〈名〉洋品雑貨店。¶早晨揩只烟灯，跌碎仔玻璃罩，俚哚无啥说，要我赔个。我到～里买仔一只末，嫌道勿好，再要去买，换一家～，说要买好个。(海 23-183-4) ¶耐自家去算，银楼，绸缎店，～，三四千洋钱哚，耐拿啥物事去还嘎？（海 61-524-10）¶大红呢，随便阿里一家～里都有个。(上问 21-39-8) ¶地舟～（是拉）(列) 阿里？（上问 21-40-4）¶甚么～里，南货店里，绸缎店里，——人家因为他是现任大老爷，而且是江西盐道的三大人，谁不相信他——都肯拿东西赊给他，不要他的现钱。(官 6-81-2)

【洋钱】
〈名〉銀貨。最初、外国からもたらされたことから、"洋钱"と称された。また、ひろく貨幣を指す。¶耐拿三四十～去用拨俚，也勿来俚眼睛里。(海 2-10-19) ¶耐看出倪来啥邱得来！阿是倪要想头耐～嘎？耐末拿～算好物事，倪倒无啥要紧。(海 8-59-13) ¶几花～买个？(海 22-179-8) ¶一个多月做仔一块～生意，阿是教耐无啥去吃屎？(海 37-310-9) ¶无姆先起头是娘姨呀，就拿个带挡～买仔倪几个讨人，陆里有几花本钱嘎！(海 44-375-18) ¶据双人说，顶多出个百外～。物事只十四开个，报时报刻有跑马针才是哉。(鸿 9-240-14) ¶倪吭拨～，耐替我买子罢。(九 6-44-23) ¶像耐金大少格牌子末，至少赏格四十～，再多末也可以勿必略哉。(九 15-115-18) ¶前月山问俫要借二百块～，奶奶是应酬俚格。(狐 11-75-13) ¶是几块～买拉个？——依猜一猜要几化～。(上问 10-19-10) ¶且说周老爷凭空得了一千五百块～，也算意外之财，拿了他便一直前往浙江。(官 11-167-1) ¶～现的是没有，看来只好拿首饰来抵。(官 50-857-7) ¶上海通行的银圆，总名叫做～，一种墨西哥银圆，就是鹰洋，又叫英洋，一种西班牙银圆，就叫本洋；一种本国银圆，叫做龙洋；再有日本旧银圆，也叫龙洋。(新 53-243-13) "洋钿"とも作る。¶实梗一说，俚格心里总明白格哉，即使有点难过，看见仔二百洋钿，自然完结，横势勿是搭俫真心要好呀。(狐 11-76-8) ¶勿壳张俚勒浪外势，还要说倪格邱话，放倪格谣言，倒说俚勒浪倪搭白相仔勿到一个月，用脱仔伦万洋钿哉。(九

yang　語彙例釋

12-91-20）¶难末坐仔俚自家格汽车去,顺便接俚转去,夷好带仔洋钿出来。(沪 1-33-9)¶倪第歇辰光一日工夫做点文章卖买末,几百块洋钿一月来海哉。(沪2-65-6)

【羊绒】
〈名〉毛糸。　¶常恐是头狼～突色仔了,阿对？（海 26-217-14）

【洋铜】
〈名〉白铜。　¶耐就搭我买仔一块一只～钊臂连一只表,也说是三十几块哚。(海 22-180-22)

【养】
〈动〉①飼う(動物を)。　¶耐哚台子下头倒～一只呱呱啼来里,我明朝也要借一借哚！(海 13-165-14)　¶伊个人勿曾话起伊个几匹驴子是其人个否？——伊话略是伊一个亲眷人家～拉个驴子。(上问31-57-9)¶海滩上有吗？我也捉几只带转去～在瓷缸里。(人34-375-3)　¶人家～猫拿耗子,我的猫只倒咬鸡。(红69-979-15)　¶小庄上虽～得几匹快马,怎如这匹青骢,步又稳,走又快。(鼓12-150-1)　¶林二官人道："马房中如何～得他？小弟庄上,侭有牛栏。就待小弟带去,暂～几时。且把这两只小牛～大了,再作计处。"娄公子、俞公子道："既是林兄庄上好～,就烦林兄带去便了。(鼓 17-213-9)
②扶養する。　¶单剩我一干仔,无啥人来过得去,要耐～到老死哚。(海 3-20-17)　¶我倪子～到仔实概大,咿会吃花酒,咿会打茶会,我也蛮体面哚。(海 6-43-8)　¶我从养仔俚～到十八岁,一径勿舍得教俚做生意。(海 16-127-7)　¶这一种拐子单管偷拐五六岁的儿女,～在一个僻径静之处,到十一二岁,度其容貌,带他乡转卖(红4-61-9)¶相烦林先生教训此子,就烦领去,当做儿子一般,～他成人长大,也延得董氏宗祀。(醒下 11-188-5)¶女儿们个个踊跃从命,多道："女儿～父亲,是应得的,就不分得甚么,也说不得。"(二 26-518-4)¶孟尝君平时～了许多客,今脱泰难,却得此两小人之力。(二 39-713-11)¶孩儿死后,将身尸丢在水中,方可谢抛妻弃子不～父之罪。(喻 3-76-11)
③生む(子を)。　¶小妹姐,耐看我～来哚倪子阿好？(海6-43-12)　¶耐自家有几花大,倒～出实概大个倪子来哉。(海6-43-14)¶耐看俚脾气,原是个小干件,倒要想倪子哉。(海 6-44-8)　¶我从～仔俚养仔十八岁,一径勿啥得教俚做生意。(海 16-127-7)　¶我身体末是爷娘～来浪;除仔身体,一块布,一根线,才是耐办我个物事。(海34-285-2)¶孁说啥养勿大,人家再有勿好个倪子,起先一个辰光,快活煞,大仔点倒讨气。(海47-402-24)　¶杨老爷说说末,就要说格种发松闲话来哉。俚笃～儿子,孁㑚费心得格,勿见得要㑚帮忙勒海。(狐3-18-6)¶我搭宝玉,虽勿是同一个爷,到也是一个娘～出来

語彙例釋　yang

格,总算称得嫡亲兄妹。(狐 36-311-14) ¶原来瞿耐庵老夫妇两个,年纪均在四十七八,一直没有～过儿子。(官 39-664-11) ¶恭喜你,明儿～了少爷,也带起我们风光风光,你可不要忘了我们。(梼 22-348-19) ¶六位姨太太当中,一二三四六这五位姨太太是～不出儿子的,只有五姨太太还可以～儿子。(人 40-483-18) ¶况且你又不是我～的,你虽然不是同他一娘所生,到底是同出一父,也该彼此瞻顾些,以免别人笑话。(红 73-1037-17) ¶徐铭把茶放在桌上,两手按了膝上,低了头,痴痴看了道:"爱姑,我记得你今年十八岁了。"爱姑道:"是。"徐铭道:"说还不曾吃茶哩!想你嫂子十八岁已～儿子了。"(型 21-286-6) ¶这死孩是那寡妇的。寡妇与家童得贵有奸,～下这么私胎来。(警 35-543-14) ¶闻说钱妈妈生产,进房帮助,见～下孩儿,欢天喜地,抱去盆中洗浴。(喻 21-298-8) ¶方氏大怒道:"你就匡我～不出,生起外心来了!我看自家晚间尽有精神,只怕还～得出来。你不要胡想。"(二 10-205-2) ¶那王耄夫妻两口儿,单单～得王庆一个,十分爱恤,自来护短,凭他惯了。(水 101-1571-2)

【养勿大】

育たない。生きられない。¶魍说啥～,人家再有勿好个倪子,起先养个辰光,快活煞,大仔点倒讨气。(海 47-402-24) "养弗大"とも作る。¶倪小格辰光勒浪屋里向,倪好婆搭倪排格八字才说,倪养弗大格哩。(沪 2-1-4) ¶那人大怒道:"这牛子好生无礼!"连溯一两刀,血流在地,眼见得老王养不大了。(醒 33-703-12)

(注)反义语は"养得大"。→[合]你阿……阿会吃饭?[生]这是会的。[刁]个个就勿饿杀个哉。勿得知个个撒尿搭子着衣裳阿会?[生]也会的。[刁]个末养得大了。(三 10-119-8) "养大"の用例もある。→小弟庄上,俱有牛栏。就待小弟带去,暂养几时。且把这两只小牛养大了,再作计处。(鼓 17-213-10)

【样】

〈量〉物の種類を数える。¶我请耐来,要买两～物事,一只大理石红木榻床,一堂湘妃竹翎毛灯片。(海 4-28-23) ¶无拨啥小菜喥,我去教俚咪添两～。(海 14-114-14) ¶除仔无姆也无拨第二个亲人,除仔做生意也无拨第二～念头。(海 63-535-14) ¶买虽呒买处,格两～药味,我记得清清爽爽勒里。(狐 30-247-9) ¶地间房里向俉勿要带进壁虱来,我伲(最)(顶)怕地一物事。(上散 6-31-8) ¶我托侬替我打听一～物事。(上问 21-39-6) ¶吃不到三～菜,果见新嫂嫂同了小陆兰芬进来。(官 10-151-15) ¶丰儿便将平儿的四～分例菜端至桌上,与平儿盛了饭来。(红 55-781-19) ¶庄客托出一桶盘,四～菜蔬,一盘牛肉,铺放卓上。(水 2-23-2)

yang　語彙例釈

【様色様】
〈名〉"様式様"に同じ。¶耐来里上海当差使,家眷末也勿曾带,公館里就是一个二爷,笨手笨脚,～勿周到。(海34-285-6)¶无姆～才无啥,做生意蛮巴结,当个家蛮明白,就是来里姘头面浪吃个亏。(海49-417-14)

【様式】
〈名〉①物の形・ありさま。¶手中拿一支银水烟筒给双珠看,问:"～阿好?"(海17-137-4)¶我一径勿曾看见过烟火,倒先要看看俚啥～。(海39-329-15)¶来里志正堂前头高台浪,有几花机器,就是个看亮月同看星个家生。……俚咑说同皇帝屋里观象台一个～,就不过小点。(海52-437-9)¶汇票是倽个～介?拨倪看看哩!(九6-46-14)¶钟表店里阿有是格能一个钥匙否?(上问11-20-5)¶赛玉看了道:臭是赤金,～更好,多分也要十倍之价。(禅7-98-14)¶走到楼上,把这鞋翻覆看了一会,道:"好针线!好～!"(型6-81-23)¶当下父子三人一齐跟进大厅。王员外唤家人开了一间房子,搬出木料,交与张权,分付了～。父子三人量画定了,动起斧锯,手忙脚乱,直做到晚。(醒20-402-12)

②人の様子・ありさま。¶尹痴鸳特呼隔桌陶云甫,问其如何。云甫道:"蛮好,也是人家人～。阿要叫俚来?"(海39-325-15)¶漱芳个病是总归勿成功哉哩!起初倪才来浪望俚好起来,故歇看俚～,勿像会好,故也是无法子。(海42-353-12)¶我起先是勿相信,不过双玉勿比得别人,看俚～倒勿像是瞎说。(海54-456-13)¶到明朝去看审,看格格贼格～,身体末生得琐小,胆子倒蛮大格。(狐34-292-14)¶嗄,陆老爷是替钱老爷来做说客格,倪该搭有倽完结勿完结,只要钱老爷勿动仔气才是哉。不过钱老爷早浪格号～,是叫倪覅做生意。(鸿11-256-11)¶我看伊个～,像个做生意。(上问20-38-9)¶王俊有了酒意,做出财主的～,支手舞脚的发挥。(二21-599-5)

③場の状況・ありさま。¶双珠望亭子间内,墨魆魆地并无灯烛,大怒道:"啥～嗄,真真无拨仔淘成哉!"(海29-232-9)¶新弟道:"俚去勿局个,我来同耐去阿好?"二宝道:"耐男人家,同倪一淘到上海,算啥～嗄?"(海29-239-20)¶如今见了金小宝这样苦留,便道:"既然如此,我这会儿还要别处去应酬一下,回来我到西安坊和尚仁的时候,我们同去如何?"金小宝道:"俚笃唲齾请倪,同仔耐去,算啥～呀!"(九106-733-13)¶(有客人来个辰光)(有客人列拉),俄总要有眼规矩。是格能无规无矩,拨别人看之,(勿像样)(惹笑)(算甚～)!(上散5-25-6)

④"像……～""照……～"の連語は,"像……样儿""照……样儿"と同じ用法。

語彙例釈　yang－yao

¶就像珠凤个～，白拨饭俚吃，阿好做生意，有啥人要俚？（海 44-374-23）　¶耐来浪个辰光，一径蛮闹猛，故歇勿对哉，连搭仔金凤个局也少仔点。心想买个讨人，常恐勿好末，像诸金花～。（海 56-477-11）　¶翠凤总归是猛们闲话！照翠凤个～，我有点气勿过，心想就是三千末倒也勿拨俚赎去得。（海 44-376-18）　¶耐就照俚个～再去做，总要从'还来就'三个虚字着想，四面烘托渲染。（海 61-517-14）　¶刘维忠是在京里头见过大局面的，叫人到京里去绘了戏馆图样来，在宝善街适中的地方，建造起极大的戏馆来，一照京都戏馆的～，名叫'丹桂'。（新 19-85-14）
⑤"实概样式""那价样式"などの指示代詞を作る。　→实概样式，那价样式。

【样式样】
〈名〉いろいろ。何から何まで。何でも。　¶买得来讨人才不过七八岁，养到仔十六岁末做生意，吃着费用倒麰去说俚，～才要教拨俚末好会。（海 44-374-3）　¶耐麰单顾仔自家哭，～才勿管。（海 47-398-22）　¶十六写纸，十七调头，～才说好。（海 48-405-17）　¶耐末～依仔个二小姐，二小姐有点勿着落个～。（海 62-528-9）　¶出门人～要当心点格哩，生仔病有啥人来搭耐当心呀？（九 150-996-16）　¶轧实倪搭耐两家头要好，是～对劲仔格要好，勿是为啥洋细勿洋细。（九 168-1100-2）　¶难末格个本家，怕吃人命官司，心浪向急伤哉，～才答应，勿然洛里有实梗容易？（九续 35-268-2）

【样子】
〈名〉①"样式"④に同じ。¶要象仔双宝～，就算是我亲生囝件，我也勿高兴拨俚啘。（海 10-76-15）
②"样式"②に同じ。¶耐自家去照照镜子看，像啥个～，麰面孔个小娘件！（海 31-257-4）

yao

【幺二】
〈名〉上海の二流の芸妓。"长三"より低くランクされる。¶俚哚叫来咾长三书寓，耐去叫～，阿要坍台！（海 2-10-13）　¶倪长三堂子里向格先生，比不得一搭仔野鸡。（九 36-265-5）　¶楚云别了阿素，无精没采的登轿而去，从此堕落在～妓院。（繁后 20-962-2）"么二"とも作る。¶不瞒三阿哥说，兄弟长三、么二、住家野鸡、私门头、湖丝阿姐，通通玩过，就算公馆里的姨太太、小小姐脖子也曾吊过。（商 5-37-14）　¶这么二妓院人物都些三四等货，局面尤其狭小，只有几个店家的小伙计们走动走动的。（目 90-734-24）

【幺二浪】
"幺二"を場所語化したもの。"幺二堂子"を指す。¶麰说啥长三书寓，就是～耐也麰

去个好。（海2-10-18）¶～佾人自有多花～功架。（海13-106-4）¶小云问："庄荔甫～吃酒，阿曾来请耐？"善卿道："陆秀林搭呀，晚歇搭耐一淘去。"（海25-201-11）¶借仔三百洋钱买个诸金花，故歇寄来里该搭，过仔节到～去哉。（海31-261-15） "么二浪"とも作る。¶故歇是倪来捆俚到么二浪去格。（鸿14-273-19）¶格两个是么二浪格佾人呀。（九续38-294-25）¶此妓有人认识，从前名巫楚云，又唤做花笑桃，书寓里狠是有名。后因亏空了许多债项，掉到么二上去。（繁后39-1192-25）¶虽是纯乎用钱买来的，却叫名儿也还是格监司大员，何以顽到么二上去？（目90-734-24）

【么二堂子】
"么二妓院"。¶价末耐就说是～无啥趣势。二奶奶再问耐阿要做下去，耐说故歇无拨对意个佾人，做做罢哉。（海57-485-4）¶我末说拨～里做伙计。（海63-536-18）¶那两个还以为他们是向来在书寓里走惯的，不肯常到～走动，不知他们却别有感慨。（栲24-388-10） "么二堂子"とも作る。¶四围都是么二堂子，夕阳西下的时光，群妓都凭阑闲眺。（新21-95-8）

【腰】
〈名〉腰。¶我～里酸得来。（海20-163-24）¶勿知哪哼格格杀千刀，勿小心滑仔一交，连奴也跌出来。故歇臂膊浪，搭仔～里句，还来里痛来呀。（狐3-14-18）¶贾母问他："可扭了～了不曾？叫丫头们捶一捶。"（红40-545-18）

【腰膝】
〈名〉腰と膝。¶停两日再有～冷痛，心常怔悸，乱梦颠倒，几花毛病才要到哉。（海36-305-5）

【邀客】
〈动〉客を招く。¶对过～，请仔两转哉。（海6-45-9）

【摇】
〈动〉こぐ(舟を)。¶阿姐一干仔来里船浪，倪末倒转来哉，连搭仔桂福也跑仔起来。晚歇拨陌生人～仔去，故末陆里去寻哩？（海43-363-23）¶今天西北风，轮船都要迟半夜才到哩，民船再也～不上的。（市4-204-15）¶我们这只船可以～到那边去，焦得清爽点。（人35-398-5）¶这边小船刚才～了过去。（文42-228-2）¶当夜见明月如昼，官船俱撤围去了，又是顺风，故此众好汉～船过山岸来。（禅27-438-3）¶却说那稍么～开船去，离得江岸远了。（水37-584-14）

【摇滩】

語彙例釈　yao

〈動〉さいころで勝敗を決めるばくちの一種。¶今朝倪大人吩咐下来，说山家园个赌场闹猛得势，成日成夜赌得起，摇一场滩有三四万输赢咪。(海 56-473-5) ¶请了这些实缺老爷们来家，吃过一顿饭，不是～。便是牌九；纵然不能赢钱，弄他们两个头钱，贴补贴补候补之用也是好的。(官 21-333-4) ¶我周策六一定拜他为师，求他传授秘诀，不但麻雀，连牌九，～多要好好的学他一学。(繁后 5-769-12) ¶他令兄就终日花天酒地，有时还要去推推牌九摇摇滩。(梼 12-213-14)

（注）摇摊　一种滩头赌博。多设手街头。用三粒骰子。置于碗碟等容器中，加盖扣住。拿在手里摇几下。参加者便在台盘上画的牌点上下注。与规模大的压宝比，输赢也小多了。(许少峰：近代汉语大词典)

なお、愛知大学:中日大辞典も見出しを立てて説明している。

【摇庄】

〈動〉"摇滩"で親になって壺を振る。¶鹤汀四顾，问：﹁赖头鼋为啥勿来？﹂癸三道：﹁转去哉呀。刚刚来里说，赖头鼋去仔末，少仔个人～哉。﹂(海 58-493-13) ¶李鹤汀心想，除了赖公子更无大注的押客，欻地从烟榻起身，坦然放胆，高坐龙头，身边请出"将军"，摇起庄来。(海 58-493-19) ¶章伯祥忙对～那人介绍道：﹁这是黎先生和程先生。﹂～的人也笑面相迎，口中说道：﹁我们大家小白相，小白相。黎先生、程先生请随便坐，随便坐。﹂(人 43-523-2)

（注）上掲例（海 58-493-19）について、呉越：海上花列伝普通話本は、つぎの注を施している。

将軍——指骰子。为防作弊，摇滩做庄的人，一般都自带骰子。（P.506）

【咬】

〈動〉かむ。¶耐气末覅气，原快快活活转去，赛过拨一只邪狗～仔一口，也无啥要紧。(海 9-71-14) ¶彩云没防到这阵横风，恨得牙痒痒的，在三儿臂上狼狼的～了一口。(孽 30-288-24) ¶一定是又钻在山子洞里去了。遇见蛇，～一口也罢了。(红 27-376-8)

【咬紧牙齿】

歯を食いしばる。そのようにして力を入れたり、我慢すること。¶打个辰光，俚咬紧点牙齿，一声勿响。(海 6-48-2) ¶只见刁迈彭又在地下旋了两三遍，把牙齿咬咬紧，说道：﹁这是没有法子的事，为朋友只得如此！我为了朋友，就是被人家说我什么，我究竟自己问心无愧。﹂(官 51-876-5)

【药】

〈名〉薬。¶俚勿肯吃～哦,骗俚也勿吃,吓俚也勿吃。(海 6-48-5) ¶娘姨、大姐做生活忙杀来浪,再要搭我煎～。(海 20-161-16) ¶阿要请个先生吃两贴～?(海 62-533-8) ¶晏歇点,大先生阿要请郎中看看,吃一帖～罢。(狐 30-246-15) ¶君牧格毛病,亏得我荐仔格先生拨俚,吃仔两贴～,难好点哉。(鸿 20-311-24) ¶依我看来,这病尚有三分治得。吃了我的～看。若是夜里睡的着觉,那时又添了二分拿手了。(红 10-153-3) ¶王庆要病好,不上两个时辰,把两服～都吃了。(水 102-1576-14)

【药水】

〈名〉水薬。¶耐也吃点哩。耐吃仔个～,随便耐要啥,我总归依耐,阿好?(海 63-541-3) ¶一天看报,见了止咳～的告白。(市 7-224-2) ¶那个吞烟的,赶紧拿点～给他吃,或者有效。(官 45-773-8)

【药水龙】

〈名〉消防ポンプ。¶小云也来看了,说道:"～来哉,打仔下去哉。"果然那火舌头低了些,渐渐看不见了,连黑烟也淡将下去。(海 11-86-15) ¶静斋也来焦了,说道:"～来了,打了下去了。"话刚说罢,果见火舌头低下了好些儿,渐渐看不见了,连黑烟也淡将下去。(十 5-34-13)

【要】

〈动〉①欲しい。要(ヨウ)る。¶我要问耐,耐为啥钏臂是勿～哩?(海 8-60-8) ¶我是要俚做生意,勿是～个人。(海 44-373-23) ¶我～耐肚皮里个物事。耐赵二宝搭倒还有副对子做搜俚,我末连对子才无拨,阿是欺人太甚?(海 53-451-4) ¶栈单来里小皮箱里,～末耐自家去拿,我勿好拨耐。(海 58-497-9) ¶俚咪两家头说好来浪,要做夫妻个哉,洋钱末倒也勿～,等俚爷娘来求亲好哉。(海 62-529-3) ¶倪也并勿是～俚格戒指,为仔俚勿来,说戒指放勒倪搭,等俚自家来拿。(九 9-73-7) ¶不见兰芬在床上,房内静悄悄的,便叫了兰芬几声,不见答应,只见阿金急急的走进来,问芹甫道:"余老爷～啥?"(九 37-275-22) ¶倪阿曾做过歇一块两块洋钿格竹杠?老实说,故歇倪呒啥用场,耐拨倪自然勿～,等到倪真正要用起来,倪自家会得问耐讨格。(九 152-1004-8) ¶二大人,阿是～面布呢啥?(沪 1-70-3) ¶三十六着,走为上着,连铺盖箱笼都不～了,带了几十两碎银子,连夜出京,搭火车到天津。(文 45-245-5) ¶这里贾蔷也悄问贾琏:"～什么东西?顺便织来孝敬。"(红 16-219-17) ¶昨夜和娘过岑来。因我娘～水吃,我去岑下取水。(水 43-700-7)

②もらう、取る(人から)。請求する。¶就是倪也有两副来里,才放来哒用勿着,～得

語彙例釋　yao

来做啥？（海 8-58-10）¶耐麭猜仔倪～耐啥物事，倪也为耐算计。（海 8-59-15）¶我用勿着，就一厘一毫也勿来搭耐～。（海 8-60-11）¶今朝要付裁缝帐，无拨哉，倒向我～洋钱。（海 22-176-14）¶我也勿是定规～俚三千。（海 44-375-5）¶一会儿，窦小山开毕方子，告辞去了。鹤汀始问实夫～张栈单。实夫怪问道："耐～得去做啥？"（海 58-495-8）¶倒说俚自家末勿来，叫仔俚格朋友来问倪～，倪拨俚～得光火起来哉，索性勿还搜俚。今朝是耐二少爷来，勿好勿答应，忽然是随便倷人来～，倪定归勿拨俚格。（九 9-73-8）¶二人又～了两种酒对喝着，喝到黄昏时候。（文 56-302-28）¶你可就是姓沈的么？来得正好，我正要问你～人。（九 77-562-5）¶你放心收了罢，我还和你～东西呢。（红 42-579-5）

③求める（人に何かすることを）。必要とする（人が何かすることを）。兼語文になる。¶耐看我马褂浪烂泥，～俚赔个唲。（海 1-3-11）¶单剩我一干仔，无啥人来讨得去，～耐养到老死哒。（海 3-20-17）¶正～耐说唲。耐勿忘记末，耐说哩，三日天来哒陆里？（海 4-31-12）¶出局衣裳，生来～耐做个唲。（海 22-176-15）¶阿～我来搀耐？（海 25-209-2）¶上海拐子倒无拨个，不过要认得个人同得去末好。（海 29-239-2）¶耐阿是来浪～俚哭？（海 43-364-1）¶我是～俚做生意，勿是要俚个人。（海 44-373-23）¶譬如倪说惯苏州闲话，硬～倪说北边闲话，麭说舌头湾勿转，倒弄得难听煞哉。（狐 21-168-2）¶你～我做个媒人，我却不能答应。（九 39-284-1）¶如今你洋老爷、洋大人～我交出贼来，叫我到那里去找这个贼？（文 49-264-16）

④要(')る。かかる。数量詞が賓語となる。¶耐阿有几百洋钱来搭俚开宝？就省点也～一百开外哒，耐也犯勿着唲。（海 2-10-20）¶我说送阿大去学生意，也～五六块洋钱哒。（海 3-19-11）¶难为耐哉唲，～六块洋钱哒哩，荒荒唐唐！（海 15-115-18）¶慕颜道："唔节浪开销～多少拉？"宝玉道："统统才勒海，终～二三千笃。"（狐 33-284-8）¶门诊至少一元两元，多则四元五元，出诊个行情，更加放屁，终～十块念块洋钱笃。（狐 35-299-12）¶住的是泰安栈，连管家打杂的，足足个占了六个大房间，每天房饭钱就～八九块。（文 54-292-24）

⑤助動詞。……したい。……するつもりである。……する。意思を表す。¶我叫赵朴斋，～到咸瓜街浪去，陆里晓得个冒失鬼，奔得来跌我一交。（海 1-5-10）¶耐～白相末，还是到老老实实场花去，倒无啥。（海 2-10-21）¶怪勿得耐～豁拳，有几个花人搭耐代酒哒。（海 4-26-5）¶耐～送物事，送仔我钏臂，我不过见个情；耐就去拿仔一块砖头来送拨我，我到见耐个情。（海 8-60-11）¶依仔俚心里，倒勿是～借罗个洋钱，要我来

934

yao　語彙例釈

请耐向耐借,再～多借点,故末称心哉。(海22-176-19) ¶耐说节浪～上海去呀?（海29-239-2）¶阿～听曲子？我唱两只拨二奶奶听。(海57-484-7)¶二宝跳起来喝道:"勿局个！麴面孔个小娘件,我去认俚阿嫂。"洪氏呆脸相视,不好作主。阿虎道:"倪说末,开堂子个老班讨个大姐做家主婆,也无啥勿局。"二宝大声道"我勿～哩！"(海62-529-7)（"我勿要去认俚阿嫂哩！"を簡略したもの。意志を表す"要"の否定は共通語では"不要"とはならないが、呉語では言い換える必要がない。下掲例の上問24-44-2も同じ。なお鸿4-213-19 などの"麴"は"勿要"を1字にしたものである)。¶仲声同啸秋谈完了事务,招呼华生,也向大众告辞了同走。伯荪道:"华生慢点去哩,我还～搭耐到江燕搭去打茶围来。(鸿2-201-3)" ¶钓翁,耐～叫大先生呢,还是叫小先生？(鸿9-242-11) ¶接着阿巧从对面房里过来,喊道:"先生吃饭！"漱芳道:"倪麴吃。"(鸿4-213-19) ¶老杨爷～讨倪囡鱼,也是倪囡鱼格福气。倒是我只有俚俫一个,故歇就嫁脱叫我靠啥人过日脚嘎？(狐5-34-8) ¶倪真格～逃去末,老早叱脱过哉,陆里等到故歇？（九68-491-11) ¶耐今朝啥格闹生里想着仔拨起洋钿倪来哉呀？倪也勿～买啥衣服,勿～用啥洋钿。放来浪耐搭仔再说,等倪～用格辰光,再问耐拿末哉。(九151-1003-9)) ¶咳,耐来再～搭俚说啥？俚想有仔好客人勒浪,麴做耐哉。(沪1-70-12) ¶人家才晓得仔咾,麴去做俚。偏偏该个李家里搭俚恩得来呒淘成。(沪2-10-12) ¶侬写完之信,阿就～吃饭哩？——我还勿～吃饭拉里。(上问 4-44-2) ¶今天大师本来是～自己出来演说的,因为多说了话怕发喘病,所以特委了这胡道台做代表。(文 43-232-11) ¶现在那朋友并不～卖,凤翁可以无须议论价钱。(文55-295-7) ¶袭人知他们有事,又说了两句话,便起身～走。(红67-956-20) ¶一日,想起来,相辞～上延安府去,史进那里肯放。(水2-25-16)

⑥助動詞。……しなければならない。そうすること、そうであることが必要である。¶倪勿来,耐～搭我说明白咏。(海 6-43-2) ¶老鸨随便啥事体先～去问俚,俚说那价是那价,还～三不时去拍拍俚马屁末好。(海6-47-20) ¶阿有啥要紧事体,～连夜赶出城去？(海 18-141-6) ¶我说～搭客人脾气对末好。(海 18-148-4) ¶今朝～付裁缝帐,无拨哉,倒向我要洋钱。(海 22-176-14) ¶耐自家～当心点！(海 38-520-6) ¶天然说:"接着个家信,月底～转去一埭。"铁眉道:"倪也～钱行哉咹。"(海 53-451-8) ¶对勿住,我还有点事体,～去转一转。唔笃来浪倍场化,我停歇来。(鸿 1-194-26) ¶刘大少勿要动气,倪先生末也是一时之火,耐是老相好哉,总～包涵俚点,大家好好里商量末哉。(九 11-82-17) ¶倪长三堂子里向格先生,比不得二搭仔野鸡,总～碰几场和,

語彙例釋　yao

吃几台酒，到仔是实梗模样格辰光，再好讲到住夜浪去，耐实梗性急，是勿成功格。（九 36-265-5）¶饶鸿生用羹匙调着喝完了，把羹匙仍旧放在杯内，许多外国人多对他好笑。后来仆欧告诉他，羹匙是～放在杯子外面碟子里的。（文 51-274-21）¶那人身不由己，已拖出去挨了二十大板，还～进来叩谢。（红 14-192-2）¶你们～打听得仔细，倘不是时，倒惹得不好。若真个是时，却不妨。（水 43-701-12）

⑦助動詞。……であろう。必然的にそうなるとの認識を表す。¶老老头高兴得来，点仔十几出戏，差勿多一唱到天亮咑。（海 20-158-22）¶定归是野鸡；要是人家人，再～拨俚咑骂两声哩。（海 26-216-11）¶俚咑大爷脾气，要好辰光末好像好煞，推板仔一点点～板面孔个哩。（海 38-320-7）¶俚打个牌凶煞咑，就是个琪官同俚差勿多，倪总归～输拨俚。（海 53-446-18）¶夔说耐阿哥听见仔～动气，耐就自家想，媒人才到齐，求允行盘才端正仔，阿好教阿哥再去回报俚？（海 54-455-12）¶三公子上海回来就定仔个亲事，故歇三公子到仔扬州哉，小王也跟仔去。十一月二十来里扬州成亲，～等满仔月转来咑。（海 62-530-1）¶勿是奴说现成闲话，奴老早晓得俚～逃走格哉。（狐 10-67-24）¶奴想租格三楼三底房子，俟今朝阿搭奴去看看佬，看定仔末，马上可以搬出去哉。忽然，弄点啥事体出来，～脱身弗得格。（狐 10-71-4）¶俫格事体呀！耐格事体倪阿有啥勿晓得，豪燥点跑到相好格搭去，晏仔点是～吃生活格。（九 157-1037-5）¶巡捕房里女人是勿好押勒，唔笃如夫人今夜板～送到衙门里，耐打发一个人去看看俚，安安俚格心，也要紧格。（鸿 12-262-18）¶制台明知这趟差使，～赔本的，道班里穷鬼居多，想来想去，还是饶某人罢，就下札子委了他。饶鸿生自是欢喜。（文 51-272-27）

⑧助動詞。"～……哉"で、動作が近い将来に起こることを示す。¶洪善卿角小村意思要走，也立起来道："倪一淘吃夜饭去。"赵朴斋听说，慌忙摸块洋钱丢在干湿碟里。陆秀宝见了道："再坐歇哩。"一面喊秀林："阿姐，～去哉。"（海 1-8-21）¶俚咑栈房里才实概个，到仔十二点钟末就～开饭哉。（海 2-15-11）¶耐勿吃，耐无姆先～急杀哉。（海 19-156-9）¶故歇个病也勿是为仔坐马车，本底子～复发哉。（海 36-304-24）¶几位老爷才来浪看射箭，就～来哉。（海 45-381-6）¶快点放哩，我～喊无姆哉！（海 54-460-12）¶俚咑两家头说好来浪，～做夫妻个哉，洋钱倒也勿要，等俚咑爷娘来求亲好哉。（海 62-529-3）¶宋小翁就为仔吭拨大人先生脾气，个落官也夔做，～转来哉。（鸿 7-230-16）¶阿唷，希奇得勒！明朝西天～出太阳哉。（鸿 14-274-2）¶杨四道："怎么信息呢？"黛玉道："就是兆富里格巧林姐，听说八月半～嫁哉，嫁拨勒俫格朋友，叫啥格蔡谦良。倷阿曾晓得信息格来介？"（狐 3-17-24）¶倷末总实梗格，奴搭倷说白相相，

冤枉仔倷一点一点,倷就～发恨性哉。(狐 31-258-26) ¶倪要说仔几句,晏歇点倪先生夷～说倪多说多话哉。(沪 1-15-2) ¶劳航芥催他们道:"我们走罢,再迟他～来了。"(文 49-265-11) ¶只从我来这几年,姊妹们不得在一处。如今我～回去了,他们又都去了。(红 19-268-10)

⑨助动词。……であろう。……のようだ。比較文に用いられ、推測を表す。 ¶耐嫁仔洪老爷,比双福～加倍好哚。(海 3-20-18) ¶下头房间倒比仔楼浪～便当多花哚。(海 3-21-14) ¶我养起倪子来,比仔俚～体面点哚。(海 6-43-15) ¶耐阿晓得困勿着了,坐来浪,一夜天比一年还～长点哩!(海 18-141-13) ¶故歇个清倌人比仔浑倌人花头再～大。(海 32-269-20) ¶听耐实梗说来,比仔倪做倌人格再～熟点,像煞耐倒是格倌人出身。(九 135-907-2) ¶故歇房间里开销野比从前～多到几化哚。(沪 1-46-8) ¶大师及各衙门出的告示,以及可以宣布的公文样样可刻,一切消息只有比他们民办的还～灵些。大师如果要办,职道下去就拟个章程上来。(文 44-237-11) ¶你待我的好处,比着爷娘还～加上一百倍。(商 1-6-19) ¶那杨太太也有四十左右年纪了,愈老愈风流,此道的兴致比了年轻人还～利害。(十 14-100-24)

〈连〉もし……ならば。¶呸,人～有仔良心是狗也勿吃尿哉!(海 2-12-6) ¶幸亏倪赵大少爷是明白人,～听仔朋友哚闲话,也好煞哉。(海 2-16-16) ¶我养来哚倪子,～像仔俚哚堂子里来白相仔末,拨我打杀哉哩。(海 6-43-16) ¶耐起初～搭倪先生说明白仔,耐就去做仔十个张蕙贞,倪先生也无啥喭,为仔耐瞒仔倪先生末倒勿好哉。(海 10-79-24) ¶～嫁人陆里一个勿想嫁个好客人?(海 18-147-24) ¶我说要搭客人脾气对末好;脾气对仔,就穷点,只要口饭吃吃好哉。～是差仿勿多客人,故末宁可拣点个有铜钱点总好点。(海 18-148-5) ¶到该个辰光,耐～想着仔沈小红,我就连忙去投仔人身来伏待耐,也来勿及个哉!(海 34-285-17) ¶大人六十多岁年纪哉,倘忙出仔事体下来,像倪上勿上下勿下,算啥等样人嘎?难～想着仔嫁人末,晚哉!(海 52-442-12) ¶倪弗晓得格。倪～说仔几句,晏歇点倪先生夷要说倪多说多话。(沪 1-15-1) ¶倪嫂嫂听仔心里一迳弗舒齐,要我劝劝阿哥,晏说:"倪是肚皮弗张气,养弗出一男半女。倪～弗拨俚讨小呢,格末人家定规说倪气量小而且大人面浪野对弗住。……。"(沪 1-18-5) ¶雪雁便命两个婆子:"先将瓜果送去交与紫鹃姐姐。他～问我,你就说我做什么呢,就来。"(红 64-910-4) ¶凤姐听了不信,说:"你～扯谎,我再使人打听出来敲你的牙!"(红 69-978-4)

【要场面】

語彙例釈　yao

体面を気にする。見えをはる。⇨场面。 ¶为仔正月里俚到娘舅家去吃喜酒,俚家主公末～,拨俚带仔一副头面转来,夜头放来哚枕头边,到明朝起来辰光说是无拨哉呀。(海 16-127-20)

【要好】
〈形〉①親しい仲である。親密である。¶耐夠实槪哩。俚教耐过去,总是搭耐～,耐就依仔俚也蛮好喕。(海 5-41-22) ¶俚做仔一户客人,要客人有长性,可以一直做下去,故末俚搭客人～哚。(海 7-51-8) ¶罗子富送客回来,说道:"李漱芳搭俚倒～得野哚!"陶云甫道:"人家相好～点,也多煞喕,就勿曾见歇俚哚个～,说勿出描勿出哚!……。"(海 7-56-19) ¶我勿搭俚还债末,生来说我勿好;我就搭俚还仔债,俚原说我勿好。俚到底要我那价末算我～哉哩? (海 11-84-14) ¶俚搭我十二分～。我说俚啥,俚总答应我,倒比无仔嫐说个灵。(海 17-133-7) ¶俚哚瑞生阿哥末也忒啥～哉,教倪再多白相两日。(海 30-250-15) ¶俚哚仔陶二少爷真真～得来,我碰著好几转,总归一淘来淘去。(海 36-298-12) ¶俚哚大爷脾气,～辰光末好像好煞,推扳仔一点点要板面孔个～。(海 38-320-7) ¶难耐看仔我面浪,两头原旧～仔罢,夠像煞有价事哉!(鸿 4-210-4) ¶本底仔倪也勿认得俚,有转把台面浪碰着仔难末认得格,头俚搭倪讲讲说说,倒蛮～。(九 42-309-3) ¶即使有点难过,看见仔二百洋钿,自然完结,横势勿是搭俫真心～呀。(狐 11-76-9) ¶陈老爷故歇搭俚～,阿会一径～下去?倪张开仔两只眼睛,看好来浪。(九续 16-120-4) ¶幸喜他这人专会拉扯,所有这些汇票庄上都是他同乡,人人同他～。(官 11-164-24) ¶只有一个姓郭,浑名叫角先生的,最和他～。(维 12-83-3) ¶原来这裕厚钱庄是同王柏臣顶～的一个在籍候补员外郎赵员外开的。(官 41-691-5) ¶我同你呢,又不知是甚么缘法,很～的。(目 6-42-9) ¶月楼,你真心和我～,还是假心和我～? (新 20-89-20) ¶妹妹,我今日才认识你一竟要要好好惯了的,为了几块洋钱,就会翻转面皮同我过不去。(十 16-109-20)

②人に後れをとるまいとする。向上心が強い。¶双宝心里是巴勿得～,就吃亏仔老实点,做勿来生意。(海 3-20-3) ¶耐个诗再好也勿有,我倒觉得忒啥个～哉。(海 60-515-10)

【要紧】
〈形〉①重要である。¶张大爷,倪娘姨哚说差句把闲话,阿有啥～嗄? (海 2-16-11) ¶耐有啥～事体搭我商量? (海 4-26-24) ¶耐要拿几样～物事放来里,故末好算凭据。(海 8-59-11) ¶我替耐算计,最～是定亲,早点定末早点讨。(海 54-455-16) ¶我当有什么～大事,原来是这句顽话。(红 57-803-9) ¶李尚书因有～的公事,未及评览,便

938

将这卷文字放在杨房桌上,意思待公事毕了,乃来批点。(醒下10-177-17)¶此是～军机,足下莫辞跋涉。(禅26-431-15)¶说那里话!还是将息贵体～。(醒9-1-7)¶恩人请坐。小人却待正要寻恩人,有些～话说。(水10-151-11)

②急いでいる。¶善卿见天色晚将下来,也要走了。双珠道:"耐啥～哩?"(海3-21-5)¶勿晓得啥事体,实概～。(海3-23-19)¶耐汤老爷倒也～哚咘,啥勿搭倷罗老爷坐一歇,说说闲话嘎。(海7-50-6)¶黄二姐说:"跑啥?"小阿宝道:"我～呀,先生极得来。"(海7-54-21)¶耐吃酒末,晚歇吃也正好啘,啥～嘎?(海21-170-15)¶我常恐拨瘫头毛个流氓看见,～仔点。(海47-398-12)¶刚刚有仔两个月,怎晓得俚成人勿成人,就要道喜,也忒～啘。(海47-402-22)¶拜盒来里呀,我要搭罗老爷说句闲话。耐勒～,请坐哩。(海59-502-3)¶毕生遂吃了一杯,接着吃完了碗饭,揩过面,看表时已有十点多钟了,遂说声"倷去哉"。老四道:"耐倽～介?"(鸿4-211-26)¶倷格～嘎,倷非要坐歇去勒。(九5-46-4)¶做甚是格能(忙来西)(～来西)?(上问9-18-7)¶又说:"这一千两银子放在你处有甚不好?何必这样～,并且要加甚利钱?"少牧道:"早晚终要还的,况且我将要回苏,还了岂不干净?……。"(繁II5-394-1)¶要喝酒停会子也不迟,为甚这么的～?(十9-58-8)¶汤隆道:"如何这般～?"李逵道:"你不知,宋公明哥哥见今在高唐州界首厮杀,只等我师父到来救应。"(水54-902-8)

〈副〉急いで。早急に。¶大少爷是～到尤如意搭去,酒也勿曾吃,散下来就去哉。(海16-125-23)¶我说俚病好仔,～搭俚定亲。(海41-346-15)¶朱淑人特问高亚白饮食禁忌之品,亚白道:"故歇病好仔,～调补,吃得落末最好哉,无啥禁忌。"(海41-348-4)¶八点余钟便又惊醒,就坐起身来。兰芬问道:"～起来到啥场化去?"(九6-48-4)¶耐末～到陈文仙搭去,阿怕倷勿晓得,今朝倷定规勿许耐去,看你有倽法子?(九44-319-17)¶听说钦差～回京,我们也乐得早了一天好一天。(官19-299-24)¶因为有点事,～要走,今天带了母亲、婶婶、姊姊,一同动身。(目20-143-18)

【要面孔】
メンツを気にする。恥を知る。⇨面孔。¶耐自家算算看,几花年纪哉!再要去轧姘头,阿～!(海21-172-12)¶你那年捐这捞什子官的时候,连我娘家妹子手上一付镀银镯子,都被你脱了下来凑在里头,还说用人家的钱!问问你还～不要?(官10-150-19)

【要命】
〈动〉命を奪う。¶我倒也幸亏仔俚,忽然,几花老客人教我去应酬,要我个命哉。)海35-294-2)¶耐要我命哉,教我转去说啥嘎?(海37-313-24)¶你别做梦!他死了,

語彙例釈　yao

我只和你们～。(红25-356-2)

【要末】

〈连〉文頭にあって前文に述べる状況を受けて、話し手の推測・考えを述べる。 ¶俚喏是牌局，～来喏替碰和，忽然陆里有实概长远嘎。(海7-54-8) ¶耐末也白认得仔我一场，先起头说个几花闲话，勦去提起哉；～该世里碰着仔，再补偿耐。(海20-162-3) ¶荔甫道："阿可以托相熟个去问声俚，阿要交易点。"小云沉思道："就是葛仲英、李鹤汀末俚世交。～写张条子托俚喏。"(海26-215-6) ¶匡二道："野鸡末，叫俚小姐也无啥碗。"长福道："～就是耐喏四老爷包来浪，勿做生意哉，阿对？"(海26-216-12) ¶倪再去托啥人嘎？－原是娘舅哉哩。(海29-238-19) ¶该搭一径无拨信，～别场花去问声看。(海61-522-4) ¶俗语有一句：坐吃山空海要干。法子是要想一个格，据奴意思。～仍旧去做。(狐11-77-15) ¶倪是才勿懂格，洛里晓得格当中有实梗几花讲究，～耐只好明朝来拿仔罢。(九77-561-7) ¶仲声道："我看耐料理料理早点动身罢，上海住客栈个开销实在大得势。"说着，又踌躇了一会，道："～耐该两个月得房饭钱，让倪去搭栈房说一声，停脱两日倪去付末哉。"(鸿8-236-13) ¶难末四少阿打电话哩？必过耐打电话末，勦说勒浪该搭，～说是公馆里打去末哉。(沪2-22-2) ¶少卿笑道："耐倒直头性急。～耐听仔倪格闲话咾，有点心病起来哉，阿对？……。"(沪2-104-12) ¶倪是格生世勿想做耐格人，～来生再看。必过倪格身世实梗凄凉，除脱耐四少再有啥人体恤倪？(沪2-111-6) "要么"とも作る。 ¶我是个诗书世甲，怎好做这花柳生涯？要么就以卖文鬻诗为名，结交两个文人君子罢。(桮13-214-18)

【要是】

〈连〉もし……ならば。 ¶倪～说差仔，得罪仔赵大少爷，赵大少爷自家也蛮会说喏，阿要啥撺掇嘎？(海2-16-14) ¶耐喏～勿嫌齷齪末，就该搭坐歇吃筒烟，阿好？(海5-38-1) ¶耐勿晓得，～客人摸着仔俚脾气，对景仔，俚个一点点假情假义也出色喏。(海6-47-17) ¶～牌勿好，输起来，就二三百洋钱也无啥希奇哩。(海14-108-5) ¶～倪做仔客人，就算是屠明珠倒贴末，老实说。勿高兴。(海15-119-8) ¶深甫叔，耐想，一个人～拨来女人迷牢仔，是随便啥事体听淘成格哉。教倪那哼说法哩。(沪1-18-10) ¶耐到仔京里咾再看，～局势弗像末，耐豪燥点写信拨我，要末就赶紧回上海来。(沪1-104-3) ¶～误了包大爷的差事，你们这些王八蛋一齐替我滚出去！(官26-431-5) ¶～我有这么一位如夫人，我也是怕的。(桮11-172-15) ¶我～这么样，立刻就死了！(红28-387-12)

yao　語彙例釈

【要死】

〈动〉補語に用いられて、程度がその極に達することを表す。¶倒吓得倷来～！（海10-79-27）¶旧年生仔病下来，头一个先是无姆急得来～，耐末也无拨一日舒舒齐齐。（海20-161-14）¶爬来哚墙头浪，太阳照下来，热得价～！（海55-466-23）¶前埭倷余庆哥来里上海末，就做个三小姐，倷一淘人才到该搭来寻俚，一日天跑几埭，赛过是华众会，拨三小姐末骂得来～。（海55-472-5）¶我第一转开口，耐就一点情面才无拨，故末气得来～。（海59-502-13）¶人家急得～，你不替我设个法儿，还同我取笑呢。（歇20-251-12）

【要想】

〈动〉……しようと思う。"想要""想"に同じ。¶也无啥事干，～寻点生意来做做。（海1-4-4）¶耐看俚脾气，原是个小干忏，倒～养倷仔哉。（海6-44-8）¶耐～敲我一干仔哉！（海9-73-16）¶我原～自家做，到底称心点。（海11-89-17）¶耐算搭阿姐客气，吃仔点心谢也勿谢，倒就～去哉。（海11-90-20）¶早起头爬得起来，就～吃饭，阿是饿鬼转凡呢那光景？还要怂恿倒个个田地。（三17-202-11）¶金寓格脾气，是吃软勿吃硬格。耐～糟蹋俚，俚那哼肯领盆？（鸿14-277-11）¶奴本来～去看，格两个角色，奴也听相帮笃说起。（狐5-30-16）¶我细细教认清爽仔，～走哉，俚倒拉牢仔问我，说："俫来看倷主人，阿有啥事体佬？"（狐17-127-26）¶耐勿听倷格闲话，～走出去，倷自然只好动手哉哝。（九11-82-6）¶再加仔耐勿肯住来倷搭，定规～转去，叫倷陆里放心得落？（九75-546-17）¶王道台想要不理他，一时又放不下脸来：～理他，心上又不高兴。（官11-154-11）¶藩台议论的话，不到晚上，就有人上去告诉了他；把他气的了不得，满肚皮～找藩台的岔子，好动他的手。（官20-323-6）¶你有饭吃，已经好极的了，还～吃肉么？（市8-231-7）¶那肚子中顷刻作起梗来，'咕噜噜，咕噜噜'叫之不已。他知道不妙，～家去出恭呢，又舍不得满桌儿的好菜，三鲜咧，鱼咧，鸡咧，都满满的，一碗碗摆在面前。～吃了走呢，肚子里实在难过的得很。（新15-70-14）¶谁知癞虾蟆偏～吃天鹅肉，袁伯珍等到福仲汀去了之后，便私下打算道："这个宽小姐，既有这般的门第，又有这样的才华，……。"（维9-65-2）¶刚～自己下去看，那人却早上来，先叫了一声"儿阿！"（负17-79-10）¶鸨妇听了，～来夺，我已放在衣袋里，脱身便走。鸨妇便号啕大哭起来。（目35-263-10）¶你～上那冈子么？你莫非是疯子吧！（孽23-203-27）

【钥匙】

語彙例釋　yao－ye

〈名〉鑰。¶阿要～？（海 58-497-10）¶那了介？园门上个～，相爷到常州去，交代本勒太太收管个吓。（笑 36-486-3）¶钟表店里阿有是格能样式个一～否？（上问 11-20-5）¶当差的上来。陶子尧便交代他一把～，叫他回栈房，把枕箱开开，"里面有个纸包，抚台的札子统通在内。把那个纸包替我拿了来。"（官 8-118-14）¶茶房送上一个房门～，交代："若然出去，须要下锁，将匙交与帐房。因栈中来往人多，防有失窃一切。"（繁初 2-13-11）¶一进角门，宝钗便命婆子将门锁上，把一～要了自己拿着。（红 62-869-7）¶竹林就在腰间解下一～来，付与直生道："……。"¶金满已将库门上～交还新库吏了。（警 15-212-12）¶那汉把～开了门，请李逵到里面坐地。（水 54-901-14）

ye

【爷】

〈名〉父。¶我搭耐说仔罢，我个亲生～俚还勿认得哩，再要来认得耐个朋友！（海 30-253-8）¶来个辰光俚个一～淘同得来，俚自家也叫俚"～"。后来我问问俚，啥个～嗄，是俚慢娘个姘头！（海 52-439-19）¶倪～也开个堂子，我做清倌人辰光，衣裳、头面、家生倒勿少，才是倪娘个物事。（海 60-509-5）¶倪～叫杜式明，做箍桶匠格。老早死脱仔末，倪娘宁勿住，拿我抛脱勒屋里，就姘仔一个姓潘格。（狐 36-311-9）¶李格先死勒监牢里向，俚～末野急得一命归阴。（沪 2-12-4）¶小少爷，你真中意我们的秋波吗？她还是一个小先生呢！真可以讨得。你倘若要的，只要你的～写封信给我，不怪我多事，我便将秋波送给你，一个大钱也不要。（人 32-349-6）¶王庆从小不曾叫王耆一声～的，今值此家破人离的时节，心中也酸楚起来，叫声道："～！儿子今日遭恁般屈官司！……。"（水 102-1579-4）

【爷娘】

〈名〉父母。¶俚家主屋里还有～来哚，转去末啥来交代哩？¶小红也勿过去，俚开消大，～兄弟有好几个人来浪，才靠俚一干仔做生意。（海 24-192-11）¶耐七岁无拨仔～，落个堂子，我为仔耐苦恼，一径当耐亲生囡件。（海 45-378-17）¶俚乃是我外甥囡，俚哚～托拨我，教我荐荐俚生意。（海 62-528-14）¶苏州人，十七岁哉。～叔伯弟兄才无得个。（三 9-105-22）¶一样做一个人，倪格命啥能苦？从小穷仔点，拨～卖仔出来，突勒火坑里做仔格种生意，眼门前吃苦，覅去说俚，将来结局，还勿晓得哪哼勒海勒。（狐 56-482-11）¶我搭倍一个～养个，也骂勿得个。（描 11-103-4）¶倒弗壳张碰到仔耐四少爷，待倪赛过亲生格～野呒不实梗好。（沪 2-113-1）¶你待我的好处，比着～还要加上一百倍。（商 1-6-19）¶我几次三番要死在他家，究竟想着自家的～。总有些割

942

ye　語彙例釈

舍不下,迁延下去,直到今年二月里,为一只首饰匣子,竟弄到两下分离了。(人 29-316-4) ¶我忍耐不过,且跑回家去,告诉～。(初 2-32-10) ¶连抬那官人的轿夫把个官来撒在地上了,丢下轿子,恨不～多生两只脚,尽数跑了。(二 33-625-14) ¶施恩得武松争了这口气,把武松似～一般敬重。(水 30-460-6)

【也】

〈副〉①複文に用い、同類の動作・状態が並存していることを表す。単文にも用い、同類中の一つであることを表す。 ¶耐自家～勿小心啘, 放俚去罢。(海 1-3-12) ¶耐还有个令妹,～好几年勿见哉, 比耐小几岁? 阿曾受茶? (海 1-4-7) ¶有个米行里朋友,叫张小村,～到上海来寻生意,一淘住来哚。(海 1-4-16) ¶善卿失惊道:"做啥?"双珠道:"咿是阿金哚哉哩, 成日成夜吵勿清爽, 阿德保～勿好。"(海 3-18-18) ¶耐放心,我～勿拨俚多吃末哉。(海 5-41-10) ¶像倪做个相好, 要好末勿要好, 倒无啥。来仔～勿讨厌, 去仔～想勿着, 随耐个便, 阿是要写意多花哚? (海 7-57-9) ¶倌人末勿是靠一个客人。客人～勿是做一个倌人。(海 10-81-10) ¶倪先生欠来哚几花债, 早末～要耐王老爷还, 晚末～要耐老爷还, 随耐王老个便好哉。(海 11-84-10) ¶耐故歇生意～无拨, 就屋里带出来几块洋钱, 用拨堂子里也勿得啥好。(海 12-98-12) ¶门前一路头发末才沓光个哉, 嘴里牙齿～剩勿多个, 连面孔才咽仔进去哉。(海 15-119-13) ¶我说'耐勿做末, 就嫁拨我好哉。'俚嘴里末一说是'蛮好', 一径搭浆下去。(海 24-194-2) ¶上海滩浪倌人身价, 三千～有, 一千～有, 无拨一定个规矩。(海 44-375-2) ¶二奶奶勿是要管耐,～勿是勿许耐出来, 总不过要耐好。(海 57-483-12) ¶陆里晓得去仔人～勿来, 信～勿来。(海 64-547-5) ¶毕生道:"今朝夜里方鼎夫动身到天津, 我要去送俚。"顺全道:"勿错个, 我日里听呜冈说, 俚乃～要去送俚个。"(鸿 4-212-3) ¶唔笃嫁人难, 倪讨人～勿容易。(鸿 10-251-24) ¶傺一麨来问奴, 奴～勿来问傺, 傺走傺格阳关路, 奴走奴格独木桥。(狐 9-63-14) ¶奴到仔间搭场化, 路径末勿熟悉, 客人～勿认得, 规矩～一点勿懂。(狐 18-136-13) ¶倪末园～游过哉, 高～登过哉。茶～吃过, 呒啥别格白相, 倒勿如带早点转罢。(狐 40-352-2) ¶回过头来对那周三微微的笑。周三～堆着一脸的笑, 道:"……。"(商 1-3-17) ¶秋云～一心一意的要嫁这陈大了, 陈大～一心一意的要娶这秋云了。(商 3-21-17) ¶况且这位牛楚公牛老先生原底子的历史不见得甚么好听, 所干的事～不见得件件靠得住。(商 14-102-8) ¶只是一声交卸, 银钱～没得来了, 威势～不能发了, 恭维的人～少了。(文 37-197-19) ¶他既下世为人, 我～去下世为人。(红 1-8-10) ¶凤姐便说道:"明儿他～睡迷了, 后儿我～睡迷了, 将来都没了

語彙例釈　ye

人了。本来要饶你,只是我头一次宽了,下次人就难管,不如现开发的好。"(红14-191-19) ¶此人～是五月五日午时生,小侍者～是五月五日午时生。(警7-81-15) ¶虽说酒色财气～有过,细看起来,酒～有不会饮的,气～有耐得的,无如财色二字害事。(警11-133-10) "野"とも作る。¶该个张格人倒唔啥,手面野大,必过酒性推扳点。(沪1-45-8) ¶格个楼浪向才空来海,地方是蛮好,房间末野交关清爽。(沪1-51-5) ¶大老官介,东野张张,西野看看,大小船只,一概无得嘘。(三46-486-11)《三笑新编》は"野"を"也"とする。→(笑46-605-6) ¶倪秋云先生人品也好,曲子也好,应酬工夫野是一等。(商1-9-11) "亦"とも作る。¶勠说俫勿中意,我亦看勿上眼。(狐20-158-26) ¶倪香也烧过哉,看亦呒啥看头,阿要转罢?(狐36-307-9) ¶当下贾家众人齐来吊问,荣国府贾赦赠银二十两,贾政亦是二十两,宁国府贾珍亦有二十两,别者族中贫富不等,或三两五两,不可胜数。(红12-172-19) ¶秀才有心,妾亦有心。今夜既到这里,可去与秀才相见。(警9-64-16) ¶这鲁智深也不谦让,亦不推辞。(水5-82-15)

②複文で"勿但"に呼応して用いられ、前の文の情況に加えて、後文の状況もあることを表す。¶该首诗搭个题目末好像对景个哉,不过说来说去就是'还来就菊花'一句话,勿但犯仔叠床架屋个毛病,～做勿出好诗哉嘎呴。(海61-519-20)

③仮定譲步文("就是……,也……")、転折複文("虽然……,也……")などに用いられる。連詞が省かれることもあり、また単文の形の緊縮文になることもある。¶勠说啥长三书寓,就是幺二浪耐～勠去个好。俚哚才看惯仔大场面哉,耐拿三四十洋钱去用拨俚,～勿来俚眼睛里,况且陆秀宝是清倌人,耐阿有几百洋钱来搭俚开宝?就省点～要一百开外咪,耐也犯勿着呴。(海2-10-18) ¶倪要是说差仔,得罪仔赵大少爷,赵大少爷自家～蛮会说咪,阿要啥捵掇嘎?(海2-16-15) ¶瞒倒瞒得紧咪,连朋友咪寻仔几埭～寻勿着。(海4-30-21) ¶耐去做啥人～勿关倪事。(海4-30-23) ¶耐用着末,拿得去末哉。就勿是栈单庄票,倘忙有着个辰光,耐～好来拿个哉。(海8-60-6) ¶俚勿肯吃药呴,骗俚～勿吃,吓俚～勿吃,老鸨阿有啥法子呢。(海6-48-5) ¶我要用着洋钱个辰光,就要仔耐一千八百,～算勿得啥多;我用勿着,就一厘一毫～勿来搭耐要。(海8-60-10) ¶耐就要死末,～勿实概个呴。(海10-78-20) ¶俚自家搭我说,教我生意勠做哉,条子末拷脱仔。我听仔俚,客人叫局～勿去。(海10-80-18) ¶只要倪先生面浪交代得过,耐就再去做个张蕙贞～无啥要紧。(海11-84-9) ¶就算耐屋里向该好几花家当来里,～无用呴。(海14-108-10) ¶俚搭黄翠凤来咪要好辰光,倪去请俚～请勿到,倒好像是搭俚打岔,倪索性勿去请。(海15-118-8) ¶耐今年廿四岁,再歇三年～

ye 語彙例釋

不过廿七岁。(海 18-143-2) ¶我是一径常恐无妈几个人听见仔要发极,一径勿曾说,故歇~只好说哉。(海 20-162-2) ¶倘然沈小红要嫁拨我,我~讨勿起。(海 24-194-7) ¶俚是包来浪一间包厢,就不过倪几个人,耐勿去,戏钱~省勿来。(海 25-244-20) ¶我大末勿大,~可以得个哉!(海 36-301-6)¶说俚凶~勿见得哩。(海 53-446-18) ¶今年到仔堂子,~不过做仔一节清倌人,先要我说定仔讨俚个末,第二声客人俚勿做哉。(海 54-456-3) ¶双宝进来个身价就算个豁脱仔,~不过三百洋钱。(海 63-537-6) ¶只要俚笃认仔差,耐~就实梗罢,拨俚笃背后骂两声~犯勿着。(鸿 6-226-5) ¶客人笃叫局,倪本来勿好管个,耐去叫十个八个,~勿关倪事!(鸿 10-249-22) ¶年年多仔几几化化,就是登勒屋里坐吃仔一百年,~吃啥要紧。(狐 10-70-10) ¶覅说俚是外国人,就是标致点格中国人,奴~勿动心格。(狐 23-181-18) ¶侬且慢点,老早去~吭用格,不知等做过三四出,难末倪去,便俚好勿防备。(狐 32-268-13) ¶大先生侬覅心急,愁~吭买用格。(狐 46-396-16) ¶故歇辰光叫我~无行用。(描 8-74-11) ¶只要倨见情,我死~情愿个。(描 10-93-10) ¶只消有钱赚他就做,哪怕上万银子的大宗儿,他~挤得上去,拿得出来。(商 1-2-14) ¶开张了第一个月,马扁人一算,暗暗叫声诧异,哪里想得到存款有如此之多,就是贪户里头差不多~有五六千两银子。正是众擎易举,集腋成裘了。(商 16-121-11) ¶又想了一想,托主子洪福,想不到的这样荣耀,就倾了家,我~是愿意的。(红 45-621-17)¶老太太什么没听过!便没听过,~猜看了。(红 54-758-17) ¶吊桶已落在井里,也是一缘一会。哭~没用!(警 5-59-14) ¶看后门大开,情知走了,虽然不知去向,~少不得追赶。(警 11-141-11) ¶杀夫之仇未报,该儿又不知生死?就是那时有人叫留,~不知落在谁手?住居何乡?(警 11-145-17) "野"とも作。¶就是有仔新相好野弗可以实梗能……咳,四少格人末,格末叫做吭说法。(沪 1-20-8) ¶倪再要寻实梗一个知己末,故是走遍天涯野寻弗到格哉。(沪 2-111-8) "亦"とも作る。 ¶就是侬恨倪先生,亦应该看我面浪,到倪格搭来咙,说啥格别寻主顾介!(狐 30-250-3) ¶便夜饭也端整好勒浪哉,侬末算认真怪奴,吭要用仔点勒去格。(狐 31-259-4) ¶大先生侬覅去愁俚,愁煞亦吭买用格。(狐 33-275-24)¶功名虽没有,监生总该有一个,就是写个假监生亦不要紧。(文 41-220-11) ¶那焦大又恃贾珍不在家,即在家亦不好怎样他,更可以任意洒落洒落。(红 7-118-15) ¶倘念老身衰暮之景,来年春闱得第,衣锦还乡,是必相烦,差人于兰溪县打听苏云苏雨一个实信见报,老身死亦瞑目。(警 11-145-9)¶我虽不曾与苏奶奶成亲,做了三年太爷,死~甘心了。(警 11-152-10) "伊"とも作る。¶阿伯大人,倨伊勿要哭,哭伊无行用。(描 8-71-18)("倨伊勿要哭"の"伊"

語彙例釈　ye

は⑤の用法)。

④ "连(搭)……也……""一十量词"(名量および動量)＋也……"などの型で用いられて、それすらも……と強調する。"连""连搭"がなくてもその意味がこめられている。 ¶张蕙贞名字～勿曾见过歇, 耐到陆里去寻出来嗄?（海 5-34-7）¶俚闹起脾气来, 勢说啥勿肯巴结, 索性理～勿来理耐哄。（海 7-51-10）¶问俚咪阿是来里发痴, 俚咪自家～说勿出哄。（海 7-57-1）¶耐看王甫近日来神气常有点呆致致, 拨来俚咪圈牢仔, 一步～走勿开个哉。（海 7-57-3）¶还有几几花花, 连搭双宝～勿曾看见歇, 勢说啥耐哉。（海 10-76-9）¶先生有仔王老爷, 倒蛮放心, 请～勿去请哉。难末一户一户客人才勿来哉, 到故歇是无拨哉, 就剩仔王老爷一干仔哉。（海 10-80-11）¶耐算搭阿姐客气, 吃仔点心谢一勿谢, 倒就要想去哉。（海 11-90-20）¶倘忙耐洋钱末用光哉, 原无拨啥生意, 耐转去阿好交代? 连搭我～对勿住耐咪老堂哉哄。（海 12-98-14）¶粉～勿曾拍, 着仔一件月白竹布衫, 头浪一点点勿插啥。（海 15-119-21）¶大月底, 看俚咪拆下脚洋钱, 三四块, 五六块, 阿要开心。我是一个小铜钱～勿曾看见。（海 23-184-4）¶两日天有几花公事, 忙得来一堁～勿来。（海 24-195-6）¶倪是蛮干净来里, 要求耐面孔才齷齪仔, 连只嘴～齷齪哉。（海 26-217-23）¶四五年省下来几块洋钱, 拨个烂料去撩完哉; 故歇倪出来再用空仔点, 连盘费～勿着杠哄。（海 31-257-16）¶勢说啥张蕙贞, 连搭仔朋友～说我邱话。（海 34-284-23）¶养耐大仔点, 连讨便宜～会哉!（海 36-301-7）¶勢说啥县里, 道里, 连搭仔外国人见仔个癞头鼋～怕个末, 耐陆里去告嗄?（海 64-551-2）¶个洛汪先个事体小人一点点～勿得知个。（描 11-98-28）¶连牢仔碰仔两日和, 连云卿个戏～勢去看。（鸿 5-216-20）¶个也勢怪耐, 但是勒里上海场化一个局～勿叫, 也是做勿到个事体。（鸿 6-222-26）¶勿知哪哼格格杀千刀, 勿小心滑仔一交, 连奴～跌出来。故歇臂膊浪, 搭仔腰里向, 还勒里痛来呀。（狐 3-14-18）¶又问航海可有风波, 宝玉道: "一点～呒不, 倪坐勒大轮船浪, 平平稳稳, 实头勿觉着啥。……。"（狐 34-290-10）¶看上去, 碍呢作兴勿碍, 不过倪登勒间搭, 随便哪哼, 总归有点提心吊胆, 连搭请郎中～勿便格。（狐 58-493-10）¶她若心上不爱这人, 是拿金条儿、银饼儿没数目的堆着她面前竟可以头～不回, 眼～不顾, 理～不理。（商 10-71-17）¶连我～替他抱不平。（商 14-106-24）¶手里一个钱～没有, 依然是同头里一样。（商 10-77-27）¶你一去这多年, 连信～不给我一封, 叫我好生记挂。（文 39-209-24）¶十个会说话的男人～说他不过。（红 6-99-9）¶你也去, 连你母亲～去。长天老日的, 在家里也是睡觉。（红 29-403-17）¶今儿小姐奶奶们都出来, 一个闲人～到不了这里。（红 29-406-16）¶芳官自前日蒙太

ye　語彙例釈

太的恩典赏了出去，他就疯了似的，茶〜不吃，饭〜不用，勾引上藕官蕊官，三个人寻死觅活，只要剪了头发做尼姑去。(红 77-1112-15)　¶荆公默然无语，连茶〜没兴吃了。(警 4-43-7)　¶我这等模样，几时能勾发跡？眼下茶钱〜没得还。(警 6-69-5)　¶徐能醒来，想起苏奶奶之事，走进房来时，却是空房，连朱婆〜不见了。(警 11-141-10)　"野"とも作る。　¶归两日末就为仔漱琴格事体末忙得我饭野吭心思吃。(沪 1-43-3)　¶只见那跟局大姐阿四宝横躺在外国床上。阿金姐诧异道："耐躺来该搭，怪道堂唱居来子，影野勿见。"(商 2-13-16)　"亦"とも作る。　¶堂客算来亦有十来顶大轿，三四十小轿，连家下大小轿车辆，不下百余十乘。(红 14-196-10)　¶自是宫中内宴，李白每每被召，连贵妃亦爱而重之。(警 9-113-13)

⑤断定した言いまわしになることを避け、表現をやわらげる。多くの場合、取り去ることができ、取り去っても文意は変わらないが、直截的な表現になる。　¶洪善卿问及来意，朴斋道："〜无啥事干。要想寻点生意来做做。"(海 1-4-3)　¶说〜勿差。(海 1-4-6)　¶〜怪勿得耐，头一埭到上海，陆里晓得白相个多花经络。(海 2-10-16)　¶耐阿有几百洋钱来搭俚开宝？就省点也要一百开外咑，耐〜犯勿着。(海 2-10-21)　¶比仔长三书寓，不过场花小点，人是〜差勿多。(海 2-10-23)　¶说不到三四句，王阿二忽跳起来，沉下脸道："耐倒乖煞哚！耐想拿件湿布衫拨别人着仔，耐末脱体裁，阿是？"小村发急道："勿是呀，耐〜等我说完仔了哩。"(海 2-11-21)¶成日成夜吵勿清爽，〜勿管啥客人来咑勿来咑。(海 3-19-4)　¶我到猜着耐个意思来里；耐〜勿是要瞒我，耐是有心来咑要跳槽哉，阿是？(海 4-31-8)　¶前日仔俚出局转来，倒搭我说道："无姆，耐说罗老爷搭倪要好，罗老爷到仔蒋月琴搭吃酒去哉。"我说："多吃台把酒是〜算勿得啥。"(海 7-52-18)　¶四五年老相好，说勿去就勿去哉，〜亏得说仔出来。(海 7-53-5)¶耐覅猜仔倪要耐啥物事，倪〜为耐计算。(海 8-59-15)　¶哭了又道："……，衣裳末着完哉，头面末当脱哉，客人末一个也无拨哉，倒欠仔一身债；弄得我上勿上，落勿落，难末教我那价呢？"汤啸庵笑道："故〜无啥那价。王老爷原来里，衣裳头面原教王老爷办得来，债末教王老爷去还清仔，阿是才舒齐哉啘？（海 10-81-1)　¶王老爷〜叫瞎说！堂子里做个把倌人，只要局帐清爽仔末是哉。倌人欠来咑债，关客人啥事，要客人来搭俚还。(海 10-81-8)　¶再问小云道："〜无啥哉。耐覅极哩，包耐勿要紧。"(海 11-86-11)　¶我看起来，上海场花要寻点生意〜难得势咑。(海 12-98-17)　¶耐个人〜好个哉！我说仔几转，教耐昨日转来仔末就来，耐定规勿依我。(海 18-141-3)　¶漱芳见浣芳泪珠末干，微笑道："耐要哭末，等我死仔多哭两声末哉，啥要紧得来。"秀姐道："耐〜覅说哉，

語彙例釈 ye

再说说,俚再要哭哉。"(海20-163-1)）¶耐心里除仔我～无拨第二个称心个人来浪。(海34-285-11)）¶诸三姐因问:"先生阿曾说啥?"实夫道:"先生～不过说难好点哉,小心点。"(海58-496-4)）¶故歇上海个赌～忒啥个勿像样。该应要办办哉。(海61-521-1)）¶淑人没法,胡乱说声"记得"。双玉笑道:"我说耐～勿该应忘记。我有一样好物事,请耐吃仔罢。"(海63-539-11)）¶秋燕、鸣冈、伯思,齐问道:"为仔倽事体要转去?"华生道:"其实～吭倽要紧事体。"(鸿3-206-7)）¶十六岁做大生意,念岁赎个身,今年廿二岁,故歇想讨我个人,～有好几个勒浪。(鸿10-251-22)）¶耐吩咐仔,总～弗见得拨倪吃亏,倪阿有啥弗依格。(鸿11-256-25)）¶实梗说起来,搭倪做堂子生意,～差勿多勒海晼。(狐23-182-19)）¶嫁人呢自然是好事体,不过～勿容易。(狐18-299-17)）¶隔舱听着他们的话,便说道:"宝玉,你要走,只怕蠡湖不让你走呢。"宝玉道:"奴格要想走,～叫吭设法嘴,皆为俚故歇格病,实头勿轻勒海,加二勒里船浪,带累奴一发担心事哉。"(狐58-493-23)）¶他～没有什么招牌字号,烟间、堂子这两种去处就是他办事的所在。(商1-2-14)）¶譬如陈大取的'青莲阁'三字我想想～不妥当。(商3-17-18)）¶太太说,他们家原是不是一家子,不过因出一姓,当年又与太老爷在一处作官,偶然连了宗的。这几年来～不大走动。(红6-104-14)）¶姑娘们吃了饭才来呢,你～太性急了。(红49-682-1)）¶这～不是什么秘书,如何就不晓得？(警3-34-8)）¶～是天使其然,一迳走那苏奶奶的旧路,到义井跟头,看见一双女鞋,原是他先前老婆的旧鞋,认得是朱婆的。(警11-141-12)）"野"とも作る。¶厚皮得来,赛过戏台浪向格三花脸。野区耐做得出格付架形来,阿要好看！(沪2-96-10)）¶素秋道:"令规是一句俗语,俚倒说仔两句,本来要罚格。难为俚说得自然,就哝哝末哉。"次云、深甫都说:"故野忒嫌苛求格哉。"(沪2-109-9)）¶停歇歇拨耐看哉,老实对说子罢,野勿是啥格稀奇物事。(商3-17-2)）"亦"とも作る。¶倪吃惯仔上海格末,自然愈加见得勿好哉,故歇到仔间搭,亦叫吭设法,且得试试看哩。(狐33-281-21)）¶但不知这顾问官一年要给他多少薪水？恐怕亦不会少罢？(文44-239-22)）

⑥その状況・前提の下で、通常考えられる基準的な結果・結論であることを表す。複文に多く用いられ、それぞれ同類の中の一つであることを示したり、強調したり、表現をやわらげるなどの働きなどもしているものがある。上記各項を参照。¶人要有仔良心是狗～勿吃屎哉！(海2-12-6)）¶耐是赵大少爷朋友来,倪～望耐照应照应,阿有啥撺掇赵大爷来扳倪个差头？(海2-16-12)）¶幸亏倪赵大少爷是明白人,要听仔朋友咮闲话,～好煞哉。(海2-16-16)）¶耐自家见乖点,～吃勿着眼前亏哉晼。(海3-19-6)

ye　語彙例釋

¶单是王老爷一干仔末,一节做下来～差勿多五六百局钱咪,阿怕啥开消勿出。(海 4-28-15) ¶俚教耐过去,总是搭耐要好,耐就依仔俚　蛮好哖。(海 5-41-22) ¶耐听仔我闲话,别场花～去末哉。(海 6-42-15) ¶月琴别转头忍笑道:"耐去罢,倪也去哉。"子富道:"耐去末,我～再来叫耐哉哖。(海 6-47-9) ¶我拿仔耐凭据,～勿怕耐到蒋月琴搭去哉。"(海 8-59-9) ¶故歇王老爷来仔,～好等王老爷说起来,说勿好耐再去末哉哖。(海 10-78-20) ¶王老爷,闯出穷祸来耐～脱了了个哩,勠看仔象无要紧。(海 10-79-16) ¶倪先说仔末,王老爷～怪勿着倪。(海 10-82-5) ¶气哩怪勿得耐气,想穿仔～无啥要紧。(海 12-94-24) ¶耐住来哚客栈里,开消～省勿来,一日日哝下去,终究勿是道理。(海 12-98-17) ¶我要是住来哚末,～勿来问耐哉哖!(海 14-110-1) ¶用勿着耐去劝俚哉,俚要出局去,～只好起来。(海 17-133-11) ¶耐也吃饭罢,舒齐仔末～好出局去哉。(海 17-134-10) ¶我人末苯,闲话个好邱听勿出仔～好煞哉!(海 17-135-2) ¶善卿问:"阿是到东兴里去?"王甫含笑点头。善卿道:"价末～坐把东洋车去哩。"(海 17-139-12) ¶俚末看见阿姐勿适宜仔末～勿起劝哉,阿晓得?(海 18-144-4) ¶姘戏子多花到底少个,故～勠去提哉。(海 18-147-21) ¶俚自家晓得保重点,～无拨该个病哉,才为仔勿快活了起个头哖。(海 20-160-17) ¶俚要想着我阿姐个好处,也拨我一口羹饭吃吃,让我做仔鬼～有个着落,故末我一生一世事体～总算是完全个哉。(海 20-162-12) ¶要末碰起来,我赢仔我～出一半。(海 25-205-11) ¶俚吃仔耐几句闲话,一声也响勿出,耐～气得过个哉。(海 27-220-16) ¶阿姐就去一埭末哉,寻着仔转来,～勿多几日天。(海 29-239-24) ¶耐心里要有啥事体,我～猜得看,总称耐个心,就是说说笑笑,大家总蛮对景。(海 34-285-8) ¶别人看见仔～讨厌;俚陪仔我,再要想出点花头要我快活。)海 35-295-14) ¶饮食渐渐减下来,有日把一点勿吃,身浪皮肉～瘦到个无淘成。(海 36-304-15) ¶俚无拨仔阿姐～苦恼!(海 43-363-24)¶二奶奶搭耐一家人,耐好末二奶奶～好。(海 57-483-12) ¶忽然～勿关倪事。(海 62-527-13) ¶二宝推说:"无啥勿适意。"趁势告诉要做生意。洪氏道:"故末再歇两日～正好哖。耐身向里刚刚好仔点,推扳勿起。……。"(海 62-532-20) ¶渭臣道:"耐寻我倷事体,到该搭来?"老二道:"勿到该搭～寻勿着耐位四少爷哖。"(鸿 10-247-9) ¶报馆里规矩是有闻必录,事体实在有介事格,～吭处叫报浪弗上。(鸿 17-291-5) ¶若是你是个留学生或是个时务人员、报馆主笔、大宪幕宾,我～不肯轻易谈呢。(商 3-18-10) ¶你出版的书差不多有廿二三种了,～好算目下一个大小说家。(新 1-4-15) ¶只消赔他十万银子,替他铸个铜像,～可将就了结了。(文 29-155-4) ¶不提起也罢,今天提起了,

語彙例釈　ye

我～不能不说。（文29-156-26）¶可恨我为什么生在这侯门公府之家，若也生在寒门薄宦之家，早得与他交结，～不枉生了一世。（红7-116-4）¶老汉幸年高，得以苟延残喘。倘若少壮，～不在人世了。（警4-45-8）¶吕玉少年久旷，～不免行户中走了一两遍，走出一身风流疮。（警5-55-8）"野"とも作る。¶归两日倪有点点咳嗽，野弗能多吃几化。（沪1-49-12）¶既然抵桩自家挂牌子末，野弗必定规等到明年，就下节做起来蛮好哇。（沪1-50-12）

⑦ある状況になっていることへの話し手の感慨を表す。¶善卿道："耐还有个令妹，也好几年勿见哉，比耐小几岁？阿曾受茶？"朴斋道："勿曾。今年～十五岁哉。"（海1-4-8）¶王老爷，耐～老相好哉，耐就说仔要去做啥人也无啥哇，阿怕倪先生勿许耐嘎。（海4-30-21）¶俚做大生意下来，～有五年光景哉。（海7-52-4）¶人是蛮聪明，俚看见我打五关，看好两埭，俚一会打哉。（海12-96-9）¶天～十二点种哉，到我房里去困哉。（海20-163-2）¶直至那帮帮床前相唤，朴斋始惊起，问相帮："阿曾困歇？"相帮道"大少爷去，天～亮哉，阿好再困。"（海30-252-6）¶耐今年～四十多岁哉，倪子囡件才勿曾有，身体本底子娇寡，再吃仔两筒烟，有仔个人来浪陪陪耐，也好一生一世快快活活过日脚。（海34-285-12）¶俚～叫仔耐好几个局哉，阿曾搭耐说过歇？（海57-483-7）¶无姆，耐一顾勿得我个哉。故歇店帐欠仔三四千，勿做生意末，陆里有洋钱去还拨人家？（海62-532-21）¶奶奶困罢，三点钟～敲过格哉。（狐10-67-7）¶开眼问道："有什么时候？"书玉道："一点钟～敲过哉，啥格耐一困就困到仔故歇，阿是有啥勿舒齐？"（九74-541-11）¶就到甚么愚园、张园逛了一会，天～就不早了，就叫马年一径到了这儿。（栲12-187-8）¶必定是这个月的月钱又没得。凤丫头如今～这样没心没计了。（红57-810-7）¶你～回家半个多月了，想货物也应该要完了。（红67-948-13）"野"とも作る。¶倪故歇老哉，野唱勿灵哉。（沪1-66-5）

【也】
〈助〉语气助词。判断・説明の語気を示す。¶非～。从前是焦躁，故歇是昏倦，才是心经毛病。（海36-305-19）¶所谓相题行事者，即此是～。（海60-515-24）¶此开卷第一回～。（红1-1-1）¶你我方才所说的这几个人，都只怕是那正邪两赋而来一路之人，末可知～。（红2-34-9）¶"我想着了，兄莫非是林将军尊使么？"苍头道："是～，老丈何以相认？"（禅2-22-4）¶这金鼓之声，想必是侯景军马来～。（禅18-294-6）¶实乃奴家之万幸～！（警2-20-10）¶卿有如此才，不远千里而来，应举不中，是主司之过～。（警6-75-16）

ye　語彙例釈

【也罢】
〈助〉"…〜，…〜"と肯定・否定と対になっている語句の後に用い、どの状況でも同じであることを表す。¶倪是随便俚末哉，来〜勿来〜。(海 15-118-6) ¶奴夢俫罚啥牙痛咒，有介事〜，呒介事〜，倷看辰光已经一两记钟，阿要吃仔半夜餐勒困罢？(狐 16-115-12) ¶奴亦夢请啥孟河郎中，有本事〜，无本事〜。(狐 35-300-9) ¶你知〜，不知〜，只由我的心，可见你方和我近，不和我远。(红 29-414-20) ¶不如同着一齐过去了，他依〜，不依〜，就疑不到我身上了。(红 46-633-9)

【也罢哉】
文末に用いて、容認・譲歩の意を表す。まあよい。¶徐茂荣向张寿央告道："种种是倷勿好，叨光耐搭倷包荒点。好阿哥！"张寿道："耐叫饶仔〜，忽然我要问声俚看，大家是朋友，阿是徐大爷比仔张大爷长三寸咪？"(海 5-36-10) ¶耐两家头运道倒无啥，才到仔该搭来〜。(海 52-439-21) ¶王天人正在惊榻上摇着芭蕉扇子，见他来了，说："不管叫个谁来也罢了。你又丢下他来了，谁伏待他呢？"(红 34-464-24)

【也好哉】
"也罢哉"に同じ。¶像我，一年就一千洋钱〜。(海 24-194-10) ¶他不见我也好了，我也没有工夫去应酬他。(文 28-150-29) ¶后天发出去也好了。(文 33-177-9)

【也无啥】
①緊縮文の末尾に用いられ、前に仮定する状況であっても、容認されることを表す。前に述べているのが否定表現の場合。¶蒋月琴问："阿要催？"李实夫忙说："夢催，俚就勿来〜。"(海 15-116-18)。¶我说末，勿吃药〜，不过好起来慢性点，吃两贴药末早点好。耐说阿对？(海 20-161-8)。¶我说癞头鼋怕人势势，文君勿做〜，勿该应拿'空心汤圆'拨俚吃。(海 44-376-6) ¶耐勿舒齐末。台面浪去稍微坐一歇，酒倒勿吃〜。(海 45-384-10)

②同上。前に述べているのが肯定表現の場合。¶王老爷，耐也老相好哉，耐就说仔要去做啥人〜啘，阿怕倷先生勿许耐嘎？(海 4-30-22) ¶价末原放来哚拜匣，隔两日再送拨耐〜。(海 8-60-4) ¶先有李鹤汀的管家匡二来说："大少爷搭四老爷来哚吃大菜，说阿有啥人末先替碰歇。"吴松桥问起朴斋："耐阿会碰和？"朴斋说："勿会。"周少和道："就等一歇〜。"(海 13-103-19) ¶朱蔼人指陶玉甫、朱淑人道："今朝俚哚两家头无拨几花局叫末那价？"黎篆鸿道："随意末哉。喜欢多叫就多叫点，叫一个〜。"(海 19-150-14) ¶吃酒是吃末哉；倘然耐再有客人吃酒末，我就晚一日，廿四吃〜。(海

語彙例釈　ye

25-202-5) ¶野鸡末, 叫俚小姐～喯。(海 26-216-12) ¶俚教耐去, 耐就去去～, 只要如此如此。(海 34-283-14) ¶秀姐倒也撺掇道："大少爷同得去散散心, 蛮好。二少爷来里, 我也有点勿放心。"小云调停道："散散心～。倘然有啥事体末, 我来请耐。"(海 42-356-15) "也吪啥""也吪俙"とも作る。¶现在三马路浪有一所住宅勒海, 看上去倒蛮新格来, 开间也蛮宽阔格, 就登勒格搭做生意也吪啥。(狐 10-71-8) ¶况且大先生姓胡, 倪末也姓胡, 本来是一家人, 就叫声亲娘也吪啥, 勥说啥格干娘哉。(狐 21-163-15) ¶进卿将老二家宣卷吪不台面, 要叫寿生去绷场面的话说了。双人道："介末就去吃一台也吪啥喯。"(鸿 9-241-14)

③緊縮文の末尾に用いられ、前に仮定する状況であるなら、是認されることを表す。¶说是请先生吃药, 真真吃好仔～, 我该个病陆里吃得好嘎。(海 20-161-12) ¶忽然是～, 难俚说仔艀我帮贴, 我到间架做。勿曾懂俚啥个意思。(海 44-376-22) ¶耐自家物事拿去当～, 故歇绸缎店个帐一点也勿曾还, 倒先拿衣裳去当光仔, 勿是我说句邱话, 好像勿对。(海 64-545-20)

④単文の述語を構成する。¶雪香道："耐看高得来, 阿要难看。"蕙贞道："少微高仔点, ～。……。"(海 5-40-21) ¶吴雪香忙向自己头上拨下一只, 将来此试。张蕙贞是全绿的, 乃道："～。"吴雪香艴然道："～! 我一对四十块洋钱哚呀, 阿是～!"(海 22-179-10) ¶二宝道："倪先说好仔, 书钱我来会! 倘然耐客气末, 我索性勿走哉。"秀英一想, 含糊笑道："故～, 明朝夜头我请还耐末哉。"(海 64-544-14) "野吪俙"とも作る。¶倒是该个榴红阁, 年纪末小, 人倒蛮老实格, 相貌末野吪俙。听说俊卿想偷俚格局, 看勿出该个小媛倒直头有主意咾, 弗肯上当哩。(沪 2-44-10)

【野】

〈副〉程度を表す。程度補語に用いられる"很"に相当する。¶耐相好末勿攀, 说到会说得～哚! (海 1-8-17) ¶清倌人只许吃酒勿许少, 倒凶得～哚! (海 2-16-10) ¶李漱芳搭俚倒要好得～哚! (海 7-56-19) ¶二少爷个人倒划一无淘成得～哚, 原要耐二奶奶管管俚末好哩。(海 57-483-23) ¶岂有此理! 倪刚刚碰着, 听俚说得诧异得～笃! (鸿 3-205-11) ¶看看别家格倌人面孔生得怕煞, 生意好得～哚, 碰和吃酒闹忙得来, 格当中偣格道理, 倪也解说勿出。(九 16-124-5) ¶故歇过年格辰光洛里去借啥洋钿? 要借洋钿, 要末到中尚仁萧三大搭去借, 不过利钿重得～笃。(九 164-1076-1) ¶人末叫好得来, 随便啥格事体, 总热心得～笃。(狐 18-136-15) ¶该个小芙蓉相貌末吪俙, 人品是直头烂污得～哚, 啥格汽车夫、洋行小鬼才姘得一蹋糊塗。(沪 2-10-11)

952

ye　語彙例釈

【野鸡】
〈名〉街娼。¶故歇是勿是～哉,也算仔长三哉!(海210-82-18)¶一个奶奶跑到堂子里拉客人,赛过是～哉唲!(海23-189-9)¶～末,叫俚小姐也无啥唲。(海26-216-12)¶耐是勿挂牌子格住家呀;倒有面孔到归搭来拉客人格,就是四马路浪格～末,也勿糙至于实梗样式唲!(九104-726-15)¶倪夷勿是马路浪格～,弗好拖牢仔耐咾弗拨耐去。请耐自家尊便末哉。(沪3-47-8)¶～堂子里的客人,不比长三书寓,出到两块洋钱住夜,已算是不小了。(繁后4-759-11)

【野头野恼】
粗野である。野暮くさい。¶广东客人～,老实说,勿高兴做俚,巴结俚做啥。(海8-62-24)

【夜】
〈量〉晚。夜。¶剺难为仔俚三块洋钱,害俚一～困勿着。(海15-117-2)¶昨日夜头拨耐嗓仔一～,阿姐就生个病。(海36-303-8)¶今夜雨落天留客,我看倻勿嫌待慢,就住仔一～勒走罢。(狐14-102-8)¶三人一同回到钱家,住了一～。(官2-19-22)¶叫童子收拾琴桌,下舱就寝。伯牙一～不睡。(警1-8-8)¶当时回了董将士书札,留高俅在府里,住了一～。(水2-17-5)

【夜饭】
〈名〉夕食。¶倪一淘吃～去。(海1-8-19)¶李老爷就该搭用～罢。(海16-124-14)¶中饭吃大菜,～满汉全席。(海18-146-4)¶无倽事体末,勒俚该搭吃～。(鸿4-210-12)¶倪刚刚吃过～,吃勿落来里。(九42-309-26)¶请老爷的示;还是吃过～上院,还是此刻去?(官3-43-21)¶袁伯珍见他改完了,要留他吃～。(维3-17-7)¶看看天色晚来,六老吃了些～,自睡。(初13-241-16)¶金满回到公廨里买东买西,备下～,请吏房令使刘云到家,将上项事与他说知。(警15-203-6)¶盛氏见了心疼,晚间吃～时道:"媳妇,我的时光短,……。"(型3-40-6)

【夜壶】
〈名〉"便壶"(男性用の旧式しびん)の俗称。¶我是添香捧砚有耐痴翁承乏哉,蓬壶钓叟只好教俚去倒～。(海33-275-4)¶赛儿又去房里拿出一个～来,每坛里倾半壶尿在酒里,依先盖了坛头,众人也不晓得。(初31-583-5)

【夜天】
〈量〉"夜"に同じ。¶昨日夜头我搭阿金大两家头陪倪先生坐来哚床浪,坐仔一～勿曾困,今夜头倪要困去哉。(海10-82-4)¶开宝客人住仔一～,就勿去哉,耐骗啥人嘎!

語彙例釋　ye-yi

(海14-110-2)¶我昨日一～勿曾困,今朝要早点困觉哉。(海15-119-1)¶耐是勿差,一瞌困下去,困到仔天亮末,一～就过哉。(海18-141-12)¶漱芳生仔病末,玉甫竟衣不解带个伏侍漱芳,连浪几～勿曾困,故歇也来浪发寒热。(海42-351-8)¶俫亦勿是小宝宝,想吃娘格奶奶佬,一～才困勿着,俫格套闲话,奴要相信点来呀。(狐14-96-14)¶格末今朝一～,阿要登个把人看看俚介?(狐59-501-13)¶楚云吞吞吐吐的含糊着他,说了一～,没句实话,与端午节未曾赎身之前大不相同。(繁Ⅱ16-906-25)¶那晚睡在床上,一～眼多没合。(繁后16-906-24)¶那么好,今天大家就在江边露天底下望一～吧。(人33-371-6)

【夜头】
〈名〉時間詞。晚。夜。¶耐昨日～保合楼出来,到仔陆里去?(海3-18-10)¶为仔正月里俚到娘舅家去吃喜酒,俚家主公末要场面,拨俚带仔一副头面转来,～放来哚枕头边,到明朝起来辰光说是无拨哉呀。(海16-127-21)¶日里向人多,耐～一点钟再来,倪等来里。(海14-111-23)¶三班毛儿戏末,日里十一点钟一班,～两班,五点钟做起。(海18-146-5)¶今朝一个亮月,比仔前日～再要亮。(海52-437-2)¶大老爷耐昨日～俫落勿来介?(鸿4-213-11)¶昨日～,倪先生困才勒笃,一干子陪仔一夜。(狐16-120-13)¶～八点钟开场,到十一点钟完结,做得蛮长格。(狐36-307-26)¶今朝～要请八个客人。(上散6-31-5)¶东山用尽平生之力,面红耳赤,不要说扯满,只求如初八～的月,再不能勾。(初3-59-4)

yi

【一】
〈数〉整数の一。①量詞および数値のけたを表す数詞の前に用いられる。¶人末～年大～年哉,来哚屋里做啥哩?(海1-4-5)¶陆里～位嘎?(海1-7-3)¶张大少爷无拨相好末,也攀～个哉嘥。(海1-7-23)¶也怪勿得头一埭到上海,陆里晓得白相个多花经络。(海2-10-17)¶就省点也要～百开外哚。(海2-10-20)¶说来哚闲话阿有一句做到。(海2-11-17)¶耐要请我吃酒末,也摆～台起来。(海3-24-22)¶我明朝～点钟到东合兴来。(海4-30-2)¶从娘姨出身,做到老鸨,该过七八个讨人,也算得是夷场浪～档脚色嘥。(海6-47-24)¶还是翠凤做清倌人辰光,搭老鸨相骂,拨老鸨打仔～顿。(海6-48-2)¶我用勿着,就～厘～毫也勿来搭耐要。(海8-60-11)¶陆里来～淘小把戏,得罪我朋友,喊本家上来问声俚看!(海48-413-4)¶耐晏歇再来～埭。(鸿2-198-14)¶耐也实梗鬼头关刀,～杯酒是总勿要紧个来。(鸿4-211-24)¶我来告诉俫哩,就是抛

yi 語彙例釋

球场蔡家里格姨奶奶，前日仔夜里向，带仔~个大姐来逃走脱哉呀！(狐 10-67-17) ¶实在真真好，我生仔眼乌珠，头~转看见格种标致面孔。(狐 17-124-11) ¶有几家该钱的，也就不惜工本，公开~个学堂；又到城里请了~位举人老夫子，下乡来教他们的子弟读书。(官 1-1-7) ¶三人一同回到钱家，住了~夜。(官 2-19-22) ¶椅之两边，也有~对高几，几上茗碗瓶花俱备。(红 3-45-12) ¶想当初我和女儿还去过~遭。(红 6-95-16) ¶当时回了董将士书札，留高俅在府里，住了~夜。次日，写了~封书呈，使个干人，送高俅去那小王都太尉处。(水 2-17-5) ¶先把些零碎小银，买了~所房子，住下了。(初 35-666-11) ¶到后边，也~日好~日，把~个不起的老熟病，仍旧强健起来。(型 4-57-25) ¶赵公玩其诗意，方知女儿冰清玉洁，把儿子痛骂~顿。(警 21-305-10)
② 「一＋動詞」を同じ動詞の後に加え、動作が１回あるいは短時間行われることなどを表す。¶碰着俚哉哦，说一声动~动。(海 32-263-17) ¶华生等~等，到倪搭去。(鸿 2-260-26) ¶倪看倪格戏罢，今夜熟格人多，招呼勿得~招呼勒海。(狐 28-228-22) ¶这时候方必开一句话也说不出来，拿手指指自家的心，又拿手指指他儿子老三，又双手照着王仁拱了~拱。(官 1-3-22) ¶这红玉也不梳洗，向镜中胡乱挽了~挽头发，洗了洗手，腰内束了一条汗巾子，便来打扫房屋。(红 25-344-5) ¶一面说，一面就凑上来，强搬着脖子瞧了~瞧，问他疼的怎么样。(红 25-348-1) ¶今去北京路途中，望乞二位上下照觑，好生看他~看。(水 12-182-6) ¶好大雪，晚间没钱归去，那厮又骂。且喜那三四客人来饮酒。我且胡乱去卖~卖。(警 20-285-5)
③ 動詞の前に用いられて、その動作（多く心理状態）が急に起こることを表す。¶我想勿到耐就来里我背后，倒~吓。(海 14-109-9) ¶故末就是替耐算计，常恐有啥事体，耐去仔，俚咪要~放心咪，耐末也好看看俚咪光景。(海 34-281-15) ¶那知这天秋生竟清爽点子，喝了半小碗白粥，气色也好了好些。杨太太只道不要紧了，心里着实~宽。(十 16-112-4) ¶蕙姿听了这一句，心下着实~跎蹭，那里晓得妹子也端为着这件而来，不期劈面撞着。(鼓 6-71-3)
④ 動詞の前に用いられて、ちょっとその動作をするだけで、ある結果・結論が出ることを表す。¶实概~想，阿是推扳点好哉？(海 17-134-24) ¶宝玉道："傝实梗说起来，奴和底下交代双双台，对傝~说，傝终也依我格哉咪。"绥之道："只要称你的心，有什么依不得呢？"(狐 14-97-3) ¶我细细教~打听，晓得傝到仔广东哉。(狐 20-160-12) ¶果然厚卿兄甚是聪明，~说已经明白。(九 13-99-11) ¶就是阿金姐也是老把势了，怎地做出这等不在行的举动来。重新~想，其中必有道理。(商 3-16-8) ¶想毕，拿起'风

語彙例釈　yi

月鉴'来,向反面～照,只见一个骷髅立在里面,唬得贾端连忙掩了。(红 12-171-20)¶魏生～见,神魂飘荡,心意飞扬。(警 27-414-4)

【一……就……】

……するやいなや……。……すると、すぐに……。¶耐总不过一去仔末就想勿着,等耐去死也罢活也罢,总勿关耐事,阿对?(海 18-141-9)¶耐答应仔一声,我一说就成功哉喕。(海 19-153-9)¶随便耐希奇古怪个病,俚一把脉,就有数哉。(海 21-169-12)¶俚哚是牌局,一去仔末就要我代碰和。(海 22-174-3)¶无姆一说末,耐就帮仔我一千,阿好再说无拨?(海 45-378-8)¶耐要白相,早点舒齐好仔,局票一到末就来。(海 48-407-22)¶故歇仍旧我去请俚,说两句好看闲话,包倷一请就来。(狐 30-248-18)¶此番一到上海来,就跑了来,自己总以为是个好户头,十二分的对付他。(鸿 16-286-5)¶我一招手儿,偏你那好舅母就看见了。(红 61-853-19)¶装道一见魏生,就与他说:"……。"(警 37-416-6)　¶大凡病人势凶,得喜事一冲就好了。(醒 8-156-6)

【一把火】

ひと束の火。"烧"(燃やす)の前に用いられると、たきぎやわらを束ね、火をつけて、それでぱっと燃やすことを指す。動詞"放"を省いているもの。¶耐到蒋月琴搭去仔一埭,我要拿出耐拜匣里物事来,～烧光个哩。(海 8-59-21)¶倘然翠凤再要搭我两个强,索性～烧光仔歇作,看俚阿对得住罗老爷!(海 59-504-9)¶不如趁今夜无人知觉,悄地到他门首,放起～来,烧得那厮人离财散,净净光光,才消得我这一口气。(禅 20-314-4)

【一斑】

〈名〉一斑(ぱん)。¶厌烦盗汗,略见～。(海 36-305-5)

【一半】

〈数〉半分。¶要末碰起和来,我赢仔我也出～。(海 25-205-11)¶一打陆里吃得完,分～送拨仔人哉。(海 53-448-8)¶我想双玉个意思,～末为仔五少爷,～还是为双玉。(海 63-542-12)¶直等客人的局已经去了～,方见陆兰芬进来,淡淡的招呼一声,便默然坐下,一言不发。(九 7-54-26)¶着肉～是汪先生买的,～是小店敬意。(歇 14-171-20)¶二小姐,我也替你放了～心了。(人 38-437-15)　¶贾环听了,便伸着头瞧了一瞧,又闻得一股清香,便弯着腰向靴桶内掏出一张纸来托着,笑说:"好哥哥,给我～儿。"(红 60-840-17)¶元来这文荆卿与李小姐成亲后,酒量不比以前,着实减了～。(鼓 29-352-13)¶朱都头说得是。你带～人去。(水 18-265-3)

yi 語彙例釋

【一场空】
希望や努力がすべてふいになること。 ¶麵晚歇忒起劲仔，倒弄得～。(海 55-465-19) ¶谁知玉环跌碎，三锭钞被人夺去，落得～。(杀 18-78-2)

【一场无结果】
空しい結果に終わること。¶生意清仔末，随便啥客人巴结得非凡咪，稍微生意好一点，难末姘戏子、做恩客才上个哉，到后来弄得～。(海 18-147-20) ¶"一场呒结果"とも作る。 ¶倪昨日去吃喜酒，看俚笃格场面倒蛮好，可惜花轿进仔门变仔一场呒结果，拿巧林姐搀到里向厅浪，磕过仔头，送进仔房，就完结哉。(狐 5-28-14)

【一搭】
〈副〉一緒に。¶洋钱末放铁箱子里，还有啥帐目、契券、照票多花末，理齐仔，～交代一个人好哉。(海 4-86-4) "一答儿"とも作る。 ¶你我两人究竟不是大名望的人，还须觅一个名字极响亮的人一答儿办事，才可以做得大事体。(商 14-101-17)

【一点】
〈数量〉少し。否定詞の前に用いられて「少しも……」と強調する(ふつう"一点也……"となる)。 ¶我一对是～勿好个，难再要去买一对。(海 22-180-5) ¶故歇就送到仔船浪，～无拨事体，做啥嘎？ (海 43-362-21) ¶俚赎身末我想多拨点俚，故歇定归～也勿拨俚个哉。(海 48-405-6) ¶先起头史三公子搭耐说个啥，耐也勿曾搭倪商量，倪～勿晓得。(海 61-524-8) ¶格格扮黄忠格脚色，叫李兴斋，做功～勿好。(狐 9-58-9) ¶奴到仔间搭场化，路径末勿熟悉，客人也勿认得，规矩也～勿懂。(狐 18-136-13) ¶我倒有点怕，心里总觉着～劲也起勿起。(鸿 7-232-6) ¶筱岑抢指一算道："那时候恰正在阿中丞那边办奏摺，协理也在阿中丞幕里了。"扁人把手一拍道："～不错。我在那里办内收支。……。"(商 16-114-11) ¶此人很可以做得，原是好人家出身，没有～青楼习气。(商 16-116-12) ¶黛玉独不敢吃，只吃了～儿夹子肉就下来了。(红 38-520-14) ¶急急开进看时，但见干干净净一床被卧，不曾有～渍污，那里还见甚么尸首？ (二 33-635-10)

【一点点】
〈数量〉ほんの少し。"一点"を強めたもの。¶从此以后～勿敢得罪耐末哉。(海 6-48-6) ¶俚来里罗老爷面浪，倒勿曾发过歇～脾气哩。(海 7-51-6) ¶耐要做倪翠凤末，耐定归要单做倪翠凤一个咪，包耐十二分巴结，无拨～推扳。(海 7-52-24) ¶银大道："阿是要吃鸦片烟？我搭耐装。"小云道："只要～，小筒头好哉。"(海 11-87-23) ¶耐生意倒

957

語彙例釈　yi

有哉，我用脱仔花洋钱，～勿曾做啥。(海 14-107-18)　¶䎺说荤腥吃不吃，连搭日日吃青菜豆腐，油水才勿有～格，熬得我嘴里清水出格哉。(狐 27-160-4)　¶俫末总实梗格，奴搭俫说说白相相，冤枉仔俫～，俫就要发恨性哉，拿奴恨得吃淘成，像煞肉才咬得脱，马上就走，俫要脱嫌做得出啘。(弧 31-258-26)　¶做起客人来，我～作勿来主。(九 37-273-4)　¶谢勿谢倪倒勿来浪心浪，只要倷笃大家看仔晓得倪吃把势饭格人，也勿是～用场才吭拨格饭桶。(九 174-1136-22)　¶仲大人那哼晓得格？真正～勿差。(九续 57-442-1)　¶耐看，朱格脾气那哼实梗格哩？～事体才要扳差头，做着仔格宗客人是野好格哉。(沪 1-17-6)　¶我们中国没有一样赶得上他，就是近年来所行的新政法，不过学了外国人～皮毛。(维 1-8-5)¶外国人吃心重，这～东西怕不在他眼里，他不收怎么好呢？(文 10-55-16)　"一的的"とも作る。¶耐自家勿好啘，啥人叫耐做石灰布袋，东揩一的的，西揩一的的格呀？(九 151-1002-6)

(注) "一口 / 一口口" も "一点 / 一点点" と同じ関係にある。 →杨媛媛问鹤汀道："耐阿要先吃仔口，再去吃酒？"鹤汀一想，说道："吃是倒吃勿落，点点也无啥。"盛姐道："无拨啥小菜啘，我去教俚哚添两样。"鹤汀摇手道："䎺去添，耐搭我盛一口口干饭好哉。"(海 14-114-15) 後出の "一歇 / 一歇谢" も同じ。

【一定】

〈形〉一定している。 ¶上海滩浪倌人身价，三千也有，一千也有，无拨～个规矩。(海 44-375-2)　¶我也正为这个要打发茗烟找你，你又大在家，知道你天天萍踪浪迹，没个～的去处。(红 47-652-11)

【一堆】

〈名〉①同じ所。 ¶停两年，也说勿定倪两家头来浪～勿来浪～。(海 52-440-3) ②一带。 ¶耐一班人管个啥公事，倪山家园～阿曾去查查嘎？(海 56-473-3)

【一二】

〈数〉一つ二つ。少しばかり。 ¶倘然还可以进境点个末，阿好借'有教无类'之说，就正～？(海 60-515-3)　¶乞指示～，也让我们见识见识。(何 1-14-2)　¶诸位得原谅他～！(官 28-454-13)　¶我们瞧了这些小说，差不多增进了数十年的阅历，所以在社会上交际，人家的圈套，颇能识破他～，决不会再受人欺骗了。(新 9-39-6)　¶他却一行走一行编花篮，随路见花便采～枝，编出一个玲珑过梁的篮子。(红 59-831-20)　¶前日承见赐《诗说》，极其佩服。但吾兄说诗大旨，可好请教～？(儒 34-400-5)

【一概】

〈副〉すべて。いっさい。¶若〜如此做法,也勿大相宜。(海60-515-13)¶难是生来〜拜托老兄,其中倘有可以减省之处,悉凭老兄大才斟酌末哉。(海64-544-16)¶论起这李子霄的为人来,却也甚是精明,随便什么世故人情,〜瞒他不过。(九72-524-26)¶凡箱笼上帖着'小东山主'字样的,多是幼安的行李,〜放在船上。(繁初14-144-16)¶一应规矩,赵老头儿全然不懂,〜托了王孝廉替他代做主人。(官1-9-4)¶蛊惑得张百万慢慢的信服起来,所有来求他女儿亲事的,〜回绝。(目80-649-22)小厮们忙至戏房将班中所有的大人〜带出,只留下小孩子们。(红54-761-22)¶不消两年,将海大家私尽行消败,龙家田地房屋,〜变卖光了。(醒下6-142-28)¶凡寺中〜钱粮财帛出入,皆是钟住持掌管,林澹然毫不沾手。(禅4-43-11)¶勅限三日,若无人识此书,〜停俸;六日无人,〜停职;九日无人,〜问罪。(警9-107-9)

【一干子】
〈名〉一人。ひとり。¶〜来里做啥?(海3-21-11)¶耐要吃酒末,晚歇散仔点耐 〜去吃一鬎末哉,故歇定规要代个。(海36-300-16)¶齐府浪通共一百多人咪,就是余庆哥〜管来浪,一径勿曾有歇一点点差事体。(海55-474-6)¶虽无闲条人等窥探,然而小娘件〜勒朵拜台浪,究属不当稳便。(三4-40-12)¶大爷末勿居来,祝大爷〜奔得来个。(三8-94-18)¶耐就是条子浪只写〜格名字,来起来总归是两家头一淘来。间搭地方大家才是实梗样式。耐想勿诧异。(九151-1001-11)¶妹妹是〜来格呢?还是搭洛里格位大少来格介?(狐4-22-1)¶日里唔笃去白相,剩我〜看守俚,俚倒安静格。(狐59-501-4)¶我自勿去,倍〜去末哉!(苗26-236-1)"一个子"とも作る(前揭の三4-4-12の"一干子"を《三笑新编》は'一个子'とする)。¶是我也是着急东西。就(为之)(因为)伊(一个人)(一家头)(一个子)勿转来,就勿能(停当)(定规)。(上问3-7-4)¶你是一个子来的么?(新27-121-6)¶公法、条约,难道外国人都不晓得,只有你一个子知道不成?(新56-259-22)¶你们好在没有家眷,一个子身体,究竟好混一点子。(十13-91-21)

【一干仔】
"一干子"に同じ。¶耐〜住来咪客栈里,无拨照应哓。(海1-4-15)¶明朝耐〜来。(海2-13-14)¶耐要想敲我〜哉!(海9-73-16)¶阿姐〜来里船浪,倪末倒才转来哉。(海43-363-21)¶仲声道:"耐阿是叫局?"华生道:"耐叫倰人?"仲声道:"辰光忒早,倪是勿叫,耐〜叫罢。"(鸿6-222-22)¶金少大人,耐末勿是做倪一个倌人,倪末也弗是做耐〜。(九19-145-6)¶耐〜困来浪,要倪来作啥哩?阿伯难为情相!(沪1-13-5)

語彙例釈　yi

"一个孜"とも作る。¶赶紧叫耐到自家屋里向来住，一塌括孜，才是倪一干孜搭耐开销，勿要耐出一个铜钿，耐想想别人家个倌人，何有实梗样式？（九130-876-5）

【一家门】
〈名〉一家。全家族。¶屋里再有爷娘兄弟，～要吃要用，教俚再有啥法子？（海34-281-4）¶耐早一日到，倪～几花人早一日放心。（海55-468-13）¶倪月底～才要到南京去寻个史三公子。（海62-528-1）¶那豆腐羹饭［鬼］～，正困到头忽里，忽被打门声惊觉了，慌忙起来。（何8-85-7）¶从杭州动身的时候，～的行李不上五担，箱子都很轻的。（官14-220-23）¶把他～男女大大小小三十二口，齐都捆上，口里头都塞上块手巾。（新52-239-9）

【一家人】
〈名〉①一家全员。¶旧年生仔病下来，头一个先是无姆急得来要死，耐末也无拨一日舒舒齐齐。我再要请先生哉，吃药哉，吵得～才勿安逸。（海20-161-15）
②同一家族。一族。¶倪拜仔姊妹，赛过，随便啥闲话才好说个哉。（海52-441-19）¶三老爷客气得来，难是～哉呀，无啥客气喭。（海55-468-2）¶二奶奶搭耐～，耐好末二奶奶也好。（海57-483-12）¶况且大先生姓胡，倪末也姓胡，本来是～。（狐21-163-15）¶过天不是～了吗？贱妾舍妹敢不伺候东家吗？（商4-30-27）¶谁要你谢，我同你说玩话呢。我们～，帮帮忙是作兴的。（新45-207-24）¶我错了，现在我们已～了，怎好还用去年称呼，叫你嫂嫂，应该叫你妹妹了，是不是？（歇19-243-5）¶老夫与令尊久同寮寀，况属通家，今公子到此，就如～一般，这何妨。（鼓4-53-7）¶兴哥道："他是客官甚么瓜葛，要去寻他？"张大秀才道："不敢欺大姐，就是小生的家父。"兴哥道："失敬，失敬。怪道模样恁地厮象？这等，是～了。"（二4-84-3）

【一径】
〈副〉①ずっと。長い時間続けて。¶耐～骗下来，骗到仔故歇，耐倒还要来骗我！（海11-83-7）¶耐想倪先生～搭耐蛮要好，耐为啥勿搭倪先生还债呢？（海11-84-2）¶应该动气，应该动气！我做仔耐是～要动到天亮咪。（海11-84-20）¶从正月里到故歇，饭末～吃勿落，耐看俚身浪瘦得来单剩仔骨头哉！（海20-160-3）¶比方有十个讨人，九个勿会做生意，单有一个生意蛮好，价末～下来几花本钱生来才要俚一干子做出来个哉喭。（海44-374-8）¶痴鸳先生个绝交奇文，常恐是做勿出勿曾做哩，嘴里末一说交卷，～搭浆下去。（海50-430-18）¶自家人～来里，冠香一年半载末转去哉喭，耐也何必去吃个醋？（海51-436-9）¶绶夫道："老伯近来清健？"仲ην道："老人家精神是再好也勿有，必过看见近来时势勿对，～也想告病。"（鸿8-235-22）¶倪格搭房门～关勒浪。(狐 20-156-14) ¶倪先生～牵记倷呀。(狐 23-184-8) ¶单老，长远勿见哉，倷啥倪格搭～勿来介？(狐 37-315-6) ¶有格苏州来格先生勒浪倪搭，说俚～认得二少格，要请二少过去说两声闲话。(九 32-237-17) ¶真是奇怪，难道几日天工夫～勒浪金家里？(沪 1-33-4) ¶倪是～吃惯仔啥像煞呒啥味道。(沪 2-7-12) ¶袁伯珍因为自己妻子在家亡故之后，～有公事在身，没有回家去看过，要想设个法子，走到江西去走走。(维 4-30-1) ¶我们来了这大半天的时候，难道你们先生～在那里吃饭的么？(九 92-652-20) "一竟"とも作る。¶你一竟在上海，苏州市面自然不灵了。(新 42-194-21) ¶哎哟，一竟讲话连时光都忘记了，我们睡罢。(十 19-136-26) ¶马家伯伯，你们嫂子一竟向我说家里活做不开，少个得力丫头，很羡慕我两个丫头子。(十 19-140-11)
②まっすぐに。直接に。じかに。¶我～去问钱子刚好哉。(海 35-297-6) ¶我从通翁那边来，并没有回栈，就到甚么愚园、张园逛了一会，天也就不早了，就叫马车 到了这儿。(梼 12-187-9) ¶到了王寓门口，敲开了门，～登楼，走到客堂房间。(鸿 10-251-4) ¶贾芸出了荣国府回家，一路思量，想出一个主意来，便～往他母舅卜世仁家来。(红 24-332-12) ¶如虎捧了圣旨，带了候印，～来到袁有义家中，如虎两人交拜了四拜。(醒下 3-118-24) ¶气得面皮紫胀，也不理赵尼姑，也不说破，～出庵，一口气同春花走到家里。(初 6-113-4) ¶知县立时带了许多缉捕员役，押锁了这盗犯，～抬到这赖家来。(二 13-271-1) ¶吴教授～先来钱塘门城下王婆家里看时，见一把锁锁着门。(警 14-194-8) ¶时迁执着火把，同石秀～望南跑去。(水 92-1495-2) "一迳"とも作る。¶一到门外，跑上马车，吩咐马夫，一迳回静安寺路公馆。(孽 32-308-4) ¶周得在人丛中丢撇了两个弟兄，潮也不看，一迳投到牛皮街那任珪家中来。(喻 38-572-8) ¶秦重打扮得齐齐整整，取银两藏于袖中，把房门锁了，一迳望王九妈家来。(醒 3-49-3) ¶七个人都上轿子，一迳投南山水寨里来。(水 19-281-4) また"一竟"とも作る。¶防禦道："小女殡事虽行，灵位还在，郎君可将前事详述一番，却使他阴魂晓得你来了。"噙着眼泪，一竟领着催崔生同进内房来。(初 23-433-12)

【一厘一毫】
極めてわずかな量のこと。金銭で言えば、びた一文。¶我用勿着，就～也勿来搭耐要。(海 8-60-11) ¶赞他有名气，他便情情愿愿将银子借与别人，倘然不合他的脾气，或笑他胆小量窄，没有出过远门，他就要怀恨，放出鄙吝的手段来，漫说二千三千银子，即～也不肯花费。(狐 34-285-11)

【一连】

語彙例釈　yi

〈副〉続けて。続けざまに。¶我～输十拳哚，吃仔八杯，剩两杯勿曾吃。耐阿吃得落，替我代一杯，阿好？（海22-175-4）¶倪前两日勤船浪，～辛苦仔几夜，今朝总要好好能养息养息格哉。（狐60-512-26）¶自此～相商了七八天，果然大可指望成功。（维14-96-7）¶谁知他父亲跑进书房，就跪在地当中，朝着先生一磕了二十四个响头。（官1-3-18）¶隔了两天，浩然又到都督府去了一遭，谁知仍不曾验过，次日又跑了一趟空，～三天，毫无消息，不由得何家母女又起恐慌，逼着浩然设法。（歇4-40-10）¶偏生的宝玉要吃茶，叫了两三声，方见两三个老嬷嬷走进来。（红24-340-18）¶～行了数日，却好来到河东府广宁县地界。（禅13-201-4）¶～两次，甚是奇异，特来报你。（警15-212-15）¶你～做了这几时，今晚且将息一晚，明日做罢。（醒19-392-10）¶～几日，没些动静。（二2-38-13）¶柴进留在庄上，～住了几日。（水9-142-9）

【一面】

〈副〉"一面……、一面……"で、二つの動作が同時に行われることを表す。¶庄荔甫忙写两张催条交与杨家姆，道："～去催客，～摆台面。"（海25-203-22）¶～勒里说，～勒朵如意带里边拿出来哉。（三23-269-2）¶过仔八月半节，倪～去看定房子，～去知照格星熟客。（狐50-429-14）¶营官得着了这道札子，～准备军器，～调齐船只，定在平望镇会齐，分头巡缉。（负3-12-9）¶否则我便～邀请公正人与你评理，～登报削你的面皮。（维12-85-13）¶晴雯等一笑，～假意去拉。（红60-844-8）¶口里道："妙妙妙，三般俏。我不管你们闲事。"遂～走，～唱出去了。（禅6-85-5）¶史进来到村中酒店内，～吃酒，～叫酒保实些肉来，借些米来打火做饭。（水6-101-5）

【一面之词】

片方だけの言い分。一方だけの主張。¶想来其中必有缘故，～如何可信。（海64-547-7）¶你父亲原教我寻你保人接洽，不许我同你多话的，我因恐保人那里～，难以作准，因此唤你问问，本是私的。（歇81-1119-23）¶青天爷爷，不要听这～，家主打人，自是常事，如何怀得许多恨？（初11-203-5）"一面之辞"とも作る。¶且说外藩原是要买几个使唤的女人，据媒人一面之辞，所以派人相看。（红119-1625-12）

【一年半载】

一年そこそこ。一年ほど。¶耐要来里上海寻生意，倒是难哩，就等到～，也说勿定寻得着寻勿着。（海14-108-1）¶自家人一径来里，冠香～末转去哉哕，耐也何必去吃个醋？（海51-436-9）¶那裁剩的勇丁，虽有月饷，却都被上头的统领、营官尅刻大半，有的欠上了～，还不发给。（维14-98-6）¶好在姓钱的是实缺，就是闲空了～也不打紧。

962

（官 3-35-9）¶到处查查帐，筹筹款，总得有～耽搁。这事既交代了老兄，大约有半年光景，总克清理出一个头绪？（官 47-799-14）¶叔叔两下里住着，过个～，即或闹出来，不过挨上老爷一顿骂。（红 64-920-11）¶娘子不须挂怀，三载夫妻，恩情不浅，此去也事万不得已，～，便得相逢也。（喻 18-259-7）¶我亦为他配在这里。天可怜见，～，挣扎还乡，复为良民。（水 51-846-7）

【一年三节】
1年全期間を指す。"三节"は"端午、中秋、春节"の総称。旧時はこの節季ごとに勘定の支払いが行われていた。 ¶耐搭我～生意包仔下来，我就做耐一千仔，蛮好。（海 9-73-15）

【一泡】
〈数量〉ひとしきり。共通語の"一场""一阵""一通"などに当る。 ¶难末害仔几花人四处八方瞎寻～。陆里寻得着嗄。（海 16-127-22）¶难末无姆拿双宝来反仔～，再要我去劝劝双玉，教俚起来。（海 17-133-3）¶一点无拨啥事体，瞎噪仔～，故末算啥哩？（海 22-181-22）¶倘然有个把客人来里，我教客人捉牢仔耐强奸～，耐转去阿有面孔！（海 23-188-7）¶王老爷打仔～，勿要哉。（海 57-486-24）¶叫别人家勒浪瞎等～，阿要罪过。（九 20-149-15）¶到仔故歇倒装起妈虎来哉，倪来白白里快活仔～，耐自家心浪，阿有点意勿过？（九 71-518-6）¶本家倒拨俚骂子～，拿俚吭那哼。（九续 35-268-11）¶奴出生出世，朆吃歇格种吓头。格落刚刚火旺格辰光，俚笃问奴搬啥物事，奴一句才回答勿出，只好让俚笃瞎搬～。（狐 26-211-2）¶君牧忙问到："耐半日勒浪俏场化？"湘兰道："搭俚笃去兜仔～圈子呀。"（鸿 19-303-4）¶用铜钿当中野还有几化讲究，弗可以乱用～。（沪 1-77-7）¶弗壳张耐四少末倒说做弗道，害倪空欢喜～。（沪 2-113-4）¶但是没有王某人在里头，这考也没有味道了。所以后文也不起劲了，胡乱弄了～就完结了。（商 3-18-26）¶童子良经他这～恭维，便觉他说的话果然不错。（官 47-798-15）¶及至见了盖道运，又是义形于色的说了一大泡。（官 48-822-8）¶这位姨太太见太太不允,扫了他面子，立刻满嘴里叽里咕噜的,瞎说了～。（官 49-832-21）¶士规道："最好是做汇划庄。"便就把汇划庄生意怎样的好做，利息怎样的浓厚，赚钱怎样的稳当，天花乱坠说了～。（新 35-160-26）¶看过各厂之后，顺便去制台，着实恭维～。（文 22-119-18）¶好在湘卿低头服小惯了的，趁没人时光做上几回矮人，说上～软活，不知不觉又弄上了手。（十 15-104-2）

【一泡子】

語彙例釈　　yi

"一泡"に同じ。¶徐茂荣过去一把拉起张寿来,道:"耐末～吵去,看光景,阿有点清头嘎!"(海 5-35-24)¶立刻传了官医,姜汤开水,～乱数,才把他救醒过来。(目 53-419-25)¶我吹了～牛皮,他竟相信的了不得。(十 11-78-19)

【一泡仔】
"一泡子"に同じ。¶后来～讲别样事体,俚也就勿曾说起。(海 22-175-23)¶常恐耐一干子去,想着仔漱芳再要～哭。(海 47-398-24)

【一品夫人】
最高位の官吏の妻に与えられる称号。官位は"九品"に分けられ、"一品"は最高。¶前年倪无姆喊俚到屋里算倪几家头,俚算我末,说是～个命。(海 55-467-4)¶像你这样漂亮的面孔就是修来的,一年半载碰到一户好客人将你讨了转出,怕不是俗语说的～吗?(人 27-286-13)¶朝廷嘉他功绩,升为定西侯,加封太子少保。仍赐蟒玉一袭,恩封三代,妻～,子世袭锦衣千户。(鼓 20-250-12)

【一切】
〈代〉指示代詞。すべて。すべての。¶～祭礼同应用个物事,才舒齐,送得去一歇哉。(海 46-393-15)～都费你的心,我心上感激得狠。(九 130-876-13)¶～不过四五百元。(鸿 17-293-1)¶且说赵温虽然中举,世路上～应酬,究未谙练。(官 2-17-24)¶袁伯珍自从与宽小姐相处数月,沾染了洋派而后,起居饮食～,都比以前讲究了。(维 13-92-3)¶宝玉将～人稳住,便独自得便出了后角门,央一个老婆子带他到晴雯家去瞧瞧。(红 77-1107-4)

【一日到夜】
朝から晩まで。一日中。¶问一声末说一句,～坐来咪,一点点声音也无拨。(海 12-96-7)¶～总归无拨空。(海 23-183-15)耐格人总归实梗鸭矢臭,～吵勿清爽,吵得我头脑子也涨杀快。(九 95-670-19)¶格班小报里向格人,～吃仔饭无啥做,才来浪瞎三话四,再要敲堂子里向格竹杠。(九续 92-691-11)¶地格镇上～来来去个人多否?(上散 7-39-9)

【一日日】
一日また一日と。¶耐住来哚客栈里,开销也省勿来,～哝下去,终究勿是道理。(海 12-98-17)¶因害心疼病症,～越重了,看看不能勾好。(水 25-400-8)

【一身】
〈数量〉身に背負う借財・罪名などに用いる。¶客人末一个也无拨哉,倒欠仔～债,弄得我上勿上,落勿落。(海 10-80-24)

964

yi　語彙例釋

【一生一世】
一生涯。¶俚哚自家算是有本事，会争气，倒像是～做佸人，勿嫁人个哉。(海 17-137-1) ¶有仔个人来浪陪陪耐，也好～快快活活过日脚。(海 34-285-14) ¶老伯母勿要动气，有所说个吓，虎勿食子，比方当官告子介，未免有个点点刑伤过犯，将来令郎公做子一只纸老虎哉吓，害俚～无子淘成，使勿得个嘞。(三 30-333-25) ¶格个嫁人是～格正经事体。(九 23-175-10) ¶耐四少末是倪～格知己。(沪 2-19-8) ¶想我～就吃了近视眼的亏处，算来我与楚云从前不知见过几十次了，怎的今天一些认不出来？(繁后 6-780-16) ¶傅姨太太～全是过的安乐日子，哪里经过吃官司这种事体。(人 37-422-14) ¶他倒拿定一个主意，说是人生配偶关系是～的事，不是混闹得的，不论尊卑贵贱，总要配的上他的才能。(红 93-1317-6) ¶二三十两，是朝奉的毫毛，小人得了，却～受用不尽了。(二 28-549-8) "一身一世"とも作る。¶一个人一身一世能禁得几回伤心。(人 38-449-3) ¶这些钱财他一身一世也用不完，他留在那里也无非想存积下来留给子孙。(人 40-486-14)

【一时之气】
一時の怒り。¶故歇耐为～豁脱仔我，我是就不过死末哉，倒是替耐勿放心。(海 34-285-11)

【一说】
〈名〉ある違った説。¶我看耐《秽史》倒勿觉着啥绮语，好像一种抑塞磊落之气，充塞于字里行间，所以有此～。(海 53-446-10) ¶不过也有～，杭州场化格人，勿比上海搭苏州，专门要欺生格，加二勒香信里，买格物事才邱点笃，行情倒不推扳嘞。(狐 57-485-17) ¶这又有～，这是一个故事在里头。(二 14-287-16)

【一塌括仔】
〈副〉すべて。全部。¶就是头浪个绒线，脚浪个鞋带，我通身一换下来，交代仔无姆，难末出该个门口。(海 48-415-11) ¶别人以绮语相戒，才是隔靴搔痒，耐末对症发药，赛过心肝五脏～拨耐说仔出来。(海 53-446-8) ¶故歇齐大人要办，容易得势，我就立刻喊齐仔人～去捉得来，阿好？(海 56-473-14) "一塌刮仔""一塌刮孜""一塌括子""一榻括子""一榻刮子""一蹋刮子""一沓括子""一撘括子"とも作る。¶叫倪做勿落生意末，我索性拜托仔刘大少，一塌刮仔替倪开销仔罢，耐刘大少也勿在乎此格。(九 10-78-9) ¶故歇倪帐浪，一塌刮仔算起来，差勿多二千多点。(九 128-865-9) ¶耐是大少爷啘，出出进进像煞有价事，到仔节浪菜钱、局钱一塌刮仔勿客气！(鸿 14-276-1) ¶倪阿曾敲过歇耐佮竹杠？听见耐到仔上海，常恐耐住来浪公司里向勿舒齐，

語彙例釈　yi

赶紧叫耐到自家屋里向来住，一塌刮孜，才是倪一干孜搭耐开销，勿要耐出一个铜钿；耐想想别人家格倌人，阿有实梗样式？（九 130-876-5）¶故歇勿要说哉，一塌刮子才是倪勿好。（九 101-707-10）¶实数末勿晓得，有格现洋钿。有格钞票，一榻括子，才归勒管帐格搭，干娘俫去问俚末哉。（狐 34-291-20）¶一榻刮子叫了不满一打的局，就要三更半夜来缠夹弗清。赵大少你是老白相，你想是不是不识相。（人 21-215-7）¶拨来小芙蓉格娘敲出仔几千洋钿钌杠，再有买末事哩，办喜酒哩，一蹋刮仔化仔万把块钱。（沪 2-11-2）¶老爷坐一日，车钱、酒钱一搨括子拨三块洋钱罢。（上问 42-77-10）¶一沓括子只有二百块钱，承你们情肯多分些给我们，已是感谢不尽。（人 42-509-16）

【一榻括仔】

"一塌括仔"に同じ。¶俚屋里末几花姨太太，外头末堂子里倌人，还有人家人，～算起来，差勿多几百哚！（海 14-113-8）¶就是再上两年，黄老搭侯老、顾大少定格《花丛艳史》，奴也一径勒里心浪，不过赠拨奴格几化诗句，连搭俫做格，～，才忘记得干干净净格哉。（狐 54-459-18）

【一淘】

数詞"一"＋量詞"淘"。"淘"は人の集団・グループを指し、多く"一"と組み合わさって、人の群れを数える。共通語の"一伙"。¶倪～人就挨著俚运气最好，我同耐两家头才是倒霉人。（海 37-312-1）¶陆里来～小把戏，得罪我朋友，喊本家上来问声俚看！（海 48-413-4）¶故歇余庆哥勿来仔，倪～人才勿来哉。（海 55-472-5）

(注) 動詞"同伙"（同じ仲間である）の意でも用いられる。→耐阿是搭钱大人一淘格？倪一帮里是勿做两个人格。（负 16-76-15）→谢寓见是牛大人同来的，而且又是杜大少一淘的，知是决非无名小毕。（商 16-118-2）→一帮人才走到半扶梯，就有许多娘姨、大姐前来接应，一问是仇老一淘，就领了进去。（官 8-103-13）

〈副〉①いっしょに（ある事をする）。共通語の"一起""一同"。¶有个米行朋友，叫张小村，也到上海寻生意，～住来哚。（海 1-4-16）¶耐也吃点，倪～吃。（海 4-32-5）¶明朝我同俚～来末哉。（海 19-153-3）¶耐住来里，晚歇叫周双玉来，～白相两日，等赏过菊花转去。（海 58-491-12）¶奴听仔俚实梗说，难末叫仔马车，～搭俚来格呀。（狐 4-22-7）¶男女混杂，～坐勒杂。（三 4-31-15）¶我明朝本来要去看湘兰呀，阿搭耐去？（鸿 15-283-21）¶耐笃～出，～进，俚格住处，耐有啥勿晓得格。（官 9-123-10）¶朱老，耐阿是搭周二少～打同春坊过来格？（沪 1-12-6）¶我这回输的，本有点子奇异，你既然懂这个，我就待你～去瞧瞧。倘然捉破了，我就重重的办他一办。（新 28-130-21）

¶我们坐坐，～走罢。（新 32-148-8）　¶我们正想要去呢，你们来了，最好就～走罢。（新 38-175-21）"一道"とも作る。¶耐有饭局，我也有饭局，倪两家头一道去。（九续 153-1087-2）¶今朝是礼拜日，我俚一道去白相相好否？（上散 4-12-8）¶那么还是歇一日一道去吧。（人 33-362-22）

②いっしょに(合わせて)。全部。共通語の"一共""都"。¶汤啸庵遂写一张催客条子，连局票一起交代赵家姆道："先到东兴里李漱芳搭，催客搭叫局～来哚。"（海 7-55-6）¶倪有仔洋钱，倘忙用脱仔凑勿齐哉，放来哚李老爷搭末一样个哸。隔两日～拨来倪，阿好？"（海 16-129-6）¶故歇哚耐谢；我搭耐做仔个大媒人末，耐～谢我末哉。（海 19-153-6）¶生来～才要叫个哉！来里该搭吃酒，耐阿好意思勿叫？（海 48-412-17）¶晓得耐客栈里向格菜勿好吃，倪自家烧仔几样菜，～带得来。（九 18-139-3）¶鸣冈伸手道："～拿得来。"顺全并前写的几张，一起授了过去。（鸿 1-194-6）

（注）"一起"も"一共""都"の意味で用いられるように（上揭の鸿 1-194-6 の地の文の"一起"がそれ）、"一淘"も"一同"と"一共""都"の二つの意味に用いられる。吴越:海上花列传普通话本は、②の"一淘"を"都"または"一起"と訳しているが、この"一起"は"一同"の意味ではなく、『現代漢語詞典』（第5版）の"一起 ③〈方〉副一共"である。

なお、"吃吃酒，学得来个呀。拿一鸡缸杯酒一淘呷下去，停仔歇再挖俚出来，难末算会吃哉。"（海 50-426-22）を，吴越:海上花列传普通话本、海南出版社:　海上花列传（附訳本）とも"一淘"を訳出していない（吳越は"把一杯酒喝下去"，海南本は"一杯鸡缸杯酒喝下去"とするのみ。ちなみに、張愛玲:海上花は、"拿一鸡缸杯酒一气呷下去"とする）。しかし、方言では"一起"は"都""统统"の意味でも用いられ（『現代漢語詞典』）、"一淘"にもその用法が見られるところからして、この"一淘"も特別視することはない。"一鸡缸杯酒"の"一"は"全""整个"の意味であり、"一淘"はそれをすべて残さずに……の"都"と解される。

【一味】
〈副〉ひたすらに。どこまでも。いちずに。¶防其烧毁灭迹，～混赖。（海 59-504-24）¶无奈庄大老爷总不提及此事，但～的敷衍。（官 16-251-16）¶那学台无可奈何，只得向他求情。谁知他～的打官话，要公事公办；一面就打迭通禀上台，一面把官船扣住。（目 80-648-1）¶总先要顾着公家，然后再图自己的利益，不像他们～的死要钱，只贪图一个子受用，把国家的兴亡隆替，都丢在脑后。（新 55-254-29）¶你可知道从前泰东

語彙例釈　yi

西各国那些锐意维新的志士，都是吃了狂药似的，拼着不要自己的性命，不管刀锯在前，鼎镬在后，只～勇往直前，要想达到他的目的；到得后来，不是流血，就是断头，还要牵连了无数好人，个个做了刀下之鬼。(维2-10-3) ¶大小姐说到这里，只是～的哭。(人22-220-16) ¶我又不能像你们会写字会做书的人可以写点出来，记点出来，只是～闷在肚子里。(人30-321-3) ¶你又没才干，又没口齿，锯了嘴子的葫芦，就只会～瞎小心图贤良的名儿。(红68-970-3) ¶虽是儒林出身，性兼贪酷，～糊涂。(禅25-405-5) ¶李参军不肯说话，只是～哭。(初30-562-13) ¶虽然听得有些诧异，没工夫得疑虑别的，还只～痴想。(二14-291-3) ¶那里管什么一姓两姓，好人歹人，～撮合山，骗酒食，骗铜钱。(水104-1597-6)

【一向】

〈副〉以前から。現在までずっと。¶～渴慕，幸会，幸会。(海3-24-16) ¶你～勒朵啥场化？(二4-22-28) ¶我道是啥人，原来是阿金姐。倷～好格？(狐20-159-12) ¶认是～认识的，只是不大知己。(新55-252-7) ¶又低低的问袁伯珍，与这些青皮光蛋，～又什么仇恨，如何他们敢到这里来下这毒手。(维9-63-6) ¶我们府里有一个做小旦的琪官，～好好在府里，如今竟三五日不见回去，各处去找，又摸不着他的道路。(红33-453-10) ¶我也是临安县人，～在下乡五都居住，因此你不认得我。(醒上4-26-12) ¶许久不会，～好么？(禅4-45-8) ¶小弟～不知是令郎，甚愧怠慢。(警5-57-8) ¶我～在江湖上走，学得两个海上仙方，专治世间奇难疾病。(型38-535-10) ¶小生～闻得东邻杨宅有个素梅娘子，世上无双的美色。(二9-181-14)

【一歇】

〈数量〉共通語の"一会儿"。しばらくの間。¶耐坐～，等我赶出点小事体，搭耐一淘北头去。(海1-4-18) ¶我只道耐同朋友打茶会去，教娘姨哚等仔～哚，耐末倒转去哉。(海3-18-12) ¶同周双珠道："送票头来是啥辰光？"双珠道："来仔～哉，阿去嘎？"(海3-23-19) ¶俚要寻姐夫呀，搭俚无姆噪仔～哉。(海43-363-20) ¶耐进去问凌漱芬房间李老爷，倘然伯飏勿勒浪，耐等～末哉，我也就要来个。(鸿8-237-17) ¶我搭耐两路格，耐再坐～罢。(鸿20-313-5) ¶倪吃饭还有～勒，方大少先请末哉。(九7-52-11) ¶二少，耐阿是来仔～哉？(九103-716-7) ¶倪两家头难得碰头，刚刚坐得～，倷唛要去哉呀？(九106-733-7) ¶阿珠即插嘴道："啥人做格梦介？"阿金道："大仔安生做格哉嗛，刚刚告诉我，叫我详详看，好格呢坏格，格落讲仔一笃。"(狐53-452-14) ¶(等一等)(等～)(上散3-8-7) ¶伊是刻去呢，是去之～者？(上问9-16-5) ¶伯廉问她总办起来没有，她道："还没起来哩，钱师爷，请门房里等～。"（市 5-209-14）¶说着两只手搓着面孔道："热得来。"柯莲苏道："到阳台上吹～吧。"（人 8-66-16）¶走回来等了～，拨开门闪身入去，随手关了。（警 20-282-5）¶急得心痒难煞，好似热地上蜒蚰，～儿立脚不定。（二 8-172-1）¶又等了～，看看天色晚来，又不见一个客人过。（水 11-170-12）

〈副〉しばしの間に。すぐに。共通語の"一下子"。 ¶洪老爷为啥～要去哉嘎？（海 12-92-17）¶我看仔双玉倒仔气。耐不过多仔几个局，～海外得来，拿双宝来要打要骂，倒好像是该来哚个讨人！（海 17-133-5）¶耐无姆末，我教俚乔公馆里看个客人去，要～转来哉。（海 12-96-3）¶耐一极得来，常恐倪要耐拿出四十块钱，连忙说十块。（海 22-180-20）¶俚用个韵倒勿容易押，～倒做勿出。（海 59-506-14）

（注）数量詞"一歇"は"辰光"と複合し、限定語としても用いられる。 →一塌刮仔勿到五千洋钱，说起来是也吪唅希奇，就不过半中节里，一歇辰光要ození还起洋钱来，收末收勿着，借末无借处，叫倪身浪也勿会出倷洋钱。（九 10-79-8）→说便这般说，只是太许大了，一歇辰光还弗起。（何 1-14-8）

【一歇歇】

〈数量〉ほんのしばらくの間。"一歇"の用法に同じ。 ¶耐看俚昨日老晚来，坐仔～倒去哉，啥人高兴去叫俚嘎。（海 6-45-20）¶匡二道："倒勿懂俚哚陆里来几花洋钱？"实夫道："才是客人去送拨俚哚个晼。就像今夜头～工夫末，也百把洋钱哉。……。"（海 15-120-3）¶耐坐来浪，我一～就转来个。（海 22-174-10）¶高亚白个脾气，我原倒勿对个，～坐勿定，教俚也无处去应酬。（海 32-263-7）¶奴刚刚出来格辰光，倪阿姆还蛮好勒浪，故歇勿知哪哼，～心痛起来，痛得滚来滚去，所以打发人来叫奴转去。（狐 8-51-4）¶来是来过歇一埭，勿知访啥格勿快活，坐仔～就去格，连奴留子留勿住呀。（狐 23-187-2）¶阿唷！恩得来，～才舍勿脱个哉。（九 5-40-6）¶区得悟笃两家头是恩相好，～工夫，阿好推扳点。（九续 16-117-13）¶恩得来，～才离勿开格哉！（官 8-111-21）¶工夫等之长远者，要加铜钱个——～工夫。侬要诈人者。（上散 3-8-9）

（注）"一点点"の注を参照。なお、前掲例（海 15-120-3）の"一歇歇工夫"などについては、"一歇"の(注)を参照。

【一言为定】

約束が成立し、もう反故にはできないことを告げるのに用いられる。 ¶～，台面浪才是见证！（海 47-400-14）¶如今～，择个好日，就带小儿来过继便了。（儒 25-300-15）

語彙例釈　yi

¶你我～，只是我信不过柳兄。你乃是萍踪浪迹，倘然淹滞不归，岂不误了人家。须得留一定礼。（红 66-942-6）¶你两人～，各无翻悔。众人既要亲族，都来做个证见。（喻 10-162-1）

【一样】
〈形〉同じである。¶倪有仔洋钱，倘忙用脱仔凑勿齐哉。放来哚李老爷搭末～个啘。隔两日一淘拨来倪，阿对？（海 16-129-5）¶俚哚两家头～个脾气，闲话末一声无拨，肚皮里蛮乖来浪。（海 32-266-10）¶倪同冠香先生～个啘。大人当仔倪客人，倪倒勿好意思住来里，要转去哉。（海 52-443-21）¶倪倘然嫁仔人，家主公外头去勿淘成，倪也～要说个啘。（海 57-483-14）¶下埭能够搭俚～，连倪才要发财哉。（狐 51-438-26）¶～做一个人，倪格命啥能苦？（狐 56-482-10）¶倪堂子里向格客人多多花花，象耐金大少～格客人也多煞来浪。（九 36-269-22）¶你在乡下授徒，我在城中掌教，～是替路先生宏喧教育，替我圣朝培养人材。（官 1-10-15）¶不舍得以秋云为小老婆视之，～的凤冠霞帔，红灯花轿，鼓吹清音，迎归府第。（商 3-21-22）¶难道天下没有～的风筝，单他有这个不成？（红 70-997-19）¶～的同窗朋友，偏是他两个成双。（二 17-361-15）

【一早】
〈名〉早朝。¶莲生想了想，说道："耐明朝啥辰光到东合兴去？"蕙贞道："倪～就过去哉。"（海 4-30-1）¶耐～起来去做啥？（海 13-99-2）¶今朝～动身，到仔号里吃中饭。（鸿 1-192-10）¶个末明朝会，我明朝～来看耐。（鸿 2-201-1）¶到了次日，阎二先生　起来，穿了袍褂，坐了马车，赶到张园。（官 34-578-23）¶等到第二日，～营里头的差官就跑来打门，说："大人都上了炮船了，老爷还只管慢吞吞，到底要这功名不要？"（负 3-11-24）¶第二日～，趁了火车，回德国去了。（孽 17-147-6）¶我们～就来了。我师父见了太太，就往于老爷府内去了，叫我在这里等他呢。（红 7-111-1）

【一知半解】
理解が浅いこと。¶亚白阅过，连声赞好。小赞陪笑道："故是幸亏尹老爷，稍微有仔点～。高老爷看下来，倘然还可以进境点个末，阿好'有教无类'之说，就正一二？"（海 60-515-2）

【一直】
〈副〉長い間ずっと。まっすぐある所まで。¶耐自家想想看，耐～下来，东去叫个局，西去叫个局，我阿曾说歇啥一句闲话嘎？耐第歇倒要瞒我哉，故末为啥呢？（海 4-31-5）¶俚做仔一户客人，要客人有长性，可以～做下去，故末俚搭客人要好哚。（海 7-51-8）

¶赵家姆见了莲生,回说:"送得去哉,～送到仔楼浪哚,……"(海9-72-15) ¶俚阿是～觌来歇!(鸿4-209-10) ¶只见吴赞善坐再上面看戏,赵温坐的地方离他还远着哩;～等到散戏,没有看见吴赞善理他。(官2-26-13) ¶坎坎从她那里出来,～到这里来。(商3-23-21) ¶你请客票上写明了准十二点钟,我依时准到,～候你到三点一刻。(人32-365-19) ¶谁知～服药调养到八九月间,才渐渐的起复过来,下红也渐渐止了。(红55-769-15) ¶～翻到后面去,看见本府有许多大乡宦名字及图书在上面。(二1-5-16) ¶大夫便脱了外衣,坐在盆间,大肆浇洗。浇洗了多时,泼得水流满地,～淌进床下来。(二14-292-4) ¶将这十一担金珠宝贝,却装在车子内,叫声聒噪,～望黄泥冈下推了去。(水16-236-1)

【一准】
〈副〉必ず。きっと。 ¶明朝想转去,廿五～到。(海54-457-23) ¶等明朝买好仔物事,后日～开船,大后日想必就好到嘉兴哉。(狐57-486-6) ¶老五点头道:"～实梗末哉。难末要几化铜钿哩?"(沪1-51-6) ¶鄒太爷晓得老爷明天～动身,昨天一早就跑了来,坐在家人屋里。(官11-156-3) ¶如今已说定了,她一定嫁我,我～娶她。(商3-23-21) ¶慕翁到底是个实业家,于农工上面留心,这新法耕田公司,～可以办得。(市33-339-11) ¶兄弟～初五坐礼拜四的招商轮船回去。(梼13-217-12) ¶菊笑笑道:"这还不容易,你不认识,我可都认识。只要你不要过桥抽板,我马上找他们,一定有个办法,明天来回复你。"彩云欣然道:"那么～请你就去。我不是那样人,你放心。"(孽31-297-10) ¶我～回去告诉赵姨奶奶,也省得他天天说嘴。(红84-1215-20)

【衣不解带】
寝る時でも,服を着たままで,帯をとかない。多く看病などでゆっくり休む暇もないさまに用いる。 ¶漱芳生仔病末,玉甫竟～个伏侍漱芳,连浪几夜天勿曾困,故歇也来浪发寒热。(海42-351-7) ¶看见父亲病重,他～,伏伺十余日,眼见得是不济事。(儒40-465-17) ¶遇个朋友,是个苏州人氏,叫做梁山伯,与他同馆读书,其相爱重,结为兄弟。日则同食,夜则同卧,如此三年,英台～,山伯屡次疑惑盘问,都被英台将言语支吾过了。(喻28-417-10)

【衣裳】
〈名〉衣服。 ¶出局～,无姆阿曾拨来耐?(海10-75-2) ¶换仔～了吃哩,啥要紧嘎。(海20-159-20) ¶下半日汏～,几几花花～就交拨我一干仔。(海23-183-14) ¶价末倪着好仔～,一淘去。(海46-392-24) ¶阿要换～?(鸿4-212-20) ¶倪刚刚进去换件

語彙例釋　yi

～，各位包涵点，勿要动气。(九 34-254-26)　¶(依替我拿～拿出来)(依拿我个～拿之出来)！侬打算要着阿里一件～？(上问 19-36-8)　¶这天穿的～，照例是行装打扮。(官 9-128-4)　¶～任凭是什么好的，可又不值什么，该子的身子要紧，就是一天穿一套新的，也不值什么。(红 10-148-22)　¶替他梳个头儿，摸摸身上，又与他从容换了一件～。(醒下 11-189-4)　¶怎地不脱～，和衣而睡？(禅 13-204-15)　¶只听得房门响，似有人走了出去模样。他是有心的，轻轻披了～，竟走起来张看，只见房门开了。(初 17-301-8)　¶生受叔叔。你且脱下身上破损～，取一件好衣服与叔叔穿。(杀 33-135-4)　¶太公大喜，教那后生穿了～，一同来后堂坐下。(水 2-24-14)

【医道】

〈名〉医术。¶钱子刚说起，有个高亚白行末勿行，～极好。(海 35-292-6)　¶耐该应问双玉，双玉个～比仔亚白好。(海 41-348-6)　¶子明要替他延医，老三说道："已经请仔先生哉。～倒蛮好哩。"(沪 3-90-8)　¶从前我有个朋友叫王端甫，～甚好。(目 85-688-19)　¶尔梅也知戬三～甚是高明，惟不肯受人医金，门口并不悬牌。(繁后 19-946-12)　¶蔡大人是认识不少外国朋友，他那朋友当中不少是懂得～的。(人 40-483-12)　¶昨日冯紫英荐了他从学过的一个先生，～很好，瞧了说不是喜，竟是很大的一个症候。(红 11-156-15)

【医生】

〈名〉医师。¶近来个～也难，吃下去方子才勿对咽。(海 35-292-3)　¶上海地方～，总算中西荟萃，内科、外科、伤科、毒科、针科、眼科、儿科、妇科，没一样不有。(新 50-229-19)　¶后来又由刁迈彭荐了一个～，说是他们的同乡，现在在上海行道，很有本事。(官 49-829-10)　¶这天志敏病倒，她比母亲更为着急，心中巴不得一时三刻，请～来替他诊治。(歇 5-63-3)　¶果然年迈的人禁不住风霜伤感，至夜间便觉头闷目酸，鼻塞声重。连忙请了～来诊脉下药，足足的忙乱了半夜一日。(红 64-917-8)　¶寻～赎了几个杖疮的膏药，贴了棒疮，便同两个公人上路。(水 12-182-9)

【医治】

〈名〉治疗。¶俚个病，旧年冬里就该应请个先生来～～。(海 20-160-5)　¶一看这个样子，一条英气勃勃的心肠，早为儿女私情所牵制。少不得延医服药，竭力替儿子～，以安太太的心。(官 58-1018-18)　¶只望平戟三早来，或者有法～，不然眼见得吉少凶多。(繁后 19-946-21)　¶人先要紧，到底伤势重不重！弄部马车，送到医院去～，晚一刻是不成功的。(十 32-241-10)　¶他二人之病出于不意，百般～不效，想天意该如此，也只好由他们去罢。(红 25-355-12) ¶为何患病如此狼狈，急急～方好。(禅 13-203-3) ¶母亲与他一路，最是爱惜。所以有了暗疾，时常叫小人私下～。(二 25-499-13) ¶李立、汤隆、蔡福，各带重伤，～不痊身死。(水 118-1777-10)

【依】

〈動〉従う。言われたとおりにする。 ¶耐覅实概哩。俚教耐过去，总是搭耐要好，耐就～仔俚也蛮好哒。(海 5-41-22) ¶我说仔几转，教耐昨日转来仔末就来，耐定归勿～我。随便啥闲话，搭耐说仔耐只当耳边风！(海 18-141-4) ¶俚要搭耐说啥闲话，勿要紧个末～仔俚一半；耐就勿～俚，也覅搭俚强，好好交搭俚说。(海 24-194-22) ¶宝玉道："傃实梗说起来，奴和底下交代仔双双台，对傃一说，傃终也～我格哉哒。"绥之道："只要称你的心，有什么～不得呢？"(狐 14-97-3) ¶晓得哉，傃覅说哉，奴～傃末哉。(狐 49-419-17) ¶既然你有此缘故，为甚并不早说？但他有多少东西，三两个月里头一齐弄到了手，便不许他再住在家，必须设法出去，否则我可不～。(繁后 1-716-21) ¶违了条约，那我可是不～的。(梼 11-172-11) ¶探春只命蠲了这个，再行别的，众人断不肯～。(红 63-892-15) ¶我若～了你的言语，背了大员外，使人送些钱与小倌人，有何难处，只是于礼不可。(杀 19-84-2) ¶丈夫，你既娶来了，我难以推故。你只～我两件事，我便容你。(警 33-502-15) ¶老身磨了半截舌头，～倒也～得，只要娘子也～他一件事。(二 2-33-3) ¶这个如何瞒得过做公的。我却有个道理，只怕叔叔～不得。(水 31-483-2)

〈介〉……によれば。……に基づいて。動詞からの派生を示す"仔"を伴うことが多い。 ¶～仔俚心里，倒勿是要借罗个洋钱，要我来请耐向耐借，再要多借点，故末称心哉。(海 22-176-19) ¶～仔二少爷，上海夷场浪倌人，巴勿得才去做做。(海 57-483-23) ¶～仔我想起来，到底用个娘姨格好。(九续 34-261-2) ¶～你末，那哼问法介？(三 39-417-6) ¶～倪末蛮便当格；拍拍俚格马屁，请俚看看戏，吃吃大菜，坐坐马车，白相白相张园。(负 17-80-12) ¶～我的意思，一齐赶掉，一个钱也不给他们。(官 49-836-22) ¶你姐姐没有断气时光，亲口分付我，叫我～着他的话写的，共有三分，是你一分，我一分，阿翠一分。(新 50-231-11) ¶再不要说你们'这府里原是这样的'话，如今可要～着我行，错我半点儿，管不得谁是有脸的，谁是没脸的，一例现清白处治。(红 14-197-6) ¶此是甚么走去处，与岐阳郡这般遥远？～长者之言，莫非错走了？(禅 22-368-8) ¶～着我说，当便或者当得来，只是救一时之急，赎取时这项钱粮还不知在那里！(二 1-5-4)

【咿】

語彙例釈　yi

〈副〉共通語の"又"。①また。またしても。動作・状態がくりかえされることを表す。
¶～是阿金哚哉哩,成日成夜吵勿清爽。(海 3-18-17)　¶陶云甫見玉甫神色不定,乃道:"～有啥花头哉,阿是?"(海 19-155-2)　¶我碰着仔前世里冤家!刚刚反仔一泡,故歇～来浪说我啥,我是定归活勿落个哉!(海 32-269-10)　¶癞头鼋～到仔上海哉呀。(海 61-520-6)　¶做末～做仔一首,勿晓得阿对。(海 61-521-23)　¶勿好哉,～勒里想赖哉。(三 5-61-19)　¶[丑]大娘娘,祝大爷来哉。[旦]大爷可曾回来?[丑]大爷末勿居来,祝大爷一干子奔得来个。[旦]那祝大爷现在何处?[丑]立垛书房里边,等候大爷居来,～要到酒船浪去哉。(三 8-94-20)　¶二朝奉,啥勒～来朵哭哉介?(描 41-365-27) "夷" "咦" "亦" および "又" などとも作る。(②～⑤各項も同じ。)　¶耐倷夷来哉!(鴻 5-217-26)　¶只見稚玉立在房門口叫道:"大人今朝玉带扇阿曾带得来介?"鼎夫立住脚,笑道:"夷忘记哉,明朝拿得来拨耐罢。"(鴻 7-228-3)　¶君牧听了,笑逐颜开,说道:"定末定好仔,勩夷勿来。"(鴻 18-300-24)　¶唔笃说说末,夷是格星日话,阿要鸭屎臭!(沪 1-8-3)　¶奶奶咦来哉。(描 1-6-10)　¶倪两家头难得碰头,刚刚坐得一歇,倷咦要去哉呀?(九 106-733-8)　¶目今世界浪恶人多,打发仔一个去,亦来仔一个。(狐 29-238-21)　¶大先生,巧玲亦勒浪骂倪哉。(狐 32-270-24)　¶倪刚刚堂差转来,老旗昌又来叫局,阿要讨气?(九 37-275-14)

②……であるうえにまた……。いくつかの動作・状態が重なることを表す。　¶我倪子养到仔实概大,～会吃酒,～会打茶会,我也蛮体面哚。(海 6-43-9)　¶我故歇是勿曾说耐啥,得罪耐;耐来里说我勿快活,～说是猛扪闲话。(海 28-229-17)　¶我来里楼浪,刚刚听见,～气末～好笑。(海 48-405-7)　¶小人毛大官,咦叫百勿还,欠子人家的帐目永远勿还个!(描 11-99-10)　¶倪故歇想起来,耐来浪对仔倪瞎说一泡,倷格吭拨洋钿,咦是倷格今年来勿及。(九 129-868-23)　¶奴倒是看倷格朋友,面孔亦黄亦瘦,像煞烟晕野大笃。(狐 3-18-2)　¶倷心里向格事体,是自家梦里说出来格,勿然我既勿是仙人,亦勿是倷肚皮里格蛔虫,哪哼能够一猜就着介?(狐 30-248-12)　¶倒是间搭栈房,亦是小,亦是龌龊,比仔上海,真真天浪地浪。(狐 33-281-14)　¶要想来投奔俚格,倒是我勿认得俚格面孔,俚勿认得我格形状,亦呒不熟人指引通信。(狐 36-310-22)

③否定の語気を強める。　¶对过张蕙贞末,～勿是我相好,为啥耐耍吃起醋来哉哩?(海 6-42-9)　¶昨日一夜天～勿曾困,困好仔再要起来,起来一埭末咳嗽一埭,直到天亮仔坎坎困着。(海 17-140-1)　¶照耐年纪是该应定亲个辰光,耐～呒拨爷娘,生来耐阿哥做主。(海 54-455-10)　¶癞头鼋自家跑得来,～勿是我做个媒人,耐去得罪仔俚吃个亏,

yi　語彙例釈

倒说我勿好！（海 64-551-4）¶耐夢搭仵挖空，夷勿是小贼落，怕包打听来拍牢！（鸿 9-240-23）¶耐故歇一干仔来浪上海，夷无拨倷自家格亲人，有仔毛病，阿有倷人好来替耐，倪是白白里替耐发极，也无拨倷格用场。（九 75-542-4）¶俚笃咦夠请倪，同仔耐去，算倷样式呀！（九 106-733-13）¶马大少生病末，豪燥请郎中先生看哩！倪先生咦勿是郎中先生，去做倷格事体呀？（九 135-903-19）¶阿金道："俚姘格人，我晓得也勿长远来，现在拨我打听着仔底细，勿是啥格风闻哉，大先生，倷阿晓得啥人佬？"宝玉道："俚夠对奴说歇，奴亦勿是仙人，落里猜得出呢？"（狐 32-267-6）¶倪搭姚红玉末，吃倷格醋？倷格叫吃醋，耐倒搭倪讲讲看，倪搭耐亦夠攀倷格相好，为仔倷格事体要搭姚红玉吃醋介？（九 94-666-20）¶格个嫁人是一生一世格正经事体，勿是勒浪弄白相，倪又勿比格排吭拨长心格倌人，嫁仔人再要出来做生意。（九 23-175-10）

【咿】

〈叹〉おや。あら。奇異に感じたり、驚いたときなどに発する。 ¶～，倪只拜匝来里咙！（海 59-501-4）¶～，老包来哉！（海 60-510-10）¶［丑］收子去末那呢？［付］坐堂审哉吓，介勒个就在当堂吃独桌酒。［丑］～，那啥有酒吃个介？［付］罨到哉，介个是大枷吓！（三 4-27-9）¶"阿妈，倷来听听看，来咪雷响捏。""～，当真啥响。吓，间壁许四娘搭钱笃笞招陀响。"（描 5-40-22）¶"～，二相公转来哉！"（描 21-193-22）

【夷场】

〈名〉上海の租界を指す。 ¶耐阿晓得有个叫黄二姐，也算得是～浪一挡脚色咙。（海 6-47-24）¶上海～浪来一埭，白相相，用脱两块洋钱也无啥。（海 12-98-10）¶～地界，叉叉麻雀是勿要紧格咙，倷事体要捉介？（鸿 12-262-8）¶你们四个人，都是初到上海～上的，风景也不可不领略一二。（文 16-82-27）¶瑟公在～上颇有点名气，堂子里见了他有点惧怕。（十 25-183-24）

【咦】

〈叹〉"咿"に同じ。 ¶～！王老爷，耐阿好去嘎？（海 10-81-24）¶～！耐阿是要来吓我？（海 14-109-5）¶～！少大人来哉！少大人几时到个嘎？（海 64-546-7）

【姨夫】

〈名〉母の姉妹の夫。 ¶难末玉甫个叔伯、哥嫂、～、娘舅几花亲眷才勿许，说是讨倌人做大老母，场面下勿来。（海 37-308-1）¶宝玉心里还自狐疑，只听墙角边一阵呵呵大笑，回头只见薛蟠拍着手笑了出来，笑道："要不说～叫你，你那里出来的这么快。"（红 26-367-17）（宝玉は父の賈政が呼んでいるというので出て来たが、これは薛蟠が

語彙例釈　yi

計ったこと。賈政は薛蟠の母の姉である王夫人の夫)。

【姨太太】

〈名〉正妻でない夫人。¶俚屋里末几花～、外头末堂子里倌人，还有人家人，一揚括仔算起来，差勿多几百咪！(海14-113-7)¶阿珠叫声"～"，循规侍立。蕙贞正在裏脚，务令阿珠坐下。(海41-343-15)¶送到二少公馆里向去，长恐悟笃～心浪勿舒齐，就来浪间搭送仔罢，二少勿要客气，一塌刮仔受仔末哉。(九100-698-5)¶格位是唔笃少奶奶呢？还是～介？(狐36-310-11)¶二少，恭喜耐，耐阿是讨仔～哉？(九续34-257-18)¶大太太随即带了五个～，站在穿堂门口迎接。(负20-94-10)¶他太太早已去世，小少爷是～养的，年方一十二岁。(官22-351-1)¶我前两天托人对大师说定，将媳妇送去给他做了～，大师已经答应下来。(目88-715-10)

【移樽就教】

自ら出向いて教えを請うの意。¶鹤汀道："故歇无趣得势，让我早点完结仔，难末～如何？"亚白笑说："恭候。"一路送出二层园门，鹤汀拱手登骄而别。(海60-513-24)

【以】

〈介〉①……がゆえに。口語の"因为"。¶大约其为人必然绝顶聪明，加之～用心过度，所以忧思烦恼，日积月累，肺胃手是大伤。(海36-305-2)¶大约骚人咏士，～此花之色红晕若施脂，软弱似扶病，大近乎闺阁风度，所以'女儿'命名。(红17・18-238-6)¶足下何～知之？(警12-160-8)

②……をもって。口語の"拿""用"。¶李浣芳传中～李漱芳作柱，苏冠香传中虽不及诸姊而诸姊自见。(海53-450-12)¶其余或纪言，或叙事，或～议论出之，真真五花八门，无美不备。(海53-450-14)¶你不能为我烦恼，反来～这话奚落堵我。可见我心里一时一刻白有你，你心里没我。(红29-414-11)¶今日李白～飞燕比娘娘，此乃谤毁之语，娘娘何不熟思？(警9-114-2)

〈连〉①動詞・動詞連語の間に用いて、後者が前者の目的であることを表す。¶客人为仔俚眼睛高，勿敢去做，赛过留～待亚白先生个品题。(海31-260-3)¶这人一年不来，他等一年；十年不来，等十年；若这人死了再不来了，他情愿剃了头当姑子去。吃长斋念佛，～了今生。(红66-940-4)¶哥哥不可怠慢，急急回家，～安嫂嫂之心。(警5-48-14)

【以后】

〈连〉以後。¶从此～一点点勿敢得罪耐末哉。(海6-48-6)¶耐～末勲再去上荔甫个当水哉,阿晓得?(海 13-100-10)¶张先生就搭耐来一埭,～勿曾来歇。(海 14-109-21)¶最好是同贵国人说得来的,～办起交涉来,彼此有个商量,不至于再像这回事,弄得不讨好。(官 58-100-23)¶要像这种样子,～还不晓得要造出多少谣言来呢!(梼 22-345-19)¶～别叫林之孝家的进园来,你们也别说'林'字。(红 57-803-23)¶约至二更～,徐宁收拾上床。(水 56-940-17)

【以为】
〈动〉……と思う。¶名之曰'海上群芳谱',公议～如何?(海 53-450-2)¶奴搭俫商量格,俫究竟～哪哼嗄?啥一句才勿回答介?(狐 44-380-18)¶且说陶子尧自从见过王道台,满心欢喜,～现在我可把他搪塞住了。(官 9-129-12)¶宝玉自己～觉悟,不想忽被黛玉一问,便不能答。(红 22-310-4)¶朕欲发兵讨之,众卿～何如?(禅 39-630-14)

【矣】
〈助〉 語気助詞。共通語の"了₂"に当る。¶亚白先生可谓博爱～。(海 31-259-24)¶洵不愧为绝世奇文～!(海 51-431-7)¶其盘费余事,弟自代为处置,亦不枉兄之谬识～!(红 1-15-2)¶若不尽心抚养令郎,教诲他成人长进,我也到九泉难见董兄之面～!(醒下 11-188-11)¶妙相寺正少一员副主持,联访求久～。(禅 3-41-11)¶君家虽然富厚,不宜如此枉费。日复一日,须有尽时。日后后手不上了,悔之无及～。(二 22-443-5)¶自从别了兄长之后,屈指又早五六年～。(水 33-514-5)

【议论】
〈动〉取り沙汰する。論議する。¶其余或纪言,或叙事,或以～出之,真真五花八门,无美不备。(海 53-450-14)¶只听见吵嚷了这半年,今儿又说张家的好,明儿又要李家的,后儿又～王家的。这些人家的女儿他也不知造了什么罪了,叫人家好端端～。(红 79-1145-1)¶蔡京、蔡攸择日迎娶娇秀成亲。一来遮掩了童贯之羞,二来灭了众人～。(水 102-1578-2)

【抑塞磊落】
内心悶悶たるものをかかえながらも豪放磊落(らいらく)である。¶我看耐《秽史》倒勿觉著啥绮语,好像一种～之气,充塞于字里行间,所以由此一说。(海 53-446-10)¶即空观主人者,其人奇,其文奇,其遇亦奇。因取其～之才,出绪余以为传奇,又降而为演义,此《拍案惊奇》之所以两刻也。(二·序 1-13)

【意思】

語彙例釈　yi

〈名〉①考え。意図。¶我倒猜着耐个～来里，耐也不是要瞞我，耐是有心来哚要挑槽哉，阿是？（海 4-31-9）¶罗老爷做末做仔半个月，待倪翠凤也总算无啥，不过倪翠凤看仔好像罗老爷有老相好来哚，倪搭是垫空个～。（海 7-52-14）¶看俚光景，总归勿肯嫁人，也勿晓得俚终究是啥～。（海 24-194-4）¶韵叟察貌揣情，十猜八九，却故意问道："故末耐啥～哩？"（海 54-455-7）¶依我的～，会馆里人多，带回去恐怕不便，还是在我这里隐瞒些。（官 27-442-21）¶我倒有这个～，只是没这样的能干人。你若教给我这法子，我大大的谢你。（红 25-351-1）

②胸の内。"要（想）……"が後に続いて、動詞"考虑""打算"の意。¶耐～要我成日成夜陪仔耐坐来里，勿许到别场花去，阿是嘎？（海 6-42-14）¶文七爷因为这几天一直没有好生睡觉，刚才从统领船上站班回来，～想横在床上打个盹就起身，不料参将缠不清爽，一定要见他。他身无奈，只得起来相陪。（官 14-212-1）¶就是大家～要留这位贤父母多做两天，显得我们地方上爱戴之情。（官 41-693-12）¶今儿看他这位姑娘做了太太，～要想进去替姑娘请安，顺便看看上房里的铺设。（梼 3-43-23）¶夏姑娘回得房来，正给裴氏在那里闲谈，裴氏又提起加克奈夫，夸张他的派势，～要引动姑娘。（孽 16-133-19）¶但只是我想这个'香'字到底不妥，～要换一个字，不知你服不服？（红 80-1151-13）¶只见那袁逊仁走近前来，～要将手来扶他。阿丽慌了，便向着那衙门前的那一块上马石，一头撞去。（醒下 2-106-20）¶徐伦进门房来见苏爷，～要跪下去。东坡用手搀住。（警 3-26-17）¶望门内一看，只见门已紧闭，寂然无人声。王生嗟嗟，傍左边墙脚下一带走去，～要看他"有后门没有？"（初 12-215-10）

③気持ち。謝意・敬意を表す贈り物などを指す。¶耐尝尝看，总算倪无姆一点～。（海 38-321-14）

④ある可能性。¶稍微有点～；就不过常恐勿成功，再要拨人家笑话。（海 63-543-4）¶你竟带了外孙子板儿，先去找陪房周端，若见了他，就有些～了。（红 6-96-10）

⑤味・興趣をそそられるもの。見たり聞いたり、何かしたりするだけの価値。¶耐说末说白相，倒有点～。（海 7-57-15）¶我看俚勿声勿响，倒蛮有～，做起生意来比仔双宝总好点。（海 12-96-11）¶耐先要自家有主意，夥隔两日用完仔洋钱，勿过去，拨来耐哚娘舅说，阿是无啥～？（海 14-108-3）¶昨日老瞿说起，今年新花有点～，我想去买点来浪。（海 58-495-9）¶这后边一带，也没什么～，不过见些大石头大树和房子后墙，正经好景致也没看见。（红 60-848-7）

【意中人】

〈名〉意中の人。¶阿曾碰着～？（海33-272-23）¶只要有了什么～，要在外面住夜，对着康中丞，就说是到亲戚家去，要住过一夜，方才回来。（九 120-818-15）¶仔细一看，才知打错的人，而且所打的不是别个，正是自己眠思梦想千方百计想弄她上手的～儿，不觉心胆俱裂。（歇7-83-11）

【亦】
〈副〉"咿"に同じ。⇨"咿"②。¶我说漱芳命薄情深，可怜～可敬，倪七个人明朝一淘去吊吊俚，公祭一坛，倒是一段风流佳话。（海45-381-18）

yin

【因】
〈连〉……なので。因果関係の複文に用いられ、原因を表す。¶兄弟初到上海，并勿是行医，～子刚兄传说尊命，辱承不弃，不敢固辞。阿好先去诊一诊脉，难末再闲谈，如何？（海36-304-4）¶我记性不好，先生就把这篇文章裁了下来，用浆子糊在桌上，叫我低着头念。（官 1-10-6）¶却说秦氏～听见宝玉从梦中唤他乳名，心中自是纳闷，又不好细问。（红6-93-1）¶～他两不好习枪棒，却是我点拨他些个，以此叫我做师父。（水32-498-8）

【因难见巧】
難度が大きいため技巧がはっきり出てくる。¶痴鸳道："该个是'诸葛菜'，借用个典故陆里猜得着。"天然道："～，好在不脱不粘。"（海40-338-12）

【阴气】
〈形〉暗くてさびしくてぞっとする。¶耐想该搭大观楼，前头后底几花房子，就剩我搭个大姐来里，～煞个，怕得来，因也生来困勿着。（海 52-438-13）¶众人劝他不依。到了园中，果然～逼人。（红102-1429-23）

【阴阳怪气】
へんてこである。怪しげである。得体が知れない。¶余庆鼻子里又哼了一声道："为啥故歇几个人才有点～！"随手指着徐茂荣道："坎坎俚一干仔跑得来，同娘姨说闲话，我去喊俚，俚倒想逃去哉，阿要希奇。"（海56-474-16）¶俚从来勿会吃酒，大家才晓得格，就是客人笃代酒末，也有娘姨勒浪喰，故歇格客人才有点～。倪是做生意末，把势饭也吃仔两年哉，勿壳张今朝耐吃醉仔格酒，来瞎起倪格花头，阿要诧异！（九 34-252-6）¶文仙连问了几声，见秋谷依然不答，发起急来道："耐今朝啥格道理，跑得来～，一付勿高兴格面孔，问耐闲话末，一声勿响，阿是倪得罪仔耐哉？"（九64-464-18）¶陈老

語彙例釈　yin

末咦要实梗瞎三话四哉，倪先生搭耐蛮要好，俙辰光搭耐～呀，像陈老格号好客人，再要说惹厌，是真真天理良心呒拨仔淘成格哉！（九 100-701-23）¶耐肯借末借仔，勿肯借末也呒俙希奇，老老实实搭倪说末哉，俙格实梗～，假痴假呆，阿要气数！（九 130-875-15）¶家中一班下人，原顺着主人的意旨，见主人得新忘旧，对待如玉日见淡薄，他们上行下効，见了他也～的，不甚理睬。（歇 56-765-26）¶我现在不同他们说什么，且待日后争口气他们看。偏偏你又是这般～，说了话不能作数的。（歇 93-1286-1）

【阴阳先生】
〈名〉陰陽師(おんみょうじ)。¶～看个，初九午时入殓，未时出殡，初十申时安葬。（海 42-357-10）¶～看好日脚来浪，说是廿一末定归转来个哉。（海 43-364-20）

【音】
〈名〉字音。¶我想着个花样里，要一个字有四个～，用《四书》句子做引证。（海 41-348-22）¶"雄奴"二～，又与匈奴相同，都是犬戎名姓。（红 63-899-9）

【银两】
〈名〉貨幣として用いられる銀。"马匹""车辆"と同じ構造。銀が主要貨幣で、"两"を基本単位としていた。¶我想末，先去借得来办舒齐仔，等俚拿仔盘里个～来末，再去还。（海 55-469-7）¶若去必须多带～，一人赢他几千，不可当面错过。（繁后 15-892-25）¶可怜他半世为官，清风两袖，只因没有～孝敬，致被窜误在内，大约至少也要得个革职处分。（官 19-305-1）¶钞票上海通行的共有两种，一种是～钞票，一种是银元钞票。大清银行、华俄道胜银行，只有银元钞票，没有～钞票。（新 53-243-16）¶次日回堂，只说张华无赖，因拖欠了贾府～，枉捏虚词，诬赖良人。（红 68-967-21）¶因这场官司，费用了些～。（禅 12-185-2）¶赵员外取出～，教人买办物料。（水 4-64-9）

【银楼】
〈名〉金銀細工や装身具を加工・販売する店。¶旧年嫁仔个家主公，是个虹口～里小开。（海 16-127-8）¶倘忙三公子勿来，耐自家去算，～，绸缎店，洋货店，三四千洋钱哚，耐拿啥物事去还嘎？（海 61-524-10）

【银鼠】
〈名〉シロリス。中国東北地方に生息する。冬には全身純白となり、毛皮が珍重される。¶该个～好得来，阿要几花洋钱？（海 61-525-6）¶太太就只给了这灰鼠的，还有一件～的。（红 51-711-19）

【银簪】

〈名〉銀のかんざし。¶只要耐晚歇勿拿得来末，我拿～来戳烂耐只嘴，看耐阿吃得消！（海13-105-9）¶黄家姆只手里头拿了一支～，剔着牙齿不作声。（繁后35-1137-25）

【引导】

〈动〉先導する。案内する。¶陆秀宝道："一淘请过去哉喱。"大家听说，都立起来相让。庄荔甫："我来～。"（海1-7-13）¶一面齐韵叟起身离座，请陈小云前行。小云如何敢僭，垂手倒退。尹痴鸳笑道："覅让哉，我来～。"（海47-397-15）¶宝玉慢慢的上了马，李贵和王荣笼着嚼环，钱启周端二人在前～，张若锦、赵亦华在两边紧贴宝玉后身。（红52-731-12）¶俄有二青童，朱衣绛节，前行～。（喻13-200-8）

【引证】

〈动〉引証する。……を例証とする。¶用《四书》句子做～。（海41-348-22）¶并不是说外国人晓得我们中国的情形，原是～外国人办的事情确有效验，要我们照他办的意思。（官7-99-23）

【饮食】

〈名〉飲食。¶先是胃口薄极，～渐渐减下来，有日把一点勿吃。（海36-304-15）¶沾染了洋派而后，起居～一切，都比从前讲究了。（维13-92-3）¶其实他的上房里另外有个小厨房，～极其讲究。（官6-81-20）¶说是有感冒的人，～总宜清淡些。（梼15-241-14）¶日渐羸瘦作烧，～懒进，请医诊视亦不效验。（红80-1157-3）¶小姐病体日渐痊可，～如旧，不数日，便觉花容精彩，玉体妖娆。（禅36-585-13）¶怏怏成病，～不进而死。（初32-613-13）¶调理月余，方才～如故。（醒36-585-13）

【隐】

〈动〉火を消す。火が消える。¶陆里再有开水，啥辰光哉嘎，茶炉子～仔长远哉。（海62-438-24）"阴"とも作る。¶开水歇歇要用个，火钵头勿要阴脱之，加眼炭列上。（上散5-22-6）¶灯要阴快着，去拿灯来加一加。（上散7-39-8）

【瘾】

〈动〉アヘンが切れて、飲まずにおられなくなる。¶王老爷半日勿用烟哉喱，阿～嘎？（海9-72-4）

〈名〉アヘンなどのやみつき。¶蓬壶问："有几花～？"桂林道："吃白相，一筒两筒，陆里有～嘎。"蓬壶道："吃烟人才是吃白相上个～，终究覅去吃俚好。"（海60-508-17）

【印章】

〈名〉印章。¶再有几花零珠碎玉，不成篇幅，如楹联，匾额，～，器铭，灯谜，酒令

981

語彙例釋　yin-ying

之类。(海 40-337-12)

ying

【应得】

〈动〉助動詞。"应该""应当"に同じ。¶庄荔甫笑说："～奉陪。"(海 18-148-20) ¶陈小云、洪善卿、汤啸庵都说："～效劳。"(海 18-148-20) ¶上转极～过来叨优,贴正有眼事体,决决乎走勿开,格格失陪得极者。告罪告罪。(上散 10-61-1) ¶既然是他令姊丈的电报,～去通知他一声。(官 10-140-3) ¶一来叙叙同门之谊,二来我们地方上的绅士～前去谢谢他。(官 17-262-16) ¶这个局子是东家交给我办的,就～要相信我。(目 106-879-3) ¶既然外国人到此,我们营里一派几个兵前去弹压闲人,以尽保护之责。(文 1-6-3) ¶老二,你歇歇吧,不劳你费心,～我来才是。(市 1-193-16) ¶我们～奉贺一杯。(新 5-20-2) ¶这病时常～头晕,减饮食,多梦,每到五更,必醒个几次。(红 83-1193-6) ¶官人,这也是命里所招,～受些惊恐,破此财物。不须烦恼!今幸得靠天,太平无事,便是十分侥幸了!(初 11-200-15) ¶金事原不曾有子,家中竟无主持,诸妾各自散去。只有杨二房八岁的儿子杨清,是他亲侄,～承受。泼天家业,多归了他。(二 4-95-11) ¶老汉是此间地主,～来管顾的。(二 11-227-13) ¶女儿养父亲,是～的。(二 26-518-4)

【应该】

〈动〉助動詞。当然……すべきである。するのは当然である。¶莲生忙陪笑道："～动气,～动气!我做仔耐是一径要动到天亮哚。"(海 11-84-20) ¶双宝是麭去说俚哉!自家无拨本事末倒要说别人,～耐说个辰光倒勿响哉。(海 12-96-12) ¶实夫勿是道理,～说说俚末好。(海 28-233-21) ¶郭大少,倷既然叫俚娘末,勿～吭规吭矩格喨。(狐 14-96-20) ¶阿姆四十岁生日,随便哪哼,倪～要搭阿姆做格喨。(狐 52-442-24) ¶钱老伯府上,～过去请安?(官 2-17-19) ¶别说我吃了一碗牛奶,就是再比这个值钱的,也是～的。(红 19-266-19)

【哽喤哽喤】

〈拟声〉わいわいと騒ぎたてるさま。¶翠凤盛气嗔道："啥要紧嘎,～噪勿清爽!"(海 22-178-17) ¶荔甫大声道："让我吃筒水烟哩!"秀林不防,倒吃一惊,忙带水烟筒来就荔甫,着实说道："人家才困仔歇哉,～,拨俚哚骂!"(海 26-214-4) "哽喤哽喤"ともいう。¶陆兰芬却依旧坐着不去,早见兰芬的相帮进一搭局票。约有一二十张,来催他转局。兰芬嗔道："倷格要紧嘎,倪还要坐歇去勒,耐回报俚转过来,哽喤哽喤,吵勿

982

清爽。"(九 5-40-4) ¶还没有开口,早听得阿金大声讲到:"倪间搭故歇是鬼也吭拨一个来格哉!格扇招牌挂俚做啥?探探脱末拉倒哉喠!"小宝听了,心上早已有些明白。便皱着眉头道:"吭拨客人来,勿关耐事,用勿着耐来啌啌喤喤,算侪格样式介,规矩也吭拨格哉!"(九 104-722-22)

【楹联】
〈名〉母屋の正面にある2本の柱に貼ったり掛けたりする聯。また広く対聯を指す。¶再有几花零珠碎玉,不成篇幅,如～,匾额,印章,器铭,灯谜,酒令之类。(海 40-337-12)

【赢】
〈动〉勝つ(賭けや試合に)。¶耐倒会输哚,我勿曾听见耐～歇喠。(海 14-112-24) ¶耐要想翻本,我想俚哚人～末倒拿仔进去哉,输仔勿见得再拿出来耐哉哩。(海 14-113-17) ¶黄三溜子～了几千,把他高兴的了不得。双二爷道:"为着老宪台总不喜欢摇摊,叫你老人家～两个,以后也就相信这个了。"(官 21-335-191) ¶一磊十个钱,头一回自己～了,心中十分欢喜。(红 20-282-4) ¶我与余公子顽耍,向来不过～他几贯钱钞。(禅 8-115-14) ¶若我输与他,不必列公相助,我自有兄弟扶持;若～了他,也不必列公绑缚,我自有兄弟动手。(西 6-62-6) ¶我本意岂欲～他?(二 8-174-1)

【影踪】
〈名〉痕跡。跡形。¶一点点～才无拨喠。(海 58-496-22) ¶上海包探、巡捕要算多了,搜捕了几个月,竟如大海里捞针般,一点子～都没有。(新 22-101-25) ¶王氏又羞又恼,又气又急,连央了几个人四处找寻,那里有点子～?(新 45-207-31) ¶众人见了都觉伤心,就有热心的驾着船只绕溪河捞转来,哪里有个～?想早随波遂流汆出大河去了。(十 13-90-18) ¶眼见得开河集上地方没～,我明日到济宁密访去。(二 21-426-7)

【应酬】
〈动〉応対する。人付き合いをする。¶像罗老爷个客人到倪搭来也勿少喠,走出走进,让俚哚去,我阿曾去～歇?(海 7-52-11) ¶善卿为啥还勿来?只怕先到仔别场花去～哉埕。(海 12-92-11) ¶俚哚一径勿出来,就到仔今年了坎坎做个生意。人是阿有啥说嘎,不过～推扳点。(海 16-126-4) ¶倪碰和不过～倍人,无啥大输赢。(海 25-204-20) ¶倪阿姆怪奴勿会～,勿会拍马屁,埋怨仔奴一场。(狐 21-163-1) ¶格号客人,就勿～俚笃,也无啥希奇。(九续 13-93-20) ¶那陆尚书正在那里调查外国法律,再也没闲～伺候,故而未见。(文 30-161-12) ¶谁知人情势利,见浩三穷到这步田地,没一个人肯～他。(市 15-259-14) ¶日夜伴着玉娇,不但没工夫～朋友,而且连他少奶奶自杭州回来

語彙例釈　ying - yong

都不曾亲去迎接。(歇 23-302-5) ¶王夫人贺吊迎送，～不暇。前边更无人。(红 55-771-4)
〈名〉接待や付き合いの宴席。¶即问鹤汀道："该两日～阿忙？"鹤汀道："该两日还算好，难下去归帐路头，家家有点台面哉。"(海 27-226-5) ¶还有余双人、谈侣松，说也有～，勿见得来哉。(鸿 7-231-12) ¶一日夜饭后，并无～，信步出栈，望马路走来。(九 1-2-21) ¶拜年敬财神，朋友吃喜酒，衙门里有什么～，用着他的地方很不少。(官 19-313-24)

【应用】
〈动〉使用する。¶一切祭礼同～个物事，才舒齐，送得去一歇哉。(海 48-393-15) ¶到得好日，凡属喜事喜日～的事件，尽皆千端百正。(何 4-48-10) ¶吃了早饭，下楼来到书房，令谢义将～零星杂物收拾了两只网篮。(繁初 1-9-21) ¶没有进监的时候，早同手下人讲明，～物件，无不立时送进。(官 28-452-6) ¶又叫办差的置办锅锅、木炭、磁缸等件预备～。(官 48-805-9) ¶老七到了嫁姓王的第二十七天上头，便隔夜预先将～的衣服，以及小姊妹送她出嫁的香水丝巾等物，并一叠零用的钞票结好了一个小小的包里。(人 26-275-8) ¶薛蟠便命叫两个小厮进来，解了绳子，去了夹板，开了锁看时，这一箱都是绸缎绫锦洋货等家常～之物。(红 67-949-10) ¶秦明、黄信引领八九十匹马，和这～车子，作第二起。(水 35-547-6)

【硬心肠】
情を断ち切り、冷酷になる。¶耐倒硬仔心肠，拿自家称心个人冤枉杀仔，难下去耐再要有啥勿舒齐，啥人来替耐当心？(海 34-285-15) ¶尹子崇听着也是伤心，无奈知县毫不容情，只得硬硬心肠跟了就走。(官 53-911-7) ¶瓦德西没法，只好写了一封信，交给管园的，叮嘱等中国公使夫人来时手交，自己硬了心肠，匆匆回寓，料理行装，第二日一早，趁了火车，回德国去了。(孽 17-147-6) ¶这叫我怎么办！只得硬着心肠叫老婆子们把香菱捆了，交给宝蟾，便把房门反扣了。(红 103-1436-17) ¶如今的世界还是～的得便宜，贴人不富，连自家都穷了。(警 25-386-14)

yong

【永远】
〈副〉いつまでも。永遠に。¶再起来听听雨末，落得价高兴，望望天末，～勿肯亮个哉。(海 18-142-6)

【用】
〈动〉①使う。用いる。¶善卿道："屋里还有啥人？"朴斋道："不过三个人，～个娘

984

姨。"（海 1-4-9）¶耐拿三四十洋钱～拨俚，也勿来俚眼睛里。（海 2-10-19）¶到仔埭上海白相相，该应～脱两钱。（海 15-120-6）¶倪新～一个小大姐来浪，耐看阿好？（海 31-254-12）¶我想着个花样来浪，要一个字有四个音，～《四书》句子做引证。（海 41-348-22）¶一个婺源板，也无啥；一个价钱大点，故末是楠木。～陆里一个？（海 42-357-6）¶痴鸳文章就来里绮语浪～个苦功。（海 53-446-11）¶老实说倪格排客人勒倪身浪一格一千、八百，三千搭仔二千洋钱，也勿算啥事体。只有耐末一铜钱才勿肯～。（九 10-80-24）¶现在我们～的是自家的钱，用不着你来卖好！（官 5-62-18）¶一个月～不了二两银子，叫我省一两给爹妈送出去。（红 57-810-8）¶我喜欢你家里一件物事，是不费你本钱的，我借来～～，仍旧还你。（二 28-549-9）

② "吃" "喝" "吸" のていねい語。¶阿要～口茶？（海 2-13-6）¶阿曾～饭嗄？（海 2-15-9）¶吃酒末阿有啥勿好意思说嗄？赵大少爷请耐哚两位～酒，说一声末是哉。（海 3-17-4）¶陆里一位～烟？（海 5-37-18）¶各位老爷笃请～茶哩。（弧 6-40-18）¶今朝各位大少如果勿嫌奴待慢，请～仔格杯勒～饭。（狐 13-94-18）¶今朝甚个风吹侬来，——我是无事勿上三宝殿。——勿要话笑者，吃烟～茶罢。（上问 44-80-2）¶二位客人～过夜饭没有？（繁初 3-22-4）¶众位慢些～酒，我们去去就来。（繁初 5-47-14）¶说毕大家又商议了一回，略～些酒果，方各自散去。（红 37-507-4）¶县君又问道："可曾～过晚饭？"大夫道："晚饭已在船上吃过，只要取些热水来洗脚。"（二 14-292-2）¶姐姐，自从昨晚没～饭，你吃个点心。（警 24-359-11）

【用场】

〈名〉①用途。"有～"は共通語の"有用处""有用"。¶写来哚凭据，阿有啥～！（海 8-59-11）¶耐也勿懂啥事体，就来里该搭也无啥～。（海 42-356-10）¶就是倪实梗，举人中末中勒浪哉，阿有倽～嗄！要是举人好卖得脱个，倪也早已卖脱哉。（鸿 8-235-24）¶耐总要自家打打主意末好呀，寻着倪有啥格～？（九 165-1082-5）

②お金が要(`)ること。¶俚真用脱仔倒罢哉，耐看俚阿有啥～嗄？（海 3-19-15）¶我是比勿得俚，价末要有啥～，汇划庄浪去，四五百洋钱也拿仔就是。（海 14-108-12）¶爷娘兄弟来里小房子里，陆里有几花开消？常恐俚自家个～忒大仔点。（海 24-192-13）¶故歇双宝来里，生意末无拨，房间里～倒同倪一样哚唲，几年算下来，阿是豁脱仔勿少哉？（海 63-537-7）¶栈房钱欠仔勿少哉，故歇勿出来里，还有别样要紧～，搭仔到天津个川资，算算非此数不可。（鸿 8-236-6）¶我一干仔就～，总还有数目格。（鸿 18-300-6）¶黛玉故意分毫不受，退还邱八道："倪故歇吺拨倷格～，等到倪有～格辰光

語彙例釋　yong

再问耐拿好哉，倪倒勿像格号倌人单敲客人格竹杠。"（九23-173-4）¶你想愫春老四生意上开销多大，小房子个～也不小，她怎么支持得下？（人33-367-20）¶这里三百块钱的整钞票我此刻要有零碎～，伯祥云哥你身边可有零碎票，我和你掉一掉？（人43-527-11）¶阿根拿洋钱去什么～？（十35-259-8）

【用得着】
①必要とする。¶堂倌又叫住叮嘱道："难末文静点，俚哚是长三书寓里惯常咳个，勠做出啥话靶戏来！"娘姨笑道："晓得个哉，阿～耐来说。"（海16-124-1）¶情凤回嗔作喜道："划一，你那种药直头灵，吃了便不痛。我还没吃完，却被老五、老八讨光了。他们也和我一样的毛病，痛起来痛得死脱快，吃了你的药就好了。还要请你替我多配点。"说到这里凝神想了一想道："哝不几日天，又要～了。"（人45-556-2）¶二官人道："二位既然肯卖，我这里情愿肯买。君子不羞当面，到请一个老实价钱。"夏方笑道："自古道，'宝剑赠与烈士，红粉赠与佳人'。二官人既～。便是小可相赠也只有限，终不然俗语说得好，要一个马大的价。"（鼓12-150-6）¶好眼睛，估得不差。大娘子～，买了罢。（禅7-98-14）¶小娘子若～ 小可时，就赴汤蹈火，亦所不辞。岂有推托之理。（醒3-61-12）¶大户人家做中做保，倒多是用得他着的。（二16-327-3）¶程宰兄弟因是平日是惯做商的，熟于帐目出入，盘算本利。这些本事，是商贾家最～的。（二37-681-5）
②使える。役立つ。¶为啥做下来总是笼统闲话，就换仔个题目，好像也可以～。（海61-517-4）

【用勿着】
"用得着"的否定形。必要としない。①入用でない。¶就是倪也有两副来里，才放来咳～，要得来做啥？（海8-58-10）¶俚哚嫁出去辰光，拣中意点末拿仔去，剩下来也有几箱子，我收捉仔起来，一直～，还有啥人来着哩？（海10-76-8）¶倪也～ 俚家生，就实概看看末哉。（海52-437-10）¶既然做小格种样式末，亦～ 格套场面唲。（狐5-28-18）¶蒋正甫道："给你今天的局钱。"谢青云笑迷迷的道："～实梗几花唲！"（九续56-433-7）¶朝后倘使侬原是格能，我地头（勿要侬）（～侬）。（上散5-24-3）¶胡镜孙道："大人如要戒烟，卑职立刻就送一百包丸药过来。"刘大侉子道："用不着这许多，吃了有效验再来取。"（官20-331-4）¶此时也用不着，怕一时要用起来不够了。我打发人去取就是了。（红39-536-3）¶这些东西我却还有，只是你也～，给你也白放着。（红42-588-6）¶这匹马，我们却用不着，不如明早起来，带到林二官人庄上去，连这副鞍辔，卖他几百两银子。（鼓12-147-6）¶此一去用你不着，自有良将建功。（水67-1139-2）

②……するには及ばない。¶到个辰光俚原要到倪搭来哉，也～ 倪去请俚哉。(海15-118-10)¶吼拨客人来，勿关耐事，～耐来哗哗喤喤，算啥格样式介，规矩也吼拨格哉！(九104-722-22)¶故歇倪搭格位阿姊两家头去吃大菜，勿关耐事，～耐跟得去。(九续34-261-14)¶俫问俚啥咾？倪来烧香还愿，用倷勿着查三问四啘。(狐36-310-12)¶现在我们用的是自家的钱，～你来卖好！(官5-62-19)¶三少，也用不着你这样帮大少呀！(人39-462-19) ¶这个事也用不着你操心，外头有我，你只心里有了就是。(红47-652-6)

【用勿著】
"用勿着"に同じ。¶摆酒送礼多花空场面，才～，就买仔副香烛，等到夜头，倪三个人清清爽爽，磕几个头末好哉啘。(海52-441-15)

【用心】
〈动〉気を使う。注意力を集中させる。 ¶大约其为人必然绝顶聪明，加之以～过度，所以忧思烦恼，日积月累，脾胃于是大伤。(海36-305-2) ¶你既这样～，何不在外头大事上做工夫，老爷也欢喜了，也不能吃这样亏。(红34-462-13) ¶寡人多知卿等征进劳苦，边塞～，中伤者多，寡人甚为忧戚。(水90-1474-2)

【用着】
〈动〉 "用得着"に同じ。否定は"用勿着"。①必要とする。¶耐～末，拿得去末哉。倘忙有～ 个辰光，耐也好来拿个啘。(海8-60-5)¶我要～洋钱个辰光，就要仔耐一千八百，也算勿得啥多，我用勿着，就一厘一毫也勿来搭耐要。(海8-60-10) ¶倪个无姆真真讨气，勿是我要说俚！有来浪洋钱，拨来姘头借得去，自家要～哉，再搭我讨。(海21-172-24) ¶我是晓得耐个人，随便啥一点点事体，～ 仔耐末，总归勿肯答应。(海50-428-11) ¶我这副行头还是我们先祖创的，一年到头，拜年敬财神，朋友家吃喜酒，衙门里有什么应酬，～他的地方很不少。(官19-314-1) ¶有两处就在这几天里头期满，不过几天就要委他们的，那里～几个月。(官32-535-2) ¶老兄你回去，总要拿他照常看待，将来兄弟还有～他的地方呢。(文2-9-1)¶那边一因地广人稀，不能全靠着人力，开垦一道就不能不～机器了。(新26-117-18) ¶大人这里倘有～卑府之处，卑府可以效力。(维8-54-1)¶伯爷这样的知我，倘有～我处，赴汤蹈火，亦所不辞。(十36-267-29)¶如今我且替你收看，等你～这个时候我送你些。(红42-588-7) ¶王夫人看了嫌不好，命再找去，又找了一大包须末出来。王夫人焦躁道："用不着偏有，但～了，再找不着。……。"(红77-1097-5) ¶设若～老身，虽生人头，活人胆，也会取将来。(禅6-73-8) ¶

語彙例釋　yong－you

穷途周济，殊出望外。倘有～之处，情愿效力。（二 11-228-12）¶放着有高手弟兄在此，今次却～鼓上蚤时迁去走一遭。（水 56-939-3）

②使える。役立つ。¶该副烟盘还是我十四岁辰光搭倪娘装个烟，一径放来浪勿曾用，故歇倒～哉。（海 34-284-12）

【用著】
"用着"に同じ。¶明朝忙也勿忙，倒要～耐，勥去。（海 49-415-3）

you

【忧思】
〈动〉憂いにしずむ。¶大约其为人必然绝顶聪明，加之以用心过度，所以～烦恼，日积月累，脾胃于是大伤。（海 36-305-2）

【由于】
〈动〉……による。原因・理由を表す。¶其原～先天不足，气血两亏，脾胃生来娇弱之故。（海 36-304-24）

【有】
〈动〉①所有する。ある。いる。¶耐还～个令妹，也好几年勿见哉。（海 1-4-7）¶庄荔甫向洪善卿道："正要来寻耐，～多花物事，耐看看阿有啥人作成？"（海 1-6-7）¶倪只道仔耐勿来个哉，还算耐～良心咪。（海 2-12-5）¶耐末一泡子吵去看光景，阿一点清头嗄！（海 5-36-1）¶俚做仔一户客人，要客人～长性，可以一直做下去。（海 7-51-7）¶俚名气倒响得野咪，手里也～两万洋钱，推扳点客人还来咪拍俚马屁哉。（海 15-119-18）¶倪鸦片烟也～来浪，耐吃末哉啘。（海 27-222-12）¶耐今年也四十多岁哉，倪子囡仵才勿曾～。（海 34-285-13）¶对勿住，我一点事体，要去转一转。（鸿 1-194-26）¶想耐昨夜头去送方鼎夫，勒浪蛮好个啘，那哼就～起毛病来哉？（鸿 5-216-15）¶我～一个阿叔勒浪，亦登堂子里做相帮格。（狐 11-73-14）¶倪陆里～功夫到常州去？（九 47-341-14）¶这方必因见儿子～了怎么大的能耐，便说自明年开始，另外送先生四贯铜钱。（官 1-1-15）¶～了钱就顾头不顾尾，没了钱就瞎生气，成个什么男子汉大丈夫呢！（红 6-95-3）¶你是妇人，如何～那话儿？（醒 10-197-6）

②存在する。ある。いる。¶屋里还～啥人？（海 1-4-9）¶我记得西棋盘街聚秀堂里～个倌人，叫陆秀宝，倒无啥。（海 1-5-14）¶单～玉甫勿曾来，倪先坐罢。（海 7-55-4）¶莲生见房间里没人，取出一篇细帐交与善卿，悄悄嘱道："另外再～几样物事，耐就照仔帐去办，办得来一海送去，勥拨小红晓得。"（海 12-94-11）¶上海滩浪通共三班毛儿

戏，才叫得来哉，～百十个人咪哩。(海 16-125-22)¶俚阿敢上来！就上来仔，～我来里，也勿要紧咘。(海 21-167-15)¶烟末该搭～来里。(海 21-170-7)¶小妹姐检点局票，说："王老爷局票勿曾～咘。"(海 47-402-13)¶瑶官急问："阿～开水？"老婆子道："陆里再～开水？啥辰光哉嘎，茶炉子隐仔长远哉。"(海 52-438-23)¶夜里阿请过来，该搭着实～两个出色先生，～几个唱小喉咙个，唱工实头勿推扳。(鸿 1-193-2)¶沈大少，耐个下脚洋钱，那哼～两块铜个介！(鸿 9-243-18)¶今夜老丹桂里向，～出出色格戏勒海，奶奶阿高兴去佬？(狐 8-57-2)¶倪出城到二马路浪，格搭墙头浪～招纸贴好勒浪，勿然末奴落里会晓得呢？(狐 36-307-20)¶龙华寺里向，格辰光～一个老和尚，着实有道行格，夜夜登勒蒲团浪打坐。(狐 36-312-26)¶对勿住！金大人，里向～客人勒浪，只好先请客堂间里坐歇，等客人去仔再调阿好？(九 19-144-14)¶当下雨村见了士隐忙施礼陪笑道："老先生倚门竚望，敢是街市上～甚新闻否？"(红 1-11-9)¶雨村听了，因想到："这两句话，文虽浅近，其意则深。我也曾游过些名山大刹，倒不曾见过这话头，其中想必～个翻过筋斗来的亦未可知，何不进去试试。"想着走入，只～一个龙钟老僧在那里煮粥。(红 2-25-7)¶宝玉屋里～个晴雯，那个丫头也大了，而且一年之间，病不离身。(红 78-1115-2)¶阿呀！方才我家无油，正好～油担子在这里，何不与他买些？(醒 3-45-7)¶古时～个朱陈村，一村只～二姓，世为婚姻。(醒 9-180-15)¶那笔跡从来认得，且词中意思～在，真是拙妻所作无疑。(初 27-505-16)¶何正寅来到赛儿门着，咳嗽一声，叫道："～人在此么？"(初 31-575-11)

③状態・性質の程度がどのくらいになるかを表す。¶阿要瞎说！耐自家～几化大，倒养出实概大个倪子来哉。(海 6-43-13)¶俚哚是牌局，要末来哚替碰和，勿然陆里～实概长远嘎。(海 7-54-8)¶耐看俚帽子浪一粒包头珠～几花大，要五百块洋钱咪！(海 15-120-1)¶二小姐一径搭倪说起，说上海格客人才靠勿住，只有耐潘大人末，气魄咦大，脾气咦好，上海滩浪实头难得碰着格。实梗洛格日子，二小姐肯留耐呀，忽然是洛里～实梗容易？(九 157-1097-4)¶倩倩回说："去是定规去格，必让唔笃是老相好，夷是久别重逢，总有多化窝心闲话，倪勒浪一淘，阿要鸭屎臭哩！"说着说笑起来了。次云笑道："瞎说哉。耐末夷是～几化酸溜溜格。"(沪 1-108-10)

④数量や数値がどれくらいになるかを表す。¶耐说转去两三个月咘，直到仔故歇坎坎来！阿是两三个月嘎，只怕～两三年哉。(海 2-11-14)¶善卿问："王老爷阿来里？"阿珠道："勿曾来，～三四日勿来哉。"(海 3-18-2)¶倪老爷也坎坎做起，～勿多两日。(海 4-27-16)¶罗老爷，耐～好几日勿请过来哉咘。(海 6-49-15)¶俚做大生意下

語彙例釈　you

来,也~五年光景哉。(海7-52-4)¶倪刚刚勿巧,出牌局,勿催仔再~歇哩。(海7-55-1)¶中饭还~歇哩哩。(海8-62-5)¶我~三年勿做,做勿来哉。(海11-89-10)¶四五年做下来,总~万把洋钱哉。(海34-281-16)¶从来勿到歇上海,故歇是第一转。来仔~一礼拜哉。(狐36-307-17)¶宝玉披衣坐起,问道："阿~啥辰光哉介?"阿金道："约摸~四点钟哉。天亮还有歇歇勒。贺老阿要喊醒俚介?"(狐56-476-13)¶次日顺全醒来,急问："倽辰光?"娘姨说："~十二点钟哉,来浪落雨呀!"(鸿4-212-19)¶倪主仆两家头住仔~两个月快哉。(鸿8-236-11))¶拉通州住之~(几年者)(几化年数者)?（上问14-26-8)¶那薛大爷一年不给不给,这二年也帮了咱们~七八十两银子。(红10-145-15)¶那天王庙其来已久,是个上方古刹,从北宋到今,也~百年多了。(醒上2-9-15)¶餐松食柏,宿水登山,却也整整游了~二十余年。(醒下10-181-23)¶如今贵恙~几时了?恁地面皮黄黄的,瘦做这般模样。(禅6-71-8)¶管呵脬所言之事,将~半月,怎不见动静?(禅25-406-13)¶对妙通道："适才所言白老孺人。多少年纪了?"妙通道："~四十多岁了。"(二3-55-13)¶那女子看见凤生青年美质,也似有眷顾之意,毫不躲闪。凤生贪看,自不必说,四目相觑,足~一个多时辰。(二9-181-2)
⑤十分的程度に達することを表す。　¶酒~哉,倪吃饭罢。(海18-148-10)¶甚话头,酒斟起来,干起来!——是我量浅得极,酒勿来个。酒~者,众位请罢。(上散10-64-8)¶兄弟酒~了,再会罢。(十38-296-15)¶小祖宗,谁敢望你请,只求听一句半句话就~了。(红9-136-8)¶大家的酒想也都~了,且出去散散再坐罢。(红41-566-10)
⑥指示代詞"某"に近い用法にもなる。⇨有辰光,有日脚,有日子。¶我~日子到俚搭去,有心要看看俚哚,陆里晓得俚哚两家头对面坐好仔,呆望来哚,也勿说啥一句闲话。(海7-56-23)¶~辰光我教玉甫去看戏,漱芳说："戏场里锣鼓闹得势,勿去哉。"最好笑~一转拍小照去,说是眼睛光也拨俚哚拍仔去哉。(海7-57-3)¶倘忙~一日伸仔冤,晓得我沈小红勿是姘戏子,原要耐收我转去,耐记好仔。(海34-285-24)¶饮食渐渐减下来,~日把一点勿吃,身浪皮肉也瘦到个无淘成。(海36-304-15)¶帐房先生认得鸣冈,招呼道："阿是看眉初?~人请俚吃大菜去哉!"(鸿1-193-8)¶昨日夜里,奴堂差到中和园(是天津酒馆,今已闭歇。)去,~一个陌生客人,转奴格局,也是广东口音,赛过勒浪敲铜锣,奴有半把听勿出笃。(狐14-97-15)¶~一天早上,大家方在睡梦之中,忽听得一阵马铃声响,大家被他惊醒。(官1-2-2)¶~一个嬷嬷说道："那里有个叔叔往侄儿房里睡觉的理?"(红5-71-3)¶~人劝许武娶妻。许武答道："若娶妻,便当与二弟别居。笃夫妇之爱,而忘手足之清,吾不忍也。"(醒2-21-12)

【有】
〈动〉みごもる。 ¶刚刚～仔两个月，怎晓得成人勿成人，就要道喜，也忒要紧哦。（海 47-402-21）

【有白相】
おもしろい。 ¶倪再去叫个王阿二来，倒～个哦。（海 3-22-13）¶勿会白相末白相小，会白相倒要白相老；越是老末越是～。（海 15-116-4）

【有辰光】
ある時。時には。⇨有⑥ ¶俚～搭我说起，说：'罗老爷倒有长性哚，蒋月琴搭做四五年末，来里倪搭做起来阿会推扳嘎？'（海 7-51-14） ¶～搭客人合好仔三四个朋友一淘来，才是朋友，才是客人。（海 14-111-1）¶俚哚是牌局，一去仔末要我代碰和，我要无拨啥转局，一径碰下去勿许走。～两三点钟坐来浪，厌气得来。（海 22-174-4）¶我生仔病，倒是俚第一个先发极，～耐勿来浪，就是俚末陪陪我。（海 35-295-13） ¶小云道："耐阿是带仔雪香一淘去？"仲英道："～一淘去，到仔园里再叫也无啥。"（海 48-407-14）¶为仔倪生意忒忙，坐仔一歇末就要转堂差，～戏野勿及唱。（沪 3-25-4）¶倪～替耐想想，格个结局末倒野为难煞格。（沪 4-72-3）

【有得】
〈动〉動詞の前に用い、その種の願望がかなえられることを示す。 ¶～赚末再好无拨个哉，还要嫌道少，阿有该号人嘎！（海 58-498-14）¶这事护院很肯帮忙，看来还～挽回。（官 4-49-24）¶况且姓倪的那里，我们司老多少银子在他那里出出进进，又不要他大利钱，他也～赚了。（官 5-61-11） ¶这王丑儿家中巨万家私，吃不了的是米谷，用不尽的是金银，穿不完的是衣服，单单只不晓得读书。他自也道："～受用酒肉罢了，读什么书？"（醒上 2-11-20）

【有点】
〈副〉少し。いささか。程度を表す。 ¶倒～象大先生个名字。周双福，周双玉，阿是听仔差勿多？（海 3-21-1）¶王老爷难也～勿老实哉！（海 4-30-19）¶阿是耐～勿相信我闲话？（海 7-51-22）¶连搭俚自家也～模糊哉。（海 14-113-9）¶姚文君个人倒～像耐。（海 45-376-5）¶忙问道："唔笃少爷阿曾出来？"阿四道："人～勿舒齐，困勒浪，叫我来请朱先生搭苏先生去谈谈。"（鸿 4-212-24）¶到底是蔡大少薄情呢？还是大夫人勿许实梗介？杨老，倷终～晓得格哦。（狐 5-29-4）¶我倒～勿相信，一定要问个明白。（官 15-239-22）¶这绪太太粉汗淫淫，觉得～吃力。（梼 10-147-24）

語彙例釈　you

【有交代】
なすべきことをなしとげる。¶我末做仔四五年大生意，替无姆撑仔点物事，原有今朝日脚，无姆面浪总算我～。（海 49-417-5）

【有教无类】
賢愚貴賤にかかわらず、どの人をも平等に扱って教育する。論語から出た格言。¶倘然还可以进境点个末，阿好借'～'之说，就正一二？（海 60-515-3）

【有理】
〈形〉すじが通っている。¶齐韵叟先鼓掌道："驳得～！"（海 39-327-19）¶平儿见他说得～，也便跟了过来。（红 47-649-9）

【有面孔】
①恥ずかしいと思わない。あつかましくも……。"厚着脸皮"。¶耐做个倌人末，几花客人做仔去，倒勿许客人再去做一个倌人，故末啥道理哩？也亏耐哚～，说得出。（海 9-73-14）¶连吴姐姐这么个办老了事的，也不查清楚了，就来混我们。幸亏我们问他，他竟有脸说忘了。（红 55-775-15）¶晴雯忙先过来，指他干娘说道："你老人家太不省事。你不给他洗头的东西，我们饶给他东西，你不自臊，还有脸打他。他要还在学里学艺，你也敢打他不成！"（红 58-824-21）
②顔がきく。顔が広い。"有面子"。¶倪搭请朋友，只好拣几个知己点末请得来绷绷场面，比勿得别人家～。（海 12-92-8）¶如今可要依着我行，错我半点儿，管不得是有脸的，谁是没脸的，一例现清白处治。（红 14-187-7）
③面目を施す。顔が立つ。"有光彩"。¶倪搭场化小点，大人勿嫌醒醒，请过来坐坐，也算倪～。（海 45-381-23）¶呸！没见世面的小蹄子！那是把好的给了人，挑剩下的才给你，你还充有脸呢。（红 37-508-21）

【有屈】
〈动〉まげて我慢していただく。"有"は"有请""有劳"の"有"。"屈"は"委屈"の意。¶朱蔼人道："正要来奉邀。今夜请黎篆翁吃局，……。原是倪五家头。借重光陪，千乞勿却。"实夫道："我谢谢哉哩，晚歇教舍侄来奉陪。"朱蔼人沉吟说道："勿然也勿敢～，好像人忒少。阿可以赏光？（海 15-121-2）¶方才珠姐到倪搭，晓得倈胡先生来，真真难得格，格落打发我来请。～倈到倪船浪去白相，轿子现在停勒外头，是跟我一淘来格呀。"（狐 18-138-2）¶横势租起房子来，也要耽搁两日勒海勒，就算碰巧就有，干娘勒奴面浪，终要～住格两礼拜，让奴继囡鱼尽尽孝心睆。（狐 49-419-13）¶子靖见幼安等一到,客已齐了,分付就在外房排席。房间里人说声:"对不住李老,今夜只能~些了。"子靖道:"我们只一台酒,本来何必正房?都他们双台,双双台的去闹市了。"(繁Ⅱ24-625-22) ¶只为向来我听信谗言,~贤弟,今日不必归怨。自今以后,把家私尽付与你收管,我一些也不管了。(杀33-135-8)

【有趣】

〈形〉楽しい。面白い。 ¶黄二姐正帮着金凤等张罗,望见子富,报说:"罗老爷来哉。"朱蔼人道:"倪要吃稀饭哉,耐坎坎来。"子富道:"再豁两拳。"陶云甫道:"耐末倒~去,倪搭蔼人吃仔几花酒哚。"子富带笑而告失陪之罪,随叫拿稀饭,来。(海 8-60-21) ¶耐倒骗我!赵家姆搭俚家主公也来哚~,阿有工夫来哉。(海8-616)¶吴雪香略劝一句,仲英便不依,几乎相骂,罗子富见仲英高兴,连喊:"~,~!倪来豁拳。"即与仲英对豁了十大觥。(海 56-479-12) ¶若换仔我格意思,老早要用轮船拖带,落得爽爽气气,阿要~仔点?(狐54-461-6)¶榴红阁道:"格末俚明早阿请倪吃饭哩?"大老二说:"自然请格哇,交倪明早三点钟末一淘去哇。"榴红阁大喜道:"格是~煞哉。俚格地方倒好白相哩。"(沪2-63-4) ¶我们做官的人,辛苦呢固然辛苦,然而等到官运好的时候,做的着实~,也就不觉其苦了。(官8-111-17) ¶晚上,任天然交代了一桌菜,却不请客,别人请他也不去,就是他父子两个同着媚艿母女两个坐了一桌,倒也吃得很为~,媚艿竟吃得有些醉态了。(梼16-256-11) ¶丫鬟看见,知他要饮酒,忙着走上来斟。黛玉道:"你们只管吃去,让我自斟,这才~儿。"(红38-521-17) ¶这腊梅问道:"却是甚么那活儿~?"春香道:"你不曾撞着那高兴的哥哥,搂抱着那一会儿,真快活死人,才知道这真慈味。"腊梅笑道:"臭歪货!亏你不羞脸,说出这话来。"(禅32-509-5)

【有日脚】

日どりが決まる。 ¶耐十月里啥辰光来?有仔日脚末再写封信拨我。(海55-468-12)

【有日子】

ある日。 ¶我~到俚搭去,有心要看看俚哚,陆里晓得俚哚两家头对面坐好仔,呆望来哚,也勿说啥一句闲话。(海7-56-23) ¶~兄弟两人勒浪书房里读书,该格乡下人走过门口。(沪2-102-5) ¶~玉如约俚一淘去打茶围,刚刚张格野勒浪。(沪3-18-7)

【有时】

〈副〉時には。ある時は。 ¶~心里烦操,嘴里就要乞喘;~昏昏沉沉,问俚一声勿响。(海 36-304-19) ¶老太太这话正是。虽然我们宝宝淘气古怪,~见了人客,规矩礼数更比大人有礼。(红 56-794-6) ¶我几番捉弄他,他执意不从。见他立性贞烈,不敢相

語彙例釈　you

犯，到认做义女。与老荊就如摘亲母子。且是勤俭纺织，～直做到天明。(醒 19-394-2)
¶满生心里，反悔着凤翔多了焦家这件事。却也～念及，心上有些遣不开。(二 11-238-9)

【有数】
〈动〉知る。わかる。わかっている。¶随便耐希奇古怪个病，俚一把脉，就～哉。(海 21-169-12) ¶(侬～我个说话否)(我个说后，侬懂拉末)(我个说话听得出否)？(上散 2-5-3) ¶伊个是甚人个房子，侬～否？(上问 16-31-4) ¶侬勿相信，拿我地格炭，拿几斤去烧一烧末，就(晓得)(～)者。(上问 27-50-10) ¶你子翁带来的钱，同你上海化消的钱，我心里都有个数。(官 9-125-20) ¶都说："天不早了，怎么请的客还不来？不要是忘记了罢？"钱瓊光道："我～的，他们早不得来，这时候也快了。"(官 45-765-5) ¶我听得些风声，今天就查帐，只恨我这事也是外行，一切进货出售，肚里没个底子。请步翁把贵厂的帐目，借给我一看，就～了。(市 35-350-25)

【有数目】
"有数"に同じ。¶耐故歇坎坎做起，耐也勿曾晓得倪翠凤个脾气，耐做一节下去，耐就～哉。(海 7-51-20) ¶耐末来里过一日是一日，耐个后底事体，有点数目未浪。华老爷搭耐讲好得非凡，嫁得去末，端正亨福好哉，阿有啥看勿见？(海 52-440-7) ¶倪看下去～个哉，南京去做啥嘎？就去末也定归见勿着史三公子面哦。(海 62-527-4) ¶格辰光一塌刮仔格事体，故歇也勿必说起俚，总归妩姆救仔倪格急，倪心浪也～来浪。(九 165-1082-25) ¶地格事体上我有点数目格。我俚大家办起来，地格里向个筋络彼此总该可以明白，也可以赚两个。(上散 9-52-8) ¶只要这本帐薄拿到我眼里来，是真是假，我都有点数目。(官 41-702-7) ¶格倒用法子的，自家病请别个医生医就好了。不过我们做医生的自己～的。(人 44-550-4) "有数脉"とも作る。¶格一带房子，奴有点数脉，勜看得格，俆胆大替奴干就是哉。(狐 50-430-1)

【有铜钱】
金持ちである。¶要是差仿勿多客人，故末宁拣个～点总好点。(海 18-148-5) ¶上海滩浪～格人末也多煞，倪啥勒勿去寻着别人，独独寻着耐刘大少一干仔，耐自家想想。(九 10-78-24) "有铜钿"とも作る。¶耐四少是有铜钿个人，实梗哐格班穷鬼才跟住仔耐走。说说呢夷是办啥实业哉，赈灾哉。铜钿到仔俚手里，实业赈灾才到仔荷包里去哉哦。(沪 1-103-3)

【有限】
〈形〉知れたものである(数量や程度が)。¶人淘少，开消总也～。(海 1-4-10) ¶蕙

贞道："俚是包房间，三十块洋钱一月哚。"善卿道："～得势。单是王老爷一干仔末，一节做下来也差勿多五六百局钱哚，阿怕啥开消勿出。"（海 4-28-15）¶我说，俚不过要借洋钱，就少微借点拨俚，也～煞个。（海 22-177-2）¶不过倪搭俚笃比起来，自然倪比俚高点，但是细细教一想，大家做格套生意，推板得也～。（狐 22-174-3）¶开销是倒也～，一塌刮仔一百五十洋钿好哉。（九续 29-219-9）¶洋钿是亏空得～，必过五千多块。（沪 3-22-1）¶车钱大也～个。（上问 42-76-7）¶赵老头儿祖孙三代究竟都是乡下人，见识～，那里能够照顾许多。（官 1-6-3）¶数十块钱～，索性费你的心，求卖主让掉了罢。（繁后 1-720-10）¶如今我想，乘着这几个粉头儿恰不是正头货，得罪了他们也～的。（红 60-842-20）¶小弟酒量～，一瓶足矣。（鼓 2-23-17）

【有心】

〈动〉……する願望や考えをもっている。¶我有日子到俚搭去，～要看看俚哚。（海 7-56-23）¶耐阿认得俚？俚末是姚李莼姚二少爷个家主婆，今朝到倪该搭堂子里来，～要坍坍二少爷个台。（海 23-188-16）¶今朝我也勿说哉，～要拿俚个赎身文书难难俚，拿着仔俚个赎身文书末，喊俚转来，原搭我做生意。（海 59-502-14）¶俚要受仔耐格洋钿呢，好象是搭耐勿是啥真心要好，不过是～想耐两个铜钱罢哉。（九 167-1096-19）¶格套戏子，～搭俫要好，无非想两个铜钱哩，俫借拨俚末吃啥，如若勿借，马上就搭俫断绝，我看见仔几化哉。（狐 11-75-16）¶俫是该千动万格人，就甩脱仔一千八百末，有啥要紧介？只怕俫勿为格浪，～骗骗奴哉哩。（狐 15-105-1）¶～托仔耐格大人，做仔格格媒人罢！（官 8-113-6）¶耐一做倪末，做末哉。（沪 2-50-4）¶他倒～给你们一瓶子油，又怕挂误着打盗窃的官司。（红 62-875-2）¶我～要抬举你做个军中副牌，月支一分请受。（水 12-183-2）

〈副〉①故意に。わざと。¶子刚道："俚倒一径搭耐蛮要好，故歇俚转差仔啥个念头，勿相信耐哉，阿对？"翠凤道："一点勿差。故歇是俚～要难为我。……。"（海 22-176-12）¶就是俉笃老太太凶点，倪只要规规矩矩，无拨啥格坏处，勿见得老太太～来寻俫格事。（九 76-553-2）¶二爷，耐说倪骂倪，就是打倪，倪也吭啥勿情愿，不过耐说倪～来浪气耐，格句说话倪吃勿落格。倪为啥要～气耐呀？（九续 154-1092-14）¶他本来各处乡谈多能几句，～打着苏白也未可知。（繁后 2-729-3）¶就是我哥哥说话不防头，一时说出宝兄弟来，也不是～调唆。（红 34-462-19）

②いっそのこと。思い切って。"索性"の意。¶我倒猜着耐个意思来里；耐也勿是要瞒我，耐是～来哚要跳槽哉，阿是？（海 4-31-8）¶遂将那辟谷丸连葫芦递与活死人，道：

語彙例釈　you‐yu

"送你拿去放在身边，慢慢的充饥便了。"随又倒出几粒大力子来，道："～做个春风人情，也送些与你。"（何6-66-7）

【有样式】
形がいい。 ¶乃问道："啥人搭耐梳个头？"雪香道："小妹姐啘，俚是梳勿好个哉。"蕙贞道："蛮好，倒～。"（海5-40-20） ¶姐姐的发髻那个替你梳的，倒～。（十27-40-20） "有样"とも作る。 ¶这天薛氏说她头发太多，挽着盘香髻儿不甚好看，须得梳个坠马式的髻儿，托着大些的鬓脚才有样。（歇3-27-1） ¶费大小姐的发髻盘旋伏贴十分有样。（十27-201-16）

【有样子】
"有样式"に同じ。 ¶耐脚浪着来哚倒蛮～。（海11-89-14）

【又】
〈副〉"又……又……"で並列を表す。⇨咓。¶妙在用得恰好地好，～贴切，～显豁。（海 51-431-9） ¶做是做得蛮好，～瑰奇，～新颖，十二分气力也可谓用尽个哉。（海60-515-16）

yu

【于】
〈介〉……で。……に。場所・時間・対象などを示す。¶准～十八老旗昌取齐，在席七位就此面订恕邀。（海47-400-20） ¶好像一种抑塞磊落之气，充塞～字里行间，所以有此一说。（海53-496-10） ¶但是以理而论，毕竟～题何涉。（海60-515-21） ¶好在运实～虚，看去如不经意，其实八十字坚如长城，虽欲易一字而不可得。（海61-523-6） ¶他师父极精演先天神教，～去冬圆寂了。（红17·18-242-13）¶凤姐～这些上虽不通达，但只见他三人形景，便知其意。（红31-423-4） ¶时届孟春，黛玉又犯了嗽疾。湘云亦因时气所感，亦卧病～蘅芜苑，一天医药不断。（红55-770-8） ¶那张千、李万，已得了宋江家中银两，又因他是个好汉，因此，～路上只是伏侍宋江。（水36-565-13） ¶欲借太尉御香仪从，并金铃吊挂，去赚华州。事毕拜还。～太尉身上并无侵犯。（水59-988-15）

【于是】
〈连〉そこで。それで。 ¶加之以用心过度，所以忧思烦恼，日积月累，脾胃～大伤。（海16-305-1 ） ¶王道台听了他话，也不好说甚么，～敷衍了几句，端茶送客。（官9-129-10）¶薛蟠再来找宝蟾，已无踪迹了，～恨的只骂香菱。（红80-1153-20）

【与】
〈介〉……と。¶'似曾相识燕归来'，欧阳修、晏殊诗词集中皆有之，～蒲松龄何涉？（海33-274-15）¶他中他的，～我甚么相干？（官1-4-4）¶他叫袭人，～我什么相干？（红51-714-14）¶弟子，你往日学的法术，却～高廉的一般。吾今传授与汝五雷天罡正法。（水54-900-4）

【雨】
〈名〉雨。¶昨日夜头天末也讨气得来，落勿停个～。¶姐夫听哩！故歇～停仔点哉。（海43-364-12）¶天来浪落～，耐阿好覅进城哉？（海47-403-7）¶刚刚那天下了两点雨，王老先生出的上联就是'下～'两个字。（官1-2-22）¶低头一看，自己身上也都湿了，说声'不好'，只得一气跑回怡红院去了，心里都还记挂着那女孩子没处避～。（红30-426-21）¶此间只隔得五里远近，却又～无风。（水52-866-10）

【语不惊人死不休】
語、人を驚かさずんば、死すとも休(ﾔ)めず。¶大约耐肚皮里先有仔'～'一个成见，所以与温柔敦厚之旨离开得远仔点。（海60-515-12）

(注) この句は、杜甫の《江上直水如海势聊短述》の诗の"为人性僻耽佳句，语不惊人死不休"からのもの。诗句が平凡で、人を驚嘆させるところがないことを、"语不惊人"で表すことが行われる（『漢語大詞典』に拠る）。

【玉人】
〈名〉玉(ｷﾞｮｸ)を彫刻して作った人形。美男美女をたとえる。¶单有朱淑人只听一个局。黎篆鸿问知是周双玉，也上下打量一回，点点头道："真真是一对～。"（海19-151-21）¶这几句话打入逢之母亲心坎里去，不由得殷殷问道："不错，我也正有此意。但不知姑娘意中，有没有好闺女，替他做个媒人。"他姑娘道："怎么没有？只要大嫂中意，我有个堂房侄女，今年十八岁，做得一手好针线，还会做菜，那模样儿是不必说，大约合侄儿是一对的～儿。……"（文39-211-15）¶蒋兴哥人才本自齐整，又娶得这房美色的浑家，分明是一对～。（喻1-4-2）

【寓】
〈名〉住まい。¶请起上坐，随问："令堂阿好？阿曾一淘来？～来咪陆里？"朴斋道："小～宝善街悦来客栈。……"（海1-3-24）¶大约先住客栈，登格几日，难末舒舒齐齐，再寻一个～。（狐45-389-3）¶难末唔笃过去邀俚，说奴住勒啥场化，专为仔俚勒进京格，俚听见仔末，自然到奴～来碰头哉啘。（狐45-391-24）¶地位明朝甚辰光可以

語彙例釈　yu-yuan

拉~里？（上问 34-62-1）¶卑职的~就在珊家园人和里七百二十九号门牌，请过来逛逛，回拜可不敢当。（新 56-257-9）¶料着必是久不见面的人初到上海，因问他姓甚名谁，~在什么地方，可有什么要事。（繁初 29-328-23）¶现在贵~在哪里？（十 1-3-27）¶直到清之介说明不再起自杀的念头，六之介方放心回了自己的~。（孽 28-261-2）¶通政公~在那里？（儒 18-221-17）¶傍人看不出他是官，假说是个游学秀才，借~在城外月波庵隔壁静室中。（二 3-53-11）

yuan

【冤家】

〈名〉かたき。¶王老爷是再要好也无拨，就勿晓得沈小红搭倪前世有啥多花~对头。（海 12-95-22）¶耐说仔俚，俚勿好来怪耐，倒说是倪教耐个闲话，倪末结仔俚几花~。（海 24-193-21）¶双宝苦恼子，碰着仔前世个~。（海 24-198-22）¶陆里一桩事体我得罪仔耐，耐杀死个同我做~？（海 45-379-1）¶说是说得勿差，不过俫搭孟河郎中亦勿是~，啥落能格刻毒。（狐 35-299-17）¶别人家格事体，阿关得耐俸事，要耐去瞎起劲？就是花小航得罪仔客人末，耐也勿犯着来做格个~碗。（九 35-258-3）¶刚刚格个本家陆阿肃，搭仔紫云轩勿好，~碰着仔对头，紫云轩落仔帐房，俚再要格外去糟塌俚两声，难末紫云轩抢仔一匣鸦片烟，望仔嘴里就倒。（九续 35-267-13）¶老文，你搭吉里大和尚是今世对头，还是前世个~介？（三 40-429-6）¶耐末真正是倪格~。倪想起来倪两家头要是弗认得仔阿是蛮好。（沪 1-110-1）¶要想把我自己的一肚子疑心向他说说，又碍着我在京里和文琴是个同居，他们到底是亲戚，说得他相信还好，倘使不相信，还要拿我的话去告诉文琴，我何苦结这种~。（目 77-620-22）¶我这里将就垫二三十两银子把与他，他也只当是拾到的，了解了这个~罢。（儒 14-175-2）¶谁知就有一个不知死的~，混号儿世人叫他作石呆子，穷的连饭也没的吃，偏他家就有二十把旧扇子，死也不肯拿出大门来。（红 48-662-11）¶我处银与你，不过要息两家争闹。我与你是甚~，苦苦昧心害你？（禅 25-410-1）¶今日一位小娘子救他不得，赵某还做什么人？此去倘然~狭路相逢，教他双双受死。（警 21-294-8）¶众公人都是和宋江好的，明知道这个是预先开的门路，苦死不肯做~。（水 22-328-3）

【怨结】

〈名〉わだかまっている恨み。¶我替耐解个~，多则一万，少则七八千，耐阿情愿？（海 63-542-17）

【冤牵】

yuan　語彙例釈

〈名〉前世の因業。¶汤啸庵道："想来也是俚哚缘分。"云甫道："啥缘分嗄,我说是～!耐看王甫近日来神气常有点呆致致,拨来俚哚圈牢仔,一步也走勿开个哉。"(海7-57-2)

【冤屈】

〈形〉形容詞"冤枉"①に同じ。¶倪该搭是小场花,请大人到该搭来,生来勿配。耐也一径～煞哉,难末拣着个大场花,要适意点哚。(海18-146-14)¶我末得罪仔耐,耐看瑞生哥哥面浪,就～点阿好？(海30-248-13)

〈动〉動詞"冤枉"に同じ。¶耐廿七岁讨一个转去,成双到老,要几十年哚。该个三年里向就算我～仔耐也该应哝。(海18-143-3)¶该搭个物事才勿好个,只好～点耐哉哩。(鸿4-211-22)¶走出门的时候,我叫姆妈对他说明两句话,第一句是我这走是他撵走我的,不是我要走,是他寡义,不是我忘恩。第二句是我走了不夹带他胡家什么东西走,他莫～我是卷逃。(人29-318-4)¶若从此以后大家小心存体面,这便求宝二爷答应了；若不然,我就回了二奶奶,别～了好人（红61-860-13）¶可怜！可怜！天下有这等～的事！(初11-206-8)

【冤枉】

〈形〉①不当な仕打ちや扱いを受けて,くやしい思いをする。"受屈"の意。¶阿珠道："耐是勿曾冤枉倪；倪先生有点～,要搭耐说,耐阿要俚说嗄？"莲生道："俚再要说～末,索性去嫁拨仔戏子好哉哕！"(海34-282-13)¶我为仔娘了听仔俚,说勿出个～,耐倒再要冤枉我姘戏子。(海34-283-4)¶我为仔卫霞仙个杀坏末,搭俚噪仔几转,出仔几花坏名气,啥人晓得我～。(海57-484-11)

②値しない。むだである。"不值得"の意。¶黎大人是勿要紧,倪末叫～煞哚,两家头难为廿几块。难下转俚要请倪去吃花酒,我勿去,让大少爷一千仔去末哉。(海15-120-4)¶为这上头,也不知挨了多少打,罚了多少跪,到如今才挣得这两榜进士。唉！虽然吃了多少苦,也还不算太～。(官1-10-9)¶他总不肯叫东家花此～巨款,游移不决。(棪17-268-11)

〈动〉無実の罪を着せる。不当な扱いをして嫌な思いをさせる。¶要说是俚勿肯巴结耐罗老爷,倒～仔俚哉。(海7-51-18)¶要说耐外头再有啥人来浪,故也一仔耐哉。(海18-141-9)¶我为仔娘了听仔俚,说勿出个冤枉,耐倒再要～我姘戏子。(海34-283-4)¶大少爷阿晓得？外头人再有点勿明勿白～倪个闲话,听着仔气煞人哚!(海58-496-16)¶凭俫哪哼～末哉。不过俫～奴,俫阿曾拿着啥格凭据格？俫阿曾看见奴姘人介？(狐10-68-25)¶江仲吉不信道："这也未免有些言之过甚。我想那班主笔都是读书人,何至

語彙例釈　yuan

于这般无赖?"筱宝玉道:"倪搭俚笃咦吭啥冤家,为啥要～俚笃呀?四少勿相信末,问二少好哉。二少来浪上海好几年哉,格号事体,阿有啥勿晓得?"(九续92-691-23) ¶"阿唷唷,老爷爷故个是～杀人个哉。""哇,好狗才!有凭有据的事情还称～么?押起来!"(描10-84-22) ¶郑大少爷、杜二少爷真是～人了,如玉先生自从做了杜二爷之后,我曾不时说起,晓得他当真并没留过第二个客人。(繁初27-301-6) ¶后来说这大姐姘上了马夫,吃了醋,连马夫带大姐一齐撵了。据大姐说是～,～不～却不晓得,大约总没有其么干净。(桳13-207-11) ¶于是众人反乱起来,当作新闻,先报与薛姨妈。薛姨妈先忙手忙脚的,薛蟠自然更乱起来,立刻要拷打众人。金桂笑道:"何必～众人,大约是宝蟾的镇魇法儿。"(红80-1154-19) ¶难为这个和尚,坐了这几日监,岂不～? ¶(外)人命重情,不打如何肯招!叫左右扯下去打!(生)爷爷!～!(杀35-142-9)

【原】

〈副〉①もともと。"本来""原来"の意。¶朴斋吐舌道:"去买俚做啥嗄?"二宝道:"我～勿要呀,是俚咪端生阿哥定归要买,买仔三瓶,俚自家拿一瓶,一瓶送仔阿姐,一瓶说送拨我。"(海29-243-16) ¶倪是～要转去呀,巴勿得故歇就转去最好。(海31-256-24) ¶～说无行用个哉,耐勿相信。(海46-393-9) ¶我～教俚买个讨人,俚舍勿得洋钱,勿听我闲话,故歇无拨仔生意,倒问我阿有啥法子。(海56-477-19) ¶奴～晓得杨老是最诚心,最肯照应倪格。(狐1-5-21) ¶再加水灾荒歉,各项买卖吃亏,不但纱布,～不能怪我们办事不好。(市35-353-1) ¶这里也是园,～算是城中一个名胜之所。(繁19-201-16) ¶这件事,气呢,～怪不得你气,就是我也要生气的。然而要顾全大局呢。(目92-742-26) ¶一个举人～算不得什么;他们合起帮来同地方官为难,遇事掣肘,就叫你做不成功,所以有些州、县,只好隐忍。(官47-798-1) ¶老太太～是老祖宗,我父亲又是侄儿,这样日子,～不敢请他老人家;但是这个时候,天气正凉爽,满园的菊花又盛开,请老祖宗过来散散闷,看着众儿孙热闹热闹,是这个意思。(红11-155-13) ¶他～该来的,只因无人看家,所以不来。(红85-1226-22) ¶此人～是个小人出身,极是残忍不忠。(醒上7-44-15) ¶沈全～是懒惰之人,早早先去睡了。(禅5-66-4) ¶这件珍珠衫,～是我家旧物。(喻1-31-5) ¶～是几个不成材小厮们在这里屯扎。后被我两个来,夺了这个去处。(水44-718-2)

②やはり。共通語の"仍然""照旧""还是""还"などの意。¶王阿二道:"耐末那价呢?"小村道:"我是～照旧哩。"(海2-11-24) ¶耐～照应点俚,劝劝耐无姆看过点,赛过做好事。(海3-20-4) ¶阿有啥好听点个嗄?～是'双'啥'双'啥,阿要讨人厌!

yuan　語彙例釋

（海 3-20-22）¶娘姨赶着叫郭孝婆，问："烟盘来咋陆里？"郭孝婆道："～来里床浪碗。"（海 5-37-13）¶罗老爷～搭老相好要好末，阿肯搭倪要好嘎？（海 7-52-18）¶倘忙有用着个辰光，耐也好来拿个碗。到底～是耐个物事，阿怕倪吃没仔了？（海 8-60-6）¶故歇耐王老爷～勿曾搭倪先生还歇一点点债，倒先去做张蕙贞哉。（海 10-81-18）¶秀宝回房见善卿面色不善，忙道："我～搭耐装好仔。"（海 13-100-14）¶苏冠香指点道："说是广东教人来做个呀。勿晓得阿好看。"尹痴鸳道："啥好看，～不过是烟火末哉！"（海 39-329-13）¶啥个大会嘎！说末说是日里赏桂花，夜头赏月，正经白相～不过叫局吃酒。（海 47-401-13）¶我个物事，幸亏我捏牢子，替无姆看好来浪，一径到故歇，勿曾骗得去。倘然来咋无姆手里，故歇也无拨个哉。我末做仔四五年大生意，替无姆撑仔点物事，～有今朝日脚，无姆面浪总算我有交代。（海 49-417-5）¶我记得该搭像煞是我刚到上海，耐荐拨我个李小卿个房间，小卿故歇已经嫁仔人，听见说小干作养得蛮大勒浪哉，我搭耐～是实梗。（鸿 7-232-11）¶大少，耐歇两日要来照应照应小姐格哩，俚～是该个名字，勒浪彩仙堂。（鸿 14-273-22）¶又春笑道："阿唷，希奇得嘞！明朝西天要出太阳哉。"云卿拿眼瞪着又春道："耐阿是夷要讨生活吃哉？"又春忙肃然起敬的站在一傍，说道："勿希奇，太阳～出勒东天。"（鸿 14-274-4）¶辰光勿早哉哩，耐阿要～到范彩霞搭去罢，倪是勿好留耐格，明朝说起来，大家难为情。（九 23-172-8）¶啥列做梦介？那间有子故物事，物事末放来啥场化，～拿来放勒朵髩里向子末哉！（描 26-232-16）¶华平手里尽诗稿、眼镜，～带子转去哉。（三 12-143-18）¶～立朵哭活。（三 30-339-13）¶朝后倘使侬～是格能，我地头（勿要侬）（用勿着侬）。（上散 5-24-3）¶地隙（～是）（仍旧）要买。（上问 16-31-1）¶朱老故歇阿是～勒浪做曼倩？（沪 3-114-8）¶天色将晚，两个人～坐着马车回来，追风逐电，快的真象腾云一般。（十 17-124-30）¶现在的名分上～是个跟班。（十 31-231-20）¶兰芬一时打发了两人，～到方子衡房内，殷殷勒勒的陪着他。（九 37-276-8）¶他与我～不断往来，就有商量了。（初 6-114-3）¶这是潮州吕大哥，如何在这里？一定前日～不曾死。（初 11-207-12）¶人不可忘本，我当时虽被王家赶了出来，却是主人～待得我好的。（初 21-403-5）¶秋公园上神仙下降，落下的花，　～都上了枝头，却又变做五色。（醒 4-88-8）¶家人～以舍人相呼。（二 17-359-8）¶当初是老汉做媒卖去，而今～是老汉做媒还你。（二 22-459-4）¶富家子道："若果蒙先生神法救得，当奉钱百万相报。"抽马笑道："何用许多？但只～借我二万足矣。"（二 33-635-6）¶李逵依然～又去睡了。（水 53-884-13）¶梦见我的老娘，～不曾死，正好说话，却被大虫打断。（水 93-1502-9）

語彙例釈　yuan

【原】
〈名〉根本的な原因。¶其～由于先天不足，气血两亏，脾胃生来娇弱之故。(海36-304-24)

【原底子】
〈副〉もともと。もと。¶一手挽过浣芳来梳，随口问其向日梳头何人。浣芳道："～末阿姐，故歇是随便啥人。前日早晨，要换个湖色绒绳，无姆也梳仔一转。"(海43-365-21) ¶他是～有钱的人，能创造个局面，要是别人，如何做得到呢？(市36-356-29) ¶他～本是做烟纸业的，为因有一天，老板叫他出去收角子，经过洋行街，不期撞着了一伙翻天印。(新34-155-17)"原底仔"とも作る。¶倷末姓啥名啥，原底仔啥场化人？(狐36-311-3)
(注)"原底仔(原底子)"には形容詞(属性詞)の用法もある。→俚笃住格场化就是倷～隔壁呀。(狐20-160-16)。また"原底"ともする。→此人姓吴，名字叫陶臣，～在后马路那一家汇划庄上做跑街的。(新21-96-15)

【原来】
〈副〉なんと……だったのか。いま気がついたときに発する。¶蓬壶问知亚白姓名，呵呵大笑，竖起一只大指道："～也是个江南大名士！幸会，幸会！"亚白他顾不答。(海31-259-18) ¶我道是啥人，～是阿金姐。倷一向好格？(狐20-159-11) ¶[丑]华安兄弟阿勒朵？[生]合唷，～是姐姐，请里边来。(三15-180-17) ¶～是你，那时你还是个大姐姐，个息变了大娘娘，自然认不得了。(梼11-169-18)("个息"は"故歇") ¶我说是谁错了，～是你！(红14-190-18)怪道这么好看，～是孔雀毛织的。(红49-676-5) ¶我道是谁，～是玉姿妹子。这半夜三更来此何干？(鼓6-71-4)¶那端王且不理玉玩器下落，却先问高俅道："你～会踢气毬。你唤做甚么？"(水2-18-16)

【原是】
"原说"に同じ。¶善卿道："双玉来仔几日天，阿曾搭耐哚说歇几声闲话？"双珠笑道："～哇。倷无姆也说仔几埭哉，问一声末说一句，一日到夜坐来哚，一点点声音也无拨。"(海12-96-7) ¶～哇。我说耐明朝要到尤如意搭去，算好仔几花输赢，索性再睹一场，翻得转末翻仔，翻勿转末救气输仔罢哉。(海14-113-20) ¶陈大道："嘎，原来是他。旧年年底边吃别人告了一状，新衙门里吃过官司的。"阿金姐道："～呀，嗳，好哇，听说格格歪头阿魏，旧年来浪新衙门里吃官司，真是实梗，拍尺，拍尺，耐阿晓得，阿有介事嘎？"(商1-9-21) ¶还勿曾出来过歇哩！——(～)(是呀)，我倷老爷到之屋里就勿适意者。格咯还勿出来过歇哩。(上问34-62-8)

yuan　語彙例釈

【原説】
「そのことなんです」「そうなんです」と、相手の言で思い至ったこと、相手の言に同意することなどを表す。¶庄荔甫道:"耐孙囡阿有带挡?"杨家姆道:"～呀。要是掮洋钱个,故末有点间架哉;像倪阿有啥要紧,阿怕新衙门里要捉倪个人。"(海26-210-6)¶茂荣拍着腿膀道:"～呀,有几个赌客就是大人个朋友。倪勿比仔新衙门里巡捕,有多花为难场花咪呀。"(海56-473-17)¶[付]阿就是祝枝山、唐伯虎介? [丑]～活。(三4-30-26)¶[生]如此说起来,必要说明的了![丑]～活。(三5-49-28)

【缘分】
〈名〉縁(えに)。¶想来也是俚哚～。(海7-57-2)¶想必是～满哉。(海34-283-16)¶从前我跟他老人家这几多年,总算～还好,他待我很不错。(官25-411-1)¶我谢幼安何尝要想娶妾?也是与天香夙世里有些～,才得起意娶他。(繁Ⅱ23-612-4)¶我和宝大人面都没有见过,那世里结下的～,就承您这样的怜爱我,搭救我,还要自各儿老远的跑来看我,我真不晓得怎么报答您才好呢!(孽31-299-26)¶老太太说:'我正想个积古的老人家说话儿,请了来我见一见。'这可不是想不到天上～了。(红39-537-16)¶我们今日难得同船过湖,也是个～。(二1-8-5)¶此间主人马少卿的小姐,与小弟有些～,夜夜自来欢会。(二29-569-10)

【缘故】
〈名〉わけ。原因。理由。¶想来其中必有～,一面之词何可信。(海64-547-7)¶[生]如此说起来,不要去的了。[丑]啥～介? (三10-113-6)¶下轿之后,也不回上房,直到大厅坐下,叫请师爷来,告诉他～,叫他拟电报。(官4-49-15)¶宝玉明知黛玉是这个～,却也不敢提头儿。(红67-951-3)¶这个和尚话语来得跷蹊。甚么一种心病,其中必有～。(禅6-72-6)¶就是如此,好歹也该有个信,或是叫位管家来。影响无踪,意不知甚么～!(二4-83-16)

【远】
〈形〉遠い(距離や時間のほか,内容の隔たりなど)。¶来安更不搭话,同张寿出了祥春里,商量"到陆里去白相"。张寿道:"就不过兰芳里哉哩。"来安说:"忒～。"(海5-35-6)¶大约耐肚皮里先有仔'语不惊人死不休'一个成见,所以与温柔敦厚之旨离开得～仔点。(海60-515-11)¶他如今虽说不如我们,也就算好了,比你姨娘强～了。(红35-477-20)¶想来昨儿的正日已过了,再等正日又太～,可巧又下雪,不如大家凑个社,又替他们接风,又可以作诗。(红49-680-5)

語彙例釈　yuan-yue

【远勿多】
あまり離れていない。共通語の"没多远"。¶莲生道："我对门就是东棋盘街哦。"小红道："还隔出一条五马路哚。"正说时，来安也跑回来，在天井叫"老爷"，报说道："东棋盘街东首，～哩。巡捕看来哚，走勿过哉。"（海 11-85-12）¶太太好久没出门了，这儿离杨梅竹斜街，没多远儿，太太去散散心吧？（孽 30-285-9）

【远开】
〈动〉隔たっている。"相隔"の意。¶耐阿姐来里绘春堂，～仔几花哚，吓啥嘎？（海 11-88-7）
（注）『漢語方言大詞典』に、上海松江における例として、"吴侬屋里搭伊屋里～一条河"を挙げている。

【怨气】
〈形〉怨めしく腹立たしい。¶陆里晓得今年正月里碰着一桩事体出来，故歇原要俚做生意，李老爷，耐想俚阿要～？（海 16-127-10）
（注）『漢語方言大詞典』は、吳語とし、〈动〉"因事情不顺利而气人；烦人"とする。吳越：海上花列伝普通話本は"憋气"と訳している。

【院落】
〈名〉敷地を広くとって，家を構え，塀をめぐらしている一区画。¶林翠芬道："啥人来浪唱？"苏冠香道："梨花～里教曲子哉哩。"（海 39-330-3）¶贾大少爷下得车来，车夫在前引路，把他领进了门，乃是一个小小～。（官 24-401-4）¶不如我这里赶着收拾出一个～来，妹妹住过这儿日倒安稳。（红 13-185-1）¶一面想，一面顺步早到了一所院内。宝玉又诧异道："除了怡红院，也更还有这么一个～。"（红 56-796-1）

【愿】
〈动〉望む。願う。¶善卿道："我替耐解个冤结，多则一万，少则七八千，耐阿情愿？"淑人道："～个。"（海 63-542-18）¶那宝玉的情性只～常聚，生怕一时散了添悲。（红 31-430-17）¶小可～往，只是得一个做伴的去方好。（水 53-874-8）

yue

【曰】
〈动〉……という。¶名之～'海上群芳谱'。（海 53-450-2）¶东鲁孔梅溪则题～《风月宝鉴》。（红 1-5-9）

【约】

yue　語彙例釈

〈动〉①約束する。取り決める。 ¶我再要搭耐商量，我朋友～末约定哉，～来浪初九。（海 28-229-23） ¶再有俉人自家身体，喜欢白相，同客人～好仔，索性花园里歇夏，故也只好写意点。（海 48-407-12） ¶宝玉道："勿拨月山晓得，总算还好，倒是一样勿凑巧，夹忙头里，明朝夜里有客人摆酒，只好后日去请俚格哉。"阿金道："请末明朝去请，～末～俚后日阿好？"（狐 17-128-8） ¶后来俚进京去，～奴一年后再见，勿是俚来，定是奴去。（狐 44-381-2） ¶凤姐因见他自投罗网，少不得再寻别计令他知改，故又～他道："今日晚上，你别在那里了。你在我房后小过道子里那间空屋里等我，可别冒撞了。"（红 12-168-11） ¶两个背地里～下，第三日教头陀来化斋饭，叫我取铜钱布施与他。（水 46-763-5）
②さそう。招く。 ¶吃仔酒末就台面浪～好两个朋友，散下来一淘到小红搭去，阿是蛮好？（海 9-74-3） ¶我～小村来哚兆贵里，倪坐车子去罢。（海 13-102-22） ¶俚勿会碰，夠～哉。（海 13-106-16） ¶你们看见通甫，顺便代我～他一～，我也不写字儿了。（棒 5-72-10） ¶今天还～了你们江西的一位新同寅。（棒 12-187-1） ¶次日饭后，三儿怕彩云在家厌倦，～她去逛虞园。（孽 31-297-14） ¶姐姐而今要绝他，却又爱他；要从他，却又疑他。如此两难，何不～他当面一会？（二 9-186-13）

【约定】

〈动〉約束する。あらかじめ取り決める。 ¶我再要搭耐商量，我朋友约末～哉，约来浪初九。（海 28-229-23） ¶看过条子，葛仲英先道："我只好谢谢哉，一笠园～来浪。"小云亦以此约为辞。（海 48-407-6） ¶昨日俫说过要摆双台，后来俫临走格辰光，勿曾搭奴～，格落奴还夠交代下去格来，到底真呢勿真格介？（狐 14-96-25） ¶兆贵里有个妓女叶双珠，与韵秋很是要好，～要嫁他。（新 49-226-28） ¶怪不得潘大少说包台上还没人坐，原来你昨天没有～。（繁初 24-268-6） ¶我同你～：花酒许你吃，只许人请你，不许你请人。（棒 11-172-8） ¶话说宝玉见收拾了外书房，～与秦钟读夜书。（红 16-209-1） ¶娘子和他～，但是官人当牢上宿，要我掇香桌儿放出后门外，便是暗号。（水 46-763-6）

【约期】

〈动〉期限を取り決める。 ¶不过俚哚常恐有点小毛病，先付六百，再有二百，约半个月期。（海 48-411-11）

【月】

〈名〉①月。 ¶耐说转去两三个～哝，直到仔故歇坎来！（海 2-11-3） ¶三～初三是

語彙例釈　yue

黎篆鸿生日。(海 18-145-8) ¶倪为仔屋里有点事体勿能动身，耽搁仔一个多～。(鸿 8－234－5) ¶等到五～初一、初二两天过去，宝林的局帐还收不到二成。(鸿 13-270-11) ¶他这些日子不知怎么着，经期有两个多～没来。(红 10-146-21) ¶鲁达心慌抢路，正不知投那里去的是。一迷地行了半～之上。(水 3-53-12) ¶我从今年正～十三日，提得一篮儿雪梨，我去寻西门庆大郎挂一勾子。(水 26-412-1)

②月(天体としての)。¶说末说日里赏桂花，夜头赏～，正经白相原不过叫局吃酒。(海 47-401-12) ¶俚㗂阿算啥赏～嘎，像我故歇，故末倒真真是赏个月。(海 52-437-4) ¶昨夜的～最好，我正要诌一首，竟未诌成，你竟作一首来。(红 48-667-15) ¶你记得当时在月台赏～，把我许你，你兀自拜谢。(警 8-94-13)

【月白】

〈形〉白に近い淡いブルー。¶粉也勿曾拍，着仔一件～竹布衫，头浪也一点点勿插啥。(海 15-119-21) ¶他穿的是白灰色的衣裳，滚的是～边。(目 13-94-6) ¶穿一件～熟罗长衫，秃着头，飘然入座，和大家招呼了一遍。(人 32-365-9) ¶这是昨日你要的青纱一匹，奶奶另外送你一个实地子～纱作里子。(红 42-578-8) ¶铺陈齐整，挂一顶～色轻罗帐幔。(禅 7-89-14)

【月半】

〈名〉陰暦每月の 15 日。¶16 日俚㗂写纸，我末收捉物事交代无㖸，无拨空，耐就～吃仔台酒末哉。"(海 48-407-1) ¶日里边讲经说法，排场真大，前日子～个日脚，闹热得来野了方勿得。(三 39-415-30) ¶初一～地格两日(勿作兴)(勿行)到别人家去收帐个。(上散 4-14-10) ¶我也无紧事，且盘桓两日，待～时也就起身了。(红 2-25-19)

【月底】

〈名〉月末。¶就是～也无啥；不过到仔～，定要拿得得来个哩。(海 37-314-3) ¶接着个家信，～要转去一埭。(海 53-451-8) ¶眼前已是九月，大约～月初，王老先生一定要下来上坟的。(官 1-3-4)

【越…越…】

〈副〉……であればあるほどますます……。¶～说耐到～高兴哉！(海 8-64-13) ¶耐看俚，～说俚～是个厚皮！(海 49-418-7) ¶买田买地。～多～好，造房子，必要坚牢。(描 26-233-8) ¶～担搁，个个想思病～重哉吓。(三 33-363-23) ¶大先生偺夥心急，愁也吪买用格，随便啥格事体，～要紧末～慢。(狐 46-396-17) ¶地隙个时候要讲文明，～文明～占便宜！(上问 38-70-6) ¶后来～听～无消息，料想一定是在窑子里过夜，不回

来的了。(官 10-152-9) ¶凤姐～想～气,歪在床上只是出神,忽然眉头一皱,计上心来。(红 67-960-24) ¶那妇人道:"有些十分香美的好酒,只是浑些。"武松道:"最好!～浑～好吃!"(水 27-428-4)

【越是……越是……】

"越……越……"で接続される単語・連語を"是"でその情況を強調しているもの。¶我看下来,～搭相好要好,～做勿长。(海 7-57-15) ¶会白相倒要白相老;～老末～有白相。(海 15-116-4) ¶～要好末,～受累!(海 42-351-11)

yun

【匀】

〈名〉均等である。むらがない。¶《长生殿》其余角色派得蛮～,就是个正生,《迎像》《哭像》两出吃力点。(海 45-382-11) ¶把这四样水调～,和了药,再加十二钱蜂蜜,十二钱白糖,丸了龙眼大的丸子,盛在旧磁坛内。(红 7-108-19)

【运道】

〈名〉名詞"运气"に同じ。¶说起倪大姐来,再讨气也无拨,本事末挨着俚顶火,独是～勿好。(海 21-166-24) ¶真真要～末到哉,人末冲场也无啥,难末生意刚刚好点起来。(海 44-374-6) ¶耐两家头～倒无啥,才到仔该搭也罢哉。我个命末生来是苦命。(海 52-439-21)

【运气】

〈名〉運。めぐりあわせ。¶说起来,总是俚自家～勿好。(海 16-127-19) ¶倘然对景仔,真真是耐个～。(海 38-318-9) ¶倪勒浪轮船浪碰着俚格辰光,看俚整脚得野笃,阿壳张故歇回仔上海,就实梗时髦起来哉,也是俚格～。(狐 53-455-5) ¶也是钱典史～来了,戴升便保举他。(官 3-36-13) ¶回我尽管替你去回,大人肯见不肯见,可要瞧你～了。(新 55-254-1) ¶袁伯珍的～真好!这一遭保举出去,不是发财,就是升官。(维 15-105-8) ¶薛蟠急的说又不好,劝又不好,打又不好,央告又不好,只是出入咳声叹气,抱怨说～不好。(红 80-1156-14)

〈形〉幸運である。¶耐末也勢哉!勿曾拨俚丁倒骂两声,总算耐～!(海 23-189-11) ¶昨日勿曾跌杀末,也算俚～。(海 28-233-18)

Z

zai

語彙例釈　zai

【哉】

〈助〉ほぼ共通語の文末の助詞"了"と用法が重なる。①「動＋仔＋賓＋哉」。「動＋仔＋賓」は動作の完了を表し、"哉"を加えることで、それに伴い、新しい状況が発生したことを示す。また複文の後の文では、前の文を受けて、一定の状況が出現することを表すことがある。¶三先生耐问声俚看，前日仔收得来会钱到仔陆里去～哩？（海3-19-11）¶倪无姆为仔双宝，也豁脱仔几花洋钱～。（海3-20-4）¶耐阿是做仔包打听～？（海4-25-15）¶耐个朋友倒开仔堂子～。（海4-30-15）¶要说是俚勿肯巴结耐罗老爷，倒冤枉仔俚～。（海7-51-18）¶张蕙贞哚末坍仔台～。（海10-80-14）¶望俚搭我还清仔债末，我也有仔好日脚～。（海10-80-20）¶耐是上仔俚哚当水～，阿是？（海12-98-3）¶阿是张先生寻着仔生意～？（海14-110-22）¶啥样式嘎，真真无拨仔淘成～！（海28-232-9）¶一打陆里吃得完，分一半送拨仔人～。（海53-448-8）¶俚末屋里向有仔点花样来浪～，阿晓得？（海55-493-13）¶赖头鼋去仔末，少仔个人摇庄～。（海58-493-13）¶三公子上海回来就定仔个亲事，故歇三公子到仔扬州～，小王末也跟仔去。（海62-529-24）¶伯飚笑对秋燕道："方大少看中仔耐～！"（鸿3-203-9）¶横竖耐说耐笃奶奶有仔毛病～，一径勿下床格，歇两日倪就跟耐到屋里去，耐笃奶奶也勿见得赶我出来格。（鸿13-267-9）¶柳老是难得来格，今朝勿知吹仔啥格风，拿柳老吹到仔间搭～？（狐5-33-17）¶格套戏子，有心搭倷要好，无非想两个铜钱哩，倷借拨俚末呒啥，如若勿借，马上就搭倷断绝，我看见仔许多。（狐11-75-18）¶承蒙倷大少牵记，勿忘记奴，仍旧到奴搭来，奴也面孔浪飞仔金～。（狐12-80-13）¶畹香见了，连忙把秋谷一拉道："耐打错仔一只牌～。"（九30-224-6）¶划一，大阿姐昨日仔拿仔两只戒指去，倪格记性实头坏得呒拨仔淘成～。（九32-242-15）¶像耐二少爷实梗格客人要漂倪格帐末，上海滩浪一塌刮仔才变仔漂帐客人～！（九129-869-20）¶洋钱剩仔四百块～！啥人来拿得去格呀！（九164-1079-12）

②「動＋賓＋哉」①の文型と文意が同じであるが、"仔"が省かれている。非持続動詞および複合動詞で動作とその結果の構造になっているものに多く見られる。なお離合動詞もこれに準ずる。¶我答应俚～。（海2-16-8）¶王老爷为啥几日勿来，阿是动气～？（海4-31-23）¶至后马路永安里德大汇划庄，投进帐子，有二爷出来挡骂，说："出门～。"（海5-39-1）¶像我，要有人来打仔我，倪倒有饭吃～。（海11-88-3）¶耐今朝啥高兴得来，想着去坐马车～嘎？（海11-88-4）¶我也无拨啥主意～，只好等俚去做生意。（海16-128-3）¶翠凤听说，接来呷干，授还杯子，又说："再有一杯去拿得来。"子刚道：

"就剩一杯～，让赵家姆代仔罢。"（海 22-175-6）¶梳好仔头末，无事体～，横来哚塌床浪，搁起仔脚吃鸦片烟。（海 23-184-1）¶故是姚奶奶失觑酌～！（海 23-188-19）¶虽非希罕宝贝，料想价值匪浅，问双玉道："阿是五少爷送拨耐～？"（海 32-268-12）¶俚耐阿是夷有啥个路道～？（鸿 2-202-8）¶阿珠道："我晓得仔末，勿等到唔笃问，老早告诉唔笃～哕！"相帮道："倷也勿晓得，只好我到仔城里一路去打听格哉。"（狐 33-279-23）¶倪要紧转去末容易格哕，只要明朝弄一只小火轮，拖带仔勒走，后日朝浪也到上海～哕。（狐 58-493-17）

③「動/形＋仔＋数量＋哉」 動詞・形容詞の後に時間量・動作量や増減量を示す補語がともなっている場合、直前の時点で補語の示す数量（非持続動詞にあっては、動作完了後の経過時間量）に達していることを表す。なお非持続動詞の場合、②と同じく"仔"が省かれることがある。¶秀宝笑问："阿曾用饭嗄？"小林道："吃过仔歇～。"（海 2-15-9）¶问周双珠道："送票头来是啥辰光？"双珠道："来仔一歇～，阿去嗄？"（海 3-23-19）¶问轿班道："台面散仔啥辰光～？"轿班道："勿多一歇。"（海 5-38-10）¶回家进门，外场禀说："对过邀客，请仔两转～。"（海 6-45-9）¶马车浪催仔几埭～，我恨得来。（海 11-90-18）¶耐哚倪子等仔一歇～，快点转去罢。（海 12-96-18）¶耐白相末也算白相仔几日天～，勿如转去罢。（海 12-98-18）¶浣芳出局去仔歇～，还勿曾转来？（海 20-158-20）¶人是勿认得，来浪花雨楼看见仔几转～。（海 21-166-13）¶至于腰膝，痛仔长远～。（海 36-305-8）¶姐夫听哩！故歇雨停仔点～。（海 43-364-12）¶二少爷捕仔面困罢，今朝辛苦仔一日～。（海 43-365-4）¶少大人等仔耐半日～，快点来哩。（海 44-371-10）¶耐来仔该搭几年～？（海 52-439-18）¶三小姐长远勿见，好像壮仔点～。（海 55-471-24）¶素兰先生住两日～哕，听说癞头鼋来里。（海 61-520-19）¶伯飏问当差的道："马车鬎配好来？"当差的回道："配好仔歇～。"（鸿 2-201-22）¶却好沈宝林过来，替质斋觑酒。质斋打量着，说到："先生倒出色格。"随问钧伯道："耐做仔几辰光～？"（鸿 12-264-21）¶耐搭俚认得仔几时～？（鸿 15-284-12）¶格个刘大少，做好倪一个多点月～。（九 12-91-12）¶耐一径勿来，面孔浪像煞瘦仔点～，身体浪阿好呀？（九 150-996-12）¶走到半路浪，吃力得呒淘成，亦碰着仔一个亲眷，拖我去吃茶，我借此歇仔一歇，所以转得晏仔点～。（狐 17-128-6）

④「動＋賓/形＋哉」 新しい状況が発生したことを表す。また、このさき新しい状況が出現することになることを表し、意向や提言を示すようになったりもする。前者には副詞"已经"を加えることができ、後者には助動詞"要"を加えることができる。

語彙例釋　zai

また"哉"の前に形容詞"快"を加えて、近い将来にその事態の出現を表すこともできる（⑭に述べている）。離合動詞の場合も同じ。¶耐倒乖杀咪！耐想拿件湿布衫拨来别人着仔，耐末脱体〜，阿是？（海 2-11-21）¶鱼翅以后，方是小碗。陆秀林已换了出局衣裳过来，杨家姆说："上先生〜。"（海 3-23-2）¶又道："王老爷为啥几日勿来，阿是动气哉？"莲生不答。小红嗔道："啥动气嘎。打两记耳光〜哩，动气！"（海 4-31-24）¶来大爷末算的是好朋友〜，说说闲话也要帮句把咪。（海 5-36-18）¶张寿道："就算我怕仔耐末哉，阿好？"徐茂荣道："耐倒来讨我个便宜〜！"（海 5-36-18）¶雪香听说也怔了，道："耐倒也说笑话〜唲！倷搭张蕙贞吃啥醋嘎？"（海 6-42-10）¶汤老爷末也晓得点俚〜，俚做仔一户客人，要客人有长性，可以一直做下去，故末俚搭客人要好咪。（海 7-51-7）¶蔼人摆个庄，倪来豁拳〜。（海 7-57-19）¶大姐巧囡立在周双玉身傍，说道："过去换衣裳〜唲。"双玉乃回身出房。（海 9-74-22）¶张蕙贞咪末坍仔台底，王老爷原到该搭来，耐沈小红场面也可以过得去〜。（海 10-80-15）¶故歇做清倌人，顺仔俚性子，隔两日才是俚世界〜唲！（海 17-133-13）¶倪廿三也宣卷呀，耐也来吃酒〜唲。（海 25-202-4）¶善卿道："双玉也好做大生意〜，就让俚来点仔大蜡烛罢。"双珠道："好个，耐做媒人〜唲。"（海 32-269-20）¶端生勿曾来，耐阿寻俚？就该搭等一歇〜呀。（海 37-311-21）¶早来里，再困歇〜呀。（海 38-316-8）¶见了四人，旁边让路，并笑说道："先生去看哩，放烟火〜。"（海 39-332-11）¶有的说："老包，今朝坐马车〜哩！有的说："老包，手帕子哩，阿曾带得来？"弄得老包左右支吾，应接不暇。（海 48-411-1）¶耐也该应吃力〜呀，吃筒水烟，请坐歇哩。（海 49-416-17）¶金珠故歇总算是人家人〜。（鸿 17-295-4）¶后来搭俚要到张园，半路浪就落雨〜，难末大家转格。（鸿 18-298-14）¶耐是老相好〜，总要包涵俚点，大家好好商量末哉。（九 11-82-17）

⑤「動＋哉」　前項に準ずる。¶善卿道："我记得西棋盘街聚秀堂里有个倌人。叫陆秀宝，倒无啥。"朴斋插嘴道："就去〜唲。"（海 1-5-15）¶幸亏杨家姆又跑来说："赵大少爷，房间里去。"陆秀宝道：一淘请过去〜唲。"（海 1-7-12）¶来安喊说："洪老爷来里。"楼上接应了，不见动静。来安又说："拿只洋灯下来哩。"楼上连说："来〜。"（海 4-27-21）¶娘姨阿珠先已望见，喊道："阿唷，王老爷来〜！"海 4-30-6）¶王老爷，我末到耐公馆里请耐，耐倒先来里〜。（海 4-31-22）¶等了好一会，里面静悄悄的不见开门。张寿性起，拐起脚来把门彭彭踢的怪响。嘴里便骂起来。娘姨才慌道："来〜，来〜！"开门见了，道："张大爷、来大爷来〜，我道是啥人。"（海 5-35-13）¶王莲生听了，向仲英道："耐也勿曾吃饭，倪一淘吃〜唲。"仲英说"好"，叫小妹姐去搬过来。（海 5-39-20）

1010

zai　語彙例釋

¶汤啸庵遂写一张催客条子，连局票一起交代赵家姆道："先到东兴里李漱芳搭，催客搭叫局一淘来海。"赵家姆应说："晓得～。"(海7-57-7) ¶我困勿着～呀，七点多钟就起来～。(海8-62-2) ¶金凤推子富坐下，道："请用酒哩。"即取酒壶，要给子富筛酒，再也筛不出来，揭盖时，笑道："无拨～。"(海8-63-23) ¶衣裳未着完～，头面末当脱～，客人末一个也无拨～，倒欠仔一身债。(海10-80-24) ¶阿哟！说说闲话倒忘记～，李老爷吃啥点心？我去买。(海16-128-18) ¶嫁个末嫁～，死个末死～，单剩倪三家头来浪。(海21-166-20) ¶阿巧来里楼浪哕，常恐去困～。(海23-185-14) ¶起初说要还清仔债就嫁～，故歇还仔债，再说是爷娘勿许去。(海24-194-3) ¶别样物事再买～哕。(海24-195-19) ¶俚哚说该搭勿烧路头末，就初九吃仔罢。我倒答应～，耐说阿好？(海28-230-2) ¶想必是缘分满～。(海34-283-16) ¶漱芳叫声"浣芳"，道："耐也去困～呀。" 浣芳那里肯去。(海36-303-7) ¶史三公子等二宝近身，随手拉他衣襟，悄说道："转去～呀，再有啥事体嘎？"(海38-320-23) ¶适值对过房里朱淑人亲来探问："阿曾舒齐？"林素芬说："舒齐～。"(海46-392-24) ¶我说耐故歇就拿一千块钱买个把讨人，衣裳、头面才有来浪，做点生意下来，开销也够～。(海49-417-21) ¶冠香一年半载末转去～哕，耐也何必去吃个醋？(海51-436-9) ¶三人下楼出门，眉初道："难到公阳里去～哕，顺全长恐来浪。"鸣冈、华生同声答应。(鸿1-196-16) ¶听见说宋小庄到南京去转来～呀。(鸿3-204-22) ¶阿金在客堂里看见，忙说道："二老爷啥落去～嘎？"遂喊："大先生，客人去～！"(鸿6-225-3) ¶夷忘记脱～，明朝拿得来拨耐罢。(鸿6-225-14) ¶寿生问双人道："李大先生陆里去～？"双人道："俚吃酒去～，颜华生请俚个。"(鸿9-242-2) ¶看窗上已经发白，王寅道："天亮～，困仔歇罢。"(鸿10-251-26) ¶水土末勿哪哼服，而且牵记上海格班客人，格落要紧煞转～。(狐20-156-26) ¶直到过仔几年，生意也慢慢里好哉。名气也慢慢里出～。(九16-124-7)

⑥「形＋哉」 性質・状態が変化し、新しい状況となったことを表す。また、このさき一定の状況が出現することを表す。 ¶善卿道："人淘少，开消总也有限。"朴斋道："比仔从前省得多～。"(海1-4-11) ¶只要俚巴结点，也象仔俚哚姊妹三家头末，好～。(海3-20-15) ¶越说耐倒越高兴～！(海8-69-13) ¶耐要说啥闲话搭我说好～，勿要俚啥事，耐去打俚做啥？(海9-69-9) ¶双玉伸手去拭，周兰忙阻止道："耐覅动哩。"遂用手巾在头颈里略掩一掩，叫双玉转过脸来，仔细端详一回，说："好～。"(海10-75-18) ¶王老爷原来里，衣裳头面原教王老爷办得来，债末教王老爷去还清仔，阿是才舒齐～哕？(海10-81-3) ¶啥人去搭俚算嘎，连搭俚自家也有点模糊～。(海14-113-10) ¶粉也

1011

語彙例釈　zai

勿曾拍,着仔一件月白竹布衫,头浪一点点勿插啥,年纪比仔屠明珠也差勿多~哩。(海 15-119-22) ¶落得个雨来加二大~,一阵一阵风吹来咪玻璃窗浪,乒乒乓乓,像有人来咪碰。(海 18-141-18) ¶等到双宝转来仔,再到双玉搭去末。晚~。(海 24-198-17) ¶倪玉甫做仔耐兄弟,故末一淘白相相对景~。(海 32-266-2) ¶淑人但摇摇手,只管旁听侧听,一步步捱进假山洞。翠芬道:"耐看衣裳龌龊~呀。"(海 46-388-6) ¶双珠重复过去说了,回复道:"才是~,俚说故歇五少爷就交代拨耐。"(海 63-543-7) ¶辰光晏~,明朝碰罢!(鸿 10-249-9) ¶直到过仔几年,生意也慢里好~,名气也慢慢里出哉,到仔故歇辰光大家才晓得上海滩浪有个小宝格名字。(九 16-124-6) ¶耐方大人肯讨倪转去,再要好也无拨,不过倪格两年生意勿好,亏空加二来得大~,倪想再做两节下去,倘忙生意好点,还脱仔格亏空,格末再说到嫁人,阿是就容易~。(九 37-276-17) ¶耐格辫子毛~,搭耐打好仔辫子去。(九 102-712-20)

⑦「形+哉」形容詞(一部の動詞を含む)に副詞"忒""最"などの状況語、"煞""极"などの補語がついて、特に程度の高いことを表している場合、また形容詞自体にそのような意味が含まれている場合等、"哉"は状況の発生や変化を表さず、肯定の語気を添える。 ¶一见洪善卿,嚷道:"善翁也来里,巧极~,里向坐。"(海 2-10-7) ¶善卿见那一种风韵可怜可爱,正色说到:"出色~!恭喜,恭喜!发财!发财!"(海 3-20-13) ¶说着,转过头来给雪香看。雪香道:"忒歪~。说末歪头,真真歪来咪仔,阿像啥头嘎!"(海 5-40-24) ¶有王老爷搭倪做主末,最好~。(海 9-72-15) ¶倪两家头赛过俚咪和事老,倒也好笑得极~!(海 12-97-9) ¶赵先生,耐忒啥胆小~。(海 14-110-24) ¶我人末笨,闲话个好邱听勿出仔也好煞~!(海 17-135-2) ¶我也勿想啥别样,再要耐陪我三年,耐依仔我,到仔三年我就死末我也蛮快活 ~。(海 18-142-20) ¶物事总算无啥,价钱也可以~,单是一件五尺高景泰窑花瓶就三千洋钱咪。(海 21-165-10) ¶耐看哩,阿是? 勿晓得龌龊物事为啥弄到面孔浪去,倒也希奇~!(海 26-217-12) ¶我说耐也忒费心~!(海 27-220-24) ¶金花攒眉道:"故末阿姐哉,痛得来无那哈~呀!再要说勿做呀,说勿来哉呀。"(海 37-309-10) ¶耐再要说张先生,别脚~呀!你搭还欠仔十几块洋钱,勿着杠。(海 37-313-11) ¶大少肯替倪招揽主顾,格是顶好~喥。(狐 20-157-12) ¶俫说张大少忒老实,奴要说俫忒勿老实~。(狐 21-168-25) ¶前头黛玉到过歇广东,烂污得野笃,生仔一身广疮,弄得面孔浪结仔一个疤,眉目半根才勿剩,愈加难看煞~。(狐 53-455-25) ¶凑巧极~,推扳一步,就碰勿着。(鸿 7-227-2) ¶格件事体是耐自家勿好,忒嫌大意仔点~。(九 165-1081-6)

⑧「是＋賓＋哉」 "哉"は状況の発生や変化を表さず、肯定の語気を添えている場合がある。「言うまでもなく……」「ほかでもなく……」の語気。"是"が省かれ、賓語の名詞が述語性を帯びていることもある。 ¶同张寿出了祥春里, 商量"到陆里去白相"。张寿道: "就不过兰芳里～哩。"(海5-35-6) ¶罗子福问: "叫到后马路啥场花?" 翠凤道: "原是钱公馆～哩。……。"(海22-174-2) ¶姚奶奶一见, 即复高声问道: "耐阿是卫霞仙?"霞仙抬头看了, 猛吃一惊, 将姚奶奶上下打量一回, 才冷冷的答道: "我末就是卫霞仙～哩。耐是啥人嗄?"(海23-186-24) ¶杨家姆说: "就是苏冠香～哩, 说拨新衙门里捉得去哉。"(海26-210-1) ¶我猜俚末, 一定看见仔倪大先生, 心里勿转好念头, 想吊膀子嘘～。倒是格种神气, 真真是癞蛤蟆想吃天鹅肉～。(狐49-424-9)

⑨「名＋哉」 関係する動詞が内含されており、状況の発生やこのさきの出現を表す。¶洪善卿知己末勿知己, 我阿哥搭俚也老朋友～。(海 19-154-18) ¶故歇名字戒指也老样式～。(海 22-179-4) ¶只回顾素兰道: "耐夠来里肉痛, 我赔还耐末哉。"素兰微哂道: "笑话～哩! 生来倪个保险灯挂得勿好, 要耐少大人赔还。"(海 50-425-6) ¶君玉道: "七律当中四句, 我做勿来, 耐替我代做罢。"莲壶道: "故末生活～! 明朝倪海上吟坛正日, 陆里有工夫。"(海59-506-7) ¶伯思向秋燕道: "转局哉啘?"伯荪摇头道: "今朝是华生个台面, 断乎勿可以哉!"华生道: "笑话～!"即回转头去向秋燕道: "转过去哩!"(鸿3-205-23) ¶唔笃也少有出见个, 老相好～, 倪阿有啥法子。(鸿4-209-12) ¶今朝已经廿六, 再要停脱格一两日, 已经小年夜～!（九163-1071-13）

⑩「数量＋哉」 ⑨に準ずる。その数量に達することを表し、動詞"有"が内含されている。 ¶今年也十五岁～。(海 1-4-9) ¶天也十二点～。(海 20-163-2) ¶耐自家算算看, 几花年纪～!(海 21-172-11) ¶洪氏催道: "一歇～, 俚一干仔来浪, 耐上去罢。"(海 38-320-19) ¶高亚白向陶云甫道: "令弟相好李漱芳个病倒勿局哩。"云甫惊问如何, 亚白道: "今朝我来浪看, 就不过一两日天～。"(海 41-348-12) ¶陆里再有开水, 啥辰光～嘎, 茶炉子隐仔长远哉。(海 52-438-24) ¶大人六十多岁年纪～, 倘忙出仔事体下来, 像倪上勿上下勿下, 算啥等样人嘎?(海 52-442-11) ¶故歇已经七点半钟～, 阿要倪先走罢?（狐9-64-3）

⑪「来浪・来里・来哚＋動＋哉」 動作が進行中の状況になっていることを表す。 ¶耐夠去听俚, 俚来哚寻开心～哩!(海 1-8-16) ¶耐也勿是要瞒我, 耐是有心来哚要跳槽～, 阿是?(海 4-31-8) ¶仲英道: "俚今朝来里发痴～。"雪香滚到仲英怀里, 两手勾住头颈, 只是嘻嘻的憨笑。(海 6-43-18) ¶阿海跟进去, 接口道: "倪先生来望望耐

語彙例釈　zai

呀。"爱珍道:"价末进来哩。"阿海道:"来哚来～。"(海11-88-20) ¶王阿二忙上前陪笑道:"娘姨来哚拿来～。徐大爷覅动气。"(海14-111-20) ¶耐勿晓得,俚名气倒响得野哚,手里也有两万洋钱,推扳点客人还来哚拍俚马屁～。(海15-119-19) ¶无姆也来哚说～,快点着罢。(海18-143-13) ¶勿必请,来里来～。(海19-149-18) ¶俚乃搭黎大人来里吃醋～,勿肯叫耐。(海21-171-8) ¶耐来哚热昏～,阿是？(海26-214-5) ¶我一径望耐升高仔末照应点我老太婆,难故歇末来里照应～！(海45-379-2) ¶三公子道:"请耐无姆、阿哥一淘来吃哉呀。"二宝道:"俚哚勿局个,我来里陪耐～唲。"(海55-465-9) ¶子富问:"耐无姆哩？"小阿宝说:"来浪来～。"(海59-503-12) ¶价末耐来浪敲我～,勿是为翠凤！(海59-504-2) ¶文君玉来浪喊～哩,耐当心点！明朝去来,端正拨生活耐吃。(海60-508-14) ¶那穿无色的竟含情擬睇,斜注着华生,嫣然一笑,华生心头不禁一荡,李芬也看得清楚,笑对华生道:"勒浪吊耐膀子～？"(鸿5-219-6) ¶吕怀霞和金南田先到,对鼎夫道:"耐到先来里独乐乐～。"(鸿7-229-3) ¶天勒浪落雨～。(鸿30-313-12) ¶小菜勒浪烧～,酒末我带仔上来,请大少笃阿要先用罢？(狐26-211-20) ¶连忙向宝玉说道:"大先生巧玲亦勒浪骂倪。"宝玉留神一听,果然在那里骂"淫妇",辩提起了无名火,隔包厢高声对骂。(狐32-270-24) ¶倪阿要转罢,勒海落小雨～,停歇落大仔要尴尬格嘘。(狐48-500-4) ¶耐一定要赔倪格衣裳,是有心勒浪扳倪格差头～！(九17-134-10) ¶阿哼！章大少客气得势,倪是勿好格呀,陆里说得着时髦倌人,章大少来浪寻倪格开心～。(九42-309-14) ¶阿哼！倒会帮笃唲,阿是说仔耐格相好,耐来浪帮俚～。(九43-317-14)

(注)この型を共通語に機械的に訳すと、「在＋動＋了」になるが、吴越:海上花列伝普通話本では「在……了」とするのは、上掲例の海18-143-13、海26-214-5、海59-504-2の3例で、多くは「在……呢」とする(海6-43-18、海60-508-24 の3例その他)。特に動詞"来"については、"马上就到"(海11-88-20)、"已经往这边来了"(海19-149-18)、"马上就来"(海59-503-12)とし、"来"の動作が進行中になっているという表現にはしていない。張愛玲:海上花は"正在来了"(海11-89-20, 海19-149-18)、"就来了"(海59-503-12)、海南出版社:海上花列伝（附訳本）は意味不明の"来都来了"(海11-88-20)以外、2例を"就来了"(海19-149-18, 海59-503-12)としている。

⑫「勿＋動＋賓＋哉」「勿＋動＋哉」「勿＋形＋哉」　もともとの計画や事態の変化により、新しい状況になったこと、また、このさきそのような状況になることを表す("勿好哉"は"来→勿来","勿好哉"は"好→勿好"への変化)。¶外场已绞了手巾上来。

1014

zai　語彙例釋

汤啸庵忙问忙莲生："叫啥人？"莲生道："我勿叫～。"(海 9-74-14) ¶阿金大在内极声喊道："勿好～，先生撞煞哉呀！"(海 10-79-4) ¶先生有仔王老爷，到蛮放心，请也勿去请～。难末一户一户客人才勿来～。(海 10-80-11) ¶故歇是勿是野鸡～，也算仔长三哉！(海 10-82-18) ¶我要是住来哚末，也勿来问耐～唲！(海 14-110-1) ¶开宝客人住仔一夜天，就勿去～。耐骗啥人嗄！(海 14-110-3) ¶谢谢耐，陪我一夜天，明朝就勿要紧～。(海 52-438-15) ¶不过我替耐做倒要写意点，忒啥个惨淡经营，就勿像耐做个诗，俚哚也勿相信～。(海 59-506-11) ¶仲声怔了一怔道："划一，耐近来勒浪叫啥人？"华生叹口气道："倪难勿叫局～！"(鸿 6-222-25) ¶仲声道："方鼎夫京里转来哉，我去看俚，耐阿同去？"伯飏道："我弗去～，晏歇点横竖总会碰着个。"(鸿 6-226-9) ¶我局里还有事体勒，勿奉陪～，夜里碰罢。(鸿 12-265-11) ¶覅去说俚，故歇勿比以前～。(狐 9-58-19) ¶到仔下晚昼三点多钟，渐渐能格勿灵～，对仔里床说胡话，带累我吓煞快。(狐 59-501-6) ¶辰光勿早～哩，耐阿要原要到范彩霞搭去罢，倪是勿好留耐格。(九 23-172-8)

(注) "耐还有个令妹，也好几年勿见哉"(海 1-4-8)、"罗老爷，耐有好几年勿请过来哉唲"(海 6-49-16)、"姐夫长远勿来哉"(海 59-503-12)は、ここに取り上げている型ではない。上揭各例の"勿"は"勿曾"であり、"哉"はそれらの"勿+動"に付いているものではなく、述語部の末尾に加えられ、意味のつながりでは文中の時間量を示す語を指向している。以下各例も同じ。 →说："孙眉初勿晓得阿曾来？"华生道："长远勿来哉。"(鸿 1-192-24) →金寅道："耐故歇做啥人？"华生道："我长远勿叫局哉。"金寅微笑道："是个，耐故歇收心哉！"(鸿 2-199-14) 湘兰道："该两日阿看见陈大人？"质斋道："有好几日勿看见哉。耐搭总到格唲？"湘兰笑道："倪搭也有几日勿来哉，格落来问耐汤老爷唲。"(鸿 16-286-17)

⑬「覅+動+(賓)+哉」 相手が行っていること、行おうとしていることが不用であることを伝え、制止する。 ¶耐脚也覅去缠～，索性扮个满洲人，倒无啥。(海 8-65-3) ¶汤啸庵接说道："难也覅去说～。张蕙贞哚坍仔台哉，王老爷原到该搭来，耐沈小红场面也可以过得去哉。大家覅说，阿是？"(海 10-80-14) ¶那娘姨先怔了一怔，方笑道："陈老爷覅客气～。"(海 11-89-1) ¶价末耐拿十六块洋钱去，随便耐买啥。该个一封莲蓬也无啥好，覅买～，阿对？(海 24-195-21) ¶素兰："倪来开，耐等一歇。"琪官道："覅开～，倪也转去困哉。"(海 52-438-8) ¶君玉道："该搭用夜饭哉呀。"蓬壶道："覅～。"(海 59-506-15) ¶仲声尚在烧烟，伯飏道："覅吃～，倪出去罢。"(鸿 1-201-23) ¶

1015

語彙例釈　zai

倷吃醉仔酒，哪哼好转去介，奴劝倷覅客气～，就住勒间搭仔罢。(狐 15-100-22) ¶今朝奴无啥做，格落出来白相相。偏巧碰着唔笃，真真有缘。唔笃大家覅走～，到奴庵里坐坐，也是难得格。(狐 56-481-3) ¶阿姆，倷覅做讨厌人～，让俚去罢。(狐 60-512-6) ¶秋谷兀自假意要起，佩兰一手拉着秋谷的衣袖，道："勿要来假痴假呆～，搭我去坐来浪。"(九 44-320-9) ¶勿要瞎拍马屁～，阿是刚刚格马屁还嫌拍足？(九 97-684-4)
(注)"覅"が共通語の"不想"の意味である場合は、この型ではない。→端甫道："我覅吃点心哉。"于是匆匆揩好了面，朝外就走。(鸿 11-254-21)

⑭「要+動+快+哉」 共通語の"快+(要)+動+了"に当る。「(要)+動」を省略して、"快哉"だけでも用いられる。⇨快②

⑮列挙に用いられる。¶俚哚姊妹三家头，才有点脾气，随便啥衣裳～，头面～，才要自家撑得起来，别人个物事，就拨来俚也勿要。(海 10-76-4) ¶我再要请先生～，吃药～，吵得一家人才勿安逸。(海 20-161-14)

⑯呼びかけ語の後に用いられる。"故末"で、相手の言うことを受けてから、相手に語りかけてゆく。¶翠凤道："问耐末，耐就说定规勿做，让俚哚打末哉啘。"金花攒眉道："故末阿姐～，痛得来无那哈哉呀！再要说勿做呀，说勿来哉呀。"(海 37-309-10) ¶玉甫央及道："让我去看看末哉！我无啥呀；耐放手哩。"秀姐没口子劝道："故末二少爷～，刚刚好仔点，再要去，倪个干已担勿起。"(海 43-367-6)

‖以上各项的"哉"是"者"とも作る。¶袖底脱之线脚者，要缝一缝。(上散 6-35-1) ¶是替甚人打之官司者呢？(上问 4-8-3) ¶地位令郎读甚个书者，相貌好得极，将来一定可以（发达）（大发）（有出息）个。(上散 7-41-9) ¶我问伊拉者，伊话咯陈老爷拜（客）（客人）去者。(上问 2-4-4) ¶伊是刻去呢，是去之一歇者？(上问 9-16-5) ¶到之夏当里，生意兴起来者。(上散 4-12-6) ¶得罪，先失陪者。——再请坐歇末者。(上散 10-67-6) ¶我倒忘记者。是阿里一位？(上问 44-80-3) ¶我可以叫伊（拿）（送）（带）来。——格末（越加）（更加）好者。(上问 5-11-3) ¶我点歇，是十四只。——格末对者。(上问 35-64-8) ¶地只小菜糖（摆）（安）来忒多者，吃起来（甜来钓恶个）（甜荠荠个）勿好吃。(上散 5-21-4) ¶吃舒齐之末，已经日中朝后者。(上散 4-14-5) ¶几化年纪者？(上散 5-23-7) ¶地隙几点钟者？(上问 19-36-2) ¶格倒有加事个，不个地隙勿比往年者。(上问 37-68-6) ¶长远勿见者！(上问 47-85-3) ¶谢谢，真是老朋友，搭侬勿客气者。(上问 50-92-3) ¶勿要拉打哼者。(上散 9-56-5) ¶侬勿要躭搁辰光者，大家要吃者。(上散 10-64-4) ¶白糖完快者，去买一斤来添添。(上散 5-24-1)

1016

zai　語彙例釋

【哉嘎】
助詞"哉"＋助詞"嘎"。¶耐咥拳啥勿豁～？（海5-41-4）¶阿有啥说起来我来～。（海6-44-9）¶阿是倪说差～？（海27-220-19）¶为啥无行用～？（海46-388-21）¶老包！啥去～？（海48-411-18）¶倘然耐故歇说得蛮高兴，耐转去仔，屋里倒勿许耐，阿是耐要间架～。（海55-465-13）¶尊大人倽就转来～？（鸿6-224-5）"嘎"と同じく疑問語氣を示す"介"が用いられている例もある。¶四少倽去哉介？（鸿10-249-12）¶阿是倪待慢仔倽大人，格落后日就要动身哉介？（狐39-336-18）¶倽啥忘记脱哉介？（狐44-384-25）

【哉哩】
助詞"哉"＋助詞"哩"。¶咿是阿金咪～，成日成夜吵勿清爽。（海3-18-18）¶蔼人是主人㖸，陆里去～？（海4-25-9）¶拨来沈小红晓得仔，吃俚两记耳光～！（海4-29-3）¶老爷来咪吃酒，勿见得来～。（海5-35-1）¶耐来里瞎说～，耐晓得俚骂耐啥嘎？（海27-220-10）¶故末是翠凤个调皮～！（海44-376-24）¶倪去～，停歇一淘请过来。（鸿1-196-10）¶倽是该千动万格人，就用脱仔一千八百末，有倽要紧介？只怕倽勿为格浪，有心骗骗奴～。（狐15-105-1）¶倪出局去转来，长恐要天亮～，耐定心点困歇。（九37-275-16）¶妹子，勿哩。几年弗看见，啥洛牌气实梗大～。（沪2-20-5）

【哉喂】
助詞"哉"＋助詞"喂"。¶张大少爷无拨相好末，也攀一个～。（海1-7-23）¶一淘叙叙～。（海2-10-7）¶我就转去～。（海3-18-11）¶上海滩浪随便啥人，看见牌子就晓得是周双珠咪个妹子～，终比仔新鲜名字好点咪。（海3-20-24）¶夜头末就住来咪朋友搭～。（海4-30-15）¶华生道："其实也呒倽要紧事体。"秋燕道："呒倽要紧事体末，勿转去～。"（鸿3-206-8）¶大少肯替倪招揽主顾，格是顶好～。（狐20-157-12）¶耐勿理倪格闲话，要想走出去，倪自然只好动手～。（九11-82-7）¶莲英听了不胜大喜，因说："谢谢耐大人格好意。……（中略）……仰倪再咪仔一节咾,定规跟耐转去，阿好？"梅太史满口答应。莲英不觉嫣然一笑道："故末倪真格自家人～。"（沪3-27-5）

【哉呀】
助詞"哉"＋助詞"呀"。¶快点叫两个堂倌来拉开仔哩，要打出人命来～！（海9-69-23）¶勿好哉，先生撞煞～！（海10-79-4）¶阿姐勿好～！（海20-162-16）¶沈小红搭，耐今年用脱仔勿少～，再要办翡翠头面拨俚？（海32-270-17）¶耐也去困～。（海36-303-7）¶听见说宋小庄到南京去转来～，要末金柏年今朝请俚！（鸿3-204-22）¶辰光勿早～，

1017

語彙例釈　zai

起来吃仔点落困哩。（鸿 4-212-11）¶我来告诉俤哩，就是抛球场蔡家里格姨奶奶，前日仔夜里向，带仔一个大姐来逃走脱～！（狐 10-67-18）¶大先生，俤时常牵记格阿金姐来～！（狐 20-159-17）¶耐说哩，倍一声勿响～？（九 45-330-1）¶耐阿是嫌比倪搭地方齷齪，坐才勿肯坐歇？倪要搬场～，搬仔场蛮清爽，吼拨别人来，耐要来格嘘！（九 171-1116-13）

【再】

〈副〉①動作・状態がふたたび、または、そのうえさらに続いたり、附加されることを表す。多く未然の動作についていう。¶洪善卿觉小村意思要走，也立起来道："倪一淘吃夜饭去。"赵朴斋听说，慌忙摸块洋钱丢在干湿碟子里。陆秀宝见了道："～坐歇哩。"（海 1-8-21）¶洪善卿道："晚歇我随便碰着啥人，就搭俚一淘来末哉。"说了，便站起来道："价末晚歇六点钟～来，我要去干出点小事体。"（海 3-17-12）¶葛仲英道："勿豁哉，我吃仔十几杯哚。"张蕙贞道："～用两杯哩。"说了，取酒壶来给葛仲英筛酒。（海 5-41-6）¶月琴别转头忍笑说道："耐去叫罢，倪也去哉。"子富道："耐去仔末，我也～来叫耐哉啘。"（海 6-47-9）¶大家不过做个倍人，～过两年，才要嫁人去哉。来里做倍人辰光，就算耐有本事，会争气，也见惊得势。（海 17-134-23）¶浣芳道："为啥勿适意哉嘎？"玉甫道："就为仔耐啘，耐个病过拨仔阿姐，耐倒好哉。"浣芳发极道："价末教阿姐～过仔我末哉呀，我生仔病，一点点勿要紧。……"（海 35-296-24）¶前回耐个《四书》叠搭倒无啥，～想想看，《四书》浪阿有啥酒令？（海 41-348-21）¶我赎身无赎末哉，～替无姆做十年光景，一节末千把局帐，十年做下来要几花？（海 45-379-14）¶眉初手是匆匆吃毕，立起身来，穿着马褂就走，卫姐道："耐晏歇～来一埭。"眉初答应。（鸿 2-198-14）¶近来家严长远吼拨寄下来哉，庄浪向还欠仔俚笃点，一径勒浪催，勿便～去开口。（鸿 8-236-4）¶打坏格物事，一总～拨俚三百块洋钱，耐看那哼？（鸿 11-258-9）¶倪搬进来格日脚，大约～隔格几日天，俤去关照唔笃主人末哉。（狐 10-71-24）¶大少～请坐歇，让倪先生来仔勒去哩。（狐 23-185-4）¶故歇格客人划一来得讨气，做起倍人来，东边做这一个，西边～做一个，吼拨一定格地方，做到仔后来，做来做去，总归吼拨要好格倍人。（九 43-318-14）¶耐～去催俚一声，交俚带仔青云一淘来末哉。（沪 1-20-1）¶说差末，罚一杯，说笑话一个。说得弗笑末，～罚一杯。（沪 2-101-2）¶侬～称称着。（上散 5-24-5）¶～请坐歇末者。（上散 10-67-6）¶雨香道："这个停会子讲给你听，此间不便谈呢。"梅伯也不～问，于是向北行去。（新 5-21-16）¶不过三四年，已爬到外务部左丞的位子，～过三四年，怕不弄到尚侍么？（新 17-78-12）¶这样

1018

zai　語彙例釋

罢，我～让去些，你还加点子上来，一口咬定二百五十，如何会得成功？（新59-273-20）¶周端家的忙道："嗳哟！这么说来，这就得三年的工夫。倘或雨水这日竟不下雨，这却怎处呢？"宝钗笑道："所以说那里有这样可巧的雨，便没雨也只好～等罢了。"（红7-108-17）¶请示下，就演罢还是～等一会子？（红41-565-13）¶如今货价才长，我们～等几日，待价钱大长时，然后发卖也不迟。（醒下7-150-11）¶好酒～吃一杯。（禅7-94-3）¶送～一程不妨。（禅22-358-13）¶前日因侍小姐绣那一首长幡，与老夫人到崇祥寺去还愿，匆匆的到了黄昏，却不曾记得收拾。待瓊娥～去寻一寻看。（鼓22-268-11）¶那跟来的人，讨了汤桶，自行盪酒，约计吃过十数杯，～讨了按酒，铺放桌上。（水10-156-16）¶起身观觑，见白粉壁上，多有先人题咏。宋江寻思道："何不就书于此？倘若他日身荣，～来经过，重覩一番，以记岁月，想今日之苦。"（水39-619-11）

②動作・状態がふたたびまたはそのうえさらに続いたり、附加されるなら……と仮定を表す。¶耐～勿来末，索性搭耐上一上，试试看末哉！（海2-11-7）¶～勿去是要相骂哉。（海17-136-17）¶前两日潄芳样式勿好末，我想搭俚冲冲喜，二少爷总望俚好，勿许做。难故歇要去做哉哩，～勿做常恐末勿及。（海42-354-14）¶～有仔个题跋就好哉。（海47-400-9）¶二奶奶～问耐阿要做下去，耐说故歇无拨对意个倌人，做做罢哉。（海57-485-4）¶奶奶阿要去罢，辰光已经弗早，足足有两记钟哉，～勿转去，拨勒老爷晓得仔，查问起来，叫我哪哼回答介？我是担当勿起格哩。（狐10-66-14）¶朱大少，俫麬动气，是奴勿好，下来奴～有尷尬，终搭俫大少实说，阿好？（狐15-105-23）¶你～不走，船开了，你又没有铺盖，又没有盘缠，外国人拿你吊起来我可不管！（目107-885-7）¶兄弟因见上海各报的文字，没一家是通的，兄弟～不出来振他一振，便是天丧斯文了。（新29-133-22）¶凭他什么样儿的，我也要见一见！别放你娘的屁了。～不带我看看，给你一顿好嘴巴。（红7-115-3）¶你们小心！往后～有一点分处之事，我一概不饶。（红77-1103-10）

③動作・状態がふたたびまたはそのうえさらに続いたり、附加されても……と、讓步した仮定を表す。¶故歇我教人去寻得来，以后～有啥事体，我不管帐。（海29-240-21）

④ある動作の後、または将来のある時点で動作のなされることを表す。¶雪香道："价末我教耐过来，耐勿来。"仲英道："我为仔刚刚吃好饭，要坐一歇～来，啥人说勿来嘎？"雪香不依，坐在仲英膝盖上，挽着仲英的手，用力揘捏。（海6-42-17）¶我有点小事体，托耐去办办。明朝碰头仔～搭耐说。（海8-61-1）¶故歇去说，常恐说间架仔倒勿好，过仔节～看。（海32-264-15）¶阿好先去诊一诊脉，难末～闲谈，如何？（海36-304-5）

1019

語彙例釈　zai

¶先要看仔俚诗,～猜俚是啥个题目。题目猜勿出,故末诗好哉。(海 40-337-23) ¶耐十月里啥辰光来? 有仔日脚末～写封信拨我。(海 55-468-12) ¶俚勿死,我倒犯勿着死拨俚看,定归要俚死仔末我～死! (海 63-541-8) ¶毕生道:"我有样物事要请教耐。"仲声问:"啥物事?"华生道:"倪等歇～看,先点菜来吃。"(鸿 6-222-16) ¶既是密司脱恩多吃仔几杯酒,让俚横一横勒～走罢,横势间搭勿要紧格呀。(狐 22-179-9) ¶今朝倪实在勿勿落哉,跑到刘大少搭来,想问俚借点洋钱开销开销,等倪过仔节,收帐下来,～好还俚,也勿算敲俚格竹杠。(九 12-91-26) ¶金少大人,里向有客人勒浪,只好先请客堂里坐歇,等客人去仔～调阿好? (九 19-144-15) ¶水果末容易煞,毛病好仔咾～吃末蛮好。第歇辰光那哼好吃哩。(沪 2-69-5) ¶格末侬今朝登拉地头,做做看末者,试个两三日～话。(上散 5-23-9) ¶只听夏桌潘喝道:"我把你这囚囊的那根辫子割下敲一顿,～送到巡捕房去!"(新 12-54-10) ¶我们走罢,马上去买一本这一科的闱墨,看熟了～来对付她们。(商 5-40-19) ¶袭人道:"连一家子也不知来历,上头还有现成的眼儿,听得说,落草时是从他口里掏出来的,等到拿来你看便知。"黛玉忙止道:"罢了,此刻夜深,明日～看也不迟。"(红 3-54-11) ¶外头冷得很,你且吃杯热酒～去。(红 50-694-4) ¶贵客请回,我二人明早就到李家,说了～来回话。(醒下 7-152-7) ¶老身暂且告回,待静夜～思良策,捱身做事,好歹后一日来覆你。(禅 6-76-8)

⑤形容詞(後に多く"(一)点"がともなう)の前に用いて、その程度の増減を表す。 ¶韵叟道:"……。索性订期廿七,就来里该搭,阿是蛮好?"铁眉道:"～早点也无啥。"(海 53-451-10) ¶像耐金大少格牌子末,至少赏格四十洋钱,～多也可以勿必格哉。(九 15-115-18)

⑥「再＋形＋(也)＋无拨/勿有」の形で、これ以上はない程度であることを表す。 ¶耐能够戒脱仔个勿赌,故是～好也勿有。(海 14-113-24) ¶说起倪大阿姐来,～讨气也无拨,本事末挨着俚顶大,独是运头勿好。(海 21-166-23) ¶王老爷待到个沈小红～要好也无拨。(海 41-344-23) ¶我说仔一点勿要,故末倪无姆～要快活也无拨。(海 48-405-15) ¶再歇两年,金凤梳仔个正头,刚刚接下去,故末～好无拨。(海 49-417-22) ¶耐个诗～好也勿有,我倒觉着耐忒啥个要好哉。(海 60-515-9) ¶老人家精神是～好也勿有,必过看见近来时势勿对,一径也想告病。(鸿 8-235-22) ¶我看有一个人末～好吃拨哉。(鸿 15-284-6) ¶倪先生格顶轿子,自家勷坐歇格勒,第一转等金大少坐仔去末,～好勿有,让俚笃相帮,也好问金大少讨点赏钱。(九 15-114-17) ¶耐方大人肯讨倪转去,～要好也无拨。(九 37-276-16) ¶耐吃格碗把势饭,也叫无说法,只要耐肯讨倪转去,是～好

无拨格事体啘,阿有啥倪倒勿肯格道理？（九77-560-3）¶格是～好弗有格哉。（沪3-98-4）¶因时制宜,～好勿有。（上问50-90-8）¶你不嫌我，要与我换帖，那是～好没有的了。（新25-114-28）

⑦他と比較して、程度に差異のあることを表す。共通語の"还"に当る。 ¶我说句讨气闲话，比仔耐～要好点哩。（海19-150-7）¶我有法子，比来里乡下～要省点。（海30-247-10）¶故歇个清倌人比仔浑倌人花头～要大。（海32-269-20）¶俚乃～要讨气！来个辰光俚个爷一淘同得来，俚自家叫俚"爷"。后来我问问俚，啥个爷嘎，是俚慢娘个姘头！（海52-439-18）¶倪搭格客人，比仔唔笃大人～要阔点，想讨倪转去格多煞来浪。（九48-342-17）¶听耐实梗说起来，比仔倪做倌人格～要熟点，像煞倒是格倌人出身。（九135-907-2）¶吟罢，都惊讶道："该个阿是耐做格哩？比仔归格两首～要现成哉。"（沪3-65-11）¶咳，倪想起来女人总规弗犯着。做仔堂子里格女人家来，加二比众生～要弗如。（沪4-21-1）

⑧なお。まだ。やはり。依然として。動作・状態が変わらずに持続することを表す。共通語の"还"に当る。 ¶耐也好哉！一径勿曾听见耐输赢歇，～要搭俚咪去赌。（海16-129-21）¶晚歇～勿好末，要耐赔还个好阿姐拨倪。（海18-144-7）¶耐自家算算看，几花年纪哉！～要去轧姘头，阿要面孔！（海21-172-11）¶不过耐要豁脱我个人，耐替我想想看，～要活来浪做啥？除仔死，无拨一条路好走。（海34-285-4）¶倪个无姆勿比得该搭无姆，做生意勿巴结生来要打，巴结仔～要打哩。（海37-309-3）¶单是我一干仔，五年生意末，做好二万多，才是俚个啘。故歇衣裳、头面、家生、再有万把，我阿能够带得去？俚倒～要我三千！（海44-375-21）¶子富连忙横身拦劝道："……。就依俚末，也不过借几百洋钱末哉。"翠凤咬牙切齿恨道："耐要气杀我哉，～要拨洋钱俚！"（海59-503-9）¶耐末～要瞒我，唔笃老相好阿有勿去格道理，耐格鬼话也说得勿像啘。（九43-318-10）¶今年倪搭开销，刚刚～少一千洋细；耐搭借仔五百，～有五百勿着扛。（九130-874-16）¶耐摸摸看，倪格心跳得来掏掏，吓得俚来要死；耐末～要实梗勿肯送倪转去。（九148-981-1）¶耐末～要说出格号鸭屎臭格闲话来。人家勒浪讨厌倪，倪末～要实梗痴心妄想，阿要热昏！（沪3-111-10）¶侬～要掉皮，定规勿饶松侬。（上散3-10-5）

⑨なお。まだ。さらに。そのうえに。項目や数量が加わったり、範囲が広がることを表す。共通語の"还"に当る。 ¶为俚一干仔，倒害仔几花娘姨、大姐跑来跑去忙煞，～有人来咪勿放心。（海7-56-14）¶然后问他："阿～要啥物事？"蕙贞道："物事倪倒勿

語彙例釈　zai

要啥哉，不过帐浪一对嵌名字戒指要八钱重哚。"(海 12-94-19）¶倪无姆为仔该声闲话，索性关仔房门，喊郭孝婆相帮，揿牢仔榻床浪，一径打到天亮，～要问我阿敢勿做生意。(海 37-309-8）¶洪氏始觉身心舒泰，因问二宝："～要到陆里去？"(海 38-320-3）¶齐韵叟道："难人阿曾齐嘎？"苏冠香道："～有个浣芳。"一语未终，阿招搀着浣芳也来了？(海 47-397-9）¶耐末去听仔姘头个闲话，勿消四五年，骗仔耐洋钱，～骗耐物事，等耐无拨仔，让耐去吃苦。(海 49-417-8）¶买仔饭拨俚吃，买仔衣裳拨俚着，俚坐来浪无啥做，～要想出几花闲话说倪，笑倪，骂倪！(海 63-536-11）¶耐格生活，倪昨日仔夜里向已经吃着格哉，今朝～要办倪格生活，是倪吃勿消格哩。(九 57-415-20）¶耐格个人真正就叫讨气！耐试仔一转勿算数，～要试第二转第三转。(九 187-1209-15）¶打坏格物事，一总～拨俚三百块洋钱，耐看那哼？(鸿 11-258-9）¶因点头道："格倒可以。～有啥末事哩？"(沪 3-78-3）¶若说不是善政，怎么各大宪不去禁止他？非但不去禁止，～要出告示保护呢？(新 14-64-6）¶走进去一瞧，原来读的是'唐高祖'一句，鲁斋只识了上两个字，～有一个字，终觉强口，再也念不下去。(新 43-197-26）¶上海通行的银圆，总名叫做洋钱，一种墨西哥银圆，就是鹰洋，又叫英洋；一种西班牙银圆，就叫本洋、一种本国银圆，叫做龙洋；～有日本旧银圆，也叫龙洋。(新 53-243-14）¶你若是收得，我去与小姐说，做一件新布道袍与你，～与你百十文钱，买酒吃罢。(鼓 22-267-1）¶晁盖道："都头且住，请入小庄，～有话说。"(水 14-203-11）¶于直被杯冲心窝里一蛇矛刺着，翻筋斗撅下马去。高廉见了大惊。"～有谁人出马报仇？"(水 52-864-2）

⑩反語の語気を表す（前 2 項の意味を含む）。共通語の"还"。¶说仔勿去，阿好～去嘎？(海 8-58-6）¶无姆末～要瞎说！人家骗骗小干仔，说麨拨拐子拐得去，阿是真真有啥拐子嘎。(海 29-238-24）¶实概大个人，连搭仔自家发寒热才勿晓得，～要坐马车！(海 35-292-16）¶麨响哉，阿姐为仔耐困勿着，耐～要噪。(海 35-296-12）¶素芬道："两点钟哉，来浪做啥，～勿困？"翠凤更不答话，急急收拾，也睡了。(海 46-392-15）¶耐放心，陆里一个倌人勿是实概说嘎。耐末～要去听俚。(海 54-456-10）¶李鹤汀托故兴辞。齐韵叟冷笑道："耐～要骗我，我晓得耐有要紧事体。故歇正好哩。"鹤汀面有愧色，不敢再言。(海 58-492-12）¶耐是嫁仔人格人家人，宣家里格姨太太呀，～有面孔出来轧姘头？(九 160-1055-20）¶梅大人勒倪身浪铜钿用仔弗少哉，阿可以～来开口……。(沪 3-22-7）

⑪前項に同じ。疑問詞疑問文型の反語文。¶我也勿来说耐哉，难看耐无拨仔～好搭啥

人去借。(海 21-172-20) ¶一块洋钱一月,正月里做下来勿满三块洋钱,早就寄到仔乡下去哉,陆里～有两角洋钱。(海 23-183-9) ¶我我说啥物事嘎? 耐搭小红三四年老相好,～有倽勿晓得,倒来问倪。(海 24-193-8) ¶洪氏道:"倪～去托啥人嘎? 要末原是娘舅哉哩。"新弟道:"娘舅信浪仔俚勿好,坍仔台,恨煞个哉,阿肯去寻嘎。"(海 29-238-19) ¶屋里再有爷娘搭兄弟,一家门要吃要用,教俚～有啥法子? (海 34-281-4) ¶容易得势,漱芳过房拨我,算是我个囡件,～有啥人说啥闲话? (海 47-399-19) ¶耐说就要来讨我个末,～拨倪啥个洋钱嘎? (海 55-467-23) ¶倪要嫁人,像耐大方人一样格人勿嫁末,～要去嫁倽人? (九 37-276-22) ¶故歇倪生意末也勿做哉,大家才晓得耐要讨倪转去,耐倒想想看,倪～有倽面孔来浪上海滩浪见人? (九 40-296-15) ¶看仔耐生病,替咿替耐勿落,咿无拨倽格法子好想,格个心浪,格末叫难过,陆里～有实梗高兴去做格生意。(九 75-547-9) ¶故歇除脱仔妩姆,～有啥人肯搭倪说格号闲话呀? (九 164-1075-12) ¶而且鸦片瘾又来得大,一天吃到晚,一夜吃到天亮,还不过瘾,那里～有工夫去嫖呢。(官 12-179-17) ¶如今身边盘费用尽,又是客边,举目无亲,如今若不得总爷处收留充作军士,只好死了,～有何人肯提掣生路的。(醒下 3-116-23) ¶小弟为这场官事,家赀罄尽,性命几乎不保,～有甚么牵挂? (鼓 20-250-3)

⑫かつて発生したことがあることを表す。"还"にもこの用法がある。¶翠凤又问道:"鸦片烟阿有嘎?"金花道:"鸦片烟有一缸来浪,碰着仔一点点就苦煞个,陆里吃得落嘎! ～听见说,吃仔生鸦片烟要迸断仔肚肠死咪,阿要难过。"(海 37-309-15) ¶想当初我和女儿还去过一遭。(红 6-95-16) ¶他这个病得的也奇。上月中秋还跟着老太太、太太们顽了半夜,回家来好好的。(红 11-156-10)

(注) 上掲例(海 37-309-15)の中の"再听见说"を,亜東本は"再听见歇"に改めている。

⑬また。さらに。共通語では"又"が用いられる。¶四老爷末～要说笑话哉。(海 15-120-6) ¶耐也勷说哉哩,俚～要哭哉。(海 20-163-1) ¶耐今年也四十多岁哉,倪子因件才勿曾有,身体本底子娇寡,～吃仔两筒烟,有仔个人来浪陪陪耐,也好一生一世快快活活日脚。(海 34-285-13) ¶常恐耐一干子去,想着仔漱芳～要一泡子哭。(海 47-398-24) ¶那边黄翠凤乘间问罗子富道:"今朝耐为啥勿来?"子富道:"我常恐耐无姆～要多说多话。"(海 47-403-11) ¶究竟那老父的死生抵不得美人的情重,不知不觉的早把他父亲病重丢去在一边,打叠起许多的软语深情,陪着笑着买劝慰。兰芳一面把方子衡两手推开,一面还呜呜咽咽的掩面而哭,又道:"耐～要来骗倪,耐格闲话倽人来听耐嘎。"说

語彙例釈　　zai

着又哭。(九40-296-23)¶深甫便赏了琴师十块钱票纸。琴师谢了自去。黛玉笑道:"～要朱老破费。"(沪3-99-9)¶温贵道:"此人手面倒不小。"龙吟道:"手面小了,吓也吓倒了,还敢办这种事么?他在京里招了四十几万的股,还是不够所以～到上海来招的"(新25-115-17)

⑭仮定を表す文の中の"再要……"は共通語の"如果还……""如果又……"に当る。
¶耐倒硬仔心肠,拿自家称心个人冤枉杀仔,难下去耐～要有啥勿舒齐,啥人来替耐当心?(海34-285-15)¶故歇漱芳来病倒仔,二少爷～要生仔病,难末那价呢?(海42-353-21)¶季纯不等说完,嚷道:"～要说个卫霞仙,故末真真拨俚打哉哩!"(海57-485-3)¶翠凤无良心,难下去～要无拨仔洋钱,翠凤生来勿借拨我,我也无啥面孔再去搭翠凤借。(海59-503-23)¶跟人生来最好,不过耐当心点,～要上仔个当,一生一世吃苦咓唲。(海60-509-13)¶故歇趁早豁开史三公子,巴结点做生意,故末年底下还点借点,三四千也勿要紧。～要哝下去,来勿及哉哩!(海62-527-10)¶耐明朝～要忘记仔,倪定归勿依个。(鸿7-228-10)¶倪到仔间搭一格多月,人也几乎闷热快,～要实梗样式下去,是实头要生病哉。(九24-181-11)¶故歇格点衣裳首饰,一塌刮仔几百洋细格事体,～要去当脱仔,新年里向那哼出去做生意?(九163-1072-8)¶倪做仔格几年生意,总歡做歇实梗有良心格客人。倪～要敲耐竹杠末,格是倪格良心咓不格哉。(沪3-22-12)¶俚～要弗答应末,故末刚刚耐朱老说格闲话赛过咓不良心哉啘。倪野咓不啥法子,总算白认得耐末拉倒哉啘。(沪4-20-1)

【再会】
〈动〉またお会いしましょう。あいさつ語としても用いられる。¶赵朴斋料这施瑞生游踪无定,无处堪寻,遂向周少知、张小村说声"～",离了华众会。(海37-312-15)¶倪还要到别场化去勒,晏歇点～罢。(鸿7-227-10)¶"介末阿伯老文人慢去慢去。""女婿大官人～罢。"(描4-37-2)¶说完站起来,说了声:"翩哥,我们～罢!"拔起脚来,一直向外下楼而去。(官10-151-23)¶雨香笑了一笑,与春波点点头,说了声"～",同着梅伯,朝南去了。(新14-61-14)¶何聚卿这时候也老羞成怒道:"你便把我怎样?"章柏祥道:"对不起,公堂上～。"(人44-539-1)¶小道有些薄事,暂且告别,晚上～。(禅24-358-3)¶赵主管道:"晚了路黑难行,改日～。"许宣还了酒钱,各自散了。(警28-435-6)

【再见】
〈动〉"再会"に同じ。¶陶云甫收了草帐,也就起身,说:"我还有点事体,～罢。"(海

18-146-7)¶黛玉道："我也家去歇息了,明儿～罢。"说着,便自取路去了。(红79-1143-5)

【再说】
副詞"再"④+動詞"说"。それからのことにする。そのうえで決める。¶耐末先拿我个拜匣放好仔～。(海59-501-2)¶亚白道："好个,就明朝请耐。"鹤汀道："明朝无拨空,停两日～。"(海50-513-18)¶闲话是勿差,难等南京转来仔～。(海62-527-12)¶双玉大声道："我要啥嗄?我末要耐死哉哩!"周兰、双珠同词劝道："死勿死末～,耐吃仔了哩。"(海63-641-5)¶钧伯道："我有朋友说有倽格道契地皮,要做押款。"伯颰道："只要靠得住格,总可以做,耐碰仔头勒～罢。"(鸿13-269-24)¶有局票来叫局末,说倪到仔苏州去哉,勿管倽格客人,勿要让伊进来,等李大人毛病好仔～。(九75-547-4)¶这种人也不必去问他,打了他耳光～。(新54-250-5)¶赎金凤是一件事,说情是一件事。别绞在一处说。难道姑娘不去说情,你就不赎了不成?嫂子且取了金凤来～。(红73-1039-16)

【再勿靠帐】
副詞"再"+"勿靠帐"。"再"は否定の副詞の前にあって否定の語気を強める。……とは全く思いもかけない。⇨勿靠帐。¶我～余庆哥来里。(海55-471-15)¶～拿差仔,勿是个赎身文书,倒拿仔罗老爷个拜匣。(海59-502-16)
(注)『紅楼夢』の中の"再不想"はこれに当る。→一则宝玉脸面俊秀,二则花叶繁茂,上下俱被枝叶稳住,刚露着半边脸,那女子只当是个丫头,再不想是宝玉,因笑道："多谢姐姐提醒了我。……。"(红30-426-17)

【再有】
〈连〉それから。それに。共通語の"还有"。¶耐末单会抄别人个文章,～'乐骄乐''乐宴乐'阿要一淘抄得去?(海41-350-6)¶～倽人自家身体,喜欢白相,同客人约好仔,索性花园里歇夏,故也只好写意点。(海48-407-12)¶翠凤一直接说道："～我家常著个衣裳,同零零碎碎白相物事,帐末勿曾开,才来里官箱里,无姆空仔点查末哉。"(海49-416-15)¶耐去想哩,倪真格要逃走末,老早脱格哉,陆里等到故歇?格号闲话,说得阿要勿色头?～耐格饭桶,加二来得讨气,听仔别人家一句闲话,鸡毛当仔令箭,当仔真哉!(九68-491-12)¶拨来小芙蓉格娘敲出仔几千洋钿竹杠,～买来事哩,办喜酒哩,一蹋刮仔化仔万把块钱。(沪2-11-2)¶宝号拢总有几位?——一个正当手、一个(副)(二)当手,还有两个管帐先生,一个里帐房,一个外帐房,～七八伙计,两个泡外先生。(上散7-42-2)¶现在世界,外国东西那里忌得尽?香胰脂、洋烟脂、花

語彙例釈　zai－zang

露水不是天天要用得么？～钻戒、金表以及一切服饰的东西，那一件不是外国人做的？要忌哪里忌得尽？（十14-96-2）

【在】

〈动〉……にある。……にいる。¶众人应诺，却问绘春堂在何处。小云说："～东棋盘街，就是巧珍个阿姐。……"（海28-234-6）¶就昨日倪大会，龙池先生想出个《四书》酒令也无啥，妙～不难不易，不少不多，……。（海44-365-8）¶笑嘻嘻问淑人道："倪大人到仔陆里去，五少爷阿看见？"淑人回说："～拜月房槛。"冠香道："拜月房槛无拨碗。"淑人道："刚刚去呀。"冠香听了，转身便走。淑人叫住问他："阿看见双玉？"（海54-457-2）

【在乎】

〈动〉意に介する。問題にする。¶罗老爷耐做倪翠凤，倒也勿～吃酒勿吃酒。（海7-52-21）¶黄翠凤插嘴道："倪搭新来个诺金花阿好？"子刚道："诸金花，我看也无啥好，俚陆里对嘎。"亚白道："耐闲话先说差哉，我对勿对倒勿～好勿好。"（海31-261-6）¶轧实倪做仔客人，搭客人要好起来，倒勿～吃酒勿吃酒，不过俚笃格排人，总是实梗想法，耐阿好去吃仔一台。绷绷倪做场面？（九57-416-17）¶张贡生道："我一应行囊都不带去，留在你家。……（中略）……。看你家造化，若多讨得到手，是必多送你些。"兴哥笑道："只要你早去早来，那～此？"（二4-77-13）

zan

【暂】

〈副〉しばし。しばらく。¶那先生听了，忙说："失敬，～请宽坐。"喊个打杂的令其关照总知客。（海48-408-17）¶直到昨日，听见有人讲起，说俫转格哉，～住勒里间搭，格落我寻得来格呀。（狐20-160-14）¶一时上汤后，又接献元宵来。贾母便命将戏～歇歇："小孩子们可怜见的，也给他们些滚汤滚菜的吃了再唱。"（红54-757-20）

【赞礼】

〈名〉冠婚葬祭で式次を読み上げる人。¶一切祭礼同应用个物事，才舒齐，送得去一歇哉。人末就派仔两个知客去伺候，阿要用～？（海16-393-16）

zang

【赃证】

〈名〉犯罪を立証する実物。¶二则抄不出～，何以坐实其罪？（海59-504-23）¶五儿急的便说："那原是宝二爷屋里的芳官给我的。"林之孝家的便说："不管你方官圆官，现

1026

有了～,我只呈报了,凭你主子前辩去。"(红 61-857-16) ¶却不是小娘子与那后生通同谋杀,～分明,却如何赖得过。(醒 33-901-11) ¶既是赃正明白,休听这厮胡说,只顾与我加力打这厮! (水 30-464-8) ("赃正"是"赃证")

zao

【糟蛋】

〈名〉アヒルの卵の粕づけ。 ¶俚乃喜欢～,耐去开仔个～罢。(海 14-114-15)

【糟塌】

〈动〉①こわす。損なう。 ¶我劝耐少赌末哉。难为仔洋钱,还要～身体。(海 14-113-16) ¶罗老爷一径搭倪要好煞,倪阿敢～仔拜匣个要紧事,难为罗老爷。(海 59-503-16) ¶少爷不过一时之气,这件事,隔几天不愁不水落石出。那时少爷的气平了,仍是恩爱夫妻,姨奶奶何必悲伤,～身子。(歇 24-307-14) ¶这如今才好些,又这样哭哭啼啼,岂不是自己～了自己身子,叫老太太看着添了愁烦了么?(红 67-950-15)
②はずかしめる。面目をつぶす。 ¶蕙贞临睡,笑问莲生道:"耐阿要再去做沈小红?"莲生道:"难是让小柳儿做个哉。"蕙贞道:"耐勿做末,倒覅去～俚。……"(海 34-283-13) ¶耐覅瞎说! 文君玉是我女弟子,客客气气,耐去～俚,岂有此理!(海 59-507-4) ¶金寓格脾气,是吃软勿吃硬格。耐要想～俚,俚那哼肯领盆? (鸿 14-277-12) ¶差官道:"这第二句可不是连太太也被着他们～了么。"(官 49-840-21) ¶好, 好,我是好心劝你,你倒教训起我来,我活了五十多岁年纪,没有受过这般～。(九 69-501-6) ¶就算你是怎样的高才,我总算是你的父执,可该把我这样～的么? (九 69-501-11) ¶伯芬道:"一向多承夫人贤慧……"说到这里,底下还没说出来,夫人把嘴一披道:"免恭维罢! 少～点够了!"伯芬道:"我又何敢～夫人?"夫人道:"不～,你叫我认婊子做师母?"(目 91-741-19)

【早】

〈副〉とっくに。早くに。 ¶～晓得耐要去上俚咾当水末,倪倒勿如也说是清倌人,只怕比仔陆秀宝要像点咾。(海 14-110-12) ¶正月里做下来勿满三块洋钱,～就寄到仔乡下哉,陆里再有两角洋钱。(海 23-183-8) ¶价末耐为啥勿一说呢? (海 25-208-11) ¶至于那前任,另有同他说得来的人,～拉他到别的屋里去了,一天大事,瓦解冰消。(官 44-752-2) ¶一直等到年下,随凤占还差人到那两家当铺去讨年礼。人家回称～就送过了。(官 44-752-5) ¶～知这样,我竟一起头求姊子,这会子也～完了。(红 24-339-10) ¶我～就听见了,你还瞒我。(红 32-444-5) ¶走不到三五里,～见近村人家,都拿着水

語彙例釈　zao

桶钩子来救火。(水10-156-10)

〈形〉早い。¶摆起来罢，天勿～哉。(海7-54-6) ¶倪先生欠来哚几花债，～末也要王老爷还，晚末也要王老爷还。(海11-84-10)¶耐再困歇哩，天～来里。(海18-143-16) ¶有仔日脚末再写封拨我，能够～点最好。(海55-468-13) ¶辰光勿～哉嘘。倍笃两家头点心也勿曾吃，倪同去吃大菜阿好？（九续34-261-5）¶贾瑞瞅他背着脸，一溜烟抱着肩跑了出来，幸而天气尚～，人都未起，从后门一径跑回家去。(红12-167-17) ¶姐姐既会说，就该～来，也省了爷生气。(红31-431-12)

【早晨】

〈名〉朝。夜明けから8、9時ごろまでの間。¶～揩只烟灯，跌碎仔玻璃罩。俚哚无姆说，要我赔个。(海23-183-3) ¶～付仔房饭钱，陆里再有嗄！(海64-545-17) ¶奴搭巧林姐勿常往来格，所以连搭俚嫁格日脚，才勒晓得，到仔今朝～，柳老赶到倪格来，说起仔格事体，定见要奴一淘来，奴说难为情煞格，俫停歇叫倪格局勒来，阿好呢勿好？（狐4-22-3）¶王先生说的：一过晚上十点钟，就是拿八抬轿去抬他也不来的。有话明天～再讲罢。(官39-659-14) ¶老人家又嘴馋，吃了有大半个，五更天的时候就一连起来了两次，今日～略觉身子倦些。(红11-156-4) ¶每常间夜里出去，日间躲在洞中。近来却又～出去，傍晚方回。(禅3-32-5) ¶从～只走到午后。约莫走了五七十里多路。(水5-90-16)　"朝晨""早辰"とも作る。¶向一帆道："今天朝晨，我撞见了一桩笑话。"一帆问他："怎样的笑话？"煦春道："今天十点钟时光，兄弟到公益里去候一个朋友。……。"(新41-191-20) ¶早辰一个敝相知要做些前程，拿了两拜匣金珠首饰，向小弟当中，要押银三百两凑用。(醒下5-134-11) ¶原来林澹然从早辰走到午时，走不上三十里之路。(禅3-36-2) ¶直待第六日早辰，先差人去十字路口打扫了法场。(水40-644-8)

【灶下】

〈名〉コック。料理人。¶耐阿想吃啥？教俚哚去做，～空来浪。(海19-156-18) ¶漱芳道："等相帮转来仔，教俚哚就去。"秀姐道："等俚哚转来等到啥辰光去，我教～去末哉。"即时到客堂里喊～出来，令他"去张张陶二少爷。"(海20-158-16) ¶正寅说："那～是我的家人，这是我心腹徒弟。特地使他来伏侍你。"赛儿说："这等难为他两个。"(初31-579-2)

（注）"灶下"はかまどのある所の意。調理場。派生して，調理人を指す。下例は，いずれも調理場を指す。→还有一个粗做娘姨，和一个灶下的厨子，都是牛一般的蠢货，

1028

那里会知道这些事情。(九 112-772-3) →老娘姨叫车夫到灶下去拿些稻柴灰来,重新扫了一扫,始觉好些。(繁后 26-1028-11) →量三斤米,跑到井上淘了,跟手就到灶下煮饭。(市 1-191-23) →柳大哥,不怕你见笑。舍下实在乏人,烧茶煮饭,都是我兄弟自己动手的。如今且请宽坐,待我到灶下把饭弄熟,再和柳大哥谈心。(负 2-10-7) →俫领伊到(厨房间里)(灶下)去。(上问 6-11-8) →直从灶下寻到后门,果然有口枯井。(醒下 12-198-10) →不期灶下无柴,柜中缺米。(禅 6-77-7) →那婆娘当时就裸起双袖,到灶下去烧火,又与他量了些米,煮夜饭。(初 16-276-14) →母亲孙大娘正在灶下烧火。(醒 34-714-8) →次到厨房里,灶下杀死两个丫嬛。(水 31-481-8)

【造】

〈动〉作る。¶～塔末要塔尖个呀!(海 39-327-16) ¶采莲船共四只,如今尚未～成。(红 17・18-234-3) ¶次日五更,～饭了,军士吃罢,放起一个信炮,直奔清风山来。(水 34-533-8)

【噪】

〈动〉騒ぐ。ふざける。わめき立てる。共通語の"吵""闹"に当る。¶子富转身,抱住金凤要亲嘴,金凤极声的喊说:"覅～哩!"翠凤两脚一跺,道:"耐啥～勿清爽!"(海 8-63-19) ¶覅拨俚吃哉,吃醉仔末搭倪瞎～。(海 8-63-24) ¶啥要紧嘎,哦喤哦喤～勿清爽!(海 22-178-17) ¶故歇是晓得耐来里该搭,来请耐,就无啥闲话也要想句把出来说说,～得耐勿舒齐。(海 24-194-18) ¶耐说勿是来相骂,俚一进来就是竖起仔个面孔,哦喤哦喤,下头～到楼浪,勿是相骂是啥嗯?(海 27-220-15) ¶朴斋问吴松桥如何。小村道:"松桥也勿好,巡捕房里关仔几日天,刚刚放出来。俚个亲生爷要搭俚借洋钱,～仔一泡,幸亏外国人勿曾晓得,勿然生意也歇个哉。"(海 37-312-4) ¶我末要见识见识贵相好同张秀英个房间,大家～俚咪一日天。(海 45-381-21) ¶兰芬正在说话,忽然背后伸过一双手来,两手交叉,把兰芬的眼睛紧紧掩住。兰英不晓得什么人和他玩笑,待要发作,又恐是个熟人不好意思,发极喊道:"倽人介,勿要实梗～哩!"(九 38-283-2)

【噪反】

〈动〉声高に口論する。"吵翻""吵翻(了)天"の意。¶季莼攒眉道:"耐去末倘忙晚歇大菜馆里～仔,像啥样式嘎?"桂生失笑道:"耐搭我坐来浪罢。要噪末陆里勿好噪,为啥要大菜馆里去?阿是耐二奶奶发痴哉。"(海 45-481-8)

【燥】

〈形〉速い。¶耐两只脚倒～来哚唲,一直走到仔城里。(海 4-30-18)¶自此以后,匡

語彙例釈　zao - zen

超人的肉和豆腐都卖得生意又～，不倒日中就卖完了，把钱拿来家拌着父亲。(儒16-200-14)

（注）『現代漢語詞典』が zao 音で排列しているので、その排列によっているが、この意味のときは sào（『漢語大詞典』）。

ze

【则】

〈連〉則（ㄗㄜˊ）ち。ある条件・原因に応じて生ずる結果を示す。¶我替耐解个冤结，多～一万，少～七八千，耐阿情愿？（海 63-542-17）¶钱典史不听～已，听了之时，立刻无明火三丈高。（官 2-20-22）¶终日游于离恨天外，饥～食蜜青果为膳，渴～饮灌愁海水为汤。（红 1-8-5）

〈助〉"一～……，二～……，三～……"のように数詞の後に付いて、原因・理由などを列挙する。¶一～自家先有狎妓差处。二～抄不出脏证。何以坐实其罪？三～防其烧毁灭迹。（海 59-504-23）¶一～顾全福中堂面子，二～我们那里不拉个朋友。（官 36-612-4）¶虽说是奋志要强，那工棵宁可少些，一～贪多嚼不烂，二～身子也要保重。（红 9-134-12）¶秦明一～软困，二乃吃众好汉劝不过，开怀吃得醉了，扶入帐房睡了。（水 34-537-14）

zei

【贼】

〈名〉泥棒。盗賊。¶倪栈里清清爽爽，陆里来个～嗄！（海 60-512-15）¶真真要捉牢仔～，追俚个脏，难哉哩。（60-513-20）¶昨夜头有仔～哉，唔笃看哩，大橱门两扇开格哉，只怕才偷完哉。（狐 32-272-7）¶到之中上衙门里就拿～捉着者。（上问 4-9-1）¶一经官，事情就要闹大了。～呢，未见得拿得着，报却一定要登载了。报一登载，上头就要晓得，上头一晓得，自然就要责你赔偿。（新 57-266-7）¶我们的丫头自然都是些～，我就是头一个窝主。（红 74-1055-9）¶听说拿～到官，他就到察院衙前细看。（醒上 12-88-28）¶王公大叫："有～！"披了衣服，赶将来。（喻 15-219-10）¶问道："你是何处来的？"南陔道："是～拐了来的。"（二 5-105-15）

zen

【怎晓得】

①どうして知っているのか。¶蕙贞道："耐～俚无拨客人？"莲生道："我看见俚前节堂簿，除脱仔我就不过几户老客人叫仔二三十个局。"（海 24-192-8）

②知っているものか。わかるものか。反語。¶莲生道："俚自家倒无啥用场，就不过三

日两头去坐马车。"蕙贞道:"坐马车也有限得势。"莲生道:"价末啥个用场嗄?"蕙贞道:"倪～俚。"(海 24-192-16) ¶子刚道:"为啥要打哩?"痴鸳道:"～俚哚。一句闲话勿对就打,打个辰光俚哚。一句闲话勿对就打,打个辰光大家勿让,打过仔咿要好哉。该号小干仵阿要讨气!"(海 36-301-2) ¶人家倪子养得蛮蛮大,再要坏脱个多煞;刚刚有仔两个月,～俚成人勿成人,就要道喜,也忒要紧晼。"(海 47-402-21) ¶秋谷笑道:"既然情愿嫁他,为什么又要出来呢?"美云道:"～俚笃。"(九续 66-513-7) ¶我是个女人,不出庵门,～他店里的事? (二 21-431-4)

(注) 蘇白では"怎"は"怎晓得"にのみ用いられている。"那哼"も用いられる。→秋谷道:"小朱为什么不肯认你?"眉仙道:"那哼晓得俚。"(九续 132－962-18)

zeng

【罾】

〈名〉四(ㇱ)つで網。¶是个娘姨采仔一朵荷花,看见个～,随手就扳,刚刚扳着蛮蛮大个金鲤鱼,难末大家来浪着。(海 38-323-15) ¶走子绝路勒里哉。看看介,一个乡下人,带子草帽,勒里扳～。总要问路个吓。(笑 4-63-9)

zhai

【斋】

〈动〉僧侣や道士などに飲食物を施す。¶倪先生恭喜来浪,～个催生婆婆。(海 47-402-16) ¶听得说,如今上了年纪,越发怜贫恤老,最爱～僧敬道,舍米舍钱的。(红 6-95-18) ¶譬如我～了这寺中僧人一年,把此经还了他罢,省得佛天面上取利,不好看。(二 1-6-13)

【宅门】

〈名〉屋敷の正門。¶园门浪交代好个哉,就勿曾送条子。也为仔大人说,帖子夠补哉。我想晚点送勿要紧,陆里晓得陈老爷走仔该搭～。(海 48-409-20) ¶匡超人拿手本来谢,知县传进～去见了,问其家里这些苦楚,便封出二两银子来送他。(儒 16-205-17)

【债】

〈名〉借金。借り。¶耐少来哚几花～末,我来搭耐还末哉。(海 10-80-18) ¶玉甫前世里总欠仔俚哚几花～,今世来浪还。(海 42-351-11) ¶我末出来包房间,倒空仔三百洋钱～。(海 60-509-8) ¶生意阿好? 倒底阿有几化～? (鸿 10-251-21) ¶倪贴俚五百洋钱拨俚还仔亏空转去,倪末背仔一身格～。(九续 110-798-7) ¶大凡做妓女的断断有不得～,有了便一时轻不起来。(繁后 19-948-12) ¶原来赘房向我讨的,不是钱财～,

語彙例釋　zhai－zhang

乃是文字～。(新52-240-2) ¶可知道'不怕该～的精穷,只怕讨～的英雄'! 你而今遇着凤四哥,还怕赖到那里去! (儒52-595-24)

zhan

【栈】
〈名〉宿屋。¶耐勿到新街浪去,俚哚阿好到耐～里来打耐？(海17-241-24) ¶教～里相帮去叫只船,明朝转去。(海29-241-18) ¶秋谷落～之后,歇息了一日,不免往书场戏馆去涉猎涉猎。(九1-2-15) ¶到了午饭时候,便回～吃饭。吃过饭,便算清房饭钱,叫人来搬东西。(目57-451-26)

【栈单】
〈名〉仓荷证券。¶不过拜匣里有几张～庄票,有辰光要用着末,那价？(海8-60-4) ¶故歇我手里拿得去～,倘忙输脱仔下来,教我转去阿好交代？(海58-497-7)

【栈房】
〈名〉①宿屋。¶我教娘姨到～里看仔耐几埭。(海2-11-15) ¶俚哚～里才实概个,到仔十二点钟末就要开饭哉。(海2-15-10) ¶该搭～个房饭钱,前日仔约礼拜六,明朝是礼拜三,剩得勿多两日哉。(鸿8-234-19) ¶约摸有两个月,一径住勒～里,究竟有几化勿便笃,格末那处罢？(狐20-159-3) ¶上海洋泾滨,～林立,内中有一家叫丰泰的,是最著名的大客栈。(新55-252-22) ¶这里新嫂嫂又张罗陶子尧吃稀饭,又打发陶子尧管家,先回～。(官8-116-17) ¶新近我们汉口到了几个维新党,不晓得住在那一爿～里。(官40-677-17) ¶阿根听得众接客里头喊嚷"名利栈"的,随把招纸一接,笑向春泉道:"老爷,我们就借了这家～罢,他这名儿很好,名利名利,出门一定有名有利。"(十1-1-22)

②仓库。¶朴斋不好意思,正要走开。倒是那挑夫用手指道:"耐要寻人末去问帐房里,该搭～,陆里有啥人嘎。"(海13-101-18) ¶我要到(三菱公司)(三菱公司～后头靖远街东半爿角子上)去。(上散3-11-3)

zhang

【张】
〈动〉①開ける。开く。¶我听仔快活煞,～开仔两只眼睛单望俚一干仔。(海10-80-19) ¶一只嘴～开仔,面孔浪皮才牵仔拢去,好象镶仔一埭水浪边。(海15-119-15) ¶只见薛蟠骑着一匹大马,远远的赶了来,～着嘴,瞪着眼,头似拨浪鼓一般不住左右乱瞧。(红47-654-2) ¶你～开嘴,我瞧你的牙齿舌头是什么做的。(红56-768-7) ¶一日,帝

zhang　語彙例釈

与素钓鱼于后苑池上，并坐，左右～伞以遮日（醒 24-482-2）

②見る。眺める。 ¶看见耐低倒仔头只嘴走，我就晓得耐到倪搭去，跟来哚耐背后。看耐到仔房间里，东～～，西～～，我末来里发笑，要笑出来哉呀！（海 14-109-8） ¶春香心焦，踏遍了一座花园，只是寻不见，便是东角头有个毛厕，也去一一～。（禅 32-517-5） ¶只见前面一个人摇摆将来，见张责生带了一伙家人东～西觑，料他是个要阗的勤儿，没个帮的人，所以迟疑。（二 4-76-5）

③のぞき見する。こっそり見る。 ¶翠凤手执安息香，款步登楼，朝上伏拜。子富蹑足出房，隐身背后观其所为。翠凤觉着，回头招手道："耐也来拜拜哩。"子富失笑倒退。翠凤道："价末～啥嘎，房里去！"一手推子富进房。（海 49-422-1） ¶掌柜的从门缝里～了一～，只见火把打笼，照如白昼。（文 3-14-23） ¶我在门帘缝里一～，原来也是一帮客人，在那里大说大笑。（目 77-624-17） ¶在窗子里了一～，看见姚姨太太在里头打秋千，吓得喊起来。（梼 22-346-19） ¶轻轻向壁缝里～了一～，只见他两个正情浓意密，一个就如饿虎吞羊，一个便如娇花着雨。（鼓 24-291-16） ¶林澹然跐着脚，格子眼里～时，看见五六个大汉，靠着一张桌子赌钱哩。（禅 9-132-12） ¶不敢便走进去，却在门缝里～。不～万事皆休，则一～那员外大吃一惊，回身便走，来到后边，望后倒了。（警 28-437-11） ¶走到房前，在壁缝中～他一～，看他在里面怎生光景。不看万事全休，只这一看，那一惊非小可。（二 24-484-1）

④訪問する(年長者や知人の安否などを案じて)。 ¶长大爷，二小姐来里牵记耐呀，说耐为啥勿来，教我来～～。（海 16-126-10） ¶一见匡二，盛气问道："该搭来做啥？"匡二朗朗扬声道："四老爷阿来里？大少爷教我来～俚。"（海 27-223-14） ¶吴小大一见赵朴斋，顿换喜色道："我来里～耐呀，搬到仔陆里去哉嗄？"（海 30-252-23） ¶耐拿个灯笼去～～俚哩。晚歇无拨仔自来火，俚哩一干仔阿好走嘎！（海 46-391-23） ¶我到仔兆富里，无姆要～～我，来末哉。倘然送副盘拨我，故末无姆勒动气，连搭仔下脚洋钱才无拨。（海 49-419-24） ¶刚刚我自家去～俚笃，金珠蛮好勒浪哉，约我坐夜马车到该搭。（鸿 17-296-6） ¶臭鬼因离家日久，不免到外面～亲眷、望朋友,应酬世故。（何 7-76-19）

〈量〉紙などを数える。 ¶不过拜匣里有几～栈单庄票。（海 8-60-4） ¶就是葛仲英、李鹤汀末搭俚世交，要末写～条子去托俚咪。（海 26-215-6） ¶故歇再要收长监，一～禀单好哉。（海 37-312-12） ¶托耐再写一～票头到清和坊金寓，请请宋伯思弟兄两家头看。（鸿 9-242-6） ¶龙吟当场拿出一～五百元的庄票，交与品纯。（新 25-112-20） ¶贝夫人看了，气得他把一一～电报撕得粉碎，掼在地上。（九 51-375-10） ¶小厮不敢怠慢，

語彙例釈　zhang

去了一刻，便拿了一～红纸来与贾珍。(红 13-179-14)

【丈母】

〈名〉妻の母。¶难无姆剺实概哩！耐故歇做仔俚～哉呀。(海 55-464-16) ¶俚是倪格围件，耐就是倪格女婿，阿有倷女婿搭～吊起膀子来格？(九 148-984-2) ¶我若跟了他，他须要当她老人家～般看待，养老送终之礼，不能亏缺。(歇 8-96-16) ¶一时鲍二家的端上酒来，二人对饮。他～不吃，自回房中睡去了。(红 65-928-16) ¶他～已是死了。(醒上 12-83-20) ¶丈人～！不须恭敬，只是小壻他日有病痛时，莫再脱赚。(警 22-325-3) ¶前番说了一场，你丈人～都肯，只是你媳妇执意不从，所以又将庚帖送来。(醒 9-186-14) ¶是夜装越遂同德容小姐就在舟中，共入鸳帏欢聚。少年夫妇，极尽于飞之乐，明日舟到，一同上岸，拜见～诸亲。(初 5-97-2)

【帐】

〈名〉贷借勘定。掛け代金(売り掛けまたは買い掛け)。¶我是无姆一径来浪说，'难末生意该应好点哉。'阿姐也实概说，陆里晓得该节个～比仔前节倒少仔点。(海 49-419-9) ¶故歇绸缎店个～一点也勿曾还，倒先拿衣裳去当光仔，勿是我说句邱话，好像勿对。(海 64-545-20)

【帐房】

〈名〉帳場。俗に事務室を指す。"帐"は"账"。¶耐要寻人末去问～里，该搭栈房，陆里有啥人嘎。(海 13-101-18)（この"～里"は"帐房里的人"、次例も同じ）¶我连浪去三埭，～里说勿来浪，倒也罢哉！第四埭我去，来浪里向勿出来，就～里拿四百个铜钱拨我，说教我趁仔航船转去罢。(海 30-253-13) ¶小云傍门立定，正要通说姓名，一个就摇手道："耐有啥事体，～里去。"(海 48-408-8) ¶伯廉道："我正要合你谈谈。"便拉了老四到自己的～，一五一十的告诉了他。(市 8-225-15) ¶两边厢房一边做～，一边也做了门房。(梼 21-330-6) ¶忠靖侯史府等八家，都差人持了名帖送寿礼来，俱回了我父亲，先收在～里了，礼单都上上档子了。(红 11-158-2) ¶李嶽便走进～，把那些桌上未算完的零星帐目，尽皆收拾明白。(鼓 25-299-10)

②帐场の番头。会計係。"先生"を付けていうことが多い。¶等耐病好仔点，城里去租好房子，耐同无姆搬得去，堂子里托仔～先生，耐兄弟一淘管管，耐说阿好？(海 36-303-20) ¶一点点小交易，做得吃力煞，讲仔几日天，跑仔好几埭，俚哚～门口再要几花开销。(海 48-412-4) ¶今朝我叫～先生查查堂簿，耐名下倒有十一台菜笃。(鸿 13-266-15) ¶龙光接二连三的接了几封信，也有点疑心，便和～先生商量。(目

106-878-16）¶还有一位生客，请教起来，原是姓伍名连，表字子瑜，慎记五金号的～。（市 7-222-5） "账房"とも作る。¶弗壳张堂堂范公馆里向格账房先生实梗鸭屎臭。（沪 3-117-1）¶我拿银票到庄上，账房先生把票子相了一会，问我："你们什么宝号？"（新 14-61-1）¶王氏干略非凡，把张纯甫请来充当账房，登记帐目，叫鲁齋到馆子里去定菜。（新 44-202-30）

【帐目】
〈名〉帳簿に記載された各勘定。その"帐本"（帳簿）や"帐单"（明細書）を指してもいう。¶耐拿保险单自家带来哚身边，洋钱末放铁箱子里，还有啥～，契券，照票多花末，理齐仔一搭，交代一个人好哉。（海 11-86-3）¶花婷婷收齐了帐，便也把所欠的一切～都早早付清。（九 162-1068-2）¶陶子尧打开，取出一片～——大约开着几件机器，也不详细——递于魏翩仞。（官 8-118-16）¶做书生意，我本是外行。但是做了大半年，没有印出一部书来，本是一件可疑的事。为今之计，只有先去查一查～，……。（目 106-878-19）¶只见小厮手里拿着个禀帖并一篇～，回说："黑山村的乌庄头来了。"（红 53-740-9）¶凤姐因当家理事，每每看开帖并～，也颇识得几个字了。（红 74-1058-22）¶我要出城去取些～，故此乘晚而行。（禅 8-116-3）¶李嶽便走进帐房，把那些桌上未算完的零星～，尽皆收拾明白。（鼓 25-299-11） "账目"とも作る。¶孝基将钥匙开了那只箱儿，箱内取出十来本文簿，递与过迁："你请收了几本账目。"（醒 17-351-8）

【涨】
〈动〉血がのぼる（頭に）。¶就拨来倒霉个《天水关》，闹得来头脑子要～煞快。（海 19-155-18）¶裴人伸手与他系裤带时，不觉善守至大腿处，只觉冰凉一片沾湿，嗅的忙退出手来，问是怎么了。宝玉红～了脸，把他的手一捻。（红 6-93-5）¶玉英被这两句话，羞得彻耳根通红。焦氏见他脸～红了，只道真有私情勾当。（醒 27-569-13）

zhao

【招揽】
〈动〉招き寄せる。¶文君问知为赖公子，也吃一惊，先趕往后面小房间老鸨大脚姚，喁喁埋怨，说不应～这癞头鼋。大脚姚道："啥人去～嘎！俚自家跑得来寻耐，定归要做戏吃酒，倷阿好回报俚？"（海 44-371-5）¶大少肯替我～主顾，格是顶好哉唲。（狐 20-157-12）¶他便利令智昏，叫他的幕友、官亲、四下里替他～买卖：其中以一千元起码，只能委个中等差使；顶好的缺，总得头二万银子。（官 4-56-3）¶阿银也说他是户好客，争奈媚芗心已有主，不复措意。所以堂子里不但怕倌人有恩客，就是肯花钱的，

語彙例釈　zhao

老鸨、娘姨不愿意这伫人专意在一个人身上。这就是自己亲娘的好处，不来逼着他～。若是讨人身体，那能容得他呢？（梼 13-202-22）¶除此之外，与他谈论，有甚意味，还是莫～罢。（醒 29-599-13）¶石雪哥见不来～，只得自去。（醒 29-606-15）

【招牌】

〈名〉商標。ブランド。¶俚哚是景星～，耐要龙瑞，龙瑞里说无拨唦。（海 13-99-9）

（注）商店などの看板も"招牌"である。 →自从那回以后，他便收了医生～，搜罗些方书，照方合了几种药，卖些药来。（目 86-693-11） →这老王道士专意在江湖上卖药，弄些海上方治人射利，这庙外现挂着～，丸散膏丹，色色俱备。（红 80-1158-21） →你把门面～收拾了，且随我到酒楼上去，有一件事与你商量。（鼓 28-341-3）

【着】

〈动〉動詞の補語となり、動作の目的の達成や、結果の出現を表す。共通語でも用いられるが、共通語よりも用いられる範囲が広い。¶俚来哚义大洋行里，耐陆里请得～嗄。（海 3-17-8）¶耐碰～仔陆小云，搭我问声看，黎篆鸿搭物事阿曾拿得去。（海 3-17-14）¶阿有啥说嗄，耐自家见乖点，也吃勿～眼前亏哉唡。（海 3-19-6）¶说起黎篆鸿，倒想～哉。（海 4-25-11）¶连朋友哚寻仔好几埭也寻勿～。（海 4-30-21）¶我到猜～耐个意思来里。（海 4-31-7）¶要是客人摸～仔俚脾气，对景仔，俚个一点点假情假意也出色哚。（海 6-47-17）¶倪该搭是小场花，请大人到该搭来，生来勿配，耐也一径冤屈煞哉，难末拣～个大场花，要适意点哚。（海 18-146-14）¶耐要拣个有铜钱点，像倪是挨勿～个哉。（海 18-148-6）¶黎篆鸿昨夜接～个电报，说有要紧事体，今朝转去哉。（海 20-164-15）¶实概说，俚勿曾借～我个洋钱，陆里会称心嗄？（海 22-176-20）¶外头人才说做～仔好生意，搭倪吃醋，说倪多花邱话，说拨四老爷听。（海 27-224-8）¶随便啥事体，想一个头，一径想下去，就困勿～，自家要豁开点也勿成功。（海 35-295-11）¶看见个罾，随手就扳，刚刚扳～蛮蛮大个大金鲤鱼。（海 38-323-16）¶阿曾捉～？（海 46-389-1）¶我倒吃～个喜酒。（海 53-449-12）¶定一仔黎篆鸿个囡仵，再要好也无拨。（海 54-445-10）¶节浪下脚通共折～仔四块洋钱。（海 54-460-20）¶外头人再有点勿明勿白冤枉倪个闲话，听一仔气煞人哚！（海 58-496-17）¶赚～仔三四百洋钱，耐倒再要嫌道少哉唡！（海 58-498-13）¶拿～仔俚赎身文书末，喊俚转来，原搭我做生意。（海 59-502-14）¶幸亏有两个小流氓分勿～洋钱，难末闹穿仔下来。（海 61-520-23）¶就去末也定归见勿～史三公子个面唡。（海 62-527-4）¶刚刚奔到扶梯浪，想～仔一句要紧说话勒里哉。（三 33-378-26）¶倪先生本则要来格，皆为吃饭辰光得～一个信息，是

zhao 語彙例釋

石家里差人来寻倪先生,格落先生勿能出来。(狐 42-364-9)¶前日仔宋小庄得～仔点风声,难末就打电报来,叫倪老人家去。(鸿 6-234-7)¶倪也勿是一定要寻～俚。(鸿 15-289-4)¶大家晓得仔,格是勿要说俺生意哉,连搭仔局帐一钱才收勿～。(九 38-278-6)¶慧如给他一摔,那背后的一只手坎坎碰到金凤屁股,碰～硬绷绷的一块东西,因笑道:"真格来哉哩。"(沪 1-88-12)¶我想～者。吃饭个家生是拉伊只黑箱子里者。(上问 8-16-4)¶他还送给我一副对,写的甚好;他说也送你一副,你收～了么?(目 39-299-6)¶有日子碰～一个朋友,向我说起台基上妇女别有一种风味,比着堂子里自不相同。(新 10-46-2)¶失掉一个孩子,依旧得～一个孩子,还有什么不好?(新 33-151-26)¶不知你在苏州,可有什么新闻听～?(新 42-194-9)¶士隐知投人不～,心中末免悔气。(红 1-17-4)¶这倒是我先料～了,知道妹妹不过这两日到的,我已经预备下了,等太太回去过了目好送来。(红 3-42-21)¶今番见蔡世泽带个孩子到来,问知是罗家小官人,且是生得十分清秀,应对聪明,想～他祖父三辈交情,如今又是第四辈了,那一个不欢喜。(喻 1-2-9)

【着冷】
〈动〉風邪を引く。¶故歇发寒热,就为仔前日夜头困好仔再喊起来出局去,转来末天亮哉,阿是要～嘎。(海 35-293-23)¶倘忙夜头出局去,再着仔冷,勿局个哩。(海 62-532-21)

【著】
〈动〉"着"に同じ。¶阿姐困～来浪。(海 36-302-8)¶耐想～仔啥个冤枉嘎?(海 36-303-2)¶倘然玉甫讨去做小老母,漱芳倒无啥勿肯,碰～个玉甫定归要算是大老母,难末玉甫个叔伯、哥嫂、姨夫、娘舅几花亲眷才勿许。(海 37-307-18)¶借用个典故陆里猜得～。(海 40-338-11)

【照】
〈动〉①光がさす。照らす。¶太阳～下来,热得价要死!(海 55-466-23)¶一直到了宁国府前,只见府门洞开,两边灯笼～如白昼。(红 13-176-14)¶此时破壁中透入月光,～得明白。(禅 21-349-10)¶火把看看～上殿来。(水 42-676-4)
②映す(鏡に)。¶拿面镜子来教俚自家去～～看,阿相像嘎!(海 15-119-19)¶耐自家去拿镜子来～,阿是我瞎说。(海 26-217-13)¶耐自家去～～镜子看,像啥个样子,麵面孔个小娘仵!(海 31-257-4)¶耐自家～～镜子看哩。(九 72-525-20)¶收拾停当,～了～镜子,戴上七姨太太的耳环,望着七姨太太说道:"……。"(梼 8-127-24)¶那是你

語彙例釋　zhao

梦迷了。你揉眼细瞧，是镜子里～的你影儿。(红 56-796-16) ¶魏公到楼上看了儿子，大惊，乃取镜子教儿自家～。(警 27-415-9)

〈介〉…のとおりに。…に照らして。¶拿跌碎个玻璃罩一淘带得去，～样子买一只。(海 23-183-6) ¶我搭耐说仔仔罢，～实概样式，好好交要打两转得哩！(海 32-263-17) ¶我说酒末勿拨俚吃，要俚～张船山诗意再做两首，比张船山做得好就饶仔，勿好末再罚俚酒。(海 33-273-8) ¶～耐年纪是该应定亲个辰光，耐哩无拨爷娘，生来耐阿哥做主。(海 54-455-9) ¶只要倷办得妥当，就～倷实梗说法末哉。(狐 11-76-12) ¶若～前头实梗，奴今夜就要去格哉。(狐 36-308-10) ¶我叫侬～我样式做，侬那能做来周身勿对，尺寸也忒媄大，样子也勿好。(上散 6-33-10) ¶我也来送送，还～上一回三人同去，路上可以不寂寞。(人 23-235-10)

【照旧】

〈动〉元のままである。これまでどおりである。¶王阿二道："耐末那价呢？"小村道："我是原～哦。(海 2-11-24) ¶且得明朝到仔龙华，如果大先生身体～，精神也蛮好，倪再商量去也来得及哦。(狐 36-308-13) ¶以后还是～罢。(官 44-743-9)

【照例】

〈副〉慣例に照らして。慣例どおりに。¶所有破坏家生，～赔补。(海 9-71-21) ¶既然实梗，倷就登勒俚仔，做做粗事体也无啥，奴～出还倷工钱。(狐 51-437-19) ¶凭你才具怎么优，资格怎么老，～够不上委个各局所的总办。(维 5-31-7) ¶这天穿的衣裳，～是行装打扮。(官 9-128-5) ¶属员请上司到的时候，～要在轿子面前迎接；走的时候，～也要在轿子面前站班送。(梼 12-192-17) ¶贾蓉转身复进去，回了贾珍龙氏的话，方出来叫了来升夹，吩咐他预备两日的筵席的话。来升听毕，自去～料理。(红 10-150-20)

【照票】

〈名〉証明書。許可証。¶洋钱末放铁箱子里，还有啥帐目，契券，～多花末，理齐仔一搭，交代一个人好哉。(海 11-86-4)

（注）《近代漢語大詞典》に、次の用例を挙げている。

到那云关底下，有座清风庵，都是女道士在内，你可持此照票，自然相留。(明·缺名《四贤记》第二九出)

【照式照样】

そっくりそのとおり。¶耐说是十块末，耐去～买得来，我再要买一副买面哩。(海 22-181-4) ¶赶快和我～的叫一个双台下去，立时立刻给我摆上来。(九 138-922-14) ¶

如果现在上海滩上～能寻得出第三张来,我情愿罚双倍还钱还奉送一张床。(人 31-336-9)
【照相店】
〈名〉写真屋。¶李老爷,耐阿看见～里有'七姊妹'个照相片子？（海 21-166-17）¶我要到（东洋公馆）（四马路东洋～）去。(上散 3-11-2)
【照相楼】
〈名〉写真館。¶耐～浪勿曾去,我说倪几个人拍俚一张倒无啥。(海 29-243-20)
【照相片子】
〈名〉人物を撮った写真。¶李老爷,耐阿看见照相店里有'七姊妹'个～？（海 21-166-17）
【照应】
〈动〉①世話をする。面倒を見る。目をかける。¶耐一干仔伍来哚客栈里,无拨～唲。（海 1-4-15）¶舍甥初次到上海来,全仗大力～～。（海 1-5-6）¶耐原一点俚,功功无姆看过点,赛过做好事。（海 3-20-5）¶要耐罗老爷帮贴仔,难末俚出去几花用场,再要罗老爷～点,阿是实概意思？（海 44-377-2）¶素兰闻言,欣然倡仪道："倪三个人索性拜姊妹阿好？"瑶官抢说："蛮好,拜仔末大家有～。"（海 52-440-20）¶袁伯珍屡次所办的事,都合着制台的意,制台很想～他。（维 5-34-1）¶大人在营务处,是标下的顶门上司,总得求大人格外～。（官 21-341-19）¶你们既然是要好朋友,往后大家～～最好。（繁后 31-1088-21）¶异乡外国,没人替你～,件件要仗自己,千万不可同在家时这般大意。(歇 20-256-19)¶若论亲戚之间,原该不等上门来就该有～才是。(红 6-104-20)¶姐姐,我从到了这里,多亏姐姐～。为我,姐姐也不知受了多少闲气。(红 69-984-1) ②ひいきにする(客が気に入った店や人を)。¶郭孝婆挨到张小村身傍,悄说道:"俚末是我外甥囝,耐阿好～～？随便耐开消末哉。"（海 37-311-4）¶罗老爷是再要好也无拨,生意浪末～仔倪几几花花。（海 59-502-17）¶前节方老爷来里～,倒哝仔过去,故歇耐也勿来哉,连浪几日天,出局才无拨。（海 59-507-7）¶秋谷更是击节叹赏,忽向小宝道："我同你虽然认识多年,局却不曾叫过,今天我竟要借光,转一个局,不知你赏光不赏光？"小宝笑道："二少笑话哉！只怕耐勿肯～倪唲,阿有啥倪倒勿肯格？"（九 16-125-23）¶多谢仔倷杨老,奴原晓得杨老是最诚心,最肯～倪格。(狐 1-5-22) ¶小号这里总得大人～～。（目 88-717-12）
【照仔】
〈介〉介詞"照"に同じ。"仔"は"比仔""为仔"などの"仔"に同じ。¶另外再有几样物事,耐就～帐浪去办,办得来一淘送去,剙拨小红晓得。（海 12-94-6）¶～个题

語彙例釈　zhao‒zhen

目末，空空洞洞，不过实概做法。(海 61-517-3) "照子"とも作る。¶个句说话，照子情理野是说得去个。(三 40-428-12) ¶你们既然是要好朋友，往后大家照应照应最好。并且照了我的意思，今夜谢大少可与方大少合摆一个双台，吃杯喜相逢的酒儿。(繁后 31-1088-21) ¶又要照着这样儿慢慢的画，可不得二年的工夫！(红 42-584-15) ¶今儿替你开个单子，照着单子和老太太要去。(红 42-588-8)

zhe

【者】
〈助〉①形容詞・形容詞連語・動詞・動詞連語などの後に付いて、名詞連語にする。¶最妙〜，'鞭刺鸡锥'搭仔'马牝沟札'，多花齷齪物事，竟然雅致得极。(海 51-431-10) ¶此情此景，真有难以言语形容者，亏俚写得出！(海 51-431-12) ¶如今生齿日繁，事务日盛，主仆上下，安富尊荣〜尽多，运筹谋画〜无一。(红 2-27-2) ¶三合之中，能敌得我画戟〜，方与成亲。(禅 38-623-12) ¶今日听在下说一桩俞伯牙的故事。到位看官们，要听〜，洗耳而听。不要听〜，各随尊便。(警 1-1-5)
②語句の後にあって、主題になっていることを示す。¶所谓相题行事〜，即此是也。(海 60-515-24) ¶畸人者，他自称是畸零之人；你谦自己乃世中扰扰之人，他便喜了。(红 63-898-9)

zhen

【真】
〈形〉本当である。真実である。¶佔人开宝是俚咪堂子里口谈唲，陆里有〜个嘎，差勿多有三四转五六转咪。(海 14-110-10) ¶君玉又笑又叹，再要说话，只听相帮道："难末〜个熟人来哉。"君玉抬头一看，原来是方蓬壶。(海 59-505-20) ¶对牛皮桂宝叹了一口气，随说道："唔笃格格人才是呒拨良心格，难俚总也勿高兴搭唔缠格哉。"牛皮桂宝道："阿是〜格介？"(鸿 19-307-24) ¶老三笑道："耐末夷是呒清头。阿媛末十六岁，耐末廿四岁。八九岁格小干阿生得出囡仵哩。"慰卿笑道："所以说是像煞，朆说〜个囡仵哩"(沪 2-66-1) ¶探春黛玉忙问道："这是〜话么？"宝玉笑道："说谎的是那架上的鹦哥。"(红 48-667-9) ¶我只见今日也有人说宋三郎好，明日也有人说宋三郎好。可惜洒家不曾相会。众人说他的名字，聒的洒家耳朵也聋了。想必其人是个〜男子，以致天下闻名。(水 58-969-10)
〈副〉実に。本当に。¶做生意〜难说！前回八千个生意，赚俚二百，吃力煞；故歇蛮写意，八百生意，倒有四百好赚。(海 48-410-9) ¶我只爱陆放翁的诗'重帘不卷留香

zhen　語彙例釈

久,古硯微凹聚墨多',说的~有趣!(红48-664-9) ¶手起处,~似流星掣电,石子来,吓得鬼哭神惊,又望林冲打来。(水98-1543-4)

【真个】

〈副〉副詞"真"に同じ。　¶隔两日耐~蒋月琴搭勿去仔,想着要来照应倪,再送拨我正好。(海8-58-10)¶阿是~头痛嘎?(海20-158-24)¶我~也勿识货。(海22-180-1)¶倪~长远弗见哉哩。(沪1-15-9)¶~我记性不好,他有个条子在这里。(官32-543-9)¶你我若要~维新起来,恐怕一步也行不去。(维2-10-6)¶牧弟你~要去,我与你一同前往可否?(繁初11-117-6)¶他把弟妇拐卖了,还要栽他一个逃走的名字,此刻他的妻子~逃走了也罢了(目36-276-25)¶贾母向王夫人等说道:"……。今日你们都在这里,都是经过妯娌姑嫂的,还有他这样想的到的没有?"薛姨妈、李婶、尤氏等齐笑说:"~少有。……。"(红52-722-8)¶他一手将这续弦胶放入李氏口里,一面叫:"鸾英,鸾英!"叫了三声,~李氏慢慢苏醒转来。(醒下10-181-1) ¶~是光阴迅速,倏然又是十二日到了。(禅2-16-6) ¶富翁对面一看,~是沉鱼落雁之容,闭月羞花之貌。(初18-328-8)¶龙香终是丫头家见识,听见你赞他两句,道是外边人~说他好。(二9-181-16)¶这老官儿~忒煞古怪。(醒4-85-16) ¶~是你贪我爱,如膠似漆,胜如夫妇一般。(喻1-21-1)¶俺只指望痛打这厮一顿,不想~打死了他。(水3-52-2)　"真格"とも作る。¶真格医得好奴格心病,倷随便要奴谢啥,奴呒不勿肯格。(狐30-247-7)¶那陆畹香连忙走过来,仔细把秋谷认了一认,方才认得,忙笑着道:"阿呀!真格是二少,倪隔仔两年,实头勿认得哉。"(九30-222-11)　¶倪真格要逃走末,老早走脱格哉,陆里等到故歇?(九68-491-11)¶故歇俚笃是实梗说,陆耀翁既然真格是一位观察公,有差使勒里上海,也犯勿着白叨光堂子里人。(鸿17-291-6)¶这倒是真格叫惯了,要改口一时候也改不过来,要怪第一个叫错的人。(人3-25-17)¶惠生笑道:"………。耐叫倪实梗走末,倪就实梗走末野吥啥要紧俹。"说着真格回身就走。(沪1-90-4)

【真生活】

〈形〉①骨が折れる。難儀だ。容易でない。　¶《迎想》搭仔《哭像》连下去一淘唱,故末~。(海45-382-10)¶故歇别样事体才勿要去管俚,倒是耐要借洋钿,~。(九164-1075-17)

②やりきれない。たまらない。　¶前日天个牌。我勿曾打差,摸勿起~。(海53-447-2)

　(注)"真生活"は辞典によって解釈を異にしている。

《汉语方言大词典》は、上揭例(海45-382-10)を用例にあげ、"④〈名〉真功夫;

語彙例釈　zhen

真本事。"とし、他に"1983 年 11 月 9 日《文汇报》:"到过泰山的人都知道,这一段却是"真功夫",换句上海话,叫做真生活。"の例をあげ、上掲例(九 164-1075-17)は、"①〈形〉棘手。"の用例としている。

《吴方言词典》は、上掲の 1983 年 11 月 9 日《文汇报》の記事を用例にあげて、"确确实实,货真价实。亦指确确实实,货真价实的事物,犹"真家伙"。"とし、さらに《新民晚报》1934.4.26 の記事"我小张也不愿吃这碗点头哈腰饭呀,铜钿银子真生活!"を用例に加えている。

《明清吴语词典》は"〈形〉感叹费力、困难"とし、上掲例(海 45-382-10,九 164-1075-17)をその用例としてあげている。

これらに対し、钱乃荣氏の近著《实用上海话词语手册》は、"(1) 艰辛、劳累的活计: 辩份工作真生活,天天弄得我要酸背痛。(2) 真够受的:介许多事体要我半日天做完,真生活!"とする。

ちなみに、《海上花列伝》の前掲 2 例に対する張愛玲女史らの訳文は、次のようになっている。

張愛玲:海上花

　「迎像」跟「哭像」,连下去一块唱,那可真累死人!

　前天的牌,我没打错。摸不起真吃不消。

海南出版社:海上花列伝(附訳本)

　《迎像》和《哭想》连下去一起唱,那才真累死人呢!

　前天的牌,我没打错,只是手气不好!

吳越:海上花列伝普通話本

　《迎像》和《哭想》连下去一起唱,那可叫真功夫。

【真真】

〈副〉本当に。¶倪~用脱仔倒罢哉,耐看倪阿有啥用场嘎?(海 3-19-14)¶我今朝~佩服仔耐哉。(海 8-60-15)¶今朝转仔五六个局哚。李大少爷,~怠慢耐咾哩。(海 13-106-20)¶耐末~是个铲头!(海 14-111-3)¶倪家主公屋里还有爷娘来咪,转去末拿啥来交代哩?~无法子想哉。(海 16-127-24)¶常恐三公子勿来个哉哩,难末~罢哉!(海 16-523-24)¶说起倪格事体来,~作孽。倪今朝到仔上海,赛过是重投格人身。(九 22-165-4)¶今朝~待慢仔各位大少,只好下面补偿哉。(狐 12-82-20)¶那能石生头出出是格能一件事体来,~想勿着个。(上散 9-60-1)¶~是混帐东西!(官 2-20-18)¶

zhen 語彙例釋

我今天备了酒席,专诚要请他老人家赏光的,怎么病起来了?～不凑巧了!(官45-760-19)¶这里风气,～不好!(负7-81-16)¶究竟是大少人的确是不错,总算是好朋友肯这般出力,～难得!(人38-437-13)¶不用这方儿还好,若用了这方儿,～把人琐碎死。(红7-108-10)¶～这个颦丫头的一张嘴,叫人恨又不是,喜欢又不是。(红8-129-6)¶若恁地变卦,～害杀我也。(禅6-74-12)"真正""正正"とも作る。¶倷实梗快嘎,个末真正想勿到!(鸿3-207-22)¶今朝格戏真正刮刮叫格。(狐5-31-8)¶像倪实梗格别脚佲人,洛里好比别人?再要说起啥格恩相好勿恩相好,是真正惶恐嘘!(九157-1037-15)¶倪妹子嫁着仔耐实梗一个人,真正是前世里修得来格福气。(九续16-117-21)¶侬真正是贵人多忘事。(上问44-80-4)¶你老吩咐的话,都是众子民心上的话,真正是青天老爷!(官15-225-11)¶不上两年,又升湖广总督,真正是一帆风顺。(官37-625-5)¶不管人家死活,一味要装自己的场面,真正可恶!(负6-26-17)¶你肯听她的教训,真正是个孝顺儿子,实在难得。(歇93-1288-15)¶何尝不是这样呢。真正先生说的如神,倒不用我们告诉了。(红10-152-9)¶词人墨客,得了此笺,犹如拱璧。真正名重一时,芳流百世。(二17-338-6)¶说起子我里个阿叔末正正恨杀哉!(描4-37-20)

【真真叫】

副詞"真真"＋接尾語"叫"。"实在是""真是"に当る。⇨叫。¶客人末～讨气,一样一千洋钱,用拨来生意清点个佲人,阿要好?用拨仔时髦佲人,俚咪觉也勿觉着。(海18-147-16)¶倪先生末～自家勿好,怪勿得王老爷讨仔张蕙贞。(海54-462-13)¶奴末～戆得来,倷勿是蔡大少,奴亦勿是金巧林,辩俚作啥?(狐5-29-21)¶～哑子吃黄连,有苦无处说。(九37-273-7)¶故歇倪想起来,总归是吃仔把势饭格勿好,～吪说法。(九101-708-25)¶格末～诧异。(九续36-277-3)¶汪老爷是做官人,顶子翎毛,外套补服,出来起来,哎哟哟,～显辉。(十39-289-14)¶前天儿兄弟一个子在虹口闲走,宕到均益里弄口,瞧见了一个寡老(流氓暗话,称女子为寡老),～出色,年纪只有廿一、二岁,雪白粉嫩。(新4-15-17)¶这么着～我也难说了,只好且图后会了。(商5-35-25)"真正叫"とも作る。¶倪吃仔格碗把势饭,真正叫吪说法。(九148-984-22)¶格末也真正叫笑话!客人看中仔佲人要讨,佲人看中仔客人要嫁,格是堂堂皇皇格事体,用勿着啥格遮瞒。(九续16-119-21)¶君牧道:"耐故歇堂子里厾阿有个把对景格勒?"又春道:"我故歇堂子里真正叫应酬朋友,自家晓得勿能搭俚笃再缠哉。……。"(鸿15-282-23)¶耐格号人真正叫吪良心。人家拨耐赢铜钿,耐倒说倪格丑话,挖苦倪,阿要气酥!(沪1-65-4)

語彙例釈　zhen

【真真是】
"真真叫"に同じ。¶耐无姆骗耐吃口稀饭，～勿容易。（海20-159-10）¶大相公，这些祖先熬到今天受你的供，～不容易呢。（官1-7-9）"真正是"とも作る。¶因见首府如此行为，心上老大不以为然，背后常说："像某人这样做官，真正是草菅人命了。"（官47-797-8）

【斟酌】
〈动〉見はからう(物事や用語の適否などを)。¶故是姚奶奶失～哉！（海23-188-19）¶难是生来一概拜托老兄，其中倘有可以减省之处，悉凭老兄大才～末哉。（海64-544-16）¶那时候有甚么事，我们当面～再说。（官6-80-16）¶大帅新病之后，不可劳神，条陈上的事情迟天再～罢。（官31-516-19）¶我倒用个计较在此，可以用不可以用，须还要大家～。（十31-230-31）¶如今看了脉息，看小弟说的是不是，再将这些日子的病势讲一讲，大家～一个方儿，可用不可用，那时大爷再定夺。（红10-151-9）¶况小弟蒙兄至爱，有甚么勾当，便对小弟说说，～而行也好，何必相瞒？（二29-569-7）

【诊脉】
〈动〉脉をみる(医師が)。¶阿好先生诊一诊脉，难末再闲谈，如何？（海36-304-5）¶齐韵叟就请耐明朝到俚园里白相两日，我想可以就近～，倒蛮好。（海41-346-18）¶我又过去看稚农，只见一个医生在那里和他～，开了脉案，定了一个十全大补汤加减，便去了（目85-687-26）¶黄医生慌忙放下皮包，卷起衣袖，替他诊了脉。（歇8-98-12）¶这医生是本城的名家国手，诊了脉暗暗好笑，就随便开了几味安胎药。（十37-273-21）¶那大夫方诊了一回脉，起身到外间，向嬷嬷们说道："……。"（红51-717-16）¶醉后不谨，染成一疾，寒热大作，忙唤医官进衙～。（禅12-180-4）

【枕头】
〈名〉枕。¶俚家主公末要场面，拨俚带仔一副头面转来，夜头放来哚～边，到明朝起来辰光说是无拨哉呀。（海16-127-21）¶后来连～底下，褥子底下，统通翻到，竟没有一点点影子花。（官13-197-7）¶宝玉道："没有～，咱们在一个～上。"黛玉道："放屁！外头不是～？拿一个来枕着。"（红19-273-6）¶我儿，你～醒醒了，我拿去与你拆洗。"（醒9-191-8）¶那汉子把些破衣裳团做一块作～，枕在项下。（水13-196-3）

【阵】
〈量〉（雨や風など）ひとしきり断続的に続く現象に用いる。¶落得个雨来加二大哉，一～一～风吹来哚玻璃窗浪，乒乒乓乓，像有人来哚碰。（海18-141-18）¶有一天早上，

大家方在睡梦之中，忽听得一～马铃声响，大家被他惊醒。(官 1-2-3) ¶一语未了，只听得一～风声，竟过墙去了。(红 75-1074-11) ¶那一～怪风从背后吹将来，吹得众人掩面大惊，只叫得苦。(水 19-276-5)

zheng

【正月】

〈名〉陰暦一月。¶陆里晓得今年～里碰着一桩事体出来，故歇原要俚做生意。(海 16-127-9) ¶奴还是～初十边搬进新屋格来呀。(狐 48-416-3) ¶彼时～内，学房中放年学，闺阁中忌针，却都是闲时。(红 20-282-1)

【争气】

〈动〉人に後れをとるまいとがんばる。負けん気を出す。張り合う。¶双宝也是勿好，要～争勿来，再要装体面；碰着个双宝哩，一点点推扳勿起。(海 17-132-15) ¶来里做倌人辰光，就算耐有本事，会～，也见谅勇势。(海 17-134-24) ¶上海把势里，客人骗倌人，倌人骗客人，大家勲面孔。刚刚有两个要好仔点，偏偏勿～，生病哉。(海 36-298-16) ¶我这个办法，是代你言氏祖宗～。(目 84-680-21) ¶谁知他偏不～，才点了翰林，便上了一个甚么折子，激得万岁爷龙颜大怒，把他的翰林革了，他才死心塌地的回家乡去。(目 102-838-5) ¶就是各洋行的门，中国人也不能从正门出入的，只好在后门进出呢。总之一句话，我们中国国家不～的缘故。(新 13-56-15) ¶不～的孽障！骚狗也比你体面些！谁知你三不知的把陪房丫头也摸索上了，叫老婆说嘴霸占了丫头，什么脸出去见人！(红 80-1155-16) ¶我死之后，你可学做好人，务为世间奇男子，大丈夫，替祖宗父母争一口气，不可懒惰游佚，自甘不肖。(禅 22-355-4) ¶梁皓八十二岁中了状元，也替天下有骨气肯读书的男子～。(警 18-249-13) ¶妻父妻母见别人不放他在心上，也自觉得没趣，道："女婿不～，没长进。"(初 29-532-9) ¶与其忍耻苟活，何必从容就死。一则与丈夫～，二则见我这点真心。(醒 20-428-9) ¶你一向出外不归，只道是流落他乡，岂知却能挣扎得第，做官回来？诚然是与宗族～的。(二 11-236-12)

【挣气】

"争气"に同じ。¶我要问耐，耐阿肯替我挣口气？(海 33-278-6) ¶做个倌人，总归自家有点算计，故末好挣口气。(海 48-406-4) ¶我为仔阿哥勿～，无法子做个倌人，自家想，陆里再有啥好结果。(海 55-465-15) ¶在那时候，我何尝不想给老爷挣口气，图一个好名儿呢！(孽 26-236-14)

【睁】

語彙例釈　zheng

〈動〉ぱっとひらく(目を)。¶～开眼睛要喊个亲人，一歇也无处去喊。(海 34-285-16) ¶瞧他们神情，～着双怪眼，张着又血盆大口，呆忒忒地，似乎对着坐马车的人，大有欲得而甘心的景象。(新 40-187-5) ¶等了一刻，忽然～眼看了一看，叹了一口气。(棒 21-329-3) ¶倪二听见是熟人的语音，将醉眼～开看时，见是贾芸。(红 24-334-9) ¶武行者～着双眼喝道："你这厮好不晓道理！这青花瓮酒和鸡肉之类，如何不卖与我？我也一般还你银子。"(水 32-494-17)

【正】

〈副〉①ちょうど。動作・状態がまさに進行・持続中であることを表す。¶子富道："耐起来仔啥辰光哉？"翠凤笑道："我困勿着哉呀，七点多钟就起来哉。耐～来哚睏头里。"(海 8-62-3) ¶仲英道："我问小云，也坎坎晓得。"遂厉叙高、尹睹东之事，铁眉恍然始悟，道："我～来里说，姚文君屋里末，为仔个癞头鼋勿好去请客，为啥要老旗昌开厅？陆里晓得痴鸳鸯来浪高兴。"(海 50-423-14) ¶谢谢耐恪好作成，倪今朝头里向～有点发热，困也困哉，勿壳张耐来起花样，阿要诧异。(九 3-24-26) ¶～说着，华生当差的送上一封信来。(鸿 3-207-14) ¶只见薛宝钗穿着家常衣服，头上只散挽着纂儿，坐在炕里边，伏在小炕卓上同丫鬟莺儿描花样子呢。(红 7-107-10) ¶遂进入内房，只见迎春探春二人～在窗下围棋。(红 7-110-14) ¶老娘～睡哩，是谁搅我？(水 21-315-14) ②ちょうど。二つの動作・状態が図らずして合致することを表す。¶冷笑道："我不过三日天勿曾来，耐就说是跳槽；从前我搭耐说个闲话，阿是耐忘记脱哉？"小红道："～要耐说啘。耐勿忘记末，耐哩，三日天来哚陆里？做个啥人？耐说出来，我勿搭耐吵末哉。"(海 4-31-12) ¶迎春的丫鬟司棋与探春的丫鬟待书二人～掀帘子出来，手里都棒着茶钟，周端家的便知他们姊妹在一处坐着呢，遂进入内房。(红 7-110-13) ¶原来就是江兄。我～要问你一声，可晓得夏方的消息么？(鼓 15-192-7) ¶小喽啰道："二哥哥吃打坏了。"大头领大惊，～问备细，只见报道："二哥哥来了。"(水 5-86-14) ③まさに。確かに。肯定の語気を強める。¶气哩怪勿得耐气，想穿仔也无啥要紧。耐就吃仔点眼前亏，倪朋友哚说起，倒才说耐好。耐做下去，生意～要好哚。倒是沈小红外头名气自家做坏哉。(海 12-95-1) ¶华铁眉道："妙在用得恰好地步，又贴切，又显豁。～如右军初写《兰亭》，无不如志。"(海 51-431-10) ¶～是生日的日子不好呢，可巧是七月初七日。(红 42-577-14) ¶揭起帐幔看时，九龙椅上坐着一个娘娘，～和梦中一般。(水 42-680-9) ¶杨志、史进追杀败军，～如砍瓜截瓠相似。(水 77-1286-13)

【正房间】

〈名〉奥座敷。 ¶倪本底子勿该应到该搭～里来，倒冤柱煞个保险灯！(海50-425-3)
（注）"妓院"で游興の客を接待するためにしつらえてある部屋をいう。 →原来屠明珠寓所是五幢楼房，靠西两间乃正房间，东首三间，当中为客堂，右边做了大菜间，粉壁素帏，铁床玻镜，像水晶宫一般，左边一间，本是铺着腾客人的空房间，却点缀些琴棋书画，因此唤作书房。(海19-149-3)

【正夫人】
〈名〉正妻。 ¶耐要讨周双玉，容易得势，倘然要讨俚做～，勿成功个哩。(海54-456-5)

【正好】
〈形〉ちょうどよろしい(いろいろな角度から見て)。 ¶啥要紧！等翠凤出局转来仔，～。(海7-54-7) ¶耐原拿仔转去罢。隔两日耐真个蒋月琴搭勿去仔，想着要来照应倪，再送拨我～。(海8-58-11) ¶我看沈小红比勿得张蕙贞，耐张蕙贞搭无啥要紧，就明朝去也～，倒是沈小红搭耐就要去一埭哚。(海9-72-21) ¶故歇辰光耐要紧到倌场化去？就是要去看倍笃格相好，晏歇点也～勒啘。(九 46-334-5) ¶刘姥姥听说，便想了一想，笑道："不知他几时生的？"凤姐儿道："正是生日的日子不好呢，可巧是七月初七日。"刘姥姥忙笑道："这个～，就叫他是巧哥儿。这叫'以毒攻毒，以火攻火'的法子。……。"(红42-577-15)

【正价】
〈名〉正味の值段。 ¶荔甫手怀里摸出一张六百洋钱庄票，交明老包，另取现洋一百二十元，明白算到："我末除脱仔四十，耐个四十晚歇拨耐。～该应七百廿块，耐去交代仔卖主就来"(海48-411-13) ¶～虽有，零星开销也不能省的，我讨小讨惯的了，还有什么不晓得的。索性成全你倒底罢；五百五的～，算是借项；如今再多送你两百块钱，就算是我的贺仪，我也不另外送了。(官39-669-6)

【正经】
〈形〉①まじめである。誠実である。 ¶耐几个老姘头，才是夷场浪拆梢流氓，靠得住点～人一个也无拨。(海49-417-1) ¶我们是～商人呢，不比他们，都是吃空手饭的。(新37-169-27) ¶不怕你老人家恼我，素日你老人家到底有些不～，所以这些兄弟才不听。(红9-143-7) ¶千户故意装出～面孔来道："岂有是理？债负往来，全凭文券，怎么说个没有？或者兵火之后，君家自失去了，容或有之。……。"(二24-487-6)
②まともな。まじめな(うそや冗談でない)。ちゃんとした。正当な。 ¶笑问漱芳道："耐阿肯放俚去应酬歇？"漱芳不好意思，笑答道："大少爷倒说得诧异。故是～事体，

語彙例釈　zheng

总要去个，倪阿有啥勿放俚去嘎？（海18-145-15）¶仲英只是笑，雪香却嗔道："啥个喜嘎，小妹姐末瞎说！"席间误会其意，皆正色道："故是～喜事，无啥难为情。"（海47-402-19）¶子富连连点头，叉口道："故倒是～闲话，一点勿错。"翠凤道："价末起先头闲话阿是说差哉？"（海49-418-2）¶耐啥个闲话嘎！做诗是～大事体，阿好随便啥做点。（海59-506-9）¶你奔到吉里来寻周二爷，到底为子啥个～事体？（三24-278-5）¶格个嫁人是一生一世格～事体。（九23-175-10）¶倪搭耐说～闲话，耐啥讨倪格便宜？（九续92-691-6）¶耐末一径勒浪寻倪格开心，说到故歇才吭不一向～闲话，耐真个当倪啥格人看？（沪4-24-2）¶这里四马路做～生意的店铺没有的。（新5-20-18）¶雏太爷道："人家急的要死，同你们说～话，休要取笑。"（官11-157-20）¶人家说正正经经的话，你又要来说笑了。"（繁初27-307-8）¶抽烟的时候抽烟，做事体的时候做事体，不作兴因为抽鸦片烟耽误了～事体。（商1-4-3）¶众人见他如此疯颠，也都不向他说这些～话了。（红36-487-2）¶且与你说～话。如今昇元阁前有一士妓，十分标致，我今作东，送贤侄彼处一乐何如？（禅13-189-4）

③上项②の意味で状況語となる。¶霞仙道："～说，俚是个奶奶，倪阿好去得罪俚？俚自家到该搭来，要扳倪个差头，倪也只好说俚两声。阿是倪说差哉嘎？"（海27-220-17）¶～要赏月，耐阿晓得啥场花？（海52-437-6）¶若不然，须要服从我们的压力，好好的挂了牌子，正正经经做生意才行。（梼13-215-1）

④前项②の意味の名詞化用法。"正经闲话""正经事体"に当る。¶素兰失笑道："耐倒说得写意哚，要是实概说起来，齐大人也蛮好嘴，耐两家头为啥勿嫁拨仔齐大人嘎？"瑶官道："耐末说说正经就说道仔歪里去？"（海52-440-11）¶杨四先将面孔一扳，怂怂的问道："你这几天可在那里看戏吗？"黛玉道："奴除脱仔看戏，也吭不啥格～哖。况且奴格看戏末，皆为俫勿来陪伴奴佬，奴所以借俚消消闲罢哉，俫阿是还勿许奴格勒？"（狐10-68-17）

⑤"是＋正经"で、前に述べているようにすべきとの話し手の判断を示す。¶耐做老阿哥末，夠假痴假呆，该应搭俚团圆拢来，故末是～。（海19-151-20）¶我倒勿是瞎说，耐面孔浪龌龊勿少来浪，不过看勿出来末哉。多揩两把手巾，故末是～。（海26-217-21）¶袭人笑道："少轻狂罢。你们谁取了碟子来是～。"（红37-509-11）¶紫鹃忙上来捶背，黛玉伏枕喘息半响，推紫鹃道："你不用捶，你竟拿绳子来勒死我是～！"（红57-802-20）

〈副〉実際は。¶云甫道："啥个大会嘎！说末说日里赏桂花，夜头赏月，～白相原不过叫局吃酒。（海47-401-12）

zheng　語彙例釈

【正日】
〈名〉当日。式典や催しの正式行事の日。¶明朝倪海上吟坛～，陆里有工夫。(海59-506-8)¶又到来朝。今天糸宝玉生辰～，午前先有一班姊妹行中前来贺寿。(狐52-444-26)¶到了第二天，本是太太暖寿的～，因为遭了这件事，上下都没了兴兴。(官3-43-8)¶我的主意。想来昨儿的～已过了，再等～又太远，可巧又下雪，不如大家凑个社，又替他们接风，又可以作诗。你们意思怎么样？(红49-680-4)

【正生】
〈名〉旧劇の男役の主役（"正旦"に対して）。¶《长生殿》其余角色派得蛮匀，就是个～，《迎像》《哭像》两出吃力点。(海45-382-11)¶薛乡绅道："今日奉邀诸位先生小坐，淮清桥有一个姓钱的朋友，我约他来陪陪诸位顽顽，他偏生的今日有事，不得到。"季苇肃道："老伯，可是那做～的钱麻子？"(儒34-397-1)

【正是】
副詞"正"③＋動詞"是"。問われて、そのとおりであると返答するのに用いる。¶洪善卿道："尊姓是张？"张小村道："～。阿伯阿是善卿先生？"(海1-5-3)¶顺全道："华生兄，今朝到个啘。"华生道："～。"(鸿1-193-26)¶寿生问双人道："李大先陆里去哉？"双人道："俚吃酒去哉，颜毕生请俚个。"寿生道："阿晓得勒浪俉人家？"双人想了想，道："同安里谢宝玉。耐阿是要去请俚？"寿生道："～。"(鸿9-242-5)¶黛玉道："勿是奴说现成闲话，阿就是蔡谦良旧年八月半讨格金巧林介？"阿金道："～～！蛮对蛮对！"(狐10-67-19)¶对着袁伯珍的脸，看了许久，才带着笑容问道："前日的书信和影片，是你寄来的么？"袁伯珍道："～。"(维11-75-5)¶阿彩问："可是姚二少？"啸秋道："～。"(人40-474-14)¶那些邻里道："说来～他的大哥哩。他去山西做客，一年不回，怎生也得就做了官？"(醒上4-28-8)¶道："康相公，你适间问的，可是那泊在杨柳岸边的么？"康公子点点头道："～，～。"(鼓2-20-6)¶问道："小官莫非是钟老爷差来的么？"行童应道："～。"(禅6-77-6)¶徐偷问："可是长胡子的苏爷？"从人道："～。"(警3-26-16)

【正头】
〈名〉女性は髪をつかねて、頭のいただきに結い上げることで成人であることを示したが、その髪型を"正头"という。妓女は泊まり客をとるようになると、この髪型に結う。¶再歇两年，金凤梳仔个～，刚刚接下去，故未再好无拨。(海49-417-22)¶浣芳梳的两只丫角，比丽娟～终究容易，赶着梳好，一同吃饭。(海43-366-2)

語彙例釈　zheng－zhi

【正要】

副詞"正"②＋助動詞"要"（意志を表す）。¶～来寻耐。有多花物事，耐看看阿有啥人作成？（海 1-6-7）¶～来奉邀。今夜头请黎篆翁吃局，就借屠明珠搭摆摆台面，俚房间也宽势点。原是倪五家头。借重光陪，千乞勿却。（海 15-120-23）¶好极哉！我～来寻耐。（鸿 237-11）¶戴升～回话，忽见门上传进一封电报信来。（官 3-41-18）¶原来就是江兄。我～问你一声，可晓得夏方的消息么？（鼓 15-192-7）¶浑家见他生得肥胖，酒里下了蒙汗药，扛入在作坊里，～动手开剥，小人恰好归来。（水 27-430-11）

【正要想】

"正要"に同じ。⇨要想。¶～到耐搭梨花院落来末，倒刚刚两家头来喊哉。（海 52-438-14）

【正意】

〈名〉本来の意図。¶要晓得两个题目只消淡淡著笔，点缀些田家之乐，羁客之思，就是合作，勿必去刻意求工，倒豁脱仔～。（海 60-515-23）

zhi

【之】

〈助〉……の。構造助詞"的"に当る。¶其原由于先天不足，气血两亏，脾胃生来娇弱～故。（海 36-305-1）¶大约是提线傀儡～法。（海 40-336-10）¶其中倘有可以减省～处，悉凭老兄大才斟酌末哉。（海 64-544-16）¶现在我做的倌人，就是四大金刚～一，名叫张书玉，应酬工夫再好没有。（九 5-54-16）¶上海地方，为商贾糜集～区，中外杂处，人烟稠密，轮舶往来，百货输转。加以苏扬各地～烟花，亦都图上海富商～多，一时买棹而来，环聚于四马路一带。（目 1-1-1）¶阅者须知：自此以后～文，便是九死一生的手笔与及死里逃生的批评了。（目 2-5-3）

〈代〉第三人称代詞。"它"に当り、賓語に用いる。¶名～曰'海上群芳谱'公议以为如何？（海 53-450-2）¶可见世界上学步效颦的事，处处有～，不足为奇。（维 1-1-9）¶故是书不名～曰'胡宝玉'，而别名～曰'九尾狐'。（狐 62-526-15）

【之后】

〈名〉方位詞。……の後。¶序文～，开列同盟姓名，各人立一段小传，详戴年貌籍贯，父母存没。（海 53-449-24）¶大家散了～，钱典史不好明言，背地里说："有现成的老师尚不会巴结，叫我们这些赶门子，拜老师的怎样呢？"（官 2-26-14）¶三十三日～，包管身安病退，复旧如初。（红 25-358-1）

【之类】

〈助〉…のたぐい。¶再有几花零珠碎玉，不成篇幅，如楹联，匾额，印章，器铭，灯谜，酒令～，一概豁脱好像可惜，难末教我再选一部，叫'外集'。(海 40-387-13) ¶几上放着茶吊、茶碗、漱盂、洋巾～，又有一个眼睛匣子。(红 53-750-2) ¶鞋袜～，多是上好绫罗，一有微污，便丢下另换。至于洗过的衣服，决不肯再着的。(二 22-443-2) ¶次日，将出新做的一套行者衣服，皂布直裰，并带来的度牒、书信、界箍、数珠、戒刀、金银～，交还武松。(水 32-500-2)

【之外】

〈名〉方位词。…の外(ほか)。¶'粟'字～，再有'羊'字'汤'字好说，连'鸡''鱼''酒''肉'，通共七个字。(海 40-338-16) ¶就是痴鸳说个'辟'字，壁、僻、避、譬四音～，还有'欲辟土地'一句，注与'闢'同，当读作'别亦切'。(海 41-349-18) ¶利钱～，总得贴补点家人才好。(官 5-74-11) ¶不但花有一个神，一样花有一位神～还有总花神。(红 78-1120-23)

【之至】

…の至りである。¶勿曾过来奉候，抱歉～。(海 1-5-4) ¶耐昨日劝我个闲话，佩服～。(海 53-446-7) ¶老哥屡次宠召，兄弟从勿曾奉陪，抱歉～！(鸿 2-200-17) ¶一眼无没小菜，待慢～！(上散 10-61-10) ¶兄弟直到今日才晓得子翁回府，一直没过来请安，抱歉～！(官 53-909-14) ¶那真佩服～。(新 29-134-8) ¶一个戏子有到一万银子一月，那也可骇～了。(新 5-22-8) ¶不恭～，今天晚上在三马路忆笑家奉邀双叙，务请必到。(人 44-541-2) ¶从今一别，纵得相逢，也必不似先前那等亲密了。眼前又不能去一望，真令人凄惶迫切～。(红 79-1146-24)

【只】

〈量〉①共通語の量詞"只"の使用範囲は限られているが(一只手，两只眼睛，一只鸟，一只船，一只手表，…)、呉語ではこれら以外にも用いられ、使用範囲の最も広い量詞である。なお人に対して用いるときは貶義を帯びる。共通語と同じく数詞が"一"で、動詞の後に続く場合"一"は省かれる。¶来安又说："拿～洋灯下来哩。"楼上连说："来哉。"(海 4-27-21) ¶我请耐来，要买两样物事，一～大理石红木榻床，一堂湘妃竹翎毛灯片。(海 4-28-23) ¶耐两～脚倒燥来哚喕，一直走到仔城里。(海 4-30-18) ¶赛过拨一～邪狗来咬仔一口，也无啥要紧。(海 9-71-14) ¶台子浪一～自鸣钟，跌笃跌笃，我覅去听俚，俚定归钻来里耳朵管里。(海 18-142-4) ¶缠缠脚末脚指头就沓脱仔三～！(海 32-264-4) ¶俚大曲末会两～，《迎像》勿曾教喕。(海 45-382-8) ¶倪乡下

語彙例釈　zhi

有～关帝庙，到仔九月里末做戏。(海 55-466-20) ¶胡大少，倷说仔格两句闲话，奴倒想着仔一～笑话勒里哉。(狐 13-93-7) ¶格～箱子里有一百多现洋钿，三百多钞票，还有两～金锭，念几个金四开，十几～小银锭。(狐 32-272-15) ¶两人登楼一望，听客不多，先生亦少，转觉乏味。鸣冈道："倪开一灯躺躺罢！"(鸿 1-192-20) ¶进卿坐起来问道："买俉物事买勿成功？"寿生道："要买一～四号金打璜表、十码外国缎子。"(鸿 9-240-10) ¶耐索性勿答应倒也罢哉，板起仔～面孔一声勿响，实梗架音，阿是有心坍坍倪格台？(九 6-45-11) ¶戒指是勿错，倪探子俚一～勒浪，也勿知拨倪放到仔陆里去哉，现在一时无寻处。俚一定要倪还末，倪只好陪还仔俚一～末哉。(九 8-63-19) ¶直到过仔几年，生意也慢慢里好哉，名气也慢慢里出哉，到仔故歇辰光大家才晓得上海滩浪有倪格金小宝格名字。倪人末还是从前人，勿见得换仔一～面孔，想起倪归格辰光真真作孽。(九 16-124-8) ¶张书玉听小宝说得愈加刻薄，枭着了他的痛疮，越发无明火按捺不住，霍地立起身向外便走，口中说道："倪也勿啥闲话替耐说，耐有本事末跑到外势来，倪大家说个明白，勿敢出来末，是～众生。"(九 21-159-6) ¶倪讲闲话是讲闲话，搂白相是搂白相；耐倒只要勒浪随仔～嘴，瞎说一泡，耐末是说格笑话，拨别人家当起真来，说仔出去，看耐那哼对倪得起？(九 34-257-3) ¶格～骚货，有仔客人勒浪，就留俚住夜，用俉勿着去，故歇客人去仔，亦要叫俉去做替上哉，真真是勿要面皮格骚货。(狐 32-270-14) ¶格末老爷个有几～呢？——伊个里向有四～大箱子，是我个。(上问 35-65-3) ¶立起身，亲手把衣橱一开，取出一套新鲜衣裙，又顺手拿出一～红木小官箱，放在台上。(狐 2-8-4) ¶不觉好笑，仍旧转身坐下，又忘记酒杯在椅子，这～杯儿怎禁得他屁股一压，自然一声响坐得粉碎了。(狐 7-44-2) ¶在台子上取了一～抿子蘸了刨花水，对镜端详，在鬓上刷了几下。(鸿 20-309-5) ¶只带一个皮包，装着几件替换的衣服，一条番席，一个气枕，都塞在皮包里头；又带一～考蓝，放些笔墨书本。(九 48-354-4)

②人称代詞あるいは固有名詞の後に数詞"一"の数量詞が続く場合（修飾関係または同格関係）、"一"は省かれ、量詞は指示詞の働きを兼ねるようになるが、"只"の場合も同様である。 ¶耐～嘴阿是放屁，说来咪闲话阿有一句做到。(海 2-11-16) ¶耐～勿入调个保险灯，也要来欺瞒我！(海 50-424-21) ¶耐同仔娘大马路去做啥？耐个好倪子，耐～猪猡！(海 57-488-18) ¶咿，倪～拜匣来里畹！(海 59-501-4) ¶耐缠仔俉人介，是钱端甫～鸟龟呀，吃醉仔酒，总归来吵勿清爽！(鸿 10-251-12) ¶萧老耐～戒指出色哈，几时买格介？(文 55-294-23) ¶阿姊，覅打通仔耐只手喤。(沪 2-96-2)

③処置を表す介詞"拿"(共通語の"把")の後の量詞も指示代詞の働きを兼ね、"只"も同じ。¶耐末就算死哉,俚哚也拼仔死末,真真拿~拜匣一把火烧光仔,难罗老爷吃个亏常恐要几万咪哩。(海59-504-18)

【枝枝节节】

〈動〉ごてごて言う。¶老实说,偲人末勿是靠一个客人,客人也勿是做一个偲人,高兴多走走,勿高兴少走走,无啥多花~唵!(海10-81-11) ¶故歇耐王老爷原勿曾搭倪先生还歇一点子债,倒先去做仔张蕙贞哉。耐王老爷想想看,阿是倪先生来里~呢?阿是耐王老爷自家来哚~?(海10-81-20) ¶倪吃仔格碗把势饭,跑进来格才是客人,倪阿好赶俚出去?耐马大少肯照应我,倪野是实梗样式,勿肯照应,倪野是实梗样式。独有耐末,总归是实梗~,阿要鸭屎臭。(九133-895-14) ¶耐试仔一转勿算数,再要试第二转第三转。区得倪格嫁人勿是假格,吭拨啥~格事体。(九187-1209-16)

(注)張愛玲:海上花はそのまま"枝枝节节"とし(海南出版社本もこれにならう)、吳越:海上花列伝普通話本は"罗嗦纠葛"と訳している。『漢語大詞典』は"枝枝节节"を見出しとして取り上げ、用法の一つとして"支支吾吾"の釈義を示している。

【知府】

〈名〉府("县"より1ランク上、"道"より下の行政区画)の長官。¶史三公子做仔扬州~哉,请二小姐快点去。(海64-551-23) ¶幸亏他得的保举,不过是小虚好看;倘若真正做了~,那架子更要大呢!倘若做了道台,天都可以撑破!(官45-769-15) ¶我的底子不过通判,将来保举虽然可靠,然而一保同知,再保~,三保道员,其中甚费周章,而且耽误时日。(官54-928-14) ¶雨村因那年士隐赠银之后,他于十六日便起身入都,至大比之期,不料他十分得意,已会了进士,选入外班,今已升了本府~。(红2-23-1) ¶不想惊动~,有劳都监下临草寨。(水33-522-6)

【知己】

〈形〉互いによく知り理解し合っている。¶倪搭请朋友,只好拣几个~点末请得来绷绷场面,比勿得别人家有面孔。(海12-92-7) ¶洪善卿~末勿~,我阿哥搭俚也老朋友哉。(海19-154-17) ¶外头朋友就算耐~末,总有勿明白个场花,就是我一个人晓得耐脾气。(海34-285-7) ¶讲到倪做格种生意,相好要几化,不过中大人待奴最好,格落奴搭俚也最~。(狐40-344-18) ¶我倪是格能个(相好)(~),(还要拘甚个礼呢)(还要讲甚个客套呢)?(上问17-33-6) ¶到了第二日,便去托了一个最~的朋友,教他出面,去替金寓还了亏空,弄出堂子,租一所公馆,与自己一同住下。(维4-25-1) ¶

語彙例釈　zhi

你我～，你既同我商量，我却不能拿那泛泛儿的宽心丸子来搪塞你。(棒 7-100-11) ¶从此与马静斋却攀了一层戚谊，变为襟兄襟弟，便格外的～起来。(十 3-13-14)

【知客】
〈名〉婚礼や葬儀で客の接待に当る人。¶一切祭礼同应用个物事，才舒齐，送得去一歇哉。人末就派仔两个～去伺候。(海 46-393-16) ¶不一会，继之请的几位～，都衣冠到了。(目 43-340-25) ¶只见四面挂的都是挽幛、挽联之类，却有一处墙上，粘着许多五色笺纸。我既在这里和他做了～，此刻没有客的时候，自然随意起坐，因走到那边仔细一看，原来都是些挽诗，诗中无非是赞叹他以身殉母的意思。(目 97-795-5)

【直到】
〈動〉……まで至る。多くある時に至ることを表す。¶耐说转去两三个月，～仔故歇坎坎来！阿是两三个月嘎，只怕有两三年哉。(海 2-11-14) ¶从三月下雨起，接接连连～八月，竟没有一连晴过五日。(红 53-741-17) ¶那十四个人～二更方才得醒。(水 17-240-9)

【直…到…】
…までずっと…する。⇨直到。¶连窗帘才卷起来，直卷到面孔浪。(海 18-142-1) ¶那林黛玉倚着床栏杆，两手抱着膝，眼睛含着泪，好似木雕泥塑的一般，直坐到二更多天方才睡了。(红 27-373-12) ¶昨日我出门虽早，未出南门，就遇了一个亲戚，苦留回去吃饭，直弄到将晚，方才别得。(喻 38-834-12)

【只】
〈副〉①ただ…。範囲を限定し、それ以外を排除する。¶阿唷，张先生哦。倪～道仔耐勿来个哉。还算耐有良心哒。(海 2-12-5) ¶清倌人～许吃酒勿许吵，倒凶得野哒！(海 2-16-10) ¶我～道耐同朋友打茶会去，教娘姨哒等仔一歇哒，耐末倒转去哉。(海 3-18-11) ¶我说耐～当无拨啥事体，酒末只管去吃，吃仔酒末就台面浪约好两个朋友，散下来一淘到小红搭去，阿是蛮好？(海 9-74-3) ¶耐～怪我动气；耐也替我想想看，比方耐做仔我，阿要动气？(海 11-84-19) ¶杨老爷要仔倪囡鱼，也是倪囡鱼格福气。倒是我～有俚傣一个，故歇就嫁脱仔叫我靠啥人过日脚嘎？(狐 5-34-9) ¶奴故歇住勒俚间搭，别人问俚姓啥，勶对俚笃姓林，亦勶说姓杨，～说是姓胡，省得别人晓得底细，倒弄得难为情煞格。(狐 11-74-9) ¶一点点小意思，勿算啥格，～算请唔笃吃点点心格。(狐 22-174-26) ¶越发胆大起来，把邱八也～当作寻常公子哥儿，易于打发，便又向邱八道："倪上海是定规要去格，耐勿要勒浪扭结固结，耐勿肯同倪去末，倪自家一干仔去末哉。"(九 24-182-7) ¶那知这位候补老爷穷得要死，住了三年工夫，～付了一个月租钱。(九

86-616-18)¶我～道上头的事不过说说罢了,那知道真是要做,弄得咱们一辈子的好饭碗没得了。(文30-158-2)¶宝玉素习与别的女孩子顽惯了的,～当龄官也同别人一样,因进前来身旁坐下,又陪笑央他起来唱"裊晴丝"一套。(红36-494-5)¶他一心想慕娘子,诸物不爱,～求圆成好事。(二2-37-3)
②副詞"总"の語気に近い。"直"を表記したものか。¶就脚浪一双也勿好噱,走起来～望仔前头戳去,看勿留心要跌煞哚。(海11-89-15)¶只说王太史自金寓逃走之后,心上虽然懊恼,那花柳场中的兴趣却是一毫不减,～想要再看一个比金寓好些的人。(九67-487-11)

【只管】
〈副〉①かまわずに。気にしないで。¶耐倘然学得到双珠阿姐末,大先生、二先生几花衣裳头面,随便耐中意陆里一样,～那得去末哉。(海10-76-15)¶黎篆鸿道:"耐末～看戏去,瞎应酬多花啥。"朱蔼人亦就退出。(海19-151-4)¶格是吭介事格,耐～放心末哉。(九续14-105-2)¶有甚么话～说。(目84-678-17)¶你如有别事,～随意便了。(狐12-81-15)¶心中更是暗暗发急,口里头却仍安慰语,叫老太太～放心。(繁后27-1046-20)¶我屋里的人也多得很,姐姐喜欢谁,～叫了来,何必问我。(红28-391-20)¶林冲笑道:"皆赖差拨照顾。"差拨道:"你～放心。"(水9-143-17)
②ひたすらに。いちずに。一心に。¶我来哚间壁郭孝婆搭,看见耐低倒仔头～走,我就晓得耐到倪搭来,跟来耐背后。(海14-109-7)¶俚报浪实梗上,虽然怕是勿怕俚,不过～啰啰苏苏上起来,也讨厌得势。(鸿16-289-4)¶唔笃勤～讲哉,毫燥点起来梳头吃粥罢。(狐56-476-21)¶仙方吃一个诚心,唔笃～议论,阿晓得菩萨要动气格嗄?(狐60-514-10)¶你同洋人讲话,怎么～说'亦司亦司'一句?如今为这个'亦司'上可就吃了苦了。(官31-526-18)¶宝玉自己烫了手倒不觉的,却～问玉钏儿:"烫了那里了?疼不疼?"玉钏儿和众人都笑了。玉钏儿道:"你自己烫了,～问我。"(红35-482-12)¶秋公道:"说过不卖了,怎的～问?"张委道:"放屁!你若再说句不卖,就写帖儿,送到县里去。"(醒4-84-11)¶恨那只狗赶着他～吠,便将左手鞘里掣出一刀戒刀来,大踏步赶。(水32-496-4)

【只好】
〈副〉…するほかない。やむなく…する。¶耐～去骗骗小干仔!(海4-30-13)¶耐张大哥有恩相好来哚,倪是巴结勿上哝,～徐大爷来照应点倪哝。(海5-36-12)¶推扳点客人夥去说说,就算客人末蛮好,俚说是无长性,～拉倒,教我阿有啥法子嗄?(海7-52-7)

語彙例釈　zhi

¶我倒间架来里，也～勿去。(海 12-93-11) ¶园里三四个倌人常有来浪，各人各样开消。再有倌人自家身体，喜欢自相，同客人约好仔，索性花园里歇夏，故也～写意点。(海 48-407-13) ¶该搭个物事才勿好个，～冤屈点耐哉哩。(鸿 4-211-22) ¶金少大人，耐末勿是做倪一个倌人，倪末也弗是做耐一干仔，客人付仔现洋钱定倪房间吃酒，倪接仔俚格洋钱，自然～留拨俚啘。(九 19-145-7) ¶吭是吭啥，奴也晓得格，～实梗。单差一样勿稳当。(狐 11-77-19) ¶礼生见他们参差不齐，也～由着他们敷衍了事。(官 1-8-3) ¶这样～让别人家去做了，我们再谈罢。(新 58-267-6) ¶公事猥集，酬应纷繁，真也无暇理会，且又不懂医道，～拣那最走时的先生开的方子与他吃了几帖。(梼 14-231-12) ¶这可没法了，～去买二两来罢。(红 77-11) ¶梁园虽好，不是久恋之家，俺二人～撤开。(水 6-100-17)

(注)前掲例（海 48-407-13）は、次のように訳が分かれている。
同客人约好了，索性花园里歇夏，那也只好随便点。(张爱玲注译：海上花)
同客人约好了，索性花园里消夏，那也就随便算。(海南出版社：海上花列传（附译本）)
跟客人约好了，干脆就花园里歇夏，为的是图个舒服。(吴越改写：海上花传普通话本)

【只怕】
〈副〉恐らく。たぶん。 ¶庄荔甫～来哚陆秀林搭，倪也到秀宝搭去打茶会，阿好！(海 2-10-14) ¶罗老爷有仔老相好，～倪巴结仔上，倒落仔蒋月琴哚笑眼里。(海 7-51-17) ¶如此考据，可称别开生面，～从来经学家也勿曾讲究歇哩。(海 45-383-7) ¶倪老爷为仔昨日接着仔京里个电报，今日头就要动身，说跟金伯年金大人一淘去，故歇～到金大人搭去哉。(鸿 3-208-10) ¶实头出色，～上海寻勿出第只格哉。(文 55-294-26) ¶故歇末说得实梗好，～隔脱仔两日厌烦起来，倪搭请也请耐勿到。(九 23-171-8) ¶傺登勒奴面前讨好奴两声，到仔背后头，～老早忘记格哉。(狐 16-115-7) ¶～耐下转勿肯赏倪格光哉。(九续 16-117-7) ¶你不愿意做生意是顶好的，～你的娘老四不答应呢。(人 31-340-5) ¶我若逃的出命来，我必答报姐姐的恩德；～我逃不出命来，也只好等来生罢。(红 69-984-2) ¶～他年幼，未必老成。(禅 2-18-3) ¶～他要说说娘子失了信，老身如何回他？(二 2-37-11) ¶我如常要来，～你老公知道，因此不敢来望你。(喻 38-573-5) ¶宋江道："这个也依得。"阎婆惜又道："～你第三件依不得。"(水 21-316-13)

【只消】
〈动〉…するだけでよい。…のみを必要とする。 ¶要晓得两个题目～淡淡著笔，点缀些田家之乐，羁客之思。(海 60-515-22) ¶大先生要做格件事体，～倪到外势去放一个

1056

风,包俫格套小娘鱼,好格歹格,一个个领得来拨俫看呀。(狐51-435-2)¶一点点真野勿番淘。~我搭你两头介,同往东亭同参华老,偶逢机会,就挈带仔俚居来是哉。(三32-358-25)¶你要学习英语,~一两个月工夫,包你就学会了。(狐22-174-13)¶余某人的这银子大约是放在滙丰,我们~到滙丰去查就是了。(官33-555-18)¶这些物件,我还没有告诉你,多是向店家租的。我们倘要动身,~叫店家取去。(繁后1-713-26)¶这样看起来,世上人不消争名夺利,~去做佛会,便世世富贵了。(禅6-84-10)¶既然二哥不从,到不要与他说了,~兄弟一人便与你完成其事。(警11-136-17)¶吾家与你家门当户对,你若喜欢着我女儿,~明对我说,一丝为定,便可成事。(二35-653-1)¶兄长不必烦闷。~用几张纸,此城唾手可得。(水96-1528-12)

【只要】
〈连〉…しさえすれば。…でさえあれば。¶耐勿搭客人坐也罢哉;~我看见耐搭客人一淘坐仔马车末,我来问声耐看。(海8-62-18)¶堂子里做个把佣人,~局帐清爽仔末是哉。(海10-81-8)¶~倪先生面浪交代得过,耐就再去做个张蕙贞也无啥要紧。(海11-84-9)¶耐自家无拨工夫去做末,~教人做好仔,自家拿来上,就好哉。(海11-89-16)¶~拿洋钱去浇来浪,呒拨做勿到个事体格。(鸿3-204-11)¶就是倍笃老太太凶点,倪~规规矩矩,无拨啥格坏处,勿见得老太太有心来寻倪格事。(九76-553-1)¶~俫办得妥当,就照俫实梗说法末哉。(狐11-76-11)¶格套小事体,说啥格谢介?~奶奶挑拨我,赏我吃碗饭,我已经快活煞哉。(狐20-161-1)¶到了任,随你甚么苦缺,~有本事,总可以生发的。(官2-25-9)¶我不管怎么样都好,~你随意,我便立刻因你死了也情愿。(红29-414-19)¶林冲道:"却不害我,倒与我好差便,正不知何意?"李小二道:"恩人休要疑心。~没事便好了。……。"(水10-152-13)

【旨】
〈名〉趣旨。¶大约耐肚皮里先有仔'语不惊人死不休'一个成见,所以与温柔敦厚之~离开得远仔点。(海60-515-11)¶空空道人听如此说,思忖半响,将《石头记》再检阅一遍,因见上面虽有些指奸责佞贬恶诛邪之语,亦非伤时骂世之~。(红1-6-3)

【纸烟】
〈名〉紙卷きタバコ。"香烟"のこと。¶耐去买两匣~罢。(海27-226-12)¶从前格辰光~末顶好是三砲台,推板点末强盗。(沪2-61-7)¶~这东西,倒是不去吸他方妙。(新22-99-30)¶不但有爱国思想的人,喜吸他家~,连车夫等类,贪图便宜,一般来买着吸。(市34-345-28)¶这时候彭蒿洲手里那根火柴已快烧完,彭蒿洲便点着~自己吸了。

語彙例釈　zhi

(人 45-555-3)

【指甲】
〈名〉つめ。¶王老爷臂膊浪，大膀浪，拨沈小红～掐得来才是个血。(海 33-271-5) ¶晴雯拭泪，就伸手取了剪刀，将左手上两根葱管一般的～齐根铰下，………。(红 77-1109-10) ¶宋江听得又折了三个兄弟，大哭一声，默然倒地。只见面皮黄，唇口紫，～青，眼无光。(水 112-1689-3)

【至少】
〈副〉少なくとも。¶王莲生道："俚多个局，～三十杯。我先打。"即和罗子富豁起拳来。(海 6-46-17) ¶强唱一点勿会，如果学起来，笨格～一年半年，聪明点格末，也要三个月工夫笃。(狐 51-435-8) ¶像耐金大少格牌子末，～赏格四十洋钱，再多末也可以勿必格哉。(九 15-115-17) ¶就是那周围败宇多坍塌，～介，总要四五万银子朵。(三 4-30-17) ¶～分一半给他们，大家免得后论。(官 11-166-3) ¶前路因为老太太有病急于回去，说～要一百块，少了他就不卖了。(目 100-822-16) ¶到学堂里去念书，修费、膳费，每年～总要百数十金。(新 13-59-16) ¶那是五两的锭子夹了半边，这一块～还有二两呢！(红 51-719-10)

【至于】
〈介〉……に至っては。……となると。上述したことに関連して、話題を変えるときに用いる。¶故歇就有实概个毛病：困来浪时常要大惊大喊，醒转来说是做梦；～腰膝，痛仔长远哉。(海 36-305-8) ¶～铜钱银子，奴是勿惜格，只要成功就是哉。(狐 11-75-24) ¶～大人所说的这个缺，现在有应署人员，司里回去也就挂牌出去。(官 4-57-1) ¶～政治、法律、武备等等，皆非学生所宜干与，可以不必去学他。(维 13-91-8) ¶～私自拿去的东西，送来我收下，不送来我也不要了。(红 73-1043-1) ¶李生美风仪，喜谈笑，通晓吏事，又且廉谨明干，甚为深州太守所知重。～击踘弹棋博弈诸戏，无不曲尽其妙。(初 30-559-8) ¶身上衣服穿着，必要新的。…(中略)…鞋袜之类，多是上好绫罗，一有微污，便丢下另换。～洗过的衣服，决不肯再者着的。(二 22-443-2)

【志气】
〈名〉気概。意地。意気込み。進取の気性。¶耐要自家有～，做生意末巴结点，阿晓得？(海 10-76-12) ¶耐也算是老白相哦，故歇叫个局就无拨哉。说出闲话来阿要无～！(海 15-116-2) ¶你若有些～，我劝你从今以后，自己晓得嫖不过人，早早回苏，不要再在上海手脸。(繁Ⅱ 18-544-13) ¶你的～倒也不小，将来一定有出息的。(目 99-812-14)

¶谁知贾菌年纪虽小,～最大,极是淘气不怕人的。(红9-141-20) ¶若把他说到这个地步,可不长他人之～,灭自己之威风了。(鼓29-350-3) ¶你这泼皮,倒也有些～。(禅5-58-1) ¶周氏见高氏说起小二诸事勤谨,又本分,便道:"大娘何不将大姐招小二为婿?"高氏听得大怒,骂道:"你这个贱人,好没～!我女儿招雇工人为婿,却不便当?(警33-506-10) ¶恁地说来,也还有些～。(初15-267-12) ¶这是你的～,也难阻你。(二2-25-4) ¶先锋何故自丧～?（水113-1692-7）

zhong

【中变】
〈动〉中途で変化する。¶俚病仔末喜欢哭,喜欢说闲话,鼓歇勿哭勿说哉,阿是病势～?(海36-305-18) ¶前日女婿上门,他举家都看个勾,行乐园也画得出在那里。今番又换了一个面貌,教做媒的如何措辞?好事定然～!连累小子必然受辱!(醒7-140-3)

【中饭】
〈名〉昼。¶～还有歇哩哩。(海8-62-5) ¶～吃大菜,夜饭满汉全席。(海18-146-3) ¶十二点钟喊俚哚起来吃～,就搭先生梳一个头,梳好仔头末,无事体哉。(海23-183-18) ¶格日子吃过仔～,要到别场花去。(狐13-93-16) ¶拉伊头吃之～,搭朋友白话之歇,就朝屋里跑,六点钟到之渡口,到屋里已经有六点半钟者。(上问46-83-8) ¶他这人吃量是本来高的,于是吩咐厨房里一天定要宰两只鸭子,是～吃一只,夜饭吃一只;剩下来的骨头,第二天早上煮汤下面。(官56-965-5) ¶贾少奶留如是吃了～,才放她走。(歇24-308-14) ¶外后日是方六房里请我吃～,要扰让他,才得下去。(儒47-541-3) ¶妇人去灶前安排～与任公吃了,自上楼去了,直睡到晚。(喻38-573-13)

【中平】
〈名〉なかほど。中ぐらい。¶该个签末是～,句子倒说得蛮好,就是上上签也不过实概。(海21-168-23) ¶如今儒大太爷虽学问也只～,但还弹压的住这些小孩子们,不至以颟顸了事。(红81-1172-3)

【中秋日】
〈名〉陰暦8月15日。中秋節の日。¶韵叟道:"价末～务必屈骂驾光临。"(海47-401-5)

【松悸】
〈动〉動悸(どうき)がする。"松""悸"ともに、"心跳"(動悸がする)の意。¶停两日再有腰膝冷酒,心常～,乱梦颠倒,几花毛病才要到哉。(海36-305-6)

【终】

語彙例釋　zhong

〈副〉"总"に同じ。①いつも。ずっと。いつまでも。¶故歇四老爷也勿去听俚哚，倪～有点勿放心。倘忙四老爷听仔俚哚，倪搭勿来仔，倪是无拨第二户客人哦，娘囡伴阿是要饿煞？我为比要拜托耐匡大爷，劝劝四老爷覅去听别人个闲话。(海27-224-11)¶我搭无姆说句闲话，阿是耐勿许我说？我就依仔耐，从此以后，～勿到无姆房间里去说一声闲话末哉！阿好？(海32-269-14)¶格种新戏倪～要去见识见识格哦，省得坐勒屋里昏闷哉。奶奶俫道阿对？(狐8-57-7)¶今朝碰着倷阿姐格种好人，肯搭我通一个信，得能够吃一碗现成饭，我～勿忘记俫，供俫长生禄位格。(狐36-311-6)¶温贵听了，无法可施，然而这口气～不能消，后来决计告状，就请人做了张禀单，在新衙门里递了进去。(新29-131-8)¶终久素卿行路辛苦，一觉竟睡去了。他妻子～是睡不着。(醒下4-125-27)

②結局のところ。所詮。¶上海滩浪随便啥人，看见牌子就晓得是周双珠哚个妹子哉哦，～比仔新鲜名字好点哦。(海3-20-24)¶俚心理来哚要好，嘴里～勿肯说出来，连搭娘姨、大姐哚才勿晓得俚心理个事体，单有我末稍微摸着仔点。(海7-52-1)¶随便啥物事，耐也覅去搭我买。耐哆歇就说是买拨我，隔两日～是俚哚个物事。(海22-176-8)¶秀英也笑道："俚今夜头请倪大观园看戏呀，耐阿去？"二宝哆口做意道："我～有点难为情，让阿哥去罢。"(海29-244-3)¶冠香是外头人，就算我同俚要好，～勿比耐自家人。(海51-436-8)¶想来耐华老爷末好，～勿能够十二分称心，阿对？(海52-440-13)¶你在外面，也觑个机会，谋个事，～不能一辈子在家里坐着吃呀。(目2-9-14)¶闹来闹去，～是位分越小的越晦气，这点机关难道我还不懂。(官18-295-16)¶五个人～嫌太少，最好再邀两个。(新33-149-18)¶说来说去，女人家～吃亏一着，处处不能独立，除非有了十万八万家私，然而若没个体心贴意的男子料理，也难保不被人算计了去。(歇8-93-12)¶你拿着～是祸患，不如我烧了他完事了。(红21-297-13)¶林澹然～是将门出身，度量宽大，器宇沉雄，不以财帛介意。(禅4-43-8)¶两下里扯来拽去，～是双拳不抵四手。(禅20-315-13)¶你看王二，～是妓家生性，吃起酒来，便要猜拳掷色，竟把一天愁闷，都不知撇在那里。(鼓34-408-13)¶龙香～是丫头家见识，听见称赞他两句，道是外边人真个说他好，就有几分喜动颜色。(二9-181-16)¶这黄信是个武官，～有些胆量，便拍马向前看时，只见林子西边，齐齐的分过三五百个小喽啰来。(水34-529-11)

③どう見ても……であろう。推測を表す。¶俚敢于大言不惭，～有本事来浪，管俚难勿难。(海47-400-17)¶如若勿见，俫～要赖格来，现在亲眼目睹，俫哪哼说法？(狐

zhong　語彙例釈

32-270-5）¶来是来过歇一埭格。街道末有点认得，客栈倒勿晓得笃。阿珠姐，俫是老出门，想必～晓得格唦！（狐 33-279-22）¶慕颜道："唔节浪开销要多少拉？"宝玉道："统统才勒海，～要二三千笃。"（狐 33-284-9）

【终究】

〈副〉"终"②に同じ。¶耐住来咪客栈里，开消省勿来，一日日哝下去，～勿是道理。（海 12-98-18）¶娘姨、大姐做生活还忙杀来浪，再要搭我煎药，俚咪生来勿好来说我，说起来～为我一干仔，病末倒原勿好，阿是听啥意思。（海 20-161-16）¶无姆说末说苦恼，～有个兄弟来里，耐再照应点俚，还算无啥，我就死仔也蛮放心。（海 20-162-5）¶看俚光景总归勿肯嫁人，也勿晓得俚～是啥意思。（海 24-194-4）¶我晓得耐有来浪，让俚再买点末哉。一点点勿买啥，俚心里～勿舒齐个。（海 29-226-15）¶耐闲话是勿差，价末也要看人码。淑人末无啥要紧，倘然喜欢白相个人，～白相勿得。（海 32-266-8）¶看俚样式倒勿像是瞎说。倘忙弄出点事体来，～无啥趣势。（海 54-456-13）¶耐撵说末夠说，～要借俚几花，说拨我听听看。（海 59-503-21）¶吃烟人才是吃白相吃上个瘾，～夠去吃俚好。（海 60-508-18）¶人已经被外国人打了，你有甚么法子想，你去替他伸冤？～是我们自己人不好。（官 31-527-7）¶他们走了，就是后任换了，有案卷存在他们衙门里，～赖不脱的。（官 51-879-7）¶暗想小玉凤家里，从此不便再去，然而鳏居无聊，～要想个长久之计方好。（维 9-64-4）¶构思了半日，研得墨浓，蘸得笔饱，起起草来。才得了个前文八行，塗了又塗，改了又改，看看～不能当行出色，急得他抓耳挠腮。（负 11-50-17）¶你在此终日闲荡，～不是回事儿。（文 23-122-17）¶我们女流之辈，～要靠着人家过活。（歇 8-93-11）¶我们小妾和内人总劝我买一顶獭皮帽子戴戴，我算来算去～有些舍不得。（人 24-252-2）¶当下严都管将经包袱得好了，棒了进去。～是相府门中手段，做事不小。（二 1-6-4）　"终久"とも作る。¶我寻歇伊三盪拉者。──（到底）（终久）阿曾（寻着个）（碰头个）（看见个）？（上问 22-41-5）¶至于你令伯的话，只好慢慢再说，好在他终久是要回来的，总不能一辈子不见面。（目 4-27-20）¶赌钱也不是稳赢的，倒不如借给人家，这钱将来终久还我。（繁初 28-312-15）¶老翁的病看着是不会好的了，万一有个风吹草动，这馆是终久要脱的。（棒 4-53-21）¶点个灯儿，到房中去睡。终久素卿行路辛苦，一觉竟睡去了。（醒下 4-125-26）¶我终久是个糊涂心肠，空喜欢一会子，却想不到这上头来。（红 49-674-7）¶暗里只用一根红丝把这两个人的脚绊住，凭你两家隔着海，有世仇的，也终久有机会作了夫妇。（红 57-812-4）¶这娶公子终久度量宽洪，见既是夏方，便不就提起当初一事，教他起来。（鼓 19-235-17）

語彙例釈　zhong

¶只一件，小人等虽然得生，终久难脱罗网。（禅5-57-12）¶滴珠终久是好人家出来的，有些羞耻，只叫王嬷嬷道："我们进去则个。"（初2-37-2）¶～是女娘家见识，看事不透，不管好歹，多搬出来，尽情交与这承局打扮的道："……。"（二20-407-5）¶若投别处去，终久要吃拿了。（水31-482-10）¶只是李云不会吃酒。便麻翻了，终久省得快。（水43-703-11）

【种】

〈量〉一定の基準で分類したものに用いる。¶名家此～笔墨，陆里肯落图章款识。（海47-400-8）¶媛媛道："耐格～人呀……"又用手指头指着子文道："真正是只众生！"（负17-80-17）¶不要说我们这～人家，多件把披风算不了甚么；就是再次一等的人家，只要做起来，不拿他瞎糟蹋，也就算得一丝一缕，想到来处不易的了。（目93-778-3）¶我们听见姨太太这里有一～丸药，上棒疮的，姑娘快寻一丸子给我。（红48-663-9）¶就是别人家园上，他心爱着那一～花儿，宁可终日看玩。（醒4-80-15）

【种种】

量詞"种"の重ね。いろいろ。さまざま。¶～是倷勿好，叨光耐搭倷包荒点。好阿哥！（海5-36-9）¶罗老爷勦动气，我搭罗老爷磕个头，～对勿住罗老爷。（海59-503-15）¶当下众人七言八语，有的说请端公送祟的，有的说请巫婆跳神的，有的又荐玉皇阁的张真人，～喧腾不一。（红25-354-20）

【中意】

〈动〉気に入る。意にかなう。¶我去喊翠凤来，看看花头阿～。（海7-56-9）¶俚哚嫁出去辰光，拣～点末拿仔去，剩下来也有几箱子。（海10-76-9）¶勦说倷勿～，我亦看勿上眼。（狐20-158-26）¶像耐八少一样格客人，倷看得总算～格哉，耐八少咩是格规规矩矩格人，陆里肯讨格倌人转去？（九23-175-13）¶为仔倷年纪末老哉，生怕耽误耐格终身，为此咾答应弗出。既然耐～倷末，慢慢交商量末哉。（沪3-26-10）¶众位师爷有的说借东门外孙家的，有的说借南门里王家的。三荷包听了都不～。（官6-83-3）¶有个翡翠搬指，很中他老人家的意。（官46-789-1）¶那管学堂的同着总教习见了任通甚是～。（梼11-170-12）¶回房中细细的又看了几卷，都不～。（醒上10-11-6）¶我们王家的人，连我还不中你们的意，何况奴才呢。（红72-1028-7）¶除非是他，方可～，我也放得心下。（初30-560-15）¶那些做媒的如蝇聚膻，来的何止三四十起。各处寻将出来，多看得不～。（二15-316-3）¶我家这几个姐姐，都是你认得的。不知你～那一位？（醒3-50-1）

zhong 語彙例釋

【众人】
〈名〉みんな(ある範囲に居合わせる)。¶我末自家良心天地,到茶馆里教～去断末哉。(海44-374-13) ¶啥洛钱笃笃故宗要好请我里～吃酒,故也奇怪朵。(描7-67-11) ¶金秀英自然依依不舍,就是房里～,因为他三天碰和,两天吃酒的,也都有些舍不得他走之意。(目106-881-19) ¶双双站立厅前,同受～行礼。(官4-54-17) ¶那人入座,向～一一问过名姓。(繁初3-29-16) ¶宝玉拉了秦钟出来道:"你可还和我强？"秦钟笑道:"好人,你别嚷的～知道,你要怎样我都依你。"(红15-207-9) ¶～齐上,将他两个缚了,搜出伍其良上,未有若干银子。(醒下1-100-10) ¶你～手里拿着枪棒做甚？(禅3-35-4) ¶次日绝早,使名叫妻子煮饭,与～吃了,同到县中,早已哄动一城。(型2-29-17) ¶～恐怕小道人没趣,多把话来安慰他。(二2-35-16) ¶县主道:"吏房既是混开,你～何不先来禀明,直等他阄着了方来禀话,明明是个妒忌之意。"(警15-204-12) ¶林冲看时,见那个官人背叉着手,行将出来。在廊下问道:"你等～打甚么人？"众庄客答道:"昨夜捉得个偷米贼人。"(水11-163-1)

【众生】
〈名〉人以外の動物。畜生。¶比及硬撑起来,那描一跳窜去。漱芳切齿骂道:"短命～,敲杀俚！"(海20-158-4) ¶鸡鱼牛羊多花～,才有来浪,倪再说个'雕'阿好？(海40-339-24) ¶真正勿要面孔！格号人赛过～,搭～有啥理讲嘎！(九续150-1072-1) ¶媛媛道:"耐格种人呀……"又用手指头指着子文道:"真正只～！"子文拿脸一沉道:"耐骂我倷哉？"(负17-80-18) ¶做仔堂子里向格女人家末加二比～再要弗弗如。(沪4-21-1) ¶前番倒失了两头牛,打得苦恼。今这～又病害起来,万一死了,又是我的罪过。忙去打些水来,替他澡洗腐肉。再去拨些新鲜好草来喂他。(二19-396-4) ¶常言道:"～好度人难度。"原来你这厮外貌相人,倒有这等贼心贼肝！(水30-464-2)

【重】
〈名〉重さ。目方。¶物事倪倒勿要啥哉,不过帐浪一对嵌名字戒指要八钱～咾。(海12-94-20) ¶这'白''青'两个字也似无理。想来,必得这两个字才形容得尽,念在嘴里倒象有几千斤～的橄榄。(红48-666-7) ¶待诏道:"小人这里正有些好铁。不知师父要打多少～的禅杖,戒刀？但凭分付。"智深道:"洒家只要一条～一百斤的。"待诏笑道:"重了,师父。小人打怕不打了,只恐师父如何使得动。便是关王刀,也则只有八十一斤～。"(水4-69-16)

〈形〉①重い(目方が)。¶玉甫向藤椅子上揭条绒毯,替漱芳盖在身上,漱芳憎道"～！"

語彙例释　zhong-zhu

（海18-144-11）¶王待诏道"小人好心,只可打条四五十斤的,也十分～了。(水4-70-2) ②程度がはなはだしい。 ¶倪无姆个心思～得野哎,耐倒要当心点。(海22-176-1)¶无奈秦钟之病日～一日,也着实悬心,不能乐业。(红16-221-5)

zhou

【周到】

〈形〉行き届いている。¶公馆里就是一个二爷,笨手笨脚,样色样勿～。(海34-285-6) ¶接连又有送礼的,戴着紫缨凉帽,端盘来了。云甫认识是齐韵叟的管家,慌的去看,盘内三分楮锭细,三张素帖,却糸冠香、姚文君、张秀英出名。云甫笑向管家道："大人真真格外～,其实何必呢？"(海43-361-14)¶凡是才进口的新鲜果子,以及时鲜吃物等类,他除掉送我们几个人之外,各国公使馆里他都要送一分去。你说他想的～不～！(官58-1007-20)¶美士听说,暗暗佩服无双考虑得～。(歇20-256-4)¶清晨深夜,奉侍不遑,比厉厉中堂的寡媳妇孝敬那位老公公还要～些儿。(梼22-344-18)¶湘云听了,心中自是梼感服,极赞他想的～。(红37-513-15)¶哥哥初来舍下,书房中有甚不～处,可对你妹子说。(二3-60-3)

zhu

【珠宝】

〈名〉真珠や宝石などの高価な装飾品。¶阿是卖～个拿得来看？(海24-195-14)¶没有现的,首饰、～、利钱折子,都可以抵数,只要够了三万就是了。(官50-854-3)¶因典当里进来洋表、钻戒等物一概不当,故将此表卖于一个～掮客,卖了一百二十块钱。(繁后1-714-13)¶几天前那～掮客替人掮了一万多洋钱珍珠,论价不合,带回家中,意欲第二天送回原主去的。(歇16-209-7)¶一面说,一面解了排扣,从里面大红袄上将那～晶莹黄金灿烂的璎珞掏将出来。(红8-125-9)

【珠宝店】

〈名〉宝石店。¶买是客人去买得来个,来里城隍庙茶会浪。俚哚才说勿贵,～里陆里肯嘎！(海22-179-14)¶倘然见我叫局,依旧格外殷勤,可见此人甚是有情,一准到～去,兑只嵌宝戒指以为进身之阶,晚上边去打茶围,送给与他。(繁后33-1120-4)

【珠花】

〈名〉真珠をつないだ髪飾り。¶俚几对～同珠嵌条,才勿对,单喜欢帽子浪一粒大珠子,原拿得来做仔帽正末哉。(海42-358-4)¶要想搭傺借格五百两银子,格对～算仔当头,押拨勒俫。(狐14-102-23)¶勿壳张俚是滑头戏,九个月工夫,拿倪格～搭仔金钏臂才当脱，难末倪吭拨啥念头转哉。（九续110-798-2） ¶事成之后，买一对～与你酬劳。（梼9-141-4） ¶我没法儿，把两枝～儿现拆了给他。（红28-390-3）

【珠嵌条】
〈名〉真珠をはめこんだかんざし。¶俚几对珠花同～，才勿对。（海42-358-4）

【珠子】
〈名〉真珠。¶俚几对珠花同珠嵌条，才勿对，单喜欢帽子浪一粒大～。（海42-358-5）¶油纸里是几粒～，我们老人家在日，一个苏州败落户，硬抵下的。（繁后25-1017-2）¶不料少爷才上得一层台阶，一个滑脚早滑倒了，哗啷一声，一大捧东西一齐丢在地下，还有些～的溜溜在地下乱滚。（官46-786-21）¶那尤三姐天天挑拣穿吃，打了银的，又要金的；有了～，又要宝石，吃的肥鹅，又宰肥鸭。（红65-932-4）

【诸葛菜】
〈名〉"蔓菁"（カブラ）の別称。¶该个是'～'，借用个典故陆里猜得著。（海40-338-11）

【诸位】
〈代〉人称代詞。皆さま方。¶请～吃杯酒。（海41-349-15）¶明朝奉屈一叙，并请～光临。（海56-476-13）¶～老弟高见，以为何如？（官58-1020-18）¶怠慢～，对不住。（梼11-179-8）¶择于初四日卯时请灵柩进城，一面使人知会～亲友。（红64-907-3）

【猪猡】
〈名〉ブタの俗称。人をののしるのにも用いられる。¶"耐同仔娘大马路去做啥？耐个好倪子，耐只～！"骂一下，打一下，打得阿大越发号叫跳掷，竟活像杀～一般。（海57-488-18）¶耐只死～！晓得是耐阿哥替耐定个亲，我问耐为啥勿死？（海63-540-20）"猪罗"とも作る。¶有几化乡下人，搭仔航船去烧香，船浪男男女女，足有三四十个，赛过猪罗实梗，困仔一船笃。（狐54-463-19）

【猪卢】
"猪猡"に同じ。¶我要俚做首诗，就骂我'囚犯'；倘然做仔学台主考，要俚做文章，故是'乌龟''～'才要骂出来个哉！（海33-273-12）

【竹布】
〈名〉淡い青色の目の詰んでいる棉布で、夏の衣服に用いられる。¶粉也勿曾拍，着仔一件月白～衫，头浪一点点勿插啥。（海15-119-21）¶这么冷的天，还穿着件～单长衫，淡蓝颜色已腌臜得一块黄、一块黑、一块白，不成个样儿了。（新15-66-2）

【主顾】

語彙例釈　zhu

〈名〉顧客。¶善卿问："前转庄荔甫有多花物事阿曾搭俚卖脱点？"小云道："就不过黎篆鸿拣仔几样，再有几花才勿曾动。阿有啥〜，耐也搭俚问声看。"（海 25-201-14）¶大少肯替倪招揽〜，格是顶好哉唰。（狐 20-157-12）¶胡理到此就心生一计，说有〜要买；骗到手，估算起来还可以多赚几文，满心欢喜。（官 3-34-16）¶钱庄上的人眼光最小，只要年下不欠他的钱，他就以为是好〜了。（目 7-49-6）¶那徽州木匠也年老归乡。张权便顶着这店。因做人诚实，佾有〜，苦挣了几年，遂娶了个浑家陈氏。（醒 20-399-8）¶可知江边多有〜来寻你私渡。（水 37-587-16）

【主考】

〈名〉"乡试"（科挙で3年に一回省で行われる試験。この合格者が"举人"の称号を受ける）、"会试"（"举人"を集めて行われる試験で、合格者は"贡士"の称号を受ける）を主管する試験官。また広く主任試験官を指す。¶倘然做仔学台〜，要俚做文章，故是'乌龟''猪卢'才要骂出来个哉！（海 33-273-11）¶将来放了外任，不是〜，就是学政，自然有那些手底下的官儿前来孝敬。（官 2-22-14）¶即如少爷今年中了举人，明年还要中进士，点翰林，将来一样也好放得学台〜，这是不能说的，你少爷自己打主意就是了，我们当家人的，还能勉强着办么？（九 80-577-16）

【主人】

〈名〉主人（客をもてなす側）。¶俚乃做〜，生来要应酬歇。（海 19-156-15）¶罗子富笑道："耐个〜要客人来请耐个。"因即擎起牙筷，连说："请，请，请"羞得淑人越发回过头去。（海 32-266-17）¶我伯父掣了一根，是：'"不亦乐乎' 合席一杯。"继之道："这一根掣得好，又合了〜待客的意思。……。"（目 12-87-21）¶外面旺儿预备下赏封，赏了本村〜。庄妇等来叩赏。（红 15-202-14）¶武大道："好兄弟，你对我说是谁？我把十个炊饼送你。"郓哥道："炊饼不济事。你只做个小〜，请我吃三杯，我便说与你。"（水 25-393-11）

【主人家】

〈名〉"主人"に同じ。"家"は接尾語。人を示す名詞に付いて、その一類に属する人を指す。¶杨柳堂道："倪输仔拳，酒也无人代，耐〜倒寻开心去哉。"陶云甫道："故歇让耐去开心，晚歇碰和末抵桩多输点。"（海 22-177-13）¶倪去末，算点要去格哩。必过客客气气做客人能样子末拉倒哉。总弗见得像俚实梗像煞有价事，名分野弗正倒老老实实做起〜来哉。阿要难为情！（沪 4-32-8）¶薇琴应召来了，附耳对藕舲道："黎宛亭他们那场和快完了，你〜怎么倒先不见面。"藕舲道："我稍坐便约这里一班客人同去。"

1066

zhu　語彙例釋

(人33-359-15)

【主意】

〈名〉考え。¶王老爷难也有点勿老实哉!陆里去想得来好~,说来咪城里。(海4-30-20) ¶耐个一勿差,耐搭我还清仔债末,该搭勿来哉,阿是？(海11-83-10) ¶耐瞒我做啥哩？我也勿来说耐,到底耐自家要有点~末好。(海12-98-5) ¶倘然我自家想讨三房家小,故末常恐做勿到；故歇是我嗣母个~,再要讨两房,啥人好说闲话？(海55-465-20) ¶吉里个募化自然你我张罗,勿得知你个~那哼办法？(三40-429-2) ¶奴是昏脱格哉,㑚搭奴想想~看哩。(狐11-75-8) ¶戴升一想这话不错,立刻就到上房,不说钱典史的~,竟其算他自己的意思,说道:"……。"(官4-52-9) ¶言中丞道:"夫人,你这又何苦!生米已成了熟饭了。"言夫人道:"谁管你的饭熟不熟,我的女儿是不嫁他的!你给我闹很了,我便定了两条~。"言中丞道:"事情已经如此了,还有甚么~？。"(目83-669-25) ¶而且达儿应该进甚么学堂,也可以替他们打打~。(梼10-161-12) ¶如今我竟去问张华个~,或是他定要人,或是他愿意了事得钱再娶。(红68-972-14) ¶老爷~甚好。小的们也看这长老磊落不凡,若为此寺住持,决替朝廷出力,老爷必定高升(禅3-38-2) ¶我有~在此了。(禅8-119-13) ¶又美丽,又风月。年可二十来岁,是他年纪最小,却是豪家~,推他做个庵主。(初34-634-5) ¶不如只就小寨歇马,大秤分金银,大碗吃酒肉,同做好汉。不知制使心下~若何？(水12-178-3)

【住】

〈动〉①住む。泊まる。¶耐一干仔~来咪客栈里,元拨照应㖸。(海1-4-15) ¶倌人叫仔一笠园,几日天~来浪,算几花局嘎？(海48-407-10) ¶姨太太已有了春秋,外甥年轻不知世路,在外~着恐有人生事。咱们东北角上梨香院一所十来间房,白空闲着,打扫了,请姨太太和姐儿哥儿~了甚好。(红4-67-2) ¶你到我庄上~了几日？曾见我父亲么？(水35-552-1)

②動詞の結果補語となり、動作によって静止・固定することなどを表す。¶一个客人拉~个手,一个客人扳牢仔个脚,俚咪两家头来剥我裤子。(海23-184-12) ¶还是俚小个辰光,城隍庙里去烧香,拨叫化子圈~仔,吓仔一吓。(海36-302-17) ¶拨俚'寒梅着花未'一首诗束缚~哉,耐麹么泥煞个哩。(海61-519-21) ¶又亏了赵温的叔叔走过来,左说好话,右说好话,好容易把厨子骗~了,一样一样的做现成了,端上去摆供。(官1-7-23) ¶贾政还欲打时,早被王夫人抱~板子。(红33-457-2) ¶那鬼物踉跄,走不迭了,扑在柱子,就抱~不动。(二13-265-12)

語彙例釈　zhu－zhuan

【住家】
〈動〉住居を構える。　¶倪～来里夷場浪，索性让俚哚白相相。从小看惯仔，倒也无啥要紧。（海 32-266-4）

【柱】
〈名〉柱。比喩的に、全体を支えるもの。　¶李浣芳传中以李漱芳作～，苏冠香传中虽不及诸姊而诸姊自见。（海 53-450-13）

zhuan

【专诚】
〈副〉特に。　¶今朝末～请阁下同贵相好做个乞巧会。（海 38-322-6）¶今朝倪先生身体勿好，一径困勒浪，待慢倷格，过脱一日，让倪先生～备一杯酒，差人来请倷罢。（狐 29-237-5）¶今朝是倪～请格位李大人，搭仔沈大人，到该搭来吃大菜。（九 71-514-10）¶仇五科便让陶子尧首座。陶子尧抵死勿肯坐。刘瞻光、魏翩仞又帮着说："今天是五科～相清，我们是没有人僭你的。"（官 8-109-17）¶这是晓得太太喜欢吃扬州菜，～到扬州去弄来的。（孽 14-111-5）

【砖头】
〈名〉れんが。　¶耐要送物事，送仔我钏臂，我不过见个情；耐就去拿仔一块～来送拨我，我倒也见耐个情。（海 8-60-12）¶这三间屋里，上面有几根椽子，每根椽子有几块～，地下有几块方砖，其中有几块整的、几块破的，兄弟肚子里有一本帐，早把他记得清清楚楚。（官 43-725-1）

【转】
〈動〉①変わる（方向や状況などが）。　¶先拿洋钱去买得来筹码，有筹码末总有洋钱来哚，阿有啥拿勿出？就怕翻本翻勿转，庄浪风头～仔点，俚哚倒勿打哉，赢勿动俚，无法仔！（海 14-113-20）¶少牧听毕，这一气真气得手足如冰，脸上边红一回、白一回、青一回、紫一回的，顿时～了无数颜色，口里头一句话也说不出来。（繁Ⅱ28-679-19）②戻る。述語の中心語として用いられる外、動詞の結果補語となる。共通語の"回"。¶我说耐明朝要到尤如意搭去，算好仔几花输赢，索性再赌一场，翻得～末翻仔，翻勿～就气输仔罢哉。（海 14-113-22）¶该搭是五十块，费耐心搭我走一埭，要一刀两段个。俚答应仔拨勒俚，倘然勿肯末，洋钱带～，随便俚那哼末哉！（鸿 10-247-25）¶史大少，倷甏客气哉，请收～仔罢，奴也晓得史大少格洋钱勿是容易得来格，辛辛苦苦要好几个月笃。（狐 31-262-17）¶黑暗里走入孝堂，听左边厢声息，忽然灵座上作响。婆浪吓了

zhuan　語彙例釈

一跳，只道亡灵出现，急急走～内室。(警 2-18-6) ¶妹子被响马劫去，岂有送～之理，必是容貌相像的，不是妹子。(警 21-303-13) ¶当初是我一念之差，堕在这光棍术中，今已悔之无及。若不将银买～孩子，他必然出首，那时难以挽回。(警 35-540-7)

〔量〕動作・事柄の回数を数える。共通語の"回""次""趟"などに当る。 ¶对过邀客，请仔两～哉。(海 6-45-9) ¶最好笑有一～拍小照去，说是眼睛光也拨俚咮拍仔去哉。(海 7-57-5) ¶倪马车一个月难得坐～把。(海 8-62-21) ¶俉人开宝是俚咮堂子里口谈啘，陆里有真个嘎，差勿多要三四～五六～咮。(海 14-110-11) ¶我为仔第一～，绷绷俚场面，就罗个搭借仔十块洋钱拨俚。(海 22-176-18) ¶倪搭季纯兄也同过几～台面，总算是朋友。(海 23-188-19) ¶前～明园俚要同耐拼命，倒勿是为别样，常恐耐做仔我，俚搭勿去哉。(海 24-193-16) ¶况且主人出子门，从勿曾见俚来过一～。(三 17-208-30) ¶倪姘戏子勿是故歇头一～勒，也覅有人来管倪歇。(鸿 14-275-26) ¶前两～格事体，还说是搭倪讲笑话，呒啥要紧。(九 187-1209-8) ¶耐格个人真正就叫讨气！耐试仔一～勿算数，再要试第二～第三～。(九 187-1209-15) ¶今夜请酒，面子浪末是姓袁格，轧实是开丝栈小老板姓黄格做出钱施主，皆为第一～到黛玉格搭佬。(狐 53-455-16) ¶次云笑指醉琴道："到俚搭去白相一～。……。"(沪 2-48-6) ¶弗要，弗要。头一～见面，寻老头子个开心，要动气格。(人 15-135-2) ¶上～伊票货色搭之地～个有点两样。下～依办起货色来，总要当心点。(上散 4-15-3) ¶我一面打发李在兹到张家口，一面收拾要回上海一～，把一切事都交给亮臣管理。(目 78-613-12) ¶小弟的台面，子翁总得赏光，破一～戒的了。(官 8-109-6) ¶可怜袁伯珍此番到上海，花酒没有吃一枱，马车，没有坐一～。(维 13-86-6) ¶为了这张灯我和阿彩闹了好几～，总算才弄舒适。(人 40-476-26) ¶乐和到「团围头」寻了一～，不见顺娘，复身又寻转来。(警 23-334-16)

【转局】

〔动〕宴席にはべっている芸妓が、他の宴席に呼ばれてゆくこと。芸妓はふつう呼ばれた宴席が散会になるまでいるが、他から呼ばれている場合、またはその宴席の開かれている間に、他から呼ばれた場合は、中座して他の宴席に行くことができる。なお同じ宴席の他の人のところに移ることも指す。(海 15-117-3，目 90-734-14，梼 12-188-22，十 37-278-25)。¶孙素兰唱毕，即替吴松桥代酒，存了两杯，又要存两杯，说："倪要～去，对勿住。"(海 3-23-10) ¶鹤汀道："耐咮先生倒忙得势。"金姐道："今朝转仔五六个局咮。……。"(海 13-106-20) ¶及至屠明珠姗姗而来，黎篆鸿是认得的，

語彙例釈　zhuan

又搭讪着问长问短,一时和屠明珠说起前十年长篇大套的老话来。李实夫凑趣说道:"让俚〜过来阿好?"黎篆鸿道:"转啥局嘎?耐叫来哚末一样好说说闲话个啘。"(海15-117-3)¶转到第四个局,台面也散哉,客人也去哉。(海24-198-17)¶于是齐向毕生照了一杯,等得喝完,宝玉的相帮已催过几次〜。宝玉向毕生道:"对勿住,倪要〜去。"说着,梨涡浅晕,莲步细摇。径扶着那个跟局大姐去了。(鸿7-232-1)¶倪从前格熟客叫倪去替碰和,坐来浪厌烦煞,刚刚今朝吮拨〜,只好替俚一直格碰下去。(九36-267-26)¶昨日夜里,奴堂差到中和园(是天津酒馆,今已闲歇)去,有一个陌生客人,转奴格局,也是广东口音。(狐14-97-16)¶今天因〜甚多,来得迟了,真对不住!(繁5-45-8)¶一会儿各人的局,陆续来了。陆蘅舫来到,伯芬指给啸存。啸存一见,十分赏识,赞不绝口。伯芬又使个眼色给蘅舫,叫他不要〜,蘅舫是吃甚么饭的人,自然会意。(目90-734-14)¶唐二乱子毕竟无所不乱,席上朋友叫的局,他见一个爱一个,没有一个不〜。后来又把老表兄何孝先素来有交情的一个大先生——名字叫甄宝玉的一〜了过去。(官35-593-19)¶傅又新叫的几个局都不大中意,却看上了袁子仁叫的袁宝仙,就问袁子仁道:"贵相好芳名叫甚么?住在那里?"袁子仁代答了,就说:"傅大人赏识,就转个局罢。"傅又新说:"怎好分爱?"袁子仁道:"这是上海常有的事,有甚么要紧?"(梼12-188-22)¶这日客齐局到,正在寿觥交错之际,不知怎样,马总办竟看中了胡提调的相好筱蓉棠,当筵就转了一个局。胡提调虽万分不快,因是上司,不敢怎样,只得忍着痛暂时割爱。(十37-278-25)

【转来】

〈动〉①もどって来る。帰って来る。共通語の"回来"。¶善卿坎坎来,也让俚摆个庄,等蔼人〜仔一淘过去,俚哚也舒齐哉,阿是嘎?(海4-25-3)¶仲英说:"我要买物事去。"雪香道:"勿许去。"仲英道:"我买仔就〜。"(海6-43-22)¶阴阳先生看好日脚来浪,说是廿一末定归〜个哉。(海43-364-20)¶听见说宋小庄到南京去〜哉呀,要末金柏年今朝请俚!(鸿3-204-22)¶耐倒好格,阿记得动身格辰光搭俚说一礼拜就〜,故歇耐算算看去仔几日,只怕三格礼拜要来快哉。(九62-454-1)¶伊买物事去,〜拉末?(上散2-6-8)¶我们大人一早就被院上传了去,下来还要拜客,一时间怕不得〜。(官18-293-2)¶几次叫人写信劝他,他回信多没有一封,连过年也没〜。(繁Ⅱ29-689-16)¶我也不过三五个月便要〜,倘到年下用度不敷,我托管通甫替你招呼,只要同他说声就是。(梼18-283-8)¶这里凤姐忽又想起一事来,便向窗外叫:"蓉哥回来。"外面几个人接声说:"蓉大爷快回来。"贾蓉忙复身〜,垂手侍立,听何指示。(红6-103-20)

1070

zhuan　語彙例釈

¶今日五更,妾因有孕腹痛,丈夫起早进城赎药。出门之后,听推得门响,只道是丈夫～,忽见这打坐和尚同那个长脚和尚闯入房里,一个将妾绑住。(禅26-422-10)¶须臾之间,三停里卖了二停,有的不带钱在身边的,老大懊悔,急忙取了钱～,文若虚已此剩不多了。(初1-9-1)¶既是徐掌家,与我赶上一步,快请他～。(警3-26-13)¶插了草标儿,上市去卖。走到马行街内,立了两个时辰,并无一个人问。将立刻响午时分,～到天汉洲桥热闹处去卖。(水12-179-7)

〈动〉方向動詞。①動詞の補語となり、動作にともなって正常な状態にもどることを表す。共通語の"过来"。¶醒～听听,客堂里真个有轿子,钉鞋脚地板浪声音,有好几个人来浪。(海18-142-9)¶勿壳张故歇醒～,身浪才有点熟,想必外头去受仔风寒洛。(狐30-246-11)¶一头拍胸脯,一头叫名叫姓的呼唤;弄了好一回,渐渐喉咙头转气,苏醒～。(何3-32-13)¶先同他说了半天的闲话,鲁总务方才渐渐的醒～,但是除掉诺诺称是之外,其他的话一句也说不出。(官16-251-14)¶那乡人把钱老班救醒～,问他姓甚名谁,因何自尽。(繁II 17-535-3)¶这二老爷的夫人一听,登时就吓得血晕过去,好容易才救了～。(梼10-151-11)¶不想这崔生眼泪滴到那女子脸上,这女子果然苏醒～,开眼见了崔生,又流泪不止。(醒下10-177-7)¶孙荣夜来街上求乞,不想撞见哥哥倒在雪里,好意背他回去,酒醒～,倒说我偷了他玉环、宝钞,被他打骂一顿,赶将出来。(杀16-66-4)¶乐和将～,看亭内石碑,其神姓石名瑰,唐时捐财筑塘捍水,死后封为潮王。(警23-332-10)¶只见张果渐渐醒～,那装晤被他这一惊,晓得有些古怪,不敢相逼,星夜驰驲,把上项事奏过天子。(初7-124-6)¶空照惊醒～,见他大惊小怪,也坐起来道:"……。"(醒15-286-6)

②動作にともなって、別の向きになることを表す。共通語の"过来"。¶不过'画眉'两个字,平仄倒仔～,要罚耐两杯酒。(海33-274-6)¶因为俚心浪向已经存仔耐是外行人格一个念头来浪,要扳～倒费煞气力哚。(沪1-78-11)¶那几个女子听见这边一声响亮,个个都回转头来。(鼓2-21-3)¶赫本卿一觉,直至天明,方才甦醒。旁边伴的却是空照。翻转身来,觉道精头皮在枕上抹过。连忙把手摸时,却是一个精光葫芦。(醒15-286-5)

【转念头】

①思案する。いろいろと考えをめぐらす。¶丽娟道:"耐去调皮末哉;倪不过实概样式,要好勿会好,要邱也勿会邱。"云甫道:"为此我说耐好喷。耐自家去转仔啥念头,倒说我调皮。"(海7-57-14)¶王老爷吃烟罢,勠去转啥念头哉。(海10-82-21)¶起先沈小

語彙例釋　　zhuan

红转差仔个念头,起先要嫁拨仔王老爷,故歇就勿要紧哉。(海 56-477-1) ¶倪为仔格件事体,心浪向也转仔几化念头哉。(九 37-272-16) ¶阿呀,勿要说得实梗好听。拨别人家听见仔,勿知要转啥格念头哉。(九续 14-105-1) ¶我也转勿出甚别样念头。(上散 9-53-4) ¶三大人见他哥这们一说,心上自己～,说:"哥的话并不错。"(官 4-58-5) ¶谁知这班热心朋友,见邵氏不住对他们观看,都转错了一个念头,只道邵氏有情于他。(歇 3-29-7) ¶转转念头,大凡人到那种神思督乱的时候,阴气就从而乘之,俗语所谓"时衰鬼弄人",就是这个缘故。(栴 14-231-19) ¶孟夫人心下想道:"好怪!全不像宦家子弟。"一念又想道:"常言'人贫智短',他恁地贫困,如何怪得他失张失智?"转了第二个念头,心下愈加可怜起来。(喻 2-44-1) ¶又因他是个直性汉子,不曾转这念头,遂听信了赵昂言语,点头道:"是。"(醒 20-419-9)

②たくらむ(人から何か得ようと)。¶阿哥阿嫂陆里靠得住,场面蛮要好,心里来咻～。(海 52-439-11) ¶俚还勒浪转沈云卿格念头勒。(鸿 11-255-3) ¶陈海秋新做了个范彩霞,也在那里想转范彩霞的念头。(九 92-654-22) ¶黄子文有的是洋钱,早将各处店帐,一律开发清楚。便有几个同志,什么王开化、沈自由,平时穷的和叫化子一般,到了节上,更是束手待斃,打听得黄子文得了田雁门这笔巨款,便一个个的转他的念头。(负 18-83-10) ¶原来先火也是假的,一定他借此进身,想转我铜钱的念头过节而已。(歇 86-1195-8) ¶有一个江西绰老在桂番身上花掉了一二千洋钱,想转桂香的念头,碰着这桂香也是刁钻不过,偏偏推三阻四的不肯。(十 26-192-29)

【转去】
〈动〉帰って行く。共通語の"回去""回家"。¶耐说～两三个月唉,直到仔故歇坎坎来!(海 2-11-13) ¶见了善卿,微笑问道:"耐昨日夜头保合楼出来,到仔陆里去?"善卿道:"我就～哉唉。"(海 3-18-11) ¶耐头痛末～罢。(海 20-158-24) ¶朱蔼人道:"令叔阿是～哉?倪竟一面勿曾见过。"鹤汀道:"勿曾～,就不过于老德一干子末～哉。"(海 60-511-4) ¶为仔啥事体要～?(鸿 3-206-7) ¶马夫问道:"还是一直回去,还是要到张园?"兰芬道:"倪勿到张园哉,一直～罢。"(九 6-45-5) ¶郭大少,俫旧年～仔,唔笃令堂太太格毛病,谅必就好格。(狐 16-114-5) ¶俫地两日那能勿来?——我是(～之两日)(屋里去之两日)。(上问 14-26-6) ¶先叫来人～,等明天访明实在,有回信再给他送去。(官 17-268-14) ¶任天然向阿银说道:"你～歇歇罢,我还在此坐坐。"阿银也就回去。(栴 11-178-13) ¶有一大贵人,误来汝处,我一路追寻,原来在此。快快放他～,免受天谴。(禅 20-315-11) ¶走到天明,方才省得忘记了包裹在客店中。来路已远，却又不好～取讨。(醒 19-381-7) ¶恰好有一只小船来到，说是苏州去的。解元别了众人，跳上小船。行不多时，推说遗忘了东西，还要～。袖中摸几文钱，赏了舟子，奋然登岸。(警 26-402-14) ¶若便是这样～了，又无意味。何不就骑着适才王公之马，拜一拜王公，岂不是妙？(二 8-168-11) ¶苦也！却是坏了我们的勾当！～时怎回话？(水 9-135-17)

〈动〉①方向動詞。動作にともなって、元のところに戻っていくことを表す。共通語の"回去"。¶耐拿仔～罢。隔两日耐真个蒋月琴搭勿去仔，想着要来照应倪，再送拨我正好。(海 8-58-10) ¶耐轿子阿教俚哚打～？(海 8-61-10) ¶说得勿差，耐自家送～好。(海 9-71-5) ¶耐瞎说个多花啥，讨～成双到老末就是耐啘。(海 18-143-4) ¶倘忙有一日伸仔冤，晓得我沈小红勿是婩戏子，原要耐收我～，耐记好仔。(海 34-286-1) ¶要想到该搭张张耐，碰着仔耐大姐，难末勿曾来，就交代俚一打香槟酒带～，阿曾收到？(海 53-448-7) ¶晏歇点哪哼送～介？(狐 16-120-21) ¶听见大和尚有啥贵恙了歇作哉，正勒里打算奔得～。(三 40-423-2) ¶吃了早饭还有几化正经事体与大爷商量，或是轿或是马送俚～。(描 5-47-7) ¶格末俫拿地格带～，换之新鲜个来罢。(上问 6-12-8) ¶另外听说还有五个，三个是客人领了～，两个出天花丢掉了。(人 5-38-27) ¶这礼物怎好受得？烦二位带～。(禅 6-80-4) ¶打换些土产珍奇，带～有大利钱，也强如虚藏此银钱在身边，无用处。(初 1-10-13) ¶这个诗，怎么叫得'回文'？因是顺读完了，倒读～，皆可通得。(二 17-341-8)

②動作にともなって、話し手から見て反対向きになることを表す。¶漱芳道："我要翻～。"玉甫乃侧转身，让漱芳翻身向内。(海 20-164-1)

【转弯】

〈动〉角を曲がる。今までと別な向きに変わることの比喩(ʰゅ)にも用いられる。¶从娘姨出身，做到老鸨，该过七八个讨人，也算得是夷场浪一档脚色哘；就碰着仔翠凤末，俚也碰～哉。(海 6-47-24)

【传】

〈名〉伝(ﾃﾞﾝ)。伝記。¶李浣芳～中以李漱芳作柱，苏冠香～中虽不及诸姊而诸姊自见。(海 53-450-12)

【赚】

〈动〉もうける。かせぐ。共通語の"赚"のほか、"挣"の意味でも用いられる。¶耐要有仔生意，自家～得来，用脱点倒罢哉。(海 12-98-12) ¶前回八千个生意，～俚

語彙例釋　zhuan－zhuang

二百，吃力煞；故歇蛮写意，八百生意，倒有四百好～。(海48-410-9) ¶倘然有法子教拨耐，～着仔三四百块钱，耐倒再要嫌道少哉哕！(海58-498-13)¶倷做仔几年生意，自家是一迳省吃省用，～下来格铜钿才拨耐送勒赌场浪去，屋里向小干末衣裳野呒不穿。(沪3-87-2)¶有尝时一个三四百钱，还要去脱车钱，多下来个贴正勾吃饭。(上散3-9-2) ¶姓金的做洋行生意，～钱容易，你是个素封之家，不听见有人说起做甚生意～钱。(繁后19-941-26)¶你在那裸糊店里，～几个钱一个月？(目82-665-19)¶他也好省几文，我们也乐得～他几文，横竖是我气力换来的。(官56-969-9) ¶就是管门人，房屋多些的地方也要～到好几百一年呢。(新7-30-16) ¶可怜我们做裁缝，～的是苦工钱，一针不做，一钱不来。(新48-222-29) ¶这三千银子，不过是给打发说去的小厮做盘缠，使他～几个辛苦钱，我一个钱也不要他的。(红15-206-13) ¶～钱也罢，不～钱也罢，且躲躲羞去。二则逛逛山水也是好的。(红48-658-12) ¶这几年虽不致落魄他乡，就是～得些少银子，不够日逐盘缠费用。(鼓33-396-9) ¶有些个～得钱的所在，他就钻的去了 (二 16-327-3) "撰"とも作る。 ¶今日好利市，也撰他八个钱。(警5-53-6) ¶小人只认的大郎是个养家经纪人，且是在街上做些买卖，大大小小，不曾恶了一个人，又会撰钱，又且好性格，真个难得这等人。(水24-376-12)

zhuang

【庄】

〈名〉親(かけ事の)。胴元。¶碰和就输煞也勿要紧，只要牌九～浪四五条统吃下来末，好哉喔。(海 14-113-1) ¶这一副牌齐巧是他做～，一个不留神，发出一个中风，底家拍了下来。(官31-521-12)

【庄票】

〈名〉"钱庄"(両替商。銀行業務も兼ね行っていた)が発行した手形。¶不过拜匣里有几张栈单～，有辰光要用着末，那价？(海8-60-4)¶我明朝就去打一张～来搭耐还债，耐说阿好？(海11-83-10) ¶次日上府，果然带到一张三千块钱月底期的～。刑名收了下来。(官 6-79-5) ¶宽小姐接信在手，拆开看时，里面是一张二百块钱的～，一张请给回示的信。(维11-77-5) ¶尔梅到房中开了铁箱，取出每张一千块钱的三张即期～交与祖光，说："这票昨天已打好了。"(繁后23-998-15)

【桩】

〈量〉事柄・物事を数える。¶故末也是上海滩浪一～笑话。(海 15-118-2) ¶我死仔倒是俚先要吃苦，我故歇别样事体才勿想，就是该个一一～事体要求耐。(海20-162-9) ¶

zhuang　語彙例釈

前年我经手一～官司就办个郭孝婆拐逃哦。(海 37-312-10)　¶我替耐寻着仔一～天字第一号个生意来里，耐哩要谢谢我？(海 41-346-6)　¶俫格闲话是勿差，只怕俚晓得仔格～事体，吃起醋来，弄得动刀动枪，叫奴阿要吓杀介。(狐 11-75-18)　¶我托侬一～事体（上问 48-87-1）　¶［介］……刚刚到子柜台边拿子个把扇子，朝子柜台浪一丢。［丑］昨，有一～宝贝勒里。(三 8-86-5)　¶有一～案件，王梦梅已批驳的了；蒋福得了原告的银钱，重新走来，定要王梦梅出票子捉拿被告。(官 5-72-12)　¶照大哥这么说，将来大哥也要像模像样干两～维新的事业么？(维 1-9-2)　¶李氏果然问她为何去这许多工夫，玲珠便将隔壁人家那～事讲给他们听了。(歇 9-110-6)　¶你可知道一～奇事？金钏儿忽然投井死了！(红 32-450-10)　¶后来众进士知了这些说话，没有一个不说道是一～异事。(鼓 9-114-1)　¶小弟有～事，正要见大哥商议，不期凑巧相遇，却喜利市。(禅 4-45-11)　¶从来马泊六撮合山，十～事到有九～，是尼姑做成，尼庵私会的。(初 6-101-10)　¶今日说一～异闻，单为财色二字弄出天大的祸来。(警 11-133-12)　"庄"とも作る。¶如今这恶奴因着这庄事，要拿我的讹头。(醒上 9-62-11)

【装】

〈动〉装う。ふりをする。見せかける。　¶耐哚鬼戏～得来阿像嘎，只好骗骗小干仵！(海 12-96-21)　¶陆里有啥寒热。才为仔无姆忒欢喜仔了，俚～个病。(海 24-198-13)　¶看见仔韵廋，大家个揎，切勿要～出点斯斯文文个腔调来。(海 47-401-19)　¶二姐亦不去拿，只～看不见，坐着吃茶。(红 64-921-21)　¶薛蟠忍不住便发了几句话，赌气自行了，这金桂便气的哭如醉人一般，茶汤不进，～起病来。(红 79-1148-12)

【装】

〈动〉しまい入れる(容器に)。詰めこむ。　¶吓得珠凤倒退下去，慌取了一支水烟筒，～与子富吸。子富摇手道："耐去搭汤老爷～罢。"(海 7-50-13)　¶耐绞仔手巾，搭王老爷来～筒烟。(海 9-72-5)　¶善卿道："我来～末哉。"一手接过戒指去。秀宝不敢招惹，只拉朴斋过一边，密密说了好些话。及善卿～好首饰包，说声："倪去罢。"转身便走。朴斋慌的紧紧随出来。(海 13-100-15)　¶双玉向翠芬道："难要放生仔俚，～该只哉。"翠芬按定盆盖，不许放，嚷道："我要个呀！"(海 46-389-2)　¶吸罢，贾少奶又替他～烟。(歇 22-282-7)　¶明日就拣我们爱吃的东西作了，按着人数，再～了盆子来。(红 40-544-7)　¶那怪道："我这两件宝贝，每一个可～千人哩。"行者道："你这～人的，何足希罕？我这葫芦，连天都～在里面哩！"(西 33-384-6)

【装干湿】

語彙例釈　zhuang

"妓院"で客に果物や"瓜子儿"を出して接待するだけで、酒宴を開いたり、客が泊まったりしない遊興をいう。¶到故歇一个多月，说有一个客人装一挡干湿，打三埭茶会；陆里晓得该个客人倒是俚老相好，来里洋货店里柜台浪做生意，吃仔夜饭来末，总要到十二点钟去。(海 37-309-23)　¶郭孝婆寻到我栈房里，说是俚外甥因来咾幺二浪，请我去看，就坎坎同少和去装仔挡干湿。(海 37-312-9)　¶到了晚上，那娘姨站在门口，拉拉扯扯的拉了一个五十多岁的老头儿进来，装了一挡干湿，给了一块洋钱。(繁后 4-758-24)

（注）『上海俗语图说』の"幺二"の項に次のような記述がある。

　　幺二是次于长三一等的妓女，为什么叫他幺二呢？是移茶一元，出局二元，所以语之幺二。我们如到幺二堂子去赏鉴赏鉴，就有许多妓女走出来见客，点中那一个，就把茶移到他房间里去，装上一档干湿，给洋一元。这就叫做'移茶'。

　　なお、《二十年目睹之怪现状》などの作品に次のようなくだりがある。　→我正在听得高兴，忽然听见'装干湿'三个字，又是不懂。继之道："化一块洋钱去坐坐，妓家拿出一碟子水果，一碟子瓜子来敬客，这就叫做'装干湿'。"(目 3-18-10)　→三姑娘告诉他，这里是姊妹淘的房间，我自己房间在楼下，你可能到我那里去装个干湿？百城问装干湿是什么意思？三姑娘说："这是我们的规矩，客人第一回攀相好，必须装个干湿，难为你一块洋钱，以后便可随时前来打茶围，不必花钱了。"(歇 74-1014-27)

【装体面】
見えをはる 。¶双宝也是勿好，要争气争勿来，再要～。(海 17-132-15)

【壮】
〈形〉太っている　¶三小姐长远勿见，好象～仔点哉。(海 55-471-23)　¶倷提醒仔奴，奴记得俚格名字，叫啥格德雷，搭奴勿哪哼要好格，格洛隔仔几年，勿放勒心浪格，加二故歇面孔～仔点，所以奴疑心勿定，认勿煞哉。(狐 44-385-2)　¶耐阿是章二少爷？面孔浪～仔点，倪勿认得哉。(九续 59-452-25)　¶俚故歇～得来比仔从前瘦瘦格身体大弗同哉哩。(沪 1-10-4)　¶倘若有～个鸭，格末就买，无没～个拉倒者。(上问 15-29-9)　¶你没瞧见高翠钰么？一天比一天～，她见一个客人便问一个客人要求瘦的秘方。(人 12-106-25)　¶谁知越走越胖，这个法子是不灵的。我要听你这主意，我～得要走不出大门了。(人 44-547-13)　¶为首一人，身长体～，眍眼大鼻。(禅 21-348-8)　¶别人家丫头，那要你怎般疼他。养得白白～～，你可收用他做小老婆么？(醒 1-7-3)

【撞】

〈动〉ぶつかる。ぶつける。 ¶有一个十四五岁的大姐，嘴里不知咕噜些甚么，从里面直跑出大门来，一头～到朴斋怀里，朴斋正待发作，只听那大姐张口骂道："～杀耐喺娘起来，眼睛阿生来㗳！"（海2-14-10） ¶忽听得当中间板壁蓬咚蓬咚震天价响起来，阿金大在内极声喊道："勿好哉，先生～煞哉呀！"（海10-79-4） ¶青云道："跌杀仔要耐抵命格嘘！"秋谷抚掌道："好在还没有跌死，跌倒是你们的常事，不算什么。"青云把嘴一撅道："耐～仔别人家一交跟斗，再要闲话里向搭小铜钿。"秋谷道："我错。我不该～你一交。……。"（九续58-450-5）（"闲话里向搭小铜钿"是"话中有刺"的意）。 ¶大家直跳起来，俱向房外飞奔。恰好老娘姨跑上楼来，在房门口～个满怀。（繁后26-1027-10） ¶豆官先便一头，几乎不曾将赵姨娘～了一跌。（红60-844-7）

【撞乱钟】
近火を知らせるため、半鐘を続けざまに鳴らす。 ¶忽听得半空中喤喤喤一阵钟声。小红先听见，即说："阿是～？"莲生听了，忙推开一扇玻璃窗，望下喊道："～哉！"（海11-84-24） ¶席间众人也都仰着头，息声静气的听那钟声。春泉等撞过乱钟，屈指数去，一、二、三、四、五、六、七，恰恰撞到七下停了，跳起来道："了不得，了不得，七下，刚刚是新马路。"（十5-32-26）

（注）《海上繁华梦二集》につぎの記述がある。

我往日听得人讲，北市火烧是撞钟的，外虹口是一记，里虹口是两记，大马路一带是三记，四马路一带是四记，法兰西租界是五记，新放公共租界是六记。（繁Ⅱ27-661-13）

【幢】
〈量〉建物を数える。 ¶清和坊有两～房子空来浪，无拨人租。（海30-250-16） ¶原来病畦租了一～房子，虽是小小的房间，也要六块钱一月。他把楼上做了住房，楼下做了客堂。（市20-280-29） ¶近来与夏桌潘姘上了，便在德安里租了～房子，专做那'仙人跳'勾当。（新12-53-29）

（注）階上階下各一間（㡨）の建物を指して"一幢房子"という。二間なら"两幢房子"。
→原来屠明珠寓所是五幢楼房，靠西两间乃正房间；东首三间，当中为客堂，右边做了大菜间，粉壁素帏，铁床玻镜，像水晶宫一般，左边一间，本是铺着腾客人的空房间，却点缀些琴棋书画，因此唤作书房。（海19-149-3）。 『沪游杂记』の"房价"の項に"楼屋上下各一间，俗名'一幢'，后以披屋设灶"とある。

zhui

【追赃】

語彙例釈　zhui－zhuo

〈動〉贓物(𝓏)を追及して取り立てる。¶报官是报报罢哉。真真要捉牢仔贼，追俚个赃，难哉哩。(海60-513-20)

zhun

【准】

〈形〉正確である。¶亚白先生一只嘴实在尖极，比仔文君个箭射得～。(海40-339-23) ¶倪关帝庙间壁有个王瞎子，说是算命～得野哚。(海55-467-3) ¶黄老倈麨心急，格只钟是勿～勒海呀，就算晏仔点末，有啥要紧介？(狐26-217-4) ¶少一个人夜头陪陪大先生哉嘘，格句猜得阿～？(狐44-380-6) ¶耐格声闲话蛮～，赛过倪自家说出来格。(九续131-957-6) ¶长安城里，西门街上，有个卖卦先生，算得最～。(西10-104-12)
〈副〉必ず。間違いなく。¶～于十八老旗昌取齐,在座七位就此面订恕邀。(海47-400-20) ¶若论模样儿行事为人，倒是一对好的。只是他已有了，只未露形。将来～是林姑娘定了的。(红66-939-11) ¶那妇人就取些银子做功果钱，与和尚去。"有劳师兄，莫责轻微。明日～来上刹讨素面吃。"(水45-736-10)

zhuo

【捉】

〈動〉捕らえる。つかまえる。¶前年还寻着一头生意，刚刚做好两个月，拨新衙门来～得去，倒说是俚拐逃，吃仔一年多官司。(海21-167-1) ¶倘然有个吃客人来里，我教客人～牢仔耐强奸一泡。耐转去阿有面孔！(海23-188-7) ¶再要～俚一条，姘仔对末好哉！(海38-324-9) ¶耐阿要去～鱼嘎？(海39-328-10) ¶勿好哉！我德安里屋里向勿知为啥事体，连女人才～仔巡捕房里去哉。(鸿12-261-18) ¶快早点介，再停停再歇歇，本勒个个老虎要～子去个嘘！(三25-296-7) ¶"阿哥，偺看马寿～子去哉！""兄弟，啥事体？""钦差大臣道子俚勿肯还拜洛～去个。"(描35-314-3) ¶到之中上衙门里就拿贼～着者。(上问4-9-1) ¶一哄上前，这个～手，那个～脚，一霎时把他的一件金银嵌的大袄剥下，一件细珠小袄也剥了下来。(目104-856-14) ¶刚才巡捕房～着一个江南官犯，竟像～什么强盗似的大动人马。(新48-220-28) ¶当时齐巧解开包裹找衣服穿，一摸银子没有了，立刻吵着闹着，要船上人替他～贼。贼～不到，就哭着要船上茶房赔他。(官43-718-7) ¶屠五老爷追到楼梯边，一面揪回阿狗，和老鹰～小鸡一般，一面对楼上屠五太太道："你莫管，你懂得什么？"(人18-168-6) ¶凶手跳进我房里去了，你们快进去～。不怕他飞了去。(孽17-141-13) ¶那秦钟早已魂魄离身，只剩得一口悠悠余气在胸，正见许多鬼判持牌提索来～他。(红16-222-2) ¶吉顺吾道："有什么

zhuo 語彙例釈

不真,你一发都拿来与我了,我教你一个法儿,就拿着真贼。"元聘大喜道:"恁地我都与你,你如何教我～贼?"(醒上 12-86-28) ¶后闻得～了窝主李秀,稍觉心安。(禅 12-173-12) ¶这个女儿不受福德,却跟一个碾玉的待诏逃走了。前日从湖南潭州～将回来,送在临安府吃官司。(警 8-98-14) ¶沈昱眼同公人,迳到南山黄家,～了弟兄两个,押到府厅,当厅跪下。(喻 26-401-8) ¶口里喊道:"有个黄衣人～我,多来救救。"(二 16-330-11) ¶昨夜与你～了鬼,你如何不谢将？(水 73-1230-3)

【捉赌】

〈动〉賭場に踏み込んで検挙する。¶张寿倒趁此机会飞跑上楼,禀说:"是前弄龙如意搭～,勿要紧个。"(海 28-231-15)

【捉奸】

〈动〉姦通の現場をおさえる。¶翠凤连忙摇手,叫他莫说;再回头向外窥觑,却正见一个人影影绰绰站在碧纱屏风前,急问:"啥人嘎？"那人见唤,拍手大笑而出。原来是吕杰臣。钱子刚丢下烟枪起坐,笑道:"耐来里吓人！"吕杰臣道:"我是来里～！……。"(海 22-177-9) ¶叫仔一班滥仔(粤语流氓叫做滥仔)到东亚饭店～,刚刚两家头困勒浪,才拨俚捉仔出来,一送送到警察区里。(沪 2-11-10) ¶这烂污货竟说我无故骂他,要与我拼个死活,说房间里现在空着,那里有甚姓钱的人？从来说～捉双,叫我房里寻去,寻得着,任我打骂;寻不着,休想过去！(繁Ⅱ29-689-25) ¶欲待杀了这淫妇奸夫,又一时难下手。欲待～告理,争奈这厮结交豪贵,上下情熟。(禅 14-214-14) ¶孺人知道么？小官人被罗家～,送在牢中去了。(初 29-548-5) ¶大尹叫将皇甫殿直来,当厅问道:"捉贼见脏,～见双,又无证见。如何断得他罪？"(喻 35-519-13) ¶那婆娘每日去王婆家里做衣裳,归来时便脸红。我自也有些疑惑。这话正是了,我如今寄了担儿,便去～,如何？(水 25-394-10)

【捉盲盲】

〈动〉隠れん坊をする(子どもの遊び)。¶我末到来里花园里寻耐,兜仔好几个圈子,赛过～。(海 52-444-22) ¶只见十来个梨花院落的女咳儿,在这院子里空地上相与勃交打滚,踢毽子,～,顽要得没个清头。(海 51-433-22)

【捉赢家】

〈动〉拳の遊びの一種。勝つまで相手を変えて勝負する。¶倪四家头来里～,我一连输十拳哚,吃仔八杯,剩两杯勿曾吃。(海 22-175-3)

【桌】

語彙例釈　zhuo

〈量〉卓。テーブル。テーブルを単位として宴席を数える。¶今朝末我先请请俚，难得凑巧，大家相好才来里，刚刚八个人一～。(海44-370-20)¶探春一面遣人去问李纨、宝钗、黛玉，一面遣人去传柳家的进来，吩咐他内厨房中快收拾两～酒席。(红62-868-14)

【著】

〈动〉"着"に同じ。¶再有我家常～个衣裳，同零零碎碎白相物事，帐末勿曾开，才来里官箱里。(海49-416-15)

【著笔】

〈动〉"着笔"に同じ。¶要晓得两个题目只消淡淡～，点缀些田家之乐，羁客之思。(海60-515-22)

【着】

〈动〉着る(衣服を)。はく(靴などを)。¶耐想拿件湿布衫拨来别人～仔，耐末脱体哉，阿是？(海2-11-20)¶拿起床上衣裳来看了看，皱眉道："我覅～俚。"(海8-65-19)¶我～个平底鞋，再要跌哩。(海38-323-17)¶～到仔该号衣裳，倒要点福气个哩！有仔洋钱，无拨福气，阿好去～俚嘎。(海61-626-7)¶你阿看见前头个个标致后生？头浪带子花花燥燥个巾，身浪～子颜色衣裳。(三4-26-2)¶我自从十二三岁到仔上海，就吃仔格碗堂子饭，身浪～得好，嘴里吃得好，眼睛里看见格，才是格班大人，老爷，少爷笃。(狐20-159-25)¶耐要走末，就实梗～仔短衫咾走末哉。(沪1-90-2)¶侬打算要～阿里一件衣裳？(上问19-36-8)¶不料这位县太爷，这天～了簇新袍褂前来禀见。(官20-319-14)¶每爿店提他个一千八百，并拢来不是有到一二万银子么？住在外边，也好乐上几年了。随你要吃要～要嫖，都可以逞心如意。(新45-206-20)¶只见一个人戴了一顶外国草帽，～了一双皮靴，身上却穿着一件黑布棉袍，连腰带都没有扎，背后仍旧梳了一条辫子，一摇一摆的摇了过来。(文18-96-21)¶忽然来了一个头戴草帽脚～皮靴一派湖南口音的朋友，登门求见。(维2-11-10)¶我瞧她～的也是丝袜，鞋子也是缎子的橡皮底。(人11-96-2)¶身上穿着缕金百蝶穿花大红洋缎窄褙袄，外罩五彩刻丝石青银鼠褂，下～翡翠撒花洋绉裙。(红3-41-4)¶前一日，那～青衣的在那里行酒，满座的人坐在那里饮酒自若，就像不认得的。(醒上10-68-16)¶入定之际，见一老妪，身穿缟素，与一个年少美妇，身～青衣，闯入庵中，双膝跪下，叩头求救。(禅38-617-8)¶我自从门前走过，你家两个～紫衫的邀住我，请我上楼吃酒。(警6-72-1)¶其夜袁中侵早的更衣～靴，只在街上往来。(警38-577-12)¶不要你开口讨，只一～了这件孝服，我们引你到那里。(二10-212-14)¶鞋袜之类，多是上好绫罗，一有微污，便丢下另换。

至于洗过的衣服，决不肯再～的。(二 22-443-2) ¶懒龙不但伎俩巧妙，又有几件希奇本事，诧异性格；自小就会～了靴在壁上走，又会说十三省乡谈。(二 39-717-2)

【着笔】

〈动〉筆をおろす。書き始める。 ¶我为仔四壁琳琅，无从～。难年伯要我献丑，也无法子，缓日呈教末哉。(海 53-451-6) ¶陶子尧正愁着这封回信无从～，听了此言，连说"有理……"。(官 9-125-8)

【着落】

〈名〉あて。見通し。頼みにするところ。 ¶俚要想着我阿姐个好处，也拨我一口羹饭吃吃，让我做仔鬼也好有个～，故末我一生一世事体也总算是完个哉。(海 20-162-12) ¶这样说来，便是你一生的饭碗有～了。(文 39-210-3)

【着想】

〈动〉着想する。考える。 ¶耐看俚'寒梅著花未'一首诗，阿是做得蛮切贴？耐就照俚个样式再去做，总要从'还来就'三个虚字～，四面烘托渲染，摹取其中神理，'菊花'两个字，稍微带著点好哉。(海 61-517-15) ¶猜谜不能这等老实，总要从旁面～，其中虚虚实实，各具神妙；若要刻舟求剑，只能用朱注去打四书的了。(目 66-527-11)

zi

【滋味】

〈名〉味(食べ物の)。 ¶耐阿晓得城隍庙里大兴土木，阎罗王殿浪个拨舌地狱刚刚收好，就等个痴鸳先生去末，要俚尝尝～哉！(海 51-432-12) ¶大家吃点，趁热，趁热。——～勿邱，怪好，怪好。(上散 10-67-1) ¶不觉就得了一病，心内发膨胀，口中无～，脚下如棉，眼中似醋。(红 12-170-13)

【仔】

〈助〉①共通語の助詞"了$_1$"に当たり、動作の完成や状態や実現を表す。文末の"哉"（共通語の"了$_2$"に当る）と呼応して用いられることが多く、「動詞＋結果補語」の後に用いられることも多い。また、その動作・状態の完成・実現後に他の動作や状態が続くことを表す文や、その動作・状態の完成・実現が後に続く動作状態の仮定条件であることを表す文に用いられる。 ¶我教娘姨到栈房里看～耐几埭，说是勿曾来。(海 2-11-15) ¶耐想拿件湿布衫拨来别人着～，耐末脱体哉。阿是？(海 2-11-20) ¶我来～倒说我无良心，从明朝起勿来哉。(海 2-12-7) ¶我只道耐同朋友打茶会去，教娘姨哚等～一歇哚，耐末倒转去哉。(海 3-18-12) ¶俚说耐当脱～俚皮袄，阿有价事嘎！(海

3-19-9)¶阿姐才嫁～人了,好哉。(海 3-20-16)¶洪老爷先搭倪起个名字,等俚会做～生意末,双珠就拨仔耐罢。(海 3-20-21)¶周双福,周双玉,阿是听～差勿多?(海 3-21-2)¶等漓人转来～淘过去,俚哚也舒齐哉,阿是嗄?(海 4-25-3) ¶看俚哚台面摆好～末,再来。(海 4-25-6)¶罗子富道:"就算是我捏忙,快点豁～拳了去。"朱漓人道:"只剩～一拳,也覅豁哉。我来每位敬一杯。"(海 4-27-3) ¶觉善卿脸上有酒意,问:"阿是来哚吃酒?"善卿道:"吃～两台哉。俚哚请～耐好几埭,故歇罗子富翻到～蒋月琴搭去哉,耐阿高兴一淘去?"(海 4-28-7)¶耐收捉～下头末罢,覅多说多话哉。(海 4-28-20)¶第歇耐来哚气浪,搭我也无处去说,隔两日等耐快活～点,我再搭耐说个明白末哉。(海 4-31-16) ¶我教耐来,耐听见～就要跑得来哚。(海 6-43-3) ¶连搭娘姨、大姐哚才勿晓得俚心里个事体,单有我末稍微摸着～点。倘然我故歇放罗老爷去～,晚歇俚转来就要埋冤我哉。(海 7-52-2) ¶只要我看见耐搭客人一淘坐～马车末,我来问声耐看。(海 8-62-19) ¶王莲生忙问如何,赵家姆道:"还好,就肋里伤～点,勿碍事。"(海 9-70-22)¶为仔倪阿姐昨日夜头吓得要死,跑到倪搭来哭,天亮～坎坎转去,我要去望望俚阿好来哚。(海 11-88-6)¶倘忙输得大～好像难为情。(海 13-104-17) ¶耐等稍微好～点,快点转去罢,上海场花耐也覅来哉。(海 17-139-1) ¶闲～末来白相。(海 21-166-6) ¶俚哚做老鸨该～倪讨人,要倪做生意来吃饭个呀!(海 32-264-6)¶漱芳病～一个多月,上上下下害～几花人!先是一个二少爷,辛苦～一个多月,成日成夜陪～俚,困也无拨困。(海 42-353-20) ¶三少姐长远勿见,好像壮～点哉。(海 55-471-23)¶倪炖好～开水来浪,倪去冲碗杏仁露来,耐解解酒阿好?(九 6-43-7) ¶倪晓得耐就要过来,倪等～耐一歇哉。(九 72-524-17) ¶耐倷格一声勿响介,阿是变～哑子哉。(九 148-982-20) ¶我末为仔李仲声约我来浪公阳里黄艳卿笃,我故歇刚去看俚,落里晓得俚还勿曾来,我写～张票头来浪就走。难碰着～唔笃蛮好。(鸿 2-197-8) ¶伯飏问当差的道:"马车鞫配好来?"当差的回道:"配好～歇哉。"(鸿 2-201-22)¶辰光勿早哉呀,起来吃～点落困哩。(鸿 4-212-11) ¶倷是当家大格人,勿说勒浪做生意,年年多～几几化化,就是登勒屋里坐吃～一百年,也吭啥要紧。(狐 10-70-9) ¶今朝辰光宴～点哉,我去叫菜,俚笃回说:"吭不,啥落勿早点来喊?……。"(狐 13-91-11) ¶倪的刮刮得～长远哉。俚末就是从前周抚台格个孙少爷哉喔。(沪 1-9-12) ¶耐末再要搭俚说啥?俚耐有～好客人来浪,覅做耐哉,耐再要去扳俚格差头,阿要吭清头。(沪1-71-1) "子"とも作る。¶个歇辰光,大老官动子气哉:自家末勿还,倒勒里帮人赖债,个个是大干法纪哉活。(三 2-9-20)¶个星过路朋友道是徐子建家死子人了,立朵祭门糊褉。(三 21-249-28)

zi 語彙例釋

¶个宗忙法末发子几化财哉?（描3-38-16）
②動作の方式とそのもとでの動作の関係の連動文に用いられる。第一動詞に付く。¶耐意思要我成日成夜陪～耐坐来里，勿许到别场花去，阿是？（海6-42-14）¶我有日子到俚搭去，有心要看看俚哚，陆里晓得俚哚两家头对面坐好～，呆望来哚，也勿说啥一句闲话。（海7-56-24）¶耐算教两个朋友来做帮手，帮～耐说闲话，阿要气煞人！（海10-82-14）¶我来哚间壁郭孝婆搭，看见耐低倒～头只管走，我就晓得耐到倪搭来，跟来耐背后。（海14-109-7）¶俚有事体，送倪到门口，坐～东洋车去哉。（海30-249-18）¶我生仔病，一点点勿要紧。姐夫陪～我，搭阿姐讲点闲话，倒蛮开心个呀。（海35-297-1）¶第四埭我去，来浪里向勿出来，就帐房里拿四百个铜钱拨我，说教趁～航船转去罢。（海30-253-15）¶把势饭勿容易吃，陆里有好生意做得着。随便啥客人，替我还清仔债末，就跟～俚去。（海60-509-12）¶耐既然居格辰光，说过歇要嫁俚末，故歇正好跟～俚耐转去，避避风头喕。（九32-240-17）¶倪先坐～轿子转去，耐同仔车位大少慢慢交来。（九72-524-12）¶耐今夜困到倪行里去罢，叫耐个车子先转去，耐停歇坐～我个车子去，阿好？（鸿2-200-25）"子"とも作る。¶想莺莺既有张生意，勿应该着子红衫嫁王十朋。（三4-28-30）¶咳！一言难尽。悟且坐子说说看，住来哚啥场化？（描3-20-5）¶冲声蹽出兆富里，慢慢走着，忽然想着颜华生卧病在南市，不如坐了马车去看他，回来再到张园。主意定了，遂蜓到一家老交易的马车行，叫配了一部象皮轮的双马车。（鸿5-215-19）
③命令あるいは意志を強く伝える。共通語では"了"または"着"が用いられることもあり、またいずれをも用いない。その後に語気助詞"罢""末哉"などが加えられることもある(これらを加えないと、岐義を生ずることがある)。「動詞＋仔」「動詞＋結果補語＋仔」「動詞＋仔＋賓語」などの各型がある。¶阿是耐教我攀相好？我就攀～耐末哉喕，阿好？（海1-7-24）¶请耐吃～罢。（海2-13-5）¶朴斋又央洪善卿代请两位。庄荔甫道："去请～陈小云罢。"（海3-17-11）¶洪老爷先搭倪起个名字，等俚会做生意末，双珠就拨～耐罢。（海3-20-21）¶耐教别人去搭耐买～罢，我勿来买。（海4-29-2）¶进来罢，饶～耐罢。（海5-36-24）¶我老实搭罗老爷说～罢。（海7-52-3）¶陆里拿得来嘎。原搭俚放好～，晚歇弄坏仔末再要拨俚说哉。（海7-53-17）¶到楼梯边和小阿宝咬耳朵叮嘱几句，道："记好～。"（海7-54-11）¶俚叫李浣芳，算是漱芳小妹子。为仔漱芳有点勿适意，坎坎少微出仔点汗，困来哚，我教俚麯起来，让俚来代～个局罢。（海7-55-20）¶耐要像俚哚要好末，耐也去做～仔俚末哉喕。（海7-57-12）¶耐麯猜～倪

語彙例釋　zi

要耐啥物事,倪也为耐算计。(海8-59-15)　¶今夜头倒夠拨来耐看轻～,好像是倪看中仔耐钏臂。(海8-60-1)¶耐也来吃～口罢。(海8-63-8)¶我原搭耐装好～。(海13-100-15)¶我搭耐老实说～罢,要秀宝来搭耐要好勿会个哉,耐趁早死～一条心。(海13-100-12)¶先吃～夜饭阿好?(海13-103-19)¶夠弄醒醒～衣裳。(海13-103-24)¶让俚少合～点罢,倘忙输得大仔好像难为情。(海13-104-17)¶夠难为～俚三块钱,害俚一夜困勿着。(海15-117-12)¶洪老爷难为耐,耐去买翡翠头面,就依俚一副买全～。(海33-271-3)¶我困仔末,姐夫坐来浪看好～我。(海35-293-10)¶玉甫道:"就为仔耐啘,耐个病过拨仔阿姐,耐倒好哉。"浣芳发极道:"价末教阿姐再过拨～我末哉呀,我生仔病,一点点勿要紧。……。"(海35-296-24)¶前日天我看仔个人家人,倒无啥,我想就买～俚罢,不过新出来,勿会做生意。(海58-498-4)¶我做个大媒人,原嫁～五少爷,耐说阿好?(海63-542-5)¶我对耐说～罢,事体是我勿好。(鸿4-210-3)¶耐去泡仔点茶来,拿门关上～。(鸿5-219-26)¶耐记好～,明朝十二点钟就喊我起来。(鸿19-303-14)¶马车要来快哉,请奶奶妆饰好～,难末好去啘。(狐8-57-15)¶各位大少笃勿嫌醒醒,阿要住勒里～罢。(狐19-150-8)¶耐夠看差～人头,只管对倪呆看,阿要拨两记耳光倷吃吃喏!(狐9-60-9)¶不过,今夜格饭,只好馆子里叫～罢。(狐11-73-16)¶耐肯借末借～,勿肯借末也无啥希奇,老老实实说末哉。(九130-875-14)¶看五阿姊面浪饶～耐末哉。(沪1-50-2)"子"とも作る。¶哈,阿翠,明朝早点起来子。(描7-66-20)¶困场立朵书房夹壁,记明白子。(三10-117-12)¶管家朵,拿个星酒菜收拾子,吾里要做输赢哉。(三22-266-18)¶有舍说话介,就书房里边去说子罢。(三29-326-14)¶开活,大爷坐稳子。(三46-487-17)¶停歇歇拨耐看末哉,老实对耐说子罢,野勿是啥格希奇物事。(商3-17-2)¶直走到扶梯边方听得阿巧在小房间里抢步出来道:"周三少勿要去哉啘!走好子,明朝来,对勿住!"周三也一声儿不言语,只管走了。(商3-20-11)¶我们瞧起来,战事不停,这军火是有涨有跌的,大人还是趁早办了罢!(新4-17-30)¶经他再三引诱,一时心动,钻了他的圈套,还求你看看素日夫妻分上,饶恕了这次罢。(新12-54-18)¶我来替他缝了罢。(新44-201-1)¶请大人收好了,休要遗失。(新57-263-30)¶我已看准了三星里的房屋,你快去租了。(商1-7-13)¶这是当日任大人与我的,现在送了你罢。(梼24-391-10)¶随向赵氏道:"总算巧极,你且回去收拾收拾,明朝就到这里来住了罢。"(十10-71-24)¶老妈妈,你实对我讲了罢。(鼓34-411-9)¶不要做声,若叫喊时,便杀了你!(禅4-53-9)¶罗默伽大怒,喝左右:"将这恶妇绑了!"(禅37-600-11)¶适值武帝用心在围棋上,算计要杀一段棋子,这里连禀三次,武帝

1084

zi　語彙例釈

全不听得，手持一个棋子下去，口里说到："杀了他罢。"武帝是说杀那棋子，内侍只道要杀槛头和尚。应道："得旨。"便传旨出午门外，将槛头和尚斩讫。（喻 37-562-4）¶俞良道："若要我五两银子，你要我性命便有，那得银子还你！我自从门前走过，你家两个着紫衫的邀住我，请我上楼吃酒。我如今没钱，只是死了罢。"便望窗槛外要跳。（警 6-72-2）

④「形容詞＋仔＋数量」で、ある基準よりそれていることを表す。¶我看价钱开得忒大～点。（海 4-25-13）¶少微高～点，也无啥。（海 5-40-21）¶耐看仔场面浪几个人，好像阔天阔地，其实搭倪差勿多，不过名气响～点。（海 14-108-9）¶阿姐买好仔嫌俚短～点，我着末倒蛮好，难末教我买。（海 30-249-22）¶倪末是小干件，耐大～几花？（海 36-301-5）¶吃酒末，晏歇正好来啘，俙格要紧得来，阿嫌忒煞格早～点。（九 39-288-3）¶人是总算吭啥，必过醋味大～点点。（沪 4-32-11）

⑤複文の前の文末に用いられて、仮定などの関係を表す。繁縮文でも用いられる。¶蕙贞道："先起头倪老外婆搭我梳个头，倒无啥；故歇教娘姨梳哉，耐看阿好？"说着，转过头来给雪香看。雪香道："忒歪哉。说末说头，真真歪来哚～，阿像啥头嘎！"（海 5-41-1）¶倘忙一日勿看见～，要娘姨，相帮哚四面八方去寻得来，寻勿着～吵煞哉。（海 7-56-22）¶耐末说得王老爷来阿有点相像嘎！见相好也怕～末，见仔家主婆那价呢？（海 9-67-15）¶又春道："该两日夜马车阿是停勒愚园背后？"湘兰道："吭拨一定格。有常时巡捕勿许停，真正赶得利害～，曹家渡火轮车栈房格种场化，才会去格。"（鸿 19-303-11）

⑥介詞の接尾語。動詞に付いて、介詞化し、動詞からの転化であることを示す。⇨比仔，除仔，除脱仔，搭仔，同仔，望仔，为仔，照仔。

⑦動詞と方向補語との間に用いられ、語気を強める。接中辞"了"に当る。¶黎篆鸿搭，我教陈小云拿～去哉，勿曾有回信。（海 1-6-12）¶老鸨晓得仔，吓煞哉，连忙去请～先生来。（海 6-48-7）¶四五年老相好，说勿去就勿去哉，也亏耐说～出来。（海 7-53-5）¶俚哚嫁出去辰光，拣中意点末拿～去，剩下来也有几箱子，我收拾～起来，一直用勿着。（海 10-76-8）¶药永龙来哉，打～下去哉。（海 11-86-15）¶到底骗骗末也骗～过去，勿然转去要反杀哉！（海 12-96-23）¶我想俚哚人赢末仔拿～进去哉，输仔勿见得再拿出来拨来耐哉哩。（海 14-113-17）¶一只嘴张开仔，面孔浪皮才牵～拢去，好象镶仔一埭水浪边。（海 15-119-15）¶耐等我一死仔末，耐拿浣芳就讨～转去，赛过是讨仔哉。（海 20-162-10）¶'画眉'两个字，平仄倒～转来，要罚耐两杯酒。（海 33-274-6）¶

1085

語彙例釋　zi

难下转当心点,阎~穷祸下来。耐做娘姨阿吃得消!(海 38-317-5) ¶我赎身未赎~出去,我个亲人单有耐无姆,随便到陆里,总是黄二姐哝出来个因件。(海 49-417-12) ¶今朝陆里一阵风拿耐格二少吹~来哉?(九 9-72-6) ¶区得耐刚刚跑来,拿俚赶~出去,忽然是直头一塌糊涂哉!(九 19-137-24) ¶耐格畜千人格烂污俵子,真头勿要面皮,倪搭格客人做得好好里格,平空拨耐引~过去,还要背后说倪格邱话。(九 21-158-21) ¶倪格亏空,故歇好像拖得重点,再做~两节下去,阿好拔轻点亏空就好哉,故歇倪总算是自家身体,只要无拨仔亏空,倪拍拍身体,跟仔耐方大人就走。(九 37-276-23) ¶耐去拿~点开水上来去困哩。(鸿 4-212-12) ¶耐去泡~点茶来,拿门关上仔。(鸿 5-219-26) ¶倪走罢,该两块洋钱耐袋~起来,明朝还拨仔双人拉到哉唲。(鸿 9-243-25) ¶刚刚两家头困勒浪,才拨俚捉~出来,一送送到警察区里。(沪 2-11-11) ¶刚刚俚笃格人进来哉。倪就此掉个枪花跑~转来。(沪 2-69-7) ¶亲家那时候把你家的孩子一齐叫了来,等王老先生考考他们。(官 1-3-5) ¶这老三便是会做开讲的那孩子,听了这话,忙把父亲扶了进来。(官 1-3-17) ¶又朝着先生作了几个揖,赔了许多话;把哥子搀了出来才完的事。(官 1-5-11) ¶要藏没处藏,就往嘴里一送,煞煞苦,吞了下去,趁空把匣子丢掉。(官 13-203-1) ¶那老婆子就在新衙门里动了一张禀,把魏赞营告了下来。(新 9-40-31) ¶那钻戒、金表、皮袍子、马褂等物,悉数充公,才把一场风浪平了过去。(新 12-54-20) ¶喜的王夫人忙带了女媳人等,接出大厅,将薛姨妈等接了进去。(红 4-66-19) ¶说着,命平儿拿了出来,递与曹琏,指着贾母有话,又去了。(红 69-986-9) ¶王老虽然叫安童仍旧拿了进去,心里见金老如此,老大不忍。(初 1-4-3) ¶朝奉有的是金子,兑出千把来,娶了回去就是。(初 2-37-4) ¶这一百两金子,果然送来与我,我不肯受他的,依前教他把了回去。(水 21-316-16) ¶你们不信,我和你上岑去,寻讨与你,就带些人去扛了下来。(水 43-700-12) ‖ "之"とも作る。 ¶伊到苏州去之一个礼拜,还勿曾来。(上散 2-7-2) ¶工夫等之长远者,要加铜钱个。(上散 3-8-9) ¶是替甚人打之官司者呢?(上问 4-8-3) ¶也无甚大事体,不过地两日有一位旧朋友到之京里来者,应酬之伊两日。(上问 24-45-7) ¶夜头差人就领之贼到店里来起赃者。(上问 4-9-1) ¶是我是跟之大人到河工上去查看工程去个。(上问 24-45-2) ¶倻要记好之,拿分两称足之。(上问 6-13-1) ¶我常庄到此地来个,下再过来叨扰。地两日贴正有眼事体,心领之罢。(上散 10-62-9) ¶格末侬先拿火生之罢。(上问 8-15-5) ¶格末我先拿绸拿之去裁好之。(上问 26-49-3) ¶格末侬拿地格箱子开开之,就先拿吃饭格家生搭灯一道(拿)(带)出来(就是者)(是拉者)。(上问 9-16-1) ¶礼拜六是顶开心个日脚,为之第二

1086

日礼拜，无甚事体，比之礼拜日倒好。（上散 4-12-9）¶尊驾除脱之学话，还读甚文书否？（上问 9-17-8）¶我要封信，侬去替我拿印色红搭之图书带之来。（上散 6-33-3）¶侬拿伊封信送到陈家里去者否？——我拿之去者。（上问 2-4-1）¶格末侬就先拿灯搭面盘拿之出来。（上问 9-16-3）

【仔了】

助詞"仔"＋助詞"了"。①前の動作が完了してから、つぎの動作をすることを表す。後の動作が文脈で了知される場合、省かれることがある。⇨了② ¶勿是呀，耐也等我说完～哩。（海 2-11-21）¶俚拿我皮袄去当脱～，还要打我。（海 3-19-5）¶我打听～再问耐。（海 4-31-14）¶耐要去末，等倪翠凤转来～去。（海 7-50-5）¶耐定归要拿我性命来骗得去～罢哚。（海 11-83-8）¶大爷不要走，听我说明白～再进去。（描 1-5-17）"子了""子洛""仔勒"などとも作る。¶"荣伯伯住来里吃个一钟寡酒了转去。""多谢老相，不消了。""啥说话？吃子了去。"（描 7-66-1）¶啊吓，老爷让小人说完子了，该打末打末哉！（描 11-98-24）¶勿要叹气哉，自我省介两只徽粽勒里，吃饱子了再讲，切勿带居去本勒妮子吃哉。（三 5-63-16）¶快点烧饭拨我来吃子洛外势去！（描 7-60-10）¶钱老爷慢点，搭倪讲好仔勒去。（鸿 11-254-22）¶故歇倷冤枉奴，赶奴出去，奴格物事，仍旧要带仔勒走，夠说奴是卷逃。（狐 10-69-15）¶倪要紧转末容易格啘，只要明朝弄一只小火轮，拖带仔勒走，后日朝浪也到上海哉啘。（狐 58-493-16）また"之咯"とも作る。¶等病好之咯再话拉哩。（上问 18-35-2）¶是那能之咯勿适意个？——是拉路上受之点风寒，到之屋里就伤起风来者。（上问 34-62-9）

②"了"が"仔"で終わる連語の末尾に付いて、後に述べる動作の原因になっていることを表す。後の動作が文脈で了知される場合、省かれることがある。⇨了③ ¶只怕耐自家跪惯～，说得出。（海 9-67-17）¶倪先生倒夠怪俚，俚是发极～呀。（海 10-80-7）¶今朝反仔一场，耐倒要搭倪先生还债哉，阿像是耐动气～说个闲话？（海 11-84-4）¶耐阿哥是气昏～来浪笑。（海 20-159-3）¶问问耐家主公末也无啥啘，阿有啥人来抢得去～发极。（海 21-167-21）¶吕老爷，勿然是代末哉，故歇拨俚说～，定归勿代。（海 22-175-13）¶耐同俚阿有啥讲究，定归要借拨俚，阿是真个洋钱忒多～？（海 22-174-4）¶阿是奶奶做得勿耐烦～，也到倪该搭堂子里来寻寻开心？（海 23-188-5）"仔落"とも作る。¶奴亦为杨四说仔落，所以一牵到此地格。（狐 4-22-9）

【子】

"仔"に同じ（石印本は次 2 例とも"仔"とする）。¶再要提俚一条，姘～对末好哉！

語彙例释　zi

（海38-324-9）¶我个物事，幸亏我捏牢～，替无姆看好来浪，一径到故歇，勿曾骗得去。（海49-417-3）

【姊妹】
〈名〉姊妹。¶只要俚巴结点，也象仔俚哚～三家头末，好哉。（海3-20-14）¶俚末就是倪七一个大阿姐。（海21-166-15）¶耐两家头才是喜欢生病，真真是好～。（海35-292-19）¶倪三个人索性拜～阿好？（海52-440-20）¶倪归格晨光，一班～嫁人格多煞，故歇才是蛮好来浪，也蠲出歇倷格花头㖸！（九39-288-19）¶耐勿要实梗哩，大家才是～淘里向，讲起来阿要难为情？（九144-958-26）¶俚一迭搭倪～两家头去白相，倪就此搭俚认得起来。（沪1-10-3）¶宝钗日与黛玉迎春～等一处，或看书下棋，或作针黹，倒也十分乐业。（红4-67-13）

【自】
〈代〉"自家"に同じ。¶倪～办菜烧好来浪，送过来阿好？（海42-358-14）¶我想了一想，我～有钱，就没钱洗时，不管袭人、晴雯、麝月，那一个跟前和他们说一声，也都容易，何必借这个光儿？（红59-833-14）

〈副〉おのずから。当然。¶幺二浪棺人～有多化幺二浪功架。（海13-106-4）¶来哚时髦个辰光，～有多花客人去烘起来。（海18-147-15）¶耐末便衣到园门口说明白仔，～有管家来接耐进去。（海47-401-18）¶迎春身上不耐烦，不吃饭；林黛玉～不消说，平素十顿饭只好吃五顿，众人也不着意了。（红35-479-18）¶元来这家男风是福建人的性命，林断事喜欢他，～不必说。（初26-492-5）¶武松自此只在哥哥家里宿歇。武大依前上街挑卖炊饼。武松每日～去县里画卯，承应差使。（水24-360-4）

【自家】
〈代〉人称代詞。自分自身。¶耐～也勿小心㖸，放俚去罢。（海1-3-12）¶赵大少爷～也蛮会说哚，阿要啥撙掇嘎？（海2-16-15）¶哪，还有一位大太太，快活得来，～来哚笑。（海8-65-13）¶教人做来哚鞋子总无拨～做个好。（海11-89-12）¶耐～物事拿去当也无啥，故歇绸缎店个帐一点也勿曾还，倒先拿衣裳去当光仔，勿是我说句闲话，好像勿对。（海64-545-20）¶你勿信来，～奔过去张张哉那。（三4-22-12）¶俚闯仔穷祸，～勿好意思来，托我来问声耐，那哼好完结哉？（鸿11-256-8）¶倪叫俚～来拿，倪自然要拨俚格，倷格人影子也勿见，象煞倪是倷格强盗。（九8-63-14）¶侬是托甚人替侬买拉个？——是我～去买个。（上问27-50-5）¶这时候方必一句话也说不出来，拿手指指～的心，又拿手指指他儿子老三，又双手照着王仁拱了一拱。（官1-3-21）¶

1088

这事都是～不好。(维 10-70-5) ¶我凭了这些少家资,只要娶个我～中意的妇人,谁耐烦要他赔嫁妆奁。(醒下 7-149-17) ¶虽然还有敷余的,但他们既辛苦闹一年,也要叫他们剩些,粘补粘补～。(红 56-790-1) ¶如今连他正经婆婆太太都嫌了他,说他'雀儿拣着旺处飞,黑母鸡一窝儿,～的事不管,倒替人家去瞎张罗'。(红 65-934-14) ¶婆子把～的苦楚,备细告诉他一遍。(鼓 34-411-4) ¶心疑卜良了事回来,忙呼小厶,不见答应,便～爬起来开门。(初 6-117-10) ¶这些东西,就是侄女～積下的,也不是你本分之钱。(醒 3-66-2) ¶然此乃是天地反常时节,连皇帝也顾不得～身子。(二 7-144-13) ¶主人家,你真个没东西卖?你便～吃的肉食,也回些与我吃了,一发还你银子。(水 32-494-3)

【自家场花人】
同郷の人。¶就是张小村、吴松桥算是～,好像靠得住哉,到仔上海倒也难说。(海 13-101-3) ¶我拨乡下～说仔几几花花邱话,故歇说是耐要讨我去做大老母,俚哝才勿相信,来浪笑。(海 55-466-13)

【自家人】
〈名〉親しい間柄の人。身内。仲間うち。¶倘然耐高兴做也做末哉,总无拨俚哝～做个好,徒然去献丑。(海 37-401-15) ¶冠香是头人,就算我同俚要好,终勿比耐～。(海 51-436-8) ¶倍笃两家头末,是～,独有倪一干仔末是客人,阿对?(九续 34-261-8) ¶故歇倪搭仔耐赛过～哉,耐少用一个铜钱,倪心浪好像快活点。(九 37-277-17) ¶倪两家头比勿得别人,承耐格情看倪看起,倪也一径当耐～格。(九 167-1093-22) ¶故末倪真格～哉嗞。(沪 3-27-5) ¶我们～,你好意思给我当上?(官 4-59-1) ¶算了啵,老边不用罗嗦了,咱们现在都是～了。(文 54-288-16) ¶你若再说这个,便不像～了。(歇 1-8-27) ¶这里全是～,可要吃点什么菜?不要客气。(人 3-24-8) ¶什么话,你我～,又何必这样?(十 3-15-6) ¶好说。～,二爷何必说这些套话。(红 90-1288-18) ¶原来是～!老汉一向也避在乡村,到此不上一年哩。(醒 6-115-12) ¶你便是了事的公人,将着～,只管盘问。(水 81-1335-2)

【自家身体】
自由を制約されていない身。芸妓で「かかえ」ではなく「自前」の者を指す。¶俚～末,为啥做倌人?(海 39-325-10) ¶再有倌人～,喜欢白相,同客人约好仔,索性花园里歇夏,故也只好写意点。(海 48-407-12) ¶故歇倪总算是～,只要无拨仔亏空,便拍拍身体,跟仔耐方大人就走,阿有倨人来要倪格身价洋钱。(九 37-276-24) ¶俚耐是～,

語彙例釈　zi

亦勿是倪个讨人，俚耐说要嫁人，倪也勿好说闲话。(九 78-564-25) ¶耐要晓得老五是～，做弗做耐，俚自家可以做主。漱琴是讨人身体，耐铜钿用多哉，发起脾气来，俚笃本家娘自然要逼他迁就哉唩。俚做末做仔耐，心里向总规弗舒齐。(沪 1-77-10) ¶任天然略为同他谈谈，问他是讨人还是～。(桴 11-170-6) ¶堂子里倌人最要紧的第一就是身体问题，如果是～，一切好办得多，如果是讨人身体，或者是押帐身体，那就麻烦得很。(人 13-119-15)

【自来火】

〈名〉ガス灯。¶耐拿个灯笼去张张俚哩。晚歇无拨仔～，教俚一干仔阿好走嘎！(海 46-391-23) ¶楼上楼下，装了儿三十盏纱罩～。(商 1-2-10) ¶这是修理～的。因里头有三条～铁管走了气，不能用，特打德津风去喊来的呢。(新 34-157-8) ¶上海地方还有什么～、电气灯，他的光头要抵得几十支洋烛，又不知比这洋灯还要如何光亮？(文 14-76-17) ¶～半明不灭，江斐济度把它拧亮了。(负 6-25-16) ¶那边宅中装修，诸如电灯、～等件，他也煞费经营。(歇 16-207-3)

(注) "自来火"は"煤气"(ガス)のこと。"自来火"でガス灯を指すのは"自来火灯"の略称が一般化したものであろう。"自来火"は"火柴"(マッチ)の意味でも用いられている。→外场见十庄荔甫，忙划根自来火，点着洋灯，赵荔甫上楼。(海 26-212-11) →自取一支，擦自来火吸着，就把那外国纸铺在桌上，一边吸烟，一边写。(新 57-262-22) →这班恶煞，就擦根～，在柴堆上点着了。(文 32-175-17) →俊人也不作声，划了根～，把雪茄烟点着，恶狼狼的呼上几口，才说一句："真是笑话。"(歇 2-17-7) これは"自来火柴"から来たものであろう。→又随手划了一枝自来火柴，递与幼安。(繁初 1-6-13) →今晚月舫房里点掇得金碧辉煌，妆台上供着一对全通，又新装了两盏自来火灯，照耀如同白昼。(狐 24-193-2)

【自鸣钟】

〈名〉音を発して時刻を知らせる置時計・柱時計など。¶台子浪一只～，跌笃跌笃，我麵去听俚，俚定归钻进耳朵管里。(海 18-142-4) ¶二人又说了一回闲话，听～已敲两点，双双安睡。(繁初 25-273-13) ¶到了次日，看看～刚正打过一点，黄胖姑吩咐套车，自己先到便宜坊等候。(官 24-289-24) ¶邵氏一咽碌坐起，那时电灯十分明亮，壁上～将交两点，梦中情形，历历如在目前。(歇 7-91-9) ¶只听外间房中十锦格上的～当当两声，外间值宿的老嬷嬷嗽了两声，……。(红 51-716-14)

【自然】

〈形〉当然である。¶一淘上来末～大家照应照应。(海 1-5-7) ¶故是～，我也单望俚生意好末好。(海 17-137-9) ¶唔笃是好朋友，～帮俚个，阿对？(鸿 4-210-2) ¶兰芬拉着他的手不放，道："耐去仔就要来格嘿。"幼恽道："～就来。"(九 6-48-9) ¶格位章大少是今朝第一转来，耐是同仔陈老日日来格，倪～要先应酬仔生客，再挨着耐格熟客。(九 33-249-23) ¶便向宝玉直说道："我告诉了你罢，你前日把那珠花押我五百两银子，可是有的？"宝玉道："～有格哩，奴搭倷两家头做格事体，勿见得会忘记脱勒海。"(狐 15-105-5) ¶醉琴末倪～记得。倪当是俚格亲妹子哩。(沪 2-46-2) ¶侬买是格能几化炭烧得完否？——我一家头～烧勿完是格能几化。(上问 27-50-1) ¶新甫又道："你们茧子要卖时，找我便了。"仲和道："那个～。"(市 5-211-13) ¶听说缺分还好，他心中～欢喜。(官 3-32-7) ¶既然这话是实，我～有个道理，你且不要漏风，免得人家怪你。(梼 9-142-13) ¶他是好吃酒看戏的，今日反不去，～是因为昨儿气着了。(红 29-417-6) ¶静真道："今夜置此酒，乃离别之筵，须大家痛醉。"空照道："这个～！"(醒 15-286-2) ¶既然曾商量同逃，而今走了，～知情。(二 38-706-2) ¶先调兵出城，布下阵势。待辽兵来，慢慢地挑战。他若无能，～退去。(水 87-1426-10)

【字】
〈名〉文字。¶'粟'～之外，再有'羊'～'汤'～好说，连'鸡''鱼''酒''肉'，通共七个～。(海 40-338-15) ¶王老先生出的上联就是"下雨"两个～。(官 1-2-23) ¶宝玉听了，忙笑道："原来姐姐那项圈上也有八个～，我也赏鉴赏鉴。"宝钗道："你别听他的话，没有什么～。"(红 8-125-5) ¶此二～笔势非凡！(二 2-22-16)

【字里行间】
行间(ぎょうかん)¶我看耐《秽史》倒勿觉著啥绮语，好像一种抑塞磊落之气，充塞于～，所以有此一说。(海 53-446-10) ¶这位制台大人最讲究文墨，老弟上的条陈，第一要不拘成格，～，略带些古文气息，方能中肯。(维 2-15-14)

zong

【总】
〈副〉①いつも。常に。¶罗子富道："晓得耐咪是恩相好，台面浪也推扳点末哉。阿是要做出来拨倪看看？"吴雪香把手拍子望罗子富面上甩来，说道："耐末～无拨一句好闲话说出来！"(海 4-26-16) ¶耐末～喜欢人家人，阿去坐歇白相相？(海 16-123-8) ¶李实夫只是讪笑；王莲生也笑道："做客人倒也勿好做，耐三日天勿去叫俚个局，俚咪就瞎说，～说是叫仔别人哉，才实概个。"(海 21-171-12) ¶我也无啥别样闲话，就不过

語彙例釈　zong

要耐快活点。我随便啥辰光来，耐～无拨一点点快活面孔；我看见耐勿快活末，心里就说勿出个多花难过。(海 28-229-11) ¶韵叟微笑道："耐阿哥替耐定亲呀，耐啥勿曾晓得？" 淑人低头蹙頞而答道："阿哥末～实概样式。"(海 54-455-3) ¶我是今生今世定归要跟耐个哉，随便耐讨几个大老母，小老母，耐～勷豁脱我。(海 55-466-7) ¶我想耐翠凤小个辰光，梳头缠脚才是我，出理耐到故歇，～当耐是亲生囡件，耐倒实概无良心！(海 59-502-12) ¶奴搭俫说说末，俫亦要用纱帽哉，俫肯替奴出力，奴～晓得勒里。(狐 17-125-5) ¶倪～想生意好点多点洋钱下来，拿俚笃格带挡还脱仔末好哉。(九 37-273-8) ¶仲声道："宝玉色艺俱佳，耐做起来夷对劲个。"华生道："我倒有点怕，心里～觉着一点劲也起勿起。"(鸿 7-232-6) ¶侬地两日夜头～勿拉屋里，是到阿里去个？(上问 40-73-2) ¶因自那日鸳鸯发誓决绝之后，他～不和宝玉讲话。(红 52-730-19) ②結局のところ。所詮。 ¶耐勷实概哩。俚教耐过去，～是搭耐要好，耐就依仔俚也蛮好哇。(海 5-41-22) ¶我故歇随说啥闲话，耐～勿相信，说是我骗耐。(海 11-83-9) ¶教人做来㗎鞋子～无拨自家做个好。(海 11-89-12) ¶～是耐自家勿好，耐到新街浪去做啥？耐勿到新街浪去，俚咊阿好到耐栈里来打耐？(海 17-138-22) ¶四块洋钱，生来无拨啥好物事买哉。耐再要买，情愿价钱大点。价钱大仔物事～好哉哇。(海 22-180-9) ¶高亚白忽问道："俚自家身体末，为啥做倌人？"史天然代答道："～不过是勿过去。"(海 39-325-10) ¶故歇倪想起来，勿到天津去末，也吃勿着个大吓头，阿是～是吃仔格碗堂子饭格勿好，倪想来想去，直头无啥趋势。(九 31-234-26) ¶你年纪轻轻的，出来处世，这些暧昧话，～不宜上嘴。(目 4-25-11) ¶眼前虽守着秘密，日后～要发表的，那时候众矢齐发，怎么当的住？(新 18-79-10) ¶那家人去了回来说："和尚说，贾爷今日五鼓已进京去了，也曾留下话与和尚转送老爷，说'读书人不在黄道黑道，～以事理为贵，不及面辞了'"(红 1-15-11) ¶世间自有这些人在那里，官司岂是容易打的？自古说：'鹬蚌相持，渔人得利。'到收场想一想，～是被没相干的人得了去。(二 10-207-6)

③どう見ても……であろう。推测を表す。 ¶善卿道："人淘少，开消～也有限。"朴斋道："比仔从前省得多哉。"(海 1-4-10) ¶张蕙贞笑着，转问王莲生道："耐阿要吃嘎？"莲生道："倪再豁五拳吃饭，～勿要紧哇。"又笑向吴雪香道："耐放心，我也勿拨俚多吃末哉。"(海 5-41-9) ¶我看俚勿声勿响，倒蛮有意思，做起生意来比仔双宝～好点。(海 12-96-11) ¶玉甫问："阿是做梦？"漱芳半日方道："两个外国人要拉我去呀！"玉甫道："耐～是日里看见仔外国人了，吓哉。"(海 20-163-23) ¶俚乃搭黎大人末吃啥醋嘎？

俚乃勿肯叫，勿是个吃醋，～寻着仔头寸来浪哉，想叫别人，阿晓得？（海 21-171-9）¶幸亏我昨日勿曾骂耐。为仔耐闲话稀奇，我想～是认得点个人，勿然，再要拨两记耳光耐吃哉。（海 27-223-22）¶耐吩咐仔，～也弗见得拨倪吃亏，倪阿啥有弗依格。（鸿 11-256-25）¶勿瞒耐说，倪间搭过年格开销，一塌刮子～要五百洋钿。（九 93-658-11）¶自黄州到眉州，～有四千余里之程。（警 3-31-5）¶中间是祝家庄，西边是扈家庄，东边是李家庄。这三处庄上，三村里算来，～有一二万军马人家。（水 47-778-3）

【总办】
〈名〉清末に設けられた行政機構の長の名称。民国初期の機構でも用いられた。¶篆鸿来哆～公馆里应酬，月琴也叫仔去哉。（海 15-115-6）¶今午可巧家姊丈请客，请的两司、首道、学堂里的～王观察、营务处洪观察，一定要拉小弟作陪。（官 7-102-12）¶前年捐仔知府，新近升仔道台，连搭顶子也红哉，就勒此地啥个局里当～。（官 8-112-14）¶这湖中立乃是江西人氏，近年在上海制造局充当文案，因～极为倚重，新近又兼了收支一席。（文 17-88-24）¶都像你这样，不但工头可以做得，就是大铺子的掌柜，大公司的～，都可以做得。（市 1-190-13）¶女的就是前节在东尚仁的姚月仙，新嫁了电报局～宣柳生的。（九 159-1049-10）¶老爷大喜！刚才王中堂宅里，打发人来，说上海的回信已经来了，老爷委了招商局的～。（负 9-39-11）¶赔款一项，经洋务局～与教士再四磋磨，要赔他八千两银子。（维 1-5-11）¶闻得中国政府新设的练兵处，就是这位王老爷的～。（维 8-54-9）¶你且坐着，让我把高丽商务～方安堂的一封要紧信写了再说。（孽 23-208-9）

【总共】
〈副〉合わせて。合計で。¶朱蔼人道："说好哉，～八千洋钱。"黎篆鸿拱手说："费神。"李实夫问是"何事"，黎篆鸿道："买两样旧物事。"（海 21-165-8）¶巧林格身价，听说是三千块钱，外加除牌子喜封等项～五百多块，亦算无啥格哉。（狐 3-18-15）¶～包了一个总包，交代跟来的家人，放在自己轿子肚里。（官 47-802-3）¶等了几天，鼎臣来了，把帐目、银钱都交代出来，～有八千两银子，还有十条两重的赤金。（目 2-8-14）

【总管】
〈名〉"管家"の長。⇨管家。¶阿哥个人生来就是流氓坯！三公子要拿～个囡件拨来阿哥。阿要体面，啥个等勿得，搭个臭大姐做夫妻。（海 62-529-9）¶阿胡子介，接子信物，拿个庚帖交代本勒～，唤他送进。（三 30-338-10）¶二则自薛蟠父亲死后，各省中所有的买卖承局，～，伙计人等，见薛蟠年轻不谙事事，便趁时拐骗起来，京都中几

語彙例釈　zong

处生意，渐亦消耗。(红 4-65-3)

【总归】

〈副〉①いつも。常に。あい変わらず。"老是""总是"の意。¶下半日汰衣裳，几几花花衣裳就交拨我一干仔，一日到夜～无拨空。(海 23-183-15)¶看仔倪娘姨要打俚乃末，好像作孽；陆里晓得打过仔，随便搭俚去说啥闲话，俚～勿听耐个哉，耐说阿要讨气。(海 32-263-11)¶俚搭仔陶二少爷真真要好得来，我碰著好几转，～一淘来一淘去。(海 36-298-13)¶翠凤～是猛打闲话！(海 44-376-18)¶我是晓得耐个人，随便啥一点点事体，用着仔耐末，～勿答应。(海 50-428-11)¶耐末～实梗做好汉，叫耐代代，定归夒，常常吃得稀醉，阿要伤身体。(鸿 4-213-22)¶中国人个事体，～议论多而成功少，说得蛮好哉，到后首来仍旧弄得勿成功。(鸿 7-230-8)¶耐缠仔倷人介，是钱端甫只乌龟呀。吃醉仔酒，～来吵勿清爽！(鸿 10-251-12)¶侬做事体～格能腥里腥觍，搭侬话之多化转数者，侬总勿拉耳朵里。(上问 39-71-5)¶说世人侈言平等，终是表面的话，若说内情，世界的真权利，～富贵人得的多，贫贱人得的少，资本家占的大，劳动的人占的少，哪里算得真平等！(孽 10-77-21)"总规""终归"とも作る。¶客人见仔千千万万，总规无拨对劲格人，故歇碰着仔耐，勿知倷格道理，心心念念，放耐勿落，耐一日天勿来，像煞倪心浪掉脱仔倷格物事，横来竖去总归一格勿舒齐。(九 75-543-13)¶耐格人末，实头少有出见格，总规瞎三话四，呒拨一句真闲话。(九 187-1209-7)¶我是老早就有风闻格，前头告诉拨徥听末，徥终归勿相信，倒说我瞎三话四，故歇看起来，阿是实头有介事，我齧冤枉俚介？(狐 32-266-26)¶前头我一径勒苏州做生意，终归弄勿落，格落到仔三月里，要想来投奔俚格，倒是我勿认得俚格面孔，俚勿认得我格形状，亦呒不熟人指引通信，所以我齧敢走得去。(狐 36-310-20)②結局のところ。所詮。いずれにしても。"终究""反正"の意。¶耐末～自家做生活，夒去学俚咪个样。(海 23-184-5)¶看俚光景，～勿肯嫁人，也勿晓得俚终究是啥意思。(海 24-194-4)¶耐夒去搭俚说，我晓得俚个脾气，晚些～去末哉。(海 30-248-6)¶耐说来说去～勿转去个哉。(海 31-257-21)¶价末耐意思～夒我帮贴，阿对？(海 45-378-10)¶堂子里～是白相场花，大家走走，无啥要紧。匡二哥道仔我要吃醋，俚也转差仔念头哉。(海 56-474-20)¶谢谢耐，耐说来浪闲话，我～才依耐。(海 58-498-10)¶耐也吃点哩。耐吃仔个药水，随便耐要啥，我～依耐，阿好？(海 63-541-3)¶倪故歇想起来，做仔格个断命生意，～呒拨收梢，倪倒是早点肯坏良心末，也勿造至于实梗样式。故歇倒是上勿上，落勿落。(九 23-174-20)¶勿是耐呒拨福气，～是倪自家格

zong 語彙例釋

命苦,呒啥说头,一径碰勿着对景格客人。刚刚碰着仔耐二少,倪末倒快活煞,洛里晓得原是一个勿成功!(九150-994-2) ¶俚俫是男呀,停歇卸脱仔妆,凭俚标致,～有点两样格啘。(狐17-124-16) ¶女人格鞋子,就算是三寸金莲,～龌龊龊龊,有啥好白相介?(狐25-200-16) ¶个种事情,～铜钱晦气,只好再交落点,叫个倽人去搭俚说开仔完结哉。(鸿10-247-17) ¶好个～费。(上散2-4-10) ¶四十二两,我～勿能买。若是物事好,我可以拨三十九两。(上问45-82-7) ¶今天我来分派,无论走的同不走的,～一样。至于走不走,听便。(官49-844-11) ¶阿彩道:"二小姐病了,叫我打电话请二少就来。"啸秘急问道:"什么病?"阿彩道:"病也说不出什么病,似轻非轻似重非重,你二少来看看自然明白了。"(人40-474-16) ¶外科又争说是他专门,毕竟要用擦洗之药;内科又说是肺经受风,毕竟吃消风散毒之剂。落得做病人不着,挨着疼痛,煞着苦水,今日换方,明日改药。医生相骂了几番,你说我无功,我说你没用,～没帐。(二29-573-6) "总规""终归"亦作。 ¶吃仔格碗把势饭,总规呒拨结果格。(九184-1192-19) ¶倪勒广东住仔半年多点,为啥大少一埭才勿到倪格搭介?倪认道大少勿勒广东,格落俫府浪住格场化,倪打听才瞉听歇,早晓得俚大少勒里,倪随便哪哼,终归要寻着俚格。(狐20-156-7) ¶俗语两句说得好,说若要人不知,除非己莫为,凭俚秘密,终归是按仔耳朵吃栗子罢哉。(狐32—267-10) ¶你不拿去,终归化为乌有,岂不可惜。(何5-53-17)

【总算】
〈副〉①ようやく。どうやら。どうにか。 ¶事体～完结哉,请耐二少爷先转去,该搭有倪来里。(海43-367-22) ¶倪走仔十几家,只有赵老笃、钱老笃,～结清格,孙大少笃、李三少笃,收着仔一半;归搭周老笃、何大少笃、郑二少笃、王三少笃,才说明朝送得来。(狐34-293-12) ¶逃来逃去,吃仔几几化格苦头,～逃仔一条性命。(九31-234-25) ②まあまあ。まずまず。まあ……のほうである。 ¶罗老爷做末做仔半个月,待倪翠凤也～无啥。(海7-52-13) ¶倪搭季纯兄也同过几转台面,～是朋友。(海23-188-20) ¶故歇就说是说勿开,耐也该应讲讲笑笑,做出点快活面孔,～几花面浪领个情。(海41-399-2) ¶耐也～称心个哉,比仔倪好多花哝。(海52-440-1) ¶耐陆老爷是出名格有才情格明白人,钱老爷托耐到该搭来,耐就请过来,～还看倪得起。(鸿11-256-25) ¶倪是～有长性格哉。(鸿14-274-15) ¶奴待俚,俚待奴,大家～呒啥,故歇奴有一句闲话要想搭俚说,总要俚答应奴,帮奴格忙哩。(狐9-61-17) ¶阿壳张勒里船浪,倪搭俚会碰着格,～有缘。倪就困勒隔壁,阿高兴过来搭倪先生谈谈佬?(狐20-156-12) ¶

語彙例釋　zong－zou

耐勿要缠错仔人，倪嫁末～嫁拨仔耐，勿见得有俉格卖身文书，耐要管牢仔倪，叫倪一直勿要出去，今生今世耐做勿到格哉。(九 24-182-20) ¶耐格一转末～上仔倪格当哉，下转叫学学倪格乖，勿要再上仔别人家格当去。(九 24-183-18) ¶生意～无甚。(上问 47-85-5) ¶我自从出来做官，也～巴结的了，衙门牌期没有一回不到。(官 44-739-16) ¶兄弟这样做法～一路顺风。谁料弄了几年，这风声渐渐被东家知道了，东家发起狠心来，生生的被他拆了一大半去。(新 7-31-19) ¶我们太太呢，说他不贤德也不能；说他贤德呢，同我身上总是谈谈的。就是你们在通州走的那几时～稍为热和些，平常同我似乎不关痛痒的光景，这其间也就难说。(梼 17-279-6) "终算"とも作る。¶俀夥实梗推三阻四哉，倪先生不过心惑点，待俀终算吭啥哩，俀要铜钿银子，吭不勿应酬俀格。(狐 30-250-1) ¶宝玉道："格末实梗罢，张大人吃仔一大杯，终算领仔大人格情。奴格句闲话，阿通呢勿通？"张太守听了，方勉力干了一杯，向丁统领照了一照，丁统领也就罢了。(狐 38-330-13)

zou

【走】

〈动〉①步む。行く。進む。¶耐要去末打几首～。(海 2-11-1) ¶像罗老爷个客人们到倪搭来也勿少嘥，～出～进，让俚去，我阿曾去应酬歇？(海 7-52-10) ¶巡捕看来嘥，～勿过哉。(海 11-85-12) ¶仲愚几句话把他提醒，就此起身让看众人，趁势溜了。老二汕汕的敷衍了几句"～好仔""明朝来"的客套。(鸿 9-244-2) ¶一个外国包打听，几个中国包打听，拉仔奶奶搭仔几个碰和客人，勒里向～出来，说一淘到巡捕房去。(鸿 12-261-26) ¶黛玉也说了几声"待慢，对勿住，扶梯浪～好。各位请明朝嘎。"(狐 3-15-20) ¶不一会儿，果然有一个四十多岁的妇人，带着一个十二三岁的小孩子，都是浑身重孝的，～了进来。(目 14-98-15) ¶于是凤姐儿就紧～了两步，拉住秦氏的手，说道："我的奶奶，怎么几日不见，就瘦的这么着了！"(红 11-158-14) ¶智深一来肚里无食，二来～了许多路途，三者当不得他两个生力。又得卖个破绽，拖了禅杖便走。(水 6-98-3)

②立ち去る。離れる(その場を)。¶耐哚夥～开，要～末，等我转来仔了去。(海 5-34-13) ¶玉甫道："价末耐为啥勿先～哩？"漱芳道："局还勿曾齐，我阿好意思先～？"(海 19-155-18) ¶既是密司脱思多吃仔几杯酒，让俚横一横勒再～罢，横势间搭勿要紧格呀。大少笃如果要先～末，倪停歇用马车送俚回洋行末哉。(狐 22-173-9) ¶秋燕道："耐等来里夥～，又对伯𫘫、仲声道："请坐歇！倪就要来个。"(鸿 3-203-19) ¶倪先～哉。(鸿

7-227-19)¶一定是这个人了。好在他两三天之内,就要～的,也不必追究了。(目 14-97-2)¶林黛玉道:"他不吃饭了。咱们～。我先～了。"说着便出去了。(红 28-390-20)¶智深又斗了十合,斗他两个不过,掣了禅杖便～。(水 6-98-4)

③通。経由する。¶总知客排揎道:"耐办得事体好舒齐,我一点点勿曾晓得,害陈老爷末等仔半日! 晚歇我去回大人。"小赞道:"园门口浪交代好个哉,就勿曾送条子。……我想晚点送勿要紧,陆里晓得陈老爷～仔该搭宅门。"(海 48-409-19)¶我们～侧门出去也是一样的。(九 161-1059-2)¶另有一门通街。薛蟠家人就～此门出入。(红 4-67-10)

【走白相】
街をぶらぶらする。⇨白相。¶长福出信授与匡二,因问:"故歇陆里去?" 匡二说:"无啥事体,～。"(海 26-215-14)¶华忠道:"价末倪去罢。"夏余庆道:"好个,倪～去。"(海 55-470-6) ¶是买物事去个呢,还是～去个? (上问 20-38-2)

【走开】
動詞"走"②＋方向補語"开"。離れ去る(その場を)。¶耐看玉甫近日来神气常有点呆致致,拨来俚哚圈牢仔,一步也走勿开个哉。(海 7-57-3) ¶耐哚～点哩! 我要死末关耐哚啥事嗄? (海 10-78-19)¶价末耐陪陪俚,勢～。(海 19-156-6)¶耐勢～,坐勒该搭看。(鸿 10-250-15)¶阿二,倷倒好格,大少笃勒里,倷哪哼好～介?(狐 26-211-17)¶倪～点,省得俉笃瞎三话四,耽搁仔碰和格工夫。(九续 55-429-16) ¶有些人故意走走开,怕风声转到抚院跟前,至于未便。(官 20-323-4) ¶正说着,只见宝钗从那边来了,二人便～了。(红 28-401-13)

【走勿动】
「動詞"走"①＋補語"动"」の不可能型。歩けない(身体の事情で)。¶我前几日天就要来望望阿姐,一径～;今朝是定规要来哉,阿姐阿姐救救我? (海 37-308-19) ¶覃丽娟等在屏门内,要搀扶韵叟。韵叟作色道:'耐道仔我～? 我不过老仔点,比仔小伙子勿推扳哩。'(海 47-398-6) ¶宝玉笑道:"唔笃格兴致实头好格,叫奴是走也～哦。"尔霭也笑道:"你总算是小脚,而且又衬着高低,自然走不动了。"(狐 57-487-12) ¶约行十五六里,苏奶奶心中着忙,到也不怕脚痛;那朱婆却走不动了。没奈何,彼此相扶,又挨了十余里。(警 11-139-13)

【走走】
〈动〉訪れる(話の場で特定されている所を)。¶小村先哈哈一笑,然后向善卿道:"朴兄说要到堂子里见识见识,阿好?"善卿道:"陆里去呢?"小村道:还是棋盘街浪去～

罢。(海1-5-13)¶杨家姆笑了,又道:"攀仔相好末,搭赵大少爷一淘～,阿是闹热点?"(海1-8-1)¶倌人末勿是靠一个客人,客人也勿是做一个倌人;高兴末多～,勿高兴就少～,无啥多花枝枝节节碗!(海10-81-11)¶杨老耐夠瞒奴,只怕哚不实梗格好,据奴看起来,一定到别场化去,顺便到间搭～罢哉。格句说话猜得阿着?(狐1-5-12)¶形容鬼道:"路程虽远,都是些水路。坐在船里,与游春白相一般,有甚不便当?"活鬼道:"既是这般说,老舅可一同去～,觉得热闹些。(何1-7-2)¶士规道:"锡翁一淘去～。"锡候不好意思答应,却被锦回拖着道:"你越是假道学,我越要你同我们去玩一下子。我不信今世界尚有真道学的人!"(新31-142-30)¶到双珠处～,无奈双珠终是淡淡的似理不理,韵秋白讨了好几回没趣。(新49-228-7)¶牧弟,你见了没有?谅来一次这样,下次也是差不多的。我们既经见识过了,何须再去看他,还是到张家花园～去罢。(繁初8-80-9)¶今日正遇天气晴明,又值家中无事,遂带了一个婆子,坐上车,来家里～,瞧瞧寡嫂并侄儿。(红10-146-5)¶又笑着说道:"你这后园花都开了,有大嫂在此不便,我与你同到后面园中看看。"崇义心疑,不肯同走,刘氏说道:"何妨便同去～?"(醒下12-196-9)¶亲娘有甚见怪,许久不到寒舍～?(禅8-112-9)¶大郊走来对杨化道:"今日枣山卫集,好不热闹,我要去趁赶,同你去耍耍来。"杨化道:"咱家也坐不过,要去～。"(初14-250-15)

zu

【租】

〈动〉賃借りする。賃貸しする。¶清和坊有两幢房子空来浪,无拨人～。(海30-250-16)¶等耐病好仔末,城里去～好房子,耐同无姆搬得去。(海36-303-19)¶耐阿好替我想想法子,阿是进个把伙计,阿是拿楼浪房间～拨人家?(海58-498-8)¶倪接着秀林一封信,说要搬到普庆里去,因为原场化忒大,奴亦勿转来,格落搬场格前头,格家生暂时～拨勒别人格。(狐48-414-22)¶瞿太太一听"新公馆"三个字,知道老爷有了相好,另外～的房子,这一气更非同小可!(官40-673-1)¶薛氏又把阿福叫到楼上,问他少爷近来是不是讨小老婆,外间～着房子。(歇19-241-14)¶后来嫌餐馆台基都不稳便,索性在九江里～了一上一下的小房子,用一个老娘姨看着。(梼13-211-7)¶偏生这拐子又～了我的房舍居住。(红4-61-14)¶这康汝平又向关真君祠里,～了两间空房,邀了舒开先,一同在内,杜门不出,整整讲习个把多月。(鼓8-104-7)

zuan

【钻】

〈动〉①中に入り込む。¶台子浪一只自鸣钟，跌笃跌马，我覅去听俚，俚定归～来里耳朵管里。(海 18-142-5) ¶难索性要豁开仔俚个诗，再去做，耐末摆好仔'还来就菊花'个题目，覅～到题里向去做，倒要逃出题目外头来，自家去做自家个诗，同题目对勿对也覅要去管俚，让题目凑到我诗浪来，故末好哉。(海 61-519-23) ¶那年纪大些的，知宝玉这一来了，必是晚间才散，因此偷空也有去会赌的，也有往来亲友家去吃年茶的，……（中略）……；那小些的，都一进戏房里瞧热闹去了。(红 19-262-11)
②深く掘り下げて考える。¶一部《四书》才想过哉呀，陆里～出个"辟"字来？（海 41-349-20）¶痴鸳文章就来里绮语浪用个苦功，拨俚～出仔头来。以绮语相戒，此其人可谓不知痴鸳，并不知绮语。(海 53-446-11)

zui

【嘴】

〈名〉口。¶耐只～啊是放屁，说来哚闲话阿有一句做到。(海 2-11-16) ¶俚心里来哚要好，～里终勿肯说出来，连搭娘姨、大姐哚才勿晓得俚心里个事体。(海 7-52-1) ¶耐只～倒硬哚哩！(海 26-213-5) ¶故歇我去看俚，一句勿曾说啥。闭拢仔一只～，好像要哭，眼泪倒也无拔。(海 36-302-14) ¶俫覅～凶，要罚罚俫末好得来。(狐 3-15-6) ¶我自从十二三岁到仔上海，就吃仔格碗堂子饭，身浪着好好，～里吃得好。眼睛里看见格，才是格班大人、老爷、少爷笃。(狐 20-159-25) ¶耐格只～说起闲话来，真真吭拔仔格淘成，阿要瞎话四！（九 36-269-23）¶说着，装了一口鸦片烟送到陈大的～边，陈大便抽了。(商 1-9-26) ¶钱一到他们手里，宛如肉投进了老虎～里。(新 60-277) ¶黛玉磕着瓜子儿，只抿着～笑。(红 8-128-1) ¶燕青那～一努，解珍出来外面，寻了火种，身边取出号旗、号炮，就庄前放起。(水 111-1670-11)

【最】

〈副〉最も。¶耐明朝就搭我买得来～好。(海 4-28-24) ¶有王老爷搭倪做主末，～好哉。(海 9-72-15) ¶～末耐原转去，托朋友寻起生意来再说。(海 14-107-14) ¶行起来～有白相，我自家末想勿着，想着仔多花句子才勿对。(海 44-370-10) ¶我～喜欢做媒人，耐倒勿请我。(海 53-448-24) ¶讲到倪做各种生意，相好要几化，不过申大人待奴～好，格落奴搭俚也～知己。(狐 40-344-18) ¶奴夏天～怕热，倷也晓得格。(狐 49-419-18) ¶上海堂子里的倌人，～是刁钻不过。(新 8-34-21) ¶这种事情，上海～多。不光是相面先生、施药郎中，滑头药房，那一家不这样做法！(新 58-270-11) ¶这样诗礼之家，岂有不善教育之理？别门不知，只说这宁、荣二宅，是～教子有方的。(红 2-27-7) ¶你是～疼我的，怎么今儿为平儿就不疼我了？（红 45-618-16）¶只是无人，不识地境，得一个引领路道～好。（水 59-986-17）¶足下之言，说的～是。（水 67-1144-3）

【罪过】
〈形〉罪深い。罪作りである。¶耐哚来里欺瞒我老老头，阿怕～嘎？要天打个哩！（海 15-117-15）¶倪为仔白相了，倒去做～事体末，何苦呢？（海 34-281-6）¶倪间搭是小地方，勿要委屈仔耐，耐豪燥点到别人家去，勿要倪末拉住仔耐格章二少，叫别人家勒浪瞎等一泡，阿要～。（九 20-149-15）¶陆鹏一面吃着，一面说道：「……。有一只鹅，里面包着一只鸡，鸡里面包着一只鸽子，鸽子里面包着一只黄雀，味道鲜的了不得。」同桌一个做买卖的，便把筷子放下说：「阿弥陀佛！一样菜伤了四条命，～不～呢？」陆鹏板着面孔道：「你们没福的人，吃了自然～；我们却不相干。」（负 1-4-11）¶这些钱都是面子上的，受了也不～。（官 2-23-6）¶不论是鬼不是鬼，我且慢慢里商量，直恁性急，坏了他性命，好不～！（醒 14-275-9）¶他中了一场进士，不曾做得一日官，今日劫了他财帛，占了他妻小，杀了他家人，又教他刀下身亡，也忒～。（警 11-137-16）

【罪孽】
〈名〉罪業。罪。¶汤王犯仔啥个～，放来浪多花众生里向？（海 40-339-22）¶这怎么处！倘或有个好歹，都是我的～。（红 53-737-8）¶小人等作了无边～，今日也愿同大王皈依释道，修一个来生因果。（禅 17-263-3）"罪业"とも作る。¶罪过，罪过！这孩子一难一度，投得个男身，作何罪业，要将他溺死！自古道：'虎狼也有父子之情。'你老人家是何意故？（喻 21-298-10）¶今次又大醉，打坏了金刚，坍了亭子，卷堂闹了选佛场，你这罪业非轻。（水 4-74-10）

【醉】
〈动〉酔う。¶啥人说～嘎？倪要豁拳哉。（海 6-49-1）¶麴拨俚吃哉，吃～仔末再搭我瞎噪。（海 8-63-24）¶耐末总归实梗做好汉，叫耐代代，定归麴，常常吃得稀～，阿要伤身体。（鸿 4-213-23）¶勿要实梗哩，晏歇吃～仔，倪搭是无拨人来浪替耐吃酒。（九 40-294-6）¶我平素很喜欢喝酒，～的日子倒很少。（新 48-219-4）¶有天宝小姐在一位妹妹家里吃～了酒，其日瞿太太也在座。（官 38-652-8）¶前日我生日，里头还没吃酒，他小子先～了。（红 45-622-14）¶前日这畜生～了，今番又～得不小可。（水 4-72-1）

zun

【尊命】
〈名〉ご指示。ご意向。¶兄弟初到上海，并勿是行医；因子刚兄传说～，辱承不弃，不敢固辞。(海36-304-4)¶陈大郎道："谨依〜。"唱了个肥喏,欣然开门而去。(喻1-10-1)¶如是相从者,只今收拾便行。如不愿去的,一听〜。(水41-662-6)¶既然如此,专听〜。只望早早降临为幸。(水42-683-17)

【尊姓】
〈名〉お名前。ご芳名。¶〜是张？(海1-5-2)¶老爷〜？(海48-409-7)¶大少〜？(鸿8-238-4)¶格位大少〜？(九133-894-16)¶请坐, 请坐,〜？——敝姓喻。(上散7-35-8)¶请教〜、台甫？"那人自称："姓魏名翩仭。"(官7-105-2)¶陈铁血请他坐下,这才动问〜大名。那人道："兄弟姓黄,号子文。……。"(负14-62-15)¶老五笑道："我还没请教妹妹〜？"秀珍不肯实说,便造了一个假姓。(歇1-23-3)¶此位长兄〜？(儒17-213-17)¶姐姐,〜大名,何处人氏？(初2-42-11)¶相见已毕,逊在板凳上坐下,问道："秀才〜？"房德道："小生姓房,不知列位有何说话。"(醒30-630-7)

【遵令】
〈动〉"遵命"に同じ。¶因宣令道："有末有一个来里。拈席间一物,用《四书》句叠搭,阿好？"大家皆说："〜。"(海39-326-3)¶吴学究又教宋先锋传令,须分扎营寨。大寨包小寨,隅落钩连,曲折相对,如李药师六花阵之法。众将〜。(水95-1519-6)

【遵命】
〈动〉仰せに従う。敬語。相手の申し出どおりにすることを表す。¶朱蔼人道："只剩仔一拳,也覅豁哉。我来每一位敬一杯。"大家说："〜。"(海4-27-4)¶锦翁分付,兄弟就〜是了。但是兄弟与锦翁,还是第一回聚首,外房摆酒,在礼教上讲起来,未免欠一点儿恭敬。(新32-146-1)¶琼仙道："很好。此时暂勿向他们谈及,待我那边去说好了,再作道理。"光裕道："〜。"(歇14-180-20)¶我们自家朋友,钱先生又何须客气,少停〜照办是了。(歇17-217-10)¶金似庄又把这电送与沈叔谦看,说："汇款及合同一到,就请交与桂翁,榄翁两位,兄第一准初五坐礼拜四的招商轮船回去。"沈叔谦、屠桂山、丁榄臣都说："〜,〜。"(梼13-217-14)¶你我这些年,那回儿有这个道理的？果然不能〜。若必定叫我领,拿大杯来,我领两杯就是了。(红26-370-4)

zuo

【昨日】
〈名〉時間詞,昨日。¶耐〜夜头保合楼出来,到仔陆里去？(海3-18-10)¶耐看俚〜老晚来,坐仔一歇歇倒去哉,啥人高兴去叫俚嗄。(海6-45-19)¶〜闹仔一夜天,今朝勿曾困醒,懒朴得势。(海14-113-13)¶倪老爷为仔〜接着仔京里个电报,今日头就要

語彙例釈　zuo

动身，说搭金柏年金大人一淘去，故歇只怕到金大人搭去哉。（鸿 3-208-9）¶耐一面孔格勿尴尬，定规是～勒浪张书玉塔出来。（九 26-195-10）¶格是广东特味，是倪～交代俚预备起来格。四少、五阿姊，请用点哩。（沪 2-8-7）¶我是～转来个。（上问 24-44-9）¶像～南市的马路修起来，就要大费手脚了。（新 19-83-22）¶一时王太医来了，诊了脉，疑惑说到："～已好了些，今日如何反虚微浮缩起来，敢是吃多了饮食？（红 53-737-4）"昨倪"とも作る。¶昨倪夜里做个啥事体嗄？（孽 18-150-16）

【昨夜】

〈名〉時間詞。昨夜。¶～有个娘姨来寻仔耐好几埭哚。（海 14-112-3）¶黎篆鸿～接着个电报，说有要紧事体，今朝转去哉，阿哥教我等一歇一淘去送送。（海 20-164-14）¶实梗说耐～夷是一夜勿困哉啘？（鸿 20-312-1）¶见了俊人，便问～那边究竟出了什么大事，半夜三更，唤你过去则甚。（歧 9-106-7）¶实告诉你：我～作了一个梦，梦见杏花神和我要一挂白纸钱，不可叫本房人烧，要一个生人替我烧了，我的病就好的快。（红 58-822-22）¶～正忘在那贱人的床头栏干子上？（水 21-314-6）

【作弊】

〈动〉不正を働く。¶故歇癞头鼋倒说倪搭周少和通同～，阿有该号事体！（海 61-521-19）¶这事并不是兄弟定要从中～。（新 4-18-19）¶上头只道卑职父亲～，就责令赔偿，一面专折参奏。（新 55-255-13）¶那个借钱不遂的翻译先生，挟了这个嫌，便把弥轩～的事情，写了一封匿名信给龙光。（目 106-878-12）¶莫非监视的从中～么？（歧 14-174-25）¶只许你那主子～，就不许我作情儿。（红 43-596-10）

【作成】

〈动〉相手の商いがうまくゆくよう、相手の願いがかなうよう力を貸したり、肩入れしたりする。"成全""照顾"などの意。¶正要来寻耐，有多花物事，耐看阿有啥人～？（海 1-6-8）¶殳三道："耐无拨，勿对个啘。"随把念块零洋分给老包。老包推却不收，道："故末夠客气。耐要挑挑我，～点生意孬哉。"（海 48-412-8）¶合唒，唐大爷，常远勿会子，阿是～小店里边啥货介？（三 4-44-9）¶个个王俊听见勒里问价钱，立朵相爷背后作手式哉。大老官想介介，且～俚发仔财勒介。（三 9-102-9）¶黄兄原来是要～敝局生意。但是敝局的机器也好几种，铅字有好几号，不知黄兄要哪种的机器？哪号的铅字？（负 16-73-14）¶生意准～贵行，价目里头，总要恳琴翁的情，再相让一点子。（新 58-267-2）¶这蹩老官见我向他瞧看，只道～他生意，站住了不肯走开。（新 58-268-31）¶焦涛附着他耳朵，低低的说道："有桩买卖～你。"（文 55-293-22）¶并

zuo　語彙例釈

非我家，是我们小姐～你的生意。你现在倘无别事，马上与我同去。（歇 78-1074-13）¶宝叔果然度小侄或可磨墨涤砚，何不速速的～，又彼此不致荒废，又可以常相谈聚，又可以慰父母之心，又可以得朋友之乐，岂不是美事？（红 7-117-13）¶高小园听说，便道："也都肯，只求你～则个。（醒上 12-84-21）¶赵婆走入来，哈哈的笑道："大娘子，住持爷，你两个双贺喜也。"钟守净道："多谢干娘～。"（禅 7-93-13）¶那些和尚们也闻知秦卖油之名，他的油比别人又好又贱，单单～他。（醒 3-44-13）¶薛婆道："可是～老身出脱些珍珠首饰么。"陈大郎道："珠子也要买，还有大买卖～你。"（喻 1-8-6）¶多蒙列位～了，只这一颗，拿到我国中，就值方才的价钱了，其余多是尊惠。（初 1-19-10）¶果有此意，～老汉做个媒何如？（二 22-453-16）¶还有一事，好一个标致奶奶！你哥正死了嫂嫂，房中没有个得意掌家的，还是天付姻缘，兄弟这番须～做哥哥的则个！（警 11-136-13）

【作东】
〈动〉酒宴のホストになる。宴を開いて人を招くことをいう。¶倪末两家弟兄搭李实夫叔侄，六个人～，请于老德来陪客，中饭吃大菜，夜饭满汉全席。（海 18-146-3）¶倘然里头果有美味，在下何妨作一个东，拿出来请请看官。（新 52-240-8）¶既开社，便要～。虽然是顽意儿，也要瞻前顾后，又要自己便宜，又要不得罪了人，然后方大家有趣。（红 37-513-2）¶多谢好兄弟，是我～，就请同行。（杀 6-25-1）"做东"とも作る。¶赵温信以为真，过了一天。又穿着衣帽去拜他，自己还做东请他。（官 3-31-15）

【作孽】
〈形〉かわいそうである。¶看仔倪娘姨要打俚乃末，好像～：陆里晓得打过仔，随便搭俚去说啥闲话，俚总归勿听耐个哉，耐说阿要讨气。（海 32-263-11）¶该个小干仵做倌人，真～！（海 35-293-21）¶像倪故歇实梗，随便倷人才说倪勿嫁人格哉，其实一个人到死勿嫁人，死仔别人说起来，总是格个人恶勿过，格落罚俚死勒堂子里，到仔阴间去，真正连坐位也咘格，阿要～。（鸿 18-299-16）¶又伸出手来把幼恽拉着，坐在床上，轻轻把手去摩他的心口，道："阿唷！急得来，故歇心口里向还勒浪跳，阿要～。（九 6-47-2）¶倪末背仔一身格债，勿做生意弄勿落俒，只得翻转身来，第二转再来吃格碗堂子饭，想想真正～哩。（九续 110-798-8）¶想想做官的人也真是～。你瞧他前天升了官一个样子，今儿参掉官又是一个样子。不比我们当家人的，辞了东家，还有西家，一样吃他妈的饭；做官的可有一个皇帝，逃不到那里去的。（官 4-50-2）¶那些人的一家老小，岂不都要饿死么？你想～不～？（新 60-277-10）

語彙例釈 zuo

〈動〉罪作りなことをする。 ¶我～末就作仔一转，难定归勿～个哉！(海 54-458-22) ¶我们家里也不知道作了什么孽，生出这种后代，祖宗在阴司，想也在那里淌眼泪呢！(负 17-78-15) ¶笔阵纵横，到处生灵遭荼毒，云翔，你这孽也作得不浅呢！(新 1-2-2) ¶说着，便将手内的糕一块一块的掰了，掷着打雀儿顽，口内笑说："柳嫂子，你别心疼，我回来买二斤给你。"小蝉气的怔怔的，瞅着冷笑道："雷公老爷也有眼睛，怎不打这～的！……。"(红 60-846-24) "作业"とも作る。¶耐勿要实梗哩，冤枉仔倪，作业格哩，倪一经搭耐蛮要好，耐勿要听仔别人格闲话，扳倪格差头。(九 101-707-7) ¶格只老乌居，讨仔实梗格一个姨太太转去，真真叫作业。(九 161-1058-21) ¶再听小子胡诌诗一首：冤魂投托原财耗，落得悲伤作利钱。儿女死亡何用哭，须知作业在生前。(初 30-558-15) ¶听得长老们说因果，自悔作业太多，有心修行。只为不识一字，难以念经，因此自恨。(二 1-14-16) ¶为是下土众生作业太重，故罚他下来杀戮。(水 53-887-9)

(注)『二刻拍案驚奇』は、上掲例(二 1-14-16)の"作业"について、次の注釈を加えている。

作业――作'作孽'，吴语中，此语含意颇多。语气轻时，等于'罪过，罪过'。此中用作佛家忏悔意义，自认'一生捕捉鱼虾，杀生害命太多，罪孽深重'的意思。

なお、『水浒辞典』は上掲例(水 53-887-9)の'作业'について'即作孽，做坏事，作恶'とし、他の作品における用例として、前掲の(初 30-558-15)と(二 1-4-16)の2例を挙げている。

【作清楚】

きれいにする。⇒ 清爽。¶耐㗎包打听阿是个聋鬃？教俚去喊个剃头司务拿耳朵来作作清爽，再去做包打听末哉。(海 14-110-5)

【作兴】

〈動〉助動詞。……することが許される。……して当然である。¶客人也忒啥无淘成！人家一个大姐，耐剥脱俚裤子，阿是勿～个。(海 23-184-18) ¶俚朋友淘里，间架辰光也～通融通融，耐做仔个娘舅倒勿管帐，该号娘舅就勿认得俚也无啥要紧。(海 31-258-11) ¶二少爷，倪一径搭耐规规矩矩，今朝俙高兴得来，单单来浪寻倪格开心，阿～实梗格。(九 42-307-20) ¶妹子，阿是耐高升嫁陈老爷哉？倪要好姊妹，耐信才勿拨倪一声，是勿～格哩。(九续 16-115-10) ¶到仔格个辰光，倪再来问陈老爷，阿～实梗，勿～实梗？倪是一径勿曾怪差俚，只要俚自家摸摸良心好哉。(九续 16-120-7) ¶初一月半地格两日(勿～)(勿行)到别人家去收帐个。(上散 4-14-10) ¶抽烟的时候抽烟，做事体的时候尽做事

1104

体,不～因为抽鸦片烟耽误了正径事体。(商1-4-8) ¶老三,你也是老把势了,方才那些话儿是不～的。(商8-62-12) ¶准要你谢,我同你说玩话呢。我们一家人,帮帮忙是～的。(新45-207-24)

【作揖】

〈动〉両手をこまぬき、上下に動かしながら、腰を少しかがめて敬礼をする。 ¶看见仔韵叟,大家作个揖,切切要装出点斯斯文文个腔调来。(海47-401-18) ¶饭罢,临行之时,王乡绅朝他拱拱手,说了声'耳听好音'。又朝他大舅子作了个揖。(官2-19-20) ¶当下众人看见了他,一齐～。柳国斌也还了一揖道:"兄弟何德何能,敢劳诸位破钞?"(负3-14-17) ¶宝玉早已看见多了一个姊妹,便料定是林姑妈之女,忙来～。(红3-50-16) ¶见陈青到,慌忙起身～。(醒9-183-5) ¶小道人笑容满面, ～而谢道:"多感娘子美情,小子谨记不忘。"(二2-34-10)

【坐】

〈动〉①座る。腰かける。腰をおろす。 ¶耐～一歇,等我干出点小事体,搭耐一淘北头去。(海1-4-18) ¶再～歇哩。(海1-8-21) ¶姐夫～该搭来,阿好?(海35-293-10) ¶倷落勿～歇去嗄?(鸿3-206-22) ¶马老爷倷请～仔,用勿着火冒格,听我说哩。(狐29-239-6) ¶王仁道:"这个容易。"随手拉过一条板凳,让东家～下。(官1-3-24) ¶凤姐笑道:"你只管～着,这是我侄儿。"刘姥姥方扭扭捏捏在炕沿上～了。(红6-103-7) ¶二人说着,又到周瑞家～了片时。(红6-105-20) ¶这里潮湿,你们久～,仔细受了潮湿。(红50-698-20) ¶鲁达便去下首一一在禅椅上。(水4-63-7)

②乗る(乗り物に)。 ¶耐轿子也勿～,底下人也勿跟,一干仔来里街浪跑,做啥? (海17-139-9) ¶价末也～把东洋东去哩。(海17-139-12) ¶耐～仔轿车,再要拨前阿哥笑;耐～皮蓬末哉。(海35-291-8) ¶叫轿个车子先转去,耐停歇～仔我个车子去,阿好?(鸿2-200-25) ¶今夜雨落天留客,我看倷勿嫌待慢,就住仔一夜勒走吧。勿然末,～仔车子转去,身浪也落潮格咽。(狐14-102-8) ¶过了两天,就～了江裕轮船一直往南京而去。(官29-471-21) ¶这钱雇车～罢。改日无事,只管来逛逛,方是亲戚们的意思。(红6-105-12) ¶说着,仍～了竹轿,大家围随,过了藕香榭,穿入一条夹道,东西两边皆有过街门。(红50-699-5)

(注)清末文学作品では、"自行车"にも"坐"を用いている。→身材伶俐,举止轻扬,坐着一辆自行车,好似星飞电转的一般。(九103-717-24) →金小马坐上马车,牛幼康坐着脚踏车跟在后面。(九103-720-9) → 不料上海地方也有会坐自行车的女子。(九

語彙例釈　zuo

166-1088-6)
【坐马车】
馬車を乗りまわして遊び楽しむ。ドライブすること。¶先生～去哉，楼浪来坐歇哩。（海3-18-3）¶俚自家倒无啥用场，就不过三日两头坐马车。（海24-192-14）¶老包，今朝～哉唲！（海48-411-1）¶倪末急熬来浪，俚倒～，看戏，蛮开心！（海54-460-20）¶倪明朝要到上海去住格两日，让倪去坐坐马车，吃吃大菜，等倪散散心看，忽然是坐勒屋里向，倪头脑子也涨格哉，耐阿肯同倪去？（九24-181-12）¶谁知这一来，就有许多吃洋行饭的朋友，晓得湖北办铜元机器的委员到了，都钻头觅缝的要想兜揽这宗生意。今天这个请吃大菜，明天那个请～。（维3-22-1）¶终日陪着他～、游花园、闯戏园、逛窑子，弄得个卖国奴心里有些迷迷糊糊起来，把正事丢在脑后。（新4-17-20）¶你们打量我不知道吗？一天到晚，粘股糖似的，不分上下，搅在一块儿，～，看夜戏，游花园，玩儿也不拣个地方儿，也不论个时候儿。（孽15-120-1）

【坐实】
〈动〉実証する。¶二则抄不出赃证，何以～其罪？（海59-504-24）

【坐席】
〈动〉席に着く（宴会などで）。¶匡二爷勿来里，～辰光来仔一转，去哉。（海60-512-2）¶我们这边席面已经摆好，继之催我～，随便拣了一个靠近那门帘的坐位坐下。（目77-624-24）¶只有几个老婆子看屋子，见他来了，都喜得眉开眼笑，说："阿弥陀佛，可来了！把花姑娘急疯了！上头正～呢，二爷快去罢。"（红43-601-5）

【做】
〈动〉①作る（物を）。¶耐倒原～得蛮好，我有三年勿～，～勿来哉。旧年描好一双鞋样要～，停仔半个月，原拿得去教人～仔。教人～来呸鞋子总无拔自家～个好。（海11-89-10）¶中间棕榈梁上，用极粗绠索挂着一丈五尺围圆的一烟火。苏冠香指点道："说是广东教人来～个呀，勿晓得阿好看。"（海39-329-13）¶俚格家主公就是品香园格老板哩，所以俚自家野会～点小菜。（沪2-7-12）¶那孩子素日爱吃的，你也常叫人～些给他送过去。（红11-163-21）¶有一双鞋，抠了垫心子。我这两日身上不好，不得～，你可有工夫替我～～？（红32-443-16）¶次早五更起来，子父两个先打火～饭吃罢，收拾了。（水3-49-17）"作"とも作る。¶远远的几家人家作晚饭，那个烟竟是碧青，连云直上。（红48-666-10）

②作る（詩文を）。¶听说吃仔酒末定归要～首诗，阿有价事？（海47-401-13）¶耐说

zuo　語彙例釈

～該篇记，我替耐想想，一个字也～勿出。耐如何～法，阿好先说拨我听听？（海 47-401-22）¶耐末替我～篇四六序文，就说个拜姊妹话头。（海 53-449-23）¶吾里爹爹到子重阳，总有点点吃局个，吃子了～诗末哉。（三 12-137-25）¶我不会～诗，诸位爷休笑！（孽 20-176-1）"作"とも作る。¶昨夜的月最好，我正要诌一首，竟未诌成，你竟作一来。十四寒的韵，由你爱用那几个字去。（红 48-667-16）¶小生只会作文及书丹，别无甚用。（水 39-630-13）

③する(活動・仕事などを)。 ¶也无啥事干，要想寻点生意来～～。（海 1-4-4）¶晓得耐哚是恩相好，台面浪也推扳点末哉。阿是要～出来拨我看看？（海 4-26-15）¶冠香道："勿晓得俚哚来浪～啥。" 韵叟道："定归是碰和，阿对？"（海 52-445-3）¶无嗨，耐也～点好事末哉！（海 63-537-15）¶我也不等银子使，也不～这样的事。（红 15-206-4）¶挨身相就，止～得个吕字儿而散。（警 38-577-14）¶上年间～买卖来到蓟州。（水 47-777-5）"作"とも作る。¶格个捏旗格外国人，立勒马前头作啥介？（狐 15-111-3）¶那一日在老太太屋里，一个人没有，你搂着他作什么？（红 15-204-14）

④する(行事・催しを)。 ¶为仔个朋友～生日，去吃仔三日天酒。（海 4-30-12）¶今朝末专诚请阁下同贵相好～个乞巧会。（海 38-322-7）¶我通只生得他一个，抚养到十九岁了，刚刚想预备给他～事情，那里晓得竟撇了我这苦命的娘去了。（十 16-113-7）（"做事情"は"办结婚大事"の意）。 ¶初二是凤丫头的生日，上两年我原想替他～生日，偏到跟前有大事，就混过去了。（红 43-591-12）¶郑屠家亲人，自去～孝。（水 3-53-6）"作"とも作る。 ¶我想往年不拘谁作生日，都是各自送各自的礼，这个也俗了，也觉生分的似的。（红 43-591-15）

⑤……になる(役・職・身分などに)。 ¶我替耐秀宝妹子～个媒人阿好？（海 1-6-22）¶倪也望耐照应照应，阿有啥撺掇赵大少爷来扳倪个差头？耐～大少爷它犯勿着喕。（海 2-16-13）¶耐阿是～仔包打听哉？（海 4-25-15）¶倪两家头赛过～俚哚和事老，倒也好笑得极哉！（海 12-97-9）¶该个媒人我～勿来。（海 31-261-4）¶沈小红阿好～人家人，故末再要白相点哩。（海 54-462-12）¶大先生，阿晓得倷是只算～替工呀？正身一到，应该替公要让位哉。（狐 32-267-22）¶耐要拉客人末，四马路浪几化化格人勒浪，耐～仔野鸡，随便去拉格两个好哉喕。（九 21-158-22）¶倪嫂嫂一看倒说老五末还可以～人家人，别人是弗成功格。（沪 1-18-2）¶阿三末是广东人，从前倒野～过老板娘娘。（沪 2-7-11）¶将来银子下来的多，我还要讨媛媛～姨太太哩。（官 34-570-12）¶据他说～主笔已～有十多年了。（歇 7-79-27）¶你死了，我～和尚！（红 30-420-14）¶

語彙例釈 zuo

假如当日小姐贪了上大夫的声势，嫁着公孙黑，后来～了叛臣之妻，不免守几十年之寡。（初10-173-5）¶我举眼无亲，见了你，如见我女儿一般。你～我的义女肯么？（喻2-59-8）"作"とも作る。 ¶休，休！生作湘江岸上人，死作路途中之鬼。（警36-549-6）

⑥芸妓と客が親密な関係になることを指す。 ¶倪陆里有啥广东客人嘎，耐倒搭倪拉个广东客人来～～哉啘。（海4-25-18）¶单是王老爷一干仔末，一节～下来也差勿多五六百局钱咪。（海4-28-15）¶汤啸庵道："小干仔闹脾气，无啥要紧。耐勿～仔末是哉啘。"罗子富大声道："我倒还要去叫俚个局哉！娘姨，拿笔砚来。"（海6-47-5）¶俚～仔一户客人，要客人有长性，可以一直～下去，故末俚搭客人要好咪。（海7-51-7）¶耐～仔沈小红末，我一经说无啥趣势，耐勿相信，搭俚恩煞。（海34-281-10）¶要耐去瞎巴结！讨人厌个客人倪勿高兴～。（海64-548-16）¶金寓道："耐故歇～啥人？"华生道："我长远勿叫局哉。"金寓微笑道："是个，耐故歇是收心哉！"方鼎夫听了，笑对金寓道："耐去相信俚，今朝俚又新～仔两个，故歇才叫来浪。"（鸿2-199-14）¶倪先生是再要规矩弗有格。自从～仔耐周二老爷，差勿多格人才勿应酬哉。（沪1-8-5）¶范彩霞～着了这种客人，也是他交的花运甚好。（九22-167-18 ）¶小兴虽然在上海一年多，却还没～过倌人。（市10-239-10）¶你与翚卿恩情很好，怎么忽地不～他了？（新32-146-13）

⑦装う。……のふりをする。 ¶故歇就说是豁勿开，耐也应该讲讲笑笑，～出点快活面孔，总算几花人面浪领个情。（海47-399-2）¶耐末总归实梗～好汉，叫耐代代，定归勲，常常吃得稀醉，阿要伤身体。（鸿4-213-22）¶月峰只顾喝咖啡，只～不听得。（商7-54-22）¶谁知阿金也恨他太无情义，所以只～不看见。（狐32-269-14）¶瞧着点子太太份上，自不得不常去敷衍敷衍，装出点子假忧愁，～出点子假着急。（十16-111-3）¶你不用～这些像生儿。我知道你的心里多嫌我们娘儿两个，是要变着法儿叫我们离了你，你就心净了。（红35-475-8）¶说了又哭，哭了又说。岂知同僚都～不听见。（醒26-536-1）¶凤生只～看玩园中菊花，步来步去，卖弄着许多风流态度，不忍走回。（二9-181-2）¶我和众人来时，你便口里胡言乱语，只～；失心风便好。（水39-623-10） "作"とも作る。 ¶宝玉假～懊恼道："格末叫勿巧得来，啥格稍为宴仔点已经呒不格哉介。"（狐13-91-14）

【做大生意】

"清倌人"が"开宝"した後、泊り客をとるようになることをいう。これに対して"出局"や"打茶会"を"小生意"という。 ¶俚～下来，也有五年光景哉，通共就做仔三

1108

户客人，一户未来里上海。(海 7-52-4) ¶十六岁～，念岁赎个身，今年廿二岁，故歇想讨我个人，也有好几个勒浪。(鸿 10-251-22)

【做法】
〈名〉"作法"(詩文の作り方)のこと。 ¶就拿七幅来分出个次序, 照叙事体～, 点缀点缀，竟算俚是全壁，阿是比仔题跋孬？（海 47-400-10）¶宝钗看了笑道："这个不好，不是这个作法。你别怕臊，只管拿了给他瞧去，看他是怎么说。"香菱听了，便拿了诗找黛玉。(红 48-668-1)

【做官】
〈动〉役人になる。 ¶王老爷，比方耐做仔官，倪来告状，耐也要听明白仔，难末该应打该应罚。耐好断啘；故歇一句闲话也勿许倪说，耐陆里晓得有冤枉个事体?(海 34-282-10)¶俚要江西～去, 倪老朋友生来搭俚钱钱行。(海 56-476-21) ¶耐是～当差使格人，倪阿好叫耐搭倪担架欠帐?耐自家的名气要紧。(九续 57-439-22) ¶望你好好在京～。你在外面～，家里便免得人来欺负。(官 3-31-6)¶凭你有什么要紧的事，交给哥，你只别忙，有你这个哥，你要～发财都容易。(红 47-653-5) ¶若有钱的就不去～，难道世上为官的，都是些穷人出身么？ (醒上 10-69-27) ¶你即是我父亲，在此～快活，如何将我流落，伏事别人？(禅 20-317-7)¶我如今又不～了，无处挣钱，作何生意以为湖口之计？ (警 24-357-7) ¶每常二人相会，瑞卿便劝子瞻学佛，子瞻劝瑞卿～。(喻 30-451-11)¶媒婆道："新郎是～的了，有甚么不好？"龙香道："夫妻面上，只要人好。～有甚么用处？老娘晓得这～的姓甚么？"（二 9-197-13） "作官"とも作る。¶我又没有收税的亲戚，作官的朋友，有什么法子可想的？ （红 6-95-10）

【做官人家】
役人をしている家。¶耐怕痛末, 应该～去做奶奶、小姐个呀。(海 37-309-11)

【做梦】
〈动〉夢を見る。¶阿是～？(海 20-163-22)¶后底门关好来浪, 耐～呀。(海 35-296-3) ¶耐要讨我做大老母，故是我～也想勿到实概个好处。(海 55-465-17) ¶故歇吃拨啥人来管我，阿挨得着格班乌居来管，倴笃勿要来浪～。(九续 35-268-9) ¶～个事体认俉真，去对好俚做俉！(鸿 6-223-11) ¶你阿是立里～呢啥？(三 17-210-20) ¶大凡思郁过度的人，最易～，并且梦里头不知不觉的叫唤出来。(繁后 20-951-11) ¶我做的梦怕得很，你起来陪陪我罢。(梼 14-233-6) ¶他母亲养他的时节做了个梦，梦见得了一匹锦，上面是五色富贵不断头卍字的花样，所以他的名字叫做卍儿。(红 19-263-11) ¶元

語彙例釈　zuo

来阴间业镜照出毛妻张氏同受银子之时，毛氏在阳间恰象～一般，也梦见阴司对理之状，曾与儿子说过。(二 16-333-8)　"作梦"とも作る。¶家主婆到底是作梦呢勿是做梦。(描 26-232-15)¶我的菩萨哥儿，我说作了好梦呢，好容易得遇见了你。(红 8-122-1)

【做亲】

〈动〉結婚する。¶再三四年等耐兄弟做仔亲，让俚哚去当家，耐搭无姆到我屋里向去，故末真个日日看牢仔耐，耐末也称心哉。(海 18-142-23)¶你朵～子几年哉？(三 4-25-3)¶"阿伯老丈人，君子一言，勿要言而无信。""女婿大官人，快马一鞭，只要端正～。"(描 3-27-13)¶上年腊月才～，至今未及半年。(官 53-914-12)¶只要被我挑选上了，两情相悦，我就同他～，有何不可？(文 19-101-15)¶姑娘不信，只拿宝玉的身子说起，这样大病，怎么做得亲呢。(红 97-1367-22)¶赵生若肯娶我时，择个吉日，行礼～就是。(醒上 12-80-26)¶段老爷，救命的段菩萨，段父母，看生灵百姓分上，送令爱小姐与那厮～，全国家大事，救我等性命，实乃万代再生之德。(禅 35-569-12)¶嫁的丈夫孙恒，原是旧家子弟。自十六岁～，十七岁就生下一个女儿。(醒 8-155-10)¶文姬与我，起初只是两下偷情，算得个外遇罢了。后来虽然做了亲，元不是明媒正配。(二 11-237-15)¶我看后日是个好日，接些房族亲眷拢来，做了亲罢。(型 25-344-2)

【做人】

〈动〉世に処して行く。世間を渡って行く。¶蛮体面个二少爷，难看俚好出来～！一个奶奶跑到堂子里拉客人，赛过是野鸡哉唲！(海 23-189-8)¶二宝伴嗔道："耐说就来，我看戏倒勿高兴。"秀英道："耐末刁得来。做个人爽爽气气，勠实概。"(海 29-244-14)¶紫云轩格～倒无啥，一班姊妹淘里，才搭里蛮要好。(九续 35-267-17)¶老世侄你如何做得这种事体？须知一辈子不好～的呢。(商 12-90-1)¶这三样本领，是现在世界上～必不可少的。(新 3-12-13)¶我们在上海滩上，究竟还要做人的。(十 37-275-30)¶只是被官府拿住，夹棍板子倒熬得起，只是坏了名头，怎好～？(醒下 1-91-7)¶奶奶，你且耐烦着。员外是要做个汉的，你走到外面去，未免出几句言语，教他老人家怎么～？依我说，不如寻思一个计较，只是哄诱他回来，和他讲个明白就是。(鼓 34-411-15)¶你不与我做主，还要～？(警 28-438-6)

【做人家】

〈动〉倹約する。¶黎篆鸿拿局票来看，见李实夫仍只叫得三个局，乃皱眉道："我看耐要几花洋钱来放来咾箱子里做啥，阿是我面浪来～哉？"(海 15-116-10)¶勿是我～。要白相末陆里勿好～，做啥长三书寓呢？(海 15-120-8)¶耐说实夫大规矩，也勿好，忒啥～

1110

哉！南头一个朋友搭我说起，实夫为仔～也有仔点小毛病。(海28-233-23) ¶佩兰向秋谷道："二少，耐啥事体实梗～，娘姨才勿用呀？" 秋谷道："不是我要省钱，他自己不愿意用，你只管问他就是了。"(九续24-260-25) ¶他和我要好的时候并且常问我可要添点什么东西，我说有得插戴也就好了，何必多花费呢！他还赞我会～。(人29-316-12) ¶再者我的手头散漫惯的，从小没学过～的道理。(孽26-236-20) ¶我做了一世人家，生这样逆子，荡了家私。(初13-232-15) ¶这些财物，可够你一世了。好好将去用度，不要学我懒龙混帐，半世不～。(二39-720-8) ¶和氏自家走来道："夜饭已在房里了，你怎么反坐在此？"玉娘道："大娘自请，婢子有在这里。"和氏道："我们是小户人家，不像大人家有许多规矩。止要勤俭～，平日只是姊妹相称便了。"(醒19-391-12)

【做人家人】

動詞"做人家"＋名詞"人"。俭约家。¶实夫倒是～，到仔一埭上海，花酒也勿肯吃，蛮规矩。(海28-233-21) ¶原来就是这尧经纬兄，他是尧观察公郎呢。我原有点子疑惑，尧观察也与父亲一般的，是个～，怎么经纬兄花钱竟这样的舒服。(新16-73-27)

（注）言うまでもないが，"做人家人"は「動詞"做"⑤＋名詞"人家人"」の場合もある。 →沈小红阿好做人家人，故末再要好白相点哩。(海54-462-12)

【做啥】

動詞"做"＋代詞"啥""做什么""为什么"に当る。 ¶人末一年大一年哉，来㖏屋里～哩？还是出来做做生意罢。(海1-4-6) ¶俚勿搭耐一淘去，耐去寻俚～？(海2-10-15) ¶第歇辰光，倷人才困来㖏床浪，去～？(海2-14-22) ¶我就是要去做啥人末，搭耐说明白仔再做末哉唩，瞒耐～？(海4-31-4) ¶姐夫～搭我磕个头？(海8-63-18) ¶耐两家头来里相骂，～拿我来寻开心？(海25-202-21) ¶来勿来勿关耐事唩，耐问俚～？(海27-221-24) ¶倷问俚～咾？(狐9-64-19) ¶阿姊请坐哩，立来浪勿坐～。(九续34-259-24) ¶次云携着他的纤手悄悄说道："耐说明年抵桩自家做哩，阿真格呢？"老五呆了一呆道："耐问倪～？倪故歇还呒不定规来海哩。"(沪1-50-8) ¶耐末夷要听俚格号闲话，俚勒浪瞎说一泡哩。耐去相信俚～？（沪2-98-7）¶黄胖姑便问："今天拜了些甚么官？"贾大少爷回称："刚从周中堂那里来。"黄胖姑道："这位老中堂现在背时的了，你去找他～？"(官24-388-8) "做倽""作啥"とも作る。¶做梦个事体认倽真，去对好俚做倽！(鸿6-223-11) ¶让俚尽管打！耐笃去拉俚做倽？(鸿11-253-11) ¶省仔洋钱下来搭倷多创点物事末哉，瞎用脱俚做倽？（九37-277-19）¶我劝唔笃勿实梗，格两日落得快活快活，况且下埠日脚长勒海来，俚倷作兴到上海，倪末作兴到北京，两

語彙例釈　zuo

家头仍旧碰头哉喴,哭俚作啥呢? 还是吃仔半夜餐,早点困罢。(狐 17-131-10)¶阿金道:"我猜着仔,倷覅赖介?"宝玉道:"奴本要告诉唔笃商量格件事体,倷故歇能够猜得出,奴还要赖俚作啥呢?"(狐 44-379-19)¶该号拨人家嘲骂生意晏要做俚作啥?(沪 1-85-5)また、"做甚""作甚"とも作る。¶烧饭司务,老爷拉喊侬。——老爷喊做甚?(上问 39-71-5)¶大家都是相知,作甚是格能客气东西?(上散 10-62-2)¶施主,你把这有命无运、累及爹娘之物、抱在怀内作甚?(红 1-10-9)¶因何打怎了只管叫姐妹做甚? 莫不是求姐妹去说情讨饶? 你岂不愧些!(红 2-32-8)¶小官那里来的、清早敲门做甚?(禅 6-77-1)¶既有柴大官人的书、烦恼做甚! 这一封书,值一锭金子。(水 9-144-1)

【做生活】
仕事をする。共通語の"做活儿""干活儿"。¶娘姨、大姐～还忙杀来浪,再要搭我煎药。(海 20-161-15)¶俚哚两家头阿肯～嘎! 十二点钟喊俚哚起来吃中饭,就搭先生梳一个头;梳好仔头末,无事体哉,横来哚榻床浪,搁起仔脚吃鸦片烟。(海 23-183-18)¶我有仔生意末,耐要～哉喴。(海 53-449-23)¶老爷侬忘记者。上转我替北面房间里向伊位客人～,侬勿是替我白话歇个?(上问 26-48-8)¶管他男裁缝女裁缝,只要会～就是了。你给我去喊他来。(新 44-202-5)¶小陈,怎地不～,在这里闲坐?(禅 10-145-14)¶我家六年前,讨下这两个丫头。如今大的忒大了,小的又娇娇的,做不得生活,都要卖他出去,你与我快寻个主儿。(醒 1-10-6)¶一日爷儿三个多出去了,只留两个媳妇在家,闭上了门,自在里面～。(初 16-275-9)¶问那浑家道:"做甚的你们都守着我眼泪出? 浑家道:"你前日在门前正～里,蓦然倒地,便死去。摸你心头时,有些温,扛你在床上两日。你去下世做甚的来?"(喻 15-217-13)¶也不知他仔细,只见他在那里住地,依旧挂招牌～。(警 8-97-2)¶我这酒挑上去,只卖与寺内火工道人、直厅轿夫、老郎们～的吃。(水 4-66-14)

【做生意】
①商売をする。仕事をする(生業に就いて)。¶洪善卿问及来意思,朴斋道:"也无啥事干,要想寻点生意来做做。"善卿道:"近来上海滩浪,倒也勿好做啥生意哩。(海 1-4-4)¶俚要～! 耐看陆里一样生意末俚会做嘎?(海 14-112-21)¶过仔垃圾桥,几花湖丝栈,才是做丝生意个好客人。(海 55-505-19)¶倷是家当大格人,勿说勒浪～,年年多仔几几化化,就是登勒屋里坐吃仔一百年,也呒啥要紧。(狐 10-70-9)¶归格铜钿弗是倪自家用格哩。为仔倪旧年年下末问一个做茧生意客人借仔五千详钿,……。(沪 3-97-1)¶是个做甚个?——是个～个。——是做甚生意个? 一是个绸缎客人。(上问 7-13-9)¶这

zuo　語彙例釈

里四马路做正经生意的店铺没有的。(新5-20-18)　¶哪怕专门做珍宝生意的人尚且认不出是真是假。(商11-79-2)　¶我有个儿子在家,一来没有本钱～,二来没有个妻子。(醒上12-85-15)　¶有个秦卖油,～甚是忠厚。(醒3-45-10)　¶只见张权在店中～,挤着许多主顾,打发不开。(醒20-412-7)　¶元来这个张大名唤张乘运,专一做海外生意。(初1-6-4)　"作生意"ともいう。　¶我如今又不做官了,无处挣钱,作何生意以为糊口之计?(警24-357-7)

②芸妓・遊女が接客商売をする。　¶双宝心里是也巴勿得要好,就吃亏仔老实点,做勿来生意。(海3-20-3)　¶我从养仔俚养到仔十八岁,一径勿舍得教俚～。(海16-127-7)　¶倪先起头勿是～个呀,为仔今年一桩事体勿过去,难末做起个生意。刚刚～,第一户客人就碰着四老爷,也总算是倪运气。(海27-224-4)　¶不过倪吃仔把势饭,要～个哕,阿敢去得罪个大流氓?(海61-521-17)　¶客人要打倪房间,倪就勿做生意,顶好格事体哉哕,侬到勿发极,要耐笃吓昏!(鸿11-253-13)　¶～勿～,生来勿关倪娘姨傛事,倪阿好来管耐?不过耐挂仔牌子,客人来仔勿应酬末,做倷个生意介?(九38-279-11)　¶倪生意末做仔好几年,从来勚到客人搭吃歇过饭。(九73-528-3)　¶那时候那金姨太太还在妓院里～呢。(目78-631-14)　¶小姐,你要是这样做法,你就把我担待的钱还了我,让你去自由罢。若不然,须要服从我们的压力,好好的挂了牌子,正正经经～才行。(梼13-215-1)

【做戏】
〈动〉劇を演ずる。　¶啥人去招揽嘎!俚自家跑得来寻耐,定归要～吃酒,倪阿好回报俚?(海44-371-6)　¶耐做啥个戏?(海44-371-19)　¶倪乡下有只关帝庙,到仔九月里末～,看戏个人故末多到个无拨数目咪,连搭墙外头树丫枝浪才是个人。(海55-466-20)　¶十三旦格名字着实红得极格,时常到内廷去～,还有王公大老笃叫俚去,格落戏馆里向,一个月不过十日八日,勒浪白浪串串。(狐45-391-13)　¶鲍文卿仍旧领了班子在南京城里～。(儒25-302-12)　¶他竟是疯傻的想头,说他自己是小生,药官是小旦,常做夫妻,虽说是假,每日那些曲文排场,皆是真正温存体贴之事,故此二人就疯了,虽不～,寻常饮食起坐,两个人竟是你恩我爱。(红58-827-22)

【做帐】
〈动〉帳付けにする。掛けにする。　¶倪就好借也有限得势,倒勿如做个帐。绸缎店,洋货店,家生店,才有熟人来浪,到年底付清好哉。(海55-469-10)　"做账"ともいう。　¶做出去的账,总要到节上才得收回来。(新48-222-9)

語彙例釈　zuo

【做主】

〈动〉責任をもって決める。一存で決める。¶我搭耐~末，就是耐福气。耐答应仔一声，我一说就算成功哉嗾。(海 19-153-9) ¶自家先一点点做勿来主，再要帮别人，生来勿成功。(海 52-440-2) ¶照耐年纪是应该定亲个辰光，耐哖无拨爷娘，生来耐阿哥~。(海 54-455-10) ¶五少爷一径蛮要好，定亲个事体也是俚阿哥做个主，倒夠去怪俚。(海 63-542-4) ¶洋钱是要俚拿出来格。我故歇弗好~。(鸿 11-257-10) ¶老五是自家身体，做弗做耐，俚自家可以~。(沪 1-77-11) ¶女儿是我生的，我还不能~么？你放心，如果叔叔向你说话时，有我呢。(新 20-90-8) ¶她脱大衣的时候，战兢兢地对我说道："阿姨呀，这件大衣果然有这样暖热，我倒有些穿得上脱不下呢，走出去格外要冷了。"我听了这句话，也煞是不忍，不过大衣不是我的东西，我自己不能~。(人 17-150-17) ¶他们做不得主，你好歹求求太太去。(红 77-1101-6) ¶苗龙~，将一半自与李秀，韩回春三人分了。(禅 5-59-13) ¶官人不方便，老身做不得主。(初 3-54-13) ¶小弟是书生之见，还求仁兄~行事。(二 17-355-8) ¶我两个做了主，不怕孩儿不依。(醒 9-190-13) ¶既蒙员外~，洒家情愿做了和尚，专靠员外照管。(水 4-62-10) "作主"とも作る。¶我的身子是母亲生的，给婆家不是母亲作主，还有谁来作主？(新 20-90-5) ¶但是这位小姐，虽然年届标梅，却一意要学西法，说婚姻是终身大事，男女都有个自由权，断不能听父母作主的。(维 9-64-10) ¶这个矿是我姓尹的手里开办的，一切事他作不了我的主。(官 52-897-22) ¶娘娘难道把皇上的库给了我们不成！他心里纵有这心，他也不能作主。(红 53-742-15) ¶我是姓王，幼名羽娘，今年一十六岁，父母双亡，有个族叔，今也出外去了，家中并无别人作主。(醒上 12-80-26) ¶随你作主，我管不得这事！(醒 9-189-15)

語彙索引

例　　言

　『海上花列伝』の対話文で用いられている語彙を、『現代漢語詞典』第 6 版 (2012，商務印書館)の親文字およびその字を第 1 字とする単語・連語の配列順に従って挙げている。ただし、明らかに「官話」とみられるものは、挙げていない。「文言」的な対話もあるが、これは収録している。

　版本は『海上花列伝』(1982，人民文学出版社)を使用、見出しの後に〔　　〕で囲んで示している数字は、「『海上花列伝』語彙例釈」に見出しとして挙げられている頁を示す。その後に続く数字は同版本における回・頁・行を示す。(例えば、「2-15-22」は、「第 2 回、15 頁、22 行」に、見出しの語があることを示す)。

　見出しの語の意味・用法をいくつかに分けて示すのに"｜"を用いている(例えば、「17-139-12 35-291-8 ｜ 6-48-4 ｜ 26-217-21 33-276-8」は"｜"によって釈義・用法が 3 組に分けてあることを示す)。

　なお、言うまでもなく、版本中に用いられている、その見出しの語のすべてを挙げているものではない。用法によって分ける虚詞については、なるべく多く挙げるようにしてある。

語彙索引

A

a

阿［1］ 1-3-24 1-5-3 2-12-7 3-17-6 3-21-2 4-26-8 6-49-12 8-59-1 8-61-10 9-73-20 11-89-20 13-100-5 20-163-24 21-17-14 24-195-15 25-202-12 27-200-17 35-291-23 52-442-8 53-499-7 57-487-12｜3-24-3 6-43-17 10-76-17 15-117-23 25-204-12 37-311-20 54-457-2｜1-6-8 3-20-10 7-53-2 7-56-9 11-88-6 37-309-8 39-331-24 51-434-9 62-530-20

阿［2］ 3-9-11 10-76-6 10-82-2

阿伯［2］ 52-439-13

阿曾［2］ 1-3-24 3-19-22 3-23-5 7-52-10 13-102-13 18-146-15 20-158-21 22-175-21 34-280-11 36-298-13 43-363-21 47-397-8 53-448-7 57-483-7 61-521-8｜3-17-15｜42-354-23

阿哥［3］ 5-36-10 18-141-6 19-154-17 29-239-9 52-439-10 54-455-1｜5-40-6 22-179-1

阿姐［4］ 1-8-21 3-20-16 6-49-18 20-162-11 21-166-14 24-197-22 28-235-12 47-397-12 49-419-1

阿舅［4］ 38-320-16

阿嫂［4］ 52-439-10 62-529-5

阿叔［5］ 37-312-6

阿呀［5］ 16-128-17

阿要［6］ 2-10-23 2-16-5 3-20-22 4-80-24 10-80-8 22-181-19 23-187-18 35-295-3 54-412-9 55-466-18 62-529-10

阿哟［6］ 12-92-18 59-500-8

阿唔［6］ 2-12-5 2-16-1 21-166-4

阿唔坏［6］ 47-403-4

阿唔喟［6］ 21-167-23

阿有价事［6］ 3-19-9 15-118-4 42-352-14 47-401-14 53-454-3 56-474-19 61-523-16

阿有啥［7］ 1-6-24 2-16-11 2-16-12 3-17-3 3-19-9 3-20-22 4-31-3 7-53-14 9-68-11 10-81-17 11-86-21 11-89-22 12-98-7 14-109-23 17-136-22 18-145-15 19-153-7 20-161-24 22-181-2 23-183-10 26-210-7 27-220-11 38-317-6 39-331-23 45-378-11

語彙索引

45-379-11　46-378-9　52-440-8　56-474-3　60-509-17　｜　8-59-1　18-141-3　45-382-3　｜
3-19-15　6-47-22　7-51-2　7-52-8　8-59-3　8-59-11　8-63-16　9-73-5　12-94-22　15-116-11
18-141-6　20-157-14　22-177-3　41-343-14　45-379-19　46-390-19　49-418-10　49-427-8
52-440-2　53-455-2　54-460-15　54-461-12　54-477-12　58-499-2　｜　3-19-5　16-126-4

阿侄［9］　57-487-1

阿姊［9］　43-367-14（石印本作"阿姐"）

嘎［9］　1-3-15　1-7-2　1-7-22　1-8-5　2-10-22　4-28-18　4-28-20　6-42-15　6-46-4　13-100-24
17-135-3　18-142-12　20-161-6　22-180-4　23-188-24　24-193-7　25-206-18　27-221-2
29-241-5　31-256-23　35-291-22　42-355-24　50-425-8　54-462-11　55-470-4　56-478-22
59-501-6　｜　17-133-18　32-264-9

啊［9］　2-11-13　2-15-22　3-18-21　8-62-20　40-339-24

ai

哎哟［9］　2-16-1

哎哟哟［9］　2-16-2

挨得着［10］　27-222-15

挨勿着［10］　18-148-6　25-202-7　31-257-4　51-435-12　53-449-1

挨一挨二［10］　49-417-24　54-462-13

挨着［10］　21-166-21　21-166-24　22-175-16　37-312-1　39-327-14　62-533-24　｜
24-195-17　25-206-5

嗳气［11］　36-305-4

碍［11］　6-48-21　32-265-15

碍事［11］　9-70-22

an

安逸［11］　20-161-15

安葬［11］　42-357-11

安置［12］　4-29-18　8-61-17　20-163-8

按［12］　60-515-21

暗底下［12］　56-477-23

ao

拗空［12］　49-420-23　57-487-11　｜　56-478-20　59-505-13　62-529-16

語彙索引

拗殺［13］ 32-263-8

B

ba

八马［13］ 15-118-17

巴结［13］ 3-20-14 6-46-9 10-76-13 20-164-16 32-263-16 49-417-14
49-419-10 56-476-22 62-527-15 64-546-14
5-36-12 7-51-13 15-117-7 23-189-19 35-289-15 55-465-4 64-551-3

巴勿得［14］ 3-20-3 20-161-10 36-256-24 57-483-24

拔舌地狱［14］ 51-432-11

把［14］ 2-11-17
6-44-2 8-62-10 17-139-12 35-291-8 ｜ 6-48-4 ｜ 26-217-21 33-276-5
2-16-11 4-29-7 8-62-21 10-82-20 15-120-3 30-253-11 34-281-16 36-304-15
57-483-10

把脉［16］ 21-169-21

把势［16］ 3-20-23 36-298-15 38-317-6 44-374-2 61-524-7

把势饭［16］ 16-128-4 37-307-16 49-418-16 61-521-17

把握［16］ 36-305-23

罢［16］ 13-105-4 15-118-6
8-59-3 9-71-3 11-83-8 22-174-8

罢哉［17］ 8-58-7 12-94-12 18-142-18 26-162-20 24-193-4 34-284-5
51-432-14 57-485-5 62-530-19 63-542-24
47-397-4 61-523-24

罢［17］ 1-4-6 1-5-14 2-12-21 4-29-9 5-38-6 5-41-8 8-63-8 13-100-17
20-158-24 33-273-17 35-291-7 41-342-7

bai

白［17］ 11-88-3 13-105-3 16-127-11 20-162-2 44-374-5 44-374-33

白相［18］ 2-10-17 2-10-21 5-37-19 5-39-24 12-98-11 15-118-24 21-166-6
32-266-2 37-312-19 47-401-13 58-491-12 60-508-17 60-511-1

白相场花［18］ 56-474-20

白相物事［18］ 49-416-15

1120

語彙索引

白相相 [18]　5-41-18　12-98-11　14-112-20　15-120-6　15-122-15　16-123-9　29-239-9　30-248-5　32-266-2　41-345-19　46-393-10

百十 [18]　16-125-22　32-270-11

百叶 [19]　30-247-15

摆 [19]　3-23-8｜4-28-18｜3-24-22

摆架子 [19]　9-73-9

摆酒 [20]　14-107-6　18-142-3　52-441-14

摆台面 [20]　4-25-2　25-202-10

摆庄 [20]　4-25-3　7-56-11　28-235-18　36-299-24

拜 [20]　47-396-5　49-421-24｜52-440-19　52-441-12　52-441-19

拜续 [21]　47-400-18

摆盒 [21]　7-54-4

拜堂 [21]　34-286-12　53-449-11　55-465-23

拜托 [21]　27-224-13　32-268-18　59-502-6　62-530-20　64-544-16

拜望 [22]　47-401-16

拜匣 [22]　8-59-18　58-498-22　59-201-2

拜心 [22]　52-441-14

ban

扳 [23]　23-184-12　38-323-15｜26-214-17

扳差头 [23]　2-16-12　22-180-18　25-202-9　26-210-5　39-27-20　50-427-7

班 [24]　33-274-24　45-381-12　16-125-20

搬 [24]　3-20-2　11-88-8　14-107-13　30-250-16　57-486-1｜55-465-4

板面孔 [24]　5-36-6　38-320-7

办 [25]　8-61-1｜10-81-2　12-94-6　6-129-4　32-270-17　34-285-2　42-358-14　55-466-10　55-467-19　64-544-7｜25-207-19　27-225-8　33-271-6　34-282-23　37-312-11　56-473-15　61-520-21

办生活 [25]　25-207-19

半 [26]　36-304-20

半日 [26]　9-72-4　13-105-6　20-158-20　36-302-2　44-371-10　48-409-17

1121

語彙索引

61-522-21

半夜三更［26］ 18-142-15

扮［26］ 8-65-3

拌［27］ 48-411-10｜59-505-14

bang

帮［27］ 5-35-3 5-36-1 9-69-11 0-82-14 13-100-13 16-127-15 32-269-24 34-281-7 38-316-9 42-354-19 45-378-8

帮手［27］ 10-82-14 52-439-22 61-521-4

帮贴［27］ 44-375-3 44-375-24 44-376-20

榜样［27］ 36-298-17

bao

包［28］ 7-52-24 9-74-15 31-260-1｜9-73-16 10-80-21 18-145-8 26-216-13 29-244-19 38-317-1
  60-511-12 60-513-2

包场［28］ 54-456-13

包打听［28］ 4-25-15 14-109-23 29-237-9

包房间［29］ 4-28-13 60-509-7

包荒［29］ 5-36-9 12-92-20

包瞒［30］ 16-128-3 24-193-9

包厢［30］ 29-244-19 55-466-24

剥［30］ 23-184-13

饱［31］ 25-208-7

宝贝［31］ 15-119-10

保险［31］ 11-85-16
  11-86-17 11-86-18

保险单［31］ 11-86-3

保险灯［31］ 35-293-19 50-424-22

保险行［32］ 11-86-17

保重［32］ 12-95-6 18-142-15 35-292-3 44-370-16

报［32］ 29-237-9 60-513-20

报官［32］ 60-513-20 61-521-8

抱歉［32］ 1-5-4

bei

杯［33］ 3-23-9 4-27-4 5-40-13 16-124-20 40-340-6 63-539-14

背［33］ 60-513-2

北头［33］ 1-4-18 13-102-14

背后［33］ 7-54-3 15-109-7 15-109-9 58-491-18 ｜ 24-193-21

倍［34］ 44-374-10

被头［34］ 42-355-1

ben

奔［34］ 1-3-10 27-220-20 46-393-8 59-503-18

本［35］ 31-257-1

本底子35］ 34-285-13 36-304-24 37-308-2 41-345-19 50-425-3 52-438-17 56-476-15

本家［35］ 11-89-1 37-310-1 47-398-3 48-413-5

本来［36］ 13-101-2 43-361-16 44-370-17

本钱［36］ 44-374-5 44-375-19

本色［36］ 47-401-19

本事［36］ 6-48-1 12-95-5 12-96-12 14-113-7 21-169-12 23-187-21 37-309-20 44-375-22 47-400-17 56-474-6 60-511-8

本堂［37］ 48-413-10

本堂局［37］ 6-46-10 9-74-19 28-230-14 48-413-9

笨［37］ 17-135-1

笨手笨脚［38］ 24-195-11 34-285-6 51-436-4

beng

绷场面［38］ 12-92-7 15-116-19 22-176-18 24-193-15 37-309-22

迸断［38］ 37-309-15

鬅［38］ 36-300-16

bi

逼［39］ 34-284-4 34-281-5

鼻头管［39］ 6-43-18 26-218-1

語彙索引

比［39］ 1-4-8 3-20-1 8-63-6 30-247-9 31-260-12 ｜ 23-190-13 36-302-15 22-180-4 33-274-2 33-274-3 57-485-2 ｜ 51-436-8

比方［40］ 11-84-19 34-282-10 44-374-7

比勿得［41］ 6-46-11 9-72-20 52-438-17 ｜ 12-92-7 14-108-12

比仔［42］ 1-4-10 3-20-24 6-43-14 12-96-11 13-99-3 14-110-13 14-114-20 17-133-8 18-141-13 19-150-6 22-180-3 24-193-11 24-195-15 27-224-14 32-264-3 36-305-20 47-400-11 52-440-1 58-497-22 59-507-12 60-511-11 63-536-2 ｜ 15-119-22 64-545-12 2-10-22 30-250-18 47-398-6 ｜ 20-160-9

笔迹［43］ 3-23-24

笔墨［43］ 47-400-8

笔砚［43］ 6-47-6

笔意［43］ 47-400-6

必［43］ 64-547-7

必然［44］ 36-305-2 61-523-10

毕竟［44］ 60-515-21

闭［44］ 18-142-7 34-284-20 36-302-14

臂膊［44］ 33-271-4

bian

边［45］ 37-309-21

边镶滚缎子［45］ 61-524-22

匾额［45］ 40-337-12

变［45］ 4-33-2 ｜ 36-304-20 ｜ 59-501-9

变心［46］ 4-33-3

便［46］ 4-29-9 42-358-11

便当［46］ 3-21-14 14-110-14

便饭［47］ 38-324-1

便夜饭［47］ 11-90-21 27-226-22

便衣［47］ 47-401-17

biao

标［47］ 17-137-7 26-210-8

标致［48］ 21-168-3 60-509-15 62-529-13 64-547-19

缥致［48］ 3-19-24

表［48］ 22-180-23

表记［48］ 32-268-13

褾［49］ 31-260-9

bie

别场花［49］ 6-42-14 12-92-10 14-110-18 27-222-13 29-244-24 55-468-11 61-522-4

别脚［49］ 37-313-11 ｜ 54-462-15

别开生面［49］ 45-383-7

别人［49］ 2-11-10 4-29-2 9-69-12 10-76-5 18-142-21 34-286-14 43-364-18 54-456-12

别人家［50］ 12-92-7 28-228-12

别样［50］ 9-71-2 17-138-24 18-142-19 20-160-9 20-162-8 22-175-23 24-193-17 24-194-5 24-195-18 28-229-10 36-303-18 42-354-8

蹩脚［51］ 22-180-24

bin

鬓脚［51］ 6-48-21 10-75-3

bing

冰冷［51］ 46-390-17

冰清水冷［51］ 59-507-9

禀单［51］ 37-312-12

并［52］ 36-304-4

并堆［52］ 17-132-16 22-181-18

病［52］ 9-71-15 20-160-2 20-161-23 21-169-12 35-295-12 41-346-15 36-305-17 42-353-16 64-545-7

病倒［52］ 42-353-21

病根［53］ 35-295-12

病势［53］ 36-305-18

病源［53］ 47-399-15

bo

語彙索引

拨［53］ 3-20-21 8-65-7 14-110-15 18-144-8 20-161-22 20-162-11 22-176-17 24-199-15 29-238-19 44-374-23 47-400-3 54-458-23 56-477-20 57-484-18 59-503-9 60-508-14 ｜ 4-26-15 5-41-10 8-58-8 8-63-24 25-202-15 46-388-11 47-400-5 56-478-21 57-484-7 57-487-14

24-195-22 ｜ 2-10-19 8-58-11 13-100-6 19-153-7 21-172-18 22-176-7 23-183-15 23-187-16 24-194-9 27-224-9 29-243-18 31-257-19 34-285-2 34-287-11 35-296-23 37-309-6 44-376-24 47-399-19 47-401-23 48-411-7 52-440-10 53-451-5 54-458-20 56-476-15 58-498-8 59-502-18 59-502-23 59-506-3 62-528-14 ｜ 18-144-7 22-177-2 24-199-13 37-313-21 46-393-10 48-405-14 49-419-24 51-436-11 53-451-3 55-468-10 ｜ 5-36-14 6-43-17 8-60-16 11-88-1 18-144-14 29-238-24 35-289-10 47-398-12 53-446-11 53-447-6 55-465-2 57-483-16 61-519-21 62-529-2 62-529-15 63-543-5 ｜ 53-446-18

拨来［56］ 2-11-20 8-65-5 10-75-2 10-76-5 10-76-9 54-459-1 62-529-10 63-535-16 9-73-9 15-119-10 37-307-17 ｜ 3-19-19 4-28-19 4-29-3 7-57-3 8-60-1 9-67-13 11-83-6 29-238-23

拨信［57］ 38-318-7 45-381-19 56-473-16 57-484-18 64-552-5

玻璃杯［57］ 28-235-16

玻璃窗［57］ 18-141-18

玻璃罩［58］ 23-183-4

驳［58］ 39-327-19

博爱［58］ 31-259-23

薄［58］ 36-304-15

bu

补［58］ 59-505-1

补偿［58］ 20-162-4

补凑［58］ 14-108-15

补足［58］ 49-421-12

捕面［58］ 6-44-3 17-134-12 26-217-9 43-365-3 45-385-16

不过［59］ 1-4-9 4-25-4 4-31-10 7-52-5 8-58-7 8-59-15 12-92-22 12-94-11 14-108-9 16-128-7 24-192-9 25-206-7 30-250-18 39-325-10 41-348-12 43-364-19 44-374-2

1126

51-432-14 53-450-20 54-456-3 57-483-13 58-496-4 59-503-8 61-517-3 63-537-6 63-537-11

　　　12-94-19 12-98-11 15-119-23 16-127-16 20-160-15 24-196-24 27-224-7 34-280-18 42-352-13 47-400-8 52-438-18 54-456-12 55-465-17 58-498-4 59-506-10 61-519-18

不愧［60］　51-431-7

不料［60］　33-272-24

不免［60］　51-432-16

不弃［60］　36-304-4

不特［60］　59-505-1

不妥［60］　59-564-23

布［61］　34-285-2

步［61］　7-57-3

部［61］　40-337-11 41-349-14

簿子［61］　47-401-17

C

cai

猜［61］　4-31-7 7-54-12 8-60-9 19-152-4 20-160-23 30-248-9 34-285-8 40-337-23 53-448-1 62-529-2

才［62］　2-10-18 2-14-21 7-56-14 9-71-11 10-81-3 10-81-5 15-119-13 18-144-5 21-169-11 33-271-5 35-293-22 44-374-8 52-442-10 56-476-14 59-502-9 59-502-13 59-505-19 61-523-6 62-531-15 63-540-15 ｜ 7-52-1 15-117-11 15-119-14 18-142-1 19-156-5 49-420-1 52-437-8 53-451-5 55-466-21 58-496-11 59-505-14 61-521-4 ｜ 11-84-6 12-92-23 14-107-12

才情［63］　31-261-3

财气［63］　48-410-10

裁缝［63］　21-173-6

裁缝帐［63］　21-173-6 22-176-16

采［63］　38-323-15

菜［63］　8-63-8 18-147-10 21-168-14 43-366-1

語彙索引

菜水［63］ 8-63-6

can

参互［64］ 53-450-12

惨淡经营［64］ 59-506-11

cang

藏［64］ 40-336-8

cha

插［64］ 15-119-23

茶［64］ 2-13-6 18-145-7 37-314-5 ｜ 59-505-18

茶房［65］ 60-512-7

茶馆［65］ 1-3-16 44-374-13 48-412-23 64-551-5

茶会［65］ 22-179-13 24-195-15

茶炉子［65］ 52-462-17

茶钱［65］ 54-462-17

茶碗［65］ 23-189-16

查［65］ 49-416-16 56-473-3

诧异［66］ 18-145-15 18-146-15 22-180-19

差［66］ 25-202-12 25-202-13 34-282-23 56-474-7 2-16-11 7-52-15 8-59-22 10-79-24 22-174-7 26-211-24 57-482-5 59-501-4 61-523-17

差处［67］ 59-504-23

差仿勿多［67］ 18-148-5 23-190-13 61-517-13 64-545-13

差勿多［67］ 2-10-23 3-21-2 12-97-7 14-108-9 15-119-22 40-340-10 53-446-18 14-110-11 14-113-8 20-158-22

chai

拆［68］ 23-184-3 54-460-20 ｜ 64-546-2

拆开［68］ 26-213-21

拆冷台［68］ 14-113-15

拆梢［69］ 16-127-17 59-504-22 41-346-11 49-417-1 60-511-15 60-511-16

差［69］ 33-279-4 36-298-5 42-354-18 61-522-1 62-529-22

差使［69］ 3-24-2 34-285-5

1128

差役［70］ 61-521-3

柴米油盐［70］ 31-257-20

chan

搀［70］ 10-79-17 25-209-2

缠［70］ 24-193-10 28-228-6 48-413-7 50-426-21

缠差［71］ 57-482-5

缠脚［71］ 8-65-3 32-264-3 45-378-18 59-502-11

诌头［71］ 11-88-2 22-175-8 24-193-8 37-309-19

铲头［72］ 13-100-24 15-120-9 18-146-21 32-264-8 547-483-16

chang

长［72］ 5-36-11｜18-141-13

…长…短［72］ 23-189-18

长［73］ 52-440-15

长客［73］ 25-202-9

长三［73］ 10-82-19

长三书寓［73］ 2-10-12 15-120-9 16-123-18 16-128-7 34-287-8

长衫［74］ 24-199-10 37-313-24

长条子［74］ 8-62-14

长性［74］ 7-51-7

长远［74］ 7-54-8 20-160-14 23-187-11 25-202-19 36-305-8 49-415-1 52-438-24 53-448-10 55-471-23 58-497-22 64-552-8

场［75］ 11-84-3 20-162-3 25-205-2

尝［75］ 38-321-13 51-432-12

常［75］ 7-57-3 36-304-14 36-305-7

常恐［76］ 18-145-9 20-162-1 22-180-21 25-206-22 39-331-24 47-398-12 55-469-3 56-474-22 56-477-10 57-483-1 63-535-17

　　24-192-13 25-202-3 25-205-4 26-216-10 32-270-11 34-281-14 36-305-9 45-380-21 50-430-17 52-438-1 53-453-20 55-465-20 59-504-18 61-523-24 62-533-7

场花［76］ 2-10-21 2-10-23 5-37-19 5-37-22 12-98-16 13-101-2 15-119-20 18-146-14 28-229-14 29-238-17 34-285-7 45-379-23 45-381-22 52-440-12 55-443-12 56-473-18

語彙索引

58-496-18 59-507-18

场面 [77]　2-10-18 10-80-10 12-92-7 51-433-12 ｜ 10-80-15 16-127-20 37-308-2 52-439-10

场面浪 [77]　4-108-8

场子 [77]　52-445-5

唱 [78]　3-23-5 6-46-19 14-107-6 57-484-7

唱戏 [78]　39-332-19

chao

抄 [78]　41-350-5 51-432-7 ｜ 59-504-23

吵 [78]　3-18-18 3-19-19 4-31-13 5-35-23 7-56-23 20-161-15 ｜ 2-16-3 2-16-10 6-48-19

che

车钱 [79]　17-139-13

车子 [79]　13-102-22 29-237-10

chen

辰光 [80]　2-14-21 6-48-2 8-60-6 10-76-7 11-98-11 31-258-11 34-284-11 60-515-4 61-524-11 64-547-3 ｜ 26-214-16

沉博 [80]　53-450-11

称心 [80]　11-89-17 18-142-24 22-176-20 34-285-8 42-354-8 52-440-1 52-441-20 54-455-15

趁 [81]　24-199-14 30-253-15

趁早 [81]　13-100-23 62-527-15

cheng

称 [81]　40-339-24 45-383-7

撑 [81]　10-76-5 16-128-8 48-405-8 49-416-23 49-417-5

撑场面 [82]　10-80-10 10-81-14 ｜ 56-478-21 56-478-23

成功 [82]　19-153-9 37-309-20 44-373-21 44-374-1 44-375-3 63-542-24 ｜ 20-160-10 ｜ 36-305-1 62-533-24 ｜ 36-301-1

　　29-241-20 35-295-11 37-313-10 42-353-11 45-382-19 52-440-3 54-456-5 58-499-10 62-529-11

成见［84］ 60-515-11

成亲［84］ 62-530-1

成人［84］ 47-402-21

成日成夜［85］ 3-18-18 6-42-14 7-51-2 42-353-18 56-473-5 58-496-11 59-505-15

成日个［85］ 22-181-18

成双到老［85］ 18-143-3

成文［85］ 53-450-12

呈教［85］ 53-451-7

承乏［85］ 33-275-3

承情［85］ 12-94-14

城［86］ 4-30-12 47-402-3

城隍老爷［86］ 36-302-18

城隍庙［86］ 22-179-13 36-302-17 51-432-11

城头［86］ 4-30-19

盛［87］ 14-114-15 20-159-19

chi

吃［87］ 1-8-14 2-12-6 2-15-9 6-48-4 11-90-14 18-148-10 19-156-7 25-208-7 28-229-2 36-303-6 ｜ 5-41-8 7-50-13 8-63-24 26-212-22 37-314-5 ｜ 2-12-14 15-117-21 27-222-12 49-416-17 60-508-18

吃白相［87］ 60-508-17

吃醋［87］ 4-30-24 6-42-9 14-109-15 15-117-8 18-146-16 45-384-11 51-436-9

吃得落［88］ 18-144-18

吃得消［88］ 13-105-10 38-317-5

吃耳光［88］ 4-29-3 14-110-15 24-199-15

吃饭［88］ 37-307-16 49-418-16

吃官司［88］ 21-167-1

吃花酒［89］ 4-27-2 6-43-9 49-44-3 60-511-6

吃酱油［89］ 6-47-8

吃酒［89］ 2-16-7 2-16-9 15-119-20 37-309-22 44-371-6

吃局［89］ 3-21-22 3-21-23 15-120-23 45-381-20

1131

語彙索引

吃苦［90］ 10-77-2 20-162-8 26-210-8 49-416-24 60-509-13

吃亏［90］ 3-19-6 9-70-23 9-71-2 23-184-6 34-283-2 36-299-20 44-376-9 56-477-4 59-504-18 63-537-19 64-551-5 ｜ 3-20-3

吃力［90］ 45-382-11 48-410-9 48-412-3 ｜ 49-416-17

吃没［91］ 8-60-7

吃生活［91］ 60-508-14

吃屎［91］ 37-310-5

吃碗茶［91］ 37-314-5

吃勿落［92］ 4-32-9 6-47-4 20-158-10 25-208-7

吃勿消［92］ 26-213-22

吃闭话［92］ 9-72-21 14-114-2 27-220-16 38-272-10

吃着［92］ 44-274-3

chong

冲茶［92］ 23-189-16

冲场［92］ 44-374-6

冲喜［93］ 42-354-13

充塞［93］ 53-446-10

宠招［93］ 54-459-9

chou

绸缎店［93］ 55-469-10 61-524-10 64-545-20

筹［93］ 44-369-9

筹码［94］ 14-113-18

臭［94］ 62-529-10

chu

出［94］ 8-59-8 ｜ 25-205-11 32-264-16 53-451-22 ｜ 56-473-8 ｜ 52-442-11 ｜ 7-55-19 36-304-21 ｜ 57-484-11

　　57-487-1 ｜ 1-4-18 3-17-12 11-85-9 42-353-20 42-357-23 47-399-2 47-400-10 ｜ 37-308-4

出［96］ 20-158-22 44-370-22 45-382-11

出殡［96］ 42-357-11

出花样［96］ 52-439-13
出局［97］ 6-49-18 7-52-16 10-75-1 15-116-7 56-480-18 59-507-8 30-251-12
出来［97］ 1-4-6 3-18-10 9-70-23 14-112-19 16-126-3 23-184-8 30-253-14 32-263-9 59-505-15 ｜ 16-127-9
　　　　10-76-22 11-83-6 11-88-8 14-113-17 15-117-15 21-167-2 26-210-2 32-266-6 41-349-20 45-379-24 50-426-22 61-519-23 ｜ 4-26-16 5-34-8 5-36-17 6-43-8 6-43-14 6-43-15 9-69-22 9-71-4 10-76-13 14-109-8 15-116-2 15-117-16 16-127-15 17-132-5 24-194-18 33-273-12 47-400-13 47-401-19 ｜ 16-128-10 34-280-11 54-456-12
出理［99］ 45-378-18 59-502-12
出门［99］ 5-39-1 41-346-17 ｜ 29-238-23
出名［99］ 50-426-20 61-521-15
出气［100］ 51-432-14
出去［100］ 3-21-22 4-30-17 20-158-14 45-378-9
　　　　10-76-7 34-282-6 37-310-11 50-425-2 ｜ 18-141-7 18-142-10 18-142-16
出色［100］ 3-20-13 6-47-18 7-74-15 21-168-2 29-242-24 31-260-8 59-506-15 61-520-12
出身［101］ 6-47-23 54-456-2
初［101］ 18-145-8 28-229-24 42-357-11 36-304-3
初次［102］ 1-5-6
除非［102］ 34-284-24 55-466-15
除脱仔［102］ 20-162-6 24-192-9 51-432-8
除仔［103］ 12-95-2 34-285-2 38-321-12 56-480-20 63-535-14
厨子［103］ 8-63-6
橱［103］ 53-447-6
处［103］ 64-544-16

chuan

穿［103］ 12-94-24 14-110-10 15-117-21 42-354-10 43-364-22 56-477-23
传单［104］ 18-145-8
传说［104］ 36-304-4

語彙索引

传闻［104］ 35-297-5

船［104］ 31-257-17 39-328-11 43-362-21

串通［104］ 23-184-11

钏臂［105］ 8-58-8 22-176-2 32-270-12

chuang

疮［105］ 58-496-17

窗课［105］ 60-514-18

窗帘［105］ 18-142-1

床［105］ 2-14-21 18-143-17 20-163-5

闯穷祸［106］ 9-71-4 10-79-15 10-82-4 15-119-4 38-317-5

chui

吹［106］ 37-307-4 37-307-7 ｜ 18-141-18

吹风［106］ 19-155-17 35-293-6

吹嘘［106］ 14-108-18

chuo

戳［107］ 13-105-9 ｜ 11-89-15 39-328-10

ci

此［107］ 36-304-22 40-340-3 47-400-8 53-446-12 60-515-24 63-543-1

此次［108］ 54-459-9

此地［108］ 18-148-19

次序［108］ 47-400-10

伺候［108］ 12-95-18 15-120-19 46-393-16

赐批［108］ 51-431-16

cong

聪明［108］ 12-96-8 36-305-2

聪明人［109］ 11-84-1 42-354-9

从［109］ 2-12-7 10-81-5 16-127-7 20-160-3

从此［109］ 42-354-7

从此以后［109］ 6-48-6 31-257-22 32-269-14

从来［110］ 6-43-6 45-383-7

從前 [110]　1-4-10　4-31-11　15-116-2　34-283-3　36-305-19
從小 [110]　15-118-3　20-161-21　32-266-5　38-317-6　45-383-6　52-442-10

cou

湊 [110]　16-129-5　21-173-7　45-382-20 ｜ 61-519-24
湊攏來 [111]　44-375-3
湊巧 [111]　44-107-9　44-370-20

cu

粗點心 [112]　11-90-17

cuan

撺掇 [112]　2-16-12

cui

催 [112]　6-45-16　7-54-9　11-90-18
催客 [113]　7-55-6
催請 [113]　50-429-7
催生婆婆 [113]　47-402-16

cun

存 [113]　4-26-8　6-46-23
存没 [113]　53-450-1
寸 [113]　5-36-11

cuo

錯過 [113]　19-153-8

D

da

搭 [114]　55-466-22　58-491-14 ｜ 13-101-2
　1-4-18　1-7-21　3-17-11　6-48-2 ｜ 2-11-17　2-15-23　3-19-21　4-25-16　4-26-24　4-31-2
7-51-4　7-54-10　8-63-15　8-63-24　11-90-20　15-118-7　15-118-8　19-154-16　19-154-17
21-172-20　22-175-22　22-175-23　24-193-7　24-193-14　24-193-16　24-193-18　37-312-4
43-363-19　47-399-18　59-503-24　61-524-8 ｜ 1-4-5　6-48-6　8-63-18　59-503-14 ｜ 2-10-20
3-17-8　3-19-20　7-52-6　15-115-10　23-183-18　24-193-15　34-284-24　41-346-15　46-390-5
53-451-3　56-476-21 ｜ 3-17-4　3-20-20　4-29-12　5-36-9 ｜ 6-42-6　6-42-23　55-471-9

語彙索引

56-481-8 ｜8-62-23
　　5-34-10　10-76-6　13-103-3　14-113-5　26-210-10　34-281-4　38-317-2　39-326-22　52-438-13　57-483-12　61-519-18　63-536-8
　　1-6-12　2-10-14　3-21-15　4-27-17　7-52-14　14-111-1　15-118-1　22-176-18　51-436-1　52-438-14　60-511-12　62-522-1

搭浆［116］　13-100-6　22-181-6　56-473-8｜24-194-2　50-430-18　55-465-22

搭姸头［117］　53-451-10

搭仔［117］　51-433-5　61-517-12
　　36-298-12　45-382-9　51-431-11　58-496-18　59-502-20　60-508-9　61-524-23

答应［117］　10-76-18｜2-16-7　8-62-21　13-100-7　17-133-8　30-250-19　50-428-11　51-435-9　54-456-4｜42-354-19　55-465-1

打［118］　53-448-7

沓［118］　3-19-15｜15-119-13　32-264-3　32-267-4　44-374-20　46-388-5　46-388-21

打［119］　64-549-23｜3-18-21　4-31-24　6-48-2　9-68-23　11-88-3　17-133-16　19-153-4　36-301-1　37-309-1　37-310-8　54-462-9　57-486-23｜4-26-2　7-55-22　12-96-9｜13-100-8　2-10-24　4-30-18

打茶会［120］　2-10-14　3-18-12　6-43-9　23-188-6　37-309-23　60-509-9

打岔［120］　15-118-8　25-202-19　53-451-22

打耳光［120］　4-29-3　4-31-24

打发［120］　4-25-2

打稿子［121］　48-406-6

打醮［121］　36-302-17

打轿［121］　19-149-1

打轿子［121］　4-32-12　8-61-10　8-62-9

打开［121］　36-301-2

打磕铳［121］　18-141-17

打瞌铳［122］　44-375-9

打圹［122］　42-357-12

打牌［122］　53-446-17　53-447-1

打杀［122］　6-43-17　37-310-8　57-488-15

打探［122］ 42-354-23

打听［122］ 4-25-16 4-31-14 27-220-20 34-280-9 45-380-19

打通关［123］ 7-55-22

打头［123］ 39-327-18

打五关［123］ 12-96-9 26-214-15

打野鸡［124］ 10-82-18

打庄［124］ 3-24-5 6-48-18

打桩［124］ 61-524-11

打庄票［124］ 11-83-9

大［124］ 1-4-5 4-25-13 6-43-13 6-43-14 9-67-13 12-95-5 22-180-8 38-317-3 47-402-24 56-474-6 ｜ 10-76-6 21-166-14 36-305-3 36-305-7 64-545-15

大半年［125］ 31-257-19

大膀［125］ 33-271-5

大才［125］ 64-544-16

大菜［125］ 13-103-17 18-146-4

大菜馆［125］ 56-481-8

大凡［126］ 51-432-15

大哥［126］ 42-354-6 42-354-8

大会［126］ 44-369-7 47-401-12

大家［126］ 4-26-5 5-36-10 17-134-20 36-299-21 38-323-16 52-440-12 52-440-18 52-440-20 ｜ 1-5-7 34-285-9 36-298-16 36-301-3 44-375-3 49-417-14

大姐［127］ 7-56-13 8-65-4 23-183-17 23-190-15 53-448-7 54-460-24 57-486-1 62-529-6

　　　　21-166-20

打老母［128］ 26-210-3 37-307-18 47-400-2 55-465-17 57-487-12 63-540-16

大力［128］ 1-5-6

大媒人［128］ 19-153-5 60-510-19 63-542-5

大门［128］ 42-354-7

大门槛［129］ 59-505-16

大名［129］ 31-259-9

語彙索引

大曲［129］ 37-307-3 45-382-7
大人［129］ 26-210-9 38-322-10 39-331-22 43-361-14 48-409-17 60-513-11
大少爺［130］ 1-5-24 1-7-2 2-16-10 13-103-6
大生意［130］ 7-52-4 32-269-22 49-417-4 ｜ 59-505-18
大太太［130］ 8-65-8
大喜［130］ 54-460-10
大先生［131］ 46-391-4 ｜ 3-21-1 10-76-3 10-76-14 21-173-10 59-504-17
大小老婆［131］ 18-148-1
大頭土木［131］ 51-432-11
大言不慚［131］ 47-400-17
大爺［131］ 38-320-6 60-513-4 ｜ 5-37-24 16-126-9 27-224-13
大約［132］ 36-305-2 40-336-10 45-381-17 60-515-10 61-523-10
大月［132］ 23-184-3
汏［132］ 23-183-14

dai

呆［132］ 59-501-17
呆大［133］ 51-435-8
呆致致［133］ 7-57-3
代［133］ 4-26-6 6-49-3 36-299-18 47-396-5 ｜ 22-174-3 25-202-2 38-321-1 42-356-10 54-456-1 59-506-7
代酒［133］ 4-26-5 20-157-16 32-267-8 36-299-20
代局［134］ 7-55-20 17-134-4 63-536-22
帶［134］ 11-86-3 23-183-6 44-375-21 53-448-7 53-451-2 59-501-18 ｜ 61-517-16 ｜ 9-70-23 34-285-6 42-351-15
帶［135］ 22-181-1
帶挡［135］ 26-210-6 44-375-18 64-548-18
帶局［135］ 3-24-6 28-234-8
帶累［135］ 53-451-19
帶孝［136］ 49-421-12
待［136］ 7-52-13 7-52-15 11-84-11 ｜ 31-260-3

1138

怠慢［136］ 13-106-20 59-506-24 ｜ 25-203-5 27-226-24 52-438-18

埭［137］ 2-10-17 2-11-15 3-17-9 4-27-17 7-52-5 14-112-4 15-120-6 17-140-1 24-195-6 37-309-23 53-451-1 60-511-10 ｜ 15-119-15 31-260-8

戴［137］ 15-120-1

dan

担干己［137］ 43-367-6

单［137］ 3-20-17 4-28-15 7-52-2 7-52-23 10-76-6 11-84-7 14-113-5 17-137-9 20-160-2 21-165-10 23-184-9 31-258-7 42-357-22 47-398-22 48-406-7 50-427-17 60-509-15 60-511-8 63-535-13

单衫［138］ 29-242-13

耽搁［138］ 24-199-11 ｜ 55-466-3 55-468-11 ｜ 24-198-18

胆［139］ 9-67-13 38-317-3

胆小［139］ 14-110-24

但是［139］ 36-305-1

淡淡［139］ 60-515-22

淡湘莲［364］ 30-252-24

dang

当［140］ 34-285-5

当家［140］ 18-142-23 49-417-14

当面［140］ 13-106-2 36-298-4 57-483-16 62-526-17 63-535-16

当心［141］ 5-41-16 22-176-1 34-285-16 52-443-8 57-484-22

当中［141］ 59-506-6

挡［141］ 11-88-10 37-309-23 37-312-9 ｜ 6-47-24 15-120-13

当［141］ 9-74-3 15-119-10 18-141-5 22-181-21 45-378-17 59-502-12 ｜ 13-100-24 60-510-16

当［142］ 3-19-5 3-19-23 10-80-24 60-513-3 64-545-20

当票［142］ 64-551-16

当水［143］ 4-31-14 30-253-6

dao

倒［143］ 36-304-17 42-353-21

1139

語彙索引

倒满 [143]　15-119-17

倒霉 [143]　19-155-17

倒霉人 [143]　26-213-13 37-312-2

倒运 [143]　23-189-10 45-383-23 53-447-9

到 [144]　1-5-6 2-11-14 16-126-4 18-145-11 23-183-4 48-410-10 50-429-13 54-458-8 61-520-6 ｜ 1-3-10 1-4-16 2-10-16 6-42-6 10-77-10 11-86-23 16-125-24 22-176-4 42-356-7 54-458-14

　　2-11-17 16-128-2 16-128-4 37-307-15 48-411-7 49-419-14 53-448-7 55-465-12 61-525-7 ｜ 3-21-13 4-28-17 4-28-24 14-107-15 46-390-8 62-529-21 ｜ 14-108-1 16-129-18 18-141-12 20-158-22 49-415-2 50-427-7 50-429-14 60-527-11 ｜ 6-47-23 16-127-7 ｜ 16-128-9 55-467-23 ｜ 34-284-18 36-304-15 37-309-1 41-344-22 55-466-21 　　4-31-7

到底 [147]　3-24-1 16-127-14 31-257-13 36-303-17 54-462-4 ｜ 6-45-3 8-60-6 10-77-2 10-82-4 11-89-17 12-92-22 12-96-23 18-147-21 ｜ 54-456-6

到家 [148]　52-442-2

到期 [148]　48-411-10

倒 [148]　33-274-5 ｜ 23-183-14 33-275-4

倒 [148]　1-6-10 1-8-14 4-33-4 58-498-13 ｜ 2-11-16 4-31-6 5-35-18 5-35-20 6-45-20 7-53-5 18-142-7 18-142-21 21-167-1 26-214-13 31-258-9 54-455-11 55-471-21 59-501-7 59-501-16 60-509-7 61-521-19 61-523-5 ｜ 6-48-20 ｜ 1-8-17 2-11-17 3-18-12 3-19-14 54-462-14 59-502-12 63-540-11 64-546-13 ｜ 1-5-15 2-10-21 2-16-10 3-19-15 5-40-20 6-47-14 12-93-11 20-162-8 33-271-7 45-381-18 45-382-7 52-440-9 54-456-4 59-506-14 60-513-22

倒是 [150]　4-29-9 63-541-16 ｜ 34-285-12

　　7-51-12 7-57-16 9-72-21 12-95-1 15-119-20 48-410-14 55-465-22

倒贴 [151]　15-119-20

倒脱鞋 [151]　61-520-22

倒也 [151]　1-4-4 13-101-4 14-107-16 34-283-15 42-357-12 51-431-8 59-504-23

盗汗 [152]　36-305-5

道 [152]　3-18-11 5-35-14 9-74-18 14-111-14 21-167-10 27-220-20 64-547-19

語彙索引

道理［152］ 9-73-12 9-73-14 18-145-16 36-299-7 42-353-14 63-542-14 ｜ 12-98-18 14-107-14 32-265-15 41-345-21 44-375-24 46-394-17 47-399-18 48-413-9 ｜ 14-107-8 36-299-3

道里［153］ 64-551-2

道喜［154］ 47-402-21 54-460-10 64-552-4

道仔［154］ 2-12-5 13-105-23 14-109-18 17-134-21 26-214-12 26-217-17 34-283-22 38-323-16 47-398-5 55-467-5 56-474-21 62-527-8

de

得［154］36-301-6

得［154］36-305-19

得未曾有［155］ 40-335-10 51-431-9

得宜［155］ 36-305-20

得罪［155］ 2-16-14 4-26-23 6-48-6 8-59-1 12-92-16 27-220-17 55-472-5 61-521-18

得［155］ 9-73-14 10-76-3 10-76-14 15-118-9 15-120-12 18-144-18 20-158-11 28-229-18 34-285-8 49-419-13 53-448-8 55-465-12 ｜ 1-4-11 2-16-10 7-51-16 7-52-20 11-84-1 21-171-3 22-176-16 40-339-23 52-443-10 59-502-7 ｜ 1-3-11 3-17-15 3-19-10 3-19-13 3-20-17 3-21-3 4-28-24 4-30-20 5-34-11 6-43-3 8-58-10 8-62-8 10-76-5 10-81-2 11-83-8 11-85-7 11-88-2 14-107-14 15-116-3 20-157-16 21-167-1 23-187-18 35-297-5 37-310-1 46-390-9 47-397-20 52-440-8 53-453-17 55-464-17 55-469-7 56-473-14 56-481-1 58-495-8 58-496-10 60-513-3 62-529-22

得个［157］ 18-141-18 18-147-15

得极［157］ 12-97-9 37-312-10 51-431-11

得来［157］ 2-15-11 4-29-5 4-32-9 5-36-5 5-40-21 7-54-21 8-58-7 10-75-13 10-82-19 11-90-18 12-93-17 12-94-12 15-117-18 16-125-20 17-133-5 17-137-7 18-141-15 18-148-7 20-158-21 20-159-2 25-202-14 29-237-16 29-241-16 33-273-22 35-292-13 45-384-14 52-438-13 57-486-17 59-507-9 64-547-19 ｜ 4-33-2 22-175-10 56-478-19 59-501-18 ｜ 9-72-8 12-96-21 13-105-10 14-113-5 15-119-24 16-127-23 18-142-3 19-155-18 20-160-3 20-161-12 20-161-14 24-195-6 25-209-7 31-259-24 33-271-5 37-309-10 45-379-6 48-405-3 55-472-5 59-502-13 ｜（得…来…）10-79-17 11-90-16 18-142-2 19-154-10 20-162-23

語彙索引

得哩［159］ 12-263-18 33-274-16

deng

灯［159］ 5-34-10

灯笼［159］ 46-391-23

灯片［159］ 4-38-24

等［159］ 3-18-12 3-24-6 4-25-4 6-44-7 16-123-16 30-253-15 44-371-10 62-527-11 ｜ 2-11-21 4-32-22 10-78-20 16-128-3 18-141-9 21-171-22 55-465-4 61-521-21 62-528-19
　　1-4-18 4-25-3 4-31-16 7-50-5 14-114-18 17-139-1 23-184-21 36-303-19 55-467-20 55-469-7 58-491-12 59-503-18 60-511-12 60-512-2 62-527-12 62-528-11 62-529-3 62-530-1 63-537-4 63-542-19

等到［160］ 6-48-3 18-147-23 23-183-6 27-220-13

等哩歇［161］ 17-133-11 32-266-19 35-295-15 44-376-10 49-418-8 53-453-15 57-483-15 59-500-5

等歇［161］ 8-62-2

等一歇［162］ 20-164-15

di

低倒［162］ 14-109-7 61-520-11

笛［162］ 37-307-4

抵拚［162］ 17-133-12

抵桩［162］ 22-177-14 49-417-24 62-527-5

底［163］ 19-152-23 21-167-2 23-184-3 37-314-3

底稿［163］ 44-369-10

底下人［163］ 17-139-9 38-321-6 55-469-3

地［163］ 23-183-14

地板［163］ 18-142-10

地步［163］ 51-431-9

弟兄［164］ 16-130-24 18-146-3

弟子［164］ 59-507-4

第［164］ 7-54-3 8-62-21 27-224-5 35-295-13 47-401-16 59-502-13

第［164］ 1-6-4 1-6-10 4-25-13

第搭［164］ 2-11-6

第二句闲话［165］ 63-542-1

第歇［165］ 4-25-3 4-31-6 6-42-5 7-51-11

第歇辰光［165］ 2-14-21

dian

颠［165］ 7-57-4

典［165］ 47-400-13

典故［166］ 33-274-10 40-328-11 51-431-8

点［166］ 18-147-10 19-150-11 20-158-22 57-482-6 ｜ 35-293-19 57-483-17｜ 11-89-21 14-114-13 21-170-24

　　1-4-4 1-4-18 3-19-20 4-32-4 4-32-5 7-51-7 7-52-2 18-146-7 22-176-17 25-201-13 53-448-13 55-470-3 58-495-22 62-533-7 62-533-8 62-533-9 63-537-15 ｜ 1-5-7 1-8-1 2-10-23 3-20-3 3-20-5 3-21-15 4-25-13 5-36-9 5-41-17 5-41-23 6-43-15 7-52-15 7-54-10 14-108-9 21-166-22 30-247-10 30-249-22 32-264-3 34-287-10 36-303-19 42-355-5 43-364-12 43-367-7 47-398-6 49-416-16 49-416-24 49-419-9 52-438-18 56-476-24 60-511-11 61-517-16 62-527-13

点［167］ 2-15-11 23-183-18 54-461-2

点大蜡烛［167］ 32-269-23 ｜ 47-402-15 53-449-11

点将［167］ 39-328-23

点心［168］ 4-29-9 4-32-4 11-89-20 17-138-11 38-321-1 58-495-18

点缀［168］ 47-400-10 60-515-22

电报［168］ 20-164-15 60-513-12 64-552-5

店［169］ 14-107-15 29-237-10 48-410-18

店帐［169］ 62-527-13 62-532-22 64-545-22

垫房［169］ 54-456-6

垫空［169］ 7-52-14 60-510-16

diao

刁［169］ 20-159-2 29-244-14

雕［170］ 40-339-24

語彙索引

吊 [170]　45-381-18

調 [170]　23-183-6 23-185-4 33-272-1 ｜ 4-28-12 5-34-6

調頭 [170]　4-28-12 48-405-17 48-406-19

die

跌 [171]　11-89-15 38-323-18 ｜ 28-231-20 37-311-24 39-325-11 40-336-9 ｜ 20-164-1

跌篤 [171]　18-142-4

跌交 [171]　1-3-11

疊床架屋 [172]　61-519-19

疊搭 [172]　39-326-2 41-348-20

ding

丁倒 [172]　23-189-11 23-189-12

釘鞋 [172]　18-142-9

頂 [172]　21-166-21 21-166-24

頂戴 [173]　28-233-16 61-521-3

訂期 [173]　53-451-10

定 [173]　62-529-23 ｜ 28-229-23 38-320-12 54-456-3 ｜ 32-263-7 35-293-15

定次 [174]　39-326-5

定規 [174]　4-30-23 6-43-4 8-58-13 16-125-4 29-237-17

定歸 [174]　7-51-12 8-59-3 11-83-7 18-141-4 20-160-6 21-167-14 22-175-13 23-189-14 24-194-1 24-195-19 25-207-15 29-239-20 32-268-5 48-413-2 55-465-24 63-537-16 ｜ 17-133-22 26-216-11 29-241-15 43-364-20 47-403-12

定親 [175]　41-396-15 54-455-6 62-534-3

dong

東家 [175]　56-474-22 60-513-22

東首 [176]　11-85-12

東西 [176]　27-225-6 37-309-17 57-483-17

東…西… [176]　14-109-8 29-241-16

東洋車 [176]　17-139-12 29-237-11

冬 [176]　20-160-5

語彙索引

懂［177］ 1-5-7 3-23-24 5-37-22 18-145-16 34-284-21 46-387-9 62-528-18

懂事［177］ 20-162-20 63-540-15

动［177］ 10-75-17 32-263-16｜11-86-4 25-201-14 48-405-9 8-59-23 14-113-20

动气［178］ 2-11-18 4-31-23 7-50-18 8-59-1 54-455-12

动身［178］ 22-176-13

动手动脚［179］ 19-154-11

dou

都［179］ 21-167-23

兜圈子［179］ 52-444-21

斗［180］ 46-390-14

du

毒气［180］ 58-496-9 58-496-17

独幅［180］ 23-186-4

独是［180］ 25-202-20 25-206-3 52-439-23 21-166-24

读［180］ 45-383-7

读书人［180］ 51-432-15

赌［181］ 14-113-16 14-113-23 14-114-4 56-473-5

赌场［181］ 14-114-5 28-233-17 56-473-5

赌棍［181］ 61-520-21

赌客［181］ 56-473-12

肚肠［182］ 11-83-6 37-309-16

肚皮［182］ 21-170-22 32-266-10 34-284-5 48-405-2 52-439-24 55-468-10 57-483-9 62-527-8

duan

端正［182］ 43-361-4 52-440-8 60-508-14｜54-455-13

短［183］ 58-498-15

短命［184］ 13-105-17 20-158-4 46-393-8

段［184］ 33-273-4 33-274-19 45-381-18 53-449-24

断［184］ 34-282-11 44-374-13

缎子［184］ 61-524-23

語彙索引

dui

对 [185] 41-350-3 44-370-11 53-451-22 53-451-23 ｜ 24-195-21 41-345-22 24-194-8 24-196-20 ｜ 18-148-4 24-198-18 32-263-6 ｜ 27-224-7 31-259-12 31-260-2 31-261-6 41-343-3 42-358-4 8-59-23 19-151-21 22-180-19 24-195-16 53-449-11 6-48-6

对得住 [186] 12-95-4 20-161-11

对过 [186] 3-20-2 5-34-6 6-42-5 8-60-17 24-198-3

对景 [187] 6-47-17 31-259-24 32-266-2 34-283-15 38-318-9 52-439-24 ｜ 61-519-18

对门 [187] 4-28-13 5-39-14 11-85-9

对面 [188] 7-56-24

对手 [188] 6-48-16 15-118-17 22-180-11

对头 [188] 12-94-22

对勿住 [189] 3-18-12 5-35-19 12-93-2 34-282-23 52-443-12 59-503-15

对意 [189] 57-485-5

对症发药 [189] 53-446-8

对子 [189] 53-451-5

对仔 [189] 20-159-3

dun

敦厚 [190] 60-515-11

炖 [190] 19-156-19

燉 [190] 20-159-7 28-230-4

钝 [191] 9-73-20

顿 [191] 9-71-4 17-133-17 57-483-16

duo

多 [192] 6-46-17 28-229-24 36-305-5 37-312-18 60-509-8 ｜ 7-50-8 7-52-6 30-247-7 33-271-7 40-340-4 42-355-1 55-466-3 57-485-16 59-501-23 ｜ 1-4-11 15-120-7 59-502-7 60-513-22

多花 [193] 38-320-16 ｜ 1-6-7 2-10-17 10-81-11 12-93-17 12-94-22 13-99-3 15-118-7 22-175-10 40-339-22 47-399-16 50-428-7 51-431-11 53-448-10 56-473-18 59-502-6

｜11-90-15｜3-21-14 7-57-10 22-180-3 30-250-19 35-292-2 52-440-1 58-491-3 12-92-21 12-96-16 28-229-12 57-483-6
11-86-4 18-147-21 40-339-24 52-441-14
19-151-4 21-171-14 23-187-14 23-187-15 35-295-22 44-375-24

多情人［194］ 33-272-24

多少［194］ 4-32-9 19-156-9

多说多话［194］ 2-11-11 3-19-19 6-46-14 17-132-15 44-376-2 55-469-4 63-537-2

多心［194］ 7-52-18 12-94-12 14-114-6 17-135-1 20-161-17 52-443-8

朵［195］ 38-323-5

嚲［195］ 2-12-11 7-50-14 28-229-9 29-237-4 35-293-3

哚［195］ 4-26-5 8-59-8 10-80-8 10-81-13 2-10-20 3-19-11 12-94-20 22-180-19 23-183-7 30-247-9 3-18-12 5-41-5 14-112-4 13-106-20 22-175-4｜2-11-20 2-16-10 6-43-9 6-48-1 7-52-5 7-56-19 8-59-21 9-67-13 11-83-18 12-95-3 12-98-17 14-113-6 15-119-18 15-120-4 18-147-19 20-164-16 48-407-21 54-456-8 59-505-8 61-520-10｜1-8-17 7-53-4 11-90-9 14-112-24｜6-43-18 8-62-11 13-105-15 23-186-10 38-319-12 54-461-6｜3-19-24 56-474-6｜

2-12-5
　5-34-10 6-49-1 16-123-18

哚［197］ 1-7-14 3-20-14 10-78-19 15-117-20｜2-16-11 2-16-16 7-56-22 16-127-23 55-470-21｜3-18-18 3-20-24 4-28-13 4-30-21 9-72-18 49-417-13 54-463-4 60-510-22

哚个［73］ 16-123-18

哚来［198］ 11-84-21

哚哩［198］ 7-52-6 15-115-18 16-125-22 32-270-11 47-400-14

哚啘［199］ 4-32-17 7-50-6 13-99-14 23-185-15 28-234-3 55-471-8 57-484-22 60-509-13 63-537-8

哚呀［199］ 56-473-18

哚哉［703］ 5-34-10 6-49-1

E

e

阿弥陀佛［199］ 58-496-4

語彙索引

饿 [199] 21-170-23 27-224-12 32-264-7 39-325-8 45-378-9 59-504-8

en

恩 [199] 34-281-11

恩客 [200] 18-147-20 25-203-1 37-310 7 50-425-1

恩相好 [200] 4-26-14 5-36-12

er

耳 [200] 40-340-4

耳边风 [200] 18-141-5

耳朵 [201] 14-110-5 26-214-17

耳朵管 [201] 18-142-5

耳光 [201] 4-29-3 4-31-24 5-36-17 14-110-15 24-199-15

二 [202] 10-76-6 10-76-14 28-232-22 34-285-11 34-286-19

二品顶戴 [202] 61-521-3

二爷 [202] 4-32-13 11-85-7 34-285-6

F

fa

发 [203] 5-37-3 21-170-20 ｜9-72-6

发财 [203] 23-188-22 30-253-12 37-313-10 48-410-8 49-419-5 60-511-10 ｜3-20-13 58-493-7

发痴 [203] 6-43-18 7-57-1 56-481-10

发寒热 [203] 20-160-2 24-198-1 35-292-15 36-304-13

发极 [204] 10-80-7 11-86-19 14-114-1 21-167-21 24-193-18 35-295-13 38-317-6 44-376-10 49-419-4 52-439-23 59-503-18 62-527-13

发刻 [204] 40-337-14

发脾气 [204] 7-51-6

发票 [204] 33-272-7

发热 [205] 36-304-17

发松 [205] 25-203-6

发泄 [205] 42-354-24

罚 [205] 28-233-14 33-273-6 33-273-7 33-273-9 39-327-15 47-400-13

1148

法［206］ 47-401-23 51-431-9 52-441-14 60-515-13 61-517-3 61-522-21

法正［207］ 31-260-18

法子［207］ 6-48-5 16-128-11 17-134-4 34-281-4

fan

番［208］ 60-513-16

翻［208］ 20-164-1 35-296-4 39-328-10 ｜ 4-28-7 ｜ 14-113-22

翻本［208］ 14-113-2 14-113-16

翻台［208］ 25-205-5 25-206-2

烦［209］ 18-144-14

烦恼［209］ 36-305-2

烦躁［209］ 36-304-19

反［210］ 11-84-3 12-96-23 41-343-3 45-379-6 48-405-3 52-443-2 54-460-5 ｜ 17-133-3 22-176-16 32-269-9

犯［210］ 40-339-22 61-519-19

犯勿着［210］ 2-10-21 2-16-13 9-71-15 10-79-10 12-95-7 34-281-16 48-406-8 63-541-7

犯着［211］ 14-110-12 16-128-4 33-278-4 48-406-11

饭［212］ 2-15-9 18-148-5

fang

方法［212］ 36-304-21

方子［212］ 35-292-3 36-305-11

房［212］ 1-5-24 17-132-18 37-313-7 55-465-20

房饭钱［213］ 14-107-16 24-199-12 30-247-8

房间［213］ 1-7-12 3-20-2 21-170-18 23-183-13 30-250-15 31-256-4 45-381-21 63-537-7

房门［213］ 26-214-13 37-309-7

房契［214］ 59-504-1 60-511-13

房钱［214］ 30-250-17 49-419-3 64-545-17

房子［214］ 16-125-22 30-250-16 36-303-19

語彙索引

访单 [215] 61-521-2

放 [215] 1-3-12 6-47-19 7-52-2 18-145-14 21-167-2 26-210-4 27-220-2 37-312-4 42-356-11 54-460-12 57-484-17 ｜ 39-332-11 ｜ 11-86-3 16-127-21 37-313-24 59-523-15 ｜ 63-539-15

放诞 [215] 31-259-14 ｜ 51-432-16

放屁 [216] 2-11-16 8-58-17 59-503-3

放生 [216] 46-388-20 46-389-2 ｜ 38-317-3

放手 [217] 5-40-13 9-69-1 43-367-5

放心 [217] 5-41-9 7-56-14 11-86-17 29-240-22 42-354-6

fei

飞燕 [217] 40-338-7

非 [217] 36-305-19

非凡 [217] 18-147-19 52-440-8

翡翠 [218] 22-179-15 32-270-10

费神 [218] 3-17-8 12-94-8 21-165-8

费事 [218] 19-150-5 44-370-10

费心 [219] 27-220-24 35-295-19 44-374-5 55-467-24

费心血 [219] 44-374-4

费用 [219] 44-374-3 59-505-1

fen

分 [220] 18-145-8 48-405-14 53-448-8 61-520-23 ｜ 47-400-10

吩咐 [220] 44-376-21 56-473-4

坟 [221] 16-130-24 42-357-11

粉 [221] 15-119-21

feng

风 [221] 19-155-17 20-164-20

风范 [221] 38-322-12

风寒 [221] 36-304-13

风流 [221] 31-259-14

1150

風流佳話［222］ 45-381-19

風氣［222］ 31-260-11

風頭［222］ 14-113-19

封［222］ 28-232-22
　　12-98-19 29-237-12 62-528-17

風冠霞帔［223］ 42-357-8

奉候［223］ 1-5-4

奉陪［223］ 3-17-5 15-121-4 40-340-7 47-400-21

奉屈［224］ 56-476-12

奉托［224］ 18-148-19

奉邀［224］ 15-120-23

fiao

麨［224］ 1-7-14 1-8-13 2-10-18 2-16-1 4-29-9 4-32-6 11-86-11 11-89-21 13-103-6 15-119-4 17-134-3 19-153-5 20-158-19 27-220-8 34-283-13 35-289-10 44-374-3 47-403-7 49-415-15 52-443-11 59-503-14 62-533-3 2-12-14 3-18-4 4-29-24 4-32-5 5-36-14 6-44-3 8-60-1 8-65-19 11-89-23 12-95-19 18-142-5 19-156-8 26-213-15 27-220-8 35-295-24 42-353-13
　　11-83-12 45-378-10

麨面孔［225］ 6-43-9 11-90-8 24-193-22 31-257-4 36-298-16 51-434-6 62-528-15

麨說［225］ 2-10-17 7-51-10 8-59-23 14-110-24 29-238-17 48-405-11 49-418-15 53-446-6 54-456-6 54-460-19 57-487-11 64-545-23 64-551-1

fu

夫妻［226］ 16-127-8 62-529-3

夫人［226］ 25-204-2 55-466-3

伏［226］ 35-291-22

伏待［226］ 34-285-18 42-351-7 42-352-13 58-496-11 64-548-22

浮頭浮腦［227］ 60-509-8

福氣［227］ 18-142-19 19-153-8 19-153-9 49-418-1 57-459-2 61-525-7
　　21-168-4 43-360-10

撫［227］ 15-119-9

語彙索引

府［228］ 23-188-23 43-361-16

府浪［228］ 23-187-16 62-529-21

父母［228］ 53-450-1

付［228］ 22-176-13 22-176-14 48-406-18 55-469-11 64-545-17

復發［229］ 36-304-24

副［229］ 8-58-9 16-128-8 26-211-7 26-211-20 34-284-10 49-419-24 52-441-15 53-448-11 53-451-5 64-544-7

賦［229］ 31-260-18

G

ga

軋姘頭［230］ 21-172-12

gai

該［230］ 16-128-2 16-128-4 18-148-3 20-163-5 23-186-10 27-226-6 37-309-7 46-389-2 47-401-22 53-451-1 57-487-1 59-501-12 60-511-10 61-521-19 61-525-7 62-528-10

該［230］ 9-71-4 53-447-9

該［231］ 6-47-23 14-108-10 17-133-6 21-166-22 23-188-21 32-264-6

該搭［231］ 5-37-19 5-37-22 10-80-5 13-101-18 15-117-4 16-125-12 20-164-6 21-169-1 22-179-1 24-199-19 37-311-21 40-337-6 46-390-8 49-421-11 52-439-12 58-491-18 59-503-15 61-522-4 64-550-18

該個［232］ 17-137-15 18-143-3 20-161-13 20-162-9 21-167-11 23-186-4 24-195-21 31-257-23 31-261-4 37-309-23 40-337-22 49-419-16 58-496-17 ｜ 34-285-17

該面［232］ 31-260-8

該世［232］ 20-162-3

該首［233］ 18-148-19 26-214-11 26-215-18 43-360-16 43-366-7 46-388-7 47-396-18 52-437-5

該應［233］ 16-128-15 17-133-17 19-151-22 36-299-2 50-425-3 51-435-11 57-487-9 59-506-5 61-521-1 63-539-11 ｜ 15-120-6 18-143-4 24-193-18 27-221-1 48-411-14 57-486-18

改［234］ 5-40-22 33-273-17 59-506-5

改笔［234］ 60-515-4

盖［234］ 42-355-1 51-434-16 62-533-8

gan

干饭［234］ 14-114-15

干己［234］ 46-390-17 52-441-24
　　　　7-56-14 10-82-4 43-367-6

干净［235］ 26-217-22 27-224-10

干囡件［236］ 54-458-23

干湿［236］ 11-88-10 37-309-23

甘苦［236］ 60-516-3

赶［236］ 9-71-3 18-141-7 37-310-1 ｜ 37-310-11 50-425-2 57-487-1

赶紧［237］ 8-62-6

敢［237］ 2-12-8 6-48-6 8-64-12 13-100-1 21-167-15 22-174-6 31-260-3 49-418-9 59-501-9

敢于［237］ 47-400-17

感承［237］ 54-459-9

干出［237］ 1-4-18 3-17-12

gang

扛［238］ 28-233-16

刚刚［238］ 36-269-9
　　　　6-42-17 23-184-7 37-312-4 43-364-1 57-482-18 62-532-20 ｜ 24-196-10 47-402-21 ｜ 5-37-24 10-78-12 17-133-1 18-142-3 29-242-9 38-323-15 44-370-20 48-407-18 49-417-22 52-438-14 53-447-9 61-520 7 ｜ 26-214-15 59-501-17 ｜ 34-284-24 44-374-6 45-378-5 ｜ 30-247-23 36-298-16

刚巧［240］ 16-126-10

缸［240］ 6-48-3 37-309-14

gao

高［241］ 5-40-21

高弟［241］ 53-451-19

高兴［241］ 8-64-13 18-142-6 20-158-21 55-465-12

語彙索引

4-28-8 6-45-20 8-62-17 14-113-4 23-184-11 25-204-19 36-299-5 37-307-6 44-373-24 64-548-16

稿子［241］ 48-406-6

告［241］ 23-188-7 64-551-1

告诉［241］ 5-34-12 19-153-4 23-184-10 43-364-18 50-428-11 62-529-23

告状［242］ 34-282-10

ge

哥［242］ 2-12-20 5-36-23 55-471-14

哥嫂［242］ 37-308-1

鸽子［243］ 19-156-19

搁［243］ 55-466-15

搁脚［243］ 23-184-1

阁下［243］ 38-322-6

格外［243］ 43-361-14

隔［244］ 11-85-9 ｜ 13-99-11

隔壁［244］ 16-123-8

隔两日［244］ 4-31-16 7-52-15 8-85-10 13-100-8 16-129-6 17-133-12 20-162-10 21-173-1

隔靴搔痒［244］ 53-446-8

个［244］ 1-4-7 1-4-9 3-21-6 4-30-12 5-34-6 6-44-8 9-73-14 10-81-10 16-125-22 16-128-16 16-128-18 18-146-14 23-184-4 27-225-6 42-357-6 49-418-17 58-498-4 59-500-4 60-516-2 63-542-5 ｜ 2-15-22 17-136-23 22-172-23 22-174-8 23-188-2 25-207-23 28-231-1 30-253-6 30-253-8 32-266-17 37-310-8 39-325-11 44-374-2 44-376-2 44-376-4 47-398-12 51-435-8 52-441-22 57-483-22 57-484-10 57-488-18 59-502-18 62-529-9 62-532-23 63-537-15 64-548-17 ｜ 31-257-15 54-458-20 56-477-23 57-483-16 57-484-17 57-487-1 60-511-7 ｜ 3-20-20 7-57-18 8-63-18 24-198-13 27-225-9 33-273-3 38-318-8 39-328-10 43-367-19 47-399-2 47-401-16 47-401-19 48-409-13 48-412-18 49-417-8 49-417-14 51-436-9 52-441-13 53-446-17 53-449-14 54-455-6 55-465-22 55-466-9 55-467-22 55-469-10 57-485-16 58-496-9 59-505-8 61-523-8 62-527-8 62-531-15 63-540-15 64-544-8 ｜ 20-160-2 23-184-1 35-295-8

1154

語彙索引

36-304-13 ｜ 33-271-5 55-466-21 ｜ 4-31-16
　3-20-24 3-23-14 4-31-2 4-31-3 6-43-8 6-43-14 10-80-10 11-83-10 11-84-4 13-100-20 14-107-7 14-114-4 15-119-20 18-145-16 19-155-17 20-162-3 21-166-19 21-169-12 22-176-21 24-196-19 28-229-13 31-255-4 34-280-11 35-290-4 35-294-2 38-318-9 39-328-10 40-338-15 40-339-23 44-369-8 45-379-3 46-390-17 46-393-15 47-402-24 52-439-9 53-447-2 53-451-24 54-455-11 55-465-20 55-469-7 58-493-23 58-494-24 59-504-24 60-514-18 61-521-2 62-529-12 ｜ 2-16-12 5-36-18 7-57-10 8-60-13 16-127-11 18-146-10 21-168-11 24-197-19 25-207-19 26-210-5 34-287-19 52-439-13 56-481-1 59-504-22 ｜ 3-23-14 9-72-6 11-89-12 14-109-21 17-133-8 20-162-8 21-166-19 21-173-4 24-195-14 25-202-12 26-215-5 27-224-14 28-230-23 34-287-9 38-317-21 40-336-9 44-373-2 45-378-11 47-401-15 47-402-21 61-524-21 ｜ 2-10-18 14-114-22 16-127-12 17-134-3 25-205-7 30-247-9 30-253-6 32-270-4 32-270-10 42-355-1 42-357-23 44-373-24 52-439-22 59-504-7 59-507-17 61-519-21 64-544-8 ｜ 13-99-10 13-103-3 16-123-5 22-176-18 27-222-1 55-471-21 ｜ 5-40-19 6-47-13 10-82-18 16-126-4 17-136-21 20-161-4 21-166-15 27-224-5 31-255-3 33-274-11 33-274-12 37-312-7 37-312-11 40-341-7 41-347-11 45-380-20 45-380-21 45-383-4 46-392-5 47-398-20 48-407-18 52-442-10 53-447-10 53-438-23 53-449-8 53-450-20 53-452-4 54-459-3 54-462-24 56-475-22 57-486-21 57-487-14 58-496-18 60-508-18 60-510-19 60-512-14 61-521-9 61-521-11 61-524-8 62-528-18 62-529-13 63-542-4 64-551-4 64-551-5 64-552-5 ｜ 22-179-8 23-185-4 56-474-11 59-501-19 64-546-8 ｜ 6-46-12 16-130-9 28-229-12 32-266-6 34-284-17 42-351-7 46-393-8 46-393-9 48-405-18 ｜ 2-15-10 5-36-6 5-41-7 6-48-20 8-62-10 17-133-10 17-134-12 17-136-1 17-138-5 20-159-19 21-172-19 22-174-6 22-177-2 22-178-10 24-199-2 26-210-9 26-212-22 27-226-11 33-275-1 35-290-3 35-291-7 35-294-9 38-320-16 52-438-13 54-456-3 55-467-23 55-469-6 57-485-15 59-505-11 63-542-16 63-542-18 64-551-2
　1-3-10 3-22-12 7-56-20 15-118-9 21-171-14 23-189-15 23-189-19 24-196-22 25-202-19 30-253-11 31-256-24 31-257-15 31-261-15 37-312-9 40-338-11 43-367-6 49-418-17 49-418-18 50-435-15 50-429-14 51-432-12 52-439-15 52-441-20 54-456-1 54-458-21 54-458-24 55-467-22 57-483-16 57-484-14 57-484-17 57-485-3 57-486-19

1155

語彙索引

57-486-20 57-487-1 58-496-12 59-501-24 59-502-9 59-502-19 59-502-21 59-507-14 60-511-7 60-513-16 61-519-18 61-521-18 61-524-11 62-528-3 62-529-4 62-529-10 62-531-15 63-541-3 63-542-17 64-551-1

个嘎 [252] 4-29-4 4-30-19 18-142-12 45-379-22 50-427-14 58-496-10 63-542-10

个哩 [252] 25-204-13 30-253-11

个哩 [252] 8-59-21 13-100-18 15-119-2 16-125-16 18-142-15 26-215-15 38-321-12 39-331-19 41-346-4 46-390-17 54-456-5 55-466-1 59-500-6 61-519-22 62-532-21

个啘 [253] 1-3-11 3-22-13 8-58-14 9-60-6 9-69-1 10-78-20 13-105-3 19-105-23 15-118-5 15-120-3 24-196-10 31-257-19 41-343-3 45-384-24 53-450-21 57-483-14 59-503-3 63-542-11

个呀 [253] 32-268-15 35-297-2 43-364-14 46-389-2 58-498-10 59-503-16 60-508-6 62-527-6 62-531-3

个哉 [253] 2-16-9 5-40-20 9-70-22 13-100-21 13-100-23 16-124-1 17-132-18 17-134-19 17-137-2 18-141-3 18-142-6 20-162-1 21-166-16 24-194-1 26-213-6 26-213-21 27-224-9 27-224-10 29-238-20 30-247-16 31-257-21 31-259-8 32-269-10 33-271-4 34-285-22 36-301-2 36-301-6 37-309-21 40-336-4 43-364-20 45-382-20 47-400-11 48-405-6 48-412-5 48-412-17 52-440-1 55-465-24 55-466-6 55-467-24 59-504-15 60-509-15 62-527-4 62-527-8 62-529-3 63-541-15 ｜ 2-11-16 2-12-5 5-35-19 7-57-3 14-109-13 15-118-7 15-119-13 17-132-5 17-134-19 18-147-20 20-160-23 22-178-14 22-181-23 24-193-19 29-237-18 31-255-7 31-259-14 33-273-12 33-273-17 34-283-22 34-285-18 43-366-7 45-379-16 45-383-7 46-387-8 46-390-8 48-406-8 48-409-18 49-417-4 49-417-16 50-430-13 52-441-20 52-442-3 53-451-13 53-452-3 53-453-20 54-458-22 55-468-11 57-487-8 58-498-14 60-508-13 60-515-16 61-519-18 61-523-16 61-523-24 62-529-20 62-530-1 62-532-21

各 [255] 16-126-12 53-449-24

各人各样 [255] 48-407-11

gen

根 [255] 10-76-21 34-285-2 44-369-9

根脚 [256] 54-459-2

跟 [256] 14-109-7 26-215-20 38-317-23 51-434-5 53-453-17 63-542-2 ｜ 7-56-21

17-139-9 ｜ 60-509-12 60-509-13 60-509-18

跟局 [256]　6-49-12 20-157-15 25-209-6 57-485-24

geng

羹饭 [257]　20-162-11

更加 [257]　34-287-9

gong

工夫 [257]　15-120-3 44-374-13 ｜ 4-30-2 7-50-4 13-105-15 47-400-19

工钱 [258]　23-190-7

公道 [258]　17-133-16

公馆 [258]　1-7-20 4-30-17 8-58-18 15-115-6 24-196-15

公贺 [259]　19-152-7 47-402-18

公祭 [259]　45-381-18

公局 [259]　18-145-9 18-146-11

公评 [259]　47-400-20

公事 [259]　8-59-8 24-195-6 27-224-16 33-278-11 55-472-9 56-473-2

公私 [260]　59-504-24

公议 [260]　53-450-2

功架 [260]　7-53-2 13-106-4 53-448-11

恭候 [260]　60-514-1

恭喜 [261]　3-20-13 6-46-3 14-109-12 14-109-19 34-280-16 ｜ 47-402-16

gou

狗 [261]　2-12-6 14-110-1 22-177-11

够 [261]　32-270-12 49-417-21 49-419-5

gu

姑娘家 [262]　29-238-23

辜负 [262]　31-261-3 34-287-10

古奥 [262]　53-450-11

古怪 [262]　21-160-4

骨头 [263]　20-160-4

固辞 [263]　36-304-4

語彙索引

故 [263] 1-4-17 6-44-1 8-59-10 11-89-1 12-98-4 14-113-18 14-113-22 14-114-3 16-123-9 17-135-1 18-142-2 18-143-1 26-217-3 28-233-18 32-268-13 36-302-18 37-308-18 41-345-22 42-352-13 49-418-2 55-465-17 57-483-8 59-504-22 60-513-23 60-515-1 64-544-14

故末 [264] 4-31-6 4-31-15 9-73-14 15-118-2 19-152-1 24-197-18 31-257-20 31-260-7 34-281-14 34-284-19 35-295-11 36-302-14 39-331-19 41-346-9 41-350-2 42-357-6 42-358-6 43-362-21 44-376-23 46-390-18 47-399-24 50-430-14 56-477-12 56-477-24 56-478-19 58-496-10 61-519-20 63-535-15

48-410-12 52-440-15 56-474-5 56-477-22

6-43-15 7-51-8 11-83-11 12-95-5 18-148-5 26-210-7 36-298-14 36-305-23 40-337-24 43-363-23 47-398-24 48-406-4 49-419-4 52-439-10 52-442-11 54-455-7 54-455-16 55-465-20 55-466-15 55-466-21 55-467-22 57-487-2 58-497-4 59-502-13 61-520-1 62-527-6 62-527-16 64-546-14

故末叫 [265] 8-62-19 14-113-10 25-202-23 26-214-10

故是 [265] 8-52-6 7-52-20 8-65-4 17-135-1 44-376-20 45-379-16 53-450-7 55-465-17 61-524-1 14-113-5

14-113-23 22-177-1 23-190-16 24-193-24 29-243-21 33-273-12 44-376-20 59-507-15

故事 [266] 40-341-7

故歇 [266] 2-11-14 4-28-7 5-40-23 7-51-19 10-78-20 11-83-7 14-107-5 16-128-6 17-138-24 20-161-21 22-177-5 24-197-23 25-213-19 30-248-1 36-299-11 36-305-19 43-365-21 50-425-8 53-449-1 54-462-14 57-482-17 59-502-12 60-509-16 62-527-15 63-536-24 64-546-14

顾 [267] 47-398-22 62-532-21

gua

瓜葛 [267] 64-544-14

呱呱啼 [267] 13-105-15

挂 [267] 5-34-11 42-358-6

挂屏 [268] 31-260-8

guai

1158

乖［268］ 2-11-20 11-83-12 13-99-4 32-264-3 32-266-10 50-425-1

拐［268］ 29-238-23

拐逃［268］ 21-167-1 27-25-8 37-312-11

拐子［269］ 29-238-23

怪［269］ 10-76-4
　　6-45-20 10-80-6 11-84-19 13-100-9 16-127-6 17-135-2 24-193-20 49-417-11 57-438-4 63-542-5

怪勿得［269］ 4-26-5 6-48-24 7-51-5 15-120-12 20-159-2 33-273-10 54-462-13
　　　2-10-16 16-127-6 57-486-17

怪勿着［270］ 10-82-5

guan

关［270］ 26-214-13 35-296-3 37-309-7 52-438-7 ｜ 27-220-2 29-237-10 37-312-3 43-367-17 ｜ 18-147-6

关帝庙［271］ 55-446-20

关事［271］ 4-30-23 9-69-9 10-78-19 10-81-9　11-85-8 14-114-7 16-127-2 16-129-24 22-181-3 45-378-13 48-411-10 49-415-17 62-527-13 64-548-19

观象台［271］ 52-437-9

官场［271］ 18-145-9

官司［272］ 37-312-10

官箱［272］ 7-54-3 49-416-16

倌人［272］ 1-5-14 2-14 21 8-59-12 9-73-13 10-81-8 14-113-7 24-194-5 25-204-20 55-465-16

棺材［273］ 42-357-5 52-439-14

馆子［273］ 28-229-2 32-265-23

管［273］ 36-303-20 56-473-2 ｜ 19-156-5 ｜ 3-19-4 5-41-21 22-176-3 23-187-19 26-216-13 34-281-1 47-400-17 54-462-4 59-503-17 61-519-24 62-533-3 ｜ 6-43-6 6-47-19 18-142-21 27-222-16 53-450-21 56-477-18

管家［274］ 4-32-12 7-53-21 47-401-18 62-529-21

管帐［274］ 9-71-9 29-240-22 31-258-8 62-528-17

掼［274］ 24-198-20

語彙索引

1159

語彙索引

慣［275］ 2-10-18 5-40-21 9-67-16 24-194-5 32-266-5

慣常［275］ 13-106-4 16-123-18

guang

光［275］ 8-59-21 9-73-20 12-98-14 15-119-13 18-148-3 64-545-21

光景［276］ 6-47-14 7-52-4 22-179-22 24-194-8 36-304-20 55-465-23 ｜ 3-21-22 5-35-24 15-116-7 24-194-4 ｜ 7-57-17 12-92-15 34-281-15 48-407-11 52-440-6 62-529-17

光临［277］ 47-401-5

光陪［277］ 15-120-24 56-476-13

光身体［278］ 14-108-11

gui

归帐路头［278］ 27-226-7

规矩［278］ 24-194-6 25-203-11 32-266-5 41-346-14 11-89-2 23-187-23 44-375-3 50-427-17 51-434-1 57-483-1

规矩人［279］ 27-224-6 60-509-10

瑰奇［279］ 60-515-16

鬼［279］ 20-162-12 ｜ 10-81-6

鬼头鬼脑［279］ 13-99-3

鬼戏［280］ 12-96-21

柜台［280］ 37-309-24

贵［280］ 17-137-5 22-179-14 23-190-13 5-39-17 32-265-13 38-322-7 46-390-23 56-476-14

贵干［280］ 60-513-18

贵恙［281］ 41-348-9

桂花［281］ 47-401-12

跪［281］ 6-48-6 9-67-16

gun

滚［282］ 34-282-6 41-343-4

guo

果然［282］ 38-322-12 40-338-4 57-432-8 64-548-22

過 [283] 18-141-12 31-261-15- 34-285-14 42-353-131 59-505-18 ｜35-296-23 58-496-8 58-496-10 58-496-13 58-496-17
　　　11-85-12 ｜ 11-84-9 24-193-19 ｜ 14-111-4
過 [284] 8-58-12 27-226-11 ｜ 39-329-15 56-476-14 60-511-8
過得去 [285]　10-80-15 16-127-8 16-128-4
過度 [285]　36-305-2
過房 [285]　30-247-23 47-399-19
過房娘 [286]　30-237-23
過來 [286]　1-5-4 2-15-23 5-40-9 32-264-19
　　　6-46-10 19-151-24 35-296-4 36-298-5
過令 [286]　39-326-14 39-326-23 39-329-7
過去 [286]　3-24-6 4-25-3 19-156-2 33-278-12 ｜ 14-108-2 22-175-23 24-192-11 27-224-5 34-285-12 39-325-10 ｜ 6-48-7
　　　35-296-7
過歇 [287] 5-34-7 7-51-6 10-76-9 26-215-4 29-244-19 30-251-19 34-283-3 39-325-18 48-413-9 53-447-12 54-458-19 55-465-18 56-474-1 57-483-7 59-506-2 ｜ 11-86-2
過歇個哉 [287]　17-132-18 ｜ 44-375-12 62-528-12
過歇哉 [288]　13-103-3 21-170-8 40-338-15
過哉 [288]　5-38-20 11-90-19 17-136-16 18-148-11 30-249-15 34-286-12 39-326-22 39-329-4 41-349-14 53-449-1 53-449-15 54-462-17 57-482-6
過哉唲 [288] 28-228-17
過仔 [288]　2-15-9 17-113-20 36-301-3 49-415-16 49-418-8 52-443-5 54-457-23 58-491-12

H

hai

咳 [288]　25-208-10 25-208-17 49-415-1
還 [288] 2-11-5 3-19-20 6-47-6 8-62-1 8-62-5 12-92-10 29-244-5 31-256-5 36-305-1 45-378-4 52-439-11 ｜ 1-4-7 1-4-9 3-19-5 6-45-14 18-141-13 36-305-17 ｜ 2-12-5 6-48-1 9-70-21 24-195-7 34-284-11 35-293-24 36-302-16 53-448-6 54-458-18
還是 [290]　1-4-6 1-5-13 2-10-21 29-238-22 52-438-18

語彙索引

还有［290］ 11-86-3 57-483-16
海外［290］ 17-133-5 28-233-16 41-349-23 59-505-15 61-521-3
　　60-509-16
害［291］ 3-24-17 4-32-1 7-56-13 9-73-5 15-117-12 16-127-22 18-141-13 20-161-22 22-176-9 28-229-20 35-290-6 42-353-17 48-409-17

han

寒气［291］ 42-354-24
寒热［292］ 17-140-2 20-160-3 24-198-1 24-198-12 36-305-4 42-353-19 36-304-14 62-533-7
喊［292］ 7-56-10 8-62-8 26-216-23 34-285-17 54-460-12 56-473-14 ｜ 18-142-9 20-164-19 22-178-11 22-178-14 52-438-1 52-442-22 ｜ 1-7-3 3-23-21 7-56-8 17-138-2 22-178-19 48-413-5 51-434-10
汗［293］ 7-55-19 42-355-1 62-533-9

hang

行［293］ 24-199-24
航船［293］ 24-199-14 30-253-15

hao

好［293］ 1-5-13 3-20-11 4-31-15 5-40-20 5-40-22 8-58-11 8-59-14 8-65-4 12-98-5 14-109-23 16-127-9 16-127-20 17-135-3 18-147-22 18-148-1 40-340-1 49-919-23 56-477-2 56-477-13 56-477-23 61-523-5 61-523-6 ｜ 5-36-10 ｜5-36-15 12-95-2 16-127-8 35-292-19 54-462-10 ｜ 33-273-7 36-300-13 40-340-8 ｜ 32-269-23 ｜ 17-133-21 18-147-23 26-215-13 32-269-24 64-544-7 ｜ 2-11-13 2-16-16 9-67-13 17-135-2 18-141-3 18-147-24 19-154-10 44-372-21
｜ 1-4-5 59-503-18 ｜ 43-364-1 ｜ 2-11-27 3-19-23 4-25-5 4-28-10 5-39-24 5-40-20 6-42-17 7-53-17 7-54-11 7-56-21 7-56-24 8-59-23 9-72-6 9-74-4 10-77-1 14-107-8 14-111-1 18-141-17 23-183-16 24-194-24 26-217-9 29-241-22 32-268-13 34-286-1 35-289-18 35-293-10 35-296-3 36-298-15 36-298-17 38-317-9 40-338-19 42-354-7 42-357-7 42-358-14 43-364-1 43-364-20 46-392-24 46-393-20 48-406-6 48-406-16 48-407-12 48-409-18 49-417-3 49-419-10 50-429-8 54-455-13 57-487-1 57-487-8 59-501-2 61-524-11 61-524-23 62-529-3 62-531-6

43-360-10 48-409-16

6-47-16 7-52-9 7-56-17 8-58-14 8-58-16 8-59-12 9-69-1 12-98-14 13-103-20 14-108-6 15-119-4 20-163-4 21-172-20 22-174-5 22-180-4 23-184-21 24-193-20 32-269-22 34-281-15 34-282-11 39-332-1 40-338-16 41-343-3 43-367-17 44-371-6 44-374-4 44-378-5 45-379-10 46-391-24 47-403-7 48-406-4 48-410-11 50-423-15 52-437-8 52-441-20 53-453-15 54-459-3 54-462-12 55-465-21 55-469-6 56-477-12 56-481-7 56-481-9 57-483-22 57-485-2 57-487-8 58-498-7 59-501-10 60-513-3 61-524-7

好白相 [297] 6-45-22 14-111-2 39-325-17 39-332-4 54-462-12 56-478-19 | 35-293-22 | 14-113-5

好场花 [298] 49-417-23 63-537-18

好处 [298] 10-77-3 12-94-23 20-161-22 30-253-12 45-379-20 54-460-6 | 20-162-11 34-285-23 55-465-17 61-522-21

好过 [298] 19-156-20 28-229-13 42-353-2

好好交 [298] 24-194-23 32-263-17

好话 [299] 12-92-24

好几 [299] 1-4-7 3-18-3 4-28-7 10-80-7 14-112-4 16-123-5 18-142-10 21-173-4 32-265-13 36-298-12 45-382-9 57-484-10 57-487-7 59-502-10 64-545-7

好几花 [299] 14-108-10

好酒量 [299] 36-300-13 50-426-20

好看 [299] 6-45-3 26-213-19 39-329-13 46-388-12 55-466-23

好客人 [300] 59-505-19 64-546-13

好良心 [300] 45-378-16

好男勿吃分家饭,好女勿着嫁时衣 [300] 48-406-2

好婆 [300] 25-208-22

好邱 [300] 17-135-1 46-387-8

好人 [300] 4-29-10 6-47-21 23-189-13 48-405-2 49-418-10 54-462-9 64-551-3

好人家 [301] 38-322-12 54-456-2

好日脚 [301] 10-80-20 16-128-10

好日子 [301] 48-405-16

語彙索引

好事［301］ 3-20-8 12-97-1 16-127-16 24-197-1 63-537-15

好手［302］ 53-446-16

好听［302］ 3-20-22 29-242-8 |12-92-23| 15-120-9

好物事［303］ 46-388-7 47-400-5 53-451-2 55-471-24 63-539-11

好闲话［303］ 46-390-19 59-503-7

好像［303］ 4-30-23 7-51-11 11-90-15 13-101-3 16-127-17 22-175-23 36-304-16 38-320-7 40-337-13 46-389-1 57-483-5 64-544-15 64-545-21
　　　29-242-14

好笑［303］ 9-74-3 14-109-8 18-142-13 26-217-7
　　　7-57-5 12-97-9 48-465-7

好意思［304］ 4-30-9 8-59-1 9-70-4 15-116-8 15-117-21 16-127-17 48-412-18 59-503-8

号［305］ 1-6-10 18-148-3 19-153-8 19-153-11 23-189-23 27-225-4 30-251-5 31-258-12 41-346-3 45-378-7 58-498-15 61-525-7

浩繁［305］ 59-505-1

he

合［305］ 13-104-15 14-111-1 18-145-9 26-210-16 26-210-17 29-229-13 61-520-22

合唱［305］ 45-382-7

合会［305］ 3-19-13

合传体［306］ 53-450-12

合式［306］ 60-516-2

合作［306］ 60-515-23

合叠杯［306］ 38-322-6

何［306］ 33-274-15 47-399-18 60-510-15 60-513-18 60-515-22

何必［306］ 31-259-16 43-361-14 46-394-17 51-436-9 60-513-23

何妨［307］ 48-410-18

何苦［307］ 34-281-7

何以［307］ 59-504-23

和事老［308］ 12-97-9

河［308］ 39-328-17

1164

荷花 [308] 38-323-15

和 [308] 59-506-5

hen

狠 [308] 44-375-18

恨 [308] 11-90-18 17-134-18 22-177-1 26-214-17 29-238-20

heng

横 [309] 23-184-1

横竖 [309] 56-481-6 59-504-8

横 [309] 60-515-20

hong

烘 [310] 18-147-15

烘托渲染 [310] 61-517-15

红 [310] 35-292-13

红倌人 [310] 54-462-14 60-510-21

红木 [310] 4-28-23

hou

喉咙 [311] 3-24-17 37-307-7 39-331-22

后底 [311] 35-296-2 36-302-10 52-438-12 53-453-19 | 42-354-7 52-440-5

后来 [311] 5-34-6 6-48-5 10-80-8 18-147-20 22-175-23 52-419-19 54-456-1

后门 [312] 14-110-14

后日 4-29-12

厚皮 [312] 8-64-6 11-84-21 49-418-8

候补 [312] 3-24-2

hu

忽然 [313] 51-431-13

聕 [313] 18-141-11

聕头 [313] 8-62-3

和 [314] 13-106-11 26-211-19 26-211-22

和张 [314] 26-211-21

狐皮 [314] 61-524-21 62-531-13

1165

語彙索引

湖丝 [314]　59-505-19

湖色 [314]　43-365-21

糊涂 [314]　12-95-3 51-436-7

户 [315]　7-51-7 10-80-7

hua

花 [315]　58-495-9

花瓶 [315]　21-165-10

花头 [315]　7-567-9｜19-155-2｜32-269-20 35-295-3 35-295-14 57-487-11

花烟间 [316]　2-11-10 5-37-21

花言巧语 [316]　45-379-19

花样 [316]　55-470-3｜30-251-13 41-348-22 41-350-1 52-439-13 61-521-17 61-521-18

花园 [317]　38-320-5 48-407-13

华众会 [317]　55-472-4

豁 [317]　4-26-3 4-27-4 28-235-21 50-427-13

豁拳 [317]　4-26-5 4-27-3 5-40-4 18-142-2 31-260-13 50-429-14

画 [318]　40-341-3 40-341-7

划一 [318]　22-181-20 25-202-3 46-389-14 55-472-2 52-442-7 57-483-22 59-500-9 59-505-23 60-509-8 60-511-7 61-524-7

话靶戏 [319]　16-123-18 49-417-17

话头 [319]　34-281-12 53-449-24

huai

坏 [319]　31-260-12｜7-53-18 7-56-14 9-71-21 9-73-4 12-95-1 28-232-23 37-278-4 37-312-2 59-505-16 59-505-23 64-550-19

坏名气 [320]　57-484-11

坏坯子 [320]　52-439-16

huan

欢喜 [320]　17-134-19 24-198-12 24-198-23 27-224-6

还 [321]　10-80-19 14-108-14 14-138-15 18-144-7 31-257-19 42-351-12 50-425-6 52-439-15 59-502-23 62-527-16 64-545-21｜9-71-3 29-241-24｜23-190-20

还债 [322]　10-80-20 24-194-3 56-475-15

缓日［322］ 53-451-7

幻［322］ 60-515-21

换［322］ 9-74-22 20-159-19 23-183-5 36-300-9 39-332-3 43-365-21 48-405-12 61-517-4

huang

荒唐［323］ 15-115-18

皇帝［323］ 52-437-8

皇后［323］ 55-467-5

黄梅［323］ 12-93-16

黄梅天［323］ 12-93-17

黄梅子［323］ 12-93-18

黄浦滩［324］ 20-164-20

惶恐［324］ 24-195-24

hui

回［324］ 23-188-23 48-410-18 ｜ 48-409-17

回报［324］ 37-313-22 41-342-17 59-502-11 62-527-10 62-531-14 ｜ 44-371-6 54-455-13

回来［325］ 62-529-23

回头［325］ 29-244-11 ｜ 22-176-21 32-270-18

回心［326］ 34-285-21

回信［326］ 1-6-12

汇划庄［326］ 14-108-12

会［326］ 21-169-12 45-384-24 45-382-9
　　1-5-9 2-16-15 6- 43-9 7-57-13 16-124-20 46-393-8 50-426-20 ｜ 1-8-17 2-16-5 5-37-19 7-53-4 11-90-9 15-116-3 48-405-2 ｜ 7-52-15 13-100-23 13-100-24 20-161-6 22-177-11 24-193-23 36-305-21 40-336-4 42-353-12 64-552-2

会［327］ 29-241-23 29-242-10 54-462-17

会得［328］ 27-225-7

会钱［328］ 3-19-10

讳病忌医［328］ 36-305-10

語彙索引

晦气 [328] 9-71-4 26-214-13 37-310-13

hun

昏 [329] 31-256-22 | 18-142-13 20-159-3

昏昏沉沉 [329] 36-304-19

昏倦 [329] 36-305-19

浑倌人 [329] 32-269-20

魂灵 [330] 5-36-18 44-374-21

混赖 [330] 59-504-24

huo

豁 [330] 64-551-16

豁出豁进 [330] 14-108-12

豁开 [330] 61-519-22 62-527-15 | 20-162-4 35-295-11 47-399-1

豁脱 [331] 3-20-4 14-123-10 18-147-18 24-195-20 57-483-2 60-511-9 64-544-14 | 44-374-5 60-513-4 60-515-23 63-537-6 | 10-80-21 23-189-19 34-285-3 34-285-12 40-337-13 55-466-7

豁浴 [331] 39-328-10

活 [331] 32-269-10 34-285-4 40-336-9 42-353-13

火冒 [332] 25-202-13 46-393-9

伙计 [332] 29-239-7 | 4-28-14 58-498-8 63-536-19

或 [332] 53-450-13

或者 [332] 31-259-14 48-410-18

J

ji

机器 [333] 52-437-7

鸡缸杯 [333] 39-326-23 50-426-22

羁客之思 [333] 60-515-22

及 [333] 53-450-13

及得来 [333] 10-76-6

吉林参 [333] 64-545-15

极 [333] 7-54-21 11-86-11 22-180-20 36-301-23 57-482-18

1168

35-292-6 | 19-149-12 36-304-15 40-339-23 60-513-23 60-515-20 | 51-431-11

极哉［334］ 2-10-6 21-169-23 40-338-9 | 12-97-9 37-312-10

即［334］ 31-260-18 | 60-515-24

急［335］ 19-156-9 20-160-12 20-160-13 20-161-10 34-283-23 50-429-12 54-460-20 58-496-5 | 4-30-24

急急［335］ 60-513-23

棘手［335］ 59-505-1

籍贯［335］ 53-450-1

几［335］ 1-4-7 1-4-8 5-41-5 10-76-8 10-82-19 12-94-6 20-160-2 22-180-6 39-331-9 55-467-4

几花［336］ 3-19-8 8-58-9 10-80-18 15-115-16 19-151-17 21-172-11 24-195-6 33-278-19 42-351-11 44-374-12 45-383-2 48-405-15 61-525-6 62-529-14 64-546-14

6-43-13 15-120-1

3-20-4 4-26-5 7-56-13 8-59-8 10-76-7 15-116-9 19-153-14 24-193-9 32-265-14 33-278-12 35-294-1 36-305-6 47-398-23 48-412-4 52-437-7 53-451-2 57-484-11 63-536-11

几几花花［337］ 10-76-9 14-109-17 23-183-14 44-369-7 55-466-13 59-502-17 62-527-14

几时［337］ 19-152-22 64-546-7

几首［338］ 2-11-1 52-443-19

挤［338］ 56-477-24

记［338］ 47-400-9 47-401-22

记［338］ 4-29-3 4-31-24 5-36-17 14-110-15 23-187-24 24-199-15 31-260-23 32-263-8 47-400-3

记［338］ 8-62-13

记得［339］ 1-5-14 8-62-13 45-383-2 48-409-8 61-521-6 63-539-8

记好［340］ 2-11-17 7-54-11 32-263-12 34-286-1

纪言［340］ 53-450-13

既［340］ 51-431-16

既然［340］ 36-305-9 57-484-16

語彙索引

祭 [341]　47-398-23

祭礼 [341]　46-393-15

祭文 [341]　47-399-15

寄 [341]　23-183-18 62-528-16 ｜ 11-86-5 31-261-15

寂寞 [342]　40-336-3 60-513-15

jia

加倍 [342]　44-374-10
　　3-20-18

加茶碗 [342]　23-189-16

加二 [342]　18-141-18 20-160-13 20-161-7 23-189-15 24-194-8 35-295-20 63-536-17

加之以 [343]　36-305-2

加重 [343]　64-545-7

佳话 [343]　33-273-4 45-381-19

家 [343]　23-183-5

家常 [343]　49-416-15

家当 [344]　14-108-10 31-257-21

家眷 [344]　34-285-5

家生 [344]　9-71-21 10-81-7 24-198-21 32-214-17 59-500-6 ｜ 38-317-2 52-437-7

家生店 [345]　55-469-10

家叔 [345]　14-113-5 54-459-9 60-511-6

家头 [345]　3-17-6 3-20-14 6-48-24 13-104-6 15-120-24 42-356-11 55-467-4 61-520-21

家小 [346]　55-465-20

家信 [346]　53-451-8

家主公 [346]　8-63-15 16-127-8 21-167-11 23-187-5 57-483-13 64-547-20

家主婆 [346]　6-43-6 9-67-15 21-171-3 23-188-16 27-220-6 62-529-6

假 [347]　27-224-9 44-373-2

假痴假呆 [347]　19-151-22 21-173-1 23-187-5 29-239-16 48-411-4 63-542-1

假情假义 [347]　6-47-17

价 [347]　5-34-15 18-142-6 18-142-15 21-168-3 55-466-23

語彙索引

价末［348］ 2-10-16 2-10-23 4-29-23 16-123-15 18-148-19 20-158-11 25-206-15 35-292-23 36-299-11 44-374-8 45-381-19 45-382-22 49-422-1 51-433-4 55-466-1 56-475-16 57-482-17 57-485-24 61-524-22 62-528-3 63-542-18｜14-108-12 36-304-16

价钱［348］ 4-25-12 21-165-10 22-180-8 42-357-6

嫁［349］ 3-20-16 10-76-7 16-127-7 24-194-2 34-282-14 52-440-8 56-475-16 57-483-13 64-544-7

嫁妆［349］ 55-467-20 55-469-2 64-544-7

jian

尖［349］ 39-327-16 39-327-17 40-339-23

奸情［350］ 23-188-8

间［350］ 23-183-13 29-244-19 48-406-16

间架［350］ 12-93-11 26-210-7 31-258-11 32-264-15 44-376-23 52-438-17 52-442-11 54-456-7 54-458-16 55-465-13

间架头［351］ 32-270-4 34-280-3 47-396-10

肩［351］ 18-142-7

煎［351］ 20-161-16

拣［351］ 10-76-7 12-92-7 18-146-14 18-147-22 25-201-13 33-272-4 52-442-6 60-509-16

减［352］ 36-304-15

减省［352］ 48-406-16 64-544-16

见［352］ 5-34-7 7-56-20｜4-29-4 9-67-15 9-72-22 32-263-16｜1-3-15 1-4-8 29-239-13 38-319-21 55-471-23 62-529-22

见得［353］ 19-156-4

见乖［353］ 3-19-6 46-387-12

见好［353］ 18-146-20 22-176-9

见教［353］ 60-510-15

见解［354］ 61-523-10

见谅［354］ 17-134-24

见面［354］ 62-527-4 62-527-5

1171

語彙索引

见情 [354] 8-60-12 8-60-13

见识 [355] 1-5-12 45-381-20

见证 [355] 47-400-14

件 [355] 2-11-20 3-19-12 10-76-2 39-332-3

间壁 [355] 2-11-15 14-109-6 18-142-3 42-358-10 45-379-7 55-467-2

饯行 [356] 53-451-3 55-467-10 56-476-21

荐 [356] 9-74-15 34-287-11 41-343-23 56-476-15 62-528-15

贱 [357] 32-264-9

贱坯 [357] 32-263-15

渐渐 [357] 36-304-15

箭 [357] 40-339-23

箭在弦上，不得不发 [358] 40-340-3

jiang

讲 [358] 19-151-3 22-175-22 22-175-23 23-184-2 26-214-11 47-399-24 59-506-3 ｜ 64-551-5

讲讲说说 [358] 24-196-19

讲讲笑笑 [358] 47-399-1

讲究 [359] 22-179-16 31-259-15 45-383-7
　　　22-177-3 26-212-1 52-437-8

强 [359] 5-37-8 19-155-12 22-181-23 24-194-23 25-207-12 26-213-4 59-504-9
　 54-456-8

酱油 [360] 6-47-8

jiao

交 [360] 23-183-15 26-215-13 ｜ 12-93-16

交代 [361] 11-86-4 23-187-16 35-289-10 48-405-9 48-407-1 53-448-7 54-458-20 59-484-17 63-543-6 ｜ 11-84-9 12-98-14 16-127-24 29-237-12 58-497-8 ｜ 34-285-24 37-308-24 43-365-9 47-401-17 48-409-18

交关 [362] 31-260-13

交卷 [362] 47-400-19 50-429-13

交情 [362] 46-387-5

1172

交易 [362]　26-215-5
　　　48-411-9
浇 [363]　33-273-13
娇寡 [363]　31-256-6　34-285-13
娇弱 [363]　36-305-1
教 [363]　32-263-9　37-309-6　37-309-20　44-374-4　58-498-13
教乖 [363]　36-301-7　51-436-11
教会 [363]　53-446-5
焦躁 [364]　36-305-19
绞手巾 [364]　9-72-5　10-77-19　23-184-2　47-399-5
角 [364]　23-183-7
角子 [364]　30-252-24
脚 [364]　8-65-3　10-81-6　32-264-3　38-323-17 ｜ 46-388-21 ｜ 23-184-12 ｜ 4-30-18
脚趾头 [365]　32-264-3
叫 [365]　2-10-12　3-22-12　5-37-16　7-54-2　13-104-13　15-116-3　26-21-24　31-260-1　31-260-2 ｜ 21-168-14　28-228-17　29-241-18　31-257-16 ｜1-3-10　8-62-14　26-216-7　26-216-12　31-260-3　43-385-17　52-439-19　53-451-21
　　9-73-15　10-81-8　15-120-4　15-120-7　19-51-18　28-228-12
叫花子 [367]　29-242-14　30-253-16
叫局 [367]　3-22-14　4-31-5　6-46-12　6-47-6　8-62-15　13-104-14　15-115-9　34-287-19　56-480-24　64-549-1
叫饶 [367]　5-36-10
轿班 [368]　11-85-7　42-351-9　56-481-1
轿车 [368]　35-291-8
轿子 [368]　4-30-17　8-61-10　17-139-9　24-198-16　58-494-23
教 [368]　1-3-15　1-6-12　1-8-4　3-18-12　4-25-2　6-42-17　7-53-21　20-160-6　20-160-8　25-209-8　26-210-4　34-280-3　35-291-5　59-501-13　62-528-14
教得去 [369]　8-62-21　29-239-17

jie

接 [369]　39-326-23　44-369-6 ｜20-164-15　53-451-8　60-513-11 ｜19-149-1　22-178-8

語彙索引

47-401-18 55-465-23

接连 [370]　24-198-14

接令 [370]　39-326-6

接煞 [370]　54-457-22

节 [370]　4-28-15　16-128-7　22-176-23　23-186-10　24-192-9　24-194-7　29-239-2　31-261-15　34-281-17　44-374-13　49-419-9　54-456-3

结 [371]　24-193-21

结拜 [371]　21-166-15

结果 [371]　18-147-20　18-147-22　52-440-5　55-465-16

姐夫 [372]　6-49-17　8-63-18　18-143-7　19-155-9　31-261-20　43-363-19

解 [372]　63-542-17

戒 [372]　14-113-23

戒指 [372]　12-94-20　13-100-5　13-100-8　22-179-4

借 [372]　13-105-15　15-120-23　22-176-7　22-176-18　22-176-20　48-406-18　58-499-1　62-527-16 ｜ 22-176-7　22-176-22　24-199-13　37-313-21　59-503-8

借光 [373]　15-116-19

借酒 [373]　47-402-17

借用 [373]　4-338-11

借重 [373]　15-120-24

借转 [373]　14-108-15

jin

今年 [374]　1-4-7　16-127-9　24-194-8　54-456-2

今生今世 [374]　55-466-6

今世 [374]　37-309-20　42-351-12

今夜 [374]　41-342-7

今夜头 [375]　8-60-1　10-82-3　12-93-8　12-94-7　15-120-3　25-202-2　29-242-9

今朝 [375]　5-34-5　6-43-18　8-60-15　11-84-3　22-181-7　38-322-6　43-365-3　52-437-2　60-511-5　62-531-14

金 [375]　22-181-1　32-270-14

金口 [376]　3-20-14 ｜ 19-152-6

1174

金鲤鱼 ［376］ 38-323-16

紧 ［376］ 4-30-20 6-48-2 60-515-21

尽 ［376］ 60-515-16

进 ［376］ 47-402-3 58-498-8

进境 ［377］ 53-446-4
　　　　60-515-2

进来 ［377］ 5-36-24 11-88-20

进去 ［377］ 59-505-15
　　　　4-30-19 14-113-17

进益 ［377］ 14-108-15

近 ［378］ 41-342-8

近便 ［378］ 15-117-4

近来 ［378］ 1-4-4 35-292-3 53-446-4

近日来 ［378］ 7-57-2

禁忌 ［379］ 41-348-5

jing

经官动府 ［379］ 59-504-22

经络 ［379］ 2-10-17

经手 ［379］ 37-312-10

经学家 ［380］ 45-383-7

经意 ［380］ 61-523-6

惊动 ［380］ 5-35-18 18-145-9 29-240-23

梗 ［381］ 23-190-1 24-194-23

精神 ［381］ 36-304-18

景泰窑 ［381］ 21-165-10

净 ［381］ 26-217-9

竟 ［382］ 33-272-24 42-351-7 47-400-10 60-511-4 61-522-21

竟然 ［381］ 51-431-11

敬 ［382］ 4-27-4 11-90-6 50-426-16

敬意 ［382］ 11-90-17

1175

語彙索引

静办［382］ 43-367-7

镜子［382］ 15-119-16 20-161-11 26-217-13 31-257-4

jiu

纠缠［383］ 59-505-1

揪［383］ 27-225-8

九九归原［383］ 34-281-5

久仰［383］ 1-6-5

酒［384］ 3-17-4 7-50-13 33-273-7 63-539-15

酒馆［384］ 55-467-9

酒量［384］ 33-273-7- 36-300-13 40-340-8

酒令［384］ 39-325-17 40-337-12 40-338-15 41-348-21 44-369-7

旧［385］ 21-165-9

旧年［385］ 8-62-13 11-89-11 16-127-7 20-160-5 21-167-2 30-247-23 36-304-12

救［385］ 16-128-2 16-128-16 33-277-8 37-308-20

救命［386］ 54-461-17

救星［386］ 16-128-16

就［386］ 1-5-15 3-19-24 4-28-24 4-30-1 16-123-15 20-162-1 22-181-6 31-256-24 31-257-17 42-357-12 45-381-6 46-390-22 47-400-18 48-407-19 55-467-23 58-498-5 64-545-11 64-547-4 ｜ 8-62-15 23-183-8 29-238-21 ｜53-449-1 55-465-21 ｜4-27-2 ｜ 2-15-11 3-20-1 3-20-24 6-43-3 6-43-22 13-99-11 14-109-7 22-174-10 25-202-18 25-206-8 28-233-14 29-239-3 36-302-13 43-360-5 46-390-22 48-407-22 52-439-13 55-465-22 58-502-23 61-520-10 62-529-23 ｜ 3-20-2 3-24-3 13-99-10 13-100-6 14-107-7 14-113-4 34-281-14 35-295-11 41-346-11 52-437-7 56-473-17 60-515-23 ｜ 14-107-6 14-109-9 16-123-8 24-199-19 38-324-1 53-451-10 56-476-13 ｜ 40-337-16 ｜ 51-432-7 53-448-23 53-449-23 58-498-4 ｜ 9-70-22 30-253-14 ｜ 8-62-17 14-109-21 21-165-10 32-270-13 34-281-13 34-285-6 36-299-20 36-304-20 55-469-5 61-521-2 ｜ 4-27-3 5-36-17 18-146-16 18-146-17 24-198-18 24-198-21 25-206-5 25-206-6 29-239-17 35-291-5 36-299-3 45-382-22 51-432-15 53-450-1 55-466-4 56-473-14 56-476-16 56-477-2 57-483-6 58-496-8 59-506-11 62-529-22 63-531-13 2-10-20 8-60-5 9-70-23 9-74-2 10-76-5 10-78-20 10-80-1 11-89-14 12-98-13

13-101-2 13-103-18 15-120-7 16-127-11 18-142-16 18-142-20 21-167-15 21-170-16 23-184-21 24-194-18 27-222-15 34-285-10 34-285-18 39-332-1 42-356-10 43-362-21 44-374-10 44-374-14 48-406-5 48-406-10 52-440-1 52-440-18 53-450-18 54-455-12 55-466-4 55-469-10 56-477-1 57-487-12 59-501-1 59-503-8 59-505-13 59-507-18 61-521-18 62-527-4 62-527-5 62-527-9 63-536-2 63-537-4 63-541-16 ｜10-82-16

5-38-1 10-76-21 12-95-16 16-124-14 18-141-18 22-176-18 22-178-9 27-225-6 28-233-7 28-233-17 32-264-23 32-265-24 37-211-21 37-313-7 44-369-7 47-404-2 48-407-1 48-407-18 53-449-8 53-449-11 55-467-15 59-507-1 59-507-14 60-513-17 62-533-16 64-546-2

就不过[394] 5-35-6 14-110-19 18-142-21 24-192-14 25-201-13 28-229-10 33-278-19 34-285-12 41-348-12 42-357-9 48-406-7 49-418-12 50-425-2 58-491-15 58-494-17 60-508-9 60-511-5 60-513-12 60-515-17

12-95-2 15-119-9 16-126-4 23-186-4 32-268-21 36-304-17 42-358-9 44-370-10 51-431-8 52-437-9 62-529-13 63-543-4

就此[395] 47-400-21

就近[396] 41-346-18

就实概[396] 34-281-1 52-437-10 56-477-11

就是[396] 3-17-6 34-285-6 47-402-12 ｜8-59-19 ｜6-47-18 49-417-15 ｜17-137-15 20-162-8 31-255-3 33-271-18 34-285-7 35-295-13 45-384-10 46-390-13 48-410-11 50-429-14 56-474-1 56-474-6 56-477-4 56-480-20 61-523-5

4-31-3 22-177-9 22-180-21 22-181-3 34-285-16 44-136-19 ｜2-10-18 8-58-9 13-101-3 17-132-18 21-168-3 21-168-24 34-285-8 34-289-15 48-405-11 48-405-17 52-443-9 53-450-11

6-46-10

就算[399] 7-52-7 10-76-16 14-108-10 14-111-1 15-119-19 18-141-10 18-143-3 18-147-5 22-177-4 34-285-7 34-285-22 44-376-6 51-436-8 56-477-3 59-504-17 63-537-6 63-540-16

就为仔[399] 8-62-16 17-132-14 20-161-23 28-233-13 31-256-24 35-293-22 50-428-8 52-441-23 62-527-13

就像[400] 15-120-12 30-253-6 62-591-15

語彙索引

就医[400] 54-459-9

就正[400] 60-515-3

ju

局[400] 34-281-1

局[400] 6-45-15

局[400] 6-46-17 19-155-19 56-475-21 ｜ 24-198-14 24-198-17 38-317-1 44-372-22 48-407-11 56-477-10

局票[401] 5-37-3 21-170-20 48-407-22 57-482-5

局钱[401] 4-28-16 64-547-6

局头[401] 10-77-24

局帐[401] 8-58-13 10-81-9 22-176-13 22-176-24 34-281-16 44-374-13 55-467-22 64-547-3

菊花[402] 58-491-12

菊花山[402] 58-491-14

句[402] 2-16-11 4-26-16 5-40-9 19-154-12 55-467-2

句子[403] 21-168-23 40-338-18 42-351-15

juan

捐钱[403] 49-419-3

圈[403] 7-57-3 36-302-17

卷[403] 18-142-1

jue

决裂[403] 51-432-16

角色[404] 15-120-13 ｜ 45-382-10

觉着[404] 20-158-20 27-221-2 36-304-21 62-533-7 ｜ 12-92-16 13-106-5 18-147-17 20-161-24 23-189-19 28-229-17 34-280-12 52-439-12 55-453-17

觉著[405] 36-301-23 53-446-9 ｜ 57-501-16

绝项[405] 36-305-2

绝对[406] 53-451-24

绝世[406] 50-423-13 50-429-12

脚色[406] 6-47-24

jun

君子[406] 51-432-17

K

kai

开[406] 5-35-11 14-110-14 19-152-6 43-367-19 ｜ 14-114-16 ｜ 4-30-15 21-166-22 44-374-2 ｜ 4-25-12 ｜ 5-34-13 6-48-3 7-57-3 9-69-22 10-78-19 10-80-19 15-119-15 18-142-23 26-213-21 34-285-17

开宝[407] 2-10-20 14-109-16 62-529-14

开春[408] 36-304-13

开赌[408] 56-473-12

开饭[408] 2-15-11 30-249-11

开口[408] 19-152-3 ｜ 59-502-13

开列[409] 53-449-24

开爽[409] 43-361-15

开水[409] 26-212-13 52-438-23

开厅[409] 47-440-12 50-423-16

开外[410] 2-10-20

开消[410] 4-28-16 8-58-13 12-97-8 34-281-17 64-546-15
　　1-4-10 12-98-17 22-175-22 24-192-11 24-192-11 24-192-13 30-247-9 34-281-3 48-407-12 48-412-4 59-502-7 60-508-9

开心[411] 5-36-13 22-177-14 23-184-3 23-185-15 29-241-16 33-272-9 35-297-1 54-460-21

开帐[411] 42-357-7 48-406-16 49-416-16

揩[411] 1-3-16 23-183-3 23-183-14 26-217-22 33-276-5 46-390-23

kan

看[412] 11-85-12 18-142-17 23-187-21 35-293-10 49-417-3

坎[412] 6-47-18 24-193-23 58-496-9

坎坎[412] 4-25-2 5-37-3 ｜ 2-11-14 7-57-7 11-88-6 16-126-4 16-129-19 17-140-2 21-167-2
　　7-55-19 9-72-18 25-204-13 29-244-5 35-296-10 37-312-9 45-378-13 47-398-11

語彙索引

59-502-19

坎坷[413] 51-432-15

看[413] 1-3-11 1-6-8 3-23-21 4-25-5 5-35-7 7-53-12 7-56-8 7-57-4 8-58-8 11-83-15 13-105-9 15-118-9 26-215-20 29-243-24 39-332-19 63-540-12 ｜ 2-11-15 2-11-16 4-30-7 ｜ 36-298-14 36-299-5 ｜ 43-361-3 ｜ 4-25-12 6-47-3 9-72-20 13-105-4 34-283-14 ｜ 32-266-7 ｜ 63-540-12

　　1-6-11　2-11-18　3-17-14　4-29-5　4-31-5　4-31-9　10-78-4　10-81-20 13-105-12　14-113-2　15-119-17　16-128-1　21-169-2　25-201-14　45-382-19　52-438-1 59-503-21　62-527-18

看过[415] 3-20-5 17-134-19

看见[415] 3-20-1　3-20-24　5-34-5　7-56-22　8-60-16　10-76-3　15-117-24 17-138-6　17-139-20　22-179-16　32-265-13　37-310-11　49-417-2　53-448-10　58-492-1

看面浪[416] 4-29-6 12-92-20 25-207-3 30-248-13 39-328-16

看……起[416] 7-51-6 48-407-11

看轻[417] 8-60-1 53-451-18 60-510-21

看台[417] 55-466-22

看勿对[417] 31-259-12

看勿过[417] 23-184-15 24-199-2 42-354-9 49-417-15

看勿起[417] 12-92-8 17-133-7 34-283-15 56-474-19 64-545-12

看下来[418] 7-57-15　60-515-2　62-527-3

看中[418] 7-52-6　8-60-1 15-117-10　18-148-8　55-465-21

看重[418] 8-60-9

kang

伉大[418] 28-231-1

kao

考据[419] 45-383-7

靠[419] 10-81-10 17-137-8 24-192-12

靠得住[419] 13-101-3　18-147-22　49-417-1　52-439-10

靠勿住[419] 18-148-2 29-238-21 39-331-10

ke

1180

磕[420] 9-71-9

磕头[420] 6-48-6 8-63-18 25-207-3 33-278-12 52-441-16 59-503-14

咳嗽[420] 17-140-2 18-142-14 31-256-5

可称[421] 40-339-24 45-383-7

可敬[421] 45-381-18

可怜[421] 42-352-12 45-381-18

可人[421] 33-274-13

可谓[421] 31-259-23 53-446-12 60-515-16

可惜[422] 23-188-6 31-260-19 32-266-1 40-337-13 41-349-8 47-399-18 47-400-6 52-440-15 55-467-4 60-513-16

可信[422] 64-547-7

可以[422] 7-51-8 15-121-2 33-274-8 36-305-23 40-340-5 54-455-17 54-457-24 61-517-4 64-544-16

可遇而不可求[422] 34-287-9

可知[423] 61-522-21

渴慕[423] 3-24-16

刻[423] 40-337-11

刻刻[423] 13-101-2

刻意求工[423] 60-515-23

客气[423] 18-148-7 45-378-7 48-407-20 59-507-4
　　　3-22-24 4-28-9 11-89-21 11-90-7 11-90-9 11-90-20 13-106-21 29-237-4 29-241-23 39-325-5 39-325-8 39-331-19 52-438-19

客人[424] 2-15-4 4-25-15 9-73-13 18-146-21 64-548-16 ｜ 50-430-12

客堂[424] 18-142-7

客栈[425] 1-4-15 12-98-17 24-199-11 60-512-6

ken

肯[425] 6-48-5 7-51-10 7-71-3 16-127-16 18-142-6 20-160-6 22-174-8 29-237-17 63-540-12 ｜ 42-351-9 45-379-24

keng

坑[426] 32-268-13

語彙索引

kong

空场面[426] 27-224-6 52-441-15 64-546-13

空空洞洞[426] 40-338-3 61-517-3

空心[426] 60-509-8

空心汤团[426] 25-208-7 44-376-6

孔雀[426] 29-243-24

恐[427] 59-505-1

空[427] 31-257-16 48-406-5 60-509-7 60-511-11 62-531-12
　　　15-121-6 19-156-18 21-170-18 30-250-16 ｜ 25-207-15 49-416-16 50-423-6
　　　23-183-15 48-407-1 53-451-11 59-506-21 60-513-18

空闲[428] 60-515-4

kou

口[428] 2-13-5 8-63-8 9-71-14 14-114-15 18-148-5 20-158-10 33-277-21 33-278-6 36-302-2 48-406-4

口谈[428] 14-110-10

口眼勿闭[428] 34-284-20

扣[428] 59-504-4

ku

哭[429] 6-48-20 10-83-5 16-128-9 36-304-21 42-354-2 55-466-10

哭哭笑笑[429] 22-181-18 23-184-16 33-278-12

苦[429] 37-309-15 ｜ 16-128-2 17-133-18 24-195-11 63-537-16

苦处[429] 55-466-13

苦饭[430] 30-253-11

苦功[430] 53-446-11

苦命[430] 52-439-22

苦恼[430] 20-162-5 27-221-2 43-363-24 ｜ 35-295-20 42-354-8　45-378-17 49-418-9 54-459-1

苦恼子[431] 24-198-22 52-439-10

裤子[431] 23-184-13

kuai

块[432] 3-21-3 8-60-12 31-260-8 34-285-2
　3-19-11 3-19-24 12-98-11 16-123-10 22-180-6
快[432] 2-16-2　6-44-11　8-63-14 17-134-12｜3-19-24　3-24-6　4-25-10 6-49-19 10-78-12 12-92-12 13-102-17 21-166-10 21-171-21 26-216-20 37-312-6 43-361-3 49-418-5 50-428-14 53-449-10
快活[433] 4-31-16 8-58-7 8-65-13 9-71-14 10-80-19 12-95-8 20-159-11 23-184-10 24-193-19 28-229-17 34-285-14 35-295-14 45-378-16 46-387-5 47-399-2 55-466-10 57-486-18 60-510-24

kuan

宽[434] 7-50-8
宽势[434] 15-120-24
宽衣[434] 19-150-8 38-318-6
宽坐[434] 48-408-17 60-513-12
宽识[435] 47-400-8

kuang

狂奴故态[435] 33-275-4
圹[435] 42-357-12
况且[435] 2-10-19

kui

亏[436] 36-305-1 64-545-15｜7-53-5 9-73-14 11-90-8 15-119-16 51-431-13
溃败[436] 51-432-16

kun

坤宅[436] 55-469-3
困[437] 2-14-21 7-55-19 8-61-15 11-86-22 15-119-1 17-140-1 18-141-11 18-144-14 35-296-4 36-303-14 63-539-4｜62-529-15
困倒[437] 36-304-17
困昏[437] 18-142-13
困觉[437] 14-114-19 15-119-1
困醒[438] 14-113-14 36-303-14 51-435-5
困着[438] 8-62-2 15-117-12 17-140-2 18-141-12 18-142-3　18-144-15 20-164-8

語彙索引

35-296-11　36-304-20　38-319-9　62-532-11

kuo

阔天阔地[438] 14-108-8

L

la

拉[439] 4-25-17 8-59-3 10-80-3 20-163-23 22-181-14 23-189-8 29-237-11 42-356-3

拉倒[439] 7-52-8 32-263-8 48-410-14

拉开[439] 9-69-22

拉牢[439] 18-145-17 24-197-5 60-511-7

lai

来[440] 1-3-24　2-11-4　2-12-5　3-18-2　4-27-21　4-30-6　5-34-18　6-44-5　10-78-12
11-88-19　11-88-20　12-92-12　16-125-16　21-169-13　25-203-5　26-213-20　27-223-14
32-268-5　37-313-24　44-370-22　49-421-24　59-503-11　59-503-12 ｜ 1-7-13　3-20-17
4-29-3　7-51-10　8-64-4　16-130-5　19-153-4　22-174-17　23-185-16　32-264-16
35-389-15　37-307-7　38-316-9　64-551-5 ｜ 1-3-16　2-10-20　2-16-12　4-29-6　12-98-19
13-105-9　15-116-8　15-116-9　15-116-10　30-250-18　32-264-6　49-419-5　63-536-9
　　　　　4-30-20　8-58-10　9-71-12　10-81-2　11-89-16　12-98-12　13-99-13　14-111-19
14-111-20　23-185-24　41-347-24　44-375-3　48-409-9　48-409-20　49-416-23　53-453-17
55-467-19　56-473-14　56-481-1　57-486-9　58-496-10　59-501-19　59-503-18 ｜ 3-20-3
10-76-6　11-89-11　12-98-17　17-132-15　24-194-6　29-244-20　37-309-10　44-375-1
48-406-6　52-440-2　59-502-8　59-506-7 ｜ 3-20-1　7-57-1　12-92-5　14-107-7　64-547-7
　　　　　15-118-24
　　　　　2-10-19　14-109-7

来得[444] 18-142-15

来哚[445] 1-7-20　1-7-21　3-18-2　3-19-4　4-30-17　6-43-3　8-62-3　12-93-6　12-97-24
18-145-22　37-312-8　34-380-21　49-417-4　59-500-7
　　　　　5-36-12　5-37-22　7-52-14　11-85-16　12-94-11　14-107-13　14-111-9　14-113-19
16-127-24
　　　　　1-3-24　1-4-5　1-4-15　2-14-21　3-19-15　6-42-11　8-60-9　10-79-14　11-83-15
11-86-5　12-94-8　13-102-22　14-109-24　15-116-10　16-123-15　17-138-5　18-141-18

1184

語彙索引

33-274-23 42-358-6 48-405-3 52-437-5 55-466-22 58-498-23 59-505-10 64-551-16
　　　3-27-3 3-28-6 5-35-1 5-35-10 6-42-2 7-52-1 7-56-9 7-56-14 8-63-16 14-114-6
18-142-1 18-142-3 ｜ 1-8-16 4-31-8 11-88-20 14-111-20 15-115-9 15-119-19
18-143-13 26-214-5
　　　4-30-18 5-41-1 11-83-12 11-88-6 ｜ 1-4-16 1-8-14 2-10-12 2-11-16 2-14-11
3-21-3 3-24-7 4-25-4 4-33-2 6-43-12 7-55-19 7-56-24 8-58-10 8-59-11　8-63-5
10-80-10 10-81-5 11-84-10 11-85-12 11-89-8 11-89-14 14-107-8 14-110-1 15-119-7
17-133-6 ｜ 6-42-6 15-118-9
来海[447] 7-55-6 18-145-10
来浪[448] 19-153-23 28-233-14 30-253-14 35-292-21 35-293-14 38-317-21 38-320-19
39-330-14 52-440-18 59-500-3
　　　17-137-15 18-141-6 18-141-8 18-142-10 18-148-1 18-156-19 20-158-14
21-166-20 21-172-14 24-192-12 24-195-16 24-198-3 25-203-1 26-217-8 28-230-14
31-254-6 31-260-1 34-285-11 37-309-14 41-349-22 42-357-5 44-369-10 44-370-22
47-400-17 47-404-3 55-469-11 55-470-3 22-180-4 27-222-12 27-226-14 29-242-13
40-340-1 45-378-5 ｜ 21-171-9 28-231-21 31-254-12 43-364-20 43-367-19 52-465-22
　　　21-166-13 28-232-3 36-304-16 40-339-22 47-397-18 ｜ 31-254-15 31-254-16
　　　20-159-4 26-213-8 26-214-12 27-220-6 29-242-18 30-249-3 34-281-7 35-292-1
36-304-14 38-323-16 41-348-12 42-351-8 42-351-12 42-353-12 44-373-6 46-390-9
51-436-7 56-474-2 56-476-15 57-486-21 62-526-11 ｜ 33-274-12 59-503-12 59-504-2
60-508-14
　　　19-156-18 20-160-17 20-161-10 21-173-4 24-197-1 25-204-16 26-217-20
30-250-16 32-266-10 36-299-5 37-312-18 38-318-20 38-320-16 39-325-8 47-402-16
57-483-9 60-513-16 62-531-3 ｜ 18-141-12 21-172-14 24-199-12 29-244-19 31-254-11
31-260-9 35-296-3 36-302-8 38-319-9 42-358-14 43-364-21 43-365-14 48-407-6
53-453-18 56-474-6 58-496-5 58-498-10 62-527-11　62-529-3　62-531-2 ｜ 2-15-20
6-43-23 33-272-1 37-313-24 38-317-16 42-354-14 55-471-9 56-481-9 62-532-18 ｜
35-293-10 59-501-12 63-536-11 63-539-7
来里[452] 1-6-11 2-10-6 2-15-18 3-24-2 4-31-22 5-35-14 5-37-13 8-59-24 10-81-5
13-101-16 16-123-8 16-126-10 17-132-4 18-148-18 20-163-20 20-164-6 26-215-3

1185

語彙索引

33-272-8　42-355-18　46-388-18　46-388-18　46-390-8　51-436-9　58-491-18　59-500-12　59-501-4　60-513-12　62-530-16　63-539-7　64-550-18

　　3-20-18　6-47-15　8-58-9　9-70-23　9-71-9　9-72-6　12-93-14　14-108-10　17-139-13　20-162-5　21-167-12　23-188-6　34-283-7　43-367-23　46-390-6　47-400-5　55-467-24　55-472-9　58-491-4　58-498-22　59-502-6　60-516-2　62-533-3　63-539-4｜4-31-8　4-32-12　13-105-15　14-109-23　15-116-5　41-346-7　41-348-22　42-357-8　48-406-16｜8-59-18　21-170-7　31-257-16　37-313-22　39-326-24　51-432-1　63-543-15

　　6-44-6　7-51-6　9-73-9　10-81-4　16-123-16　17-139-9　18-142-5　21-166-16　33-273-2　46-390-17　53-446-11　58-496-7　62-529-24　62-532-23　64-548-1

　　3-21-11　4-28-5　10-80-21　16-126-9　17-137-24　19-155-22　20-159-18　20-161-17　21-166-23　22-177-8　26-214-11　27-222-14　28-234-23　33-273-3　35-292-15　46-390-14　50-429-13　51-432-13　52-438-4　56-474-15　59-502-7　62-527-13　62-529-15　62-530-10｜6-43-18　19-149-18　21-171-7　27-220-9　45-379-2　55-465-9

　　3-19-20　10-78-4　12-95-8　15-121-6　17-136-15　20-159-12　21-170-18　21-170-23　26-217-22　33-273-1　36-300-15　36-303-9　38-316-8　58-498-5　62-531-3　63-536-2　64-551-10｜2-11-17　6-42-14　7-56-13　8-59-11　12-94-12　25-208-7　30-246-17　32-263-12　35-289-14　35-296-4　40-338-18　52-440-15｜2-11-11　17-132-4　49-414-6　52-438-11　58-491-12

来哩[457]　9-73-6
…来…去[457]　7-56-13　29-239-12　31-257-21　53-447-11　61-519-19
来勿及[457]　18-146-1　34-285-18　40-339-5　42-354-14　62-527-6｜32-266-6
赖头鼋[458]　58-493-11
癞头鼋[458]　64-546-13　64-551-1

lan

懒朴[458]　14-113-14
烂[458]　13-105-9　45-383-7
烂料[459]　31-257-15
烂泥[459]　1-3-11

lang

浪[459]　1-3-11　1-6-13　2-12-11　4-28-18　35-291-22｜1-3-10　1-4-4｜13-103-14

14-108-8 32-265-23 54-281-3 37-313-21 43-362-21 56-474-6 59-505-7 ｜ 53-446-11 ｜ 13-103-13 13-106-4 ｜ 48-409-18

lao

牢[461] 7-57-3 9-72-8 18-145-17 23-184-12 35-291-22 37-309-7 49-417-3 ｜ 15-119-9 18-142-17 23-187-21 63-542-2

牢骚[462] 51-432-16

痨瘵[462] 36-304-22 36-305-1

老[462] 16-126-24 31-256-22 47-398-6
　　6-45-19

老阿哥[463] 32-266-1

老白相[463] 15-116-1 60-511-8

老班[463] 62-529-6

老鸨[463] 6-47-19 32-264-5 44-375-17 48-406-10

老伯[464] 1-5-3

老底子[464] 27-222-1

老客人[464] 10-80-8 13-100-9 25-202-16 54-460-19 60-508-9

老老头[465] 14-113-6 15-117-8 20-158-21 21-173-5 39-328-16

老年人[465] 64-545-14

老朋友[465] 19-154-18 56-476-21

老婆[465] 18-148-1

老枪[465] 24-198-3

老上海[465] 60-509-9

老实[466] 2-10-21 3-20-3 4-30-19 7-52-3 13-100-22 15-119-20 15-119-21 20-160-12 27-244-17 57-484-13 60-509-17

老实人[466] 30-251-13 43-364-21

老死[466] 3-20-17

老太婆[467] 45-379-2

老太太[467] 22-181-19

老堂[467] 12-98-15

老外婆[467] 5-40-23

語彙索引

老相好[467] 4-30-21 7-51-2 7-51-17 37-309-23
老兄[468] 46-390-23 64-544-16
老样式[468] 22-179-4
老爷[468] 3-21-12 5-35-3 5-38-8 11-90-22 12-91-15 18-145-22 28-235-5
老爷们[468] 28-232-22 56-473-12
老仔面皮[469] 12-95-8

lei

羸瘦[469] 36-305-3
肋[469] 9-70-22

leng

冷[469] 18-142-16 31-256-7
冷汗[469] 36-304-21
冷静[470] 49-419-1

li

离开[470] 18-142-23 60-515-11 64-548-22
礼拜[470] 43-364-19 60-513-2 | 30-247-1 | 8-62-9
里[471] 1-3-16 1-4-9 1-5-14 1-5-24 4-30-12 12-98-13 14-107-6 27-220-2 39-328-17 56-473-18 56-474-23 56-483-10 | 43-365-18 | 12-93-16 | 1-4-16 2-15-10 2-15-11 26-210-7 27-225-8 56-473-8 | 27-220-12 56-473-13 56-474-1 57-482-5 57-483-10 | 20-161-10 57-480-14 59-500-4 52-440-11
里面[473] 7-54-3
里向[473] 2-10-7 12-93-17 18-143-3 30-253-14 40-339-22 43-367-17
俚[474] 1-3-11 1-6-11 2-10-15 2-16-7 3-19-9 8-63-15 10-76-22 19-153-7 19-155-12 20-157-14 21-169-13 27-225-4 34-281-11 35-294-23 | 8-65-19 18-142-5 18-147-21 20-162-1 21-169-10 27-221-24 44-370-10 56-4777-23 60-509-1 61-519-24 | 29-243-20 44-370-8 45-382-20 48-410-9 49-421-12 62-528-2
俚咑[475] 1-7-14 2-15-10 3-20-14 5-34-12 7-52-10 21-172-18 29-237-12 37-309-9 46-394-17 59-504-16
俚乃[475] 10-82-18 11-89-22 14-114-15 15-118-7 19-152-23 23-186-5 32-263-10 45-385-19 52-441-22 62-528-14

俚言[475] 31-260-18

理[476] 11-86-4 ｜ 7-51-10 11-84-22 11-89-7 18-142-8 29-243-13 46-391-5 64-548-15

理应[476] 27-200-21

立[476] 37-313-22 ｜ 53-449-24

立刻[477] 56-473-14

利害[477] 6-48-1 8-59-21 17-133-6

粒[477] 36-302-2 42-358-5

哩[478] 8-62-1 18-141-13 18-144-21 25-204-13 32-270-12 32-270-14 34-283-23 7-55-1 23-183-17 25-209-8 26-216-11 33-273-22 37-309-3 38-323-18 19-156-3 58-492-12 20-158-21 43-360-3 52-438-6 52-442-20 ｜ 25-206-1

哩哩[479] 8-62-5

哩呀[479] 25-207-14 45-385-1

lian

连[479] 12-98-2

　22-180-22

　40-338-16 ｜ 15-117-11 15-119-13 18-142-1 26-217-22 31-257-16 36-301-7 53-446-6 53-451-5

连搭[480] 7-52-1 9-69-13 10-76-9 12-93-2 12-98-14 14-113-9 54-460-19 55-466-21 61-520-10 61-521-3 62-528-15

连搭仔[480] 37-307-14 45-378-6 48-406-17 50-425-23 54-455-16 ｜ 19-156-5 34-284-23 35-292-16 43-363-22 44-370-18 45-379-16 49-414-24 52-437-8 53-449-12 56-477-10 58-496-10 59-505-13 64-551-2

连浪[481] 12-97-24 25-205-9 25-206-4 30-253-13 42-351-7 59-507-8

连忙[481] 6-48-4 10-81-7 18-142-8 22-180-21 24-198-15 34-285-18

连牵[482] 18-148-9

连下去[482] 45-382-9

连夜[482] 18-141-6

莲蓬[483] 22-179-16 24-195-16

联[483] 61-522-21

liang

語彙索引

良心[483] 2-12-5 2-12-6 45-379-1 45-279-3

良心天地[483] 44-374-13

凉[484] 35-296-15

凉棚[484]58-491-15

兩[484] 2-11-13 3-17-4 46-390-23 61-520-16 ｜ 5-40-4 13-101-2 15-120-7 18-147-11 26-216-11 58-491-12 59-503-15

兩頭[484] 7-53-1

兩樣[485] 36-302-15

亮[485] 52-437-2
　　18-142-6 30-252-6

亮月[485] 52-437-2 52-445-1

晾[485] 3-21-3

liao

聊[486] 31-260-18

撩[486] 31-257-15

了[486] 6-45-21 ｜ 4-27-3 4-29-24 4-30-23 16-126-4 17-134-10 17-138-11 20-159-20 35-294-7 37-310-1 37-312-19 39-318-22 39-327-7 ｜ 7-51-11 8-59-1 8-65-15 10-80-9 16-126-24 18-141-12 20-163-23 22-176-23 26-210-4 30-248-8 37-313-10 ｜ 11-84-1 11-84-4 14-109-19 20-160-18 20-162-20 21-166-15 25-202-6 34-283-4 34-284-18 ｜ 17-135-2 34-281-6 ｜ 8-60-7 16-127-9 22-197-4 22-181-23

lin

林下風[489] 31-259-14

琳瑯[489] 53-451-6

ling

靈[489] 17-133-8 27-224-14 33-278-21 36-305-20

零碎[489] 31-257-1 48-406-17 49-416-15 55-466-10
　　6-43-24

零用[490] 44-374-14

零珠碎玉[490] 40-337-12

領情[490] 47-399-2

另[491] 18-145-9 61-523-10

另外[491] 9-71-21 12-94-5

令翠[491] 53-448-14

令弟[491] 41-348-11 44-270-15 45-381-14

令妹[492] 1-4-7

令叔[492] 54-459-8 60-511-4

令堂[492] 1-3-24

liu

留[492] 57-487-7 ｜ 31-260-3

留心[493] 11-89-15 12-98-19 13-101-2 14-113-24 15-120-19

流氓[493] 28-233-16 45-381-12 4-398-12 49-417-1 61-520-23 62-529-9

long

聋聩[493] 14-110-4

拢[493] 36-302-14

拢来[494] 19-151-22

拢去[494] 15-119-15

笼统[495] 61-517-4

弄[495] 28-231-14

弄堂[495] 16-123-15 28-231-20

lou

楼浪[495] 1-6-13 9-68-15 37-311-24

楼梯[495] 22-178-10

楼下[496] 9-71-19

lu

噜苏[496] 41-350-7 42-351-15 59-505-8

陆里[496] 1-3-24 1-5-13 4-28-14 4-30-20 14-108-7 29-241-5 43-363-23 49-417-13 56-481-9 57-487-14 58-496-10 63-542-2 64-547-18 64-551-2 ｜ 1-7-2 5-37-17 6-42-16 8-60-1 9-71-3 10-76-15 42-357-6 45-378-18 48-409-8 49-418-16 56-473-7 58-496-7 59-507-11 61-521-16 62-533-1 ｜ 1-3-10 2-10-17 3-17-7 4-25-17 5-37-3 8-59-8 8-60-9 10-76-3 29-238-17 35-292-5 44-375-11 44-376-5 46-393-7 48-406-13

語彙索引

51-436-4 53-447-1 54-462-11 55-469-6 56-477-13 59-503-19 59-504-3 59-506-8 59-507-3 60-511-6 60-512-14 63-536-12 63-541-15 63-542-10 64-545-17 64-552-2

陆里搭[497] 2-10-22 14-109-17 21-173-10 49-420-3 64-550-19

陆俚[498] 62-532-22

路[498] 47-397-19 ｜ 34-285-4
　　15-119-13

路菜[498] 55-468-8

路道[498] 14-112-20

路头酒[498] 28-229-24

lü

绿[499] 32-270-11

绿头[499] 22-179-6 23-190-12

luan

乱梦颠倒[499] 36-305-6

lüe

略[499] 36-305-5

lun

论[499] 32-264-5

luo

锣鼓[499] 7-57-4

落[499] 18-141-18 18-142-5 ｜ 7-51-17 45-378-17 ｜ 47-400-8
　　4-32-9 6-47-4 8-62-22 17-134-14 18-144-18 20-158-10 23-190-6 35-292-5 ｜
23-190-6 32-269-10

落得[500] 2-10-11 15-119-10 29-242-13

落落寡合[501] 33-272-24

落去[501] 12-95-5

落镶[501] 62-529-14

落雨[501] 17-136-16 47-403-19

M

ma

1192

马车[502] 6-44-1 35-292-21 46-393-20

马褂[502] 1-3-11 8-65-22

骂[502] 17-133-5 21-173-1 23-187-24 26-216-11 33-273-11 55-472-1

mai

买[503] 3-19-23 6-43-22 8-59-23 21-165-9 22-180-22 22-180-24 33-271-3 33-271-6 44-375-19

卖[503] 48-411-9 52-439-14 60-511-12

卖主[503] 48-411-14

man

襔[503] 62-531-16

埋怨[504] 7-52-3 31-258-7 49-418-9 56-474-18

蛮[504] 2-16-5 3-19-4 4-31-15 5-40-20 6-43-9 12-95-3 23-184-2 36-299-5 47-400-6 48-405-2 55-467-6 64-551-11

蛮蛮[504] 21-168-3 26-212-22 30-246-18 37-310-22 38-323-16 47-402-20 52-443-19

馒头[505] 1-3-15

瞒[505] 3-19-20 4-30-20 10-80-1 12-98-4 59-507-7

满[506] 23-183-8 34-283-16
　　　　8-64-6 22-175-15 40-339-20

满汉全席[506] 18-146-4

满身[506] 17-138-6

满月[506] 62-530-1

慢点[506] 6-44-6 7-54-10 10-75-12 36-300-14 59-503-7 ｜ 8-63-9 19-152-12 63-529-4

慢慢交[507] 30-264-14 ｜ 5-39-23 13-103-24 16-128-11 ｜ 32-263-13

慢慢仔[507] 7-51-21

慢娘[507] 52-439-20

慢性[507] 20-161-18 36-305-22

mang

忙[507] 7-56-14 20-161-15 27-226-6 28-234-3 49-415-1 63-536-22
　　　6-46-13

忙煞个[508] 6-46-12 59-502-19 60-508-12

1193

語彙索引

忙杀个[508] 16-130-9

mao

毛[508] 10-75-13 43-365-17 43-365-18

毛病[508] 48-411-8 61-519-19 ｜ 28-223-24 36-305-6

毛手毛脚[509] 18-146-24

毛儿戏[509] 16-125-20 18-146-4

茂才[510] 53-451-18

冒失鬼[510] 1-3-10

帽正[510] 42-358-5

帽子[510] 15-120-1 42-358-5

mei

媒人[510] 1-8-3 31-261-4 53-448-24 54-455-12 62-529-4

每[511] 4-27-4

妹妹[511] 31-258-9

妹子[511] 1-6-22 3-20-24 20-162-7 29-244-18 37-307-14 54-458-19

men

闷[511] 52-439-23

门口[512] 8-59-7 30-249-18 49-421-11 55-466-2 ｜ 47-401-17 48-412-4

门浪[512] 48-409-18

门前[512] 15-119-13

meng

蒙[512] 51-431-16

盟主[512] 53-449-18

猛扚[513] 28-229-14 44-375-5 44-376-18

mi

迷[513] 23-187-5

迷昏[513] 19-156-4 ｜ 59-507-3

米行[513] 1-4-13

mian

面[513] 33-276-5

31-260-8
　　　　15-119-16 20-161-11
面订[514] 47-400-21
面孔[514] 6-48-18 21-168-3 62-529-12｜3-18-24 5-36-2 6-43-8 9-73-14 12-92-8
24-195-7 35-289-16 57-483-17 59-503-24｜5-36-6 47-399-2
面浪[515] 7-51-6｜11-84-9
面色[515] 35-292-2
面谢[515] 43-361-16

miao

描[515] 11-89-11｜7-56-21 25-202-20
描画[516] 53-448-10
妙[516] 21-169-23 40-339-23 51-431-9 51-431-10

mie

灭迹[516] 59-504-24

ming

名[516] 53-450-2
名家[516] 47-400-8
名目[517] 40-337-16
名气[517] 3-20-23 12-95-1 14-108-8 15-119-18 21-166-16 56-478-17
名士[517] 31-259-19
名字[517] 2-11-11 3-20-20 3-20-21 8-62-14 22-179-4 39-325-13 46-390-6
明白[518] 3-19-14 10-80-6 12-95-3 42-354-18 52-440-13
　　　　4-31-4 10-79-24 34-282-10 52-443-11 55-465-13 59-500-22
明白人[518] 2-16-16
明朝[518] 2-13-14 4-30-1 10-83-9 32-268-5 48-407-19 54-457-23 60-508-14
60-531-14｜16-127-21 24-198-21
明朝会[519] 16-125-3 16-125-15
命[519] 16-128-2 16-128-15 18-142-19 52-439-22 55-467-4
命薄[520] 45-381-17

miu

語彙索引

謬賞[520] 51-431-16

mo

摸[520] 42-353-18 ｜ 6-47-17 7-52-2 8-60-13 15-118-7 24-193-18 ｜ 53-447-2

摹取[521] 61-517-15

模糊[521] 14-113-10

磨墨[521] 33-275-3

末[521] 1-4-5 1-8-17 2-11-21 3-17-3 4-30-14 6-47-7 6-47-20 9-73-3 15-119-24 18-141-5 38-323-17 57-483-6 57-486-24 57-487-1 ｜ 1-5-7 1-7-23 2-10-21 4-30-3 4-30-14 5-38-1 6-47-4 6-47-24 9-67-15 9-71-4 15-120-8 18-141-4 21-171-22 24-193-5 24-198-14 43-361-15 59-502-8 59-502-14 59-502-15 59-507-12 62-531-4 62-531-13 64-551-5 ｜ 5-40-24 7-57-9 8-59-22 12-95-3 19-154-17 20-162-5 22-175-21 24-193-14 24-195-19 24-196-22 30-253-11 37-308-3 42-354-23 47-398-23 55-467-24 57-483-8 ｜ 3-17-4 6-47-5 6-47-21 14-110-15 17-137-9 ｜ 10-79-14 19-150-13 21-167-14 25-206-18 29-238-23 ｜ 25-202-17

末家[524] 39-326-5 39-327-1

末句[524] 33-274-8

末哉[524] 1-7-24 2-10-22 2-11-18 3-17-12 4-31-4 4-31-13 5-40-13 5-41-10 6-44-7 13-104-4 13-105-10 16-123-13 19-153-3 37-313-21 42-354-7 44-374-13 62-538-2 62-531-5 ｜ 30-248-6 52-442-6 53-447-4 ｜ 3-23-6 4-26-15 6-42-12 7-57-12 8-64-4 9-71-10 11-85-16 11-86-2 11-88-10 13-99-12 13-106-10 16-123-15 24-193-6 24-197-5 30-248-5 36-300-16 39-328-17 39-329-20 39-331-8 39-332-20 43-364-14 44-375-17 49-416-16 52-444-10 64-544-16 1-7-14 24-199-3 43-367-5 56-481-6 58-499-13 61-521-21 62-528-11 63-541-7 ｜ 6-46-16 39-327-9 40-340-7 ｜ 26-217-21 37-312-20 39-329-14 52-437-10 56-476-16

陌生[526] 29-238-16

陌生人[526] 43-363-22 59-505-16

驀生[527] 24-194-1

N

na

拿[527] 2-10-19 3-19-4 7-53-17 8-58-10 8-59-9 8-59-11 8-59-15 8-59-18 8-59-20

8-59-24 8-60-5 13-99-10 13-99-12 13-99-13 13-99-14 13-99-16 13-99-17 37-313-24 59-501-9 59-501-19 ｜ 8-60-6 37-313-24 59-502-14

1-3-16 4-29-6 8-59-22 13-105-9 24-198-16 26-217-9 26-217-13 52-439-14 61-523-3 61-524-10 63-536-10 ｜ 8-59-13 23-184-12 25-202-21 40-340-3 ｜ 2-11-20 10-75-3 11-83-8 11-86-2 14-110-5 17-133-2 17-133-5 18-148-3 20-162-10 23-183-6 23-183-11 23-187-5 29-237-10 34-285-15 34-285-24 37-309-20 44-376-6 54-458-19 56-477-23 57-484-17 57-487-1 59-502-23 59-504-18 62-529-9 63-543-6

哪[530] 2-13-5 5-36-2 6-43-13 8-65-13 14-109-24 20-164-6 28-231-9 64-547-20 25-207-22

那价[531] 1-3-15 2-11-24 4-33-2 6-47-20 7-53-2 8-59-5 8-62-18 9-67-15 10-79-14 19-150-13 21-167-14 25-206-18 31-257-14 31-259-12 52-441-13 64-550-20 ｜ 6-47-20

那价样式[532] 57-487-9

nai

乃[532] 36-304-22

奶奶[542] 8-65-5 23-187-9 27-220-17 37-309-11

耐[532] 1-3-12 1-4-8 1-6-22 3-19-15 10-80-13 14 -111-11 23-174-10 26-217-20 28-235-6 30-253-8

耐哚[533] 2-13-9 2-14-11 3-17-4 5-35-3 12-96-18 15-115-9

nan

囡仵[533] 10-76-14 10-76-16 31-257-9 34-285 13 45-378-17 54-455-11 58-499-11 59-502-12 62-529-10

男人家[534] 29-239-19

南货店[534] 17-137-17 63-537-17

南头[534] 28-233-23

难[535] 1-6-11 7-52-6 12-98-17 14-107-18 24-193-24 41-349-3 47-401-24 52-439-24 56-477-13 60-509-9 60-513-21 61-524-7

59-502-14

难[535] 4-30-19 4-32-1 10-80-14 12-96-4 14-107-12 14-110-20 21-172-19 22-180-5 23-189-8 24-194-1 26-217-2 26-217-17 27-220-16 29-243-13 35-295-12 36-302-17 36-305-4 42-353-12 42-354-11 42-358-1 44-376-2 44-376-22 45-379-6 46-387-4

語彙索引

46-392-14 47-397-8 49-418-8 50-429-14 52-442-12 53-451-6 53-453-20 54-456-7 54-458-22 54-460-22 55-464-16 55-468-2 56-476-23 56-483-15 57-485-16 57-485-23 58-496-4 59-507-13 60-509-15 60-510-24 61-519-22 62-530-17 62-531-1 64-546-14 64-551-12

　　56-473-8 59-504-18

难道[536] 31-259-11 40-339-20 51-432-10

难得[536] 42-351-10 64-548-22 ｜ 8-62-21 9-74-1 11-88-18 22-179-16 24-196-10 30-247-7 44-370-20 59-503-24

难故歇[537] 21-166-19 42-354-13 44-374-9 44-376-19 45-379-2

难过[537] 28-229-12 37-309-16 62-530-14

难看[538] 5-40-21 15-119-14

难末[538] 3-19-12 4-32-21 6-48-7 7-51-9 7-51-20 7-57-6 10-80-11 12-92-12 16-123-18 16-127-22 18-141-6 18-142-2 26-210-8 27-224-5 29-244-6 34-282-10 36-304-5 37-307-18 37-309-4 40-337-13 42-353-21 42-354-7 43-367-10 44-376-8 45-381-16 46-390-12 48-405-12 48-413-2 52-442-2 53-448-7　53-449-21 56-478-21 57-486-29 57-501-1 59-501-17 59-503-18 59-504-7 59-505-14 60-508-13 60-509-7 60-513-24 61-520-23 61-523-24 62-529-22 63-542-14

难是[539] 10-80-2 64-544-15

难说[539] 44-374-5 48-410-9 59-507-12 61-524-1

难为[539] 21-170-16 22-171-1 22-176-12 22-181-19 46-390-14 59-503-17 ｜ 10-82-8 17-138-9 30-251-6 33-271-3 ｜ 4-29-9 14-113-16 15-120-4 33-271-7 ｜ 15-115-17 15-117-12 ｜ 49-419-13

难为情[541] 8-60-16 11-90-16 12-93-2 14-111-3 15-119-16 24-193-22 26-215-15 27-220-21 29-241-14 47-402-19 49-417-17 55-464-17 59-504-8

难下去[541] 27-226-5 34-285-15 49-417-18 59-503-23

难下转[542] 6-43-3 15-119-10 15-120-4 24-196-12 38-317-4

楠木[542] 42-357-6

nao

闹[542] 7-57-4

　　12-93-14 14-113-13

闹穿［542］61-20-23

闹酒［542］12-93-14

闹猛［542］55-471-7 56-473-5 56-477-9 59-502-7 59-507-9 62-527-15

闹脾气［543］6-47-5 7-51-9

闹热［543］1-8-1 12-93-16 14-107-7 14-111-2 16-125-20 24-196-20 30-251-16 34-286-13 48-407-21 52-437-2

　　　45-381-15

ne

呢［543］2-11-10 2-11-24 3-20-2 4-25-4 4-27-14 4-31-6 10-79-14 20-159-12 34-281-7 43-361-14

nei

内外科［544］21-169-11

内心［544］53-446-5

neng

能［544］36-305-19

能［544］2-15-10

能概［544］17-133-17

能够［545］8-59-8 14-113-23 29-238-17 34-285-9 44-375-21 52-440-13 55-468-13 56-487-12

ni

倪［545］1-8-19 2-12-5 2-13-11 2-15-11 3-24-23 4-32-5 6-45-15 8-62-10 16-129-21 17-134-22 25-202-1 25-202-3 29-243-20 47-402-12 52-441-19 63-539-7 ｜ 3-23-10 4-25-17 5-36-6 5-39-23 25-202-6 25-203-4 37-313-10 50-429-11 50-429-13 62-527-13 64-547-4

倪子［546］6-43-7 6-44-8 12-96-18 29-243-24 34-285-13 54-459-2 62-529-15

泥［547］61-519-21

nian

拈［547］39-326-2

拈阄［547］39-326-5

年伯［547］38-322-8 53-451-7

語彙索引

年底[547]55-469-11 62-528-2

年底下[548] 62-527-11 62-531-13 64-546-15

年纪[548] 15-116-2 16-128-11 18-147-23 24-194-6 45-379-2 49-417-16 52-442-11

年貌[548] 53-449-24

年势间里[549] 15-120-7

廿[549] 17-137-5 18-143-2 22-176-13 25-202-3 44-369-9 48-411-14

念[549] 21-168-21 21-169-2 33-273-16 60-515-20

念[549] 6-46-17

念头[549] 63-535-14

niang

娘[550] 2-14-11 6-44-10 29-237-12 30-247-23 34-284-11 57-485-24 57-488-17 60-509-6

娘舅[550] 1-3-15 1-3-23 14-107-15 16-127-20 24-199-13 29-238-20 52-439-14 64-545-7

娘囡件[551] 27-224-12

娘姨[551] 1-4-10 2-11-15 24-194-14 64-548-18

nie

捏[551] 49-417-3

捏忙[552] 4-27-3

哩[552] 1-3-16 1-7-14 1-8-5 2-20-23 2-11-8 2-11-21 2-12-11 4-27-21 5-41-6 5-41-14 13-99-18 16-125-9 16-127-1 18-143-10 24-197-14 25-208-22 26-213-8 28-235-23 31-277-5 36-301-23 38-321-1 41-343-3 43-367-19 46-389-15 49-421-24 54-461-1 55-464-22 55-466-3 56-475-9 57-487-15 58-495-19 62-530-15 63-539-16 ｜ 1-4-6 1-5-13 1-6-14 3-19-11 3-24-1 4-25-1 12-95-23 16-125-23 25-208-11 29-244-12 33-278-4 50-429-14 50-430-13 52-441-14 53-447-12 53-448-23 54-455-7 61-524-3 62-526-4 62-533-2 ｜ 1-4-5 1-6-11 1-8-16 2-15-23 2-16-5 13-106-20 45-383-8 49-416-24 49-421-13 50-430-18 61-524-2 62-527-17 63-542-24 ｜ 12-94-23

ning

宁可[553] 18-148-5

niu

钮子[554] 42-358-6

nong

哝[554] 6-46-17 12-98-18 21-171-1 22-177-2 23-184-22 23-190-6 24-193-19 44-375-12 52-438-18 55-466-4 56-477-11 59-507-7 62-527-16

弄[555] 4-32-4 7-53-18 13-103-23 17-132-16 26-217-11 54-456-12 56-473-9

弄得[555] 10-80-24 18-147-20 21-166-20 54-462-14 55-465-19

nü

女[556] 59-507-4

女客[556] 21-167-12

女人[556] 52-440-12

女婿[557] 62-531-2

O

o

噢[557] 1-5-14 25-203-10 36-302-9 41-347-9

噢唷[557] 9-73-8 18-148-7 21-167-22 25-207-21

P

pa

爬 [557] 18-142-10 42-356-3 55-466-22

怕[558] 4-29-4 5-36-18 9-72-23 21-171-3 32-263-16 35-293-13 57-485-15 58-496-9 64-551-2

怕面重 [558] 43-365-19

怕人势势 [558] 13-105-10 44-376-5

怕肉痒 [559] 21-168-7

pai

拍 [559] 7-57-6 29-243-20

拍粉 [559] 15-119-21

拍马屁 [559] 6-47-21 10-81-6 15-119-19 18-146-18 23-189-20 24-198-19

排 [559] 5-34-11、

牌 [559] 14-108-5 53-447-3

牌九 [560] 14-113-1

語彙索引

牌局［560］ 7-54-8 7-55-1 22-174-3

牌子［560］ 3-20-24

派［561］ 45-382-10｜46-393-16

pan

攀相好［561］ 1-7-23 26-213-21 37-313-14

盘［562］ 49-419-24 54-455-13 55-467-19 55-469-7

盘费［562］ 31-257-16

pang

胖子［562］ 3-24-3

pao

跑［562］ 17-139-9 32-265-14 43-363-22 55-464-17 56-473-13 57-486-9｜6-43-3 7-57-5 16-130-9 47-398-11｜3-17-8 59-502-10｜51-433-24

跑马［564］ 53-453-17

泡［564］ 55-470-5

泡茶［564］ 18-145-7 21-166-10 23-189-18 29-242-10

pei

呸［564］ 2-12-6 63-540-6

陪［564］ 6-42-14 7-52-11 8-63-9 19-156-6 30-247-19 34-285-14 41-347-24 51-435-5 59-500-4 62-531-1 63-539-14

陪客［565］ 18-146-3

赔［565］ 1-3-11 9-73-4 23-183-4 26-214-14 64-551-5

赔补［565］ 9-71-21

赔还［565］ 18-144-7 50-425-5

赔洋钱［566］ 37-310-9

佩服［566］ 8-60-15 53-446-7

配［566］ 18-146-14 32-270-14 33-275-1｜60-515-12

配［566］ 14-113-15 58-494-8

peng

朋友［567］ 1-5-22 2-16-11 5-36-11 13-101-2 13-103-6 34-280-3｜1-4-16

碰［567］ 9-71-21 26-214-12 50-425-1｜5-35-10 18-142-1｜3-17-11 3-17-14 6-47-24

13-102-13 16-127-9 24-193-22 36-298-12 53-448-6 ｜ 62-526-16 ｜ 13-104-19 13-106-10 22-175-15 58-491-3 ｜ 52-440-16 ｜ 37-309-14

碰对对和 [568] 13-104-22

碰关 [569] 48-406-11

碰和 [569] 7-54-8 13-103-18 13-104-2 13-104-7 22-174-3 52-445-4

碰头 [569] 8-61-1 24-196-14

碰着法 [570] 14-108-15

pi

批 [570] 51-432-1 51-432-6 61-523-3 61-523-5

批揭 [570] 22-179-23

批语 [570] 51-432-7 51-432-8

坯 [571] 62-529-9 63-540-11

披风 [571] 62-531-13

皮袄 [571] 3-19-4

皮肤 [571] 36-304-16

皮蓬 [571] 35-291-8 35-292-24

皮肉 [571] 36-304-15

皮箱 [572] 5 58-497-9

脾气 [572] 4-31-3 6-44-8 10-76-4 15-118-7 18-141-8 24-193-18 36-305-10 ｜ 7-51-5 7-51-7 7-51-9 29-243-23 46-291-1 ｜ 8-62-24 36-298-3

脾胃 [572] 36-305-1

屁股 [573] 5-36-6

pian

偏偏 [573] 36-298-16

篇 [573] 4-25-11 42-357-7 47-400-9 47-401-22 48-406-16 53-449-23

便宜 [573] 23-191-1

    22-181-23 ｜ 64-544-4

    5-36-18 7-53-15 33-273-3 36-301-7

骗 [574] 2-11-13 4-30-13 6-48-5 7-52-23 11-83-7 12-96-22 20-159-10 22-180-20 29-238-24 45-380-20 ｜ 11-83-8 52-439-16

語彙索引

piao
漂［575］ 60-509-16 64-547-6

票头［576］ 3-23-18 14-114-19 22-178-2 24-198-14 49-414-6 56-481-1

pin
拼［576］ 28-235-19 40-339-20 44-370-8

拼命［576］ 24-193-16

拼死［576］ 59=504-17

姘［577］ 18-147-20 21-173-4 27-222-14 34-280-10 56-477-3

姘对［577］ 38-324-9 46-393-7

姘头［577］ 3-19-18 21-172-12 21-172-24 52-439-20

品［577］ 28-233-16 55-467-4 61-521-3

品题［578］ 31-260-4

ping
乒乒乓乓［578］ 18-142-1 24-198-20

平底鞋［578］ 38-323-17

平拳［578］ 15-118-17

平仄［578］ 33-274-5

凭［579］ 64-544-16

凭据［579］ 8-59-9 47-400-8

屏风［579］ 48-411-7

瓶［579］ 29-243-17

pu
铺房间［580］ 3-20-1 10-81-7 48-406-16

铺盖［580］ 24-199-12

葡萄架［580］ 7-53-14

Q

qi
七律［581］ 59-506-6

七张八嘴［581］ 45-381-12

欺［581］ 53-451-6

1204

語彙索引

欺瞒 ［581］ 10-82-13 15-117-14 23-187-24 30-249-3 50-424-22

齐 ［581］ 5-34-4 11-86-4 16-129-5 19-155-19 21-173-7 32-265-20 47-397-8 48-413-7 50-430-12 53-449-18 56-473-14 56-475-21

齐头 ［582］ 56-477-11

其 ［582］ 36-305-2 59-504-24 ｜ 36-304-24 53-446-12

其实 ［582］ 7-51-5 14-108-9 14-114-4 48-361-14 60-515-17 61-523-7

其余 ［583］ 45-382-10 45-382-22 53-450-13 61-523-6

其中 ［583］ 60-516-3 61-517-16 64-544-16 64-547-17

奇丽 ［584］ 53-450-11

奇文 ［584］ 50-423-13 50-439-12 50-430-13

乞巧会 ［584］ 38-322-7

岂敢 ［584］ 1-5-3

岂有此理 ［584］ 31-258-10 59-507-4 60-508-15

岂止 ［585］ 36-305-4

起 ［585］ 2-12-7 10-81-6 55-467-15

　　18-146-5 ｜ 4-27-16 6-47-18 19-152-22 25-202-17 27-224-5 56-476-15 ｜ 3-19-22 4-25-11 7-51-14 12-94-24 14-107-4 16-127-11 20-162-3 21-166-18 29-244-5 35-292-6 37-313-15 44-373-21 52-443-11 54-460-24 57-485-2 57-487-5　58-495-9　63-536-1 64-552-3 ｜ 23-184-1　27-220-15　46-387-13 ｜ 11-90-22

起病 ［586］ 36-304-22

起初 ［587］ 10-79-24 24-194-3 25-206-6 42-353-11 59-503-22

起花头 ［587］ 33-273-10 35-294-23 49-420-22 58-497-6

起花样 ［587］ 30-251-13

起劲 ［587］ 16-130-10 18-144-4 47-399-24 52-433-21 53-449-22 55-465-19 57-488-22 61-520-11

起来 ［588］ 18-142-5 ｜ 8-62-2　13-99-2　17-133-2　20-164-18　23-183-18 35-296-19 43-360-4

　　6-48-4　18-142-1　18-142-10　23-184-15　37-313-22 ｜ 6-43-6　6-44-9 7-51-21 7-57-11 9-68-23 11-89-15 14-108-5 15-115-7 33-274-3 44-374-7 49-419-4 54-460-5 ｜ 4-25-2 5-34-11 10-78-21 10-81-6 11-90-15 14-107-15 61-524-21 ｜ 2-10-17

1205

語彙索引

6-48-1 7-57-5 10-76-3 12-98-16 14-113-8 22-179-22 32-264-5 52-440-9 ｜ 2-14-11 8-58-15 43-363-22

起名字 [590] 3-20-20 46-390-5

起手巾 [591] 3-22-18 6-45-24 28-230-12 28-235-4 47-399-5

起头 [591] 19-150-19 20-160-18 36-304-13 54-459-3

起先 [591] 29-238-21 34-280-9 34-283-14 47-399-18 47-402-24 53-448-24 54-456-11 54-462-9 56-477-1 57-486-18 60-509-15 60-510-21

起先头 [592] 49-418-3

绮语 [592] 53-446-8

气 [592] 53-446-10

　　4-32-1 6-43-18 9-71-14 9-71-15 18-147-3 20-159-3 33-278-4 46-387-9 57-486-17 57-486-21 59-502-13 ｜ 3-19-13 4-30-24 10-82-14 23-189-23 46-387-8 57-483-4 58-496-17

气喘 [593] 36-304-19

气得过 [593] 27-220-16

气力 [593] 36-304-18 37-310-8 60-515-16

气闷 [593] 20-158-20 25-202-17

气色 [594] 44-370-15

气输 [594] 14-113-22

气头浪 [594] 4-31-15 34-284-5

气勿过 [595] 24-195-19 44-376-19 63-536-9

气血 [595] 36-305-1

契券 [595] 11-86-3

器铭 [595] 40-337-12

qia

掐 [596] 33-271-5

掐子 [596] 26-211-23

恰好 [596 5-38-1 36-298-4 51-431-9 60-515-12

qian

千金小姐 [596] 27-225-7

語彙索引

千乞〔596〕 15-120-24

千 万 〔597〕 34-285-22

牵〔597〕 15-119-15

牵记〔597〕 16-126-9 34-284-8 37-313-9 59-502-19 59-506-22 64-545-7

签〔597〕 21-168-23 21-168-24 21-169-1

前〔598〕 14-110-19 22-176-1 24-192-9 24-193-16 24-194-7 24-197-21 25-201-12 25-203-3 37-308-19 42-354-12 49-419-9 59-507-1 60-513-2｜14-110-14 28-231-14

前埭〔598〕 55-472-3 60-511-11

前回〔598〕 41-348-20 48-410-9 59-507-11 60-511-7 61-520-21 61-521-16

前节〔598〕 24-192-9 59-507-1 59-507-7

前门〔599〕 14-110-14

前年〔599〕 21-166-24 27-225-7 37-312-10 55-467-3

前日〔599〕 22-175-22 24-197-24 48-409-10 52-437-2

前日天〔599〕 36-304-17 45-382-6 53-447-2 58-498-4 59-504-1 60-511-11

前日子〔599〕 54-460-5

前日仔〔599〕 3-19-10 4-30-17 7-52-16 18-146-11 23-189-15 25-204-2

前世〔600〕 12-94-22 24-198-22 32-269-9 42-351-11

前头〔600〕 10-81-5 11-89-15 52-437-6 52-453-18

前月〔600〕 19-152-23 22-176-12 37-309-21

前转〔601〕 22-176-1 24-197-21 25-201-12

钱〔601〕 12-94-20 64-545-15

掮〔601〕 26-210-7

掮客〔601〕 41-346-11 48-410-10

浅薄〔602〕 36-305-9

欠〔602〕 10-80-24 10-81-15 37-313-12 42-351-11 62-532-22

嵌〔602〕 12-94-20

qiang

腔调〔602〕 47-401-19 64-551-3

强〔603〕 54-456-8 57-484-15｜41-349-21

强盗〔603〕 56-473-8 63-540-11

語彙索引

强奸［603］ 23-188-7

墙头［604］ 55-466-22

抢［604］ 21-167-21

qiao

敲［604］ 20-158-4 ｜ 9-73-16 59-504-1

巧［605］ 2-10-6 29-242-9

qie

且［605］ 33-273-7

且［606］ 59-505-1

切［606］ 47-401-19

切帖［606］ 61-517-14

qin

亲［606］ 26-210-11

亲眷［607］ 17-138-5 18-141-6 29-239-12 29-242-10 30-247-22 37-308-1

亲人［607］ 34-285-17 42-353-21 49-417-12 63-535-14

亲生［608］ 6-44-10 10-76-13 10-76-16 20-162-7 30-253-8 34-283-2 37-312-4 45-378-17 48-406-9 59-502-12 62-527-7

亲事［608］ 42-356-7 55-465-21 62-529-23

揿［609］ 37-309-7

qing

青梅子［609］ 12-93-18

轻［609］ 16-128-11 21-168-3 45-379-2 60-509-15

轻重［610］ 12-92-15

清［610］ 18-147-19 18-147-23 ｜ 10-80-20 24-194-3 48-406-18 55-469-11 59-504-5 ｜ 25-206-6

清倌人［610］ 2-10-20 9-74-15 17-133-12 25-206-5 32-269-20 46-387-6 54-456-3

清爽［610］ 16-125-12 21-168-3 22-224-7 27-224-10 55-466-24 58-496-18 60-512-14 ｜ 53-453-14 ｜ 42-355-5 ｜ 3-18-18 5-35-23 7-52-5 7-56-15 22-178-77 ｜ 15-119-23 52-441-15 55-467-15 ｜ 63-536-19 ｜ 14-110-5 62-531-13 62-533-2 ｜ 4-25-14 56-473-4 61-520-16 ｜ 10-81-9 22-176-24 64-548-19

1208

清头〔613〕 5-36-1 6-44-9 8-65-6 17-134-18 21-173-4 25-209-6 29-242-18 45-379-22 55-466-16

情面〔614〕 59-502-13

情深〔614〕 45-381-17

情由〔614〕 9-68-22

情愿〔614〕 8-65-9 11-83-12 16-126-24 18-146-20 34-282-23 37-308-2 54-455-14 63-542-17

22-180-8

请〔615〕 42-356-7 ｜ 3-17-4 3-17-7 3-17-10 3-24-22-4-28-23 4-29-7 19-149-18 20-159-23 20-160-4 21-169-8 21-169-10 41-342-7 42-351-9 42-356-16 ｜ 1-5-24 1-7-12 6-49-15 7-51-1 16-125-2 48-408-17 48-412-1

请安〔618〕 1-4-1

请教〔618〕 4-26-17 31-260-12 33-274-18 36-305-17 47-400-11 50-429-12 53-451-22 61-522-18

请客〔619〕 6-48-23 49-414-3 50-423-12

6-45-23 25-203-24 25-208-4 31-259-10 48-412-22

请客票头〔619〕 14-114-18 31-260-19

亲家〔619〕 62-531-1

qiong

穷〔620〕 18-148-4 30-253-11

穷祸〔620〕 9-71-4 10-79-15 10-82-4 15-119-4 38-317-5 60-513-22

qiu

邱〔620〕 7-57-13 8-59-13 26-217-24

邱话〔620〕 12-93-1 22-176-24 24-193-9 27-220-24 34-284-23 55-466-13 63-536-9 64-545-21

邱邱好好〔621〕 36-304-14

秋分〔621〕 36-305-23

囚犯〔621〕 33-273-10

囚犯码子〔621〕 39-327-20

求〔621〕 20-162-9 31-260-18 36-302-18

語彙索引

求工［622］ 60-515-23
求亲［622］ 62-529-3
求允行盘［622］ 54-455-12

qiu

曲曲折折［622］ 47-399-16
屈驾［622］ 47-401-5
屈留［622］ 7-56-17 10-82-2
曲子［622］ 14-107-6 18-142-3 39-330-3 50-427-17 57-484-7
取齐［623］ 47-400-20
去［623］ 1-3-10 1-3-16 1-4-18 1-5-15 1-6-13 1-8-19 3-18-11 3-21-23 5-39-14 13-105-21 18-145-2 18-145-11 18-145-20 24-197-9 50-424-14 51-436-1 57-487-4 57-488-11 60-508-14 ｜ 1-8-16 3-19-19 4-29-9 6-45-20 7-52-10 9-73-3 13-100-9 45-385-24 47-401-15 51-436-9 54-456-10 61-523-8 64-544-8 ｜ 61-524-11 ｜1-7-14 2-12-21 7-52-10 ｜ 1-7-14 1-8-21 2-13-11 3-24-23 4-29-11 6-45-20 13-105-21 24-198-18 45-385-24 48-405-3 48-411-18 49-417-6 49-419-2 57-487-4 60-508-12 60-512-2 64-547-3
　　61-523-6
去出［625］ 19-155-4
趣势［625］ 6-45-3 9-73-5 14-113-2 25-205-6 30-251-15 34-281-11 54-456-13 57-485-4

quan

圈［626］ 22-175-15
圈子［626］ 52-444-21
全［626］ 32-270-14 32-271-3 32-272-1 40-338-17 45-382-20 45-385-1 47-400-7 32-271-3 ｜ 51-433-12
　　1-5-6 32-270-11
全璧［626］ 47-400-10
全愈［626］ 36-305-23
劝［626］ 3-20-5 6-48-3 14-113-16 16-128-12 34-280-3 41-345-3 42-351-9 53-446-7 63-541-17

que

缺 [627] 24-199-11 42-358-4 49-415-17 51-434-10

R

rang

让 [627] 15-119-10 21-170-18 21-171-21 36-301-3 47-397-15｜1-7-14 4-25-4 4-26-21 4-32-18 10-76-22 15-120-5 36-298-17 37-309-9 42-355-1 44-369-11 51-433-7 57-487-5 59-506-2 60-513-24 64-544-7

rao

饶 [628] 5-36-24 13-99-16 25-207-18 33-273-9 39-328-17

扰 [628] 2-10-11

re

惹 [629] 6-48-20｜43-364-2

惹气 [629] 4-33-4 14-109-14 24-196-18 39-328-21

热 [630] 18-143-10 26-212-22 35-291-23 55-466-23 62-533-7

热昏 [630] 26-214-5

热昏搭仔邪 [630] 14-113-10

ren

人 [630] 1-4-5 1-4-9 2-10-23｜63-541-15｜17-135-1 56-477-13

人家 [631] 4-27-15 18-142-3 23-184-8 23-186-9 45-379-7 54-463-1｜24-194-5 62-529-13｜4-25-14 8-65-4 13-99-3 29-238-24 35-293-24 52-439-14 58-498-8 62-532-22 63-543-5

人家人 [631] 14-113-8 16-123-8 26-216-10 38-318-9 54-462-12 55-467-14

人码 [632] 32-266-7

人命 [632] 9-69-22

人人 [632] 51-431-8

人身 [633] 34-285-18

人淘 [633] 1-4-10

认 [634] 47-398-13｜62-529-5

认得 [634] 9-69-13 10-82-17 20-162-2 21-166-12 25-206-22 29-239-18 30-247-24

語彙索引

37-312-10 48-407-18 61-521-16 62-529-21

ri

日［635］ 4-31-16 4-31-23 13-99-11 24-199-11 26-217-3 30-247-24 38-320-6 38-322-5 50-428-5 52-440-6 58-491-12 59-503-15 61-520-19

日積月累［635］ 36-305-3

日脚［635］ 10-80-20 13-99-11 16-128-10 18-145-11 34-285-14 34-286-11 42-353-13 43-364-20 49-417-5 55-468-12

日里［636］ 18-146-4 20-163-23 47-401-12

日里向［636］ 14-113-23 42-354-11

日日［636］ 18-142-16 19-153-1 23-189-13

日天［637］ 4-30-11 10-82-19 12-96-6 12-98-18 14-107-8 17-133-2 24-195-6 27-219-18 29-241-20 30-247-6 37-308-19 38-320-4 41-348-12 44-369-6 45-381-21 48-407-10 55-472-4 58-492-1 59-507-8

日朝［637］ 7-57-6

日逐［637］ 12-97-24

日子［638］ 7-56-23

rong

絨単［638］ 51-434-16

絨縄［638］ 43-365-21 48-405-11

容易［639］ 7-52-20 16-128-9 20-159-11 25-205-6 40-337-22 45-382-22 48-405-18 54-456-4 59-506-14 60-509-11 61-521-2

rou

肉痛［639］ 50-425-5 51-432-13

ru

如［639］ 51-431-10

如此［639］ 33-272-24 34-283-14 45-383-7 51-431-9 60-513-23 60-515-13

如何［640］ 6-47-3 36-304-5 51-431-16 53-450-2 60-513-24 61-517-3 64-547-7

如志［640］ 51-431-10

辱承［640］ 36-304-4

入殓［640］42-357-11

ruo

若［641］60-515-13
若使［641］59-504-22
弱［641］36-305-1

S

sa

撒酒风［642］27-222-10

sai

赛过［642］3-20-5 6-46-10 9-71-14 11-86-18 11-90-8 20-162-7 20-164-17 24-193-15 24-196-14 34-285-10 36-304-14 37-308-3 41-346-11 42-358-10 45-378-13 50-425-2 52-441-19 54-459-2 62-532-23
赛做过［157］12-97-9 （石印本作"赛过做"，亚东本也作"赛做过"）

san

三不时［643］6-47-21
三礼拜六点钟［643］6-45-22
三日两头［643］24-192-14 24-198-11
散［643］6-48-21
散［643］3-233-21 5-37-2 16-125-24 18-142-4 52-445-4 56-475-21
散心［644］41-346-17 42-356-13

sao

扫［644］23-183-13

se

涩滞［644］44-370-16

sha

杀［644］2-14-10 6-43-17 20-158-4 28-231-20 32-263-8 34-281-5 34-285-15 37-310-8 45-378-9 57-488-15 59-504-8 ｜12-96-23 25-202-16 43-367-7 46-387-8 59-503-9 ｜2-11-20 7-52-6 14-111-3 16-130-9 16-130-10 19-156-9 20-161-10 20-161-15 20-161-20
杀快［645］26-161-22

語彙索引

杀坯〔646〕 30-253-6 57-483-16 63-540-12 63-542-6

杀胚〔646〕 27-225-4

杀千刀〔646〕 63-540-11

杀死〔646〕 45-378-18

杀头〔647〕 56-481-6

煞〔647〕 6-43-18 10-79-4 12-95-8 27-224-12｜3-19-3 4-28-20 4-30-24 6-48-4 11-89-15 22-181-20 23-189-23 24-193-10 29-243-21 34-283-2 35-293-13 37-313-9 38-320-16 57-483-16 57-487-2 62-530-11｜2-16-16 6-46-12 7-56-14 7-56-20 8-65-4 9-73-2 9-73-4 10-80-19 11-90-16 15-120-4 17-134-12 18-143-11 18-144-14 21-170-23 22-177-2 24-195-11 25-202-17 28-235-5 34-281-11 37-309-15 38-320-7 39-331-19 48-410-9 50-425-4 50-429-12 52-439-24 53-446-17 54-460-20 56-477-13 57-488-22 60-508-12 60-513-16 63-537-16｜14-112-24

煞快〔649〕 19-155-18

煞死〔649〕 46-393-8 46-393-9 48-406-16

啥〔649〕 1-8-15 2-13-2 2-13-9 4-29-8 4-31-13 4-32-5 5-40-10 7-53-16 8-59-1 8-62-14 8-62-20 8-63-11 14-109-13 15-119-7 16-123-7 16-127-24 17-132-13 17-132-14 17-133-4 18-144-2 20-159-18 20-160-21 20-161-2 20-161-3 20-161-4 20-161-5 21-168-9 21-168-14 21-169-2 23-183-1 25-208-14 26-216-7 27-220-10 30-250-7 32-263-14 33-278-7 34-280-9 34-282-12 35-293-9 35-294-22 35-295-2 35-296-10 37-314-1 38-321-11 39-325-13 43-367-16 45-379-23 47-398-20 53-453-7 59-505-8 59-506-3｜3-24-1 4-26-24 17-132-17 19-154-12 43-364-18 54-455-7 55-470-3 57-487-6 62-528-18｜3-19-22 5-36-17 11-86-11 12-94-19 15-119-22 20-159-3 20-160-11 21-168-10 27-220-14 32-269-10 38-318-24 58-496-3 58-497-3 59-503-8｜3-20-22｜1-4-5 2-15-11 2-16-14 2-16-15 3-19-4 3-22-14 3-24-22 4-25-17 4-28-16 4-29-7 4-29-9 4-29-11 4-31-2 4-31-6 4-32-22 4-36-6 6-47-15 6-47-16 7-51-9 7-51-10 7-56-24 8-59-10 8-59-23 8-60-11 9-69-8 9-69-9 9-71-2 9-73-12 10-76-10 10-77-23 10-82-21 11-87-24 11-89-20 11-90-17 12-94-19 12-94-22 12-98-13 12-98-14 14-108-10 14-108-12 14-108-15 14-109-19 16-128-11 17-136-23 18-142-19 18-45-17 18-148-2 19-155-2 20-157-14 20-160-13 22-176-24

22-180-8 22-181-3 23-188-23 24-194-15 24-194-22 24-198-12 29-239-1 29-239-8 32-264-3 34-281-4 35-289-15 36-304-21 36-305-21 44-376-7 47-399-20 51-436-11 52-437-3 52-440-6 53-446-9　54-455-6　54-456-17　55-465-1　56-473-13 56-477-13 62-528-10｜1-4-6 1-6-14 3-21-2 4-32-22 6-48-21 7-54-20 8-60-17 9-73-7 10-79-10 10-81-18 11-85-16 11-88-7 11-88-10 15-117-3 16-123-15 18-141-7 18-143-4 21-171-15 22-179-22 22-179-24 23-187-15 26-210-16 29-244-5 30-248-16 32-265-15 34-282-17 35-292-11 35-295-22 36-299-23 39-329-19 44-375-5 46-390-8 47-397-12 47-399-5 52-441-13 55-466-9 62-528-22 62-541-4 62-541-7｜4-31-24 5-36-8 6-47-7 7-50-18 9-73-3 9-73-14 10-78-19 14-109-12 15-117-3 16-129-24 21-171-8 28-232-9 38-318-16 56-473-2 62-533-8｜3-20-17 7-57-2 17-135-20 21-171-13 23-188-21 27-222-2 32-269-11 39-329-13 58-497-23 59-500-6｜4-29-5 6-43-14 6-46-16 8-58-8 23-184-15 23-185-16 32-269-15 34-284-6 34-286-12 36-305-6 37-312-12 48-406-11 58-494-8 59-507-14 59-507-15 60-508-13｜8-58-17 17-133-8 18-146-17 20-161-21 24-195-21 31-257-23 32-268-18 35-295-2 40-339-9 47-400-41 63-541-3｜11-83-8 18-141-4 18-147-19 32-263-11 56-481-6 60-509-12｜5-35-23 6-46-4 25-208-3 ｜10-76-4｜1-8-4 2-15-10 3-21-5 4-25-1 4-29-4 6-48-11 7-54-21 7-55-22 8-59-13 8-63-19 8-64-6 9-73-20 10-75-13 10-76-18 11-89-22 11-90-7 12-96-16 15-118-23 15-119-8 16-125-14 16-128-4 16-129-2 17-136-16 18-142-14 18-143-7 18-143-9 18-144-21 18-147-3 19-150-9 20-159-20 20-162-24 21-170-15 22-176-22 22-177-10 22-178-17 25-206-11 25-207-17 26-211-11 27-221-22 27-222-5 27-224-1 28-228-18 29-237-16 29-244-15 31-258-3 31-259-8 35-292-15 35-294-8 35-296-21 36-300-24 37-308-14 45-379-22 47-398-11 48-411-18 52-444-20 54-455-3 54-460-11 54-462-23 55-470-21 56-478-17 62-530-11 62-532-18 64-552-8

啥［100］　18-142-11（石印本作"哩"）

啥场花［655］　5-37-20 22-174-2 22-176-15 23-190-7 27-220-20 31-256-23 57-483-5 57-488-11 58-496-11

啥辰光［656］　3-23-18　4-30-1　6-47-13　16-129-18　43-361-3　50-429-14 52-438-24 53-453-17 55-468-12 62-526-17｜5-38-10 8-62-1

啥等样［656］　52-442-12

啥个［657］　5-37-19 6-48-1 13-100-5 16-127-10 21-169-10 24-193-3 24-198-6

語彙索引

40-337-23 59-505-9 64-548-7 ｜ 58-497-6 ｜ 31-257-4 35-295-3 37-312-19 41-342-16 54-456-13 59-503-2 59-506-9 ｜ 52-439-19 59-506-22 63-540-17 ｜ 41-434-4 63-536-3 ｜ 34-282-22 ｜ 48-411-4 57-486-21 62-528-11 62-529-10

啥人 [659] 1-6-8 3-17-11 4-29-7 6-42-18 6-45-14 9-69-11 20-157-4 28-230-12 28-230-23 39-326-23 39-327-1 52-438-4 54-462-24 ｜ 1-4-9 9-68-22 23-187-4

啥事体 [659] 3-23-19 4-32-13 6-47-20 11-87-24 17-138-10 20-164-14 22-174-7 23-190-5 25-209-9 28-233-8 29-240-21 32-269-2 35-295-10 38-320-24 42-356-9 45-385-20 49-414-17 54-460-15 54-462-5 56-473-3 63-540-4 64-550-10 ｜ 55-467-10

啥物事 [660] 4-29-6 8-59-14 12-94-7 21-169-8 46-388-5 46-392-5 49-419-18 51-434-10 53-451-4 57-482-6 59-507-17 61-524-10 63-539-14 ｜ 24-193-7

啥样式 [661] 28-232-9 29-239-20 37-329-15 56-481-8

啥样子 [661] 42-355-24

shai

筛 [661] 5-41-7 8-64-4 8-64-6 51-436-4

shan

扇 [661] 14-110-14 48-411-7

善堂 [661] 34-285-24

shang

伤 [662] 9-70-22 36-305-3 57-483-2

伤风 [662] 31-256-3

商量 [662] 4-27-1 16-128-11 38-320-12 42-354-12 47-399-18 59-500-11 61-537-17

赏 [662] 47-401-12 52-437-5 58-491-12

赏赐 [663] 50-425-8

赏光 [663] 15-121-2

赏鉴 [663] 50-423-13 59-506-2

上 [664] 2-11-17 ｜ 18-147-20 22-177-10 ｜ 33-274-22 33-274-24 45-380-21 59-505-10 59-507-11 ｜ 11-89-16

上当 [664] 22-179-21 23-185-24 26-217-12 36-299-4 49-420-23 52-439-11 60-509-6 62-527-10

上当水［664］ 4-31-4　8-58-6　12-96-22　12-98-3　13-100-11　14-107-9 14-110-12 30-253-6

上坟［665］ 16-130-24

上海滩［665］ 1-4-4　3-20-23　44-375-2

上来［665］ 2-16-17　5-40-6　12-95-24　17-138-2　21-167-15　23-188-9｜1-5-7 23-184-7

23-189-10

上去［666］ 34-281-4

上上［666］ 21-168-24

上上下下［666］ 42-353-17

上头［667］ 40-338-7

上勿上落勿落［667］ 10-81-1　61-524-2

上勿上下勿下［667］ 52-442-12

上先生［667］ 3-23-2

上瘾［668］ 24-192-5　29-242-18　60-548-18

shao

烧［668］ 8-59-21　59-504-9｜8-63-5　30-250-18　42-358-14

烧毁［668］ 59-504-24

烧路头［668］ 20-160-22　25-202-3　28-230-1

烧香［669］ 21-166-9　21-167-11　36-302-17

烧烟泡［670］ 26-214-16

稍微［670］ 7-52-4　11-89-21　14-108-11　17-133-17　17-139-1　24-173-19 31-255-1　36-304-16　45-384-9　60-515-1　61-517-16　63-543-4

少［670］ 1-4-10 3-17-6 7-52-10 41-349-8｜11-90-15 13-101-5 31-256-10 36-305-4 57-485-16 58-493-12 10-80-18 34-281-16｜44-375-1

少会［671］ 46-394-14

少微［671］ 5-40-21　7-55-19　22-177-1　22-179-16

少有出见［671］ 21-171-4　23-183-11　25-207-23　26-213-14　41-347-11 51-435-8

少大人［671］ 44-371-10　50-425-7　64-546-7

少爷［671］ 1-5-22 23-187-1

語彙索引

she

舍勿得 ［672］ 13-100-21 29-241-15 56-477-19

舍甥 ［672］ 1-5-6

舍侄 ［672］ 15-121-1

射箭 ［673］ 40-339-23 45-381-6

涉 ［673］ 33-274-15 60-515-22

shen

申時 ［673］ 42-357-11

伸冤 ［673］ 34-284-24 34-285-24

身 ［673］ 21-168-3

身邊 ［674］ 11-86-3

身價 ［674］ 32-264-16 44-374-9 44-375-2 59-502-9 63-537-6

身浪 ［674］ 20-160-3 35-291-23 36-304-15

身里向 ［675］ 53-448-5

身體 ［675］ 14-113-16 31-256-6 34-285-2 57-483-2

身向里 ［675］ 14-114-20 62-532-20 63-541-24

深 ［675］ 45-381-17

神氣 ［675］ 7-57-2

神理 ［676］ 61-517-16

神妖鬼怪 ［676］ 15-119-16 25-202-20

甚 ［676］ 53-451-6

sheng

升高 ［676］ 45-379-1

生 ［676］ 2-14-11 4-33-2 22-177-11 35-295-10 45-379-2 62-529-13 ｜ 20-160-7 37-312-6 58-496-5 58-496-13 58-496-18

生病 ［677］ 20-160-7 20-161-6 21-169-10 35-292-18 35-295-12 64-548-1

生活 ［677］ 20-161-15 23-183-12 51-435-4 62-528-4 ｜ 6-45-3 ｜ 59-506-7 ｜ 25-207-19 60-508-14

生就 ［678］ 62-529-9

生客 ［678］ 54-460-19

生来 [678]　4-28-18　11-84-13　13-100-9　16-128-8　18-146-14　20-161-16
23-184-6　24-194-15　25-206-2　29-239-16　32-263-15　36-305-1　44-373-23　44-374-8
46-387-6　48-442-17　49-417-22　52-438-13　52-442-10　54-455-10　54-460-19　56-473-16
58-491-18　58-460-19　56-473-16　58-491-18　58-497-3　59-500-10　60-509-13　61-521-17
61-524-22　62-527-19　62-530-17　64-544-15

生峭 [679]　53-450-11

生日 [679]　18-145-8

生天 [679]　25-202-10　26-215-15　52-442-20

生鸦片烟 [679]　6-48-3　16-127-23　54-456-9　57-486-24

生意 [679]　1-4-4　1-4-5　13-19-11　14-108-14　59-505-18　59-505-19　｜　14-107-13
14-107-15　37-312-5　41-343-3　54-463-1　62-528-1　｜　3-20-3　16-127-7　16-128-1
27-224-4　63-536-9

声 [680]　1-6-11　3-17-4　6-48-3　10-76-18　12-96-6　12-96-7　17-132-11
37-309-7　41-342-7　52-438-1　57-483-10　58-495-16　59-501-17

声音 [681]　12-96-8　18-142-10

省 [681]　2-10-20　12-98-17　14-107-16　25-206-5　29-244-20　31-257-15　59-502-8　｜
1-4-10　30-249-10

省得 [681]　63-537-2

剩 [682]　3-20-17　10-76-7　10-80-12　18-141-16　20-160-4　31-254-6　33-272-5　49-419-2
64-545-22

shi

失 [682]　23-188-19

失敬 [682]　37-312-10　48-408-17

失陪 [683]　4-26-23

失窃 [683]　61-521-8

师爷 [683]　39-330-14

诗 [683]　31-260-11　33-273-11　47-401-13

诗肚子 [683]　33-273-13

诗题 [684]　60-516-2

诗文 [684]　40-337-11　53-451-13

語彙索引

诗意 ［684］ 33-273-8

湿 ［684］ 3-24-17

湿布衫 ［684］ 2-11-20

十二分 ［684］ 7-52-24 17-133-17 52-440-13 ｜ 60-515-16

石灰布袋 ［685］ 26-213-19

石破天惊 ［685］ 60-515-20

石头 ［685］ 46-390-17

时常 ［685］ 31-259-9 53-451-21 59-502-19 64-545-7

时髦 ［686］ 18-147-15 25-205-8 30-251-19 49-417-24

识 ［686］ 8-59-22 ｜ 50-426-16

识货 ［687］ 22-179-23

实 ［687］ 36-305-5

实概 ［687］ 2-15-10 3-23-19 4-32-1 5-41-21 6-43-9 7-51-17 7-54-8 8-64-6 10-76-2 14-113-24 17-134-24 18-153-7 21-167-13 21-168-24 24-196-22 25-205-8 27-225-5 44-377-2 47-398-11 48-405-18 51-432-8 52-440-9 55-465-17 55-469-6 57-485-5 59-502-12

实概模样 ［688］ 22-179-17 25-205-5

实概样式 ［688］ 7-57-13 21-166-21 21-171-3 26-211-11 30-253-13 32-263-8 34-284-18 37-309-1 44-370-8 45-385-16 54-455-3 54-462-14 55-467-15 56-478-17 59-507-12 62-530-11 63-537-11 63-539-7

实概样子 ［689］ 10-79-10

实在 ［689］ 40-339-23

屎 ［689］ 2-12-6 37-310-5

世交 ［689］ 26-215-6 5-428-7

世界 ［690］ 17-133-13

势［690］ 4-28-15 4-29-9 7-52-20 7-53-2 7-57-4 7-57-5 12-98-17 13-106-19 14-113-14 17-134-24 19-151-18 24-192-15 24-193-24 43-360-3 44-370-18 45-382-22 47-399-19 48-406-8 48-412-5 52-443-10 54-456-5 55-469-10 56-473-5 59-507-10 60-509-8 60-513-24 62-527-15

事干 ［690］ 1-4-4

事体［690］ 1-5-7 6-47-20 18-145-15 23-188-8 34-280-11 34-284-21
41-342-16 54-456-13 62-528-15 63-542-4｜1-4-18 3-28-22 13-102-14 13-105-6
38-318-24 59-501-23

试［691］ 2-11-18 7-53-1 32-264-2

是［692］ 1-6-4 1-7-3 2-10-19 2-11-10 2-11-13 2-11-24 3-23-18 4-27-2 4-27-3
4-28-6 4-30-24 5-40-20 6-42-4 6-47-4 6-48-1 10-80-7 11-85-9 14-107-14 14-114-3
16-123-18 17-138-6 18-141-11 18-146-24 20-161-9 20-161-16 20-162-12 20-162-20
21-168-7 22-179-24 24-198-8 24-198-18 24-198-21 26-211-17 26-213-21 34-281-14
39-331-23 44-376-23 45-384-11 47-398-23 47-402-12 55-465-20 55-466-21 59-503-22

是［693］ 2-10-23 7-52-18 10-82-18 12-96-9 14-110-18 16-126-14 21-166-13
｜14-114-13 15-119-2 15-119-3 15-119-22 16-127-6 20-160-15 21-170-15 22-179-13
｜2-12-6 7-52-9 17-134-3 17-136-17 22-175-13 44-376-22
60-515-24

是价模样［694］ 17-137-6

是哉［694］ 3-17-4 6-47-5 7-53-3 10-81-9 10-82-2 11-84-6 12-92-23
14-107-12 58-497-3 63-542-18

适意［695］ 7-55-19 14-114-21 17-132-13 18-141-3 18-146-15 19-155-22 20-163-6
24-197-13 35-292-2 59-331-21 45-382-3 52-443-19 62-532-18

shou

收［695］ 3-19-10 34-286-1 48-411-10 53-448-7

收房［696］ 54-458-20

收监［696］ 27-225-8 37-312-12

收敛［696］ 51-432-17

收令［696］ 4-26-22

收拾［696］ 18-141-17 38-317-9

收捉［697］ 4-28-20 10-76-8 23-183-13 48-407-1 55-467-10｜9-71-18

收作［697］ 30-250-22 20-250-23 31-260-8 49-414-18 49-415-1 49-416-23 51-432-12

手［697］ 8-59-16 23-184-12 59-500-4

手笔［697］ 60-515-12

手迹［698］ 47-400-7

語彙索引

手巾［698］ 1-3-16 9-72-5 10-77-19 23-184-2 26-217-21

手帕子［698］ 3-21-3 48-411-2

手下底［698］ 61-521-3

守［699］ 28-232-3

首［699］ 31-260-11 47-401-13

首七［699］ 45-381-17

首尾［699］ 41-350-1

受茶［699］ 1-4-8

受罚［699］ 40-340-7

受风寒［700］ 36-304-13

受寒气［700］ 42-354-24

受累［700］ 42-351-11

受用［700］ 57-485-16 60-511-10

瘦［701］ 20-160-3 36-304-15

shu

书坊［701］ 1-6-13

书房［701］ 19-149-2 19-153-15 31-260-7 32-266-5

书钱［701］ 29-241-22 29-242-10

书箱［701］ 31-260-8

书寓［702］ 57-484-13

叔伯［702］ 37-308-1

叔侄［702］ 18-146-3

梳［702］ 43-365-17

梳头［702］ 5-39-24 5-40-19 23-184-1 38-317-2 45-378-17

梳正头［703］ 49-417-22

舒齐［703］ 4-25-3 5-34-10 17-134-10 17-136-14 36-303-6 38-320-13 39-332-21 42-354-7 45-378-12 46-392-23 48-407-21 51-434-10 53-448-6 55-466-10 58-492-1 63-542-20 64-544-8
　　　　14-114-20 15-118-24 20-161-14 22-177-10 24-194-18 25-208-13 27-226-16 29-239-20 34-285-15 36-301-23 42-358-14 57-484-12 ｜ 10-81-3 32-264-17 48-409-16

1222

55-469-7 | 5-41-20 24-198-20 33-274-9 62-533-4

输 [705]　13-104-17 14-108-5 14-112-24 14-113-17 22-177-14 53-446-18 59-491-3 61-520-22

输东道 [706]　51-432-13

输拳 [706]　22-177-13

输赢 [706]　14-108-4 14-113-21 25-204-20 56-473-5

赎 [706]　45-379-6 59-502-22 59-503-17

赎身 [707]　22-177-2 44-373-20 45-378-9 45-378-13 45-379-1 48-405-9 49-418-21 54-456-8 58-498-22 59-502-8

熟 [707]　26-213-20 29-243-22 43-365-19 | 59-505-19

熟罗 [707]　29-242-13

熟人 [708]　55-469-11 59-505-15

束缚 [708]　61-519-21

树丫枝 [708]　55-466-21

竖面孔 [708]　27-220-15 46-387-13

恕邀 [708]　47-400-21

庶几 [709]　31-259-14

shua

刷 [709]　10-75-2

shuai

甩 [709]　39-328-17

shuang

双 [710]　11-89-11

双台 [710]　10-82-9 12-92-1 18-146-20 25-205-8

爽快 [710]　53-452-5

爽爽气气 [711]　16-127-18 29-244-14 35-290-3 45-379-24 48-411-9 59-503-19

shui

水果 [711]　38-320-16

水饺子 [711]　1-8-14

水烟 [711]　15-117-8 15-117-11 23-184-2

語彙索引

水烟筒［711］ 17-132-17 23-183-13

水作［711］ 42-357-12

shun

顺［712］ 17-133-12

shuo

说［712］ 1-4-1 2-11-13 9-71-5 16-127-11 16-128-9 17-132-3 17-133-2 47-401-18 48-405-8 ｜ 7-53-18 8-64-13 8-65-15 14-108-2 14-114-3 17-132-11 24-198-23 24-199-2

说白相［712］ 7-57-15 60-511-1

说穿［712］ 15-117-21 43-364-22 56-477-23 57-487-8

说道［713］ 2-11-16 7-53-5 18-142-7 18-142-21 26-214-13 31-258-9 44-370-21 54-455-11 55-466-23

说到［713］ 55-467-23

说得定［713］ 52-440-16 56-477-13

说定［713］ 55-465-23

说亲［714］ 55-465-22 62-530-18

说情［714］ 27-225-9

说是［714］ 2-11-15 7-57-6 21-167-1 28-233-12

说说笑笑［714］ 34-285-8

说勿定［715］ 14-108-1 14-114-4 18-147-4 24-196-13 36-298-3 38-320-4 48-406-5 52-440-3

si

司务［715］ 14-110-5 21-173-6

丝［715］ 59-505-18 59-505-19

私窝子［716］ 56-474-15

斯斯文文［716］ 47-401-19

死［716］ 34-282-24 34-284-20 34-285-4 36-299-2 37-309-16 42-354-7 55-466-15 59-501-1 60-509-7 63-540-18

死心［716］ 8-59-17 13-100-23

死猪猡［716］ 63-540-20

1224

語彙索引

四壁［717］53-451-6

四处八方［717］16-127-22

四六［717］53-449-23

四面［717］34-281-4 61-517-15

四面八方［717］7-56-22 52-442-1

四肢［718］36-305-3

嗣母［718］38-320-12 55-465-20

song

送［718］3-23-18 36-298-5 48-409-18 56-481-1 59-502-23｜8-59-24 8-60-1 15-120-3 29-243-17 32-268-12 38-320-17 46-393-10 53-448-8｜3-19-11 4-32-23 20-164-16 20-249-18

送还［719］59-502-23

送礼［719］38-318-16 52-441-14

送盘［720］49-419-24

su

俗［720］59-505-18

俗气［720］59-505-13 59-505-23 59-507-10

俗人［720］59-505-13

suan

酸［721］12-93-17

酸［721］20-163-24

算［721］14-113-8 48-406-15 48-407-10 61-524-10 63-537-8｜37-313-21 44-374-14 48-406-7｜31-258-6 56-467-3｜2-12-5 3-19-19 4-27-3 5-35-3 5-36-1 5-36-17 7-55-18 8-59-12 9-73-9 10-76-6 10-82-13 10-82-18 12-95-5 12-97-1 14-110-9 14-113-15 15-116-1 15-119-4 16-127-8 18-137-1 26-217-24 30-248-1 33-274-5 33-275-3 34-281-6 36-304-23 40-340-7 45-379-10 45-381-22 47-399-19 47-400-10 52-442-12 54-458-23 54-462-15 64-550-20｜28-230-23 53-449-18 53-450-19

　　6-48-7 18-142-6 57-487-1

算得［722］5-36-15 6-47-23 9-70-5 18-145-17 22-175-8 22-180-18 24-195-24 26-217-13 27-224-9

語彙索引

算计［723］ 8-59-15 14-108-14 34-281-14 49-417-12 52-442-8 54-455-16 54-456-8 54-460-22 63-537-8

48-406-4

算命［723］ 55-467-3

算啥［724］ 3-18-24 5-40-12 11-88-10 32-265-14

算省［724］ 25-206-5

算勿得［724］ 7-52-18 8-60-10 13-101-2

sui

虽［724］ 53-450-13

虽然［724］ 20-162-7 34-281-5 54-455-14

随［725］ 2-12-21

随便［725］ 7-57-10 11-84-11 15-118-6 18-146-17 24-197-6 25-202-11 34-281-17 34-282-23 40-339-8 45-379-6 50-428-18 64-548-18

3-17-11 3-20-24 6-47-20 7-56-21 8-58-17 10-76-15 13-101-4 21-169-12 21-173-1 23-190-5 23-190-7 24-194-16 32-263-11 35-295-10 49-417-13 50-428-10 51-435-9 52-441-19 55-466-6 56-481-6 58-496-7 59-506-8 60-509-12 62-531-15 63-541-3

随手［726］ 38-323-15

随意［726］ 3-23-1 6-49-3 19-150-14 58-495-22

岁［727］ 1-4-7

碎［727］ 23-183-4

sun

孙囡［727］ 26-210-5 26-214-24

suo

所［727］ 36-305-5

所谓［727］ 40-340-3 60-515-23

所以［727］ 36-305-2 45-381-17 53-446-101 60-515-11

所有［728］ 9-71-21

索性［728］ 2-11-17 7-51-10 8-65-3 10-80-21 15-118-8 25-205-5 29-241-23 32-266-4 35-290-3 37-309-7 40-340-4 48-407-12 52-440-19 54-455-15 55-465-13 57-503-17

61-519-22 61-524-2 62-533-3 ｜ 33-274-18 54-460-19 56-473-6

T

ta

塔［729］ 39-327-16

榻床［729］ 2-12-11 4-28-23 6-48-3 13-104-22 18-141-18 23-184-1

踏［729］ 59-505-16

tai

台［730］ 2-16-7 3-24-22 4-28-7 25-205-4 37-309-22 54-456-2

台基［730］ 5-37-21

台面［730］ 3-23-21 3-24-6 8-63-7 18-142-4 23-188-19 24-198-17 24-198-19 26-215-4 28-230-14 47-400-14 67-548-15

台子［731］ 13-105-14 18-142-4 23-183-14

抬［731］ 18-142-7 24-198-16

太［731］ 19-150-18 53-451-6

太太［731］ 8-65-5 22-178-7

太阳［732］ 55-466-22 ｜ 10-79-14

tan

坍台［732］ 2-10-13 10-80-14 12-94-22 15-116-11 23-188-16 29-238-20 29-242-14 38-320-16 49-417-14 55-469-4 57-489-2 59-507-9 60-509-10 61-524-12 62-527-11

坛［732］ 45-381-18

谈［733］ 21-170-6 60-515-4

痰［733］ 36-304-20

痰饮［733］ 36-305-4

痰盂罐头［733］ 23-183-14

tang

汤［733］ 36-302-2

汤团［733］ 30-250-8

堂［734］ 4-28-23

堂薄［734］ 24-192-9

堂倌［734］ 9-69-22

語彙索引

堂戏［734］ 44-370-22

堂子［734］ 1-5-12 2-15-11 4-30-15 12-98-13 14-113-7 21-166-22 33-273-10 45-378-17

倘［735］ 64-544-16

倘忙［735］ 7-56-22 18-142-20 21-167-14 23-189-2 24-193-21 35-295-19 52-437-10 55-465-1 56-481-8 58-496-13 58-497-7 60-513-22 63-536-22｜8-59-16 49-415-17 6-45-21 12-94-12 16-127-15

倘然［736］ 7-51-24 7-52-2 20-162-9 22-174-7 22-176-21 24-193-5 29-241-23 32-266-7 36-305-19 47-400-13 52-443-8 55-465-12 60-515-2 63-543-5｜24-194-7

烫［736］ 31-256-2

tao

叨光［736］ 5-36-9 11-83-5

逃走［737］ 25-207-23 26-210-2 39-328-20 46-390-9 52-443-2 58-499-11

陶成［737］ 6-43-8 14-113-11 36-304-16

淘伴［737］ 46-390-12 51-433-5 52-443-20

淘成［738］ 19-151-19 23-184-17 28-232-9 29-244-1 42-352-13 43-365-2 51-436-10 57-483-2 57-483-8 57-483-11 57-483-13 58-499-2｜49-416-24 49-417-6 49-417-16｜32-273-4

淘里［738］ 21-166-15 31-258-11 49-418-10

讨［739］ 21-173-1 35-289-16｜3-20-17 18-142-21 18-143-4 20-162-10 24-194-7 34-286-11 52-442-3 56-475-16 57-487-8 62-529-6｜23-189-10

讨饭［740］ 30-253-16

讨好［740］ 10-81-7｜7-53-1

讨便宜［741］ 5-36-18 33-273-3 33-273-6｜7-53-15 36-301-17

讨气［742］ 16-130-19 17-133-4 18-141-15 18-147-16 19-150-6 21-166-23 22-181-19 25-207-21 26-214-10 32-263-12 35-295-3 37-310-11 46-393-11 47-403-1 47-403-3 52-439-18 59-505-22

讨惹厌［742］ 2-10-15

讨人［742］ 3-19-23 6-47-18 6-47-23 17-133-6 21-166-22 26-210-11 44-375-19 63-535-13

讨人气［743］ 25-202-18

讨人厌［743］ 3-20-22 8-65-14 23-184-16 64-548-16

讨厌［743］ 7-57-10 45-384-14 ｜ 27-222-14 35-295-14 44-373-7

讨厌人［744］ 25-203-1 52-445-4

套［744］ 46-393-20

　　　61-524-21

teng

藤高椅［744］ 20-163-3

藤条［744］ 27-225-8

ti

提［745］ 20-162-3

提亮［745］ 60-527-7

提线傀儡［745］ 40-336-10

提醒［745］ 59-505-24

题跋［745］ 47-400-9

　　　47-400-9

题面［745］ 61-523-6

题目［746］ 40-337-23 59-506-5 60-515-21 61-519-18

体面［746］ 6-43-9 9-73-9 12-92-2 22-176-23 23-189-7 30-253-13 49-417-13 62-529-10

　　　17-132-15 31-255-8

体气［746］ 64-545-15

剃头司务［746］ 14-110-5

替［747］ 7-54-8 8-58-3 8-63-11 8-64-10 12-97-8 13-103-17 25-207-3 41-342-7 47-397-11 51-435-5 64-544-9

　　1-6-22 3-17-8 22-175-4 24-193-9 31-261-3 31-261-4 33-278-6 34-285-3 34-285-5 34-285-12 37-307-4 41-345-20 41-346-6 45-379-14 48-405-16 49-417-12 49-417-17 53-449-10 53-449-23 54-455-2 54-455-15 54-461-1 59-506-5 59-507-11 62-533-8 63-535-13 63-542-17 ｜ 46-394-17 59-500-11

替身［748］ 54-459-2

語彙索引

tian

天 [748] 18-141-12 30-252-6 52-441-3 ｜ 17-136-16 18-141-15 18-143-10 47-403-7 ｜ 7-54-6 17-136-15 20-163-2

天打 [749] 15-117-15

天井 [749] 46-392-1

天亮 [749] 11-84-21 11-88-5 18-141-12 20-158-22 31-256-5 31-256-7 44-372-23

天亮快 [750] 7-57-6

天下 [750] 59-507-11

天字第一号 [750] 41-346-6

添 [750] 12-94-8 14-114-14 23-190-15 23-190-20 41-343-22 44-369-7 47-401-17 54-463-2

田家之乐 [750] 60-515-22

填词 [751] 33-273-17

填空 [751] 50-424-16

恬 [751] 7-57-7

tiao

挑 [751] 55-468-8 ｜ 45-379-11 48-412-8

挑头 [752] 28-233-17

挑头钱 [752] 14-114-5

条 [752] 8-59-17 11-85-9 16-128-2 34-285-4 38-324-9 51-434-16 64-544-4 ｜ 14-113-1 14-113-15

条子 [753] 4-29-13 5-34-5 26-215-6 48-409-18 50-429-8 ｜ 10-80-17 35-290-3 ｜ 8-62-14

调补 [753] 41-348-15

调皮 [753] 33-273-22 44-374-2 49-420-22
   7-57-13 13-99-14 13-99-15 21-168-10 34-280-8

调摄 [754] 36-305-20

跳 [754] 4-30-19 ｜ 61-519-23 ｜ 14-113-5 ｜ 4-31-9

跳槽 [755] 4-31-8

tie

贴 [755]　35-290-3 ｜ 21-172-18 25-205-10 20-160-4 36-305-11

贴切 [756]　51-431-9

帖边 [756]　61-524-23

帖 [756]　58-496-12 62-533-8

帖子 [757]　47-401-16 48-409-9

铁箱子 [757]　11-86-3

ting

听 [757]　1-8-16 23-189-23　27-224-10 43-364-12 47-403-2　57-484-7 58-496-17 ｜ 2-16-16 17-132-11 20-161-5 24-196-24 27-224-11 32-263-11 42-354-8 54-456-10 56-477-20 57-483-16 61-524-7 63-541-15

听见 [758]　1-6-11 3-19-15 6-43-3 6-46-12 10-76-17 26-214-10 37-309-15 42-354-14 ｜ 6-46-12 16-129-20 29-239-22

听说 [758]　26-210-9 26-215-3 27-219-8 39-331-10 47-401-13 53-454-2 61-520-19

听勿进 [758]　17-134-20 34-281-19

亭子间 [759]　21-171-22

停 [759]　14-113-15 18-141-16 18-142-14 36-305-11 43-364-12 ｜ 47-397-18 ｜ 11-89-11 25-206-12 30-249-23 33-272-4 50-426-22 52-440-3 60-513-18

停工 [759]　62-528-12

停歇 [759]　8-62-5 25-206-12

停一歇 [760]　26-214-15

tong

通 [760]　26-214-15

通 [760]　48-405-1 61-523-5

通病 [761]　51-432-15

通共 [761]　7-52-4 16-125-21 22-176-23 37-310-2 40-338-16 44-369-9 54-460-20 56-474-6 64-545-22

通关 [761]　7-55-22 36-299-23

通融 [761]　33-274-8 ｜ 31-258-11

通通 [762]　45-382-19

通同 [762]　61-521-19

語彙索引

通透［762］ 31-259-24

同［762］ 2-10-22 3-18-5 17-138-5 19-153-3 24-199-17 25-203-16 39-325-14 45-379-19｜40-340-9 52-437-8 52-443-22 53-446-18 59-503-15
　　　24-194-8 38-322-7 42-356-10 42-358-4 45-381-21 46-393-15 50-428-7 52-437-7 53-450-1 61-520-21 64-551-16

同［764］ 10-82-17 21-167-11 24-196-19 29-239-2 29-239-13 29-243-24 42-356-14 52-439-19 54-456-1

同盟［764］ 53-449-24

同事［764］ 6-45-15

同台面［764］ 23-188-19 26-215-4

同仔［764］ 3-21-22 29-239-18 32-268-2 34-280-3 51-434-9 57-488-17
　　　50-429-14

铜钱［766］ 18-148-5 23-184-4 24-199-13 24-199-21 30-247-8 30-250-18

统［766］ 14-113-1

筒［767］ 4-31-18 5-38-1 9-72-5 14-113-13 18-146-24 27-222-13 29-242-18 38-318-6 56-475-9
　　　26-211-17

筒头［767］ 11-87-22

痛［767］ 18-142-4 36-305-8

tou

偷［768］ 59-500-6 60-513-3

偷局［768］ 22-177-9

头［768］ 10-81-5 42-353-18｜5-40-22 18-143-22 48-365-17｜35-295-10 53-446-11
　　　2-10-17 6-46-8 16-128-15 20-161-13 23-184-7
　　　14-107-13 21-166-24 55-465-21
　　　8-59-13

头寸［770］ 21-171-9

头发［770］ 15-119-13

头里［770］ 8-62-3

头面［770］ 9-71-17 9-73-4 10-80-24 22-181-4 32-264-17

語彙索引

头脑［771］ 61-521-2
头脑子［771］ 18-142-3 19-155-18
头牌［771］ 48-409-14
头钱［771］ 14-114-5
头痛［772］ 20-158-23 62-533-5
投人身［772］ 34-285-18

tu

突［772］ 15-122-8
突色［772］ 26-217-14
图章［772］ 47-400-8
徒然［773］ 47-401-15
吐［773］ 6-48-7 50-426-24

tuan

团团［773］ 46-393-8
团圆［773］ 19-151-22
团子［773］ 16-128-18

tui

忒［774］ 3-17-6 4-25-13 5-40-24 15-116-3 15-121-2 24-192-13 27-220-24 30-247-9 31-256-2 36-299-20 40-336-3 55-465-19 62-531-15 64-544-15
忒煞［774］ 6-47-21
忒啥［775］ 14-110-24 23-184-17 28-233-23 30-250-14 31-259-24 33-272-9
忒啥个［775］ 31-257-7 36-304-17 57-487-2 58-496-10 58-498-12 59-506-11 60-515-10 61-521-1
推［775］ 35-290-5
推扳［775］ 7-51-15 7-52-7 7-52-24 15-119-18 15-119-23 16-125-22 20-160-16 22-174-7 24-193-19 32-270-10 38-320-7 45-383-6 47-398-6 49-415-15 55-467-4 61-520-10 ｜ 4-26-15 17-134-24 44-375-3 55-469-4
推扳勿起［776］ 17-132-16 62-532-20
推说［776］ 54-456-18

tun

1233

語彙索引

吞酸［777］ 36-305-4

tuo

托［777］ 4-25-12　8-61-1　14-107-15　26-215-3　29-237-9　29-238-18 36-303-19 42-356-10　62-528-14

拖［777］ 9-72-8

脱［778］ 18-143-14 24-189-21 ｜ 10-79-16 ｜ 3-19-5 3-19-15 3-20-4 4-31-11 5-41-5 10-80-17　10-80-21　10-82-19　12-98-12　13-100-21　14-108-15　14-113-23　15-120-6 25-201-13　26-214-17　26-217-9　28-232-22　31-256-22　32-264-4　44-370-22　44-374-20 45-378-13　47-402-21　54-460-5　56-481-6　57-487-6　58-491-3　59-501-17　60-511-12 61-520-22

脱体［779］ 2-11-21

妥当［779］ 29-238-18

W

wa

挖［779］ 50-426-22 50-427-1

挖花［780］ 16-130-5 16-130-9

wai

歪［780］ 5-40-24 5-41-1

歪里［780］ 52-440-11

歪头［780］ 5-40-24

外拆［780］ 48-410-11

外国［780］ 58-499-11

外国货［781］ 38-321-11

外国人［781］ 20-163-22 37-312-5

外国纸［781］ 31-260-19

外行［781］ 1-6-14 32-268-17 50-430-14

外婆［781］ 5-40-23 59-506-20

外甥［781］ 12-93-7 31-257-22

外甥囡［782］ 37-311-4 37-312-8 62-528-14

外头［782］ 28-232-3　31-256-4　35-296-2　38-317-16　47-397-7 ｜ 12-95-1

1234

14-113-7 18-141-8 34-285-6

外头人［783］ 27-224-8 34-284-22 45-380-22 47-400-2 51-436-8 52-440-12 58-496-16

外心［783］ 53-446-6

wan

丸药［783］ 35-292-5 36-305-11

完［783］ 2-11-21 6-48-11 29-244-24 39-332-19 62-528-12｜3-24-22 15-120-18 29-239-13 31-257-15 53-448-8 59-502-9

完结［784］ 13-102-14 24-196-14 40-339-19 43-361-2 47-396-17 54-458-16 57-487-1 60-513-24 63-542-3 ｜58-499-3
61-524-3

完全［785］ 20-162-12 59-505-1

晚［785］ 2-15-11 6-45-19 11-84-10 24-198-17 25-202-5 43-360-3 44-372-23 52-442-23

晚间［786］ 48-410-18

晚歇［786］ 1-8-23 3-17-11 3-17-12 3-21-6 4-30-3 7-56-14 12-92-19 19-156-19 20-158-10 25-207-14 25-207-15 30-248-6 31-260-7 39-325-8 48-441-13 51-435-5 58-491-12 64-545-11

碗［787］ 23-189-18 54-462-5

唤［787］ 1-3-12 1-4-15 2-11-14 3-23-24 13-99-10 13-99-11 15-116-1 15-117-8 15-120-8 18-142-17 18-143-4 18-143-5 19-150-20 19-152-6 19-155-22 21-167-16 21-167-21 22-178-2 22-180-20 23-188-8 26-216-12 26-217-24 27-221-24 31-257-16 31-258-3 32-270-13 36-299-7 41-342-18 46-388-22 47-402-13 47-402-22 49-417-9 49-418-22 50-430-15 54-455-6 54-457-3 54-457-22 55-468-2 56-477-1 57-489-11 58-496-22 58-497-23 59-501-4 59-504-17 60-511-16 62-528-11 62-528-18 63-540-19

万一［788］ 55-466-14

wang

王八蛋［788］ 50-426-4

往来［788］ 36-305-4

往往［788］ 51-432-16

語彙索引

忘记［788］ 3-21-7 4-31-11 5-41-5 16-128-18 20-162-9 24-194-24 42-358-6 47-399-24 54-460-5 62-526-17 63-539-11

望［789］ 10-76-13 10-80-19 29-241-16 ｜ 11-88-6 32-265-13 ｜14-107-6 18-142-6 ｜ 2-16-12 7-52-9 10-80-20 13-100-22 17-137-9 19-153-1 34-285-23 36-305-23 42-353-12 42-354-13 45-379-1 57-484-14

　　18-142-8 26-215-18

望仔［791］ 11-89-15

wei

为［791］ 51-431-7

为难［791］ 52-440-12 52-442-7 52-442-9 56-473-18

为人［792］ 36-305-2

为［792］ 8-59-15 ｜7-56-13 9-71-2 11-84-4 20-161-16 34-285-11 51-432-15 63-542-13
　　29-238-20

为此［793］ 3-23-24 7-52-8 7-57-14 13-100-8 15-119-24 18-145-10

为此［793］ 45-381-17

为好［793］ 17-135-2

为啥［793］ 2-10-11 3-19-8 4-31-6 4-32-9 4-33-2 6-42-9 7-52-11 12-92-17 14-114-2 19-153-1 22-176-16 24-199-10 25-207-15 34-281-8 46-390-18 51-431-13 52-439-12

为啥事体［794］ 16-127-14 54-462-4

为是［794］ 8-62-21 21-168-8 30-253-12 34-284-18

为仔［794］ 3-20-4 30-250-17 34-281-6 47-398-23 ｜ 7-52-22 11-84-7 20-161-23 24-198-24 34-281-6 34-283-4 34-284-5 35-296-11 35-296-23 36-304-24 42-356-7 45-379-23 45-384-10 57-484-10 62-527-13 62-533-4 63-542-13

　　1-4-5 4-30-12 5-37-22 7-55-18 8-62-16 11-84-1 11-88-2 12-94-12 17-132-14 21-166-15 24-198-7 24-198-12 24-198-23 25-202-6 26-217-8 34-282-22 34-284-22 37-308-2 42-354-9 45-378-17 45-382-20 50-429-12 53-451-6 53-452-3 55-465-15 57-486-20 59-502-7

未免［796］ 31-261-3 ｜ 34-287-10

未时［797］ 42-357-11

未始［797］ 60-515-5

胃口［797］ 36-304-14 36-305-9

谓［797］ 36-305-4

位［797］ 1-6-4 1-7-2 4-45-15 18-148-19 44-369-9 45-381-6

wen

温柔［798］ 60-515-11

文静［798］ 16-123-18

文书［798］ 49-418-21 58-498-22 59-504-24

文章［798］ 33-273-11 41-350-6 53-446-11

闻得［798］ 64-548-21

稳当［798］ 48-410-14

问［799］ 1-6-11 3-23-22 4-25-11 21-167-20 21-167-22 21-169-11 22-180-20 35-297-6 53-447-21

  60-513-22

问信［800］ 62-527-6 62-527-8

wo

我［800］ 1-3-10 1-3-11 1-3-15 3-18-21 4-25-12 4-31-3 4-31-13 5-40-13 45-381-17 52-441-16

龌龊［800］ 5-38-1 13-103-24 26-217-11 26-217-20 39-331-19 45-381-22 46-388-6 58-496-7

  26-217-8 26-217-20

wu

乌龟［801］ 33-273-12

屋里［801］ 1-4-6 6-43-6 12-98-13 14-113-7 16-127-24 30-247-24 42-354-7 43-364-19 52-437-9 ｜ 27-220-12 32-268-15 55-465-13

屋里向［802］ 14-108-10 18-142-24 31-257-19 55-470-3

无［802］ 2-12-7 7-51-9 18-142-19 18-148-7 22-177-13 23-184-1 31-255-2 47-400-19 49-417-22 51-434-1 59-502-12 63-540-11

无拨［803］ 1-7-23 2-15-11 3-19-16 4-26-16 5-34-6 9-74-3 10-80-12 10-80-24 17-140-3 22-175-22 22-176-23 49-417-8 49-419-3 49-420-1 53-451-5 58-496-22 61-524-9 63-535-14 64-545-22 ｜16-127-22 43-363-24 45-378-17

1237

語彙索引

49-421-11 52-439-10 | 12-94-21 21-166-23 26-217-24 41-344-23 48-405-15 54-455-11 58-498-14 | 11-89-12 14-107-8 47-401-15 | 1-4-15 8-64-3 18-142-13 35-294-13 42-353-18 58-496-12 63-540-19 | 7-52-24 43-364-21 53-447-4

无不［806］ 51-431-10

无处［806］ 4-31-15 15-116-1 32-263-7 34-280-10 34-282-16 34-285-17 35-293-15 48-412-23 52-439-24

无…处［807］ 62-533-22

无从［807］ 53-451-6

无法［808］ 9-73-15 28-228-12

无法子［808］ 15-120-7 16-127-24 20-160-6 29-239-12 37-307-16 42-353-12 44-374-5 53-451-7 56-465-16 58-498-12 59-502-9

无行用［808］ 46-388-20 46-393-9 56-477-1 59-504-17 62-527-5 63-541-16

无价事［808］ 4-31-7 14-114-3 45-380-20 58-498-14

无可［809］ 61-523-9

无力［809］ 36-305-3

无姆［809］ 1-4-1 7-50-2 7-56-9 12-95-23 22-182-5 29-243-23 37-309-2 64-545-6

无么用［810］ 18-142-17 20-160-14 29-238-21

无面孔［810］ 29-239-13 62-528-15

无那哈［810］ 21-173-2 37-309-10

无清头［810］ 5-41-7 6-44-9 8-65-6 29-242-18 55-466-16

无趣［811］ 44-370-18 52-443-10 58-493-13 60-513-24

无趣相［812］ 56-473-9

无啥［813］ 5-40-13 20-158-21 64-551-21 | 1-4-4 4-27-1 4-29-12 6-45-3 8-62-9 10-82-4 14-108-2 34-281-11 36-303-5 54-456-13 54-460-16 59-501-9 | 6-47-5 8-59-14 9-71-15 10-76-13 10-81-1 11-84-7 12-92-21 12-98-4 14-108-5 14-114-1 15-119-9 20-160-2 20-161-23 26-217-24 28-229-13 28-232-4 29-243-22 31-261-5 35-292-8 40-339-5 41-349-22 44-375-22 46-388-12 47-401-24 47-402-19 55-468-2 57-485-2 60-511-9 61-522-20 62-529-7 62-532-19 63-537-3 | 1-5-15 2-10-21 3-20-23 7-52-13 20-161-12 22-179-6 22-179-10 24-193-15 29-243-21 31-256-3 42-357-6 45-382-7 46-389-1 | 3-21-16 5-40-21 6-44-1 12-98-11 19-150-14 26-216-12

28-229-21 29-238-19 29-241-24 34-283-14 36-302-18 42-352-13 42-357-9 | 50-430-21 51-432-14 63-536-11

无涉 [816]　42-357-10

无数目 [816]　21-173-3

无拔数目 [816]　2-15-11 | 55-466-21

无思无虑 [816]　36-305-20

无所不为 [816]　51-432-17

无须 [817]　47-401-16

无要紧 [817]　3-23-22 10-79-16

无益 [817]　60-515-5

无用 [817]　12-92-24 14-108-10

无用人 [817]　37-310-8 56-477-18

五花八门 [817]　53-450-14

五魁 [818]　6-48-16 15-118-17 22-180-11

五香 [818]　19-156-19

五脏 [818]　53-446-8

午时 [818]　42-357-11

勿 [819]　1-3-12　1-4-5　2-10-15　3-18-18　3-19-4　3-23-19　3-23-24　4-25-4 4-25-14　4-29-10　4-30-23　4-30-24　5-35-3　5-37-21　6-42-16 6-48-5　7-53-1 7-55-1　7-55-19　7-56-24　8-59-24　8-63-19　8-63-20　9-70-23　9-73-20　10-78-20 11-83-9　11-86-11　14-114-7　15-118-24　15-119-23　18-144-5　18-146-20　20-161-24 22-176-9　22-178-10　24-192-11　25-202-6　25-206-22　26-212-13　29-241-20　30-253-14 31-257-14　32-269-14　32-270-13　34-280-12　45-381-22　51-433-6 | 21-172-19　31-257-2 | 26-216-8　51-436-11 | 26-211-17　53-447-9 | 3-18-2　4-31-23　7-51-1　7-56-22　9-72-4 11-89-10　14-109-10　15-117-24　16-123-5　16-126-3　23-189-14　26-214-10　32-265-13 47-403-10　52-438-6　53-448-10　59-503-11　59-507-10　60-510-23 | 3-19-6　4-28-16 4-32-9　5-40-20　6-47-4　7-57-10　7-57-16　8-62-22　10-78-21　10-82-5　11-90-22　18-141-9 18-142-23　18-148-6　18-148-8　　20-162-4　26-213-21　32-263-7　37-308-2　37-308-19 42-354-9　42-354-10　47-398-6　47-402-24　49-414-4　52-440-5　53-448-11　55-465-17 55-465-20　60-510-22　61-520-23　62-527-4

語彙索引

勿碍［822］ 26-210-9 32-265-15 43-364-14

勿比［822］ 51-436-8

勿比得［823］ 14-109-16 16-128-8 17-134-19 18-146-24 21-166-19 37-309-2 46-390-17 54-456-12

勿比仔［823］ 20-160-9 56-473-18 57-483-10 58-496-7 63-537-15 64-546-13

勿必［823］ 18-145-11 19-149-18 37-307-3 45-381-19 46-393-17 53-450-11 60-515-23

勿便［824］ 49-419-17 50-428-7 51-433-6

勿曾［824］ 1-4-8 1-5-4 5-39-20 6-43-6 7-51-19 7-55-4 8-62-1 17-139-20 17-139-21 17-140-1 19-155-19 25-204-18 27-220-14 27-221-6 28-228-18 33-271-4 36-300-24 41-342-18 46-387-8 58-496-11 59-504-1 64-552-9

勿曾有［825］ 1-6-12 24-192-5 30-251-18 34-285-13 47-402-13 55-465-18

勿差［826］ 1-4-6 4-25-4 7-51-2 7-51-16 11-95-6 32-266-7 64-548-22

勿大［826］ 6-47-15 23-187-11 26-215-4 42-354-18 60-510-24 60-515-13

勿但［827］ 61-519-19

勿得［827］ 8-60-10 9-70-2 9-72-20 12-92-7 15-119-2 22-177-10 32-266-8 45-383-2 62-529-10 62-532-21

勿得了［827］ 28-232-20

勿多［828］ 4-27-16 10-76-9 15-119-13 18-145-10 29-239-24 35-295-9 42-354-6 ｜ 5-38-11 59-500-12

勿多歇［829］ 3-21-21 5-34-11 11-89-21 28-233-17 43-364-1

勿管［829］ 24-199-2 57-483-5

勿过［829］ 15-119-24 25-205-8 28-229-24 44-374-2

勿过［830］ 15-117-8 22-199-17 ｜ 2-11-15 59-507-7 ｜ 6-46-13 11-85-12 23-184-15 24-199-2 42-354-9 49-415-1 49-417-15 63-536-22

勿过去［831］ 22-175-23 24-192-11 27-224-5 39-325-10

勿好看相［831］ 23-188-20

勿好意思［831］ 32-266-19 ｜ 3-17-4 15-117-21 52-443-22

勿见［832］ 1-4-8 55-471-23 58-497-22

勿见得［832］ 5-35-1 12-96-22 14-113-17 15-116-7 20-162-1 26-215-19 53-446-18 61-524-1 63-542-24

勿局［833］ 22-178-10 27-221-24 29-239-10 34-281-1 35-295-15 41-346-14 41-348-11 59-500-6 60-513-21 62-529-5 62-529-7 62-532-21

勿靠帐［833］ 55-471-15 57-487-10 59-502-16

勿可帐［834］ 14-109-13 48-405-17

勿来［834］ 6-43-2 11-90-4 13-99-17 13-105-6 18-144-5

勿了［834］ 10-79-16

勿耐烦［835］ 23-188-5

勿起［835］ 24-194-7 36-300-21 43-367-6 53-447-2

勿然［835］ 5-36-10 6-43-18 7-52-9 12-92-1 14-113-4 23-184-7 26-218-1 32-266-5 60-513-5 ｜ 8-59-9 14-107-15 ｜ 8-62-15 22-175-13 44-376-22 48-405-5 57-483-22 62-527-12

勿如［836］ 12-98-18 14-110-12 14-113-2 16-128-1 47-400-9 55-469-10 63-537-8

勿入调［837］ 9-73-7 50-424-21

勿入味［837］ 8-62-19

勿舍得［837］ 15-117-11 16-127-7

勿声勿响［838］ 12-96-10 49-420-22 51-432-10 53-449-11

勿相干［838］ 29-240-15

勿消［838］ 49-417-7 59-504-4

勿要［839］ 47-401-19

勿要紧［839］ 5-41-9 17-136-1 19-155-10 21-167-15 26-217-3 28-231-12 36-305-22 42-357-23 52-438-15 52-438-17 52-442-2 52-442-10 52-443-12 54-459-5 54-477-2 56-481-6 57-483-1 58-491-4 59-501-9 59-505-22 60-508-9 60-513-4 62-527-16 62-529-1 62-531-12 63-537-2 64-545-23

勿有［840］ 14-113-24 23-190-16 24-194-1 44-376-20 60-515-10

勿在乎此［840］ 11-84-11 63-542-24

勿知勿觉［841］ 58-496-8 59-502-9

勿至于［841］ 36-305-1

勿着扛［841］ 15-117-20 31-257-16 34-281-3 37-313-12 53-451-3

勿着落［842］ 46-391-2 52-442-15 55-466-11 62-528-10

勿着勿落［842］ 17-137-16 46-387-4

1241

語彙索引

务必［842］ 47-401-5

物事［842］ 1-6-8 4-28-23 8-59-14 12-94-19 21-165-9 22-179-15 24-194-8 26-217-11 31-257-1 32-270-10 46-393-15 53-451-2 53-451-4 59-503-17 60-509-6 60-513-2 64-545-20

误［843］ 28-228-6

误事［843］ 36-304-23

務源板［843］ 42-357-6

X

xi

西面［844］ 4-29-1

吸［844］ 56-475-9

希奇［844］ 14-108-5

悉［844］ 64-544-16

稀饭［845］ 8-60-20 12-95-19 19-156-19

稀奇［845］ 6-43-14 6-46-16 8-58-9 8-60-14 22-180-23 23-185-16 32-270-13 45-383-4 63-536-2 ｜ 31-258-9 54-462-10 56-474-17

　　　21-167-22

稀奇古怪［846］ 21-169-12

稀奇煞仔［846］ 4-29-8 41-343-4 17-133-17

稀奇杀仔［846］ 20-161-21

膝馒头［846］ 21-170-16

席间［846］ 39-326-2

喜［847］ 14-109-12 47-402-18

喜欢［847］ 12-93-14 14-114-15 16-123-9 16-130-6 23-190-2 24-196-19 30-247-17 32-266-7 35-293-22 49-419-11 53-448-24 ｜ 35-292-18 36-305-17

喜酒［847］ 16-127-20

喜事［847］ 47-402-19

戏场［848］ 7-57-4

戏单［848］ 29-244-18

戏酒［848］ 18-145-9

1242

戏钱［848］　29-244-20

戏子［848］　18-147-20　27-222-14　34-282-14

细［849］　60-515-21

细底［849］　4-25-14

xia

呷［849］　36-302-2　50-426-22

瞎［850］　27-225-5　58-496-19

　　7-51-13　8-63-24　12-92-21　16-127-22　35-295-19　40-340-21　46-387-4　51-435-9

瞎缠［850］　52-443-23　59-505-17　61-521-11｜28-228-6　48-413-7　55-470-23

瞎三话四［851］　25-202-16

瞎说［851］　3-19-21　4-26-1　5-41-21　10-81-8　14-113-18　18-141-8　29-238-24　44-375-24　54-456-12　55-466-9　55-467-5　59-503-20　61-524-4　63-540-16

瞎说瞎话［851］　24-193-5

瞎子［852］　55-467-3

匣［852］　27-226-12

侠骨柔肠［852］　34-287-10

狎妓［852］　59-504-23

狎客［852］　53-452-5

下半日［852］　23-183-14

下船［853］　28-233-7

下脚［853］　23-184-3　25-205-10　49-420-1　54-460-20　60-508-9

下来［853］　14-111-11

　　3-19-21　4-27-21　28-233-15　55-466-23　56-473-4｜4-28-15　7-51-19　9-74-4　10-76-7　15-120-7　16-125-24　16-128-7　20-161-13　22-175-22　22-176-13　28-233-17　31-257-15　36-304-15　38-317-5　49-415-17　49-417-21　52-442-11　55-466-14　59-507-2　60-509-6　60-515-20　61-520-23｜24-199-21　48-405-12｜7-52-4　11-83-7　34-285-22

下去［855］　5-37-3　21-170-4　33-276-1　35-292-3　36-302-3　39-325-11　40-340-21　43-363-12｜7-51-8　7-52-9　12-95-1　12-98-18　13-106-10　14-113-24　18-141-12　22-174-4　24-194-2　39-326-7　39-326-24　44-369-6　58-491-8

下台［856］　8-62-22

語彙索引

下头［856］ 3-20-2 3-21-14 8-63-9 12-94-11 13-105-14 21-170-19 22-178-11 23-189-15 40-338-7 52-441-1 55-507-8 62-530-16｜28-235-4 48-406-18

下转［856］ 24-196-12 27-220-20 28-229-20

吓［856］ 5-36-5 6-48-4 9-72-8 20-163-20 25-209-7 36-300-21 36-302-17 56-473-8 59-505-15｜6-48-5 7-56-14 14-109-6 18-142-2 22-177-8 43-367-7 62-530-11

吓一跳［857］ 5-34-15 41-349-20

夏天［858］ 8-62-13 36-304-16

xian

先［858］ 3-23-6 3-24-5 5-37-4 8-63-11 14-114-12 16-123-14 29-238-1 43-360-4 50-428-11 51-433-7

先起头［858］ 5-40-22 6-47-14 10-80-7 13-99-11 20-162-3 21-166-19 24-198-22 26-214-10 27-224-4 34-283-3 36-301-1 41-342-17 44-375-18 48-413-9 52-438-17 54-456-1 58-497-22 59-502-6 61-524-2 62-533-21 64-552-3

先生［859］ 1-3-20 1-5-3 1-6-4 17-138-5 51-432-10｜20-160-4 20-160-5 21-169-8 21-169-11 35-297-5 58-494-24 64-545-11｜36-303-20 43-364-19｜3-18-3 4-25-2 4-30-7 5-39-24 10-79-4 22-178-8 23-183-18 24-195-22 50-427-17 54-462-22

先天不足［860］ 36-304-24

鲜［860］ 15-117-18

闲［860］ 3-21-15 21-166-6｜60-513-16

闲话［860］ 2-11-16 2-16-11 4-30-16 7-51-23 12-92-23 16-127-18 28-229-15 44-375-5 53-447-11 55-465-1 60-509-16 60-513-22 61-517-4 63-541-15｜14-114-4 14-114-7 45-381-13 55-465-21

闲人［861］ 14-114-4 52-442-2

闲谈［861］ 36-304-5

衔头［861］ 53-451-18

嫌［861］ 5-38-1 16-126-24 3-249-21 45-381-22

嫌道［861］ 23-183-5 58-498-13

显焕［862］ 10-82-19

显豁［862］ 51-431-10

1244

险［862］ 60-515-20 ｜ 9-70-22 10-79-14 46-388-18 57-486-23

见［862］ 53-450-13

县里［862］ 27-225-8 64-551-1

现成［863］ 13-100-7 42-357-5

现银子［863］ 14-113-9

限定［863］ 41-349-2

线［863］ 34-285-2

陷阱［863］ 39-325-11

献丑［863］ 47-401-15 53-451-7

xiang

乡下［864］ 15-119-3 23-183-9 30-247-10 55-466-13

相帮［864］ 30-309-7
　　　3-23-20 5-34-6 17-132-5 20-158-13 29-241-18 48-406-18

相打［864］ 17-138-6 41-345-3 53-447-9

相好［865］ 24-193-18
　　　1-7-22 1-7-23 4-30-21 5-36-1 7-51-17 9-67-15 15-116-2 24-197-9 39-328-20 53-450-1 ｜ 1-7-23 26-213-21 37-313-14

相戒［865］ 53-446-8

相骂［865］ 6-48-2 17-136-17 23-183-3 23-189-24 24-193-22 27-220-15 53-447-9

相熟［866］ 26-215-4

相思病［866］ 33-273-2

相像［866］ 9-67-15 15-119-17 58-496-21

相信［866］ 7-51-22 7-53-1 11-83-9 22-180-20 25-209-8 45-381-12 49-418-11 61-521-21 62-527-6 ｜ 22-176-11

相宜［867］ 60-515-13

相知［867］ 32-265-13

香［868］ 6-48-18 6-48-20

香槟酒［868］ 53-448-7

香烛［868］ 52-441-15 57-483-17

箱子［868］ 10-76-8 15-116-10 40-336-8

語彙索引

镶［869］ 22-176-2

镶边［869］ 15-119-15

镶边酒［869］ 2-10-11 60-510-16

详［869］ 21-168-21

详载［870］ 53-449-24

享福［870］ 52-440-8

响［870］ 26-214-16 52-441-1｜1-8-5 6-48-3 9-73-20 12-96-12 14-114-2 22-176-17 23-187-14 25-202-24 30-248-16 34-284-9 35-296-11 49-418-9 53-448-13 58-495-16 61-521-18
　　3-20-23 14-108-8 15-119-18

响声［871］ 3-19-16

响响落落［871］ 9-72-23

想［871］ 4-30-20 24-194-18 33-278-20 35-295-14 槾58-498-7｜3-19-13 7-51-23 7-57-10 34-285-17 37-313-10 39-327-10 45-382-21 45-382-22 52-442-12 54-459-3｜2-11-20 4-32-17 8-62-5 18-147-23 22-177-5 31-257-14 42-354-13 56-474-17｜33-273-3

想必［872］ 34-283-16 35-293-5

想穿［873］ 42-354-10

想来［873］ 3-20-1 7-57-1 12-92-5 14-107-7 52-440-13 58-496-8 64-547-7 64-548-22

想勿到［873］ 14-109-9 55-465-17

想要［873］ 24-199-13

向［873］ 22-175-21 22-176-7 22-176-14 35-189-16 58-499-1

想题行事［873］ 60-515-12

相［874］ 23-188-20 56-473-10

象［874］ 2-15-11

象是［874］ 16-123-8

象牙［874］ 22-177-11

象仔［874］ 3-20-14 10-76-15

像［874］ 5-37-20 5-41-1 32-266-2 44-376-5 55-467-14 56-477-11 57-485-15 59-507-13 60-511 10 62-531-12 63-539-7｜24-196-18 30-253-6 57-484-13 62-531-15

14-110-13 14-110-14 25-207-21 61-524-9

像是［875］ 20-160-2 38-318-9 42-353-20 54-456-12 61-524-1 64-551-3

像样［875］ 61-521-1

像样子［876］ 56-473-6

像仔［876］ 6-43-16 24-192-7 49-417-16 ｜ 59-505-13

xiao

消［876］ 45-378-13

消差［876］ 28-228-6

消场［877］ 1-6-10

挿［877］ 10-80-17

小［877］ 1-4-8 1-4-18 2-10-23 11-87-22 52-437-9 52-439-9 58-496-7

小把戏［877］ 48-413-4

小宝宝［878］ 6-48-18

小菜［878］ 14-114-14

小大姐［878］ 31-254-12

小房子［878］ 24-192-13 54-460-23 57-486-1

小干仵［879］ 4-30-13 6-44-8 22-181-18 29-238-24 34-284-21 41-342-16 46-391-1

小伙子［879］ 19-153-7 47-398-6 60-509-16 64-547-19

小姐［880］ 27-225-7 37-309-11 62-527-7 ｜ 62-527-13 62-529-13 64-548-18 ｜ 1-6-22 2-16-5 26-216-7 26-216-8 26-216-12 52-442-5 56-480-24

小开［881］ 16-127-8 17-137-17

小老母［881］ 26-210-2 37-307-17 54-459-1 54-462-9 55-466-4 63-540-17

小妹子［881］ 7-55-18

小娘仵［881］ 25-207-23 31-257-4 62-529-5

小启［882］ 50-423-12

小说［882］ 40-341-7

小堂名［882］ 10-82-19 12-93-15

小先生［882］ 3-20-10 40-336-4 46-390-7 54-461-5

小心［882］ 1-3-12 10-79-20 12-92-21 58-496-4

小意思［883］ 9-71-22 ｜ 49-419-17

語彙索引

小寓 [883]　1-4-1

小照 [883]　7-57-6

小侄 [884]　1-5-6

小传 [884]　53-449-24　53-450-11

晓得 [884]　1-3-10 2-16-8 7-51-19 9-67-13 10-76-13 12-94-7 13-100-11 16-127-15 23-184-9 27-220-12 32-263-11 36-300-24 37-312-5 43-363-21 46-393-8 48-409-17 49-415-15 52-439-14 54-455-3 55-466-12 58-496-11

孝敬 [885]　63-536-9　63-536-10

孝女 [886]　64-548-22

孝婆 [886]　2-11-16

笑 [886]　2-13-9　14-109-8　20-159-3　25-202-16｜35-291-8 46-387-13 55-466-14 63-536-12｜29-243-21 56-478-19

笑话 [887]　6-42-10 7-53-4 11-84-14 15-118-2 15-120-6 22-181-21 32-270-14 39-331-23 52-443-2 55-467-2

　　22-181-19 23-187-18 49-419-20 50-425-6 64-547-6

　　29-239-22 29-239-23 45-379-7 49-417-17 55-465-2 63-543-5

笑眼 [888]　7-51-17

效劳 [888]　18-148-20 53-450-17

xie

歇 [888]　5-41-14　17-134-23　18-143-2　24-194-6　30-247-1　32-268-3 49-417-21 58-492-1｜60-509-7｜54-460-22

　　1-8-21 2-15-9 5-34-16 6-42-2 7-50-8 13-102-14 13-103-17 16-123-9 16-130-5 17-138-12 19-156-16 20-158-12 22-178-18 26-214-3 35-291-21 47-402-3 52-442-19 58-491-3 62-531-3

　　3-19-22 4-25-16 10-81-19 12-92-11 13-102-13 25-204-18 31-254-15 32-264-15 44-373-21｜4-29-8 4-31-6 6-43-6 7-56-20 10-76-3 14-109-22 14-112-24 23-187-12 29-238 23 48-413-10 60-509-10

歇生意 [891]　37-312-5 41-343-3

歇夏 [891]　38-317-1 48-407-13

歇作 [891]　16-128-10 59-504-9 62-527-11

邪狗［891］ 9-71-14

鞋带［891］ 48-405-11

鞋样［892］ 11-89-11

鞋子［892］ 11-89-12

写［892］ 3-23-24 8-59-10 12-98-19 13-103-6 13-104-16 26-215-6 51-431-13 55-468-10

写意［892］ 7-57-10 23-184-2 46-387-5｜8-59-3 11-88-7 20-159-11 36-304-17 48-406-8 48-410-9 52-440-9 58-496-10 59-506-10｜29-243-22 48-407-13 52-441-16

写纸［894］ 48-405-17 48-407-1

谢［894］ 4-29-6 4-29-8｜8-63-11 11-90-20 19-153-5｜41-342-7 54-459-9

谢谢［895］ 3-20-14 4-29-5 5-38-12 8-63-10 19-153-8 24-195-8 58-498-11｜3-23-22 12-91-16 15-121-1 16-130-23 22-174-5 29-244-17 48-407-6 60-510-15

xin

心［895］ 3-20-3 4-33-2 7-51-20 35-295-15 44-375-18 55-468-10 57-484-14 57-486-21

心肝五脏［896］ 53-446-8

心经［896］ 36-305-19

心领［896］ 54-459-9

心肾［897］ 36-305-5

心思［897］ 22-176-1 60-513-16

心勿足［897］ 58-498-12

心想［897］ 44-376-19｜56-477-10

心心念念［898］ 40-340-10

心血［898］ 44-374-4

幸苦［898］ 17-137-9 34-280-8 42-353-17 43-365-3 46-393-7 59-507-17

新［899］ 17-132-6 23-190-14 26-213-19 31-254-12 35-290-23 56-476-15 58-498-4

新闻［899］ 30-248-19

新闻纸［900］ 31-259-9 31-260-10 33-274-23 45-380-21 59-505-6 59-507-11

新鲜［900］ 53-447-12

新衙门［900］ 21-167-1 23-188-7 26-210-1 56-473-18

新颖［900］ 60-515-16

語彙索引

信［901］ 4-31-14 64-547-7
　　 12-98-19 29-238-20｜36-298-5 38-318-8 45-381-19 57-484-18 61-524-9 64-546-24 64-547-5
信勿过［901］ 2-11-15

xing

星［902］ 52-437-7
刑罚［902］ 33-271-6
行［902］ 35-292-6｜39-325-18 44-370-10 45-382-19｜17-132-5 31-259-15
行李［903］ 55-467-10
行盘［903］ 54-455-12
行事［903］ 43-361-4
行医［904］ 36-304-4
形容［904］ 36-305-3
醒［904］ 18-142-9 36-303-14 36-305-7
幸会［904］ 3-24-16 31-259-19
幸亏［904］ 2-16-15 6-43-17 17-133-6 26-218-1 37-312-4 49-417-2 52-439-14 56-478-20 59-505-24 61-520-23
　　 35-294-1 58-496-12 59-502-18 60-515-1
性急［906］ 50-429-13
性命［906］ 11-83-8 16-128-2 26-213-6 34-281-5 64-544-4
性子［907］ 17-133-12 24-194-23 54-456-8
姓［907］ 14-107-7 27-222-1 37-309-21 56-480-18 63-537-17
姓名［907］ 53-449-24

xiong

凶［908］ 2-16-10 4-29-5 9-73-2 24-193-14 34-283-15 53-446-17 56-477-24
凶信［908］ 42-351-5
兄弟［908］ 18-142-23 20-162-5 24-192-11 31-257-23 34-281-4

xu

须要［909］ 42-355-1
须用［909］ 64-545-15

虚字 [909] 61-517-15

许 [909] 2-16-10 3-19-14 18-145-17 26-210-4 32-269-14 55-465-13 56-475-3

序文 [910] 53-449-23 53-450-10

叙 [910] 2-10-7 60-511-6

叙事 [910] 53-450-13

叙事体 [911] 47-400-10

xuan

宣卷 [911] 21-170-17 23-189-15 25-202-3 25-205-1

悬进 [911] 58-497-22

选 [911] 40-337-13 40-338-15

渲染 [911] 60-517-15

xue

学 [912] 26-217-23 29-244-18

学乖 [912] 12-92-2 45-385-20

学坏 [912] 26-217-18

学会 [912] 50-427-15

学生意 [912] 3-19-11

学台 [913] 33-273-11

学样 [913] 23-184-5

血 [913] 17-138-6

xun

熏 [913] 59-505-23

寻 [914] 1-6-7 3-17-8 4-30-21 13-101-18 17-137- 24 26-215-19 62-528-1 62-529-21 | 7-56-22 24-196-9 46-390-8 62-529-21

寻开心 [914] 1-8-16 21-168-10 23-184-12 40-340-3 45-379-19 | 4-28-5 20-161-6 56-477-3

寻生意 [915] 1-4-4 14-107-24 14-110-22 54-463-1 62-528-1 62-528-5

寻着 [915] 4-30-21 7-56-22 14-108-1 14-110-22 21-166-24 24-196-10 41-346-6

巡捕 [916] 11-85-12 17-138-6 56-473-18

語彙索引

巡捕房 [916] 27-220-2 29-237-9

洵 [916] 51-431-7

Y

ya

丫头 [916] 52-439-14

压坍 [917] 16-125-22

押 [917] 24-199-12 24-199-21 59-502-22 62-532-23

押发 [917] 33-271-18

押韵 [918] 59-506-14

鸦片烟 [918] 5-37-16 11-87-21 29-242-18

牙齿 [918] 6-48-3 15-119-13

衙门 [918] 56-473-13 61-521-3

哑子 [919] 19-152-2

雅 [919] 47-400-13

雅集 [919] 31-260-17

雅致 [919] 51-431-11

呀 [919] 2-11-21 4-28-10 10-80-7 16-126-9 22-177-21 25-208-14 31-259-24 44-375-18

yan

烟 [920] 5-37-18 47-404-2

烟灯 [920] 23-183-4

烟灯罩 [921] 23-184-23

烟火 [921] 39-329-14 39-332-11 39-332-19

烟间 [921] 48-412-23 58-496-7

烟迷 [921] 2-12-21

烟盘 [921] 5-37-13 34-284-10

烟泡 [922] 26-214-16 47-404-3

烟钱 [922] 37-313-21

阎罗王殿 [922] 34-284-24 51-432-11 63-540-12

眼睛 [922] 2-10-19 2-14-11 8-59-24 10-80-19 18-142-72 7-225-5 44-375-10

1252

49-417-2

眼睛高 [922] 31-260-3

眼睛光 [923] 7-57-6 15-119-23

眼泪 [923] 36-302-14

眼前 [923] 36-305-22

眼前亏 [923] 3-19-6 12-94-24

眼热 [923] 22-176-9 23-184-6 28-228-12 34-284-22 46-387-6

厌烦 [924] 36-305-5

厌气 [924] 22-174-4 24-196-17 26-213-20 53-447-11

厌酸 [924] 4-32-9

咽 [924] 15-119-14

yang

杨名 [924] 31-260-12

羊脂玉 [925] 42-358-6

阳台 [925] 3-21-3

杨梅疮 [925] 37-312-7

洋灯 [925] 4-27-21

洋肥皂 [925] 26-217-9

洋行 [926] 3-17-7

洋货店 [926] 23-183-4 37-309-24 55-469-10 61-524-10

洋钱 [926] 2-10-19 3-20-4 8-59-12 14-107-18 19-172-14 22-179-8 37-310-4 37-310-9 44-375-18 55-469-9 64-544-8

洋绒 [927] 26-217-14

洋铜 [927] 22-180-22

养 [927] 13-105-14 ǀ 3-20-17 6-43-8 16-127-7 ǀ 6-43-12 6-43-14 6-44-8 16-127-7 34-285-2 47-402-24

养勿大 [928] 47-402-24

样 [928] 4-28-23 8-59-11 12-94-6 14-114-14 18-147-11 21-165-9 25-201-13 28-228-17 47-400-5 53-451-2 63-535-14 63-539-11

样色样 [929] 34-285-6 49-417-14 52-441-23

1253

語彙索引

样式 [929] 17-137-4 39-329-15 52-437-9｜39-325-15 42-353-12 42-354-13 54-456-12｜28-232-9 29-239-20｜41-350-2 44-374-23 44-376-18 56-477-11 61-517-14

样式样 [930] 44-374-3 47-398-22 48-405-17 62-528-9

样子 [930] 10-76-15｜31-257-4

yao

幺二 [930] 2-10-13

幺二浪 [931] 2-10-18 13-103-13 13-106-4 25-201-11 25-205-7 31-255-1 31-261-15 34-287-12 37-312-8

幺二堂子 [931] 57-485-4 63-536-18

腰 [931] 20-163-24

腰膝 [931] 36-305-5

邀客 [931] 6-45-9

摇 [931] 43-363-23

摇摊 [932] 56-473-5

摇庄 [932] 58-493-13

咬 [932] 9-71-14

咬紧牙齿 [932] 6-48-2

药 [933] 6-48-5 20-161-16 62-533-8

药水 [933] 63-541-3

药水龙 [933] 11-86-15

要 [933] 8-60-8 35-293-9 44-373-23 53-451-4 58-497-9 58-497-10 60-529-3｜8-58-10 8-59-15 8-60-11 22-176-14 44-375-5 44-375-21 53-451-2 58-495-8｜1-3-11 3-20-17 4-31-12 12-92-24 22-176-15 22-176-19 25-209-2 29-239-2 35-295-14 39-331-23 43-364-1 44-373-23 53-451-7 60-510-16｜2-10-20 3-19-11 15-115-18 45-379-15｜1-3-10 2-10-21 2-10-22 4-26-5 6-42-17 6-47-18 8-60-8 8-60-11 10-78-19 10-78-20 14-107-18 22-176-19 22-177-9 24-193-9 24-194-16 29-238-24 29-239-2 34-285-17 35-293-14 35-295-14 36-305-17 38-319-12 38-320-5 43-364-2 45-381-14 45-381-15 45-381-17 53-451-9 57-484-7 59-503-21 59-504-1 60-528-1 62-529-7 62-529-9 62-529-22｜6-43-2 6-47-20 13-105-11 18-141-6 18-148-4 22-176-1 22-176-14 31-257-19 38-320-6 53-449-23 53-451-8 53-451-9 54-455-14 62-526-16 64-546-14｜

6-43-18 20-158-22 24-194-1 24-194-18 26-216-11 27-223-22 35-293-22 36-299-4 38-320-7 40-339-7 53-446-18 54-455-12 58-496-12 59-503-23 59-507-15 62-530-1 ｜ 1-8-21 2-15-11 3-21-13 19-156-9 23-188-22 26-210-8 35-294-2 36-304-24 44-373-20 44-376-8 45-379-1 45-381-6 46-392-14 50-429-12 52-441-3 54-460-12 54-460-22 55-465-13 56-475-15 56-475-21 57-484-8 58-496-14 59-503-9 60-510-19 60-510-24 62-529-3 ｜ 3-20-18 3-21-14 6-43-15 10-76-7 14-110-13 18-141-13 19-150-7 25-202-19 30-247-10
32-264-3 32-269-20 63-536-2

2-12-6 2-16-16 6-43-16 7-51-18 10-76-15 10-79-24 12-92-23 14-113-5 18-141-8 18-147-24 18-148-5 20-162-11 22-176-7 26-210-6 26-216-11 34-285-17 36-299-3 49-418-16 52-442-12 56-477-2 61-520-11

要场面 ［938］ 16-127-20

要好 ［938］ 5-41-22 7-51-8 7-56-19 11-84-2 11-84-11 11-84-14 13-100-22 17-133-7 30-250-15 31-257-7 36-298-12 38-320-7 46-387-6 51-436-8 ｜ 3-20-3 60-515-10

要紧 ［938］ 2-16-11 4-26-24 6-47-5 8-59-11 8-59-14 20-164-15 52-439-22 54-455-16 59-503-17 ｜ 3-21-5 3-23-19 7-50-6 7-54-21 12-96-16 12-162-24 21-170-15 28-235-5 42-357-12 47-398-12 47-402-22 54-455-6 59-502-3 62-531-15 63-537-4

16-125-23 21-170-6 41-346-15 41-348-4 47-398-11 47-400-18 50-429-12 53-453-18

要面孔 ［939］ 21-172-12

要命 ［939］ 35-294-2 37-313-24 59-501-1 59-503-6

要末 ［940］ 7-54-8 9-73-6 20-162-3 25-205-11 26-215-6 26-216-12 26-217-22 29-238-19 34-280-3 50-427-1 52-438-18 53-453-21 60-515-4 61-522-4

要是 ［940］ 2-16-14 5-38-1 6-47-17 10-77-2 14-108-5 15-119-19 18-148-2 36-303-18 52-440-9 55-467-22

要死 ［941］ 3-24-17 10-79-17 11-88-5 16-127-23 18-142-2 19-154-10 20-161-14 20-162-23 25-209-7 55-466-23 55-472-5 59-502-13

要想 ［941］ 1-4-4 6-44-8 9-73-16 11-89-17 11-90-20 11-90-21 14-110-19 23-187-22 30-253-12 52-438-14 53-448-6

钥匙 ［942］ 58-497-10

語彙索引

ye

爺 [942] 30-253-8 30-253-11 52-439-19 60-509-5
爺娘 [942] 16-127-24 24-192-11 34-281-3 45-378-17 48-406-9 54-455-10 62-528-14
也 [943] 1-3-12 1-4-7 1-4-16 2-10-6 3-18-3 3-18-18 4-30-19 5-41-10
6-47-8 7-52-9 7-57-9 8-63-15 10-81-10 11-84-10 11-84-12 11-89-23 11-90-19
11-90-20 12-92-24 12-93-6 12-93-11 12-98-12 14-110-16 15-115-10 15-116-1
15-118-7 15-119-13 15-119-24 15-120-24 16-124-20 17-132-15 17-133-1 17-133-4
17-133-6 17-133-16 17-134-10 17-134-19 17-137-9 17-137-14 17-137-15 17-139-9
18-142-24 18-143-12 18-145-10 18-146-22 18-147-19 19-151-24 19-156-9 20-160-4
20-160-6 20-160-13 20-160-18 20-161-4 20-161-10 20-164-20 22-179-24 22-180-1
24-194-2 24-197-19 25-205-1 25-207-15 26-217-12 26-217-21 28-233-13 29-243-13
29-243-23 30-251-17 30-251-18 31-259-19 34-281-7 34-281-15 44-375-2 48-383-2
45-383-6 46-390-12 46-390-23 46-391-2 46-391-4 47-396-5 48-413-11 49-419-8
52-439-15 52-439-19 52-441-16 53-449-15 56-473-4 56-473-12 56-473-13 56-476-15
56-477-2 57-483-9 57-483-12 59-507-8 60-510-21 61-522-20 62-529-13 63-535-14
63-536-9 63-540-15 63-541-15 64-547-5 ｜ 61-519-20 ｜ 2-10-18 2-10-19 2-10-20
2-16-15 3-19-15 4-30-21 4-30-23 6-48-5 8-60-6 8-60-10 9-70-22 9-70-23 10-76-5
10-76-9 10-78-20 10-80-18 10-81-22 10-82-4 11-84-9 12-98-13 13-106-5 14-108-1
14-108-10 14-109-16 14-111-4 14-112-24 14-113-15 14-113-24 14-114-2
14-114-7 15-118-6 15-118-8 15-119-8 15-120-8 16-127-11 17-132-18 17-134-24
17-135-2 18-142-17 18-142-20 18-142-21 18-143-2 18-143-4 18-145-17 18-146-20
18-147-5 18-147-22 18-148-8 20-160-14 20-160-15 20-162-2 20-167-15 21-168-3
21-168-24 22-178-2 22-181-3 23-184-21 23-188-8 23-189-13 24-194-7 24-194-18
24-194-23 25-205-6 25-205-8 26-215-16 29-238-21 29-240-15 29-244-20 31-258-12
32-270-13 34-285-3 34-285-4 34-285-17 34-285-18 34-285-22 35-295-11 36-301-6
42-354-15 42-356-10 44-375-22 45-379-24 46-388-22 48-405-19 48-406-6 48-406-8
48-412-23 49-417-24 49-419-3 50-430-15 50-430-16 52-439-24 52-442-4 52-443-9
53-446-18 53-450-11 53-450-18 53-456-3 54-458-14 55-465-17 55-466-4
55-469-10 56-477-1 57-483-9 58-491-4 59-503-8 59-504-17 59-505-13
61-517-4 61-521-18 61-523-1 62-527-4 62-527-5 62-527-16 62-528-4

62-529-7　62-531-12 63-536-2 63-537-6 ｜ 5-34-7　7-51-10 7-56-24 7-57-1　7-57-3
10-76-8　10-76-9　10-76-18　10-80-11　10-80-24　11-90-20　12-93-2　12-96-8
12-98-14　15-119-21 18-142-8　18-142-10 18-143-9　18-147-17 20-160-23 20-164-19
22-179-4　23-184-4　23-189-19 24-195-6　24-199-10 25-202-24 25-207-22 26-217-23
27-220-16 28-228-17 31-257-16 31-258-11 31-259-12 34-281-16 34-284-23 34-286-12
36-301-7　36-302-2　43-360-5　44-370-18 45-379-16 45-383-7　46-387-8　48-405-3
48-405-6　48-405-10　49-417-1　49-418-9 53-449-22 59-502-8 59-505-16 61-519-24
61-520-10 62-529-22 63-542-13 64-545-20　64-548-15　64-551-2 ｜ 1-4-3　1-4-6
2-10-16　2-10-21　2-10-23　2-11-21　2-16-13　2-16-14　3-19-4　4-31-8　5-41-22 6-45-16
7-52-10　7-52-18　7-53-5　8-59-15　10-76-6　10-81-1　10-81-8　11-84-11
11-84-14 11-84-19 11-86-11 12-98-2 12-98-4 12-98-17 12-98-18 14-108-9 14-109-17
14-110-9　14-113-4　15-118-2　15-118-10　15-119-16　15-119-22 15-119-23 15-120-13
17-135-1　17-139-1　18-141-3　18-145-16 18-146-21 18-147-6　18-147-21 20-163-1
21-171-4　24-193-24 24-194-4　25-202-5　25-207-23　32-263-5　34-285-11
36-304-14 39-331-19 41-347-11 42-352-12 42-352-13 42-354-8　42-354-9　42-354-18
42-356-9　44-375-4　48-409-18　52-440-1 53-448-11 55-467-24 57-486-17 58-496-4
61-521-1　62-528-3　62-537-2　63-539-11 64-545-13 ｜ 2-12-6　2-16-12　2-16-16
3-19-6　4-28-15　6-42-15　6-43-9　6-47-9　8-59-9　8-59-17　10-78-20 10-79-16
10-80-20　10-82-5　11-83-12　11-90-22　12-94-24　12-98-2　12-98-17　13-103-20
14-108-13　14-110-1　14-110-20 l 7-133-7 17-133-11 17-134-4 17-134-10 17-134-18
17-135-2　17-139-12 18-142-24 18-144-4　18-145-11 18-147-21 18-147-24 20-160-6
20-160-11 20-160-17 20-161-23 20-162-11 20-162-12 23-188-5 24-194-24 25-202-6
25-205-4 25-205-11 27-220-16 27-220-20 29-239-24 29-242-18 30-251-15 31-257-19
32-263-16 33-272-9 33-273-14 34-281-7　34-285-8 35-295-14 36-304-15 41-342-18
42-351-8　42-356-15 43-363-24 43-365-22 46-393-11 49-417-21 52-440-3 53-450-20
54-460-5 56-473-15 56-474-21 57-483-12 57-483-14 57-483-22 62-527-13 62-527-16
62-528-5　62-531-1　62-532-20 ｜ 1-4-8　4-30-21　7-52-4　12-96-9　20-163-2 30-252-6
34-285-12 57-483-7 62-532-21
也［950］36-305-19 60-515-24
也罷［951］15-118-6

語彙索引

也罷哉［951］5-36-20 52-439-21

也好哉［951］24-194-10

也无啥［951］15-116-18 20-161-18 22-190-7 44-376-6 45-384-10 ｜ 4-30-22 8-60-4 13-103-19 14-114-13 19-150-14 21-167-21 25-202-5 26-216-12 29-238-19 32-270-18 34-283-14 37-314-3 42-356-15 44-372-23 46-391-3 48-407-14 ｜ 20-161-12 44-376-22 64-545-20 ｜ 5-40-21 10-80-23 22-179-10 29-241-23　55-469-8　59-507-18 64-544-14

野［952］1-8-7　2-16-10　7-52-5　7-56-19　9-67-13　12-93-18　15-119-18 22-176-1 23-188-21 27-225-6 44-375-18 48-407-21 49-418-12 53-452-2 54-456-8 55-467-3 57-483-23 57-487-11 59-502-7 59-505-8 60-520-10

野鸡［953］5-37-21 10-82-18 23-189-9 26-216-11

野头野脑［953］8-62-24

夜［953］15-117-12 24-194-24 24-198-21 36-303-8

夜饭［953］1-8-19 11-90-21 13-103-19 16-124-14 18-146-4 59-506-15

夜壶［953］33-275-4

夜天［953］10-82-3　14-110-2　14-113-3　15-119-1　18-141-2　35-295-19 42-351-8 52-437-3 52-438-15 60-512-7

夜头［954］3-18-10 3-24-2 5-41-12 14-111-23 16-127-21 18-146-5 52-437-2 62-532-20

yi

一［954］1-4-5　1-7-2　1-7-23　2-10-17　2-10-20　2-11-17　3-17-4　3-21-7 3-24-17　3-24-22　4-28-15　4-30-2　6-47-24　6-48-2　6-48-3　7-52-4 7-57-3 8-59-17　8-59-23　8-60-11　8-62-21　10-76-22　10-80-24 10-82-19 11-84-3 11-88-3 11-89-11 11-90-13 14-107-8 14-107-13 14-109-21 14-117-21 15-118-2 15-119-15 17-134-18 18-141-13 18-141-18 18-142-4 18-142-7 18-142-23 19-156-9 20-159-19 21-168-3 22-176-18 26-214-15 28-233-17 31-260-19 34-285-2 34-285-4 36-300-16 36-302-2 40-337-13 48-413-4 53-449-24 63-539-11 ｜ 32-263-17 ｜ 14-109-9 18-142-2 34-281-15 56-473-8 59-505-15 ｜ 17-134-24

一…就…［956］18-141-9 19-153-9 20-159-1 21-169-12 22-174-3 24-195-7 37-308-4 45-378-8 48-407-22

一把火［956］8-59-21 59-504-9

1258

一斑 [956] 36-305-5

一半 [956] 24-194-22 25-205-11 40-337-14 53-448-8 63-542-12

一场空 [957] 55-465-19

一场无结果 [957] 18-147-20

一搭 [957] 4-86-4

一点 [957] 22-180-5 22-181-22 43-362-21 48-405-6 48-405-13 48-405-15 61-524-8

一点点 [957] 3-19-6 6-47-17 6-48-6 7-51-6 7-52-34 11-87-22 12-96-8 14-107-18 15-119-22 20-161-22 31-257-20 34-285-23 38-320-7 45-383-6 48-409-17 52-440-2 56-474-7

一定 [958] 44-375-2

一堆 [958] 52-400-3 ｜ 56-473-3

一二 [958] 60-515-3

一概 [959] 40-337-13 60-515-13 64-544-16

一干子 [959] 3-21-11 31-256-5 36-300-16 44-374-8 48-405-3 48-412-5 56-474-6 60-511-5

一干仔 [959] 1-4-15 2-13-14 3-20-17 9-73-16 10-80-12 11-89-8 19-153-23 20-161-16 43-363-21

一家门 [960] 34-281-4 36-299-19 55-468-13 62-528-1

一家人 [960] 20-161-15 ｜ 52-441-19 55-468-2 57-483-12 63-541-16

一径 [960] 11-83-7 11-84-2 11-84-20 16-126-3 18-142-6 20-160-3 25-203-11 37-313-10 42-358-6 44-374-8 50-430-18 51-436-9 52-443-10 53-453-18 55-467-15 56-474-18 57-484-15 57-486-19 58-496-5 60-513-16 61-522-4 62-527-11 ｜ 35-297-6

一厘一毫 [961] 8-60-11

一连 [962] 22-175-4

一面 [962] 25-203-22

一面之词 [962] 64-547-7

一年半载 [962] 14-108-1 51-436-9

一年三节 [963] 9-73-15

一泡 [963] 16-127-22 17-133-3 22-176-16 22-181-22 23-188-7 32-269-9 37-312-4 48-405-4 57-486-24

語彙索引

一泡子［964］5-35-24

一泡仔［964］22-175-23 47-398-24

一品夫人［964］55-467-4

一切［964］46-393-15

一日到夜［964］12-96-7 23-183-15

一日日［964］12-98-17

一身［964］10-80-24

一生一世［965］17-137-1 20-162-12 34-285-14 60-509-13

一时之气［965］34-285-11

一说［965］53-446-10

一塌括仔［965］48-405-11 53-446-8 56-473-14 62-528-10

一撮括仔［966］14-113-8

一淘［966］37-312-1 39-329-20 48-413-4 55-472-5 61-520-22
　　　1-3-24 1-4-16 1-4-18 1-10-7 4-32-5 12-97-24 19-153-3 22-181-12 32-266-2 37-312-7 58-491-12 59-500-10 ｜ 7-55-6 16-129-6 19-153-6 48-412-17 50-426-22

一味［967］59-504-24

一向［968］3-24-16

一歇［968］1-4-18 3-18-12 3-23-19 6-49-19 11-89-20 29-237-17 43-363-20 45-384-9 52-438-7 ｜ 12-92-17 12-96-3 17-133-5 22-180-20 34-285-17 59-506-14

一歇歇［969］6-45-20 15-120-3 22-174-10 32-263-7

一言为定［969］47-400-14

一样［970］16-129-5 25-202-18 32-266-10 52-443-21 57-483-14 59-503-16 59-507-14 60-508-6 62-529-13 63-537-7

一早［970］4-30-1 12-92-18 13-99-2

一知半解［970］60-515-2

一直［970］4-31-5 7-51-8 7-52-9 9-72-14

一准［971］54-457-23

衣不解带［971］42-351-7

衣裳［971］9-74-22　10-75-2　10-80-23　13-103-24　20-159-20　23-183-14

語彙索引

32-264-17 39-332-3 46-392-24 61-525-7 64-552-7

医道［972］35-292-6 41-348-6

医生［972］35-292-3

医治［972］20-160-5

依［973］5-41-22 18-141-4 20-161-20 20-162-9 24-194-22 24-199-2 32-269-14 44-376-3 44-376-21 58-498-10 59-503-8 62-528-9 63-541-3
　　22-276-19 57-482-23

咿［974］3-18-17 19-155-2 32-269-10 33-274-12 36-301-3 42-354-24 44-372-22 45-381-12 47-403-11 53-448-13 54-458-16 61-520-6 61-520-20 61-521-23 64-551-21 ｜6-43-9 28-229-17 48-405-7 ｜28-229-17 ｜6-42-9 17-140-1 34-284-21 54-455-10 64-551-4

咿［975］59-501-4 60-510-10

夷场［975］6-47-24 12-98-10 15-119-2 15-120-13 18-148-3 23-187-23 32-266-4 49-417-1 56-478-20 57-483-23 57-484-17

咦［975］10-81-24 14-109-5 64-546-7

姨夫［975］37-308-1

姨太太［976］8-65-8 14-113-7 41-343-15 51-436-1

移樽就教［976］60-513-24

以［976］36-305-2 ｜53-450-12 53-450-14
　　31-260-3

以后［977］6-48-6 13-100-10 14-109-21 29-240-21 31-269-14 64-544-14

以为［977］53-450-2

矣［977］31-259-24 51-431-7

议论［977］53-450-14

抑赛磊落［977］53-446-10

意思［978］4-31-7 7-51-18 7-52-14 11-83-5 13-100-21 22-176-5 24-194-4 45-378-10 48-405-2 54-455-7 ｜6-42-14 ｜38-321-14 ｜63-543-4 ｜7-57-15 12-96-11 14-108-3 20-161-17 53-448-13 53-450-10 58-495-9 60-513-4

意中人［979］32-272-23

亦［979］45-381-18

語彙索引

yin

因 [979] 36-304-4

因难见巧 [979] 40-338-12

阴气 [979] 52-438-13

阴阳怪气 [979] 56-474-16

阴阳先生 [980] 42-357-11 43-364-20

音 [980] 41-348-22

银两 [980] 55-469-7

银楼 [980] 16-127-8 61-524-10

银鼠 [980] 61-525-6

银簪 [981] 13-105-9

引导 [981] 1-7-13 47-397-15

引证 [981] 41-348-22

饮食 [981] 36-304-15

隐 [981] 52-438-24

瘾 [981] 9-72-4
　　60-508-17 60-508-18

印章 [982] 40-337-12

ying

应得 [982] 3-17-5 18-148-20 53-450-7

应该 [982] 11-84-20 12-96-12 28-233-21

唉喤唉喤 [982] 22-178-17 26-214-4 27-220-15

楹联 [983] 40-337-12

赢 [983] 14-112-24 14-113-17 25-205-11

影踪 [983] 58-496-22

应酬 [983] 7-52-11 9-74-2 12-92-11 15-115-7 16-126-4 25-204-20 40-340-21 59-507-18 62-531-2
　　27-226-5

应用 [984] 46-393-15

硬 [1099] 26-213-5

1262

硬心肠 [984] 34-285-14

yong

永远 [984] 18-142-6

用 [985] 1-4-9 2-10-19 3-19-14 12-98-12 13-10-21 15-120-6 24-194-9 31-254-12 41-348-22 42-357-6 53-446-11 57-486-1 64-545-15 ｜ 2-13-6 2-15-9 3-17-4 4-28-10 5-37-18 5-39-23 7-55-21 8-63-22 8-64-11 28-235-5 47-404-2 58-495-18

用场[985]8-59-11 37-312-19 42-356-10 52-440-2 53-451-2 59-501-9 ｜ 3-19-15 14-108-12 24-192-13 24-198-6 48-406-17 63-537-7

用得着 [986] 16-124-1 ｜ 60-517-4

用勿得 [986] 12-98-13

用勿着 [986] 8-58-10 8-60-11 10-76-8 17-132-5 31-259-13 45-378-7 52-437-10 53-449-10 59-507-18 ｜ 15-118-10 17-133-10

用勿著 [987] 52-441-15

用心 [987] 36-305-2

用着 [987] 8-60-5 8-60-10 21-172-24 50-428-11 59-501-24 ｜ 34-284-12

用著 [988] 49-415-3

you

忧思 [988] 36-305-2

由于 [988] 36-304-24

有 [988] 1-4-7 1-6-7 1-6-12 1-7-22 2-12-5 3-19-15 3-19-18 5-36-1 5-36-12 6-48-12 7-51-7 8-58-7 8-58-9 8-59-2 8-62-24 9-72-6 9-73-5 9-73-14 9-73-19 10-81-13 11-85-16 12-92-8 12-94-12 12-94-23 14-107-7 14-107-8 14-108-1 14-108-11 14-110-9 14-113-18 15-119-18 16-127-18 17-140-2 18-148-8 19-155-2 20-162-12 21-172-14 22-180-4 24-195-6 24-198-12 25-201-12 27-222-12 27-226-14 27-226-15 30-248-8 31-257-16 32-264-23 32-265-15 33-278-11 34-281-4 34-283-7 34-285-13 34-285-23 36-305-10 36-305-23 37-310-8 37-312-19 37-131-23 38-318-24 44-370-11 45-378-5 45-381-14 46-390-6 46-394-17 48-408-8 54-459-2 54-459-9 55-465-16 55-467-24 58-499-12 59-507-18 63-537-18 ｜ 1-4-9 1-5-14 7-55-4 10-76-8 12-94-6 12-94-11 14-112-4 16-125-22 16-127-24 18-141-6 18-141-8 18-142-10 18-148-1 18-148-3 21-166-17 21-167-12

語彙索引

1-167-15　21-170-7　23-184-8　23-186-10　23-187-23　24-197-23　24-198-3　25-201-13
25-201-14　25-202-4　25-202-24　26-210-11　26-217-8　30-248-19　31-260-1　31-260-9
34-281-3　35-292-6　36-305-11　39-326-24　39-327-18　43-367-23　44-375-2　45-382-20
45-382-22　47-398-24　47-400-5　47-400-13　47-402-13　52-437-7　52-438-23　54-459-3
55-470-3　56-473-3　58-491-4　58-498-22　60-509-11　64-545-17 ｜ 6-43-13　7-54-8
15-120-1 ｜ 2-11-14　3-18-2　4-27-16　6-49-15　7-52-4　7-55-1　8-62-5　11-89-10　15-117-24
34-281-16　42-354-6　56-473-5 ｜ 18-148-10 ｜ 7-56-23　7-57-3　7-57-5　17-137-24
24-198-5　25-202-23　34-285-24　36-304-15

有［991］47-402-21

有白相［991］3-22-13　15-116-4　15-117-19　44-370-10

有辰光［991］6-46-12　7-51-14　7-57-3　8-60-4　11-90-14　12-92-16　14-111-1　16-128-9
22-174-4　23-183-15　24-193-19　35-295-13　45-379-23　48-407-14　56-478-19

有得［991］58-498-14

有点［991］3-21-1　4-30-19　5-41-20　7-51-22　7-55-19　12-93-2　14-113-9
24-193-19　36-304-16　42-356-15　44-376-5　49-417-6　52-438-17　54-456-7　62-533-7

有交代［992］49-417-5

有教无类［992］60-515-3

有理［992］39-327-19

有面孔［992］9-73-14　23-188-7 ｜ 12-92-8 ｜ 45-381-23

有屈［992］15-121-2

有趣［993］8-60-21　8-63-16　56-479-12

有日脚［993］55-468-12

有日子［993］7-56-23

有时［993］36-304-19

有数［994］21-169-12

有数目［994］7-51-20　52-440-7　62-527-4

有铜钱［994］18-148-5

有限［995］1-4-10　4-28-15　13-104-19　19-151-18　22-177-2　24-192-15　48-412-5
55-469-10

有心［995］7-56-23　23-188-16　59-502-14

22-176-12 | 4-31-8

有样式 [996] 5-40-20

有样子 [996] 11-89-14

又 [996] 51-431-9 60-515-16

yu

于 [996] 47-400-20 53-446-10 60-515-21 61-523-6

于是 [996] 36-305-3

与 [997] 33-274-15

雨 [997] 8-141-16 43-364-12 47-403-7

语不惊人死不休 [997] 60-515-10

玉人 [997] 19-151-21

寓 [997] 1-3-24

yuan

冤家 [998] 12-94-22 24-193-21 24-198-22 32-269-9 45-379-1

冤结 [998] 63-542-17

冤牵 [999] 7-57-2

冤屈 [999] 18-146-14 30-248-13

18-143-3

冤枉 [999] 34-282-13 34-283-4 50-425-3 57-484-11 | 15-120-4

7-51-18 18-141-9 34-282-11 34-282-12 34-282-15 34-283-4 58-496-16

原 [1000] 6-47-4 29-243-16 31-256-24 32-263-6 46-393-9 51-433-5 56-477-19 |

2-11-24 3-20-4 3-20-22 5-37-13 5-37-21 6-42-6 6-44-8 7-51-12 7-52-18 7-52-22

7-53-17 7-56-21 8-58-10 8-59-24 8-60-6 9-71-4 9-73-4 10-80-5 10-81-18 11-84-13

13-100-14 15-120-24 16-127-10 16-130-10 17-134-5 17-136-21 20-159-6 21-173-2

26-214-16 28-229-14 29-238-20 34-285-21 34-286-1 35-290-3 35-292-1 35-295-19

36-304-16 38-320-3 39-329-13 42-353-20 42-358-5 42-358-15 43-364-13 43-364-19

44-374-24 45-384-16 47-401-13 47-403-12 49-417-5 49-417-16 50-426-24 52-443-19

54-458-15 56-477-18 57-483-23 57-486-24 59-501-13 59-502-9 59-502-15 59-507-13

60-515-3 62-527-10 62-531-6 63-536-24 63-542-5 63-543-5

原 [1002] 36-304-24

語彙索引

原底子 [1002] 43-365-21
原来 [1002] 31-259-18
原是 [1002] 12-96-7 14-113-20
原说 [1003] 20-210-6 56-473-17
缘分 [1003] 7-57-2 34-283-16
缘故 [1003] 64-547-7
远 [1003] 5-35-6 60-515-11
远勿多 [1004] 11-85-12
远开 [1004] 11-88-7
怨气 [1004] 16-127-10
院落 [1004] 39-330-3 45-382-6
愿 [1004] 63-542-18

yue

曰 [1004] 53-450-2
约 [1005] 28-229-23 48-407-12 50-429-8 ｜ 9-74-4 13-102-22 13-106-16
约定 [1005] 28-229-23 48-407-6
约期 [1005] 48-411-9
月 [1006] 2-11-13 8-59-6 18-145-8 62-529-24 ｜ 47-401-12 52-437-4
月白 [1006] 15-119-21
月半 [1006] 48-407-1
月底 [1006] 37-314-3 53-451-8 62-528-1
越…越… [1006] 8-64-13 32-266-18 49-418-7
越是…越是… [1007] 7-57-15 15-116-4 42-351-11

yun

匀 [1007] 45-382-11
运道 [1007] 21-166-24 44-374-6 52-439-21
运气 [1007] 16-127-19 38-318-9
　　23-189-11 27-224-6 28-233-18

Z

zai

語彙索引

哉 [1008] 3-19-11 3-20-4 4-25-15 4-30-15 5-35-18 6-45-15 7-50-13 7-51-18 8-58-9 8-60-15 10-80-12 10-80-14 10-80-20 12-92-11 12-98-3 13-103-14 14-110-22 14-114-5 15-117-10 15-119-18 19-152-6 20-160-4 21-171-9 22-179-21 23-183-9 23-189-20 25-209-6 28-232-9 30-248-1 30-252-23 32-270-17 34-286-11 34-287-12 39-331-10 42-356-7 44-374-21 45-382-2 46-388-21 46-390-12 49-417-2 51-436-10 53-448-8 55-464-16 55-470-3 56-474-21 58-493-13 59-501-1 61-520-6 62-529-24 62-534-3 64-545-17 64-551-23 | 2-16-8 4-31-23 5-39-1 7-50-18 8-65-15 11-88-3 11-88-4 16-128-3 19-155-2 20-160-17 21-169-12 22-175-6 23-184-1 23-188-19 27-226-7 29-243-21 30-248-8 30-250-19 32-268-12 34-281-16 56-481-10 59-502-9 63-542-19 | 2-15-9 3-23-19 5-38-10 6-45-9 6-49-19 8-62-2 11-90-18 12-96-18 12-98-18 17-133-20 20-158-12 20-158-20 20-159-18 21-166-23 22-178-18 24-198-24 33-277-15 35-291-5 35-292-2 36-305-8 43-363-20 43-364-12 43-365-4 44-371-10 49-415-1 52-438-24 52-439-18 57-471-24 61-520-19 61-523-5 | 2-11-21 3-23-2 4-31-24 5-36-15 6-42-10 6-47-6 7-51-7 7-57-19 7-74-22 10-80-15 11-84-4 12-95-5 14-110-1 15-115-17 17-133-13 19-156-2 22-175-8 23-189-9 24-197-19 25-202-4 32-269-22 32-269-23 37-311-21 38-316-8 39-332-11 43-361-4 44-376-24 46-389-2 46-390-5 46-390-23 49-411-1 49-416-17 52-437-8 54-462-9 56-474-14 59-503-18 59-506-15 60-516-3 | 1-5-15 1-7-12 4-27-21 4-30-6 4-31-22 5-35-13 5-35-14 5-39-20 6-44-5 6-46-23 6-47-9 6-48-21 7-55-7 8-62-2 8-63-23 8-65-11 8-65-23 9-74-7 10-77-23 10-80-24 11-87-1 11-88-11 13-105-21 14-107-17 14-113-15 16-123-13 16-125-24 16-128-18 17-134-10 17-134-11 17-135-1 17-138-12 18-148-10 18-148-18 18-148-19 19-156-8 20-157-13 20-158-24 21-166-14 21-166-19 21-166-20 21-170-20 21-172-8 22-175-12 23-183-3 23-185-14 24-194-3 24-195-15 24-195-19 25-207-23 25-208-2 26-214-12 26-214-15 26-215-3 27-222-18 28-230-2 28-233-7 30-252-6 33-276-7 34-283-16 36-302-5 36-302-9 36-303-7 36-305-11 38-320-23 39-330-14 40-338-4 40-340-22 44-370-12 44-372-22 44-374-6 45-379-24 45-385-24 46-392-2 46-392-24 46-393-20 47-397-6 47-403-12 48-411-18 48-412-9 49-417-21 51-436-9 52-438-7 52-438-8 52-438-14 56-478-23 60-508-3 60-509-7 62-527-10 62-527-17 63-536-23 63-542-20 64-546-7 64-549-2 | 1-4-11 3-20-15 6-43-16 8-60-13 8-64-13 9-69-9 10-75-18 10-81-3 11-89-16 14-113-1

語彙索引

14-113-10　15-119-22　18-141-18　18-142-24　20-161-23　22-176-20　24-195-16
24-195-24　24-198-17　25-205-6　26-210-7　26-217-23　32-266-2　32-266-6
35-296-15　36-301-4　41-349-3　43-360-3　44-376-23　46-388-6　63-543-7　64-550-20　｜
2-10-7　3-20-13　5-40-24　6-47-22　9-72-15　11-86-6　12-97-9　14-110-24　15-116-3
17-135-2　18-142-20　20-163-6　21-165-10　21-169-23　26-217-12　27-220-24　28-233-23
30-250-15　31-256-2　31-257-8　31-257-18　31-259-24　33-272-9　37-309-10　37-312-10
37-313-11　40-336-3　40-338-9　41-348-5　41-350-7　47-400-1　52-437-6　52-438-19
56-477-23　60-515-10　｜　5-35-6　22-174-2　23-186-24　26-210-2　58-494-17　｜　19-154-18
22-179-4　50-425-6　59-506-7　｜　1-4-9　20-163-2　21-172-11　34-285-13　38-320-19
41-348-12　46-392-15　52-438-24　52-442-11　59-507-2　｜　1-8-16　4-31-8　6-43-18
11-88-20　14-111-20　15-115-9　15-119-19　18-143-13　19-149-18　21-171-8　26-214-5
45-379-2　55-465-9　59-503-12　59-504-2　60-508-14　｜　9-74-14　10-79-4　10-80-2
10-80-9　10-80-11　10-80-12　10-82-18　14-110-1　14-110-3　24-196-24　52-438-15
59-503-23　59-506-11　59-507-8　｜　8-65-3　10-80-14　10-80-15　11-89-1　14-110-2
24-195-21　52-438-8　59-506-15　｜　3-24-6　4-25-10　6-49-19　10-78-12　12-92-12
13-102-17　21-166-10　21-171-21　25-216-20　37-312-6　43-361-13　49-418-5　50-429-14
53-449-10　｜　10-76-4　20-161-14　｜　37-309-10　43-367-6

哉嘎　[1017]　5-51-4　6-44-9　20-162-20　27-220-19　35-296-23　46-388-21
48-411-18　52-438-24　55-465-13　58-496-19

哉哩　[1017]　3-18-18　4-25-9　4-29-3　4-31-24　5-35-1　6-44-9　15-116-8　22-174-3
23-186-24　27-220-10　39-330-3　42-354-14　44-376-24　45-383-23　46-390-23　49-420-23
56-477-21　61-523-9　62-527-17　63-541-4

哉啘　[1017]　1-5-15　1-7-12　1-7-23　1-7-24　2-10-7　2-10-12　3-18-11　3-20-24　4-28-18
4-30-15　5-35-18　5-39-20　15-116-1　20-158-24　37-309-9　37-310-8　38-324-10　39-325-18
41-345-22　52-441-16　53-452-5　56-494-14　56-477-23　57-491-8　61-523-1

哉呀　[1017]　3-19-23　4-28-10　9-69-23　10-79-4　20-162-16　21-170-22　32-270-17
36-303-7　37-309-10　37-311-21　37-313-11　38-316-8　38-320-23　43-360-3　44-373-20
44-374-20　45-379-13　45-385-16　46-388-21　47-397-6　49-416-7　62-530-15　62-532-23

再　[1018]　1-8-21　3-17-12　3-22-12　4-25-6　5-39-24　5-41-6　6-47-9　8-62-1　17-134-23
20-164-17　21-172-18　24-194-6　29-241-20　30-247-1　35-292-8　35-296-24　40-337-13

語彙索引

40-340-1 41-348-21 45-379-14 45-381-16 45-382-19 45-382-22 49-417-21 50-430-14 52-442-19 52-443-18 55-467-18 55-468-11 56-477-2 58-498-11 59-503-24 ｜ 2-11-7 17-136-17 20-163-1 42-354-14 46-387-13 47-400-9 57-485-4 ｜ 29-240-21 ｜ 6-42-7 8-58-11 8-61-1 21-173-1 29-241-21 32-264-15 32-270-19 33-270-19 33-274-20 36-304-5 38-320-19 40-337-23 48-407-14 50-427-15 52-442-2 53-449-18 55-465-23 55-467-20 55-468-12 57-485-16 60-511-12 61-519-22 63-541-8 ｜ 53-451-11 ｜ 14-113-24 21-166-23 23-190-16 24-193-24 41-344-23 44-376-10 48-405-15 49-417-22 52-442-9 54-455-11 58-498-14 59-502-17 60-515-9 ｜ 19-150-7 30-247-10 32-269-20 36-305-20 52-437-2 52-439-18 54-460-12 60-511-11 63-536-2 64-552-5 ｜ 16-129-21 18-144-7 21-172-11 33-273-22 34-283-12 34-285-4 36-299-24 37-309-3 37-309-10 37-310-6 38-323-18 44-375-21 44-377-2 45-418-17 55-466-10 55-467-8 58-499-2 59-502-15 59-503-9 59-504-8 60-510-20 ｜ 7-55-1 7-56-14 12-94-19 24-194-1 33-274-15 34-281-3 34-285-22 35-295-14 36-300-21 36-303-17 36-304-21 36-305-5 37-309-8 38-319-9 38-320-3 38-320-12 40-337-11 40-338-16 41-349-7 41-350-1 42-354-12 42-358-5 44-370-8 44-374-5 44-375-20 45-381-14 45-382-20 47-397-9 49-414-17 49-417-8 49-418-16 50-429-8 53-447-12 53-474-22 55-467-8 57-483-2 57-483-17 60-510-22 60-510-24 61-523-1 63-536-11 ｜ 8-58-16 29-238-24 29-240-23 34-280-8 34-283-12 35-292-16 35-296-12 36-299-4 45-378-8 45-381-22 46-392-15 47-403-2 50-426-20 52-438-19 54-456-10 54-460-4 55-470-23 58-492-12 61-524-4 64-546-3 ｜ 21-172-20 23-183-9 23-189-9 24-193-5 24-193-8 24-197-23 29-238-19 34-281-4 34-285-16 37-312-19 44-373-22 44-376-7 47-399-19 49-417-6 49-419-4 52-438-24 55-465-16 55-467-23 57-486-18 59-500-4 60-515-20 60-515-20 61-521-4 61-545-17 ｜ 37-309-15 ｜ 15-120-6 20-163-1 24-193-6 34-285-13 35-291-8 35-293-23 47-398-13 47-398-24 47-402-20 47-403-11 57-486-20 58-498-13 59-502-20 ｜ 34-285-15 36-303-9 38-324-9 42-353-21 54-456-8 56-473-16 57-485-3 59-503-23 59-505-1 60-509-13 62-527-10

再会 ［1024］37-312-15

再見 ［1025］18-146-7

再説 ［1025］48-406-19 59-501-2 60-513-18 62-527-12 63-541-5

再勿靠帳 ［1025］55-471-15 57-502-16

語彙索引

再有［1025］41-350-6 48-407-12 49-416-15

在［1026］28-234-6 40-338-12 44-369-8 51-431-9 4-457-2

在乎［1026］7-52-21 31-261-6

zan

暂［1026］48-408-17

赞礼［1026］46-393-16 52-451-18

zang

脏证［1026］59-504-23

zao

糟蛋［1027］14-114-15

糟塌［1027］14-113-16 59-503-16 ｜ 34-283-13 59-507-4

早［1027］14-110-12 23-183-8 25-208-11 55-465-21
　2-15-10 6-46-14 7-54-6 11-84-10 18-143-16 55-468-13

早晨［1028］23-183-3 23-183-12 64-545-17

灶下［1028］19-156-18 20-158-16

造［1029］39-327-16

噪［1029］8-63-19　8-63-24　19-154-4　21-168-9　22-178-17　22-181-22 23-184-10
23-186-5 24-194-18 25-203-12 27-220-15 29-239-20 35-296-5 35-296-12 37-312-4
43-363-20 45-381-21 45-385-16 46-387-4 50-427-7 52-445-4 53-447-10 56-481-9
57-484-10 62-526-11 63-542-11

噪反［1029］56-481-8

燥［1030］4-30-18

ze

则［1030］63-542-17
　59-504-23

zei

贼［1030］60-512-15 60-513-20

zen

怎晓得［1030］24-192-8 ｜ 19-155-4 21-171-10 24-192-16 36-301-2 45-382-4 47-402-21
48-412-21 52-440-5

1270

zeng

罾 ［1031］38-323-15

zhai

斋 ［1031］47-402-16

宅门 ［1031］48-409-20

债 ［1031］10-80-18 10-80-20 10-21-2 24-194-3 42-351-11 56-475-15 60-509-8

zhan

栈 ［1032］17-138-24 29-241-18

栈单 ［1032］8-60-4 58-497-7

栈房 ［1032］2-11-15 2-15-10 30-247-8 ｜ 13-101-18

zhang

张 ［1032］10-80-19 15-119-15 ｜ 14-109-8 ｜ 49-422-1 ｜ 12-92-19 16-126-10 17-138-7 20-158-13 27-223-14 28-233-14 29-237-18 30-352-23 30-253-12 46-391-23 49-419-24 52-438-5 54-460-16 57-489-11 64-548-1

　8-60-4 26-215-6 37-312-12

丈母 ［1034］55-464-16

帐 ［1034］49-419-9 64-545-20

帐房 ［1034］13-101-18 30-253-13 48-408-8 ｜ 36-303-20 43-364-19 48-412-4

帐目 ［1035］11-86-3

涨 ［1035］19-155-18

zhao

招揽 ［1035］44-371-5

招牌 ［1036］13-99-9

着 ［1036］3-17-8 3-17-11 3-19-6 4-25-11 4-30-21 4-31-7 6-47-17 8-58-11 12-92-11 14-108-1 18-141-10 18-146-14 18-148-6 20-158-11 20-164-15 21-166-21 21-171-9 22-176-20 27-224-8 31-261-14 34-285-8 35-295-11 38-323-16 46-389-1 49-414-4 53-449-1 53-449-12 54-455-10 54-460-20 58-496-17 58-498-13 59-502-14 59-510-22 61-520-23 62-527-4

着冷 ［1037］35-293-23 62-532-21

著 ［1037］36-302-8　36-303-2　37-307-18　37-312-1　40-338-11 42-354-11

語彙索引

61-517-15

照 [1037] 55-466-23 ｜ 15-119-17 20-161-11 26-217-13 31-257-4
　　23-183-6　32-263-17　33-273-8　42-354-10　44-370-8　47-400-10 54-455-9
57-485-5 61-517-14

照旧 [1038] 2-11-24

照例 [1038] 9-71-21

照票 [1038] 11-86-4

照式照样 [1038] 22-181-4

照相店 [1039] 21-166-17

照相楼 [1039] 29-243-20

照样 [1039] 23-183-6

照应 [1039] 1-4-15 1-5-6 3-20-5 44-377-2 52-440-20 ｜ 8-58-11 37-311-4 59-502-17
59-507-7

照仔 [1039] 12-94-6 61-517-3

zhe

者 [1040] 51-431-10 51-431-12 ｜ 60-515-24

zhen

真 [1040] 14-110-10 59-505-20
　　48-410-9

真个 [1041] 8-58-10　18-142-9　20-158-24　22-180-1　23-186-1 26-211-7 28-228-18
44-373-1 53-451-24 61-523-5

真生活 [1041] 45-382-10 ｜ 53-447-2

真真 [1042] 3-19-14　8-60-15　13-106-20　14-111-3　16-127-24　24-193-8
38-318-9　47-397-3　61-523-24　62-527-11　63-543-5　64-546-13

真真叫 [1043] 18-147-16 54-462-13

真真是 [1044] 20-159-10

斟酌 [1044] 23-188-19 64-544-16

诊脉 [1044] 36-304-5 41-346-18

枕头 [1044] 16-127-21

阵 [1044] 18-141-18

zheng

正月 [1045] 8-62-16 16-127-9

争气 [1045] 17-132-15 17-134-24 19-152-3 36-298-16 62-528-15

挣气 [1045] 33-278-6 48-406-4 55-465-15 57-487-2

睁 [1046] 34-285-16

正 [1046] 8-62-3 50-423-14｜4-31-12｜12-95-1 51-431-10

正房间 [1047] 50-425-3

正夫人 [1047] 54-456-5

正好 [1047] 7-54-7 8-58-11 9-72-21 21-170-15 38-318-6

正价 [1047] 48-411-13

正经 [1047] 49-417-1｜18-145-15 47-402-19 49-418-2 52-440-11 52-443-11 59-506-9｜27-220-17 52-437-6｜52-440-11｜19-151-22 26-217-21 43-362-21 47-401-12

正日 [1049] 59-506-8

正生 [1049] 45-382-11

正是 [1049] 1-5-3 31-259-8

正头 [1049] 49-417-22

正要 [1050] 1-6-7 15-120-23

正要想 [1050] 52-438-14

正意 [1050] 60-515-23

zhi

之 [1050] 36-305-1 40-336-10 51-432-15 53-446-10 60-515-11 60-515-22 64-544-16 36-305-2 53-450-2

之后 [1050] 53-449-24

之类 [1051] 40-337-13

之外 [1051] 40-338-16 41-349-18

之至 [1051] 1-5-4 53-446-17

只 [1051] 4-27-21 4-28-23 4-30-18 4-71-14 13-105-14 18-142-4 20-163-5 26-214-17 31-257-17 32-264-4 44-375-10 45-382-8 46-390-23 55-466-20 57-484-7 58-498-22｜2-11-16 13-105-9 26-217-21 50-424-21 57-488-18 59-501-4 59-501-6 63-540-20｜

語彙索引

59-504-18

枝枝节节［1053］10-81-11 10-81-20 10-81-22

知府［1053］64-551-23

知己［1053］12-92-7 19-154-17 34-285-7

知客［1054］46-393-16

直到［1054］2-11-14

直…到…［1054］18-142-1

只［1054］2-12-5 2-16-10 3-18-11 5-35-19 9-74-3 11-84-19 13-100-24 13-105-23 17-134-21 18-141-5 22-180-24 ｜ 11-89-15

只管［1055］9-74-4 10-76-15 19-151-4 ｜ 14-109-7

只好［1055］4-30-13 5-36-12 7-52-7 8-62-23 8-65-4 12-93-11 12-96-22 14-111-5 14-114-2 16-127-23 47-396-10 48-407-6 48-407-13 61-521-18

只怕［1056］2-10-14 2-11-14 7-51-17 12-92-10 12-96 24 14-110-13 45-383-7

只消［1056］60-515-22

只要［1057］3-20-14 8-62-18 10-81-8 11-84-6 11-84-9 11-89-16 12-92-22 12-95-4 13-105-9 14-108-8 17-135-3 34-283-14

旨［1057］60-515-11

纸烟［1057］27-226-12

指甲［1058］33-271-5

至少［1058］6-46-17

至于［1058］36-305-8

志气［1058］10-76-12 15-116-2

zhong

中变［1059］36-305-18

中饭［1059］8-62-5 18-146-3 23-183-18 43-363-12

中平［1059］21-168-23 21-169-1

中秋日［1059］47-401-5

忪悸［1059］36-305-6

终［1060］27-224-11 32-269-14 ｜ 3-20-24 7-52-1 22-176-8 29-244-3 30-253-6 34-281-1 51-436-8 52-440-13 ｜ 47-400-17

终究［1061］12-98-18 14-107-14 20-160-14 20-161-16 20-162-5 24-194-4 27-226-15 31-258-6 32-266-8 33-278-19 34-281-5 47-398-23 48-405-1 54-456-13 54-459-2 57-483-24 59-503-21 60-508-18

种［1062］47-400-8

种种［1062］5-36-9 59-503-15

中意［1062］7-56-9 10-76-7 16-123-10

众人［1063］44-374-13

众生［1063］20-158-4 40-339-22 40-339-24 46-393-8

重［1063］12-94-20
　18-144 ｜ 22-176-1

zhou

周到［1064］34-285-6 43-361-14

zhu

珠宝［1064］24-195-14

珠宝店［1064］22-179-14

珠花［1064］42-358-4

珠嵌条［1065］42-358-4

珠子［1065］42-358-5

诸葛菜［1065］40-338-11

诸位［1065］41-349-15 56-476-13

猪卢［1065］33-273-12

竹布［1065］15-119-21

主顾［1066］25-201-14

主考［1066］33-273-11

主人［1066］4-25-9 19-156-15 32-266-17

主人家［1066］22-177-13

主意［1067］4-30-20 11-83-10 12-98-5 14-110-9 16-128-3 33-278-19 35-290-4 53-450-21 55-465-20 56-477-12

住［1067］1-4-15 8-59-6 30-247-24 48-407-10 50-428-5 ｜ 23-184-12 36-302-17 61-519-21

語彙索引

住家［1068］32-266-4

柱［1068］53-450-13

zhuan

专诚［1068］38-322-6

砖头［1068］8-60-12

转［1068］14-113-20 ｜ 14-113-19 14-113-22
　　6-45-9 7-57-5 8-62-21 14-110-11 18-141-4 20-160-6 21-166-13 22-176-18
23-188-19 24-193-16 24-198-24 25-202-23 35-291-5 36-298-12 43-365-22 54-458-22
57-484-10 57-487-8 59-502-13

转局［1069］3-23-10 6-45-21 13-105-21 13-106-20 15-117-3 20-158-13
22-174-3 24-198-17 24-198-19

转来［1070］4-25-3 6-43-22 7-52-16 18-142-12 22-174-10 24-198-15
43-364-20 62-530-1
　　　18-142-9 36-305-7 ｜ 33-274-6

转念头［1071］7-57-14 10-79-24 10-82-21 22-176-10 49-419-9 56-474-21 56-477-1
｜ 52-439-11

转去［1072］2-11-13 3-18-11 3-21-6 7-54-3 9-71-2 14-114-19 20-158-24 24-199-12
30-253-15 58-491-12 59-500-9 60-511-4
　　　8-58-10 8-61-10 9-71-5 18-143-4 20-162-10 34-286-1 35-289-10 46-393-10
52-442-3 53-448-7 54-455-17 59-501-18 60-511-9 ｜ 20-164-1

转弯［1073］6-47-24

传［1073］53-450-12

赚［1073］12-98-12 48-410-9 58-498-13 60-511-8

zhuang

庄［1074］14-113-1

庄票［1074］8-60-4 11-83-10

桩［1074］15-118-2 16-128-2 20-162-9 26-215-3 37-312-10 41-346-6 57-487-1

装［1075］12-96-21 24-198-13 47-401-19

装［1075］3-18-15 7-50-13 9-72-5 13-100-15 18-146-24 23-184-2 29-242-21 ｜ 46-389-2

装干湿［1076］37-309-23 37-312-9

語彙索引

裝体面［1076］17-132-15

壯［1076］55-471-23

撞［1077］2-14-10 10-79-4 10-79-14

撞乱钟［1077］11-84-24

幢［1077］30-250-16

zhui

追赃［1078］60-513-20

zhun

准［1078］26-211-24 40-339-23 52-440-15 55-467-3 47-400-20

zhuo

捉［1078］21-167-1 23-188-7 2 6-210-1 27-225-8 38-324-9 39-328-10 46-388-24 46-393-7 53-454-2 56-473-14 60-513-20

捉赌［1079］28-231-15

捉奸［1079］22-177-9

捉盲盲［1079］22-444-22

捉赢家［1079］22-175-3 22-175-16

桌［1080］44-369-9 44-370-20

著［1080］49-416-15

著笔［1080］66-515-22

着［1080］2-11-20 8-65-19 10-76-8 11-89-14 15-119-24 17-132-18 20-164-20 24-199-10 30-249-22 38-323-17 46-392-24 48-406-10 61-525-7 63-536-11

着笔［1081］53-451-6

着落［1081］20-162-12

着想［1081］61-517-15

zi

滋味［1081］51-432-12

仔［1081］2-11-14 2-11-15 2-11-20 2-12-7 3-18-12 3-19-9 3-19-15 3-20-16 3-20-21 3-21-2 4-25-3 4-25-6 4-26-22 4-27-3 4-27-4 4-28-7 4-28-20 4-29-4 4-30-23 4-31-16 4-33-4 5-36-10 5-39-24 5-41-4 5-41-5 6-43-3

1277

語彙索引

6-43-9　6-43-22　6-45-20　6-47-5　6-47-9　6-47-14　6-47-17　6-47-24　6-48-2
6-48-3　6-48-4　7-52-2　7-52-3　7-52-13　7-53-3　7-53-17　7-55-1　7-56-13
7-56-23　7-57-9　8-58-6　8-58-11　8-59-19　8-59-20　8-60-15　8-60-16　8-61-1
8-62-19　8-62-21　8-63-24　8-65-15　9-67-15　9-69-12　9-70-22　9-70-23
9-71-2　9-72-8　9-72-15　10-79-24　10-80-2　10-80-5　10-80-8　10-80-11　10-80-12
10-80-17　10-80-18　10-80-19　10-80-20　10-80-24　10-81-9　10-82-3　11-83-5　11-86-4
11-86-19　11-88-6　11-90-15　11-93-1　11-93-15　11-93-16　11-93-17　12-95-8　12-96-6
12-97-1　13-100-6　13-102-14　13-104-17　13-105-24　13-106-5　14-107-12
14-108-13　14-108-14　14-109-16　14-110-19　15-117-8　15-117-10　17-133-5
17-139-1　18-144-4　18-145-8　21-166-6　22-174-7　22-180-8　22-181-18
24-194-6　24-194-22　24-199-21　28-232-23　29-243-22　30-247-24　31-257-16
32-264-2　32-264-4　62-264-6　33-278-4　33-278-12　35-293-6　35-293-10　35-296-4
35-296-23　36-302-2　36-302-14　36-303-6　36-305-8　36-305-23　38-318-9　42-353-17
42-353-20　42-353-21　43-364-12　47-398-6　47-398-12　47-401-17　47-401-18　47-401-24
49-417-22　55-465-13　55-465-23　55-469-5　55-471-23　56-473-8　56-477-10　58-498-4
60-509-1　60-509-6　50-509-12　60-509-13　60-509-16　61-524-11　62-529-23　63-537-4
63-537-6　64-544-14　64-545-21　64-545-22　64-545-23　│　6-42-14　6-44-1　7-56-24
10-80-19　10-82-14　13-104-4　14-109-7　30-249-18　30-253-15　35-297-1　51-434-5
60-509-12　61-524-2　│　1-7-24　2-13-5　3-17-11　3-20-21　4-29-2　5-36-24　7-52-3
7-53-17　7-54-11　7-55-20　7-57-12　8-59-15　8-60-1　8-63-8　8-64-4　8-64-6
9-69-22　9-73-7　9-74-15　10-76-22　10-77-1　10-80-17　10-82-5　13-100-15
13-100-22　13-100-23　13-103-19　13-103-24　13-104-15　13-104-17　15-117-12　15-117-17
18-143-10　18-146-2　24-194-24　29-241-22　30-250-8　31-259-21　33-271-3　33-273-9
33-273-17　34-286-1　35-289-18　35-293-10　35-296-24　37-307-3　38-321-1　39-327-8
46-388-20　47-400-18　49-419-23　50-427-17　51-434-10　53-451-18　54-456-17　54-458-23
55-465-14　55-465-21　58-498-4　60-510-21　62-529-4　62-531-6　63-539-11　63-542-5
64-544-7　│　4-25-13　5-40-21　14-108-9　17-133-17　24-192-13　30-249-22　36-301-5
64-544-15　│　5-41-1　7-52-3　7-56-22　9-67-15　│　1-4-10　3-20-4　3-21-22　12-89-15
12-94-6　12-95-2　20-162-6　51-433-5　│　6-48-7　7-53-5　8-58-10　9-73-16　10-76-8
11-86-15　12-96-23　14-113-17　15-119-14　15-119-15　16-127-21　20-162-10　33-274-6

38-317-5 42-351-15 43-363-22 49-417-12 53-446-11 58-497-7 61-520-23 62-528-16 ｜1-6-12 3-19-12 5-36-14 6-48-4 7-57-6 8-58-8 9-71-17 9-73-13 10-76-7 10-80-3 13-99-13 13-99-16 15-115-7 29-242-10 36-299-6 42-358-6 43-363-23 43-367-17 49-416-24 51-432-17 55-469-7 59-501-5 59-501-19 59-592-23 62-529-20 63-535-16 63-537-18

仔了［1087］2-11-21 3-19-5 4-31-14 5-34-13 5-40-14 7-50-5 11-83-8 13-106-19 14-114-19 62-529-19 63-541-5 ｜9-67-17 10-80-7 11-84-4 20-159-3 21-167-21 22-175-13 22-176-5 22-177-4 23-188-5 26-217-14

子［1088］（石印本作"仔"）38-324-9 49-417-3

姊妹［1088］3-20-14 21-166-15 35-292-19 52-440-20

自［1088］42-358-14
　　13-106-4 18-147-15 46-394-17 47-401-18 53-448-10 53-450-13

自家［1088］1-3-12 2-16-15 6-43-13 8-65-13 11-89-12 29-239-18 47-396-5 47-398-22 48-406-4 53-450-21 59-503-18 62-528-19 64-545-20

自家场花人［1089］13-101-3 55-466-13

自家人［1089］47-401-15 51-436-8

自家身体［1089］39-325-10 48-407-12

自来火［1090］46-391-23

自鸣钟［1090］18-142-4

自然［1091］1-5-7 17-137-9 22-180-4

字［1091］40-338-15 60-515-17 60-515-21

字里行间［1091］53-446-10

zong

总［1091］4-26-16　16-123-8　21-171-12　28-229-11　42-354-13　49-417-13 54-455-3 55-466-7 55-469-6 58-497-2 59-502-12 61-517-4 ｜5-41-22 11-83-9 11-89-12 17-133-8 17-138-22 18-141-13 22-180-9 28-187-19 39-325-10 47-401-15 ｜ 1-4-10 5-41-9 12-96-11 17-137-9 20-163-23 21-171-3 21-171-9 27-223-22 57-483-3

总办［1093］15-115-6

总共［1093］21-165-8

总管［1093］62-529-9

語彙索引

総帰［1094］23-183-15 32-263-11 36-298-13 44-376-18 50-428-11 51-435-9 53-446-18 ｜23-184-5 24-194-4 30-248-6 31-257-21 36-305-22 45-378-10 48-406-4 50-427-7 52-440-11 56-474-20 58-498-10 59-504-15 62-533-3 63-541-3

総算［1095］43-367-22 ｜7-52-13 21-165-10 23-188-20 24-193-14 26-213-18 27-224-6 28-229-12 38-321-14 47-399-2 49-417-5 52-440-1

zou

走［1096］2-11-1 7-52-10 11-85-12 ｜5-34-13 19-155-18 ｜48-409-19

走白相［1097］26-215-14 55-470-6

走開［1097］5-34-13 7-57-3 10-78-19 12-94-13 16-129-23 19-156-6 32-269-11 42-356-11 51-435-11

走勿動［1097］37-308-19 47-398-6

走走［1097］1-5-13 1-8-1 10-81-11

zu

租［1098］30-250-16 36-303-19 54-460-23 58-498-8

zuan

鑽［1099］18-142-5 61-519-23 ｜41-349-20 53-446-11

zui

嘴［1099］2-11-16 7-52-1 13-105-9 17-134-18 24-194-2 26-213-5 26-217-13 36-302-14

最［1099］4-28-24 7-57-5 9-72-15 11-86-5 14-107-14 30-247-1 31-256-24 36-305-10 44-370-10 53-448-24

罪過［1100］15-117-15 34-281-6

罪孽［1100］40-339-22

醉［1100］6-49-1 8-63-24

zun

尊命［1101］36-304-4

尊姓［1101］1-5-2 48-409-7

遵令［1101］39-326-3

遵命［1101］4-27-4

zuo

昨日［1101］3-18-10 6-45-19 14-113-13 48-407-18 60-512-7 64-545-7

1280

昨夜 [1102] 14-112-3 20-164-4

作 [201] 14-110-5

作弊 [1102] 61-521-19

作成 [1102] 1-6-8 48-412-8

作东 [1103] 18-146-3

作孽 [1103] 32-263-11 35-293-21
　　　54-458-22

作清爽 [1104] 14-110-5

作兴 [1104] 23-184-18 31-258-11

作揖 [1105] 47-401-18

坐 [1105] 1-4-18 1-8-21 3-18-4 3-21-15 35-293-10｜17-139-9 17-139-12 35-291-8 43-360-5

坐马车[1106]3-18-3　24-192-14　31-257-1　35-291-5 48-411-1 54-460-20 64-552-7

坐实 [1106] 59-504-24

坐席 [1106] 60-512-2

做[1106] 11-89-10　39-329-13｜47-401-13　47-401-22　53-449-23｜1-4-4 4-26-14 4-26-15　4-28-15　14-113-10　34-283-3　52-445-3　63-537-15｜4-30-12 38-322-7 ｜1-6-22 2-16-13 4-25-15 4-28-14 12-97-9 20-162-11 31-261-4　52-445-4　54-459-1 54-462-12　55-465-16｜4-25-18 4-31-3 6-47-5　7-51-7　7-52-4　15-120-9 34-281-2　34-281-10　34-283-3 34-283-12 34-283-13 54-456-4 64-548-16｜47-399-2

做大生意 [1108] 7-52-4

做法 [1109] 47-400-10

做官 [1109] 34-282-10 56-476-21 57-486-18

做官人家 [1109] 37-309-11

做梦 [1109] 20-163-22 35-296-3 36-305-8 55-465-17

做亲 [1110] 18-142-23

做人 [1110] 23-189-8 29-244-14

做人家 [1110] 15-116-10 15-120-8 28-223-23

做人家人 [1111] 28-233-21

做啥 [1111] 1-4-6　2-10-15　2-14-22　4-31-4　8-63-18　9-69-9　25-202-21

語彙索引

26-215-19　27-221-24　43-362-20
做生活［1112］20-161-15 23-183-18 38-316-8 53-449-23
做生意［1112］1-4-4　14-112-19　14-112-21　59-505-19｜3-20-3　16-127-7
16-128-1 16-128-3 16-128-9 27-224-4 44-373-23 44-374-24 61-521-17
做戏［1113］44-371-6 44-371-19 55-466-20
做帐［1113］55-469-10
做主［1114］9-72-15 19-153-9 52-440-2 54-455-10 63-542-2
（完）

参考文献一覧

この書を編むにあたっては、主として下記の文献を参考にした。

張愛玲註釈：海上花（1883、皇冠雑誌社、台北）
呉越改写：海上花列伝普通話本（1991、北京燕山出版社、北京）
袁大川、王朴責任編集：海上花列伝（附訳文）（1997、海南出版社、長沙）
太田辰夫訳：海上花列伝（中国古典文学体系、1969、平凡社、東京）
汪平著：蘇州方言研究（2011、中華書局、北京）
汪平、車玉茜著：学説蘇州話（蘇州方言叢書、2012、蘇州大学出版社）
李小凡著：蘇州方言語法研究（1998、北京大学出版社、北京）
石汝傑著：明清呉語和現代方言研究（2006、上海辞書出版社、上海）
石汝傑著：呉語文献資料研究（2009、好文出版、東京）
石汝傑著：呉語読本（1996、好文出版、東京）
銭乃栄著：上海語言発展史（2003、上海人民出版社、上海）
銭乃栄著：上海方言俚語（1989、上海社会科学院出版社、上海）
銭乃栄著：実用上海話詞語手冊（2011、上海文化出版、上海）
徐烈炯、邵敬敏著：上海方言語法研究（1998、華東師範大学出版社、上海）
許宝華、湯珍珠主編：上海市区方言志（1988、上海教育出版社、上海）
影山巍著：詳解現代上海語（1936、文求堂、東京）
褚半農著：明清文学中的呉語詞研究（2008、上海世紀出版股份有限公司・上海辞書出版社、上海）
汪仲賢編：上海俗語図説（1935、上海社会出版社、上海）
薛理勇著：上海俗語切口（1992、上海人民出版社、上海）
薛理勇著：上海妓女史（1996、海峰出版社、香港）
呂叔湘主編：現代漢語八百詞（増訂本）（1999、商務印書館、北京）

現代漢語詞典第六版（2012、商務印書館）
漢語大詞典（1986、漢語大詞典出版社）
近代漢語大詞典（許少峰編、2008、中華書局）
明清呉語詞典（石汝傑、宮田一郎主編、2005、上海辞書出版社）

参考文献一覧

漢語方言大詞典（許宝華、宮田一郎主編、1999、中華書局）
呉方言詞典（呉連生等編、1995、漢語大詞典出版社）
上海方言詞典（許宝華、陶寰編、現代漢語方言大詞典分巻、1997、江蘇教育出版社）
蘇州方言詞典（葉祥苓編、現代漢語大詞典分巻、1995、江蘇教育出版社）
紅楼夢語言詞典（周定一主編、鐘兆華、白維国編、1995、商務印書館）
水滸詞典（胡竹安編、1989、漢語大詞典出版社）

ここに特記して、編著者に謝意を表する。

あとがき

　呉語研究の日本における第一人者として、太田辰夫氏とともに長年活躍してこられた宮田一郎先生の大作『『海上花列伝』語彙例釈』が、今年の春出版されることとなった。本書のはしがきに、80歳を超えてから執筆に取り組み、90歳で脱稿したと記されている。まことに頭の下がる思いである。

　『海上花列伝』は松江の人韓子雲、本名韓邦慶（1856〜1894年）によって著された清末の長編小説である。物語の舞台は清末の上海の花街であり、そこで繰り広げられる人間模様と人々の生活が活写されている。当時の世相と社会風俗を描いた作品として広く知られ、日本では太田辰夫氏の翻訳本が1969年に出版された。著名な作家張愛玲（1920〜1995）による英語版も1975年完成出版されている。

　宮田先生はこの作品を40余年にわたり研究してこられた。これまで関連分野の研究については、大学（大阪市立大学、北陸大学、京都外国語大学）の紀要や研究論叢、更に「人文研究」「中国語研究」「東洋研究」等の研究雑誌に発表されている。

　先生の今回の大作は、『海上花列伝語彙索引』（龍渓書舎、1981年）を基礎としている。語彙の選出、その解釈及び例釈は、先生の深い学識と、長い年月をかけた研究成果の結晶である。呉語研究を志す研究者にとって必要不可欠な書物であることは言うまでもない。呉語以外の諸方言を研究テーマとする人や方言と共通語の比較研究を行う人にとっても、方言語彙の広がりを学ぶ上で貴重な参考資料となる。つまり本書は呉語研究用としての利用に止まらず、近世語研究の上でも大いに役立つ一冊である。

　1年以上も前のことになるが、200字詰め原稿用紙5000枚からなる手書き原稿を目の前にして、私は研究者としての先生の執念と限りない情熱に圧倒されて、言葉が出なかった。10年間の心血を注いだこの大切な作品の入力作業を、先生はまな弟子でもない私にまかせてくれたのだ。そこに至るまでには、先生と私の長い交流の歴史がある。

　大東文化大学が建学六十周年記念事業として中国語大辞典の編纂に取り組んだ1980年代後半、宮田一郎先生は大阪市大から大東に移って来られた。そ

あとがき

の編纂室では宮田先生と席が隣同士となったこともあり、私は翻訳作業に関する質問だけでなく、諸々のことを先生に教えていただいた。そうしたある日、先生は私が沖縄出身と知り、次のようなことを言われたのである。「日本における中国語教育史研究は、早稲田の六角恒廣先生が中心となり、かなり整理されている。しかし琉球だけは空白のままだ。私は沖縄出身のあなたにその部分を埋めて欲しい」と。そして先生は古い写本のコピーを私に手渡された。それが『白姓官話』であり、私は琉球官話課本と呼ばれるテキストの存在をこの時はじめて知ったのである。以後私はまず課本の解読から始め、続いて課本の語彙、語法、声調、音韻と整理して、口頭発表も積極的に行った。1993年、香港中文大学での1年間の海外研修は、私にとって有意義な研究活動だったと思う。宮田先生から指導を受けた論文のまとめ方をベースとして、中国の研究者との学術交流を行い、まとめ上げたのが『琉球官話課本研究』（中国文、1994年、香港中文大学中国文化研究所）である。中国での学会発表、とりわけ「中国言語学会」では、多くの参加者が私のことを宮田先生のまな弟子と思っていたらしく、よく先生の研究や近況等について尋ねられた。最初のうちは「私は宮田先生のような偉い先生の学生ではありません」と言い続けていたのだが、一向に信じてくれない。そのうち面倒になってにこにこしていると、やがて私は"得意門生""高足"という呼称で紹介されるようになった。それが現在まで続いている。

　先生を囲む「中国語・新潟」という活動グループがある。私もその一員である。「中国語・新潟」は民間の中国語講習サークルで、1994年から2003年までの10年間新潟で合宿（2泊〜3泊）し、中国語の勉強をしていた。講座終了後2004年「中国語・新潟同窓会」が発足し、年に1回新潟ですでに会を12回催している。一泊の会なのに中国語劇、歌や踊りと、プログラムが盛りだくさんである。同窓会の仲間にとっては宮田先生とお話できるのが何よりの楽しみだ。十数年の会を通して、私は先生から真の思いやりを教えていただいたような気がする。また、先生のお人柄に魅せられた「中国語・新潟」のみなさんと共に、これからも私は新潟へ足を運ぶだろう。

　私は長年の仕事場であった大東を今春リタイアする。その最後となる年に、私の最後の学生たちが協力体制をとって、宮田一郎先生の入力作業を進んで

あとがき

　引き受けてくれた。私はこの巡り合わせに運命的なものを感じ、作業に従事してくれた大学院ゼミ生の板垣友子さん、鈴木万里子さん、上野振宇さん、石川薫さん、高橋美由希さん、林秀樹さん、中国人留学生の王正さん、陳小珍さんに対し、深く感謝している。

　宮田先生にはライフワークとなった研究テーマをいただき、また温かいご指導を現在に至るまで受けて来た。私たちのアシスト作業が先生の力作に対するささやかな一助となれば望外の喜びである。

　　　　　　　　　　2016年初春　　瀬戸口律子（大東文化大学）

編著者略歴

　1923年福井に生まれる。1940年上海に渡り、東亜同文書院大学に学ぶ。同大学予科在学中に太平洋戦争勃発。学部に進むも、1943年12月いわゆる学徒出陣により応召。1944年南京の軍営において戦時繰り上げ卒業による卒業証書を受け取る。終戦により召集解除、上海に戻る。1946年帰国、爾来福井市に居住する。福井県立高校教員・福井県教育委員会事務局職員として勤務するかたわら、多年にわたり福井大学に出講し、中国語文法・作文・中国文学演習を担当する。1969年大阪市立大学に招聘され、講師・助教授を経て、1976年教授、文学部において中国語・中国文学の教育研究に従事する。その間NHKテレビ中国語講座講師を兼任（6年間）。1985年同大学を辞し、大東文化大学外国語学部教授、1986年京都外国語大学教授、1988年北陸大学教授。この間NHKラジオ中国語講座講師を兼任（2年間）、上海語を講ずる。1991年北陸大学を辞し、第一線を退く。現在は京都外国語大学国際言語平和研究所客員研究員、北陸大学名誉教授。

　なお、中国より1984年上海科技大学（後に上海大学に統合）顧問教授、1988年復旦大学顧問教授、1991年上海大学顧問教授、1991年蘇州大学顧問教授、2003年北京東方大学客座教授の称号を贈られた。

『海上花列伝』語彙例釈

2016（平成28）年4月15日　初版発行

編著者　宮　田　一　郎
発行者　三　井　久　人
整版印刷　富　士　リ　プ　ロ　㈱
発行所　汲　古　書　院
〒102-0072 東京都千代田区飯田橋2-5-4
電話03(3265)9764　FAX03(3222)1845

ISBN978-4-7629-3631-9　C3087
Ichiro MIYATA ©2016
KYUKO-SHOIN CO., LTD. TOKYO.